黄 帝 传

李延军 著

第一部

萬 世 崎 嶇

中国文联出版社
http://www.clapnet.cn

图书在版编目（CIP）数据

黄帝传/ 李延军著. —— 北京：中国文联出版社，2018.1

ISBN 978-7-5190-3322-4

Ⅰ.①黄… Ⅱ.①李… Ⅲ.①长篇历史小说–中国–当代 Ⅳ.①I247.5

中国版本图书馆CIP数据核字（2017）第309025号

黄帝传

作　　者：李延军	
出 版 人：朱　庆	
终 审 人：奚耀华	复审人：胡　笋
责任编辑：蒋爱民	责任校对：傅泉泽
封面设计：王　鑫	责任印制：陈　晨

出版发行：中国文联出版社

地　　址：北京市朝阳区农展馆南里 10 号，100125

电　　话：010–85923066（咨询）85923000（编务）85923020（邮购）

传　　真：010–85923000（总编室），010–85923020（发行部）

网　　址：http://www.clapnet.cn　　http://www.claplus.cn

E － mail：clap@clapnet.cn　　jiangam@clapnet.cn

印　　刷：天津旭丰源印刷有限公司

装　　订：天津旭丰源印刷有限公司

法律顾问：北京天驰君泰律师事务所徐波律师

本书如有破损、缺页、装订错误，请与本社联系调换

开　　本：889×1194	1/32
字　　数：1500千字	印　张：49
版　　次：2018年1月第1版	印　次：2023年4月第2次印刷
书　　号：ISBN 978-7-5190-3322-4	
定　　价：175.00元	

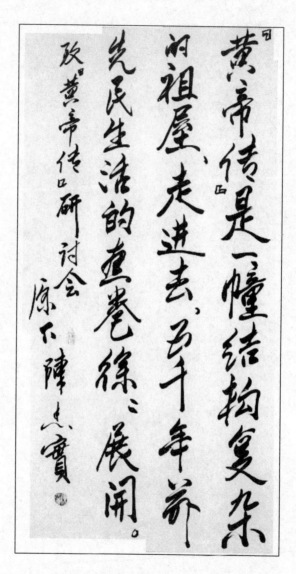

黄帝传是一幢结构复杂的祖屋，走进去，五千年养先民生活的画卷像展开。

改"黄帝传"研讨会

原下陈忠实

中国作协原副主席陈忠实先生为本小说《黄帝传》题词

"中国故事"的发轫之篇

白　烨

作为一个黄帝文化的爱好者，我一直关注着李延军的《黄帝传》的写作。继第一卷《万里崎岖》之后，他又完成了第二部《命世之英》、第三部《涿鹿奋战》。读过三卷本的《黄帝传》，我不仅甚为惊异，而且大喜过望。这种又惊又喜的感觉，来自三个方面的理由：

第一，只有少许传说性史料记载的轩辕黄帝，终于有了一部叙述其生平、描写其伟绩、塑造其形象、弘扬其精神的小说作品。这对人们走进华夏民族的早期历史，了解中华民族的"人文初祖"，极有帮助，大有裨益。

第二，作者注意以一系列重要的事件与冲突来描画人物，尤其是通过与炎帝经年不断的特殊纠葛，与蚩尤连年不绝的明争暗斗以及与众多弱小部落的结盟与共荣等，突出地表现了轩辕黄帝的仁厚心地、博大胸怀与高远志向等人格魅力，让久远的传说中的华夏先祖充满可触可感的卓越人性与浓郁人情。

第三，作品通过大桡制甲子、仓颉造文字、协助炎帝开发中草药、四处求仙问道等故事的具体书写，描绘出黄帝时代的人文创制，写出了"人文初祖"在人类早期的文明发萌。这些人文故事，再与作品里丰盈的远古典故诠释，地道的文白杂糅叙事汇聚一起，使得作品充满了一种在艺术徜徉中复现历史与还原人性的人文气息。

写黄帝的作品，行世的已有不少，但黄陵人李延军写的《黄帝传》，因为资料功夫深厚，艺术想象丰富，加之文化积淀十分深厚，感情投入异常充沛，作品在史料性与文学性的化合上做得更为到位，传奇性与可读性的兼顾上更为相得益彰，因而更值得人们期待，更应予以看重。

"中国故事"亘古通今，源远流长，而《黄帝传》堪为"中国故事"的发轫之篇，滥觞之作。

（作者系著名评论家、中国当代文学研究会会长）

总　目　录

第二部　命世之英

引 诗

桥山沮水多神灵，
先祖植下中华根；
我辈岂敢怠且慢，
万古精英待钩沉。

——路 遥

第一章

一

天雨，
鬼哭；
情旷，
道古。

一百多年后，"桥山十巫"集体创作的这首颂诗，高度概括了人文始祖轩辕黄帝的一生功德：他百余年人生所经历的血腥争战与和平创造；华夏古族的奇风异俗；四妃十嫔，绝非常人想象的情爱体验和"前无古人"的心路历程……这些都是后话了。这些史诗般的内容，我们会用百余万字的鸿篇巨制来慢慢叙说的。

现在，天真单纯的小轩辕，正在认真地听取项先生授课。

"咔嚓嚓"一声晴空霹雳，响彻了茫茫宇宙，"生命之蛋"破裂了！

包含着天地之根、万物之灵、阴阳五行……幽幽暗暗、混混沌沌地运转了几十亿年，由一粒粒宇宙粉尘，经过阴阳太极图式的向心力旋转，中心逐渐凝聚，包裹了亿兆的能量，形成一个其大无比、质量凝重的核，在核的周围，黏黏糊糊的全是蛋清一样的清纯物质。也许是来自其他宇宙一种恒久热量的作用，在这个伸手不见五指的昏暗世界，居然孵化出一个人形的宇宙始祖神。这个神，中国人自古以来叫他"盘古"，可见他刚刚显形的时候，也是像人类和所有胎生、蛋孵生灵的后代一样，不得不在那个受限制的空间内蜷作一团。所不同的是，盘古所居的这个蛋，在孵化出盘古这个苍肩宽胸、充满无穷生命力的巨灵神后，那些凝重的、清纯的物质，并没有从此分离，而是依然像以前那样严丝不动地包裹着他，而且在不经意间，还为盘古预备了一把大斧。这样，在有朝一日，当盘古实在蜷曲得不耐烦的时候，就可以信手拈来地使用它了……

这个时间，用现在科学的观点讲，大约在四十二亿年前，这时候，盘古已经是一个成熟的神人了。他能听到自己的心脏"扑腾、扑腾"有节律地跳动，无休无止；他活动活动手脚，很灵便！他开始慢慢地意识到：我是有生命的，我怎么能窒息于这暗无天日的地方？世界不应该是这样的，它应该有太阳送来金色的光明和温暖，有月亮在像目前这么漆黑的夜晚送来银色的温柔与熨帖。世界，也应该是有高耸入云的山岳、淙淙作响的溪流与轰鸣震荡的大川和要么平静得像一面大镜、要么激情澎湃如喷薄的火山，或者愤怒得像雄狮似的大海……在这个世界上，还应该有像我一样的动物存在，由他们，再去改造、修正我的缺陷……盘古在"生命之蛋"里反复想了多少遍，这一次终于有所"突破"。这种突破，甚至超过聪明的中国人给他安排的神职了！

盘古，这位开天辟地的英雄神人，却被困囿于"生命之蛋"内。开始的时候，他倒觉得如游泳一样优哉游哉，闲庭信步，自得其乐，可以"宁静以致远"，随便地想想，也可以随便地划动手脚。可是，盘古，并不是一具不长脑子的行尸走肉，或者是永远盘在那里纹丝不动的一棵枯根，他是有生命的人神，他一日日都在吸纳天地之灵气，每一个时辰，组成他的细胞都在疯狂分裂着，以倍数一层层扩展、一尺尺延伸着他的身躯，他甚至能听到自己的骨节生长发育的声音，就像后世的子孙们种下的五谷杂粮拔节时那样"吱吱"作响。"生命之蛋"固然很大，大到在我们的视界里，简直可说是无边无沿。可是，当时间没有休止的时候，当生命一旦与时间成正比地生长着，那一种无限扩展力，是神与人都无法想象的！

盘古在"生命之蛋"内一日日"拔节"着，总有一天，他的庞大身躯会受到限制，他的手脚也不再能随意地划动了，充满四周的，除了长夜难明的极度苦恼外，还有不断增强的对生命自由的"压迫感"。这一种超强压力，终于压得他透不过气来，他再也没有"随便想一想"的轻松与随意了。

一种"无名之火"从心底腾起，他再也不能这样"忍受"下去了！在一阵紧张的企图突破的想法全面占据了他大脑的所有神经细胞后，他手脚忙乱起来，不经意间，竟然给他摸到一把金制的大斧。他也不曾想，又是哪一位"神人"，还是苍天有眼，赐予他这样一把利器？也许是几十万年"随便想想"的积蓄，那些有用的东西都积淀下来，精气之聚，左右逢源，竟幻化成这样一把比后人的如椽之笔还要犀利的利器，同时也赋予他一种贯通古今的神力和勇气。终于，他憋足一口气，顶着千钧压力高高举起了这把金光闪闪的大斧，向"生命之蛋"壳砍去。

项先生，一位脖颈瘦长的老头儿。只见他雪白的头发披散在脑后和双肩，就像冬日阳光下耀眼的冰瀑，而那发絮正随着阳春三月下午的和煦春风徐徐飘动，又像是秋日里那割不完的白草。他的银须也已经齐胸了，对幼年的姬轩辕来说，项老先生的胡子、头发里都是故事，他有多少根头发和胡须，就有多少闪耀着智慧与生活哲理的故事和忠告。

这时候，项先生席地跪坐在蒲草席上，屁股舒适地靠着脚后跟，他的对面，另一张蒲草席上，跪坐着姬轩辕，一个约莫七岁的小男孩。

看这姬轩辕，年纪虽小，却已经显示出阔肩宽背的特征，个头儿也该有五尺多高了。他一头油黑发亮的头发披在肩上，额头开阔，眉弓略高，鼻梁笔直挺立，小嘴已棱角分明，唇色朱红。再看他那双眼睛，又大又黑又亮又晶莹，如同经天略地的太阳和月亮，透射着天真、聪颖、神智的亮光。要说这小孩的脸盘，似乎比前额更宽了一些，但是又和他又圆又大的后脑勺构成极匀称的整体，可谓是地格方圆，面似银盘子！

这一老一少，一个长条脸，一个圆脸蛋儿，一个肤色皓白无瑕，也许是他的银须银发相映的结果；一个黄里透着红晕，特别是那脸蛋儿，是一抹山果一样的绯红，像朝霞一朵。

他们两人，乘着下午的明媚阳光，走出茅屋，远离那个烤了一个冬天的火塘，来到这桥山东侧的土台上，师徒二人面对面坐下来，项先生面东，姬轩辕面西，今天的功课就从盘古开讲了。

从这个土台望出去，桥山面南的山坡上，方形尖顶、圆形尖顶、长方形人字顶的大屋小屋鳞次栉比。男人们外出打猎或者春耕去了，屋舍之间时不时有妇女和小孩走动，传来几声鸡鸣或狗吠。随着头顶上太阳向西的偏移（它总是这样，每日不知疲倦地从东海的旸谷出发，驾着那辆金光灿烂的日车，匆匆赶路……），屋舍顶上开始陆续升起一缕缕炊烟了，但还有妇人头顶着陶罐，或者提着和半坡人相似的尖底瓶，去那反射着清冽阳光的姬水河边打水。

项先生和姬轩辕所在的这个土台可非同一般，它是由有蟜氏族和少典氏族联姻派生出的一个支系，被当时的天子神农氏封为帝裹氏而散居在桥山及其周围的聚落祭日之"日坛"。虽说有帝裹氏的封赏，但少典君还是坚持自称有熊氏，这个氏名也就不多用了，但是因为它这一特定身份，连续三年，受姬轩辕的父亲、有熊氏酋长少典君的委托，老巫师项先生传授姬轩辕人类口传了几千年的知识时，每到风和日丽的春秋时日，他总是喜欢把姬轩辕带到这"日坛"的土台上来讲授。

这时候已经是榆冈神农氏有年三十一年春暖花开的季节了，姬水河早已卸去冬日厚厚的冰甲，环绕着桥山欢快地流淌着。坐在日坛上，都能够听到它低吟浅唱的"哗哗"声。姬水河之外，环绕在南面山塬上的那些星罗棋布的聚落，也已经升起了一缕缕乳白的炊烟，在习习春风里几乎形成一个个烟柱，像绳子一样将人间和广袤无垠的天宇连接起来。田垄上，红的移动的小点，是春耕的牛；粉红的晕染了一抹又一抹的，是山桃花诱人的色彩。

姬轩辕乘着项先生讲话的空隙，顾不得赶着问盘古那把金光闪闪的大斧砍下以后宇宙奇迹般的变化，不由转过头去，看了一眼桥山东南、姬水河对岸长寿山上的那个亲切的聚落：那里也开始升起了炊烟，妈妈附宝是不是也开始做饭了？这样想着，小轩辕的肚子里就开始"咕咕"地叫了两声。

项先生注意到，当他讲到盘古憋了一股劲，准备奋力劈开那个暗无天日的混沌世界的时候，小轩辕的脸蛋儿，也憋得通红，有一种与神相通而跃跃欲试的冲动，可是等那把金光闪闪的大斧举起来了，小轩辕似乎已经意识到了故事的结局，注意力就分散了。

这位项先生可不是一般的学者，他来自西土天水，年轻时他骑着牛，更多的是徒步跋涉千山万水，到过西面的西王母之国，那里的人皮肤都是白色的，以老虎为保护神和崇拜物；登上过昆仑山，经过流沙的时候，差一点渴死、风干在那里。他独闯中原各部族，南涉江水，北及大河，东到海边，什么猴龙部族、狗龙部族、猪龙部族的奇风异俗，东海边的日出，昆仑山的日落，他都见过，他还知道太阳每天早晨从东海旸谷升起的时辰，能遥遥地听到那辆载日之车轰隆隆而至的喧响声；他知道天上有多少颗星星，地上有多少座大山，他的知识变成语言讲出来，就像大河悬瀑一样日夜奔流不息。

项先生的学问，从他的名字的书写也可见出几分。以后，在姬轩辕东征河东、收复渤澥、遥祭先师项先生时，由大臣、文字始祖仓颉专门为项先生造的"项"字，不但逼真地概括了他的形象特征，还高度评价了项先生的渊博学识：项先生上通天文，下通地理，他是一部永远也读不完的书。

这时候，已经敏锐地观察到小轩辕情绪变化的项先生捋了捋胡须，抬头看看西斜的耀着刺眼白光的太阳，感到阳春午后熏人的和风也开始变得凉而又凉了，甚至冬日的尾巴又回扫了一个冷凛。项先生庄重严肃、陷入遥远记忆的目光正式收回了，他微仰的头也低下来，看了一眼姬轩辕，念念有词了一阵谁也听不懂的祷告后，说：

"轩辕，下课！"

二

秦岭横亘在中华大地上，因为它的存在，形成了江南与北国气候的自然分界线。秦岭的东头有一座状若莲花五瓣并蒂的奇险名山——华山，向西，与莽莽黄土高原南北相对的是终南山，中间盆地里，水草茂盛，鸟语花香。一条渭河自西至东横跨八百里秦川，源源不断地吸纳沿途那些湖泊、沼泽与无名小河的水源，又滔滔不绝地汇入金黄色的大河。在那些水泽和河流旁边的古塬上，密集地分布着一个个从事渔牧业和农业的聚落。再往西，就是秦岭的最高峰太白山，它终年积雪，永远戴着一顶雪白的帽子，与它遥遥相对的就是南北纵列千余里的大桥山——子午岭，以它高耸云天的雄浑气魄，将陕北黄土高原与陇东高原挽在一起。子午岭向南的延伸线，成为周、秦、汉、唐的龙脉线，因而被称作"华夏龙脉"。

在八百里秦川收尾的地方，当南面和北面的崇山峻岭逐渐拥挤到一起的时候，中间还有一大片沼泽地带。从南面那些永远披着神秘天衣的大山里面，曲曲折折地流出一条透亮的河流——清姜河。看那湍急的河水在圆圆的白色鹅卵石上喷溅出雪白的浪花，而鹅卵石的侧面或者根部，都结了厚厚的绿苔或者赤红的石痂。当河水从一个台地喧响着展开万般柔姿落入下面止水一样沉静的深潭后，那潭即使再深，也可以看见清潭中像秋天的红叶一样游来游去的鱼群。如果你休闲无事又细心一点，一定可以数得清潭中有多少颗卵石。

清姜河岸上，姜氏部落的聚落堡寨相连。墨绿色的山林里面，不时可以听到男人们狩猎时发出的尖叫声。河塘里，水池中，人们将麻布腰围挽起来，站在浅水中，三五个人一组，张开伏羲氏先前教人们结出的渔网，在那里辛勤地捕捞鱼鳖虾虫。而更多的人，在可能开垦的地方都已经开垦的山坡上、台地上、河泽旁忙着春耕。

"此先祖神农之功也！"

左手提着一个木耒跨过大寨子铺着木栅的壕沟，准备到各处巡视之前的榆罔神农氏这样想。

两名衣衫齐整的信使或侍者手捧祭品，不远不近地跟着榆罔。

这榆罔神农氏，虽然已经是神农氏第八代了，但是在他身上，神农氏朴实、豪爽的性格依然没有变，特别是他那张因为祖辈长年在田野劳作风吹日晒而遗传下来的赤红面膛，更从里到外透出他一副热心助人的火热心肠。他约莫三十岁，七尺身材，比两位侍者高出了半头。他的田字形方脸上，眉弓突出，发髻高束，细长的眼睛在春日阳光的直射下，眯缝起来，目光深邃而明澈，鼻梁不高不低长得还算笔直，厚厚的朱唇红得有一些发紫，红脸膛上，已经细细密密生长出无数胡须的幼苗，也许是经过一番耕耘与梳理，须发井然有序，一头长发被高高盘在宽大的后脑勺上，中间插了一个玉石发簪。这是沟通天地人而王天下智者的发型。

榆罔神农氏知道，盘古开天辟地以后，天上的日月、地上的五岳、江河湖海与道路，甚至包括清晨那晶莹的挂在草尖上的露珠就都有了，它们分别是盘古的左右双眼、四肢躯干、血液筋脉和汗珠变成的。没有听说是哪一位大神的功劳，地球上却逐渐布满了各类植物与飞禽走兽。这一种情况，让没有事儿抟土玩儿的大神女娲内心非常寂寞，她找不到一个同类可以谈谈心事，就照着自己的样儿用黄土捏出了人类。以后经过有巢氏穴居、燧人氏钻木取火、伏羲氏发明了渔网和鸟网，特别是伏羲氏体察天地万物八方发明的乾（☰）、坤（☷）、艮（☶）、兑（☱）、坎（☵）、离（☲）、震（☳）、巽（☴）分别代表天、地、山、泽、水、火、雷、风，并以此类推的四时八方阴阳五行概念与卦象文字符号，使人类文明向前推进了一大步。伏羲和女娲的后代都来自西土昆仑，与西王母之国接境，崇拜蛇图腾，他们的后代东迁后，以子午岭大桥山为中心，在今陇东和陕北与陕西关中繁衍生息，分化成有蟜氏和少典氏。有蟜氏和少典氏从子午岭大桥山西麓走向泾渭漆沮流域的一支，游牧到这清姜河畔定居，有蟜氏之女女登，游览秦岭之南的奇花异景，梦见一个大大的龙头，感而怀孕三年，生下了龙颜牛角的神农。

榆罔神农氏边走边想，脚下用龙须草编织的草鞋"吧嗒、吧嗒"地响着。他沿着河岸边行人踏出的小道，深一脚浅一脚地向前走着，来到先祖神农祠的九龙泉边。

这九龙泉，其实是一眼温泉。现在它被开出一个方方丈余的水池，池底，连接着地下龙脉的九个泉眼连续不断地吐出成串的水泡儿……水池的四个角上，各立起一根木柱，共同撑起的一个茅草方亭，就算是祭亭了。亭前一个祭坛，中间摆放一对长长的牛角，陶盘里分别供满五谷（麻、黍、稷、麦、豆）及干果，陶制香火盆内，香草燃烧得正旺，蓝色的香烟与九龙泉水蒸腾的乳白汽雾扭结在一起，在徐徐春风里扶摇直上，达于上苍。

神农氏的后代，每逢重要事项要办，或者与农事相关的四时八节与丰收季节，都要来到这里祭祀，献上供品，加旺香火，念念有词地祈求先祖神农保佑，这已经是一种传统了。这里常住着一位祭师维护先祖神农和左边不远处圣母女登祭坛的香火四季不灭，掌管着祭祀的礼仪。

这位祭师头戴一顶插满禽鸟花花绿绿的羽毛的帽子，手提一把用麻丝扎成的长须飘然的拂尘，见榆罔神农氏走来，赶快从自己居住的半地穴式茅草窝棚中迎出来，以一位远古时代知识分子特有的风度与潇洒，将拂尘向空中飞抛一下，双手抱拳向榆罔神农氏施礼。他就是通天文，识地理，帮助榆罔神农氏确立了地支纪年并为榆罔取号"有年"的老臣与师傅天老先生。

榆罔神农氏拱手还礼后，天老就带着他来到方形祭亭前，两位侍者将带来的供品和香草一一转交给天老，天老再逐一摆上祭坛。

榆罔神农氏伸出右手，从陶盘中撮起一撮五谷撒入香火，让先祖神农能够随着袅袅上升的香烟闻到五谷的芳香，知道后代子孙继承并且发扬光大了他的精神和事业。榆罔神农氏从小受到极好的教育，人类前代的文明成果，他都一一继承，并根据人事的日益繁复而加以更新改造。他将伏羲氏画出的八卦排列组合成六十四卦，以代表山的艮卦起卦，总名之为《连山》。先祖神农开启的刀耕火种的原始农业，经过一代一代的革新，到榆罔神农氏时，已经一改播种前焚林烧荒用尖状棒点种的旧习，由木末石刀改进成木犁，在用木犁翻过的熟土上，先由人拉，后改为由力大无穷的黄牛拉犁，前面将土地犁出一道深壕，后面紧跟着就有人把粮食的籽粒均匀地撒入壕中，边撒边用脚左右平跋着虚土将壕沟抹平。为了推广这一先进的耕作方法，榆罔神农氏曾经数次往西到达今甘肃天水一带，往北到达渭北高原与子午岭大桥山南麓的虎龙部落与马龙部落，往东到达大河的边沿，并派出牛龙部落精于耕作的技术人员翻过秦岭到达西南的四川盆地，东到中原的乌、雉与东夷的鸟部落联盟，并在今湖北北部繁衍了鸡龙部落的一个分支，使先祖的恩泽广被四方。

这样想着的时候，榆罔神农氏高高仰起面对上苍和先祖的田字形方脸上，眯缝起的一双凤眼，便掩不住几分自豪，虽然他的内心对先祖总是毕恭毕敬的。

这一个九龙泉，圣母女登从柔软的草丛中拣回神农氏的时候，它反射着从鸡山上斜照过来的朝日的霞光奇迹般地涌出，而泉中的九条小龙不但为救被少典抛弃的神农，让女登感应到它们的哭声，而且还为神农平安地回到母亲温暖的怀抱而欢腾嬉笑。神农沐浴了这泉水，每洗一次就长高一寸，九龙也轮换着驮神农母子往返于蒙峪山的洞穴与九龙泉边……神农降世后，第三天就会说话，第五天就能走路，第七天嘴里长满了牙齿。长到三岁时，他的本领就更大了，既能上山打猎，又能下地耕种。

榆罔神农氏最羡慕先祖神农的透明肚皮，尝药的时候，从头至尾的反应过程一目了然。还有他那一根神鞭，一鞭打去便知草药的辛热寒凉。

祭拜了先祖神农，就要沐浴始祖的灵光，在九龙泉沐浴一番。

就在榆罔神农氏胸怀大志，沐浴在先祖神农的灵光中的时候，他的内心深处又不能不为天下各部族之间的矛盾与冲突深深忧虑起来。

榆罔神农氏的忧虑不是没有道理。前天晚上，天老观测到东方的角、亢之星受到带着长尾巴的彗星的冲撞。昨天晚上，榆罔神农氏亲自登上高高的观象台，看到角星与亢星又隐在一层薄雾之中……渭北高原与子午岭大桥山南麓一带今铜川市与咸阳市北部山区的虎龙部落和马龙部落时而出事，状经常告到榆罔神农氏跟前，就已经够烦人了！思来想去，榆罔神农氏确定下来，这一次出巡，重点就往东面去看看。

三

如今被我国的渤海和黄海碧波万顷蔚蓝色的辽阔水域所包围的鹰头一样的山东半岛，在处于神农衰世的榆罔神农氏时代，散居着无数以鸟为图腾的部落。这里水网密集，湖泊相连，最初人类的迁徙，只有等到冬季水面结冰后才能进行，而如今，在岱岳以及凡山等北部山区，人口已经稠密起来，以空桑（今曲阜）为中心，已经形成一个臣属神农氏而自成体系的鸟部落联盟。

从这里向北，地势越来越高，而地面却平坦开阔，更适宜人类繁衍生息。五十多万年前就已经有北京猿人在这一带生活。发展到如今，包括北部山区在内以及向东延伸的山脉体系，大面积地分布着狼、犬龙、猪龙、燕等大小九个氏族部落，因为鹿善于在山里奔跑，这些部族就共推鹿作为部落联盟共同崇拜的图腾，以猪龙部落的涿鹿（今河北省涿鹿县矾山镇）作为活动中心。再往北，翻过燕山山脉，在一望无际的蒙古高原上，就是以游牧为主、逐水草而生存的荤粥部落。荤粥部落常常越过燕山南下骚扰，因而涿鹿就更显示了它的重要性，理所当然地居于鹿部落联盟的盟主地位。为了维持生存，他们又向南发展，结好鸟部落联盟。

其中的一支南下到今河南睢县和鹿邑县一带，居住在一座石山周围。他们采来木头支起屋架，而四周的护墙和屋顶，只好用当地生长的葛草取代。全部落的人披星戴月、起早贪黑忙了半个多月，月亮由朝左弯的月牙儿一日日饱满盈圆，又由圆变缺，竟成一勾朝右弯的迟到的月牙儿了，面南的平缓山坡上，与开阔的湖面相对，才铺展开一片错落有致的葛草房舍，古人称其为"葛庐"，这一座山也被叫作"葛庐之山"。葛庐山被倒映在湖水之中，青山、碧树、黄屋顶，被风吹得一会儿打折变皱，一会儿又恢复平静。鱼群在浅底游来游去，有不安分的想上天，蹦出水面亮出雪白的鱼腹，翻个筋斗又落入水中，把个平静的湖面搅得泛起乱纷纷的波纹。走进葛庐人的屋内，家家的房子中间，都像半坡人那样辟一个火塘，用来做饭、烧水、取暖、照明，不方便的是陶罐吊在木架上，烤不过两天就烧着了，又得重做支架，人们就从山上拣回五颜六色的石块支撑，这样就省事多了。在部落首领面南的大屋前面，是一个平整出来的宽阔的广场，广场的四周被葛草房围起来，中心立着一根又粗又高的木柱，木柱顶端，用葛草绳固定着一副巨大的鹿角和一副牛角，树枝一样分岔的鹿角，枝枝都指向蓝天，牛角则斜刺向天空。部落酋长的屋内，墙上挂着鹿皮，地铺上、火塘旁都铺着梅花鹿皮，毛茸茸、花花点点色彩斑斓，弓箭挂在墙上，石斧立在门边。部落酋长，一位体格健壮的彪形大汉，正与氏族内主持祭奠、占卜和预言的巫师玄一起商量大事。

巫师在部落内是祖传的。巫师玄的父亲是巫师，他的老祖母也曾经是巫师，可是她老人家早在南下之前、巫师玄还是小孩子的时候就已经"归西"了。这个部落，还有其他八个大小部落和东夷的鸟部落联盟，都承受了从西方传播过来的伏羲文化，神农氏王天下后，又经七代沐浴农耕文化，也已经开始崇拜力大无穷的牛了。老祖母的嘴里有讲不完的传说故事和神话，什么盘古开天辟地呀，什么女娲炼石补天呀，全装在巫师玄的脑子里。现在，葛庐山上也发现了五彩石，巫师玄就建议部落首领举行祭天大典，同时配祭人类始祖女娲氏。既然这个部落独闯天下来到葛庐山，就应该单立一个氏号。叫什么呢？巫师玄苦思冥想：身在葛庐，心上九天，而我们头顶上的天不就是个葛庐盖吗？对，就叫"葛天氏"吧！

部落酋长的黑脸盘上立时露出喜色，大叫一声："好，那你以后就叫我葛天吧！"葛天氏就这样"诞生"了。为了举行祭天大典，葛天酋长派出十二个精壮男子上山砍伐木头，巫师玄又宰了十二只牛羊做牺牲，妇女儿童们在山上、湖边捡回一大堆五颜六色的石子。木头被以井字形摞起来，方方五丈，愈向上愈收缩，共摞了九层，就像古埃及的金字塔似的。五彩石子被搬上去，摞在木塔顶上，四围摆上十二只牛、羊牺牲。为了娱神，巫师玄还组织人们操练了一种"葛天氏之舞"。

东方的启明星刚刚升起，雄鸡刚刚叫过头遍，葛天氏部落里已经喧闹起来，时不时从各处传来相互呼叫的声音。起床后，男女老幼便举着火把向中心广场会聚，纷乱了约莫半个时辰，大家都齐聚于中心广场。老年人和小孩居中，正对着图腾柱和祭天的木塔。男人们站在左边，面向西方；女人们站在右边，面向东方。火把忽明忽暗地映照出人们的面庞和身躯，人们的头发大多披散在双肩，目光炯炯地看着葛天酋长和巫师玄。

葛天酋长头上用葛麻绳拴着一对牛角，身穿梅花鹿皮缝制的坎肩，腰上系着一根麻绳，黑脸盘只能忽明忽暗地看到一个轮廓，一双眼睛却分外明澈。他的母亲，一位头发银白、眼窝深陷、下巴因为牙齿脱落而剧烈地向上收缩的老太太，和他的妻子，一位身材高挑、体格健壮的女人，站在一左一右。部落的其他负责人，也按照职责大小依次分布在葛天氏的两旁。

巫师玄，头上装饰着一对造型别致、呈放射状曲线的鹿角，一手提着拂尘，一手执着火把。

东方的晨曦，在平缓的远山和镜子一样平静的湖泊水面上方刚刚展露出鱼腹一样嫩白的柔光，朝霞就开始一寸一寸地铺向天宇。静穆之中，云霞越来越亮丽了，所有的云彩都被勾勒了金黄色的边线。远远近近，各种鸟鸣的音乐声也开始有层次地展开，湖面上鱼儿跃出水面，冲破了平静。

巫师玄目不转睛地盯着远山的轮廓，就在远山的边沿变得炽白的一瞬间，太阳，露出了它橘红色的头顶。

时辰到了，巫师玄让旁边的人接了火把，将拂尘挂在右手的小指上，双手将盛满玄酒的陶杯递给葛天酋长。

葛天酋长双手接过玄酒，高擎在头顶，面向东方祷告："至尊天神、始祖女娲，请赐给我们阳光雨露，赐给部落幸福安康。我们千里迢迢来到这里，一路顺利，是天神和始祖保佑的结果，我们向你们献上玄酒与牛羊牺牲，献上五彩石子和火热的心，望接纳，享用。"说完，就将玄酒向空中抛了一半，又向地上撒了一半。

"我们还要向伟大的鹿神和神农氏奠酒，并把最美的歌舞献给我们的保护神和普天下的王，祈求风调雨顺、五谷丰登！"接过第二杯酒，葛天酋长又祷告了一阵。

奠酒完毕，巫师玄将火把递给葛天酋长。葛天酋长手执火把向昨天架起的木塔走去。木塔的井字形结构里填满了香草和油松柏朵，一见火便"噼噼啪啪"地燃烧起来了！巫师玄把拂尘一挥："娱神——"

从广场四角的人群后面，各奔出一头大犍牛，每头牛的后面各跟着三名男女，分别代表牵牛、扶犁和撒种子的角色。他们手操牛尾，又歌又舞，其乐陶陶。部落里所有的人都拜了又拜，三叩九拜之后，双手合十跪在那里面向苍天、面向图腾柱祷告，男女老幼不同的心愿、不同的声音汇合在一起，随着熊熊燃烧的木塔的烈焰和浓烟飘向云天。火光和朝霞相互映照，人声和天籁遥相响应，这一切，太阳看到了，尊贵的天神和始祖神女娲也看到了！

木塔熊熊燃烧了一天，人们也歌舞狂欢了一天。临近傍晚的时候，人们用水浇灭木塔的余火，奇迹出现了：那些五彩石已被烧成了金黄色黏稠液体，随着温度的下降，这种液体逐渐凝固，在木灰里"随物赋形"成淡红色的不规则硬块。冷却后光泽铮亮，击之锵锵有声且棱角坚硬，用它砍砸东西，较之石斧重量轻却锋利多了！

巫师玄手握这么一块得之偶然的红颜色的铜块陷入了沉思……

四

姬轩辕"下课"之后，并没有急着回家。项先生在祭日坛的圆形土台上站了起来，老先生尽量使略微有点儿驼背的身躯站直一些，两只白皙的青筋鼓胀的双手握起来，双臂由前向后，做了几个类似"扩胸运动"的动作，又弯下腰来用拳头将瘦长的小腿捶了又捶。小轩辕将盛着凉开水的陶葫芦递过来，项先生接过这一种浑圆古朴赭红的陶葫芦，拔下葫芦塞仰头用水"呼呼噜噜"地漱了漱口，又将陶葫芦盖好，提着拴在陶葫芦上的麻绳子，将它斜挎在肩上，扭头就准备从土台上走下去。

小轩辕捡起蒲草坐垫，一只手提一个，跟在项先生屁股后面规规矩矩地走下土台，再顺着面南的缓坡，向茅屋集中的地方走去。项老先生一路无话，只是静静地走在前面，小轩辕也不好多开口，可是他那双又大又圆充满童真和好奇的双眼，却时不时向左看一看姬水河对岸长寿山的炊烟，或者向右看一看笼罩了一层阳光的岚气的西山，那边进山打猎的男人们，已经三三两两地搭了伙，抬着鹿或拉着野羊往回走，有的已经走上了架在姬水河上的独木桥。这姬水河从西边向东蜿蜒流来，到了桥山的西侧，被山岩阻挡，不得不向南折了一个直角，在山前绕了一个大大的圈子，又向北拐去，来到桥山正东，在与西面的河道相对的地方，再折一个直角，向东流去。从空中看去，桥山向东南突出的龙脉处于山环水抱之中，形似琼岛，姬水河则像一个物理学中的符号"℧"环绕着桥山。在桥山东侧与西侧的河道上，各有座独木桥把姬水河两岸连接起来。如果搬运的东西太多，或者年高年幼者过河，还专门有扶着圆"独木桥"的老艄公等候在那里来回摆渡。

小轩辕跟在项老先生屁股后面从桥山上蹦蹦跳跳地走下来，经过那些茅屋旁时，时不时有老妇人向项先生打招呼或者含笑点头。那一些爱听故事，爱打土仗、水仗的小伙伴们，则在屋前屋后屋里屋外传递着一个信号，或者招一招手，或者使一下眼神，然后悄没声息地跟在小轩辕的背后，形成一支小队伍。

来到聚落中心一间面南稍大的方形尖顶半地穴式茅草屋前，项先生猫着腰走进去。屋内已经传出了烤鹿肉混含着芳香与焦苦的气味。看这茅草屋顶，就像帐篷一样，由尖顶分别向东北震、东南兑、西北艮、西南巽延伸的四个等腰三角形斜靠在一起，屋顶一直斜向延伸到地面，屋顶周围拥起一圈儿土梁，高出地表，土梁外面是一圈儿排水的浅壕，在正前方门洞的"门槛"前相汇，向南延伸。面南的屋顶中央，开着一个圆形的天窗，阳光从这里斜射进来，屋内的炊烟也从那里冒出来。

虽然有一缕阳光斜照在屋内的东北角，能够清晰地看到那一角地铺上的茅草和兽皮，而屋内其他地方，却一片昏暗，什么也看不见。火塘里的火苗还在"扑扑"地腾着橘红的火苗，火塘边传来了乔老太太亲切而苍老的颤音："回来了？"

过了约莫半分钟，屋内的景象才逐渐清晰起来，小轩辕看到了从火塘边站起来的乔老太太的弓背和宽阔的身影，甚至连她那亲切的笑脸上密集的皱纹和那一头灰白的头发都看清了。老人家已经为老伴儿准备了丰盛的晚餐，摆在火塘旁边的一个泥桌上。看火塘周围的地铺，正面是老两口的，旁边是轩辕留宿时睡的地方。除了人住的地方，角落里还堆着各种盆盆罐罐以及吃穿零用的物什。

因为项老先生知识渊博，除给部落酋长的儿子当"私塾"先生外，他还兼着有熊氏部落巫师的神圣职责，因而他在部落里五六个聚落数千号人物中的地位，仅次于少典君。这个人口不多的家庭也是部落里少数几户生活富足殷实的人家之一。虽然是这样，但在当时的生活起居条件下，这一间不算太大的半地穴式茅草屋内，还是充满烟焦味，柴烟直接扑入眼睑，在眼球表面蒙上一层异物的剧烈刺激，不到一分钟，酸涩的泪水已经充满眼眶，不得不用手背擦一擦了。

乔老太太树根一样结着硬茧的一双老手抓住了小轩辕稚嫩的小手。小轩辕刚刚将蒲草团放在屋角，和项先生道过再见，正要向乔老太太行告别礼，双手却被乔老太太紧紧地握住了。乔老太太眯缝成斜三角形的深藏于皱纹里的一双老眼反射着火塘的亮光，疼爱地盯着小轩辕。自从聪明懂事的小轩辕跟着老伴儿学习以来，一种难以名状的亲情的感觉越来越浓烈地笼罩着这位没有儿孙的老人的心，她觉得小轩辕就像是上天专门为她降下的自己的亲孙子。老人拉着小轩辕的手久久不放，硬留轩辕在她家吃了饭再回家去。事实上，小轩辕一旦在项先生和乔老太太的家里吃了饭，常常就留宿在这间茅屋内，烤着塘火，盯着天窗里透进的星光、月光，和晚辈们一起让老人讲那些遥远的故事。可是这一次却不能留下，小轩辕在心里打定主意，准备做一些自己想做的事情。

小轩辕总算告别了师傅师母，背上牛皮背囊刚刚从那间半地穴式的茅草屋的门道走出来，茅屋外等候着的小伙伴们便围上来，拉着小轩辕的手又蹦又跳一阵喧闹。小轩辕比同龄的孩子高出半头，又接受了项老先生那么多人类知识与文明的熏陶，在这十几个小孩子中间，自然是个"孩子王"了。大家爱听他讲故事，爱跟他一起，经常玩出一些新鲜花样儿来！

小力士挥尤其如此。看这小子长得胖墩墩的，第一个凑上来。听家中的老祖母讲，姬轩辕的母亲附宝阿姨去郊野游玩的时候，看见闪电的银蛇环绕着北斗枢星，感而受孕，怀胎二十五月，于榆罔神农氏有年二十四年二月初二出生于桥山东南姬水对岸长寿山聚落里他们家的大屋内。轩辕出生的时候，正值旭日东升的辰时。就在小轩辕发出来到人世间的第一声激越响亮的啼哭，宛如开春的第一声春雷划破长空的时候，一缕橘红色的阳光从天窗斜照进来，火塘的青烟混合着架在火塘上陶罐里冒出的水蒸气，都被反射成一片紫色，在屋内蒸腾，又随着小轩辕的第一声"宣言"，冲出天窗，在清晨新鲜的空气中袅袅上升。部落里的人有的说轩辕是北斗枢星下凡的，又有人说他是北斗星北侧那一组排列成龙形的"轩辕星"下凡，所以老巫师项先生才给他取名叫作"轩辕"。老人们说，轩辕生下来就身逾九尺，双下巴，直耳朵，长长的胡须，弯弯的鼻翼，眼眶平正，额头高大，额骨中央突出如日角，眉骨突起如龙颜，这也许是老人们对姬轩辕以后长相的一种预言吧？又说轩辕生而神灵，一岁的时候就语言清晰，常提出一些奇特的问题。从四岁起，跟部落的老巫师项先生学习结绳记事之术，五岁开始学习伏羲的卦象"☰"、"☷"，初识阴阳之理。到了去年，小轩辕对神农氏以前人类的主要文明成果基本上涉猎了一遍，尤其痴迷伏羲八卦，什么"乾三连，坤六断，震仰盂，艮覆碗……"，已经倒背如流，可以随时画出。老祖母教训挥时总说："看看人家轩辕是什么样儿！"虽然当时挥噘着嘴，故意做出不服气的样子，但是从心里讲，挥最佩服的孩子就是姬轩辕了！

挥这么想着，像一位害羞的小姑娘似的，不好意思地从背后拿出一张"弓"来，交给姬轩辕。这是大前天大伙儿一起"过家家"时，姬轩辕布置给他的"家庭作业"，到底做得咋样？那只好等"先生"打分了。

其他小伙伴，也纷纷拿出自己的制作或发明，挤上前来，争着往小轩辕的手里塞，一时闹闹嚷嚷的，小孩子们尖细的声音搅作一团，再也分不清谁是谁的了。这其中有伶伦的声音，也有女希、货狄、胡曹、伯余、赤将的声音，他们几乎每人手里都举着自己的得意作品。

轩辕用手分开大家："不要着急，过一会儿，一个一个验收。"

姬轩辕的大眼睛左右环视，在孩子堆里寻找那位红脸蛋的赤将："赤将在哪里？"

赤将急急忙忙挤到前面。这一群孩子中，唯独他双手空空，可是看他红脸蛋上得意的表情，却似乎胸有成竹似的。

"你所造'聚落'，咋样了？"轩辕问赤将。

赤将说："已经造完。"

"走，看看去！"轩辕一句话，大家一哄而下，蹦蹦跳跳地从聚落内的一间间茅草屋间穿过，顺着下坡的被部落的人们踩得发白的土道跑下山去，来到姬水河北岸面南的阳坡前。这一看，大家全惊呆了，连轩辕也没有想到，赤将的"作业"竟然做得这么好，那简直就是这桥山姬水两岸有熊氏部落聚落群的一个"微缩"作品。看那中间"ʊ"形环绕的"姬水河"，看那"桥山"和"长寿山"上的聚落，甚至连哪一间是谁家的都能看出来。

轩辕双手叉腰，皱着眉头仔细地端详着赤将的力作。小伙伴们也围上来，忙不迭地观前看后，一片叽叽喳喳的议论声。

轩辕猫下腰，低头看了又看，然后一声："好！"就算赤将得了满分。

赤将的红脸蛋兴奋得直泛红光。这三天的工夫总算没有白费。三天内，他带着他的小"工匠"们又是挖壕引水，又是用泥捏出各种类型的房屋，还要趁泥湿，在屋顶粘上茅草。他们像轩辕讲的人类始祖大神女娲造人一样用黄泥巴捏出许多小人，还捏出了圈养的猪、张翅欲飞的鸡、南山上野跑着的小马、帮大人们耕地或者狩猎的牛和狗。

这时候，大伙儿又争吵起来，都想让轩辕接着验收自己的作品，一个个争得脸红脖子粗，脖颈两侧细细的青筋都鼓起来了。

"好了，就按'作业'布置时之顺序验收。大家排好队！"

轩辕这么一说，小伙伴们都依序排成一字形长蛇队。伯余在忙乱中挤在了胡曹前面，吐一下舌头，做一个鬼脸儿，赶快站到胡曹身后去。

五

虽说用现代人的观点看，这一场游戏只不过是"过家家"，但是姬轩辕的"过家家"却非同一般。因为这已经超出了一般的游戏与娱乐，而体现了姬轩辕对部落面临问题的忧虑与思考：既是一个为面临问题寻找答案的系统工程，又检验了轩辕的管理才能和用人思想。姬轩辕所以能高出同伴们一筹，甚至在某些方面超过了成年人理解和认识问题的能力，这得益于身为部落酋长的父亲少典君长期以来身体力行的"榜样的力量"和妈妈附宝包容天地的厚爱与谆谆教诲，当然，也少不了甚至可以说起决定作用的是学识渊博的老巫师项先生。

这次"游戏"的确是一个系统工程。它牵扯到部落面临问题的方方面面。他把长期以来困扰父亲少典君的和部落兴衰命运相关的问题，按照轻重缓急给排了队，但并没有想一个下午就可能得到解决。三天以前，借着"过家家"的机会，根据小伙伴们的个性特点，以"酋长"同时以"为师"的身份，分配给各位回家去继续思考和制作，相当于当今小学生们每天必做的"家庭作业"。

姬轩辕认为至关重要的是"食"，"民以食为天"，作为部落"酋长"，首先就要替臣民思考这一问题。虽说本部落因为地域和血缘关系，较早地接受了神农氏的农耕经验，农耕水平及狩猎能力较前大大提高，但是"人无远虑，必有近忧"，何况人们的生活方式还有很多不合理的方面需要改进呢！姬轩辕自己"身先士卒"、"身体力行"地包揽了这项任务。姬轩辕当众这么一宣布，小伙伴们一下子像陶罐里烧开了的滚水一样喧喧闹闹地把姬轩辕围起来，争着抢任务。

姬轩辕心里自有主张："食、衣、住、行。"食的问题自己解决了一部分，还有狩猎的工具必须改进。有一次跟随父亲少典君带领的围猎队捕杀一头野猪，眼看着因为弓矢不利，让那头肥大的发了怒的野猪带着轻伤逃跑了，还差点让它的长嘴拱住一个青年男子，吓得那位长腿小伙子尖声怪叫……这个任务就安排给"大力士"胖墩挥，一是他心细，二是他的父亲就是少典君手下有名的好猎手。"衣裳"的创制，有心灵手巧的胡曹、伯余和于则，"住"则非赤将莫属，"出行"的事，人说"顺水推舟好远行"，还是要借用水的力量，发展水上交通，这比在荆棘丛中的山地开辟道路省事得多。但是所谓"舟"，再也不能只是一根圆木了。人要在水上行，脚还不沾水。这个难题就让姬水河桥旁住的那位"艄公"的儿子货狄来解决吧。

姬轩辕这么想着，就依序给伙伴们布置了三天内必须完成的"家庭作业"，其他没有领到具体任务的，就分别作为赤将与货狄的助手。

现在验收作品，就按这一顺序进行。

姬轩辕举起左手向大家说明了验收的顺序。大伙儿的思路才调整过来："对，应该先验收'酋长'的！"

轩辕这才从一个用麻线密密地缝起来炮光①了毛的牛皮背囊里掏出了自己的作品———一只由双层陶罐摞起来又加了盖的样式新奇的陶罐，红陶的表面还用墨色勾画一圈粟的变形图案。

小伙伴们围过来："这叫什么呀？有什么用处？"

姬轩辕说："这叫陶甑。取增置之意。黄雍父老伯发明杵和臼后，部落里的人家都可以去掉粟壳了，我把去掉壳的粟叫作米，熬成稀饭叫作粥，香喷喷的，比生米好吃多了。父亲把这种做法推广开来，不光是我们有熊氏部落，所有源自少典氏和有蟜氏的部落都这样做饭了，可是这一种稀粥吃了不耐久，我就想做出一种能耐久的'干饭'。大家都有体会，当你打开罐盖盛稀饭时，那蒸汽直冲得人手疼，这一种直向上冲的热力若利用起来，不就可以做'干饭'了吗？"小轩辕一边说，一边比画着，"这样想着，我

---

① 炮光：制皮的一种工艺。

就用泥捏了一个盆底可以套在熬粥的陶罐口上的陶盆，又在陶盆底上打了七个圆孔，可以使蒸汽透上来，再给陶盆加了一个盖儿，把这个陶坯送到窑场去烧……这不，就烧成了这个由上下两部分组成的'甑'。"

姬轩辕解释到这里，大家才算明白了这只"甑"的功用，齐声叫起"好——"来。

随后，挥制作的"弓"，胡曹做的"冕"，伯余做的"衣"与"裳"，于则编织的草鞋（扉履），货狄做的"舟"……都依序送过来，一一接受了轩辕的检验。

第二章

一

自从老神农尝百草、鞭神药，开创刀耕火种的原始农业以来，神农氏历经临魁、承、明、直、庆甲、厘等七代而至榆罔，代代在医学和农业方面都有所建树，奠定了中国中医药学和农业大国的基础。正因为这些建树满足了人们最基本的生活需求和对健康生活的向往，因而受到四围八极天下所有受益部族的拥戴而王天下。

每次回想起神农氏部族的辉煌历史，榆罔的田字形红脸膛上总是掩不住一种得意的表情。现在，骑在牛背上的榆罔神农氏，率领着他的二百四十头牛组成的东巡大队，顺着宽阔的一眼望不清对岸、一派浑黄夹着滚动的漩涡与低器的大河南岸的平滩一路东行而来。牛群踏动沙石发出的"咯噔咯噔"的声浪越来越响，终于盖过了河水的喧器，牛群后面扬起冲天的黄尘。

春风轻拂颜面，好像柳鞭在颜面轻轻抽打，阳光暖融融的，真有点后人那种"暖风熏得游人醉"的感觉。榆罔神农氏头顶上装饰一副锐利的牛角，眯缝起他那双细长的凤眼，回头望一眼身后跟随的滚滚而来的牛群，一种"春风得意牛蹄轻"的感觉油然而生。

这二百四十头成双成对、体格健壮的黄牛（如今著名的良种牛之———秦川牛的鼻祖们）是从位于八百里秦川的清姜河两岸，漆、沮流域和泾、渭河岸神农氏艰苦经营七代的农业发达的核心地区各部族精心挑选出来的，它们都是懂得"犁沟——犁沟——"的语言的通人性的神牛，作为榆罔神农氏向中原东部各部族施恩的首选，它们被荣幸地挑上了。同时，它们还是很好的运输工具。每头牛的背上都没有空着，六十头牛背上架着耕地的犁，六十头牛驮着五谷的种子，又有六十头牛驮着耜、耒等各种农具，最后六十头牛则驮着生活辎重。加上周围手执石刀、石斧和长矛护卫的精壮男士与榆罔臣属、亲属的坐骑，总共超过了三百头。这一群训练有素的神牛随着"路道"的宽窄变换着队形，这一会儿，在开阔的大河南岸排成整齐的十路纵队挟着滚滚的春雷浩浩荡荡而来，真有一种"威加海内"的感觉。

这一次跟随榆罔东巡的，一左一右有祭师天老、风伯、雨师、雷公和俞跗。此外，榆罔的大儿子、长于精耕细作的司农炎居和天真烂漫、活泼好动的三女儿女娃也跟来了。这会儿，小女娃正和父亲同骑在一头牛背上。大臣中，在春陵发明了捣去米壳的杵与臼的赤冀，生于震方（今河北一带）的诸稽、虎龙部落代表摄提和善于图画地形、勾连水脉、初兴水利的白阜等紧随其后。

天老依然是他那一身装束：头戴百鸟羽毛制成的羽冠，手执长长的麻丝拂尘。只是春风熏得他那副蜡黄的老脸红润了些许，鼻梁也挺得更高更直了，有点像天空翱翔的老鹰的喙钩儿。细看他的面孔，"一道道山来一道道水"，纵横交错的深沟一样的皱纹，不由让人生出一种地老天荒的感觉。

专管风调雨顺的风伯和雨师性格温顺，这时候他们的坐骑并排而行，相互随意谈论着什么。他俩是榆罔神农张榜告示天下招聘来的气象学专家。风伯姓风，生于西南的西蜀部落，亦为伏羲和女娲的后代。雨师名赤松子，本是一位食松子饮水晶得道的神仙，他能够入火自烧不死，又能在风雨中随着雨雾上下飘浮……他是榆罔大女儿英姬的师傅，其儒雅风范不逊于天老。

雷公来自渭北山区。他既有一张凶神恶煞的红脸，说话的声音响如打雷，又有一副慈悲心肠，自幼钻研《神农本草》，是远近有名的"草泽郎中"。

俞跗是著名神医，长于用骨针针灸，却因为"同行相轻"，一直得不到榆罔的重用，这次能随行东巡，真是天大的荣幸，事先他怎么也想不到。因此，这会儿，他的心情也不错。

榆罔神农氏一路自西而来，八百里秦川一马平川，没费什么事儿就过来了。经过渭河与雄浑的大河的交汇处，大河在那里黄帛一样铺开，随心所欲地拐出一个庞大的"S"形，又分出许多细小的支汊，那些分开又重聚的黄水中央，大船一样的河心岛上已经芳草萋萋了。水鸟在天空盘旋，又铺天盖地地落下来，河心岛就变成了鸟岛。

道路变得崎岖狭窄起来，从渭河平原的台地落入梢莽密布的狭长深沟，周围不时传来某一种野兽的怪叫声，野兔不时被惊起，"嗖"地蹿入草莽深处，黄牛都挺直了耳朵，左右摆动，交感神经高度紧张，随时有惊疯的可能。榆罔神农氏与所有带了箭的人都从身上取下弓来，护卫牛群的精壮男子们握紧了石刀、石斧……队伍不得不改成"一字长蛇阵"，山路隐约可见，有时还得用石刀、石斧披荆斩棘……艰难的行程极费体力，人们的头顶上汗珠已经顺着面颊往下流，流入眼睛的，蜇得眼睛酸涩难睁，用手背毫无用处地擦一把，汗水依然往下流，弄得人泪眼婆娑。嗓子眼儿也开始冒起火来，干燥，甚至有龟裂的感觉，人的力气也就几乎散尽了。好在这一段路不算太长，几十里路，消耗了一整天时间，总算熬过去了。一夜休整之后，队伍又恢复了生机，笼在人们脸上的愁容，凝在心中的烦躁情绪烟消云散了。牛群也变得兴奋起来。

榆罔神农氏手搭凉棚，遮住直射到脸上的明媚阳光，极目向远方张望。南山上望不到尽头，飘着一片粉红的云彩，身边的蜜蜂也多了，不时"嗡……"地从脸旁飞过。

"看，那就是邓林了！"

"真好看！真好看！"女娃拍着一双圆鼓鼓的小手叫了起来。东风吹来，送来阵阵沁人心脾的桃花香。

"你可知这片邓林之来由？"榆罔神农氏摇了一下怀抱里的小女娃。

"知道。是妈妈告诉我的。"女娃清脆婉转、小鸟般的声音又一次响起。

二

榆罔神农氏和听訞结为连理。十二年中，听訞共为榆罔生了二男四女。即长子炎居，长女英姬，次女瑶姬，三女女娃，四女芹姬和次子柱。

炎居长大后，协助榆罔精耕细作，积累了丰富的经验，被榆罔命为司农。

像花儿一样漂亮的大女儿英姬和活泼可爱的二女儿瑶姬都先后夭折。传说英姬死后，变成了一只喜鹊飞到河南南阳尊山的大桑树上去了。瑶姬则在俗称"如瑶山"的巫山变成了一棵瑶草。那瑶草，叶子并对而生，盛开一种黄颜色的花朵，结出的果实，和菟丝子非常相像。它生长得很茂盛，碧绿可爱，女孩子如果能吃到它的果实，就一定会变得像仙女一般招人喜爱。榆罔怜其早逝，封瑶姬为巫山的云雨之神，瑶姬早晨化作美丽的彩云在山岭峡谷间游荡，黄昏化作一阵阵暮雨，无声地滋润山间的五谷百草。据说，现在长江三峡巫峡上的神女峰就是瑶姬的化身。因为她的姣美，还惹得楚国的御前诗人宋玉作了《高唐赋》和《神女赋》。

两个女儿去后，听訞非常疼爱三女儿女娃。也怪这女娃长得乖巧可爱，听訞就把对大女儿和二女儿的爱都倾注于女娃身上。女娃也非常懂事，榆罔与炎居不是采药就是一年四季在他们的"试验田"里忙碌，小女孩就陪在母亲身边，听訞给她讲那些通过奶奶或妈妈们的口讲过的、不知道流传了多少代的故事。听訞忙着给火塘添柴，女娃就用她的小手双手举起一根柴棒，递到听訞面前。听訞提着陶罐去清姜河边打水，小女娃也总是跟在后面。上山采摘野果时，听訞把紫色、红色、黄色的小花朵，给女娃别了一头，她还把唯一的一块用赭石染红的兽皮，用骨针引着麻线，为女娃缝了一双红"绣鞋"。女娃被这么打扮起来，更加花枝招展，让听訞爱得心窝儿都疼。"儿是娘的心头肉！"听訞到这会儿，才真正有了最深切的体验。

那是一个星稀月明的夜晚，紫宫后的茅草大屋（后宫）里，忽闪忽闪跳动的塘火映亮了听訞母女红扑扑的脸庞。榆罔和炎居还没有回来，他们经常是这样，听訞已经习惯了独处。大女儿和二女儿都性情绵软……听訞有意要使女娃的性格变得坚强起来，就给她讲了"夸父追日"的故事：那是很久很久以前的事了。在北方大荒之中有一座名叫"成都载天"的大山，山上住着的人都身材高大，力大无比。这些人，耳朵上挂着黄蛇，手里也握着黄蛇，他们意志坚强，性情却比较温和。有一天，这群人忽生奇想，决定要和天上的太阳赛跑一番。其中一个名叫邓夸父的人，身高九尺，臂力过人，果然和太阳赛跑起来。他从太阳刚从旸谷升起的时候就离开大荒之中的成都载天山，跟着太阳向西跑，到了正午，他正好跑到中原大地，这时候他已经汗流浃背，气喘吁吁。再往前跑，眼看着太阳和自己的距离越拉越远，身后已经拖了一条长长的身影。夸父岂肯就此罢休？他要做的事，目的一定要达到。夸父就拼足最后的余力，仰起头，弓着腰，重心尽量前移，两条长腿一跨就是几丈远……夸父风驰电掣般向前追去，头发和胡须飞扬起来，就像龙马的长鬃，身上披挂的麻布片也飞扬起来，露出他犹如古希腊运动健将一样强健的肌块。夸父终于追到太阳降落的禺谷，一团红亮的火球就在他的面前，耀眼的光亮晃得他眼睛都睁不开，超过篝火几十万倍的热流，炙烤得他汗流如注。夸父不畏惧这些，他心中充满了达到目标的狂喜。他勇敢地伸出一双大手去拥抱太阳，他要把它捉住，带回大荒之中的成都载天山，悬挂在本部落的天空……可是，经过一天狂奔，夸父确实太累了，流了多少汗数不清，只见他跑过的地方，溪流涌出，青草吐绿。加上这会儿太阳炙烤，夸父已经到了严重脱水的程度，一时心情烦躁起来，焦渴难忍。夸父就俯下身来喝大河与渭水的水，这两条河的水被他一口气喝干了，口渴还是止不住。夸父只好向北方的瀚海赶去。这瀚海方圆数千里，处于山西雁门的北面，是鸟雀们孳生幼崽和更换羽毛的地方，开阔的水面是解渴的好去处。夸父这么想着瀚海的水，可腿脚却越来越沉重，全身的气血几乎都凝固起来了，他随手捡起一根桃木"手杖"，继续向北方赶去。终于，夸父像一棵被砍倒的大树一样轰然倒下，他头顶的长发已经被烤得稀疏，胡子却密集得很，正像一棵历尽风霜和世纪沧桑的老树。他的形象占满了天空，他轰然倒下的时候，大地都为之震撼，飞扬起无数缕金黄色的尘埃。这些金黄色的袅袅上升的尘埃中，有一缕是直线上升的，正是夸父那不屈的灵魂：他是被原始部落之间的"火战"致死的，五行相生相克，水克火，水在遥远的北方，他还要去那里求救……夸父倒下的时候，用最后的一点气力，将桃木手杖扔向南山，那南山上就忽然化作一片绿叶繁茂、鲜果累累的桃林，因为夸父姓邓，人们就叫那桃林为"邓林"，将那一座与秦岭相连，处于华山东面、黄河南岸，今河南灵宝县东南的秦山改作"夸父山"。

"夸父追日"的故事，也许是对以后百年间华夏大地上部落联盟之间征战的一种预言。但是，这会儿，夸父那不屈的意志在女娲幼小的心灵中却扎下了根。

这一次榆罔东巡前，小女娃躺在地铺上睡觉，听见父亲和母亲商量：东巡的时候，要去南阳崈山看一看大女儿英姬，还要一直走到东海边，让神农的恩泽惠及海外。女娃就跳起来，赶到火塘边，一双小手摇着榆罔粗壮的胳膊，要跟父亲一块去看姐姐，看大海。

听訞本来真不想让女娃离开她，但是执拗不过她。榆罔神农氏觉得自己平时带女儿在身边的机会少，这一次东巡，虽然面临许多部族之间的复杂问题，但是毕竟是礼仪性的，就带了女娃一起上路。

女娃挣脱榆罔的手臂，从牛背上跳下来，伸展双臂向桃林跑去。榆罔神农氏也从牛背上下来，迈开坚实的大步，向前追去。女娃伸出小手，踮起脚尖，摘下一枝又一枝鲜艳的粉里透红的桃花。榆罔神农氏就模仿听訞的做法，将桃花一朵一朵插在女娃的头上。姜氏部落的女孩子本来就长得面似桃花，招人喜爱，女娃的油黑的长发齐肩，装饰着这桃花花冠，更加天真烂漫，随风飘洒出一路花香，招惹得多事的蜜蜂和彩蝶围着她翩翩起舞。

女娃"戴"上了桃花花冠，又采摘了一束桃花捧着，榆罔神农氏东巡的队伍走向桃林深处，向横在前面一个小山丘上的桃林塞走去。

三

这桃林塞从西望去，只是一个小山丘，等走近壕沟，通报塞主，塞门大开，榆罔神农氏的牛队"扑嗒扑嗒"地越过壕沟，到达桃林塞的制高点上向东望去，但见滚滚大河东流去，千里平原一抹平展，茫茫苍苍望不到尽头。也许是盘古开天辟地时在这儿劈了一斧子，脚下的山丘裂为两半，一半紧贴大河南岸，一半与南面的群山相连，中间，悬崖绝壁之下，有一条通道低凹如槽，形势险要。

夸父氏族本来在遥远的东方，就因为"夸父追日"的传说，这桃林塞的人也自诩为夸父的后代，以夸父为氏族始祖，供奉起来（也许他们真是夸父族向西发展的一支）。桃林塞主虽是一位貌如天仙的女子，却长得英姿焕发，浑身透射着夸父式的英武气概。由于本塞所处的险要形势和东西交通咽喉要道，往来的人流物流，到这里要留下一些，桃林塞的生活器用还算充盈，因而塞主的神气也就非同一般。

塞主陪榆罔神农氏一行前往"夸父庙"祭拜，大礼之后，女娃捧着那一丛桃花，敬献在夸父的手杖前面。榆罔神农氏命人拉过一头牛来，外加一把犁，劝勉桃花塞主自食其力一番，塞主有感于神农氏族"天下为公"的博大心胸，点头称是。

塞主安排榆罔神农氏一行人一夜歇息。榆罔神农氏听了一夜林涛的呼啸声，一层推着一层，一浪胜过一浪，比陶哨还要尖厉的长音贯彻周身，山鸣谷应，恰似无数神灵在怒吼咆哮，又像是生灵涂炭发出的哀号……榆罔神农氏倏然看到一女从面前走过，言称"咱俩为什么老是不和？"眼看着那么多人在吃饭，却与他俩无缘，待表情和心情都变得平和了，她却将一只鸡蛋打破，蛋清和蛋黄均匀混合在一起，顺着长槽流去……榆罔神农氏猛然惊起。他披上兽皮衣准备走出去看一看天象，刚一打开屋门，一阵风便急促地涌了进来，榆罔神农氏打了个寒战，赶快把腰带紧紧地缠在腰上。俗话说："三单不如一棉，三棉不如一缠。"这层意思在神农氏（地皇）时代人们早已经深刻地体会到了！

"自从盘古氏一万八千年后，又有天皇君十三人，历时一万八千年，然后有地皇君十一人，皆人面龙身，历时一万八千年。接下来将是人皇君兄弟九人，结绳刻木，各立城邑，分管九州，乘云车，驾六羽，历时四万余年。天皇定干支甲子，地皇分日月星辰，人皇分山川九区……"仰观天象、风云际会，榆罔神农氏陷入了沉思，这些遥远的不知什么时候的记忆与预言又一次浮上心头：

"天地运行，自有规律，只可惜地皇氏进入末世，人无回天之力……"

待到天亮，一夜风声却戛然而止。山河清丽，万里尘埃早已不知被天风鼓荡到哪儿去了。一轮红日又圆又大，吐出耀眼的红辉，把蓝天、大地都染成了紫红。

榆罔神农氏与桃花塞主礼别，桃花塞数百号塞民夹道跪送，榆罔神农氏的牛队神气十足地从中间穿过，跨过桃林塞东面的壕沟，直向山崖之间的长峡走去。

榆罔神农氏的牛队出了桃花塞前的底谷长峡不向东去，却向南拐去，经过今天的卢氏县，牛群横渡南洛河，红牛浮绿水，火炭一样滚到洛河南岸，卢氏部落自然免不了一番迎送。

牛群翻过横涧，顺着淅水向东南方向走，经过朱阳关，在米坪留下一些粟种给当地部族，南下西峡，东南到内乡，折东，经过镇平，终于来到南阳萼山。

这一路上虽然日行夜宿，又经过许多图腾与习俗都不同的小部落，但是由于神农氏七代的恩泽，各部落又看到榆罔神农氏恩泽广布的雄心，都诚心归顺，加上伏羲八卦文字在各部族的推广，语言便于沟通，榆罔神农氏又一心急着赶往南阳，所以除了风雨不调、久旱不雨的地方命风伯、雨师给调理调理，农耕技术不精、浪费人力畜力的部落，炎居给做一些现场指导之外，一路上除了旅途的疲劳，再无多事。

一来到南阳，顿觉山清水秀，判若故地，男耕女织，桑麻遍野。这萼山，数座并起，如笔架，似花萼，天空大朵大朵的云彩聚在花萼之上，则是天下最美丽的地方了。由于这里阳光明媚，又是榆罔神农氏东巡所及的最南端。

榆罔来到南阳后，立即向鹊部落首领鹋———一位德高望重的老太太询问："大桑树在哪里？"

鹊部落首领鹋扶着凤头拐杖，亲自领榆罔神农氏来到萼山北麓。远远望去，那棵千年古桑若伞盖，似卧龙，枝干盘根错节，新换的桑叶已经绿油油的，如同簇拥着虬龙和祥云。

这位女酋长告诉榆罔，今年一开春，从西北方向飞来一只白喜鹊，落在这里后，每天衔来不同的香木在大桑树距地八丈多的最高枝杈上垒窝，从正月初一到正月十五，便筑成一个大得足以容下一个人的大窝。更神奇的是，这只白喜鹊，时而对过往行人叽叽喳喳劝蚕："养蚕、织衣"，时而又劝人们不要误了农时："备耕、备耕"，她还经常变成一个身着白色轻纱的少女坐在大桑树下，对路过那里的女孩子微笑点头。

榆罔神农氏认准了，这只白喜鹊就是大女儿英姬的化身。他伸出一双布满硬茧的大手，对着高高在上的鹊巢喊："英姬，为父看你来了，快下来让为父看看你！"

"英姬，吾女，你快下来跟我回老家去。你妈因为想你，每天食不甘味、夜不成寐；你奶奶因为想你，泪水都哭干了。"

榆罔神农氏说了许多发自肺腑的话，可"英姬"就是不肯露头。随行的大臣和随员都换了素服，南阳部落的众人也都聚到大桑树下，人们环绕大桑树跪成一片，祈祷"英姬"的灵魂早日升天。

"英姬你听着，我是没尽到为父之责任，从没带你开心地玩过一次，外出采药一年半载，回来时也没带什么好吃的给你。你把为父的药篓翻来翻去，除了草药，就是粮食种子……为父让你失望吗？可是，为父即使有一千条一万条错，毕竟还是你的父亲呀，我的女儿！你即使再有怨愤，也不该化作一只喜鹊呀，你冰清玉洁，应该早日升仙。"

榆罔神农氏好说歹说，那只白喜鹊"英姬"就是不肯露面。"姐姐！姐姐！"小女娃终于大声喊起来。

榆罔让鹊准备柴草，要为女儿举行"火葬升天"仪式。

鹊部落的人们将一捆捆干柴堆在大桑树下，熊熊的烈火就燃烧起来，火借风势，风助火威，顷刻间，烈焰腾空，鹊巢危在旦夕，可是白喜鹊始终没有露头。鹊巢的百香木香气袭人，在一阵"噼噼啪啪"的炒作声中化为灰烬。榆罔神农氏看见，英姬洁净的灵魂、轻盈的身影冉冉升天去了，小女娃却哭得撕心裂肺，死去活来，忙坏了哥哥炎居和随员们。

榆罔神农氏刚刚从失去大女儿的痛苦中解脱出来，南边位于今湖北北部谷城到随州厉山之间鸡龙部族的一支——雀部落，已经派员赶到南阳来邀请了。而这一站，榆罔神农氏事先并没有安排。

四

位于葛庐山的葛天氏部落，那一次祭天配祭人类始祖女娲的意外收获，除了炼出红铜之外，还得到一名男婴。

028

这名男婴的哭声很响亮，可是他不管怎样响亮，也盖不过那操牛尾而舞的"葛天氏之乐"的喧闹声。部落里专门用作生孩子的一个山洞里，火把把洞壁映得红彤彤的，接生的女巫忙碌了半天，男婴的母亲肚子阵痛得死去活来，在铺着厚厚的一层葛草与兽皮的地铺上痛苦地扭曲了近一个时辰。她口里咬着一块麻布团，脸上珍珠一样晶莹的汗水密布，就像从水里捞出来的。她的男人急得在洞外像无头苍蝇一样转来转去，挨到辰时，一名男婴终于呱呱坠地……第二天，母子俩刚刚平安回到自己的屋舍，这位父亲就将这个还未脱尽血色的小男婴抱到巫师玄的大屋来。

巫师玄正在认真地对比研究那些从祭祀灰中拣回来的不规则的红铜块块：这批经过精心挑选的闪耀着金刚石光芒的绿色五彩石经过高温这么一烧，竟然变得这样奇形怪状，并且"随物赋形"，圆钝的圆钝，锋利的锋利，拿在手上掂量，比石头轻得多。难怪女娲炼石补天，天有时是粉红的有时是青色的，天用这红铜补起来肯定牢固耐久。据说，天上那些星星就是用这红铜给铆上去的。

巫师玄端详着这些奇形怪状的红铜块，拣起一块长形的，用石斧将左右多余的部分敲掉，手握着圆钝的一头，将锋利的另一端刺向火塘——噗，冒起一股灰烟。人类的第一把铜"剑"就这样诞生了! 巫师玄进一步想，如果能赋予红铜石斧、石刀、石矛的形状，人们使用起来岂不又轻便又锋利? 这些红铜块是五彩石烧熔后在不受条件限制的情况下形成，就像水是无形的，它盛在啥容器里就是啥形状一样，如果给铜水一个范式，冷却下来后，岂不就是我们所需要的样式?

巫师玄正比画琢磨到兴奋处，那位男人双手捧着小男婴、弓腰钻进巫师玄的大屋来。这也是人生礼仪的一种，孩子出生后，一定得经过巫师的洗礼、命名和祈祷，才能长命百岁。

巫师玄接过小男婴，仔细地看了看他熟睡中的安详神态，大脑门、细长眼，两只小拳攥得紧紧的。他出生在祭祀女娲的辰时，那就叫他"祸"吧!

巫师玄又按照部落礼仪分别来到湖水边和图腾柱前，为小男婴进行了人生的第一次沐浴和祈祷。那男人千谢万谢、点头哈腰了一阵子，才抱着小男婴回自己的屋舍去了。

巫师玄的思路又回到对红铜器的创造与发明上，他急忙回到屋内，拿起那把红铜"剑"，转身就往葛天酋长的大屋快步走去，他的皮披肩也被颠得上下晃动。

葛天酋长这会儿正一边从陶罐往出倒水喝，一边想着：早应该向远在燕北山区的老家鹿部落联盟汇报部落在这里的安居情况了。巫师进屋后，两人礼让一番，双双跪坐在火塘旁。

巫师玄双手将红铜"剑"递给葛天酋长，把自己的想法告诉了他。这葛天酋长虽然长得黑脸大汉、五大三粗，但却是个"粗中有细"的人。他考虑问题往往很全面，能够运筹平衡事情的各个侧面，而且对新鲜事物的感知与创造能力，决不在巫师玄之下。应该说，他的知识和能力，完全够得上一位巫师——当时条件下人类的第一代文化人的水准，可是上苍安排给他的角色却是酋长——一个更富有挑战性的角色，全部落的兴衰荣辱，特别是与部族发展强大相关的问题，经常撕扯着他的大脑，牵动着他的心。

听了巫师玄的想法，葛天酋长也动了心思：巫师本来就是一个"闲职"，不用直接参与一线的生产活动，那就给他配上两名助手，让他们放手试验去。

巫师玄用制陶技术，在砂泥上按出石斧、石刀、石矛等样子，用模具来规范铜液凝固后的形状。这些模具两两相对，顶上留个铜液流入的孔径，有的模具内还刻上本部落的图腾图案及日、月、星……有了模具，他对陶窑进行改造，将绿色五彩石和木柴一层覆一层整齐地装进去，留足留匀风道，又在窑炉的底部新开一个可以流出铜液的通道：用陶塞塞紧。给陶勺装上了长长的木把，把陶模具一副一副用葛草绳子捆扎结实。

星移斗转，天气越来越热，巫师玄不分白昼深夜地忙碌着，脸上的汗水擦也擦不及。有时候，他们三人干脆光着膀子，全身只围着遮羞的那一块麻布片……一道又一道难关突破了，终于，拔掉陶塞，有金黄色的液体从窑炉流出来，流满了一陶勺，铜液嗞嗞地冒着蓝色光焰，被小心地灌入模具。好不容易等到模具冷却下来，小心翼翼地去打开模具，却怎么也打不开，陶模和青铜粘在一起，只好打碎模具，露出红铜器青底透红的色泽来，露出人类第一件铜器的"庐山真面目"———一柄古拙粗糙无柄孔的铜斧。再用石器打磨掉多余部分，磨出它耀眼的寒光和锋利的斧刃来。

这时候，已经到树叶飘零、凉气袭人的季节了。巫师玄喜滋滋地把这柄铜斧翻来覆去地看了又看，掂量了又掂量，两名助手又分别重复了一遍与巫师玄几乎同样喜滋滋的兴奋的表情和翻来覆去掂量的动作，终于，三个人兴奋地抱在一起，又忘形地跳起来。巫师玄从助手的手中拿过铜斧，拔腿就向葛天酋长的大屋方向跑去。

且看万山红遍，层林尽染，山峦、湖水、树林、屋舍都在兴奋地颤动，一群野鸭被吓得"嘎嘎"叫着飞向了远处的水面，惊起一圈圈久久难以平静的波纹，吓走了一片悠闲地在浅底休息的鱼群，金红色的鱼群箭一样射入深水的碧绿之中……一只小狗亲切地跟在巫师玄的背后叫，结果部落里的狗群就汇成了一片"汪汪"声，感染得驯鹿、黄牛、雄鸡也加入了"合唱"。

巫师玄顾不得这些，他只管径直向前跑去，穿过屋群，来到中心广场。他气喘吁吁地在图腾柱前站定，双手将铜斧举过头顶，口中念念有词地向上苍、向先祖、向本部落的保护神祷告，感谢神赐给他智慧，赐予葛天氏最锋利的工具。

这时候，两位助手刚喘着粗气赶到，巫师玄正准备走进葛天酋长的大屋去向他汇报，葛天酋长却自己走出来了。他的黑脸盘上带着作为一位部落首领所应该具备的自信与坚毅，手执一个陶符。他的旁边，是一个能言善辩的使者。他们相互施了告别礼，正欲分手，却看到了手捧铜斧的巫师玄。

葛天酋长把巫师玄介绍给那位头顶雉翎的使者，相互见过礼后，葛天氏又说：

"这是鸡龙部落的来使。他受榆罔神农氏的委托，传来榆罔将于九九重阳在凤台大会部落首领的神符。"

送走了使者，葛天氏就计算起行程，认真地准备起来。他代表鹿部落联盟参加这次部族大会，除那个具有葛天氏特色的"葛天氏之舞"外，最新发明的铜器也当在贡品之列。他差人骑牛飞报远在千里之外的涿鹿的鹿部落联盟大酋长，前往凤台的队伍也组织起来，一共有九只梅花鹿、四头牛与舞者，特别带上不到一周岁的祸，作为发明红铜器的"证人"。祸年轻美貌的母亲随行。听说要去见慕名已久的圣人神农氏，她的内心就像揣了一只野兔子一样蹦个不停……也就是这个还处于襁褓之中的祸，以后成为华夏大地几十年部落大决战的一大"祸"根。

<h1 style="text-align:center">五</h1>

　　榆罔神农氏在南阳接到鸡龙部落下属的雀部落的邀请后，即率领他的东巡牛队向西南进发，经穰东、白牛、邓县、王良店，穿过莽莽林丛中的林扒，从老河口骑牛泅渡过丹江，来到谷城，在羊头山上立城歇息，并试种五谷于南方，给后世留下一座"神农城"。山下的"神农泉"，传说即是神农得嘉谷之所。一日清晨，榆罔神农氏来到"神农泉"边濯洗，忽有一只火红色的山雀衔一种一枝九穗的禾苗从头顶飞过，正好有一枝落在榆罔面前，榆罔就拾起来，剥其籽实植于田，"食者老而不死"。还有一种说法，说"神农尝五谷于此，名谷城"。五谷播种后，禾苗长势喜人，榆罔就留下长子炎居长住于此，观察试验，当地鸡龙部落的人也纷纷赶来学习，影响波及随州、厉山、鸡公山。等榆罔神农氏的牛队来到这一带，当地厉山氏部落已经打出水井用于灌溉。榆罔在谷城时，还听说西南有一片神秘山林，其中奇花异草仙药珍卉引起他的浓厚兴趣，但因急于东巡，他只好把去这里采药的宏愿，留到立都随州的时候去实现……榆罔神农氏顺丹江东行，经太平店、牛首到襄樊。在牛首时，他做了一个梦，梦见一只红色的大牛头，牛犄角直挺挺的，牛的眼睛瞪得又圆又亮，伴随着云蒸霞蔚来到他面前。在襄樊，他让天老用蓍草起了一卦，上爻下爻均为木，双木为林，为大，成字为"樊"，成卦为"震"，震者伏羲八卦东北方的代表，牛队从此向东行进，经黄龙、枣阳、兴隆集来到厉山氏部落。这个厉山氏，得了神农的真传，以后成为神农氏的一个旺族，随州也就有了一份做帝都的荣耀，在永阳厉乡山的石崖上，面东留下一个"神农窟"，窟前，"百药丛茂，莫不毕备"。又别有一种异物藤花，形似菱菜，早晨是紫色的，中午变绿，午后

变黄，日暮为青，天黑以后色赤，可谓"五色迭耀"。榆罔神农氏又留下了五谷种子和牛，以后他的大儿子炎居也从谷城来到厉山，被推为厉山氏部落酋长，这是后话。

神农榆罔自己带领牛队，又经过长岭岗、路店、应山，在蔡河面北祭祀了鸡公山，因为祭祀时头戴柳条"草帽"，所以后人将这个"祭"字写了"蔡"字。翻过武胜关，游览了鸡公山，向北到达信阳后，在息县稍作歇息，就顺着淮河一直向东，千回百转来到凤台。鸡龙部落酋长、勇力过人的祝融有感于榆罔的思想与武备不足，决心辅佐神农氏王天下，即将部落事务交于其弟、著名的左撇子吴回。祝融被封为小帅，成为神农榆罔的"随身保镖"，随榆罔继续东行，吴回继任鸡龙部落酋长。

凤台这个地方，居于天下的兑位（东南），由淮河贯通东西，又有颍水、西淝水等支流汇入，西淝水的上游，就是鹿邑——鹿部落联盟南迁的葛天氏部落。再往南的江淮一带，还有经常发生摩擦的九黎、三苗等众多部落。

葛天酋长应邀率领他的部落代表们顺着西淝水漂流而下，一路上，竹筏轻快、铜器鲜亮、歌乐不绝，除了有几次载牛的竹筏被河石撞翻，可谓一路顺风。等葛天酋长、巫师玄，还有祸及他母亲按照约定的时间赶到凤台，凤台东南的蔡家岗，已经在天老的指挥下，筑起了一个祭天台，凤台的周围，也已经云集了淮河流域、南及长江流域各部落的代表，马店、大兴、古店、顾桥、桂集、潘集、张集、张楼、毛集、夏桥、夏集、南照、王截流、润河、新店埠、龙潭、俞林、长集、西众兴、东众兴、熊店、叶集、大顾店、挥手、江店、徐集、金桥、半个店、单王、岗集、哑巴店、炎刘、双墩集、罗集、下塘、朱巷、水家湖、九龙岗、田家庵、黄疃窑、淮南、杨公、曹庵、徐库、寿县、九龙、正阳、窑口、堰口、迎河、隐贤、保义、石集、阎店，方圆数百里的地面上，一下子涌出无数聚落与城池，但见图腾旗帜千奇百怪、部族衣冠各具风情，淮河两岸，旗帜飘扬，人声鼎沸，野兽远遁。虽然这么多部族酋长各怀心思而来，但在目下，人心所向，依然是九九重阳的凤台大会。葛天酋长率众在桂集驻扎下来，单等大会吉日的到来。各部族首领的私下交往正进行得如火如荼，葛天氏自然也不甘落伍，何况他的宿营地距凤台最近。

榆罔神农氏初到凤台，祝融将从鸡龙部落带来攘王的弓箭手分为两队，由左弓长和右弓长分别带领，驻扎在凤台东、西两面的张楼和张集，以便遥相呼应，拱卫榆罔，又让血缘近的部落驻扎在附近的顾桥、夏桥，所有鸡龙部落联盟的部落代表则如众星捧月般环绕在周围，流传至当今的那么多带"集"字的地名，原意就是"鸟集木上"。

天老拿出龟盖"罗盘"，对着日影测量了方位与时辰，再看看这凤台的地形风水。只见淮河行到凤台西部，被高台所阻，折向南方，淮水在凤台前绕了半圈，行至凤台东面，再折向东南，凤台东面，张楼作为东砂山，西有毛集作为西砂山，北面从硕桥、柱集至凤台，龙脉蜿蜒起伏，南面，蔡家岗作为案山遥遥相对，真乃山环水绕、负阴抱阳之仙山琼岛，是一个理想的屯居地，就建议榆罔神农氏营造"行宫"，暂幸凤台。

榆罔神农氏此次东巡折向乾（南）方，是神农王天下以来第一次，既到乾方，就应举行祭天仪式，昭告上苍，同时汇聚这些山泽水网之中的大小部落举行一次酋长大会，集中宣示一番榆罔的农耕新技术，也是一番王恩浩荡的盛举。榆罔居凤台，凤乃百鸟之王，鸡龙部落的人也自称是伏羲氏的后代。大会的时间就定在九九重阳、"九九归一"之日。天老把他的想法告诉了榆罔，榆罔拍手称好，即派出使者前往各部落送去信符。祭天台自然也由天老勘址、设计、督造。天老把目光集中向淮河南岸遥遥相对的蔡家岗——天在南，祭天自然应在南岗。天老约榆罔、祝融、风伯、雨师等一同涉水到南岸，向东南行了三四十里，登上蔡家岗环顾四野，淮河如练，凤台苍茫，方圆数十里一望无际，真是个大会部落首领的好去处！

天老设计好祭天台的图形后，榆罔即命祝融带领鸡龙部落、厉山氏部落随员、牛队中的精壮劳力与鸡龙所属各部落志愿加入劳役的人群，夜以继日地堑山筑台。

葛天酋长率领他的部落代表团来到凤台时，距九九重阳仅剩下两天时间了，祭天台已经耸立在遥遥相对的南岗。葛天酋长派出巫师玄前往榆罔的"行宫"通报情况，榆罔神农氏对红铜的发明非常重视，他最关心可否用红铜制作农具，若犁、耒等都用红铜做，岂不既锋利又便用吗！听说伴随着红铜器的诞生，还有一个名叫祸的孩子降世，榆罔就相约一见，意欲收为义子。

当天晚上，巫师玄就带着祸的母亲、抱着祸来到榆罔行宫。没想到，榆罔与祸母一见钟情，竟相视许久，目不转睛。榆罔神农氏既收祸为义子，其母也"因祸得福"，由天老和巫师玄做媒，纳祸母为妾。榆罔、祸母，两人相好，自不在话下。

九九重阳这天，蔡家岗祭天台上，图腾旗帜在猎猎西风中呼呼作响。周围布置的是鸡龙、雀、鹗、鹤、乌、雉、鹊、鹿、青蛇、水牛等各部落的图腾旗帜，中央一根高杆上，新制的牛图腾旗迎风招展。台前置了牛、羊、猪三牲等一应祭品。榆罔神农氏带领天老、风伯、雨师、雷公、俞跗、祝融及赤冀、诸稽、摄提、白阜和鸡龙部落及各部落的酋长数十人走上台来，各部族随员人众依序手执本部族图腾旗帜，站在为自己划定好的位置，但见五色相杂，一片人的海洋，图腾旗的海洋，欢呼声浪此起彼伏，一阵胜过一阵，就像决堤的天河水浪一般喧响。

榆罔神农氏率众臣与各部族酋长一一行过顶额礼后，跨前一步，向人海招手，他头顶上装饰的牛角，反射着耀眼的阳光，人海中更是旌旗招展，欢声雷动。

榆罔接过天老递过的一觚玄酒，分别向天、地和人群弹洒了。各部族的祭品依序逐个抬上来，摆满了祭坛，各地特产的香草加入香火，香烟缭绕，芳香袭人。

榆罔在前，大臣左右，各部族酋长随后，台下的万余部众臣民们，在天老的司仪下，一齐对天施礼，一叩头，二叩头，三叩头。

天老将用炭墨书写在竹板之上、以卦象文字表意的祭文递给榆罔。榆罔开始恭读，全场鸦雀无声：

> 当今之世，神农榆罔。
> 承木兴火，以启农桑。
> 神农刀耕，榆罔耦创。
> 功利天下，臣民共享。

天生神农，施恩四方。

诸侯是列，共攘我王。

部族一统，三牲成享。

实鉴临之，告于上苍……

榆罔的声音盖过大地，又旋转上升。江河湖海，水系相连，一片苍茫。

当天晚上，坐在火塘前的榆罔神农氏依然抑制不住内心的兴奋与激情。

祸母殷勤地给他的陶钵里添上凉开水，祸却在地铺上手抓脚蹬地哭起来。

第三章

一

　　时近黄昏，阳光的余晖，把满天云朵的下沿都染成了绯红色，长寿山的一半已经处在阴影之中，而与它构成半圆形、环绕在桥山西南的马山，其马鞍式的造型已经变成一个浓重的剪影。桥山及周围各个聚落都已经笼罩在一片炊烟之中，四处传来晚归的嘈杂的此起彼落的人兽声。

　　姬轩辕怎么也不能再耽于"游戏"了。他背着皮囊，飞快地越过姬水河东边的那一个用老柳树搭成的姬水桥，这"桥"扭曲变形，一处拱起如犄角，一处则浮于水面，能沾湿皮靴。靠近南岸的树根上，还发出嫩绿的新枝。

　　姬轩辕急着赶回家，妈妈附宝一定已等得心慌了。他顾不得详细观察周围的环境，这些特征都从他的眼前一扫而过。但他还没有忘记，走到暖泉旁边，蹲下来，洗洗手、擦把脸。这个泉水因为水质温润、冬暖夏凉，早已经成为本聚落的生命之泉，婴儿出生，必然要到这里沐浴一番，姬轩辕也没有例外。顺着暖泉沟向北，一条溪流"哗哗"地淌入姬水河，沟内的瀑布深潭，夏天是人们淋浴游泳的好去处。

　　姬轩辕来到泉边，一位长辈的妇人手提着尖底瓶刚刚离去。姬轩辕和她礼貌地打过招呼，看她扭着腰肢，把个尖底瓶在两手之间不时交换一下，不甚吃力地走上长寿山去。又有打水的人远远走来。

　　姬轩辕将泉水淋在脸上，泉水温润，可是凉风习习，他赶快用手在脸上捋了捋，又用"衣袖"将脸擦干。他从囊里取出自己发明的甑，取下底部的陶罐盛了一罐水，用手提了往家里赶。他造甑时，也没忘记给底下的陶罐留两个可以串系儿的圆耳朵，串上系儿就可以随时从火上挪上挪下。

姬轩辕顺着人们踩出的便道往上攀，小道在山坡上拐成"之"字形，小道的周围，已经泛起了一片青绿色，一些山桃花、野杏花夹杂其间，把环境点缀得宛若仙境。

斜坡上面，被余晖镀上一层金红，处于紫色烟气之中的屋舍们，就是自己可爱的聚落了。姬轩辕已经远远地望见那个装饰着蛇皮的寨门了。这个聚落前依山崖、背靠斜坡，呈半圆形排列，斜坡以制高点为中心，早已被少典君带领部落的人们治理成一层层梯田，这样，既避免了夏日里暴风雨时顺山坡而泻的山洪的威胁，田地保墒，又便于耕作，可谓一石二鸟，一举几得。少典君曾经为他的这一发明多次自豪过，这也感染了姬轩辕，他也为此而自豪。这一种方法被少典君在全部落推行开，于是农闲时，人们就闲不住了，到处是一片修田的劳作声，木耒刨土，拍墚，黄尘飞扬。经过一番比农忙时还辛苦的劳作，汗流浃背之后，带来的是下一年丰收的喜悦。少典君还没有忘记，在长寿山与周围山塬间，掘出一条深壕。这条壕将凸出南塬的长寿山与塬面斜向隔开，平时可以保护五谷不受野兽侵害，遇到部落间争斗，又是一个包含了生产单元在内、可以长期固守的"城堡"。

姬轩辕手提着一罐水，正憋足了劲儿往回赶，附宝已经远远地从圆形大屋门口跑过来了。她跑到小轩辕面前，嗔爱地瞪了他一眼，接过水罐自己提了去，她的披肩长发，在微风中飘来荡去，头顶的饰物，反射着落日的金辉。轩辕也不说什么，只是随在母亲身后，向家走去。

回到大屋内，火塘旁已经香喷喷地放着一罐米粥，几大块烤得焦红的鹿肉。父亲少典君盘腿坐在旁边，哥哥、弟弟拢在他旁边，正伸出手准备拿肉块吃，被少典君打回。老奶奶一头银发像蚕茧一样细绒绒的，布满皱纹和故事的脸上，一双老花眼眯缝着盯着轩辕笑。一家人正在等轩辕回来一起开饭呢，唯独小妹妹吮足了母乳，襁褓里睡得正香呢！

要说这米粥，也算是小轩辕的发明。以前人们好不容易把米壳捣掉，却只知用黄土相拌爆米花吃，吃得口渴，再一陶杯一陶杯喝水，由于卫生条件差，人们动不动闹肚子。小轩辕想，人既要吃又要喝，何不合二为一，一次煮出，这样，既保持了谷米干净，又可以同时喝到热水，岂不一举两得？他这样想着，就把米和水一起烧煮起来，结果，熬得喷香！由于熬出的粥既香喷喷好喝，又节省了几道工序，在附宝的建议下，少典君就将熬粥的经验在全部落推广开来，榆罔神农氏去年邀他赴姜氏城聚会时，作为有熊氏部落酋长的少典君又将这一种新做法汇报给神农氏，由榆罔推广给天下各部族。少典君以为，与神农氏同出于少典与有蟜氏血脉的有熊氏，是最先受益于神农农耕技术的部落之一，所以一有新的发明，一定要回报神农氏及天下各部族，决不能私自享用。就因为这一个小小的发明，使小小的处于各部族夹缝之中的有熊氏部落，在天下各部族酋长聚会时风光了一次，少典君心里更加器重二儿子轩辕。

附宝将水倒进由横绳纹和斜绳纹相间装饰的粗夹砂红陶缸内，正准备将陶罐放在旁边，轩辕却要过水罐，又从皮囊里取出陶算子叠于上面，说：

"这样，下面熬粥，上面还可蒸干饭！"

少典君觉得有意思，就要过"甑"来仔细看了看，再把陶算拿起来，仔细观察它与底罐之间相套的楔凸与凹沟，再叠在一起，正好相套。又要过罐盖，又是类似的叠套机关，盖在陶算上正合适。

少典君不由肯定地点了点头，眼角的鱼尾纹拉得很长。他抬眼望一眼小轩辕，眼睛里有意外的发现和兴奋的赞许，一天的疲劳一时从颜面上一扫而去，虽然他的抬头纹已经是一层层纵深的平行线，眼窝也深陷，目光干涩，满脸的络腮大胡子。

少典君习惯地用左手捋了一把已经夹杂了些许白须的胡子，伸出粗壮有力的右臂，铁钳似的右手拉过小轩辕，那手疮痂累累，老茧硬如虫甲。

小轩辕被拉过坐在父亲少典君的身旁。少典君从陶盘里拿过一块烤好的鹿肉，奖赏式地塞在轩辕手里，又将一块递给老奶奶，附宝将鹿肉分别给了轩辕的哥哥蛮牛和弟弟陶虎一块，一家人的晚餐就开始了。

晚饭后，经少典君同意，轩辕将一些糜米煮于甑底，一些蒸于陶算，米粥熬得喷香了，干饭却硬而夹生，怎么也蒸不熟！一时着急无奈。

附宝就着火光用骨针缝缀几块麻布片，为孩子们准备春暖以后的服装。少典君拍一拍小轩辕稚嫩的肩头：

"别泄气，再仔细想一想，多试验、多改进几次。一定会成功！"

少典君以他一生所经历的风霜雨雪，特别是他在桥山周围发现、经多年努力培育出"荞麦"的经验，安慰小轩辕。

二

每到秋高气爽的时候，桥山周围的山梁上，便泛起一片片粉红色的花晕，远远看去，就像青春少女害羞时粉色脸蛋上飞起的红霞。有蟜氏的少女们喜欢这一种野花，每到这个时候，她们就搭伙儿，三五成群地上山去采摘回来，相互比美。

有蟜氏的姑娘们抛散了黑色瀑布一样的长发，在一起比美时，少典氏的小伙子们便隔河相望。

姑娘们嘻嘻哈哈，你推我搡，娇羞妩媚地在小伙子中寻找自己的心上人时，那一双双水格灵灵、双眼皮、长睫毛、和这秋水一样充满深情的大眼睛，撩拨得小伙子们心里直发痒痒，而那粉红的一朵或者一丛在浓密的黑发间颤动，最勾小伙子们的心。小伙子们也用这红秆、碎叶、粉红色花朵的蕙草精心编成一个个花环，准备献给自己最亲爱的人。

望眼欲穿的小伙子们，再也不能镜里看花。终于有一个按捺不住内心的激动，弯腰拣起一个薄石片，向河对岸打水漂儿过去……那石片急急地奔跳，在幽幽的姬水河深碧的水面上突进，就像蜻蜓点水那样的冲动与亲昵劲儿，一连串，击出五朵相连的水花，直抵彼岸他的意中人——一位亭亭玉立、暗送秋波的姑娘。那时候，人们还很少有姓名，一般只是以氏相称，人的个性被淹没在整个氏族的集体大行动中。但是，这时候人与人之间的选择是自由的。所以这位站在姬水东岸的有蟜氏的如花少女就和自己彪悍、勇敢、充满青春激情的少典氏小伙子情投意合了——当他们在姬水河东西两岸相互进入视野之后，两双游移的目光，从此就定格了。这一种"对光"和"放电"，是心语的款款交流，是一种经历了两小无猜与相互隔绝之后，寻找到自己另一半的归宿式的心灵对接。

少典君（他也没有名字，我们姑且就这样叫他）和有蟜氏女附宝就这样"人里头挑人只有哥哥（妹妹）你好"式地相识，爆发式进入爱情高潮。

有蟜氏女附宝，头上戴着粉红色花环，少典君就勇敢地洇水过去献给她一束连泥带根拔起的粉红花朵。

少典君强壮有力的臂膀搂住附宝的肩膀，附宝柔情地靠在少典宽厚温暖的胸前。这一种温柔的熨帖，让人气血畅通，心潮澎湃，心登时"腾腾腾"剧烈地跳起来，一种山洪暴发式的冲动袭遍少典君全身，给他增添无穷的力量。附宝则开始浑身酥软欲跌，站的力量全靠少典君给予。

少典君抱起附宝，发疯般地向山脚的林丛中跑去，他们的长发在身后随风飘扬。姬水河两岸的青年男女冲着他俩一阵尖叫，小伙们都稀里哗啦地扑向对岸，姑娘们的"防线"全线崩溃，纷纷倒在情人的怀抱里。也有相互追逐，扑扑打打的，河东岸一时全乱了套，男男女女发出的声音，就像黄河壶口瀑布那铺天盖地的啸鸣。

少典君把附宝轻轻放在绿草如茵的梢林里。林丛中，草地上，开满了五颜六色的野花，有橙紫色、黄色、白色、粉红的野菊花，也有满天星及野棉花的花絮。草地上，花香宜人，不时有野蜂与花蝴蝶在花丛中盈盈飞舞，传送花朵间爱的信息，或者酿蜜，或者专门为了撩拨人心。天上的云彩也奇怪地探头张望。附宝随便一个姿势倒在花草丛中，强光刺激得她眯缝起一双水灵灵的大眼睛，就像初三晚上的新月一样又细又弯。她的脸上飞起了红霞，有一些发烫，朱唇也更加鲜红诱人。少典君开始洇水扑过来的时候，她曾经有过一时紧张，她曾经想拔腿逃跑，可是一双脚却像钉在地上，怎么也拔不动，她的心也像小兔子一样跳个不停，又像一种磁力吸引，她就抬手接过了少典的花朵。从此时起，她把自己的全部都托付给了他。她不知道进一步将发生什么，可是她却焦急地等待着。

少典君手脚忙乱地扑上去，宽厚的胸膛和附宝那两只像陕北的馒头山丘一样圆圆隆起的乳房紧切厮磨，丰腴柔软的少女肚腹就像"桃花潭水"一样不知深浅……少典君宽厚的嘴唇在附宝的额头、眼睛、脸颊、朱唇、脖颈上狂乱无序地吻着，吻着，不觉天旋地转起来，一种拥有了你就拥有一切、征服了你就征服了世界的感觉自心底油然而生。

附宝平生第一次体验了那种如死如活的情感大波澜之后，她和少典君之间的"对偶"婚姻关系就确定下来。可能是"爱屋及乌"的关系吧，附宝将少典君献给她的那一束粉红花朵带回来栽植在屋前的空地上。白天干家务，想少典君了，就看它们一眼，晚上，自然少典君就来了。少典君与附宝相厮相守，如漆似胶地度过一个个缠绵之夜，那些粉红色的花朵不知什么时候已经变成一束束黑色的三棱体果实。它们在红色的枝头摇摇晃晃，招惹着过路人的注目。第一个注意这黑色果实的，当然是还处于爱情蜜月之中的附宝。这一种果实，小时候和小伙伴们上山拔野草时见多了，有时候漫山遍野都是，但是从没引起人们的重视，人们只记得那站在细碎的粉红花丛前的少女的形象美若仙女。这种花与有蟜氏的少女结下了不解之缘，又和有蟜氏少女的爱情，所谓"在水一方的伊人"，结下了不解之缘，人们就叫它作"荞花"。

附宝把"荞花"的果实小心翼翼地摘下，盛入盘中风干，又秘密地藏入一个小陶罐内。这是她和少典君爱情的果实啊！

少典君按照有蟜氏和少典氏世代通婚的习俗，白天回本部落，晚上来附宝家族的居室同眠。每一次分手，都是一种痛苦的抉择。时间长了，两人心中共生出一个愿望，那就是：追求一种两人长期厮守、地老天荒式的生活。

"一个是阆苑仙葩，一个是美玉无瑕"，一个天生丽质别样娇，一个精明强干少见奇。附宝终于说服从小疼爱她的老祖母——氏族酋长的同意，第一次打破氏族内部长期沿袭的习惯，特许少典君在本部族长期居住下去。少典君和附宝成双成对、欢天喜地地跑到老祖母面前拜了又拜。氏族的其他成员也都向这"天作之合"的一对年轻人表示祝贺。为此，老祖母把氏族的人邀在一起，大设"夜宴"，人们就着篝火又歌又舞，玄酒喝去了几十陶罐。

随着星移斗转，附宝有了大儿子蛮牛。少典君也因为精明强悍，在老奶奶过世后，被破例推为部落酋长。虽然世事沧桑多变，部落生活还不稳定，到了夏天、秋天，有各种山珍野果补充，生活还算富足。可是到了冬天，就只有狩猎一条路了。最是青黄不接的春季难熬，人们经常面临断炊挨饿的境地。救了有蟜氏部落的，乃是"荞花之子"！

那一年收起"荞花之子"后，附宝没有只是把它当作爱的"收藏品"。

她知道，他们的爱情是有生命力的，她要让它每年都开花结果。这样，每年的种子种下去，每年都有粉红色的花朵开放，每年都有更多一些"荞花之子"收回来。过了两年，附宝已经有了两大陶罐珍藏。

早春二月，五谷吃完，少典君带着男人们进西山去狩猎，一去十多天不见回，陶罐里只剩下清汤可喝了。附宝要给孩子喂奶，不能不吃饭呀。她翻过了所有的盆盆罐罐，再也搜罗不出什么了。情急之下，她想起那两罐"荞花之子"。这爱情之果实，或者能帮她为孩子下奶？她从陶罐里抓出一把，在嘴里嗑开皮儿，一看，里面是青白色的子仁。在嘴里嚼了嚼，清香可口，凉沁沁的感觉："可吃！"

附宝自言自语一句，立即取过石臼，抓出几把"荞花之子"放进去，用木杵捣将起来。

三

附宝用木杵捣了捣，那黑色的子皮就掉下来了，浮于青白色的子仁上面。附宝用她纤细的手指，一次又一次把它们抓出，直到将最后的几片拣出来，就继续用木杵捣将下去，随后将捣成的粉末与细碎颗粒盛入一个陶盆内，掺了水和成面团，又分成小块，搓成长条，再断为小节，拿起一小节，用拇指压于食指的面上顶，一顶又一顶，面条就向前蠕动，变成弯曲的"耳朵套"。附宝将这些"耳朵套"下入滚烫的开水里，"耳朵套"在滚水里翻转，一会儿，全变成了青灰色，捞出一只吹了又吹，放入口中品尝，筋顽，有弹性，味道清爽宜人。

附宝这么吃了一顿，又把另一罐"荞花之子"分送给已经断炊的桥山上的乔老太太与另外几户人家。她这样进进出出地忙了一阵后，全部落的人才不至于饿肚子。

等少典君率领人们打猎归来，附宝将剩下的子粉又如法炮制。少典君吃了，清香可口，既解肉食油腻，又填饱了肚皮："好！人类又多了一种五谷。"这是有蟜氏的发现。

少典君想到，这一发现不能本部落独享，应该让天下的人共享，但他还是没有急于向神农氏汇报，而是将现有的种子分送给本部落各户，又号召人们上山去拣拾落子，以备播种。到了秋后，播种的、野生的收获了许多"荞花之子"，这才亲往清姜河边向神农氏汇报。

帝厘神农氏——榆罔神农氏的父亲亲自在"神农祠"接待了少典君。玄酒喝过三巡，少典君从皮褡裢中抓出一把"荞花之子"献上。帝厘神农氏双手接过，又拣出一颗放在嘴里嗑食，品出一种凉沁沁韵味绵长的滋味：

"好！这是又一种粮食。它既是有蟜氏的发明，并入'五谷'麦属，就叫它作'荞麦'吧。"

少典君一夜几乎沉浸在对往事的回忆中，是小轩辕的发明，勾起了他的回忆。他肯定轩辕这一发明的思路，虽然目前还没有真正成功地蒸出干饭来。这又是一个将为本部落争得荣誉的发明！

小轩辕也在自己的地铺上翻来覆去睡不着：

"咦，米经过水煮，就变软了，变熟了，能不能先把米煮个半熟，再捞出来蒸。"

姬轩辕这么想着想着，不知不觉就睡着了。

第二天，天刚麻麻亮，轩辕就翻身起床，去暖泉打了两陶瓶水，一回来还喘着气呢，就救旺塘火，把米煮到半熟时，捞出一半盛在陶箅上蒸，其余的继续熬粥。果然，成功了！

小轩辕带着成功的喜悦，欢快地从长寿山的山坡上跑下来，越过姬水河上的独木桥，向坐落于桥山南坡（现在黄陵县上城）的项老先生家中赶去。今天又要进行新的课程了。

少典君则筹划着，什么时候，将这一发明献给帝厘神农氏的继任榆罔神农氏呢？他现在东巡去了，只有待他东巡回来之后再说。

"伏羲氏画八卦，以坤、震、离、兑、乾、巽、坎、艮，分别代表八方。天南地北，故乾在南，坤在北；东方每天迎接火红的日出，而水自西边流来，故东离西坎。东北为震，东南为兑，西南为巽，西北为艮。"

"八卦"又分别代表八种自然现象，即坤为地，震为雷，离为火，兑为泽，乾代表天，巽代表风，坎代表水，艮代表山。这八种自然现象，天南地北，其他如东南泽，西南风，西北山，东北雷，包括东火西水，皆与其所处地理位置相符。天皇伏羲从西南来到天水，从天水顺渭河东行来到天山（今终南山）之北，黄土高原之南，即今陕西关中三原至泾阳一带，又东巡东南水泽，东北雷乡，复以这里为"中原"，仰观天象，下应地理，进一步确定了八卦方位（无独有偶，今天中国的大地原点标志，就设在陕西泾阳境内）。

"八卦还分别代表八方部落氏族之特征，如伏羲氏姓风，源自西南，故巽风居西南位；天山高远不可及，北土居民待人却若大地宽厚；东北人彪悍性直，火雷脾气；西水东泽，浸润大地，惠及八方……"

项老先生讲起学问来，口若悬河，滔滔不绝。其中有古传的经典，又加入他自己的体会与理解，讲出来，头头是道，入木三分，易于理解。姬轩辕却怎么都不能理解：他为什么会有这么渊博深广的知识呢？

姬轩辕盯着项先生耽于遥远的目光和他不断涌出语言开阖不止的薄嘴唇，这样想。项老先生的生命气息冲得银须也一次次荡起、颤动不停。

小轩辕举起右手提问：

"那八卦咋又变成六十四卦了？"

"这就归功于神农氏了。"

项先生当即回答。在小轩辕眼里，项先生简直是知识的化身，智慧的源泉，是这个世界上最完美无缺的完人。他从内心敬佩项先生，更羡慕他一生中的非凡阅历：为了追求知识，掌握天地运行的规律，即所谓"通天大道"和经天略地的本领，他曾经走遍天下，遍访名师……也许，就是这样一种甘拜下风的谦虚态度和容纳百川的胸怀成就了他！

姬轩辕这里想着，又在内心里鞭策自己："为丈夫者，志在四方。人生在世，不干一番大事，枉投人胎。"这一种鞭策，是一种意识深层的潜意识，而在表意识中，姬轩辕渴求的，即是：

"神农氏是怎样排出六十四卦的？"

"说来话又长了"，项老先生端起陶杯，呷了一口凉开水，接着说。他的老伴儿乔老太，在一旁一边忙着自己手里的活儿，一边用她那眯缝成斜三角形的老眼看着这师徒爷孙俩。

"伏羲氏作乾、坤、艮、兑、坎、离、震、巽八卦，以象万物。神农氏耕作、狩猎、畜养、手工、远行，人事错综，八个符号，难尽其义，一卦多义，以至混淆误导。譬如乾卦，天、父、君、首（头）、马、金、玉、大赤，多义并存。"

项先生讲到这里，稍顿。姬轩辕的眉头也打起了结。

"既八象错综，八方相合，部族不再'老死不相往来'，若八卦相重，错综之象，可尽表矣！"

项先生自比神农氏，设身处地地解释说。姬轩辕拧结的眉头也舒展了，脸上现出兴奋的微笑来。

四

时间过得真快，又到了可以摸螃蟹、打水仗的季节了！

所有深绿色的植物，都被当顶那轮烈火一样炙烤的太阳整得蔫头耷脑。小鸟藏在树荫下，不时发出几声无奈的啁啾。家犬将全身伏在地上，长长的火苗一样的舌头耷拉在下颌上，一口一口喘着粗气。最惹人恼的，是那长长的前不见头后不见尾的蝉鸣声："呜嘤呜嘤……哇——"

男人们汗流浃背地在田野里忙碌，女人们在屋里屋外有忙不完的活儿。孩子们，则在"娃娃头儿"的带领下，在河水里扑腾。这个娃娃头儿自然是姬轩辕了。自从那一次玩部落生活式的"过家家"之后，姬轩辕就自然而然成为孩子们的"部落酋长"了。他不光点子多、有智谋，而且勇力过人，摔跤、格斗，总是第一名。少典君精心地把他一生所学武功传授给小轩辕，要求他早晨起来必须下暖泉打两次水，以锻炼臂力，轩辕还跟项先生学会一套"六兽戏"，模仿熊、罴、貔、貅、貙、虎等猛兽的扑食动作，比画出来，如"巨熊拍掌"、"饿虎扑食"等，勇武无比。

其他同伴，如挥、沮诵、胡曹、伯余、于则、赤将等，也自然是这群孩子的"中坚"力量。他们一字儿排成横队，包抄过去，把鱼群赶到河旁一个浅坑里，用石头、泥巴封住坑口，就七手八脚地跳进坑内抓鱼。那些被人群哄赶得晕头转向的泥鳅一样细而长的小河鱼，刚刚找到一个安静的容身之处，就被随后赶到的孩子们一条条抓了起来，扔到河岸上，在草丛中无望地蹦跶。就在孩子们叽叽喳喳地叫着，把坑水折腾得浑黄，在浑水中摸鱼时，有那么一条大鱼，居然跃过泥巴和石头的封锁，重新回到奔涌的河水中去了。

捕到的鱼盛满了一个个陶盆和陶罐，已经死了的鱼被胡乱扔进一只陶盆里，青白的肚皮反射着强烈的阳光；活鱼，则被放入盛了水的陶盆里，鱼在有限的空间内焦急地旋游，徒劳地寻找着属于自己的生路。在智慧的人类面前，它们不管怎么样蹦跶都得甘拜下风，因为仅凭它们的直觉反应，连这一群孩子都斗不过，最终逃不脱被抓了，被分别带回一个个茅屋里吃掉的命运。

鱼收起来后，姬轩辕又指挥小伙伴们留下两个女孩看守鱼盆鱼罐，怕鱼被小猫或者突然从空而降的大雕叼去。其余的，又扑扑腾腾地跳进河里，翻起浅水中的一块块小石板，伸手从两侧抓住正在横行逃命的螃蟹的蟹盖。这可要看准了再抓，得在石块翻起后，泥水被清水刚刚冲走时动手。可是，有些螃蟹跑得快，等到泥水逝去，早已逃得没有踪影了。于是，性急的挥便伸手在泥水中乱摸，不想正碰上螃蟹的"夹子"。

挥的小指疼得一缩，带出一只不大不小、蟹盖直径在三厘米左右的螃蟹来。螃蟹的大夹子死死夹住挥的小指外侧根部的嫩肉。

挥疼得咬紧了牙关，却不敢叫出声。因为他听老祖母讲，人被蝎子蜇了，"千万不敢喊妈妈，如果喊妈妈，会疼得更厉害"，而且，有一次挥跟着爸爸一起去打猎，在林莽深处，挥的爸爸的脚腕不幸被一条灰蛇咬了一口。同伴中一位立刻拿出石刀，硬是将留下两个深深牙洞的伤口部位的肉剜下来扔了。另几位叔叔、伯伯压住爸爸的手和脚，爸爸除了忍不住不时抽搐一下，只是咬着牙，一声喊也不发。

挥这里被螃蟹夹住了，立即有几个小伙伴围过来帮他来扳开螃蟹的夹子。可是，不管怎么扳，螃蟹夹子还是死死地夹着，纹丝不动。

挥疼得直冒汗珠儿。小伙伴们七手八脚，竟将那只夹人的夹子给扯掉了。这只扯掉的螃蟹夹子依然死死地夹着挥。挥一生气："你夹我？我先吃了你！"就一口将夹着他手指的螃蟹夹子吞进一大半，那硬甲之内的咸汁，立刻浸满口中，凉津津，咸丝丝。剩下螃蟹夹子的末端，终于松开了。挥一鼓作气，连续扯下螃蟹的另一只夹子和其他所有腿趾，分别送进自己和同伴的口中。人在美滋滋地享受了，螃蟹却只剩下一个光秃秃的圆盖。挥又用手抠开螃蟹肚皮下"∧"纹处，剜出其中的内脏与泥质。这只螃蟹就这样，眼睁睁地看着自己被送进了口的黑洞，从此，一声霹雳，天崩地裂。

这时候，女希在那边又发起喊来："快过来，大螃蟹钻到大石头下去了。"

轩辕离得近，就凑了过去。赤将、胡曹等都围拢来，扳这块大石头。几个人"吭哧"、"吭哧"，费了半天劲，可这块赭红色的大卵石依然稳如泰山。

轩辕让蛮牛去岸上拣来一支大棒，伸进石下泥沙，想撬起这个大卵石。可是，撬了半天，大卵石依然纹丝不动。轩辕接过木棒，转换位置，从上游插入石底。正好大石旁有小石做了支点，大卵石竟然被撬得动了两动。轩辕明白了其中的道理，就让挥搬过一个大一些的石块支在棍下。货狄、胡曹等一同搭手，大卵石终于被撬翻了。翻了个身的卵石，沉重地落入水中，溅起雪白的浪花，把女希的麻裙下摆都溅湿了，她细白的腿上落了一层水珠。

蛮牛并没有吸取挥的教训，立即伸手在浑水中乱摸。受他的感染，大家也都纷纷弯下腰，在浑水中摸将起来。唯独轩辕没这么干。这倒不仅是他吸取了挥的教训，更重要的是，他在想，那么大一块鹅卵石，扳不动，撬不动，怎么在棍下支一个小石头，就轻而易举地给翻开了？

轩辕记住了这一次的经验。他性格中与别人最大的不同，就是遇事总要问个为什么，搞不清楚原因，决不罢休……"为啥支块石头就撬起大石了？棍子插得再深些，会是啥效果？"轩辕晚上躺在地铺上还在这么想。

关键在于下面支的那块石头。正是由于它的支撑，才节省了大量的力气。轩辕终于想清楚了支着石头撬东西省力的原理。他进一步想，那么，该怎样为这一发现命名呢？项先生常说"天干"、"地支"，天空中太阳、月亮都是圆的，它们每天都自东向西滚动，是不是天上有神人用一个看不见的"干"，以大地为支点，撬得它们运转不息？既然天上有"天干"，我们撬东西用的是木"干"，所以就应该加上"木"旁，变为"杆"。一根小小的木"杆",却蕴含了天地运行的道理,可以沟通天地呵!沟通天地者,为"工"也。那么,就叫这种以一物为"地支",撬起另一重物的木棍为"杠杆"吧!"杠"者,撬也。

轩辕的这一想法,首先得到伶伦小伙伴的肯定。这也是一个肯动脑筋的主儿。昨天翻那块大石头,虽然轮不上个头矮小、瘦弱的伶伦上去帮忙,可他也是周围尖着嗓子声嘶力竭喊"加油"的成员之一。轩辕将自己的"命名"告诉小伶伦,小伶伦高兴地跳起来,连声叫好,因为他们两个的想法正好相合。"杠杆"的原理,以后被少典君应用于伐木。可是,轩辕和伶伦的思路还在进一步发展着。

五

过了最难熬的暑热,天气一天比一天变得凉爽起来。蝉还在叫着,但是给人们的感觉却不再是烦躁,而像是一种凉津津的止水的沐浴。

这是个最宜人的季节。不光是气候宜人,这时候,五谷都已经成熟,粮食颗粒装满了盆盆罐罐,实在多得没地方放了,就将席子在屋内围一个圆圈儿,用绳子捆结实了,把金灿灿的谷子和闪着亮光的穄子填在里面,满满盈盈,堆起一个"∧"形的尖儿……这时候,各种各样享受不尽的野果也成熟了,有黄灿灿的野梨,赭红的杜梨,带着白茸的水桃,红彤彤的李子、柿子,还有许多红的、黄的、紫的无名果,让人吃得嘴角上都是蜜汁。人们在尽情享受大自然的馈赠。

可是,人,毕竟是人。他们在陶醉于丰收的喜悦的同时,还想到了下一个应该面对的严重问题——过冬。少典君就是这么一个人,在有熊氏部落祭祀秋神的篝火晚会上,他就这样想了:

应该组织全部落的人把房屋好好地修一修了,该补的缺口都要补起来,所有的茅草顶也要再铺一遍,经过一个夏天暴风雨的袭击,一些茅草房被揭了顶,临时铺盖起来的,这会儿应该好好地整理一番;还要准备足够多的过冬的柴火以及取暖用的野牛和狼风干的粪便。

少典君一个人倒背着手从屋内走出来。这时候,附宝、老岳母,还有孩子们，都已经睡着了，轩辕发出轻微的鼾声，而蛮牛，已经鼾声如雷了，口角流出了闪亮的涎水。

一阵凉意，使少典君感到神清气爽，睡意全消。他抬头望了一眼星空。星空幽深无底，斜过天空的银河里，大大小小的星星，在各自的位置上，闪射着亘古不变的光芒……少典君不知道这其中究竟还隐藏了多少看不见瞧不着的星星，他不知道宇宙到底有多大、有多深，这其中还有多少人类无法知道的故事。

少典君在几乎找不到云气掩遮的晴朗夜空中搜寻，北斗星的斗柄指向了西方，白虎星座的七个星宿已经历历在目了：奎宿、娄宿、胃宿、昴宿、毕宿、觜宿和参宿……他又看到了大熊座雄视天下的形象。少典从这只"大熊"身上汲取了力量和已经逝去多时、永远也难以追回的青春豪气。当年他能在有蟜氏部落留下来，并进而继老祖母之后被推为部落酋长，就靠的是这一种豪气。因为那时候，部落之间有一种约定俗成的规矩，即男子在女子部落过夜后，天亮前必须返回本部落，要不然，被从其他通婚部落返回的男子看到后，就会被乱石砸死。少典君曾经亲眼看到本部落的男人们，将一个天亮后未归的外族男子用石头砸成肉酱。和那个可怜男人相好的女子撕扯着，撕心裂肺地叫着，可是怎么也无法阻止那些男人发疯的、雨点般的石块。这个被打伤的女子被本部落的女人们硬拉扯开去，一瞬间，那个可怜的小伙子就面目全非了……可是，少典君当年的青春豪气，终于征服了有蟜氏的老酋长，从此，也开了一代新风气——他以大熊星下凡自居，将少典氏和有蟜氏的这个分支部落，就命名为"有熊氏"。

少典君估计明天肯定是个好天气，就赶快返身钻进屋内，三两下解掉身上的麻布片"衣服"，倒下便睡。明天，应该进山去了。

早晨起来，太阳刚刚在长寿山背后露头的时候，部落的大小屋舍都被镀了一个鲜亮的金边，家家户户的炊烟已经淡下来了，它们汇聚在一起，在部落上空形成一片金色云雾。鸡鸣狗叫声、百鸟和鸣声就汇聚在这一层金雾中。

少典君刚刚吃过早饭。他用两根小竹棒刨食着稀粥，棒尖一排一排在陶钵内面上刨出非常均匀好看的纹路，就像是绳纹彩陶表面的装饰，更像当今农村人打土窑，用镐在土窑面上"洗"出的花纹。少典君非常认真地刨了一遍，又伸出长舌在陶钵内将剩下的米粒和粥汁舔个干净。少典君这么做的时候，动作并不拖沓。很快吃完后，看了看老岳母、附宝和孩子们。勉强可以过活的苦调日子，大人们早已经养成了节俭的习惯，可是孩子们，还全然不知生活的艰难和口中食物的来之不易啊！

少典君放下陶钵，看蛮牛碗内花花点点留下许多饭粒。

"蛮牛，把饭刨净！"

比轩辕大两岁的蛮牛做个鬼脸，吐吐舌头，赶快学着少典的方法舔。轩辕吃饭快，早已经把碗舔净了。少典君满意地点头赞许。

"呜——"牛角号吹响了，这声音在晨光中颤颤巍巍地传遍全寨。桥山和周围各聚落，也隐约传来"吱吱"、"呜呜"的陶哨或者牛角号的声音，一时搞得山鸣谷应。

少典君从屋子黄泥巴糊木荆笆做成的墙上，取下挂在木钉上的陶哨挂在脖颈上，从墙角拿起一把石斧就准备往外走。

"今天出去干啥？"附宝停下进食，抬头问。

"进山，狩猎，伐木，割草。"

现在部落生活已经逐步由农业耕作取代了过去每天必出的狩猎与采食，进一次山甚是稀罕。所以一听见"进山"二字，蛮牛和轩辕的脸上几乎同时泛出喜色，异口同声："大，我也去！"

蛮牛过来拖着少典君的胳膊摇着。轩辕跑到门旁放工具的地方，挑了一把石刀拿在手里。

少典君本来就准备带孩子们出去锻炼锻炼，看他们这么要求，就一口应了下来。

两个儿子跟在少典君身后，神气十足地走出大屋来，附宝手抚着轩辕的头，按着蛮牛的肩，千叮咛万嘱咐地送出屋来。陶虎因为太小，被附宝一把拉住，一脸委屈的表情。

聚落里的人们都已经聚在聚落中心的空地上，各自拿了自己得心应手、自己平时使得惯的工具，每个人的背囊里，都圆鼓鼓塞满了干粮。早晨刚起来，少典君已经让负责传令的挥父通知了各家各户："今天进山。"刚才的牛角号就是他吹响的。这是挥父每天的职责，只不过今天心里兴奋，吹出的声音特别响。

少典君带领大家向山神祈祷、许愿回来后再隆重祭祀，就把这些男人们根据年龄和体质及其生产狩猎经验，分为三拨。一拨由挥父带领，进山狩猎。挥今天也来了，手里拿着自制的小弓箭。一拨由黄雍父带领，负责割草、晒干，准备修补房子时用。最后一拨由少典君亲自带队。男子们从长寿山的斜坡上下来，杂杂沓沓的脚步，掀起一阵黄尘。他们会合了其他聚落的人群，闹闹嚷嚷向西山挺进。

附宝则带领本聚落的女子拨麻丝、合麻线、织麻布；用各种动物皮缝制过冬的外衣。

姬轩辕昨天晚上做了一个怪梦。这梦境一直困扰着他，他想不明白这个梦预兆着什么。

怎么就站在一棵高枝之上？这棵笔直的像天梯建木一样直插云霄的高枝，三个向上伸张的权枝上，站着三个人。轩辕站在最低的一个权枝上，俯瞰地面，平坦坦一个大广场。听说"赤"部族过来了，一时如晕染一般，红色从北向南铺展，铺展，一直铺到东南，"建木"也随着红色的铺展车轮一样旋转起来，等轩辕所在的枝权转到南方时，平展展的广场变成了褐黄色一眼望不到边的色调凝重的黄土山塬，苍茫、深厚。

轩辕跟随着少典君带领的伐木人群，顺着桥山西侧一条崎岖路径向北，又折向西。姬水河在这里折了个直角，向西延伸，崎岖不平的路径也随着河道拐弯了。这一群人，服饰杂乱，有的披着麻布片，有的干脆就光着赭红色的膀子，只在腰上围了块麻布片，大多数人都穿着草编的鞋，也有不少光脚片的，脚掌上已经磨出厚厚的老茧。他们的工具也参差不齐，但是不外乎石刀、石斧之类。这种落后的工具决定了他们每一次伐木必然要付出万般艰辛，遇到一棵粗一些的树，怎么也得几个精壮劳力轮番砍上个十天半月……可是，习惯了群居传统的人们，每一次外出劳作，总是抱着十万分的希望。又经过一夜歇息，属于他们的女人们千般柔情的抚慰，使他们容光焕发，一路说笑。

路边的草丛、树梢中，野菊花竞相开放。蚂蚁们在忙碌地"搬家"，形成热热闹闹、来往奔波的长队。不时有野兔或者野鸡被惊动，平静的梢林陡添一阵紧张空气：野兔子"唰"的一声蹿入梢林深处，便无影无踪了；野鸡则"扑棱棱"扇动翅膀、拖着彩色的长尾斜刺向天边。有眼疾手快的主儿，搭弓射箭，飞在后面的一只野鸡被射穿，一个筋斗跌入草丛，被抢上前去的射者拣起。他高高举起这个意外收获，向人们炫耀自己的能耐。

少典君也向射者伸了伸拇指。

轩辕折下路边一枝蒲公英花絮，举到口边，憋足气一吹，那些白绒绒的花絮就带着它们的种子急急地飞出去，又借了习习秋风的托举，飞得很高很远。看它们在空中悠闲旋转的样子，轩辕觉得和他在梦中的旋转一样悠然。

一条由北向南延伸的山梁，斜向横亘在眼前，崎岖的小径被阻断了。此山是北面山塬的延伸部分，不算高，却也陡峭。山梁上树木丛生，树叶红、黄、绿、紫，四色齐备。

少典君手举石斧，把手臂向山梁上挥了挥：

"上山！"

人群就散开一个扇面，自寻径路，向山梁上攀去。

少典君在前面，边走边用石斧在草丛棘梢上左右挥动。这是所谓"打草惊蛇"，为了不被毒蛇伤害，有蟜氏早就运用了这一种自我保护措施。当然，这样做也有发生危险的可能——如果不意间捣翻了挂在棘枝上的马蜂窝，那就跑也来不及，非得被那些细腰的家伙蜇得面目全非不可。据说，神农当年鞭药的"赭鞭"，最初也不过是在草丛中行走时的"打草惊蛇鞭"，不意间，却根据被鞭出的植物汁液的颜色，判出了药性的寒热苦辛……

少典君在前面开着道儿，轩辕在身后这样想。不想，脚被藤蔓绊住，脸上也被棘刺划了一道血痕，钻心的疼！

第四章

一

　　凤台部族大会后，秋雨连下几日。各部落酋长相继率领本部族人员离开凤台返回本部，虽说淅淅沥沥，人们只好披蓑衣斗笠在泥泞中深一脚浅一脚地艰难行进，但是对于这些长期在南方水乡生活的人来说，只当是家常便饭，他们已经习惯了水乡的生活。

　　巫师玄和葛天酋长站在木排上，同样头戴斗笠身披蓑衣，冒雨北行。雨中的西湘河水急湍地奔流，给逆水而行的木排增大了阻力，左右两排划桨的人吃力地划着，撑杆的舵手也忙坏了，左撑右支，忙个不迭。木排中央堆着的盖了草帘的是榆罔神农氏分赐给各个部落的一部分种子。赐给的牛，只好另派人牵着，顺着河岸走。

　　此次参加会盟，葛天酋长和巫师玄算是出了风头，不仅因为他们部落的女人——榆罔神农氏这次唯一纳妃的女人，进一步巩固了本部落甚至包括鹿部落联盟与神农氏的关系，自是喜事之一。更由于铜器的发明，使他们获得了赞誉，各部落首领纷纷投来羡慕的目光，纷纷请巫师玄传授冶铜技术，巫师玄忙碌了好几天，分别从五彩石的挑选、冶炼炉的特点、火候的掌握、模具的制作等方面向来人解释，讲解不断重复，巫师玄干脆用卦象画了个标志，挂在门前，并传令手下，凡来学习的人，逐一登记，约定时间，统一教授。来人看到"山水蒙"卦，就知道是"教学启蒙"的意思。每次的教学内容，分别用"泽水困"（嘉石）、"离火"和"天雷无妄"（替天行道）表示。巫师玄的心情，正所谓：

　　　　隔江小惊不成危，

木尽烟消竹成灰。
阳气复来先报喜，
雪尽欢笑赏江梅。
进退喜沉吟，
心疑事未成。
欲逢名与利，
直待一阳生。

葛天氏一行一路飘摇回到葛庐山，自不在话下。一个男人失去了妻小孩子，也无所谓，因为那时候，人们的家庭观念，几乎还是零。可是在这个男人的心里，却埋下了深深的怀念与仇恨的种子：他是那么深深地爱过她，她却怎么就轻易地就离开了他呢？为了这个孩子的诞生，他几乎付出生命代价而自杀，因为他实在难以忍受祸母当时痛苦的呻吟与啸叫。

榆罔神农氏大大地排场了一番之后，虚荣心怎么也掩不住一日日膨胀起来：自己是如此施惠于天下了，也应该像前辈魁、承、明、直、庆甲、厘等称"帝"才是。所谓"帝"，与"谛"相通，是对祖先的一种最高层次的祭祀仪式，而只有威加海内、天下公认的部落联盟大酋长才有权力代行这一职责。"谛"演变成"帝"，也就有"君临四方，一统天下，主宰万物"的意思了。

天老首先赞成这个观点。但是，他觉得目前榆罔的道性修养、管理才能等还欠佳，加上天下人心并不统一，各部族原来偏安一方，相安无事。现在随着人群的增大，对食物、水源、地盘等的争执越来越多，迁徙冲突、抢婚、抢劫时有发生，当务之急是立规矩，而不该贸然称帝。

雨师赤松子、风伯、祝融则倾力支持榆罔。

眼看着秋雨连绵，连下三日不晴，榆罔神农氏难免脸上蒙了一层忧虑：像这样挨下来，何日才能巡到东海边之"离"地，又何日才能返回远在西方"坎"地的姜城堡呢？想起姜城堡，自然就想起听訞和小女，对妻女的挂念又袭上心头，真有"挨一刻，似一夏"的感觉。此次纳妃，说心里话，他觉得对不住恩爱多年的听訞，谁让这位祸母的眼睛那么勾人心魄呢？何况这也是和睦部族的一种政治措施呢！

祸母沉浸在这位男人田野一样宽厚的胸膛，再一次体验到"蜜月"的感觉。她这一会儿不思进取，只愿与榆冈神农氏长相厮守。虽然对这个从九黎只身逃到葛天氏的女人的来历，榆冈并不知晓……然而，她如胶似漆般的柔情与缠绵，却怎么也改变不了榆冈"走"的信念。

女娃自从父亲纳了新妃，有了"新娘"之后，情绪一直不正常。她不能理解父亲，也恨这位祸母。但是她无能为力。她不想看到父亲与祸母在一起，就提出自己先行的要求，而且态度坚决。

榆冈神农氏本来不想让女娃单独先行，但是执拗不过，又不想太难为了女儿，就让祝融派出他手下最精悍的士兵，使用葛天氏部落贡献的最先进最锋利的铜器，保护着女娃，率先启程。

榆冈与祸母在凤台再耽搁了一阵。等缠绵不绝的雨季终于过去了，才在朔朔寒风中继续沿淮河向东行进。

这会儿，榆冈神农氏的牛队除了自己和几位大臣的坐骑和辎重外，其余的牛都在凤台大会后，和粮食种子一起分赐给各部落首领了。牛队行进起来，已经没有刚出征时的那一种牛气十足和排山倒海的气势了。

榆冈和祸母各骑了一头牛并肩而行。祸母的怀里，祸正伸出小手，用新奇的目光探视着周围。天老、风伯与雨师赤松子等大臣及辎重随后。祝融指挥着所有年轻力壮的男丁手执木矛在左右护卫，尤以榆冈周围的那几位身体魁伟，刀枪鲜明。这是祝融的有意安排，是以一种威仪来示威于天下部族。牛队在瑟瑟寒风中缓缓行进，每天走不过三四十里，就已经日暮西天了。榆冈对这一种状况很不满意，又无能为力。虽然有各部族敬献的各种兽皮可以披着、缠着、裹着御寒，人不至于受冷，可是风一日日强硬似刀，淮河的边岸上也镶上了清凌凌的冰沿儿。

榆冈神农氏一行一路蹒跚，艰难地行进，终于看到一片茫茫无边的大湖。枯黄的芦苇在寒风中摇响它的叶片，几只无巢的水鸟在水面上疾擦而过，无望地注视着水面——鱼群已经不知潜藏到哪儿过冬去了！

这个大湖，就是今江苏西部的洪泽湖。散居于洪泽湖周围的是共工祖辈相传的部落，接到榆罔先期派人送来的信符后，部落酋长共工，忙聚集部分老幼，夹道迎接榆罔一行。

榆罔一行在洪泽湖西北角的龙集、太平一带驻扎下来。共工酋长安排给他们充足的皮物食品，终于有一个暖巢过冬了。榆罔派出使者，沿大河向东继续前行，打探女娃的消息，却带回一个让榆罔后悔不迭、痛不欲生的噩耗。

原来女娃辞别榆罔，独自东行，心情感觉轻松多了。她生性顽皮、倔强又贪玩，这下子失去了约束，正对自己胃口，一路游山玩水、轻松愉快地向东海奔去。

女娃向往着东海的浩渺广大与辽阔，向往着把父亲榆罔神农氏的恩惠播向海外仙岛。她的内心充满了憧憬，却意外地碰到一个近海部落的阻截。

二

女娃和她的卫队，带着少量的粮食和生活用品，一路轻装而行，经过淮南、姜桥、凤阳、嘉山（明光），绕洪泽湖东南岸，来到洪泽，继续向东北，在淮阴与大河相汇，循大河东北行，直抵东海岸边。

已经看到那天际几近水天一色的一抹苍茫浩渺的海平线了。海风迎面扑来，是完全区别于冬日西北刺骨寒流的另一种温润、咸湿、充满了异样腥味的风。海岸几乎是笔直的，开阔的沙滩金色一片，近海处则由细碎的白石白沙镶了一道白边儿。海浪一层层卷来，鼓荡着向沙岸推进，却被千疮百孔的礁石激起雪白的浪花。在前方，凸出水岸的高地上，是一群简陋的茅屋。海边，有一些独木舟被系在岸边，随波荡漾。

看到了大海，女娃欢跳着扑了过去。海浪也扑过来，在沙滩上平平地推进，直到浸润了女娃用兽皮裹着的双脚。

"这就是东海了！我看见东海了！"女娃一边喊，一边屈膝弯腰掬起一捧海水放到嘴边：凉津津、咸涩涩。

"远处海天之间那隐约可见的深蓝色小岛就是传说中的蓬莱仙岛吗？"女娃正在极目远眺，那些精壮侍卫也都东倒西歪在海滩上休息了。忽然，从左前方凸起海岸的高地上传来一阵人群的嘶鸣。接着，就见许多身披破渔网腰缠破旧兽皮的人在一个女酋长指挥下，手执棍棒、渔叉、石斧、石刀、石块，一窝蜂地冲了过来。

女娲身边的这些精悍卫士奋然而起，四个人将女娲围护在中间，其余的，一部分一字横排，手执弓箭，摆好迎击架势，另有一组，举起手中的兵器就对冲过去。眨眼间，双方人众交织在一起，只见刀光斧影，手起刀落，杂乱的喊杀声和受伤后致死的"哎哟"声交织在一起，平静的沙滩上一时喧闹异常。海浪也凶恶地卷过来。风声、浪声、械击声、呐喊声此起彼伏，直搅得沙尘飞扬，天日无光。双方相持了一段时间，对方老弱病残居多，加上使用的器物陈旧，不堪这些精壮卫士一击，终于招架不住，纷纷后退。一阵砍杀之后，背后闪出了弓箭手，一齐放箭，射倒一片，其余的残兵败将落荒而逃。女娲的卫士如秋风扫落叶一样席卷过去。对方拔了插在茅舍中心的绘有红色鱼形（彤鱼）的旗帜，解下独木舟，退入海中，在风浪中起伏。女娲的卫士将自己的图腾旗——绘有一只形状似雉鸡，纹首、白喙、赤足的小鸟（雉鸠）的旗帜插在那里。

凡是未上独木舟的彤鱼氏部族的老弱妇孺，皆已被女娲的卫士收俘。可是，赶到海边后，却只有望着在海浪中颠上颠下的独木舟示威的份儿：一走进海水中，就头重脚轻，站立不稳……眼看着太阳在西边莽莽平野的尽头沉入大地。女娲的卫士们在沙滩生起了一堆堆篝火，轮流值守。时近半夜，那些在独木舟上颠簸得疲惫不堪的人摸上岸来，准备偷袭，早被值守的卫士发现，一声陶哨，卫士们群起反击，彤鱼氏的人众只好又退回独木舟和大海中去。

一夜海上颠摇，再识水性的人也难以支撑了。彤鱼氏这一分支的女酋长鲭——一位肩披灰白长发的老妇，一夜反复思考：既然屋舍与老弱已被占有，靠自己部落的力量又无能为力将他们夺回，再在海里这样泡下去，恐怕独木舟上的人都会葬身大海，喂了鱼鳖海怪……不如上岸归顺，可以保全大家的性命——因为从一夜的情形看，那些强悍的人占领屋舍后，并没有继续杀人的迹象。

东边海空的尽头，平静的天空和海面同时泛起鱼肚白色来，越来越亮。

等一轮硕大的红日从海面上升起的时候，彤鱼氏部族的女酋长鲐，怀着万分痛苦的心情，带领她的独木船靠岸。

女娃的卫士们已经拉满了弓，只见对方所有的独木舟停在近岸处，唯独酋长的木舟靠岸。边靠岸，鲐边举起双手，抱拳在头顶做下拜状，嘴里不停地重复着一个女娃听不太懂的音节。女娃示意卫士们收起弓箭。

鲐一上岸，就跪在地，以长时间的伏地，表示归顺的虔诚。

女娃走过来，扶起她。所有独木舟上疲惫的人都上岸了。女娃的卫士们将他们搀扶到沙滩上休息。大家都倒提着兵器，表示从此息战。等这些人被搀扶进屋舍，他们的亲人们，早已经熬好了鱼汤喂给他们喝，又分别用淡水冲去使浑身蜇疼的海水的余渍。

女娃问："这个地方叫什么名字？"

鲐："因为它凸出海面，就叫海之角（海隅）。"

女娃说："昨天，我的卫士们首战于此而告捷，就命此地为发鸠之山吧！"

鲐点头称诺。她又了解到，这位小姑娘，原来是天下闻名的神农氏的后代，就更是敬重。从此，两个部族和睦相处，发鸠之山，人气又旺盛起来。

女娃，毕竟是女娃，生性顽皮，天真烂漫，又执拗倔强。她自从第一眼看到大海深处深蓝色的岛屿后，就一直向往着到那里一游，看一看仙岛的真面目。

关于那一片仙岛，就彤鱼氏而言，也不过是一个世代相传的传说。以他们的远征能力，至今，还没有人真正去一睹仙岛真面目。听说那仙岛上有长生不老的仙药，女娃更是跃跃欲试：神农氏历代采药造福人民，一部《神农本草》流传天下，为神农氏增加了多少荣光！如果真能找到长生不老的仙药，岂不更好！于是，女娃就天天随着女首领下海捕鱼，锻炼水性。那些精悍的卫士，虽然分别在这里找到了自己的配偶，但是护卫女娃的职责，驱使他们也天天练起水性来——在海边生活，这也是人的一种生存本能！

女娃生性聪慧，加上年轻好动，身体适应性强，不几天，在独木舟上摇晃，就不再头晕目眩、恶心呕吐，完全适应了水上生活。

彤鱼氏女酋长鲐有五十开外，头发灰白，海上生活的丰富经验，已经

深刻在她赭红色的一道道深深皱纹里。她眼窝深陷，一双眸子从皱纹深处
透出智慧的灵光：

"祖祖辈辈，我们只是远远地望着这些仙岛，谁也没有能登上去。有时
候，我们站在岸上，亲眼看见明丽的一片云霞上面，琼岛仙影，好像也有
徐徐仙乐随着海风吹过来，可是过一会儿，就什么也没有了，海面又回复
了往日的平静。海神的脾气捉摸不定，现在你看他微波涟涟，一旦他发起
脾气来，狂风暴雨把屋舍都掀翻了，巨浪排空，直冲海岸，独木舟可经不
起他折腾，一瞬间就会舟翻人亡，喂了鱼鳖……"

女娃睁大一双眼睛，盯着彤鱼氏女酋长鲭。

"据老辈人讲，从这里去仙岛，要经过青龙屿、乌龙礁和回龙潭，一关
比一关难过。据说，东海龙王设下这一道道险关，就是怕人盗去仙药。"

女酋长鲭继续讲："而且，那些仙岛驮在巨龟的背上，巨龟一千年一动，
仙岛就跟着移动。"

女娃把那些青龙屿、乌龙礁、回龙潭全没放在心上，驮仙岛的巨龟，
倒增加了她的兴趣：

"那些巨龟有多大呢？"

"大得很！大得无边！"彤鱼氏张开双臂，两只又黑又瘦、结满硬茧的
手在空中比画了一下。

"有多少只呢？"

"原来十五只，分三组驮着岱舆、员峤、方壶、瀛洲、蓬莱五个仙岛。
不想，有一天，从龙伯之国来一巨人，钓走六只，结果，岱舆、员峤两仙岛
或流于北极，或沉于大海，只剩下三个仙岛了。"

"那些仙岛有多大？"女娃提起问题来，总喜欢刨根究底。

"方圆三万里，岛上平地九千里，相去七万里以为邻居。"这彤鱼氏女
酋长还真问不住。

"长生不老药是怎么回事呢？"

"珠玕之树，其花其果皆有滋味，吃了以后可以不老不死。"

过了十多天，女娃和她的卫士们都已经熟习了水性，就准备乘独木舟
前去仙岛。

彤鱼氏为大家准备好了木舟，又派出最有水上经验的老渔人当向导。舟队顺利地通过青龙屿和乌龙礁，仙岛已经遥遥在望了，却早有虾兵蟹将将这一情况报告了东海龙王。

东海龙王龙颜大怒，立即鼓荡起巨大的漩涡，独木舟就在回龙潭旋转起来。又掀起个巨浪，盖顶打向女娃的独木舟。女娃落水，就被虾兵蟹将带到龙宫去了。众卫士呼救不得，不得已只好返航。派出一人回去向神农氏报告，其余的皆愤愤不平，就打着女娃的雉鸠图腾旗，每天从西岸搬运石头木柴，誓死要填平东海，向龙王索回女娃。

女娃溺于东海，这些精干的卫士们还在每天挖土填海，他们的图腾旗成为他们的代表特征。后人就传说为女娃化作精卫，誓填沧海了！

三

榆罔神农氏听到女娃的噩耗后，痛苦得捶胸痛哭，祸母也为之掩泪。

榆罔从此大病一场，高烧不退，叫来随行的神医俞跗。俞跗又是给榆罔额头不停用凉水降温，又是忙着从皮背囊内拿出骨针针灸穴位，折腾了几乎一宿，天亮的时候，榆罔才算恢复了平静。这一夜，他说着胡话，不时惊厥，可吓坏了祸母。榆罔梦见自己走进一间连一间完全相同的屋舍，每走进一间，身后的门就关起来……榆罔心里还算明白："若能返回，生有希望，若只进不返，吾命休矣！"最后，却不知怎么搞的，又返了回来，一间一间地过，一道一道门在开，终于走回来了……

榆罔又梦见周围的人都扭曲变形了，夸张地睁大眼睛，一会儿，又张开嘴，血盆大口，要把他吃掉……

榆罔又看见自己的左手腕张开了一个大口子，里面尽是些细丝一样的"百节虫"。他抽出一条，又抽出一条……再看裂口，已经干皱。他从裂口中抽出一根丝线，丝线连着手掌四周，就把整个左手都抽紧了。左小腿外侧发痒，腿里面同样是那种丝一样细的"百节虫"……

榆罔卧病一养就是三个月，月亮由弦变圆，又由圆变弦了三次了。眼看着春回大地的时候，榆罔也恢复了往日的精气神，脸色也由蜡黄恢复到了红润。

这一段时间，祸母一直侍奉在榆罔的周围。她爱这个大山一样伟岸的男人，完全是爱"这一个人"，而并非因为他"王天下"。她和榆罔一见钟情，榆罔使她孤独的心灵找到了宁静的港湾。回想起从九黎到葛天氏部落的曲折经历，她生怕这座大山轰然就倒下……从榆罔高烧臆语时起，她就一直守在他身边，给俞跗当下手。看榆罔清醒过来后，她更加小心谨慎殷勤地守护，没有少为榆罔操心。

祸母本来就是一个细心的女人。老天爷不光给了她一副好看的脸蛋和幽深不见底、多情的大眼睛，还给了她一副聪颖透顶的灵气。祸母从小跟随母亲家族从九黎部落逃出来向北周折迁徙，等到长到十五岁时，已经是面似敷银的美丽少女了！遇着一异族男子，虽然凶悍勇敢，却深深地爱她。女人最大的恐慌，莫过于好花自生自灭无人爱，女人最大的幸福也莫过被人爱。祸母陶醉于这一种近似于强暴又让她心醉神迷的爱情，自从发生了第一次，以后就成了自然而然的事。每天投入这一位男人强劲有力的臂弯，感受他男人的力量和狂风暴雨式的冲动，掩过了她的一切追求。她忘记了自己还应该有爱的追求，不仅是被爱，还有爱！这一种觉悟的唤醒，全是榆罔的功劳。本来，她，包括她的儿子祸，都只是葛天氏向榆罔表功的一个"活证"。可是，一见榆罔的面，她的内心好像一下子"柳暗花明又一村"，完全进入另一番风和日丽的新境界：这才是她所要追求的男人，伟岸而又温和，目光里闪烁着激情却又温文尔雅，风度不凡。这正是冥冥之中她一直追寻着的理想。加上远古时候人们的感情外露，又没有如今这样沉重的家庭观念，祸母和榆罔一拍即合，就把葛天氏部落那个深深爱她的粗野男人祸父，抛到九霄云外去了。

祸母虽说已经生下一子，生下自己的儿子祸，可她依然风情依旧，楚楚动人。让她带着儿子去见榆罔神农氏，祸父心里有一百个不放心。他知道他虽然占有了她，做了她的娃他爸，可是每当他陶醉在与她的性冲动时，总发现她的目光深处有一种难以捉摸的陌生，似乎那思路已走得很远……每当这个时候，祸父的内心就有一种隐约的恐惧，他明白，他并没有完全占有她的心灵……每当这个时候，祸父只能用他更加凶猛的冲击来弥补心灵上的缺陷，尽可能地把她的注意力从遥远拉回。

祸父虽然有一百个不放心，还是同意让祸母带着祸去见榆罔神农氏。一是葛天酋长的成命不能改，再者，祸父也抱了一种侥幸心理……现在看来，过去的担心完全正确，祸母——让自己爱得心都要碎了的女人，却让榆罔留下了，还有自己的儿子祸！

祸父痛苦万分，一连几天吃不下饭，睡不好觉。按照他的性格，当时就该顺西淝水下凤台，找到榆罔评理，把自己的女人和儿子夺回来。可是在葛天酋长和巫师玄从部族利益出发的劝说下，祸父一时也无话可说，只好强咽下一口气。现在，严冬过去，春日又至，万物复苏，祸父的心中，又像冬眠过后蠢蠢欲动的虫子一样，日复一日忍受着对祸母和儿子的思念。虽然部落里也有爱他的女人，每隔三五天都不免要相会发泄一次心中的郁结与冲动，可这种动物式的媾和，只能使他更加思念祸母楚楚动人的风姿。

又一个春天来到了。这是榆罔有年三十二年的春天。这一个春天从外部特征看，几乎和往年没有什么区别——同样是草变得一日比一日嫩绿可爱了，树叶吐出了新绿，有一些树种，早早地，不等绿叶的萌芽伸展开来，就已经红花粉絮挂满枝头了。山桃花、山杏花、野梨花，谁也没有耽误花期，竞相开放了，可是春寒却不时降临。从昨天午时过后就刮起的西北风持续吼叫了一夜，气温陡然又一次回落，晚上不得不加旺塘火来驱寒。凭着已往的经验，刚刚恢复了精气神的榆罔不由得叹息了一声，塘火映照着他忽明忽暗的脸——他的"田"字形方脸盘，布满了对千枝万卉的命运和百姓生活的忧虑。榆罔的心总是天下人的啊！

祸母拿起一件皮披风给榆罔披在背上，榆罔才从沉思和忧虑中走出，冲着祸母会意地一笑。祸母笑盈盈地靠着榆罔坐下来，榆罔伸出有力的右臂，把祸母拥在怀里。

自从榆罔高烧不退以来，他俩还没有像现在这样温存过，亲热过。在祸母的心灵感应中，她和榆罔的需求，几乎每次都是同时迸发出来的。等她心神摇曳的时候，也正是榆罔的激情达到高潮的时候，每一次的缠绵，她都用自己纤细的手臂，用自己打了死结一样的双腿，将轰然而倒的大树一样的榆罔百绕千缠，千缠百绕……现在，祸在地铺独自甜甜地睡着了，又到了祸母和榆罔相互缠绵的时候了。

榆罔在病中的时候，他的雄性也几乎丧失殆尽。随着病体的康复，他的心中又开始隐隐地酝酿着一种冲动，经祸母这一提示，他神龙的威力又一次爆发了！

那如洪水决堤的冲动，那如巨浪拍岸的激情，那如山风鼓荡的汹涌，那如危立悬崖之上雄狮的嘶鸣，那如海潮退去后宁静的沙滩和海浪疲倦的、轻微的喘息。

人忘情地进入两人世界的时候，拥有一个人就好像拥有了宇宙，这时候忘掉一切是可以理解的。可是等榆罔神农氏一觉睡醒，看到从茅屋缝隙透进的光影，他翻身起来，给祸母盖好兽皮相缀的"被子"，自己草草穿衣，披上牛皮披风后，就拉开屋门走了出去。他要看一看这一夜寒流对百卉的伤残，对秋后收获的影响！

当鲜花在温暖的春风的怀抱里盛情伸展开花瓣，当春风徐徐吹动，传播着生命的信息、孕育着新的生命与果实的时候，突如其来的一夜寒风，让百卉猝不及防，一时落英遍地。

榆罔神农氏在清晨寒冷的春风里，来到一棵微微颤抖的桃树旁，看见铺了一地煞白的花瓣，枝头的叶芽也蜷曲起来，发暗发黑。榆罔蹲下身，捧起一掬花瓣，怜惜地看了又看，不得已，只好又重新撒回大地，真有一种"东风无力百花残"的伤世感叹。

榆罔神农氏想到了远在西北陈仓（今陕西宝鸡）清姜河畔的姜城堡，想到一路东巡的艰辛，想到被东海龙王接走的可爱的女儿，一种"无力回天"的感慨油然而生，榆罔眯缝的细眼里，不由得盈满了泪水。可是，他不知道，让他更伤心感叹的事，正等着他呢！

四

榆罔神农氏此次东行，一耽搁，将近一年的时间过去了。他的都地——远在西部陈仓的姜城堡的情况怎么样？都发生了一些什么事？实际上已经是音讯全无。下一步怎么办？从榆罔的内心讲，也不再想看到那令人伤心的东海岸，何况他的农业技术与东夷渔民的渔狩生活相去甚远，发挥不了多大作用呢！榆罔这么想着，拿出标有八卦符号的竹签，又取出一个圆竹筒，摇了几摇，摇出两个竹签，分别是☰与☷，两卦相重为"未济"，卦词曰："一牛二尾事难全，财禄须防两不然。龙过于坡甲有气，喜逢寅卯是根源。成轮防有失，濡尾有淹流。若得高人力，殊无戚与忧。"

榆罔想，此卦预示了必须西行——由东方离地回到西方坎地。虽然中途可能有不幸的事发生，但是必须这样做。远古时代的人特别相信占卜。

榆罔神农氏又叫风伯来占一卦。风伯如法运作一番，结果依然是"☷"。看来天数已定。榆罔神农氏下定了西归的决心。

榆罔神农氏让风伯、雨师与祝融等都来到设在场院的祭坛前。大家面东而站，在天老的主持下，遥祭了东海殉难的女娲后，即开始西行。先派人沿途宣示，一行人北上太平、界集、仓集，来到大河岸边。这里的大河，比起刚出潼关所看到的大河更加开阔。河对岸东夷鸟部落联盟的人众隔河相望，各种图腾的旗幡在那边挥动，人群发出欢呼声。面对着滔滔东去的大河水，榆罔感慨万千。神农氏的牛首图腾旗高高飘扬在榆罔身后，其他相随大臣的部落旗帜，在榆罔神农氏左右列成一排，迎风招展。

东夷鸟部落联盟的一个小酋长带着数人数条独木舟，举着族旗从河对岸过来拜见榆罔神农氏，其余族众只留在对岸遥感榆罔神农氏的威仪。所以，这个地方就留下一个极具纪念意义的地名——仰化。

接受了高鼻梁、人形鸟胸的东夷部落小酋长的朝拜之后，顺大河向西北行一日，又遇到黑鱼氏部落。这个部落的人，都着黑色衣裙，图腾旗上画着一只大大的黑鱼。

榆罔神农氏依然是故技重演，让天老从剩下的牛群中挑出两头黑牛，一公一母，成双成对地送给黑鱼氏。

黑鱼氏酋长鲋周身玄黑，两只眼睛黑白分明，一口龋齿。给榆罔神农氏行跪拜礼后，接过牛缰绳。黑牛恋着故主，不时回头"哞哞"地长鸣，牛群中也不时有回应的"哞"声。黑牛圆鼓鼓的大眼睛无望地回眸故主，眼角流下了长长的泪水……人情受到牛情感染，黑鱼氏感激涕零，人群中陡然爆发出一片呜咽声："谢榆罔恩典！榆罔远胜三皇之德、神农之功，黑鱼氏敢请榆罔即帝位？"全部落老幼跪倒一片，竟冒出这句说在榆罔心坎上的话。

东夷部落

榆罔从大臣中间走出，祝融跟随其后，走近黑鱼氏人群，碰到一位肤色蜡黄、眼窝深陷、手挂鱼头木杖、弓腰驼背的老头儿，榆罔叫过俞跗。俞跗招呼老人席地而坐。老人有七十多岁，具体年龄，他自己也说不清，人称"老鱼头"，后生叫他"鱼爷爷"。只见鱼爷爷颤巍巍伸出一只青盘鼓暴的瘦腿，告诉俞跗："腿脚麻木，膝盖疼痛。"

俞跗拿出骨针，在老人的膝盖两侧凹坑内各扎一针，又在脚腕两侧各扎一针，还不时将骨针捻一捻。鱼爷爷只感到腿上筋脉抽动，不由得嘴角也抽动，嘴里发出"嗞嗞"声。

过了约摸半个时辰，俞跗拔下骨针，让鱼爷爷活动腿脚。鱼爷爷顿感腿脚轻便多了，高兴得嘴角都合不上。俞跗叮嘱他用兽皮专门做一个膝套戴上。榆罔神农氏又从牛背上的皮囊内拿出几棵温热散寒、活络通节的草药送给老鱼头，老鱼头感动得纳头便拜。

鱼爷爷这一拜，全部落的人又一次跪下一片。榆罔的内心就喜欢看这样的场面，一激动，封给黑鱼氏酋长鲴一个"镇东大酋长"称号。

榆罔一行在熏熏春风里，逆大河而行，一个多月来到今徐州一带，又有当地三个小部落拜请榆罔即帝位，榆罔封三位小首领为"东三辅"。又西北经过敬安，进入今河南境内。

这一天，已经是蛇月（四月）月圆时分。晚上，春风习习，皓月当空，月照星稀。榆罔邀集天老、风伯、雨师、祝融、俞跗等各位随行大臣夜宴。

篝火通明，烤肉喷香，玄酒醇厚，劝觥交盏，喝到尽兴处，榆罔叫过祸母舞一曲。

祸母半醉半醒、半推半就地站起来，醉眼蒙眬地扫视一圈，双眸明澈，楚楚动人，及至舞步飘逸，麻带回环，蜂腰柔软地旋扭，其原始野味、放浪形骸的优美舞姿，博得大家一阵热烈掌声。

祸母一曲舞尽，即醉倒在榆罔怀抱。

夜半时分，篝火阑珊，欢宴过后，一片狼藉。这时候，忽有一人越过祝融派人临时从沙丘上挖出的壕沟，蒙面进入榆罔与祸母的帐篷，轻轻抱起熟睡中的祸，转身就往外走。

但见这人，长得五大三粗，体形魁伟，动作利落干净，不留痕迹。他注目看了一眼倒卧在榆罔怀中的祸母，目光闪亮了一下，紧接着就暗淡下去，毫不犹豫地转身出去，听不到一声气息。

越过壕沟，回头看了看榆罔神农氏的营垒。消失在夜幕深处时，这位男人才停下脚步，仔细地把祸看了又看，目光里充满父亲一样的慈爱。

此人就是祸父。祸父一直在关注着榆罔巡视的消息。一天，当他看到一个榆罔部下的信使头顶牛角来到葛天氏部落见过葛天氏与巫师玄后匆匆离去，他就尾随这个人来到榆罔一行人的附近。

难能可贵的是，在人类的家庭观念刚刚建立的时候，有这么一个忠于家庭、挚爱妻子的鲁莽大汉。可是这一次，祸父并没有鲁莽行事。他看到榆罔周围护卫严密，如果贸然行动，必然被擒，闹不好还要被砍掉脑袋生吞活剥了呢！祸父小心翼翼地尾随着榆罔神农氏一行，从新月初上西天至今，也有半个月了，终于瞅准了这一个机会。祸父本想连祸母——他亲爱的女人一同掳回，只可惜人单力薄，终于失之交臂。他也曾想过杀掉负心的祸母和夺他妻子的榆罔神农氏，可是脑子里灵机一动，有了儿子，就留下了自己的根，还是"走为上策"……女人嘛，以后随机而遇，天底下有的是女人！

祸母一觉醒来，准备给祸盖被角时，却懵懵懂懂，摸不到祸儿。她的心"咯噔"一下，一个激灵惊醒，醉意减去了大半，定睛一看："妈呀，我的儿子呢？祸呀我的儿子呀——"

祸母不由得大声哭喊起来。

榆罔神农氏从睡梦中惊醒，看到祸母发疯的样子，吓了一跳，急忙披上牛皮披风，大喊："来人，快去叫祝融！"

祝融急急忙忙跑来，命令手下士卒把营垒里里外外全部搜寻了一遍，全无祸的影子。榆罔的营垒内外乱作一团，祸母的哭喊声划破了夜空。

五

随着时间的推移，祸母总算从失子的痛不欲生中解脱出来。她虽然不再像前几天那样寻死觅活，虽然不再绝食绝水，不施梳妆，可是她完全像变了一个人似的，从此郁郁寡欢，一蹶不振。祸儿的突然失踪，成为她终生也难以磨灭的痛苦记忆，像一个永远也好不了的疮疤！

榆罔神农氏也像走夜路的人，懵懵懂懂挨了一记重拳似的惊慌不定。这一意外打击，使他几乎失去了往日的宁静与理智。他命令祝融，命令所有随行的大臣，命令全体随行人员，分头寻找，把营垒内外，把营垒周围一日路程之内的四周都找遍了，可就是寻不着祸的半点影子。无奈，只有加强戒备，禁止饮酒，做好自保，以防其他灾祸发生。

榆罔神农氏无奈放弃了对祸的寻找，只能得结论他"不翼而飞"，却不想，从此在这一带留下了祸根。祸长大后娶妻得子，生下一个祸害九黎与中原几十年的蚩尤来。此是后话。

却说榆罔神农氏与祸母失去祸儿后，天老占了一卦，为 ䷢，为晋，卦词为：

> 云散月当空，牛前鼠后逢。张弓方挽处，一箭定成功。二姓会新君，资财满目前。从今日事泰，两处保团圆。

天老告诉榆罔神农氏："晋者进也，北行顺。"

榆罔神农氏想起昔日先祖神农北巡晋地太原时的荣耀，觉得还是要把神农氏的医药传统再发扬光大一些，以重振神农神威。当年老神农在那里列了十口大陶缸，熬出药液治好了汾河两岸三个部落的疥疮，当地部族把老神农像神一样敬拜。为了满足大量采药的需要，老神农不但带出当地一批土郎中，还发明了用赭鞭鞭药的判断药性的快捷办法。

榆罔神农氏只身来到一个斜坡，这里百卉葱茏，一派盎然生机。榆罔好像飘飞的感觉，直飞到斜坡底部，眼看着拐不过弯儿。榆罔神农氏总算落在一处幽深境地，他伸手抓住一根粗粗的绿色藤条。这藤条柔软坚韧，榆罔就以这藤条为赶蛇鞭，百试不爽。

榆罔神农氏梦醒之后，手中却抓着祸母柔软的手臂。他依梦命人采得一根同样粗细的千年古藤，以此藤为"赶蛇鞭"。初夏北行晋地，山高草深，必须有此鞭来打草惊蛇，以免人受到毒蛇意外的袭击。

榆罔手执赶蛇鞭，带领天老、风伯、雨师赤松子、祝融、祸母等，乘浮牛渡河北上，先来到今河南省温县界内，只见山密远黛，脚下百卉丛生，藤蔓杂草间，多有已经列入《神农本草》的各种草药。一种盛开小黄花的草本植物，绿叶小而圆，对称地分布在绿枝的两侧，其根色黄味苦，其液黄，人称黄芩，老神农当年以名称、产地、形状和叶、根、茎的药性为序编《神农本草》时，将它列为消热解毒的"君"药。

榆罔神农氏以削尖的手杖划地刨根，却不想这株黄芩根茎粗盈两个指节，根须深不可测。榆罔性急，一心想刨出一个完整的标本，却不想汗流浃背地刨了半天，黄芩是取了个"全身"，却给地上留下一道深壕。这里土壤失去了植被保护,水土流失,天长日久,居然形成一条深涧。由于榆罔神农氏曾经"采药至此,以杖划地,遂成涧",被明人陈仁锡以"神农涧"之名记入《潜确类书》。

榆罔神农氏用他的"打蛇鞭"打草惊蛇时,只见被老神农列入温热类药的草药皆流出红色汁液,药性寒凉的草药都流出黄色草汁,而有毒的草木,汁液一流出,便立即变成黑色……"原来吾祖神农用赭鞭鞭药,或许也是得益于'打草惊蛇'的结果!"

榆罔神农氏若有所悟,自言自语一番。旁边除了俞跗和两个侍者外,其他大臣和随员,在榆罔"事必亲躬"亲自采药时,只好休息了又休息,反正闲得没有事儿干,除了炊断,不得不去狩猎时。而这,也主要靠祝融率众侍卫前去。

榆罔神农氏在温县采药,其信息被当地部族竞相传播。正好位于温县东北的乌部落的一支去年收获季节发现一种特别大的禾穗。这支以乌鸦为图腾的部落,旗帜上画着乌鸦的形象,披风上装饰着乌鸦的黑色羽毛,属于东夷鸟部落联盟的一个分支。他们发现这种特大的禾穗后,一直作为部族的一种荣耀,名之为"嘉禾",精心悬挂在部落酋长议事大屋的中央泥墙上。榆罔神农氏来到温县后,他们立即派出信使西行,向榆罔汇报。

榆罔听说后非常振奋。因为自去年东巡以来,沿途将所带五谷种子分发各部族,这一段时间五谷已经断炊,仅靠所属部族的奉献和狩猎维持。

榆罔神农氏即名该地作"获嘉",封乌部落酋长乌同为"嘉乌氏",谓之大封。立即决定暂改前进路线,东北行。

祝融首先提出反对意见:"获嘉虽五谷优良,然'是非之地',不可前往。有嘉穗在此,表其心就是了。"

可榆罔神农氏深深觉得,现在天下各氏族人口在一年年见长,而狩猎资源一年年在减少,加上五谷品质不佳,往往是事倍功半,遇到荒馑年份,当年就有饿死人的,甚至发生"人相食"现象。如果照这样下去后果不堪设想……"必须设法提高五谷的产量!"榆罔这样想着,为了天下万氏的长远利益,他觉得还是应该亲自去一趟获嘉。

榆罔近于固执的决定,可忙坏了祝融。他立即部署安排"武陟"之事。

祝融从卫士中挑出二十名编为一营,安排在大队东北驻扎。又拨出二十名卫士,再编一营,驻扎在大队东南,与大队形成掎角之势。榆罔神农氏一行在武陟时,一营驻扎在东北方向的谢旗营,另一营则东行,驻在詹店。然后,谢旗营一营在前开道,詹店一营则作为右路与大队并行。榆罔神农氏的牛队驮着风伯、雨师、俞跗、祸母等大臣与妃子随榆罔来到获嘉时,一营驻扎大召营,右路并行的一营则经过亢村、七里营、李台,来到今新乡市西北的陈堡驻扎,作为大召营以东的又一道防线。由于祝融的周密部署与安排,为榆罔神农氏赢得了静心观察研究嘉禾的平和环境。可是,驻守陈堡的侍卫却损失惨重,与鹿部落联盟的狼部落一次小小冲突,就有三名精壮卫士被俘,被狼部落的人杀死给烹食了。

狼部落已经装备了从葛天氏处以物易物交换来的铜兵器,又有狼皮盾牌防身,勇不可当。而榆罔得到葛天氏献的红铜器后,只用作摆"帝王气派"的仪仗。以石击铜,必然被碰得头破血流。

狼部落酋长郎酋,身披灰色狼皮,头顶狼首,面色青白,虎牙似獠,敦实的体形,像木椽一样粗的胳膊,力大无穷。只是一条腿天生短了些,走起路来一颠一跛,落得个"跛狼"的绰号。这个跛狼,崇尚的是狼一样的野性与蛮力,与狄部落相互勾结利用,更加骄横,连榆罔神农氏也没放在眼里。他认为,只要强横,什么粮食、女人、土地……一切都会有!

嘉乌氏向榆罔详细介绍了嘉禾的生长培育情况,又送给榆罔两驮谷种。榆罔在祝融的建议下,留下部分卫士助乌嘉氏自卫,即率领大队向西,经过修武、待王、焦作、朱村,向北进入今山西境内,经晋城、高平、长子、屯留、襄垣、榆社、太谷、榆次,向太原进发。在长子和高平县一带,当地部落为纪念榆罔幸临本土,专门在羊头山上设立了一个神农庙,山下一泉名作"神农泉"。有对联云:

> 粒我丞民,使有菽粟如水火;
> 播时百谷,使知稼穑之艰难。

第五章

一

从榆罔神农氏立都之地的陈仓向西南行，翻过秦岭主峰太白山西面的观音山，顺着嘉陵江向南，经过阳平关、剑门关，在嘉陵江西部支流雍江、梓江流域，今四川省绵阳市盐亭县境内，生长着由伏羲、女娲南迁的一支繁衍生息的西陵氏部落。

雍江自东北向西南流去，江水不算太大，却长年青碧可人。江流轻歌浅唱，遇到山峰阻碍，则集成深潭，更加绿得可爱。两岸嫘村山、蚕丝山、云毓山、水丝山呈鼎立之势，蚕丝山居北，云毓山居中，水丝山居南。一湖之隔，云毓山东面即是嫘村山。

这座嫘村山，经常是云雾缭绕，难见其真面目，给人一种神秘的感觉。在嫘村山上，一间小竹屋内住着一家人。男人为伏羲氏后代，长得敦厚，待人诚恳，名叫羲诚；女人名叫岐娘，著名医药学家、以后成为黄帝医师的"岐山仙"岐伯游医至此，因同姓而认作干妹。羲诚夫妻二人相敬如宾，和全部落的人一样，他们的日子过得还算殷实，只可惜年近四旬，仍然膝下无子，幸好岐娘总算生了一个名叫王凤的小姑娘，聊以安慰多年无子的凄伤。

时间是榆罔有年三十二年的一个春季，这里依然是一片葱绿，而且不同种类的植物，远远的景色，绿得层次分明。尤以屋舍前后，山前林侧一丛丛翠竹修长的身影引人注目，这种亭亭玉立的植物，在微风中舒缓地摇动，尖而长的叶片，发出可人的"沙沙"声，又有一群不知名的小鸟在竹林中穿插，孩子般欢快的啁鸣声连成一片。红、黄、紫、白、蓝……各种颜色、不同形状的野花，点缀出春天的氛围，细如轻纱的晨雾在层林翠竹间缭绕，把个西陵氏的居地装扮得宛若仙境。

一阵少女清甜的笑声从竹林背后传来。接着，从竹林背后闪出一位妇人和一个少女。

这位微胖的妇人，就是半老徐娘式的岐娘。她这会儿在女儿王凤的携扶下，眼角原本细细的鱼尾纹，在自在、安逸、满足的情绪下，笑得加深了、加长了，一双眼睛也眯成了两条隶书"一"字似的缝儿。的确，王凤在他们家的加入，完全改变了原来单调重复的生活方式。夫妻二人都忙起来了，而且忙得充实，忙得有意思，再苦一点，再累一点，一听到小王凤的笑声，看到她晶莹欢快得像两只小鱼儿一样的笑眼，夫妻二人就满足了。唉，父母对孩子的奉献精神自古如此！

小王凤已经六岁多了，长得玲珑剔透，活泼可爱，一双大大的丹凤眼撒娇地斜看着妈妈。王凤手里提着一只拴绳子的陶罐，岐娘的手里提着另一只陶罐，她们娘儿俩正准备到西陵湖边打水去。走到这儿，扭头又看到了云蒸雾罩的嫘村山。王凤也就是以后的嫘祖，嫘村山山腰上的嫘祖穴，有一间小竹屋，就是嫘祖出生的地方。

王凤弯腰顺手摘下一朵小红花，要妈妈蹲下，然后把小花插在岐娘的鬓角。她又欢跳着在草丛中摘下一朵小黄花，要岐娘给她别上头顶。王凤的头发又黑又浓，才六岁的幼女，黑发已经"小披肩"了。王凤好奇地睁大了双眼，努力想辨清嫘村山的真形。她也搞不清自己名称的由来，虽然在这之前，她从三岁开始学习用燧石取火，跟大孩子们一起，在嫘村山狮子嘴拾到火石，四岁跟岐娘上云毓山摘野果，五岁在桑林坎见到大片野桑林，她第一次尝吃了甜甜的红桑果，小王凤的命运好像和蚕桑有前世缘分似的……小王凤虽然心灵手巧，聪明超群，可是，她依然没有看清过嫘村山的真形，依然搞不清自己的名字的由来。这会儿，这个问题又在小王凤的头脑中闪现：

"妈妈，您为啥叫我王凤呢？"

"你出生前，我梦见西王母唤八仙女，送我一只彩凤，所以就叫你王凤了，"岐娘半真半假地回答王凤，"我怀胎十月，到二月初十这天，空中彩云霭霭，天籁鼓乐声声，万树花枝竞艳，百鸟朝凤。刹那间，万道金光闪烁，晴空一声霹雳，就生下你来。随后，云雾就包裹了后山，三个多月不散。你看，现在这山不是还云雾缭绕吗？"

王凤听了，面对嫘村山，长长地嘘了一口气。说来奇怪，云雾立时向两边退开，嫘村山后山的真面目竟显露了出来。看这山形，极像王凤形象的一个巨大的复制品，远远望去，头、颈、手、脚都看得一清二楚，只是两只手规矩地放在双膝上，神态过于安详了一些。

小溪已经从晨雾中弯弯曲曲地流到眼前，淙淙咚咚的溪水缓缓流淌，溪底的鹅卵石清晰可数。可是嫘村山却又笼罩在晨光与晨雾之中。空气中弥漫着温润新鲜的混合型花香。

王凤在西陵湖边蹲下来，湖水像一面镜子，映出了她天真活泼的身影。她一时不忍心打破这平静的水面，认真地观察起水中的那个女孩子来：

这女孩长得窈窕玲珑，肤色白里透红，一双双梭的丹凤眼扑闪扑闪眨动，透出一种好奇的研究思考的神态。

王凤被自己的美丽所打动，自己盯着自己看，互相努努小嘴，脸上竟飞起一朵红霞来。不好意思了，王凤干脆伸出白皙纤长的手指，把水面撩拨得颤动起来，水纹纹一圈圈扩散，水中的她，所有倒映在池中的景物，一时都和天色搅在一起。一会儿，又逐渐恢复了微微晃动的倒影。

岐娘站在一旁，欣赏了半天女儿。她自己也是从少女时代走过来的，这池水也曾经照过她当年的身段。

"女人，天生是爱美的！"岐娘这么想过，忽然想起今天还有要事要做，就催促王凤：

"快抹把脸，打好水，快回去。昨天西子山寨来人讲，舅舅到那里已好几天了，今天要来。"

"哎——"

王凤长长地应了声，就再次跳到湖边，双手撩水到脸上，晶莹的水珠就在她粉红色润泽的脸蛋儿上滑溜下去。王凤微闭双目，让溪水在脸上弹起水花儿。

岐娘将一只陶罐放入水中，手提着绳系儿左右晃了晃，陶罐的口一侧倾，池水就咕嘟嘟灌满了一罐。待泛起的泥沙沉淀下去，岐娘又将另一只陶罐也灌满了。

岐娘屈腿下蹲，左右手各提一只水罐，站直了身，就迈步往回去。这时候，王凤也洗过了脸，蹦蹦跳跳地跟在岐娘身后。

王凤一边往回走，一边又折了几枝紫色的、红色的路边小花拿在手上。她将这些花儿拢在一起，准备回去后插在小陶瓶里，再放一些水养起来观赏。如花少女的这一种天真表现，真有点美女惜美女、花儿爱花儿的感觉。

岐娘在前，放开大脚板飞步行进，小道在碧绿与五彩间折了两道弯儿，再往上攀，就快回到位于嫘村山腰的聚落了。一片参差错落的竹屋，轻拢于晨雾与烟霭之中，不时有鸡鸣犬吠声传来，也有人们相互呼唤的声音传来——已经是饭时了！

岐娘呼呼喘着气，放下两个水罐小歇一下。她直了直腰，胸口两个馒头一样圆鼓的乳房，随着喘息上下颤动。她回看了一眼小王凤，王凤已经花枝盈满双手了。

王凤将花儿倒到右手上，伸出左手，用素黄色的麻布衣袖为岐娘擦汗。

岐娘则弯下腰，微闭起双眼，任凭王凤擦拭。

二

岐伯自从去年榆冈东巡以后，就离开位于今陕西岐山周原上聚落的土屋，开始向西云游，他先在陇东各部落穿梭，在山野丛林中采药，为各部族急危患者治疗，又折向西南，到昆仑山拜访了西王母，向王母娘娘索取一些仙药。昆仑山的美景确实让他流连忘返了一番。可是，毕竟"亲情"更重要一些：有四五年了吧？遥遥千里之外的他，就没有再见过小王凤。这个王母娘娘梦赐给岐娘妹妹的"外甥女"，实在是太招人喜爱了！想起小时候逗她玩的可爱样儿，岐伯的脚下就再次荡起风声。

岐伯身背一张大弓，皮囊里塞满各种药材，头发高高地盘在头顶，深眼窝里的单皮眼极富洞察力，鼻梁高挺，瘦俏脸，身体却极硬朗，从外观看，要说他是一位好郎中，倒不如说他首先是一个好猎人。多年以来，独自一人的野外云游生涯，练就了他应对各种凶禽猛兽的本领，也练就了他一副棘荆不入的铁脚板,只要吃足睡好了,他行走在山林草莽之中如履平地,疾快如飞。

岐伯拨开一丛丛棘梢,飞快地行进在西子山通往云毓山的羊肠小道上。不想,一块石头绊了一下,大拇趾给碰得钻心痛,岐伯只好坐下来,用手将从草鞋前面露出的大拇趾揉了又揉。蹚过梓江时弄湿的兽皮围腰,这会儿在晨风中透着一丝丝凉意。

"这烟堆山可真是云蒸霞蔚,怪石林立,道路崎岖!"岐伯抬头看了看前面的山势和刚刚露出半张红脸盘的朝阳,这么想。待脚疼得不再钻心,岐伯站起身,顺手折了一根木棍拄着,一瘸一拐地继续赶路。

榆罔神农氏经过榆次来到太原,观看了老神农氏当年在神釜冈熬药为当地部落民众解除牛皮癣痛苦的十个大陶鼎之后,又像当年的老神农一样挥舞着赶蛇鞭鞭药一番,新尝出几味草药的性味后,在当地部落的一片拥戴声中南返,顺着汾水来到中条山北今山西运城市的盐池一带。这盐池广有百里,卤色泛黄,所产盐巴作为饮食调味品特别上味,而且常吃盐的人有劲,是造福天下百姓的又一宝物。

世居于这一片土地上的羊龙部落民众邀请榆罔神农氏与随从的天老、祝融、俞跗、祸母等品尝了盐巴调味的食品后,又送了几驮盐巴驮于牛背。榆罔就率领他的大臣们和牛队准备渡大河回到姜水流域,却传来首阳山发现五彩石的口讯。

在首阳山采集了一大堆五彩石,祸母自告奋勇指导冶炼,虽然她并不怎么真懂,折腾了很长时间,也没炼出什么铜来。酷暑难挨,榆罔急着回关中故土,祸母就留下来继续组织冶炼。

大河浩浩渺渺地横在面前,宽有一二十里,急湍的水流浑黄一片,夹杂着残枝败叶,翻卷着一个又一个漩涡。站在河边,耳边是永远不断线的河水的低吟,只要你盯着这河水看,目光跟着河水走,立刻就有眩晕的感觉!

榆罔、祝融、天老、俞跗等勒牛河岸,遥望着大河对岸的远山和平川。远山层峦叠嶂,自东向西,愈来愈高峨,像一道蓝色的高墙。平川广漠,一片绿色葱茏,有一条较小的河经过一个大湾,汇入大河,那就是源自陇东渭源的渭水，神农氏的母亲河清姜水就汇入其中。

看到这一条汇入大河的渭水，榆罔神农氏切实感到，已经回到神农氏经营七世的故土了。只要设法渡过河去就可以一马平川地回到姜城堡了！在那里，爱妻听訞和四女儿芹姬，所有神农氏的后裔们都在等着他呢！望着故乡热土，榆罔的细眼又一次眯成了长缝儿，也许是夏日阳光的强烈刺激，榆罔的眼中噙满了泪水……此次东巡一年多的曲折经历，使他强烈地感受到故乡热土的分量！

榆罔的内心充满一种沧桑感，世事变迁，人心不古，神农氏七代恩泽广被，而今却面临更严峻的考验：居然有人敢抢走他的义子祸儿！居然有一些部落敢冒天下之大不韪，侵犯神农氏的尊严！想到这些事，榆罔神农氏的内心仍然不寒而栗。榆罔神农氏始终崇信一句话："你善待天下，天下就善待你。"这会儿他再次想起这句话，想起老神农氏以医药和农耕造福天下万氏的圣举，一心唯愿弘扬神农氏圣德，以善明天下，以德治天下。天地间最善者月亮，最德者太阳，它们皆来自光与火，日月同辉谓之"燚"（炎），"炎"就是一个最吉祥的称号了——他对老神农氏作为断肠草象形的"炎"字，又有了一层新的理解。

榆罔神农氏的性格里，有一种愈弥愈坚的基因，他的意志力，他弘扬神农氏圣德、造福天下万氏的雄心，促使他下定称帝的决心。帝号还叫作"炎"吧！可能是历代神农氏谛"炎"的基因遗传，榆罔神农氏对"炎"字情有独钟，大儿子名为"炎居"，如果再有个小儿子，就叫他作"炎柱"。

榆罔神农氏面对着大河，想得更多的不是渡河的艰难，而这一点正是祝融犯难之处。祝融虽然自小生活在南方水乡，自诩颇识水性，可像这样浑黄的、急湍的、漩涡相连的水面，他还是第一次见到。这么宽的水面，怎么才能安全地渡过去呢？

祝融见榆罔独自深思，就一拉牛缰绳，掉头靠近经验丰富的天老：

"请问帝师，有啥好办法能安全渡河？"

天老昨晚夜观天象，紫微回到帝垣，因而他内心充满自信，用精瘦红润的手指，一捋银须：

"浑沌，也就是鼓气的皮囊！"天老知道，大河上游的部落都是这样渡河的。

祝融正张罗着派人去羊龙部落索要兽皮赶制皮囊。天老微微一笑，一挥手，十多头驮着皮囊的牛就被赶了过来。原来，前一段时间，祝融围着榆罔、祸母转的时间，天老已经让属下带着羊龙部落的女人们缝好了这批皮囊，不多不少，每头牛两只。

祝融兴奋地指挥士卒们卸下皮囊，鼓着腮帮，面红耳赤地吹将起来。

天老笑眯眯地和祝融开玩笑：

"人无远虑，必有近忧。"

榆罔叫过天老、祝融商量帝号的事。祝融首先拍手称好。天老手拈银须想了想：

"也罢！"

只是在他旷世奇才的心胸中，总觉得榆罔的治世思想和天道有违。天道、世道相通。如今的世道，木生火而金克木，加上水火不容，炎帝可立，而姜氏城不是久居之地啊！

渡河之前，日影正中的时候，天老又占了一卦，卦象为地天"泰"（䷊），遂决定开始渡河，目标是大河对岸可以望得见的一棵深荫大树。

回到姜城堡后，榆罔神农氏开始筑坛，积极筹备登基大典。而天老，在推荐了他的道友悉诸为帝师后，自己却回天水养老去了。

三

时间转眼到了榆罔有年三十二年秋季，姬轩辕又长了一岁，八岁半的他明显地比去年长高了一大截，谁让他正处于拔节的年龄段呢！

看一眼轩辕，他的由字形地格方圆的脸上，稚气和圆润减少了几许，棱角和成熟增加了几分。一口乳齿已经换过，牙齿坚挺齐整，白晶晶的。

姬轩辕的喉结也显露出来，厚厚的朱唇，说话嗓门儿很浑厚，正处在由童音向成年人过渡的过程中。他的膂力也增加了几倍，肩宽胸阔，加上他的机敏，和挥、伶伦等少年同伴摔跤格斗，轩辕总是占上风。这不，伙伴们又在姬水河游泳玩水后，赤裸裸一条条汉子比赛膂力。这是从母系氏族社会传下来的规矩，也是人类生存本能的要求，孩子们首先要掌握、要适应的就是和自然界百兽的格斗。慢慢地随着一些部落逐步向父亲氏族社会演变，男人雄立部落酋长的基本条件，也是看他能不能征服所有敢于向他的权威示威的挑战者。有着少典、有蟜氏部落传统的有熊部落，更倡导这一种勇武精神。

姬轩辕把麻布衣服往腰上一缠，光洁的充满少年无穷生命力的躯体上，挂着一层均匀分布的晶莹水珠。这会儿，他的头发披散着，头一甩，黑发就像雄狮的长鬃一样剪过长空，水珠飞溅，大步向接连摔倒了伶伦、赤将和胡曹的挥奔去，接着向这个胖墩挑战。

伶伦瘦骨嶙峋，第一个被长得周身浑圆的挥摔倒在地。几乎是在交手的同时，两个人粗壮与纤细的手臂刚一接触，挥手抓住伶伦一个周身旋转，就把伶伦"轮了个鸡娃子"，顺着圆周的切线，直直地摔出去。伶伦"哎哟"一声，全身失去重心，顺着惯性侧身扑倒在河滩湿润柔软的细沙地面上，倒是几颗小鹅卵石，将他的肩头、屁股蛋垫得生疼！

伶伦龇牙咧嘴地倒在湿地上声唤。

挥威武地一挥手臂，寻找下一个对手。他细细的、尖尖的牛牛，也抖了抖威风。挥经常跟随善于射猎的父亲一块去打猎，已经能帮着父亲与同族男人，把打死的小鹿从山里扛回来。因此，就膂力而言，他几乎把同伴们都没放在眼里。

赤将赤裸着身子，连人带水从姬水中走出，高喊着："伶伦，我替你'报仇'！"

对于这个善动脑筋、"匠心独运"的小子，挥还得提点神对付。可是，挥把赤将全没放在眼里。

两个一交手，河里面、河岸上，分别是一片为双方加油的呼喊声。

伶伦从跌痛中缓和过来，侧爬着，舞动着右拳，为赤将鼓劲：

天风罡，

姬水幽；

壮士搏，

洗蒙羞。

　为赤将加油的伙伴们，和着伶伦的歌声唱起来，还真有一些"壮士一搏"的悲壮劲儿！

　轩辕一边击水，一边关注着事态的发展。

　挥把赤将如法炮制地抡了两圈之后，赤将不但没倒，反而乘挥转身换步时足抬起之机，在挥的腿腕上扫了一脚。赤将这意外一击，阻止了挥旋转的脚步，挥失去重心跌倒在地。

　"不算，不算！三打二胜！"

　挥也会使绊脚之类的搏击技巧，凭借他的膂力，他根本不服就这么输了。

　"对。三打二胜！"

　支持挥的小伙伴也跟着乱嚷嚷。

　轩辕的声音响起：

　"三打二胜，一决胜负！"

　可是，等挥真正重视了这场决斗，就封死门户，再没给赤将可乘之机。赤将连输两局，跌坐在地上。

　胡曹接着挑战。双方你来我往交织了半天，最终还是被挥一连摔倒了两次。

　挥正为获胜扬扬自得的时候，看见轩辕围上麻布向他走来，不由得紧张了一下。因为在历次与轩辕的交锋中，总是轩辕胜多败少。轩辕从去年到今年，膂力明显增长了许多，加上他善于抓住一切机会挑战的顽强劲儿与机巧，总占挥的上风。

　挥心里明白这一点，但是一个得胜者的骄傲不能一下子就散尽。

　"轩辕必败！"挥咬咬牙，牙关"咯咯"响了两声，为自己鼓劲。又朝手心里吐了口唾沫，把两只胖手搓了几搓。

　轩辕的眼睛直盯着挥，一种勇往直前的冲劲直逼向挥。他首先以气夺人，那一种气势，好像能压倒大山似的。

　挥的思维还没有整理清，双手还在搓时，轩辕已经来到面前。他慌忙伸出两手迎战，脚下不由得倒退了两步。

轩辕抓住战机，在挥的第二步还未落地，重心已经后移时，勾起一脚，双手一掼，挥就跌倒在地。

小伙伴们一片叫好的声音。

秋天的姬水河两岸，树叶在犀利的秋风的劲扫下，不得不改变绿色的"统一战线"，被分解为黄、红、青、绿等不同层次。夏日严整得密不透风的丛林，已经变得稀疏起来。树叶完成了它一生的使命，随着秋风盘旋，飘零……这时候，正有一只金黄色的树叶，边缘卷起，顺着姬水，稳稳地漂流而下，无意间进入得胜后重新入水的轩辕的视野，又顺着水流，来到轩辕面前。

轩辕伸手拣起这片树叶，不由得陷入了沉思：

"树叶为啥能漂流而不沉入水底，就因为它的周围卷起来的缘故吧？"

"周，周"，轩辕带着这个问题回到自己家的大屋时，少典君拍着轩辕还没有干透的头发，告诉他：

"榆罔神农氏东巡回来了，还带回一种金器！"远古的时候，金、铜两个概念经常是混淆的，发展到以后，那些糊涂的道士们还依然鼓吹所谓"炼金术"。

轩辕好奇地睁大眼睛。

少典君继续说：

"咱们有熊氏也不差，我们发明了荞麦，增加了五谷品种。你发明的陶甑，也应该好好推广一下，造福天下万氏。"

少典君年龄虽然不是太老，但是他的身体已明显不如已往。人生就像树一样，只要根不死，新的叶芽长起来了，老的叶子就得脱去。少典对小轩辕寄予厚望。

附宝也说不出为什么，虽然人说母亲的心最公平，可是在她的心里，却总是特别疼爱轩辕。然而她把这一种天经地义的母爱从来不表白出来。她历来就喜欢心照不宣。

眼看到了饭时，还不见轩辕回来，附宝心里正在着急，正准备出来在碥畔上瞭一瞭，喊一声，轩辕走进门来，她自然掩不住作为母亲对儿子的那一腔深爱，把笑意盎然地写在她依然能看出青年时代风韵的脸盘上，眉眼间。附宝的眼角和眉头，也已经爬上了细细的工整的皱纹了。

刚才听少典君说，榆罔派来信使，告诉两件事：一是他历时一年半的东巡结束了；二是约天下万氏季秋时节汇集小天山，即今秦岭北麓清姜河东岸的常羊山，举行立帝大典。

少典君征询了项先生的意见，到时候准备带着轩辕一同前往。

四

眼看着离榆罔神农氏约定好的举行登基大典的吉日犬月望日即九月十五日还有一个多月了，准备起程前往时，少典君却因外出播种荞麦时，淋了一场透雨，周身发寒，四肢无力，勉强回到大屋内，一躺下就发烧，一连几天不能起身。想起参加榆罔神农氏的登基大典的事，少典君派人将项先生请进大屋。

项先生白须白眉白皮肤，依然是一副仙风道骨的样子。项先生急步赶来，一是担心少典君的病情，二是担心延误了参加榆罔登基大典的日期。项先生考虑问题总是从大局出发——有熊氏虽然只是少典氏与有蟜氏的一个小小的分支，但恰恰这一支的母系有蟜氏发现了荞麦，现在，姬轩辕又发明了既能煮饭又能蒸饭的甑。这些文明成果，既为有熊氏争得了荣誉，也是对人类文明进步的一大贡献。借榆罔神农氏登基大典天下万氏集聚的机会，正好将有熊氏的功德传布天下。

项先生急步来到少典君面前时，还微喘着气，就问附宝少典君的病情。

少典君微微睁开眼睛。他的眼窝明显地深陷了，面色变得赤红，嘴唇上起了许多白边的干痂。他厚厚的嘴唇动起来，声音微弱：

"项老先生，看来，姜水之行，得托你了……你，带上轩辕，带上贡品……"少典君努力加重语气，脸色憋得更红了。

项先生一边点头，一边伸手抓住少典君瘫软无力的手腕，将食指、中指和无名指按在少典君搏动的脉息上：脉弱而弦，节律平稳，估计不会有大问题，就叮嘱附宝将柴胡再熬一些汤汁，让少典君继续喝。自己就带上轩辕，准备出使姜氏城的事去了。

从桥山西坡下来，沿着姬水即今沮河北岸逆行，绕过北坡底第一道弯儿，隔河相望的一边是马山，一边就是张寨自北向南延伸的横断天际的绵长山梁。从张寨山南侧绕过，河道又回环向北，绕到一自南向北延伸形似虎尾三折的山梁的北头，又弯向南去。在这里，主河道又一次折向北去，一直向西延伸，消失在山湾。而西南侧的山河口，有一条清澈的小河自南向北流出来汇入姬水，这就是如今的玉华川。

项先生和姬轩辕，骑上坐骑，蹚过姬水，兴致勃勃地沿玉华川向西南行走。身后跟着两个精壮男丁，作为他们的同伴和侍卫，则分别拉着一头坐骑和另一头驮满本部落贡品的黄牛。

逆玉华川的浅流而行，东南与西北的缓坡二级台地上，不时有一些本部族的聚落分布，看到项先生一行，相识的人就远远地招手。

从太阳升起一竿高的时候起身，一直快到正午的时候，四个人才感到脚困体乏起来，于是项先生第一个骑上牛背，姬轩辕和两个侍卫也分别骑上自己的牛背。黄牛"哞哞"地叫几声，就忠实地、一步一点头地向前继续行走。

太阳一刻不停地继续着它西行的旅程，秋意已渐深，项先生一行人都加上了皮坎肩。看他们的衣着打扮，一个周身雪白，一个皮色泛黄，另两个则仅取皮料本色，麻布衣着也是天然的土黄色。两个侍卫，除了身背大弓和箭囊外，每人手执一杆长矛。

轩辕的背后，斜插着一个一端挖下弹坑的木棒，斜挂在右侧的皮囊内盛满了从河卵石中精选出的弹丸。轩辕臂力超常，使用这种木制抛弹器，可以把弹丸准确有力地抛出三十多市尺远，是一种靠得住的狩猎御敌与防身武器。

项先生依然手执他的白色拂尘，一副悠然自得的样子。他不时抬起手，分别指认给轩辕这些聚落的名称，介绍这些聚落的情况。再往前几十华里，就到马龙部落的居地了。这一带处于门户之地，战略地位相当重要。

项先生作为姬轩辕的老师是尽职尽责、完全合格的，他时时刻刻都在塑造着轩辕的理想品格，磨炼着他的意志毅力。

轩辕年轻气盛，只嫌坐骑走得慢，不断用皮鞭抽打着牛屁股，屁股下的黄牛就颠簸着向前飞跑，一时跑出几十丈远，这时候，牛喘起气来，原地站着不肯走，项先生的牛就"扑嗒扑嗒"地赶上来。一次又一次，轩辕的"快"和项先生的"慢"，最终还是"合二为一"。这么折腾了几次，轩辕的坐骑干脆赶不动，原地站着，眼看着项先生不紧不慢地走出去老远。轩辕着急喊一声：

"先生等我一步！"

项先生勒住牛缰，笑眯眯地回过头来：

"不怕慢，但怕站。行长路就要把力气使匀，切不可突飞冒进。"

轩辕从中悟出恒久毅力的重要性。他闪着水灵灵一双大眼在冥思着，是对自己悟性的肯定，也是向项先生还礼，他深深地点了点头。可是，年轻后生身上散发出的青春朝气，促使他怎么也不肯服输！

经过一天跋涉，日近黄昏时，来到马龙部落聚居地。这个部落与自今铜川一直延伸到岐山一带的虎龙部落，同属有蟜氏与少典氏的两个分支，马龙部落因为欣赏野马的张扬与狂野而崇拜马图腾，虎龙部落就将兽中之王自诩为保护神，崇拜虎的威猛。马龙部落与虎龙部落，因为边地纠纷，时不时与崇拜三足龟的有熊氏部落发生摩擦。因为得马之野和虎之威，经常处于上风。

项先生讲部落周边情况时，反复讲到这些情况，以此警示轩辕自强不息的精神。走近马龙部落高悬着马头骨的寨门，聚落里就传出"咴咴"的马叫声，那么激越，那么刺耳！

在马龙部落借宿一夜，躺在用马皮铺就的地铺上，姬轩辕的内心久久不能平静。

出了玉华川，翻过一道布满油松的山梁，顺着一条与姬水大小相当的河流南下，即到了渭河北岸的高原之上。这里密集地分布着虎龙部落的一个个寨堡。从这里向西，又经过四天昼行夜宿，就来到虎龙部落的一个大寨岐山。

项先生与岐伯本来就相识，到了这里，通报过部落名称和榆罔神农氏的玉符，项先生一行就径直向岐伯的厦屋走去。

这一带渭北高原因为雨水较少，虎龙部落的先民就发明了这种"肥水不流外人田"的屋居形式。每一个三代家庭的茅屋都面向中心背靠外，形成"三合院"的形式：屋脊只搭往内流水的一面斜坡，雨水就都收集于庭院中心的水窖了。

岐伯居然在家！而且，轩辕也由这次借宿，结下了一段奇缘。原来，岐伯来到蜀地西陵氏部落见到外甥女王凤出落得天真可爱，又天资聪颖，初识文理，更加心疼，决心带她到中原见见世面。临离开西陵氏部落，征得岐娘夫妇同意，就带上王凤千里迢迢返回岐山。

五

项先生和姬轩辕等一行人报过姓氏，进到岐伯的三合式茅屋院内，被一小童迎进正堂客室暂歇，小童就前去寻找为人救急而去的岐伯。

项先生正襟危坐在蒲草编织的草垫上。轩辕就开始指手画脚地给项先生念悬挂于麻绳的甲骨上刻写的笔画细细的卦象文字：

"西南巽，风也，风乃太昊、女娲之姓。岐伯先生者，刚去西南也……"

姬轩辕正这么指手画脚、扬扬自得地向项先生讲示卦象含意时，无意间向门口看了一眼。这一看可不得了！顿时全身都变得不自在起来，手脚也不知道该往哪里放了。"由"字形地格方圆的胖脸蛋儿，竟羞得飞红发烧，直烧到耳朵根儿，大声喧哗式的讲示戛然而止，极不好意思地藏到了项先生身后。

这边，王凤听说来了客人，就径直跑到客室门口，正遇上轩辕讲示卦词，恰恰讲的正是舅舅去西陵氏那一卦。听岐娘妈妈讲，西陵氏是发源于天水的伏羲氏向南发展的一支，怎么，这个气象不凡的男孩子也知道呢？

王凤不由得睁大了一双丹凤眼，微歪着白里透红桃花一样好看的瓜子脸，静气注目这个第一次见到、好像曾在哪儿见过、让她天真烂漫的心灵为之一震的虎头熊脑的后生。她披散的头发，像反射着阳光的瀑布，左右对称的、精心编出的小辫儿歪斜，两只纤细灵巧又白皙的小手，抓起一只小辫儿拈弄着。一身翠绿的衣衫鲜得逼眼！

王凤一汪专注目光盯着轩辕不动，天真少女的美丽无瑕形象被阳光镶了银边儿，直照进姬轩辕心灵深处……一段时间以来，姬轩辕忙于学习，忙于发明，忙得连玩耍的时间都没有了，他压根儿没想到，人世间竟有这么好看、这么如诗如画的女孩子！在女孩子面前，他平生第一次感到局促，感到难为情，感到脸烧、心跳……不由自主就藏到了项先生身后。

王凤看到这一变化，不由"咯咯"地笑出声来。

项先生则转身从身后拉出姬轩辕，与这位十分招人喜爱的小主人见礼。

榆冈神农氏派悉诸和祝融监工，在小天山，也就是现在的常羊山上鏊削出一个大平台，作为他登基时昭告天地与天下万氏的祭坛。两条并列的道路，从山下笔直地直达山顶。在土坡靠近顶不远处，是一个二级平台，专供献乐献舞所用。

炎帝的"炎"字图腾红旗和神农氏的牛图腾旗被高高地竖立起来了，左为父系少典氏的龟图腾，右为其母系有蟜氏的蛇图腾旗，四围环以西方玄色旗帜，四方主神和天下十二大部落的图腾旗帜被环布在二级台地的四周，排序各依其在天下所处位置而定，即东方离火，西方坎水，南乾北坤，震、兑、巽、艮各当其位。值年主氏羊龙部落的图腾旗被单独立于中央，鼠龙、牛龙、虎龙、兔龙、玄龙、蛇龙、马龙、猴龙、鸡龙、犬龙、猪龙等图腾旗帜各以所处方色为底色，再画上本部族图腾的图案，这些五颜六色的图腾旗，在猎猎秋风中"呼啦啦"响成一片。

九月十五日（犬月望日）即将临近，天下各部落氏族首领已经陆续来到，分住在清姜河两岸、姜城堡内外，一直延伸到渭水北岸，一派旌旗相望、号角相闻的鼎盛景象。

九月十五日，雄鸡刚刚叫过头遍，启明星还没有升起的时候，项先生与姬轩辕一行人已经从最靠近陈仓的一个姜姓聚落起程向清姜水赶去，同行的还有岐伯与王凤。

他们在黑暗中深一脚浅一脚地行进，唯独项先生骑在牛背上，轩辕为老师牵着牛绳。岐伯依然是往日的装束，他把王凤背在背上。岐伯自己没有儿女，把个外甥女简直当作亲生女儿看待，顶在头顶怕凉了，含在口中怕化了。王凤伏在舅舅的肩头，随着不断重复的节奏居然甜甜地睡着了。平明时分，他们已经赶到了西南塬头，在薄薄的晨雾中，已经隐约可见清姜水两岸天下万氏的一个个营寨了。岐伯叫醒王凤。王凤揉了一下睡意惺忪的丹凤眼，看到这一幅壮丽景观，兴奋得在岐伯的背上直想跳跃。

轩辕平生也是第一次见到这么大的场面。这场面让他好震惊，好振奋，他禁不住手搭话筒，面对着如此多娇的江山社稷和天下万氏"噢——噢——"地喊起来，就像他随少典君牧羊时那样喊。山鸣谷应，轩辕的声音在远山近谷间回荡。

九月十五日，清姜河两岸秋高气爽，第一场秋霜过后，枫树、橡树、柿树、梨树……雄伟的秦岭山脉和渭水北岸的金台与北首岭周围所有山川丘陵的树木的绿叶都开始变成不同层次的红色与黄色，山寨聚落辉映在层林尽染之中，分外壮观。

早早地，一轮红日刚刚从八百里秦川广漠的尽头升起的时候，榆罔神农氏已经率众臣和听訞、少澍与四女芹姬上到常羊山顶，借着红日的朝晖铺满蓝天、云彩和大地的瞬间，饱览这雄伟壮丽的山河。

祭坛上，燃香草的大坑已经挖好，摆供品的长案已经罗列，诵史之词的腹稿，帝师悉诸拈着白髯已经默诵过多遍，主持的台词，值年之氏羊龙部落代表协洽也练习了多次。大臣们都换上了一色玄黑的"朝服"，头上分别装饰本部落的图腾标志。

榆罔的头顶上，照例装饰着牛角，听訞专门为榆罔神农氏准备的一套红色长袍，当胸绘着神农母系的螣蛇和一轮太阳，今天穿在榆罔身上，在一片肃杀的玄色中，更显出榆罔的显赫身份。

随着红日的升起，榆罔右手执玄酒向红日抛洒三次，举行了简单的祭日仪式后，再看山下，已经是旌旗如林，东西南北、天下万氏，所有来到清姜水两岸准备参加炎帝登基大典的部落首领们，带着本部落的特产与贡品，举着五颜六色的图腾旗向这里汇集，然后按照事先安排好的位置，排布在山脚下清姜水东岸的平陆上，但见东方红旗如火，西方玄旗幽暗，北方黄旗汹涌，南方蓝旗似海，一片人声鼎沸。

从这人海旗林里，分别走出四方主神的图腾旗和天下十二大部落的旗帜，沿土阶道逶迤而上。四方主神图腾分别是北方金麒麟——鹿部落联盟、东方朱雀——鸟部落联盟、南方青蛇和西方白虎。四面图腾旗下分别站着葛天氏、少昊、蛇居和西王母，他们的身后，分别跟随着本部落的贡品队和礼乐队。十二大部落的图腾旗与贡品队归类排在四方主神队伍的后面。北方金乐、东方陶乐、南方竹乐、西方丝乐同时奏响，一片嘈杂声由远而近。

葛天氏酋长葛天这次被鹿部落联盟推举为代表，主要还是因为他们发明的红铜器。这一种场面，巫师玄少不了辅佐左右。还有一点，他们除了敬献红铜礼器外，又一次将祸——榆罔的义子带来了。

葛天酋长依然是头顶鹿角，一副彪悍威猛的样子。

少昊则显得白净文雅得多。他头顶羽冠，手执羽扇，身着羽衣，其形象典雅得像一只仙鹤。

九黎代表南方各部族参加炎帝的登基大典。九黎酋长蛇居在江淮不可一世，可参加这样的盛典还是第一次，因而心情特别激动、兴奋，他按捺不住得意与喜悦，心腾腾地跳个不停。他头顶水牛角，一身青衣饰，举的是水蛇图腾。

西王母豹眼虎牙，雍容华贵。她远在西方昆仑，也就是今天的岷山一带，却与中原联系密切，与赤松子交好。她在一群高鼻梁、深眼窝的天仙般少女的簇拥下缓步上行。

榆罔率领诸悉、风伯、雨师赤松子、雷公、祝融、俞跗、稷、赤冀、诸稽、白阜、朱时、箕文、郝骨、封矩、洪崖、刑天、共工等大臣下迎到二级平台，与四方神主和十二大部落酋长见过面后，就依序排好位置，等待登基大典辰时的到来。

第六章

一

将登基大典定在辰时，有它特定的含义。因为龙是伏羲王天下时天下共举的图腾（虽然以后天下十二大部落对龙形象各有各的不同认识，但是对"龙"这个概念，认识还是一致的），象征了团结统一的精神，加上龙字的音与神农氏的"农"字发音相同，又象征了神农氏的恩泽……

常羊山顶上錾出的平台，又叫"辟地为基"，登基举行称帝圣典，就被称为"登基大典"。

辰时到来，炎帝登基大典准时举行。分布在平台四周的牛角号首先吹响。接着，金乐、陶乐、竹乐、丝乐相继奏响。榆罔率领众大臣和四方神主、十二大部落酋长缓步登阶而上。待榆罔率众大臣与酋长登上台基，依序排定位置，号角器乐戛然而止。值年之氏羊龙部落的代表协洽手执甲骨，庄严宣告：

"炎帝登基大典开始！奏乐——"

号角、器乐齐奏。

等乐声稍有终止，头饰羊首的协洽接着讲：

"请帝师悉诸诵史——"

悉诸清了清由于年龄和紧张的关系，突然变得有一些沙哑的嗓子，正颜肃立，朗声开诵：

旷古混沌，是盘古开辟天地，化作日月星辰山川万物；

人类野处，是有巢氏仿鸟筑巢，或借居洞穴；

火种难存，是燧人氏钻木取火，御兽取暖……

至伏羲女娲，观蜘蛛而结渔网，男婚女配，再造人类，首创阴阳八卦，四维八方，天地人之大理通矣！

　　我祖神农，感生蒙峪；九龙沐浴，长于姜水；始制耒耜，嘉禾粒民；刀耕火种，作陶教耘；尝味百草，和药济众；制琴作舞，相土择居；泽被八荒，万氏崇仰！

　　榆罔神农，承祖之制，广而大之，弘而扬之，功盖百代，勋传万古，不入尊号，难称其实，万氏共推，是为炎帝！

"敬献五谷时果——"协洽接着主持。

十名姜氏少女头戴花环，颈戴珍珠贝壳项链，手托陶盘，内承麻、黍、稷、麦、豆五谷和野梨、杜梨、水桃、李子、红果缓步而上，放在长案中央。

"敬献十牲——"

二十名精壮小伙子，头扎红巾，抬着牛、羊、豕、犬、鸡与麕、鹿、熊、狼、兔分别放在长案两侧。

"上香——"

一名姜氏少女将燃着的一丛香草递给榆罔神农氏。炎帝榆罔双手接过香草，对着上苍三揖，然后放在长案前的香火坑里。

"奠酒——"

炎帝榆罔接过玄酒，用左手中指蘸了弹向天空。又将剩下的弯腰洒向土地。土地"嗞嗞"地吸吮，地上泛起一堆又圆又透亮的泡沫。

"行礼——"

炎帝榆罔跨出一步，面对苍天和大地行三拜大礼，感谢先祖们神灵的庇佑。

"授耒——"

两个小伙子抬着一个代表神农氏权力的大耒来到台前，献给炎帝榆罔神农氏。炎帝接过大耒，双手高高地举过头顶，向二级台地天下万氏的代表和常羊山下清姜水岸边的族众致意。山上山下一片欢呼，旌旗飞舞，彩带飘扬。

"请炎帝神农氏榆罔讲话——"

山上山下又是一阵欢呼雀跃。

炎帝榆罔手执甲骨，亮着嗓子宣读：

> 天有日月，人有帝尊，
>
> 上下相应，共理五土；
>
> 榆罔不才，上继神农，
>
> 火德承木，扶农兴医。
>
> 今成帝业，上告于天，
>
> 皇天后土，佑我臣民——

又是一阵长时间的欢呼声。

"上贡品——"

天下四维八方十二大部落依序纷纷献上本土特产和最新发展成果：

少昊献上大海螺；

蛇居献上大稻穗；

西王母献上夜明珠；

葛天氏献上红铜斧……

姬轩辕以同脉近亲，代表有熊氏献上自己发明的陶甑。

炎帝榆罔神采飞扬地向上过贡品的部族首领还礼致意。这时候是他的心胸最膨胀惬意的时候……

"献舞——"

不等炎帝神农氏细想，下一个议程又开始了。老神农氏取桐木作瑟，创音乐舞蹈，这时候，当着天下万氏的面，是该表演表演了。

第一个走到二级台地中央表演的是神农氏部落的表演队。牛角号响处，琴、瑟、簧、埙、钟、磬齐奏，一队男女跳起了《伏犁八阕》：一曰迎日之舞，二曰神鸟送穗，三曰大地广袤，四曰耒耜之舞，五曰雨神之舞，六曰牛神之舞，七曰蛙镰之舞，八曰丰收之舞，歌颂神农氏开创农业生产的丰功伟绩。

一曲刚罢，少昊的鸟部落联盟在一阵鸟鸣的口技声中，汇集鸟部落联盟各部落的图腾如鹰、乌、雉、燕、雁、鹡、鹛等朱雀之属。朱雀之下，百鸟又分为青鸟、玄鸟、朱鸟、白鸟四组。在朱雀的率领下，或飞、或鸣、或散、或聚，舞姿轻盈欢快如鸟翔碧空，气氛十分活跃，把人带进一种五彩斑斓的"鸟的王国"的生活画卷。

西王母的"淑女舞"接着登场。一队少女分别代表西方各氏族部落献舞。昆仑氏、西宁氏、西龙氏、西虎氏与西陵氏的牧羊女目光流盼，舞步轻盈，婀娜多姿，楚楚动人。

该鹿部落联盟献舞了。葛天氏部落的小伙子一队头饰鹿角，身着麻衣，手操牛尾；另一队则挥舞红铜刀斧，身披兽皮，"农耕舞"与"狩猎舞"交替出现，尖叫声、喊杀声气势逼人，充满了男子汉的雄浑强壮与野性魅力。西王母的少女们带头鼓起掌来。

九黎的舞蹈，同样是男子汉雄奇神力的展示。只见一群小伙子腰围青色网带，头饰水牛角，手执渔叉，光着膀子，赤膊上阵。小伙子个个肌肉成块，如铜雕铁铸，凹眼亮眸，蒲足开张，步伐整齐有力，"咚咚"的脚步声，"嗨嗨"的呼喊声，拔山盖世，欲与鹿部落联盟一决高下。

献舞在这时达到高潮，全场群情激奋，情绪高昂。炎帝榆罔站在首位，不时满意地点头，举起手来向大家致意、招手。

葛天酋长第一次代表鹿部落联盟出席这样盛大的典礼，在深深地感受到中原华夏文化丰富多彩的同时，也为本部族在冶炼方面的领先地位而心满志得，一种"气吞山河力盖世"的感觉油然而生。

西王母对整个典礼的程序见多不怪，微眯着一双豹眼，显出沉静老练的神态。她白皙的脖颈上的玛瑙珍珠项链也放射着宁静的光泽。只是那件珍贵的雪白毛色的虎皮披风在秋风中没有忘记抖自己的威风。

项先生随着每一项程序的进行，向轩辕做着旁白的解释。姬轩辕不光是眼界大开，对伏羲八卦天下八方部族的分布情况更有了直观的了解，而且凭着他聪明睿智的直观感受，似乎觉察出神农氏在某些方面的欠缺，亦为剑拔弩张的暴力表演而担忧。

王凤明目流盼，最欣赏西王母少女们的表演，对鹿部落联盟和九黎的舞蹈，不由自主产生一种恐惧和厌恶的感觉。

二

太阳开始西斜的时候，炎帝登基大典的正式程序已经结束。可是，各部族的人众仍然不愿离去。他们纷纷拿出自带的食物，烤鹿腿、烧山鸡、野猪肉、烧熊掌；黍巴、米酒、牛奶、羊杂……加上炎帝神农赐给的年糕、荞麦粉块、玄酒及轩辕的甑糕，大家大吃大喝，狼吞虎咽，细嚼慢咽，一个个喜形于色，尽情欢畅，一醉方休。直到日薄西山，太阳已经与西边龙脊一样起伏的山梁擦上边儿了，人群才缓缓向常羊山下走去。步态蹒跚，东倒西歪。

炎帝榆罔带领大臣和天下万氏的代表从常羊山北面山坡上盘旋而下，来到东北山脚下一块台地上，蒙峪沟即从东侧沟底穿过。老神农氏的母亲任姒游常羊山，见到神龙首感而怀孕，农历正月初十生老神农氏于这个台地旁的洞穴中，这个地方就被叫作"神农坑"。

炎帝榆罔带领大臣们瞻仰过老神农氏圣迹后，即下山各自骑上自己的坐骑，黄牛、水牛、鹿、羊等，旌旗猎猎，向北面清姜水东岸台地上的姜城堡及清姜水东西两岸和渭水以北的营地进发。渭水像姜城堡的一道天然屏障，由西向东横在姜城堡的北面。再远处，金台岭、北首岭的部落聚落遥遥在望，到处升起了一片晚炊的青烟。

炎帝榆罔继续带着大家朝拜了任姒当年为老神农氏沐浴疗疮的"九龙泉"，在神农祠行过祭礼后，每人沐浴了一次温泉澡，大臣和部落酋长们才各自散去。

一天辛劳折腾，炎帝榆罔也确实有一些疲劳了。回到位于姜城堡中心的姜氏部落中心广场南侧坐南面北的"紫宫"后宫，炎帝榆罔倒头便躺在地铺上呼呼大睡。这是他一段时间以来第一次这样全身心解脱放松迅速地进入睡眠状态，而且睡得这样香甜、这样投入——平时睡觉就爱打呼噜的他，又一次有节奏地把呼噜打得山响。

榆罔的妻子女訞回来后，先安顿四女芹姬睡下，她自己则来到正对着门道的火塘旁，从靠近居室中心的火种坑内取出用牛粪压着的火种，就着麦秸秆吹了又吹，火种红似火炭，青烟一阵又一阵冒起，终于腾起了火苗。

在火塘中央点燃一堆麦秸秆后，女訜赶快放上油松枝叶。油松枝叶"噼噼啪啪"爆着火星燃烧起来后，再放上更粗壮的树枝，塘火就呼呼地燃起来，映红了屋内。女訜抽身提起小尖底瓶，从门道的斜坡走出来，门口就有一条自东向西流入清姜河的溪流欢欢快快地从门前流过。小溪的水道内堵了一道小土坝，溪水集成小小水潭，小尖底瓶放下去，"咕嘟嘟嘟……"刚好能汲满一瓶。女訜抬头看看天空，太阳已经落下，只给天空铺满了火红色的云霞。姜城堡东面的护山虎坪还依稀可辨一些细节，清姜河西岸那一起一落的龙脊山梁，只剩下一道起伏的剪影了。广场中央的姜氏部落图腾柱，顶饰一对雄壮有力、直刺天空的牛角，代表了神农氏的图腾；柱身自上至下螺旋式缠绕着一条蛇龙的形象，代表了神农氏母系的图腾。这个由神农氏图腾牛和蛇龙组合而成的图腾柱，这会儿在晚霞余晖的映照下，显得更加神圣、庄严、肃穆。

女訜这会儿顾不得欣赏这瑰丽而神秘的晚景。她打起一瓶水，就折身跨过土坎，走下门道的缓坡，将水倒进带系儿的彩绘陶罐内，又将陶罐挂在支架上去烧水。她准备将用石杵和石臼捣出来的黍米熬一些稀饭喝。她又从另一只较大的红陶缸内捞出一些青菜叶腌渍的酸菜来。自从榆冈神农氏回来后，已经接连好几个月，她没有见红了。这一段时间以来，她又像以前怀炎居时那样，特别喜欢吃一些酸味的东西，几乎各种酸味的野果她都吃遍了。女訜知道她又一次怀孕了，根据姜氏祖辈传下的经验，"酸男辣女"，女訜想，她可能又怀了一个儿子。女訜因此而兴奋：炎帝榆冈由此可能不再是一苗单传了！可是她怀孕的消息，却一直没有告诉整日操劳着部落和天下万氏利益，为准备登基大典而忙得不可开交的榆冈。女人就是女人，总喜欢在自己内心里守一点秘密，尤其是她最珍视的秘密！

女訜熬好一罐米汤，走过去摇了摇女儿芹姬，芹姬睡得很死。再看看炎帝榆冈，这会儿呼噜正好进入了一番高潮。这一段时间，榆冈确实是太累了！女訜不忍心打断自己男人的甜梦，就自己盛了一陶钵稀饭，就着酸菜"呼噜呼噜"喝起来。

女訜喝完稀饭，正好炎帝榆冈蹬了一下腿，醒过来。额头上冒着一层惊汗。

女訞："喝些稀饭吧！"

"肚子还不饿，"炎帝榆罔揉了一下他睡意蒙眬的细长眼，说，"我刚做一梦，梦见我带大臣与十二氏酋长经刀劈石、荞麦岭，到天台吾祖神农氏之停骨台拜祭，却从草丛蹿出群蛇。蛇扭曲缠绕，铺满一地。倏忽，一玄蛇腾起，冲我而来。我狂奔猛逃，却怎么也摆它不脱。"

炎帝榆罔随着对梦境的复述，逐渐清醒过来，又恢复了他往日男子汉的风采。他总是那么精神饱满，充满自信，从善如流。这时候，炎帝榆罔和他的帝妃女訞的目光撞在一起，相互依然充满了当年的柔情蜜意。

也许是长久的分别，情感的能量积聚，自从榆罔神农氏东巡回来，女訞对他的爱情再一次如同火山爆发一样进入新一轮高潮。他们的交媾较以前更加频繁，而且相互配合默契，尽兴尽情尽意尽乐，每一次都几乎能同时进入兴奋的极致。榆罔神农氏虽然变得黑瘦了一些，但还是那样强劲有力，如一座大山，要将女訞柔情似水百媚生的酥肢全部覆盖了。女訞的细手臂死命地抱紧榆罔宽厚的背脊，腰肢随物赋形地扭动，两腿随意摆出任何一种荷花盛开优美的花姿。榆罔在女訞重现红润的脸颊上、微闭眼睛的长睫毛上、额头、眉心、鼻尖、口唇和鼓起的乳峰和奶头上狂吻。女訞已经失去了自控能力，全身松散，任由榆罔摆布。榆罔的呼吸一声紧过一声地急促起来，女訞也身不由己发出一阵阵呻吟。她有一种"快死了"的感觉；他有一种"力拔山兮气盖世"，沟通了天、地、人与大宇宙的感觉。女人之所以伟大，就在于她除了能孕育儿女、传宗接代以外，还能让男人爱得发疯！……有时候，避过孩子，大白天榆罔和女訞在火塘边或者草丛中，都要重温一次旧梦。

现在，已经当位的炎帝榆罔又一次在胸中点燃了爱情的烈焰。

三

经过一阵急风暴雨式的冲击之后，炎帝神农氏翻身落在地铺上，放松地伸展四肢，一瞬间便玄玄冥冥进入深层眩晕或睡眠了。

女訞又一次错过了告诉榆罔她已经怀孕的消息的机会。她从情爱波澜壮阔的大海饱览大好风光后，也逐渐平静下来，开始想自己的心思。她想心思的时候，不受任何干扰，哪怕身旁有一个人在"打雷"。她已经习惯了这一种亲切而熟悉的呼噜声了，甚至可以由第一声呼噜响起，能推想出一连串"响雷"拉响的旋律与节奏。实践多次证明了她的推想是完全符合客观规律的。

一觉睡醒，天色已经大亮。轩辕翻身坐起，右边地铺上早已不见了项先生的踪影，人老瞌睡少，加上项先生多年以来养成的早起习惯，每天早晨起来，他都要上山转一转，活动筋骨，呼吸新鲜空气，练一练他自编的模仿猛兽扑食搏斗动作的"六兽戏"。

轩辕正光着背脊蒙头蒙脑地左右瞅看，门口探进一个少女的头，接着就是一阵"咯咯咯"清脆悦耳银铃般的笑声。这是王凤来找轩辕一块儿去玩耍。这一笑不要紧，姬轩辕浑身像触电了一般，敏捷地钻进了兽皮被窝："你等一下，我马上就起来！"轩辕想起来，昨天晚上他们拉过钩的，相约今天一块儿去清姜水边摸鱼捉螃蟹呢！

"好的——"王凤应了一声，接着又是一阵少女天真烂漫银铃般的笑声。自从在岐山舅父家客室第一次相识以来，十多天里，除了项先生的课程，他俩一直在一起玩耍。往后，项先生向姬轩辕授课，王凤也成了"旁听生"。

王凤虽然天生俊相，聪明伶俐招人喜爱，但是在娃娃群里面，因为是"外来妹"，常常招致一些大龄男孩的欺负。他们教唆本部落的小孩不要和王凤一起玩耍，从王凤身边拉起一块玩石子游戏的女孩子就跑了，把王凤孤立起来，还远远地一遍又一遍喊她：

王凤，蜂王；
蜂王，王凤！

气得王凤一个人抹眼泪。他们就站在远处"好——好——"地啸叫。

自从认识轩辕以来就不一样了。他俩一块儿出去玩耍，谁敢叫王凤"蜂王"，轩辕就冲上去和他比武。"孩子王"有虎对冲过来，准备把轩辕扑倒。谁知他刚刚近身，轩辕的一只脚已经抬过来，挡住有虎的脚步。上身向侧后一让，借着有虎前扑的冲劲，扭转腰肢，双手在已经扑过去的有虎背后加了一点力，有虎就一个"嘴啃泥"扑倒在地。有虎翻身坐起，用手背抹了抹鼻子、嘴巴上的泥土，站起身忍着疼又向轩辕扑来。这一次轩辕也不躲让，双方的手臂搭扭在一起，有虎想以他的力量，把轩辕抢个"鸡娃子"，像转风车一样把他抡圆了，再摔倒在地，谁知轩辕虽然看起来不如他更强壮一些，但是双方力量却旗鼓相当。有虎几次想抡起轩辕，但是左右用力都动不了他。相反，反被轩辕瞅准一个空当，一只脚钩住有虎作为转动轴心的左脚后跟向回勾，上身紧逼上去，双手向前一推，有虎就失去重心，又一次跌倒在地。围观的孩子们都被镇住了，也被这精彩的一幕所感染，不由得跳起来喊："好——"王凤自然喊得最响。从此，轩辕成为岐伯这个虎龙小部落临时的"孩子王"。有虎对轩辕崇拜得简直可以说是五体投地。

轩辕三锤两梆子就穿好了衣饰，用陶盆里的水抹了两把脸，又用陶钵盛水"呼噜呼噜"漱了漱口，把水喷出去，脸上的水珠也不擦，就伸出强健有力的手，与小王凤手拉手，蹦蹦跳跳地向姜城堡西边斜坡下的清姜水跑去。

西王母偃昌，是西土昆仑第三十四代女王。昨天经过炎帝登基活动一天折腾，使平时不甚喜欢活动的她感到十分疲倦，晚上一觉睡去，不觉已经天色大亮了。昨夜还是那个只吃花蕊不食五谷的赤松子陪卧，这个炎帝神农氏的雨师和西王母偃昌已经是多年的交情了。他经常往返于昆仑之间，和西王母私交甚深。西王母是一代女王身，雍容华贵，虽然她已经是年近四十的中年妇女了，可是由于平时心情不错，一切随心所欲，想吃就吃昆仑木禾，想喝就喝瑶池水，看上哪个男人，那个男人就得陪她左右，乘白鹿，又有三青鸟服侍左右，精心为她描眉装扮，怎么看，她也就是三十出头的一位年轻少妇。

西王母睁开眼一看，天色已经大亮了，阳光已经从东向的天窗射进来了。她知道，今天炎帝榆罔还安排了一系列活动，不能再睡了，就打一个哈欠，伸了一下微胖的腰肢，放声大喊：

"三青鸟，扶我起来！"

早已经起来，准备好了洗漱的热水、化妆用的炭棒、花粉等，侍候在外的三青鸟，立即由孟青鸟手捧热水彩陶盆，仲青鸟用木盘托着炭棒、丝帕，季青鸟端着用昨日新采的红菊花花蕊焙干新制的花粉走进来。为制这花粉，她昨天晚上指挥另几位低一层次的侍女折腾了大半夜……这会儿，季青鸟的眼圈还发暗，眼白上布满了细细的血丝。

三青鸟放下各自手中的东西，就急忙殷勤地把西王母扶起，又是给她护胸，又是给她束腰，又是给她描眉，忙碌了好一阵子，西王母偃昌就由一个女人变成了一个身披虎皮披风、头顶华丽装饰的女王了。晚上暂时离开她的各种饰品又重新挂满全身，玛瑙、贝壳、骨珠项链戴上了，炭陶、玉石手镯、脚镯套了一圈又一圈，充分显示了她非同一般女人的高贵身份。

西王母偃昌等一切收拾停当了，就在三青鸟的携扶下走出这座临时借宿姜城堡的"寝宫"，去"餐厅"进食。西土的几位女侯女菀、女艳、女绎、女宓、女苧与昆仑山神陆吾已经在这里等她了。

这顿饭，除了西土的烤鹿肉、烤羚羊肉和牦牛肉外，专门给西王母和各位女侯与昆仑山神新加了炎帝榆罔赏赐的红豆黍米稀粥，经姜城堡九龙泉矿泉水一熬，这粥喝起来热乎乎，香喷喷，别有一番滋味。

西王母感到这中原的草，也能结出如此香甜可口的"良食"，不由感叹中原好地方。难为了炎帝榆罔一片好心肠，西土广漠，水草茂盛，牛羊成群，野马奔腾，除了四川盆地西陵氏部落和陇东黄土高原地区适于农耕外，大部分地区并不适于农耕。但是，作为礼仪应酬，今天，她还得随炎帝榆罔及天下万氏的代表们经过蒙峪沟，前往烧香台遥祭天台山，老神农当年尝百草误食断肠草就死于此，那里至今还存有神农停骨台遗址。沿途参观学习秋播技术，辨识各种药用植物。

"又是一天徒劳的折腾"，西王母偃昌心里这么抱怨了一句，可是对于《神农本草》，她还是蛮有兴趣的。她催促各位女侯："快点吃，今天炎帝亲授'本草'，你们可要好好学着点！"

"是——"女菀、女艳、女绎、女宓、女苧各位女侯个个长得花容月貌，女菀窈窕、女艳妖艳、女绎丰腴、女宓甜蜜、女芋宁静，听西王母催促她们，异口同声地应着，只有女菀多回了一句："只是昆仑山神，应更精医术仙方吧？"

"然也。"西王母一边肯定女菀的意见，一边把目光扫向陆吾。

"是、是。"身披保留着四肢四爪虎皮披风，背饰九条虎尾的陆吾点头称是。

正在这时，传进三青鸟的报告：

"岐山仙岐伯、西陵氏女王凤求见！"

四

岐山仙岐伯巡医四方，多次前往昆仑山。听说岐伯求见，西王母偎昌马上吩咐三青鸟："请岐伯客堂稍候。我与诸女侯马上就到！"

原来姬轩辕和西陵氏女王凤手拉手顺着一条向西奔流的溪水，蹦蹦跳跳来到清姜水东岸——条还算开阔的水面，自秦岭青色的丛山深处发端，绕过姜城堡西侧的缓弯向北流去，在不远处汇入滚滚东流的渭水。清姜水清澈见底，河床上均匀地分布着一个个姜青色的大鹅卵石。有一些石块被姜氏部落的人排成纵队，横跨到河西岸，被称作"列石"。人们踩着列石，蹦蹦跳跳、摇摇晃晃就可以到达彼岸。轩辕跨上列石试了试，敏捷地跨到了清姜河西岸。王凤踏上列石，列石左右摇摆，她的身段也左右摇晃，两臂左右展开如凌空飞燕，可是脚下却站立不稳，向前不敢挪步，向后转不过身，前后有困，左右为难，不由得喊出了声。

轩辕开始只是嬉笑，见王凤确实有掉进河水的危险了，就一边喊"站稳"，一边飞跑过来，伸手抓住王凤左手，王凤镇静下来，轩辕就倒退着，一步一步引王凤过河。

终于来到清姜水西岸，王凤小兔子一样"怦怦"跳动的心才安稳下来。她长长地嘘了一口气，坐在岸边喘气。轩辕却从一个石头跳向另一块石头，翻起石块，想摸几只螃蟹。可是他翻了又翻，摸了又摸，除了泛起泥沙，始终未见一只螃蟹的影子。王凤缓过气来后，在西岸上的草丛中，摘了一把淡紫色、黄色、红色的野花，其中尤以野菊花招人喜爱。

轩辕一无所获，王凤却花枝满盈。一看接近饭时，就一块儿返回姜氏城。正遇上岐伯到处在找王凤。他拉上王凤就向西王母的营盘走去。岐伯知道一天的日程安排得满满当当，想利用早饭前后的这一段时间，把外甥女西陵氏女王凤介绍给西方主神西王母。以王凤的乖巧清纯，一定会博得西王母喜爱。

岐伯舅甥俩在西王母的客堂刚刚坐定，侍女还未沏好茶水，西王母就寒暄着走进门来，左右陪着三青鸟，身后随着五女侯和昆仑山神。

岐伯急忙起身施礼。王凤也随着舅父一起施礼问安，相互行一种顶额礼。

西王母与王凤行过顶额礼，张眼审视着小王凤扑闪扑闪眼睫毛很长的丹凤眼，看她的鸭蛋脸盘白里透红，如同春天盛开的桃花，眉弯如月，鼻直翼小，小口朱唇，天生丽质，不由生出一种爱怜。西王母今生未生育子女，膝下五女，均属抱养，如今各成了一路王侯，平时身边虽有三青鸟殷勤侍候，却总难免膝前冷清的感觉，尽管她是一个万事都想得开的女人。

王凤觉得西王母既雍容华贵，又亲切动人：她的额头温暖，传达着善意；笑容可掬，慈祥可爱，一时竟感动得眼中发潮。

主客东西相对坐定，西王母与岐伯相互问过别后的经历，注意力又一次转到王凤身上来。问清了王凤的身世后，西王母的心头重新泛起了收养干女儿的意图，她觉得这个清纯可爱又聪明伶俐的小姑娘，正符合她的收养标准。

西王母是个心直口快的人，她心里怎么想，就怎么说出来：

"岐伯，汝甥可为我干女儿乎？我甚喜欢此女。"

西王母微胖的脸上泛着慈祥的母爱的辉光。

岐伯事先没有考虑到竟会有这样的结果，愣了一下，看看王凤，她的目光正与西王母的目光交汇在一起。岐伯赶紧说：

"托王母厚爱，此王凤之大幸也！"

王凤原来只是觉得这个西王母温厚慈祥，不同于一般的女人，但是没想到一下子她又要变成自己的干妈！岐伯问王凤意见的时候，王凤的脑海里首先想到的是她的母亲岐娘。岐娘是那么爱她，把她从小拉扯大。为了跟舅舅到中原见见世面，她来到这里。她还要回到岐娘的身边去。她想岐娘，想西陵氏的竹林、小溪和桑树，想那些可爱的小伙伴……这一段时间，她做梦就常梦到在西陵氏的生活情景。

岐伯连问两声，王凤只是低头忸怩不说。

西王母见王凤一时作难，就自找台阶下：

"罢了罢了。娃想通了再说。"

炎帝榆罔刚刚吃过早饭，葛天酋长与巫师玄就带着已经一岁半的祸和祸父，赶在天下部族首领汇集之前，前来向炎帝榆罔赔罪。

祸虽然还不到两岁，却已经长了个三岁小孩才有的个头，黑、胖，因为缺乏照顾，自小又睡成一个歪歪头形，四棱八瓣不好看。为了表示他也是炎帝榆罔神农氏的"儿子"，巫师玄特意将祸两个鬓角的头发直直地束起，像两只牛的犄角。

祸父打心眼里还是不服气，只是迫于葛天氏与巫师玄的压力，才勉强同行。临行前，他在怀里藏了一把红铜小刀。他想借"赔罪"的机会见一见抢去自己女人的男人，得机会了一雪夺爱之耻！

祸父装出老老实实的样子，把倔强生硬的祸推了过去：

"尊敬的炎帝，我深夜抢去祸儿错了。今特向你赔不是……"

炎帝侧身问抢前一步来到炎帝左右的葛天酋长和巫师玄：

"这位是谁？"

"祸的生父。"

"免了。"炎帝榆罔想起春日月夜发生的那件不快事，一股怒气直冲头顶。可转念一想，正值登基的大喜日子，不必为过去的事发火，何况人家已经找上门来赔礼道歉了。

祸父暗中已经握紧了红铜刀把，大黄牙咬得"咯咯"响，正欲突前，祝融挎刀执矛赶进来报告：

"天下四方神主十二氏酋长已经汇集广场，等候出发呢！"

说完话，站在炎帝榆罔旁边不动了———种直觉引起他的警觉。他觉得眼前这个人为人不善，就用目光直盯着祸父看。冷不防冒出这么一位膀宽腰圆气宇轩昂的武将，祸父内心不由一紧。祝融的目光像火一样直逼过来，祸父毕竟心虚，赶快把目光收回，只看自己的脚拇趾。

葛天酋长作为一方神主的代表，这时候难掩内心的满足。他对炎帝诚心诚意：

"今天特带祸父来赔罪，并送还义子。望您恕罪。"

"罢了。"炎帝也不想多留他们，就吩咐葛天酋长："祸儿我认了。只是祸母尚在首阳山，你们回去时，顺道将祸儿交给她。"

五

自从在岐山与岐伯相遇，项先生就在讲阴阳五行相生相克大道理的同时，时不时请岐伯应用于人体四时养生，讲一些天人相通、天地大宇宙、人体小宇宙的道理。天地有阴阳，人群分男女；天地有五行，人体有五脏；天地有风、雷、泽、山、水、火，人有风疾、火疾、湿疾、燥疾、虚疾、实疾……疾病诊断又讲望、闻、问、切，辩证论治，治标治本，等等。几乎包括植物花草根茎、石块、龙骨、神泉皆可入药，这一点《神农本草》介绍得更详尽。姬轩辕对养生与医学发生了浓厚兴趣，听说今天除了参观秋播，还要上天台山前的烧香台遥祭老神农氏，沿途由炎帝榆罔，对照实物亲自讲《神农本草》……轩辕摩拳擦掌，早早就模仿岐伯的样子，背了一个大背篓，又借了一把石斧带上，催着项先生赶快去集合。

轩辕与瘦长脖颈的项老先生赶到姜城堡的中心广场，北方鹿部落联盟的犬龙、狼部落酋长头饰狗、狼之首，正与东方鸟部落联盟的乌、雉部落酋长争执不休。

只见犬龙部落酋长獣脸红脖子粗地喊道："土地、物产，天下人共有，不为谁独占。谁有力量向哪里发展，就该向哪里发展！"

乌部落酋长嘉乌氏乌同气得面色发青，顿足跺脚：

"此强盗逻辑也！我们辛辛苦苦开垦农田，我们祖宗传承之基业，我们头顶太阳背朝天刀耕火种之食，我们捕获的动物圈养成家畜和驯鹿，汝等凭着强力据为己有。此等不劳而获，公平吗？"

"你有本事也抢别人去！"狼部落酋长郎酋跺着脚转圈圈，蛮不讲理地说。

"这样抢下去，天下岂不乱套？！"虎龙部落酋长斗苞愤慨地说。

鸡龙部落酋长吴回也替乌部落鸣不平。

鹿部落联盟的大酋长、猪龙部落酋长夻挺着大肚子，为犬龙部落酋长帮腔：

"什么乱套不乱套？谁有力量，谁就有地盘，就有东西！谁……谁让你们有，我们没有？"

马龙部落酋长重光实在憋不住气了：

"我们有，是自己努力天赐的。谁要强夺，那只有一搏！"

值年的羊龙部落常驻代表协洽身披雪白的羊皮披风，头饰羊首，虽然本部落不时受到翻过太行山脉的犬龙、狼等部落的侵扰，时常被抢去大批羊只，但是善良的羊龙部落，除了向西迁徙，筑壕防御外，只能让榆罔神农氏从中调解。这会儿其他部落的代表都退居了"二线"，只有他能拿出值年主氏的权威，与各大部落酋长对话：

"好了，好了，诸位少安毋躁！一切自有炎帝公断！"

"炎帝榆罔到——"

广场上一片寂静。

炎帝榆罔从紫宫大屋走出来，身后跟随着祝融、悉诸、雨师、赤松子、风伯、俞跗及陶正、木正、斧正等大臣与天下四方神主。

十二氏酋长及天下万氏小首领们自然闪出一条道来。

炎帝榆罔亲手将"炎"字图腾红旗和神农氏的牛图腾旗升在中央高杆上，将父系少典氏的龟图腾升在左面的高杆上，将母系有蟜氏的腊蛇图腾旗升在右面的高杆上。接过火把点燃篝火，燃香草、奠玄酒，天下万氏共同下拜，祭告天地保佑天下万氏风调雨顺，少灾病，多收获。然后，炎帝以暮草起卦占卜，得泰卦："卦象为，阴在阳之上，阴气下降，阳气上升，阴阳交合，风调雨顺，地泰氏安！"

广场上一片欢呼声。

因为牛耕当时已经在关中、渭北的神农氏后裔和黄陵桥山一带普遍推广，所以在去烧香台途经蒙峪沟，观摩学习东西两面山坡熟垦的梯田式耕地上的牛耕技术时，轩辕只注意了姜炎部落与本部落的不同点，更注意了牛耕农具的制作技巧与犁的制作技术：姜炎部落巧妙利用牛颈后与背脊交界处的突起部位作为牛拉犁横木的着力点，一个横木左右各套一头牛，横木与犁相连传递牛力的纵木呈十字形交叉，用麻绳以"×"形交叉绑死。犁把被揉弯呈弧形，手握处横穿一个木扶手，杜犁木犁头上又套了坚硬的石犁头。小轩辕看在眼里，记在心里，他觉得本部落的耕犁还有待进一步改进。而且，耕牛也要进行更严格的训练，使它们能听懂"犁沟"的意思，并且步调必须一致。

炎帝牛耕

由炎帝榆罔神农氏率领的由天下万氏组成的祭祀队伍继续向烧香台前进。在队伍的最前面，四名精壮小伙子，抬着一个硕大的用泥堆塑雕刻出来又涂了绿颜色的"火焰子"草（断肠草）的模型，它的藤蔓像毒蛇一样弯曲缠绕，每一组叶片都是三瓣的"火"字形。

"此'火焰子'，取老神农之命，成姜炎世祀之图腾。"项先生指着"火焰子"草的模型向轩辕解释：

"'火'乃火苗之象形，喻食'火焰子'，五脏俱焚、肝肠皆断、火烧火燎；'焰'（"焱"）之左旁，乃人入臼也，掘地为臼，葬人也，误食'炎'之果也。老神农殁前画'焰'，告诫姜炎，万勿食'炎'。老神农画完，合目而逝，可谓语重心长也！"

项先生对姜炎族历史的理解程度，甚至超过了登基炎帝的榆罔神农氏。这一次重新把"火焰子"草作为祭祀对象抬出来，还是帝师悉诸提示的结果。姜炎族经过长时间的传承变异，一般人都认为"炎"字是"火"的象征、太阳的象征了，而祭"火焰子"草，却只成了一种形式。

轩辕为项先生渊博的知识所鼓舞，边走边向项先生提问：

"炎帝登基，咋不祭'火焰子'？"

"登基为大合天下鬼神之'祫祭'，今为姜炎之族祭。"

炎帝榆罔虽然在众大臣和四方神主的簇拥下向前行进，可是凭着先祖老神农氏的遗传基因和他自己多来年的采药经验，随时随地他都会伸手折一个草药的枝叶，采一种野花的花朵，或者停下来，用石锄刨出根茎来，边走边向大家介绍其药性、特征，然后又把这些草药一一传递下去，让天下万氏的首领都认识了。

鹿部落联盟大酋长、猪龙部落酋长夋挺着大肚皮，不思进取、慢慢悠悠地跟在后面，对传递过来的草药不屑一顾，"哼"一声，不及细看就传下去了。

犬龙部落酋长猷的心思没在草药上。他在犯心病：昨天"祫祭"还过得去，今天是姜炎族族祭，也让我们来？我们祭姜炎的先祖，他们祭我们先祖吗？

猷把他的意思一说出来，这支踏着崎岖小径行走的祭祀队伍后面，就爆发出一片叽叽喳喳的争论。

姬轩辕注意到了这些争论，但是他更想多了解些草药知识，就赶上前去。

经过五天的祭祀与在姜氏城"日中市"以物易物的交易活动后，天下各氏的部落酋长与首领们，陆续返回各自的本土。

沿渭水南岸向西，西王母骑着白鹿，三青鸟服侍左右。王凤随西王母也骑一只白鹿，岐伯、项先生、姬轩辕、女菀、女艳、女绎、女宓、女苓、陆吾等一路同行西去。

第七章

一

葛天、巫师玄及祸父与祸一行人，高举鹿图腾旗帜与牛图腾旗帜，出姜城堡，沿渭河南岸返回，六天后，来到黄河岸边，准备渡过风陵渡，在风陵祭拜一下女娲墓，然后再去首阳山见祸母。鹿部落联盟的位于今河北北部的猪龙部落、燕部落与河北南部的犬龙、狼等部落一路同行。

不巧的是，大河上游刚刚下过一场大雨，黄河水位陡涨，整个河床都挤满了滔滔不绝、一个漩涡连着又一个漩涡的浑黄的河水。河水中夹杂着树木、动物尸体，偶尔，还可见被剥光了衣饰、肚皮泡得胀胀的尸体被滚滚河水席卷而去。

葛天等望河兴叹，在岸边扎营盘等了数日，仍然不见河水回落的迹象。犬龙部落酋长猷是个急性子，急着、吵着准备渡河，不计后果。猪龙部落酋长夌却心态安稳，挺着大肚皮在临时搭起的兽皮帐篷内呼呼睡觉。

葛天代表鹿部落联盟成为天下四方神主之一，猪龙部落酋长夌不思进取正想撂挑子，鹿部落联盟大酋长就落在葛天身上。作为大酋长，他反对犬龙部落酋长猷鲁莽行事，他自己内心却同样心急如焚。这个魁伟的黑汉子正在经受着一场考验。巫师玄从外表到内心同样宁静，他一方面派人到附近神农氏姜姓部落的分支——并氏部落、信氏部落等求助，索要一些粮食与兽肉，满足饮食急需，一方面积极准备渡河事宜。

位于今山西境内的猴龙部落酋长后土带领自己的随行人员与羊龙部落的随行人员，高举猴和羊的图腾旗帜与牛图腾旗，也在黄河西南岸扎下营盘，与葛天氏率领的鹿部落联盟遥遥相望。羊龙部落酋长强圉因为值年，继续留在炎帝姜城堡。

东夷少昊鸟部落联盟与蛇居带领的南方部落则分别向东出潼关逶迤而去。

巫师玄向并氏、信氏部落索要来的食物，勉强可以支撑五天。可眼下河水回落的速度很慢，河水依然发出持续不断的低吼。

猴龙部落酋长后土带足了食物，鹿部落联盟派人来索要，他们分给了一小部分。不想，狼部落首领郎酉却带着部下，跛着腿直闯进猴龙部落酋长后土的帐篷内，勒令拿出十天的口粮。后土的权威受到冲击，精瘦的猴龙部落代表涓滩拍案而起，命手下侍卫将狼部落酋长一行人赶了出去。

猴龙部落代表涓滩人虽然精瘦，看上去不甚起眼，可是他的脑子特别灵，而且很有个性。狼部落酋长郎酉一行被赶走后，他当即命令属下在营盘周围的沙地上用木耒挖出一条深壕："必须在天黑前挖好！"

温文尔雅的猴龙部落酋长后土并没有靠这条壕沟守营盘的意思。精灵的涓滩微闭起一双"猴眼"，观望着东侧鹿部落联盟的营盘，心中就有了另一个确保食物安全的办法。他命令左右留足当天的食物，将其他所有食物分别包扎好，在营盘西侧壕沟外，又挖了一个大坑，天一擦黑，就将所有食物放进去，上面棚上树梢，盖上细沙。天黑以后，所有人员全都撤出营盘，蹲卧在营盘周围的壕沟内。

在猴龙部落失了面子、不甘心失败的狼部落酋长郎酉，远远地看见猴龙、羊龙部落的营盘内火光越来越弱，夜阑人静，就悄悄带了五个精壮卫士向西摸去。他一箭射倒守门的"卫士"（草人），轻轻地跨过壕沟，摸进营盘去。

凶残的狼部落酋长郎酉来到帐篷内一看，空空如也，大呼："上当了！快撤！"却听见周围喊声四起。他带领着卫士东奔西突，皆无结果，就被蜂拥而上的人群生擒了。

猴龙部落酋长后土这会儿神采飞扬，涓滩也显得更加精神矍铄。他命人看好狼部落酋长郎酉，就告诉大家：

"现在可安然入睡了！"

众人一哄而散，各回自己的帐篷休息去了。

却说天色刚一放亮，猴龙部落酋长后土就派湿滩带着狼部落酋长郎酉一行六人来找葛天评理。

葛天被从睡梦中叫醒，立即让左右去叫来巫师玄。他没有发布过这样命令，也没有想到狼部落酋长郎酉会夜闯猴龙、羊龙部落的营盘。见精瘦的猴龙部落代表湿滩一脸愤怒，只好先请湿滩入席："请坐，请坐。有什么冒犯之处，坐下来慢慢说。"

湿滩入席，正襟危坐，表情严肃。

葛天当着湿滩的面数落郎酉：

"你这'跛狼'，怎么老冒冒失失，到处闯祸呢？"

狼部落酋长郎酉低头不语，依然是一种桀骜不驯的样子。

巫师玄匆匆赶来，但是依然没有忘记带他的葛麻拂尘。他先和猴龙部落代表湿滩见过礼，就悄声向葛天询问情况。两人叽叽叨叨了一阵，巫师玄转身，首先向湿滩赔不是：

"郎酉未受命而夜闯贵营盘，罪不可恕。还望多多见谅！"

湿滩正颜道：

"昨日你们派掩茂来求助，我们力所能及给了五谷、兽肉，他却二次返回，命我们交十天之食，且盛气凌人，近乎强盗，故我们拒之。晚上，他又摸进营盘……此等行经，岂无公理？"

巫师玄听湿滩说得头头是道，义正词严，转身问郎酉：

"是这回事吗？"

郎酉点头，却狡辩道："是汝等，先把我们哄出营盘！"

"你勿狡辩。快赔湿滩不是，息事宁人。我们是发明了金器，但不能因为器利就目中无人，横行无忌，到处闯祸。天下万氏各有其图腾，彼此平等也！"郎酉最听不惯的就是葛天这句话，可是当着外族人的面也不好再说什么，就勉强点了点头，又用生硬的语调，对湿滩说：

"对不起，一时糊涂，冒犯尊严，代向后土赔罪。今日饶罪，来日必报。"

郎酉嘴里这么说，心里可不是这么想，这从他眼中掩不住的凶光就可以得到证明。

猴龙部落代表浘滩明白狼部落酋长郎酉心里并不服气，但是看葛天、巫师玄等都在责备郎酉，也就给个台阶下：

"夜闯营盘，既非大酋长之命，郎酉亦赔了不是，也就作罢。唯愿此后和睦相处，相安无事！"

浘滩嘴上这么说着，心里却保持着一定的距离，严守着一条"害人之心不可有，防人之心不可无"的古训。昨晚的事，就证明了他处事策略的正确性。

葛天想尽快息事，听到精瘦的浘滩软中带硬的和解话后，赶快接上话头：

"难得贵氏大量。郎酉定当记取！"

"是。"郎酉应了声。

接着，由葛天主持，猴龙、羊龙与犬龙、狼部落之间举行和解仪式。犬龙和狼部落酋长掩茂和郎酉象征性地手捧粟谷禾苗（代表和），猴龙部落代表浘滩手执羊角（代表解），共置于一个祭坛上，以示"和解"之意。双方在巫师玄的带领下上告上苍，下拜地祇，昭告始祖及万物百灵："永修和平。"接着行顶额礼互拜，握手言和。

礼成，葛天设宴款待浘滩、巫师玄、猷、郎酉等一旁作陪。席间共商渡河事宜，约定五天后协同动作，就各自做各自的准备工作去了。

却说轩辕此次来到姜氏城参加炎帝登基仪式，一方面大开了眼界，一方面却感到一些遗憾。那么，他是怎样去想的呢？

二

轩辕此次西行，结识了岐伯、王凤、炎帝榆罔神农氏、天下四方神主及十二大氏的酋长们，探究了牛耕技术，又新认识了一批草药，以后部落里像头痛脑热一类小毛病，他就可以诊治了……可是轩辕总觉得似乎有一种什么隐患已经露头：天下人心不古，随着农业、医药技术的推广，各部族有了相对多一些的粮食，人口也急剧增长；部族之间先进与落后之间差距拉大，产生新的不平衡，纷争、抢夺不时发生……神农氏以他伟大的农耕技术和医药技术造福于天下，可是当物质基础发展到一定程度，人的思想、观念、意识都随着变化，过去的老一套王天下之道已经不适应目前的新情况。比如炎帝神农氏的"族祭"，已经不能满足天下各部落氏族的要求，引起争议和不满。那么真正能够包容天下的学问是什么？什么样的图腾才能代表这一层意义呢？

轩辕听说天老曾经身为炎帝师，现在的天下十二大氏轮流值年的统治和纪年方法就是他建议榆罔实行的。天老身居伏羲故地，深通河图龟书八卦之学，又是项先生的老相识，不妨去拜访拜访他，或许还可以拜他为师呢！西边又有一个名叫吴权的仙师，精通权术谋略治天下之道，同样令轩辕倾慕，于是就劝说项老先生带着他继续西行，前去拜访。项先生多年未回故土、未见故交，也就一口应承，只派了一名差人回桥山向少典君报讯。西王母偃昌回昆仑路过天水，项先生带轩辕前往天水准备拜天老为师，就正好一路同行了。

王凤本来对西王母的印象就好，又经岐伯从中沟通——先去昆仑，然后折回西陵氏，也就高高兴兴地认了西王母偃昌这个干妈。干娘儿俩各乘一只白鹿，又说又笑，非常开心。岐伯在一旁看着，也从心眼里为可怜的外甥女高兴。孩子们哪怕能获得短暂的幸福，也是作为长辈的一种心愿啊！

这一行人说说笑笑向西赶路。西王母偃昌沉浸在幸福满足的感受之中，不仅是她认了一个干女儿，还在于她与相离多年的赤松子重新修好。临行前，两人依依难舍，山盟海誓。赤松子："等对现在的职责向炎帝有个交代，就立即西来昆仑，与你结百年之好！"两人缠缠绵绵了一宿，只恨时间过得太匆匆；两人终身已订，交换了信物，西王母偃昌送给赤松子雨师一只玉雕的白虎，赤松子拔下自己一缕红须交到偃昌手里，两人相抱，又是一阵悲喜……西王母走在西行的路上，心里不由自主又想起了赤松子雨师。

"干妈，您想啥子呢？"看见西王母偃昌一双眼睛无目标地凝视着远方，眼眶中慢慢地盈满了泪水，王凤不解地问。

偃昌抹了一把泪，从深思中惊回，看见王凤关注的目光，不好意思地笑了一下：

"没什么，没什么！"

轩辕久慕西王母大名，这次得以同行，自然要多向她请教一些问题：

"听说王母您所在之昆仑，远在西方，美不胜收。能告诉我昆仑山是什么样的吗？"

"昆仑山嘛，说来话长。"西王母微闭着双眼，拉长声调说，"昆仑之虚，方八百里，高万仞，上有木禾，长五寻，大五围。面有九井，以玉为槛。面有九门，有开明兽守之。其上又有醴泉、瑶池。山有三角，其正东一角，名曰昆仑宫。其处有积金，为天镛城，面方千里，城上安金台五所，玉楼十二。又有珠泽圆莹鲜洁，白如雪，红如血，黄如熟栗，绿赛碧玉，小的不过一拃大，大的有如一小山，实乃人间宝库，世上仙都！"

西王母说起昆仑山，真是眉飞色舞，神气十足。她的神态，更勾起了小轩辕的好奇心：

"昆仑山有神树乎？"

"昆仑山有祖肉、珠树、文玉树、玗琪树、不死树，又有离朱、柏树、甘水、圣木曼兑，一曰挺木牙交，还有琅玕树、鸟秩树、璇树、沙棠、绛树、碧树、瑶树……"西王母一口气说出一长串神树来。其实，昆仑山山顶全是极大的石块累积而成，山上并没有什么树林草木。唯一进入眼帘的，只有亘古不改的白皑皑的冰雪以及冰川留下的遗迹，如同冰雕玉刻一般晶莹洁白。倒是那个三十里方圆的珠泽清澄碧冽，周围又长了许多蒹葭苇草，随风拂动，参差作响，甚是可爱。人常说，看景不如听景，也就是这道理。

说着话，不觉得赶路也快了。眼看着，凤岭阁已经横在渭水南岸。太阳压山，路径陡峭，一天行走也感到疲累了，西王母偃昌就让众人就地安营扎寨，生火造饭。

一夜头枕渭水南岸，在下弦月的如霜的银辉下，渭水夹在黑茫茫的大山之间，只是淡淡的一抹乳白。在渭水的"哗哗"声中渐渐入睡，又在渭水不安分的喧响声中醒来——渭水那永远躁动的喧响声，其实代表了一种不屈的顽强意志。它的目标既然确定了，再大的阻力也要冲出一条汇入大河与东海的路子来。

轩辕睁眼望见了东天上的启明星。随着启明星的持续升高，天边现出了微弱的亮光。这亮光由弱到强，由没有血气的煞白慢慢地充血，变成橘黄色、橙红色，东天上的云彩也挂上了金边。太阳就先探出一个头，最后终于挣脱山岸之间雾气蒙蒙的纠缠，一下子跳上山头，那鲜亮的色彩，就像一位刚刚出浴的、踌躇满志的英俊少年的脸盘。

经过一夜的休息，小轩辕的身上又一次奔涌着青春的活力。他起身后，先面向东方做了一番祈祷，又温习了一遍昨日项先生的教诲，就走出营地，大跨步地向渭水岸边走去。这一条河，比起家乡环绕桥山的姬水来，水流大多了，可是论起清澈与秀色来，姬水依然占上风。根据项先生以前所授"择基"理论，轩辕曾仔细留意观察了姜城堡及其周围的地望——这里以高大深厚的秦岭做靠山，以天台山为祖山，坐南面北，西傍清姜水，龙山、虎坪左右砂山相护，土肥水美，可见老神农氏当年"相土"功力之深厚！

轩辕信步走着，不时从脚下捡起一块鹅卵石向渭水投去，石块一碰到翻滚的河面，就"咕嘟"一声被吸了进去。

"轩辕——"营地边上，王凤清脆悦耳的声音传了过来，盖过了河水的喧哗声。轩辕扭头看时，王凤已经一蹦一跳身如飞燕一般奔了过来。晨风把她的秀发吹得在脑后飘舞。

王凤快步奔到轩辕身边，纤手拉起轩辕就往回折：

"快去吃饭。饭后赶路矣！"

三

却说葛天率领鹿部落联盟的酋长们与猴龙、羊龙部落联手协作，终于在大河之水回落后渡河北上，先在风陵拜了女娲墓，就各分南北，猴龙、羊龙部落的人返回本土，葛天一行则直奔首阳山见祸母，却不意中导演了一场悲剧。

葛天与巫师玄、祸父与祸在首阳山见到祸母。祸母凭着过去的烧陶经验及对冶铜的观察，利用这里的"五彩石"，经过一次又一次艰苦实验，不断总结经验，已经能够用掘地挖出的小土炉炼出红红的铜水，并用不同的模具，铸造出造型粗糙的红铜器具了。祸母获得了初步成功，可是她人却明显瘦了一圈儿，脸、手、胳膊等，都被炉火烤得红通通的了，面颊瘦削，颧骨明显地突起来，抬头纹和眼角的鱼尾纹已经细细密密的了，一副弯眉被火烧得残缺，不像过去那样明朗了，一双亮眼和满口银齿倒被反衬得更加明确。看到故旧来到，特别是看到日思夜想的儿子祸突然到来，祸母惊喜万分。其实，祸母平时苦熬着、忙碌着，与其说是尽职尽责，实现祸母对榆冈神农氏的承诺，倒不如干脆说，祸母是为了让劳作占满她的生活空间，以挤掉她对儿子痛苦的思念。即便是如此，晚上做梦，仍然常常会梦见小时候的祸儿向她"咯咯"地笑，她在梦中唤儿，常常是梦醒了，脸颊上还挂着泪珠。祸母抹掉眼泪，又去炉前观察火候，以繁重的体力劳动来销蚀自己的情感。现在突然看到儿子出现在眼前，祸母扑上去，就把祸儿搂在怀里。

祸一开始受到惊吓，愣怔怔地没有反应，接着，意识中朦胧的"妈妈"概念又一次被唤醒——"快叫，妈妈！"小祸儿就"哇"的一声哭出声来。

儿子已经两岁了，个头长得蛮高，看上去有三岁的块头，愣头愣脑的，倒精神。眼睛大而明亮，就是因为缺乏照顾，睡出一个七棱八瓣的歪歪头，两个鬓角又被扎了两个直竖起来的发角，甚是凶蛮，煞是天真可爱。母亲对儿子的爱，永远是彻底的、宽容的、无私的。祸母双手紧紧地把祸搂在怀里，竟失声"呜呜"地哭出声来。在场的人无不为之而掩泪。

祸母现在身为炎帝妃子，身份位次高在葛天和巫师玄之上。出于失职、失察，葛天不断地向祸母赔不是："都是本酋长失察之果。今将功补过，还望帝妃海涵。"

祸父看到这个以前曾经属于自己的女人，如今虽说显老了许多，但是昔日的风韵还依稀可见。他当初是那么热烈地爱她，到现在也怀着同样火热的冲动。

祸父顾不得周围人多眼红，冲上去就把祸母搂抱在怀里。祸母不停地摇头，双手撕扯着，嘴里喊着："不，不！"祸父一只手死死地搂定祸母的柔腰，一只手已经蛮横地撩起了她的麻布围裙。

小祸儿被惊呆了。

葛天被惊呆了。

甚至从来遇事不惊的巫师玄也惊呆了。

祸母左右的侍女被吓得尖叫着跑开，犬龙部落酋长猷及其随从却大声叫起来：

"好——好——"

祸母好不容易抽出一只手，使出平生最大的力气，把所有的爱与恨都集中到手掌上，狠狠地一把掌扇在祸父的左半边脸上。

祸父冷不防这一记重击，登时左脸颊火辣辣地烧疼，气冲头顶，顺手拔出腰间的小铜刀，刺进了祸母的右侧脖颈。铜刀深深地扎进去，祸母的头登时就歪向一边。祸父拔出铜刀，鲜血喷溅了他一身一脸。他接过又扎了几刀。

这一切就发生在几秒之间。等葛天明白过来的时候，拔出铜剑上前解救祸母帝妃，但已经太晚了！

祸父已杀红了眼。在葛天一剑刺空的瞬间，祸父贴身一刀刺进了葛天的胸口。

巫师玄手执葛麻拂尘上来隔架，已经来不及了。葛天的铜剑已经落地，摔为几段。巫师玄急忙扶住失重倒下的葛天酋长。猷、郎酉等犬龙、狼部落的人众却大声叫好：

"对，反了他，反了他！"

祸父见葛天已经倒下，巫师玄不是他的对手，就目空一切地狂笑起来：

"哈哈哈——哈哈哈——呜——"

笑着笑着，祸父的声音变成了哭腔。他把郁积心底一年多的憋闷一下子发泄了出来，把折腾得他死去活来的情爱发泄了出来，把一个男人对一个女人的怨恨发泄了出来。他用手抹了一把迷上眼睛和脸颊上的鲜血，用舌头舔了一下，腥味冲鼻，后味甜甜的，他又"哈哈哈"地大笑不止。

就是这么一个近于疯狂的人，其男子汉的雄猛狂放与耿直不阿竟然得到猷、郎酉等犬龙、狼部落酋长与随员的拥戴和肯定。他们认为，这样子，才算是一个男子汉：作为男人，就应该有征服一切的勇气，为了达到目的，可以不惜手段。他们从心底里崇拜并张扬着一种威猛盖世的狂放精神，从骨子里渗透着一种扩张与豪夺的基因。祸父的行为正好符合他们推崇的偶像标准。于是，这样血腥的场面，倒成了他们拥立新盟主的圣殿。

犬龙部落酋长猷第一个说："葛天升天，鹿应另立新主。我看非祸父莫属！"

犬龙部落的随员自不用说，狼部落的酋长和随员也跟着起哄。

猷靠近猪龙部落酋长夌：

"你哪？"

这个挺着大肚皮的胖家伙还愣在刚才惊险的凶杀场面中。经犬龙部落酋长这么一问，他才如梦方醒，顺便"哼哼哈哈"了几声。

猷也不多问，又用目光征询郎酉的意见，见大家不说什么，就接过夌的"哼哈"话题引申发挥：

"既然几位酋长皆推祸父新主，同意者举手——"

猪龙部落酋长夌自己没有多少主见，虽然他曾是鹿部落联盟的大酋长，但他的处事标准从来都是以犬龙部落和狼部落的标准为准，但是由于他又是鹿部落联盟两大部落之一，他的意见举足轻重。他有否决权也有赞成权，他的意见可以影响其他一群中小部落。夌这会儿已经失去了对是非标准的正确判断力，他本来是全心拥戴葛天的，但他又非常务实，现在葛天既然已经死了，"胜者酋长败者贼"，自然就应该立祸父为新盟主。夌的手经过迟疑反复，终于猛地克服了地球引力，将一只积满了肥肉的胳膊手举过了头顶。

接着，狼部落酋长、狈部落酋长、燕部落酋长等纷纷举手同意。祸父在经过一番发疯般的发泄之后，居然被大家推为鹿部落联盟的大酋长，连他自己都感到意外。

巫师玄等坚决反对，终因力量悬殊，无力回天。巫师玄将葛麻拂尘抛向空中，一声长叹：

"葛天之不幸，鹿部落联盟之不幸，天下万氏之不幸！"

掩茂、大渊献等推拥着祸父返回葛天的营盘去举行部落联盟大酋长的受职仪式去了，祸也被同时带去。巫师玄带着他的手下人就地掩埋了葛天与帝妃祸母的尸体，匆匆又返回姜城堡去向炎帝榆罔谢罪。

四

天老自从跟随榆罔神农氏东巡归来后，就告老还乡回到天水老家伏羲氏故地来。

天老回到阔别将近十年的故里，伏羲氏部落的人仍然推举他为部落酋长，原来受天老委托主持部落事务的巫师，又把象征部落权力的大石斧交回天老的手中。天老并不看重什么权力与职位，但是他的学识、他的才气、他为人的品德，所谓德高而望重，就被大家重新推上了部落酋长的位置，天老只好"老骥伏枥"了。

天水古称上邽，是人祖伏羲皇的诞生地。伏羲时代，人类已经有了阴阳观念和地理方位概念。羲皇在天水的卦台山上仰观天文，下察地理，又受大河中龙马与占卜时神龟身上花纹的启发，在龟甲上刻出了标志四维八方概念的神秘数阵，既是一幅天象图，又是一幅地理图。伏羲又以"—"代表刚健的"阳"，以"--"代表阴柔的"阴"，合阴阳画出了代表天下八方部落特征的八个标志符号，分别为："☰"（乾—天）、"☷"（坤—地）、"☲"（离—火）、"☱"（兑—泽）、"☳"（震—雷）、"☶"（艮—山）、"☴"（巽—风）、"☵"（坎—水）。进而画出"先天八卦图"：

伏羲氏向西向南发展的一支成为西戎氏与西陵氏，伏羲皇建都于今河南淮阳，使先天八卦学说立足中原，其向东发展的少典氏与有蟜氏分出传了八世的神农氏炎帝与以后统一华夏大地的轩辕氏。

天老作为伏羲氏世居祖地的部落酋长，自然深通伏羲先天八卦之说。当今神农氏世衰，天下部族世风日下，私有观念产生，部族之间为了生存争夺生息地的冲突加剧，神农氏的老一套施恩天下的"德化"方法已经难以平息部族间的矛盾……天老看到了这一现实，就"告老还乡"回到天水，依据五行生克原理反复推算：伏羲氏有木德、木生火，神农炎帝有火德，火生土，神农氏世衰，必然为有土德之氏所取代……神农氏世衰，就在于他没有承袭天地之大道，没有一套能顺应历史发展潮流的新的治世思想与方略，他又固执偏信，不纳善言。唉! 天下万氏因此又要面临一次由治而乱、又由乱而治的演变过程了，弱肉强食，生灵涂炭，民不聊生。

天老被重重心思压抑着，人也显得苍老了许多。经常忧思，夜不成寐，他就观察天象聊以自慰。昨夜他又登上伏羲卦台山夜观天象，看到昏暗的紫微宫阙有一颗亮星西行；北斗七星的斗柄正好指向西方，轩辕十七星晶莹明亮，光彩耀目……天老自忖，会是谁呢? 榆罔神农氏刚刚登基，东巡的旧累加上新累，一时不会西巡；北斗斗柄指向西方，轩辕之星耀目，早就听说少典氏与有蟜氏东移到桥山一氏的附宝感大电绕北斗枢星而生轩辕于姬水，难道是姬轩辕西行? 天老掐算着行程，再过十天半月姬轩辕也该到了，听说姬轩辕聪明睿智有土德，他倒要看一看：姬轩辕到底是不是一位可以托付大道的人物?

却说西王母、岐伯、项先生一行，一直西行到上邽(今甘肃省天水市)才依依分手。岐伯、王凤随西王母继续西行去昆仑山了，项先生与姬轩辕留下来，准备拜访天老。

姬轩辕与王凤自从岐山相识以来，两小无猜、青梅竹马，在一起玩得非常投机，这时候要各分东西，不免滋生了一些人生的感叹——人为什么要分别呢? 如果能长在一起有多好啊! 这一分手，不知道以后还会不会见面? 王凤心软，首先掉出一滴惜别的泪花。

118

轩辕和王凤食指拉钩："我定会前往昆仑、西陵，我们定会再见面。"

王凤点头："我亦会再来中原，来了，一定到桥山找你。"

轩辕从母亲附宝送给他的石珠项链上取下一颗石珠送给王凤。王凤则将西王母送给她的玉璧断为两半，自己珍藏一半，将另一半塞在轩辕手中。

两个小孩依依惜别的样子，倒让西王母偃昌产生了许多联想。在她眼里，这两个小孩子，一个聪明睿智，心藏城府，一个面如新月，心灵手巧，真是天生一对，珠联璧合！她把自己的想法悄悄告诉岐伯和项先生。项先生捋着银须点头。岐伯说不出一种什么原因，也可能是一种人格的吸引力，他总觉得姬轩辕既亲切可爱，又充满一种其他年轻人所不具备的超凡脱俗的气质，和一般人不在一个格次之上——本身天资聪颖，他又勤奋好学，凡事多向人请教；他又善于思考，经常提出一些大人都一时难以解答的问题。这小子，后生可畏啊，谁知道他将来能干出什么大事情来？又看到两个小孩非常要好，玩得和谐，岐伯心里自然高兴。岐伯摸了摸他的药葫芦，心中遗憾：只可惜没有将自己的平生所学，全部传授给小轩辕！

天老已经告老还乡，西王母偃昌虽然对天老很尊重，很想与项先生等同去拜访一下天老帝师，但是想之再三，还是不想去打扰老先生平静的晚年生活，就鹿不停蹄地带着女菀、女艳、女绎、女宓、女芋、陆吾与岐伯、王凤等人众返回昆仑山西戎都城去了。

项老先生和姬轩辕目送众人走远了，直到消失在西南方山丘的背后，才转身来叩天老部落的寨门。

听手下人禀报："有自称项先生与姬轩辕一老一少求见。"果然不出所料，天老喜出望外，兴奋得银须和眉毛都在颤抖。他弃了拐杖，健步向寨门走来。

两个原来就相互敬慕的银须人，一个瘦削，脖颈长而梗直，一个稍胖一些，步态稳健，神采奕奕。两个老朋友、老乡党相见，分外眼热，竞相扑上前去，抱在一起，相互看了又看：

"十多年不见，老了！"

"老——了——"

万般感慨，竞相互抹起老泪来。两位老先生寒暄感叹毕，天老才开始注意项先生身旁这位天庭饱满，地格方圆，眉清目秀，默默地站在一旁观看着两位老先生的青年后生——果然是一代英主的坯形！

见天老帝师一头银发高绾，道貌俨然，亲切打量的目光向自己投了过来，小轩辕急忙拱手下拜施礼，向天老问好：

"久闻先生大名，今日前来拜师，敢请先生接纳？"

令轩辕和项先生没有想到的是，天老帝师竟然不由分说，面对小轩辕纳头便拜：

"久传轩辕聪明睿智，有土德之瑞，今日一见，果然不凡！"

他行的是三拜九叩的帝王大礼，搞得姬轩辕一时不知所措，急忙上前，将天老帝师挽扶起来。

天老见了轩辕，就像见了新主：天下苍生有望矣！按照他自己的推算，木生火，火生土，轩辕有土德，必然会成为新一代的帝王，所以就行了三拜九叩的帝王大礼——作为一代"帝师"，天老完全相信自己的眼力。

天老一边安排轩辕和项先生在坐北面南的草舍暂住，一边派人前往一个地望风光俱佳的谷地里新近专为轩辕所盖的屋居，生火烘干，供轩辕修学所用。

轩辕和项先生一夜休息无话。第二天一大早，天刚蒙蒙亮的时候，就有人敲开了柴扉。轩辕和项先生披"衣"而起，刚走出门，已见天老帝师等候在门外，笑眯眯地盯着轩辕看，接着又要行帝王大礼，被轩辕急忙扶住。

五

自从昨天银须飘胸的天老帝师突然向姬轩辕行大礼以来，项先生心中的感受更复杂。他自小带着轩辕，把自己一生的学问积累都尽力地传授给他，目的只想"青出于蓝而胜于蓝"，培养他成为少典君的合格接班人。他只为了有熊部落的兴旺这么做的，并没有想到怎样拯救天下苍生……天老突然向轩辕行大礼，搞得博闻多见的项先生一时都摸不着头脑，及至背过轩辕，天老帝师和项先生详细解释了他对五行生克学说的最新实践应用与解说以及他夜观天象对轩辕与项先生一行即将到来的预测，项先生才明白了天老帝师的本意。一向脾气耿直人称"犟脖子"的项先生，这一次没有扯长了脖颈与天老争执。他在佩服天老帝师高人一筹的学说思想的同时，反过来重新审视姬轩辕，确实觉得他有许多与众不同的地方，比如他的堂堂相貌，"由"字形脸盘就是"有土德"的表现。他对改进牛耕的重视，他取地利而发明陶甑熟食，造福天下万氏的首创精神，还有他谦虚好学、博学强记、善于思考以及雄辩的口才，都是一般人所无法企及的。而他的力气也大得惊人，小小年纪已显出虎背熊腰的大骨架，将来必是一代人王。

项先生为自己精心培养的成果而自慰，同时对轩辕更是百般爱护，夜里几次给轩辕盖好了兽皮被，轩辕一时受不了这一种际遇的变迁，心中对老师更加敬重。

天老今天将白发绾成高髻，银须也用骨梳梳理得整整齐齐，一身玄色麻布"衣"，当胸套了一件虎皮"坎肩"。他的眉宇间露着喜色，人也显得精神得多了。

秋日早晨的乳白色晨雾，将远景近山蒙上了一层面纱，一切都朦朦胧胧，山水皆很有层次。

天老帝师带着一班护卫在前面开道，道旁隔二三十步就有一对青年卫士手执木矛值守，身后又有一队卫士相随。

天老亲自陪着轩辕与项先生前行。渭水南岸，一座独秀于群山之外的小山兀立在面前了，天老手指着说：

"此羲皇之卦台山也。伏羲传十四世而神农兴，当年，羲皇在此山仰观天象、俯察地理，而画阴阳八卦。"

这一行人在道旁护卫的引导下，顺一条近于四十五度的斜坡爬上卦台山去。

上到山顶，四围皆虚，一片空蒙。渭水苍苍茫茫，从北面环绕卦台山一周，又在东方隐约呈现一条"~"形的宽带，消失在乳白色的晨雾之中。远处的南山影影绰绰，就连隔河的北岸也影影绰绰。

天老一边带着大家看四周风光，一边介绍说："卦台一峰突起，四围皆空，面向八方。羲皇观龟之白纹，合四维八方而画八卦，又取渭水河道

（'~'形）山形（地貌阴阳变化）、月之阴阳，阳中有阴、阴中有阳，画出'太极'……羲皇率羊部落迁徙东征，以刀耕火种、石刀石戈征天下，与犬部落联盟，号伏羲氏，建都颍水北岸。当初所画八卦，被部落珍藏，每到羲皇诞日，请出敬祀。"

轩辕求学心切，好奇心也强，插问：

"那平时可见否？"

项先生挥动拂尘，示意轩辕不要插话。

天老却并不介意："到时自会看到。"

卦台山上看过了，天老就陪轩辕、项先生进了早餐，饮食习惯与少典、炎帝相差无几。晨雾渐渐退去，太阳越升越高的时候，一行人再次出行，前呼后拥，犹如帝王出巡一般，来到上邽西头坐北面南的羲皇庙拜谒。

这羲皇庙是伏羲氏与神农氏的后代专为纪念伏羲与神农氏修建的，依山坡为一二门三进的"茅屋"群，最南端的台地上是用原木架起的牌坊，大门以茅草覆顶，其他门与大门相仿，不过略小一些。主要建筑为"太极殿"，外覆金黄茅草，内有金柱两排八根，上部绘太极图，顶棚分六十四格，绘神农在伏羲八卦基础上所重六十四卦，立伏羲木雕像。后有"先天殿"，祀神农。东北方向有水池，池畔有一敞亭，名曰"见易"。

轩辕自小听项先生讲伏羲八卦时，就对伏羲非常敬佩，今日来到羲皇庙，毕恭毕敬。他总觉得伏羲氏的"卦文"神秘莫测，高深无比，其中蕴藏着一种寻究不尽的玄理。听说这"卦文"来自神龟，"神"即敬畏，因此，他从不食龟肉，每次见到河龟，他都要非常谦恭地拜了又拜。轩辕仔细观察过龟的生活规律，神龟所以长寿，一是它有坚硬的背甲，一般动物把它不能怎么样，它还有一种避邪趋吉的本领，遇到危险和伤害，它只需将头龟缩进背甲下就"化凶为吉"了。轩辕曾经在姬水的一只小龟——背甲上刻上标记，过了几年重新捉到，那只小龟依然是一只小龟——它生长得慢，它宁静自守，所以它就长寿。他甚至从龟身上悟出了养生的道理、部落兴盛的道理与军事谋略。

轩辕带着对伏羲的敬佩和对神龟的敬畏来到伏羲像前深深下拜，行三拜九叩之大礼，奠酒燃香，默默祈祷，献上从家乡带来的五谷供品和干果，并献上一只他发明的陶甗。祭礼完成后，在天老的指点下，对绘于"太极殿"顶棚上的六十四卦符号——辨认了一遍。

天老亲自陪着轩辕和项先生一老一少来到"轩辕谷"。这是天老为姬轩辕到来专门以堪舆先生之术为轩辕选取的一处"聚气"的风水宝地。天老又根据他对天干地支的理解，造出"轩辕"二字：轩辕上通天文执天干，下有土德丰衣食，天地旋转如飞轮，这些品德合在一起，不就是"轩辕"二字？在轩辕谷口，一个用原木扎起来的木牌坊上，大书天老颤悠悠的书法作品"轩辕谷"三字。

供姬轩辕修学所用的屋居立于二级台地上，左右有护山，背后有靠山，前方向案山，轩辕谷水潆绕其前，犹如仙山琼阁一般。

这是一个四面坡顶的方形房子，被天老名为"合宫"，取天人合一、天地合一、天下归一之意。房中立四柱，将室内分为九格，轩辕居中格，周围依次为乾、巽、坎、艮、坤、震、离、兑八方。

轩辕进屋看了一番，深感受之不起，正欲婉言谢绝，自己随便找个地方住下来，天老说了：

"习伏羲八卦，必居于'八卦'之中。"

姬轩辕和项先生在"轩辕谷"住下来，天老每日必至授道，不觉一个冬天过去了，又到了春暖花开的季节。正当轩辕受道后处于心胸博大、好像换了个人似的良好心境的时候，却从今黄陵桥山有熊氏部落传来一个坏消息。

第八章

一

自从有熊部落酋长少典君小愈，轩辕代少典君参加炎帝登基大典以来，时间由秋风萧瑟渐渐变成严冬冷凛的西北风。少典君本来病根就没好尽，一日强撑着出去主持狩猎前的祭山神仪式，在寒风中多站了一会儿，就觉得浑身一阵冷一阵热，冷的时候腿肚子甚至浑身上下都打哆嗦，热的时候全身烦热难耐。少典君一会儿脸色发黄，一会儿脸又变红，本来是一个虎背熊腰的精壮男子，这会儿看去，却勾着腰，比原来矮了几分，人也瘦了一圈儿，颧骨高突，眼窝深陷，显得人气不足，邪气有余。

少典君咬着牙根儿坚持到仪式结束，派挥父带领精壮男子们狩猎去了，自己才从中心广场的图腾柱下一步步挪回自己的茅草大屋来。他感觉全身不自在，胳膊腿好像不是自己的似的，全不听使唤，脚下如同踩了棉花，腿却沉重得拖不动。等他咬紧牙关一步一步艰难地挪到屋门口，感觉到从屋内飘出的热气时，他再也无法支持下去了，眼前一黑，手没扶住栅栏门，身子一歪就倒在门口，朔风继续刮着，把少典君身上的兽皮翻了又翻。

蛮牛随狩猎的男人们狩猎去了。陶虎在母亲附宝的身边玩耍。附宝已经又一次怀孕了，挺着大肚子，艰难地操持着家务。自从少典君生病以来，里里外外，大事小事，几乎全得由她操持。由于忙，也由于劳累，附宝的头发有一些零乱。两鬓的长发滑落下来，她只用手向后捋了捋，又在忙着淘洗黍米，准备用轩辕发明的陶甑蒸一些干饭，同时熬一些米汤。轩辕聪明伶俐，是她见大电绕北斗枢星感怀所生，他又好学懂事，所以附宝在三个儿子中最偏爱老二轩辕。虽然人说父母的心是最公平的，附宝也努力做到这一点，但是她的内心，对轩辕总有一份特别的母爱。她的这一种表现，和一般家庭中父母"偏大的,向小的,中间夹着受气的"的现象也不同,附宝偏偏最疼爱二儿子姬轩辕。这会儿睹物思人,她又想念起轩辕来了:现在时令到了严冬,不知远在天水的轩辕衣食够不够用?他会不会受寒?一个儿女一条心,何况还是最让她牵挂的一条心。这是轩辕第一次长时间离家在外,附宝无法想象轩辕在外的际遇……一想到轩辕她就牵肠挂肚,索性不要想了!

附宝一摇头,思想回到现实中,继续淘米,煮米,蒸饭,一阵寒风从门道吹进来,她打了一个寒战,才想到出去主持祭山神仪式的少典君怎么还没回来:

"陶虎,快出去看看,你大咋还没回?"

陶虎应声跑出,刚跑到门口,就尖叫起来:

"妈,大在这儿!大在这儿!"

附宝扔掉手中的活计就往外跑。到门口一看,少典君歪斜着倒在门口,眼睛紧闭,牙关紧咬,脸色发白,嘴唇发紫。不知什么时候下起的零星小雪,已经在他的肩头和身上落下了细碎的白色雪粒。

附宝发疯地扑向少典,拖起浑身冰凉的他就往家里拉。陶虎吓呆了,他从来没有经见过这种场面,看见妈妈往屋内拖他大,他也抓起一只冰冷的、鼓满筋、结着厚茧的大手为妈妈帮忙。

附宝一边拖,一边不停地喊:

"少典君!少典君!"

少典君没有任何反应。

附宝使尽全身力气,总算把少典君拖到了地铺旁。地铺上虽然铺了厚厚的兽皮,但是还是冰凉的。附宝让少典在地铺上一躺下,就立即将火塘上熬的热米汤倒了碗,端来热水让少典君喝。少典君仍是牙关紧闭,灌不进去。

"快!快去叫乔老太来!"附宝向陶虎喊。项先生带轩辕出行后,部落里就只有乔老太懂得巫术了。那时候,巫医不分,人得了病,什么方法灵便,就用什么方法治。有些巫师懂得一些医学急救常识,与巫术配合应用;不懂医学的一类,则纯粹一套巫术表演,或者说,纯粹是拿人的生命开玩笑。而巫师自己却都认为她的方法百用百灵，"放之四海而皆灵"。

陶虎跑去约一塘旺火工夫，已经时近中午时分，乔老太才从桥山赶了来。只见她头上戴着麻辫假发，一手提着麻辫，一手握着石刀，脸上被抹成红、白、黑相间凶神恶煞式的奇异"脸谱"。她挥舞着麻辫、石刀，口中念念有词地走进来，好像带来了十万天兵天将，要将病邪全部驱除出去。

经过一段时间室内的温暖，少典君身上逐渐恢复了体温，只是又高烧不退，人依然昏迷不醒。

乔老太一边念念有词，一边佝偻着身躯赶到少典君身边，仔细察看，伸出瘦骨嶙峋、骨节突出的皱纹手，按在少典的额头——火烧火烫的，人昏迷不醒，眼睛紧闭，牙关紧咬。乔老太赶紧用大拇指抠住少典的人中，使劲往下抠，连抠几次，少典才有所反应：头左右微微动了动，嘴巴哑了哑。乔老太又摸出一根骨针来，拉起少典君的手，在每一个指尖扎了一下，分别挤出一颗黑红的血豆豆……少典君逐渐恢复了知觉，要水喝，附宝赶快从温在火塘边的陶罐里倒出热水来让少典君喝。乔老太则让陶虎拿来一只陶钵，盛了凉水，又拿过三根刨稀饭夹菜用的细竹棒。

乔老太一手拿着麻辫挥舞着，一手握着细竹棒，蘸了凉水，在少典的额头、周身都点个遍，在"天灵灵，地灵灵"之后，把她所知道的各种凶神恶鬼、所有祖先的魂灵——罗列一遍，自认为将这些魂灵都收于竹棒上了，就将竹棒的一头在钵内再次蘸了蘸，倒过来，分立成三角支架，一边立，一边问：

"你可是老少典氏？"

立不住。

又问："你可是老有蟜氏？如果是，就请你站稳了，我把五谷、牲肉都献给你。"

竹棒成三角支架立住了，乔老太给水里撒了一点黍米粉。然后转身，握起石刀朝着门道方向，咬牙切齿、恶狠狠地向立于陶钵中的竹棒砍去：

"我叫你再害我少典君！！"

竹棒被砍落在地上，她又将水端到屋外泼远，这场"驱邪"仪式才告结束。

少典君居然睁开了深陷的双眼。那双眼睛里透射出奇异的灵光。他一抬头坐起来，告诉附宝：

"肚子饥了……让我吃饭。"

附宝急忙谢过乔老太，让陶虎送乔老太回家，自己再去陶甑里盛了一陶钵热稀饭，吹了又吹，一口一口地用木勺喂给少典君喝。

少典君似乎精神倍增，他喝了一钵，又要一钵。附宝一口口给少典君喂，少典君用留恋和爱惜的眼光看着附宝，断断续续地说：

"我刚才，随一头银发的老有蟜氏，到阴间走了一趟……同去的人，都被带过忘川，灌迷魂汤。判官却对我说：'你，少典君，快回去！你事还没办完，咋就来了？'老有蟜氏一撒手，我就，回来了。"

少典君一边说，一边用舌头笨拙地舔了舔嘴边的饭粒。他忽然想起什么，叫附宝：

"快、快、快让人去找轩辕！快点回来！"

二

父系氏族制度刚刚建立，母系氏族还有顽固的恢复的可能。一代一代地传递部落氏族的治理权，在下一代人里面，少典君唯一的希望，就在轩辕身上。

姬轩辕接到少典君病重的坏消息后，心急如焚。项先生和天老也着急了。

项先生开始和轩辕急匆匆地准备归程行装。天老一边征集了五十名青壮男子为沿途的护卫，一边分别派出两名信使，带了信符，一个去昆仑山找岐伯去，一个去吴山通知吴权，并沿轩辕归途先行告知各相关部落。

轩辕即日起程，天老一直远送到凤阁岭才分手。轩辕和项先生换乘了天老赠送的两头犍牛，一头红底白花，一头色呈枣红，牛蹄飞奔，当日晚上就来到吴山。

吴山吴权是天老的道友之一。他精通权谋之术，其"先治后理王天下"

的学问自成一说，所以天老特意把轩辕推荐给他。

吴权，矮而胖，胖墩墩的样子，虽然是权谋专家，人却长得慈眉善目，眉毛花白，胡须花白，眼睛总是笑眯眯的，嘴唇薄厚适中，说话、做事、思考时总爱用右手捋他的山羊胡须。这不，他双手接过天老信使传来的信符，看龟甲上刻了一组卦象文字，中间掺杂着天老造的"轩辕"二字。

信使递过信符说："姬轩辕回桥山路过贵部，天老酉长托付您以礼款待。"

吴权一边捋他的山羊胡须，一边对龟甲上的卦文解读到：

吴权吾兄（☷☳震卦），今有轩辕（"軒轅"），承天启运（☷☰泰卦），聪明睿智（☴☱中孚卦），谦虚好学（☷☶谦卦），途经贵处（☳☶小过卦），请授以先治后理王天下之道（☷☵比卦）。

吴权与天老既为近邻，又是至交道友，所以天老刻写的卦文，吴权神通而解。虽然巫师玄的解释也自成一说，但是终究不逮本意。

巫师玄接过信符龟甲，仔细辨了又辨，和吴权的解释就大相径庭：

雷神轩辕，土德承天，诚信可嘉，谦谦君子，商旅在外，寻访同人。

吴权听后捧腹大笑。左右包括天老的信使都笑得喘不过气来，巫师玄却一本正经地坚持己见。

吴权见执拗不过，也就算了，急忙安排天老信使用餐，并吩咐手下多准备一些食物款待轩辕。

巫师玄自祸父刺杀帝妃祸母和葛天氏部落酉长自立酉长后，即带了自己属下数人渡河前往姜城堡向炎帝榆罔汇报，不幸渡河时属下皆连人带牛被河水卷走，是死是活没有影踪。巫师玄凭着他的水性和一根浮木漂到下游十多华里，才终于爬上大河的南岸。一着岸，他就晕过去，四肢平展着趴在沙岸之上，口中一口一口地向外吐浑水，过了几个时辰，天近黄昏，瑟瑟秋风掠过背脊时，他才打了一个寒战惊醒过来。

巫师玄醒过来后，愈加感到寒彻骨髓，他咬紧牙关，强撑着站起身，摇摇晃晃，根基不稳。迎面秋风一吹，浑身遍起鸡皮疙瘩，周身上下哆嗦不止。巫师玄顾不及其他，顺手捡起一个干树枝作为拐杖，一步一颤地向鸡鸣犬吠、篝火阑珊的地方赶去。

他在附近的炎帝神农氏支族同氏部落里烤干麻布围裙，第二天请同氏部落人沿大河南岸向东搜寻，找到两具下属的尸体就地掩埋后，巫师玄即起程向西赶往姜城堡。十多日后来到姜城堡，炎帝榆罔在紫宫里接见巫师玄，听说祸母与葛天酋长遇害，祸父篡位，炎帝榆罔后悔不迭：

"呜呼，当初留她于首阳，错矣！"

炎帝榆罔立即命人东向筑坛祭祀祸妃与葛天酋长，又委巫师玄为金正赶回首阳山接替祸妃主持冶铜事宜。

巫师玄建议派出师旅，前去讨伐祸父，炎帝榆罔摆摆手：

"算了算了。神农氏自姜城堡奠基以来以德化天下，才使天下万氏归顺。今若长驱讨伐，一则鞭长莫及，难保胜局；二则即使取胜凯旋，也积怨一方，种下祸根。不如由他去，只要天下太平无事就行。巫师玄可回葛天部落以德化之，佑其勿滋是非。"

巫师玄施礼谢恩，心里却想，葛庐山是回不去了，去首阳山之前，不如先往结拜兄弟吴权处养养精神，就渡过渭水投吴权而来。

天老的信使前脚离开，轩辕与项先生就骑着白花牛和枣红牛随后赶到，左右前后五十名侍卫护卫，很有一些派头。

吴权看时，见轩辕果然英姿焕发，红通通的"由"字形脸上带着谦恭的表情，而坚毅的嘴角却充满了自信。

吴权与巫师玄以礼相迎，设宴款待一顿晚饭后，知道轩辕家有大事急于赶路，留住一宿，第二天就送上寨东大道：

"受天老之托授你以大道。须知，王天下者，必承以大道，大道通天。"吴权说着，递过一只千年大龟，"这只神龟，雅号天鼋，可视为图腾，顶礼膜拜。其中玄理，可向玄先生求教。"

轩辕行三叩九拜大礼，拜受天鼋，又谢吴权师恩。吴权笑对轩辕：

"再莫谢我了，快拜玄先生为师。"

轩辕转眼看时，从吴权身后闪出的巫师玄早已经备好了行装，冲着项先生点头。吴权又让部下拉过一头黑牛。原来，昨天晚上轩辕呼呼大睡的时候，三位老先生已经商议好了，让巫师玄随轩辕去桥山，代吴权详授大道，然后再去首阳山赴任。轩辕一看这架势，纳头便拜"玄先生"。又拉过巫师玄，扶项先生和巫师玄骑上牛背后，才一纵身跃上白花牛背。

轩辕、项先生、巫师玄在牛背上与吴权拱手揖别。

吴权眼看着这些簇拥着有熊氏图腾旗的人群在拐弯处消失，只留下一抹扬尘了，才揉了揉眼角的老泪。说心里话，让巫师玄替他授道乃不得已的"万全之策"。自从昨天接到天老的信符，看到天老的卦象信符，吴权就有一种预感：当下神农氏世衰，诸华又要出一代扭转乾坤的风云人物了！见到轩辕后，更为你日月一样明亮的双目、笔直的鼻梁和容纳百川的谦和态度所感染：真乃一代储君也！他感到天老的托付责任重大，而轩辕又没有时间长留，他也不能从本部落脱身，就和项先生、巫师玄商量：由巫师玄代他授道。

昨夜，吴权和巫师玄又是一夜长谈。

三

要说吴权和巫师玄结交拜把子，还是三十多年前的事。

当时，帝厘初殁，榆冈年幼，诸华无首。吴权一是替天下担忧，一是多年梦想要到伏羲陵拜谒一次，于是就远足千里，来到宛丘，即今河南淮阳县境。

只见这淮阳宛丘，高出周围平地两丈多，方圆百余亩，丘上树木蔚然成林，一片葳葳葱葱。走进一条小路，松柏夹道，庄严肃穆。沿小道前行，不大工夫就来到伏羲陵前。伏羲陵，高六七丈，白檀木环绕，苍松高耸，地气旺盛，云蒸霞蔚，一片葱茏，让人感到，太昊古帝的袅袅灵气似乎还萦绕在周围，不由不肃然起敬。

吴权绕陵而行，忽听得一声"呜呼"：

"呜呼太昊，功德无量，一划分阴阳，画卦定乾坤，又有结绳织网，琴瑟遗韵，昭昭穆穆，佑神农氏，德化四方——"

吴权寻声找去，只见一个二十多岁的男子，头上一个明显的鹿角装饰。他抱拳而诵，目光中透出一种忧思。

等这位高挑个儿的男子长叹完毕，吴权就走上前去打招呼：

"请问贵氏，可是大河之北鹿人乎？"

"正是。"回答不卑不亢，接着就是反问，"您呢？是东夷鸟人，还是神农氏牛人？"

吴权知道对方也是看了他头上的图腾标志发问的，随口答道：

"在下神农氏牛部落人氏，姓吴名权。"接着又一个反问，"你呢？"

"在下单单一个玄字。玄者，玄玄渺渺，不知所云。"说完，自己先笑了。

吴权也跟着笑了。

说来也怪，双人一见如故，从此结伴而行。

他们来到著名的蓍草坛。吴权早已听说过蓍草坛，却不曾想竟有这么大。巫师玄充当解说，他已经是第二次来这里了：

"华夏连接大河上下，外播江淮，而蓍草独生此处。这种草龙头凤尾，观其盛衰，可知世之盛衰。特灵验！"

吴权蹲地细看，只见蓍草丛中开了许多粉红色或者白色的小花，随着习习春风微微摇曳，像在向他点头。吴权毕恭毕敬、小心谨慎地伸手摘了一枝蓍草，细细观赏。

巫师玄继续他的解说：

"这蓍草所以灵验，只因一岁一枯荣，年年开小花。此草上承洪荒，久历雨霜，集天地之精气于一身，故用其占卜，非常灵验。太昊羲皇，当年即采蓍草而立卦。"

吴权有不同看法：

"羲皇在上邽观渭水而知阴阳，受河龟甲纹启发，于卦台山画八卦。不信，若来姜城堡，带你去看。"

吴权说得有理有据，巫师玄不再争辩什么，只是在心里又生出一种愿望：什么时候有机会前往上邽拜谒羲皇庙呢？到羲皇故里，伏羲发迹之地，对学问的精进，肯定会有许多意想不到的好处！巫师玄自幼勤奋好学，他除听老奶奶的那些传说故事外，还四处拜师结友，汲取这个时代最先进最时兴的学说。好学不倦，可以说是他的美德之一。谦谦学子，终于成就了他以后在葛天氏部落首冶红铜的功绩，时代终究要把他推上了"帝师"的位置，虽然现在称他"帝师"还有点早。

当巫师玄陷入冥想的时候，却被吴权的惊呼拉回了现实。

吴权又在蓍草中发现许多枯枝败叶：

"呜呼，蓍草不盛！看来当今确非盛世。"

巫师玄凑过去细察，果然如此。他笃信蓍草灵验，超过了吴权：

"那么，天灾乎？人祸乎？"

吴权解释说：

"我夜观天象，见彗星犯紫宫，帝宫昏暗，而北斗枢星发亮。依我看，神农氏世衰，主要是人祸。"

巫师玄击节称赏："汝言极是！"

临分手时，两人都有相见恨晚、依依不舍之意，相约来日相会："只是不知贵庚？"

互通了生辰，吴权为长，为兄；巫师玄为幼，为弟，当下就面对蓍草坛，举行了结拜仪式。他们取出随身携带的陶葫芦，置于面前。

吴权与巫师玄一胖一瘦、一矮一高双双面北跪地，拱手面向苍天：

"苍天在上，蓍草为鉴，吴权在前为兄，玄随后为弟，二人从此永结金兰。如若背弃，天诛地灭！"

盟誓完毕，二人举起陶葫芦先敬苍天，后敬大地，再敬蓍草，最后对饮。

一晃过了五年，巫师玄考察天下万氏的风情民俗，来到姜城堡拜谒老神农氏故里，就涉渭水到吴山拜访了兄长吴权。吴权又给巫师玄当了一次导游，带着他一起前往上邽，拜谒了羲皇庙。

炎帝榆罔的登基仪式吴权未去参加，巫师玄未见到兄长心里空落落的，本想专程去吴山看望吴权，只因陪着葛天不便远离也就作罢。炎帝榆罔委任巫师玄为金正后，巫师玄见其耽于农、医，不思进取。如今之世，如果不顺应天时采取新的治理方法，天下必然大乱！兄长在这一方面高人一筹，确实应该再去向他讨教讨教。

说实话，古人比现代人更宿命一些，人与人的关系，被理解成一种非人力的前世的修炼，也即"往世修得今生缘"。人与人之间的沟通、理解，人超出低级动物与植物的智慧，在冥冥之中思维频道的自然沟通，难得的同类型人之间的相互心知，所谓高山流水式的今生知音，被作为人生最弥足珍贵的事情。

在巫师玄善解玄理的心灵中是这样想的；在胖墩墩的智者吴权先生那里，他与巫师玄的道友兼兄弟手足之情，同样弥足珍贵！巫师玄的到来，使他孤独的远古前卫式的心灵得以慰藉，真所谓"有缘千里来相会，无缘对面不相识"，自古皆如此！

巫师玄到来的当天晚上，吴权喝退左右所有人，就兄弟二人，让玄酒灌了个烂醉，大有后世诗仙李白"人生得意须尽欢，莫使金樽空对月"的狂放劲头。吴权到这会儿，确实已经"无权"管理自己了。只见他面赤如火炭，晃晃悠悠之中，依然用右手捋着他的山羊胡须说：

"喝！世人皆醉，我独醒——"

巫师玄吃力地、尽可能准确地将陶杯举到吴权面前：

"喝！你我同销万古愁——"

喝光，两个人一左一右，同时倒在地铺上，就像来年春天的今夜，吴权托付巫师玄代他向轩辕授道，两人通宵达旦长谈之后，一左一右双双倒下时的情景。

四

轩辕与项先生、巫师玄一行人一路日夜兼程，把春日里花红柳绿、山清水秀的大好风光全没有放在眼里。轩辕一心惦记着少典君的病情，行间打盹，他也会被少典君的呼唤声惊醒。

项先生皓首白肤，道貌岸然，可他的心里同样燃着一把急火，烤得他心绪烦躁——少典君，是他眼看着改变了部落命运的有作为的酋长，多年以来，作为巫师，项先生辅佐少典君左右，两人的感情、交情与默契配合"没说的"。此次少典君委托他带着轩辕去见世面，他理解少典君的心意。可是，那只是一场风寒，怎么就落下病根了？怎么就病危了？唉，要是岐伯现在在身边有多好！唉，远水不解近渴。

情急之中，项先生想起了炎帝榆罔手下的名医俞跗先生："对，快去请他！"

项先生立即吩咐随他和轩辕返回的两个青年侍卫当信使，带着龟板卦文书信，马上折道，火速前往姜城堡去请俞跗先生。

项先生、轩辕与巫师玄，则牛不停蹄地赶回桥山。

炎帝榆罔举行过登基大典后，把主要精力投入到农耕和"日中为市"上去了。俞跗闲待了半个多月，终于闲得不耐烦了，就背了一个背篓，手执石斧，上天台山采药。虽然平时的习惯是"药用新鲜"，用时才去采，可总有不便手的时候。按照俞跗的观点，应该把草药提前采回来，根据不同的用途，对其根、茎、叶等分别处理，晒干或者风干，以备急用。而且在平时的采药过程中，还可以不断温习《神农本草》，提高对药物的辨识能力，使医术更加精进。应该说，俞跗对医学有自己独到的创新与建树，他首创了通过脉息判断病情的方法。医生只要将食指、中指和无名指按在患者手腕的动脉上"切脉"，然后根据"脉象"的弦、浮、数、弱等临床表现，左心、肝、肾、右肺、脾、胃，就可以诊断出内脏的实症虚症、表症里症、热症寒症……

俞跗正把他采回的草药从屋内倒出来，分门别类在春风下晾晒。项先生派来的信使牛蹄"嗒嗒"地在俞跗晒药场旁停下来，递上一甲卦文。俞跗接过看时，上面却只刻了三个符号，即：

"爨" ☰ I

俞跗解曰："少典君阴阳不调病危（否极），项先生有请。"

俞跗拿着这象形与卦象文字并存的龟甲，就向中心广场边上的炎帝紫宫走去。

炎帝在紫宫收拾行装，与新任值年的猴部落代表湦滩和帝师悉诸正准备前去看一看麦苗的长势，忽报："俞跗先生求见！"

"请进！"炎帝榆罔的"田"字形脸盘上看不出是什么表情。炎帝榆罔虽然重用俞跗为医正，但他从内心里就不怎么喜欢俞跗那一套"脉象学"方法。他不需要什么"标新立异"，他只需要不折不扣地贯彻和弘扬"神农本草"的精神就够了。在他认为，任何标新立异都无异于是对老神农氏的背叛和挑战，都是对神农氏的不恭。加上榆罔本身也以精通医术著称，所谓："卖石灰的见不得卖面的"，俞跗的医正也就难做一些。

俞跗走进来，双手将项先生派人送来的龟甲呈给炎帝榆罔：

"少典君病重，有熊氏派人来请我。"

炎帝榆罔接过龟甲：

"好吧，救人要紧。更何况有熊乃我炎族近亲。你可速去速回。"

"是——"

俞跗应过，转身就往外走。

项先生派来的两名信使焦急地等在宫外。高个儿的心里没底："这么远路，俞跗先生能去吗？"

"只要炎帝同意，他准去。"矮个的双手倚定行路杖，满有把握地说。

见俞跗走出来，他俩一齐迎上去。不等他俩开口，俞跗先说：

"帝已同意。快，带药上路！"

轩辕和项先生、巫师玄一行人日夜兼程，不到二十个日出日落，就走出山河口进入姬水西湾，向东绕了两个大湾，绕过两个南北相对交错的山梁，就看到了郁郁葱葱的桥山和南坡上的大片金黄色的茅草屋。川道、山坡到处盛开了白里透红的山桃花，把桥山姬水点缀得柳暗花明。

回到了阔别了半年有余的姬水岸边，轩辕不由心生亲切欢畅。项先生一生去过那么多地方，独独对桥山情有独钟，这不，看到桥山那些萦绕在炊烟淡霭之中的茅屋时，项先生干涩的老眼又湿润了。

巫师玄是第一次来到这里，首先感到一种不同于其他任何地方的灵气。他觉得一出山河口，眼前就豁然一亮！

轩辕心里惦念少典君的病情，他在冥冥之中，总能听到父亲亲切的慢悠悠的呼唤，每次听到父亲的呼唤，他都会在白花牛的屁股上加一鞭，白花牛于是就四蹄腾起，发疯一般地向前狂奔，这只"疯牛"绕过桥山，直向桥山东南的长寿山奔去。白花牛发出粗重的鼻息，蹄声"嗒嗒"地赶上暖泉沟内长寿山的之字形坡道，它跑得太快，把两位老者拉开很长一段距离。

早有天老派来的信使通报了轩辕一行返回的消息。这无疑是对奄奄一息的少典君注射了一针强心剂。少典君已三四天未进一粒米了，有气无力地躺在地铺上，把附宝急得直抹眼泪。乔老太的招数已经用尽，却只见滚下坡碌碡，少典君的生命越来越步入了令人恐惧的黑色深谷，前路暗淡，随时可能到达终点，可他却忽然猛睁开双眼，对附宝说：

"我要……喝粥……"

附宝把热粥端过去喂，他就一口接一口地喝。又要吃鹿肉。

附宝惊奇得眼中噙着泪花，把熟鹿肉撕成一小撮一小撮肉丝，一一喂给少典君。

少典君嚼完一块鹿肉，叠连声地问附宝：

"轩辕……轩辕……回来否？"

"快了！快了！您勿急。"

"我一定，等他回来……"少典君集结了全身最后的能量，目标单一地说。

附宝紧握着少典君瘦弱发凉的手，含泪点头："会的，会的，你定能等到轩辕！——你定会好起来！"

少典君的嘴角挂着一丝未置可否的笑意。

"轩辕回来了！""二哥回来了！"

被附宝派出去在碚畔上守望的蛮牛和陶虎边喊边跑进大屋来。

屋外传来一阵欢呼声，一阵"嗒嗒"的牛蹄声。随着一串"咚咚咚"急促的脚步声，轩辕从大屋门口急匆匆赶进来，直扑向少典君的地铺。

五

脚步杂沓。部落里没有出工农耕与狩猎的老少成员都聚了来,挤在门口,窃窃议论,他们一方面关注少典君的病情,更有一睹准"酋长"轩辕风采的,胖乎乎的挥挤在最前面,旁边有瘦削的赤将。

"酋长这一次一病不起,可能危险。"

"但愿酋长的病,就此好起来。"

挥看到轩辕比同龄人更宽厚的背影就兴奋,可是这个场合不容他喊轩辕"酋长"。他用力向前挤了挤,小腿肚子的肌肉块都绷紧了,悄声对赤将说:

"你看,他更像一个威风凛凛的'酋长'了!"

赤将身在此处,脑子却还在造屋的构思中,随口说:"是。"

可就在这时,轩辕抱着少典君大哭起来,那声音洪亮而悲痛。附宝也哭出了声,痛苦欲绝,被旁边的乔老太扶住。

挤在门口的人群受到感染,顿时"呜呜呜"的哭声连成一片涛涛声浪。人们为失去一位好酋长失声痛哭。

"请让开一点!"

人们让开一个缝隙,从人群中挤进来项先生和巫师玄。

项先生为自己年老力衰没有见到少典君最后一面而后悔不已:部落的悲剧啊,白发人哭黑发人!项先生顿足扑上去。巫师玄是一个感情脆弱的人,少典君去世的悲痛场面与自己的悲剧式命运形成了共鸣,不由得也失声痛哭起来。

轩辕扑到少典君身边的时候,少典君又一次目光发亮,双手颤巍巍地举起来。轩辕双膝跪在少典君面前,用温暖的充满生命的青春气息的双手,紧紧握住少典君阴凉的瘦手——这双手,让轩辕的心"咯噔"一下。

少典君的目光飘摇不定,就像风雨中的一盏灯,随时有被扑灭的危险。他用最后的一点力气,紧紧握住轩辕的手。轩辕的温暖超常的手给了他安慰。他吃力地转动已经指挥不灵的眼珠看了看附宝、蛮牛和陶虎,刚张嘴说了半句"拜托……"就将头沉重地倒向一边，手却死死地抓住轩辕，体温急剧直下。

轩辕摇着少典君变得僵硬的瘦手："大、大！"他企图把少典君再次摇醒，但是事与愿违，少典君的头依然沉沉地倒在一边，不会再有任何反应。无情的大风雨终于扑灭了他的生命之灯，或者说，他又回到了浑沌初开的时候，反正，灵魂已经离开了少典君的躯壳，不再受它的指挥，自由地飘向太空宇宙，成为宇宙中无数亿兆生命信息的一种，供与他同频道的人们或者其他任何有意识能力的生命体来接收……

乔老太把手放在少典的鼻子前面，已经感觉不到鼻息。她痛苦地摇了摇头，急忙用手捂着口，不让哭声传来。轩辕终于从虚妄的期望与祈祷中清醒过来：少典君，我的大，他已经实实在在地离开了我们，这是最后一次见他的面握他的手，今后再也见不到他了……轩辕这么想着，泪水就从他那日月般明亮的双眼中溢出来，日月无光，只有倾盆大雨从天而降……轩辕扑在少典君僵硬冰凉的怀里失声痛哭：

"大啊，你不能离开我们——"他依然毫无希望地把少典君摇了又摇。

这几个月圆月缺的殷勤侍候和操劳，附宝又瘦了一圈，她头发蓬松，由于着急上火，嗓子也嘶哑了：

"少典君，你不能就这么，撒手走了啊——"附宝痛苦欲绝，一阵头晕，就要扑倒在地，旁边的乔老太赶忙扶住了她。

等项先生和巫师玄也加入到痛哭声中的时候，屋内屋外，悲痛的溪流已经汇成了汹涌奔腾的洪流。

有熊氏部落的人们，包括巫师玄在内，都沉浸在无限悲痛之中，不知不觉，太阳已经偏西，一些小孩开始拉母亲的胳膊肘儿："妈，饿了。"于是人群中有了一些其他性质的骚动。

项先生作为本部落的巫师，到了这种时候，他首当其冲应该站出来，暂时撑起这块塌下的天。

只见项先生一头银发披肩，银须银髯，肤色白得像蚕茧儿似的，瘦削的长颈一挺，把麻丝拂尘一挥，开始布置对少典君祭奠与殡葬事宜：

"乔老太，请找两个女子携扶安慰附宝君后，组织其他女人在中心广场结大灶，保证全部落及受邀客人之食用；挥父，请派三名男子搀扶轩辕兄弟，带五个男子去塬上墓地中心按规制，挖墓穴；派十名精壮男子在中心广场搭灵堂，同时，派出信使告知炎帝榆罔、天老、吴权、宁封子、广成子，通知附近的虎龙、马龙、兔龙、玄龙和雷部落，前来参加葬礼。"

分派完毕，早有人代替乔老太搀着痛不欲生的附宝。附宝把头歪向一侧，眼泡甚至整个面部都浮肿泛黄，人有气无力的，嘴里还在不停地重复着那句话：

"少典君，你不能就这么撒手走了……"

项先生安排停当，让人带巫师玄去桥山南坡暂住在自己的居室，就指挥其他青壮年男子把广场周围十多间较小的仓房腾出来，暂时作为客房用。

轩辕与蛮牛、陶虎兄弟三人身披麻蓑，轮流守灵。三天后，墓穴已经挖好，周围各个部落的代表和酋长——虎龙部落代表摄提、马龙部落代表敦牂、兔龙部落代表单阏、玄龙部落代表执徐、雷部落酋长雷公等已先后赶到。

虎龙部落、马龙部落虽然和以三足龟为图腾的有熊部落素有瓜葛，但在承托着一个部落、两个古老氏族的感情和命运的重大葬礼上，出于礼节，还是应邀来了。摄提虎着脸，敦牂大大咧咧地站在来宾的人群中。

葬礼特邀巫师玄主持，在黎明时分举行。在用树枝搭起的灵棚前，平案上摆满了五谷杂粮、各种干果和百兽肉类，棚顶上装饰着有熊氏的三足龟图腾。

附宝被人扶上来，三个儿子并排跪在平案前，一枝一枝，把香草放入陶盆中燃烧，从左到右，轩辕居中。

巫师玄宣布："有熊少典君葬礼现在开始——"

十只牛角号同时吹出长长的"呜——呜——"声。

人群由沉寂变得骚动，尖叫声、哭喊声连成一片，人声和牛角号声混在一些，悲怆气象，感天动地。

项先生掩泪抽涕之后，强作精神，宣示少典君功德：

天生少典，世通有蟜。上承伏羲，下启神炎。与世有功，封帝襄氏。自号有熊，造福一方。英年早逝，人神共念……

在巫师玄的带领下，全体人员行三叩礼。

出葬的时辰到了，轩辕、蛮牛、陶虎跪在灵棚前拉不起身。附宝双手紧拽抬少典君尸体的木架不松手。牛角号和人群的"呜呜"声再一次合为一体，声浪一阵高过一阵。

前面走着吹牛角号、打击石磬的乐人，伶伦瘦小的身躯也是其中一员。有举着有熊图腾的，举着少典君权力象征的大石斧的。蛮牛头顶香火陶盆。轩辕、陶虎以及挥、夷牟、胡曹、伯余、于则、共鼓、货狄、赤将等同氏晚辈，象征性地用麻绳牵引着抬少典君的木架，八个青壮年男子轮换着抬，长长的尾随的人群手执肩扛石耒、石铲等走在后边。送葬的队伍迎着朝阳，逶迤直往桥山东南长寿山塬头上的公共墓地。

第九章

一

时近初夏，山桃花、野杏花、梨花、桐花、槐花等轮番开放之后，山塬上、川道里，所有野生和人工种植的植物都已经披上了一身新鲜的绿衣，山环水绕的桥山简直成了一座立体的碧波荡漾的湖。

太阳也一日日向北回归线靠拢，北方的天气一日胜过一日地热起来。那些被早春突降的寒流扫荡了一番的植物，也已经从记忆的阴影中逐渐解脱出来。

时光不等人，再经一次月圆月缺，就该是夏收夏种的日子了。经过一次月圆月缺的淘洗，有熊氏部落逐渐从少典君殁的悲痛中解脱出来。这一个多月大大小小事物的操劳，虽说还有巫师玄从旁佐助，项先生已经感到力不从心，何况，他也只是临时代行部落酋长职权。"是该推举下一代部落酋长了！"项先生躺在地铺上，看着从天窗漏进来的天光，这样说。

巫师玄一直住在项先生大屋内东向的地铺上，日常生活，被项先生那位满脸核桃纹的老伴乔老太照顾得无微不至。听项先生提起"推举下一代部落酋长"的事，巫师玄慨然回答：

"是啊，正好由俞跗把推举结果给炎帝带回去。"经过这一段时间的相互交流与配合，他们二人已经是相当默契。

轩辕的功课也恢复进行了。不过暂时由项先生换成巫师玄，传授吴权委托的内容。本来，巫师玄只想向轩辕传授完相关内容之后，即起身前往首阳山继续炎帝妃祸母的冶铜事业去，项先生一提起推举下一代部落首领的事，巫师玄想："又该多耽误一段时间了。"

俞跗于半月前赶到少典部落，少典君去世已半月有余，他在痛悔晚来一步的同时，祭祀了少典君的亡灵，就又忙起了他的业务，穿梭于有熊氏部落的各个聚落，为所有患者巡诊。昨日他又去了位于西南的部落巡诊，他说今晚上回来住。

项先生和巫师玄沟通意见后，就披着晨光来到挥父家告诉了挥父，由他负责通知其他聚落人明天向这里汇聚。项先生又穿过几间茅屋找到刚刚起来的黄雍父，要他通知到各家各户，明天召开部落全体成员大会，推举新一代部落首领，让大家先酝酿酝酿，到时候多推荐人才。虽然项先生从内心讲偏重于推举轩辕，但是部落酋长公推是一个制度，同时他也相信轩辕的实力。就这么安排了。

项先生办完事后，来到仍然居住在大屋的附宝家。蛮牛和陶虎还在地铺上睡懒觉，轩辕已经起来，正在陶盆内洗漱。

附宝也已经从失去少典君的悲痛中走出，只是所有的生活琐事，都得由她一人承担了。好在三个儿子已经长大，能够替她分担一部分，倒是她自身，因为已经怀孕，行动越来越不方便。这时候，她早已把头发用骨梳蘸了水梳理得油光，艰难地蹲在火塘旁熬米粥。

项先生走到附宝身边，附宝急忙起来迎接。项先生悄声告诉附宝：

"明天召开部落全体会议，议立新酋长。"

附宝一听就紧张起来。

轩辕凑过来问："什么事？"

项先生又把同样的话向轩辕重述一遍，接着问：

"有信心竞争吗？"

轩辕定睛想了片刻，满自信地回答：

"当然。"

项先生摸着轩辕的头，想起天老对轩辕的恩遇和少典君的希望，说：

"今停功课一天。好好准备！"

说完，项先生就走了，一头披散的银发就像雪白的蚕丝。

推举部落首领的话题在部落里传开。挥、胡曹、伯余、于则、赤将、货狄、伶伦等下一代的代表人物凑在一起公推"酋长"姬轩辕。可是，除

142

了伶伦瘦弱得像猴子未被长辈们推举出来，其他人都因为某一项发明而被长辈们推举了出来。大家一副无可奈何的样子，找到姬轩辕。

轩辕说："酋长之位，公平竞争。欢迎大家，参与竞争！"

大家这才心态释然地各自准备去了。

这时候，只有伶伦最超脱：

"优哉游哉，静等新酋长产生。"他走在离去的人群后面，一种闲庭信步的样子。嘴里这么说着，却回头向轩辕挤眉弄眼。

"桥山巍巍，姬水汤汤；所谓酋长，长寿山上……"伶伦哼着随口编的歌谣手舞足蹈地离去了，轩辕却陷入了沉思。

轩辕心想，要竞争部落酋长，他有几大优势，那就是：一、父亲少典君的影响。父亲在世时，一直偏心于自己，重点培养，包括母亲、项先生等都有如此想法；二、自己受的教育多，截至目前，人类的一切文明成果我都涉猎过一遍，尤其是伏羲氏的八卦学说，神农氏的农学、医学知识，所谓见多而识广；三、自己的图腾与氏徽已经确定，就用天鼋大鼋（大龟），在此基础上，形成自己的"施政纲领"；四、自己在同代人中有威信，大家信任我，推崇我；五、有自己的发明创造。陶甑的发明，包括熟食，已经被炎帝榆罔推广使用，这解决了食的问题；衣、住、行方面，我也有自己的想法。想到"行"，轩辕又想起前年秋天随少典君进西山伐木时，观飞蓬旋转、两木交错，一木滚动，带动另一木的情景。当时他就有所感悟，可惜没有细想……如果将滚木固定在下面，又将上面的木头削平，人乘坐行走，不是既省力又舒适？

轩辕这样想着，就分别从一个竹筒里抽出六根做了标记的蓍草，每一根代表一爻，结果是"巽卦"（☴），巽者木也，风也，木在木上，其行如风，物大通也！

这一卦令轩辕兴奋，他迅速搬来一两个圆木墩，以巫师玄赠给他的一把铜刀为凿，用青石敲击，在木墩的中央凿了一个圆孔，穿上一根木棒，木棒两头，各固定一个长杆，手握长杆用力一推，木墩就"咕噜咕噜"地滚动起来。轩辕双手握住"H"形框架的两个长把反复地前推后拉，这一新发明的运输工具就粗具雏形了。

为了表示这一发明是自己所为，轩辕取天老为他造的"轩辕"二字的偏旁命名其为"车"，字形上下为木框架，中为"咕噜"，由连轴相连，读音为"chē"，意为"快捷"。

轩辕在折腾他的车的时候，母亲附宝一直悄悄地做他的后勤保障，一会儿端来了热水，一会儿拿来了擦汗的麻团。蛮牛做轩辕的助手，陶虎跟着嬉戏，一家人都在跟着他忙乎。

二

就在姬轩辕忙着发明他的"车"的时候，与他同代的其他六位竞争对手，也分别完成了自己的发明制作：挥揉木为弓，终于扎出一只乌梢大弓；胡曹、伯余、于则将他们的发明合在一起，将伶伦装扮成头戴冠冕，身穿衣裳，脚蹬草鞋，活脱脱一个"文明人"：上衣第一次有袖有襟，还钉了麻扣，下裳围以麻裙。赤将则根据轩辕的口述，制造出有熊氏部落第一座"合宫"形式的套间房舍的模型。货狄终于完成了一只完整意义上木舟，为了烧烤和挖出舟舱，货狄抹得满脸炭黑，他还削好一只木桨，跳上浮在水中的独木舟，左划划，右划划，接着就鼓足劲猛划起来。碧绿的姬水被激起雪白的浪花，一会儿就划出去老远。他兴奋得在舟上又喊又叫："成功了！成功了！"

这情景刚好被从西南聚落巡诊归来披着夕阳余晖的俞跗看到了。在俞跗的身旁还走着另一位身背弓箭的医者。他是从昆仑山赶来的岐伯。

晚上，岐伯、俞跗、巫师玄、项先生、挥父、黄雍父、乔老太，又特意请来附宝，一起详细安排了第二天的部落酋长竞选大会。

第二天，也就是炎帝榆罔有年三十三年夏孟月的月圆日，有熊部落长寿山、桥山及姬水南北两岸其他六个聚落的全体成员，加上如今黄陵县境内其他聚落的代表近千人聚集在长寿山有熊部落的中心广场，这个平时显得空旷的广场一时人挤人，人挨人，人声鼎沸，人气旺盛。

广场的中央，高擎着有熊图腾旗和有蟜氏的蛇图腾旗。旗下摆了祭坛、祭品，香草在陶制香火盆中燃烧，烟雾缭绕，营造着一种神秘的气氛。人们议论纷纷，指点着站在长案左侧的七位竞选人和一个身着奇特"衣裳"的瘦猴后生。

长案后面，项先生居中，他的左方是炎帝榆罔的见证人、神医俞跗，左侧是刚刚从昆仑山赶来的岐伯，岐伯还没有忘记把他的长弓挂在肩上，好像他永远是一个狩猎者一样。再次是轩辕师巫师玄，少典君后附宝、乔老太、黄雍父、挥父、少典氏与有蟜氏不常出面的七位耆宿老者，共十五人。

太阳升起一竿高的时候，时辰已到，项先生清了清嗓子，站起身。只见他今天身披玄色披风，一头披散的银发在阳光下越发显得熠熠耀目。他戴上面具，一面口中念念有词，一面把盏将玄酒洒向天空、洒向大地。随后，手执拂尘，踏着"禹步"，手舞足蹈起来，口中依然念念有词，恭请少典氏先祖附体。

项先生戴着面具手舞足蹈的样子，就像流传至今的藏族礼佛仪式上的面具舞蹈——傩戏，又像旧时民间神汉跳大神。他舞蹈着，念叨着，直到口边挂满了白沫，全身瘫软在地。

全部落的人都在屏息等待。

项先生再次睁开眼睛的时候，声音完全变成了另一个人的腔调，比平时更加神秘幽远，以慢悠悠的节奏说：

"后辈子孙，我今天接受你们邀请，参加新酋长竞选大会，以先祖身份，为你们作个见证。有熊新酋长竞选大会开始，请参加竞选的后生上场——"

站在长案左侧的姬轩辕、挥、胡曹、伯余、于则、赤将、货狄七人走到长案前面，面向全部落人众而站。"活衣架"伶伦也跟着走上来。

轩辕推上来了他发明的"车"。昨天晚上经过一夜苦思冥想，这时候，他已经给车架中央用麻绳扎上细圆木，形成一个"平面"，又给车前加了扶手。他依然把自己的名字活用到车上，将车上扶手叫作"轩"，把推车的车把叫作"辕"。挥手持乌梢大弓，赤将搬来了"合宫"模型，货狄手执舟桨，伶伦则站在胡曹、伯余和于则之间，作为他们发明的第一个受益者，他瘦削的脸上挂着得意的微笑。

周围又是"轰轰轰"一片议论声。

项先生还是以那种悠远的声音说：

"第一个，先由挥阐述施政纲领……"

挥，这一阵很想严肃认真地对待竞选的事，可还是没有改了他平时大大咧咧的习性。他左右脚倒换了一下位置，身体左右晃一晃，又夸张地站直了身子，引起周围一片哄笑。他把眼睛朝四周瞟一瞟，全是笑盈盈盯着他的面孔，心一下子难以自控地剧跳起来，几乎自己都能听见自己"扑通扑通"的心跳声了。挥强作镇静，"哼哼"地清了一下嗓子，快速说：

"我发明的这乌梢弓——"有人从背后戳了戳挥。

挥"哼"了声，重新开始："我的这种乌梢弓，加上石簇箭，可以扩大狩猎成果。我如果当上了酋长，一定让大家天天有肉吃！"

"好——"人群中一阵欢呼声。

胡曹代表伯余、于则演讲："我们三人发明了冠、衣裳和鞋子。不管我们中的哪一个当选，都会尽量做到让大家冬有冬装，夏有夏衣，冬暖夏凉。"

人群中又是一阵欢呼声。

赤将本来就脸色红润，人一多更羞得面赤如抱窝母鸡似的，讲话的节奏也乱了：

"我按轩辕之意，造出'合宫'。若当上新酋长，我……定让全部落，每一家皆……皆住进新屋！"

欢呼声再次响起。

货狄的声音比较平稳，如同水上行舟：

"我发明了独木舟和木桨，以后部落迁徙就省劲多了。"

现在，有熊部落已经在桥山周围定居多时，所以人群对"迁徙"之事没有报以过多的热情，因而也就掌声零落。

最后一个才轮到轩辕讲话。轩辕由于项先生近几年私塾式的教育启蒙，加上他勤奋好学，又拜了天老、吴权、巫师玄等名师点拨，所以见多识广，胸有成竹：

"我发明的陶甑,已经被炎帝在各部落推广使用。"俞跗在旁边点头。

轩辕接着说:"我又发明了'车',目的就是加强与周围部落氏族的联系与沟通,学人之长,补己之短。我决心以农为本,同时广纳人才,以挥的弓箭来强我部落;推广胡曹、伯余、于则发明的冠、衣、鞋,使有熊部落步入文明;聘请赤将担任工正,修合宫,建房舍,使大家都安居乐业;用货狄和我的发明,水陆两路扩大对外联系,扩大有熊在各部族间的声望。同时,如果我能得到大家的推举当上部落酋长,作为新君,我将新立'轩辕氏',以天鼋大鼋为图腾,发扬光大有熊文化;以伏羲氏的龙文化来行大道,聚大气,振兴有熊部落!"

有熊部落的全体成员,从这位英姿勃发的少年身上看到了部族强盛的希望,他们爆发出了雷鸣般的掌声和经久不衰的欢呼。

七个竞争者的依次演讲,项先生尤其对轩辕的演讲满意,他这几年的心血没有白费啊!这时候项先生已经有一些如释重负的感觉,但他还在先祖的角色中,就由不自觉地点头微笑而正色曰:

"现在全族表决——"

"轩辕!""轩辕!"……几乎全部落的人同时喊出姬轩辕的名字,包括其他六位同时参加竞选的竞争者,都群情激动地加入到了欢呼的人群中。

三

英姿勃发、聪明睿智的姬轩辕理所当然地被推举为有熊部落新酋长后,因为年龄尚未及冠,项先生、附宝、巫师玄、岐伯与黄雍父、挥父、七老协商后,决定以轩辕为储君,继续由项先生主持部族事务,待明年二月,举行命氏仪式后再正式继少典君之位。

岐伯来后,俞跗没有多少事要做,就提出返回姜城堡去,向炎帝榆罔汇报有熊部落新酋长的推举结果。项先生和轩辕苦苦挽留了一番,俞跗虽然对轩辕谦虚好学、尊重人才、惜才如命和与榆罔判若隔世、积极进取的人生态度从内心欣赏,还是不得不告辞回去了。巫师玄也告别项先生和轩辕,去首阳山赴任,虽然他知道炎帝榆罔把铜器只是当作一种仪仗和装饰,但是忠于职守却是他一贯的作风。

项先生派了十名青壮年跟随巫师玄做他的助手。巫师玄一行乘木筏沿姬水向东，又沿洛水向南，经过今白水县境时，分别拜访了洛水左右岸的雷部落学者仓颉先生与部落酋长雷公。

仓颉先生年龄不到二十岁，宽额头，面色苍青，长相奇异，留了他的经过修饰的三绺黑须。因为他善于观察事物特征，又因为他的上眼皮是双眼皮，人们一看到他的眼睛，总是感到眼花，老产生他是上下四只眼睛的错觉，所以在当时各部落便流传着"仓颉四目，两目上观天象，两目俯察地理"的传说。

仓颉先生的聚落坐北面南，背靠黄龙山，东有孔走河，西有纵目河，周围林木葱茏，郁郁葱葱，聚落前阡陌相连，麦子长势正好。

仓颉盛名在外，少典君殁时，未请仓颉先生前往，项先生心里过意不去，所以巫师玄此次路过雷部落，项先生特意委托巫师玄向仓颉致歉，轩辕闻仓颉学问高深，当时就准备前来拜访，因还在一年守孝期内，同时作为储君，还要在项先生带领下适应部落的各种事务，实在是项先生不让离开，姬轩辕含泪送别师傅巫师玄，并请巫师玄一定向仓颉问好，代请仓颉先生明年二月一定前来桥山参加他的继位仪式。

巫师玄一行留下二人看守木筏和行李，其余人随巫师玄一同北行来到仓颉聚落前，一看山黛寨古，苍青色托起一片麦草茅屋，果然钟灵毓秀，不同一般。来到寨门前向里通报，不大工夫，仓颉便疾步赶来迎接。

巫师玄看这里的茅屋都建在土台之上，均尖顶半扇小门，样式别致。也可能仓颉为本聚落的这一种建筑形式而自豪，所以在聚落氏旗上，也画了一个篆书"仓"形。这一种建筑形式由于地面干燥，冬夏室温稳定，以后被轩辕选作部落仓库的形式，从而改变了祖传地穴式粮窖的储存方式，仓颉也因此在被封为史官的同时，还被封为相当于"后勤部长"角色的"仓吏"。当然这是后话。

现在，巫师玄刚刚皱着眉头欣赏这些建在一个平台之上的茅草房时，仓颉已经疾步赶来迎接了。这时已近傍晚，宾主以及整个部落都沐浴在初夏的凉爽晚风里。

与巫师玄见过礼，仓颉听说巫师玄从有熊部落来，又是炎帝榆罔命官，就非常亲热地让进寨里去。

　　巫师玄与仓颉以前没见过面，但是仓颉的形象特征早已经听人传诵过多少遍了。因此他边走边端详着仓颉苍青的面部：双眼皮儿间距很宽，果真像上下两只眼睛，鼻梁笔直，大口棱角分明近乎方形，黑发披在肩头，不由赞叹："仓颉四目，名不虚传！"

　　仓颉也不否认，只问沿途辛苦。不一会儿上到寨中心的大平台上。平台北面是仓颉的大屋，样式依然是典型的"仓"式建筑，只是体积放大了一些，大屋后边又有几间小屋相连。大平台的南端，突兀着一个观象台，方形，台顶上插着雷部落和仓颉的氏旗。

　　仓颉把巫师玄一行让进大屋，这时已经聚拢来一群孩子围在门口向内探视。

　　晚餐自然丰盛，除了米粥、干饭外，还有麂肉、野豕肉。巫师玄的八个随行人员都分散到各户吃住，就剩下巫师玄与仓颉和他的母亲一起进餐。

　　晚饭时，听说巫师玄还有两个人员在洛水边守木筏，仓颉立即派了五名青壮年为他俩送去食物，并陪同一起野宿，因为这一带靠近黄龙山森林，常有金钱豹、野豕等猛兽出没，野狼也常常成群结队。这些狼的智商很高，口技也不错，经常与人斗智斗勇，夜里经常能听到狼学小孩哭叫的声音，一两个人如果遇上狼群就有生命危险。

　　吃过晚饭，仓颉携巫师玄来到观象台上，只见周围是一片黑黢黢的暗影，那些"仓"式小屋内透出火塘的亮光和大人小孩的叽喳声，有不知时辰的公鸡扯着脖颈引吭高歌：

　　"喔喔喔——"

　　不知谁家的狗先吠了一声，接着，就有一片应和声。

　　抬头仰观天象，但见满天星斗，熠熠生辉，新月斜挂在西天边。晚风吹来凉爽宜人。

　　巫师玄向仓颉转达了有熊部落的邀请后，说到储君轩辕，赞不绝口：

　　"这姬轩辕，生而神灵，幼而绚齐，不到十岁，就提出'以农为本，广纳人才，行大道，聚大气'之施政纲领。有熊部落有望啊！"

仓颉知道巫师玄曾是葛天氏部落的巫师，为首创冶铜做出过贡献，是一位值得尊敬的学者，出自他口中的由衷的赞语，引起了仓颉对轩辕极大的好奇心。仓颉平素自怨自艾怀才不遇，空有一腔远大志向无法实现，这时候就如同在暗夜看到启明星一样有了希望，有了方向……但是，他还是抑制住自己的兴奋心情，不由"唉"地轻叹一声。

巫师玄听得明白，细问缘由：

"不知仓先生有何心事，可否由老夫分担？"

"玄师有所不知，本部落北靠黄龙山，西北连桥山，虎龙部落居西，自恃人多势重，经常侵扰我聚落村寨，强占界地，步步进逼。雷公酋长身在炎帝紫宫为臣，抵抗交涉亦均不奏效，成全部落人心中一大忧患。"

"不曾向炎帝反映？"

"不顶用。炎帝派悉诸帝师轻描淡写说说，就又把话题转到农医。悉诸力主农本，炎帝以师事之，对部落冲突要么置若罔闻，要么以和为贵，没有是非曲直。向他反映问题，只恐更大报复！"

巫师玄也不由得叹息起来，随后把祸父刺杀帝妃祸母与葛天酋长以及他求炎帝的情况复述一遍。说到吴权、天老和项先生，相互交换了各自的学术观点。

四

巫师玄与仓颉一夜长谈之后，第二天就离开仓颉聚落，在仓颉陪同下来到洛水南岸的雷部落拜访了雷公酋长（因部落面临挑战，最近他不得不从炎帝紫宫返回）后，就继续东行，去首阳山继承祸母的冶铜事业去了。

却说祸父刺杀了祸母与葛天酋长后却被推为部落联盟大酋长，他因此心满意得，遂与羊龙部落发生冲突，他们以锋利的红铜刀、斧对付善良的羊龙部落，盘踞在首阳山一带，时常四出抢掠羊群、食盐和女人。羊龙部落代表协洽还留在炎帝榆罔的姜氏城值守，酋长强圈虽说是回来了，却没有一个有能力的帮手，只好任人宰割，生存危机严重。相邻的猴龙部落酋长后土不得不派涅滩再次南下，指挥羊龙部落深挖壕，高筑墙，广积牛羊与粮食，准备长期应战。由于只使用了石器和木器，加上葛天部落人高体大，力大无穷，正在野外放牧、农耕和晒盐的羊龙部落的人们，只要一听到牛角号响，唯一的办法就是尽快越过壕沟，拉起吊板，闭关自守。这样，跑得慢的老人和妇女就被掠去，晒的盐、成熟的庄稼、惊散的羊只，也被掠去或赶走。躲在寨子和城围里的羊龙部落的人眼睁睁地看着自己的亲人被撕心裂肺地抢去，气得咬牙切齿、跺脚摔东西，却毫无办法。

亏得瘦猴涅滩头脑精灵，又指挥人们在生产区外挖了许多陷阱，命令所有外出的人都必须佩带弓箭，遇到祸父带人前来抢掠，就一齐跪射。葛天部落人有的掉进陷阱，有的被箭射伤，吃了几次亏之后，外出抢掠的时候少多了。

祸父从一个极端走向另一个极端，这时候发疯地崇尚蛮力，崇尚征服。自从第一次尝到"抢掠"的甜头后，他的这一种疯狂一发而不可收拾。

葛天酋长被刺死后，祸父面临着四面楚歌的局面，虽然他被推为酋长，但是，西面、南面是大河相隔，北面、东面是猴龙部落和羊龙部落。事变未发生前，猴龙和羊龙部落还时不时接济一些粮食、盐巴和牛羊。事变一发生，富于正义感的猴龙部落酋长后土宣布停止供给一切日用品。祸父带人狩猎，雁过拔毛式的掠夺性捕杀，一个月过去，附近就很难再找到可以捕杀的动物了。时近初冬，野菜也很难找到。直到有一天，一个成员被饿昏后，祸父一拍大腿，抢起铜斧：

"不想饿死的就跟我来！"

这些手执利器的人一窝蜂地扑向最邻近的一个羊龙部落聚落。羊龙部落人只有招架和逃跑的功夫，留下整个聚落和五个老人、八个女人。祸父指挥部下装满了粮食和盐巴后，把五个老人吊死在槐树上，带着八个女人和羊群扬长而去。

回到祸母的营垒里，祸父从八个女人中挑了最年轻美貌的一个推进自己居室，其余七个赏给其他男人集体享用。

祸父进门就扑向可怜的女人，不管她如何尖叫、如何无用地扑打，几下就扒光了她身上的衣饰，像野兽一样扑了上去……

营垒里狼嚎鬼叫地折腾了一番之后，这些满足了性欲的男人们才想起了肚皮还空着，女人们被逼迫着、含羞蒙辱地为他们造饭，男人们则又对掠来的羊群进行了一番血腥宰杀，在广场上燃起篝火烤肉，吃得肚皮滚圆，口角羊油凝结，然后又是发疯地号叫、发疯地歌舞，发疯地发泄……

祸父这时候又一次感到心满意得。他又一次痉挛似的在那个可怜的女人身上发泄一番之后，全身舒服地摆成个"大"字形，而那个可怜的女人则蜷缩到地铺的角落去，浑身还在瑟瑟发抖。

虽然自从第一次尝到抢掠的"甜头"后，祸父的疯狂一发不可收拾，可是一种思乡的情绪还是时时掠过他的脑际，并且随着时间的推移，越来越强烈地撞击着他的心。毕竟家在温暖的葛庐山，那里的冬天从来没有像首阳山这样天寒雪冻，出门哈一口气都要冒白烟。住惯了南方温暖气候的葛天部落的人难以承受这里的严寒，把兽皮裹了一层又一层，还是蜷缩在茅草屋内烤火，不敢再轻易出去。

猴龙部落代表湎滩可抓住了战机，经常在寒夜组织人们骚扰得祸父不得安生。祸父派了一组人来到大河边探路，意外地发现大河上下都结了一层厚冰，有人就在冰上穿行于河南与河北。祸父一受不了严寒，二思念故土心切，一声令下，毁了营寨和冶铜窑炉，把陶范打得稀碎，驮上抢掠来的粮食、盐巴，驱赶着羊群，带着抢来的女人们，从大河的冰面上走过去，一路抢掠回到了葛庐山。

等湎滩得到信息，和强围带着猴龙、羊龙部落的人群赶来，祸父的营寨已经变成了一片废墟。

"可恶祸父，还粗中有细，不给我们留一点炼金痕迹。"猴龙部落代表湎滩猫着腰查看，用脚踢开一块陶范，自言自语。

巫师玄于第二年初夏来到这里的时候，废墟上已经长了一层茂盛的蒿草，不合时宜的"颗颗花"，张开黄颜色的花瓣，在微风中摇曳，不时有肥鼠在草丛中穿过。

巫师玄指挥有熊部落的十名青壮年拔掉一处屋基上的蒿草，伐木搭起屋架，又将炎帝的"炎"字图腾红旗和葛天的鹿图腾黄旗高挂在平台南面的木杆上。忙忙碌碌，直到天近黄昏，总算用蒿草加泥巴把屋顶盖好。

巫师玄在平台上新挖出的火塘上架起陶罐烧水，将带来的野豕肉在火上烤熟，大家围在一起正在喧嚷着分食时，从身后突然冒出一个身影，不由分说向前，扑倒在巫师玄的身旁。

大家都受了一惊。那十位青壮年顺手摸起石刀、石矛和弓箭，四处查看了一遍，再没有其他动静。

巫师玄秉火把细看，才认出原来是他过去的一位部下。他蓬头垢面，眼窝深陷，颧骨高突，一脸乱蓬蓬的胡须，人已昏死过去。

巫师玄急忙把他扶起：

"乌则！乌则！"连呼两声不见反应。要过一钵水给他灌下去，又把嘴上的水用手指擦了擦，这个名叫乌则的部下才有了一些反应。只见他嘴唇咂了咂，慢慢睁开双眼，"激灵"一下打个战坐起来。当他定睛看清是巫师玄时，扑在他的怀里号啕大哭。

巫师玄也不阻止，直等到乌则哭了个够，才开始询问他分手后的情况。原来去年巫师玄带领他的部下渡河西去时，由于河水暴涨，乌则被漩涡卷昏了头，漂到最后，竟然又被卷回了北岸。与巫师玄失散，又不敢再回葛天氏部落的人群中，就一个人在首阳山中风餐露宿，最后一线希望就是等巫师玄返回，这一等就过去了半年多，旁观了祸父与猴龙、羊龙部落的争斗，他度日如年，担惊受怕，不管让哪一方抓住，他都会死于非命。

巫师玄也简要介绍了分手后去姜城堡、吴山、桥山的经历，让乌则在陶盆里洗了脸和手，就参加到大伙儿的进餐行列中大嚼大咽。乌则发疯般地一阵狂食之后，拍拍肚皮，嘴还在嚼动，头一歪就睡着了。

巫师玄正发愁这一片废墟怎么办，乌则的出现给了他一线希望。他准备派乌则回葛庐山再带几个原来的助手来，同时带来一些五彩样石。这样，冶铜的前期准备就会大大缩短。不曾想，乌则这一去，不但他本人有去无回，还招来了祸端。

五

时光如梭，转眼到了来年的早春。炎帝榆罔有年三十四年早春二月二日，姬轩辕将在桥山举行命氏仪式并继位的消息，被有熊部落传向四方。

姬轩辕结合姜城堡和天水轩辕谷的风水地貌，以从天老处所学的堪舆学说为根据，经过反复观测，认为桥山、姬水的最佳风水穴位在桥山。他又总结少典君所以早逝，或许是阳居阴方，阴气过重的结果。所以决计将部落都邑和继位仪式放在桥山。项先生也同意轩辕的主张。

桥山源自西部的南北绵延千里的子午岭，又被称为大桥山的地方。子午岭向东延伸的一条余脉，与同样源于子午岭东麓的姬水形影相伴，来到桥山后一峰秀出向南延伸，姬水就从西山麓绕向南，再绕向北，回环到桥山东山麓之后，继续东行。

桥山之北是继续向东延伸的山塬，而与桥山龙脉南北相连的塬头，却浑圆如龟盖；桥山南面，隔一条姬水河，山塬环抱，正南方的山形，则两翼展开，酷似朱雀展翅；桥山之西，从南塬向北延伸的余脉，山势平卧如虎尾摇摆（这里的村名直到五千年后的今天，仍然叫作"老虎尾巴村"）；桥山之东，姬水蜿蜒二十余华里，又有山形突起如龙头昂扬，名曰龙首山（这里的村子也就命之为龙首村，一直流传至今）。桥山，背靠大桥山余脉，祖山牢靠，左砂山为龙首山，右砂山为虎尾山，几山如台，名曰印台山；案山高远，前景开阔。又有山环水绕，形胜之地，酷似仙岛。又有马山与桥山隔河相望，分别引领南塬与北山和姬水，形成回环合抱的"太极鱼"。桥山之风水，四灵齐备，负阴抱阳，酷似太极，真乃阴阳之大穴也！

这样，由项先生坐镇，轩辕调动起他那一帮小伙伴的积极性，带领从各个聚落抽出的精壮劳力，对桥山进行了一番新的改建扩建。

首先对原有"日坛"加固，作为观象台使用。又在桥山顶第二平台上起土为台，名为祭台，将原来凹凸不平的台地改造成一个广场。广场之后，则把山顶改造成最高一级台地，由赤将设计，在这里建造合宫。

不仅红脸赤将的才能得以施展，就连瘦猴伶伦的音乐天赋也被调动起来，由他创作轩辕继位大典的组曲音乐。

154

轩辕对胡曹、伯余、于则发明的冠、衣裳和鞋子一一评价，认为冠可以分为几等，如冕、簪、冠、帽等：在冠顶上加一象征天覆的平木，为最高等级天子的象征，簪为沟通天地人三界的王者的象征，冠为一般通用，加上遮阳沿者为帽。衣裳又分为袍、裙等，为男女所通用。鞋又可分为长筒高底的皮靴、平口布鞋与木屐、草蹻（jué）。轩辕又对裳（下衣）进行改造，一般人一层裙，部落酋长两层（级）裙，最高级别为三层（级）裙，那当然是部落联盟大酋长、帝王一类的人才能穿了。轩辕还亲自画出图形，为自己定做了一套有衣有裳（二级裙）的礼服，报酬是三只麋鹿。

货狄正在赶制第二只独木舟，以备大典期间摆渡宾客之需。

挥被派了另一重要任务。他带领手艺好的能人，赶制了五十只大弓、长矛与大斧，组织了五十名精壮小伙子演练，又协助赤将轹木为轮，按照轩辕的要求，赶制云车。

正在大家忙碌的时候，从西南方向赶来一位十多岁的小伙子，骑着一头红牛，手牵四匹犍牛，个个敦实高大，步法飞快，皆有一日百里之功。此人来自马龙部落，自幼喜好驯牛，人称荣将。荣将个头不算高，但骑在牛背上，却显得很精神，一双眼睛眯起来，有目空一切的感觉。马龙部落和有熊、蛇龙部落交界，部落之间时有摩擦，同时也流传着许多关于轩辕神奇的传说。马龙部落的代表敦牂参加少典君葬礼时，亲眼看见了姬轩辕的英姿——一位聪明睿智的年轻人的勃勃英姿，即使悲痛也无法掩盖它。听说轩辕成为储君后，平时马马虎虎的敦牂这一次倒认真起来，他想认真地修补一下两个部落之间的关系，早早地就派荣将送来了四头犍牛作为贺礼。

荣将是第一个来到的客人，自然受到轩辕的盛情款待。轩辕正想云车没有动力呢，四头犍牛的到来让他喜出望外。可不可以让牛驾车呢？轩辕把他的想法告诉了荣将。

荣将说："不妨试试。"也不知道为什么，一种说不出的感觉，自从见到轩辕后，他虚怀若谷的态度与掩不住的英姿焕发的风采，一下子就改变了荣将目空一切的态度。荣将与赤将一起琢磨用牛驾车的方法，这中间门道可就多了！独轮车适合人推，人推时可以控制车的平衡，而牛只能拉，不会推，同时又无法控制车的平衡。为了解决车的平衡问题，让车的结构更适应于"拉",他们经过反复试验,最终决定将独轮改为一轴相连的两轮,同时改变车轮的位置——将处于木架一端的车轮移到接近中间的位置,这样让牛架起车来,车就稳当了。轩辕又从年轻人中挑出一位名叫方明的精明小伙子,跟随荣将学习驭牛技术。

附宝带领着几个年轻女人在绣制天鼋大鼋图腾旗,女希也加在其中。附宝把头发用骨梳梳得光光的,她现在心情不错,人也渐渐恢复了白皙的旧貌,只是较前胖了一些。女希的一身素色麻布衣裳裁剪得非常合体,紧紧地勾勒出她苗条的身段。她清秀的面庞较以前多了一些红润,多情而温柔的一双大眼睛左顾右盼,两三年时间就出落得如同仙女一般。

大家正在边说边笑、叽叽喳喳地忙碌,门外传进一声:

"仓颉先生到!"

前几天,仓颉先生刚刚收到姬轩辕的信物——一只小小的玉石天鼋,信使告诉了他轩辕命氏仪式与继位典礼的具体时间,仓颉就坐不住了。前一段时间,从首阳山匆匆赶来一位随巫师玄前去首阳山的有熊部落的年轻人,他呈上巫师玄的葛麻拂尘后,就扑倒在地,痛哭不止。

原来巫师玄派乌则潜回葛天部落招集助手时,不慎被祸父抓获。祸父不但杀了乌则,还派人行刺了巫师玄,用他的话说:"冶铜技术绝不能传入外族!"巫师玄临终前,拜托年轻人一定要将这把葛麻拂尘交到仓颉手里:

"我今生无缘轩辕继位大典,主持之事,请君定要代劳。请竭其所能,辅佐轩辕……"

轩辕听说仓颉来了,激动得将一只大手在呼呼喘气的女希的右肩上拍了一下,女希差一点打了个趔趄,然后"嘻嘻嘻"发出一串小铃铛一样的笑声。轩辕撇下女希,撒腿就从桥山的南山坡上跑下来,迎面碰上正在爬坡的仓颉。女希一噘嘴,把秀发丢向身后。

轩辕为自己的唐突而抱歉,不由得用手摸了摸额头的一颗正在发痒的青春痘。仓颉却被他求贤若渴的举动深深打动了。他自告奋勇,担当起司仪的角色。

项先生的头发和胡须虽然白得像蚕茧一样,还是亲自主持了为巫师玄举行的遥祭仪式。轩辕举起陶爵，面东而祭，深深地怀念师傅巫师玄。他脱口而出："我本想正式向您拜师，却不可能了……"说着说着，已经声泪俱下。

仓颉、荣将；附宝、挥、伶伦、胡曹、伯余、于则、赤将、货狄；挥父、黄雍父，乔老太……所有来到观象台前参加遥祭的人都纷纷掩泪。

轩辕发誓："一定要讨还血债，为巫师玄报仇！"巫师玄一直深深地影响着轩辕的一生，直到多年以后他中原称帝——黄帝"七千封"中，也没忘记追封巫师玄个"帝师"。

睹物思人，轩辕有无限的情思。他郑重地将巫师玄的葛麻布拂尘交在仓颉手中："请您代巫师玄主持我的命氏与继位仪式。"

二月二日龙抬头这一天，姬轩辕的命氏仪式与继位典礼在桥山之巅新修的祭台上隆重举行。

第十章

一

二月二龙抬头这一天，整个桥山都被装饰一新。环桥山一周，遍插着伏羲龙旗。位于桥山顶上新辟出的广场东端新垒起的祭台上，并排三个图腾旗杆高高耸立，左为轩辕父系的三足龟图腾旗，右为轩辕母系的蛇图腾旗，中间旗杆虚位以待。广场北侧的台地桥山之巅上，合宫巍峨壮观，崭新的麦秸屋顶金碧辉煌。黎明时分，广场上已经挤满了来宾代表与有熊部落各个聚落来的人，熙熙攘攘，共有两三千人。

站在最前面的，轩辕居中，他身旁是帝师悉诸和炎帝榆罔派来的本年值年太岁、鸡龙部落代表作噩，其次是原帝师、轩辕师天老，轩辕师吴权、项先生，轩辕母、少典君后附宝，炎帝雨师赤松子，名医岐伯，雷部落酋长雷公，雷部落的贤士、今天的司仪仓颉。其他来宾有牛龙部落代表赤奋若、虎龙部落代表摄提，北方兔龙部落代表单阏、玄龙部落代表执徐、蛇龙部落代表大荒落、马龙部落代表敦牂与荣将、西部宁部落酋长宁封先生等。来宾的背后，炎帝的炎字图腾红旗、鸡龙图腾旗、伏羲龙旗、雷字图腾旗、牛龙图腾旗、虎龙图腾旗、兔龙图腾旗、玄龙图腾旗、蛇龙图腾旗、马龙图腾旗等迎风招展。其次是乔老太、挥父、黄雍父、有熊七老以及各个聚落的族长。姬轩辕的助手胡曹、伯余、于则，分别手捧着为轩辕新制的礼服，赤将旁边，停着由六头犍牛驾驭的云车，方明得意扬扬地坐在车辕上，手执长长的一根驭鞭。货狄挤在旁边，还没有忘记带着他的舟楫。祭台的左侧，伶伦指挥着琴、瑟、磬、角、埙等乐器组成的乐队，右侧则是由挥带领的五十名精壮小伙子组成的舞蹈队。

太阳从东边山塬上吐出一抹橘红，正在冉冉上升的时候，伶伦瘦长的右手向上一扬，十五只牛角号一齐"呜——呜——"地吹响。

号角刚一停下，四目仓颉就手执巫师玄的葛麻拂尘开始司仪，庄严宣布：

"轩辕命氏暨继位仪式现在开始！"

宣布后，又是一阵号角长鸣和人群鼎沸的欢呼声。

"请姬轩辕、炎帝师、值年主氏、轩辕师、轩辕母上祭台。"

轩辕礼让一番后走在前面，接着是帝师悉诸与作噩、天老、吴权、项先生和附宝依次登台，依序站好，依然是轩辕居中。

"献祭品——"

一队妙龄少女身着红色长裙，将红陶制的七鼎、六簋、六爵摆上祭坛，又有小伙子抬上牛、羊、豕三牲与麻布一匹。

"祭日——"

轩辕、悉诸、作噩、天老、吴权、项先生、附宝在台上，所有来宾与全部落人众在台下，均面向东方旭日行三拜九叩大礼。

"及冠命氏——"

胡曹、伯余、于则以发明者的身份与荣耀，手捧礼服上台，为轩辕套上礼服，换上长筒皮靴，绾起头发。

帝师悉诸等作为见证人，值年太岁鸡龙部落代表作噩代表炎帝为轩辕授冠插簪。台下一阵欢呼雀跃。轩辕披散的乌发已经被绾起一个扁髻，束以冠，插以骨簪，显得人一下子成熟了许多。他抬起头，微眯着一双大眼扫视全场，开阔的"由"字形脸上，坚毅掩不住由衷的喜悦与英姿勃发，身着绣有伏羲龙形的土黄长衫，下衬二级围裙，左边佩一把精致的玉剑，显得气宇轩昂，精神焕发。台下的人群向他欢呼，轩辕也不时向大家横摆着手致意。

作噩从侍女的陶盘中取过天鼋玉佩：

"姬轩辕经有熊部落公推脱颖而出，成为有熊部落的新酋长。根据他本人意见，经炎帝榆罔批准，现授予他'轩辕氏'氏号，氏徽为天鼋。"作噩一边说，一边用他的瘦手高高擎起天鼋玉佩。随后，亲自把玉佩授予轩辕。

轩辕郑重地接过天鼋玉佩，佩在身右，接着又是授旗。

轩辕从作噩手中接过一面黄色天鼋图腾旗，然后，亲手高高升起在有熊氏与有蟜氏图腾旗的中央。人们翘首以待，这时候，才看清了天鼋图腾旗的威仪：一只神龟，两前爪为翼状，雄赳赳气昂昂，有腾空欲飞之势。

台下一片经久不息的欢呼声，加上伶伦的琴、瑟、磬、角乐队凑热闹，全场气氛异常热烈，热浪掀人。附宝第一个掩去激动的热泪，项先生紧随。台下，乐队中抱瑟的女希，多情的目光中也盈满激动的泪花。曹胡、伯余、于则、赤将、货狄等高兴得又蹦又跳，你推我搡。伶伦这会儿倒显得有一些冷峻，他沉浸在对将要演奏的恢宏乐章的自我检索中，利用这最后一点时间，他企图把乐曲的意境展示得更完美一些……挥身背乌梢大弓，已经急不可待了！本来齐整整地站在他身后的五十名同样身背大弓的小伙子也骚动起来，一齐举臂欢呼：

"轩辕，天鼋！轩辕，天鼋！"

"奏乐——"

随着仓颉一声号令，伶伦带着他的乐队铺天盖地奏响了由他创作的原始交响组曲《云门》。

长长的三声牛角号声，拉开了《云门》排山倒海的阵势之后，紧接着是以琴瑟为主的《思云》曲，女希领奏弦瑟，悠扬婉转的旋律，绵绵思恋，宛如后世诗仙李白描述杨贵妃"云想衣裳花想容"的优美意境。

缠绵悱恻之后，是以节奏徐缓、铿锵有声的石磬为主演奏的《步云》曲，一种平步青云之上，云似仙岛，薄纱低绕，阳光如金的明丽境界……

《越云》曲，以牛角号为主，是穿越迷离的云层之后的另一清新旷远的境地，但见云海如棉絮平铺，一条条虚拟的"山岭沟壑"……伶伦营造的这一种艺术真实，使人既有从一万米高空放心大胆地往下落的冲动，又有拨开云层，俯瞰大地茫茫真面目的欲望。

《缙云》曲，万朵彩云飘浮在蓝天，彩云在流动，变幻，一会儿组成朱雀的形象，雀头高扬，翅羽展开，雀尾铺展了一天碎金……这里既有缠绵悱恻的丝弦之音，又有铿锵有力的金石之声。牛角号的长音，穿越层层云雾，天门洞开。

轩辕站在晨光之中，金色的阳光为他勾出一个金边。天空朝霞明丽，景云之瑞与山水之美融为一体，姬轩辕自然而然想起昨天晚上他做的一个梦：

在通往桥山东南的小路上，他向山上攀登，山崖怎么就壁立起来，只有一个木头做成的十字木架是上升的唯一渠道，但是被忙碌上攀的人们所占用。轩辕不知怎么就从旁边飘升上去，来到另一层境地，这里有一个幽暗的舞台，他做了一个还算完美的"侧手翻"，与对面台上的金麒麟同台表演……

该是挥率领的男子们表演《狩猎舞》了：

"噢——"挥高举一面天鼋图腾黄旗，与二十五名壮士一齐拥到祭台下面临时空出的场地上，持弓旋转，拉弓劲弹，动作雄浑彪悍，粗犷有力。又有二十五名壮士手执竹、木长矛冲入场地中央：

"断竹，续竹；

飞土，击豚——"

一种急促呼气的感觉，把人们带到了狩猎那让人紧张又兴奋的现场。短歌不断重复，歌声越来越铿锵有力，坚定自信。二声部重唱，一浪高过一浪，充分体现了有熊部落蒸蒸日上的勃勃生气。

二

姬轩辕略带稚气的声音在桥山上空回荡：

> 懿维我祖，少典有蟜，上承伏羲，下启炎黄（黄字为天鼋大鼋的一个象形符号）。神农嘉谷，医药初创，日中立市，功德远播，我氏初立，以为榜样。以农为本，渔猎为辅，发明创造，造福万邦……

桥山上一阵又一阵的欢呼声，却激起炎帝师悉诸心中的一份不安和惆怅——

自从前年之秋祸父刺杀帝妃祸母和葛天酋长后，一直搅得河芮一带鸡犬不宁。去年，猴龙部落任值年大氏，浥滩对祸父的野蛮暴行一一揭露，陈述其行为的严重危害和恶劣影响，多次请求炎帝榆罔派人惩处，炎帝苦于无力扼制，再加上仁慈心肠，一拖再拖，致使祸父在首阳山和河芮地区施虐以后，又以暴力回到葛庐山一带正式篡位，成为葛天氏部落的新酋长。篡位以后，祸父就派出使者，带了几件红铜礼器来到姜城堡，请求炎帝正式册封。炎帝正在徘徊不定，又传来巫师玄在首阳山遇害的消息，搞得炎帝头疼了很长时间，而祸父凭借红铜武器的利刃，在不断向淮河流域拓展的同时，每季都派人向炎帝求封，一次比一次口气硬。炎帝鞭长莫及，束手无策，又不想册封。悉诸深知炎帝心思，遂提出一套近于助纣为虐的"安抚"办法，炎帝又觉得不合适……

这时候，悉诸听到轩辕口气过大，竟然把自己的图腾与炎帝并称，不由得就皱起了眉头。他把自己的看法悄声告诉身旁值年的作噩，这位好斗的值年大氏的代表当时就想跳起来，却被悉诸示意制止：

"少安毋躁，且待进一步查实。"

本来，姬轩辕年轻气盛、生机勃勃的仪表，已经使悉诸看到了另外一种王者气象，就像在龌龊阴晦的环境中突然呼吸到了新鲜空气，周身都觉轻松舒适。他也曾由衷地赞赏轩辕"后生可畏"，但是，由于炎帝对祸父的"失控"，已经引起紫宫上下的烦恼，好在葛天部落还远在中原之东的葛庐山，不致骚扰到姜城堡附近，但是，"另类"的轩辕与祸父相比，却近在咫尺，站在维护炎帝威仪的立场上，就不能让他露出锋芒来，因为一方的生机勃勃地正常发展，相对另一方的迟暮守成而言，迟早会是一种威胁。小小的刚刚命氏的轩辕氏，竟然已经有那么多发明创造，再加上轩辕谦虚好学，已经拜天老、吴权、项先生为师，其以后的发展更加难以预料……

轩辕从祭台上走下来，向众人礼让一番后，健步跨上云车，六头犍牛腾云驾雾一般拉着云车驶上合宫。和作噩、天老、吴权、项先生、附宝等一起走向合宫的帝师悉诸，表面上依然平和，心中却是另一番滋味。人啊，一旦斜着目光看人，本来正直的人也会被看歪了。悉诸从这会儿开始，就犯上了这一毛病。

轩辕的合宫修在桥山之巅的高台之上，由大小九间屋舍相套而成，前面又有只覆茅顶的明堂，从广场看上去，金黄色的屋顶错落有致，蔚为壮观。合宫本是天老在天水轩辕谷为轩辕特设居屋的名称，被赤将建在桥山顶上的时候，重新做了布局：中三间最高，为轩辕聚众官议事之厅堂。东三间供文职官使用，西三间武职官使用，最南端的明堂，只有梁柱，不设墙壁，四周敞开，居中可以看到四围的山川形势与聚落群。因为根据天象图取宇宙中心的位置，周围各聚落都对应着相应的天象，故合宫又被称为"中宫"。

明堂的地面上，早已铺了一圈兽皮。轩辕站在土阶路的尽头谦恭地迎接帝师及所有来宾。帝师悉诸，太岁作噩，原帝师、轩辕师天老、轩辕师吴权、项先生、轩辕母、少典君后附宝，都被让上面南的正位，轩辕居中。其他来宾，包括挥等轩辕的助手们，皆围坐四围。在客人面前的兽皮上，鹿肉、兔肉、豕肉、五谷、干果等应有尽有。轩辕和来宾、师尊、助手们在明堂就餐，有熊部落的人群则在广场上燃起篝火烤肉、烧水、煮饭，围着篝火跳舞、欢唱，人人陶醉在对未来美好生活的向往之中。

轩辕站起来，高举陶爵，一种春风得意而又谦和的仪态，使在场的人大多肃然起敬：

"轩辕代表有熊部落父老乡亲欢迎各位到来，谢谢大家光临。先敬帝师一杯！"

所有来宾均举起各种酒器，共敬悉诸一爵、杯、碗。悉诸邀了天老同饮。

悉诸身为炎帝师，看到轩辕很懂礼仪，为每一个部落酋长或代表敬酒时，都按照对方的身份，或者碰爵，或者顶额，或者拥抱，或者把陶爵转至左手，单举右手行礼……非常得体。随后，他徒步来到台前，面向广场上的人群举爵：

"各位父老乡亲，今天是我命氏继位的大典，也是全部落人共同的节日。让我们共同举酒畅饮——"

广场上，举爵的、举钵的、举罐的、啃肉的、喝汤的，都随手举起手中物，喝、啃之后，又是一阵欢呼之声。

看着轩辕生机勃勃的样子，悉诸的心里却是另一种滋味。他意味深长地问回到他身旁的轩辕酋长：

"您如何看待现在的天下大势？"

"作为酋长，理应心怀天下。依我看，炎帝神农氏创医药，获嘉谷，行日中之市，重伏羲八卦，功在天下。可他过于仁慈，不禁祸父之乱，葛天、九黎锋芒相对，必祸害天下……"轩辕略加思索就侃侃而谈。

轩辕的话使悉诸内心震惊不小：小小年纪就有如此抱负，将来必是炎帝对手；十岁的小孩，竟然妄议炎帝神农之非，虽然言之有理，但未免狂妄了一些！

天老看到悉诸的白眉毛拧在了一起，挥手制止了轩辕。

帝师悉诸与值年太岁作噩回到姜城堡后，把他们的心思告诉了炎帝榆罔：

"有熊与神农同出少典、有蟜，可谓兄弟，然新命氏继位的姬轩辕年轻气盛，竟非议您的功绩，如此下去，必为后患……"

炎帝榆罔本来就觉得有熊部落新选的酋长太小，太嫩，不合适，只是众意难违，也就算了。听悉诸这么一说，就又皱起了眉头。

值年大氏代表、鸡龙部落代表作噩火上浇油：

"小小年纪，竟把炎黄并称，真是岂有此理！"

悉诸趁机向炎帝提出了他的"远交近攻"策略：

"祸父远在葛庐，武力不禁，可以以德化之，取安抚之法，承认他继葛天氏位，派值年作噩前去册封。而对近在咫尺同祖异德的轩辕氏，则应步步进逼，促其迁徙，以确保神农氏基业之万一。"

炎帝榆罔高坐在紫宫坐南面北的正位上，背后一幅巨大的"燚"字红日图腾。他一门心思全用在农、医的研究上，部族之间的纠葛，只要一提起，他就犯头疼，因此也不想深究，就一拍膝盖：

"也罢，就依了吾师之见。"

三

炎帝榆罔采纳帝师悉诸的建议，一方面派出值年大氏鸡龙部落代表作噩前往葛庐山安抚祸父，正式册封祸父为葛天氏部落酋长，一方面派出祝融，率领他的卫队前往与轩辕氏部落接壤的虎龙部落、马龙部落，下达进逼令。

作噩自担任本年值年以来，几乎是无所事事，正闲得无聊，接到了前往葛庐山安抚祸父的任务，兴奋得手舞足蹈，晚上都没睡好觉，第二天就带了十二名随从，优哉游哉地东行去了。

作噩，一张母鸡婆式的麻子脸凸凹不平，鹰钩鼻子显示了他好斗的性格。作噩的脸上带着虚扎的值年大氏不可一世的为使威势，头上高高顶起一个好斗的红公鸡图腾，身披玄色披风，手执值年之权杖，中原各部落大都以礼热情相迎，但是听说了作噩本次东行的使命后，面部的表情也大都凝结住了，有表示震惊的，有表示不可理解的，有激愤而请"自便"的，搞得作噩甚是尴尬，大大败坏了作噩先生的游兴。这时候，他才知道这种"安抚"行为后果的严重性，不但会使中原各部落心寒，很可能还会引起天下万氏的义愤与不平。一是出于对炎帝使命的忠实，一是值年大氏的面子和他固执、好斗的品性使然，作噩还是要执意东行。那么，怎样才能约束控制住祸父呢？这让作噩大伤脑筋，几乎一天一天，他闷头骑在牛背上，也不和周围的随从说一句话。

经过十多天颠簸，这天来到中岳嵩山，只见嵩山山峦起伏，峻峰奇异，满目葱茏，草高树茂，不时有野兔和麋鹿蹦出，让人虚惊一下，自己却撒腿逃跑了。作噩一边派人四处狩猎，一边着人生火立灶，自己却要把太室、少室山游个遍。没办法，他就是这么个游兴不减的浪游人。

作噩一边信步走动，观赏着嵩山太阳、少阳、明月、玉柱、万岁、凤凰、悬练、卧龙、玉镜、青童、黄盖、狮子、鸡鸣、松涛、石幔、太白、白鹿等七十二峰奇景，不知不觉已经登上了"峻极于天"的峻极峰。这里是嵩山的最高峰，登临绝顶，北望大河，一线明灭可见；鸟瞰山麓，奇景遍布，宛如平步仙界。作噩这时才真正从被人冷落的阴郁中解脱出来，心情一下舒畅了许多。但是，他又不得不想，以后的路程怎么办？干脆瞒天过海，不露真相，找个台阶，图个好心情，完成任务了事。他这么一想，郁闷的心情才真正舒畅起来，脸上的每一个麻子窝里都泛着红光！

却说祝融，本来就反对炎帝这一"远交近攻"的决策。他在紫宫内就

165

据理力争：

"为帝如果是非不分，助祸为虐，又强压近亲，只怕会祸乱天下，后果不堪设想！"

此话引起炎帝震怒，祝融也不好再说什么，勉强领命，退出紫宫，就来到后宫向帝妃少瀦汇报。

少瀦，有蟜氏女，为人聪颖仁厚，闻听此话，当然要出于少典、有蟜氏的血缘关系主持公道，但一时又无计可施，只好派出后宫侍卫急速驰往桥山，向轩辕通报炎帝的进逼令。

祝融心情沉郁地率领他的卫队没精打采地向北进发，七八天了，才进入北山，但见一道山湾后面，隔着清清流淌的小河，便是马龙部落的聚落了。马龙图腾旗与炎帝的炎字图腾旗在馒头形山二级台地的聚落中心高高飘扬。

听到部下禀报，马龙部落酋长重光来到中心广场的碾畔上，远远地望见小河旁炎帝和祝融的图腾旗，就带领部下疾步下到寨门前迎接。

重光额头光亮，人高马大而且胖，人称马胖子，走起路来自有他的派头。他头饰枣红马首，身披红色披风，乐呵呵地把祝融一行人迎进聚落：

"不知先生驾到，有失远迎，还望见谅。"

"哪里，哪里。"祝融大度地摆摆他有力的大手。

"先生来此，有何指教？"马部落酋长拉着祝融的手，悄声问。

祝融脸露难色，但是声音还是坚定的：

"奉炎帝之命，着马龙、虎龙，向北进逼轩辕。"

重光觉得不可理喻：

"轩辕生而神灵，聪明睿智，刚刚继位，又是同族，何故进逼？"

"轩辕人小志大，心怀天下，与帝异德，不能任其发展而不禁。"祝融违心地转述着帝师悉诸的话。

重光派荣将送给轩辕四头犍牛，又命他传授驯牛知识。荣将在桥山深感轩辕品德，愿意辅佐轩辕，至今未回，但却对修好两部落的关系做出了贡献。在交界地带，轩辕部落主动让畔一里，马龙部落也如此。同时，重光还按照轩辕发明的车的宽度，整修好了马龙部落与有熊部落间的道路，随时迎候轩辕来访。双方互让互谅，做了很大的努力，好不容易才修好的关系，重光不想随便就葬送了。可是炎帝的命令又不能不服从，重光先模棱两可地应住，安排祝融一行人休息后，自己却在一个挂着威风凛凛的马龙图腾的大屋里起坐不安：

"如何是好？如何是好？"

"自炎帝登基相识，与轩辕多次交往，颇欣赏轩辕之风度人品，轩辕'人小志大，心怀天下'本是好事，却受此逼迫，公理何在？"

"……"

重光人高马大的身躯在大屋内来回踱够了，终于拿定主意：一方面执行命令，消极应付，进逼而不交手；另一方面派人先赴桥山，通知轩辕有所准备。

"对，此策尚可！"

祝融做好了马龙部落的工作，又折向东南，循着虎龙部落的方向而去。

虎龙部落位居桥山之南、渭水之北的广大区域，东与雷部落交界，西北与马龙部落接壤，自古就是关中的门户，虎龙部落首领的大寨，夹在山塬间一条东西都有小河纳入的川道里，出了川道向北，在山梁与高原上行走一百五六十华里，就是桥山了。

虎龙部落仗着人多势众，又是炎帝轮值天下的十二大氏之一，每遇争畔争食之事，总是以强凌弱，有熊部落经常处于守势。这一段时间稍微有所缓和，虎龙部落代表摄提两次都受到轩辕的热情接待，感于其仁智与真诚，摄提向酋长斗苞建议：以和为贵而两安。斗苞也有了和解之意。

这天下午，工整的抬头纹中间微显竖纹的"虎头"斗苞吃过饭，正坐在虎龙图腾前的虎皮地铺上剔牙缝，忽然接报：

"祝融先生到！"

斗苞抬起头，祝融已经走进他的"虎宫"，就急忙站起来让座。

斗苞白长了个虎头，五大三粗却是个糊涂人。他虽然感于轩辕的仁智和真诚有和解之意，但是听祝融传达了炎帝的进逼令后，既出于愚忠又出于拓土扩域的愿望，当即表示：

"虎龙部落，愿做先锋。"

轩辕继位后，通过继位典礼和睦了四邻。以天老、吴权、项先生为师与佐，把有熊部落治理得井井有条，部众安居乐业。但是有一点却使天老的心不安，那就是轩辕继位时，帝师悉诸对轩辕的冷漠与反感态度。天老把这归结为悉诸与他个人之间的矛盾与不和，于是天老尤其敏感和不安，他担心由此给轩辕带来不利。

绳子偏从细处断。正当天老与项先生、吴权、轩辕等商议对策时，帝妃少澍、马龙部落的信使先后来到，都传达了一个准确的进逼的消息。吴权建议向西迁徙，翻过子午岭到他的祖地去，天老和项先生都支持这一建议。考虑到力量对比悬殊，为了保全部落，轩辕也同意向西迁徙。全部落立即紧张地行动起来做迁徙准备，可是虎龙部落推进得很快，不等轩辕部落向西迁徙，虎龙部落已经从西南逼近，轩辕只好带领有熊部落沿沮水向东进入洛水流域，再逆洛水北上，绕道子午岭北麓，进入宁封先生在陇东一带的领地。

四

轩辕在虎龙部落、马龙部落的不断进逼下，不得不率领有熊部落辗转迁徙。

马胖子重光带领马龙部落进至桥山西南的马山一带，就在这里安营扎寨，不再前进。虎头斗苞率领虎龙部落一部推进到桥山之东的虎家湾一带，祝融和斗苞见马龙部落不再向前推进，轩辕部落又撤得迅速，没有恋战的意思，也就停步不前。祝融、斗苞和重光相会在桥山。桥山南山坡上的茅草屋都已被主动撤离的轩辕命人烧毁，只剩下一片残坑焦木，空气中弥漫着木材的油焦味，一些未燃尽的木头还冒着袅袅余烟。所有的粮食、禽畜都被带走了，重要生活器具也被搬空，粗笨的陶缸、陶鼎、陶罐等都被打成碎片。刚刚盖起时间不长的桥山顶上的合宫也已经变成了一片废墟。只有祭台上轩辕的天鼋图腾旗、有熊图腾旗和有蟜氏蛇图腾旗还在迎风招展，宣示这里是他的祖地。

虎头斗苞气急败坏，命令部下砍来木椽在轩辕合宫遗址上重新搭起简易的窝棚，他和祝融暂住进去；又让部下四出狩猎扛回麋鹿、野羊、野豕、金钱豹等，在广场上燃起篝火，烤个半熟，就狼吞虎咽起来。

斗苞一边用牙齿大口撕扯着兽肉，脸上还挂着取胜后扬扬得意的表情："轩辕年幼无知，天老、吴权、项先生徒有其名，不等正式交战，就已屁滚尿流，逃之夭夭！"

重光沉默不语，祝融也没有更多的话要说。斗苞见这个话题提不起大家兴趣，也就兴味索然，调转了话题：

"吃好，吃饱！"

他们在桥山顶上一住半个多月不见轩辕部落反攻，派出暗探尾随有熊部落。五天后暗探返回，报告：

"轩辕出姬水，循洛水向北，已经进入玄龙、兔龙领地。"

轩辕部落不恋祖地，撤得这么利索，完全出乎祝融的意料。轩辕虽然年幼，但是有智者相佐，日后必成大器……也罢，祝融正不想与轩辕部落正面交锋，轩辕既然已经远避，他就可以回去向炎帝交差了。

轩辕年方十岁，刚刚继位，就遇上这一突发事件，对他来说，可是一次严峻的挑战。本来，通过少典葬礼和继位大典外交，轩辕领导的有熊部落加强了与周边部落的友好互敬关系，雷部落的仓颉、马部落的荣将、名医岐伯等自愿留在轩辕身边辅佐他，西边的宁封部落，甚至包括西南方向的邻居——过去长期与有熊部落有摩擦的马龙部落和虎龙部落，关系都有所改善，加上原帝师天老与项先生、吴权等智囊的点拨，应该出现一个较长期的稳定发展阶段。孰料，炎帝节外生枝，传令虎龙、马龙部落同族相残，步步进逼。多亏了轩辕聪明睿智，为了保存部落生存发展的根本力量，接受天老的建议，不为一池一地的得失而计较，甚至一咬牙，忍痛自毁祖地和新盖起来的巍峨壮观的合宫。轩辕与天老、项先生、吴权、附宝等最后一次祭日，昭告列祖列宗后，命令：

"烧！不给犯我者留可用之物！"

有熊部落的人们尽量快地搬出自己最心爱的生活器具后，一把火亲自烧着自己的房子，妇女搂着孩子哭，也有女人扑向手执火把的男人哭喊："勿烧我屋！"

乔老太坐在自己的屋子内，坚决不离开半步，没有办法，轩辕只好派挥带人把她架上木车。桥山及其周围的聚落都变成了一片火海，人群扶老携幼从山坡上退下来，汇聚在姬水河岸边。河上，货狄等驾着独木舟，指挥满载各种器物的木筏队顺流而下，新造出的五辆云车上除了粮食、器具外，就是拉着老人和孩子。车后拴着、跟着成群的牛、羊、猪。人们肩挑手背，孩子手拉着或抱着自己喜爱的小猪、小狗。轩辕把天老、项先生、吴权、附宝让上自己的云车，自己率领仓颉、赤将等一群年轻力壮的男人在前面手执石斧、石刀等器具披荆斩棘，开辟道路，岐伯、曹胡、于则、伯余、伶伦、女希等护围在天老等乘坐的云车旁，挥协助挥父带领一群壮年在逶迤好几华里的部众后面扫尾。

车声辚辚人声咽。有熊部落在悲壮的气氛中撤离了自己的祖地桥山。荣将则被轩辕派回做马大胖重光的工作。

"桥山祖地，有熊必回！"轩辕最后看了一眼惨不忍睹的桥山与姬水两岸，对自己发誓说。他周围的青壮年们受轩辕感染，也不约而同地喊：

"桥山祖地，有熊必回！"

"桥山祖地，有熊必回！"

轩辕一挥手，这一群对家乡无限眷恋的青壮年，就随着轩辕毅然决然地冲在了部众的最前面，准备随时应付各种新的挑战。

轩辕带领有熊部落的人顺着姬水河蜿蜒东去，行至龙首时，汇齐了全部落的人群，老老少少合在一起，有四五千人之众。

龙首山仰首东望，龙首湾里人声嘈杂，一片纷乱。轩辕整顿了队伍，所有老人都安排了年轻人搀扶，队伍就水陆两路，沿姬水继续向东行进，等在川道绕来拐去，来到与洛水交汇处时，已经到了日暮时分。

轩辕下令就地宿营。人们就地取柴，或者用带的火种引燃，或者用磁石相击引燃野麻絮再引燃柴草，姬水北岸的三角地带，就燃起一堆堆篝火，架起陶罐烧水、煮粥，或者烧烤兽肉。

向南流的洛水浑黄一片，水流湍急，向东流的姬水碧绿，汇入洛水后依然是青碧的一带向南延伸，尽量延伸……如果当时人们的语言能发达到制造成语的水平，那么"泾渭分明"一词，就早该是"姬洛分明"了。

轩辕凝望着姬洛相汇处，天老、吴权、项先生、岐伯、仓颉、赤将、曹胡、于则、伯余、伶伦、女希等都汇聚在他身边。

货狄将舟靠在姬水北岸，挥动着手中的木楫，指挥其他木筏靠岸后，就急匆匆地向轩辕跑来：

"轩辕酋长，洛水急湍，逆水撑筏，需要更多的人！"

轩辕正为这事发愁呢："我亦正想此事！"

"每个木筏现有一人，再要三个人就行了。十个竹筏，共需三十人。"货狄说。

曹胡说："我去！"

"我去！"

"我去！"

"我去！"

"我也去！"

于则、胡曹、伯余、伶伦先后报名。这帮从小在姬水河里和轩辕一起戏水的小伙伴，在危难面前个个奋勇，当仁不让。因为他们心里明白：大家的危难，必须大家共同来面对。

女希一直低头不语。她想全身心地替轩辕分忧，可是想不出什么招数来，这会儿，见大家争着去撑筏，她也灵机一动，举起纤长的手臂：

"我也去！"

轩辕摆摆手：

"女希勿去。其余人，货狄去挑，要年轻力壮识水性，但有一条，凡家有老人者，勿选。"

货狄应声而去。女希噘起了小嘴。

天老这时挥了一下手中的拂尘：

171

"该认真考虑，下一步咋走了！"

五

轩辕带领有熊部落东迁到洛水后，经过认真研究，还是应该逆洛水北行，向炎帝控制能力较薄弱而轩辕关系融洽的陇东一带靠拢。难题是必须通过兔龙部落与玄龙部落以及蝙、豸、狐、貉、狡、蚓、鹿、獐等众多小部落的领地，难免不产生各种摩擦与矛盾冲突。

天老自告奋勇，以他原为炎帝师的名望与品德去说服兔龙部落酋长上章，仓颉经雷公同意，从雷部落带来本聚落的全体人众加入到轩辕迁徙的行列中，伶伦怀着悲愤的心情哼出一首《迁徙谣》来鼓舞士气：

> 桥山，祖地，
>
> 姬水，故乡。
>
> 迁徙，何方？
>
> 陇东，新基！

伶伦自己唱了一遍，轩辕听了拍掌说：

"好！先教小儿，由他们穿梭传唱。"

从此，这群茫然若有所失的人群，目光中再次燃起了对新生活的希望。艰难的旅程，伴随着低沉雄壮的"迁徙，何方"的歌声。"陇东，新基"成为全部落的共同目标。

全体人员，扶老携幼，又带着各种生活必需品，拖泥带水，每天行进不到二十华里。宿营下来，还常常受到其他部落的骚扰和攻击。在断定后无追兵的情况下，轩辕将重点移到前方的探哨与整个部落的保卫上。

吴权向轩辕面授机宜："对其他部落，要知彼实力、意图，分而置之。"

天老老当益壮，凭着他原炎帝师的威望和口舌功夫，说服了玄龙部落和兔龙部落的酋长奢龙和上章"让出一条通道"，这大大减轻了轩辕部落的压力，并且有地典、容成等小酋长，感于轩辕的博大胸怀和品性，自愿投入到轩辕的麾下。

172

经过茶坊休整，道镇布道，甘泉会饮，桥镇小结，且八寨悟道，与大大小小几十次冲突与摩擦，轩辕也日渐成熟与稳健起来。他的一双如同日月一样明亮的眼睛更加明澈，由字形圆脸盘随着年龄的增长拉长了一些，变得更加开阔而有棱有角，高额头，高眉弓，直鼻梁，嘴唇厚而开阔，嘴角向下有力地一沉，两颊有两个深深的酒窝，更显得刚毅自信，英姿焕发。

等到轩辕带领有熊部落几经周折转战迁徙到金鼎的时候，已经是炎帝太岁十二年秋月。这时候，轩辕已经二十四岁了。

在金鼎驻扎下来，轩辕与帝师天老，师傅吴权、项先生等认真商议后，为了适应动荡的迁徙征战生活，将部落划分为三部分，分别命以子氏，以便在迁徙过程中相互联动，相互保护，尽可能减少全部落的损失，这三个子氏的负责人与氏徽分别是：

轩辕，有熊氏，氏徽为天鼋大鼋；

天老，有罴氏，氏徽为罴；

仓颉，有貅氏，氏徽为豹。

轩辕居有熊氏，为中寨。天老有罴氏居前，为前寨；仓颉有貅氏居后，为后寨。又由地典、容成率小部落居左右。

秋月月圆日，轩辕部落举行了自迁徙洛水流域以来的第一次祭祀仪式与命氏仪式，同时也为西进陇东做好准备。

秋风习习，秋高气爽，四野红叶与绿树辉映，分外妖娆，野菊花盛开了一片金星。天鼋图腾旗居中，有熊和有蟜氏的图腾旗一左一右，罴、貅、狐、貉等图腾旗拱卫，蔚然成林。

值年大氏代表作噩来到葛庐山正式册封祸父为葛天氏部落酋长后，祸父心满意足了一阵，就又坐不住了，他总是一个好动的人。祸父就住在原葛天氏酋长所住的大屋内，屋内布置和过去没有太大变化，只是地铺旁边乱纷纷堆了许多红铜工具，烧水的陶罐也换成了三只脚的陶鼎。原来酋长的女人也成了他的女人，替他照看着祸一天天长大。

祸父带领着部众，凭着手中的铜器张牙舞爪地四处抢掠，祸也在葛庐山的山间湖畔拣着五彩石戏着水长大了。

炎帝太岁十二年,轮到猪龙部落的代表大渊献当太岁的时候,祸已经长到十七岁了。炎帝有年三十六年末,为了加强对天下十二大部落的控制,炎帝榆罔接受帝师悉诸的建议,在姜城堡炎帝紫宫左下手新建了一座建筑规模仅次于紫宫的"太岁宫",请天下十二大氏的代表:鼠龙部落代表困敦、牛龙部落代表赤奋若、虎龙部落代表摄提、兔龙部落代表单阏、玄龙部落代表执徐、蛇龙部落代表大荒落、马龙部落代表敦牂、羊龙部落代表协洽、猴龙部落代表涒滩、鸡龙部落代表作噩、犬龙部落代表掩茂、猪龙部落代表大渊献正式进驻太岁宫,依然是轮流值年,但值年者被正式名之以"太岁",为本年度权力仅次于炎帝的官职。所以到了炎帝太岁十二年,就轮到猪龙部落代表大渊献当太岁了。

祸长到十七岁,已经身高九尺,膀宽腰圆,愣头愣脑,是祸父的另一个翻版,只是长了一张三花脸,比他更凶煞了一些。他在继承了其父重情的特征外,性格稍微内涵一些,遇事喜欢闷在心里自个儿一个人想,可是一旦想通了,拿定主意了,就是有九条水牛也不能将他拖回。这时候,正好江淮一带的九黎部落迫于祸父的压力,与葛天氏和亲,送来一名如花似玉的姑娘名叫芄苏。

芄苏年当十六花季,长长的黑发似瀑布一样齐刷刷地披在洁白如玉的俊俏肩头,她的脖颈修长、身材修长,身段是典型的三段式,腰细如蛇,短短的上衣,除了包裹住傲然隆起的乳峰外,肚脐眼富于挑战性地撩拨着人心。她走起路来细碎的小步,婀娜多姿,使男人心不由得随着她的节奏而心醉神迷。也许是有意识反衬她姣美的皮肤,芄苏尤其喜欢穿黑色衣服,黑白一对比,更加引人注目。

芄苏是被作为结盟的礼品送来的,虽然她的舞蹈跳得韵味悠长,可是人们很难见到她一展花容笑颜。芄苏长到十六岁,正是憧憬美好未来的年龄,却被迫来到这葛庐山下,将要伺奉一位近于强盗的野蛮男人,所以她郁郁寡欢也在情理之中。可偏偏在这个时候,祸出现在她面前。

花脸祸的出现,对芄苏来说,犹如一道闪电划破沉闷阴暗的夜空,当两人的目光如电眼一样聚焦出火花的一刹那,他们都找到了自己的归宿。愣头愣脑的祸,一双单眼皮第一次透出了灵光,是那么专注,甚至发痴。芄苏一展几天以来的愁颜，白脸上一双眼影很重的"花眼"在放电，性感的嘴唇，纤巧的嘴角也不自觉地上翘。

　　花眼芃苏和花脸祸两人有了第一次双目放电的邂逅，就一发不可收地有了第二次、第三次主动接触。一开始，他们完全是靠眼睛说话传情。芃苏使一个眼神，心里像揣了一个小兔子似的走向灌木丛，祸立即会心急火燎地跟上去。他们如火如荼地幽会了几次之后，就私订了终身，在一个风高月黑的夜晚，两人悄悄地离开葛庐山，相携回到了淮渎芃苏的故乡。正巧，九黎部落老酋长蛇居升天了，芃苏以她出类拔萃的鲜明个性和独特魅力当选了九黎部落酋长。一年后，也就是炎帝太岁十三年夏，芃苏生下了她的第一个孩子。

　　说来也奇怪，这个小孩的出生，自有一番神奇之处：

　　首先，他是逆生，差一点要了芃苏美丽的生命。其次，这个小孩哭声尖厉，有一种不可阻挡的冲击力。再次，他四肢发达，刚出生时就有九斤重。一个最显著的特点是，他继承了祸七棱八瓣的头，左右额角有如鹿角似的突起。有人说，他是天上的扫帚星下凡来了……不管怎么讲，这个小孩子不可小觑。芃苏与祸郑重其事地给他起了个名字，叫作："蚩尤！"

第十一章

一

轩辕的天鼋大鼋图腾、父系的三足龟图腾旗、母系的蛇图腾旗在黑、豹、狐、貘等图腾旗的簇拥下蔚然成林,显示了轩辕领导的有熊部落在艰难曲折的迁徙转战过程中,不但没有就此一蹶不振,而是历尽困难,生存、发展的信念更加坚定;显示了轩辕部落人气的旺盛!

经过在金鼎十多天的修整总结,以后的发展思路更加明确:天老多次建议,陇东是一片开阔的高原,生存条件不亚于桥山,有宁封先生在此当部落首领,又远离炎帝的控制中心,应该继续西行到陇东去寻求发展。项先生、吴权都支持他的观点。轩辕沉思:虽然又将面临冬季的考验,但是为了寻求更大的发展空间,无论如何,今冬必须西进,越过子午岭北麓。

在金鼎辟土为基,举行了熊、黑、豹三氏的命氏仪式后,全部落人众继续西进,向洛水源头进发。这时候,在天老、仓颉、地典、容成的身后,各多了一面本氏的图腾旗,行进中的布置,也采取有黑氏居前开道,有豹氏居后扫尾,容成、地典等小部落居左右。只是这时候再也无法借用舟楫之利,轩辕只好让赤将带人就地取材又造了十辆云车。还有,随着洛水河川的变窄,地势更加崎岖不平,为有黑氏居前开辟道路增加了困难,轩辕只好手执当年巫师玄送给他的红铜短剑,又从有貉氏和本部落有蟜氏后代中再挑出一批年轻人,赶到披荆斩棘开辟道路的最前列。

轩辕手执短剑,左右砍削,梢林荆棘在他面前"刷刷"地倒向两边。

沮诵是个拗脾气,生性倔强,又有一股不可阻挡、使不完的牛一样的蛮力。他个头不高,头顶只能到达轩辕的肩部,但是身体敦实,手劲大,扳起手腕来,没有人能比过他。他生性又有机灵的一面,常爱做个鬼脸,伸伸舌头翻翻白眼，说说俏皮话，逗大家一乐。他的这一种娱乐调节功能，仅次于伶伦的音乐与《迁徙谣》！这会儿，他拼足了劲，与容成在轩辕一左一右手执石刀、石斧砍削。

容成精通天文，常不顾白日的劳顿与天老等相约一同夜观天象。他学问精深，但是体质比起沮诵来就差远了，是一种学者或者苦行僧式的典型身材——高挑而纤瘦，脸色也不像沮诵那样又黑又红，而是近于标准的黄色。

砍削了一阵，容成的额头就沁出了汗珠，显出了力不从心的样子。沮诵一扭头看到了，就丢出了自以为幽默的俏皮话：

"君子动口不动手。劝君还是休息吧！"

听沮诵这么一说，轩辕的注意力转到容成的身上：

"沮诵说得对。容成君是该将息一下了！"

容成面带歉意地笑了笑，又挥起了石刀，被轩辕一把抓住他举起的右臂，悬在空中不动了。

沮诵冲着容成做一个鬼脸，朝自己的左手心里唾了口唾沫，双手搓了搓，又举起石斧砍下去。

轩辕部落在洛水源头布满荆棘梢林的丘陵地区艰难推进。朔风又起，夹裹着细雪直扑人面，打得人睁不开眼睛，脸上像针扎一样。

女希，依然是一身素装，人却已出落为一位二十二岁的大姑娘了。真是应了人们常说的一句话："女大十八变，越变越好看。"现在，女希的身上虽然裹着厚厚的兽皮衣，头上包了葛麻巾，脖颈上又近于雍容华贵地围上了一条毛茸茸暖烘烘的狐狸尾巴，但从她高出乔老太一头的高挑身材和一双大大的扑闪扑闪灵动的大眼睛与不受恶劣环境影响依然白里透红的脸色，就可"窥一斑而见全豹"地知道她乃天生丽质的佳丽。

女希还有一个显著特点，就是她天生的幽怨，这一点和以后要出现的素女倒很相像。她携扶着年老体弱患病在身的乔老太，一步一步艰难行进。乔老太已经明显地显出衰老的迹象：那一脸比核桃纹还细密的干巴巴的皱纹和黄如表纸的肤色，头发也更加苍白而卷曲，背也更驼了。最可怕的是，近一段时间以来，她的听力忽然急剧下降，别人和她说话，必须声嘶力竭地狂喊，她才能勉强听懂，加上因几十年潮湿阴冷落下的病根，全身关节疼痛，稍一劳累，腿和脚就肿得像木橼一样。昨天晚上女希才帮乔老太用热水洗泡了脚与腿，岐伯又给乔老太配了一副汤药煮着喝了，一觉醒来，乔老太自觉周身轻松了许多。可是早饭后随部落拔寨西行，没走出二三华里路，就又是步履沉重如同两只脚不是她自己的脚，而是两只重重的泥坨。

自从乔老太行动不便以来，因项先生忙于部落的各种事情，轩辕就派女希专门伺候老人的起居。女希尽心尽力地履行着自己的使命，可是她天生的幽怨性格在儿女私情方面又不可抑制地显露出来。女希是那么地倾心爱着轩辕，几乎时时刻刻都不愿离开他身边。自己和乔老太在一起，轩辕整天都忙什么呢？……直到夜深人静，等乔老太吹着气睡去的时候，女希才会起身离去，钻进轩辕温暖宽厚的怀抱，满足她一天的思念和问题。

女希满怀幽怨，小心翼翼地携扶着乔老太行走，耳边传来伶伦与他的少年"合唱团"低沉的歌声：

> 桥山，祖地，
> 姬水，故乡。
> 迁徙，何方？
> ……

女希应而和之，她清亮而凄婉的声音，更增加了歌曲的悲壮氛围。

岐伯依然是他那一副近似猎人的形象，只是背后的背篓里，草药分门别类地捆扎在一起，堆满了一筐。他穿行在熊、罴、貔三个分氏和小部落之间，专门为需要他"救死扶伤"的人提供服务。

全部落的人在姬原分五方驻扎下来，修整一天后，准备继续西行。可是天公不作美，虽然朔风稍息，天空却阴沉得很。很快，雪花就静静地落下来，那么密集，远处的山塬丘陵都已经迷迷茫茫一片了。没有办法，轩辕只好让大家："就地取柴，多加火堆。雪停后再走。"

轩辕部落被一场连续下了三天的大雪封在姬原。这几天，轩辕踏雪巡视着三个子氏和各小部落的情况，心事重重：

"天寒地冷，食物几近于零，必须尽快找到安居之地。"

项先生凑上来说：

178

"可着人带信物，去宁部落联络。"

"封宁为子部落，若何？"天老以自己的威望和经验这样建议。

轩辕觉得二位师尊讲得有道理，正在踌躇派谁去宁部落合适时，师尊吴权自告奋勇。

轩辕就解下腰间的天鼋玉雕，双手交给吴权，郑重其事地说：

"有劳师尊了。挥，带十名卫士护送。"

轩辕刚刚把事情安排停当，中寨方向就传来了女希凄厉的呼叫：

"轩辕，轩辕，乔老太不行了！"

二

轩辕听到女希的声音非同寻常，扭头望去，只见女希头发蓬乱，如疯似癫地向这边跑来。脚下积雪一滑，她打了个趔趄，站直身后，继续疯疯癫癫地边喊边跑。

轩辕一听乔老太不行了，立即拔腿向女希迎去。越过女希，大踏步地向中寨奔去。女希转身在轩辕身后紧追。项先生、天老相互搀扶着，也一步一个趔趄地向中寨赶。女希看到后，又折身回来，搀扶了从此孤身一人的项先生。

乔老太是轩辕的接生者，又是他的师母。是她把轩辕迎接到这个阳世间；部落的年轻人，大多也是乔老太接生的，所以轩辕一直很敬重她。这次被迫迁徙以来，乔老太如同熬完了油的灯，身体一日不如一日，以致生活都难以自理，轩辕就派女希终日伺奉。女希的精心伺奉，让轩辕的心宽了一些。现在女希发疯似的跑来报告，肯定是乔老太生命的能量耗尽了！轩辕已经猜出结局，还是心急火燎地向乔老太的窝棚快步赶去，他坚实有力的脚步踩在厚厚的积雪上，发出节奏急快的"咯吱"声。

轩辕部落隆重地安葬了乔老太。各子氏部落的营寨也接连传出有老人或孩子被冻死的消息，也有许多人被冻伤了。等雪一停，轩辕决计尽快离开这个地方。

雪后的早晨，天空湛蓝湛蓝的，唯一飘浮着的一朵白云，被初升的太阳镀上了厚厚的金边。再看大地，远远近近，雪峰蜿蜒，如同冰雕玉琢的童话世界。太阳的初晖映上雪峰，所有银色的山峦，都被渲染成热烈的亮红色。

轩辕部落的人群，就在这优美的景色中，踏着厚厚的积雪继续向西迁徙。

轩辕命令丢弃了所有笨重的用具，只带上粮食、兽肉和火种，但是所有的云车，都被拆成部件，分别由几个人扛着走。天老、项先生、附宝等手拄了木棒或树枝，在雪中艰难行进。他们坚持自己行走，以便腾出牛来多驮一些生活必需品。轩辕行走在他们之间，一会儿扶这个，一会儿搀那位，忙得手脚不停，虽然朔风依然劲吹，打在脸上如同石刀在割，轩辕的额头还是渗出了汗珠。女希递过来一块葛麻布巾，示意轩辕将汗水擦掉：

"汝言汗时勿受风。快擦汗！"

轩辕接过葛巾，在额头上横着擦了两下，看见红装素裹的瑰丽雪景，一洗胸中多日的沉闷，不由叫了一声：

"好景致啊！"

他想通过对景色的赞叹鼓舞士气，女希却依然幽怨地说：

"再好的山河，也非君等安身之地！"

伶伦从后面赶上来，听到轩辕的赞叹，驻足向四围定神一望，心中顿时迸发了一种创作的冲动：

> 苍天兮有眼，赐吾兮奇景，
> 祥云兮瑞雪，来年兮必丰……

伶伦一边想，一边用婉转悠扬、充满美好向往与自信的声调唱出来。听着这歌声，人们如沐春风，脚步变得从容而有力。年轻人相互拍肩膀鼓劲，纷纷从牛背上取下皮袋和肉块，每人增加一份扛着走，把所有病人、老人都让上了牛背。牵牛的人小心翼翼，唯恐牛失前蹄。牛则"扑嗒、扑嗒"，四平八稳慢腾腾地向前走着，根本没把这冰天雪地当回事儿。

走在前面的有黑氏部落在雪地上蹚开了一带平实的脚印，唯独在这条雪道的中央，留下一只冻僵了的小老鼠。只见它弓着腰僵死在那里，小小的

180

圆眼睛依然黑溜溜地睁着，但是已经失去了生命的光泽。在小老鼠的周围，是一圈又一圈细碎的鼠爪印。小老鼠就冻死在它自己给自己所划定的圆圈的中心。轩辕路过小鼠的身旁，驻足静静地观望了半天。他从内心深处深深地同情这只小老鼠："若老天再冷，我等人类岂不同样结局？"一瞬间，人与动物有了通感。

轩辕是全部落的领导人，他不能掉队。轩辕定睛看了看小老鼠，又不得不快步赶上前去。在快速的行进中，他还挂念着那只小老鼠，后悔刚才没有把它移出雪路面，后面的牛们过来，不知把它踩成什么样了？立即向后传话：

"勿踩小鼠！"

"勿踩小鼠！"

……

轩辕的话被一个接一个地传向后边。

走在轩辕右边的仓颉看到轩辕在认真地观察小鼠留下的一圈圈爪印，也凑过来仔细观察，和牛硕大的分成两瓣的蹄印比起来，小鼠的爪印可以说自有一番细碎的可爱之处。

大队人马走过来，"扑棱棱棱"，从右侧道边被雪盖严的草地里飞起两只雉鸡，拖着长长的雉翎，斜刺向蓝天，在天空划了一条彩色弧线后，落到山坡的另一面去了。"四眼"仓颉走过来，看到雉鸡留下的爪印，又仔细地观察了一会儿。在仓颉的印象中，几乎所有鸟类的共同特征，都是这样的爪印。而旁边留下的梅花鹿的蹄印，又有点像牛，特别是像羊的蹄印了。仓颉的天性就是善于观察认识不同事物的形象特征，他的这一种天性在任何时候、任何情况下都不会泯灭。善于动脑筋的人，只会使脑袋越用越灵。

太阳已经升起来一竿多高了，阳光经过雪地的折射，刺得人眼睛也睁不开。树梢上残留的树叶，早已被霜打成了红色，被朔风吹落在白雪上，均匀地撒了一片火红的铜钱。

沮诵正为这一幅美景啧啧赞叹，头顶上突然掠过一只硕大无比的苍鹰。苍鹰的双翅展开，就像两个大簸箕，鹰喙是一个锐利的弯钩，一双圆眼睛冷冷地盯着在雪地上艰难行进的人群。

这只苍鹰在天空盘旋着，一会儿向左边划去，一会儿从右边掠过，跟着轩辕部落翻过了一道蜿蜒起伏的山岭。

仓颉"四眼"兴奋，由衷地赞叹：

"有如此苍鹰相伴，增人豪气！"

沮诵却不冷不热地说：

"我看它不过盯着，看哪一位跌倒了，就啄掉眼睛。"

仓颉的兴致受到极大影响，扭过身去不再理沮诵，沮诵却大大咧咧的只管自行其事。

轩辕部落在子午岭北麓艰难地西进，最艰苦时，不得不把乘骑的牛杀了吃，甚至把取暖的皮衣割下一块用水泡了、煮着吃。等到从子午岭上走下来的时候，全部落的人几乎减少了三分之一：在当时的条件下，老年人、妇女、儿童一发高烧无法控制，唯一的选择就是死。好在，现在冬天已经快熬到尽头了。春天，又一个万紫千红的春天就要来到了！

三

炎帝太岁十四年，轮到牛龙部落代表赤奋若当太岁，当矮而胖的吴权等历尽千辛万苦赶到位于今甘肃省宁县与正宁一带的宁部落时，已经是骨瘦如柴，颌下的山羊胡须也已经长得齐胸了。老先生完全是凭着一种信念的支撑才终于找到这里来的。他这一行十一人，沿途遇到的复杂险情比轩辕部落遇到的更多一些。他们带的食物很快就吃完了。在茫茫雪地里，他们一边赶路，一边还得狩猎，能射落一只山鸡或者捕得一只麋鹿，对他们来说都是非常幸运的事，遇到虎豹袭击就更狼狈，其中一个小伙子就是眼睁睁地被金钱豹一爪打翻在地，面部至胸前，模糊一片，惨不忍睹。豹子把人打翻后并不吃，而是自个儿大摇大摆地走开了，消失在雪林的深处。

吴权的到来，使宁封先生深感意外。听了吴权对轩辕部落遭遇的叙述，一向以沉静著称的"冷面人"宁封先生气愤得一下站起来踱步，而吴权依然是他那个用手捋山羊胡须的动作，只是面部显得清癯了许多，和以前判若两人。

182

宁封先生自从参加在桥山举行的轩辕命氏与继位仪式后，就为轩辕英姿焕发的仪表和谦谦君子的风度所折服，加上有原帝师天老与吴权、项先生等的扶助，他认为轩辕日后必成大器，起码他崇拜的图腾天鼋大龟，已经是为各氏族部落所公认的一种文化，它的包容性比炎帝族祭的火焰草更强，将来有可能形成天下万氏"祫祭"的图腾。

　　宁封先生自幼喜欢在地上用手指画画，他能将所见到的动物、花、鸟，在黄土地面上一天一晌地画，用"绳子"拴一长串儿。他对泥塑也情有独钟，用手捏出的牛、马、鸡、猪、羊、鹿、狼、狐、猫、虎等动物及人，被他安排在地窖面上打出的一个个小洞穴内，又给修了上下行的"通道"，俨然是一个小小的"部落"。

　　稍大一些，看到父母与其他长辈在陶窑前的晾坯场上制作陶器的泥坯，他也要过一块黄泥巴，模仿着大人的样子，用泥条盘出一只稚气的东倒西歪的陶罐的模样来。娶妻成家后，宁先生依然痴迷制陶，有一天，他倒在窑场午休，梦见自己脚踩五色彩云，去了一万个部落，各处的人们送给他很多陶器，有平底的，有尖底的，有圆的，有方的，还有带盖的，带浮雕的，并且画了彩色的花纹和各种各样的图案，简直使人眼花缭乱，只当是到了天宫。他从梦中笑醒，连忙把梦中情景告诉送饭来的妻子。妻子是一个明理的贤惠女子，长得虽算不上特别漂亮，却也高挑的身材，一双单皮杏眼不笑不讲话。听了宁先生的讲述，妻子也来了兴致。她先抿嘴一笑，接着说："好啊，这回许是启示你，应到外面去转转，看一看人家部落的陶器怎么制。"

　　宁先生一拍脑门："是啊！我正有此意。"

　　妻子二话不说，回到自家地窖内就帮宁封收拾行囊。宁封先生一去两年多，等他回来时，气喘吁吁地背回来一大袋陶器，又有二三人帮忙，各背回一袋陶器，这些陶器摆开来，就像是交换物品的"日中之市"的一角。宁封先生整天钻到这些陶器堆里比较、研究、捏制，没完没了。一天，天还没亮，宁先生就叫醒妻子，二人摸黑来到窑场和砂泥。泥一和好，宁封先生就坐在一块草席片上盘陶坯。他一会儿盘，一会儿捏，太阳都直射头顶了，他还在干，妻子送来午饭也不吃。妻子嗔怪地给他头上加了一顶竹笼，才仔细端详起男人捏出的一大堆陶坯。她越看越兴奋：

"好呀，真好呀！"

宁封先生也毫不谦虚地逗趣：

"比梦见的还好看哩！"

一日日的辛苦，几年的心血，宁封先生终于制出了非常美观大方的陶器，包括陶爵、陶杯、陶盂、陶盆、无底座陶钵、圆腹陶罐、细颈陶瓶、尖底瓶、陶罐、陶缸、陶瓮，等等，描画的、锥刺的、堆塑的、刻画的各种动植物形象或者变形的云纹、水纹、花纹、鱼纹、鸟纹，琳琅满目，济济一堂。这些陶器既好看又实用，不光本部落的人喜欢，交换到外部落也很受欢迎。宁封先生制陶的名声也开始远播。部落酋长很欣赏宁封先生的才干，年高后，推举宁封先生当部落酋长，全部落的人一致同意。

宁封先生从意识深处对轩辕图腾——天鼋大黾所潜藏的巨大的新文化冲击的认同，为他后面的决策起到了关键的作用。当吴权以他政治谋略家的机智说出轩辕和天老对宁封先生加封的意图时，一贯遇事三思而后行的宁封先生毫不卡壳，一口应了下来。

宁封先生一扫平日的冷面沉静，让人带吴权一行人去洗澡、吃饭，自己即热心地开始准备迎接轩辕的工作。等吴权一行人吃过饭，宁封先生已经组成一支二十名精壮青年的远迎队。这些年轻人，听说有兄弟部落前来，个个眉开眼笑，打心眼里高兴。他们迅速将库存的冻肉和粮食搬出来，结结实实地捆绑在牛背上，三十只黄牛都驮得满满当当了，单等吴权的随从引路前去。

轩辕率领其部落终于熬过了数九寒天和子午岭北麓崎岖不平的丘陵地带，发现了一条向西方流去的小河，这是向南流去、直达宁县境内即宁部落的马莲水的一条支流。轩辕率全部落人逐水而行，渐渐地春暖花开了，大地和万物又恢复了生机。轩辕率众顺马莲水南下，经今山城堡、洪德、环县、木钵、杨旗到马岭，碰上了宁封先生部落远迎的二十名青壮汉子。轩辕得到宁部落同意封子氏的信息后，虽然人已面色憔悴，但依然是他固有的坚毅与果决，整个部落得到补给后，精神受到鼓舞，加快了行进的步伐，不几日，就来到宁部落辖地。宁封先生亲往边境迎接。

宁封先生与轩辕、天老、项先生等久别重逢，分外眼热。大家拥拥抱抱，相互涕零感叹一番。宁封先生立即指挥部下摆开便宴。轩辕等如久旱的土地得到甘霖，如饥似渴、狂吞猛咽一顿后，才在宁封先生的陪同下，攀上马莲水东南岸陡峭的高坡。上得坡来，陇东高原的深厚与宽广才第一次这么真切地在轩辕面前铺展开来。看着这一眼望不到边沿的大高原，轩辕不胜感慨：有宁封先生的鼎立相助，有这么深厚宽广、与祖地相似、同样是一片葱茏的黄土高原做根基，自己历尽艰辛的部落有望，天下正在受到侵略与涂炭的众多中小部落有望！轩辕这么想的时候，感到自己肩上的担子更重了。

又经过在高原上两天南行，经过今宁县南下到早胜、中村一带，轩辕部落的三个子氏部落在宁封先生大寨的旁边分别扎寨住下来，轩辕依然住在有熊氏部落所在的中寨。一切安排停当后，为宁封先生正式举行了结盟和加封仪式，轩辕部落与宁部落结盟，并封宁封先生的宁部落为子部落，宁封先生本人则被封为部落联盟专管制陶等手工制作的大臣陶正。

四

炎帝榆罔自正式称帝以后，依然保持着亲耕田亩的习惯。炎帝太岁十四年春天，又到了春耕大忙季节，值年太岁、天下大氏之一的牛龙部落代表赤奋若，早早地就为炎帝榆罔备好了春耕的犁具和播种用的陶罐。拉犁的牛，是从部落的牛群中特意挑出的两头个大力足性情温驯且有耕地经验的壮年犍牛。

赤奋若一切准备停当，略带兴奋和显能的神情来到炎帝紫宫，向炎帝汇报春耕的准备情况：

"禀告吾帝，一切准备停当，只等时辰一到，您就可亲耕田亩了。今年用的犁，还是您去年用的，唯拉犁之牛，特意挑出两头力大无穷的犍牛。"

赤奋若满以为他的这一精明举动会得到炎帝榆罔的赏识，不料炎帝却不以为然，已经五十一岁的榆罔，满脑子都是农耕经验：

"拉犁之牛，仍依惯例，一犍一牸（母）。犍牛力猛，牸牛斯文，公母搭配，犍牛急，牸牛皮（缓），结果，急则犁冲，缓则犁入，以致犁衡。若两头犍牛，相互较劲，要么齐冲犁飞，按之不住；要么并停不动，鞭笞无用……"

　　没想到炎帝不但反对同时使用两头犍牛，还有他的一套"说词"呢！赤奋若自作聪明之举被否决了。他的兴奋劲和表现欲从一百八十度一下降到零度，人也像泄气的皮球一样，刚才那鼓胀胀的兴奋劲全没有了，蔫在一旁，但还是为炎帝的学问所折服：

　　"吾帝言之有理。我这就去换了母牛，公母搭配。"

　　赤奋若说完，转身就要走，却被炎帝榆罔叫住：

　　"且慢，种子准备好了吗？"

　　"准备好了，都是从新产五谷中挑选，籽肥粒大！"

　　"好！"炎帝榆罔手拈田字形方下巴上的细须，点头称是后强调，"去岁天下敬鼠，结果酿成鼠害，五谷多被田鼠糟蹋，又遇久旱，粮食歉收。今岁牛年，适宜耕种，故躬耕日要搞得排场，以示孤重农桑。"

　　"是。"太岁赤奋若虽然平时与太岁宫的其他部落代表争论起来，牛脾气又倔又强，是出名的"抬杠"专家，有"牛跟头"之绰号，但是到了炎帝榆罔面前，却总是一副谦恭温顺的表情，唯唯诺诺，言听计从。

　　赤奋若领了炎帝的旨意从紫宫中走出来，在返回太岁宫的路上，就开始寻思怎样调整对炎帝躬耕日的安排。

　　到了躬耕日这天，刚刚落了一场细雨的天气特别晴朗，空气温润，草木花朵上都挂满露珠。布谷鸟一大早就开始了它的工作，清亮而悦耳的叫声，节奏分明，声声相连，好像有意在提醒人们："该春耕了！"

　　炎帝都城姜城堡的人们不分男女老幼，天蒙蒙亮，就已经齐聚在姜城堡中的中心广场上。图腾柱被装饰一新，炎帝和神农的图腾旗在两旁高高飘扬。

　　日升前，炎帝榆罔率领帝师悉诸与小帅祝融、雨师赤松子、风伯、雷公、稷、赤冀、诸稽、白阜、朱时和医正俞跗等大臣及天下十二大氏的代表们，从紫宫鱼贯而出，依序排在图腾柱前。

太岁赤奋若今天头系红带，分外神气，主持过祭日礼前往九龙泉拜过神农后，手持拂尘在前面开路，丝竹琴声一路奏乐，炎帝榆罔亲扛耕犁在前，帝妃女祙、少澔手捧盛满五谷籽粒的陶罐紧随其后。少女与弟弟炎柱手拉手紧跟，百官与百姓数百人尾随成一支长长的队伍，向南行进，来到常羊山北坡下的平台上，旁边就是蒙峪谷。这里是历任神农氏躬耕之地，也是老神农氏的出生地。来到这里，榆罔先默默向列祖列宗祷告，希望其保佑炎族常盛不衰，保佑今岁五谷丰登。随后两头黄牛，一犍一母被牵上前，榆罔熟练地将横木架在牛后颈，丁字形的拉杆一头连接着耕犁。

炎帝榆罔扶起犁，手挥牛鞭一声脆响，黄牛奋蹄，黄土在石犁头两边被分开了。牛坚实的蹄子向前迈动，犁头一抖一抖地徐徐向前耕耘，聚在山坡上和蒙峪谷溪水旁的人群，发出一阵欢呼声。

当年可谓风调雨顺，刚刚春播过，就透透地下了一场春雨，禾苗纷纷露出了嫩绿的叶片，一片片煞是可爱。炎帝在田埂上巡视着，一双凤眼眯成一条缝儿。身后只随着雨师赤松子。

炎帝正在兴头上，忽然气喘吁吁地跑来一个信使，告诉炎帝：

"轩辕在陇东立足！"

炎帝惊问："轩辕北迁乎？"

"轩辕是北迁，可他又折回！"

"宁封先生呢？"

"宁封已归附轩辕，封为陶正。"

陇东是炎族祖地。当年有蟜氏的一支从子午岭西麓来到陇东高原，向南发展，又沿泾河与渭河来到宝鸡一带。祖地被占，炎帝榆罔不能不着急。他立即返回紫宫，又让太岁赤奋若将帝师与百官都叫回来。

紫宫内，炎帝面北而坐，众官聚于一堂，议论纷纷，莫衷一是，已经过去一个时辰了。

炎帝性急烦躁，拍掌说："好了好了，太岁主持，一个一个说。"

太岁赤奋若挺了挺胸，清清嗓子：

"本太岁执事之年，万氏辛勤耕耘，必是丰年。不料轩辕自北而南，占炎族祖地，此事严重，请列位表态，一一道来。"

好斗的鸡龙部落代表作噩，手在麻子脸上一捋，第一个站起来：

"祖地岂容侵占？依我之见，应派人前去征讨！"

"我们不是先占了轩辕祖地吗？"虎龙部落代表摄提抖了抖头上的虎首装饰，说，"能把轩辕从桥山驱走，就能驱出炎族祖地。"

雨师赤松子刚刚从西王母处回来时间不长，他的意见，其实也代表了西王母偃昌的意见：

"轩辕是仁义之人，虽年轻气盛，却深得人心。依我之见，风调雨顺之年，不宜兴兵，以致天怒人怨！"

五

听到赤松子的话，炎帝榆罔皱了皱眉头。

祝融还在为上一次受命前往桥山逼迫有熊部落离开祖地而自责：

"赤松子言之有理。我看还是不要逼人太甚，再挑争端。只恐于事无补，还可能失去整个西部！"

"此言差矣！总不能失去祖地吧？"羊龙部落代表协洽以前曾经受够了祸父为首的葛天氏部落的欺侮，他最害怕再起部族冲突，但是，祖地被占就像眼中被风吹进了沙子，不能不取掉，于是就冒出一串模棱两可的话：

"最好不冲突，不冲突又不行。"

医正俞跗先生见的病人多了。但是见的病人越多，他越是不忍心见到伤病者痛苦的呻吟：

"冲突一起，生灵涂炭！"

猴龙部落代表涒滩以抵抗祸父的经验自居：

"寸土必争，况祖地也！"

主战与主和的双方，经过争辩，阵线分明了，主战的有牛龙部落、鸡龙部落、虎龙部落、羊龙部落、猴龙部落、犬龙部落、猪龙部落，主和的则是鼠龙部落、兔龙部落、玄龙部落、蛇龙部落、马龙部落。祝融站在主和一方，帝师悉诸依然站在主战一方。

悉诸捋了捋他那把代表资格与地位的白须，慢慢地说：

"祖地勿失，此乃神农根基也。应以联军讨伐，显帝之神威，亦不失万氏之心！"

炎帝榆罔满意地点头。

炎帝太岁十四年初夏，炎帝雨师赤松子先期赶到宁封先生部落，向轩辕、天老、吴权、宁封先生透露了炎帝讨伐的军事机密。

轩辕部落刚刚落脚陇东，就遇到这样严峻的生存考验。经历过种种生存考验的轩辕，已经成长为一位二十六岁的英武青年。他眉头微皱，眉梢高扬，鼻梁笔直，口角凝重。艰苦的生活环境，已经把他锻炼得日益成熟起来。

这天，轩辕正与天老、吴权、宁封先生议事的时候，接到赤松子的报信，稍加思索，立即决定：由仓颉、荣成、伶伦率有邽氏，其他小部落协助宁封先生准备抵御，天老立即回天水故乡搬本部人马前来支援。轩辕自己则在有熊氏的护拥下，前去拜访西王母偃昌。赤松子愿作向导先去报信。与此同时，由宁封先生派出十名信使，通知所有邻近部落："炎帝欲攻伐本部，唯望尽唇齿相依之胞谊，前来支援。否则，唇亡齿寒。"

轩辕的战略意图，深得吴权的赏识。天老、宁封先生和闻讯赶来的项先生、附宝、仓颉、容成、地典、伶伦等也都赞成这一决定。当下，就派出十名信使四处游说去了。宁封先生、仓颉、容成、伶伦等将原来拆散的云车重新组装起来，赤将又新造了十五辆云车，分别作为战车、粮车、草车进行单项训练，满足战时需要。宁封先生部落的所有成员，只要能拿起器具的，都被编进了师旅，进行紧张训练的同时，抢速度收回了所有成熟的麦子，贮藏起来，以备急用。

赤松子虽然只是一个文弱的书生，身为炎帝的雨师，他尽心尽职。但他又是一个眼中容不得沙子的人。他善良、正直，不仅道行很高，而且富于正义感和同情心，所以这次炎帝榆罔欲攻伐轩辕与宁封先生部落，他选择了对立的立场。他骑着梅花鹿从姜氏城赶到宁部落来通报了情况。看到还处在长途跋涉之后的疲惫状态中，还没有恢复元气的轩辕部落，更增强了他的同情心。而轩辕本人的谦逊大度，轩辕的人格力量与个性魅力，则更坚定了他支持轩辕的选择。他自告奋勇前去昆仑山邀请西王母下山来支援轩辕，前往昆仑的时候，他又绕道崆峒山，向道兄广成子通告了轩辕与炎帝的情况。

赤松子乘坐一辆由十二只鹿拉的云车前往昆仑山后，轩辕先派吴权乘赫云车前往姜城堡与炎帝说和，自己即与项先生乘上曦云车，四牛为御，方明驾车。天老乘骊云车，地典乘缙云车，沮诵乘琥云车，女希乘毓云车一路同行，直向西南进发。轩辕一行来到事先与赤松子约好的与西王母会面的位于今泾川县城西边的王母山下，住下来，在山上为西王母营造临时行宫。天老则继续向天水行进。当地的部落听说是为西王母营造宫室，纷纷赶来协助。项先生当年曾经去过昆仑，于是就将什么"瑶池"之类的一应俱全、全部在这座山上来了一次精致的翻版。

吴权乘坐着由枣红色牛拉的将要献给炎帝榆罔的赫云车，一路颠颠簸簸向姜城堡进发。他用手一会儿捋一捋他的山羊胡子，一会儿又在头发稀少已经谢顶的额头抓抓。虽然吴权的说和之行可预料到不会有什么结果，但是他还是认真地对待，准备为说和尽最大的努力。

吴权过了泾川，即直接向南，经过十多天昼行夜宿，来到大湾岭前时，已经是人困牛乏了。车停歇下来，御者、随从各忙各的事儿，御者把牛拉到小溪边饮水，放开缰绳让它们吃起草来。其他随从，则将带在车上的火种取下来，燃起篝火，准备烤肉造饭。吴权倒背着手踱步，转一个不大不小的圈子。他一会儿头埋在胸前，一会儿猛地将头抬起。他想到了一个又一个既保全轩辕部落利益、又不影响两个部落关系的方案，接着又一个一个地推翻，就这样不断地在大脑中进行着修订。

这一路行走，可谓艰辛。虽然有前人踩出的小径，但是，要经过车辆，必须披荆斩棘，把路砍宽了。也是为了方便吴权之行，同时为了显示轩辕部落的实力，轩辕把部落仅有的红铜兵器及生活用具全配给吴权，又给吴权挑选出五十名精悍的随从，这些年轻人个个膀大腰圆，似乎有使不完的劲。可是这一路行来，树茂草深，也真够他们累的。这不，一吃过晚餐，除了轮流值守的人，其余人都在篝火旁席地而躺，呼噜声已经此起彼伏、山摇地动了。

明天的路更难行。夜里，不知这大湾岭到底有多大？山路有多长？吴权的心思不由得又转到了行程上。这时候，他才深深地体会到：轩辕这次派给他的任务，不光是一次智力的较量，更是一次体能的较量。吴权主要从权谋方面想得多，原来还是轩辕想得更具体周密一些。吴权为他有这样出类拔萃的弟子而骄傲。为了实现和解的初衷，他会竭尽全力，鞠躬尽瘁。

第十二章

一

就在吴权受命前往姜城堡寻求和解渠道的同时，受炎帝之邀，天下十二大氏已经有九氏抽调出精干的男子汇于姜城堡之北的千阳地区。这九氏分别是牛龙部落代表、本年度太岁赤奋若，虎龙部落代表摄提，兔龙部落代表单阏，马龙部落代表敦牂，羊龙部落代表协洽，猴龙部落代表涒滩，鸡龙部落代表作噩，狗龙部落代表掩茂，猪龙部落代表大渊献率领的本部族族众。这些部落氏族分别来自今陕西宝鸡、铜川——岐山、延安、咸阳，山西运城、侯马，湖北随州——河南鸡公山，河北狼牙山、获鹿、涿州、涿鹿等地。位于淮河支流今河南与山东交界处的葛天氏部落，作为鹿部落联盟的大酋长，得知炎帝对轩辕的征讨令后，祸父也跃跃欲试地派来了自己全副金装的士卒，由祸父亲自带队，并从淮渎接回已经两岁的孙子蚩尤同行，准备带来认炎帝榆罔这位爷爷。

祸父并不是真正的良心发现，肯为炎帝效力，也并非真的要承认自己的儿子祸是炎帝榆罔的儿子，他除了借机显示鹿部落联盟的强盛和威力外，也不能排除他与生俱来的有恩必报的侠义心肠——炎帝既然肯封他这个酋长，炎帝有事的时候，他就应该倾其全力效犬马之劳。

祸父已经明显地老了许多，两鬓也开始染上灰白。他披散着一头长发，虽然腰开始有一些弓了，脸上的皱纹也变得如刀刻一般，眼窝明显地深了，可他的躯干与四肢依然像过去一样结实有力，肩阔腰圆，大臂上的肌肉夸张地鼓起，说起话来，底气依然很足。

祸父带着孙儿蚩尤来到炎帝临时设于千阳的紫宫，一边拱手施礼，一边声如巨雷地参拜：

"参见炎帝榆罔吾帝——"

再看他身旁，一个小童头顶鹿角，长相古怪凶顽，皮肤是天生的黝黑，两个鬓角的头发，直直地刺向两边——这一看，炎帝榆罔就心生惊疑，倒吸了口凉气。

满宫部族代表与文武大臣，看到蚩尤后，也都议论纷纷。有人推测，这个小孩长大后必是一代英雄。有人看蚩尤的个头猜测其年龄，起码有五六岁了。

祸父见炎帝打量蚩尤心生不悦，急忙把蚩尤拉向炎帝近前介绍：

"孙儿蚩尤，相貌惊人，力大超常，日后必一代英雄。特意带来，归宗认祖——吾帝孙是也！"

炎帝榆罔虽然对这个"孙儿"打心眼里不喜欢，但是当着众人的面，也只好慈眉善目地表示：

"此孙儿蚩尤？来来来，爷爷抱！"

蚩尤圆睁一双大眼，愣愣地站在原地，只管自个儿好奇地看着四周，祸父推一把，他前行，一松手，就又退后了。搞得祸父一脸难为情，炎帝榆罔伸出的双手也僵在那里无法收回。炎帝伸着双手，脸上带着不自然的笑容：

"吾孙几岁？"

祸父一拍屁股，蚩尤嘴里冒出一句：

"两岁！"

四周爆出一片唏嘘声——实际上他才一岁多一点。

虽然时近初夏，可是昆仑山依然是一个冰雕玉刻的世界。在西王母宽阔的方形玉室内，女菀、女艳、女绛、女宓、女莘等酋长聚集一堂，昆仑山部落酋长昆吾身披带有五个虎首的虎皮披风，也威风凛凛地站在一旁。王凤不在王母身边，她一心只想着回西陵去，早已经被王母送回西陵氏的嫘村山了。

西王母端庄地坐在高高的玉石宝座上，她脸上的皱纹又被岁月之刀无情地刻深了一些，但她依然不失雍容华贵的贵人气质。忽然一小卒进来跪告：

"炎帝雨师赤松子求见！"

西王母的脸上立刻现出兴奋的神情，白里透红的脸颊一时竟飞上了两朵红霞。自从赤松子离开，她的心就被带走了。因为地位和身份限制了她的自由，要不然，她宁肯跟随赤松子走到天涯去。现在，忽然听说赤松子又回来了，西王母能不兴奋异常吗？

"快，请进！"西王母说话时，忽然感到气短了。

赤松子带着轩辕的使命，千辛万苦地上到昆仑来，人明显地憔悴了许多。但是这次夹杂了私情的公差，他还是乐于接受的。

赤松子一见面，也不多寒暄与言情，直接把轩辕部落被逼出祖地桥山，经过十多年艰苦周折，刚刚在陇东宁部落落脚，炎帝却又以占其祖地为由兴师征伐，同时连带陇东各部落的情况，都向西王母偃昌叙述了一遍。西王母本来就看好轩辕英俊有为，听赤松子这么一叙述，她的慈悲心肠被勾起来，扶弱制强的正义感加上同情心，使她当下就决定接受轩辕的邀请，前往泾川会面，共商抗炎大事。

时间流逝得很快，转眼月亮又圆缺了数次。

轩辕在泾川为西王母筹建的行宫"玉室"，在项先生的指导下，由赤将等现场设计施工，已经将要落成——这是一座建在山顶上的方形建筑，在山南侧半山腰上，又辟出了"瑶池"和桃林，远远望去，蔚为壮观。

泾水从部落北侧自西向东流去。轩辕喜欢偷闲一个人来到泾水旁，伴着"哗哗"的流水声信步而行。这样一个人独处的时候，他可以从纷乱的事务中跳出来，认真地梳理自己的思路。

人天生有一种惰性，特别是安逸之时。而厄运与危机，却往往能刺激人的创造力，逼着你多思考一些问题。应该说，轩辕的真正成熟，正是磨难给造就的。

轩辕正在泾水边信步而行，忽然东甲气喘吁吁地跑来报告：

"西王母驾到，距此地只有一天的行程了！"

这东甲名叫阏逢，是轩辕新封的十干卫队之首。原来轩辕在宁部落时，宁封先生派出的十位信使分别前往周围各部落做工作，收效甚著，目前的形势大有如同以后的史学家司马迁所描写的"炎帝欲侵凌诸侯，诸侯咸归轩辕"之势。轩辕重赏这十位信使，将他们留用身边，又根据容成对天数的推算，封他们为十干卫队的头领，即东甲阏逢，东乙旃蒙，南丙庸先，南丁离珠，中戊苍龙，中己柔兆，西庚大封，西辛象罔，北壬玄默，北癸昭阳。他们的任务就是分别守卫在轩辕中宫的东、西、南、北、中，就像后世的锦衣卫或卫戍部队。头领们又依照天数轮流值日，十天一个轮回，今天正好是新一轮的开始，由东甲阏逢值日。

西王母部

　　轩辕听到西王母乙日即到，立即回到临时设于泾川的"中宫"，与天老、项先生、地典、沮涌、伶伦等商议迎接西王母的仪式。伶伦是轩辕特意从宁部落抽调回来的，他带着他的乐队与歌舞队已经训练了一段时间了。

　　乙日，也就是东乙旃蒙值日的日子，新落成的王母"玉室"被装饰一新，西王母的白虎旗与轩辕的天鼋旗在广场中央高高飘扬。周围环绕着各子氏部落的图腾旗。当西王母和赤松子同乘着梅花鹿拉的云车出现在西南的地平线上的时候，轩辕亲率着天老等前往迎接，整个泾川欢声雷动。伶伦的乐队奏起了丝乐《王母颂》，少女们跳起了西王母部落的舞蹈。

二

吴权虽然是一个权谋大家，却也有一副倔脾气。他来到千阳，看到遍布四野的天下各部落的营寨，心中已经有数，又走进炎帝设在这里的行宫（紫宫）察言观色，专提言和之意，以争取更多部落的同情，却不向炎帝献赫云车，而是自己乘上，在炎帝紫宫周围和各部落的营寨间驰骋一番之后，扬长而去，引起一片赞叹声。

炎帝太岁纪年十四年初秋，炎帝榆罔率天下十二大氏的部落代表（实际还是九大氏出师）在千阳举行了隆重的祭天仪式后，各氏族在西起天水东至今长武的战线上全线推进，尤以祸父和假名蚩尤实际由两曋指挥的两支队伍长驱直入，如入无人之境。

两曋是淮渎地方的智多星，他受祸的委托送蚩尤回到葛庐山后，即随祸父一同西来。祸父很赞赏两曋的智慧和蛮力，就以蚩尤的名义实际交给两曋一支人马指挥，以与自己相策应。祸父把天下其他所有部族都没看在眼里——关键时刻，还是要靠自己人！

轩辕根据吴权带回的信息，委托吴权展开战场外交，加强与同情自己或者厌战的敌方部落的私下联系与沟通，避免与他们在战场上接触，对方也正好不思进取，从而瓦解了炎帝全线推进的部署。马龙部落、羊龙部落、兔龙部落纷纷退出西线接触地区，唯有东线、中线的牛龙、鸡龙、虎龙、猴龙、狗龙、猪龙部落与祸父还在向前推进，尤以中线祸父与蚩尤（两曋）的两支队伍相互掩护，长驱直入，直取泾川而来。

这个两曋，满脸横肉，两只眼睛小而聚光，滴溜滴溜地转。也可能是心眼儿太多，他的体形只有宽度，没有高度，和高大魁梧的祸父站在一起，虽然祸父已经弓起了背，两曋仍然像一个"半截人"。可是谁也不能小看这个"半截人"，他不光臂力过人且有锋利的红铜大斧，他绞尽脑汁欲与轩辕决战。

探马报知祸父与蚩尤（两曎）已经越过轩辕在高崖一带的防御线，继续向北推进。这"蚩尤"好生了得，手持金斧，所向披靡，有万夫不当之勇。我们的石刀石斧遇上金器，非折即碎，士卒死伤惨重。

轩辕和西王母自泾川见面后结为联盟，这就意味着，整个陇东（诸华）西至今青海湟水流域的女苔部落——夏部落的一支，以及今四川境内的以西陵氏为首的西蜀（鼠龙）部落联盟，都将成为轩辕的盟友。西王母年纪大了一些，一生不思战伐，又看到天老、吴权、项先生等都辅佐轩辕，就把华夏部落联盟的军事指挥权让于二十六岁、正当年华的轩辕，各部族共推轩辕为部落联盟的大酋长，西王母则被尊为"太上皇"，安心地在轩辕为她建造的玉室内颐养天年，在"瑶池"旁游乐欢宴，每隔几天，就来轩辕中宫所在的温泉淋浴一次。

这天西王母来到温泉刚刚沐浴过，来在轩辕的中宫内小憩，听到探马的报告后，西王母大起怜悯之心，以"太上皇"的身份，提出避其锋芒的原则性建议。轩辕凝眉沉思，进一步认识到了取得这场争战胜利的艰巨性，他也不想让部族人众做无谓的牺牲。为了保存实力，他提出退守崆峒山的建议：

"崆峒山大沟深，可藏百万之兵；又有广成子在此，可习'自然之道'。我们暂居崆峒，藏兵修道，以待天数之变。"

虽然西王母非常喜欢泾川王母山上的玉室和瑶池，有久居此地之意，但是迫于目前的形势，她还是慨然点头同意。

轩辕立即通知项先生与赤松子前往崆峒山拜访广成子言明其事。赤松子与广成子是老道友，项先生也曾云游过崆峒，他俩同去的另一任务就是搭建王母行宫。同时，轩辕通知退守灵台的地典等坚守十天，但应尽量避免直接接触，以保存实力。随后，轩辕立即布置撤出事项，全部族尽行拔营而去。西王母和轩辕的族众向西循泾水迤逦而去，车马辎重连续三天不绝于道。从西线抽回的天老部落近万人的精锐力量也同时撤走。

灵台一带的道口，被地典的强弓礌石封死，"蚩尤"（即两曎，祸父通过兵士放出的口风全是用蚩尤的名义，他的目的，纯粹是借机为孙子打知名度来了）在阵前连续九天没有任何进展。他的兵马被强弓礌石封死后，也就发挥不了他们的蛮力。第十天双方无战事，祸父在焦躁无奈、搜肠刮肚想计策，正好两暺提出一个绕道背后、两面夹击的办法。祸父一咬牙，点头应允，决定当天夜里就行动。两暺派人探出一条小径后，晚上自带一支部众轻装而行。两暺自以为得计，可是等他们从背后抄过来，与祸父前后夹击，地典竟然不还一箭一石。两方合拢到一起后，才发现地典把守的营盘，除他的图腾旗与轩辕的天鼋大鼋旗还在高高飘扬外，竟然没见到一个人，早已经全撤走了！

祸父与两暺急速追赶，赶到泾川，依然是两个空壳建筑群。"蚩尤"（两暺）驻扎在西王母的玉室与瑶池，祸父驻扎在轩辕中宫的温泉一带。祸父也有好大喜功的习性，虽然只占了两处空地，他还是以蚩尤的名义派人向炎帝报捷去了。

祸父与两暺的青牛（水牛）群在泾水两岸横冲直撞，可就是找不到决战的对象，遇到的大小部落与聚落村寨，皆是空壳，既无人又无五谷，一两万人只能靠渔猎度日。

轩辕派项先生与赤松子前往崆峒山拜访广成子，并在崆峒山下弹筝峡选址兴建王母宫。

轩辕和天老率领本部落及陇东诸华、西戎夏部落汇聚的华夏部落联盟的五六万人马，未战而先撤，浩浩荡荡涉过泾水，与王母一起登上望驾台来观崆峒气象。但见马鬃山高耸，奇峰、异洞、怪石在流云之上，林海浩瀚，环境神幽，又见玄鹤于洞内洞外悬崖间翩翩翔舞，不由得对西王母兴叹道：

"真仙境也！"

西王母移住崆峒山下弹筝峡的"王母宫"，轩辕将一支人马藏入崆峒山东南的一条深沟里待命，这个地方以后被叫作"十万沟"。轩辕又分出几路人马严守崆峒山口，自己则携母亲附宝、女希等，带领其余近千人登上崆峒山东南海拔两千一百多米、被后人称作"古城子"的山头。这座山，峰顶东北高，西南低，呈簸箕形，中间有一盆地，盆地中还有一四五亩大的湫池，是一处绝好的屯兵养息之地。轩辕在这里，居高临下，泾河川道尽收眼底。

三

姬轩辕是一个逢师必拜、见高人必前往求教的好学上进的青年人。正因为他这一种谦逊的美德，才给华夏部落联盟带来了一派兴盛的气象，也为他以后能称雄中原奠定了良好的基础。

姬轩辕的"中宫"在古城子的"簸箕"里安扎下来，他命赤将带领部众修城墙、建宫室，仓颉带领部众建仓房、存粮食，又在官梁上召集了包括大小部落酋长在内的部落联盟军事会议，分别给以详细分工，确保以泾水和胭脂水为界的崆峒山、古城子的绝对安全。做好这些部署之后，他的主要心思就飞到崆峒山上去了。崆峒山本来是崆峒氏的居地，自从与赤松子齐名的广成子来到这里修炼之后，崆峒几乎就成了天下学士趋之若鹜的名山了。这个广成子修的是"自然之道"，崇拜的同样是伏羲大龟，传说他已经修炼出了"至道"。虽然轩辕历经辗转艰辛，但是雄心勃勃以图天下正道——各部落都能平等和谐相处，以至达到幼有所教、老有所养、道不拾遗、夜不闭户的大同社会的他，岂有近名士而不拜之理？于是轩辕就精心做了准备，由天老守寨，请赤松子带路，带了仓颉、伶伦、沮诵及十干卫队涉过胭脂水，经过半月形的放羊滩，从崆峒山东麓的一条斜坡上山，前去拜访广成子。

由于拜见心切，起了个大早，来到山口，大家的腿脚已经被早秋的露水完全打湿了，凉飕飕有些寒意了。

轩辕让大家稍作休息。抬头望去，只见两侧危崖列岸，青黛深暗，犹如一张大张的虎口，危崖相连处，云雾缭绕，苍松翠柏覆盖的山顶若隐若现。回头望去，清澈的胭脂水隐约泛着白粼，浓雾豁然散开一条缝儿，光晕也由粉白向金黄过渡，大象山犹如苍茫云海中走出的一只巨象，透出不平凡的气象。

山径崎岖，步移景换，一步一景，红叶苍崖，美不胜收。人在赏景中前行，不知不觉，已经走出了云雾，展现在眼前的，完全是另一种境界了：一个茅草搭成的金色屋顶，红墙在狼牙般林立的山崖间凸显。山崖向两边闪开，好像只为了凸显这苍崖上的一点金红。

轩辕兴奋的表情挂在脸上，兴奋的目光四处瞭望："真乃人间仙境！"

赤松子说："非真仙不到此。"

仓颉目光严肃，他审视着每一个山崖、每一棵古木，甚至每一个禽兽爪印的形象特征。他默不作声，心里的联想却异常丰富。

沮诵则有感而发，朗朗高诵：

> 朝霞迷雾，
> 半山鸟声。
> 清朗山意，
> 隐幽水情。
> 崖雾回荡，
> 丽日照松。
> ……

伶伦闭目品味一番后，尖着嗓子高喊："好！平仄起伏，音韵和畅……"惊起一只山鸡，"扑棱棱……"飞向谷底的密林。大家开始也是一惊，接着是会心的大笑。

又过了一会儿，右边的崖顶，有一半都已经被朝霞染得火红，像被火烧红还没有熔化的红铜，而左边的山崖因逆光，则完全成了一个浓重的剪影。山谷中的古树野藤，依然笼在一片暗青之中，迷迷蒙蒙的。

美景让人流连不已，真有些不忍心放过。只可惜这时候的先人们，全靠心脑记忆。一个美景掠过去，错过了最佳角度，队列中不时有人返身倒行几步，站在原来的位置上再仔细地观察一番。

轩辕一行来到一个"丫"字形的路口。赤松子指点："前面是中台，向右拐，前行不远，就到了一天门，广成子的居所就在'上天梯'中间悬着！"

轩辕急着拜见广成子，没有在中台停留，就直接拐向一天门的方向。

却说广成子，瘦高个儿，长条脸，一双似笑非笑的细三角眼里，鼓起的眼球玄珠一样晶明深邃。皮肤白皙透明，能看见细微的淡青色毛细血管，朱唇白须长眉毛，一副标准的道家模样。清晨起来，用夜里接来的露水漱了口，上下咂了一百八十下牙齿，对着东升的太阳引动筋骨，徐缓地运动了一番，深呼吸以吐出浊气，吸入清气。如此这般一番之后，广成子正准备就甘露食松子，玄鹤童子前来禀报：

"赤松子雨师携轩辕大酋长一行前来拜见，欲求先生至道。"

广成子是什么样的人物？他早已闻知华夏结盟，西王母和姬轩辕来到山下，根据项先生赤松子之意，他判断，姬轩辕忙过这阵，必有前来拜访之时，只是没想到他来得这么快！广成子镇定了一下内心的惊讶，正色告诉玄鹤童子：

"你就说为师去了后山，不知什么时候才能返回。待广成师返回后，一定及时告知，再来拜访不迟。"

他还要拿一拿势，显示显示自己的高深，并考验一番轩辕的诚意。

玄鹤童子推开柴门，踩着石脚窝走下天梯来。笔直陡峻的青石"天梯"下面，轩辕一行正翘首以待。玄鹤童子顺着天梯走下来，来到轩辕面前，施礼后，把广成子教的话转述了一遍。

轩辕心知广成子是故意回避，也不好再强求。赤松子的脸一下子更红了，他认为是广成子驳了他的面子：

"这广成兄，待我上去，与他理论！"

说着，就要爬上天梯去。

轩辕一把抓住赤松子，差点把轻飘飘的赤松子给提起来："先生还是不去为好，以免伤了和气。"

沮诵可没好话说："广成子有甚，这等拿势？"

轩辕挥手制止住沮诵，然后诚恳地对玄鹤童子说："先生既去后山，我等且下山等候。"

玄鹤童子："大酋长勿走。既来山上，不妨周游一番，欣赏崆峒美景。"

伶伦接话："正是，到处逛逛，亦不枉白来。"

正说话间，就看见一对玄鹤从云雾缭绕的松林中飞起，在空中悠然自得地盘旋追逐了一阵后，穿入云雾不见了。

赤松子看得如痴如醉，心早随着玄鹤飞去。

这时候，太阳已经升起老高了，山上一片阳光灿烂，山下的云海，却诡谲变幻，中台在流动变形的云海中间变换，一会儿一个模样。

轩辕无心留恋这些，欣赏了一番云海装点的山水画面后，就和赤松子一起下山去了。

仓颉正想在山上考察考察，伶伦和沮诵也有雅兴，玄鹤童子陪着他们分别到西台、东台、南台、北台周游了一圈儿。

轩辕从月石峡下山，来到王母宫，与西王母偃昌谈卧三天，不待山上通知，又携西王母、赤松子、仓颉、沮诵、伶伦等再次上山拜访。这一次他也不让玄鹤童子通报，攀上天梯，径直来到广成子修炼的洞穴前，见广成子正面南侧卧在地铺上，另一位童子侍坐在身旁。

轩辕急步上前，行了拜师大礼，迎着风向跪行而近，三叩九拜，然后说：

"听说先生明达'至道'，请问'至道'之精髓？我想摄天地之精华，使五谷丰登，养活华夏族众；我又想阅尽阴阳，顺应万物。若何？"

广成子心想，这位天老帝师的徒弟，赤松子介绍来的姬轩辕果然不凡。待他翻身坐起，见眼前跪着一位虎背熊腰的年轻人，一双大眼正灼灼地盯着他。轩辕这种真诚谦逊、甘拜下风的风范和饥渴似的求知欲望，深深地打动广成子。来不及和西王母、赤松子等打招呼，他一捋银须回答轩辕：

"你之问，乃万物之本，且待道来。"

侍童抱来一抱坐垫。广成子给西王母、赤松子、仓颉、沮诵、伶伦等一一让坐后，沉静地盘腿而坐：

"修道之要，戒除浮躁。勿云不聚而雨，季候不至而迁，未及枯黄而凋，而至未老先衰，日月暗淡。"

西王母点头，赤松子也点头。大家凝神静气地倾听着，似乎一根骨针掉在地上都能听见响动。

"唯持守虚静，弃绝纷扰，方达光明之境，'至道'之源；方入深远之门，'至阴'之根。'至道'无穷，深不可测。入此无穷之门，则与日月同光，并天地合一……"

四

祸父与两曋等来到崆峒山下，一看这山势，巍峨壮观，白云缭绕，苍松土崖，仙风道骨，可是以泾水为界，每一个山口都已经被封死。只要渡河，就会遭到强弓劲射。双方相持旷日持久，一晃几个月过去了，寒风已至，刚劲凛冽，落叶满地。再看那崆峒山，寒风中挺立着刚硬的铁骨，真可谓"敌军围困万千重，我自岿然不动"。

祸父和两曋捞不到任何好处，又惧怕北方的严冬，更急于寻找决战的机会。忽然，被派出去收集情报的暗探回报，东线上以宁封、岐伯等人为首的轩辕部落的人马正与牛龙部落、虎龙部落等处于咬合状态。又过半日，当年太岁牛部落代表赤奋若派人持信符前来求援：战场上出现了轩辕的图腾，对方人数陡增，急需增援！

却说轩辕听授广成子的"至道"之后回到古城子，专门修了一个茅屋，一个人独坐其中悟道。祸父和两曋打着蚩尤的旗号赶到泾水对岸时，他就指挥着一部分人马据山为险，以水为界与其抗衡。只要"蚩尤"的人马一下水，对岸立即会万箭齐发。而大部分人马却在山上静静休养，以待有利的时机到来。

这一天，宁封派人来到古城子轩辕的茅屋，报告了青牛一带双方的对峙情况：

"牛龙、虎龙与我交战，旗号相当，难分胜负。请大酋长派兵增援，以稳操胜券。"

轩辕请来仓颉、沮诵、伶伦等商议一番，最后留下沮诵保护部落老幼，在崆峒山一带与"蚩尤"继续对抗，自己却在月夜神不知、鬼不觉地带出十万沟里的几万人马，循泾水北岸东行，赶天亮到达马莲水与泾水交汇的三角洲。但见经过几个月休养的人马旗号分明，个个精神抖擞。马莲水的川道，较之泾水开阔的一马平川，明显地窄了许多。轩辕不待人马休息，立即加速向青牛一带急进。这马莲水两岸山塬奇谲多变，山环水绕，川道一会儿开阔一会儿收紧，就像一个个囊袋……

与宁封、岐伯等会合后，青牛一带的形势立即发生了质的变化，轩辕的华夏部落联盟的旗号一下子几倍于炎帝的牛龙、虎龙部落，迅速形成了合围之势。轩辕却不急于让大家结束战斗，他的心思还在崆峒一带那一支以蚩尤为旗号的凶顽的对手身上。

夜深人静的时候，轩辕一个人披上皮披风上到一个高地上。他上观天象，下察战局，但见晴空星汉璀璨，深远得没有止境，北斗七星晶亮地与他长久地对视；再看地上，华夏部落联盟已经在马莲水两岸把牛龙、虎龙部落团团固定，灯笼火把形成一个大大的圆圈，而牛龙、虎龙部落只有暗淡的少许光亮。

轩辕心想，现在吃掉炎帝的这一部分人马已经成了定局，关键是崆峒一带的"蚩尤"怎么办？我们利用有利的地形藏起了几万人马，主要是为了避害。现在我们还要利用有利的地形出击，避害之外有力地消灭对方。他又想起了马莲水川道那一个个天然形成的"囊袋"……

回到位于半坡上的天然洞穴——华夏部落联盟的临时指挥所，轩辕把自己的想法告诉了大家：

"围牛龙、虎龙而不攻，则牛龙以太岁之权，调来蚩尤；告之炎帝，亦会'帮忙'（把蚩尤部落给调过来）。选一'囊袋'，关门打狗，必胜！"

仓颉说："好！蚩尤老虎吃天，没处下爪，正急得嗷嗷直叫！他定会前来。"

"选好囊袋，关键在封口，还是请宁封去封。仓颉带大部人马伏击，岐伯会战。咱们要啃硬骨头了！"

轩辕这么讲着，宁封、仓颉、岐伯一一点头应允。大家的手紧紧地握在一起，显示了必胜的信心。

轩辕接着说："伶伦善乐，就以盆盆罐罐，造强大声势，威慑牛龙、虎龙，并开一生门，让逃生者，逃矣！"

祸父和两暉本不想去救什么牛龙、虎龙部落，正在犹豫期间，炎帝榆罔的信使赶到，传来一个"炎"字信符。他们正被泾水对岸华夏部落联盟的人马磨得心痒痒，就抹胳膊扬拳，率领炎帝旗下最凶猛的"蚩尤"兵马向青牛方向扑去。

蚩尤部落

五

祸父和两暤率领的"蚩尤"兵马沿着南岸向东，在泾水与马莲水交汇的三角洲骑着水牛，划着木筏、竹筏过河，一副势不可当的来势。

祸父一牛当先，驮着小蚩尤走在乱哄哄的大群兵众的前面，这大群兵众一下子铺满了一河滩，横冲直撞漫将过去，踩平了沿途的草木。

边走边摆着头四下里探看的两暤，心中却犯起了嘀咕：这么好一个设防的地方，为什么没遇到任何阻击？难道是轩辕和西王母结成的华夏部落联盟里真的没有了对手？……他这么迟疑的时候，大队兵众尘土飞扬、轰轰烈烈地从他身旁不断头地经过。一个个披头散发、目光中露出杀气。铜刀、石斧、弓箭、狼牙棒、木矛，持各种兵器的都有，最大的劲弓，两个人抬着行进……

"也罢，果真如此，逞威之时到了！"两曎一抢铜斧："快走！"骑着水牛冲进洪水一样漫过马莲水川道的兵众之中。

祸父和蚩尤在前面开道，两曎倒因为犹豫了一下，落在后面，他干脆就起了一个断后的作用。

大队兵众在川道冲撞，腾起的尘雾直冲天际，有不怕冷在河水中扑腾而进的水牛，逆流溅起纷乱的水花……

川道曲折蜿蜒，宽的时候，大队兵众随便铺开也无法占满，窄的时候，人牛挤在一起，一派混乱。

两曎嗤之以鼻："如若是我，在这狭窄关口，就该布下人马。看来华夏无人矣！"

经过很长一段时间纷乱拥挤，大队兵众总算挤过了关口，前面又是一马平川，川道徐徐地转了一个大弯儿。这一片平野寂静、冠木小草已经发黄的川道，因为近万人的突然闯入，人声鼎沸，群鸟惊飞。

两曎高喊硬扯，总算留下一小部分兵众在关口外驻守，自己尾随着鞭长莫及的大队兵众进了关口。大队正在行进，前面隐约响起了牛角号的呜呜声，大家拥挤在一起，无法推进。这时有小喽啰从前面急急赶回，跪行大礼后报告两曎：

"前面峡口被封，滚木礌石俱下，大队无法前行。"

两曎这下子猛醒："快！快！后撤！后撤！"

本来不可一世的兵众，一听后撤，一时也慌了神，一窝蜂向后拥去。这时，滚木礌石又封住了退路，乱箭"嗖嗖"地飞来，中箭者应声倒下，滚木礌石砸得人群一片鬼哭狼嚎。

祸父让部下继续组织前突，自己护着小蚩尤向后挤去。两旁有七八个披发长须的彪形凶汉为他开道。这时候，马莲水两岸的山塬上站起了无数的人群，各种图腾旗号在尽情挥舞，"噢——噢——"的呼喊声盖过了牛角号的呜呜，一股排山倒海的气势与滚木礌石一起从山顶压下来。

轩辕的"冲进"手势向前一推，天鼋大龟图腾旗向前一指，四五万人喊着、叫着，像决堤的洪水一样，从南北两面的山塬上冲将下来。

双方的人员交织在一起，喊杀声一片。从上午到黄昏，祸父和两曎的近万人马几乎损失殆尽，清清的马莲水也被染成了粉红……祸父和两曝杀红了眼，有近百人掩护在他们周围。轩辕让封关口的宁封让开一条道，祸父护着蚩尤，与两曝一起冲出关口，与往里突的一小部分兵士会合，一起落荒而逃，消失在暮霭之中。

马莲水两岸，轩辕统帅的人马会合到一起。大家欢呼雀跃。

祸父、两曝落魄地回到炎帝设在千阳的行宫，虎龙部落、牛龙部落等也先后撤到这里。轰轰烈烈的炎帝榆罔征讨轩辕的行动"无可奈何花落去"。轩辕的华夏部落联盟也没有再向前推进的意思，从此开始了炎黄之间一个相对平静的时期。

第十三章

一

青牛之役之后，炎帝榆罔对姬轩辕的华夏部落联盟在陇东的控制已经是有心无力，这给了各部落一个相对自由的发展空间。整个陇东以及由此向西直到今青海湖东、向南直到重庆长江边上，所有西王母白虎部落联盟旗下的部落，包括位于今四川省境内的西陵氏部落，都一致拥戴轩辕为华夏部落联盟的大酋长。

姬轩辕自青牛之役后，返回崆峒一带的古城子，再次拜访了广成子，随后携西王母一起南下天水，与天老部落会合。陇东无事，西王母就返回昆仑山。姬轩辕却为这几万人的部落联盟的生存发起愁来。

陇东地区地处黄土高原西段的山塬沟壑地区，地面广阔，负载能力强，但是现在面临的最棘手的问题是人多粮少。随着人口的增加，这个问题越来越突出了。这不，今年春季以来，各部落纷纷报告粮荒，甚至经常有饿死人的事情发生。

姬轩辕与帝师天老、师傅吴权，所属部落首领宁封、仓颉、岐伯及沮诵、伶伦等商议，在卦台山举行了一次盛大的祭天祈食仪式。那天，被渭河三面环绕的卦台山顶和南面的斜坡与平台上，除了主祭的轩辕、天老等有熊、有黑图腾旗帜外，各部族的图腾旗帜林林总总，气势磅礴，连周围的九座山头也聚起红、黄、蓝、黑、白等各色相杂的旗帜和人群。姬轩辕是主祭，各部落酋长为陪祭，仪式由天老帝师主持。

天老又戴上他那顶插满花花绿绿羽毛的帽子，面色庄严而蜡黄。他精瘦纤长的手指高举起玄酒，面对苍天，高高的鼻梁挺得更直了。在他千沟万壑深刻的皱纹中间，目光深邃而明亮，充满了殷切的渴望。嘴唇颤抖，喊出的声音也是颤抖的：

"天皇皇，地皇皇，天王老子降粟了，救万民——"，后面是拖得长长的颤音。这颤音在周围的山河间回荡。

轩辕重复了一遍天老的话。只是这声音更响亮、更高力、更自信一些。

人群中许多赤裸着上身、背上绑着麦秸粟秆的人，男女老少跪倒一大片，重复着轩辕的最后一句话，这声音像突然暴发的洪水一样滚滚而来，经久不息：

"救万民——"

天空中依然是骄阳高照，只有一朵龙形的白云镶嵌在白花花的太阳下方，被刺眼的阳光镀上了一圈亮银。天空蓝得发白、发红，周围蒸腾着干燥的泥土气息。气候反常，一向气候温润的黄土高原的地面上，浮着一层厚厚的烫土，烫得人脚掌发疼。所有的草都干黄了，所有的树叶都皱着眉头卷了起来。

晚上，又是个星光灿烂的夜晚，一丝凉风吹来，带走了一些热气。知了在无休无止地长鸣，发泄着它心中的烦躁。

在天老部落为轩辕建起的合宫外，轩辕、天老、吴权、项先生与仓颉、岐伯、宁封、沮诵、地典、容成、伶伦等一二十个大小部落首领聚集一起，大家席地而坐，星光和火把映照出一个个或胖或瘦的面孔。大家的目光聚向轩辕，轩辕发出浑厚的声音：

"务必须寻一个切实可行的救民之法，为部落求得生路！"

星光火影下，轩辕随着年龄的增长，已经明显地拉长了的由字形脸盘充满刚毅，目光炯炯，嘴角线有力，脸颊上一个深深的酒窝。

岐伯粗壮的手里还在摆弄着什么草药。他抬起头来："西陵乃一好地方，水草丰茂，一天数雨，若开垦起来，乃一大粮仓也！"

一句话提醒了轩辕。他又想起西陵氏的巧姑嫘女（王凤因蚕桑之功早已经被称作"嫘女"了）——她那微笑的嘴角，光鲜的瓜子脸，一双丹凤眼一闪一闪……听西王母讲，她如今已经是西陵氏部落的酋长了！一丝挂念油然而生，不由摸了摸当年王凤送给他的那半个玉璧。

岐伯深眼窝内极富洞察力的单皮眼，即使在昏暗的火影下，也分辨出了轩辕面部表情的细微变化。他一直认为姬轩辕和自己的外甥女嫘女是珠连璧合——天生的一对、地造的一双。现在，这个月下老他是当定了，何况，又加上了"为部落谋生路"这一重大问题：

"西陵氏，母系氏族，酋长嫘女年轻貌美，精明强干（他省略了"是我外甥女"这句话），若能和亲，则华夏有望矣！然轩辕须嫁于西陵氏矣！"

轩辕低头沉思。附宝表示反对，吴权却说："这有何难？为华夏长远计，此上策也！西陵出美女，嫘女乃一天仙也！"

轩辕肯定地说："也好。我们亦不白占好处。将各项发明、农耕技术带过去，造福西陵。"

附宝现在理解了轩辕的意思，表示肯定。天老同意，大家纷纷点头。经过商议，最后确定，由岐伯作为"媒人"，带了礼品先行前往西陵氏，表达和亲的意愿，取了嫘女的"八字"来（虽然嫘女的"八字"岐伯熟知于心，但这是一个程序，特别是面对人生和部落联盟的重大选择，更是不得马虎）。岐伯一去三四个月不见回来。这三四个月是轩辕最难熬的时间，他几乎是一闲下来，就向南方张望，把探听情况的人派出了几十里，只要一有岐伯的消息，立即快牛加鞭报告来。似乎是盼星星盼月亮一样，在一个喜鹊鸣唱枝头的午后，岐伯终于风尘仆仆地带回了喜讯。应龙也带来了嫘女的信物和西陵氏的聘礼。天老、吴权把轩辕和嫘女的生辰"八字"合了又合，总是个"大相相合"，轩辕大喜，遂决定亲自前往西陵和亲，由吴权代行部落联盟大酋长的权力，项先生、沮诵等协助。精通伏羲文化的天老，擅长医术的岐伯，能建宫室的赤将，造出麻片兽皮衣裳和草鞋的曹胡、于则、伯余，精于陶业的宁封，善于观察万物随物赋形记事的仓颉，刻木为舟的货狄，有音乐天才、善于辞令的伶伦、滑稽，精于厨艺的喫诟等随轩辕一同前往西陵氏。

轩辕一行就在应龙的前导下，由天水向南，翻过秦岭西部的余脉，经武都进入白龙江，乘竹筏进入白水江。嫘女早已经在今文县一带等候着。

远远地就看到了她用丝帛制成的蚕吐丝的图腾旗帜迎风呼啦啦抖擞，两旁拥满了四川盆地大小部落的各色图腾旗帜。嫘女头绾双环髻，秀发长披，迎风纷乱。她那纤细的长指撩开头发，一双丹凤眼在强烈阳光的刺激下眯成细线，匀称的瓜子脸在丝帛肩披的映衬下更加白皙可鉴。

轩辕一行在远处停下来，应龙快步赶到西蜀部落联盟酋长嫘女面前，双手抱拳行过礼后，转身一指："华夏大酋长轩辕前来和亲、结盟。"

嫘女的声音因为激动而有一些变调："欢迎！欢迎！"即带领西蜀各部落酋长向前迎接。轩辕一行十多人，外加宁封的姑娘素女，在天鼋大龟和各部落图腾旗及东甲、东乙、南丙、南丁、中戊、中己、西庚、西辛、北壬、北癸青、红、黄、白、玄五色卫队的簇拥下向前走来。素女怀抱一把琴瑟，目光偷看着轩辕。轩辕目光前视，神态刚毅，步履稳健。他以强大的克制力强压制住内心的激动与惊喜，气宇轩昂地走在前面。

双方走到中点时会面。双方对称地相互施礼。然后嫘女的队列闪向两侧，夹道欢迎。

嫘女陪同轩辕走过夹道欢迎的人群。人群中不断有少女向轩辕一行撒花，一阵又一阵"欢迎！欢迎！"和"噢——噢——"的欢呼声。

轩辕被安置在白水江一个临时用竹子搭起的屋棚内，可是他不平静的心无法入睡，信步走到江岸。

十五的亮月高悬，星星躲在铺满银辉的天幕后面眨眼睛，好像要偷窥这人间美好的一幕似的。秋风习习，白水江银缎一样的水面泛着碎银的光斑，江水清浅地吟唱，就像一条不见首尾的宽阔的哈达在微风中飘动。群山沉默下来，以它浓重的暗影在静听夜莺甜甜的蜜语，见证轩辕和嫘女的海誓山盟。

嫘女从竹影中走出，看见轩辕，轻如一阵风一样向轩辕扑去，丝带在她身后拖出舒缓的波浪。她倚靠在轩辕宽厚的胸前，轩辕两只大手有力地把她揽入怀里。就像是小鸟回到了窝巢，漂泊的竹排回到了河湾，两颗思念悬挂的心终于找到了归宿，长时间紧紧地拥抱，双方都能感受到对方坚实、柔软的体温，清晰地听见彼此热血奔腾的心跳和或者粗喘或者细吟的呼吸了。

圆月下，微风中，珠联璧合，花影婆娑。

二

在文县这个地方短暂停留后，西蜀部落联盟酋长嫘女一面传令回去，让充分做好接待华夏部落联盟大酋长的一切准备，并由随轩辕而来的喫诟、赤将指导，喫诟负责饮食，赤将负责建造合宫，以便生活起居各项安排尽量适应中原人的习惯和要求。另一方面，嫘女建议，由此往西，逆白水江而上，昆仑山东麓，有一处仙境一样的地方，已经走到了它的身边了，何不前去一游？

既然和亲联姻的大事已经商定，具体的仪式都在筹备过程中，利用这段空闲时间到处走走也无妨，何况又是一处诗情画意的仙境呢？于是，轩辕就带着天老、岐伯、仓颉、伶伦、宁封、曹胡、于则、伯余八人逆水而上，前往南坪（今四川省九寨沟县）。

这白水江的江面不算太宽，水在南北两条山脉之间湍急地向东奔流，可能是水流过急，也可能是江中卵石的阻挡，这白水江之水果然是绿中泛白，像有无数的仙女在上游梳洗，让仙粉胭脂顺江漂下似的。因而这白水江流域，除了山清水秀以外，另一个大特产就是出美女，一个个天作之美，白若凝霜，窈窕多姿，美睛顾盼，让人心动神怡。这一条白水江汇入嘉陵江以后，向南流到重庆，顺长江而东，一直流到东海。因此，不仅西陵氏部落是个美女如云的地方，就连今重庆市（渝城）和中国的江南，都因为出美女而著称于世。"才子佳人"成为江南的代表性名词。俗话说，"江南的才子北方的将，关中塬上埋皇上"，这话不假。总结我们的老祖轩辕黄帝的一生经历，他所去过的地方，除了多有温泉、茶坊、太平、龙门以外，也多是出美景和美女的地方，而这个头儿，就是从西陵氏开始的。

言归正传，姬轩辕在西蜀部落联盟酋长嫘女的陪同下，在一种绝不同于以往的观感和心情下，经过两三天的行程，终于来到一个气象非凡的沟口，但见一条碧水欢跳着从沟内奔出，两岸，高山直插入白云薄雾之中，那些挺拔的、绿得层次分明的松竹，笼在一层轻纱之中。云雾变幻，神秘莫测，大家不由得发出赞叹。向沟内走不了多远，轩辕就吩咐在两边的山坡上、碧水旁先扎好休息的营寨，由东甲、东乙扎一大寨，南丙、南丁、中戊、中己、西庚、西辛、北壬、北癸各扎一个营寨，作为在这里休闲观光的临时行宫。中央是嫘女和轩辕的大寨，周围分别是天老寨、岐伯寨、仓颉寨、伶伦寨、宁封寨、曹胡寨、于则寨和伯余寨，共九个寨子。正当十干卫队热火朝天地扎营寨的时候，轩辕、嫘女一行开始了他们浪漫的巡游。

经过玲珑精巧的"盆景海"，碎镜一样平铺的海子，一下子被万千秋风中摇曳的芦苇挤在一起，看那些在秋风中舞动的旗帜和手语，人的心情一下子舒展开朗起来。

嫘女手搭凉棚，遮住娇艳的秋阳，一双丹凤眼眯成细缝儿，微仰着粉亮的颜面，瀑布一样的黑发迎风飞舞，撩拨人心。

轩辕不知是欣赏美景，还是在欣赏佳人，心里如诗如画的絮语源源不断地涌出。他情意盎然，不由得举起右手，应和着芦苇的节奏，向芦苇们尽情挥舞。

再往前走，水面波光粼粼，正午的阳光直照，激起闪烁不定的火花，晃得人心浮动。轩辕和嫘女不由自主地对视了一眼，我们从他俩对视的目光中，也看到了彼此心灵中激荡的火花。人心灵的火花，就这样被大自然给点燃！

岐伯看在眼里，乐在心头。天老、仓颉、宁封等逶迤相随，曹胡、于则、伯余则对嫘女的丝帛披肩发生了浓厚兴趣，商量着怎样向嫘女讨教一番。

海子一下子变得多了起来，海子间由一串串红、黄、绿相间的树影之线条隔断了再勾连。大小不同、形状各异的海子碧绿透底，或如护环，或如弯月，而秋浓的地方，树叶就更是红得醉人逼眼。晃动的水面反射着五颜六色的光晕，如梦如幻，似绸似缎，让人不自觉就心旌摇曳起来……前面出现了瀑布，台阶状的瀑布，水花激溅成一片乳白，在鹅黄的草甸上横冲直撞，一层层地落下来，像一个个不同的音阶，发出混合的、"哗哗"的经久不息合唱。

嫘女叫了起来："看那高挂之瀑，若架上蚕丝，缕缕垂直，又有绞缠，需认真择开……"

轩辕："又如琴瑟之弦，该有许多纤指，弹拨这清音……"

经过几个不同形状的海子，又一道瀑布横在眼前，让人不禁想起"伟岸"一词来。它的恢宏喧响在神山间激荡，也让人心随之澎湃激荡、豪情盎然！红黄相间、绿有深浅、五色斑斓的树影上下铺排，而这横着的瀑布就像一排皓齿，正发出伟丈夫的宣言。

轩辕的情绪激动起来，他想起部落间的不公，人世间的艰辛，有的人生存都存在危机，有的人却强征暴掠，烧杀抢劫……激昂的情绪冲开了他语言的闸门：

"定要根除人间之不公，让各部平等相待，和谐相处；让男女长幼皆老有所养，幼有所教；让生活改善，人人有饭吃，有衣穿，有屋住；让人皆出以公心，有德性，重礼仪；让人才发挥专长，造福当代，荫及子孙；满足人之七情六欲，启用'十义'之士，做到君仁、辅忠、父慈、子孝、兄良、弟悌、夫义、妇听、长惠、幼顺；心怀天下，把握时机，替天行道……"

嫘女被轩辕的情绪所感染，被他滔滔不绝的演讲和宣言所折服。她抬头盯着看着轩辕：轩辕的麻布黄衫迎风飞舞，耳鬓长发飘逸，身后是一座高可摩天、深不可测的大山，它正敞开博大的胸怀，把蓝天、白云、树木花鸟、碧水池鱼，把所有的人都揽入怀中。

轩辕正讲得痛快，不留神看到嫘女专注地睁大了的丹凤眼正欣赏地盯着自己，丝帛抖擞着她窈窕的身段，她玉树临风的神韵光彩照人。她的身后，瀑布下的一池秋水，正秋波荡漾，秋波荡漾。

欣赏一个女人，就像是品一泓秋水。她就像一面透明的镜子，可以看到心绪明亮的波纹，水底的彩石、游鱼及水下森林、海中草原；她摇曳的心思反射着白云、蓝天、山林五彩的光晕……欣赏一位美女，就像弹奏一把琴，欣赏一首优美的诗，品一幅恬淡的山水画，读一篇如诗的意味十足的散文，伴随着婉转的鸟语和阵阵鲜花的芳香——这是姬轩辕的心思。

而读一个男人，则像面对一座大山，他伟岸而深邃，他包容了宇宙万象、花草树木、各种各样的动物，包括水，包括女人……品读一位伟丈夫，就是品一壶浓茶，读一部大书，一部形而上的哲学巨著，一部浩瀚史诗，一部全景式包罗万象的鸿篇巨制。男人的心囊括天地、充满思辨；男人的心是脱缰的野马，纵横驰骋，又能悬崖勒马；男人的心永远是这样探不到

214

底，随时伴随着风雨雷电吗？——这是嫘女的心思。

女人是水，属阴；男人是火，属阳。阴盛阳克，阳亢阴约，阳离不开阴之滋润，阴少不了阳之扶植。只有阴阳和谐，水火相容，才能共生共荣，协调发展，这就是一个"泰"卦（☰☷）——这是轩辕和嫘女共同的心声！

正所谓"倚天照海花无数，高山流水心两知"！

三

西蜀（鼠龙）部落联盟之西陵氏部落。一带碧水自东向西流淌，在山下汇成一潭深碧，这就是西陵湖了。山色五色相间，以青黛为主。一条白色的路径逆流而上，经过潭前天然小坝，拐上东侧的山坡。土台之上，是赤将指导西陵部落民众新修的嫘轩合宫。但见它前面三间主屋相套，中间一间略高，形成一个"凸"字形，巍峨壮观。后面一间寝宫，巧妙地利用了洞穴。这就是所谓的"洞房"。

赤将带着轩辕、嫘女及大挠、应龙、常伯、常先、大鸿、金伯、桃娘、曼姑、巧姑、霞姑等西陵氏部落的骨干，在合宫内外巡看，大家不由得啧啧称赞。

轩辕、嫘女、天老、大挠、岐伯、应龙、曹胡、于则、伯余、常伯、宁封、仓颉、伶伦、常先、金伯、桃娘、货狄、大鸿等，围坐在合宫主屋之内议事。曼姑、巧姑、霞姑进进出出，端上水果茶水。

轩辕对大家说："我们已就联姻之事达成共识，按西陵氏之习，我嫁至西陵，带来天老、岐伯等能人——带来文明成果，造福双方。但联姻之事，还要举行大的仪式，才算告成：一则正式宣告，说明我们对联姻结盟之重视，郑重其事；二则堵住人口，不让说三道四——见证我们之联盟。"人们一阵哄笑，接着是应龙等的声音：

"好！""好——"

轩辕接着说："我们也好借机大兴礼义，提倡尊老爱幼，人与人和睦相处，人与环境和谐相处。要敬天、敬地、敬父母、敬媒人、敬长老、敬幼子、敬众人、敬动物草木，实行'八敬'；男女之事，还要有父母之命，媒

215

妁之言。婚姻乃人生之大事，不能不重视！"

嫘女问轩辕："仪式定在啥时？"

轩辕："仪式定在亥（十）月满日！你们看呢？"

大家纷纷点头称是。

嫘女："请应龙带十二地支卫队做好安全保卫，要确保万无一失；常先、大鸿通知西陵十八寨和蜀山氏、巴山氏都来，并要保境安民；常伯接待各族寨酋长，金伯观测天气，桃娘、曼姑、巧姑、霞姑，做好现场布置与服务……"

应龙等分别应到："是！""好！""要得！"

轩辕："请天老帝师、岐伯大媒，与我同去嫘女酋长家，拜见父母，奉上聘礼；现场保卫把十干卫队也用上，请大挠编队，应龙统一指挥；另请曹胡、于则、伯余制作礼服；宁封制作礼器；仓颉负责将这件大事记好；货狄刻木为舟，负责在雍江上接送贵客；喫诟协助桃娘布好婚宴；滑稽主持婚礼！"

天老等皆欣然应"是"，唯有滑稽先做了个鬼脸之后，才提高嗓音说："是，一定主持得圆圆满满！"

大家跟着一阵哄笑。

从嫘轩宫到嫘村山嫘女家不是太远。从平台上向北向东绕过去，就是嫘村山了。岐伯在前带路，轩辕、天老随后，嫘女陪同，轩辕的十干卫队带着聘礼和嫘女的十二支卫队随行，旗幡仪仗，逶迤而去。一路上，秋阳还藏在山背后，树林竹影、奇花珍卉笼罩在一堆堆乳白色的晨雾里。鸟语花香，只闻其声，只能闻到一阵阵袭鼻的香味儿，却难看清其真形。人们前呼后叫，相互报告着自己的位置。随着山头上那一溜红光的扩大，浓雾一层一层退去，远山近林，被衬得层次分明。

嫘女一边走，一边指点：那里有仙猫洞，有三锅桩；这边是桑林坡，有藏丝洞……不知不觉，大家就来到了嫘村山的山湾上。朝下看去，眼前是一湖碧水，如同一面大镜，镶嵌在群山之中。晨雾迷蒙，把它装扮得迷离幽深。嫘女指着介绍："此即西陵湖！"大家驻足张望良久，都被这迷离的美景所陶醉。

嫘村寨的茅屋草棚，错落有致地分布在一个凹进去的山坡上。走近嫘女家的场院，羲诚和岐娘早已经在磴畔上候着。岐伯给他俩介绍了天老和轩辕，羲诚握住天老的手就往屋里拉，轩辕随后。岐娘有一阵子没见着女儿了，母女相见，自然有说不完的话。大家经过茅屋，进入洞穴。仪仗和卫队列在场院。

岐娘端上时令水果，嫘女给每人手里塞了一个，就近坐在轩辕的身旁。

天老今天又是他那身巫师兼老学者的打扮，头顶上花花绿绿的羽毛格外显眼，脸色也因为兴奋而红润了许多。岐伯是嫘女的舅舅，他熟悉得不用说，但是作为华夏部落和西陵氏部落联姻的大媒，今天还得他先开话。岐伯直截了当地对羲诚和岐娘说：

"我为媒人，把轩辕带至西陵，实为华夏、西蜀共同福祉。轩辕送来聘礼，就待两位父母之言了！"

羲诚干咳了一声说道："听说你们来了，准备去迎，你们却先到。"他看一眼轩辕，看一眼嫘女，又和岐娘交换了眼神：

"我们没啥子意见！高兴还来不及，部落之大事呗！"

岐伯："上礼——"

十干卫队一组组地将聘礼端上或抬进来，摆满了一屋，其中有一对雁，一对鹿皮，有虎皮、豹皮、熊皮，有黍、荞麦、豆等五谷，最显眼的是被染成五彩的麻丝……

大挠和应龙在地上画成格子，用石子和小木棒分别代表十干卫队和十二支卫队，正在认真地编排队列。因为西陵氏过去一直使用的是从神农氏传来的十二位的地支计算手法，他们也模仿天下十二大部落值年的办法，形成自己的十二支卫队，如今要和轩辕十进位的十干卫队组合在一起，还真得费一番脑子。天老坐在一边指导着他俩。要说这大挠——这位西陵氏部落年轻的巫师，他还真好学，一听说天老长于伏羲之道，就私下里拜天老为师了。

曼姑、巧姑、霞姑嘻嘻哈哈地从织丝房搬来丝帛，协助曹胡、于则、伯余制衣裳和履。她们心灵手巧，嘴又甜，哥长哥短，师傅先生，把三位华夏第一裁缝吹得晕晕乎乎。俗话说，男女搭配，干活不累。有三个西陵美女作陪，更加激发了三位第一裁缝的创作灵感。他们画出了几种服装新款式，相互比较，让三位姑娘大开眼界。高大夸张直性子的曼姑、小巧玲珑小嘴甜甜的巧姑、明丽如水一笑就脸上飞红的霞姑，成为他们忠实的崇拜者。满脸络腮胡子的曹胡，胡须细细密密、修整得很规整的于则，肤色白得有些过头的伯余，这会儿，都同样的神采飞扬。

西陵美女

相比之下，仓颉记事却是一门清苦差事，没有人能代替他皱眉苦思。他用红石块在穴居内壁上画了许多不同形状的字形。他双手捂着宽阔的额头苦想。他手指在空中飞舞，用食指在地面上画，光线阴暗，火塘内烟气缭绕，呛得他张大嘴打了一个喷嚏，他就在地上画出一个"呛"字。他自嘲式地笑了一下，一副诡谲神秘、捉摸不定的表情。

嫘女拿出一匹黄色丝帛给曹胡等送去，他觉得轩辕"黄衫飞舞"的形

218

象太帅气了！就拿出这匹珍藏多时的黄帛，要给轩辕制一身黄色礼服。

轩嫘成婚

　　轩辕与嫘女的合婚仪式于亥月（十月）满日，也就是十六日黄昏时分在嫘轩宫前的院坝上如期举行。古人以月圆为满，往往是十五的月亮十六圆，就定在十六日。

　　这天，西陵十八族寨、蜀山氏、巴山氏、峨眉氏、青城氏等今四川盆地的部落首领或代表都来了。院坝上铺了兽皮、坐垫，大家一团团一簇簇席地跪坐，时令水果，桑葚美酒，盛在宁封专门为婚礼制的精美彩陶盘、陶壶内。大家举爵畅饮，一片欢声笑语。周围的山坡上挤满了人，更远的地方，环绕一周，是十干和十二支的卫队……

　　轩辕身着亮黄色丝帛的三级战袍，身材魁伟，神态刚毅；嫘女环髻高绾，仪态高雅大方，雪白的丝衣拖地，夕阳的余晖给她镀上了金边儿。他俩都披着大红丝帛，携手出现在大家面前。天老、羲诚、岐娘、岐伯及常伯、金伯等站在后面。场内场外,整个山坡上,一阵欢声雷动。

滑稽全身带着笑料走上前,眨一眨他的小眼睛,周围就有人开始哄笑。他响亮地干咳一声,深吸一口气开始主持:"西蜀(鼠龙)部落联盟酋长嫘女和中原华夏部落联盟大酋长姬轩辕合婚暨华夏西蜀结盟大典,"他一口气说了这么个长句子,然后再深吸一口气,声音提高好几分贝,用细长尖亮的男高音朗声宣布,"现在开始——"

场内场外,整个山坡上,又是一阵长时间的、大呼小叫的欢呼声。

四

滑稽的长相本身就非常滑稽,他的全身都充满了笑料,所以有了个"烂脏"的绰号。他瘦高得风可吹倒,可总是极度精神抖擞的样子,永远是一副乐天派的样儿。他一挥手中的拂尘,口若连珠,拿腔拿调,故意拖了长音地宣布,既把大家的注意力一下子吸引了过来,又将所有人的情绪调节到了高潮。现场的气氛更加活跃,一片长时间的"好——""好——"声,甚至有人吹出了尖啸的口哨。

滑稽上下左右挥动着拂尘,另一只手随同做着辅助的小动作,在人们面前来回走动,好不容易才将鼎沸的欢呼声给弹压下来:

"请嫘女酋长父母、轩辕大酋长老泰山、老岳母羲诚老伯、岐娘阿姨,即位——"

羲诚、岐娘向前走出一步。

"请原炎帝帝师、轩辕大酋长师傅、一日为师终身为父的天老老先生,请嫘女酋长的舅舅、大媒人——轩辕大酋长、嫘女酋长的牵线人岐伯医师,即位——"

天老、岐伯向前走出一步。

"请,新郎、新娘,即位——"

身披大红丝帛的轩辕和嫘女互相看一眼,也向前走出一步。两旁的西陵少女们向他俩抛撒着五颜六色的花瓣。

"请常伯、金伯、桃娘等长辈,即位!"

常伯、金伯、桃娘各向前跨出一步，但还是在轩辕和嫘女身后。每一次，都有少女抛撒着花瓣。

"下面介绍来宾——"滑稽分别介绍了蜀山氏、巴山氏、峨眉氏、青城氏及西陵九岭十八族寨的首领。大家纷纷站起，或招手、或抱拳、或点头、或鞠躬，向轩辕、嫘女及众人打招呼。

"新郎、新娘行八敬礼——"

"一敬天——"轩辕和嫘女从侍女手中接过陶爵，用中指蘸了玄酒和桑葚美酒弹向天空。

"二敬地——"轩辕和嫘女将爵中酒弯腰洒在地上。

"三敬父母——"轩辕和嫘女分别向天老、羲诚、岐娘敬酒。他们乐滋滋地接过，仰头喝尽。尤其是天老，他那布满一道道山水的老脸上，更凝重了一种"终身为父"的责任。

"四敬媒人——"轩辕和嫘女共同向岐伯敬酒。轩辕："您是我们的医师，嫘女的舅舅，又是我俩之大媒。'天作之合月下老'，这喜酒，您就喝了吧！"岐伯接过陶爵，一饮而尽，再用他那粗壮的手指抹了下嘴角。他早就等着喝这喜酒呢，所以二话没说，接过酒就一饮而尽。

"五敬长老——"轩辕和嫘女先后给常伯、金伯、桃娘敬了酒。

"六敬幼稚——"嫘女接过一盘板栗和轩辕一起向前，给挤在前面的小孩子一人一把。前面的人群中、山坡上，都有人专门用盘将各种野果发放给小孩。

"七敬众人——"轩辕和嫘女面向众人高举起陶爵，场坝席面上的人都举起了陶爵。山坡上，人们传递着酒罐，你一口我一口喝着。

"八敬动物草木——"一只野山羊被拉进典礼现场。轩辕为它解开系绳，野山羊撒欢儿跑了。人们让开一条道儿，一片"噢——噢——"的欢呼声，一群小孩子追着野山羊跑。

"在此特殊时刻，大家最关心者，啥子？"滑稽故意撇了一句西陵话来调动大家的情绪："就是，看他们怎样对上眼儿的哟！"

在人们的一片起哄声中，轩辕和嫘女想起了他俩在岐伯家初次相识的情景——轩辕指手画脚、扬扬得意地向项老先生宣讲卦象含意的样子；嫘女睁大了一双丹凤眼，微歪着白里透红山桃花一样好看的瓜子脸，静气注目的样子。他们相携在姜氏河旁戏水，在西去天水的路上，嫘女乘一只白鹿，说说笑笑的样子……滑稽推轩辕讲话，轩辕却执意让嫘女先讲。嫘女扭捏推让了一番，就大声说：

"怎么对眼？就不讲了嘛！"

人群中一片哗然。

滑稽挥动拂尘制止住大家："请嫘女酋长继续讲！"

嫘女神采飞扬："我讲的是：嫘轩合婚，乃水到渠成之事也！华夏、西蜀（鼠龙），联姻结盟，繁荣发展、幸福安康……"

"好——"

"好——"

嫘女的讲话被人群的欢呼声打断，再接上来的，却是轩辕那浑厚嘹亮的声音了。这次他是主动接上了嫘女的话茬儿。他觉得这是个必须向大家讲清楚的问题：

"中原农业发达，西陵织帛先进。中原有许多造福民众之发明创造，西陵氏亦有长项——平等交流、互通有无，相互学习，定能互惠共赢，共同发展！"

人群欢声雷动。蜀山氏、巴山氏、峨眉氏、青城氏和西陵部落十八族寨的酋长、首领们都站起来鼓掌。

接着是轩辕之师天老讲话，岳父岳母羲诚、岐娘的代表（他俩互相推让一番）羲诚讲话，嫘女舅舅大媒岐伯讲话，长辈代表常伯讲话。他们讲的无非都是一些"此乃一大好事、大喜事"之类的话。

烂脏滑稽又做了几个鬼脸，走到蜀山氏跟前躬身九十度："请来宾代表蜀山氏酋长蜀夫讲话！"

蜀夫长了一副稍长的小白脸，方额头，两只水泡大眼鼓得很高，大耳如扇，耳朵梢外翘，具有三星堆和现代四川人的典型特征。他兴奋而意外地向四周看了看，从来宾席上站起，向轩辕、嫘女，向各位长老，向场坝上的人，向远处山坡上影影绰绰看不清的人群——打躬施礼后，才开口讲道：

"那好，我就代表西蜀（鼠龙）部族酋长讲两层意思：一者热烈祝贺轩辕、嫘女百年好合，白头到老；二者表态，全力支持西蜀（鼠龙）华夏结盟！"

巴山氏、峨眉氏、青城氏等纷纷站起来鼓掌。场坝内外一片欢呼声。

滑稽一挥拂尘："开宴——"

天老、羲诚、岐娘、岐伯、常伯、金伯等和轩辕、嫘女围坐在一起，仓颉、赤将、大挠、货狄、曹胡、于则、伯余、伶伦、喫诟等围坐在前右的蒲席上。喫诟第一个抓起一只鸡大腿大嚼起来。他是一个随时随地可以大嚼而永远也吃不够的"食神"。

婚宴结束，轩辕和嫘女在烂脏滑稽的导引下，携手进入嫘轩合宫。场坝内外欢声雷动。

当天晚上，当人们还聚集在场坝上篝火通明地欢呼跳跃，远近的山坡上，到处都可看到篝火与火把映出的人影时，轩辕和嫘女就已经在合宫后面的洞穴里甜蜜地相拥在一起。中央亮着塘火，火光给他们映出一身醉人的红晕。

第二天，太阳刚刚从山背后爬出来的时候，轩辕、嫘女（他们的脸上似乎还挂着红晕）以及蜀山氏等所有西蜀（鼠龙）部落联盟的酋长们都已经聚在嫘轩合宫前三间相通的大屋内。几十号人席地而坐，把这个简易的"议事厅"挤得针插不入。大家情绪高昂。

轩辕和嫘女坐在前排正中，天老、仓颉、蜀夫、岐伯、巴山氏酋长巴婆等坐在两旁。身后是赤将、曹胡、于则、伯余、货狄等。

轩辕向大家一一介绍他的随员：

"天老老先生，原炎帝师也，亦为我师。岐伯，蜀之常客，你们熟之。仓颉，书契发明者。此次，他就为西蜀（鼠龙）造出蚕吐丝之'蜀'字，为我造出'黄'字，为嫘女造出'嫘'字……"

仓颉细长的双眼皮"四目"左右看看，谦逊地向大家点头示礼。

巴婆，一位大眼阔腮、脸上有细密的皱纹的老女人。她不解地举起右手：

"请仓颉先生讲讲字契之意，我们也好学习哟！"

五

四眼仓颉宽阔的额头被晨光映得发亮。他左手举起一块龟板，上面用赭石涂着一个暗红色的比甲骨文还要古老简朴的"黄"字，右手举起另一个龟板，上面涂着一个"嫘"字，开口向大家介绍着：

"'黄'字乃轩辕图腾之象形，我化入大酋长之形象——发髻高挽，横插骨簪，左右两绺头发飘然而下。由字形的脸盘地格方圆，居于中央，面向四方，包容万象，厚德载物；同时，这个'由'字还可解为脖颈与虎背熊腰，下面是两条修长的腿……"

大家看着轩辕，由衷地称赞："描得准！画得好！"

仓颉接着说："此为嫘女酋长造字：左旁弯腰弓背之形（女），乃象女人之形。此女发明养蚕织丝，故上垒三个蚕茧，下系丝织之帛。我以此'嫘'字，记嫘女功德。她养蚕织帛，昼夜辛苦，累得直不起腰。她是一为部落辛劳受累之人！"

仓颉说出了大家的心里话，所以大家都跟着他说："是啊，对头。"

仓颉又举起一个龟板，上面画着一个蚕吐丝的形象：

"西陵氏部落最大之贡献，养蚕织帛，解衣食住行第一难题，我画此蚕吐丝的形象，记这一功德。西陵氏酋长，西蜀（鼠龙）酋长也。养蚕最怕鼠害，故以鼠为图腾，'鼠'下蚕丝，又象形鼠之长尾。此字既解作蚕吐丝，又可解为鼠龙图腾，发音即为'鼠'（以后，人们以为'蜀'字上面蚕的象形是四川的'四'，就在下面多加了个虫字来代表蚕，还是强调蚕吐丝的意思，发音依然是'鼠'）。"

"好！我赞成！"蜀山氏第一个表示肯定。接着大家一片乱哄哄的称赞。

巴山氏部落酋长巴婆迫不及待地对轩辕和嫘女说："我们此次参加二位酋长合婚与结盟大典，真是大开眼界！先前，嫘女酋长已去我们那里教过养蚕织帛，极大改善了大家的生活条件。轩辕大酋长发明了煮粥蒸饭与车，你的随行都是些发明家，我真诚邀请轩辕、嫘女酋长，一起到我们那里去视察，为我们传经送宝。"她觉得自己的语气还不够，又加上一句："我们定会尽其所能，款待大家！"

"是啊，是啊，我们亦欢迎轩辕、嫘女！"各部落酋长争先恐后地发出邀请。说的是啊，谁不希望自己的部落发展得更快一些呢？

轩辕本来就有到西蜀（鼠龙）部落联盟各地去考察巡视、传播文明成果的想法，没想到大家的热情这么高！他抑制一下激动的心情，郑重其事地对大家说：

"非常感谢大家之盛情。我们在西陵办的厨艺、裁剪班刚开始。仓颉的字符辅导班、赤将的建筑班、岐伯的医药班、宁封的陶艺班、货狄的舟楫班、伶伦和素女的丝竹琴瑟班，还在筹备中……等忙过这阵，我们定去！"

"得有个具体时间哟！我们也好生准备。"巴婆提出时间要求。

"那好。"轩辕和嫘女低声交换了意见后，大声说："就定在明年——开春以后！"

星移斗转，时光飞逝，不觉已经过了隆冬季节。河道里、湖面上结的冰在一日日消融，风也变得柔和温暖了许多。燕子们又飞回来了，满天价穿梭，它们一会儿飞到河道湖边衔泥，一会儿飞到林丛中叼枝，它们在忙于筑巢孵蛋，为培养自己的下一代而辛勤地做着各项准备。

轩辕和嫘女这一个冬天也没有闲着。他们顶风冒雪，从西陵氏部落北面的衣禄山、玉龙山、烟堆山、丝源山到东南的两界山，对西陵氏的九岭十八族寨一一巡视，并就西陵氏发展的具体问题提出建议。仓颉、赤将、岐伯、宁封、伶伦、素女、货狄的字符辅导班、建筑班、医药班、陶艺班、丝竹琴瑟班和舟楫班也利用冬季农闲时节，热热闹闹地举办。最红火的还是喫诟、曹胡、于则、伯余的厨艺班和裁剪班了！草棚内外，经常是叽叽喳喳，就像是麻雀群聚而叫、喜鹊窝被捅了一棍子。经过了一个冬天，货狄的舟楫班从山里运回原木来，经烧烤、挖掘、刮造，已经造出十多只独木舟。

就在轩辕、嫘女一行即将出巡西蜀（鼠龙）部落联盟全境的时候，沮诵从天水派来使者，强调春荒临近，各部落又有闹粮荒的了，人心也随之慌慌。嫘女知道后，立即从西陵氏部落拿出一批粮食，由常先、大鸿组织人力运往天水援助。

轩辕对嫘女的慷慨援助表示感谢。嫘女："我们既已结盟，一家人就不说两家话，有难同当，有福共享也！"轩辕开玩笑地再次躬身相谢。嫘女："瞧你这样子！再谢就假矣——"说着，撒娇地偎依在轩辕宽厚的怀里。轩辕的大手轻抚着嫘女的腹部，她的腹部已经明显地凸起了许多。

　　总算到了出巡的时候，一二十条舟船在雍江边上一字排开，还有一些竹排准备下水。轩辕、嫘女、天老、仓颉、岐伯、赤将、宁封、素女、货狄、喫诟、曹胡、滑稽等在应龙带领的十干、十二支卫队五色旗帜的簇拥下来到江边。常伯、金伯、羲诚、岐娘、大挠、桃娘、伶伦、于则、伯余及曼姑、巧姑、霞姑等直送到江边。

　　后人有诗云："春来江水绿如蓝"，这雍江的碧水就正是这么一番景致。江面虽没有西陵湖开阔，江水却拥拥挤挤缓慢地向前推移，碧绿的江水，好像一面仙镜，把两岸的轻绿浅黛，山桃花、迎春花红黄相间的花韵，都揽入自己的胸怀。"春江水暖鸭先知"，这不，江边一群长颈鹅、短颈鸭，正在红掌拨青波，悠然自得地戏游着……

　　辰时已到，太阳从东面夹着雍江水面的群山间露出脸来，金光立即就覆盖了群山和江面，刚才还有一些幽暗的山水，一下子变得灿烂起来，远远近近的群鸟也放开了它们的歌喉，把一夜郁结的心里话，纷纷唱了出来。

　　轩辕年轻有力的大手，紧握在常伯青筋鼓突的双手上："你们务必多加保重啊！"

　　轩辕和嫘女的舟船和竹排顺着雍江向西南漂去，进入涪江后，又折向东南，白天江上行，晚上江边宿，一日日，一夜夜，桃花、杏花、梨花、橘花、梧桐花、槐花次第盛开又凋零，新一年的果实，已经在蜜蜂酿蜜的过程中孕育成功，正由小向大一日日膨胀。

　　由货狄和他的徒弟们"刳木为舟"的这些独木舟船，一只上面能乘坐二到三人，加上前面的掌舵人，后面的划桨者，总共四五个人。这种舟的最大好处是，人在舟上脚下不用再沾水了。缺点是，稳定性差一些，乘坐的人必须坐正身子，不能东倒西歪，撑杆掌舵的人也得谨慎小心，拿稳了劲。一遇水浪冲击，危险性就大，昨天仓颉和岐伯的那个独木舟就翻了一次，害得仓颉把个"呛"字又造了一遍，多亏岐伯水性好，他才转危为安。

226

轩辕想，再不能这样下去了，得尽快想一个有效的办法。于是，他把在岸边搭窝棚休息的仓颉、赤将等叫来商量。过去一直靠结绳和卦象记事、现在又发明了象形字符的仓颉想到一个好办法：

"能不能把独木舟三个一组，用木杠、绳子捆结扎实，形成一个稳定的大面，就像一个大木筏？"

大家都说好。轩辕就让仓颉、赤将、货狄带领大家捆扎，自己和嫘女一起向岸边的竹林深处走去。应龙自觉地随后护卫。

去不多远，看见远处一个土丘，不算很高，但却挺陡。前面竹林中传来男女追逐的嬉笑声。竹林晃动，一个健肤修长的女人身着丝衣，下围长裙，甩开长发，以野猫的速度在前面迅跑，一个赤裸着上身的男人在后面追赶。女人跑得太快，看和男人拉开了距离，就转过身子，把长裙撩起扇动，修长的古铜色的美腿和暗影中的下身，就一下一下地暴露无遗，嘴里还发出尖细的"噢! 噢——"的挑逗声。等男子靠近了些，她又转过身，抛开长腿向土丘上跑去。跑到半坡上，看男人气喘吁吁地站下了，她又撩起长裙挑逗，男子再次鼓起勇气冲上去……女子在前面跑，越来越慢，不时回头看着男子尖叫；男子在后面追，一步步靠近。他扑了上去，企图一下子把女的扑倒在地。女子打了个趔趄，没被扑倒，就扭头又跑，站在更高处向男子"噢——噢——"地撩裙子。男子再次猛扑上去，女子来不及转身，就被男子扑倒在地。两个人在这荒山坡上野合，发出一阵阵令人心旌摇曳的尖叫……

第十四章

一

无意间看到别人野合的场景，轩辕拍了一下嫘女的肩膀。两人对视一下，会心地一笑，折返回江边。应龙也返了回来。

江岸上一派繁忙景象：赤将、货狄正在仓颉的示范下，带领十干、十二支卫队的成员，将砍来的竹竿横在三个一组的独木舟上，又用藤条野蔓拧成的绳子在一个个连接点上，捆成结实的十字结。这边忙得不可开交的时候，那边、喫诟、素女等在石块支起的陶罐下，已经用火种生起了炊烟，滑稽等抓来活鱼，烤熟了正在准备用餐呢！轩辕扶着肚子已经明显隆起的嫘女回窝棚休息，自己则拐回到捆扎独木舟的现场来，用藤条拧起了绳子。

正午的阳光烘烤得人额头有些发烫的时候，四只"排舟"已经捆扎完毕。轩辕一一巡看，对那些十字结试了又试，最后才满意地点头。

四只排舟、四只竹排，还有许多只独木舟前后护卫的舟排队，顺着平缓弯曲的江面漂流。轩辕、嫘女、天老、仓颉、岐伯在一个排舟上，宁封、素女、曹胡、滑稽在另一个排舟上，赤将、货狄、喫诟的排舟随后……十干卫队在前、十二支卫队在后，轩辕和嫘女的舟排队也可谓浩荡。

江风习习，艳阳当空，江边的竹林中、榕树下不时传来鸟鸣兽叫。江中的鱼儿，不时露一下头，吐出一串儿水泡。有不安分的，就"哗啦"一声跃出水面，在空中画一个优美的抛物线，又"哗啦"一下落入水中，引起大家一阵喧哗。

舟排队继续向东南漂流，一路无事。有一天，绕过涪川最后一个大湾，向东然后向北、再向南而去与嘉陵江汇合，江面一下子变得开阔了。这条嘉陵江，发源于陕西宝鸡西南的秦岭南麓，向西南收纳了白龙江、白水江等众多支流，向南又收涪江等支流后，在重庆汇入浩浩荡荡的长江。

　　涪江自西和嘉陵江相汇不久，自东北华蓥山方向过来的渠江，也汇入了嘉陵江。三江合而为一，向南直去，江边的竹林更加茂密。舟排队正在行进，江西岸人声鼎沸起来。天色渐晚，轩辕让靠岸休息。原来这里和西陵部落一样，也是在凿井取盐。这是以凿井取盐为谋生手段的巴山氏的一个小部落，竹棚、茅屋掩映于竹林、古榕之间，大个儿的仙人掌，被用作部落的"围墙"。盐氏首领，一个瘦削的老头儿，很殷勤地接待了轩辕、嫘女一行，因为他们部落的人穿的丝帛，最初还是从西陵部落以盐换回来的。以后，巴山氏组织各部落去西陵学习养蚕织帛技术，他们这一带才有了养蚕织帛业。盐氏首领的姑娘盐女，就是这方面的能手。听说自己的老师嫘女酋长来了，她兴奋得拍手直跳。

　　轩辕、嫘女一行人被请进竹木结构的大屋，部落内外一片犬吠鸡鸣声。人们进进出出，各忙各的事。一圈坐垫中央，陶盘里摆着橘子、芭蕉等水果。盐氏首领陪轩辕、嫘女、仓颉、岐伯等坐下，盐女就忙着给大家手里塞水果。又有侍女给每个人面前盛了一陶杯热气腾腾的淡盐水——这是最好的解困饮料！

　　由于盐氏首领和盐女的盛情挽留，轩辕和嫘女决定在盐氏部落多停几天，大家也好休整休整。就派永远不知疲惫的乐天派滑稽，带一只独木舟，先往巴山氏部落通报。

　　由盐井到巴山氏部落所在的巴地（今重庆一带），也就是一天的水路。轩辕、嫘女一行早晨从盐井出发，傍晚，满天挂满晚霞，夕阳即将落山的时候到达。巴山氏部落酋长巴婆亲自带领全部落族众赶到嘉陵江边迎接，可谓恭敬而又热情。现今重庆人所固有的热情好客的特点，在远古时代他们先人的时候就已经是这样了。这一种特点被遗传基因包裹起来，一代代传承和发扬，就成了如今重庆人麻辣火锅式的热情。

　　轩辕、嫘女的舟排队刚在江面上出现的时候，在滑稽先生陪同下的巴山氏部落酋长巴婆，这位大眼阔腮、满眼洋溢着质朴和热情的老祖母，就已经早早地在江岸上等候了。她的身后是一面在晚风中徐徐拂动的西蜀

（鼠龙）部落联盟的鼠图腾旗和一个披着夕阳的图腾牌——兽皮上画着巴山氏的"巴"字图腾，皮面被用藤条四面拉展固定在一个竹框架内。部落的长老们站在她身旁，也多是些老太太们。等得疲惫了坐在岸边草坡上的族众，看到轩辕、嫘女舟排队旗帜鲜明、排布有方的阵势，都从草坡上站了起来，发出一阵欢呼的尖叫。

随着轩辕、嫘女舟排队的靠近，走在最前面的十干卫队的独木舟闪向两边，中间露出轩辕、嫘女等乘坐的排舟。轩辕、嫘女、天老、仓颉、岐伯等举起右手招呼，巴山氏酋长和她的长老们，也举起右手摇摆。岸上响起了各种陶器、石器，特别是木梆子有节奏的敲击声。一群少女头插五色鲜花，腰围花裙，手持花环，扭动着腰肢舞蹈，小孩子小伙子们有节奏地拍手应和，岸上一片欢腾。

排舟靠岸，早有人持长竹篙指挥着，拨着，拉着。靠岸后，又用藤索把排舟捆在岸边的木桩上。

轩辕扶着嫘女上岸，后面的排舟正在靠岸。轩辕双手抱拳，嫘女和巴婆举手，相对施礼后，巴婆捧着果酒，用一枝兰叶蘸了，轻抛向客人。烂脏滑稽则向轩辕做了个鬼脸，意思是：看！我圆满地完成了任务！天老、仓颉、岐伯、宁封、素女、赤将、货狄、喫诟、曹胡等先后上岸后，洒完果酒，巴婆喝止住大家的欢呼声，热情洋溢地说：

"热烈欢迎轩辕大酋长、嫘女酋长来巴山氏部落，我等已恭候多时矣！"

轩辕双手抱拳，点头示礼后，诚恳地说："非常感谢巴山氏酋长和各位长老、族众盛情！"

轩辕把天老、仓颉、岐伯等随从一一介绍给巴婆和各位长老。巴婆和他们已经是熟人了，一一见过礼后，她大声对族众说：

"两位大酋长手下皆能人、奇才也，大家要认真向他们学，拜为上师，为部落兴旺、联盟巩固努力！"

"好——"，江岸上，山寨内外，欢声连成一片。巴婆手持拂尘前引：

"请进寨长叙。"

轩辕等在人群的簇拥下，走上岸坡，向不远处的巴山氏部落大寨走去。

夕阳给攒动的人头勾上了一道道金边儿，天上红色鱼鳞般的晚霞，燃烧得正热烈！

这是一个两江相夹的高地。高地上星罗棋布地分布着巴山氏八九个大小不等的聚落，远远近近，炊烟袅袅，在夕阳的余晖映照下，一片和平安宁的景象。巴山氏部落酋长巴婆陪同轩辕、嫘女等来到七星岩巴山氏部落大寨。中心广场上支起了一片三脚支架。这种三根木棍支起的架子中央，各吊着一个大陶盆，生着"噼噼啪啪"的篝火，陶盆内白色的热气蒸腾，红汤翻滚，老远就闻到一股冲鼻的麻辣香味儿。

巴婆把轩辕、嫘女、天老让在上首的篝火边，仓颉、岐伯也围坐过来，巴婆请轩辕等进餐，自己就先抓起一个穿了小鱼的竹签，放进翻滚着红汤的陶盆内："烫一会儿，就可吃了！"

大家分别抓起一个穿鱼的竹签，放进去，过一会儿，又翻一翻，拿出来，一边吹着，一边大口地撕吃，小心地吐着鱼刺，连声称赞："好吃，好吃！"

喫诟和货狄、曹胡、滑稽坐在一起，宁封与素女、应龙坐在另一组人中。喫诟是华夏"第一厨师"和"美食家"，他本身就是一个烧烤专家，怎样在火塘上翻烤食品是他的专长，但是像这样，把鱼放进麻辣香汤里烫着吃，他还是第一次见到。他立即向陪坐在旁边的巴山氏长老询问，要探个究竟。

巴山氏长老瘪着没牙的老婆嘴："把花椒、山椒煎出味了，再烫吃鱼，此味就渗入鱼肉。记住，汤要滚，才入味；趁热吃，才过瘾哟！"

这位巴山氏长老一边解释，一边示范，跟着学的人被烫得直吸溜。

二

这七星岩，是这个两江相夹的狭长山地的高地之一。向西，它与枇杷山相望，东北有象鼻嘴，东南有校场口，隔着一个太阳沟，东面是如今的沧白路。再往东去，嘉陵江与长江交汇的地方，两江相合，一浑一清，一阴

231

一阳，陆地到这里就到了尽头，形成一个鱼嘴样突出的夹角。这里现在是朝天门，远古的时候，则是巴山氏部落举行朝天大典的地方。

轩辕、嫘女一行在巴山氏部落住下后，天老和轩辕、巴山氏酋长巴婆经常相携，在七星岩观象台夜观天象，研究讨论天下之大道；仓颉、岐伯、喫诟、胡曹的学习班就办在部落中心广场。四眼仓颉经常四处走走，观天观地看禽看兽随其便，冰美人素女帮着宁封办制陶班，没事了就去枇杷山、歌乐山游逛，弹琴鼓瑟。应龙在校场口给巴山氏部落的男子们教习武艺，只有嫘女走得最远，寻寻觅觅，经过九龙坡，直寻到马桑溪，才找到了桑树苗，就组织人们挖回小苗，引种在七星岩周围。她的养蚕织帛班，依旧是红红火火、热热闹闹，巴山氏远近大小的部落、聚落，都派来了学员。盐女也带了三人从盐井赶来，加入了嫘女的培训班——她是一个学无止境、热情好学的女子。

采女是巴婆的孙女，她已经十五岁了。她聪明伶俐，除了继承了巴婆那一双热情的大眼睛，她圆润的脸蛋像水蜜桃似的，鼻梁直而鼻翼巧，一张笑口红唇莹润，雪牙浅藏，几乎集中了巴山氏美女的所有优点。自从见到嫘女以后，她就形影不离，成了嫘女的尾巴。

嫘女身体已经很不方便，腹部明显地凸起，但她还是坚持给大家亲自示范。她走到哪儿，采女就跟到哪儿。她困了，挺着大肚子，用手撑腰站着，采女就用一双小拳轻捶她的腰背。有时候嫘女累得实在站不起，她就坐着讲，由盐女现场示范。人常说，三个女人一台戏，这几十个美女集中在一起，又是怎样个热闹法呢？整天叽叽喳喳，就像扁担捅了喜鹊窝。重庆这个地方多雾、雾浓的时候，这一大院美女丝带飘忽、穿梭往来，简直就像是天宫的仙女下凡。

应龙的校场，却充满了英雄虎气。巴山氏的精壮男子几乎都集中到了这里，演练投石块。这位西陵氏部落身高八尺的壮汉，全身堆肉，站在那里好像一面墙。他最喜欢把由他猎取的一只老鹰的大翅膀绑在背后显耀，和人练起扑斗术来，就像老鹰扑鸡娃一样。他先提出和大家比比投石块，看谁投得远？就自己抱起一块黑色大卵石，单臂托起，先把重心引向后侧，双腿半蹲。在他不慌不忙的预备动作过程中，周围是一片有节奏的为他加油的嘶喊。随着一声"呀——"的吼叫，双腿弹直，一头蓬发抖起，巨石在空中高高地划出一道弧线，"扑通"一声落在几十步以外，周围一片叫好声。他这一招对巴山氏大多数瘦矮的男子来说，的确没有人能比得过。几个小伙子试投过，都没应龙投得远，除了劲力不足外，主要毛病都是预备动作蹲弹不足。应龙一一纠正他们的动作，再投起石头来，就较以前远出了好几尺。一场训练下来，大家满头大汗，簇拥着应龙，几乎把他举了起来。这一帮虎气冲冲的男子中，有许多人多年以后，跟随应龙在决定华夏前途命运的大决战——涿鹿之战中大显身手，充分发挥了巴人善于水战的特长。

仓颉的学习班，主要是培训各部落的酋长和巫师、祭司，统一大家的刻画符号和读音。这一间竹木圆屋里，除了屋顶一缕阳光斜照到仓颉身上，整个屋内几乎都笼罩在一片昏暗之中，充满了神秘和严肃的气氛。这里经常讨论一些重要的学术问题，有时候为了一个问题，大家经常争得面红耳赤，就说一个"日"字，有人画为圆圈放光，有人在圆圈中很复杂地画上一只三脚乌鸦，还有人认为那是火和热的来源，干脆画了几把火。仓颉肯定了圆圈的画法，只在圆圈中点了一点，他解释说："我们盯着太阳看时，眼睛会被强光刺得发黑，就看到太阳里有一个变幻莫测的黑点。"就让大家都出去，盯着太阳看，看后再统一意见。大家手搭凉棚盯着太阳看了，都心服口服。却不想，五千年后，就为了"日"字中的这个黑点，居然有人"在现代科学的起点上"，硬说"日"字中的那一点，是古人观测到了太阳表面的黑子！

大家各忙各的事，不知不觉，星移斗转，七月流火开始考验大家的意志了。天气一天比一天热起来，有时候把人热得静静地躲在屋内，还要浑身冒汗，空气中的氧好像也被蒸发了，人们呼吸短促，用芭蕉叶扇动，扇出来的还是热气，越扇越热！连蝉也被热得一天到晚长啸不已，更增加了人的烦恼。最近几天，已经报告，部落里有两个人——一位老太太和一个小男孩被热死了……这，急需要商量对策。

巴山氏部落酋长巴婆愁眉不展地把轩辕、天老、仓颉、岐伯等叫到一起，她更担心的是这些从北方来的贵客的健康安全。谁料，不等她老人家开口，姬轩辕就先问起了部落里的情况。心胸博大、情系于民的他得到情况后，痛心地把一个铁拳擂在坐垫，震得陶杯一个猛弹，水洒了一地：

"一定要厚葬长幼，告诉天神，人间酷热啊——"

这是一种水葬的形式。地点选在两江交汇处朝天门的祭坛。两只竹排，被各色鲜花精心装扮了，那一位老太太和小男孩分别躺在铺满花瓣的竹排上。他们的面上、小孩的身上，分别被赭石和炭黑、灰蓝涂画成各种奇怪神秘的图案。祭坛高耸在泾渭分明的两江之间，一江清碧深黛，一江浑浊泛黄。清碧的嘉陵江与长江汇合后，留下一个清碧深暗微微摆动的尾巴，就没入长江雄浑的体魄，不见了自己的身影。

祭天仪式和葬礼定在太阳露头的辰时。这时候，从江面上吹来的晨风，略带一些泥腥和凉意，给整天闷在"火炉"中的人们增添了一丝清爽，人们肃穆的脸上也多了一些精神和期待。

祭坛设在朝天门的最高处。祭坛周围插了一圈包括华夏部落联盟、西蜀部落联盟在内各色各样的图腾旗帜。从祭坛到两江交汇的"鱼嘴"处，两列旗帜也在晨风中微动。祭坛周围、一直延伸到"鱼嘴"的半圆形的斜坡上，站满了手执火把的人群。

而在七星岩的巴山氏大寨里，嫘女正满头大汗地扭曲呻吟、挣扎。接生的巫婆鼓励她："用劲，再用劲！"盐女和采女紧张地站在旁边，不知所措。

身为部落酋长同时又是巴山氏部落最大巫师的巴婆，她通晓天文地理，能与天神对话、代天神发言，还有一些奇妙的验方能给人治病，起死回生。而她最笃信、最无用的就是挥木剑斩鬼、化符吞食。这时候，长江以东的远山近景还笼在一片昏暗之中，天边发白发亮，给远山勾出一个十分清晰的轮廓线。祭坛周围的火把，把巴婆画了蓝色脸谱的老婆脸映得千奇百怪。轩辕、天老等作为陪祭站在人群最前面。巴婆开始挥舞她手中的木剑，做出各种怪模怪样舞蹈式的刺杀擒拿动作。她还会变脸谱，头一甩一个样儿，一会儿红如关公，一会儿白如曹操，一会儿又青如敬德。她把用朱砂画在丝帛上的阴符在火把上烧化，在空中翻了几翻，把烧化的灰放入果酒中，自己吞饮了。在巴婆这么折腾的过程中，嫘女终于生了，一声清脆激越的声音从圆屋顶传出来。

巴婆面对东天，拉弓射出一支火箭。这时候，东天上铺满了层次丰富的瓦瓦云和浅淡的朝霞。就像陶炉里烧红的陶盘一样红亮的太阳刚刚露出头，祭坛、人群和图腾旗帜，都给染上了一层火红。应龙急匆匆地跑来，兴奋地小声向轩辕报告："嫘女酋长生了，乃一胖小子！"在这样的时刻，轩辕只能抑制住内心的兴奋，保持着一脸庄重。

巴婆给竹排"花床"上的老人和小孩身上分别撒了些花瓣，口中念念有词。随后，把拂尘一甩，人们在火把的导引下，抬起两个"花床"，从祭坛上缓缓走下，巴婆、轩辕、天老、仓颉、岐伯等紧随其后。来到两江交汇处陆地的尽头，两个"花床"先后被放入江水中。它们在水中打了一个又一个回旋，好像眷恋这人间的生活，不忍心离开人们似的。随后，就坚决地随着长江的急流漩涡远去了。巴婆把引领人群的火把投入水中，人们纷纷赶到江边，把手中的火把投入江中。

三

朝天门祭坛的仪式一结束，姬轩辕就匆匆赶回七星岩大寨子。天老、仓颉、岐伯等紧随。巴婆也非常兴奋。喫诉想，这下又要有一番庆贺，甚至举行隆重的庆典，又可以海吃浪喝一番了！每到这个时候，自己的责任就非常重大，好在他又带出了一帮子徒弟。他心里乐滋滋的，脸上却一副庄严的样子。这位美食家兼庖厨的始祖，以他贪吃的本性加上一个聪慧的脑子、一双灵巧的手，以后就被轩辕黄帝重用为身边重臣。烂脏滑稽则手舞足蹈、乐不可支的样子，他的喜怒哀乐从来都是形之于色，并且以夸张的形态用肢体表现出来。应龙兴奋得脸色涨红，绑在背后的一对鹰翅膀也随着急行步而上下扇动……冷面人宁封的表情依然平静又淡然，他虽然内心也为轩辕和嫘女高兴，表面上却总是宁静内守的样子。对他来说，再大的事情总是包容于心而不言表于形。正因为他这种"宁静以致远"的个性，才使他做起事来能够神情专注，甚至废寝忘食。就以陶器上打孔为例，他钻一个眼儿，不管白天黑夜，非得把它给钻透了为止。他之所以能在华夏部落联盟所有部落酋长中第一个被轩辕封为陶正，统管部落联盟的陶器制作，就得益于他那些如今已经在各个部落之间广为流传的造型优美典雅、彩绘精美绝伦的彩陶。可以说，轩辕的这些随从，人人都是文明的火种。他们走到哪儿，就把文明带到哪里，就把先进的文化理念和生产、生活方式带到哪里。

宁封的思想和贡献绝不仅仅是制陶。他的思想深邃而悠远，一直可以接通于"升天"的大道。这样一种头脑风暴式的积极内因，正在等待与之相契合的外在环境的配合，这也为他以后修炼成所谓的"龙蹻之术"奠定了基础。轩辕对宁封一向敬重，这次来西蜀部落联盟和亲的大举动，只有宁封一人被允许带了自己的亲人在身边，这就是素静幽怨、洁白如玉的"冰美人"素女，所以以后她留在青城山观日亭下修炼的那个山洞，也就被后人称作"玉女洞"。

轩辕急匆匆地踏上屋前用竹节捆扎的梯子，扶帘走进嫘女生孩子的圆屋。此时，嫘女已经疲软无力地高靠在地铺上，旁边放着被包裹起来刚出生的小孩。接生的巫婆和盐女、采女在忙碌着收拾零乱的屋内。巫婆恭贺轩辕："是一胖小子，男娃子！"就悄声走了出去。盐女、采女也分别看了嫘女和轩辕一眼，跟着巫婆出去了。这时候，一缕晨光，从屋顶的圆口儿斜射进来。四围的竹骨在圆口中央的上方被扎在一起，把明亮的圆形天空分割成"米"字形状。

轩辕轻轻抓起嫘女搭在襁褓旁那只绵软的右手，轻轻吻了吻，内心的兴奋溢于言表："谢谢你，我们有子了！"他又抱起襁褓中的婴儿仔细观看——那还黏着母亲羊水和血液的小脸红得鲜亮，细细的胎毛微微发白。一双大眼眯成长长的细线，小小鼻翼开合翕动。经过一番新生命的宣言似的哭叫之后，这会儿，他正睡得香呢！

轩辕在他又小又圆、胖鼓鼓的红脸上轻轻地吻了一下，又轻轻放回原处，这和轩辕平时大刀阔斧式的风格，形成了极为鲜明的对照。嫘女的右手又搭在襁褓旁，很自然地把儿子护在自己的怀抱中。

轩辕靠着嫘女坐下来，用丝帛擦她额头沁出的细汗。又从火膛旁温着的陶壶里倒出热水来，让嫘女喝：

"辛苦了！"

嫘女欣慰地轻轻一笑："应该的嘛！"

本来轩辕就觉得，在巴山氏部落叨扰的时间已经太长了，准备告别巴山氏部落酋长巴婆，前往蜀山氏部落看一看。听说那里有几位超人，其中一位隐居在峨眉氏之峨眉山，一位幽藏于青城氏的青城山，都是些心性高学问深的世外高人——这二位高人，一位以三皇之皇称谓，一位用幽灵一样玄而又玄的鬼机定姓……却因为嫘女酋长生孩子的事给耽搁下来了。这一调养，一享天伦之乐，时光就飞快地给溜过去了。不知不觉，天气一日日变凉了，每天早晨又开始笼在浓浓的晨雾之中了。这里的冬天倒是好过，不像轩辕之丘桥山和陇东高原那样严寒，一个冬天也没见飘过雪。

五千年前，轩辕在重庆这个地方的这个暖冬并没有白过，他在和巴婆一起巡视巴山氏各部落的过程中，发现了一位善于驯马的高级专业技术人员马师皇。轩辕拜马师皇为师，虚心地向他学习驭马之术，以后，等到轩辕返回祖地桥山立为"黄王"的时候，还让他出任了华夏部落联盟的首位畜牧部部长牧正。仓颉在为马师皇记功造字的时候，也把他抬高到了"皇"的程度，甚至有后人传说，黄帝"乘龙升天"，也是效法这位马师皇的。民间传说是他最先为龙治好了口疮、第一个乘龙"白日升天"，还演出了一幕"一人得道，鸡犬升天"的闹剧。

其实，事先嫘女和盐女、采女等到处寻桑种的时候，就曾经在如今归九龙坡区管辖的马王坡见到过马师皇。正当她们奔波了多半天，一无所获时，碰到了骑着裸马的马师皇。他双手抓着马鬃，一种神采飞扬的样子，背后跟来一群马。嫘女把这情况告诉了轩辕，轩辕当时没当回事儿，直到这次和巴婆巡视到这里，才真正领略了马师皇骑马飞奔的风采。你看他，骑在一匹枣红骏马身上。这种马个头并不高大，比起马龙部落的那些野马，可以说是小巫见大巫了。可是它鬃毛很长，四蹄腾空后，也是风驰电掣一般。但见马师皇双手紧抓飞扬的马鬃，猫腰爬在马背上，双脚紧扣在马腹下，左右一阵狂奔之后，回到轩辕和巴婆站立的地方，"吁——"的一声，马收住了脚步，他也直起了腰，得意扬扬地看着轩辕和巴婆等人。

马师皇有四十多岁的样子，一头披散的马鬃一样飞扬的长发，满脸的胡须，一双眼睛透着神光。他"腾"地从马背上跳下地面，一拍马屁股，枣红马就加入到马群里吃草去了。

四

看着马师皇骑马飞奔的时候，姬轩辕的脑海里闪过很多画面。既然骑着马跑得既快又省力气，为什么不把这一种方式推广开来呢？而巴婆却是一副熟视无睹的样子。

轩辕双手一拜，问马师皇："野马难驯，你咋就驯得这么听话？请问您，驯马多久了？"

巴婆向马师皇介绍："此北方华夏部落联盟之轩辕大酋长也。"

马师皇事先没有想到，眼前这位气宇轩昂、高出自己一头的年轻人就是华夏部落联盟的大酋长！轩辕的名字他也曾听人说起，要说见面，这可是第一次。他见轩辕这么谦恭地向自己提问，一种"把咱老百姓当人看了"的感慨油然而生。我马师皇从小喜欢马，经常和野马混在一起，逐水草而"迁徙"，过着一种离群独居的孤独生活，别人对我熟视无睹，我也视别人如同草芥，自作一种"天马行空，独往独来"的慨叹，不想这位北方的酋长对我却如此敬重……马师皇的内心里一瞬间闪过许多话，可到嘴边的、脱口而出的也就是一句不紧不慢简单的回答：

"我多大，驯马就多久。"

轩辕饶有兴致地听着。在他的点头鼓励下，马师皇终于打开了他的话匣子：

"其实，马乃灵性之兽也。通人性，你待它好，它就不伤你。我整天与马相处，观其起居，察其习性，了然于心……十余年即马一生，我已陪马三四辈了！扒开马口看新牙，又察其衰老，成对脱落。故只要扒开马口，即知其几岁；只要观其毛色精神，就知其健康状况……朝夕相处久矣，你就能听懂马语了。你唯马首是瞻，顺其心意，它就听你话了。"

轩辕连声称赞："好，好，说得好！"

巴婆也听得对这位壮年人刮目相看。这位离群独居的人，平时并没有

238

引起她老人家的注意。

轩辕对巴婆说："此奇人也，当请其回寨才是。"

巴婆心有惭愧，转身对马师皇说："汝回部落否？"

已经野居惯了的马师皇想都没想就反问："岂可离（马）群索居？"

轩辕恭敬地问马师皇："先生驯马经可传否，譬如我？"

马师皇受宠若惊："当然，当然！"

"好，一言为定。明天见！"

看轩辕和巴婆等就要离去，马师皇两声不同音色的口哨，从马群里就跑过来两匹一白一花的马来。马师皇对轩辕和巴婆说：

"此白龙、花豹，一善跑，一善走；一个性烈，一个温驯……送于二位，见面礼是也。"

轩辕的内心早就跃跃欲试地想骑马了，也就不客气地答应，走过去拍白龙马的脖子。不料它却把头猛地一摆，竖起耳朵瞪圆了眼，连喷几下响鼻，一副敌视的样子。马师皇用手摸了摸马头，拍了拍它的脖子，白龙马才安静下来。就在马师皇安抚白龙马的时候，不提防，轩辕一把抓住马鬃，也学着马师皇的样儿，在手上绕了一圈扣死，一翻身就跃上了马背。白龙马一惊，前蹄腾空而起，一声撕心裂肺的"咴咴"长鸣。轩辕赶紧俯身趴在马背上，双脚已经把马腹扣死。它的目的，是想把这位不速之客摔下背去，不料他却紧贴在背上，拿他没办法。白龙马一阵狂奔，又一个急刹车，想利用惯性把轩辕掼出去。因为跑得太快，这一个急刹车，四蹄把草地铲出四道深壕，轩辕差点儿没被摔出去！轩辕扣紧双脚，抱紧了马脖子，才终于保持骑姿，没被摔下马背。白龙马又是前腾又是后踢，都拿黏在背上的轩辕没办法，就来了个"撒手锏"动作——就地滚翻。轩辕一看势头不好，立即反方向跳下马背，落地生根地站在地面。等白龙马打完滚儿，前腿起立、后腿站直的时候，轩辕又一个箭步冲上去，双手扣死马鬃，飞身跃上。白龙马使尽了浑身解数，无奈地奔跑了一阵，终于缓下步子来，表示服输。

自从轩辕跨上白龙马背，巴婆和马师皇都为他捏了一把汗。直到白龙马服输了，他们才缓了一口气。

轩辕骑在白龙马上，马师皇又扶巴婆跨上花豹。这匹马果然温驯听话，从不迈开大步，永远是一种不紧不慢、慢条斯理的样子。他们原来骑的牛分别交给随从拉了，就返回了七星岩的大寨子。

平时骑在宽厚的牛背上不显得什么，而骑在脊骨凸起的马背上，马脊骨就硌得人尾骨生疼。白龙马跑得快，轩辕没怎么着，已经跑回了七星岩的大寨，就这样，还是硌得尾骨难受。马脊骨也被人硌得难受，一动此处，它就疼得皮毛抽动。巴婆慢悠悠地回到七星岩大寨后，尾骨疼了好几天，发誓今辈子再也不骑马了，花豹马从此成了一种摆设，虽然以后根据嫘女的建议，也给它备上了鞍垫。

轩辕回来后向嫘女大肆宣扬了骑马的好处，但是人被硌伤却也是个事实。嫘女心疼轩辕，也心疼马，就找来一块兽皮铺上马背。白龙马来一个前蹄腾空，兽皮就掉在了地上。嫘女就给兽皮左右各钉了一条丝带，绑在马腹，这"鞍垫"就掉不下来了。说来也怪，这白龙马好像也爱美女似的，在嫘女张罗着前后折腾为它披挂鞍垫的过程中，白龙马一直是取了一种温驯配合的态度。这样好的配合态度，也不过是一开始的时候，嫘女用她的纤手，在白龙马的颜面和背脊旁轻轻抚摸和按摩了几下。马真是通人性的生灵！

自从生了孩子以后，嫘女一个最大的烦恼就是不下奶，孩子饿得黑瘦，整夜"嗯呀嗯呀"、脚蹬手抓地哭号，搅得轩辕无法入睡，实在心烦了，他倒自谑地给孩子取了个名："黑者玄也，北方之色。号者嚣也，发号司令者也。就叫他作'玄嚣'吧！"最后还是巴婆从部落里找到两位哺乳期的大奶子女人，一边喂自己的孩子，一边给小玄嚣喂奶，才算解了这哺育孩子的燃眉之急。再说这嫘女，自从生育玄嚣后，人瘦了一圈儿，变得更加白皙如玉，加上天然的母性慈爱的显山露水，一双丹凤眼就更多了一些少妇的温柔与缠绵。虽然她的"鞍垫"这一发明未见记于史书，但它却实实在在地对轩辕统帅华夏部落联盟以后那支灵活机动、出奇制胜的师旅奠定了基础，轩辕的军队终因长于骑射和车战而称雄天下。

第二天，轩辕带了天老、仓颉、岐伯，应龙带了十干、十二支及演武班的优秀学员随后，一路逶迤地来到如今的九宫庙附近，找到了正混在马群之中的马师皇。十干、十二支和应龙的学员们临时搭起九个窝棚，轩辕和天老、马师皇就住在居中的一间。马师皇开始给大家讲解示范驯马、驭马知识。嫘女发明的鞍垫在这里一下子得到了推广使用。以后，仓颉在造"鞍"字时，还是暗含了嫘女的功劳在内："革者兽皮也，把它护上马背的第一人，是大屋内的一位女人。"

这几十号人马就住在九宫庙这地方，每天骑马驰骋于李子林、桃花溪和九龙坡之间，甚至有人骑马涉水来到长江南岸的马王坪。轩辕骑着白龙马在九龙坡这个半圆形的半岛上巡视了一圈，就让应龙带人在这里又搭了五个窝棚，与天老、马师皇住了下来。以后人们就叫这一带为黄桷坪或五龙庙。

这一段时间，马师皇那张长如马头的长脸上总是挂着兴奋的表情，一双眼睛更是透着神光，昼夜都处于亢奋之中。而天老帝师，则从这支人马身上，看到了"龙行天下"的希望。

夜观天象，是天老多少年以来形成的习惯，就是白天再累，早睡早起的他，一觉醒来，总要猫着腰走出窝棚去面对星汉灿烂。轩辕和马师皇也不约而同地跟了出来。

但见北斗七星，斗柄指向北方；轩辕十七星，明亮夺目；而东南方向，翼星、张星正从浊雾中走出，发出越来越刺眼的强光……

"夫道之原，来自穹苍；道之形，昏昏冥冥。道生一，一统万物。阴阳在其中，万象始化生……"

天老仰望星空，能够看清他鹰喙一样的鼻梁的剪影。他自言自语，口中念念有词。

五

轩辕不由得赶上一步，双手鞠躬施礼：

"请问天老师，何谓天道？何以成就大事，让天下万氏，不分大小，不论强弱，皆平等相处，共存共荣；怎样才能恢复华胥氏悠然自得的生活？"

天老回头看了看轩辕和马师皇。面对他们泛着星光的期待的眼神，天老大发了一通宏论：

"亘古之先，皆归于太虚。湿湿梦梦、不见明晦、环布周流，隐以天道。它盈于四海之内，又囊括其外。天道不变，能适规矩。得此规矩，鹰击长空，鱼翔浅底。遵循天道，万事皆成。"

轩辕点头称是："是啊，譬如马师皇，所以能驯马，就在他唯马首是瞻，观其道而用其道。"

天老："聪明之人，究冥冥天道，知人所不知，故人心服……圣王皆如此，所以天下归服。上虚下静，道得其正；无私无欲，为民立命；'无为'之境，天人合一。各有所得，民不纷争；予人名分，万物以定。"

天老停顿了一下，最后总结说："得道之本，握少知多；得事之要，以正纠奇。前知太古，后知精微，抱道执度，天下可一也！"

轩辕深得天老之教诲，所以在他晚年写成的《道原经》中，才用"观之太古，周（究）其所以；索之未来，得之所以"这样的警句来入篇。

轩辕、天老等由驯马而探索道之究竟，不知不觉，冬天已经过去，春天又在百花争艳、百鸟和鸣之中来到人们身边。轩辕却并没有"春风熏得人欲醉"。他的内心，始终燃烧着一种激情：他无休止的追求真理的冲动，催促他又一次踏上征途。

这一天早晨，天刚麻麻亮，马师皇的草屋内还是一片黑暗的时候，一阵激越焦躁的马鸣声把他叫醒。他听出这是白龙马的声音，就急忙起身，裹上不挂面的兽皮衣走了出来。果然是白龙马！它处于一种不安的躁动之中，扬头甩尾，四蹄不断地刨地。

马师皇上来抓住白龙马细看，只见白龙马口吐白沫，就拿出一个大骨结给它衔在口中，借着越来越亮的晨光，看到白龙马舌下扎了一个木刺。他小心地给它拔出木刺，又返身在火塘上，用陶罐熬了些甘草汤给白龙马吞服。白龙马喝了甘草汤后精神大振，现出一种跃跃欲进的样子。马师皇跨上马背，白龙马就一路狂奔向七星岩大寨。马师皇的马群看马师皇骑上白龙马跑了，也一路狂奔跟在后面。长江岸边，晨光熹微，好一幅万马奔腾的壮丽画卷！

轩辕和嫘女商定好，第二天就离开巴山氏部落，一切都准备好了。这一次走陆路，前往峨眉氏部落所属的峨眉山拜访一位名叫皇人的世外高人。原来的排舟、竹排都留给了巴山氏，赤将按照轩辕造车的原理，与货狄等带着他们的徒弟，又造出十多辆云车来，巴山氏部落有一位名叫胲的徒弟，将水牛套进车辕，以牛劲儿代替了人拉车，这样，人就可以悠闲地赶着车，让车走到更远的地方。十天干和十二支卫队都配上了马，变成了“骑兵”，加上巴山氏支援华夏部落联盟准备运到陇东一带的粮食和丝帛麻片组成的运输队，嫘女、仓颉、岐伯、应龙等培训班自愿随行的学员们，一行人马，要走的，送行的，熙熙攘攘挤满了巴山氏部落的中心广场。盐女、采女也在要离开的人群中。白龙马从昨晚起就焦躁不安，不思进食，不知什么时候挣脱缰绳，天亮后就不见踪影了。正当应龙带人四处寻找时，白龙马却驮着马师皇一路狂奔而至。马师皇的马群也随后而来，跑在最前面的是马师皇常骑的那匹枣红马，它的身上也已经披上了由嫘女送的鞍垫。

轩辕喜出望外，拽住白龙马的缰绳，马师皇跳下马背，一看这阵势，心中就猜出几分。他早就有随轩辕而去的心愿，现在白龙马又把他驮到了现场，就坚决表示：“愿随大酋长北行。”轩辕也有同样的想法，只是一直没好意思开口，现在看马师皇已经先说出了口，就说：“好啊，你一路同行，让你的马们，也给捷剟的牛队帮帮忙。”捷剟因为善跑被巴婆委以运输队长。胲也在牛运输队中，一脸喜气洋洋。

巴婆酋长率领她的长老们，一直把轩辕、嫘女一行送到两路口。这一次，她特别骑上了她的花豹马。依依话别后，轩辕、嫘女一行人马经过歌乐山，向壁山方向行进。在今凤凰镇一带露宿一夜，以后昼行夜伏，一路经过来凤、荣昌、隆昌、自贡、成佳、荣县、度佳、马踏，来到若水岸边的乐山时，已经到了盛夏季节。峨眉氏酋长盛情接待，安排好轩辕一行的起居。这一天，嫘女忽然肚子疼痛，在盐女、采女的侍候下，又生下一子。这一次生孩子，较之前次顺利多了。因为这孩子出生在酷热难耐的季节，天上好像悬着两个太阳；这个孩子的出生，进一步深化了嫘轩之情，对部落联盟的发展和繁荣昌盛有重要意义，轩辕就为他取名为“昌意”。

嫘女点头应是。他俩的心总是相通的。轩辕不由得又想起在九寨沟嫘女那玉树临风的形象和他俩"倚天照海花无数，高山流水心两知"的心照不宣。以后，轩辕把他为孩子取名的意思告诉了仓颉，仓颉就专为这孩子造出"昌意"两个象形、表意的字符来。史书上记载，轩辕以后立为黄帝，一生共有四妃十嫔二十五个儿子（多少女儿不详），只有玄嚣和昌意、混沌出自嫘祖（嫘女晚年随黄帝南巡至衡阳时殁于道中，被黄帝封为"嫘祖"，意即养蚕织帛的始祖）。

捷剟和胲前往陇东的运输队早已与轩辕、嫘女一行分手，直接去了陇东。马师皇也被轩辕委以重任，随行前往陇东，以后在沮诵的安排下，前往马龙部落换来更多的马加以训练，让华夏部落联盟所属陇东各部落都配上了马匹。这是后话。

嫘女再次坐了月子，轩辕仔细地侍候嫘女一个月后，直到出了"满月"，才留下应龙率十二支卫队守卫，盐女、采女侍候，喫诟负责饮食，自己带了十干卫队，与仓颉、岐伯、滑稽、宁封、素女等前往峨眉。

这峨眉山在乐山以西、四川盆地西南的边缘地带，素以"高出五岳，秀甲天下"著称。她平地突起，南北绵延，山脉曲折横亘，千岩万壑，瀑布溪流，松涛林海，奇秀清雅。峨眉山是亚洲脊梁、中国人的精神家园——昆仑山的支脉邛崃山的延伸，全山由大峨、二峨、三峨、四峨组成。皇人修炼的地方就位于大峨山的九老洞。清晨起来，遥望峨眉山，四峨竞秀，曲线柔美，薄雾山岚，如笼面纱，犹施粉黛，恰似少女的面容和娥眉。轩辕望而兴叹：

"果然不枉称峨眉！"

来到山前，古榕参天，藤蔓千丝万絮。向深山望去，萝峰岭、虎头山，层层叠翠，前有凤凰堡，后靠凤凰坪，左濒凤凰湖，右临来凤亭。进入虎溪，四周高树笼罩，山环林障，气流回旋，地面上无尘无垢。不远处，萝峰岭淡云轻抹。再往前行，岗高风多，林涛喧鸣，如隐隐春雷；能治百病、远近播名的"神水"、"玉液"，在"圣水阁"下荡漾。经过宝掌峰，来到白云峰中的白云峡，两边石岩壁立，下面流水寒气袭面，顶上古木参天，只留青天一线。石壁上，栈道吱吱作响，上下晃悠，惊心动魄。大家手拉着手，小心翼翼地攀上去。来到洪春坪，周围黄心夜合、红茴香、黑壳楠、润楠

244

等构成典型的亚热带常绿阔叶林，植物群落结构复杂，不能一一而表。轩辕手拈一颗茴香籽儿，忽然感叹道："米藏世界，釜煮乾坤。"（昨晚刚到山下，陶釜不小心给摔破了，素女用残存的半只陶釜煮着晚饭，轩辕、仓颉、岐伯、宁封等还兴致勃勃地议论着乾坤大事）不待仓颉、岐伯说话，让烂脏滑稽抢了个先。他把瘦肚皮向前挺了挺，扮个怪相道："还真面目，挺大肚皮！"引得大家一阵哄笑。一阵水汽扑面，但见山岩环绕，林密森森。这水汽似雨似雾，润衣沁心，甜甜的，绵绵的……

第十五章

一

　　轩辕一行经过"九十九道拐"的陡坡，与当道的猴子逗戏一番，平添了许多"协同自然"的乐趣：这些猴子因为思想简单而乐处山野，群居而有王。它们有贪的一面，喂食时不能只给一部分食物，而必须将手中的食物一次给完，要不然，它就会扑伤你；但它们又"公而忘私"，对王无限尊崇，索要的食物，先要拿去，给蹲坐在很远地方的那只雄视一切的猴王吃，猴王坐享其成，又肥又大；它们又互爱互助，相互仔细地抓虱子吃；慈爱护子，蹲坐爬行，随时都把小猴子抱在怀里；"社会"分工明确，只要担任警戒的猴子"吱"地叫一声，"唰"的一声，猴群在一瞬间，就会攀藤挂树而去……

　　且说这峨眉山，用现代科学的观点讲，属于喀斯特地形，因而溶洞成群、崖穴成网。而这个山北绝岩之下的九龙洞，则是全山的洞穴之首。来到仙皇台，皇人与九老已经在台上等候着。看这皇人，身高九尺，身裹黑色裳衣，近尺长的棕丝像兽毛一样披了一身，而他的头发并不是很长，第一印象，就像是一只处于山野的猴王。再看那九位老人，个个银发白须，一脸顽童似的天真相。轩辕上前施叩拜礼，皇人扶起。轩辕向皇人介绍了仓颉、岐伯、滑稽和宁封。皇人也一一介绍了九老："他们是天英、天任、天柱、天心、天禽、天辅、天冲、天芮和天蓬，都是些不知生辰，只记得年轻时帮女娲娘娘拣彩石补过天……"

　　轩辕一一施礼，表示恭敬。看这洞府，苍玉为屋，四周青藤盘绕，杂树飞花，上有白云缥缈，下有雾霭蒸腾，真是人间仙境。再看这洞口，不知是天然，还是人为，倒像是一位虔心修道的人蹲坐在那里。

皇人请轩辕进洞。洞内火把明灭，千和之香缭绕。轩辕、仓颉、岐伯、滑稽在下首一一坐定，九老也在皇人两侧一字排开。飘来游去侍候的，都是些白白净净的仙女一样的少女。

轩辕再拜而对皇人说："敢问何为三一之道？人缘何长生不老，与日月同辉、共天地并存？"

皇人有些傲慢地说："汝乃大酋长，居万人之上，还妄想长生，岂不太贪？"

轩辕从容应对道："万民无主则相侵伐，我今来即为制法以传后。我求天道，涉远途，专此拜访，愿你不吝赐教为盼。"

诸位仙老也纷纷劝皇人："此人先世有功，德及鸟兽，故芬芳之流光于帝位，将来必成大事。可以教而成之也。"

皇人就饮了一口红花茶，郑重其事地告诉轩辕：

"你所言三一之道，乃上天之气归于一身。唯如此，始可长生不老。人最有灵性，却不能自守其神，了却众恶。知此，不求老天保佑，自守其神即可。若以人比之于社稷国家，胸腹是宫室，四肢像郊野，骨节者，百官也。人的大脑是君，血液是臣，人赖以生存的'气'就是民。由此可知，调理好全身的气血流畅，就像治理一个国家一样。爱其民所以安其国，守其气所以全其身。民散则国亡，气竭则身死。亡者不可存，死者不再生。所以圣人消未起之祸，治未病之病。坚守原则于无事之前，而不追悔于既逝之后。民难养而易散，气难保而易失，审威德所以固其理，节贪欲所以成其真。唯真气在，守三一之道也。泥丸、绛宫、丹田（穴位名），是三一存守之地。气守丹田，百毒不伤。多用花瓣茶漱口，运五行相生之气（水生木、木生火，火生土，土生金，金生水），汝就成真仙了！"

"切记"，皇人加重口气强调，"五行乃削命标志，唯五牙、五行相生之气，才是人长生之根！"

轩辕平心静气，听得仔细，揣摩于心，茅塞顿开，连声说："至道！至道！"仓颉、岐伯也各有所悟。只有烂脏滑稽不解地做个鬼脸自嘲。他倒是对这仙洞产生了浓厚的兴趣：

"请问仙洞有多深，何以存？"

皇人："待休息了，进去看看，就全知了！"

轩辕、仓颉、岐伯随皇人到仙皇台上练习如何漱玉津，如何气守丹田，如何采纳天地之真气、下排人身之浊气，如何让真气周流全身，循环周天？

滑稽则在一位少女的引领下，去参观仙洞。少女绘声绘色地说："此洞深四百五十丈，原本地下河，常住一玄龙，后随地上升，成此仙洞，玄龙去黑龙潭嬉戏矣！"

滑稽随着少女前行，开始还可以直立行走。出现岔洞之后，就只能爬行而进。再往里进，侧着身子都非常困难了。火把映得石钟乳、石柱、石花、石帘、石笋熠熠生辉，隐隐约约可以听到阴河流水"哗哗"的幽唱……

岐山仙岐伯上山采药了，四眼仓颉随他去观山赏水，察看各种动植物的特征。烂脏滑稽则无忧无虑地玩耍，逗大家开心。

九老洞内，天老已去，只有皇人在少女的服侍下，向轩辕、宁封、素女授治国养身之道：

"圣人盍三辰以立晷景，封域以判邦，山川以分阴阳，寒暑以平岁，执道以卫众，交质以聚民，备械以防奸，军服以章等，都是法于天而鞠其有形者也！"

皇人讲得情绪高昂了，声调也变得高亢尖细，两只眼睛也闭成了一条缝儿：

"天地有启闭，日星有薄失，治乱有运会，阴阳有期数；贤愚之蔽，寿夭之质，贵贱之事，吉凶之故，就像气浮于上，而精气萃于下，性发于天，而命成于人。所以圣人治天下，必先身体力行。立权以聚财，聚财以施智，因智以制义，由义以出信，仗信以著众，用众以行仁，安仁以辅道，迪道以保教，善教以正俗，从俗以毓质，崇质以恢行，勤行以典礼，制礼以定情，原情以道性，复性以一德，使人思想意志统一了，天下就治理好了。天下已治，万物自得，人们安居乐业，和谐相处，就可以无为而治，神志不劳而真一定矣！"

轩辕不禁再次连呼："至道！至道！"

皇人却说："我亦一俗人，俗人之习尽有，所以天道不至于我，悔吝屡庚，生杀不依寒暑之序，动静违背刚柔之节，贪欺而终无所用，没法子了，才入峨眉山修身养性，终获天道。"

轩辕又问皇人："何谓导补之术？何以守生养气、谷神不死？"

皇人说："导补之术，我略知一二，青城山丈人峰下鬼城山上，有鬼容区者，长于导补，能使白发复黑，齿落复生。你可去拜访。"

轩辕再问，皇人就不再应答，只是让少女带了轩辕、宁封、素女到山上四处走走。轩辕一边游山赏景，一边仔细琢磨皇人的话。当周围是一片云海翻滚蒸腾，云雾似瀑布流泻、若奔马相逐的时候，他的脑海中也奔涌着滔滔不绝的词句：

"道虚无形，缥缈冥冥不可测，然万物皆依道而生。生有害，是贪欲，是不知足。生必动，动有害，是不依天时而动。动有事，事有害，是逆天道，是不合规则，是无目的。人要成事，必有言发。言有害，是不讲信义，是不知人心可畏，是自欺欺人，是虚夸，以不足为有余。事同出冥冥之道，而有死有生，有败有成。道虚无形，成于秋毫，立于形名。形名立，则黑白分。道生法，法成于道。法者，引得失于绳，而明木之曲直。故执道者，生法而不敢犯，法立而不敢废。先规范自己的言行，树起标准，然后才能昭告天下……"

二

轩辕等人登上峨眉金顶。四下相望，但见东方云蒸霞蔚中，一道霞光环绕一个打坐修道似的小山头，光环耀目，光芒四射……

返回九老洞，轩辕将自己的想法告诉皇人。皇人大为赞叹："好啊，说得好！就是这个理儿。国立有其次，曰天功，曰五逆。为君要正，六分、四度，顺逆自明。兴之论，先论亡论约，然后明理。"

"猴王"皇人又用三天三夜时间，向轩辕详解国次、君正、六分、四度等。轩辕体会颇深，他将这些理论用之于实践，多年以后，又融入自己的体会，用仓颉造出的象形字写成一部《经法》，成为华夏开国的"宪法"式纲领文献。

冷面人宁封是个悟性很高的人，这一趟峨眉他算是没白来。他认真地倾听了皇人的教诲，对鬼容区的导补之术，怀着和轩辕同样的兴趣。冰美人素女是他大的好学生。她不仅是他的掌上明珠，甚至可以说是他的"道友"，他们很多思想都是相通的。但她总改不了自己内向寡欢的性格特征。她总是把自己的心思压在心底。自从在陇东第一次和轩辕见面，她就为他的风度所折服。谁知，她空怀一腔幽怨，轩辕却一直忙各种各样的政事，没有把她放在眼里。她为他而着素明志，内心发誓今生非轩辕不嫁，外表却总是装作一种若无其事的样子。其实，强烈要求随父亲到西陵氏部落来，就是她刻意的一种安排：她总是想多和轩辕接触，即使每天多看上他一眼，心里也会踏实一些。不想，眼看着自己暗恋的男人和别的女人联姻，才是一个女人最痛苦的经历啊！虽说嫘女的确是一位出众的佳人，但越是这样，她就越在内心责备自己命运不济。这一次随轩辕上峨眉，多少让她有一些喜出望外。她的嘴角多了一些隐隐的笑意，有事没事，总是大胆地朝轩辕瞟上几眼。要说她的性格类型，倒是很像以后中国的大文豪曹雪芹笔下的林黛玉。黛玉葬花，素女葬青春年华……她的内心深处郁积着一种力量，一种爱的力量，一种火山爆发式的冲击波！

轩辕一行依依不舍地告别皇人，带了他用朱砂在丝帛上写给鬼容区的字符，回到乐山若水旁。嫘女已经在盐女、采女的服侍下，产后恢复得脸色红润，更多了一些少妇的妩媚与成熟。自从得了昌意这个爱哭号的孩子后，不管嫘女有没有奶，他总是噙住奶头狂吮，结果居然把奶给吸了下来。嫘女的奶汁，不来不说，一来竟一发而不可收，经常奶多得孩子吸不及，只好先对着地挤出一些，再给昌意喂。就这样，还经常憋得嫘女两个本来就大的乳房圆鼓鼓的，走起路来，身段更迷人。一双丹凤眼月牙儿似的细眯，却像火把一样灼人而勾魂。盐女已经到了婚嫁的年龄，可她却死守着嫘女不肯找男人；采女也出落得亭亭玉立，脉脉含情，真是应了人常说的那句话："女大十八变，越变越好看！"她们的心中都有一个深藏的秘密，就是越来越情注于眼中透出男子汉豪气的轩辕。

封为嫘祖

　　不能说轩辕并没有察觉她们对自己态度的微妙变化，而是嫘女太美了。虽然嫘女已经是一位少妇了，但她却依然是艳压群芳。同时，她不仅是一位发明家，更是一位处事周全的部落酋长，她做事心中有主意，轩辕悟出的大道理，总是先和她交流，先听取嫘女的意见和建议。因而，嫘女在轩辕心中的重要地位是不可动摇的，以至于他在晚年写出的被后世视作"执政者的格言"的《称经》中，专门写上一句"立正妻者，不使婢妾疑焉"，直到嫘妃晚年（嫘女以后被轩辕命为四妃之首）随轩辕黄帝南巡衡山"客死衡阳道"，黄帝封嫘妃为"嫘祖"，对她一生教民蚕桑、勤勉助政的功德给予了最高的评价。她是黄帝时代唯一一位被黄帝直接封"祖"的人。

　　轩辕陪着嫘女、盐女、采女在岷江西岸散步，却发现，这里的确是一个出巨人的地方：江对岸的那道山岸——凌云山，就像一个巨人卧江听涛，头、胸、腹部都被起伏的山脉勾勒得惟妙惟肖。轩辕这么一指："看那山岸，

251

多像一人仰卧于此，而胸怀凌云之志！"大家这才纷纷议论一番：

"像伟丈夫经天纬地之后，躺下休息呢！"这是嫘女的声音。

盐女微锁着眉头，披散的秀发，被江风吹得微微拂动。她微微点着头。

采女却有新发现："此一美女呀！看那高挺的乳峰——"

他们边议边走。江对岸的红色山崖敞开一个大角度，中间的立崖——凌云山栖鸾峰断崖，又像一位站立的巨人！轩辕的阔大心胸，总是在这个地方得到印证。因为二儿子昌意是这个地方出生的，他也对他抱有更大的希望……事实上，在巴蜀——如今四川这地方，也许是受到五千年前文明曙光的辉映，的确出了好几位彪炳千秋的大文人。若水这个地方，出过一位郭沫若。往北行，眉山北宋时的苏氏父子三人：苏洵、苏东坡、苏辙。苏洵为父，是唐宋散文八大家之一。苏东坡为长子，一生快意恩仇，潇洒自在，虽几遭贬迁，却将"大江东去，浪淘尽，千古风流人物"这样豪情的诗句融入人们心胸。苏辙为弟，比起苏东坡来稍微含蓄一些。往西，邛崃西汉时出了个才女卓文君，她与司马相如的爱情故事流芳千古。再往北，江油县——嫘女故里盐亭的西北，又是诗仙李白的故里。生于碎叶城的他五岁随父迁蜀，二十五岁离川。他深刻地体验了《蜀道难》，又以"白发三千丈"的豪气，让"黄河之水天上来，奔流到海不复回"……

就是这个轩辕和嫘女发现巨人站立的山崖，到了唐代，果真就有人前后用了九十年时间，依崖凿出一个头与山齐、脚踏大江、雍容大度、气魄雄伟的"神秘的大佛"。

轩辕自从随皇人初练导补之术之后，每天天不亮就走出大帐，面对着启明星练习吐纳。他和天老交流了习练的体会，天老也认为这是"修身养性的正道"，轩辕就越发着急，恨不得一步就跨到青城山去拜见鬼容区。

太阳一日日向北偏移，又一次进入了夏天，四面被山相围的四川盆地，也越来越像是一只大釜一样蒸腾着热气。告别了峨眉氏，轩辕和嫘女的牛、马、车队自南向北，披荆斩棘而进。太阳当顶，骑在马上的轩辕被晒得明显黝黑了许多。进入新津古城，就走进了蜀山氏部落的势力范围。蜀山氏酋长住在广汉三星堆古城，而蜀山氏部落联盟的土地，则自新津向北，一直延伸到绵阳与西陵氏部落相接。

蜀山氏部落酋长蜀夫，早早就派人一直迎到新津来，由此也改变了轩辕和嫘女一同经双流、崇庆、温江、郫县古城到青城山的计划。他们在双流再一次"兵分两路"，出于礼节，嫘女在应龙率的十二支卫队护送下，加上蜀山氏前来迎接的人，先赶到三星堆去，滑稽、曹胡、货狄作为轩辕的代表，随同嫘女前往答礼。轩辕则和天老、仓颉、岐伯、宁封、素女、赤将、喫诟等经崇庆、温江、郫县赶往青城山。为了能照顾好轩辕的饮食起居，嫘女特意安排喫诟、采女与轩辕同行。

一路走来，轩辕和天老、仓颉、赤将已经将蜀山氏如何建造土城的方法研究得差不多了，一到青城山前一处西连药王山，东北、东南均为广阔的平原的台地上，天老、轩辕巡视四周，认真地勘察了周围的山水风向，即决定不打扰青城氏的生活，由天老、赤将在这个远望青城山、北临潺潺清溪的台地上筑土城以居。

三

嫘女和轩辕分别之后，即经今成都、新都境，来到广汉三星堆的蜀山氏部落主城。这土城是用土在平原上堆筑起来的，城墙并不算很高，却极宽厚，南北坡斜如土堆，两道面南的大门，用竹木搭筑，架在南墙三堆"墙"之间的缺口上。城内有一条自西向东的河流隔断南北。河之北弯月一样的高地上，错落分布着各种竹木搭建的茅屋。从一个两米多宽的便桥上过去，走上一段小坡，面前是一个开阔的广场，广场正北面南的，是部落的中心大屋。大屋前有一个三级平台的祭坛，祭坛中央，一棵巨大的神树，枝有三层，每一层都落满了各种祥和的鸟儿。

嫘女还没到来之前，蜀山氏部落酋长蜀夫就已经迎到了南门外。他身后是仓颉造出的象形蚕吐丝的"蜀"字图腾旗，部落的长老、族众、男女老幼拥了一大群。

蜀夫伸出双手迎上前来，瘦长的白脸上堆满了笑纹儿，两只大耳扇在两旁。和嫘女、滑稽、曹胡、货狄、应龙一一热情地打过招呼，看嫘女怀里抱着才三四个月的小孩，从牛车上下来的盐女又拖着一个一岁左右的男孩，蜀夫的脸上更增添了一种慈爱。他关切地问："孩子好吧？叫什么名字？"嫘女脸色嫣然一红："还好。大的叫玄嚣，小的叫昌意。"

蜀山氏酋长蜀夫迎到嫘女，自然心里欢喜，听说轩辕去了青城山，要在那里筑城住一段时间，就派出一批青壮年族人前去支援。

却说轩辕一到青城山下，急切的求知心促使他不顾长途跋涉之苦，当天就带了喫诟、采女，越过青溪，赶往青城山拜鬼容区去了。宁封和素女开始挖窑、和泥、制陶，一些人修灶做饭，天老、赤将、仓颉、岐伯，与十干卫队及巴山氏随行的青壮年男子一起开始筑土城。等到青城氏酋长赶来欢迎，轩辕已经上了青城山。

青城氏住得较远。台地并不算高。天老看这周围，几乎全被竹林树木覆盖，林中时有野兽出没，一到晚上，狼嚎虎啸，点燃了几堆篝火，人还得时时警惕野兽侵袭。要避免这种伤害，首先得挖防兽壕。天老再次在台地周围转过一圈后，决定北依青溪，只在南、东、西挖三个相通的壕，形成一个不规则的正方形。谁知这一带的黄土，比起陇东一带，土质湿而黏性大，挖不多深，即成了黏泥，石铲、木耜等挖起来难度很大，为了制木耜，砍折了不少石斧。人们口渴难耐，急急地举起陶罐就喝，不小心又摔破了一些陶罐。看到挖壕难度大，天老就让把挖出的泥土，在壕两边一层层铺平，再用滚木压实，壕之深与墙之高加起来，会产生一个难以逾越的高度，再将东、西、南三面的壕与北面的青溪连通，内外两"墙"间，形成一道水的屏障，就万无一失了！天老的这一想法，最终得到了验证。[①]

不管别人如何热火朝天地筑城，身为陶正的冷面人宁封和冰美人素女父女俩，总是以他们宁静的心态沉浸在对陶器的盘捏和烧制中。宁封先将黄泥或砂泥搓成长条儿，再一圈圈一层层盘捏在事先拍好的圆底儿上。盘成一个器物的形状后，再用手蘸上泥水，将内外抹平。这些工作都在临时搭起的工棚内进行。下一道工序是装饰花纹。素女小心翼翼地给陶坯盘上

---

① 这座中华历史上的第一座水围城，五千年后被四川省都江堰市文物局调查发现后，会同成都市文管会、中国社科院考古所四川队数次探测，这个被命名作"芒城遗址"的古城的调查结果，让世人震惊！

草绳，然后再小心翼翼地取下绳子，在器物上留下一圈圈规整的绳纹。有时候，她还会拿起一小片凉席，给陶坯印上席纹。兴趣来了，她会拿着骨锥，仔细地给陶坯均匀地扎出一个个小孔来装饰，就像后世的女人们纳出的鞋底上那密集的针脚。因为陶坯不能曝晒，所以他们在临时搭起的工棚下工作。这比起那些泥水汗脸地挖壕筑墙和跟着赤将盖房屋的人来说，简直不知幸福到哪儿去了! 谁让这是一种艺术创造呢?

四川盆地这个地方雨水多，特别是在夏季，这亚热带雨林气候，说下雨就下雨，有时一天要下几场雨，所以筑城工作进度很慢。宁封、素女等都已经烟熏火燎地烧制出一批形状各异、红黑陶间有的生活必需品了，赤将等也架起了不少供人居住的茅屋，十干卫队在四围的茅屋先盖了起来，好多人都搬了进去，可是挖壕筑墙工作还在艰难地进行。正当天老心急难耐的时候，青城氏派来了人，蜀天氏部落支援的人也到了，大家汇在一起，又过了十几个昼夜，壕才算挖筑好。在壕的内外，同时筑起了两道墙。天老手捋着白须，里里外外都仔细地看了，那张蜡黄的老皱纹脸上，不由得显出一种得意的神色。

这座水围土城的出入口开在西北角。天老转到这里，指着脚下留做进出的土路对十干卫队的总队长东甲阏逢说:"挖断这条路，让水流过去。"

随着土路被挖去，清溪的水"哗哗"地灌进了西城壕，又顺着南壕向北拐。人们在内外"墙"上，争先恐后地跟着水头跑，有人不小心一脚踏空，溜下水中，一阵"稀里哗啦"之后，光膀子和下身围的麻布片都湿了个透，逗得大家开心大笑。城内城外一片欢呼声。天老又让挖开东城壕与清溪之间的隔断，发黄的壕水又回到了清清的清溪，形成一个环流。

青城山真是一座修身养性的好去处，轩辕一走进这叠绿堆翠的清幽山谷，一阵凉风袭来，暑气就退到不知什么地方去了。就连天空的夏日骄阳，也似乎变得温柔了许多，只是试探性地把它那些银针从树荫的缝隙里一根根刺进来。这一清爽不要紧，采女原来粉红的脸蛋儿，这会儿像抹了一层红霞一样神采飞扬。她蹦蹦跳跳地走路，嘴里抑制不住一串串爽朗的笑声，不时用她那双超级大的美目，瞟上轩辕和喫诟一眼。喫诟因为太胖了，皮球一样的身体在细脚玲珑的短腿上左右前后晃动，口中喘着粗气，还不时停下脚，用胖而短的手指摘上几个野果尝尝。看他那副狼狈和贪嘴的样儿，采女笑得更加开心。

轩辕身背数张花点斑驳的鹿皮，只顾急着赶路，一抬头，看见一个五峰交峙的青崖衬在碧波绿云之上，如一道青翠的画屏。巨竹夹道，苍楠翠覆，林涛悠悠，群鸟啼鸣。他们于幽趣中路转峰回，来到石笋峰前，忽见四围黛色中现出一池明净澄澈的湖水。采女立即跑过去，对着湖面自我欣赏一番。美女临波照容的专注令人神往——这是女人最美的时刻！

湖面夹在两峰之间，左峰即鬼城山，正是鬼容区隐居的地方。这湖水，由源自老霄顶的清溪漫溢而成，湖周青山环卫，嫩绿、青绿、墨绿层次分明，湖面如镜，松声竹韵尽收其中，难怪后人有联赞曰："松声竹韵吟仙境，山色湖光映鬼城。"

轩辕顾不上细看这些，只往鬼城山上攀去。喫诟叫住轩辕："大酋长，我看还是你先去拜鬼先生，我且带人山中寻访，如何？"轩辕："好！切记注意安全。"

"好！"喫诟说罢，就带了随从径直向深山攀去。

采女轻随轩辕身后，如一阵习习柔风。遇到难攀之处，轩辕回身，伸出他强有力的大手，抓住采女酥软的小手，一提，采女竟和他撞了个满怀。一种酥软的感觉和少女迷人的气息袭人……采女不好意思地将一双明澈晶莹映山映水映人的毛茸茸水灵灵的大眼睛躲向一旁。轩辕也觉得用劲过猛，赶紧松开了采女温软的手，一种怜香惜玉的感觉油然而生——这人可真怪！有一个美女在身边，心情就特别的好！看这湖光山色，好像都蒙上了一层柔情蜜意……

四

喫诟一人当先，向青城山深处攀去。他因为胖而笨拙，不时得随从的人扶他一把。最后，干脆就前边一个拉着，后面一位推着。就这，他"老人家"还是气喘如牛，不得不停下歇歇。他用胖而短的手拍拍胸部：

"噫兮乎，这么难走！"

拉他扶他的人，也停下来喘着气。

一道凸起的陡坡之上，是两峰夹峙的山口，旁有挺拔的青松成林，欲与青山比高似的。翠竹掩映，似欲将这美景全部覆盖，却在竹影之上，现出堆苍叠翠的诸峰，宛如一道天然图画！（这些山峰，以后被命作龙居、天仓、乾元等，似乎都与轩辕等人有关似的。）

一阵松风拂面，沁肺清心，喫诟觉得舒服了许多，就继续前拉后推地向上攀去。

经过一番辛苦，喫诟却采得了许多野果，都让随从放进背囊里盛好了，准备让轩辕和采女吃。

来到一个两溪交汇的山坪上，坪后混元顶高耸，左有青龙岗，右携黑龙塘，三面环山。坪前，白云谷视界开阔，回身望去，山外亦是千崖逶迤，万壑凝烟。喫诟虽不懂什么"堪舆"之术，但是从天老、轩辕那里也耳濡目染了一些常识，不由兴奋得双手一拍，那得意的表情告诉人：我喫诟也发现了一处好风水！

喫诟把他的小八字胡抹了抹，即拨开竹丛，向纵深走去。只见地形高低错落，古木奇花纷呈，确是一个幽雅去处。

这里柳杉成林，有一种名叫"黄心夜合"的古木，又有一组奇石鼎足危立，上合下分，人可以从石缝中侧身穿行而下，俯视海棠溪的山花。奇石前，有泉水从青石岩上滴流而下，铮钹如金石玉珠落盘、古筝丝弦弹拨。喫诟用手盛了水，向脸上抹去，顿生"洗心革面"之感。

在一棵仙人松和凌霄花旁，又有一个潮泉。以后经轩辕观察，此泉六时洒水，就以它洒水的规律，取代晷漏以记时，被轩辕命作"六时泉"。此泉还有一个特点，就是天一亮就飘然而洒，天一黑即停止流水。

沿着一个高耸而狭窄的山脊上去，石壁十余丈上，混元顶岩腹有一洞别有洞天。此洞天然形成，分上下数层，是一个穴居的好去处。

轩辕和采女攀上鬼城山，看到一间缠绕在藤蔓之中的茅草屋（至今，青城山上的亭子还是以藤蔓缠绕而成），屋外有侍者值守。轩辕和侍者通报

257

了姓名、来由，侍者进屋通报。轩辕四下瞅瞅，屋外有山泉，水源不大，却"咕咕"直翻水花。小场院上晾晒着果干、药材，弓箭挂在外墙上，石斧靠在门旁。不时有徒弟赶来，有男有女，都是披发，装束简单，进进出出。

不大工夫，侍者返回，把手中拂尘一甩，半侧身做出恭迎的动作："（鬼容区）有请！"

轩辕整理了一下衣冠，双手捧着鹿皮走进青藤缠绕的茅屋。这是一间四面坡的方屋，鬼容区坐在中间的蒲草团上，前后左右都围坐着徒弟。看这鬼容区，高额头，高眉弓，一双深邃的眼睛，胡须和头发几乎一样长地围在头颅和颜面四周，区别只是眉毛、胡须是黑色的，头发是雪白的。虽说他体形伟岸，披散的长发和胡须也几乎将坐在蒲团上的他围定了。

轩辕进屋，即双手高捧鹿皮过首，跪行过去："姬轩辕慕名而来，愿拜先生门下，做一学子。"

鬼容区示意让侍者接过鹿皮。轩辕从怀里掏出皇人写给鬼容区的红色字符，侍者给鬼容区传过去，鬼容区接过看着，口里不由喊出："好个猴王皇人！"脸上矜持的表情却被开朗的畅笑取代了：

"呜呼！吾所学无多，你既有心，为师当不遗余力。"

轩辕再拜稽首，鬼容区忙起身，拉轩辕坐在身旁：

"徒儿们，此乃羲皇故里来的华夏大酋长姬轩辕，他生而神灵，弱而能言，拜帝师天老为师，又拜广成子学道，访皇人问'三一'，有一事长于己者，皆不远千里伏膺取决，且颇有觉悟。他胸怀大志，谋求平等、和谐、大同，必是一代圣君也！我今收他为徒，你们相互见过！"

轩辕和众位师兄弟相互拱手，施礼寒暄一番。

鬼容区漱了一口泉水，嗓音亮了许多：

"所谓导补之术，修身之皮毛者也！"一句话语惊四座。他又漱了一口泉水，才从容道来："修身养性，首在修德。德全者，寿齐天。道德两全，不祈善而有福，不求寿而自延。此养生之大旨也！"

鬼容区接着讲："德者，信也，养也，仁也，宽也，恭也，惠也。若阳光普照，像大地涵养。为君者，首在信义，言出必行，行动必果，才能万氏一心，一呼百应；要有宽仁之心，悲悯之情，己所不为，勿加于人；要干大事，先遂人愿；要遂己愿，先助别人。要有大慈恻隐之心，对所有的人，不论亲疏远近，皆有至亲之想，遇到危难，一心超救而无欲无求。平时修善缘，若遇危难，善缘会合，必为大势。故大德者，必得其寿。"

轩辕觉得鬼容区所讲，正是自己所想，即所谓"正中下怀"。他心领神会，一双大眼更加灼灼有神。

"修身养性，还要护'三宝'，行三戒，先养形，后导补……这些以后再讲吧！"鬼容区开启了一大堆课题后，收住了话语：

"轩辕，你们吃住何处？若有不便，我可安排。山上有果，又有洞窟，可以一住。"

轩辕说："我们于山外修城呢！"就告别了鬼容区师，与采女走下鬼城山来。刚下到鬼城湖边，就见一随从自竹丛后跳出："大酋长，喫诟在后山发现一好去处，有果有洞，有泉有石，叫您去呢！"

轩辕一想，山外土城刚修，修好还得个过程，既有此好去处，不妨就前往。就和采女一起，跟着那位随从向后山走去。

来到喫诟探到的好去处，夕阳余晖里，只见两水环抱，一峰高耸，背有靠山，左右砂山，前有案山，奇花异草，泉水叮咚，洞口上、崖顶上，青烟缭绕……攀上洞窟，喫诟早已经架起了篝火，把随从带来的三只袋足、已经熏得发黑的陶鼎立在火中，粥饭在鼎内"咕嘟"着气泡，山楂、山橘、红果等干果也泡洗干净了，盛在陶盘，摆在洞窟较亮的地方，洞内较高的石床上，也铺上了青草和兽皮。

轩辕、采女在泉水中洗了手、抹了脸，轩辕就坐在坐垫上吃起干果来，采女忙着帮喫诟去了。不一会儿，喫诟已经熬好了稀饭，盛了一陶钵，由采女端过来递给轩辕。喫诟过来抓起一个红果，就大嚼起来：

"怎么样？此地不错吧？"

"不错不错，果真风水宝地，神仙洞府！看来你这个美食家，又快成堪舆家了！"

喫诟不好意思地一笑，可嘴里的啃功还是不误，一个小小红果，怎经得住他来啃，三下五除二，就只剩下个果核儿了。

喫诟和采女也一人端起一个陶钵，洞内阴潮，三个人就围着篝火吃起来。其他随从人员，则在洞窟上层另生了篝火，自己煮饭吃。条件虽说差一些，但大家都乐呵呵的，为尽得山野之趣而开心。

喝了"汤"（轩辕把这种不吃干粮、兽肉，只喝稀粥的晚饭叫"喝汤"，请读者朋友原谅，以后再遇到吃晚饭的时候，笔者有可能会以"喝汤"来表述。因为在陕西黄陵、宜君一带，至今乡下人还保持着一天两顿饭，到了晚上再"喝汤"的习俗。虽然农民干了一天农活儿，晚上得美美地咥一顿，"喝汤"早已经是名副其实的一顿饭了），采女主动端了陶钵陶盘去"六时泉"洗，却发现这个泉子已经停水，只好去较远的"革面泉"洗了。

五

晚上，采女像猫一样蜷伏在靠近篝火的兽皮垫上，轩辕则坐在篝火旁——他思绪千里，翻来覆去睡不着，干脆起来烤火取暖。洞窟犬牙交错的缺口处，有微弱的星光在闪烁。轩辕看着那星光，下午鬼容区讲的话，又在耳际回响："修身养性，首在修德，首在修德，首在修德——"这句话反复在洞窟中回响，"德全者，寿齐天！"

轩辕一边烤着火，一边把那根既熏蚊子又保存火种、冒着青烟的"火腰儿"（用艾蒿拧成的绳子）吹了又吹。关于这"火腰儿"熏蚊子，有蟜氏部落有一个著名的民间故事，一直流传到五千年后，笔者小的时候，就听人讲起。说的是某村某年某月忽然来了一个蚊子精，它就住在村头的小庙里，蚊子围着它绣了一个大疙瘩，就像蜜蜂围着蜂王一样。可恶的是，这蚊子精每年都要吃一个人。村上人没法儿，只好一家一人、一年一家轮着上供。下一年该轮到张三家了，蚊子精点名要吃他的老父。张三是个大孝子，他不想让蚊子精吃老父，又没有办法，就一天拧一根艾蒿腰儿计算着日期。艾蒿腰儿拧了三百六十五根，最后一个时辰到了，张三一着急，把所有的艾蒿腰儿一下子全点着，不顾一切地冲进小庙——他要烧死这蚊子精，保住老父的性命。不料，等他烟熏火燎地刚冲进小庙，蚊子精和他的蚊子蚊孙们便一哄而散。张三本来是为了保护老父，却在不经意间，发明了这"火腰儿"熏蚊子的方法。

轩辕一边吹着艾蒿腰儿，眼睛不意间看到了猫一样蜷伏在旁边的采女。篝火的红光闪动，红光在采女流线型起伏的身段上、在她青春温润的圆脸上跳跃。她的大眼睛合成了一道弧线向下的细缝儿，鼻息轻微，鼻翼轻轻翕动，整个脸庞好像抹了一层潮红，那么宁静，那么安详，那么俊美，那么迷人！这就是千古绝唱"睡态美"，让人看一眼就想一直盯着看下去，目不转睛，心也随着火光的跳动，加快了节拍。轩辕好像终生第一次发现女人之美似的，心中又一次泛起躁动，只觉得口中干燥，喉结发酸，眼睛发红，他强咽了一下唾沫，可是内心的躁动还是火山喷发一样难以抑制。她多像一只温柔的母猫啊！蛇腰妖娆，交尾缠绵，风情万种的摇曳……轩辕转身挪近采女，就在他蠢蠢欲动时，冷不防，采女猛地起身，双手抱住轩辕的脖子，就把他拉上了身。

　　一种酥人的少女的青春气息扑面而来，轩辕的冲动被进一步放大了。一个鲜活的、柔软的、弧线明晰的异性一下子被揽在怀里，被压在自己的身下，一个习惯性的动作，撩开她下身的丝裙，掀起自己的三级战裙，他强有力的下肢就和对方柔软修长的玉腿紧贴在了一起。

　　当篝火在轩辕那青铜雕塑般的脸庞上跳动时，采女从她眯起的眼缝中，不止一次地偷看他。她的内心翻滚着青春的热浪，一种莫名的冲动与烦躁，全身好像膨胀了起来，飘飘欲仙的样子，呼吸不由得加快。她强抑住自己，她在静静地等待轩辕的行动。等到轩辕"窸窸窣窣"地向她靠近的时候，她周身积蓄的冲动一下子爆发，也不知怎的，她猛然起身，一把就抱住了轩辕的脖子，把他实实在在压在自己膨胀的身上。这一压，她感到实在多了，一下子又回到了现实中。多少情思，凝聚成这一梦圆时刻！她感到天地在旋转，她好像掉进了大海一样无依无靠，在深水中扑腾，好不容易抓住了一根救命的绳子，这绳子一直伸向她的心，牵着她的心在大海里浮游。海浪起伏，一个接一个将滔天巨浪扑向顽固的礁石，激溅开妖娆多姿、澎湃磅礴的水花。旧的海水刚在流泻下落着雪白的水沫，新的一浪又压了上来。

　　突然到来的急风暴雨，让轩辕忘记了平日里挑逗的技巧，单刀直入，一枪把对方戳下马！他雨点般地在采女发烫的面颊、额头、颤动的眼皮儿、微张轻喘的莹润软唇和修长白皙的脖颈上狂吻……万般风情，通过采女扭动起伏的身姿传达给轩辕，她不自觉发出的迷人呻吟，不断地为轩辕挂起的风帆鼓浪。轩辕好像振翼而起、扶摇直上云天的雄鹰，好像在海浪上颠簸前途未卜的小船，好像苍茫暮色中刺破云雾的劲松，乱云飞渡，野马奔腾……他努力想主宰这一切，却总有随波逐流的感觉，就像高飞在蓝天上的雄鹰突然遭遇了雷电暴风，就像一个巨浪打翻了飘摇的小船，就像驭者中箭，马儿信马由缰……他咬着牙坚持，他呼唤急风暴雨。终于，一股亮红的岩浆烧化了火山口的礓岩，激情地喷发出万丈光焰，染红了半天云海……

海浪终于归于平静，海水静舔着平岸的沙滩。水波轻轻地拥来，一片白沫水花抚摸着人的脚踝。一波刚退，一波又起……采女光滑的下肢把轩辕缠紧，两只小脚在他的小腿上、脚踝上摩擦……当她还在抒情遐思的时候，轩辕已经从她身上溜了下来，在她身旁呼呼大睡。她心疼地撩开他披散的头发，在他的肩头抚摸了又抚摸。

轩辕睡在宁静的港湾，水浪轻轻地把他掀动，把他抚摸，把他亲吻……时间不知过去了多久，但他总是觉得好像有人在他身上鼓捣着什么。等他的意识再一次清醒过来，采女温热的小手，正拽着轩辕下身那东西抚弄着。她用迷人的声音对轩辕说："拉马马——"这一拉，轩辕的风帆又一次鼓起了……

这一夜，他俩反反复复缠绵在自己的"游戏"之中，洞窟外的"黄心夜合"树，又一次做它春天的花梦——鹅黄色的花朵盈枝，清香四溢，清香四溢……不知不觉，晨光已经从犬牙交错的洞口熹微而入，又听到了洞外那个潮泉叮叮淙淙的洒水声。百鸟开始和鸣，新的一天又开始了。

篝火已经熄灭，艾蒿腰儿还冒着一缕青烟。采女轻轻地挪开轩辕压在胸口搂过肩头的胳膊，轻轻地坐起，轻轻地给轩辕盖好兽皮，整理了一下头发和衣裙，就轻轻起身，提着陶罐去泉边打水。

轩辕被一阵刺鼻的烟味儿呛醒。他睁眼一看，天已经大亮，采女已经把篝火再一次生旺，陶罐挂在三脚木架上，喫诟又端来一些野果……他没有想到自己会睡失觉，就急忙起身，胡乱地吃了些东西，就提了一把石斧，急步赶向鬼城山听课去。

看着采女含情脉脉地目送轩辕消失在林丛之中，喫诟故作神秘地问采女："昨晚你们做好事了？"臊得采女一下子面飞红霞，两只小拳头，鸡叨米似的在喫诟浑圆的背上一阵狂捣。

轩辕平时是一个早睡早起的人。一般没有什么重要事的时候，他总是在十二支值时的戌时（晚上八点到十点）入睡，又在丑时（午夜两点到四点）醒来夜观天象，寅时（凌晨四点到六点）再睡个回笼觉，辰时（早上八点到十点）刚到的时候正式起床，投入新一天的工作。可是昨天晚上的生活却全乱了套，和采女的一夜缠绵，他基本上没休息多少时间（虽然有时他有天长地久的感觉），再加上一次次兴奋、高潮，精、气、神都散失了不少，因而今天听鬼容区讲课的时候，总得要强打精神，故作振奋。然而，一个又一个控制不住的呵欠，还是把他搞得很狼狈。虽然他这次没让口张开，可眼睛里还是含满了打哈欠后的泪水。

人都知道，打哈欠，这是一种流行最快的"传染病"，轩辕一个打哈欠不要紧，他一打哈欠，鬼容区的其他徒儿也纷纷打起哈欠来，连正在讲课的鬼容区也控制不住，用手捂着口，打了个长长的哈欠。

鬼容区打过哈欠后，就用那双深不可测的眼睛，诡秘地瞅着轩辕说："姬轩辕，晚上劳累过度了？"

轩辕不好意思地点了点头。

"养身之要，重在护持'三宝'。你事发于先，不能怪你。"鬼容区这么说一下，点到为止，就话题一转：

"我刚才讲过，精、气、神乃人之'三宝'也。它是人养生长寿之根基。所谓精者，存于体内之天地真元之气，附之以神，形之以精，乃生身之本，故曰'元精'；气者，生之元也，故亦叫'元气'、'真气'；神者，生之制也，先天之灵气也。它以元神为导，升华魂、魄、意、智等真灵之气。精、气、神相互作用，人活也，人动也……"

鬼容区回顾总结了一番，又接着讲授新内容：

"那么，究其底，精、气、神，作何解？"

第十六章

一

巴山氏部落的捷剠、胲和马师皇与他们的牛马运输队，费尽千辛万苦，终于来到陇东天水华夏部落联盟的总部。自从轩辕去西蜀氏部落联盟联姻之后，轩辕师吴权，这个老谋深算、临时负责的代酋长尽心尽力，各个部落关系融洽，再加上西陵氏部落的粮食和丝帛解了燃眉之急，老天爷帮忙，风调雨顺，部落里人心稳定，与炎帝的掎角之势进一步巩固。随着巴山氏部落援助的到来，吴权进一步理解了轩辕与西陵氏联姻的深刻用意。作为一个大的部落联盟的酋长，屈尊远嫁到还是母系氏族社会结构的西陵氏部落，这种"入乡随俗"的做法，对对方是一种尊重和鼓励。同时，联姻结盟之后，使华夏部落联盟的势力范围进一步扩大，对以关中西部宝鸡姜城堡为都的炎帝榆罔，形成了南北夹击之势，真是一个进可取、退可守的妙招！吴权自鸣得意于自己的神机妙算和推断，对来自西蜀部落联盟巴山氏部落的捷剠、胲和马师皇，更是盛情款待。

当族众们正在热热闹闹地帮着捷剠、胲和马师皇的随从们卸东西的时候，当大家还在继续欣喜若狂地围观欣赏马师皇的马群的时候，吴权、项先生、沮诵等已经将捷剠、胲和马师皇迎进了部落的中心大屋。大家在火塘旁席地而坐，捷剠向吴权重点介绍了马师皇。

吴权听得高兴，双手紧紧握住马师皇的手说："你的到来，让华夏如虎添翼。我们有挥发明之强弓，有百步穿杨之射手，加以马之机动、车之冲撞，必无敌于天下也！"

"炎帝榆罔，已属神农末世，天道逆转，他空有其名而不能德服天下。"吴权习惯地用右手捋着他的山羊胡子说，"他逼我华夏，又对朔方玄龙、兔龙严加相逼，加强控制，各部落怨声载道。我夜观天象，紫微晦暗，井、翼发亮，一个吉祥安详，一个凶光刺眼，皆有取天下之势……请捷剟转告大酋长，勿忘中原，养精蓄锐，蓄势待发……"

捷剟是个英姿勃发的小伙子。和马师皇、胲一路走来，连续多日与马师皇的长谈，使他对马有了全新的认识。这个应龙带出来的得意门生，不光是善于行走，还有一身好功夫，尤其擅长近身进击。吴权的话，让他看到了华夏部落联盟的光明前景，也为自己找到了用武之地。他兴奋地连连点头：

"一定转告，一定转告。只要联盟需要，捷剟定当尽力！"

沮诵陪着捷剟、胲和马师皇等在羲皇故里、卦台山等处转悠了几天之后，捷剟与胲即带着他们的人返回巴地，吴权给巴山氏捎回一批弓箭和陇东一带的特产：甘草、枸杞和鹿皮算是答礼。附宝硬要跟捷剟去看望儿子和儿媳，被吴权、项先生强留下。捷剟被她的慈母情结深深打动。

马师皇留了下来。他现在的任务，不仅是养好马，还要把骑射的功夫讲授给大家。

吴权真是一位权谋和组织活动家，他从陇东各个部落抽来一大批年轻小伙子集中训练，虽说马师皇带来的马有好几十匹（沿途走失了不少），但在捷剟返回时，还是分出一些让他们做坐骑。现在一下子来了这么多小伙子，马就不够用了。

马师皇找吴权、项先生、沮诵、地典等商量。长于辞令的沮诵说："项老先生和轩辕，曾与马龙交往，又有荣将在那里，我可前去一试，换马回来。"

马师皇说："好啊！我愿一同前往。"

轩辕正在青城山之鬼城山上认认真真地习练导引之术的时候，天老派人进山，报告"水围城"已经修成，请轩辕回来入住。轩辕就暂时告别鬼容区，与采女、喫诟等走出山来，老远就看到原来的台地上，凭空落下一座土城来。城中炊烟缭绕，城外有忙碌的人。看到轩辕一行返回，人们簇拥了过来，头戴羽毛帽的天老帝师，被拥在最前面。赤将、宁封、素女等也在其中。

轩辕急步近前，恭敬地向天老帝师施礼叩拜后，被天老同样跪拜。轩辕慌忙把天老扶起。天老已经多次要求轩辕不要这样施礼，因为他很早以前，就认定轩辕必为一代英主。而轩辕却坚持行师徒大礼。

第一次看到这样由内外两道城墙围护的水围城，看到内外墙之间的青溪水反射着中天上太阳的耀眼光芒，轩辕兴奋得不由脱口而出：

"真乃一芒城也！"

天老听到轩辕这样评价"水围城"，就思量着说："芒者，太阳之光也……好，就叫此城为芒城吧！"

"好——"周围一片欢呼雀跃。

轩辕、采女、喫诟等回到城里，享受了一顿华蜀合璧的原始社会最丰盛的"满汉全席"之后，下午又要进山。

天老看到轩辕从气色、精神涵养等方面都出奇的好，也对青城山产生了兴趣。宁封、素女自不在话下，他们父女俩早就有进山随鬼容区学导补之术的想法。只是素女以她一位内向忧郁的女人的敏感，发现采女的变化更大一些！

采女明显地让人感觉到更多了一些成熟和妩媚。她以前的活泼劲儿少了一些，可脸上总是喜咪咪的，笑脸也更加爽朗。以前，她总是小心翼翼地跟着轩辕，生怕有什么地方做得不到，而现在，她竟然当众携着轩辕的手，依偎着他，一种无拘无束的样子，好像他已经是自己的男人似的。

素女嘴上不说，可心里却大呼自己又一次失策！如果是她随轩辕进山的话，那么，现在携轩辕手的就是自己了。这么想着，她表面平静的内心世界，莫名地对采女多了几分妒羡，对轩辕多了几分幽怨：你咋就不明白我的一番心思呢？

轩辕、采女、天老、仓颉、岐伯、赤将、宁封、素女、喫诟等，带了更多的随从和生活必需品，高高兴兴地进山去。一进山，骄阳就变得温柔起来了。连见多识广、过的桥比别人走的路都多的帝师天老，也大为感叹："不错，果真一幽都啊！"

轩辕今天已经向鬼容区请过一天假了，大家就径直向后山走去。过了

"天然图画"，还不到轩辕的好去处，在一段陡坡上面拐弯处，轩辕指着丛林翠竹掩映的一个山洞说："这里有一洞穴，里面不小，进出方便，请天老帝师、仓颉、岐伯、赤将、喫诟，晚上住此如何？喫诟要仔细安排好帝师起居。"

喫诟学着蜀人的话应了一声："要得！"就指挥着几个随从，带了兽皮、坐垫等，用艾蒿腰儿点着火把，举着火把进洞收拾去了。

"歇一歇，继续进山，一则请帝师为我的住处堪舆，二则山上别有洞天，请宁封、素女前往。"

"道边嘈杂，亦非我宁封去处……"宁封正在想自己的居处在哪儿时，轩辕却早替他想好了，宁封就连忙称谢。

大家休息的时候，随从用陶罐打来泉水，轮番仰着脖子喝了。自然，喝水的顺序是天老、轩辕（随从人员先给轩辕，轩辕硬让给天老先喝的）、仓颉、岐伯、宁封、赤将、素女、采女。采女虽说已经是轩辕的女人了，但是礼节上，她还是把各位先生和素女姐让在前面——尊老敬长，这是巴山氏酋长巴婆——她的老祖宗从小就教导她的。

等喫诟带着人把这个以后叫作"五洞天"的山洞收拾好了，大家也休息得差不多了。轩辕说："走！"大家就相携着继续前行。

上山时，轩辕搀着天老走，采女就赶快搀在天老的另一边，让天老倍感为师的尊严和荣耀。

又往前走了一阵，就来到两溪交汇的地方。轩辕朝前一指：

"此乃我住处，喫诟第一发现者也！请帝师详为勘察。"

喫诟的胖脸上挂着得意的笑容，两撇小八字胡似乎也翘了起来。天老高仰着他那张纵横交错着皱纹的老脸，眉头微锁，面对浑圆顶，面对十多丈高处的洞窟，又看了看西天的太阳，测得它面向东北。再看浑圆顶周围，左山青翠如龙形，右下池塘幽暗藏虎气；走进去，黄心夜合、银杏古木参天，奇花异草目不暇接，有奇石鼎足而立，乳泉叮淙有声，一池碧水洗心革面，清幽深邃。仙人松、凌霄花旁，潮泉如瀑。

轩辕说："此泉尤为奇特，天亮飘然而洒，天黑止水，成为定制。"

天老仔细观察一番，心中即全然有数。

二

以前有一个人，名叫"堪舆"，刻有《图宅书》，到轩辕时，其人已经过世，现在，只有帝师天老最知其勘察地形风水的相宅之术。轩辕、喫诟等人的相关知识，都是从天老处学来的。轩辕好学，称帝以后，还在天老所传知识的基础上，专门写了一本《黄帝宅经》传给后人。

这会儿，看着晚霞辉映的周围的山形地貌，天老在心里和堪舆所传"相宅之术"——一对照，又结合了星象学知识对轩辕说：

"尔等看，此处山环水绕，负阴抱阳，形似仙岛。主山浑圆顶，靠山深厚、龙脉清楚；前方案山、朝山，视界开阔、层峦叠秀；左右砂山，左山青翠如龙，应东方青色，曰青龙山；右山幽池，暗藏虎气，曰黑虎塘，又有护山相护；洞窟所在，正居龙穴……实乃一好风水也。唯主山朝向东北，不属正位。君子当面南而立。轩辕祖地，东北桥山，面朝祖山，崇祖敬祖，以图大业，也未尝不可！"

对帝师的一番言传身教，轩辕悉心聆听，啧啧称赞。师傅相宅，也不忘鼓舞轩辕的宏大志向啊！

话说到这里，笔者有意补充一点，以帝师天老的渊博知识和宏阔胸怀，并不是因为他从"帝师"的位子上下来了，就非得再培养一个新帝来取代炎帝，而是从炎帝身上，他感到了前途未卜——人各有所长，榆罔是个好农业专家、好医药学家，是个专业人才，可是他的确不具备治理天下的雄才大略。他学有专长而不容人，绝对不是一个帅才！而从轩辕身上，天老看到的则完全是另一番气象——雄才大略、天子风仪、帝王之相。他应天象而生，顺天道必成。人常说，"举大道，天下往"嘛！

天色向晚，山中潮气先至。轩辕将自己的丝衣脱下来，给天老披上，对喫诟说："生大堆篝火，举松明火把。今晚大家在此一聚！"

晚上，轩辕、采女、天老、仓颉、岐伯、宁封、素女、赤将等围坐在一大堆篝火旁，红红的火光在每个人的脸上跳跃。采女幸福地依偎着轩辕。老脸天老身上披了兽皮（老年人，身上没火气了嘛）。四眼仓颉仰头看着天空中朗照的圆月。岐山仙岐伯的手中还拿着一根什么草药，时不时看上一眼，咂吧一口皱着眉头琢磨。冷面人宁封好像入了静，赤将红着脸，在喝喫诟刚送上来的玄酒。只有冷美人素女，怀抱琴瑟，一脸忧思。

自从轩辕进山以后，这是大家第一次坐在一起敞开心扉，无所不谈。听到大家在各自的领域里都有新进展、新体会，轩辕高兴，就对怀抱琴瑟的素女说：

"素女，你瑟鼓得好，何不弹奏一曲，为大家助兴？"

冰美人素女正陷入沉思。月光下、火影中，一身雪白装束的她，如一尊汉白玉雕就的犹抱琵琶半遮面的仕女像。忽然听到轩辕和自己打招呼，她好像从梦中惊醒一般，慌忙支好瑟，用纤指把那五十根瑟弦弹得柔肠百结，婉转动听。

看着天空的圆月，月中的"老槐树"浓阴如盖，树下的佳人，坐在石盘之上，远在天边，却似近在眼前：她是那么遥远、那么孤单、那么寂寞、那么空灵，却那么清晰可鉴，楚楚可人，扣人心弦……月光朗照下的群山，银韵暗合，轻纱缥缈，一支婉转幽怨的乐曲在其间沉浮回荡。大家的心，都被它所慑服，都静静地陷入沉思———群高人，都有曲高和寡、高处不胜寒的同感啊……就因为聚在了轩辕身边，才给人生注入了新的活力！

轩辕也被这一种旋律所打动。但是，顺着这一个旋律向下，再向下，他越来越强烈地感到，有一颗心，一颗莹莹之心在颤抖。看到素女哀怨地看自己的目光，一瞬间，轩辕明白了一切！但是，在大家欢聚一起的时候，在大家畅谈事业、前途、命运和人生体验的这个时刻，却不需要这样的乐曲！我们需要的是阳光明媚、乐观向上，需要的是催人奋进、节奏明快的亮音，就像后世的战士发起冲锋时那振奋人心的冲锋号……但是轩辕理解素女——这位既是陶正又是自己师傅的宁封的女儿的一颗冰心。她的心还是一尘不染啊，像出水芙蓉一样带露绽放，借着月光传来阵阵幽香，激活了轩辕敏感的怜爱之情。轩辕在等待，在等待这一曲结束，在等待由她自己来画上圆满句号。在绕梁三匝的袅袅余音中，轩辕才很合分寸地对素女说：

"伏羲氏合天籁以造瑟，置五十弦以像心曲，却乃圣人曲高，幽深曲折，难以形状。凡人生活简单、快意情怀，唯铮铮之音，催人奋进，亦适我们蒸蒸日上、和协八方之大业，就更五十弦为二十五弦吧！"

素女微欠了一下身子，对轩辕的婉转之词表示谢意，也为自己的不合时宜深表歉意：

"不好意思。我一腔女儿情思，难表丈夫之鸿鹄大志。以后改了。"素女一边说，一边不失时机深深地白了轩辕一眼。轩辕看到没看到她这一眼不清楚，倒是让采女逮了个正着。她内心一紧，不由得抱紧了轩辕的臂膀，脸也贴得更紧。

当天晚上，大家联欢至深夜——一轮圆月已经挂在西天时。天老、轩辕、采女、宁封、素女、仓颉、岐伯、赤将、嘿诟及所有随从人员，把个三层洞窟，挤了个水泄不通。

轩辕躺在草垫上的兽皮上，又一次习练导引静养功法。这静养功分为卧式、坐式和立式。卧式的基本动作为仰卧。人仰卧后，两脚自然伸直，略微分开；两手左右自然摊开，手心朝上，或者双手合抱呈太阳状，置于肚脐（丹田穴）前。然后，深吸一口气，感觉气流好像是从丹田引出，又从背后上行。吸气的同时，放松并打开全身"关节"，好像全身的每一个毛孔都已张开了做深呼吸动作，都在吸纳天地之精气，感觉人整个像一只肺叶或海贝一样全部张开、翕动；所有"吸"入的精气，沿背后的督脉总汇、上行，到头顶后再折回颜面。呼气时全身"收缩"，各种毛孔都缩紧，就像呼气时的肺叶和合起的海贝，精气沿着起于目下的任脉下行，全部注于丹田，即所谓"气沉丹田"。同时，全身的浊气也从所有的器官中滤出，随精气下行，经过丹田时，与精气分离，浊气继续下行，直到从脚底排出。这样一个从吸气到呼气，引导气流沿督脉、任脉循环一周的过程，就叫运"周天"。第一个"周天"完成后，接着运行第二个"周天"。吸气的同时，从丹田中再次提取部分真气，沿任脉下行，经会阴后，沿督脉再次上行，和第一次一样，如此循环不已……我们现在的气功师，将这种运周天叫作"运小周天"，即意念只控制气流沿人体周而复始地循环。相对而言的"运大周天"，则完全是一种意念带动气流环绕人体和宇宙同时周转循环，人运周天的过程，如同巡游于大宇宙的星汉天际，有一种"巡天遥看一千河"的感觉。这时候，已经完全是一种"天人合一"的状态了！

我们说，轩辕这一段时间随鬼容区苦修"导补之术"，他的导引静养功，已经是日见长进。随着运周天的一次次重复，体内不断吸入空灵的清（精）气，不断排出重浊之浊气，人也变得似乎空灵而剔透起来，每一次气流沿督脉上升，就好像身下加了气垫似的，人体有了一种悬空的感觉。这样练着、练着，轩辕感觉自己已经浮上了混元顶，置身于一团雾气笼罩之中，纵目四顾皆茫然，好像自己已经立于地极，凌驾于绝顶了……

三

现在轩辕和大家一样，被挤在洞窟内的人缝儿里。好在他的功力已经长进到不必采取标准的姿势，不论怎么个卧姿，他都能顺畅地运自己的"周天"。这一次他闭目运气的过程中，先"看"见面前一座山的黑影，接着就"扶摇直上"，人好像飘起来了一样，群山在急剧下降、下降……这时候，躺卧在地的我就是"天"了，我背负的是青天，面对的是大地，我俯瞰着山脉、田畴、部落和奔跑的野兽……

第二天平明的时候，洞窟外的潮泉又准时地"哗哗"而响，百鸟也不失时机地和鸣，轩辕在这一派天籁之音中第一个起身。他给采女、天老等盖好兽皮，自己起身走向洞外。喫诟随他走出。

轩辕："我今与宁封、素女上课，你要派人去朝阳洞，安排他们食宿；和采女，陪帝师游山。"

"是。"喫诟应道。

轩辕在乳泉旁撩起泉水洗了把脸，又将手上的水甩掉。喫诟即去叫醒采女，指挥随从人员生火造饭。按照鬼容区的导补理论，这早餐可是人一天食补中最重要的一顿，来不得半点马虎，量不一定大，但一定要吃好。但是晚饭不能多吃，只需喝一些汤汁一类的东西就行了。轩辕将这一要求落实到人们具体的生活习惯上，延传下来，就是我们前面提到过的黄陵人管吃晚饭叫"喝汤"。

吃过早饭，轩辕即和宁封、素女一同下山，前往月城湖旁的鬼城山上课。岐伯、仓颉、赤将相约，继续进入深山。天老则在采女、喫诟搀扶下，上山游赏。

刚出发时，采女和喫诟就赶上前去搀天老，不想这天老，虽说是一位老人了，却极硬朗。他根本不用采女和喫诟搀扶，自己径直在前面先走了。采女和喫诟只好紧随其后。倒是喫诟机灵，从道边树上折下一根树枝，去掉梢子旁枝，让天老拄了。

平行不了几步，进山的路即与下山的路岔开了。循进山之路前行，"天梯"就横在眼前。这天梯不是很高，但却极难攀登，得先有年轻人攀上去了，放下绳子来，后面的人拽着绳子，才能勉强攀上去。天老把拄的棍子交给采女，抓住从天梯上伸下的绳子就往上攀，也可能是由于他体瘦身轻的原因，他居然身轻如燕，三下五除二，就已经站在天梯顶上了，还双手叉腰，爽朗地笑几声。看到采女手抓绳子，脚像编蒜似的一阵乱扑腾，咬牙切齿，使出了吃奶的劲，把个粉红的圆脸都憋得通红，天老的老脸上乐开了花："年轻人无用！"等到终于站在天老身边的时候，采女已经手脚发软，脸色发白。天老还是老顽童一样乐不可支，把那只高挺的鹰钩鼻子挺向了蓝天。

喫诟上天梯也极不容易。他肉球一样胖的五短身材，一双胖而短的手，总是抓不紧绳子，绳在手心里溜，吐了几次唾沫了还是无济于事。看他细脚玲珑的短腿在石面上划动，活像一只金龟子。最后，还是两个随从扶脚托臀，另一个随从从上面伸出手来拉，他才算勉强上了天梯。天老不想再笑喫诟，他已经一个人走上前去。采女赶快紧跟几小步。在一段山脊上行走时，看到两边一片虚蒙，一层薄雾让所有的景色都迷离起来。人走进雾里，最浓处，前后紧随着，也只能看到对方一个浅淡的剪影。湿漉漉的雾气，打润了人的头发，也莹润了人的声音。前后根本看不见人，只听到一片山鸣谷应的呼应声：

"小心路滑！"

"后面跟上！"

"要得——"

这样前后相随，如堕五里雾中似的行走了一阵，总算走出了浓雾。云团开始在人身边"万马奔腾"，让人精神为之一振，好像又回到了马师皇驯马的长江岸边的九龙坡……这些奔腾卷涌的云团，却在一瞬间给定格了，堆卧成一片织锦，人在其上，坐看云起，闲云野鹤之情油然而生。

四眼仓颉、岐山仙岐伯、红脸赤将几人前去后山的路，并不比攀天梯轻松。一道青崖鼓腹斜立，只有天然的浅坑可供踩、攀，上是青障，下亦青障，皆不知深浅。小心谨慎地攀过去了，却见对面又危立一苍崖，两崖之间，窄有一隙，一根独木搭在两崖之间，独木上蒙了一层绿苔，长起了细碎的青枝绿叶。从独木桥上可以去到对面，也可以从崖旁攀上去，这是从后山去朝阳洞的一个捷径。以后，轩辕把鬼容区请到浑圆顶下他自己的三层洞窟居住，拜其为"天师"，自己住到轩辕峰下的洞窟的时候，这一个独木桥和捷径，方便了轩辕和宁封、素女间的往来，独木桥就被戏称为"访宁桥"；在这鼓腹的青崖上架起一个栈道，名之曰："龙蹻栈道。"这是以后轩辕再次来到青城山，拜宁封为青城丈人、请其授《龙蹻经》时的事了。

岐伯先折了根树枝，在独木桥上戳了戳，又用一只脚在其上跺了跺，确认它还很牢固的时候，才轻快敏捷地三步并作两步跨了过去。岐伯这样做的时候，仓颉在一旁揶揄："不看上面长枝叶吗？它活着呢，不是朽木！"岐伯倒不以为然："安全第一，万无一失嘛！别搞得一失足成千古恨了！"赤将则皱着眉头，把他那张天生的红脸，对着身后鼓腹的苍崖看了又看。他在琢磨着，这里可不可以做成一条栈道呢？

对面这个轩辕峰，就这样被善于攀崖采药的岐伯和仓颉、赤将给发现了。

轩辕和宁封、素女攀上鬼城山，来到鬼容区那座青藤缠绕的茅屋。看到鬼容区那长须长发围定的坐相，素女心中暗惊。不等轩辕等开口，鬼容区倒先开了口：

"他俩就是宁封、素女？"

"是。"轩辕应道。

宁封也赶快打破他平时总是好静不好动、遇事总不动声色的冷面人样子，向鬼容区拜道："闻师傅大名，敢与小女拜为上师，就习导补之术乎？"

鬼容区："学者，道也；不学，亦道也。本在质，朽木不可雕，成材不用修。然先生既不弃老朽，我当尽力矣！"

宁封和素女再拜称谢。

鬼容区却把话题一转："导补之术，轩辕已近炉火之纯，汝等可与他交流。导补之术，首护'三宝'。"鬼容区对轩辕褒奖一句之后，就单刀直入进行正式话题：

"三宝者，人之精、气、神也。肾主精，肺主气，心主神。养护三宝，就要涩精、行气、守神。"他看了宁封一眼，接着说："肾阳不足，可见腰痛、背冷、不耐久立、阳痿、滑精、夜尿频、天亮前泄泻等症状；气不行则痛，则寒热不均，活动不爽；心血虚，脸色就淡白无华。"

宁封深深点头。轩辕亦在心里称是，因为他了解宁封先生正是如此表现。

"导补之术，重在行气；调补，又有食补、药补、阴补、阳补……"

鬼容区滔滔不绝地讲着。轩辕、宁封、素女，还有鬼容区的其他徒弟们都在洗耳恭听。轩辕用他理解的符号，在地上画着，在心里理解着、记着。宁封宁神静气地听着，素女也显示出特别的爱好和神情专注。她一旦进入修炼的境界，就会忘却很多儿女情愁……对于宁封父女俩修炼的境界，轩辕以后在他所著《黄帝四经》中，给予了很高的评价：

"人循天行之七法（明、正、适、信、极、反、必），就能变得聪慧。慧则正，正则静，静则平，平则宁，宁则素，素则精，精则神。由此而至神之道，见知不惑。帝王者，执此道也，是以守天地之极，与天俱见，尽施于四极之中。"

由此可见，"素"的修炼境界，比起"宁"来，还要高出一个层次呢！

四

轩辕和宁封、素女下课回天师洞和朝阳洞的时候，天老、仓颉、岐伯、赤将等已经在青城山尽了各自的性情，回到五洞天。喫诟也来在这里等候轩辕。

这一天，天老在喫诟、采女等陪同下，游了朝阳洞。喫诟等人收拾打扫朝阳洞时，采女又陪天老一直走上九倒拐，感受了一番青黛壮观的青城山水。登上青城第一峰，采女兴奋得直跳跃，一声尖叫，周围一波波山鸣谷应，大有“登高一呼天下应”之感。远眺，明媚的阳光下，岷山数百峰峦如翠浪起伏，层次明晰；一条岷江明亮如带，蜿蜒飘远。回望西方，千寻绿嶂夹溪流，青城后山的味江风光，历历在目……

四眼仓颉循着鸟、兽的声音追寻，在这里第一次看到了貔貅，一种黑耳朵、黑眼圈、黑腰围，专食竹子、憨态可掬的动物，也就是五千年后风靡全球的中国国宝大熊猫！虽然仓颉知道貔貅，可是那只是传说中的动物，亲眼见到它，仓颉还真是第一次！以后轩辕摄政王与炎帝榆罔阪泉大战时率领的六军中，以貔貅命名的有貔氏和有貅氏师旅，发挥了重要作用。此外，仓颉在这里还看到了白唇鹿、牛羚、白鹤、猕猴以及小松鼠。桐花凤、护花鸟、青城玉鸦等更让他开了眼界。尤其是护花鸟，红首黑羽，翅膀上点缀着黄斑，啾啭嘤嘤，活泼可爱。仓颉跟着它学了半天，才算翻译出它鸣叫的声音为“勿偷花果”。正在捡拾野猕猴桃干果的他，为自己能解开这一鸟语而自慰。人往往不能得意忘形，就在他自鸣得意的时候，险些踩上了一条乌梢蛇！他的脚已经举起，就在将要落下的时候，眼睛的余光看到了一条乌黑的“绳子”横在路上。一种下意识的紧张，他收住了悬在空中的脚。定睛一看，原来是一条蛇！就在他愣神的一瞬间，“唰”的一声，蛇已经不见了踪影……好险啊，这一脚要踩下去了，后果不堪设想！仓颉惊出了一身冷汗。

赤将注意观察的是各种树木花草和奇石。银杏（公孙树，以后轩辕为了表示自己心系苍生的宏愿，改姓公孙，就以这树见证）、黄心夜合树自不在话下，红豆树、德形杉、限芝（荔枝）、无柄爬藤榕、柳杉、楠木等不胜枚举。青幽润泽的岩壑，幽兰随处可见，素心兰、兔儿兰、含珠兰，让他采了一大把；各种假山奇石，把他的背囊都压沉了。

收获最大的当然是岐伯了。来到青城山，好像走进了一座医药的宝库，他在这里如鱼得水，左右逢源，信手拈来。多年来穿山越岭四处采药养成的习惯，只要一进山，他就比猴子穿得都快。只要看到了草药，他把同伴就全给忘了。他发现，《神农本草》上记的草药，这里基本上都可找见。他在这里采到了在峨眉山上采到过的金星草，用这种草药敷疮效果甚好。还有黄柏、杜仲、厚朴等，尤以厚朴贵重。这种药的干皮能行气化湿、宽满平喘，花蕾能治感冒咳嗽、胸闷不适。他还采到了能平肝息风、祛湿活血抗惊厥的天麻；根茎入药可活血通经、祛风止痛，常用于妇科、伤科的芎䓖（今之川芎）。青城山的茶，也被老神农写进了《本草经》，用来治病疗毒。这里的苦丁茶能消暑解热、除烦止渴；银杏茶具有抗病解毒、降压和调节体内代谢作用，能预防和治疗头昏目眩。

看到大家的成果，轩辕由衷地感到高兴。在这里歇息闲聊了一阵，他就和宁封、素女向自己的洞穴和朝阳洞走去。喫诟被轩辕留在五洞天伺候天老。

因为天色向晚，宁封和素女父女在轩辕的洞穴没停，就在一个随从的带领下，向朝阳洞赶去。来到朝阳洞，天已经黑下来。走进洞中，喫诟留在这里的随从已经在洞内点亮了火把，生起了篝火，造好了晚饭。宁封看这山洞，大可容百余人，洞穴开朗，清幽雅致，真是一处清幽妙境，不由心生喜欢。吃过晚饭，父女俩歇息，随从人员在旁边另一小洞休息。这里一夜无话，倒是轩辕在自己的洞穴做了个怪梦，自己笑醒：许多人乐呵呵地聚在一起。谁知，气温却越来越低，其中一人背上结了一个浑圆透明的冰甲——和龟甲的样子完全一样！是因为冰甲太重吗？他双腿一软，直接向后倒下，惹得大家哄然而笑，轩辕也从睡梦中笑醒过来，自己先打了个寒噤——原来是身上盖的兽皮不知什么时候溜向了一边。

采女被轩辕"呵呵"的笑声惊醒，懒声懒气地问：

"何事开心？"

轩辕将梦境复述一遍，采女也跟着笑了："君无愧少典氏后，梦中亦不忘图腾!"

轩辕:"潜移默化,已深入骨髓。"

"是啊,就像我常梦老鼠、蚕虫!可昨晚我却尽梦见蛇——在一幽暗去处,地上全是幽幽纠结之蛇,绊在脚下,人在其中,无处落脚……"采女余悸未消地说。

"此好梦啊!母系有蛴氏图腾为蛇,故桥山一带辈辈相传:梦见蛇,生儿子!可见我们子孙众多,香火相传,族众发展!"轩辕说着,有力的臂膀揽向采女。采女就势钻入轩辕怀中,自然又是一番男女好事……

自从那次"打呵欠"事件遭到鬼容区奚落,轩辕在内心认真地反省自己:精者,三宝之首,人生命之根,精盛则精力旺盛,精少则病,精尽则死。鬼容区曾经谆谆教诲:"贪心未止,过度行房中事,人生不过五十(岁),即精髓枯竭,离死不远矣。""善养生者,阳事辄盛,谨而抑之,决不可纵心竭意而自残啊!若一度制得,则一度火灭,一度增油;若不能自制纵情施泻,即是膏火将灭,更去其油,能不深悟自防?只患人年轻时不知道,即使知道亦不信而行之,至老矣,悔之晚也!病难养也!"所以,自己断不能"俗人见浅,只知施泻以生育,不能秘固以颐养"也。鬼容区为此,还专门讲了一个因不慎房室之戒,致膏火灭而身亡的典型案例。

自从鬼容区语重心长地教诲之后,轩辕就开始特别谨慎地养精护精,尽量少和采女在一起亲热。但是,人生长到这个年龄,特别是冲动性强的男人,那种对漂亮女人的占有欲,那种每过几天就一阵强过一阵的性欲冲动,的确难抑。有时候你强抑住了,全身却处处都是压迫感,一种难耐的煎熬,长夜难明;有时候你总算强抑住了,可在梦里,却又投入了美女粉红色的圈套,终于一泄而不可收拾……也就是说,这也是一种自然规律,顺其自然,不要强施;可以节欲,但是不能绝欲。

第二天,等到宁封、素女从朝阳洞下来,轩辕就一同和他们前往鬼城山,路过五洞天,天老、赤将要下山回到芒城去,岐伯也要把他采下的草药背回去晾晒,就剩下仓颉一人继续住在五洞天。以后,每隔几天,岐伯都会进山来采药。因为这一带气候潮湿,有不少人患上了痹痛,经常需要药物调治。宁封和素女住在朝阳洞,轩辕、仓颉、岐伯时不时前去议事,素女总觉得有些闹。有一天轩辕等人又来了，素女就躲开，和采女一起上山去玩。素女这个人，本来性格就孤僻，跟着鬼容区这一修行，就把她对轩辕的那一丝悬念也给淡化了，以后再见到轩辕，她总是一种回避的态度：回避和他说话，回避他那一双充满豪气的目光……姐妹俩，一个素静冰美，一个开朗鲜活，所以一路上就只听到采女的笑声了。她们相互搀扶，缓步走在被初雪装点的山脊上，临近山顶时，一片开阔的斜坡下面，又有一小路折向山下。出于好奇，姐妹俩就折向了小路。下行百余步，小路隐入林中，旁有一洞穴，靠山临崖，眼前一片银装素裹，如冰雕玉塑，环境幽静至极。两人探进洞中，在雪光与阳光辉映下，洞中明亮清爽，温暖宜人。素女一下子认定了这个地方，这就是以后青城山上被叫作"玉女洞"的地方，它之所以叫这么个名字，也许就是因为素女冰清如玉的缘故。

五

轩辕和宁封、素女在青城山的学习修炼正如火如荼的时候，却接到天老传来的口讯，要他立即回到芒城，因为巴山氏部落从陇东返回的捷剶捎来口讯，要转达吴权师的"新思维"；同时，嫘女已经离开蜀山氏部落先期赶回西陵，据说是部落内部出了些问题，很急，请轩辕赶快返回西陵商议大事。

轩辕临离开时，诚意邀请鬼容区住进混元顶下自己的这三层洞窟，一是这里宽畅适宜，二是为了方便宁封、素女的学习。他们父女俩留在青城山继续修学。

随着季节的变换，轩辕已经又一次披上了他那件黑色的熊皮外套，走起路来，威风凛凛。第一场雪下过后，气候明显地变冷了，人呼出的热气也变成了乳白状。采女、喫诟等相随，轩辕一行匆匆地赶回芒城。

捷剶较以前明显地黑瘦了一圈儿，但他的头发依然是硬挺着，依然是那种英姿勃发的样子。胲则是一副精细老成的模样。见到轩辕回来，他们赶紧上前施礼，被轩辕扶起：

"自家人，不必客气……一路辛苦你们了！"轩辕一边扶起捷剶和胲，一边和随他俩一起施礼的牛运输队的伙伴们打招呼，用手势示意大家"都站起来，各忙各的事去"。

老脸天老、四眼仓颉、岐山仙岐伯、红脸赤将站在旁边。天老始终笑眯眯地盯着轩辕看。

等大家都走进中心大屋，围着火塘坐定，捷剡就向轩辕转述了吴权师的话：

"请大盟主放心，陇东那边，咱华夏在吴权师协理下，各部和睦相处，又托老天帮忙，农业畜牧发展，人们安居乐业，人心思治，欣欣向荣。吴权师让我转告大盟主，如今之炎帝榆罔，已是神农末世，天道逆转，空有其名，不能德服天下。他逼我们为对立面后，又对朔方之玄龙、兔龙严逼，欲加强控制，却落得怨声载道，连马龙亦与华夏合作了。吴权师夜观天象，发现紫微晦暗，井、张（星）发亮，一个吉祥安详，一个凶光刺眼，皆有取天下之势。故请我转告大酋长，勿忘中原，务必养精蓄锐，蓄势而待发。"

轩辕一边听，一边点头——吴权师和帝师天老夜观天象得出的结论是相同的，加上他本来就对满脑子智慧的"老羯胡"吴权师充满了敬意，所以捷剡转达的话，他听得很认真，也不时在心里合计着。

捷剡讲到这里，胲想起嫘女酋长的话，接着告诉轩辕："我们路过蜀山氏，正赶上嫘女酋长返回西陵，故此请我们转达大盟主：西陵氏代理酋长常伯派人来到蜀山氏，言说西陵有人企图谋反，自立酋长。她已带应龙赶回西陵，请大盟主随后即到。"

在西陵氏部落谋反的人是金伯。金伯原来就是西陵氏部落的农事主管，以后还与嫘女一起竞争过部落酋长，虽说是竞争失败，但也有一定的群众基础。嫘女当上部落酋长、继而成为西蜀部落联盟酋长的时候，让金伯继续担任农事主管，自己除了掌管全局外，还是以养蚕织帛为主。由于嫘女的大度宽容和金伯内心对嫘女的暗暗爱慕，工作上他积极地给予配合。在金伯的带领下，西陵氏的稻作农业有了很快的发展，为解决人们的吃饭问题做出了贡献。可是，自从轩辕自陇东来到这里联姻以后，他和嫘女之间的矛盾就一下子突出起来了——他内心深处难以表达的那一丝希望在一夜之间完全成为泡影，嫘女已经永远归属于别人了，而且是远在中原的男人！金伯本来就性格耿直，一双四棱子眼睛鼓得红红的，可是这是没办法的事，已经无法挽回了！谁让他是眼看着嫘女长大的，年龄相差太远了，再加上自己又不是部落酋长，没有随便要哪一个女人的特权，只能眼睁睁地看着自己心窝里藏的花尖尖落入别人之手，还要作为长辈之一，很礼貌地坐在现场去见证眼前所发生的一切……这对他来说太痛苦了！但他还是抑制住了内心的风暴与狂澜，表面上若无其事甚至是愉悦地欣然接受了这一事实。事实上，金伯对嫘女的这一种情感，也只有也只能他自己一个人知道！为此那天晚上他多喝了许多玄酒和桑葚酒，天旋地转、东倒西歪地回到自己的屋内，把那个慌慌张张跟回来的黄脸婆老婆臭骂了一通。

"轩辕和嫘女一行前往巴山氏、蜀山氏等部落巡视，部落的代酋长怎么都应该由我金伯来担当，可是她却把这一副担子交给了常伯。常伯虽说老实持重，办事也算稳妥，可比起我金伯来，那真是小巫见大巫了！他对部落有多大的贡献？不就是因为他儿子常先有勇有谋，还算是一个人物吗？"金伯越想心里越不服气，在行动上，就采取了一种不合作的态度，凡事自作主张，先斩后奏。常伯为了大局，只要不出大格，也不与他计较。谁知他竟丧心病狂，发展到串通了一部分人，聚集到金氏山寨，传出话来，说："嫘女出卖西陵，背叛西陵，再没资格为西陵氏酋长了。"并以谣言蛊惑人心："金氏忠，嫘氏卖；嫘氏去，金氏代。"他的用心是，以嫘女援助华夏部落联盟粮食丝帛为理由，定她个"出卖背叛"西陵的罪名，以此号召全部落十八个城寨共同反对嫘女，只要酋长甚至西蜀（鼠龙）部落联盟的酋长都由自己当了，到那时，嫘女说不定还会是我的人呢！

常伯看自己的忍让迁就终于让金伯把事给弄大了，就立即派常先带人前去围定了金氏山寨，立即派人到西陵氏各寨去纠正流言，调集人马。与此同时，派人火速前往蜀山氏部落叫嫘女酋长立即返回——嫘女在蜀山氏部落住下后，曾派人回来告知常伯，让他做好迎接她和轩辕返回的准备。

嫘女返回后，局势进一步向好的方面发展。金伯撤回了他的谣言，也把他想当酋长的梦想暂时压抑起来。但是，那一帮人，还是聚在金氏山寨。

虽然嫘女解除对金氏山寨的包围，放走了一大批从众，但是其核心层人物金熊、金棍、桑木、巫龙等还是聚在一起。而且放走的人中，也有金伯的死党。他们又在各寨间秘密串通，有被举报出来的。形势越来越微妙复杂。嫘女和常伯、羲诚、应龙、常先、大挠、大鸿约了滑稽、曹胡、货狄、于则、伯余等一起商议后，由应龙带领十二地支卫队与常先带领的精壮男子再次围定金氏山寨，敲响一切能敲响的东西向金伯示威，并催轩辕一行立即返回。

把芒城转交给青城氏部落后，天老、仓颉、岐伯、赤将、喫诟、采女一行在十干卫队的护卫下，簇拥着牛车向西陵氏部落赶去，一路上依然是披荆斩棘，摇摇晃晃，只能是"磨洋工"了。轩辕心急火燎，只身骑着白龙马飞驰而去，只有中戊苍龙一人骑马紧随其后。马蹄飞奔，"嗒嗒"的马蹄腾起雪白的水花和冰碴，寒风冲得人睁不开眼，轩辕把头上的皮罩向下拉了拉，迎着寒风向前劲冲。

天老放心不下，又派出中己柔兆，带了人马去追轩辕。

金伯看嫘女回来了，想轩辕必随其后，就在夜里，带了人摸出应龙、常先的包围圈，星夜前往轩辕返回的必经之路，手持弓箭埋伏在竹林树丛之中，守候轩辕的到来。

金伯所以要做出这样阴毒的决定，是因为他把所有的"祸根"，都归结到了华夏部落联盟大酋长姬轩辕的身上——要是没有这位帅小伙子出现就好了！他要么只是来结盟，而不与嫘女结婚也好了！说心里话，金伯做出射杀轩辕的决定之前，也确实费了一番周折，平心而论，轩辕是个难得的济世英才，他不光是人长得帅气、豪爽，为人也真诚、宽厚，人格的魅力也确曾打动过金伯，要对这样一位前途不可限量的人物下了毒手，金伯想到，自己或许要成为一个千古罪人，所以他也一下子下不了这个手。但是，当他认准了嫘女所以"出卖西陵"，都是因为这个轩辕；当他固执地认为只要除掉了轩辕，一切都会大变的时候，从内心涌出冥顽的决心，促使他狠狠地咬了咬牙根。

寒风凛冽。在这样的季节里在野外守候，比酷暑骄阳下的曝晒让人更加难以承受。虽说金伯和这两三个随从都裹上了面朝里的兽皮，但寒风还是一个劲地寻找一切空隙往他们身上钻。他们冷得牙齿上下打架，全身发抖，冻得直转圈儿跺脚，可是却不敢生起一堆篝火来。终于熬过了漆黑一团的黎明前的黑暗，东方天边浓重的山的剪影上，露出淡青的一角天幕，接着又被涂上了一抹红，那么鲜红，那么刺眼！在太阳还没升起来之前，这一抹鲜红，就自东向西在天空铺排开去，几乎所有的云头，都披上了这件彩衣……

　　远处隐隐约约传来了急促的马蹄的"嗒嗒"声，声音越来越大，越来越响。马蹄飞花，这蹄子好像踩在了人心上！轩辕一马当先。白龙马白鬃飘扬，雪尾如翼；轩辕似乎已置身于另一个超凡脱俗的境界，目空一切、一身胆气，如急风骤雨向前冲撞而来。他的头发在脑后狂舞，目光灼灼，一脸坚毅与镇定。他抖动缰绳和提鞭的双手，随着马的颠簸，像雄鹰的翅翼一样上下鼓浪，威风凛凛，势压群山。金伯颤巍巍"咯吧吧"拉开弓，骨角箭头跟着轩辕和白龙马移动，移动……终于在轩辕即将越过的瞬间，"嗖"地射出一箭。

第十七章

一

金伯向轩辕射出的一箭，因为内心紧张、因为风力、因为冷得哆嗦、因为轩辕的速度太快……总之，因为种种原因，不管是因为什么原因，还是擦肩而过，只听到"嗖"的一阵风声。轩辕一个急刹车勒住白龙马，白龙马一声嘶鸣，"咴咴"地直立起来，披了一身耀眼的霞光。等轩辕勒住白龙马，和中戊苍龙一起向射箭的竹林树丛搜去时，那里早已经是人影全无，只有一片草地被踩得纷乱。

经过一阵搜索，轩辕和苍龙返回小道，正准备上马前行时，后面响起了急促的马蹄声——中己柔兆带领的人马已经赶到。

轩辕大盟主返回西陵氏后，与嫘女酋长、常伯、应龙、常先、大鸿、曹胡、于则、伯余、货狄、滑稽等商议。在充分听取情况后，他又在应龙陪同下，来到金氏山寨前巡视。

金伯早已经从后山溜回金氏山寨，看到轩辕骑马巡视，惊魂未定的他，内心又七上八下地敲起鼓来。

轩辕巡视一番以后才指示应龙：

"此山后界开阔，易守难破，又有退路。应压缩包围，彻底切断它与外界的联系。在前面留一出口，让他们下山取水。切记，要断粮不断水，围而不攻，看他能守到几时。"

嫘女也很赞赏轩辕的做法：毕竟是本部落内部的事，能不战而胜、不伤及众人最好！

大事已定，轩辕想起他的两个儿子来：

"儿子如何？"

嫘女莞然一笑："你一瞧即知。"

回到嫘轩合宫，已经两岁的大儿子玄嚣跑到门外来，以一双生怯怯的目光看着轩辕。轩辕上前，一下子把玄嚣抱住，举起：

"吾儿可好？又长高了！"

玄嚣被这突如其来的亲热给吓得蒙住了，瞪圆了一双小眼睛，黑黝黝的小圆脸也绷得紧紧的。

嫘女给提醒："这是你大。快叫大啊！"

玄嚣终于"哇"的一声哭起来。嫘女赶忙把玄嚣拉过，哄着他。

轩辕的内心好像打翻了五味瓶，说不清到底是什么滋味。他强有力的臂膀，把嫘女连同玄嚣一起揽进怀里。

盐女抱着昌意赶出来找玄嚣，见轩辕大酋长回来了，一时脸上挂满了欣喜。她把小昌意交到轩辕手中，自己急忙赶进合宫去。

轩辕接过小昌意，一手抱着，一手亲切地刮他的小鼻子，逗他光滑的"双下巴"。

嫘女放开玄嚣，玄嚣马上跑回屋里。嫘女接过昌意，娇嗔地对轩辕说："瞧你，把娃子刮疼了！小心，破了'涎水布袋'，会流涎水。"

轩辕故意针锋相对："那有啥子？吃条猪尾巴，包他不流涎！"

嫘女把她那双依旧柔情似水的丹凤眼瞪大，深深白了轩辕一眼，眉梢和口角却带着笑意。轩辕感到了从她身上和内心洋溢出的奶娃少妇的奶味和出自心底的由衷欢欣，前所未有的热爱和感激之情从心底涌出，一时热了眼圈。

走进合宫，盐女已经把热水盛好，并指挥着侍女们进进出出地准备吃食——轩辕大酋长回来了，嫘女酋长肯定要大宴一番。果然，除了继续兵围金氏山寨的应龙、常先和大鸿，常伯、羲诚、岐娘、曹胡、于则、伯余、货狄、滑稽、桃娘、曼姑、巧姑、霞姑等都聚了来。

玄嚣这会儿已不再生怯，略带拘谨地坐在轩辕的怀里。盐女从嫘女怀里接过口角溢着奶汁的昌意。嫘女放下内衣的丝帛衣襟时，看轩辕正盯着自己圆鼓鼓白生生软乎乎的奶子看，一时脸上飞红，悄声对轩辕说：

"没正经！"

轩辕也觉得自己走了神儿，抱歉地一笑。大家欢聚一起，大吃二喝，把个合宫内搞得热气腾腾，一派蒸蒸日上的气象。

过了五六天，天老、仓颉、岐伯、赤将、嗅诟、采女等，才同大队人马一起回到西陵氏首府。

岐伯晾晒他采的草药，把一张搭在树桩上已经变得硬邦邦的生牛皮敲得"嘣嘣"响，仔细一看，这树桩原来是一个空了心的老树桩。他欲取下牛皮来，牛皮却干结在空心树桩上取不下。他又怕四角翘起的牛皮万一被风给吹翻了，就取来绳子，干脆在树桩上把牛皮给捆扎结实了。这一敲，声音响亮了许多，"咚咚咚咚"，每一声都闷闷的震动人心，让初听者胆怯。

这声音正好被赶来与他议事的轩辕大酋长听到。他也上前，用手指把那干牛皮敲得发出闷雷一样的咚咚声。轩辕又捡来两根干柴棍，鼓足了劲敲，声音更加洪亮，"咚咚咚咚"，雨点般的声音让人精神为之一振，心跳的速度也明显加快。

"好物什！"一阵紧擂后，轩辕赞叹道。

看轩辕鼓足了劲紧擂，岐伯在旁边兴奋地给他加油：

"鼓！鼓！再鼓！"

这突如其来的声音，从嫘村寨传开去，嫘村坪、青龙山、云毓山、蚕丝山、水丝山，在周围所有的山之间山鸣谷应，传得很远。好奇的人都聚了过来。

轩辕停下擂击，问岐伯：

"你喊甚？"

岐伯："鼓，鼓！"

轩辕却另有新意："好名字！就叫这物什作鼓。"他停了一下接着说："把树桩都烤挖成空心，蒙上牛皮，多制几面鼓，带到金氏山寨去振奋人心，威慑敌人！"

不过几天，就有好几面牛皮鼓，被运到应龙、常先、大鸿围困金伯的兵营，"咚咚咚咚"的鼓声就在这里山鸣谷应起来，士气为之大增。可这昼夜不停的鼓点儿，却让金伯心惊胆战，晚上睡不着觉，白天安不下心，整个儿一个提心吊胆。

轩辕大酋长叫仓颉为岐伯的这一发明造个字符以为纪念。仓颉细察其因，详观其形，再听其声，就从岐伯的箭囊里抽出一支箭来，在地上画了抹、抹了画地折腾了半天，最后才画出一个"鼓"字来。轩辕一看哈哈大笑道："好！"他指着字形说，"此乃牛皮绷的如豆鼓腹之物什。发明者谁？岐伯先生也——取'岐'之一半，含义自明。"

一句话倒把个平日里为采药跋涉山野不避风险勇敢执着得像一位猎人的岐伯先生说得不好意思起来，他一边把仓颉交还的箭插回箭囊，一边说："此发明，大盟主亦一半功劳！"

仓颉随机应变道："'鼓'旁之'支'，不就说，'鼓乃别人支持之果？此人有土德！'"

大家哈哈大笑一阵后，轩辕正色道："岂可贪天之功？唯功过分明，方能励志，催生更多发明创造。"

听到轩辕这发自肺腑的话，岐伯内心感到热乎乎的："似这等明察秋毫，不贪天功，华夏有望！人干活儿，亦会鼓足劲，不遗余力。"

然而，眼下这种"鼓足劲"的"咚咚咚咚"的鼓声，对食物已经耗尽，只能靠饮水度日的金伯来说，却完全是另外一种感受——他已经从最初的胆战心惊、昼夜不宁，变成一种虚脱似的战栗。这阿雷一样山鸣谷应的"咚咚"声，每一声都像重锤砸在画影之上，砸得前心贴着后心的他一次次扭曲变形……唉，可怜地派出了金熊、金棍、桑木和巫龙再无计可施的金伯，可怜的困在金氏山寨的父老乡亲！这时候，一名年轻寨民尖叫着跑来报告：

"寨主，寨主，我老爹不行了……前几天，他只说不饿，粒米不进，把所分之粮，都给子孙吃了！"

金伯急忙站起，不觉眼前一黑，金星乱晃，他晃了几晃，差点没跌倒。他强撑着站稳身子，稍作调整，即摇摇晃晃地跟着年轻寨民走出竹屋。在茅屋竹棚间，几经曲折，伴随着撕心裂肺的哭声，走进一间小茅屋内。只见这位老者头发、胡须已经花白，眼窝深陷，全身皮包骨头，人瘦得好像一具骷髅。他已经永远闭上了双眼，再也无法发出他那低沉压抑的叹息声了！为了不让儿孙们为他担心，他一直尽可能沉默地忍受着饿虫的吞噬，直到饿虫把他老人家像蚕吃桑叶一样一圈一圈地给蚕食掉。他老人家这会儿变得真正安详了，永远摆脱了人世间的煎熬，无怨无悔地选择了死亡，可金伯的内心却好像有十几把石刀疯狂翻搅。他感到自己罪不可赦，无地自容，恨不得地上立即生出一个窟窿来，好让他钻进去……他"啪"地朝自己已经饿得浮肿泛青的脸上打了一巴掌，扭头就走。

二

这一天，也就是轩辕严令封锁金氏山寨之后月亮经过两次圆缺的时候，轩辕正在考虑准备让人送少量的食物上山去，供金氏山寨内的老人、小孩、妇女吃，应龙却派人来报告：

"金伯传出话来，痛悔过错，愿将功折罪！请问，该咋办呵？"

轩辕和嫘女互相看了看。轩辕说：

"咋办？欢迎啊！本是一家，何怨不解？"

轩辕立刻带了岐伯、仓颉骑马赶去，嫘女召集喫诟、采女、盐女、霞姑、巧姑等准备食物，随后赶来。

金伯从山寨上看到轩辕等人来到山下，立即放老幼下山。轩辕、岐伯、仓颉、应龙等迎上前去，把这些有气无力的老幼扶回帐篷。岐伯急忙逐个查看身体，然后告诉轩辕：

"皆是饿的，他无大碍！"

轩辕对应龙说："快催嫘女酋长，快把食物送来！"

应龙应声正要赶回，一阵喧哗，嫘女、喫诟、采女、盐女、霞姑、巧姑、桃娘等带众人已经将食物送到。大家立即给从金氏山寨下来的老幼人手一份地分了食物。这些人接过食物，来不及称谢，就狼吞虎咽、大吃大嚼。其中一位长者把食物拿在手中不吃，却拉住轩辕的手：

"大酋长，我老伴有病……躺在屋里，请您不计前嫌，快派人去救……"

轩辕扭头对岐伯说："准备一下，速去山寨。"又安慰长者：

"您放心吃，岐伯先生即去，老伴会好的！"

"要得……要得……"长者声音颤抖地应着，才急忙用双手掬着吃食往嘴里塞，掉下一点渣渣，也用舌头舔着吃了。

看到这种情况，轩辕的内心不是一种滋味——断粮，这是没办法的办法，受苦的还是这些无辜的老幼啊！

岐伯、应龙、桃娘、霞姑、巧姑等在那位长者的引领下，把食物送上山来。山寨寨门大开，金伯让人把自己捆了起来，来到寨门前等候。见岐伯、应龙等走近，金伯立即跪地伏法——按照盟约，违约叛逆者，斩！岐伯却扶起金伯，转身把他交给应龙：

"请随应龙下山，直接向嫘女、轩辕谢罪。"

金伯："我……罪孽深重，罪不容诛。叛乱事小，还向大酋长射出一箭……"

应龙大惊失色，气得咬牙切齿直跺脚，背后绑的鹰翅也扇了几扇，将个食指，直指着金伯："你呀你，好个金伯，你咋糊涂至这等地步？！……随我下山，听大酋长发落。"

岐伯忙着随长者去诊病。寨子里的青壮年早已经放下了手中的武器，把桃娘等迎进山寨，接过食物如狼似虎地大吃起来。这些人和送食物上山的人大多有姻亲，见面亲切、问长问短。但是桃娘绝对严格按照嫘女的吩咐办事："一人一份，不能多吃！"怕的是久饿的人一次暴食，给吃出毛病来。

金伯依然自缚着随应龙下山，走进轩辕、嫘女所在的帐篷。金伯跪地相告："金伯不是人也，金伯死罪，罪不可恕，金伯认罪伏法……"他闭目静等着死期的临近，没想到嫘女先让人给金伯松了绑，才说："知错能改，改了就好。你还是西陵司农，我之长辈。"

应龙终于憋不住，抢上一步道：

"是他，向大酋长暗射一箭，幸好未中。"

"啊？！"嫘女差点儿没晕过去！她万万没想到，竟会有这等事情发生，也从来没听轩辕说起过啊！她把一双惊讶的目光投向轩辕。只见轩辕镇定自若，一种全然没发生过、即使发生过也不记恨的样子。他上前亲手扶起跪在地上的金伯：

"人无完人，岂能无过……以后勿提此事。"

金伯完全没有想到，他最最担心的一件事，却被轩辕这么轻淡的一句话一笔给抹过去了。他之所以迟迟不投降，症结就在这件揪心让他痛悔莫及的事上！他怕得到疯狂的报复，那样全体寨民可能都性命难保……一是轩辕、嫘女的不战之恩；二是父老乡亲的饥饿难熬，让他于心不忍，实在是没有出路，才硬着头皮前来谢罪，任凭发落，要杀要剐，都已经置之脑后。没想到轩辕竟然不计较那一箭之仇，这是何等的宽宏大量啊！大感意外的金伯，内疚和感激之情一齐涌上心头，一时眼热，膝盖一软，再次跪地，含泪称谢：

"大盟主宽怀大度，我金伯若再有二心，将似此箭！"他忽然站起，从应龙的箭囊中抽出一支箭来，折为两断。

嫘女这会儿才从惊讶中反应过来。连她也没想到，轩辕就这样宽容了金伯……待定了定神，她对金伯道：

"金伯，死罪已免，活罪难逃。您还是持节游寨吧！"

金伯随后就自缚了，手持竹节，边走边敲，逢人就讲：

"我叫金伯，叛离西陵，偷射轩辕，罪大不赦。轩辕嫘女，不战不杀，给我活路，再任司农。此等大恩，终生难报……"

"邦、邦，邦邦邦邦……"

他前脚走，后面就是一片纷纷议论。金熊、金棍、桑木、巫龙筹了粮食来，金氏山寨已经不战自溃，听了轩辕宽容大度的故事，皆愿反愧，重新做人，不在话下。倒是金伯这"击节游寨"的奇异表现，更吸引了一大群毛孩子，他们欢跳、尾随，把个严肃的反悔行为，闹腾得完全变了味儿——他们把金伯视同精神失常的疯子，跟在他背后戏闹，还编了儿歌乱唱：

> 金伯金伯，胡敲乱曰；
> 自己昏了头，敢把轩辕射？

轩辕曾被金伯箭射，这件事对嫘女盟主而言，简直犹如晴空霹雳！可是，这么重大的事件，轩辕却若无其事，甚至对嫘女也只字未提……每次想到那一束冷箭"嗖"地直冲向轩辕，嫘女就心疼得难以忍受——她不敢想象，这一箭如果真的射中轩辕的话会是什么样的结局：首先是自己有可能永远失去倾心的男人，自己的幸福毁于一旦；其次是华夏部落联盟与西蜀部落的结盟也将受到毁灭性的打击……

回到嫘轩合宫，嫘女万般疼爱地问轩辕："金伯以箭射你，此等大事，你竟只字未提啊？"

轩辕如实答道："一则情势紧急，得集中精力，处理当务之急；二则怕此事惊吓于你，激起对金伯更大仇恨；三则为结盟之大局，故不想喧哗此事。再次，亦是他空放一箭即逃之夭夭，没有确凿证据。不若简单处理，以待来日自明。最重要者，是我亦无伤啊！"

嫘女虽然非常理解轩辕的良苦用心，但还是嗔怨道：

"以后若遇到危情，定当告于我，也好与你分担啊！"

轩辕故意提高了嗓门："是。如实告之哟！"倒把嫘女逗得忍俊不禁，一头钻进轩辕怀里。

正巧这一阵盐女带着玄嚣和昌意出去玩儿了，其他仆人也都各忙各的事去了。合宫里，只有轩辕和嫘女二人。两人一时心热，就相互拥抱着，亲昵着，相吻着……轩辕有意安抚嫘女那颗惊魂未定的心，抱起嫘女就冲向卧铺，一阵急风暴雨似的冲动，两个人就滚将在一起。一番"肉搏"，在嫘女梦幻般摇曳的身姿的温柔刺激下，轩辕的进攻更加强硬有力，每一次冲击都恨不能将这无限春情的海底直戳穿。真乃情深似海，深不可测……这海水的温度在急剧上升，急剧上升，像熔岩一样把轩辕全部给包容了、熔化了……人在无意识中抽搐狂舞、狂歌、狂啸……我们又想起了黄河壶口那直冲云天的激浪，那飞扬的水雾幻化出的彩虹和啸叫声……

三

就像是一幕大戏高潮的时候总是伴随着电闪雷鸣，而高潮过后，又总是风平浪静，让主人公瘫卧于沙滩上，任由退潮的海水一次又一次轻舔着舒坦的倦意——此时的轩辕和嫘女，正是这样的表现。嫘女把她秀发披散的头，靠在轩辕宽厚结实凝结着汗珠的胸脯上，认真地倾听这落潮逐渐平缓下来的喘息声，就像捕鱼归来的独木舟被拴在避风的港湾，躲过了一场暴风雨的冲击似的。

平静下来之后，轩辕不知不觉就呼吸均匀地睡着了。过了一会儿，就响起男子汉大丈夫特有的那种嫘女已经习惯了并且听了感到亲切的响亮的鼾声。

嫘女却清醒地睁大了一双丹凤眼，一阵沉思之后，轻轻地把头从轩辕的胸前挪开，拉过兽皮被，给轩辕盖严实了，自己才轻手轻脚地坐起，整理了一下零乱的衣裳，准备起身离去。不料轩辕却以他强有力的手臂，把嫘女一下子给搂住：

"凤，还有一事，一直不好启齿，我和采女……"

嫘女本名王凤，只因为发明了养蚕缫丝织帛，功盖西陵十八寨，才被人称作嫘女。听轩辕一时叫起自己的本名，嫘女忙制止他："嘘——，此事我早已知道。采女一回，姐妹间就沟通了，我真为她高兴！没看我已给她另立宫屋了？想她了，你可随时去。此乃人之常情，亦是我当初之特意安排——我乃你妃，不能委屈了你！"

轩辕一阵眼热，又一次把嫘女拉进怀里揉了又揉。

轩辕和嫘女对金伯宽怀大度的处理，被金伯自己绘声绘色的现身说法传播得西陵十八寨尽人皆知。这信息，又通过信使传达到蜀山氏酋长蜀夫和巴山氏酋长巴婆等西蜀部落联盟的大小酋长。大家都对嫘女对金伯的不杀之恩和轩辕的宽宏大度啧啧称赞，为自己能有嫘女这样仁爱善良的酋长、为能有轩辕这样心怀天下、不计私仇的大酋长而庆幸。从此以后，西蜀部落联盟更加巩固，华夏与西蜀的联姻结盟更加深入人心。在西蜀这前后七八年的经验教训，以后被轩辕写进《黄帝四经·经法》的《君正篇》，谓曰："一年从其俗，二年用其德，三年民有德，四年而发号令，五年而以刑正，六年而民畏敬，七年而可以征。"他还进一步解释道：一年从其俗，顺民心也，知民则；二年用其德，爱勉之也，民有力；三年无赋敛，则民有得；四年号令，将居民连为"什五"（也就是龟书图上的均衡布局，从任何方向看，三个数字相加，都是无懈可击的"十五"这个数字）选练、贤、不肖有别也，发号令，则民畏敬；五年以刑正，罪杀不赦也；六年而民畏敬者，知荣辱者也；七年而可以征，民死节也。若号令发，必厩上九，一道同心，上下不斥，民无它志，则胜强敌……他还把此治国方略上升到"死生之政"的高度来认识，指出：

"天有死生之时，国有死生之政。因天之生也以养生，谓之文；因天之杀也以伐死，谓之武。文武并行，则天下从矣！"

自从有了相互理解的一番对话，嫘女和轩辕之间"倚天照海花无数，高山流水心两知"的知心关系也进一步成熟起来。轩辕对嫘女更加珍惜和敬重，从思想深处，把她作为自己值得敬重和学习的师友，思考问题和为师友们的功德排序的时候，总是把嫘女的功德排在第一位，留下来个口语，直到我们现在，人们挂在嘴边的一句话还是"衣食住行"。他把穿衣作为人类进入文明社会的首要标志：文明人的第一需求应该是知廉耻，然后才讲吃食，才讲居所质量的提高和改进，才讲出行方便和出行工具的进步。他把自己的发明创造排在第二和最后一位，这就是轩辕谦逊礼让的人格魅力与风范。他总是这样的，凡事总是先人后己，绝不夺人之美、贪天之功！也正是因为这样，才充分调动和正确使用了一大批各行各业的专门人才——他的老师们才会心甘情愿甚至甘冒生命危险，历尽千辛万苦，不惜九死一生、肝脑涂地地团结在他的周围，成为对他鼎力相助的文臣武将。

轩辕还有一个特点，就是遇到一个问题，不光是要知其然，还一定要知其所以然，刨根问底，一定要做到心知肚明，决不以其昏昏，使人昭昭。正是因为具备了这种永远不安于现状而锐意进取的精神，才促使他思接天地，心怀天下，事业日日精进，才促使整个华夏民族在他一生的一百多年时间里发生了翻天覆地的变化，才使得我们的华夏先民在人类历史上率先摆脱了原始的愚昧与落后，开创了人类文明的新纪元……

自幼时在岐伯部落与嫘女（王凤）的邂逅，那次在九寨沟他们二人的心照不宣，对巴山氏、蜀山氏部落的共同巡视，这次对金伯叛乱的顺利平息……轩辕对嫘女的认识在一步步加深，可是她是怎样从一个单纯的少女，在十多年里一跃而成为西陵氏部落的酋长，进而成为西蜀部落联盟酋长的过程，对轩辕来说，还是一个未曾解开的谜。终于有了一段安静平和的日子，轩辕也好静下心来详察。

　　原来随着舅舅岐伯在中原和西戎大开了一番眼界的王凤回到西陵氏部落后，心中暗暗生出一种宏愿：一定要在今生做出一番大事业来，就像西王母偃昌那样的人格魅力，天老帝师那样的知识渊博，像舅舅岐伯和炎帝榆罔那样高超的医术，像姬轩辕那样的……一想起姬轩辕来，她就春心激荡，一定要做出一番事业来才配得上他！

　　王凤是个乖巧懂事的孩子。正巧遇到春荒青黄不接的季节，母亲岐娘不巧卧病在家，父亲曦诚四处求医，王凤就约了曼姑、巧姑、霞姑等几位同伴上山去，寻找已经越冬的干果回来充饥——这已经成为一种奢侈品，去年秋天，那些红橙橙、绿莹莹、金灿灿的野果儿，早已经被人们采食一空，有可能还挂在枝头的干果，已经是凤毛麟角、少之又少、微乎其微了！但她们还是抱着一线希望，上山去了。

　　王凤等跑了一个上午，只在一些偏僻的山坡上，搞到一些平时不起眼的干酸枣，返回时路过吉树坡，见几只鸟儿飞向桑树，从桑树上叼起一种白果就飞走了，一次又一次地往返……口干舌燥的王凤马上想到："此白果，可吃否？"

　　王凤把自己的想法说出来，曼姑第一个反对："肯定不能，要能吃，早叫人摘走了，还挂枝头？"

　　王凤可不这么想。她想，小鸟儿叼了白果而去，而且往返搬运，这其中必有原因。也是出于好奇，王凤就招呼高而胖的曼姑和小巧玲珑的巧姑在这儿盯着，她和漂亮的霞姑循着小鸟往返的方向一路找去。在前面不远的山坳里，有一个不算大的天然水池。池水泛着绿莹莹的清波，池面上正漂了许多白果，有的已经被浸泡得颜色发黄发暗，湿漉漉地反射着早春正午温煦的阳光……王凤和霞姑藏在竹丛中仔细观看，只见这儿完全是类似于鸟岛一类的地方，各种鸟儿，有麻雀，有喜鹊，有红嘴鹦鹉，有杜鹃鸟，也有漂亮尾翎的野鸡，都在刨食那些被浸泡得变暗的白果儿。它们扑棱着翅膀在水面上空停住，看准了，叼起一个白果或者飞走，或者就近落在池边的草丛中，用尖喙一次又一次叼那白果儿，抽出细长发亮的丝线，一圈一圈地抽，等抽出一个黑孔来，就叼出其中白胖白胖两头尖的虫蛹来，或者一口吞下，让脖颈鼓起，伸一下头，才把虫蛹咽下，或者细致地一口口地叼吃掉，慢慢地品味……王凤这一看，真相大白：果然是一种能吃的果子啊！不由得跟着小鸟叼吃的动作眼热心热，她和霞姑忽地从芦苇丛中站起，"嗷嘘"一声呼喊，鸟群被惊得一哄而飞散。再看那些被鸟吃剩的残果，拉住丝线的头儿，能无休止地扯下去。这丝线很结实，用手狠劲扯都扯不断，把手指都勒出很深的线痕来。王凤手执一颗白果，让霞姑扯着丝线的头儿向后退去，竟扯出很长一道白线，用手一弹，还铮铮地响，飞溅细碎透明的水珠儿……

四

王凤一时灵感：这丝线既结实又光滑，比起那些粗糙易断的亚麻丝来，可要漂亮多了！如果能用这种丝线，像用亚麻丝织麻布片那样织出丝片来，一定会既漂亮又好看……爱美之心人皆有之，但是对正处于花季的青春少女来说，就更善于幻想各种美好的东西了！但是，当务之急是口粮。王凤折来两根竹竿，和霞姑一起，把水中发暗的白果都拨到池边，一一捞出，又模仿小鸟叼开的动作，找到丝头儿，一圈一圈地扯，终于看到了白胖的虫蛹。伸出食指和拇指从白果里捏出虫蛹来，一咬，一股白汁飞溅，一口奶甜味儿喷香……"好吃！""好吃！"王凤和霞姑兴奋得跳了起来。她们又喊来曼姑、巧姑，一块儿吃。尝过鲜后，把水池里剩下的白果全部捞出来，均分了带回家去。王凤特别把那些鸟儿吃剩的果壳都拣来带上，还对大家说："把吃剩的白果壳，都给我送来！"

大家不解地问："为啥子吗？"

王凤："此秘密也，到时就知道了！"

于是，姐妹四人高高兴兴地回到各自家中，把没泡好的白果泡在陶盆里，把已经泡好的白果抽了丝，吃里面的虫蛹。

自从看到鸟儿在水中泡白果的情景后，王凤一直在内心深处赞叹鸟儿们的聪明。她又想到，大人们抽麻丝之前，也要把亚麻秆压在水塘里沤一段时间呢！她想，原来人和鸟儿一样聪明，都是大自然中的精灵！在漫长的传宗接代生命延续过程中，究竟是谁先模仿了谁？究竟谁是谁的"师傅"？又是谁先启发了谁？这已经是一个无从解答的问题了！

不多的几个泡好的白果，王凤抽出丝和妈妈分食了，而那些泡在陶盆里的白果，还依然是一种白生生鲜亮的样子，要等它们泡好，真不知要等到猴年马月呢，可是肚子里却"咕咕"地像揣了小鸟儿一样直叫，人都有前心贴后心的感觉了，甚至眼冒金星，看东西都有些恍惚了。不行，得尽快想办法。看着妈妈在地铺上呻吟的样子，王凤心急如焚！焚烧？用火烧，她拿了一个白果放进火塘里，果然立见效果，白果烧焦变黑，从火塘里拨出来，剥去外壳，虫蛹也给烧熟了，香喷喷的好吃！可是白果外面的丝线都被烧焦了，王凤的那个用白丝线织帛的计划就全泡汤了。不行，不能这么做。那么煮熟呢？对啊，这白丝不怕泡也许就不怕煮，这样，岂不既煮熟虫蛹，又保存下丝线了？王凤就是王凤，她办事干净利落，想到就做，她给陶罐赶紧灌上了水，放白果进去，挂在三脚架上就用火烧。她添旺了火，不一会儿，白果就在陶罐里煮得"咕嘟嘟"翻滚儿。又煮了一段时间，确信白果里的虫蛹煮熟了，王凤才揉了一下被烟熏得发红流泪的丹凤眼，把陶罐从三脚架上取下来，用竹笊篱，把白果从陶罐中捞出来，倒进陶盆的凉水中，稍凉一会儿，就抓起一颗白果，试着抽取丝线。丝线抽出来了！这丝线不仅和久泡的白果丝一样结实，而且更加白净银亮。

王凤兴奋地抽着丝，把这些丝都拐缠在岐娘拐缠麻丝的木拐上，把取出来的虫蛹盛在陶钵里，一个一个地喂给母亲吃。等母亲吃好了，自己也吃饱了，白丝已经拐缠了好几木拐！

王凤把自己的做法，跑去告诉了金伯家的曼姑，曼姑又跑去转告给巧姑和霞姑。姐妹三人都照王凤姐的样儿，用木拐把丝线拐缠好，先后抱来交给王凤。

等她们来到王凤家中时，羲诚大伯早已经采回药来，岐娘吃了药后病情明显好转，已经可以靠坐在地铺上。只见她虚弱地坐在那里，眼中带着欣慰的微笑，轻声指导着王凤织丝帛。

王凤先把丝线均匀密集地纵向固定在织麻布片的方形木框上形成纬线，又将拐着丝线的木拐在这些纬线之间上下左右穿梭，一根纬线在上，另一根纬线就在下，这样仔细地横穿过去，形成经线，再用事先穿在纬线上的"木梳"向下压紧。她这样仔细地拨动纬线，把经线的木拐穿过来，穿过去，姐妹们就围在周围，悄无声息地观看。一段时间内，时间好像凝固了一样，只有阳光投在地上的亮斑在悄悄地自西向东位移。大家忘记了饥饿和疲倦，一个人穿梭累了，换上另一个继续，不知道什么时候，太阳的光斑已经移出了屋内，直到光线变得昏暗下来了，第一块成形的丝帛，才以其特有的银白亮泽和柔软凉爽的质感问世！大家兴奋地相互传看着，欢叫着，跳着蹦着。岐娘因为兴奋，又一次急喘咳嗽。

王凤赶紧蹲在她身后给她捶背，曼姑端来了水，霞姑拿来食品，巧姑抓起一只煮熟的虫蛹，往岐娘嘴里喂。

岐娘被姑娘们这么围护照料着，内心滋润，咳嗽也就缓和下来。她喝了一口水，把丝帛翻来覆去仔细地看了又看，咳后发红的脸上露出欣慰的笑容，一双眼睛也眯成了隶书的"一"字：

"闺女子，织得好哟！"

自从用白果丝织出第一块丝帛后，王凤等四姐妹的名气在西陵氏部落九山十八寨一下子传开了，不断有人前来询问用白果丝织帛的技术，人们更把王凤的名字以她的功德代替，只管叫她作"嫘女"，倒把她的大名"王凤"给忘了。"嫘女"倒不在乎这些，她只管积极认真地给大家传授自己的织帛技术。在大家的共同努力下，一块块丝帛不断织出……

原有的白果用完了，嫘女就安排巧姑继续给大家传授织帛技术，自己却带了曼姑、霞姑，去吉树坡桑林中采白果。她们这一去，却为自己的发现而大惊失色：鸟儿们已经不再搬食白果，而是在抢吃一种小白虫！原来，随着春天的脚步一步步向夏天走近，那些白果里飞出一只只小灰蛾子来。这些蛾子飞不远，落在桑树的新叶上、桑枝上，到处拉下黑色的、芝麻大小的"屎"粒。拉完黑屎粒的蛾子就死去了，从树上落叶一样飘然而下，而那些屎粒，却沐浴在和煦的春风里，不到半天，就变成一只只小小的蠕动的小虫子。这些虫子是黑褐色一节一节的，随着它们一日日长大，颜色也变成乳白色，显出它们马头一样的长脸来。它们犹如从天而降，顺着桑叶的边缘，以头上下活动的幅度，一圈一圈向前吃食着桑叶。这种虫子，嫘女就叫它们"天虫"，以后仓颉造字时，就给这天虫造出一个"蚕"字来，而蚕吃桑叶的这种独特方法，就被称作"蚕食"。

嫘女让曼姑、巧姑把出过飞蛾的白果采摘了回去，自己就在吉树坡待下来哄赶飞鸟，仔细地观察这些蚕虫的生长变化。看到一只蚕虫吃完了一片桑叶，正非常艰难、一拱一拱地向邻近的桑叶上转移，嫘女就小心翼翼地抓起浅凉肥软的蚕虫，轻轻地把它放在另一片肥大的桑叶上。由于嫘女这样精心的守护，在吉树坡这片桑林里降生的蚕虫们，不再受到天敌的吃食，在安宁舒适的环境中一日日长大了。到了蚕虫的生命历程即将走完的时候，它就从口中吐出丝线来，把自己包裹其中，形成一个个椭圆形、银亮雪白的白果挂在枝头。

嫘女不顾阴晴雨天，坚持了一个春夏，终于全面了解了白果形成的过程——它们原来是蚕虫结的"果"啊！由于果中有虫，以后被仓颉造出一个"茧"字来代表，所以后世人就不再称其为白果，而叫它作"蚕茧"了！还有人取笑蚕虫这样做是"作茧自缚"，形成一个约定俗成的成语来，岂不知，它们如果不这样"自缚"了约束自己，又怎能越得过严冬？又怎能化蝶为蛾，进一步延伸生命的链条呢？这就像人要干成一件大事，总要有所取舍，小孩舍去贪玩的天性十年寒窗苦读终于中举，小说家面壁十年终成惊世大作……这都需要一种甘于寂寞的精神和"长跑"的耐力。你要赶路，就不能多看路边的风景，你得按照既定的路线突进……千刀万剐，然后终于成佛，受到人们的尊敬和膜拜。

言归正传。嫘女自从发现了蚕虫生长发育直到作茧自缚的全过程后，一到春天，就组织应龙、常先等年轻人上山护蚕。他们还发明了一种稻草人，给披上麻衣草蓑，随着春风的律动，代替人来吓唬鸟儿。蚕虫的天敌，除了鸟儿，就是老鼠。它们总是晚上爬上桑树去偷食蚕虫。由于鼠害为患，西陵氏部落，以至于西蜀部落联盟的人，都敬畏老鼠，把老鼠画成图腾来敬拜，使鼠龙成为整个西蜀部落联盟的图腾，至今作为四川简称的"蜀"字，还发"鼠"字之音。"蜀"字象形的是蚕吐丝的形象，而发的是"鼠"字之音，可见，蚕吐丝时，最怕的就是鼠害。为了驱赶老鼠，嫘女带着人在灯杆山上立起灯杆来照明……但是，不管怎么做，都不能完全避免天敌对蚕虫的伤害。这事让嫘女和她的姐妹们伤透了脑筋。

五

出于对蚕茧产量的考虑和对蚕虫可怜的命运的深度同情，嫘女就将蚕虫捉回家中，又折了桑叶回去给它们喂食。这样虽说避免了鸟食，可是老鼠的伤害，还是避免不了。一天，嫘女上山时，看到一只野猫正在追逐一只慌不择路的老鼠。只见那野猫有两尺多长，完全是一只缩微了的袖珍虎，它一身老虎一样的花纹，伸展着细长的腰，四爪矫健，不一会儿，就追上了老鼠，一爪把它打翻在地。老鼠被这一爪打得伤皮伤面，缩成一团打战，用一双贼溜溜的小圆眼，偷偷打探着野猫的动静，随时准备借机逃跑。而这只"狸猫"却并不急着要把老鼠一下子弄死，而是故意戏弄似的眯起眼睛静等，单它一动，才一爪子把它打翻，欣赏着它挣扎的样子，或者干脆就用左右前爪轮番挑逗，伸出带肉刺的舌头去细舔浑身颤抖的老鼠。它就这样折腾玩耍了半天，直到把老鼠给这么"耍"死了，才叼起它，不慌不忙地撕开鼠皮，眯起眼睛来，慢条斯理、有滋有味地嚼食……

这一发现让嫘女大喜过望。她就跑到常伯处，叫来跟着常伯习武的应龙、常先、大鸿等，和姐妹们一起上山去抓野猫。

按照老酋长的安排，年轻人都要过三关，一是跟着常伯学武艺射猎之术，二是跟着金伯学农业栽培之术，三是跟着羲诚伯学习伏羲八卦及医术。唯独嫘女和她的姐妹们多了一项养蚕织帛的新发明，这也成为以后西陵氏女子的必修课。这样，在老酋长身后的酋长竞选中，嫘女终因养蚕织帛的发明受到常伯、金伯、羲诚伯三伯的推荐，在众姐妹的穿梭鼓动下，嫘女受到西陵氏九山十八寨父老乡亲的拥戴，成为西陵氏部落的新酋长。

新酋长嫘女一上任，就决定为天下事而"化干戈为玉帛"，在抓好部落内部各项事务的基础上，积极联络巴山氏、蜀山氏部落，向他们传授丝帛技术，办起了面向巴山氏和蜀山氏部落的丝帛培训班。盐女就是这其中的优秀学员之一。

几年下来，西陵氏与巴山氏、蜀山氏等四川盆地大小部落通过交换、交往和互通有无，友谊一日日加深，结盟的趋势一日日临近。巴山氏部落酋长巴婆和蜀山氏部落酋长蜀夫先后来访。嫘女也带着西陵氏部落盛产的食盐、丝帛等巡游巴、蜀，分别结"秦晋之好"。这样，一个涵盖整个四川盆地的部落联盟西蜀部落联盟终于形成，因为都养蚕，所以共同的图腾就定为鼠龙。嫘女也因年轻有为和美貌被推举为部落联盟酋长。

嫘女给轩辕细说了她的发明与成长过程后，轩辕对她更加敬重，特意作出决定，立嫘女为妃，采女、盐女为嫔。

话说到这里，又不得不把盐女对轩辕的情感补充一番。盐女自从认识轩辕和嫘妃后，之所以要带了姐妹们专程赶到巴山氏首府（今重庆）去再学蚕桑织帛之术，心中压抑不住的就是她对嫘妃的敬重和对轩辕的心仪与仰慕——打从第一眼看到轩辕，轩辕眼中无意间透射的男子汉的豪气就完全征服了她。她之所以一直随着嫘妃来到西陵氏部落，心中的这个秘密只有她自己知道。轩辕从青城山返回后，看到活泼可爱的采女已经捷足先登，成为轩辕的嫔女而另立了屋舍，盐女的内心就像疮口上撒了盐一样蜇痛得难受！她只能以勤励的劳作、对昌意和玄嚣的精心照顾来掩盖内心的孤独与恍惚。表面上看她总是嘻嘻哈哈的乐天派，实际上一个成熟少女的盈盈情怀，面对心仪男人投入别人温柔乡的那一种痛心感受，真是像打翻了调料盒一样五味俱全！白天和采女一起工作，看到她漾在脸上的幸福表情和渐渐隆起的腹部，盐女总不免耽过幻想：如果这个挺着大腹幸福地微笑的人是自己，该多好啊！

因为是嫘妃和轩辕的侍女，盐女就和其他侍女、仆人一样，住在嫘轩合宫邻近的屋棚里。她经常半夜起来，站在屋外，盯着嫘轩合宫或者采女屋居的剪影，长时间地凝视，把一腔心思，全寄托在这一种深情的凝望与美好的想象之中……

这已经是又一个春情萌动的夜晚了。天空中星光点点，周围有青蛙一阵阵卷舌音的高低鸣唱，不时传来家猫"嚎儿子"叫春的一声烈过一声、让人难以忍受的"喵"音……这许多不安宁因素，都勾得人身心躁动不宁啊！盐女又一次悄悄起身，挪动周身燥热的身子，慵懒地拉开栅门，再一次向嫘轩合宫张望……她抱拳祈祷，她多么想让轩辕就在此刻出现啊！

就在盐女默默向神灵祈祷的时候，奇迹果然出现了。只听远远的隐约传来拉动门的"咯吱"声，接着，一个黑影从嫘轩合宫走了出来，走到场地前的碥畔上，站在那里不动了。

盐女鬼使神差地轻轻挪动夜猫一样敏捷的身子，隐藏在黑暗中仔细地观察。这一细看，她不禁差点儿惊出了声来：这正是让她朝思暮想、神魂颠倒的轩辕大酋长！她心跳着偷窥他。只见他双手叉腰，仰面观天，长久地保持一个姿态，又不时来回踱一踱步。虽然他是无意中轻轻地踱步，但这每一步，都好像深踩在盐女的心上了，她的心随着轩辕的脚步而颤抖。她心醉神怡，她生命的节拍，完全和轩辕保持了高度的一致与协调。时间过得真快，眼看着启明星已经升起，天地万物全部笼进了黎明前的黑暗与寒气之中。盐女不由得打了个寒战，再看轩辕，他已经扭转了身躯，准备折回合宫去了。急得盐女哭出了声。

轩辕听到有女人哭泣的声音，就寻声走过来："谁？"

盐女不由分说，早已经把自己激情洋溢、春情荡漾的热身子完全扑了上去，死死地裹住轩辕粗壮结实的腰身。

这突如其来的一扑，让轩辕为之一惊。当他看清是盐女后，身心已经被融化了，也就把她紧搂入怀中。这也许是男人们最大的生命弱点——对投怀送抱的美女，从来都不会拒绝。也正因为这一个弱点，历史上有多少英雄豪杰，最后都倒在美人怀中，毁了一世功名和万世基业……那些所谓"坐怀不乱"的故事，都是无聊的文人编出的骗人鬼话，还是老百姓的俗话说得好——没有不沾腥的猫！

好在轩辕紧搂的这个女人不是要加害于他的坏女人，而是对他心仪已久的倾心人。两个激情的人一旦身体接触，就好像火箭给点了火儿，肯定要一飞冲天；就好像干柴浇上了汽油，见火就"噼噼啪啪"腾起烈焰。盐女瘫软下坠、炙热烫人的酥体，进一步刺激起轩辕的冲动，刚才那些天象奥秘、万国胸怀，一时竟飞到了九霄云外，只被这一种冲动给包围了，任由它尽情地演绎……一股腾向头顶的热气，一时冲昏了头脑，他抱起激动得颤抖的盐女就跑，把她放在一堆稻草上，扶起战裙，就扑了上去。

第十八章

一

蚩尤在院坝里走着，脚下是一片清水。清水结成薄冰，薄冰随着他前移的脚步向前延伸，脚下打滑，但他还是稳住脚步走到了敞开的门口。许多人进进出出。他向屋里走的时候，一个长发披肩的女人从身旁走出。他的目光一直盯着这个女人看，他努力地想看清这个女人的面容，却只能看到她长披的秀发的侧影和发亮的蓝衣下裸露的左肩。那面孔在隐约变形，有时候很难看，很可怕。蚩尤才不在乎这些，他什么都不怕，不怕天，不怕地，不怕鬼神。他走过去，把这个女人揽入怀里。这会儿是在光线昏暗的屋内，并排站着三个赤裸的女人。蚩尤强有力的手伸向身边这个女人的腰后，伸向她柔软的屁股。他的手抚弄这个女人，他们融洽和谐。蚩尤的心思和另一只手想伸向近旁那个女人，那女人却转身走了，和另一个男人相好去了。第三个女人也被从空而降的非男非女的人代替。这个人有男人的宽厚体型却周身放射着女人肌肤细腻的柔光。蚩尤抚摸着这个非男非女的人，他（她）的阴部像鱼嘴一样开闭着……一种难耐的潮热膨胀全身，蚩尤只觉得一阵山洪倾泻的快感，伸手去摸，是一种热乎乎黏稠的东西。同时，一种在羊圈里才能闻到的强烈的骚味儿冲面而来。这一下他倒真的有些害怕了！这是他进入青春期后第一次跑阳。人生的第一次啊，他一点准备都没有。

星移斗转，时间过得飞快。自从两岁时还不懂事的蚩尤随着祖父祸父和两暚西征姬轩辕在陇东的华夏部落联盟，到现在已经快十年了。这十年里，蚩尤的父母祸和芄苏一年也没闲着，像挤杏核儿似的，几乎一年生一个孩子，一连为蚩尤生下八个弟弟和一个妹妹。这十年，蚩尤也没闲着，六岁时，他被送进鹿山拜老生翁为师学艺，懂得了一百二十种礼规，能应变天下事；掌握了一百二十种草药，能治百病、起死回生甚至返老还童；精通了十二副神（天下十二大部落的奇术妙方），能预测天气，呼风唤雨，通天和地，调和阴阳，还练就了一身武艺，力大无比，无人能敌。他出师后告别老生翁回到已经成为九黎部落联盟首府的原葛天氏部落的时候，正值九黎各部落集聚一起，为推选各部落酋长和九黎部落联盟大酋长而激烈竞争。这种竞争主要有三项内容：一是文辩，二是武比，三是阳举。经过了一、二两项的就可以成为部落酋长，第三项内容只有通过前两项选拔后才有资格参加，主要是考察未来部落联盟大酋长的生殖繁育能力，这也是最重要的必须进行的一项。

蚩尤得了老生翁的真传，知天知地，口若悬河，没有人能比得过他，他顺利地通过了第一关。第一关下来，参加竞争的九九八十一人中有十人入选，他们分别是：两暤、蚩尤、魑、魅、魍、魉、神荼、郁垒、夷方和大赫。除了两暤和蚩尤是同属九黎最大的部落黄黎外，魑、魅、魍、魉、神荼、郁垒、夷方和大赫分别来自赤黎、玄黎、青黎、白黎、艮黎、巽黎、震黎和兑黎。

武比的场地依然是葛天氏面南的大屋前那个宽阔的广场，广场的四周被葛草房围起来，中心立着一个又粗又高被描画成九个怪兽面谱的木柱，木柱顶上，已经换了一对水牛角，旁挂青（水）蛇图腾旗——九黎的图腾为青蛇和水牛。大屋的对面，用树枝搭起一个高台，台上正面坐着芏苏、祸、老生翁、祭司、雨师及九大部落的长老们。两暤、蚩尤、魑、魅、魍、魉、神荼、郁垒、夷方和大赫，分成两排，左右对站在台子两侧，个个抹胳膊扬拳，跃跃欲试的样子。台子两旁，等距离插着九黎各部落的图腾……

祭司还是巫师玄的后代玄孙，却头饰水牛角，也是个高挑个儿。他站了起来，走向台子中央，身披新制作的青色水蛇皮祭服，一头被赭石涂染的红发在风中舞动。他先按照伏羲八卦的方法，手举龟甲占卜一番，又仰面朝天，口中念念有词，翻了白眼，口吐白沫，瘫倒在地。忽然，他完全变了个人似的，站起来，以天神的威严庄严宣布："天神下临，观我骄子；鹿台武比，必出圣主；次序已定，依序执行——"

铜斧、木棍、石刀、石矛、玉戟，两暤、蚩尤、魖、魅、魍、魉、神荼、郁垒、夷方、大赫等都玩得精通，台下一阵阵欢呼，蚩尤总分排在第一。下一项为力牴，由此最后决出武比的高下来。

力牴开始，由两暤、魖、魅、魍、魉、神荼、郁垒、夷方、大赫分别与排在第一的蚩尤相牴。他们每人头上装饰了象征性的水牛角，所谓力牴，实际上是现代摔跤的初级形式之一。双手四臂相交，用力推对方，谁被推出圈外，谁就算输了。肉墩似的两暤第一个上来挑战，只可惜他比铁塔似的蚩尤低了两头，让蚩尤像推皮球似的，不费吹灰之力，连续三次推出圈外。两暤只好无可奈何地说："后生可畏啊！若你最后取胜，我定当以此残年，佐你一展宏图！"

蚩尤本来就很敬重两暤，见他这么说话，就收起力牴时的横劲，亲热有力地拍了一下两暤的肩膀。

两暤退下后，虽说魖、魅、魍、魉等个个五大三粗，尤其是长于掌火的神荼和制陶能手郁垒，一个黑脸，一个白脸，却都是一身正气，威风凛凛，虎视眈眈。即使这样，他们还是先后退出了圈外。最后，祭司决定性举起了蚩尤的右手。蚩尤终于胜出，以准酋长的身份进入了下一轮——阳举。

场地还是这个中心广场，只是在广场中央的图腾柱下又新设一台。台上左右相对，站着十名长发赤裸的少女，微风拂动她们的秀发，她们充满青春气息温润细腻的肌肤，反射着阳光的亮色。

因为这是推举部落联盟大酋长的最后一项活动，同时，人们出于对生殖崇拜的迷信和部族繁衍生息能力的培训，今天来到中心广场的人最多，场内场外，甚至周围的一些屋顶上、梯子上、树杈上，都站上或骑坐了人。

祭司玄孙手持水牛尾走上台，对天神祷告一番，祈求"种族繁衍，永续香火"之后，挥了一下水牛尾，请蚩尤上台。他就退了下去。

蚩尤赤裸着全身，一头雄狮般澎湃飞舞的长发。他古铜色的额头，深眼窝里两只牛铃一样的大眼瞪着，头上左右两个凸起的发髻，口阔脸长，一身古铜色，犍牛一样强健的肌肤。他往台上一站，像一座山，比两边那

304

些修长窈窕的少女高出了许多。他的大脚趾和其他四趾叉成两瓣，有力地扣住台面。再看他身上的肌肉，肱二头肌、三头肌、胸大肌、腹肌，个个成块，无不张扬着健美的力度，活像一个古罗马的大力士或者现代健美比赛的冠军。

蚩尤一弓腰，嘴里发一声狠，他的阳具就略带弓形地向上斜挺出近尺长，那偾张威严的形象，把两旁的少女们吓得内心一紧，稍有后退，其中就有人浑身发抖，打起牙颤来。场内场外一片欢呼声。

蚩尤用他那双火辣辣的牛铃铛眼环视周围，又把那十位少女一一巡查一遍，他在挑最中意的一个。拿定主意后，就走到一位身材最为高挑修长、出众的漂亮迷人的少女旁，不待她做出反应，一个箭步闪到她的侧后，两只强有力的手托住少女纤细的腰，就把她举了起来，少女发出一声尖叫。

蚩尤将少女一会儿揽在怀里，一会儿靠在柱上，一会儿压在身下，一会儿转到身后，就像猫玩老鼠一样，直把她耍弄得成了一堆面团，任由蚩尤摆布。

最后，少女被四肢展开地瘫放在兽皮垫上，蚩尤却雄奇地站起，口里发出"噫噫"的叫声……场内外，尖叫声、欢呼声和各种能敲响的、吹响的声音全混在一起，雷鸣一般，经久不息。两暲等九人，也急不可耐地扑上台去，慌不择人地各抱起、扛起、挟起一个少女来……

蚩尤顺利通过了九黎族众的检验，顺理成章地成为九黎最大的黄黎部落酋长兼九黎部落联盟的大酋长。其他九个通过了武比的人，除了两暲和蚩尤都是黄黎部落的没有职位以外，魑、魅、魍、魉、神荼、郁垒、夷方和大赫，就分别成为赤黎、玄黎、青黎、白黎、艮黎、巽黎、震黎和兑黎的酋长。九黎新的领导集体形成了。

二

蚩尤能够成为九黎中最大的黄黎部落酋长兼九黎部落联盟的大酋长，这对老生翁来说，完全是情理之中的事。当初蚩尤的父亲祸把他送到鹿山中来时，就是这样要求的。九黎酋长花眼芃苏和花脸祸，趁着祸父葬礼的机会，杀了继任祸父的葛天氏部落酋长，俘了玄孙，将葛天氏部落并入九黎。芘苏有意把酋长让给自己的儿子。现在，已经称雄江淮一带的芘苏和祸的唯一希望，就是培养好下一代。

小蚩尤长得蛮里蛮气，一双倔强的牛眼睛生硬地盯看着老生翁。老生翁不但不生气，反而一下子心生爱意："好啊，这才像个男子汉，无所畏惧！"在老生翁的记忆里，自己小时候就是这么个生冷的模样！

蚩尤在老生翁的地方住下来。老生翁现在就蚩尤这么一个徒弟，蚩尤必须帮着他干活儿，特别是到一二华里以外的山泉边去提水，是每天三次必修的"功课"。早晨天不亮，老生翁就把他叫起：

"蚩尤，该打水了！"

蚩尤揉着睡意惺忪的眼睛，一头蓬勃硬挺的头发，打一个呵欠，就起身去，双手各提了一只陶罐，跌跌撞撞地向山泉走去。

这时候，东方天色已经发亮了，各种动物还在休息的时候，鸟儿们先醒过来，在山林里，远远近近地，开始它们此起彼伏的欢唱。

蚩尤也不管这些，他只是急匆匆地来到山泉边，汲满了两罐水，双手提起又举平了行走。山中的小路崎岖不平，而他，在这崎岖不平的颠簸中还必须掌握好了平衡，回到家，罐里的水必须是满的。这是老生翁的要求，蚩尤每一次都认真地完成，但是，冬夏春秋，雨季、旱季都过去了，每天还只是这三道"功课"……能明显看到的是，蚩尤的腰粗了，腿壮了，两只胳膊上，也开始鼓起了肉疙瘩！他的脸上，儿童的稚气和蛮劲一扫而光，多了一种坚毅忍耐的凝重。虽说他的内心确实焦躁不安，甚至开始偷偷地怀疑，这老生翁到底能有多大能耐？他到底能教我些什么呢？一年过去了，只不过是小罐换成了大缸，每次汲水后，又增加了双手平举着大缸反复蹲下又站起，一直要蹲起到双腿酸困得做不下去了，才让他再平举着回去……怀疑归怀疑，但他还是硬着头皮做着。对他寄予厚望的父母，能不远几百华里专门把他送到这里来，说明老生翁肯定有他的过人之处，何况，这一年多，自己的膂力和体质明显地增强了！

小小的蚩尤，被父母抛进这深山，没有了亲人的关照，好像一下子掉进了无底的深渊，只能面对这位近于严酷的师傅。现在，只有他，是自己唯一能依靠的"亲人"了。因而他对老生翁非常尊敬，不叫师傅不开口。老生翁从蚩尤身上看到了自己的影子，心生喜欢的同时，要求更严了一些——要把一块好料锻造成一把利器，就得先磨砺他的意志！一年下来，看到孺子可教，他才正式开始系统地传授各种知识和技能，教他做人的道理。

老生翁授课，总是在晚上和黎明前进行。晚上习武艺，早晨讲古经。

晚上，不管是星夜还是月光下，他们都要在小屋前的小坪上生一堆篝火，在火光辉映下，一招一式地传授。老生翁的这一身武艺，都是他在深山里观察虎豹鹰鹞等猛兽猛禽扑斗的基础上创造出来的，特点是动作凶、狠、猛、毒、隐，往往是一招置人死地。所以老生翁在开始习练之前，又不可避免地，先是一番"武德"教育：

"习武之目的，勿为非作歹、称王称霸、以强凌弱。习武首在强身，让全身健全周通，柔韧而有弹性、有劲力。习武亦是为了防身，为了惩恶扬善，扶正压邪，打抱不平，路遇不平挺身而出、拔刀相助，不怕祸及自身。"

蚩尤听得有些迷惑："请问师傅，若习武不为称王称霸，独霸一方，那有何用？"

看自己讲了半天，蚩尤没有听进去的意思，老生翁有些急了，不由得吹胡子瞪眼道：

"我方才讲了嘛，为了强身、防身，为了正义！"

看师傅真的生气了，蚩尤赶快收敛："是、是……"

老生翁接着说："习武之人，讲究藏、隐、忍，切记勿有点本事就耀武扬威、不可一世。真人不露相，露相不真人。万事忍为先，非万不得已，绝对不能出手。真人不露相还有一义，即既多察对方，又少露自己，让敌摸不着头脑，抓不住破绽，不知水之深浅，方能出其不意，攻其破绽……"

蚩尤这回学乖巧了："喏、喏。"

老生翁所教诲蚩尤的，正是自己性格的深处多次暴露出来的一种本能。他看到蚩尤天生有一副桀骜不驯的霸气与傲骨，所以他从一开始，就针对性地磨炼他、教诲他。

第一节武艺课，就这样在"武德教育"中结束了。蚩尤的心里很不满足，多少觉得这老头子有一些啰唆。熄了篝火回到茅屋后，躺在吊床上，晃晃悠悠的他看着窗外晃晃悠悠的星空，头脑却很清醒、兴奋、激动，半天睡不着觉……刚睡到香甜时，老生翁又把他拍醒：

"起，该讲古经了！今天，夜观天象。"

听师傅说要去观星象，蚩尤一下子来了劲——有多少次，他对着浩渺无垠的星空发呆，百思而不得其解啊！他翻身跳下吊床，跟着老生翁就来到屋外。

今天晚上，天空少有的晴朗，也不见了平时经常缭绕不去的雾霭。新月早已经西沉，夜空更加浩瀚深邃，星光亮得直逼人眼。星空分为几个层次，大而近的星星就像镶在夜空一样晶莹透亮，再小一些的，星光也就弱了，它们或密集，或零散，多了一些静态的隐秘；最远的那些星星，干脆就抹成了淡淡的星云，如轻纱，似浅水，却遥不可及……

星光轻洒在老生翁高仰的脸上，晚风温煦而亲切。他手指着一个斗勺一样的星座对蚩尤说：

"数数，有几颗？"

蚩尤顺师傅的手臂看过去："七颗。"

"对了，此乃北斗七星。群星围它而转，其斗柄改变方向，季节亦随之而变。"

"是吗？"蚩尤的好奇心被勾了起来。

"当然。譬如现在，柄指朱雀，我们正处于夏季。"

"敢问，天上星有几多？"

"有兴趣了，你自己数去。我只言，天有定数，以五为方，东西南北中；以七为基，四方领二十八宿。东方者青龙七宿，角星为角，两星相连；尾星为尾，尾巴高翘。中有亢、氐、房、心，成完整之龙象。南方者朱雀七宿，张翼而高翔。鬼星者首，对井而饮，柳星为颈，张星为体，翼星展翅，轸为雀尾……龙、雀、虎、鹿各主一方，东方色青为青龙，南方色赤为朱雀，西方色白为白虎，北方色玄为玄鹿。四灵各有所主，青龙主春，朱雀主夏，白虎主秋，玄鹿主冬……"

蚩尤极力在星空寻找："青蛇之象，若何？"

老生翁："翼星是也！"

蚩尤一双深邃的大眼，目不转睛地盯着展翅欲翔之翼星，耽于遐想……

三

前面讲到，蚩尤跟着老生翁六年学艺，懂得了一百二十种礼规，能应变天下事；掌握了一百二十种草药，能治百病、起死回生甚至返老还童；精通了十二副神（天下十二大部落的奇术妙方），能预测天气，呼风唤雨，通天和地，调和阴阳，作为九黎部落联盟的新一代酋长，他可以说已经是尽善尽美了，可是，却忽视了他学习的一个重点——对冶炼术的精修。而正是这一点，使他以后成为"冶炼术的发明者"，为他最后享受"主兵"、"战神"的美誉，奠定了基础。

老生翁总是一副自带的笑模样，一辈子走南闯北的磨砺与经验，使他见多识广，他的脑子里装满了天下十二大部落现有的各种知识和经验，而他最精通的，却还是由葛天氏祭女娲时发明的冶炼术。

他带着蚩尤在山里采矿石，他手中的金斧，能火花飞溅地劈开岩石，而在蚩尤见过的铜器里，却都是一些硬而脆、易损易折的"礼器"而已，没有什么实用价值。

老生翁拿起一块兹石，又让蚩尤拣起一块丹石，两相对比后，对蚩尤说："丹石者铜金也。上有兹石者，下必有铜金……"

"浩杂矿石，何以区分？"蚩尤神情专注地问。

老生翁也一脸认真地答道："观其形而别其性也。记住此口诀：'上有兹石者，下必有铜金；上有丹砂者，下必有黄金；上有陵石者，下必有铅锡赤铜；上有赭石者，下必有铁；上有葱，下有银砂……'"

蚩尤听一遍，就把口诀熟记于心。但是他并不满足于此，而是提出了进一步的问题："此口诀，冶铜者皆知。为斧之利，却在师尊，若何？"

老生翁："此乃配料之功也！勿单用矿石，而以铜金为主，加入铅锡赤铜，加铁，铜即结实。还有一法，把烧红之铜器放入冷水一蘸，亦可增其硬度。此即淬火也。"

老生翁铸造器物的办法，已经比葛天氏、巫师玄他们大有进步。他已经不再是只单用铜金一种矿石了。他以铜金矿石为主，再按比例适量加入铅锡赤铜矿石一起冶炼，从而增加了红铜的硬度和韧度，再经过磨制，就变得锋利无比。他们制造出了铜斧、铜锤、铜刀、铜镰、铜环、铜佩（信物），如此等等。其生活环境，几乎全被青铜化了。

蚩尤跟青铜打了四五年交道，也就具备了一身青铜般鼓起的肌肉块儿，站起来就像铁塔一样。

蚩尤当上九黎部落联盟大酋长后，第一件事就是拜两暳和其他八位酋长为弟兄，大家少不了在一起大吃二喝一顿，把个部落的中心大屋内搞得烟雾缭绕，一片狼藉。幽娟，就是蚩尤阳举那天性欲的发泄对象、那位可怜的少女。她在小心翼翼地收拾残局，生怕蚩尤一不高兴又瞪圆了眼睛大发脾气。她虽说人长得高挑修长、出众的漂亮迷人，可是她毕竟是从三苗俘虏来的女人，在部落里低人一等，所以才有那天阳举时的荣耀。从此以后，她成了蚩尤的侍女，或者干脆说，是他性欲和脾气的发泄工具之一。幽娟就这样整天价躲在蚩尤阴暗的大屋内而很少出门，她甚至觉得一个女人，一旦把所有的一切都暴露给了所有的人，简直就生不如死！但是她又不能死——就这样低声下气地活着，总会有机会见上家人一面吧？她日夜都在内心企盼着，能有机会回到三苗部落的大泽岸边……

已经是夜深人静、满天星光的时候，幽娟收拾完残局，添旺了火塘的火，就一个人蜷曲在大屋的一角，紧张地等待蚩尤进屋来。人就是这么怪，或者说女人就是这么"贱"！当她第一次被一个男人俘获，她就会把整个身子和心思都交给这个人，即使是被虐待凌辱，恐惧之外，也有一种莫名的快感，让人在痛苦叫啸中心醉神摇……她害怕这个时刻的到来，但却抑制不住颤抖地企盼，盼着这个时刻到来。她蜷作一团微微发抖，但她意念中却在心旌摇曳……人啊人，人为什么会有这样可耻的需求啊！每次这种冲动到来的时候，幽娟都少不了自责。但是，在欲望疯狂膨胀的时刻，理性的自责又有什么用呢？

就在幽娟蜷在大屋一角颤抖地等待的时候，蚩尤却和两暉站在武比台上夜观天象。按照一般的规矩，活动搞完后，搭起的台子都要拆掉，可是蚩尤不是一般人，他不但不准人把这武比台拆掉，反而让人把它搭得更高更大一些，还在面北的一侧搭上了上下的台阶。他这样做的目的，一是为了让他的武力威震四方；二是为了像现在这样，便于夜观天象——实际上，这武比台的功能，已经转变成一个名副其实的观象台了。这里是蚩尤近日夜夜必来的地方。立在这里，周围的一切都变得矮而不计，因为它们已经几乎全部隐进了重重夜幕之中，唯有天空朗照的下弦月，它那残缺不全的半边逐渐浅去的样子，活像被谁重重地按歪了的指印。虽说是月明星稀，但是听一听天籁之音，和苍天对一对话，或者干脆把那套旋风般噼啪作响威盖四方的虎形拳演练一遍，整个台子被震得晃动着"嘎吱"作响的声音，总是让蚩尤很开心。这之后，他就会在一阵雄心勃勃的兴奋中回到大屋去，不由分说，把幽娟或者任何一个侍女颤抖的柔软肢体揽入怀里，压在身下，尽情地鼓荡……

可是今天是个下弦月尽，上弦月细如轻抹的蛾眉一样在西天边上羞涩地露了一下脸，就匆匆隐去。满天星斗竞相璀璨怒放，看不透底的夜空总是让人流连忘返，浮想联翩……今夜，蚩尤兴奋地约了两暉来一起夜观天象，借此交流各自的思想与观点。

打从听老生翁讲天象开始，蚩尤就有一个深深的印象和疑惑，青蛇在南，青龙之宿为什么却在东？还有，自己有鹿部落联盟的血统，南方有鹿星，它为什么却是北方七宿的主宿？本来应该亮在南方的南斗星，为什么却亮在北方呢？这难道是上天的启示和宿命？……蚩尤曾经把这个问题提给师傅老生翁，师傅只是说："天数如此！"蚩尤又提出一个问题："天数比之天道，若何？"老生翁："天数者，天地之大道也！做事，首先要明乎天道，顺应天地之纪，阴阳之序。按天道办事，才能有所成就，造福九黎。"看着星汉灿烂的夜空，蚩尤指点着玄鹿七星和南斗星座，把这些往事讲给两暉听的同时，也创造性地提出了自己"顺乎天道，造福九黎"的蓝图设想：

"东夷、中原、北方鹿（自从芤苏、祸父将葛天部落并入九黎，北方鹿部落联盟就自行其事，不相统属了），地域辽阔，物产丰富，人口众多，乃伏羲、神农化内之地，文化各有千秋。然九黎有先进的冶金之术，青铜兵器所向无敌，我们为何不扬己之长，战胜他们，却自囿于一方……我有鹿之血统，却是九黎大酋长，我们应把鹿叫响，易九黎为'九黎鹿'。我定要带领九黎'蛇归正位'，成就霸业，称雄天下，直至玄鹿七宿、南斗之域……"

蚩尤的牛眼睛放着亮光，连珠炮似的发表自己的观点，他越说越兴奋，好像整个中原和北方都已经收入自己囊中似的，蛮横霸气溢于言表。蚩尤的这个"宏大目标"正中两曎下怀，他为蚩尤的这个"宏大目标"而兴奋，人生得一知己足矣！虽说他和蚩尤年龄相差很大，已经够上是祖孙辈的"忘年交"了，但是他依然雄心不减：

"说得好！此亦我之所求也。想我江淮，虽水产丰富，渔猎稻作，丰衣足食，却潮湿多雨、瘴气横行……雨季一来，泡于水里，多少人腹胀而死？又有多少人，骨节疼痛，行走不便？而北方却不然也。彼千里沃野、农耕牧歌，日出而作，日落而息，人活得有滋有味。我早想，天下之物应共享，此等好去处，非九黎莫属！"

蚩尤一兴奋，竟忘记了两曎的年龄，当胸一拳，两曎向后打了个趔趄，差点没掉下台去，又让蚩尤一把给拽住。两曎的紧张情绪还写在脸上，蚩尤的话已经抛了出来：

"好个老两曎！可奉为知己也……"

四

蚩尤急于要实现他向北发展的宏大目标，两曎却提出还是先统一南方，待收服三苗之后再这样做：

"三苗者九黎近邻，虽通婚联姻，却互有短长，并不恭顺。若我们独力向北，江淮不成了三苗天下？卧榻之旁，岂容他人鼾睡？心腹之患不除，不可远征。再者，北方部落众多，各有地盘，炎帝'干爷'，非正当理由，亦不可随便进取……唯三苗加盟，我们方胜券在握。"

"三苗，何以加盟？"

两曎凑近蚩尤一阵耳语。

"哈哈哈——"，蚩尤经久不息的笑声在九黎的夜空中回荡着。

　　大泽旁边的三苗村寨，大小竹棚都是架在空中的。因为地面潮湿的原因，这是人们不得不采取的办法。如果像北方的人那样打地铺的话，可能他们早已经不是现在这个人样儿了！这就是人类的聪明智慧之处，既使身处再恶劣的自然环境，他们也能找到相适应的生活方式——潮湿了，就睡卧于架高的"地铺"上，最简单的办法就是吊床了，反正人不和地面去直接接触。还有，水面多了，人的水性也好，饮食习惯也就以水产为主。靠山吃山，靠水吃水，古今一矣！

　　三苗大酋长姜央就居住在一个与后世的苗家竹楼相似的大竹棚内。这是一位忠厚的长者，皮肤黝黑，高颧骨，深眼窝，厚嘴唇。他是一位水田插秧的快手，同时也是游泳的健将和浅水撒网捕鱼的能手。当初，他就是因为这三项过人的本领，而被举为三苗中第一大部落黄苗部落的酋长，继而被黄苗、青苗和白苗共举为三苗大酋长的。三苗的活动范围，东北接九黎部落联盟，西南到达长江岸边。两个部落联盟之间有联姻，也有许多说不清道不明的摩擦、纠纷和很深的积怨。九黎部落联盟仗着人多势众，经常是处于一种咄咄逼人、寻衅生事的角色，三苗为了避免冲突，就向长江南岸发展，在大泽的周边地方住下来。即使这样，双方还是难免因为换婚、抢亲等而暴力冲突。冲突中，俘到对方的男人，肯定要处死，女人则收为婚配。最让三苗大酋长姜央不能接受的是白苗部落酋长枫木有一次带着妃子从北方考察回来，路过九黎部落联盟时，九黎老酋长蛇居一看枫木的大妃蝶舞长得格外水灵，就动了邪念，一边热情地接待枫木一行，却盯住蝶舞不放，拉住她的手，就放倒在地，欲当众施暴。蝶舞不从，拼死反抗，被蛇居一刀捅死而奸尸。枫木扶尸回来，将蝶舞的尸体碎为三段，三苗同仇敌忾，又是一次相持数年的流血冲突。

　　这些往事不堪回首，回首真让人胆战心惊！好在自从来到这大泽湖岸之后，双方的冲突明显地减少了，加上水浅鱼肥，日子过得还算滋润，三苗逐渐又恢复了元气，村寨连营，将个长江南北岸、大泽边搞得星罗棋布，炊烟缭绕，人丁兴旺。这时候，青苗在江北，黄苗靠江岸，枫木的白苗最靠南。因为枫木老当益壮，疾恶如仇，这样的布局，也是姜央的特意安排，姜央的心思是，隔开枫木和九黎，希望这一种和平发展的时间越长越好！

听说九黎最近新选出一位名叫蚩尤的大酋长，自从他当选之后，九黎又和北方的鹿部落联盟有了关系，改叫"九黎鹿部落联盟"了。从此，九黎和三苗两大联盟之间一直是平静无事，一反常态的安定。九黎在芸苏和祸手中时，用不到十年时间就基本上统一了江淮一带的大小部落，当年榆冈神农氏东巡时各部族之间和平相处的局面逐渐被九黎的一统所取代，包括对葛天氏部落的吞并……这下一个目标，肯定就该是三苗了！这正是姜央一直以来最为担心的一件事。

这天，姜央正要出去捕鱼。就在他整理渔网准备出发时，九黎鹿部落联盟的信使到。这位头插翎毛的信使掏出信物展示后，告诉姜央："蚩尤大酋长将来三苗拜访您！蚩尤大酋长一当选，就推出和睦共处之新政，决定与三苗等相邻部落和平相处，互不侵犯。此三苗之福啊！"

有理不打上门客。姜央一顿礼节性的接待之后，送走九黎信使，立即通知白苗、青苗酋长枫木、蝶母前来议事："蚩尤上任，实行'新政'，修睦和平，果真如此？"

与九黎有满腔深仇的枫木不屑一顾九黎这一套把戏："此亦黄鼠拜鸡——不安好心！"

一贯以慈悲善良甚至软弱著称的青苗酋长蝶母则说：

"或者是个新开端吧？若真能和平相处，礼尚往来，则再好不过！"

姜央大酋长："我亦心疑，然也许是一机会。我们不该放弃任何和平发展之机会。"

蝶母酋长："是啊，九黎主动找上门来，咱得有所回应。"

枫木："大酋长、蝶母都说是机会，我就不多说了。不过我还是坚持两手准备：诚意欢迎和平；做好防范准备。"

姜央："对。"

就在三苗如临大敌的时候，九黎的大酋长蚩尤与黄黎酋长两暉（蚩尤已经将黄黎部落酋长让给了两暉，自己专心地当他的九黎鹿部落联盟大酋长了）就带了少量随从和大量礼品来到三苗。他们完全是一副和平友好的样子，这是三苗的大酋长姜央和枫木、蝶母酋长所万万没有想到的。不管蝶母的慈悲为怀，还是枫木的剑拔弩张，对九黎的这一种和平友好，似乎一下子都失去了准确的对接位置。还是姜央大酋长反应快：

"三苗欢迎蚩尤大酋长、两曎酋长，不过礼品，就免了吧？"

蚩尤："此乃我修睦邻邦之决心，也代表了前大酋长之歉意。"

两曎："作为前大酋长之代表，我向三苗弟兄姐妹道歉。唯愿三苗接受诚意，两个联盟世代友好！"

姜央看推辞不过，就说："那好，三苗真诚接受九黎之善意。"他回头对枫木、蝶母酋长说："准备份重礼，作为回谢！来而不往非礼也。"

但看蚩尤的随从抬进来的这些礼品，大多是芄苏与祸十年间从各部落东搜西刮抢掠而来的珍品，也有他们最新铸造的"五兵"：有玉璜、玉玦、玉镯、玉环、玉坠、玉管、玉佩、玉刀、玉琮、玉虎、玉兽、玉鸟，陶鼎、陶罐、陶杯、蛋壳黑陶钵、彩陶盆，鹿皮、虎皮、狼皮、牛皮、狐狸皮，铜斧、铜刀、铜戟、铜矛、铜戈、酋矛、夷矛、夷刀、夷箭……可谓琳琅满目，摆开了一大片。

蚩尤这一次可算是下了血本来到三苗"修睦"，这完全是两曎的主意。为了体现诚意，他连自己最新研究开发出的"五兵"都带来了。这让姜央内心多少有些触动：人家既然主动示好，咱也不能小家子气。蚩尤提出到处"随便看看"，他就亲自陪着，在大泽东面的部落村寨间转了转。每到一处，蚩尤都详加询问，多方观察，一副勤勉好学的样子。临别，姜央回赠了与蚩尤带来的礼品数量相当的陶器、玉器、渔网、兽皮等作为回礼，蚩尤坚决回绝，最后只象征性地收了一些，他还向姜央等发出邀请："再过一个月圆，我举行继位仪式，请大酋长和两位酋长一同前去！"

姜央："我一定会去。"

临别的时候，姜央一直把蚩尤一行人送到长江边，再委托青苗酋长蝶母送出三苗之境。

送走了蚩尤，三苗内部又争论起来了。

五

三苗有一种栽植枫树的习惯，在村寨周围、竹棚周围、田边道旁多植枫树。寨中最大的一棵枫树被称为风水树、护寨树。这已是他们世代相传的一种习俗了，每迁至一处，先要植枫树，以枫树能否在此成活，作为村寨是否建立的根据。这种习俗，在枫木为酋长的白苗部落尤为突出。

枫木对蚩尤的三苗之行一直持有戒心。根据已往的经验，他认为，九黎绝对不可能在一夜之间变好，那除非是日头从西边出来了，母鸡开始打鸣了。可是为了能为三苗争取到一次和平发展的机会，姜央坚持前去参加蚩尤的继位仪式。蝶母体弱不便远行，为了不使令人敬重的兄长姜央大酋长只身落入险境，枫木毅然决定：陪姜央一同前往。

事情已经这么商定，可是几天以来，枫木的内心却一直掀动着波澜。他在竹棚内外坐立不宁，时不时来到"保护神"大枫树前默祷，见了寨中的人，也不像平时那样总是先打招呼："吃鱼了吗？"越是这样，他越有一种极为不祥的预感。把自己关在竹棚内不吃不喝闭关自守了一整天，枫木忽然站起，推开茅门对侍者喊道：

"去，快叫灵枫，来'大枫树'下！"

侍者应声跑去。枫木也把被晚霞的晖光刺得发酸的老眼揉了揉，自己先走到披了一身晚霞的大枫树下，等候灵枫到来。

灵枫是个不到二十岁的年轻人，人精灵、干练，又长得帅气，他是枫木重点培养的一个人尖儿，也是他的希望之所在。灵枫听说枫木传唤他，就快步赶来，把侍者落下老远一节儿。看到枫木酋长正若有所思地站在枝叶繁茂的保护神树下等自己，灵枫赶紧上前施礼：

"酋长，有事？"

枫木自己先坐在突起的枫树根上，示意灵枫坐在旁边，语重心长地对他说：

"灵枫，坐下，听我告诉你：九黎和白苗有血海深仇！我陪姜央大酋长去九黎，恐有不测，你代行酋长之职……"

继位仪式，对蚩尤和九黎鹿部落联盟来说是一件大事。蚩尤在铺排准备的同时，暗中又准备了两手：一是更加精良的五兵：戈、矛、戟、酋矛、夷矛；二是用铜刀刻于枫木柱之上第一次形成的"刑法"。到了继位仪式正式举行的时候，现场值守的兵士都给配备了青铜兵器，金光闪闪，威风凛凛。刑法被用蚩尤发明的"蚩书"刻在一根枫木柱上，立于水牛角青蛇旗杆的旁边，鹿角杆重新又竖了起来，换上了一副分叉极多的鹿角。九黎十八个黎寨的族众、原来江淮一带各部族的大臣（原酋长们）也被"请"到了现场，他们的族众，男人被杀死，女人都被分散到九黎各黎寨去了，只留下这些大臣（实为奴隶）作为被征服的一种象征。这些人个个蔫头耷脑，弓背驼腰，披头散发，披挂破旧而脏乱，早已经失去了当年榆罔神农氏到江淮一带的凤台云集各部落酋长举行部落大会时的风度和神采。他们被集中在密密麻麻的人群里面，看起来并不显眼，或者干脆说就像一群乞丐，只是因为他们的披挂不同，图腾旗帜不同才显了出来。这是蚩尤的一项特殊安排。

蚩尤今天披挂一新：头顶青铜圈，前面突起弯月一样尖细的铜刺以象水牛之角，显得威猛刺激，很有冲击力。这也是蚩尤发明的最新兵器之一——与人格斗时，用头相抵，所向披靡，比水牛角的威力大得多。蚩尤把他的这一发明像皇冠似的顶在头顶，一副扬扬得意、目中无人、对一切皆嗤之以鼻的样子。身上的披挂也与众迥异：只见蚩尤身上倒披着蓑衣，脚蹬一种带钉的铜板鞋，手持一根上粗下细的圆木棒，比台上其他人高出一头多。

两暳身为负责人站在蚩尤身旁。芘苏、祸、老生翁、祭司、雨师，九黎其他八个部落的酋长魍、魅、魉、魑、神荼、郁垒、夷方和大赫及各部落的长老、巫师、司牧、司猎、司渔等，把个后台站了个满满当当。三苗的大酋长姜央、白苗酋长枫木作为客人，也站在其中。台前的木柱上，新换的鹿角披红悬顶，水牛角下青蛇图腾旗徐徐翻动，"刑法"柱上的"蚩书"刻画得形象生动，人们只能粗浅地间或看到太阳、月亮、斧、蛇（虫）、鹿角、水牛角等象形符号，但其神秘的内容，却没有人能读懂……

仪式还是由巫师玄的儿子、九黎鹿部落联盟的祭司玄孙主持。他头饰鹿角、身披鹿皮的祭服，一头被赭石涂染的红发。他手举龟甲，按照伏羲八卦的方位先拜了乾、坤、离、坎、震、兑、艮、巽八方神君，然后把龟甲扔进台前冒着烈焰浓烟的陶鼎中，待龟甲烤裂了，才用枫棒拨出，细读上天昭示的"天文"：

"蚩尤当位，符合天意。"

然后高声唱道："九黎鹿部落联盟大酋长继位仪式，开始——"

场内外一片欢呼啸叫，那些手执铜刀、铜戈、铜戟的人们，九黎各部族的男女老少手舞足蹈，欣喜若狂。树上的小鸟被惊飞，越过葛草屋群和竹屋、竹棚，慌慌张张地飞向水镜一样宁静的湖面。

先是收鬼。玄孙挥舞着长长的麻辫，在台上翻来覆去地跳着驱赶魔鬼，口里念着它们的名字"山鬼、水鬼、屈死鬼、怨死鬼、饿死鬼、吃死鬼、吊死鬼、淹死鬼、小鬼；河伯、司命、云中君、雾中魔、迷糊……所有七十八鬼"，拿起一只陶瓶，打开瓶塞旋舞着收鬼。等把它们都收进了瓶内，再盖上瓶塞并压紧，把陶瓶掷于鼎火中。

接着是招蛇。祭司玄孙带头舞蹈，其后跟了一群人，手舞足蹈地"长蛇"来到寨旁那个水镜一样的湖塘边，用陶瓶取了一瓶水。大家又手舞足蹈地返回，人群不自觉地让出一条通道。玄孙走上高台，单把蚩尤一人拉到台前，把那瓶湖水浇花似的从半跪于地的蚩尤头顶浇下，蚩尤满面都是水往下流。忽然，他瘫软在地，口吐白沫……人们紧张的心弦被吊起，都伸长了脖子静静地等待。

忽然，蚩尤一个鲤鱼打挺似的动作，一下子跳起，以游蛇出水似的动作满台狂舞。有一种解释说，蚩尤的"尤"字，就是象形了"长发舞蹈娱神的人"，说明蚩尤确实还是一位善于舞蹈的大巫。

一阵狂舞之后，蚩尤站在中央。玄孙和芄苏走上前去。玄孙从芄苏手中接过代表大酋长权力的大铜斧，转身交到蚩尤的手中。蚩尤举起大铜斧一阵啸叫，台下场内外一片长时间的欢呼尖叫。

随后，蚩尤挥舞着大铜斧，面对台下九黎民众和其他部落沦为臣民的昔日的酋长们发表誓词：

承天受命，玄鹿附体。蚩尤继位，和睦内外，无日不宁……时至今日，五兵已制，律条已出，今继大统，昭告天下：九黎青蛇，所向披靡，顺我者昌，逆我者亡。不知所以？前事鉴之。鹿宿主北，九黎象之；青蛇归位，顺应天道。有福同享，有难共当。乱心者诛，违约者罚，五虐之刑，立为戒尺。丽刑并制，罔差有辞，九黎同心，辉耀东天！

　　蚩尤的誓词慷慨激昂，振振有词，把台下的情绪又一次调动了起来。九黎民众载歌载舞，为部落联盟又产生一位有宏图大略的大酋长而欢呼雀跃，许多人脸上挂着激动的泪水欢叫着，狂跳着……只是那些昔日的酋长们无法和眼前这情景协调，一个个还是蔫头耷脑的样子——他们还在怀念过去的时光，怀念神农氏治天下时的安宁与和谐，怀念自己昔日的尊贵与自足。可是如今，名曰为臣，实为下奴，家破人亡，苦度残生……

　　在人们欢庆蚩尤继位的时候，幽娟却一个人躲在小茅屋内与自己苦命的父母见面。她跪在父母面前，早已经是以泪洗面的泪人儿了。父亲，一位弓腰黑瘦的老头儿，坐在草铺上，紧锁着眉头，默不作声，把手中的石刀翻来覆去地抚弄着。母亲轻抚着幽娟的长发，同样是以泪洗面。最后，母女俩靠向幽娟的父亲。三个人紧抱在一起了，又是一阵号啕大哭。

第十九章

一

蚩尤的继位仪式，昼夜相连，通宵达旦，歌舞欢庆一直持续到第二天黎明。九黎的九大部落分别表演了自己专门为庆祝蚩尤继位排练的节目：

赤黎表演"雀翔舞"。一群女子一律身着红装，披红色麻带，舞步翩跹，麻带飘然，大有杜鹃啼血、柔肠百断之感。美女如云缠雾绕，让人心醉神迷。

玄黎的"玄鹿舞"，人人头顶鹿角，身披鹿皮，犹如森林中自由自在生息的鹿群。他们脚踩短高跷，细腿高脚，机警敏捷，一会儿散开，一会儿聚拢，都围绕着鹿王进行，处乱不惊，步调一致。

青黎表演的是"青蛇戏"，许多青衣人不分男女，首尾相连，后面的人抓住前面人的后腰带，一个一个续下去，续成一条青蛇，头动尾动，首尾呼应，左右盘行，卷白菜心，中心高扬着手举鹿角的"蛇头"，青色的"鱼鳞"闪烁一片，真所谓神蛇见头不见尾。

白黎头巾、衣饰皆白，"虎步舞"由一群虎虎生气、身披虎皮的小伙子表演，动作勇武，斩钉截铁，吼声威猛，英雄虎气直冲霄汉。舞蹈一毕，这些英雄们就直扑赤黎的美女们调情"乱爱"去了，男欢女爱，一片纸醉金迷、神魂颠倒的景象。

艮黎、巽黎、震黎和兑黎也先后进行了表演，但还是以黄黎部落表演的压轴戏"角觝戏"，最为勇猛惨烈：一对对头顶水牛角的男子赤膊上阵，四臂相持摔跤、打斗，以角相觝，有不慎被牛角觝伤的，惨叫着被抬下去，让人心惊胆寒……这才是一番真打斗！把本来的娱乐，也当作一场你死我活的肉搏。最后，蚩尤等九黎的大小酋长们也从台上跳下，加入其中，场

320

面更加火爆。

　　一直在台上和蚩尤等观看表演的三苗大酋长姜央和白苗酋长枫木，一个表情木讷，一个痛心疾首，并没有融入现场的气氛之中。因为他们已经被告知，这个继位仪式之后，将被长期留住在九黎，享受结盟后的"清福"。整个三苗，不得不委托给青苗酋长蝶母暂时代管。虽说他们事先也有戒心，但是怎么也没想到他们到后，蚩尤一改前次的友善，在继位仪式之前，就把九黎与三苗结盟的条件亮了出来：三苗与九黎名为结盟，实际上三苗的一切都要完全服从九黎的指挥，平日通婚、上贡，遇到与其他部落的战争，三苗必须全面配合，出人、出物共上战场。姜央当然不会同意这种不平等的结盟，枫木更是火冒三丈。但是又有什么用呢？蚩尤大酋长收走了他们的符记信物，就以他们的口气，向青苗酋长蝶母传去了结盟的信息，说姜央、枫木将长驻黄黎，与蚩尤"共谋大事"，三苗日常事务"全权由蝶母代理"。事已至此，姜央和枫木只能悔恨此前还是过于轻信蚩尤了，抱了一种友好结盟的幻想，结果误入了圈套。

　　"三苗完了！姜央无能！"姜央想起得意忘形、怀着得陇望蜀的野心与狂妄的蚩尤，自心底发出感叹。

　　枫木咬牙切齿："得设法传回真实信息，大家也好应对……"

　　姜央："咱光杆两个，能派谁呢？"

　　这是蚩尤继位仪式之后的一个晚上。姜央和枫木同住在一间不算大的葛草屋内——虽然说九黎灭了葛天氏，但是他们这种葛草屋还是很实用。这两个面无表情的人，塘火幽暗地在他们脸上闪烁亮光，但他们依然是面无表情。身旁的侍从，只剩下幽娟的父母两人，其他人都被分散到九黎各部落去了。

　　就在姜央长吁短叹"能派谁"的时候，这话竟让已经有些耳背的幽娟的父亲听到，巧的是他刚好走到姜央跟前来。老人家在角落里和老伴叽咕了好一阵子，对蚩尤的切齿之恨和对姜央大酋长、枫木酋长的真切同情以及作为侍从的本分，都要求他们必须做出一个大胆的决定——不惜冒死而让幽娟去完成这一使命。

幽娟的突然失踪，引起蚩尤的警觉，多次追问姜央和枫木。姜、枫二人矢口否认，不给蚩尤留半点破绽和可乘之机。再说，对蚩尤而言，丢了一个女人，不过像丢了一件衣物一样，随便换一件不就得了？盛气过后，在这样的心理安慰下，蚩尤就没再深究此事。

幽娟一路颠簸，把自己的脸抹得黑白相间、面目全非，她历尽艰辛，终于赶回到三苗之青苗部落，看到这里的局面已经大变，蚩尤早已经派来了两嚘，带着手执青铜兵器的精锐之师长驻在这里。平日里慈悲善良的蝶母接到两嚘传来"姜央"的信物，说三苗与九黎鹿部落联盟已经结盟，大酋长是蚩尤。姜央大酋长和枫木将长驻九黎，就像两嚘长驻三苗一样。三苗大酋长由蝶母代理，具体事务由蝶母和两嚘共同"商议"。

两嚘一到，就飞扬跋扈，盛气凌人，把蝶母根本就没放在眼里。他这样做，激起蝶母的十二个儿子雷娃、龙、虎等愤愤不平。两嚘就派人把雷娃、龙、虎这三个带头闹事的儿子抓起来，按照蚩尤制定的"五虐之刑"，当众割掉不听话的雷娃的右耳，谓之"刵"；将对"新政"嗤之以鼻的龙割掉鼻子，谓之"劓"；把逃跑的虎抓回来削掉一只脚，谓之"剕"。对所有"罪犯"，都在面部残忍地盖上烙印，让人人一见就知他是罪犯，谓之"黥"；对"罪行"严重的扒光身上的兽皮麻披，在阳光下暴晒，用削尖的木棒像啄木鸟啄木那样将身上刺得千疮百孔，血肉模糊，比凌迟而死都难受，谓之"椓"……杀一而儆百，逼迫大家屈从。而对恭顺的为其效命的奴才，则当众给予重奖，奖给贝壳币、兽肉、渔网、水牛、稻种等以鼓励。蝶母本来就软弱，在这种高压之下，也就什么事都由着两嚘来，她的其他九个儿子也不得不表示恭顺。青苗顺服了，黄苗群龙无首、白苗灵枫只是个代酋长，而蝶母行的是"大酋长"的权力，整个三苗也就被全部控制。

幽娟趁两嚘不在来到蝶母大屋，悄悄地告诉了姜央、枫木被困九黎的真实情况，蝶母只能长吁而短叹。看到大势已去，幽娟要求：

"请送我回白苗！我没脚力了……"

蝶母送给幽娟一头大水牛，让她骑了水牛浮过长江，回到白苗部落去。

蝶母酋长送幽娟水牛的事，还是让两嚘安插在蝶母身边的耳目给告发了。两嚘除留了一部分人继续控制蝶母外，立即带领大部分黎兵"黑牛浮白水”，渡江而去直接控制黄苗，追赶幽娟。

幽娟一路上用竹梢紧打大水牛，大水牛也通人性似的一路狂奔。路过黄苗时她没停，直奔白苗而去。

白苗部落已经没有幽娟的直系亲人了，但是当初青梅竹马一起长大的恋人阿枫（灵枫），却一直是她心中除了父母之外最大的挂念。这会儿她已经把所有受到的凌辱忘掉，只顾风风火火地赶路，恨不得立刻扑进恋人的怀抱……

自从受枫木老酋长的委托成为代酋长之后，灵枫就住在枫木的大竹屋内。枫木酋长一去没有了音讯，让他一直挂念着。前不久从九黎传来消息，说他老人家和姜央大酋长“长驻九黎”，九黎也派来了常驻三苗的酋长，让他对枫木酋长的人身安全有了一个确定的消息，心里稍微踏实了一些。但是那位两暉“酋长”的表现，却让他大失所望……总算看清了所谓的“结盟”，实际上完全是九黎对三苗的一种控制、压迫和掠夺，他们把三苗的姜央大酋长和枫木酋长扣成了人质……

幽娟气喘吁吁，艰难地爬上竹梯，一跨进白苗部落的中心大竹屋，眼前一黑就扑倒在地。这一举动，让灵枫为之一惊。他快步向前，扶起已经瘦削得面目全非的幽娟，内心涌起万千疼爱与怜惜。他用手抚摸、梳理着幽娟零乱披散的头发，一遍又一遍呼喊她的小名：

“阿娟，阿娟！”

看到幽娟抹得五颜六色的脸色，干裂的嘴唇，灵枫要过一木勺凉水，一半被幽娟喝了，另一半则顺着她的嘴角流下。

二

幽娟总算慢慢睁开了双眼，她那双曾经是那么迷人的眼睛，如今充满了多少幽怨、感伤和仇恨呵！当她感到自己被人紧紧地搂在怀中时，本能地挣扎着想摆脱。灵枫忙喊：

“阿娟，阿娟！是我，灵枫！”

幽娟定睛看清是灵枫，却仍是一种迟疑的目光：“你是阿枫？我在梦中？"

"不，不！我是阿枫。你不在梦中，你已回到了白苗。"

幽娟终于"哇"的一声哭出声来，两只小拳，在灵枫当胸捣蒜似的一阵乱抡。接着，就用她那细瘦白皙的双臂，把灵枫死死地拦腰抱死，久久也不分开。灵枫抱起身轻如燕的幽娟，稳步走到悬空的吊床前，轻轻地把幽娟放在吊床上。幽娟急着要说话，被灵枫挥手制止：

"先莫说话。休息一会再说！"

幽娟闭上了疲惫的眼睛——虽说是过于劳顿疲倦，可她深陷的眼睛还依然是那么楚楚可怜、幽幽迷人。她终于平静了下来，呼吸也变得细微匀称起来。灵枫就一直静守在她身旁，擦洗着她的脸，心疼地在心底里设法找回她当年的情影……忽然，幽娟一脸惊恐，头发都蓬乱飞扬起来。她一声尖叫直挺挺地坐起，口中大喊：

"蚩尤！蚩尤！蚩尤来了！"

灵枫又是一番安慰，等幽娟稍微平静下来，急忙问她：

"到底咋回事？大酋长和酋长一去不返……这突降之结盟，唐突，味道不对——哪有这等骑人脖子拉屎之结盟？"多年前被九黎俘去的她，这些年到底生活得怎样？她又是怎样从九黎逃回来的？……灵枫不知有多少话要向幽娟问，但首先蹦出口的，还是关乎部落命运的大事。

幽娟这才把姜央、枫木被扣的事实真相告诉了灵枫，情况和灵枫担心的差不多。灵枫越想越气，简直肺都要炸了："好个蚩尤，你欺我三苗无人吗？"他在原地转了两圈，直踩得竹地面"咯吱咯吱"乱响，嘴里恨恨地说："蚩尤，我与你势不两立！"

灵枫在心里想到，一定要为姜央大酋长和枫木酋长讨个说法。对，应该和黄苗的枫神巫师取得联系，还有青苗酋长的儿子们，大家联手，才能共拒外侮。但是，自从雷娃、龙、虎三兄弟被两暉施刑之后，就分别落下"无耳雷娃"、"无鼻虎"、"无脚龙"三个绰号，青苗酋长蝶母的十二个儿子现在都已经屈从于九黎，三苗的代大酋长蝶母又执行的是这种"结盟"路线，反抗九黎，又怎么和她老人家沟通呢？

一不做，二不休，就是鸡蛋碰石头，也要和九黎对抗一把！姜央大酋长、枫木酋长还在水深火热之中，三苗已经身处水深火热之中了！灵枫忽然问幽娟：

"这些情况，蝶母可知？"

"知道，我和她说了……她派牛送我过江。"

"唯愿蝶母理解我！"灵枫说着，咬了咬牙。

幽娟已经明白他要干什么，她忙用手捂住灵枫的口：

"九黎发明了金兵，所向无敌，征服了江淮众多部落……怕我们以卵击石，无济于事……切勿随便说'反'，待条件成熟了，再反不迟。"

"放心，我自会从长计议。"

就在灵枫和幽娟商量"反"事的时候，两曋已经带人控制了黄苗。黄苗部落的枫神巫师孤掌难鸣，也不被两曋友善的假面孔所迷惑，为了能和灵枫见面，便随同牛不停蹄、"还和灵枫有要务"的两曋，一同赶往白苗来做灵枫工作。

老情人相见，分外眼热。灵枫万般怜惜幽娟的同时，内心那一把情欲之火也熊熊燃烧起来。渴望已久、望眼欲穿的旧梦重温，让幽娟变得浑身酥软无力。她瘫软在灵枫的怀抱，任由他千般温存万般怜爱，让内心积存已久的那股清泉尽情地流泻……她感到自己已经不属于这个世界了！她已经缥缈与飞翔在某一个仙境，彩云缭绕，身披的飘带撩拨着一朵朵祥云……她在空气中游泳，游泳，这一池大水轰然爆炸：消失了自己！

等她从幻境中徐徐返回，灵枫依偎在她身旁，已经是汗水淋漓地呼呼大睡。她轻轻地抚摸着他宽厚结实的背脊，抚摸着他浓浓的眉毛、厚厚的嘴唇——这让她进入梦幻之乡的钥匙！她轻轻地在他富于质感的厚唇上又吻了一下，有多少情愫又一次涌上了心头。她用自己纤弱的双臂，紧紧地搂住灵枫，想让这一刻变为永恒……

幽娟甜蜜的内心有苦难言。本来，她在九黎所受的凌辱，使她觉得自己今生再也无法真正面对亲爱的灵枫了，可是，可是和他见面之后，竟把这一切都给忘到九霄云外去了……想着想着，她不由得又悄声抽泣，泪水静静地长流，有一滴热泪，正落在灵枫胸前。

灵枫被这强抑着的抽泣与抽搐惊醒：

"怎么啦，阿娟？"

"我已被蚩尤玷污，没脸面对你！"

"是我，没保护好你。"灵枫把幽娟再次揽进怀里，"答应我，再不离开我。"

幽娟点了一下头，又不住地摇头，极力想挣脱灵枫的臂膀……她内心矛盾，爱恨交织，纷乱如麻。

"不管曾经，你总是我的唯一！"灵枫万般疼爱又咬牙切齿地说。

幽娟撕扯挣扎一番之后，终于又一次安静在灵枫温暖的怀抱中——这才是她心目中唯一的男人呵，一个可以依托终身的男人！

幽娟回来的第二天，灵枫正准备前往黄苗部落去联络枫神巫师，不想他却带着两曋已经赶到。枫神还没进门，声音已经先传了进来：

"灵枫老弟，喜事临门，可喜可贺呵！"

随着这话音，未经通报和许可，枫神巫师已经和两曋站在灵枫的面前。

枫神巫师："介绍一下，这位乃三苗盟友、九黎鹿代表两曋酋长。这位是白苗代酋长灵枫兄弟。"

灵枫看这两曋，身高不过四尺，只有宽度没有高度的样子，不屑一顾地一拱手。

两曋眼中的灵枫却像一棵千年修炼变成人形的枫树一样挺拔、高大、伟岸，年轻而英俊潇洒，不由心生赞叹，竟忘记自己可是比灵枫大了好几辈的人：

"灵枫老弟，果然名不虚传之大丈夫也！"话虽这么说出，可是他那双聚光的小眼睛却不由自主滴溜转了几下，脸上堆起的笑容，也因为灵枫的冷淡而变得僵硬。

枫神赶紧拉了灵枫一把。灵枫简单应道："过奖了！"也不说"请入座"之类的话……灵枫的内心正翻滚着风暴，这风暴将席卷一切，也包括他本人在内！他已经忍无可忍：

"请问两曋，九黎为何扣留姜央、枫木？又是谁让你在三苗滥施酷刑？

这结的哪门子的盟？"

两暤却厚着个老脸皮，继续面带微笑：

"误会，误会！蚩尤大酋长派我来，就是为了当面解释姜央、枫木长驻九黎，乃友谊之象征，就像我亦长驻三苗。我既来之，就不能坐视，对无知刁民，不施法不足以教化。"

灵枫："你还是先教化九黎刁民，何必来三苗拿耗子！"

一句话噎得两暤无言以对。他只好转身把双手一摊，一脸委屈相地对枫神巫师说："你看你看，我来帮三苗，却落个不是！"

枫神巫师明白灵枫的心，但是，他也知道三苗大势已去，整个三苗都已经为九黎所控制，包括白苗的这间大屋。于是，他就顺着两暤的辩白和"委屈"，把两暤临行前告知的"使命"，向灵枫挑明。他要尽力保护这个兄弟。

三

"灵枫老弟，你误解两暤酋长了！"枫神巫师用他那富于深意的目光与灵枫对接一下之后，继续说："两暤酋长此次来，带来了蚩尤大酋长之封赏令。原本要把幽娟赐给你！"

两暤听到这话，就自下台阶道："罢了罢了，灵枫小兄弟年轻气盛，我不与你计较。"他对随从喊到："拿来封赏令！"

随从把一卷儿兽皮递给两暤。两暤一圈一圈展开，只见兽皮上用朱砂画着许多很难辨识的刻画符号，也就是蚩尤发明的"蚩书"。两暤把兽皮捧展了念道：

> 顺天承命，蚩尤与姜央结为兄弟，九黎和三苗互为盟友。因枫木随侍姜央，特封灵枫为白苗酋长，并赐幽娟为妃，随侍左右。钦此！

从枫神看自己的深邃目光中，灵枫知道他已经明白了自己所传达的信息，但是他却继续顺着两暤的意思说话，并示意灵枫也要这样做。在两暤宣读蚩尤的"封赏令"时，枫神又往外看了一眼，把灵枫的手狠捏了一把。

灵枫是什么人？他立刻明白枫神是啥意思了！——他是在提醒自己，屋外的局势已经被两暉控制，现在反抗是徒劳的，只能白白牺牲，给三苗造成更大损失！要图大事，必须从长计议，先保全自己，保存三苗仅有的实力。要想去九黎面见姜央、枫木，要找机会直接杀掉蚩尤，击败九黎，现在就只能随机应变了……他脑子里闪电般地这么想着，两暉把"封赏令"也就宣读完了。

两暉："灵枫酉长，接令！"

灵枫既然想明白了，就随机应变道："感谢蚩尤大酉长。灵枫愿为三苗、九黎联盟效力！"

枫神巫师在一旁为灵枫的应变能力默默点头称是，悄悄伸了一下大拇指。

灵枫接过蚩尤的封赏令，交给身旁的侍从，吩咐道："设宴，款待两暉酉长、枫神巫师！"

任何一个优秀人物，都免不了身上有掩不住的瑕疵，两暉也不例外。他虽说精明过人，头脑里尽是些套人的环环，但却有一个致命的弱点：嗜酒如命，见酒就喝，沾酒必醉。这一次他又给喝得东倒西歪，手舞足蹈，满嘴胡言：

"三苗……什么东西？……不过是……是……宴席……一块肉……等我吃……"

他从心底里把三苗就没放在眼里，其得意忘形的样子，又一次把灵枫激怒。灵枫正欲执斧而起，被跪坐在旁边的枫神巫师按住肩头：

"灵枫勿意气用事！局势已至此，独力难回天，即使杀了两暉，蚩尤还会派'三暉'、'四暉'……除害者，除根也！我愿与你呼应，共谋大事！"

枫神虽然声音压得很低，但是态度坚决，斩钉截铁。

灵枫被他这一种态度所感染，也就松开斧柄，举杯再灌两暉：

"两暉酉长一路辛劳，多喝几樽啊！"

两暉不等人劝，又自灌了一陶樽。

看他这会儿几乎是烂醉如泥的样子，灵枫的内心又一次翻起了波澜：一不做二不休，先断了这斯的性命……这样做，是杀不了蚩尤，但却断了他一重要臂膀，也让这些骄傲的家伙知道：三苗不是好欺的！

灵枫执斧而起，让人猝不及防，石斧砍向两曎的咽喉。

两曎却被惊醒，他本能地拔出青铜合金宝剑招架，只听"哐当"一声，灵枫的石斧已经折断。两曎被惊出一身冷汗，这时候完全清醒过来：

"灵枫何必以卵击石，走此不归路？好！你既要这样，我成全你。"说着，就把青铜合金剑刺向灵枫。

枫神一下抱住两曎：

"年轻人意气用事，你老也如此？莫坏了蚩尤大酋长好事，坏了'三九'联盟！"

一句话提醒了两曎，他这才明白过来自己肩负的使命：

"好！看在枫神面上，我不与你计较……只有九黎、三苗结盟，方可应对北方众多部落挑战，开辟新的发展空间。"

灵枫也被自己折斧的情景所惊醒，主动赔礼道：

"灵枫一时糊涂，还望两曎酋长海涵。"

两曎虽然还在余惊之中，内心恨不得一口把灵枫这个歪小子给吞下去，但是表面上却表现出大度和若无其事的样子，再次举起了酒樽：

"来，一饮泯恩仇，一醉方休，哈哈哈……"

两曎虽说最后还是给喝得烂醉如泥，但是他终于不辱使命，完成了九黎对三苗的全面控制。他留下一个心腹继续在三苗监控，"协助"蝶母工作，自己却回到九黎的黄黎部落向蚩尤复命。

两曎向蚩尤叙述完自己有惊无险的经历后，专门加上一句：

"三苗脑后，有反骨！"

蚩尤却说："灵枫乃可塑之才……让他权倾三苗，让三苗内部先失衡。"

两曎从蚩尤处带回了对灵枫新的封赏——封灵枫为三苗小帅，统领三苗，代行大酋长的权力。

枫神酋长（他也已经被封为黄苗酋长）带两曎来到白苗宣读"封赏令"后，劝灵枫：

"先接受封赏，便于把事做大。蝶母那儿，我去解释。"

灵枫咬牙切齿："蚩尤小儿，迟早有一天，我结果你，洗却三苗耻辱！"

枫神酉长："好啦好啦！你已是三苗小帅、代大酋长，此话只能烂在肚里……君子报仇，十年不晚！"

在一旁听话的幽娟——灵枫现在最爱的女人，这会儿才算是完全理解了灵枫和枫神。这一段时间，为了灵枫接受蚩尤的封赏，她一直在不解和抱怨中度过每一天。虽说把自己赏给灵枫是她最中意的事，但是灵枫不该做蚩尤封的"官"，而应该像一个真正有血性的男子汉那样，坚决反抗，斗争到底……灵枫本来就窝了一肚子火儿，幽娟这么一抱怨，更是火上浇油，烦躁不安。为此，她在心中曾经一万次地骂过枫神巫师是软骨头。到现在，她才理解了枫神的良苦用心，不由又对他心生敬意。

灵枫吩咐在大泽边的沙滩上大摆宴席，邀请蝶母、两嘤、枫神和三苗的长老们一起"庆贺"一番。灵枫成为三苗小帅，掌管三苗兵权，代行大酋长的职责，这为他以后成就大事创造了条件，枫神酋长和蝶母的儿子们，以后都成为他得力的助手。

话说回来，灵枫成为三苗小帅之后，就利用这一合法身份大动员、大练兵，以待来日能有所图。时间过了一年多，接到蚩尤传来的动员令，要求三苗动员和训练一切能出征作战的兵力，随同 九黎一起出征，前去征服东夷各部落。

东夷各部落以少皞鸟图腾为主，主要生活在今江苏北部、山东省及河南东部一带，幅员广阔，人员众多，地形复杂，历来是九黎向北发展的障碍。九黎要想实现其上应天象"返回"北方鹿部落联盟所在地——今河北地区的目的，就必须首先让"青蛇还位"，征服东夷这一障碍。

四

在蚩尤的心中何尝不知道这次北征是一场啃硬骨头的艰难行动，非得有巨大的牺牲精神、过人的勇力、非凡的魄力和大量的人员物资准备不足以成事。所以他才在北征之前，不惜各种手段千方百计先与三苗"结盟"，把三苗先纳入自己的势力范围，这样既壮大了自己的实力，又免除了后顾之忧。他为两暤卓越的行动能力而自豪：几乎是不费一兵一卒就将三苗这个多年以来悬而未决的问题给办妥了。但是，正如两暤所提醒的那样，他内心深处，对三苗还是一种同盟加提防的矛盾心理。

蚩尤又派出多路奸细，深入到东夷各部和中原大地，甚至到炎帝榆罔的都城所在地去了解情况，散布谣言。在一切准备都做好后，就叫回两暤一起密谋，又将魑、魅、魍、魉、夷方、大赫等九黎的酋长们召集在一起，宣布了他的"北征动员令"，同时差人昼夜兼程送往三苗，交到灵枫小帅的手上。

说是蚩尤做好了一切准备，其实说到底，还是人力准备，因为在当时那种条件下，一切部族之间的冲突，都是围绕着地盘和物产。因此只要人员勇猛凶悍，一切支持战争的物资，都会在战争的过程中从对方抢来。这也是当时战争的主要目的之一。这就是野蛮时代或者说"英雄时代"战争的特点：具有极大的毁坏性和掠夺性，甚至残忍到杀人如麻的程度，出现在古史传说中，就是"血流成河，可以漂起狼牙棒"。这种以扩张地盘掠夺物资为主要目的的战争，也是母系氏族过渡为父系氏族社会的特征之一。它充分地体现了男人——那些英雄们贪婪占有的欲望和以强凌弱、巧取豪夺、不劳而获的畸形心理。战争中，男人是主力，是胜利者，也是最大的牺牲者，一般凡是不幸在战争中失败而沦为俘虏者，唯一的出路，就是伸着脖子被宰杀，那完全是一种任人宰割的场面：所有的战俘被捆绑了双臂，排成一排，跪直了，等待对方的头领过来一个一个从颈后一斧砍死……这时候，只能听到一声接一声的惨叫，没有对话，没有语言的沟通，只有冰冷的死在等待和兑现着。更有残忍者，剥人皮，食人肉，下油锅，其状惨不忍睹……而女人，则成了战争中最大的战利品，被分配给战争胜利者各个层面的掌权者，任由他们去享用。女人就像是沉默的土地一样，作为种族延续的工具，谁撒下种子了，就为谁生根发芽、开花结果。

这种战争是人类劣根性的恶性膨胀，它客观上助长了不劳而获、弱肉强食等恶习的膨胀发展，与天覆地载好生之德相悖，是对人性的沦丧与败坏！

人类要进步，要发展，可总是先进者、先发展一步者大肆杀伐落后者，先进工具总是首先被用于战争，甚至有人说，是战争推动了社会的进步，催生了各种各样的发明创造……战争是各种发明创造最初的"实验场"。九黎鹿部落联盟年轻气盛的大酋长蚩尤，就是这方面的典型代表，他把由红铜改进的青铜器首先应用于战争，他发明的"五兵"——戈、矛、戟、酋矛、夷矛，使他征服其他部落的勇力如虎添翼，所向披靡，以致人们只要一听说"蚩尤来了"，就望风而逃，不战自溃。连大人吓唬小孩，只要说一句"蚩尤来了"，小孩也会立即停止哭声……可以准确地说，就连以后封建社会皇帝们最拿手的满门抄斩、株连九族甚至十族（包括了老师、学生和关系相近者，也被列为一"族"），和原始社会后期铜石并用时期的战争比起来，也只能是"小巫见大巫"之举。

在即将到来的九黎北征的战争中，我们会看到这样一幕幕的活剧，由此九黎而威震华夏，让炎帝榆罔头疼，促华夏部落联盟奋起，榆罔和轩辕之间，又产生错综复杂的矛盾与冲突……中华民族五千年的文明史，伟大的中华民族精神和通天大道，就在这血与火的冲突与磨砺中开始和形成。

蚩尤北征东夷的"动员令"或者说"檄文"是这样写的：

> 天降九黎，雄踞江泽；物产丰盛，地杰人灵。然多雨多涝，连年灾祸……天象昭昭，玄鹿在北；青蛇还位，享我北土。天网恢恢，疏而不漏；逆我道者，非死即亡！九黎、三苗结盟，携手倾力，共图北土，同享太平。钦此。

九黎三苗部落联盟大酋长　蚩尤

手捧着蚩尤的这个"动员令"，周围是一片嗡嗡的议论声，灵枫的内心矛盾纷乱。同时接到了姜央大酋长、枫木酋长的"命令"，与蚩尤的"动员令"大同小异，看来灵枫即使当上了"代大酋长"，"老酋长"们还在操着他的心。一时间，蝶母没有了主意，枫神和弟兄们意见不一，有的坚决反对，有的大力支持，更有模棱两可者，含糊其词。支持的一方有一个理由：九黎能到处称王称霸，三苗也可以借势抖一次威风！还有一个理由，就是

"既已结盟，不能违背盟约"……灵枫虽然内心里对蚩尤恨得咬牙切齿，但是他明白，仅以自己的勇力和三苗现在的实力难以和九黎对抗，同时自己又是蚩尤任命的三苗小帅，既已结盟，也不好随便违背盟约……灵枫突然想到，如果去了，就有了与蚩尤直接见面的机会，到时候也好相机行事。同时，对三苗来说，这次北征也不完全是个坏事，同样可以扩大三苗的生存空间，获得丰富的物资来源……他想亲自去九黎一趟，好听听姜央大酋长和枫木酋长的真实意见。于是，他把手一挥，紧握的拳头在空中划了个半圆，斩钉截铁地说：

"好！既已结盟，随蚩尤北征！"

这一声，让一些人膨胀的欲望得到了满足，也让一些人惊愕得睁大了眼睛，张大了嘴。

灵枫也不作解释，只是向蝶母和枫神安排留守事宜，召集无耳雷娃、无鼻虎、无脚龙等兄弟们仔细分工，将三苗集训出来的青壮年男子分为黄、青、白三队，分别由无耳雷娃、无脚龙、无鼻虎率领，小帅对这三队苗兵负总责。

等灵枫率领三苗的黄、青、白三队苗兵，赶到九黎鹿部落联盟黄黎部落的住地葛庐之山时，九黎的黎兵早已经集中在那里。但见黄黎、赤黎、玄黎、青黎、白黎、艮黎、巽黎、震黎和兑黎各部落图腾旗帜鲜明，刀枪锃亮，士兵个个如狼似虎、杀气腾腾。三苗和九黎，无论士气，还是人数、兵器等，都万万比不得：灵枫的三队苗兵，总数还没九黎一个方阵的人数多，兵器也大多是石器木器，仅有的几件青铜兵器，和蚩尤兵士的青铜兵器根本不能相比。

三苗的三队苗兵被分别安排在九黎的方阵之间驻扎。这既是友军的一种"协同"，也是对三苗兵力的分割与控制。灵枫心里完全明白这一切。但是事已至此，只能先这样了。扎好营帐后，灵枫让无耳雷娃、无脚龙、无鼻虎各负其责，自己即在两噻的引领下，前去拜见蚩尤和姜央大酋长、枫木酋长。

经过几道检查，灵枫终于来到蚩尤的中心大屋前。这覆以葛草的大屋直接建在地面上，虽没有三苗架在空中的竹楼高，但却比它大多了，也气

333

派多了。从两队夹道的黎兵刀杖横架的"刀廊"中穿过，他和两曎每向前走近一步，这横架的青铜兵杖才闪开一对。再看这些兵士，个个头戴饰有月牙形"牛角"的青铜头箍，身披青灰水牛皮甲衣，面目狰狞，杀气腾腾。

在两队夹道的黎兵尽头，高高站起的是同样头戴月牙形青铜牛角头箍、身披青灰水牛皮甲衣的蚩尤大酋长。

五

仇人相见，分外眼红。在同样是身高七尺的灵枫眼里，蚩尤并不算高，只是他年纪不大肤色却像古铜一样，深眼窝里两只眼睛也瞪得像牛眼睛，头箍上的牛角样尖刀尤其长而高挑，大口长脸，一脸凝固的表情——

蚩尤倒要看看这个脑后长有"反骨"的人长了几颗脑袋。原来他也不过是一颗脑袋，只是这颗脑袋擎在枫树一样笔直的身躯上，显得挺拔而精神。虽然明显感到他要长于自己六七岁的样子，但是从那一双透着亮光的眼睛中，能看出灵气和帅气，从走路的坚决步伐，可以确定他是一个做事果决的人。蚩尤暗自为自己的威严布局而高兴，就变了一副亲切、友善、热情的表情，不待两曎和灵枫行礼，就迎上前来，把他俩拉进大屋去，边走边对两曎说："两曎酋长辛苦了！"又迅即转头对灵枫道："久闻小帅大名，未曾相见。今日一见，果然相貌堂堂，一表人才！"

"不敢当。大酋长才是宏图大志，年轻有为，三苗沾光了而已……"顺着蚩尤虚假的恭维，灵枫也还了几句"恭维"。

这大屋内，已经一改葛天氏当初的布局，火塘移到了前厅正中，里面左右各有两排兽皮坐垫，正中面门是蚩尤的水牛皮高靠背坐垫，墙上挂着一张绘有青蛇的六足水牛皮。左右插着大戟、铜斧，墙面上高高低低挂满了刀、剑、弓、戈、矛、戟、锤、酋矛、夷矛等蚩尤发明或使用的兵器。伺立两侧的女人，皆面无表情。

蚩尤大不咧咧地在自己的水牛皮高靠背坐垫上坐下来，两曎和灵枫分别跪坐于左右。

蚩尤："灵枫小帅来得及时，安排不周之处，还望指教。"

灵枫左右看看，身前背后都是眼睛，找不到可以动手的机会，就顺便应到："很好啊，何谈指教？"

蚩尤："那好。来人，将中原的丝帛之衣拿来，另赏三苗稻米三十斛、米酒三百罐。"

这些稻米和酒抬上来展示了一下，就抬下去直送到三苗的营寨。蚩尤接过丝衣，转身给灵枫披上："好! 合适! "

蚩尤接着说："我们有约在先，九黎、三苗结盟，以万夫不当之勇，共同向北发展。到那时，粮食有的是，衣物有的是，女人有的是! ……我看，咱俩结为兄弟，有福共享，有难同当，如何？"

蚩尤这么一说，两曋也就在旁边促哄："大酋长一番美意，你们结为兄弟，九黎、三苗之美好愿景，指日可待! "

三苗人有个最大的特点就是言出必行，最讲的是个义字。蚩尤抓住这一点突破灵枫的心理防线，倒使灵枫不得不真的维护起已有盟约了。

灵枫："是啊，我们有约在先，我即是奉约前来。只是在下一事不明，姜央大酋长、枫木酋长应邀参加继位仪式，如何就不回三苗了？"灵枫憋不住，还是把话给拐到了"正点"上。

蚩尤："我们诚意留下两位酋长，好吃好喝供着……和两曋去三苗一样! "

灵枫看也说不出个结果来，就一语双关地说："好意心领了。请允许我先看两位酋长，结拜之事容后再说。"

灵枫给了蚩尤一个台阶，蚩尤顺势就下来，但是直到以后，他们都只是战争中的盟友，却再没搞过什么结拜兄弟的仪式。

蚩尤对三苗的态度是既要用，又要防，始终让三苗在自己的掌控之中。这一点我们从刚才的叙述中已经明显地感觉到了：他只要三苗上阵出力，不给三苗任何动其他念头的机会。他要掌握着"有反骨"的三苗为自己雄霸天下的宏图大业服务，把他们变成为自己远大抱负服务的驯服工具，而不是蜇手的蜂刺。现在的三苗距驯服的目标还差得太远，但是只要走出了第一步，就会有第二步、第三步……蚩尤心满意足地打着自己的如意算盘。

灵枫去和姜央、枫木及自己的岳丈、岳母相见，还是由那狡猾的"半截人"两曈陪着。他也显得太热情、周到和殷勤了一点，就像一个甩不掉的光鲜阴影。

有两曈站在旁边，大家说话的内容就受到了限制，有好多本来想说的话没法再说了。灵枫向姜央大酋长和枫木酋长行礼的时候，两曈也假意行了礼，并且问：

"两位酋长近日可好？过得惯不？"

"好啊，托蚩尤大酋长和两曈酋长之福，饱食终日，无所用心……"姜央答到。

灵枫本想详尽询问两位老酋长的生活问题，叫两曈这么一问，姜央这么一答，灵枫再不好细问。他把两位老酋长居住的这间房子内外打量了一番，觉得生活必需的东西还是一应俱全的。自己的老岳父老岳母这时候正相偎在角落的阴暗处。灵枫就赶过去向他俩施礼：

"小婿灵枫，向二老问安！"

岳父颤抖着声音说："我们老迈无用，阳世上没几天活头了，只要你们好过，就放心了。"

岳母跟着岳父的话点了点头。

看着弓腰黑瘦的岳父可怜的样子，灵枫的心里又是一阵疼痛……这时候，传过来枫木的声音：

"灵枫，你小子行啊，当上小帅了，可代大酋长行事了，我和大酋长向你祝贺！我们人老力衰，也就这样了，希望你把三苗带得更好！"

"老酋长乃三苗之象征，要好好活着。请放心，我会尽全力的。"

匆匆告别，两位老酋长一直把灵枫小帅送到门外，灵枫的岳父岳母两位老人，也一起随了出来。老人含泪深情地注视着灵枫："告诉阿娟，我们好着呢！好着呢……"他们并不知道，灵枫这次并不是回三苗去，而是要随九黎去北征。

灵枫向他们分别叩别。那个影子一样相随的"半截人"两曈，也向两位老酋长告别后，与灵枫一起离开。

灵枫回到自己的营帐，想举事，"三苗"之间又被九黎的营寨相隔。还有，以三苗现有的这一点实力，一旦和九黎硬拼，肯定是鸡蛋碰石头，"希望你把三苗带得更好！"他耳边又响起了枫木酋长的话，这会儿他才真正深刻地理解了老酋长话中的深意——三苗仅有的实力绝对不能丢掉，而要在保护好的同时得到发展！可以说，三苗就是这样被裹胁进这场九黎对东夷的战争的。三苗在其中最大不过是一个随从，只是为九黎强大的战争力量少了一份后患，多了一点助力。

在九黎的黄黎这地方集结了几天，随同九黎的酋长们一起参加了北征的军事会议，出征前的祭天仪式就要举行了。

这一天，天不亮，九黎各部和三苗的兵士就已经被集合起来，在黄黎部落的中心广场上列成十二个色彩不同的方阵。兵士们手举火把，呼呼的火光把人们的脸色都给染红了，把半边天都给染红了！

蚩尤、两曎、魑、魅、魍、魉、神荼、郁垒、夷方、大赫、灵枫都已经站在观象台的前侧，芘苏、祸、祭司、雨师与九黎的长老们站在后侧，仪式还是由祭司玄孙主持。

玄孙头饰鹿角，身披画着梅花鹿斑点的麻织祭服，红发烈烈，神怡庄严。他先走下台，从台前的火堆里拿出烧烤的龟板，借着火光仔细地看了，见其断断连连的裂纹形成一个"否"卦，才走上台去宣示：

"坤载乾覆，理所当然。名之曰否，实为否夷。九黎所向，东夷是也！"

他又看了刚刚从东山上露出头的朝阳，以公鸡打鸣儿似的高腔唱道：

"祭天仪式，现在开始！刀斧手，人牲祭天——"

在大火堆前，十个木桩上各捆绑一个异族男性。随着一声"人牲祭天"，身披红麻披肩的刀斧手手起刀落，人头落地，一股股鲜血喷薄而出，把朝霞、火光，把台上的蚩尤等，都蒙上了一层挥之不去的亮红的血雾。

第二十章

一

从神农氏治天下到榆罔炎帝时代，在今山东半岛、河南东部及江苏北部的广大地区，分布着一个幅员辽阔的东夷鸟部落联盟，它南与以后的九黎鹿部落联盟接境，北与猪龙、犬龙、狼、燕等组成的北方鹿部落联盟接壤。这些东夷人，靠海边、湖泽的以渔猎为生，因为继承了太昊伏羲氏的传统，结网捕鱼是他们的拿手好戏。其他山里的、平原的部落，则学会了神农氏的农耕技术。传说神农氏发明犁铧的地方，就在东夷大酋长少昊所在地穷桑（今山东曲阜）附近。这一大片地方，包括榆罔当年东巡时到过、没到过的地方。由于榆罔东巡没走到穷桑，又由于葛天氏部落与九黎的相隔，东夷和榆罔的联系就越来越少，已经和现在的九黎一样，成为"治外之夷地"和一个世外桃源。

少昊的母亲名叫皇娥。她是一个天生浪漫的女子，作为东夷老酋长皇公的独生女，她身处东夷酋长的"璇宫"而保持了氏族普通一员的勤勉，经常晚上就着塘火织麻布。白天了，远游到穷桑西南的西海（今微山湖）上乘桴木撒网捕鱼。她边捕鱼边唱歌，歌声婉转，吸引了一群水鸟围着她唱和，她也就把捕到的小鱼儿送给水鸟们吃。时间长了，只要她一来到西海，水鸟就或者围着她戏闹，或者为她导航，哪儿有鱼，就把她引到哪里。要说这皇娥长得如出水芙蓉，肤色白里透红，又挂着骨珠项链，围着绿叶草裙，头饰鸟形，绾起高髻，一双眼睛水格灵灵，照人勾魂。她笑声爽朗，清甜迷人，像微风中风铃的声响，却带着一丝少女的无端幽怨：

鸟儿飞鸣，

> 沧茫浦平；
>
> 窈窕女子，
>
> 君子何行？

正好这一天西海白鸟部落酋长的儿子也来这里捕鱼，听到歌声，即循声而来，和歌一首：

> 鸟儿飞鸣，
>
> 沧茫浦平；
>
> 绝俗君子，
>
> 淑女何行？

歌声悠扬，缥缈柔情。皇娥循声回望，果见一男子生得白白净净，儒雅大度，正将独木舟向她划来。两人四目相对，正是自己的意中人！于是渔歌互答，嬉戏终日，乐而忘返。两人同乘一舟，泛舟西海之中，以桂枝为表，结薰茅为旌，以玉鸟为鸠，置于桂枝表端，言"鸠知四时之候"，任舟自流，又采来红叶孤桑紫葚，谓食之"后天而老"。白鸟子抚桐峰梓木之瑟，皇娥就依着瑟的旋律清歌。皇娥唱过，白鸟子再答歌，好一种浪漫情怀！

以后，皇娥怀孕，经过十月怀胎，生下少昊。作为爱情结晶的少昊，从小就聪敏过人，跟着外公皇公酋长学会了捕猎农耕等各种谋生手段，又跟着妈妈学唱歌，是又一个浪漫的情种。少昊继承了母亲的浪漫情怀和父亲的白净面孔，深得外公和部落长老们的喜爱，皇公过世后，就被推举为东夷鸟部落联盟的大酋长。到了大酋长这个位子上，少昊的浪漫情怀得到了进一步的发挥，他整日四处巡游，到处结交美貌女子，相随唱和，东海之滨戏海浪，独木舟追寻天边的小屿，探访海市蜃楼的真伪，为那些变幻莫测的仙岛琼楼而感叹，又模仿这些琼楼玉宇，把璇宫改造成一座石砌玉堆盘旋而上的仙宫，芳草琼花，香烟缭绕，绝非人间之境……

少昊不管到哪里，都是嫔妃相从，前呼后拥，好不浪漫气派！他也抚得一手好瑟，轻弹揉抹，随心所欲，曲调总能拨动人的心弦，知音为此如醉如痴。少昊整日就这样沉醉于声情美色之中，却不知大祸已经一步步在逼近。

其实，西南各部落早有消息报来，不是求援的，就是逃生的，要是能从沉迷中清醒过来，少昊早应该做出相应的对策了。他几乎不召集各部落的酋长来开会，即使本部落内部的事，也都是延续皇公老酋长的遗制，他只是一个顺势得之、食前人果的幸运儿。他从来都是歌舞升平，没受过"苦难教育"，他也经受不起这"苦难教育"。

要说东夷各部落，历来是以强悍为特征的，他们也创造了被后世称作"大汶口文化"的当时雄居一方的先进文化和工艺，被世人所称奇的薄如蛋壳的蛋壳黑陶，就是他们的代表作。同时，强弓利矢也是东夷的一大特点。以后成为黄帝大臣，与轩辕手下的挥和货狄并称发明弓箭与舟船的夷牟和共鼓，都是东夷部落人。直到他们的后代，还有善"为弓矢"的闻人。

少昊有一子名穷奇，是东夷鸟部落联盟的大巫师。他有一个世人称道的本领，就是可使自己的身体收缩变小，同时又好像变戏法似的，把自己变高变大。从穷奇的名字就可知他有穷尽各种奇术的本领。他的长相也有些奇异，高额头，低鼻梁，瘦脸型上两横颧骨，下巴却奇长，肤色蜡黄，几乎找不到一丝血色，可以说是几分人形，几分鬼色。这也是他的职业特色所致。

东夷还有一位人高马大的唏祖，腿长，善跑，被人称作"腿捷者"，与此后成为黄帝侍臣的巴山氏捷剟齐名。

这一天，正当少昊歌舞升平的时候，白鸟部落前来告急："九黎结盟三苗，虎视眈眈而来，河水以南，尽为九黎所有……"少昊这才喝退歌舞，召集四叔重、该、修（风伯）、熙（雨师）及穷奇、夷牟、般、共鼓、唏祖等前来商议。明丽的璇宫内一时蒙上了阴暗的气氛。

善于歌舞升平的少昊对这"突如其来"的变化束手无策，唉声叹气："谁救鸟族？谁解此急？"

身为二叔，善于驯蛇编草席、为人严苛的该，此时并不着急。该还有一个名字叫"蓐收"，他这时显出一种胸有成竹的样子。只见他披散着头发，布满一圈圈皱纹的猪脸，长鼻阔口，狞猛之气溢于言表。他把披发向后一甩，细长如爪的手在空中一舞道：

340

"这有何难？我那群蛇，即可退敌！"

同样有驯蛇能力的大叔重（也叫句芒），却是一副持重的样子："不可轻敌。听说九黎金器所向披靡，非木石能抵挡。"

司风伯、雨师之职的三叔修、四叔熙：

"不过纵风雨，尔等尽归于东海矣！"

夷牟和般相互看了一眼：

"可扬我强弓劲射之利，未近身而先伤敌。"

晞祖："最好跑快点！进则杀敌，退亦保己。"

七嘴八舌，说得少昊更没了主意。

"张网以待，尽收网底……"

"拒之于大河南，保东夷于万一。"

这句话倒提醒了少昊。他灵机一动："对，拒之以河南，白鸟、青鸟、玄鸟、朱鸟统归句芒指挥，夷牟和般为辅，蓐收、风伯、雨师配合。"

句芒和夷牟、般领命，积极地前去准备迎敌之事。蓐收、修和熙口上应"是"，心里却是"否"，各想着各的心事。

少昊："晞祖，速去向炎帝求援！"平时把炎帝榆罔丢在脑后的他，这时候倒想起炎帝来了。

晞祖不光是腿快，还是个特别忠于职守的人，他郑重其事地说："晞祖即使跑断了腿，也绝不辱使命！"

这么安排了一番，少昊总算心安了下来。他又唤来歌舞，要在歌舞升平中等候前方捷报。

二

让蚩尤怎么也想不到的是，以自己首创的"五兵"和九黎、三苗的虎狼之师，怎么也不该被阻于大河南岸。加上秋雨连绵，河水大涨（这也许是东夷风伯、雨师三叔修、四叔熙呼风唤雨的结果），渡河更加困难，久攻不下，供给不足，他不得不先把主力退回，只留下守河岸的兵力。他并不心甘于此，只是暂时收兵，等待天时，另求良策。

蚩尤退兵的消息一传开，大河北岸一片欢声。人们不顾风雨，在风雨泥泞中欢跳，把手中的弓箭舞了又舞。

少昊在歌舞升平中等到兵退九黎的消息，更是让璇宫内外张灯结彩、大摆宴席庆贺一番。只有那苦行僧式的晞祖，还在西行的山路上跋涉。最初他想就近先请来乌、雉等鸟属的部落，不想他们不是松散无力，就是仁慈得不愿动武，只好咬紧牙关，继续他西行的漫漫征程。

秋天已经过去，冬天在凛冽的寒风中如期而至。已经是衣衫褴褛的晞祖，巡着渭河南岸的平地沼泽行进，终于看到炎帝榆罔炊烟袅袅的姜城堡。九龙泉上有九条溪水，顺着渭河南岸面北的山坡，翻滚着雪白的浪花滚滚而下，在那个简易的亭子下，晞祖终于喘了一口气：总算来到了神农氏的龙兴之地，见到了炎帝榆罔，东夷就有救了！

炎帝榆罔在他的紫宫里迎接了这位远道而来的东夷使者。

看这紫宫，比起东夷少昊的璇宫来，那不知要辉煌多少倍了。毕竟是天下共主的都城嘛！晞祖抬头仰观着紫宫外高大的门阙，心中生着感叹。随着一声"东夷使者到——"的通报声，他走进了紫宫。

只见炎帝榆罔高坐在帝座上，天师悉诸、风伯、雨师赤松子、医师雷公、司农稷、小帅祝融及刑天、共工与十二大部落的代表赤奋若、摄提、单阏、执徐、大荒落、敦牂、协洽、作噩、掩茂等班列两旁，阵容庞大，真是天下共主的气派！虽然有些部落代表的位置虚空着。

现在，炎帝榆罔已经废除了十二大部落的太岁值年制，没有了值年太岁，晞祖就在叩拜后，直接向炎帝求告："炎帝在上，东夷使者晞祖，特来向帝求援，救东夷于水火……此少昊大酋长信物。"说着，将一个鸟形玉佩交给宫女递了上去。

炎帝榆罔接过玉佩看了看："多大事啊？且坐下叙说。"

晞祖不坐，继续站着说道：

"九黎新任大酋长蚩尤，带九黎、三苗虎狼之师北侵东夷。蚩尤发明'五兵'，又施'五虐'之刑，因而九黎、三苗兵合一起，如狼似虎，陷东夷各部落于水火……"晞祖只顾自己陈情，却不知，蚩尤早已经恶人先告状——派使者前来向炎帝做了申诉。

342

六十多岁的炎帝榆罔，精力明显不如以前，他耷拉着一双凤眼，不耐烦地打断唏祖的话：

　　"是这回事吗？我倒听说东夷仗族大人众，欺侮九黎，侵其土地，掠其财物，九黎只为夺回失土……"

　　"强词夺理，胡说八道。炎帝莫信一面之词呵！"唏祖一急，竟打断了炎帝榆罔的话。

　　"我倒听听你这一面之词。"炎帝榆罔并没有生气，而是摆出了一副很有耐心的样子。

　　"想我东夷虽尚武，然受太昊、神农德化久矣！少昊才艺双全，人心向善，歌舞升平；躬耕渔猎，自食其力。不想蚩尤逆贼强盗逻辑，劫人衣食，夺人妻子。"

　　这话又一次让炎帝榆罔听得不入耳，他再次打断唏祖的话："少昊才艺双全，可比我乎？蚩尤'强盗逻辑'，亦我子孙。他为'逆贼'，视我若何？"

　　唏祖不曾想到，炎帝榆罔在这里等着他的话茬儿。眼见求援无望，还是硬着头皮自认失口，想尽可能地挽回局面："唏祖死罪，冲撞了帝尊。东夷已是生灵涂炭、危在旦夕，请您定要伸出援手，出兵相救！"说着，就用额头直磕地面。

　　炎帝榆罔话是这么说，其实他在心里并不怎么怪罪唏祖，总不至于是死罪……何况他不过是自己"治下"的一个信使。炎帝榆罔只是觉得应该显示一下自己帝王的威严，同时，也给少昊一个血的教训：谁让那一次我东巡时，就他少昊没来参见？登基大典他倒是来了，又没专程拜见……他还记着多年以前的那一笔老账呢！他又不想多想那些烦心的事，就一摆手：

　　"好啦好啦，起来吧！恕你无罪。"看唏祖还是在那里磕头，就对卫兵说："扶他歇息，出兵的事，容我与诸臣商定。"

　　唏祖在炎帝榆罔安排的客舍里从月缺直等到又一次月圆，还是不见炎帝榆罔商量的结果，心急如焚的他把自己的情况告诉了好打听闲事的客舍总管。这个多嘴的老太太给他出了个主意：去找来自鸡龙部落那位疾恶如仇的小帅祝融吧!

祝融自从跟随榆罔神农氏东巡一路保驾护航以来,被炎帝拜为小帅,为炎帝榆罔的军事负责人。要说他的形象,还真有点像后世妇孺皆知的红脸关公。他为人仗义,能力过人,疾恶如仇。当初蚩尤派人报告的一番言论,已经令他生疑:他知道,东夷是太昊的后代,虽处夷地,亦属化内之邦,绝不会干出像蚩尤所说的那种事来。现在听唏祖这么一说,真相已经大白了,谁知炎帝榆罔却越老越固执自负,也越老越不能容人,老医正俞跗就因为学术观点与榆罔相左而被免职闲居。炎帝榆罔做事也总是囿于偏见而不可救药。不就是东夷鸟部落联盟的大酋长少昊在炎帝东巡时没来见面吗?以后炎帝登基时,他也是来了的啊……东夷现在生灵涂炭、面临生存危机,作为天下共主,炎帝怎么也得帮他一把,起码也要主持公道!因此,在后面商讨出兵相助东夷的问题上,祝融力促出兵。他慷慨激昂:"出兵则主持正义,不出兵不足以行正义,不出兵不足以显帝之公正与威仪!"然而,不管你怎么申诉理由,炎帝榆罔自有他的老主意。由于他固执己见,大多数人都多一事不如少一事,出兵的事也就搁浅下来……祝融还在为这事心里难过的时候,唏祖找到了门上。

在这冬天的夜晚,祝融的屋内却被火塘的火苗烤得暖融融的。祝融对东夷的遭遇深表同情,然而,当唏祖提出请他出面说服炎帝出兵的时候,他只摇头不语,一脸痛苦的表情。

唏祖长拜不起:"人皆言小帅一身正气,疾恶如仇,在此危急关头,万望小帅力挽狂澜,救东夷于水火。"

祝融沉吟良久,扶起唏祖:

"你还是去拜访雨师赤松子,他能呼风唤雨,也许有办法。"

唏祖一走进赤松子的屋门,裹着火狐狸皮的赤松子就知道是谁让他来的。红须红发的他体形单薄,动作却很利索,只食花英不食粮的他,给人的感觉是一阵风都能把他吹倒。双方坐就之后,不待唏祖开口,赤松子就先开了言:

"当今能救东夷者,唯轩辕大酋长也。可惜他亦为我主不容,远在西陵。"

就在嫦祖在炎帝榆罔处求援的时候，随着冬天的来临，九黎鹿部落联盟大酋长蚩尤又在筹备一场决定性的战役——渡河之战。

表面上看起来，大河南岸没有多少变化，但是，在不声不响中，在大河南岸，偃旗息鼓地一字排开了九黎和三苗的十二支虎狼之师。他们都披上了各种毛色的兽皮，个个摩拳擦掌，信心十足，手中的青铜兵器亮铮铮闪着寒光，静等着大河结冰时刻的到来。

看到大河南岸一字排开的炊烟、营帐，密密麻麻蚂蚁一样来回调动的兵士，东夷驻守在前沿的般，已经感觉到在这寂静中，危机已经又一次降临。他立即派出士卒，将这一新动向报告给大帅句芒，又和夷牟分了工，一个人随时监视九黎人的动向，一个指挥着白鸟、青鸟、朱鸟、玄鸟各部深挖防护壕。

健壮得好像一头黄牛似的夷牟在各部之间巡视着，一边巡视一边给大家鼓劲：

"弟兄们加把劲，一定要在地冻之前把壕挖好。"

三

夷牟有使不完的劲。对他来说，从来不相信人还有年长变老没有力气的时候。他巡视着，看到青鸟部落的一位士兵使用木耜不得劲，就夺过木耜，双手握把，一脚把木耜就踩入泥土之中，下行的木耜突然定止，已经碰到泥土下面的石块了。"这怎么行？在这样的地方，就是赶天气变暖了也挖不好防护壕。"夷牟这么想着，就放下木耜，快步来到般观察大河南岸的掩体：

"般，这样不行，地下石头多！还是把壕后撤，在疏松之地好挖。"

般："好！按你说的办。快去选定位置，重挖。眼下之壕，保持原样儿，为第一道防线。"

夷牟立即着人实地查勘地形，于地形较高处作为观察和指挥之所。整个防护壕为西北东南走向，防护壕的东西两头，则拐向大河岸边，不留漏洞。

退后以后，土质明显好挖多了，总共不到四十天，防护壕终于在土地上冻、河面结冰之前挖好了。句芒来到防护壕，蓐收及修、熙等四叔都前来视察，后方提供的食物、防卫用的木头、石块等源源不断地运来。东夷人的士气很高。

终于等到河面被冰封死的时候，也就是我们现在所说的"数九寒天"、"三九三，冻破砖"，经过精心准备的九黎人这时候顺着冰面滑行，不费吹灰之力，作战用的各种物资都顺着冰面推了过来。东夷人还是发挥劲射的优势，在第一道防线后顽强抵抗，让九黎人丢下不少尸体、带回很多伤员而不能近身。一天冲击下来，伤亡不下百人，蚩尤只好暂且收兵：

"鸣金收兵！"

大本营的兵士们都捡起一块河卵石，敲击自己的青铜兵器，"咣！咣！咣！"响成一片。正准备在天黑前发起最后一轮进攻的黎兵退下来了。他们人退了下来，把带过河的作战物资也带了回来，可以说是秩序井然，有条不紊。指挥作战的神荼、郁垒两位酋长退在最后，艮黎、巽黎的图腾旗帜一直跟随着他们。经过一天作战，他们已经是灰头土脸，头发凌乱，心情也不是很好："不行，此等战法不得法也！"

他俩蔫头耷脑地走进蚩尤的大帐，两曎、灵枫、魑、魅、魍、魉、夷方、大赫等都在这里。

黑脸神荼是个直筒子性子，他把自己的想法直接就说了出来："大酋长，此等战法不得法也，伤亡太大，得不偿失。"

白脸的郁垒已经被抹成"三花脸"了，他补了一句："得另求他法！"

要在平时，打了败仗回来还找托词，蚩尤早已经是暴跳如雷了，闹不好要被金刀砍了或者乱石砸死，可是今天他却一反常态，平静地对神荼、郁垒说：

"是啊，此役始料未及，得尽快想出个破敌之策。"

东夷一方在九黎人退兵时就已经在欢呼，大河北岸的两道防线之间，到处是一片欢呼声和得意的口哨声。与此同时，前方的捷报也被飞传给穷桑璇宫的少昊。正在乐舞的少昊听此讯后，兴奋地说：

"乐舞继续，欢庆胜利！"

他的不才子、大巫师穷奇与他耳语了一阵子，少昊立即神情紧张起来，喝退了乐舞。

在东夷人欢庆打退九黎人的同时，新的进攻计划在蚩尤的大帐内已经酝酿成熟。

个头低矮，胖得像永远也长不大的三岁小儿的青黎酋长魖说："穿两层兽皮，既保暖，又防箭射，可保一举成功！"

白黎酋长魖把他那永远也好不了的"红眼"眨了几眨，用手把他的披地长发向后一撩，跟着起哄：

"对，可保一举成功！"

黄黎酋长两曋："再勿轻敌，要精心组织，波波相连，不给东夷喘息之机。一旦近身，金兵所向无敌。"

"好，就这么办！"蚩尤大酋长一锤定音，"明天全副武装，戴上头箍，近身了，就用铜角给我顶！"

第二天，天刚麻麻亮，九黎的人就从大河的冰面上悄悄地溜了过来，前面的向前突进，后面的源源不断，一时笼罩了整个河面。

东夷人一觉方醒，看见九黎人黑压压地从河面上压过来了，赶紧就大呼小叫，急忙冲进防护壕。因为第一道防护壕浅，东夷人就以它为掩体。他们拉满了弓，拭目以待。等九黎和三苗的人一进入射程，箭就像雨点般射了过去。

可是箭从九黎人的水牛皮甲衣上滑了下来，根本无济于事；就是射中了，他们也只是拔掉一扔，就继续向前冲杀，似有万夫不当之勇，所向披靡。夷牟立即指挥大家用石块砸了过去，"噼里啪啦"的石块、木头暴风雨般地倾泻过来，把九黎和三苗人打得倒下一片，退出一个缺口。可是，后面黑压压的人群又挤了上来，填满了缺口。这样反复拉锯，眼看着防护壕内的石块、木头已经不多了。在最后一次反击刚刚得手时，夷牟和般立即指挥东夷各部落人马撤到由句芒等守护的第二道防线后。九黎一呼而上，占领了第一道防线，紧接着，又向第二道防线发起了进攻。

这第二道防护壕，宽五十步，深二十步，敌人只要进入了防护壕内，就全部暴露在东夷人打击的范围内，只有招架之功，而无还手之力，冲进防护壕的黎兵苗兵只能挥舞着青铜刀剑或长戈干叫唤。东夷人躲在壕内侧的土堆后面射箭，虽说射不透黎兵苗兵的双层兽皮，颜面和兽皮交接的空隙却还是难挡东夷的强弓劲箭。再加上石头、木头一起往下砸，黎兵、苗兵被打得头破血流、鬼哭狼嚎，一波一波的进攻，只能在壕内丢下一堆堆的尸体。气得在现场指挥的赤黎酋长魖和玄黎酋长魅、青黎酋长魈、白黎酋长魑嗷嗷乱叫，三苗小帅灵枫也痛心地挥舞着拳头，狠狠地砸在自己的膝盖上。

身披带着四蹄的水牛皮，因而被神话描述成"人面兽身四蹄"的魖和魅，一个善以声音、一个长于烟雾迷惑人，都有些像后世人们所说的"迷糊"鬼，这会儿他们的本事都派不上用场了。天色已经向晚，天空挂起了血色晚霞。看强攻不下，九黎人只好暂缓进攻，退回到第一道防线。

像三岁娃娃一样高的"胖小孩"魈红着脸抱怨："这打的啥仗呵？打到啥时才算完？"

"红眼睛"魑揉了揉自己的眼睛，拨弄着披地脏发。他倒不以为然："吃饱喝好，攒足劲再攻。"

魖却狡猾地一挥手说："休息会儿佯攻，待回大帐再作计议。"

于是，天黑之前，九黎和三苗的人只是在防护壕外干号，并不像先前那样不顾死活地强攻。其他士兵，则在第一道防护壕旁搭起了营帐，为过夜做准备。

天麻麻黑的黄昏时间，黎兵和苗兵主动撤回到第一道防线去，东夷人开始悄悄地踩着木梯下到防护壕内捡拾青铜兵器和头箍，回到土堆后面。夷牟和般戴上头箍，手持青铜刀剑，甚是威武，兵士们一阵欢呼。句芒等回穷桑去休息，前线总指挥暂时交由夷牟负责。

夷牟和般商量："何不趁九黎立足未稳，来他个偷袭。"

般："好！把缴获的金兵都带上！"

这是一个月黑风高之夜。虽然遇到这种情况，一般的小说里都是这么描写的，但我们的东夷兵士却正好遇到这么个"月黑风高之夜"。他们仗着地形熟悉，依靠木梯下壕，又靠木梯上壕，然后猫着腰悄悄地向九黎、三苗侵占的第一道防护壕接近。

<h1 style="text-align:center">四</h1>

赤黎和玄黎酋长魖、魅回到蚩尤的大帐去商量计策，青黎、白黎酋长魖、魑和三苗小帅灵枫挤在第一道防护壕旁的一个小帐内。"胖小孩"魖正鼾声如雷，忽然，外面传来一阵鼓噪：

"东夷人来了！东夷人来了！"

魖、魑和灵枫惊起，东夷人已经冲到帐外。他们忙从帐后退出，慌不择路地向河面上退去。九黎和三苗的兵士丢盔弃甲，东夷人的强弓又一次发挥了威力，一阵乱射之后，黎兵和苗兵丢下一批尸体，逃回了大河南岸。

蚩尤正在大帐内和两暤、魖、魅等商议计策，一阵骚乱，有军士来报："北岸弟兄退回来了！"

气得蚩尤挥舞着攥紧的拳头直嗷嗷。他率先提斧出帐，两暤等随后赶出，眼看着魖、魑和灵枫仓皇逃回。

魑红着眼，灵枫低着头直走进大帐。"胖小孩"魖冻得煞白了脸，浑身直打哆嗦。他一副咬牙切齿的样子，嘴里嘟囔着："前功尽弃，前功尽弃。"蚩尤把自己的水牛皮披肩取下给魖披上，扶他进帐："兄弟们尽力了！胜败兵家常事。待我们另图良策。"

一夜北风怒吼，大河河面上的冰结得更厚实了，凋零的树梢在北风的怒吼中发出尖哨一样长长的颤音，星星们龟缩在遥远的天空瑟瑟发抖。一天的战事过去，人间好像没有了任何信息，只有这大自然的长鞭，在肆意地鞭笞着大河两岸的土地，整个大地也在瑟瑟发抖了。长夜难明，人们不知道这长夜过后，又将是怎样的一个明天？

终于等到天亮，东夷人在夷牟的指挥下早已经越过防护壕，来到大河北岸的第一道防线，静候着九黎和三苗人的再一次进攻。

天色已经大亮了，九黎人和三苗人才稀稀落落地从河上蹒跚而来。看他们没精打采的样子，全没了昨天进攻时的那一种虎狼之气。夷牟从牙缝里发出一声冷笑：

"好！南蛮丑鸭子，让你尝尝老子厉害！"

零零星星的战斗，一直到中午了，还没见句芒等从穷桑返回前线来，也没等到九黎和三苗一次像样的进攻。"九黎人怎么啦？"夷牟不由得心里犯起了疑。虽说他人长得是粗壮如牛，但心却细如麻丝。

就在夷牟心中犯疑的同时，由蚩尤亲率的九黎三苗联军，早已经从西边绕过东夷的防护壕，直取其大酋长所在地穷桑去了。

昨夜面对两天来防护壕前的厮杀与失败，九黎人痛定思痛。姜还是老的辣，半截人两曎提出："以小部兵力佯攻，吸引东夷目光，而以大部兵力绕过防护壕，直取穷桑——据探察，敌后方空虚。"

身披连着四蹄的水牛皮、"人面兽身四蹄"的魈，这位平时擅长以声音迷惑人的"迷糊鬼"，到这会儿才忽然顿悟："对啊，此法不错，可一举取胜！"

蚩尤皱着眉头想了一想，当即拍板："好啊！按两曎说的办。"

今天天不明，在北风的余音的掩护下，蚩尤就带着九黎和三苗的大部绕过东夷人的防线直取穷桑去了，只留下兑黎酋长大赫带了百十号人在这里佯攻。

平时总是扈从着蚩尤、两曎、魈、魅、魍、魉等九黎部落一起作战，今天大赫还是第一次单独带兵，深感肩上担子重大。他让蚩尤留下了所有的帐篷，郑重其事地安排好疑兵后，这才不紧不慢地开始佯攻。这个人的肤色是属于红得发紫的那一类人，再加上他被染成红色的兽皮披肩，在这大冬天的寒风里，简直就是一把燃烧的火苗。他虽然名气不算大，但也不可小觑。他在安排好虚张声势的疑兵和进攻的同时，也安排好了自己的退路。

正午过后不久，他把佯攻的人马撤回南岸，大家吃饱喝足后，立即撤出战场，顺着蚩尤走过的路线，前往穷桑追赶大队人马去了，只留下空的营寨和旗帜在大河南岸。

夷牟趁九黎人退下时也让东夷人吃饱喝足，严阵以待。但是，眼看着太阳越来越偏西，九黎人却悄无声息，也不见发起新的进攻："九黎人卖的什么药？"夷牟立即派出一支人马溜过河去一探虚实，没有遇到任何抵抗。有一位兵士气喘吁吁地跑回：

　　"报——九黎、三苗弃帐而逃！"

　　"他们果然不抵严寒溜了。"夷牟兴奋地这么想着："快，快去报信！九黎人撤了——"但是他转念又一想："以九黎人之狂妄，绝不会就这么轻易地撤回——未见好处，怎么就撤了？"夷牟百思不得其解。忽然一个极坏的念头在脑子里一闪，一种可怕的结果让他惊出了一身汗："不好！穷桑危险！"夷牟当然明白东夷的主力都在这里，穷桑空虚，九黎人完全可以绕过防护壕而直取穷桑。

　　就在东夷的兵士们欢呼胜利的时候，夷牟却发出"回守穷桑"的命令。只可惜这个命令发出得太晚了！就在东夷人吆吆喝喝地准备回撤的时候，接到了少昊大酋长西进的命令。

　　原来，就在前方兵士浴血奋战的时候，东夷的大巫师穷奇已经占出一个凶卦。他告诉少昊："我们力阻九黎于大河，万一失守，只恐逃之不及。唯先走为上！"少昊拿不定主意，等句芒等返回休息时，穷奇又把他的这一凶卦讲给句芒等四叔听。四叔一听也不无道理：现在主力都压在大河北岸，回撤也来不及，还是劝大酋长先撤离穷桑，留得青山在，以求后图。于是，句芒就和蓐收及修、熙一同赶到璇宫，齐声说：

　　"请大酋长速撤！"

　　少昊求死的决心没有，求生的欲望倒很强，听四叔这么一说，就当即拍板：

　　"现在就撤。唯撤何方？"

　　"东者大海，无路可走。唯西去乌、雉，亦可再求炎帝出面。"句芒有板有眼地这么说。

　　"好——西撤！"

　　"可即派信使，出使乌、雉。封夷牟为小帅，命他保存实力，随后赶来……"蓐收建议。

"对——照此速办！"

少昊拿不定主意的时候犹豫不决，一旦拿定了主意，跑得比兔子都快，生怕让九黎人给捉去做了人牲。当天晚上，少昊就撤离穷桑。等蚩尤带领九黎、三苗的大队人马一路砍杀无辜、几乎一路顺风地杀到穷桑时，穷桑已经是一个空邑。不费一兵一卒，蚩尤就坐在少昊璇宫的高座上了。少昊临撤走时，有人建议将璇宫一把火给烧了，不给蚩尤留下，少昊痛心疾首，不忍心烧掉，唯愿有朝一日，自己还可以住回来。前路渺茫，不由使他心生感伤。好端端一个东夷部落联盟，让自己享尽人间欢欣、歌舞升平的璇宫，倒让九黎人糟蹋。少昊抹下一行眼泪，掩面而去，硬是没让烧掉璇宫，结果留给蚩尤一个完好无损的璇宫，只是少了少昊的那些歌舞和雅乐。

九黎避开了东夷主力，面对无辜族众，大展其青铜兵器之神威，逢人就杀，见人就砍，不放过一个小孩，甚至小狗、小猫，也难逃其劫。东夷族众死伤无数，聚落族寨狼烟四起，千里平原尸横于道。蚩尤是踩着尸山血路，一路砍杀来到曲阜的。

端坐在少昊的位置，蚩尤一脸得意。两旁是九黎和三苗的酋长们。蚩尤发出一串尖厉的狂笑，如炸雷长鞭，直冲璇宫之顶：

"想不到，吹灰之间，征服了强悍之东夷。哈哈哈哈！哈哈哈哈……"

他笑得涨红了脸，差一点没岔了气。九黎的酋长们也个个笑得前仰后合。对东夷人而言，因为语言障碍，听不懂九黎人在说些什么，只觉得这全是一片狼嚎鬼叫的声音。

蚩尤挥手按住笑声，脸上放射着得意的光芒："告示出去，停止烧杀！我们只对荒淫无度之少昊，不再伤害东夷族众。我们乃替天行道，救他们于水火，而非杀人如麻，强取褫夺。"

蚩尤正色道："东夷乃北地之跳板，宏大事业之基石，有此跳板，北可一统南极星野，西可进取中原。将来炎帝爷爷之天下，也该咱九黎坐坐。"

如今坐在了东夷少昊的宝座上，"青蛇归位"之蚩尤的勃勃雄心，又一次膨胀变形，像一条张开大口的巨蟒，要将整个天下都一口给吞进去。

"哈哈哈哈"，璇宫内外，回荡着蚩尤和九黎酋长们的笑声。

蚩尤在滥施淫威之后，把他的信物和口谕传遍东夷各部落来"安抚人心"，他还要采取一系列措施来巩固这一大片新领地，进而为九黎人开拓出更大的生存空间。

<h1 style="text-align:center">五</h1>

少昊带领句芒、蓐收及修、熙四叔和东夷的长老族众仓皇西逃，谋求避难之地，幸好与其结盟的乌、雉部落因为没派出援兵而理短，不得不让少昊等留住下来，少昊才算在中原安下身来。少昊打仗不行，跑得倒快，一路西行直跑到郑——乌部落酋长所在地，才传令夷牟驻扎在中牟一带，替他挡住九黎人。他这一西逃不要紧，把乌部落东边的雉部落倒给推到了与九黎相邻的地步。好在雉部落同样有强弓应对，加上乌部落的支持，夷牟率领的东夷主力的存在，九黎一时不能西征。

夷牟接到少昊的任命和西行断后的命令后痛心疾首，已经是无力回天的他和般，带领兵士们面向东北方向东夷璇宫所在的穷桑哭别：

> 穷桑璇宫，东夷机枢，众望所归，不幸今被九黎侵占，烧杀抢掠，无恶不作，东夷涂炭。我辈英雄，不救万民于水火，却只避难于乌、雉，痛兮悲兮，呜呼哀哉！少昊之命，不可违抗，今虽西去，来日东归，定要斩尽九黎三苗，还我东夷失地，贯于东海……东夷鸟兴之地，历代列祖列宗，谨受拜别。

夷牟粗如牛吼的悲怆声音，字字泣血，声声滴泪，让跪拜于大河两岸的东夷子弟们痛哭失声，一片号啕。大河北岸制高点上的夷牟和般，面向东北做了最后拜别之后，大手一挥，东夷的这支战斗主力，即依依不舍地越过大河，缓缓西行。他们把所有能带走的东西都尽数带上，把所有不能带的东西都拆毁或烧掉，一时浓烟滚滚，只给九黎人留下一片狼藉和焦土。

东夷这支主力，包括青鸟、白鸟、玄鸟、赤鸟等部落共近万人，大多是青壮年男子。几天的战斗损失并不大，他们行动起来，雷厉风行，很快就进入了雉部落的领地。他们不多停留，只顾向西去追赶少昊，一路行到中牟时，少昊的信使就在这里等着，传令夷牟速去郑地议事，由般带领这支主力就驻扎在中牟，以御九黎可能的侵扰。所需接济，由乌、雉部落提供。

夷牟骑着黄牛一路牛气冲天地奔跑，来到郑时，天已经接近傍晚，天空飘起了雪花，静静地无边无际地落下来，给这乌青苍茫的天空和大地增加了一件圣洁的遮羞布。把所有的痛苦和血泪都掩埋起来吧！天神爷爷，这默默不发言的天空和大地，也为我们蒙羞……夷牟骑在牛背上这样痛心地想着，一路上和少昊的信使不说一句话。前面出现了一大片炊烟迷漫的屋舍。越过防护壕，经过一间又一间茅舍——圆形的、方形的、长方形的，就地搭起的、泥巴墙的，形状各异，有的屋檐下立着瓮葬儿童的陶瓮……人们在忙碌各自的事情，有取柴生火的，有用尖底瓶或陶罐提水准备做饭的，有三三两两一起匆匆行走的……孩子们就在这漫天飞舞的雪花中无忧无虑地游戏、玩耍，其中有以石片"击壤"的，也就是我们后世孩子玩的"打瓦儿"的鼻祖玩法：一方把石片立在地上画好的线上，另一方则在不远处也画上一条线，先把石片随便扔出一截儿，再单脚跳过去踩住它，边跳口里边数着："杠一、杠二、杠三……"单脚跳着捡起石片，再单脚跳着举起它，对着立在前面横线上的石片瞄了又瞄，认为瞄准了，才将手中的石片投出去击打，只要打个正着，就可以升级，再多跨出一步击壤……只要有击中目标的，周围都会有一阵"噢——噢——"的欢呼声，同伴们把冻得通红的小手拍得山响，随口唱着《击壤歌》：

> 蚩尤骄横，少昊无能；
> 东夷失败，我们何赖？
> 炎帝昏暗，我们咋办？
> 轩辕命世，我们得势……

歌者无心，听者有意，夷牟听到这里，就跳下牛背来，向唱歌的小童走去：

"这位小厮，刚才所唱之歌，是谁教的？"

唱歌男孩年龄不大，胆量倒不小，见了生人一点也不胆怯。他上下打量了一下来人，随口说："西陵丝伯……"

"好，好，唱得好！"夷牟带点夸张地夸道。接着，他把话锋一转："不知轩辕何人，竟能命世？还望赐教。"这回夷牟是一脸的认真相。

孩子们抢着回答："我们亦不清楚，听说乃一位扶弱抗暴大酋长！""他一身正气……"

其中一个孩子把小手一指：

"瞧，丝伯之屋！"

夷牟顺着孩子指的方向走去，只见从一匹随风飘舞的雪白的丝帛后面闪出一位长者，看那一脸忠厚的样子，就知道这是一位办事稳妥、值得信托的老人。夷牟上前施礼：

"我乃东夷夷牟，敢问长者，你从西陵来，可曾见一名叫㬎祖之东夷人？"

"见过。"老人一边肯定地回答，一边请夷牟进屋去。并让另一位年轻人将挂在屋外的丝帛收回："天快黑了，该收摊儿了！"

夷牟让少昊的信使先回去通报，自己就把黄牛拴在木杆上，拍打掉头上、身上的雪花，随长者进屋。这位老者不是别人，正是曾经是西陵氏代酋长的常伯。

进得屋来，两人在火塘前坐定。室内光线阴暗，唯有那些堆放在角落的丝帛和其他物什在火光辉映下一闪一闪。夷牟急不可待地问常伯：

"请问，您在哪儿见的㬎祖？"

"在秦岭，我来易货之路上。我们西蜀鼠龙部落联盟在嫘女酋长带领下，发明了养蚕织帛之术造福天下。嫘女念天下之需，特派我前往中原以货易货，在秦岭之巅的黄牛铺，恰遇前往西陵的㬎祖。"

"他向炎帝求援了？"

"是啊，可炎帝榆罔见死不救——他念蚩尤是义子之子，又因蚩尤恶人先告状，致炎帝偏袒一方。是老雨师赤松子指点迷津，㬎祖才找向西陵……唉，不易啊！"

"那轩辕何许人也？"夷牟顾不上喝口热水，问题却像连珠炮一样。常伯也不厌其烦地一一答来。说起轩辕大酋长来，他不由眼睛一亮，炯炯如炬：

"你有所不知，轩辕乃华夏部落联盟大酋长，西陵和亲，与嫘女酋长结为伉俪。如今也是我们的大酋长了！"

"他真有命世之才？"

"这哪儿有假？轩辕大酋长心怀天下，道通天地，悲世悯人，一贯不畏强暴，敢于抗争，扶危济困，追求天下和谐、共同发展之大同社会……晞祖在炎帝处碰了钉子，自觉有辱使命，故抱一线希望，又去西陵向轩辕求援。见我等自西陵而来，就问了个详细。"

"那他现在何处？"

常伯也不正面回答："晞祖问我西陵之路，我给他详尽图示。他向轩辕求救，必有结果！"

看常伯自信的样子，夷牟心里有了底："东夷有救了！"他兴奋得喊出了声。

夷牟不敢在常伯处多耽搁，急忙出门，跨上牛背。天已经黑下来了，常伯递给夷牟一个松明火把，他就在愈来愈深的夜色中，急急地向少昊临时设在乌部落的璇宫赶去。

坐在中央的少昊，正在句芒等四叔的陪同下，急不可耐地等候夷牟的到来。乌部落酋长乌同也坐在旁边。侍者进来报告："夷牟小帅到——"

少昊立即起身，带领大家迎了出来。

夷牟来不及施礼，就兴奋地告诉少昊和四叔："喜讯！喜讯！东夷有救了。"

少昊不知喜从何来，还是一脸忧愁："有何可喜？"边说边把风尘仆仆却一脸兴奋的夷牟扶进璇宫。

"东夷有救了！"夷牟重复着这句话，不待坐定，就将自己从西陵易帛人常伯处听到的情况一五一十详尽道来。

少昊听后，脸上的忧愁一挥而去，同样是一种喜出望外的兴奋。璇宫内的气氛也一下子变得活跃起来。乌部落酋长乌同传令部下：

"去，拿酒来，宴请夷牟小帅——"

少昊补充一句："请西陵常伯也来，一同欢宴，歌舞伺候。"少昊一高兴，直把乌部落当成穷桑了，平时养成的那种醉生梦死的恶习又像一池死水泛上气泡儿来。

要说也是，大家愁苦了一段时间，也该让喜气来冲冲晦了！

第二十一章

一

轩辕回到西陵首府，宁封和素女父女继续留在青城山修炼。听说他已经发明了一种"驭龙"之术，这消息一传到设在西陵首府的嫘轩合宫，轩辕就坐不住了。春寒料峭的时候，和嫘妃一起巡视到西陵部落东侧的玉龙山，在那里发现一处天然洞穴——高峰西侧，苍崖间，有南北两个相通的洞穴，南侧较小，北侧的近于方形，天然藻井，方中有圆，其旁，又连一圆形小洞，甚是可爱。轩辕与嫘妃在那里住到春花烂漫时，留下阵阵余香……这不，天慢慢热了的时候，正待与嫘妃前往玉龙山洞穴避暑，却让宁封一个"龙蹻之术"打乱了步骤。

看轩辕魂不守舍的样子，嫘妃笑道："不若我先行一步，在玉龙山等你。"

轩辕是个心怀大道的人，自从合婚以来，嫘妃对这一点是越来越深信：他有经天纬地之才，吞吐日月之量，随我窝在西陵一方小天地，实在是委屈了他。知夫莫如妻，体贴心疼是一方面，更重要的是，在他的宏图大业上能助一臂之力……这些想法已经成为嫘妃的一个挥之不去的心思。如今，看轩辕因为"龙蹻之术"又坐卧不宁，她就提出这个"一分为二"的办法来。

对爱妃的理解，轩辕内心感激，但是修行大道，也是迫在眉睫的事。根据炎帝榆罔的狭窄心胸、处事方式和陇东传来的信息，他断定，天下不久必乱……所以听说宁封在青城发明了所谓"龙蹻之术"后，他决计亲自前往一探，只是碍于平时的夫妻恩爱不好对嫘妃讲。嫘妃既然这么善解人意，他也就在一番感激之后，径直前往青城山而去。

随着烂漫春花的谢去，青城山一日日变得更加葱绿可爱。那些常青的松树悄悄地换掉了去年残留下来的发黑的松针，鸭黄嫩绿的新针一天天见长了，由浅到深，直到变成逼眼的一种深绿。竹林也早已经摇落了所有的黄叶，嫩枝春叶像剑一样四散刺去。又长出了一片春笋，又将是一片竹林……

迎着朝阳，面临深壑，望着晨雾缭绕的青山绿水，冷面人宁封的脸上充满了自信与自足。他双手握着一个经过他改进的红陶埙，把它撮成喇叭形的口，对准吹气孔轻吹，手指在八个气孔上有节奏地起落，那些气孔或开或闭，一曲幽幽的近于颤动的旋律，就在这山岚晨雾间飘游，山鸣谷应。

听到宁封的陶埙声在山林间回荡，住在玉女洞的冰美人素女，就拿出自己的瑟架在洞前，面对山谷，轻轻弹奏。自从轩辕建议损五十弦为二十五弦之后，这瑟音中那一颗幽怨的春心就变得明丽了许多。这么长时间和山水相处，深得鬼容区调气养心之术的素女，人也出落得更加俏丽端庄可爱。虽然她依然是那一种素白的衣饰，但是依了这朝阳的辉映，就变得粉红鲜丽，多了几分红装素裹的妖娆，一向内向寡欢的她，也好像变了另一个人似的，心态平静，静若止水。因此，那弹拨按抹的纤指间流出的曲调，也就像淙淙流水一样，从容不迫，铮铮有声……她已经把自己对轩辕的那一种幽怨之情变成了自己的一种营养，合为生命的一部分。

青城山又一个明丽的早晨，在宁封、素女父女俩的埙瑟合奏中开始了。我们能够听到各种鸟儿有层次的和鸣，能够听到溪水的欢唱和习习的松涛声。在这样美好的环境中，那些夜行昼伏的动物已经进入了自己的酣睡，只有被称作貔貅的大熊猫苏醒过来，憨态可掬地活动身肢，只等太阳升高了，晨露落掉之后去下一片竹林觅食青竹的嫩叶。这些黑眼圈、黑项背黑白分明的家伙以后被轩辕命作氏族的名字，成为他征战天下的雄师之一，在中国远古神话里占尽了风头。

脸色淡白、一向办事不动声色、好静不好动的冷面人宁封，在这被后世誉为"天下第一幽"的青城山拜鬼容区为师修炼调气之法后，日日精进，时间一长，与鬼容区经常相互访问，有时也一同进到后山去。在青幽宁静的环境中，宁封自然能静如止水，把全部身心和潜能都调动出来。只说这运行真气的过程，随着一日日动用全身的汗孔以"体呼吸"的形式吸纳天地万物的精气，排出体内重滞之浊气，他自我的感觉——身体一天天就变得轻了，轻了！躺着运周天，气从背后上行时，就好像垫上了一个气垫；真气从前胸下行沉入丹田（肚脐）时，身体的上侧变得更轻。当全身精气与真气"和合"周环融为一体——全身充满气态的时候，感觉人不是躺在地铺上，而是悬空了……久而久之，感觉到的便是一种白日升空的感觉——人如同脚踩祥云凌空翱翔，迎着朝阳飞去，又好像身骑龙龟升天而去。中国古人认为"龙驭升天"是修道的最高境界，马师皇是徒有虚名，宁封却真个儿就练到了这种境界！那么，从伏羲时代就已经"龙行天下"的"龙"的神圣概念，到了神农氏世末天下各大部落依然认为自己所崇拜的图腾是"龙"，只是所谓"龙生九子，各有不同"。古籍上有这样的记载："俗传龙生九子，不成龙，各有所好：一曰赑屃，形似龟，好负重，今石碑下龟趺是也；二曰螭吻，形似兽，性好望，今屋上兽头是也；三曰蒲牢，形似龙而小，性好叫吼，今钟上纽是也；四曰狴犴，形似虎，有威力，故立于狱门；五曰饕餮，好饮食，故立于鼎盖；六曰蚣蝮，性好水，故立于桥柱；七曰睚眦，性好杀，故立于刀环；八曰金猊，形似狮，性好烟火，故立于香炉；九曰椒图，形似螺蚌，性好闭，故立于门辅首。"此皆是远古图腾的传承和标号化的变异，但其中也可明显地看出远古图腾的影子，如龟、兽、龙、虎、狮、螺蚌等，各有不同。也就是说，在远古的时候，这些不同图腾的部落，对图腾形象的统一称号皆是"龙"，如传至今日的"十二生肖"，作为远古十二大部落的图腾时，都是各大部落自认的"龙"。原始的形态，就是"鼠龙、牛龙、虎龙、兔龙、玄龙、蛇龙、马龙、羊龙、猴龙、鸡龙、狗龙、猪龙"，这已经为大量的考古实物所证明，如红山文化出土的"玉龙"、"猪龙"等精美玉器，各地出土的动物——陶塑之陶猪、陶狗、陶鸡、陶马等。由于各大部落的"龙"形态各异，那么各部落人"乘龙升天"所乘之"龙"就风马牛不相及——相差太大了！轩辕所倡导的大同社会，首先应该是"龙"的形象的大同。宁封将天下各大部落的图腾动物均用泥捏出来，摆了一大堆，看来看去，总觉得不能算是"大同"，这让敏感的宁封大伤脑筋，为此他头疼了好长一段时间……一日小憩，冥冥中他走到一个从来也没去过的地方，有人告诉他说是"龙"，他看到的却是盘卧在昏暗中粗壮的披着鱼鳞的巨蟒，一会儿"龙"又变成小蛇，被置于一个盛有清水的小盘内……一忽儿，他又到了轩辕的祖地桥山，和人一起吃饭的时候，交到他手中一只小白羊，这羊用绳子拴着，他拉了向东走去。这小羊练就一种直立行走的本事，喜欢像人一样直立行走，他就想，它将来长大了会是什么样子？就叫它作"人羊"吗？他拉着它继续行走，它有时变成螃蟹下蹲的样子，但螃蟹是横行，他是直拉，它就又变回直行来，而形象却已不是羊，而是透明龟背下的小蛇……他拉着它继续前行，高石岩下的路面，竟成了一条河，人只能在深草丛中的北岸行走。从东边逆水来了一只三头两身的蛇，它以凶恶的架势逼近……怕小蛇（早已经不是小羊了！）被吃掉，他就在岸上摔动缰绳，让小蛇避开三头蛇，第一次避过了，第二次避过了，第三次却"正中下怀"——小蛇落入水中，就再也没有出来……由此，他想到，"大同"的龙体，还是应该以蛇为基础，因为轩辕、炎帝母系有蟜氏的图腾就是蛇！于是，他在蛇的基础上发挥想象，由蜥蜴想到了龙形，由蛇吐信想到了鹿角，想到了猴头、马脸、鼠耳、牛眼、兔睛、犬齿、猪鼻，配以羊之须，"画蛇添足"，他想到了鸡爪、蝠翼；蛇尾太细，虎尾也不够威风，用狮尾组合，就气派多了……概括了天下各大部落图腾的主要特征。这个以后为大家所公认的龙的形象，就这样在宁封手中逐渐显现了出来。

宁封兴致勃勃地把自己捏制的陶龙拿给素女看，素女指指点点，经过改进，他又拿给鬼容区看，把他的造型依据讲给鬼容区听。鬼容区深邃的目光盯着陶龙翻来覆去地看："嗯，高额头、高眉弓、马脸，好！像！龙象出矣！"他吹胡子瞪眼的样子，让宁封完全陶醉在新发明的兴奋之中。

二

轩辕大盟主离开西陵之后，昼夜兼程地向青城山赶来。一日夜眠，他看见他和蛮牛、陶虎兄弟仨你挽着我的手、我连着你的脚，三人一起手脚相连地升空，就像我们现在常能在电影、电视里看到的高空花样跳伞一样……他看见兄弟三人升空的影子在明丽的天空斜升，感觉身体很轻很轻……他又好像还在少年时代呢！和弟弟陶虎（轩辕是老二）钻在一个铺窝里，两人相对而卧，他感到，相对于弟弟，他在徐徐上升……一觉醒来，面对着一片漆黑，轩辕不由得发出笑声："真是日有所思，夜有所梦……已经好长时间没梦见兄弟了，也不知母亲附宝的身体现在如何，还有项先生——自己的启蒙恩师；吴权老师，还总是用右手捋他的山羊胡子吧？那一副老谋深算的样子却落得个'老羯胡'的浑号！挥、沮诵、伶伦、女希——这些童年时的伙伴……这些远在陇东的师友亲人！"

说心里话，虽然轩辕"入乡随俗"，以西陵氏的习俗"嫁"于嫘女，但是他是"人在曹营心在汉"，他总是时不时地会想起童年时生活的桥山、姬水，想起长寿山上的那间大屋子、桥山顶上的观象台，与小伙伴们一起戏水、"发明"的场面，经常会在他的梦中出现。有一次，轩辕就梦见他在姬水岸边行走，桥山高大而伟岸，很高远地横在天际，项先生还是那种细长的脖颈，皓白的皮肤，坐在路边教他唱民歌，一首首，一曲曲历历在目。可惜，醒来后怎么也记不清那些歌词了。

也许是由于兴奋的原因，轩辕睡不着觉了，就干脆起身到屋外去夜观天象。轩辕不同于后世那些日理万机、夜以继日，以熬夜著称的领袖们，他跟着项先生养成的习惯是早睡早起。不过他这个"早起"却不是一般意义上理解的早起，它早到一觉睡醒、头脑清醒的时候，大致上在寅时，也就凌晨三点到五点之间。这一段时间，是轩辕思想最为活跃的时候，他要么举着火把，把自己的各种灵感记录下来，刻在墙上或用炭棒画在兽皮上，要么就干脆走出郁闷的屋内，到天地之间去协和天地，纳先圣之精魂，通宇宙之大道……为了沟通天、地、人三才，轩辕先后拜结了项先生、天老、吴权、巫师玄、广成子、赤松子、马师皇、皇人、鬼容区、仓颉、岐伯等众多先哲师友，每一位师傅都是他通向智慧之路的一道门户；每一位师友，包括自己的爱妃嫘妃，都各有所长，都既是老师又是挚友，成为轩辕通向大同之道的左膀右臂。轩辕从内心里深深地感谢他们，感谢天地对他的独爱……轩辕一个人面对星光灿烂的苍穹和沉默的大地拜了又拜，返回屋内带上简单的行装，不和人打招呼，拉起吃夜草的白龙马又起程了。

就在轩辕昼夜兼程地赶往青城山时，宁封、素女和鬼容区师徒，已经在天师洞之后背靠轩辕峰（宁封名之）、面对白云溪的一个清幽去处，为轩辕搭建起一处"行宫"。轩辕来到天师洞——自己原来住过的地方拜见了鬼容区，就在鬼容区、宁封、素女等陪同下，经龙蹻栈道、访宁桥（轩辕以后命名）左行，也就是走了两里路的样子，便到了被后世称作"祖师殿"的轩辕行宫———组结藤条、和泥巴而成的简易屋子。主屋依着青崖，左右各有一间小屋。

这座行宫坐北面南，北有靠山，前有白云溪环绕，视界开阔，青龙岗、黑虎塘左右遥护，同样是一处龙脉好穴。给轩辕的行宫选址在这里，也不枉鬼容区、宁封等一片真情和良苦用心。

轩辕扫视周围，除了青黛之山色，就是忙碌的师兄师弟们，饮烟和云雾搅和在一起，让人倍感亲切。轩辕对这一居处非常满意，深深地鞠躬向鬼容区、宁封、素女等致谢。鬼容区一声吆喝："上酒——"欢迎轩辕大酋长的便宴就在行宫前的草坪上开始了。鬼容区居中，轩辕居左首，宁封、素女居右，中间铺一张兽皮，各种山珍野味都摆在上面，蒸腾着热气。鬼容区开阔的额头上泛着兴奋的光彩，一双深邃的老眼闪着亮光，把齐胸的黑须一吹："欢迎大酋长，再临青城山——"

跪坐的轩辕赶紧跪直了双腿，诚恳地谦让道："师尊面前，岂敢枉称？"

"此实事嘛，哈哈哈哈……"鬼容区举起陶樽："喝！"

"喝！""喝！""喝！"大家几乎同时双手高举陶樽，一饮而尽。轩辕是第一个，素女是最后一个。女人在喝酒的时候，总是要先表现一下矜持的，用现在流行的话说就是"装嫩"。但对古人而言，特别是对冰美人素女而言，则完全是出自于自然，是天性之所致。

三位男人好久不见面，见面后分外眼热，有说不完的话，寒暄之外，问长问短，关心到各个角度。轩辕对师尊鬼容区、师友加臣子的宁封及其女儿素女在学问上的新进展最为关注，一一询问。

轩辕第一个起兴：

> 最重尊师情，
> 历久益深浓；
> 今见师尊面，
> 愿闻师论宏。

鬼容区把他与白发齐长的黑胡须用四指捋了捋，不加沉吟，脱口而出：

> 轩辕珍师情，
> 更兼情义浓；
> 为师老朽兮，
> 宁封新论宏。

宁封闻此稍作谦让，即和道：

> 师徒相别情，
> 犹似玄酒浓；
> 宁封尊师道，
> "大同图腾"宏。

轩辕心生疑问，再次起兴：

> 只闻《龙蹻经》，
> 又言《图》"大同"；
> "龙蹻"怎驭驾？
> "大同"有图腾？

宁封又和道：

> 幽幽《龙蹻经》，
> 渺渺龙步同；
> 纷纷龙天下，

合于一图腾。

轩辕要一探究竟：

　　吾愿一试涂，
　　图腾怎"大同"？
　　不审师友意，
　　共绘龙图腾？

鬼容区点头说"好"，宁封应和说"行"，只有素女静坐一旁，以一双新月弯弯的细眯眼欣赏地盯着轩辕看。

轩辕、鬼容区、宁封各从鬼容区的徒弟手中接过炭棒，在绷于木框的兽皮上画自己心目中的大同图腾……素女起身，在这个身边看看，又在那位旁边瞧瞧。画的人洒脱，看的人认真，看着看着，素女惊讶得张开了口，又用纤指捂住口……看各位都画得差不多了，素女亮亮脆脆地一声："亮图！"

轩辕、鬼容区、宁封几乎同时亮出了自己所绘"大同龙图腾"：

轩辕的率真，鬼容区的持重，宁封的俏丽，却有惊人的相似之处——皆是鹿角、马头、蛇身、鸟足……虽说是"英雄所见略同"，但是鬼容区和宁封是事先交流过的，"略同"了情有可原，唯独轩辕所绘龙图腾，不能不让鬼容区、宁封和素女惊奇：除了蛇鳞和画技的差异，他绘的"大同龙图腾"，和鬼容区、宁封的极为相似！

鬼容区："想不到，大盟主如此宏图大量，深知天下之愿……"

轩辕："不敢当。只是日有所思，夜有所梦，合于一体……亦得之于师尊教诲，宁封激发。"

鬼容区："宁封悟性高矣！他深得为师精髓，参透盟主要义，合于一经一图。为师惭愧不如……"

轩辕："师尊不必过谦。是啊，宁封绘'大同龙图腾'，合天下精、气、神于一体，凝华夏之灵魂，聚龙族之大气，功大如天，且容日后重加封赏……我提议，师尊、宁封共赋《龙图颂》，如何？"

三

鬼容区给素女投一束目光过去，素女就拿出放在身旁的瑟，架在面前拨弄起来。这一弹一揉，幽幽音韵像泉水一样汩汩地就涌出来。和着这绵绵的拨动人心弦的瑟音，鬼容区抖一头白发，一声长啸，唱道：

> 龙天下兮羲皇功，
> 龙形呈兮缤纷杂；
> 龙兴地兮龙图绘，
> 龙象现兮灿若霞。

宁封则掏出自己的陶埙吹出悠长的龙吟之音，这声音，深邃辽远，颤颤幽幽。埙声一落，瑟音又起，宁封吟道：

> 龙天下兮百神主，
> 龙象腾兮扫纷杂；
> 能大小兮龙之性，
> 能雨风兮披彩霞。

随着宁封和素女的合奏之音，轩辕也吟唱出一首《龙图颂》：

> 通天地兮龙魂铸，
> 天下合兮象不杂；
> 苍生老兮龙胆正，
> 天下同兮铺烟霞……

"好——"周围的叫好声、欢呼声响成一片。这时候，正是晚霞铺天，如锦似绣，明丽如火，照亮天地。细看那云彩，它们在无声无息地演绎变化着，竟把人间的意象写上了天空！轩辕抬起头仰望东天，一个发现让大家欢呼雀跃，惊叹不已：

> 东天龙首形，

鹿角狮子口……

他又向西天望去：

虎尾当空舞，
节节起旋风……

大家仰头张望，果然如此，纷纷面现惊诧。轩辕却继续在天空搜寻，忽然指向北天：

云头龟颈举……

又指向南天：

雀翅铺锦绣……

大家被这目不暇接的神异天象所慑服，一时"哗啦啦"跪倒一大片，对着天空膜拜。自然是鬼容区担当起这突如其来的祭天仪式的祭司。他把一樽玄酒洒向天空：

人敬天，天有眼，
天眼开，四灵现……

大家在轩辕的带领下，顶礼膜拜，把双臂和头额都触到了地面上的青草，真有一种接通天地之感觉。直等到鬼容区宣布一声"祭礼成"，这轩辕峰下轩辕行宫前的草地上，才又是一片欢腾的气氛……

一夜独居藤屋，第二天天刚麻麻亮，轩辕即起身，前往天师洞回访鬼容区。在那里礼拜唱和、相互交流一番后，才前往朝阳洞。轩辕在轩辕峰下的行宫居住期间前去拜访宁封的次数最多，因而才有一个"访宁桥"的桥名流传到后世，也因为宁封先生所首创的"大同龙图腾"以后成为中华民族的代表形象，因而后世流传和纪念的，主要还是黄帝访宁封的事迹，在青城山上留下的遗址也多与宁封相关，算是轩辕黄帝对宁封封赏的一种延续。其次，就是轩辕和素女之间的故事了。我们无法用现代的或者在中国流传了几千年的封建伦理道德标准来度量这远古时代率真的男女感情交往。可以说，那时候，男女之间更多的是一见钟情的率真，而并没有更多的相互牵挂与制约，也没有更多的所谓"责任"与"礼法"。只要不是近亲，男女之间的事都是正常的、随时可能发生的。更何况，后世的帝王三宫六院七十二妃，轩辕黄帝作为中华民族开国奠基的人文始祖，多几位女人和他老人家交往也是正常的。

话说远了，我们还是先说轩辕和素女之间的交往。这一种交往，本来只是古人炼气修心的一种方式，即所谓的"男女双修"，或者叫"夫妻双修"。笔者曾经在传为观世音菩萨的成佛之地——陕西省铜川市耀州区大香山寺的中峰顶上，看到两孔凿于石壁之上并立一起的小石窟。这种石窟高及一人盘坐，深不及避风躲雨，坐在窟内，可以相互看到对方。加上距中峰不远的西峰上，就是尼姑庵，那里自古就多尼姑……因而，笔者以为这里便是古代佛家或者远古时候留传下来的"男女双修"的遗迹。后世流传的一本《黄帝玄女素女经》，把黄帝与玄女、素女之间采阴补阳、采阳补阴的"双修"纯粹概括为"房中之术"，应该是偏离了黄帝老祖的初衷，而抓住男女调情这一贯通古今的"热门话题"大肆渲染……相传这本书也是黄帝时代的遗著，其中有黄帝与玄女，更多的是与素女之间的"对话"。如果说这些对话与交流真的确曾发生过（笔者以为任何传说甚至包括神话玄幻故事在内，总有它最初形成之前的真实故事这个基本内核），那么，这个位于青城山大字崖前的"玉女洞"，便是轩辕（以后被尊为"黄帝"）与素女交往的主要场所。

前面已经讲过，素女——这位冰清玉洁的冰美人，早在陇东的时候，就对轩辕一见钟情，一直在偷偷地暗恋着轩辕，过着内心世界孤独凄苦幽怨的"单相思"的生活。是青城山"天下第一幽"的幽静环境，才使她那颗极为敏感的少女之心终于静若止水的。她像一朵夏夜里盛开的盛满了玉露的白荷花，在这青山绿水云蒸雾漫的青城山静静地散发着暗香。这"荷塘月色"冰美人似的美丽艳绝，这一潭止水的超然与宁静……鸟儿的啼鸣惊动不了入静的她，太阳的光芒无法让她苏醒，而偏偏是一把火的撩拨，一颗石子的投入，而使她缠绵悱恻，回音袅袅……对素女而言，轩辕就是这一把火，就是这一颗叩开她心灵之门的石子儿……自打听说轩辕要回青城山的那一刻起，这一池止水，又不期而至地掀起了阵阵涟漪——一条水蛇在绿幽幽的湖面扭摆着柔软的腰身前进，这是叫人惊艳叫绝的一种左右扭摆啊，这行云流水的扭摆，像舞动的丝帛一般柔软，把平静的湖面浅冲出一个巨大的跳动着涟漪的扇面。它高扬着头，勇往直前地向心灵的彼岸游去——从素女那自然流露的"装嫩"的喝酒时的柔弱姿势，从她那弯月一样笑眯眯的蒙了一层泪光的晶亮眼神中，我们怎能不品读出一种深藏于内心的"柔情风暴"……情感之水已经涨满了再涨满，随时都有可能决堤而出！柴火早已经烘干了并浇上油，只待一星儿火光点亮……这是一杯精心酿制了二十多年的美酒啊！

自从轩辕峰前的唱和之后，最让素女心仪的一件事，就是轩辕大酋长的来访。昨天他已经到了朝阳洞父亲那里，可是他们二人一见面，又是有说不完的话，白天说不完的话题，晚上又给续上，结果，轩辕既没回他的行宫，也没到素女的玉女洞来，这让素女又是一个晚上望着夜空数星星的单相思……她现在是"盼星星，盼月亮，只盼着轩辕把她访，只盼着早日遂她女儿愿，只盼着讨清多年的爱情账，恨不能生翅膀，持素娟，飞往那朝阳洞，以表衷肠。"

四

轩辕有这么个习惯，就是不管晚上睡得多晚，早上还是同样起得很早。对着初升的太阳练气，已经成为他每天必修的"功课"之一。轩辕打一个哈欠，双臂很舒服地伸展，全身的关节也随着"咯吧吧"地活动一番。他一边活动身体，一边向朝阳洞那晨光熹微的洞口走去。

来到朝阳洞外，东山还是浓重的暗影，只有晨雾鲜乳一样浓烈地从脚下团团涌起，徐缓地向山上飘去，一缕缕，一片片，把远山分割成一种层次不同的造型，让它们若隐若现，变幻无穷。轩辕想赶在太阳升起时对着太阳练气，就小声向一位侍从打过招呼，快步向山上走去。

轩辕在清甜的晨雾中穿梭，不知不觉，已经经过"九倒拐"，来到迎日亭——一个简易的藤亭前。他到达这里的时候，刚好是太阳冒红的时候。轩辕对着初升的太阳深吸一口气，微闭着眼睛，尽情地享受晨光的温煦。他通过运转"大周天"来调和阴阳，让体内气血流畅。他感到一股洪流，汇聚了体内的真气和天地宇宙之精气在周而复始地徐徐运转，他意念中看到的是满天星斗在运行，真所谓"巡天遥看一千河"的感觉……就在轩辕闭目炼气的时候，素女也不声不响地来到迎日亭旁，面对着太阳，开始她每天必修的第一课……轩辕只觉得这清甜的空气中透着愈来愈浓的花香。这香气如同心底自生，清幽幽地流遍全身，让人神清气爽。人都说气练到一定程度，人体会自然生出香气来，因而在过去一段时间，也曾有所谓的"香功"传世，凡习练此功的人，皆言自己能生出香气来……轩辕这时候就是这样的感受。他陶醉在这种清香之中，让它沁入心扉，流遍全身；让这"和合"之气带领他步入仙境——他"看到"晨雾缭绕的天空升起袅袅的仙乐，一队仙女在翩翩起舞，起舞……

　　轩辕陶醉在素女精心熏染的花瓣幽香中的同时，素女也感到了轩辕身上涌动的浓重的男人气息。这是一种让人心旌摇曳的气息，这是一把开启蒙昧的钥匙……素女第一次深切地体会到男女双修的好处，它具有排山倒海之势，能冲决一切阻滞郁结，让中人周身流芳……

　　轩辕静静地修炼过一个时辰之后，感到阳光的温度明显地提升了，清爽的晨风也变得暖融融的……他长舒一口气，睁开微闭的双眼，眼睛的余光中竟看到一个素洁如玉的仙女！啊？轩辕转过头来，原来是正在调气养颜的素女……但见她微闭着一双秀目，颜面粉里透红，鼻翼轻轻翕动，嘴角挂着一丝轻浅的微笑，两个深深的酒窝，溢满了青春的芳香。再看她盘坐的样子，素白的丝绢四散铺开，静若止水的她一如池塘中的洁白的睡莲……这一种从未见过的女人的"静态美"，让轩辕一下子就找到了芳香气息的源头，青春的勃动轰然决堤，摧枯拉朽，势不可当。

　　轩辕与宁封熬夜长谈后发红的眼睛直盯着素女娇柔的美姿看的时间，素女也慢慢地睁开了双眼。那弯月一样的双目中隐约着晶莹，那晶莹像蓝色的火苗在颤动、摇曳……这亮蓝色的迷人目光，让天下所有的男人看到了，都会心魂跳荡，心花怒放，失去自控……全身剧烈膨胀的冲动，让轩辕如饿虎扑食，一个箭步冲过去，把素女揽入怀中。素女也绵软地就势倒向轩辕……这一刻她像触电一般，全身麻木，失去知觉，瘫软如泥；就像一条藤一样，完全是靠另一个生命的支撑才得以生存。轩辕澎湃的长发在脑后飞扬，他抱起缱绻的素女，向玉女洞奔去……

轩辕把素女轻放在玉女洞内素女的地铺上，素女紧勾着轩辕脖颈的双臂松开，如同鲜花怒放一样徐缓绵软地展向两侧，只把勾魂的眯眼挑战性地看着蠢蠢欲动的轩辕……

而轩辕并不急着泄欲，而是循着十四经络穴位的路线，从容地开始他的爱抚行动。他先从素女的香足（素女每天晚上都做鲜花浴）开始爱抚，一双温厚的大手，先抓住她圆润的扁豆形的大拇趾轻摩，接着是修长的第二趾，再沿着白皙修长的美腿，逐渐向上游移地抚去，直至大腿内侧的性敏感带。这腿柔软而有弹性，挺拔得让人过目不忘。两条腿都一一认真地轻抚过了，却不理会那柔细的毛丝中苞蕾轻掩的隐秘处，只让它在阵阵应激的轻颤中径自吐蕊绽放……他再轻抚她的玉指，由中指开始，左右触及食指和无名指，在三指间交互轻摩……先摩擦手背，而后进入掌心，再由掌心向上游移，用四指在玉臂内侧专心地爱抚。他用左手紧搂着素女的背脊，右手伸向那最重要的敏感区，同时开始吻玉颈、额头和轻颤的眼皮儿。吮吻玉颈隐约的喉头、斜而巧的玉肩。轩辕每吮吻一处，素女都不由自主地发出应和式的轻吟……如同在柔软的温情大海里耕耘，如同在波浪上颠簸起伏，如同堕入青城山的云雾之中，温度却在直线上升，上升……一个人占有另一个人如同独霸世界的感觉！……当那一种温度上升到极点了，两个人都完全"合二而一"。

自从有了第一次两人双修共娱的经历之后，素女如同亲妹妹一样整天围着轩辕转，几乎到了寸步不离的地步……女人啊女人，只要委身于一个男人，总是那么神情专注，具有完全的排他性，在这段"甜蜜期"，世界上所有其他的男人，她们都会视若粪土，唯独身边的这一位，才是最爱！爱情的花蕾初放的女人，每天脸上都染着红晕，走起路来身轻如燕，脚下更富有弹性，声音也变得更加甜美，每个音节都好像沾上了蜜似的，一双弯月似的照人的眯眼更加媚人，如同跳动的火苗一样撩拨人心。就连小孩子都会看到，结婚后的大姐竟变得满面桃红，更美更自足更漂亮了⋯⋯

五

在宁封画出龙图腾的欢欣之中，素女和轩辕这一种嫔从关系的确立，让轩辕更感到一种责任意识。轩辕本来就有封赏宁封的意思，这时候，这个意思就更加明确了。他要封宁封为权极"五岳"的"宁封丈人"，以后，在黄帝"七千封"的名册中，也证实了这一点。

要封赏就得有个仪式，得请来天老帝师做证，仓颉先生笔录。于是轩辕找到鬼容区和他商量，派一位师弟去西陵请天老和仓颉前来青城山。

自从轩辕受峨眉山皇人先生推荐前来拜师至今，前前后后已经发生了许多事情，鬼容区对这位高徒的修炼不仅满意，而且对他的为人处世与远大志向亦极为赞赏，他为自己能有这样一位徒弟而自豪，也决心放下师尊的架子，像天老帝师那样，以师臣的身份，追随他共同完成平等和谐的"大同社会"理想。鬼容区心里这么想着，嘴上并没说，只是吩咐弟子们，精心筹备对宁封的封赏仪式。直到宁封丈人的册封仪式后，当着天老、仓颉的面，鬼容区才正式向轩辕提出变师尊为师臣的请求，轩辕感动，慨然应允。

轩辕带领天老、鬼容区、宁封、仓颉、素女等，顺着行宫右侧的小道向上攀登，踩着大跨度的脚坑，坡陡处，前拉后推，天老才气喘吁吁地上到磴口。这里是天仓山与乾元山之间的一道夹岩，沿险道下行，可到达青城后山。向东的小道变得平缓，上行不到百步，即上到轩辕峰顶。顶上的山坪不算大，从这里俯瞰，味江风光尽收眼底，周围诸峰如蚁垤罗列，气象壮观。

当年轩辕还是少典有熊部落酋长的一名儿子，随项先生、西王母偓昌等西行拜师时，天老夜观天象，知道轩辕要来拜师，即以帝仪在轩辕谷为他精心准备了"行宫"，见面时施以帝礼——这一点，天老一直深信不疑，他相信天象的昭示，更相信自己的眼力。现在轩辕尊重西陵氏的习惯远嫁到西陵来，一系列和睦共赢的举措，进一步加强了华夏部落联盟的实力。如今宁封又悟出《龙蹻经》，绘出"大同龙图腾"，这些必将为天下各部落所接受的重大举措，可以说是功盖三皇啊！……俯瞰着青城的大好河山，仰视身旁和蔼谦逊又气宇轩昂的轩辕大酋长，天老心中生出一词——"轩皇"，不由兴奋地脱口而出："轩皇，对，就叫轩皇，叫轩辕为轩皇！"鬼容区、宁封都说这个称谓好，仓颉当即记下这一称谓。轩辕却说："此号太大，我岂能与有巢、燧人、伏羲并论乎？"

天老："称你轩皇，乃提更严之要求，立更高之标尺……恢复伏羲'龙天下'，实现大同理想，必须以先祖之高标律己……为纪念'轩皇'，就命此处为'轩皇顶'！"天老行使起了他老帝师的权力。

鬼容区竟老小孩一样拍着手："好！好！就叫'轩皇顶'！"

仓颉低头把这个地名标在自己绘制的《青城山图》上，素女一双妩媚的弯月眼直瞄轩辕。

轩辕一时无话可说，但是在以后的经历中，"轩皇"这个称号还是很少再用到。

嫘妃来到玉龙山的洞穴后，把这里精心装饰了一番，只盼着轩辕早日从青城山返回。白天忙忙碌碌地处理部落联盟的各项事务，辅导这一带的养蚕采桑，没有闲心，可是到了夜深人静时，思念之情不由自主地就会自心底而起，而且日子愈久，这种情愫愈浓……在原始社会后期，男女之间的婚姻关系还不像我们现在这样稳固，男女双方随时都可能与一男（女）"一见钟情"，这种事情对率直的古人而言，是再正常不过的事情，男女双方并不像以后封建社会所要求的那样要"从一而终"、"守贞节"……但是，嫘妃却不自觉地坚持了这种"从一而终"、为男人"守贞节"的操守，并且成为这方面垂范千古的楷模。对一个成熟的女性而言，不可能没有感情方面的要求，特别是夜深人静的时候，这种火烧火燎的感觉，经常让她翻来覆去，夜不成寐。有时候，全身灼热，她就索性赤身在洞内走来走去，她抚摸着自己已经不再高挺的乳房，自己依然光滑的身体，在冥冥之中，设想和回味着万千种与轩辕在一起时的亲爱感觉……人啊人，真是不可救药，在这种事情上，人的欲望比野兽还疯狂，野兽只是每年春天发一次情，那时候野猫夜嚎，各种动物都进入了发情期，可是等交配成功后，就把精力都用到筑巢垒窝抚育后代上去了……只有人，也只有人，一年四季，白天黑夜，随时随地都可能发情……为了抑制难熬的情欲，嫘妃决定转移注意力，去想另一些更重要的事情。

轩辕在临行之前，曾经和嫘妃谈过自己对"龙图"的设想，他对"龙蹻之术"的想象和平时修身炼气的体验……他这人总是有挖掘不完的潜力，使用不完的智慧，他要施展宏图大略，我也决不能甘于落后……按照轩辕的想象，这个龙图腾基本上是综合了爬行动物的各种特征，而天下还有那么多崇拜鸟类等飞行动物的。人常说到"凤"，但是凤象如何，谁也说不清，就像龙为何物一样，各有各的说法：有的说鸡就是凤，有的说雀才是凤，那些崇拜仙鹤、雄鹰的部落，更是一争高下……何不把它们的特点综合一起，形成一个大家公认的"凤图腾"？

嫘妃这么想了之后，就招来姐妹们商量，发挥各自的想象，把各种鸟最显著最优美的特征集于一起，终于形成一个凤图腾。也就是天老帝师以后概括的"凤之像也，鸿前，麟后，蛇颈，鱼尾，鹳颡，鸳腮，龙纹，龟背，燕颔，鸡喙，五色备举。"

接到轩辕等从青城山返回的报告后，嫘妃即命应龙率"十二支"卫队在玉龙山东坡列队欢迎。欢迎的仪仗从山底一直排到玉龙山顶，气势壮观。

轩辕在天老、鬼容区、宁封、仓颉、岐伯、素女等陪同下，乘云车来到玉龙山下，嫘妃迎到山下来，当众把一件明黄色丝质披风披在轩辕肩上。轩辕高大庄严的体魄、英武的气象在黄丝披肩的衬托下，显得更加仪态轩昂。他身佩玉剑，发髻高缩，由字脸形明显地拉长了，变得棱角分明，坚毅有力，加上沿腮帮巧妙分布的黑须美髯，完全是一位当代人心目中的"帅哥美男"形象，在美女粉丝的眼中，简直应该是"帅呆了"！值得追星一族紧追不舍。

轩辕、天老、鬼容区、宁封、仓颉、岐伯、素女等在应龙前引、嫘妃陪同下，一步步走上玉龙山去，随行的"十干"卫队，就分驻在主峰南侧山包的平顶上。这里地势平坦，视界开阔，与主峰成掎角之势。

374

轩辕等来到主峰寨门前，常先、大挠等在此恭迎。在他们带领下，轩辕等巡视山寨一周，向东看，一座大山矮于玉龙，近在眼前；看北方，远山皆低于玉龙，徐缓而辽远；西面，层层山峦如泥丸细浪，层次分明；向南看，次峰上的"十干"卫队，旗帜鲜明，阵容严整。由于登高，进入西陵以后身陷丘陵之中的压抑心境，在这里一下子就被习习山风全给吹跑了。轩辕一脸开心的微笑：

　　"好地方！上次来，还真没注意到！"

　　天老、鬼容区等纷纷点头。鬼容区按住被山风拂动的胡须："没想到，西陵有这般美景！"

　　在嫘妃的引导下，大家在面南的寨门上面的平台上席地而坐。这台地被修成八角形，象八卦之意，台上罩一稻草覆顶的简易亭子，地上也早已经铺上了蒲团坐垫。轩辕大酋长面南而坐，身旁是嫘妃酋长、天老帝师、鬼容区尊师、宁封丈人、仓颉记事、岐伯医师、素女、应龙、常先、大挠、大鸿，大家环坐一圈儿。

　　初夏的骄阳在山风的鼓荡下变得温柔可亲，暖风舞动着大家的衣带发须，也把人心抚慰得明朗而舒坦。

第二十二章

一

大家坐定之后，陈年的桑葚果酒就端了上来。

嫘妃举杯："欢迎轩辕大酋长，欢迎鬼容区尊师、天老帝师、宁封丈人、仓颉记事、岐伯舅舅、素女妹妹，大家一路辛苦了！"

大家共同举杯之后，嫘妃就关切起《龙蹻经》和龙图的问题来。轩辕笑着转头示意，嫘妃心有灵犀："请宁封丈人宣《龙蹻经》，展龙图，如何？"

宁封这会儿一副志满意得的样子，这在他这位冷面人平静的一生中是少见的表现。但他还是先谦逊道：

"尊师在前，我岂敢造次？静心调和，心通天地，自然可驭龙升天……至于'大同龙图腾'，不过把轩辕之意具象而已。"说着，他向素女要过随身带来的《大同龙图腾》，展示给大家。

这龙图五色俱备，龙首高仰，鳞身旋舞，四爪张扬，足踩祥云，神采飞扬……让人一看就为之振奋！

宁封将《大同龙图腾》递给轩辕，轩辕双手交于嫘妃。嫘妃仔细地看了又看，端详了又端详，一双丹凤眼中不由得就渗出了泪花：但看这龙形，龙中有凤，凤中有龙，又各具神采，呈祥于天地之间……让嫘妃感动的是这龙图和自己所绘凤图在冥冥之中的息息相通！"倚天照海花无数，高山流水心两知"，九寨沟与轩辕初婚时的情景，又一次在她眼前浮现。嫘妃强抑住心中的感动，传话应龙：

"请献《凤图》！"

应龙一声："献《凤图》——"由四位少女抻展的《凤图》就献了上来。

看它五色俱备、凤首高仰、鳞身翔舞、长爪张扬、足踩祥云、神采飞扬的样子，轩辕等都惊呆了。紧接着，便是啧啧称赏：

"好！"

"美！"

"漂亮！"

"神奇！"

"祥和！"

嫘妃又请四位少女将《大同龙图腾》展开。当龙凤二图并列一处时，天老一句：

"龙飞兮凤舞——"

鬼容区和一句：

"龙凤兮呈祥——"

大家一阵欢呼声。这欢呼鼓舞了"十二支"卫队的兵士们，他们也山呼："龙飞兮凤舞，龙凤兮呈祥——"

同样在南侧山包上摆开宴席饮桑葚美酒的"十干"卫队，听到主峰上的欢呼声，就原版重播，一时山鸣谷应，天地间响彻了"龙凤兮呈祥——"的欢呼。

轩辕等人站起来，向周围、向南侧山包上的人挥手致意。长时间的欢呼后，轩辕用手按住欢呼：

"值此龙凤呈祥之时，我有一曲不吐不快，也望各位应和才是。"接着他喉结有力地上下勾动了一下，运足了气，才朗声唱道：

> 创世兮龙图现，
> 惊世兮凤图和；
> 大同兮共荣举，
> 功业兮玉可琢……

宁封吹埙给以伴奏。嫘妃先和一首：

> 百鸟兮凤象生，

惊世兮心相和；
唱和兮人间事，
济世兮金石琢……

素女鼓瑟以和其韵律。

龙蹻兮龙吟起，
超绝兮凤鸣和；
大道兮天人地，
盖世兮功可琢……

天老不假思索，和诗一首。鬼容区击节，大家和之，埙瑟共奏，慷慨而激昂。

鬼容区叫一声："好！"也要和诗一首。本来和诗已经成竹在胸的宁封，就将师尊让在了前面：

阴阳兮和气生，
宇宙兮万象和；
天地兮兴仁政，
万世兮名可琢……

宁封阴阳顿挫，幽幽而奏。他虽有龙图之功而被轩辕封为掌管五岳的"宁封丈人"，但正因为这一封，反倒使他觉得诚惶诚恐，非得鞠躬尽瘁、死而后已才能对得起轩辕和他的事业……鬼容区的和诗一完，他就口诵和诗，一吐心迹：

师谦兮吾独功，
《龙蹻》兮龙图和；
大道兮天下往，
盛世兮今可琢……

仓颉使用自己总结归纳的字符，以"速记"的形式，将轩辕等人的唱和之词——记录在兽皮之上。大家的诗意触发了他的灵感，也唱和道：

> 率土兮万象荣，
> 龙吟兮凤鸟和；
> 百兽兮皆为师，
> 龙族兮契可琢……

素女还是以她最拿手的鼓瑟开始自己的唱和。不过她现在的瑟声已经是铮铮而有志行于其中，一洗往日的幽怨感伤，让人听着明快而感奋。一阵瑟音之后，是她特质的碎银落盘一样的和声（在所有女子中间，只要你一听到这声音，就知道准是素女的歌声）：

> 素衣兮举素绢，
> 素志兮心仪和；
> 龙凤兮百族敬，
> 万国兮盛世琢……

热热闹闹的唱和，一直延续到傍晚，这可忙坏了仓颉，仅唱和之词，就记满了几张兽皮。因为他现在发明和归纳的字符有限，其中许多字符，都是他临时发挥新创出来的。回到独居的一间茅庐（天老等被安排在玉龙山顶的茅庐之中），他将今天新创的字符单独摘录于一处，一是为了进一步规范字形，加深记忆；二是为了标注发音，以免再用到时读错用错。仓颉就是这么一个细心之人，正因为他每天都这样精心地日积月累，才最后成就了他"文字始祖"的功德，后世有人甚至称他为"仓帝"，与轩辕、榆罔齐名。更有人因为仓颉于谷雨这天最终完成统一各部落字符的创造性工作，就造出一个"天为雨粟，鬼为夜哭"（惊天地，泣鬼神），甚至龙亦潜形的神话故事来……

这玉龙山，又名嫘宫山，就因为"嫘祖教民养蚕于此山结庐居住"而得名。那么，我们就暂且将这玉龙山西崖的天然洞窟叫作"嫘宫洞"吧。这时候，"嫘宫洞"内松明火把，已经把洞内照得通体透亮，洞壁上火把熊熊燃烧，噼啪作响，洞顶的圆形藻井上绘满了"盖天星图"，这是大挠的功劳。在嫘妃的安排下，他踩着藤条扎起来的竹架子，用了月亮一缺一圆一个周期的时间，才算把这"盖天星图"给绘成，以后被命名为"四灵二十八宿"的星宿，都被他精心地绘于上面，北斗星居于中心位置。

适才回洞之前，嫘妃声言"有礼"送于轩辕。轩辕这会儿才算揭开谜底。他仰头看着这幅标准的星象图，就像直接面对着星空一样，深为嫘妃的良苦用心和博大胸怀所感动。他明白这是嫘妃怕他夜观天象时劳累受寒而专门为他所绘：

"谢谢爱妃厚礼，让我身居洞穴，亦心怀天下了……"

"莫谢莫谢，夫唱妇随，和谐之必需也。"

感动于嫘妃的明智垂范，轩辕开玩笑："若龙凤图腾行天下，你可是中华（华夏之中）第一夫人了！"

嫘妃嫣然一笑，携轩辕进入主洞旁支起的卧铺（因为洞内潮湿，直接睡地铺人会染病，就有了这"床"的前身）。

轩辕："出门数月，岳父、岳母、孩子可好？"

"皆好。玄嚣、昌意，外公、外婆带着。没办法，事多，我又到处教蚕……"

"辛苦了。教子，父之责也；养不教，父之过嘛……"

"你回来了，过几天，把孩子接来？"

"好啊，让老人享享清福。让老人颐养天年，乃为人子应尽之孝道。"

嫘妃一边收拾卧铺，一边和轩辕说话，收拾停当，两人就很自然地宽衣解带，相拥入睡，老夫老妻了嘛。人常说"久别胜新婚"，两个人不免又是一番亲昵的男欢女爱……等到气息平缓下来，嫘妃头枕着轩辕粗壮有力的大臂，想起什么事似的，忽然一皱眉头，对轩辕说：

"恢复伏羲龙天下，让天下万氏、百姓平等相处，共享文明幸福之大同，这些想法没错儿，肯定得到各部族响应……然，当今天下混乱，弱肉强食。榆罔虽昏聩，仍是天下共主。孝莫过于忠君，就从咱们开始……"

轩辕的心头，一时如拨开阴霾见晴日："对头！"

二

嫘妃继续说："依我想，华夏仍作为一方诸侯，主动修复与炎帝的关系，把龙凤之图献给他……"

"是啊，咱首先不计前嫌，做忠君表率，"轩辕加重了语气，"唯身正，替天行道，才能服众！"

真不愧是济世英才，轩辕和嫘妃在卧榻之上，就已经定下了"军国大计"。

第二天，轩辕又征求了天老、鬼容区、宁封等人的意见，一致决定，就依嫘妃酋长之意，不计前嫌，修好与榆罔炎帝的关系。

天老："我夜观天象，贼星亮而主星暗……今西部稳定，定是东部弱肉强食、以强凌弱之事加剧，大有欺主之意。今炎帝昏暗，替天行道正是良机……"曾经为炎帝之师的天老深知炎帝榆罔之短长，所以他说出的话掷地有声，最有分量。

鬼容区故意揶揄天老："彼乃你徒耳……"

宁封却一副认真的模样："师尊话莫这样说。娘生几胎，还胎胎不同呢！"

仓颉认真地记下"军国大事"，这些开玩笑的话他就不记了，抬起头来，向天老投去深深的敬意，将他那宽宽的双眼皮"四眼"显示得更加明显。

大挠统一协调"十干"卫队和"十二支"卫队的执勤问题。自从天老发明"十二辰"、有了更漏计时法之后，"十二支"卫队每队值勤一个时辰，正好是一昼夜，但是要编出一个可以长期使用的与"十干"卫队共同执勤的日程表，又成了一个让大挠狠挠其头的伤脑筋问题。根据前面的经验，他又找来长于算数的隶首一起彻夜推算，终于得出一个基本的排法，即每次值班，十干卫队和十二支卫队各出一队，按照十二支在十二辰的顺序排列，即是：

甲子、乙丑、丙寅、丁卯、戊辰、己巳、庚午、辛未、壬申、癸酉、甲戌、乙亥、丙子、丁丑、戊寅、己卯、庚辰、辛巳、壬午、癸未、甲申、乙酉、丙戌、丁亥、戊子、己丑、庚寅、辛卯、壬辰、癸巳……

如此循环排列，直至"癸亥"相配，一轮计六十时辰，正好是五天，五乘六是三十天，正好一个月圆月缺的周期。再按干、支卫队各出一个代表值日，六十日一个轮回，正好是两个月圆缺。二乘六等于十二个月，正好是一年；按照干支各出一个队长值年，则六十年一个轮回。因为每遇六十"甲子"重新出现，下一轮又开始了，所以简称"六十甲子"。

大挠在隶首帮助下编排出的这个"六十甲子"值时、值日、值年法，经过天老帝师的指点，正式提交给华夏和西蜀大联盟常务会议讨论。

常务会议是在玉龙山顶的大庐中召开的。轩辕大酋长、嫘妃酋长，天老帝师、鬼容区、宁封、常伯、仓颉、应龙、岐伯、大鸿、常先、赤将、大挠等参加，隶首列席。对他来说，能够参与这样重要的会议，平生还是第一次，因此心中不免有些紧张，心跳明显加快，几乎自己都能听到自己心跳的声音了，天地之间，都充满了这有节奏的"嘣嗒嗒、嘣嗒嗒"的声音，就像几千年后从国外传入的一种三步交谊舞的节奏，只是比它快了许多，紧张了许多。隶首忽然感觉自己好像有些耳背了，只见与会人员的嘴在动，至于说了些什么，却完全是瓮声瓮气地听不清楚……

大挠在滔滔不绝地汇报"六十甲子"值时、值日、值年法，轩辕皱着眉头，认真地听着，心算着，理解着。等大挠一说完，轩辕皱着的眉头也舒展了开来，接着是赞赏的表情。他把有力的左手在跪坐的膝盖上猛拍一下，说："好！一对一，公正、合理，且由值时、值日，直推衍到值年，确一良法也！"肯定之后，他把目光投向列席会议的隶首："此法复杂，何以一夜就想出来？"他是想听听隶首的补充。

看到轩辕投过来真诚、信任、犀利、明澈的目光，隶首的心一下子蹦到了嗓子眼儿，一时竟噎住了话头，直把脸憋得通红，额头上天生的黑记也变得黑里透红。半晌，他才结结巴巴地告诉轩辕和大伙儿：

"主要是大、大挠之功。他挠头提要求，我依序排列、推衍……值班法，就推、推出来……"

看隶首过度紧张的样子，轩辕也不再强求他多说，只是示意他：

"放松些，大家都一样，皆为族众服务嘛！多吃点，多喝点，呵呵！"

对轩辕大酋长的信任和理解，隶首内心是既激动又感动，他几乎是眼含着热泪连声说："谢谢！谢谢！"边说还边向轩辕和大家拱手。

这次常务会议上，还有更重要的议题，就是向炎帝榆罔献龙凤图修好关系和向中原派出丝帛交易队互通有无。最后决定，先派出常伯前往姜城堡和中原交易丝帛，了解实情之后，再作动议。关于称王的事，由于事先天老就说"还是缓称，以免成众矢之的"，所以会上就再没提起。当然，十干和十二支卫队值勤的事，就按大挠和隶首发明的办法执行了。既然"合甲子"是大挠和隶首共同发明的，那么后世的说法为什么单说大挠而不提隶首呢？这主要是隶首以后成为黄帝的大理官，在负责看管战俘的过程中，以其术数之长，将天下十二大部落的计算方法总结、归纳、升华，在统一天下术数方面的贡献太大了！常伯带着他的丝帛交易队，不远千里前往炎帝榆罔的都地——秦岭北侧常羊山旁的姜城堡，要在神农兴起的"日中之市"上交易丝帛。正好在黄牛铺就碰着了东夷前往西陵求援的嫘祖。

这"日中之市"是约定俗成的。每到日上中天、日影对直之时，来自各部落的交易者，就带上本部落的特产及多余的物品，来到市上以物易物，兑换回本部落短缺的物品。交易的方式如五只或者十只羊换一匹大牲畜——毛驴或者牛、马，相互可以讨价还价，最后以双方满意、达到双赢而成交。讨价还价的方式，也不像现在纽约期货市场那样叫破了嗓子，而是一种更文明的方式，和我们现在在中国乡村的集市贸易中所看到的情形大致相同，即双方把手捏在一起，捏出个比价来。这中间，必有一位经纪人在左右忙乎，他一会儿捏捏卖方的手，一会儿又捏捏买方的手，反过来再捏卖方的手，边捏手，口里还试探地问："这个数？这个数？"……他是在一方压价，在另一方抬价，经过与买卖双方反复切磋，最后撮合成一个双方都能接受的比价，买卖双方就高高兴兴地成交了，再按照惯例，抽给经纪人一份谢礼，或者是一只羊，或者是一只鸡，不管是什么，每市下来，经纪人的收获总是颇为丰盛——付出总有回报嘛，谁都没白忙活的时候！

姜城堡的日中市设在城北渭水南岸、清姜水东岸的一大片滩地上。因为是天下之都，这市上几乎集合了人们所能看到的一切珍奇异品，可以说是山珍海味，无奇不有……玉器是一大系列，和田玉、关中东部的蓝田玉、中原的密玉（以后黄帝在中原建都的新郑之特产），甚至还有远在今辽宁西部的红山玉，都在这里争奇斗艳；各种珍禽，如五色并举的锦鸡、环颈雉、孔雀雉以及近于"凤尾"的长尾雉、凶恶的山雕、经过饲养驯化了的家鸡：司明的公鸡、下蛋的母鸡；野兽如金钱豹、东北虎、大熊猫（貔貅）、熊、罴、梅花鹿、马鹿、野猪、狼、狐，甚至还有难得一见的羚羊、白熊、大象、斑马、骆驼，马、牛、羊、猪、狗、猫等就更不用说了；兽肉兽皮及干货市场更是兴盛，什么虎胆、熊心、猴脑、象牙，样样齐全……当然，由于神农氏炎帝多年的倡导，这里最牛气的还是牛市，关中敦厚结实的秦川牛是黄牛的代表，还有来自南方长着弧形大角、黑溜溜灰出出的大水牛，西南长着长毛的牦牛……最兴盛的当然还是草药市场了，凡是列入《神农本草》中的中草药，这里都有上市交易的……活了大半辈子的常伯，能到这里走一遭，算是大开了眼界！

三

处于兴奋之中的常伯，安排好集市上的交易后，让侍从带上精心挑选出的几匹丝帛，就折向姜城堡内炎帝榆罔的紫宫，准备代表轩辕、嫘妃进献给炎帝榆罔。

这紫宫，也是常伯有生以来所见到的最为庞大的建筑之一，甚至可以称得上是奇迹，真可谓天下共主的"大国气象"！当宫中人进去报告他前来觐见的信息的时候，常伯把这紫宫仔仔细细地打量了一番，不由心中生出赞叹。过了一会儿，传话出来，请常伯觐见。

常伯手捧丝帛，以华夏西蜀部落联盟使者的身份，迈着稳健的步子走进紫宫，面对坐在帝座上的炎帝榆罔，像献哈达一样弓下腰去，举帛行礼："我乃西陵氏常伯，谨代表华夏大酋长轩辕和嫘女酋长，进献西陵特产丝帛。"

有手执拂尘的伺者接过丝帛，转交给炎帝榆罔。炎帝榆罔本来就不想见所谓华夏西蜀部落联盟的人，也没听清献上的是什么东西，待接过丝帛后仔细观看，脸上冷漠的表情才明显地升温，由短暂的直了目光、张了嘴巴直到变为欣喜。他翻来覆去地观看，表情过渡得非常快。榆罔是个好学的人，遇到自己不懂的物事，他总能不耻下问：

"请问，此何稀罕之物？"

"此乃嫘女酋长发明之丝帛。做成丝衣，柔软舒适，冬暖夏凉……"

"竟有这等宝物？可推广教桑，让人皆穿丝衣，吃好饭……"

常伯见第一步棋走对了，紧接着就走第二步，不料却碰了个大钉子。

常伯从身上解下一个小丝袋，双手递给炎帝榆罔：

"轩辕大酋长致信于您。"

榆罔接过丝袋，又转给伺者。伺者打开袋子，从里面取出一小块白丝帛，再交到炎帝榆罔手上。榆罔展开白丝帛，见上面是一片密密麻麻的字符——榆罔只认识伏羲的卦象文字，对仓颉新创的这种象形字符还是第一次看到。他皱着眉头上下左右仔细地看了，还是似懂非懂，书面意思不能连贯，只好再让伺者交还到常伯手上，请常伯给读出来。

常伯接过轩辕的手书信件，朗声读到：

> 炎帝榆罔，天下共主，有熊轩辕，稽首遥拜！自虎龙、马龙犯境，离我祖地，陇东辗转，和亲西陵，备受艰辛。想你我兄弟（部族），不幸同室操戈，结怨甚深……今幡然醒悟：君主臣辅，君叫臣死，臣不得不死；况天下每有暴戾，弱肉强食，难以为公，难以为平。轩辕不才，愿助天子，替天行道，以匡正义，以正世风，以合民意。今送微礼，唯祈和平，遥致再拜！

轩辕敬上

榆罔听着常伯激情轩昂的诵读，一时心中五味俱全。想到轩辕可恶，幼时就敢枉议是非，又想轩辕器量宏远，任其发展必是后患，怎奈自己制力有限，无奈何于他，反倒对抗僵持，于西南坐大……今他主动和好，此好事也，少了摩擦争斗，百姓生活也安然一些。为帝之责，不就是上敬祖宗，下利百姓吗？可这轩辕又多管闲事，藐视天威，什么"替天行道，以匡正义，以正世风"，不就是说我炎帝榆罔的天下邪恶当道，世风日下吗？还有，轩辕之流，不尊祖制，私创字符，此大逆不道，罪责不轻；又以此嘲笑我炎帝榆罔少见寡闻，象形图画，竟然不识……榆罔越想越觉得味道不对——轩辕主动求和，必包藏祸心。主意一定，他脱口回应道：

"请转告轩辕，遥拜谢了。和好之意，我心亦领，此后和睦相处，互通有无，不在话下……我敬告轩辕，遵祖制，勿私创字符，行大逆之事，此罪不轻。如有悔改，也就免了。切记，如今盛世，不要枉议，越俎代庖。"

炎帝榆罔这样的回应结果，是常伯万万没有想到的！好心当了驴肝肺……碍于面情，常伯还是行了礼之后，才匆匆而去，他还有去中原的易货任务呢！

想不到，在中原他的所闻所见，竟与轩辕意料的不期而合，他从心目中更加敬服轩辕大酋长"真神人也！"也巧，就在他基本上完成任务、准备返回时，遇到了东夷少昊的小帅夷牟。夷牟要陪少昊一同去西陵求援，常伯就将自己耳闻亲历的事实都告诉了少昊、夷牟，并诚心地邀请他们前去西陵："大酋长肯定帮东夷。他一腔正气，最嫉恨弱肉强食之强盗行为……"

少昊、夷牟听了不胜感激，纳首便拜。

常伯赶紧扶起："常伯不敢当。还是赶往西陵，面见轩辕为是。"

少昊说："好！"夷牟应："行！"三人相商，结伴而行。少昊、夷牟告别东夷族众，骑上西陵的马匹，在常伯的带领下，快马加鞭，昼夜兼程向西赶去。怎奈正逢数九寒天，冰天雪地，行路艰难。在中原还罢，愈往西行，愈见山路崎岖，冰道打滑，大家冻得手脚发麻，脸上被迎面的北风刮着，如同刀割一般。头上虽说是裹了兽皮，护了耳朵，可耳朵还是被冻得要掉下来似的。经过了函谷关夹在两坡之间的漫长狭道，又来到大河南岸的潼关险地，能看到大河对岸的山塬形象，都是一抹的浑黄苍凉。那个大河转弯的地方，斜角凸起一道凤岭，以后出了一个惊世骇俗的大人物，史料上说那是一位轩辕黄帝解梦而得的贤才，并被封拜为相，在轩辕黄帝第一次实现华夏部族大统一的伟大事业中，他成为一个举足轻重的人物，以至后世对他的陵墓像对待帝王一样称之为"风陵"。

这些是后话。当下的少昊、夷牟一心一意的是尽快赶往西陵，尽快见到轩辕。

常伯被派往姜城堡和中原修好与进行丝帛交易，一去半年多没有音讯，情况究竟怎样，这倒让轩辕有些摸不着头脑了……看来咱们的主动示好，也不一定能收到什么效果；中原的情况，也许就更复杂了……虽然此前东夷的唏祖曾经先来求援，证实了天老等人夜观天象所看到的事实，轩辕下决心助东夷一臂之力，但还要等到常伯准确的回讯——要想进入中原，非得先征得炎帝榆罔的同意支持，现在看来，要先征得他的支持，几乎是没有什么希望。那么，怎样才能过了这一关呢？因为只有得到炎帝榆罔的支持和同意，以炎帝榆罔的名义前去征讨，才是"替天行道"，名正言顺，才具有号召力，才能争取更广泛的支持……

嫘妃事先怎么也没想到，这玉龙山自从早春来到这里筹备避暑事宜以来，如今连避寒也还住在这里……这"嫘宫洞"真是一个神妙的地方，夏凉而冬暖，因为玉龙山地势高的缘故，这冬日里西吊的日头，一直可以照到日落，直到偌大的一轮红日，缓缓地落在连绵起伏、重峦叠嶂的地平线后面去。每到这个时候，天地一片苍茫，纵你是有吃天的本事，也无回天之力，只能无可奈何地眼看着红日的色彩越来越淡，最后不可避免地沉下去，沉下去……这时，一种英雄无用武之地、壮志未酬的感慨，就会飞上轩辕的脸庞。

四

临近年关、辞旧迎新之时，轩辕日思夜盼的常伯一行与少昊、夷牟总算赶到了西陵玉龙山。少昊事先已经从返回的唏祖那里得到轩辕鼎力支持的确讯，但是已经是人在旅途的他，在派唏祖先回中原传达喜讯之后，还是心怀感激之情，亲自来到西陵面谢轩辕和嫘妃。不想两人相见，却似乎是梦境的一种重演——人往往都会有这样的感觉，当你来到一个陌生地方，或者干一件平生绝对是第一次干的事的时候，却往往会有一种似曾经历过的感觉。这一感觉，古今之人通矣。

轩辕和嫘妃、天老、鬼容区、宁封、仓颉、岐伯、应龙、常先、大挠、大鸿、隶首等人在玉龙山顶的大庐中接见了少昊和夷牟。

轩辕头顶金冠，身披黄丝披肩，腰围熊皮，和嫘妃站在最前面。少昊、夷牟在常伯的引领下来到这里。常伯虽说披满一路风尘，但还精神矍铄，先将少昊和夷牟介绍给轩辕、嫘妃：

"东夷大酋长少昊，东夷小帅夷牟。"

少昊和夷牟学着西陵的礼节向轩辕、嫘妃施进拜礼后，夷牟献上一把他自己亲手制作的强弓。轩辕和嫘妃起身还礼。轩辕接过强弓翻来覆去看了看，又举起来用劲拉了拉，弓弦"嘣嘣"有声，轩辕连声说："好弓！好弓！"转身把少昊、夷牟让入客席，常伯陪坐在旁边。

看到常伯染着风尘的样子，他明显地清瘦了许多，人也变得黑黢黢，原来浓密的黑须和鬓角，也已经挂上了花白。望着他依然如炬的目光，轩辕内心感慨万千，热泪就涌到了眼边：

"常伯一路风雪，辛苦了。"

嫘妃也说："喝喝水，再叙谈。"

轩辕仔细看少昊，他虽经长途跋涉，依然是粉面明眸，一表人才。少昊回望轩辕，见他跪坐在虎皮坐垫上，尽显仪态轩昂，大气磅礴，而目光里却透着亲切，深深的两条嘴角线，显得诚恳宽厚，坚毅自信。还未开口，少昊的心里就踏实了许多。

轩辕怀着深切地同情："兑方（伏羲"先天八卦"的东南方位）青蛇逞强东部，蚩尤滥施暴力，东夷蒙难，生灵涂炭，尔等受惊了……"

少昊见轩辕把自己想说的话已替他说了，一腔苦水涌上心头，眼中含满了愤懑和痛苦的泪水。

夷牟："蚩尤狡猾，绕过大河防线，直取穷桑……此仇不报，何以为人？恳请轩辕大酋长、嫘女酋长出兵，救东夷于水火……"

轩辕分析着说："情况复杂。看其来势汹汹，不仅东夷、中原，乃至北方鹿，皆受威胁，更多部落，将受蹂躏……作为人臣，我们空怀报效之心，而不得炎帝支持……"他把目光投向少昊:"二位一路颠簸,先行休息,容我细考对策。"

嫘妃:"应龙,安排好少昊大酋长和夷牟起居。"

应龙:"是。"即引领少昊、夷牟等前去休息。少昊、夷牟对轩辕一谢再谢,随应龙而去。

轩辕转向常伯:"请告炎帝详情。"

第二天早上,由宁封和大挠带队的一支觐见献图的队伍,再次踏上了前往炎帝之都姜城堡的旅程。明知山有虎,偏向虎山行,这也是没有办法的办法——必须向炎帝借出一条路来,轩辕才能够进行东征嘛!当然宁封和大挠还有另一个重要使命,就是传信给远在陇东的吴权和项先生、沮诵等,让各部落实行总动员,配合轩辕、嫘妃的行动。

与此同时,西陵的男女少壮进行总动员,在应龙、常先、大鸿等带领下进行集训,十干卫队和十二支卫队也进行了扩招,挑选精干的勇士给以补充。同样的命令也传到了巴山氏和蜀山氏部落……整个西蜀(鼠)部落联盟都动员起来了。

少昊和夷牟暂时留住在西陵。在少昊的眼里,这里湖光山色,风景如锦;包括嫘妃、采女、盐女、素女、霞姑、曼姑、巧姑,甚至徐娘半老的桃娘,还有许许多多叫不上名字的来来往往的女子,个个都美若天仙,真有些美女如云的感觉。在这样的地方生活下去,真有些"乐不归夷"了。再加上与天老、仓颉、鬼容区、宁封等文化大贤的交往,他才真正明白了一些天地大道。怎奈人间正道是沧桑,东夷正经历着一种沧桑和磨难……想到这些,少昊的心里才又充满了痛苦与愤恨,他的穷桑祖地,他的璇宫,他的大部分族众,他的海风,他的山雨……东夷大地上他的一切都已落入他人铁蹄,只怪自己当初只顾娱乐耳目身心而荒废了正事,到如今追悔莫及!如果天神可以重造我,如果一切可以从头再来,那时我当倍加珍惜……

夷牟是东夷造强弓的好手,尤其是他造矢磨箭头的技术,更是举世无双。为了报仇,他毫无保留地把这些技术传授给西陵的工匠们:怎样选取做弓架的材料? 怎样在火中煨热了再压弯定型? 定型的关键是要绷上绳子,再将藤条一圈一圈地缠上弓架，把树胶涂于表面，这样能增强弓架的强度和韧性……过去人们射猎的矢，只是将木或竹削尖了就行，而夷牟却发明了石镞，装在箭头上，射出去不飘，杀伤力极强。他又手把手地传授磨石镞的技术，石料的选取，磨取的角度，钻出插在矢上的眼儿……这些工艺技术，已经达到磨制石器的高峰！

少昊在轩辕、嫘妃的陪同下，观看校场上三军的骑射演练。校场设在一个山坳长条形的平坝上，应龙、常先、大鸿各带一队人马。只见勇士们个个虎背熊腰、精神抖擞；车军、步军旗帜鲜明，阵容整齐。在两百步以外没有观战人群的地方，从前向后纵向举起一排兽形靶（这是过去狩猎传统的一种延续，这兽形靶上的野兽，都是当地山野常出没的种类）。

演练开始，岐伯发明的战鼓被擂得山响，人心也跟着"咚咚"直跳，精神为之一振。士兵们都跨上了战车，临战状态的马也激情亢奋，不时仰起头，前蹄腾空，发出高亢而带有抖擞节奏的"咴咴"声。兵士轻打一下马屁股，战车即飞驰而去，接近百步左右，强弓早已经拉满，箭在弦上，不得不发。只听"嗖"的一声，带镞的箭已经离弦，穿破空气的阻力，直刺向兽形靶的左眼，准确无误。而执长矛的士兵亦捅倒了另一侧的靶牌。观战的人群一片欢呼。不待人们从兴奋中反应过来，第二辆、第三辆战车……已经接踵冲去，"嗖"、"嗖"、"嗖"……一个个兽形靶都插上了箭，一个个靶牌被捅倒。人群的欢呼更加热烈。一队战车冲撞过去，另一队战车早已经在旁边列队等候，后面的战车和冲锋过的战车，都列队在一侧的斜坡上，气势壮观。

站在高处的轩辕、嫘妃等满意地点头。少昊兴奋张扬，他一吐心中的郁闷，赞许的话脱口而出：

"有此雄师，何愁蚩尤不平？"

夷牟对轩辕说："蚩尤亦旗号令鲜明，且有金兵在手，勇猛无比……"

轩辕在战术上重视每一个细节，但在战略上他藐视一切敌人：

"九黎能造金兵，我们则有车骑……只要扬我之长，蚩尤是可以战胜的。"

"是呵，防护壕前，他们就吃亏不少。"

五

东夷向轩辕求援，轩辕厉兵秣马准备匡扶正义的时候，九黎的大酋长蚩尤并没有闲着。别看这蚩尤年纪不算大，论起兵家之事却独有一套。他见中原部落众多，又有东夷主力合在一起，西进要硬碰硬，干脆就继续喊他"上应天象，还我'祖地'"的口号直向北杀去，直接扑进北方鹿部落联盟的领地……北方鹿部落联盟现在以猪龙部落为首，包括犬龙、狼、貐、燕等大小九个部落。这九个部落中，实力较强的只有猪龙、犬龙两个部落，其他的都不堪一击。只要分化瓦解，采取离间之术，其实重点就是对付其中的一个大部落——犬龙部落。与此同时，他决定利用炎帝榆罔的袒护，来阻止轩辕对东夷的支持（前次他恶人先告状之后，他在姜氏城里就没少插耳目），再次派出使者前往姜氏城进献厚礼，重申"祖孙"之亲情孝心，说什么"东夷谋逆，为孙今已讨服；北土不宁，为孙代为讨平……今轩辕欲兴逆兵犯东境，若不阻止，必致天下大乱"，来吓唬炎帝榆罔。炎帝榆罔的紫宫里，一时议论纷纷，吵得炎帝榆罔头疼。首先是北方鹿部落联盟的猪龙、犬龙部落的代表就意见相左。因为蚩尤事先主动向猪龙部落示好，猪龙部落又想借着蚩尤的力量来对抗北部熏粥部落的侵扰，所以胖乎乎的猪龙部落代表大渊献对蚩尤的北犯不以为然，因为本来祸父就曾是他们公认的鹿部落联盟的大酋长。只有瘦高瘦高的犬龙部落代表掩茂急得脸红脖子粗，声嘶力竭地为自己辩护：

"若不是蚩尤北侵，怎会有'北土不宁'？"

已经和华夏部落联盟结盟的西蜀（鼠）部落代表困敦更为"轩辕欲兴逆兵犯东境"抱不平："蚩尤自己兴逆兵，逼走东夷，今又北侵犬龙，轩辕扶弱济危，欲替天行道，还天下以太平，此等义举，却成了'兴逆兵'？黑白颠倒，黑白颠倒……"

祝融红着脸不声不吭，可心中自有主意。

炎帝榆罔："轩辕前次主动修好，后又献龙凤之图，好意心领了。龙凤图腾，颁行天下，凡伏羲之后，龙之传人，皆须敬祀……唯轩辕心大势重，近在身边，必为隐患，至于他'兴义举替天行道'，我看就别越俎代庖。莘粥之戎，累累犯境，北土不宁，尔等共知！”

掩茂一看大势已去，就私下约会西蜀代表困敦：“愿随轩辕义师东征，讨还失土。”

轩辕是个“言必信，行必果”的人。他义师救犬龙、援东夷，从西蜀发出的大军已经北出白水江，经龙门来到红花铺，却遇到炎帝派来的牛龙部落兵士的阻截。轩辕派出使者再次向炎帝申明东征的意图，“唯愿借道一行”，但是炎帝榆罔的回复是“天下大事，自有孤家做主，何需一方诸侯越俎代庖？要想借道，断然不行！”与此同时，牛龙部落的士兵也壮着胆子，向轩辕的兵士发起进攻。

轩辕喟然长叹：“我们替天行道，惩恶扬善，为维护龙天下各部落之共同利益而尽力……然而炎帝榆罔天光昏暗，不明是非，不辨黑白，阻绝我通天大道，誓师和我一战，那我们就奉陪到底！”

他将原命名的有貀氏归入有熊氏，以有貀（鼠）氏命名西陵氏师旅，以有貔氏命名蜀山氏师旅，以有貅氏命名巴山氏师旅，以和陇东的有熊氏、有罴氏和西王母的西戎氏形成一个战斗序列。急派使者前往陇东通知吴权和西王母率熊、罴、虎之师做好策应，从北路东进，直取炎帝榆罔的后路。

轩辕要东征，嫘妃怎么办？嫘妃经过反复思量，决定打破部落旧习，随轩辕出征中原。她对轩辕说：“我虽是西蜀酋长，不过有一专长。而你，才有囊括天地之雄才大略。你匡扶正义，我当夫唱妇随，也好扬一技之长，结丝帛之好，造福万氏百姓。”

轩辕对嫘妃的深明大义由衷地感激，更加看重她的作用。

轩辕和嫘妃率领西陵氏、蜀山氏、巴山氏的貀、貔、貅之师，以应龙为小帅，一夜之间，在黄牛铺将牛龙部落的兵寨团团围定。切断水源，围而不战，不到十五天，本来就厌战的牛龙部落兵士集体倒戈，黄牛铺一役以轩辕全胜告终。

一方面是黄牛铺告急，一方面又传来陇东、西戎的熊、罴、虎之师东进欲切断后路的消息，炎帝榆罔丢下他早已赋闲不用的十二大部落代表仓皇逃离姜城堡，在祝融小帅的保护下，赶在熊、罴、虎师之前一路东去。

轩辕几乎不费吹灰之力就取了炎帝之都姜城堡。

因为形势变化，蚩尤的主要目标转向了北土，东夷鸟部落的压力减少了，犬龙部落已经失败，得从长计议，少昊和夷牟就先回了寄居之乌部落，轩辕也暂时以姜城堡为都邑。轩辕和嫘女的卫队开进姜城堡之后，却不住榆罔的紫宫，而是保持原样，让人好生看护。并传令各师旅一律不得骚扰百姓，日中之市照常进行……由于纪律严明，都邑内秩序井然，人们安居乐道，各位轩辕的师尊、师友们——各方面拔尖人才的汇聚，姜城堡一时文明昌盛，各种文化成果在这里广为传播，开花结果。

应龙和吴权等在咸阳会师，继牛龙部落归附后，关中北部的虎龙部落也前来归顺。由于鼠龙（西蜀）部落代表困敦的穿梭联络，位于今陕北的兔龙部落和玄龙部落的代表单阏、执徐已先后回去做本部落酋长的工作去了。轩辕与和母系图腾相同的蛇龙部落代表大荒落自然是欢天喜地，在轩辕的安排下，他和鼠龙（西蜀）部落代表困敦先去桥山整修有熊氏祖地——按照大挠排出的十干、十二支卫队环护形式，对桥山及其周围山塬进行修整，借用自然地形，为天下十二大部落的代表各造营寨，"以候神人"。

其实，轩辕对大挠的排布早已经做了整合调整，使营寨之间形成一个攻防协调的整体，各个营寨的兵力看似多少不一，但是协防起来，则有完全均等的兵力可用，不露一丝破绽……这些轩辕自己心中有数，只是等到在姬水东边的洛水祭拜洛神、迎候从陕北侦察归来的有熊氏兵士时，才在神龟的背上驮了此图，以示天降神奇……这就是著名的"龟负洛书"神话的源头故事，而这些当时记录陕北各部落分布情况的点位，进一步启发了轩辕的思维，后来形成"龟书图"上"戴九覆一，左三右七，二四为肩，六八为足，（中五）"严密布局的兵阵和"黄帝黄城"九宫相连的布局。

等到总体上象征有熊（龟图腾）与天下十二大部落图腾融合的黄城粗具规模了，轩辕就正式移都到桥山祖地。

炎帝榆罔出关中，骑黄牛或以牛皮囊渡大河而到达今山西的运城至太原、榆次、长子、高平一带，其实际掌控的天下，仅有今山西、河南、湖北等地，首府设在高平这羊头山上。炎帝之所以选取这一地区，主要是为了凭借大河之天险抵御轩辕东侵，不想却被已经统一了鹿部落联盟正在西进的蚩尤向西逼迫。这位干孙子并不给炎帝榆罔面子，眼见九黎鹿部落联盟与三苗的一支联军已经西进到了黎城，炎帝在羊头山一带的统治中心又一次面临着生死考验。

蚩尤因为炎帝榆罔的袒护和燕北地区猪龙部落的配合，征服犬龙部落后，很快进至猪龙部落，猪龙部落原本盼望的北拒荤粥的救兵，却设计杀了猪龙部落老酋长，又命了个年轻听话的酋长来，这个人也被叫作"奓"。北征的顺利实现，进一步膨胀了蚩尤的雄心和野性，这个欲一口吞下大象（炎帝天下）的青蛇，接受炎帝颁行天下的龙图腾，改青蛇为"青龙"图腾，纠集了东夷、猪龙、犬龙等部，又开始南下、西进，进入今山西地区。骑着修狃（水牛）的蚩尤亲率北路联军一路南下，越过太原逼近榆次、榆社，直向羊头山杀去，东路西进的联军也已经进占了黎城，形成东、北掎角之势。

面对蚩尤一步步把炎帝榆罔逼向运城至风陵渡大河拐弯处"死角"的企图，祝融小帅翻来覆去想，觉得还是反过来请轩辕帮忙为上策。在羊头山炎帝榆罔临时搭建的"紫宫"内，祝融向炎帝榆罔陈述利弊：

"当初轩辕自告奋勇，替天行道，诛杀无道，是我们远兄弟而近外人，不给他机会。原想蚩尤乃帝之义孙，不至于扰帝之安宁，可如今慰劳、旨意，皆不能阻其逼进。"看榆罔面有愧色，祝融不好再多说，他也无意指责炎帝榆罔的过错，就把话题一转，端出自己的想法：

"还是向轩辕救援为上，毕竟兄弟（部落），外侮当前，理当一致对外。"

对炎帝榆罔这位农业和医药学专家而言，他是以德治国，战争、争斗，甚至被后世称之为"政治"的权力之争，的确不是他的长项。在惶惶不可终日中刚刚渡过大河来到这个安静的地方，又遇自己信任的、为平"北土不宁"而战的蚩尤率领的九黎、三苗联军夹击，情急之下，他甚至想到，请已经死去的妃子祸母给她的亲孙子写信投书，但又没这种可能性了。

第二十三章

一

就在炎帝榆罔左右为难之际，小帅祝融提出向轩辕求援的建议，一时"紫宫"内议论纷纷。

雨师赤松子、红脸雷公一个性情温和，一个脾气暴躁，但是意见一致。赤松子："应当机立断。不当机立断，后果不堪设想。"

雷公："本来就该如此！"

共工的意见，却是相左："我看，不妨多加慰劳，或能扭转局面。"共工善于水战，当初逃到大河以东，就是他的主意，以为这样可以同时具备两条天然防线。可如今面对蚩尤的青铜兵器势如破竹，他也是束手无策，还在寄希望于幻想。

"再别做梦了，请他亲姥姥写信，亦无济于事。"雷公反唇相讥道。

悉诸身为帝师，主动承担起责任："都是我失职，才致今之局面。"

刑天："反悔无用！当务之急，乃如何拒敌？"他一贯是莽莽撞撞，把帝师也没放在眼里。

"让出地皮，只要能保帝位。"共工的最后一招就是投降，不过他没有直说出来。

"只怕帝位亦难保！"雷公针锋相对。

祝融一语道破实质："蚩尤就冲帝位而来！"

悉诸："事到如今，我且拿一次主意，就依祝融之议，向轩辕求援！"

刑天："寸土不让，誓保帝位，不过抛头颅，洒热血。"

六十四岁的炎帝榆罔，却因十五岁的干孙蚩尤侵扰之事，被吵得昏了头，他强按住太阳穴，想止住头疼：

"好啦好啦，就依帝师之言，派赤松子前去求援。"

轩辕一开始并没直接回到桥山，而是直抵洛水岸边，派出直系的有熊（龟）部落的兵士前往陕北一带侦察兔龙、玄龙、马龙等部落的兵力分布情况。眼见侦察的兵士已经派出十来天了，还不见返回，轩辕不免有一些着急，恍惚中来到洛水岸边，却见滚滚浑黄的洛水中浮出一只神龟来，龟负赤文，"成字象轩"。轩辕出了一头冷汗，他将这个梦境说与天老帝师。天老"哈哈"笑着一拱手：

"恭贺大酋长，喜从天降。当沐浴更衣，亲往洛水迎取。"

于是，轩辕斋戒三天，再次来到洛河岸边。此时已是轩辕四十（丁卯）年春深时节。冰消雪化，洛水暴涨，岸边的桃花、杏花都已经盛开了，一抹抹粉红雪白，清香袭人，春风吹来，暖意增加了许多，太阳也从南回归线向北移近了许多，晷影明显地变短了，春意盎然，万象更新。轩辕在洛水边设香案、晷盘，焚香祭拜洛神之后，就立在洛水西岸静候，从日出东山直到晷影变直，真有些望眼欲穿的感觉，口干舌燥，饥渴难忍。他让天老、鬼容区、吴权、项先生、宁封、仓颉、岐伯等回营寨吃饭，自己和嫘女、应龙等只喝了几口水，继续在这里盯守。直到日薄西山时，派去侦察的兵士才陆续出现在洛水对岸。他们把随身带的羊皮囊吹饱了气，就浮在羊皮囊上，一颠一簸地向南岸漂游。轩辕等跟着羊皮囊漂移的方向走，终于在下游五六华里外，接应到爬上岸的兵士。其中一位从怀中掏出一个龟甲，上面用朱砂标明了陕北各大部落的分布与实力对比的点数。具体说，皆是偶偶相对的点数：二、四、六、八。

这就是纬书记载的最初的"黄帝巡洛"而得的"龟书赤文"的洛书（又称龟书）。

夜里，轩辕的大帐内火烛通明，轩辕和嫘女、天老等围坐在一起，传看着洛书"龟文"，商讨着应对的办法。

轩辕："我们应以奇制胜，在每个区域，都比对方多出机动应对之奇兵。以熊师（五个点数）居中策应，以貔师（三个点数）、貅师（一个点数），隔开实力最大的蛇龙、马龙、玄龙，加上策应的熊师五个点数，力量上达到

396

与马龙部落对等，对马龙围而不战。这样，在其他位置上，我们就占有了主动权。"

轩辕这样分析着，大家纷纷点头称是。轩辕接着胸有成竹地说：

"蛇龙（四个点数）不用说是我们的力量，再以黑（七个点数）、貔（九个点数）两师对应玄龙（六个点数）、兔龙（两个点数），岂不绰绰有余？"

天老："好！分析得很透彻，就这样办。"

大家纷纷表示赞同。

轩辕拿出号令各师的陶符：

"应龙、常先、大鸿！"

"到！"

"应龙为主，常先、大鸿为副，你等率领犰师进至马龙之右。"

应龙接过陶符："是。"

"捷剟、大挠、玄嚣！"

"到！""到！"玄嚣、昌意虽然年幼，但是勇气可嘉，就分别被推为巴山氏和蜀山氏部落㺯、犰之师的副将，对他们也是一个实战锻炼。

"捷剟为主，大挠、玄嚣为副，率㺯师进至马龙部落之左。"

"是！"大挠接过陶符，大挠与玄嚣异口同声应道。

"吴权、挥！"轩辕再次发出指令。

"到！"吴权等上前一步应道。

"吴权为主，挥为副，率黑师进至玄龙、兔龙之间。"

"是！"吴权听了轩辕的将令，对他的这位高徒十分满意。能为轩辕担任一路主将，也是他乐意承担的事。挥因为发明了强弓，成为他得力的副手。

"蜀夫、岐伯、昌意！"

"到！"

"蜀夫为主，岐伯、昌意为副，率貔师先围玄龙，后收兔龙。"

"是！"

"仓颉、隶首！"

"仓颉为首，隶首为副，主持后勤，粮草、兵杖、衣物，不得缺少。"

"是！"从出西陵开始，仓颉、隶首的工作就是组织协调各部落，负责运输、仓储后勤物资，件件做得井然有序。

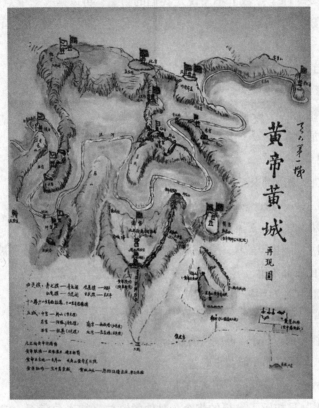

黄帝黄城再现图（李延军　绘）

由于轩辕的周密部署和各部落代表起到的积极作用，陕北的兔龙、玄龙、蛇龙、马龙四大部落和豹、狐、蛟、貉、蚓、獐等小部落，先后归顺轩辕、嫘女的华夏部落联盟。轩辕这次排兵布阵的图形，以后就被作为"龟书图"的标准图形而定型。

随后根据桥山及其周围山塬地形而修筑的"黄城"，就是这一图形在地面上的第一次再现。从南向北看，桥山（中宫）居中，一脉山梁与北宫（今

398

孟家塬）相连，北宫向东延伸的山塬，连通现在被称为呼湾峁盖的艮宫，从北宫向西，塬面相连是乾宫（今韩原），乾宫向南的山梁，直通西宫（今张寨古城）。西宫与坤宫的北城头（今故城塔古城）隔河相望。南宫（今南城塔）西连坤宫，东对巽宫（今郭家圪），从南向北围护的山梁上，位于桥山中宫的正东，是东宫（今阳圪）。东宫隔姬水与东北之艮宫遥相呼应。值得注解一下的是，这里提到桥山周围当代的地名和古城遗址，而无暇说明这些地方丰富的彩陶、红陶和灰陶堆积层，这里的地穴式粮窖遗址，这里出土的"阴阳太极"图案的陶片与石斧、尖底瓶，这里成片相连、占了桥山整个南坡（包括西南、东南）的灰坑、陶片、断崖上的屋基细泥地平线 ①。

还要说明的一点是，至得《龟书图》后，轩辕对八卦的排列顺序做了调整，已经将伏羲的"先天八卦"扭转乾坤为"后天八卦"，即：

十二大部落加十六个中部落在黄城周围的排序，也与以后留传了五千年的十二属相、二十八宿环绕的"天象图"上的排列顺序完全一致了。"天人合一"之后"天地合一"，这些星区，又对应了地面上相应的"九州"。所以古人就可以"夜观天象"（读天书）而知天下事了。这就是轩辕黄帝的伟大发明创造。当然，他自己并没有把这些功劳让仓颉记在自己的功劳簿上，而是记在天老、大挠和"女娲之后"鬼容区（一说是容成氏）、羲和、常仪等的名下，甚至包括"明乎天道"的蚩尤。

二

黄城的修筑也非易事。困敦和蛇龙部落代表大荒落，只是在原有聚落的基础上略加修缮，而真正动工修建，则是在轩辕回到桥山后。

轩辕带着天老、大挠、鬼容区、赤将、困敦、大荒落等上到桥山顶上向四周观测，又分别走到北塬、南塬，几乎踏遍了桥山周围的山山水水，最

---

① 这些地方笔者做过的踏勘和考证，已经得到著名考古专家石兴邦等的肯定，黄帝黄城这座五千多年前的远古都城于二十世纪末中华民族伟大复兴之时"龙象再现"，引起新华社、《人民日报》、中央电视台、《参考消息》、中国新闻社、香港《亚洲周刊》，甚至海峡对岸和欧美华文媒体的广泛关注和多次报道。

后决定，还是把中宫设在桥山。

站在桥山上环顾四周，天老指点着桥山的龙脉："看这桥山，背有靠山，龙脉绵延，遥接昆仑；山环水绕，形似仙岛；东有龙首，西有虎尾（老虎尾巴），左右拱卫，青龙蜿蜒，白虎俯卧；龟山在北，垂首桥山，凤阙居南，有台为案，秀景辽远，真乃风水宝地，龙凤大穴。"

大挠："帝师说得对。此风水乃堪舆之典范也。依照龟书图之布位，北宫（坎宫）、艮宫、乾宫就设在北塬，南宫（离宫）、巽宫、坤宫设南塬，东宫（震宫）设在南塬回抱之山梁，西宫（兑宫）设在北塬延伸之余脉，东、西、南、北、中共为五城也，四方各三楼共十二楼，安置十二大部落代表。以兔龙、鸡龙、马龙、鼠龙配东、西、南、北四宫，以牛龙虎龙、玄龙蛇龙、羊龙猴龙、犬龙猪龙，两个一组，各立楼于艮、巽、坤和乾。你们看，这样布局，如何？"

在天老和大挠各抒观点的同时，轩辕皱着眉头思考。他由衷地赞同天老帝师和大挠师友的观点，边听他们的讲述，边在头脑中勾勒着黄城的蓝图。天老、大挠讲完后，鬼容区又从上应天象、天人合一的角度做了补充。待他们各述观点后，轩辕才折了一节树枝，在地上边画边说，画出一个与龟书图完全对应的黄城结构图来。

轩辕讲道："我们以木、石改造地形、广筑城墙，难度很大，但可巧用地形。你们看，西边北塬向南之山梁，东侧南塬向北之山梁，不正两道'城墙'吗？在其上布点，可保中宫万无一失。重点是中宫咋建？整修原有之观象台，中宫之合宫、明堂，要造得气派一些。这里防卫等级亦最高。要层层设防，以保万一。如何施工，请赤将拿出具体方案来。"

赤将："其他皆按轩辕之要求办。至于设防，我想，在中宫东西之山梁，各堑九道堑壕，最后才是防护壕和高高的城墙。南北山坡则削成'梯田'，平时种地，战时即一道道防线。其最高处，才是深阔之城壕、堑削之城墙。以桥山地形特征，东西城墙必须堑断山梁，高高筑起；南北城墙，则依山堑削即可。"

轩辕点头，大家认可，施工就紧锣密鼓地加紧进行。从春到夏，从夏到秋，桥山及其周围的山塬上，都是使用细石器工具施工的人群。更有一些人从姬水边采来石片，扛着、背着运到山上，作为建筑材料使用。夯土使用的是以后中国人使用了几千年的石碓。在一个圆碓头上，装一木柄，木柄上部，横一个手柄，双手握住手柄，用力举起，落下，"咚"的一声，在新垫的土层上，就是一个圆坑儿。许多人，许多这样的石碓，一排一排地碓过来，新垫的虚土，就给碓成整齐的碓窝组成的图案。然后，再垫上一层虚土，再一次用石碓碓实。墙内靠着山基，墙外则用一层层直树干相帮。上虚土前，先把树干放在墙外侧边缘，用芦苇挽半圈箍住树干，将长出的芦苇梢压进虚土踏实，再用石碓碓实……四五根树干轮番向上换，墙就一层层地在增高。换下面的树干时，只需将箍着树干的芦苇砍断即可。但是，它有一个不可克服的缺陷，就是只适用于打薄一些的土墙，比如说农民的院墙和工程量不是太大的工程。而对黄城高二三十米、基厚二三十米、顶宽也有两米多的大型城墙而言，就显得有些力不从心了！

　　人们黑水汗脸，把太阳从东头背到西头。天老、大挠、困敦、大荒落，巡视着黄城的每一处施工地，力求做到精益求精，做成百年大计之样板工程、精品工程。眼看着城墙一节节在拔高，大家的心里，像欣赏自己创作的作品一样滋润。可是，自从第一声闷闷的春雷从天边隐约传来后，越是临近夏季，天气越变得像巫师脸上的表情一样反复无常、变幻莫测。

　　从下午开始，西北的天空中就拥满了黑压压的令人恐怖的乌云，闪电在天边无声地晃着银鞭示威，大有"黑云压城城欲摧"之势。一阵狂风，一阵干雷滚过，豆大的雨点却没落下多少。人们正有一种侥幸心理，却见狂风陡然改变了方向，再看从东南折回来的更加恐怖的乌云和一阵紧过一阵、推得树木都倒向西北的暴风，天老就皱起了眉头，暴风也一下掀乱了他的银发银须。他仰望着天空，在心中默默地祈祷，但愿新筑起的城墙，能经受住这肆虐的狂风暴雨的考验。

　　随着恐怖的黑夜的提前降临，如注的暴雨也在"咔嚓嚓"的雷电声和树枝折断声中开始肆虐大地。刚开始还是豆大的雨点稀稀落落地打下来，把尘土激起一层淡淡的白烟。倏忽间，地面上就起了浮水，流动的泥水被密集的雨点打起一个又一个圆圆的水泡儿，这些水泡儿像移动的帆船一样在地面上航行。夜色越来越浓，直黑得如锅底一样严丝无缝，只有一道道惊心动魄的闪电，才能将它在瞬间撕裂。闪电用它那巨大的神鞭，一次次抽打着颤抖的天空，炸雷不时在头顶爆响，发出魔兽一般摄人魂魄的嘶鸣。胆小的人都熄灭了塘火，怕引来雷电；小孩子惊恐地睁大眼钻进了母亲的怀抱，母亲的双手捂紧了孩子的耳朵；稍大一些的孩子，则捂了耳朵闭了眼，把头缩进了被窝。

轩辕、赤将等身披蓑衣，头戴斗笠，脚踩泥水，深一脚浅一脚地艰难巡视着，松明火把纷纷被雨水浇灭，"哗啦啦啦"雪亮的闪电，将他们的轮廓勾勒得格外鲜明。

眼见得中宫雄伟的东城墙瞬间垮去一个大豁口，就连錾削出来的北墙、南墙，也在雨水的浇灌下，纷纷塌陷，泥石流一样溜入城壕。雨过天晴，看到一处处坍塌的城墙，人们都很痛心，但是并不气馁。大家清理掉散土淤泥后，群策群力，再次筑起，城墙还是一层一层地碓实了，一节一节地拔高，那些錾削出的"城墙"塌出的缺口，再用石块一层层给岔起来补齐，这就形成了后人考古发现的錾削与叠垒相结合的现象。这一次是解决了錾削"城墙"的问题，可碓起的墙体，在下一次暴雨中又垮落了。

有人说可能是动土的时辰没选好，或者把土地神没敬到，或者是城墙的位置没定对……轩辕带着赤将等人仔细勘察垮落的原因，主要还是碓头太小，碓击的力度不够，打出的墙就不牢实，墙体易渗入雨水，经雨水一泡，自然就变成一堆稀泥垮落了。原因是找到了，但是怎样才能打得更牢实一些呢？这成了一道几乎无法解开的难题。

轩辕组织大家一起讨论，集思广益，新近投入华夏部落联盟的杜康，他和仓颉是同乡，都是今陕西白水人，他跟着仓颉干，主管粮食的仓储保管。这是一位勤恳厚道的人，他发明了一种小口大腹的地穴式粮窖，形状就像一个口儿朝上的现代物理学的符号"Ω"，因为地下潮湿，粮食容易霉坏，他就先在粮窖内架起火来烧烤它个三天三夜，把窖壁都给烧得发红了，才用来盛粮食，结果，存贮粮食的效果明显地好了许多。他这会儿提出："用一种黏粥——软粟米熬成之粥，可增加土之黏性。"

轩辕肯定了杜康的思路，但是这种方法操作起来比较麻烦，一时又找不到那么多的软粟（软糜子）。

发明了强弓的挥又提出："给土中掺料礓石末，可增加土的硬度。"

轩辕："此法甚好，但还未解决根本问题。"就在大家束手无策的时候，嫘妃忽然一拍手说："好！"接着她把自己经过反复思索的一个结果，郑重其事地提出来供大家参考："可否取一大石，凿孔拴绳，齐力拉举？"嫘妃一边说，一边比画着。

轩辕和赤将一合计："按嫘妃之法试试。"

于是众人搬来一块方石，用巫师玄赠送的那把青铜短刀，仔细地在方石四角凿了孔，拴上绳子，四个大力士用力拉举，石块终于被举了起来，直举到半空，重重地落下，"腾"地在虚土上砸下一个深坑。这要求四个人不仅力气要大，还要同时用力，把力给用匀了，稍不注意，就容易砸伤人，很不安全。轩辕想起上山采木料搬运时由一人统一喊口令大家齐发力的办法，但是还不能确保万无一失。

最后还是赤将说得有道理："给石块安个把儿，由人掌控，石块就不偏了！"

轩辕亲自掌控着木柄，一声"夯哟！"四位大力士同时拉动绳子，口中同时喊出"夯哟！"石块就高高地举了起来，由于轩辕的掌控，准确地落在地上。

三

给这个石家伙取个什么名呢？为了记功，仓颉可费了一番脑筋。他谐口令的音，又取人们必须费大力气才能举起之事实，就新造一个"夯"字来记录夯的发明。当然是记在嫘女、轩辕和赤将的名下。这是一次集体智慧的结晶嘛！

实验成功后，轩辕号令赤将带着人多造出一些夯来，加快工程的进度。由于当时人们改造石块的能力还有限，因而夯所用的石块只能以其自然之形为主，这样造出来的夯就大小不一，最大的上面要凿出十二个孔来，由十二个人共同用力才能拉举起来。轩辕看后说："好！我们为十二神人（代表）筑城，十二人用力，即代表天下齐力。"当然，这个最大的夯，还是由轩辕富于象征意义地掌控着。

为了确保万无一失，正式恢复施工之前，先由天老测定了吉日良辰，轩辕和赤将又仔细地对城墙的位置进行了再次测定，最重要的，是要举行一次祭祀土地之神的仪式。为此，轩辕专门派人渡过大河，来到后土的部落，请他前来主持仪式。

后土是猴龙部落的酋长，虽然说世事多变故，却依然保持着温文尔雅的风度。其实，轩辕部落里人才济济，绝对不是找不出一位能主持祭祀土地之神仪式的人，所以舍近求远地请后土来，主要还是一种"外交"活动。后土的到来让轩辕感到欣慰。他以最高的礼遇款待了后土，让他有一种宾至如归的感觉。也就是这一次交往活动，为轩辕后面东征埋下了重要伏笔，也为后土以后成为黄帝的重臣，甚至于在神话中专配中央天帝——黄帝，成为天帝的附臣，举行了一个"奠基礼"。

祭祀土地神的仪式就在塌陷最多的东城墙举行。祭坛设在东城墙东北角的平台之上，祭坛的中央建起一个简易的四角小亭，亭子的正中摆着袋足的绳纹红陶陶鼎，陶鼎内燃烧着香草，香气氤氲。城墙内外，以轩辕为首，站满了候祭人群。

后土头顶龙冠，身着鳞衣，手扶龙杖。他忽然丢掉龙杖，精神振奋地宣布：

"祭祀土地之神仪式开始——"他顿了一下，接着主持道：

"第一项，主祭人轩辕入位——"

轩辕着黄丝衣，裹三阶袍，神态凝重地健步走上祭坛。

"陪祭人入位——"

嫘女、天老、吴权、宁封、岐伯、仓颉等相继登上祭坛，站在轩辕身后。

台下簇拥的人群中，女希、盐女、采女、素女等挽扶着附宝，玄嚣、昌意站在他们旁边。挥、应龙、夷牟、大挠、常先、大鸿、沮诵、赤将、困敦、货狄、胡曹、于则、伯余、蛮牛、陶虎、碎女、喫诟、滑稽、曼姑、霞姑、黄雍父、挥父等挤在人群的前面。大家都神情庄严地仰视着祭坛。伶伦带的乐队、献三牲的人也在这里候命。

后土："奠酒——"

轩辕从托酒的少女盘中先端过一爵，将陶爵中的酒横向洒向地面，接着又一爵，连洒了三爵，奠酒结束。

"献三牲——"

六个精壮小伙子将牛、羊、猪三牲抬上祭坛，摆在香鼎前。

"奏乐——"

这一次施工，是碓、夯齐上。具体的做法是，每垫上一层虚土，先用石碓排着碓过一遍后，才用大夯"咚、咚"地夯，直到密密匝匝夯得平实了，再上第二层虚土，再碓，再夯……又经过十几个昼夜，黄城所有的缺口都已经像补锅一样给补得结结实实，一个巍巍堂堂的华夏第一都城就呈现在人群面前。站在桥山中宫，周围四城、八宫、十二楼遥遥相望（唯有西南的坤宫隐在马山后面）。轩辕又让按照不同的方色，给五城十二楼布上图腾旗帜：桥山中宫城举黄色图腾旗帜，绘金龙图腾、天鼋图腾；东宫城及东方三楼举青色图腾旗帜；西宫城及西面三楼举白色图腾旗帜；北宫城及北向三楼举玄色图腾旗帜；最大的南宫城及南方三楼举赤色图腾旗帜。西南坤宫的赤、白旗帜图腾，就以马山为中转，插在马山顶上。这样，站在桥山中宫，四面八方不同方色的旗帜遥相呼应，气象恢宏而壮观。轩辕让应龙将十干卫队与十二支卫队按照《龟书图》上的点数来部署兵力，以旗语遥相指挥，如举青色旗，东方一城三楼相协防；举赤色旗，南方一城三楼相协防……不论从哪一个方向看，都是均等的"一五"（十五个点数）兵力部署。如果某一方形势危急，就将该方色旗反复指向该方，其他三方就会抽出机动兵力（奇兵）前去支援，九宫五城十二楼，形成一个首尾呼应、左右协调、严密齐整的攻防体系，可以说是固若金汤，无懈可击。

十二支卫队直接承担起保护十二大部落代表的任务，同时拱护中宫桥山。具体的分布，从北向东顺时针旋转，依次是：鼠龙（北宫）、牛龙、虎龙（艮宫）、兔龙（东宫）、玄龙、蛇龙（巽宫）、马龙（南宫）、羊龙、猴龙（坤宫）、鸡龙（西宫）、犬龙、猪龙（乾宫）。十干卫队，则由东甲、东乙配合兔龙卫队守东宫，南丙、南丁配合马龙卫队守南宫，中戊、中己专守中宫，西庚、西辛配合鸡龙卫队守西宫，北壬、北癸配合鼠龙卫队守北宫。十干卫队与十二支卫队相互协作，配合默契。

看着新都黄城远胜于炎帝榆罔姜城堡的巍巍气象，轩辕自信地向十二大部落的代表赤奋若、摄提、单阏、执徐、敦牂、协洽、涒滩、作噩、掩茂、大渊献发出了入驻黄城的邀请，困敦、大荒落已在黄城。困敦以捷足先登者的荣耀，向赤奋若等介绍了黄城的盛况后，十二大部落的代表（其中有鼠龙、牛龙、虎龙、兔龙、玄龙、蛇龙、马龙七大部落已经归顺了轩辕的华夏部落联盟，成为其中的一部分）都欣然来到桥山黄城。这些被炎帝剥夺了值年大权的人，在轩辕新都黄城，再次享受了荣誉。

轩辕在桥山合宫前的明堂里大会十二大部落代表，盛宴款待一番，十二大部落代表在举方色图腾旗帜、着方色衣装的十二支卫队的护卫下，分别入驻了十二楼。中国历史上真正意义上的各部落（各地区）"驻京办事处"就这样正式开张了。

南宫城是九宫中最大的一个宫城，占据了桥山对面凤阙之地一个大扇面，嫘女、采女、盐女、素女和她们的孩子都分别住在这里。女希为"结发之妻"，随附宝也住在这里。不能生育是女希的最大缺憾，又没有发明创造之功德荣誉，所以她就只有侍奉婆婆行孝的权利了。多年和睦相处的婆媳关系，她对此无怨无悔。

新都黄城已经建成，十二大部落的代表已经请到，天老等就开始商议着轩辕称王之事。

"王者，沟通天、地、人之智者（治者），拥有仅次于帝之权利，乃帝之诸侯也。"老脸天老带头议论，好像他额头上的每一道皱纹里都蕴藏着学问，闪烁着智慧的光辉："轩辕从项先生、吴权、西王母、赤松子、广成子、巫师玄、皇人、鬼容区、宁封和我习道，学贯古今，上识天文，下知地理，中通人伦，协和阴阳，总理八方；继盘古创世之功，续夸父追日之勇，究伏羲八卦之奥，承神农医农之髓，创龙、凤图以传天下，授《龟书》以成黄城，十二神人欣然来住，纳贤才，百业兴……似这等圣人君子，非王之莫属！"

四

帝师天老的一番宏论，可谓一石激起千重浪，一下子拨亮了大家思维之明烛。

老羯胡吴权，这个老权谋家如鱼得水地续说道：

"轩辕为王，当之无愧。是他沟通诸部，成陇东兴盛之大局；是他不避尊卑，结西陵百年之好；是他心怀天下，倡平等之大同。即如逐炎帝之举，亦仁至义尽，不得已而为之，所以尽得天下褒扬。占姜城堡而不居，无非分之心也；立黄城而邀神人，心胸博大也。"

吴权一开口就收不住话匣了，兴奋得手舞足蹈，竟忘了捋他的山羊胡子。但是不管他怎样慈眉善目，笑眯着眼睛，闪动的眼神，总不免给人一种老谋深算的感觉。诡辩、权谋，歪打正着，他往往语出惊人，你即使不心服，在他面前，也只能闭口。谁让他脑子就是特别灵呢？

项先生更老了，背驼如弓，身材明显地较过去矮了一截儿，脖颈因而显得更细长如鸭脖。他是难得的"老来瘦"，他颤巍巍地说：

"我看着轩辕长大。他生而神灵，应大电绕北斗枢星而生，怀胎二十四月而称奇，出生时紫气东来，笼罩屋内；弱而能言，不满七十天开口说话；幼而徇齐，才智周遍，语言明晰；长而敦敏，待人宽厚，诚信敏思，首创粥食甑饭利百姓，以车代步行天下，当为一代明君，岂一王字了得？"

"是啊！是啊！"人们一片随和之声，而吴权却不以为然道：

"即使轩辕有通天之道，命世之才，当下亦只能先称王而莫称帝，以免树大招风，成众矢之的；再者，于今炎帝当位，称帝亦非君子之所为，这样做，只能使大道壅塞。名不正则言不顺，言不顺则事不成。"他倒把"正名"之说给反用了。

这也正是天老所担心的，所以天老点头肯定。

刚刚从崆峒山应邀而来的广成子，身旁还是跟着身着羽衣的玄鹤童子。他依然是一副道貌岸然的样子：

"呜呼，至道通天，轩辕得之。至道之精，幽幽冥冥；至道之极，昏昏默默……"在众位大师面前，他不便再展开自己的学问，而直接得出一个模棱两可的结论："得吾道者，上为皇而下为王。"

鬼容区："理天下一如调阴阳，治天下如同协内外。轩辕得之，又从《龙蹻》，创龙图而举凤翼，威仪天下，王之风范也。"

在师尊面前，宁封不便多言，任由鬼容区替他说出心里话。

就在师尊师友们聚于明堂议论立王之事的时候，轩辕自己却找到刚从邶地投奔而来的稷，向他咨询有关农业生产方面的事，意在"治五气，艺五种"，发展农业，首先解决各部族的温饱问题。

稷在炎帝榆罔朝中曾任农正，因意见每与炎帝相左，被搁置冷落——谁让他的特长正好与炎帝一样，大有功高盖主之嫌呢？炎帝榆罔是神农氏的后代，祖传的农耕知识，随着时代的变迁有很多需要调整修改，炎帝榆罔除了发明了牛耕技术外，对其他各项技术均采取抱残守缺的态度，稷每次提出的建议，不管合理不合理，都被他否定掉，要改，也只能是我炎帝自己的事，给你个位置享清福也就完了，你却与主论起了高低？稷的改进主要在对四时节令的把握和对优良品种的筛选上，这正合了轩辕的心思，两人一拍即合，在一起有说不完的心里话。轩辕以甲乙十干以立日，以子丑十二辰而明月，观伏羲三画成卦，八卦合成二十四节气，每与农时相配，再结合大挠编排的"甲子"值守表，将此应用于记时，占北斗衡之所指，指东时为春，指南为夏，指西为秋，指北为冬，再以每方配三辰，立孟、仲、季，如春三月为孟春、仲春、季春等。推冬至夏至之星，顺天之纪，旁罗日月星辰，作盖天仪以测玄象，推分星度，以二十八宿为十二次，角、亢为寿星之次，房、心为大火之次，尾、箕为析木之次，斗、牛为星纪之次，虚、危为玄枵之次，昴、毕为大梁之次，觜、参为实沈之次，井、鬼为鹑首之次，星、张为鹑火之次，翼、轸为鹑尾之次。以十二次配十二辰，名即其图腾形象。这样，日、月、季、二十四节气都有了，和之音律，首创律历（农历）以纪年，应用于农业生产的实践……这其中融会了天老、大挠、鬼容区、伶伦等人的集体智慧，因而史籍上每有大挠"造甲子"、鬼容区（容成氏）"始造律历，元起丁亥"、伶伦"为十二律吕雄雌各六也"的记载。

轩辕又在黄城立日中之市，定每年早春二月望日十五，为一年一度的大市，连续十天开市，为春耕前农耕器具交易创造了条件。

轩辕和稷一起在桥山周围实地考察了一圈，决定"南山种豆，北山种黍，河沟种麻，南北塬上种麦、稷，把五谷杂粮种齐，改善族众生活"。他们边走边议，不计时间，也不知道劳累，直转到天近黄昏，才一同回到桥山中宫来。

天老等人早已经议出了眉目："轩辕德感上天，有景星之瑞，黄星之祥，谓之异星，形似月而助月光；有瑞兽麒麟在囿，'玄枵之兽也'，麋身、牛尾、狼蹄，一角裹肉，不伤人、物。其声若黄钟之音，春鸣'归禾'，夏鸣'扶幼'，秋鸣'养信'……又得大蝼蛄，大如羊，壮如牛，为世罕见；有大蚓如虹，皆应轩辕土德瑞也！土者，黄色。'黄'本天鼋之形（"龟书图"亦同），代指土色，以应土德，就立轩辕为黄王！"

轩辕一回到合宫前的明堂，天老就滔滔不绝地把大家商议的结果汇报给轩辕。

轩辕一边用陶杯喝水，一边听取汇报。稷也汇入师尊师友们的行列，跪坐于蒲团之上。接着，侍者就在"食神"喫诟的指挥下，端上了晚餐。习习秋风中，朗朗明月下，大家边吃边议。

轩辕本来没有立王的想法，他只是想为天下的部落多干些实事，但是迫于"正名"，对大家的建议也就接受了。于是，他就先站在王者的角度，向大家提出了"十义"的约法三章：

"既立王，就当行'十义'，君仁、臣忠、父慈、子孝、兄良、弟悌、夫义、妇听、长惠、幼顺。唯全面要求，才能形成君君臣臣、父父子子、秩序井然、内外和谐之局面。"

大家对轩辕提出的"十义"要求纷纷表示支持和赞同："当人人执行，做出表率，垂范天下。"

轩辕以自己的观察，对君臣关系，也有一套自己的看法：

"观天下帝、王、霸、亡者之臣，帝之臣，名为臣，其实师也，像天老、悉诸之类；王之臣，名为臣，其实友也，像西王母、赤松子之属；霸者臣，名为臣，其实仆也，像俞跗、稷；亡者臣，名为臣，其实虏也，像少昊、三苗……既立王，就应封臣立正。封臣当以师以友，而非为仆为虏；立正嫡者，不使庶孽疑焉；立正妻者，不使婢妾疑焉。疑则相伤，杂则相妨。"

<h1 style="text-align:center">五</h1>

轩辕又将自己观察各个部落（谓之"国"，这也是轩辕在其图腾"龟"的基础上提出的一个融入各部族的新概念。君不见，陕西人——炎黄祖居地的老陕方言，至今依然将"国"读作"龟"之音）的兴衰之道及为王之道讲给大家，以便相互激励，共同为华夏部落联盟的繁荣昌盛而努力：

"观一国先观其主，看一家先看其父。能为国则能为主，能为家则能为父。与国之兴衰休戚者，反说之，有'六逆'：子妄居父位，臣居主位，如是则国强其表，非王也，此为一逆；谋臣居外位，则国不宁，主不悟，不明大道，社稷残损，此为二逆；主失其位，则国无本可依，若臣不失其位，则下有根，如是国忧而存，此为三逆；主失位则国荒政，臣失位则令行不止，颓败之国，此为四逆；主暴则生杀不当，臣乱则贤、不肖并立，国运岌岌，此为五逆；亡国者，主无主见，三心两意，主失明察，男女争威，国有乱兵。此为六逆。"

看大家不是太明白，轩辕对"六逆"又做了进一步的阐释："嫡子为父，是谓'犯上'；群臣离志，大臣为主，是谓'壅塞'，如是则强国必削，中国必破，小国必亡，此一逆；谋臣在外位者，谓之'逆成'，国将不宁，强国临危，中国削，小国破，此二逆；主失其位臣不失处，强国忧，中国危，小国削，此三逆；主失位臣失处，是为'无本'之木，上下无极，国将衰败，强国破，中国亡，小国灭，此四逆；主暴臣乱，大荒乱也，国将外侵内乱，天降之殃，国无大小，皆行将灭亡，此五逆；主无主见，三心二意，反复无常，男女分威，失去和谐，则是'大迷'，国有乱兵，强国破，中国亡，小国灭，此六逆。以此理观今天下，炎帝榆罔虽愚惘，然主弱而臣不失处，故国临祸乱，让人忧心；蚩尤主暴而臣顺，亦能征战天下，至干尽坏事，天降大殃，必然灭亡！"

人说轩辕能言善辩，这时候才得到了充分的发挥，他反说完"六逆"，又正说国之"六顺"，掷地有声之词滔滔不绝于耳，从明堂传将出去，在桥山、沮水间回荡，也在每一位师尊、师友的心中激起激扬的思绪和翻滚的浪花。天老、项先生、广成子、鬼容区、吴权刮目相看；嫘女、宁封、大挠、仓颉、岐伯、伶伦、稷、沮诵、素女、挥、赤将、高元（新来的宫室匠人）、货狄、胡曹、于则、伯余、孔甲、应龙、常先、大鸿、黄雍父、挥父、喫诟、滑稽、玄嚣、昌意等皆注目静听。仓颉、隶首、孔甲等在兽皮、龟甲上描画速记。轩辕继续讲道：

"观察一国家之兴衰，还有'六顺'之说，主不失其位，则国有本，臣失其处，则下无根，此一顺；只要主不失其位，有主见，则国虽忧而存，此二顺；主惠而臣忠者，其国安定和谐，此三顺；主是主臣是臣，上行而下效者，其国必强，此四顺；主执法有度，臣循理而为，其国虽霸而昌盛，此五顺；主得位臣附属者，王天下，此六顺也！"

讲到这里，轩辕概括道："观'六逆'、'六顺'，一国之存亡兴衰，子丑寅卯可分也！"

轩辕的这一番宏论，被仓颉记录下来，以后写进《黄帝四经》的《经法·六分》篇中，成为执政者"资政通鉴"的法典之一。

吴权在轩辕宏论的基础上进一步发挥，一篇"王者之道术"就续在后面。这些话也被仓颉记录了下来。

"老羁胡"吴权笑眯眯的眼睛里透着权诈的诡秘，一样的话从他的口中说出，总让人要多思量思量。他用右手捋着他的山羊胡子，慢条斯理地说：

"'六逆'、'六顺'，合为'六分'之说，国之兴衰之道也。握此六分，生杀赏罚，事事皆成。"他拉长声音拿起了腔调，"夫王天下之道，有天焉，有地焉，有人焉。三者参用之，然后而有天下矣！"

第二十四章

一

这是一个粮食收获、百果飘香的季节。随着"重九"之日的一天天临近，桥山及其周围的山塬，一日日笼罩在一片深红浅绿之中。枫树、橡树，以及各种杂木中能够使叶子变红的树种，经霜一打，叶子就变得火样透红，红得逼眼，红得可爱，红得让人爱怜。尤其是和翠绿的松柏相衬，就更是红得透彻，绿得无私。也不知是天造地设的什么原因，桥山黄城中宫这个地方，尤其擅长生长松柏，据说是因为这里的地下富含石油的缘故，虽说同样是陕北的旱塬地区，可就是这一个地方，独爱松柏的四季常青。这不，当周围的山塬都变得红、黄、绿各色相杂，大有一些五彩斑斓的陶醉的时候，独这黄城中宫，依然保持了勃勃向上的生机和旺盛的生命力。如果你能上升到一万米高空，你就会发现，在这秋浓的季节里，桥山，唯独桥山，像一叶可爱的绿舟，航行在五彩斑斓的大海中，冲开千重巨浪，势不可当。

后世有一些学者，将轩辕在这里立王，认为是"桥国"的开端，笔者倒以为所谓"桥国"，只是轩辕黄帝后裔中世祀祖陵的乔姓后裔聚居的方国。轩辕在桥山黄城所立之"黄王"，正是涿鹿之战之后，中华民族实现五千年文明史上第一次大统一，轩辕被尊为"黄帝"的伟大前奏曲。我们不得不赞叹，我们伟大的先祖，狭义地说，包括轩辕和造字之祖仓颉，怎么只用一个"黄"字，就全面地代表了一个伟大的民族，她的母亲河叫黄河；这条母亲河的归宿——黄海；这个民族人民的肤色是黄色的，就连这里的天地合一也是"黄（皇）天后土"……如今我们走遍祖国大地，哪里没有这个特殊的标记呢？我说，黄帝的晚年，肯定到过长江之岸，并且下过江南，要不，为什么长江流域，除了专为纪念黄帝而命名的"归来不看

412

山"的雄奇壮丽的"黄山"之外，还会有那么多带"黄"字的地名? 黄浒、黄姑、黄溢、黄泥墩、黄铺、黄梅、黄石、黄冈、黄陂……甚至长江的"江"字，也是黄帝晚年的一个号"帝江"的延承。正因为有了这"全副武装"的"黄"，所以"黄色"或者说金色，才在古老的中国演变成最为尊贵的"中央之色"——皇权的象征!

话说回来，随着"重九"之日一日日临近，轩辕称王的各项准备工作也在有条不紊地进行之中……各方的贵客纷纷而至，包括远自昆仑山的西王母偃昌、河东的后土。轩辕称王登基仪式的主会场就选在桥山黄城中宫的招贤台、观象台和明堂、合宫。仪式将自招贤台开始，直至黄王登基后进入合宫、文武大臣分班站立、群臣朝贺而结束。

从招贤台到合宫都已经装饰一新，整个桥山都笼罩在一片金黄色的龙旗之中，主干道的两旁，每隔几步就是一面黄龙旗，这些用丝帛做成的旗帜，在秋风劲吹下抖擞着精神"呼呼"作响。伶伦带领的琴瑟陶乐队，岐伯率领的箫鼓军乐队，已经列队在招贤台下东西两侧。仓颉、孔甲、隶首手执朱砂笔，随时准备记录下这激动人心的一刻。天老、吴权、项先生、广成子、鬼容区、宁封、马师皇等师尊;西王母，虎龙部落酋长斗苞、兔龙部落酋长上章、玄龙部落酋长奢龙、蛇龙部落酋长屠维、马龙部落酋长重光、猴龙部落酋长后土（特邀）、鼠龙部落酋长常伯、牛龙部落酋长茄丰及蜀山氏酋长蜀夫和巴山氏酋长巴婆的代表捷剡，东夷的夷牟、嘻祖等;虎龙、兔龙、玄龙、蛇龙、马龙、羊龙、猴龙、鸡龙、狗龙、猪龙、鼠龙、牛龙十二大部落的代表摄提、单阏、执徐、大荒落、敦牂、协洽、涒滩、作噩、掩茂、大渊献、困敦和赤奋若;附宝、嫘女、女希、采女、盐女、素女等家眷嫔妃;沮诵、大挠、大鸿、应龙、常先、稷、杜康、容成等师友;挥、赤将、货狄、胡曹、于则、伯余等童年伙伴;契诟、滑稽、方明、高元等近侍;蛮牛、陶虎、碎女、玄嚣、昌意，轩辕的兄弟小妹和孩子;挥父、黄雍父等父老乡亲。

就在大家齐聚桥山黄城中宫东侧的招贤台下，轩辕在其都城桥山黄城的称王登基仪式就要开始的时候，炎帝榆罔的使者赤松子老先生也正好赶到。赤松子看到轩辕的黄城这等阵势，先是一愣:看这中央黄色、东方青色、西方白色、南方赤色、北方玄色，五色旗帜遥相呼应，气势恢宏，气象不凡；又见人才济济，宾客如云，莫不是什么盛典就要开始？

赤松子这位炎帝榆罔的雨师，是华夏部落联盟的老朋友了。他过去常和广成子对弈、与天老高论、和岐伯切磋，西王母更是他情深似海的老相好了，他们曾有海誓山盟"之约。赤松子那轻盈的身影在当值兵士带领下在这里一出现，立即引起喧哗。尤其是他与众不同的红须红发、火狐狸皮的披肩，在这黄色为主、各色相杂的人群里，显得特别另类。

天老："噫兮，老伙计，甚风吹你飘来？"

赤松子诙谐道："东风！"

大家哈哈大笑。正准备登上招贤台的轩辕也赶过来和赤松子寒暄了一番。在轩辕的眼里，赤松子不唯是炎帝之臣，更是一位师尊，一位朋友。他一到来，就能融入其中，不分你我，可见相互间情感之深厚。

天老连声说："天意呵天意！赤松子此来，可带来炎帝之封赏？"

赤松子随机应变道："风闻轩辕称王，故此飘来贺之！"

西王母偃昌见到了赤松子，余韵风骚又一次写在了脸上，挂满鱼尾纹的一双花豹眼多情地盯着赤松子看，赤松子就两腿发软，赶紧凑了过去。

由于炎帝榆罔废止了十二大部落代表轮流当值的"太岁值年制"，为了纪年，鬼容区就根据大挠排出的"甲子"，从榆罔有年元年排起，到轩辕出生正好是丁亥年。故轩辕纪年就"元起丁亥"，到轩辕四十年，正好是丁卯年，所以为轩辕称王登基的司仪，理所当然地就是兔龙部落代表单阏了。单阏手执长穗拂尘，与轩辕从后侧的台阶走上香烟缭绕的招贤台。招贤台上，陶鼎内燃烧着香草，一排平案上供着时令鲜果，另一排平案上摆着一个个骨牌，上面分别用朱砂写着招贤的人名。

单阏口齿清晰，长于辞令，一看已到辰时，就朗声唱道："岁在丁卯，兔龙当值。华夏大酋长姬轩辕称王登基仪式，开始——"

"第一项，奏乐！琴陶角乐奏《龙吟》——"

琴陶角乐队在伶伦的指挥下徐徐奏响：从洪荒的大地上，幽幽传来天籁之声，这是埙的声音，旷远而悠长；丝竹奏出和谐舒美的旋律，让人感到百花齐放、百鸟争鸣，一派生生不息的气象；在一派生机的声音环境中，数十个牛角号同时吹响，"呜——呜——"的声音响天动地。

"箫鼓军乐奏《虎啸》——"

"咚咚咚咚"的鼓点儿由低而高、由远而近，似乎要唤醒一切沉睡的细胞，让人心跳加快，毛细血管偾张。这是一种"进行曲"式的节奏，开了后世军乐之先河。

"琴陶角乐、箫鼓军乐齐奏——"

伶伦的琴陶角乐队和岐伯的箫鼓军乐队合在一起，奏出了高亢激越、昂扬向上的旋律。我们似乎看到，在东方的地平线上，一轮红日正驱走黑暗，以势不可当之势，喷薄而出，龙吟虎啸，百鸟欢唱……

"奏乐毕——"单阏接着宣布了第二项："轩辕纳贤——"他从平案上先拿起六个骨牌：

"天老、吴权、项先生、广成子、鬼容区、宁封、马师皇受拜——"

天老等七人，相携登上招贤台，面南而立，接受轩辕纳拜。轩辕："各位师尊在上，请接受轩辕一拜！"随后，毕恭毕敬地向师尊们行三叩九拜之大礼。礼毕，师尊们从台阶走下去。

"仓颉、岐伯、沮诵、大挠、应龙、常先、大鸿、隶首、稷、杜康、容成、容将、伯余受拜——"

仓颉等先后上台，轩辕面南，他们面北。轩辕行叩拜礼，仓颉等还礼，轩辕和师友们互拜。

"挥、伶伦、赤将、货狄、胡曹、于则、喫诟、滑稽、高元、方明受拜——"

这些和轩辕一同长大的伙伴们各具个性地走上台来。尤其是食神喫诟挺着大肚皮、肉球一样的五短身材和烂脏滑稽那天生的搞笑样儿，让人忍俊不禁。见轩辕郑重其事地施礼叩拜，他们也严肃起来，正儿八经地叩拜还礼。

"纳贤毕。叩谢来宾——"单阏调高了音调：

"赤松子、西王母受拜——"赤松子作为炎帝榆罔的代表，排在了西王母的前面，西王母偃昌还是那种雍容华贵的样子。她这副样子总让一些中年妇女心生嫉妒。他们缓步上台，不等轩辕施礼，已先行起叩拜大礼来。

415

轩辕赶紧还礼。

"各部落酋长、十二大部落的代表受拜——"

二

虎龙部落酋长"虎头"斗苞等各部落酋长、十二大部落的代表，每人的头饰上都是本部落的图腾标记，不外乎我们当代人也耳熟能详的"十二生肖"的形象，但是造型却极简朴、概括，像民间剪纸的造型，只是其中少了那些精细的装饰图案。他们先后上台站齐后，轩辕行叩拜礼。这些人中有老朋友，也有曾经为敌如今为友，或者被炎帝丢弃的人，如今在华夏部落联盟受到这样的礼遇，如人逢知己、旱遇甘霖，感激涕零。特别是十二大部落的代表，尤其对轩辕恢复太岁当值、专为他们而修"十二楼"感激不尽，纷纷叩拜轩辕，被轩辕一一扶起。

"孝行天下。轩辕拜过母亲——"

附宝在嫘女等搀扶下，颤颤巍巍地走上台来，面南而立，接受轩辕叩拜。附宝看到自己的儿子这样有出息，乐得脸上每一道皱纹里都溢满了笑意。她嘴上说："免了，免了！"心里却乐得承受。轩辕拜过母亲，附宝又在轩辕的妃嫔簇拥搀扶下走下台去。

"拜过父老乡亲——"

挥父、黄雍父等十名老叟、老婆，在年轻人的搀扶下走上台来，接受轩辕叩拜。

"轩辕登基称王行谛礼——龙旗鼓乐开道！"

龙旗队在前，伶伦、岐伯率领的乐队随后，轩辕与天老等师尊并行，各部落酋长、十二大部落的代表、师友、同伴等逶迤相随，人群拥挤，浩浩荡荡地向轩辕登基的主会场观象台行进。

等轩辕等人赶到，乐队已经分列在台前两侧，黄龙旗队夹道。轩辕、天老等反过来面向大家。

单阏："请天老帝师发表赞词——"

天老还是戴着一项百彩羽冠，把他那张千沟万壑的蜡黄老脸挺了挺，又清了清嗓子，从容不迫地讲道：

"轩辕生而神灵，弱而能言，幼而徇齐，长而敦敏，成而聪明；轩辕道贯古今，调和阴阳，沟通三才，有土德之瑞，因而景星呈祥，麒麟在囿，又有大蚓如虹，皆应土德；土者色黄，字同天鼋，轩辕称王，当为黄王——"

众人重复着"黄王"、"黄王"……作为谛礼主场所的观象台的圜丘周围，是一片欢腾的海洋。

单阏："奏乐，轩辕登基称王——"

伶伦、岐伯的乐队再次同时奏响高亢激越、昂扬向上的旋律。音乐声中，单阏陪同，轩辕、嫘妃相携登上观象台——行谛礼的圜丘。

观象台上，高擎着由孔甲新绘的黄龙、赤凤图腾旗，这里早已经是香烟缭绕，列好了供案。周围龙旗招展，气象庄严。

轩辕、嫘妃和单阏转过身来。轩辕站在台上，习习秋风掀动了他的三级战袍，看他身着黄衣，神采飞扬，一脸刚毅与坚定的神色。嫘妃丹凤眼微闭，环视周围。

"行禘礼——献三牲、时果——"

随着单阏的话音，六名精壮小伙子抬上来猪、牛、羊三牲，放上供案；六位头顶花环的少女分别端上来山核桃、野葡萄、山楂、杜梨、红果、酸枣等时令水果，摆上供案。轩辕、嫘妃近前整理祭品。

"上香——"

轩辕、嫘妃从花季少女手中接过香草，一根一根仔细地投进香鼎。

"奠酒——"

轩辕接过酒杯，双手高举向天，微闭双目，口中念念有词："昊天在上，请受轩辕、嫘妃一拜！愿保佑华夏根基永驻，天下苍生共享太平……"随后，将杯中酒洒向香火，让它蒸腾上升，直达天际。

他又接过一杯，洒向大地。再接过一杯，弹向人群。人群承受甘露，一片欢腾。

轩辕双手一按，音乐、欢呼声停止：

"各位师尊、师友，各方的神人、朋友，承蒙大家垂爱，鼎力相助，才有华夏如今之大好局面。轩辕擎龙旗，称黄王，立都桥山黄城；合龙凤之祥，总阴阳，调四时，造福华夏。轩辕不才，唯愿龙行天下，凤展吉祥，各部族和睦相处，万氏百姓，共享大同！今率龙族子孙、华夏儿女，共祀龙凤——"

轩辕、嫘妃转身面向龙、凤大同图腾，撩起战袍、长裙，行三叩九拜大礼。台下赤松子，各部族来宾，现场所有人员皆随轩辕、嫘妃行三叩九拜大礼。

"加冠——"

单阏从伺者的托盘中取过金色王冠，给单腿跪下的轩辕戴上头顶。

"黄王"、"黄王"，台下又是一片欢腾的海洋。周围八宫四城十二楼上，青、白、赤、玄色旗帜与中宫黄色旗帜遥相呼应，欢呼声山摇地动，整个黄城都像开了锅一样鼎沸起来，人群的欢呼声早已经盖过了习习的秋风和浅唱的姬水。桥山自古有"姬水秋风透体凉"一景，可这一会儿，这里的一切都是热的！

单阏："进入合宫——"

轩辕、嫘妃、单阏从后台阶走下来，天老等已经从台两侧来到台后。轩辕携附宝与天老、嫘女等经过广场，直上明堂。广场上夹道的是舞蹈的人群。

轩辕等从明堂穿堂而过，进入合宫。

合宫外龙凤旗帜招展，合宫内"黄"字图腾高挂，轩辕的虎皮王座高高地屹立中央，两旁是母座、师座、妃座，两侧分别为文臣、武将之座与宾座。

单阏："黄王升座——"

轩辕从容不迫地上到王座，转身甩开衣袖，正坐中央。

"炎帝雨师，各部落酋长、代表入座——"

赤松子、斗苞等各部酋长、摄提等各部落代表走进合宫，进入宾座。

单阏："王母入座——"

女希、盐女扶附宝入座后，站其身后。

单阏："王妃入座——"

采女、素女搀嫘妃入座后，亦站其身后。

单阏:"王师入座——"

天老、吴权、项先生、广成子、鬼容区、宁封、马师皇分左右入座。

轩辕:"从今往后,除天老帝师称呼不变外,吴权、西王母、项先生、广成子、赤松子、巫师玄(已故)、鬼容区、宁封、马师皇皆称王师。"

天老等作揖答谢:"谢过黄王。"

单阏:"封臣,群臣朝拜王母、王师、黄王、王妃——"

轩辕:"谨封岐伯为医正,仓颉为笔正,稷为农正,赤将为工正,沮诵为礼正,伶伦为乐正,隶首为理正。以上为文臣。陶正、牧正由宁封、马师皇王师兼任。"

岐伯、仓颉、稷、赤将、沮诵、伶伦、隶首在东侧站定,叩谢黄王。

轩辕:"谨封应龙为小帅,挥、大挠、常先、大鸿、容成、容将、玄嚣、昌意为将。以上为武将。"

应龙、挥、大挠、常先、大鸿、容将在西侧站定,叩谢黄王。

轩辕:"杜康、孔甲、高元、滑稽、喫诟、胡曹、于则、伯余,各以其长为臣,协助医正、笔正、工正、礼正。"杜康等在文、武大臣身后站定,叩谢黄王。

这时,体壮如牛的东夷的使者夷牟再也坐不住了,他决计弃东夷小帅之职,投入华夏怀抱,就从宾座站起,向轩辕请命:

"尊敬的轩辕黄王,如蒙不弃,东夷的夷牟愿受封为将,效命疆场!"

巴山氏的代表捷剻也凑上前去:"捷剻愿效力鞍前马后,鞠躬尽瘁!"

轩辕闻听大悦道:"好啊! 请加入文臣、武将行列! 分别为将和运正,这样文臣'十正'和武臣'十将'就全乎了,哈哈!"

夷牟兴奋地坐到武将之末,捷剻也快步列文臣之尾。全场气氛活跃。这场面让一向温文尔雅的猴龙部落酋长后土也有些坐不住了。

单阏:"群臣朝贺——"

以岐伯为首的文臣、以应龙为首的武将及杜康等群臣齐齐叩拜,向轩辕、附宝、各位师尊和王妃行三叩九拜大礼。

单阏:"来宾共贺——"赤松子、西王母、斗苞等部落酋长、十二大部落的代表也先后拜贺,献上各自部落的珍禽异物与祥瑞神器。

轩辕询问各位大臣："有当务之急要办之事乎？"

不等大家开口，被请入师尊位置的炎帝代表赤松子再也坐不住了。他举了举右手，向轩辕黄王说：

"当务之急，九黎进逼炎帝，已成天下大患。"

三

赤松子继续着他的发言："我此次西来，即受炎帝之命，修好华夏，再议君臣。唯愿轩辕手足情重，出手相助。"

其实，自从赤松子在登基称王的仪式上一出现，轩辕的心里就有所准备，因为蚩尤近期向西侵扰的情况他也有所耳闻。只是仪式即将举行，不便细说。所以仪式一完，他就引出话题，想听一听赤松子此行的真正目的。听着赤松子的阐述，轩辕的心里不是滋味，想炎黄两族本系近亲，有一个流传很广的传说，甚至说炎帝榆罔和我是同父异母的亲兄弟！可是却因为种种原因，先是致我不得不离开祖地桥山，迁徙陇东；接着又是炎帝号召天下部落西征，青牛之役形成对峙局面；蚩尤侵扰东夷与犬戎部落，我欲借道征讨，却导致黄牛铺之战……炎帝榆罔虽说有很多不是，但他也有修好之意，有采纳推广龙凤图腾之圣举，如今他面临危局，不要说他还是"天下共主"、兄弟部落，就是非亲非故，同胞之危，也不能见死不救。

轩辕充满激情地说："帝使所言，正是我所顾虑者。炎帝有难，本王当摒弃前嫌，鼎力相助。"

吴权："黄王所言极是，只是华夏刚在桥山立都，举力东征，得容我们再作动员，做好充分准备才是。"

天老："王师说得对。蚩尤非同一般，其金兵所向无敌，战胜他决非易事，得有长期打算。"

仓颉："兵马未动，粮草先行。以现有粮草，这不足以支撑一场大战啊！"

大家的话，都有降温的意思，正准备请战的应龙也就缄默了。

轩辕考虑再三，也是这个道理："请帝使回告炎帝，本王愿意出战相助，不过，还需做充分准备。"

420

赤松子看这次不会有什么结果了，歇息一晚，第二天就返回河东复命。轩辕、嫘妃、天老、西王母等一直把他送到黄城以东的龙湾。

　　赤松子骑着轩辕赠送的坐骑快马回到河东，把在轩辕黄城看到的情况如实地向炎帝榆罔做了报告。炎帝榆罔痛悔当时离开姜城堡时不该把十二大部落的代表都给丢弃了，如今他们都成了轩辕的人，这让轩辕在人气上再一次占了上风，并且他已经实质性地取得一半以上大部落的支持，实力进一步强大而不可小觑。不过，坏事里总有它可取的好成分，轩辕这件事也不例外，他如今在祖地桥山立都，建成了气势恢宏的黄城，为天下十二大部落的代表分别建造了楼，自关中往西、往北，包括西南、朔方（今陕北）的部落都已经归顺了轩辕，他强大的实力，正好可以用来对付蚩尤这个不听话的干孙子。只可惜赤松子此次桥山之行未能立见成效——伤疤好也得一个过程嘛，而且愈是接近于好，就愈是发痒痒！好在他留了个"活扣儿"，以后还可再去请。炎帝榆罔对赤松子安慰一番：

　　"一路辛苦，先好生休息。"

　　赤松子："这倒没啥。轩辕黄王，对我一直尊重，只是此次有辱使命，未搬来救兵。"

　　炎帝榆罔强作欢颜："没啥，能探回真意，已属不易。"

　　蚩尤自从在黎城得手后，知道炎帝榆罔只不过是一个庞大的空架子，所谓"帝王"——天下之共主，也不过如此。要说，作为炎帝榆罔的干孙子，他对炎帝榆罔柔弱的性格还是了解的，但是一直没有正面交手。这一交手，才知道，同样是铜器，他还停留在初级阶段呢，还只是作为权力的象征，摆在那里、拿在手中吓唬人而已，最多就是在农业生产上有一些推进，论起先进的兵器和铠甲来，他们还没启蒙呢！这几天，蚩尤的心里挥之不去、反复重复的一句话就是"天下共主，不过如此"，这句话把他缠得衣食不香、坐卧不宁，他总觉得这是一个天赐良机——既然天下共主也不过如此，何不以此天赐良机，乘势进逼，让他禅让帝位于我，立我青龙之国？……蚩尤越想越高兴，就把牛眼睛一瞪，叫来两嘷等一起商议。

　　蚩尤把他的临时宫殿也叫作"紫宫"。这个"紫宫"内，一切尽量模仿炎帝榆罔的样子，只是东施效颦，做得既像模像样，又不成体统，让人看了不知是什么滋味儿，不知该说好呢还是该说瞎。

神荼、郁垒在东夷，魃、魅留守北土，与猪龙、狗龙部落打交道，如今只有魃、魍、灵枫、夷方、大赫和两暲同在黎城。蚩尤把他们和各部落新征兵卒的头领都叫来，把自己疯狂的计划和他们讲了。

胖小孩魃和红眼魍哈哈大笑："到时候，咱也闹他个大臣当当。"

夷方、大赫亦乐不可支："到那时，咱就是开国之将了。"

只有灵枫觉得这样做太冒险——冒天下之大不韪，激怒万氏百姓，人神共怒，可不是件小事！但是他又不便说，也不想说，只是沉吟着，取等待观望之势。

蚩尤一见灵枫这种沉吟不语的样子，大有扫兴驳面子的意思，不由怒火从心底烧起——这些个三苗的懒兵，打仗总是往后缩，就没个提起精神的时候……一看这样的主将就知道了！但是他又不好发作，毕竟三苗现在是他最主要的盟军，对壮大九黎的实力有重要作用，怕激怒了他，临阵脱逃，那问题可就大了！对，一不作，二不休，还是采取激将法，把他往前面推："灵枫兄弟有何难处？用得着我蚩尤，只管吩咐。"他瞪着牛眼夸海口。

灵枫也觉得自己有些失态，就变作笑脸对蚩尤说："没啥，我是在想，欢庆盟主称帝，三苗该做些啥。"

蚩尤："哈哈，这何劳你愁？到时候，都有一份，开国元勋亦人之所为，哈哈哈哈……"他心里的另一句话是："这天下共主的帝王也是人当的"，只是没说出口来，留下自己独享了。

蚩尤的策略是"进攻、进攻、进攻"，只要地盘和人群都归了自己，一切财富和补给就都有了。因而他老是采取一种咄咄逼人的进攻态势，逼得炎帝榆罔不得不继续向大河岸边靠近，也逼得他不得不再次向轩辕黄王求援。

炎帝榆罔这一次郑重其事，专门召集群臣商议，不光是派出赤松子，还特别授予轩辕黄王"替天行道，以征不享"的"摄政"之王称号，并且带来二百头牛、一百只绵羊、一百只山羊，一百只鸡作为觐见礼。

轩辕在桥山黄城中宫的合宫内亲切接见了赤松子。天老、吴权等师尊陪在左右，岐伯、沮诵等文臣，应龙、大挠等武将与十二大部落的代表班列左右，当值太岁单阏在场。赤松子一走进合宫，就施礼道：

"轩辕黄王，我奉炎帝之命前来请命，汝敢于万劫之时，救炎帝臣民于水火乎？帝虽有迷惘一时之过，致王忠心不顾，反以刀兵相见……幸王不计前嫌，愿鼎力相助。"他把激将、自损、借力等手法都用了，接着说："炎帝感王忠勇，特封黄王'替天行道，以征不享'的'摄政'之王。并以二百头牛、一百只山羊、一百只绵羊、一百只鸡为聘礼。"说着，双手递上用卦象符号写在兽皮上的礼单。

单阏接过礼单，双手转到轩辕手中。轩辕接过礼单，左右上下看了看："请赤松子雨师坐下谈。"

四

根据目前蚩尤对炎帝咄咄逼人的态势，轩辕早已经料到炎帝榆罔会再次派人前来求援，东征河东，为维护整个华夏部落的利益而战已经是箭在弦上，势在必行。为此，他已经做好了东征"替天行道，以征不享"的一切准备，请天老向陇东各部落，请西王母向西戎各部落，请嫘妃向西蜀（鼠）部落联盟分别发出出兵、出粮、出物的信符，这些部落纷纷响应，兵力粮草正在向关中东部大河西岸的合阳、潼关一带集结。同时，今陕北一带的兔龙部落人马在北线准备，大量的粮草衣物也源源不断地运抵黄城以北的王仓（今黄陵县城西北仓村塬上、下王村到仓村之间），前方的士兵已经进到临近今韩城的白马滩一带集训，黄城南宫塬上的校场坪，应龙在那里训练的口号声、欢呼声天天都能耳闻，轩辕几乎每天都要前往那里巡视，现场指导。这一段时间，他可真没闲着，今天在王仓巡视，明天在校场点兵，忙得不可开交。可是，当人处于干一番大事业的亢奋中的时候，是不知道什么叫累的！即使是真累了，晚上睡一觉，第二天就又是精神振作，废寝忘食，不知疲倦。这一点不仅仅是轩辕，整个黄城都处于亢奋之中，包括十二大部落的代表们。

轩辕正在万事齐备只待东风的时候，穷途末路的炎帝榆罔给他送来了"东风"，这个可以代行天子事、替天行道、伸张正义，以征不享的"摄政"之王，目前的主要任务就是迎击侵扰天子、威胁帝位的蚩尤。应该说，这也是炎帝榆罔在万不得已的情况下，不得不做出的无奈选择。

轩辕在接过炎帝榆罔的礼单看的时候，头脑里暴风雨般翻滚了一连串的思绪。他并不看重这礼单，甚至也不看重所谓的"摄政"之王，他只是觉得天下不公的事太多了，他要打抱不平、伸张正义，要还天下万氏百姓一个安宁和谐、平等互助、共同繁荣的生活环境。可是要做到这些，就得称王，就得有"摄政"之王这个称号，唯有这样，才能名正言顺，一呼百应，所向披靡。

轩辕把礼单交给天老等传看，向赤松子施礼道：

"非常感激炎帝盛情！轩辕既委以重任，定当全力征不享、伐强暴，还天下以大同。"日出而作、日落而息、清静和谐、无欲无妄的大同社会的生活景象，在他的脑海里清晰地显影。

赤松子再次施礼相谢。

清晨，太阳刚刚从东边的山塬上露头的时候，轩辕等人已经站在桥山黄城中宫的观象台上。观象台上，龙图腾旗迎着飒飒的寒风徐徐招展，周围四城八宫十二楼的青色、赤色、白色、玄色图腾旗帜清晰可鉴。轩辕向赤松子指点介绍着周围八宫的情况，天老、吴权、项先生、宁封、仓颉、岐伯等在旁。值年太岁单阏作陪。

到了辰时，值守的辰龙向轩辕报告："辰时已到！"

轩辕："角奏龙吟——"整齐地排列在台上的牛角号队面向四方一齐吹响了牛角号，"呜——呜——"的酷似龙吟的声音在山塬川道间轰鸣回荡，传遍了黄城的九宫五城十二楼。

牛角号声中，应龙将黄龙图腾旗举起，在空中左右挥舞了三圈，接着把黄龙旗指向南宫，就见周围八宫的图腾旗帜，除了南宫的马龙卫队、南丙、南丁卫队保持原地不动外，其他七宫的兵士，包括北宫的鼠龙卫队、北壬、北癸卫队；艮宫的牛龙、虎龙卫队；乾宫的犬龙、猪龙卫队；东宫的兔龙卫队，东甲、东乙卫队；西宫的鸡龙卫队，西庚、西辛卫队；巽宫的玄龙卫队、蛇龙卫队；坤宫的羊龙、猴龙卫队的玄、青、白三色图腾旗也都纷纷指向南宫。

轩辕今天陪同赤松子前往南宫塬上的校场坪观看演兵，嫘妃，天老、吴权、西王母、项先生、广成子、鬼容区、宁封、马师皇，单阏等十二大部落代表，仓颉、岐伯、沮诵、杜康、大挠、常先、大鸿、挥、夷牟、容将、赤将、货狄、胡曹、于则、伯余、孔甲、隶首、喫诟、滑稽、夷牟、捷剟、玄嚣、昌意等扈从，黄龙图腾旗帜开道，箫鼓军乐前引，中戊、中己卫队前后护卫，车队浩浩荡荡、热热闹闹地从桥山南坡下来，越过姬水河上的便桥，进入暖泉沟，绕上印台山，直向南宫塬上的校场坪进发。从北宫下来的随后而行，与此同时，从艮宫和东宫、乾宫和西宫下来的，也都越过了桥山东侧龙湾的龙桥和桥山西老虎尾巴东侧的虎桥，向南宫塬上的校场坪汇聚……

等到轩辕等顺着南宫东侧的城墙赶到塬上的校场坪时，身着红装的南宫鸡龙卫队，南丙、南丁卫队的兵士，已经在校场坪南侧的赤色图腾旗帜下，排好了一个扇面式的队形。轩辕的黄龙与天鼋图腾旗在中央扎定后，黄城东、西、南、北四方，艮、乾、巽、坤四角的十干与十二支卫队，也都身着方色服饰，将校场坪变成了一个"八卦太极阵"。

应龙是整个阵形演变的总指挥，随西王母而来的玄女是他的助手。应龙手执黄龙旗，他周围有五位手执黄、青、白、赤、玄五色旗帜的兵士，随时听他发出口令，传递相应的旗帜，他再以旗语，调动方色相对的兵士，把个炎帝雨师赤松子看得眼花缭乱，不辨东西南北。玄女今天虽然没亲自指挥，但是她身披白色战袍，头顶翎冠，眉头紧锁，于瑟瑟寒风中，更显得英姿飒爽。

轩辕黄王是一副胸有成竹的样子，他眯缝着眼睛，巡视着四围，嫘妃则不时扫一眼轩辕。老脸天老仰望苍天，老羯胡吴权捋着他的山羊胡子，项先生梗着脖子，一头银发在冬日的寒风中颤抖……

演练过几个简单的步兵阵式后，下一步是战车在校场坪中央南北走向的校壕里演练冲杀。这校壕，宽几十米，长约一公里，是一条南北呈"S"状延伸的胡同。周围的兵士各以其方位靠近校壕东西两侧，轩辕黄王和赤松子及嫘妃、天老、吴权、西王母等的云车，在校壕西侧中段面东而列，点将台设在校壕西北角突起的高台上，点将台前，有一个预备队屯兵的布袋形地方，布袋的旁边，是兵士进入"布袋"的斜坡。点将台旁边，排列着五面牛皮大鼓，应龙和玄女站在点将台上，身旁站着五色旗手。

　　轩辕宣布："骑射开始——"

　　应龙将黄色"戊"字旗帜一举，指向预备区。就从黄龙图腾旗帜下驶出一组单马战车，一车三人，威风凛凛，顺着点将台前的斜坡进入预备区，又从预备区进入校壕北端，面南纵排。应龙再举黄色旗，这回举的是"己"字旗，指向预备区，从黄龙图腾旗帜下，又驶出一组战车，同样是一车三人，进入预备区。应龙把黄色"戊"字旗朝南一指："发！"随着五面牛皮鼓同时擂响，那些早已经迫不及待在原地乱刨的战马，一松缰绳，就拉着战车箭一样向校壕南面冲撞而去。校壕中段偏南，东、西墙下，各竖着一排兽皮靶。这些兽皮靶上，用红色点上了鲜明的靶心。

　　战车在密不透风的鼓点和周围将士的欢呼加油声中，争先恐后地向南冲去，车群后扬起一片黄尘。接近兽皮靶时，冲在最前面战车上的射手，早已经拉开了弓，"嗖"地射击一箭，正中靶心。与此同时，长矛也刺向了另一侧的靶心。"好——"周围响起欢呼声。不等第一个"好"喊完，第二辆、第三辆、第四辆等战车纷纷射击、冲刺。战马减速，战车先后在校壕南端停定后，列队驶出校壕。就有报靶员——检查后，大声报告："全部射中！""全部刺中！"校场上再次响起长时间的欢呼。这时候，第二组战车已经在校壕北端列好了队形，战马已经"嘞嘞——"地叫着，又有些迫不及待了。预备区里，"甲"队的战车也已经进入预备区，随时准备进入冲锋的位置。

　　应龙将"己"字旗朝南一指："发！"战鼓又一次"咚咚"擂起，战车又一次冲向兽皮靶牌……

　　随着战车一次又一次冲出，一次又一次射中、刺中靶牌，一次又一次响起欢呼声，天空中的冬日也在从容不迫地进行着它的征程。等到各队都演习一遍，日头早已经过了中天，可大家还余兴未尽，周围响起"轩辕、轩辕"、"黄王、黄王"有节奏的欢呼声——大家是想在这个时候一睹黄王轩辕的骑射本领，赤松子也正有此意，就推着轩辕离开了"观礼台"。他的白龙马已经被牵到旁边，兴奋地喷鼻刨地，周围的欢呼声响成一片。

<h1 style="text-align:center">五</h1>

轩辕左脚踩进马镫，右腿抡圆，飞身跃上亢奋不安的白龙马背，白龙马就踩着轻快的小步向北跑去，仰身进入预备区，精神抖擞地站到起点。

马通人性，白龙马也知道它表现的机会到了。好马思征程，它早已经急不可待，就将个前蹄腾空而起，在空中施展几个空走的动作，马头高扬，鬃毛怒张，马尾挺举，桀骜不驯地发出一连串"嘞嘞"的长鸣。轩辕则收紧了缰绳，稳坐马背之上，雄姿英发，就等应龙一个"发"字。

应龙将黄龙旗向南一指："发！"白龙马就四蹄腾空地向南冲去，周围是一片惊叫与欢呼。

就在白龙马四蹄腾空、周围一片惊叫与欢呼的时候，骑在白龙马背上的黄王轩辕却于黄带飘舞中，沉着冷静、不慌不忙地从肩上卸下弯月大弓，一手举起，一手迅速从箭囊里抽出一箭，搭在弓上，奋力拉满了，"嗖"地射出，紧接着又抽一箭，又抽一箭……迅雷不及掩耳，"嗖嗖嗖嗖嗖"，连发五箭，箭箭命中。周围爆发出一片"黄王、黄王"、"轩辕、轩辕"的欢呼声！

轩辕勒住白龙马缰，白龙马一个急刹车，在终点前稳稳停下来，又在原地打了一个旋风，轻点着地面，走上校壕西侧的平台，在各种图腾、各色服装兵士雷鸣般的欢呼声中，回到"观礼台"中央。

炎帝榆罔在危急时刻出使河西，得到轩辕黄王的支持，在外交上占了优势，可是蚩尤却把这些全不放在眼里。他虽然对轩辕的华夏部落联盟的实力有所耳闻，但对自己的实力更加自信。眼看着炎帝榆罔节节败退，九黎联军已经逼近羊头山，炎帝的帝位指日可待，蚩尤的心里乐滋滋的，有说不出的高兴。想我蚩尤，就凭着手中的青铜兵器，灭东夷，平北地，伐炎帝，一路杀来无敌手，一个西土轩辕，自号黄王，又被炎帝封为"摄政"。管他什么狗屁王，在我青铜兵器面前，都是手下败将！对探哨得来的这一重要情报，蚩尤全没放在心上，现在的他，自以为有了值得骄傲的资本，不光对炎帝榆罔嗤之以鼻，对即将到来的轩辕，也是嗤之以鼻，不屑一顾。他认为轩辕是远水不解近渴，一时半会儿还来不了，就是真来了，也没啥可怕的！但是他想到了一点，就是在轩辕这个"摄政"之王到来之前，必须先尽可能多地抢占地盘，为自己增加更多取胜的筹码。所以，他只管加紧向炎帝发起进攻，逼迫他进一步向大河拐角靠近。

炎帝榆罔让刑天带兵在后面勉强阻击，并不想真正和蚩尤打一场硬仗，挫挫他的锐气，自己却在祝融小帅的保护下，只管向西奔逃，和轩辕靠近。

炎帝榆罔离开羊头山，一路向西到达今沁水县后，祝融建议，不要一下子退到大河的拐角处，"此为死角，再无退路与回旋之地"；兵分两路，一支以共工为将走北路，到达今侯马一带，和猴龙部落一起，阻在北面，防止蚩尤北路增兵；一支则由祝融自己率领，保护炎帝榆罔经中村镇、绛县的回马岭、卫庄镇、中杨到达今闻喜县境内，前宫、后宫、酿酒的、制弓的、制衣的、当官的，庞大的中央机关，分布在官庄、后宫、酒务头、胡张、裴社、侯村一带。

炎帝榆罔的这个布局，倒出于蚩尤的意料之外。他正在想把炎帝榆罔逼到"死角"，要求炎帝榆罔主动"禅让"的好事呢，没想到，炎帝榆罔停在闻喜一带不走了。蚩尤的人马被挡在回马岭不得前进，这个情况被迅速报告给正得陇望蜀、得意忘形的蚩尤。蚩尤先是一愣，但是仔细地想了想，脸上又露出了得意之色："好，你既然不走了，你不走，我走！"蚩尤吩咐前方的魑、魉两位大将，绕过炎帝榆罔，翻山越岭，经今垣曲，到达夏县，再直取西南羊龙部落——今运城一带的盐池，既切断了炎帝榆罔的后路，阻断炎帝与轩辕黄王的联系，又掌握了食盐这个人类借此生存的"命根子"，有这个"命根子"在手，不愁天下人不顺服地来归顺，更不愁炎帝榆罔不交出帝位来……蚩尤又一次打起了他的如意算盘。

蚩尤带领人马来到被称作"渤澥"的盐池东南，看到白花花一大片水银世界，好像又回到他在江南的水泽，心中一阵欢喜，大步冲到岸边，双手掬起一把盐水送入口中，一股苦涩味儿越过咽喉，直入胃中，真有些"回肠荡气"的感觉！他"呀呀"地伸长了舌头，吐出苦水，心里却乐滋滋

428

的:"果真一池盐水!占此盐田,就握天下人之命脉了……"回望南山,雪白的云头之下,是中条山深蓝色高高隆起的山脊横在半空。蚩尤精心地在盐池东南岸边,背靠中条山,选取一靠近要道的台地,命令两曅带领兵士在这里筑城,以扼守咽喉。这一条鸡肠一样细的白色小道,直上横亘一线、隔断南北的中条山,翻过中条山隆起的山脊,越过滔滔东去的大河,就可以进入中原大地……这是中原一带前来换取食盐的必经之道!月亮圆缺一次之后,等到再一次变圆的时候,这一座"蚩尤城"也就算大致完成了。登上城头,蚩尤不免又得意扬扬、扬扬得意一番,好像整个天下都已经在自己的完全掌控之下似的。岂不知,"螳螂捕蝉,黄雀在后",更有英雄无敌手,等到黄王轩辕东征来到渤澥盐池,更是演出了一场变盐池水为"蚩尤血"的悲壮惨烈的活剧。

蚩尤率领九黎和三苗的兵马来到盐池边上,并不仅仅只修了一座城池了事。盐池方圆一百二十里,幅员辽阔,分布着以羊龙、猴龙部落为主,包括犴、猿等中小部落在内的众多部落。特别是羊龙部落,人们以采盐为立身之本,长期从事食盐生产和经营,与中原、东夷、河西和北土许多部落,都从事以物易物的交易,因而人民生活富足,加上长期以来,都是别人求着他们办事,养成了"老子天下第一"、妄自尊大的自足感,满足于现状而不思进取,突然面临危险时,就有些慌不择路,不知所措。蚩尤的到来,对这些手无寸铁、毫无还手能力的部落而言,无异于祸从天降,更是一场浩劫。蚩尤要建立和巩固自己对渤澥地区的控制权,首先就是要征服当地的部落,掠夺他们的财富来充实自己。可以说,蚩尤的人马在这里简直是横冲直撞、所向披靡,不管走到哪儿,这些平时只知道接受其他部落恭维的部落民众,只有任人宰割,而没有还手之力,就像他们所崇拜的图腾——善良的羊一样。猴龙部落由于距盐池较远,加上和炎帝榆罔的结合,情况相对而言要好得多!羊龙部落酋长强圉暂避到了猴龙部落,只可惜这数以万众的羊龙部落的先民们,饱受了蚩尤铁骑的蹂躏,有苦而不敢言。蚩尤在盐池周围横冲直撞,大肆烧杀抢掠,将女人抢去占有,将男子沦为苦力(这倒是他"进步"的一点)。他们为所欲为,横征暴敛,蚩尤城很快就成为渤澥一带富甲一方的最富足的城邑。蚩尤把盐田重新划分,将食盐的生产交易，完全控制在自己的手中，将以羊龙部落为首的数以万计的民众沦为"黎民"，实际上是蚩尤部落的奴隶。所有的人经过重新登记，被划在九黎或三苗的某一支下，连人都可以被随便交易买卖，过着饥寒交迫、衣不遮体的悲惨生活。原本青山绿水银盐相映的美丽的渤澥，一时笼罩在一片血腥昏暗之中，人们苦不堪言，不得不成为蚩尤大肆掠夺的对象……

当然，并不是说，羊龙部落就没有一个能够替大家出这一口恶气的出类拔萃的人才，风后和力牧就是其中的出类拔萃者，只是目前这两个"世外高人"还孤掌难鸣！但他们把这一笔笔血债记在心中，"君子报仇，十年不晚"。这两位一个藏身"海隅"（今解州镇），一个身在"大泽"之中的高人，一旦横空出世，就将是贵为将相、名留青史的重量级人物！他们虽身处异地，却同样是在苦难中磨砺，过着两千多年以后的一位亚圣所说的那种"天将降大任于斯人也，必先苦其心志，劳其筋骨……"饱受煎熬的悲苦生活。虽然说，行路难，行路难，但是，终究会有"长风破浪会有时，直挂云帆济沧海"的一天……这时候的风后，还只是一位企图用一绺长发遮掩其锐利目光的在盐田里扒盐的苦工；而力牧，也不过是一位手执"千钧之弩"、"驱羊万群"的牧者。于苦难中，渴盼着进入一位以一世功名开创了华夏五千年文明基业的伟人的梦境！

征服了羊龙部落，并不是蚩尤的全部目的，他的目的是要在这里建立自己稳固的发展基地。蚩尤首先派出大赫带着自己的人马顺着运盐道爬上中条山脊之上的五龙山，设关建卡，进一步控制了通往中原的盐道。他又带着两暤等直抵大河北岸，沿北岸一路向西巡视考察，在常乐镇一带开心地度过一段纵酒淫乐的时间后，继续向西巡视，留一支人马在南卫，自己驻扎在大王镇一带，按照师傅老生翁当年"上有丹砂者，下有黄金；上有兹石者，下有铜金"的教诲，四处奔波，考察铜矿，他要在这里建立新的冶铜基地，不断打造出新的青铜兵器，满足九黎不断发展壮大的需要……

第二十五章

一

蚩尤在大河北岸转悠,一路欣赏着这里绮丽的自然风光,最使他终生难忘的是登上大河拐角处那个斜向突兀于大河北岸的凤岭时那一种让人壮怀激烈的深切感受——从这里向北望去,好像自己站在一个地极之巅,大地在一层一层斜着铺向远方,平畴广漠,笼一层轻岚……在视线模糊的远方,是那个横断南北的中条山。向西俯瞰,那浑黄一片浩浩荡荡似乎从遥远的天际滚滚而来的大河,像脱缰的野马横冲直撞,翻腾着无数的漩涡和浊浪来到这里,却在汇入了一股清流之后,不得不在层层叠叠苍茫堆起的南山——秦岭高耸入云的山脉向北延伸的山塬面前,乖乖驯服,突然就折了一个直角,向东拐去……在西边,大河还是时聚时散的水网,而到了这里,河水就汇聚成一支强大的兵团,势不可当地奔向东海……这是怎样的大手笔、大智慧啊?需要多大的勇气才能驾驭?蚩尤自信地想,我就是这样的人!在他的心里,还从来没有过一个能让他服气的、可以甘拜下风的人。在大自然面前,他也是这样,这一种对大自然神力的感慨,只能增添他的勇气和心力。他总是一副精、气、神超常十足的样子,浑身有的是用不完的劲!

听当地人讲,脚下这凤岭,也不是个一般的地方,这里可是女娲娘娘当年"抟土造人"的地方!据说,女娲娘娘先是在大河边挖了些黄泥,按照自己的样子,精心地捏出一个人来,因为用的是黄泥,因而捏出的人也是黄皮肤的……先是有了男的,光有男子不行,得再给配上女子,男女成对了,人类才能自行传宗接代,再不用神来管。女娲一开始捏得很认真,因而捏出的人多是"精品",后来时间长了,她忽然有些躁动不安,但是这造

431

人的事却像一副重担一样压在肩头，一时无法卸去，一急，她干脆折了一根藤条，提起藤条蘸了泥水便抡将起来，这些随便抡出来的人，大多残缺不全，缺胳膊少腿，就成为下等人——比如说现在的奴隶！还有那些天生的残疾人……让蚩尤怎么也感到困惑不解的是，像女娲娘娘这样的大神也有烦恼的时候。造人，是个多么光荣伟大的事业，也可以应付差事，用一根藤条了事？……蚩尤忽然觉得自己有些亵渎神灵的意思，于是，就在这凤岭上立起祭坛，点上香火，虔诚地向女娲娘娘致歉，祈祷这位曾用五彩石补天的女神保佑他尽快找到铜矿。

因为父亲祸就是葛天氏祭女娲时诞生的，所以在他的教诲下，蚩尤对女娲娘娘一向虔诚和信奉……只见他毕恭毕敬地插上香草后，双手合十胸前，微闭着双眼，口中念念有词，却听不出他在说些什么。半截人两曎随在他身后，同样是一副虔诚的样子，只是他那不过四尺的粗短身材和两只小而聚光的小眼睛，不由自主地转动着，总给人一种心不在焉、装模作样的感觉。这一种感觉，实在是亏了两曎的一片诚心！可是人的相貌是爹娘给的嘛，有什么办法呢？

在大河拐弯的凤岭，也就是以后的风陵渡祭过女娲后，蚩尤和两曎等继续在这一带找铜矿，终于在某一天，冒着大雪从南坡登上中条山的主峰雪花岭。西北风停了，天地肃穆一片，只有鹅毛大雪密密麻麻的雪片漫天落下，迷离朦胧。蚩尤无可奈何地发出一声长啸，带着大家深一脚浅一脚地顺着山脊向西走去。从山脊上望断南北，都是一片灰蒙蒙的雪雾，靠人的视力看不出多远，现在只能先把握好脚下，用树枝试探着向前赶路……大雪终于停止了它的疯狂，随着西天上亮出的一缕白光，中条山南北的风景愈来愈清晰，远近的树梢上，都压挂起了厚厚的雪淞，虽说是出奇的寒气逼人，却似仙境一样迷人可爱，天地万物，整个一个玉妆冰雕的世界！慢慢地，能隐约看到大河的身影了——它贯穿南北一线，同样是一身亮银……随着脚步的一步步临近，大河逼真地横在眼前！周围的雾气又变得浓重起来，天和地都是灰白一色，看不到对岸的任何风景，只给大河蒙上了一层乳白的韵味深长的白纱。河东，隐约可见连片的兵寨和帐篷，都是些让蚩尤引以为自豪的九黎兵士。为了防止轩辕黄王渡河来袭，在大河封河之前，蚩尤已经在大河北岸和东岸，遍布上了魍、魃的兵寨。

这时候，蚩尤又为自己的先见之明自豪起来，脸上挂起了一丝不屑一顾的神气。他指点着那些立在雪岸上的兵寨营帐，回身问两暺："怎样？这样，轩辕三头六臂、长上翅膀也飞不过大河！"

两暺现在也学会了一套讨蚩尤欢心的招数，就顺着蚩尤的思路溜须拍马一番："大酋长英明！"蚩尤的脸上，更有些得意忘形、喜洋洋的神气。

小心翼翼地下山，人还是不时地被滑倒，又被密集的苍松给挡住，扶着树干站起来，又是一阵阵声震山野的狂笑……尤其是半截人两暺，因为宽短的体型，在雪地上一滑倒，就像皮球一样翻滚起来而不能停止，一双惊慌的小眼睛既滑稽又可爱，惹得蚩尤更加开心。

终于下到了山麓，他们就踩着积雪向魍、魃的兵寨赶去。正走着呢，蚩尤的脚下被一个石头一绊，他低头弯腰捡起来一看，真是"踏破铁鞋无觅处，得来全不费功夫"！蚩尤不由得发出一阵惊叫："兹石！呀啊！兹石！"两暺接过仔细地看了又看："是啊是啊，上有兹石，下有铜金。"

一场大雪之后，虽然已经是白茫茫一片，可是蚩尤还是禁不住让兵士冒着严寒，扒开雪层，寻找铜矿石。士兵在山上发现了祸母当年冶铜的遗址，找到铜金矿后，铜金矿石从山上溜了下来。这些从山上滚落到此的七零八碎的铜金矿石被士兵们一一拣起，集中起来，一层一层码进新垒起的冶炼青铜的火炉……炉火被牛皮囊鼓得呼呼作响，红红的火舌捉迷藏似的一伸一吐，不时探头。到了预定的时间，铜液便从出铜槽中流了出来……有了青铜，便如虎添翼，蚩尤高兴得哈哈大笑。虽然烟熏火燎，他早已经被弄成了"三花脸"，和祸的花脸极为相似，但他仍然异常兴奋，立即铸造起戈、矛、戟、酋矛、夷矛等"五兵"来。为了赢得未来的战争，他需要武装起所有已经臣服于九黎的人，他们需要的是源源不断地涌出的武器装备。

由于老天爷的帮忙，蚩尤的如意算盘收到了一箭双雕的效果：既可以掌控河东的大局，又有把握对付摄政之王轩辕的征讨……于是，他又一日日沾沾自喜起来！可是，事情并不是他想象的那样简单，虽然说澥渤一带已经完全是蚩尤的天下了，但是一方面炎帝榆罔和猴龙部落等堵在东、北，阻断了蚩尤北路，几天之内，轩辕的师旅又一下子布满了河西沿岸，与蚩尤的兵众隔岸对峙……唉，真有些两难呵！但是，这些忧虑，蚩尤全不能写在脸上，他还必须信心十足地鼓起勇气，以他的精神来带动大家。在人背后，才和两曎等核心人物在一起精心策划，以图良策。

　　轩辕自从在黄城校场点兵，送走炎帝榆罔的使者赤松子后，就积极主动地向大河边靠近。因为从陇东、西戎和西蜀等地来的师旅，已经在靠近大河的关中北部的合阳一带集结了！

　　一天清晨，经过充分准备的轩辕，带着嫘妃、天老、吴权、鬼容区、马师皇、应龙、大挠、常先、大鸿、容将、沮诵、赤将、胡曹、于则、伯余、孔甲、隶首、喫诟、滑稽等中路将士；北路接济粮草的岐伯、仓颉、宁封与昌意；南路准备挥师东进的挥、夷牟、货狄与玄嚣等，准备离开桥山黄城。大家集结在黄城南宫外的校场，但见晴空万里，面南的阳坡一片阳光灿烂，只有朝北的阴坡里，还保留着冬天里永远也消不尽的积雪，透着寒气和银光。风依然是西北风，吹在人脸上，却已经是刀割一样疼……

　　附宝、西王母、项先生、广成子、容成、女希、玄女、素女、采女、盐女、稷、杜康、高元、黄雍父、挥父、蛮牛、陶虎和小妹碎女等依依不舍，顺着桥山南塬的塬面向东，直送到巨头土桥西头。值年太岁单阏等十二大部落代表也一路送行。

　　附宝拉着轩辕的手不松开，千万遍地仔细端详，一种生离死别的感觉涌上心头，不禁老泪纵横。轩辕给她老人家擦拭着眼泪。母子俩千言万语有说不完的心里话，可是这一刻，却都堵在喉咙眼儿，说不出来。看着已经垂暮之年的母亲的满头银发在寒风中抖动，轩辕的心里感慨万千：像母亲这样年纪的人，作为儿子，应该正是膝下尽孝之时，自己却要去远征，不知今生还有没有再见面的机会了，这样一想，一种生离死别的感受涌上心头，不由湿了眼眶……再看看西王母、项先生和广成子，女希、玄女、采女和盐女，还有自己的亲兄弟蛮牛、陶虎和小妹碎女，千言万语汇成一句话："母亲保重……"然后，一转身，跨上白龙马驾辕的云车，方明一挥鞭，马奋前蹄，云车"咯吱吱"前行，跟上在下坡道上行进中的师旅，摇摇晃晃地离去。

附宝等一直目送轩辕的云车走过连接东西两个塬面的天然土桥，驶上对面的土坡，直到在凸起的塬面上逐渐消失。一派苍茫的古塬的塬面上，只留下盘旋着漫上天空的黄尘在飘扬。

二

轩辕的人马和猎猎车队走上东塬后，遇到一个冻僵的大蛇横在路上。兵士们停步不前，报告给轩辕后，轩辕来到队前，拔出玉剑，将僵蛇斩为两段，一段挑向路北，一段丢向道南，这就是现在黄陵田庄塬西头的南巨头和北巨头村。轩辕在东石狮村种下一棵纪念树，就是现在依然屹立在这里的"龙头柏"。轩辕的师旅来到洛河西岸，洛河岸上至今还留有马蹄子踩下的深坑……

轩辕经过土基岔向东，来到今黄龙县境内，在虎沟门以东的岔口，轩辕让中路的嫘妃、天老、吴权、鬼容区、马师皇、应龙、大挠、常先、大鸿、容将、沮诵、赤将、胡曹、于则、伯余、孔甲、隶首、喫诟、滑稽和南路的主、副将挥、夷牟、货狄、隶首、玄嚣等，十干卫队中除中戊、中己以外的八支卫队，马龙、蛇龙、獐、蚪等部落的人马，先行到白马滩一带集结，就地训练，自己与北路的主、副将岐伯、仓颉、宁封、昌意一起北行，在圪台街和程洛略作停留，就赶到大河西岸，与陕北一带的玄龙、兔龙、狢、蛟等部落的兵士会合。详查河东地区的情况，研究具体的进取方案，决定由岐伯总领北路军事，协领玄龙部落；仓颉总管全军后勤保障和记功，随北路行动；宁封协领兔龙部落，昌意协领狢、蛟等中小部落，与这些部落的酋长协同作战。轩辕把全军的后勤保障舍近求远地放到北路绕道而行，主要是为了远离蚩尤的主力，更有效地得到保障。北地虽说是有蚩尤的势力范围，但是其主力目前却在河东渤澥一带，又有后土、炎帝与猴龙等部落隔开，所以陕北这支部落联军只要集中兵力面北，就足以开辟和保障稳固的大后方。大家都对此次东征充满了必胜信心。军事首脑会议上，群情激愤。

会后，轩辕和大家来到大河岸边，来到青石列岸、严冬时节依然飞溅着黄泥巨浪的壶口瀑布。自古以来，这里就有"天下黄河一壶收"的美誉。严冬季节，当"大河上下，顿失滔滔"时，只有这里，还在发出困兽一样的嘶鸣。老远地，你就会看到黄色的水雾飞扬起旗帜，直腾天空；就能听到那春雷一样似乎来自地心的、轰轰隆隆的沉闷喧响。愈往近去，这喧响就愈是轰轰烈烈。如同紧擂的战鼓的鼓点，敲击得人心震荡，热血随之鼎沸。这时候，你来不及再看那已经腾上天空、把整个天幕都涂抹成黄色调的飞扬的水雾了，湿冷渗骨的水汽开始扑上颜面，水星儿如暴风的雨点般直打到人脸上来，水汽也冲得人都有些站立不稳了。但是，也可能是被这群情鼎沸的感人场面所感染，与其中蕴藏的高昂的不屈不挠战斗精神发生了通感，轩辕只管向这嘶鸣啸叫的瀑布靠近，再靠近。轩辕这一生所经历的、见到过的水泽大江不计其数，沮河那亲切的绿不用说，泾水、渭水也不用提，嘉陵江、岷江甚至包括长江在内，都没有像壶口瀑布这样的撼动人心、摄人魂魄！轩辕的心随着这轰轰隆隆的"鼓点"激烈地跳动。他长舒一口气，双手撑腰，以超人的胆魄和毅力直面着这罕见的惊世奇观。由于水雾飞扬，直扑人身，其他人等都退到了后面，只有轩辕一人，站在最"前沿"。

看那嘶叫着冲出冰面的泱泱黄涛，如黄色巨龙腾空而起，又如万马奔腾，群龙入渊，一个连一个地推演、变异着华夏部落的图腾异兽。整个华夏龙族的图腾们，都集中在这里嘶叫着、飞舞着、欢呼着、跳荡着、奔腾不息，所向披靡，无敌于天下……这是整整一个流动的黄土高原啊，这是父老乡亲的血汗在哗哗流淌，这是民族母亲在发出深沉的呻吟，这是一个民族不屈的灵魂在咆哮……只有她，才有这样博大的胸怀和气量；茫茫天地好像一张铺展的素绢；也只有她，才能冲破这数九严冬的三尺厚冰，抖擞精神，挥洒自如，书写出最新最美的流彩华章。

轩辕一个人在这大河的黄尘水雾中久久伫立凝望，扑面而来的河水把他的熊皮外衣、虎皮坎肩全打湿了，可是他还是坚持站在那里，在水雾中来回走动，反复比较、仔细吟读……啊，在古往今来那么多前来品读壶口的人中，也许只有他一人才真正读懂了大河——这位华夏儿女母亲的殷殷之心。她宽厚、仁慈、善良，她以厚德覆载养育着华夏儿女，教他们和谐相处、雍容大度、趋向大同……但是，面对列强暴行，面对贪婪之徒，她也有这惊世一吼啊！

等轩辕终于依依不舍地从壶口瀑布的水雾中走出时，全身已经湿透了，大家忙碌着给他换衣服，他却依然精神振奋，沿着河水呼啸奔泻的龙槽，追随大河迫不及待的脚步，继续向南巡察，终于找到一个河面封严的去处。

选定北路军东征的路线后，轩辕临离开壶口南下，与中路、南路会合前，特意在壶口瀑布喧嚣的黄尘水雾旁，举行了一次隆重的检阅仪式。岐伯、仓颉、宁封、昌意，还有陕北一带玄龙、兔龙、貉、狐、蛟等部落酋长奢龙、上章、著雍、封胡、大封陪同检阅。玄龙、兔龙、貉、蛟等部落的兵士人马和中戊、中己卫队与仓颉的粮草车队，六个步兵方阵和粮草车队居中，战车护于四围，列阵于壶口西岸，黄龙图腾居中，其他图腾的图案虽说各异，但是图腾旗帜和各部落兵士的服装却都是一色玄色，森然杀气，笼罩河岸。牛角号队吹出呜呜龙吟，黄浪卷起萧萧虎啸，战鼓咚咚敲得人心发痒，战马与壶口瀑布一起嘶鸣……军魂、河魂、民族魂，这时候完全融为一体。

检阅完之后，轩辕站上一块岸石，背后是随风狂舞的天鼋大鼋与中央黄龙图腾旗，面对各部落同样狂舞的图腾旗帜和大河岸边群情激昂的师旅将士，轩辕难抑激奋之情：

"各位酋长、各位英勇将士，数九严寒，我们为什么东征？就因为华夏龙族正面临生死考验：九黎肆虐中原、祸起河东，危及炎帝，奴役兄弟……国不宁，吾宁死！听听黄色大河——黄河之咆哮，听听这民族母亲之呐喊……"

将士们被大河和轩辕激昂的情绪所感染，"黄河、黄王"、"黄王、黄河"的欢呼声，响彻云霄。

轩辕离开北路将士，只带了随身的中戊、中己卫队，一路急行南下，沿途，尽是连绵不断的向前方运送粮草的牛车、马、驴和骆驼……与已经在白马滩一带集训的中路师旅会合后，与嫘妃、天老、吴权、鬼容区、马师皇等又一次观摩了步兵、战车的训练情况，即率领大家继续东进，直达黄河西岸的今韩城市一带。黄王轩辕的到来，让当地小部落的酋长们欣喜若狂，他们正在担心自己部族的生死存亡的时候，如今来了救星，如久旱逢甘霖，得到了滋润。轩辕并没有停留于此就急着发号施令，而是先北上龙门一带查看地形，为确定出兵的位置做准备，又带了中戊、中己卫队和南路师旅的将领挥、夷牟、货狄、隶首、玄嚣等乘车继续南下，直奔黄河拐弯处。来到芝川一带，今司马迁祠墓所在地，站上那如华山苍龙岭一样的鱼脊路面上，就有当地人在给他指点河东：

"对岸就是后土的领地！"

这一带河岸一下子宽到一二十华里，一片平滩的河床上，尽是覆盖着残雪的黄草，野棉花、芦苇荡的白花在寒风中摇曳，黄河被分割成一条条时聚时散如巨蟒一样相互缠绕的支流，它们现在是一色的银白，泛着刺眼的寒光。当时的黄王轩辕，也就是以后被尊为中华民族人文始祖的轩辕黄帝，这位开创了中华民族五千年文明基业的"天下第一帝"，怎么也不会想到，就是他现在站立的这个地方，到了两千多年以后的西汉，出现了一位伟大的史学家司马迁。正是司马迁不辞劳苦，以其"北过涿鹿，南浮江淮，西到崆峒，东至于海"的实地考证，在其"无韵之《离骚》，史家之绝唱"的皇皇巨著《史纪》中，于开篇的"五帝本纪"中，第一次为黄帝立了传！黄王轩辕现在站立的地方，正是以后的司马祠山门的位置。这芝川，就将以司马祠的存在而名扬华夏大地。

轩辕继续南下，一直走到黄河拐弯处，直到让自西而东的渭水给隔住为止。轩辕停车黄河西岸的沙滩上，凭轩详细地察看着对岸的山形地貌和蚩尤的布防格局，心中有数后，才沿黄河西岸折向北，直去合阳，与会师于这一带的陇东、西戎、巴蜀部落和关中的牛龙、豸、豹、虎龙、狐等部落的酋长、首领、代表和将士们会面。让轩辕怎么也想不到的是，已经进入垂暮之年的蜀山氏部落酋长蜀夫，这次也亲自带着本部落的兵将前来助战。这位两只水泡眼鼓得很高、具有典型的三星堆和现代四川人形象特征的老人，一副瘦削的长脸，如扇的大耳外翘着，一脸的皱纹的表情。他这次之所以亲自前来参加轩辕组织的东征之战，主要还是为了满足他自轩辕称王以来的一个心愿，就是和轩辕、嫘妃攀个儿女亲家，把他的掌上明珠、温柔漂亮的昌仆嫁给轩辕的儿子昌意。当然，这是后话……当务之急是战争！

轩辕为蜀夫的来到而感动，不由得想到一句话："还是老朋友靠得住！"就主动上前，和蜀夫拥抱在一起，关切地询问："蜀夫酋长，别来无恙，一向可好？"

"托大酋长福，身子骨，还硬朗！要不老子咋能越过那蜀道难，来到这里哟？"蜀夫明知轩辕已经被炎帝榆罔封为"摄政"之王了，可他觉得还是称"大酋长"亲切，能让人有许多亲切的回味。

轩辕用手拍着蜀夫的肩膀："硬朗了好！硬朗了好！要注意保重身体，年龄不饶人啊！"

"这倒是——"蜀夫以他浓重的蜀地方音回答到。

轩辕又把每一位酋长都拉入怀抱，热情拥抱，亲切问候，现场气氛热烈而融洽，充满了积极进取、蒸蒸日上的自信与自豪。

三

轩辕和大家一一见过礼之后，将南路的将领一一向大家做了介绍，大家免不了又是一番热烈的拥抱问候。然后，轩辕一挥手，大家就习地而围坐，开始饮茶畅谈。轩辕坐于中位，虽然说他对整个战局已经是胸有成竹了，但他还是想先听听大家的意见。

"各位酋长、各位首领、各位将军，大家应我之邀，前来参战，不知对战局，有何看法？"轩辕开门见山地抛砖引玉道。

"你是摄政王哟！现在九黎肆虐河东，炎帝榆罔危在旦夕……天下有事，匹夫有责。摄政王发了邀请我来，不发邀请，我也来！"蜀夫年龄最大，他就先发言道："蚩尤猖狂，不可一世，甚至要取代炎帝……但他是逆天而行，不得人心，只要我们做好当地部落工作，最后，必然胜利！"

"好！说得好！"轩辕由衷地发出赞赏。

虎龙部落的酋长斗苞，一直有一种担忧，好在现在他把这个问题已经想通了："我最担心咱们的武器——九黎武装到了牙齿，他们持金兵，头顶上又长有金铸牛角，近身肉搏，我们肯定吃亏！"

虎头斗苞经过一番渲染之后，才正式提出自己的观点："咱们的长项是车战。战车可攻可守，攻则横冲直撞、所向披靡，守则自为阵法，让敌畏而不敢轻易靠近。战车上一弓一矛，远距离射杀、近距离则矛刺车撞……只要扬长避短，发挥优势，就能更有效地保护自己，更有力地消灭敌人！"

从小就是"大力士"的挥，如今个头儿虽说没轩辕高，却结实得像个铁疙瘩。他说："斗苞酋长说得对！我们有强弓，加上轩辕发明之劲弩，可以所向无敌……我主要考虑，南路兵马之任务，一是和谐河南各部，帮助东夷；二是渡河作战，南北合击。南路肩挑重担，大家要有充分准备。"

夷牟是个张飞穿针——粗中有细的人。他说："我们有条件与中原各部搞好关系，东夷寄居中原，这方面我可做主要工作。听说九黎义气之人——神荼、郁垒镇守东夷（旧地），不妨做他们工作，许可断蚩尤之一翼。"

"渡河之事，包我身上。"货狄在赤将的帮助下，造舟的技术可以说是更加炉火纯青了，因而他一开口，就自信地打保票道，也不想，轩辕之所以要在这个季节发动进攻，目的就是为了避过渡河之难。话已说出，他自觉有些唐突，就伸了一下舌头，表示歉意。不想轩辕不但不怪他，反而说："就是要多几手准备。战争中情况瞬息万变，一定要做好多种选择。"

轩辕把目光投向牛龙部落酋长茄丰："牛龙有何打算？"

茄丰人很实诚，就瓮声瓮气冲出一句实诚话："我听您的，你指向哪里，我们就冲向哪里，所向披靡！"

逗得大家一阵哄笑。轩辕也笑呵呵地拍了拍他的肩膀，表示肯定。

轩辕又把目光投向蜀夫："你老还有何见教？"

蜀夫又一次展开了他的一脸笑纹："此役硬仗也！不可正面强攻。"

"好，正合我意！"轩辕肯定了蜀山氏部落酋长蜀夫的话后，接着说："我们此次受炎帝之邀东征，确是一场硬仗也。然而，我们是正义之师，为和平和天下太平而战。圣人云，得大道，天下往。我们一定会赢得河东与中原、东夷各部支持，打赢这场战争。我想，南路要先行一步，尽快赶到大河西岸，沿河与蚩尤对峙，一定要旗帜张扬，鼓角争鸣，把阵势搞大……要多派探子，探对方之虚实。"

　　轩辕派出探子探蚩尤的虚实，蚩尤也在干着相同的事情。为了了解轩辕这位"摄政"之王的底细，蚩尤派出了多支侦察分队，晚上偷渡过河，化装深入到河西来，刺探轩辕的虚实。蚩尤的兄弟漏尤带领的就是其中的一支。

　　漏尤这个人很机灵，他个头不高，有点南方水乡人"鬼精灵"的特点。他虽说心眼小一些，爱抠细枝末节，可性格还算开朗，讲义气，手下又笼络了一些敢于冒死的弟兄，蚩尤派他过河侦察的时候，这些弟兄就成了他的得力助手。他们凭着从小熟习的水性，胆子大，就踏着冰面，趁着夜色溜过河来。

　　上岸之后，去哪里看呢？这让漏尤颇费了一番心思。他的想法很直接，那就是奔着轩辕的中军大帐而行，能抓住个大小的"舌头"，都是有用之人。可是轩辕的中军大帐在哪里呢？这伙人化装成以物易物的生意人，在河西四处游荡，寻找可乘之机。终于找到了轩辕的中路营地，但见战车四围，辕门车立，严整合缝，无懈可击，不由心生赞叹。终于在晚上找机会潜入营中，躲过中戊、中己卫队的一次次巡营，找到中军大帐，却见守备森严，无法靠近，最后摸了一个哨兵带走，才知轩辕并不在中军大帐，而是沿大河西岸南下巡察，听说又去了南路集结之地合阳……等到他们返回到河岸上的时候，但见河岸上已经立起一座座军帐，形成与河东对峙的局面。这帮人在干枯发黄的芦苇中潜伏了一下午，直到天完全黑下来了，才找机会返回河东。

　　轩辕回到中路所在地，听说一名哨兵失踪，知道是蚩尤手下的人所为，就进一步加强了夜间巡逻的力量，百倍警惕地守好中军营帐。与此同时，轩辕派去侦察的人员也陆续返回，将河东的真实情况如实地向轩辕做了汇报。与后土联系的人也已经回来，转达了后土、共工对轩辕东征的欢迎态度。轩辕心中有数后，又与天老等诸师商议，准备筑坛拜将事宜。

　　"此次东征事关大局，任务艰巨，拜谁为大将呢？"轩辕直截了当地提出问题。其实他心中早已经物色好了一位大将人选，只是想再听听各位师尊的意见。

"当前看，最佳人选，非应龙莫属！"天老一锤定音似的提出应龙为最佳的人选，大家没有意见，也正中轩辕下怀，此事就此确定，而且筑坛的事，连夜开始进行，孔甲又接到命令，由他起草东征蚩尤的檄文。平时在关键时刻，像这种重要的文字都要经过仓颉的手才行，可这次仓颉身在北路，远水不解近渴，只有靠孔甲操刀了。

孔甲是仓颉最好的学生之一，这些年来，他跟随仓颉左右，一天手中都拿着个龟甲，在那里琢磨，似乎可以"望甲欲穿"。因而仓颉给他取了个"孔甲"的名字，调笑孔甲的执着精神。孔甲却不以为然，只管学习借鉴仓颉的发明创造，在此基础上进一步发扬光大。孔甲经过一夜苦熬，一篇措辞严厉的《讨逆檄文》总算写成，送给轩辕审阅。轩辕看后，点头肯定："好！刻上龟甲，记你头功！"

轩辕出兵之地已经选定，但是拜将之地，却选在芝川这个直面黄河的地方。所谓筑台，只是在原有土台的基础上略作修葺，但是由于这里地势险要，从下到上，只有一条龙脊相连，这个拜将之台，就显得气势磅礴，犹如一条巨龙雄立高岗，昂首东方。拜将台的高筑，进一步增添了芝川的灵气，让这个本不出名的地方平添了几分神圣不可侵犯的威严和勇往直前的锐气。

轩辕登台拜将的日子，是天老精心测定的黄道吉日，时间依然定在辰时。这天，拜将台四周和龙脊上人工修出的土台阶道两侧，全是猎猎飘动的黄龙旗，龙图腾和天鼋大龟图腾旗帜居于台中央。台上列了香案，香鼎中香烟缭绕。

这是一个万里无云严冬里常见的那种晴朗的天气，轩辕、嫘妃与天老帝师，吴权、鬼容区、马师皇王师，应龙、大挠、常先、大鸿、容将等武将和沮诵、赤将、胡曹、于则、伯余、孔甲、喫诟、滑稽等文臣，蛇龙部落和马龙部落，獐、蚓等部落酋长阉冉、玄子等和十干卫队、马龙、蛇龙、獐、蚓等部落的人马，战车居前，步兵在后，列阵于台下，把个黄河的西岸，变成了一片黄色调为主的振奋人心的鼎沸海洋。

四

就在轩辕登台拜将、准备东征的时候，炎帝榆罔却做了一个怪梦——他从北面向南走去，走进聚落之前，东天上骄阳高悬，西天（实际上是南天）上，也有一轮太阳高悬在许多由人堆起的重峦叠嶂上。炎帝榆罔惊奇地说："天有二日！"然而随行的人不信。他说："此人造也。"他身旁的她还是不信。他们拐向东去，随着地形变低，人造的太阳遮在了塬面后面，在炎帝榆罔反复强调"天有二日"的时候，人造的太阳在云雾后面又隐约地跳出来，显现了一次……

炎帝榆罔觉得这不是一个好的兆头，请来帝师悉诸占梦。悉诸是占梦高手，可是对这个梦却不好多做解释。他只能鼓炎帝榆罔的劲，说："此好兆头也！天有二日，言有一个如日中天之人会解救危难……同时，昭示了上天某种启示——"

帝师悉诸的解释，让炎帝榆罔吃了一半定心丸，而对"上天的某种启示"，悉诸没有明说，他一时猜不透，也不好再细问，只好留在心中，成为一个疑团。以后，炎帝榆罔和摄政之王轩辕见面的时候，他又专门将这个梦讲给轩辕听……轩辕听后"呵呵"一笑："我亦有同梦，吉。人定胜天！"轩辕没有多心，炎帝榆罔却多疑……可以说，炎帝榆罔是在一种矛盾复杂的心理状态下迎接轩辕东征的。而正是在这一种矛盾复杂的心理状态下，才导致了以后炎黄之间更大的一次战争冲突。

实心实意地欢迎轩辕东征的人，首先要推在河东向芝川遥遥相望的猴龙部落酋长后土。后土自从受到特别邀请去桥山主持了一次黄城城墙的夯筑仪式和出席轩辕黄王登基仪式后，与轩辕可以说是"一见钟情"、相见恨晚，对天下大势的共同理解，将两个人的心紧紧地拧在了一起。出于对轩辕蒸蒸日上的进取精神的认识和理解，再加上对蚩尤九黎进入渤澥地区以后种种恶行的观察，后土认为只有拥戴轩辕，依靠轩辕的华夏部落联盟从关中到陇东一直延伸到西戎、西蜀天府之国辽阔广大的土地上的人们和丰富的物产支持，才有可能战胜蚩尤这一劲敌。因而，在轩辕还没有东征之前，后土部落已经洒扫干净，热情等待轩辕的到来。

另外几位苦苦等候轩辕的人，一个是盐池西南已经沦为盐工的学贯古今的完人风后，一个就是盐池北面于大泽中牧羊的大力士力牧。这两个人以后有幸成为轩辕黄帝的左膀右臂，成为华夏五千年历史上的"第一将相"。

　　还有一位诚心想迎轩辕的人，就是炎帝榆罔的小帅祝融。他是出于对炎帝榆罔的一片忠心，才对轩辕像迎接从天而降的大神一样衷心期待。有对轩辕一贯的认识，他还是坚持请轩辕前来助战。

　　经过与北、中、南三路将士、部落酋长、首领与代表的交流和实地考察，又综合了从河东返回的侦察人员带回的各种信息，黄王轩辕，这个炎帝榆罔新命的摄政之王的东征路线和发兵地点基本上得到确定，即北路从壶口瀑布南面的河面过河后南下，与中路会合，保证后勤万无一失。南路避过与蚩尤的正面交锋，向南直达黄河拐弯处，越过渭水，出潼关东进，直绕到今三门峡（人门、鬼门、神门）一带，再从南面北渡黄河，切断蚩尤与中原的联系，控制食盐外运线路，从而断绝九黎的各种生活来源——渤澥一带生产食盐，虽是生活之必需，但是粮食及其他生活日用品，却都需要与外界以物易物的交易才能获得。同时，南路还要分出一支继续东进，与中原各部落合作，包括鸡龙、乌、雉等部落与东夷各部，开辟中原广大的生活空间，并为收复东夷旧地而努力。中路呢，则从河面较为狭窄的龙门出兵。

　　大的思路已经确定，宣战的檄文也已经写好，筑台拜将的各项准备工作也已经就绪，可以说是"万事齐备，只待东风"了！按照天老帝师的意见，摄政之王轩辕把拜将的时间定在"黄道吉日"的辰时。这天，芝川拜将台的四周和龙脊上人工修出的土台阶道两侧，全是猎猎飘动的黄龙旗，黄龙图腾和天鼋大龟图腾旗帜居于台中央。台上列了香案，香鼎中香烟缭绕。

　　这是一个万里无云严冬里常见的那种晴朗的天气，这一天，果然刮起了东风，所有的图腾旗帜，在东风的劲吹下，都旗指河东。轩辕、嫘妃与天老帝师、吴权、鬼容区、马师皇王师、应龙、大挠、常先、大鸿、容将等武将和沮诵、赤将、胡曹、于则、伯余、孔甲、喫诟、滑稽等文臣、蛇龙部落和马龙部落酋长屠维、重光，獐、蚓等部落的酋长阉冉、玄子等和十干卫队、马龙、蛇龙、獐、蚓等部落的人马，列队站在台下，把个黄河的西岸，变成了一片黄色调为主的振奋人心的鼎沸海洋……北路诸将岐伯、仓颉、宁封、昌意、执徐、单阏与玄龙、兔龙、狢、狐、蛟等部落酋长、首领，南路诸将挥、夷牟、货狄、隶首、玄嚣与陇东、西戎、巴蜀部落和关中的虎龙、牛龙、豸、豹、狐等部落的酋长、首领，也都赶来参加拜将仪式。战马嘶鸣，战车在各路人马的前面横列。

"时辰已到——"随着沮诵的一声亮音，轩辕和沮诵登上龙脊的台阶道，在猎猎的龙旗中间穿行。一身黄装、头顶黄冠的轩辕显得更加意气风发仪态轩昂。轩辕一行登上拜将台后，给香鼎中添上香草，面对着皇天后土和冰封的白练一样缠住河东的黄河，面对着河滩平地上阵容鲜明的人山人海的将士行完三拜礼，沮诵朗声唱道："应龙上台受拜——"台阶道两旁，一声接一声地传着"应龙上台受拜——"，这声音让东风吹送得很远，很辽阔，很有一些山鸣谷应的效果。

应龙今天在他的大鹰翅膀上面，又插了朱黄蓝白玄五方色旗，头顶龙图腾，健步如飞地登上龙脊道，来到轩辕面前。

轩辕面对着应龙行过叩拜礼后，从沮诵手中接过一把玉剑，郑重地放在应龙平托的手上。应龙跪接过玉剑后，猛然站起，将玉剑刺向东天，山呼："华夏必胜！轩辕必胜！东征必胜！""华夏必胜！轩辕必胜！东征必胜！"的口号从龙脊道上一节节传下去，直至山上山下连成一片，远远近近山鸣谷应。忽然有一处冻结的山崖崩塌，坚硬的大土块从崖头"轰隆隆"闷雷一样滚入山谷，把冰雪砸得纷乱飞扬……黄河依然如故，是冰封的一带亮银，它像一把磨亮的弯刀，锋指河东之地。呼应着西岸的口号声，东岸上，九黎的兵士们严阵以待，发出"嗷嗷"的乱叫……可是这声音和轩辕兵马的口号声比起来，只能是小巫见大巫了。后土向北撒出准备迎接轩辕黄王的到来，这些刚刚占领对岸的九黎兵士正不可一世呢！

看着群情激愤的场面，应龙开始点将："请各路主将、副将上台受拜——"

"请各路主将、副将上台受拜——""请各路主将、副将上台受拜——"

的声音一路向台下传去。

北路的岐伯、仓颉、宁封、昌意、奢龙、上章，中路的大挠、常先、大鸿、容将、重光、屠维，南路的挥、夷牟、货狄、隶首、蜀夫、玄嚣、茄丰、斗苞先后登上龙脊道，来到轩辕和应龙面前，接受轩辕和应龙的叩拜。双方互拜后，应龙将兵符先后交到各位主将手中。岐伯、大挠和挥跪接过兵符后站起，回到各自班中。

沮诵让伺者将画在兽皮上的作战示意图铺在地上，大家聚拢过来。轩辕特别叮嘱南路的主将挥道："从今晚开始，只留空营，保持巡逻值守之表相，其他人马，星夜兼程赶到三门峡，突过黄河。"

挥："是！"

应龙指着北路的进军路线对岐伯道："北路，尽快越过黄河，开辟稳固的保障线，中路一到河东，及时保障军需。"

岐伯："主帅放心！"

应龙："好！各路主将听着，河东渤澥会战，除暴安良，剪除祸患！"

站在各路副将之前的岐伯、大挠和挥齐声应道："是！"

沮诵开始高声诵读《讨逆檄文》：

> 神农之季，炎帝之秋，南有蚩尤，犯上作乱，危及帝位；天下大乱，昊天将倾，黎民百姓，生灵涂炭，水深火热……轩辕不才，临危受命；摄政天下，欲回天倾。大道一举，天下向往；华夏一心，共征不享！

应龙带头高呼："华夏一心，共征不享！"

"华夏一心，共征不享！""华夏一心，共征不享！"的呼声又一次响彻黄河西岸。

五

南路兵马保留了一个继续陈兵黄河西岸严阵以待的假象，星夜悄无声息地东进后，北路的各位大将也返回了北路，只有走中路的轩辕、嫘妃与

446

天老帝师，吴权、鬼容区、马师皇王师，应龙、大挠、常先、大鸿、容将等武将和沮诵、赤将、胡曹、于则、伯余、孔甲、喫诟、滑稽等文臣，重光、屠维等和十干卫队、马龙、蛇龙、獐、蚓等部落的人马，还陈兵黄河西岸。摄政之王轩辕和应龙大帅，一是等候南北两路的进取情况，二是等吉日良辰，祭天出征。

中路的这一支部落联军，主力军应该说就是马龙部落的车战师旅。这批当年由马师皇与容将等人调教训练出来的马拉战车，长短兵器配备齐全，训练有素，战斗力很强。战车所用马匹，都是从作为部落图腾崇拜的龙马群中精心挑选训练出来的。马师皇从轩辕骑乘白龙马受到启发，所以自巴山氏部落来到陇东后，为了加强华夏部落联盟陇东各部落师旅的战斗力，曾经亲自来到马龙部落以物易物，换取战马。他也毫不保留地将自己驯化马匹的技术传授给马龙部落，双方结下了深厚的友谊，也为马龙部落带出了一支训练有素的马军。容将是其中的佼佼者。就马龙部落的情况而言，重光虽是部落酋长，而军事指挥权却在小帅容将手中。关中北部的马龙、虎龙部落素来善战，掌握了车战技术，更是如鱼得水，所以此次东征，轩辕就将他们分别用在了关键的部位。

马龙部落的车战师旅被作为中路主力，归轩辕和应龙直接指挥，对容将来说，是一件很荣耀光彩的事，所以自从被编入中路后，容将的脸上总是挂着兴奋，劲头儿也十分足。从在白马滩的集训开始，他就是应龙身旁一位得力的助手。现在，南北两路的将领一去，他又一次从众将中凸显出来。前后左右，鞍前马后，不光是车战师旅的事，整个部落联军的大小事务，他都替应龙操持着。这位副将虽说排在第四位，但却是一个实实在在的职位。这不，他又在积极地为轩辕祭天出征做好各方面的准备。

要举行"祭天出征"仪式，就要先筑祭坛。祭坛的位置就选在龙门西岸的一个土丘上，利用土丘本来的形状，稍作修整即可使用。黄河龙门，以后又称禹门，原来特别狭窄，直到轩辕的子孙大禹治水时才得以凿开，所以《禹贡》中才有"导河积石，至于龙门"的记载。龙门山东西对峙，河水到了这里，只能是打着旋儿，惊涛拍岸，波浪汹涌，以至于禹凿龙门之后，还有人吟诗称其为"禹门三重浪，平地一声雷"，大有与黄河壶口一较高低之势，虽然说现在是数九寒冬，龙门的河水被封在冰面之下，但是，当你站在黄河岸边的时候，还是能听到它们发自冰底那闷闷的、像远方滚滚而来的春雷一样轰轰隆隆的冲击声。忙着指挥大家筑坛的容将，驾车来到黄河岸边，听到这闷闷的喧响，心中就擂起了战鼓，有一种大战临近，战马嘶鸣，奋勇当先的冲动。

祭坛已经成型，摄政王轩辕和应龙大帅前来巡视。再一次来到黄河岸边，轩辕心潮澎湃，思绪万千，听到这闷雷的喧响，他又一次想起"壶口瀑布"那千万个图腾竞相争先、踊跃向前的壮观场面，那尖啸的嘶鸣、那沉闷的雷声，与这里脉搏相通……是啊，龙门是一道关，河水只要跃过了这龙门，前面就是一马平川、一泻千里了……虽然征途还会有波折，有时可能还会旋转倒流，但是，地倾东南，水总是要流向东方，奔向大海……应龙与轩辕相随。是他，指挥大军跨过这龙门，开辟了华夏的万古基业，所以后世就有长着翅膀的应龙以身躯的蠕动，开凿出弯弯曲曲的河道的神话传世。

"祭天出征"仪式前，轩辕请天老帝师卜一卦。天老选了一个洁净的地方作为蓍室，面南开门，置床于室中央。取出蓍草五十根，放入竹筒之中，筒与蓍一样长，置于床北。又设木格于竹筒之南，居床二分之一偏北，木格别为两大刻、三小刻。又将香炉放于木格之南，再放香盒于香炉之南，整日燃香致敬。到占卜的时候，天老则洒扫拂拭，先齐洁衣冠，面北而站，洗手、焚香致敬。让轩辕焚香，轩辕焚香毕，退后，面北而立。天老进立于床前偏西，南向受命。

轩辕："请帝师为东征占一卦，吉也？凶也？"

天老："诺。"

轩辕西向立，天老北向立。

天老双手奉竹筒之盖，置于木格之南，香炉之北。从竹筒中取出蓍草，置于筒北，合为五十策，双手执之，熏于香炉之上，口中念念有词："假尔泰筮有常，假尔泰筮有常。黄王轩辕，受命摄政，今以东征之事占卜，未知可否？问于神灵，吉凶得失，悔吝忧虞，只待神定。"如果能明告，则以右手取其一策，返于竹筒之中。而以左右手中分四十九策，置木格左右两个大刻中。这就是第一营，即分而为二，以象阴阳也。然后，又是第二营，"挂一以象三者也"；第三营，"揲之以四，以象四时"，"归奇于力以象闰者也"；第四营，"再力以象再闰者也"。又是"一变"，又复四营如一变之仪为二变……天老那精瘦纤细鹰爪一样的双手熟练地操持着，真让人有些眼花缭乱，盯不住。经过一十八变而成卦为"夬"。

夬卦，乾下兑上，六爻之中，一阴在上，下皆为阳。

天老："扬于王庭，孚号有厉……夬者，决也，阳决阴也。以五阳取一阴，决之而已！然其决也，必正名其罪，而尽诚以呼号其众，相与合力才是。即使这样，也尚有危厉不可安肆。又当先治其私，而不可专尚威武，则利有所往也。王宜施禄及下，居德则忌。"

轩辕谨记在心，焚香揖天老而退。

回到中军大帐，轩辕思如泉涌，一段歌词吟诵出口。他让孔甲记于巾几，谓之《巾几铭》，传给沮诵去谱曲。沮诵谱曲后，哼给轩辕听，低沉、雄浑的进行曲节奏，犹如黄河冰封之下的雷吼，一下子就感染了轩辕和在座的人们。轩辕不禁兴奋地说："传各营，共歌之。"

"祭天出征"仪式举行的时候，轩辕、嫘妃与天老帝师，吴权、鬼容区、马师皇王师、应龙大帅居中，沮诵、赤将、胡曹、于则、伯余、孔甲、喫诟、滑稽等文臣在左，大挠主将、常先、大鸿、容将、重光、屠维等副将在右，十干卫队、马龙、蛇龙、獐、蚓等部落的人马车仗列队黄河西岸……

祭过苍天后，面对部落联军，轩辕大声道："日中必彗，操刀必割，执斧必伐！日中不彗，时谓失时；操刀不割，失利之期；执斧不伐，贼人将来！涓涓不塞，将为江河；荧荧不救，炎炎奈何？两叶不去，将用斧柯；为虺弗摧，为蛇奈何？"就在大家都凝神静思的时候，轩辕接着说："蚩尤以金兵之利，逆天而行，危及帝位，残虐生灵，炎炎中烧，虺蛇当道；我们奉命东征，替天行道，以征不享，正义之师，同仇敌忾，所向无敌。东征必胜！"

部落联军群情振奋，"东征必胜！""东征必胜！"的口号此起彼伏，经久不息。

应龙将帅旗一挥："出征——"

部落联军齐声高唱《巾几铭》：

> 日中必彗，操刀必割。
> 执斧不伐，贼人将来！
> 荧荧不救，炎炎奈何？
> 为虺弗摧，为蛇奈何？

大家迈着坚实的步伐从龙门出征，踏过黄河冰封的河面，深沉、雄浑、激愤、昂扬的旋律，伴随着辚辚车声和战马嘶鸣。

黄 帝 传

李延军　著

第二部

中国文联出版社
http://www.clapnet.cn

目　录

第一章

一

"日中必彗，操刀必割。执斧不伐，贼人将来！"这男人的雄壮歌声，和着冰面下黄河闷雷一样的低吼，在冰冻的白光光的黄河和两岸的青褐色山头间，裹着凛凛寒风回荡。

在这样一种深沉、雄浑、激情、昂扬的旋律中，轩辕率领东征的中路部落联军，如同一股铁流，向河东地区滚滚而去。骑在白龙马上的轩辕，踌躇满志，意气风发。车辇里，嫘妃仪态庄重，深沉凝思。与吴权、鬼容区、马师皇同乘一辆云车的天老神态自若，吴权则以右手轻拈着他那稀疏的山羊胡子，鬼容区闭目养气，马师皇的眼中盯的，依然是各种类型的战马，这是一个他一辈子也研究不透的课题。应龙和大挠、常先、大鸿、容将各骑一匹战马，滚雪龙当先，花骝、枣红、乌龙、赤兔个个精神抖擞、蹄飞鬃扬、咴咴啸啸，奋勇争先。更有沮诵、赤将、胡曹、于则、伯余、孔甲、喫诟、滑稽等文臣和敦群、大荒落等随后，迤逦而行。面临危难的华夏部族，一个崭新的局面，就要在这一代人的手中展开蓝图……

踏上河东的土地，轩辕的心"嘭嘭"地跳着，思绪翻腾着巨澜，黄河壶口腾天而起的"黄龙"与严冰下低吼的"龙吟"在他心中此起彼伏，交相辉映；母亲附宝慈祥的面容再一次显影：她那寒风中颤抖的白发、她那老泪纵横的面影和殷切的目光……回望河西，轻寒烟岚，一派苍苍，家乡的山山水水笼罩在一股从心底涌出的热流之中，蜿蜒起伏的褐黄色的山川高塬，一时也罩上了一层水雾，变得影影绰绰。

轩辕是在得知北路和南路的最新情况之后踏上河东的。快马传来的消息，使他感慨万千……

岐伯、仓颉、宁封、昌意、执徐、单阏等率领的北路部落联军和轩辕东征后勤保障的车马粮草队伍，如同一条蜿蜒的长龙，越过黄河之后，就一直向东岸的山塬进取。在与河西的黄土高原同样古老、形状却大有不同的黄土山塬间盘旋回绕，终于赶在天黑前，于黄昏中来到州川河东一个部落的聚落前，深深的壕沟，挡住了去路。从这里一直向北，就是已经被蚩尤的鹿部落联盟占据的五鹿山。有许多困难有待解决，一要做通当地部落的工作，二要防备鹿部落的兵马南下，确保东征大军后勤保障线于万一，岐伯、仓颉、宁封、昌意、执徐、单阏等只好兵分两路，就留下仓颉与狢、狐、蛟等部落的酋长们和这里的部落交涉，继续护送粮草南下，向中路靠近；而由岐伯与宁封、昌意、执徐、单阏等，率领玄龙、兔龙部落的主力继续北上，抵挡蚩尤鹿部落联盟的兵马南下。

　　一切安排妥当后，仓颉立即指挥兵士们用战车四下里将粮草围定，布好防御阵式。

　　当地部落的首领——后土部落联盟的一个小部落的酋长垦，还从来没见过这么大的阵势：那么多人众，那么多威武的战马，那么多装着粮草会跑的物什——他还不知"车"为何物。神情紧张的他还以为是天兵天将，从天而降，又以为是恐怖的蚩尤的兵马突然来到，所以赶快让人拉起吊索，在土壕的另一边严阵以待……一夜霜寒凛冽，北风呼啸。眼看着这些突然来到的不速之客，其中一大半人马，早已经分出，径直向北开去了，却不见他们有任何发起进攻的迹象；再看这些意气风发、表情友善的人马，既没有蚩尤部落的"铜头铁额"，也没有他们的青铜兵器，和传说中蚩尤鹿部落联盟的兵马那种骄奢淫逸、四处烧杀抢掠、骄横无忌的形象简直判若两样，这倒让一直高度警惕的垦彻夜难眠，百思不得其解……

　　天刚大亮，垦就接到报告，从西面来的兵马派来了谈判代表，说"乃摄政王轩辕之兵马，到此只为征不享，伐蚩尤"。垦急问："来者几人？""仅二人，一酋长，一执礼随从。""兵马动否？""未也。"垦还是有些不信，再次来到靠近土壕的地方仔细观看，他真有些不相信自己的眼睛了——

452

只见来者用车规整地围了一个大圈，所有的物什都被圈在其中。其中一辆车被车辕朝下直立起来，成为辕门，辕门上，图腾旗帜在寒风中猎猎抖动，阵势大开，却不见有任何采取行动的迹象。而在壕沟的对面，有两位同样身着玄色服装的人，已站在吊桥前。

对方葫芦里究竟卖的是什么药？昼想搞清的正是这个问题。虽说河东、河西自古以来就平和相处，平时交往不少，但是他们不经事先通告突然到来，究竟是为了什么？不管怎么说，有理不打上门客。为预防不测，昼立即做出布置："布上斧门，请来者进寨。"

仓颉派来的这位使者，正是蛟部落酋长大封。自从岐伯等率主力北上后，仓颉最大的问题，就是尽快打通与河东部落的关系。那么，派谁去合适呢？他叫来貉部落酋长著雍、蛟部落酋长大封和狐部落酋长封胡，与他们仔细商量。洛河流域的貉部落酋长著雍抢着发言：

"貉者，开路者也。逢山开道，遇水搭桥，披荆斩棘，通顺所往，万难不辞，故谈判交涉之事，非我莫属！"

蛟部落酋长大封更是当仁不让："余去为是。蛟与玄龙兄弟也，自炎帝推行轩辕龙图腾，龙图腾已为天下部落共识，谅无多难堪。"

狐部落酋长封胡则提醒他："不可掉以轻心，有备无患，多备几手，以防万一！"虽说这一次狐部落和虎龙部落各走一路，狐部落没有了往日里"狐假虎威"的派头，但是正像他们所崇拜的图腾一样，狐部落酋长封胡的心眼儿还是多了一些。

其实这一层，仓颉早已经想到了，只是还没说出来："封胡酋长此言甚是。对此吾已有准备。然吾辈仍要如轩辕所言，先礼后兵，能不打则不打，以确保后勤供应于万一。"

"诺，故此行非余莫属，汝等大可放心。"

"吾往！""吾往！"众将皆当仁不让，著雍和大封争得不可开交。封胡伸出两臂，极力压住众人："勿争吵，此事不大，亦非小可，且由仓颉定夺。"

仓颉环视众将，手拈纤须，宣布："大封前往。切记，只许成功，不许失败。若谈判失败，代价难估矣！"

"是也！"大封口齿伶俐地答道。看他胸有成竹的样子，倒是对此行充满了信心。

站在寒风中等待的大封终于等到了"有请"的口令。他眼看着吊桥"咔吧吧"地被放了下来，就大不咧咧地向前走去，把路两旁林立的刀斧全没放在眼里。他的眼睛只是友善地直盯着站在"斧门"那头的垦。随从不知水之深浅，只好托举着礼品，小心谨慎地紧随在大封身后。

看眼前这位酋长，虽然站在高处，个头却不高，人也长得敦实，肤色深红，就像红胶泥的色彩，一双大大的圆目，厚厚的嘴唇，严阵以待、紧张、暗含不安的表情中，倒透出了一脸憨厚诚实之相。这么观察着，大封的心中就又增添了几分成功的把握。而轻手轻脚地跟在身后的随从，依然是一副拘谨小心的样子。

垦睁大圆眼看着来使，只见这人脸色白中泛红，明眸秀目，儒雅大方，神态自若，一副曾经沧海、把"斧门"全没放在眼里的姿态。然而当他的目光和自己相遇后，脸上明显地增加了几分友好和善的表情。垦绷紧的心弦，终于缓了下来——看来对方的确怀有善意！这么想着，垦的脸上就开始慢慢地堆上了笑容，也在迟疑和犹豫之后，伸出了一双厚实有力、结着老茧的大手。

当大封酋长和垦酋长两双温热的大手握在一起、越握越紧的时候，自古以来就和谐相处的河东河西部落，又一次走到了一起。垦热情地把大封迎向自己的议事大屋。由于垦的这个聚落，是建在州川河北岸靠近河水的二级台地的阳坡之上，所以除了前面是防护壕，两侧就利用了台地两侧自然收缩的地形，在弯进去的地方切断以自保，背后则一直延伸到了山塬之上，用一道土墙和壕沟将塬面隔开。垦的议事大屋，就设在聚落中心偏南的地方，在一层层洞穴和屋舍之间，一道土坡直通那里。

垦和大封并肩而行，已经放宽了心的随从手捧礼品紧随其后。再后面，是垦部落的巫师、长老和大小将领们。来到议事大屋门前，垦伸手先让进大封酋长，自己随后而进。主宾双方左右坐定之后，大封让随从递上礼品——一匹丝帛和十张兽皮：

"垔酋长，惊闻河东受到蚩尤之侵扰、蹂躏，尔等抗击九黎，劳苦功高矣！吾人乃摄政王轩辕兵马，来此只为共讨蚩尤，同生共死，还天下以太平。"

听大封酋长亲口这么讲了，垔一直悬着的一颗心，才算最后放下。他立刻做出了热情的回应：

"既如此，垔定当全力配合。若需协助之处，尽管吩咐。"

"吾人之行，一则北拒蚩尤援军，二则开通渤澥粮草专线，确保大战之物资供给。而今，北拒蚩尤援军之兵士已派出，而南下之路，还望垔酋长多多相助才是。"

垔满口答应："理当理当！南下之道，各部落酋长皆老友，只待尔等一言，吾即派信使随军，此事不难。莫说让出一条道儿，全力配合亦分内之事。尔等冒死河东，亦是为吾人矣！"

一番交流沟通之后，垔就随大封一同走出聚落，来见仓颉。

早有随从事先报告了仓颉。仓颉和狢部落酋长著雍、狐部落酋长封胡一直迎至轩门之外。将士们也都列队夹道欢迎。近距离地看到这战车摆出的营寨，看到从河西运来了这么多粮草军需，垔的心中充满了欢乐，对摄政王轩辕东征伐九黎，更加充满了信心。

二

神医岐伯这一次是充分地发挥了他带兵的军事才能。他将辨证论治的医学哲学思维运用到军事斗争中，真可谓如鱼得水、如虎添翼。

和仓颉分手后，岐伯带领宁封、昌意、奢龙、上章、执徐、单阏及玄龙、兔龙部落的兵马北上，在吉县以北的州川河流域，布下曹井、洛义等点，又结义亭河流域的部落，在屯里、武庄等地再次布点，对粮草道的安全形成多层保障后，就继续北上，来到义亭河与昕水交汇的地方，这里是后土部落联盟大填部落的聚落。从这里向北、向东，就接近九黎和鹿部落联盟已经盘踞的五鹿山了。

因为这一带临近前沿，大填的部落戒备森严。除于一般部落都有的防护壕，在防护壕以外，还多设了几道防线，外来人不等来到防护壕前，就被前面的防线给拦住了。大填是一个治军严格的人物，因而后土把在前方总指挥的角色分派给了他。他积极地协调各聚落的力量，组成了一道道坚固的防线，以自己落后的石器装备，终于北拒九黎和鹿部落联盟的兵马于五鹿山一带，使其不得继续南下。这条东西走向的远古防线，从今大宁县东的干城镇一直延伸到了蒲县境内，山中、山口、薛关、柏山、化乐、黑（玄）龙口、刁口等地，都环环相套地布上了兵力。其中驻守在柏山、由地典领导的一支兵力，就是当初为了北拒九黎而从渤澥一带的蒲坂调出来的。也就是他们被调出北上之后，蚩尤的兵马来到渤澥一带，才如入无人之境，驱赶着羊龙部落的民众如同饿狼驱赶没有主人的羊群，任人宰割……想起家乡的沦陷，家人与父老乡亲沦为人奴，处于水深火热之中，饱受蹂躏，地典对九黎更是充满了仇恨。

岐伯和宁封等来到大宁后，第一件事就是和大填酋长取得联系，得到他的支持和配合。而大填对这支气势雄壮的队伍的到来，心中更是充满了疑团和戒心，剑拔弩张，如果不及时沟通，随时都可能爆发冲突。

岐伯仔细地观察了当地的地形，指挥部下在一片地势较高而有汩汩的山泉涌出的开阔地摆开车阵，扎定营盘，先做好了最坏的打算，以防不测，同时紧急商量前去谈判的策略。派谁去最为合适呢？

岐伯、宁封、昌意、奢龙、上章、执徐、单阏等在中帐中坐定。

岐伯，这位轩辕东征北路的主将，还是不改他身背大弓和药囊的老习惯，依然是一个老猎人的英武的形象，褐红色的瘦长的脸上饱经沧桑，刻满了经验和智慧。他开门见山道：

"而今，吾人已经兵临九黎前沿，眼前此聚落，乃后土盟主大将大填也。需尽快与彼沟通，消除疑虑，以免误会，铸成大错！谁可担此重任乎？"然后，以深眼窝中的杏仁似的单皮眼，极富洞察力地看着大家。

宁封作为副将，自当分担责任："宁封愿往！"

"善！"不等昌意、奢龙等再说话，岐伯一口答应了宁封的请求。

大填从来者打的图腾旗帜上已经看到了轩辕的天鼋大龟、龙图腾和河西北地玄龙、兔龙部落等的图腾，正在抗击九黎的关键时刻，这些部落突然来到这里，是什么企图？不会是趁火打劫，分一杯羹吧？一向谨慎多疑的大填不能不产生疑问……因为炎帝榆罔对向河西的轩辕求援没有多少信心，所以他的这一决策，只有他身边的人员知道，连后土盟主也没有通知到，更没有人可能把轩辕东征蚩尤的信息传送到大填这里来。大填正准备派人前去刺探情报的时候，接到报告："轩辕副将宁封求见。"

"列开阵式，放下吊桥，有请！"大填没有说出的一句话是："观其有何说辞！"

宁封被带进大填的议事厅时，他没带任何武器，也没带一个随从，只是双手捧着一个精心挑选出来的、精美绝伦的彩陶罐儿。不等大填开口，宁封就自报家门道："吾乃轩辕北路副将、陶正宁封是也！"

一见到宁封，大填脸上的疑云已经消失了一半。再看他淡白的充满善意的宁静神色、挂在嘴角的一丝笑意，大填立即报之以亲切友善的表情：

"汝即精于陶、通龙蹻之宁封先生？久仰久仰，请坐请坐！"

"近有一作，不成敬意，今日奉上，还请笑纳。"宁封一边说，一边将手中用粗犷的黑线条绘着鱼龙纹饰的彩陶罐，恭敬地递了上去，显得既彬彬有礼，又落落大方。一缕晨光映亮了他高挑的眉梢。

大填这时候已经完全放下了心。在宁封这样一位他心中一直无限敬仰的人物面前，他立即放下了酋长和总指挥的架子，亲自上前，双手接过彩陶罐，左看右看，爱不释手：

"善哉！妙哉！真乃绝代佳作！"同时，将宁封让在客位上：

"敢问先生，尔等兵马，至此何意？"

"言之中的。此正是吾欲向汝禀告的。……蚩尤肆虐河东，百姓生灵涂炭，轩辕有意相助；蚩尤意在帝位，将炎帝有常羊追至闻喜，危急时刻，吾人自当奋力一救。正当此时，炎帝封轩辕曰摄政，请其东征，'替天行道，以征不享'。某等至此，意在与汝并肩携力，共抵九黎北路兵马……"

大填是个智商极高的人，这边听着宁封的回话，心中的疑团也就完全冰释了。不等宁封的话说完，他就脱口而出："噫兮——善哉！善哉！不胜乐乎！"

"主将岐伯，于中帐静待佳音久矣！"

"不敢迟缓，还劳宁先生，陪余前往迎之。"

由于后土部落联盟的顽强抵抗，蚩尤属下九黎部落的北路兵力从汾水流域无法南下，绕道吕梁山脉，又受到阻击，最后只推进到吕梁山东部余脉的五鹿山一带，就无法再向前推进了。这让蚩尤南北合围的计划一时难以实现。为此，蚩尤派出信使一次又一次催促南下的玄黎部落酋长魅，甚至把魅骂了个狗血喷头，把玄黎兵骂为饭桶，可是魅不管怎样使尽他惑人的本领，还是无济于事，加上岐伯率领的轩辕北路军的到来，他更陷入了重重包围之中……

宁封和大填会面后，大填在宁封的陪同下，带着慰劳品亲自来到轩辕主将岐伯的中帐。河东、河西的部落酋长们见了面分外亲切。在一片亲切友好的寒暄之后，岐伯和大填、宁封、昌意、奢龙、上章、地典等仔细研究起双方兵力的部署来，最后决定：河东原有的兵力部署不变，河西兵分两路从南北包抄，形成合围，即使不能全部消灭，也要把玄黎这颗钉子钉死在五鹿山这个地方，不能让九黎的兵力再南进一步，绝对保证主战场粮路的安全！

事情一定，岐伯主将和大填总指挥就合为一处，共同向前推进。来到干城的时候，共同主持了一次军事会议。先是大填向岐伯等一一介绍了站在左班的河东军各部的酋长和将领们，一一向他们重审了必须坚守的防地。接着，岐伯取出龙符，发出将令：

"宁封听令——"

宁封跨步向前，双手抱拳："宁封在！"

"令汝部与兔龙、貉、蛟部协同，自北路绕过五鹿山，务必切断九黎后路。"岐伯阴阳顿挫、铿锵有力地说。

"诺！"一向宁静的宁封，这时候却突显了性格中果决的另一面，毫不含糊地应道。

岐伯又取出虎符：

"昌意听令——"

昌意同样跨步向前，双手抱拳："昌意在！" 昌意虽说是轩辕之子，但轩辕不让自己的儿子有任何优越感和特殊的地方。昌意认真地做到了这一点——这时候，在他的心中只有"昌意"，而非"轩辕之子"也。岐伯也准备好好地在战火中实际锤炼昌意一番：

　　"着令你部与玄龙、狐部协同，走南路，经柏山一路向东，于汾水与宁封会合，对玄黎形成合围，绝不可让其南下半步！"

　　"诺！" 昌意与奢龙、封胡、执徐交换了一下眼色，见大家都是自信和鼓励的表情，就满口应下。

　　一切安排就绪，岐伯就和大填一起坐阵中帐。

　　岐伯在留足总部的生活用品后，将其余补给，全部一分为二，交给宁封和昌意的南北两路兵马使用。

　　南路相对而言好进得多，沿途有地典等后土部落将士的支持配合，很快就在蒲地以东的化乐、黑龙关、左木、双昌、左沟、万安、龙马、南王、圣王一带形成了对五鹿山九黎兵力的一道坚固屏障。这一点，玄黎酋长魅已经有了深刻的体会，可是让他万万想不到的一点是，对方还有一支力量会从背后一记重拳，彻底切断了他的归路！这一点，宁封做得神出鬼没，直到魅真的尝到了苦头，才真正体会到。

　　我们只知道宁封是一位飘逸的仙人，他的制陶技术和龙蹻之术，使他得以成为轩辕的陶正和龙图的缔造者之一，所以人都称他为轩辕之师，却不知他还是一位善于打醉拳怪招的将军。但是，不管怎么着，也改变不了他那副静若止水的模样儿，他淡白的脸色，瘦高个儿总是着一身素服，在这大冬天的景色衬托下，宛若玉树临风的样子。他先北上，在五鹿山以西扎下寨子后，就沿朱家峪河继续北上到北庄，再顺另一条小河直上到下李、石口、交口，绕了这么远之后，才在康城、回龙下寨扎营，切断九黎兵马的后路。你说宁封在这里长驱直入，九黎的兵马就没一点反应吗？九黎的兵马有的是反应，可那已经是他们在发现自己的后路完全被切断之后的事了！由于宁封开始的行动，完全是采取昼伏夜行的办法，又远离了五鹿山区。等到玄黎酋长魅发现自己的后路已被切断企图恢复时，已经是无回天之力了。宁封在康城扎定后，又南下拓宽防守区域，留著雍率狢部落兵马驻扎

459

康城，大封率蛟部落兵马封住他支，自己和上章、单阏率领本部和兔龙部落兵马继续挥师东南，联系当地部落力量，在康和与当地部落结盟后，在桑原、下桑原、店头直到白龙之间布下联防，与南路会合，完成了对九黎兵马的合围。

三

长于以烟雾迷人的玄黎酋长魅一时陷入了困境。为了恢复北线后路，不得不派出厐下最强的一支——魃，前去担任反扑的主力，又让魑、魁两支人马从两侧协助。而宁封这面，也正在不断地向这里增加援兵。

虽说宁封带的人马使用的是木石兵器，跟九黎的青铜兵器不能相比，简直可以说不在一个档次。但是，由河西来的这些愣头青小伙子以及得到支援补给的后土部落的壮汉们却士气正旺。有人往手心里一唾，摩拳擦掌——打死他个三棱八不圆的！兵士个个像志在必得的狼，早急红了眼。

面对魃部人马一次又一次的疯狂反扑，这条不算宽的像鱼脊梁一样延伸的、白光光的土道上，总有杀不退、蜂拥而至、像发了洪水的河流一样的轩辕和后土部落联军的兵士，任你的青铜刀斧怎样冲、突、砍、伐，都无济于事，都要被它的浪头掀翻，被剥落了裹身的兽皮，又被浪潮淹没……被群山南北相围的、不规则的战场上，经久不息的像洪水一样呼呼的、由喊杀声汇成的声浪，铜器、石器、木器短兵相接的"叮叮当当、乒乒乓乓"的撞击声，西北风的尖厉的呼啸声，东南西北搏杀的人群中忽然受伤者的惊呼声，倒地后被无情践踏的惨叫声，都和那像旁观者一样惨白的、失去了温暖的冬日阳光搅和在一起了。两天下来，双方争战的结果，使玄黎负责向北突击的魃部兵马陷入了轩辕和后土部落联军的重围，现在他们的归路，已经被完全切断了。而魑、魁两支人马，也被翻卷的人浪冲得七零八落，相互失去了联系。就在魅、魃、魁疯狂反扑的时候，住在五鹿山以西寨子的宁封的兵马，早已经沿着东川水东进，在五鹿山以北又加上一道封锁，并且直逼玄黎的大本营克鬼城而来；岐伯和大填在干城的指挥部，也向东一直推进到了古地一带。北路南线的地典、奢龙、执徐等部，正向马武、太林、山头靠近……

眼见得北面的后路很难再恢复了，四处扑缠、焦头烂额的魅，蓬乱着一头没有光泽的灰头发，气得鼻子眼睛里都在冒烟，平时里总眯缝着的一双魅人的炯炯有神的四棱子眼，现在已经完全给熬红了，就像受惊的野兔的眼睛一样。翻来覆去地推想之后，不得已，只好采用分兵把守的办法，由魆、彪、豾、魋、魑、魈等各守一方。而后土所属的地典在马武这个地方碰到的对手，正是魆这支全部配备着铜斧的最强悍的玄黎兵。面对强敌，地典的这支从蒲坂一带北上的兵马，怀着"族破家亡"的刻骨仇恨，为了河东的存亡，在马武一带与魆兵拼死一搏。结果，地典方面，终于以自己死伤过半的沉重代价，打破了九黎"铜头铁额"——青铜头盔、头盔上还挺着青铜牛角——"不可战胜"的神话。驻守在马武一个小山头上的魆的兵马，终于在地典人海战术的车轮挤压下，败下阵来。

不管你兵器如何好用，总有用钝的时候；不管你力气有多大，总有用尽的时候。每一个玄黎的兵士，几乎都要面对三四个对手的同时挑战，不管他们怎样力大无穷，他们曾经怎样的不可一世，在四面夹击之下，总会有失手的时候，总会有露出破绽、猝不及防的时候，也总有被挤压得施展不开的时候。随着一次次被击中要害，没有后援的魆部，能战斗的兵士就越来越少。因为其他各支人马，彪、豾、魋、魑、魈等部，也几乎同时面临着重压。这是九黎对外征伐以来面临的最严重的局面。

最后，玄黎酋长魅"夺回北路，分兵把守"的策略不得不宣告破灭，彪、豾、魋、魑、魈等各支，纷纷在忙乱中向克城一带退却……山穷水尽的魅为了重振军威，砍了从马武败北的魆的头悬于旗杆之上，率领彪、豾、魋、魑、魈等，誓死最后一搏。无奈何，那些为正义而战的人，像泻洪的水一样前赴后继，任凭你青铜兵器再锋利，永远也杀不退这些手持石斧、木矛的人，反而被越围越死，简直是水泄不通。连续三天三夜的搏杀，疲惫不堪的魅，终于喷出一片烟雾之后，退入克城。

南北两支会合的由岐伯和大填指挥的轩辕和后土部落联盟的兵马，随后就围定了克城。好在魅和彪、豾、魋、魑、魈的手下，都是一帮亡命之徒，他们把生死全放在了脑后，只想着顽命地、痛痛快快地砍杀一场……

他们要为九黎勇冠天下的荣誉而战。魅几乎每天都带着彪、魃、魉、魖、魈等突出城外，与轩后联军拼搏。可是，他们和魍、魃、魉面临的局面几乎相同，围城的轩后联军，不但没有减少，反而更多。从城上看下去，黑压压一片人头攒动，轰隆隆阵阵喊杀之声，困在克城内的魅的玄黎部落兵马，大有插翅难逃之忧。

　　在这样的情况下，岐伯和大填倒不着急着进攻了。一是克城的地势易守难攻，谁在这里作为进攻一方，都是要付出沉重的代价的；二是只要这么围定了，时间一长，玄黎的兵马粮草不济——这是九黎兵马的通病，他们只想着怎样掠夺别人的财富，并不多想自己后勤保障的问题——河水自然就开了。情况果真如此。岐伯和大填的人马围在外面，玄黎的人马困在城中，双方旗帜相望，闲得有劲没处使的兵士，也少不了跺着脚、破着嗓叫骂一番。就这样相持了不到月圆月缺一轮回，克城内就开始闹起了粮荒……先是吃尽了马、牛、羊、鸡、犬、猪，甚至包括老鼠在内的各种动物，接着就吃完了兽皮、树皮、草根，一切能在嘴里嚼的东西……最后，没辙的时候，干脆就吃人！先从战俘吃起，一个一个地拉出去砍死或刺死，卸成几块儿，烤着吃或煮熟了吃。接下来就该是已经臣服的后土部落的人了。现在克城内是人人自危，兵士们绝对不敢一个人走失，这样的话，就随时有被别人砍死烤着吃的危险。九黎吃人的消息从城里一传出，人们对九黎就更是恨得咬牙切齿，恨不得也剥了他们的皮、抽了他们的筋，把他们卸成几大块、烤着吃了才解恨！

　　眼见得军心涣散，大势已去，已经回天无术的魅，又接连收到不幸的消息：先是魃的兵马被围歼，魃被群情激奋的轩辕兵士乱石击死，肉被分了羹；接着又传来魍、魉先后被俘的消息。最可恶，没有脸皮的魍和魉，还被押到克城之下向魅喊话：

　　"魅，我等战至最后，为九黎尽忠，然天命难违……尔格（他倒很快学会了当地的方言）轩辕人心所向，酋长甚明天道，亦应投诚归正，为时不晚矣……"

　　"呸，老夫眼瞎矣，九黎悲矣！竟出尔等软骨！挨千刀者！待我箭射——"

随着城上一阵乱箭，魖和魑赶紧退到了士兵们举起的牛皮盾牌后面。接着又是城上城下一阵声嘶力竭的对骂，接着又是轩辕和后土联军新一轮的进攻。

魖最后的希望破灭了，北面没有了援军，南面蚩尤被隔在渤澥一带，还等着自己前去援救呢！"身如困兽，奈何此仗？自离江淮祖地以来，九黎所向披靡，还从未难至这等地步！"彪、魊、魋、魖、魑等属下的小酋长，都赶到慌乱的侍从进进出出的大屋来，围在表情阴暗的魖身边唉声叹气。魖与他们商议最后的对策。彪是个直性子，虽说他已经被饿得脸脖肿得像发黄的白面团，眼泡儿也明光光地肿胀起来，但是他余威还在，杀气犹存，雄心不减。他恨恨地咬着牙说：

"大丈夫死在疆场……何不冲将出去，杀一够本，杀二赚一？"

他只是为了发泄压抑的情绪，并没有责备魖的意思，可是在魖的心里，却像刀刺一般，疼得拧紧了葱头一样的黑眉头，眉梢就像两把随便摆在那里的蓬乱的破扫帚。他把一头灰暗的乱发抓来抓去，脚下无目的地动着。

看魖如此难受，"和事佬"魊，抽搐似的挤动着眼睛，他性子急却偏偏又是个结巴子，而且越急越结巴。这时候，他结结巴巴地站出来为魖打圆场：

"酋，酋长，莫——急……皆轩辕太、太狡猾，彼之人，太、太没人性，太可恨！"

做事一向单刀直入的魋，也是个急性子。他早就憋得难受，就连珠炮似的主动请战："等者，死也；战者，死也。我等何不决死一战，快哉痛哉？"

比魋年长几岁的魖，深眼窝、刀脊一样的颧骨，太阳穴和两腮都好像故意吸进去似的深陷。瘦得像鬼头一样的他，心计却不少：

"老弟且慢，玄黎已无蛮干之本矣！若依愚见，脱身之计，上上策矣。吾人拼死一搏，力保酋长脱险。留此青山在，还愁无柴乎？"

魑一向是魖的"跟屁虫"，这一次也没落下：

"言之有理！"他重复了一遍"留此青山在，还愁无柴乎"，又说，"何不选一强者，陪酋长出城，返回涿鹿，谋东山再起？依我见，彪去也，何如？"

"善！"

"诺！"

"此理通矣！"

魃、魑和魈都表示赞同。

危难之时见真心。魅被大家同舟共济的忠诚感动得红眼含热泪，热辣辣地疼。这位善于以烟迷人的"迷糊鬼"，胡乱理了理蓬乱的积满灰垢的长头发，刚才乌青的脸色也有了一些回暖，又多了几分人气。虽然面对目前的危势，他在内心中已经接受了大家的建议，但是面子上，他还在嘴硬：

"魅诚谢大家……然当此危境，身为酋长，吾岂能贪生而弃汝等？"

魅略微停了停，咬了一下牙根，腮帮子上的肌肉激烈地滚动了一下，才端出来他的最后想法："我之计，焚城也，屠城也，能言者皆杀之！吾所不得，轩辕勿取！"

风高月黑之夜，克城内忽然火光四起，喊杀不断，一片鬼哭狼嚎，乱作一团。彪和魃、魑、魈、魑从四下烧起，见人就杀……克城的神经被刺痛了，到处是一片尖啸声。寒风裹着血腥味儿，狂舔着黑天的烈焰中，是扭动变形的人和动物的躯体……焦臭的味儿、炽烤的热浪令人窒息。四面的城门也被打开了，人们没命地向外疯逃。

这突如其来的变化，立即被报到岐伯和大填的指挥部。岐伯当机立断："魅若鱼死网破，克城黎民、百姓遭殃矣！快，杀进城，捉凶手，救万民！"

就在岐伯指挥各路大军突入克城救万民于火海的时候，魅裹了一张羊皮，化装成普通百姓的模样，和彪、魃等属下，趁着黑得像锅底一样的天色、烟雾蒸腾、人声嘈杂的混乱局面，混在逃难的黎民百姓中间溜出城去，逃回北地。第二天，群龙无首、被烧得面目全非，就像一个巨大的、残缺不全的动物骨架一样的克城不攻自破，终于又回到了后土部落的手中。岐伯和大填、地典、昌意、奢龙、上章、著雍、大封、封胡、执徐、单阏等将领、酋长，玄龙、兔龙、狢、狐、蛟等部落和后土部落联盟各参战部落等各路英雄会聚克城。

岐伯和大填的第一件事就是救治伤病员，葬埋亡者，向所有幸存的百姓和战俘发放粮食和兽皮。岐伯带着他的徒弟们，没黑没明地为那些成片地倒在道旁、墙角、树下，高一声低一声呻唤着、残喘着的伤病员治病疗伤。他们上山采药，熬制草药，一连忙活了好几天，才算基本上让大家都有了个安顿。而那些黎民和战俘——九黎的民众和兵士们，愿意回的让回去，愿意留下的，就被编入新建立的九黎营，只有罪大恶极的头领，才被用粗麻绳捆了，解送到邢家要，等待着执以枭首之刑，在这些人中，就有魃手下的副将魈和"鬼头"魌。而"跟屁虫"魑下落不明，也许他已经被城火烧焦了。清理城内的情景尤其惨烈，那些被砍去头颅的人，被砍得四肢、躯干不全、冻硬了的尸体，那些从大火的余烬中抱出来的，冒着白烟、早已经烧焦变形像黑炭一样的一堆堆残骸……到处是冲得人头晕、透不过气来的刺鼻的焦臭。克城啊，已经变成一个大坟场，不再是宜于人类居住的地方！

枭首之刑在邢家要如期举行。轩辕和后土部落联军在当地的所有将领、各参战部落的兵众、周围的父老乡亲，一大早都赶来看热闹，枭敌之首，大快人心，解心头之恨，快哉快哉！

四

刑场就设在邢家要一处较高的台地上，长了一副尖脑袋、面相凶狠的魈和"鬼头"魌等被五花大绑押解上刑场，几十个人中，就有吓瘫了和着黄土被拖上场的，也有尿湿了战袍。可是魈和魌却面无惧色，虽然头发纷披着，青铜铠甲已经被剥去，可是眉头却拧着，眉梢也扬着，怒目环视着四周围声浪如潮的"观众"，于是，碎石头土疙瘩、各种污水脏物，都开始向他们身上倾泻……他们也只好闭着眼睛、身子一颤一抖地"享受"。急性子的魈横着身板，只盼着尽快了断此生，少受人作践；身材纤瘦的魌已经是体力不支、心里发虚，脸上浸出了豆大的汗珠，只好硬着头皮充好汉。

岐伯、大填、宁封、地典、昌意等站在台后，每一个"战犯"后面都站着一个头扎红巾的执刑者。他们手执长把金斧（从玄黎手中缴获的），虽然不全是彪形大汉，却全是钟馗一样威严、冷酷的面孔，站在寒风中威风凛凛、杀气腾腾。

大填主持了今天的行刑。他抬起头，眯缝着眼睛看天空，见冰凉地泛着刺眼白光的太阳已经挂上头顶偏南的天空，天空瓦蓝瓦蓝的，越接近太阳越蓝得发白。时辰已到，就回头征询岐伯的意见。岐伯的目光正好看过来，他会意地点了点头。大填清了清嗓门，大声宣判：

"玄黎逆天而行，侵我河东，掳我财货，杀戮百姓，烧杀抢掠，无恶不作；尤以魑、魍罪之大矣，食人、屠城、焚尸……桩桩件件，历历在目，杀其十次，亦不为过。枭首！开斩——"

被压跪在地上的"战犯"，当下就有烂泥一样溜到地上的，又被重新架了起来。

刀斧手运足了力气，金斧在空中划个亮晃晃的圆圈儿，沉重的大斧就靠了惯性准确地向"战犯"的后颈砍去，粗硬的斧刃"咔嚓"一声折断颈骨，鲜血"唰"地就喷将出来。随着人身像树桩一样扑倒，鲜红的、乌黑的、冒着气泡儿的血浆，就纷纷如同扳倒了水缸一样浸湿脚下的土地。人头一个一个滚落台下，观众一哄而上，抢着用脚踢踏，以解心中之恨……

随后，又在公峪举行了盛大的欢庆仪式。

所有参战的部落共聚公峪，那场面，群情激奋，万众沸腾，大快人心——自蚩尤率领九黎和三苗入侵河东以来，河东人终于第一次这样舒畅地呼吸了！欢叫了！

北路这艰苦卓绝、可歌可泣的一役，为轩辕在渤澥一带与蚩尤的大战，起到了奠基礼的作用。它大大地振奋了黄河两岸各部族的人心，鼓舞了所有遭掠夺、受奴役部落百姓的士气——蚩尤的"铜头铁额"、"五兵"之器并不是不可战胜的！得道多助，失道寡助。最终取胜的砝码是人心，民心！

侥幸从克城逃出的玄黎酋长魅和彪、魋等小酋长一路仓皇向东北方向逃去，虽说中途遇到了赤黎部落派来的小股援军，可是受到五鹿山战斗鼓舞，汾河流域各部落纷纷奋起反抗，这支小小的队伍，很快就被冲得七零八落、自顾不暇了。彪在一次遭遇中战死，最后，还剩下魅和魃两人，昼伏夜行地向北赶回。可是，即是这样，当他们来到介休境内后土部落联盟的龙凤部落时，还是遇到了意想不到的事情。

魅和魃来到龙凤河边一摆渡的艄公家，要求晚上借宿一晚，他们操的一口腔调，老艄公龙伯一听就知是九黎人。多亏龙伯心眼儿多了一点，他假装热情地应着二人吃喝，烤塘火取暖，把家里现有的酒喝得一滴不剩了，魅和魃还不尽兴，龙伯取过几个酒罐子往儿子小龙手中一塞，悄悄递个眼神儿，用暗语叫夏日里帮自己一起摆渡的孩子："打酒（九）去！"小龙一开始没听明白龙伯的话中之意。他只看这两个来人一来就像饿虎扑食一样大吃二喝，把家中仅有的酒都给喝完了，正生闷气呢！小龙还在愣神儿，龙伯只好再使个眼色让他："快去！"

也就在这一声"快去"出口的时候，醉意惺忪的魅睁开眼睛，似乎看到了龙伯不怀好意的眼色。随着小龙飞快离开的身影在眼前消失，酒醉的魅也被惊醒了过来。一向做事昧着良心的他，趁龙伯不备，提起铜斧就照他砍去。可怜猝不及防的龙伯，在横飞的斧影前，倒在地上。魅返身去拉魃，魃早已经是烂醉如泥了，怎么拉都拉不动，只是口吐唾沫，昏昏沉睡……魅无能为力，心一横，只好一斧子把魃也砍了，让他永远地在这里休息下去；剥下龙伯的衣服给自己裹上，高一脚低一脚地向外走去。

经顺着龙凤河吹过来的寒风一吹，昏头胀脑的魅又清醒了许多。刚才的斧光血影已经忘记，只觉得胸口憋胀，上下翻腾……有经验的他，就把食指插入口中，伸进喉咙一抠，呃呃地，直把所有酒菜吐尽之后，他跌跌撞撞地来到龙凤河边，一步一滑，站起来就摔倒，实在不行了，就贴着寒气刺骨的冰面向前爬去，消失在黑暗之中。等到小龙带了本部落的酋长龙叔，举着火把急急赶来，就只见一层淡白的夜雾，轻烟似的笼着河边的乱石和芦苇丛。魅早已经消失得无影无踪。

经过一场凶险，又一次侥幸逃出的魅再也不敢掉以轻心了。因为穿上了龙伯的衣服，他本可以大白天就光明正大地在路上行走，装出一副若无其事的样子，像一位"游方恶士"一样赶路。可是他还是昼伏夜出，摸着黑不顾死活地向北赶路。他的目的已经单纯到只剩下一个，就是："赶回涿鹿，再组援军！"人活的就是信念，只要信念不倒，人就不会倒下去。一个人之所以被打倒或者被征服，主要还是自己先打倒了自己！这位酋伯手下的九黎败将，之所以至今还在跋山涉水地向北靠近，就是心中一股复仇的烈焰还没有熄灭……

正是这种不倒的信念支撑，魅才能一个人一路夜行，向北走去。终于翻过了铺着低矮的草甸的五台山，又有绝壁一样一道恒山当道。它连绵起伏数百里，横亘塞上如一道屏障。进入浑水后，魅的心里就松了一口气。顺浑水北行，东有天峰岭，西为翠屏山，都是北岳恒山的主峰，双峰对峙，浑水中流，青崖峭壁，直接云天。山上怪石争奇，古树参天，苍松翠柏，天然琼台……已经是疲惫不堪的魅现在哪里还有心思去欣赏这些江山画卷，他从悬崖下掰下一个冰凌，咬牙切齿地含在口中含化解渴，就继续赶路。总算是出了金龙口，以后的路程就没有什么大碍了！

魅一门心思想的是回到涿鹿，重整旗鼓，卷土重来，可是他万万没有想到，紧随其后，就是岐伯的北征。轩辕东征的北路军一路得到沿途各部落的响应，所以是一路顺风，所向披靡。等到魅终于回到涿鹿，终于在赤黎部落酋长魁的帮助下，重新拼凑起魁、魑、魊、魃、魋、魆、魈、魌、魖等玄黎部落的九个分支卷土重来时，恒山这道南北屏障，已经被岐伯部下的昌意、奢龙占领，大填部下的地典等也向北推进到这里。玄黎酋长魅只好请魁出山，与赤黎部落一起来敲这扇通向南面主战场的"大门"……

岐伯在北线的胜利，为仓颉稳固的后勤保障打下了坚实的基础。但是，向南去的路，还得自己主动去开辟。据垦介绍，向南去的路上，有一位名叫中黄子的酋长，是一位得道的高人，只要得到他的支持和配合，这南下的路就开通了！仓颉自是道中人，因为他首创之象形字符，大家一看就懂，极大地方便了部族之间的交往，因而也已经是名闻华夏了。

仓颉南下的时候，垦派出他手下的得力助手墼，带了垦的信物，一路随行，因而沿途各部落都给开了绿灯，一路顺利地赶到中垛，与中黄子相见。

中黄子的中垛，夹在两水之间，南面又有鄂水横亘，中垛的寨子就设在一个天然形成的麦秸垛样的小山包上。山包的周围，被一道深壕环护，壕内，又有一圈篱笆相围，寨门上，插黄色的图腾旗帜，中央一个大大的"中"字，有兵士守着吊桥。

仓颉和塈等一路来到吊桥前。塈高声通知："吾乃垔人是也！轩辕摄政，造字先生来访，请见于中黄子！"说着高举起手中的信物。仓颉则眯着宽眼皮的"四眼"，一脸和悦之色，静静地等待着与中黄子的会面。

中黄子一大早起来，练过气之后，就在这大屋里来回反复地走动。昨夜一个怪梦让他百思不得其解……恍惚之中，云蒸雾绕，他身轻如云，飘然其间。那些云彩，又绣成堆堆仙岛，披着金光，被蝉翼之纱连接。整个天空，都在一片亮丽之中……却有荷花开于绿塘，有许多美妙之女，纵排成队，一溜轻烟似的飘来，献上一颗特大的仙桃，有道是："西王母有请！"

转眼望去，金鳞蠕动，一条大龙突至堂中，赫然一阵冷风扑面……"啊！"中黄子惊醒的时候，出了一身清爽的冷汗。从此，他就再也没有睡踏实过，整个后半夜，都是在梦、醒之间反复，直到天亮之后，才迷迷糊糊地睡着。一个回笼觉，就睡到了日上三竿。

他伸了一下懒腰，磨磨蹭蹭地起来——已经打破了平日里早起的习惯，不妨就彻底偷懒一次！在蚩尤与炎帝榆罔争夺河东的争斗中，中黄子这一块儿，是唯一的"轻灾区"。因而，他还有心静修他的"九品之方"，以备济世之需。可这突如其来的"大龙之梦"，意味何在？这个问题纠缠得中黄子忘记了早餐。就在他百思不得其解的时候，值班兵士持塈的信物前来报告："垔使至寨，言仓颉来访！"

中黄子一时如拨云见日，昨晚的梦破了！

"快哉！快哉！快快有请！"他转念一想："慢！待吾亲迎。"值班兵士急忙前去回话。中黄子就仔细打扮了一番，盛情出迎。

五

当站在夹道欢迎的部众前面的中黄子和站在壕沟对面的仓颉隔壕相见的时候，双方都为对方的风度所倾倒，大有似曾相识的感觉。

仓颉先生不用说，还是他那副沉静自若的神态。因为常年窝在屋内或

469

者洞穴，他的脸色总是那么一种近于豆芽的捂出来的白色，瘦长脸，因而宽宽的额头就更加显眼。他头系丝带，头顶盘了一个瘦高的发髻，左右两绺长发油黑发亮。裹一件素面羊皮外衣，敞着怀，在这大冬天的景色衬托下，显得娴静而豪气。一双宽宽的双眼皮细长眼睛，明睿的目光正在眼缝里闪烁。

这就是传说中的"四眼"仓颉了！中黄子对仓颉早有耳闻，倾慕于心。就是这一位先生，以他止水的心境、仔细的观察和丰富的想象力，才会创造出如此绚丽多姿、为各部落所共识的象形字符；才会深居简出，悟出人生之真谛……"真乃人中奇才，河西苍龙！"一瞬间，在中黄子的心底，竟涌出一句对仓颉先生的赞叹来！

仓颉对中黄子更是高看一等，因为中黄子站的位置较高，所以他结实的中等个儿，倒给人一种伟岸结实、稳如泰山的感觉。再看那雪白的眉毛下一双睿智的眼睛放射出异光，红润的脸膛和冰瀑一样的白须形成强烈的反差，完全是一副出世的"老顽童"的模样儿，必是心直口快、不存芥蒂、性情豪爽之人……

仓颉在心里这么猜度的时候，中黄子就迎过吊桥来。他也快步向前，两人在吊桥上相遇，一下子抱在一起。

中黄子口中不停地说着"幸会、幸会"，两人亲热一番之后，在夹道欢迎的部众中间携手而进。整个寨子，洋溢着欢腾的气氛……中央广场的图腾旗杆上，黄色"中"字旗在寒风中格外精神地呼呼抖动。

中黄子把仓颉让进他的大屋之内。这是一间木骨草屋，高大宽敞，正中一个火塘，木炭在火塘中燃得正红，给这开阔的空间里，增添了融融的暖意。火塘四周，设席铺垫。

中黄子与仓颉、堃等分宾主入座后，就有年轻美貌的女子给每个人面前斟满了一杯清醴的泉水。仓颉品了一口，清爽甘甜，不由脱口而出："好水！真甘露琼浆也！"

中黄子自谦道："只是山高水高，甘泉自石眼而出，解中黄子饮水之难矣。"

仓颉："上礼品来！"

早有随从将一卷丝帛和一个细颈彩陶瓶捧来，仓颉一一接过，双手递给

470

中黄子。又将一个写在丝帛上的礼品清单递上，郑重其事地交到中黄子手中。

中黄子对礼单并没有多大兴趣。倒是对丝帛上仓颉新创造的字符趣味盎然。看着这些秀美端庄、像图画一样的象形字，虽说比原来猜谜一样的卦象文字好认了，他一时还是不能认全……

仓颉仔细地观察着中黄子的神态，含笑不语。然而，当他俩四目相对，这含笑不语中却似有灵犀一点就通……

欣赏了半天对方潜心悟道的神态，仓颉才把话引到正题上来：

"此临贵地，仅借道而已，意在保障东征之粮草耳。"

中黄子："蚩尤进犯河东，人神俱愤。蒙兄不顾生死，替天行道，我等自然尽地主之谊，全力配合矣。来！"中黄子说着，站起身来，手朝外一指，大家就随他走出。

站在中垛这个"垛子"上，视野特别辽阔。南望鄂水，如丝似带，又像一条银链，在黄褐色的山沟里若隐若现。

中黄子手指鄂水："下此中垛崎岖之径，即鄂水也。从此向南，即达汾水。"

看着这陡峭的山坡和羊肠小道，仓颉犯起了愁："此路甚狭，粮车如何通过？"

中黄子："还有一路，从吉地直下东南，那里山势较缓，亦是大道。只是绕一大弯也！"

仓颉："只好如此了！还赖中黄兄，多多相助……"

中黄子："诛灭九黎，义不容辞！"

十冬腊月，以现在的木石工具要修一条路出来，实在是太难了，难得比上天都难！好在吉地之路，本来就是一条大道，只要根据车宽适当加宽就行了。为此，仓颉用上了所带的全部兵力，中黄子也派上了全部精壮劳力，全线都铺上人力，分段包干，用上了所有能用的工具，不知敲坏了多少石器，大冬天的，硬是只见土星子飞溅，冻土却难以敲开，费了九牛二虎之力，还是无济于事。最后，仓颉终于想出一个办法来，就是"架火烧之，冻土必开"。这一烧，果然有效，工程进度明显加快。为了督促施工，仓颉和中黄子干脆就住到山下去，每天和大家同吃同住同干活，随时掌握工程进度。

过了半个多月，工程总算完成，宁封和中黄子巡视了一番后，觉得满意。在从河西押运粮草的大队车马到来之前，他们总算松了一口气。

仓颉干脆就把这里作为一个重要的粮草中转站。他仔细地观察了这一带的山形地貌，认为大冬天的，能搞这么一项工程，简直是一个壮举。按照出发前轩辕的要求，所有有功之人，都应给予记功。

南下的粮道终于打开了，大家高兴，欢聚一堂，欢庆胜利，酒兴正浓的时候，仓颉点起了中黄子的将：

"余闻中黄兄，异以《九品之方》，品评人才——"

平日里，中黄子在仓颉这样的人中奇才面前，总是尽量多做少说，怕有班门弄斧之嫌，今天喝了几陶杯酒，脸一红，话就多了起来，一开口，便收不住匣了：

"九品之方，别人才于九品，即上上品、上中品、上下品；中上品、中中品、中下品；下上品、下中品、下下品。上上品者，今古之圣人也！上中、上下，贤人也，皆济世之栋梁。中品平庸，不多说矣。唯下下品，豸狗不如之恶人也，不才子也……引以当世，前者如后土、轩辕、仓先生、宁先生，后者如蚩尤……"

中黄子又喝了一口酒，扫视了一圈大家关注的眼神，接着说："九品之方，还有一意，即品人也。所谓品貌、品性、品识、品志、品行、品好、品智、品信、品德……治氏、治族、治部落、治天下，理通矣，识人也……九品之方，实乃品人，分之优劣、别以良莠；存优去劣、去莠存良。为帝者，应识九品，合则万民拥戴，否则有失其位……"

说完，晃晃悠悠作一"S"状，徐徐溜倒，仓颉忙叫人搀扶下去。常言道，酒后吐真言！仓颉这一次果真领受了真谛……以后，他把中黄子引荐到轩辕面前，中黄子也就因他的"九品之方"，成为轩辕的王师之一。

第二章

一

南路联军是轩辕东征队伍中人数最多、配备最全的一支力量。

这一支力量担负的任务亦最为艰巨。开辟渤澥之役的南路战场、切断蚩尤的后路、会合中原与东夷部落、重取东夷之地等众多的任务，都压在了挥这位南路主将的肩上。虽说这是轩辕对他的信任，挥打内心里感到自豪和骄傲。但是他也知道自己肩上的担子最重，怎样才能无愧于轩辕之重托，出色地完成这一历史重任，这是在寒气凛人的冬夜里急行军中、他脑海里反复琢磨的一件事。

南路的大队人马熄了火把，口中哈着淡淡的白气，窸窸窣窣地于寒星瑟瑟的夜里，顺利地踏过了冰封的渭水，顺着冰面下急喘着低哮的黄河，绕过风陵渡的那个近于直角的大拐角，越过潼关，出了桃林塞，就重新点亮了火把，像一条不见首尾的火蛇一样，一路迤逦地穿过函谷关密布着古树林丛、充满奇声怪影的浅沟，沿途撒下一路连营，马不停蹄、人不喘息地直向三门峡这个渤澥一带南下中原的咽喉地带进发。沿途得到当地部落的支持和积极配合，桃林塞主，那位当年曾经迎送过榆罔神农氏的貌若天仙的女酋长，豪爽地大开塞门，发动全塞的人众在路旁摆开了迎送的阵式，让大家歇足、喝水、吃干粮……寒夜中一派热情洋溢的气氛。

挥向桃株塞主了解了此处一个渡口（即以后被称为"禹王渡"的地方）的情况后，留下一些图腾旗帜和仪仗用具，请桃株塞主在此摆出轩辕主力的样子，与连营的官兵一起，在渡口大张旗鼓地摆开阵势，做出佯攻的样子……桃株塞主，这位自诩为夸父后裔的女酋长，爽快地应了下来。双方互赠了礼品后，挥就急急地上了路。夷牟、货狄、隶首、常伯、蜀夫、玄器、茄丰、斗苞、困敦、赤奋若、摄提、陆吾等率领的南路主力和牛龙、虎龙、豸、豹及西夏、巴蜀等部落的兵马，从夜里到白昼，先后在这个高地上短暂歇息之后，就又急急地下到谷底，翻山越岭，穿过夹在山塬峡谷之间的函谷关西面的漫长沟道，向东进取。

可能是极度兴奋的缘故吧，在马背上颠簸了一夜的挥，急行军中依然精神焕发，一脸荣光。平明时分，周围的山色树影还是连成一片的、单调的黑色剪影的时候，这位和轩辕一块儿长大的、以发明了强弓而出名的膀粗腰圆的小伙子，这会儿正挂了一脸淡青色的晨光，底气十足地大声对身边的隶首说话，哈出的白气冲出很远：

"记住此时！传令——人勿歇、马莫停，继续前进！"

因为天色尚暗，隶首无法记录，只能在心底里记住这个时辰，然后大声向后传话：

"人勿歇、马莫停，继续前进——"

于是，"人勿歇、马莫停，继续前进——"这句话，就在每一位叮叮当当地急行军的兵士之间，以高低不同、腔调各异的男人的声音，向后快速传递。夷牟、货狄、隶首、常伯、蜀夫、玄嚣、陆吾等，也先后向后传递着这句话。

于是，前后拖了二三十里的队伍，就像一个人似的，以他浑实的整体行动，迅疾地向前推进，中午也没有歇息，大家边走边啃着冰冷的干粮和肉块，抿一口随身带的皮囊里结着冰碴的冷水。太阳偏西的时候，走在最前面的先头部队已经到达三门峡一带，这时候，才按照事先的安排列阵扎营，生火做饭。中军大帐扎在黄河南岸，挥、夷牟、货狄、隶首等一到，就立即召集各部落尊长和将领开会。

大帐内，火塘的火吐着许多变幻不停的、狗舌头一样的长焰，从寒冷中过来的人，一时感到温暖如春；红红的火光，辉映在每一个人的脸膛上。挥、夷牟、货狄、隶首等坐在正面，常伯、蜀夫、玄嚣、茄丰、斗苞、困敦、赤奋若、摄提、陆吾等围坐在旁边，大家一边褪去防护的兽皮护手，伸出粗大的手把掌烤着火，一边商议着军情大事。人人眼中闪烁着激情，个个精神抖擞、跃跃欲试。

这时候，已经胸有成竹的挥大声说：

"各位酋长、将领听令——"

大家暂停了低声的议论，喜洋洋、群情激奋的脸上，一时变得严肃起来，静候着挥的将令。

"昼息夜行。所有行动，只待将令。"

挥敦敦实实的宽脸上，一脸凛然之气。他先稳稳当当、一字一板地这么强调了几句，接着提高了他浑厚的、低音炮一样的嗓音：

"夷牟听令！"

来自东夷、平时总爱和人抬杠、犟牛一样的夷牟抢点儿应道：

"在！"

"尔与货狄，协同茄丰、赤奋若，继续东进，会合乌、雉、东夷，共收东夷之地。"

"诺。"

"常伯听令，尔与蜀夫、玄嚣、困敦，率西蜀兵马，配合斗苞、摄提之虎、龙，陆吾之西夏兵马，随我渡河，直指渤澥！"

常伯、蜀夫、玄嚣、困敦等参差不齐地应道：

"诺。"

"饱食饮，足歇息。入夜，北上！"

虽然话说得这么简单，但大家心里都明白，这绝不是一场轻松的战斗。

在轩辕的人马行动的同时，深通天文地理和军事谋略的九黎和鹿部落联盟的大酋长蚩尤，也在随时刺探着轩辕的去向，随时调动排布着自己的兵力。

自从征服了羊龙部落后，羊龙部落近于无能的酋长强圉，就完全在蚩尤的掌控之中——他的所谓"幸福"，完全是一种囚于牢笼式的——他是想强于人，以雪亡族之耻，可是实力呢？他已经被抽掉了筋，喝尽了血，敲骨吸了髓……无能为力的强圉，被迫做出了许多让步。他终于看清了眼前的现实：名为酋长，实乃奴婢，羊龙的族众，已经全部沦为九黎的奴隶……他心里像用刀刮骨般难受得痛彻。但是，他还得在蚩尤的逼迫下，要求每天在九黎人的皮鞭下已经筋疲力尽的族众，黑水汗脸地干完盐池的活后，继续从事军事训练。蚩尤由于战线长，能够参与战斗的人员拉不开，不得不连羊龙部落的人也训练起来，拉上战场去。这些人一是内心本身就窝着一团火，二是由于被迫，不像轩辕的人马那样出自义愤和自愿，所以训练得很勉强，总是一副无精打采的样子。最后，还是一位智者的"暗箱操作"，大家训练的积极性才忽然高涨了起来！这位操纵者，就是渤澥海隅、解州社东的风后。

风后是个精明透顶的人。

这位架下之凤凰，这时候虽然也和其他族人一样，每天在盐池里参加苦役，但是他却一直在暗中动着心思：怎样才能摆脱羊龙部落亡族、被奴役的被动局面？怎样才能把大家从九黎高压的苦难中解救出来呢？

好在轩辕部落被蚩尤的兄弟漏尤从河西抓来的那个哨兵，也被安排在盐池服苦役。风后听说这个人是河西人，就特别留心观察他的表现……终于得到机会，在一个比浓墨还要黑的黏乎乎的夜晚，风后让人把河西的小伙子叫到自己的泥屋，悄悄地询问他河西的情况。在昏暗中跳动的塘火辉映下，他清楚地看到，这个年轻人，已经被折磨得颧骨高突、骨瘦如柴了，可是他的眼睛里依然闪着晶亮的光。

风后从陶罐里给他倒过一杯水：

"请问——汝名？"

这人操着浓重的、直杠杠的河西人腔调回答：

"没名。"

"部落？"风后接着不急不慢地探问。

这边回答：

"轩辕摄政王，己队一人也。"

风后说："然也，汝名'己人'，若何？"

己人点头。

"愿闻河西情？轩辕，果真摄政乎？"

己人一一从容道来。最后，他满怀自信地对风后说：

"摄政王东征，只待时日。应帝之邀，轩辕东来。各路人马，当行动矣！"

"善！羊龙有望矣……"

风后一拍膝盖，喜形于色。但是，他还是强压住内心的喜悦，在"善"字之后，压低了嗓门沉吟："是时……"

随后，一节干枯的槐树枝，在羊龙部落的族众中秘密传递；一句近于偈语的话，"好生训练，来日用矣"，也随着这节槐树枝，在羊龙人之间进行着接力……然而，谁也不知道这句话的来源。

羊龙部落的族众军训的热情异常地高涨了，这情况报告到蚩尤那里，他非常高兴，让人叫来羊龙酋长强圉，陪着他，亲自要去视察羊龙部落族众的训练情况。眼看着自己的部落族众沦为奴隶，曾经暂避到猴龙的强圉，还是返回羊龙，接受了这一现实。

在中条山北麓寸草不生一望无边的、白花花直晃眼睛的盐池岸边，一大片被严冬冻得龟裂的发红的沙石平滩上，一群手无寸铁的羊龙部落族众，在九黎人的"监护"下，正在进行训练。他们步法整齐，喊声阵阵。

顶盔冠甲的蚩尤，用他那火辣辣的牛眼、直勾勾地环视着周围，他即兴呼呼喇喇、踢踢通通地表演了由他发明的"虎形拳"，搞得一片沙石飞扬。在人群前耀武扬威了一番，情绪亢奋的他，对这里的训练很是满意。而另怀心思的强圉，心里头却难过得像吃了一口芥末……混在受训族众中的风后，大额头上，幽深地皱着眉头，看蚩尤一脸得意的样子，不由得"哼"了一声，在心里说：

"水牛之狂，能几日？"

风后从小就上中条山拜过高师，深通伏羲《八卦》、神农《连山》，就连他的姓，也是师傅仙逝前特意赐予他的：

"华胥氏，风姓也；女娲氏，风姓也。有此姓，位至也，人敬也！"

可是出师后的他，却一直隐在这羊龙部落，一直没有显山露水。可以说，他才是现世一位深藏不露的高人。深藏于此参加集训的风后，又在心中像棉花一样吸纳着九黎的军事精华，酝酿自己的心中大计……

羊龙部落的人终于"驯服"地接受军训了，这让蚩尤心中多了几分宽慰——面对炎帝、猴龙，特别是被封作"摄政王"的轩辕的几面夹击，兵力实在不够的时候，就可以把他们拉上去顶一顶了！

面临强敌，蚩尤心里已少了以往的自信，不断的战事，已经使他感到些许的力不从心。尤其是这次，当把所有的得力大将分派到各条战线后，他顿感实力不足。蚩尤明白：现在，北面、西面，甚至包括南面，他已经是几面受敌了。两曘的黄黎不能远离，必须守在盐池东南缓坡上的蚩尤城；魃的青黎兵被派向北方，面对炎帝和后土；魈的白黎兵又布在了西线；南线，只有让三苗人去守。这让蚩尤很是放心不下：

"灵枫，可依乎？"

仿照九黎的形式，三苗的兵力实际上也发展成为"九苗"了，即黄苗、白苗、青苗部下各发展了两个分支，合起来形成总体上的"九苗"建制。黄苗下又分为左、右、中三黄苗，白苗、青苗部下依次类推……三苗的这九个分支，分别驻扎在蚩尤城南面中条山上的九龙山，直至山南台地上的平陆和黄河北岸的芮城一带。风陵渡一带由白黎部落的兵士防守。三苗的兵力，则被分布在大王、南卫、洪池、常乐、老城、平陆、南村、部官和九龙山，其中防守的重点是大禹渡渡口、平陆南的三门峡和北面的九龙山。

三苗的小帅灵枫，亲率中白苗驻守在九龙山山口，左白苗和右白苗分布在九龙山到平陆沿线，首领都是灵枫从自己的兄弟中挑选出来的精干后生，分别是枫叶、节风和支牙。青苗的三个分支左青苗、右青苗和中青苗守在大王、南卫和洪池之间，这三个分支其首领分别是蝶母十二子中的龙、虎和雷娃。黄苗重点防守三门峡及其周围地区，首领是枫神、节木和番禺。

二

就在轩辕南路的人马在挥的指挥下向三门峡靠近的时候，一直对三苗大酋长灵枫存有戒心的蚩尤，把自己的兄弟漏尤——一个个头不高、脸色淡黄、身段单薄、长于猜忌的"鬼精灵"——派到了灵枫身边，名为"协助"，实则监督。这让一向光明磊落的灵枫真是哭笑不得，行动上处处受到漏尤的牵制。他的一脸阳光一时多了几丝愁云。

三门峡一带的黄河对岸出现轩辕东征的兵马后，这一情报很快就被传到了设于九龙山上的三苗指挥部。经历了"人质事件"和"五虐之刑"，被迫和九黎结盟的灵枫，虽然内心里并不想为蚩尤卖命，但是，严酷的现实是，三苗早已经无可奈何地被绑上了九黎和鹿部落联盟的这架疯狂的战车，已经处在这样的临战状态了，不战也得战，你不打人人打你嘛！再加上漏尤这个"鬼精灵"在旁边这么监视着，表面上他也得应付着。

一听说轩辕的人马在水成三股、闪光的黑色岩岛参差并列、势如三门的三门峡对面停了下来，站在青灰色的山石之上，裹了一身被染成红色的兽皮的灵枫，显得挺拔得像一棵南方的枫树。他立即做出反应：通知青苗向黄苗方向集中，节风和支牙的左白苗、右白苗的兵马也向这一带推进。他的目的是：把兵力集中起来，拒敌人于三门峡以南。

命令刚刚发出，从青苗阵守的禹王渡一带，就传来了"轩辕"的兵马准备在那里渡过冰河的消息，青苗还没来得及向黄苗把守的三门峡一带集结，就不得不又回过头来，把紧了禹王渡的渡口。从禹王渡的方向不断传来求援的信息，逼得灵枫不得不调整兵力布局，从阵守三门峡的黄苗的队伍中，抽调了一批人马前去驰援青苗。不承想，挥把真正的进攻目标，却选在了三门峡这个地方。

这是一次典型的"闪击战"和夜战的范例。

剩余的黄苗的兵马，在中黄苗酋长枫神（原为黄苗巫师）的指挥下，埋伏在岸边，警惕地监视着人门、神门以及鬼门水道上狭窄的冰面和黄河南岸挥的军营。紧张的气氛在寂静中漫延。天空那轮白晃晃、毫无生气的冬日从东到西，由残白变得橘红，镀着兵士们生火造饭而升腾的炊烟。一天过去了，对岸仍无任何行动迹象。神经紧绷，目不转睛，守候在冰冷土地上的黄苗将士，到了黄昏，就有些体力不支了。为了明天有充足的精力投入战斗，枫神就考虑留下少量人继续监视，其他人回营帐中休息。风愈加猛了，夜空似凝冻了一样，远近的篝火昏黄，严寒控制了一切。

枫神的帐里，塘火烧得正旺，木柱上的火把照亮了帐内所有的角落。他坐在地铺上，面前摆着两只陶盘和一个陶钵。盘里盛的是鹿肉和野猪肉，钵里是大米稀饭。他用手抓起鹿肉吃了一口，对帐外喊了声："来人！"语音刚落，卫兵入帐："将军有何吩咐？""拿酒来！"今晚他没有食欲，只觉得冷清得很。草草地吃了几口饭，喝了两口酒，便又出帐巡视。帐外，骏黑一片，偶尔闻得兵士帐里传出的鼾声。看对岸，亦是无尽的苍茫和星点闪烁的篝火。他想，他们是否也和我们一样……这一宿，枫神没有睡，他一直在眼睁睁地等待着黎明的到来。只有那样，他才可以放心一些。可是，毕竟年龄大了，熬着熬着，也就打起了盹儿，头像瞌头虫一样一点一点，"呼噜"声拉得很长、震得很响，不时还响起"噗噗"的吹气声。涎水从嘴角，闪着一点晶亮的光流出来，挂在嘴边老长。在闪闪烁烁的塘火暗红色的火影中，偶然抽搐一下，变着各种鬼脸。

可是，他的好梦不长，他山响的呼噜声，忽然被突起的喊杀声惊醒，等他睁开惺忪睡眼的时候，眼前已经是一片火光，他的营帐也已经被掀翻了，寒风一下子钻进全身，他不由得在心底里打起了冷战……他已经被围得水泄不通。平时做事精明谨慎的枫神，这位黄苗曾经的巫师，怎么也没预测到，末日会来得这么快！

原来轩辕南路的兵马接到挥休息的命令后，一天都在静静地静守着，没有做出任何进攻的动作。大家蓄势一待，单等着晚上采取行动。

表面的沉寂中，蕴含着无尽的杀机。大家精心地做好了和进攻相关的各方面的准备，提前吃过了晚饭，专候南路主将挥下达进攻的命令。

眼看着天色一寸寸地变暗，夜色一层层地加浓，怒号的阴风，顺着东西走向的黄河西面开阔的河道浩浩荡荡而来，被三门峡的岩岛阻碍，就变成了不规则的、怪声怪调的旋风，使人感到惊心动魄。归鸟惊慌，躁动不安，斜着身子落入巢穴，发出阵阵"呀——！""呀——！"的叫声；像秋日飘零的碎叶一样，旋在对岸深暗的玄武岩间的乌鸦们，传出一片隐约的、让人心焦的聒噪声。

士兵们的心，早已经像箭一样飞向了对岸。时间在夜色的掩盖下，悄悄地向前移动着脚步，眼看着快到子鼠值夜的时刻了，挥还是没发出命令。直挨到丑时，挥才将手有力地一挥，战士们就靠了岩岛掩护，神不知鬼不感地从冰冻的黄河河面上摸了过去，"人门"、"神门"、"鬼门"，几条河道都出奇地顺利摸了过去，三苗的几个在寒风上裹紧了兽皮昏昏欲睡的哨兵，也先后被摸掉了；大队人马黑压压地上去了，黄苗的营帐就被包围了起来。

紧接着，火石击打，火把点了起来，一个个营帐被点着了，黄苗的兵士从睡梦中惊醒，和他们的头领枫神一样，糊里糊涂地就做了轩辕兵马的俘虏。

这一仗出奇的顺利，挥指挥的轩辕南路的大军，几乎是一阵风一样卷过去，就在黄河北岸得手。情况被报告给九龙山寨的灵枫后，灵枫大为震惊：原来他中了挥的"调虎离山"之计。灵枫立即发布命令，三苗各路人马，尽快向九龙山方向集结："死守最后一线矣！"

枫神自从睁开眼睛成为挥的俘虏后，万没想到轩辕的兵马对黄苗的兵士，尤其是待他，却格外的宽大和优待。上了年纪、悔恨不已的枫神被押到挥面前的时候，宽怀大度的挥，亲自上前为枫神松了绑：

"老巫师受惊矣！"

他没想到，轩辕的人还知道他原来的巫师身份！其实，挥也是刚从其他俘虏的口中得知的。

挥让枫神坐下，耐心地对他说：

"三苗上阵，九黎逼矣；此战之要，勿伤无辜。谨告老巫师，吾人此来，乃替天行道，以征不享。"他停了一下，继续解释道："此中无私，为天下矣——为所有被杀掳、欺压、掠夺之人。故彼此当兄弟携手，同归一心，共讨蚩尤。"

让枫神没有想到的是，面前这位貌似粗汉的将军，还能讲出一番大道理来，而且句句在理，能把话说到人的心里去，不禁对这位年轻人心生敬意和好感。想说的话在心里酝酿良久，终于开了一直紧闭的口：

"谢将军不杀之恩！若有用着之处，吩咐便是！"

"此言重矣！巫师年长，吾乃'后生'。"

挥一句话，说得枫神不好意思起来。

挥接着说："轩苗一家，不可互伤。敢劳巫师大驾，九龙一行，会灵枫，晓大义，做帝之顺民。及时醒悟尚未晚，战场立功正当时！"

由于三苗主动退守，轩辕的南路大军顺利地推进到了九龙山下。在中条山高耸入云、戴着雪白帽子的深蓝色山脉上，这九龙山，是其中最低的几个山头之一，因而在中条山横断南北的伟岸身驱上，形成了一个山口，成为渤澥通往中原的交通要道。现在看来，迫于无奈，蚩尤让三苗来把守九龙山和南线，应该是一个错误的选择。所以才亡羊补牢，派来漏尤督战灵枫。

漏尤如同噩梦中粘在背上褪不去的画皮，寸步不离灵枫，甚至连灵枫和幽娟之间的私生活，他也想给"监督监督"。

漏尤的严密监视，尤其让灵枫的妻子幽娟痛恶。幽娟是一个心地善良的漂亮女人，然而，自从被掳到九黎，被"阳举"的蚩尤当众欺辱后，心中就种下了仇恨的种子。以后，她受老酋长姜央之托回到白苗，见到了昔日的情人、白苗小帅灵枫，二人就结合成为夫妻，从此再不分离。灵枫到哪里，她就跟到哪里。现在，她已经是一位成熟的女性了，但是心中仇恨的种子依然深藏着，每次见到"热粘皮"一样的漏尤、带了一脸假笑跟在灵枫身后，她的眉头不由得就皱了起来。

面对漏尤这样一个机关算尽的小聪明，灵枫有苦难言。幽娟可不管这些。作为一名女人，她可以语言尖刻地在漏尤面前说话。而且这一段时间以来，她一直是这样的，漏尤对此已经习以为常了。

见到从窑门口跟着灵枫走进来的漏尤，幽娟不由得又是一阵伶牙俐齿："哟咿，漏尤协助辛苦矣！吾家以督乎？"

漏尤天不怕，地不怕，怕的就是和女人打交道。像他这样一个见了女人腿就软的人，可以说只要是女的，不分品类，都会让他发出非分的联想，因而心就软，嘴就甜，腿就软。眼前这位伶牙俐齿的漂亮女人，虽然在那次部落选举"阳举"的公众场所，漏尤有幸看到了这位美女让人垂涎的美丽裸体，从此她就在他心里打下了终生难忘的印记，但是他却没有机会和她亲近，因为幽娟已经被兄长蚩尤给霸占了……这次在九龙山见到这位风韵依旧的少妇后，他总是希望能近距离地和她在一起，就是受一些尖刻的带刺儿的风凉话，他心里也是乐意的，有时甚至有一些自我陶醉和自虐的感觉。"汝说乎，吾行乎"，这是漏尤对待幽娟的赖皮办法。现在，他就是伴随着幽娟讽刺挖苦的刻薄细声，坐到了窑内的火塘边，伸出一双冻得发疼的大手，在火苗上就烤了起来。

"爱情"的力量真是其大无边，有时候，那些没出息的家伙，就是愿意做一只可怜的小羊，没皮没脸地跟在她身后，只要她的皮鞭能落在自己身上，不管是轻轻地温柔，还是重重地惩罚……

幽娟说归说，手下还是做着一个主妇应该做的事。等灵枫和漏尤在火塘旁坐定的时候，幽娟已经把盛在陶碗里的热米汤给端了过来。

一天苦闷的日子总算熬到了天黑。当一个人不得不面对一位"话不投机半句多"的主儿，硬着头皮儿和这样的人生活在一起时，他内心的痛苦可想而知。今天下午，受漏尤苦陪的灵枫、幽娟，就是这么给熬过来的。直等到天黑，漏尤不得不离开后，灵枫的部下才悄悄地把从三门峡回到九龙山来的枫神，带进了灵枫所在的这孔深暗的大土窑内。

一般情况下，作为一名男人，如果曾被列入俘虏的行列，再走到人面前，应该是面有愧色。可是，我们现在从枫神的脸上，怎样都看不到这些东西。他还是过去那一身"巫师服"，头上顶着花翎，脸上有的是从容和镇定。见到灵枫大酋长，他郑重地行过礼后，递上了轩辕南路主将挥的通告。

三

枫神受到轩辕"和睦三苗"政策的感化，加上三苗本身长期以来一直受到九黎的欺压，所以他内心里一直窝着一团暗火，压抑沉重而没有可以发泄的喷口——

不是吗？原来是三苗大酋长的黄苗老酋长姜央，他至今还和白苗老酋长枫木一起，被蚩尤软禁在九黎在江淮一带的都地——葛庐山。灵枫虽说被蚩尤命名为三苗大酋长，实质上接替了枫木老酋长，但他也是迫不得已才这么做，从三苗的内心来说，谁也不想参与战争，搞得兄弟姐妹骨肉分离，有家不能回，整天在外为别人卖命。可以说，三苗和九黎，名为盟友，实为奴仆，地位简直反差太大了！大家怨声载道……正是有这样的基础，所以黄苗的老巫师、中黄苗的枫神酋长，才会被轩辕"和睦三苗"政策所感动，由九黎鹿部落联盟的一员将领，变成轩辕南路主将挥的传信人和说客。

枫神觉得，轩辕的人，才真正的把他、把三苗人当人看哩！和轩辕的人在一起，他才觉得自己的人格真正受到了尊重，自己才真的活得像个人样儿了! 原来那过的是什么日子嘛! 说人不人、说鬼不鬼的。就像终于走出了幽暗郁闷的暗道,一束亮光刺得他眯起了眼睛……枫神总算是吸进了新鲜的森林里的和着鸟鸣的清甜空气,长长地嘘出了心底郁结的闷气。自己和弟兄们,都受到了人的待遇,愿意留下继续当兵的,都编入了"三苗营"去,不愿意留下的,也都给足了返回三苗祖地之所需——足够一人一路吃喝所用的干粮和贝币,放回大江之南的老家去了。枫神对这一点尤其满意。他也算对得起弟兄、对得起父老了。虽说自己聪明一世、糊涂一时,不得已而被俘,对在部落里一直着体面生活、受人尊敬的他,面子上的确有些挂不住,但是人家根本就没把咱当俘虏待嘛! 感遇之恩,将以身相报。轩辕的人既然待咱三苗亲如兄弟,咱也得掏出心窝子来。

"善则善报,恶则恶报;报则报矣,时候到矣!"枫神酋长以为自己知恩必报的机会到了,不要说灵枫本就是自己可以交心的小弟兄,就是上刀山下火海,他都在所不辞。

然而,让枫神绝对没有想到的是,他一踏进九龙山寨,就被白苗的弟兄们亲切地围了起来。因为枫神常来灵枫大酋长处,所以灵枫手下的卫兵们,大部分都认识枫神这位神机妙算、神神道道、一脸诡秘的老头儿。于是,就有人故意问他:

"枫神酋长,黄苗降否?"

"归轩辕耳!"

枫神如实交代了,就把轩辕的部下大将挥如何为自己解绳子,如何称他"老巫师"之事,从头到尾简要地对睁大了好奇眼睛的大伙儿讲了。又蹲在地上,用木棒画了一幅轩辕蚩尤"交战态势图":

"而今,轩辕封锁渤澥,九黎之命不长!"

正当枫神大声喧哗着做工作的时候,有人"嘘——"了一声,原来是灵枫和漏尤巡寨回来了。大家赶快把枫神遮掩起来,等灵枫和漏尤从身旁走过,枫神指着臭狗屎一样粘着灵枫的漏尤:"此,谁也?"

"不提则已,提则切齿!"一位老卫兵这么说。

"然也?"

"蚩尤胞弟也!"

……

"祸害不除，更待何日？"不知是谁咬牙切齿这么一点火儿，大家心中的干柴，一下子就腾起火焰来！

"乃当杀之！"

"杀漏尤，反蚩尤！"

"不杀漏尤，难解心头之恨！"

看大伙儿的火儿已经被点了起来，枫神打心眼里高兴。可是，现在大家还得熬时间哩——漏尤还泡在灵枫那里……要不要除掉漏尤？什么时候除掉？还得由灵枫大酋长来最后定夺。

一直熬到天黑，终于等到了漏尤离开。大家才窸窸窣窣地拥进灵枫大窑，等待灵枫最后裁决。

灵枫展读挥写在丝帛上的通报，都是一些象形字符，皱着眉头看了半天，还是不能全解其中的内容。他虽然天赋很高，怎奈满目星星，多亏刚刚接受字符培训的枫神，从灵枫手里接过帛书，有声有色地为大家解读：

"灵枫冬安！受摄政王轩辕之托，吾率大军，北指蚩尤，不巧相遇，不战为和；蚩尤公贼，犯天条，戕百姓；三苗不幸，名者盟，实则奴。存亡之际，还望大义在先……"

灵枫听着通报，心中的芥蒂，释然化解，紧皱着的眉头，也舒展了开来：

"三苗大幸！"

"正是。"

枫神仍不改巫师的老习惯，像唱词一样慢条斯理地说："南路挥者，明矢弓矣，勇过谋全，不谋苗矣！于俘者出路，或助回家，或设专营……"

灵枫聪明，听到这里，心里就明得跟镜子似的。可是，他并没有立即表态。看着他沉吟的样子，大伙儿都有些急眼儿了！

"大酋长，杀了漏尤，反过九黎，一展手脚，何不快哉？！"

"小帅，弟兄等汝，快定此心！"

灵枫却不动声色，一挥手："尔等先自休息，容吾策以万全！"

大伙儿一步三回头地离去后，幽娟就带着一种爽人的幽香凑了上来：

"为君何意，不除漏尤？如此做人，何以报仇？轩辕兵临山下，不和则战，战则互伤矣！"

灵枫握过幽娟轻绵绵的搭在他肩膀上的纤手，还是不紧不慢的那句话：

"容吾策以万全。"

挥自从派回黄苗酋长枫神之后，就一直焦急地等待着枫神的回音，可是，灵枫大酋长的沉吟，却让他两难起来，心里焦急万分。眼看着进攻的时间临近，挥急得在营帐内转来转去：

"此何故也？此何故也？"

常伯却沉稳地在一旁劝说：

"大将莫急，自会分晓……"

额前顶着三道平行的抬头纹的"虎头"斗苞脾气火爆，一说话就要跳脚：

"再无回音，老子拼将去，何惧之有？"

鼠龙代表困敦，伸出瘦长的黄手在他肩头摩挲着：

"静心以待！静心以待！"

黑脑袋的隶首附和：

"甚是，急也莫违轩辕之意！"

时间像一道暗流，藏在夜幕的背后悄没声息地流逝着。大家屏息以待，挥的营帐内，只能听到粗粗的出气声和塘火的呼呼声，整个营帐，都笼罩在一片明灭朦胧的暗红烟色中。

帐外，从山上落下来的还没有冻死的瀑水"哗哗"喧响着。夜静得出奇，好像一切都沉睡了，却有一只"腥候"鸟——猫头鹰突然大叫一声，宣布着某一个行将就木之人死期的到来……"刺角子"鸟，是它的"帮凶"。只要有"腥候"鸟出现的地方，必定有与它二重唱的"刺角子"出现。在木木的、老人似的"呜呼"、"呜呼"的声音之后，突然插入"刺角子"尖厉的划破天空的哈哈大笑，直让人发梢直竖、毛骨悚然。

挥不喜欢听这两种鸟儿的合唱，就大呼一声：

"将此鸟驱走！"

大帐外一阵高低不同、"噢识噢识"的吆喝声，接着是"呼呼啦啦"的翅膀扇动的声音由近而远，直到完全寂静。

挥的阵前军事会议继续举行。参加的人除过隶首、玄嚣和虎龙部落首领斗苞、摄提，西蜀鼠龙部落的首领常伯、蜀夫、困敦，西夏部落主将陆吾等，都赶来参加。最后决定：还是两手准备，劝打结合，最后促成华夏与三苗的合作。那么，**派谁去战呢**？

斗苞主动请战：

"主将，虎龙待命以发！"他早已经等得不耐烦了。

摄提、陆吾等也纷纷请战："再莫等矣……"

挥已经拿定了主意，就一挥手：

"虎龙、西夏听令，各率兵马，前后策应，拿下九龙前寨！"

一贯英勇善战的虎部落酋长斗苞，激动得站起来在帐内打转转，他挥舞着有力的拳头：

"定胜莫愁！"

摄提和陆吾跟着说：

"定胜莫愁！"

四

斗苞和摄提、陆吾在阵前会议上主动请战，口说"定胜莫愁"，可是，怎么才能真正做到这一点？他们还得再仔细地研究一番呢。

根据三苗部下各守一寨的情况，他们决定先取其中最难取的一个来"做娃样子"，有此威慑，其余各寨就好取了。这个最难取的寨子，最后选在由无耳雷娃（中青苗小酋长、蝶母十二子之一）所守的前寨。

前寨地处九龙之首，挡在九龙山口，寨子虽说不算太高，但是山势崎岖，山崖陡峭，易守难攻，是前往渤澥盐池的一个难以逾越的障碍。加上，镇守这里的三苗小酋长雷娃，我们在前面已经提到过，这位不怕死的主儿，在蝶母十二子中早已享有盛名，是一个难以对付的家伙。正因为有这种不怕死的反抗精神，他当年才被蚩尤给割掉右耳，并且黥了面。失去了一只耳朵、脸上烙了暗红的"蚩书"的他，开始还因自己的这一张失衡和难看的脸而羞于见人，后来大家都视他为"英雄"，他也就以英雄自居，说话、做事和难看的脸上，都多了一股狠劲。本来善良的他，从此变得凶恶起来。

左侧眉梢上的鲜红疤痕，一直连上了额头那个暗红的方形烙印边框的无耳雷娃，侧着一只扇风耳的脑袋（这也是多年形成的习惯了，为了能听得更清楚一些，他总是把头左侧的耳朵倾向前去，因而脑袋就歪向了右侧）前后观察。因为着急，他的整个胸腔像拉风箱似的喘着粗气，鼻子口里哈着冬日里的白气，兽皮裹着的身体由里向外蒸腾着汗酸和兽皮综合了的怪味儿热气，紧跑慢跑，东吆西喝，终于在黄昏前完成了他的整体防御部署。

凭借着有利的地形，无耳雷娃层层设防，让这处本来就是"一夫当关，万夫莫开"的地形，更是连鸟儿也插翅难过了。

虎龙部落的人，虽说是以能征善战著称，但是，遇到眼前这样的情况，也只能是"虎落平滩被犬欺"了！

不服输的、一急就跳脚的虎头斗苞和做事一向谨慎认真的摄提，亲自摸到九龙前寨前面冻得裂了纹儿的黑色树丛和白色的干草窝里。顶着十冬腊月的寒风，虎头急得呼呼的，摄提皱着眉头，仔细观察了很长时间，直到天麻麻黑的时候，才起身返回。已经被冻得全身骨节都在疼、所有肌肉都僵硬了的斗苞和摄提，硬是咬着牙赶到陆吾的军帐，牙根儿"咯噔咯噔"地打着架，烤着塘火，三个人合计了几个时辰，才算定下了最后作战方案。

让灵枫迟迟不能做出决定，不是其他什么原因，而是"忠"、"信"、"义"三字。

虽说三苗是被胁迫着加入到这场战争中来的，但是三苗毕竟还是和九黎结了盟约，既然有约在先，就不能自己随便更改，特别是当"盟友"遇到危险的时候，三苗如果真的没有一个可以说服世人的理由，那就是跳进浑浊的黄河，也洗不清被视若生命的"背信弃义"的骂名……这一点，只有当你坐在灵枫——大酋长和主帅这样的位子上的时候，才会真正痛彻地体会到。

灵枫为此而着急上火，晚上把幽娟也冷落在一旁，一个人在兽皮被窝里翻来倒去，一方面是生机勃勃的向上的生气和希望，就像清晨的一缕阳光照到人脸上，温暖到人心底，一方面却像梦中恶魔缠身、幽灵附体，摆它不脱……

灵枫看到一沟浑浊的黄水，他家父母、兄弟姐妹都走了进去，最后只走出一人；水旁挤着许多熟识的人，他们在没事似的说笑着……灵枫知道要涨水了，他一边向青色的山头上跑去，一边喊着要涨水了，可是人们不信。灵枫跑到山顶上回头望去，沟底已经是宽宽的一带黄水了！他独自向前走去，周围都是乳白色的浓雾，只有一条隐约可见的、直直的小路通向雾中……灵枫向前走着走着，脚下的路就没了！脚下没路的时候，他却轻飘飘地"飞"了起来。

说服灵枫无效，枫神感到失落，无脸再去见挥。

这时候他一个人面壁而坐，撕心裂肺地痛苦地想到，我枫神一辈子也是一个说话算数的风风光光的人，怎么现在就背到了这个程度了？仗呢，还没打，就做了俘虏；做了顺心的俘虏，却以自己一副巧舌，也无法说服灵枫归正……颜面何在？颜面何在？恍惚中，他感到脸上烧疼，他看到挥高大浑实的身体，正笑眯眯地迎面走来。忽然他就变了脸色和脸形：

"灵枫不可信矣！"

枫神正沉浸在酒后飘飘忽忽的幻觉之中，忽然看见两个灵枫走进门来，他大惊失色，"呼"地一下站起，口中大喊："大祸至矣！大祸至矣！"

看到枫神披头散发、眼睛发红发胀，像一个预言家一样疯疯癫癫的样子，灵枫登时吓了一跳，赶紧上前扶住他："枫神老伯，何至于此？"

枫神并不理会他这一套，完全是一副目中无人的境界："三苗休矣！大祸至矣！哈哈哈哈！"

枫神甩开灵枫，自顾自个、癫癫跛跛地向前走去。

灵枫急喊："拦住他！快点！拦住枫神！"

可是，周围并没有可以上前拦阻枫神的人。眼看着枫神几大步就走近了崖头，灵枫迅疾地扑上去，拦腰抱住枫神……可是，他抱住的是一团空气，是从崖下向上掀面的谷底的阴风……他眼睁睁地看着枫神口呼："升了！升了！"掉进山包后的万丈深渊……那衣带飘忽的身影，成为灵枫终生的一个痛！

枫神的舍身殉职，就为了一个信字。这让灵枫大酋长从沉迷中猛醒！

也许是情势危急，枫神巫师以他超人的敏感和先知，已经事先看到了"大祸至矣"的可怕场面：人头落地，血流成河……作为黄苗曾经的一名巫师和前来劝降的说客，他深悔自己没有尽责并引以自咎，他是以一种极端的方式进行劝降。不管怎么说，他感觉不到问题特别严重，是绝对不会采取这种极端措施的！唉，可惜了一代巫师，黄苗酋长！

灵枫仰面对着苍天，双手抱拳，叹道：

"枫神呵枫神！缘何去之匆匆？吾与汝心有阻！故互不通哉！"

灵枫也不再多说什么，赶紧召集所有兄弟（将领）一同来到他的大窑内。驻守九龙各寨白苗的枫叶、节风和支牙，黄苗的节木和番禺，青苗的龙娃、虎娃和雷娃先后来到。听到枫神殉职的消息后，大家悲痛万分，集体向他的遗物———把他生前使用的长麻扫尘，行了鞠躬和默哀礼。灵枫向黄苗的兄弟节木和番禺进行了慰问，随后就当着大家的面宣布：

"各位弟兄，是灵枫执迷不悟，带三苗以至危境，葬送枫神一命！我等若再执迷不悟，即睁眼跳岩……蚩尤悖理而兴，犯天子，害黎民，戕害各族，欺压三苗……三苗失理在先，然轩辕仁义，不杀三苗……我心定矣，弃暗投明！"

"弃暗投明！"

"弃暗投明！"

众人一片拥护声，只有一直心存疑心和侥幸心理的漏尤大惊失色。他跳了起来，大骂："灵枫啊灵枫，尔等背信……"

不等他说完，就被冲上来的两个彪形汉子摁在地上，五花大绑起来，漏尤疼得"嗷嗷"乱叫，再也顾不上骂人了。等他缓过劲来，准备接着再骂的时候，他的嘴早已经被塞上了一团乱麻，喊不出声来了。

灵枫顾不上再搭理这个"监察官"，转身对前寨的无耳雷娃说：

"携此信物，速往轩营。"

"诺！"

灵枫又对雷娃叮咛："于寨前挂白旗，丧期免战。"

"诺！"雷娃应着，就快步离去。

灵枫面向大家：

"各位弟兄，所有寨子，皆挂旗休战。余者，吾自有主张。"

可怜了蚩尤的这位兄弟漏尤，成为他兄长蚩尤的替死鬼。等他一被推出窑外，就在刀剐一样的寒风中，瑟瑟抖着，被拉了去九龙山各寨巡回谢罪，被愤怒的三苗兵士用雨点般的碎石击成了碎骨肉酱。等到灵枫反应过来，你就是神仙下凡，也挡不住汹涌、愤怒的人群了……各种脏物和石块，劈头盖脸地砸向了漏尤，先是鼻青脸肿，满身恶臭，紧接着，就面目全非了。最后，就被倾泻的石头给掩埋了……

就在挥指挥着虎龙部落的兵马，准备于后半夜向三苗前寨发起进攻的时候，天黑以前，匆匆赶来的三苗将领雷娃，手捧灵枫的信物和礼品——一只发黄的枫叶和水牛角，在"卫队"的带领下，匆匆向挥的大营走来。

应该说，中青苗小酋长无耳雷娃的到来，是挥望眼欲穿的事情，虽然他已经做好了进攻的一切准备。

听说三苗派人前来，愿意归顺，挥立即升帐，常伯、隶首、蜀夫、玄器、困敦、斗苍、摄提、陆吾等都左右站齐了，等候三苗人的到来。

早就听说轩辕的军队纪律严明，军容整齐，耳听是虚，眼见为实，看到挥旗帜鲜明的大营和黄昏中森森一片的车阵，侧耳倾听着此起彼伏的战马"咴儿咴儿"的嘶鸣，无耳雷娃不由心生一种赞叹：

"轩辕人马，大异矣！"

五

无耳雷娃心生感叹："伟哉，壮哉！"

虽说轩辕的人马没有蚩尤那样的青铜盔甲和兵器，但是，这森森而布的能冲善战的战车，却为轩辕所特有——所向披靡的战车，加上训练有素

491

的骑兵和强弓、长矛、劲弩，亦可以无敌于天下……三苗靠的是天堑，要不是绝对有利的地形，可能我们早已是强弓的活靶和马蹄、车轮下的死鬼了！

无耳雷娃像贵宾一样，怀着敬意、半倾着失衡的脑袋和一只扇风大耳，手捧着银光闪闪的礼物，迈着因为激动而颤颤索索的双腿，一双缠裹着兽皮的大脚，在轩辕兵士夹道欢迎的队列中间快步穿行。

兵士们一声接一声地欢呼：

"欢迎欢迎，三苗兄弟！"

"华夏三苗，一家亲矣！"

尤其是这句"华夏三苗，一家亲矣！"让无耳雷娃心里感到暖烘烘的，就像大地回春时那温暖的阳光照在身上一样：有多少时日了，三苗何曾有过这样的礼遇啊？真是：久旱甘雨，让人眼热！一段时间以来刻在无耳雷娃脸上的那种狠劲儿，也一时被和善的表情所取代。人因善而美。

一路上，不断有传令兵向前传呼："三苗使者到！"等到无耳雷娃身轻眼热地走到挥的大帐前，早已经有传令兵等候在那里，一句"请三苗使者入帐——"，无耳雷娃来不及细品轩辕兵马的军容风纪，就随着传令兵进入了大帐。

大帐内，轩辕南路的主将挥端坐在正中央，背后是轩辕创造的龙图腾和"挥"字将旗。两旁分列着常伯、隶首、蜀夫、玄嚣、困敦、斗苞、摄提、陆吾八人。只见他们个个和颜悦色，大帐内塘火正旺，气氛和谐。

无耳雷娃先将灵枫的信物献上，再双手献上富有三苗特色的礼品：一对装饰性的银质包裹的水牛角。

挥代表轩辕双手接受了三苗的礼品后，雷娃开口道：

"吾乃青苗雷娃，大酋长灵枫告知：感轩辕之仁义，明兄弟之胞情，三苗自今归顺矣！"

他上下滚动了一下大大的喉结，咽了口唾沫，接着说：

"蚩尤施强，三苗受虐，参战者，不得已而为之，还望鉴谅！"

挥扶无耳雷娃先坐下："何以多礼！华夏三苗，乃一家耳！"

坐在客席上的无耳雷娃深深地点头，学着华夏部落的礼节，抱拳与两旁的酋长、将领们一一见礼。常伯、隶首、蜀夫、玄嚣等八人，也纷纷抱拳还礼，一阵高声低语。

就在大家准备接下来细谈的时候，传令兵又报到：

"三苗灵枫，率将投诚！"

挥："张开阵式，夹道欢迎！待我亲迎！"

于是，大家纷纷起身，一阵纷乱杂沓的脚步声。

挥等快步走出帐外，因为迎面的阳光和寒风而眯缝起眼睛。

无耳雷娃走在挥的右前方，给他指认站在夹道欢迎的兵阵另一头、披了一身冬日阳光的灵枫。

虽说已经派出无耳雷娃前去驻扎在三门峡南岸的轩辕南路大军通报，灵枫的心里依然觉得诚意不够。为了表示三苗归顺的诚意，必须亲自到挥的大帐去一趟。他和兄弟们一商量，大家纷纷表示赞同。于是，在无耳雷娃之后，他又带着无鼻虎、无脚龙和枫叶、节风、支牙、节木、番禺等，亲自前来表示归顺之意。

一路走来，弟兄们思想上的压力已经完全解脱了，走起路来也踩得残雪飞溅，脚步咚咚。

顶盔挂甲的灵枫和他的弟兄们，在夹道欢迎中向挥所在的大帐门口走来。

挥魁梧地站在中央，像一座松塔。青苗的无耳雷娃，站在挥的身旁；常伯、隶首、蜀夫、玄嚣、困敦、斗苞、摄提、陆吾等分列左右，亲切地迎候着灵枫和他的弟兄们。人还未曾靠近，兄弟情谊将双方的人心已经融为一体了。在一片热烈的气氛中，灵枫舒展了浓眉，就像回到家里一样快步向前，和迎候的挥拥抱在一起。

周围是一片欢呼雀跃。

挥和三苗来的兄弟一一拥抱，灵枫也和轩辕的将士们亲切拥抱，大伙儿相互拍拍肩膀，寒暄问好。这时候，好像是天随人愿，寒风静止了，阳光明媚而灿烂。大家都沐浴在灿烂的和平友善的阳光下。

灿烂的阳光下，挥的胖脸上挂了灿烂的笑容。他热情地让进灵枫，自己随后进帐。大家也相互谦让着进入挥的大帐内。宾主分左右入坐，早有伺者将丰盛的水果、食品，特别是从西蜀鼠龙部落带来的茶叶，放在每个人面前的托盘上，供大家咀嚼解乏。

双方坐定后，灵枫双手托起作为权力象征的信物——大铜斧，郑重、认真地要将它交给挥：

"尊者挥将军，三苗既已归正，此斧亦应交出……"

挥真诚推让加褒奖：

"诚意心领矣，然此斧不可交。汝何人也？三苗大酋长是也！"

挥提高了嗓门强调，浑厚的、低音炮一样的嗓音声震帐内：

"吾代轩辕以告，华夏三苗，危难相助，平等互利，故余不接此斧也，而由灵枫固握也！"

轩辕和三苗的将士，不约而同地爆发出一阵热烈的掌声。

挥接着说：

"三苗归正，不世之功，隶首记之，报以轩辕……为迎三苗兄弟，余略备薄宴，望尽情享矣！"

轩辕的人慷慨，三苗的人也不客气。大家共聚一帐，杯碗交错，欢乐融洽。

欢庆之时，挥忽然想起了黄苗酋长枫神：

"枫神何在？"

一句话问得灵枫语塞，好在他反应快，及时补上一句："不幸殁矣！"

挥不相信，但是看灵枫一脸凝重悲伤的表情，很确定的样子，也就不得不接受了这一现实——人命多脆弱，说没就没了！

听了灵枫对枫神跳崖殉职的痛述，挥庄重地高高举起陶杯为枫神祈祷：

"枫神伟乎，枫神壮哉——愿汝之灵，早日升天！"

灵枫和他的弟兄们在挥的军帐里放开肚量海吃海喝，直到天近黄昏，才东倒西歪地相互搀扶着返回。挥派出最精干的兵士，一路护送。

经过一夜歇息，灵枫更显得精神焕发。于是，他赶快把弟兄们都请到大窑来，一起商议迎接轩辕兵马之事。

今天是个好日子，天空一扫往日的阴霾，变成冬日里少有的发白的瓦蓝色，从东边高耸的山脊上投射过来的金色阳光明媚而温暖。夹在中条山高峻的东西走向的山脉之间的九龙山，南观北望，视线很远。

南面，隐隐约约，似乎都能看到黄河那冰白的一抹，横在辽远的地平线的尽头；北头，渤澥一带的大盐池，像一面反射着阳光的大铜镜，镶嵌在平展展的黄土地的中央，白花花的盐水结成的冰面上，欢跳着刺眼的银针一样的光芒。

可是，这会儿，没有人能顾得上仔细欣赏这壮阔的大好风光，大家都在忙碌着迎接轩辕兵马到来的事，九龙山的九个寨子之间，人声旗语，遥相呼应，到处传递着欢乐喜庆的气氛。灵枫的大窑内外，笼罩在一派欢乐的氛围之中。

灵枫听取了各位弟兄的意见，把欢迎轩辕人马的仪式作为一项大型活动来重点安排，从青苗守的前寨开始，所经各寨，都要有一个简单的仪式，夹道欢迎一番。灵枫把三苗欢迎轩辕兵马的总仪式，就定在这面大窑前的场院里。这不，大伙儿正在忙着张灯结彩，布置会场，轩辕的龙图腾和三苗的水牛图腾被高挂在窑面上，四周布置了各色彩带。三苗的人，都穿上了节日的盛装，跳舞的小伙子头上扎起了黑麻布巾，大姑娘扮齐了她们所有的银饰，他们把仪式上要表演的舞蹈，已经演练了好几遍，单等着轩辕的人马早点到来。

太阳升起一竿高的时候，轩辕的兵马出现在山口。他们队列整齐，步伐一致，军容齐整，威武之师，浩浩荡荡而来。青苗的前寨，早已经放下了吊桥，张起了彩幡。青苗的兵众，夹道欢迎，气氛热烈。轩辕的兵士，也不时挥手回应。一队兵马过去，是挥和隶首等首脑机关，接着，常伯、蜀夫、玄嚣、困敦、斗苞、摄提和陆吾等各路人马，也纷纷开进。因为山路崎岖，战车被临时拆了，驮在马背上，圆圆的、磨得光亮的车轮子，在马背上一晃一晃地反射着阳光……大队人马，从这前寨过了一整天，也没有过完。

轩辕的兵马，被分别安排在各个寨子驻扎，双方兵士和谐相处不用细说，单说这灵枫大窑前的欢迎仪式，就昼夜进行，通宵达旦。灵枫不光是安排了歌舞助兴，更是大摆宴席，整个场院，除了中央大堆篝火的位置，周围都给摆上了酒席。挥被安排在中央正席，灵枫作陪，常伯、隶首、蜀夫、玄嚣等各位酋长、将领，被安排在周围的席面上，分别由无耳雷娃、龙娃、虎娃、枫叶、节风、支牙、节木、番禺作陪。

歌舞和开宴之前，灵枫先站起来，高举陶杯，向各位敬酒。他先对着天空作了一揖："上天保佑！"接着兴高采烈地说道：

"上天保佑，三苗脱苦海！轩辕人马，使九龙生辉。此事大哉！"

挥也兴奋地站起来：

"灵枫言之有理，隶首记之，报于轩辕。华夏三苗，不战而和，福祉苍生，功德无量，将永载史册，流芳百世！"

第三章

一

　　轩辕东征的北路联军从黄河壶口过河，从北面打通了后勤保障的粮道，保证了战争物资从桥山源源不断的供应（这一条线路的最远点，在西陵氏领导的鼠龙部落联盟——巴蜀地区和西王母的西土昆仑，各种战争物资翻过秦岭、越过岷山，顺着渭水东行，又向桥山集中，从这里再运向河东）；南路联军在挥的指挥下，严格执行轩辕的"和睦三苗"政策，终于与三苗和解，使蚩尤失去了中条山上的关隘——九龙山这个九寨相连的南部屏障……

　　战争的形势发展得这么快，局面这么好，让统揽全局的摄政王姬轩辕，事先也没有想到。从南北两个方向在马蹄嘚嘚的欢快气氛中传来的信息，使本来还心怀忧虑的、已经在黄河东岸的万荣通化一带驻扎下来的轩辕兴奋不已！战争的整体发展态势，都在按照自己事先设计的样子推进着，就像挟风裹雨、滚滚东去的黄河水一样，正以不可逆转的势头迅猛地向前奔腾……

　　面对着依然冰封着，像一把闪着寒光的出鞘长剑一样的、华夏民族伟大的母亲河——黄河，轩辕心潮澎湃。这条一向摧枯拉朽、狂放不羁的大河，现在依然在冬日寒风的长鞭一次次笞过颜面的抽筋疼痛中保持着沉默。啸叫的只有顺着开阔的河道铺展开来的黄尘和狂风。然而，在轩辕的脑海里，席卷而起的却是黄河壶口那嘶叫着喷薄而起的黄尘巨浪；那接踵而起、前仆后继、汹涌奔腾的图腾形象；那激动人心、荡人魂魄的怪兽嘶鸣……这是一个民族不屈的心在怦然巨跳，在嘶喊抗争——他曾经在那里迎着冲天而起、一阵阵扑面而来的冰冷的水雾中站了很久，额发，颜面，还有裹着腰身的黑色熊皮，都已经被冲得湿漉漉的……

"正义之师，势可挡乎？"

轩辕自问一句，手掌向下、双手插到后腰去，极目远方，锁起的眉头舒展开来，两道浓重飞扬的黑眉毛下，眯缝的眼影很重的眼中射出锐利的炯炯神光。

他一会儿舒展眉头，一会儿又眉头紧蹙，就这样在翻卷着黄尘土浪的黄河东岸来回踱步，风一次又一次迎面掀动他兽皮帽下卷起的额发。他挺着胸，来回踱着步，是想尽量平抑一下自己激动和兴奋的心，然后再细想一想将要面临的、与后土部落结盟的事。

虽说和后土结盟之事，事先已经和对方有过联系，后土的反应也很积极。但是，轩辕就是这样一个既豪迈粗犷又心细如丝的人。大的方面，他可以以磅礴的气势大刀阔斧，而在细节问题上，他又总是要把每一个细枝末节，事先都考虑得尽量周全一些——末节关乎大局，决胜成败啊！

后土既是猴龙部落酋长，又是北方部落的代表，他的影响在北方，尤其在河东地区非同小可，可以说是牵一发而动全身！只要和后土搞好了关系，整个河东的事就好办多了。

好在轩辕前面和后土有过一些交往，在桥山祖地修黄城的时候，还特地请他主持过一次祭祀土地之神的仪式。这位有着温文尔雅风度的猴龙部落酋长，自从那次享受到最高的礼遇款待后，对轩辕一直心存感恩。这是现在让轩辕感到最为欣慰的一件事了。但是，后土现在究竟是怎么想的呢？我们虽说是受炎帝之邀，以摄政王的身份前来征讨蚩尤的，但是我们毕竟是来到了后土部落所在的河东之地，踏上了他们的地盘……随乡入俗，到了河东，就要顺应这里的人文背景，事事谨慎，相互尊重。这就有很多事情，是需要事先约法三章的……轩辕仔细地想了想，就排列出以下几条，准备通令中、南、北三路兵马，共同遵守：

一则尊河东之习，随乡入俗；

二则勿效尤扰民，禁绝抢掠；

三则倡助人融情，增进友情。

谋定之后，*轩辕踏上黄河东岸的黄土高坡，来到旌旗招展的大帐之前，请值日干将，分头把天老帝师，吴权、鬼容区、马师皇王师，应龙、大挠、常先、大鸿、容将等武将和沮诵、赤将、胡曹、伯余、孔甲等文臣，以及重光、屠维、敦牂、阉茂、玄子等部落酋长和代表，都请到中军大帐来，把这个"约章"对大家讲了一遍。

　　老脸天老等四位师臣交口称赞。英气勃勃的应龙、大挠、常先、大鸿等武将和文质彬彬的沮诵、赤将、胡曹、伯余等文臣，神态各异的重光、屠维、敦牂、阉茂、玄子等部落酋长和代表都没有意见，即使是有一些意见的小部落的酋长，也随了大溜。第二天，由孔甲用朱笔手书在龟甲上的"约章"，就快马送往南北各路主将手中。

　　"约章"的事就这么定下了。而前去参拜后土的事，有好多细节问题，还在商讨之中。几乎各种可能的方式都已经提到了，皆被轩辕一一否决，大家也觉得不是最佳的方案。经过几天的争辩，大家的心都像九月的谷穗一样焦躁起来了……最后，还是肤色蜡黄、一脸洪荒的老脸天老，以帝师的威望说服了大家：

　　"最高礼仪，筑坛参拜！后土者，一方之主，配享此礼，乃终生庆幸、炫耀。如此礼遇，彼必与吾人密结一体！强敌当前，虽有言曰：'举大道，天下往'，然必盟友多，战士多矣！"

　　大家一致说好，轩辕对天老"筑坛参拜"的方案也很满意。于是，轩辕的这个决定，就被绘于兽皮之上，快马送往后土所在的宝井之地。

　　轩辕的人马一路向南前进，身为猴龙部落酋长，同时作为北方部落代表的后土，早已经在宝井这个地方翘首以待了。

　　宝井这个地方，名为井，实则为一眼旺水的宝泉。后土的猴龙部落的大聚落，就选在有宝井之泉的这一个黄河东岸的高高的土台之上，与河西只是辽阔的一河之隔。因为这一带，黄河的河道极为开阔，而一向横冲直撞的黄河水，在这个季节里，却只是其中扭来扭去的一条细长的冰带。如果是在夏季，河道里就尽是连接东西两岸的大片绿洲，黄河水，就是飘在其间的一条浪漫的金丝带。

自从上一次在桥山，姬轩辕给他留下深刻的印象后，后土对身为后生的轩辕的胸怀和为人一直很推崇。虽然二人之间年龄相差很大，但是，在后土的心目中，轩辕这个小弟兄，怎么都是一位值得仰视的人物。他们之间萦绕的友情，完全是一种超乎常情的"忘年交"！

河东面临着危局，轩辕受命东征，救万民于水火，尽地主之谊，后土当仁不让。同时，出于这种"忘年交"的情谊，后土更加急切地盼望着与轩辕尽快见面。

他早就听说轩辕应炎帝榆罔之邀而东征犯境河东的九黎，已经从冰冻的黄河河面上来到河东之地。可能是心情过于急迫的原因吧，你越是急切地盼望着实现某一愿望，就越是觉得度日如年，越是觉得它过度地姗姗来迟！

就在后土焦急地等待着轩辕到来的时候，传来轩辕要"筑坛参拜"的信息。

展看着用红色赭石绘于兽皮之上的"拜坛"示意图，轩辕的雍容大度、宽厚胸怀，他包容与谦逊的品格，深深地打动了后土，让这位河东的老兄长诚惶诚恐，大为感恩戴德、感慨泣零……所有的可能的症结和不和谐，都因为轩辕的此举而冰消雪化，全部融汇在一片阳春的融融暖意之中。

"想吾后土，十二氏之一，以猴龙名天下，河东一方诸侯，举为北方代表。然空有虚名，于炎帝榆罔，不值一提……"

炎帝榆罔来到河东之后，对后土是既利用又排挤，而蚩尤的到来，更是如洪水猛兽，让各部落都备受摧残。好在猴龙部落联盟地盘较大，人口众多，又有相当一部分部落身在山区，地形复杂，加上与炎帝的臣属关系，双方的配合联防，使猴龙部落基本上保留了原有地盘，而不像羊龙部落那样彻底地面临了灭顶之灾，沦为九黎仆从。实践对人是一种磨炼。猴龙部落在这一场生死存亡的角逐争斗中，变得越来越坚强，终于成为河东地区各部落的中流砥柱。

强盛的轩辕率领的华夏部落联军的到来，无疑给河东的兄弟部落注入了一针精神上的强心剂，让大家在危难之中看到了生的希望。这一点，后土尤其坚信。

后土又焦急地等待了两三天，就干脆起身向北而来，亲自前去迎接轩辕。

轩辕在南下和后土见面之前，就已经让应龙率领各部落的兵马南下，以荣将为先锋，荣将的骑射队伍运动作战，其他部落的酋长与兵马给予配合，很快就在万荣一带打开了局面。如今，这一带华夏部落联盟与九黎双方的力量对比，发生了根本性的变化。这也算是轩辕给后土和河东各部落的一个见面礼和现实的交代。这样，轩辕才可以从容地去拜会后土，后土才消除了后顾之忧，感恩戴德地亲迎轩辕的到来。可以说，轩辕的这一举动，更是打开后土心扉的一把钥匙和一剂灵丹妙药。它让还未曾见面的后土和轩辕，在心灵上提前就已经完全沟通了。

后土率领他的各位助手和巫师北行几十里的路程，就遇到了南下前来拜见后土的轩辕。前哨探知后，后土就停下队伍静待。老远的，一看到轩辕迎风招展的的天鼋大鼋与龙图腾，一看到他黄色居中、五色错落的旗帜排布，后土就命令部下：

"摆开阵势，迎候轩辕！"

轩辕、嫘妃、天老、吴权、马师皇或者骑马、或者坐车，左右相拥着走在前面，各位文臣乘车随后，应龙等武将与戊己卫队护卫着。整个行列，只有数百人——对待朋友，是用不着那么多兵力的！

骑在白龙马上的轩辕，看见后土在前面山包的路口上摆开了阵势迎接他，老远地，他就骑着白龙马越过一道"S"形的徐缓谷道，一马当先冲了过来；老远地，他就翻身跳下马来，扔了缰绳，张开双臂，向后土奔去。后土也一反往常的温文尔雅，从小山包上扑下来，扑向迎面而来的轩辕。两位忘年交许久不见，急切地见面后，不由眼热一番……来到几步远的时候，受轩辕的感染，后土也伸展双臂，做出了相互拥抱的姿势，可是双方却突然"定格"，只是相互用火热的眼神，盯着对方，上下打量着。终于，这一"僵局"，被激情的洪峰冲破：

"轩辕吾弟！"后土一激动，竟忘了称呼轩辕为摄政王。

"后土仁兄!"轩辕也不假思索,脱口喊出了他许久以来就想对后土喊的称谓。

后土毕竟是比轩辕年长了许多,脸上布满了皱纹不说,原本高挑的身材,也在不知不觉中缩短了一些,和血气方刚、正处于人生黄金阶段的轩辕拥抱在一起,轩辕虽说是站在下位,但是从视觉效果上,他俩是完完全全平等的——一样高啊!

二

轩辕和后土亲热地拥抱一番之后,就迅速转过身来,把自己身后刚刚赶到的、后土在桥山主持祭土地神时早已经认识的天老等师臣、孔甲等文臣和应龙等武将一一介绍给后土。随后,后土也把跟上来的自己的助手和巫师等人介绍给了轩辕。

大家相互热情寒暄一阵之后,轩辕和后土两双温厚的大手相握,一双肤色鲜亮、骨节突出,一双肤色深暗而布满网状细纹,相互感受着对方的坚定、热情和诚信,携手并行,向后土身后排布在小山包路口的欢迎阵式走去,周围是一片"嗷——嗷"的欢呼声。

等到大家合为一处,一起向后土南面的大寨走去的时候,轩辕再没骑他的白龙马,而是叫过一辆车来,先扶后土上车后,自己才一跃而上。两人并肩而坐,一路尘土飞扬,谈笑而归。

轩辕和他的随从人员、各部落酋长等随后土来到黄河东岸后土的大寨之后,目光扫过黄河开阔的、被红褐色荒草覆盖的河道和冰封着的如银带一样的黄河,望见荒草丛中成群飞起的白脖子水鸟,听着它们从远处隐约传来的、此起彼伏连成一片的"呱呱"鸟叫声。西北风掀面,送来风干的水草、黄河和对岸的黄土芬芳、凉甜而苦涩的气息。轩辕深深地吸了一口气,手搭凉棚,深情地回望着河西的土地……

轩辕不敢忘记自己的承诺,等到大家都被安排得驻扎停当,就在后土的陪同下,与天老一起观察周围地形,确定筑坛的具体位置。最后,拜坛被定在后土大寨北面向西延伸的一个独立台地上。这一带是后土大寨与东面台阶式上升的黄土山塬相连的制高点。这里自成一台，地势较高，地形开阔，稍加修饰，就是一个很好的、可以用来举办大型活动的理想场所。

轩辕净坛拜后土的仪式，随着土坛的按期完成而如期举行。而这一仪式的实际意义，已经由最初的礼节性拜访，实质性地变成了河东、河西兄弟部落结盟的一次盛大典礼。随着交往的进一步加深，双方结盟，已经是一件水到渠成的事情了。

仪式举办的时间，选定在一个暖阳的中午举行。近于梯形的方土坛上燃起了香火，香草焚烧，气息芬芳。仪式由后土部落的巫师主持。

这位巫师羽冠长衣，体形又瘦又高，刻着很深皱纹的健康的红通通的长脸上，长着河东人特有的那样一种窄而高的鼻梁。箫鼓声声中，他手持拂尘，在土坛上挥洒舞蹈了一番之后，才把拂尘一挥，代表神的旨意和法力，以一种高亢激越、声调很硬的直音发出邀请：

"摄政王轩辕净坛——"

轩辕在他的黑色熊皮围腰上系上黄色丝带，显得更加仪态端庄、潇洒风流。他也像巫师一样手持拂尘。轩辕神态庄重，舞蹈般旋着各种花形挥舞着拂尘，前后左右，象征性地把早已经洒扫干净的土坛拂扫了一遍之后，退到一边。

"后土登坛受拜——"

后土头顶龙冠，手执龙杖，身着鳞衣，缓步登上土坛，面南盘坐在土坛中央铺就的圆草垫上，准备接受轩辕的参拜。

"轩辕参拜——"

轩辕面北，恭敬地从下风处，向端坐的后土行三叩九拜稽首之大礼。

后土虽说是年长轩辕许多，但是，对他这样的尊师重礼，还是有一些受宠若惊，甚至有一些诚惶诚恐。轩辕刚行过礼，后土赶紧起身，将轩辕扶起，两人相互牵着手，站在土坛的中央，面向围聚在土坛周围轩辕的师尊、文臣、武将，后土部落的长老与黑压压一片笑脸相迎的族众。周围的各级台地上，都站满了欢腾的人群。人们为河东、河西部落首领的和谐相处而欢呼雀跃。

征得后土的同意，轩辕把双手在空中有力地一按，人群持续的欢呼声就停了下来。

轩辕大声宣读了经过双方议定的新《约章》：

> 一约相互尊重，携手御敌；
>
> 二约禁绝抢掠，造福于民；
>
> 三约修睦融情，世代友好。
>
> ……

他接着兴奋地宣布：

"自即日起，河东、河西结盟，共御九黎! 华夏有望! "

人们随意地敲击和弹响了一切能有响动的东西，丝竹、陶罐、木棒、弓弦、石刀、石斧……人群的欢呼声经久不息。而最振奋人心，让人的心随着它的节奏而跳动的，就是岐伯发明的箫鼓"咚咚咚"的声音。

轩辕和后土结盟以后，就一路上坡东行，经过荣河、光华、南张等地，向黄土高原上的万荣一带移动，目的是为了向炎帝榆罔靠近。

这时候，九黎的兵士已经向北逼近，应龙率中路大军，加入到后土部落在王显、两张吴、耽子、北辛、北景、三管一带抗击九黎进攻的战斗中。这时候的部族战争，就是一种人海战术，只要一方的人数占绝对多数，就已经掌握了战争的主动权。由于应龙的加入，彻底改变了这一带许久以来后土与九黎部落的对峙局面。

应龙充分发挥了荣将率领的马龙部落骑射运动作战的特长，让身披笨重铠甲、手持青铜兵器的蚩尤的士兵们猝不及防，处处被动。英姿勃发、挺着一头黑发的荣将，也因此为华夏民族的草创而立下了汗马功劳。

时间很快就到了第二年的春天。轩辕在万荣一带隆重举行了一岁复始、辞旧迎新表彰大会。表彰大会上，荣将等作战勇敢的将领受到嘉奖，奖给荣将的马龙部落一万只牛、羊、猪等牲畜。大家都以荣将荣获这一万只牲畜而为荣，所以"万荣"这个地名就一直流传了下来。

任何事情都不可能有绝对的把握，也就是人们常说的："智者千虑，必有一失。"就以轩辕北路的兵马镇守北岳恒山而言，的确是把九黎的北路援兵一下子拒之千里之外，可以说是极大地保障了中路的安全。可是，这样做了，却暴露出一个大缺点来，就是兵力压得太靠前了，中间空虚。这一缺陷，很快给九黎的人抓住，让已经在北地缓过劲儿来的蚩尤的北路援军钻了空子。

玄黎酋长魌以魖为前锋，直取娘子关之后，重新组织起来的魖、魑、魌、魋、彪、魆、魈、魑、魅九支分队，相互掩护，长驱直入，在很短的时间内，就从今太原一带，顺着汾水一路南下，很快逼近今侯马一带，搞得轩辕北路的岐伯很是被动……这一突然的变故传到摄政王轩辕的耳朵，轩辕不假思索，就把应龙和荣将叫到大帐内商议。最后决定，在调回北路兵马回防合击的同时，让荣将率领马龙部落擅长骑射的兵马，前去驰援镇守在侯马一带后土的部下五圣。

荣将接到命令后，昼夜行军，用了三五天，就赶到了侯马一带，与已经被围困的五圣的兵马里应外合，打出东征蚩尤整个战争的一个小高潮。

玄黎的兵士被迫北撤，又与从恒山南下的轩辕北路的兵马相遇。在轩辕兵马的前后夹击下，玄黎的这支援军只好丢盔弃甲，败北而去。

与此同时，轩辕中路的主力在应龙的指挥下继续向南推进，向东南方向前进，为轩辕、后土与炎帝榆罔在闻喜一带的会面创造了良好的氛围和条件。

一直在困厄中度日如年的炎帝榆罔，听说轩辕应邀，已经开始了讨伐蚩尤的东征，并且已经与河东后土的侯龙部落结盟，正在向自己的所在地靠近。炎帝榆罔得到这一喜讯后，大有喜从天降的感觉，往日里的一脸愁云，顿时消失得烟消云散……说心里话，蚩尤这位炎帝榆罔的干孙子，一度曾经是炎帝榆罔心中的英雄之一。所以他才对蚩尤采取了包庇、纵容、任其发展的态度。他甚至有过这样的想法：天下这么大，总得有一些制衡的力量，以免其他部落的人坐大，影响自己的稳固地位。开始他主要提防的是轩辕，没想到，到现在能够挺身而出救他于水火的人，却正是不计前嫌、雍容大度的轩辕。

炎帝榆罔对轩辕的这种宽大胸怀心存感激："存亡以托，真兄弟也！"

炎帝榆罔派出赤松子雨师前去迎接轩辕摄政王，欢迎轩辕及后土的到来。参加过侯马会战的荣将，也率领马龙部落的兵马从北面南下闻喜，经过礼元、东镇、下阳，向闻喜靠近。而炎帝榆罔控制的中心区域，则在闻喜周围的东镇、后宫、裴头、胡张、郭家、柏林、阳隅、底镇、薛店之间，形成一片菱形的区域。炎帝榆罔的紫宫在官庄，后宫就设在"后宫"这个地方，前后逶迤几十里，还真有了点"大国帝王"中兴之象。一则"瘦死的骆驼比马大"，"百足之虫，死而不僵"；更重要的是由于祝融的严密布防，炎帝榆罔才在这一片中心区内，生活得安逸自在。

轩辕和后土、荣将向闻喜靠拢。轩辕南路由挥指挥的兵马，已经从南面和炎帝榆罔的兵马连成一片，切断了蚩尤与留守在黎城、羊头一线的大赫（坤黎）、夷方（乾黎）之间的联系。

挥率领的南路大军和三苗相会后，并没有在九龙山一带久留，而是由三苗的兵士继续镇守在九龙山，卡断蚩尤的南下之路，自己则率领南路兵马，直奔九龙山北麓盐池岸边的蚩尤城而去。

三

挥指挥着南路的兵马从中条山的斜坡上下来，黑压压蜂拥而至的人群，就将位于盐池南岸缓坡一台地上的蚩尤城围了个水泄不通，战马嘶鸣，人声鼎沸，不断有"嗖嗖"的冷箭射上城来。失去外援的蚩尤只好高吊起吊桥，靠了深深的城壕和高筑的城墙保护，避而不战。挥的兵马与蚩尤这样对峙了两天之后，却在一个月黑之夜，突然撤走。

正当蚩尤的兵士欢呼高兴的时候，挥已经来到夏地，像一把强行揳入木头的楔子一样，插在蚩尤、两暤所率的黄黎与兑黎、震黎之东，切断了蚩尤与大赫、夷方之间的联系。同时，又与北面炎帝榆罔的兵力连成一片，完成了从东、北两面对蚩尤的合围。

当炎帝榆罔要在闻喜一带的官庄会见轩辕、后土的时候，整个渤澥一带敌我双方的力量对比，已经像一盆清水里掉进了墨水一样，在悄悄地晕染变化中发生了根本性的变化。眼见得由于轩辕东征，河东、河西部落联军的汇聚，加上炎帝自身的力量，战争的形势竟然一天天地变得好了起来，炎帝榆罔脸上的愁云，也于不知不觉间消散得无影无踪了。

炎帝的雨师赤松子代表炎帝，先赶到神柏去接轩辕、后土。

轩辕和赤松子是早在轩辕桥山命氏继位仪式时就认识的老朋友了，以后又在陇东联合西王母抗击炎帝时再次相托……今日河东相见，念世事沧桑，不由感慨系之。

赤松子虽说是显得年长了许多，一副似乎吹一口气就可倒的单薄清瘦的模样，但他还是原来那样不急不躁、心平气和的超脱之态。他的肤色白得像浸在水中的玉石一样晶莹润泽，红须、红发，再配上红得逼眼的火狐狸皮的上衣，超脱之态，在轩辕赞赏的目光里，俨然就是一位活神仙了！

而在赤松子的眼里，已经四十多岁的轩辕，和记忆中的形象相比，就显得更加成熟和沉稳了，兴奋的脸上也多了一些坚毅的神态。看轩辕目光炯炯如同黑夜里一对燃烧的火炬，赤松子从这里看到了一股真诚热烈、不畏强暴的英雄气和能越过一切艰难险阻的豪迈胆气。这一瞬间，赤松子似乎才真的读懂了轩辕——难怪西王母偎昌——自己的宝贝情人，对比自己小了许多岁的轩辕一直是推崇备至，有求必应。像这样有胆有识有抱负的年轻人，前途不可限量！轩辕天生"神灵"，再加上他从小到大，一直在做"学生"，他可以说是老师最多的人之一。他如饥似渴地从那么多高人身上汲取了营养，又有如此"万里崎岖"的人生磨炼，所以才会变得像现在这样的刚毅与坚强，才铸就了他不畏强暴的英雄性格。同时，他又是一个善于细心观察的人，有过目不忘的本事，凡是他过了眼的事，都会牢牢地记着。善于观察和利用各种有利条件，善于调动一切积极因素，善于统率各类人才，用人之长……

轩辕和赤松子相见，禁不住一番热烈的寒暄。赤松子骨节突出的瘦拳头，轻捶在轩辕宽厚的、裹着毛茸茸的黑熊皮的胸前，像小鸡啄米一样：

"轩辕吾弟，久不相见，今日一见，愈发神采飞扬，气格非凡，真命世之英也！"

"吾兄飘逸，清风朗月，真神仙也！"轩辕的大巴掌拍在赤松子单薄的斜肩膀上，他就向后一个趔趄。轩辕赶紧又双手稳住。双方开心地大笑起来。这笑声感染得站在轩辕身后的后土也跟着笑了起来。

后土和赤松子也不是第一次见面了。虽然他俩一生中见面的次数不是很多，但在彼此的心中，也已经形成了深刻的印象：赤松子早已经是一位传奇式的人物和"神仙"了，他不食粮肉而只食花瓣，呼风唤雨飘然来去，特别是他与炎帝长女的传奇经历、和西王母的风花雪月……而作为一方代表的后土，同为炎帝之臣，赤松子也是早已经耳熟能详了。所以两人见面，也显得分外亲热。

赤松子是灵醒人，相互问好之后，他立即代表炎帝榆罔向后土"致谢"，虽然炎帝事先并没有这样的吩咐：

"后土抗黎，功莫大焉！炎帝谢汝，百姓谢汝！"

赤松子的话，让后土感到温暖体贴，所以两个人之间的对话也就多了起来：

"理所应当；余自顾而已！蒙炎帝恩典，理当如此！"

后土一脸忠厚地说。

赤松子陪着轩辕、后土等一路向闻喜一带的官庄走来。而在官庄，炎帝榆罔也已经吩咐人们，将临时搭建起来的"紫宫"内外打扫得干干净净，装饰得喜气洋洋，单等着轩辕一行的到来。

炎帝榆罔之所以对轩辕及后土的到来如此重视，是因为后土给了他河东的一个立足之地，虽然一开始他还是"普天之下，皆王土矣"的想法，对后土所提供的帮助，认识得并不充分；更因为在他生死存亡的关键时刻，轩辕能够摒弃前嫌，挺身而助，冒死一搏。这时候，他对封轩辕为"摄政王"极为满意，虽然当时是迫于形势，不得不卑躬下气地请赤松子前去"封赏"的。轩辕得其名而符其实，名正言顺地东征替天行道，扶天下于既倾，此等回天之力和"救命之恩"，让炎帝榆罔对轩辕不能不另眼相看。

既然炎帝榆罔都怀着这样一种感激的心情，等待着轩辕的到来，他的臣属们也就只能跟着他，一起前来迎接轩辕。

这些人，总是要分为两派，炎帝榆罔也乐得如此，这样，他就有事可做了。当两派咬得不可开交的时候，就得由他来最后裁定、平衡了。这一种"驭人之术"，榆罔倒是从老神农氏几百年的治世经验中继承得比较完美。因而他总是在风口浪尖上，能步履从容地走过……

这一次随同炎帝迎接轩辕的人中，来自有蟜氏的妃子少滍自然是站在轩辕一边的。少滍妃跟随在炎帝榆罔的身后，这也是她多年以来很少能够享受到的荣光了！因此，不论从亲族的血缘关系上，还是从轩辕应邀东征对她地位的稳定与维持上，少滍都发自内心热忱地欢迎轩辕的到来。

炎帝榆罔的小帅祝融，也是一位坚定的轩辕的拥护者。祝融一向都很关注轩辕，最敬佩的是他孜孜好学的做人的品德和不畏强暴的勇敢精神。因此，多少次以来，他一直是从大局出发，竭力维护炎黄两个兄弟部落之间的友好关系。虽然说轩辕也有把炎帝榆罔"逼"出其祖地——清姜水的过错，但是事情的前前后后和来龙去脉，祝融的心里是最明白不过的……因此，他才会成为轩辕东征摄政的第一个提议者。要不是有赤松子这样一位神仙从中斡旋，也不会有今天炎、黄二位兄弟部落大酋长（暂且抛开"君臣"关系不说）的会面。

由于十二大部落的代表都先后归附了轩辕，所以炎帝榆罔的臣属就大大地减少了，只剩下帝师悉诸、医正俞跗、风伯大风、刑天、共工和雷公等。

炎帝榆罔率领少滍、悉诸、祝融、俞跗、大风、刑天、共工、雷公、宿沙氏等，走出紫宫，来到官庄新都正门外的壕沟前，吊桥早已经放下，单等着轩辕与后土的到来。

前面是平展展的跨过壕沟的用木椽排扎而成的吊桥，身后是火红的"炎"字图腾旗幡和缤纷的迎宾的仪仗。官庄所有的百姓，男女老少都叽叽喳喳地随着炎帝榆罔迎了出来，因而气氛热烈，场面热闹而壮观。自炎帝榆罔从东面的羊头山迁到这里以来，这样的场面是史无前例的。

这一天，天气也凑巧，是一个阳光明媚、让人心情舒畅的艳阳天。阳春的暖阳当空高照，春风和煦，如同鹅黄的柳条轻拂着颜面。庄内庄外的桃红、粉白的山桃花也都盛开了，如同彩云铺地，紫烟缭绕，把个官庄城堡，装扮得分外妖娆。花香阵阵袭来，在这样的环境里，人们神清气爽，把心底的喜悦全漾在了脸上。平时为部族命运担忧的臣属、百姓们，好像遇到了救星一样，把所有的热爱和感激之情都调动了出来，倾巢出动迎接轩辕的到来。

当轩辕、后土在赤松子的陪同下，出现在视线之内的时候，炎帝榆罔情不自禁跨过吊桥，走到壕沟以外去迎候轩辕。

轩辕的个头，比后土和单薄的赤松子都高出一头，他血气方刚的气色和坚毅自信的精神风貌，让人心为之一振。

四

在姬轩辕的心目中，炎帝榆罔不光是当今的天下共主，他更是一个年长的兄长。轩辕平时总是以一种平和、宽容和崇敬的心态，去对待每一位比自己年长的长者。他以为，每一位长者身上，都有值得自己学习借鉴的东西。正是基于这样一种心理基础，轩辕每来到一个地方，总要不耻下问地拜访每一位当地的高人。对炎帝榆罔也是如此。

虽说榆罔也有很多缺点，导致当年十多岁的轩辕，就对他的政策有过一番评议。可是直到现在，虽说正面临着生存危机，可他还是天下公认的炎帝啊！能子承父业，在面临各种复杂局面的情况下做到这个份儿上，也是一件不容易的事。所以轩辕对榆罔是既崇敬，又感叹；爱其仁慈，怒其不争。

轩辕和炎帝之间的真正见面，加上这次，总共只有两次。第一次见面是轩辕八岁时，在炎帝于清姜水之常羊山上举行的登基大典上。相对于那时候的榆罔神农氏，三十多年后的炎帝榆罔，简直变成了另一个人了！虽然这会儿炎帝榆罔站在高处，但从四十二岁正当年的轩辕现在的视角看，六十六岁的炎帝那须发花白的、肌肉和骨节都已经有些萎缩的老态身躯，比起过去他那健壮的身躯来，是明显地矮了许多。

随着走近，轩辕也看到了炎帝榆罔依然红通通的"田"字形宽脸上，已经密密层层地布上了刀刻一般的皱纹。他较过去明显地老了，人也瘦了一圈儿，颧骨明显地凸显出来，"丫"字形凹进的两腮上飘然的长须中，已经夹杂了丝丝缕缕的白须。怎么看，他都是一位经常风吹日晒的经验丰富的农夫形象。他效法老神农氏，以自己的身体做实验、亲尝药性不怕牺牲的献身精神，让轩辕肃然起敬。

最让炎帝榆罔惊讶的就是轩辕的变化了——如果不是在这个特殊的情境之下，如果不是专门为了迎接他的到来，这位迎面走来的中年人，怎么也让他无法和当年见到的童年时代的小轩辕挂起钩来。那位一头黑发很帅气地披向双肩、浑身散发出蓬勃向上的朝气的男孩子，留给榆罔的最深印象就是他那双水灵灵的大眼睛和"由"字形圆脸庞……

而现在迎面走来的这位中年人，额头则更开阔了一些，眉弓略高，鼻梁挺立，头上结了发髻，脸上棱角分明，线条肯定，神态坚毅而自信。虎背熊腰，目光灼灼有神，脸颊上两个深深的酒窝。其高大魁伟的体魄、英武的气象在熊皮腰围和黄丝披肩的衬托下，显得更加仪态轩昂。从他的眼中透射出的，只有诚挚守信的正气、生机勃勃的英气和不畏强暴的豪迈胆气。

轩辕这种英武豪气是最让步入老年的榆罔折服、也是最触及他痛处的地方，因为他一生都是一位忠厚、狭隘（尤其是到了老年）的农夫形象，祖先的遗传秘码和特定的生活环境，没有给予他这样一种张扬不羁的信息特征。

一时掠过炎帝心头的这一点不快，很快被和轩辕相见的欢乐气氛所冲淡和掩过。——正因为轩辕有这样的气质，才会勇担大道，替天行道，扶天下于既倾……应该称他为"救星"才是哪！

随着轩辕坚实有力的大脚一步步走近，炎帝榆罔的红脸膛上明显地绽开了笑容。他伸出一双结满老茧、骨节突出、粗壮有力的大手，向前跨出好几步，倾身扶起正要参拜下跪的轩辕来：

"摄政王一路风霜，捷报频传，不及大战，已成胜局。可敬可佩！"

轩辕双拳高抱：

"替天行道，以征不享，理之当然。"

帝师悉诸也一脸笑纹地凑上前来：

"后生可畏，华夏有望矣！"

轩辕以对炎帝同样的礼节向帝师施礼道：

　　"全凭前辈赐教！"

　　经炎帝榆罔介绍，轩辕与久已慕名的少瀬、祝融、俞跗、大风、雷公及刑天、共工、宿沙氏等一一施礼见过之后，后土走向前来，向炎帝施礼。

　　炎帝这时候心情高兴，总算给了后土一个极高的评价：

　　"皇天后土，劳苦功高。多谢！多谢！"这也是炎帝自登基以来对后土最高的一次评价。

　　温文尔雅的后土，同时是一位勇敢而忠厚的人。虽然他也有狡狯的地方，这从他的一双机灵的猴眼就可看出。但是，人的一生能有这样一句评价，他也就满足了。后土的脸上堆起了许久以来少有的笑容，眼含泪花，与炎帝的臣属一一见礼。炎帝榆罔不管他以前认识与否，亲自一一介绍。

　　后土是一位典型的河东大汉，高鼻梁，长条脸，红紫脸膛。他为炎黄的这次会盟发自内心地高兴，因而满脸都挂着灿烂的春天般的笑容。

　　轩辕也把自己的随行人员一一向炎帝榆罔和他的臣属作了介绍。

　　轩辕的这些随员中，天老帝师是炎帝榆罔最熟悉的一位。自从多年以前不辞而别之后，没想到今天在这个地方会再次相见。看到老帝师一张蜡黄的老脸上老气横秋的尊容，炎帝榆罔心中一下子涌出许多鲜活的记忆画面来，帝师当年那头戴花花绿绿的羽帽、手提长须飘然的扫帚的超脱风采，再一次在他眼前显现：

　　"老帝师，一向可好？"

　　炎帝榆罔一面打招呼，一面用双手紧握住天老鹰爪一样精瘦的双手。

　　"还好，还好！"

　　虽然天老的心中想着"很好，很好"，可是等话说出来的时候，还是有所保留。他是最了解炎帝榆罔的一个人，为了避免不必要的麻烦，所以他带头装起糊涂来。

　　见老帝师如此拘谨，嫘妃与吴权、鬼容区、马师皇等王师，应龙、大挠、常先、大鸿等武将和沮诵、赤将、胡曹、于则、孔甲等文臣，重光、屠维、敦牂等部落酋长及部落代表，就都表现出一种拘谨约束的样子。

　　等大家都热情地寒暄一番之后，赤松子就悄声提醒炎帝榆罔：

512

"请客入宫——"

炎帝榆罔不好意思地笑了一下——他已经被眼前的欢喜冲昏了头脑，只顾了欢喜，竟忘了请客人入宫。随即正色道：

"轩辕、后土，随我入宫！"

炎帝榆罔在紫宫里，早已经排布好了盛宴，准备款待轩辕、后土一行。等轩辕、后土等一进紫宫，宴会就开始了。轩辕、后土、嫘妃、吴权、鬼容区、马师皇与炎帝榆罔、少淂、悉诸、赤松子聚在一起，其他人员，也分别由祝融、俞跗、大风、刑天、共工、雷公、宿沙氏等陪同，各入了席面。

这席面，都是"席地"而坐，草蒲团的坐垫铺在竹席上面，大家围坐在四周，中间则在各种形状的陶盘、陶盆里，摆满了五谷杂粮做的小吃、萝卜霉干菜、咸菜、酸菜……各种野兽和家养动物的烤肉、熏肉、煮肉等，应有尽有，把个席面摆得满满当当，还没吃呢，早已经有综合的香味迎面扑来，钻进鼻孔，刺激得唾液分泌出来，满口甜香。

欢迎宴会由炎帝雨师赤松子主持。

赤松子挺了挺他那单薄的神仙身子，干咳一声，清亮了嗓子，才大声说：

"炎帝喜迎轩辕、后土之宴，开宴——"

早有人等不及，已经先动起了竹箸。赤松子一句："炎帝致词——"这些人才停下竹箸，欢呼不已。

炎帝举起红色陶爵：

"天助吾矣，有轩辕一救；地容榆罔，后土予立足之地。感天谢地乎，余先饮此一爵——"

大家纷纷跪坐直了，高高举起手中的陶爵一饮而尽。

炎帝榆罔接着说：

"轩辕、后土，劳苦功高，故请一讲，勿推辞矣——"

在一片热烈的掌声中，轩辕和后土相互礼让一番后，开门见山道：

"炎帝、帝师、师尊、臣友：

"吾人何以至此？替天行道乎，翦除邪恶乎，以征不享乎！

"蚩尤者，帝之孙，发明铜金，铸兵造器，功莫大焉。然彼执利器一战，烧杀抢掠，致华夏于既倾——我等冒死河东，一则道义尊严、人臣之仪；二则解民悬壶、救于水火……目的者，除邪恶，扬正气，共开太平！"

轩辕声调铿锵、斩钉截铁的简短讲话，在一片热烈的掌声中结束。在赤松子的提议下，大家又用有节奏的击掌声，请后土讲话。

击掌声"啪啪"大作，群情激动，后土却坐直了身子，显出一脸为难的表情。他把两只手搓了又搓，才开口说：

"猴龙守土保家，护驾者，尽义务矣。倒是炎帝助我，轩辕救我……我等惟万众归心，同仇敌忾，方可面强敌，而胜之！"

没想到，后土一开始还是一副拘谨的样子，可话一开头，就有些收不住闸了：

"为此，我提议，勿议君臣长幼，轩辕、炎帝共结忘年。兄弟一绳，则华夏有望矣——"

五

紧接着后土的提议，"嘻！""嚯——"的欢叫声连成一片。

炎帝榆罔受这一气氛感染，邀轩辕一同站起，于是，红脸膛的花甲人和扎了发髻、披了一头油黑长发的中年人，紧紧地拥抱在了一起，相互传递着心跳的节拍、感受着血脉沟通、融合的温煦和团结的力量。

赤松子领盟誓曰：

"炎黄二人，非同生矣，求共死矣！"

轩辕黄王（摄政王）和炎帝雄浑尖细的嗓音和在一起：

"炎黄二人，非同生矣，求共死矣！"

在一片"嘻！""嚯——""噢噢——"的欢呼雀跃和整齐的击爵声中，早有人扭断一只大红公鸡的脖子，将喷涌而出的冒着薄雾一样的热气、泛着白色泡沫的鲜红热血，滴入黄王和炎帝盛满清冽冽玄酒的陶爵中。然后，两人举爵相碰，飞溅出晶亮的礼花。

赤松子大声提议："为闻喜之盟，干杯！"

514

众人也都纷纷站了起来，共同举起陶爵，欢庆轩辕、榆罔结为兄弟。此时是轩辕四十二年新春。

在炎帝榆罔和轩辕等欢聚一堂，共叙兄弟情谊的时候，蚩尤并不甘心他在九龙山的失利。

看到轩辕南路的兵马不战而退，九龙山只剩下三苗的人防守，从来都没把三苗放在眼里的蚩尤，认为这是一个难得的可以利用的机会。于是，他调集了羊部落训练出来的兵士作前队，与两曎的黄黎兵士一起，前去攻打三苗所守的九龙山，一则为漏尤兄弟报仇，二则想恢复九黎与外界的联系。

让蚩尤无论如何也想不到的是，他从来都没放在眼里的三苗人，怎么就像变了魔法似的，变得如此勇猛顽强？他们凭借着有利的地形固守，滚木礌石，雨点般落下来。蚩尤的进攻，只能是隔靴搔痒，有劲用不上。更让蚩尤束手无策的是，平时看起来训练得还过得去的羊龙部落的人，一打起仗来，就四散奔逃，就是铜刀架在脖子上，他们也要这样。经常是，仗还没打起来，兵就跑掉了一大半。蚩尤愤愤地想：尔等羊龙，如此怕死！

其实，羊龙部落的人，并不是真的就怕死到这种地步，只是被迫而行，谁会为九黎真的去卖命啊……所以，即使蚩尤费了九牛二虎之力加强管束，羊龙部落的人，还是越打越少，真正能拉上战场的，还是九黎子弟兵。越是在危险的时刻，越能检验出人心的亲疏向背来！

但是，这仗确实打得太残酷无情了。那些滚木石礌像长了眼睛似的，专对着进攻的蚩尤的弟兄们狠砸，你就是铜头铁额，也会被打得晕头转向。蚩尤的弟兄们被砸得鬼哭狼嚎，焦头烂额，损伤惨重。随着时间的推移，无果之战，让弟兄们的心也涣散起来……

为了凝聚人心，蚩尤把兵力集中起来，每天集中打一个寨子，并不断给弟兄们许愿打气——"首上城寨者，封为副帅，赏食、奴一千！"可是只有靠近北面的几个寨子能接近，而这几个寨子又几乎是同样的坚固，每天的狭路相逢，总有许多弟兄倒在三苗人的滚木石礌面前。仗再也不能这么打下去了，再这样打下去，就纯粹是拼消耗。而蚩尤现在最承受不起的，就是拼消耗!

而在三苗这边,因为大家明确了战争的目的:为正义而战,为了三苗的荣誉而战——刚刚与轩辕之兵和解,挥放心地将防守九龙山的任务交给了三苗人,三苗人就是拼死,也不能丢这个面子……刚刚获得自由的三苗,再也不想回到过去了——谁愿意终生受制于人,名为盟友,实为奴仆呢?三苗人刚刚尝到了做主人的好处,就再也不想丢弃它,而拼着性命来保卫它了。当然,这也和三苗小帅灵枫的积极调动有很大的关系。

自从挥率领轩辕南路的兵马离开九龙山北进,把留守九龙山的任务放心地交给了三苗人,灵枫就感到了肩上任务的重大。他立即将黄、青、白三苗的将领节木、番禺、枫叶、节风、支牙、龙娃、虎娃和雷娃等召集到自己的大窑里,开诚布公地将自己的想法告诉大家:

"守住九龙,此事天大! 群策合力,各守一寨! "

"群策合力,各守一寨! "

"宁死乎,勿回过去矣! "

"九寨互援,共度时艰! "

弟兄们高呼低喊,纷纷响应,连灵枫还没说出的话都说了出来,这让灵枫感到振奋。大家这样心齐,就是灵枫,事先也没想到。

有了这样的思想基础,三苗的人才同仇敌忾,变得勇猛无比,让向来骑在三苗头上任意拉屎的蚩尤也感到头痛起来。

三苗九个寨子的人在各自首领的带领下,每天把石块和木头堆积起来,单等蚩尤的兵来送命。

仗会打到这份上,蚩尤进退两难。眼看着自己的老营,越来越陷于四面包围之中,他再也不能在这里拼老本了——黄黎是九黎的定海针啊!

蚩尤向两暭把自己的想法说了,老谋深算的两暭和蚩尤不谋而合:

"速撤为上! "

夕阳映红了山头,披着晚霞的三苗人一片"噢——噢——""嘘——嘘——"的欢呼、口哨声,处在山下阴影中的蚩尤和两暭,率领黄黎的兵士,顺着来时崎岖不平、鼓着料礓石的羊肠小径匆匆撤下山去。灰头土脸的蚩尤,心情灰暗却并不服输,继续扬起头,对三苗嗤之以鼻:

516

"哼！彼勿神气，待收了轩、炎，再除尔等奶娃！"

周围一片昏暗，山色凝重，盐池泛起最后一片青色。打着火把的蚩尤被烟熏红了牛眼，他用脏手在脸上抹了一下。老态龙钟的半截人两嗥，眨着两只小而聚光的眼睛，被人搀着行走。他们就这样带着黄黎被三苗打得焦头烂额的残兵败将，匆匆地撤回到蚩尤城中。

这座位于盐池南岸、九龙山北麓缓坡台地上的土城，虽然没有以后的土围子城那样高大的城墙，但却被深深的土壕环护着，还将盐池的水引了过来作为护城河。

一向以骄傲自满和雄心勃勃为特征的蚩尤，虽没把蚩尤城的建筑放在最重要的位置上，但还是用了一些心思。虽然蚩尤的主要目标，就是不断地扩张、扩张……而不是防守。而现在的局势却逼着他，不得不仔细考虑起蚩尤城的防卫来。为确保万一，回到蚩尤城后，蚩尤和两嗥就一起商量着，要把护城壕再挖宽一些，也学着轩辕的样子，给蚩尤城再筑一圈"城墙"……

这个任务一提出来，黄黎下面的小酋长们就像烧滚的水似的吵吵起来。长得板块很大的横木第一个站出来抱怨：

"弟兄辛苦，刚撤下来，喘息一时吧！"

"是啊，急不在目下。让弟兄休养几日，缓过劲来，再挖不迟！"平时处事中庸的仲黄，也接着横木的话茬这样说。

周围一片纷乱的吵吵声，直吵得蚩尤头疼起来。他不耐烦地一摆手：

"罢矣罢矣，不劳尔等亲赴，只需将羊龙逃回之人抓来，他们下苦，尔等监督！"

听大酋长这么一说，大家才算压住了满腹的牢骚。可是，"先去抓谁？谁去抓呢？"人心不古，现在的事情，可不像从前那样好办了。近一段时间，九黎的兵士晚上都不敢单独出去，出去了就不一定能再回来。大家无奈地摇摇头："唉，多想亦无用！"

蚩尤指着横木和仲黄：

"横木、仲黄，此事大矣，务必办好。"走过来，重重地拍了拍两人的肩膀。

　　其他七位小酋长看带头说话的人被派了任务，都赶快闭住了嘴。抓人挖壕筑墙的事，就这么定了下来。黄黎的其他小酋长都有了一段休息的时间，只有横木和仲黄不得不忙了起来。

　　羊龙部落从九龙山战场上逃回来的人不下数千，怎样才能把他们再抓起来呢？横木和仲黄终于想到一个以后被实践累次证明有效的办法，就是半夜三更突然袭击，让那些羊龙部落的人插翅难逃……

　　这样，在蚩尤统治的渤澥一带，白天里依然保持着平静与安宁，羊龙部落的人，继续从事着他们在盐田里的苦力；不得已，继续有一大批人被抽出来进行军训。这一种军训较之过去，更加不避风雨地严格了起来。

　　可是　到了夜深人静的时候，一听到狗叫（先是一只狗叫，接着是一片"狗的合唱"），只要你是从九龙山逃回来的，那就在劫难逃——聚落早已经被蚩尤铜头铁额的兵士围得水泄不通，你就是有天大的本事，也插翅难逃。所有的人，不管男女长幼，统统被赶出来，聚在中心广场的空地上，哪怕胡乱披挂、或者赤身露身的你被春夜的寒气直袭得浑身筛糠、嘴唇发紫、双腿打战……九黎兵士可以任意拉出一个人来，想杀就杀，想剐就剐，抓去劳役，是高看了你——唉，这已经不是我们的土地，这已经是被奴役和蹂躏的土地。他们可以随意地侮辱霸占任何一个他们看中的女人……

第四章

一

　　纵观中外历史，任何外部的强暴政治和强加在人民头上的统治力量，最终都是以失败而告终，这只是一个时间长短的问题。所谓"善有善报，恶有恶报。不是不报，时候未到。"还有一句话，就是"人民是不可战胜的"。凡是与人民为敌者，都避免不了失败的命运，最终的胜利者，还是人民。不管那些入侵者当初是怎样的张狂和怎样的不可一世，人民反抗入侵者的事业，永远是正义的事业。这一种反抗和压迫的力度是成正比的，这就像压力和弹簧的关系一样，压力欲大，反弹力也欲强。越是压力巨大的时候，就越是火山快要爆发的时候。

　　羊龙部落的人物——风后，他一直在暗中监视着九黎入侵以来事态的发展，积极地寻找着反抗的突破口。通过一个槐枝传递的信息，一直消极抵抗的羊龙部落的人，接受了蚩尤免费而又费劲的军事培训，经过近于苛刻的训练，变成了一个个准军事人才，从原来只知道下苦流汗的盐民，变成了好械斗的兵士。然而，这对蚩尤与九黎而言，并不是一件好事：这些将灭族灭种受人奴役的屈辱埋在心里的人，就像随时都可能喷发的火山和只待着一把火来点着，就"噼噼啪啪"地燃起来的干柴一样。这些由九黎训练出来的人，迟早都会是九黎的叛逆者和掘墓者。所以说他们为九黎干活时磨洋工、替九黎去打仗时临阵脱逃，都是理所当然的。谁愿意为自己的敌人去卖命呢？

　　本来羊龙部落的人就是一堆只待点燃的干柴，因为蚩尤的错误举措，更给其加了一把火。人的忍耐是有限度的……现在，在蚩尤的高压政策下，就是"时候未到"，零星的反抗，也一日日地形成了一种风起云涌之势，所以才会有九黎的兵士经常失踪的现象发生，他们或者冷不防遭不期而至的一块石头结果了性命，或者是被埋进了"死海"深处，抑或"人间蒸发"，永远地变成了一个"未解之谜"……这些自发的行动，虽没有人统一指挥，却随时都可能发生，就像一把悬于头顶上的宝剑一样，让九黎的人不得安生。

态势发展的结果，就让蚩尤昼夜不得安宁，整天忙着去"扑火"。然而，此消彼长，因于他的无道行为，到处都是可怜的盐民，却怎么也找不到自己的对手。这一点最让蚩尤恼火，但也是没有办法的事。

在羊龙部落反抗的人中，有一位突出的代表，他就是力牧。这个力大无比的勇士，浑身都是紫铜色的肌肉疙瘩，他往这里一站，就像是一道铜墙铁壁。

力牧是一位很少讲话、不善言谈的人，他看似生得五大三粗，却极内秀，凡事肯动脑子，善于思考和总结经验。他的目光非常锐利，盯着谁看，一眼就能看透对方的心里在想着什么；盯着远处的东西看，能将小的东西给放大了，就像戴着一副隐形的望远镜似的。所以，他百步之内射出的箭，总是能准确地命中兽形靶心。

力牧早已经压不住心中的一腔怒火了，可是一直苦于没有动手的时机。自从"槐枝传信"的行动之后，他知道其中必有高人指点。可是这位"高人"是谁呢？他又身居何方？力牧一直在悄悄地打探着，从"大泽"一直找到了盐池西南的"海隅"，才算打听到了风后这个人。又经过一段时间的暗中观察，认定他必是人中之杰后，才以拜师的名义前去暗访。

这一次见面，被安排在一个黑得像掉进了漆锅的夜晚，天空中不但没有月亮，就连那些平时在寒气中瑟瑟发抖的星星，都藏到了锅底一样黑的天幕后面去了。他们见面的地点，就在风后的这间小泥屋内。坐在屋内的人，还有那位从轩辕的"十干"卫队里被抓来的己人。

己人自从受风后影响而在精神上找到了安慰之后，就活得有了奔头和指望。这一阵儿，他已经改变了先前那前胸贴着后背的可怜相，人变得较前壮实了一些。可是，当他微弓着腰、小老头似的体格往力牧面前一站，就一下子"小巫见大巫"了。

塘火闪烁在红铜色脸上的力牧，比己人高出一大截，在风后这个小泥屋内，他高大雄阔的身躯，简直是顶天立地了！就是跪坐在草蒲团上，他也比其他人明显地高出一截。

"自槐枝传信，余即神往于汝，千方打探，终于得见。先生世外高人，某敬仰已久，且受后生一拜！"

力牧先跪直了身子，双手献上几张经过熟化的柔软的虎、鹿之皮，向风后表达自己倾慕已久的心情。

己人先代风后接了，再转交过去。三人呈"品"字形跪坐。

风后自谦道：

"余非高人，浪得虚名，唯随师学常人之不学耳，不以为奇哉。"他也不过多自谦，紧接着就把话题一转，直击时弊：

"想吾羊龙，洋洋万众，却沦为人奴，乃过于善良矣！无戒备之心，亦无能者久矣；顺从之习，是可忍，孰不可忍；吃苦耐劳，怨而不怒，予人柄机……"他拧了眉头，痛心疾首，目光却烁烁的，就像正燃烧着一个火把似的。稍微停顿了一下，他把话锋一转说：

"大丈夫之为，奋力自救，以身作则，告之世人：羊龙，非任人宰割之羔羊也！"

力牧虽说力大无比，却又是一位善为人徒、谦虚好学的人。他诚恳、专注，好胜心强，一件事，如果不搞个水落石出，他决不会善罢甘休。这一点，从他此刻面部凝固了的表情和专注的目光里，就可以得到验证。

力牧仔细地听着风后的话，一双能放大远物的特训出来的眼睛，眨都不眨一下。在他的倾慕的眼里，风后的确是一位难得的高人。他的脑门儿特别的大，这种奇特长相，加上他的学问和口才，特别是他那敏捷得让人难以跟上的闪电式思维，都是别人难以企及的。他有一种和项先生非常接近的白皙透明的皮肤，又有一双晶亮的洞察秋毫、神韵幽然的单皮眼。偏长的长方形白脸，下巴却尖，嘴唇极薄，讲起话来总是一套一套、一层一层的，语言又简洁明了，让人一听就懂。你只要经他一点拨，立即就会有一种拨云见日的感觉。

风后先生的一席话，让力牧茅塞顿开，他只顾了不住地点头，来不及插话，也插不进话去。风后先生说过一段后，口舌笨拙的力牧才插进话去：

"先生所言极是！吾人如何做起？"

应该说，一见到力牧的长相，风后就打心眼里喜欢——此人不正是自己一直苦苦寻找的最典型的武将人选吗？他年轻力盛、雄健若虎的体魄，力大无穷，只要脑子再灵活点儿，能掌握和熟练运用军阵兵法，就一定会成为一名出色的大将……这样想着，风后就把自己受九黎人集训启发推演出的"八阵"，介绍给力牧：

"老夫不才，演一八阵。如蒙不弃，愿详告之。"

听说风后有一"八阵阵法"，力牧立即喜上眉梢：

"力牧早有此意，然苦于无门，闲了一身气力。承先生洪恩，能得教诲，真乃三生之幸。"

力牧自谦，他绝对不是一位"闲了一身气力"、无所事事的后生。他早已经从过几位师父习武，猎狩练就了他的目力；驱赶羊群，成就了他准确投掷的本领：他的投掷，不光是投得远，还投得非常准确。

风后把他尖下巴上稀疏的几根细胡子捋了又捋，一边用枝条在地上画着，一边郑重其事地告诉力牧：

"凡演八阵，始于队而成于营。伍者，五行生成之数；阵者，八方对应之象；游兵者，二十四之气数。五人为伍，十伍一队，配五旗。军之数五十有五，终于生成之数。八队一阵，计四百四十人；八阵一部，计三千五百二十人，此'小成'也，可演两阵。八部一将，计二万八千一百六十人，而为'中成'。八阵皆可变，终于六四之卦矣。八将一军，计二十二万五千二百八十人，而为'大成'。"

一番导语之后，风后才具体讲起排兵布阵的方法来：

"布阵之法，于将台左列四阵，右列四阵，两层驻扎，而为小将；左列四部，右列四部，亦分两层，而为中将；左列四将，右列四将，亦为两层，此为大将。此阵制式，以千人布六（华）阵，每面六十步。以小成三千五百二十人，布八阵，每面用一百二十步；以中成二万八千一百六十人，每面用六百步；以大成二十二万五千二百八十人，每面用一千二百步。小成者，每队相离十八步；中成者，每阵相离八十六步；大成者，每阵相离一百七十二步。内余数步者，加中军而为闰……"

看力牧听得入迷，风后就不再详细解释，只管朝下讲去：

"以天后冲四队，东北、西北风云各二队，定作一号；以地后冲四队，东北、西北风云各二队，定作二号；以地轴、地后冲各二队，左右后天衡各二队，定作三号；以后地轴四队，左右后天衡各二队，定作四号；以前地轴四队，左右前天衡各二队，定作五号；以前地轴、地前冲各二队，左右前天衡各二队，定作六号；以地前冲四队，东南西南风云各二队，定作七号；以天前冲四队，东南西南风云各二队，定作八号。将队号书于旗，以旗为标，布阵下营，不错乱也。"

"此定式也，何为八阵之变？"力牧一边紧锁眉头捉摸着，一边认真地提问。

"见中军举号，每阵皆间队一、二、五、六号先出，三十六步止，单摆开，战毕，仍收为八阵，此为一阵；中军二次举号，三、四、七、八号再出，过一阵前，三十六步止，单摆开，战毕，仍收作八阵，此二阵也；中军三次举号，一阵又间队，每阵出五、六号，过第二阵前，行三十六步止，单摆开，战毕，仍收作八阵，此三阵也；中军四次举号，二阵又间队，每阵出七、八号，过三阵前，三十六步止，单摆开，战毕，仍收作八阵，此四阵也。再次，见中军举火、点鼓，每阵又间队，一、三、五、七号不动，二、四、六、八号出，前行十八步止。天前冲，四阵居前，天后冲，四阵居后，天衡十六阵居两端，地轴十二阵居中间，地前冲，六阵居前，地后冲，六阵居后，风八阵居四维，云八阵居四角，而成八阵之规也！"

风后边演示边讲解，薄嘴唇开阖不止，嘴角挂了白色的唾沫。力牧则全神贯注，像一块吸水的海绵一样汲取着。

二

大脑门的风后，一会儿捋着尖下巴上的几根稀疏的黄胡须，一会儿在地上划着，两只指甲很长的手在空中比画着，一口气把自己的研究成果，毫无保留地传授给了眼前这位目不转睛的后生——力牧。

眉弓很高、颧骨突出、下巴上有一层细细的肉色绒毛的"小老头"己人，他附在旁边，仔细地听着，理解地点着头。他也受益匪浅。他在默默地把风后的这些话牢记在心里。

风后虽然嘴角上已经挂上了一圈细细的白沫，却顾不上擦一下。他思想的风暴继续席卷着，接着前面的话茬讲下去：

"以上者，八阵之'正兵'也。阵法以活为贵。若仅有正兵而无奇兵，则无法出奇制胜矣。以游兵二十四阵，列两哨。每哨十二阵，三阵为一号，共作四号，分列两层。两哨游兵之进止开合与间阵，同于八阵'正兵'。所不同者，下营之际，将游兵伏于正兵之后，持久固守，无外出。八阵取胜，冲敌全在游兵。游兵者，奇兵也！"

"八阵者，正兵也；游兵者，奇兵也……"

己人在心里重复了一遍风后的话，连声称赞道：

"八阵之方，拥正兵而藏奇兵，出奇而制胜，兵之法宝也！"

力牧举起右手的大拇指，跟着己人点头，表示他的话，也代表了自己的意思。但是，仔细地一琢磨，又有一些疑问浮上心头来。他是个小胡同里扛竹竿——直来直去的直性子，心里有啥就稀里哗啦地倒了出来：

"八阵之法固好矣，然若每阵皆如此排布，则有僵蛇之嫌……"

风后事先没有想到，这个愣头愣脑的壮汉，却有如此机敏之反思。他先将大脑门下的黄眉毛抬了一下，又完全变成一副赞赏的表情——他从内心里赞赏力牧这种执拗的劲头：

"嗟乎力牧！八阵之法，非不变之法。天覆、地载、风扬、云垂、龙飞、虎翼、鸟翔、蛇蟠，八式变化，正奇互动，全在活用。正为奇，奇为正，握机而定矣！"

以后，力牧又多次前往风后的小泥屋讨教，用石子和小木条，就像玩"狼吃娃"的游戏似的，把风后的"八卦阵法"反复排布，与风后相互研究探讨，直把它演练得滚瓜烂熟……这为他以后能成为轩辕黄帝的开国大将奠定了坚实的基础。而风后，以后则在总结八卦阵法的基础上，用仓颉发明的象形字符，在兽皮上画出了中国兵法史上著名的《风后握奇经》，流传给后世……

渤澥地区的地火一直在暗中涌动。原来的"槐枝传信"也变成了"槐枝为标"——即以槐叶为标记，战争起时，见到背插槐枝的人就不杀；凡是不插槐枝者，一律杀无赦！

这一句"槐枝为标"的暗语，在环绕着一望无际的银色盐湖的渤澥地区平坦的黄土地上，在羊龙部落的聚落里和万余族众间悄悄地传递着，谁也不知暗语的来源，但是大家都在忠实地、一字不落地传递着，直传得男女老少、妇孺皆知。大家都在内心里苦苦地盼着这一天尽快到来；盼望早日揭竿而起，燃起战火，烧掉九黎这座压在头顶和心头、压得人们喘不过气来的大山！

与此同时，渤澥地区的这一种暗动，也通过己人这位九黎的战俘，很快传到了轩辕的耳中。

己人受风后的委托，趁着北斗星的微弱光亮离开渤澥北行，昼伏夜行，风餐露宿，把个起码可以和力牧"小巫见大巫"地比比身体的他，又一次因忍受饥渴和劳累，再次变回了前胸紧贴后背的样子。己人蓬头垢面、一身破烂地出现在轩辕的面前——他终于在运城北侧的王范找到了黄王（摄政王）轩辕。

自从轩辕和后土在闻喜一带的官庄会盟炎帝榆罔之后，华夏各部族对蚩尤的"统一战线"已经形成。由轩辕和风后、炎帝联成一片的整个战线的集体压力，逼得蚩尤的兵力——防守北方的魍的青黎兵，不得不向南收缩。这样，随着青黎兵的收缩和轩辕、后土兵马的及时跟进填补青黎兵离开留下的"真空"，战线就一步步地南移着……蚩尤之所以命令青黎兵主动后撤，是为了收紧拳头再往外打，而轩辕并没有因为及时跟进而分散了兵力。因为以后土为代表的河东部落都站在轩辕的一边，稳固的大后方，保证了轩辕可以放心地向前推进。

己人在卫兵的搀扶下来到轩辕的后帐，就像回到了久别的家乡、见到日思夜想的亲人一样纳头便拜。轩辕扶起"己人"来仔细辨认，终于想起在己卫队，曾经见过这么一位无名兵士。平时，这些卫兵见了轩辕，总是主动行礼，轩辕也只是客气地向他们点一点头作为还礼。而这一次，一听传令兵的报告，说有己卫队一位叫"己人"的兵士前来求见——他是从九黎控制的渤澥一带逃出来的！出于对敌方情报的敏感，轩辕当即决定，亲自接待这位"己人"。

轩辕扶起己人。己人与以前年轻英俊的形象判若两人，已经是一位没长胡子的小老头了！他身上随处都有干结的和新创的伤疤，小腿以下，由于盐水的长期浸泡，正泛着一种青白之光……

看着己人如此"天翻地覆"的变化，轩辕内心陡生一种同情。忍受着从己人身上散发出来的羊膻味、盐腥味和汗臭味等混合而成的强烈气味，他反复地观察着这位"苍老"的小老头，把他手上、肩臂上干结的伤疤摸来摸去。

轩辕立即给己人让了座。己人小心谨慎地在轩辕旁边的蒲团坐垫上跪坐下来，与轩辕相对。

不等轩辕问话，己人就迫不及待地主动向轩辕汇报起了渤澥一带的情况，尤其是风后这位高人，更成为他着力向轩辕举荐的对象：

"羊龙之人，对九黎面服而心不服。蚩尤练羊龙易，服其心难……劳累之人，归心似箭，蚩尤却加以军训……或为炮灰，或先送死。"

己人来不及喝一口水，干着带痂的嘴唇，固执而坚决地说下去：

"羊龙之人，皆自觉矣——怀灭族之恨，谁愿卖命？干则磨洋工，练则无精彩，虽九黎声嘶力竭，暴跳如雷……然汝计千条，于余若何？皮肉苦矣，练兵难矣！"

己人吞喝了一陶杯水，下巴上挂着亮晶晶的一道水痕。他话题一转：

"羊龙出一高人！深藏不露之人，幽约于屋，询以军情。我将东征之事尽告之，彼即'槐枝传信'，晓以复仇之理，羊龙之人尽训矣，蚩尤大悦……高人姓风名后，幼上中条，名师指点，'八卦''连山'，'三才'皆通。风后者，奇人也！受蚩尤启发，创八阵之法，拥正兵，藏奇兵，出奇而制胜……兵家制胜之法宝也！"

己人一口气向轩辕说出一大段话来，也不给轩辕插话的机会。等他终于告一段落的时候，风后这位高人，也被他推向了高峰。

轩辕对己人报告的情况极感兴趣，却一直在平心静气地倾听着。他眼中的睿智光泽，随着己人的情绪而变化着——对他来说，己人的到来，简直就是一场"当春乃发生"的及时雨。

轩辕正在为不知蚩尤的内情犯愁、正思谋着派谁去刺探情报合适呢，己人不光是告诉了他以上内容，还详细报告了蚩尤兵力的分布情况。然而，最让轩辕感兴趣的，还是风后这位高人：

"汝与风后，相识几多时日？"

"月圆有五次也！"

"此人，果有奇才乎？"轩辕思谋着，禁不住又追问了一句。

"然也。"己人回答得依然很肯定，又加上一句：

"大泽之中另有一人，名曰力牧，牧羊万只，难得之帅才！"

"何以见得？"

"余识之于风后屋。入夜，忽然风至，来一大汉，言来自大泽，专拜风后。此人人高马大，一身虎气，却听八阵入迷，疑之悟之，习之用之……"

继风后之后，力牧成为轩辕关注的又一个重要人物。在他高瞻远瞩的内心里，直上云天地腾起了一只雄鹰。

三

时间在这一种部落之间的明争暗斗和交织演进中悄悄地流逝。很快地，季节就发生了变化，田野里的空气多了一种开春后解冻土地散发出来的泥土芳香，风也一日日地变得温煦，返青的草，在伏地的灰白的旧草丛中，吐出了像针一样细直、鲜得逼眼的嫩绿色的叶尖尖。燕子飞回来了，它们在地平线上浮着一层透明的水波纹一样的空气中上下翻飞着，"吱吱"地叫着，闹着。眼看着田野里的麦子，也从冬天的阴影中走了出来，返青了，一节节地拔高了；又在温热干燥的高原气候中一天天地由绿变黄，在燥热的夏风的热浪推拥下，在火热的当顶日头暴晒下，金灿灿的长芒麦穗"铮铮"地相互拥挤着，浑圆的山塬上，麦浪滚滚。

这是一个父系氏族时代的原始社会难得的丰收年。看着一望无际起伏的麦浪，稷的脸上，露出了欣慰的笑容。因为，自开春以来，他就受轩辕的重托，在向西蜿蜒流去的汾水两岸的黄土山塬上，担当起了在河东地区"教稼"的任务。

为了能更好地配合轩辕的军事行动，后土特意给稷提供了"吃百家饭"的机会，凭着挂在腰间的后土的玉牌，稷就可以在每一个大小部落间随意穿梭往来，与各个部落的人同吃同住，也把他的农耕和农田管理的技术，无私地传授给河东的兄弟部落。

自从在桥山那一次和轩辕一起考察交谈之后，稷为轩辕开阔的胸怀和深切关注各部族百姓生活的情怀所深深打动，他就在内心立下宏愿：一定要倾全力将自己的平生所学传授到天下各部落去，让各部落的兄弟姐妹都过上有粮吃、有衣穿的基本生活。现在，东征蚩尤的战争，又将一大批精壮劳力调到了前线，"民以食为天"，粮食的生产就更是一个值得关注的大问题了！

稷把自己的学生几乎都带到了河东，因为河东是近在身边的基地，就地来生产粮食，可以节约大量的运输成本，不仅是为了当地百姓生活的改善，更重要的是支撑战争的需要……虽说战争之需，包括粮食、兵器，甚至包括茶叶等等，可以源源不断地从关中、从陇东、从西蜀的鼠龙部落运来。但是，当黄河涨水的时候，当各种天灾人祸不期而至的时候，轩辕并不想因为东征，而给大家都背上沉重的包袱。作为轩辕这一意图的忠实执行者，稷发挥了他最大的能量，他把自己的学生分散到各个部落去具体指导，自己则在各部落间巡查，发现问题，及时解决。因为辛劳操心，因为烈日的暴晒，稷变得更加黑瘦，黑里透红，黑得发亮，真有点像墨玉做成的雕像的感觉！可是他的心劲总是鼓得很足，在最累的时候，他总是"呸"地向自己的手心里吐一口唾沫，再次握紧了木耜，以身作则地做好自己的传授、帮助、带动工作。还有，间苗的技巧，这行距不用说必须有，株距也很重要——稠了庄稼互相"胁"着长不起来，太稀了又影响总体上的产量。春耕春播之后的锄草间苗，都是在一天天变暖的阳光的直射下进行，稷总是离开这个田间，又到了那个地头，其心怀大义、忙忙碌碌的形象，让人又想起了老神农氏当年来到河东时的情景……那都是老辈人的传说了，可如今却在稷的身上，再次突显出来。人们都在传颂着稷造福百姓的美德，以至于后世将他的名字也融入了这一带的地名——稷山。

稷山地处汾水南岸。稷就教人们把清凌凌的河水引到田间地头，充足的河水，满足了庄稼生长所需的水分，特别是在天旱无雨的时候，尤其显得重要。当其他地方的人因为天旱而可能颗粒无收时，稷山一带却到处是一派丰收的景象。

情况还远不止于此。

你看看稷身后的那一块块黍、稷、豆、荞麦等秋收作物。黍，也就是糜子，糜秆硬邦邦齐刷刷地长得老高，糜穗也开始纷纷竞赛着向下弯腰——这就是又一次沉甸甸的丰收的先兆；而那些由稷第一个发现栽培而与他同名的作物（以后被历代帝王奉为"百谷之长"，稷本人也被奉为"谷神"），这会儿，也开始一骨朵一骨朵像编蒜似的延伸着它们的稷穗了。这些稷穗的基部都是粗壮坚实的，说明随着时间的推移，等待着我们的，也是同一个词——丰收！再看那些豆类，品种就更加丰富多姿了，红宝石一样的红豆、金灿灿的黄豆、黑溜溜的黑豆、绿莹莹的绿豆，大个儿的大豆、小小的小豆，还有一身硬硬的绒毛的毛豆，它们的枝叶不尽相同，有的个头儿高一些，有的基本上是贴着地面生长的，有的枝叶光洁，有的就完全是一副憨态可掬的毛茸茸的形象。不管它们具体是什么样子，现在都是墨绿色的油光光的一片。荞麦们，则完全是另外一种样子，它们的枝秆是深红色的，小小的近于心形的叶子却是绿色的。最好看的是荞麦开花的时候，到了那个时候，整整一个山梁啊，就全都是粉红色的云霞了。那完全是一种浪漫的色调！这一种浪漫的色调，也许就承载着有蟜氏那些少男少女们的浪漫故事——有蟜氏发现和栽培了荞麦这个粮食新品种（这其中，轩辕的母亲附宝的功劳是不可磨灭的），因而桥山一带成为荞麦的发祥地，以后又被神农炎帝推广到华夏各个部落去——现在，稷山这些已经能闻到荞麦根茎的清香、开了一片粉红色的花的荞麦们，正在一天天地向上竞争着生长……

看着身前身后成熟的和终将成熟的庄稼们，稷的心里不由得产生了一些哲理的思考——世间的事情就是这样，付出了就会有回报。只要你真心地付出了辛劳，流出了汗水，就会有你应当有的那一份收获。不管世情怎么变化，不管老天爷怎么安排它的生活节奏，哪怕是天灾人祸，面对坚实生长的庄稼们，它总还是手下留情的。这就像"燕子和麻雀的故事"一样，勤快的燕子晴天里不辞劳苦地衔泥垒窝，懒惰而又贪玩的麻雀，却只顾了玩耍，自己不去衔泥垒窝，还在取笑勤劳的燕子。结果，当天下暴雨的时候，燕子卧在温暖干爽的窝内享受着甜美的生活，而麻雀呢，却只能在冷雨寒风里瑟瑟发抖……

稷在为自己这半年多在稷山一带的辛苦感到欣慰的时候，他的功劳，也被传到了摄政王轩辕的耳中。轩辕听到稷山一带的丰收景象后，兴奋的同时及时提醒：

"务必龙口夺食，连枷脱粒，晾干晒透，收之藏之，以备急需。"

这个用象形字符写在米黄色的熟兽皮上的提醒，连同轩辕给稷的慰问品——由嫘妃亲手织出的一卷丝帛，被送到了稷在稷山的窑洞里。

这是一孔不很大的土窑，因为不知有过几代人曾经在这里住过而被塘火的柴烟熏得油光漆黑。稷和他的女人、孩子们，就住在这里。窑外的硷畔上，还有一排四五个大小不一的窑洞。那些窑洞，是稷的学生们回来时住的地方。

稷还把轩辕部落打井的经验带到了稷山一带。这样，有水的地方利用自然的水，没水的地方，就可以打井来供人畜饮用。轩辕把这种逐水、因井而居的生活方式，作为社会生活的最基础单位，八家为一"井"，由此向上推出邑、州、都等，形成了中国最早的社会结构形式。现在，包括稷山一带在内，河东后土属下的大小部落，就已经推行了"井、邑、州、都"这样一种社会结构形式，这也有利于从事管理的酋长们统计掌握自己部落的基本实力。

自从轩辕从河西来到河东后，后土与轩辕进一步加深了感情和相互理解。后土为轩辕的谦虚好学精神和心怀天下的博大胸怀所打动：从轩辕生生不息、蓬勃向上的精气神中，他看到了整个部族兴盛发达的希望所在。而且作为"忘年交"的隔代知己，后土觉得，只有跟着轩辕这样的王干事，或者说，把自己的后事托付给他这样的后生，自己才会死而瞑目。所以他甘心情愿归附到摄政王轩辕的旗下为臣，为轩辕的宏大事业贡献自己的一份余力。

后土把他的这一愿望通过信使告诉轩辕后，轩辕很不适应，甚至极力反对：

"勿论缘由，长幼之序，不易！"

最后，后土不得不在接受轩辕这个要求的前提下拜轩辕为王。

由于战争环境，后土拜轩辕的仪式被轩辕免了。但是，后土的这一率先行动，却在河东各部落间引发了一波又一波的归附轩辕的浪潮，尤其是当炎帝榆罔"欲侵凌诸侯"的时候……

随着战争的进程一日日地向着有利于正义与和平的方向发展，随着大后方的进一步稳固，西王母偎昌、广成子、玄女、素女、盐女、采女、少女及轩辕的小妹碎女等，也先后来到了河东地区。轩辕的孩子们也被带了过来。"三个女人一台戏"，何况还有那一帮孩子呢！

四

自从在桥山时与马龙部落的荣将第一次相见之后，轩辕的小妹——碎女的心里就像烧滚的开水一样，一直就翻腾得没平静过。

以前见过那么多的男人，都视若过眼烟云……可是，不知是咋搞的，第一眼瞧这位相貌堂堂、英俊潇洒的大小伙子，碎女就一眼看上了他。她为他而眼热心跳，脸面发烧。碎女的心腾腾地跳着，一直在暗中盯瞧着他，欣赏不够他的风度，看不够他的风流倜傥，一会儿不见心里就发慌，只有确实地看见他了，心里才踏实。

荣将在校场练兵的时候，她总会远远地藏在观看的人群中，可她的一双几乎在一夜间就出落得美丽大方的俊眼，却只盯着荣将一个人看，怎么也欣赏不够。可惜荣将在桥山黄城里待的时间太短了些，不等她勇敢地站到他面前去向他表白好意，不等他们之间的爱情之花真正地从容绽放，荣将就带着马龙部落的兵马，随二哥轩辕东征蚩尤去了。荣将走了，碎女的心也被他牵了去，随着他一起上了前线……这将近半年的时间，是碎女平生中最牵挂、最难熬的一段时间！这一种幽幽苦恋的心思，只有她自己明白：一个花季少女的羞答答的情窦一旦打开了，就会像鲜花一样吐出花蕊，千层百折、毫不遮掩地在阳光下怒放！这就像一枝花茎一旦冒出了花骨朵，就会从小到大，像展开拳头一样逐渐打开花蕾……美丽的花朵要怒放的时候，是什么力量也阻挡不住的！

随着河东前方的消息不断地传到远在桥山的黄城，一个和胜利相关的名字、一个不断建立功勋的名字，也像鼓荡人心的春风一样吹到了桥山。这个名字，本来就已经像播下种子一样，在一个花季少女的心里生了根，刻在她深深的记忆和美好的想象里，这么一鼓荡，就像在一池盈盈的春水中投进了一颗石子儿，涟漪一圈圈地展开，再也抑制不住激动的心情了……可以说，到现在，碎女才算真正搞明白什么叫作"相思病"。真的！当一个人不分昼夜地想念着一个人的时候，当一个人的影子不分白昼黑夜、醒时梦里总在你眼前晃悠的时候，当你总为他而提心吊胆、为他的生死祸福担心的时候，当你不知不觉把一个人铭刻在心，干什么事都会跑神儿想起他的时候……这时候，你就会把自己抛在九霄云外，一个心眼儿只想着他。你为他哭为他笑为他疯为他狂，你莫明地笑了，一脸的绯红；你又莫明地哭了……你的心完全被他牵走了！他的远离，就像是一只从你手里亲自放飞的风筝，不管飞得再高再远，这一根长线，总牵在你手中。你总会目不转睛地一直盯着它看，这时候你最担心的，就是怕一阵无情的风浪，把线扯断，把它掀翻……

碎女白天一直想着荣将，干活心不在焉，精神恍惚……潮水一样泛滥的春梦缠着她！那水，是清冽冽蓝幽幽碧莹莹的，那水溢满了河道，还在向上涨，向上涨，碎女着急地喊着，叫着，跑着，可是，却喊不出声来，人也跑不动，眼看着潮水就要将自己淹没了。碎女咬着牙奋力向山上跑啊，跑啊，终于没被那上涨的清水给淹没了……她来到一座青石山的山巅，山头上站着的一人，正是笑眯眯看着她的荣将。她的目光再次对焦：对，正是荣将！碎女第一次奔放地、不受约束地向他奔去。她张开双臂去拥抱他，他也张开双臂迎接她。两个人亲热地抱在一起摇啊摇，碎女流出了幸福的泪水……忽然吹起了冷风，她打了一个寒战，一激灵醒过来，怀里抱着的，却是自己的兽皮被子，枕边，是湿漉漉凉浸浸的泪水……

碎女平日里，是个性格内向、不善言谈的女子。一般情况下，除了参加部落里的集体劳动时，她静静地待在一角干自己应该干的事情外，她总是把自己锁在自己的"闺房"里——大屋里靠东的地铺，没人的时候，碎女就一个人站在寒风里，向东毫无目标地张望着。她的心思，连从小一块儿耍大的伙伴们，也从来没有告诉过。可是，什么人都可以瞒过，唯独母亲不能瞒过。看着以前总是欢蹦乱跳的小女，这一阵忽然就变得像另外一个人似的。她总是一个人待在一个地方想着什么，吃饭也不香，睡觉也不安，有时候，吃饭时忽然就走了神，连陶钵也懒得再端起，筷子在钵内毫无目标地拨动着……

母亲对孩子的反常举动是最敏感的。附宝虽说是年纪大了些，可是在这一点上，她还是保持了足够的敏感。一个六十多岁的老女人，早该享享清福了！可是她还从来没有过这样的打算。她依然像年轻时一样一日日不停点地操持着家务，操心着远在河东的轩辕……有时候，甚至还帮着项先生、黄雍父和挥父他们操劳一些部落里的大事。

眼看着小女儿一天天不思饮食消瘦了下来，附宝不由得着急起来。她要向碎女问个究竟。而生活在幻觉中的碎女，最怕的就是捅破了心中这个秘密！她宁肯睁眼闭眼眼前都是荣将，也不想让别人干扰她的内心生活。因此，每当母亲问她的时候，她总是躲开话题，搪塞一下，赶紧离开。再问多了，她就烦。附宝也不好再问，怕伤娃的面子。可是，她却在生活中，更细心地观察着女儿的变化。她终于用昏花的双目，观测到女儿每一次走神儿的时候，脸上总是泛起绯红，表情总是幸福……附宝又想起了自己年轻时的韵事，她和少典君之间的那些浪漫故事……

这一下，附宝总算找到了问题的切入点！

晚饭之后，附宝忽然叫住碎女："汝思谁乎？既思之，当追之。汝之悦，母之福也！"

碎女看妈已经看透了自己的心思，就羞红着脸，依在附宝的怀里，像蚕吐丝一般细密地把自己的心思向母亲一一道来。

对自己的心肝宝贝——最小的孩子、唯一的女儿如痴如醉、热烈的单相思似的爱情，附宝听后真有些哭笑不得。

这是哪个时代人的爱情方式啊？我们这个时代，爱情是单纯和直接的，哪还需要这么长时间的暗恋与苦苦的追求和相思？当然，这是孩子一生中情窦初开第一次去爱一个男人，这样持久的真挚与内心的风暴也容易理解——当一个人从朦胧的爱中忽然苏醒之后，她（他）对自己不期而遇地选择的第一个对象，可说是人生中最真挚最纯情最热烈的！这么想着的时候，当年隔着清冽冽的姬水河与少典君热恋的那种天旋地转的镜头，又一次在附宝的眼前回放。她的脸不禁又一次发热……但是，自从男人当上部落酋长后，女人的地位明显地降低了，抢婚制的出现，让许多女人失去了她们真正的爱情，而成为男人泄欲的工具。这些没有真爱的女人，一生中可能都没有过一次性高潮，只是被动地接受着所谓的"爱"，每一次在复杂的感受中被男人"爱"过之后，就会被撂在一边，让半起半落悬在空中的心，陪伴那些呼呼睡去的男人——附宝绝对不能让这种事在自己的心肝宝贝身上重演。所以，她要尽力促成这一件事，让女儿自己勇敢地去实现自己的爱。

做女儿的最幸福的，是母亲对自己情感的理解。所以，当附宝表示支持碎女的选择时，碎女就不禁面红耳热，兴奋地依偎在附宝不再丰满的怀抱里撒起娇来。

附宝在等待机会促成这一件事。碎女也在等待同样的机会。

人都想自己的第一次选择就成功。可是，这人生中的"第一次"，往往都是以失败而告终，最终成为她（他）痛苦或者甜蜜的一种回味，成为她（他）人生经验的一部分。我们祈愿：碎女的第一次成功。

终于，借着西王母偃昌、神仙广成子和玄女、素女、盐女、采女、少女等去河东的时机，碎女也在附宝的支持下，加入到东进的车队中。

这些装满了各种战争物资的车辆，被忠实的老黄牛们拉着，在土路上颠簸着"吱吱呀呀"地向东走去。

西王母和广成子、玄女、素女等各乘了一辆车随在运送粮草辎重的车队后面，碎女乘坐的，当然是最后一辆车了。

告别了母亲，告别了桥山黄城和众乡亲，坐在牛车上的碎女心情难以平静，她的心早已经飞到了河东，飞到了河东那一位她的心上人那里。她越是着急，越觉得这晃晃悠悠、颠来倒去的牛车，太慢了，太慢了！恨不能自己生出翅膀飞过黄河去，一直飞到荣将的身边。

一心只顾了在前线打仗的荣将怎么也没有想到，会有一位美女一直在后方心心眼眼地惦念着他，而且这位美女就是摄政王轩辕的亲妹妹！

第一次听到这个消息的时候，荣将把自己的耳朵连掏了几下，怎么也不相信自己的耳朵！从小靠打猎训练出来的能在复杂的野外环境中分辨出各种动物活动的细微声音的他，第一次不相信自己的耳朵了。

可是，当他从这种迟钝的感受中反应过来之后，当他仔细地回忆起在桥山黄城训练时，总有一双美丽的大眼睛一直盯着自己看：喜眯眯地直盯得他不敢直视、手脚都有些忙乱的那一位秀气的小姑娘，就又一次从记忆深处走了回来。她是那么亲切羞怯而又火辣地在人缝中偷看着自己，给当时忙于训练的荣将鼓起了多少自信和勇气？东征之前紧张的训练，白天晚上总也忙不完的千头万绪的事，让荣将无暇顾及其他，他也没来得及细打听这位姑娘是谁家的。这成为他平生的一个小小遗憾，但是她那一缕秀气，却缠住了他的灵魂，让他有时在做梦时，也会梦到这一双美丽的大眼睛从人缝中盯过来……

五

人世间有一种爱是伴随终生的，这就是成年人之间的成熟的爱。就像这西王母偓昌与赤松子之间的爱一样，总是能跨越时空，跨越种族，永葆新鲜。

平日里雍容华贵的西王母，一见到赤松子，就会变得风情万种，娇媚百生。她那一双眼睛眯起来盯人，总是闪烁着勾魂的光芒，让赤松子一看就会浑身发酥。他两个真是难找的一对珠联璧合，除了赤松子有一次因为炎帝大女儿、他的学生瑶姬而失足……要说，这也是正常的事。在如今以感性和率直为主要特征的男女感情和关系中，男女之间的事随时都可能发生，随时都可能消失，没有谁对对方非得有个什么承诺、保证和坚守。何况赤松子和西王母之间，有时要相隔十万八千里呢！然而，在处于文明前夜的当下，在已经从蒙昧中醒过来的人们之间，就多了这么一种责任和坚守的意识。也正因为这样，才有了相对稳定的对偶婚姻制的形成，氏族的后代，才能够明确地知道，自己的父亲是谁了。在这样的文明大背景之下，赤松子和瑶姬的那点事儿，才永远地成了赤松子握在西王母偃昌手中的一个任她为所欲为的"权柄"——由此，她就可以随意地调拨赤松子这位本来飘逸超脱、能呼风唤雨的仙师了。赤松子对她，也就因了这样一种负疚之心而战战兢兢、唯唯诺诺，发自内心地更加忠诚。

这不，一直在闻喜一带伴在炎帝榆罔前后的雨师赤松子，在美女如云的宫前宫后，就再也没犯过类似于他和瑶姬之间的那类错误。听说西王母偃昌从河西之地来到了河东，赤松子就急急地向炎帝榆罔告了假，向轩辕的扎营地一路飘然而去。当然，他告假的理由是前去会广成子。炎帝榆罔心里明白他是怎么一回事儿，也不深究，只是神秘地一笑，便点头应允——对人家个人的事情，何必管得那么细呢？

轩辕的中帐扎在远离前线的后方。由于广成子和西王母、玄女、素女、盐女、采女、少女等一起到来，这个处于开阔之地、以战车围护起来、进出于辕门的大营寨，本来就是人声鼎沸、战马嘶鸣，一派生机勃勃的景象，现在又来了这么一批男女，因而一下子就变得更加得热闹非凡了。

三个女人一台戏，玄女、素女、盐女、采女、少女等和嫘妃聚在一起，早胜过了两台戏。女人之间的话题，嘻嘻哈哈、叽叽喳喳的，就像哑（喜）雀窝给戳了一扁担，总是没个门，没个尾的……女人们来了，孩子们也就跟着来了。除了分别去了南线和北线参战的玄嚣和昌意，盐女生的西、采女生的巳、玄女生的禺猇、少女生的箴，加上嫘妃的三儿子、以后曾经继位的浑沌，就有五个孩子聚在一起，女人们之间的吵吵声，加上孩子们没有节制的打闹，有时候吵得轩辕都无法工作下去。天伦之乐，其实有时候也是很烦人的！不得已，轩辕只好一个人走到外面去，在野外的清新空气中，在散步中思考问题……最后，他干脆做出安排，将女人们的后帐和中帐之间拉开距离，由嫘妃统一管理后帐那边的事。而这边，广成子的"大道"总是缠着轩辕，他们一走到一起，总是有探究不尽的真理和奥秘。西王母则已经捎出了信物，这会儿，正单等着赤松子前来幽会。

　　轩辕的小妹碎女来到河东前线，见过兄长和嫂子之后，就鼓起勇气，把她羞怯隐秘的少女心思和轩辕、嫘妃说了。他们都赞同并为碎女和荣将欢呼。

　　在妹妹面前，轩辕一反平时的庄重严肃，像重新回到过去似的兴奋地一拍巴掌：

　　"噫嘻好事！汝之选，正合吾意。吾正想嫁汝于他，励其战功矣！"

　　哥哥一句话，说得碎女脸上一时飞起两朵彩云，红得火烧，直烧到了耳朵梢儿，就忙用她那可爱的小松鼠一样的小拳头，双拳抡欢了，不痛不痒地去捶轩辕宽厚的背。

　　看碎女一脸少女那种羞怯和抑制不住的兴奋神色，嫘妃也伸出一根指头，直戳向碎女那秀发分披、洋溢着兴奋光泽的额头：

　　"此正事矣！汝这等不知羞耻之小姑。"

　　碎女娇嗔地睁大俊眼深白嫂嫂一眼，然后就把她披散着长发的、香气馥郁的少女的头，深偎进她依然鼓胀酥软的怀里。

　　玄女、素女、盐女、采女、少女等大小嫂嫂，都凑过来叽叽喳喳地和碎女闹，碎女自知没有招架之力，就主动认输，对她们——谢过，真情感谢她们一路上对自己的照顾。

　　姐妹们亲如手足，但是，再亲近的姐妹情，甚至包括父女情、母女情，在让人心旌摇曳的爱情面前，都要宣布告退的。

　　碎女就是在这一种强烈的爱情冲击下，和嫂嫂们告了别，只管径自朝前走去。

　　她没在轩辕的大营里休息，当天就乘着马拉车，直奔荣将的营寨而去。轩辕派出了他最好的驭手方明来驾车，以确保亲爱的妹妹万无一失。

　　早有快马告诉了远在军营中的荣将。荣将兴奋地跨上他的花骝马，扬鞭策马前来迎接碎女的到来。人心情好了，马蹄也嘚嘚地伴奏着音乐，轻快而有节奏。热风掀面，张扬起荣将分披的、马鬃一样激情地抖动、飘舞着的长发，显得那么潇洒奔放……他没有忘记，在出发前，给自己的脖子套上了两个骨珠项链，其中一个，就是在夜深人静时，他就着军帐里热烈的塘火，专心专意地为碎女编织的。

碎女的马车在坑洼不平、浮了一层尘土的、能容得下两辆车并行的土道上飞快地颠簸行进。车后扬起了丝帛一样透明的一层轻尘。

这马拉车，比起那牛车来，可真是快多了！可是坐在车上的碎女还是觉得这车跑得太慢了，太慢了！

她一股劲儿地催着方明："快矣！快矣！"

方明忠厚地点着他精明的头应允着，瘦长的胳膊抡起手中长长的鞭梢，"啪"的一声，响亮地给了辕马直竖起的耳梢一鞭。马耳朵剧烈地抖动了一下，全身一激灵，更加四蹄如花地前后捯动着四肢，突起的胯骨和臀部的肌肉，有规律地重复着同样的动作。马背上早浸出了热汗，马汗的酸味儿和毛皮的腺气被风送了过来。

马瞪圆了一双暴突的圆眼，鬃毛飞扬，发疯地向前跑去。可是它牵引的车，却在路面上颠簸着，保持着一种恒速——不可能再快了。因为这已经是这架车有史以来跑得最快的一次了！方明平时赶车总是稳稳的不紧不慢的样子，这一次受年轻人的鼓动，他已经是完全破例了。再快了，车就散架了；再快了，马就累死了！

车在狂奔，碎女在车上举目张望，一不小心，看到了路边山崖上跳动着一片火红的胭脂（山丹丹）花。她忽生奇想：要把这代表她火热情感的花，献给自己最亲爱的人！

车正在全速奔跑，她却让方明把车停住，方明只好勒紧了缰绳。就这样，在巨大的惯性作用下，车还是向前冲出去一大截路，终于在路边，稳稳地停了下来。

碎女跳下车，蹦蹦跳跳地就向胭脂花丛跑去，一会儿，就折下一大把红艳艳的胭脂花。等到碎女"疯"够了，心满意足、气喘吁吁地走回来，马也喘匀了气。

她先把花放在车上，随后，轻巧的人，才被方明有力的大手一把提上车去。

坐在车上，碎女用手轻按起伏的、已经开始鼓胀的少女的胸脯，闭着眼、嘴，平心地静了静气，才对方明说：

"方明老兄，小妹谢你矣！走——"

再强悍粗鲁的男人，一旦到了水灵娇滴的美女面前，都会变得异乎寻常的有耐心。方明现在的表现，也是如此。

依着他平时的性子，遇到这么烦人和啰唆的人，他可能早就发火了。可是这一次，他不但没有发火，还乐呵呵地接受了这一现实。他的耐心，除了像小妹一样的美女的溺爱娇惯，就是出于对轩辕的敬重和爱戴。

轩辕绝对是一个知人善任的人，又是一个善于发现千里马的人。方明就是他在马龙部落集训时发现并请来作为自己坐辇的御者的。方明，一下子就从一个无名小兵，变成了"一人之下、万人之上"的有名有姓的御者，这是无上荣光、光宗耀祖的事儿啊。他的名字，就是轩辕给起的，所以，"方明"把这二字的含义，始终刻在他心里："汝乃驾车高手，最明方向，就叫汝作'方明'！"对此，方明心里还有自己另一层面的解释："因了认识轩辕，余方明了，怎样做人、做事矣！"

方明是个慧中之人，对驾车技术，他更是做到了精益求精。他最大的特点就是认路和辨别方向准确，任何一条生路，只要他去过一回，就会永远把这条路刻在心中，甚至这条路上有几个弯儿，几个大坑，他都会了如指掌，行车时，再尽可能恰当地给避过。因而他赶的车一路走来，总是有一种行云流水的舒适感。

正因为有这些特点，所以这一带几乎每一条可以行车的土道，对他来说都是轻车熟路，车在路上行走，总的来说，还是既轻快又稳当，很恰当地代表了他现在的主人碎女的心……

荣将身跨花骝马，风驰电掣般在蜿蜒起伏、游蛇一样扭来扭去的山道上奔跑。花骝马四蹄腾空奔跑的样子好像飞了起来。

方明驾的马车，轻快地向荣将的营地靠近。当然，也有坡陡难行的道儿，最困难时，他还得给牲畜帮忙，在坚实的肩膀上挂一个绳环，和牲畜一起卖力拉车。

这时候，他们已经兴奋地能看到对方的影子了。

初夏的暖风，将荣将马鬃一样潇洒威武的长发扬起，长发在他开阔的鬓角飞舞着，缠绕着，形成千万种变化不定的弧线，不变的是他深情的目光——荣将微皱着眉头，把他火热的目光聚向前方。两套骨珠项链在他的胸前跳荡着，碰撞着，发出轻微的"叮叮当当"的声音。他手舞皮鞭，鞭影在马屁股上一次次"啪啪"落下，留出一条条白色的印记。

碎女手扶车轩，焦急地伸长了细颈向前张望。忽然，她的脸上像鲜花盛开似的开放了美丽的笑容，一双大大的俊眼，也眯成了跳动的小鱼儿……那一种翘首以待的模样儿，让一位美女风情万种，楚楚动人。

她已经清楚地看到了在尘土扬起黄雾的地方，一匹花骝马正高扬了头颅，四蹄像编花似的向这边狂奔。不远处，还有两匹马从黄尘后面显出。她兴奋地举起手来，向飞奔而来的花骝马和它的主人招手。

荣将在频频招手的同时，又在马屁股上加了两鞭子。

双方在相互能准确地看清对方的地方停了下来。马鼻子"突突"地喷着热气，马背上早也已经是汗流浃背了。

荣将飞身下马，碎女则手扶车辕，在方明的帮助下跳下车来。

两个人站在各自的位置上定格下来。这一组罗曼蒂克式的镜头，一瞬间完全凝固了——一个欣赏着对方的英俊潇洒和结实的肌肉块，一个欣赏着对方的明丽美貌和柔美的曲线。

"荣哥！""碎妹！"如同晴天霹雳，两道电光相聚，一身黄麻披挂的荣将和一身洁白丝帛的碎女扑在一起。他俩相互端详着，欣赏着，无尽的情思，一瞬间都千回万转、万般柔情地写在表情丰富的脸上。

碎女美丽的俊眼里溢出了幸福的泪水。要知道，这是她多少次在梦里重复过的幸福镜头啊。这会儿，她感到这幸福是重叠的、旋转的……

540

第五章

一

蚩尤最大的军事失误就是他的主动收缩。正是由于他的这一行动，给了摄政王轩辕和后土及炎帝榆罔派来的祝融的兵马一个长驱直入的机会。各路兵马竞相向前推进，很快到了盐池的西北部。一时间黄、玄、赤各色图腾旗幡、各种服饰装束，甚至操着各不相同的语言的部落兵士，一下子集中分布在一大片平展展的滩地上，一时车马喧阗，人声鼎沸，旌旗招展，号角相闻……前不见头，后不见尾，甚至左右不得相顾，大有群龙无首的混乱局面。

轩辕和后土与炎帝榆罔的兵马集结在一起，原来在以部落为单位的小范围内，各队人马的战斗力还算不错。但是，当大家一下子都集中到一块儿的时候，各个系列互不关照，酋长们大小相当却互不统属，遇到问题，公说公有理，婆说婆有理，甚至相互之间发生矛盾冲突，还没投入和敌人的战斗呢，兄弟部落之间，却产生了种种矛盾冲突。比如说吃水的问题，原有的水泉，一下子不可能满足这么多人来饮用，出现了部落之间争水吃的现象。有的部落半夜就派出兵力抢先占有水泉，先给自己的兵力提够攒足了要用的水，才让其他部落去饮用……在轩辕从后方来到前方这一军事集结地之前，各种矛盾和冲突就已经报到他的中军帐里。

轩辕意识到了这一种局面的严重后果。如果不迅速进行整治，统一协调；如果这一种局面被蚩尤方面所利用，那后果将不堪设想！

轩辕立刻传令各部落的人马：

"守原地，勿相争！有水者，让之；无水者，掘之。掘而无水，报到中军，统一协调。"

关键时候，还是摄政王说了算。轩辕的这一命令，被几十匹快马同时传到各部落的兵营后，先前混乱的局面，就基本上得到了遏制。有水泉的部落，在满足自己饮用后，主动让给其他部落来取水。没有水的部落，一场原始时代的打井运动迅速掀起。这一带地下水位较高，过不了十几天，各部落兵力的饮水问题，就基本上得到了解决。这些新井里，尤以金井著名。

水的问题解决了，其他的物资供应也跟了上来，源源不断地运到集结地后，再由总部按照各个部落实到兵力的多少给予分配。

前线的军需供给站戒备森严，四周都布置了战车，又布上重兵防守，以防可能出现的混乱局面。德高望重的老帝师天老，被轩辕派到这里主持物资分配，或多或少，大家也就没啥说的，分多少拿多少，一批一批地送来，再一批一批地分发出去，秩序井然……

轩辕的中军帐很快地就从后方赶了上来，驻扎在车盘附近的龙居。这地方在车盘这一大片平坦的黄土地的东北方地势较高的地方——轩辕的中军，包括戊、己卫队在内，一来到这里，就迅速砍伐树木，清除杂草，一个个军帐纷纷支了起来，轩辕的大帐坐北面南，支在一大片空地的北头，左右和帐后，是众星环护般的一大片较小的帐篷。中军大帐一支起，轩辕就立即传令各部落的酋长、将军前来中军大帐开会。

龙居这一带，因为靠近盐池的原因，地面上水面较多，但这些水却大多是不能直接饮用的。但是，因为龙喜欢逐水而居的习惯，龙图腾又是轩辕部落所发明的，所以轩辕居住的地方，就叫作"龙居之地"。

等到各部落的酋长、将军们来到这里的时候，轩辕的中军大帐外，早已经是旗幡如林，以龙图腾为中心，轩辕部落的天鼋大鼋图腾、炎帝榆罔的"炎"字断肠草图腾、后土所属各部落的图腾、随轩辕东征的各部落的图腾旗帜，都已经猎猎地飘扬在轩辕大帐的中央和左右。戊、己卫队的士兵，身着黄麻服装，手持石斧石钺，列队左右，夹道欢迎各位酋长和将军们的到来。

明媚的阳光下，带咸味的东风鼓荡着，士兵们严阵以待，齐刷刷地站在那里，个个威风凛凛、精神抖擞，看了都给人长精神。箫鼓军乐在木制的方匣子——枳"哪啷"的节奏中奏响，气氛热烈而威严。

各部落的酋长和将军们沐着和煦的春风鱼贯而入，大家或者哈哈大笑、低声交谈，或者默默地为自己受到的礼遇而沾沾自喜。等走进摄政王轩辕的中军大帐之后，才意识到了问题的严重性——

虽说是应龙大将亲自来到帐门旁迎接，早有安排好的勤务兵把各位引到事先安排好的位置上，但是大帐内的气氛明显地较帐外严肃了许多。

只见轩辕手持代表摄政王身份的尚方玉剑，身着亮黄色丝帛的王服，头顶金黄色王冠，"由"字脸形较之平时，明显地拉长了一些。他圆目立眉、表情严肃地端坐于中央，向每一位前来开会的酋长和将军们都点一下头。这是一个坐北面南"面南而治"、为王者的位置，较之其他座位都略高一些，使平时就高出人头的轩辕，显得更加气宇轩昂，坚毅自信，有一种凛然不可侵犯的威严。

后土和祝融分坐在轩辕的左右，旁边有老帝师天老及吴权等王师，应龙、常先、大鸿等武将和沮诵、赤将、孔甲等文臣，分左右坐在后排，前排的位置，则安排给了这些前来开会的酋长和将军们。

等到人员到齐了，应龙就返回到属于自己的后排武将的第一个席位。这时候，轩辕的中军大帐内，已经前前后后密密层层坐满了前后三排的位置。虽是白昼，大帐中间的塘火，依然呼呼地冒着火苗，像浇了油似的"噼噼啪啪"溅着火星儿。

军事会议由炎帝榆罔派来的大将祝融主持。后土虽说没事儿，但是能以地主之谊和北方部落代表的身份坐到轩辕身旁来，对他来说，已经是非常荣耀的事了，所以这时候，他的脸上挂着一种泰然自若的自足表情。

祝融由于情绪激动的原因，使他本来就红的脸，一时红得像喝多了酒似的。他的声音，也因为激情和担心后面的人听不到而提高了八度，在这个大帐内滚滚地回荡：

"余代炎帝、轩辕，真诚欢迎诸位！"他先似公鸡打鸣儿似的来了一句开场白，才宣布：

"讨逆阵前，大会诸部——旨在整饬军纪，协调指挥，查补漏洞，形成合力，以利后战。敢请各位酋长、将军先开言道！"

来自炎帝榆罔的将军刑天第一个站出来发言。这是一个思维敏捷而固执的人，虽说他几乎不长一根头发的电光脑有一些对不起观众，只在光头顶的周围环了一圈儿长发，却长得满脸横肉。对炎帝榆罔的绝对忠诚，可说是他人生的一大亮点：

"某先亮此观点，赞成此会主旨——其要者，各部参战目的不明！身为帝孙，蚩尤不孝不敬，反而贪得无厌，欲夺帝位，我们绝不应之。为保社稷，拼死一搏。目的一明，混乱自消——"

跟随轩辕东征而来的玄龙部落酋长奢龙，眼中不容沙子，腾地站起来，反对刑天的观点：

"若目的不明，吾人到此做甚？若非帝意，吾人岂至乎？"

后土所属的大填是个明白人，他刚从北线赶来参加会议，听这口味不对，就站起来为奢龙帮腔：

"炎帝河东，后土纳之。然蚩尤篡位，河东首当其冲矣！羊龙沦陷，族众以奴，猴龙亦面临生死。吾人为帝而战，更为存亡而搏，岂言目的不明乎？"

这二位的连珠炮似的反问，呛得刑天张口结舌，一时回答不上来。

眼见大家的误解，把刑天的一腔忠心引向了一边，主持会议的祝融从容予以纠正：

"诸位莫急。刑天言虽偏颇，然为佑社稷，并无他意，余代其谢罪，亦代炎帝深致谢意！然吾人首谢者，乃轩辕是也。若非彼应邀东来，岂有河东今之局面？今有小疵，乃体例不通矣。"

祝融的一番话，把会议的主题又给挑明了。于是，大家的发言又言归正传了。

额头光亮、人高马大的马龙部落酋长重光，支持祝融的观点：

"祝融之言吾爱听矣——先莫自损，干亲者痛、敌者快之事！吾支持祝融。目前，吾人瑕疵，乃各部互不统属！如此集于一处，岂不生事？……"

"罪莫大焉，让敌有隙可乘哉！"

一直没露过脸的河东高人五圣，一脸诡谲的皱纹。他抓住机会，先以惊人之句抢白之后，才开始目光灼灼地从容道来：

"诸位，兵者谋也。彼此互探者，常事。若余软肋，被敌探知，彼不钻空，才异事矣！如今，统一指挥不难，有摄政王也。关键乃旗帜并列，互不统属；次则训练不足……务必将各部兵马集于一处，统一编制，统一行动。"

二

由于注意力特别集中，后土这会儿完全瞪圆了他不大的猴眼，战争的环境，使他的脸膛更加红紫，温文尔雅的风度减去了很多。他把右手中作为权杖的龙杖"嗵"地一蹾：

"为决胜，吾人务必如此。机不可失，时不再来——机若失之，悔之晚矣；时若再来，才怪事矣！"他先这么强调了，咽了下唾沫，有形的喉结上下鼓动了一下，才进一步提出具体要求：

"务必好自为之，使各部合而为一，共成一拳，进退自若，固若金汤，无懈可击！唯如此，方能最后取胜，赶走九黎，还河东和平天空！"

轩辕微锁眉心，沉吟不语，坚毅的脸上在凝聚着力量。他思考着，认真地听取大家的意见——赞同的，就点一点头；合理的，就用炭棒，在铺在台案上的兽皮上划着或者复杂、或者简单的象形字符标记。遇到不同的意见，他也暂时保留意见，把重点记下来，再在字符下面划上粗粗的横杠，晶亮的眼睛闪着确定的光……

轩辕还在思考的时候，祝融却已经点了他的"将"。看大家议论得差不多了，祝融就请轩辕来讲话：

"诸位所言极是，炎、黄、后土本一家也，理应共结一体，步调一致。"他把还话锋一转，"以下，请轩辕定夺。欢迎！"

在前后一片热烈的"哗哗"掌声后，轩辕强抑着内心的激动，浓重的眼影下的眼睛炯炯有神。他把落下来的黄丝披肩向后一撩，抖擞一下精神，重新握起那把碧莹莹的尚方玉剑，闭着嘴"哼哼"两声，把平日里浑厚稳健的男人声调一下子调高了好几度，大声说：

"首要，吾人临危不惧、处乱不惊，万国一心、积极参战，自强不息、顽强抗敌之精神值得肯定。余在此谨表敬意，承让叩谢！"他先自面向左右，洒脱大方地分别叩谢一番，大家也赶忙叩首回礼。礼毕，轩辕接着讲下去：

"正是有各位参战，才扶华夏于既倾，变被动而为主动，成而今对蚩尤之鼎立之势。此利我者也。此机来之不易，此乃天意，民心所向，当悉心护之。唯握机用细，方保万无一失。"

"然时间仓促，"轩辕稍一停顿，就把话题一转，直逼要害：

"各部兵马，不及集训；体例不一，互不通属；误解冲突，时有发生。若激化加剧，则自残手足，亲痛敌快……此当务之急，务必速决，若蚩尤乘隙，则悔之晚矣！故此，华夏联军要一改旧制，重整序列，车盘演兵，以整军仪、壮军威！"

轩辕铿锵有力、声如春雷的讲话，一下子被突然爆起的击节、鼓掌声、"壮哉！""善哉！"的感叹声、响亮得像划过天空的鸽哨一样的口哨声和人们情不自禁的欢呼声所打断。

祝融清醒地醉红着脸，双手做着下压的动作，示意大家安静下来。轩辕平心静气地等大家静下来了，才说：

"请应龙，告知诸位——"

应龙将一张大大的、用绳子在木框上绷展的兽皮画，展示在大家面前。兽皮画上，用赭石红和炭棒画着各种标记。应龙一边指着兽皮画上的标记，一边向大家解释道：

"要得——诸位且听：此乃轩辕、祝融、后土共定之策，余谨告之。"

而他却并未直叙车盘演兵的方案，而是先做了一大段详细交代和论证。这位来自西陵氏的联军大将，身高八尺，全身肥囊囊的，背后依然鼓着那两只深暗的威风凛凛的灰老鹰翅膀。

"而今，河西联军诸路兵马，已与河东后土、炎帝祝融之兵结一体矣，加之灵枫苗军——彼已于九龙，成蚩尤一屏障也——华夏联军，已成对九黎、羊龙三面合围之势。九黎号曰十万，实则唯黄、青、白三黎矣；羊龙人众，但心不可测度也，极可能为我所用……而今，'九黎'、羊龙，被压于中条，战局于我有利……然种种因由，联军集于一处，露其软肋：互不统属，争食、争水、争供给。军者人也，欲静如松、动如雷，必心脑联动，成一体矣。唯如此，方可灵活应对……"

应龙有了这么一大段的论证后，才开始言归正传，指着兽皮画上的标记，讲起了各部落联合演兵的统一指挥、统一编制、协调分工等问题。

"此次演兵，总舵者，轩辕！应龙者，传令也。中路兵马，凤头也；后土、祝融，张翼矣；中戊、中己后备、策应，步调一致。于大车盘，共铸一体，成一劲拳……"

以摄政王轩辕为总指挥的各部落的联合演兵，就要在车盘这片一马平川的滩地上拉开序幕了。轩辕的中军帐前，已经筑起了一个高高的用黄土夯就的点将台。点将台上，黄龙和天鼋大鼋图腾旗迎风招展。

在轩辕的中军帐和点将台的两侧，是数十面将要投入到演兵过程中的各个部落的图腾旗帜，其中有鼠龙、虎龙、兔龙、玄龙、蛇龙、马龙、猴龙、獐、蚓、狢、狐、蛟等部落的旗帜，河东后土部落联盟的各色旗帜、西戎的白虎图腾旗及轩辕的甲、乙、丙、丁、戊、己、庚、辛、壬、癸十干卫队的红、黄、蓝、白、黑五色旗帜。

初夏的阳光鼓荡着透明的热浪，战旗猎猎，歌声阵阵，此起彼伏。身着黄、玄、赤各色的方阵中，士兵们挥舞着木石兵器，喊着口号，群情激昂；一排排战车列开阵式，一匹匹战马扬蹄嘶鸣，现场的气氛热烈而激动。

为了表示对这次联合演兵的重视，炎帝榆罔也挺着他红通通的田字形皱纹脸，捋着花白的长须，高绾发髻，亲自从闻喜乘车颠来，又不顾旅途劳顿，来到现场观摩。

轩辕、后土、祝融等陪同炎帝榆罔走上点将台。天老、悉诸同行，两位帝师再次相见，低声叙着只有老人才感兴趣的话题。

吴权、鬼容区、马师皇三位王师站在台前，常先、大鸿、容将等大将、部落酋长、代表和沮诵、赤将、胡曹等文臣分列两侧。嫘妃、素女、盐女、采女等女眷，玄女等女将，也醒目地挤在其中。男人们表情严肃，激动的心在胸腔内"腾腾"地跳着；女人们在一起就叽叽喳喳，永远都有说不完的话题。这些叽叽喳喳近于喜鹊欢叫的声音，更增加了现场的喧闹热烈的气氛。

点将台上，轩辕把象征指挥权力的大石斧交到应龙的手里，自己就陪炎帝、后土、祝融等站在后排。一瞬间，现场远远近近的人，把目光都聚在了应龙的身上。

经过西陵平叛及从西陵到关中等多次战斗的洗礼，这时候的应龙较之过去，显得更加成熟和老练了。这位西陵氏部落身高八尺的汉子，站在那里，全身反射着初夏的金色阳光，身后的鹰翅，鼓荡着热风。他依然是将那一对灰老鹰的大翅膀装饰在他宽厚的背后，正像是一位从天而降的威严的"天使"，而他要下达的命令，也就很自然地带上了一层神秘的"天意"。应龙情绪高昂，兴奋得脸色涨红。

胸有成竹的他，用他那双水晶一样闪光的、高眉弓下鼓出的圆圆的"龙眼"，沉着镇静地朝周围扫视了一圈后，才手举着黄色令旗开始大声点将。这声音从他高分贝的嗓门里喊出来，穿透力很强，周围的空气中回响着一片"呜呜"的龙吟似的回音：

"中路大将大桡、常先、大鸿、容将等听令。大桡接令——"

大桡、常先、大鸿、容将四员大将和重光、屠维、阉冉、玄子、敦牂、大荒落等酋长、部落代表，纷纷来到台前站定。大桡大步跨上点将台，来到应龙面前，先对炎帝榆罔和轩辕、后土、祝融行过礼。

应龙高分贝的声音继续宣布：

"中路兵马，主攻者也，宜狠打猛冲，全力演兵，做好风头。"

说着，从侍者手里接过龙符。这是一种用红陶烧制的龙形图案，由两半拼成一个整体。

应龙将龙符的一半交到大桡的手中，另一半自己留下来：

"令旗一动，即刻行动，完成任务，交回龙符——"

"诺！"大桡因为他合干支、正甲子那样的伟大创造，早已经是闻名华夏的大英雄了，然而，他依然不改其喜欢挠头的习惯。现在，他还是用右手抓了抓他谢顶的头顶几根稀疏的柔发。一个"诺"字不能完全表达他的心情，就再加上一句："炎帝、轩辕、师尊宽心，大桡定当不负重托！"

等大桡等回到队列中，应龙再次点将，这次他手握着青、白两色旗帜：

"祝融、后土接令——"

祝融等炎帝所属的大将、酋长；后土等后土部落联盟的将军、酋长分别出列，来到点将台前。

脸色醉红、威威堂堂的祝融和瘦高、手持龙杖的后土，相互拜了一下，并肩走上点将台来。

应龙还是以他能将声音传得很远的、震得空气直颤动的嗓门大声宣布：

"祝融、后土，张翼左右，配合中路……"说着，将龙符分别交到祝融和后土的手中。等两人将龙符的另一半握在手中时，才再加上一句：

"勿让一敌漏网！"

"诺！""诺！"

几乎同时，祝融和后土应道。他们在内心里，已经真切地感受到了自己肩头任务的艰巨和重要。

三

祝融和后土接过龙符，两个人回到各自的大将和酋长中间后，两个金色龙符就在大家之间热烈地传看着。

应龙接着继续他的工作，这一次他的手中拿的是玄色和赤色旗："请中戊、中己卫队接令——"

中戊、中己卫队的队长著雍和屠维，从后排走上前来，一个白而雍容，一个黑而威武。他们向台下扫视了一眼后，旋即转过身去，面对着应龙主将和他身后的炎帝榆罔和摄政王轩辕。

应龙将两个龙符的一半分别交到戊、己卫队这两位年轻的队长手中：

"中戊、中己，兵之后备也，策应主攻、两翼，看令旗动之。"

"诺——"著雍和屠维，由于一个的"诺"音拉得长了一些，所以两人的不同声调，就几乎完全地重叠在一起了。

一黑一白的中戊、中己卫队队长著雍和屠维接过龙符后，就各自回到点将台下自己的队列中去。

经过这么一番点将之后，轩辕在车盘这片开阔的沙土地面上的一场史无前例的大演兵，就徐徐地拉开了大幕。

各路的兵马，分别在导引兵的带领下，开到为自己指定的位置上。

这是一个风和日丽的初夏的大晴天，金色的阳光从东方直射着大地，把各种景致立体地显示出来。天色也蓝得发黄，远近的景色一样的清晰可鉴，大小的已经开过花的绿树，枝叶已经绿得茂盛，就像一把把绿色的伞盖。绿树后面，在东南方向被金色阳光渲染了的透明气流中，耀眼地浮动着银色盐湖的一溜亮白浅影。一层薄纱轻绢似的岚气上面，中条山就像一个庞大无比的拱起的牛脊梁，横在天际，蓝得可爱。

应龙事先安排好一支假想的九黎兵在车盘后，就站上高高的点将台，将手中的黄色旗指向九黎兵，对中路的大将大挠说：

"着令你部，迅速推进，正面迎敌，不可有误！"

"诺！"大挠率领中路军各部落兵马前去迎敌后，应龙双手将青色令旗和白色令旗同时举起："祝融、后土，各率本部，左右迂回，三面合围。"

祝融、后土领命后，也分别率领本部人马前去参战。这时候，中戊、中己卫队的人坐不住了，纷纷请战。

著雍一向以性格稳健而著称，这会儿他也坐不住了。看到炎帝和河东的兵马都已经投入了"战斗"，作为直接受轩辕领导的河西人，又怎能甘居人后呢？……心里这么想着，他就抢上一步去向应龙请战：

"河东人苦斗矣，我等一衣带水之河西人，岂能坐以观虎……"

屠维也不甘示弱，上前请战道：

"作为轩辕直系，理应直冲敌阵，勿坐享成果矣！"

看大家的战斗积极性都调动了起来，应龙指挥作战的权威也树了起来，轩辕打心眼里高兴。他和炎帝榆罔对视了一眼，双手示意大家稳住情绪，大声告诉著雍和屠维：

"尔等勇气可嘉，然此非参战之机矣。务请察以令旗，随时出战。"

著雍和屠维点头称是，其部下也都逐渐安静了下来。

应龙接着轩辕的话题说："何时出战？战局定矣。且耐心待之。"

过了一会儿，身着黄色、青色、白色战服的传迅兵，先后前来报告了中、左、右三路目前的位置：

"中路位定矣！"

"左路祝融位至矣！"

"右路至位！"

"善哉！"应龙大喝一声。三位传令兵迅速离开后，应龙立即举起了玄色旗和赤色旗的令旗：

"著雍、屠维，左右合围，全收'九黎'！"

虽然著雍和屠维分别率领本部主力前去合围，现场就只剩下少量的中戊、中己兵马了，东甲、东乙、南丙、南丁、西庚、西辛，北壬、北癸卫队还布在周围。即使这样，现场的兵也不能调完，留下这少量的兵马，他们任务重大，维系着中军帐的安全呢。

点将台上，站着炎帝榆罔、摄政王轩辕和前线总指挥应龙大将。他们居高临下，观看着战况。

轩辕黑眼影下睿智的目光盯着前方，不时地和炎帝榆罔说着，比画着，炎帝榆罔欣慰地点着他老农似的灰白头颅。应龙则皱着眉头，机警地随时关注着各部的最新动态。

从日头直射到太阳偏西，他们只能远远地听到兵士车马的喊杀和喧哗声，看到黄雾一样扬起的土尘，也不断地有传令兵前来报告各部的进展情况……直到天近黄昏——已经橙红得像一个熟透的大柿子似的夕阳，顶在西天上大团大团的云朵上的时候，各部的传令兵才先来来到。应龙将报告的情况汇总在一起，向炎帝榆罔和摄政王轩辕报告：

"全收'九黎'矣，联合演兵之目的，已经达到——"

榆罔平时的主要精力，依然专注于他对农业和医学的研究，而对部落之间的军事斗争，他就几乎是一窍不通了，所以也不好具体表示什么，只是说：

"请转告各部，尔等苦练，吾当亲去慰问矣——"

轩辕看榆罔也说不出更多来，就对应龙说：

"传令各部，就地休整，以备大战。"

各部落的兵马就地扎营休整后，榆罔、轩辕和应龙就带着少量卫士，在各营间巡视，帮助大家协调沟通，进一步确定了各部落间的具体联络与协作方式，终于改变了部落联军过去的涣散、相持与矛盾，形成了一个协调统一的战斗整体。

车盘演兵，也充分调动和发挥了各部落兵马的优势和长处，形成了车、马、步三军协同作战的战斗格局。

经过车盘演兵集训的各部人马，相互协调和整体作战能力明显提高，在前线总指挥、大将军应龙的指挥下，一下子铺展在西起永济北部的张营、常青、开张，经黄旗营、卿头直到盐池西北的车盘、龙居、大渠、王范直至闻喜这样一个大的断面上。轩辕和后土、祝融的联军，可谓兵多将广，一时多少豪杰……为了统一协调各部落的行动，轩辕的中军帐，也由龙居搬到了黄旗营这个靠前的、能兼顾左右的中心地带。

而防守盐池西北的魑的白黎兵，就分布在永济的栲栳直至运城的解州一带——中条山北麓的狭长的区域。由于兵力不足，羊龙部落经过军训的民众也被推向了前线，与白黎兵交错部署在最前沿。大兵压境的轩辕、后土与炎帝榆罔的兵马，和白黎与羊龙的兵士，两大阵营之间，形成了一种你中有我、我中有你、犬牙交错的对垒局面。这局面，就像一盘围棋的棋局一样，白中有黑、黑中有白。双方都发挥和运用着传统的"围猎"之术，相互纠缠在一起，企图把对方先给围死，然后再通吃……

这样一种你中有我、我中有你的胶着状态，敌我双方的兵力反复相围，又都是东方的黄种人，肤色相近，有时候真有些难辨敌友。这样的事就发生在羊龙部落和九黎的兵士之间。与其说，让羊龙部落的人同仇敌忾地去打轩辕、后土和祝融联军，倒不如说，他们同仇敌忾打击的对象是九黎兵！

由于服装的接近，作战时很难分辨清羊龙部落和九黎的人，"杀戒"没办法开，这让急于报仇的羊龙人，倒有一些束手无策起来。力牧由于力大无穷，作战勇敢，已经成为羊龙部落的小领兵。带着这样的苦恼，他又找到风后的小泥屋。

552

在小泥屋内昏暗的光线下，力牧一边用破麻絮似的围腰一角擦着额头、脖子和胸口上豆大的汗珠，一边用陶碗喝着水。风后则不紧不慢地摇着一把扇形的芭蕉叶，在一股一股扇出的凉风中享受着生活。这也许是由他开阔的心胸所决定的。在他的心里，把一个时期以来九黎人的暴力统治只当是自己人生的一种磨砺，想开了，就可以从容地面对，看到了光明的明天，才会从容不迫。

力牧显然还没有达到风后这样从容自如的修养境界，从他光着膀子、一头大汗的急切样子，就可以看出个究竟。他喝水的动作也很急，像牛饮水一样"咕嘟咕嘟"上下滚动着喉结，一口气就喝完一陶碗凉水后，用手背把挂在下巴上的水流一抹，急切地向风后请教：

"余欲乘战时之乱，以杀九黎，然衣饰相近，恐误杀无辜，未知尊意若何？"

风后继续不紧不慢地摇着手中的芭蕉叶："欲杀九黎？"

看他依然是那种不紧不慢的样子，力牧真有些急了：

"余问者，如何杀法？"

"此易事，刀砍之！"风后又这么逗了一句，看力牧果真是急了，紫铜色的脸憋得黑红，就像被锤击过之后刚刚冷却的铜块似的，就冲他一笑：

"此何难也？插槐枝乎！"

"哟嘻？"力牧大失所望，两只英雄的硬邦邦的大手一摊，现出很不满意的样子来。

"君莫急，且听细说……"风后用大鸟翅膀似的芭蕉叶在空气中搂了搂，示意力牧靠近他，然后口贴着他的耳根，如此这般地说了一通。

随着风后大脑门下的薄唇在不停地动着，力牧脸上的表情也在变化之中：开始皱着的眉头慢慢地展开了，两个嘴角，也渐渐地向上移动，青铜一般的脸上，就现出了难得的笑意。

随着力牧满意地点着头，风后结束了他的耳语。

力牧一激动，就手舞足蹈起来，大有"回到童年"的畅快感觉。他一边拍手称是，一边脱口而出：

"上招，上招！"又用大巴掌在自己脑门上重拍一下，"此等易行之法，余如何想不到？”

　　风后这个奇人，因为长了一个大脑袋，智商极高，学问又深，因而计谋也就多了，真个是"满肚子的小蒜（算）儿子"！

四

　　风后的计策就像春天的花骨朵一样多，又像夏收后麦地里的麦穗一样永远也拾不尽……方才他给力牧出的主意，其实在他的心里，早已经是胸有成竹了，所以才会在需要时脱口说出。

　　这会儿，他也不搭理力牧"自责"的话，而是顺着自己的思路继续朝下说：

　　"此前，羊龙怠战，不与轩辕战；轩辕之兵，亦不交锋羊龙……而今，我等既有心杀九黎，就该告知轩辕。"风后沉吟了一下，接着说："噢咿，是咿，汝先告知己人，请来小舍一叙。"

　　"诺。"

　　力牧转身离开后，风后继续摇着他的芭蕉叶，既散热又驱蚊。

　　从外表看，他这会儿似乎什么也没做，可是他丰富的内心世界，却正在电闪雷鸣地经历着一场思想的大风暴……透过闪电划出的耀眼光芒，他已经清晰地看到羊龙部落，甚或整个华夏部落联盟玉宇澄清的未来和希望了。从己人的口里，风后了解到轩辕的为人做事，他的落落大方和坦荡胸怀，他的为人正义和当机立断，他的善于用人和尊重人才——轩辕摄政王的臣属，同时又是他的师父；他走到哪里，就把师父拜到那里……可以毫不夸张地这样说：轩辕之师遍天下，轩辕的老师是各部落联盟大酋长中最多的一位。正因为轩辕和各类专才是打成一片的朋友和师徒关系，也因为他唯才是用，用人之长，充分调动了大家的积极性和创造性，让大家感到可以伸展手脚大干一番了，轩辕的身边，才会越来越多地聚集了一大批创造发明的专才和各种类型的高人。

　　风后对未来充满希望，就是基于对轩辕的这样一种了解和认识。

　　过了一会儿，己人一身盐味儿地匆匆赶到。风后又如此这般地耳语一番之后，己人就匆匆离去。

羊龙部落的人按照风后的计策，每人背后插了一支槐枝，第二天上了战场，趁着鱼龙混杂的局面，就专杀那些没插槐枝的九黎人。而轩辕的兵马，也都换上了与九黎相近的服装，背上插了槐枝来迎战九黎兵。由于都是华夏大地上的黄种人，各方兵士的服装又难以分辨，搞得白黎和青黎的兵士晕头转向，分不清敌友。而轩辕和羊龙部落的兵士，却因为都有背后的槐枝做标记，心里明白，目标明确，专杀背后没插槐枝的白黎兵和青黎兵。这一天下来，九黎兵损失惨重。魈、魑把羊龙部落酋长强围叫去大骂一通：

"羊龙知罪否？——为何不杀轩辕，专杀九黎？"

"误会，纯属误会矣！"强围心里自然明白这是怎么回事儿，但是这样的真实情况，又怎能对魈、魑说呢？说出来自己就先没了脑袋。所以，他也不和魈、魑强辩，只是一味地点头哈腰赔不是。

魑气势汹汹地问强围："汝背插枝条，何也？"

强围也就含糊其词做出一些似是而非的解释：

"不知何故，今日交战，轩辕九黎同服，难以分辨，怕生误会，余才用此下策，别于轩辕……又因短兵相接，急于应战，不及告知。"

魈觉得强围的话说得也有道理，如今大敌当前，正是用人之际，也就劝魑压下火气。

魑的火是压下来了，他把冲冠的红发向下压了压，嘴上说：

"汝再莫释，往后注意！"可心里却记恨着羊龙部落的人："哼，且待此役结束，看老子如何收拾汝！——非活而埋之才解恨矣！"因为，今天他的损失最大！

强围见台阶就下，做出保证："二位宽心，再不失误！"搪塞过去后，赶快离去。

在力牧的介绍下，强围亲自来到风后闷热的小泥屋里，拜访这位隐姓埋名的羊龙部落的"大贤"。作为一位亡族的酋长，他愧对祖先……别看他平时不得不顺从和恭维九黎人，但内心里却一直想着如何才能雪耻。怎样才能把羊龙部落重新给振兴起来！所以一听说部落里出了一位大贤人，今天让大家痛快地杀了一番九黎兵的计谋，原来就是他给出的，强围就有点坐不住了，催着力牧赶紧去拜访。还好，风后正好在家，这让强围更加大喜过望。唉，多少日子了，他还是第一次这么开心呢！相互让过座后，三个人就都跪坐在草蒲团之上，强围居中，风后在左，力牧在右。强围扭过头去，仔细地打量着这位让力牧给传神了的大脑门人。三个人一起分析九黎人下一步的动向。

"此后，九黎如何动静？"

这是强围这时候最关心的问题，他也是平生第一次向风后这样一位原本无名无姓的人讨教。因为，在这个时候，部落里面已经基本上固定了一种等级观念。虽说族员和酋长是分工不同，但是，比起酋长和巫师、巫婆这样一些专才，强围更愿意多和这些专才打交道，以此来丰富自己的思想，增进自己的知识。

看强围酋长这样单刀直入地提问题，风后也就直截了当地沉吟道：

"肯定插槐枝矣……"

"羊龙，如何是好？"力牧忍不住问了一句。

风后这一回拖长了声调：

"魔高一尺，道高一丈——"他用手摸摸自己的大脑门，然后继续沉吟道：

"以余之见，换枝而已？"

"高见！换何枝乎？"力牧到底年轻，比强围酋长反应快得多。

风后用他那双神韵幽然的单皮眼瞟了一下强围，又瞟了一下力牧，接着说：

"改柳条耳……柳枝经太阳一晒，效果特殊，更适此时。"同时，他又把目光投给强围。

"特效若何？"强围好奇地问道。

风后如此这般地向强围和力牧描述一番……

"善！"强围一口肯定了风后的主意。

"妙哉！"力牧也给予充分肯定。他为自己能向酋长举荐这样一位高人

556

而自豪。

第二天，九黎人果然人人身插槐树枝投入了战斗。但是，让他们怎么也想不到的是，羊龙部落和轩辕部落联盟的兵马，却都插上了柳树枝。

双方的兵力相持不战，直等到中午之后，战斗才真正打响。羊龙和轩辕的兵马所围杀的，依然是九黎兵。这一次，羊龙部落和轩辕的兵马更加配合默契，由于双方事先都插上了柳树枝，经过中午骄阳的暴晒，柳叶都给晒蔫了，而那些九黎兵身上插的槐树枝，槐叶却都翻了白色，目标很明确，你只要看到身上插着翻白的叶子的树枝，只管放心地去砍杀，杀死的肯定是九黎兵，绝对不会误杀了自己人和友军。这样一个下午下来，九黎兵元气大伤，在黄昏的时候，不得不鸣金收兵。而把"祸事"给惹大了的羊龙部落的兵士，则在强圉的带领下，集体投向了轩辕的兵营。

落荒而逃的九黎兵，溃不成军地向蚩尤城方向跑去。这样，九黎在河东渤澥一带不到一年的暴力统治，就只剩下蚩尤城这样一座孤城了！

虽说是蚩尤在河东的势力范围，一下子缩小到蚩尤城这样一座位于盐池东南中条山麓的孤城了，但这座蚩尤城，却不是轻而易举就能攻下的。蚩尤在这座城的经营上颇费脑筋，虽然从整个地形上看，它只是位于盐池南侧的漫坡地带，并不占据地利之优势。但是，蚩尤不但叫人在蚩尤城的四围都挖深了防护的壕沟，并再次引入盐池之水，还在壕沟内侧筑起了一道高墙，一时半会儿，肯定攻不下来。加上这一段时间以来，蚩尤强拉硬征，在蚩尤城里积累了大量的粮食和生活用品，一年半载的围困也无济于事。前一次，轩辕南路大军的主将挥，就曾带着南路军把蚩尤城给围过一段时间，后来看效果不大，才主动撤到蚩尤城的东北去，切断蚩尤城与驻守在高平附近黎城、羊头一线的坤黎和乾黎（大赫和夷方）的联系……这一次不同的是，轩辕方面集中了各部落的大量兵力，以人山人海的气势，把个蚩尤城给围了个水泄不通，从声势上看，比挥指挥的那次围困要大得多了！可是，这么多人围在外面，大不了扎个帐篷居住，在盐味十足的夏日阳光直射的盐池南岸，好多士兵因为缺水而染上了疾患，有的中暑，心里发潮，上吐下泻；有的纯粹闹肚子，闹起肚子来，难以控制。这种情况由于人口密集而迅速蔓延，成为一种瘟疫。

摄政王轩辕接到应龙关于这一情况的报告后，立即带着岐伯、俞跗等亲自前往兵营慰问和救治。岐伯"望闻问切"，仔细地给面黄肌瘦、脸冒虚汗的士兵诊断后，以他多年积累的老经验，立即带了一百多名士兵上山挖药，他先挖了几个标本，传给身边的士兵，让照样儿去挖，士兵们挖出后再传开。很快，在中条山的密林里，到处都呼应着"吭哧"、"吭哧"的挖药的声音。这些挖出的药材，很快被运出山来，兵营里做饭的袋足陶鼎、彩陶罐以及早被熏黑的红陶盆，都被用来熬草药了。然后，士兵们再排着队去喝药，有病的、没病的都得喝……

俞跗和他的徒弟也忙坏了手脚，他又是艾蒿点穴，又是砭针灸穴，用这种"矫枉过正"的偏激方法去治疗重症患者。但是，不管你怎样尽力地去救治，还是有重病患者不治身亡。一时间，成群的黑乌鸦，像疯婆子似的在天空踅来拐去，"呱呱"地叫个不停……这成为一种不祥的信号。这种信号，在兵营里不断地被传播着、放大着！

轩辕兵营的这一种变化，被趴在城墙上观看的蚩尤看到了。蚩尤大喜过望，面对着苍天三叩九拜：

"天不灭我。呜呼苍天! 佑我九黎——"

他以为这是上天在冥冥之中为他助阵呢!

随后，蚩尤又举行了正式的祭天仪式，把这一种信号放大到"天神下凡，天兵天将，暗助九黎"，以此来激励士气。他又与黄黎的两曋、青黎的魈、白黎的魃等商量，把士兵的头发都染成火红色，让他们发出鬼哭狼嚎一般的厉声尖叫和长啸。尤其是到了夜深人静的时候，这种狂风席卷一般的怪叫声，从灯影恍惚的蚩尤城内传出来，能在蚩尤城周围轩辕部落联军的兵营里传得很远。

五

魈、魃的兵士发出的这一种怪叫声，毫无遮拦地散布着恐怖的信息，搅扰得人心惶惶，无法入睡。一些胆小的兵士以为是厉鬼在作祟，受到惊吓，又得出一种怪病，经常可看到有人倒在地上吐白沫、翻白眼，然后就满口胡说，讲自己被某某厉鬼所缠，以这个厉鬼生前的声音和所在部落的语言讲这个厉鬼的"前生"故事……更有胆大的九黎兵，夜里潜出城来，到处制造恐怖的声音，他们打扮成红发厉鬼，一面扬沙，一面尖叫，就像"迷糊鬼"一样摄人魂魄，被迷了的人就在原地打转儿，或者干脆倒在地上，自个儿往自己嘴里塞泥土……这一种情景，进一步加剧了以轩辕为首的华夏部落联军兵营中的恐怖气氛。

轩辕自己不信这一套鬼把戏，可是怎样才能说服大家，稳定军心呢？于是，他召来后土、祝融和各部落的酋长，各位文武大臣和师友，会聚在中军帐中，商讨对策。

岐伯还是他那副"老猎人"的装束，但是他的确是一位地地道道的名医，遇到这样的事情——瘟疫流行的时刻，是最让他着急上火的时候，等前来开会的人一到齐，不等轩辕开口，他就急切地站了起来发表自己的意见：

"魃、魈作祟，小戏耳；然更甚者瘟疫，一旦流布，祸害大矣！人命关天，当下之急，疏散各部，务必快矣——围城者众，瘟疫传开，后果难测！"

轩辕深悔自己怎么没想到这一点。他在自责的同时，一双温厚的大手紧紧地和岐伯握在一起。他眼含激动的泪花，把岐伯结着硬茧的粗硬的手有力地上下摇动着。他打内心深深地向岐伯致以谢意。轩辕又征询俞跗的意见，俞跗也同样点头：

"瘟疫当前，撤兵为上——"

两位医师的意见，让冲在前面与敌直接交锋的将军们痛心极了！这时候，从西侧的武将班中，就站出来荣将这位在河东之役中出尽风头的马龙部落的大将。他因为年轻气盛，还没吃过败仗呢；这一次对蚩尤城的围困，他又冲在前面，虽说直接受到蚩尤那种"鬼夜哭"的策略的冲击，但是他还是不愿意就这么轻易地给撤走了，白白地便宜了九黎这些该死的东西。现在，他情绪激动地说：

"吾人围困多时，到手之果，岂可轻弃？"

祝融部下的刑天也站了起来表示自己的看法。这位脑门上没有一根头发的炎帝榆罔的大将，也不忍心就此撤兵：

"就此撤兵，前功尽弃矣！余之见，换人也——撤走病者，换上壮夫，继续围城。"

"此言极是，熬过此时，定必好转。"共工也跟着起哄。

右侧与武将相对的文臣们，则对武将的这种坚持持否决态度。他们因为知识渊博，所以也就更多了一些人性的关怀：

"得人心者，天下往。蚩尤非无才，彼通天、知地、制兵，铜头铁额，可谓所向无敌，所以至此——困守城中，皆因烧杀抢掠，不得人心矣。"四目仓颉这样分析着。

沮诵支持仓颉的观点：

"轩辕所以一呼百应，集各部而讨蚩尤，皆因蚩尤失道矣。吾人决不可蹈其覆辙，让天下心寒，成蚩尤帮凶！"

这一句话，刺得共工跳了起来："噢呵，吾人浴血奋战，倒成蚩尤帮凶？"

"余所言，乃其后果也！"沮诵当然不会示弱。

用右手捋山羊胡子的王师吴权，总是一副老谋深算的样子：

"而今九黎败北，吾人当趁此良机，加紧进攻，一举拿下，禁绝祸端！"

吴权说话总是站在权谋和利益最大化的角度，说出他认为当时应该采取的果断措施，而不一定考虑其他更多的人为的因素。而姬轩辕，却不能不全面地考虑到这一点，因为他是摄政王，他应该更全面地考虑问题。而人心向背，当是首要。我们在武器装备都落后的情况下，之所以能赢得目前这样的局面，关键的一点，就是顺天意，得民心。如果现在只是为了胜利而坚持围城，不顾疫病传播和兵士的死活，就是仓颉说的"不得人心"，就会失去各部落的支持……轩辕只是在内心里这么想着，没有发言，他在继续听着大家的争论。

天老帝师德高望重，他的话有一言九鼎之功效。轩辕抛给他一个眼色，天老也就开口发话了：

"若失人心，代价大矣！孰重孰轻，其理自明。故上策者，撤兵也！"

其实，自打这个问题一提出，轩辕就已经拿定了撤兵的主意，但他还是要听听大家的意见，通过大家的争论，把道理摆得更明白一些，也使自己考虑得更周全、处理得更得当一些。……说实话，轩辕恨不能马上就撤兵，因为人为本嘛。现在，看天老帝师已经发了言，轩辕当即接过天老帝师的话头，一锤定音地做出决定：

"各部听令，即刻撤兵……蚩尤之事，秋后再论。"

说出自己的观点后，轩辕又补充了几句：

"吴权之言，亦在理矣。既定之事，唯应激哉。望师谅解！"

吴权点头道："吾言吾心，足矣！"

天老笑眯眯地看着吴权："尔谋非错，在非当时……"

也就是"老天帮助"，蚩尤才得以脱离轩辕部落联军的围困。本来，当轩辕率领的华夏部落联军开始撤走的时候，蚩尤应乘机追击，给部落联军以打击，让这些人记住，再不要轻易前来参战。可是，还是由于瘟疫的原因，蚩尤没敢让那些不怕死的早已经摩拳擦掌的弟兄们前去追击。

轩辕率领的部落联军撤出包围蚩尤城的战斗后，仍然按照原先部署的位置，各自返回原来驻守的地方。轩辕的北路、中路和后土部落返回解州以西，祝融回到盐池以北的闻喜一带，轩辕南路军返回盐池东北去，三苗继续防守九龙山，羊龙部落的自然回自己部落去了。

这些部落的兵马回到原来的驻防地如鱼得水，受到当地的羊龙、猴龙等部落民众的欢迎和拥戴。部队得到了充裕的时间进行休整，由于瘟疫带来的恐惧和创伤，逐渐得到了恢复和抚慰。各个部落的兵马在物资和人员上，都得到了补充，随着时间的推移，老天爷帮忙，疾病也得到了彻底控制，士气逐渐回升。出于对轩辕爱民仁政的感激，各部落的将士，更加拥戴轩辕，并且逐渐发展成一种人心所向的潮流和时尚。有童谣做证：

> 姬轩辕，到河东，
>
> 救万民，发神兵；
>
> 摄政王，爱部众，

避瘟疫，撤了兵……

世上的事往往都是双赢的。随着轩辕部落联军的撤走，蚩尤的活动范围又在逐渐扩大，尤其对驻守九龙山的三苗，形成了巨大的威胁。为了打通南路，打通首阳山一带的冶铜基地，蚩尤再次发动了对九龙山的进攻。他的想法可谓"一箭双雕"：打通南北通道，既向西联通了冶铜基地，又向南接通了与中原的联系。必要的时候，还有了一条退路。

蚩尤的如意算盘打得不错，可是，真要打通这条南北通道，却并不是那么容易的事了，除了三苗的兵力现在变得异乎寻常的勇猛顽强以外，那险要的山势，对任何进攻的一方，都是一个难以逾越的屏障。所谓"一夫当关，万夫莫开"，何况还有那么多三苗兵在把守，还有轩辕部落联军那么多兵马在策应呢？想起当初从江淮一带北征时慷慨激昂、不可一世的激动人心的场面，蚩尤的心里不由得生出一丝凉意——以自己举世无双的青铜兵器和英勇彪悍的九九八十一弟兄，怎么就落到如今这样的被动局面呢？这是让蚩尤事先万万想不到的结果！现在想来，虽说自己以青铜兵器而耀武扬威，以九九八十一弟兄而威震天下，可是随着得手的地方的增多，兵力也就越来越分散，真正能拉到这盐池地面上来作战的九黎弟兄，就并没有多少了，所以才不得不靠三苗和羊龙部落的人，而他们这些"阳奉阴违"的人，怎么能靠得住？……

这人有个特点，就是有天大的事，只埋在自己的心里；即使辛苦艰难，也绝不会去和别人说。而他留给人的印象，总是阳光的和充满必胜信心的，总是让人看到他瞪着眼睛、一副劲头十足的样子。也正因为这样，他才在九黎中具有了亲和力和向心力，才激励和凝聚了一大批九黎的弟兄们，不顾死活地跟着他去"风风火火闯九州"……现在，虽说内心里有一丝凉意袭过，但是，蚩尤的外表，却依然是风风火火、雷厉风行。进攻九龙山的弟兄一集合好，他就在黄黎酋长两曙和青黎、白黎酋长魍、魉和一大群小酋长的簇拥下，头顶长犄角闪着寒光的青铜头箍，身披水牛皮战甲，瞪圆了豹眼，挟一股热风来到现场……

第六章

一

　　轩辕南路大军的大将夷牟、货狄与牛龙部落酋长茄丰、牛龙部落代表赤奋若等，自从与南路总指挥挥和常伯、隶首、蜀夫、玄嚣等在三门峡一带分手后，一直向东行进，很快与寄居在乌部落的东夷部落酋长少昊会合。

　　得到这一喜讯后，粉面明眸的少昊，身背大弓，携出水芙蓉一般的羲和，和乌部落酋长嘉乌氏（乌同），四叔重、该、修、熙，大巫师穷奇、助手腾根、发明矢弓的般、制舟的共鼓、长腿晞祖及乌部落分支的小酋长鸥、鸹、鸮、鹁、鹘等，一直迎出近十里路。他们在路边的高台前，临时搭起了欢迎轩辕东征军的彩门，高台上，是乌部落、东夷和轩辕及牛龙部落等的图腾旗帜；两侧则是乌部落分支鸥、鸹、鸮、鹁、鹘等的图腾彩旗。为了表示隆重和对等，少昊和乌部落也来了大量的兵力，从高台至乌部落的大寨，站满了夹道欢迎的乌部落和东夷的父老兄弟，场面甚是宏大和壮观。

　　自从昨天接到现在已经是轩辕大将的夷牟送来的信物，知道由他率领的轩辕东征南路军的一部、以牛龙部落为主的援军就要赶到，这让少昊格外高兴了一番，他难抑激动的心情，先在自己居住的与乌部落酋长嘉乌氏同等大小的大屋——寄居在乌部落的"璇宫"内来回转了好几个圈子，又和羲和相拥称庆：轩辕援军的到来，让他看到了返回东夷故土的希望！

　　少昊立即派人前往嘉乌氏的中心大屋，通报了轩辕援军到来的喜讯。

　　嘉乌氏乌同同样为此感到高兴，他一接到通报，马上赶到自己专为少昊新盖的"璇宫"来（当然，此"璇宫"非彼璇宫也，不可与少昊的璇宫同日而语），当面向少昊表示祝贺。经两位酋长商量，一个远迎轩辕援军十里的计划就提了出来，并立即予以实施。

在两个部落的人为迎接轩辕援军的到来而日夜忙碌的时候，羲和也为轩辕援军的到来兴奋得一夜几乎没有合眼。羲和的想法就是要尽快回到东夷老家去，回到自己真正的璇宫里，那一种笙歌宴舞、衣来伸手、饭来张口的舒适光景，那她和少昊一同游荡过的微波涟漪的宝石蓝的湖面，那一种浪漫的情怀和迷人景致……这样想的时候，羲和布上了细细的皱纹的白净脸蛋上，又浮上了一层淡淡的红晕！

夜幕的黑纱刚刚拉开，当周围和远方的景物，都给这层轻纱笼罩得模糊不清，平添了一种神秘的韵致的时候，羲和就已经全身荡漾着迷人的风情了。这是这几年颠沛流离的寄居乌部落以来不曾有过的现象！

也是由于兴奋的缘故，少昊今晚上的目光同样灼照人。一看到羲和那一种目光迷离、哆声哆气、浑身都在发出爱的信号的风情万种的样子，他就难以控制自己的膨胀的情怀，伸出有力的大手，一把将醉眼迷离的羲和拉入怀中，抱起她就跑进了"璇宫"，在这个向来充满了乡愁和哀叹的地方，播撒希冀和幸福的种子去……

在昏暗的火把闪烁、跳动的暗红色的色调中，羲和来不及卸掉她玉颈上的骨珠项链，来不及脱下她水绿色的长裙（实际上只是将一块染成绿色的鱼网一样的麻布裹在身上而已），来不及取下她心爱的别在双云鬟发式的发髻上的鸟形头饰……这一切都来不及的时候，平日里温文尔雅的少昊，这会儿也像变了另一个人似的，以一种不可抗拒、不能拒绝、不容分说的男子汉的勇力神力，直接就向刚刚被他扔在柔软的兽皮地铺上的媚态百生的羲和扑去，不由分说地压在她依然富于弹性的身上——这散发着迷人的芳香气息的、为他所熟悉的亲密而柔软的弹性，隔着衣物，已经透射到他的神经末梢，并且闪电般传送到了他的中枢神经，进一步激发着他膨胀的、不可自抑、勇往直前的冲动与激情……一双鼓着弯曲的青筋的男人的有力的大手，顺着羲和修长烫发不自觉地抖动，无能为力地扭动着抗争的秀腿向上滑去，要探究其最隐秘的地方……

羲和歪斜着头，用一双灼灼迷离的眼睛，看着像发情的狮子一样疯狂地扑向自己的少昊。也就是一瞬间的时间，他的眼睛、他的平日白净的脸上都充了血，一改粉面明眸的儒雅，抖动着一头长发，嘶叫着向她扑来……这一种疯狂劲儿，还真叫羲和有点害怕了，她摊开的双臂虽然移不动了，可是一双秀手却紧抓住身后的一切能抓住的东西，鼓足了劲迎接少昊的到来。随着一下猛烈的撞击和超过平时数倍的压力过后，少昊恢复了平时她能够接受的压力。在激情荡漾的情爱的高潮的时候，哪个女人不需要这样一种压力呢？她们就是这样——喜欢被男人挤压着、揉搓着、亲吻着、抚摸着并且陶醉着，因为女人本来就是"冷血动物"，不经过男人这样运动的热量激发，她们很难自己走上那火山爆发似的巅峰的……这一切都需要男人的帮助！在猛力变为舒适，少昊的大手像游鱼一样向羲和的大腿根部探索的时候，羲和终于举起了她酥软的双臂，死死地勾在少昊的脖颈上。少昊探索的手，终于拨开纷乱的裙布，触到了她柔软的阴毛，接触到了她温热柔软的隐秘的三角地带……凭着手感，他知道，那两扇隐藏在浓密的森林里的春桃一样鲜美的山门已经打开，鲜红的桃尖儿已经露了出来，犹如出墙的红杏……那些水蜜桃的汁液，已经溢了出来，粘上了他的手指！一种迷人的温热的信息，从那里传递出来，通过手指上的末梢神经，电一般传到少昊的大脑，刺激着激发着他进一步的征服措施。这也是此时此刻的羲和所尽情期待的！

少昊挣脱羲和紧勾在脖子上的玉臂，三下五除二脱尽自己的兽皮衣物，把白净的男人肌体亮了出来……他胡乱拉了一个什么东西盖在背上，就俯下身，开始了他剥春笋一样剥离羲和的衣裙的工作。

这时候，他倒变得细致起来，开始仔细地，一件一件、一层一层地剥离，先取下了羲和云髻上的鸟形饰物，再摘下她玉颈上的已经吸附了人的精气的骨珠项链，然后，才开始剥羲和的上衣。这时候的羲和，也变得泰然处之，任由少昊的处置和摆布，只是略抬一下肩，或者稍挺一下腰，配合着少昊的剥离行动。终于到了第三层，终于露出了她依然鼓胀的、就像是陕北的黄土山包一样圆鼓鼓的乳房，还有那小巧的、被包围在紫红色的花边中间的凸起的乳峰，在白格生生的乳房顶上，正透着诱人的粉红的光泽……接着，是她倾斜的嫩肩，收缩的酥腰；接着是她从浓密的森林里面透出的山泉，那水桃色的晶莹山泉……这神秘的令人陶醉的地方，是男人的来路，也是男人的归宿，是男人的崇拜，是所有男人梦寐以求的地方。眼下的少昊，就当仁不让地冲上去，亲爱地抚摸它的柔软弹性，仔细地观察它迷人的花瓣一样的造型……这时候，他的思想单纯极了，思维也停止了活动，只有一个直接的目标，就是要深入进去，体验那心旌摇曳的生活，发泄自己沉郁了很久的激情！人不同一般动物的就是，郁闷了要干这事，高兴了也要干这事；任何能牵动或者不牵动感情的时候，都能干这事，而不像动物那样，每年只需要在春季发情就行了。

少昊用一双贪婪的目光盯着羲和看，跳动的火光把羲和的身上涂了一层闪烁跳动的、庄严的暗红色。少昊的心中，突然升起一种只有在生殖崇拜的仪式上才有的庄严的感觉……对着这盛开的花儿一样的美人儿，他像敬天敬地拜图腾那样拜了又拜。当他的头磕下去，靠近这美人的时候，一种特别亲切的芳香的刺激气味直冲得他发晕，他恨不得扑上去咬上它几口，像满脸沾着桃汁吃桃子的样子。可是他没这么做，他还是像生殖崇拜仪式上对待美少女那样，要从头到脚把亲爱的羲和吻个遍……几个月来都处于抑郁状态之中的少昊，当他因为轩辕援军的到来而兴奋地释放他的激情的时候，他有一种"回归"似的"久别胜新婚"的感受。他惊异地发现羲和并不是一个少妇了，而像是一位含苞待放的少女，外加少女不曾有的、只有他俩可以深刻地理解的成熟女人的万千风情。在他的记忆里面，羲和每次的表现，几乎都没有重复的感觉……

少昊从羲和的额头开始，用他的舌尖轻舔，羲和也扭动着身躯，迎合着少昊的行动。他吻了她微闭跳动的眼皮儿、她细长的眉毛，她挺起的尖尖的鼻梁，她翕动的鼻翼，她小巧的朱唇，还有她那两个轻浅的酒窝儿。她的细长的玉颈、她倾斜的美肩，她凝脂的玉臂，他纤长的手指、指尖……他的舌尖从乳沟滑下去，一直要吻到她那玛瑙一样小巧的小趾去。

他亲昵地变换着各种角度、贪婪地翻新着各种吻法。一直默默地配合着他的羲和，终于舒服得呻吟出声来。

二

　　每一次，少昊在进行这样的"春耕春播"的时候，每一次当羲和舒服得难以承受的时候，她都会把平时早已忘记的"哥哥"这个词情不自禁地喊出来，作为她呻吟的专用词。而这个娇吟的"哥哥"，又进一步刺激着真正的夫君少昊的铺上功夫……

　　随着高潮的临近，她就像在草丛中"嚯嚯"前行的蛇一样扭动变化着自己的体姿，把自己全部的体验，都集中到了一点……一种"光芒四射"的感应，通过每一根神经，放射状地迅速地传向全身；一种大河决堤式的狂野激情，让他一直在拼力"挣扎"的身躯和她绷紧的身体上，在一瞬间就轰然倒塌了所有的坚持。她像掉进了大海一样没有着落，恨不能抓住一根绳索来"救命"，却一把抓住了少昊，扣紧了他厚实的青崖一样的背脊。她闭紧了双眼荡舟一样扭动着身姿，他发出"嗷——咦——"的尖啸，她"撕扯"着自己的胸口，口中咿呀着，手指变得异常有力，扒着、拉着少昊……"呀——"的一声，把少昊再次抱紧……

　　对少昊和羲和来说，这的确是一个久违的激情浪漫之夜。经过近一段时间以来在压仰的情绪下几乎不可能有的前后几次"冲浪"，两个人终于像从山里背石头回来，或者像是从水里捞出来一样浑身全是汗水，人也像死了一般，伏在地上喘息……他们两个人就这样甜蜜地抱在一起睡着了。这一个长觉，一沉到底，没有一丝梦的影子，一觉醒来，雄鸡早已经报晓，屋外已经透进了"叽叽啾啾"的鸟鸣和新的一天的熹微晨光。

　　第一个睁开眼睛的羲和，用手指理了理自己的零乱的长发，疼爱地轻轻移开少昊搂着她的沉重的手臂，一侧身抽出自己的身子，迅速地穿上衣物，裹上她喜爱的水绿长裙……就提了个尖底瓶，来到池塘边，敲开一层薄薄的冰面，透出一方镜子一样挂着冰碴的水面。羲和就对着这面"水镜"，仔细地打扮起自己来：理了理她的云鬓，整理整理她的头饰，矫正刚才随便挂在脖颈上的骨珠项链……我们从水影里，可以看到她白净的娇好面容和仔细地端详自己的睁得大大的美目。

少昊、嘉乌氏等排好了迎接轩辕东征南路联军的阵式，一直等到冬日的太阳快照直的时候，为御寒而燃起的火堆已经冒完最后一缕青烟熄灭了，才远远地看到了尘土飞扬；看到了尘土前细小的图腾旗帜和蚂蚁一样大小、活动着胳膊腿的人形和火柴盒一样大小的战车；听到了抑制不住激情的战马"咴儿——咴儿——"的嘶鸣，看到了夷牟的笑脸和由他率领的轩辕援军威武雄壮的队列……因为是在平原上，他们排开了六十个人马并列的纵队，齐头并进而来，老远的，就听到了"嘚嘚"的马蹄声和"吱扭吱扭"的战车声以及猎猎战旗的抖动声……远远的，从嘉乌氏和少昊的大寨里传出的、高低不同的欢快的犬吠声，也"汪汪"地连成了一片。

　　因为夷牟是少昊旧臣，所以他老远地就跳下战车，自己快步走了过来。货狄和牛龙部落酋长茄丰等也随着夷牟，纷纷跳下战车来。

　　夷牟紧走几步，来到少昊面前，按照东夷的礼节行过礼后，才站直了身子，转过身来，介绍身后有熊氏的货狄、牛龙部落的茄丰，以及随行的大小将领。

　　大家相互见过礼后，就亲热地拥抱在一起欢呼，相互簇拥着，向嘉乌氏和少昊的大寨而去。那些夹道欢迎的人，也扭转了身子，尾随在大队人马的后面，形成长长的队列。接近大寨的时候，寨内寨外，一片人欢马叫、鸡鸣犬吠的欢腾景象！

　　免不了的是欢迎的酒宴。这盛大的酒宴，就摆在正午有了几分热度的阳光下的乌部落的中心广场。这里早已经是笼在一缕缕蓝烟形成的浅蓝的薄暮之中。广场上，架起了几十堆篝火，四处弥漫着烤肉的焦香气味……到处是相互劝酒的人，人们杯盘交错、海吃豪喝，尽情发泄心中的欢乐，亦歌亦舞，一直闹腾到太阳将要落山才收场。

　　在人们海吃豪喝、尽情欢乐的同时，夷牟已经在向少昊、嘉乌氏乌同、四叔重、该、修、熙等了解进占东夷的九黎人的情况，根据长腿睎祖和善于荡舟的共鼓几次潜回东夷去了解到的情况，目前住守在东夷的九黎人，即由神荼、郁垒率领的艮黎、巽黎这两个九黎的部落，可以说"军纪严明"，并不像一般意义上的九黎人那样野蛮横行，到处去扰民，而是对东夷人采取了一种安抚的办法。也许是出于内心的善良本意吧，神荼和郁垒一到东夷，就贴出了安抚东夷人的"公告"，下面就是唏祖从东夷揭回来的写在兽皮上的一张告示的内容（对"蚩书"那些蛇一样扭扭曲曲的原始字符之意译）：

东夷父老：

　　　艮巽黎至，秩乱而惧增，我等在此，谨表歉悔。

　　　神荼、郁垒当亲躬于事，公正夷黎，务请平心一待。

艮黎酋长　神荼

巽黎酋长　郁垒

再下是公告的时间。

唏祖告诉夷牟："此文刻之（东夷）木桩，成夷、黎互查之据。黎人首尊，百姓效之，戒心渐消矣，夷、黎一体矣。"

夷牟一边听一边在琢磨着，越听他的眉头就越拧紧了。

情况并不像他当初估计的那样，百姓生活在水深火热之中，和九黎人有着严重的对立情绪，只要我们一进攻，有了这个导火索，百姓（如今也叫作"黎民百姓"）就会揭竿而起，做出内应……可情况恰恰相反！

"神荼、郁垒通神乎？"这样的人，比起那些烧杀抢掠的狂徒，明显地更难对付一些。

说实话，遇到这样的特殊情况，当初就让少昊同样头痛了许久，因而就成为他一直闷闷不乐的重要原因之一——他一直都没能找到一个正确应对的办法来……不管乌部落的人对待少昊再好，少昊始终觉得，还是不如生活在自己的土地上更自在一些。本来，他一直在鼓励士兵"打回东夷"，可遇到神荼、郁垒这样的主儿，却搞得他打不是个打法，留不是个留法。现在，当着牛龙部落酋长的面，他又把自己的忧虑说了出来：

"东夷岂可自残乎？如今黎、夷一体，打则失本，不打则家无回矣……"他急得直摊双手。一提起这事，少昊就不由得内火攻心，白净的脸色又鼓成了粉红。

乌部落酋长乌同这会儿倒不特别着急，相反，他认为大家能聚到一起交流，这本身就是一件幸事。能有这么多朋友经常聚在一起，就是人生的一大快事。一个人，如果活得连朋友都没了，活在这世上，还有啥意思？

看夷牟皱起了眉头，少昊又急成这个样子，乌同不由得同情起他们来，于是就挺了挺身子直了下腰，说：

"二位宽心，此非难矣。神荼、郁垒既九黎善者，不战为佳！"

乌同这句话，一下子打开了大家的思路：

"对呀，何以非战不可？不战而胜，岂不更好？"牛龙部落酋长茄丰本来就不是一个好战的主儿，听到乌同氏之话，他激动得一拍脑袋。

货狄也觉得这办法不错，瓮声瓮气地附和着茄丰："妙哉！不战而胜！"

少昊的脑子也在一瞬间开了窍：

"不战而胜？容某再理此思路……"

夷牟作为这一路的总指挥，这时候也是心情豁然开朗。他总结性地说：

"非战者，上策也！化干戈而为玉帛。和谈者，晓以利害，动以真情！兴许……"

大家一直商议到深夜，就派出"长腿行者"、能言善辩的晞祖再走一趟东夷，探探神荼、郁垒水之深浅……

当蚩尤在晋南的主战场上遭受巨大的军事压力的时候，九黎在东夷的这两个分支——神荼的艮黎和郁垒的巽黎，日子却过得蛮滋润的。原因是他们实行了一种亲民的、与东夷百姓和谐共融的政策。他俩并没有机械地照搬蚩尤那一套与民为敌的僵硬做法，而是把民当人看，让每一个族众都有一碗饭吃……百姓的心里自有一杆秤，当他们切实地感受到了眼前实实在在的利益的时候，他们也就逐渐认可了神荼和郁垒这两位九黎人中的善者——谁当酋长还不都是一回事？谁当了酋长，咱都是小民百姓嘛！

神荼和郁垒亲民的第一个举措，就是把东夷的库仓打开，把那些因为保管不善眼看就要放坏的粮食分给大家吃，解了大家的春困。接着，又从江淮老家运来稻谷接济……终于让黎民百姓接上了夏天的收获。应该说，这是他俩最得人心的地方，也是他们为官史上最大的一个亮点和政绩。人常说，善有善报，神荼和郁垒的善举之策，在东夷这个地方终于得到了应验。

神荼和郁垒又发挥各自的特长，大兴陶业和冶铜，创造了辉煌一时的龙山文化。这种以灰、黑陶为主流的文化，融进了青铜的元素，就进入了历史上著名的"铜石并用"的时代。文化的发展，也进一步壮大了部落的经济实力，膨胀了酋长的政治野心。而黑、白二脸的神荼和郁垒，并没有这种野心。

三

神荼和郁垒没有野心，有的只是诚实做人，诚信做事的自信和自足。

这两位铁搭档，一个是黑红脸，直性子，肚子里不藏话，络腮大胡子，性情威猛，有点像猛张飞的形象，总是给人正气凛然的感觉。另一个则是月白脸，性情温和，处事从容，考虑问题要更周全一些。生活中的他俩，同样承担了黑、白脸的角色，遇到重大事情，他们也总是一个唱红脸，一个唱白脸。这一次接待轩辕东路主将夷牟和东夷部落联盟大酋长少昊派来的长腿晞祖，他们就是如此这般的进行的。黑红脸的神荼热情相迎，热烈欢迎其回访，月白脸的郁垒则一脸冷漠，多有疑色，不时提出种种质疑和猜测。

一番礼节，晞祖在表明了对神荼和郁垒两位酋长的敬意和谈判解决问题的原则立场后，声明了轩辕东征之正义和东夷重回故地的必然，"乃势在必行之事也"。同时，由晞祖这位当初远道西行，曾经在西陵氏拜访过轩辕的人出来说话，应该是最有说服力的。由于多见多闻，长腿行者也练就了他犀利的辩才和说服能力。

对轩辕和东夷人通过谈判和平解决问题的善意和势在必行的意志，神荼和郁垒表示可以理解——毕竟咱是占着人家的土地呵！但是，虽然晞祖已经是尽了力，这次接触还只能说是一次试探性的"破冰之行"——只具有重要的象征意义，却并没有什么实质性的进展。

这一种情况被快马报到在晋南主战场的摄政王轩辕处后，轩辕召集来天老帝师和王师吴权、鬼容区、马师皇，应龙、大挠、常先、大鸿、容将和赤将、胡曹、于则、伯余、孔甲、喫诟、滑稽等武将文臣，一起商议对策。大家各抒己见，争论激烈。

轩辕强调："东夷之事，要立足大仗，慢谈并举。其要在先压后谈，于巨压之下，以求速决。"

轩辕对东夷地区问题的"先行解决"，报以很大的希望，提出了明确的时间表。要求一定要尽速解决这一问题，"折九黎之一翼矣"。

说实在话，东夷这边的情况总体上是令轩辕兴奋和满意的。在目前与蚩尤的战争中，如果能对九黎之善者取怀柔之策，断其一翼，再阻断来自北地涿鹿的压力，从总的形势上看，蚩尤就将处于孤立无援的地位，对整个战争的最后胜利，将起到重要推动作用。为了使此怀柔之策能不折不扣地得到有效的贯彻执行，他又派出谈判高手、权谋和诡辩的鼻祖、自己的术略师父吴权前往乌部落，与夷牟、少昊等会合一起。

吴权既是轩辕黄王之师，又是轩辕怀柔之策的首倡者和参与者之一，所以他的到来，对夷牟、少昊和乌同等，皆是一种天大的支持和精神鼓舞。

按照轩辕的决策，夷牟、牛龙部落、乌部落和东夷部落组成的部落联军，经过一番充分的准备之后，即迅速地向东夷境内进军，浩浩荡荡的大军一路旌旗猎猎、战马嘶鸣，沿途又得到东夷民众的响应和欢迎——不管怎么讲，人们都不会忘记少昊是自己的老酋长，是自己部落利益的真正代表者！

轩辕东路部落联军的声势浩大的突然进攻，因为唏祖之行在先，神荼和郁垒事先并没有多少思想准备。倒是这一进攻，反倒激发了他们抗争到底的决心。但是，更让他们没有想到的是，民心的最终的向背与选择。在他们的和解政策下，东夷的百姓和黎兵平时相处得还算和睦，可是等到部落之间的战争真的爆发时，百姓的心，还是向着少昊这位东夷部落联盟的大酋长。这让一直"以德报之、以善服之"的神荼和郁垒伤透了心。平时让他们有些沾沾自喜的"善化之功"，这时候都化为乌有了，他们在东夷的根基动摇了，"根基不牢兮，地动山摇"，只有仗着九黎青铜兵器之优势、硬着头皮去直面轩辕部落联军的巨大压力。

神荼和郁垒在用兵上也有自己的错误，把自己的力量，过于集中地分布在穷桑和邹地两处，导致轩辕的部落联军能够长驱直入，迅速地实现了对这两个地方的包围。神荼和郁垒对轩辕部落联军这一"背信弃义"的做法很恼火，马上派出使者前去质问。在吴权和夷牟的中军帐篷里，大家热情地接待和宴请了神荼、郁垒的使者，讲明道理后，吴权亲自随使者进入穷桑，来到少昊原来的紫宫，与神荼、郁垒见面。

面对一黑一白两张面孔，久经沧桑世事的"老羯胡"吴权，用右手捋着他的银白的山羊胡子，从容不迫地先自报家门：

"吾乃摄政王之师吴权是也，出使东夷，解结释疑也。言联军弃义者，非也！兵动者，神速也，意在绝汝之冀，促和平之速现耳！"

神荼、郁垒的使者也在旁边为吴权帮腔：

"王师之言，尽矣。彼乃怀柔之策首倡者也。"

"怀柔之策，何也？"一脸杀气和疑惑之色的神荼问道。

"摄政王闻酋长仁义，九黎之善者也，即派王师亲至，明怀柔之策，还善报之果。"神荼、郁垒的使者继续解释道。

"果若此乎？"平时疑心最重的郁垒，这次倒明白了此中因果。

神荼和郁垒黑、白二脸对视了一下，这才理解了吴权王师所说的"促和平之速现"的意思："原来施压者，姿态也，意在促俺速决矣……"

有了这样的理解，神荼和郁垒积压在心中的火气就消去了一大半，他俩对吴权的态度，也立即来了个一百八十度的大转弯，原来憋得黑红、气得煞白的脸，这会儿都笑成一朵花。两人拱手抱拳，和颜悦色、一脸诚恳地向吴权赔礼道歉：

"吾等浅见，慢待王师矣……"

吴权自然是经得多见得广，他慈眉善目，继续用右手捋着他的山羊胡子——他完全理解两位酋长一开始待他的敌对态度。

这会儿看他们都转变了态度，吴权的一脸严峻，也消失殆尽，同样和颜悦色地回神荼、郁垒的话：

"二位颜色，可解矣。唯对蚩尤不抱幻景，别之善恶，前景远大者也。不易酋长，加以新命耳。"

吴权停了一下，接着说："尔等善举，得民心矣；艮、巽两黎，盟友是也!"

话既然说开了，下一步讨论具体的问题就有了前提和基础。

吴权说出了少昊的心愿：

"此璇宫者，少昊之室，还望还璇于彼。艮、巽两黎，亦不回江淮，永绝水患……"

"不回江淮，何往也?"急性子的神荼不禁问道。

吴权接着说：

"集之邹地，与夷为伴；黎夷共处，永消迷乱。"

吴权这样的提法，正体现了神荼、郁垒与东夷人和谐相处的愿望，也解开了他俩心中的纠结的疙瘩。于是，两人没怎么详细讨论，就接受了吴权的建议。

两人只是小声切磋了几句，神荼就开始说了话：

"此意甚好! 艮巽非众，却散在邹、穷，多所不便……"

郁垒接着说：

"既受恩典，我等与东夷共处矣。"

"还璇宫于少昊，情理之中也!"郁垒意犹未尽，又补充道。他平时说话总是说半句留半句，绝不像神荼那样爽快和不留余地，今天明显有些激动了。

双方进一步商定了和解的日期和庆典举办的地点、规模和方式等细节问题后，吴权才离开艮、巽二黎盘踞的穷桑，返回东征部落联军的中军大帐。

蚩尤在晋南的中心战场上失利的时候，这才想起留守黎城、羊头一线的大赫和夷方来——这两位坤黎和乾黎的酋长，以及远在东夷的神荼和郁垒。而轩辕方面，却早已经就这些问题做出了安排。由于时疫，摄政王轩辕将东征蚩尤的中路、南路部分人马和河东猴龙、羊龙等部落的族众从对蚩尤城的包围撤下来以后，基本上分为三大支，一支随三苗去守九龙山，一支向西去占了首阳山冶铜基地，一支向东去征战九黎的大赫和夷方，以断蚩尤的东路援军。这个征战的任务，就由西王母偃昌带了玄女、陆吾和陇东、鼠龙部落联军前去执行。陆吾的主要任务是保护西王母的安全，因此这一个局部战场的实际指挥权就落到了玄女的身上。

对西王母偃昌来说，她经得多见得广，把这件事当作小菜一碟，权当是锻炼自己的女儿，给轩辕之嫔玄女一次表现的机会。于是，偃昌在三青鸟侍女的服侍下，在西夏主将陆吾的护驾和女苑、女艳、女绎、女宓、女苎等属下女酋长的簇拥下，上了王屋山去游山玩水、休闲疗养，玄女则在前线的军帐中，亲自指挥着这支东征大赫和夷方的部落联军。

四

神荼、郁垒与东夷少昊之间的和解庆典的举办时间，选在秋后的一个清朗的日子。而此时，由于中间隔了西王母和玄女与大赫、夷方之间的复杂的战事，蚩尤派来联络增援的使者，还没赶到东夷来呢！

这是一个清朗得天空几乎连一丝云彩也找不到的、空气清爽宜人、阳光明媚耀眼的好天气。这一天，打扮得最为光彩照人的，当然还是少昊的妃子羲和了。她拿出了最好的原始化妆品，把她本来就光洁的皮肤，涂抹得更加洁白如玉，精心挑出的骨珠项链挂在细长的玉颈，绿叶长裙，再一次围上她颀长窈窕的身段，反衬出一双修长的玉腿；头饰当然还是鸟形的，这是东夷的图腾不能随便变，而绾起的双鬟云髻，更是她喜爱的美的标志。这些不变的美的因素，加上她那双依然能照人勾魂的水格灵灵的美目，可以说是风情万种、美不胜收。她永远是少昊的骄傲、东夷人的骄傲！

少昊在他光彩夺目的爱妃的陪同下，在重、该、修、熙四叔及般和共鼓等的簇拥下，向东夷——自己的故土走来。当然，第一个赶来报信的，还是那位瘦高瘦高、背弯如弓、长着一对麻秆一样瘦长的细腿的长腿行者唏祖。

鹊部落酋长鹢、乌部落酋长嘉乌氏、彤鱼氏酋长鳍、黑鱼氏部落酋长鲲分别率领着自己的分支鸠、鸡、鸹、鸢、鸱、鸧、鸪、鹈、鸥、鸬、鴇、鹖、鹅、鹏、鲒、鲳、鳇、蚂、鳝、鲉、鲐、鲥、鲛、鲒、鲛等小酋长，都是些鸟呵、鱼呵的图腾标志，紧随在各位部落酋长的身后。

　　艮黎酋长神荼率领着自己的分支焗、哭、燚、燽、燫、燰、炼、炝、燨，巽黎酋长郁垒率领着自己的分支鬲、鬵、鼞、甗、庹、廈、廱、饗、饕，共分十八个方阵，隆重地迎接各方人士的到来。这阵式，在艮黎和巽黎方面，绝对是最高级别的礼遇了！

　　作为双方的调解人，主宾当然是吴权和夷牟以及夷牟将旗下的货狄、茄丰，牛龙部落的人马——这支轩辕东征部落联军的主力，也派来了一个方阵，前来参加这次盛典。当这些体魄魁伟、力大无比的北方壮汉，服装整齐、步调一致、手持石木兵器出现在庆典现场时，引来了众多前来观看的顽童和少女。顽童们童心无忌，多是出于好奇，瞪大了眼睛关注；少女们则左顾右盼，抛着媚眼，想在这支气壮如牛的队伍中找到自己的如意郎君。这也是没有办法的事，乃人之常情也，自古英雄出少年，从来美女爱英雄嘛！

　　和解仪式的主会场，就选在少昊璇宫前的大广场。会场上早已经树起了炎帝榆罔推广的由摄政王轩辕和他的部下创意的龙图腾旗——这已经是天下所有华夏部落共同崇拜的图腾了。龙图腾的左右，分别是东夷的鸟图腾，艮黎、巽黎的火图腾和土图腾、轩辕的天鼋大鼋图腾、牛龙部落的牛图腾、乌部落的金乌图腾旗、鹊部落的图腾、彤鱼氏和黑鱼氏的红鱼、玄鱼图腾……曾经被拆掉的东夷部落的鸟图腾雕像，重新立了起来，与九黎的鹿图腾雕像并立在一起。以龙图腾旗帜为中心，各部落的图腾旗帜，将偌大个主会场给围拢了起来。

　　艮黎的九个分支和巽黎的九个分支分别列队，十八个不同色彩的小方阵，重新组合之后排成两个巨大的、由小方阵组合而成的大方阵，分布在会场的左右；中央分别是牛龙部落的精壮小伙子、东夷的父老乡亲、东夷的兵士、乌、鹊、彤鱼氏和黑鱼氏的人众，满当当地聚了近万人，附近的屋顶上、树杈上，凡是能站上人的地方，到处都挤满了人，为了能让小孩看到前面，几乎所有的小孩都被父母架在脖子上，举得高高的向前眺望……

　　吴权、少昊、羲和、夷牟、货狄、茄丰，鹊部落酋长鹔、乌部落酋长嘉乌氏乌同、彤鱼氏酋长鰳、黑鱼氏部落酋长鰝等，在神荼、郁垒的陪同下，来到主会场正面一个用木头搭起的高台上。东夷的四叔重、该、修、熙，各分支部落的小酋长们，分别由艮黎和巽黎的小酋长陪同，现场的气氛热烈而和谐。当吴权、少昊等在神荼、郁垒的陪同下来到高台上时，全场爆发出长时间的巨兽似的尖啸声和热烈的欢呼声、暴雨一样的鼓掌声。

东夷的问题得到和平解决，这对轩辕所有东征的将士，无异于"二战"后期在日本广岛和长崎扔下两颗原子弹对美国民众和全世界人民的鼓舞。从东夷到晋南的中心战场，轩辕和兄弟部落都举办了隆重的庆祝活动。而这一消息，也沉重地打击了蚩尤那颗平时不可一世的、总以为自己是天下第一英雄的骄傲气焰。

蚩尤从一开始，就对自己使用青铜兵器的实力估计得过高了，以为自己"铜头铁额"、几乎武装到了牙齿的重装备，绝对可以无敌于天下，所以他对炎帝榆罔，包括对东征而来的摄政王轩辕，都是嗤之以鼻的。可是，战争的实践，却和他的既定想法相去甚远。轩辕围困蚩尤城的各路人马撤走后，他一再向外突进，一是九龙山拿不下，二是渤澥也取不下，再加上东夷与神荼、郁垒的和解，黎城、羊头一线玄女与大赫、夷方之间难解难分的战斗……几乎彻底打破了蚩尤想推翻炎帝榆罔自立为帝的愿望。九龙山在三苗人和轩辕东征人马的坚守下，让九黎的兵士死伤惨重，终于没有能拿下，而首阳山一带的冶铜基地，也已经掌握在了摄政王轩辕的手中。蚩尤现在唯一的希望，只有和大赫、夷方的会合，以此来实现九黎鹿部落联盟现有力量的重新组合。

蚩尤心里想做的事，正被玄女指挥的西部部落联军的行动所化解着。

这一仗打得并不顺利，但是通过这一次战役，却进一步锻炼了玄女用兵作战的能力，也为以后在涿鹿之战最艰苦的时候，于博望之山卧谈三年的黄帝向她请教"三奇六仪、奇门遁甲"的用兵之术奠定了基础。正因为这一段时间比较成功的军事实践，西王母才会在那场战争的关键时刻派来玄女，以女人的智慧和柔弱手臂，决定性地助了皇帝一臂之力。

玄女人虽然长得黑黝黝的，但却属于那种"黑而俏"的黑牡丹类型。她个子挺拔，体形瘦而结实，是那种处事果决、行动干脆的不可多得的女性代表。

女人总有她不同于男人的、以直觉判断为主、为感情所左右的特殊的思维方式。她们在此形象思维基础上得到升华的理性思维，往往是以纯理性思维方式为主的男人所望尘莫及的。即使一位最没有修养的一般女子，只要她看一眼某某，仅凭直觉判断得出来的结论，往往都是被实践所证明了最正确的。更不要说曾经为轩辕咨询"导养之术"、与素女齐名的玄女了。

遇到同样的问题，男人可能只看个大概，对好多深层次的问题甚至熟视无睹，而她们，却总能从一些不太起眼的细微枝节中，别出心裁地发现别人难以发现的问题。这就是女人的心细。正因为她既具有豪爽的男子汉气概，能抓住事物的关键之所在，同时又具备了男人所不具备的心细的特点，所以玄女才一直是西王母最宠爱的一个女儿。这一次西王母牵头前往晋东南的高平、长治一带牵制和消灭兑黎和震黎，本来已经是轩辕嫔女的玄女，还是被西王母偃昌带去，成为这一支以西部部落为主的部落联军的实际指挥者，而西王母偃昌，则是以她的影响力，高居在统帅的位子上，享受着崇高的荣誉。

自从挥率领的南路军主力前去支援三苗镇守九龙山之后，西王母和玄女的任务之一，就是先形成一个楔子，嵌在蚩尤为首的黄、青、白三黎与兑、震两黎之间，隔断他们之间的联系，然后再相机行事。

西王母这一支西部部落联军在玄女的指挥下，迅速地实现了与挥的南路主力的换防。处在这样一种随时有可能受到两面夹击的位置的她，经过仔细分析，还是把主要精力用在对付兑、震两黎上，因为蚩尤所面临的最大敌人和主要压力，是炎帝、轩辕和西北面的后土，他已经腾不出手来倾全力东顾，虽然东顾也是他的想法之一。而他东顾的最大想法，也就是希望能得到来自兑、震两黎的大赫和夷方的支援，而没有能力反过来再去支援他们了。

为了了解敌情，玄女派人穿上兑、震两黎的服装，分别混进兑、震两黎的寨子观察了解，最后决定，在兑、震两黎还未实现合并之前，抢占先机，分而歼之。具体的部署是：

由巴山氏部落完成对震黎的包围和佯攻；常伯率领的西陵鼠龙部落，会齐昆仑、陇东部落的人马，合围攻打高平羊头山兑黎的大寨。

这时候，西王母已经前往王室山去避暑了，只剩下玄女一人在现场指挥作战，有重大问题了，才去向她的母亲汇报。

这常羊山的兑黎大寨，居险而易守难攻，经过几天的昼夜围攻均不见成效，各部落都有损伤。为了取得战场上的主动，玄女召集各部落的大小酋长，来到她的大帐，在松明火把的辉映下，召开前线军事会议，宣布她的新决定——

"吾之新策者，撤战矣！"

大家对她的这一大异于常的举动不可理解，一片聒噪的喊叫声。

玄女理解大家的心情，详细地向大家做出解释：

"强攻之力，必伤筋骨也……若'疲战'而撤，置常伯于前，布蜀夫于后，陇东两翼相护，陆吾、开明、玄女，藏以奇兵，战车成阵，易守难攻，律于内而假以无备，单待九黎偷营劫寨……"

玄女这么一番解释之后，大家才理解了她的深刻用意，纷纷表示赞同，军帐里的情绪一下子变得活跃起来，爆发出清脆悦耳的击节称好声和热烈的风吹树林一样"哗哗"的鼓掌声。

天近黄昏的时候，在玄女的安排指挥下，由西部各部落组成的包围兑黎羊头山主寨的兵马，偃旗息鼓、旗帜散乱地悄悄撤出了战斗。

五

玄女率领的西部各部落的兵马悄悄地撤回由战车架起的"辕门"后，就再也闭门不出了。兑黎酋长大赫多次派出兵士前来挑战，叫板骂阵，声嘶力竭，把各种最难听的话都用上了，就是没有出来应战的。

经过连续几天的观察，以玄女为主将的西部部落联军，总是旗帜不整，也听不到营内有士兵训练、调动的有节奏的声响，能听到的，总是些杂乱无章的乱哄哄的声音：人的嘈杂声时低时高、时有时无；马尖细的不耐烦的嘶鸣声，"咳儿咳儿"地偶然打破沉寂；各种器物的碰撞声、捉鸡时鸡惊慌的"咯咯"声，受到惊动的犬吠声不时响起……给人的外观印象，这是一个松散的，甚至相互脱节、互不统属、谁也管不了谁的大拼凑。

这些情况被报告给大赫后，脸色枯黄的大赫悬着的心这才落到心窝里。男人的骄傲，使他不由得又声高气壮起来：

"呜呼，女人带兵，不过如此。时过数日，窝即不理矣……"

大赫嘴上这么说着，取胜心切的他，在心里就定下个趁着下弦月未出之前偷营劫寨之计。他就在精心的准备和观察中静待时日。

又过了几天，玄女的兵营仍是既不应战，也不撤走，而且内部显得更乱，一些旗帜被风刮倒之后，也不见有人再去扶起……闹哄哄的嘈杂声浪不时从大营里传出。

大赫的嘴角扭动了一下，拧出个肉的旋涡，轻蔑地笑出了声。因为今天正是风高月黑下弦夜……他抑头看了看天，很自负地告诉部下：

"叫阵者少去矣。休养生机，午夜偷营！"

时近月底，下弦月未升之前，天黑得就像将人装进了黑匣子里，黑灯瞎火的，人们甚至对面而不识，行动起来高一脚低一脚的极为不便。而在这样的时刻，乾黎和玄女，都在按照各自的部署，自以为神不知、鬼不觉地行动着。就在熟悉地观察了玄女车阵的大赫利用黑夜，倾其主力前来偷营劫寨的时候，玄女的两支奇兵——陆吾和开明，已经分别带领部下，绕道从南北两面，前去进攻羊头山了。

大赫的兵士，凭借着手中锋利的青铜兵器和头盔甲胄的保护，不费力气，就突进了玄女兵寨的"辕门"。在前面迎战的常伯的西蜀兵，待乾黎的人马突进大寨之后，迅速地封住了乾黎的退路。

大赫突进的是一个空营。就在他为之痛悔和迟疑的时候，只听喊杀声四起，火把通明，大赫的主力，陷入了玄女兵马的合围之中。前、后、左、右，常伯率领的鼠龙部落西蜀兵、蜀夫为首的蜀山氏兵马及各部的兵马四面合围，一齐攻打，再加上一支奇兵——骑马在大赫的兵士中间冲突砍杀，让这些勇敢善战的乾黎兵也有些疲于应付，难以招架。

大赫急忙大喊："撤回羊头！快撤——"

大赫的兵士被四面而至的玄女兵马挤压在一个狭小的空间之内，互相推搡踩踏，大家挤在一起，青铜兵器也彼此相挂着，你碰我我撞你的，根本没有回旋的余地。

周围的喊杀声此起彼伏，松明火把映红了半边天……

就在这时，远处的羊头山上燃起了火光。一看自己的老窝火光四起，无心恋战的兑黎兵士，一下子乱了阵脚，被不畏强敌、勇敢冲杀、践踏的玄女指挥的西部部落联军，就像是下围棋似的围死、通吃；兑黎的兵士糊里糊涂的，不是做了棒下冤魂刀下鬼，就是被俘虏缴械失去了反抗力。眼看着大部分人都做了俘虏，只有最多几十个人——大赫的铁杆卫队，死保着大赫杀出一条血路，掩护大赫向震黎的方向逃去。又经过巴山氏部落的兵马中途截杀，才勉强冲进了震黎的城寨。

玄女以计谋完成了对羊头山的攻占后，率领部落联军，马不停蹄，趁热打铁，洪水一样拥到震黎城下，把个不算大的震黎城寨，围了个水泄不通。

战争的胜败，往往取决于士气的高低。俗话说，兵败如山倒……而士气强的一方，虽然不过是石器木杖，却如洪水猛兽、势不可当！仅仅那一阵紧似一阵威慑人心的整齐的吼声，就以一种不可抵挡的冲击波，一浪高过一浪地冲击着敌方的心理防线，让人心也随着那冲击波颤抖。从偷袭玄女大营的战斗中逃出一条命的兑黎酋长大赫惊魂未定，就在这一阵阵的声浪冲击下，浑身发着抖——他的意志力，就因为这次失败而完全被摧垮了！

这时候，他恨不能给地上挖个窟窿钻进去，避开这要命的声浪、躲开这多舛的命运……在这一刻，他甚至想到了自杀：自杀之后，被神灵请到天国去，远离这多事的人间！

震黎酋长夷方还在组织士兵，利用城寨上的有利地势反击着。滚木、石块从城头上被推了下来，把正在冲劲上的进攻中的玄女兵马打得人仰马翻。但这种小范围的胜利，对大局来说，根本无关痛痒。玄女的兵马只损失了"九牛一毛"，那些把城寨围得水泄不通的部落联军，整个儿一个铜墙铁壁，滴水不漏。

夷方在城上巡视着。九黎大酋长蚩尤早已失去联系，现在根本就派不出去联络人员。夷方这么巡视着，眉头就痛苦地皱了起来：连曾经号称"不败将军"的大赫，都给打了个全军覆没……

好多事情总是表现得很奇妙，好像是事先安排好了的一样，又好像是梦境的一种重演。有许多人和事，总是那么邪乎，当你想一个人的时候，或者当几个人正在议论某人的时候，某人就如同心灵感应一般，总会出现在想他或者议论他的人面前……这不，当夷方正皱紧眉头想到大赫的下场的时候，大赫就正好出现在他面前。本来是夷方的安排，让疲顿的大赫好好地休息一下……可是，这时候沾了一身晦气和死人味儿、灰头焦脸的大赫，怎么能睡得着觉呢？

大赫酋长和先前人们见到的时候相比，简直判若两人。这时候的大赫，勾头缩背，脸色蜡黄，几乎没有一丝血气，惊恐地睁大了沉陷在眼窝内的暗淡无光的眼睛。他的头发也脏乱扭结如废弃的铁丝，胡乱地缠在脑后。他也不顾一位酋长的尊严，见了夷方脚跟儿就发软，"扑通"一声就跪在他面前：

"夷方勿战矣……九黎弟兄，不可全失！"

大赫这会儿的形象，比他刚从羊头山逃来时还要难看——他是刚从噩梦中惊醒过来的：也就是一闭眼的工夫，他就看到一张灰色大网从天上向自己撒来，他被这张会自动收缩的网箍得全身缩为一团，动弹不得，还不如那些用网捕到的鱼——鱼在网中还能蹦跶那么几下子呢！他用手胡乱地撕扯着这不断收紧的网，慌恐地嘶叫着，脚用力一蹬，就醒了过来……他被这个片段梦魇骇出一身冷汗。醒来后，就不顾一切地向城上跑去……

大赫跑到城上来，正好与巡视到此的夷方相遇。他把自己心中的恐惧全部倾倒出来，一个目的，就是不要再做这样徒劳的反抗了：

"九黎者，善战之族也。征战南北，臣服江淮，以至北荒。九黎，所向披靡矣，却遇克星，轩辕西来，女取羊头……亦怪吾人贪欲，占地过多，尾大不掉，轩辕乘隙，各个击破。若九黎，抱为一拳，轩辕何能？天下何惧？于今，若从天降，若从地出，再陷重围。无益反抗，亡者众矣！……不

582

若降于轩辕，留此青山，若何？"

　　起初，夷方想都不会想到投降这样的事。如果谁有这样的想法，他肯定会第一个抢起青铜大刀，将他砍死。可是，现在这话却从这位曾经和他从江淮一路杀过来的兄弟、与自己一样拥有权力的酋长口中说出！他只能收起铜刀，皱起眉头仔细地想一想。

　　看夷方有所触动，大赫就有气无力地继续说下去：

　　"余尽矣！亏得老弟……留之，故勿视兄弟，入坑……于不顾，拼光，九黎之本！"

　　这话一下子说到了夷方的心上，他也有同感：

　　"彼此同病耳！"

　　他摇了摇头，又叹了一口气，这才说：

　　"得得得，依兄之意，派出使者，前往求和。"

　　玄女之所以马不停蹄地赶了过来，把震黎之城围了个里三层外三层的，她要的就是现在这个效果——围而不攻，逼着对方自决！

　　现在，军帐中的她，听完震黎使者可怜兮兮的"请降"，一向处事果决的她，反倒有些同情起他们来：

　　"谁愿死于非命乎？尔等既有此意，轩辕自然欢迎——和为贵哉！"

　　轩辕嫔女玄女"战而胜之"地打败了大赫，又"不战而胜"地收服了夷方的事，在轩辕东征的部落联军中广为传颂。大家都为华夏有这样一位女中英杰而骄傲！作为轩辕的十嫔之一，能有这样一位"武嫔"作为征战助手，也是轩辕十分高兴的一件事。

第七章

一

像黑牡丹一样俏丽的玄女打败和收服了兑、震两黎的喜讯传到正在考察、研习冶炼术的摄政王轩辕的耳中，轩辕对玄女就更加高看一眼了。这位西夏美女高高的眉弓下面的深眼窝里圆鼓鼓地凸起的扑闪扑闪的、就像是镶了花边儿一样的亮眸，眼白就像是浅蓝的湖水，眼珠就像是晶莹的黑宝石。整齐划一地弧形翘起的、长长的眼睫毛，在下眼睑及其周围的颜面上，投下细巧的放射状弧线，犹如刺绣出的针角一般秀美迷人。黑黝黝的、与众不同的肤色，小小的点画出来的眉心痣，细细弯弯的像初三晚上的新月一样纤巧的眉毛，高高隆起的直直的鼻梁伸向前方、小巧的随着呼吸同时娇气地翕动的鼻翼，很有形的、有意抿起的宝石红的大口，嘴角线细而深，两颗黑芝麻一样深陷的酒窝儿，细长的、经常有意地在耸动的斜肩上左右晃动的脖颈，她这样晃动时抛出的飞眼儿……

轩辕看到那磨光了的青铜表面能照出自己的形象来，他对着自己看，就从其中看到了玄女旋转的身影和花儿一样开放的黑色长瓣、黑牡丹一样盛开的黑色长裙，他甚至听到了玄女"嘻嘻哈哈"的西部女子极富磁力的爽朗长笑……在对她深情的思念中，轩辕亲自设计了一种像月亮一样圆、周围有放射状的光芒造型、中间平而光滑，可以照出人的形象来的青铜器物，请富于冶铜经验的黎民兄弟，先铸成一个来磨光了平面看，果真光可鉴人，从中看到了自己英武的形象和明睿的目光。轩辕又按照一年十二次月圆月缺的道理，一共铸造了十二面，命之为"镜"，作为贺礼，派人快马加鞭地送到玄女处。

玄女见了这般稀奇之物十分珍爱，对着它左照照，右看看，爱不释手，甚至睡觉时，也放在铺前。时间一长，太耽搁时间，甚至误事——军务繁忙，她没有那么多的闲时间去慢慢地自我欣赏呵！为了能更加集中精力投身于军务，减少缠缠绵绵的对轩辕的思念之情，她就一咬牙，将这十二面铜镜作为轩辕和她孝敬母亲的礼物，派人送给了住在晋东南王屋山上的西王母偃昌，供她老人家随月去使用（这也是一种记年的方式，每面铜镜上都作有记号，每到月圆时换一面镜子，等十二面铜镜用过一遍，就是一年）。

玄女自己，则腾出大量的时间，认真地总结作战经验、研习军事谋略。

轩辕来到首阳山一带巡视，但见绿色的山坡上蓝蓝的炉烟袅袅，炉火红似长河落日，周围笼罩在一派淡蓝色的烟气之中，强烈刺鼻的冶炼金属的气味，被晚风送了过来。这一带正对着自北向南流去的平缓开阔的黄河河面，冶炼的黎民，个个汗流浃背，一个个红铜一样的脊梁，汗珠反射着落日的深红的余晖。

轩辕拿起一块矿石，翻来覆去地翻看着，询问采矿的经验：

"山上之石多矣，何知地下，有矿石乎？"

蚩尤的师兄、现在的冶炼总管伯高（道不同，不相谋，他已经"弃暗投明"，成为这里的冶铜主管）告诉轩辕：

"上有丹砂者，下有黄银；上有慈石者，下有铜金；上有陵石者，下有赤铜青金；上有代赭，下有鉴铁……"

伯高一连说出几种鉴别的方法后，就总结道：

"据此而下挖，则矿石出焉。"

轩辕听后很受启发，他诚心诚意地拜伯高为师，就在这黄河东岸的山坡上燃香草而举行了拜师仪式。轩辕把伯高敬在面南而立的师位上，一位长期以来因了蚩尤的横行霸道而忧思重重的人，这时候脸上笑得就像盛开了两朵白菊花。长期的烟熏火燎，在他的脸上并没有留下更多的紫红疤痕，也没有炼出一副宽厚结实的身板。他是天生的白皮肤、瘦高个儿，加上主要是指导和示范，这样的形象也可以理解。

轩辕面北，对着端坐在发白的蒲草坐垫上的伯高师傅的修长体形，深深地作揖，一次次站起又跪下，粗壮的手指像蒲扇一样展开，躬身伏地，头磕至地，额头直抵到凉浸浸的、散发出青甜芳香气息的草叶之上，行了三叩九拜之大礼，并让随在身后的隶首把这件事郑重地记录下来。当然包括伯高传授的采矿"口诀"。

轩辕英武盖世而又谦逊至诚、甘拜下风的风范，深深地打动了伯高的心。两人相互倾慕，视为知己，在这一片炉火熊熊、烟气缭绕的冶铜基地巡查的时候，经常是相互挽着手，伯高冰凉的布满了细纹儿的瘦白手，从轩辕温厚红润的大手上，感受到了真诚和温暖。两人既已相互心仪，伯高的教授和指导也就格外精心，加上本身聪慧，轩辕很快就掌握了冶铜的要领。

首阳山的冶铜基地，原本是蚩尤在其祖母祸母冶铜的基础上建起来的，专门用于装备羊龙部落族众的。包括后来在轩辕战胜蚩尤的战争中，这个冶铜基地均发挥了重要作用，为中华民族的第一次大统一，做出了不可磨灭的贡献。甚至黄帝晚年，还是采首阳之铜，运到黄河西岸的铸鼎原去，铸造出标志着华夏一统江山的大鼎来，流传下铸鼎"升天"（回到西北乾地——具有日升之象的黄土高原和桥山祖地。黄帝扭转乾坤，自黄帝后就是有别于伏羲"先天八卦"之"后天八卦"了）的神话来。当然，这是后话了。

轩辕还把冶铜和健身结合起来，演变成一种炼丹术。这种炼丹术，在黄帝晚年的养生实践中曾发挥了重要的作用，也影响了中国以后数千年道家的养生炼丹之术。这一种炼丹术的进一步发展，又推进了冶铜技术的发展以及以后炼铁技术的产生……就说眼前，轩辕就由冶铜发明了一种铜镜，圆形，周围有光芒的造型，背后铸有龙、虎等各种复杂的图腾图案，正面则磨得光亮得可以照出人的形象来，以后成为华夏历史上女人梳妆的必备品。而轩辕首批铸镜，一次就铸了十二面。这十二面铜镜，是专为玄女而铸的。目的，一是向她祝捷，望她美丽常驻；二是一种记月的手段。在涿鹿之战前很长一段时间内，这也是一种主要的记年方法。

轩辕还有一种利用自然生物的叶落叶长来记月的方法——这是一种记月的方法。据说当地生长有一种神荚草，它的叶片从初一到十五月儿圆，每天生出一片，就生出十五片来；而从十五到月尽，每天又落掉一片叶子，等所有的叶子都落尽的时候，正好是一个月的时间。

而记时辰，白天就立一个日晷，看太阳的影子移动，来判断时辰的变化；晚上则用一种漏沙的办法来记时。这些办法同样影响了中国历史几千年，直到近代西方的钟表传入后，才取代了这种古老的计时方法。

轩辕还利用一种"指佞草"的神奇特性，成功地预防了奸佞小人在大臣中的出现。据说，轩辕把这种神奇的指佞草，就植在大臣们上殿朝拜的中宫入口处。这种草居然能识别良莠，只要有奸佞小人从它旁边经过，指佞草那胖乎乎的枝干，就会自动地指向此人，使那些奸佞小人惧之而不敢进入朝堂……

轩辕以他的聪明才智，总是把大自然的各种属性，都充分地利用了起来。铜镜的发明，就是他对光影的一个意外的发现。他留心了，所以他抓住了稍纵即逝的机遇；他创造了，所以他就成功了。

话说回来，在晋南盐池一带的轩辕和蚩尤作战的主战场，蚩尤的最后一线援助的希望，也因为玄女连克夷方、大赫的兑、震两黎而宣告破灭。蚩尤只有横下一条心，誓与轩辕一决雌雄。

这是秋后一个晴空万里、天蓝得碧眼的日子。空气清爽，早晚的温差明显地增大了，一天的日子，就好像过了几个季节。蚩尤汇齐了蚩尤城内外的黄、青、白三黎的全部兵力，青铜兵器闪着冷凛的寒光，气势汹涌地倾全力向轩辕在渤澥的中军大营发动猛攻。

事先已经侦察出蚩尤这一动向的轩辕，已经神不知鬼不觉地，于深夜进行了重大的军事调整。轩辕之所以能做出这样的决策，取决于他已经从曾经归附九黎的羊龙部落中，选出了"中华第一将相"力牧和风后，并由他俩来担任此次力克蚩尤的大将和谋臣。

为了能启用这两位事先没有一点儿知名度的人中精英，轩辕还真颇费了一番心思。首先，在己人的带领下，他亲自前往风后简居的小泥屋和力牧的散布着"万群"牛羊的牧场，实地进行了考察，和他们一起进行了一番"隆中对"似的交流，认真地听取了他们对当前战局的见解和看法。

风后的小泥屋内，光线依然是那么阴暗，外面的空气已经变得凉爽宜人了，而他的屋内却依然闷热得让人透不过气来。昏暗的屋内，只有一缕粉带一样的阳光从天窗斜向投进来，照亮了一角物什，也照在轩辕的脸上。轩辕被闷得脱去了上衣，光着膀子，还是一头晶莹的汗珠。

轩辕用手背抹了一把额头的汗水，问道：

"敢问天下之大势乎？"

风后白得透明的肌肤，即使在幽暗的环境中，也是那么白莹莹地彰显。他超乎寻常的宽阔额头下，一双神韵幽然的单皮眼，目不转睛地盯着轩辕，从容不迫地答道：

"天下大势者有二。一则近身之势，即渤澥之役也，华夏已占尽人和，欠缺者，乃地利、天时矣。人言汝有土德，既如此，就该扬其长而避其短，察以地形，布以罗网，静待天时。二则天下大势，汝虽摄政生杀，仍处偏位，则应敬帝于前，携炎帝而令诸部，举大道而天下往，进取中原，策应八方……"

风后滔滔不绝的对答，轩辕听得满意，不由得点头称是。他又来到大泽中力牧的牧场。

大泽边上的这一片绿色牧场一望无际，瓦蓝的天空，一朵一堆的棉花一样的白云在悠闲地缓缓流动。一层绿一层黄，到处点缀着亮黄、紫红、粉白的野菊花，平缓地起伏的草地上，羊群好像是要和天上的朵朵白云相呼应似的，一堆一群地在草地上游动，牛群的毛色则红得深沉，光滑的脊背反射着秋日的阳光。

力牧悠闲地面对着这一大群扇面一样铺展开来的驯服的牛羊，只要他学一下牛羊叫的声音，牛群羊群就会汇在一起，跟着他走……

轩辕看得稀奇，遂问力牧：

"观尔体魄，力大无穷，何以不用？"

力牧回答得很简洁：

"群之大，非力为。"

这话进一步激发了轩辕的好奇心，他要问个究竟：

"此话怎讲？"

"群之大，非力为。"力牧重复了一遍前面的话，一向很少讲话、不善言谈的他，这才简洁地做了解释：

"汝观牛羊之群，大乎？汝即力大无朋，前遮后拦，又劳顿几时？唯抓头羊，观其行而通其言，畜语训之，群即驯服……"

轩辕觉得这话很有道理，就铭记在心。

轩辕虽然慧眼识才，准备重用风后、力牧二人，但是，怎样才能隆重地推出他们呢？

为了隆重地推出风后和力牧，轩辕几经考虑，最后才在帝师天老的配合下，完成了这一重大安排。他借用"解梦"的方法来增加其神秘性，成功地将这二位奇才推上了历史舞台。以后的实践证明，轩辕的这个选择是完全正确的。

有一天，当文武大臣和各部落的酋长都在场的时候，轩辕告诉天老：

"余昨一梦，见大风袭来，尘垢尽失矣……又见一力士，执千钧之弩，驱数万牛羊，若行云流水……"

轩辕说到这儿，故意停了一下，加重口气，沉吟着解梦：

"风者号令，掌权之人也；垢者，取土而后哉。天下岂有姓风名后之人乎？能驱羊数万，牧民为善者也。天下岂有姓力名牧之人乎？"

轩辕这么说话的时候，天老帝师也在旁边皱着眉头沉吟思考着。等轩辕一说完，天老马上做出回应：

"轩辕此言顺矣，理矣。不若派出人等，往天下寻之，果真找出此人乎？"

天老这么敲着边鼓，大家也都觉得有道理，轩辕就做出了派人前去寻访风后、力牧的决定：

"既这般神力之人，汝且寻之。应龙！"

应龙立刻从坐垫上站了起来："诺！"

应龙嘴上应得爽快，可心里却犯起了愁："此啥之事哟……"

全场都是些交头接耳的镜头，一片喊喊喳喳的私语声和窸窣的衣裾摩擦声。文武大臣、各部落的酋长议论纷纷，不觉那种细细的蚊子一样的声音就被一片嗡嗡之声代替了。

看应龙难为的皱着眉头的样子，天老笑了，学着应龙平时的腔调：

"龟儿子，尽管找呗……"

这边，好事而特别较真的隶首却坐不住了，平时被人称作"花子"的他，这会儿却黑着脑壳儿大呼：

"此有悖常理矣！轩辕之梦解得好，然，梦毕竟虚幻。虽言预示，亦非据一梦之解，就前去寻之矣？"

天老微笑着，重重地拍了拍隶首的肩膀。

隶首也不怪乎有"花子"之美号，他马上会意到其中的意思，也就不再坚持了。

应龙派出人去，骑上马绕着盐池去找。开始，找的人也没有信心，只是执行命令而已。后来，果真在盐池西南拐角处的海隅，打听到一位名叫风后的人。他们带上聘礼，走进风后的小泥屋，恭恭敬敬地把风后给请了出来，带到轩辕的中军大帐来。另一批派出去找力牧的人，也在大泽的草场上，找到了正在放牧的力牧，也是同样的办法，送给他一匹马，请他到轩辕的中军大帐去一趟。

二

风后和力牧先后来到轩辕的中军大帐，和轩辕见过面后，第二天一大早，轩辕就将文武大臣和各部落的酋长召到中军大帐来。

早晨的阳光明媚，亮晃晃的光影从帐门映入，帐内也被映得通透，人人身上披了一层暖色调。大家听说轩辕解梦所得"风后"、"力牧"二人果真给找到了，都怀着一种好奇心，要看个究竟。

见到风后和力牧后，大家不由得不叹服二人之奇相。一个白得像纸，一个黑如火炭；一个体形单薄，一个宽厚如墙。尤其是风后的大脑门儿，他窄而长的瘦脸，还有他那几根稀疏的黄胡子、薄薄的几无血色的嘴唇。他正若无其事地用手轻捋着那几根弯弯曲曲的细胡须，一副神清气静的闲适。力牧则在宽厚的肩膀上斜挎一张大弩，飞翘的弩梢在左肩上划出一道很有力度的弧线。多年风雨中放牧练就的强健体魄，让人感觉他微弓的高大身躯，好像也是一张绷紧的弓。

当着众人的面，轩辕对已经被提拔为部落小头领的己人说：

"己人，汝羊龙而返，熟识风后仙师乎？"

在这么多人面前露脸，己人还是大姑娘坐轿——头一遭。听轩辕第一个点的就是自己的名字，一向不为人所知，甚至连名字也没有的己人，心中不由生出一种激动，脸也就罩上了一层红光。他下意识地直了直腰，扬起只长着些许肉红色绒毛的下颌四下里看了看，除了轩辕在中位上外，天老帝师、吴权、鬼容区、马师皇王师，应龙、大挠、常先、大鸿等武将和沮诵、赤将、胡曹、孔甲等文臣，重光、屠维、阉冉、玄子等部落酋长都来了，大帐里可以说是人头攒动，由于激动的缘故吧，己人的眼圈竟有一些潮湿，一层水雾蒙住视线，一时竟看不清每一个人的面孔。后土大酋长也坐在这些人中间，还有他部下的那些叫不上名儿的酋长们……虽然是第一次在这么多人面前讲话，但己人却并不怯场。他清了清有些干哑的嗓子，就滔滔不绝地介绍开了：

"风后者，余于羊龙识之。彼幼上中条，拜习高师，深谙《八卦》、《连山》，却是一藏而不露之世外高人也。侯蚩尤并羊龙、吞渤澥……是可忍，孰不可忍？乃暗使法术，促羊龙而受训；又别以槐枝，置九黎于独死。待黎仿之，则易作柳矣……"

己人这样介绍的时候，台下是一片唏嘘赞叹声。大家都听说过羊龙部落发生的这些故事，但却一直不知道是谁在幕后指挥的。现在，这个神秘人物终于揭开面纱在大家面前露面了，于是，大家都伸长了脖颈，趋之若鹜。

只见这位白皙透明的仙师，神清气静地坐在那里纹丝不动，只用他那双神韵幽然的单皮眼，目不转睛地盯着前方。他的瘦长方脸说明他意志坚定，是个做事认真负责的人，他的尖下巴说明他是个鞠躬尽瘁、刻苦用事的人，而他的薄嘴唇，说明他应该是一位能言善辩的演讲家。

己人最后用一句概括式的话，结束了他对风后的介绍：

"概而言之，风后者，难得的济世奇才也！"

己人的话，让大家好像近午的阳光驱散了晨雾一样，一下子看到了蓝格莹莹的晴天；让一位笼罩着神秘色彩的人，从此亮相于前台。

己人所说的话，正是轩辕所希望说的。轩辕对己人对风后的介绍很满意，一边郑重地点头肯定，一边第一个带头鼓掌，表示对他的感谢。于是，轩辕的中军大帐内，顿时响起了一片急风骤雨般的热烈掌声，人们都为华夏有像风后这样的济世良才而欢欣鼓舞。

等到长时间的掌声逐渐缓和下来的时候，轩辕开始和风后说话：

"敢问仙师，天下之大势乎？"

这是轩辕有意的安排，于是，风后就把轩辕探访他时那段"隆中对"似的话再讲一遍。他先是朝前朝后，朝左朝右，向所有的人都揖拜过了，才自谦道：

"余乃风后也。学识浅陋，岂敢当众献丑？然轩辕既询，亦当回之矣。"

本来眉清目秀、神清气静的风后，急然之间却像换了个人似的，变得亢奋而激情。他不讲话则已，一旦开口，就如决口的堤坝，一发而不可收。他滔滔不绝的话语，他超人的见解和独特的眼光，使大家和轩辕当初一样茅塞顿开。

"天下大势者二。一则渤澥之势，余言，华夏已占尽人和矣，而欠者，乃地利、天时。轩辕者，有土德，就当取地之利，察以地形，布以罗网，静待天时；二则天下之势，轩辕虽摄政生杀，仍处偏位，则应敬帝于前，携炎帝而令诸部，举大道而天下往，进取中原，策应八方……此后话矣！"

不等风后讲完，急性子的常先，就忍不住喊了一声："妙哉，此言甚好！"于是，轩辕的中军大帐内响起一片乱哄哄的叫好声和鼓掌声。不知从哪儿传来几声战马昂奋的、颤颤亮亮的"咴儿"、"咴儿"的叫声，把群情激奋的情绪给唱了出来。有人不自觉地哼起了那首"日中必彗，操刀必割。执斧不伐，贼人将来"的雄壮的战歌。这歌声从低到高、从弱到强，以进行曲的节奏，把大家的情绪推向高潮。

风后既已顺利推出，力牧就好办了。不用多说话，大家只要一看他满身上下紫铜色的肌肉块儿，心里就会不约而同地涌出一句话："成！"他往那儿一站，就像是一道铜墙铁壁，就是坐在那里，其块头，也要比其他人高出半头来。力牧不善言谈话语，但他有的是力气和心计，于是，轩辕就拍了一下力牧的肩膀，对大家说：

"请往帐外一去。"

轩辕说完，把天老等几位师友让在前面，自己就双手有力地挽着力牧坚厚的大手，请他也到外面去。又腾出一只手来，携了风后，轩辕居中，风后在左，力牧在右，三人并排而行。一跨出帐门，温暖的阳光就披在他们身上。

文武大臣、各部落的酋长等中军大帐内所有的人，都先后拥出大帐外面。轩辕把力牧引到一棵碗口粗的桐树前。大家自然而然地就势围成一个大圆圈。

轩辕一指桐树，力牧不由分说，也不细看这究竟是一棵什么树，弯腰就抱住树身试了试。

力牧盯准了桐树，这才往后退了几大步，气沉丹田，再引气而上，发力到四肢，等全身的肌肉都鼓了起来，运足了气，就一个箭步上去，双手抱定桐树就拔。他憋足了气，腮帮子鼓得跳动，脸一红，一声断喝，大家再看时，桐树已经高高地举过了他的头顶！

围观的人，不知谁先喊了声"神力兮——"，接着就是一片叫好赞叹声和鼓掌欢呼声。

力牧当众将一棵桐树给拔了起来，已经是一片叫好声了，轩辕还是不满足于此。他又对挥说：

"借汝大弩一用！"

挥从背上卸下自己的大弩，双手递给轩辕。轩辕又把挥的大弩双手交给力牧。

力牧双手接过这张大弩，用力拉着试了试，弩弦"嘣嘣"地弹出深沉的嗡声。这个大弩，是挥拿最好的料，用了几个月时间精心制作出来的一张"千钧之弩"，他平时使惯了它，就随时也不离身。

正好天空中"哇"、"哇"地飞过一队大雁。大雁们正排成一字长阵，进行它们一年一度的生活转场，南方温暖的水泽、明艳的阳光，正召唤着它们奋力前行。雁队在行进中变换着队形。听到那尖细长长的、相互响应的"哇"、"哇"的叫声，轩辕抬起头来，一指雁阵，力牧已经明白了他的意旨。

力牧也不说什么，只是抬起头来，用他那有特异功能的双眼，盯着正在变成"V"字形的雁阵细看，同时，一只有力的大手，已经轻松地将弩弦挂在弩机之上……就在雁阵眼看着要从头顶飞过的时候，力牧迅速地托起大弩，一扣弩机，一支箭不偏不斜地就穿过一只正在鼓翼奋飞的大雁，顺着"V"字形雁阵的一翼，将前面另一只大雁也给射穿了，两只麻灰的大雁，就歪斜着身子，惊慌地尖叫着，脱离了雁阵，从空中直落下来……两只肥大的雁，"扑通"一声沉沉地落在地上，把虚土砸得冒起一股微尘，已经摔晕的大雁，痉挛似的偶然扑腾一下散开的翅翼。就有靠近的人，早跑过来，捡起大雁，于是，这对"一箭双雁"，就被飞传到了轩辕手里。

轩辕连箭带雁一起交还到力牧手中，口中连声说：

"妙哉！好箭法也！"

力牧一手举着弩，一手举着那一箭相穿的两只大雁，神情凝重地在空中摇晃着。

轩辕满意地点着头，天老和几位王师带头鼓掌。轩辕中军大帐前的广场，一时成为一片欢腾的海洋。那些站岗的、路过的兵士，附近部落的百姓，都融入到了欢呼的人群中。

风后和力牧成功推出之后，轩辕就分别给他俩委以重任——一个为帐中谋臣，一个是阵前大将，由他俩全权指挥以后对九黎的战斗。风后和力牧终于不孚众望，在轩辕黄帝奠定华夏基业的伟大事业中各有建树，被后人誉为"中华第一将相"。这一段轩辕（黄帝）"解梦访将相"的故事，也被后人绘声绘色地写进历史典籍之中，传为一段佳话。

面对蚩尤的强悍来犯，轩辕采取了风后的计谋，先是采取和蚩尤互攻之策，你进我退，你退我进，相互拉锯，这样死缠硬磨了两三天之后，却在一天夜里全军忽然后撤。蚩尤一夜起来，不见了轩辕的兵马，四处刺探，也不见踪迹，大有"老虎吃天，没处下爪"的遗憾和感叹。

原来，轩辕按照风后的建议，由力牧指挥，调动屠维（蛇龙部落酋长）、重光（马龙部落酋长）、后土（猴龙部落酋长）、强圉（羊龙部落酋长），加上奢龙（玄龙部落酋长）五个龙部落的人马，事先在渤澥西面的五龙沟那个口袋形的山沟里布下了埋伏。玄龙部落的人在沟掌，羊龙、猴龙两个部落的人在两侧高崖之上，蛇龙、马龙部落的则守在沟口，随时准备扎"布袋"口儿。再留下一支人马，待蚩尤寻战而来，再丢盔弃甲地仓皇逃离，一直逃向五龙沟内。

这五龙沟地势险峻，口儿小而肚子大，刚到沟口时，还不显得有多险峻，但等经过一段时间的行进，沟内豁然开朗，两侧危崖高立……原来它是个大肚子呀！蚩尤把在前面仓皇逃窜的轩辕这一支人马根本就没放在心上。一向骄横的他觉得，轩辕那么多部落的人马都逃走了，只留下眼前这几百号人，碰上我蚩尤，就只能是吓得仓皇逃命了。他又自以为聪明地认为，这或许是轩辕兵马的"尾巴"，他们慌不择路地逃到哪里，就说明轩辕的主力也在哪里！所以他就一直紧追不舍，等到部下两曎（黄黎）、魖（青黎）、魖（白黎）的人马一共近万人跟着他鱼贯而入后，才发现这是一个口儿小肚子大的大口袋！再往前行，已经是高崖危立，再无出路……

其实，刚才在沟口时，黄黎部落酋长两曎就曾停下来，这个老谋深算的"半截人"，肉墩一样往那里一横，看着这窄小的沟口，就犯起了疑惑，他把塌塌鼻子翕动了一下，好像嗅到了什么特殊的不祥气息；又把两只小而聚光的蛇眼睛，滴溜滴溜地这么一转，便觉得这不是个好地方。

三

身高不过四尺的两曎，因为年龄过大的原因，这会儿看起来更是低得可怜。他一头蓬乱稀疏的银丝长发披在肩上，一脸疑惑的皱纹。凭着他一生的经验和依然灵敏的嗅觉，他觉察出来这里不是个好地方，虽然他还一时说不出个"张道李胡子"来——因为这本来就是一种直觉而已。仅仅如此，他还是停住脚步，向蚩尤建议道：

"盟主，勿观彼之仓皇，穷追矣；此地不熟，小心为重……"

蚩尤霸气十足，不屑一顾："逃命者，可怕乎？非纠其尾，怎抵主力？"

一句话，盯得两曎一时也无法对答，只好摇了摇头，跟在蚩尤后面进沟去。

蚩尤近万人的大批兵众一路直扑过来，眼看就要进沟时，却停在那里。这一切，使守在沟口两侧的轩辕主将力牧和屠维、重光两位酋长，不由得心急起来。急性子的力牧，恨不得生出一个长钩来，一下子把蚩尤给勾进沟去。奢龙也急得头上直冒汗珠。他擦了一把汗，腾地站起来观察着，心里就想着：只要蚩尤后撤，就立即冲下去，乘其不备冲乱其阵脚，即使不能全歼，也杀杀其威风！

　　和力牧一起把在沟口左侧的风后却平心静气的，他轻轻拍了拍奢龙的肩膀：

　　"老兄，少安毋躁，且待变化……"他的话并没有说完，后面的意思是："蚩尤诛杀无道，犯上作乱，残害百姓，不合天道，天必灭之。若被他逃脱，乃机未至矣……"所以他就想得开，一直在神清气静、平心静气地观察着事态的发展。

　　果然，九黎人在蚩尤的指挥下，又开始向五龙沟内急急地追了进去。随着九黎人向沟内鱼贯拥入，大家绷紧的心弦，才终于缓和下来。下一步要做的，就是按预定的计划去办……

　　等到蚩尤明白了这是一条死路，让大家尽快退出时，他身后的阵脚已经乱了——五龙沟口就像一个"龙门"（桥山一带人对大门的称谓）一样，已经被屠维和重光率领部众推下的轰鸣震荡的巨石阵和一捆捆的干柴给闩起来了！紧接着，从两侧的山上，又射下无数支火箭。这些带着火苗的火箭扎在干柴捆上，干柴见烈火，一点就着，一时间，五龙沟口就烟火弥漫——五龙沟这个大口袋给彻底扎了口儿，九黎人的退路已经给断掉了。

　　这种场面，让老谋深算的两曍也慌了手脚。蚩尤这时候才知道自己犯了大错，可是，人在事中，是来不及吃后悔药的！这会儿，他只有硬着头皮指挥魖、魖率领青黎、白黎的部众冒着烧伤的危险向沟外猛冲。而由两曎率领的黄黎护卫着蚩尤、两曍等核心人物的安全。

　　这一仗轩辕把指挥权完全交给了谋臣风后。坐在高崖上的风后，岂能给九黎人喘息和反扑、突围的机会？见蛇龙、马龙部落的人已经封死了五龙沟口，神清气闲的风后，把手中的牛尾拂尘一挥，守在沟掌的玄龙部落的人和守在五龙沟的两侧悬崖上的猴龙、羊龙两个部落的人，几乎同时发起了进攻。一时间，石块、木棒、柴草、火箭，如雨点般密集地倾入沟内，九黎人被砸伤、烧伤的不计其数。

虽然来自江淮的九黎人个个人高马大，力大无比，又持有锋利的青铜兵器，但是他们这会儿就完全是英雄无用武之地了，完全是一种被动挨打的局面。平时他们所以骄傲，就在于这"人高马大"和"力大无比"，和炎黄的兵士短兵相见，即使给炎黄的兵士也装备上青铜兵器，也不一定能占上便宜；要取得上风，就更难了！这一点，从羊龙部落当初被九黎奴役的阴影中才走出来的风后心知肚明，所以他才精心设计了这么一个既省力又见效的战法——"滚木石礌"加火攻！如今是深秋了，从崖上到沟底，到处都是见火就着的干柴草，所以采取火攻，最有可能凑效。等那些从高崖上滚下来的柴捆被火箭点着后，沟底原有的干草，也跟着"噼噼啪啪"地冒起了烈焰。因为有悬崖相隔，这些火永远不会烧到悬崖上去……风后绝对不会引火烧身。他是要借助风力来实现自己的战争目的。

秋天本来就总是"呼呼"地风大而急，这些干柴遇见了火苗，就火借风势、风助火力地燃起了燎原大火，烧得九黎人焦头烂额：有人身上带着火苗尖叫，有人在地上翻滚、扑打，有的被当场砸得头破血流，头一歪，死了；有的给大石压断了腿，等几个人合力推开石头，他只好抱着血淋淋的腿干号……

九黎的黄黎、青黎、白黎人加在一起，损伤过半。好在蚩尤有呼风唤雨的本事（这也是他这次过于自信吃了大亏的原因之一）。他痛苦地回忆起，昨天晚上，他就观察到今天必有一场大雨要降临……

情急之下，蚩尤就使出了看家的本领。

只见他举起一个火把，将口对上去，吐出一股股白雾。这雾在空中弥漫，与那些直冲天际的热气流一起，和天空的冷气形成了对流。那些早已经停在空中的阴云，一下子就变成了"哗哗"下落的瓢泼大雨。就是这一场及时雨，才救下了蚩尤、两曎和魁、魖和许多九黎士兵的人命。

正在得意的力牧、屠维、重光等，被这场雨给浇得"嗷嗷"直叫。力牧挥着拳头大骂："老天走眼兮，何以救恶人？"

风后却撑开事先已经准备好的伞状物，把自己从雨中救了出来。同样深通天文地理的他，在布置这次决战时，就已经知道必有这场雨要来。所以，一开始看起来他神清气静的样子（作为谋臣在这样的时候必须如此），其实他的心里也急着呢！他怕的是这场雨来得过早，不等自己的战法施展就先下起雨来。后来，这场雨果然也像他事先预知的那样，来在了火战开始之后。这样，他的心也就安然了一些。即使对再恶毒的人，也不能赶尽杀绝！人皆血肉之躯、父母所养矣！目前这样的结局，正是风后所要的：既让蚩尤失去支撑的实力，但勿死伤太多的人！

大雨一停，力牧就率领各部人马，抄着小道从高崖上连滚带爬地冲下来，把九黎人团团包围起来，让这些平时不可一世的人，乖乖地做了华夏族的俘虏。大家虽然都被淋得像落汤鸡似的，又弄得全身烂泥，许多人干脆就扔掉了麻衣，光着水淋淋的膀子……但是，双方的精神状态，却完全不一样！

轩辕方面参战的各部落的人马欢呼着战争的胜利，他们不管认识不认识，抱在一起就欢呼雀跃，大家都为来之不易的胜利而欢欣鼓舞，现场的气氛像开了锅似的，山上山下，沟里沟外，到处都是欢腾的人群。如果是一部电影或者电视剧，面对这样欢腾的场面，可得摇一个很长时间的长镜头了。受现场气氛的感染，摄像师会情不自禁地记录下这欢庆胜利的、从山崖上到沟底的立体的海洋的每一个角落。

死尸被雨水浇得面目全非，被沟底的雨水泡得发白。而那些不得不垂头丧气地做了俘虏的九黎的兵士们，则是一个个抹得五花八门的灰毛土脸，蔫头耷脑的，衣物不整，受了伤抱着残腿、断臂，有的干脆就歪在地上呻吟着、号叫着，在雨后清新而忽然变冷的空气中打着寒战，也有把双臂抱于胸前的，想借着自身的体温来取暖，对抗外界的冷森……可是这样做有什么用呢？对于一个已经失去了主心骨、失去了生存希望和丧失了胆气的人来说，这样的努力都是徒劳的，他们还是打着冷战，咬紧的牙关上下打着架，浑身瑟瑟发抖，个个如同丧了考妣，平时盛气凌人的神气都飞到了九霄云外，与他们再不沾边儿了。

而在这群人中，独独只有两位不服输的人，他们就是蚩尤和两暐。他们各有不服气的理由。蚩尤的高大彪悍和两晖低矮衰老的"半截人"形象，形成一种强烈的反差：蚩尤于彪悍中带着雄强，从他敞开的胸部和露在外面的胳膊和很有力的脚趾勾着地面的动作（他的鞋子也因为泥泞，早不知丢在哪儿去了），我们依然能看到他鼓起的肌肉块儿、脖颈、小臂和小腿上曲张鼓起的青筋，站在那里，依然像一头野性的大水牛一样。两晖那两只小而聚光的眼睛，滴溜滴溜地转动，一会儿看看天，一会儿看看地，一会儿看看蚩尤。说心里话，他对蚩尤坚持要进沟的大意是有意见的，但是最后对蚩尤"请"来的这场救命雨，他还是很服气蚩尤的神力。这也是这些年以来在一起，他们相互之间形成的一种默契。

但是不管蚩尤和两晖之间有多大的差别，他俩的一个共同特点就是犟着筋，扭着头，保持了九黎人平时桀骜不驯的架式。

而不得不承认失败了的青黎和白黎的酋长魁与魑，这时候，也和士兵一样，显得有些垂头丧气，但他们还是紧紧地依偎在蚩尤和两晖身边。不管怎么讲，平时养成的一种依附的习惯，就是已经失败了，也还不自觉地依附于他们。他们四个人一起，构成了一组失败的英雄雕像，静止不动。

如同项羽兵败于垓下一样，自古以来，我们中国人都有一种同情弱者的传统，即使是面对曾经耀武扬威、给中原各部落民众的生活带来巨大危害，给他们的身心造成巨大伤害，让多少人命丧黄泉——即使是面对这样的人，善良的中国人的本性（其中肯定包括早已与华夏融为一体的他们的后裔们），还是把他们当作失败的英雄来加以同情……人的感情有时候就是这么怪！当他残害百姓时憎恨他，恨不得把他千刀万剐；但是到了他一败涂地的时候，却又开始同情他。人们心中一种共通的潜意识，那就是希望英雄不倒。因为时代需要英雄，这个民族也需要英雄！一个没有英雄的民族，那是一个可悲的民族！

四

战争刚结束，岐伯、俞跗等大医师和他们的徒弟们就被派到了战场上来。他们的任务，就是搜寻伤员，现场施救。

岐伯还是把头发高高地盘在头顶，身背一张大弓，和过去不同的是，现在他的皮囊由徒弟们背了，每个徒弟的背篓或皮囊里，都塞满了各种应急用的藤条、麻衣片和治创伤、烧伤的药包。和岐伯经常亲自上山采药风里雨里练就的硬朗体质不同，俞跗由于多年在炎帝榆罔处当御医，就显得要白净和稍胖一些。他也带来了自己的一帮徒弟。这些人一到现场，立刻就分头向沟内搜寻而去。他们在欢腾的人群中穿梭，在东倒西歪、横七竖八、相互重叠的、被木石叠压的死人堆里翻找，发现正在呻吟、喊叫的，还有一丝气息的，不分敌我，都尽快进行现场救治和包扎，再由紧随其后的担架队运回渤澥去。等这些清理战场的人终于忙完的时候，天色已经暗了下来，那些欢庆胜利的人们，早已经撤回了渤澥及盐池周围他们的营地。只留下一部分葬埋尸体的人，在沟内挖了一个大坑，将那些死者，都一一搬来，一个个扔进大坑里后，再盖上湿漉漉的黄土。最后，随着最后一缕阳光藏到了山崖背后，色调变得凝重并且一刻刻地不断深暗下去、已经是灰暗一片的五龙沟内，除了大片的大火烧过的黑魆魆的残迹、随意堆放的滚木石碨及合葬坑刚动过的新土的痕迹外，你就再也看不出这里曾经是刚死过人的地方了。事后，只有"行家"才会在偶然来到这里时，点头品味一下五龙沟良好的伏击条件——"余若带兵，定当于此设伏矣！"巧的是，五千多年后的公元二十世纪三十年代，就有一位来自西北军的将领，带着三秦子弟兵在这里伏击过日寇。当然，这是不能类比的一件事。前者总体上说是中华民族内部的冲突和矛盾，而后者则是不可调解的民族矛盾——像五龙沟这样"有用"的口袋状地形，在古今军事家的眼中，都同样是难得一求的佳选。

　　话说回来，五龙沟九黎战败后，大酋长蚩尤，还有黄黎、青黎、白黎的酋长两暺、魍、魑等众战俘，都被押解到了渤澥——轩辕的总部。

　　随着战争的胜利，刚刚返回的轩辕，就命赤将、高元等，率领各种能工巧匠，开始在这里大兴土木，营造宫室，准备迎接北方又一个严酷的冬天的到来。

　　由于有了青铜器，伐木的速度大大地加快了。随着"咣咣"的砍伐声，大量的木头，从中条山上滚了下来，又被运出了山。细木，都是一个人扛一根，粗长的主梁，就得许多人一起想办法搬运了。这时候，轩辕发明的车，就派上了用场。木头被人们"吭哧吭哧"地抬上车来，再前后左右扶了十几个人，大家一齐用劲，粗糙的、还不是太规范的木车轮在荆棘草丛中艰难地时动时停地转动着……

在盐池西南角能望见盐池的地方，中条山北麓的一大片开阔的平地上，人们已经开始忙碌黄城和宫室的营建工作。到处是忙碌的来回奔忙的人。有的在打土墙，有的在架木梁，有的在上木椽……这种蜜蜂垒窝似的和平营造的繁忙场景，让人感觉这里好像从来都没有发生过战争似的，或者说，这场战争好像早已经过去了，成为一段传说中的历史。

新的渤澥城，基本上还是依据桥山黄城九宫的总体布局。既有成形的东西可以复制，操作起来就快多了。等到战争一结束，也就是一天之内，渤澥这边的新城营建工作，已经轰轰烈烈地搞起来了……这不能不说是人类的又一个奇迹——被拴上战车的人，其高度的组织性和机动性，能创造出其他动物永远也不可能实现的任何奇迹！

自从蚩尤等被押到渤澥以来，轩辕并没有急于去见他，目的是想先杀一杀他的傲气。经过这一段时间和蚩尤率领的九黎兵的作战，轩辕对蚩尤这个人还是了解一些的。首先，他很肯定蚩尤首创冶铜这一重大功绩，还有他带兵的本领、关于他"通天道"的种种传说。一向宽厚仁慈、唯才是用的轩辕，念其才能，很想给他一条出路：只要他能改邪归正，痛改前非，就委他以"主兵"之职（主持煅造兵器的官），让他把冶铜的这一个特长给发挥出来，造福天下百姓。虽然蚩尤进占中原，危害百姓，可以说已经达到了"十恶不赦"的地步（谋反，指以各种手段企图推翻现有权力体系的，这历来都被视为十恶之首；谋大逆，指毁坏炎帝的宗庙、陵寝、宫殿的行为；谋叛，指叛逃到其他敌对国家，虽然这是蚩尤父母祸和芘苏的事；恶逆，指打杀祖父母、父母以及姑、舅、叔等长辈和尊亲；不道，杀不应该处死的人三人以上以及肢解人体；大不敬，偷盗炎帝的祭祀器具和日常用品，伪造御用药品以及误犯食禁；不孝，指咒骂、控告以及不赡养自己的祖父母、父母，祖、父辈亡匿不举哀，丧期嫁娶作乐；不睦，殴打、控告妻子和大功以上的酋长以及小功尊属；不义，指殴打、杀死下属尊长，妻子死后不举哀并作乐婚娶等；内乱，与祖、父的妾通奸）。

当然，轩辕也知道蚩尤是一个傲气十足的人，他自己不但不知罪，还一贯是"老子天下第一"。一般情况下，这个世界上还没有他能瞧得上眼的人哩。要制服如此骄横凶蛮之人，就得先杀一杀他的胀气！

蚩尤被关在一个简朴的草色发白的茅草小屋内，里面黑乎乎的，没有天窗，只有一个小门紧关着，门前有三四个站着的、来回走动的威严的武士把守。因为蚩尤力大无穷，怕他给跑脱，人们就想出一个办法，把一种平时用来夹野猪的木枷架在蚩尤的脖子上，再把他牢牢地拴于一根粗壮的木柱上，又把他的双手反捆于背后。这时候的蚩尤蜷着身子，高大的身躯躬成了一个巨大的问号。由于长时间的喊叫发威没有效果，他的脸色变得发青发暗，更像是生硬的锈了斑的牛皮，脏而直硬的长发乱蓬蓬地披着，长发蓬乱、倔强地搅成一团，分不清了子丑寅卯。他焦躁地在黑暗的小屋内围着木柱转悠，大脚把地面跺得"咚咚"地响，口里发出沙哑的从喉咙深处传出的"噫——，噫——"的长声。他在小圆屋里连续转了几圈儿，来到门前，从门缝的一缕亮光里向外张望。他那一双圆睁的环形牛眼，这时候给强光耀得眯了起来，但是依然放射着凶光。他拉风箱一样"呼哧呼哧"地喘着粗气，还是一副桀骜不驯、不服气的样子。在他的脑中反复映现的，还是那一幅幅从江淮到北漠、"过五关斩六将"、诛杀无数的壮阔场面。

蚩尤首先不服气的是这一仗输得"不公平"，有本事兵对兵、将对将地摆开了阵式干啊！对轩辕竟靠这样一种"小机巧"而取胜，他不服。还有，他也不服气轩辕，他究竟有多大的本事呀，能和我作对？炎帝天下共主吧？他还是我的爷爷呢！还不是被我蚩尤打得没地方待？他的宗庙、宫殿，还不一一归我所有了？虽然从一开始遇到轩辕从河西带来的华夏部落联军，他就知道自己碰到了硬茬儿，而且随着战争的进行，越来越显示出轩辕的智慧和战略战术，让他一次次地吃亏，直到三苗投向轩辕、九黎之间失去了相互策应的能力，他不得不做这最后的一把赌注——把黄黎、青

602

黎、白黎都调上来，寻找轩辕部落联军的主力——决战！现在他是败了，但不是战败的，而是被困、被烧败的！一想到遭到"火攻"这一点，他觉得"天佑九黎矣"，要不是老天帮忙，他可能早已经被那阴毒的"火攻"烧成焦炭而一命呜呼了。想到这里，他还真的有些后怕了！全身凛凛然一个寒战。但是，他毕竟是蚩尤，他绝对不会把这种内心的后怕写在脸上的。写在他脸上的依然是倔强的、不服输的犟牛劲儿。

天色已经接近了傍晚，小屋里更加黑暗。肚子开始不争气地"咕咕"乱叫。他想起，是该吃晚餐的时候了。可是这个时候的蚩尤，却一点也没有饿意。可能是因为过于激动而抑制了他的食欲，或者是饿过头了吧？屋门"咔吧吧"一响，打开了，一道黄昏时昏黄的亮光从外面投了进来，蚩尤不由得又眯上了他的一双牛眼。

走进来轩辕部下的一位看守，他提来了一个红陶罐，上面扣着一个彩陶钵，他是给蚩尤送饭来的。看他把红陶罐轻放在地上，取下画着一圈圈黑花纹的彩陶钵来，从罐里倒出粟米熬的稀饭来，蚩尤高傲地扬起头，眼睛瞪出凶光，一脚踢翻了彩陶钵，有威慑力的、从嗓子眼里喷出来的沙哑声音在小屋里回旋：

"狗屁兮——余岂食？"

看守吓得丢下陶罐就跑了出去。蚩尤飞起一脚，把红陶罐也给踢碎踢飞了，踢得亮黄色的稀饭乱溅，一地狼藉，连作为地铺用的铺在地上的干草也给浸湿了。

门外的武士重新关起了门，小屋内再次恢复了原先的黑暗，闻着那煮熟的五谷散发出的清新的香味儿，蚩尤的肚子再次"咕咕"地叫起来。这一次他才真的感到肚子饿了。他咬紧牙关强忍着，但是越忍，这叫声就越响，有时简直就轰鸣得像打雷似的。他强忍着不吃，还有一个原因就是不习惯这种吃食。他习惯吃的是一种"白沙"（稻米），而不是这种黄米。他要体现出自己的高贵与不同，就横下心来，坚决不吃这种粟米粥！

但是，意志是一方面，现实存在的饥饿又是另一方面。实在忍受不住，肚子里开始像刀犁一般地难受，他就干脆倒在干草堆里，蜷曲起身子，用双肘狠劲地压住凹进去的肚皮。他这样咬牙切齿地坚持着，不吃不喝，口渴难耐，肚子里像着了火一样火烧火燎，又像猫抓一般烦乱难受，他干脆就在干草地铺上滚来滚去……

不知道过去了多长时间，鼾声中止，一个冷战把他激醒。

这深秋的后半夜还真冷！这时候，倒不怎么饿了，但是冷气却毫不留情地像小虫子一样从四面八方、从所有的方向往他身里钻，他想尽办法，但是双手被反捆着，毫无办法，全身都在发冷。他冷得爬到门前嘶喊，但是门外除了来回踱步的脚步声，再也听不到其他声响。从门缝里看着夜空，是一两点晶亮瑟缩的寒星。要在平时，这深秋之夜，星光亮得伸手都可以摘下来似的，是最好的夜观天象的时候。可现在，他只能从门缝里看到这么几点了！他感觉自己好像掉进了冰窟里，自己就要变成一个冰人了，无可奈何的他，只能重新爬回地铺，胡乱地用脚把干草往一块儿踢——这时候，如果能有一张兽皮盖在身上多好啊！不管啥皮，只要是一张皮就行了。但是，落架的凤凰不如鸡，如今的他，只能在这干草上"下功夫"了。等到把自己缩进了干草堆里，蚩尤才渐渐感到了些许温暖，体温也在逐渐地恢复着，生命的体征又在一步步地往回走……这时候，他感到自己是"最幸福"的人了。他还从来没感到过，躺在干草堆里，原来是这么舒服！等到他在干草堆里幸福地睡着之后，如雷的鼾声就又一次响了起来……

蚩尤从酣睡中醒过来时，天色已经大亮了。晨光从门缝里漏进来薄薄的一缕，给屋里多少增加了一些白天的气息，屋内的温度也在慢慢地回升，墙角的尿臊味和屎臭味，又一次浓烈地钻进了蚩尤鼻毛很长的鼻孔……终于熬过了这一夜，这应该是蚩尤一生中最难熬的一夜了。但他还是硬给挺过来了。他不知道后面要面临的会是怎样的结局，事已至此，多想无益。他横下心来，千刀万剐、乱石相击、五牛分尸，也不过是一死！他做好了必死的准备：他心里明白自己这一生中所经历的事、所杀过的人。

五

蚩尤既然知道自己必死无疑，横下了一条心等死，就继续不吃饭，反正现在也不感觉怎么饿了。人一旦饿过了头，连脾胃也会麻木的！好不容易送来了早餐，照样还是被他给踢翻了。等到临近中午的时候，隶首——这位摄政王轩辕专管战俘的大理官总算给露面了。

门开着，从门口走进来的这位长于算数、额头有一块天生的黑记的隶首，把头发盘得高高的，神态动作中，都毫不掩饰地表现出一副胜利者的骄傲。隶首的个头儿不算小了，可是站在被反捆了双臂、弓着背、夹着木枷的蚩尤面前，还是显得有些矮。看到蚩尤那结实的肌肉、高大的体魄和一脸倔强不服输的神态，从内心里，隶首还是生出一些对他的敬意来（鄙夷的情绪受了轩辕的影响而开始有所转变了，要是他原来的看法，蚩尤这样的表情，再加上屋内污秽、恶臭刺鼻的尿臊味儿的空气，只能使他更加鄙夷和不屑，更加仇恨这个"万恶之首"）。而现在他的想法却是：轩辕既不像其他人那样，对蚩尤只是一味地咬牙切齿，他另眼相看这位败军之将，肯定有他的理由……本来早已对蚩尤深恶痛绝，恨不得立刻将他千刀万剐的隶首，经过轩辕一番艰难的说服工作，思想上才对蚩尤有所接受。可是当他一眼看到地上被蚩尤踢翻的陶器和撒了一地的粮食，他又是气不打一处来：

"目下尔非酋长矣，汝将就而食，亦不亏也！……缘何这等遭贱！"

隶首压了一下心中的怒气，尽量心平气和地自我介绍道：

"吾乃轩辕大理之隶首，若有言，道于吾。"说着，高喊了一声：

"来人也——"

看守急步赶进来。

隶首很生气的样子：

"如此善待乎？……即刻清扫，再提饭来，快！"他又强调了一遍：

"快将木枷打开！"

已经饿得头晕眼花的蚩尤，木然地听着这些话，倔强地拧着头，完全是一种无动于衷的表情。

看守赶过来要给蚩尤打开木枷，他却嘴里一"哼"，把身体拧向一旁：

"汝莫费心机！……要杀要剐，悉听君便。惟干脆点，莫这般磨叽！"

"死亦不易！"隶首接着说："摄政王来看汝矣！汝当进食，梳扮一番——"说着，顺手把蚩尤身上沾的一根干草给取掉，扔在地上。

这时，看守已经清扫了屋内，另换了透着清爽气息的干草，再次提来了热饭。

蚩尤万万没想到这会儿轩辕还会来看他，他只是一味想着如何去赴死。——事到如今，即使你曾经怎样地英雄盖世，都难免一死了，所以他也不多想什么，只求速死。他能想象到的各种各样的死法，都被他一一排比了一番——或者被乱石击死，或者被人用铜刀一刀一刀地割肉流血，凌迟而死，或者赶来五头牛，分别用绳子拴了脖颈和四肢，力士用皮鞭向五面驱赶这种黄牛，牛圆目怒睁，奋蹄向前，自己的身体被从地上拉扯起来，拉平了，悬空了，四肢和脖颈的关节被扯得"咯吧"作响，他咬紧了牙，不吭一声，头上冒出了黄豆大的汗珠；他的脸也完全扭曲得变了形。他的四肢和脖颈都被扯长了，脱节了，直至鲜血淋淋地被分成了五块，他的身体像铜锤一样重重地落在地上，地上腾起一阵冲天的黄尘……他甚至看到了自己被分尸之后的情景！这样的场面，他曾经反反复复地想象过多少遍了。唉，不管怎么个死法，都是一个结果；早死了早托生……就在他一心向死的时候，隶首的一句"摄政王来看汝矣！"犹如晴天霹雳，蚩尤的头"嗡"的一声——他根本不相信这句话，他以为是自己的耳朵听岔了。

蚩尤愣愣地盯着隶首，完全是一种怀疑的目光，同时又好像在追问似的，嗡嗡地说：

"有这等事？"

隶首很肯定地又重复了一遍："摄政王来看汝矣！"蚩尤这才点了点头，但他马上又想，他这会儿来能干什么？大不了当着面，再把自己痛骂、糟践、数落、挖苦、诬蔑一番……但是，有这样一句"客气"的话，求生的本能，还是在他的脑际"嚓"地划过了一道光明。他不知道是蔑视自己求生的"软肋"呢，还是蔑视轩辕的轻狂之为，鼻子又不屑地"哼！"了一声。他尽量使出体内剩余的能量，做出蔑视一切的架势。

一看蚩尤这架势，隶首又是气不打一处来。他一时压不住心中的怒火，同样"哼"了一声，像蚩尤一样倒背着手，一步跨出门外。

囚禁蚩尤的小屋的门，又一次紧闭起来，小屋外守着看守，内外交流的渠道，再一次被堵死。

摄政王轩辕一身爽气地在在建中的渤澥黄城中央大道上走动，红脸赤将和总是乐呵呵的高元左右相陪，赤将兴奋的泛着红光的脸上已经爬上一些细小的皱纹了，黑胡须也长了一大把。他边走边指点着在建中的木屋作介绍，轩辕仔细地观察，微皱着眉头思索，不时点一点头，又指着某一个建筑询问些什么。

轩辕的身后跟着一大群文武大臣和各部落的酋长。可以看出，其中有白发白须的老脸天老、矮胖的老羁胡吴权、长脸的马师皇、神清气静的风后和体魄魁伟、古铜色的力牧、膀粗腰圆的挥，平和的昌意和有一些霸气的玄嚣、岐伯、仓颉、宁封、隶首、孔甲等文臣和应龙、大挠、常先、大鸿等武将。活泼好动的滑稽总是在任何场合，都以其滑稽可笑的本能，讲出一奇闻逸事和笑话，做出鬼脸和滑稽动作，把现场气氛搞得轻松活泼。

奢龙、上章、著雍、大封、灵枫等部落酋长也随在其后。大家一路指指点点，说说笑笑，品评着在建的建筑，谈着自己的想法。

这渤澥黄城，就建在白花花的盐池西南角背靠着中条山平坦坦的滩地上，具体的摆布，和桥山轩辕故里的那座黄城相比，可以说是大同小异，只不过是把山区的布局平摊在了平地上。中宫的"合宫"，依然是处在中位，周围照样按照八卦，分布着乾、坤、震、兑、艮、巽、坎、离八宫和十二楼，再在外面加上一圈用黄土夯筑的近于方形的城墙框。这城墙底部宽有几十米，外坡斜，内坡立，高达十几米，顶部也有一两米宽，能来回跑兵调防。城墙的四角上，都垒起了角楼，远看，甚是壮观！这样大的工程，把赤将和高元的一大群徒弟都用上了，还显得人手不够。

轩辕对赤将和高元说：

"人才难得，多多益善！"

听了隶首的汇报后，本来想马上就去见蚩尤的轩辕决定：再晾一晾他。何况如果不杀蚩尤并委以重任，在文武大臣中，也是一件难以通过的事。再说，要不要杀了蚩尤，还要听取炎帝榆罔的意见呢！

从渤澥黄城的建设现场回到轩辕的中军帐中，那一大群随从，就没剩下几个了——轩辕让他们各自去关注为自己修建的宫室或楼的进度和质量去了。这也叫人尽所能吧！轩辕就是善于调动和运用每一个人的积极性和创造性，把好钢都用在了刀刃上，才在与蚩尤率领的九黎与三苗联军近一年的较量中，一步步地取得了最终的胜利。这就是领袖和核心人物的独特作用。

轩辕和天老、吴权、马师皇、风后、力牧、岐伯、仓颉、宁封、应龙、大挠、常先、大鸿等坐在一起，就把自己的想法端了出来，想先在小范围内统一统一意见。

虽然也面临着大量的思想工作要做，但是从长远考虑，从发展生产和各部族长治久安的角度看，轩辕还是决定不杀蚩尤为好。这样，既发展了青铜铸造等先进的生产工艺，提高了百姓的生活水平，也稳定了黎民和苗民的心，有利于营造各部族和睦相处的气氛。但是，当他一提到想"不杀蚩尤"时，应龙竟打断了轩辕的话，呼地扇着背后的鹰翅站起，以高分贝的声音说：

"杀也！该杀，不杀之，不足以平民愤矣！"

大挠、常先、大鸿等武将也纷纷表示：

"杀掉蚩尤，为民除害！"

力牧完全支持武将们的意见，但又不好和轩辕的意见相左，就挥挥手：

"莫急矣，且听轩辕道来！"

轩辕并不为大家的莽撞而动火，他依然是先前那一种平和的神态，从容不迫地徐徐道来：

"尔等心情，吾知之，蚩尤确该杀也！"轩辕先顺着大家的思路说了一句，接着，就把话题一转：

"然则，其虽罪有十恶，却精天道而通炼金，人才难得也。生命者，与人一，死而不返。人食五谷，孰能无过？即有天大之错，万古之恨，若能悔过洗心，重新做人，亦不杀为好！"

仓颉仔细地听着，琢磨着其中的道理。岐伯抱着治病救人的态度，心想不妨可以照轩辕说的一试，但他没有急于说出来。宁封看仓颉、岐伯不说话，自己也不说。马师皇倒是直截了当地说出了自己的担心：

"轩辕之言甚好，唯怕难服众矣！百姓、苗民，何以说之？"

天老、吴权两位王师，站在轩辕的角度反复地考虑了又考虑，但不急于发表自己的意见。轩辕的这一次努力，只好暂停。

深秋的夜晚，星空璀璨，一眼都能看到银河系那些层次丰富的、薄纱一样的星云了。银河贯穿天空，将星空分成两大阵营。孤独的织女星和被两颗小星相拥的牛郎星隔河相望。秋夜里起了微风，下弦月还没有升起来，周围是黑乎乎的一片影子，难以辨清是屋是树是山还是人……露水隐隐地从天而降，更加重了一些寒意。只能听到哪个墙角里蛐蛐那单调的、瑟瑟发抖的哀鸣。

第八章

一

　　轩辕借着一起夜观天象的机会，和天老、吴权、马师皇三位师臣又谈起了对蚩尤如何处理的问题。

　　天老说："将汝之见，报知炎帝，若何？"

　　他们边议边返回轩辕的中军大帐，只有大挠一个人，还在那里静心地观察着夜空。这位西陵氏部落当年的年轻巫师，现在已经不那么年轻了。星星的微弱寒光，耀在他光亮的额头上。

　　作为曾经建立过排出六十花甲子这样巨大功劳的大挠，他自己却从来没把这特别地放在心上。现在，随着出川到桥山，直到来到河东这两年多的复杂斗争和锻炼，他的视界和心胸更加开阔了。他心里记着，正是因为有像轩辕摄政王这样一位"命世之英"巨大的凝聚力、感召力和向心力，才会取得面对曾经是不可一世的蚩尤率领的九黎、三苗及羊龙部落战争的最后胜利。通过这场支持炎帝榆罔的战争，重新恢复了炎、黄两大部落联盟的关系，以轩辕为首的华夏部落联盟的盟友更多了……就以轩辕提出的对蚩尤的处理方式来说，出于感情的因素和直觉判断，一开始大挠也无法接受。但是仔细地想过轩辕的意见之后，他终于明白了轩辕的良苦用心——既是在他"爱才惜才、唯才是用"的一贯原则指导下对特定人才网开一面的特殊保护，也是他善意、和解、包容，实现各部落之间平等相待、和谐相处的大同思想的具体体现。轩辕完全是出于化解怨仇——"怨者，宜解不宜结"和对以后长远的部族关系的考虑。还可以说，蚩尤虽然作恶多端，罪有十恶，但是从内心里，轩辕还是认为他是一代英雄。同样都是济世英雄，而且蚩尤比他小了二十五岁，对一个十六岁的少年英雄，如

610

果孺子可教，其形象完全可以重塑……这其中也包含了一种父辈的慈爱和"英雄惜英雄"的同情。他希望这纷乱的人世上，能多一些真正以其智慧造福人民的英雄！

大挠自己想明白这个道理之后，他又要从天象上寻找证据，从而证明这也是一种天意。在这深秋的宁静之夜，夜空中一派浩瀚无垠的晶亮的星星。看着这远远近近、大大小小，分布得极有规律的星群，你不由自主地会将自己的心，完全融入这深不可测的星空时，你觉得自己的心胸包容一切，比天还大！

这样想着的时候，大挠深深地吸了一口这清凉的秋夜湿润的空气，他感到有一种浓重的苦艾、浅淡的菊香和甜丝丝的瓜果、清爽的草味混合的味道……这个季节对人类来说，对大地上所有能跑会走的动物来说，都是一年中最好的时节——粟谷黄了，成片地低下了它们沉重的头；豆蔓干了，豆子就要从咧开嘴的豆荚里蹦出来。甜的红果、山桃，酸甜的、咬一口喷水的水桃，又甜又涩的杜梨、柿子，吃得人满嘴黑红、一脸红汁，涩得舌头都拉不动啦；红山楂甜中有酸，黄的梨沁人心脾，绿的猕猴桃，更是染了双手黏黏甜甜的绿汁……这是一年中收获的季节啊！在这收获的季节，他们也收获了战争的胜利。前段时间的月圆之夜，当轩辕和大家一起赏月的时候，看着天上那一轮大大的如同玉盘一样的月亮，吃着时令水果，轩辕就说："（天下）共赏此圆月，为期不远矣！"如今，他的这句话已经变成了现实。

这样想着的时候，大挠的心里就抑制不住有了几分激动和兴奋。他很随意地又扫视了一遍夜空，习惯成自然——每一次夜观天象的时候，他都要先把整个天空扫视一遍。虽然刚才和轩辕、天老帝师及几位王师一起观测了半晌夜空。但是，当他要独自一人静心地观察星象时，他还是又扫视了一遍夜空。

这夜空中的每一组星象，甚至每一颗星，对他来说都是烂熟于心的，即使闭着眼睛，他的眼前也能显现出这一组组的星象来。最近，他经常根据观测和记忆，将这些星象一组组地画出来，再在每张图上标明它在天空中的位置。这种星象图画得多了，逐渐地，他就体会出一些规律来了。这种人类与生俱来的形象思维和理性概括的能力，被大挠用在了对天象的观察上。有时候，他觉得这一组星像鹿，有时候他又觉得它像马了；有时是一条蛇，有时又是一只鸡，还有虎呀、龙呀……特别是对龙、虎星象的发现，让他兴奋了好几天！自从伏羲的龙天下最后在接近东夷之地形成定势之后，一般情况下，人们认为东方是龙兴之地，而西方，有西王母的以白虎为图腾的部落联盟。巧的是，这天空上，东边的星象也呈龙形，西边的星象则呈虎形！这似乎是老天爷一种有意的安排，是偶然，但决非偶然，这其中可有某种对应之关系？

经常在大挠的脑海里盘旋的问题，就是星象和地象之间，到底有没有一种对应关系呢？和人事又是怎么个对应法？虽然这种对应关系，前人已经有了一些说明，而且被用在占星活动中。但是，他还是要通过自己的观察，由自己找出这种对应关系来。人只要盯着一个地方看、专注于一件事情去做，就肯定会有自己的收获。这就像打井一样，只要你不是分散了精力去到处乱挖，而是坚持在一个地方一直往下挖，就迟早总会挖出一口井来。有时候，你淘不出水来，却发现你淘出的是金子！大挠就在这夜空中淘出了金子。

终于有一天，大挠在天象和地象、天象与人事之间找到了一种完全的对应关系。这种对应关系，都体现在他对"洛（龟）书图"——也就是修建黄城的蓝本的理解上。当初在轩辕祖地桥山修黄城的时候，他跟着天老学到了不少知识；最近在渤澥这个地方再修黄城时，他依据的依然是这张洛书图。这让大挠有机会利用这深秋里秋高气爽的晴朗夜空，再次确认了这种对应关系。

当大挠把他的这种观察结果在一整张兽皮上绘成一张大图去向轩辕汇报的时候，轩辕与他一样非常兴奋。刚才轩辕和天老、吴权、马师皇等一起观察天象时，轩辕又一次在这几位师长面前表扬了他。天老帝师充分地肯定了大挠的这一功德："此将成一范式，波及未来。"

大挠从小形成的小动作，就是思考问题的时候总爱用手挠头———一个人用手挠着头在屋里转圈圈。虽说大挠现在还是满头黑发，但他头顶上的头发，却是越来越稀少了，甚至从前额向后还谢顶了一部分。还有，当别人当面夸赞他时，他总是不好意思地边笑边挠头。所以仓颉在为他记功而造字的时候，就抓住了大挠的这一特点。

其实，大挠从小头上的头发就比较稀少，谁让"聪明脑壳儿不长毛"呢？但他始终是一个乐天派，但他皱着眉头思考问题时除外。如果不是在思考问题，那么，无论你在任何时候、任何地点见到他，总能看到他的那一副天生的笑模样。可以说，他是属于"开口必带笑"的这一类人的。所以他也始终保持了红光满面的这一特征，但却绝不是赤将那样的红脸。这不，即使在星光之下，我们虽然看不到他红光满面的样子，仍然可以清晰地看到他额头上星星的轻淡反光。由于他经常习惯于眯缝着眼睛观看，又经常沉浸于自己的内心世界，与人交流越来越少，所以他有了一双细长的眼睛和略微显厚的嘴唇。当他停止微笑闭起嘴来的时候，就给人一种坚毅的感觉。这样的人做事认真。不做事则已，一旦认定一件事要做，你就是有九条牛也不能把他给拉回来。也许"阻挠"这个词，就是因他固执的犟脾气而造的。

刚才几个人都没看出今夜有什么特殊的天象，但是犟牛脾气的大挠还是一个人留了下来，这时候因为夜已经深了，明显地有了一些寒意。他把背上的麻布披风紧了紧，双手交叉抱在胸前，以自己的体温给自己取暖——他就"不信这狼是狸狸子"！

大挠的目光在星空上游移，北斗、南斗、魁星、角星、鬼星……他在一颗一颗地检视。他的目光游过了天河，他的目光又收回到牛郎星这边，那一个大星旁边两颗小星，就像一个父亲和两个孩子……

这一夜大挠没有新的收获。但是大挠并没有放弃。

轩辕处置蚩尤的意见被画在龟背上，快马送到炎帝榆罔那里去。胜利后的轩辕才想起有好多天没有亲近嫘女等嫔妃了。紧张艰苦的战争环境，让他把男女之情和天伦之乐早已置之脑后了。当人被拴上某一个车轮之后，你就只能像风车一样飞速去地旋转，旋转！……直到这时候，他才可以轻松地舒一口气了。

蓝天是纯粹的碧蓝。早春时节，正午的阳光，温和地抚摸着人脸，和风习习地吹着，凉而不冷……人心情好的时候，什么都是惬意的！

轩辕这会儿顾不上细细地体味这一种惬意，却仔细地欣赏着这大好的河山——戴了雪帽、依然裹着冬装、起起伏伏横在南天的中条山挺起的脊梁，那白花花的泛着耀眼碎银的白茫茫的盐池和湖水，还有这成片分布的黄城的各组建筑群，黄城外高大巍峨的用黄土夯筑起来的城墙。

胜利了的人们，劳动起来心情也是欢畅的！经过几个月昼夜不停的连续奋战，位于渤澥（山西运城解州）的"黄城"总体上基本建成了（由于冬寒，部分建筑只有到了春暖之后才能接着干完）。但是，这座轩辕在河东的都邑，已经欢叫着展开了它的翅翼，活生生地显出了它的生机。这座初见端倪的土城，建筑布局更加规整，对后世的城建，更有典型的示范作用。

前天，在赤将、高元的带领下，轩辕和所有的文武大臣、各部落的酋长一起，再次对全城进行了检查验收。大家赞不绝口，文武大臣，包括各部落的酋长都非常满意。昨天，大家就开始往新城里搬家了。嫘妃带着除了玄女以外的所有嫔妃和孩子们都搬进了黄城的中宫，只有轩辕暂时还留在中军帐里，等着今天在庆贺声中正式搬入。这时候，大家免不了要欢庆一番的！

轩辕一个人独立思考的时候，绝不容身边有任何人。一个人独处的时候，是思想最自由的时候。

二

轩辕昨天晚上又是夜观天象，又是和师臣们交流，睡下之后又想了许多问题，所以今天早晨起得稍晚些。他按照自己以往的习惯，甩开大步四处走了走，回到中军帐前的广场上又活动活动筋骨，把各个关节都活动开了，才开始练他自己总结的一套组合的技击动作（拳的雏形）。

轩辕从小就因摔跤厉害而出名。这并不是因为他的劲比对方大多少，主要是他在用力的同时，还注意运用像"使绊脚"、手臂助力等方法巧用力。善于学习是轩辕的一个特点，而善于总结归纳，使已有的经验有效地积累下来，则使他总能在某一方面比人强一些。就说这技击技巧，就是他在习练项先生"六禽戏"的基础上，不断总结无数次与人交手过程中的成功经验而逐步形成的。六禽戏中，他独爱熊式，因而他的一套动作，就是在熊式的基础上形成的。

他每天早上都在体会练习这套动作，不断地吸纳师友们的各家之长，既达到了活动筋骨、修身练气的目的，又在不断总结完善的过程中，继续提高自己的搏击水平。轩辕不光是学习和总结人与人之间搏斗的经验，他还受项先生和鬼容区等的影响，注意观察和学习自然界中各类动物的养生和搏击技巧，如"龟息"——冬眠动物之长寿，鸟与兽之间的搏斗，等等，并把这种观察的结果，融入自己的熊式搏击动作之中。既然是一个成套的动作组合，形成了一定的程式，他还注意到动作之间的连贯性和快慢节奏，从而使一套动作有起有落，有快有慢，有动有静，有时如疾风暴雨，霹雳前行，势不可当；有时则如藤蔓缠绕，千姿百态，游刃有余。有时如熊吼罴啸，声威并起；有时则如古树盘根，岿然不动。任何东西，只要你把玩精了，都会成为一门艺术。轩辕的这套技击动作，虽说还没有一个正式的命名，但是观其习练的过程，在精神震撼、心跳加快、为之振奋的同时，也是近乎于一种艺术的体验和享受过程。他自己在活动筋骨的同时，却于无意间创造了一种观赏效果。

轩辕一个人在那里"噼里啪啦"、一片风声雨声地习练他的熊式搏击动作的时候，有两双眼睛就一直在专注地盯着他看。这就是嫘妃在西陵"天府之国"时给他生下的两个儿子——玄嚣和昌意。

昨天嫘妃带着素女、盐女、采女、少女等一大群家眷搬进渤瀣黄城的中宫时，他专门让两个长大了的儿子留了下来，想借着现在闲暇的时间，把他们两个给带一带——现在，轩辕已经是六个孩子的父亲了：继嫘妃生了玄嚣和昌意之后，玄女生了禺貌，盐女生了酉，采女生了巳，最近嫘妃又给他生了个浑沌，而且个个都是儿子，个个长得可爱。这使轩辕因妻子女希没有生育能力的无后的问题彻底得到了解决，人丁一下子兴旺起来了！现在，其他儿子还都小，可是昌意和玄嚣已经长大了，应该言传身教地带带他们了。最近他注意观察了两个大儿子的一些情况，也分别从仓颉和岐伯、挥和隶首那里了解了他俩在东征蚩尤的整个战争中的表现——战争一开始的人事安排，他就是为了让儿子们在战争中增长见识、经受实战考验的。总的说，对二儿子昌意，大家的评价都还不错，但对大儿子玄嚣，却有一些不同的说法了。

一般都认为老大玄嚣为人诚信有智谋，也有责任心。但是，说心里话，在轩辕的心里，却总是有意无意地对二儿子昌意偏爱一些，这首先是因为这孩子长得乖巧，可以说，在他身上，综合了轩辕和嫘妃的所有优点，到现在，个头已经几乎和轩辕相当了，因为年轻人体型单薄，所以单独看，就显得更加英俊而挺拔。他的脸形，属于略长而清秀但是棱角分明的一种，眉毛疏朗上扬，眼睛不能说太大，但也不能说小，眼睫毛很长，齐刷刷地翘在微笑的双眼皮上，鼻梁很高，嘴唇薄厚适中，嘴角略微上翘，脸上红光油彩，神清气爽，是天生的喜相，总是给人一种谦逊平和、张扬有度、潇洒大方的感觉。

玄嚣出生的时候正赶上一个祭天仪式，虽说有了一种"重庆"的特殊含义，也是轩辕初为人父，他至今也忘不了那时的激动心情。但是这娃天生皮肤黝黑，加上这一段时间战争环境的锻炼，就变得更加黑中透亮了。他的脸形和体形更接近轩辕一些，但是他"由"字形的脸盘、虎背熊腰的体魄，给人的印象不是坚毅和勇敢，而是有些蛮横和霸气。他从小爱哭，长大了变成现在的爱叫，比较主观武断，脾气焦躁，动不动就会大声啸叫，所以两个孩子在一起的时候，不是老大让着老二，而多是老二让着老大。也因为父亲现在是华夏部落联盟的大酋长，同时又是炎帝任命的摄政王，他身上就更沾了一些优越感，和别人说话就不免显得气粗一些。当然，在父亲面前，他还是表现得小心谨慎的。

这时候，兄弟二人一个握紧了双拳，一个背着弓箭，正目不转睛地盯着父亲，看他怎样个练功法。当动作进行到高潮时，兄弟俩不由得叫起"好——"来。

轩辕全神贯注地练功的时候，忘记了周围的一切，听到孩子们叫好，他这才双臂抬起，划个对称的弧线从胸前落下，掌心向下、向外停于体侧，再翻掌向内贴于胯上——做了个收式。

玄嚣和昌意紧跑几步，来到轩辕面前，一声高、一声低"大！""大！"

地连声叫着。轩辕亲切把他们拢在怀里，爱抚地摩着他们的黑亮的头发。辰时的金黄阳光从晨雾中穿出来，给父子三人都镀上了金边儿。凉浸浸的春风轻拂着颜面，带来阵阵花香和芳草的清香。不远的地方，雪一样的梨花开得正热闹呢，引来了无数嗡嗡的蜜蜂。

今天轩辕清早起来时，故意没叫醒两个孩子，他有心考察一下他们有没有自觉性，到底啥时辰能自己起来。现在看两个儿子都已来到面前，心里自然高兴，就提议道：

"尔等功夫见长乎？给大看。"

玄嚣和昌意正想在父亲面前表现一番呢，尤其是玄嚣，表现的欲望更迫切一些。可是看了轩辕的演练后，都有些不好意思起来——觉得自己的那点东西，实在是拿不出手来了！兄弟俩互相看看，相互谦让着，最终还是显得个头稍低、身体敦实的大儿子玄嚣，当仁不让地向前跨出几步，然后转过身来，开始了自己的表演。

玄嚣表演的是一套"虎式"。这是他跟着岐伯学来的。这套动作表演起来动作威猛，形体夸张，腾跳扑抓，开合有力，一会儿是上勾拳的"黑虎掏心"，一会儿是张牙舞爪的"饿虎扑食"，一会儿是骄傲的"摇头摆尾"……伴以发力时的顿挫有力的啸叫声，可以说是威风八面了！

一套动作表演完毕，玄嚣居然气平心静，面有兴奋而大气不喘。轩辕和昌意不由得为之叫"好！"

玄嚣得意扬扬地走过来。

轩辕再次用手摸他的头顶，感觉到了那透明的蒸腾着的热气和男孩子特有的咸咸的汗味儿。

昌意不急不躁，神清气爽。他跟挥学的是"百步穿杨"的射功。玄嚣在昌意的肩上重重地一拍："兄弟，尔功若何，当一试矣！"

昌意深看一眼轩辕，看父亲点了头，就点了一下头回应，然后快步走出。

他早已经看好了一个射击的目标——旁边不远处的一棵白杨树上的毛毛虫一样的花絮中间一片在晨风中摇曳的黄叶。他咬紧了牙关，清秀的两腮就跳动着筋疙瘩，左臂前伸，右臂后引，脑袋向右肩略有倾斜，"咯吱吱"地就拉开了手中的长弓——这是在挥的指导下，由他自己亲手制作的一张强弓。弓架上一圈儿一圈儿缠着牛皮条，又用火漆给漆过。弓弦是马尾拧成的绳绷的，极富弹性。他的眼睛盯准了一个黄中发红的杨树叶，当他的目光全神贯注地盯着一个东西看的时候，就能把这个东西给看大了！这是一种特殊的功力，必须经过特殊的训练才能练成。想当初，师父挥向他提出了一个不可能实现的目标，即让他长时间地盯着骨针的针眼儿看："务必变小为大！"他定睛盯着那骨针眼儿看，直看得眼睛发酸、眼泪涌出……终于有一天早晨，在明丽的晨光中，他惊喜地发现：他的眼睛真的把针眼儿给放大了！

　　昌意瞄准了那只卷曲变形、黄中发红的杨树叶，这时候的他，真有点"一叶障目"的感觉，在他的眼前一切皆空，就只有这一片"硕大"的树叶，箭头、箭身和树叶三点连成一线，箭头直指向树叶偏上的虚空。又考虑着迎风的阻力，他稍微调平了点弓的角度……在弓已经引圆的时候，突然一松右手，离弦的箭"嗖——"地射出。他眼看着那支箭飞出一个恰到好处的弧线，穿透杨树叶的中心，击碎了它已经失去生命的脆弱残骸，那些许的残片，如礼花一样飞溅开来。这时候，他绷紧的神经才终于松弛下来，长长地吁了一口气。

　　轩辕本身就是神射手，但是看了昌意的箭法，还是不由得击节称赏：

　　"善！"大有一番青出于蓝而胜于蓝的感慨——可以说，两个儿子，各取了他一个侧面，他感觉就像自己的左右手一样。尤其是当他左右手分别拉着他们的时候。

　　看了两个儿子的表演，轩辕的心中更有了定数。他教子的方法是因才施教，只有到这时候，他才可以有针对性地给他们以指导了。

　　他教玄嚣："出拳则'稳，准，狠'，勿虚张声势、图花架式；动作勿野，存傲骨而非扬傲气，更勿得意忘形，不可一世，显凌人之盛气也！谦恭礼让，为人之本也。做事若裁衣，握机持度，过则不及矣！"

　　轩辕的话，字字如针直指向玄嚣的心。他感到难受，但又觉得父亲说得在理，只能憋着一口气，重重地点一点头。

　　轩辕也是点到为止，不作深究，接着把话锋一转，对昌意说：

"汝射功已近善矣！然引弓闭气，要在心平，贵在自然，弦紧而神弛！弦过紧则断，神过劳则伤。切记，一张一弛，文武之道也！然则张中有弛，弛中有张者，乃高！张中有弛，则神清气静；弛中有张，劲力相当……"

这样教导了一番武功之后，轩辕又问起玄嚣和昌意的文功来。仓颉和隶首，分别是他们的文功老师。

三

经过这几个月长时间的折腾，蚩尤身上固有的那一种傲气是杀下来了一些，但他的傲骨，也就是以后人们说起他时所说的所谓"反骨"却是天生的，这没有办法，谁让他天生的一副目空一切的架势。

他就是比别人聪明一些嘛！不光上通天文，还最先掌握了这个时代最先进的生产技术——青铜冶炼技术，成为这个时代先进生产力的代表者之一。所以他就有了目下瞧不起任何人的资本。连天下共主、他名义上的"爷爷"榆罔都没在眼里划的，轩辕自然也不在话下，虽然他在轩辕面前是一个战败者。让他不服的就是：轩辕并没兵对兵、将对将、酋长对酋长地这么硬拼下来，而是靠玩弄技巧把戏，设下陷阱，将他们骗进了五龙沟……让蚩尤不服气的还有一点，就是他认为他对北方部落的侵占烧杀上应天象，代表了天意——即所谓"天象昭昭，玄鹿在北；青蛇还位，享我北土"。他至今对他的这个北征"檄文"所代表的天意仍然深信不悔。他认为正义的事老天爷是暗中保佑着的，比如在五龙沟遭到火攻时保他不被烧死的那一场及时雨，就是明证！

通过隶首等与蚩尤的交往，轩辕对蚩尤的这些想法可以说已经是了如指掌了。但轩辕还是决定尽最后一次努力。

还是在隶首的带领下，摄政王轩辕亲自与风后、力牧一起，脚踏着青草稀疏、不时泛着盐碱的白晕的黄土地，向关押着蚩尤的那间黄泥小屋走去。在前往关押蚩尤的小屋之前，轩辕就请隶首向风后、力牧两人，详细地介绍了蚩尤的近况。如今轩辕手下这么多文武大臣和部落酋长，为什么只选了风后、力牧来见蚩尤呢？除了他俩是现在华夏部落联盟最重要的文

619

武大臣外，还有就是：他俩是蚩尤最后战败的直接对手。

轩辕甩开双手、大步流星地走着，一双裹着兽皮的大脚前后捯动着，在春天解冻后变得松软的黄土地上留下了深深的脚印，心里却还在想着蚩尤的事。

他要亲自面对一次蚩尤——在如今人才难得的情况下，他不忍心多杀一个有用的人；特别是通过这次东征蚩尤的战争，他更明白了青铜冶炼——这一当今最先进的生产技术的重要性！人的精神的解放，还是要靠一定的物质条件做基础。轩辕立志要让各个部族都能够和谐相处、平等地享受文明成果的大同思想，这一通天之大道——当今纷争之世最能代表广大中小部落心声的先进思想，只有用所向无敌、坚不可摧的青铜装备起来，才会是真正不可战胜的！文明的发展，社会的进步，需要青铜——正是出于这一点，轩辕才觉得蚩尤人才难得，不能像捻死一只蚂蚁似的，说杀就给杀了！

隶首走在前面，他额头的那一块重重的黑记，在这明媚的天色中倒显得更加深重了。这也许就是面对那么多战俘——奴隶时威严的标志吧！虽然在内心里，他对风后、力牧被轩辕委以谋臣和大将还有一些不服气，但是这一次五龙沟的决战，他觉得还是打得漂亮、痛快、过瘾，虽然他没有直接参与这一仗，但是从大家欣喜若狂的纷纷议论中，他对风后和力牧，也不能不另眼相看了。

关押蚩尤的泥屋外面站了一圈儿手持兵器的士兵，他们个个表情严肃。看到轩辕等走来，为首的带头向轩辕举手行了礼，轩辕也平易地挥着手，和大家打招呼。

隶首叫看守打开门来，屋内漆黑一片，冲出一股奇异的臊臭味儿，让人不由得掩一下鼻子，或者干脆用手把它给扇远。可是不管你虚掩鼻子还是用手去扇，都只能是一种无效劳动，因为这气味太浓太冲了。

一边开门，隶首就歪着头大声冲着屋内喊：

"蚩尤，算汝福气，摄政王来看汝矣！"

这一声很大，在这个小屋里一回旋起来，如同炸雷一般。这种响亮、严厉、略带些嘲弄的声音和语气，也是隶首在平时工作中面对战俘练就了的并且成了一种习惯，所以在轩辕面前面对蚩尤时，他不自觉地就这样喊了。他的本意，既然摄政王轩辕亲自来了，就要带一些声威，先声夺人。不想轩辕却大声制止道：

"隶首差矣，如此讲话？"

轩辕第一个就一步跨进了小屋。可是站在屋内，却一时看不清周围的一切。

蚩尤在这个小屋里一关就是几个月。听说两曋等就关在附近的小屋内，但是他们是不可能见面的，蚩尤只能一个人在这里煎熬。现在他总算度过了最初的焦躁和不安。人对环境的适应能力就是强，作为一个曾经力挫群雄、所向披靡、说一不二的年轻的盖世英雄，现在他已经适应了这样蜷曲一角的囚禁生活，适应了这里的阴暗光线和臊臭的气味。这样的艰难现在已经被他视为平常了，而这一切，在过去都是不可想象的！他对生已经失去了希望，现在一门心思就是等死，所以轩辕的终于出现，他也没抱多大生的希望。虽然说他得在这一间小屋里处理包括拉屎撒尿虱咬虫叮在内的一个人生存必须面对的一切事务，但是自从想开之后，他的饮食饭量不但没减反而增大了。他不知道自己还能活多久，在这有限的时间里，他要尽可能地享受生活，甚至活得有滋有味。求生是人和一切动物的一种本能，即使在已经失去生存希望之后，他头脑里，还是时不时地掠过一丝儿生存的希望……他要保持自己的体力，说不定还会有时来运转的时候。他不相信上天会灭他……隶首炸雷一样的声音把正在假眠的他惊醒，他用手挠了挠结了垢痂的毛茸茸的大耳朵：他完全不相信自己的耳朵，但是门已经打开了，轩辕摄政王已经从耀眼的白光中走了进来，带进来一股清爽之气。他是那么高大、魁梧而有气度！这是蚩尤事先没有想到的。

蚩尤被惊醒后慌乱地站了起来，他的手在自己用臭皮子胡乱蔽体的身上胡乱地拍打着，想掸掉身上沾的干草絮絮。已经有一段时间了，蚩尤的木枷被取掉了，手也松绑了，这也是他目前拥有的最大一份自由。这一刻，在高大魁梧、衣着体面、浑身披着亮光的轩辕面前，蚩尤忽然感到自己不光是一位战败者，而且浑身龌龊，他终于没能站直了腰，心理上先矮了轩辕三分。

蚩尤用肮脏粗糙的手指揉了揉干涩的眼睛，他坚持着不先说话，坚持他所谓的尊严，但是他不能不仔细地看看眼前的轩辕。从听说轩辕受炎帝榆罔之邀前来助战到现在，他和轩辕还是第一次正式见面。虽然曾听到许多有关轩辕的传闻和报告，但在他心目中，这个世界上真正的英雄，就只有他蚩尤一人。而现在，在这种特定的情境之下，才让他第一次客观地认识轩辕。

原来轩辕和人们传说的一样，的确是一位气宇轩昂的叔叔辈的中年男子。只见他高大的身躯披着一件亮黄色蚕丝披风，这亮黄的色调，把他的脸膛映得很亮：目光深邃而炯炯有神，如同黑夜里的两盏明灯；略为显胖的由字形脸盘，鼻梁高挺，嘴唇稍厚，嘴角线明显，脸颊上两个深深的酒窝。目光里透着真诚、亲切与男人的豪气，神态坚毅，凛然不可犯。

这么一看，蚩尤的自信又减去了一半。但他还是强撑着身架，强打着精神，把轩辕身后的两个人又打量一番：一个白得透明，轻如蝉翼，大有神仙气质，轻摇着鹅毛扇，神态自若；一个黑如铜塔，重如泰山，就像是一座不可逾越的山，身背着大弩，手握着刀柄，怒目而视。看来都不是等闲之辈！

蚩尤坚持着他的沉默，话头就由轩辕提起：

"蚩尤大酋长，吾乃轩辕是也。"为了以示尊重和平等，轩辕还是以"大酋长"称呼蚩尤，"隶首汝熟之，勿用介绍。余着重介绍此二位——"轩辕用手分别指指风后和力牧：

"此即汝五龙之对手——风后、力牧是也。风后者，谋臣；力牧者，大将。皆羊龙人也！"

仇人相见，分外眼红，更何况他俩还都是羊龙部落的人——蚩尤最不能容忍的，就是那些叛变投敌、出卖"主人"的人！他不由得翕动鼻翼，"哼"了一声。没想到自己竟然败在这两个"下民"手里！他感到耻辱，气不打一处来，内心更加不服气。

蚩尤翕动鼻翼、喘着粗气终于说话了：

"此役尔赢得侥幸，然天佑九黎，上天不弃！"他的潜台词是："那一场及时雨来得太及时了！"他相信他吞云吐雾的法术能做到这一点。

轩辕接过话茬儿："早有耳闻，大酋长通天矣。然风后先生，乃先皇伏羲之后。汝拜老生翁而通天道；他上中条而通《八卦》、《连山》、占候之事，吾常咨之……"

　　轩辕明白蚩尤"天佑九黎，上天不弃"之意，所以他要道破一个谜底："五龙之雨，风后先测之而后用计，上天好生之德显矣！"

　　轩辕一句话，就把蚩尤仅有的一点自信全给打消了。

　　"果真？"这是他听轩辕介绍后的第一反应。他不由得再次仔细地把风后打量一番：此人在羊龙部落他曾经见过，只是脑门儿大，气质与一般羊龙人略有不同：他走路好像飘过去一样，听不到脚步声，说话总是不紧不慢的样子，并没显出什么特别来。可这时候，从风后的身上，却明确地有一股清香的仙气散发了出来，让人感到清爽、清新，如同沐浴在春风里。他的长方脸说明他意志坚定，细腻的皮肤，证明他又是个思维缜密、行事细致的人……

　　蚩尤有点后悔自己当初为啥就没注意到这些。在自己身边，竟然还深藏了这么一位高人！……为什么这样一位高人不能为己所用，却被轩辕重用，成为自己的死对手呢？蚩尤一时半会儿还想不明白。可是从内心深处升起的一种自责和反思，却硬生生地把这些问题推到他眼前来。

　　在风后白皙的肤色的反光中，蚩尤盯准了他那双神韵幽然的单皮眼，明知故问：

　　"尔即羊龙之风后乎？余目光浅陋，不识真面……悔之晚矣！当初若识君，定当重用矣——不比强圉一废物也！"

　　而风后眼里的蚩尤，即笼中一困兽也！虽使尽了浑身解数无法逃脱，却依然对着猎人"嗷嗷"地龇牙。

四

　　面对困兽一样的蚩尤的问话，风后并没有直接回答他，而是"顾左右而言其他"：

　　"狼入羊群，张口便吃之，羊反应若何？若胜之，尔等群起而攻，把狼顶死。若不胜，则保全寻机，岂有冒被吃之险者，冲狼显能：'吾为大者，汝若不吃，定帮汝吃它羊矣！'此羊非羊，亦一狼也。"

蚩尤看风后绕了半天，把自己说成了一只狼，心里痛恨，不由得又"哼"了一声，但是聪明的他还是明白了风后话中的意思，只是不想再多说。人也罢，狼也罢，事已至此，由他说去吧。他把念头一转，就把话题转向了轩辕，向他提出一个一段时间以来一直困绕在心想不明白的问题：

"大酋长（他至今还是不愿意面对被摄政王轩辕战败这一事实），吾一事不明，为何九黎人越打越少，华夏却欲战欲多？九黎由勇而怯，华夏却欲战欲勇？吾请明白一死。"

轩辕思索着答道：

"虽言孤掌难鸣，战之由，各异矣。然公理为上，公理者，道也，万氏百姓之心也。此战，面观之，乃汝与帝——'祖孙'之争，实则关乎天下万氏。其一，勿论祖孙，即以帝位，汝乃'犯上作乱'！失于道，则心异；其二，汝自南而北，恃强凌弱，居人为己，祸及天下万氏。则所占欲多，树敌欲多。汝失于道，故寡助，越打越少。吾得于道，故多助，欲战欲多矣！欲挫则怯，欲胜则勇，此常理也。唯得乎道，通乎心，与万氏共休戚，则举大道而天下往……"

蚩尤似乎明白了一点儿，但还沉浸在思索之中。风后、力牧和隶首，也在琢磨着其中的道理。

轩辕说到了兴头上，还真有些意犹未尽，就接着说：

"战者，死人之事也，不得已而为之。万氏所以不顾生死、冒死相助，实则关乎彼生存也。人无活路，则冒死一搏。或死或生，在此一搏，则前赴后继，汝杀不完，亦砍不尽。再者，汝人犯一错——兵散，则首尾不顾，此致命也。鹿之九黎、三苗，虽倚兵器不可挡，然毕竟处偏隅；东夷、北地，以至河东，则幅员辽阔。每地必守，则战线长矣……合则为拳，散则为指，拳难防而指易伤。汝既入万氏之海，则若泥牛，无回也！"

轩辕一番话，单刀直入挖出了蚩尤失败的病根，蚩尤总算是明白了他之所以失败的原因。明白了这些道理，他输得也就服气了一些：

"谢摄政王，让吾明白一死！死者，闭目而已。然不与汝一比武，憾事也。"

力牧身板向前一挪，跨了一大步，自告奋勇道：

"杀鸡焉用牛刀。汝与吾比，若何？"

轩辕笑着按了一下力牧宽厚的肩膀：

"此言差矣。汝真'牛刀'也！吾且应之。"

风后也笑着扯了扯力牧的衣裾。力牧本来就口拙，就不好再说什么。

比武是血刃相见的事，弄不好会玩个你死我活的。隶首却高兴起来："妙哉！妙哉！久不观王演武矣。蚩尤，拿看家本事！"

两暭这个人怎么说也是一个冥顽不化、老奸巨猾的人。

五龙沟战斗被烧得焦头烂额、灰鼻子土脸的。看到大势已去，面临着做俘虏命运的青黎、白黎酋长魍、魉，拔出铜刀准备自杀保全气节。站在旁边的两暭却不冷不热地说：

"岂不愚乎，一死了之？尔等记着，非万不得已，决不就死！……唯人还在，心不死，总有东山再起时。"

一句话说得魍、魉自愧不如，各自收起了已经立在地上、挺起了血色刀刃的铜刀。以后，因为被分别关押着，所以他们之间再也没见过面。但是两暭相信，他的这句话，会一直给他俩鼓着底气的："九黎虽败，然迟早东山再起！"

对两暭的关押和审讯还真费了一些周折。

先由应龙主审，但是应龙是直杠子脾气，不管他怎样硬上，甚至动了刑具，就是撬不开两暭的口。没想到这个衰老的蔫"肉蛋子"还这么硬气，两只小而聚光的眼睛滴溜滴溜地转，就是不知道他在想什么。气得应龙咬牙切齿，双手叉腰，无头苍蝇一样在小屋里"嗷嗷"地团团转，一跺脚："恨不能一刀宰之！"

应龙看磨不过两暭，只好请吴权来帮他和两暭周旋。这两个人到了一起，可真是针尖对麦芒，旗鼓相当：一个是"半截人"，一个也矮而胖。两人脑子里都有层出不穷的"套套"。两暭不是不开口吗？吴权就真让人用棍子往开撬。这一撬，为了保命的两暭就开了口。他只说些无关紧要的话，吴权就陪着他说，从天上到地下，扯到哪儿都行，直到扯到两暭无话可说，再翻不出新词儿了。

"老羯胡"吴权眯缝着笑眯眯的三角细眼，右手捋着已经完全白了、弯弯曲曲地翘起、闪着银光的山羊胡子，津津有味地说：

"汝勿固执，对汝不利矣。轩辕仁慈为本，宽大为怀，汝若自新，或不杀也。"

两睪正想留住本钱、捡回一条命哩。一听吴权此话，就顺着他的话杆儿往上爬：

"吾定当自新，唯求宽大。"

这两个人玩招数，到底谁胜了谁？以后自有评说。

原计划上午迁入中宫，却因为轩辕、蚩尤比武而被推后。

轩辕、蚩尤的比武，就在轩辕中军大帐外的小广场举行。这小广场靠近盐池，地面盐碱板结和沙化严重，草木稀少，一片绿一片黄的。一起风，就沙尘飞扬，一片迷茫。远远的，东北方向，是一派银光闪烁的、被分成一个个方块的盐池。

没有通知更多的人来，就文武大臣和附近的百姓前来观看。十天干和十二地支卫队在周围护卫，摆成一个方阵，文武大臣们坐北面南席地而坐。裁判是帝师天老。因为只有他的一张老脸——资格最老，也被认为是最公平的。

比武从巳时开始，先比骑射，自然是轩辕取胜。轩辕飞身上马，策马前行，箭箭不离兽皮靶心。在一片欢呼声中他跳下马来。蚩尤一狠劲，抓过马缰绳，以他圆圆的牛眼瞪了马一眼，马就感到了一股冷冽的杀气，把肩部的肌肉一抖。

蚩尤刚骑上马背（虽然他过去只骑水牛，从没骑过马，但他还是勇敢地压了上去——没有办法，这里没有水牛嘛！），那马就浑身战栗，前腾后踢，胡跳乱蹦，想尽快甩开他。蚩尤学轩辕的样儿，赶紧俯身趴在马背上，没料想，那马因为不胜压力，忽然翻倒在地，就地打了一个滚儿……还好，蚩尤见势不妙，赶在马打滚儿之前就跳离了马背，但还给撞得鼻青脸肿，气得他"嗷嗷"直叫直跺脚。

626

那马翻身跃起，慌忙逃之夭夭，只留下"咮儿咮儿"的惊叫声和由近而远、由响而弱的"嘚嘚"的蹄声。

　　周围尽是喝倒彩、鼓倒掌起哄的，口哨声刺耳地响起来。

　　"非也！非也！且待格斗一场，一决雌雄！"蚩尤气急败坏地喊道。

　　这一次，轩辕身持青龙铜剑，蚩尤紧握鬼头铜刀，刀来剑架，剑去刀磕，你来我往的，直战了几十个回合。周围高喊加油的人哑了嗓子，天老急得看花了眼，总分不出个胜负来。直到正午起了劲风，飞沙走石，太阳隐于黄漠漠的扬尘之后，像一朵秋后菊花。日光昏暗。飞了刀。折了剑。

　　观者惊呼，他们看到的是"剑折、刀飞"同时发生。只有蚩尤自己知道，是他的刀先被震飞了；因为撞击太猛，轩辕的剑也折了。

　　败在轩辕手下的蚩尤再也无话可说，他对天老的裁定心悦诚服。现在的他，只有认命了：

　　"吾犯上作乱，不赦之罪也。摄政王就此杀之，绝无怨言！"他知道自己罪孽深重，杀了那么多人，便是死上百次，也不能相抵。所以他才抱定了必死的决心，以死来谢罪：

　　"砍头者，陶碗一疤。二十年后，又一好汉！"

　　蚩尤傲视一切的天性还在。他依然高扬着头，透过扬尘的阳光披了他一身金黄。

　　轩辕倒大方地、像大人原谅小孩一样，一拍蚩尤的肩膀：

　　"余不会就此便宜于汝！"看蚩尤的牛眼瞅了过来，轩辕又故意渲染了一番：

　　"原本，汝之出路，乃乱石一击，既泄众愤，亦保一全尸也。然吾非就此便宜于汝。汝既通天文，明金术，若不为害百姓，则可人尽其才，造福天下……余即说于万氏，不杀汝矣！"

　　"若何？汝不杀吾？"听到轩辕这句完全出于意想之外的话，蚩尤又用手挠了挠他毛茸茸的耳朵——他绝对相信，是自己的耳朵又一次失聪了。

　　"不杀。"轩辕肯定地说，"吾让汝活，自新，用汝之才，造福天下！"

　　虽说这是句重复话，但在蚩尤那里，却如同乌云裂隙里透过来的一缕暖阳，更像是一声悦耳的春雷，宣告了他生命的春天重新开始。

生存的本能，人与动物皆相通。即使你抱定了慷慨赴死的决心，但只要有一线不死的希望，人都会向生的道路上迅跑！蚩尤也不例外。这时候，他又想起了两暤的那句话："唯人还在，心不死，总有东山再起时。"

五

轩辕头一天解决了蚩尤的问题，第二天早上，中军帐已经拔了营，文武大臣的云车已经排了长长的一队，就等着他扶轩上车，即可搬进渤澥新筑的黄城中宫了。

由白龙马驾辕的轩辕的曦云车排在最前面，随后分别是骊云车、缙云车、琥云车、毓云车……天老、吴权、马师皇、风后、岐伯、仓颉、宁封、杜康、沮诵（杜康带了粮草辎重和他发明的白酒，沮诵带了部分大部落的代表和项先生去世的消息，刚从河西轩辕祖地桥山赶来）、孔甲等文臣和力牧、应龙、大挠、常先、大鸿等武将和十二大部落代表的云车，都排在后面。一人一车（驭手），前后四十多辆单乘云车，加上搬运东西的许多平板牛车等，曲曲折折地，排成有一二里长的一个车队。

轩辕一车当先，天老、吴权、马师皇三车并辔，后面则全部是四车一组，并排而立，每辆车上都分别插着红、黄、蓝、黑、白五色不同的图腾旗帜。轩辕和文武大臣、各部落的酋长、十二大部落的代表都神情庄重（因为仪仗要求而强抑着激动的心情），而现场搬运东西的兵士相互之间的喊叫声和号子声，不同器物撞击的"叮叮当当"的声音，马蹄兴奋地捯动着的踢踏声和马尖细高扬的"咴儿咴儿"的嘶鸣声、周围看热闹的人们的啧啧称羡声和像捅了一扁担的蜜蜂窝一样嗡嗡一片的议论声，所有的声音交织在一起，形成春潮一样喧响的声浪，真个是人欢马喧，一派热闹景象。

轩辕带领群臣最后一次向这块为东征胜利做出贡献的土地奠酒行礼后，大家就纷纷跨上自己的云车，一路人欢马叫地向渤澥黄城而去，在春日松动的黄土路上扬起大鏖一样接通天地的黄尘……

道路两旁挤满了羊龙、猴龙等各个部落的男女老少。年轻人手持花朵彩带，跳着欢乐的舞蹈，一个个因为长年累月风吹、日晒、盐蚀而变得黝黑发亮、高颧骨、深眼窝，一脸粗硬皱纹的年长者，则捧着、举着各种品种的食品（鹿、野猪、牛、羊、鱼等肉干肉脯、各个花色的面食）和干果（大枣、核桃），不避车马地挤向前，硬往云车上塞。孩子们则追逐着车辆欢跳着，奔跑着。到处是一派欢腾的景象。

轩辕一行的云车队从黄城高大的南门进去后，轩辕的曦云车站定，等各个部落的酋长或代表一一向轩辕行礼之后，再分别冲自己的宫室或土楼而去。只有师友和文武大臣的云车随轩辕继续向中宫而去。

轩辕不时地向夹道欢迎的人们挥手致意。因为他本来就是个左撇子，平时习惯于用左手。所以这儿他的招手，就一会儿举起了左手，一会儿又改作了右手，有时候，干脆将两只手都同时举过头顶挥舞着。八九点钟（辰时）的阳光，兴奋地将红晕挂上他的由字形开阔的脸盘。

人们尾随在轩辕和文武大臣的车队后，像潮水一样向中宫涌去，那一种欢乐、纷乱、热闹的气氛，简直无法形容。

前天搬进中宫的嫘妃，还沉浸在搬进新居的喜悦之中。

人常说"福不双至"，这一次却在嫘妃的心里给完全打破了。她的喜悦不仅仅是搬进了新居，而是终于战胜了凶顽的蚩尤。听说轩辕昨天还通过文比、武比，最终还降服蚩尤当上了主兵之臣，用其之长来造福百姓……她从心眼里更加佩服轩辕的宽怀大度——只有胸怀天下的人，才可能有这样博大的心胸！她为大家从此可以过上安宁日子而高兴，她也可以有时间在河东专心致志地推广她的养蚕植桑织帛之术了！

这么兴奋地想着，天麻麻亮的时候，嫘女就起身离了铺，收拾好内外后，披着晨光，就带着素女、盐女、采女、少女四嫔（玄女因远在王屋山而未能出席）列队在中宫门前，迎候轩辕一行的到来。她们的头上都插上了亮黄的、星星点点的迎春花，温煦的阳光，躯走了昨夜残留的凉意，将面南而站的她们的左肩熨热了，也将因兴奋而绯红的脸颊照亮了。激动、期待的女人心，像小兔子一样揣在怀里，"扑腾扑腾"地跳个不停。禹猇、巳、酉和浑沌等小孩子们，也在侍女的拉扯和怀抱中，偶然发出兴奋的尖叫声。

随着轩辕一行的云车队辚辚而至和尾随的人群的纷纷到来，中宫的门前广场一下子变成了欢腾的海洋。广场中央高悬着龙图腾和炎黄的图腾旗帜——断肠草也就是"炎"字图腾和天鼋大鼋神龟图腾。炎帝图腾居左，轩辕图腾居右，轩辕的天鼋大鼋神龟较炎帝的断肠草"炎"字略低一些，说明"炎帝者天下共主，轩辕只一摄政王矣"。白虎、朱雀、玄鹿、青龙四大部落联盟、天下十二大部落的图腾布在四周，云车排在四围。人们正在尽情欢呼的时候，忽然有快骑飞报：

"炎帝榆罔驾到！"

轩辕摄政王在派人向炎帝榆罔报告"擒获蚩尤，拟不杀之"的意见时，再次将多年以前吴权未赠送出的赫云车给炎帝送去，在这和平到来的大喜日子里，盛情邀请炎帝榆罔到渤澥黄城来，共同庆祝一番。

炎帝榆罔接到轩辕的邀请后，难抑内心的兴奋与激动之情，一夜几乎是在半睡半醒之间度过的……自从听取雨师赤松子的建议，命轩辕为摄政王并请他来河东抗击蚩尤以来，今天应该是炎帝榆罔最高兴的日子。战争开始的时候，他还不得不为轩辕捏一把汗呢。轩辕虽然慷慨激昂地来到了河东，但是以轩辕为首的华夏部落联军，虽说在人数上占有优势，可是以他们的木石兵器和九黎、三苗的金器（青铜兵器）相比，装备可就相差了很多。在单兵作战方面，九黎和三苗占着绝对优势……可是轩辕却把各个部落调动得游刃有余，在战争中发展壮大了自己，由一个个局部胜利的累积，终于有了五龙沟决战的胜利！……应该说这个摄政王是用对了！要不是他前来相救，现在自己可能早都被蚩尤——这个不肖的"孙子"给吃掉了，现在的天下共主，可能也已经是他了！我不是看重此帝位，只是如果帝位被这样的恶人夺得，天下不知又要乱多少日子！榆罔最体恤的是天下的百姓们，虽说他也有刚愎和心胸狭窄的一面，但慈善宽厚爱民安民，却是他的最大特点。他为百姓从此能过上太平安宁的日子而高兴，睡梦里无缘无故地就笑出了声，随着笑声，他也醒了过来。

这一点，帝妃、有蟜氏女少瀥喜在心里，看在眼中。

昨天晚上，炎帝榆罔就安排了行程，帝妃少瀥也为他准备好了染成红色的礼服。天不亮，炎帝榆罔就睡不住了。他翻身起来，就让少暭和几个侍女帮他梳妆洗漱，换好了礼服。等他走到紫宫外时，周围还是远近一片此起彼落的"咕咕喔喔"的鸡鸣声，外面正是黎明前的黑暗，几乎是伸手不见五指。而东方的天边，启明星正亮晶晶的在那里闪烁着。

炎帝吩咐，让值班的侍卫举了火把，快去叫醒随同他前去渤澥的大臣们。经过一阵脚步杂沓的纷乱，就在东边的天空发亮的时候，这支前呼后拥，由赫云车在前，四五辆牛车相随的黑色剪影一样的车队，就从闻喜一带的炎帝紫宫，悄无声息地出发了。他们把兴奋之情压在心底，准备到了渤澥之后，和大家一起分享狂欢。

炎帝一行因为老牛旧车的拖累，"吱扭吱扭"地，第一天走到盐池北面的龙居的时候，黑色夜幕已经落了下来，只好就在这里扎营。第二天天不亮，就拔营向渤澥进发。这不，赶在轩辕迁入中宫的时候，炎帝榆罔正好赶来了。

听说一声"炎帝榆罔驾到！"轩辕摄政王立刻带领文武大臣和刚刚赶来的各部落的酋长、代表等，急匆匆地赶往黄城北门外迎接。等他们齐刷刷地站了一片的时候，炎帝榆罔的车队已经到了近前。赫云车上坐着炎帝榆罔，他的身旁是红脸祝融，后面的牛车上，分别坐着帝师悉诸、雨师赤松子、风伯大风和大将刑天、共工等。

车队在人群近处停下，炎帝榆罔等先后下车。那些前呼后拥的兵士则分两列左右排开。这时，后土率领河东部落的酋长们也已经赶到。

炎帝接受了轩辕、后土与天老帝师及文武大臣、各部落的酋长、代表等一大群人的朝拜之后，由轩辕、后土左右相陪，天老携着悉诸，应龙拉着祝融、俞跗和雷公拥着赤松子，吴权、马师皇、风后、力牧、岐伯、仓颉、宁封、杜康、沮涌、孔甲、稷、伶伦、大容等轩辕王师与文臣，大挠、常先、大鸿与刑天、共工等武将，强圉、奢龙、上章、著雍、大封、灵枫等部落酋长及代表也随在其后，蜂拥进黄城去。

进了城门，走向中宫的道路两旁，挤满了夹道欢迎的人群，人们尽情地欢呼着，把两年来积压在心底的忧愤和郁闷，都尽情地发散出去。

看着渤澥黄城楼台屋舍的巍峨壮观，炎帝榆罔不由得发出一声声赞叹：

"伟哉！黄城！"

"大乎，黄城！"

"美哉，黄城！"

"后生可畏矣！"

轩辕只是微低着头谦虚：

"有帝在上，怎敢造次？众族促哄而已。"

轩辕和炎帝一个亮黄的披风，一个大红的礼服。一个身材魁梧而高大，一个体形宽厚而敦实。他们手挽着手，一起走进中宫广场。看到龙图腾和自己的"炎"字图腾旗在广场中央高高飘扬，旁边陪衬的是轩辕的天鼋大鼋龟图腾。炎帝心生自豪，把轩辕的手握得更紧了。一老一中年，两个人的脸上，都挂着兴奋的神采。

中宫前的广场上，人们在嫘妃、喫诟的指挥下，正在安排盛大的宴会。

各种不同大小的席子和坐垫铺好、摆开，除了嫘妃带领素女、盐女、采女、少女等亲自做的吃食，还有在喫诟指导下他的徒弟们的作品。这位厨师鼻祖，为了这个宴会，可是费了一番心血的……那些原来夹道欢迎时带的食品，人们也都贡献出来，一起"打平伙"。大家席地而坐，将所带的食物，都摆在了面前的兽皮上。

这真是一次盛大的酒宴。有不少小伙子和女子在人群中穿梭，把扛在肩上、抱在怀里的酒罐，墩在每一个"席面"上。到处是一片人声嘈杂的闹哄哄的声音。

轩辕把炎帝榆罔让到中宫门前正中面南的首席上。后土、天老、悉诸、吴权、马师皇、风后、力牧同在首席。左侧席是大风、岐伯、仓颉、宁封、杜康、俞跗、稷、雷公、孔甲、伶伦等文臣；右侧席应龙、祝融、大挠、常先、大鸿、刑天、共工等武将；强围、斗苞、重光、屠维、奢龙、上章、阉茂、玄子、灵枫等部落酋长在左，涒滩、协洽、敦牂、摄提、大荒落、执徐、单阏、作噩、掩茂和大渊献等部落代表在右。胡曹、于则、伯余、滑稽与其他文武大臣和部落酋长也在现场人员的导引下先后进入自己的席面，其中我们可以看到垔、大填、中黄子等。大家都是跪姿危坐在席面周

632

围的坐垫上，兴奋地相互寒暄着。

主持宴会的沮诵朗声诵道：

"东征胜利，部族欢宴，开始——"

排在主席台后面的一支庞大阵容的丝竹、青铜乐队，在大容的指挥下，奏起了气势磅礴的序曲《云门》。

在这样的音乐背景下，在主席台上与轩辕并肩而坐的炎帝榆罔，用他那双细长的凤眼巡视着欢宴的场面，看到许多原来跟随自己的大臣、部落酋长和代表都集聚在了轩辕这里，炎帝榆罔的心里就不只是一种滋味儿泛上来。

第九章

一

此次部落欢宴不是一件小事。它牵扯到炎黄、河东河西，甚至整个华夏万氏百姓的和谐相处。因此嫘妃也就非常认真地对待。她考虑到各个方面的利益和关系，仔细地、恰如其分地给每一个应该安排席位的人安排了席位，偏偏没给自己和轩辕的几位嫔女及孩子们专门安排。

嫘妃和素女、盐女、采女、少女四嫔带了昌意、玄嚣、酉、巳、素娟、禺貌和浑沌七个孩子，自己带了食品，在离主位很远的、百姓们围在一起"打平伙"的地方，随便找一块地方，铺上席子和坐垫，围在一起用餐。

应龙、常先、大鸿的妻子霞姑、巧姑和曼姑，也带着她们的孩子在这儿"打平伙"，被嫘妃叫过来，大家坐到一起来。

几个孩子中，除了已经十三四岁的、刚刚经过战火考验的玄嚣和昌意两位小将，就是酉和巳比较大了。酉和巳分别为盐女和采女所生，一个继承了盐女的热心肠，忙不迭地给各位妈妈和阿姨往手里拿东西；一个遗传了采女的大眼睛，扑闪扑闪地惹人喜爱。两个小孩都长得虎头虎脑的。霞姑、巧姑、曼姑故意逗他们玩，倒让他们不好意思起来，一个把脑袋藏在了盐女的背后，一个把眼睛瞪得大大的，待在那里，惹得大家哄笑一场。

禺貌是玄女所生，比浑沌大两岁的他，和玄女一样是天生的黑黝黝的样子，但他的眼神很好。由于玄女随西王母去了王屋山，禺貌就由素女代养着。这时候，他正在素女的怀抱中，生怯怯地看着这几位阿姨。

知道了禺貌是玄女的娃，霞姑、巧姑、曼姑就抢着要抱，禺貌噘着小嘴，一副极不情愿的样子，却被阿姨们给传来传去，被点了鼻尖儿、逗了小圆脸蛋儿，还是没有笑，最后又噘着嘴，被送回到素女的怀里。暂时没有妈妈的他，就视素女为妈妈，把素女搂得紧紧的。素女的旁边，还偎着她的女儿素娟。她比禹貌大两岁，小姐姐护着小弟弟，他们俩就像亲姐弟一样。只是素娟白而禹貌黑，素娟瘦高苗条而禹貌低胖一些。

在大家边吃边逗孩子们玩的时候，浑沌正在嫘妃的怀里吃着奶哩。他还不到周岁，头顶上长着稀稀的结着黑垢痂的黄绒毛儿，一边用撮成圆形的、像鱼一样的小嘴咕咕嘟地吸吮着奶汁，一边把胖乎乎的小手伸进嫘妃的丝质衣衫，将另一只憋得圆鼓鼓、软溜溜的"奶奶"紧紧地给搂占住。

这个并没有在文武大臣和酋长们的席面中，而只是在百姓们打平伙的场面中挤出的一席之地，却成为整个席面的一道亮丽风景，特别显眼。除了她们"三个女人一台戏"嘻嘻哈哈、叽叽喳喳的热闹气氛外，也因为这里真正是一个美女如云的地方。

这一席的中心人物自然是嫘妃。不用说她是个标准的美人儿，虽然她已经是三个孩子的母亲了，但她的肤色却依然粉红润泽的，给人一种新鲜的感觉。这会儿，她的一双丹凤眼笑成了细长的缝儿，细细的、有点发皱的眼角纹，使她显得妩媚、端庄而又成熟。

素女似乎还保持了她做姑娘时的体形。她白净、端庄、可爱，看人时，总是一双新月弯弯的眯成细弧线的眼。她还是那么素静幽静，性格却不再内向寡欢，把个"冰美人"变成了热辣辣的"辣妹"。正因为她的热心，玄女不在时，嫘妃才把禹貌安排给她带养。她就用那双纤巧的拨弄瑟弦的手指，如为己出地抚弄起孩子来了。她拨弄孩子就像鼓瑟一样仔细、认真、准确、到位，使禹貌这个暂时没妈的孩子，在她的拨弄下，如沐春风，就像又回到了母亲身边一样。

盐女一开始就热情泼辣，是个典型的"辣妹"。能从嫘女的学生变成嫘妃的"先后"，这一点终生都是她值得庆幸的事。所以她处处以嫘妃为榜样，由于她的言传身教和熏陶，儿子酉也成为一个热心肠的人，在兄弟中帮大带小的，俨然一个小小的中心人物。盐女保持了她从小养成的用盐水漱口的良好习惯，所以一口整齐的玉牙和爽朗的笑声，成为她的主要标志。

集中了巴山氏美女优点的采女，她那双超级大的美目，还是那么明澈晶莹。生了一个巳，并没有改变她美女的特质。

少女是轩辕进占炎帝榆罔故里——宝鸡姜城堡时在紫宫认识的一位绝艳少女。由于她始终保持了少女那样娇艳的美肤美色，所以"少女"这个称谓就成了她的名字。在轩辕现在的五位嫔女中，她也是最年轻漂亮的一位。她的脸上总是挂着无忧无虑兴奋的光彩，"咯咯咯"的笑声，与生俱来似的一直伴随着她轻快的脚步。"站在那里风摆柳，走起路来水上漂"，应该是对她最准确的描述。

霞姑、巧姑和曼姑都已经是孩子的母亲了。但是霞姑还是明丽如水，一笑就脸上飞红，巧姑依然小嘴甜甜的说出话来人爱听，曼姑不改高大夸张的直性子……

女人聚集的地方，永远是人们关注的焦点。这不，周围的目光，全都转向了这里。

炎帝榆罔的眼中渗出了泪水，他的内心充满了英雄暮年、壮志未酬的落寞和感慨。

这会儿，他的眼中看不见或者说容不进这些美女，他满目看到的，都是自己的旧臣，包括身边的天老，旁边的稷在内。后土、强围、斗苞、重光、屠维、奢龙、上章、阉冉、玄子、灵枫等部落酋长，湄滩等十二大部落代表，过去可都是自己的臣下啊！现在，他们却都跟随了自立为黄王的摄政王轩辕。他们看我的目光，有的不好意思，还保持着过去的谦卑和恭谨，有的则纯粹是不屑一顾，目中无人……呜呼，彼一时，此一时，世事变迁，世态炎凉啊！

炎帝榆罔在内心里苍凉地感叹着，但他尽量不把这种感叹表现在脸上，因为轩辕这个摄政王还算是尽职尽责。有轩辕在身边，他的心里还比较踏实一些。轩辕不计前嫌，拼着命来救主的功德让他感动不已。所以借着这次庆祝东征胜利的部落欢宴，他要把轩辕的这种精神好好地弘扬一番。他这么想的时候，就认真地看了轩辕一眼。从神态和坐姿看，这时候的轩辕，似乎比在闻喜见面时更加雄健、刚毅、庄严和大气了！看着轩辕气宇轩昂的样子，"后生可畏矣！"——他内心不由得又生发出了一声感叹。

炎帝榆罔看轩辕的时候，轩辕也看了他一眼。在轩辕敏锐的心灵里，他似乎捕捉到了一点儿炎帝"炎凉"的感叹。因此，他用热情鼓励的目光，很专注地看着炎帝，把一只烤得红红的、油光光的鸡大腿举到了炎帝眼前。轩辕又分别给天老、悉诸、吴权、马师皇、风后、力牧让着食物。这样让食的时候，他就想起了他的启蒙老师项先生：据沮诵从桥山来讲，鞠躬尽瘁的项老先生，一直为有熊氏工作到了生命的最后一刻。临去世的他，真正是变成了一个皮包骨头的"透明人"。他为了东征的正义战争死而后已！

气势磅礴的《咸池》前奏曲很快就演奏完了。

在余音袅袅之中，主持人沮诵再次朗声诵道：

"摄政之王轩辕——诵——词——"

人们都把头扭向了主席位，像抬头望北斗一样投去了敬爱的目光。全场响起了经久不息的热烈掌声。

轩辕携着炎帝榆罔站了起来，他双手并举，向大家招手。炎帝榆罔也向大家频频招手。等掌声慢慢地平静下来了，轩辕才大声说：

"余本有话，然帝在上，不多言矣……唯哀人事不幸，属天命而委《咸池》。东征之役，乃天助、人助、神助也。故敬天娱神，《云门》大开；《承云》之乐，人神共悦！"

全场一片呼哨叫好声。现场气氛更加热烈。

乐声一起，周围杂乱的声音一下子就静了下来。大家拭目以待。

这《咸池》之乐，是大容专为庆祝东征胜利创作的一部由丝竹、琴瑟、青铜和鼓号等协同演奏的"交响之乐"。第一章曰《云门》，状人间正道——

音乐响起，丝竹、琴瑟、青铜和鼓号的旋律此伏彼起，一种乐声消隐了，一种乐声又响起，一会儿是丝竹、琴瑟的清音，一会儿又是青铜、鼓号的重浊，阴阳调和，声光流布，好像冬天过去，明媚的春天降临，蛰虫复苏，百鸟鸣唱。接着是一声让人惊惧的春雷，它轰轰隆隆，无首无尾，震耳欲聋……

大容是河东的音乐家，亲身经历的这场反抗九黎侵略的战争，激发了他的创作灵感。当他把自己的作品演奏给轩辕听时，轩辕提出了一系列修改意见。他说："乐者，娱神悦人。唯取象天地，行之礼义，合于大道是也……"因此，后人又在《咸池》的作者中加上了黄帝。黄帝一生很喜欢这部乐曲，多次在重要场合演奏。现在是在盐池边的渤澥黄城演奏，以后在洞庭湖边的君山，他和炎帝榆罔还有过一次共同欣赏的机会。直到晚年回到桥山黄城，百岁老人的他，还和近臣北门成谈论这部恢宏大作。

第二章《承云》，演阴阳之和。

第三章《景云》，续不息之声。

音乐一章一章地演奏下去，人们屏息静听，闭五官以守神。然而这变化的乐音，还是无穷无尽地涌来，激荡、振奋着人心，直到曲尽仍绕梁三匝，不绝于耳。

天老没想到大容能创作出这么好的乐曲，还在咂着舌头、晃着脑袋品味。悉诸皱着眉头思索。吴权感受到的是各种诡谲变化的权谋。马师皇听到的是万马奔腾的蹄音，他把披散的马鬃一样的长发一甩，长如马头的长脸上挂着兴奋的表情。风后为他举荐了这样一位音乐奇才而骄傲，这时候正神态自若地摇着他的鹅毛翅扇。力牧又回想起了他挥动拦羊石铲，驱动如云一样的万只羊群的情景。比别人高出一头的他，就像一面墙，一座山。轩辕感慨系之，浮想联翩……

炎帝听得如痴如醉，沉湎其中，竟忘记了吃喝。"此天地之大道也！"他感慨万端，千言万语终于汇成两个字："妙哉！"一个"妙哉"意犹未尽，又补充了几句"颂词"式的赞语：

"真乃是听不闻声，视不见形，充满天地，包裹六极！"

二

经历了蚩尤夺位之难、已经六十六岁年老多疑的炎帝榆罔，对如日中天正处于上升之势的轩辕，始终是一种矛盾的心态。

炎帝不得不佩服轩辕的能耐——他的组织能力和统率能力，他包容天下的博大胸怀，他对天地之道的透彻理解……在由衷地盛赞轩辕的《咸池》之乐"充满天地，包裹六极"的同时，炎帝也清醒地认识到，虽然他比轩辕多吃了许多年的谷子，但是他走过的路，还不一定有轩辕多呢！轩辕从小就跟随项先生四处求师，谦虚好学是他的最大特点，他志向高远但不好高骛远，走到哪儿就把师父拜到哪儿，只要听说有隐士高人，他从不放过拜访的机会，因而得到了天老、吴权、巫师玄、西王母、广成子、马师皇、皇人、鬼容区、宁封、仓颉、后土、风后等众多高人的指点。感于轩辕的真诚和志向，这些高人名师，都甘于做他的臣下，成为他征服九黎和三苗的得力助手。现在，他的手下可以说是人才济济，而这些人才又被他使用得恰到好处，形成了一股合力。他的身上好像有一种磁性吸引着人才，又能把他们的能量发挥得淋漓尽致。

虽然炎帝榆罔对轩辕的能耐，包括他的人品是肯定的（在目前情况下，也只有他这位摄政王，才能协助自己统治这个纷乱的天下），但是他的心中总不免有一丝隐痛和担忧。

看到炎帝榆罔充满皱纹的田字形脸庞上这会儿既兴奋激动又不时地皱眉头的表情，轩辕想他可能要讲点什么，就转身叫过主持宴会的沮诵，小声叮咛了几句。随后就见沮诵清了清嗓子，朗声高诵：

"请听炎帝——旨意——"

炎帝榆罔站了起来，向大家频频招手。掌声过后，他用他那略显苍老的声音大发感叹：

"易乎？不易也！"炎帝先发了一声感叹，才从容道来：

"此《咸池》之乐，余深悟之。金锤之击——正义之声、不屈之神也！尔等同族相惜，义赴河东，救民于难，终以木石之器、血肉之躯而胜铜头铁额，就靠此精神——"

大家都报之以长时间的掌声。

意犹未尽的炎帝榆罔接着说：

"大道之扬，奥理之阐，非思接天地、海纳百川不成矣。大象无形，大音无声，故曰：'不闻其声，不见其形；充满天地，包裹六极！'"

对《咸池》之乐大发感慨之后，炎帝榆罔才把话题一转：

"尤以轩辕，危亡之时，勇担正义，挺身而出，登高而呼，扶华夏于既倾，会天下各部，齐心协力，共抗九黎，活捉蚩尤……

"蚩尤虽罪有十恶，该万死，然他亦通于天道，轩辕仁义感化，不杀之，'主兵'之，意在扬炼金之术，可行矣。蚩尤罪大，黎民非恶。若杀蚩尤，黎民、百姓，冤冤相报，何时以了？何谈太平？恕之，则黎民、百姓合一体，享太平！"

炎帝榆罔这么讲的时候，人们开始是昂奋，接着是不安和注目以待，最后，终于又一次爆发出一片热烈的欢呼声（他没有提蚩尤也是他不肖的干孙子）。

炎帝榆罔当众肯定了轩辕的功德，轩辕倒没觉得有什么，因为他从来都不把名誉上的事情看得太重，倒是炎帝关于不杀蚩尤理由的阐释和引导，让他既感受到了炎帝的慈悲心肠，也得出一点"姜还是老的辣"的结论——他只这么几句话，就说服了大家，让人们安下了心，心服口服。在这一点上，轩辕对炎帝榆罔由衷地心悦诚服。

"开宴——上酒！"

只见来自河西的杜康部落的年轻人，在杜康的引领下，抬上了一个沉甸甸的、缸口上扎了红丝帛、装饰了一圈圈的直线和斜纹的红陶酒缸。酒缸被晃悠悠地抬到了主席位前，杜康亲自打开红丝帛包着的封口，一股芬芳的香气就从酒缸里冲了出来。

杜康先给炎帝榆罔盛了一陶碗，酒还未到，香气已扑鼻而来。又给轩辕盛满了一陶碗，轩辕也不能不受到这种香气的熏染。

杜康："此罪臣杜康之发明也。"

轩辕笑着拍了拍杜康的肩膀：

"莫过谦。汝功大于过！"

一时间，几十陶缸秫酒都给抬了上来，分别给所有大人（成年人）都盛满了陶碗。

当天的喜庆宴会一直持续到下午。宴会过后，就安排炎帝榆罔前去休息。根据炎帝榆罔的建议，第二天安排他参观渤澥新筑的黄城。

昨天一到渤澥，炎帝榆罔就对黄城产生了浓厚的兴趣。轩辕能在不长的时间内，在一块平展展的盐碱滩地上，建成这样规模的一座王城来，也真不容易！

渤澥黄城建在羊龙部落老聚落的东侧，也就是山西运城解州传为是风后故里的社东村一带。据称，这里就是轩辕黄帝在以后的涿鹿之战时擒获蚩尤后肢解他的地方。因而在该村南部形成一大一小两个"铁冢"，就是蚩尤坟。此是后话。

渤澥黄城的选址，可以说轩辕是动过一番脑筋的。首先，和蚩尤城一样的功能，它完全控制了另一个南出中条山的通道。这都和控制渤澥盐池的盐相关。轩辕从长远的目标考虑，要利用好渤澥盐池这个资源，保证河西以至陇东一带各部族必需的食盐供应，就要牢牢地把握住对食盐的控制权。

建设渤澥黄城之前，摄政王轩辕和风后之间有过一次长时间的交流。

一开始，轩辕的打算是，战胜九黎和鹿部落联盟之后，即回到河西去。但是，出于对河西以至陇东、巴蜀都离不开的生活必需品——盐的保障，吴权建议必须留在河东，占住盐池这个食盐生产基地。因为自蚩尤控制渤澥之后，阻断了河西盐道，随着时间的推移，河西可是没少闹盐荒！虽然后土部落还是尽其所能尽量周济了一些，北路的粮草运输线，在源源不断地从后方向前线输送粮草的同时，也捎回去一些盐巴，但是还是远远满足不了人们生活的需求。

还有，就是对地形的选择和合理利用。轩辕专门选了这个坐南面北，而不是坐北面南的地方，他要表达的意思就是告诉世人"面北为臣"的意思：渤澥黄城再宏大也要记住，它还只是一个王城，是摄政王的城，而不是帝都——轩辕的上面还有炎帝榆罔这个天下共主呢！

轩辕所以留在河东，还有几个原因：一是羊龙部落酋长强圉的诚心挽留；二是后土等河东部落的衷心拥戴；三是炎帝榆罔的挽留。大家都觉得，有轩辕这样的一个人在身边，大家心里踏实，日子才过得安心。

请炎帝榆罔参观渤澥黄城，本来就是轩辕安排之中的事情。只是由于炎帝榆罔兴致勃勃的建议，将这一进程给提前了。

渤澥黄城虽说是一座坐南面北的城，但是城中以中宫为中心的八方的方位不能乱，周围依然是按照伏羲八卦，分成震、兑、离、坎、艮、巽、乾、坤八个区，加上中宫共九区，相当于桥山黄城的九宫和"五城十二楼"。设八个门，即震（东）门、兑（西）门、离（南）门、坎（北）门四个正门；艮门、巽门、乾门和坤门四个角门。出于防御的需要，这八个门，每天又分别被称作为惊门、伤门、景门、休门、开门、杜门、生门、死门。这八种叫法，根据兵力部署的变化而在八门之间循环往复，变化莫测，让人捉摸不定。这一种按照时辰推演八门变化的防御方法，以后就被风后总结为神奇的"奇门遁甲"阵法。据说，轩辕根据这一方法推演出的阵式有一千零八十个。

应该说，渤澥黄城较之利用自然地形而筑的桥山黄城，又有了新的发展。这一种发展，主要得力于轩辕谋臣风后的融会贯通。当然了，选好城址后，还卜出良辰吉日，举行了一场类似于桥山黄城那样的奠基仪式。奠基仪式仍然由后土主持。

河西桥山东南的马龙部落，还坐落在沮水南面那条支流东岸的山坡上。部落的事务，自从马龙部落酋长重光随轩辕东征之后，就交由部落巫师主持着，所以和生死相关的礼仪和一些祭祀活动还在正常进行着。荣将家就住在那一层层排列的面西的土穴之中。他的父亲荣龙，一位六十多岁、提前弓起了腰的老人。她的母亲，是由虎龙部落通婚而来的黄瘦脸的老太婆。几十年了，她已经完全认为自己就是一个马龙部落的人了。

荣将牺牲的消息，像闪电一样激烈地刺穿了全家人的心。全家人都像被霜杀过了的庄稼一样瞬时蔫了下来。

父亲荣龙把他弓了的腰弯得更加厉害了。一脸的皱纹都缩到了一起，加上深暗的老年人的干燥皮肤，小脑袋活像一颗被沤得发黑的山核桃。他"唉——唉——"地长叹着气，一句话也没有了，一个人把所有的痛苦折磨都打包收藏、烂在自己的心里去。荣将是他活下来的唯一的大儿子。荣将的母亲前后生育了五六胎，有儿有女的，却都过早地夭折了。现在，荣将是他们生活的唯一依靠。

荣将的母亲，"啊哈哈——"地哭哑了嗓子。她捶胸拍地的，把所有痛苦都给哭喊了出来。自从荣将东征，她的一颗心，就被荣将带走了一半。她的心一直在悬着，时时刻刻，一草一木，甚至一声鸟叫，一声马的嘶鸣，都能牵起她对儿子的思念。四五个儿女先后夭折的痛苦旧伤，又一次像被重新揭开一样疼痛，流着鲜血……一连好几天，老太太都处于半昏迷状态，哭笑无常。一忽儿，她看到荣将骑着高头大马，一脸荣光和兴奋，老远就喊着"妈——"，向她奔驰而来。她伸出了两只干柴禾一样枯瘦的手掌，嘴里重复着"儿呀——儿呀——"，痴情地迎接儿子的归来；一忽儿，她的眼前又是让他难以想象的儿子和"铜头铁额"的九黎人搏杀的惨烈场面：她亲眼看到了那一柄铜斧，怎样划了一道闪电，从背后斜着劈向荣将。荣将轻飘飘地徐缓倒下去了……她疼得惨叫一声，好像自己受伤一样昏死过去。

儿子倒下了，他们生活的全部希望也随之倒下。两个缩作一团的老人，将怎样生活下去呢？

三

五龙沟之役，滚木石礌加火攻。面对死局，疯狂的九黎人红了眼，他们孤注一掷，把全部生的希望都寄托在突出沟口去。因此，就不顾死活地一浪一浪地向前突进。不管你密如雨点的滚木礌石怎样落下，总有碰不到的人在向前突进着。人一旦被逼入绝境，那一种求生的欲望和意志力，是难以想象的……死境求生的九黎人，把盾牌顶在头上向前疯狂突击，有的举着盾牌掩护，有的则凭着他们力大无穷的膂力，扫开熊熊燃烧的干柴捆，一块块地搬开巨石阵来，眼看着就要突出沟去。

荣将一身黄麻披挂，挺着长戟，两腿把胯下的赤兔马一夹，赤兔马高扬起它像兔子一样拱起鼻梁的"兔头"，"咴咴"地一声长嘶，就像一道红色的闪电，一马当先冲入沟内，在敌众之中大开杀戒。

这赤兔马是西王母送给荣将的西戎部落的良种马。它虽属于高大厚重的重型马，跑起来却像奔兔一样快捷。荣将得到它，正好像所谓"将遇良才"，如鱼得水，一对黄金搭档，把人与马的组合力量发挥到了极致。有了好马，又配备上了青铜兵器，荣将在敌众中如入无人之境，所向披靡……青铜长戟在敌众中挑、刺、砍、扫，舞得像花儿一样，血光飞溅，一片红色的雾，使得九黎人不得近身。重光和奢龙率领马龙部落和玄龙部落的兵马也冲下山来，封住沟口，向内冲压。

荣将力敌众敌，左右横扫，力挽狂澜，却还有人乘他扭身向后扫去之一瞬，一把沉重的青铜大刀落下，可怜的赤兔马一声长嘶，就被砍到了马肩。马惊得腾起前蹄，嘶叫声骤然而至，马血喷溅如红色喷泉……马失前蹄，就势跌倒滚翻，荣将人落马下。徒步而战的荣将陷入重围。

重光一挥手中石刀："快救荣将！"士兵们"嗷嗷"叫着向内冲去，却被九黎人墙、兵器隔开。人声嘶力竭的喊杀声，兵器相交的碰撞声、断裂声，刀剑劈刺的"咴咴"声，重锤打击的沉闷的"咚咚"声和受伤者的惨绝人寰的惨叫声交织在一起……生的碰上愣的、愣的见到不要命的。既杀红了眼，就什么也不怕了！刀斧相交，互不相让。

荣将手挺长戟，左挡右击，勇力不减。一排长矛一齐刺将过来，被他用戟杆架住，再一发力，那些执矛的九黎兵士就纷纷向后倒去。可就是这个时候，一柄铜斧，划了一道闪电，从背后斜着劈向荣将后颈。斧已重重地落下，人头离体，躯体喷出一腔热血，荣将还一回身，一戟刺穿了举斧的九黎兵士，自己却轻飘飘地徐缓地倒下去了……惊呆了所有在场的人。

战后，荣将和他的赤兔战马的尸体，都被运回了渤澥，停在轩辕中军大帐外的广场中。赤兔马还保持了它嘶鸣时的样子，瞪大了一双惊恐的已经失去生命光泽的玻璃球一样的眼睛。嘴张着，露出上下两排长长的发黄的切齿。荣将漂亮的脸蛋变成了灰白，但他依然咬紧了牙关，眼睛向前发狠地逼视着，始终不肯瞑目。

碎女发了疯似的，长号着，一头乱发扑向荣将的尸体，双手在荣将冰凉的、溅着血迹的脸上、身上抚摸着，哭声不断，泪水长流。

"汝去矣，吾随也——"她忽然一声喊，一头就向旁边的一块石头碰去。被随在身边的女友硬给扯住了。大家抱在一起，哭作一团。

轩辕在合符仪式之前，为荣将举行了最为隆重的葬礼。所有参战的部落和兵众前来参加，羊龙、猴龙部落的男女老幼，把中军帐前广场，围了个水泄不通。整个一片白色的海洋，就像冬天里落了一场大雪一样。

安葬仪式由后土主持。碎女手扶着八个人抬着的、安放荣将的用菊花编成的花床，走在最前面。轩辕亲自披麻戴孝，执哭丧棒。各位师臣、文臣武将，各部落酋长紧随其后。长长的银蛇一样的送葬队伍，从渤澥一直延伸蜿蜒向中条山麓。

　　轩辕率华夏部落联军东征蚩尤之后，桥山祖地黄城的治理、战争所需粮草的征集和储运、有熊部落的日常管理、还留在黄城的大部落代表的饮食起居和生活必需，如此等等的繁重事务，就几乎全压在沮诵的身上了。

　　粮草的征集，战争一开始时，各部落特别踊跃，纷纷派出了自己随军而来的粮草辎重。但是，随着战争的持续，特别是到了第二年的春荒之际，许多部落都自身难保，人们纷纷以榆树皮和野菜为食，谁还能拿出多余的粮草贡献到河东前线呢？

　　桥山黄城自轩辕东征后，一下子变得缺少了活力和生气。由于大部分年轻男人都前去参战，部落里就剩下了一些女人、孩子和老人，就好像一个大屋子，忽然间失去了顶梁柱，面临着垮塌的危险。

　　桥山黄城里一下子人烟稀少起来。外出打猎的机会少了，只有女人们围在一起，还在继续着各种各样的力所能及的劳动和部族的公共活动。原来在部落里享清福的老年人——黄雍父、附宝、挥父等，也都气喘吁吁地重新投入到劳动中。孩子们叽叽喳喳地挤在其中，倒多了一点活气。碎女是这一群娃娃的头儿，在那里呼东指西的。少量的男人，像蛮牛、陶虎等，都成了沮诵、项老先生和杜康等的主要助手。前线每传来捷报，全部落的人都会欢腾一阵子。但是，每每传回亲人受伤或者牺牲的消息，相关的人员——其父母、女人和子女，就会哭成一团，全部落都笼罩上一层哀婉的阴影。随着战争的进行，部落里落单的女人越来越多，其他女人也日夜在为自己的男人担心着。人们的心灵在经受着战争环境的考验，生活也在一日日地经受着严酷的考验。

　　桥山黄城内因为缺盐，住在中宫的项老先生就先断了自己的食盐。因为要重点保障住黄城的大部落代表对食盐的需求。

　　项老先生本来身体就瘦弱，缺了盐，全身又变得疲软，这进一步加快了他老人家衰老的过程。他那一头披散的银发变得稀疏柔软而弯曲，银须也开始脱落，失去了往日那银亮的光泽。人瘦得只剩下白而松弛、近于透明的薄肉皮裹着棱角分明的老骨头了，那肉皮抓一把都能提起来。走路的时候，腿脚像凝固一样沉重得抬不起来。就是这样儿了，他还是鞏着瘦长的、斜鼓起两道粗筋的细脖子，不听沮诵的劝阻，挂着龙头长棍，十步一歇地上山下坡，奔波于桥山周围各宫之间巡视，到杜康分管的西塬、西川粮草储存转运基地查看。

由于年老力衰，项老先生年轻时因为受寒落下的气喘的毛病，这时候就更加凸显出来了。因为气短，呼吸时，不得不助以长声给带出来。于是，"啊——夫啦啦啦啦啦"——这句没有具体意义的助声，就成了项老先生晚年的主要标志。只要你听到夹杂着"咣当咣当"的木棍拄在地上的节奏和老远就传来的"啊——夫啦啦啦啦啦"的助气声，就一定是项老先生驾到了。

因为担心项老先生的身体，沮诵就派了一个年轻后生、轩辕的弟弟陶虎搀扶他。可是项老先生偏偏不让人搀扶。他自己一个人在前面边走边歇，挂着长木棍弓腰站着，把深眼窝里透明的皱巴巴的眼皮掩不住的圆滚滚的、眼白变得蜡黄、透着血丝的眼球，迟钝地转来转去、四处打探着。人也许都有这么个通病吧，就是欲老欲对年轻人做的事不放心。现在的项老先生，就是这样。前面和沮诵、附宝、挥父、杜康、黄雍父，还有驻黄城的部落的代表们一起商量定下的事，他总要亲眼去看了落实情况，才会放下心来。部落里的事，包括人们的吃喝拉撒，还有征集粮草的事，他几乎是事事过问，而且人也变得絮叨起来。有时，一样的话他会重复说上好几遍。年轻人不耐烦的时候，他总是说"吾卧铺，灵于汝站地"，"吾过之桥，多于汝走之路！"因此，这两句话流传到小孩子中间，就变成了一首童谣：

吾卧，汝站，孰灵兮？
吾桥，汝路，孰多兮？

通常，项老先生在前面走着，就有小孩子老远地拄了长棍，学着他的样儿："啊——夫啦啦啦啦啦"，也时不时地就有悦耳的童谣朗朗地诵出。

这时候，项老先生会故意伸长了棍子去敲小孩子的脑袋，小孩子"噢——"的一声一哄而散，项老先生的薄皮瘦脸上，就挂了一脸无可奈何的凄然笑容。有时候，他却坐在一个土坎，或者一个干树根上，伸出瘦长的骨节突出白得透明的手指，把孩子们都拢到一起来，抚摸着他们的头。

等孩子们都瞪圆了眼睛，专注地听他微微颤动的苍老声音唱歌的时候，他就会把一首从遥远的记忆中拉回来的童谣，很苍凉地唱出来：

> 岁悠悠兮，人何求？
> 春日忽兮，驹过隙；
> 岁荣枯兮，芳草萋
> ……

有时候，他还会给孩子们教轩辕的那首《巾几铭》：

> 日中必彗，操刀必割。
> 执斧不伐，贼人将来！
> 荧荧不救，炎炎奈何？
> 为虺弗摧，为蛇奈何？

以此为孩子们励志。随后，他就会说："吾生一幸兮，教轩辕！"这时候，他就会眉飞色舞地一脸幸福相。这辈子能教出轩辕这样一个有出息的孩子，是项老先生最引以为自豪的一件事。这也是他经常在陶虎面前讲的一件事。

四

项老先生最近又增加一个习性，就是节食。因为河东前线需要粮食，部落里的年轻人比他更需要粮食，所以他就尽量从自己的口中省出一些来。他给自己定了一个基本量，每次吃到不饿为准，宁可空着肚子，决不多吃一口。而且，他也会像少典君原来教蛮牛、轩辕那样，用他瘦长的舌头，将陶碗排着给舔净了，决不浪费一粒粟米。逢到人家饭发馊了，或者干面团霉了点，他都抢着说："吾食之！"

因为缺盐少食和终日的操劳奔波，项先生的身体状况，一天不如一天。

夜深人静的时候，一种老之将至的感觉，就会从心底那么清晰、痛彻地浮出来……这时候，他的梦境也变了，动不动就会看到自己去世多年的爷爷奶奶，他大他妈，还有他死在西迁陇东路上的老婆——乔老太。他们总是笑眯眯地向他招手，嘴里说着："来也，来也！"他感到既亲切又可怕，经常惊出一身冷汗。

有一次，月光之夜。项老先生拖着长声对陪睡在他身旁的陶虎说：

"爷命休矣……不过百日。吾梦已落坑中，人向吾填土也！"

一句话说得陶虎毛骨悚然，他在神经紧张的同时，赶紧安慰：

"先生长命百岁！先生不死矣！"

时过百日，正是盛夏。项老先生看护一位亡者——老年人胆大嘛！不幸被一蚊虫叮咬。先是一个奇痒的红包，接着就高烧不退、颈部僵硬、严重头痛、意识不清以至连续几天昏迷不醒。脸色变得红赤如炭，"啊啊啊"地失去语言能力。项先生终于没给我们留下一句话，就溘然长逝，成为一个永远的遗憾。

也就是这个时候，身在河东军帐中的轩辕做了这样一个怪梦：

项先生眉目清晰地微笑着，那么真切！他带着轩辕走上一个视界开阔的平台，满眼是逶迤细浪一样、层层叠叠的褐黄色的壮丽山河……项先生却不见面目，只有褪光了头发的溜光的头型。似乎是项先生说，他要走了，依依不舍的样子，瘦手把轩辕的手捏得越来越紧；轩辕也反过来，把他的手捏紧了！

直到河东的渤澥黄城建成后，沮诵带了轩辕的母亲附宝、荣将的父母荣龙夫妇等来到河东，沮诵向轩辕报告了项老先生仙逝的消息后，轩辕回想起他做的梦来，不由得潸然泪下。送走了沮诵，分别安置好母亲和荣将的父母。晚上，红红的塘火的火光在脸上跳跃。轩辕在地铺上辗转反侧：桥山东侧招贤台上，春风中从项先生银色瀑布一样的白须里流里来的故事；项先生家，晚上睡在项先生身边的他，望着从天窗泄进来的星光，听着项先生滔滔不绝的解说；前去参加炎帝榆罔登基典礼路上，项先生"不怕慢，但怕站"的教诲；在桥山上竞争部落酋长时，项先生点头微笑的表情和众人"轩辕、轩辕"的欢呼声……

轩辕翻身坐起，披上黄披风，一个人起身，走向帐外。正在落露水的夏夜，潮湿的凉气浸人心脾，星星在深不可测的畅口深井一样的夜空上，眨着神秘的眼睛。轩辕深深地吸了一口这和着芳草气息的清新空气。他面西而站。面对着满天繁复的如用秋日枣树上的累累红枣一样的星空，轩辕思如泉涌，口诵《天师颂》一篇：

> 项先生者，天师也。
>
> 为师者，启蒙、开智、解惑也。
>
> 为师者，扶正、纠偏、引道也。
>
> 为师者，若父、若母、师表也。
>
> 惟项先生，初启鸿濛，解惑答疑：
>
> 结绳之技，八卦之说，象数之术……先生演之；
>
> 盘古开天，有巢穴居，燧人取火……先生授之；
>
> 岐伯医经，榆罔农耕，天老堪舆……先生荐之；
>
> 宁封之陶，仓颉之符，王母之仪，广成之道，因先生而修矣；
>
> 桥山祖地，陇东之域，河西之境，华夏命脉，因先生而通矣！
>
> 呜呼，正道沧桑，人径茫茫；先生驾鹤，阴阳两隔。
>
> 先生之义，鞠躬尽瘁；先生之责，死而后已！
>
> 先生去矣，不忍脱手；先生回矣，常于梦中。
>
> 谆谆教诲，如沐东风；丝丝细言，若淋春雨。
>
> 悔不尽孝，手扶口哺，侍于铺前……

对项先生的遥祭仪式，经过精心准备，于三天后在渤澥黄城中央广场隆重举行。

祭坛设在广场西侧，祭坛上供着陶虎（项老先生的"影子"。原本是要项老先生的孙子作为他的"影子"，却因为他老人家没有孙子，就由他去世前一直陪伴在他身边的"孙子"陶虎代之）。

陶虎这时候也已经是三十八岁的成年人了。陶虎虽没有轩辕个子高，却较他长得敦实，也显得年轻气盛一些。这时候，他也像项先生一样披散着用灰染得灰白的头长和修髯。目光灼灼，类似于轩辕的由字形脸，只是比他显短一些，脸色红膛膛的很有神采。

陶虎着一身和项先生相近的银色丝衣，右手执着项先生生前常用的那个弯曲得像龙头的长棍，左肩扛一面由仓颉专门为项先生造的、用红色赭石画上去的"项"字银色丝帛旗幡。

陶虎的面前，供案上摆着四个用青竹编的笾，圆圆的浅浅的，却都像陶豆或高脚杯一样有一个高高的颈和一个圆形的底座。笾里面盛了桃干、大红枣、栗子和样子极像栗子而个头小于栗子、味道甘美的榛子。彩陶盘内盛了褐色和白色的细盐，还有粟米制成的叫作"饵"的糕饼、叫作"糗"的炒米。糕饼都做成了虎的造型。而四方形的陶豆内，则盛着腌制而成的韭菹、鹿肉、昌本和兔肉做成的酱"兔醢"。袋形三脚足的陶鼎内，是新鲜的连汤带汁的鱼肉。牛、羊、猪三牲，分别取了头，供在一个长方形的俎案之上。这么多香喷喷的好吃食，让陶虎直咽涎水，肚子也不争气地"咕咕"地叫起来。

天老、吴权、鬼容区、宁封、马师皇、岐伯等六位被轩辕称作"天师"的师臣，也被敬在项先生影子（陶虎）的左右，同时接受大家的朝拜。

高鼻梁的老脸天老，原为炎帝之师，自然是最高位置，坐在项先生影子之左，老羯胡吴权拈着他的脱落得稀疏的山羊胡子，坐于项先生影子之右。鬼容区等则分别左右排坐。春风熏得人心醉，师父们人人脸上挂着荣光。嫘妃、素女陪着附宝、荣将之父母，坐于左右。

遥祭仪式，由从河西而来的沮诵主持。

轩辕、后土、风后、力牧居前。

应龙、大挠、常先、大鸿等武将和赤将、杜康、孔甲、隶首等文臣，常伯、蜀夫、茄丰、斗苞等部落酋长和困敦等十二大部落的代表排在其后。

地典、地老、中黄子、大填、封钜、五圣、知命等河东部落的酋长、高人与伯高等，也都来到现场，向项先生表示敬意。

各部落的部分兵马代表，分片整齐地站立；羊龙部落的父老乡亲——老人、小孩、妇女等，则聚来了一大群。

轩辕头扎黄麻长带，大家都头扎白带，龙图腾、轩辕的黄色天鼋大鼋图腾、炎帝的红色炎字图腾旗，后土等各部落的图腾旗帜环绕一周，现场气氛庄严肃穆。

沮诵声音高细、音色洪亮：

"遥祭先师项先生——"

他先扬头高诵一声后，列于祭坛两侧的乐队，奏起了金、石、土、革、木、匏、竹八音之乐。

青铜制的编钟，节奏铿锵，鸣声悠扬；石制的磬奏出和声，庄严肃穆的气氛更加浓郁。加上丝制的瑟、竹制的管箫、匏制的笙、革制的鼓、土制的埙、木制的梆子"柷敔"，合声气势壮阔。乐队总指挥是伶伦。大容协助。

"轩辕敬酒——"

轩辕接过酒爵，恭敬地举过头顶，敬献于项先生的影子。

轩辕又分别给天老天师和母亲、荣将的父母敬了秫酒。

"诵——辞——"

风后上前，朗朗地将轩辕的《天师颂》诵出：

> 项先生者，天师也。
>
> 为师者，启蒙、开智、解惑也。
>
> 为师者，扶正、纠偏、引道也。
>
> 为师者，若父、若母、师表也。
>
> ……

艳阳当空。朗朗乾坤，回荡着人间正气。

"行叩礼——"

轩辕当先，后土、风后、力牧随后，应龙、大挠、常先、大鸿等武将和赤将、杜康、孔甲、隶首等文臣，常伯、蜀夫、茄丰、斗苞等部落酋长和困敦、赤奋若、摄提、单阏等十二大部落的代表与河东的部落酋长，都在铿锵激越的音乐声中，跟着轩辕，向项先生的影子、天师们和轩辕的母亲、荣将的父母，行三叩九拜大礼。

轩辕尊师敬老之举，更加凝聚了人心。河东的地老、中黄子、大填、封钜、五圣、知命等高人，纷纷向轩辕献策。经仓颉引荐，中黄子来到轩辕中宫敞开的明堂，向轩辕介绍了他的"九品之方"，知命向轩辕讲授"纠俗之方"，都被轩辕拜为王师，列入师臣。风后作瑞图，授金法，配为上台；渤澥一带的高人地老，向轩辕述说了五方利害，配作中台；五圣授"道级"，配作下台，谓之"三公"。轩辕又派马师皇的徒弟云阳先生前往绛地之北的阳石山、神农池，专门负责豢养龙马。

春光明媚中，中条山北面的百里盐池又恢复了生产，南北、东西的交易正常进行。各部落和平共处，平等相待。渤澥黄城内外，一派如日中天的兴旺景象。

五

杜康在轩辕举办的部落欢宴上，因为他造的秫酒而出了风头。而他的这一发明则完全是出之偶然——是一个将功补过的过程。

轩辕因出川欲帮助东夷抵抗蚩尤，而与居秦岭之北、陈仓之南的清姜水、以姜城堡为都的炎帝发生冲突，直至逼炎帝出关中，回到桥山祖地称黄王的时候，杜康居于桥山西侧的杜村到康崖底一带。职责是协助仓颉做好仓储——粮食的保管工作。为此，他经常上到仓村塬上，在桥山西北的仓村塬上，建立了大片的地穴式土圆仓形的粮仓。地穴式的粮窖，是传统的一种保存粮食的方法。先在地上挖出一个深坑，然后要在坑内架上树枝柴草大火烧烤三天三夜，进行过严格的防潮处理后，才在清理干净的粮窖内存入粮食。还要在其上用木头搭建圆形的尖顶。这实际上是人们半地穴式的房屋建设的一种特殊形式。这种粮窖，建筑工序多，防雨等功能强，但却存在一个致命的缺点，就是时间长了，特别是到了夏秋季节，地面犯潮，粮食就容易霉烂，保存粮食也就是一两季的样子，能接上下年的新粮，也就完成了它的使命。这在人们的粮食生产能力低下，仅仅能接续上新粮吃的时候，不失为一种好的保管方式。但是，随着轩辕在桥山立都，各部族进贡的粮食增多，一年下来有了节余，粮食霉坏的问题就明显地摆在人们面前。

轩辕东征后，后方粮草的征集和储运工作，就全面地压在杜康一个人的肩上。因为大量的从巴蜀和关中的马龙、虎龙、牛龙部落运来的粮草，经姬水西南的玉华水，直接就运到了桥山西侧的长满了杜梨树的杜村，而从西戎昆仑和陇东一带运来的粮草，则顺姬水而东来，聚集在与杜村一水之隔的康崖底。而仓村塬上的仓储地，因为交通不便，要储藏于此，非得要爬上塬去，运走时，又得搬下塬来，给人带来诸多不便。杜康就就地取材，发明了树洞和洞穴——土窑这两种储存方法。

杜村一带因杜梨树多而出名。这种春天开了浓郁香型的一片片像白雾一样的粉白小花的野果树，到了秋季，就会长出一爪爪的像小槟榔锤一样的小圆果来。这种果子青绿色的时候，奇涩，能涩得人拉不到舌头。可到了变得褐黑的时候，却涩中有甜，浓得跟蜜似的。杜康从小在白水的杜康沟生活，那里也有很多这种野果树。每到秋天，他就会骑在杜梨树杈上，一边摘着一把一把地扔给树下的小伙伴，一边香甜地把自己的嘴边都给吃得褐黑了一圈儿。有时遇到一半个半熟不熟的杜梨，一吃进口里，就涩得人直"呸——呸"地吐舌头。

杜村的杜梨树多，自然是老、中、青各代的都有。春天来了，在迎春花、山桃花、野杏花等都有黄有红有粉地竞相开放之后，杜梨花也香气馥郁地开满了高高的枝头。在康崖底打出的崖洞不够使用，春天来了，姬水河解冻，向北搬运也不大方便了，杜康就想在姬水南岸玉华水汇入的杜村，寻找新的储存方式。杜康一人在杂草丛生的杜梨树林里转悠的时候，偶然看到一棵已经干死多年的老杜梨树，其两个人合抱不住的粗大树身上，有一个天然形成的很大的树洞，一个人蹲进去绰绰有余。再看其树身，早已经风干了，但其坚硬的一层层显示生命年轮的褐红色木纹，却历历在目，让人为生命感叹。杜康手摸着这干邦邦的、用食指一敲"嘣嘣"作响的老杜梨树，心里想：若将粮食都储存在这干燥的树洞里，防潮的问题不就给解决了吗？这样想的时候，他就加快脚步，把这个坐南面北的山梁直到姬水岸边的缓坡整个地走了一遍，找到大小不等四个干杜梨树树洞，就将粮食放了进去。他将这一种方法报告了沮诵和项老先生，他们专程来到这里看了，都觉得不失为一种保存粮食的好办法，只是天然形成的树洞太少了点！

杜康就借用了货狄刳木为舟时用火烧烤的办法，和蛮牛——轩辕的哥哥、他现在的助手———起发动桥山黄城和附近聚落的男女，先用铜斧，一斧子一斧子木屑飞溅、"咣咣"地砍掉准备用作粮仓的杜梨树的树梢，再在树桩上架了干树枝，用火种引燃树枝烧烤。然后，用石刀、石镰等将烤松了地方给挖出来，等挖得再也挖不动了，就架上柴禾再烤……就这样，烤了挖，挖了烤地，一个烟熏火燎的春天过去，直到仲夏，才将这一片山林所有大一些的杜梨树，都制成了树洞式的粮食仓储。

　　等粮食都储存进去，加了厚厚的防水层后，杜康就在这里的简易窝棚里住下来，随时巡视和查看，以保万无一失。一个夏天安全地过去了，可是到了阴雨连绵的秋季，就有雨水渗入树洞来，还是霉坏了不少粮食……杜康紧急将树洞的粮食都转运到洞穴或者先供给前线，又放弃了这种树洞中储粮的方法。

　　为了保证前线的粮食供给，专门保管储运粮食的杜康，自己却只吃五谷之外一种红红的稻秫（红高粱）。此粮为旱作物，硕大的稻秫穗顶在高高的秆上，产量很高，米粒也挺大的，但是，不管是煮粥还是蒸成干饭，都黑红黑红的涩口，难以吞咽。有时杜康实在是口涩难咽，就将剩饭倒进临近已经废弃的树洞式粮仓里。粮仓里已经反复受潮、受热的稻秫，和了秫饭，就开始在秋老虎的燥热中发酵，冒起了一种甜甜酸酸的蒸汽……这种变化，并没有引起杜康的注意，倒是为了就近管理那些洞穴粮库，他又搬回到姬水之北康崖底去居住了。

　　一天下午，秋阳开始斜照的时候，蛮牛一身水气、气喘吁吁地扛了一只野山羊回来。说是此羊已经死了，但它还在呼吸。放在地上后，它一会儿蹬一下瘦长后腿，一会儿动一动耷拉的耳朵。过了一会儿，它竟睁开蒙眬的眼睛，跌跌撞撞地站了起来，又开始摇摇晃晃地走动。把它赶进牲口圈，它摇晃了一段时间后，就和其他圈养的猪、鸡一样，欢蹦乱跳起来。

　　此事引起了杜康的好奇，他就将刚才扛羊回来的蛮牛叫来仔细询问：

　　"羊得之何处？"

　　"姬水南，树洞旁。"蛮牛如实告知，"吾去割草，见此羊已死，遂扛回。"

654

"彼既死，岂活乎？"杜康一句话，问得这个愣头青蛮牛无言以对，只是用手抓着后颈。

"汝见之于何处？"杜康再次追问。

"树洞旁。未知何故，唯闻香气馥郁……"遂带了杜康，两人乘独木舟，来到南岸。走近树洞，果然有一股浓郁的香气，透过和煦的秋风飘来。再看树洞，里面的稻秫已经变成了发黑的糟状，正在袅袅地蒸腾着甜甜的香气。树洞下面，一条细如丝带的清澈小溪，正散发着芳香之气。原来那浓郁的香气从此水而来！杜康用右手的食指蘸了点一尝，涩涩的、甜甜的、辣辣的，味道很冲，韵味深长，不禁令人无限神往。在这种强烈的磁性感召下，他又双手掬起，接在树洞下面正在滴"水"的地方，接了半捧，扬头一口就给喝了，一时烧得他嗓子眼儿冒火，呛得他连声咳嗽，眼中盈满了泪水，头也开始发晕，人的意识飘乎乎的，如堕五里雾中。

杜康自己喝了，又叫蛮牛来尝。蛮牛见杜先生喝了，也就跟着喝了起来。他先用手在小溪中捧着喝了口，就皱着眉头咂舌头，一种乐滋滋的享受的样子：

"好喝——"

等把味儿咂完了，就急不可耐地撅起尻子，爬在小溪上，一口气喝了个够。喝完，就舒坦地翻身仰躺在地，四肢伸展：

"舒坦——"

这时候，他躺在夹杂着金黄的野菊花和紫白相间的马兰花的草地上，就有一种天旋地转的感觉忽然而至，迎着太阳的脸色也红扑扑的可爱极了，眼中盈满了泪花。他想站，站不起来，就干脆躺展了，过了一会儿，就呼呼地睡着了，把呼噜直打得山响。

杜康没有"死"（醉），他守着蛮牛，仔细地观察着他的变化。一会儿按按他的脉象，一会儿翻翻他的眼皮儿，仔细地听着他呼吸的变化。等到蛮牛醒来，已经是星光初上的黄昏之后了。

秋日傍晚的凉气，顺着姬水自西而东曲折的河道绕过来，直浸人身。天空中最后一道晚霞在游移中变得薄如蝉翼的时候，最亮的一颗大星，已经在东面自南而北伸向姬水岸边的虎尾山的山脊上，晶莹地闪烁着。

杜康解下随身带的红陶瓶，倒掉里面剩余的水，将小溪中的"水"灌了一瓶，才和蛮牛一起乘着"透体凉"的姬水秋风，划着独木舟，向姬水之北行去。

　　剪影似的蛮牛在划船，已经看不清他的面目了。杜康坐在独木舟内，感到身上有一些浓重的凉意了，就打开瓶盖，举起陶瓶"咕咚"了一口，一股热气就自嗓子眼儿透入胃中，再由胃扩展到心、肺，通过心温暖了全身。

第十章

一

　　风扇大耳的蜀夫，瘦长的白脸上，一脸深刻的笑纹。这次他所以不顾年事已高和体弱，亲自随着轩辕东征，心中的一个大秘密，就是想和轩辕、嫘妃攀个儿女亲家，把自己已经十二岁的小女儿女枢，嫁给玄嚣和昌意之中的任何一个。

　　为此，他先就近考察了同在南路作战的玄嚣。每一次挥召集大家开会的时候，他都仔细观察玄嚣的举止、表现。这娃长得敦实精干，虽然人是天生的黝黑皮肤，但他的脸形和体形更接近轩辕一些。然而，他轩辕式的"由"字形脸盘和宽厚的虎背熊腰的体魄，给人的印象却是有些蛮横和霸气。他从小爱哭，长大了就变得爱叫，脾气焦躁，动不动就会大声啸叫。也因为父亲现在是华夏部落联盟的大酋长，同时又是炎帝任命的摄政王，他身上就更沾了一些优越感，和别人说话就不免显得气粗一些。

　　蜀夫笑眯眯地主动和一个晚辈后生打招呼，玄嚣却认为他不过一偏远小部落酋长，根本没把他放在眼里，说话爱理不理、有一搭没一搭的，完全是一种应付。这让一腔热情的蜀夫心里很不是滋味。挥是玄嚣的武功老师，隶首是玄嚣的文功老师。蜀夫原本是想向他们仔细地了解一下玄嚣的功课的，因为伤了面情，也就暂且作罢。

　　等到战胜蚩尤后，在渤澥的中军帐中见到了昌意，那英俊而挺拔的形象，给了他深刻的印象。再见他逢人总是面带笑容，不笑不开口的样子，更是喜爱。和长辈说话，也礼仪周全，每次见了他，总是先主动打招呼，人前唤作"蜀夫酋长"，背过人只有他们俩了，就唤他"蜀夫老伯"，谦和礼让，看不出一点儿优越感和霸气。相比之下，蜀夫就在内心里拿定了主意：自己的小闺女，非昌意不嫁。蜀山氏部落是巴蜀地区较早实行父系制度的部落之一，加上现在受中原的影响和嫘妃的表率作用与他内心有攀附之意，所以蜀夫现在的心里想到的，就是把自己的女儿远远地给嫁过来，就是作为奴仆也罢。女儿本来就是个有主意的聪明孩子，他爱如掌上明珠，就取名作"女枢"，现在为了表示归于昌意之意，他就给改名作"昌仆"。

蜀山氏部落的兵马紧挨着西陵氏兵马驻扎，距轩辕的中军大帐不过一二里路。没事的时候，他就转到轩辕的大帐中来。

"轩辕老弟！"周围没有其他人的时候，为了表示亲切，他总是这样称呼轩辕。

轩辕一直对蜀山氏很敬重，现在依然。

"蜀夫老兄！快快入坐！"轩辕等蜀夫正襟危坐于对面了，自己才危坐下来，与他相对。

"此次东征，为兄多有帮助，出兵马，供粮草，拼死力，为弟感涕不已矣！"

"应当，应当。汝为天下利，天下人，盖当助之。非助，则异哉！"蜀夫也有一套寒暄之词。寒暄过后，就直入主题。

"为兄来意——老子有一小女，年方二六，名唤昌仆。欲与汝结为亲家，不知弟意若何？"

"为兄美意，弟先谢之！"轩辕先拱手相谢。蜀夫瘦长脸上的笑纹就收得更紧了。

"莫谢——莫谢！"

轩辕接着讲道：

"自羲皇女娲，天下婚事，皆从于礼数。然当今天下，圣教不扬，部落相残，多因男女之事，不近于礼义。抢者，乱者，累禁不止。抢则结仇，乱则弱族，伦理不再，廉耻休矣。故我等用事，当从良习，立规定矩，为万世师表。"

"弟所言极是。"

"男女婚事，人生大事也。为示隆重，当立六礼：纳采、问名、纳吉、纳征、请期、亲迎是也。纳采者，男取女意，送雁以求也；问名者，男再往，请问女名也；纳吉者，男告女家，卜吉兆矣；纳征者，男聘以俪皮十帛矣，婚定矣；请期者，男取吉日告知女也；亲迎者，男子亲往女家，婚成也。"

"善之善也！"蜀夫因为受到了充分的尊重而由衷地举起右拇指赞叹，脸上再次聚紧了笑纹。

黄王（摄政王）轩辕战胜蚩尤而不杀，命他做主兵（负责制造兵器的大臣），前往首阳山冶铜基地，协助金正伯高工作。正在北岳恒山一带向南突进的玄黎、赤黎部落，听到这个消息后，也就不再恋战，与昌意、奢龙和地典部各守疆界。过了一段时间，炎帝和轩辕、蚩尤的指令传到，与昌意、奢龙、地典和解后，魖和魅回到涿鹿，继续统领着鹿部落联盟的猪龙、犬龙、狼、燕等部落，担当起华夏北拒熏粥的任务。

战争胜利后，轩辕命隶首担当起对蚩尤部下的处理工作。以前的部落战争，战胜者除了瓜分战败者的土地、财产、女人以外，对所有男性战俘（包括男孩），都会不分青红皂白地一律杀死。以后不杀小孩了，因为他们经过培养，长大后可以壮大部族的力量。但男人还是要杀掉的。蚩尤虽说残忍到吃人的地步，但是他出于对男性劳力的利用，也有进步和人性的一面，他并没有将羊龙部落的男人都杀了，而是让他们像奴隶一样地替他们在盐池从事苦力劳动。

轩辕看到了这种做法的人性因素。因为他本来就不想使用战争杀人这种手段，东征河东，也是不得不行之的救民于水火的正义之举。轩辕既不以杀人为乐趣，就将这种不杀战俘的做法，明文规定地写进重新修订的《约法四章》：

　　一约尊河东之习，随乡入俗；
　　二约勿效尤扰民，禁绝抢掠；
　　三约倡助人融情，增进胞谊；
　　四约不杀死战俘，酌情善处。

轩辕具体的要求是这样的：优先安置三苗于渤澥东南原蚩尤城一带；

其愿意回到江淮祖地去的，任由去之。对蚩尤原来统领的九黎兵众，则别其善恶，善者，迁之神荼、郁垒所在的东夷邹地；恶者，即黥面作记，以为"隶"，从事繁重的苦力劳动，或者发往涿鹿以北的漠北地区。这种人，是所有人民（黎民百姓）中最下等级，没有人身自由，所属者可以相互交易，或任意杀之。

隶首的任务，就是负责做好这种甄别工作。对三苗的安置工作进行得比较顺利。但是其中有多少人愿意留下，有哪些人要回江淮祖地，都要一一统计清楚，登记在册。这就给隶首的数术研究派上了用场。

而九黎的数千兵众，却被用木栅栏圈在一片大大的秋草萋萋、遍开着星星点点的黄色野菊花的平场地上。秋风瑟瑟，他们三五成群地挤在一起，身衫褴褛，蓬头垢面，有的还带着没有痊愈、化脓的伤，在乱草堆里受着跳蚤、蚊子和虱子的叮咬。这些人绝大多数光着青铜一样宽厚或者瘦削的膀子，赤着蒲扇一样的光脚片，深眼窝里透出敌视和仇恨的目光。

隶首坐在栅栏门前，让这些人一一从面前经过。根据面相的凶恶、善良，分别用朱砂红笔在其额头给画上个圆圈，圈中顿上一点；或者只在额头上画一个圆圈儿。被顿了点的，就被押进奴隶营，要用烧红的青铜"隶"字印，在额头上硬给烙出一个印记来。而只画个圆圈的，就被集中在一起，最终带到邹地去。

额头上天生一块黑记的隶首，能忍心直面恶者黥面的惨痛场面：五个大力士，将平时四肢发达、力大无穷、骄横淫逸、杀人不眨眼，现在已经一身垢甲和虱子，汗腥恶臭、眼窝深陷、颧骨高凸、头发结成了一片一片硬块、和了柴草、虮子，瘦得只剩了宽大粗硬的骨架的恶毒家伙，压住四肢、固定了头部，就有执刑者手执在火膛里烧得冒着红火星儿、刻有"隶"字的青铜刑具，毫不客气地压在受刑者的额头上。额头上就"嗞嗞"地冒起青烟，流着烧焦的人油，一股混杂了污垢恶臭的焦臭气味就冲得人闭了呼吸。受刑的恶者，现在只有一个权利，就是可以发出像杀猪一样的、令人毛骨悚然的嘶吼。也有的，一时气闭，将头歪向一边，不再吱声。被一陶盆冷水当头一泼，才湿淋淋地如落汤鸡似的发出"咕咕"的喘息声。接着，就被拖得扔在一边。

"龟儿子，叫汝狼。下一个（音'锅'）！"隶首总是习惯地这样喊着。善有善报，恶有恶报。他认为这是理所当然的事。

　　秋风在高天上啸叫着，在大地上也毫不客气。地上被霜打过的衰草，被吸干了水分，任由秋风摆布。大道上的膛土被吹上了天，扬起黄色的大纛。中条山北麓茂密的树木，除了常青的奇形怪状的侧柏和长着长长的针叶的青松的松塔还透着逼眼的绿色以外，其他所有的树木、杂草，都干巴巴地翘着、卷着黄叶，发出干燥嘈杂喧响。落叶像小鸟一样穿梭乱飞，把个本来宁静祥和的天地，搅得乱纷纷的。

　　隶首的心却是宁静的。他不受外界条件的干扰，正在手指间夹了短筷子一样的竹筹，认真地汇总、统计今天的各项记录。这些竹筹，共有十一根之多，每一根代表一位数字。不夹竹筹，代表本位数为零。由于每根竹筹上都事先刻有九道划痕，以它代表几时，就在两指相夹时，露出几道划痕来。这是一种目前最为流行的简易计算方法，不像天老、炎帝的"八卦算"，轩辕的"龟算"、九宫算和广成子的"太乙算"等，都得有三个算盘来分别代表算数、被算数及运算结果。要运算起来，摊场可就大了！当然了，不管是天老、炎帝、轩辕、广成子的算法，还是悉诸、炎帝的"两仪算"，宁封的"三才算"，鬼容区的"成数算"和蚩尤的"五行算"，隶首都做过认真的研究。他的不算太大的茅草圆屋内，摆满了各种各样奇异的计算工具，简直就是一个小小的计算工具博物馆。有运竹筹的，有使用各种不用色彩的陶丸的，算盘也长短不一，形状不同。最长的是轩辕的"龟算"工具，算盘有三尺多长。他发明的运算工具总有大型的，桥山九宫黄城筑成后，由他发明的"九宫算"，算盘也长约三尺，光陶珠就使用了黑、红、青、白、黄五种颜色，还在黄陶珠上分别系了红、青、白、黑四种不同颜色的线。

　　平时隶首计算时，旁边得好几个助手，一个在算盘上摆算数的，一个摆被算数的，一个摆计算结果的，还有一个专门用仓颉发明的象形文字分类记数的。这怎么说，也可以算是一个不小的"算场"了。现在，忙碌了一天的隶首想清静一会儿，一个人好好地思考一些事情，就使用了这种简易的、便于一个人操作运算过程的"运筹算"法。千位以内的数字统计和加减运算，只要用右手运筹，左手夹筹就可进行。计算出结果了，再用右手握了柳木炭棒，记于熟软的兽皮之上：七八〇八

这个数字，被隶首画作"横上两竖，横下三竖，一个空位，横下三竖"。他计算用的是"运筹算"的算法，记录时，却是"积算"的画法。

二

隶首一个人黑着头在自己的茅屋里的时候，轩辕的注意力却放在战争中受伤的伤员身上。

"此战伤者甚多。虽说不得已而为之，然人命关天，万不可大意!"塘火熊熊的红光映在他开阔凝重的脸上。轩辕对岐伯这么叮咛。

这一段时间的劳累，岐伯的脸色明显地黑了，脸更瘦长了，面带倦意。他郑重地点着头。

"用药足乎?"轩辕接着问。

"足矣。"岐伯先肯定地回答了之后，又补充说，"时值秋后，獾正肥时，臣着大量兵士上山围猎，熬取獾油，药用足矣!"

轩辕一颗悬着的心收回了，这才口称"天师"，从容地和岐伯讨论起一般的养生问题来。

"敢问天师，上古之人，度百岁而不衰，今时之人，半百而动作皆衰，时世异乎? 人之过乎?"

岐伯这下子来了精神，深眼窝里的单皮眼，透射出睿智的灵光来。他不假思索，脱口而出，把他平日里的观察和悉心体会和盘托了出来，就像滔滔不绝的春江水。

"夫上古之人，其知道者，法于阴阳，和于术数，饮食有节，起居有常，不妄作劳，故能形与神俱，度百岁而去。今时之人，不然也：以酒为浆，以妄为常，醉以入房，欲竭其精，耗散其真，不知持满，不知御神，务快其心，逆于生乐，起居无常，故半百而衰也。"

心存灵犀，一点就通。岐伯的话，一下子搬去了轩辕心中的块垒，拨

亮了他透彻的心灯，导出了他的绵绵的思路。他也就滔滔不绝地大大抒发了一番养生的大道理。善于雄辩的轩辕的话匣子一旦打开，别人也就只有点头的份儿了。

"余闻上古有真人者，提挈天地，把握阴阳，呼吸精气，独立守神，肌肉若一，故能寿敝天地，无有终时；中古之时，有至人者，淳德全道，和于阴阳，调于四时，去世离俗，积精全神，游行天地之间，视听八达之外；其次有圣人者，处天地之和，从八风之理，适嗜欲于世俗之间。无恚嗔之心，行不欲离于世，被服章，举不欲观于俗，外不劳形于事，内无思想之患，以恬愉为务，以自得为功，形体不敝，精神不散，亦可以百数；其次有贤人者，法则天地，像似日月，辨列星辰，逆从阴阳，分别四时，从上古，同于道，亦可益寿而有极时。"

他一口气从上古真人、中古至人的养生之道，一直说到圣人、贤人，仍然是意犹未尽，又详细地讲起了他们的"四时调神"之说：

"春三月，此谓发陈，天地俱生，万物以荣。夜卧早起，广步于庭，被发缓形，以使志生。生而勿杀，予而勿夺，赏而勿罚，此春气之应，养生之道也。

"夏三月，此谓蕃秀，天地气交，万物华实。夜卧早起，无厌于日，使志无怒，使华英成秀，使气得泄，若所爱在外，此夏气之应，养长之道也。

"秋三月，此谓容平，天气以急，地气以明，早卧早起，与鸡俱兴，使志安宁，以缓秋刑，收敛神气，使秋气平，无外其志，使肺气清，此秋气之应，养收之道。

"冬三月，此谓闭藏，水冰地坼，无扰乎阳，早卧晚起，必待日光，使志若伏若匿，若有私意，若已有得，去寒就温，无泄皮肤，使气亟夺，此冬气之应，养藏之道也。

"夫四时阴阳者，万物之根本也。所以圣人春夏养阳，秋冬养阴，以从其根，故与万物沉浮于生长之门，生气不竭。"

他缓了一口气，总结说：

"故阴阳四时者，万物之终始也，死生之本也，逆之则灾害生，从之则苛疾不起，是谓得道也。"

他又把治病一直上升到"治未病"的预防学和"治未乱"的社会学高度：

"从阴阳则生。逆之则死，从之则治，逆之则乱。反顺为逆，是谓内格。是故圣人不治已病，治未病，不治已乱，治未乱，此之谓也。夫病已成而后药之，乱已成而后治之，譬犹渴而穿井，而铸锥，不亦晚乎？"

现在，岐伯倒反过来，受到轩辕思想启发了。对轩辕的高明之处，不由心生赞叹。他把个大拇指举得高高的：

"善乎哉！唯吾王先知，而非学者之所为也。"

两个人言语相投，遂相约，第二天接着谈。

第二天早晨，秋高气爽。在阵阵袭来的秋风中，两人于帐外相遇，即相跟着，披了一身秋日早晨金黄色的阳光，去附近的林丛中散步。这也是他们早晨活动筋骨常去的地方。

这时候，岐伯倒沉得住气了。他倒背着手，低垂着眼睛看路，瘦长脸上，一脸从容自足的表情，静等着轩辕先开口。

昨晚上，轩辕翻来覆去想了很多话，大有思接千里、天人合一的感觉。这会儿，他恨不得把一夜想到的话，一口气全给倾倒出来，就在礼让一下后，打开了话匣子：

"夫自古通天者生之本，本于阴阳。天地之间，六合之内，其气九州、九窍、五藏、十二节，皆通乎天气。其生五，其气三。数犯此者，则邪气伤人，此寿命之本也。"

他先概要地提纲挈领之后，才逐项解释。深吸了一口清晨的清净凉爽之气，他接着说：

"苍天之气清净，则志意治，顺之则阳气固，虽有贼邪，弗能害也，此因时之序。故圣人传精神，服天气，而通神明。失之则内闭九窍，外壅肌肉，卫气散解，此谓自伤，气之削也。

"阳气者若天与日，失其所，则折寿而不彰，故天运当以日光明。是故阳因而上，卫外者也。因于寒，欲如运枢，起居如惊，神气乃浮；因于暑，汗烦则喘喝，静则多言，体若燔炭，汗出而散；因于湿，首如裹，湿热不攘，大筋短，小筋弛长，短为拘，弛长为痿；因于气，为肿，四维相代，阳气乃竭。

"阳气者，烦劳则张，精绝，辟积于夏，使人煎厥。目盲不可以视，耳闭不可以听，溃溃乎若坏都，汩汩乎不可止。

"阳气者，大怒则形气绝，而血菀于上，使人薄厥。有伤于筋，纵，其若不容，汗出偏沮，使人偏枯；汗出见湿，乃生痤疿。高粱之变，足生大丁，受如持虚。劳汗当风，寒薄为皶，郁乃痤。

"阳气者，精则养神，柔则养筋。开阖不得，寒气从之，乃生大偻。陷脉为瘘，留连肉腠。俞气化薄，传为善畏，及为惊骇；营气不从，逆于肉理，乃生痈肿。魄汗未尽，形弱而气烁，穴俞以闭，发为风疟。

"故风者，百病之始也，清静则肉腠闭拒，虽有大风苛毒，弗之能害，此因时之序也。

"故病久则传化，上下不并，良医弗为。故阳畜积病死，而阳气当隔，隔者当泻，不亟正治，粗乃败之。

"故阳气者，一日而主外也：平旦人气生，日中而阳气隆，日西而阳气已虚，气门乃闭。是故暮而收拒，无扰筋骨，无见雾露。反此三时，形乃困薄。"

轩辕大大地宣泄了一番对"阳气"的见解，岐伯就从"阴气"说起。他接着轩辕的语气说：

"阴者，藏精而起亟也，阳者，卫外而为固也。阴不胜其阳，则脉流薄疾，并乃狂；阳不胜其阴，则五藏气争，九窍不通。是以圣人陈阴阳，筋脉和同，骨髓坚固，气血皆从。如是则内外调和，邪不能害，耳目聪明，气立如故。

"风客淫气，精乃亡，邪伤肝也。因而饱食，筋脉横解，肠澼为痔；因而大饮，则气逆；因而强力，肾气乃伤，高骨乃坏。"他替轩辕总结道：

"凡阴阳之要，阳密乃固。两者不和，若春无秋，若冬无夏，因而和之，是谓圣度。故阳强不能密，阴气乃绝。阴平阳秘，精神乃治；阴阳离决，精气乃绝。"

一阵寒气袭来，岐伯打了个寒噤。他把身上的丝衣裹紧了点，接着说：

"因于露风，乃生寒热。是以春伤于风，邪气留连，乃为洞泄。夏伤于暑，秋为疟。秋伤于湿，上逆而咳，发为痿厥。冬伤于寒，春必温病。四时之气，更伤五脏。"

言及五脏，便想起五味，这是滋阴的基础……岐伯就将话题转向了五味：

"阴之所生，本在五味；阴之五宫，伤在五味。是故味过于酸，肝气以津，脾气乃绝；味过于咸，大骨气劳，短肌，心气抑；味过于甘，心气喘满，色黑，肾气不衡；味过于苦，脾气不濡，胃气乃厚；味过于辛，筋脉沮弛，精神乃央。是故谨和五味，骨正筋柔，气血以流，腠理以密。如是则骨气以精，谨道如法，长有天命矣！"

轩辕并不满足于此。他接着问："天有八风，经有五风，何谓？"

岐伯答道："八风发邪，以为经风，触五脏，邪气发病。所谓得四时之胜者，春胜长夏，长夏胜冬，冬胜夏，夏胜秋，秋胜春。"他还是先概言之，然后才详细道来：

"东风生于春，病在肝，俞在颈项；南风生于夏，病在心，俞在胸胁；西风生于秋，病在肺，俞在肩背；北风生于冬，病在肾，俞在腰股；中央为土，病在脾，俞在脊。故春气者病在头，夏气者病在藏，秋气者病在肩背，冬气者病在四肢。故春善病鼽衄，仲夏善病胸胁，长夏善病洞泄寒中，秋善病风疟，冬善病痹厥。故冬不按蹻，春不鼽衄，春不病颈项，仲夏不病胸胁，长夏不病洞泄寒中，秋不病风疟，冬不病痹厥，飧泄而汗出也。

"夫精者身之本也。故藏于精者，春不病温。夏暑汗不出者，秋成风疟。此平人脉法也。故曰：阴中有阴，阳中有阳。平旦至日中，天之阳，阳中之阳也；日中至黄昏，天之阳，阳中之阴也；合夜至鸡鸣，天之阴，阴中之阴也；鸡鸣至平旦，天之阴，阴中之阳也。

"故人亦应之。夫言人之阴阳，则外为阳，内为阴。言人身之阴阳，则背为阳，腹为阴。言人身之脏腑中阴阳，则脏者为阴，腑者为阳。肝心脾肺肾五脏，皆为阴。胆胃大肠小肠膀胱三焦六府，皆为阳。所以欲知阴中之阴阳中之阳者何也，为冬病在阴，夏病在阳，春病在阴，秋病在阳，皆视其所在，为施针石也。故背为阳，阳中之阳，心也；背为阳，阳中之阴，肺也；腹为阴，阴中之阴，肾也；腹为阴，阴中之阳，肝也；腹为阴，阴中之至阴，脾也。此皆阴阳表里内外雌雄相俞应也，故以应天之阴阳也。"

三

轩辕问岐伯："五脏应四时，各有收受乎？"

岐伯说："有。东方青色，入通于肝，开窍于目，藏精于肝，其病发惊骇。其味酸，其类草木，其畜鸡，其谷麦，其应四时，上为岁星，是以春气在头也，其音角，其数八，是以知病之在筋也，其臭臊。

"南方赤色，入通于心，开窍于耳，藏精于心，故病在五脏，其味苦，其类火，其畜羊，其谷黍，其应四时，上为荧惑星，是以知病之在脉也，其音征，其数七，其臭焦。

"中央黄色，入通于脾，开窍于口，藏精于脾，故病在舌本，其味甘，其类土，其畜牛，其谷稷，其应四时，上为镇星，是以知病之在肉也，其音宫，其数五，其臭香。

"西方白色，入通于肺，开窍于鼻，藏精于肺，故病在背，其味辛，其类金，其畜马，其谷稻，其应四时，上为太白星，是以知病之在皮毛也，其音商，其数九，其臭腥。

"北方黑色，入通于肾，开窍于二阴，藏精于肾，故病在溪，其味咸，其类水，其畜彘，其谷豆，其应四时，上为辰星，是以知病之在骨也，其音羽，其数六，其臭腐。故善为脉者，谨察五脏六腑，一逆一从，阴阳表里雌雄之纪，藏之心意，合心于精，是谓得道。"

进行了一番养生与医学交流之后，他们来到林中一块空地。这块空地不算大，但是却白光光的，不生一个杂草。原来，轩辕每天早上，都要来到这里活动筋骨。

轩辕将调气静养和动养结合起来，静以养神，动以健身。他在演练项老先生的"六兽戏"的过程中，不断融入自己新的体会，适当地给予调整。他悉心地体会每一个动作要领，并结合八卦学说融会贯通，使原本各不关连的六段兽戏，逐渐形成一个连贯的整体。这样，就动中有静，静中有动，有起有落，腾挪闪躲，一会儿如雄鹰展翅，一会儿如饿虎扑食，巨熊拍掌，

667

致命一击!

轩辕与岐伯一阵对练,轩辕速度勇力过人,岐伯却多是腾挪闪躲,待机一击。轩辕一个巨熊拍掌,如泰山压顶;岐伯却一阵牵引之后,轻轻托住。两人相视而笑。

渤澥战胜蚩尤后,轩辕安排马师皇也像天老、吴权、宁封一样住进新修的黄城,可是马师皇离不开他日夜相守的马,他闻惯了草料的芳香和马汗、马尿、马粪的那种特殊味道,听惯了马嚼草的声音,和马相处惯了,他觉得与马为伴,就像和朋友相处一样亲切。所以,当大家都先后搬进黄城后,他依然住在城外军营的马厩里。

这个马厩,是用木栅栏在中条山下给围起来的,占地有好几十亩。一排排简易的可以遮风避雨的茅棚里,木架上拴着马,拴不下的,就散放着。白天,士兵们就打开栅栏门,让这些五颜六色的马洪水一般泻出去,那一种奔腾的气象,是马师皇最为得意和由衷欣赏的时候。这些马,像棋子一样撒出去,就布满了中条山北麓那些拱起的山坡。骑着快马,信马由缰,逐水草而飘移,深深地呼吸着大自然清新爽神的空气,这时候,马师皇觉得自己就是宇宙的主宰。

春天来了,百草返青,嫩绿的草尖吐出来的时候,正是放牧的好时节。马那肥厚的嘴唇,在青草间捋动,用门齿把青草切得"咔嚓咔嚓"地响。它低着头,连续不断地吞食,直吃得嘴角挂着草末,也顾不得抬一次头。春风轻拂,马鬃在眼前轻轻地拂动,痒酥酥的舒服。马尾巴左右随意地摆动着,没有节拍,却似有节拍。忽然一只马蝇飞来,落在马肋间,先是肌肉抖动一下,马蝇并不在意,接着马尾像鞭子一样抽过来,它就不得不丧气地"嗡"的一声紧急撤离。

蝴蝶在花丛中飞舞。最常见的是白翅膀黑细线络纹的,也有粉黄色的,小小的,圆圆的翅膀像花瓣一样扑闪着,然后再像白翅蝴蝶一样立直了翅膀,静静地站上花头。这些都是易于捕捉的,只要你轻轻地走近,用拇指和食指围定它并立着的翅膀轻轻地一捏,就可轻易地抓到手。而那种赭黄色、带了对称的黑色大花纹的蝴蝶,才是最难捉到的。它大跨度地扑闪着,半天不落在花上，即使落了下来，翅膀却是平展着，感觉又特别的灵敏，不等你蹑手蹑脚地走近，它早已鼓起翅膀飞离了花枝。没有办法的办法，就是用衣物去扑打。而因为它扑闪的幅度大，迅捷地躲闪的能力强，一般也是很难扑打住的……马师皇看着一只花蝴蝶在草丛中扑闪的时候，就想起了小时候在巴山氏部落和伙伴们追逐扑打蝴蝶的情景，他瘦长的脸上就浮起一丝从遥远的过去勾回的童真的笑容。

长着一副叫驴长脸的马师皇，自从在长江边上的马王坡与轩辕相遇到现在，已经过去了十多年。五十多岁的马师皇，脸上的皱纹明显地增多和加深了，须发中也夹杂了些许银丝。因为瘦，他的脸显得更长了些，但是，他须发飘然的神采依旧，或者说变得更加老辣和成熟了。那一头马鬃一样飘洒的长发，纷乱地披在肩头，随风呼呼地舞动。可是他那透着神光的亮眸，却专注地盯上了一匹在马群上"咴咴"长嘶的儿马。马师皇的眼睛一旦盯上一匹马，就会目不转睛地一直看下去，一天一晌忘情专注，不知疲倦。他一边看，一边思索着，归纳着，晚上回到马厩，看着给马都上了夜草（这是他拿手的一招！多年的悉心体会，他觉得，还是给马吃上夜草才能增肥），伴随着马嚼草的节奏，他就会伴着呼呼的篝火，将白天的相马所得，用炭棒记在兽皮上。

今天看到的这匹儿马可非同一般。它一身亮亮的橘红，几乎看不到杂毛。鼻梁中间，却有一块菱形的银白，更奇的是，它的四肢膝关节以下，都是一色的雪白。长腿，高头，曲颈，帚尾。它一从马群中穿出来，就引起了马师皇的注意。马师皇的眼睛为之一亮，但他却并不急于去捕捉和驯养。马师皇要随着它的自然节奏，再仔细地观察几天它的毛色、体型、步法、速度、习性和脾气之后，才会最后下定决心。

马师皇正坐在草丛中、树荫下观察，却见儿马动了四肢，准备离去。他一声口哨，头马，也就是他现在的坐骑——追风，只听"呼"的一声，犹如一道黄色的闪电，已经来到马师皇身边。

除非是正式的场面和战场上的较量，马师皇还是过去那种只骑裸马的习惯。追风一动，他抓住黑色的马鬃，一个鹞子翻身，就骑上马背，像一股黄风随儿马而去。

儿马吃草吃得兴奋了，就自己撒欢儿玩。见背后有一股黄风追来，就鼓动了四蹄，像一个红色的火球，在徐缓开阔的斜坡上狂奔。

儿马年轻力盛，四肢灵活，加上腿长体轻，四蹄如风地动起来，火红的身下，就好像翻滚着白雪一样。"滚雪"——一个新的名字在马师皇的脑海中蹦了出来。"滚雪"、"滚雪"，马师皇在口中默念着，一种得意的表情挂上嘴角。

"滚雪"在前面立直了它毛茸茸的儿马的短鬃迅跑，其速度早已经超过了一般马的速度。因为追风的速度太快，怕伤了"滚雪"的力，马师皇就向后扯紧了追风的长鬃，控制住它的速度，不紧不慢地再跟了一阵，看"滚雪"怎样调整着脚步，缓缓地降下速来。"滚雪"毕竟年幼稚气，它只是闹着玩的，见后面不再穷追，它就减了速。这时候，它的脑子里还没有太多的约束，它完全是一种原生的生命状态。减了速，又看到了眼前的好草，它就欢快地摆动着尾巴，用两只雪白的门齿，切割着嫩草，香甜地嚼了起来。

马师皇停在不远处，翻身滚下追风来，轻拍一下它热乎乎的冒着热气透着汗腥味儿的宽背，让它自己去吃草，他又凝神注目地盯着"滚雪"观察。此马的毛色没说的，好，若炭火一般。它腿长腰短，足劲。长颈宽肩，肋骨开阔而收腹，说明它肺活量大，体型轻，适合长跑。再看它的性格，不急不躁，悠然自得，好像刚才什么事儿也没发生似的。它吃起草来很专注，完全是一种全身心的投入。但两只耳朵却一直竖着，一有风吹草动，它都会灵活地转动，保持着必要的惊觉。

马师皇就这么不紧不慢地随着"滚雪"转悠了三天，对它的品性有了个基本的了解之后，才放出追风去，忽左忽右地逼在"滚雪"身后，迫使它向马师皇走来。

马师皇满意地看着追风和"滚雪"，他的手里拿着一把新撷的青草，笑眯眯亲切地伸向"滚雪"。

"滚雪"倒不客气，它伸长了脖子，翻起嘴唇，露出粉红的牙龈和雪白的门齿，接住马师皇送过来的嫩草，就不紧不慢地嚼将起来。它并不怕马师皇，因为它知道他是自己的主人。

马师皇把它摸过无数匹马的手,轻轻地在"滚雪"的光滑得像缎子一样的长脖子上摩着,他的手所到之处,那里的皮肤都会轻微地抖动。

"滚雪"用它鼓起浅灰色瞳仁的、像一个超大的杏胡儿一样有棱角的马的"怒目",友善地看着马师皇。马师皇拍拍它隆起的鼻梁,看它软肉翻向一边去的翕动的大鼻孔,翻开它紧绷的嘴唇,露出上下两对雪白晶莹、整整齐齐的像铲一样的门齿。

四

蜀山氏部落酋长蜀夫得了轩辕的"六礼"之约后,高兴得屁颠屁颠的。

他的瘦白脸上聚满了一圈圈的笑纹,方额头上闪着荣耀的辉光,一路走来,逢人总是夸张地点着头哈着腰。因为心情好,所以满面春风、瘦得就像影子戏里的人物一样的他,走起路来,也像空中飘飞的风筝一样,显得轻飘飘的,给人的印象,他好像不是在路上走,而是一只纸折的单薄的小船,在水里逐了水波漂游着……

蜀夫就在这样的好心情中,不知不觉就回到了自己的营中。他立即部署下去,派人回到远在蜀地的蜀山氏部落,带上大量陪嫁的东西和粮草辎重,请小女儿女枢立即前来河东营中。

女枢一脸兴奋的神采,一身水绿色的丝帛衣裙,更使她显得与众不同。当她披了一身夏日的阳光、一声撒娇的"阿爸!"——跳到蜀夫面前的时候,正在宫中思量着问题的蜀夫(他这时已经随轩辕搬入渤澥黄城西南角的坤宫),就把瘦白脸上所有的皱纹都聚细了,兴奋中,眼眶里就溢满了泪水。

蜀夫瘦得鼓起两道青筋的长脖子上,年老的大喉结上下鼓动了一下,干咽着从心底生出的酸甜感觉,说话也变得结结巴巴的了:

"昌仆……吾女。让阿爸细观之……呵呵!龟幺女,长高了……好看了!"

已经一年多没有见到女儿的蜀夫,两只鼓起弯曲的青筋的瘦胳膊瘦手,粗糙有力地按在女枢倾斜的嫩肩上,转正了角度,仔细地观看着自己最心疼的小女。

已经十二岁的女枢，本来就长得苗条的她，也开始扯开了条儿，初显出少女的靓丽身段。她明眸亮睛，眼睛大大的，睫毛长长的，在眼睑上印上朦胧的花边儿一样的投影。皮肤细嫩，白里透出粉红，从皎洁如敷玉的面部，到露在水绿色衣裙外面的细胳膊细腿上，都是一色的鲜活色调——蜀道上一路千辛万苦的奔波，并没有像寒露一样，打蔫她这个水灵灵的花朵。

蜀夫欣赏着自己的女儿，女枢却故意噘着小嘴：

"吾有名，昌仆，何人也？"

"此汝新名也。昌意天生俊才，汝嫁彼，天意也。男主外，女主内，男立纲，一家之主；女为常，一家之仆。故曰'昌仆'是也！"

昌仆一时羞红了脸。她跳着脚，用她那粉红的酥指去捂蜀夫牙齿不全的嘴：

"阿爸莫言，阿爸莫言！"

蜀夫也就不再说下去，转移了话题，问起部落和家里的事来：

"蜀山氏若何？汝兄姊若何？阿妈若何？"

"蜀山氏盛矣！吾兄壮矣、姊丽矣。阿妈……"她却合起了嘴，生扯了阿爸向外走，"主外矣——"

蜀夫见女儿往外扯他，想必有事；他也正想出去看看大老远从老家来的运送粮草和女儿嫁妆的兵士们呢！

蜀夫随昌仆一步跨出闷热的屋外，夏日的直射阳光就刺得他眯缝起了眼睛。

屋外的一大片从杨、柳树和灌木丛中伐出的空地上，一时聚满了驮着粮草辎重的马、驴、牛等，年轻的兵士们，在总管的指挥下，正从这些驯服的动物身上往下卸东西。而近前，分明是自己的老婆的剪影！她披了一身亮晃晃的阳光，正一脸自豪和满足地把一双亲爱的目光投过来。

老婆的到来是他意料之外的事情！因为事先的安排并没有让她到河东来。但她的突然到来，还是引起蜀夫一时眼热。他用骨节粗大的瘦手指揉了一下深眼窝里鼓胀的水泡眼，迅速调整了视角，把目光集中到老婆身上来。

只见她依然丰满的身上（她年轻时却是顶苗条的身段），着一件纯白的装饰了各种花形的丝帛衣衫，和土黄色的、乱纷纷的麻织长裙。粗脖颈上挂满了骨珠、贝壳、玛瑙、玉佩等各种累赘的装饰品。她眼角的皱纹很深很长，三条平行线一直穿过狭窄的太阳穴，挑向耳前上方。她的嘴角纹线也向下延伸，在腮边勾出对称的、向外圆圆地卷起的八字形，腮旁就鼓起了两个小丘。她的鼻梁上，也有了几道倒八字的细纹儿，却一脸抑制着内心激动的荣光。可以看到她耷拉着乳房的开阔胸怀微微起伏着，就像风暴来临之前开始涌动的、泛起白沫的海浪。泪水正在她的已经脱了长睫毛、眼皮开始发皱的眼睛里晶莹着、溢出来。

"蜀夫、蜀夫……"她竟说不出一句完整的话来。

蜀夫也不禁眼热，两只瘦手竟然有些颤抖。他伸出手去，老男人的两只皱巴巴的褐黑瘦手，就把一双已经有了褶皱的白胖手，紧紧地握在手心里。

昌仆很有眼色地让在身后，以同样激动的心情，欣赏着父母的相会。火热的阳光直照在她脸上，长长的睫毛在眼睑下映出一圈绣花针脚一样的花边儿。额头上、鼻尖上，就沁出了细细的雾一样的汗珠。

昌仆母女俩的到来，昌仆与昌意的婚事就正式提上了议事日程。按照轩辕提出的"六礼"的程序，纳采，问名，纳吉，纳征，请期，整个事情都进行得很顺利，就剩下亲迎这一步，一对新人就可以正式结合在一起了。

昌仆到达河东的第二天，消息传到轩辕的中宫后，轩辕就正式聘了仓颉——昌意的文功教师作为大媒，在征得蜀夫同意后，仓颉就带了一只麻花花像鱼鳞一样的浅褐色大雁作为贽见之礼，前往蜀夫所在的坤宫中，行纳采之礼。

仓颉一直很满意昌意的文功研习和他在北线战斗中的英勇表现。作战的间隙，他总是将昌意叫到自己的帐中，将自己发明的象形字符教给他。仓颉最先教给昌意的就是他为了记功，专为昌意造出的"昌意"二字。他边以竹筹小棒在沙盘（于四周带沿的近于方形的红陶盘中，撒上赤金一样的细沙即成）中写出"昌意"二字，边解释道：

"日上有日，蒸蒸日上，曰昌；心居日下，立居日上，曰意。昌意者，日象也，志存高远，天天向上也。"

昌意听得认真，同时也用一根竹筹小棒，在另一个沙盘上摹写着。仓颉要求昌意每天把学过的字符写上十遍，昌意就二十遍、三十遍地用指头在敷了一层面面土的黄土地面上，用右手的食指写着"岐伯、仓颉、宁封、昌意、奢龙、上章、著雍、大封、封胡、执徐、单阏"等北路大将和部落酋长的名字了。他圪蹴在地，每写完一个字符，就向左横挪动一小步。一行完了，再退到下一行的位置，再向右一个字符一个字符地写过去。他这样一个字符一字符地写下去的时候，并没有意识到手指疼。可是，当他举起右手的食指给仓颉看的时候，那已经在黄土地面上磨得亮红亮红、透出了血色、只包了一层薄皮的小指头，让仓颉的内心深受震撼。

仓颉的额头上带着天生的淡青色，把一双宽宽的双眼皮眼睛笑成了四道缝儿，带了一个徒弟，捧了一只大雁来到蜀夫的宫中。

蜀夫激动得一磕一绊地迎了出来。二句没说，就把仓颉迎上客位：

"欢迎欢迎，造字先生！大驾光临，寒舍生辉！"

仓颉倒是直言："蜀夫酋长，应轩辕之聘，余成人之好，欲娶小女为昌意之妻矣。"两人往坐垫跟前走的时候，仓颉就申明了来意。等与蜀夫对面跪坐下来，他让一个书童一样的年轻小徒弟双手捧了大雁，交到蜀夫的手中。

蜀夫身旁，跪坐着提前就等在那里的胖老婆。她因为胖，所以跪坐在那里，浑身折得喘气都困难，额头上冒出一层细汗来。但她的脸上，却带着一种亲切满足的微笑。

蜀夫一边颤抖着一双瘦手接过大雁来，一边问道：

"纳采则已，言何予雁乎？"他心里明白送雁是什么意思，只是没话找话，以示亲热。

仓颉却认真地解释道："雁者候鸟，秋往春归，来去有时，不失时节，此信守不渝之爱也；雁，随阳之物，强者领头，幼弱随后，从不逾越；雁者，一配而终，忠贞爱情，白头偕老矣！"

看仓颉说得头头是道，蜀夫老两口交换了一下喜滋滋的眼色，满意地点头。

第一次求婚纳采成功后，没过两天，蜀夫找的媒人、蜀山氏兵营张总管就来到轩辕中宫。轩辕在合宫前之明堂——一个畅通的有柱无墙的方亭里接待了这位矮胖的总管——他是受蜀夫之托前来问名的。双方坐定后，双下巴、短脖子、胖得鼻翼两侧的肌肉横向延伸、一脸红光的张总管就开门见山道：

"轩辕摄政王，吾今专此问名。汝子名、排行、生辰可否一告？"

轩辕如实告知：

"昌意，排行二，太岁十七年春月生人。"

轩辕盛情招待一番后，张总管带了昌意生辰回到坤宫，报于蜀夫。蜀夫和张总管仔细对照昌意与倡仆生庚后，由张总管用仓颉发明的象形字符（仓颉对各参战部落的总管专门进行过象形字符的培训）写于一张兽皮上，送于轩辕。

轩辕请仓颉以龟甲来占卜男女双方生辰八字，得吉兆，将占卜吉利的结果，派使者带着雁到蜀夫宫中报喜。蜀夫接受，谓之纳吉。

纳征时，仓颉再次亲往，带了五两彩丝和一对鹿皮作为聘礼。轩辕又请天老占得吉日良辰，现在就只待由昌意出面去亲迎了。

五

这是一个历史上最火爆的夏天了。即使在被称作"火塘"的巴山氏部落时，那春秋两季的撕不开的缠缠绵绵的雾和闷热之气，特别是夏天那蒸腾着长江和嘉陵江两条江水的暑热之气，太阳就像狼舌头一样火辣辣地舔过人脸面，吹过来的风里也是带着泥腥味儿的热风……即使这样的热法，也比不过渤澥夏天的燥热。去年在战争的环境中，人也许是忙的缘故，时间就过得特别快……最燥热的那段时间，轩辕把军帐临时搬到中条山北麓浓浓的枫树树荫下，吹着山沟里带着溪水凉意的山风，一个夏天，不知不觉很快就过去了。

可是今年，搬进了光秃秃的一片宫室屋舍的黄城内，太阳光直射下来，那一种暴晒的感觉是实实在在的。茅草屋顶，被太阳晒透了，热力好像不经任何阻拦就直接烤到人身上似的，实际上，这一种热法比直接烤在太阳底下还难受，木栅栏上涂了黄泥巴的屋墙，早已经像冬天里的火墙一样热乎乎的，屋里的空气是干燥而令人窒息的闷热。走到室外，阳光就过度亲热地带了盐池的咸燥之气，一下子烙到你身上，找不到树荫，找不到凉爽的地方。自从春天搬入黄城以来，和平的日子一天天进入正轨，生活也由最初的欣喜忙乱，逐渐变得从容起来。可是这个过度火爆的夏天，却把人们的油都熬出来了！

一天午后，难能可贵地吹起了西风。西北的天空，就一团一团地涌起了旧棉花一样白头的蓄满了雨水的乌云。随着风力的推进，它们很快就占领了大半个天空，淹没了太阳。等乌云终于铺满了天空，天阴得很重，却停了风，闷热的人都跑到屋外来透气，好的是今天没有阳光的直射了！

轩辕从一大早就忙得没停点儿，先是东北的艮宫两个部落代表——犬龙部落的掩茂和猪龙部落的大渊献，因为两楼之间的界线发生了争执；接着风后来了，献上他多日以来精心绘制的"瑞图"——包括所有部落的图腾在内的天下示意图。两个人来到明堂，就此仔细地讨论了一上午。嫘妃叫轩辕吃饭的时候，就让侍女们把饭端到明堂来，三个人一起在这里，吹着热风，大汗淋漓地吃了午饭。期间，嫘妃又说了许多嫔妃之间婆婆妈妈的琐事。她的主要精力，都用在传播养蚕织帛之事上了，这些节外生枝的事，让她心烦，憋不住了，就多说了几句。大家的心情都烦躁得很。轩辕一急，就一挥手，冒出句："此事罢了！"嫘妃也就罢了，让侍女用木盘收走了陶豆、陶盆、陶碗。

送走了风后，轩辕回到合宫，还是闷热。索性挂上青铜剑，叫人拉来白龙马，飞身跨上马背。一向温顺的白龙马，这时候也暴躁地跳起前腿，用后腿站直了身子，只把两只前蹄悬在那里空刨着，把鼓出的平日里像半个月亮一样温柔的眼睛，瞪成了四棱子形状，鼓起了面部像闪电一样的青筋，口中发出"嘞儿——嘞儿——"的长鸣：它在抱怨轩辕，打仗的时候，几乎天天和它在一起，现在和平了，就好像遗忘了似的把它冷落在一旁……

676

轩辕理解地一笑，用宽厚的手把掌在白龙马张扬的银色长鬃上，轻柔地摩了摩。轩辕跨上马背，一勒缰绳，白龙马把头一扬，就举起尾巴，掉头向南，奋蹄迅跑起来。

　　耳边是呼呼的热风划过的声音和"噢——噢——"的欢呼声，眼前是跳动着流过去的人群、宫室屋舍……白龙马像一道闪电一样突出南门，把铺在护壕上的木板踩得"咣咣"地响，在铺了厚厚的一层腔土的黄土路上扬起黄色的粉尘，好像从黄城里扯出了一道黄色的大幕。

　　白龙马总算是得到了一次表现的机会，加上午后吹起的西风，阳光被乌云遮掩了起来，它就顺着徐缓的斜坡，一口气跑到了中条山北麓那棵伞盖一样的枫树之下。它怀念那一段如火如荼、畅快淋漓的战斗生活。

　　白龙马喷着响鼻，浑身出透了汗水。轩辕心疼地在它肩头摸了一把，在浓浓的马汗酸味中翻身下马。这一片位于斜坡高处的台地，旁边就是一条向中条山横断南北的主脉深处延伸的树木繁茂森然的小沟，一条曲折的小溪自沟中流出，终日吟唱着人们听不懂的小曲。去年夏天在此扎帐的时候，这个原本杂草丛生的台地上，已经被人马车辙踏压得白光光的了，可是现在，又变成一片蓬蓬勃勃的挂着细碎的粉白花絮的绿草，其中夹杂着浓绿油质、扎了人要疼半天的狼牙刺，枝叶发灰的带着白色长刺的酸子榴，小圆叶长了倒钩的红色长刺的枣刺和黄芹、甘草、防风、细辛等药草。轩辕辨别了半天，只听到不远处传来"哗哗淙淙"的流水声，却看不到小溪的影子。物是人非，仅仅就过了一年时间。白龙马回到故地感到亲切，又遇到如此丰茂的草食，就如饥似渴地陶醉在自己"咔喳咔喳"的嚼草声中。轩辕松开了缰绳，信马由缰，任它自由地去吃草。

　　乌云在天空像旧棉花套子一样、深浅各异地堆了厚厚的一层，风停了。可是从小沟中却涌出带了各种植物花卉的综合芳香气味的湿气。轩辕挥舞铜剑，瞬间就砍出一片空地，然后就手挂着铜剑坐在一骨朵绵软的白草根上，面向绿黄相间、地毯一样平展展地铺在眼前的渤澥大地。银色的盐池，像一只驶入平野的冰船，顶在渤澥右侧的头顶，只见船头，不见船尾……左边，羊龙部落的灰白的屋舍和黄城的一片金黄——金黄的土墙、新麦秸金黄的屋顶——连成一片，它们都变成了微缩的小小的模型。在绿色的林木条带和夏田之间，是一片片绿黄相间、很有层次和意味的近于成熟的麦田。再远处，就蒙上了一丝薄纱一样的灰雾，渤澥大地就这么过渡过去，和阴沉的天空融为一体，分不清大地和天空的边缘。

天空中的云在缓慢地移动着，西北方向，又有一片大山一样雄奇诡谲的白头云团，在深暗的天空背景中涌起。轩辕坐看云起，看它涌动的样子，究竟会怎样发展下去，心胸就觉得深邃而宽广，人的思绪也融入了这种徐缓从容的变化之中。云向东南飘移，他的目光也跟着移动，他几乎进入了一种"无我"的境界。

那些独居一处的树木，不管它是槐树、核桃树、柿子树、柳树还是苍松翠柏，以为空间都是属于自己的，没有了规则制约，可以胡乱地疯长，结果就长得七扭八歪，倒是成就了一番风景，却失去了自己的正型儿。而那些挤在一起的树木，因为相互制约着，生存空间有限，就只好一味地向高的长，尤其是那些灰白枝干的杨树和结了一身痂的杉树、松树，就个个笔直挺拔，个个是好材料。轩辕看到，所有平地的、山下的、深沟里的树，都有一种欲与山峰试比高的勇气，因而就长成了材，结出了果。而高山上的树木，也可能是因为水肥等条件不足，却都长得蔫头耷脑，没有生机。还有那些丛梢，根本就没有想过长高成材，因为它的位置本来就很高了吧？——山下的树木怎么疯长，也不会高过它的！轩辕在高山上见过一种草甸，只是一层绣在地面的绿色草皮；有一种爬地柏，像龙爪一样紧扣住岩石，高不过数寸。可它也是一种柏啊！也许，它有它的难处，高处风力大，高处不胜寒……

轩辕坐看云起的时候，从大自然中悟出了许多社会人生的道理，天边却传来了隐隐的雷声。轩辕回过头去，西北的黑压压的云层中间，正有一道小蛇一样的银色闪电，接着才是隐隐的雷声传来。耳边的风声大了，青草和树木都摇起了头，最后干脆就都向一边倒去。风吹乱了轩辕的头发。轩辕理了理耳鬓的长发，站起身来。深暗的背景之下，他伟岸的身躯和草木以及这块大地融为一体，闪电却把他勾勒得异常清晰。

白龙马受了惊似的"咴咴"长鸣，蹭了一身绿色的草汁和清香气味，回到轩辕身边。它捯动了四蹄，竖直了两只柳叶一样尖削的小耳，摆动着如帚的金鱼尾一样分叉的银尾。等轩辕抓住缰绳，准备上马的时候，它却如山一样稳稳地扎定了四肢。

闪电耀亮了半个天空，又是一声"咯啦啦啦啦"更近了一些滚动的雷声。风疾了，凉了，天空也变成了统一的深暗发灰的藏青色。西北的一角，立起倾斜的瀑布一样接通天地的水雾，这水雾迅速立体地向前推进着，淹没了一大片远山和平畴……酝酿了一个下午的暴雨，眼看着就要来到。轩辕想起应该将赤将、高元叫来，商量给黄城中栽树的事、改造屋舍墙壁结构的事；还要和风后商量怎样加强管理、增强各部族之间和平发展的竞争机制和百姓品德教育的事等，特别是和嫘妃商量子女教育的事，还有昌意和昌仆的婚事，巴山氏新提出的玄嚣的婚事问题。也是自己考虑不周，未按长幼之序，结果引起兄弟之间的矛盾——这一点应该补救，以体现出为父的公心。

轩辕飞身上马，白龙马如射出的箭一样向缓坡之下的黄城冲去。一方面是顺坡而下的惯性，一方面是顶着劲风的阻力，所以马的身子侧向一方。

第十一章

一

亲迎的日子终于到来。这一天对于昌意和昌仆来说，同样是急切地等待的一天。因为好奇，又在同一个城中，所以在等待亲迎的这段令人火烧火燎的难熬的日子里，两个人总算是见过几面。

昌仆一来到渤澥黄城，关于她如何美貌的童谣就在黄城中传开：

> 说女枢，道昌仆，
> 昌仆来，为昌意。
> 女枢亲，昌仆美，
> 白脸蛋，红嘴唇。
> 水灵灵，一花朵……

昌意骑着他的滚雪（马师皇爷爷送给他的儿马）像火炭一样从城中走过的时候，道边玩耍的小朋友们就齐声朗诵着，逗他玩，说得昌意耳根发热，脸发烧，红通通的脸，人更加显得英俊潇洒。他把马鞭在空中"啪"地一甩，面带兴奋的神采吓唬小朋友，他们就"哇——"的一声，作鸟兽散。

昌意骑了滚雪故意绕到西南的坤宫去，滚雪扬扬得意，迈着舞蹈一样的花步。远远地昌意就勒住了滚雪，站在那里，盯着蜀夫的茅草楼看，希望能看到昌仆的情影。可是太阳晒得他额头上都沁出了汗珠，却没有等到她出现的时刻。昌意兴致而来，悻悻而归，连滚雪也耷拉下了它鼻梁高拱的脑袋。越是见不着昌仆，昌意的心里就越是一种火烧火燎的难受。终于有一次，他看到昌仆提了尖底瓶蹦蹦跳跳地走出来，他就尾随了她苗条的身影，一直跟到水塘旁。

人的第三感觉是最灵敏的。昌仆感到身后有人尾随着，她就故意放慢了脚步，把碎步走得更巧了，细腰就袅袅婷婷地闪着，阳光把水绿的衣裙映得逼眼，又在她跨过细长脖子的披肩黑发上晃着。粉红的透着鲜艳的青春色彩的细胳膊长腿，就像出水芙蓉……

听到缓慢节奏的马蹄声从容地跟随着她，昌仆的心"嘭嘭"地加快了节奏……忽然，她停住脚步，转过头来。

身后的高头大马毛色亮光光的，像火炭一样红，四蹄之上的小腿，却像雪一样白得耀眼；骑在马背上的小伙子浓眉大眼，高挑英俊，就像一缕阳光（暖黄色的粗麻衣衫），一下子照进了她毛茸茸、痒酥酥欢跳的心里。从直觉判断（人的直觉判断往往是最准确的！），她以为这个帅气的小伙子，就是昌意！——就是自己的男人了！一种强烈的归属感，给了她一种欲望。

昌仆的好像镶了花边儿的长睫毛的大眼睛这么回眸一望，昌意悬着的好奇的心就被一支爱情之箭一箭射穿了！滚雪好像也激动起来，不由得加快了脚步。

欢快的"嘚嘚"的马蹄声敲击着白光光的路面。滚雪像火炭一样从昌仆的身边滚过，热风掀动了她的衣裙和鬓角的长发。昌意勒转马头，滚雪就一转身，"吱——吱——"地欢叫，用两条后腿站直了身子。昌意勒紧缰绳，紧贴着马背，马鬃拂得他脸发痒痒。他眯缝着眼睛，面带兴奋和男人的骄傲（这时候，他忽然觉得自己是一个真正的男人了！），热切的目光回望着昌仆。

昌仆被望得娇羞，不得已撒了尖底瓶，虚掩颜面，敷玉的脸上泛上一层荷花的红晕。

……

婚礼已经准备好了，包括炎帝、西王母、后土、强围和巴山氏的代表等在内的远近的客人都来了，天老、马师皇等轩辕的师友，风后、力牧等文武大臣，十二大部落的代表，附近羊龙部落的长老等都来了。中宫前的明堂张灯结彩，广场上摆满了酒席。人声鼎沸，一派热闹欢庆的场面。亲迎的车队，也已经排好了队，滚雪兴奋地驾着第一辆车。

昌意昌仆

　　亲迎前的醮礼在明堂前举行。炎帝、西王母和天老等师友、长老高坐明堂。明堂前设了醮坛，摆上了醮器。

　　祭祀过有熊的列祖列宗，主持醮礼的风后接过一陶樽秫酒，递给轩辕。轩辕一脸庄严地接过酒樽，高举过顶，分别向明堂、向四周和广场上的臣属和百姓举樽示意后，才执平了，敬给自己的儿子昌意。

　　昌意有和轩辕只高不低的个头，只是显得高挑而单薄，不像他那样稳如泰山的体魄和站式。见父亲把酒敬到了自己面前，昌意一下子觉得自己也像父亲一样肩头上的担子重了——他也是一个真正的男人了！昌意双手接过酒樽，也学着父亲的样子，举起酒樽，分别向明堂上和广场上的人群点头示意后，才仰起头来，一饮而尽。

　　一种灼热辛辣的感觉从嗓子眼儿开始，顺着经络一下子流布到全身，一时全身都是热辣辣暖烘烘的，驱走了许多秋日早晨的凉意，充满了一种兴奋的扩张感；头好像一下子变得有斗那么大，也变得沉甸甸的了，四肢却轻飘飘的，头重脚轻，轻手轻脚。一樽秋酒下肚，昌意深刻逼真地体验到了一种通透全身的淋漓痛快的感觉，本来在父亲和各位长辈面前动作有点谨小慎微的他，动作也夸张了，人无形之中平空增添了一种胆气和豪气。

昌意动作很大地拱手向父亲鞠躬答谢之后，又分别向四围的长辈和来宾鞠躬致谢了，才转过身去，迈着龙形虎步，向自己的由滚雪驾辕、装饰了红花彩带的亲迎车大步走去。等他一个二起脚坐上车辕，拿起拴了红缨的长鞭"啪"地甩得山响，这才想到，没把自己的大媒礼让在先。滚雪看到鞭影、听到鞭声，兴奋地竖直了柳叶小耳，高抬了重型的宽头，怒目圆睁，举尾奋蹄，却被勒紧了缰绳。

昌意跳下车来，歉意地礼让在旁边，等仓颉从旁边走过去，看他坐上了后面的车，驭者也准备好了，昌意才重新跳上车辕，再次"啪啪"地甩响了鞭子。

滚雪举蹄奋力，彩车就"咯吱咯吱"响着、摇晃着前行了。第二辆车是空着的迎娶新娘的专车，第三辆车上坐着大媒仓颉，第四辆车上坐着从祖地桥山赶来的伯伯蛮牛夫妇，第五辆车上坐着叔叔陶虎夫妇，第六辆车上坐着兄长玄嚣……大家的脸上都挂着兴奋的神采。全场欢声雷动，人们举杯祝福。一群小孩子尾随着车队，口里吟唱着：

> 女枢亲，昌仆美，
> 白脸蛋，红嘴唇。
> 水灵灵，一花朵……

"噢——"

在这样的哄闹声中，昌意的眼前就又浮现出了昌仆长长睫毛的花边大眼睛和泛起荷花红的敷玉的皎洁的脸。他恨不能一步跨到坤宫去，然而，既定的程式还得按部就班地履行……

昌意用彩带装饰一新的亲迎车队，向南出了中宫前的广场，又向东、向北，再向西、向南，在黄城里绕了一个大圈子，道路两旁，巽宫、东宫、艮宫、北宫、乾宫、西宫的宫室茅楼间，到处都是夹道的、前来祝福和看热闹的人群。昌意一脸兴奋的红光。而第六辆车上的玄嚣却鼻子不是鼻子、眼不是眼地抽着脸。

老远的，在童谣的歌声中，昌意就看到坤宫门外，岳父蜀夫和岳母一瘦一胖、一脸期待地站在一个摆满食品和香火的台案前。昌意跳下车来，就有人接过缰绳，把车拉向旁边。

昌意快步走到岳父岳母面前，分别跪地给他们行了三叩九拜大礼。蜀夫夫妇忙挽起昌意，将仓颉等前来迎亲的人等一一迎入宫门。院内，已经设了祭祖的祭坛，摆满了席面，到处是前来祝福的人众，大多操着一口升调的、音域很高的蜀语：

"恭喜——恭喜——"

"祝贺——祝贺——"

昌意恭敬地献上一只灰褐色、带着黑白相间的花翎的大雁作为赘礼——第一次见到长辈的见面礼。大家相互揖让一番，登堂后，仓颉执礼，昌意再次行了三叩九拜大礼，大家才坐入事先已经准备好的摆满了鸡鸭鱼兽肉和各种米食、面食的席面。

大家在这里吃喝寒暄的时候，闺室里，头上插满了金色秋菊的昌仆，正面红耳赤着，心里像装了一只小兔子似的"嘭嘭嘭"跳个不停……她站也不是，坐也不是，屁股底下像着了火似的，全身处在一种极度的激动与躁动不安之中。

来黄城后新认识的小伙伴们，众星捧月似的把她围在中间，为她梳妆打扮，大家把染成大红的光闪闪的长长一块丝帛用青铜刀裁开一部分，挖了领口，就披在她倾斜的肩上，前面的红丝帛垂下来，刚好到衣襟，后面却长长的一直拖到地面；又将黄麻织就的渔网似的布料，斜着在细腰上扎了，凸显出她发育中的胸部和臀部。加上下面的三阶皱起很大波浪形花折的暗红色裙子和刚好露出小巧的膝盖的直筒白色单靴，就完成了她的整体形象设计。

昌仆的头发被高高地绾起两个硬硬的环形发髻，耳鬓垂下两绺长发，长长的玉颈上——佩戴上玉石、骨珠、玛瑙和姐妹们用花纹细腻的山桃胡儿和红格盈盈的马茹子串起来的各种繁复的项链和佩饰，细胳膊长腿，都是一色的绝无瑕疵的透着青春活力的粉红色。长睫毛的眼睛闭起来，直接把花边印在下眼睑上，敷玉的面部早已经飞起两朵比荷花更红更艳的红霞，羞得昌仆跳着脚，用纤长如玉手指的双手掩了颜面。可伙伴们还是叽叽喳喳、像哑（喜）鹊窝捅了一扁担似的围着昌仆热闹。

眼看就要出去见男人了，可昌仆的双手总是掩在羞红的脸上不肯拿下。伙伴们把她的双手刚拉下来，她又紧紧地掩在脸上，让人只能看到窄窄的近于方形的额头和高挺的鼻翼小巧的鼻子与尖下巴。她又是心慌腿软，没有办法，还是来自西陵氏的巧姑阿姨急中生智，扯起一块红丝帛顶在昌仆头上，掩住了羞红的脸面，再由两个女伴搀扶着，昌仆才勉强大大方方地扭动着细腰，踏着软步走出闺室来。

干得脆生生的竹子在篝火堆里烧得"噼噼啪啪"的山响，四处飞蹦。

这时候，昌意早已经从驭手手里接过缰绳，把接新娘的系了大红花带棚的轿车驾好，等昌仆软手软脚地走过来，他亲自将上车的引绳递给到她手中，代替女伴，扶她上了车后，就跳上车辕，抽出长鞭，"啪啪"地甩响了，赶着轿车就地转了三个大圈子，在人群的一片欢呼声中，跳下车辕，将鞭子交给一脸毛胡子的驭手，就赶回前面去驾自己由滚雪驾辕的马车。滚雪早已经兴奋地捯动着四蹄，喷着响鼻等着他。

前来迎亲的仓颉、蛮牛、陶虎、玄器等人众也分别上了车。蜀夫作为陪嫁的礼品分别装了六车，随在长长的车队后面。昨晚上，他做了个梦，睡梦中他总觉得自己的六件陪礼太少了！翻一倍吧？"二——六——"，还少！三六一十八，也不多；四六二十四，"二——死——"不吉祥！干脆五六三十，还不够；六六三十六……只有这样的陪礼，他觉得才吉祥如意，才与轩辕黄王——摄政王家的身分地位相当！今天早上他紧紧张张地准备着，什么鹿皮、虎皮、羊皮、鸟翎，铺盖的、身上穿的衣裙、丝帛麻布、披挂的各种饰品，玉石、珍珠，饮酒用具的爵、角、樽、斗等等，这六个六个一摆，就装满了六个彩车。

长长的车队出发了，现场一片热闹的气氛。蜀夫长嘘了一口气，仰起头注目着在辚辚车马声和尾随的孩子们的童谣声中远去的车队。他的胖老婆还想着刚才举起小手向她告别的昌仆的样子，禁不住掩了一把慈母泪。

二

秋日午后，天空是一年中最净最蓝的时候，白云像大朵大朵的新棉花一样，一团一团自由地在天空飘游着，有时聚，有时散。秋阳驱走了早晨的凉意，暖阳阳地高照着，渤澥黄城一时又躁热得好像回到了夏日似的。

张灯结彩的中宫门前，老远的，人们一看到迎亲的彩车队回来了，就"噼噼啪啪"地爆起了干竹，一时烟雾飞腾，气氛热烈。

滚雪驾辕的彩车第一个到来。昌意跳下车来，早有人接过了马缰绳，把车停在旁边。等新娘的车到了，昌意小心地扶昌仆下了车，昌仆还是把那块红丝帛顶在两个环形发髻之上，因而使本来要比昌意低一头多的小巧玲珑的昌仆显得高了许多。昌意携了昌仆，一同步入一片欢呼声的宫门。

炎帝榆罔端坐在首席上，由附宝、轩辕、嫘妃与天老、吴权、鬼容区、马师皇、宁封和风后与西王母、后土、强围陪坐。铺在地上的席面上，竹筮、陶豆、陶盆、木盘、陶鼎和长案式的木俎上，都摆上了深红色间有嫩绿色的大枣、赭色的炒熟的毛栗子、绿莹莹的猕猴桃、敲开了纹路密布的硬壳的核桃，还有隐约带着细细的白绒的绿中泛黄的水桃；盛满了韭菜腌制的韭菹、兔肉熬制的兔醢（肉酱）。大小不等的陶鼎中，牛、羊、猪、鱼等肉类，连汤带汁，腾着肉香的热气……每人面前一只红陶制的酒樽，不断有人向里面加着气味芳香、味道辛辣的秫酒。

主席面设在明堂。力牧、应龙、大挠、常先、大鸿、挥、夷牟、货狄等武将陪着祝融、蚩尤、刑天、共工、炎居方雷氏、陆吾等；仓颉、岐伯、沮诵、稷、雷公、杜康、隶首、赤将、胡曹、于则、伯余、孔甲、喫诟、滑稽等文臣陪着悉诸、风伯、赤松子、余跗、赤冀、诸稽、白阜、伯高、两曋。茄丰、斗苞、屠维、上章、奢龙、重光、敦牂、吴回、猷、奓、阉茂、玄子、著雍、大封、封胡、郎酋、神荼、郁垒、魍、魅、魈、魑、夷方、大赫、灵枫等部落酋长与将领；赤奋若等十二大部落的代表和中黄子、五圣、知命等河东高人等，坐满了中宫前的广场。

素女、玄女、采女、盐女、少女等嫔女与子女，包括昌意、昌仆的席面，都设在后宫。洁手洁面后的新郎新娘对席而危坐，同吃一畜之肉，谓之"同牢"；大家闹腾着，将瓠瓜一分为二，分别盛了秫酒，让新郎新娘交换着喝，谓之"合卺"……

轩辕第一个给炎帝敬了酒，然后才给已经是一头银发拄了龙杖的母亲附宝敬酒，接着给天老等师尊敬，给后土、强圉敬。

轩辕举起陶尊面向全场敬酒，与大家共饮之后，一批批一拨拨，文武大臣、各部落的酋长、代表、将领，河东的高人等先后来到首席，向轩辕祝贺。轩辕在耽于应酬的时候，在热热闹闹的祝贺声中，炎帝榆罔深深地感受到了冷落一旁的旷世孤独……在一片杯盘交筹声、嘈杂的喧哗声中，炎帝榆罔皱起了眉头，眯起了他长长的凤眼，田字形飘了灰须、布上沟壑条纹的方脸上，隐隐地罩上了一层阴霾。

这一次华夏版图上几乎所有部落的大聚会，让原来战场上的对手们坐在了一起，大家的心情是极为复杂的。胜者脸上挂着骄傲的荣光，败者却面有愧色，强作欢颜。像神荼、郁垒、灵枫、伯高等"弃暗投明"者和最后战败的蚩尤、两暤、魈、魅、魍、魉、夷方等之间，也有难以排解的隔阂和仇恨。即使都是胜者的炎、黄的将领和文臣之间，也有人大生醋意、猜忌和妒忌。人以类聚，物以类分，一次婚庆的大宴之后，华夏大地上的各个部落、族群之间，又面临着重新"洗牌"的危重局面……不过，这些现在还只是暗流而已。

蚩尤过去的部下，借着轩辕给儿子的婚宴，又一次聚拢一起。两暤、魈、魅、魍、魉、夷方等依然是忠心耿耿地追随在他左右，口口声声叫着他"大酋长"，虚幻地做着昔日鹿部落联盟一统南北的梦想。蚩尤虽然不改其傲然天性，但是，经过与轩辕的文比、武比和这些时间的观察，他从内心深处还是服气轩辕的文功武治和人品。特别是轩辕重用人才、唯才是用的用人政策，应该说他是最大的受益者之一。如果不因为他的才，他肯定早已经成了刀下之鬼或者枉死于乱石之下的战败英雄。原来他以为"功德"最大的地方，比如说诛杀敌人，恰恰正是他最大的过错。他因此树起了威震天下的恶名，好听了说他是"战神"，不好听了说他杀人如麻、残忍无比，成了"凶神"，甚至有人说他是"红眼绿发，青面獠牙，腰里别二十四个死娃娃"的恶鬼。轩辕代表华夏所有受到侵扰的部族为他定的"十恶之罪"（谋反、谋大逆、谋叛、恶逆、不道、大不敬、不孝、不睦、不义、内乱），虽说有言过其实之处，但是换一个角度来看，绝大多数还是"罪所应得"。他也曾当着轩辕的面承认自己是"犯上作乱，不赦之罪也"。大丈夫一言既出，如置九鼎，岂可随便就更改？虽说"主兵"这个官，并不是一般人所理解的那样，似乎与主将、将军同类，但是到了首山冶铜现场之后，他才真正深切地体会到，自己不过是个炼铜的"小炉匠"，只是一个"主持铸造兵器"之人和一个涉及面极窄的专项技术。轩辕把他的"小才"、"大用"，而对他通天道、晓知天文地理、巫医魔法，能喷云吐雾等奇才，却弃之不用。他感到一种类似于孙悟空做了"弼马温"之后上当受骗的讽刺意味——这在他有了再生希望的当时，是万万也不会想到的！也许轩辕本来就是为了用他的专长呢！后来他又这么想。反正捡回了一条命，这是轩辕最大的德。天有好生之德，轩辕具之。

蚩尤一到蒲坂冶铜基地，旧地重游是一种复杂的感受。同时，他发现，和师兄伯高之间的关系就极难相处。他总是觉得这个人没有骨气没有个性，是背弃九黎祖宗的败类……这一种想法从伯高走了另一条路起，就已经根深蒂固地在他心里扎下了根，现在想改也不好改过来。他也曾试着面带笑容去面对他，但那样太憋屈难过了！非大丈夫蚩尤之所为也！他就喜欢钉是钉、铆是铆、金是金——凡事图个痛快，决不藏着掖着。咋想就咋说，咋想就咋干，绝不委屈自己。因而他在"师兄"面前，说起话来，总不免会带一些刺儿，总是那么意味深长："师兄正道也，非蚩尤能比之。""吾不过一主兵耳，岂天师之过誉？"

外形白瘦、形体修长的伯高，同时也是一个杠性子，岂能受这个瞪眼窝愣头青的症？两人一到一起了，就免不了要舌枪唇战一番："正道者，形正，身正，心正，言正。形正则身正，心正则言正。""汝不行正道，主兵亦高就也……莫忘五龙之败、十恶之名。唯修正、修形、修身、修心、修言是也。"伯高毕竟是师兄，心胸还是开阔一些。看到蚩尤自"主兵"以来，不管心里是怎么想的，做起事来还的确用心，有可教之处。所以在言辞交锋中，也不忘给予教育引导："丈夫腹中撑舟矣，'大酋长'亦想开。"经过多次交锋与沟通，两人总算能走到一起了，但还是难弥旧日裂痕。最后还是请伯高去了渤澥黄城，两人的冲突才暂告一段落。这次在昌意的婚宴上碰着了，又免不了一番言辞之辩。看到伯高一脸荣光的样子，蚩尤就不由得要把他铜铃一样的牛眼瞪大了：

"师兄别来无恙？天师岂坐于此？"

伯高不屑于和他斗嘴："此雕虫之技也。"他也知道，自蚩尤主兵以来，蒲坂青铜和兵器生产量大增，蚩尤确实实有了悔过的实际表现。他其实就是这么个人，一旦他做起自己喜欢的事情来，就会全身心地投入进去。所以，他也不想在此场面斗嘴，只是提醒蚩尤："祸出于口。做好事，亦管好嘴。"

蚩尤脸一红，收敛了锋芒，赔伯高一个笑。

又看到了黑、白两脸的铁搭档神荼、郁垒，已经占领东夷的艮黎、巽黎这两位酋长，竟然与轩辕东征的联军和东夷搞起了和谈，结果使东夷之土尽失，断了九黎一条后路；最让他气不过的是三苗灵枫在九龙山的临阵叛变，结果使轩辕和九黎双方的力量对比，发生根本性的转变……唉，人生有喜有悲，人生总有那么多解不开的局和不顺心的事，总有那么一些你不愿意与其同台表演的人，偏偏就不知道前世怎么修来的"缘分"，偏偏就这么让你难受地往一处凑！

蚩尤不想再去想这些不开心的人和事，可魑、魅、魍、魉却要偏偏往痛处戳，真是哪壶不开提哪壶的主儿。

宴席过后，九黎的几个酋长和蚩尤聚在一个光线阴暗、透着秋天雨季之后特有的霉湿味儿、弥漫着从喝过酒的人口中吐着的难闻的酒气的小茅屋内。

善于以其梦语一样的声音迷惑人、人称"迷糊鬼"的赤黎酋长魍，这时候因为天气尚热，并没有披他那件带着后蹄的水牛皮披风，只是很随意地裹了一块土红色的网状麻布，把他右肩肩头和两臂、手指与叉开的双脚上的大关节暴露了出来。他还是过去不穿屦鞋的习惯，皮肤被阳光烤得黑里透红。他因为喝得秫酒多了些，眯缝着眼睛，就像没睡醒似的说着胡话，全然没考虑这些话有可能会引出的后果。他对炎黄为首的华夏部落联盟取胜之后的天下和平、人心厌战的整体大局并不了解，也不想了解，只是在心里还隐隐地褪不尽因为战败所带来的阴暗心理，尤其是看到神荼、郁垒很满足的样子和灵枫与三苗所属的大小酋长欢聚一起的场面，心里就特别地难受；他只是要把自己内心的苦闷发泄出来，以示他对"大酋长"的忠心不减。

"大酋长！"魖这么称呼的时候，蚩尤并没有特意阻止。

"大酋长，九黎之败，在乎天意，亦是人为。像神荼、郁垒、灵枫，与其辈同席，实九黎之耻也！"

三

魖的刺刚刚扎过，蚩尤心中的痛还没有过去，玄黎部落酋长魅——这位总是在魖后面跟声学声的、善于以烟雾迷人的主儿，把一双黏红的烂眼眨巴着，捋着他落下来的一绺灰头发，把葱头一样的黑眉毛拧着，恨恨地继续火上浇油。

"九黎之败，非天之意，更在人为。九黎顺天之意，取东夷、还鹿野、服羊龙，所向披靡，若风卷残云；却生出此等败类……"魅沉吟了一下，下定了决心，"吾愿一雪九黎之耻，若何？"

宴会后，轩辕的老朋友和师友赤松子，像一阵轻风飘到中宫，找到了轩辕，特别提醒他，再到多疑的炎帝跟前时，应该更收敛和拘谨一些才是。这也是他多年跟随炎帝榆罔的经验之谈！高人就是高人，一眼就能看出"问题"的本质。他把自己的担心直言相告：

"老弟，汝察帝今日之表情乎？……帝向心狭，眼不容沙，汝处事当小心耳。"

轩辕宽厚温暖的大手，紧握住赤松子沁凉的、骨瘦如柴的老手，摇了摇之后才松开，疼得赤松子笑脸上微皱了眉头。

轩辕本意是借机让大家尽情地欢聚一场，不想却引出炎帝的不快，自己也有悔意，因而再见到炎帝时，更是礼让有加，赔了更多的笑脸给他。炎帝一行返回之后，在文武大臣相聚的明堂内，他专门讲了对炎帝的敬意："切记，以后于何处，皆务必对帝尊敬有加；务必拜帝于先，莫再现婚宴之景矣。"他特别强调：

"炎帝者，天下共主也；轩辕者，帝之摄政也。吾人替天行道、以征不享，亦当做敬天之表率也。"

为何轩辕人气如此之旺？而自己这个天下共主却被冷落于一旁，简陋"紫宫"里，大臣和前来拜访的部落酋长也越来越少了？因为自己之失误，早在退出关中之前，十二大部落的代表，包括属于鹿部落联盟的作噩、掩茂、大渊献等，都已经跑到了轩辕的黄城……现在，河东的猴龙、羊龙等部落，又是这样的唯轩辕而是从！

——在昌意的婚宴上受到"冷落"的炎帝，心中带着刺痛，带了臣属，乘着老牛破车、皱着眉头回到他在安邑的新都后，一个人闷闷不乐地倒在卧榻之上这么想。这么想着的时候，隐痛就再次自心底生起，眼中不由得渗出了悔恨的泪水。他把一只粗硬的大手在柔软阴凉的竹席上"啪"地一拍：

"悔不该，留轩辕于河东也！"

炎帝进得后宫之后，就将听訴和叽叽喳喳的芹姬、打打闹闹的炎柱打发了出去，想自己一个人安静一会儿。他麻木、沉重的四肢瘫开，一点也不想再动一下。脑子木木的，空落落的……一道蓝色的小蛇一样的闪电，在他的心幕上划过的时候，脑子就"轰"地炸得生疼，接着就是经久不息的"嗡嗡嗡"的耳鸣声，就像苍蝇一样在脑海里挥之不去。

炎帝在这样一种烦躁的心境中反复折腾了许久，才昏昏沉沉、忽忽悠悠地进入了梦乡。

轩辕把天老、赤将、高元等叫到中宫来，反复地研究，要在冬季到来之前，将筑土城（墙）的技术，简化地用到屋舍墙壁的改造上。

一缕午后的秋阳斜照进中宫宽大的室内，正墙上，是仓颉造的代表了轩辕图腾的、赭红色的绣在拼接起来的一块大大的黄丝帛上的"黄"字。室内的陈设布局，较之桥山黄城的合宫，又有很大的改进，二重屋顶，环以天窗，高广严丽，轩敞疏朗，显得宽大而又明亮。

　　轩辕坐于虎皮靠背的坐垫上，身披黄丝披风，眉宇高抬，浓重飞扬的黑眉毛下，眼影很重的眼中透出炯炯的神光。他以商量的口气和大家说：

　　"屋墙厚了，冬可保暖，夏可隔热，岂非好事？"

　　赤将的红脸上，已经爬满了细皱纹，一脸细绒绒的络腮黄胡子。他皱着眉头，在地上画来画去，计算着长短宽窄，琢磨着这样做的可行性。

　　高元一脸喜相，笑眯了眼，发际线很高的脑门儿亮光光的。

　　天老的老脸瘦而蜡黄，沟沟渠渠的。他最近正在构思他的《天老宅经》，听轩辕这么一说，好像在他堪舆学的一套理论中，又新生出了一道亮光似的——轩辕既注重理论、又注重实用的做法使他深受启发。

　　"轩辕之言甚好。营宫室者，首选风水，然并非全部也。墙之薄厚，因功能而异。明堂者，去墙也；仓房、畜棚者，薄也者；居室者，则以厚为上——'冬可保暖，夏可隔热'耳！"

　　赤将用弯曲的食指的指背，摩挲着下巴颏上的黄胡子，一边想一边说：

　　"此事可行……"他边指着自己在地上画出的图形，边解释说："较之城墙，窄去七五，二五即可。"

　　轩辕接着赤将的话，把自己的想法变成了叮嘱：

　　"宜取之老崖，湿可握团；毋若筑城，基部过宽；既窄矣，则立矣，略有收缩；小屋者，毋过高，等高于人耳。"

　　"中的之言也！"高元不得不佩服轩辕考虑问题之具体周详，无意之中，就举起了大拇指。他依然一脸喜相地补充说，"墙亦可高筑——调板之角度，则高而不危。"

　　轩辕又提出在城中栽树之事：

　　"黄城者，新也。吾人虽思虑再三，巧为营造，然终有一失大焉！"他先申明了问题的严重性，引起大家的注意，接着又是一个设问，"吾人皆过来人，夏日可熬乎？"

"度日若年也……"看大家皆如堕五里雾中，轩辕就自问自答了，"余思之再三，城中无树耳。无树则无荫，无荫则热。"看大家都相继点头了，他才提出具体的要求。

"务必易之，还民凉爽——余试栽一树，已活矣；推而广之，若人手一树，则黄城有荫可乘也……"

高元自愧不如，收起了脸上的笑容。赤将也不停地拍打着自己的脑门，发出"啪啪"的声响。天老觉得有道理，就接着想栽什么树好的问题。

"欲栽树，先选种。余以为，首栽者，槐也。此树叶密而浓，若穹盖，荫重也。"

高元找到了话头儿，就接着说：

"亦栽梧桐以引凤，植垂柳而赏景。"

"松柏者，长青也，不可少。"轩辕补充道。

赤将再添以诗情画意："若植以兰蕙，则非人间景，非神仙不居也！"

"哈哈哈——"

"嘿嘿嘿……"

"呵呵呵！"

大家不由得喜形于色。轩辕对赤将说：

"画出图来……"

外面传来侍者一声高唱："风后先生到——"

轩辕请风后坐定后，就和大家一起商议起了治国之大事。

"国之大事，莫过于则。风雷者，号令也。树木花草，各有其姿；百兽百禽，各具其行。风雷起，皆一姿也、同行也。规矩者，方圆也。无规无矩，不成方圆。若旷野之木妄长者，无规也；若林中之木直立者，守矩也。"

蚩尤的火儿终于没有被挑起来。因为他心里明白"知恩图报"的道理，同时，他也明白目前人心思治的大局……现在决不是闹事的时候！这会儿，他有点按捺不住有些暴躁的原因，是自己的这些不知"深浅死活"的老部下，怎么都不长记性呢？

蚩尤呼地站起，手握青铜剑柄，把牛眼瞪圆了，咬牙切齿地发狠道：

"尔等切记，余非大酋长，乃一'主兵'耳！轩辕者，大仁。我等败者，心服……而后，非团结之言不发，凡有隘大局之事不做。切记，逆流而动，洪水猛兽……"

大家皆悚然而惊，站了起来，内心里对蚩尤更加敬服。

"主兵之言极是。"一向以老谋深算著称的"半截人"两曎，一直沉默不语地听着大家说话，这时候才发出了他那苍老的、颤颤巍巍的沙哑声音。他也是几乎和蚩尤一样，在渤澥熬过了那段艰难的被俘后的囚禁生活，最后还是蚩尤出任主兵之后，才表示了重过"自新"生活的。当然，在这个过程中，他的内心深处也曾经被触动过。"轩辕者，大仁"，这一点他和蚩尤初步形成了共识。但是，魑、魅、魍、魉等提出的问题，他也有强烈的共鸣。他之所以一直压着心头的话未发言，只是想看看大家到底还有哪些想法和隐情。现在魍、魉只是跟着起哄哄，也再提不出什么新问题，蚩尤也明确地表了态，他就干脆将那些已经涌到口边的、有可能挑起更大的火的话咽回肚子里去……

"主兵之言极是！"两曎鼓动藏于一圈圈褶线中的喉结——干咽了一下，挪动了一只肉球一样的形体下面的小脚，才强调说：

"轩辕的确大仁者也。若非彼唯才是用，吾辈实难再有相见之机……此昌意婚宴，又待吾辈此同等礼遇，实天下之大幸也。黎民百姓之福、华夏之福，九黎之福。九黎之败，虽败犹荣。吾辈自新者，宜重塑形象。于今天下一矣，华夏盛矣，尔等回去，定当安分做人，切勿滋事，唯守好一方土是也！"

"善。"

"诺——"

"噢。"

一片高低不等、垂头丧气的应答声。

"打起神儿来——人活者，精气神！"蚩尤瞪圆了他的牛眼一声断喝，大家都参差不齐地尽量挺直了腰，齐声说：

"人活者，精气神！"

"各自歇息。"两暟打发走大家，就和蚩尤商量着，得空专门去看看轩辕。

四

蚩尤打发走了两暟等九黎酋长，就自己手执龟甲在前面大步走着，身后跟了一个肩扛一把新铸的青铜大刀的随从，向轩辕的中宫走去。在中宫门口值班的头领正是己人。他认得蚩尤，就上前拦住盘问：

"主兵大人，往中宫何干？"

"拜摄政之王，报所司之事。"蚩尤把牛眼一瞪，粗声粗气地说。他想自己既是主兵，就应该是可以直往直出的，何需这般盘问？

"且——待——通——报。"己人不容分说地横在门口，虽然他的体魄和蚩尤相比，只能是小巫见了大巫的感觉——矮了半头，体形也单薄了很多，但是他的语气却是强硬坚定的，几乎是一字一顿，字字咬得很真。因为九黎和华夏语言上的很多障碍，他生怕蚩尤听不清了要横。

在一派正气、神态凛然的己人面前，蚩尤只好"随乡入俗"，站在门口等了。

过不了一刻，轩辕已经笑呵呵地出现在长长的、镶有花花点点的碎鹅卵石的甬道对面的宫室门口。

轩辕大步迎了过来，身后随着应龙、孔甲和己人，老远地就伸出了一双粉红色宽厚温暖的大手。

蚩尤紧走几步，纳头便行叩拜大礼，却被轩辕有力的大手给扶了起来——"免礼！免礼！"右手朝明堂一指，就带了蚩尤走上明堂。明堂中立着手执托盘和兵器的侍者和卫士。

轩辕面南而坐，应龙和蚩尤分左右在龙须草编的坐垫上坐定。孔甲坐在轩辕身后。

蚩尤从其随从手中接过沉甸甸的反射着午后阳光的长把儿青铜大刀，双手横向平托着，递给轩辕：

"此新铸之刀。敢请摄政王过目？"

轩辕用力接过铜刀来，先上下晃动几下掂了掂其重量，又在双手间翻来倒去地翻看着，用大拇指试了试"噌噌"地轻响的刀刃，就满意地转身交到应龙手中。

"好刀，应龙可一试矣！"

应龙接过青铜大刀，手握长把儿晃了晃，刀锋就"哗哗"地闪着耀眼的光芒。他"嚯"地站起，就在这面向八方的明堂中央舞了起来。应龙原来把笨重的长把儿石斧使得多了，反倒觉得这青铜大刀用起来灵便了许多。于是，这个全身堆肉的八尺壮汉，就按照他自己编排的一套石斧操，劈、抡、砍、砸地舞得如同风车一般，只是把刀当了斧头来使，惹得轩辕呵呵地笑出了声。

轩辕满意地点着头，蚩尤和他的随从脸上也都挂着笑。孔甲注目观察着。

轩辕对正在做收式的应龙说：

"既使得顺手，此刀就交由将军一用。"蚩尤的长脸上，圆圆的牛眼也眯成了缝儿，诚意地随着轩辕点头。

应龙一套石斧操做完，气静神凝，沁出汗水的皮肤发亮，一脸兴奋的神采。听了轩辕的话，就右手握着刀柄，左手抱于右手之上行礼道：

"多谢摄政王！"又抱拳向蚩尤，"多谢主兵！"就将铜刀交于一侍从手中，自己归了坐位。

蚩尤这时候，一口气喝了一陶碗水，将画了黑色环绕状花纹的彩陶碗往案上"咣"地一放，向轩辕汇报道：

"余主兵近半年矣，成效甚微。"他先谦词一番，才接着说，"余主兵以至今，造五兵近百，皆封存入库，由隶首刻于甲上。"说着就双手将龟甲奉上。

轩辕接过龟甲看时，上面刻画的字符是：

戈	两个竖画	一个空位（二十）
矛	两个竖画	一个空位（二十）
戟	三个竖画	一个空位（三十）

696

酋矛	两个竖画	五个竖画（二十五）
夷矛	两个竖画	一个空位（二十）
刀	一个竖画（一）	

轩辕看完，满意地点着头。他将龟甲交于孔甲后，就拱手向蚩尤施礼："主兵劳苦功高，当彪炳千秋。吾谨代帝谢之。"

蚩尤忙还礼道：

"惭愧惭愧，臣之本分也。"

秋天的日子有过最适于人居的时候。气温舒适到让你只感到凉爽合适，可以说不热不冷正合要求。风也温柔到只是轻轻地贴着你的脸、你赤裸的胳膊和光腿，让你感到好像淋浴在合适温度的水塘之中一样。野生的瓜果从夏天起就开始排着队等着你吃。从绿格莹莹的、酸掉人牙的瘦毛杏蛋蛋，到黄红相间的甜杏；结着红玛瑙珠子一样甜果的马茹子；尖圆形状的、由小颗粒垒起来的野草莓，则由绿到红、一直能变得黑红，愈黑愈甜。水蜜的鲜绿中透出粉红色、表面上撒了一层白霜一样让人发痒的白绒毛的大桃，咬一口，水浸浸的甜汁就喷溅出晶莹的水雾，你只能吸溜着吃，甜蜜就一直沁到心底，流遍全身。酸枣有酸有甜，这就看你的识别力了，一般是个头稍大、圆中见方、红透了硬皮包着软芯儿，用手一捏，圆核儿在其中有滑动感的才甜；大枣绿格生生的时候，咬着就只是一个脆，吃在嘴里只是淡淡的木木的感觉，并不算甜，只有等到红了半边或者全红了的时候，才一直能甜到你的牙根深处。野葡萄一串串地挂在蔓上，颗粒小的、绿的就酸，又圆又大挂了紫韵的，就甜得你都来不及吐葡萄皮了！

可是，好日子往往不长久。虽然下午的阳光还是蛮毒地晒着你，你会感到早晚却越来越冷，你得不断地想着法子，给身上裹上越来越多的麻布、丝帛以至毛皮来抵御。那些怕冷的飞禽走兽，争先恐后地开始实施它们一年一度的南迁计划。燕子的撤离是悄无声息的，几乎是在一夜之间，你发现它们架在屋舍内的窝就空了——它们带着今年孵出的刚刚长硬了翅膀的子女，一同飞过黄河开阔的浑黄色浊浪，去了令人向往的绿烟轻笼的江南。大雁照例是排好了队形，"哇哇"地叫着，像竞赛的龙舟一样，一串串地从发白的天空划过去。而且这种旅行是不分昼夜的，尤其是在布上了厚厚的乌云的黑漠漠的夜里，你看不到一星半点星光，天地都让黑色给抹成了一片，忽然有几声凄厉的长鸣划过长空，让人心不由为之一紧。领头雁用自己的声音来协调远征的家族，生怕有哪个儿女掉了队。在对子女后代的爱方面，人和飞禽走兽是相通的。

季节的变化是无情的、不依人的意志为转移的。

炎帝榆罔那天昏沉沉地坠入梦乡之后，他只觉得自己好像灵魂出窍似的虚飘飘地飞起来。他在深暗平阔的大地上划行，地面上长满了黑黝黝的就像芦苇荡一样枝叶茂盛的庄稼，却辨不清到底是什么品种。他只是在飞，在低空中这么平行飘移着，飘移着……不知怎么的，他却落在一个青石板铺就的幽暗曲折的长路上，路两边尽是同样幽暗而空无一人的屋舍。他听见自己的脚步声"啪啪"地很响，在空荡的路中央和屋舍间回荡，两条腿沉重得拉不动抬不起，就像得了重度伤风一样。心却收紧了，心弦越绷越紧，人越紧张，腿就越是抬不动。

他的这一个晕啊！几乎是天旋地转似的。人在无节制地左右旋转与上下起落式的"晕动"过程中，好像就去了好几个地方，不知道怎么就来到了一座幽暗的山上……

他在山上行走，这座山很荒凉又似乎很高，到处是黑色背景下的灰白的山边崖缘。他在四处寻找下山去的路径，经过两处路口，人家都说已封闭了，不让下。有守路口的人向旁边一处山坡一指："那家人汝识之，汝可就此而下……"这会儿他才感觉到，好像是在一个高山上的他曾经非常熟识的山寨，好像他真的就认识那边院落的人家似的……他却来到一个犬牙交错的开口，下面一片蓝天一样的空白，深不可测……旁边另一开口，有白色的水流从高处急急地冲下，在两口之间被隔开，水拐了个锐角"哗哗"飞溅着，流下去了。他想走水路，却看见相隔的地方有威然飞翘的龙鳞，就不敢下脚了。还是从那边大一些的、犬牙交错的开口下去吧！

他真的就从这个犬牙交错的开口掉下去了，双手紧抓着一个钟乳石样的长东西，完全失控地飞速下滑着。他心里无底，不知这种下滑到底有多高、有多深，只是被动地超音速地下滑着。周围都是飞速上升的圣人的形象，有大的神态端庄的立像，也有一排排整齐划一的小像……而他却掉入深不可测的魔窟，在无底洞似的下滑……他想这钟乳石总会有完结的时候，那时他就会从空中落下了。而且他知道男人头重，必须保持头朝上的姿势，于是就绷直了双腿和脚面……就在他被彻底悬空的一瞬间，听到了一声像刀子划过骨头一样长长的、极度高亢刺耳的尖啸……

炎帝榆罔从睡梦中惊醒之后，就胀着眼睛再也睡不着了。他思前想后，但是不由自主地展现在眼前的画面，主要还是以炎黄之间的历史记忆为主。

炎帝第一次在清姜河东岸的常羊山上——他自己的登基大典上见到轩辕时，轩辕还只是一个七八岁的小孩子。就是这么小的轩辕，竟然还能指出他的一些执政弊端。

十岁在河西桥山祖地继位有熊酋长的轩辕，已经让悉诺看到了其日后强盛的潜在威胁，因而才导演出了马龙、虎龙部落逼轩辕离开祖地的战争，让这个初显生机的部落在北洛水——陕北黄土高原之间辗转了好几年……可是他们的生命力就是那么旺盛，竟然能在大冬天越过子午岭北部进入陇东高原。让人意想不到的是，轩辕的有熊部落竟然与陇东部落打得火热——不光于此立足，还占了我们的祖地……由此导致的千阳诸侯大会，共讨轩辕和陇东部落，轩辕却拉来了西王母助战，双方较量的结果，是长期的以青牛为界的平衡对立局面。

轩辕合亲西陵，实力大增，就狗拿耗子管闲事，要借道去助东夷、征九黎……炎黄之间战火再起……这一打起来，就将我们逐出关中，来到河东。

是蚩尤争夺帝位的战争，让炎黄重新又联合了起来。

五

轩辕出于正义而东征，率包括有熊、陇东部落、西蜀部落（鼠龙）和西戎部落联盟在内的熊、黑、貔、貅、貙、虎六师和关中、陕北的牛龙、虎龙、兔龙、玄龙、蛇龙、马龙等部落，与河东部落和炎帝一起，终于在五龙沟战胜蚩尤……如果轩辕当时不东征，那帝位可能早已经是蚩尤的了！自己死得难看倒不要紧，河东百姓，可能永远也摆不脱九黎和鹿部落联盟的奴役……要说，轩辕的确是仁义的，对人人恨之的蚩尤都能做到唯才是用！炎帝榆罔痛彻地想到：即使是我，也不会放过自己的"孙子"蚩尤的"十逆不道"，非得置其于死地才能放心，而轩辕却大胆地用他做了主兵……炎帝心里想，不杀蚩尤其实是他不驳轩辕的面子，也给了蚩尤一个顺水人情而已！

炎帝榆罔一直是矛盾地看待轩辕，他一直是"服其才而怕其势"。轩辕战后留在河东，也是他不得已的一种选择：一方面可以继续镇住蚩尤及鹿部落联盟，平衡各部落力量；另一方面也是应河东部落，特别是猴龙部落的要求。这一次他给了轩辕一个顺水人情，也算是对他东征相助的一个回报吧。虽说当时也曾有人提出让轩辕返回河西桥山祖地的建议，但是，这种想法在人们欢庆的氛围、高涨的情绪和轩辕如火如荼地建造渤澥黄城的过程中，根本就没有实施的可能……

轩辕建成渤澥黄城之后，在炎帝建造安邑之都的过程中，也给予了巨大的支持，甚至耽误黄城后期建设中的许多问题，派出赤将到安邑来帮助营建——建筑宫室的木料、各种用料和人力，被大量地从各处用车运到了这里。……炎帝榆罔思来想去，实在是挑不出轩辕这个摄政之王什么毛病来！就说这次在昌意婚宴上吧，他也是第一个先向炎帝敬酒的。至于被"冷落一旁"，那只是自己的一种"错觉"吧？从各部族和睦相处、天下太平的大局讲，炎黄之间，真不该再祸起萧墙了……

炎帝准备在安邑的紫宫召见群臣，第一个到来的是帝师悉诸。悉诸严重地感到了轩辕在河东存在的潜在威胁——天无二日，人无二主。现在轩辕是一人之下、万人之上，权势倾于一身，一旦他有二心，那简直不堪设想！卧榻之侧，岂容他人安睡？在内心深处，悉诸一直把轩辕放在"他人"之列，因而他感受到了一种巨大的精神压力和"杞人忧天"似的恐惧。于是，不等大家到齐，他就急火火地提出了自己的建议：

"帝且听之，蚩尤败后，轩辕即当回河西矣，是帝仁德留之；于今天下太平，非同当初，不必再置一王于左右，误导人心。余之意，当重申此议，逼轩辕极早返回。"

"此话怎讲？"悉诸的话，正合炎帝的一种潜意识，他随口便问，这就给悉诸提供了申明其观点的机会。悉诸就收起了他平日里的一脸笑纹，把瘦脸上的皱纹绷紧了，手拈着胡须凑上前：

"于今轩辕在河东如日中天，大得人心，声色过人，声威盖主矣！"他的话，就像刀尖一样，在炎帝榆罔的心上刺痛地划过。因为是私下交流，也是在师父面前，炎帝说话说随便一些：

"余正有此想，然亦不足以逼轩辕回河西；且轩辕功德人品，天下昭然，此举恐失人心矣。"

"人心帝位，孰重孰轻？凡事，谋在先，总是治未病之病、防患于未然。若渴而凿井，不为晚乎？"悉诸说起话来，总是振振有词，哪怕是愚见与谬论，也同样是不容置疑的。

"人心，一时之事；帝位，江山社稷。仁慈之心，可有而不可穷守；事成在机，当机立断。当断不断，反受其乱！"

"以轩辕人品，不至于此。"炎帝对轩辕的人品评价还是很高的。

"事正坏于此也！帝想之，轩辕与帝，若日与月，轩辕愈是德昭天地，则愈光彩照人；日光愈强，则月色愈暗——不可不止也！余观天象，日每天必升，月则时有沉沦；日恒圆也，月则阴晴圆缺……况帝者，聚天地之德于一身，代天而言，人中之日也，岂可退而为次？天地固有一日，若二日并存，阳胜必争矣！"

正好祝融赶到。他听了悉诸之言，不由得一下子脸直红到了耳朵梢：

"帝师之言差矣，非明智之见也——莫非人品之好，亦为罪乎？"祝融因为听了悉诸的话心里犯急，就出口驳了悉诸这个帝师的面子。他先冲出一句对悉诸的质问后，才从容地对炎帝道来："帝既留轩辕于河东，岂可朝令夕改，信义何在？轩辕正得人心，气势若虹，岂可以卵击石，自取灭亡？帝当三思。"

"祝融之言甚是。"祝融的言语让头脑发胀的炎帝清醒过来，他又觉得祝融说得有道理，"此议到此为止，往后再莫提之。"

悉诸的建议因为祝融的见识而被炎帝榆罔否决了，但是他内心里对轩辕久居河东的深深忧虑，却并没有因为炎帝的一次否决而减轻，倒是炎帝的这种没有远虑的麻痹放松状态，进一步加深了他的忧虑。

可以说悉诸对天老的嫉妒和暗中较劲由来已久。天老当年身为榆罔神农氏之师的时候，就一直像一块石子似的压着悉诸（这主要是悉诸的一种心理反应）。后来，他终于告老还乡，回了陇东上邽（天水）——悉诸顿觉天地开阔，总算能长长地透一口气了，虽然他临走前还推荐了悉诸作为帝师。在这点上悉诸心存感激。但是好景不长，谁知有熊氏却生出个"生而神灵"的轩辕来，而天老又以他的一张老脸再次出山，做了轩辕的师父，人们竟然又称起他"帝师"来！师因徒而名，因为轩辕黄王终于成为一人之下万人之上的炎帝的摄政之王。特别是在轩辕遥祭项老先生的仪式上，更是把天老推上了天，享受着至尊的地位……唉，悉诸历来对炎帝的教诲和他治理天下的一套理论，总是摆脱不了和天老暗中较劲的嫌疑——"汝白之，吾必黑之；汝黑之，吾必白之"——不如此不足以显出我悉诸存在的价值嘛！从陇东的青牛之战至今，他一直在贯彻着这么一种思想；或者与其说悉诸担心的是轩辕的潜在威胁，倒不如说是他依然在和天老较劲哪。如果轩辕最终取胜，就等于是天老再次战胜了我悉诸！天老，如同悬在头顶上的这支青剑一样，一直让悉诸寝食难安。他为此承受着自加的一种巨大的精神和心理压力，不协助炎帝控制住轩辕，我悉诸白活人也！

"然，帝已否轩辕回河西之议，又当何如？"

悉诸想起昌意婚宴上与轩辕的大将力牧、应龙、常先、大鸿等共聚一起的刑天和共工来。"刑天、共工，可用之才也！"悉诸想着，因为情绪激动，不由脱口而出。他察言观色，虽然当时碍于蚩尤、陆吾等各方人士的面他们没多说什么，但是回到安邑帝都后，就数他俩的意见大了……悉诸进一步想，祝融的话也不是没有道理，就目前河东的力量对比，虽说战后牛龙、虎龙、兔龙、玄龙、蛇龙、马龙等关中和陕北的部落联军已经回到河西，可是，轩辕的所谓熊、罴、貔、貅、䝙、虎六师还在河东，加上猴龙和羊龙等部落的支持，几乎是不可战胜的。想起羊龙部落来，羊龙部落酋长强圉便冒了出来。对这个近于无能却颇有心计的人，悉诸还是比较了解的。因为同样处在一种难受的地位上，他们私下的交谈就多了一些。在昌意的婚宴上，悉诸观察到，强圉虽然被尊在首席，但是他脸上的表情，却是一种掩饰不住的苦笑——笑纹在脸上不是自然地舒展开来，而是抽筋似的扭着，特别是左眼角的皱纹，就像青筋一样跳个不停。悉诸注意到了这些，宴会后，就找到了强圉……

羊龙部落人众数万，又经过蚩尤的训练和战争考验，如果能争取过来，河东的局势就大不一样了！悉诸得意地这么想着，就决定亲自再去一次羊龙部落。

抗击蚩尤和鹿部落联盟的时候，风后带领的羊龙部落族众，杀了自己的羊，把羊肉给轩辕的部落联军吃，羊皮给他们披了取暖，那是怎样的鱼水深情啊！这一点轩辕永远都不会忘记。而强圉自华夏各部战胜蚩尤之后，虽说炎帝继续保留了他羊龙部落酋长的地位，但是，与他紧邻的轩辕的渤澥黄城人心所向，却在无形中把他老人家给冷落下来了。他感觉，无论如何，永远也不可能再回到蚩尤到来之前羊龙部落那种衣食无忧、悠哉游哉的美好生活了！轩辕对他倒是很尊重，但越是这种虚荣的尊重，越让他心里既觉得受之有愧，又感到一种云里雾里飘忽不定的虚脱式的难受——这就是他为什么在昌意的婚宴上总是皱眉头、抽筋苦笑的原因。

和悉诸私下的沟通，把他心理上的这一种危机空虚感进一步明晰化了：心头压着一座山的日子不好过啊！

第十二章

一

悉诸只带了几个随从，从安邑炎帝之都出发，一路向西，南面是中条山那钢蓝色的、如同一把把石刀石剑相拼而成的东西走向的山脉，银光粼粼的俯伏在中条山麓一眼望不到头的盐池，与它相伴着向西延伸而去。悉诸的牛车，就沿着盐池北岸被秋风卷起了黄尘的土路，摇摇晃晃地、"咯吱咯吱"叫着向羊龙部落赶去，黄尘迷得他眯上了一双深眼窝里窥探的老眼。

车向西南，远远地就看到摄政王轩辕黄王那座规模宏大的渤澥黄城了，金黄黄的一大片屋舍的平顶、尖顶和红、黄、蓝、玄、白五色旗帜交织重叠在中条山深暗的背景之下，黄土筑起的斜坡城墙，能看到东门、艮门、北门的城门和缺口与进进出出忙碌着生活的人们了———一派蒸蒸而上的平和景象。悉诸却朝西一指，他的牛车就远远地绕过渤澥黄城，悄悄地拐向了黄城西边羊龙部落一片灰白的老聚落。

接到通报，羊龙部落酋长强围一脸殷勤地迎了出来——这也是自从蚩尤侵占河东以后沦为被奴役地位的他不得不练出来的一种赔人笑的表情，现在已经习惯成自然了，对情感亲近令他尊敬的人也同样是这一种表情。

强围迎出木架上高悬着白中泛黄的羊头骨的寨门来——这里依然是过去那种堑壕环护的老寨子，一个吊桥放过来。一看到悉诸手持白色拂尘，一脸笑纹地站在壕沟对面，强围就伸出了两只宽而短的手：

"帝师驾到，有失远迎，恕罪恕罪！"

悉诸也热烈地应道："酋长客气！早该前来拜访矣！"

强围跨过吊桥的木板，把悉诸拉进了寨子。悉诸的随从赶着牛车小心地从吊桥上驶过来。一种强烈的羊膻气和壕沟里积水沤出的怪味儿迎面冲来。

强圉的大屋并不是太大，屋顶的茅草因为年长日久风吹雨淋的缘故，早变成了灰白的色调，草头黑黝黝的，沉重地压在有些变形的木支架上，木栅栏墙上的泥巴斑斑剥剥地带着绿霉的痕迹，多有脱落之处。屋内有一种多年积攒下来的陈腐的气味直往人鼻孔里钻。

头顶羊首饰的强圉，把悉诸让在左位，自己在靠西边的羊皮坐垫上屈膝跪坐。悉诸一脸优越地将屁股蛋舒适地压在脚后跟上，不由抽着脖子，拉长声打了个响响的喷嚏。

"啊——啊啊啊——嚏！"他感到鼻子发痒痒的时候，忙将拂尘放在身旁，用双手掩住生理缺陷似的塌塌鼻子和牙齿不全的嘴，但还是有银亮的唾沫星儿飞了出去，两腮和下巴上的灰白胡须也跟着猛烈地颤动了一下。

星星点点的清凉水雾带着残留的五谷气味，直扑向强圉的颜面。强圉因为帝师悉诸的驾到处于兴奋之中，左眼角的笑纹正像青筋似的跳个不停，不防悉诸的这一"突然袭击"，一时将一脸笑纹僵了。

悉诸自知失礼，忙叫随从将自己的礼品呈上，深眼窝里发黄的鼠目晶亮着笑意，假了炎帝之名说：

"炎帝小礼，还望笑纳！"

原来也是一些五谷的种子和十张不同动物的熟皮。

强圉空有一个好身板，见了尊者，总是一副奴颜卑膝的可怜相。他又是见礼眼开，就忙点头哈腰地接过礼品，赔着笑：

"炎帝之礼，受之有愧！"

"哪里哪里，羊龙十二姓之大氏，雄居河东，守盐池宝地，实为帝之良辅也！"悉诸先将强圉夸张地恭维了一番，说得强圉脸上开了花儿，才一语道出此行的真意来。因为前面有交流的基础，他就将对轩辕的敌意毫不掩饰地端了出来：

"羊龙与帝利害相关，同遭蚩尤兵祸，又同受轩辕近胁……余今之计，同心协力，共谋出路，还望羊龙鼎力相助矣！"

悉诸的话，犹如一把利剑直捅强圉心窝，将他心中压抑的苦闷又一次给搅翻了天。战胜蚩尤后，轩辕虽说仍保持了他羊龙部落酋长的名号，近在咫尺，渤澥黄城中却没有他强围的位置，倒是把他属下原来根本不出名的风后和力牧给捧上了天，列为文武大臣之首，这种本末倒置的做法最让强围无法接受了——其实，并不是轩辕没在黄城中给他安排位置，只是强围赌风后、力牧这口气而不肯入住——是的，轩辕东征，救羊龙于水火，的确功不可没！但是功是功，过是过，功过总得分明。羊龙虽说从蚩尤的铁蹄底下解救了出来，可如今又"受制"于轩辕。因而，轩辕在河东的每一步发展，渤澥黄城蒸蒸日上的景象，对羊龙部落酋长强围来说，都好像眼中长了刺一样。孤寂失落的他，强烈地感受到轩辕对他的潜在威胁和自己的穷途末路！他就像一捆油质的干柴禾（油松或者狼牙刺）一样，悉诸的火一点，呼地就腾起了火焰——对蚩尤那样骑在他头上拉屎拉尿的强敌，强围最终柔软得跟面条一样，这一会儿，对曾经救羊龙于水火的轩辕，他却像个七尺男儿的样子了。一股无名火气直冲头顶，左眼角的皱纹和鼓起的太阳穴曲折的青筋一同跳动着。

"轩辕先功而后过，当共诛之。只是轩辕如日中天，正处兴盛之时，又有熊、罴、貔、貅、貙、虎六师护卫，天下部落代表尾随，实怕引火烧身矣……"强围的一腔勇气，又像泄气的皮球一样蔫了下来。

悉诸脸上的表情，也由兴奋转为平静和深思。他把发黑的印堂上隆起的眉头难看地蹙成一个结，手拈着灰白的胡须，一字一板地逐字说出他的计策：

"帝者，天下共主，号令天下者也；轩辕黄王，摄政之王，不足畏也。虽言其文武之臣众多，然熊、罴、貔、貅、貙、虎散据四处，黄城仅中戊、中己以守。若先取其要害，如此如此……亦不堪一击也！"

他边说，边用食指在地上比画着一些难以理解的符号：似乎有圆的、方的符号，有一些什么道儿勾连，有几个关键节点……悉诸画得准确，强围看得明白，心里好像打开了一扇天窗一样顿时豁亮了许多！脸上的表情也发生了戏剧性的变化——由开始的无所作为的庸懒，变得兴奋和激动起来。

"帝师之计，上上策也——高！"边说边举起了一个粗短的大拇指。

"呵呵呵……""哈哈哈……"两种阴森、疯狂的低音和高调，像绳子一样拧在一起，打了个死结。

在像羊圈一样散布开一大片、壕沟相围的羊龙大聚落和被高高的近于方形的土城墙环卫的渤澥黄城靠近中条山麓的平缓斜坡和大片蜿蜒起伏的开阔高地上，有一条从中条山中常年四季哗哗流出的溪流。这就是羊龙部落的生命之水。轩辕听取天老意见，决计在羊龙部落之东筑黄城的时候，除了保障盐路的畅通，也是考虑到取水的方便。黄城建成后，用水量一下子扩大了几倍，一条流水一分为二，百姓、族众的日常用水就显得紧张起来，经常是陶盆、陶罐排起了长队。考虑到两个城寨百姓族众用水的方便，轩辕命应龙带领兵士在高坡处挖出一个大池子，将流水蓄积起来，定时大量供应。这个圆圆的像一面镜子一样映出蓝天白云和风云变幻的大水池，因为地处坡（阪）地，就被轩辕命之为"阪泉"。阪泉因为有源头的活水不断"哗哗"地注入，因而总是绿莹莹、满当当的。每天早晚，到了放水的时候，就是黄城和羊龙聚落百姓、族众最开心的时候。在五彩的朝霞和黄昏夕照中，大家像过节一样盛装而来，男女老少在一起，热热闹闹、欢欢喜喜地打了个盆满罐溢，方才散场。

　　为了统一管理使用好阪泉，轩辕专门指定当地一户居民住在阪泉旁边，命之为"阪泉氏"。阪泉氏原是羊龙聚落中一个大户，老阪泉氏、老婆，两个儿子，一个小女，儿子又各有媳妇，又有大小孙子三个，一家老少有十人。他们就在阪泉旁边背靠南山搭起大小不等、相依相靠的三四间茅舍定居下来。

　　老阪泉氏是一个两鬓斑白的近五十岁的背锅子（弓背）老人。一辈子在盐池中劳作，晒得黑里透紫的光亮皮肤，和两鬓硬铮铮的斑白银发形成鲜明的对照。直的近于方形的额头上，一排排平行细密的、如同"冂"形——两头向下折弯的皱纹儿。因为常年在阳光下形成的习惯，两只眼睛也眯得如同两道粗粗的波折皱纹一样，但藏在皱纹中的黑亮的目光，还是那么亲切、慈祥、可敬、可爱。

　　老人家是一家老小中最勤恳、最认真、最负责的一位了。每天早晨，雄鸡叫过三遍，天麻麻亮的时候，他就会翻身从卧铺上爬起，在黑暗中老伴"死鬼——，如此之早做甚？"的抱怨和心疼声与"窸窸窣窣"的翻身声中，悄没声息地起来，前去迎接清晨东面灰蒙蒙的银色盐池上第一抹清白色的曙光。等到朝霞燃红了东天的时候，盐池就被染成了耀眼的近于血色的紫红。渤澥黄城和羊龙部落的大聚落，就笼罩在这一片紫红的气雾之中。

二

老阪泉氏，自然是一家人中最权威的领导人物了。每天早饭的时候，就是他分工派活的时候。两个儿子孝顺，但做事干活儿，总有老阪泉氏不满意的地方，因此吃饭的时候，就常常成了老头子颤动着灰白的胡须教训孩子的时候，就像后世中国人由一部神话小说所形成的俚语——"猪八（麻）戒，孙猴子，顿顿吃饭挨头子"。每当这时候，老伴儿就会出马为儿子解围场，嗔怪地盯一眼老伴：

"罢了罢了，就汝个老人精！"

老头子就会理着灰白的胡须，从"皱纹眼"里透出自豪的亮光。

"吾食盐，比尔等食粟多矣！"这声音苍老而和悦，充满了自信。

三个胖乎乎的小孙子爬上老人肩头，用清脆悦耳的童音学着爷爷的口气：

"吾食盐——比尔等——食粟——多矣！"

童言可亲，虎爱幼仔，祖孙之间的"隔辈亲"是没大小的！孙子这么一闹，倒引出老人一阵爽朗的大笑。一家人都跟着乐呵起来。屋内严肃的气氛全变了。

老人给两个儿子在附近新开出的坡地里派了活儿后，自己就往手心里"呸——"地吐一口唾沫，双手紧握了木制的像杈或锹似的耒耜，去铲除阪泉周围的杂草。迟早，他总是将阪泉周围收拾得干干净净，又用耒耜拍得瓷光光的。轩辕几次来阪泉巡视，看到阪泉氏把阪泉管理得这么好，就以炎帝摄政王的身份，给阪泉氏奖赏了五张鹿皮。

"有阪泉氏，黄城之幸，羊龙之幸，百姓之幸矣！"

轩辕表彰的话，从此成了老阪泉氏引以为荣的口头禅。他将全家老小召集到一起，将三张鹿皮分别两个儿子和小女，自己和老伴铺了一张，而将一张在光面用木炭画了"阪泉"的形象——一个近于篆书"泉"字的图形，作为自己家族的图腾，用木钉绷展在他自己居住的大屋的正面墙上。

　　　　一条竖线（代表水源）连一个半圆（代表泉面）；
　　　　半圆下面连两条舒展开的线条（分别代表引向渤澥黄城和羊龙大聚落的水道），从半圆中伸出一个"丁"字形来（代表泉水顺水道而下）。

　　这个图形还是老阪泉氏在仓颉随从轩辕前来巡视时，以一张诚实的脸，求仓颉给造的。

　　仓颉仔细地观察了从上面（自中条山中）流出的水源，又围着近十丈直径的阪泉开阔的圆形水面转了两圈，又站在阪泉高高的台地上，观察了半天分别引向渤澥黄城和羊龙大聚落的水道，这才在地上用小木棒画出了这个图形。轩辕、天老、风后、力牧、应龙等围过来看后，都赞不绝口。老阪泉氏更是将这个图形敬若神明，仓颉走后，他在地上用食指画了抹掉，抹掉后又画上，这样反反复复地直折腾到太阳落到了中条山向北突出的山脊后面，把个结了老茧的粗指头，直磨掉了茧，才算熟记于心了。

　　他又要求全家老小都要学着画这个图形，每天早晚吃饭时考问，老伴同样是一种敬若神明的样子，但她就是画不好，两个儿媳倒是都会画了，最可气的是身体单薄肤色发黄的二儿子，他不会画还阴阳怪气的。

　　"不画之，岂死人乎？"

　　又被老阪泉氏痛痛快快、彻头彻尾地骂了一顿，最后得出的结论是：

　　"此逆子也，不可教也！"

　　二儿子的细脖子上顶着个棱角分明的瘦脑袋，嘴噘了个老高。

　　大儿子个子低一些，一脸憨厚。小女在二哥身后偷笑。三个孙子在吐舌头。二儿媳把头伏向了婆婆倾斜的瘦肩。大儿媳在忙着涮洗陶盆陶碗。

　　最常受表扬的是两个孙子。大孙子不光会画这个"泉"字图形，还能将轩辕命阪泉氏和仓颉造图的故事，近于完美地讲述出来。二孙子也不甘示弱，他倒有一股顽劲，他总能找到哥哥话语中的破绽，及时地给予纠正和补充。小孙女不甚懂事，只是"呀呀"地跟在两个哥哥屁股后面玩儿。

大晴天不一定是好事，特别是在这初冬时节。

抱在黄河屈起的臂膀里的、地处北温带黄土高原南缘的渤澥，因为一座横亘着的中条山挡住了北上的热风，又将寒流收在自己的怀抱，每年的冬天都相对周围地区要冷出一些。如果没有这个近在身边的永远像落了雪一样银灿灿的大盐池水面的调节，可能还会冷出许多。自从像白色的盐粉一样的初霜被一只无形的手撒到经过了春夏两季的老草身上，它绿色的长叶片就开始发黑、变黄、变干，几天时间就衰老得匍匐在地，直不起腰来了。然而，今年的冬天，却是渤澥历史上少有的一个暖冬了。按照往年的经验，早该变成暗褐色的中条山，直到入了冬，还保持了深秋那万紫千红的景象。杨树的绿叶在飘飞之前，特别热烈地发出了金子一般鲜亮的黄色，晃动起来像碎金一样，在瓦蓝的天空衬托下，显得那么激情、壮烈；橡树、枫树的叶子都变红了，卷成了各种奇形怪状，风经过树林的时候，就会发出诡谲怪异的"呜——呜——"声；红色也深浅不一地分出了许多层次，有的像喝了酒似的透着红晕，有的简直红得像火苗一样，一丛丛点缀在绿得逼眼的青松和翠柏之间。

中条山北麓俯瞰渤澥黄城和羊龙大聚落的槐树们，直至现在，还是绿油油的一片浓荫……夜里却忽然就来了寒流。寒流的风刀是无情的，立刻就显出了它比秋霜更冷酷的面目。经过一夜零下温度的寒流的突然袭击，天真的毫不设防的中国槐们，一下子就缩紧了身子，所有尖头儿的近于椭圆形的绿叶，都面色凝重而深沉了；都一律头朝下地垂下了昨天还生机勃勃地四处张望的叶片……那些脆弱的、经不住严寒打击的个别叶片，就干脆从叶把儿底部断开，在清晨泛黄的、失去了热度的阳光辉映下，形单影只地独自在冷气中旋转着，以近于垂直的角度跌到地面上去，几乎听不到一声轻微的叹息。还有一些对称的排在末梢细枝两侧的叶子，干脆就从细枝的接口处整体断开，然后像一叶小舟一样在空气中悠然地、斜斜地滑下去，于是就有了一定的弧线，留下一个优美的轨迹。特别是那些对称的叶片前倾着的身形和在生命的最后一刻仍然能同舟共济的形象，勇敢地冲向旋涡的无畏精神，给人留下了太深的印象。

松树的针叶倒还是逼眼的绿，又由笔直的枝杆平托着，显得高大而伟岸；白杨树的金色叶片全落光了，全裸了它涂了银粉似的白而光洁、挺拔上举的身躯；橡树、枫树的叶子干了，死了，焦了，失去了热烈的生命色彩；柏叶变得暗绿了，虽然还挺立枝头，但是也已经死了，只是残存这里，等到明年春天新鲜的绿叶吐出时，再悄悄隐退……

万紫千红地喧唱着的中条山，也在一夜之间，变成了暗褐色调。

事态的突变，就发生在这样一个寒流突袭的冬夜里。

晚上老阪泉氏被三个孙子纠缠着，一直闹腾到深夜，直到他们相继在铺了厚墩墩、毛茸茸的鹿皮（轩辕奖的）的睡铺上甜甜地睡着了——三个孙子全挤在老阪泉氏和老伴之间。一天操劳的老阪泉氏，这时候懒得再脱去衣服，只把披在肩头的翻羊皮外套（夜深了，老人身上缺火气，老伴就提前给他拿出来披上肩头）从肩上抢下来，沉甸甸地压上老伴身上，让她享受这一种亲切踏实温暖的压力，自己就拉起一块单薄的被盖，和衣而睡。

压过的塘火，还在闪烁着微弱的亮光，给黑暗的屋内添加了暖意。听到了老伴那隐约而现的匀称鼾声。紧靠着老阪泉氏的大孙子睡梦中说了句听不懂的话，翻身面向老阪泉氏继续睡着，嘴角挂着一股清亮的涎水，小嘴咂得"啪的啪的"响。老阪泉氏伸出他骨节粗大的手，用粗硬的手指背，揩了一下大孙子的涎水，就感觉到了涎水的清凉，小脸蛋温热的弹性像软柿子一样可爱舒服。

在这样充满天伦之乐和慈爱的温情中，老阪泉氏"呼呼噜噜"地就进入了梦乡……似乎回到了童年，已经过世多年的老奶奶，又一脸阳光、笑眯眯地在栅栏门前向他招手；童年的伙伴们（有好几个已经过世了）在盐池边戏水，盐水蜇得腿肚子直疼（这已经是一辈子落下的痼疾了）；刺眼的阳光下，他眯着眼、赤着变形的黑里透紫的光亮驼背，肩上挎着绳索在盐湖中拖盐，汗珠晶莹地从近于方形的额头上，颤抖着越过一层层平行细密的皱纹，流下来；轩辕英武地骑着白龙马，跃到老阪泉氏面前，嘴里在反复说着那句："有阪泉氏，黄城之幸，羊龙之幸，百姓之幸矣！"……忽然，老阪泉氏掉进一个深坑。深坑里有个可容一人爬过的圆洞。爷爷在那边亲切地叫他:"过来、过来……"可是洞口小,他怎么也挤不过去。背后出现一只黑色的长舌恶狗,向他扑来……

"汪!汪……"的狗叫声,把老阪泉氏惊醒。他睁开蒙眬睡眼一看,屋外灯笼火把的,一片通明。老伴也醒来了,胡乱裹了件外衣,脸色苍白地把三个还在甜睡中的孙子搂进自己的怀里。两个儿子、儿媳和小女被赶了进来,他们胡乱地披裹着衣服,一脸惊恐的表情。紧跟着,炎帝榆罔、羊龙部落酋长强围、悉诸、祝融、刑天等都走了进来。门口挤满了人头。

"炎帝驾到,还不见礼?"强围毫无礼貌、语气强硬地说。

"夜半而至,何至于此?"老阪泉氏感到事情不妙,但他还是拱手向炎帝行了个礼后,从容问道。

"轩辕名为摄政,实则逼强欺弱,霸占水源。"强围替炎帝答道。

"此事从何讲起?吾即羊龙人氏,无有此事!"老阪泉氏据实以争。

"果真如此?"炎帝转向强围问。

"此人受轩辕之贿,一派胡言,不打不招。打!"强围赶紧堵老阪泉氏的嘴。

就从门口冲进来几个恶人,劈头盖脸就用宽皮鞭照着老阪泉氏打。

老阪泉氏的身子在"啪!啪!"的皮鞭声中抽搐,一鞭一道血印。老阪泉氏咬紧牙关,破口大骂:"无道酋长,颠倒黑白!……"直骂得强围脸烧心跳。

老阪泉氏的老伴和两个儿媳护着吓得尖叫的孙子们。两个儿子争着让炎帝打自己,以解脱老父亲痛苦。

炎帝榆罔正欲开口,悉诸抢先走到老阪泉氏跟前,挥手制止了鞭笞:

"老阪泉氏,汝且召了,免受皮肉之苦……"

"啊呸——"老阪泉氏一口血水,雾一样喷了悉诸一脸。一看到悉诸鼠目塌鼻和阴阳怪气的样子,老阪泉氏就心生怒火。

"笞打,笞打,往死里打——"强围对付外敌时软弱无能,但是对内却心狠手辣,手段强硬。

"啪!啪!"皮鞭的抽打声和老伴、儿媳的抽泣声、孙子们的哭叫声交织在一起。打手们鞭笞脚踢,老阪泉氏佝偻的身子在地上来回翻滚着。两个儿子奋起反抗，被人七手八脚地给扭住，推出屋外，唾骂之声仍然不绝于耳：

"无道酋长，不得好死！"

炎帝榆罔的兵力，一夜之间就占据了中条山北麓的阪泉，并且堵上了东面那条通向渤澥黄城的水道。一时间，阪泉之野居以重兵，羊龙部落的数万族众也手持参差不齐的青铜刀、斧和石刀、石斧与石矛、木棒等，举着灯笼火把冲出寨来，全线护住了阪泉通往羊龙聚落的蜿蜒水道。与此同时，轩辕在中条山下的大马厩也受到袭击，屋舍全烧，车、马损失惨重；渤澥黄城也被围了个水泄不通。黄城内人声鼎沸。黎明时分，就有炎帝信使披着金色晨光，送来了"逼轩辕回河西书"——炎帝用朱砂写在丝帛上的旨意：

> 查轩辕摄政之王，战胜蚩尤，功莫大焉！然蚩尤已败，当归河西，却久居河东，据阪泉而为私，致羊龙万民水荒……今收回阪泉，以示公正，还事之本。
>
> 钦此

原来悉诸定计于羊龙之后，羊龙部落酋长强围就赶到安邑炎帝之都，告"轩辕霸水"。悉诸早和刑天、共工串通好了，在炎帝朝会时，一致敦促、恭维和力捧，由炎帝"主持公道"。强围当场表示，"羊龙万众，倾力以附"，这才促成了炎帝重树其威的决心——轩辕身为摄政之王，一人之下，万人之上。如果能在威风八面的"太岁"头上动了土，天下岂不咸服矣？

炎帝榆罔既动起了心思，"逼轩辕归河西"之议便被重新提起。祝融出于忠心、顾全大局，赤松子出于千丝万缕的情感因素坚决反对，无奈"逼轩辕归河西"之议风头正劲，势不可当……炎帝主意一定，危局即定。

三

除了少数时间应轩辕之邀进黄城商量大事和陪同轩辕前往绛地之北的阳石山、神农池，一起观赏云阳先生豢养的龙马之外，马师皇还是天马行空一样自由自在地继续生活在中条山下的大马厩。

进入冬天，马群野放的时间少了，主要靠秋天草肥的时候由士兵们大捆大捆地割回来晾晒干了的干草过活。这些灰白干爽的干草，用手搂揽时，就会柔软地发出"沙沙"的轻响，透着迷人的清香气息。

寒冷的冬夜，马师皇还是生旺了塘火，睡在长长的马厩的一角，闻惯了马汗和马尿、马粪、干草等混合而成的酸腺臭香的特殊气味。

一觉醒来，马师皇就在这样的气味中，在马群"咔喳咔喳"的嚼草声中（马师皇睡意蒙眬、笑眯眯地想：这是人世间最美妙动听的音响了！），和士兵们一起抱来干草给马添了，让士兵去睡了，自己就坐在火塘边，漫无边际地想起心事来……周围（包括附近马厩）是一片和悦的"咔喳咔喳"、窸窸窣窣、此起彼伏的嚼草的声浪。有马在黑暗中扬起头来摆了摆，"突——"地喷了个响鼻；有总是愤世嫉俗不驯服的马，在不安分地、踢踢腾腾地刨动着蹄子。马师皇亲切地想到：这个枣红色的"喷鼻王"，它的喷鼻总是特别响亮；这个"捣蛋鬼"儿马，总是精力过剩，没有安分的时候……寒风吹得塘火左右摇摆，寒气伴着热浪，一同向他袭来。他不由得向上腾了腾肩上披的兽皮外套。

忽然，从远处传来嘈杂喧闹的人声，腾起了火光，士兵们乱跑着，在黑暗中胡乱抓起什么兵器。能听到"乒乒乓乓"的兵器撞击的声音，士兵和马匹受伤和临死前发出的惨叫与嘶鸣搅在一起……马群也乱了，"咳儿咳儿"地惊叫着，漫无目的地疯跑着，就像大海中掀起了风浪。周围的栅栏和茅屋都起了火，火光映红了半个天！

马师皇冲到门前，有手举了火把、拿了兵器的士兵聚了过来。

"炎帝劫营矣！"一个高音喘着气说。马师皇不相信自己的耳朵。

"羊龙打劫也！"一个粗嗓子补充道。这消息更令马师皇诧异。

有人递给他一个火把，马师皇一举，脑子里反应过来的第一句话就是："保护马群！快！快！"

马师皇翻身跨上自己的"追风"快马，士兵们也都骑上了马。"追风"一阵风一样冲进无头苍蝇似的四处乱跑的马群，士兵们也都向马群围去。"吱——"，马师皇将食指屈了噙在口中，一声长长的响亮呼哨，马群的步调

714

就开始变得协调一致起来——都聚拢过来，随在"追风"后面，像一个巨大的箭头，又像大海里掀起的狂澜巨浪，向炎帝和羊龙部落的兵众压去。

由共工指挥着，正在挥舞着刀斧围堵砍杀的炎帝和羊龙部落兵众，正杀得疯狂得意的时候，冷不丁冲出这巨浪一样压过来的马群，来不及躲闪，就有被踩得一命呜呼的发出告别生命前的最后一声惨叫。洪水一样的马群冲出一道血路，扬长而去。"嗖——嗖——"的箭尾随着，就有被射得翻倒的马匹和从马身上跌落的士兵。

眼看着马群冲出了包围圈，共工气得嗷嗷直叫。他左手叉在腰间，右手握的青铜剑在空中划着，跺着脚，声嘶力竭地喊道：

"能点着者，全给烧了——"

轩辕数十亩的大马厩，一时全没入了火海。"噼噼啪啪"的燃烧声，冲天的烈焰中，有一只火凤凰腾空而起——轩辕正在经历一场凤凰涅槃式的、脱胎换骨的人生考验！

自从战胜蚩尤后，轩辕"用人唯才"的思想得到了很好的贯彻落实，一大批各方面的人才得到使用，百姓和各部族的生活，都得到了一定程度的改善。轩辕集中精力一步步做了许多事情。如与天老、风后、赤将、高元等研究渤澥黄城的建立、屋舍的改进、植树的计划；和稷一起研究先进的农耕技术怎样在河东推广；和仓颉、隶首一起研究对各部族刻画符号和天下十二大部落术数方法的搜集整理和统一工作；和嫘妃探讨养蚕织帛技术在河东的推广；和风后一起研究《瑞图》、受金法、询占候、布九州等；和蚩尤探讨怎样制兵器、铸农具工作；研究杜康的酿酒技术、马师皇的相马技术；和天老、玄女等深化对风水的研究；和岐伯、雷公等探讨医术，提高百姓的健康水平……他一门心思全用在了和平建设、改善百姓生活和促进各部族的相互了解与合作上，几乎是一天到晚连轴转，每天休息不到二三个时辰，嫘妃、素女、玄女、盐女、少女等后宫之事，几乎都无暇顾及，每天除过早晚向母亲问安，总是有忙不完的事，无头也无尾。所以，阪泉和羊龙部落的突然变故，从天而降的战争风云，完全在他的意料之外。这一当头棒喝，让他的思维方式和对大事大非的认识，发生了质的变化：

天下没有不散的筵席，事态常变，蚩尤不完全是坏人，炎帝也不完全是好人。就是好人之间，也常会有发生摩擦碰撞的时候……必须要时刻保持高度警觉，害人之心不能有，但是防人之心，却万万不能少！……也怪他这段时间以来思想上太过于麻痹大意，战争一结束就马上"马放南山、躬耕田亩"，各部落人马论功行赏之后都返回了河西，熊、罴、貔、貅、貙、虎六军分散在河东、河西的广大区域之内，现在黄城内除过中戊、中已卫队，就只有文武大臣和十二大部落代表了，几乎没有多少可以调用的兵力。好在马师皇天亮之前带回了近千匹马来，保存了这部分实力。为此，轩辕紧握住王师的瘦手摇了又摇，直握得他手都有些发麻了。灯笼火把下，师徒俩的眼中都闪烁着泪花……

这会儿，手里拿着炎帝用血红的朱砂写就的"逼轩辕回河西书"，轩辕已经从最初的震怒、激动的情绪中逐渐平稳下来了。事发之初，特别是刚才看到炎帝之书的时候，面对着群情激奋，轩辕气得脸色通红，太阳穴的曲折血管暴跳如雷——他都能听到自己头顶"轰轰"的声响。

"无中生有！甚'据阪泉而为私，致羊龙万民水荒'……简直无中生有！"他一边恨恨地发泄着心中的怨气，一边在中宫内来回"咚咚"地跺步，"炎帝昏矣！炎帝昏矣！"一片忠心落得这样的下场，心中怎能不升起一种人事不爽、世事苍凉的愤怒和感叹！

"欲加之罪，岂无辞乎？"天老的老脸挺得平平的，倒好像能想开似的开导轩辕。

吴权拈着他的山羊胡子和鬼容区、马师皇小声交谈；身材魁梧的力牧、身拂鹰翅的应龙和挥、大挠、常先、大鸿、夷牟、货狄等武将摩拳擦掌，纷纷请战；奔儿头风后、四眼仓颉和岐伯、沮诵、赤将等文臣愤愤不平。

身长九尺的轩辕顶上青铜头盔，虎背熊腰的魁梧体魄和高大身躯，穿着三级黄色棉战袍，裹着虎皮背心，外披光面羊皮外衣，腰扎宽宽的黄丝带，脚蹬高筒光面皮窝窝，披上大红色火一样热烈色调的披风，脚步生风地大踏步带着大家，从南城门旁的斜坡道跨上城墙。他站在城墙之上，从上向下俯视着围城的炎帝和羊龙部落的人像蚂蚁一样在那里汇聚、移动，在一片"嗡嗡"喧响的叫骂声和周围鼎沸的愤怒的声浪中，被如刀般划过颜面的西北寒风劲吹着，轩辕的高高的鼻子发凉、开阔的脸颊发烧，大耳轮的耳朵梢发疼，平时梳理得整齐的头发，也被寒风撩拨得纷乱了，如同旗帜般飞舞着，扑打着颜面和眼睛。他激动狂怒的情绪却稳定了下来，开始从容地想到：

此城可守矣，城中五谷不缺，食三两月足足有余。唯一不足是缺水，还有那近千匹战马的饲草，也是个大问题啊！还有各方兵力的调集，也得动一动脑子。炎帝既然挑起了战争，那么就得从容应战。水的问题要谈，甚至回河西的事也可以谈，但是仗也要打……下来的仗怎么个打法呢？

在烟雾滚滚、寒气袭人，攻城的战斗随时都可能发生的纷乱环境中，轩辕基本上理清了思路，就取下自己身佩的青铜长剑。

"应龙、挥、大挠、常先、大鸿听令：兹命应龙为主将，挥、大挠、常先、大鸿为副将，多备滚木石礌，能往下砸者，皆运上城来。务必死守城内，不得出战！"边说边将青铜长剑交到应龙手里，"接剑！"

"诺！"应龙一脸沉着凝重地双手接过青铜长剑，郑重地平托着。

"剑在轩辕在，握此剑即行轩辕令也！"轩辕接着叮咛。

"行轩辕令——'死守城内，不得出战！'"应龙大声重复着轩辕的军令。

轩辕率文武百官和十二大部落代表（羊龙部落代表协洽也在其中，这一次他并不想随强圈和炎帝一起与轩辕作战），从南门开始一路向西环绕过去，全面巡视了黄城南墙、西墙、北墙和东墙，他迈着坚定有力的大步走在前面，显得从容镇定、充满必胜信心的样子，一脸坚毅自信的表情，一边走，一边或者用有力的大手拍拍高个儿士兵的肩膀，或者整理整理一个瘦小士兵的衣冠，又摘下自己的披风，披在一个衣服单薄、身体壮实的士兵身上。他随时和力牧、应龙、挥、大挠、常先、大鸿等交换意见，提出具体的防守措施和办法，特别强调在艮门、巽门、乾门和坤门四个角门的地方要加强防守力量，多预备滚木石礌，做好联防和协调配合。对黄城的防守做了全面具体的安排部署之后，轩辕才率百官和十二大部落代表回到中宫去……

在应龙的统一指挥和调配下，中戊、中己卫队分兵东、西、南、北四方城墙，分别由挥、大挠、常先、大鸿带了，与城内百姓一起争先恐后地向城上搬运石块木料。百姓中一些青壮年男子，甚至半大不小的大男孩，也抓起顺手的东西为武器，站上城墙去，颤颤微微地拉满了大弓，准备投入战斗——危难把每一个人的心都连在了一起。有的人干脆一家几口挤进一间屋舍，把腾出来的房舍拆了，将木头、石块都黑水汗脸、"吭哧吭哧"地抬上或者搬上城墙去。城内城上，一派忙而有序的备战场景。

四

轩辕和一大群紧随其后的文武百官与十二大部落代表一起回到中宫大屋，天老、吴权、马师皇等还在那里探讨争论着。

轩辕面南坐在中位，天老、吴权、马师皇、宁封等与文武百官分列左右和两旁，前后坐了两三排。困敦等十二大部落的代表都坐在第一排。

大家坐定后，相互之间的窃窃私议声还在"嗡嗡"地响着。风后将两手平举着，手心朝下示意大家安静下来：

"诸位安静，请听轩辕之言——"

轩辕的两只大手有力地抱在一起，左右打着拱，真诚地向危难之中依然紧随左右的师臣和十二大部落代表致谢。

"危难之际，蒙大家不弃，轩辕在此谨致深谢！是轩辕失误，致尔等于危境矣，惭愧惭愧！"轩辕把问题全都揽到自己身上——所有的责任一人承担后，才把话题一转，"闻帝旨意，再作议论。仓颉诵读——"

仓颉闪动着宽宽双眼皮的"四眼"，朗声诵道：

"查轩辕摄政之王，战胜蚩尤，功莫大焉！然蚩尤已败，当归河西，却久居河东，据阪泉而为私，致羊龙万民水荒……今收回阪泉，以示公正，还事之本。钦此！"

"狗屁——"力牧先跳了起来，"无道昏君，致民于水火，且待吾杀了看！"

"羊龙恩将仇报，无事生非，亦大罪矣！"羊龙部落代表协洽明白事理，"吾愿回羊龙一谈，或能扭此危局。"

"断非羊龙水荒，黄城数万百姓真水荒也。此大事也！"风后提醒

718

大家。

"马之干草亦成问题——"马师皇说出了自己的心病。

王师吴权捻弄着自己稀疏的白山羊胡子，思量道：

"黄城被围，大战一触即发。一孤城，能守几久？好在黄城坚固。于今之计，唯回应炎帝，拖延战争……"

一脸沟沟道道皱纹的天老，紧接着吴权的话茬儿：

"阪泉者，生命之水也！眼下水荒，才是大事；谈判用水，当务之急也！"

鬼容区："并而虑之，一蹴而成！"

力牧从震怒中稍有平复，就喘着粗气，像老牛拉坡似的说：

"此战必发也！我不灭敌，敌必灭我；你死我活，生死一搏，自不在话下。而解黄城之围，必调六军。如何传令？目下之难也！"

"鼠龙愿出兵相助！"鼠龙部落代表困敦第一个表态。

"马龙不在话下！"马龙部落代表敦牂也抢了个先。

"加上虎龙！"一向做事谨慎认真的虎龙部落代表摄提，这一次旗帜鲜明，态度积极。

"还有兔龙！"兔龙部落代表单阏举起了手。

"猴龙全力以赴！"精瘦的猴龙部落代表涒滩，提高嗓音说。

轩辕再次拱手，向大家致谢：

"有各部鼎力支持，余亦当倾全力带尔等出险境，归坦途。"由于感动或者激动，他将拳头握了握，牙关咬了咬，好像下定了最后的决心，才字字千钧地说：

"吾愿亲往阪泉，一会炎帝！"

一句话像炸雷一样，把大家都给震懵了。经过短暂沉默，一下子就一片哗然：

"轩辕勿去，恐有失矣！"

"刀悬脖颈，剑在头上，岂可冒死？"

"恐落为人质，遗恨终生……"

"大战一触即发，凶多吉少！"

……

众臣皆为轩辕的人身安危捏了一把汗，轩辕却从容地一摆手：

"此事因轩辕起，非余亲往不解也！真诚之至，上天佑之。尔等且放心……吾意已决。尔等冒死随轩辕，轩辕此去，值！"

"既摄政王意决，不妨一去。然亦可回书炎帝，应其'旨意'。"

轩辕用柳条烧出的木炭棒在一块丝帛上写了回书，右边第二排就站起"长腿行者"唏祖，他自告奋勇，愿前往阪泉送书：

"吾腿捷，即马失前蹄，亦快步送至。"

轩辕欣然应允，又和力牧如此这般商量了一会儿，再写一封密书。这封密书，没有使用仓颉发明的象形字符，乍看，全然是一幅画也。

熊、罴、貔、貅、貙、虎；雕、鹖、鹰、鸢与以猴龙部落为首的十二大部落图腾（羊龙部落除外），都在上面。

轩辕分别指点着这些图腾向唏祖作了解释，唏祖一一熟记于心。给炎帝的回书，被唏祖用手卷起来，装进了箭囊。而密书，却由嫘妃用骨针当场缝入唏祖的皮衣夹层中。

轩辕和文武百官前呼后拥尾随，如众星捧月一般，将唏祖和他的随从一直送到南门内。这时就有人快步跑上城墙，站直了向应龙报告。应龙就转向城外，指挥弓箭手向城外齐射。围城的炎帝和羊龙部落的兵众，留下几具尸体，只好向后撤出一箭之远。

这时，南城门忽然打开，就冲出两队长矛手和弓箭手，执矛张弓，以倒八字形分排在左右。唏祖带了一个随从，就纵马冲出城来。应龙将手卷成喇叭形，搭在大嘴巴上向城外喊话：

"轩辕特使，传书炎帝。放行——"

炎帝和羊龙部落兵众，自动让开一个缺口。唏祖和他的随从，就纵马从缺口中穿过去，在崎岖不平的山路上，摇晃颠簸着向炎帝所在的阪泉方向驰去。

这边早已经撤走了长矛手和弓箭手，南大门再次紧闭起来。

时近中午，发白的、几乎对严寒毫无作用的冬日的阳光，被高悬在天空的太阳，疲倦地懒洋洋地撒向大地。阪泉之野。炎帝营地。大帐内，正在商议军情。

刑天挺着他的电光头，急躁地说：

"良机莫失，黄城已围，理应快攻……"

炎帝榆罔还在犹豫不解："逼轩辕书已发，且待回应；不战而胜，岂不更好？"

刑天急得直摇头，脸上的兜篓肉反方向来回抖动着，光头顶周围的长发乱蓬蓬的：

"吾愿增援共工，共攻黄城！"

祝融胀红着脸分析，因为熬夜，他的眼睛也变红了：

"事已挑起，就当速决。当断不断，反受其乱！"

帝师悉诸，恨不能立即攻下渤澥黄城，以绝后患，他也在火上浇油：

"轩辕独霸阪泉，帝已有定论；既收回阪泉，彼决不会坐以待毙。唯早破黄城，以绝后患。此大机也！"

无事告了轩辕恶状的羊龙部落酋长强圉，担心自己的行径败露，也恨不得尽早灭了轩辕，继续在挑唆拨弄着炎帝的神经所能够承受的极限：

"轩辕坐大，自诩天下第二，口出狂言，不将帝放于眼中，曰：'阪泉吾所开，即帝亲至，奈何吾之毫乎？'"

"果真如此？"炎帝神经质地立即抬起了头，眯成不规则折缝的细长老眼中，透出逼人的浑浊亮光。他一手把光面的牛皮披风收紧压在肋旁，倾过身子问。

"果真！"

强圉用手巴掌"啪啪"地拍着自己的脑门，信誓旦旦地说，左眼角的皱纹却跳个不停。他毕竟心虚，本想极力强调一下，提高了声调，却自感底气明显不足，心跳也加快了，手心里和额角上，都冒出了虚汗。

悉诸赶紧凑了一脸笑纹："轩辕可恶至极，貌似正人君子，自比天下第一也！"

悉诸一句话，像一杆长枪一样刺中炎帝心疼的地方，一枪就将他挑下了牛背。炎帝的浓密的、翘着几根白色长眉的左眉毛一动，嘴角一抽，整个一个布上了层层梯田、显得清瘦了许多的田字形脸盘，都扭曲变形了，夹杂了丝丝缕缕白须的飘然长须，也歪向了一边。因为生气，他的头脑更加眩晕似的发昏，大脑完全失去了判断力。

"刑天听令——速往渤澥，与共工携力，共破黄城……"

"报——轩辕之使嫘祖，奉书而至！"一声高高的传唤，打断了炎帝榆罔的命令。他也就停下对刑天的命令。

"进帐——"他要看看轩辕这时候有何话说。

嫘祖在前，他的随从在后，双手捧着轩辕用炭棒写在丝帛上的回信。

嫘祖大方从容、不卑不亢地向炎帝行拱手礼。

炎帝把他飘然的长须往顺理了理，虎着个脸，面带平日里少见的威仪，慵懒地伸出一只手示意："免了——且将轩辕之书呈上！"

嫘祖从随从手中接过轩辕之书，转身双手平举着转给炎帝侍从：

"轩辕有意前来一谈，大义为先，一解危局矣！"

悉诸端起了帝师的架式，一脸凝固的皱纹，泛着死人一样的青光。他把目光盯向了帐顶，似乎是听着天外来音似的。刑天将他虎狼一样的大嘴，向旁边撇了撇，一副不屑一顾的样子。祝融内心里深深同情轩辕遭遇的不白之冤，又要各为其主，因此红脸上是一副左右为难、含而不露的表情。

侍从将轩辕之书双手呈于炎帝。

炎帝榆罔接受这稀疏光滑、凉丝丝柔软的白色丝帛，展平了捧在手中，皱着眉头仔细地瞧，可是还是不能完全理解轩辕用仓颉发明的象形字符写下的这封回书，就像面对着茫茫雪野上一片鸟兽留下的足迹一样茫然。"炎帝"二字他自然认识，因为这个"炎"就像老神农氏画的断肠草一样。最后还是皱着眉头，摇着头，让侍从将轩辕之书交于嫘祖手中，由他代为宣读。嫘祖捧展了轩辕之书，朗声宣读：

> 炎帝在上，且受轩辕一拜！
>
> 　　轩辕受挽留而居河东，功且不言，却遭非议——此事可议矣！然'据阪泉而为私，致羊龙万民水荒'者，实属凭空之词，莫须有也！轩

722

辕愿择机前来，秉明实情，帝公裁之。

轩辕即上

五

瘦高瘦高的"长腿行者"唏祖不辱使命，圆满完成了送书任务，返回黄城时，他却将炎帝的回书交给随从带回，他偷个空儿，勒转马头，顺着一个小沟向西、向北，再折向东北，绕过安邑炎帝之都，直奔闻喜东北的绛地而去。

他弯曲的身形就像一张大弓，紧扣在枣红色的马背之上，两条裹了兽皮依然像麻秆一样瘦长的腿紧夹着马腹，弧形的马肚皮下面，伸出两只长长的踩着马蹬的脚。马蹄飞奔，"呱叽呱叽"有规律地划动着弧线，马蹄铜在结冻后的硬土地上，飞溅起土星和火花。已经时近中午，阴沟里背阴处的晨霜还没化尽，就像在枯草上撒了一把盐一样，而阳坡里，干草发白、发黄，还有一种结满赭红色小圆籽、挺着黑褐色直秆的铁杆篙。身右（南面）白花花的盐池时隐时现，只有中条山永远挺着它坚硬的钢青色的脊梁；身左（北面）是连绵起伏的平缓的黄土山塬和丘岭。一切都像水一样从身边跳动着流过去，发出有节奏的声响。寒风刺得唏祖皱起了眉头，眼中失控地流出泪水，挂在脸颊上结成了一道冰痂，在无能的冬日阳光映照下闪着亮光。

正午的太阳，懒散无力地挪动着自己的脚步，疲疲沓沓地向西旅行。唏祖和他的马依然像箭一样向中条山北侧绛地的龙马场飞奔。马身上冒着热汗，浸湿了唏祖腿上裹着的兽皮。它只感到身下热烘烘地颠动着，马汗的酸味迅速地被寒风吹向身后。他用手在马背上摸了一把，马身上的热汗就像在水里浸泡过一样。但他还是挥动着鞭子，"啪"地向马屁股抽去。枣红马鼻子喷出的白色飞沫，挂上了唏祖的脸，迅速变得冰凉……日暮西山，终于绕过闻喜，驰近了中条山北麓的绛地。山色变成了深暗的剪影，天空却过度热烈地燃烧着云彩，所有的云朵都被烧成了赤红的绛色，预示着又

723

一个干燥无雪的晴日。晞祖的坐骑，四肢僵硬地继续着它的行程，却不料被一块路中突起的料礓石绊住了前蹄，热身子一个前滚翻，侧倒在道边冰冷杂乱的干枝草丛之中，腿一蹬，就结束了它一个活生生的生命。它枣红色的毛色湿漉漉地发黑，徐缓地冒着白色的蒸气，鼓出的黑玛瑙一样亮晶晶的眼睛，虽然失去了生命的光泽，依然圆圆地怒睁着。鼻翼张着，发黄发黑的切齿，有力地向前龇着。夕阳的余晖，给它窝成一堆的身躯，勾了一道火红的边儿。那斜着翘起的乱纷纷的尾巴，在寒风中就像一面猎猎战旗。

晞祖跌了个马爬子，碰了个鼻青脸肿，脸上被带刺的梢林挂出一道道血痕。他咬着牙，艰难地从沉重的马身子底下拔出自己被压得麻木失去了知觉的右腿，脚在冻地上跺了又跺，等右腿逐渐恢复了知觉，他裹了裹兽皮外衣，摸到了夹层中轩辕的密书，就连滚带爬地向绛地之北的龙马场扑去。

绛地之北的龙马场，坐落在西南——东北走向的中条山北侧的阳石山中，其中有一池名曰"神农池"，是一个远在炎帝之都东北、与猴龙部落相连的天然牧马场，由马师皇的徒弟云阳先生管理。因为这里本属猴龙部落，不在炎帝管辖之内，炎帝榆冈又一门心思在渤澥黄城，就将这里给忽视了。一边是战火迫近，一边却是一片青山碧水的和平景象。

阳石山不是很高，山势徐缓，因为一块突起的巨石特像男人的阳具而得名。这雄起的巨石，因为有了中条山那雄伟高耸、横过天际的钢蓝色山脊作背景而更显神奇。又天作之合地配了一个"神农池"，一阴一阳，自成谐趣。这阳石山，一年三季绿茵如毯、百花盛开。春天开得最早的是一朵朵彩云一样点缀在山坡的粉红色的山桃花，和亮黄色的、如同一串串放射状的星星似的四瓣的连翘花。当青草还在抽出青丝、山色还是一片深褐色的时候，这里就已经是一片花的海洋了。而那绿莹莹的神农池，也就晕染上了粉红、亮黄的花韵……而现在，冬日的阳石山，早已经是深褐色的一片，点缀着青松的翠绿，偶而有野棉花的白色飞絮。四季不冻的神农池的开阔水面，这时候也被冰勾上了一个曲折有致的白边儿，就像美女修长的玉颈挂上了银质的项链。日落时分，山影浓重。而那些水一样喧响着从山坡上流到神农池边的五彩缤纷的马群腾起的尘雾，更增加了这里的神秘气氛……

云阳先生，一位继承了马师皇超凡脱俗秉性的世外高人，手执牧鞭，长发披肩，清瘦而硬朗，颧骨很高，眼窝很深，眼窝里球形凸起一双亮晶晶的、迎风眯缝成月牙形的眼睛。他骑在一匹高头宽胸的如同披了一身银鳞的花骝马上，任凭身边风一样、雾一样的马群"呼呼"地从身边流过，"哗哗"的喧响盖过了凛冽的风声。风吹得长发马鬃一样飞舞，周围，远远近近、高高低低地，有士兵们驱赶马群的"噢——噢——"的吆喝声传来。云阳先生手搭凉棚，透过尘雾，极目远观着西山顶上闪耀着的最后一缕火样的霞光。一个跌跌撞撞的人影，披了一身霞光出现在那里……他再次眯缝起眼睛——他的眼睛越眯缝就越聚光——的确是一个人！他跌跌撞撞地向前扑来，接着就一个马爬子，摔倒在山坡。

"快，快去救人！"云阳先生用手中拴着红缨络的长杆牧鞭，向西山一指，大声喊道。隔着奔腾的马群，就有两三个手持兵器的士兵，箭一样向西山头跑去。

唏祖虽然是"长腿行者"，但是一天没进五谷和一口水，就只觉得心"突突"地响，头晕目眩，天旋地转的，每向前走一步，都要使出全身的力气，因为枣红马临死前压伤了他的右腿，右腿钻心地灼烧似的疼，腿不能打弯儿，只能直直地拖着。大冬天，唏祖的头上却沁出着豆大的汗珠，瘦长的脸上一脸痛苦扭曲的皱纹。他弓一样弯的背这时候更收缩了形体，麻秆一样的瘦腿就更显其长。可是，这会儿，他白长了两条长腿，却走不动了。想当年风雪之中，他只身前往炎帝远在河西的姜城堡为东夷求援的勇气和胆识；想起他和少昊在西陵与轩辕结下的情谊；轩辕为支援东夷而借道东征，在秦岭之巅发生了与炎帝的黄牛铺之役……想起当年箭步如飞的他，唏祖的脸上掠过一丝自豪。于是，他咬了咬牙，继续拖着右腿，艰难地前行。这时，身后传来几声难听的小孩哭啼一样的长嚎：

"噢——噢——"

唏祖回头看时，背阴处，一个黑影一样的狼，仰面朝天长嚎之后，正竖着耳朵，拖着绵扫帚一样毛茸茸的大尾巴，四脚玲珑地赶上前来。

嘻祖从梢林中折了一根长棍拄着，艰难地向前挪着步子，走走停停。狡猾的狼也走走停停，保持着一定的距离，不时向后看着，发出呼唤似的长嚎。它的眼睛绿莹莹地诡谲地眨着，尖尖的鼻子嗅着，一直开到耳根的大嘴张着，长长地吐出血红的肥囊囊的舌头，一时不耐烦地卷起来，用带刺的舌面，舔一圈焦喝干裂的嘴唇。可是，它并没有急于下手的冲动，它好像在等什么，它似乎在期待着什么。

嘻祖扭回头看了看，头脑清醒地明白了这只狼在等着什么——它的同类；明白它在期待着什么——我先倒下去。同类一到，它们就会群起而攻之，将我扑倒，撕成碎片；即使同类不到，如果我先倒下去，它也会毫无顾忌地扑上来，先咬断我的脖子！我不能倒下，轩辕在期待着我，黄城的十二大部落代表和百姓在期待着我。嘻祖咬紧了牙关，一种强大的意志力，就像手中这根曲折而强硬的棍子一样支撑着他，忍着剧痛，尽可能正常地迈开步子。

已经到了半山坡，嘻祖身居高处，狼尾随在身后的斜坡上。他们之间还在较量着意志，斗着智。独狼发出的长嚎，终于有了回应。远处的山谷里，回荡着狼群应和的嚎声。隐隐约约地，飞起了灰白的尘雾。

嘻祖拄着木棍，拼尽全力，加快了脚步。那只独狼也加快了脚步，四条细脚玲珑的长腿，轻盈地跨过土坎。距离越来越近了……嘻祖扭回身，横舞着手中的长棍，也像狼一样"噢——"地长嚎一样，狼立即止住了脚步。等嘻祖继续前行的时候，狼才蹑手蹑脚地向前探行。

眼看就到山头了，翻过山头，就到云阳先生的龙马场了。随同轩辕和马师皇前来巡视时，嘻祖到过这个开阔徐缓的盆地——那绿绿的地铺一样柔软的草地，那蓝天一样浮着白云的神农池，还有那个高耸的象征了男人雄性的巨石……

等嘻祖披着最后一道晚霞站上山头时，回头看去，狼群已经像散兵线一样，以一个大大的半圆形围拢上来。就在嘻祖用坚定的目光回眸的一瞬间，它们无望地站定了脚步，叹息地喘息着。

嘻祖看到了阳石山高耸的阳具一样的巨石，看到了镶着银边的神农池，看到了流水一样腾着尘雾的马群，看到了黄昏的浓重阴影中亲切的像家一样的龙马场。他拖着伤腿连滚带爬地向山下跑去。一不小心，竟一头栽了下去……

　　唏祖再次睁开眼睛的时候，是在云阳先生温暖的石板铺顶的小土屋里。塘火熊熊地燃着，火光在周围每一个人身上、脸上和眼睛里亲切地跳着。唏祖嗓子干哑，疼得要命，口中发出"咝咝"的声音。喝了一口红陶碗端来的神农池水，他用手指着散发着羊臊酸汗味的皮外套胸前的夹层，沙哑地喊道：

　　"快！快！"

　　就有士兵上前，粗手大脚地撕开夹层，取出轩辕的密书。

　　唏祖又喝了一碗水，就用手背在黑胡髭上一抹，哑着嗓子向云阳先生讲授轩辕密书之意。云阳先生又照着轩辕的密书画了九遍，当夜就派出十匹龙马，分送向四面八方……

第十三章

一

炎帝欲"还事之本"而"收回阪泉，以示公正"，实则是舍本求末、颠倒是非，强加在轩辕头上的一个莫须有的罪状，是一种最大的不公正，因而也最大限度地使自己失去了民心。炎帝之举，极大地刺激了黄城内天下十二大部落代表和百姓的神经，激起大家无比愤慨……因此，黄城内万众一心，共克时艰，大家并不为眼前的极度困难和危险境地而担心发愁（黄城城高坚固，不是他们一时半会儿就能攻下的），而是同仇敌忾，誓与炎帝一决雌雄！然而，因为绝水而带来的现实困难，却像一只怪兽一样张开了血盆大口，随时蚕食、吞噬着大家的生命，这是谁也无法躲过的一个现实门坎。

因为缺水，大家开始收集冰块，可是今年冬天是个"干冬"，并没有下几场像样的雪（连中条山每年冬天漂亮的"雪帽"，今年都省去了），因而不要说雪找不到，干净的冰块也很难找到。大家只好男女老少齐上手，前往城中平时洗衣、饮牲口用的涝池（夏天里积攒下来的雨水）去，用各种工具——木矛、石斧、青铜刀、斧等——"叮叮咚咚"地去敲击冰面，冰花飞溅，白花花地飞舞，可是凿出的冰块，却都泛着绿黄色和杂质，脏兮兮的。冰下露出的水面，也是深暗的黑绿色，用木瓢舀到陶罐里，或者用尖底瓶泛着白泡儿"咕嘟咕嘟"地灌满了，依然浑浊地荡漾着稠骨笃笃的浅绿色调，有一种腐败的特殊怪味儿直往人鼻孔里钻。这样的水，提回去以后，用火塘烧开了，依然是浑浊的充满了怪味，就像人们洗涮后的恶水。人得咬着牙甚至闭着气才能喝下去……这在过去是万万想不到的事情！可是，在目下，为了活命，人们顾不得更多了，因而一涝池带冰渣的水，不到几天就全都给打扫干净了！

728

接下来，就是彻底的水荒了——一城几万人畜的生命等着用水啊！

听说城中没水了，附宝是最为揪心焦虑的人了。母子连心，他最能体会到儿子此时的心情！老人家的思想已经回到了童年时代的简约，她固执地想，能省一口是一口，一个人不喝，就可以省下水让其他人喝。因此，两三天来，她老人家坚辞喝水，嘴唇干裂，起了一层层的白色干痂，脸上的肌肉和皱纹，好像有一种吸力在极度向里吸似的，脸颊、眼窝一下子向内凹得让人害怕，甚至连额头上布满皱纹的浅白的干皮皮，好像也被吸进一样紧贴在棱角分明的额骨上，太阳穴凹了进去，额头一下子窄了许多。一头平日里银光闪闪的白发，这时候也枯燥地扎着，乱纷纷的。

轩辕赶来看望母亲，贤惠的嫘妃，白净的素女，热情的盐女，漂亮的采女、少女，还有他的妹妹碎女，都焦急地围拢在母亲身边。轩辕近前看时，母亲好像整个地缩小了一圈似的，记忆中的那双水灵灵的大眼睛，那么年轻漂亮的母亲，却成了眼前这样一位浓缩了人生精华的暮年老人。手握着干皱着松皮、骨节毕露、鸡爪一样瘦小的母亲的手，这曾是那样温厚、轻柔、亲切的手啊！一瞬间轩辕不相信自己的眼睛。他下意识地用宽厚的手背将眼睛揉了揉，一股热辣的眼泪，就从眼眶里夺眶而出，蜇得脸皮疼。他的心就像刀绞一样疼痛……母亲，从小对自己偏吃偏爱的母亲！不见他回到桥山东南长寿山（寿丘）上那间大屋里决不开饭的母亲！他提了水回去，总是要赶出来接了尖底瓶自己提的母亲！总是笑盈盈一脸阳光的世上最美的母亲！东征时站在寒风中的母亲！昌意的婚宴上一脸喜气的皱纹、乐陶陶的母亲！天天把曾孙子挂在嘴上可还没有抱上曾孙子的母亲！在临危之际，总是自己先跳出来替儿子顶上去的母亲！母爱真是其大无边，其厚如地……轩辕抹掉脸上冰凉的泪水，悄声向嫘妃叮咛了一番，嫘妃等就手脚忙乱地开始准备给附宝灌水：那可是贵如油的水啊！

轩辕甩开光面的羊皮外套，露出贴身的虎皮坎肩黄黑相间的一道一道的花纹，大步走出母亲深暗拥挤的小屋，外面的强光刺得他眯起了眼，一滴热泪再次滚烫地涌出，极快地变成冰凉，和着凛冽的寒风，冰结在轩辕的左脸颊。

轩辕咬着牙根，开阔的腮帮上，颤动着坚毅的筋腱。他皱着眉头，身为人子无以回报的痛苦，毒蛇一样盘缠、纠结在他的心里。现在，不光是母亲，黄城内，连马尿，人们都排着队在等，有的人干脆就盛了自己的尿喝……这样的日子能撑几天啊！轩辕惭愧自己无能，没有回天的本事，让一城百姓跟着自己受连累，让生他养他的慈爱的母亲受煎熬……自从唏祖的随从带回炎帝的回书后，他还没有最后下决心一定要去。他让天老等反复夜观天象，看能不能有雪……但是，这会儿轩辕咬紧牙关，下定了决心，就意志坚定地向中宫走去。

轩辕决定立即前往阪泉，亲自和炎帝谈判。这让大家的心再次悬了起来。

在中宫庭议时，风后把尖下巴上的几根稀疏的细胡须捋了又捋，最后拍了拍自己的宽宽的、凸起的奔楼子脑门儿，言辞铿锵，以一种非我莫属的自信和临危不惧的坚定议论道：

"轩辕此去，凶多吉少，危局也！然事已至此，亦是非常之举，故须非常之措以配之。吾乃羊龙人氏，于族众亦有影响，临危许能施展，救轩辕于万一。轩辕者，天下之宝，万民之福，不可有半点差迟！"

力牧自然不甘落后，勇敢地一拍胸脯表态：

"余愿冒死相随！"他只怕谁争去先抢了个位置，这才从容地详述理由，"悉诸尽流坏水，一脑小蒜儿子；强围虽小人无道，反复无常，然不止族人亦杀。吾愿身随左右，死保轩辕！"

风后、力牧先表了态，其他师臣、大臣也不甘落后。天老、鬼容区、宁封、仓颉、岐伯、应龙等，皆争着要去，中宫内一时闹嚷嚷的，同仇敌忾，气氛紧张而激动，大家都充满了一腔慨然赴死的激情和救万民于水火的强烈责任感。

轩辕倒显出沉着稳健的样子，一副胸有成竹的感觉。他将两只大手平举起，掌心向下，示意大家静下来：

"诸位莫争！此去冒死，非功之争也。轩辕在此深致谢意，亦自愧于事无功，累及众人！"

轩辕的话，感动了大家，周围又是一片嗡嗡的议论之声。天老曾是帝师，资格老，就用他那精瘦的粉红指头，将一张沟沟壑壑、皱纹纵横的蜡黄老脸一抹，站出来说：

"欲加之罪，何患无辞？此决非轩辕之过，乃炎帝心小，不容吾人于河东，徒生事端也！"

"余看，亦悉诸不容帝师也！"吴权拈着他稀疏的白山羊胡子说。

风后感同身受："强围不住黄城，乃不容吾与力牧也！……此事也罢，却与悉诸合谋，诬告轩辕，罪不容诛！"

事情越议越明，大家同仇敌忾，就有"有难同当！""共赴劫难！"的声音喊出。中宫中再次人声鼎沸，群情激奋。

"大家莫争矣！"轩辕受大家情绪感染，眼中饱含激动的泪水，胸中升起万丈豪情，一身胆气，毫无惧色。他再次示意大家安静下来：

"风后、力牧同去。天老代本王行事，以不变应万变也！"

轩辕说去就去，万民水荒，时不我待。

轩辕身材高大、虎背熊腰，体魄魁伟。他高绾发髻，一脸坚毅和凝重，目光灼灼地走在中间。迎面的寒风，刀一样剐着他的开阔的颜面，风吹乱了他的鬓发和胡须。

风后还是摇着他的鹅翼扇，这成为他一年四季随身带着的一个装饰了。他脸色泛黄，奔楼子前额发亮，几绺稀疏的黄须在寒风中摇曳。他眯缝着眼睛，似乎还是平时那样安详飘逸。他走在轩辕左后。

轩辕右后走着的，是手执青铜大斧的力牧。他的身躯，显得比轩辕还要强壮有力，肤色也像青铜一样紫红。面如火炭，宽厚如墙。多年风雨中放牧练就的强健体魄，给人的感觉，他依旧是一张绷紧的弓。

轩辕一行三人，从中宫走出，一路穿过默默的、夹道送行的人群。有扶着长拐杖、灰白的头发零乱、眼窝深陷、瘪着嘴的老人；也有不怕冷光着头的毛小子、扎着乍乍角的小丫头。各宫室、各部族的人都来了。大家干裂着嘴唇，忍受着焦渴，眼中充满了期待和希望，同时，内心里也深深地为轩辕一行人捏了一把汗。

轩辕一边走，一边抱拳向大家示礼。夹道相送的人都相拥着，一直尾随到南门前。

早有应龙在城头上向共工和羊龙围城的兵士喊了话。那些围城的兵士自动退出一箭距离，闪开了一条通道。

南门打开，黄城中冲出两队护卫，张弓列队。

天老、吴权、马师皇、宁封、仓颉、岐伯、挥等文武大臣和困敦等各大部落的代表都送到了城门内。

嫘妃（素女、盐女等还在服侍着附宝，她是代表轩辕老母附宝前来的）特意带了一条白色的丝帛，眼含深情的泪水，郑重其事地将丝帛交到轩辕手里。

"愿黄王此行——化干戈为玉帛，造福百姓，解民水荒……"说着，两股滚烫的热泪，就从光亮的双颊上流了下来。

轩辕接过，交给随从。他本想替嫘妃揩去泪水，却强抑住内心的激动，只用左手握住嫘妃纤细的白手，右手在她的手背上凝重有力地拍了两下。他完全理解嫘妃此时的心情——一切都在不言中。

轩辕拧过头去，接过随从的兵士递过的缰绳。

白龙马早已经急得用圆实的黑蹄子在地上刨呢！它振奋着鬃毛，寒风吹得眯起了眼睛，但它还是喷着响鼻，腾着白色的气团，以尖细高吭激越的亮音，像冲锋号似的"吱儿——吱儿"地叫了一声。它是在做冲锋前的准备，也是替轩辕在向众人告别。

轩辕飞身上马。风后、力牧也分别跨上了自己的坐骑。风后骑的是一匹油黑的走马，力牧则跨上一匹火红的战马。他们回身向大家招手告别。所有前来送行的人"哗啦啦"一声，全跪在了地上，灰白黄黑的一大片。人们都在默默地祈祷上苍。

轩辕勒转马头，第一个冲出了城门。风后、力牧的马，都精神抖擞地奋蹄前行。

轩辕、风后、力牧只带了十个随从，冒死前往阪泉和炎帝榆罔谈判。当然他也思谋好了应变的策略……

二

几万人口的饮水是个问题，而一千多匹战马一下子涌入黄城后，饲草也同样是一个大问题。

为了解决人的饮水问题，轩辕可以说想尽了办法，甚至包括祈雪。而解决战马饲草的问题，则主要还是以后被尊为兽医鼻祖的马师皇所为。他冒着生命危险将一千多匹战马从炎帝和羊龙人的包围中带了出来，目的就是要保存下这些战斗实力，现在当然不能眼睁睁看着让它们饿死！

　　黄城里本来是有一些干草的，但那只是文武大臣和十二大部落代表的坐骑或拉车的马过冬的饲草，到了这么多战马面前，那只不过是它们几天的进食了！饲草的问题，马上就显得严重和突出起来了！

　　一千多匹战马挤到中宫前的广场上，把个中心广场一下子变成了个大马厩。进出中宫的人们只好绕着道儿走边角。没有办法，只好又立起了木栅栏，在周围隔出一条人行的通道。

　　这么多龙腾虎跃的战马需要有人侍候，于是，将各宫室饲马的人员都集中到了这里。几十个人围着马群转，还是忙不过来。各宫室的干草被集中了起来，包括轩辕的白龙马在内，各宫室的马也都集中到了这里一起饲养。可是饲草有限，眼看着饲草已经告罄，已经有马匹因为抢不到草吃而急得扯长了脖子嘶鸣，性子烈的，干脆就相互撕咬、乱踢，五色毕备的偌大马群，也因此而躁动不安起来，周围是一片此起彼伏的马蹄的踢踏声、"特儿特儿"的喷鼻声和高低不一、音色不同的嘶鸣声。

　　面对这样严峻的局面，马师皇急得手拍着脑勺团团转。他把几十号人集中到一起想办法。

　　"马食草，然城中无草也，岂不饿死？"瘦猴的这句话，成了大家共同发愁的一件事。于是，半天没有人发言。

　　"马吃五谷！"一个不负责任的白胖子随口说，虽然他说得对，但立即遭到反对。

　　"屁话！五谷人食，岂可畜用？"鼠龙部落代表的饲马人，一个做事极其负责认真的中年人这样说。

　　"畜又若何？亦生命也！"马龙部落代表的饲马人，一个血气方刚的小伙子第一个不服气。

　　"是也！"

　　"就是！"

"有理！"牛龙、兔龙、羊龙的饲马人赞同。

"罢罢罢……言正点，莫岔道！"马师皇有些烦躁地制止他们，现场一时又安静下来，只可以听到栅栏内马群捯动蹄子的踢踏声。马粪那带着草料余香的特殊气味和马尿强烈刺鼻的臊味再一次冲过来。这是所有马厩共有的气味，就像医院里特有的那一种来苏儿气味一样，即使你再怎么勤劳地清理，也脱不了这样的标记。

大家憋了一阵，牛龙的饲马人，一个一脸皱褶和老人斑的可敬老人，商量着说：

"牛食麦草，不知马食否？"

这话启发了大家，于是七嘴八舌的，就提出了各种论据。

"马食也！"

"不食！"

"麦黄时，马食麦穗！"

"马食麦穗，非麦草也！"

"麦草亦食矣！"

"吾不见，不妄言。"

"马食麦穗，以嘴撷之；连根拔起，穗秆同嚼。"一个赶车运过麦子的饲马人，将自己的亲眼所见，据实相告，其他人也就无言以对了。

此话启发了马师皇的思维。他想起，自己也曾见到过类似的情景。于是他想，黄城内各宫都存了大量的麦草，作为过冬的燃料，如果把这些麦草作为马饲草的话，马饲草的问题基本上就可以解决了。这么一想，马师皇的心里顿时觉得心宽了一截子。于是他让人先将中宫的麦草抱来做试验。

在干草已经断顿的时候，一把黄得发白的麦草伸到马嘴跟前，一开始，马都将头一甩躲向一边。再过一段时间，开始有过来用嘴闻的，闻一闻，头一甩，再走开。随着饥肠漉漉的感觉进一步加剧，就有马张开黑灰色软果嘟嘟的嘴唇，闻了后试着吃的。

马师皇就让饲马人抱进一批麦草，麦秆很硬很长，直挺挺乱蓬蓬的，马群上前嚼过几口，就开始躲向一边去。宁肯饿着，不吃了。

就有饲马人急得直骂："老骚货，汝还想食甚？"

"食娘贼！"就有鞭子"啪！"地落在马身上。受惊的马头向上猛一扬，向后躲去。

有急得直跺脚的，有蹲在地上直挠头的，有唉声叹气的，有抓住马笼头直往马嘴里硬塞麦草的。大家急的是，这些战马，经不起受饿，一旦身上的膘掉下来，就等于是一匹废马了！

"务必让马尽快进食！"马师皇在心里给自己下着命令。他亲自拿了一把麦草，伸向一匹驯顺的黑色骒马嘴边。黑骒马的眼角挂着干痂和泪痕，黑亮的眼睛盯着麦草看，又翕动着鼻翼闻了又闻，这才张口吃。它一口吞进去三四寸长的距离，就嗛着麦草嚼起来。嚼到最后，无法再向前吞去，嚼剩的麦草掉在地上，马就再也不想理会它了。马师皇另外抓起一把麦草伸向一只长腿短腰一身胎里的绒毛的红马驹嘴边。红马驹幼稚的小嘴一接触，立即就像被针扎了似的，把嘴向后缩去。马师皇再拿别的马做试验。结果都差不多。

扔在地上的麦草没吃多少，一会儿就被马群给践踏得不成样子了。

马师皇一边喂马，一边仔细观察思考着。他想，再也不能这个糟践麦草了，没有那么多的麦草可以糟践的！对马的吞咽长度有了一个肯定的认识后，他就想，如果将麦草切成二三寸长的短节节，马不就可以一口给吞下去了吗？麦草干硬，加点水浸湿试试。

他让饲马人，用青铜刀在木板上将麦切成三四寸长的短节节，盛进一个柳条筐里提上来。就有几匹马挤过来抢着吃。可是，吃了几口之后，就不好好吃了。就有抽出马头来的，再挤进另一只马头来。

马们轮番吃过几口之后，就不想将软果嘟嘟的嘴再伸向筐去。

"还是干硬！"马师皇一边观察一边想，"拿水来——"于是，就有人端来一陶盆涝池那种浅绿泛黄的浑水——在人用水都困难的情况下，轩辕还是让留足了战马所需的水。

为了不浪费水，马师皇让给柳条筐下盛了另一个陶盆，才将水倒进柳条筐内，折了根短棍将水拌匀了，麦草也变得黄中泛出暗红——变湿变潮变得柔软了。

这样，马吃起来感觉上舒服多了，就纷纷上前抢着吃。

于是，马师皇就让几十个饲马人，集中起来切麦草。然后再如法炮制地端上来给马吃。马食草的问题基本上总算解决了。

　　大家都松了一口气。但是，马师皇并没有这样。他继续跟踪观察，发现由于饿的原因，马是吃切过、用水浸过后的麦草了，但是吃草的积极性并不是特别高，只要肚皮不是特别饿了，就会停下来，永远没有像过去食干草时的主动性和积极性了。过去它们食草，总是要吃得肚皮圆滚滚地鼓胀，看了人心里都高兴舒坦；现在却看不到那样喜人的场面。

　　马师皇嘴里慢慢嚼着一根硬硬的被涝池水浸过的湿麦草，想：如此下去，也不行——马还是会掉膘的！还是要想办法调动马吃麦草的积极性才是。

　　他苦思冥想，想起马总是爱偷吃五谷，偷吃了，把头扬得高高地嚼着，你打也不会吐出来，他就让人抓了一把五谷中人不是太喜欢吃的、扁小的黑豆撒入草中，马果然抢上前去，用软嘴唇在草中寻找着，吃着，用天生的门齿和老牙之间空隙很大的牙齿，"咯嘣咯嘣"艰难地嚼着。偶尔在口里嚼到一些草，但是，等它们在麦草中再也闻不到豆子的芳香味道，相信其中再没有了豆子的时候，就放弃了在草中用嘴寻找。只有再撒了黑豆，它们才会重新进食。如此下去，太费五谷了！而且也没有真正调动起马食草的积极性。

　　在大家都兴高采烈的时候，马师皇并没有如此。

　　他整天愁眉苦脸的样子，拉长了一副本来就长的马脸。由于近日的连续操劳和休息不足，他瘦长的脸显得更瘦更长了，额骨、颧骨、下颏，都明显地显出棱角来，干涩的眼睛里布满了一丝丝曲折相连的红丝了。人也没有以前那样显精神了。但是，他的注意力还是全部盯着马的全部：进食、毛色、膘色、性情变化，甚至它们拉出的粪便。他用一枝细棍挑开一块介于扁、圆、方之间，还残留着袅袅向上的白色热气的近于黑色的马粪蛋儿。一种经过发酵的麦草的味道，和着腐败的臭味冲入鼻孔。他继续用棍棍挑着，想查看一下马对草料的消化吸收情况……忽然，一颗黑豆进入他的视野。他挑开旁边一颗粪蛋蛋，又看到一粒湿漉漉的黑豆！再挑开其他粪蛋儿，多有黑豆出来。他不禁唏嘘感叹起来：

"惜兮！叹兮！"

看来，马吃黑豆，大多是生吞整咽的，黑豆并没有起到它应起的营养作用！马师皇在叹息对五谷的作践和糟蹋外，思维还是集中在咋样才能既真正调动起马食草的积极性、让马获得丰富的营养，同时又不作践和糟蹋五谷。现在，人都在节约着用五谷，不可能有更多的让马来糟蹋！

马师皇反复观察的结果，黑豆子不可能和麦草拌匀的，它们总是会穿过空隙落到柳筐底去……"捣而食之"，人吃豆子都要用石臼捣碎了，才在陶鼎里煮熟了吃。给马，也可以捣碎了，再拌进麦草去。

马师皇这样想了，就让人把自己捣碎的豆子拿来拌进麦草去。这样，经过搅拌，黑豆的碎沫，让麦草都染上了豆子的芳香。马柔软的嘴唇在筐底再找不到黑豆子了，只能进食散发着豆香味的麦草了。

三

自从炎帝答应轩辕前来谈判后，虽说共工与羊龙部落对坚固高大的渤澥黄城，还在进行着隔靴搔痒似的进攻，刑天暂时还没有从阪泉赶过来助战，但是对黄城的包围封锁，确是实实在在的。黄城仍然被围得水泄不通，目的是即使攻不下来黄城，也要困死它，渴死它，饿死它……只要消息封锁死了，面对缺水的黄城，他们准备采取持久的战术，比拼耐力，看谁能熬过谁。

共工每天派出人员轮番叫阵，极尽诬蔑之能事，可是应龙倒拿得沉稳，除了叫人对骂和坚决反击外，绝对不会冲出城去拼命。

"缩头乌龟，胆小若鼠；牛皮哄哄，不敢出城；虎作狐势，徒有虚名；快哉乎快？兔龙自守；玄龙以降，出来受降；蛇蝎心肠，只知窝藏；马行千里，死守一地；猴羊分家，猴龙坐小；鸡不离窝，冬天抱窝……"

攻城的兵士，每一次都要扯长了脖子，唱歌似的把除羊龙以外的天下所有大部落都数落一遍。

"黄王黄王，自取灭亡！"

"小女之养，无胆矣！"

737

"力牧牧人，圈以待之！"

"应龙非龙，实一虫也！"

"应龙非虫，实废物也！"

……

高一声低一声的叫骂，直气得应龙咬牙根。他把拳头捏得"咯吧咯吧"响，但是脑子里始终严把着轩辕给定的作战方略。要在过去，依着他的性子，他早已经冲出城去一较雌雄了！

共工在黄城外忙乎着，昼夜轮番地叫骂进攻。阪泉的炎帝营地，更是每一个人都没有闲下来，大家都在为轩辕的到来而做着精心的"安排"。

刑天是最忙碌的一个。他的电光头上闪着亮光，一副雄心勃勃、跃跃欲试的兴奋劲，脸上所有堆积的肉块儿，都因为发狠和兴奋而调动了起来，一会儿舒展了开来，一会了又憋成了紫红的肉疙瘩。

因为主帅红脸祝融的主动后退，刑天倒一时显出能耐来了。他除按照炎帝榆罔的安排，特别训练了一支身材高大、体魄雄伟的干戚仪仗队，专门预备着在轩辕面前摆威武外（他把自己积一生经验总结出来的几个绝杀动作传授给他们，目的并不局限于仪仗摆设），还在炎帝大帐旁，私下埋伏了一队弓箭手和一队刀斧手。这些人员都是经过精心挑选的，人人武艺超群，箭无虚发，刀刀中穴，几乎集中了炎帝和羊龙部落所有身怀绝技的神射手、飞刀手和金斧手……

炎帝对轩辕的到来总是心中惴惴不安。他知道轩辕雄辩，谈词锋利，怎样才能从容应对，不至尴尬，倒让他很是费了一番心思，零乱的思绪搞得他昨夜里失了眠，一双长凤眼半睁不睁，又耷拉了两三道新增的皱褶，显得既疲倦又无神，红得像受惊的兔子眼睛一样。他张嘴打了一个哈欠，一只粗糙的大手从额头上将下来，紧巴巴的薄脸皮上的皱纹一时一排排的，又深又多。他一时还不能走出自己似真似幻的梦境。

他梦见轩辕和他的帐门一样高，人报："轩辕来也！"轩辕就随着一阵掀人颜面的冷风直扑过来……他"呀"的一声，惊出了一身冷汗。醒来时，眼前一片漆黑。塘火不知什么时候已经熄灭了，屋内透着阴森森的冷气。他伸手向旁边胡乱摸去。

炎帝是逼身的梦魇笼罩着来到大帐的。一个早上过去了，他还在梦中徘徊着——他好像看到了一条盘绕在青云间的路。他走上去的时候，却一脚踏空……他又好像被一个什么高人引领上一个空中平台。当他终于翻身进去的时候，发现它并没有什么特别之处，只是像一个大篮子似的悬在空中，篮子是暗青色的，天空也是暗青色的，周围黑魆魆没有一个人，形单影只、孤家寡人的样子，甚至有点恐怖……

悉诸最担心的是天老的到来。人常说做贼心虚，他正是属于这一类症状。为此，他挖空心思为自己找到了很多辩解的理由。他想象着面对天老那一张令人厌恶的老脸时，他应该怎样地扎势和做派，显出自己"真正帝师"的身份地位和价值来。截至目前，他还不为自己挑起这场阪泉之争而后悔……他打了一个五谷腐败臭味的嗝儿，因为他的胃就几乎没好过，胃疼和消化不良是他的顽疾，因而搞得他总是扯了个长脖子像个吊死鬼似的。他正摇晃着脑袋暗自高兴，为自己能"呼风唤雨"的能耐而扬扬自得，一双裹着皮窝窝的瘦脚，正踩着棉花似的飘在云头上，不知天高地厚呢！

悉诸正在得意的时候，共工派来的信使报告：

"轩辕信使，二人回一。愿闻何故？"

悉诸一下子意识到了问题的严重性！——莫非是另有企图？问题一下子变得复杂棘手起来……他感到了一种冷悚悚的逼面而来的威胁。

"若果轩辕借此调兵，阪泉危矣！"

一种不祥的无力回天的痛苦感觉像虫子一样啃咬着他，蚕食着他的心。

"干脆，当机立断，咔嚓，结果轩辕！"

刑天说得干净利落。说话的同时，他顺手做了一个让人一看就懂的刀切脖子的动作。

风云突变。干旱了一冬的渤澥地区，西北方向却涌起了一团团棉花套子一样、白云骨朵中间含着乌黑的厚重云层。这些云堆积着，随着刚劲冷凛的、夹杂着苦涩的盐咸和干躁的尘土味儿的西北风，像不规则形状的充气气球一样在西北天空膨胀、变形着，像闲逛似的慢慢遮暗了半个天空和大地。一身清白的午后的冬阳，被从容而来的乌云包围了，淹没了，像圆的氢气球一样飘浮在乌青的海洋里……乌云一把一把地向它脸上抹着黑，却有那么一瞬间，阳光从乌云缝隙中射出万道金色光芒。

被金色的阳光勾了一个边儿的轩辕、风后、力牧一行十多人，由于都骑着马，速度极快，像一支闪着亮光的剑，直插向阪泉。

风后的黑色走马一身油光，快而平稳，被马师皇叫作"玄游"；而力牧胯下的这匹火红战马，正像火塘里燃烧中的木炭，就被命作"火炭"。玄游和火炭都是青口的儿马，中间一马当先的是轩辕老当益壮的白龙马。

乌云终于吞没了太阳。天地间一片昏暗，阪泉在中条山西坡的高处颤抖着。开阔的阪泉之野蜿蜒起伏、层层叠叠，笼罩在寒气和器起的尘雾之中。它们同样抖动着丰腴的身躯，好像要挣脱什么似的。

寒风像刀一样"呼呼"地直冲颜面，轩辕不由皱起眉头，微眯了眼影很重的剑一样的目光，直挺着冷得发酸发红的高鼻梁，脸色红中泛青，一脸冷峻和刚毅，哈气给浓眉染上了一层冰凉的霜色，深勾的嘴角线和开阔的脸颊上深深的酒窝，有一种成竹在胸的自信和坚毅。风后的脸色苍白，奔儿头下的瘦长脸上，看不出是什么表情；力牧肤色铁青，就像是一尊青铜铸就的雕像，只是他不断地咬着牙根，瞪着眼，让人知道他是正燃烧着一腔烈火的活生生的英雄。

轩辕一边疾驰，一边注意观察着炎帝和羊龙部落的兵士的变化。他们先是自然地让出一条道，手持青铜、石、木兵器呆看着，形成一个夹道的、随着道路而曲折变形的人之长廊。冲出这个长廊后，就是自然的山势坡形。在一个凹下去的弯道处，正遇上急急地从绛地的龙马场赶回来复命的嗦祖——黄城数万人的生命重要，轩辕来不及等嗦祖回来，就先行前往阪泉。

听说轩辕一行要上阪泉去，他决定随从。

嗦祖骑了一匹银青色的灰马，插在轩辕和风后、力牧之间，向轩辕汇报着密书的传递情况，战马就都缓下了步子。

离阪泉还有一道山坡的时候，漫山遍野的，又都布满了兵士，就像开了一山坡的山丹花。他们都手持着兵器，矛头向前，张弓一待，壁垒森严。

正在向前冲的轩辕勒住白龙马，白龙马腾起前身，悬空刨着蹄子，一声山鸣谷应的、像进军号一样嘹亮的"咳儿咳儿"长嘶。身后的兵士立即都举矛张弓。

力牧正欲举起他手中的大斧，被轩辕按了下来。轩辕和风后交换了一下眼色，然后大声对大家说：

"收兵勿张！炎帝礼仪之师，岂打上门客乎？"

大家虽然将手中的兵器放了下来，但还是紧握在手，随时都可以举起来反击。大家都绷紧了弦，一副视死如归的凛然架势。

等轩辕一行缓缓靠近的时候，炎帝和羊龙的兵士，也是自然地让出一条路来，但是依然张着弓，挺着矛，一片杀气腾腾的森然景象，随时都可能置轩辕一行于死地。

等轩辕一行终于穿过刑天训练出来的干戚队架起的"斧门"，轩辕、风后、力牧、嫘祖与持礼品的侍从在响亮的"摄政之王到"的传信声中走进炎帝的大帐的时候（其余的兵士与炎帝的卫兵同守在大帐门口），大家倒生出一种"安全感"来——最危险的地方，往往是最安全之处。

轩辕不知嫘祖未回的信息已经传到炎帝大帐，正欲献上玉帛修好——几万人的生命正焦渴地等待着清流啊！不等轩辕张口，炎帝榆罔就从他颤抖的灰白胡子后面，喷出来一句冷冰冰的、故作强势的声讨来：

"轩辕罪莫大焉！绝羊龙之水，又密调兵马——"他并没有称轩辕作"摄政之王"，也没有给轩辕一行让座，而是四平八稳地坐在正中。左右分别是帝师悉诸和祝融、刑天、共工、强圉等。轩辕想在这里看到老阪泉氏，但是，里外的人中都没有老阪泉氏那样的背锅子身影……

炎帝榆罔拖了长声之后，才接着道："轩辕且释之！"

四

接到轩辕这样的调兵密书，完全出于猴龙部落酋长后土的意料之外。但是听了从绛地的龙马场快马传书的信使的口述之后，后土不由得就义愤填膺。

"炎帝无道，轩辕无辜，大功者反获罪，何谓公平？"后土把他的龙杖在地上戳得"咚咚"响，把一双平时总是眨着不停的、不算大的猴眼直瞪圆了，"炎帝失道，暴虐诸侯，天下共诛之！轩辕得道，和合万国，天下共助之！"

于是，他传令猴龙所属各部落，会兵侯马，吉部落酋长垔与中黄子、堑、地老、大填、五圣、知命等部落酋长或王师先后带着本部族的人马赶到，位于渤澥蒲坂、属于羊龙部落的地典，不听从强圉的调遣，而是带着自己的兵马赶到侯马来帮后土。各部落的人马先后到达，侯马猴龙的大聚落内外，一时都扎满了大大小小的军帐和营盘。大家同仇敌忾，单等从北岳恒山驰援过来的昌意的兵马和从王屋山赶来的西王母的虎师一到，就近先攻炎帝之都安邑，以解渤澥黄城之围。

昌意婚后不久，就带着昌仆一起去了北岳恒山。接到父亲的密书后，他一方面快马继续将密书传向东面的猪龙、犬龙等部落，一面告别有些浮肿的脸上挂着妊娠斑、腆了大肚子的昌仆，安排好防务，就点齐了五千精壮兵马，星夜赶往侯马。

河西接到密书的马龙部落的兵力，也在向这里汇集。

后土、马龙部落酋长重光与西王母、昌意等，汇集了数万兵力。人高马大、额头光亮的马龙部落酋长重光作为先锋一马当先，猴龙部落作为主将镇后，数万人马，立即像潮水一样溢出汾水河谷，向东南的炎帝之都安邑涌去。

炎帝和祝融、刑天、共工等将安邑之都的兵力，几乎悉数带出，安邑城中，除过帝妃听訞、少潅外，就是雨师赤松子、风伯大风、医正俞跗与白阜、赤冀、诸稽等一帮子文臣。能称得上武将的，就是"草泽郎中"雷公了。他长了一副凶神恶煞式的脸，眼睑下的横肉泛着红光，眼睛一瞪，跟铜铃似的，嗓门高，喉音却重，说话的声音干炸炸的带着伴奏似的嗡声，像打雷一样。他是一个粗中有细的人，因为最先发明了陶碗，因此在老家白水，人们的口碑中就有了"雷公造碗"的传说。也因为他善于烧制陶器，对炉型、火候把握得好，又被后人尊作"窑神"。这位性情豪爽、富于激情、情感上大起大落的人，又有一副慈悲心肠，自幼钻研《神农本草》，走到哪儿都不忘记发挥他医学的特长，为人们救死扶伤。

炎帝进占阪泉后，炎帝之都安邑的防守任务，自然而然地就落在了雷公的身上。他感到身上的担子一下子重了许多。虽然主战的悉诸、刑天、共工之流，因为局部力量的悬殊变化，对逼走或者战胜轩辕信心十足，但是祝融、赤松子、俞跗等都是反战派，雷公同属于反战一方。白阜、赤冀、诸稽等也都倾向于和平。对这场非正常理由发动的战争，究竟谁能笑到最后，雷公持有很大的疑问，他也曾在紫宫里据理力辩，但是无力回天。战争既起，他即考虑到问题的严重性——此牵扯到炎族生死存亡之大事也！眼看着都城防务空虚，既缺将才又少兵力，雷公义不容辞地担当起了城防主将的角色。

雷公在力所能及的情况下，做了大量积极的准备，以防万一。但是，情况变化之快，一下子就拥来了旗帜、服装各异的数万部落联军，把安邑一围起来就发来了战书。

"炎帝昏庸，偏信谗言，残害忠良，无故断黄城之水、兴兵问罪；炎帝无道，暴虐诸侯，毒戮百姓，专意绝万民生路、天人共怒。帝失其德，民必反之；帝失其道，民必寡之。君之不君，臣将何臣？民何以为？部落联军，共举义旗，还天地公道；猴马当先，万国共讨，复人间正道！"

后土和重光联名发出的战书，在炎帝留守安邑之都的臣属手中传递着。城外喧嚣的声浪像山洪暴发一样吼叫着，隐约可闻。炎帝的紫宫内光线昏暗，主位与旁座上坐着帝妃听訞和少澔，雨师赤松子、风伯大风、医正俞跗与白阜、赤冀、诸稽等一帮子文臣都在这里。大家无声地传看着，虽然对仓颉发明的这种象形的字符不能全认出来，但是大意还是理解了。只见人人紧锁着眉头，紫宫内笼罩着浓重的畏战、厌战情绪。

听訞的心纠在一起，一是为远在阪泉的炎帝榆罔担心，更为面临危险的都城担忧，心里像猫抓似的难受，一时没有一个好主意。

少澔本是有蟜氏女，从血缘上她倒希望轩辕取胜，但是也为炎帝和自己的命运担忧着，心里七上八下的，像打醋的勺子一样乱扑腾。她这一种情绪最不便于表白出来，就闭了口，等着看其他人怎么说。

赤松子还像平时那样不急不躁、心平气和的超脱之态。他把一绺红头发缠在留着长长的白指甲的瘦手指上，思思谋谋地开了腔——他资格最老，当先发言：

"炎帝偏信强圉，不听忠言，致此危局……目下之急，解民危难，救民水火，莫置民于火坑也！"

俞跗正有此心。虽说那样他可以大展其救死扶伤的医术，但是他总是不忍心看到百姓痛苦的表情——战胜蚩尤后，在五龙沟救治死伤的九黎兵士时的惨状，至今还历历在目。白净微胖的他，痛苦地皱着眉头说：

"炎帝失查，偏听而失信；炎帝失德，故民心大去。安邑空虚，无兵少将，岂可以卵击石，自取败亡，失炎之根基？"

雷公也明白"帝失其德"之理，但是忠君保君思想和对炎帝的社稷负责的精神依然笼罩着他。他情绪激动，脸憋得通红，说话像打雷似的：

"莫非坐视帝失其都，臣失其所，社稷毁于一旦乎？"

"木之不直，斧将加之；舟之不正，水当覆之。常理也！"

"斧正不伤其本；水覆不亡其人。"

"天地好生，人失其德乎？"

……

正在争议，忽接急报："猴龙、马龙各攻一门，情势危急……"

炎帝的安邑之都出于财力和安全的原因，只修有南北两座城门。雷公急着就往宫外跑去。一出紫宫，立刻就淹没在城外涌起的愤怒的声浪之中了。由于着急，他歪着头、横着身子，就向北城门跑去。

北城门内，忙忙乱乱的，许多人在用木头、石块等加固城门。城墙上，士兵们正在一个无名小将指挥下，向城外射箭，投掷木头、石块。

雷公的黑红额头上，蒸腾着热汗的白汽，他用粗硬的手背胡乱抹了一下，在额前又多了一道黑灰。他一箭向城下射去，正中猴龙部落一个兵士的皮外套。对方拔出箭来，鲜血印红了一片……但他还是不顾死活地向城门前猛扑。城外开阔的区域内，人声鼎沸，战马嘶鸣，人人奋勇争先。看这些人的劲头，一副志在必得的阵势，是不拿下城门誓不罢休的！

雷公气红了眼，抱起一块石头，就向城下砸去：

"给老子砸！未知死之短命鬼！"

一时就凑过一群人来，乱石倾泻。猴龙部落的兵马，只好暂时后撤。

744

"报——北墙将倾，于之奈何？"

雷公又顺着城墙向西赶去。

原来后土让吉部落酋长畐带领本部人马，挖开了安邑西北的水泽，将冰水引到了安邑城下。城墙浸泡在一大片不规则的水面之中，已经有土块落入水中……城墙岌岌可危，城墙上的兵士已经撤开一个大缺口！

面对情势的突变，轩辕外表非常镇静，内心里的思维却在急风暴雨般旋转着……他将手中的丝帛交回侍从手中，让暂时先收起来，然后才从容地说：

"回帝之言，且容禀明实情。"他眼里闪着智慧的光芒，手扳着指头，一一道来，"阪泉无事，帝主何公？阪水一，部落二，水少人多，似有水争，然自阪泉成，此事已平。老阪泉氏公心以供，黄城与羊龙间，无水争矣！未知帝缘何'收回阪泉'，'还事之本'？此还何本也？帝又何必兴师动众，强占阪泉，'以示公正'？无故断黄城水，致数万百姓于绝境，此公正吗？事出无因，轩辕大疑！"

轩辕据理力争，句句进逼，问得炎帝张口结舌，一时难以应对——炎帝此时已经明白轩辕受冤，但事已至此，碍于面子，他不能承认错误，只能硬着头皮往下抹了……轩辕也不给炎帝回话的机会，继续回答炎帝的第二个问题：

"'密调兵马'，更无中生有也！唏祖携帝书以归，又与吾同来，共复帝命，未知此话缘何而起？"

悉诸一看来人之中没有天老，内心里绷紧的弦，自然就松了下来。对炎帝作势的发问，他心里很满意。正待满意地看到轩辕哑口无言、束手就擒的场面。不想轩辕抓住对自己有利的绝黄城之水问题不放，得理而不饶人。他镇静自若，义正词严，一连串发问像连珠炮一样，摧枯拉朽之势势不可当。他又巧言以辩，轻轻地就抹过了对自己不利的指责。悉诸在暗叹轩辕心胸和能耐的同时，却不想就此放过他：

"某人眼见，唏祖未回黄城也！"

"正是，士兵唯见随从以返，未有唏祖也！"共工要证明悉诸的话似的，提供人证。

"唏祖受伤，命侍从黄城传书，自己原地以待；山中采食，险遇狼群，死里逃生……能与轩辕共复帝命，实属万幸！"唏祖主动上前回应悉诸和共工，真真假假、虚虚实实地为轩辕帮腔。

风后的大奔儿头里尽是智慧。他也是尽挑着对轩辕有利的话说：

"羊龙、轩辕，兄弟之属，轩辕公正调水，协调以供，羊龙、轩辕本无事也。此事既起，必有深由。愿闻详情！"

悉诸自感词穷，就给强围使眼色。强围只好硬着头皮继续胡说下来：

"轩辕绝羊龙之水，已是公议，岂容狡辩？"他一改平时见了轩辕唯唯诺诺、低声下气的猥琐形象，强打精神，想以所谓"公议"蒙混过关。这会儿，他也不敢主动供出自己诬告轩辕之事。

刑天安排好伏兵以待，随时都有可能冲上来生擒轩辕。但是，当他看到手持长把儿金（青铜）斧的力牧，目光严厉冷峻地站在炎帝和轩辕之间。怕伤及炎帝，一时也没有好办法。只好另找机会，单等轩辕词穷时，一声令下，一拥而上，擒了轩辕。却见轩辕的理长得很，竟然能反败为胜！刑天一向对自己的本事很自恋，甚至有一些自不量力的冲动。他看轩辕不过随身带了一把寒光闪闪的青铜剑，并无弓箭之类远程武器，因此就想跳出来，与轩辕一决雄雌——决不能就此放了轩辕回去！

五

在后土接到轩辕密书的同时，分别驰向西、南、东三个方向、越过结冰的黄河的快马，已经将轩辕调兵的密书传向了河西、中原和东夷。熊、罴、貔、貅、䝙、虎六军，雕、鹖、鹰、鸢四师以及十二大部落（除羊龙、马龙部落以外）的兵力，都在向渤澥地区紧急调动。战争的形势正在发生着戏剧性的巨变，一场维护公平正义的阪泉之野的部落大会战在所难免——如果轩辕被断绝了水源的渤澥黄城还能坚强地挺下去的话！

轩辕心急着渤澥黄城内数万百姓的用水问题，也不想再得理不饶人地纠缠下去。正待从侍从的手里要过丝帛献给炎帝，重修于好，以求尽快恢

746

复对黄城的供水。在轩辕的心中，这种重修于好的愿望完全是真诚的。只要炎黄两部能重归于好，调兵的密令完全可以修改。轩辕一贯主张和平解决争端，战争是不得已而用之的下下之策……

轩辕双手捧着丝帛，正欲交到炎帝之手。横空里却跳出了刑天来：

"轩辕莫急！"

五大三粗、一脸横肉的刑天抢上前来，用一个手势阻住轩辕，"轩辕——莫急！"他又重复了一遍。由于激动和着急，他光亮的头顶闪着电光，周围平时有些卷曲绵软的头发，一时都好像注入了强心剂似的硬了起来，纷乱地挓挲着，声音也变得低沉深厚，像牛吼一样喘着气，或者说像晴空里滚过的"嗑啦嗑啦"的闷雷似的，磕磕绊绊的，"轩辕——修好不难，只要——过、过了，吾五指关！"

刑天横空里的无理阻挠，"腾"地激起轩辕的一腔怒火，脸色不由得就一直红到了脖子根儿，太阳穴弯曲的青筋"突突"地跳着，脖项上的两道长筋，也由于从心脏冲出的压力和回流的阻力而鼓胀起来。但他的头脑是清醒的，为了能够尽快地得到阪泉之水，为了救万民于水深火热，他还是咬了咬牙，强压住心中的怒火，从容地、一字一板地对刑天说：

"汝且言之，此、关、过、法？"

刑天想把轩辕和力牧的注意力都吸引到他身上来，以减轻对炎帝安全的威胁；同时他也是为了在众人面前逞能，显一下他的能耐（这一点主要是针对祝融的。祝融一直像个闷葫芦似的站在炎帝身旁，刑天一心想替代他站在这个位置上，那只有突出地表现一番了！）：

"吾与汝，两人对——决，输赢既定，前景自明。若何？"

力牧欲抢上前去，替轩辕挡驾，却被轩辕一只有力的手，重重地按在肩上阻住。

祝融也想尽快与轩辕修好，结束这场输理的两个兄弟部族之间的豆萁之争。见刑天节外生枝，实在看不过眼，就直接向炎帝建议道：

"摄政王有意修好，帝且纳之。"

炎帝榆罔正待接住轩辕的丝帛之礼，重修友好，又被悉诸阻住。他仍然坚持原来的观点，低声对炎帝耳语：

"此轩辕应激之策也! 想他密调兵马, 岂能善罢甘休? 所谓丝帛之好, 假意也! "

听帝师这么一说, 炎帝榆罔觉得也有道理——果真轩辕密调兵马了, 也不会当众承认的。若被其假象蒙蔽, 到时哭都来不及! 如果刑天真能除掉轩辕, 亦去心中一大患也! ——于是, 他又掉转了话题:

"轩辕言之有理, 然非信言! 准于刑天、轩辕……"

祝融气得直跺脚。他一着急, "扑通"一声就跪在炎帝面前, 双手举过头顶, 向他施礼道: "祝融愿以头担保, 轩辕涉险而来, 唯和睦炎黄, 救万民也! 以其品性, 亦非鸡鸣狗盗之小人属! 臣意开泉供水, 以救万民, 莫失德于天下也! "

风后给轩辕使眼色。力牧跨前一步, 横在刑天和轩辕之间。轩辕抓住这一稍纵即逝的有利时机, 双手高举, 将丝帛呈到炎帝榆罔面前。

炎帝迟迟疑疑地, 用一双颤抖的、骨节粗大、结满硬茧的老手, 接过轩辕双手呈上的丝帛来。他仔细地打量了一眼这些纹路粗糙, 却银光闪闪的丝帛, 脸上挂上久违的、极不自然的笑意。

天色灰蒙蒙地阴得深重, 西吊的日头, 完全沉没于铅青黑灰的厚重乌云的海洋之中。寒风吹来盐湖特有的咸涩苦味, 空气凝重得使人窒息。从炎帝榆罔的大营返回的轩辕一行的心情却是明亮的。伴随着从阪泉流入黄城的欢快的流水声, 他们心无旁骛、快马加鞭地赶回渤澥黄城。黄城内外一片欢腾的声浪, 但是围城的共工的兵士并没有急着就撤走。

轩辕带了阪泉氏一家回到黄城。黄城内的百姓, 把羊龙出身的背锅子老阪泉氏, 当神似的给供了起来, 阪泉氏一家在黄城感到比在自己家中还要温暖亲切。人们欢天喜地地欢庆着"水来也! 水来也! "——大家都在内心里, 感激轩辕舍身救命的恩德, 对风后、力牧更是敬重有加……水把全城人的兴致都调动了起来。人们疯狂地挤到打水的地方, 把各种能够用来打水的工具都用上了, 到处是面带喜色、往返穿梭的人群。于是, 家家户户的陶盆、陶罐、陶缸, 甚至陶碗、陶钵、陶鼎里, 都被进出奔忙的人们, 波流打沿地盛满了水, 有人甚至挖了水池子, 将盛回的水, 可着劲儿倒了进去。人们从水荒的恐怖中彻底解脱了出来。

但是，好景不长，阪泉之水又一次莫明其妙地断流了！而且，黄城外，又响起了此起彼伏、一阵紧似一阵、就像急风中的恶浪一样、一排排涌起的进攻的喊杀声。

原来，轩辕一行冒死与炎帝谈判成功，重新修复了双方关系，炎帝决定恢复给黄城供水、撤离围城的兵力，轩辕也答应撤销调兵之令后，悉诸的心里一直不踏实。因为轩辕一行急匆匆地离开，当时并没有兑现自己的承诺。悉诸越想越觉得问题严重——万一轩辕不兑现承诺，把天下的兵力都给调来了，炎帝和羊龙就将面临一场灭顶之灾！悉诸这么想着，就急火火地赶到刚在帐内松了一口气、歪斜地靠坐着喝水的炎帝榆罔跟前：

"为防万一，还是加紧攻城，在援兵到来之前，先行攻破黄城为上策！望帝速决之。"

炎帝这会儿，正为自己莫名其妙地"放虎归山"而后悔。唉，都怪自己太过善良，不想眼睁睁看着一城百姓就这么给渴死了！可是，他为什么要放轩辕回去呢？还有风后和力牧，能押着其中一人也好，也是控制轩辕的一个办法嘛……听了悉诸的"上策"，炎帝倒为难起来了：

"为帝者，贵在立信。余承诺轩辕供水撤兵，岂自食其言？"

"非常之时，非常之举。再失良机，全军覆没矣！"

刑天正在帐外一角，垂头丧气地、毫无道理地训斥他设下的两道伏兵。他并不理会两个队长的申辩，只是一个一个指着鼻子尖儿骂过去，唾沫星子像喷泉的水花一样，冷冰冰地打在士兵的脸上，但是没有一个人敢当着他的面，就用手去擦。这一群人高马大、如狼似虎的士兵，因为没有得到刑天的命令，不敢擅自攻击，这会儿，一个个都耷拉着脑袋。

"一群笨尿、混蛋、白痴、猪脑子！……"刑天挖空心思，搜出各种恶毒的话语来。一斜眼看到悉诸急匆匆向炎帝大帐走去，就喊了一声"散矣！"转身尾随着悉诸进了炎帝的大帐。悉诸之言，令他兴奋。看到炎帝犹豫，他就心急火燎的。听了悉诸的话，他就主动帮腔：

"帝师之言甚是！帝当立断也！"看炎帝还是拿不定主意，他就表起了决心："臣愿助共工，拿下黄城。若拿不下，提头来见！"

这时候，从安邑逃回一个浑身是伤的士兵，疲惫不堪地说了"水淹城北，帝都失守"几个字后，就头一歪咽了气。

刑天一面让人架出士兵一身污垢血痂的尸体，一面就心生一计，告之悉诸，两人合在一起，阴险地笑出了声……

黄城再次面临严峻的生死考验。入夜后，狂风怒吼着，像个疯子似的在毫无规律地吹响了口哨。风在黑天里卷起旋涡，旋涡翻搅着纷乱如麻的雪花，"噼噼啪啪"响着，无情地打在中宫前大幅度摇摆的映着篝火光亮的图腾旗上。终于，图腾旗被从高杆上掀落，斜向飞去，消失在一片纷乱和迷茫之中。中宫广场大栅栏内的马群因为受惊，睁圆了恐惧的铜铃般鼓起的眼睛，踢踏的蹄子，踩乱了雪花，此起彼伏的"咴儿咴儿"的嘶鸣声，和暴风雪的声音搅和在一起。马"呼哧呼哧"地喘着气，栅栏"咯吱咯吱"地响着，随时有被冲破的危险。

黄城和邻近羊龙大聚落里的公鸡第三次清晰可辨的"喔喔"打鸣之后，东方的天空就慢慢发出青白色的光来。一夜狂风，终于疲倦了似的安静下来，把寒气俯伏在一望无际的雪地和盐湖上面——白雪让他们结成了亲兄弟似的"统一战线"。大片大片的撕开的棉絮似的雪花，很有层次又密密麻麻、从容不迫地从青灰色的天空垂直落下，干冷了一冬的大地，稀罕地盖上了一层厚厚的貌似温暖的雪被。雪落黄城，守城的将士，眉毛胡须都落上了雪。耳贴着城墙，能听到一片"沙沙"响的落雪的声浪。

黄城再次水荒。轩辕带领着黄城的数万百姓，借了这一场及时雨似的瑞雪，艰难地度日。情势既变，就只有盼着援军尽快赶到这一份希望了。

第十四章

一

由于多日水荒的恐慌和得水后的一时兴奋，黄城内的人们一时积了大量的水。再加上一场瑞雪，恐慌的人们，把所有能挖到的地方的雪都挖回了家，放在容器里，化雪为水……黄城里的生活用水，还可以多坚持一些日子。在面临着再次水荒的日子里，黄城又面临着一场更加严峻的生死考验——水淹黄城。

自从炎帝之都安邑失守后，炎帝榆罔又急又气，眼冒金星，连声咳喘，差一点就晕了过去。大家围着他救治了半天，他才喘过了一口气，一双长长的凤目老眼里噙满了泪水，灰白的胡须上挂着晶莹的清液流涕，脸上聚满了痛苦的皱纹……丧心病狂的悉诸又悄声和刑天一起谋划着，如何像猴龙水浸安邑北墙那样，决了阪泉，如法炮制一个"水淹黄城"——别看你黄城的城墙高大坚厚，能经得住我阪泉水之猛冲乎？

他们俩神秘地商量了一番，才由悉诸将这一"妙计"报告给从激动的情绪中刚刚缓和过来的炎帝榆罔：

"帝莫急焉。刑天出一破城妙计！蓄足泉水，再扒开阪泉，倾池而下，来个水淹黄城，若何？"

炎帝虽然痛苦着急，但是他并没有就此彻底昏了头，善良的本性促使他当即否决了这"妙计"。他这时候开始有些悔恨自己强占阪泉之举了。

"此何妙计？致吾于万民不齿、万死犹轻之大罪乎！万莫用之，万莫用之！"他首先想到的是此计的严重后果，眼前似乎已有狂吼猛冲的大水和被水翻卷呼天喊地的无辜百姓……但是，事至如今，这也许就是唯一能速胜轩辕的计策了！要么，致万民于水火，速胜轩辕；要么，束手以待，成阶下之囚。心中烦乱得如同猫抓的炎帝，胸口火烧火燎地难受。他烦躁地皱着夹杂着几根灰白长眉的粗短眉毛，一把抓掉头上的牛角装饰，端起面前的冷水陶钵，"咕嘟咕嘟"仰了下去，"水者，火之应也！绝水以生火，此火可玩大矣！悔不该……"他把目光盯向了强围和悉诸。

强围的心顿时"突突"地跳了起来。悉诸的目光开始变得暗淡。

"火以水灭，正理也！"刑天还在不知死活地申辩着他的"正理"。作为一名将军，他的心是石头做的，心目中只有一个目标，就是胜利！为达此目的，可以采取任何手段！

说到底，炎帝也绝不想就此败给轩辕。就在炎帝还在犹豫不决的时候，一时受阻的刑天，还是悄然溜出炎帝的大帐，安排部下提前堵死了羊龙水路，以备掘泉放水，水淹黄城。

轩辕收回调兵令（密书）的决定，因为炎帝再次绝水攻城而放弃。攻城的兵力，还是由共工率领的兵力和羊龙部落的人组成。刑天的支持，到底没有兑现，因而这里的进攻，也就一直维持着战争开始以来的方式和节奏。不能说他们没有进攻，他们每天都在竭尽全力地叫骂激怒，无望地企图引出黄城内有限的兵力，聚而歼之。进攻和反击进行得最激烈的地方，仍然是靠近城门的地方，因为攻上城墙无望，他们还是寄希望于从城门突入……攻城与守城的战斗，每天像复印一样重复着前一天的方式方法，时间长了，搞得双方都有一些厌战了，日子也就在这一种隔靴搔痒似的熬人的攻守中变换着昼夜黑白，季节却实实在在地在推进着自己的步伐。

由于炎帝一次短暂的供水和一场及时雨似的大雪，渤澥黄城内的水紧巴巴地用着，在一段时间之内还能坚持。猴龙、马龙和昌意攻占炎帝之都安邑之后，后土留下屋部落镇守安邑，就迅速挥兵南下，炎帝之妃和儿女被保护起来，赤松子、俞跗、雷公一同前来，表示愿意归降轩辕的诚意。大军绕过羊龙部落的大聚落，直接进攻攻城的共工和羊龙联军。

应龙看到援军赶到，就打开城门往外冲。城里城外这么一冲，共工的阵势就全乱了。应龙与后土等会师后，黄城内的兵力一下子增加了近十倍，双方的力量对比发生了明显的变化。但是，由于刑天的支持，共工和羊龙联军，又暂时恢复了对黄城的合围。

　　一天拼意志、耗精力的战斗下来，熬得精疲力竭的兵士被换下城墙以后，睡眠是最香甜的。城墙上的兵士，生起了一堆一堆的篝火来御寒，城外一大片围城的军帐，鳞次栉比、幽幽地躲在深暗灰白的色调里，眨着方形的红眼睛，月光在披着雪衣的中条山蜿蜒起伏的山脊上闪着一道银光。薄薄的像一片切偏了的萝卜片一样不规则的月亮，却倾泻着如瀑的月光，几乎淹没了天空所有的星星，只有极个别的几颗，还在天边顽强地浮出水面，眨动着调皮的眼睛。

　　雄鸡唱过第二遍的时候，是一晚上最灰暗最冷的时候。月亮精神了一晚上，这会儿也变得无精打采，昏昏欲睡地把头枕在了中条山脊上，一会儿就掩面睡着了。静了一夜的寒风，这时候又习习地像水浪一样一波波掀面，用它冰冷粗糙的刀背温柔地划过脸去。一边是篝火热情而无望的抚慰，一边是寒风冷酷的无情割划，在这黎明前最昏暗的时候，其特征尤为突显。风吹灭了最后一缕火焰，灰白的烟缕，急急地倒了方向，飘向东南，很快就被一张黑色大口给吸尽了。两个疲劳的兵士，裹紧了皮衣，往下拉了拉皮帽，怀里抱着长矛，相互靠着睡着了。等他们打一个寒战激灵一下醒过来，东天边上已经扯起了第一缕血清色的曙光。中条山黑色的剪影，怀抱着一片篝火式微、酣睡的军帐。城外的雪野静得出奇，看不到一个走动的人影———改平日里夹杂在鸡鸣狗吠声中，已经开始蠢动的隐约可闻的熙攘的人声。

　　其中一位瘦长脸上坑坑洼洼的高个子兵士感到奇怪，竖起耳朵听了半天，却只有"呼呼"的风声可以辨别：

　　"怪哉！攻城之兵何去也？"

　　他这样自问了一句后，就可着个粗嗓子喊了一遍与共工的兵士对骂的口歌：

　　"共——工，共——工，攻而无功——"

　　另一个头稍低、黑红圆脸的兵士也可着嗓子叫着，声音洪亮，引起中条山北麓一片重叠的"岩娃娃"重复的声音：

"一群蚊子，嗡嗡不休——"

觉得还不够解气，高个子兵士又喊道：

"共工共工——把汝妈，汝妈上树——逮蚂蚱……"

直喊得他自己都感到头脑发胀，眼睛发花，耳朵起了自鸣的嗡声，可是，城外依然哑雀无声。

高个子兵士让圆脸的兵士先守看着，自己顺着城墙内侧的斜坡跑了下来，"啪啪"地拍打着应龙住的一间小屋。

就见应龙风风火火地随了他跑上城墙来，"咚咚"的脚步声在城墙和屋舍间回荡着。

应龙和衣而眠，一身战装都没脱。他这时站上城头，光面皮衣背后的鹰翅还在不对称地上下扇着。

应龙把共工和刑天忽然间撤兵的消息报告给轩辕。从城西也报来了羊龙大聚落已经撤空的消息。轩辕因为兵力大增，也预感到情况更为不妙——炎帝肯定会采取进一步的手段，由于后土等因为水淹安邑北墙而破城，天老、吴权等都担心炎帝会因此而发动水攻。于是，轩辕立即让风后、力牧、后土等组织全城百姓和兵马尽快撤出黄城，占领较高的地方。他们站上城墙指指画画地看好了地形，立即就由马师皇和他的助手们驱赶着一千多匹战马，像决堤的洪水一样冲出南城门，后面是兵士护卫着文武百官和十二大部落的代表、满城的百姓，晨光下，数千人像一条金光闪闪的巨龙游出，顺着斜坡，向城东南距阪泉较远的另一处高台蜿蜒而去。眼看着，从阪泉方向，一个巨大凶恶的水头，像一头红褐色的雄狮，披散着长鬃，张开血盆大口，翻起冲天的巨浪，裹着黄土雪尘，漫出斜坡上的水道，一路疯狂地呼啸着，向黄城扑来。熟悉当地地形的猴龙从东门带出了马龙和昌意的人马，而黄城内数万人众还没来得及撤出呢！

人群惊叫着，丢弃了所有的东西，发疯似的漫山坡向上疯跑，由于雪滑，就有老人和小孩掉队的。一个女人拉着孩子跑，在孩子绊倒的一瞬间，女人向东闪出十几步，孩子就被疯狂的水浪卷走了。女人发疯似的披散着头发，返身扑进狂卷的黄水之中，一个恶浪打过来，就不见了踪影。后面拥出城门的人群，都被滔天巨浪卷了回去。有幸逃出水浪的人们，只能惊魂未定地、眼睁睁看着黄浪卷进城门去……

倾泻了多半天的像怪兽吼叫的滔天黄浪，把渤澥黄城完全浸泡了起来。只有城墙上和城内较高的屋顶上，还站着一些人。有一只黑狗，被浸湿的毛紧贴在身上，战战兢兢地扒着一根木橼。水流不断吞食着较低的屋顶，那些经不起浸泡的屋顶，就散了形，站在上面的人就在惊叫声中落入水中，有抱住木头的还在水中浮着，其他掉进漩涡里的，几个翻卷，就不见了人影，等到再浮起来的时候，就已经灌饱了泥水，肚皮鼓得圆圆的，变成了灰白的被剥光了衣物的尸体……城中还浮着一些较结实的高屋顶，城里城外以至盐池、黄泥水中，到处漂着泡得发白的人与动物（鸡、猪、羊、牛）的尸体、衣物、粮食颗粒、车轮、车架、牛皮鼓、从山上冲不来的树枝、杂草（周围拥着圆圆的发光的气泡和白色泡沫）和所有人们赖以生存的杂物……一头还活着的黄牛，瞪圆了眼睛，鼻子喘着粗气，嘴里喷着水，拼命地刨着向山坡游去。

二

轩辕手叉着腰，瞪着发红的眼睛，胸中燃烧着仇恨的烈焰，痛心地看着这样的场面——炎帝这一场水攻，黄城内数万百姓，只带出来四五千人。他的四个亲人：母亲附宝、小妹碎女、妻子女希、女嫔盐女也在其中。已经瘦弱得淹淹一息的母亲附宝，坚决不离开她的宫室。女希和碎女、盐女守护在她身旁，也不离去……万分危急中的轩辕，已经顾不及自己家里的事了！

这时候，嫘妃、素女、采女、少女和一群孩子，偎依在轩辕身边。其中有嫘妃生的昌意、浑沌，玄女生的禺貌，采女生的巳，盐女生的酉，少女生的箴。素女怀里搂着高、低、胖、瘦不等的三个孩子，少女面前靠着箴。昌意蹲着，双手搂着头发挓挲着的浑沌，一脸惊恐地站在嫘妃身边。玄嚣因为和亲，去了鼠部落联盟的巴山氏。

天老的蜡黄老脸黄成了一张表纸，多年来，第一次见他顿足跺脚，唉声叹气，深愧自己枉为人师，对此次水攻没有先见。

会合了的后土庆幸他把大家带了出来带进了水渊，又为那么多人丧生而痛心疾首……

赤松子、俞跗和雷公，并没有后悔自己的选择。俞跗和雷公找到了岐伯，他们提前商量起救治落水人的办法来。赤松子走到吴权、宁封面前。

吴权用右手捋着那几根白山羊胡子，在思谋着下一步和炎帝的对策。一向比较冷血的他，依然如故。

文武百官和十二大部落的代表基本上都带了出来。只有羊龙部落的代表协洽羞于和大家再在一起，强词自己水性好，硬留在了城内。协洽果真水性好，他最终保住了自己的生命。

马师皇在高台（以后叫作"轩辕台"）的一角安置好战马，风后、力牧按方位，为各位大臣和部落代表安排好位置。

轩辕台和炎帝所在的阪泉台地遥遥相望。炎帝那边，大半个山坡，都是黑压压或灰白的人群，大大小小、星罗棋布的军帐与炎帝、刑天、共工、羊龙等图腾旗帜。欢呼的声音早已在那边停下来了。这时候，到处升起了一缕缕浅蓝色的造饭的炊烟。

轩辕台上，由于撤出得匆忙，并没有能带出更多的军帐。带出的不多几顶军帐，正在支架过程中，大家全都冻在寒冷的雪地之上。有人开始清理积雪，雪雾飞扬。有人开始生起篝火，有人开始支起或挂上陶鼎、陶罐，用手掬来雪块，化雪为水……虽然有失去父母的孩子、失去亲人的女人抑制不住的饮泣声，但是，总体上，是一种笼罩于沉默、悲壮气氛中的有序忙碌。不时有战马"咳儿咳儿"的哀鸣和响亮的"突儿突儿"的喷鼻声响起。天空中血色的霞光与乌云的块系交织在一起，形成强烈的反差色调。太阳隐在云层后面，把它的五彩霞光铺上云层，再折射向雾茫茫、看不到尽头的河东大地。中条山的山脊和丛林，都裹着一层厚厚的白色棉衣，进入了冬眠。能看到东北方向有头无尾的盐湖的硕大无比的头和被黄水污染成血色的结冰的湖面……大家的心并没有因为水淹了黄城而一蹶不振，而是都憋了一股劲在心头！

炎帝走出军帐，站在阪泉台地上，眼看着掘开的阪泉，像脱缰的野马，呼啸着冲下山坡。让他惊愕的是，轩辕的人竟撤出了黄城，像一条长龙向对面的高台上冲去；他后悔的是，为啥自己没有事先前去占领了那个高地？现在一切皆成枉然，只能眼睁睁地看着轩辕的战马群，扬起一片雪雾，冲上高地；黄城的人，不顾死活地扑向那个高地。虽然最后冲出城来的人并不是太多，但这已经成为炎帝心头的一个沉重的块垒，他好像吞下了一块铜金一样，有一种揪心的下垂感。

在周围一片欢呼声中，炎帝的心理感受是复杂的，一种有愧于天下百姓的羞赧使他本来就挂着两朵红云的老脸，更加红得发紫。一脸深深的刀刻一般的皱纹，头上的白发和随着轻风拂动的白须，好像在一夜之间就变得银亮，全然都白了……无奈的选择，无奈的结果，把他的心撕扯得像独立于田头、挂在风中吓唬麻雀的草人的麻絮黄衫。

悉诸和刑天，正为自己的计谋得逞而兴奋，撤出黄城的战马和人群，却像一把盐撒向了他们的伤口……欲调兵前去阻拦，已经无能为力——这股野狼一样疯狂扑向人群的黄水巨澜，把人们的心全给揪住了——欢乐、惊叫与揪心的忧愁并存。

共工为眼睁睁地看到一个造福人们的水利工程被毁于一旦而痛心。自从来到阪泉，他就为这一巨大工程和巧妙的布局而动心思，因为他不光是一个大将，更是一个人所共知的水利专家。共工的特长的就是善于挖渠引水造福族众。

这里，最痛心的就是祝融了。他为自己孤掌难鸣、无力回天而心痛，但他对炎帝的忠诚却始终不减。他也理解炎帝榆罔的难处；罪魁祸首，非悉诸、刑天、强围莫属也！祝融愈是这么想，心理上和悉诸之流的隔阂就愈深。他靠近炎帝，站在阪泉高台上，自然而然与悉诸等拉开了距离。

等水势一缓下来，除过留下足够的警戒力量，由力牧坐镇轩辕台，从黄城中撤出的人，都在应龙的带领下，抢着扑向水浸中的黄城。有人扶着独木，有人干脆就直接跳进冰冷刺骨的黄水冰碴中，有人一进水就抽筋，又被救起……人们冒着刺骨的严寒，下水去救困在还没有泡塌的屋顶和城墙上的人,最急的是困在屋顶上的人!大家眼看着多少人因为屋顶垮塌而葬身于黄水之中啊……被救出的人,身上挂着黄水冰碴儿、滴流着黄泥水,上下牙根"嘎嘎"地打架,全身像筛糠一样战栗着,软塌塌的被扶着,拖着腿和一道湿痕,立即就被送到温暖的篝火旁去烘烤;燃烧着油松和杂木的篝火,"噼噼啪啪"地蹦着火星儿,熊熊的火舌舔着天空,蓝白的烟和颤动的热气,在不定的风力作用下,随时改变着它扑出的方向。蓝烟和热气"呼"地扑过来的时候,人们不得不手捂了被熏得酸疼流出眼泪的眼睛,向侧后躲开。深绿色的湿木,"吱吱"地泛着白沫、冒着白色气泡儿和浓烟,还是被烧着了。篝火旁的雪地被烤化了一大片,除了紧靠火边的地方干了,其他地方的褐红色湿地和一骨朵一骨朵的白草根,要么蒸发着水汽,要么还浸在汪汪的雪水之中……

从黄城中捞出的尸体,都摆在轩辕台下的斜坡上,陆陆续续,这里横七竖八地就摆满了遇难者的尸体。轩辕的母亲附宝和妻子女希、妹子碎女、嫔女盐女的尸体,也被捞了上来……人人都被冰冷的黄水浸泡得鼓胀成灰白色、僵硬着,面目全非,难以辨认。身体几乎全裸着,身上随便盖着一些麻片、兽皮、松柏枝叶和发黑发白的蒿草。车轮、车架、鼓、木勺、木橼……所有捞出来的生活用品,都纷乱地堆放在一起,黄泥水蚕食着被踩硬了的污浊雪地。岐伯和他的助手们与俞跗、雷公,在尽其所能地抢救着那些头朝下倒放在雪地上、口中流出黄水、奄奄一息的人们。嫘妃带着女人们,把能用来取暖的东西,给他们盖上或裹上……轩辕在其中走着,不忍心细看,只让隶首和他还活着的几个学生在记着数。

轩辕披散了头发。他的心像刀搅一样难受,他眼影浓重的大眼,在隆起的眉弓下,明显地有一些鼓出了,眼中挂满了红红的血丝。他有形的鼻翼翕动着,喷出一团团白气。他坚硬的牙齿磨得"咯咯"响,嘴唇咬出了血,开阔的脸上嘴角线勾得更深,两个深深的酒窝吸了进去,颧骨、眉弓和腮帮就显了出来——轩辕黄王的眼中冒着火,胸中燃烧着熊熊的复仇的烈焰;他,明显地瘦了一圈儿,却显得更加铮铮铁骨,更加坚强有力了。

看轩辕和后土从黄城中撤出的近万人马,大部分都投入了救人救物的灾情中，悉诸觉得这是一个绝好的彻底灭掉轩辕、以绝后患的时机！他今天早饭胃口大开，好像多年困绕他的肠胃的老毛病全好了，一口气吃了三陶钵干饭……直吃得口里泛着臭气，抽筋似的打着饱嗝儿。由于早晨他过度兴奋，少披了件羊皮，受了寒气，这会儿正头脑胀疼，像要爆炸了似的，他也想不通，他为什么就吃了那么多！

悉诸腆着个沉甸甸的难受鼓胀的肚皮，头重脚轻地向炎帝大帐走去。却看见炎帝榆冈唉声叹气，歪斜着蜷在高高的中央坐垫上，一脸深深的痛苦和忧愁的皱纹。一开始，悉诸还以为他刚从外面走进来，不适应大帐内的阴暗，一时看花了眼。他屈起右手的食指，在昏花的老眼前擦了几下，还是看到了炎帝榆冈那一双忧虑的长凤眼的眼缝中挣出的亮光。

悉诸虽说是炎帝之师，但他平时还是很会看着炎帝的眼色说话的。炎帝是个感性很强的性情中人，在他不高兴的时候，和他说的话，基本上全都会被他给否掉。因此就像目的不纯的人找领导批条子一样，悉诸也是尽量拣好听的话和炎帝说。他一时咽下了吐到嘴边的话——让它暂且在胃中再发酵发酵吧！而是尽可能亲近关切地问话，一脸绷紧的难受皱纹。寒暄过进食情况后，就问：

"水战大捷，帝忧者何？"

三

最先赶到渤澥来的，是从盐池东南的蚩尤城赶来的大酋长灵枫率领的三苗援军。灵枫、黄苗酋长枫神、中青苗酋长无耳雷娃、中白苗酋长枫叶等由隶首陪着，群情激奋地一同来到轩辕的中军大帐。轩辕正缺人手，就统一编进了保卫轩辕台的由中戊、中己卫队和猴龙、马龙等人员组成的中军师旅，与力牧、后土、重光、挥、大挠、常先、大鸿等一起去安排兵马扎营与协调部署。

从河西方向来的有熊、黑、貔、貅、貙（鼠龙）及牛龙、虎龙、兔龙、玄龙、蛇龙部落的兵马，分别在阪泉之野西面扎营，从河东方向来的西王母的兵马，由身披五首九尾虎皮披风的陆吾和黑牡丹玄女率领着，与犬龙、猪龙部落的兵马驻扎在轩辕台以东。从中原前来增援的雕、鹃、鹰、鸢等部落的兵马，则隐蔽在中条山主脉的丛林之中。鸡龙部落酋长炎居方雷氏和蚩尤，因为和炎帝的特殊关系不便参战，也不想帮着炎帝来打轩辕，就没来到阪泉之野。来到阪泉之野的各路人马，逐渐形成了对炎帝和羊龙部落的合围之势。

援军一到，轩辕即召开军事会议。将令既出，蛮牛、邦父、蜀夫、玄器、常伯、陆吾、玄女、雕君、鹃首、鹰侯、鸢头和茄丰、斗苞、上章、奢龙、屠维、重光、后土、猷、后夋、灵枫等酋长，先后来到了轩辕台轩辕的中军大帐。天老、马师皇、宁封、吴权、鬼容区、大填等王师，陪着轩辕居中；上台风后、中台地老、下台五圣，仓颉、岐伯、俞跗、雷公等文臣挤在左边；力牧、应龙、大挠、常先、大鸿等武将立在右边，困敦等各大部落代表，陪着本部落酋长……轩辕中军大帐内一时人声鼎沸、热气腾腾、拥挤不堪。伶伦、赤将、高元、胡曹、于则、伯余、喫诟、滑稽、货狄、杜康等文臣，也心急地挤在大帐门口。嫘妃指挥女人们进进出出地供上热水。大帐中间的火塘"呼呼"地吐出火舌，油松冒着气泡儿，"噼噼啪啪"地蹦着火星儿，浅蓝色的烟从大帐顶部的天窗冒出去，就被寒风吹得折向了东南。帐内笼着一层淡紫色，热烘烘的温暖气息中，飘荡着人身上的汗酸味、兽皮的腥膻味和油松的特殊香味综合的气味。

风后把他手中的鹅翼平着伸出：

"静！静——请力牧，宣用兵之策！"

大家立即停止了热闹寒暄的一片嗡嗡声，帐内帐外一时静得只能听到火塘里松枝燃烧的声音了。那些喘气粗的将军们，也屏住了气息，把注意力和目光都投向居武将之首的力牧。

力牧因为事先和天老、吴权和轩辕交换过了意见，已经胸有成竹。他紧锁着眉头，一脸严肃，脸色也就更显得青紫凝重，泛着容光焕发的油光，就像一尊新铸的青铜雕像。他把牙根一咬，隆起的喉结就上下动了一下，他字字千钧地宣布：

"阪泉会战，熊、罴、貔、貅、䝙、虎，成三面合围；雕、鹃、鹰、鸢，共十方埋伏。此主战者也。牛、虎、兔、龙、蛇、犬、猪，七龙共济，汇以中军，此辅战者也。"力牧先对所有参战各方进行部署之后，才提出具体要求：

"主战者，奋力当先，速战决胜；辅战者，以为后盾，疏而不漏。天网恢恢，纲举以待；阪泉之野，弑敌复仇！"

力牧像铜锤一样铿锵有力的话语和拔山盖世的豪迈气势，像战鼓一样擂得人心跳加快，热血沸腾，跃跃欲试……所有的人，同仇敌忾，不约而同地一遍遍合声重复着：

"天网恢恢，纲举以待；阪泉之野，弑敌复仇！"

这声浪，像夏日里滚过天空的雷声一样，"轰隆隆"地炸响，"哗啦啦"地滚动，多声部共鸣交响，不绝于耳；这声浪，又像黄河狂涛，似乎能冲决堤岸；这声浪，像猝然而至的台风，能让军帐冲天而起，就像飘扬的战旗……

这声浪，鼓荡着伶伦的耳膜，激发了他的创作灵感；

这声浪，擂响了岐伯的鼓阵，奏出气吞山河的军乐。

轩辕的情绪，也受到大家的感染。一颗复仇的心，在胸腔里"嘭嗵嘭嗵"跳动着，他自己都能听见这凝聚了千钧力量的坚实有力的"脚步声"。

风后宁静的眼神扫视了一下全场，又把目光投向轩辕。他看到了他起伏的宽阔胸怀，听到了他"呼哧呼哧"粗粗的喘气声；他看到了他坚毅有力的嘴角，听到了他亢奋激扬的战鼓一样的心声；他看到了他眼中聚焦的亮光，听到了他正义的、穿透力极强的滔滔不绝的话语。

为了悼念逝者，同时为了伸张正义、凝聚人心（也是为了转移炎帝的注意力），在轩辕台下的斜坡上挖了大坑，集中掩埋了死者后，轩辕在轩辕台举行了隆重的悼亡誓师大会。中军的四五千人和各路援军的代表，齐聚轩辕台上。

轩辕台上，黄龙、金凤图腾旗居中，熊、罴、貔、貅、豿、虎、雕、鹖、鹰、鸢，十面图腾旗左右相护。鼠龙等十一大部落的图腾旗，与所有参战部落的图腾旗，环绕轩辕台一周。轩辕头扎白丝巾，皮外套上披了网状的黄麻布片，在临时堆起的观象台上，率领百余名文武大臣和参战部落酋长、代表、将军等，分别拜祭了天地祖宗和各路鬼神之后，焚香跪告母亲附宝、亡妻女希、亡妹碎女、亡嫔盐女和数万名亡者：

> 呜呼母妹，其逝哀也！
> 呜呼妻嫔，其去忽也！
> 呜呼万民，其死冤也！
> 轩辕不才，枉为人子；轩辕不才，枉为人夫；轩辕不才，枉为人兄；轩辕不才，枉为人王。孝不能尽，爱不能复，责不能守矣⋯⋯

轩辕字字如血、句句含泪的痛切之声，从轩辕台上传出，在中条山的森林和渤澥的土地上重叠回荡；在所有痛失亲人、头扎白巾的人们心头，像重锤一样敲击。现场一片此起彼伏的"呜呜"啼哭的声浪。

噬肉的鹰，在空中斜着身子，用双翅按稳了气流，高高地盘旋着，把尖锐的弯钩长喙和圆圆的、黄中泛黑的灰眉毛下的鹰眼，对准了轩辕台下的山坡；"啊！啊！"地聒叫的老鸹（乌鸦）的鸹阵，黑云一样在空中旋转着。

看着现场跪倒的这一大片黑压压、白花花的痛哭流涕的人群，轩辕脸上凝结的哀婉之情，逐渐被从心底燃起的复仇的烈焰烧尽了。他的脸色，因为寒风的剐刺和充血而变得红紫，目光如炬，字正腔圆：

> 夫——上梁不正，下梁倾之；为君不正，臣民正之。水以载舟，水以覆舟；何载何覆？人心向背。
> 炎帝无道，侵凌诸侯，罔民罔己。强占阪泉，断黄城之水，致万民绝水；
> 背信弃义，再断民之生路。滔天之罪，水淹黄城；数万百姓，无辜以亡⋯⋯此仇不报，非丈夫所为！
> 天地正道，匡扶正义；乾坤正名，万民申冤——大道一举，天下往之！

轩辕台上，此起彼伏的"天网恢恢，纲举以待；阪泉之野，弑敌复仇"的歌声，伴随着阵阵排山倒海的如雷鼓声，激荡着人们的神经。

762

炎帝榆罔终于没有听进去帝师悉诸趁轩辕救人之时立即突袭的建议，原因很复杂，除了他本身对所发生事件的反思外，他亦不想在别人面临灾难时趁火打劫。同时，榆罔对悉诸、强围等开始产生了一种厌恶反感的情绪，要不是他们的撺弄，决不会出现目前这样的事情。另一方面，尽管祝融反复建议去帮着轩辕救人，他也觉得这种建议不现实——在双方交战的情况下，你前去帮对方"救人"，只能遇到对方更强烈的反抗，与仁、与理都不相合。

　　从用兵谋略上讲，帝师悉诸的建议并不错；炎帝榆罔按兵不动，眼睁睁错过了彻底消灭轩辕的大好时机，是一个不该犯的错误，这一点他自己心里也明白得跟镜儿似的。事情闹到了目前这种份儿上，再利用援兵未到之时彻底消灭了轩辕，应该是消除心头之患的最佳选择。如果能在现在这个时候彻底消灭了轩辕，即使天下各部落的援兵到了，也会群龙无首，也好收拾局面……

　　战争实践很快就证实了炎帝榆罔的错误——炎帝榆罔由于其善良本性和优柔寡断，失去了战胜轩辕的最佳时机，随着三苗和熊、罴、貔、貅、貙、虎与十二大部落中十一个部落等天下大小部落在阪泉之野的集聚，战争的形势，变得对炎帝越来越不利。

　　熊、罴、貔、貅、貙以战车为营卫扎起的兵帐营垒，像钉子一样扎在阪泉之野的西、北两侧，与东面的轩辕、西王母的西戎虎师等，逐渐形成了对炎帝榆罔和羊龙部落东、西、北三面错落有致的多层包围之势。由于炎帝所在的阪泉地势较高，其南面就是笼在雪雾之中、迷茫一片的中条山北坡的梢林，几乎是无路可寻。唯一一个可以通行的地方，就是顺着阪水之沟南行，而这个路口，本来就为炎帝榆罔的兵士所把守……所以炎帝榆罔等，虽然面临着三面合围的被动局面，但是从心理上，却并不认为自己完全被动。

　　遥望着轩辕在轩辕台上"虚张声势"地举了那么多图腾旗帜举行仪式，听到隐约的歌声和鼓声，刑天倒开心地笑了：

　　"哈哈哈哈，轩辕用兵，不过如此……"

四

刑天咧着大嘴，哈哈大笑："轩辕用兵，不过如此——远来之兵，一无天时，二无地利，乃乌合之众；一少水源，二少粮草，宜速战取胜矣！"

刑天一笑不尽意，接着再笑道：

"阪泉水道，南行之路，轩辕当力取之，四面合围也……"

刑天野鸡呱蛋似的笑声，被祝融洪亮的声音给打断了："轩辕不可小觑。其按兵不动，养兵之道也；其大搞仪式，凝聚人心也！"

共工觉得祝融的声音炸耳，他听不下去了："大敌当前，岂长敌志气，灭己威风？"

悉诸因为受寒发热和腹胀，也因为炎帝未接受他的建议而闷闷不乐。他头脑胀疼，拖着沉重的、像灌满了水银一样胀痛麻木的双腿，向自己的军帐走去，两只脚踏在地上，就像踩在海绵垫子上一样软软的。看他像丢了魂似的东倒西浪的样子，强围赶紧上前扶住。他与其说是关注悉诸的身体，倒不如说是担忧自己的命运……

悉诸歪倒在卧榻上，盖着几层兽皮，身上还在发烧、打着寒战，全身每一个关节，都疼得像用骨针扎一样，动弹不得……悉诸的头胀得跟斗一样大，心意全失地耷拉着脑袋，有气无力地告诉侍候在身旁的强围：

"大势，已去矣……"

他又抬起沉重的手臂，朝一个灰白的鼓囊囊的羊皮囊指着：

"断、断肠草。"多年的老寒腿，悉诸总是备着一些断肠草，每次骨节酸痛时，都要将断肠草煎了水来洗，今天适遇感冒，症状就更显突出，难耐之时，他就想起了自己的断肠草。

强围取出断肠草来，叫侍从的兵士去煎，准备给悉诸洗，自己就先回去了。等士兵把药汁煎好了端上来，悉诸却让他放下，扬着颤巍巍的瘦手：

"去也，去也！"

黑脸士兵，只好走出军帐去。

士兵一出军帐，悉诸就忽然坐起，非常快捷地端起盛满了断肠草水的红陶盆，不顾苦辣，"呵呵"地呛着，嘴角向外溢流着，发疯似的仰面大喝起来。他眼珠子鼓得像要蹦出来似的，瘦脸上一脸扭曲变形的痛苦皱纹。他悉诸胃口很大，却吞了生食……到这会儿，才算是彻底地"大彻大悟"了。这时候的他，脑子倒变得非常的简单起来，一门心思只想着：尽快地解脱这让人难受的皮囊；尽快地从这难以收拾的残局中解脱……

由于悉诸再没有呼唤，老实的兵士就一直站在帐外。悉诸平时够烦人的了，这个长那个短的，挑剔得很。常常挨训的兵士，难得有这么清静的时候……直到太阳偏西，明丽的晚霞抹上黄澄澄的西天的时候，他才想起，总得要问一下：

"帝师饭否？"

侍从的兵士一进到帐内，登时傻了眼，黑脸一下子变得比白桦树皮都要白。

悉诸歪着头，半爬在卧铺上，一手抠在喉头（脖子上满是发白的透出血色的抓痕），一手压在腹部，都已经僵硬定型了。口边挂着白沫曲折的云状干痕，瞳孔早已经散大，因为下颚脱落，清清的涎水，已经在下巴和铺上结了发亮的薄冰……

兵士的头发稍都奓起来了，他惊呼着跑出军帐，拐向右，向炎帝的大帐跑去：

"帝师殁了！帝师殁了！"

大家闻讯，都跑了过来。炎帝榆罔，挂着长长的一身筋疙瘩的拐杖，一边急急地扑向悉诸的军帐，一边向祝融吩咐：

"速将雷公根（积雪草），拌了茶油灌服！"他还想报最后一线希望，救救帝师。

冬日的太阳，有一搭没一搭地在天空巡行，白刺刺的圆脸上，发出冷冽冽的光。却在这黄昏的时候，一时羞红了脸，红得像一块宝石，或者像圆圆的蛋黄儿一样。它的周围，深暗的中条山山梁的黑色剪影上面，是浅浅的浪漫的玫瑰红色。被落日染上血红色边儿的一缕缕云絮，热烈的色彩层次丰富，就像一层层浪，一直从西天向东延伸了近半个天空，才逐渐地过渡为灰白色。东天上是蓝靛一样的冷色调，天空中隐隐约约的，有星光闪烁了……

　　紧跟着退去的日光前进的，是夜晚最先派来的灰暗色调。料峭的晚风随着夜的脚步一同从西北刮来，进一步加剧了冬夜的寒冷。"呼呼"的风，卷起冻硬的雪层表面的白色粉粒，搅起一片白雾，迷得人闭上眼睛，打在脸上像沙石一样疼。不幸卷入脖子，冷冰冰的，不等你腾它出来，就已经化作冷水，搞得人透心凉。

　　夜深了，周围黑黢黢的一片，所有的景物都隐入了一抹黑的夜色之中。在一个统一的号令下，轩辕的各路援军"噌噌"地踏破积雪的硬壳，"咯吱咯吱"响着，深一脚浅一脚、东倒西歪地向阪泉挺进，不时有人被滑个马趴子或者跌个仰躺子，也有一脚滑偏侧倒的和跌个尻子墩的，但是大家都尽量压低了声响，连牵在手中的战马或战车，都被裹了蹄子和车轮。从不同方向围过来的黑压压的人群，有的顶着西北风艰难地向西推进，有的则被强劲的风力为背后推着向东小跑，与从北面围过来的一起，形成三面合围之势。大家都把图腾旗卷了起来，偃旗息鼓，猫着腰，神不知鬼不觉地向炎帝和羊龙部落的兵帐靠近着，靠近着……

　　炎帝守夜的兵士烤着篝火，懒洋洋地来回踱着步子，在明处的人看不到暗处的活动，就被从黑暗中射来的冷箭给射倒，或者被突然跳起的人影捂了嘴，紧接着就是一把青铜小刀"噗"的一声从后心刺入，人就像面条一样软软地溜下去，被拉向了一边。

　　前面一得手，后面就腾起了火把，一片火光映红了半个夜空。前面的士兵闪开一条路，后面的战车、战马就突然前去，士兵随后跟进，战马"咴儿咴儿"的嘶鸣声、战车的颠簸声和像决堤一样突起的士兵冲锋时的"噢——噢——"搅在一起，形成巨大的声浪。强烈的复仇心，把战士们的眼睛都熬红了，他们一个个奋勇争先、如狼似虎地扑向炎帝和羊龙的营帐。

　　帝师悉诸的不幸服毒自尽，给本来心理压力就不小的炎帝，心理上又加大了一层压力。为了稳定军心，担心造成人心混乱、军心不稳的炎帝没有借此造势，而是让人在阪泉南侧的梢林中挖了一个墓坑，匆匆地掩埋了悉诸的尸体。夕阳的余晖，将梢林的顶部都染得猩红了，而蒙了面、裹了一层兽皮、又被巫师撒上红色赭石粉的悉诸的尸体和在深暗的林荫中操作的人们的剪影，只能隐约地看到……

今天黄昏的火烧云，一直烧红了半边天，也像炉火里烧红的铜块一样烙疼了炎帝的心。他挥手让所有的人都走开，就剩下他一个人的时候，才捶胸顿脚，放声发出了老年男人特有的粗犷而沙哑的狼似的长嚎：

"悉诸吾师，其去何匆？其去何匆？……"

天色很快就昏暗下来，夜色由灰到黑，就像蚕食一样快。炎帝也没叫人给火塘添火，也不让人点亮火把，就一个人待在黑暗中喘息，星光中隐约可见他喘息出的蓝白的热气和蒙了一层泪光的眼睛。

一场歇斯底里的发泄之后，在心里扭成结的委曲与苦涩发散了，炎帝榆罔感到眼泡儿发胀，内心里却舒服了许多……这时候寒气袭人，他就想在寒气中清醒清醒头脑，理一理自己的思想，却不由自主地将光面的皮外套裹了裹。寒气还是从各种空隙里向身上钻，心底里也发起寒来，他感觉自己不是裹在皮衣里，而是蹲在一个冰窖里，他感到皮衣里好像都结了冰碴儿似的！

"光阴不再，岁不饶人！"炎帝榆罔昏沉的头脑清醒了些许，却不敢在冬夜的彻骨严寒中再坚持，就自叹一声，叫道：

"来人也，添了塘火！点上火把！"

大帐内顿时红彤彤的，热气将寒流逼走了许多。他也不回后帐，就一个人举起粗糙的大手掌，在塘火边烤着，烤着，头脑中又蒙上了一层灰雾。

……

"大事不好！大事不好！"夜半时分，刑天大呼小叫地跑了进来。

用拳头支着脑门打盹儿的炎帝被忽然惊醒，一时搞不清现在的时辰……他摇了摇脑袋，一头银白的、映了跳动的火光的长发随之摆动，搅起一阵微凉的风。意识一清醒过来，他立即问一脸惊恐的刑天：

"何事也，若此惊慌？"

"轩辕夜袭，三面共进！"

"待吾前去查看——"炎帝榆罔这会儿倒显得镇静了许多。他将身上的皮外衣向紧裹了裹，随便拉起一根皮条扎紧了，才尽量挺起老者的胸膛，跨大步向外走去。早有手执火把的侍卫前面引路，炎帝在刑天的陪伴下，来到视野开阔、可以俯视整个阪泉之野的台地的边缘，就看到东、北、西三面远远的明灭的火光和隐约的、几乎远得听不到的喊杀声。

炎帝榆罔转动着他的田字形方脸，四下里看了看，就用手按住被冬夜的寒风拂动的银白长须，眯缝起他的布上了皱纹的长凤眼，分析道：

"不必惊慌，吾居地利也。数万人众，谅他轩辕，一时亦难攻下……"炎帝用另一只手指点着："东西两面，依壕以拒，再挖备壕，多设防线；北面，集中用兵，务必力拒。且待天亮，吾自有法。"

"诺——"刑天领命，拉上匆匆赶来的共工，两人做了分工，就各分东西奔往一线。

祝融举着火把，跳动着一脸红光赶来。炎帝如此这般一给他说了，祝融不住地点头，然后就举起火把、挺着胸膛，急急地前去排兵布阵。

五

起初，轩辕的车马和兵士在炎帝和羊龙联军的营帐间横冲直撞，从睡梦醒来惊慌失措的炎帝和羊龙部落的兵士，有的还没找到兵器，就被一矛戳死，或者被一刀砍死，面对洪流一样的冲击，他们疲于应付，损失惨重。人被杀了或者掳了，赤裸的身上胡乱裹着些物件，冻得浑身发抖，牙根打战……但是，随着炎帝和羊龙部落的人分别从军帐中拥出来主动应战，战场的形势就变得复杂而多变了。一辆战车，被十几杆挺起的长矛给挑翻了，人仰马翻，一个车轮在空转着，马困上车辕里一时翻不起身来，跌倒的兵士，立刻就被一群长矛给捅得满身窟窿，头一歪停止了抵抗。列成阵式的炎帝和羊龙的射手，一排一排地放箭，密集的箭，雨点般飞来，不断有中箭的人"哎哟"一声倒地，又有滚木石磓，黑暗中"咕哩咕咚"地滚下来，让人猝不及防，就被砸得头破血流，不省人事……战斗进入了相持阶段。轩辕联军每进一步，都要付出巨大的生命代价。但是，战斗还要进行，战场上仍然是喊杀声此起彼伏，与辚辚的车马声、战马的嘶鸣声、"叮叮当当"和"噼噼啪啪"的械斗声、死亡降临前的惨叫声、烈火"噼里啪啦"燃烧的声音和"呼呼"地一阵紧过一阵的西北风交织在一起，形成一种雄壮的战争交响乐！

就是在这样的交战声中，黎明悄悄地来到了。一夜风声，把天空密布的乌云都不知给卷到哪儿去了。东方的天空发生着从青白向金黄的过渡与变化。阳光在太阳还没有升起以前，就开始与黑暗搏杀，直拼得天空中一片玫瑰红的血光。太阳毫无遮拦地露出了它那圆圆的脑门儿，满脸红光地上升着、上升着，直把大半个碧空都染成了紫红，又把红光泼在中条山的丛林和山脊上，染在蜿蜒起伏的开阔的阪泉之野的雪地上，镀在搏杀的人的脸上和脊背上。阳光和血光一起飞溅，暗红的血液曲曲折折地在尸体和雪地间流淌着、凝结着……

战斗进行得最为激烈的，当数东线上轩辕丘和阪泉之间应龙、陆吾等与刑天的攻守了。从轩辕丘和东面更开阔的面上，兵马像潮水一样冲下了山坡，又漫上了阪泉东面的山坡……刑天指挥着兵士们挥汗如雨地投掷滚木石礌，一排排地放箭，一次又一次地反冲锋。双方的兵马一会儿交织在一起，火把在一起搅着，一会儿又散开，就像大海里汹涌的浪峰一样。刑天几乎使尽了所有的招数，就是杀不退轩辕和西戎虎的进攻，你一旦收缩，他们立刻就"热粘皮"一样贴了上来，丝毫不给你留下喘息的机会。随着东方山脊上曙光的到来，刑天逐渐看清了一片东倒西歪、惨不忍睹的尸体和漫山遍野涌动的"嗷嗷"叫的不怕死的复仇人群。

应龙身披鹰翼，一手举着一杆长矛，一手紧握一个龙头盾牌，骑在浑身毛色火红、四个蹄腕雪白的"滚雪龙"身上。滚雪龙高扬着重型马的头，左躲右闪，巧妙地躲开滚木石礌。应龙的盾牌上插满了箭，驱动滚雪龙，刀剑不避地奋力冲杀。应龙是东线的总指挥，应龙身先士卒地奋力搏杀，带动了一片勇敢的、视死如归的战士，紧随其后；陆吾从东北方向，带着西戎部落的虎师，形成又一个巨大的扇面，漫过横七竖八的尸体和胡乱岔着的滚木石礌，奋力向前突击。他背后的九条虎尾摇来摆去，反射着如金的阳光，直恍人的眼睛。灵枫带着三苗的将士配合应龙的行动，在东面侧南的方向进攻，共同冲击着刑天的在斜坡之上的阵地。黄苗的酋长枫神，左黄苗和右黄苗的酋长节木、番禺，青苗的无耳雷娃、无鼻虎、无脚龙，白苗的枫叶、节风、支牙酋长，都在现场指挥着自己的兵卒向前冲击。刚刚从东夷赶到的神荼、郁垒和由善于训蛇的句芒（重）、蓐收率领的少昊的师旅，补充到了东线进攻的队伍之中，东线进攻的兵马就更显得源源不断地没有尽头……

刑天虽然在指挥着炎帝和羊龙的士兵拼命地抵抗，但是看到这样的阵势，他的心就凉了半截——在翼龙、白虎和三苗，还有神荼、郁垒的火、土图腾，东夷的各种鸟图腾等的导引下，永远也杀不退的轩辕的师旅，拿下这东线是迟早的事！这会儿只能咬紧牙关，横下一条心，不计后果地一拼到底，能坚持到什么时候就是什么时候……

刑天的电光脑，光亮的头顶反射着冬日太阳的白光，把耳鬓的一绺脏乱的长发，咬在发狠得扭曲变形的大嘴里。危败的局面，倒把他的潜能和兴奋劲给调动起来了，他脸上纵横难看的被火烤伤的肉疙瘩，一会儿绷紧了左侧，一会儿又憋紫了右侧，一双小而瞪圆了的眼睛，因为熬夜和疲劳红红的，却依然像鹰眼一样逼着凶光。他的双手疯狂地挥舞着干、戚，口里不住地像野狼一样嗥着：

"嗷——砸也！嗷——射！给老子拼命……"

看别人扔得不带劲，他一急，就放下干、戚，自己搬起一块巨石（石礌），咬着牙举过头顶，狠着劲儿扔下山坡。巨石就挟着"轰隆隆"滚动的声音，激起雪尘和土浪，从坑洼不平的坡道上，横冲直撞地滚了下来，就有躲避不及的兵士，被砸得脑浆飞溅，有战马被砸折了腿，掀翻了身上拉弓射箭的战士……

久攻不下，应龙也急了眼。他高高的眉弓下的一双鼓起的圆圆的龙眼，发射出折射了血光的水晶一样的光芒。滚雪龙克服着雪滑，警惕地竖起两只小而尖的耳朵，一双从眼窝里鼓出的眼角向上的斜眼，机警地观察着周围的动静，随时调整着自己的动作和姿势，跨过胡乱岔着的滚木石礌和横七竖八、散发着浓重的血腥味的战士的尸体，尽其所能地向前冲锋，竭尽全力保护着主人的安全，应龙也多次用手中的龙头盾牌，为滚雪龙挡住了迎面射来的箭……滚雪龙是冲在最前面的战马。因为坡势太陡，战车只能远远地停在后面助战。

日上三竿的时候，应龙骑着滚雪龙，第一个冲上刑天把守的东线阵地。他一杆长矛左刺右扫，所向披靡……陆吾、灵枫等也先后率领本部冲上了东面的斜坡，刑天只好退守到第一道壕沟以内。

与此同时，大挠、常先、大鸿、挥、夷牟，也分别作为一方的总指挥，协同熊、罴、貔、貅、貙各方，不断向前突进，蚕食着开阔的、蜿蜒起伏的阪泉之野上炎帝和羊龙部落的营地。战争的形势一时变得对轩辕一方极为有利，大家都怀了一种志在必得的自信和决心，不杀光炎帝、羊龙这些祸害万民的毒蛇猛兽，决不罢休！

就在轩辕和风后运筹帷幄，力牧统率着熊、罴、貔、貅、貙、虎六师和天下所有参战的部落联军，冒着滚木石礌和箭矢，一波一波地轮番进攻，节节进逼，战争的形势似乎已经趋于明朗的时候，也就是近于午时的时候，随着一阵狂卷的搅着黄尘雪浪的西北风，风云突变，从西北方向悄悄涌来的一堆堆乌灰的云，早已经将天空抹成了一色的灰白和迷茫，随着狂风突至，激烈旋搅着的鹅毛大雪漫天而来，一下子舞乱了人的心。炎帝榆罔借机使出了他的"撒手锏"……

北面的主战场上，轩辕安排了六军中最善战的貔、貅、貙三军，以大挠为主将，大鸿、夷牟配合，蜀夫、玄嚣、常伯各率本部参战……战斗正酣的时候，却见炎帝和羊龙部落的兵士向两边闪开，从山上传来"咚咚"的战鼓声和呼呼地搅和着响成一片声浪的踢踏声，西北风卷起的雪浪中，迷迷蒙蒙地就冲下来一群发疯了似的狂奔的牛群，它们都长着一对尖角，瞪圆了发疯的眼睛，四蹄腾空地对着轩辕的兵马冲来，几千头黄牛形成的突击整体，像集群的重型坦克一样，势不可当地碾压过来……正在进攻中的轩辕的兵马，来不及躲避，就被这么碾压过去，就像铺展开一张巨大的地毯一样。成千上万只牛蹄从人身上不停点地踩过去，从倾翻的战车和战马身上踩过去，牛角上挂着鲜血和衣物的长絮，牛蹄在柔软而有弹性的人身上踩下又举起，沾满鲜红的人血的牛蹄一路扫荡过去；被顶上颜面、胸部、后背……紧接着被踩倒的人群发出的"呃！""呀！"的惨叫声和战马的惊嘶声，急风一样吹过，雪地上，就倒下一片尸体和残肢断脊，或者被踩断了肋骨，或者从腹中涌出一堆白花花的肠子，流出血水、屎尿的重伤者。尸体下、雪地上，流淌着鲜血的小溪，鲜血染红了白雪、渗入黄土，凝结成乌黑的血块。

轩辕的兵马损失惨重，伤亡者无以计数。大挠因为他的花骝马反应机敏，大鸿因了乌龙马的奋力腾起，夷牟、蜀夫、玄嚣、常伯等，都因为屁股下的坐骑跑得快，才得于幸免。

炎帝的兵士，"噢——噢——"地收回了他们的牛阵。西北风却继续肆虐着，大雪继续翻卷着，天空一片纷乱和迷茫……白雪覆盖了尸体和残破的战车、兵器，重伤者都因为失血和严寒，变成了新的尸体，被纷乱的雪花一层层地包裹起来……黄昏的时候，阪泉之野的主战场上，白茫茫一片真干净。轩辕台上，宁封却在纷乱的雪花中，吹响了他"呜——呜——"的如泣如诉的陶埙。

第十五章

一

　　轩辕设于人群和军帐拥挤的轩辕台上的中军大帐，已经被扩大了近一倍，所有参战部落的酋长和主要将领，都被集中在这里。大家讨论的中心议题，就是怎样才能战胜炎帝的牛阵。

　　炎帝一向仁慈，这一次出现这所向披靡的牛阵，是轩辕事先万万没有想到的：想不到，炎帝榆罔还有这么狠毒的一招？兔子急了还咬人呢！仗打到了这个份上，也是可以理解的，但是轩辕绝对不允许万民（各部落的人马）再次面临如此惨象，如果找不到绝对可以取胜的办法来，他宁愿把战争再拖一拖……远道而来的部落联军又不允许久拖不决，这样，怎样才能战胜炎帝的牛阵，就成了一道迫在眉睫的难题，轩辕一时也拿不出一个万全之策。但是，几乎包揽了天下奇才的轩辕的部下中，却是人才济济。于是，轩辕黄王，就将心思凝结在眉头，以商量的口气对众臣和天下的部落酋长、代表和将军们说：

　　"炎帝榆罔，穷凶极恶，黄牛之阵，旷古未闻，屠戮万民，吾心痛矣！务必有万全之策，方可继续对阵。尔等良谋，一一献来。"

　　"牛者，牛也！它平日温顺，却脾气倔强，一旦牛性大发，有万夫不当之勇……"牛龙部落酋长茄丰一拍脑门儿，第一个抢着发言，他本来是分析牛的脾性，想从分析中找到破解炎帝牛阵的办法，但是忽觉自己的话语有些不妥，就抱歉地向大家鞠了鞠躬表示歉意，坐了下来。

　　夷牟接着他的话头儿，道出了牛脾性的另一个侧面。

　　"牛者虽牛，然其弱点有三：一则惧猛兽；二则怕火光；三则喜群居。"曾经健壮如牛的夷牟，平日里就爱和人抬杠顶牛儿，现在却是一副布上了皱纹的严肃认真地分析的面孔，"猛兽者，非熊、罴、貔、貅、貙、虎莫属！火光者，自备也！善群居者，散之也！"

马师皇又一次想起了他那一千多匹被分散到各部落去的马来，他的长驴脸上挂着自信的表情，声音响亮地说：

"或将战马，集于一处，结一马阵。马阵既出，牛阵必败！"

像一头使不完蛮力的牛一样的有熊部落将军、轩辕的哥哥蛮牛，快五十岁的人了，身体还是那么敦实。一向和人比力不比智、一脸忠厚老实相的他，现在却开动脑筋提出一个聪明的问题：

"熊、罴、貔、貅、貙、虎者，皆猛兽图腾，而非兽也。何以集此猛兽乎？"

"这有何难？"来自陇东天老罴部落的邦父，长着一副白生生的面孔，一双秀目里透着聪慧，"这有何难？可画巨兽以吓之……"

"画巨兽，何以吓之？"急性子的常先，这位来自西陵氏的轩辕的大将，此次阪泉之野与邦父"搭班子"的他，不等邦父说完，就插话问道。

邦父倒显得很从容："敢请画者，画熊、罴、貔、貅、貙、虎，于其口中置火，以人控之，可明可灭，可熄可旺。"

轩辕一副沉稳老练的神情。他不慌不忙，一边仔细听着大家的议论，一边在大脑里勾画着征服炎帝牛阵的方案，到这会儿，一个比较完整的方案已经基本形成了。等邦父的话一说完，他就将脸转向王师宁封和长于画符的四眼仓颉等人：

"此计明矣。宁封、仓颉、孔甲、隶首、赤将、高元听令：尔等务必扬己之长，绘熊、罴、貔、貅、貙、虎，三日完成！"

坐于人群中不同位置的宁封等六人，高低不同、参差不齐地应声：

"诺——"

大计既定，各部落酋长和代表等，大都在一片杂沓的脚步声和嗡嗡的相互祝福声中离去。轩辕挥手示意雕君、鹖首、鹰侯、鸢头四位酋长留下，又着人请来拄着拐杖、驼着背的老阪泉氏，相互认识之后，就请从小在这一带长大，在中条山北麓、阪泉之野南侧的这片山林里打过狼、套过鹿，对这一带可以说是了如指掌的老阪泉氏，为他们带路，以尽快打通丛林荆梢中的道路……

雕、鹛、鹰、鸢四个部落，所以一直没有形成逼近炎帝榆罔和羊龙部落所在的阪泉之野的合围，除了轩辕确定的作为奇兵，暂时采取藏的策略、防止炎帝对荆梢丛林火攻以外，一个重要的原因，就是这一带地形复杂、植物过于密集，交通是中断的。四个从中原一带赶过来的部落，只能远远地避开这一带，扎营在靠近中条山脊的地方——他们曾经试着探路，但是，一进入荆梢丛林之中，就被荆梢藤蔓缠得难以前进，又怕贸然深入迷失方向。

现在有了老阪泉氏带路，大家高兴得好像有了神助似的。

硬噌噌地夆着斑白头发，皮肤油黑、瘦俏倔强的老阪泉氏，虽然由于背锅子的原因，使他本来身高七尺的瘦高个儿缩小了近一半，和大家走在一起，明显地低了一大截，说话时，也不得不抬起他有棱角的方额头，将一双平时眯成皱纹的、依然亮晶晶的黑眼睛向上翻着看人。他的鼻梁窄而一波三折，脸颊和额头一样窄，颧骨就明显地凸了出来，黑耳朵大大地扇在两侧，像两个对称的大海螺似的。

老阪泉氏"呸呸"地朝左手心里吐了口唾沫，两只黑筋曲折、裹着白痂干皮儿的瘦手掌，合在一起搓了搓，攒足了劲，就一手攥紧他的柏木长拐杖，在地上有力地"咚咚"地蹾着，抬起一只手指着前方，尽量挺着他变形弯曲的、背后隆起一个大疙瘩的身躯，打起精神，拖着被炎帝和强圈致残的右腿，一瘸一拐带劲地走在前面。手执剑、斧、刀、棍，头顶本部落图腾的雕君、鹛首、鹰侯和鸢头，热情殷勤地随在老阪泉氏身后，循着雪地上梅花鹿对称的蹄印，向密林深处走去。

这一条横过荆梢的小路，老阪泉氏曾经走过多次，尤其是冬季狩猎的时候。可是，由于有好多年没有再走过，也由于前几天的雪过大，走着走着，梅花鹿的蹄印就消失了。荆梢藤蔓上落着厚雪，左缠右绕地阻断了小路。老阪泉氏不得不站下来，仔细地观察周围的地形地貌，经过回忆和判断，确定了路线后，就朝前一指：

"砍掉此荆——"

立刻就有四五个彪形猛士手执青铜大斧和刀剑，冲上去对着荆梢藤蔓一阵左右劈砍，雪就像白雾一样飞扬，落在人脸上一阵凉意，钻入人脖颈，尤其冰凉；带刺的荆条打到人脸上，就像鞭子抽一样，立刻就划出一道血印……终于又出现了小路的轮廓，再次看到了一对一对对称的梅花鹿的蹄印。再走几十步，就看到一棵歪脖儿橡树向左横着伸出一枝，荆梢藤蔓再次形成了一道密密匝匝的网，只在树侧，有一个小小的圆洞，要是在打猎时，这棵歪脖儿橡树，就会成为老阪泉氏与同伴们下绳套的地方。将麻绳挽一个小环扎紧，再将绳子的另一头从小环中穿过，形成一个和洞口大小相当的圆圈，将一端在树身上拴好后，再利用枝杈，轻轻地将绳套架好。等下好了绳套，他们就会猫着腰钻进动物在山中穿行形成的小洞，继续前行，寻找新的适合下绳套的地方——这是一种百试不爽的坐待猎物的好办法，尤其是对待像鹿一样烈性的动物，绳套一旦套上脖子，它们就会跳呀蹦呀地拼命挣扎，结果非但挣不脱，反倒使自己被越勒越紧，直至毙命……可是，现在，老阪泉氏却朝小洞一指：

"砍——"

猛士们就顺着小洞一路砍去，在梢林中砍出一条可以调动师旅的"交通壕"来。遇到冰雪覆盖的土崖，就得小心翼翼地攀上去；遇到不知深浅的断崖深坑，就得有人先试着跳下去……

他们就这样在复杂的地形条件下，在荆梢藤蔓中艰难前行，不知不觉天色就昏暗下来，大家不得不原路折回休息，第二天再接着向前探去。因为怕被炎帝发现，绝对不能打起火把。

就在刑天、共工、强圉等人跳着、叫着，和人们一起燃了篝火，欢庆黄牛阵大破轩辕师旅的时候，站在中心的炎帝榆罔，却皱着眉头，怎么也高兴不起来，那样惨不忍睹的场面，并不是他所希望看到的，兄弟之间，为啥就不能和睦相处，总要拼个鱼死网破呢（他这会儿倒忘了引起阪泉之战的真正原因了）？其次，他认为这只是一个短暂的胜利，轩辕肯定会想出对付黄牛阵的办法来……

炎帝被这一种纠缠不清的仁慈和恐怖情绪所困绕，翻来覆去地折腾着，直到半夜还不能安心入睡。他心里明白，虽然他的黄牛阵，暂时阻住了轩辕率领的天下部落联军的进攻，但是这终非决胜之策，要想摆脱目前的困难局面，唯一的办法，就是向被封在中原方山（嵩山）一带的大儿子炎居方雷氏，再次发出助战邀请。然而，此也是远水不解近渴。但是，没有办法，死马权当活马医，就是一根稻草，也要抓住不放——人的求生本能决定了，哪怕只有一线生的希望也会抓住，尤其是在危急时刻。

"传刑天，中帐来见！"

这会儿，他倒把个平时并不怎么显眼的刑天，于心目中放在了重要的位置。刑天虽然头脑简单一些，但是对他的忠诚，却是无人能比的。在这样艰难的时刻，他的勇敢无畏，是最需要的。

二

"冷面人"宁封既是王师，又是轩辕的陶正，以善于制陶著称，又曾创龙蹻之经，与轩辕、鬼容区绘"大同龙图腾"，龙图腾得到炎帝的肯定，得以在天下推广。一向宁静致远的他，在东征蚩尤时也曾使过醉拳怪招。因而，制作熊、罴、貔、貅、貙、虎大图腾的主要负责人就落在他身上。宁封根据自己和仓颉、孔甲、隶首、赤将、高元几个人的特点进行分工，由赤将、高元制作大框架，绷上牛皮，再由自己和仓颉、孔甲、隶首等绘制图案。

一个大帐成为制作工坊。红脸、黄胡子的赤将和一脸喜相、亮脑门的高元带着自己的徒弟，运来树枝扎制，为了结实，扎木条的麻绳全改作用铜刀割出的皮条，这种经过熟制的皮条带着绒绒的白茬茬，柔软而结实。赤将和高元自渤澥黄城建城开始，就已经是制作方面的老搭档了。他们先在地上用棍子画出图腾的大形，再将树枝在火塘里煨了，使其弯曲变形，达到设计的要求。他们俩亲自制作了两个框架，徒弟们在旁边当助手，需要什么一伸手，树枝或皮条就会递到手中。看着赤将蹲在地上，将脸憋得通红，努得"吭吭"地在扎制，他将多余的皮条噙在口里，两只结实有力的手，在灵活地动作着，一会儿一圈一圈地往枝条上缠皮条，一会儿又将皮条用力扎紧，用力拉紧皮条时，右边嘴角的皱纹就加深了，嘴也抽向了一边。每扎完一结，他都要用手捋一捋自己那一脸毛茸茸的、不成形的圈脸胡，黄胡子"嚓嚓"地闪着金光，他端详着满意了，就暗自点头肯定，不满意了，就会拆掉，改个形，重来。制作的时候，他永远是这种全神贯注、一丝不苟的样子。时光这时候，就悄悄地从他面前流过去，从早晨斜照的金色阳光，到正午帐内相对于帐外的阴暗，直到黄昏时光线变得越来越弱，渐渐地被跳动的红彤彤的火把和塘火的火光所代替。他工作起来，废寝忘食，只是渴了，顺手端起徒弟凉在陶钵里的水，像饮牛一样，"咕嘟咕嘟"一口气喝完，然后，用手捋一把黄胡子，就接着干。大冬天的，他不避生冷，脸上竟渗出了汗珠。

高元则不同于赤将，他先扎了个样子后，就主要指导着徒弟干，徒弟的扎法不对时，再亲自给示范示范。高元扎的枝条，皮条缠得比赤将少，却是同样的结实。

由赤将、高元带头或指导，熊、罴、貔、貅、貙、虎大图腾的骨架，到天完全黑尽了，天空中寒星高悬的时候，就全部扎好了。

接着，就是将牛皮绷展了，用骨针引了细皮条给缝上去。这活儿，自然而然地落在嫘妃、素女、少女、曼姑、巧姑、霞姑等婆姨女子的身上。只要小伙子们把皮面一绷紧，她们灵巧的纤手就会在木框架周围上下翻飞起来。平日里叽叽喳喳、三个女人一台戏的女人们，这会儿全部哑雀无声，只把漂亮的大眼盯着骨针要落下的地方，只有在修长的鬓发上掰骨针的时候，才会侧扬起头来，美得让人看不够。

单说这手，嫘妃的缫丝织帛的手，虽然手指肚上挂一些薄茧，手指依然是纤长晶莹，美不胜收。她用一小块陶片顶针，才能吃力地将骨针穿透牛皮，而不管是穿针引线的优美，还是骨针穿透牛皮时咬紧了一口皓齿——吃力的样子，都让人感到是一种美的享受。

冰美人素女白皙纤长的弹惯了瑟弦的手指，握住骨针缝起牛皮来，同样富于韵律和节奏感，给人的感觉，就好像不是在干活儿，而像是在鼓瑟似的。她依然还是眯缝起她新月一样蓝莹莹的美目，小嘴唇噘紧了，一脸认真专注的神情，就像美女对着铜镜或水泉梳妆时的样子。

少女已经是少妇了，由一位绝艳的少女变成了一位绝艳的少妇。她的性格还是那么开朗和无忧无虑，脸上总是自然地挂着微笑，好像阳光总是围着她照似的，脸上总是光洁明净、一尘不染的样子，说她是出水芙蓉，也有点不及，因为她比芙蓉花更白，比轻风点头的芙蓉枝叶更娇滴。

　　同是西陵氏美女的大鸿的妻子曼姑、常先的妻子巧姑、应龙的妻子霞姑，高大的曼姑虽然较做姑娘时又显胖了一些，但还是奶格生生的白，笑起来，眼睛就变成了细缝儿；明显地比曼姑瘦小玲珑的巧姑，大眼睛顾盼有神，好像会说话似的，而说出的话，总是妥帖舒适，恰到好处，像粘了蜂蜜似的；霞姑则脸上总是飘着一朵红云，光彩照人的样子，好像是与生俱来的……大家忙碌着，不知不觉，就熬过了一夜，等到轩辕台上仅存的几只公鸡此起彼伏"喔喔喔"地打过三次鸣、白昼的熹微晨光开始透进大帐来的时候，六个巨大的、两三人高的图腾的面，就算制作完成了。

　　轩辕在风后的陪同下，前来察看大图腾的制作情况。看到如此巨大、令人振奋的图腾已经现出了大形，他激动得一把扯下头上的光面皮帽，口里喷着一团团白色蒸气，双手叉腰，挺直了躯干，仰起他高大身躯上的头，皱着浓黑眉毛的眉头，仔细地一个一个观察辨认了半天。宁封要介绍，被他用手势给阻止住了。轩辕边看边说："熊乎？罴乎？貔乎？"……结果，他辨认的结果，都得到宁封的点头肯定。轩辕先向王师宁封施礼称谢，接着分别拉了赤将和高元的手，又用拳头在他俩的徒弟们胸前砸了砸，一一紧握了他们的手，嘴里浑厚有力地说出肯定赞扬的话来：

　　"木正、高元匠心独运，成此大形，劳苦功高矣！诸位徒弟，亦功不可没！"

　　看到嫘妃、素女、采女、少女、曼姑、巧姑、霞姑等正挤在一起，有人用手捂着额头，不由得发了一个哈欠，赶快用手遮住了张成圆形的嘴；有人挽着同伴的胳膊，把头靠在她倾斜的柔软肩头……嫘妃轻揉着少女发红肿胀的食指，少女疼得直吸气，嫘妃嘬起嘴唇给她吹着。

　　看轩辕把目光转了过来，她们都打起精神来。嫘妃的有了一些慈祥细纹的丹凤花眼，素女的弯成新月形、勾人魂的迷人媚眼，采女巴山氏人特有的富于热情的超级大美目，少女的有浅浅投影的大圆花眼，都怀着爱慕、亲切地回望着轩辕，曼姑、巧姑、霞姑等人，则投来了各有特征的敬慕、专注、亮闪闪的目光。

轩辕——给予她们肯定和赞许的目光，他微微点着头，走过来抓住少女红肿的食指，心疼地看着，像嫘妃一样轻轻地吹了吹，才抬起头来，眼中含着泪光，声音有一些沙哑地对围拢过来的婆姨女子们说了一番感谢、赞许的话：

"诸位姊妹，巧运纤指，功同木正，辛苦辛苦！"

说着拱起手，向大家一一致谢。

宁封指挥劳作过的人快去休息。这拨人一走，宁封、仓颉、孔甲、隶首就和赶来帮忙的轩辕、风后手握木炭棒，在图腾的面上勾画起来，熊、罴、貔、貅的憨态和豽、虎的威猛气势，就逐渐地在牛皮光面上显现了出来。轩辕画的是天鼋大龟，宁封画的是罴，孔甲、隶首画的是貔和貅，风后和仓颉，就画出了豽、虎。接着，大家就用食指蘸着用白石、赭石、黄石和莨蓝叶泡水调出的白、红、黄、蓝等颜料，在大图腾的相应位置上涂画起来。货狄、挥、夷牟、伶伦、噢诟、胡曹、伯余、于则等，都赶来帮忙。结果，不到半天时间，六个形神兼备、色彩对比强烈、极具视觉冲击力的大图腾就制作了出来。又分别从口中伸出了长杆的松明火把，犹如吐出了火舌，越发显得怒目圆睁、威猛无比。

在大家欢呼雀跃的同时，一个新的问题又摆在了面前：这样的庞然大物怎样才能搬得动它？又怎样才能使它灵活自如地运动呢？这让大家绞尽脑汁，头痛了半天，直到天黑，各种能想到的办法，比如肩扛人抬等都试过了，还是没有能从根本上解决这一问题。这一个夜晚，几乎所有参与制作的人都没能睡好觉，像轩辕一样，连睡梦中都在以各种方式架着大图腾。早上起来，大家聚在一起，又是一番激烈的争论和点子的碰撞。最后还是风后的点子好。他把大奔楼脑门一拍，瘦长的白脸上带着少有的兴奋表情。

"余之见，将大图固以车后，三人倒推之，两人替补，车上站一掌火……"

风后的意见，首先得到轩辕的肯定：

"善哉，风后吾相，才智超群！"接着他又转身对赤将、高元说，"即刻照此制作！"

"诺！诺！"

赤将、高元的男中音和高音混在了一起。他俩带着徒弟们连夜扎制，终于在第四天天亮之前，将六个大图腾固定在六辆战车上。

自从受到炎帝的黄牛阵冲击之后，连续三日，轩辕的天下部落联军都偃旗息鼓，炎帝榆罔总算过了几天清静的日子，但他的内心里，却一直像被炸在油锅里一样痛苦地煎熬着。一时搬不来援兵，应该是永远也搬不来援兵了，甚至连自己的亲儿子都没有派兵前来助战！唉，炎帝神农氏一呼百应的时代，已经一去不复返了。炎帝榆罔怎么也想不通的一个问题，就是人心是怎样像流水一样就流向了轩辕呢？这应该是自从他废除十二大部落的"太岁值年制"时就开始了的吧？他废除了，轩辕却接过来坚持了下来，并且和他的十天干配对儿，由值年制，演变出了六十"花甲子"的纪年法，全面调动了从中央到地方——天下各部落的执政积极性。轩辕倡导的"大同"与"和谐"，进一步收笼了人心，已经成为天下人心所向的趋势。本帝受蚩尤九黎所迫，向轩辕黄 王发出请求之后，他不计前嫌，大义凛然地率部落联军前来助战，并且最终战胜了蚩尤，不光是解救了本帝，还救羊龙部落于水火，的确功不可没。那时，天下似乎还是本帝之天下，天下人心随着轩辕的到来，再次回到了本帝身边。可是，本帝已经明确地感受到，这中间已经隔了一层东西了！正是这种切肤之痛作祟，再加上帝师悉诸和刑天等的煽呼，特别是羊龙酋长强围的诬告和本帝的"公正"裁判；明知故犯，罪过越来越大，及至滔天……白天总还有一些事忙着，如冒着严寒在阪泉台地上巡视，观察轩辕部落联军的动静，与祝融、刑天、共工、强围等商议军机，继续训练牛阵等，到了晚上，思想一旦放开了闸，就野马脱缰地不知道飞奔到哪儿去了。

最难熬的是第三天晚上。轩辕方面愈是静若止水，凭已往的经验，炎帝的心里就愈是惶恐不安。

三

这是一个非凡的值得纪念的早晨。轩辕甲子纪年辛未年腊月二十五日，也就是阪泉之战中炎帝榆罔的牛阵大胜轩辕的第四天，从冬日的长夜走过的人们，不知不觉地已经过渡到可以明显地感觉到白昼"长过了一杈把"的时候。

这一天，太阳早早地就起身，把它第一缕灰白的微光，亲切地涂上东天边，又像用排笔刷过一样，一寸寸地向西天抹去。即将登场的青龙七宿，在春天到来的时候会紧追着玄鹿七宿的尾巴，在无垠的星空显出角、亢、氐、房、心、尾、箕——龙象之形来……随着白昼的从容到来，浩瀚的寒星闪烁的星海，一时水浅到只有下弦月像半张没有烙匀的烧饼一样冷白地悬在东天，一颗硕大的亮晶晶的启明星搁浅在东天边，似乎它将所有的星光都吸纳于一身了。

东天由灰白到玫瑰红以至金黄，在一层层地渲染，太阳在不断地加强充实它辉煌的光源，这强烈耀眼的光辉一旦染上犬牙交错的横云的底部，就把那白色的云边耀得火红，犹如一场惨烈的无声电影中的激战场面，直把乌青的阴云给烧透了，让它变得瓦蓝而紫红……朝阳与暗夜经过近一个时辰的交战，终于取得全胜。像红宝石一样圆圆的一轮红日，从折向东北去的中条山黑暗的山脊后面升起，像金环一样穿过一层一层乌云的阵地，等它燃烧得白炽的时候，就变成一轮银环从乌云中露出头来，白晃晃的阳光，就像清水一样"唰"地泼过来，又像撒出了万千根银针，直刺得人睁不开眼来。任你是天王老子，也不敢再直视它声势浩大的强光了……白昼代替黑夜，是一种历史的必然。

伴随着第四天黎明的到来，在远近交织、高低不同的"喔喔喔"的雄鸡啼唱声中，远远地，轩辕的天下部落联军面向阪泉之野形成的巨大的"U"字形包围圈之间，可以听到"嗒嗒"的清脆得如同敲竹梆子一样的马蹄声在穿梭，可以隐隐约约听到吐字不清的口令声，接着就是士兵之间"快! 快! "——催促起身的喊声，窸窣的穿衣声，叮叮当当的青铜、木、石——各种兵器的碰撞声，战马的不耐烦的嘶鸣声，杂沓的脚步声，整齐的"哗哗"的脚步的声浪,车轮碾碎冰碴的声音、辚辚车马之声……"咚咚咚"的战鼓声,于朝阳升起时轰隆隆地响起,如同平地春雷滚过大地,山鸣谷应,一时好像四面都响起了战鼓的声浪,各部落的兵阵连在一起,形成密密匝匝、黑压压的散兵线。随着战鼓节奏的加快,战车加快了速度,冲撞着坎坷不平的雪野,传来兵士们此起彼伏、气势雄壮的吼声,战车和人群后面,激起白茫茫的雪雾。

与此同时,居高临下的炎帝和羊龙部落的兵士,也列好了迎敌的阵势,牛群列阵于前几排兵士的背后,"扑沓扑沓"地活动着四蹄,形成一片杂沓的声浪,只等着炎帝榆罔一声令下,前面的士兵一闪开,牛群就会冲锋陷阵,所向披靡……

炎帝榆罔愁云密布地面对着轩辕声势浩大的兵车战阵,朝阳的金辉,镀他一层金红。红脸膛的祝融,手中紧握着长把大刀,坚定地站在炎帝身左,羊龙部落酋长强圉随在炎帝身右。刑天、共工等分别把守东西两侧,正面战线上,就只有他们三人为指挥中心了。

炎帝榆罔眯缝起一双细长的凤眼,全神贯注地盯着向前冲锋的轩辕的天下部落联军。他一边观察着,一面在心里想着:轩辕今天只是增加兵力,人数更多了,黑压压的一眼望不到边;声势更大了,喊杀的声浪如雷贯耳……而旌旗图腾和车马、战阵方面,并没有什么新的东西。那么,轩辕这几日在干啥呢?凭炎帝对轩辕的了解,轩辕决不会是一个头脑简单得只会拼命的人,这倒让炎帝榆罔有些费解。但是,不管怎么讲,轩辕目前的战阵,对我榆罔是有利的!炎帝这么想着的时候,内心踏实了许多,脸上不由得就挂上了几许轻蔑和得意的表情,只等着轩辕的兵马冲到一定距离后,就放出他的黄牛阵来——即使不会像前几天那样大获全胜,也会冲他个七零八落……

强圉神情紧张地站在炎帝榆罔的身旁,内心里充满了无限的恐怖,仿佛是大难临头、大限将至一样,让他从内到外都"突突"地颤抖不止,也可能是寒气所逼,他怎么也抑制不住这种魂飞魄散的恐惧感——阪泉之野的大战,因他而起,虽说有帝师悉诸从中挑唆,可是直接原因却是他对轩辕的无中生有的控告,由此导致了多少人生灵涂炭?多少人命丧黄泉?如果说炎帝榆罔罪至滔天，那么导致这一罪过的罪魁祸首却是我强围，如果炎帝战败，我强围就可能是头一个替罪羊！强围强打着精神，侧目看了看站在西边的大将祝融，他紧挨着炎帝榆罔站着，随时都准备献身护主的勇敢精神，倒是给强围打了一点气。特别是看到炎帝榆罔的愁眉打开，脸上现出轻蔑和得意的表情，更鼓舞了强围的斗志。不知不觉地，他的心神稳定了一些，单等着炎帝和祝融下达黄牛阵与轩辕对冲的命令。

万弦绷紧，在此一发。

眼看着轩辕的车马兵士由小变大，由最初的只能看到个大形、只是些小小的玩具似的小人小马，变得旗帜鲜明、衣饰清楚，甚至连脸上的五官都清晰可辨了，冲锋的声浪如雷贯耳的时候，炎帝榆罔大声发问：

"牛阵何在？此时不冲，更待何时？"

祝融立即发了命令：

"牛阵，冲！"

前排士兵闪向两侧，牛群就像大坝决堤一样"呼呼"地冲出，蹁蹁的牛蹄如同踏浪而行，蹄下的冰雪溅成一片乳白冰凉的雪雾，明媚的阳光也开始变得昏暗……却见轩辕的兵马立刻息了战鼓，停止前进，前排的车马和兵士一瞬时闪向两边，后面就并排站起六个巨大的神兽。这些神兽个个口吐烈焰一样的火舌，在重新响起的排山倒海的战鼓声浪中，发出猛兽的怪异吼声，威风凛凛地向前跑动，向着疯狂的牛群对冲过来。与此同时，日月重叠，天色大变，藏在乌云后面的天狗，张开大嘴，一口将太阳吞了下去，白昼一时退去，星光登时重现于天宇……牛群本来看到口吐火舌的猛兽就受惊不轻，疯狂的冲势立时缓了下来；又见一时天色昏暗，明星当空，就更傻了牛眼，要么是一个"急刹车"，在雪地上滑出几道深深的蹄痕；要么就干脆掉转了方向，向左向右，甚至向后掉头，牛群互相冲撞，后面刹不住蹄的，就直冲到前面的牛身上，相互践踏，牛血飞溅……受惊的"疯牛"，四散逃命，牛阵登时大乱，被手执火把围上来的轩辕兵士一阵围追砍杀，只能自顾自地奔逃。后面的牛群，"呼"地改变方向，向后冲回，来不及躲避的炎帝和羊龙部落的人，就只能成为蹄下之鬼，惨叫之声不绝于耳。

炎帝榆罔根本就没有想到轩辕会出这么一个奇招！当他正满怀着得意和胜利的期待的时候，情势却如此急转直下……六个巨大的神兽的出现，就已经惊心动魄了，再加上天狗吃太阳的天象，一时天昏地暗，更给他一种宿命的感受。一句"天不助炎，帝业休矣"的感叹之后，就方寸全乱，斗志尽失，两腿一软，差点倒下，被祝融坚实的手臂扶了个正着。

炎帝的牛阵一乱，后面的士兵方阵随之也乱了。神兽一出，天色大变，口吐火舌，星光闪烁，巨大的神力摄魂夺志，让人们心惊胆战，胆小的人，若惊弓之鸟，丢下兵器扭头就跑；胆大一些的，也僵持在原地，呆若木鸡。炎帝眼看着局面难以掌控，只好强作镇静，自己站直了身躯，痛苦地摆着手：

"撤——鸣金收兵！"

这一道命令，更加放大了在炎帝士兵中扩散着的恐惧心理，人们争先恐后地向后奔逃，阵脚全乱了。

炎帝的本意是后撤一段，再扎住阵脚，没想到，这一撤就收不住了，一溃而不可收拾。逃在后面的被轩辕的兵马追杀着，逃在前面的回到高地上炎帝营仍然收扎不住，继续向阪水之沟和荆梢丛林中逃去。此时，天色早已经重新变亮，白晃晃的冬日阳光从南天上斜照着。可是疲于奔命的人们，却还是笼罩在天昏地暗的恐怖之中。军心一乱，炎帝的兵士，就只能自顾自地逃命而已。

轩辕的战车、战马和各个部落的兵士们，却乘势个个奋勇争先，迅速形成了三面推进的合围局面，噼里啪啦、势如破竹地向前推进。

阪泉之战，轩辕失去了母亲附宝和妻子女希、小妹碎女、嫔女盐女四位亲人。怀着为亲人报仇的血海深仇，更怀着为万民复仇、为公平正义、为了天下太平的决心，轩辕血誓："此战必胜！"

帝师天老与大挠等夜观天象，发现下弦月行进的角度，有可能和太阳重叠，就向轩辕发出了"天狗食日"的预告。于是，轩辕决定，在六大图腾制作成功的最四天，借助这一天象发动进攻，以神力摄其魄，夺其志，果然立见奇效。

四

炎帝榆罔的兵士乱纷纷地逃入荆梢丛林的时候，猝不及防，却有雕君、鹃首、鹰侯、鸢头率领的雕、鹃、鹰、鸢部落的兵士从荆梢冲出，形成了对炎帝和羊龙部落四面合围的局面。炎帝和羊龙部落的兵士被逼到了绝境，只有拼死一搏。一部分冲进来的轩辕兵马被炎帝的兵士围了起来砍杀，轩辕更多的兵马又从外面形成新的合围。双方的兵士就这样你一层我一层地交织在一起。你砍死了我，我也有可能砍死你，就看谁对谁形成了绝对的合围了。从阪泉台地（炎帝营）到其下和左右广阔的蜿蜒起伏的坡面上，到处是相互厮杀的人群……旧的尸体上，重新又倒下新的尸体，双方阵亡兵士的鲜血汇在一起，和阳坡里化开的雪水一起流淌；战场上到处飘荡着浓重的血腥味儿。

在轩辕的黄龙图腾旗帜下，在力牧的统一指挥下，有熊天鼋大龟大图腾与旗帜下的挥和蛮牛；有罴陇东天老部落大图腾与旗帜下的常先与邦父；有貔蜀山氏部落大图腾与旗帜下的大鸿、蜀夫；有豹氏巴山氏部落图腾与旗帜下的大挠、玄嚣；有貙（鼠）氏西陵氏部落大图腾与旗帜下的夷牟、常伯；有虎氏西王母偓昌大图腾与旗帜下的应龙、陆吾与雕君、鹃首、鹰侯、鸢头率领的雕、鹃、鹰、鸢部落的兵士四面合围，加上十二大部落中十一个部落的兵力与河东、三苗等部落的人马，轩辕的天下部落联军，以几十倍于炎帝榆罔和羊龙部落兵力的绝对优势，最终将炎帝和羊龙部落的人团团围定了厮杀。方圆一二十里的阪泉之野上，一下子煮饺子似的插进了十多万人马，战斗进行得异常惨烈，战场上刀光剑影、木杵（狼牙棒）飞舞，青铜、木石、象牙、殒铁……几乎能用得上的战器都用上了；战车、牛马、鹰雕……几乎所有经过训练的禽兽都参与了战斗。杀声如潮，血光飞溅，从早晨一直激战到日近黄昏，战场上血流成河，血水中漂流着残断的木杵（狼牙棒），它早已和自己的主人分离，随波逐流到沟渠之中。阪泉之野的血水顺着山坡下注到盐池里，致使盐池的卤色都变得暗红。

日近黄昏的时候，阪泉之野笼罩在一派黄漠漠的烟气之中，战到最后的炎帝和羊龙部落，不得不自己卷起了炎帝的火龙和炎字图腾旗，羊龙部落也收起了自己的羊龙图腾旗，共同打出了白色的表示投降归顺的旗帜——眼看着必败无疑，一向感念天下苍生的炎帝榆罔，宁肯自己受屈，也不忍心让自己和羊龙部落的人，再这样做无谓的抵抗了。万般无奈的炎帝，不得不派出祝融为使，前往轩辕的大帐中谈判投降的条件。

看炎帝和羊龙部落打出了白旗，兵士们也纷纷放下了手中的兵器表示归顺，力牧暂停进攻，应龙的滚雪龙却一马当先，第一个冲上阪泉的高台，一猫腰夺过炎帝和羊龙部落的图腾旗帜……力牧飞骑传信，报告给站在轩辕台上的轩辕黄王。轩辕接信，当即下令停止战斗。应龙在布置好对炎帝、刑天等的监护后，就跨上他的滚雪龙，精神抖擞地押送骑在牛背上的祝融一步步走下阪泉的高台，跨过无数尸体和东倒西歪的盾牌、兵器，艰难地攀上东侧轩辕台的陡坡来。一身油光光的像缎子一样红色顺毛的大黄牛，圆圆的大鼻孔喷出一团团白色的气团，瞪圆了一双畏怯的、眼白多于眼珠的大眼，分叉的青色大蹄子粘满了污泥血迹和冰碴儿，皮皮实实、"扑沓扑沓"地一步一步向上攀登。滚雪龙的步子快，"噗噗"地踩过积雪和冰碴，四蹄飞白，在扬起的雪雾中火炭一样向前滚动，瞬间就和大黄牛拉开一段距离，又不得不折回身来等待，或者干脆再返回来催促。周围有轩辕的士兵在威严地喊：

"快！快！"

等祝融的老黄牛终于疲疲沓沓地跨上轩辕台前的斜坡时，轩辕黄王的中军大帐前，已经列好了仪仗。

轩辕黄王的仪仗，敲着节奏明快的"得胜鼓"……随着"咚咚"的摄人魂魄的鼓声与人的心跳同节律地敲动，得胜者的欢快心情不由得随着鼓点激荡，更加神采飞扬、意气风发，而失败者却闻之胆战心惊、失魂落魄。

红脸膛的祝融身为战败方的大将，又担当了谈判代表的角色，也因为心正，听到如此鼓声，还不至于"胆战心惊"，但是他心中的滋味也不是很好受——想自己从鸡龙部落酋长自愿追随炎帝榆罔以来，从卫队长到少帅，又从少帅到如今不甚得意的大将，二三十年过去了，又不得不卷入这场由悉诸等挑唆起来的非正义战争，已经基本上失去天下人心的炎帝，又做出了让立功者心寒的颠倒是非的糊涂事，存侥幸心地想在局部先灭掉轩辕，水战犯下"滔天之罪"，致数万百姓命丧黄涛……也是祝融无能，无力扶天于既倒，成大罪同党。祝融虽然心里自明，但是作为炎帝的大将，他还是一心一意地想着战败后怎样才能保障炎帝的人身安全，怎样才能保住炎帝和羊龙部落仅剩的根基，不至于全部灭绝。

但是看到寒风中八路纵队的仪仗，从台地边缘一直延伸到轩辕中军大帐去，百十丈长的距离上，站满了一排排高大威武的士兵，他们个个头戴铜盔，身着铠甲，眉毛、胡须上结着冷霜，手执长杆的青铜兵器，刀、戟、矛、夷矛和长剑依次排列，一声震耳欲聋的"威——"字齐声喊过，左右分开一条道，前排的刀、戟、矛、剑等兵器就在一片"铿啷"声中双双高架，由于周围全部拥挤着愤怒的一片嗡嗡之声的百姓老幼，就只留下仪仗中间这一条通道了。

人群中一人高喊：

"血债何还？"

大家都齐声怒吼：

"以血还之！"

就有一位跟跟跄跄的白发老人痛苦得脸上的皱纹变了形，扑上来想拉扯祝融：

"扒其皮，以解恨也；断其肢，以复仇也；抽其筋……"

也有人双手打拱，闭目念叨着：

"作孽兮作孽！箭射之，石击之，无以解恨；鼎煮之，烹肉羹，无以还生……苍天有眼，逝者何在？"

汹涌的人群拥挤过来，扑向祝融，虽说被仪仗的队伍挡住，这声浪却像一股寒气沿着祝融的背脊下行，终生他也第一次收起了红脸，一时为灰白所取代。

从牛背上跳下的他，将牛和白旗交与随从，自己双手捧了鹿皮带头向前走去。他威武不屈的高大身躯，这时也不由得收缩了起来。平时高傲的头，也不得不低了起来——他是代表炎帝榆罔来谈判赎罪的，只有自己的谦恭和真诚，才有可能换来对炎帝的宽大处置。以他对轩辕人品的了解，这一点他还是抱有希望的。

祝融一行就在应龙的引领下，在这样纷乱的现场氛围中，如同过街老鼠一样夹着尾巴从轩辕的仪仗队中间穿过。"咚咚"的鼓声、相架的兵器分离时发出的金属音和人群怒吼的声音交织在一起，把他们匆忙细碎的脚步声，全部给淹没了。

向前走了一段后，拐过一个小弯，就看到仪仗队的尽头，威严地站着身材高大魁梧、虎背熊腰的轩辕黄王。他的左右，分别站着白脸的握鹅翼的风后和紫红得像铜块的力牧。再后，是帝师老脸天老、王师长驴脸的马师皇、山羊胡子的吴权和宁封、鬼容区等。他们个个板着面孔，横眉冷对，体现了战胜方的优越感。

祝融等老远地看见轩辕腿就发软，有人却脚下一绊，就膝盖一弯跪下，惹得威严的仪仗中也传出了笑声——这性子也太急了点儿，还不到下跪的时候呢！

祝融离轩辕还有数丈远的时候，就被喝令"屈膝礼拜轩辕黄王——"，受降代表们立即跪下来。

应龙跨在滚雪龙之上，手擎着炎帝的图腾旗帜，耀武扬威地舞着蹈着，神气活现地来到轩辕面前，立即飞身下马，双手将炎帝图腾捧给轩辕。人群的情绪也随着应龙的节奏发生了变化，"噢——噢——"的欢呼声一浪高过一浪，沉浸在胜利的欢乐之中了。有人跪谢天神，双泪长流；有人跳着蹦着，声嘶力竭地狂吼着。

轩辕神情凝重地接过炎帝的红龙和"炎"字图腾旗，心情激动、情绪复杂地仔细审视着，他浓重眼影下威严的含着泪光的目光、绷紧的表情和咬紧的牙关，代表了他的强大意志和终于为万民和亲人复仇的感慨复杂的心情，"三战而得其志"的艰难和胜利者掩饰不住的微笑，使他坚毅的嘴角明显地有些上翘。

轩辕仔细地看了一番炎帝的图腾旗帜后，就随手传给了风后，风后再传于天老等师臣的手中，大家传阅着。轩辕目光亲切地双手搀起祝融，然后就把长长的战裙一样的皮外套一甩，扭身大步走进了军帐。就在他扭身的一瞬间，祝融的眼中闪过一道亮光，那隆起的眉弓、亮晶晶逼人的有神目光，那光彩照人的润红肤色，那坚毅的嘴角、威严的架势，那飘然的黑色长须，特别是两颊上那对深深的酒窝，都在一瞬间印在了祝融的脑海中。也就是这一瞬间，他几十年苦苦追随炎帝而没有得到的那种帝王的大气凛然——老虎的微笑，亲切中自带威严和杀气——就慑服了他的身心。

五

平日里祝融尊重轩辕，那是因为他觉得轩辕是一个诚信、大气能成大事之人，现在——当他作为炎帝的谈判代表来到轩辕帐前的时候，却心生一念——这才是真正的可以威慑天下的帝王之相！这时候，他又不得不佩服起炎帝的眼力来——临别前，自知铸下大错、心力疲惫的炎帝就悄悄告诉他："轩辕者，龙相也，可代帝而立，治天下也！"如今轩辕得道多助，人心所向，炎帝于罪孽深重时禅让帝位，亦不失为明智之举！

一行人随轩辕进入中军大帐，外面的喧闹声随之中止。待轩辕等人先后入座后，祝融等才一起跪呈鹿皮，以表归降之意。

从阪泉所在的高地看去，炎帝营及其周围，主要是蜿蜒起伏的东西两侧和北面逐层不规则地下降的山坡——在阪泉之战的主战场上，炎帝和羊龙部落投降过的兵士，分别被圈定在一定的位置，等待着轩辕前来接收。与此同时，战场的清理工作也开始进行。士兵们在山坡上按照轩辕和炎帝部落的习惯，分别挖了一个大坑，架起了熊熊燃烧的大火堆，凡是阵亡者——中箭的，或者缺胳膊少腿、没有头的，都被抬来，或者拖了胳膊或腿拉来，炎帝和羊龙部落的死者，就投入大火中火化，有人抱起和尸体对不上号的孤头，狠劲地向火堆扔去；而轩辕和天下各部落的死者，则被头向西方，依序摆放进坑内，等待最后封土。而交战双方的伤者，只要还在呻吟、还有一口气没咽的，都被小心地抬到了岐伯、俞跗、雷公等临时设于山坡上羊龙部落营帐中的救治中心——这里也生起了许多火堆，来不及救治的，就被放在火堆旁，到处是一片如同鬼哭狼嚎一般惨不忍睹的血腥场面和呻吟与哭号声……战场上丢失的兵器，凡是能继续使用的，都被集

790

中在一起，堆积如山；那些被熊、罴、貔、貅、䝙、虎大图腾吓散的战牛，被重新赶到一块儿，圈进一个小沟内——这些罪行累累的黄牛，将被全部杀掉，用来犒赏六军和天下部落联军。

炎帝榆罔本来准备加入到岐伯等救治伤员的行列中去，发挥自己的一己之长，为民所用。但是因为罪身等待轩辕处理，也担心被群情激奋的轩辕所杀，在刑天、共工等强力劝阻之下，只好窝在营中，在轩辕士兵的监护之下站于高台上，怀着万分的忏悔和悲悯心情，愁眉苦脸地观望着开阔的阪泉之野上一缕缕浅蓝色的战争余烬中，轩辕的兵士们在忙着打扫战场和救护伤员……他感到心力已尽，好像全身心一下子收缩了一圈似的，人憔悴到了极点，无所用心，也懒得用心了，进一步演进到开始厌倦起人间的纷争和战争了。他又担心起祝融与轩辕谈判的结果，又把愁眉苦脸的表情转向东边阳光普照下的轩辕台。战场上还笼罩在一派灰蒙蒙的阴森可怖的氛围之中，夕阳的余晖，却将雄伟的一身冰雪素色的轩辕台辉映得若映日荷花一样红。回望西天，一道道火烧云的晚霞铺了半天，大地却掩上了一层灰纱，更显其苍茫、迷蒙与深邃。看着曾经属于自己的壮丽山河，炎帝榆罔暗自伤感：

"明天甚好，惜不属吾！"

祝融和轩辕黄王的谈判，正在火把辉映下继续进行。

轩辕接受鹿皮之后，祝融悬着的一颗心又复了原位，加上被帐内迷漫着松油香的暖烘烘的热气一熏，脸上因寒冷而绷紧的皮肉又松弛了下来，只是脸皮还有点紧，显得不很自然。然而因为血液的回流和火光的辉映，他刚才变得灰白了的脸色，又恢复了赤红，红得渗出了油光。他"吭吭"地清了清嗓子，本来想提高嗓门儿，把自己的意思表达得更清楚明确，却还是哑着干公鸡一样的细嗓子，拱手说道：

"敢请，轩辕黄王……帝虽失德天下，罪至滔天，然此非其本意也。炎帝一向悲悯天下，医术农耕造福百姓，又力推龙图腾，功莫大焉！功过相抵，近于无罪。炎黄兄弟之族，敢请轩辕黄王，于生杀予夺之时，网开一面，为帝留一生路也；炎者大族也，延至中原以南，王若网开一面，则修睦双方，造福天下也。羊龙虽嫁祸于王，助炎伐黄，罪孽不小，然战蚩尤时，出力不小，经此阪泉之战，元气尽失，伤残老幼，命悬一线，敢请轩辕黄王，刀下留情。此为民请命也！"

祝融一旦开口了，话就越说越顺，声音也越来越响亮，就一口气将自己要表达的意思说完了，才停下来。

轩辕一向尊重祝融的为人，他虽为炎帝大将，但是为人忠勇公允，多次给予轩辕帮助。当年东夷前来西陵求援，就有他的举荐之功。于是，轩辕强抑住对炎帝和羊龙江河湖海一样浩瀚和强烈冲动的复仇心理，艰难地起身，拉了祝融的手，特赐祝融以座：

"祝融老兄，坐了再谈。"

等祝融万分意外地在轩辕身边坐定了，轩辕才接着说下去：

"阪泉之战，不得已而战之……天下本无事，好事者生之。事已出，战已起，万民蒙难，百姓生灵涂炭，黄城先绝水而后水淹之，皆炎帝失德失信，以致天下共怒也！于今轩辕有心，亦众怒难平矣！"

不等轩辕说完，祝融就着了急。看他抢着想插话，轩辕一边摆手制止，一边继续讲下去：

"轩辕本无杀意，网开一面，不杀炎帝，亦不杀羊龙老幼，然总要给天下一说法，给罹难百姓以慰藉……"

祝融在轩辕帐中谈至鸡叫头遍，双方总算就一些细枝末节达成了一致。轩辕就留他于军中歇息。祝融一颗悬着的心一旦尘埃落定，也就人困马乏，全身像瘫了一样。他应了轩辕留客之意，却熬煞了苦苦等待中的炎帝榆罔……这一夜，可说是他六十多岁人生中最为难熬的一夜了。

晚上，寒风像刀子一样割着人面，发须拂动，长发不断抽打着颜面，炎帝榆罔也不让打上火把，仍就一个人站在阪泉台地上，东望着璀璨的星光之下轩辕台上的灯火辉煌。他看到青龙之像已经在墨玉一样的东天露头，北斗七星的斗柄，开始指向东方……忽然感到自己大势已去，一切全完了！从早晨的天狗食日，到现在夜观天象的情景，炎帝榆罔只能慨叹："天意如此！天意如此！"眼看着自己命运难卜，老神农氏开创的七代帝业行将像大河流水一样一去不复返，回想起老神农氏临死前画的"炎"字；回想起自己深山采药时被困荆梢悬崖的两难境地和黄牛队一片声浪地浩荡东巡时春风得意牛蹄欢的壮丽情景……一生的辛酸一时都聚于眼底，化作两行冷泪，挂于皱纹纵横、颧骨明显突出的田字形脸颊上。

刑天、共工、强围聚在炎帝的军帐口，神色慌张地向炎帝探望。他们各怀了忐忑不安的慌恐心理，都在为自己的命运捏了一把冷汗，冷气袭来，浑身不由得一个冷战。还是刑天机灵，第一个鼓着勇气赶过来，把炎帝扶进军帐去。

炎帝回到帐内后，大家七手八脚加旺了塘火，就都默默地先后离去，各自做自己接受审判前的最后一梦去了。

炎帝这一夜心情不能平静，总是梦见一只白色的百节虫从同一个台下冒出来，他叫着喊着，让人帮他驱除，可是这只虫还是依然如故地重复冒出来……最后一次出现的时候，说是变成了蛇龙，他就看到它金光闪闪地一层层盘在台上，从容而宁静。

这一夜，轩辕的心情同样不能平静。他反复地想着和祝融谈判的结果，想着明天前去阪泉接受炎帝投降的场面布排和每一个细节……想起老母亲附宝在他小时候，如何等着他回家吃饭，想起她和父亲少典君怎样在教育上给他"吃偏食"，想起母亲从坡上跑下接他提水的样子，想起东征时寒风中挂在老人脸上的那两行泪水，想起老人因为渤澥黄城断水而绝水，想起她坚持不离开黄城时坚决和倔强的样子……耳边又响起了小妹碎女"呵呵"的笑声，看到了她脸上的两朵红云和满口的晶白牙齿……想起了西陵氏的暗夜，盐女怎样突然从黑暗中蹿出，拦腰抱住他时的热身子……这位从巴山氏一直跟随他来到河东的美嫔，在阪泉水祸中，都永远地随母亲而去了！由真实可感的存在，变成了挥之不去的幻影。一想起这些，为亲人和万民复仇的强烈冲动就控制了他的全部身心，恨不得对犯有滔天之罪的炎帝榆罔及其帮凶千刀万剐……轩辕一闭眼睛，眼前就是水淹黄城的可怕场面和那些浮在水面上、摆放在山坡上被黄水泡得灰白胖肿、鼓着大肚子的赤裸尸体……最后，他索性不再睡了，歉意地给受到影响的嫘妃盖好兽皮，自己裹上兽皮外套，就走出后帐，来到轩辕台边，进入眼帘的是远近明灭、与星空连成一片的从军帐透出的塘火与火把的亮光，一时竟辨不清自己是在天上还是在地上。等他抬头夜观天象的时候，看到的，是与榆罔和天老、大挠等同样的天象——青龙之宿升上夜空，春天真的就这样来到了！

第十六章

一

　　这是一个冬尽春来季节交接的关键日子。虽说因为是大晴天，清晨伴随着一轮红日的升起，寒风还是似同昨日一样强劲，但是人们明显地已经能够感受到从太阳上传递过来的温暖了。到了十干卫队的巳队卫士值班的时辰，也就是上午九点以后，太阳就像一个大火盆高悬于天空，如果背对着它行走，一时就感到脑后暖烘烘地烤着，肩上、背上也感受到了它的温暖。

　　不知不觉，阳坡的冰雪开始慢慢地融化，雪层明显地变薄了，靠近地表的都变成了稀水，用脚一踩"噗噗"地滑，雪下的土地也吸足了水分，一踩一个大泥坨。而向阳背风的沟渠里，已经鸭黄绿地长出了青草尖尖的嫩芽。

　　前去炎帝营接受投降的轩辕黄王跨上白龙马，率一班文武大臣和天下各部落的酋长们，跃马扬鞭地从轩辕台上冲下去，马蹄溅起的浸凉雪雾直扑到人脸上，迷得人睁不开眼。因为阪泉台地的东坡上雪已经化开，大队人马就从北面的一重重缓坡上冲上去。各部落的图腾旗帜、不同颜色的服饰和参差错落的各式兵器、战车，差异很大的兵士们，分别列队夹道欢迎。欢呼的声浪随着轩辕一行的行进位置此起彼伏，像崖娃娃回应着人的呼声一样，又像打水漂儿激起连环的水波纹似的，真是一个山鸣谷应、群情激奋的壮阔场景。

　　炎帝营所在的阪泉台地中央，早已经在先一步到达的风后的指挥下，高高地树起了轩辕的黄龙图腾大旗和熊、罴、貔、貅、貙、虎的图腾旗帜，台地的周围，则是天下十一大部落的图腾旗帜与黄龙旗相间而竖，岐伯的以鼓为主的军乐队重新组织了起来，所有参战的大小部落的战鼓都被临时调至一处，几百面战鼓集中在台地的东侧，中央一字儿排开十五口大陶鼎，烈焰熊熊，陶鼎内的水被烧得正翻滚着白花花的浪花，腾起一片白雾……

等轩辕的白龙马一步跃上阪泉来，轰隆隆的战鼓声，就以排山倒海之势，震耳欲聋地敲响。

随风后先一步赶回的祝融和刑天、共工、强围及炎帝、羊龙部落的大小酋长、将军、巫师、长老等，在炎帝榆罔的率领下，于阪泉旁面东跪倒了一片，一个个哭丧着脸，垂头丧气的样子。只有刑天和共工与众不同，他俩虽然也将头沉重地低下，心里却依然是大不服，一个电光脑，四围直挺挺地挓挲着头发，满脸横肉兜篓着，小而圆的眼睛里透出鹰眼式的凶光；另一个一脸的痛苦相，将鼓着粗粗的青筋的脖颈扭着，头歪着，充满了倔劲儿，似乎随时都有可能冲出去一头撞到石头上。

白龙马兴奋地高蹈着舞步跨上阪泉，在战败方的面前耀武扬威地来回走动着，兴奋得鬃毛飞扬，眼睛发亮，尾巴来回大幅度地摆舞着，却被轩辕用力把缰绳一勒，就挺起骄傲的身躯，前蹄腾空屈起，以两条骨节粗大、肌肉健美挺拔的后腿，开步支撑起全身，像倒扣的灰色陶钵一样大的双蹄，有力地抓扣住地面。

轩辕的双手紧抓缰绳，屈臂相引，胸部就紧贴着白龙马的肩骨突起，双腿也向前登直了马蹬。乱蓬蓬的马鬃撩得人脖子直发痒痒，马身上的汗酸味就钻进鼻子来。等白龙马响亮地一声"咴咴"长鸣，战鼓立即就停了下来。

白龙马的前蹄一落地，轩辕就飞身下马，风后接住缰绳，传给侍从，白龙马被拉向了一边。与此同时，仓颉、赤将、高元、胡曹、于则、伯余、孔甲、喫诟、滑稽等文臣，力牧、应龙、大挠、常先、大鸿、挥、夷牟、货狄等武将与随后赶到的天下各部落的酋长、将军们，也都乱纷纷地先后下了马，在沮诵的统一指挥下，于轩辕身后面西站齐了，五颜六色、各色服饰和图腾的打扮，一下子展开一大片。

鼓声重新响起，台上、台下、山坡上、丛林中……到处是天下各部落欢呼的兵士，只有几千名炎帝和羊龙部落的人，被围在阪泉台地的西坡上，一个个被冻得缩手缩脚，有人不得不哈着白气跺着脚，把发红肿胀的手背搓了又搓。山沟里那群曾经所向披靡的战牛，也被手执刀斧的轩辕士兵围定了，胆怯地挤成一堆。

轩辕等站定后，帝师天老、王师吴权、马师皇、宁封、鬼容区的云车才随后赶到，纷纷在兵士的搀扶下下了车，被轩辕接了，站在身旁。

炎帝和羊龙部落的受降仪式，由风后主持。轩辕之所以安排由他来主持这个仪式，原因有三：一是因为他是上台大夫，为相；二是因为他冷静而善于应变的能力；三则是他本来就是羊龙部落的人，处理此事应该公允。

风后不辱使命，当然会充分地把他的能力显示一番。只见他奔楼子脑门发亮，长条脸上白如浮粉，瘦瘦的右手轻摇着超大的作为智慧象征的鹅翼扇，左手虚捋着尖下巴上稀疏的黄胡子，把淡淡的好像画出来的眉毛一扬，薄嘴唇里就翻滚出朗朗的声浪。

"本相受轩辕黄王之托，主持此受降仪式。"他先交代了下背景情况后，接着说，"炎帝受人蛊惑，挑起阪泉之战。先绝水而后覆水，致万民蒙难、数万百姓丧生……失德失道，自然寡助，战则必败；轩辕黄王功德昭昭，仁心公允，却遭此暗算，不得不战；战则必胜者，得人心也，天下顺也。举大道而天下往，轩辕义举，铲除不平，还公正，致于大同。正义之师，一呼百应，得道多助矣！"

风后经过一番议论，才把话锋一转，回到正题上来：

"炎帝、羊龙受降仪式，开始——鼓乐：奏《得胜曲》；轩辕——即位！"

一阵"轰隆隆"的激荡人心、如同春雷一样的军鼓慢慢隐去之后，一曲悠扬欢快的丝竹之乐奏起，演奏到高潮的时候，军鼓又加了进来，乐曲就变得雄壮、激昂而富于战斗激情了。还是身背弓箭的岐伯指挥军鼓，总指挥和协调，则非伶伦莫属。只见瘦猴一样的他，把个瘦长单薄的身子晃着，双手舞之蹈之，一会儿像大鸟展翅，一会儿如同鸡叨米，一会儿又将一个胳膊，旋转得如同风车一样……

轩辕这时候的心情虽不在欣赏音乐上，但是振奋人心的音乐，却让他本来就已经兴奋起来的心欢跳着，眉头虽然照旧拧着（也是为了表示严肃认真对待的态度和一展得胜者的威仪），眉梢却自然地扬起，两颊红彤彤的如同挂上了两朵彩霞，牙关却紧咬在一起，因而他有棱角的嘴唇就更加立体而有形，天然形成的酒窝，在一道浅显的斜皱纹中愈加深邃，宽阔的腮帮上，肉筋疙瘩颤巍巍地鼓起。

轩辕向前迈出有力的一大步，就稳如泰山地站在那里。

鼓乐一停，风后的鹅翼扇就停止了悠然的摆动，继续主持。他微闭着一双杏胡一样鼓起、透出灼灼逼人目光的单皮眼，愈发显得悠远而高深，脸上挂着得胜者的骄傲神气，慢条斯理地说：

"炎帝献旗——"

炎帝榆罔双手捧着红龙和炎字图腾旗，双膝跪行向前，抬头看到在轩辕高高的鼻梁上闪耀的阳光；看到了轩辕一身威武的披挂：黑黄相间条纹的虎皮背心露出一角，灰色的毛茸茸的熊皮外套，外罩系着长带、金光闪闪的亮黄色丝帛披风，被风吹得"啪啪"作响，欢快地拂动飞舞着；光面羊皮做的三级战裙，一层比一层开阔，高筒的用皮条扎起的皮裹脚有力地叉开。

炎帝抬头看了一眼轩辕，特别是看到他那一双雄视远方的锐利目光，一股威慑冷凛的英雄杀气，就随着耀眼的温暖阳光扑面而来，让他不寒而栗。

要是在过去或者平时，遇到比自己年长的人向他施礼，轩辕肯定会施礼回应，而今天，他是艰难的阪泉之战之后的战胜者，胜利者的骄傲和对炎帝滔天之罪的仇恨，都促使他必须扳平了脸，端起战胜者的架势，耐心地甚至于近似残酷地静等着炎帝榆罔兽皮裹着的老膝盖，怎样在清扫过但是仍然有残雪融化的湿漉漉的赭红色地面上跪行过来——这数丈远的跪行，把平日里高高在上、作为天下共主的炎帝和"摄政之王"轩辕之间的关系，完全给颠倒过来，要是在平时，这是万万不可能的。只有在炎帝失德失道自感有罪于天下，罪不容诛的时候，才会有这样难得的镜头出现。

作为战败者的炎帝，自觉罪孽深重、无颜再见天下各部落酋长的面；他输得心服口服，也明显地感觉到自己心力憔悴，已经厌倦了争斗，如果能活下去的话（看到轩辕冷峻的脸色，他又一次为自己的命运担忧起来，虽然祝融事先已经向他告知了和轩辕谈判的结果），将远离人世争斗，归隐山林之中，一心一意地从事医学和农业研究，救治天下苍生，苦行赎罪……因此，自感报颜的炎帝，红着颧骨高耸、一脸深刻皱纹、胡子拉碴地蓬乱着银色长须的田字形脸（几乎是在一夜之间，他的须发全白了！），尽量耷拉了他的长凤眼，低头看着地面，以膝前行，用膝盖丈量着身下渗入了将士鲜血、收容了万民生命的厚重的黄土地。"一、二、三、四、五……"他在心里默数着，尽量排除大脑中的杂念和生命担忧，自己给自己壮着胆，鼓着劲——这也许是他一生中最后一次努力了。随着呜咽的音乐声中，摇晃的大地、摇晃的人群、摇晃的雕像一样的轩辕一步步临近，炎帝榆罔的心里憋得像要爆炸了一样难受——一个六十多岁的老人，身心怎能承受这样巨大的心理和沉重的精神压力呵，虽然他已经想开了，超脱了。

二

终于，随着膝下"沙沙"地盖过了周围一切声音的膝盖和大地碰撞、摩擦声的终止——有一瞬间，炎帝榆罔忽然感觉自己好像孤身掉入了全无人迹的深山之中，耳朵轰鸣失聪……轩辕就像擎天柱一样站在面前，炎帝得抬了头，上翻了眼皮、露出下面布满血丝的眼白，才能看全他的全身。炎帝榆罔终于克服了巨大的空气阻力，用一双战战兢兢、布满了曲折青筋和厚厚老茧的手，吃力地将图腾旗捧到轩辕面前，却出语惊人，让全场为之愕然：

"榆罔罪身，献图轩辕。志随图去，禅让帝位，从此纷争不再，还天下以太平矣！"

轩辕只是以得胜者的身份接受炎帝图腾，并没有想到"禅让"之事，因此也为之愕然。却不曾想这既是炎帝发自内心的真诚之举，又是他在生命危机面前的保命之策……轩辕迟疑了一下，才反应了过来，就向前跨出一步，并不接过炎帝的图腾，而是双手托住炎帝榆罔的腕下，轻稳有力地将他扶起——轩辕这一举动，在此前充满仇恨心理的情况下，或者说在报仇雪恨的快感追求下，是万万做不到的，而在一瞬间，炎帝的"禅让"二字激活了他的灵性，他才做出如此非凡之举，改变了此前板着面孔、以得胜者的姿态，从其手中接过图腾的想法。

轩辕一边搀起炎帝榆罔，一边推让道：

"轩辕所以奋力一搏者，唯天下不公也！决非瞻念帝位也；帝虽罪至滔天，亦可扶天下于既倾。"

炎帝惭愧，痛苦地摇着头。

站在轩辕身边的风后一看轩辕临时改变了事先的议程安排，但是已经来不及提醒和纠正，只好随机应变：

"扶炎帝起——"

在全场哑然了一刻之后，阪泉台地上下，顿时响起了雷鸣般的欢呼声——大家都为轩辕的仁爱和明智之举所折服，全身心地拥护轩辕，高兴地欢呼着，享受着胜利的荣耀。

炎帝的受降仪式，就在这样一种和解的气氛中结束了，原来支起的准备蒸煮战犯的十五口大陶鼎，也只是杀了几十头战牛煮了，供大家尽情享用。强圉原来最担心的怕被作为战争的"替罪羊"而受死的事，也没有兑现，轩辕郑重地宣布：

"羊龙虽助炎灭黄，罪之大，可杀以解恨复仇，然冤冤相报何时了？又念其奋战蚩尤之功，今予放生，可回原聚落继续生息。强圉之罪亦免，继续做他的羊龙酋长。"

强圉由于紧张和激动，全身战栗地伏在地上，叩头谢罪，把地磕得"咣咣"地响，布满平行皱纹的窄额头上，沾了许多黄土冰凉的湿沫。

炎帝榆罔等被安置一旁，他已经没有权力、也不适合与大家共同享受胜利成果了；羊龙部落的人，也被驱赶着回了中条山北麓他们原来的大聚落，继续他们的生活去。

大块的连骨牛肉，在一字排开的十五口大陶鼎里"咕嘟咕嘟"地煎煮着，肉汤翻滚着白花花的泡沫样的浪花，白雾蒸腾，纯天然的水煮牛肉的芳香味儿四溢，直往大家的鼻孔里钻。香气调动了胃肠的功能，这一加快蠕动，就感到饥肠辘辘，肚子"咕喽咕喽"地直响，肚子一吸一个大坑，早有消化液分泌出来，口里的涎水直吸流，胃口大开……人们已经等得有些不耐烦了。于是，半熟的牛肉就被捞了出来，盛满大骨牛肉的陶盆，摆在平铺在地上的兽皮上，人们席地而坐，抓起牛骨头就啃将起来，筋顽的牛肉，得咬牙切齿地撕扯，还是直往牙缝里填，撕不动的，干脆用青铜小刀切着吃。从河西运来的杜康酒，大罐大罐地搬上来，被分倒在一个个敞口陶碗里。人们端起陶碗一饮而尽，再用食指的背部揩去下巴、嘴角长流的酒汁，用舌头将手指上的酒舔净。

欢庆胜利的牛肉大宴开宴之前，轩辕特意将挤在人堆里的背锅子老阪泉氏叫到人前来，拿起一个牛腿，就直塞到他的因为激动而颤抖的双手里：

"老阪泉氏，为人公正，处事认真，临危不惧，浩然正气。特命老阪泉氏一家，继续管好阪泉，造福百姓！"

老阪泉氏两只黑油油的瘦手举着牛腿，连声称"诺"。

帝师王师、文武大臣和天下所有参战部落的酋长、将军们，皆围绕着阪泉席地而坐，把个阪泉的台地直坐满了。这边在大块吃肉、大口喝酒；那边，十五口大陶鼎里，还在"咕嘟咕嘟"地煎煮着大骨牛肉，白浪翻滚，白雾迷蒙……

方雷氏炎居最后一次接到炎帝榆罔插着雁毛的求援信后，知道父亲已经大势已去。对天下大事心明的炎居，事先一直没有动兵，现在却要亲自渡过黄河北上，因为父亲的战败是必然的，出于对父亲生命的担忧，这会儿，他必须亲自前去和轩辕交涉。虽然平时他对轩辕的人品是敬重有加，但是，战争和仇恨，会让人失去理智，会把人变成野兽的……同时，他还有一个不情之请，要视情形和轩辕商定呢！

冰雪时化时结，荆梢乱石中的道路，时而泥泞，时而冰滑，等到炎居翻山越岭，千里迢迢地从中原的方山一带来到中条山北麓，他面前的一切已经大变了。

阪泉之战已经尘埃落定，阪泉重新由老阪泉氏一家看守，只是增加了一部分羊龙部落的近亲，族群更大了一些。他们除了管理好阪泉，定时为黄城和羊龙部落大聚落供水外，还有开垦南侧靠近中条山主脉的荆梢丛林、耕种阪泉之野丘岭坡地的任务，正式成为从羊龙部落分出的以农业生产和狩猎为主的一支。战败一方的炎帝余部，被控制在阪泉脚下一隅；羊龙部落回到了他们的大聚落，继续从事着他们以盐业为主的生产生活方式，以物易物地与轩辕和天下各部落进行交易。炎帝榆罔、祝融、刑天、共工等，则被带到了轩辕台，分别监控着。天下各部落的兵力已经基本上撤走，酋长和主要将领还留在轩辕台，等着商议天下大事。与此同时，渤澥黄城的清理和重建工作已经开始。熊、罴、貔、貅、貙、虎六师和原黄城侥幸存活下来的百姓与羊龙部落的老幼，都参与了清理重建，清淤和重建，分别在高元和赤将的指挥下，有条不紊地进行。新规划的黄城，分为东西两区，将原来的羊龙部落大聚落也包了进来，这样既便于统一管理，又直接置羊龙部落于监控之中。东、西两个大区共同结社，分为社东和社西。新黄城建设的顾问，当然是深通堪舆风水之说的天老和发明了干支学说的大挠，轩辕和风后为总设计师，成员有后土、力牧、应龙、赤将、高元、隶首等。制陶工作仍由王师之一的陶正宁封统领，制乐制器的总负责，丝竹管弦类伶伦；鼓乐等打击乐岐伯。岐伯身兼数职，还要上山采药、挂牌诊病，对轩辕与天下各部落的酋长等进行养生和健康知识教育。杜康改进后的酒作坊在黄城的一隅也开张了，把芳香的酒气溢向四方。仓颉、孔甲、隶首等进行记功、计算统计等工作，还要在天下各部落的酋长和将军、巫医间推广由仓颉发明和综合整理出的象形字符、由隶首综合天下十二大部落等的计算方法而形成的简便易学的十进位的珠算方法。象形字符和珠算班在相邻的两个军帐里进行，哪边开讲，大家就去哪边，来来回回地走动着，好奇心促使大家的积极性都高，场面热烈。春季到来之前，嫘妃组织了黄城、猴龙、羊龙和各部落的随军女人，举办她的养蚕和丝帛织造班。这里色彩丰富，叽叽喳喳，是最热闹和养眼的地方了。

在和轩辕的几次单独交谈中，炎帝榆罔再次提出了禅让帝位的事；祝融力推炎帝的这一建议，条件是必须保证炎帝的人身安全。天老、大挠等夜观天象，认为扶轩辕于帝位正当其时，于是，在与天下各部落酋长议事时，率领文武百官和天下各部落的酋长、代表们一次次地跪请轩辕登基。轩辕虽说一次次地都推辞不就，但是随着三番五次的这么折腾，他也不由得不逐渐动起这个心思来：炎帝既坚辞不就，天下总得有个坚强有力的共主，这样才能保障各部族之间和平相处，共享太平。何况，只有身当其位，才能全面施展才华，造福百姓，实现天下大同的社会目标。

方雷氏炎居，正是在这个当口来到阪泉之野东边的轩辕台的。他来到轩辕台，第一个拜访的就是轩辕，随后才去看了战败后落魄的父亲——炎帝榆罔。

炎居带了几张鹿皮作为见面礼，就在明媚的暖阳下，伴着习习的春寒冷风，只身来到轩辕的中军大帐前，值班的辰队卫士进去通报了，轩辕率领群臣，亲自迎了出来。轩辕对炎居方雷氏心存感激和敬重的兄长之情——阪泉之战，如果炎居参战了，情况可能就要复杂得多，一向为人厚道的炎居，还是有一定的号召能力的。自从封他到中原的方山一带以后，他充分利用这一带山地和平原交错的自然条件，大力发展农耕，使当地部落实现了衣食自足，受到百姓的肯定和称颂。

轩辕知道炎居不是打仗，而是前来谈判的，就大步上前，双手挽住将要下跪行礼的炎居的臂膀。看到继承了炎帝榆罔的基本长相和忠厚性格的炎居，近于田字形略显清秀的脸上，一脸红扑扑的鲜亮颜色，脖子也比炎帝榆罔显得既细又长，个头高而身板结实，细长聪慧的眼中，闪动着激动的亮光。轩辕就挽紧了炎居的臂膀，兄弟一般让进帐内。风后、力牧、仓颉、雷公等随后进来。

炎居被轩辕的轩昂正气和热情所摄服，就像被一阵热风卷进了帐内似的，随着轩辕热情好客、结实有力的大手的牵引，晕乎乎地就进了帐。炎居方雷氏双手将鹿皮送到轩辕手中，轩辕双手接过，转给侍从收起。这些都被坐在角落的孔甲——记录不来。待双方分宾主坐定，炎居这才在热乎乎的火塘火苗的烘烤下，就着袅然上升的浅蓝色的、辣人眼睛的迷人烟雾，仔细地端详起轩辕来。

三

在炎居的眼中，轩辕比起战蚩尤时显得更加成熟老练，热情好客中兼具王者霸气。高大的身躯，由字形开阔的脸盘上略显弯曲的飘然黑须，一双因微笑而眯缝起来的大眼晶亮有神，眼影深暗，眉弓突出，长长的鼻梁，有棱角的厚实嘴唇，嘴角微微上翘，两颊两道浅皱纹中深深的酒窝。轩辕发髻高绾，眉宇飞扬，气宇轩昂。

炎居接过一陶钵热水喝了，使干哑的嗓子得到了润泽，才开口说出自己的愿望来：

"轩辕黄王，人中之杰。蒙为父之冤而不弃，受亲人死别而不杀，大恩大德，兄代炎父深谢矣！为兄此来，一则求情于黄王，愿带父归于随地，远遁深山，不再过问世事；二则敢有不情之请，愿以小女女节相许，和亲轩辕，使炎黄两族，破镜重圆，重归于好……"

轩辕不杀炎帝，本来是想把他继续作为天下共主，即使不再作为天下共主，也要将他供养着，不愁吃穿。炎居带父而去的想法，也在情理之中，但是第二个"不情之请"，却完全出于轩辕意外。但是，他又想起了昨晚上做的一个梦来，心想：莫非真有心灵感应？她就是那只翩然而舞、从南山来仪的凤？

……

轩辕站在一个半山处，周围是褐黄色的麦浪一样翻滚的大水，水往下流，形成一道道相切的弧线。忽然，有逆流翻起白色的浪花自山下上涌，轩辕就号召大家向山上高的地方去，以避水患。高处仍是一地域开阔的山坳，有许多褚黄色的老屋和老人……轩辕又在回故乡桥山的路上，在回桥山之南自己的出生地长寿山的路上。走到暖泉沟口，将在上南坡的时候，就有一个薄薄的、红色长尾的凤从南山上翩然而下，来到轩辕面前凌空盘旋舞蹈。那小小的头，顶着向后的尖冠，小喙尖而下弯，如衔一弯新月；细长的凤目含笑，舞翼鼓起一丝丝凉风；长长的两个尾翼，带着流苏一样的花边，却在末尾处睁大两只周布流苏的、眼睛一样的圆形图案……凤凰在轩辕面前翩然而舞，左右徘徊。就有母亲附宝站于老屋前，像一位满脸布满了深深的褐红色皱纹的老亲戚一样，笑眯眯地对轩辕说："此凤，吾剪也！"

……

"此乃母亲所送之凤乎？"轩辕还在梦中徘徊着。

炎居前往轩辕台上一个小帐篷看望父亲时，看到一头白发、飘着银髯的炎帝和刚从帝都安邑护送至此的母亲听诉，看到刚刚经历了风雨沧桑、一脸疲惫无奈的父母大人，炎居方雷氏的心里百感交集，既有愧对父亲的惭愧之情，又有对他们现时处境的深切同情。作为血脉相连的儿子，在父亲遇到危难时出兵相救义不容辞，但是与其救之无益，不光救不了父亲，还可能把中原炎族也给搭进去——一个部族，你就是再强大，也不应该是天下的对手，何况面对轩辕，你不是最强大的——炎居也是经过反复的痛苦折磨与思索之后，才做出这样"舍小恩、取大义"之举，以图保存炎帝在中原的实力，积极谋划战后的善后工作。如今，看到战后好像一夜之间就变成一头白发、老去十岁的父亲，他能够理解在战争最艰苦阶段父亲的痛苦与无奈，也更增加对自己的自责心理——在父亲最需要他的时候，他却没能尽到一个儿子应尽的职责！看到父亲忽然之间眼睛一亮，又痛苦地摇头，眼中溢出了老泪，炎居赶上一步，屈膝下跪，双手抱拳，低下头来：

"父母大人在上，不孝之子，炎居来也！"

炎帝榆罔本来在心中对大儿子炎居充满了无比的怨恨，但是看到他这时候忽然出现在眼前，心中还是无限慰藉——毕竟是自己的儿子，血肉相连，打断骨头也是一家亲！而且他在这个时候出现，有利于战后事宜的解决。这让本来已经是无可奈何花落去的炎帝，心中又升起了一线希望。

"吾儿快起，为父不怪。只怪为父以愚黔首，战之不义，又心存侥幸。"扶儿子平身之后，他才接着说，"于今看来，轩辕果然命世之英，得天下心；又善用之人长，故人才济济；又制龙图，以图大同，共享太平……果然一帝相也。吾自量力，当禅让之也！"

听了父亲之话，炎居也觉得不失为明智之举，就频频点头：

"父亲而后，作何打算？"

"终其一生，退隐山林，尝草采药，修订《本草》，传之后世，亦造福百姓之举矣！"

"正何吾意！"炎居兴奋得在大腿面上"啪"地一拍，"正告父亲，吾此次前来，一则欲接父烈山，远离中原；二则为两族和亲，求轩辕嫁于小女方雷氏……"

"此两族重修前缘、和睦相处之大事也！"

炎居本来还担心炎帝有异议，话说出时小心谨慎，不料炎帝却出此明智之言，心中对父亲的敬重之情又增加了几分。

战争过后，百废待兴。本部落的事，天下其他部落之间的事，事无巨细，样样最后都集中到轩辕这里。虽然前面有风后、后土等替轩辕顶着，重要的事安排有仓颉、孔甲、隶首等先作笔录，轩辕光看这些写画于兽皮、白桦树皮或丝帛之上的笔录，就够他一天忙的了。忙碌了一天的轩辕，忽然想起，还曾答应了炎居要回访。就被由温暖变得凉爽，甚至还有点刺骨的冷凛了的东风轻掀着，带了风后、孔甲，迎着黄昏时的锦绣一样的满天彩霞，一起向轩辕台西边炎居下榻的军帐踱去。中戊和中己的队长著雍与屠维紧随在后，一个白而雍容，一个黑而威武。

风后的大奔楼脑袋，被夕阳的金辉映照着。他深深地吸足了一口气，又长长地嘘了出去——这段时间，要说忙，第一个当数风后了。身为三台之首的他，要协调各台之间的事务，要替轩辕挡着所有的纷杂事务，可以说，衣食住行，吃喝拉撒睡，样样事情，都要先经过他手处理——这会儿，他倒是一副闲适的心态。只见他有意无意地将瘦长的右手中的那把鹅翼扇摇了摇，左手轻捋着稀疏的黄胡子，眯缝起那双陷于眼眶之中的精明深邃的杏胡单皮眼，把目光投向天空。夕阳正在往一溜天边涌起的勾了耀眼金边的长条状的云带后面躲去，日光迟暮，已经没有了早晨刚升起时那样朝气蓬勃的刺眼强光，只是像火塘里的火炭一样红红的，周围带着一些轻烟一样绒绒的光絮，周边的天空，也变成了冷色调的玫瑰红。太阳完成了它一天的工作，就要入于虞渊，正像一垂暮老人，带着一脸的无奈。而此时，风后却惊喜地发现，西南天空上的云彩，正好铺排了一个活灵活现的凤的形象——只见那些金鳞一样的瓦瓦云，竟然形成了一个突起一个尖冠的凤头，只见这"金凤"一翼向上展开，一翼铺于凤体之下，身后拖着长长的一带凤尾。

风后为他的这一发现而兴奋，竟然手舞足蹈起来。他用鹅翼扇将他的发现指给轩辕看：

"妙哉! 妙哉! 旷世奇观也! 黄王且看, 金凤展翼, 此象何意也?"

本来还在低头想着问题的轩辕, 随着风后的鹅翼扇端看去:

"果然活生生一朱雀也!"

他的目光看向凤头, 却有一缕细丝吐出, 一直延续到正在没入西天的夕阳顶上的那道长长的云带。他不由得也兴奋起来, 情绪昂然, 诗兴大发, 唱道:

> 凤吐流苏兮,
> 龙兴之地;
> ……

风后随之和曰:

> 凤象见兮,
> 吉祥如意;
> ……

两人一唱一和, 随口而吟, 并没把这些诗句当回事儿, 却忙坏了随在他们身后的孔甲。作为仓颉的得意门生, 一向做事认真的他, 有着非凡的绘画和造型能力, 他形象的发现和记忆、再现能力超常, 可这时候, 又要绘制凤图像, 又要记录下来轩辕和风后的诗, 可使他手忙脚乱了一番。但是, 等轩辕、风后两人的诗吟完, 他的画和象形字符, 也画完和记完了。可是, 这草图草稿, 他自己看了也摇头, 尤其是那幅凤图像, 晚上回去, 根据记忆, 他才会画出正式的图形来。

几个人各忙各的事, 最清闲的莫过于著雍、屠维这两位卫队长。他们也跟着凑热闹, 半知半解地听着、看着, 也不由得不伸出大拇指, 啧啧称奇:

"奇哉! 怪哉!"

"异哉! 嘹哉!"

一行人轻轻松松地, 不一会儿, 就到了炎居的帐前。

炎居早已经恭敬地在帐前迎着。见轩辕一行来到, 立即让入帐内。双方围着火塘分宾主坐定，火塘上的三脚支架上，一罐水烧得正"哗哗"直响。一阵寒暄过后，看水一烧滚，炎居向装饰着流苏的丝织帷幕后面喊道：

"上茶——"

这时，就有两个侍女，衣裙窸窣地分别用红陶制的托盘，托举着茶盒、茶碗而上。先是微胖的侍女，用光润白嫩、带着藕节小窝的胖手，轻手轻脚地在大家面前摆上了茶碗；就有苗条修长的侍女，纤指巧撮着纤细清香的茶叶，一一放入茶碗里。然后，起身退出。

"女节，沏茶——"

这时候，就见一卓然不群的女子，明目顾盼着掀开流苏帷幕，步态袅袅地好像从水上飘了出来。她一只手拿着一方麻织的方巾，大大方方地走到火塘前，一手稳稳地提起盛着滚烫开水的、被烟熏得油黑的红陶罐，一手用方巾垫了底，将陶罐促成一个斜角，从轩辕开始，给茶碗里浇入开水。随着开水成一条细长的白线，"哗哗"地泛着水泡儿浇下，茶叶就千姿百态地旋转着，伸展变形着，一股芳香之气就扑鼻而来。

轩辕抬头看时，正遇上女节睁大了细长的凤目，白中泛着浅蓝如同宁静的湖面一样的眼白和映出轩辕人形的双层瞳仁，正亮晶晶地逼视着他。只见她，头上双环发髻戴着凤冠，又插了用兽骨磨制出来的凤形发簪，两弯细眉如同新月，小嘴朱唇丰满地兜娄着，微微上扬的嘴角含着浅笑，几乎集中了黄昏时所有亮光的光润白脸儿，被轩辕的目光一照，就像被火塘相映，脸"唰"地就红透了，就像秋天里的红苹果，又像喝了几口杜康造的秫酒似的，娇态含羞，低垂了眼帘。

四

女节在一层烟雾水汽后面活动着，真的如同仙女一般。轩辕的眼睛就一直盯着她看下去……要说轩辕的一生也算是阅人无数了，可像这般的奇妙美人儿，他还是觉得罕见。

炎居坐在那里，自信地沉默着，静等着事态发展。

风后看轩辕的目光开始发直了，心里高兴，就主动与炎居搭讪：

"此令尊爱女乎？"

"然也。"炎居稳稳地，不紧不慢地回答。

"果然女中人才！"

轩辕这才反应过来自己失态，立刻坐正了身形，端正了目光。

女节这边，心却"突突"地跳个飞快，就像怀里一时揣了好几只陌生的兔子似的——兔子顺着目、奔拉着耳朵，裂开的兔唇，好像是悠闲地嚼个不停，红红的鼻尖颤巍巍地抖动着空嗅，小小的心脏，却像鼓足了劲飞跑时一样狂跳着。

女节执陶罐的手，开始微微地抖动。她暗自咬紧牙关，终于坚持到给最后一个人沏上了茶，就脸上好像燃烧的晚霞似的，退了出去。在隐入帷幕之前，还不忘再深深地勾了轩辕一眼，似乎想把他深深地刻在心里似的。

提着劲回到幕后的女节，一下子瘫软地坐了下来，被两位"姐妹"用食指拨着脸蛋羞了：

"羞也，羞也，把脸扣……"

女节又使出最后的力气，像兔子蹲直了祷告似的，在微胖的那个侍女肩头狂擂了一番。接着，姐妹就抱在一起，笑弯了腰，笑岔了气，直笑得长吁短叹，眼角溢出了泪水。

这么闹腾了一番以后，女节的心好像还在"突突"地跳着，在她眼前像暗夜里的灯笼一样晃悠着的，还是轩辕那双充满男子汉英武豪气的炯炯有神的、隐于深暗的眼影里的明澈大眼，那一瞥，就像一束强光照了过来，一下子就能看透人心灵似的，亲切而威严，让人喜爱得心醉，而又凛凛然带着一股逼人虎气。她觉得这才是自己心目中真正要找的男子汉。没有想到，事先她千想万猜也绝对没有想到的，却这么真实可感地就在自己眼前！看着他宽厚的肩膀和虎背熊腰，真想一下子就靠上去，靠在她在梦时多次梦见过，却不想现实中果真有其人的男人那宽厚可倚的肩膀上，像藤条一样仪态万千地缠紧了他，让他永远也不要离开自己……她这么想着，晶亮的眼睛就放光，新月一样的细细的弯眉就神采飞扬，嘴角就轻轻地上扬，脸就被塘火烤得泛起了火烧云一样的红霞，心又"突突"地跳个不停！

轩辕一手执起细刻着祥云龙纹的茶碗，一手将清爽的芳香之气扇向鼻子，微昂了头，鼻翼翕动，仔细地感应体味了一番茶的韵味和意境，这才轻嘬一口，闭了眼睛，让那股回肠荡气的清爽之气，透过喉咙，像一股仙气灌入体内，再一圈圈地向全身周布。

"好茶也！"轩辕不由得不赞叹一番，"老神龙氏尝百草而创茶道，果然好茶也！"

"此乃神农架之春茶也！传为吾祖老神农氏初采。"炎居有点得意自负地介绍道，"此茶采于高山春茶新芽，看似黑而纤细，见水，则怡然一股仙气先至，茶色大变。观其色，茶者，碧绿鲜莹，如沐春阳；茶水，鸭黄泛绿，如临春潭。入口则绵厚，味纯而爽，愈久弥香。"

轩辕再嘬一口，并不急着吞咽，而是含在口中，让这种绵厚的感觉和清气压迫着口腔，顺着口腔内的末梢神经向四周传递着……他眯起眼睛，细细地体会着这种品茶的意境，对炎居的话大有同感：

"炎兄所言极是。茶者，品分九等。唯神品，方如此韵味！"

风后这时候，也手捋着稀疏的黄胡子，眯着眼摇头晃脑起来：

> 神游六合今，
> 携八荒；
> 一股清气今，
> 若长虹……

轩辕议政，请来了炎帝、炎居，也请了在蒲坂"制兵"的蚩尤前来。一时，天下部落酋长、代表、将军，林林总总，大军帐容纳不下，大家就在如同酥油香手抚摸般、熏得人欲醉不能的春日暖阳下，于轩辕军帐前，将个轩辕台的中心区域围成一个大圆圈。图腾林立，如同万国旗；人声嗡嗡，如同蜜蜂窝；色彩纷杂，如同五彩云。

在位于轩辕大军帐前的正面主位，炎帝榆罔被慷慨、惭愧地让在中间，轩辕、炎居相陪。天老、吴权、鬼容区、宁封、马师皇、封钜、知命等帝

810

师、王师，紧挨着轩辕、炎居而坐。左为风后率领的文臣，右为力牧率领的武将，西王母、后土、少昊、蚩尤等四方神主，十二大部落及熊、罴、貔、貅、䝙、虎六师的部落酋长、代表、将军等都围坐在这里。三苗的灵枫大酋长也在其中。

后土用他的鹅翼扇朝四下里下按着说：

"诸君安静、安静！"他并不急着讲话，而是等周围热烈纷杂的寒暄和嗡嗡的交谈、议论声逐渐变小，直至安静下来了，才不紧不慢地朗声主持："适逢早春吉日，日耀风暖，炎帝当位，轩辕摄政，诸君齐聚，会商大同。唯愿各方尽弃前嫌，抒己见而进良策矣！"

风后话音一落，登时嗡声大起，就像惊了蜂窝，又像是一阵急风猝起，吹得万木一片喧哗：

"炎帝失德，依然'当位'，阪泉何以战？事出不公也……"

"炎帝火德，去木而代；轩辕土德，灭火而立。皆天经地义。"

"只要天下太平，百姓黎民，安居乐业，管他谁当位？"

"糊涂之至！帝者天下主，帝明则天下明，帝昏则天下暗，不立明主，天下难平。"

"吾一隅小土，左右为难，前后不是，处处遭欺，唯望天下部落，不分大小，皆平等以待。"

"天下公者重，私者轻；公则明，私则暗；公则正，私则偏。"

战败的炎帝榆罔，今日又被轩辕强让在主位上，他从来没有过今天这样的不自在、不自信。听着大家的纷纷议论，他"吭吭"地清着干哑的嗓子，扭动着腰身，感觉屁股底下坐的不是暖烘烘的皮垫子，而是坐在了浑身长剌的刺猬身上，只感到浑身燥热，屁股底下烧疼……这些天的观察思考，他更坚定了禅让帝位于轩辕的想法，这时候，右侧一个雄奇浑厚声音的清晰议论，更让他感到天下归心于轩辕了：

"余夜观天象，帝星晦而轩辕星亮；余又梦轩辕乘龙而行，凤凰覆上，金蛇开道，居北斗之星不去矣……"

炎帝抬头看去，高谈阔论者，正是自己的干孙子蚩尤。这一年多的制兵工作，使他变得更加黑红铮亮，就像铜铸的一般，只是因为野外的活动少了，人也显得较前略胖了一些。他也是战败者，他输得心服口服，就全身心地投入了制兵工作。因为他明乎天道，他的议论，好像是一锤定音，就像磁石一样，吸引了现场所有人的目光。

炎帝榆罔又挪动了一下身体，让自己坐得稍微舒服了一些，就举起右手，向风后示意，他要发言。

风后看在眼里，就又用他的鹅翼扇朝四下里压了一压：

"诸君安静，诸君安静！炎帝有话要说。"说完，他带头鼓掌，但周围的掌声还是稀稀落落的。

炎帝榆罔知道自己早已失去了人心，也就把脸一抹，不再顾及什么，只管自顾自地讲起来。他双手打着拱说道：

"蒙上天之佑，榆罔承先祖功德，当位多年，有心扶天，却心力不济，有愧于天下矣！今有轩辕，命世之英，吾愿以天下相托，禅让帝位，还天下太平……"

炎帝的话，被周围忽然爆起的雷鸣一般的欢呼、击节、鼓掌声所淹没，这暴风雨一样的声浪，让他感到心惊肉跳，既是一种无奈的选择，也是身心的一种自然的选择。

风后忽然转过身来，面轩辕而跪：

"余等敢请轩辕，顺天下心，以当帝位，还天下以太平……"

所有文臣，力牧并所有武将，都围过来，文武大臣，一时跪倒一片：

"愿轩辕顺天下心，以当帝位，还天下以太平……"

轩辕急忙摆手，他没有想到，他三番五次推辞不受之事，怎么急转直下地又提了出来：

"罢了，罢了！还是炎帝当位，轩辕摄政以辅之。"

天老、吴权、鬼容区、宁封、马师皇、封钜、知命等帝师、王师，和西王母、后土、少昊、蚩尤等四方神主跪了下来，天下十二大部落的酋长、代表、将军们，熊、罴、貔、貅、豺、虎六师的将军们，三苗的大酋长灵枫等，都跪了过来。大家齐声说：

"炎帝已明禅让，天下者，不可一日无主。愿轩辕以天下为重，受禅让，当帝位！"

轩辕还是在摆手，坚辞不受：

"罢了、罢了！"

炎帝榆罔看僵持不下，就自己起身过来，也跪在最前面。

大家长跪不起，逼得轩辕无奈，只好先将炎帝扶起。他最担心的是天老的老寒腿，经不起这早春还未解冻的大地的潮湿地气，就将天老等和前排诸君，一一扶起。

五

经过两三个月的紧张施工和修整，渤澥黄城又重现生机。虽说还是保持了原先的城墙范围，但是，所有重修的屋舍，再一次重现了"金屋"一片的壮观景象。黄城一整修好，轩辕就率文武百官和天下各部落的酋长、代表等搬回了黄城之中。轩辕接受炎帝禅让、登基帝位的仪式，也在积极的筹备之中。

由于轩辕台在阪泉之战中的特殊作用，再加上它台基形的雄壮山形，天老观察来观察去，还是选定在轩辕台举行轩辕的登基大典。

满天星一样金灿灿的迎春花和如同粉红的朝霞一样的山桃花漫山遍野。小燕子成双成对地从南方飞回来了，正在口衔春泥，在屋檐下、宫室里垒着它们的新窝。布谷鸟也开始欢唱了，催促着人们赶快去投入到春耕生产的大忙之中。于是，在中条山蜿蜒起伏的北山坡上，在开阔的水银一样的盐湖上，在盐湖西北大片肥沃的飘荡着略带苦味儿的泥土芳香的、褐红色湿漉漉的黄土地上，到处是忙碌的人们。一缕缕堆烧杂草的春烟，给大地笼上了一层淡蓝色的轻纱……

作为轩辕称帝登基所在地的轩辕台，也在人们的忙碌中很快被装饰一新。从黄城到轩辕台，新辟出一条直上轩辕台的宽畅土阶道。道路两侧，等距离地插上了黄红相间的龙旗、凤旗。轩辕台上，新挖出了香火坑和祭祀坑。轩辕和炎帝的黄龙、红龙图腾高高地挂在台中央。轩辕台的四围，就是分别为白虎、青龙、朱雀、玄鹿四方神主的图腾旗引领的天下十二大部落鼠龙、牛龙、虎龙、兔龙、玄龙、蛇龙、马龙、羊龙、猴龙、鸡龙、犬龙、猪龙的图腾，外加蝠、豸、豹、狐、狢、蛟、蚓、鹿、獐、犴、猿、乌、雉、狼、貐、燕部落的图腾等，共二十八图腾。熊、罴、貔、貅、貙、虎六师的图腾；三苗的枫图腾；天下各大部落所属小部落，如屋的吉部落图腾，中黄子、垫、地典、地老、大填、知命等的图腾；广成子、大隗、武罗、英召、烛阴、九天使者、霍山等天下名山神主的图腾；轩辕文臣、武将、百官的图腾……五颜六色，林林总总，将轩辕台周围插满了"万国旗"。

轩辕四十五年（丁亥）年阳春三月吉日。天还是麻麻亮的时候，轩辕等就乘云车从黄城中出发，前往城南的轩辕台下。一辆辆云车，车摇马嘶，灯笼火把，把个黄城内外映得通红。高大的中宫、开阔的广场、高挂的图腾旗帜；影影绰绰、层次分明的宫室屋舍；前呼后拥、随车队而行的人群，男女老幼，人人脸上挂着兴奋的神采；高耸的城楼，鳞鳞而行的车队。

担任制兵的蚩尤，其威名仍然可以威慑天下。今天的队列，他走在最前面，手执两把金斧，威风凛凛地为轩辕开道。

接着是由炎居组织的一个凤图腾的方阵，高高的旗杆上，高挑着火红的凤图腾，金凤如林，铺天盖地。随后，才是由轩辕的十甲卫队组成的仪仗队。前为火红的丙、丁卫队，左为青色服饰的甲、乙卫队，右为白色服饰的庚、辛卫队，后为玄色服饰的壬、癸卫队，中央簇拥着轩辕的大辂云车的，是黄色服饰的戊、己卫队。

炎帝榆罔的云车和轩辕的大辂，在十甲卫队的方阵中并驾齐驱。随后，才是帝师、王师、文臣、武将、百官、四方神主、十二大部落酋长、代表、将军们的云车……

车队在轩辕台前新辟出的平场子上停了下来，轩辕、炎帝等先后下车，天老、鬼容区、吴权等银须长髯的帝师、王师被扶下车来……车辆赶向了一旁，继续依序排列。场子周围和上轩辕台的阶道两旁，早已站上了手执松明火把的士兵，火把将直上轩辕台的台阶道照得通明，一层层阶道，如同竖起一个长长的插满了龙旗的登天之梯。轩辕台上，旗帜林立，熹微晨光和松明火把，把台上映得一片光明。

仪仗先行，台阶道上一时挤满了图腾旗帜。由主持禅让和登基仪式的风后在前面导引，炎帝和帝师、王师先上了轩辕台。炎帝已经基本上从战败的阴影中走了出来，但是，如今走在这轩辕登基的台阶道上，还是和自己当年在姜城堡旁的常羊山上登基时的心情大不相同。那时，只有三十二岁的他正雄心勃勃，可是现在……已经六十九岁的他，风霜已经染白了须发，时间的刻刀已经在脸上刻下了一道道犁沟一样的皱纹，可是，天下却越治越乱，连他一向偏向的干孙子蚩尤，也逼得他不得不向轩辕求援；和轩辕也是几战几和，最惨的就是这次的"阪泉之战"了……炎帝自己把头摇了摇，也把头脑中负面的记忆片段挥之而去。他有意改换思维的频道，毕竟，现在天下有了一个可以服众的新帝了，虽然他的禅让是不得已而为之。为了天下百姓的安宁生活，这样的结局也是他能够接受的。

东方的天边，朝霞已经燃烧得火红，一轮刚刚从旸谷沐浴过的朝阳，正在露出它镕金一样的面容，将第一缕金色的晨光照着站在轩辕台上的风后的脸上。

风后庄严地宣告："辰时已到，炎帝禅让、轩辕登基大典，开始——"

文臣、武将、百官和四方神主、黄城内的百姓、原来蚩尤城中的黎（苗）民、羊龙大聚落中的族众、远道从北面猴龙部落赶来看热闹的猴龙族众——男女老幼，乱纷纷地挤满了轩辕台下的平场，来不到台下的百姓族众，就在黄城和羊龙部落的大聚落中，摇动着手中的火把欢呼。

在经久不息的欢呼声浪声中，风后停顿了一下，等欢呼之声渐渐变弱了，才接着宣布：

"奏乐——"

排列在轩辕台二级台西侧的金石丝竹和鼓号军乐队，经过重新编队和整合，形成了一个整体，人数更多、阵容更强大了。这个远古的交响乐队，由伶伦担任总指挥。听到风后"奏乐"的号令后，依然清秀瘦长的瘦猴伶伦，将他的两个着广袖的瘦长胳膊，像大鸟鼓翼一样徐缓地举起，等他的双手在头顶上空空掌一合，一时钟鼓丝竹齐奏《云门》。在他激情而舒缓有力的双手动作的指挥下，进行节奏的编钟抑扬起伏的铮铮之音和丝竹如同唱歌一样舒展的歌唱旋律，加上牛皮鼓擂出的春雷一样轰鸣的底音伴奏，就以排山倒海之势，震荡了所有的空气，占领了所有空间……万众哑然，肃然静听；山鸣谷应，宇宙沸腾。《云门》一开，东升的太阳，就灿烂耀目地举上了金色的云层绣了花边的东天。

"轩辕登基——"

一朵景云，如同伞盖一样举在头顶。轩辕眉宇高扬，目光炯炯，神采奕奕，显得格外精神。他依然是身着玄色三级战袍，脚蹬厚底高筒天然黄的麻布鞋，只是小腿用细绳交叉着给扎紧了，人就显得更加精神抖擞。

在灿烂夺目的晨光中和凉丝丝的习习春风里，在雷鸣般的在耳边轰鸣的欢呼雀跃和鼓乐声中，轩辕步履稳健地向轩辕台登阶而上。轩辕边走边巡视着周围景色的变化，随着脚步的一步步登高，周围的景色都在一步步地下降。初升的朝阳，给经过修整左右对称的梯形轩辕台和高峨的中条山、晨光中的东天、苍茫的西天和大地，都披上了一层金辉。轩辕自从跟着项老先生学习伏羲八卦起，就对天下有了初步的认识，特别是受到帝师天老和王师吴权、宁封等的影响，逐渐形成了他天下大同的社会理想……如今炎帝禅让，登基帝位，正是自己一展雄才大略、造福天下百姓的大好时机。自从答应了接受禅让、登基帝位以来，轩辕的心中反反复复地想了很多问题，不仅是对登基大典进行了周密的准备，对天下所有部落的权利和义务、对治理天下的方方面面的事务的安排，他都有了成竹在胸。

不知不觉已经过了用于表演的二级平台。轩辕的目光炯炯地盯着台阶道的终点，紧闭着棱角线条分明的嘴唇，因而由字形脸盘显得更加开阔，两个深深的酒窝和唇角线尤其明显。轩辕健步而行，不知不觉就越过了象征帝王九五之尊地位的九十五个台阶，登上了图腾林立、仪仗雄伟、充满英雄气和帝王霸气、被初露的晨光和火把映得一片辉煌的轩辕台。香火坑里，早已燃起了香草香木，淡蓝色的香烟弥漫，轩辕台沐浴在苦艾、野薄荷、红花、栀子果等香草和檀香、沉香、桂花等香木的综合香味之中。远近一片欢呼之声再次沸腾高扬，就像黄河壶口呼呼的水涛声。

轩辕在风后的引导下，与炎帝并肩而站。身后是帝师、王师等作为见证人。

敬天、敬地、敬祖宗，拜了四方神明之后，风后宣布：

"炎帝禅让帝位——"

炎帝榆罔退后一步，让轩辕站在正中，却被轩辕有力的大手拉住。轩辕紧握着炎帝的手，炎帝自己的无奈、瘦弱、绵软，也感觉到了轩辕手的厚实、力量、温暖和诚意。再看朝阳辉映下的轩辕，他剪影一样雄浑伟岸的身躯和由字形开阔的脸盘上，正跳荡着一脸激情的红光。从紧握的手中，炎帝榆罔能感觉到轩辕有力跳动的稳健脉搏。

"轩辕加冕——"

就有侍从用托盘端上冕旒。轩辕面西跪下，由炎帝迎着朝阳恍惚刺眼的光线，颤巍巍地给轩辕戴上，并结好了冠带。

轩辕三叩九拜隆重地谢过，北向站起。

"着龙袍——"

就有人用托盘端上了一个金灿灿的折叠得整整齐齐的龙袍。由风后递给炎帝，再由炎帝给轩辕披上肩，拢起了袍襟，扎上了宽宽的龙形玉带。

黄帝加冕的服装，是经过一番研究和精心准备的。头戴的冕旒，由轩辕亲自设计。高峨修长的冕，就像后世朝臣手执的笏板一样，前后各有十二串代表十二大部落的玉珠儿，由一冕相连，寓意天下的共同意志和一统江山。黄丝帛做成的龙袍，是嫘妃带着众姐妹，夜以继日地加班做出来的，左右胸前各绣一条抬头张扬的金龙，套在三级战袍上，显得格外庄严、威武、神圣，进一步凸显了帝王的威仪。

目睹了轩辕登基盛况的人，激动得热泪盈眶，欢呼雀跃，欢呼的声浪响彻云霄。

"诵史——"

即将被黄帝名作史官、有造字和记功之功的"四眼"仓颉，神采飞扬地朗声开诵——

第十七章

一

仓颉四目晶亮、神采飞扬地开诵曰:

盘古开天，有巢穴居;
燧人制火，伏羲八卦;
神农尝药，炎帝农耕。
轩辕黄王，与炎同脉，
父曰少典，母出有蟜;
生而神灵，弱而能言，
幼而徇齐，成而聪明。
帝师以教，王师以导。
西陵合亲，桥山立王。
西拜广成，又习皇人，
鬼容练气，宁封龙蹻。
龙行天下，义战河东。
阪泉三战，炎帝禅让;
土德之瑞，登基黄帝。
元起丁亥，代代绵延……

等仓颉诵史一完，风后就将手中的拂尘在空中划了个圈儿:

"拜帝师——"

天老、吴权、鬼容区、宁封、马师皇、中黄子、大填、封钜、知命九位轩辕之师，同时被拜为帝师。一脸沟壑的老脸天老，头顶花花绿绿的羽冠站在中间，眼中含着激动的老泪。低矮圆胖的吴权，手捋着他那撮山羊胡子，尽量挺起胸站在其左。右边是白须齐胸的鬼容区，吸了一口气沉入丹田，显得很沉静平和。吴权的左边，是宁封、中黄子和封钜；鬼容区的右边，是马师皇、大填和知命。他们并排盘坐在坐垫上，本来应该是拿老了表情，品麻地接受轩辕黄帝的叩拜，但是由于大家同时又都是黄帝的大臣，在黄帝行三叩九拜的拜师礼的时候，大家都拱手还礼。

轩辕黄帝称帝后的第一拜就是拜帝师。他毕恭毕敬地先将双手举得高高地抱拳鞠躬，将身体几乎打了九十度的折，然后才撩起战袍，双膝跪在跪垫上，掌心向上平摊左右，额头触地连叩三个响头。再行站起鞠躬，再次下跪叩头，认认真真地重复了两次之后，风后才说："礼毕。"

接着又是"拜将相"，大将力牧与三公之首的上台风后被拜为华夏第一将相。三公之一的地老、五圣继续就任中台、下台。风后之下，还有六相。

"封百官"，苍颉造字，隶首算数，赤将、高元作宫室，胡曹造衣，伯余造裳，共鼓、货狄作舟楫，胲作服牛，雍父始作舂，挥始作弓，夷牟作矢，伶伦作权量，史玉始造画，扁鹊、俞跗定脉理，疗万姓，宁封为陶正，于则作扉履，伶伦铸十二钟，岐伯尝味百草，典医疗疾；孔甲始作盘盂，竖亥通道理，正里侯；羲和占日，常仪占月，叟区占星气，大挠作甲子，容成作调历，后盒作占岁，奚仲造车作律，管兴制坛礼等，都位列百官。

最后才是遍封天下部落酋长的"封神"活动。天下部落号称"万国"，实到七千，都得到了封赏。这就是华夏历史上有名的"黄帝七千封"：

> 封先代之神盘古为开天辟地祖神。"天地生成而盘古死，化天地、神祇、精怪……"
> 封远古大神有巢氏、燧人氏、伏羲氏、女娲、神农氏；
> 封精怪之神有雷神、神龙、风伯飞廉、雨师屏翳、应龙、烛龙；
> 封炎帝榆罔为南方天帝，辅神祝融（南方色赤，故南帝也称赤帝，赤帝亦太阳神；祝融手持秤杆，执掌夏天。）
> 封天下五方神主，十二大部落图腾神、二十八宿神。

封东海之神禺号，居东海；

封北海之神兼风神禺京，居北海；

封钟山之神烛阴，居钟山；

封中山大神帝台，领中山之地；

封大神西王母，居西方之玉山（昆仑山西）；

封火府之神祝融；

封水府之神共工；

封地府之神后土；

封时间之神噎鸣；

封木神句芒；

封金神蓐收；

封冥府之神神荼、郁垒，居东海桃都山；

封南海之神不廷胡余，居南海；

封西海之神弇兹，居西海。

封海内诸神。

西山：

槐江山神英招；

昆仑山神陆吾；

昆仑山门神开明兽；

昆仑山护树神离朱；

嬴母山神长乘；

三危山神三青鸟（西王母的女官）；

天山神帝江；

坳山神蓐收。

北山：

发鸠山，乃炎帝少女女娃溺东海之灵精卫鸟居处；

河伯冯夷，居从极渊。

中山：

青要山女神武罗；

820

和山吉神泰逢；

平逢山神骄虫；

姑瑶山，乃炎帝少女瑶姬夭亡托身瑶草成神处，神瑶姬为江水之神（巫山云雨……）；

骄山神驮围；

光山神计蒙；

岐山神涉蛇；

熊山为诸神的秘密会所；

丰山神耕父；

夫夫山神於儿；

封帝台领地——休与山，鼓钟山，高前山：

休与山，有帝台之棋，此棋可祈祷天神；

鼓钟山，是帝台敲钟击鼓、宴会诸神处。

高前山，有帝台之浆；

洛水女神宓妃，太昊女儿宓姬溺洛水而成神；

堵山神天愚；

东方雷泽：雷神居处。

西南若水：韩流居处。

西南巴地：后照居处。

西南部广野：青城山女神素女。

又封海外之神：

海外南方的荒野，十六个神人为黄帝守夜。在十六神人的东边封神鸟毕方。

海外北方的欧丝野东，封神蚕女于三桑。

海外东方，封神奢比尸于大人国北；封神双重虹于君子国北。

又封大荒之神：

东方大荒：

封神天吴于朝阳谷；

封神折丹，居大地东极，掌管俊（东）风的出入；

封神鹢，以控制日月的出入；

封神兽夔，居东海流波山。

南方大荒：

封黄鸟于巫山西，为黄帝看守八所仙药；

封神因因乎，在大地的南极掌管南风出入，为南极风神。

封少昊之子倍伐于缗渊。

北方大荒：

封神九凤、彊良于北极天柜山；

封神夸父于成都载天山。

西方大荒：

封神石夷，在大地西北角，掌管日月运行的时辰；

谕连臂神人十六名，授为巡守正神二八神，司夜于四野。

谕神奢比尸，为监察神，管理海外东部大人国。

谕八首人面天神天吴，为朝阳谷神兼谷中水神。

谕神不延胡余，为大荒南沙州神。

谕巫咸、巫即、巫盼、巫彭、巫姑、巫真、巫抵、巫射、巫罗、巫礼十神，为灵（桥）山十巫神。

谕独臂神吴回，为圣父神。

谕大神巨灵，为执法神。

谕神强良，为执法神副使。

谕梨灵尸神，为东海外大荒神。

谕折丹神，为司日、月速度之神。

谕九凤神，为万鸟之神。

谕神禺强，为天界天河之神。

谕神南岳，为南岳山神。

谕神女虔，为州山女神，赐为南岳正妃。

谕南岳子季格，孙寿麻为南岳属山神。

谕神天虞，为守天门之神。

谕天神噓，为司日、月之神。

谕延维为巡天神。

谕伯夷子西岳为西岳山神。

谕大比赤阴为创国正神。

谕女祭、女茇二女神为寒荒国护法神。

谕石夷为主管日月运行神。

谕硐为日月监察神。

谕泰逢神为吉神。

谕堪坏掌管昆仑神山，神吾、连叔辅之为辅神……

"献宝封神——"

第一个献宝的是嫘妃。她今天打扮得格外出众夺目。已经四十三岁的她，一点不减当年的风韵，稍稍发胖的体形和白皙、圆润、光洁的脸庞，更增加了她的韵致。高绾的双环发髻，碧玉的凤头发簪，红晶晶的玛瑙珍珠、灰白的骨珠、涂成红色的兽牙等一圈圈的项链，灰陶环的手镯脚环。被染成粉红色的丝帛广袖上衣和拖地长裙，绿色的披肩和束带，加上依然细碎的小步，纤巧的手捧着蚕丝袅袅而行，就好像不是走上来的，而是从水上漂过来的似的。

嫘妃双手捧着银线一样盘成波浪形的蚕丝，来到轩辕黄帝面前，单腿跪下，将蚕丝举过头顶，朱唇就发出一种保持着年轻女性磁性的银质声音：

"谨以西陵之丝，献于黄帝，愿天下永结丝帛之好！"

黄帝接过在阳光下银光耀眼夺目的蚕丝向四下展示了，才交给旁边的侍从。然后郑重其事地宣布自己的决定：

"兹封，嫘妃曰蚕神，名嫘祖——"

嫘妃双腿跪地，手心向上，伏地拜谢。

方雷氏炎居为炎黄重修于好、父亲炎帝榆罔被封为南方天帝而庆贺，他喜滋滋地眯上细长的秀目，双膝下跪行礼，又接过采自西南大山神农架上的春茶，双手举过头顶，高高地捧上，一脸的真情和诚意：

"谨献神农架之春草……"

黄帝："老神农氏遍尝百草，识茶之功，当封'茶神'也。炎居代受。"

杜康捧上盛满了秫酒的红陶罐，经过改进的秫酒，色红如血，酒是封在罐内，香气却封不住，直冲人鼻，令人陶醉。被封为酒神。

雷公献上大陶碗，被封为窑神。

神荼、郁垒管理九黎战败之恶者有功，被封为门神。仓颉造字有功，被封为文字始祖；马师皇为龙马诊疗有功，开兽医之先河，为兽医鼻祖；赤将为工匠之祖，伶伦为音乐之祖……正北、东北、西北诸北的部落、有戴了大大耳垂的南方的儋耳部落，都献上了贡品。一时间，轩辕台上摆满了天下所有部落贡献的礼品、贡品，有洁白如冰的，碧绿似水的，有的色红如火，有的黑如煤炭，有的蓝如天色，有的紫如葡萄……有异物，有宝马，有蕙草，有仙果，有大象，有白虎……林林总总，琳琅满目，令人目不暇接，真一个大型天下博览会也！

——这就是拥有天下的感觉。

此时的轩辕黄帝，心满志得，雄心勃勃，一个太平盛世、大同社会的蓝图正在他的心中勾画着。他要尽其所能，遍施恩惠于天下，恩德所至，东、西、南、北四方的部落，包括胸部中箭战败的贯胸者、高鼻梁深眼睛白皮肤的西部人、长臂如猿的南方人等，都得到了封赏。

黄帝让天下所有的部落酋长都各遂其愿，分治一方。在结合了中央和地方力量的"干支相配"的同时，采用天下十二大部落轮流执政的"太岁制"管理办法，在这一年内，太岁就是天下的"最高"统治者，天下的事他说了算，本年度天下所有出生的人，都属太岁之相。这样，既满足了十二大部落酋长统治天下的虚荣，而每十二年一轮回，当天下所有出生的人都分别属于十二相之一时，混杂在一起的十二相后人，却实现了一种新的民族大融合。这就是黄帝的用人之道，他的政治智慧、手腕和高明之处。

二

黄帝的封神活动，一直进行到了中午。白光光的艳阳，暖烘烘地挂在中天上，春风和煦。杨树一律笔直向上的梢头，颤动着万千褐红色的如同万国旗帜一样的"毛虫虫"花絮。飘拂在垂柳梢的鸭黄新绿，优雅地舞动着腰肢。燕子"吱吱"地叫着，在其中闪电一样穿梭，又好像融进去一样，像一些小小的黑点儿，在高远的如同用水洗过的蓝天上闪动着飞翔。山野上，亮黄的满天星似的迎春花还没开败，山桃花的一层层一片片粉韵，已经染得到处都是，再加上桃花的艳红、杏花的羞红和梨花的雪白，就更是美丽得如同神话的境界。

在这样美好氛围中，在一阵阵热情高涨的欢呼声中，活动继续进行着。

"歌舞娱神——"

中原的炎居方雷氏部落第一个献舞。他们表演的，还是琴瑟簧埙钟磬伴奏下的《伏犁八阙》。曲目还是"迎日之舞"、"神鸟送穗"、"大地广袤"、"耒耜之舞"、"雨神之舞"、"蚌镰之舞"和"丰收之舞"，只是表演的人员增加了数倍，场面更加宏大，由数队男子和女子来共同再现男耕女织的劳动生活场景。琴乐悠扬，歌声甜脆，一派和谐美满的气象。

接着，天下四大神主，十二大部落及二十八宿等大小部落，都拿出了自己的特色节目。大家你方唱罢我登场，表演者尽力，观看者尽兴。大家拿出随身带来的食物，边吃边看。黄帝和炎帝坐在一起，其乐融融。人们的热情，一直把太阳送到了西天上，春风开始变凉、冬寒好像要卷土重来的时候，才余兴未尽地收场。

晚上，又在黄帝中宫前的广场上架起一个烈焰冲天的大篝火，朝晖一样亮的火舌，热情地舔着宝石蓝的像铆上了晶亮的铆钉一样的星空，让宁静致远的星星笑得直颤抖。人们手拉着手，围着热浪扑人的篝火，尽情地欢歌舞蹈。黄帝和炎帝也加入到了舞蹈的人群中。天老、吴权、鬼容区、宁封、马师皇、中黄子、大填、封钜、知命等帝师，西王母等四方神主，文臣武将，蜀夫等十二大部落的酋长，都掺和在歌舞的人流中。红彤彤的火光，在人们的脸上跳动个不停，给热情的人们染上火红的色调……

黄帝登基大典结束后，各部落的酋长都要回到自己的领地去。轩辕黄帝一直把大家送到黄城的南门外。这里临时搭起了送别的亭台。黄帝与大家拱手相别，大家不胜感慨、带着复杂的心情一一离去。炎帝、被黄帝封为火正继续辅佐炎帝的祝融等在炎居的陪同下，也要去中原的方山即嵩山一带。听訞、少皞及芹姬、炎柱等随行。对黄帝心存不满、准备回到河西故里常羊山另谋发展的刑天，受黄帝封赏的炎帝水正共工，准备回到冀地和震方的赤冀、诸稽及受封于黄帝的风伯大风、雨师赤松子、医师雷公、农正稷、水正白阜等都前来送行。临别，炎居真诚地向黄帝发出邀请：

　　"方山，天下名山，山势若卧，方数百里，名胜颇多；中原，地大物博，部族众多，东接于海，南通江淮，西连昆仑，北过涿鹿，帝居天下之中，而分治四方矣。愿帝治国之余，早日兑现诺言，前往中原，实现联姻。"

　　黄帝郑重地点着头。他双手握着炎帝冰凉的手，向西一直送出近十里，看炎帝实在累得有些喘气了，才不得不让他坐上牛车。因为是车行，为了便于行走，炎居选择了这条向西绕过中条山的车道。炎帝榆罔也想借此向西看看黄河西边的故土。

　　女节一直在远处偷偷地瞄着黄帝。等扶炎帝上车时，她赶紧抢前一步，扶炎帝爷爷上车，却把一双晶亮的眼睛，直盯着黄帝。盯得黄帝心里直发痒痒。

　　牛车在黄土道上摇晃颠簸着，背着烘融融的太阳"吱扭吱扭"地前行。春天反复无常，昨天又下了场不小的春雪，虽说雪没落住，虽说今天的阳光明媚温暖，但还是能感觉到一丝冬日的寒气。怕炎帝受凉，炎居让人给炎帝裹了一件火红的狐皮。车缓缓而行，人在车上摇着摇着就有了些睡意，炎帝不由得就牵拉下了眼皮。又因为他坐得很正，左右对称，前后平衡，所以尽管车子晃来晃去，他还是像个不倒翁似的晃而不倒。在这种晃晃悠悠中就进入了梦乡——唉，人老了，就跟小孩似的，思维也变得简单了。虽说晚上没瞌睡，可是打起盹儿来，却是拿手好戏……炎帝打着盹，自我解脱地想：连吴权在黄帝封神的时候都打起了瞌睡，歪着个头，巴咂着嘴，口角流着涎水，呼噜响得跟打雷一样！……炎帝正在昏昏沉沉地迷瞪着

826

的时候，炎居忽然惊讶地高声喊：

"大，快看！涨潮之大河……"

炎帝一个激灵，猛地睁开眼睛，眼前的景象把他惊呆了。

平展展广袤的河西大地正在返青，被百花装饰了，湿漉漉地透着褐红，好像拧一把都能拧出水来。土地上，有星星点点的人和牛在忙碌着，春烟袅袅，像绳带一样弯弯曲曲地飘向天空，就融入蓝天之中了。远景，好像是浮在了水的波纹里，在透明的空气的波动中模糊、颤抖……这就是我的故土。忙碌春耕的人们，可还记得有个炎帝神农氏？是他教给了大家农耕的技术？浑黄一片的黄河，变成了一片透着绿色的鹅黄，平平静静地自北而来，像一个有力的臂膀，挽起了两岸的山塬和平原。

"停车！停车！"炎帝用突然间变得沙哑的声音高声喊道。

牛车停了下来。牛鼻子里向外冒着白色的热气，它闭起铜铃一样的大牛眼，左右摩擦地捯动着上下嘴唇，在回味中反刍着昨晚的草料。炎帝榆罔在炎居的挽扶下下了牛车。一下车，他就很倔地甩开炎居自己走起来。他明显地感觉到内心里在颤抖，两条腿在颤抖……他咬着牙坚持，向前迈着两条像木柱子一样沉重的腿。这样摇晃着走了几步，就双膝一软，"扑通"一声，面向着中条山西麓斜坡下面远远的一道黄河和河对岸的故土，跪了下来。炎居、祝融以及所有的随从，都随着炎帝跪了下来。炎帝头抵着潮湿的浸透了雪水的黄土地，似乎地气和人是相通的，他能感觉到那股隐隐约约蒸腾向上的气流。在地气上升的时候，炎帝榆罔的泪水却夺眶而出，一滴滴地落在黄土地上，渗入大地母亲的怀抱。炎帝对着黄河拜了又拜，久久不愿离去。这也许是他终生面对黄河的最后一拜了。这样想的时候，炎帝榆罔的眼中溢满泪水。

母亲河，永远是这么亲切，终生让人依偎……

天上不会凭空掉下馅饼来的，任何好事的实现都是要费一番周折的。真正的春天的到来，也是在与寒流一次又一次的交锋中逐步实现的。就像"一场秋雨一场凉"一样，一场春寒过后，又是新一轮热潮的到来。而真正的春天的生命却是极其短暂的。一过阳春三月，不到一个月时间，炎炎的干燥暑热的夏日就匆匆而至了。

就在七月流火、天气干燥最旱的时候，嫘祖又添一女，名曰女魃，这已经是她的第四个孩子了。可是这个孩子却长了一副奇相。因为清晨她坚持着自己用尖底瓶去打水的时候，在水池旁阴暗的角落里，看到一只土黄色全身疥斑的癞蛤蟆爬在地上。只见它躲在挂着阴凉露珠的墨绿色的水草边，正把一双鼓起的像鸡一样的小圆眼闭成一条直线，脖子下面，忽然鼓起一个大大的白色气包，就像得了"缨瓜瓜"（缺碘症）的人脖子底下长出的大肉瘤一样，发出刺耳的像拉锯一样的"咯啦咯啦……"的叫声。嫘祖受此一惊，回来以后就一阵阵地腹痛，时紧时松，轩辕在旁干着急没办法，赶紧就派人叫来了负责接生的巫婆。

长得黑子明光就像鬼一样的接生婆把嫘祖一看，却面露喜色，把所有的皱纹都堆到眼角，巴结地对黄帝说：

"帝有喜矣! 添贵子矣!"然后又很有经验地对嫘祖说："咬牙坚持，非第一次也。四生之子，同挤杏核也!"

果然，嫘祖咬紧牙关坚持过又一阵就像内急似的腹痛之后，孩子就顺利出生了。是个女孩儿。接生婆用麻布擦掉孩子脸上的羊水，小女孩就脚蹬手抓地发出清脆激越令人兴奋的来到阳世上的第一声啼。接生婆用青铜刀切断连接母婴的脐带，用麻布贴身把孩子包了起来，外面再裹了一层熟过的柔软的光面兽皮，就用一双布满网状皱纹、骨节突出的黑手托起孩子，交到额头上还挂着汗珠儿、已经疲惫不堪、正在如释重负地缓着长气的嫘祖手中。嫘祖正歪着脑袋、眯起眼睛休憩，见接生婆面带惊异之色地喊：

"奇相也! 奇相也!"

就把孩子递了过来。嫘祖只好沉重地举起两只绵软的有气无力的手，接过了沉沉的很有一些斤两的孩子。再看这孩子，连她自己也感到惊异。

新鲜的粉红色的皮肤外面因为罩了一层血色，就红如枣色了。她紧攥着一双小小的红拳头，眉宇间一条很深很长的竖线，头上光秃无发，目光很凶，嘴咧得很大。嫘祖就知道这小家伙不是一个善主儿了。一心向善的嫘祖，不由对怀里的这个小家伙心生一种陌生和厌恶之感。虽然这一种感觉刺痛了她的神经，但是出于母爱的天然本能，她还是把孩子紧搂在怀里，撩起衣襟，露出一只白生生圆鼓鼓的乳房，又把周围镶着褐红色韵和花边的乳头对空挤了挤，直挤得几股奶线飞射之后，才将乳头塞进了孩子嚅动的小嘴里。

三

轩辕黄帝临朝，总是让他的九位帝师坐于左右。天老、吴权、鬼容区、宁封、马师皇、中黄子、大填、封钜、知命，因此享受到了最高的礼遇。文武大臣，左右分班，分别由风后和力牧领班。每次上朝，文武百官汇集一起，总是将新扩建后的中宫挤得满当当的，嗡嗡的议论声，就像赶集一样。今年的值年太岁是猪龙部落代表大渊献，胖乎乎的他腆着个大肚子，站在黄帝旁边，面向着文武百官。黄帝的身后，布着一条飞腾于水云之间的张牙舞爪的黄龙。

辰时将过，巳时将至，晨光亮晃晃地从架了歇山重檐小屋顶的大方天窗的左前方斜照进来，刚好照在大渊献好像有一些明光光的浮肿的胖脸上，耀得他眯起了眼睛，处于阴暗中的文武百官，也变得像剪影一样影影绰绰的，只有一片蜜蜂一样的嗡嗡声不绝于耳。看大家已经到齐了，大渊献就亮着嗓子，像唱一样宣布：

"朝会开始，文武大臣，有事表来——"

清瘦而精神的农正稷，双手平执着玉笏板，第一个从文臣中站了出来：

"如今，夏忙已过，麦已入仓，然忙之更甚者，尚在秋时。五谷杂粮，麻、黍、稷、豆、荞，皆熟于秋。帝当应天时，和地利，将四时八节，列入历法，颁行天下，指导农耕……"

"卿所言极是，吾当纳之。"黄帝先真诚地肯定了稷的建议，这才具体地予以安排，他双手一拱，"请天老帝师、大挠、羲和、常仪，与稷合作，共创农历，颁行天下。"

天老蜡黄的老脸上堆着满意的笑纹，从帝师位走出来，转身面向黄帝，与稷站在一起。站在文臣行列的大挠，顺手把脑门儿挠了挠，和白脸羲和、一脸霞光的常仪相互点了点头，就都从文臣中走出，来到天老和稷的左右，五个人站齐了，共同向黄帝拱手施礼，称"诺"而退。黄帝也拱手还以礼。

他们刚刚退下，分别回到各自的坐位、站位，医正岐山仙岐伯就待不住了。他较以前瘦了一些，但身子骨还是过去那样硬朗，盘得高高的灰白发髻和两绺飘然的鬓发，深深的眼窝，瘦长脸。他还是像在山中采药时那样"咚咚"地跨上几步，来到黄帝面前。因为他是嫘祖的舅舅，又是黄帝和嫘祖的大媒之一，所以说起话也就有理气长的，但是礼仪还是要讲的。他双手一拱，说：

"黄帝在上，听臣一言。臣进山采药，多年研习，《神农本草》，乃用药之纲也。然《本草》口传，多有谬误，贻害百姓，务必汇集医家，整理成书，方一经而定乾坤，造福天下也！"

黄帝郑重其事地应诺："人命关天，此事大也。请岐伯仙，携同俞跗、雷公，精研细究，凡增删整理，务求实效，切勿拘泥原本而以讹传讹，贻害天下也……然经名仍以《神农本草》命之，曰《神农本草经》——神农尝百草之功，不可没也！经书既成，则在用也。诊治之法，应多习之。"

黄帝想了想，又说："药者，以毒攻毒者也，凡药皆有毒也。与其治已病之病，岂如治未病之病、防患于未然乎？是故养重于治。此，吾与岐伯曾论及，诸公宜广开言路，深究也！"

"诺！"岐伯、俞跗、雷公三人齐声应承。

和轩辕一块儿在桥山沮水旁长大的红脸黄须的木正赤将，从小就对轩辕的本事佩服得五体投地，现在轩辕以土德之瑞称帝黄帝，继续命他做木正，他心中对黄帝更是深怀着一种由衷的亲切情感和敬意。一向做事认真仔细的他，说起话来也是井井有条，徐徐道来。他用手捋了捋自己挂满两腮的稀疏的黄胡子，就手捧一张用柳条木炭绘出图形的光面熟兽皮，步出文臣之列，来到黄帝面前：

"帝听臣言：重修中宫，余与高元反复尝试，终以增四中心立柱、挑歇山重檐；外加立柱、接续木椽之法，使屋内面积大增。加上曲折勾连之长廊、合宫嫔妃之室（后宫）、左右之（文武）百官宫室、前之明堂、后之花园，有主有次，参差错落，浑然一体也。臣意，天下十二大部落，皆可仿此格局，自立宫室，唯规格要小此一等。臣绘图于此，望帝审之。"

赤将躬身，直接把图拿到黄帝面前，双手呈上。轩辕起身离开虎皮帝座，接图后用一只大手，在赤将裹在羊皮外衣内的瘦肩膀上有力地一拍，给他一个亲切的赞许目光，赤将的心中就像是被从天窗透进来的晚春的阳光照耀一样暖洋洋的。

黄帝仔细地看着图形，右手的食指一处一处地指点着，看明白了就肯定地点头，看不明白了就皱眉头，招呼赤将过来。赤将用他结着黄白老茧的硬指头指点着，一一给黄帝解释：

"此合宫也……嫔妃之室，组合而成；此文臣武将之室也，左右厢房也，文臣居左，武将居右，沿中宫之布局矣……此回廊也……"

黄帝看得明白，看得满意，但他还是提出了自己的独到见解：

"此图为统一范式，然各处地形不同，布局亦当各异。大同小异，方各显风格也！"

赤将心服口服地点头同意。

黄帝将赤将之图交于值年太岁大渊献之手：

"照此复制十二，分送天下大部落，其宫室建造，皆以此为本也！"

赤将退下，长于数术、迎日推策的隶首又步出文臣之列。他因为长于计算，被人称作"花子"，可是他为人做事却极为认真，又因为额头上那块明显的黑记，所以不管他走到哪儿，人们一眼就可认出他来。一向性格开朗的隶首，今天却一副忧国忧民的认真样儿。他一边思索一边不紧不慢地开言：

"臣沉迷数术，深究天下之十二算法，最流行者运筹算，其他若天老、炎帝之八卦算，轩辕龟算、九宫算，广成子太乙算，悉诸、炎帝两仪算，宁封三才算，鬼容区成数算，蚩尤五行算等，专研者既易混淆，百姓交流，更觉不便，臣之意，数术宜一之，十进位，率其羡，要其会。"

轩辕竖起耳朵听得仔细，总算明白了隶首之意：

"此要事也，隶公详言之——何以一之？何以十进？"

"臣造一珠算，十进位也。"他边说边举起一个木框式算盘，木框分上下两部分，上窄下宽，分别由十数个竖立的串着等数算珠的细棍儿相连，每个细棍上串五个算珠，上一下四。隶首黑而晶亮的小眼睛眯成两条跳动的小金鱼样，眼角就聚起了稠密放射状的鱼尾纹来。他用左手举着他自己亲手制作的算盘展示给轩辕黄帝，右手的大拇指和食指分别向上、向下拨着算珠，灵巧地在算盘上演算着，无名指和小指弯成了女人的兰花指：

"此珠算之算盘。横杠上一珠代五，横框下一珠一也。先演加法，口诀云：'一上一，二上二，三下五去二，四下五去一，五去五进一……'"

隶首边说边"啪啪"地拨动着算盘珠子，先后演示了加、减、乘、除的算法和口诀。大家还是眼花缭乱、一头雾水的时候，轩辕已经看得清楚，想得明白。轩辕接过算盘，欣喜地翻来覆去仔细看了又看，又用右手举起算盘，左手在算盘上拨拉着算珠，重复着隶首的口诀：

"一上一，二上二，三下五去二，四下五去一，五去五进一……珠算者，神算也！宜推而广之，传天下各部落。若再推之，则律、衡成矣。隶公责任大也！"

轩辕把有力的左手，重重地拍打在隶首的左肩膀上。

一直在旁边率领着孔甲等执掌记事的史官与仓禀之官、人戏称"四眼"的仓颉，看今天议事的时间已经够长的了，就举起了自己的手——因为造字的屋舍内光线阴暗，他总是低着头工作，把头凑得很低，时间一长，他就在不知不觉中变成了近视眼，看东西时，总是要把所看之物举到眼睛跟前，眯缝着眼睛仔细地瞧。这样，他的双眼皮就变得更宽了，更像是长了"四目"了。这时候，只见他把自己手中的笏板举得凑近了眼睛，眼睛与笏板只差一两寸，几乎都快靠到一起了，才在笏板上上下移动着眼睛，一字一板地徐徐道来：

"臣受帝之托，整理字符，于今时过半载，已基本就序。此字符，总各大部落之共式，同者一之，异者同之，可为天下共用矣！臣之意，邀各部落巫师于渤澥，集中授之……"

黄帝知道仓颉造字的功绩巨大，谷雨的当天晚上，当仓颉在原观鸟兽足迹形成的刻画字符基础上，结合在天下各大部落酋长培训班上学到的兄弟部落的刻画字符，划出天下统一的第一个字符"一"（原为一竖划）字的时候，真是一划定乾坤，当时天下真的就星星点点地下起了像粟粒一样的

832

雨点，黄帝从这雨中闻到了粟米成熟的气息。而忽然从中条山上传来的像小孩哭声一样的狼嗥尤其搅动人心，它们好像也在为人类文明迈出的这一大步而为自己的命运哀号吗？——人类终于跨出这一大步，从动物群中分化出来，可以自命"高级"了。这一种"感天地，泣鬼神"的场景，黄帝至今记忆犹新。如今看到仓颉胸有成竹的样子，他对统一天下语言和字符，对创建天下和谐相处的大同社会更充满了自信。

"准——"不等仓颉的话音落尽，黄帝就用他赞许的目光和底气雄浑的男中音，响亮地说了一个"准"字，仓颉就心满意足地退回原位。

这时，值年太岁大渊献又说：

"风后有话也！"

只见风后手摇着他的鹅翼扇，拿腔拿调地从容说道：

"帝一统天下，有封者七千……而海内海外，何其大也？何人能穷究其极？"

臣青乌子和竖亥双双步出文臣之列：

"臣愿前往！"

四

自从方雷氏女节随其父炎居和爷爷炎帝榆罔回到中原后，黄帝对女节的思念，就像芝麻开花一样一节节地长高。白天忙于各种事务，一到夜里，这一种思念就会在潜意识中肆意地疯长。虽然身边还有嫘祖、采女、玄女、素女、少女、桑女等陪伴着，但是，轩辕黄帝却宁可一个人独处，一个人在独处中继续他对女节的思念。

这天吃过下午饭，因为天燥热得难耐，黄帝就一个人再次来中宫，一个人坐在因为天热取掉了虎皮，暂时换成金黄的丝帛面的帝座上。一个人面对着阴暗空阔的中宫，思念就像虫子一样侵蚀着他的思维，一闭眼睛，女节的倩影，就像一阵习习的凉风一样，让他如沐春风，心神荡漾……

他看到了一道道光滑的好像带着绒毛一样的平行弧线的流星雨。冥冥之中，他和女节走在一起，女节好像是披了一身星光的青辉一样素雅、端庄、美丽，一脸和谐的笑容。他能看得清楚她那双莹莹的闪着亮光的、眯成细缝的长凤眼，那目光莹光闪烁，热情如炬。她笔直的鼻梁上挂着月辉的蓝光，宁静而热烈。她的嘴唇紧抿却掩不住暗含的微笑和满足。她把如炬的目光投向他，他们在一起是那样的和谐惬意，好像两个人都长了翅膀飞呀飞的。她把纤细白嫩的小手伸给他，他有力地抓住它，紧握在手中，能够感觉到她身上宁静清凉的气息和脉搏的热烈跳动。在白而浅蓝的溶溶月辉中，他们踏着笔直的白色道路一直走上高原，高原上落起了雪，他们就手牵手顺着高原的边缘行走，能听到一片鸡叨米似的热烈的雪花亲吻高原的"沙沙"声——在这以前，黄帝以为雪落在地面上是无声的，尤其当雪落在咆哮的黄河上的时候……而这时候，一片热闹炒作的雪花那么亲切地亲吻大地的声音，忽然就如雷贯耳地充满了他的整个身心。正在与女节并肩行走的黄帝，忽然就一转身亲吻着女节，吸吮着她口中的甘泉，咂咂作响……黄帝看到月光下的高原深邃而旷远，远景都融入到一片朦胧的月辉和暗影之中，有探究不尽的神秘意味；他看到清辉镀了女节一身，她就这样眼睛笑眯成一条细缝儿，就像两只欢跃的小鱼，嘴角向上，弯成一叶小舟；她就这样侧靠在晶莹世界的火树银花中，把目光重新闪亮……黄帝紧握着女节凉浸浸的双手，他向她求婚，她深深地点头眼含泪光地就同意了！黄帝感到一股温暖的泉水，潺潺地流进了自己的心中……

又好像是在另一个幽深的意境中，女节在此，母亲附宝也在此，只见她一脸和谐的笑容，夸张地做出满意的、巴结女节的表情和动作，因为她知道，女节已经是自己的儿媳了……

黄帝被一阵凉风激醒，睁眼一看，周围的一切都暗了下来，屋内一片黑暗，只有中宫顶那个方形的天窗还透着亮光，一朵晚霞披着夕阳的金辉，正飘在窗外玫瑰色的天空。黄帝还沉浸在刚才的美好梦境之中，感叹梦境离去得太快，如果能一直生活在这样的梦境之中就好了……转念一想，老人们都讲，梦与现实是相反的！难道他与方雷氏女节的联姻中途生变了不成？于是，他决定连夜修书，用仓颉新统一的字符，在丝帛上写了一封信，询问炎居，他和女节联姻的准备情况。

方雷氏炎居：

　　炎黄联姻，天下大事矣！一别半载，未知筹办若何，为帝甚念。轩辕、女节，八字已合，今雷公为媒，雁礼一往，望纳之。

帝轩辕上之

元年暑日

　　黄帝用柳条炭笔写完信，立即派人去叫来了雷公。红脸雷公一脸不合年龄的"青春痘"疙里疙瘩的，讲起话来粗声大气，可是却为人厚道，心地善良。他把自己已经白了周边的齐胸黑须向旁边一捋，乐呵呵地向黄帝打包票。

　　"炎黄联姻，臣之重责也。帝与女节八字既合，臣当全力促成，和谐炎黄，造福天下。"看黄帝还是有些担心的样子，他把胸部拍得"啪啪"响，"请帝放下二四之心，臣人格担保，炎黄联姻事成矣！"

　　黄帝叮嘱雷公晚上好生休息，雷公满口答应。第二天一大早，不等黄帝率领群臣来送，雷公已经乘着清晨透着露水清香的凉爽气候，披了一缕金色的晨光，带着送聘礼的一队人马，攀上了中条山通往中原的林间小道。被人畜踏得白光光的夏日的小路被露水给封了尘，马蹄、牛蹄踏过尘土不扬。深绿色的萋萋芳草的叶尖上挂满了晶莹的大豆一样大小的露水珠子，被人畜一撞，它们就会亲切地附上衣裙和皮毛，把衣角、草鞋和牛马的腿上打得湿漉漉地凉。挤在枝头的一对红顶鹦鹉一身金黄，"吱儿吱儿"的，像小河浪花一样此起彼伏地在交谈。知了头朝上爬在近侧或远处的树杆上，用被露水打湿了的透明翅翼，忽闪忽闪地鼓出清凉欢快的"呜嘤呜嘤"的长声……在这样的氛围中走路，人身上虽然产生着热量，却被凉爽的气息给封了，并不出汗。驮着重礼的马、牛，喘着粗气，皮毛热乎乎的，却没有汗液渗出。直等到大家气喘吁吁地爬上中条山的山脊时，人畜的身上才出了微汗。人的头顶上、马和牛的背上，都冒着被阳光镀了金色的白色热气。

　　经过了纳采、问名、纳吉、纳征和请期，终于到了亲迎。这也是黄帝所朝思暮想的事情。早就听说中原地大物博，人口众多，山水风光迷

835

人……这引起了黄帝的极大兴趣。他想借着亲迎之机，将中原的山水风光和风土人情好好地游览欣赏一番。

轩辕黄帝要去往中原，自然要进行一番打扮修饰。他先用陶盆盛着温水，将胡须都浸湿了，又用捣碎的皂角抹得起了白沫，这才对着青铜镜面上映出的自己的金色影像，用磨快的青铜小刀，"嚓嚓"地刮除脸颊上毛茸茸的地毯一样的一层络腮短须。经过仔细地刮除和咬牙切齿的修割，在忍受了一番痛苦之后，青铜镜面上，终于显影出一个崭新的容颜。

只见他目光炯炯，印堂发亮，两颊红润，眼角虽然有了几道明显的鱼尾纹，但这会儿在喜气洋洋的表情中却显得那么和谐。他用手轻捋着油光黑亮的圈脸长须，厚重的棱角分明的嘴唇，也轻松地笑成嘴角向上的弧线，很深的嘴角线和隐藏在黑须中的两个深深的酒窝，欢快地跳动着。他深吸了一口气，欣赏着自己的容颜，头发已经被嫘祖精心地高高盘起，又有嫔女托来黄帝的冕旒，顶于发髻之上，又用金色的丝质束带，结于颏下，这才展开双臂，将黄色丝绸做的绣了金龙的龙袍，款款地穿上，合了长襟，系上腰带玉佩，挂上他七尺长的、像生铁疙瘩堆成的青绿色的轩辕剑。轩辕剑的剑锋透着寒光，怕伤及自身，嫘祖专门在两个木片上刻出槽形，又用无数道皮条，将它扎成剑鞘……现在，轩辕剑就插在这样的剑鞘里，斜挂在黄帝的身右（因为剑长，黄帝是左撇子，这样拔剑方便一些）。要给黄帝靸上木屐时，他把手一挥："免了。长途奔波，（龙须）草鞋合用，坏即重编也！"

轩辕黄帝要去中原，他的白龙马，昨晚就已经被马师皇梳洗得银光白亮，如果飞跑起来，就像是一道闪电。黄帝还在内屋梳妆打扮的时候，白龙马已经在中宫外的广场上急得直刨蹄子，扬起阵阵黄尘。它"唉儿唉儿"脆亮的叫声像号角一样，在深秋凉爽的清晨，盖过了周围群鸟的欢叫。长长的迎亲队伍，在雷公的组织下，早已经整装待发，一大群结着彩带的马、牛的身上，驮着丰富多彩的礼物、食盐、舟船和羊皮筏子，静候在金色的晨光中。

留守的天老、吴权、中黄子等帝师，上台风后、大将力牧，掌管黄城的后土等都来送行。仓颉、应龙、滑稽等随同黄帝前往中原的文武大臣，也已经齐聚中宫广场，等收拾停当的轩辕黄帝一走出中宫，人群中立刻爆发出一阵"黄帝！黄帝！"的欢呼声。

嫘祖携众嫔，与帝师、文武大臣一大群人，将黄帝直送到中条山下，才目光深情地与黄帝拱手告别。

红牛浮黄水，战马在水中嘶鸣。人们都乘坐木舟和羊皮筏子，在黄河静静的惊险涡流中盘旋，又顺着水流向南岸划去，终于登上了与北岸五光十色的秋色遥相呼应的南岸，人们才算松了一口气。

一过南岸，就进入了方山（嵩山）山脉的大山之中。秋风用它凉爽的凝着秋霜的气息，把方山中的万木吹得层林尽染，气象万千。

黄帝顾不上仔细地欣赏这世间少有的美景，只是在心中做了一个标记——以后有机会了，一定前来仔细地欣赏这笔立成排、像一道高危的墙一样的无尽青崖，欣赏这青松的碧绿雄姿、白杨笔挺的像画出来的线条和金色的叶子，欣赏这枫树、橡树等变化万千的红叶……他总是在"唰唰沙沙"的铺满金黄、浅黄和火红色树叶的、几乎无人问津的林间小路上快跑的白龙马身上快马加鞭，让风景像流水一样"哗哗"地从耳边流过，让人如一叶小舟一样，在铺满晚霞的水面上轻游，让白龙马如一道白色的闪电，从这里轻轻地划过，不留下一丝痕迹……

五

身经百战的应龙紧随黄帝身旁，自不在话下。仓颉、滑稽等文臣就有些力不从心了。仓颉双腿紧紧地勾在马肚皮上，形成一个近于标准的"O"形，双膝崴得困疼，随着牲口一步一颠的跑步，人在马上就像打夯一样蹾着，一是蹾得自己尾骨尖儿疼，二是马也感到被蹾得难受，只好将快跑改作慢走；本来身体就单薄的"烂脏"滑稽，在牲口身上颠得全身都快散架了，一会儿指着腰说"疼也"，一会儿又拍着大腿面说"疼哉乎？疼"，一会儿却摇着脖子说"困也"……最后，只好给他改为骑牛，因为牛背宽阔而平坦，步伐又不快，就感到舒坦了许多。于是，他就幸福地闭着一双小眼睛，听由牛慢慢地"扑沓"，嘴里又哼起了怪腔怪调的曲儿……

终于穿过了崇山峻岭的方山，黄帝的"亲送"队伍，来到了位于方山东面丘岭与平原交错地带的方雷氏炎居在赤将帮助下为黄帝新修的合亲用的行宫——云岩宫。

早有信使通知了炎居，炎居在宫外的大路口上摆上了酒席，携部落长老一起，欢迎黄帝的到来。炎帝随炎居来到中原后没有多久，就去了烈山，又由烈山去了神农架采药，千里迢迢地赶不回来了，就先给炎居留下了话："欢迎黄帝驾到，欢庆炎黄联姻"，又快牛加鞭，争取在黄帝和女节合婚的当天能赶回来……

分别半年多，炎居和黄帝一见面就拥抱在一起，相互拍着肩膀，用拳头打着胸脯，一点儿不像个岳父老泰山的庄重相，倒像是久别相逢的亲兄弟。

一大群人把黄帝一行迎到合宫来，周围到处是欢呼雀跃的人群，大人小孩的脸上都是喜洋洋的。人们争先恐后地拥挤向前，争睹威名天下的黄帝的尊容。为了让更多的人看到，黄帝还是骑在他的白龙马上，频频地向周围的父老百姓含笑点头、招手致意。

一位挤在人群中的白须老翁总算是看到了黄帝，他手扶高杖跪了下来，激动得颤巍巍地举起一只瘦手，口里沙哑地喊出："黄帝……"

黄帝赶快跳下马来，应龙随着跳下，接了白龙马的缰绳。黄帝向前跨出一步，双手扶起老翁：

"老人免礼！免礼……您老贵姓高寿？"

"彭也，八十有三……"老人家一面站起，一面不紧不慢地说。

黄帝紧紧地抓住老人筋骨毕露的黑红瘦手摇了又摇：

"彭老养生有道，容为帝日后多相叨扰。"

"应该应该……"老人并无推辞谦让之意。

黄帝又长时间握了握彭老的手，这才步行向前。因了炎居侍卫在前面鸣金开道，黄帝一行才算从容地穿过了人群，来到合宫前隔湖相望的南门外。应龙紧随在黄帝身边，警惕的目光随时扫视着四方。仓颉仔细地观察着每一个细节，显得沉稳有加。只有个"烂脏"滑稽总在那里点头哈腰的，好像所有欢迎的人群都是冲着他而来似的。因而，凡是他经过的地方，总会爆出一阵开心的欢笑声。

抬头看湖对岸的这座合宫，气势雄伟壮阔，比之桥山黄城和渤澥黄城更加略胜一筹。炎居有请黄帝迁都中原的意思，所以在请赤将设计这座云岩宫的时候，就不只是就一个合宫，而是全面统筹地设计了一组宫殿群。这里，从南门外的演兵场隔水相望，中央的主建筑群临水而建，一排排鳞次栉比。

炎居殷勤地用手指着介绍道："临水设门，旁有人祖洞可面水而谈；前者，讲武场、祖师殿、议事亭，后者嫘祖草堂，中者合宫也。左有洞窟十数个，文武大臣居所也；右有三面临水之仙岛，众百姓安居之处，天下部落代表居之。品字结构，成三足鼎立之势也。"

黄帝没有想到，仅仅半年时间，在这里就一下子立起这么庞大的一个宫殿群，这在河西河东都是不可想象的："中原果真地大物博、人才众多矣！"他心里这么想着，随口问着："此宫何名也？"

"云岩宫，因云彩常相绕之。"赤将回答。

"黄帝宫。"炎居怕黄帝心生疑意，赶忙补充说，"炎居专为帝造也。"

"就叫云岩宫。"黄帝知道炎居的为人，决不会膨胀野心，有僭越之意，为显大度和胸怀，就释之为："如此有气势也，富诗意也。"

仓颉随后补充："黄帝以云命师，云岩宫者，再合适不过。"

滑稽拍着手叫道："好玩、好玩！"

从南门外去合宫，要先乘了舟船才行。白龙马等坐骑都留在城南，被牵了去饲养。炎居陪同着黄帝一行漫步走下一个缓坡，来到初冬的泛着白光的湖水跟前。夕阳从云层中探出头来斜照，周围的风景一时都镀上了金辉，湖水也在微风中变得活泛起来。一对五彩鸳鸯正在荡漾着金波的湖水中嬉戏，激起轻微的闪着金辉的雪白浪花。

黄帝看着湖水，也看着那一对五彩鸳鸯："此湖何名？"

"未定也。"炎居一边回答，一边把黄帝先让上了舟船。

这舟亦是独木凿成，只是很长，前面装饰了一个高扬着头的龙头，后面翘着龙尾，周围画着龙鳞。黄帝看得稀奇："此舟莫非龙舟乎？"

"中也！帝亲临之，非龙舟不乘也。"雷公学着中原的话抢白了一句。

炎居随着黄帝跳上龙舟，龙舟就在前后四位头扎红巾的划者的齐力划桨下，轻快地离岸而去，像一支离弦的箭，又像一只巨大的翼龙，拖着扇面的水涟漪尾翼向前游去……合宫前的小码头、讲武场、祖师殿和议事亭等一层层的台地和道边上，早已经拥满了以红色服装为主的仪仗和五颜六色的人群。黄帝和方雷氏女节的合婚大礼将在合宫前举行，周围部族聚落的人众早早都赶了来等候看热闹。人群中发出了"黄帝！黄帝！"的欢呼声，巨大的声浪一波波地顺着初冬的寒水传了过来，寒冷中裹挟着热浪。黄帝一时激动，连连挥手向大家致意。

其他的舟船都是普通的独木舟。等到应龙、仓颉、雷公、滑稽等分别乘两个独木舟渡了过来，乐队齐声奏起了富于中原地方特色的悠扬、欢快、激越的婚礼喜庆曲。这乐曲，很容易使人联想到后世中原流行的豫剧的《抬花轿》。

黄帝为这种欢快的旋律所感染，脸上也挂上了喜洋洋的表情。周围人的脸上，都是挂着喜庆、期待、向往的表情。大家拥挤着——后面的朝前挤着，前面的尽量往后靠着。有人就喊起了口号：

"欢迎黄帝来到中原！"

于是，大家都跟着喊。

有人又喊："黄帝驾到，中不中？"

大家齐声喊："中也！"

"炎黄和睦，好不好？"那人又问。

"好也！"

黄帝为中原人这样热情好客的场面所感染，一边拾阶而上，一边不停地向大家躬身致意和招手。依然是身饰威严的鹰翅的应龙，也为这样的热烈气氛所感染，但他不忘自己的职责，始终紧挨在黄帝的身边，警惕的眼睛虽说眯成了喜庆的样子，却还是机警地从眼缝中四下观察着，一只手始终按在青铜刀把上，一动背后的鹰翅就轻微地扇一扇。"烂脏"滑稽眉飞色舞、手舞足蹈，也跟着众人"中也！""好也！"地喊着，更加渲染和烘托了现场的热闹气氛。

先后经过了讲武场、祖师殿和议事亭，临近合宫的时候，南城门的地方又是一片喧腾和欢呼。原来是炎帝从神农架赶回来了。

炎帝榆冈一路风尘，刚刚被人从被夕阳镀上红边儿的黄牛背上扶下来，就被人携上了龙舟，一路轻风似的飘向合宫。

黄帝和炎居、应龙、仓颉、滑稽和炎居部落的一班长老都返回码头去，迎接炎帝驾到。等黄帝、炎居一行返回到荡漾着一湖红波和晚霞的码头边，"炎帝驾到！"的传号到了，炎帝乘坐的龙舟也到了。

炎帝的胡子几乎全白了，银中带灰。皮肤却变得红中透黑，田字形脸上，一脸皱纹像刀刻的一样有了力度。他依然是眯缝着一双有了皱褶的长凤眼，笑眯眯乐呵呵地向黄帝招手。炎帝刚被同舟而至的助手扶下，炎居和他的一班长老已经跪下行礼，仓颉、滑稽等随乡入俗，也行跪礼。黄帝虽贵为帝身，但是想到炎帝功德和自己年轻，也欲行跪礼，却被应龙止住。应龙小声提醒黄帝："而今汝为天下共主也！"黄帝听到装着没听到，全当是被周围的欢呼声给盖过了，仍然面向炎帝行了跪拜礼。

炎帝一看黄帝给他行起了跪拜礼，赶忙下跪。当炎黄二帝相对深深对拜的时候，现场一片欢声雷动。还是黄帝年轻，先过去携起了炎帝。他明显地感觉到，这近半年的野外奔波，炎帝的身子骨硬朗了许多。当两双有力的大手紧紧地握在一起携手而行的时候，人群中又爆发起了："黄帝！炎帝！""炎帝！黄帝！"的欢呼声。

当外面欢声雷动的时候，合宫内却静得出奇，静得一枚铜针掉在地上都能听得到似的。这里布置得一派大红，一片喜庆的气氛。而这时候的女节，虽然内心里激动向往，心跳得"突突突"，就像怀里揣了只活蹦乱跳的兔子一样，她自己都能听到自己的"扑腾扑腾"的心跳声了。虽然她脸上飞起了红霞，长凤眼喜上了眉梢，嘴角不由得就往上翘着，自己也觉得这脸上火烧火燎的，但她还是尽量克制住自己激动的心情，喝令周围，不发出一点儿声音——其实，她这是为了更清晰地听到外面的动静！

第十八章

一

炎帝榆罔自从离开渤澥之后，随了炎居来到中原。他的臣属，除了祝融还随着他，是为了一路向南到南岳衡山去赴任外，其余的不是随了黄帝，就是各奔东西了。刑天顶着他的电光脑，去了常羊山旁、清姜河旁的炎帝故里姜城堡，他心里一直不服黄帝的得胜，更不服黄帝取代炎帝而立。他之所以不回故里而要去炎帝故都，目的一是为了替炎帝守住故都，保护好炎帝祖地，二是为了远离黄帝的统治中心，在黄帝势力较弱、炎帝影响较大的地方，便于利用炎帝的影响重整旗鼓，发展自己的力量，以求东山再起。黄帝不知是心大，还是正在胜利后的情满意得时刻，或者说是一时被胜利冲昏了头脑，不在乎刑天的这些小九九，就随了他愿，由他去了。不想这一去，却为以后埋下了祸根，使刑天于一隅坐大，有条件和有能力再次成为带头造反的代表人物。

共工这一次虽然终究没有一横心一头撞到石头上去，但他心里也同样不满，只是看到炎帝大势已去，光靠他和刑天一时也成不了什么气候，就决定先忍着，深藏不露，一改他往日的愁眉苦脸而为表面上的欢喜。因为他并不长于表演，所以就弄得一脸笑不笑、哭不哭的怪模样。留在渤澥是不可能的，因为他觉得在这里太憋屈，但是就自己的去向，他却和刑天大不相同。两人争执了半天，他还是回了自己水网纵横的江淮故里，发挥自己的特长，去兴修水利，治理水患，发展生产，稳固基业，以待后事。

炎帝榆罔的角色转换工作还算做得好，这首先是因为他把世间的事情都给想开了。为帝又能怎样？不过受人追捧，活在一种虚幻和虚荣之中，并不能体现自己的本真意愿。譬如说对农耕的研究，对医药的深究，特别是外出采药时，经常会因为天下不得不管的杂事而受到影响。一年到头，天天被缠在各种事务中，事无巨细，日理万机，到头来……唉！自从被黄帝战败之后，无事一身轻，他一下子就给参透了，想开了，所以就在自己的努力下，成功地解脱了帝位，只是在黄帝的要求下，不得不应了个"炎帝"的虚名。身心全部解脱之后，他的想法，就是要把精力全部用到农耕和医药的研究上去，力所能及、实实在在地为天下百姓办一些实事。

炎帝榆罔就抱着这样一个实实在在的想法来到中原。在中原待了一段时间之后，在炎居的服侍下，生活过得很安逸，人又被养得虚胖了一些。人常说，"瘦乃人生之宝"，再这样下去，不光实现不了自己的人生目标，就连最起码的基本条件——人的身体，也就变成一个"四体不勤、五谷不分"的无用东西了！炎居整天小心地服侍着，炎帝却每天皱着眉头，随着天气的一天天变热，他也处于一种心神不宁、心情烦躁的状态之中。在安逸的生活和痛苦的思想斗争与心理矛盾中，一向有些优柔寡断的炎帝，终于咬着牙做出了决断：离开中原，去老神农氏当年采药去过的、自己在登基炎帝之前东巡时就曾想前去的神农架。炎帝做出决定后，就叫人给他准备好了行装：一身麻布衣，一件网状的麻布披肩，两双龙须草编就的草鞋（一双备用），一个长杖，一个竹编的背篓，一把青铜刀和他仿效老神农氏所做的神鞭和随身佩带的猎射和自卫用的弓箭。

已经有些虚胖的炎帝榆罔这么把自己打扮了一番，在水盆中一照，还真有点英武的气概，怎么看，都有点像"岐山仙"岐伯的样子。他满意地冲着自己点头，却吓坏了他的大儿子炎居方雷氏。因为父亲年事已高，决不可能让他一人前去遥远得像传说一样的神农架去，虽然那里药材极为丰富，春茶也好，在黄帝面前为炎帝部族赢得了荣誉……再三劝说都无济于事，父子俩为此都红了脸（他们父子俩本来都是红脸膛，只是炎帝多年来在紫宫里养得稍白了些），差点没打起来，可是炎帝榆罔的榆木疙瘩性子就是改不过来。唉，这人一老了，固执己见，那个顽固，那个倔，简直没法儿。是不是人一到老了，都会变成老顽童，都会变得既固执又简单，都会活在自己的世界里？炎居顾不了这么多，只好随了他去，人常说，对老人要孝顺。孝顺孝顺，顺之才能达到孝之目的。炎居顺了炎帝之意，也就是尽了为子的孝之力。但是，出于对炎帝健康的关照，就多派了一些精壮青年随了炎帝榆罔而去。因为山路崎岖，还专门准备了一个车样的用竹竿抬着的坐椅（也就是以后在西南地区流行的"滑竿"），由两个小伙子抬着，以备炎帝骑牛累了的时候乘坐。炎帝榆罔终于以他的倔劲"征服"了炎居，告别了听訞和少滫，如愿以偿地踏上了他西南采药的征程。四女芹姬自告奋勇一路服侍炎帝。小儿子炎柱也被炎居派了随炎帝而去。父子连心，有他随从，炎居就放心多了。炎居因为筹备黄帝和女节的婚事、兴建黄帝合宫等事关系到炎黄两族能否和睦相处的大事，忙得不能脱身。

炎帝一心想着远离尘世、回归自然，就冒着愈来愈热的天气，一路匆匆地向神农架赶。但是路过南阳的时候，没有忘记对自己大女儿英姬的祭奠。在早已经因为他放火逼迫英姬变成的白鹊而被大火烧得只剩下一个粗大的黑炭一样的桑树桩前摆上了鲜果和五谷等供品，燃香草祷告以后，南阳鹊部落的年轻新酋长没能留得住炎帝多待一些时日，炎帝就骑上牛背继续南下了。基本上走的是上次东巡时的相反路线，由鸡公山向西到了烈山，再向西到了谷城。这里就是他当年发现大谷穗留炎居于此的地方。如今这里已经大面积种上了这种大穗的谷子。看到田地里一片绿中泛黄的沉甸甸地低了头的谷穗，呼吸到大自然的清新空气、嗅到这种五谷特有的醉人芳香，炎帝的心情一下子变得开朗许多，不由得在这里多住了几日。也好把他一路上观察记录在卵石上的"石书"资料归类整理整理。炎帝出门，最大的负担就是他那几大堆用赭石红记录在石片和卵石上的"石书"，这一个个"天书"一样难辨的红色图画和"字符"，我们只能叫它们作"石文"了（相对于金文、甲骨文而言）。因为一部《神农本草》就得用七八头牛驮，再加上他农学方面的著述和不断地观察、发现、记录造出的新"石文"，总共就有一二十头牛来专驮"石书"。"石书"沉重，每天连续不断地行进，人畜都已经疲惫不堪了。这一点炎帝榆罔也看在眼里。

在大家多休息几日的过程中，炎帝榆罔每天倒是忙个不停。每天在临时搭起的凉棚下，由炎柱帮助把那些"石文"的石片和卵石一堆一堆地分开（按照章节分类排序），分别做上标记，又将这种标记用红色统一画在牛左侧的脖子上，给牛也排了序，这样一看牛的排序，就知道哪个章节的石文在哪个牛身上驮着，在哪个柳条筐内，而不至于乱了码儿。女儿芹姬在炎帝的身旁小心地服侍着，把烧开的水凉在彩陶罐里，随时给陶碗加水；炎帝口渴了一伸手就可以摸到陶碗，然后一仰脖子，一碗水就"咕嘟咕嘟"地灌进了肚里，用手背揩一下汗，就继续他的描画和研究工作。头上渗出了密集的像露水一样的汗水，顾不上擦一把，那咸涩的汗水就越过额头上的一道道"沟壑"，挂上长长的灰白的"寿星眉"上，或者滑落到目不转睛的老成两折的长凤眼里，炎帝就用食指背顺便抹了抹，酸涩得老眼中流出了泪水。芹姬忙着去烧水，返回时看到这样，赶快用一块干净的麻布给老父炎帝擦了汗。炎帝嫌乱，皱了皱眉头，又慈爱地看了芹姬一眼，抱歉地笑一笑，接过麻布片自己擦了汗。

炎帝的工作，在别人看来全都是无用的，从外表看，他那一堆堆做了标记的石片和卵石就像是一个石器加工场的石料库一样，而他也不过是一个挑选石料的工匠。因为他的"石书"所蕴含的丰富的知识形象内容，只有他自己能解得清。当然，在阪泉战败后，于无聊中与前来讨教的岐伯的交流中，也学会和吸收了一些最初为他所不齿的由仓颉统一的字符。

其实，说炎帝榆罔这里是石器加工场的石料库也不对。因为他这里除了石片和卵石外，还有一多半是各种草药，龙骨、石膏等药用物质，还有他筛选出来的五谷良种，都分别放置在一个个竹编或者柳条编就的筐里、篮里，有晾晒在地上的，有加工好盛在陶罐、陶盆、陶钵、陶豆里的，有的发黑、有的泛黄、有的青绿，五颜六色，非常丰富。在凉棚里工作，倒是凉爽、豁亮、通风、畅快，就怕的是天变。现在的天气，正是夏天的"娃娃脸"说变就变，而且这南方的天一旦下起雨来就没完没了，不下个十天半个月是不肯收场的。这样，好多还没有晾晒干的药就容易发霉变质，一旦药物的表面发生了绿苔一样的霉变，能嗅到一种让人丧气的腐败的味道，这药就没法用了。所以一到天晴，就得整个地翻腾出来，让透一透气，见一见阳光。

二

对炎帝榆罔来说，从帝位上退下来并没有让他闲着，而是更忙了起来，更能随心所欲地干一番自己想干的事情。他整天埋头在自己想干的事情中，忙而不乱，自得其乐，可苦了陪着他的一对儿女。因为他还是改不了为帝时养成的"老子天下第一"和善于命令人的做法。不管大小的事，只要是他想到的，就要立即去办，不能拖延，搞得大家整天围着个他团团转，都无暇顾及自己的事情了。炎帝在这一点上对儿女们理解得并不多，只是后来经常发现小儿子炎柱干起事来，总是疲疲沓沓的，你越催促他越疲，总是不紧不慢地按着自己的节奏进行，急得炎帝总是大声喊，恨不得扇他个耳刮子，可总是改不过来他疲沓的毛病。最后，炎帝干脆就指挥其他人，放任了炎柱，由了他去。

其实炎柱并不是个坏孩子。只是他也像炎帝一样自有主张。他觉得既在谷城，就应该把这里的良种多采集一些，以传播天下，让天下黎民百姓都能够温饱其食，只是父亲这会儿陷入了自己设的"石头阵"和"柴草铺"一时拔不出来，又只能顺着他，也不好说他，就只能以磨洋工来冷抗议……自从父亲给了他自由之后，他就把自己的精力重点转向了对良种的收集工作。他带了炎帝没有用的部分青壮年男子，来到处于丘岭地带的谷城的谷地，用兽皮做了交易后，就深入到谷地里，专挑穗长粒饱的谷穗折回来，集中在一起，抡起用藤条编成的装了木把的槤枷，在自己辟出的一小块向阳场地上打了，借着习习吹来的秋风，用手扬着分出秕糠，才将饱满圆硕的谷子良种在艳艳的秋阳下于场里晾晒干了，分类收入陶罐之中。在重视农耕方面，炎柱倒是完全继承了炎帝榆罔的做法，而且变成了一种属于自己的自觉行动。这也应该归功于从小跟着炎帝和大哥炎居的认真学习。等到炎帝终于从自己的"石头阵"和"柴草铺"中走出来，看到炎柱收集的一罐罐谷子良种，终于自惭和兴奋地说："为父忘也！炎柱功也！"父子俩由冷抗议终于又重归于好。

秋收已过，又采集了银杏、核桃、柑橘、山楂、弥猴桃、山药、板栗等大量野果和黑木耳、香菇等山珍和绞股蓝、葛根、杜仲、天麻等草药，大家又一起忙起了整理工作。

每一次炎帝开始整理他的资料前，第一件事就是要和赤铁矿粉。先说这赤铁矿粉的来历就不容易，要在有赤铁矿石的红色砂岩的地方，拣回黑色红条纹的赤铁矿石和红色的土状的赤铁矿粉（也叫赭石）。天然的赤铁矿粉很少，得把那些表现为完美的金属闪光菱面体晶体的赤铁矿石（扁平的或者薄板状晶体，还有板状成簇组成玫瑰花状的，叫"铁玫瑰"；有呈鳞片状集合体，称为"镜铁矿"，更有所谓放射状的"肾状铁矿"）给砸碎了，再用石研磨棒和盘研成红色粉末。这就已经是一个艰苦复杂的过程了，光这个过程就不是一两个人能够完成的，得几组人头顶着烈日，黑水汗脸地从事着各自的分工……经过了这些环节之后，才有可能将红色的赤铁矿粉用刚刚屠宰了的动物血或在陶鼎里炼好了的白色油脂调好，再手握着细树枝蘸了在石片或卵石上画。炎帝所从事的，就是这最后一道工序——用小树枝将和好的赭石颜料画到石面上。虽说这道工序表面上看来好像是轻松了一些，但却是最费脑子的"脑力劳动"了。就说这葛根。得先在一片立体的绿海里，分辨出这种缠于其他植物之上的茎长有两三丈的、长着左右对称的像葫芦一样的绿色圆形尖叶、一枝花茎上开着一组淡紫色小花、连着白色小花絮、有"迷迷猫"一样的小穗的植物，它的茎可编成篮、搓成绳，或者编成葛屦（草鞋），纤维可织布，葛花和黄色的块根，就可入药了。

炎帝拿起一块葛根，咬了一口，在嘴里品咂着。"性凉、气平、味甘甜……"虽说这种植物，他早在清姜水南的秦岭中就曾采集，但在整理《神农本草》时，他还是一丝不苟地一边亲身品味体验，一边在心里这么想着，"清凉解热、生津止渴、升阳发表"，根据已往的临床经验，他知道，葛根对咽喉痛疾、口舌生疮、小孩清火、泻痢都有特效，所以，他就郑重地在石片上画上了葛根的图形，又在旁边标上了代表"主消渴，身大热，呕吐，诸痹，起阴气，解诸毒"词意的标记。而对淡紫色的葛花，他除标了代表"解酒、醒脾"的画符外，还画了"头痛、头昏、烦渴、胸膈饱胀，呕吐酸水"等伤及胃气之症的画符。这些复杂的主画侧旁的附属画符，也只有他老人家能够解得开其意了。

其他草药，像绞股蓝、"丝棉树"杜仲等，他都一一亲口又尝了，对老神农氏原来在卵石上的纪录作了修订。"益精气，坚筋骨"，他在老神农氏画着杜仲的卵石旁又加了这样的标记，因为他知道，杜仲皮对医治腰膝酸痛有奇效。

炎帝榆罔没黑没明地这样工作着，倒苦了在他身边侍候的小女芹姬。白天她倒是尽心尽责，可是一到天近黄昏的时候，她的心早就飞到和她相好的男子丁男身边去了。其实，男大了当婚，女大了当嫁，那是人生再正常不过的事。

芹姬虽说在炎帝榆罔面前永远是小女，可她也已经成人了，先前平平的胸部，随着岁月的增长也在不知不觉中鼓了起来，鼓得圆绷绷的，就像怀里揣了两个大香梨。那小小的嫩红的高高翘起的乳头被一圈褐红色的花韵围着，很逗人的样子。手一捏就柔软地反弹，你将它按下去，它就会倔强地弹起来。每次洗澡的时候，芹姬总爱逗逗它，直惹得人也舒适地眩晕……身条拉长了，全身都变得细腻柔软光滑，闪着青春骄人的光泽。特别是腋下和阴部，都奇怪地长出了稀疏的细毛儿。芹姬对自己身上发生的一切变化产生了浓厚的兴趣，特别是对与自己不同的男孩子，更是充满了无限的好奇和兴趣。每次碰到看着顺眼的帅气小伙子，她都会投去深情的目光。本来从小就喜欢梳妆打扮的她，到了这个年龄，就更是精心地把自己打扮得花枝招展，就像春天里盛开的招惹蜜蜂的花朵一样。

自从十四岁第一次见红之后，每月来月经之前，全身都燥热地鼓胀，心情烦躁，总有一种能量和冲动没处发泄似的。这不，又到了一月之中，烦人的月经过去十多天了，身体又开始发胀了。一天到晚小心谨慎地侍候在父亲炎帝榆罔跟前，忙前忙后地操心，并不能耗尽她这一身的青春活力。夏天本来就热，谷城这个地方尤其闷热，虽说是在屋内和凉棚之间活动，一天下来，全身都总是汗津津的，像虫子咬一样难受。加上每天到这时候就开始鼓胀起来的冲动的感觉，她总是要一个人悄悄地躲在附近的一个碧水小潭里，在周围一片鸟归山林的呼唤声，在牧牛回归的"哞哞"声中，在夕阳的金辉之中，在修竹探出头来的地方，在一帘天然瀑布下，将全身一天劳累的汗气给冲个干净，让青春的活力再次迸发……

848

天近傍晚了，芹姬先给炎帝榆罔准备好要换的衣物，等他和男人们都在小潭里冲过澡了，才自己带了要换的衣物，前去小潭中冲浴。每次来到这里，她在卸妆的过程中，总会仔细地打探那些男人们留下来的痕迹。如果有谁落下个东西，她都会捡起来嗅了又嗅，嗅那咸腥醉人的男人味儿。

看看周围没有了人，芹姬开始一件一件地卸她的宝贝饰物：西王母偃昌送给的玛瑙珍珠项链，用丝线将兽牙和骨珠编织成的项链，五彩的石头磨制的手链，东夷少昊氏送的灰色陶环（镯子、指环、脚环）……头上绾发髻的骨质簪拔下来的时候，卷曲的头发就自然而然地伸展开来，像瀑布泻了下来似的，掩住了半个肩膀和胸部。她又开始一件一件地脱下身上的衣饰……因为静，小瀑布的落水声就"哗哗"地越发响起来，盖过了周围远近的鸟儿啾鸣声和不断线的"知了"因为烦躁或者呼唤情人而发出的"吱吱"声。太阳已经被西边天空的彩云伸出的手接住，歪靠上去，羞红了它的圆脸。彩云借了太阳的光辉，把自己打扮得紫红橙黄五彩纷披，而尤以玫瑰红的天空衬托的那朵婀娜多姿地凸显出来。

小瀑的水流"哗哗"地落在倾斜的白皙肩背，传过来清凉的水雾的气息。水流打在挺起的乳头上，痒酥酥的舒服。清白的水一次次地将粉红的乳头打下去，它又一次次顽强地挺起来。水花飞溅，大珠小珠落在玉壶上，一片银色的光晕。芹姬用她的纤指轻轻地揉搓着，一种超脱现实的眩晕感和舒适感。水落在像葫芦一样造型的鼓起的胯上臀部；又越来乳房，落在有一个小巧的脐眼的小腹上……芹姬的全身都闪着水光。

芹姬每一次在无人时前去小瀑洗澡，最关心的一个人就是这一段时间以来一直暗恋着她的炎帝榆罔身边的助手丁，他没有名字，大家就叫他作"丁男"。平时，只要芹姬从他身边走过，他总能嗅到一股袭人的香气，因而他心中也就痒酥酥的。似乎芹姬总有一只钩子勾着他似的。他时时刻刻总在操着她的心，她是怎么吃的？怎么睡的？只要看到她笑，他心里就舒坦。因此，只要有机会，他就偷着看芹姬的一举一动，恨不得把她用眼睛吃掉，把她的全部都装进自己的眼睛里去。自从芹姬知道了丁男偷看她之后，就表现得更加富于女人味了。每次他偷看她的时候，她都报以自然而然的微笑，把自己最美的表情和姿势献给他。她因受到人关注而自豪，因被一个男人偷看而心跳脸红，进而因一个男人偷看而心猿意马，想象了许多男人女人之间的事情……

<h1 style="text-align:center">三</h1>

原始社会的时候，男女之间的事是不避开小孩的，也是为了人类传宗接代的大事，为了模仿能力很强的孩子们知道以后怎样延续后代。因而男人女人之间让人想了就心跳脸红的事，芹姬也大概知道一些。不知道不说，这一旦知道了一些，就更增强了她的好奇心。没有男人可研究，芹姬就从自己研究开始。这样，每次洗澡的时候，她总是很慢地揉搓着，仔细地研究着自己身体的每一部分。女人的乳房为什么就鼓了起来，男人的怎么不鼓起来？女人的下身长了一个缝，男人的是什么样子？他们是怎么长的？自从有一次她把手放在自己下身的那个缝上揉搓，发现它很敏感，尤其是前面凸起的那个小钉钉，一逗人就有眩晕的感觉。这一种感觉一旦给逗起来，就有一种天晕地转的感受，好像自己飞了起来，好像自己在梦游，好像进入了一种极度自由享受的境界……芹姬就是在一次洗澡时无意间逗起了这种感觉，让她差一点眩晕过去，赶紧跑上岸边，在青草的芳香气味中仔细地体味那一种感受。有了第一次的感受，以后等不及洗净全身就先进入了那一种自我陶醉的境界。她曾经下狠心想改掉这个毛病，可是不管怎么坚持，最后总是坚持不住，不能自己……她为此恨过自己，可那一种享受的吸引力实在太大了！今天，又一次小心谨慎地洗着澡，尽量地克制着自己，但是最近还是抑制不住把纤指伸向下身的那道给她带来神仙一样感受的肉缝儿……

芹姬万万没有想到，在这一刻，那个丁男也正好躲在对面的树丛中偷窥着她呢！也许是天气太热的缘故，今天随着男人们一起洗浴后，丁男身上的热气并没有退去，他又一个人拐了回来，一是想再冲冲澡，一是想侥幸偷看偷看芹姬洗澡。本来眼看着芹姬一件一件地脱尽了衣饰，看到她闪耀着青春活力的娇美胴体，就已经让他心性燥热，心"突突"地狂跳起来，但是，当他看到芹姬将自己的纤指伸进她下身的肉缝，看到她忽然变态的动作，看到她急急地走上岸边，倒在自己的衣饰上，将自己的手伸进自己的肉缝去，躺在草地上扭曲变形着自己的身体，发出隐约可闻的哼哼唧唧的声音来……特别是看到芹姬紧夹着的双腿忽然打开，看到她的肉缝里一点银子一样的闪光的时候，丁男的全身"腾"地就燃起了火，不由分说就跳进小潭，"稀里哗啦"地蹚水过去……听到异样的响声和"稀里哗啦"的水声，芹姬受了一惊，但她看到的正是一直在偷看她的丁男；她也曾想起来逃跑，也曾想反抗，可是她早已经眩晕，早已经四肢瘫软，早已经在冲过来时就边跑解去自己衣饰的丁男面前失去了反抗力，也许还有一点对男性的好奇心在作怪，总之她就这样将推将就地接受了丁男，她感到了一种强有力的冲力，感到了男人身体的沉重的压力，压得她几乎喘不过气来。她感到了他热乎乎的阳具的进入，"砰"的一声爆裂的声音和一瞬间的巨痛……

自从有了第一次，以后每一次到了下午，她都身不由己地会自己跑去和那个丁男幽会了。

炎帝榆罔白天忙累了，晚上很快就会睡着，并不像一般的老年人那样坐着打盹儿，躺下又没瞌睡。他要急急地去赴一个千年的约会……恍惚之中，他又回到了清姜水东面蒙峪沟老神农氏那一孔土窑穴洞里。老神农氏还一脸慈祥、健健康康地坐在火塘旁的地铺上和炎帝榆罔说话。炎帝榆罔不知道从哪儿搞到一陶钵肉汤端给老神农氏。老神农氏香甜地品咂着肉汤，好像是炎帝榆罔终于给老祖宗尽到了孝心，老神农氏终于等到了炎帝榆罔给他带来的肉汤。品尝着肉汤，老祖农氏笑眯眯地，虽然身体好像很虚弱的样子，脸色也有些发黄，但是却活着，很欣慰幸福地笑眯眯地活着。炎帝榆罔就守在他身边，好像他离开一会儿，老神农氏就会死去似的。他就守着他，守在他身旁。就这样，炎帝榆罔白天在整理老神农氏的《神农本草》，晚上两人就在一起神秘地交流，老神农氏点拨着炎帝榆罔，今天该做啥了，明天该干啥了；就这样，炎帝榆罔白天在忙着工作，与活人打交道，晚上就和老神农氏在一起交流着，学习着……

他还做了一个梦，梦见祖先的身体附了自己的体合而为一……他因此而惊醒！

从此以后，炎帝榆罔就改掉自己原来的称谓，自称起"炎帝神农"来了。他更喜欢人们直呼其"神农"，因为到了神农架，称呼起"神农"来更显亲切。炎帝榆罔这么改了，大家也就这么叫了起来。不日，完成了在谷城地区的修整，炎帝神农一行人就继续向东南的大山之中——神农架进发。这一条路可真难走，由于是盛夏，南方的雨水又多，所以所有的植物都生长得格外茂盛，蓊蓊丛丛的，除过高高的青崖（即使这青崖上也爬上了一丛丛的绿色），深不见底的沟内、高峨的山上、弯弯曲曲的碧水小溪边，到处是一派立体的绿色的海。这绿色也分得出很多的层次，从深绿的竹林，到碧绿的树叶，再到鹅黄的浅草，各种藤蔓左缠右绕，又由于人烟稀少，让人走着走着就不见了路。人在深草和树丛、藤蔓中行走，不得不拿出打草惊蛇的长鞭、木棍，不得不用青铜刀左右劈砍一番，累得在前面开道的丁男等气喘吁吁的。炎帝神农手握着神鞭打在不同的植物上，凡流出红色液汁、味道发甜的都是温补的热性药物；凡液汁黑者、黄者，多是有毒的植物。有一种遍身长刺的剧毒植物，它们的枝条都呈拱形拢在一起，自己抱团儿，为了增强提示效果，它们还在周身镀上了一银质的"警告色"。凡流出液汁味苦者，都是败火消毒的药物。凡叶质白者，多是有一定营养的植物。当然这也不是绝对的。

　　由于路途艰难，每天的前进速度就大大地降了下来。人们在炎夏湿热的环境中又容易得病，由于不能保证吃的食物的安全，尤其是饮用水的安全，也不能保证不闯入一片有瘴气的沼泽之中，所以经常有人会发病，甚至有人会一脚踏进烂泥潭中不可施救。在沟下不好行进，炎帝神农就命大家沿着山脊梁走。由于山高，大部分植物都矮化了，茂盛的高过人的荒草在这里成了一地绿毯一样的草甸。再往高处走，草就一骨朵一骨朵地发在一起，远看就像金钱豹身上的花纹一样。好在山高水高，但是有时候还是得费很大的劲，才能在某个小沟渠里找到一眼清冽冽的山泉。每到这时候，炎帝神农都要自己亲自去观察观察山泉周围的环境，只有周围草木茂盛和水质甘甜者才可饮用。这一走，又是几个月过去了，眼看着秋季就要来临了，各种植物的绿色的统一阵线开始被打破，开始有树叶泛黄、发红，有的黄得金灿灿的通体透亮，就像镀了一层金一样，在绿色的背景中格外显眼；有的红得像用赭石粉染过一样，红得热烈，红得逼眼，红得像燃烧的火一样。这黄色和红色，又分出了许多深浅不同的层次和色调，有浅黄、鹅黄、亮黄、棕黄、橘黄、金黄，如此等等；红色有深红、浅红、粉红、紫红、大红、火红……这色彩一旦拉开了档次，那简直丰富多彩得让人无法用语言来描述。人类的语言在大自然面前，显得那么苍白无力，只有默默地观察、欣然地享受这大自然之美色了。

就在这样丰富多彩的季节里，炎帝神农终于来到了老神农氏当年架木才攀上去的神农架的主峰顶——神农顶。传说老神农氏为了攀上神农顶采集一种高山灵芝草，就和随从的人一起架木而上，最后终于攀上了神农顶。这"神农架"之名就是这么得来的。

这几个月的长途跋涉，炎帝神农的皮肤已经被夏日的阳光炙烤得脱了一层又一层皮，最后定型为红中泛黑。人也变得黑瘦、精干了许多，虽然脸上的皱纹较以前更深了，胡须也开始向银白过渡，但是他人却显得更加清癯精神了。

当地部落的人，一听当年"尝百草"的神农又回来了，就都亲切地赶来把他围起来要看个究竟。看到一脸火红的炎帝神农，大家都兴奋地称他"果真一太阳神人也！"

炎帝神农在当地药农的指引下，在神农架地区进行了大量的药用植物的普查工作。

炎帝神农这一次的收获可真不少，发现了许多以前没见过的植物新品种，像丝柄黄堇、神农报春、草地红景天、具腺委陵菜、太阳参、神农小檗等，其中有两种就以"神农"命名；此外像七叶一枝花、头顶一颗珠、江边一碗水、人王一支笔等"神农"四大名药，更是让他喜出望外，而灵芝、天麻、神农香菊等数十种野生名贵及常用的药材品种，也让他每天的药囊满当当的，因而他每天脸上总是挂着开心的乐呵呵的笑容，连笑声也变得干脆爽朗，干咳一声，也很响亮，在林丛中能曲里拐弯地反射着传出很远。

四

丁男实际上是一个浓眉大眼的帅小伙子。芹姬之所以能接受并爱上他，这与他的精明能干有很大的关系。平时在侍候炎帝神农的时候，他总是做得很得体，话虽不多，却句句在理，给人留下的印象是既忠厚老实又精明能干，这从他亮晶晶的黑白分明的眼神里就能看得出来。

丁男是个高俏个儿，身高七尺。这不算什么，主要是他长了一个高高的尖鼻子，因而他的嗅觉特别敏感，每遇到一种草药，不用尝，凭着他的记忆和嗅觉，他就能把药材归类堆放，绝不会出错。丁男主要负责辛辣发表药物的整理，他除了把自己负责的药物整理好外，还帮着其他兄弟整理，在这方面他敏锐的嗅觉给他争得了很多荣誉。因而炎帝神农也很器重他，把他带在左右，很放心地交给他一些事情。

自从炎帝神农发现小女芹姬开始和丁男眉来眼去、似有心照不宣的秘密似的，炎帝神农就多了一个心眼，注意观察起来，虽说他年纪大了，自己不中用了，但是对年轻人，特别是自己儿女的婚事，还是紧挂在心头，他认为这是作为父母的一种责任。他发现芹姬每到天近黄昏的时候，总是一副心不在焉的样子，做事总是出差错，不是把药拿错了，就是把位置放岔了，说起话来也是前言不搭后语，完全是一种"情到深处人自傻"的样子。你突然问她个话，她总是要打愣怔，答非所问，心思不知道早跑到哪儿去了。炎帝神农喉结发痒心发疼地意识到了问题的严重性，就专门提醒芹姬一句："女男一起，事勿吃亏。"也就是因为他是个男人，话不能和女儿说得太透了。芹姬倒是认真地点了点头，可是他觉得芹姬对丁男的眼神和态度都发生了微妙的变化，不再是以前那种躲避和"敌视"的目光了，而是一种满含着晶莹亮光的爱慕和依顺的目光；两人总是爱挤在一起喊喊喳喳，就像是"热粘皮"一见面就不想离开的样子。凭着自己一生和女人相处的经验，炎帝神农的的确确地知道了问题的严重性。现在已经进入了文明礼仪的社会，男婚女嫁的，总要明媒正娶……这样下去，可还了得？于是，一天中午，天空中缠着一朵朵愁云的时候，他故意支开丁男，让他去采药，而专门将芹姬留在身边，郑重其事地问她：

"汝处丁男，吃亏与否？"

"非也。"芹姬不好意思、细声细气地亮着眼白告诉老父。

"若何？"炎帝神农心中暗喜，但还是不放心，就接着问。

"彼拉吾，吾还之以拉；彼抱吾，吾还之以抱；彼亲吾，吾还之以亲；彼将吾戳个孔也，吾将彼夹出脓矣……"芹姬依然是一副自信的"不吃亏"的表情。

炎帝神农把大手把掌在自己的膝盖上"啪"地一拍：

"瓜女也！瓜女也……"

炎帝神农一脸痛苦无奈的表情，芹姬倒睁大了一双惊讶的凤眼。

对女儿已经铸成的"大错"，炎帝神农只好"天要下雨，女要嫁人"似的随其去了，也不像黄帝那样还要明媒正娶，也不问生辰八字、属相之合了，就草草地把炎柱和所带的数十人集中在一起，为芹姬和丁男另搭了一间草棚，芹姬自己里里外外地精心布置了，就在一个秋天的黄昏，于大家的欢宴上，宣布了芹姬和丁男的婚事……从此，他们两人就正式步入了男欢女爱的夫妻生活。

梦寐以求的事终于实现了，但是，两个人要真正进入两人生活，还要经过一个不闹不热闹、不闹不喜庆的"闹房"阶段。随着夜晚黑色的纱幕一层层地拉开，芹姬和丁男在自己的草棚新房里激动而紧张地等待着。

夜幕降临了，被布置得红红火火的新房内也变得阴暗下来，只有天窗还透进一缕微弱的玫瑰色的云彩和天色。塘火烧得正旺，狼牙刺炼着油、泛着白色的泡沫"嗞嗞"地响着，吐出呼呼跳动的带喜气的火苗儿，"噼噼啪啪"地飞溅着火星儿。火光愈来愈热烈，将屋内映成跳动的红色，仿佛这红色是应了人的心跳节奏似的，芹姬和丁男的心也"嘭嘭"地乱跳，仿佛都能听到对方的声音了。

芹姬深情地望着丁男，凤眼里晶莹着泪花。丁男也同样深情地望着芹姬，张开了男子汉有力的臂膀。两个人在一寸寸地靠近。终于，丁男手抱住了芹姬的脖子，芹姬紧紧地搂住了丁男的腰，两个人紧紧地贴在一起，相互的体温立即对流起来，芹姬听到了丁男雄壮有力的男子汉的心跳声，两个人的呼吸开始变得急促起来，"呼哧呼哧"地山响。就在芹姬终于放松了心情，闭起眼睛等待丁男亲吻，丁男的嘴刚刚和芹姬的嘴唇接触，染上一点甜蜜的时候，只听"哇"的一声喊，从屋外一下子蹦进来四五个小伙子（和丁男一起在炎帝神农身边服务的同伴，男甲、男乙、男丙等）。其实从一开始，他们早就悄悄地伏在芹姬和丁男的"新房"外面，男乙扣掉泥皮，伸长了瘦脖子，从墙（糊了一层黄泥的栅栏）缝里张大了眼睛向内偷看，仔细地观察着芹姬和丁男的每一个细微动作。

"近矣"，"抱矣"……随时报告着芹姬和丁男的活动进程。

急得男丙一把扒开男乙，把自己的小眼睛凑上来。

"亲矣！"

这一声哑着嗓子的低喊，就像一道冲锋陷阵的命令，小伙子就像箭一样地齐着穿入了芹姬和丁男的二人世界，吓得两个人赶紧分开，相互站得远远的。

男甲年长一些，头上已经有了几道抬头纹，脸上也有了一圈毛茸茸的络腮胡子。他经验丰富，为人也实诚，许多事情想得到但是做不来，作为"老大"得像个老大的样儿嘛。所以他自然而然地成为这伙"闹房"人的头儿，让丁男和芹姬出"节目"的事，就由他说了算。

第一个节目出什么？先从"软的"、新婚男女能自动做到的节目开始，等他们不好做或者不配合的时候，再来"硬的"。男甲这么想了一下，就让丁男和芹姬先"排排坐"了。

两人靠得不太近，男乙和男丙等就推推搡搡、拍拍打打地"命令"他们俩肩碰着肩在睡铺上坐齐了。丁男跪坐得很正，芹姬则有点扭扭捏捏地身子并不正。大家也不严格计较，这一关就算是过了。

小伙子们最关心的是芹姬和丁男之间的私密事，尤其是男乙，他人生得瘦小窄卡，心胸也不是很大，内心里就对丁男和芹姬好上了有点大不服——都是在炎帝神农身边服务，而且自己既精又灵，可说是精得跟猴子似的，怎么芹姬就单单和丁男好上了，而不是自己呢？男乙就是怀着这样一种痒酥酥的妒忌心来的，一是和大家一起来凑凑热闹，满足一下发痒痒的心；二是借机发泄一下，如果一直就这这么堵在心里，也让人憋得慌……

男丙毛头毛脑的最年轻，嘴边只长了黄色的绒毛。因为年龄方面的原因，对男女之间的事更多一些好奇……

男甲继续主持：

"丁说! 汝何能也? 竟追了芹姐? "

"说! "

"说! "

"说! "

周围一片乱嘈嘈的闹伙声。可丁男就是憋着个红脸不肯说，于是，就有"动刑"修理的拍他肩膀、打他屁股，嘴里还在喊着：

"说不说? "

"说也! "

"快说! "

丁男看实在拗不过，就简单地说了一句：

"吾无过人处，唯以诚感之也! "

周围一片乱哄哄的不满足的声音：

"太简单! "

"勿敷衍! "

"再细点! "

"再打! 看说不说……"

于是又是一阵噼噼啪啪的拍打声和"说"、"说"的喊叫声。看丁男被哄闹的人扭了胳膊，头上都冒了汗，芹姬心疼，为了减少这些人对丁男的"拷打"，就自告奋勇用让人心疼的可怜哭腔说：

"我说，吾追彼也! 吾爱丁也! "

芹姬的话果然像富于磁力一样吸引和满足了人们的好奇心，人们就暂停了对丁男的"拷问"，等甲男再出新题。

男甲把眉头一皱，把手指搭在额头上佯作思考样，就有一个新的节目从他口中说出：

"吃果果也! "

这时候，男丙拿出一个早已经准备好的、用麻绳拴着的槟榔果，提在丁男和芹姬之间，大家就"命令"两人嘴对嘴共同吃这一个槟榔果。在两人的嘴都同时挨近的时候，男丙却提高了槟榔果，由于两边起哄的人一推，丁男和芹姬的嘴就碰到一起了。周围是一片开心的欢笑和哄闹声。

一次不行，再来一次。这次芹姬不动了，静在那里等，只有丁男在噘着嘴跟着槟榔果移动。"不行！不行！务必两人共食之！"旁边就有人有意见了。为了避免"酷刑"，芹姬又开始噘着嘴尖抢食了。又经过两个"亲嘴"，才终于在男丙一不在意之间，两人共同咬住了槟榔果。周围又是一片热烈的欢笑声。

现场的气氛才刚刚预热，节目还要继续下去。就在甲男沉吟着想新招数的时候不等甲男说话，一直觉得节目不过瘾的男乙，就跳出来自己提出了下一个下作的节目：

"麻巾穿裳过，要湿之矣！"

得到周围那些哄闹者的热烈响应：

"妙哉！要湿之！"

"若此最好！"

就有人传过来一个麻巾，塞在丁男的手中。男乙道：

"从左穿入，从右取出，巾要湿也！"

男甲并没有因为自己的权利被临时取代了而不高兴，而是也跟着大家一起起哄。

"巾要湿也！"

丁男一开始不想做这个下作的动作，他又想，大家之所以能来起哄，也是为了他和芹姬的日子红火……于是就在大家的逼迫下，开始将这个麻巾从芹姬展开的左腿的下裳塞入……好不容易从右裳下取出来了，经男乙一验，麻巾并不湿，还得从头再来。

五

炎帝此次在神农架见到了多种奇特的白色动物，最可爱的当是白熊了。

这种熊浑身毛色雪白，在地上滚动起来就像一只大雪球一样可爱。白熊性情温驯，头很大，两耳竖立，一条不足二寸的小尾巴总是夹着，极似大熊猫，嘴部却较大熊猫突出了一些。它生长在高海拔的原始森林和箭竹林中，以野果、竹笋、嫩叶等为食。白熊还喜欢与人嬉闹，甚至主动爬到炎帝神农的怀里来闭目养神。它的嗅觉灵敏，善于寻找食物，饱食后常手舞足蹈，逗得炎帝神农哈哈大笑。在阴峪河一带，他们还碰到了通体毛色纯白，眼珠和皮为粉红色的白獐和白鹿。这里还不时能看到白喜鹊、白雕、白猴、白松鼠、白乌鸦、白龟等，简直和一个神话世界差不多。

这里还有金丝猴和黑熊，而巨型水怪、驴头狼和棺材兽、独角兽等，更增添了神农架的神秘色彩。

这种巨型水怪，皮肤为灰白色，头部像个大蟾蜍，两只圆眼比人吃饭的陶碗还要大，嘴巴一张有三尺多长，两前肢有五趾，浮出水面时，嘴里能喷出几丈高的水柱。而驴头狼则全身灰毛，头长得跟毛驴一样，身子却像大灰狼，好像是一匹大灰狼被换上了驴头，其身子比狼大出了许多；棺材兽最早在神农架东南坡发现，是一种长方形怪兽，头大、颈短，全身麻灰色毛；独角兽头跟马脑一样，体态像大羚羊，后腿略长，前额正中一只黑色的像牛角一样的弯角，从前额弯向后脑，呈半圆弧弓形……

越过神农顶，炎帝神农一行就来到了位于主峰西侧、别名"巴东垭"的风景垭。这里峰奇谷秀，多彩诱人，而且海拔很高，有"神农第一顶"之誉。站在垭口极目四眺，只见千峰竞峭，万嶂争拔，山峦起伏，若沧海巨涛，断壁间，百丈瀑布，几如银丝飘垂；稍远处，浩瀚长江，恍若一带飘动。山峦、密林、流水，时而滴苍飞翠，时而融金耀彩，时而裹雾笼烟，时而披纱缠云，景象万千，景色十分壮丽。

从风景垭西北行，就到了板壁岩。这一带是神农架传说中的奇异动物野人经常出没的地方，因此炎帝神农一行就百倍警惕起来，虽然未见野人真形，但在箭竹林中经常发现野人的遗迹——毛发、粪便和竹窝。最令人惊叹的是野人窝，它们用二十多根箭竹扭成，人躺其上，视野开阔，舒服如靠椅。走得人困马乏的炎帝神农就坐上去好好地享受了一番。

行走在箭竹林间，时见怪石突兀而起，或高或低，千姿百态，无论观其整体或局部，无论观其正面或侧面，形象神姿皆不相同，又都栩栩如生……最先进入眼帘的是一个鸡形巨石，再行即见一石突起，若蛟龙出海；

又见一石如玉兔竖耳。最惹人注目的是北坡的一尊巨石，远看似骆驼在绿洲上痛饮，近看如群猴在玉树上嬉戏，细看像猴抱藤跳跃，或像母子相偎，或像恋人细语。炎帝神农从一石缝盘旋而下，发现了一个天然石洞，洞内可容十几人居住，就在这里扎下了临时的营盘。众人都在忙着生火造饭的时候，炎帝神农在丁男的陪同下来到了"一线天"，阳光带着紫色的光环照进一线石缝中来，如银针相刺，耀眼夺目。

随着黄帝合亲时间的临近，炎帝开始向北回绕。经过天门垭南麓的红坪画廊，峡谷盆地绵亘二三十里，盆地两边，奇峰林立，嶙峋峻峭，艳秋时节，层林尽染，溪泉流淌，"哗哗"有声。此地有一河、两溪、三瀑、四桥、五潭、六洞、七塔、八寨、九石、三十六峰，互相映衬，布局紧凑，有步移景换之趣。漫步坪中，可欣赏立于清溪两旁如泼墨国画般的奇丽景观。炎帝神农在此遇一巨石酷似神龟，视其为黄帝族的族徽，设坛祭拜。

听当地人讲，这里的半壁上有大燕子洞，炎帝神农就一定要前去查看。但见此洞前厅颇宽，入内即窄而渐暗，空气潮湿，温暖如春，洞壁光洁，干燥的石壁上挂满了无数鱼鳞一样的燕窝。人一惊动，一时飞燕掠耳，"吱吱"有声，燕子飞进飞出，高翔低回，敏捷灵巧，互不相撞……继续前行，不见燕子，却闻滴水如琴。炎帝神农一直进到洞体不能容人之处，只听流水潺潺，却不知洞生何处。

走出洞来，恰逢雨过天晴，在燕子垭西北面的岭脊上回首观望，但见燕群穿阳破雾，剪云裁霞……山势、燕形、云影相映成趣，好一幅生机盎然的景象。

炎帝神农正在感兴之时，当地人讲："若遇日出之时，燕群披金，高翔低回，景象更为壮观矣！"炎帝神农频频点头称是。

神农架还是一个多蛇的地方，虽时至深秋，仍经常有人被蛇咬伤。

一遇到这种情况，炎帝神农总是顺手用麻布带或藤条紧紧地扎住肢体上被尖尖的蛇牙咬出的两个牙痕的上下两部分不让蛇毒扩散了，再亲自用口将中了蛇毒的黑血一口一口地给吸出来，如果蛇毒厉害的时候，等吸完蛇毒，他的嘴一圈都变青了。然后就给被蛇咬的人和自己都服下解蛇毒的药……据当地的药农讲，光各种蛇类就有四十多种，其中还有一种白蛇，更是让人眼目为之一开。

　　因为蛇在人生活中的阴影太大了，所以他也经常梦见蛇。有一次他就梦见蛇影附体。他看到白光光的地面上，到处都是一个个令人惊心的或浓或淡的蛇影，他大着胆子捡起一条蛇扔出去，它却划了一道弧线，反过来落在自己的项背上，沉甸甸地化入了他的身体……梦醒之后，他自悟道："蛇龙附体，吾本龙种……吉兆也！"

　　炎帝神农又梦见自己在一个白色的横匾上用小蛇摆了五个徽标图案。从左摆起，都是黑色小蛇。它们摆上去就静静地待在那里，唯最右（西）边那条大一点的小蛇是通体透明的。它是沿着地面弯弯曲曲地游过来的，给地面上留下了一道弯弯曲曲的蛇道。炎帝神农把它布在最右的位置上，而在炎帝和人说话的时候，这条透明的小蛇，就自己从白匾上悄悄地溜下来，沿着来时的蛇道又游回去了。炎帝神农在后面追，开始还能看到它透明的身影，沿着拐来拐去的蛇道弯曲游动，最后就只能看到湿湿的地面上清晰的蛇道了……它是怎么这么快地就在一瞬间游走了？它是不是还依了来时的弯曲蛇道游走的？不管怎么讲，它还是游走了，炎帝神农只好自己一个人返回白匾旁去。这时候，有人在他旁边说，蛇是去了一个叫"小堡"的地方，到了晚上，它还会返回到白匾旁寻炎帝神农"报仇"的……炎帝神农怀着一种敬畏和遗憾，从睡梦中醒过来。看来是天意，他失去了天下帝位，连蛇龙也不受他摆布，不辞而别地悄悄离他而去，永远也追不回来了！……龙已经回了北方，归了黄帝而不属于他了，那他属于什么呢？原道的是"二龙戏珠"、"双龙和谐"，然而天无二龙，地无二主。唯以凤配龙，才是最合适的选择。这就叫作"龙凤呈祥"了。可见大儿子炎居提出让女节与黄帝合亲的意见是正确的。由此他又想起炎黄合亲的大事来，想起他和炎居的约定来。自己之所以这样起早贪黑地奔忙，不就因为心中还有这一个约定要去赴会吗？眼看着黄帝前来合亲的大喜之日一日日临近，炎帝神农只好暂时放下手头的工作，在一个当地药农的带领下，抄近路赶回中原。

方雷氏女节今天被装扮得花枝招展的，就为了迎接黄帝的驾临。

女伴们把西王母送的和田玉佩给她佩上，把代表财富的兽牙和贝壳项链给她戴在白皙修长的脖颈，把东夷部落献上的灰陶环、虎龙部落献上的煤环饰品都一一佩戴齐全了，才用麻线将她脸上的细绒毛绷掉，将她的瀑布一样黑油油的长发盘了起来，绾上骨簪，再戴上金凤头饰，女节的近于方形的圆脸就显得更加端庄秀丽、妩媚动人。因为心跳得厉害，她的脸上早就飞起了两朵红霞。

随着"黄帝！炎帝！"的欢迎声越来越临近，女节欢跳的心都要从胸中蹦出来了。她想象着一会儿就要举行的合婚时的情景——难道这就是她合婚时的感受吗？人生最大的喜事就这么着过去了吗？想到自己行将结束姑娘时代，这无忧无虑的时代将永远也不可能再返回了……她的眼中不由得涌起了晶莹的泪花。

终于等到了扶女节出去的时候。黄帝和女节的婚礼就在这黄昏时举行。

等女节被扶到黄帝合宫前，黄帝已经一脸喜气地面北站在那里，女节就小心谨慎地站在了黄帝的身右。面南，正中摆着老神农氏的牌位，坐着炎帝神农和听訞、少潀，两旁正襟坐着炎居和他的瘦小的妻子——女节之母。

仪式仍然由"烂脏"滑稽主持。只见他把手中的拂尘一扬，尖声怪气地说：

"起乐兮爆竹——"

于是富于中原特色的以笙为主的丝竹乐队就演奏起了欢快喜庆热烈的乐曲。前面的大篝火中，就被投入了许多干脆的竹枝，干竹见烈火，顿时乱蹦一气，"噼噼啪啪"地响成一片。

爆竹声一停，滑稽就扯着嗓子大声宣布：

"黄帝轩辕氏、方雷氏女节合婚仪式，开始———拜天地！"

黄帝和女节转过身来，面向熊熊燃烧、火星飞溅、烈焰直冲开始发暗但还留着一丝淡彩的天空的篝火，高举抱拳，向天鞠躬；又跪地，额头和四肢五体投地地深深叩头。

862

黄帝和女节刚一做完整套的动作，"烂脏"滑稽的下一个指令就传进了耳朵：

"二拜祖先——"

黄帝和女节赶忙回转身，叩拜了老神农氏的牌位和炎帝神农等。

"三拜高堂——改口！"

黄帝面向着炎居和其妻，用他浑厚的声音分别叫了"爹"、"娘"，然后与女节一起跪拜。

炎居忙扶起黄帝，其妻也忙不迭地从身上摸出些贝壳，放在黄帝高举的手掌中。

"夫妻互拜——"

本来这一项是有人分别按了男女的头，要让头碰出个响声的，但是黄帝和女节都自觉地相对而拜，也因为黄帝的威仪，没人敢上前按，就由他们自己拜了。但是，人群中忽然骚乱了一阵，有人开玩笑，趁炎居和其妻不备，将塘灰、炭黑和赭石粉，给他俩抹了一脸，他们两人顿时成了三花脸，惹得众人开怀大笑，现场的热烈气氛达到了高潮。这既是对新婚夫妇父母特定身份的标定，也是提醒年轻夫妇做事要争气，不要给老人脸上抹了黑，让众人耻笑。

……

按照当地习俗，当晚本来是要有来闹房和听房的，但是黄帝在此，谁也不敢轻易前来嬉闹，炎居就只好叫人把一个扫把用衣裳裹了放在黄帝合宫的窗台上，权且充作听房人。按照当地习俗，这一夜是不能相合的，所以这一夜也是最难熬的。方雷氏女节没吃多少东西，就怀着因为没有见到黄帝的一腔遗憾和幽怨，提前一人睡下了。可是在这样的夜里，她又怎么能睡得着呢？她辗转反侧地折腾了大半夜，总算是睡着了，却被一个噩梦惊醒过来。

她梦见自己对着铜镜照的时候，头上的头发，除过前面的刘海，后面的基本上都脱光了；她又跑到溪水前照，依然是这种光秃的样子。她又惊讶又伤心，不由得哭出声来……被旁边看着她的黄帝摇了醒来，眼角上还挂着泪花。红红的塘火映着她的一脸惊讶。黄帝问道：

"女节噩梦乎?"

女节如此这般地描述了一番她的梦境,黄帝竟笑出声来:

"好梦,好梦兮! 梦者反也,轩女合婚,汝更美矣! "

黄帝这么一说,女节竟一时又脸上飞红——羞红了脸,赶紧用双手捂了眼睛和发烧的脸蛋。

第十九章

一

黄帝和女节合婚幸福美满的时候，正是以相山水和步勘走遍天下的青乌子和竖亥最艰难的时候。

擅长相地理的大臣青乌子和长于步行的竖亥在黄帝朝会上接受步勘天下的任务后，就立即率领他们的考察小组出发了。

青乌子是天老的学生，因为左边脸上有一块发青发黑的瘢块，所以被称为"青乌子"。竖亥是隶首的学生，因为一开始只会画竖道儿记数，被隶首戏称作"竖亥"。这两人都是最信守承诺、做事最认真负责的人。相比之下，竖亥人长得五大三粗，言语少，只喜欢默默地做自己的事，而瘦俏的青乌子就显得活泛得多，而且话也多一些。两人在一起的时候，总是青乌子鼓动着自己发青的薄嘴唇，不断地发表自己的观感，像江水一样滔滔不绝的样子，而竖亥，则总是竖着个浓密的黑眉头，嘴里"嗯嗯"地应着。

青乌子完整地继承和发挥了天老的堪舆学理论，他能够根据不同的山水特征加以灵活地运用，从而体现出这些山水的不同形象特征来。竖亥则发明了一种比步量更精确的规和矩。这两种工具的长度都等于他的基本步距，只是在崎岖不平的山地上用规丈量，在平地上则用矩来度量。这种简单的规，实际上是一个大大的木叉，其功能就像后世人们用的圆规一样，两个脚来回捌着向前移动，就可以丈量地面的距离，如果一个脚原地不动，另一个脚就画出一个圆来。当然这些工具也是他在步量的实践中逐渐总结出来的，一开始，竖亥还真是一步一步地用步来丈量土地的。只是他总觉得人的步子有大有小，再怎么控制都不可能完全一样。当他靠在一棵树下休息的时候，看到两个鸟分别落在两个杈枝上，这距离就和自己的步距差不多……竖亥立即叫随从的人用金斧砍下树枝，以自己的步距，制作出这个规来。这样，测量起来就省事得多了。只要一个人不断地前后捯着规之脚丈量，自己跟着记数就行。他记数的方法，也是跟着隶首学来的一种简便易用的、不用算盘只用算筹的积算法。竖亥将这种方法熟记于心，最后连算筹也不用摆了，只是将每一次的数字和前面的累积数在地上画着相加了，再用赭石红记在龟甲上。这似乎是一项简单的工作，但是当你日复一日地重复做的时候，就需要耐力了。

青鸟子和竖亥接受了相地理和步量天下的任务后，他们就从渤澥黄城出发，一路向西而行，第一个见到的就是住在黄河边之从极渊的河伯冯夷（本陕西华阴潼乡隄首之人）。冯夷白了胡子，脸色很红，眼睛细眯眯的。以善于敲鼓而著称的他，其鼓点一敲出来，激奋人心，地动山摇的……冯夷又是个热情好客之人。正值烈日当头的夏日，冯夷亲自带着青鸟子和竖亥观察了黄河龙门的山势地形，又带着人用独木舟，稳稳地将两位和随从人员渡过了黄河，一直向西送到由自己的儿子掌管的西岳。冯夷父子都是得道之人，因而父亲被黄帝封为河伯，儿子西岳被封为西岳山神。

从东一路走来（边走边观察，边走边步量），远远地就看到西岳五峰并举，就像一朵美丽的荷花一样五瓣盛开。青鸟子看着看着，就兴奋地叫了起来：

"花（华），花也！尔等看，西岳乃一花山矣！"

冯夷笑道："青鸟子善相地理，果然，妙哉！"

听一把白胡子的冯夷老前辈这么一夸，青鸟子更是兴奋得有一些得意忘形了：

"花山者，非但以花为形，更以花为质也。尔等且看，荷花者，质洁性凉；西岳花山，危乎高哉，远离尘世，自然质洁；花山之上凉风习习，岂不性凉乎？"

直说得大家合掌而鼓，他还沉浸在自鸣得意之中呢。相比之下，不善言辞的竖亥，就显得沉默得像一桩木子疙瘩。他最典型的语言就是他那"嗯嗯"的应答声。有时他正忙着记数，干脆就不应答了。人各主其事，虽同道而行，性格却不可能完全相同的。

冯夷的儿子西岳长得并不像父亲那样筋骨毕露，却是随了母亲，一脸白净，很富态的样子。他正愁此山无名，以自己的名字相称总不是个办法嘛！听到远道而来的青鸟子如此这般的议论，兴奋地双手一拍：

"西岳果一花山也！"又联想到自己，嗟叹道："吾身为山神，却只以己名命之，惭愧矣！"

在华山，二位才真的尝到了什么叫作"天下之险"。恰逢一个大暴雨之日，一行人在西岳父子的陪同下，走进了进华山的长沟之中。阴沉沉雾蒙蒙的天空之下，青灰色水光光的直插云天的巨大山石一排一溜的，就像顽皮的小孩撅起的光屁股。在这条向南曲折而进的长沟里，披着麦草编的蓑衣的他们，赏尽了万千飞瀑的奇景。

雨水顺着奇形怪状的山崖流下来，有的悬空直落，有的则顺着岩势斜冲，有的如千珠万珠飘洒，有的则是一股青流；有的直流如注，有的则一波三折；有的"哗哗"地喧响着，有的则薄如飞帘，像雾一样飘洒……欣赏着这万千姿态的雨瀑，他们并没感到有多累，但是西岳山神总是在前面轻步如飞，其他人要赶上他，还是得喘喘气的。西岳山神边走边介绍，经常是身旁无人，只好停下来等一等他们。冯夷身体健壮，精神矍铄，根本用不着人扶，只是拄了西岳山神给他的一个龙头枴杖，一路与青鸟子和竖亥相伴而行。因为道路狭窄崎岖，大家只能一字排开，经常是在起了雨水的石头间跳来跳去的。到了难攀之处，还得前面的将后面的伸手拉上来。

总算是攀到了沟掌，就见一巨石上刻着"回心"二字。青鸟子问道："何故言'回心'？"

"前路更险，无为者至此回心矣！"西岳轻松地告诉大家。

大家都劝冯夷至此休息，等候大家下山来。冯夷手捋着"铮铮"响的毛茸茸白胡子，爽朗地大笑：

"哈！勿瞧吾老矣，吾敢与尔等比试！"

清瘦的青鸟子确实感到有些力不从心了，而且他还有过严重的恐高症，上到高处就紧张头晕腿发软。但是他把牙根一咬，给自己鼓了把劲；同时也是一路上不间断的发现鼓舞了他——先是看到了鱼石，过了五里关，又经过了石门、莎罗坪，看了神农洞、毛女洞，再过云门，在青柯坪休息了一会儿，才来到回心石，却在东南一个山脊上发现了两个巨大的龟石……再往前走，人就像掉进了敞口的井里，除了直落而下的把人浇得像落汤鸡一样的雨丝，就是雾蒙蒙的看不到顶的青灰色石崖。抬头向前看，就看到在好像薄雾一样的雨帘后面、在巨大的岩石之间，透出一个小小的发白的石缝。再看脚下，是青石崖上用青铜刀具凿出的一排小小的脚窝，左旁吊着一根人工拧成的千尺长藤。人只能手抓着长藤，踩着脚窝向上直攀了。这情景一看人心里就发毛，但是就此一条路，别无选择，只能就这样向上攀了。这时，就看见西岳山神双手在长藤上捯着，一步一窝，像猴子一样轻捷地向上攀去，人变得越来越小，在雨帘中变成了朦胧的剪影。竖亥第二个跟着爬了上去。他手脚有力，好像也没费多大事就攀上去了（事后竖亥告诉大家，他也是咬着牙，开始用劲过猛，最后气喘吁吁，腿脚打战，不得不停下。在上下无助的情况下，只能鼓足最后一股劲，硬着头皮攀了上去）。青乌子本来就恐高，仰头一看这直立起来的"路"就头晕，最后还是得攀上去——不上去怎么完成黄帝交给的相山水的任务呢？当青乌子爬到半途，向上看"遥遥无期"，向下看人悬半空的时候，老冯夷在他的屁股上推了一下。正是因为脚下站着一个冯夷，才稳住了他慌恐的心，一步一颤地继续向上攀去，每当他力气不足的时候，就有冯夷在下面促一把，最后终于心跳腿颤地攀了上去，一过石缝，他就一屁股坐到平地，差点儿没晕过去……平路没起几步，又是下坡，下坡之后再上，这一次没有刚才那么高，但也足有百尺之遥。这对竖亥来说不成问题——既能攀上千尺藤，就能越过这百尺峡。而这对总算是喘过气来，经过休息体力有所恢复的青乌子来说，就又是一道难关了。这一次西岳山神没有一个人先走，而是让竖亥先走，他留下来拉着青乌子走，又有老冯夷在后面促着，青乌子终于较为平缓地攀了上去。看着神定气平的老冯夷，他倒有些不好意思起来，老冯夷也不客气，自豪地捋着自己的硬硬的毛茬茬白须哈哈大笑：

"后生不中用也！看吾老而不衰，气正壮矣！"

青乌子也由衷地举起他软软的瘦手夸赞：

"河伯老当益壮，寿百岁也！"

老冯夷又仰头哈哈地笑着。

过了百尺峡，好不容易的一段较平的路，就在这样开心的笑声和"咚咚"的脚步声中走过。从这里向左望去，西峰像一个巨大的扇面斜插向像无数个箭头从天空落下一样的灰蒙蒙的云天。就有一带瀑布，似有若无地从崖壁的高处飘下，一开始还是一带细瀑呢，飘着飘着，就变成了蒙蒙的水雾，汇合到飘洒的雨丝中了……接着又是下坡，又是上坡，再过去，在悬崖旁的一块平地上，有几个搭起来的窝棚，这就是被后人称作"群仙观"的地方。一行人已经是汗水和雨水搅在一起，难以分辨了，浑身湿淋淋的，口中却发干发渴，就在这里歇歇脚，在佩金的小童服侍下喝了些水。等稍一缓过劲来，就立即走后面的路程——人一旦长时间歇了，就很难再调动起来了！

二

前面的路，是在下面两块巨石之间的斜缝中上攀。看这笔直的石缝，就像是黄牛耕出的一道犁沟一样，人就在这一道犁沟中行进，经常是头擦着上面的石沿，不得不弯一弯腰，低一低头……走到最后，连猴子一样攀行的西岳山神也发起愁来，他皱着眉头指给大家看：

"前者，猢狲愁，其险不亚于千尺幢也！"

竖亥抬头看见凸起的岩石上的脚窝，虽较千尺幢、百尺峡距离短，其险却远在其上。毕竟路途较短，一咬牙就过去了，所以他并不把这"猢狲愁"放在眼里。青鸟子因为前后有人保护着，再加上他也想争这一口气，就勇敢地向上攀去。加上这时候雨势较缓了，石崖也没开始那么滑了，大家很快就攀了上去。

过了猢狲愁，前往北峰的路就平缓得多了。大家轻轻松松地就到了。在这里，人就好像走在了云上，只见团团棉花一样的云团围绕着、簇拥着仙台一样的北峰，这一时候，到了较平的地方，青鸟子的灵感又恢复了：

"云簇之台，莫非'云台'乎？"

竖亥大呼："好！"

西岳山神说："妙！"

冯夷肯定道："然也！"

大家在云台峰顶上体验了一会儿平步青云感觉，就返回主道，继续后面的行程。经过了擦耳岩，就要登天梯，所谓天梯，也是由拧成"要"的藤条，拴了木头的软梯。这软梯吊在凸起的青石面上，人要攀上去还真得有些胆量呢！因为这天梯并不是太长，大家前拉后推，总算将青鸟子给弄上去了。连青鸟子自己也开始为自己的胆量自豪起来。经过日月崖的时候，看到了两具草席盖着的尸体，就有人在旁边哭着，也有人说是让天火给烧死了……再从高处下去，就又是一块平地。但是一道陡立的青苍色石脊就像巨龙之脊立在眼前，大朵大朵的灰白云团，正像奔马一样横着越过这条龙脊。此即后世所命之"苍龙岭"。一行人小心谨慎地踩着脚窝向上攀去，好在青崖两边，有青草树丛遮蔽，还能给人壮些胆子，又有一团一团的云团变幻着万千姿势从人身边掠过，云团簇拥，更让人有了一种虚幻的安全感。这道苍龙岭，竟然在欣赏"奔马"的豪情中不知不觉地给攀上去了。过了苍龙岭，人却走入了浓雾之中，或者说直接被裹进了云团之中。前后相随的人，也只能看到一个行走中的浅淡剪影了。大家只好前后呼叫着，相互响应着。总算从大雾（云团）中走出来，眼前却是一种谁也不曾想到的情景——天上竟然静静地向下落着雪花，地面、青色的岩石和碧绿的青松，都给披上了一层厚厚的银装。雪花均匀地漫天落下来，就像春天里静静地落下的千万朵梨花……一个巨大的"仙掌"，壁立于左前方。

暮色增重，大家在一片白茫茫的暮色中绕过五云峰，就来到一个立于一道石脊之上的关口。这里有一个用木头搭起的简易的关门，门顶悬一金锁。年轻的西岳山神指着介绍道：

"此金锁关也。过了此关，即近中峰了。"

青鸟子竖起大拇指赞道："真乃'一夫当关，万夫莫开'之险关也！"

竖亥一路上没忘记步量华山之高，他这会儿正在默默地计数呢。平时不多说话，总像一个闷葫芦一样的他，对数字却特别敏感。

中峰与其说它是峰，倒不如说它是一片低洼地（相对于夹它于其中的东、西和南峰而言）。这里地势平缓，区域也不小，因而也是西岳山神的居地。略有起伏的地面上，错落有致地盖着多间相连的以松木搭建起来的半地穴式的"宫殿"群。落了雪的银色"宫殿"，其中又有许多白净的"玉女"服侍他们安歇，老冯夷鼓而乐之，真是神仙过的日子。由于对这里的"玉女"印象太深，青鸟子就和西岳山神商量：

"称此峰曰玉女，若何？"

"妙哉！"西岳山神在称赞青鸟子的命名的同时，也为自己身在其中而熟视无睹其特征的愚钝而自惭形秽。

老冯夷也不失时机地猛拍了青鸟子一下：

"先生果然高人矣！"

青鸟子倒会说：

"非人高矣，此山高也！"

一夜风涛大作，极有层次的吼声伴着尖厉的哨音几乎彻夜不息，躺在地铺上的青鸟子看到飘摇的塘火的火影，想象自己就是家乡东海上飘摇的一叶小舟……只怕这简易的透着松油香味儿的斜搭的草屋，会像一只树叶一样给吹得飘落了……到了后半夜，总算安宁地睡了一会儿。天亮之前，出去解小手的他一走出门道，一下子就灌满了一身凉气。他又是一阵惊呼——天上的星星和地上部落的火光上下遥相呼应，一时竟分不出是在天上还是在地上了。

"天放晴了，诸位快起，快起，东峰看日出矣！"他兴奋地手舞足蹈地喊着，竟忘记了刚才灌的一身凉气。

大家在青鸟子尖厉的像哨子一样的惊喜喊叫声中醒过来，翻身揉揉眼睛，也兴奋地跳了起来。惊动了没瞌睡的老冯夷和年轻的西岳山神，也惊动了这里的玉女们。于是，玉女脚踩着木屐、窈窕着身段，"噔噔噔"地走在前面，引领着一行人直向左边的东峰拐去。攀上结了薄冰的青崖，凉风迎面从深不见底的崖下冲上，冲得人不由得打了个冷战。在几朵玫瑰红的曙光辉映下，几个白顶的青崖，千万个深暗的山头，一时都镀上了一片苍茫的玫瑰色……太阳即将升起，大家急着向东峰最高处赶去。青鸟子却离开滚圆的青崖上的脚窝，躲向了靠近中峰的树丛中。他的想法，即就是从这里掉下去了，也掉到中峰上了，不至于掉入万丈深渊……

等大家终于赶到东峰顶的时候，一轮蛋黄一样圆的硕大朝阳，正从东方隐约的地平线上冉冉升起……金色的阳光像火把一样，一下点亮了深暗苍茫的大地和平铺的一团一簇的云海。

人们不由得跳跃着欢呼：

"朝阳！"

"朝阳！"

……

青乌子也从惊魂未定中安静下来，他又想起了命名之事，就跟着大家一起喊：

"朝阳！朝阳！"

给朝阳峰命名过，就要攀上华山的最高峰——南峰了。这又是一番气喘吁吁的征服过程。

上到南峰的制高点仰天池上，人大有立于地极之感，有一种伸手就可触摸到苍天的感觉，一种"山高人为峰"的自豪感油然而生。竖亥只顾了步量和记数，青乌子倒观察得仔细，他看到了仰天池旁边的岩石上干痂了的雁屎，就问西岳山神：

"可曾有雁于此落过？"

"此年年大雁南飞北往歇脚之地也。"西岳山神鼓着劲说出一个长句。

"雁落于此，一者歇脚，二者饮水，三者一美景矣！"老冯夷补充说。

"称此落雁若何？"青乌子商量着问。因为他觉得这还不是一个最好的名字。可是大家都连声说"妙"，南峰的名字就此也定了下来。

从南峰上向西望去，近在咫尺的披着银装的西峰，其姿态之美，就像一朵盛开的雪莲花。

"莲花者，莲花乎？"青乌子一边仔细观察，一边在嘴里念叨着。

听到青乌子口吐"莲花"之词，老冯夷性急：

"就叫莲花，当之无愧矣！"

"华山之花，最美者也！"青乌子自负地赞道。

872

人常说，上山容易下山难。青乌子、竖亥一行充分地认识到了这一点。西岳山神和老冯夷习惯于此，最难受的就是青乌子了。许多上山时云遮雾罩的地方，这时候在一派瓦蓝的天空下，全部显出了真形，那个险，简直无法形容。青乌子恐高，每到险峻之处，总要竖亥和西岳山神前后护着才能勉强通过。等到终于从高峰上下到沟底了，一溜的斜坡道，让人的小腿"猪娃子"（肌肉）困疼得无法，只好侧着身子走。赶不上步子了，又得正走，正走了，小腿"猪娃子"又困疼，那个难受哟！下到山下，休息了两天，青乌子和竖亥才重新踏上了步勘天下之路。

　　过了西岳华山，他们巡洛水北上，见到了这里被黄帝封为洛水女神的太昊氏女宓妃。宓妃之美，几乎让后世的曹植一首《洛神赋》给唱绝了，所以本作者只能先录了他的美词之后再详加描写再现了：

> 　　其形也，翩若惊鸿，婉若游龙。荣曜秋菊，华茂春松。仿佛兮若轻云之蔽月，飘飘兮若流风之回雪。远而望之，皎若太阳升朝霞；迫而察之，灼若芙蕖出渌波。秾纤得衷，修短合度。肩若削成，腰如约素。延颈秀项，皓质呈露。芳泽无加，铅华弗御。云髻峨峨，修眉联娟。丹唇外朗，皓齿内鲜。明眸善睐，靥辅承权。瑰姿艳逸，仪静体闲。柔情绰态，媚于语言……披罗衣之璀粲兮，珥瑶碧之华琚。戴金翠之首饰，缀明珠以耀躯。践远游之文履，曳雾绡之轻裾。微幽兰之芳蔼兮，步踟蹰于山隅。

宓妃的行止仪仗，则是：

> 　　冯夷鸣鼓，女娲清歌。腾文鱼以警乘，鸣玉鸾以偕逝。六龙俨其齐首，载云车之容裔，鲸鲵踊而夹毂，水禽翔而为卫。

　　洛水在中国境内有两条，流入河南境内者，是陕西之南洛水。而青乌子和竖亥沿着渭水向西再折向北之洛水，则是陕西境内的北洛水。北洛水流经仓颉故里和黄帝故里（桥山之姬水就注入了北洛水），自然是青乌子和竖亥首先要考察的地方了。

三

洛水自河西兔龙、玄龙等部落所在地（子午岭之北麓，今陕北定边县白于山郝庄梁）发源，一路蜿蜒南下，途经今吴旗、志丹、甘泉、富县、洛川、黄陵等县，在大荔县东南汇入渭河。听说黄帝的大臣青乌子和竖亥要来考察，宓妃经过一番精心的梳妆打扮，粉面娥姿、步态袅袅地前来迎接。为了显示隆重，她还专门请来了河伯冯夷的鼓乐队，请来了女娲氏的清歌队，鼓乐清歌，吸引得有花纹的鱼和白玉一样的凤鸟也一路相随，又有六马并驾的云车随侍着，长得像鲸一样可爱的娃娃鱼从水里跃出，万千红嘴鸦、白勃项鸦等鸟类覆顶而来，好像是她的随从侍卫。

再看这宓妃，人未至而环佩之音相闻，眼笑眯而电光频频，珠光宝气，富丽堂皇。人长得高矮合适，四肢匀称，说她苗条却兼几分富态，说富态又有几分娇柔。头上绾着高高的双环云髻，细长的弯眉犹如画工，长长的富于弧线的玉颈，白皙的酥胸从宽大的领口露出，罗衣束着两个绣球一样鼓起的乳房，中间形成一道深深的诱人眼目的乳沟，又有白嫩的腰腹外露，好像腰围着素带，而那深深神秘的肚脐眼儿，就自信地、毫不遮掩地露在外面。脚上穿着绣有花纹的出远门时才穿的麻屦。罗衣外面，拖曳着薄雾一样的轻裾，人行着碎步，娇态犹如柳摆腰，走路好像水上漂。白衣裹着荷花的脸色，正看如出水之芙蓉，背看则像一个精致的玻璃花瓶儿。

青乌子和竖亥一时看得走了神，青乌子直了眼，心开始"腾腾"地直跳；竖亥木讷得差点儿忘了他步量的记数，赶紧正了神儿，把频率调到工作频道上去。

早有人通报过，而且在黄帝的封神仪式上也有过眼熟，宓姬就娇声细气地打上了招呼：

"二位大臣远道而至，小神未曾远迎……"

这声音就像电波一样直穿青乌子的心，他的脸色也不由得发烧变红起来，一向善于言辞的他，竟一时词不达意：

"宓妃果然一等人才！青乌子有礼了！"

竖亥将记数告诉了助手，才瓮声瓮气地打躬施礼：

"宓妃好——"

逗得宓妃笑出了细声。

在宓妃的陪同下，二人察看了洛水沿岸的山塬地势，尤其对洛水支流白水流域进行了仔细勘察，看了雷公部落和仓颉出生地，又去杜康沟查验杜康泉。受到宓妃的爱情鼓舞的青乌子，神采飞扬地大加评论：

"此文脉所乘、酒香所寄、大医所在之地也！"

又由宓妃陪着，先后拜访了创国的正神大比赤阴和寒荒国的女祭、女薎二神。在拜访了堵山神天愚之后，就向西折向轩辕国，在桥山上拜会了巫咸、巫即、巫盼、巫彭、巫姑、巫真、巫抵、巫射、巫罗、巫礼十神。轩辕东征、黄帝立位之后，桥山黄城的人在轩辕之兄蛮牛和弟陶虎等带领下继续生活在这里，但是由于人员的减少，黄城大多荒废，只是精于巫术和医术的十巫的到来，才使这里又恢复了一些生气。当地人从此自称为"轩辕国"民。

青乌子运用堪舆之术对桥山黄城进行了几天的观察后，对桥山姬水的山形水势龙脉气场等大加赞赏：

"桥山龙脉，接昆仑矣；左龙右虎，护山有矣；山环水绕，一仙岛矣；玄鹿在北，靠山稳矣；凤阙于南，案山远矣！灵山圣地，圣人居矣！"

说得巫咸、巫即、巫盼、巫彭、巫姑、巫真、巫抵、巫射、巫罗、巫礼十神兴高采烈，连呼：

"灵山！"

"灵山！"

轩辕国的人以长寿著称，据说寿命短的也能活八百岁（后世商大夫、黄帝玄孙彭祖活了八百岁的故事就流传在这一带。再南者，有唐华原——耀州被后世尊为药王的孙思邈活了一百四十一岁的传说）。长寿的原因，一是自然环境好物产丰饶；二是那里的人喜欢一种奇特的运动形式，即在傍晚的时候，围着篝火，全族的人排成长队扮长虫（蛇）的形象，在蛮牛、陶虎和十巫的带领和参与下，于鼓乐声中歌之舞之，蛇体之长，盘来绕去的，最后还是"尾交首上"……青乌子和竖亥一行人也参加到这样的联欢活动中去。青乌子将这种运动形式绘成图，作为轩辕国的代表。

竖亥则在记数之暇，对桥山十巫的神态和本领进行了仔细的观察了解和揣摩。

巫咸者，人长得胖乎乎的，一脸光鲜，见人总是喜眯眯的带着几分笑。巫咸善厨艺，做得一手好菜，善用各种调味品，尤其是"一把盐"的应用不咸不淡，恰到好处，所以被人以"咸"称之。

巫即，腿快善跑，手脚麻利，处事干净利索，人也长得黑瘦精干，全身没有多余的闲肉，脸上棱角分明，言语明快爽朗，对人对事都很热心的样子。

巫盼长了一双特别聚光的睁不大的小眼睛，然而他却目力过人，能看清很远地方的东西。他心地善良、心态阳光，总是对一切东西都充满了期待，从来不为身边的烦恼事而皱眉头，而是一种得过且过的大事清楚、小事糊涂的样子。

巫彭精通巫医，一头灰白的头发被拢得在头上盘来绕去，四棱子眼睛透着神光。只要一皱起眉头，就一脑子辨证论治的思维，长于根据人的病状，将相关药物配伍之后，形成处方使用。

巫姑，乃一长于巫术的美妇。虽说脸上已经有了细细的皱纹，可是脸色依然粉白中泛着黄色（也可能涂了过多的白粉的缘故），面相富态，一双有了很重的眼袋、眼睑上现出皱纹的眼睛又花又大，说话沙哑中透着温情，像个管家婆和老母鸡一样，对什么事都爱往自己跟前揽，对大大小小的事，总是颤动着鼓起的两腮"嘟嘟"个不停，好像她什么事都懂、什么事都离不开她似的。

巫真是一个对什么事都较真的人。他的最大特点是爱跟人争论，一争论起来就高喉咙大嗓子、红着脖子涨着脸，脖子上斜鼓起一股筋。所以大家就送给他一个"一股筋"的浑号……不管谁说个什么，他都有理由和你争到底，直争到你没有劲儿不得不服输为止。这时候他就会满意地满脸放着红光。

巫抵碰上巫真，真是棋逢对手，将遇良才。这个巫抵就像是头上长着一对爱顶仗的犍牛角一样，他最擅长于跟人"顶牛儿"。所以十巫之中，最热闹的就是这一对儿了。他们一到一起，就会顶得脸红脖子粗，有时一个车轮话题，在吃饭的时候、在睡觉的时候，甚至一觉睡醒，还要争个不休。

巫射善于骑射。他把黄帝当年练兵的桥山对面南塬上的校壕，变成了自己一个人的专利。经常是天一麻麻亮，他就会骑上自己的青灰马，像一道闪电驰下桥山，又像一个民间剪纸的剪影一样立上南塬。经常是不闻其人，只要听到他那快节奏的"嘚嘚"的马蹄声，只要能感觉到一股带着马汗与鞍辔的酸味儿的凉风，就知道是巫射驾到了。

巫罗的织功好，善于结罗织网，长于水中捕捞；他的动力、静力和耐力都超乎常人；目力也很好，能判准鱼在水中的折射角度和叉鱼的提前量，所以他用鱼叉叉鱼也总是得第一。

巫礼精通各种礼数。对各个部落的奇风异俗、对不同情境和环境下的礼节都有深入的研究……

宓妃直到青鸟子和竖亥一行离开轩辕国时，才依依不舍地和他们分手，惹得一向心硬的青鸟子心里也酸楚楚的，空留下几分悬念。在赶往岐山的路上休息时，竖亥将自己对桥山十巫的看法告诉了青鸟子，倒让青鸟子刮目相看了半天。

在岐伯原来所在岐山部落，青鸟子和竖亥拜访了岐山神涉驼之后，就匆匆地赶往渭水之南的姜水（清姜河），拜会炎帝原来的大将刑天。

刑天还是过去那样一副一脸桀骜不驯的样子。他的电光头因为周围头发的继续脱落又扩大了面积，自从阪泉之战战败后，他的头发就一天天地变成灰白，一直像鸡毛掸子那样挓挲着一圈乱乍毛。他的嘴本来就有地包天的趋势，又因为掉了几颗门牙，一下子包得更厉害了，双唇一合，就只见突出的下唇不见包进去的上唇了，从两侧太阳穴垂下万千条浅表的像皱了的老树皮一样的竖纹，将这一嘟噜凸出的肉吊起，嘴一合，嘟噜的肥脸就更加促在一起。尤其是额头的那道刀刻似的竖纹，眉头一皱会变得更深，两只小而圆的鹰眼再一瞪，就完全凶相毕露了。

大名鼎鼎的炎帝战将刑天，将黄帝新命的两个小毛官根本就没放在眼里，他连正眼看他们一眼都不屑，只是用手捋着他的嘟噜脸，在姜城堡内他摆满了刀戟干戈，站了两排杀气腾腾、手持干戚的卫兵的大屋内象征性地接待了一下，就派了手下一个小毛卒陪着，由着他们去考察了。刑天之所以没住炎帝的紫宫，而是把它完整地保护起来，目的就是待有朝一日他举事成功了，再请炎帝回来……所以在他治下的姜城堡，看不到黄帝的黄龙图腾，只有炎帝紫宫前广场的图腾柱和高挂的炎帝图腾。

青乌子和竖亥一行先上了常羊山，去了蒙峪沟和九龙泉，察看了清姜河水和渭水交汇处后，又向南登上崇山峻岭、层峦叠嶂的秦岭，一直翻过秦岭主峰，走到嘉陵江的发源地……在这里，青乌子到处都闻到了一种与和平和谐的景象相异的怪味儿。在这里，除了生产、生活的人群外，又多了许多专门的兵力，他们不参加生产劳动，专门从事训练，因此将个姜城堡内外搞得到处充满了杀气。

四

在姜城堡周围考察一段时间以后，青乌子和竖亥就继续向西，一路向崆峒山踏勘而去，又去和山拜访了泰蒙，就来到图腾上只画了一只胳膊一条腿的奇肱国。

这个小国的图腾将人画成了就像后世传说的马王爷一样的三只眼和独臂独腿，是因为他们认为，人必须有两只眼睛以外一般人看不到的长于眉心的第三只"慧眼"，人的两只眼睛是平长着的，所以人看到的东西总是平面的，只有加上这第三只立起（竖着长）的慧眼，人才能立体地、全方位地看待事物；人的双臂和双腿必须同时用力，相互配合得像一臂一腿一样，才能全力做好想做的事情。

青乌子从奇肱国的图腾中看出了一定的哲学意味，竖亥也从那只竖着长的慧眼受到了启发，从对自己的名字的解释，悟到了刻画符号的顺序：

"竖者奇也，慧也；亥者刻也，岂非要竖着刻乎？"

他这样试着刻了刻，倒也觉得顺手，以后刻画的字符多的时候，就采取这种竖排从左到右的方法。因为他们常年在外，画图的赭石有用完的时候，再加上经常移动，画上去的图案容易被磨掉，倒是手头的铜刀比较方便，而且刻上去的字符不可能一下子就磨掉了。受黄帝占卜烧龟甲、在龟甲上刻画记事的启发，他们也在骨头上刻画记事记数，最方便的莫过于动物的肩胛骨了。又因为骨头上好刻和轻便，便于携带，所以慢慢地，这种在胛骨上刻画的方法就取代了在石头上刻画。

和奇肱国披着长发的长老交流之后，他们受到了更多的启示。

这里长幼有序，男女交配，必须是外族人，而且必须在同代人之间进行，绝不能在本族内长幼不分地乱伦。正因为这样，这个小小的奇肱国才人丁兴旺，子女个个健康漂亮聪明。

他们想起一个他们曾经经过的被称作"乱伦国"的小部落，就因为他们实行的是族内婚，而且父女、母子、兄妹、姊弟等亲属之间各就方便、随便乱伦，男女交配不避小孩，结果带坏了整个部落的风气，生的小孩一个不如一个，不是呆傻，就是四肢不健康的大头娃。

他们就曾看见父亲来了淫念，抓住自己幼小的光屁股的女儿就爬了上去、疼得小姑娘惨叫的情景，青瘦的青乌子奋不顾身地一步跨上，推倒一身兽性、笨熊一样的父亲，救出大出血的小姑娘，结果还让那个父亲给打了一顿。要不是他的助手和竖亥及时赶到，他还脱不开身。

在这里，他们还看到一个姐姐发了情，叉开双腿，将自己的小弟弟放到自己的肚子上。用手直把他那尖尖的小牛牛给逗硬了，放进自己春情荡漾的肉缝里。小弟弟趴在姐姐光肚皮上直喊：

"姊姊，吾尿也……"

姐姐眯着眼睛"享受"地说：

"汝尿矣……汝尿矣……"

他们还看到几个半大不小的女孩和一个几乎同龄的男孩在一起玩"性"。好奇的孩子因为看到大人的行为，他们也想摹仿摹仿。因为几个女孩子都争着想试，这个半大的男孩倒仔细地把每一个女孩子的桃色肉缝扒开观察，看谁的"干净"了选谁。结果最春情萌发的大女孩，却因为里面有了一丝黏液而没有"入选"。

……

乱伦国的乱伦，带来的是人伦的败丧和种族的没落。青乌子的态度也变得漠然处之，"由着他去，自取灭亡也"，但是以后在向黄帝报告考察情况的时候，他还是专门把乱伦国的教训作为反面素材和奇肱国的经验一并汇报给了黄帝，以作为黄帝制定国法的参考。此话暂且不说，我们还是继续跟着青乌子和竖亥的脚步向西而行。

人在行走，季节也在行走。不知不觉，已经是落叶满天飞的秋天了。

人走在五彩斑斓的大自然中，如同在画中行。他们边走边采摘着野果，直吃得满脸果肉、肚皮都鼓了起来。因为到这个时候，竖亥已经受树杈的启发发明了和自己的标准步距相同的"规"，助手们只要前后倒着这规的两只脚，就可丈量土地了。再有一人严格地记数，就不会出错了。以后，他又发明了一种相当于后世的尺子一样的"距"，不过是一根与步距相当的木棍。这样，在平地上，就用距量，到了不平的山地了，就用规测。这样，借助工具，对平地、山地都能较准地步勘了，就腾出了竖亥，他只是监工，指导着大家做好，自己就省了很大的劲儿，也可以腾出时间和精力去欣赏和享受大自然的美景与美味。

现在他们的脚板已经变成了"铁"的，能经受住任何路途的艰辛了。一开始可不行，脚板上一次又一次地起泡儿，钻心地疼，人走起路来一跛一跛的，但是他们硬是咬着牙给挺过来了，因为心中有一个目标，大丈夫要有所担当，因为自己对黄帝有一个承诺。有时候走在丛林山野，披荆斩棘的，几天几夜不见个人影儿，狼虫虎豹倒有的是，经常要为人身安全而斗争。好在他们这一支人马是一个集体，遇到危险大家共同有个分担，投石的投石，投矛的投矛，射箭的射箭，甚至用石刀剥皮这样的事，都有人专干。遇到羚羊、鹿和野牛等食草动物，他们就追逐、分割、合围，总会有战利品；遇到虎、豹、黑熊等猛兽，他们就尽量躲着走，实在躲不开或者缺少食物时，也敢硬着头皮一搏。这时候，黄帝发明的强弩和蚩尤发明的青铜刀就发挥了重要作用。再猛的兽，只要中了人设的网和青铜夹子，只要被人给围了起来，只要你避开它的猛扑和尾扫，只要大家齐心用刀矛棍棒石头弓箭一起上，就没有征服不了它的。

最怕的是半夜里灭了篝火或塘火。这时候人都睡着了，是防卫能力最弱的时候。就有一次，让一只黑瞎子（熊）给摸了进来，大家在惊骇之余，

880

只有一哄而散。还好，那只黑瞎子只是来找吃的，并没有进攻人的意思，它找到了一些能吃的东西，大吃一气，然后，扬长而去。

他们曾经走过一段遍是沼泽的草地，这里到处都是大自然布下的陷阱，就看你的运气好不好了。在这种地方，只要有人陷进了泥沼，别人是救不得的，只能眼看着他在泥沼中挣扎着陷进去，直到没了顶，放一两个气泡儿。这时候，人欲哭无泪，一个人的生命，对大自然而言，那只是巨蟒口中吸进了一个小鹿似的……

愈向西走，风力愈大，经常是飞沙走石，大风一起，那沙尘涌起一道黑色的陡岸，就像大海起潮一样直涌过来，天地变黑，人落一层黄沙。还有一种游动的沙子，人一旦走到它的沙眼里，就会像被圈进大河的漩涡一样给吸进去不可自拔。若是老远地看到一根绳子似的旋转着直通云天、带着蓝色的闪电和雷鸣的龙卷风，那可得想办法躲得远远的，它一卷来，连树木都能连根拔起，房屋都能连窝给端了，更不用说人了，于是就有人想出一个浪漫的故事，说是被龙卷风给卷起走了几十里，最后又款款地给放下来，人完好无损……这个故事，就是竖亥和青鸟子开玩笑时讲的，只不过在故事的前面加了一个"若果"。远远地看着一股龙卷风在天地之间拧着"绳子"，他说：

"若果人在其中，踞高而望，行数万步，岂不更好？"

说得青鸟子哈哈大笑，直竖大拇指：

"哈哈哈，汝真能想……"差点没给岔住气、闪了他的细腰。

终于，他们来到槐江山，见了这里的山神英招。这里实际上就是以后神话里记载的"帝之平圃"。英招部落的图腾是人面马身，虎纹而鸟翼，长着马蹄子，拖着长长的马尾巴。这个图腾，代表了英招部落，实际上是西王母白虎部落所属的一个以马为图腾的小部族，其中又吸收了鹰部落的一部分人，是一个小小的综合部落。这个部落的人以善于行走著称，他们借着马的脚力，可以周行四海，和天下各个部落都有交往。青鸟子因为清高，只是照实绘了英招部落的图腾，倒是憨厚的竖亥和英招交了朋友。

英招部落的人，不分男女，都蓄着短发，只在头顶上竖一根辫子。脸大脖子粗的英招也是这么个发型。青鸟子和竖亥在这里，少不了羊肉牛肉大口地吃。临行前，英招还拉着竖亥的手不放，硬送了他们三十匹马和两只特驯过的会报信的鹰，相约只要需要帮助的地方，就放鹰回来，他一定全力协助。

从英招部落的帐篷群中走出来，青乌子和竖亥都骑在马上，全体人员，除了执规和距实测的人，其他人也都骑上了马。

又经过不知几日，天上就白花花地飘起雪来，地上也变成了一派银装素裹的晶莹世界。这里的雪一下起来就没个完，有些雪深的地方，把人和牲口都能给埋了。于是，他们只能走风力能吹到的地脊。而这里的风又特别硬，经常是吹得人东倒西歪，如果再遇上迎面的风，那就更加难以挪步了。天阴着还行，一到太阳出来，雪光刺得人睁不开眼，眼前一片茫然……人冻得裹了一层又一层兽皮，甚至哈出的气，都能冻到鼻子尖上；耳朵冻得发疼，却不敢用手去捂，因为它已经冻脆了，一捂就折。所以，这个远古时代的远征的考察队里，每一个人都拥有了一个红鼻子和一双红耳朵。人脸上冻起了疙瘩，眼泡儿冻得红明红明的，就像是患了水肿病。

终于，历尽千辛万苦，青乌子和竖亥的步勘天下队终于来到了昆仑山东的寿华之野，见到了持戈执盾的凿齿。

五

这寿华之野有座融天山，青海湖的水入之。凿齿其人，门牙长而突出，就像过去木工使用的凿子一样。有一种夸张的表述，说他的门齿像大象的牙一样长有五六尺。正因为凿齿的门牙长，他的后代就都遗传了他的这一特征。所以小孩子长到成年要结婚时，为了美观，都要凿去门凿，就形成了一种只有这个部族才有的"折齿定亲"的风俗。

凿齿族尚武好斗，待朋友却是一派热心肠。青乌子和竖亥一行在这里受到款待以后，就继续向西拜会了掌管昆仑神山的谕堪坏。

谕堪坏是黄帝封在这里的代表天干的主将，又有神吾和连叔两个副将辅佐，因而甚是威武。而真正的昆仑山神却是陆吾。自从西王母偃昌去了河东，黄帝就封昆仑部落酋长陆吾为昆仑山神。

陆吾虽说年纪大了，但是他依然身披有五个虎首的虎皮披风，四肢四爪和九条虎尾随在身后，威风凛凛的样子不减当年。所以昆仑部落的图腾也就画成了一个人面虎爪、虎身九尾的怪兽。陆吾部落有九个分支，分别管理"九天"之一部和黄帝的花园。

　　这昆仑山上真是奇兽异树纷呈，有昆仑山门神——九个开明兽面东而立，其图腾与陆吾相像，也是虎身而人面九首；有离朱守护的、结凤凰最爱吃的果子的服常树，离朱之明，"察箴（针）末于百步之外"，就是说，一根骨针掉在地上，百步之外，离朱都能看到。但是就因为他有点"斜眼子"（斜视），瞽就说他眼神不好。也因为他眼力好，离朱曾得到黄帝的夸奖。当然他也有失察的时候，黄帝失玄珠时，派他去找他就没找到。离朱的图腾是三首人。

　　原来侍候西王母的"三青鸟"孟青鸟、仲青鸟和季青鸟，如今也成了三危山的山神。

　　青鸟子和竖亥一行，还不辞辛苦，拜访了赢母山神长乘、天山神帝江、西海之神弇兹和住在大地西北角、掌管日月运行的石夷。

　　……

　　合婚后新婚燕尔的黄帝并没有完全沉浸在新婚的幸福之中，风和日丽的日子，虽然沉醉于幸福的冬眠的太阳白着脸，并没有发出多少热量来，习习的冬日的和风依然是那么冷，天蓝得发白，落叶乔木基本上都落尽了枝头上的枯叶，露出了一丝丝的筋骨，就像是用焦墨勾勒出的线条。整个世界都显得瘦了，清爽了——在这样的日子里，在丝帛内衣外裹上了一层层兽皮更显出虎背熊腰的黄帝，总是在方雷氏女节妃的陪同下四处走走。新婚的幸福生活，并没有磨蚀他的意志和雄心，并没有改变他有棱角的性格和一身自然奔放的豪气。

　　由于炎黄的合亲，华夏的政治和经济基础更加稳固了，部落联盟有了更多的粮食、更加丰富的物产，也给黄帝腾出了更充裕的时间来思考天下大治的大事。岳丈炎居多次建议黄帝将国都迁过来——"中原者，居天地之中，便于协理八方"。通过与女节妃的外出游玩观景，黄帝更坚定了迁都中原、以云岩宫为新都的决心。

他们先走上云岩宫背后浑然凸起的黄土丘岭，东北行不过四里，就站上了黄台岗。从这里放眼四望，顿觉心胸豁然开朗。向东看去，山塬向东南倾斜，一马平川；北面、西面远山隐约可见，南方是高峨的崇山峻岭，只有脚下是从方山（嵩山）延伸的开阔的山塬敞开的胸怀。女节妃遥指着北山：

"近者黄地岭，远者摩天山，再东者西泰山……"

又指看南山：

"此山雄列成排，楚楚若茨，故曰具茨。东向第一峰，天地之中居之。余者，大隗山、石牛山、雕嘴山、香山……山山相连，逾三十矣。最高者，荟萃也。"

这些森然而布的大山，一下子调动了黄帝的征服欲望：

"山高人为峰……仁者乐山，智者乐水。若能踩诸山于脚，岂非幸事？"

"吾随君矣！"

女节虽为女儿身，却并不少英姿飒爽的豪气，又知夫唱妇随之理，就一口应下黄帝。

二人下了黄台岗继续漫步而走，不觉间来到一个三面临沟环水的去处。东面有龙轩河，南面有苏河，西面有马沟河，只有北面连着苇子营。看到如此开阔平坦、易守难攻的地方，黄帝就想到了合婚时随行而来的仓颉。仓颉除了造字记事，还掌管粮草等一应后勤的事项，这里地高风大，粮食不易霉烂，岂不是一个天然的大粮仓！回去了，告诉仓颉，让他来看看……黄帝这么想的时候，脸上挂着满意的笑容。

从这里向南望，一直到南场沟，到处是一派褐黄的勃勃干草……黄帝又想起了远在河东的马师皇。他如果来到这里，一定会对这里感兴趣的！

黄帝走着想着，南北的山上布上兵马，将力牧拜在黄台岗，应龙、常先、大鸿等各守一口，中间的良田和草地种庄稼和牧马，稷和马师皇就各派上了用场……一个迁都后的兴旺图景，就在他的脑海里勾画了出来。

又是一个好天气，冬日的太阳白晃晃地悬在东天。黄帝兴致好了，要和女节妃一起去登云岩宫西边东西延伸的马脊岭。应龙随行护驾，炎居和仓颉、雷公、滑稽等一同而行，一路上云车辚辚，战马啸啸，黄尘飞扬。

884

但是到了岭下，车就不能再往前走了。一行人只好改作骑马而进。

女节妃不会骑马，只好由黄帝扶上白龙马，两人同乘一骑。白龙马早在车后随行时就憋足了浑身的劲，身上骑了黄帝和女节妃，仍然一路蹄声嘚嘚地走在前面。虽然山路有些吃力，它榴花一样翻开的鼻翼，不时"突突"地喷着响鼻，白色的热气，一股一股地从鼻孔冒出来，周身开始发热，丝绸一样油光雪亮的毛色中开始渗出汗汁，酸溜溜的马汗的热气搅和着飒飒的冷风，迎面的风吹乱了它的鬃毛，但是它轻巧的每一个蹄印都是坚实稳健的。

不觉来到岭上，但见马脊岭就像一条游龙，左右摆动着身躯向西游去。岭脊平坦，冬日的风迎面吹得人眼中涌出了泪花，泪眼婆娑，一眼望不到岭的尽头。岭脊左右，山势平缓。白龙马一看这里一马平川的样子，立即就来了劲，撒起了欢儿。应龙的坐骑滚雪龙也不甘示弱，高仰起头，四蹄在石子地面上刨得火花飞溅，"咴咴"地尖声叫着。黄帝一勒缰绳，白龙马站定了四肢，就用一个胳膊夹起女节妃，一歪身子，将她轻放下马来，白龙马顿觉身上轻了一截子。黄帝向应龙一示意，两人一抖缰绳，白龙马和滚雪龙就像离弦的箭一样齐头并进地飞跑起来。人马一体，"嘚嘚"地搅成一团的马蹄下火星飞溅……后面就爆发了一阵欢呼和加油鼓劲的声音，尤以"烂脏"滑稽的尖尖声最响：

"好——加油！"

"加油！加油！"女节妃也兴高采烈地挥舞着两个小拳头欢呼。炎居手搭凉棚，仓颉眯缝着他的"四眼"，雷公涨红着脸，人人脸上都挂着喜色，直看到白龙马和滚雪龙消失在一丝扬起的尘雾后面。再看，尘雾起处，它们已经在缓缓地拐了个"S"形弯后的远处，变成了一红一白两个小点。

黄帝的白龙马和应龙的滚雪龙相互交换着领先的位置，始终分不出个先后胜负。两个人就并辔而飙，直跑到马力不济时，才放缓了速度。马身上冒出了一团团的汗液，由于顶风而行，出汗后的马肤泛着沁凉。黄帝和应龙还沉浸在飙马的兴奋之中，就信马由缰地让马向前漫走了一阵。黄帝观察着继续向前延伸的仍然望不到头的岭脊，和应龙商量着说：

"此真测马力之宝地也！"

"诺。余亦如是想。"应龙肯定了黄帝的说法后建议，"可着人平脊錾左右如台，成驯马之阶阶道矣。"

"好！泱泱华夏，龙兴之地，理应有与之匹配之工事。待迁都后，此第一工程也。"

……

时光如梭，时间在忙忙碌碌中就到了第二年春天。

春日里，百卉待发，鸟语花香。一个艳阳高照的日子，黄帝前去攀登具茨东面突起的第一高峰。女节妃欣然同行。——一个冬天的幸福生活与游历，她已经完全适应了黄帝的生活节奏。她之所以严守着夫唱妇随之道，在各方面尽可能地满足黄帝的要求，就是因为爱。这种爱已经由最初的倾慕变得水乳交融了，她感觉两个人好像连胳膊连腿一样，从心理到行动已经合成了一个人。不论谁想干什么，只要一个眼神、一个动作，对方就会理解。

天窗发亮、天上还隐约闪烁着星星的时候，黄帝已经醒来，他翻身坐起，轻轻地穿上上衣，轻轻地给女节妃盖好衣被，自己就在一片叽叽喳喳的小鸟叫声中披着外衣走出合宫，看那黄台岗的黑色剪影和南面具茨山诸峰隐约在灰蒙蒙的晨雾中的浅淡山形。轻风吹过，吹来湖面春水富于生命力的气息和周围桃花、杏花，还有梨花混合的芳香。不用看花，单从这些花的香型，黄帝就能分辨出是什么花来，桃花的香中透着浓浓的甜腻味儿，杏花的香是淡淡的凉浸浸的，闻着其香就能想象到它粉白的花形来，只有梨花的香，是一种轻爽到你几乎嗅不出香味儿来的自然之香。黄帝就在这综合了各种花香（包括路边的小花）的气味中舒畅地做了几个深呼吸的动作。他仍然坚持每天早上面向日出习练他向鬼容区学习的内修功法，练项老先生的"六兽戏"，经过几十年的坚持和揣摩，他的"熊掌拳"也日臻成熟。

女节妃一个芳梦初醒，伸手一摸，黄帝已不在身边，就自己起来梳妆打扮。因为今天要出远门，她特别隆重地把自己最珍爱的饰品都戴上了，等在铜镜里满意了自己的打扮的时候，她已经是珠光宝气集于一身了。她特别佩上了当地产的密玉的玉珠，而将黄帝佩戴的那件能与她的佩饰合为一体的玉玦，也准备好了放在旁边。

　　由于昨天晚上已经提前告知了今天的行动，所以黄帝活动完从外面回来吃过早饭；等女节妃完全收拾停当，两人相携走出合宫时，炎居、应龙、仓颉、雷公和滑稽等都已经在台阶道上等着，摆渡云岩宫前湖面的木舟已经列队在湖边。从湖的对面，已经可以清晰地听到白龙马等坐骑高一声低一声的穿过晨雾的嘶鸣声。

　　这真是一个富于生气的清晨，白肚皮的红鱼不时地跃出水面来作个漂亮的前空翻动作，它们也想呼吸一口混合了百卉芳香的新鲜空气，加入到这清晨生机勃勃的合唱中来。红嘴的公鸭子发出了高亢而沙哑的呼唤母鸭子的叫声，第一个游进绿莹莹的春水，母鸭子摆动着尾巴，左右摇晃着冬天里养肥了身子，"呱呱"地应和着。那对五彩鸳鸯则在水中静静地游着，互相梳理着彩色的羽毛……披着鹅黄色新叶的青翠柳枝在轻风中摇曳着身段，杨树将自己毛虫虫一样的褐色花絮，轻轻地撒向湖面，逗得鸭鹅不停地伸长了颈项去叨……

　　黄帝和女节的龙舟第一个靠了南岸，惊飞了几只岸边的水鸟。

　　白龙马和女节妃温驯的长鬃红马（经过一个冬天的游历，女节妃也学会了骑马），滚雪龙还有其他黑色、灰色、枣红、花骝的坐骑，都已经兴奋地等在这里，只待主人一跨上背就奋蹄而奔。

第二十章

一

　　热烈的亮黄色的满天星一样的迎春花还没开败，粉红的山桃花也正一堆一堆地应和着东天上的朝霞，就像蓝天上的那些彩云朵儿落到了这山坡之上。松枝在不知不觉中悄悄地换上了鲜绿的新装，东一株西一株地随意摆布着阵形，而小溪边的垂柳，正扬扬得意地摇曳着身姿，有灵活的燕子快速地左右穿梭着绕过柳枝，竞争似的高飞向蓝天。只有早起的鹰，正从容地平展开硕大的翅翼，几乎一动不动地在山岩上翱翔。可是它锐利的眼睛却在不停地巡视中，紧盯着青色的岩石间、正在向绿色过渡的草丛林木中一丝一毫的动静。

　　黄帝一行人马经过一番长距离的奔驰与行进，终于在晌午之前来到较为平缓的老山坪。再往前走，大家只好在经常上山采药的雷公带领下，攀上一个个巨大的被着新鲜绿苔的深暗岩石。一面青崖当前，平时说话像打雷、身体健壮的雷公，攀起岩来却轻捷利落，不着痕迹。黄帝先观察了一番，巧妙地在青崖之上找到了各种落脚的角度和手挖抓的地方，然后手脚并用，三下五除二就利索地攀了上去。女节妃正在作难时，却见黄帝返身投下来一根返青的长藤：

　　"抓住，踩稳脚攀之！"

　　女节妃受到黄帝的鼓舞，感觉手脚上也一时来了劲，刚才的畏缩心理一下子就飞到了九天云外。在滑稽"加油"、"加油"的鼓动声中，竟然也轻捷地攀了上去，快接近崖顶了，眼看着女节妃快支撑不住了，黄帝向下伸出他有力的大手，一把就抓住女节妃，像老鹰抓小鸡似的就将她提了上去。至上到青崖之上了，女节妃的心还在"突突"地跳个不停！她一只手轻抚在高挺着柔软乳房的胸口上，长长地嘘了口气，再向下看时，连自己都不敢相信自己，是从哪儿来的勇气，竟然能攀上这样让人一看头都发晕的青崖。轻风习习，黄帝一面擦了一把汗，一面却在等其他人——攀上的时候，仔细地观察着这面东向的青崖和它周围的地形与岩势。青崖虽高，下面的岩石之间，却有一能容纳十数人的小平地，向山下瞭望，眼界还开阔，远处中原大地如一张彩绣的大毯平展地铺开去，老山坪已经隐约在林丛巨石之间，变得像个平台似的。黄帝想，在这样的青崖上，若能有一洞穴多好。到了夏天，绝对是个避暑的好去处。于是就对崖下正扶仓颉攀岩的应龙说：

"选精干人等，以金器凿之，成一洞穴，或可遮风避雨、避暑也。"

等炎居也攀了上来，大家才继续上行。一行人在山崖间攀来绕去，终于上到一个较平的豁口。从这里横过去，再向上攀，就折上了东向的山脊梁，到了号称天地之中的"天心"，这里品字形垒了几块石头，拴着红麻布条。从这里向东望去，一峰突兀，下是绝壁。

黄帝兴奋地四下观望。炎居将带来的食品等供了，等黄帝等人回到这天地之中的地方，就带领大家对着"天心"认真地拜了又拜。日头已经偏西，时间过了正午。进了干粮，喝了葫芦里背来的水，大家就各行其便，四处查访起来。应龙向西而去，仔细地查看那片突起的山包，他又到处寻找水源，雷公笑道：

"山高水高，自有水也，且随我来。"

二人来到一个面北的山涧，就看到了淙淙而流的一眼泉水。应龙兴奋地大叫：

"此屯兵之好去处也。设此一关，东峰安然无恙矣！"

雷公关心的还是采药的事，他为了采药经常到处走走，当然不会放过这次的大好时机。虽说这具茨山东面的第一高峰他已经来过多次了，他还是想借着采药，进一步了解清楚此山上的药物分布情况。他向西面凸起的缓坡下的林丛一指：

"余去采药……到时，尔等可随我而来，西山口会面。"

应龙就率领随行的兵士守在这里，眼看着雷公消失在林丛花径之中。

仓颉和炎居在山顶考察可以建屋之处——大家都认为这是一个观览风

光和静修的好去处。仓颉竟然在峰顶的北侧，看到了一丛丛刚吐出尖尖的锯齿样绿叶芽的桑树。

女节妃携黄帝东行，直向东峰之绝顶而去。滑稽跑在前面，一路上开着不适当的玩笑，从不甚平的高处一直下到最后一块凌空的岩石跟前，滑稽一路上发现不断，先是在一块青石上看到一只形态逼真的人的大足印，就一惊一乍地指给黄帝、女节妃看：

"帝、妃且看，帝之脚印也！"他这玩笑开得也有根据，因为他知道黄帝的脚大。

黄帝携女节妃从容地走过来，一看，果真如此，又脱了脚上的草鞋踩上去，不大不小正合适。

"果真帝之足印！"女节妃惊讶地呼道。

黄帝一脚跨出踩在足印上，一手托着下腮，凝神远望，中原花地毯一样美丽富饶的大地尽收眼底，那些道路，就像是稀疏的蜘蛛网，而那些部落、聚落，则像是一个个撒开的棋子儿。虽说现在太阳已经过了顶，但是仍然可以想象早晨东方日出时这里的壮丽景象。黄帝一下子爱上了这个地方，爱上了这块土地，爱上了这里的人——他把目光折向女节妃，女节妃也正情意绵绵地关注着他。于是两人携手，相互交流感应着对方的体温与情感。

"同心石，帝妃同心石也！"像猴子一样早就蹦跳到左前方另一巨石跟前的"烂脏"滑稽又尖声喊道。

黄帝和女节应声而去，果见一石平卧，大小可容二人并坐，似乎上面有人坐过的痕迹。从这里望出去，青石参差交错，可望而不可即，其中有两石相靠，就像一对亲昵的情人。

黄帝和女节妃来到"同心石"前，"烂脏"滑稽就又扮起了他婚仪主持人的角色：

"滑稽做证，天地为鉴；帝妃一心，天下永固！"

黄帝和女节妃受滑稽的鼓动和感染，情不自禁双双跪下，面向天地八方而拜，演出了一幕让后世称绝的"八拜成婚"的绝唱。

分别向东西南北乾坤艮巽八方膜拜之后，黄帝挽起女节妃的秀手，两人双双跨过同心石并肩而坐，女节妃不由得像藤一样软酥酥地靠上黄帝宽厚的肩膀，与前面那相依相靠的巨石正好成一个动作。

看着这样的画面，滑稽满足得手舞足蹈，拍手称庆。

黄帝合婚之后，炎帝神农返回神农架继续他的采药和对《神农本草》的修订工作。黄帝本来想随了炎帝神农一起到神农架远游，但因了女节不能远行，只好在中原一带周游一番，一是了解当地的风土人情，二是饱览中原的壮丽河山。通过游览，他深感中原物产丰富、地大物博；中原居天下之中，可面向四维八方而治，若按照八卦九宫（龟书图）将天下分作九州，中原则居中矣！所以，黄帝周游中原的过程，也是他重新思考天下布局、大定天下的思路形成的过程。

恰在此时，青鸟子和竖亥步勘天下回来，从渤澥黄城赶来汇报。黄帝对两位的经历感同身受，二位对黄帝天人合一治天下的思路也由衷地赞赏。

黄帝迁都中原的消息传到河东渤澥黄城，在黄城中引起了很大震动。一些人感到兴奋，黄帝通过合婚的形式，不用打仗就实现了向中原地区的迁徙，认为合婚是高招，对双方百姓都有利，是一个高明的有利于双方的举措；有些人则认为渤澥黄城来之不易，经过战争又进行了扩建，在这里生活惯了，舍不得离开。而大多数人却介乎中间，都是既有迁徙中原的热烈愿望，又不忍心离开为它付出了血汗的地方，只好随大流，或者说听黄帝的，黄帝说迁咱就迁，反正听黄帝的话没错儿！

黄帝去了中原合亲，嫘祖等妃嫔继续在渤澥黄城的中宫生活，日夜充满了对黄帝的思念。说实话，从个人感情角度，黄帝去中原合亲，不管是嫘祖，还是素女、玄女、少女等，都不愿意黄帝远离了自己而去和另外一个女子好。人的感情都有自私的一面，尤其对女性而言，更容易被专一的感情所控制，就更加自私和独霸，非得黄帝只和自己一人好而能事。所以在黄帝去中原时，大家都情不由衷。但是黄帝所做的是为了部族长远发展的事，大家又不得不屈意顺从。尤其是嫘祖，还要在表面做出表率的样子。这种表率是做到了，但是嫘祖的内心里却非常痛苦。只要一闭上眼睛，在她的眼前，就全是黄帝和女节妃如何如何好的画面。对黄帝越爱，对这个长得圆腾腾的女节就不由得越恨——如果没有她，也就不会有这样一种对自己感情的折磨！但是反过来又想，这也是不可能的，为了炎黄两大部族和睦相处，部落之间不是战争就是联姻与合亲，要合亲，对方就必有一个女人出现，这个人即使没有女节，也还会有个其他什么节出现，从这个意义上讲，又不能怪女节妃本人；那么怪合亲之事本身吗？合亲总比打仗好！怪前去合亲的黄帝？说心里话，为了合亲之事，嫘祖从内心怪罪过黄帝，你什么办法不能采取，为啥偏偏采取一个合亲的办法？这能怪黄帝贪多无厌吗？能怪黄帝不爱自己吗？似乎都不对，但是翻来覆去地想，总感觉心里不舒服，就像刀刮骨髓一样难受，就像饭碗里掉进一只苍蝇或者一节一节的口袋虫一样，让人心里硌硬，感觉心里毛扎扎的、空落落，没有一个去处，没有一个落脚，人整天好像悬在半空中，没有一个着落。可是对黄帝的爱，又使她不得不为黄帝操心。她总是盼着黄帝能有一丝半点的音讯传来，总是为他在中原的行动而操心，而担心受惊。唉，就是这么个操心的命，不操心又由不得她。这样复杂的车轱辘一样翻来覆去的让人夜不能寐的想法，只有在夜深人静、一个人烦热的时候才有，而平时，嫘祖总是把自己置身于一件件干不完的事务之中，中宫内妃嫔等"先后"之间的矛盾，与儿媳昌仆等之间的矛盾，中宫的吃喝拉撒等大小事务都要她做主，她还要借着冬季农闲时，继续举办她的织帛学习班，还有风后、力牧等就部落大事要与她商量，还有经常代表黄帝去看望帝师天老（他最近的身体是一天不如一天了）等，还有各管一摊的师臣、大臣们之间的事情……当一个人整天陷身于各种事务之中，虽然忙了累了，但是却是最幸福的，在这样的时候，觉得自己还像个人样子，还有那么多的事，那么多的人离不开自己……

二

嫘祖就在这样的忙碌和内心烦恼痛苦中度过了漫长的冬季，也多亏了这是一个冬眠的季节，人的感情也似乎被寒冷的天气给冻结了，凝固了……当春暖花开、万物复苏的季节到来的时候，当情感这个东西又像冬眠后的虫子苏醒过来，在人心里窟窟酥酥地活动起来的时候，好像是理解嫘祖的这一种心理和感情需要似的，就接到了黄帝迁都中原的通知。

黄帝迁都中原，帝师天老却永远地留在了河东渤澥。也许是岁月的年轮太多了，自黄帝合婚中原后，天老一天比一天迅速地消瘦下去，脸色越来越黄黄得跟黄表纸似的，本来就像一道道沟壑的满脸皱纹，更加一圈一圈地密密匝匝，主要的原因是胸口疼，吃不下熟食，却将他平时堪舆时验土的做法变成了一种新的爱好，就是吃黄土疙瘩。说来也怪，他的胸口疼，只要一吃黄土疙瘩就不疼了。因此他就更把黄土疙瘩当成了饭吃，理由是"粮食亦土中长，土中物也"，开始的时候他还背着人吃，人多的时候不好意思吃，只要一背过人，他就会从地上捡起几块土，"嘎嘣嘎嘣"有滋有味地大嚼起来……可是他的体力却日复一日地在减退，全身的肌肉疼痛、萎缩，人站起坐下甚至高抬一下腿，都变得困难起来。有人说少女能使男人恢复青春，风后就派了两名美丽的少女日夜服侍天老，可是并不见出有什么奇效——人老了就是老了，不中用了就是不中用了，活着没用了就是没用了，人老了就得服老，这是没有办法的事！但是有两个美少女给暖被窝，服侍着他的起居，天老一脸皱纹的老脸上还是像回光返照一样露出了舒适的笑容和无奈的叹息。

随着冬日的脚步一步步地跨入了数九寒天，天老终于躺在地铺上不能起身了，但是还是没有停下对他一辈子都在探索的堪舆学说的研究。他把最得意的门生叫到地铺前，在美少女的搀扶下，断断续续、一句一停地给他们指拨要点：

"寻龙捉脉，贵在……点穴。点穴者，查地利，查土壤，查水质，查气流……不可不查也！"因为吃力，他憋得脸上充血，头脑发涨、发晕，不由得艰难地抬起瘦手，按住额头。

其中一位目光明锐、额头平光而有棱角的学生说：

"余习点穴，不辨土壤，愿师详述。"

天老就让侍女取来土样，一边嚼着品味，一边叙说道：

"上者色黄，味苦，养人护主；次者白，咸酸，寸草不生，不吉。"

学生接过一块黄土尝了，苦涩得直想吐出来，看到为师津津有味的样子，只好硬着头皮强咽下去，差一点没给卡住。听说老师已经食土成癖，有"治病"的作用，学生就给他采来供食。

闻听到黄帝迁都的消息后，天老激动地挥动着瘦手说："余心向往，唯余期已至，终身憾矣！"他硬是支撑起瘦弱的病身，躬着身（怎么也站不直了），颤颤巍巍地拄拐杖前去考察地穴，虽然有学生前后相随，还是忽然头一晕腿一软就跌倒在地，被背回后，就一直闭口闭目地那么静躺着，不动声色地把自己身上的最后一点油都耗尽了，就永远不动地平躺在那里了。

纷飞的大雪中，风后为天老举行了隆重的"国葬"，吴权、鬼容区、宁封、马师皇、中黄子、大填、封钜、知命等帝师，专程从中原赶回来的黄帝、嫘祖、力牧、应龙、常先、大鸿、挥、夷牟、货狄等武将，后土、仓颉、岐伯、伶伦、赤将、高元、俞跗、大挠、稷、孔甲、杜康、沮诵、喫诟、隶首、地典、大容等文臣，几乎全部出动，西王母偃昌、十二大部落的代表和天下七千封的神族代表，大家在白色的旗幡引领下，一路蜿蜒地将天老葬于黄城西南的高岗之上（天老事先自己为自己选下的穴位）。在墓地，千里迢迢专程赶回来的黄帝，身披麻衣，头扎白巾，高声诵读了一篇用赭石红写在丝帛之上的长长的祝文：

> 呜呼天老，吾师亦父，幼而施教，长而训导，成而淳淳，终身父也！
> 呜呼天老，德配天地，道穷古今，堪舆一绝，造福百姓，荫及子孙！
> 呜呼天老，两代帝师，起于羲皇，成于龙象，百代之师，高山仰止！
> 呜呼天老，国迁中原，炎黄和睦，天下太平，国运亨昌，郑重告之。
> 呜呼天老，人之已去，灵之长存，生死之隔，何时相会，涕泪下也！
> 呜呼天老，国之魂也！愿常佑护，愿常伴之，愿常神会，心常随之……

黄帝悲切的声音在白雪覆盖的中条山的山脉和渤澥大地上回荡着，跪倒的人群占满了一个背靠高山的浑圆山包，周围是一片呜呜咽咽的哭声。群鸟都不知被严寒逼得躲到了什么地方去了，只有一只苍鹰，依然披着刚刚透出云缝的白晃晃的冬日阳光，不畏寒冷地俯瞰大地，凌空高翔。白茫茫的盐池和远处隐约可见的冰冻的白练一样的黄河，一时泛出苍茫的耀眼银光。

该走的人不可挽回地走了，该进行的事情还要继续进行，一切都在有条不紊地筹备之中。

黄帝既已回来，就亲自安排部署了这次华夏部落的大迁都。由风后负全责，进行统一的安排调动，力牧配合风后工作，做好迁都过程中的安全保卫和秩序维护工作。由后土管理迁都后的渤澥黄城。

时间在黄帝二年（戊子年）的冬天。这是一次牵扯天下各大部落的数万人的大迁徙。数万人的迁徙队伍，分成三路纵队齐头并进，浩浩荡荡地如同一条涌动的大河。

西王母偃昌、广成子、赤松子和十二大部落的代表、天下七千封神族的代表等走"神道"，行进在队列的左边；未得到封号的普通百姓走中间的"人道"；而由隶首监管的包括蚩尤、两暤等在内的九黎的战败投降者——奴隶的前身，则只有走在右侧的"鬼道"上。人和人之间的等级界限，通过这一各行其道的措施，特别明显地彰显了出来。

三路人马人喧马嘶牛车辚辚地向西绕过中条山脉，在山塬丘岭的斜坡上，就像游龙一样蜿蜒行进着。队列时分时合，全根据自然地形而定。

黄帝和帝师、大臣们的云车行进在中队普通百姓的前面，前后左右，有应龙、常先、大鸿、挥等率师旅，一路威风凛凛地簇拥着护卫。嫘祖及嫫女、孩子的云车紧随其后，加上百姓的牛车拉的各种不忍舍弃的生活用具，形成长长的和见首不见尾的车队和人流。老人和小孩都坐在牛车上或者骑在牛背上，年轻人自己行走，有的还肩扛背背着农具或者麻布袋子，成年人手里拉着半大的孩子，边走边叮咛着一些什么。有人拉着小猪，赶着猪群、羊群、牛群和马群，老年人怀里抱着老母鸡，车上卧着家猫、拴着公鸡。人群的喧嚷声，云车和牛车晃动的"咯吱"声，木车轴的"吱吱"声，高扬的马的嘶鸣声，牛闷闷的"哞哞"的叫声，混合成一股巨大的声浪。车轮和人脚扬起冬日冻硬的道路上的一层细尘，给雄壮的队伍蒙上了一层薄薄的黄雾。土尘扬起，艳阳蓝天下，整个迁徙队伍，就像披了一层巨大的金色纱幕……三路人马高挂的三条金纱交织着、聚散着，形成蔚为壮观的宏大画面。

西王母偓昌、广成子、赤松子等兴高采烈地行进在自己的"神道"上，前后一片兴致极高的热烈的喧哗声。而行进在"鬼道"上的队伍中却少不了喝斥、训骂和不满的嘀嘀声。隶首坐着云车，所有的"奴隶"，包括蚩尤、两嘷等都是步行着。蚩尤不在话下，而对老态龙钟的"半截人"两嘷来说，则是一件天大的难事，本来胖得就像肉球一样的他，现在更是气喘得走不动，只有在蚩尤的搀扶下，他才能一步一步地缓行。他俩当然不用搬运东西，而其他"奴隶"，则除了步行，还要肩扛身背，或者一个担，或者两人抬地搬运所有的生活用具。这些人一个个骨节粗大、蓬头垢面，又脏又臭，身上永远散发着一股陈年老垢混合的酸臭怪味儿。长长的队列中，只有少量灰色的水牛驮着东西。三苗的灵枫酋长虽然骑着水牛，三苗的总体待遇比九黎要好得多，但还是被划在"鬼"类，随在九黎的后面。大家都垂头丧气地走在"鬼道"上。蚩尤怎么也想不通，自己虽说是战败者，但是总是被命作"制兵"的首领，难道自己尽心尽责地制造兵器，这就是对你的回报？难道不管自己怎么努力，都改变不了这"不肖"的"鬼"身份吗？就像自己额头上烙下的印记一样，成为终生的标记。当时黄帝封神的时候，没有封三苗的酋长，已经让灵枫心里难受了许多时候，这一些迁都，又将自己划在"鬼道"上，更让灵枫心里有些憋气。但是，在这样的大势下，他也没什么可说的，最起码还没有像对待九黎那样，被重兵押着行进。这么想着，灵枫就长长地舒了一口憋在胸口的闷气。

三

迁徙的大军从三门峡最狭窄处结冰的黄河上过河。三门峡的三门，这时候就正好被命作"神门"、"人门"、"鬼门"，供三支迁徙的队伍带着荣耀与耻辱的标记同时通过。三路宽阔的纵队，到了这里就不得不变窄，行进的速度也缓慢下来，三门峡前，人群挤在一起，人、"神"、"鬼"几乎乱了队形，叽叽嘈嘈的人群的喧闹声，加上各种器具的碰撞声、各种家畜家禽的惊叫声，简直乱作一团。性急的马，扬起头发出一声声长嘶，已经习惯了捆绑生活的公鸡跟着打鸣儿，最乱的是猪群，老母猪"哼哼"，小猪跟着

896

也"哼哼"，直叫得人心烦。夕阳西下，冷冽的冬日晚风顺着河道劲吹，卷起阵阵冰屑雪粉，直割打得人脸疼，迷得人睁不开眼。晚风将被夕阳镀上一层金辉的大地吹得一片迷茫和纷乱。慢慢地，三条长队，犹如三条金色的长蛇游出了三门峡，在巨大的深灰色的河石间，蜿蜒地游向南岸，又迂回向远方。

因为"神道"最通畅便行，西王母第一个到了三门峡前十余里的一处巨石构成的台地，看天色已晚，就停下来扎营，等黄帝等到来。好在这一处河滩地面开阔，可供数万人就地宿营。而在这里，根据行程推算，风后已经提前做了一些准备工作，储备了大量的柴禾，供大家取暖所用。

所有的车都连在一起，组成一道坚固的外围防线，周围生起了一堆堆篝火，有骑马的士兵来回巡视。一个个红、白、黑、青代表不同方色的帐篷，在一阵阵的吆喝声中被架了起来。等黄帝一行赶到，西王母让黄帝住上台地，黄帝却坚辞不就，硬是将西王母推上台地。西王母在台地上住了一宿，又经过第二天的梳妆打扮，才从台地上下来，继续大家的迁徙之路。所以这里就留下一个"西王母梳妆台"，一直传诵至今。而黄帝则住在一个叫"黄冈"的地方，这个地名也一直流传至今。三路迁徙人马相会的地方，就在"会兴"，都在今三门峡市。

迁徙大军一路向东，又经过一个多月的艰难跋涉，终于来到了位于湖畔的黄帝合宫。这时候，老天爷已经度过了它最严寒的数九寒天。

在黄帝三年（己丑年）"九九八十一，犁牛遍地飞"的早春时刻，中原的春风比起河东来说温柔了许多，气温也明显地偏高一些。往年在河东这阵儿还裹得严严实实的人们，松开了在身上捂了一冬的兽皮，让新鲜的空气吹走浑身的汗腥和皮子的酸臭味儿。

根据黄帝前年冬天与女节冬游时所想到的布局和炎居的热心铺排，所有从河东迁徙过来的人群都得到安排。黄帝和帝师、西王母与文武大臣、妃嫔子女住在云岩宫。力牧守在东北的高地（也就是以后的"力牧台"），风后守在云岩宫南岸高地，仓颉在北面的仓王一带建立"国仓"，马师皇去东面的养马庄养马，又在南场沟放牧，又分别在马脊岭、草场岗等处分放战马。在云岩宫西南的河屯屯兵，监护着蚩尤等九黎及三苗族众。大鸿

897

和常先各占南面一个山头——大鸿山和风后岭的常先口，和大隗所居的大隗山，形成云岩宫南面炎黄协防的总体布局。广成子去了云岩宫以西、大隗山旁的观寨，而将天下十二大部落与七千封神族的代表安置在云岩宫东北的西泰山——炎居自己的居地，雷公、风伯、雨师、赤松子等都住到了这里。

根据黄帝的命令，各路人马迁入后，没有举行大型的庆典活动，而是立即投入到紧张的生活安置、生产建设工作之中，因为生活是第一必需的，也因为节令不等人，先组织好今年的春耕生产，今年下来大家就有新的收成了。因此一个牵扯数万人众的春季开荒行动在中原大地上轰轰烈烈地开展起来。从云岩宫望去，包括南面具茨山的层峦叠嶂间，到处是一片春烟缭绕的原始春耕图。黄帝也依照炎帝榆罔当年在清姜水河畔春季要亲自躬耕田亩的做法，让人套上一对黄牛，亲自在刚刚烧荒过的还散发了青枝枯叶烧焦气味的、铺了一层黑灰色的柴灰的黄土地上，耕出第一犁。随着农正稷的一声“黄帝开犁也——”的高喊和黄帝“啪”的一声脆亮的鞭响，黄牛奋蹄，湿漉漉的黄土被加工成斜尖的木犁翻起一朵朵浪花，周围的后土、稷等大臣和围观的炎黄部落的族众爆发出一阵热烈的掌声，就有人不断高声地喊着：“黄帝开犁也——”、“黄帝开犁也——”，这声音像春波荡漾，由近而远，山鸣谷应，直传遍中原大地。

大鸿负责和炎帝部落的高人大隗部落之间的联防和生产工作。他先来到大隗部落进行了参观。

身高九尺的大鸿，在个头不高、长着一副娃娃样的大隗陪同下参观大隗山。走在溹水溪边，举目望去，只见这里七峰参列，石花斑斓，松柏苍翠，林木葱茏，绿竹交错，紫藤环绕，好一派蒸蒸日上的气象。

大隗用他粗短的手指指向巍巍的大隗山，以他特有的就像是处在变声期的孩子的腔调告诉大鸿：

“大隗山者，上有七星罩顶，下有溹水出焉。雨过天晴，叶挂银珠，雾气徐升……若遇夕阳西照，则云霞交晖，成一胜景矣！”

大鸿口拙，说不了更多的好听话，只是由衷地赞赏道：

"初闻大隗胜境，今日一见，果然不凡也！"

说得大隗高兴，竟在他的孩子似的脸上抹起胡须来。

从大隗山返回，又得了大隗的建议，大鸿回到大隗山西边的大鸿山来，就更加充满了自信（当时这些山都是无名大山，谁居住在那里了，就以谁的名字来命名）。

大鸿也是黄帝手下一位上通天文、下晓地理，沟通了天地、一身勇气的骁将。他亦以善于观察水脉而著称。根据大隗的建议，他又披荆斩棘，亲自走遍大鸿山的角角落落，仔细地查勘这里的山形地貌，很快就在山上找到了水源。得知此山顶平坦宽大，又有水源，适于屯兵的情况后，他就把所有带来的士兵分作三拨，一部分建城，一部分狩猎，一部分烧荒春耕。他把狩猎和春耕的事委派给两个小头领，自己亲自负责建城，因为这是最重要最关键也是最艰苦的一项工作。

除过狩猎和春耕的人，剩下的士兵也就三百来人。大鸿将这部分人又分作三班倒，昼夜不停地从沟底下向山上背石头，在山顶上垒城。不背石头的士兵，除过需要休息补充体力的，又投入到就地取材搭建屋舍的事情上。所有的女人、孩子都参与进来，力所能及地干自己能干的活儿。有的抱石子，有的掘地，有的扶木橛，有的用尖底瓶提水……一个黑瘦女子，眼白很亮，她一不小心，让石头碰伤了脚，疼得她龇牙咧嘴，抱着个脚揉了半天，稍好了，还是一瘸一拐地主动继续干活。

大鸿身先士卒，亲自下沟背石头，亲自手持金斧砍伐树木，他人高马大，身体魁伟，有的是体力。在他的带领下，大鸿山山上山下，到处是一片热火朝天的生产建设场面。这边在垒城，那边烧荒春耕和狩猎的事也在烟雾缭绕中火热地进行着。因为没有那么多的牛来犁地，他们就在刚刚烧过荒的春天苏醒过来的松软土地上，用尖棍戳个窟窿，将粮食种子放进去，再用脚轻轻跺平。这样，在开阔起伏的地面上，在余烟袅袅的浅蓝烟雾中，在浓重的春天的鸟语花香的气氛中，到处都是一躬一躬的劳动的身影……狩猎的人，则学着鹿鸣、羊叫，在密林中形成大大的包围圈，不断缩小着包围圈，最后再群起而攻之，很少有能逃出这密集的包围圈的野兽。人能改造世界，改变自己的生存环境，因为人有聪明的大脑，人会创造和使用工具。当人类进步到以万能主宰者的身份来到大自然之中，其他兽类唯一应对的办法，那就只能是远远的逃遁了。

经过一个多月的紧张工作，一个规模庞大的屯兵城就建立了起来。这样，大鸿的部落，不光是有了自己的居处，日常饮食和今年的收成也有了保障，他就带领士兵们，开始了日常的练兵。

这大鸿城依山而建，山上共设四门：东部在与大隗山相连的悬崖峭壁上垒石寨曰"震门"，西部于狭沟之处的塔山再设一门为"兑门"，又在峰顶双龟石处设了"坎门"，在山南坡设了"离门"。头戴羽冠（装饰着长长的野鸡翎）、身上装饰着鸟羽、大鸿鸟一样的大鸿往城前一站，微风习习扑面，鼓动着一身鸟羽，完全是一副凌空腑瞰、威风八面的感觉。

四

应龙等将军的居地，黄帝一一做了安排之后，就让他们带兵自行前去围垦，而仓颉和马师的居地，因为牵扯到国之根基的粮草等重要问题，黄帝就亲自带着他们前去察看地形，作出具体的安排。

黄帝先带着仓颉、赤将等来到云岩宫北四里、他事先观察好的仓王这个地方，与仓颉等在三面临水的台地上四处踏勘，又在地上画来画去的，最后终于确定了一个长约百丈、宽约六十丈、能储万担粮食的大型粮仓建设蓝图，着赤将带领从各师旅抽出的精壮兵士尽快投入建设。因为隶首已经发明了十进位的运算方法，赤将就用自己的前臂丈量（最初人们就是以自己的尺骨作为丈量的工具，赤将也不例外）着地面，比画一下是一尺，十尺就是一丈。以后为了使用方便，他干脆就折了一根与自己的尺骨等长的木棍，将木棍再分为十等份，每份就是一寸。这样，就初步形成了一尺等于十寸、一丈等于十尺的概念。在测量建设粮仓的过程中，赤将发明了较为精确的丈量工具。

当时的"担"也并不是后世的十斗，而真的是一担挑的两筐粮食，所以一个能盛一百担粮食的粮仓并不是很大。但是一次要建起一百个这样的粮仓，同时也要考虑通风、防潮、防鼠等因素，就要根据过去的储粮经验，对粮仓结构进行改进。现在人们既然可以在地面上打墙，把房子建在地面上，为了防潮，粮仓就更应该这么建。经过仓颉与赤将等的反复研究，最后确定了一种圆筒形的、尖顶上加盖的建筑形式。为了通风防潮，又在粮仓底部用土坯在地面上架起一个通风的平面。因为圆弧形的土墙不好打，最后还是采取了木柱支撑、荆芭相围，外面涂上厚厚的草泥巴，再在内侧涂以牛粪泥的方法。牛粪里的草纤维均匀细密而且不泛潮，防潮性能极好。就这样，他们一个一个地边改进，边建设，等到建起十几个粮仓的时候，台地上已经是"爷爷孙子几辈"了。一百个共盛百万担粮食的粮仓要在夏收前建好一半，以便收入新粮，所以大家还得不断加快工程进度。

早春的风依然透着寒气，人呼出的气还似白色蒸汽一样一股一股地冒。黄帝骑着白龙马，和骑着追风的马师皇一路前行，高元和云阳先生的蹑景、追电马紧随着，一行人先来到云岩宫东一里的地方考察。白草萋萋，一片苍茫，万类草木皆在风中齐刷刷地做着集体舞蹈。黄帝手握马鞭指点着这片与南场沟连为一片的丰茂草场，马师皇也对这里的养马条件满意地直点头，于是就将这里定为"养马庄"。然后，他们又马不停蹄地赶往东北方向。一阵快跑之后，马身上都沁出了汗水，一向心疼马的黄帝就勒住了马缰，马的脚步放缓了，但是，坚硬的马蹄还是把早春很冻的土地刨得尘土飞扬，扬起阵阵轻尘。因为速度放缓了，马也从高度紧张中解脱出来，不停地抖一抖身上某一处的皮毛，扬起头"突突"地喷着响鼻。白龙马一直领着先，追风不甘落后，于是，两匹马还是争先恐后地并辔而行。一身青色花骝的蹑景和浑身火炭一样红中泛黑的追电，相对于白龙马和追风的竞争就缓和了许多。因为前面有领队的头马，他们只是随大流者而已，不必争先恐后地出风头。四匹良马和它们的同类们，驮着黄帝、马师皇、高元、云阳先生和他们的随从们，一路轻松地前行，十里地不觉一会儿就到了，他们来到一个浑圆地突起的丘岭上。勒马岭上，四顾茫茫，到处都是风吹草长的草场。

黄帝兴奋地看着周围，问随行的当地人：

"此地何名？"

一张一脸笑纹的瘦脸告诉他：

"无名。"

"叫草场岗若何，师皇？"

黄帝没有直接命名，而是征求帝师马师皇的意见。马师皇正在观望周围的山形草势，仔细地辨别着这里草的种类，忽听黄帝问他话，忙回过神来：

"草场岗，甚好！甚好！名实相符。"

"请云阳先生向前。"听到黄帝让自己向前，云阳先生在马屁股上用鞭子轻点一下，追电就一个箭步插到黄帝跟前。

"草场岗交汝使用。务必使军马膘肥体壮，随时可用。"

"诺。"云阳先生应到。

看到日头已经从头顶上端照，人的身影已正，黄帝自感腹中已空，就带着大家返回，准备第二天再去马脊岭。

第二天依然是个风和日丽的好天气。天气好，人长精神，马也精神。一行人中，新增了力牧、应龙、常先等武将，等人到齐了，就转身向西，背着暖烘烘的火炉一样的春阳，迎着略带凉意的阵阵春风，一路放马而奔，很快就来到湖西的马脊岭东麓。让马在原地倒着步子缓过了劲，黄帝才指点着，一马当先带领大家登上马脊岭去。被春天的各色花朵，尤其是粉红的彩云朵一样的山桃花打扮得花枝招展的马脊岭山势平缓，对白龙马、火炭、滚雪龙、追风、蹑景、追电等名马而言，几乎不费吹灰之力，就在一片鼓点一样此起彼伏的"嘚嘚"的马蹄声和不时响起的号角一样清亮的马的"嘚嘚"的嘶鸣声中，一行人马快跑着奔上了马脊岭。

来到马脊岭，这一回不是黄帝向马师皇学习了，而是马师皇对黄帝相地的本领赞不绝口：

"帝相土之功大进矣。马脊岭，驯马绝佳之地也！"

大家稍事休息，就顺着马脊岭放马狂奔，狂奔的马群惊飞了侧着身子斜飞的野鸡，吓跑了藏在草丛中野兔，也把马惊得头一扬一扬的，眼睛瞪得圆鼓鼓的，更加疯狂地奔跑。一群马经过角力，最后还是力牧的火炭跑了个第一，应龙的滚雪龙跑了个第二，马师皇的追风、云阳先生的追电死死地咬着它们不放，它俩不善领头，只善于跟跑。把大家的积极性都调动起来的时候，黄帝却轻勒着白龙马的缰绳，并没有让它任性地狂奔，高元的蹑景因为和常先的枣红马绊在一起，结果谁也没能跑得更快。黄帝满意地看着一团火一样搅在一起前冲的马群，看着它们远去后留下的正在消散的轻尘，他想，要想在此大批量地驯马，只靠这平缓的山脊还不行，还要顺着山梁，多修几层跑道，这样才能避免马群互相搅绊，才能真正跑出每一匹马的真实速度。

等大家都在马脊岭山脊的西头汇齐了，黄帝把自己的想法和高元说了，大家都说好，就是需要大量的人力支持。力牧当下就代表应龙、常先等大将应了下来：

"人力不是问题，多调兵力即可。"

常先正为刚才被绊没跑出好成绩而窝火憋着劲，就在应龙之前抢了个先：

"常先常先，事事当先。余愿分出常先口之兵力。"

应龙自然不甘落后，再加上力牧的部分兵力，这修跑马道的事，当下就定下了。

黄帝一方面在做好迁都中原后各方面的基础工作，一方面又筹备在西泰山（炎居所居之地，在今河南新郑境内）大合天下鬼神的事。这件事主要就交由他的老泰山——实际年龄并不老的炎居和风后具体负责筹办。由于迁都是牵涉天下各个部落共同利益的大事，早在迁来之初，黄帝就通知十二大部落、二十八宿和天下七千封神族的代表，约定好在次年阳春三月春暖花开之时大合天下鬼神。各部族代表都派了信使通知本部落的酋长——所谓的"神"们，于阳春三月齐聚到西泰山来。

黄帝一天到晚事务不断，迁都后方方面面的事，最后都汇集到他这里来，让他真有点日理万机的感觉。好在他正值壮年，经过万里崎岖锻炼出来的身体还算硬朗，就这一天下来，他也要捶一捶发困的后腰。每到这个时候，女节妃都会主动地用她轻轻的小拳头，像鸡叼米一样给他轻捶着背。

同时，与嫘祖之间的"先后"问题，又会矜持地再次提起。因为她每次只要一提起此事，黄帝都会烦躁地皱眉头。说心里话，黄帝之所以在百忙之后还喜欢来到女节妃的宫中，一是的确打心眼里还喜欢她，二是对她还有一种抱歉心理。自迁都后嫘祖来到这里，是他做工作让女节妃让出了他们原来的合宫给嫘祖住，因为在黄帝的心目中，嫘祖在前，这个顺序不能乱，就像前面曾有过女希，嫘祖永远都不可能成为妻子一样。这样做了，次序是没有乱，但是却给女节妃在心理上造成了很大的伤害，从而引起了两妃之间的矛盾。本来嫘祖就想住在偏宫，是黄帝坚持让她住进合宫的，而且每遇事，嫘祖总是迁就忍让着，而女节妃则因为自己的年轻貌美正受到黄帝宠爱和在自己地盘上的心理优势，一直处于攻势。正因为黄帝对女节有一种抱歉心理，所以在小事上，他也尽量应付着得过且过……但是在原则问题上，比如说谁先谁后的问题，他还是坚持自己的做法。因为他认为家者小国，国者大家，次序不能乱，次序一乱，必然会天下大乱！

黄帝由自家内部的次序想到了国家的次序，想到了君、臣、谋臣等之间的各种关系对国家安危常盛的影响。而与风后在人祖洞的一次交谈，进一步明晰了黄帝的思路。

五

天蓝得出奇，天空中只有几抹浅淡的扫帚扫出的花纹似的"扫帚云"。位于云岩宫东南临水涧之处的人祖洞，是一个能容数十人的较深广的天然洞窟。这里的岩石皆呈一种"上水石"的特异外观，由于石质松软，毛细孔又多，在吸收水分的同时，终日都散发着白雾似的水蒸气，若在凌晨，更是如同云海一般——水蒸气围绕着岩石徐徐上升，云蒸霞蔚，给人以无穷的联想和遐思。泛青的悬萝垂巅，清凌凌的流水滴滴答答地在四周环绕，岩石旁又有瀑布高悬，飞泻而下百仞直注于赤涧。洞顶苍松翠柏郁郁葱葱，洞下深涧，开阔的湖面碧波荡漾。黄帝和风后于此等幽静处而纵论国是，真是深得自然之妙也！

黄帝平摊开手掌，盛在一个乳突样下垂的上水石下，接着滴滴答答下落的水珠，水珠就在他掬起的手心里溅起轻柔的晶莹水花儿：

"夫国有六逆六顺。六逆者，曰上瞢，曰雍塞，曰逆成，曰外根无本，曰大荒，曰大麋。上瞢则子父，雍塞则臣主，逆成则谋臣外位，外根、无本则主（君）失位，大荒则主暴臣乱，大麋则主两，男女分威……"

风后的奔楼子脑门前突着，拧着眉毛，捻着尖下巴上的几根细胡子，凝视思量着：

"六逆已明，敢问六顺？"

黄帝说："六顺者，主不失其位，一顺也；主不失其位，臣失其处，虽下无根，国忧而存，二顺也；主蕙臣忠者，三顺也；主主臣臣，上下不拆者，四顺也；主执度，臣循理者，五顺也；主得位臣附属者，六顺也。六顺六逆，存亡兴衰之分也。主上者，执此六分以生杀，以赏信，以必伐。天下太平，正以明德，参之于天地，有人焉，有地焉。三者参用之，则国安而有天下矣！"

"帝之论高也！"风后不由得伸出大拇指肯定黄帝"六逆六顺"的分析和他"六分"之说的治国之道。他想了想补充道：

"为人主者，应面南而立。臣则肃敬，不敢蔽其主。万民和辑，而乐为其主上用，地广人众兵强，则天下无敌矣。"

"甚是。"

听到黄帝肯定，风后进一步展开了思维：

"文德究于轻细，武刃重于诛禁，王之本也。然不知王术，不王天下。知王术者，驱骋驰猎而不荒政事，饮食宴乐而不沉湎，玩好環好而不惑心，与天下用兵，费少而多功。"

"何谓王术？"黄帝对风后的王术产生了兴趣。风后就继续讲下去：

"王天下者有玄德而重士，贱财而贵有知，贱身而贵有道。令行天下，则天则之。诛禁当罪而不私其利，故令行天下而莫敢不听也。"

"善哉！相之言极是！"黄帝对风后的"王术"给予充分肯定。

听说到中原各处暗查的力牧回到了力牧台（即原黄台岗），黄帝就骑着白龙马亲自前去征询情况。在周围布满了军营帐篷、到处是一片士兵的操练声和车马的喧响声中，黄帝和力牧登上力牧台，环视着四周：西南就是黄帝所在的云岩宫，西北紧邻着仓颉的可储百万担粮食的"仓王"和马师皇的养马庄。东北是广阔的一望无际的新开垦的土地和草地，南面远远地可以看到具茨山自东向西绵延的诸座高峰……

黄帝对力牧说："吾受命于天，定位于地，成名于人，唯余一人，而乃配天，乃立王三公，立国置君三卿，奉天立为黄帝。汝潜行默查，周流四国，以观有恒善之法则。愿见言黑，见白说白……"

力牧已经布置好了中原周围各个关口的防务，黄帝一一询问之后，提出了一个事关全局的重要问题：

"天地已成，然逆顺无纪，德疟无形，静作无时，先生无名。今吾欲得逆顺之理，以为天下正，因而勒之于石，为之若何？"

"姓生已定，而适者生争。不谌必定。使民莫人执，举事莫阳察，力地莫阴蔽。阴蔽者土荒，阳察者夺光，人执者纵兵。是故为人主者，时室三乐，莫乱民功，莫逆天时。君臣上下，交得其志，天因而成之。天道已既，地物乃备。散流相成，圣人之事。圣人不朽，时返是守；尤为爱民，与天同道。圣人正以待天，静以待人。不违天刑，不襦不传。当天时，与之皆断。当断不断，反受其乱。"

黄帝深受启发。回到云岩宫后，经过反复的思索，他又问跟随在身边的七辅——方明、昌寓、张若、诩朋、昆阆、滑稽和果童：

"唯余一人，兼有天下，今余欲畜而正之，均而平之，为之若何？"

果童答道：

"不险则不可平，不谌则不可正。观天于上，视地于下，而稽之男女。夫天有恒干，地有恒常。合于干常（天地），是以有晦有明，有阴有阳；夫地有山有泽，有黑有白，有美有恶。地俗德以静，而天正名以作。静、作相养，德疟相成。两若有名，相与则成。阴阳备，变化乃生。"

黄帝又问：

"夫民仰天而生，侍地而食，以天为父，以地为母。今余欲畜而正之，均而平之，谁适由始？"

果童对答道：

"险若得平，谌若得正。贵贱不谌，贫富不等。前世法之，后世既员，由果童始。"

于是果童就穿上褐衣，背负着尖底瓶而翻山越岭，乞讨着周流四国，以查贫贱之极。

夜幕把一切都遮在黑幕之中，百鸟都归了巢，只有青蛙清脆的叫声"呱呱"地一声声传来，星星在回暖的春天的夜空舒适的眨着眼睛。

黄帝又来到女节所在的偏宫，塘火闪烁跳动的红光，辉映到他们幸福的脸上。黄帝在恩爱的时候，于最激情时刻劝女节"务必节制性情，勿盛气，勿自骄；要学素女、玄女，持名节，尊次序"。处在幸福高潮中的女节妃一脸涨红，头扭来扭去，手无助地理着自己因激动而纷乱披散的长发，口大张着"呀呀"地应着。她使出了全身的解数，在使黄帝幸福的同时，自己的欲望也得到了满足……这时候，在她心里，守着这样一位雄劲十足的男人是最重要的，其他的一切都退到了其次。同时她也想，爱一个人就要为他分忧而不是给他增添麻烦，黄帝既然能苦口婆心地这么反复劝她，肯定有他的道理，而且黄帝的态度十分肯定，自己再争也是无益，也就在兴奋的同时——答应下来。

做通了女节妃的工作，黄帝就专门把女节妃及素女、玄女和采女、少女、桑女等嫔女都叫到合宫来。平时各居一室的姐妹们见了面，难免手拉手一阵叽叽喳喳的寒暄问候，姐长妹短地家常话说个没完。当然这其中也有个亲疏远近的区分。素女、玄女和采女和嫘祖之间的话多，和女节妃相对就少了些；少女本来就是个话少的人，和谁都是扭着身子行个礼、点个头，眼睛盯着，嘴角略带几分笑意就算了事，下来就静静地站在自己的位置上没话了。来自羊龙部落的桑女，是阪泉之战后进宫来的，因为她身份最浅，就最没有资格发言，只是忽闪着一双大眼睛，东瞧瞧，西看看，充满了好奇，然后随着大家的笑声笑出声来。

黄帝坐在自己虎皮靠背的坐位上，看大家的寒暄声逐渐小下来，这才清了清嗓子——这到了春季，人的嗓子总容易变得干哑——大声说：

"列位且静，听吾言妃嫔之序。经此重申，后不复述。"他先一言九鼎地强调了此话的分量，才从容地展开叙说：

"夫敬天者先敬地，扫云者先扫尘，扫天下者先扫室。家者国之基也，是故治天下者先治家，家顺则国顺，家安则国安，家和者，万事兴焉！尔等切记，女希者，吾妻也，人虽殁，位尤在；嫘祖者，元妃也；女节者，次妃；素女、玄女、采女、少女、桑女者，嫔也。盐女虽殁，仍有嫔位。尔等依序而处，和睦而存，成一世之典范也，序不可变也。"

黄帝此番言论，嫘祖自没有话可说，她只有点头同意，其他嫔女也纷纷点头称是。女节虽有时不免骄气一些，但亦是自明之人，就主动拉住嫘祖的手，向她道歉：

"元妃在上，且受次妃一拜！"

说着，真转过身，面向嫘祖行了拜礼。嫘祖赶快将她扶起。

见女节向元妃嫘祖行了拜礼，素女、玄女、少女、桑女也不约而同一齐跪下，向嫘祖行了拜礼，嫘祖将大家一一拉起，姐妹们拥在一起。

黄帝看着她们，手捋着胡子，满意地点头。

女节妃果然自此以后收敛了自己的盛气，姐妹相互之间处得融洽起来。她还劝黄帝节用精力，把更多的精神用到管理天下的大事上去；劝黄帝多到嫘祖等处走动，平衡姐妹之间的关系。

第二十一章

一

西泰山地处伏牛山余脉，地势平缓而开阔，本来是炎居之居地，自黄帝迁都中原后，天下十二大部落、七千封神族的部落代表都聚居于此。黄帝为什么非得要在西泰山大合天下部落首领，一则此为炎居之地，有对老泰山礼拜之意；二则有屈尊就贱之意——黄帝作为天下共主亲自赶来与大家汇聚，体现了黄帝礼贤下士的高风亮节，更主要的还是黄帝听从了大挠的建议，西泰山虽为伏牛山余脉，却居中原首山之位，有总领群山、一统天下的象征意义。

春天进入了尾声，天气一天比一天热了起来，各种花儿依序而开，现在该是桐花盛开的时候了。太阳忠实地履行着自己的职责，每天起得越来越早，却落得越来越晚。蜜蜂采完了槐花蜜，现在又营营地飞临笔直挺立的梧桐树旁，围绕着它那万千铃铛一样下垂的紫粉色花朵，哼着小曲寻找深藏的花蕊。喜鹊给自己的窝增添了新枝，这会儿正在梧桐树的枝头跳来跳去，"喳喳喳"地欢叫个不停。

因昨晚夜观天象睡了个回笼觉的黄帝被喜鹊的"报喜"声吵醒，他非常感谢喜鹊的殷勤叫床，眼看着去西泰山大合鬼神的日期临近，昨天已经接到炎居和风后派来的使者，催促黄帝尽快上路，晚上黄帝又和力牧、仓颉、沮诵、大挠等在议事堂仔细地商定了出行的仪仗队列等具体问题，最后决定：为了凸显黄帝的威仪，此次西泰山大合鬼神，还用最恶的人——蚩尤开道，请风伯、雨师扫尘清道……

蚩尤因为曾率九黎、三苗进攻炎帝、欲夺河东而恶名扬遍天下，到处都传诵着蚩尤"铜头铁额，食白沙（实为大米）"的传说，更有一种说法，说他是"八肱八趾"，"耳鬓如剑戟，头有角"，手脚都能使用兵器，说他"贪虐"、"暴"、"红眼绿发"，是腰里别着二十四个死娃娃的恶鬼。虽然黄帝惜才，命他个铸造兵器的"主兵"之官，但是，他仍和其他战俘一样，都在额前烙上了烙印，成为永远地位低下的"鬼"——奴隶，在生活中只有苦力生产的权利，而没有享受生活的权利，而且失去了人身自由，一切活动都是在别人的监督之下进行……蚩尤还好，因为他好赖是个"官"，其他战俘就只是留下了一条为他人终身服务的命，而且这条命的命运由别人主宰着，可以作为商品上市，与牲畜、日用品等进行兑换；可以作为人牲成为祭品和陪葬品……

　　自从黄帝迁都中原时让蚩尤走了"鬼门"，蚩尤的心里就一直不舒服，他此前想在黄帝面前努力表现一番改变自己和兄弟们命运的想法彻底落空，现实生活的压迫感也在一日日剧增……蚩尤想起两曎临终前的告诫："切记，九黎维系汝身，尔等务必有所作为……"两曎受寒发烧，却没能越过人生鬼门关，让蚩尤抱恨不已，在痛失左膀右臂的同时，蚩尤更是咬着牙暗下决心，而突然接到为黄帝开道的任务，更把蚩尤激得差一点就爆发：凭啥他前去抖威风偏要让我为他开道？但是，反过来想，这也是在树自己的威名，黄帝之威还不是建立在我蚩尤之上的？何不借此机会，让天下人认识到，究竟谁最厉害？也让天下人看看，我蚩尤到底是个什么样儿的人物，并不是他们所描述的那个样子！这么想的时候，蚩尤才答应了为黄帝开道。但是，他的内心却同时认为，黄帝对他的这一"重用"，是他人生的一个耻辱，而且黄帝越是这样"重用"，就越是一种耻辱……

　　当天黄昏，等黄帝一行来到西泰山的时候，天下各部族的酋长（神主）都已经星罗棋布地分布在西泰山周围，到处是一片图腾旗帜和帐篷的海洋。夕阳的返照下，一柱柱升起的炊烟，就像冬日里的白杨树干一样直伸向紫色的天空。黄帝进入炎居为他准备的临时行宫休息一宿，风后、炎居详细汇报了大合天下鬼神的筹备情况，就只待第二天隆重举行的大合鬼神的盛典了。

　　第二天起来，天色灰蒙蒙地起了春雾，山塬景色像涂了一层乳汁一样湿润可爱，空气像吸饱了水分的海绵湿漉漉的，所有的花草都挂上了厚厚

910

的一层晶莹露水，人只要一经过，立即就沾湿你的衣襟和裙角，把你的腿脚打得水汪汪的凉。空气清甜凉爽，花香得浓重而热烈，连春天里新发的青草也透出了淡淡的清香。这时候，似有似无的，从灰色的天空时不时落下细小的雨点，给人带来阵阵凉寒。这小雨点不断给力，不大工夫，就落起了牛毛一样的细雨。等细雨罩定尘埃——在尘土上形成一层细小的蜂窝状封面的时候，一缕金色的阳光却冲破乌云从东天上泻下来，乳雾升腾处、乌云开合处，都镀上了一层金辉——乌云有了金笔勾画的精细的边儿，乳雾上好像撒了一层金粉。乌云后面，现出了晶莹的绿蓝相间的名贵瓷器一样的天空，现出了更高层面的白云絮絮。燕群开始高翔，欢快地"吱儿吱儿"叫着，密密麻麻地在天空中交织着各种各样的图案。

大合鬼神的现场已经布置完毕，天下十二大部落的酋长、代表与七千封神族的酋长、代表及九黎等鬼神，早已经在各自指定的位置上，于凉丝丝的春风中，静静地等待着。

"黄帝来了！"人们第一个看到的却是蚩尤！蚩尤瞪着他的四棱子牛眼，恢复了他战败前做九黎部落大酋长时的打扮，头顶着弧形的牛角样或者月牙样尖锐突出的青铜头盔，身披金光闪闪的青铜铠甲，双手握着一对大铜锤，背上背着刀戟，骑着名叫"修狃"的青灰色瞪着圆眼睛的大水牛，弧形左右分开的大牛角，就像两把锋利的尖刀斜指向天空。随着"修狃""扑沓扑沓"的脚步声，身后是他的八十一个"弟兄"（由黄帝的兵士扮演），一个个凶神恶煞一般，耀武扬威。似乎这样并没有长黄帝的声威，而是张扬了邪恶，让人感到心里并不舒服（像这样重用"恶人"、"坏人"，也给人心理上造成一种阴影，成为人心离散的因素之一）……紧随其后的是红色的凤旗阵，黄色的龙族阵，左右簇拥着青色的龙旗和白色的虎旗阵，后面是玄色的玄武（龟蛇结合体）旗阵，旗阵铺开，一时浩浩荡荡，如潮水一般涌动。等到庞大的旗阵缓缓而过，才是丝竹乐队、金石乐队和鼓乐队，三支乐队在站在车上的伶伦的指挥下，边走边演奏着震耳欲聋的乐曲。

在十干卫队和代表十二大部落的地支卫队结合成的六十甲子卫队的围护下，中间才是大象挽车的黄帝的大辂云车（为了显示黄帝的威仪，风后专门从南方部落献给的大象中挑出一匹温驯的大象作为黄帝云车的挽者）。

只见此象一身青灰，圆滚滚的身子就像一面高大的墙，腿就像四根柔软的肉柱子，扇着两个簸箕一样大的耳朵，长鼻子像粗绳子一样甩来甩去，却刺着一对长长的白玉一样牙齿。它晃着大耳朵，眯缝着一对小眼睛，笑眯眯地走在前面，身后的大辂云车就显得并不是怎么大了。大辂云车仍然由方明驾驭，昌寓骖乘在黄帝右后，张若、诩朋骑马在前，昆阊、滑稽驾车于后。黄帝头顶冠冕（前后各垂着象征天下十二大部落的十二个冕旒，玉珠在微风中"丁零零"地晃动），一身金光闪闪的丝帛衣袍，神情端庄地手扶车轩，高坐在车上。随着车身的颠动，他魁梧的身驱也在微微地颠动，更给人一种动中见稳的感觉。

随后是黄帝泰山（岳丈）、炎帝长子炎居的云车。他依然是黄牛挽车，安步缓行的样子。再后就是帝师及值年太岁、天下四方神主与风后、力牧等文武大臣的云车，形成了长长的见首不见尾的队列。

等旗阵和六十甲子卫队在帝台周围面南布开阵势（凤旗阵覆顶——在台前，玄武旗阵在台后，青龙旗阵在左，白虎旗阵在右，十干卫队在外面环绕一周），蚩尤回到给他指定的"鬼方"位置，乐队就在台前左右布开，丝竹在左，金石与鼓乐在右，帝师、文武大臣们于台前较远处停下，黄帝和炎居两手相携，在值年太岁的陪同下，绕过陶鼎阵，一步步走上帝台。

时间在黄帝二年（戊子年），当值太岁、鼠龙部落代表困敦荣幸地成为此次黄帝大合天下鬼神的主持人。

帝台上的两排长案上，早已经布好了三牲祭品和时令干果，香炉内，青色的香烟与潮湿的水汽，把帝台缭绕得如同仙境一般。台前一字排开十二个红陶袋足的陶鼎，那里烈焰熊熊，火光冲天。

来到台上，黄帝与炎居回身面向大家，黄帝和困敦小声说了些什么话，就见困敦朗声宣告：

"请帝师、天下四方神主上帝台——"

等吴权、鬼容区、宁封、马师皇、中黄子、大填、封钜、知命八位帝师和西王母、少昊、后土等四方神主先后上台（南方神主炎帝的代表炎居已在台上），列于黄帝左右，困敦才大声宣布：

"黄帝大合天下鬼神盛典，开始——起乐——！"

演奏的是黄帝专为大合鬼神创作的《清角》——丝竹乐起，旋律徐缓，高亢而庄严。待振奋人心的乐声奏毕，困敦扯开了嗓子喊：

"击鼓，鸣钟——"

轰隆隆一声声如同春雷一般震得人心直痒痒的鼓点和"当当"的清脆悦耳撞击着人心灵的钟声连续敲响六十响，象征着代表天下十二大部落的"地支"与代表中央直属力量的"天干"的完美结合，象征着天下的和谐统一。

"上香——"

一把干香草递给黄帝，黄帝将其投入香炉之中，红黄的香火腾起，蓝色的香烟大冒。

接着是"敬天——""敬地——"，黄帝分别向天空弹出和向大地洒了酒水之后，就与帝师和天下四方神主一起，带领天下十二大部落、二十八宿和七千封等神族、百姓和鬼方，行三叩九拜大礼，共同参拜天地。

二

参拜天地之后，就该行人事了。

帝台前的陶鼎内沸腾着香气扑鼻的肉羹，烈焰兴奋地"噼噼啪啪"地蹦着火星子……

黄帝先一一拜过帝师和炎居，赐他们一人一陶钵香喷喷的肉羹。

本来在前的炎居代表南方神主炎帝拜黄帝，被黄帝挥手止住，只是由炎居的部下献上了一束沉甸甸的低着头的嘉禾；接着西王母偃昌朝拜，随从牵上一只白鹿献上，黄帝同样双手赐给她一钵肉羹。西王母郑重地走上前去双手接过，仰起头一饮而尽，然后退后。随后是东夷少昊、北方神主后土参拜，再后是文武大臣、炎帝旧臣、十二大部落酋长、天下七千封神主一一上台拜见，分别献上了各自的珍禽异兽和特产，黄帝都分别赐给了肉羹喝……炎帝的小儿子炎柱，炎帝的旧臣祝融、共工、白皋、风伯、雨师赤松子、赤冀、诸稽等都赶来与黄帝相会，已经成为黄帝大臣的雷公、俞跗、稷等更不在话下，独独少了一个刑天。是什么原因暂且不说，只此不到一项，就是"大逆不道"，就该兴师讨伐。为此，黄帝与天下神主共立盟约曰：

> 行非恒者，
> 天禁之；
> 爽事，
> 地禁之；
> 失令者，
> 君禁之！

黄帝特别强调："三者之修，国之机也！"

他进一步展开论述："地之禁，不增高，不增下，毋服川，毋逆土，毋雍塞盟约。进不抵，立不让，若刑天者，径遂凌节，是谓大凶。人道刚柔，刚不足依，柔不足恃。刚而虎质者，成粪丘也；康沉而流湎者，亡；宪古章物不实者，死；专利及削欲，以大居者，虚。夫天道寿寿，播于下土，施于九州。是故王公慎令，民知所由。天有恒日，民自则之。爽则损命，还自服之，天之道也！"

天下大服。当下组成华夏部落联军，由黄帝亲率，准备西征刑天。

黄帝说：

"诸库藏兵之国，皆有兵道。世兵道三，有为利者，有为义者，有为忿者。所谓为利者，见民饥己饥，国家不暇，上下不当，举兵而伐之，唯无大利，亦无大害焉；所谓为义者，伐乱禁暴，起贤废不肖；所谓义者，义也，众之所死也。是故以一国攻天下，万乘之主兼并，稀自此时始，鲜能终之。非心之恒也，穷而反矣；所谓行忿者，心唯忿，不能徒怒。怒必有力也，成功而无以求也。然若以兼并，则非道也。道之行也，由不得已。由不得已，则顺民意，则无穷。"

可谓语重心长。

东夷少昊此次献上的是彤鱼，晚上，帝台前还在欢歌跳舞的时候，他找到黄帝，拉着黄帝的手，多年前黄帝奋力出川、欲救东夷于水火的义举，仍然萦绕于怀。他的已经布上皱纹的一双白手紧握着黄帝有力的温暖大手：

"少昊有意与帝合亲，奉上肜鱼氏女，未知帝意下若何？"

共工是一个心计比较多的人。他本来也属不愿前来大会之列，而且事先与刑天有过相约。但是看到天下的部落酋长都来了（有好几位都经过他的领地），就硬着头皮来了。现在一看天下大势，顺之者昌，逆之者亡，就彻底打消了他与刑天共同起事的想法，而且积极参与到黄帝讨伐刑天的部落联军之中。他也想借黄帝亲征之事，看看黄帝的势力到底有多大，为自己做一个长远的打算。

黄帝听取青乌子和竖亥的汇报，与帝师和风后、力牧、大挠、仓颉等一起商议划定九州之后，又成功地举办了大合天下"鬼神"的盛典，可谓正在风头上，正是一统天下，雄心勃勃地准备干一番大事业的时候，竟然冒出个逆天而行的刑天，自然是针尖对麦芒、水火不相容。因此黄帝非得亲征姜水，力拔刑天这个眼中刺而后快。

蚩尤并没有随黄帝西征，而是提出再回首山冶铜铸兵，就随了后土前往河东。

眼看着天气一天天地热起来。大道上起了厚厚的尘烟，兵马一过，高扬起黄尘的旗帜。黄帝亲率的部落联军，仍然是应龙为先锋，仓颉仍为粮草后勤总管和记功之臣（风后、力牧暂时负责处理国中各种政事）。为了不给刑天以更多的喘息机会，各部落抽出的近十万兵众，一路日夜兼程向西挺进。

白龙马又一次被派上了用场，它兴奋得前蹄刨着地面，"吱儿吱儿"地嘶叫。黄帝一跨上马背，它就"嘚、嘚"地扬头快跑起来，马鬃飞扬，马尾像金鱼尾巴一样雄劲地张开。辚辚的车马声、人喧马嘶声、各种兵器的"叮叮当当"的碰撞声，和着"嗒嗒"地响成一片的脚步声。黄尘飞起，尘雾中看不到队伍的首尾。

天有不测风云。人常说夏天的天是孩子脸，说变就变，现在就应验了。

刚才还是大红的日头当顶照，晒得人黑水汗脸的，忽然西北角起了蘑菇状的黑云骨朵，这种黑云骨朵随着习习而起的透着闷热的暑气的热风的不断加剧，就像水中墨团一样迅速地伸枝展蔓，风头劲吹的时候，就变成了带着雨气的冷风，白杨树被强劲的风力扯得翻白了一片绿叶，树身急剧地侧倒又有力地弹直，在反复地撕扯较量着。可以明显地看到倾斜的雨雾就像一道陡岸向前疯跑着扩大自己的地盘，恨不得把整个世界都一下子变成它的地盘。天边隐隐的轰隆隆的闷雷声被划过天空的一声炸雷代替，倾盆而泻的暴雨就直泼到大地上。闪电一次次把锅底一样乌黑的天空撕开，低沉的炸雷，在头顶炸响。人们惊慌失措，到处疯跑着寻找避雨之所，战马嘶鸣，受惊了的马在雨中疯跑，鞍辔绳索在身上缠着，在蹄下绊着，几个人也拦不住……一棵伞盖一样的柏树下，一时挤满了躲雨的人，雷声却在周围盘旋。白龙马也被淋得像落汤鸡似的，但是它依然振奋着精神，深眼窝下鼓起的眼珠子睁成四棱子，高扬着头，嚼着白沫的嘴里连续发出命令似的尖厉嘶鸣……雨水打得黄帝睁不开双眼，闪电给他水淋淋的魁梧身体勾出雪亮的白边儿。黄帝一边高声嘶喊着："躲开！离开树下！"一边催马闯入树下的人群，人们在惊慌中散向一边。白龙马像一道闪电，在树下兜了一圈儿旋即离开，这时候，一个巨大的火球随着一道长锋宝剑一样的闪电滚上树梢，一声炸响，"噼里啪啦"，柏树的伞盖被劈成了两半，树顶上腾起了烈焰。在人们余惊未消的时候，白龙马已经驮着黄帝出现在前面乱纷纷的队列里。乌云裂开了一道缝，阳光和雨同时斜着倾泻下来。周围还笼罩在一片灰色的雨雾之中，只把白龙马照得雪亮，就像舞台上专为主人公打出的一道强光，就像是特意为了给它一个"亮相"。

暴雨来得急去得也快。等到阳光再次伴着湿热的水汽直泻下来烤得人头顶发热的时候，地上一片泥泞，路上到处是雨水新冲出来的曲曲折折的深壑。周围的草木上还挂着晶莹的水珠儿，北面的渭水浑黄一片，漩涡裹着残枝和野兽的尸体，发出了"轰轰"的山洪暴发的怒吼。

刑天怎么也没有想到，他精心策划的针对黄帝的军事行动会这么快地被扼杀于萌芽之中。当他正得意于联络了共工等炎帝旧臣，一起打着炎帝的旗号反抗黄帝的时候，共工已经行进在黄帝西征刑天的部落联军之中；当他正为自己训练的甲士自鸣得意的时候，灭顶之灾已经降临到他的头上。

自从青乌子和竖亥丈量国土回来汇报了刑天飞扬跋扈的情况之后，已经足够引起黄帝的注意，黄帝在处理各种事务之余，就在想着怎么解决刑天的问题。此次大合天下鬼神刑天抗旨不到，正好给了黄帝一个诛灭刑天的理由。黄帝对待天下部落酋长的策略是"顺者平之，逆者灭之"，也就是后人所言的"顺我者昌，逆我者亡"。刑天正好就一头撞在这个"逆我者亡"上。但是，他至死也没有想到这个"亡"会来得如此之神速……

黄帝亲率的部落联军顺着渭水南岸一路西行，如同一记重拳，在刑天还没有清醒过来的时候，就已经砸向他的脑门。

等到在北上的清姜水与向东流去的渭水交汇的地方一接触，看到黑压压一大片见头不见尾的人群、各个部落的图腾旗帜簇拥着的黄帝的黄龙大旗、隆隆的战车声、远近高低嘶鸣的战马声、整个封住了清姜水北口的飞扬的黄尘，如同暴风雨即将到来、形成黑云压城城欲摧之势，刑天的唯一选择，就是退出清姜水西岸的炎帝故都姜城堡，退守到姜城堡西南紧靠的常羊山高地上负隅顽抗。

常羊山是当年炎帝榆罔登基之地，一山突出秦岭北麓，自南向北延伸成长条状，东边是濛峪沟，西边就是清姜水。此山不算高，也不甚大，又缺水，并不是一个适于长期坚守的地方，只是黄帝的部落联军突然而至，情急之下的刑天一个不得已的选择。

刑天一上常羊山，黄帝的部落联军就在应龙的指挥下，立即从东、西两面把常羊山围得如同铁桶一般，不待其喘息，立即四面攻打。

刑天训练的执戚（一种像斧的兵器）兵士虽说勇猛，但是也经不住黄帝部落联军声势浩大的不间断进攻，坚持了不到一个下午，就已经土崩瓦解。

黄昏之前，在开始逐渐镀上血色的晚霞燃烧的时候，应龙骑着滚雪龙，第一个冲到手持长戚的刑天近前。刑天虽说脸色已经变得灰白，一副疲惫不堪、大势已去的狼狈相，但是他依然瞪着他小而圆的透着红血丝和黄眼仁的鹰眼，两只因紧张和激动而颤抖的大手紧握着长杆的青铜戚，其威势如同钉在那里一样让人难以靠近：

"唤轩辕来也，炎帝遗臣刑天在此恭候，与彼一决雌雄！"

三

应龙快马报于姜城堡中的黄帝。夕阳已经将群山染成赭红的时候，黄帝跨上白龙马，从常羊山北头盘绕而上，如同一颗白色的流星，直抵马鞍形的常羊山顶。

刑天面北，斜背着夕阳，夕阳的光芒给他罩上一层刺眼的血雾。只见他已经脱掉了上衣，挺着肚子，跨开双腿，手执干（盾牌）、戚，立成一个"大"字的粗拙剪影，看到黄帝到来，发出最后一声歇斯底里的长吼：

"轩辕不道，篡位炎帝，吾执干戚，以正乾坤——"

黄帝跳下白龙马，从容地拔出青铜长剑。眼看着刑天的戚带着晚风"呼"地迎面劈来，黄帝只是向右边躲出一步，双手握着青铜长剑，回身向左抢劈过去，长剑砍到前冲的刑天后颈上，只听"咔嚓"一声，"扑哧"、"哐……"，夕阳的余晖中血光飞溅，如同喷泉。刑天的双手执着干、戚还在挥舞，电光脑的人头，已经带着飞絮（周围的长发）向旁边飞出丈把远，血淋淋地砸在尘土之中。失去头颅的刑天依然挥舞着干戚，好似那两只长着黑胸毛的乳房是眼睛，深陷的肚脐是嘴巴了。黄帝高喊一声："看头！"刑天一手执戚，一手扔掉干，伸到项上去摸，血雾喷红了手，接着就像一面碾（石磨）扇一样重重地倒下去，激起一阵红色的尘雾。

黄帝看了一眼刑天的头颅，那残留着一息生命光泽的小鹰眼依然瞪得圆圆的，发出一种瓷光，毫无目标地看着天空；嘴依然张着，嘴唇和龇出的大黄牙，已经被黑色的尘土污染……

黄帝一边擦着血迹收起青铜长剑，一边对应龙说：

"刑天虽愚顽，然其忠也！勇也！其人已殁，志不可灭……务请择穴厚葬之。"

"诺。"站在一旁发愣的应龙，这才反应过来，急忙应道。

黄帝在姜城堡住了三天，另择一贤者取代刑天，旨令其保护好炎帝的姜城堡……在与各部落酋长仔细考察了这里的"日中市"以后，随部落联军的大队人马一路向东，在绛帐扎赤红大帐滞留一宿，翻上北山，在武功

918

老城筑台庆功之后，就号令各部收兵，他要在河西故里多滞留一些时日。既到河西，就应回故里桥山一趟，寻亲访友，拜祖认宗。黄帝让大部队先行回到中原，自己和应龙、仓颉只带了十干卫队，一路向北而行。

暑日炎炎当顶，人们汗流浃背，加上一直是慢上坡，渭北的塬面一台一台地在升高，还要蹚过一条条自西向东流去的渭水、泾水的支流，行进的速度非常慢。黄帝也不着急，骑在白龙马上，一边行走，一边观看风景，大有游春赏景的闲情逸致。大家的心情也都从战争的紧张状态中放缓下来，绷紧的弦一松，全身的劲头就不知都跑到哪儿去了。行进的队伍散散慢慢，图腾旗帜东倒西歪，有人甚至连身上的衣服也扯下来缠在腰上，光着膀子吹着习习的热风行走，任那风在脖颈、在胸前，在身上所有拐弯的地方痒酥酥地绕来拐去，就像虫子在身上轻触……人们因流汗过多，身上发酸、嘴唇干裂起皮儿，尘土吸附到汗津津的身上，就是一层"垢甲"，发痒的地方，一搓就是一卷卷的黑垢甲鱼鱼。口渴得烦躁的人们，只盼着遇到一条河可以畅快地洗洗，能找到一个凉快的地方，好好地避一避暑热。为了防晒，有人顶上了柳条编的"帽子"，有人将从水塘边折下的已经干蔫的荷叶顶在头上，人们拿着各种能扇动的东西在面前扇动着，即使是一股股热风，也比干烤着（暴晒）强多了。

时近黄昏，一行人马总算没被夏日的毒太阳烤干人油，终于从干燥的塬面上下来（欢叫着跑下来、溜下来、滚下来），人们见到河水的激动兴奋的心情真是难以言表，"水！""水！""噢噫——""哈哈"的欢叫声，伴随着身下"哗哗啦啦"滚落的黄土疙瘩与身后腾起的黄色尘雾，兵士们连滚带爬地从塬面的陡坡上滑下来，用因见到水而突然之间爆发出来的冲劲———天的行走，人们早已经疲惫不堪了——像发起冲锋似的直向东西切断渭北高原的河水扑去。战马看到河水，也兴奋得竖直了耳朵，用干燥的嗓音"咴儿咴儿"地向后面的同伴传递着水的喜讯和预感到的即将到来的休息的喜悦。

黄帝和应龙勒马塬畔，目送着已经扑向河水的兵士，用马鞭指着向后喊：

"快！前面有水——"他洪亮的嗓子也因为干渴而变得沙哑——身上陶

葫芦里的那点水，即使一口一口地抿着喝，也早已经空得一干二净了！

黄帝再喊一遍，然后全身僵硬、动作机械地从马背上跳下来，感觉脚底木木的，好像垫上了一层棉垫子，腰困肩硬、四肢关节疼——一天的颠簸和炙烤下来，就是铜铸的人也只能这样。白龙马却因为主人下马全身感到轻松了一大截，从北面吹过来的晚风，带来河水的习习凉爽之气，人和动物的舒适感是相同的。大通人性的白龙马看到在河里欢闹戏水的兵士，恨不得一步就跨到水边去。黄帝也由它自去——该是让它放松休息的时候了，应龙早已经跳下马来，于是，白龙马和滚雪龙相互竞争着斜跑下土坡，直奔河水而去。应龙与黄帝相互搀扶着，两只有力的大手紧握着，开心地从陡坡处溜下去。河边抬头看到黄帝的兵士与塬面上尚未下来的士兵，同时发出一阵"黄帝！黄帝！"的欢呼声——黄帝这么亲昵地和黄土地零距离接触，他们还是第一次见到……

人们在河水边痛饮一番，洗净了一天的征尘之后，就开始在河边搭帐篷、生起篝火造饭。青铜火镰在火石上"当、当"地撞击，火星就"哗哗"冒出来，落在攥在手心的经过特制的棉絮上，棉絮就冒起了淡淡的青烟，再鼓着腮帮子对着棉絮吹，青白的烟就变直了，火红的区域在扩大……接着就燃起了火苗。

夏天的夜晚来得也快，疯狂称霸了一天的暑气，这时候已不知道退守到什么地方去了，河道里的顺沟风凉爽地吹着，和风轻掀人面，温柔而又大度。塬面上，山形树影，都藏身于一抹黑暗之中。天上繁星点点，稠密的星星组成的横跨夜空的星河，与被篝火映照的河水遥相呼应。

在兵士们已经就地倒下，睡成各种各样的姿势，发出此起彼伏的呼噜声的时候，黄帝和应龙，与后面起来的仓颉打着火把走出帐篷，攀上河边一块大石头后，熄了火，对着星空指点着、议论着。

河边的草地上，降下了今晚的第一层露水，蚂蚱润了嗓子以后，就开始"吱吱"地叫起来，向母蚂蚱证明着自己的存在。最勇敢的、不怕牺牲自己生命的小小的公螳螂，开始向母螳螂发出它生命的最后一击，也是最激情浪漫、最富有传宗接代的社会责任心和最勇于牺牲的一击——它的尖头，将在交媾的欢娱之中成为母螳螂的一顿美餐，它的身躯，也将成为孕育子女的温床……在此起彼伏的昆虫和动物的叫声中，清亮的青蛙弹舌声终于荣登第一。萤火虫挂着它的"灯笼"到处在飞，好像是篝火里飘过来的火星儿。水蛇在缓缓流动的河面上高昂着头，扭动着腰身，无声地游动。站在水面上静静地休息的水马——数百只之一——长蹼的细腿，欢跳了一下。

按照黄帝新划定的九州，河西故里属于雍州，在天空对应的星区是东井和舆鬼。黄帝乘着夜晚河边凉爽的水汽，和应龙、仓颉面对星空，仔细地观察着星区，以察天下九州对应的实况——这就是古人所谓夜观天象而知天下事，当然，其中也包含了古人对天下事物规律（天下大势）的认识、推断和把握。

大家举目而望，帝宫星光璀璨明亮，各星区一派朗朗星光，再看青龙、白虎、朱雀、玄武四大星区，十二生肖对应的星座，几乎找不到一丝浮云遮蔽与贼星冲撞……

黄帝望着像清浅的河水中露出闪光的石子一样的朗朗夜空，体味着宇宙的广大深远与人生的渺小促短，不由得感慨系之，诗兴大发：

> 朗朗星宇之广远兮，
> 唯人生促短；
> 天河之清浅兮，
> 伸手可点；
> 万籁之静喧兮，
> 吾心独感；
> 百兽之修炼兮，
> 人居峰颠。

应龙拍着手连呼："好诗也！好诗！"仓颉却低着头吟出了属于自己的诗篇：

> 瞻东天之苍龙兮，
> 唯朱雀翼展；
> 摄白虎之秋意兮，

流火璀璨；

居雍而观九州兮，

朗朗一片。

仓颉的诗才刺激了应龙的自尊心，他也抹胳膊扬拳地诵出以下诗句：

仰观天阵之迷乱兮，

星光点点；

天河为界而重布兮，

应龙轩辕；

躬身近观而吟哦兮，

仓颉一男。

急匆匆几个唐突的诗句虽不甚雅，却直爽幽默，逗得黄帝和仓颉都哈哈大笑起来。

第二天天刚麻麻亮，黄帝一行就起身继续北行。翻上北面的塬面，就一直是缓上坡，到太阳升起的时候，他们已经接近这段塬面的制高点。一轮红日终于在玫瑰红的东天边（高远的深蓝色的锯齿样突起），露出了像烧红的青铜块一样弱光初放的日头，这日头在一寸寸地吐出，直到像一个大铁饼似的立上天边，又挣扎似的一跳，终于扯离了似乎有黏性的大地，直向天空升起。高天霞光，云一层层地摞起，像山一样层峦叠嶂。剪影一样的山塬上，行进着打着图腾旗帜的队伍的剪影人形……

四

等升到一竿高的时候，太阳的脸越来越白，逐渐失去了血色，白光却更加耀眼，像投出一把把银针似的刺得人不敢直视。地上的露水很重，灰白的艾蒿被压得低下了头，只有铁杆蒿还直直地挺着身子。高大的绿色黄稆还没有抽穗，细长的刀剑一样的叶边上挂着晶莹的露水珠珠，人一经

922

过，就打湿一身，凉浸浸的，早已经湿透了裤角的人们，一时更觉清爽。

黄帝拨开黄秸向前走，一不小心，手指被刀刃一样的黄秸叶划开了一道口子，血从伤口处殷红地渗了出来。他"咝"地倒吸了口凉甜的清晨空气，用另一只手的大拇指按住伤口，眯缝着眼睛前后看着（阳光从浓密的树叶缝隙透过来，刺得人睁不开眼睛），喊：

"勿近黄秸，涉浅草也！"

随在黄帝身后的白龙马，也随着主人"吱儿吱儿"地发出响亮的嘶鸣。

应龙走上来要看黄帝伤口，黄帝眯着眼睛摇头，示意他不要下马，就抓住白龙马的缰绳，一翻身骑上马背，白龙马"嘚儿嘚儿"地欢跑起来，越过身边手执旗帜的兵士，追上了前面应龙的滚雪龙。仓颉闭目静坐在摇摇晃晃的云车上，任由它摇来晃去，仓颉始终是像打坐一样很中正地直腰坐着。

塬面开始向东北倾斜，脚下的路也由吃力的慢上坡变成了轻松的慢下坡，人只要随便地把脚步前移就行了。这样走了不过十多华里，下了坡就到了位于漆沮二水交汇处的阴康氏居地。

阴康氏是虎部落下的一个较小部落，因为其较早发明舞蹈而闻名。因为他们居住在漆水和沮水交汇处，地下水位高，地面潮湿，所以睡在地铺上的人最常犯的毛病就是湿症，往往全身湿重，关节疼痛，三四十岁以上的成年人，没有不患风湿性关节炎的，严重影响了全部落的生产力和战斗力。虎龙部落一向以英勇善战著称，自从随了黄帝之后，成为他征战天下的基本力量之一，阴康氏也是其中重要部分。那么他们是怎样克服湿症的呢？就是舞蹈。据说，阴康氏的酋长带着大家狩猎，经常奔波，又要操持农田耕作，总是忙得不停点儿，因为忙，因为经常处于运动之中，他身上的湿症就相对较轻。他发现，部落里凡是较闲的——像出不了大力的老年人等，其症状就愈重。因此到了冬闲时，他就把大家组织起来，操牛尾而舞，通过运动产生热量来抵抗湿症。聪明的酋长口喊号子，边唱边舞，大家随着他的歌声一齐舞动手脚，这样又把纯粹运动四肢的舞蹈，变成对生产、狩猎等各项活动的一种温习和教育——通过舞蹈言传身教地将本领传给后代，慢慢地就形成各种程式化的舞蹈，像播种舞、收割舞、围猎舞等，只要酋长一点名字，大家就知道该怎样去统一歌舞。阴康氏的舞蹈是先在虎龙部落出的名，以后又代表虎龙部落前往清姜水参加了炎帝部落联盟的表演，听说当年炎帝登基典礼上那个操牛尾而舞的舞蹈就是阴康氏的杰作……现在黄帝又打阴康氏居地而过，阴康氏自然不会放过这一次表现的机会。

时近中午，背后的太阳照出的人影开始变短的时候，黄帝一行人马从南面的山塬上下来，来到阴康氏居地南头的漆沮二水交汇处，已经被太阳炙烤得头脸上都流淌着汗油的人们看到水就来了精神，而看到歌舞着接到漆沮岸边的人群，更是喜出望外。大家在河水里边喝边洗，"稀里哗啦"地蹚水而过，"噢噢"地叫着，迎着欢迎的歌舞男女跑去。

看到大家欣喜若狂的样子，黄帝也高兴，白龙马也急着要过河，却被黄帝勒紧了缰绳。它背负着黄帝腾起了前身，两只前蹄在空中刨着，眼睛瞪得比铜铃还大，居高临下雄视着欢腾的人群，口中发出脆亮的"呔儿呔儿"的叫声。黄帝高喊：

"应龙，应龙何在？"

"应龙在此。"应龙的滚雪龙应声而至。

黄帝用马鞭指点着欢呼着奔向对岸的兵士：

"前去集合，列队步入阴康氏！"

一个"诺"字刚出口，应龙的滚雪龙已经腾入河水之中，水花飞溅着向对岸冲去。黄帝满意地看着应龙矫健的身影。

仓颉的车辆赶到，黄帝对仓颉说：

"余闻阴康氏善歌舞，汝且多记之，以播天下！"

"帝言甚是。臣正有此意。只这'阴康'二字，臣已心中有谱，届时帝可赐之。"

"好、好。"黄帝连声肯定仓颉的工作。

"臣还有一言进矣！"仓颉若有所思地说。

"请讲。"黄帝对大臣们的进言一向很重视。

"此阴湿之地，不可久留……"

河对岸的喧哗声开始静下来，在应龙的指挥下，红、黄、青、白、玄

924

五色旗帜很快布好旗阵，形成隆重的仪仗，就等着黄帝过去，便威风凛凛地在前面开道了。

黄帝一行在阴康氏处受到热烈欢迎。在欣赏了阴康氏的歌舞表演之后，又受到一顿盛情款待。因为喝了一些阴康氏自制的土酒，午饭后休息了一会儿，太阳就已经偏西了，皇帝谢绝阴康氏的盛情挽留，继续北行。行程定在虎龙部落的南大门——土堡。

一行人马逆漆水而行，天上的骄阳因为阴云的遮挡，逐渐失去了它暴晒的威势，可是脚下的膛土、河边的石头依然是热的，顺川而下的北风依然是热的。时而热风掀面，时而静到几乎没有察觉，人在这样闷热的天气行走，头上、身上依然是汗流如注，好在身旁就是漆水河，人热得不行了，就可以像鸭子进河一样在水里痛快地扑腾一番。

听黄帝要打此路过，虎龙部落酋长斗苞——头上抬头纹很重，留着猫一样的胡须，绰号"虎头"，长得五大三粗——不顾天气炎热，当天中午就亲自赶到虎龙部落最南端的土堡来迎接黄帝的驾临。在黄帝一行人马未到之前，这里就做好了充分的准备。土堡内外张灯结彩，黄帝的黄龙旗和虎龙部落的图腾旗在这个位于漆水河西岸的土堡上高高地飘扬。

太阳终于从乌云中走出，但是已经近于黄昏，重新从乌云缝隙中投射出来的金光，已经被高耸的西塬宽厚的脊梁所遮挡，浓重的阴影，已经投向了漆水河东岸的层层台地。东西遥对的山塬，忽然随着漆水河的拐弯而相互谦让起来。向南流淌的漆水河道，先向西缓缓拐去，直逼到直直的西山根了，又在西山突出的近于大肚子的黄土台塬逼迫下，向东折了一个近于直角的路线，从西山根下横着直到东山塬下，西岸就形成一个突出的缓坡地带。这一带漆水河的西岸上青烟缭绕，陶窑一个紧挨着一个——这里是虎龙部落陶器烧造的基地。

虎龙部落酋长"虎头"斗苞早已迎到陶窑场的最南端——漆水河折弯的地方来了，等到黄帝一行人马旗帜鲜明地在南面漆水缓弯处一出现，虎龙部落欢迎的鼓点就轰轰隆隆地敲了起来。

满天晚霞的时候，虎龙部落接到了黄帝。黄帝转身面南而立（仪仗随之而移），"虎头"斗苞率众向黄帝行过俯首称臣的参拜礼之后，陪同黄帝到虎龙部落规模空前的陶窑场巡视一番。看着、敲着一件件精美的陶器，黄帝兴奋地竖起拇指赞赏。黄帝边走边向斗苞询问虎龙部落陶器的烧造和与各部落的交换情况，不知不觉，就看到了北面二级台地上高耸的、旗帜招展的土堡——黄帝在土堡驻跸一宿，土堡就不再是土堡了，而荣幸地被更名为"黄堡"，这个名字一直沿用至今。

第二天，虎龙部落酋长斗苞亲自陪着黄帝北行。黄帝与斗苞同乘一辆云车，白龙马闲适地随在云车后面，仓颉的云车紧随其后，应龙这位马上将军，依然背负鹰翅，威风凛凛地骑在他的宝贝坐骑——滚雪龙之上。因为这一天带有巡游的性质，所以黄帝一行人马步履闲散，没有了紧着赶路的急迫感。但是夏日的太阳，自打从东面的山塬后面一露出那张大大的红脸，就像一只热烘烘烧得正旺的冶铜的火炉，直烤得人冒出一身油汗，人的脸上、肩膀上都油光光的，好像涂了一层油，尘土一起，又镀上一层赭黑。道路一会儿靠近了河岸，一会儿又甩出去很远。愈往北行，川道就愈窄，直到东西两边的山塬几乎合在一起，东西厚厚的黄土层下，露出各种奇形怪状的青石，道路就在切下很深的、于巨石间喧响着溅起雪白浪花的漆水河东岸狭窄的台地上经过，有时又不得不架桥到西岸去。一行人马在这样狭窄的川道里北行了近十里路，临近川口，前突的西山忽然向后闪开，眼前一下子就是一片开阔的腹地了。西面一条小河在这里汇入从东北方向更缓地流淌过来的漆水，两水之间，形成一个大大的"丫"字。

一行人马本来沿着漆水河西岸北行，这时候却折向了西山根下的小河南岸，又跨过小桥，继续在漆水河西岸北上。虎龙部落酋长斗苞一路走着，一路向黄帝介绍"此川口也"、"此虎沟也"、"此虎山也。东面相对者，狼沟也，时有狼群出没"。他不停地扇着芭蕉扇，为了给自己扇凉，也是为了带给黄帝一些凉意。看到黄帝额头上沁出的汗珠，他抱歉地点头笑着，好像不怪老天爷，都怪他没管好这一方天地似的。

黄帝手里也拿着一把扇子扇着。他脸上带着满意的表情，并不停地向骑在马上的应龙问话。遇到道路宽的地方了，就与仓颉的云车并行，高声地相互对话。因为北行一直是缓上坡，一行人马行进缓慢，从黄堡出发的时候又带足了干粮，中间就没有休息，一直行进到太阳过顶偏西、西山上浓重的阴影已经投射过来之后，才到达了虎龙部落的中心聚落——位于漆水河西岸、西山巍峨的台地——虎头山上的虎龙寨。

五

虎龙寨山脚下，有一眼山泉名曰"方泉"。黄帝一行人马在方泉旁便停下来，因为虎龙部落的老少男女，已经沿山坡两旁夹道欢迎，迎到了方泉边。虎龙部落最年长的白须长老——已经八十有三，躬着硬朗的腰身，双手捧着一陶钵清冽冽的泉水，迎候在这里。

看到盼望已久的黄帝终于来到，人群中响起了一阵又一阵的欢呼声：

"欢迎！欢迎！"

"黄帝！黄帝！"

黄帝和虎龙部落酋长斗苞先后从云车上下来。只见黄帝身着黄色丝帛的龙袍，头戴高峨的冠冕，十二个冕旒在阴凉下来的微风中叮叮当当地摆动着。

黄帝身材魁梧，黑须飘然，目光明锐，红光满面，步履矫健，斗苞就显得老态龙钟一些，好像有一些虚胖，人看起来也笨拙一些。

白须长老单腿下跪，双手捧着泉水敬献给黄帝。黄帝双手托着老人的双臂，先让老人站了起来，才双手接过泉水，仰头一饮而尽，清水顺着他的嘴角流下来，他顺手一抹，双手把陶钵还给老人。

周围又是一片"黄帝！黄帝！"的欢呼声。

应龙、仓颉等，也分别饮过了清甜的泉水。

虎头斗苞一脸谦恭的微笑，微躬着腰，用右手让向坡道，黄帝前行，他陪同着。应龙、仓颉等随行，部落长老们，还有前面列队的老少男女，都尾随着拥向陡坡上的虎龙寨。

虎龙部落酋长斗苞，早已经将本部落最大的居室（中心大屋）让出来让黄帝暂住。晚上，在中心大屋里，黄帝亲切会见了虎龙部落的各位长老，各个分支小部落的酋长。来自虎龙部落西南小河聚落的小酋长，献上一件堆塑着壁虎样龙形的绳纹红加砂陶盆，被黄帝封为小王，从此西南那条小河就更名为"王家河"了。晚上黄帝放置玉玺大印的地方，以后就被叫作"印台山"……

第二天早上，黄帝站在虎龙寨上眺望着东面如同卧龙一样蜿蜒起伏的山塬，正托举起一轮火盆一样的朝阳，随口说：

"青龙蜿蜒，彼青龙山也。白虎抬头，此虎头山也。"

虎龙部落酋长斗苞——记住。

吃过早饭，黄帝一行人马，在虎龙部落的热烈欢送声中，又踏上了北行的路途。

一行人马，还是逆漆水而行，一路向北，愈行，川道就愈窄，山色却变得苍翠起来——东西两面的山坡上，柏树郁郁葱葱，大有桥山近矣的亲切感！

黄帝指着西面一个圆锥形的柏树山（漆水河也因为此山的突出，向东拐了个大弯）对仓颉说：

"黄城中宫建宫之前，桥山亦若此之苍翠矣！"

骑上白龙马的黄帝（他将自己的云车送给了虎龙部落酋长斗苞），又回想起自己的少年时光，想起了那时候的苍翠的桥山，想起那条盘绕着桥山的清冽冽的姬水，还有小时候戏水的伙伴们，还有自己的恩师——长脖子的项老先生，还有尊敬的父亲少典君、亲爱的母亲附宝……人到中年之后，不由得就会产生一种怀旧的感觉。童年的黄金时代，对每个人来说，都有回味不尽的美好记忆。虽然当你有意找回那种感觉的时候，找到的都是一些残片。但是，童年给人的美好印象，永远不会因为时光流逝而磨灭。

仓颉深有同感，虽然他的童年并不是在桥山度过的，而是在桥山东南百里以外的白水。由于地缘相近，人的记忆也有相似之处：

"童年之色，永远新鲜。记忆之天，那个蓝也！记忆之山，那个绿也！蓝者刺眼，绿者逼眼……"

黄帝又受到仓颉情绪的感染：

"人皆老矣！若能回童年，若时光倒流，岂不美哉！"

928

"阴阳转换，未尝不可。"

随在黄帝身边、骑在滚雪龙上的应龙高声插话。说得大家都哈哈大笑起来。

虽说是黄帝、仓颉、应龙等一路交流着思想，但是老天爷依然如故的酷热，再加上走的是川道，虽然有近水之便，但是天气的闷热却难以解除，又要急于赶路，所以人人额头上都挂着晶莹的汗珠，大不了用手背或者衣襟一抹或者一擦，但是汗水还是不断线地向外涌流着，汗水中的盐分和酸性直蜇得人皮肤疼，汗水流进眼睛，让人睁不开眼，手背上也出了汗，抹来抹去，加上尘土的吸附，就到处是一道道黑色的汗水印子，人的额头和脸瞬时变成了"三花脸"，呼吸中自然就能闻到人身上和马身上散发出的汗臭与汗酸味儿。

大队人马走到一座迎面而立的绿色山峰跟前时，天已近中午，正是太阳当顶暴晒发淫威的时候，人在地上的投影变正了，短短的。漆水分成两股支流，一条自西边经山前而来，一条从北边经山的东侧向南流淌。按照常规，应该是向西而去，翻过两道山梁，就到了玉华川，再顺川东北行，就可以到桥山了。那边的道儿，黄帝小时候随项老先生前往姜城堡参加炎帝登基大典时曾经走过。因为要绕道，多走一些路，又要经过马龙部落，对人家多有叨扰，更主要是多半时间都将在川道行走，闷热难以解除，所以原地休息了一阵之后，黄帝决定还是走山东侧直通北方的小沟，因为听说从这里进去不久就可以上到山梁上行走，山上风大可解闷热，而且据说这里山高水高，到处都分布着泉水，也不会缺水。实践证明，黄帝的决策是英明正确的。刚刚折过眼前这座好像是被哪一位巨灵神给搬得转了向——横过来的山头，暑热就像是让这座"搬转山"给隔在了山南似的，一阵清风顺着山梁的斜坡吹下来，人好像一下子进了另一个清凉世界——这种山风带着油松针叶的油香，带着青草的芳香，可以听到一突一突地奋飞的黄肚皮小鸟"吱儿，吱儿"的叫声，可以看到野棉花开出的五个圆瓣的粉白兼粉紫的花朵。有兵士从路边拔起一枝马兰花，把两个叶片分开了，吸在嘴里"吱吱"地学着小鸡的叫声。

山沟里藤蔓缠绕，荆棘丛生，野生的山核桃树，像撑起一个个巨大的绿伞，在山坡上鹤立鸡群似的显示着自己的高大与伟岸。道路是没有的，只有一条淌着黄泥水的小河在山石间奔涌着（因为山里特殊的小气候，昨晚这里才下过一场暴雨），人烟稀少的道儿，早被茂盛的荆棘、小乔木——橡树、山桃树、橄树及狼牙刺、酸子榴等所遮蔽，那就披荆斩棘，新开一条道儿，好在现在有了锋利的青铜器，但是进度还是很慢。仓颉只好弃了云车（被拆成几大件，由兵士们扛着），骑上一匹温驯的黑马。此马虽然牙口老了些，但是全身的毛色，依然油光闪亮，从它高扬的头和透着温驯的目光的圆鼓鼓的大眼睛看，它依然是一匹健壮的好马，只是年纪大了些，经历的事多了，性格也变得温驯起来，不像那些年轻的儿马一样精力过剩，总是斜蹄顺绊的，要彰显彰显"个性"。

　　黄帝的白龙马和应龙的滚雪龙，就完全是一副能踏过一切不平的雄心勃勃的样子了。

　　一行人马披荆斩棘地行进，走到山根下，还要涉水而过，在大石头上跳来跳去的，好在山洪已经退去，现在只是它的尾声，水量已经基本恢复平时的流量，所不同的是，水还是夹带黄泥的那种光亮的土黄色。激溅的浪花和泡沫，也泛着黄光，有浓重的黄土的泥腥味飘来……

　　走到水穷处，山梁就圆圆地鼓了起来。随着人们一步步地走上山梁，夏日午后的风愈来愈劲。等人真正站上山梁的时候，所有的暑气都被空调一样凉爽的迎面山风给吹走了。这时候举目远望，一片山塬丘陵起伏的绿色海洋。天蓝得好像是用清水刚刚给洗过似的，那些白云骨朵，就像新收的棉花一样，一团团地在天空懒洋洋地缓慢飘移，又像放牧的羊群，只是不知道它们要远行到什么地方去。它们经过的时候，就在反射着阳光的绿色山岭间投下浓重的阴影。

　　呼吸着清爽的新鲜空气，黄帝的精神为之一振。

第二十二章

一

　　在山梁上行进，风力大，人的感觉舒适一些，但是太阳的光照却强，毒毒的阳光直烤得人皮肤火辣辣的疼，人的胳膊、脸、光着脊梁的背，都晒得红彤彤的，再这样炙烤下去，非得脱一层皮不可！于是，黄帝让大家穿上长袖上衣，戴上树枝、青草编的"草帽"，尽量把头、胳膊等遮盖起来，避免太阳的曝晒。即便这样，人身上的水分还是很快被蒸干了，人们口渴难耐，嘴唇发干，嗓子眼儿发干，呼吸好像唱戏的样子——能吹出火来。因为缺水，人困马乏，人群就像被晒蔫了的草，无精打采的。

　　终于在一个大长坡上——已经到了平坦的山脊的地方，发现一眼山泉，清冽冽的泉水凉浸浸的，黄帝一行人马在这里饱喝一顿，吃了随身带的干粮，在树阴下歇息够了，才继续向北行进。

　　山梁蜿蜒，一会儿平行，一会儿上下坡，但是坡度都不是很大，坡也不是很长。太阳从西边斜照过来，人的影子也越拖越长，加上迎面呼呼的山风，太阳的热力明显地减小，人马感到舒适了，行进的速度明显加快。

　　由于山高水高，山梁上不时地会有一些小的聚落出现，这些山高皇帝远的小聚落一般不隶属于哪一个大部落，过着自由自在、自给自足的山居生活，在山坡上开垦一些地，刀耕火种地生产……山上各种小动物多，不时地就有灰色或者近于红褐色的野兔被从草丛中"唰"地惊走，有反应快的兵士，拉弓射箭，就多了一顿美餐。时常也有梅花鹿出没，有山鸡或者拖着长尾巴的野鸡"哗哗"地惊飞。野山羊在远处若无其事地摇着短尾巴吃草。狼群却远远地躲开了喧闹的人群。棕黄底色黑斑点的金钱豹，懒洋洋地在树丛中休息，睁一只眼闭一只眼地看黄帝的一行人马走过。它知道人的厉害，所以不到万不得已，决不主动去招惹人。山雀在树丛中起起落落，"吱吱"地叫个不停，有一条褐色花纹的乌梢蛇，在枝梢间从容不迫地缠绕着树枝缓慢爬行。它的目的地就是山雀的窝及窝中的红皮小雀……人都说"六月的狐子不惜皮"，果然有只狐狸，拖着棉扫帚一样的大尾巴，大大方方地看着人群走过，一点也没有急于逃命的惊慌失措的样子。

天近黄昏，一层层高低错落的被浅蓝色的雾气分开的层峦叠嶂之上，落日如此壮观，太阳又红又圆，却并不怎么耀眼，只把天上薄薄地铺开的一层瓦瓦云，都染上了鱼鳞一样的霞光……归鸟像树叶一样盘旋着落入林中，一片前呼后唤的叫声。狼群已经嗅到了一群鹿的去向，头狼发出嗥叫，准备着它们夜间的扑猎行动。

黄帝一行人马在山梁上一个拐弯背风处生起了篝火（附近有山泉），一片闪动的火光映红了人的脸庞，也与天空中远远近近的星光遥相呼应。一轮大大的圆月从东边万籁俱寂的万山丛中升起，亮晃晃的就像一个烤黄了的大饼子。它一升起，周围的星光就暗淡下来，羞愧地躲到晶莹的宝石蓝一样的天幕后面去。

黄帝、应龙等把坐骑的缰绳连在一起，任由它们去吃食青草，到起了露水的时候，又由兵士把它们牵回，——给喂上干草和硬料——俗话说"马不吃夜草不肥"，要让马膘肥体壮，一定要给它们喂好夜草。

一夜露宿，第二天继续沿着山梁北进，终于在太阳照直的时候，转过一个弯儿，看到了整个山梁上的制高点横在眼前，爬过梢林丛中的制高点，山北有一小山突兀而起，山头上有一个不大不小的部落。一行人马在南山头驻扎，应龙派出兵士前去联络，才知道这里是南山峁，山阴处有一处山泉（也是小山包上部落的饮水地），小山名曰龟山，"长寿之地也"。

龟山小部落的酋长——一个黑瘦而高的男子，也随前去联络的兵士来了——听说是黄帝来了，他万分荣幸，自言"乃有蟜氏一支也，自号西岭氏"。

黄帝如同见到了故人，也是万分高兴——好像一下子闻到了故乡的气味了，那泥土的芳香，那些熟悉的山林草色……

黑瘦的西岭氏酋长热情地在前面引路，主动向黄帝介绍：

"此地风大也——一年一场风，自春刮到冬。又为南山所阻，凉风回旋，故地无大暑矣！"

凉风殷勤地掀面，就像有人在用芭蕉扇对着颜面轻扇。在习习的凉风之中，黄帝又问当地山民的生活情况。

"山有凉泉，地无大暑，夏短冬长，山民耐寒，皆度百岁也！"

说着就下到了南山峁下的凉泉边。早有人盛好了泉水，等着给黄帝一行人马喝个够——热情好客的西岭氏族众，从龟山上一直迎到了凉泉边。

从凉泉处下行不几步，再经过一小段平地，道路顺着山势转了个缓弯儿，再上一面直直的斜坡，长坡尽处，就是龟山城了。

山城与土坡间有一堑壕，堑壕上铺一木板，用松木扎起的门框架顶上，悬着一个蛇图腾。黄帝一行人马在黑瘦的西岭酋长陪同下，在一众热烈的夹道欢迎声中来到"城门"跟前，手扶着鱼鳞样树皮的笔直松木，嗅着它浑身散发出的亲切的油香味儿。当人群的欢呼声静下来的时候，响起了一片流水一样清亮的蝉鸣声，远远近近地呼应着，仔细地听着那"呜嘤呜嘤哇——"的叫声，黄帝又想起了自己童年时爬树扑蝉的往事：

"余少时，此时正当扑蝉时……人皆有童年，童年之忆，终生难忘。"

因为已近故里，也因为连日的酷暑，黄帝想在西岭氏的龟山城中多待几天，避过暑期，就决定派仓颉先行前往桥山，做好祭祖等一应安排。

在西岭氏龟山城中歇息一夜，第二天，四眼仓颉就带了部分兵士先一步前往桥山打前站，黄帝、应龙继续留在龟山城中。一路暑热，夜里人都热得盖不住被子，而在龟山城中，因为凉爽，后半夜还真得给肚子盖上一个什么东西。再看这里的人，人人着黑衣，长衣长袖，很少见到穿裙服的。西岭氏酋长还尖着嘴吹嘘：

"此地暑不扇扇，夜须盖被，夏日无蚊……"

黄帝笑说："余昨晚即拍死一蚊！且个大，声大，若哼小曲矣！"

西岭氏酋长的黑脸上一时泛起了红晕，言语也变得涩滞起来：

"这这这……"

黄帝笑着拍了拍他的肩膀："虽说有蚊，然极少矣！老实矣！叮人之前，必先哼曲打招呼。"说得大家哈哈大笑。

但是西岭氏酋长还是一个劲儿地难为情：

"怪吾大意，若点火耀，则万事大吉！"

黄帝笑道："不怪不怪，汝已尽力，吾不胜感激之至！如此观来，此地果然华夏一避暑胜地，宜君子居也！"

应龙在一旁补充说："宜吾宜汝宜君。"

　　黄帝在龟山城小住几日即心急着要回桥山，西岭氏酋长再三挽留，黄帝还是婉言谢绝，最后说好等返回中原时再来多住一些时日。黄帝、应龙一行人马迎着朝阳辞别西岭氏，从龟山城下来，经城东平台绕向北去，一路下坡，经偏桥、土桥，终于踏上了桥山黄城南城的土地。仓颉、黄帝的兄弟蛮牛、陶虎与桥山十巫——人长得胖乎乎的、一脸光鲜，长于厨艺的巫咸、行动敏捷的巫即、长于远观的巫盼、善开处方的巫彭、十巫中唯一的窈窕女子巫姑、做事爱较真的巫真、头上装饰着羊角的巫抵、长于射箭的巫射、善结网捕鱼的巫罗和通晓礼仪的巫礼等，一直迎到南城外，在黄帝昔日练兵的校场坪，十干卫队列好仪仗，前呼后拥地进入黄城。来到南城塔的制高点上，从这里北望，桥山中宫被四面合围在中央，宛如一条黄龙，从北塬上脱颖而出，在山前形成一个龙湾……看到这样山环水抱的山川形势，看到仙岛一样居于中央的桥山中宫，再看眼前两翼展开的朱雀山形，桥山背后高耸的龟盖山——父亲少典氏的陵墓就在其上，看着向东蜿蜒而去的龙首山和西面平卧似虎尾的虎尾山，如此好的风水地貌，在他走过的华夏大地上实属少见！不由得脱口而出：

"桥山，真乃一龙凤阴阳之大穴也！"

看着这条熟悉的、小时候在其中戏水捉鱼的姬水环绕着桥山，感觉着迎面吹来的挟着暑气的亲切的热风，黄帝伸手抓起一把黄土，凑到鼻子跟前仔细地嗅着：

"此家乡之气味也！"

顺手摘一颗路边的酸枣，含进口中，一边咂着那酸甜得让人吸溜的味儿，一边兴叹：

"此家乡之味也！"

934

看到道旁的杜梨树长高了，站上地塄，摘下一骨朵深褐色发黑的杜梨，含在口中，甜甜的涩涩的，因为涩，舌头都有一些拉不动了，口里黏黏地呼出一句：

"此家乡之味也！"

十干卫队大部被派向桥山四周四城（甲、乙卫队被派往东宫，丙、丁卫队就留在南宫，庚、辛卫队被派向西宫，壬、癸卫队去了北宫），只有戊、己卫队相随着。仓颉、应龙、蛮牛、陶虎和桥山十巫陪同着。黄帝并没在南城停留多长时间，而是急急地从东南下山，跨过暖泉沟的小河，直上暖泉上面自己少时住过、兄长蛮牛现在依然居住其中的祖屋——这座在梦中依然是金灿灿的大屋，如今披着灰白的干草，整个好像缩小了一圈儿。那些熟悉的童年时用过的物什（陶罐、尖底瓶、他发明的陶甑……），一切一如童年时的模样，只是大多蒙上了一层白色的细尘，而且都缩小了个儿。童年时跳着也够不着的门脑，现在得弯着腰才能进去——这些魂里梦里牵挂的东西，这个梦中常回来的地方，变得既熟悉又陌生……

在祖屋里黄帝没有多停就下了山，有独木桥和渡人的独木舟他不走也不坐，而是从童年戏水的浅水处涉过姬水，直上桥山。

二

桥山还是童年时的模样，依然是依着山坡一排排长方形或者圆形的茅草泥屋，只是这些屋子都有了土墙，都从半地穴式走上了地面。居民打水依然用着尖底瓶，小孩子们依然在姬水中戏水，只是已经隔了代，变得既亲切又陌生。他们愣愣地抬起头，生生地看着黄帝一行。黄帝在其中一个虎头虎脑的小子脑门子上摸了摸：

"几岁乎？"

"七岁也。"一个响亮的童音，也正是黄帝当年戏水的年龄。他不由得弯腰用手撩起河水，像当年打水仗时一样扬了一把。

河对岸欢迎的人群从桥山上涌下来，一直排到了姬水边。

黄帝让仪仗散在身后，自己只身先过了河。看到熟悉又陌生的父老乡亲们，他激动的心情难以自抑。他频频地向大家招手致意。黄帝一上岸，迎接的父老乡亲都跪迎黄帝。黄帝立即面对父老乡亲而跪。拜过之后，他先扶起最年长的一位白须老人——黄雍父。老人颤巍巍地伸出手在黄帝脸上摸着：

"还是小时模样，还是东征前之模样……"

仓颉、蛮牛、陶虎和桥山十巫等相继过河，应龙下了马，把滚雪龙交由一个兵士拉着。滚雪龙和白龙马欢跳似的腾过姬水河，溅起一片银色的水花。

天近黄昏，太阳已经落到西面马山的背后，浓重的阴影已经上了桥山之腰，只有铺满天空的晚霞和夕阳的余晖，把桥山中宫辉映得金壁辉煌。

黄帝扶着老人一路向桥山走去，仓颉、应龙、蛮牛、陶虎和桥山十巫随后。欢腾的人群从阴影中走出来，个个脸上挂着激动的泪花，一遍又一遍地喊着"黄帝，黄帝！"因为这一块土地上走出一个黄帝，家乡的父老乡亲都为能出黄帝这样一位命世之英而感到自豪。

因为中宫平时为桥山十巫所居，虽然仓颉已经让他们腾出了中宫，黄帝还是执意先住在项老先生废弃多年的、屋顶已经破露的半地穴式老屋内。黄帝还是睡在他童年时所睡的位置，只是身边没有了项老先生和他亲切慈祥的老伴——乔老太太。黄帝就住在兵士们临时收拾出的这间老屋里，希望晚上能梦见亲爱的项老先生。

一夜似乎回到少年时代的亲切感，所居住的环境是少年时代的，呼吸的空气是少年时代的，甚至火膛里的火苗也"忽闪忽闪"地晃动着童年时代的红光，只是物是人非，面前的确没有了梗着脖子的"犟脖子"项老先生，没有他循循善诱的谆谆教导，也没有一脸核桃纹的乔老太太的亲切笑容和那双亲切地抚摸他的布满皱纹的老手，让人于亲切的回忆中不免有一种空落落的寂寥，只有闭着眼睛睡着的时候，才又沉浸在少年时代的温馨之中……这一夜，他的确又见到了项老先生，他看到项老先生笑眯眯地坐在桥山下、姬水边，老先生一脸白色的阳光，皮肤还是白得透明的那一种，身着雪白的衣饰，在弹唱着长长的歌谣……当时黄帝是听懂了，听得很亲切很投入，就像少年时听项老先生讲课的样子，可是等到醒来，却遗憾地忘记了所有的歌词，只有那雪白透明的形象，继续照亮着他的心。

黄帝从对梦境的依恋中醒过来。他把双手枕在脑后，目光炯炯地看着闪动的塘火想着心事。先人们去世了不能再回，但是他们的思想、灵魂依然光照着后人、启迪着后学，这样，他们就没有死，他们的思想依然活着，他们的音容笑貌、他们的言行举止依然影响着后人，人类最优秀的文化传统就这样一代一代地积累着传承下去，所以一代人比一代人更加聪明、更多了一些征服大自然的勇气和力量，终于有一天，人会因为他聪明的大脑和创造发明而成为地球的主宰，具备了虎的威严、狮子的勇气、熊的憨厚、猴子的机灵、狐狸的狡猾、鹿的美丽和善良、狼的野心……黄帝烛照未来的目光，一直看到了千秋万代以后：那时候的人该是有尊严有德行的人，有大地一样的包容和母爱的人，社会是有秩序的有法可依的有着健全的服务功能的，人的生活用品是极大地丰富了的，人们少有所教，老有所养，道不拾遗，夜不闭户，人类都和谐幸福地生活在一起，不再有战争，不再有纷争，不再有强暴和掠夺……黄帝在极力想象着物质极大的丰富之后的样子——天上下着粟谷，地上堆积着像盐池一样多的面粉，酒像水塘一样满盈盈的……不知不觉，他又来到了传说中伏羲之母的华胥氏之国，不知其国有几千万里之大，仅靠舟车和人的足力根本走不到它的边缘，只有靠神游了。这个国家没有帝王，人们之间的关系完全是一种自然关系……但是这里的人却入水不溺，入火不热，用斧子砍或者用鞭笞，皆不知伤痛，你指摘他，他也无关痛痒，人在空中行走如同在平地上行走一样，寝在空中如同睡在铺上一样，黑云翻卷大雾迷蒙不骇其视，雷霆之震不乱其听，美好的东西和丑恶的东西皆不使其心态发生变化，在山谷乱石中行走而不磕绊……那里人性纯朴，日出而作，日落而息，人们老死不相往来，皆度百年而终……此非人之所居，乃神仙之国也！

第二天早上，黄帝起得很早，天还蒙蒙亮的时候，他已经像充上了电似的浑身轻松、身手矫健地跑步来到桥山的观象台上（也就是当年项老先生向他授课的地方、他十岁继任有熊氏酋长的隆重仪式开始的地方），黄帝在这里练了一遍项老先生的五兽戏和自己的八面熊掌拳，等浑身都活动得热乎乎的时候，启明星终于在天空中消失了，一轮红日还没有升起之前，就已经把它的金辉铺满了东天。站在观象台上，听着远近"喳喳"叫着苏醒过来的鸟鸣声，直练到桥山和周围八宫的炊烟都披着朝晖一缕缕地升起的时候，黄帝才又返回了项老先生的半地穴式老屋。

吃过早饭，仓颉、应龙、蛮牛、陶虎都来了。因为今天要上到桥山之后的龟山上去祭拜父亲少典君，还要前去项老先生的墓地祭拜，还要去看望妻子女希的母亲（她的父亲已经在几年前离开了人世），还要看望挥、赤将、伶伦、沮诵、嗥诂、曹胡、伯余、于则、货狄等童年伙伴（如今都是自己的大臣）还健在人世的父母，分别送给他们一些鹿皮和贝币，晚上还要和桥山十巫一起探讨学术上的问题……所以今天一天的安排可以说是满当当的。继仓颉、应龙、蛮牛和陶虎之后，桥山十巫也相继来齐了，于是，一行人就在戊己卫队的导引下，直上桥山，越过桥山之巅的中宫，经过中间凹下去的山梁，顺着山脊直上到龟山少典陵前。

不管兄长蛮牛如何推让，来到父亲陵前上香祭拜的时候，黄帝说"此为家祭"，最终还是让兄长居于中位，由他先上香，然后才在蛮牛的带领下，兄弟三人同时行三叩九拜大礼。黄帝心里想，不管你是否为帝，在父亲面前，还是要懂得"孝悌"二字。

一天不停点的忙碌之后，黄帝就住在桥山之巅的中宫桥山十巫早已腾出的合宫中。直到日落之前，他们还在明堂的轩亭中高谈阔论着。

人皆有一死，生老病死的规律，谁也无法抗拒，这一点黄帝的心中最明白，因此，此次回到桥山，冥冥之中，黄帝就增添了一个为自己选一处百年之后永住的地方的意图。为了尽到孝道，他决定，自己的陵墓位置，一定不能高于父母之陵（他觉得自己有一种义务，必须把母亲附宝与妻子女希等的灵柩从河东搬回来，让她们也"落叶归根"），一定要把父母之陵供在高处，自己居于下位。日落之后，黄帝一个人坐在明堂的轩亭内，朝南望着土台下广场北侧的平地，再往南，就是高筑的地坛，即后世的汉武祈仙台所在地。黄帝看着这块平地的时候，忽然在心中产生一种强烈的归属感。桥山龙脉的阴阳大穴正在此处。黄帝又趁着暮色，一个人下到这块平地上，向北看，龟山在上，靠山稳固；向南看，凤阙迎面，案山平展，前景开阔；向东看，姬水环绕至东山根，又蜿蜒东去，直抵龙首山，近处，东宫隔着姬水历历在目，龙行水，青龙蜿蜒也；向西看，姬水从西而来直至山根，好像要穿山而过似的，西宫遥对着桥山，西宫之后，就是取俯卧之势的老虎尾巴……

"呜呼！桥山形胜之地，吾之阴穴，非此莫属！"黄帝看着西边天空上亮起来的第一颗星，这么想。

黄帝在桥山黄城连住数日，完成了事先委托仓颉安排好的事项之后，就又想到了那个宜于君子避暑的龟山城。在桥山，即使在山巅的中宫，因为桥山低于周围诸山，再加上桥山周围河面蒸腾的水汽，桥山总被包围在一片水汽之中，比起西岭氏干燥而独高的龟山城，还是显得闷热了许多。

听说黄帝返回中原之前还要来龟山城中避暑，西岭氏的瘦高个儿酋长高兴得屁颠屁颠的，他跑前跑后仔细地做好准备，特别记着，给黄帝住的房子内点上用灰色的苦艾蒿编就的晾干了的火耀。这种火耀不间断地冒出的含着苦艾味儿的蓝烟，成为蚊子的克星，据说，经火耀的蓝烟这么一熏，蚊子的嘴就肿得不咬人了。

黄帝这次来了，心情是闲适的，一住就是一月多，到了月亮又一次圆过之后，槐树上落下来第一片黄叶、秋蝉抓住生命最后的时刻撕心裂肺地叫个不停、大雁开始排着队"呱呱"叫着向南飞去的时候，黄帝、应龙、仓颉一行人马，才依依不舍地离开龟山西岭氏，翻过南山峁，顺着宜君梁向南走去。这一走，让黄帝又一次感受到了生命的丰富多彩。

三

经过初霜杀过的树叶，将原本一片碧绿的山林，一下子变得如此层次分明，柳树虽然还是绿茵茵地垂着谦虚的头，白杨树却笔直地挺起了它一律向上的枝条，将像金子一样黄亮的叶片，亮光光地举着，无所畏惧地"哗哗"笑着迎接日渐凉爽的山风——是金子的质地，就是飘落到大地上，依然是一片金黄。橡树、枫树的叶子一经霜杀，立刻将体内的鲜血溢到了叶面上，于是所有的叶片一夜之间就变得火一样红，红得发紫，红得让人心疼。更有许多处于过渡层次的树叶，浅黄色的，粉红色的，把山林点染得万紫千红……不时地冒出成片绿得逼眼的油松，在这万紫千红之中，更彰显了自己永恒不变的个性特征。大自然犹如庞大复杂的社会一样，遇到复杂多变的事件时，有变的，有坚守的，一下子就分出个三六九等来。

等从凉爽的宜君山梁上下来，渭北高原也已经被秋风吹得凉风习习了，暑气终于在耍了几天秋老虎的尾巴之后一日日地退去。秋天是短暂的，紧接着就将是严冬了。翻过几道浅沟，黄帝一行来到了渭北高原的南头———一道面南的长长的堤岸一样的台地，台地之下，就是号称八百里的秦川——关中平原了。渭河和泾河从这里横贯而过，这里地势低洼，水泽遍布。

黄帝来到一处左右前突、中间隆起，好似一个龙椅一样的面南的台地上，台地下的关中平原上，不远处是一片蓝莹莹的沼泽湖面。黄帝小心翼翼地在长满荆棘的台塬上走动着，观察着，从这里向南，绕过湖面，再过了清清的泾河和浑黄磅礴的渭水，一直向东，就是中原了。从这里向西，一直可以到达岐伯的岐山、炎帝的清姜水，可以到达陇东和西南的西陵氏、蜀山氏……向西可以到达西王母的昆仑山……黄帝这么想的时候，一不小心，还是让一个酸枣刺上的倒钩给挂住了，越用劲拉，挂得越紧，只好松了劲，用手一个一个地将这种长长的红刺根底下犬牙一样的倒钩择开。酸枣刺扎得人火辣辣地疼！择开了这个，另一个又挂上了，半天都择不离。荆棘如此之多，如此热情好客地扯住不让人走，倒是一下子打动了黄帝那颗敏感的心——凡事若有牵扯，其中必有天意！黄帝抬头看了看，太阳正从南边发出刺眼的白光，干脆就索性不走了——就在这荆棘遍布的塬头上披荆斩棘，立鼎造饭。

黄帝在坐下来休息的时候，又仔细地看了周围的山塬地形，他感觉自己不是坐在黄土地上，而分明是骑在一条巨龙的背上、坐在一把金黄的龙椅上。黄帝喜欢上了这个地方，就问身边的仓颉：

"此地何名？"

"无名。"仓颉如实回答。

"既无名，唤作荆塬，若何？"

"好——名副其实。只是，身在塬上视之为塬，若身在塬下，则视之为山矣！"

"好，就依卿言，或曰荆山。"

看到兵士们立起一个个小陶鼎，在烟熏火燎地揉着眼睛造饭，黄帝发愿似的说：

"待天下大定，余定造一大鼎，免兵士之苦役，煮天下之美羹矣！"

应龙已饿得肚子"咕咕"直叫，就接过话茬儿说：

"余盼此羹矣！"

黄帝对荆山的山塬地貌发生兴趣，就让随行的十干卫队暂住于此，他和应龙只带了十数个骑马的兵士，顺着荆山下的一马平川，一直跑了多半天，才算跑到了这段塬面与今三原境内的台塬交会处——荆山塬到此向北收缩进去，和三原的台塬之间形成一个大沟，就有一支细流从沟里向南流出。这样往返一天，回到荆山时天已经黑了，但见荆山上下篝火如林，一派辉煌壮观景象。黄帝正值壮年，一天的奔波，虽说在马上颠得腰酸背疼，经过一夜歇息，体力就完全得到恢复。第二天，一轮红日从东面突出的龙椅"扶手"的山塬上升起的时候，山下的平川和镜面一样平静的湖面，都笼在一层青灰的薄雾之中，从山上看，山下的平地和湖面好像是立了起来，远处一片苍茫，看不到平地和湖面的边缘。等到太阳升到一定的角度，山塬和平湖之间的雾气涌动起来，一团团从湖面升起的湿漉漉能捏出水来的雾气，因为运动而改变着太阳的折射角度，一时赤橙黄绿青五色辉耀，成景云之瑞，正在荆山面南的台地上练八面熊掌拳的黄帝，看到五色当顶的奇观，深深地为大自然的奇景所感动。应龙、仓颉和山上的兵士也都看到了这样的奇景，于是，山上山下一片欢腾，人们不约而同，面向天地而拜。当众人都拜伏在地的时候，只有身着亮黄色丝帛龙袍、头戴冕旒的黄帝站在五色辉耀下的浑圆地凸起的山塬的中心。只见他两腿站开，似乎要向东行走，头却向西看去，左掌已经向东推出，右掌掌心向上，正在向后抽回——这一个典型的黄帝式站姿，被身后抬起头来的仓颉看在眼里，记在心里。只是他看到的是五彩景云当顶的黄帝的剪影，无法看到具体的细部（也由于雾气蒸腾的原因）。

应龙和仓颉都转向黄帝，向黄帝道贺。兵士们看到他俩拜伏在黄帝左右，也都面向黄帝拜伏，山塬和平地上，一层层青、红、白、玄、黄的兵士。仓颉诵出一句："景云之瑞——"应龙就高呼："黄帝万岁！"于是，荆山山塬上下，兵士们就齐声高呼："万岁！万岁！万岁！"

吃过早饭，仓颉因为昨日劳顿休息一天，黄帝、应龙继续带着十数个骑马的兵士，并马向东，前去寻找荆山塬的东头——寻龙捉脉，非得搞清这一带总的山塬形势。如果不全面寻访清楚，黄帝就不会得出最后的结论。

休息了一夜，吃足了夜草的白龙马和滚雪龙并辔而行，黄帝和应龙用腿一夹，它们就腾起四蹄，"咯噔咯噔"地飞跑起来，凉爽的秋风迎面"呼呼"地吹着，马鬃摩娑得人颜面发痒，马尾巴都像金鱼尾巴一样举起来……

水花飞溅地蹚过冲断塬面的石川河，东行了半天，终于来到了荆山塬东边鱼嘴一样突出的塬头。越是全面地看过荆塬的全貌，黄帝就越是爱上了这一处风水宝地——它龙头起自西北，龙尾延至东南，坐北面南，正符合"君子面南而治"的大向，是一处绝佳的风水宝地。黄帝相中了这块宝地，回来后就让"四眼"仓颉用他创造的象形字符记录下来。最让黄帝高兴的是，当天晚上，当黄帝、应龙一行人马回到荆山的时候，仓颉在篝火闪动的红光中，献给黄帝一幅用赭石绘于黄色丝帛之上的黄帝画像——这正是早晨于五彩景云之中他所看到的黄帝那雄浑大气的剪影。画像上黄帝的头、身、手、脚兼顾四面八方，充分体现了黄帝居中、面南而治的特殊身份和崇高地位（这幅黄帝画像，以后被传遍天下，代代相传，直到东汉时，被刻在山东的梁武祠画像砖上，一直传到五千年后我们的当代）。

这幅黄帝画像，黄帝自己看了也很满意，当天晚上，就多奖了仓颉几陶爵秫酒。

喝得脸上发烧的仓颉，被凉风一吹，感觉舒坦极了：

> 景云覆顶，
> 黄帝吉祥；
> 天下太平，

万民安康！

……

应龙也扇动着背后的鹰翅膀跃跃欲试：

唯帝立像，

万民敬仰；

居中四面，

威仪八方！

……

黄帝也兴之所至，高声吟诵一首四言颂诗：

君子立像，

符授以当；

身正影直，

不惧风凉。

立之当世，

传之暇荒；

百年之后，

存一念想。

……

黄帝的诗句，把大家的思绪，一下子带到了遥远的"百年之后"……人生在世，想想百年之后，自己该当何位，留给世人的是什么？传给后代的是什么？

黄帝说：

"仓颉造字，文字始祖也！"

仓颉谦虚地低下了头，火光把他的宽额头映得光亮。目光如炬。

"应龙——"黄帝沉吟着刚说出个名字，就被应龙给拦住：

"功德在己，功过由人。余无所求，唯帝是从也！"

仓颉想了想说：

"帝纳百川而成大河，开一代人文新风矣。帝力所至，诚'人文始祖'是也。"

"非也，非也！"黄帝摇着手制止道，"余虽使华夏初现一统，文功武治，全赖师臣矣！功者，大家也；过者，吾一人也！"

"帝言之有谬也，言之有谬也！"

仓颉多喝了几爵秫酒，红着脸，说话的口气也重了。

黄帝等在荆山小住数日，即由此向东，向黄河岸边走去，以便相机渡过黄河，完成他迁母亲附宝和妻子女希等陵墓回桥山故里的承诺。

萧杀的秋天真的很短，凉风和冷冽的寒风，仅仅相隔于一夜之间。既至初冬，黄帝就索性在东征蚩尤之前活动的区域多游历些时日，等到河面结冰之后再过河去。

四

黄帝先来到当年南路军集结的地方，又东北行至黄河西岸的芝川——当年的拜将台和龙门一带——当年"祭天出征"的祭坛所在地，看着满坛霜杀过的开始变白的荒草，遥想当年征战时的豪情，不由得又哼起由他作词、伶伦谱曲的战歌——《巾几铭》来：

> 日中必彗，操刀必割。
>
> 执斧不伐，贼人将来！
>
> 荧荧不救，炎炎奈何？
>
> 为虺弗摧，为蛇奈何？

当这深沉、雄浑、激愤、昂扬的旋律在胸中激荡的时候，耳边又响起了辚辚战车声和战马悦耳的嘶鸣声。

黄帝还是从龙门踏过结冰的河面来到河东的，第一站，就是想去看看蚩尤铸兵器的情况，不等他赶到首山，打前站的兵士已经气喘吁吁地快马回报：

"蚩尤——已人去炉毁矣！"

此事完全在黄帝的意料之外，他不相信原来表现积极的蚩尤，在西泰山大合天下鬼神时还威风凛凛地为他开道呢，怎么会在一夜之间人去炉毁呢？黄帝和应龙策马前行，仓颉的云车随后，十干卫队前呼后拥着，从黄河东岸向南，直往位于中条山西头的首山，要看个究竟。

来到首山这个炎帝之妃、蚩尤的祖母祸母与巫师玄、蚩尤先后在此冶铜的地方，果然是人去炉毁、一片狼藉：积雪覆盖着推倒的冶炉、毁坏的工具、遗弃的铜矿石，原来居住人的屋舍，也都东倒西歪，残破不全，在寒风中颤抖着……一群乌鸦被惊起，在中条山脊上盘旋，就像狂风中盘旋的枯树叶，"啊，啊"的一片叫声由近而远，还隐约可闻——蚩尤早不知跑到哪儿去了。

这一意外事件对黄帝的打击不小。但是，很快他就镇定下来，指挥应龙，让仔细地把所有的地方搜查一遍，把遇害者集中在一起，设法就地掩埋……黄帝未下白龙马，只是挥着鞭子，勒转昂奋的白龙马，在这一片废墟的地方来回打了几个转儿，就用鞭向山北一指：

"速速赶往渤潚黄城！"

除过一部分留下的兵士继续在冻硬的土地上挖坑以外，黄帝一行人马立即如同临战一样地急行军，在中条山北麓覆盖着积雪的冬天的道路上，扬起阵阵雪雾。冰雪覆盖的中条山，还是当年的模样儿，只是一洗夏日的繁华，陷入冬日的沉静。看看已经明显地偏南的白太阳有气无力地在西南斜照着，要在天黑前赶到渤潚黄城，还真得快马加鞭呢！

不等黄帝一行人马赶到，接到快马通报的后土就一改他温文尔雅的常态，诚惶诚恐地率领黄城中的留守人员、猴龙和羊龙部落的人众，来到黄城南门外迎候黄帝。蚩尤毁坏冶炉逃之夭夭的事，他也是第一次听说。

在太阳落山之前，黄帝一行人马赶到渤潚西侧的羊龙部落大聚落附近。黄帝让十干卫队停下来整理军容。在应龙的亲自指挥下，十干卫队很快排好队形，赤、青、白、玄、黄五色仪仗，前有开道，左右相护，后有断后，气势雄壮地向渤潚黄城开去。

老远看到黄帝的仪仗，后土就率大家跪迎——因为他觉得自己是有罪的，没有把蚩尤监管好，而让他逃向了北方。

黄帝已经从对这一突发事件的震惊和愤怒中缓和过来，并没有责备后土的意思。他翻来覆去地想了又想，心态已经有所调整。因而看到多日不见的东征时的盟友和坚强助手后土，一种故友重逢的激动顿时占了上风。看到后土等跪在地上，黄帝老远就跳下白龙马，应龙也下了马，仓颉急忙下了云车，三人前后相随，走向后土的欢迎人群。

黄帝的第一个动作，就是伸出双手，弯腰扶起拜伏在地的后土。黄帝亲切地拍拍后土的肩膀，看他还是那么硬朗，看到后土的眼中含着的愧疚和激动的泪水，同样是一种激动难抑的心情。后土的一双"猴眼"一眨不眨地望着黄帝，两个人不由自主就相互拥抱起来。在拥抱的同时，后土还不忘说：

"余失职矣，让蚩尤逃之夭夭……"

黄帝再次拍拍后土的肩膀，对他是一种亲切的安慰：

"蚩尤已去，卿莫自责；人各有品，强求不得。"

"只怕凶多吉少，祸事复至。"

"天塌不了……"黄帝反过来给后土鼓着信心。

后土将黄帝一行迎进黄城，后土自己住在北宫，黄帝仍居中宫。这一夜受到突发事件的刺激，应龙、仓颉、后土等很久都没有离去，直到夜深人静时，几人才包裹好兽皮厚衣从中宫出来，来到观象台准备夜观天象。

晴空朗朗，只是有贼星犯主；又有彗星拖着棉扫帚一样的长尾巴，在冀州星野横飞……

黄帝心想，大事当前，搬迁母亲陵墓的事只好向后推了；加上现在天寒地冻，也不是迁陵的最佳时机（那部分掩埋首山受害者的兵士还没回来呢！），就将此事埋在心里，只说蚩尤之事：

"如此看来，蚩尤事大，华夏又临祸事矣！"

几人商议一番，就各自回去休息。

这一夜，黄帝怎么也睡不着，一会儿是母亲那慈祥的面孔，一会儿又是有关蚩尤的各种画面：他战败时烟熏火燎又像落汤鸡的狼狈相；他被囚禁时的威武不屈；他初做"主兵"时到中宫汇报的殷勤、"忠实"；他在大合天下鬼神时"威风凛凛"的样子，现在黄帝才算想明白——那时候蚩尤并不是在为黄帝树威，而是在为他自己扬威……看来他果然狼子野心不死；看来自己"唯才是用"的用人原则确有问题——用人还要讲一个德字。"蚩尤无德，天下共诛之！"黄帝狠狠地这么想。这时候，北方——北岳恒山与涿鹿交界的地方，又一次成为重要的战略要地，一定要守好。昌意守恒山，黄帝还是放心的，但他还是决定，要亲自到北方去巡视一番。

蚩尤自从黄帝在西泰山大合天下鬼神时为黄帝开道后，主动要求回河东蒲坂首山制兵以来，就一直在谋划着怎样才能脱离黄帝的控制。表面上如铜塔一样忠实的他，已经在内心里暗下决心，一定要重打锣鼓另开张，为自身和九黎的自由再大干一场。现在看来，黄帝鞭长莫及，脱离不是大问题，但是，离开首山之后往哪儿去？这成了让他一时大伤脑筋的一件事。要重回江淮的九黎老家，几乎没有这样的可能性——要回江淮，必然要路过中原，等于是自投罗网！去东夷，也几乎没有可能性，在那里的九黎人员，在神荼、郁垒的带领下，已经作为九黎之"善者"与华夏之间通婚联姻，沾亲带故的不好分离了，加上对当初神荼、郁垒这对黑、白脸在关键时刻脱离九黎，使他陷入腹背受敌的困难局面怀恨在心，他也不可能去找神荼、郁垒，去找了也是自投罗网！去河西更没有可能了，杀了刑天的黄帝正在河西一带活动，他有前呼后拥的十干卫队护卫着，想直接与他作对，也是等于拿了鸡蛋往�ìꞮ磖上碰——自取灭亡。思来想去，蚩尤觉得还是往北到涿鹿一带的风险小、成功的概率更大一些。而且那里有赤黎魈、玄黎魅等几乎九黎所有幸存的力量，目前是九黎根基最牢固的一处能够东山再起的根据地了——那里山高皇帝远，一旦到了那里，他就可以肆意地发展自己的力量，重新凌驾于猪龙、犬龙等部落之上（毕竟原来都是鹿部落联盟的），加上附近还有巨人夸父的一支，如果能煽动得他们一起造反，那九黎的力量就会大增；如果再与北方草原上游牧的荤粥部落取得联系，借助他们强悍的突击力量一起南下，那真可谓如虎添翼、势不可当矣！

蚩尤把一双大大的牛眼睛眯缝起来，古铜色的脸上现出几分得意的表情，尽情地打着自己的如意算盘：

虽然黄帝和炎帝的阪泉之战蚩尤没有参与，但是从感情上讲，蚩尤还是同情自己的干爷爷炎帝的。虽然此次谋反的直接原因与黄帝人、鬼、神的等级划分有关，但是也不能完全排除他对黄帝取代炎帝地位的不满——想当初，九黎直取河东，他几乎面临着取代炎帝成为天下共主的大好局面，却从半道上杀出一个摄政之王轩辕来，最终以一场火战，导致了九黎的失败。虽然黄帝对他有不杀不恩，有委以"制兵"重任的信任，现在一心想重新起事反对黄帝的蚩尤，已经不想或者说不愿想起这些事，他只在挑黄帝的毛病，为自己反对黄帝寻找借口和理由——既然天下共主为黄帝而不是他蚩尤所得，那就是黄帝的不对，千错万错，就错在他取代了炎帝这件事上！现在虽然打着炎帝旗号准备谋反的刑天已经被黄帝所杀，但是只要继续扛着这面旗子，肯定还会争取到原炎帝部落一部分人的支持，这样对分化瓦解炎黄之盟、瓦解华夏的整体实力，也是非常重要的举措。

蚩尤一面在谋划着自己的事情，一面让负责冶铜制兵的兄弟们加紧铸造"五兵"——这些青铜兵器，不可能再上交黄帝，而是要用来武装自己，等到所有的弟兄都能配备上五兵和青铜头盔、都裹上用几层牛皮制成的革甲以后，再杀死黄帝的金正柏高（同时也是蚩尤的师兄）和后土派来的监督之官，乘着夜色向北逃窜——这"北进"的路线也要认真地选择，一定要避开黄帝之子昌意重兵把守的北岳恒山。

五

因为担心沿途各部落阻截，一路北上的蚩尤就打着黄帝的旗号，自称是黄帝派往北岳恒山的换防人员，再看到他们全副武装非同一般的样子，所以沿途还算顺利。但是距北岳恒山越近，蚩尤的心里就越发虚，他最担心的是一旦身份暴露而前功尽弃。所以等行进到今太原一带的时候，蚩尤就不再继续北上，而是经榆次折向东去，最后经娘子关翻过太行山，直接进入犬龙部落所在的冀州平原。因为曾经和犬龙部落结过盟的影响力，都曾属于鹿部落联盟，所以到达这里之后，蚩尤就等于回到了自己的大本营，如鱼得水，一切全由了自己。至此他依然打着黄帝的旗号，俨然以黄帝"主兵"的身份骗得犬龙部落酋长獣的信任。

应付过犬龙部落酋长獣之后，狼部落酋长"跛狼"郎酋就完全是一副热情好客的模样了。燕、雉等小部落，更是不敢怠慢……因此，从狼牙山一路向北的蚩尤，过涿州，到涿鹿，顺利地进入猪龙部落所在地，魑、魅、魍、魉等集结于此，重新形成一股反黄帝的核心力量。蚩尤采取威胁利诱等手段，使那些原来已经归顺黄帝的部落，重新团结在自己的周围，很快就形成一个包括了猪龙、犬龙、狼、燕、雉等部落、覆盖了整个冀州东部地区（太行山以东）的部落联盟，仍以鹿命名。因为得势得志，蚩尤的野心进一步膨胀，很快就打着炎帝的旗号，公开反对起黄帝来。

黄帝一下子意识到了问题的严重性，决定亲自北巡到恒山去。一路上黄帝一行由后土陪同，调兵遣将，组织河东猴龙、羊龙部落的兵力向北向东，堵住了娘子关这个关口。黄帝、仓颉、应龙、后土一行来到五台山，先是在沟里行走，各种植被还比较多，但是愈往高处走，植被就愈少，深深的蒲团一样的白草，就完全覆盖在白雪皑皑之中。在这样的路上行走危险性极大，看似平平的地方，却不知下面是什么样的暗沟，行进的兵士，必须用一根长棍探着路前行，地平的地方，"咯吱，咯吱"地踩着厚雪艰难行进，虽然很吃力，人得大口大口地喘气，呼出水蒸气一样的白气，但感觉还算安全一些。不过只要脚下地形一变，人就随时都有滑倒的可能。这一滑倒就没了深浅，没有可以抓挖的东西和树梢阻挡，有的兵士就直接掉进了万丈深渊……

临近山头，风硬得像刀子一样，直刺入人的骨髓，虽然把兽皮紧了又紧，刺骨的寒风还是"呜呜"地直往人怀里钻，体力弱的人，随时有被风吹倒的危险。大家相互搀扶在一起，共同抵抗寒风的进攻。最艰难的地方，黄帝、应龙、后土都下了了马，仓颉也弃了车，和兵士们一样艰难跋涉，只是给仓颉专门安排了两名兵士搀扶着。

终于到了五台山浑圆开阔的顶部，这里的雪却很少（早已经被风卷到低处去了），一团一团的白草，人脚踩在其根部就非常稳，但如果踩在它光滑细长像女人的剪发头一样的叶面上，就非得滑倒不可！

下山比上山更难。好在一下山，一条狭长的土沟，就将五台山的山脉和北岳恒山巍峨的山体连接起来了。这时候从山下往上走，阳坡上的积雪几乎全化完了。

长得和黄帝年轻的时候几乎一样的昌意（只是稍显瘦削），一直迎到了山下。长途跋涉的黄帝的兵士们在山下充分地休息了一阵子后，才赶在天黑之前，攀上了恒山。

黄帝在北岳恒山第一次见到了他的长孙颛顼。这个眼睛很大，方脸，显得愣头愣脑的小家伙，黄帝自见到的第一眼就非常喜欢。这可是他的亲孙子啊！以前只是听说自己有孙子了，自己虽说已经当爷爷了，但是还没有切实的感受。现在，亲孙子一下子就站在眼前，两岁多的孩子（和姑姑女魃同岁），已经开始懂事，除了刚见面时稍微有点陌生感以外，一会儿，他就缠着黄帝，左右不离了。

黄帝跪坐在兽皮坐垫上，颛顼就一脸亲昵、顽皮地靠坐在黄帝膝前。

昌仆——昌意之妻，已经是一位较为丰满的漂亮主妇了，但是目光、神态中，依然透着蜀山氏女人的灵秀之气。她的眼睛因为发胖变得细了一点儿，但是眼睫毛还是那么长，在眼睛周围，留下一圈花边似的暗影。火光把她粉红的肤色映得红扑扑的鲜活。见公公黄帝千里之遥来到恒山，她亲自把当地的特产——山野蘑菇、油辣椒、莲花豆、黄芪酒等摆了上来，又将热气腾腾的黄芪炖鹿肉块端上来款待。

昌意手下的将士们都来了，大家聚在一个既宽敞又特别高的天然石洞内。中间燃烧着塘火，大家围着塘火而坐。听说黄帝自中原而来，能亲眼见到威名天下的黄帝，大家的脸上都洋溢着激动和幸福的光泽。常年在北方风头很大的恒山驻守，将士们的肤色大都被风刀雕刻成了坚实的、很有力度的红膛膛的颜色，即使有黄、白、黑脸色的，其脸上的质地同样是坚实有力的，大多都有黑油油的络腮胡须，给人一种有力量的男人特有的生机勃勃的坚实感（美女爱英雄，可能爱的就有这一种感觉）。

大家在昌意的带领下，先齐刷刷地拜过黄帝，等黄帝"免礼"之后，就开心地围坐在一起。

黄帝关切地询问大家：

"长居于此，惯乎？"

"惯也！"大多数将士声音嘈杂地回答。

"想家否？"

黄帝的话，勾起了大家的心思，一时都一片沉默，闭口不答。只有一个显得有点腼腆的白脸小伙子，瘦长脸，面带不好意思的微笑，本来就算小的单皮眼，眯缝成两条欢快的小鱼儿：

"想……"

随着这一声"想"，周围响起了一阵低沉的嗡嗡议论声。

黄帝深深理解这一群男子汉的心情——单身在外，谁人不想家呢？家是每个人心中的一盏灯，家里或者有年迈的父母，或者有娇妻爱子，或者有相好的女人或情人。一说起家，各人心中都勾起了属于自己的亲切记忆和感受。

黄帝抑制着自己激动的心情，又问：

"汝，何地人也？"

"渤澥。食盐之时，即想她矣！"白脸小伙子老实地说，并且脸上飞起了一朵红晕，在火光辉映下，显出一片潮红来。

黄帝接过话茬儿：

"树有根，人有源。人皆有家，岂不想乎？想家者，正常之至；不想者，则非人之性理也。正因想家，尔等更应守于此——为家之安宁也！余此次北行，就是要告诉诸位——蚩尤又回涿鹿矣！怪吾一味惜才，致此大错。战祸临头，尔等若何？"

"战！战！战！"

黄帝巧妙地扭转了大家想家的情绪，将士重新又燃起了战斗的激情。塘火红扑扑的光焰在每一个人的脸上跳动着。塘火"噼噼啪啪"地升起的火星儿，直冲向犬牙参差、黝黑的洞顶。

应龙、后土、昌意等的脸上，都亢奋着激动的表情，仓颉却沉静地用象形字符记录着黄帝和将士们的对话。

颛顼受到大家情绪的感染，也用他稚气的童音，举起小小的圆拳头，连喊三声：

"战！战！战！"

逗得大家一阵开心的笑声。黄帝看到他天真可爱、初生牛犊似的一身虎气，满意地把他搂进自己温暖宽厚的怀里。

黄帝一天劳顿，当天休息得较早。但是一觉睡醒，他的思想又像开了锅一样翻滚起来……

黄帝在反复地想蚩尤逃跑的原因。本来"主兵"积极性很高的蚩尤，为什么会选择逃跑，并且走上打着炎帝的旗号来反对本帝之路呢？一开始黄帝也想不出是什么原因，但是仔细地想，蚩尤的变化还是有迹可查的：主要是从迁都中原起，从将各部落划分为人、鬼、神开始，在三门峡走了鬼门的蚩尤，就此可能已经记恨在心，也可能他看到将自己划为鬼类，从此再没有回到人类的希望了，由于失望而走向反面；也可能是他要改变这一现状，而不得不采取的极端行为。这个蚩尤，有不同意见可以提出来商量嘛，为什么一定要走向反面，并且打出炎帝的旗号？难道自己对炎帝之事处理得不公吗？为什么从刑天起，他们都打了炎帝旗号来反对本帝，这其中有什么玄机？刑天是炎帝旧部，他打炎帝的旗号可以理解，而在阪泉之战中本来处于中立地位的蚩尤，现在又打上了炎帝的旗号来反对本帝，可见他并不仅仅是为了自身的地位问题，蚩尤还有更大的政治野心……即使如此，黄帝还是愿意改变一下自己定的等级制度，让人们不论是什么部族，都回到一个平等的起跑线上来和谐相处……黄帝这样想着，觉得自己似乎已经找到了问题的症结所在。那么，怎么个平等法？人、鬼、神三个概念，又将用什么来取代呢？这些问题一时还想不明白……一阵睡意袭来，他又带着均匀的呼噜声进入了梦乡。

六

昌仆居住的地方在恒山南最高处偏东的一间宫室，因其僻静，被叫作"幽房之宫"。一天晚上，昌意去与将士们议事，很晚还没有回来。当时正值十六的圆月当空，月光下昌仆手持美玉欣赏，皎洁的月光与莹润的瑶光交汇在一起，如霓虹贯月，而月光则是一种纯正的银白色……女枢感动于此，就觉得腹中有胎动。以后怀胎十月而生颛顼，奇怪的是一生下来，头上就有"干戈"样的胎记，而婴儿额头的红巴巴的皱纹，就像一个"德"字。这此异象，是从当地部落请的接生的巫婆第一个发现的。她惊喜地尖叫着告诉赶进幽房之宫来看小孩的昌意：

"汝妻生男，首戴干戈，有德纹也！"

这一异象，从北岳恒山一直传到中原，黄帝当时听了就很高兴。其实，黄帝这一次北巡的目的之一，就是要亲眼看一看自己的亲孙子。昨天如愿以偿地见到了他，并且暖烘烘地抱在自己怀里，黄帝的心里是一种极其舒坦的感觉。人常说"爷孙亲"，此话一点不假！黄帝于半睡半醒之间，乐滋滋地这样想。

颛顼出生

呼呼睡去的黄帝，一会儿思路就不由自主了，恍恍悠悠地，他梦见自己带了两个化石在路上行走，路过一个部落时，为了释疑，他就打开麻布包，让部落酋长查验。其中一块像画像砖一样，一块则被解释为"肩胛骨"，是一只鸟的，还连着其干缩枯萎了的翅膀……另有一只死鸟，原说要做个样子看，被人放在浑黄的急水中竟活了，差点儿顺流而去。黄帝接过来托举在手，这只复活的鸟儿，竟反过来啄他……他一惊，从梦中醒来。

　　这时天色尚早，周围一片昏暗。从洞外有寒气侵入，隐约地能听到一两声"喔喔喔"——从军营里传来的鸡鸣声。

　　黄帝解梦，从那只复活的反过来啄他的鸟儿，他想到，看来蚩尤的确是反目为仇了！而且这家伙的野心不小！他不光是要恢复其人的地位，还有意要争夺天下、谋取帝位，要不他为什么要打着炎帝的旗号呢？就是要借此而号令天下啊……但是，黄帝翻来覆去地想，觉得还是应该有一个缓和的过程，得设法再做做蚩尤的工作。不管他蚩尤的野心有多大，黄帝决定，还是先向他抛出橄榄枝。毕竟，蚩尤的问题复杂得多，决不像刑天那样易于解决……不到万不得已，他绝不想首先挑起战争。

　　早晨醒来，和煦的晨光已经透过遮挡的兽皮的缝隙，倾泻到了山洞内。黄帝撩开没有熟过的冻得硬邦邦兽皮走出青石山洞，强烈的白晃晃的晨光刺得他一时眯起了眼睛，寒风直刺颜面，鼻子首先受到刺激，就凉浸浸的发痒痒。

　　黄帝迎着凛冽的寒风，在没有血色的冬日晨光中活动筋骨的时候，脸面都冻得有些发硬，尤其是突出体表的耳轮，已经冻得红红的，好像透明的一样，一种冷籁籁收缩的疼感从耳梢传入，手摸上去，耳朵冰凉冰凉的。等一套"八面熊掌"拳打完，浑身的寒气是驱走了，可是耳朵尖却被冻得更疼。

　　黄帝看着裹着冰雪的暗青色崖面，看着那些笔直的松树被厚厚的冰雪压得低垂的虬枝劲叶。只听到头顶上"咔嚓"一声脆响，松树迎风面的一个树枝，终于在沉重的压力下折断了，树枝颓丧地低下头来，表现出驯服的可怜相，雪粉像浓重的雾一样，折射着晨光，五彩缤纷地落了下来，凉飕飕地飘到人脸上。黄帝也不躲避飘落下来的雪雾，而是任它凉浸浸地沾上脸颊、眉毛和胡须，任它冰凉地钻进脖项。黄帝的脸色，因白雪的反衬而显得更加红润，一脸坚毅、冷静、沉着的表情，只是一时变成了白眉毛、白胡须，人一下子好像苍老了百岁，像个返老还童的百岁老人似的。

黄帝用大手把雪从眉毛上抹下来，就一脸润泽冰凉的水光，人一下子又年轻了几十岁，显得神态自若，充满了自信。

黄帝小心地踏着冰层覆盖的发着暗青色冷光的圆石台阶回到山洞，一掀开遮挡在洞口的兽皮，一股烟气混和着热气就冲了出来。昌意指挥着兵士，将夜里熄灭的塘火又重新被点燃起来，火苗正"呼呼"地飞溅着火星儿欢快地跳动。看到黄帝进来，他脸上露出了欢欣的属于孝顺的儿子特有的热情、谦逊的表情：

"大，出去了？"一个还带着稚气的年轻人的细嗓子。

"嗯。"黄帝用他超重低音的浑厚嗓音应了一声。

洞口遮挡风寒的兽皮一次次地被撩起，一次次地透进更多的亮光，也带进一身身寒气——应龙、仓颉、后土等先后来到。

"冷也！"

"真冷！"

"非人之所居也！"

他们抖动着身体，似乎想抖掉身上的寒气似的，不停地把脚"咚咚"地踩得山响，也是要驱赶寒气的意思，把手把掌伸向塘火，一边烤着，一边搓着双手。因为先冷后热，一个个的脸都红膛膛地发出红紫的光，嘴唇翘着，说话带着沙哑的嗡嗡声……等大家都围着塘火坐定的时候，热气腾腾的早餐就一盘盘地端了上来。

动手吃饭之前，黄帝和应龙、后土说：

"余想登恒山之巅，以观山河，以阅军容，若何？"

"诺。"应龙、后土应道。

应龙转身，做着手势，如此这般地小声和昌意交代了半天，昌意就猫着腰，掀开兽皮门帘出去了。

早饭很简单，一人一陶钵粟米稀粥，外加鹿肉块。黄帝端起陶钵，用一对细木棒刨着，先"呼噜呼噜"喝了几口，这才放下陶钵，拿起一块煮得黑红、正冒着热气、诱人的荤香不断扑鼻的鹿肉，举到口边一撕，酱红色的挂着肉丝丝的肉块就进了口，接着一边的腮帮子就鼓成了圆形，他把鹿肉在左边的老牙上嚼了嚼，又捯向右边，再嚼了几下，就咽了下去，肉经过喉咙的时候，喉结上下滚动了一下。

黄帝有滋有味地吃着鹿肉，又想起了蚩尤的鹿部落联盟，什么时候才能真正动员起来，消除这个心腹之患呢？要把整个华夏全部动员起来，只有回到中原之后才能做到，现在能做的只是亡羊补牢的临时措施和对将士们士气的鼓舞。黄帝一边嚼着鹿肉，一边在心里想着检阅将士的时候要说的话，受冻之后，受到洞内热气烘烤的脸上泛着红光，脸颊烧得发烫。

应龙边吃饭，边把他刚才的安排告诉了黄帝。黄帝边嚼边听，也不说一句话，只是满意地点着头，微眯的大眼睛里透出专注的神光。

后土以前曾多次来过恒山，他把他所了解到的有关恒山的传说讲给黄帝听：

"恒山者，北国万山之宗主。西崖有琴棋台，传为仙人抚琴之处也。"

仓颉也不插话，只是边吃边侧耳细听着，把有用的东西都记在心里，以便饭后记下要点。

等昌意安排停当，顶着雪花回到洞中的时候，大家已经吃得差不多了。

"万事齐备矣，只待父君检阅。"昌意正说间，又有热粥端了上来。看大家都在等着他，他就狼吞虎咽地大吃了几口，接着用手背在油光光的嘴上一抹：

"走！"

大家先后起身，昌意掀开兽皮帘，黄帝第一个迎着冷风和翻卷的雪花走了出去。

天寒地冻，为了御寒，昌意把静态的列兵式改为动态的操练，于是，黄帝一行人从山洞中一出来，隐约的此起彼伏的喊杀声，就透过晨雾和稀疏的雪花从四处传了过来。

雪并不大，只是山上的风头劲，一起风，就"呜呜"地叫，把树枝树叶都吹得共鸣。迎风而走，雪粒打在脸上，生疼！

天上的太阳，隐藏到了晨雾和灰色的阴云后面，只能隐约看到白色的日轮。移动的铅黑色的乌云，一会儿遮住这个边角，一会儿又挡住那个边角，总让它不能完整地显出原形。

因为山上活动的空间小，操练的兵士被一组组分布在不同大小、高低参差的台地。晨雾掩映，总也看不到他们的全貌。黄帝、应龙、仓颉、后土一行，穿云破雾，一处处查看着兵士们的训练情况。有拉弓的、砍杀的，有手执刀矛棍棒来回跑动的。

蓝天的无形巨手，终于把乌云撕开了一道缝儿，今天的第一缕金色阳光就耀眼地投射下来。金色的阳光与还没有来得及退去的灰雾交织在一起，雾气翻腾奔涌着，像无声片中无数匹奔跑的战马，阳光的光带，则像一条开阔的直达天庭、沟通天、地、人的金光大道……

随着大雾的翻腾奔涌，不确定地一会儿露出高台上的兵士，一会儿又露出不同层面上的兵士。严阵以待地镇守在北岳恒山的玄色衣饰的兵将，汇合了黄帝青、白、红、玄、黄五色服饰的十干卫队，气势显得更加雄壮。雾气向后奔跑，将士们则犹如迎面而来的腾云驾雾的天兵天将。

将士们惊讶地看到，黄帝的黄色丝帛龙袍，被阳光照得金光闪闪，额前垂着的十二串冕旒，闪烁着晶莹的星光一样变幻的光点……金色的沟通天、地、人的阳光，给了被将士们此起彼伏的喊杀声激发得心情澎湃的黄帝一个灵感的火花：

"天地人，三才也。沟通天地人者，王天下者也。此天意也，不可违也。"

黄帝这么想着的时候，一种庄严、神圣的责任感油然而生，"人生在世，成一大事矣。可为大事者，靠对真品质的不懈追求也！余倾毕生之力，行大道，和天下，蚩尤却逆道而行，阻吾大道，是可忍，孰不可忍……"黄帝咬紧了牙关，腮帮子上滚动着筋疙瘩，两条坚毅的嘴角线更加深刻。

"父君在上，可赐将士嘉言乎？"

昌意请黄帝给将士们讲讲话。

黄帝站上高台，睁大了眼睛，目光炯炯的好像能望穿眼前的云雾似的。寒风吹得嘴唇发干，嗓子也有些哑了。黄帝干咳一声，干嗽了嗽口，用唾液润了润嗓子，这才略带沙哑之声开始讲话：

"将士们，人立天地间，必成大事也。尔等镇守北岳，欲弥欲坚，功德昭人，精神可嘉。余代天下百姓谢之矣！"黄帝说着，深深地鞠了一躬。

不同层次的将士们一齐跪下，山呼："万岁！""万岁！""万岁！"这喊声，在山岳间回荡着，一层层重叠着传开，经久不息。

黄帝的嗓音因为激动而越来越洪亮和高扬：

"然前功已过，后事难料。而今蚩尤潜行涿鹿，若祸起北隅，华夏蒙难，丈夫若何？"

"战！战！战！"山上山下反复重复着一个"战"字，一时山鸣谷应，一派立体的声响效果。

黄帝从西侧绕过去，一直巡视到山北。终于，云天大开，云雾一层层地褪去，山下显出一派开阔的平地，远处透着浅蓝的雪山低矮地围成一线，层峦叠嶂，就像一个个不规则的山石相叠，层次格外分明。站在雄伟的北岳恒山上，黄帝的心胸一下子变得开朗起来。

蚩尤再次被推举为九黎鹿部落联盟的大酋长。虽然他正在得志的时候，但是他心里明白，以自己目前的实力去直接对抗和战胜黄帝的华夏部落联盟，还只能是人心不足蛇吞象——就像一个小孩奋力要打败一个大人一样。那么，就是一个时间的问题了，等到自己长大了，等到他变老了，再去打他，必胜！因此，接到黄帝信使送来的信函，蚩尤的心里为之一亮：何不卖给黄帝一个面子，也给自己一个发展和积蓄力量的机会呢？

黄帝的来信是这样写的：

> 蚩尤主兵，见信如晤，余三思己过，人鬼神之分，委屈汝矣！余行大道，欲改前非，亦愿华夏九黎和睦相处，黎民百姓共享太平，岂不乐哉？

于是，蚩尤也修书一封，用蚩文书写：

> 黄帝在上，容尤一拜！尤不得已而远遁涿鹿，有失主兵之责，望帝

谅之。尤虽为黎首，仍愿与华夏永修和平矣！

　　这两封信，的确对维护华夏和九黎之间的和平稳定起到了重大作用，但是，说穿了，黄帝和蚩尤都心知肚明，他们都用的是"缓兵之计"，一方面在大谈和平，一方面都在做积极的军事斗争准备。华夏和九黎之间，迟早必有一战。

黄 帝 传

李延军　著

第三部

涿鹿奋战

中国文联出版社
http://www.clapnet.cn

目 录

第一章

一

　　黄帝北巡恒山后，虽说利用北岳的屏障作用，加强了对位于涿鹿一带的重新形成的鹿部落联盟的防范，并和九黎的大酋长蚩尤（事实上他也不再是什么"主兵"了）互通了书信，确立了双方一定时期内和平共处的相持局面，但是，一种强烈的责任心和深重的心理压力却促使他再也不能在外多耽搁了，必须尽快回到中原去统筹全局。也是因为冬季土地上冻，所以迁母亲和嫔女墓葬于河西故里桥山的事，也暂时放下，只待以后再说了。

　　黄帝、应龙、仓颉、后土一行迎风踏雪一路南下，回到渤澥黄城小歇几天，等旅途劳顿稍有缓解，就和应龙、仓颉继续南下中原。中条山大雪封山，白皑皑地阻断了道路，只能绕向西去，经过蒲坂的冶铜遗址，继续向东，经过三门峡，车马才能踏过冰冻的黄河。

　　虽然冬日的太阳只像一面白晃晃、冷冰冰的铜镜一样，高高地挂在少颜失色的同样白晃晃浅蓝的天空做摆设，寒风带着呼哨一阵阵迎面扑来，黄帝还是愿意像应龙一样马蹄"嘚嘚"地骑在马上驰骋，虽然迎面的寒风刺得人颜面发疼，眼中浸了迎风泪，虽然鼻子被冻得冰凉发红，人哈出的白色热气，很快就在胡须上结成冰霜，但是被光面兽皮紧裹着的黄帝，浑身还是热烘烘的（他的心劲同样热烘烘的），包括被皮帽子遮住的耳朵。注视着远方白晃晃的一线黄河和黄河西边河西苍茫的隐约可见的平野，黄帝双腿一夹，挥舞的皮鞭落在白龙马滚圆健美的屁股上，白龙马扬鬃举尾一个发力，就四蹄腾空，像箭一样向西射去。不甘落后的滚雪龙（应龙的坐骑），也在应龙舞圆了皮鞭、"噢——噢——"的吆喝声中扬起雪尘和土雾，尾随而去，把仓颉的车和随行的十干兵马、旗帜撂出老远。

巍峨的白雪覆盖的中条山，就像一把把寒光闪闪的刀剑刺向天空，用它巨大的透着蓝光的投影，遮掩了河东向北倾斜的大片土地——整块河东的黄土高原自北向南斜下来，唯独这一块中条山山麓盖着白雪的黄土地南高北低，似乎取一种分庭抗礼的平衡之势。正因为处在山阴，几场从西北方向涌来的大雪过后，这里的积雪就特别厚，一个冬天也化不了啦。

黄河古道开阔，被银子一样的白雪覆盖了，在阳光下白茫茫一片，只有远处的立岸是一道黑色的弧形长线，结了冰的黄河明晃晃地在古道里盘来绕去，就像穿风破雾而来的一条巨龙。每次看到华夏的母亲河黄河，每次看到河西那一片故乡的热土，黄帝的心中都会涌起一种难以抑制的热辣辣的情感，他的鼻子不由得发酸，热泪就会盈满眼眶。这一片生他养他的土地，这一片哺育他成长起来的土地，这一片生生不息的、一代代留下了许多故事和传说的土地，注定了终生牵挂着他的情感。每次看到这块土地，就会联想起许多故事和人物：父亲少典君、启蒙老师项先生、一脸慈祥的乔老太太，还有那一条环绕桥山的姬水，他的出生地长寿山，童年的伙伴们，他们的歌谣和笑语……都会在心中重新唱响，都会一幕幕地从眼前匆匆掠过。飞马来到黄河东岸向西倾斜的中条山西麓，骑在汗湿的喷着白气、来回矫健地捣着步子的白龙马上的黄帝，在与随后赶到的应龙交换了一下眼神的同时，他的心中澎湃的就是这样一腔故土深情。

黄帝勒马黄河东岸，感触良多："人生若线团，绕来绕去者，若何？人之情感，故土情深者，若何？天下谋太平，蚩尤生事者，若何？"

面对黄帝提出的一连串问题，应龙勒住依然处于兴奋之中的滚雪龙，人随着马捣动蹄子的节奏侧倾着，听到黄帝似乎是自言自语，又似乎是向他问话，就接过话头来：

"帝之虑，由小及大，起于人道，继之人情，最虑者，天下也！蚩尤虽顽，毕竟帝之虏也，宜从长计议。首要者，抚万民，艺五谷，安天下之心。"

"卿言极是！"应龙的话，正说在了黄帝的心坎上，黄帝心里好像点起了一盏灯，从内心里对应龙都要刮目相看了：

"应龙，外刚内明，勇智兼得，人才不多矣！"一句话，说得应龙倒不好意思起来。他的脸色，因为冷风的刺激，也因为激动的心情，一下子红到了耳朵梢儿，就像喝过杜康酿的秫酒似的，然而，目光却聪慧明亮，人精神抖擞，和周围死灭灭的冬天的环境氛围形成强烈的反差。

二人继续并辔而行，再往前走，就又到了蚩尤的冶铜遗址了。看着依然是一片狼藉的场面，冶炉被彻底毁了，烟囱倒向了一边，白雪中，烟囱黑洞洞的圆口儿，就像一只失明的眼睛……连熔炼成蜂窝状的青紫色炉底都被刨了起来，就像从天而降的陨石一样，覆着雪，斜岔着。虽然有白雪遮掩，地面还是圆乎乎的高低不平。

黄帝专门前去查看了伯高的墓。远古的时候，陵墓没有封土，只能看到山坳里一片拱形突起的开阔地。松林高洁，雪压得松枝低垂，若一个个虚怀若谷的谦谦君子。白雪皑皑，凛然正气，让人内心里不由生出一种深深的敬意和惋惜之情。同时，对蚩尤的恨，在黄帝的心中又增加了几分：你要走也就罢了，却杀了伯高——自己的师兄，彻底断送了华夏冶铜事业，其用心之险恶，昭然若揭。

黄帝爱才如命，亦惜才如命。正因为爱才，才在炎帝面前力主不杀蚩尤，还给他命了个"主兵"的官职。而如今，蚩尤人去炉毁，连黄帝的金正伯高也遭遇了不幸……因为急着赶路，等仓颉和十干卫队旗帜猎猎地随后赶到，仓颉主持，黄帝主祭，面对伯高的墓，进行了一次简单而庄严的祭礼。一方面黄帝尽了心意，另一方面，黄帝内心的压力更重了——缺少青铜兵器，若蚩尤事起，天下万氏、华夏百姓，又要付出多么惨重的历史代价啊！

黄帝一路走，一路想着回到中原后所要采取的一个个新措施。一路走的过程，也就成为黄帝思辨和重新认识自己、认识社会和人生的一个过程。

冰面光滑，给马蹄子裹上兽皮，才勉强打着滑儿过了黄河。一行人虽然不是很多，但是，等十干卫队全部从黄河上过完，太阳已经沉入了灰蒙蒙的西天，只在高空中几朵云上，留下一抹近于银色的、越来越弱的残照。寒风顺着开阔的河道纵横肆虐，跟人作对似的故意响亮着口哨劲吹，尘土就卷着残枝败叶凌空飞舞。一群乌鸦在寒风中斜飞着，"啊、啊"地叫着，遁入黄河北岸黑乎乎的树林。

黄帝勒紧马缰，等大家都上了南岸，就吩咐应龙：

"点起火把，加速前行，遇避风之山坳，再行休息。"

应龙骑着滚雪龙前后跑着，接连发出命令：

"点起火把，继续前行……"

十干卫队在南岸整好了队形，就前呼后拥着黄帝、应龙、仓颉一行人，在一片明灭的松明火把中，走进了南岸黑乎乎咧着大嘴的大山深处。

在一个避风的小山坳停下来休息的时候，黄帝烤着篝火，红红的火光在他刚毅而平静的脸上跳动，心思却还在刚才经过的三门峡一带徘徊。风从三门（神门、人门、鬼门）经过的时候，由于地形的原因，在神门和人门都相对温和些，可是到了鬼门，就"呜呜"地撕心裂肺地吼叫，发出不屈的强悍吼声。这让黄帝又一次想到了蚩尤，想到了他对蚩尤及其战败者的"不公"待遇——处之于鬼门，正是这种不公，才把蚩尤推向了反面——黄帝又一次深刻地反省自己。由此，黄帝想到了"仁政"，想到了一种平衡和调解各部族矛盾、让大家和谐相处的办法。以后的大部分实践，也证明了黄帝的这一种思维调整的可行性和正确性。我们所追求的宇宙大道，其核心内容就是"天人合一"，既然人与天地自然、人与自己的生存环境都要和谐相处，人与人之间难道就不能这样吗？

黄帝在思想上这样问着自己，不由得就喊出了声："天人合一，大道也；仁政也！"

坐在旁边的四眼仓颉，正低着头翻看、整理他用赭石画在兽皮上的符号文字，听黄帝这么一说，就把目光转向黄帝：

"帝言何意？"

"余在想，天下之道，不外乎文功武治。今以天下之力，合而击之，蚩尤虽暴，亦能治之……然若再战，百姓涂炭，余心不忍也。既弃武治，则文功行矣。余以仁政感天下，愚顽可化乎？"

"仁政者，上上策！虽天下化之，万民一心，然愚顽未必尽化也。唯文武兼治，善者化之，恶者理之，天下一也。"

"卿言善之善也！"黄帝肯定了仓颉的话，接着说，"文武之道，张弛有度，不可偏废。"

应龙抱了些干柴走进帐来，往火上一一添着，听到黄帝和仓颉的对话，就插话道：

"文者余之短，武者余所长。用武之时，余当一马当先，在所不辞！"

黄帝亲切地拍拍应龙的肩膀：

"有尔出力之时！然非此时。"黄帝把话题一转，又谈起仁政的问题："天下征战久矣！人心向善，天下思治，仁政可行也。"

"仁政者，避战也，亦恢复民生、养精蓄锐也。天下化之，人心一也；人心向背，战之必需。"应龙已经完全理解了黄帝的意图。

进入中原，气候较之河北温暖了许多，阳坡里几乎见不到积雪，到处是一派黄土和落叶后精神抖擞的树木、挺起一丛丛小圆籽的红褐色黄蒿和深褐色发黑的笔直的铁秆蒿。微风中，黄秸旗帜一样摇摆的白穗步调一致，就像亲人们在亲切地招手。白草则四面伸展、匍匐在地，从顺溜的白发一样的干叶底部，又发出了来年春天最初的细绿。其实，人们没有注意，那些落叶的乔木，也已经悄悄地鼓起了一骨朵一骨朵的苞芽，只待春风一吹，就会展露花颜、撑开绿色的生命大伞来。

二

黄帝和兄弟走在回家的路上。夜色深沉，山梁西边的层层地形隐在浓重的阴影之中。他沿着山脊下行，他看到前面凸起的山脊上有一条巨蛇。他经过时看到了横过路面的数寸宽的蛇身拖出的深痕。他有一种惊悚。他怀着惊悚的心情看到西边层层地形的低处，巨蛇身上幽幽地透出精致的菱形交织的鳞光。它在阴影中默默地贴着地面潜行，与黄帝同一方向。黄帝继续前行，在巨蛇前面，一大片似乎在前移的黑影里传来一声声排山倒海的虎吼声。"嗷——""嗷——""嗷——"黄帝一个人走到了万山之上，身下是许多锯齿样凸起棱角的山巅。山腰大路上一时有许多组人在行走，却不见了自己的兄弟。黄帝大声地喊着陶虎的名字，却没有回应……在一间大屋里，右边睡着黄帝的家人，左边并排躺着几个仙人（女仙和男仙）。黄帝的小儿子浑沌（六子）从旁边走过来，直接钻进了一位头上高盘着灰白发髻的仙人被窝里。觉得这孩子不打招呼，没有礼貌，黄帝就把浑沌从仙人的怀里叫出。浑沌离去后，仙人开始数落黄帝："帝错矣！勿叫子去。"黄帝："人之所以为人也，规矩为上。"黄帝亦要离去，他贴着一个仙人的下体之形绕过来；他的身右，总是紧挤着仙人……黄帝总算从连环不断的梦中醒过来，原来是右侧卧着，压迫了右肋和肝脏。可能是心急的原因，他内心里如火如焚，口腔内和厚嘴唇都干了。他干漱了漱口，感觉嗓子润了一点儿，又起身披上外衣，来到依然火光闪烁的火塘旁，从一个近于灰色的陶罐里倒出烧过的凉开水，举起画着鱼纹的彩陶钵一饮而尽，又用手揩了揩嘴角流出的凉丝丝的水渍，这才坐在火塘旁，仔细地回忆起刚才的梦境来。红彤彤的火光，在他宽阔的脸上，在他炯炯有神的大眼的瞳仁里温暖地跳荡着。

"日有所思，夜有所梦"，黄帝想着这句老年人传下来的名言。是啊，正因为最近一直在赶路，心里一直在想着尽快和亲人们团聚，所以就梦到自己在回家的路上。眼看着明天就可以和亲人们见面了，一想到这些，黄帝就不由得心跳眼热。但是，这一路上龙虎相伴，虽然威是有了，势是有了，而且借此威势，自己也终于称帝，达到了权力的最高峰，但是如果连年征战，武力过盛，总让人处于紧张之中，总让人有一种惊悚的感觉，这终不是一件好事。一阴一阳谓之道。武者阳，文者阴，阴阳既对立又统一，在动态中达到一种平衡，决不可偏废或偏执于一方。由此黄帝又想到了他的仁政思想。他想对原来的太岁值年制进行一些改进，进一步扩大各部落酋长的职权范围，让大家共享和平、文明、进步的成果。天地阴阳，天高以正气，地厚以载德，既然天下人都认为我有土德，对天下百姓，就应该多予少征，以养息生机，以扩大生产，以满足人们日益增长的对物质文化生活的需要。从而使人们幼有所教，老有所养，实现大同。而要实现这一理想的社会目标，除了进行道德教育，不断提高人们的道德素养和文化素质以外，物质的极大丰富也是一个不可或缺的先决条件。是的，是应当还天下一个养息生机的和平生活环境了。

一阵寒气袭来，黄帝没有惊动已经熟睡在火塘旁的值班的戊己兵士，而是看了一眼和自己的孩子一般大小的年轻兵士侧身沉睡的憨态，一种慈父的感觉袭上心来。他从自己的卧铺上取来一块兽皮，双手轻轻地给兵士盖在身上，就自己动手给火塘添起柴禾来。他把黏手的松枝架在即将燃尽的红木炭上，添了新柴的火塘，火焰瞬时就高了起来。橘黄的暖烘烘的火苗不断舔噬着黑暗，用灰白的烟雾侵吞它，一时，整个屋内都弥漫着爆着火星燃烧的松枝的油香和温暖的气息。阴盛阳治之，阳盛阴平之。文武之道，一张一弛。黄帝把玩着一块密玉这样想。

因为按照距离推算，今天中午就可以到达湖光山色的云岩宫，昨晚临时住在仓王的黄帝，在查看了这个原来由仓颉负责的可储存百万担粮食的大粮仓粮食的储存情况之后，也已经听到了值年太岁的汇报，知道今天在云岩宫前会有一个大场面要经历，因此，今天，他早早地起来之后，就再也没有了睡意。

黄帝从北国回到中原的消息，通过信史一传到刚刚发出青绿色儿、还镶着银白色冰的晶莹花边的湖水北岸的云岩宫，宫内宫外一片欢腾。

风后、力牧带着群臣（值年太岁昨天已经赶往了仓王），乘着小舟乱纷纷地迎过了湖面，在风后演兵广场上，将要举办隆重的欢迎仪式。元妃嫘祖、次妃女节、素女、玄女、采女、少女、桑女等在嫘祖的组织下也里里外外地忙个不停，准备丰盛的食品，各自怀着兴奋期待的心情，盼着见到黄帝的一刻。

风后也是为了显示自己成绩，以演兵布阵方式，按照八卦的方位，将穿着青、白、赤、黑、黄五色服装的兵士，分布在广场中央指挥台的四周，不同兵阵的兵士，手握的兵器也不同，有石斧队、长矛队、抛石队、弓箭队等，各队之间由图腾旗帜分开，周围环绕着一圈战车。力牧也从力牧台一带调来大批军士，手持兵器，夹道欢迎。当地的百姓，更是不分远近，无论男女长幼，只要能赶来的，都赶了来，希望能看看凯旋的黄帝的英姿。黄帝要乘坐的云车，由一匹和白龙马一样精神的青骊马驾着，停在欢迎队伍的最前面。青骊马高扬着头，耳朵摆来摇去，捕捉着周围的声息，鼻子喷得"突突"地响，在白光光坚硬的地面上，不停地捯动着有大撮距毛的青灰色蹄子。方明不时紧勒一下缰绳，马头也跟着向侧上方扬起。黄帝和大臣们要乘坐的龙舟和独木舟，也一字儿排在湖边掀起微澜的青绿色水面上。

　　冬眠了一个冬天的太阳，重新开始履行自己的职责，像高挂在天空的一个巨大火塘，温煦地发出暖烘烘的热能，照得人们心里暖洋洋的。天气突然之间变暖了，空气也抑制不住激动的心情，以透明的水纹状的飘带，将远景的山塬、树木，也牵动得微微颤动起来。明媚的阳光，让人们又一次眯缝起了眼睛，而春草却抓住这样有利的时刻开始疯长，柳条变得翠绿和鼓胀，吐出一抹鸭黄的叶尖儿。各种迟开或者早开的花朵，都开始不约而同地举起了婴儿的拳头一样透着暗香的花骨朵。一夜之间，重新换上新坎肩的燕子突然从南方就飞回来了。它们敞着怀，露出雪白的肚皮，在湖面上"吱儿吱儿"叫着上下翻飞……

　　大自然好像理解人的心意似的，在人们怀着激动的心情静静等待的时候，却在不动声色、从容地演义着它的大剧。蚂蚁们开始走出窝穴，重新练习它们过家家"赶集"的长队，相互熟悉的见了面就礼貌地点着头，以人的听力听不到的亲切语言互相打着招呼。鸟儿们则站上树枝悠闲地对歌，或者在蔚蓝的高空中比翼，以小得人们几乎看不清的黑点儿，标示着自己的凌云之志和存在价值。

　　站在迎接黄帝的文武大臣首位的风后，眯缝起他细眉毛下幽深的单皮眼，于静止中感受着身边万物动态的变化，从脚下忙碌的蚂蚁，到高空中的鸟儿和缓慢地变形移动的浮云。力牧以他魁梧高大的身躯，站在大挠、常先、大鸿、挥等武将之首。吴权、鬼容区、宁封、马师皇、中黄子、大墳、封钜、知命等各位帝师也来到了迎接黄帝的队列的前面。沮诵、隶首、赤将、胡曹、于则、伯余、孔甲、喫诟、滑稽等文臣前呼后拥着，加上十二大部落的代表，迎接黄帝的队伍蔚为壮观。

　　时值黄帝三年（己丑年）春月，黄帝一行回到了中原。值年太岁是牛龙部落代表赤奋若，昨天一直迎到了距离云岩宫四华里以外的仓王。现在，他就陪着黄帝、仓颉、应龙一行走在一条南北走向的前往云岩宫的黄土路上。因为起身得早，在巳正之时（上午十点），他们已经精神抖擞地来到了云岩宫前。因为地势较高，远远地就看到了云岩宫前排布开的阵势，将云岩宫南面开阔拱起的黄土山塬上的演兵广场都布满了。

47岁正值壮年的黄帝，今天身着亮晃晃的反射着春日暖融融阳光的黄丝帛龙袍，头戴高峨的前后各饰十二旒的冕旒，一脸红光，神采飞扬。他今天没有骑白龙马，而是让它骄傲地驾着大辂云车，由方明驾驭。方明站在前面紧靠车辕的驭手平台，双手执掌着系于白龙马头左右的缰绳。黄帝从高高的座位上站起来，一手扶着车轩，一手高高举过头顶，远远地就在向欢迎的人群招手。

后面紧跟着仓颉、应龙和赤奋若的云车，左右和前后围护着赤、玄、青、白、黄五色旗帜鲜明的十干卫队。车辚辚，马萧萧，黄尘起处，气势恢宏而磅礴。然而，和分布在广场的风后之八阵相比，就如同小巫见大巫了。为了隆重迎接黄帝的归来，风后今天布成了配旗两千五百六十面的八阵之中成阵势，仅布八阵中的兵士就有二万八千一百六十人……自从接到黄帝关于蚩尤回到涿鹿的消息后，风后的心中就绷紧了一根弦，一天也没有停止对兵士的训练。现在正是他表现训练成果的大好时机。

三

人群的欢呼声一阵高过一阵地传了过来。像去年前来这里和亲时一样，以方雷氏为代表的中原各部族的父老乡亲，听说黄帝回到了中原，又是男女老少一大群，把演兵场周围挤了个水泄不通。人群激动地喊着："黄帝! 黄帝! "后面的总想向前挤挤，或者踮起了脚尖，扯长了脖子，争睹着黄帝的威仪。而即将开始的八阵演兵，也是他们期待的一个好"节目"。人群中看得最清楚的，当数那个被父亲架在脖子上的小孩子了。他腾着圆圆的像柿子一样红软的小脸，甚至嘴角还挂着涎水，好奇地睁大了一双童真的眼睛。

还有一段距离呢。一脸忠厚、脸色赭红的方明正要挥动长臂再甩一个响鞭的时候，黄帝已经喊了一声"停——"。方明向后急勒缰绳，正在兴奋地举蹄前行的白龙马，冷不防方明来了这么一招，便随着勒紧的缰绳来了个急煞动作，两条健壮的后腿在地上一时蹬直了，就地向前滑了一尺多一道深壕，马头高扬，前身腾起，两条前腿曲在空中空刨划着，瞪圆了一双鼓起的近于方方的黑晶石一样的眼睛，张开的露出整齐的米黄切齿的嘴里发出一声嘹亮的略带抱怨的"咴咴"长嘶。正在行进中的大辂云车立时像用钉子钉住一样停稳了。虽然黄帝早有思想准备，身体还是随着这一急刹车剧烈地前后晃动了一下。车刚一停稳，黄帝就跳了下车。应龙、仓颉、赤奋若等也先后下了车。黄帝在赤奋若的陪同下，尽量抑制着激动的心情，快步向前走去。由于他腿长步大，几步就把赤奋若落到了后面，赤奋若只好加快脚步，小跑着赶上，脚步就像飞轮一样。高大的应龙扑沓扑沓像大象一样迈着坚实的步子。阳光照亮了仓颉的宽额头，一向斯文的他也加快了脚步。因为回到中原，也因为受到现场气氛的感染，大家都有一种相见眼热的激动心情。

风后看到黄帝老远就下了云车，也急急地带着大家迎上前来。已经显得苍老、进入垂暮之年的帝师吴权稀疏翘起的山羊胡子也软软地垂下了，因为激动，他腿一颤重心前移，差一点摔倒，被身旁的宁封、马师皇等扶住，帝师们就被落在了后面。其他文武大臣和十二大部落的代表出于对帝师的尊重也站住了。

风后向黄帝行跪拜礼，被迎面赶到的黄帝给扶住，两人不由得亲热地拥抱在一起，虽然隔着厚厚的衣物，还是能够感受到相互的温热和激动的心跳。一切尽在不言中。

所有文武大臣、十二大部落代表和现场的兵士、百姓都行了跪拜礼，一时在黄帝对面的广场上跪伏了一大片。八位帝师中年纪轻一些的中黄子、大填、封钜、知命也跪倒拜伏在地。只有吴权、鬼容区、宁封和马师皇胳膊腿儿硬，下跪不便，正在下跪的时候，就被快步赶到的黄帝一一扶起。看到吴权、鬼容区、宁封、马师皇等帝师，黄帝不由得想起了许多往事……中黄子、大填、封钜和知命，也被黄帝分别扶起。

接着行拜师礼。黄帝在赤奋若的导引下一一拜过帝师们，分别行三叩九拜之大礼。

吴权帝师的眼角挂着迎风泪，眼白变黄了，瞳仁发灰了。他颤抖着声音，不断地重复着："欢迎！欢迎！帝之归来，天下大幸。"

长于导引之术的鬼容区齐胸的白须依然闪着银光，高额头整齐地平行着深深的左右下弯的皱纹。他赶快将黄帝扶起，一双依然很有骨力的软手，紧紧地抓住黄帝的手摇了又摇，高眉弓下深邃的眼眶里，盈满了激动的泪水。

　　宁封的特殊身份——作为素女之父，他是黄帝的岳丈，但他同时又是黄帝的师傅和陶正之官，就恭恭正正地站直了，接受了黄帝的拜礼。

　　马师皇用有力的、结着老茧的硬手扶住黄帝，中黄子等其他帝师也向黄帝抱拳作揖，口呼"免礼"，黄帝只好抱拳还礼。黄帝示意赤奋若，让大家都起身。赤奋若高呼了一声："起——"，拜伏在地的臣民都先后站了起来，有人拍打着身上的土尘，人群中扬起一层米黄色的薄雾。又嗅到中原黄土地那一种苦涩清爽而又亲切的气息了。虽然还是早春，大多数花朵还没有盛开，但是云岩宫已经浮在一层颤动的水波烟云之中——湖边的迎春花开出黄黄的一抹长带。湖水已经开始发酵，变成一片油油的深绿，有发情的鱼和水下的有机物吐出的水泡浮着。各种水鸟都叽叽喳喳地汇集到岸上和湖中。这会儿它们无忧无虑的鸣唱，已经被人群的嗡嗡声所覆盖，只能隐约看到它们飞起、游动、低翔的动作。垂柳的枝头，笼上了一层梦境般的鹅黄。阳坡里的青草，已经长得葱绿，几乎淹没了去年的枯枝黄叶。

　　应龙带回的十干卫队被置于中军之位，分布在将台四围。

　　应龙怀着兴奋的心情看到，黄帝在风后和值年太岁赤奋若的陪同下，健步登上了广场北面面南的观阵平台，坐在了顶层的中央。黄帝之相、位列三公之首、配为上台的风后，这时候已经是胸有成竹，只见他不紧不慢地手摇着鹅翼扇，白皙的大额头上反射着明媚的春光。吴权、鬼容区、宁封、马师皇、中黄子、大填、封钜、知命八位帝师，分坐在黄帝左右。地老、五圣、仓颉、岐伯、杜康、沮诵、稷、隶首、赤将、胡曹、于则、伯余、孔甲、喫诟、滑稽、青乌子、竖亥等文臣与十二大部落的代表，也先后坐在了二级台阶为他们预备的坐垫上。

　　迎着春日里温煦的阳光，黄帝微眯起一双大眼。广场中央的将台上，魁梧高大、紫铜色皮肤的大将力牧手执号旗，一脸坚毅镇静的表情。也可能是由于激动的缘故，只见他的胸脯微微起伏着，他咬了咬牙关，屏住了呼吸。力牧的右边，站着执旗手和执火手。左面，架着一个红色大鼓，一位英气勃勃的青年鼓手，将双手紧握的鼓槌，平放在牛皮绷成的褐黄色泛白的鼓面上。

将台的左边排列着四部分兵士，各有一将，大挠、常先、大鸿和挥；右边再排列四部分兵士，各由一位将军率领，他们分别是地典、大封和新面孔的两员小将。黄帝指点着那两位虎虎生气的小将问风后：

"此二位，何许人也？"

风后答到："武罗、武定是也。"

黄帝又问："队列若何？"

"每队五十人，配旗五面。八队一阵四百四十人，配旗四十面；八阵一部，三千五百二十人，配旗三百二十面；八部一大将，计二万八千一百六十人，配旗两千五百六十面。"风后对答如流。

"何以指挥？"

"天前冲四阵一部，天后冲四阵一部，天衡十六阵一部，地轴十二阵一部，地前冲六阵一部，地后冲六阵一部，风八阵居一部，云八阵一部，八位中将各率一部。中央之将，以鼓点配合，执号旗、火把、五方色旗指挥之。"风后象征性地轻摇着鹅翼扇，进一步向黄帝解释道，"龙飞、虎翼、鸟翔、蛇蟠，举青、白、赤、玄色之旗；天覆、地载、风扬、云垂，举玄、白、赤、白、赤、青、玄、青之旗，则指挥若定矣。"

"布阵下营，若何？"黄帝一直要穷追到底，风后却了然于胸：

"以天后冲四队，东北、西北风云各二队，定作一号；以地后冲四队，东北、西北风云各二队，定作二号；以地轴、地后冲各二队，左右后天衡各二队，定作三号；以后地轴四队，左右后天衡各二队，定作四号；以前地轴四队，左右前天衡各二队，定作五号；以前地轴、地前冲各二队，左右前天衡各二队，定作六号；以地前冲四队，东南、西南风云各二队，定作七号；以天前冲四队，东南、西南风云各二队，定作八号。将队号书于旗，以旗为标，则布阵下营不乱。"

看到一切准备就绪，征得黄帝点头同意，值年太岁、牛龙部落代表赤奋若就亮着嗓子宣布：

"八阵演兵，开始——"

力牧听到命令后，将手中的一号旗向上一举。

号旗一动，每个阵都开始间队。只见属于一、二、五、六号的兵士，先步伐齐整地走出行列。观众屏息注目，现场只能听到一片"唰唰"的脚步声，地上顿时腾起了尘雾。一、二、五、六号的兵士向前行进了三十六步后站定，单兵摆开。熟练整齐的技击表演，博得现场一片欢呼声。表演过后，收为八阵。

"此第一阵也。"风后用鹅翼扇指点着向正在凝神注目的黄帝介绍。

黄帝看到力牧在将台上第二次举起了黄色号旗。属于三、四、七、八号的兵士也步出了行列。他们从第一阵的兵士间穿过，前行三十六步后站定，单摆开，一番表演之后，仍收作八阵。

"此二阵是也。"

力牧第三次举号，第一阵又间队，属于一、二号的兵士不动，五、六号兵士间出，从第二阵的兵士间穿过后，前行三十六步站定，单兵摆开，"战"毕，仍收作八阵。

"此第三阵。"

力牧四次举号，第二阵又间队，属于七、八号的兵士前行，过第三阵前，行三十六步止，单摆开，"战"毕，仍收作八阵。

"此四阵也。"

力牧举起了熊熊燃烧的松明火把，他身旁的鼓点也"轰隆隆"地响了起来。这是再次间队的命令。这一次，属于一、三、五、七号的兵士原地不动，只有属于二、四、六、八号的兵士出列，分别前行十八步止。经过这样五个步骤，就形成了以下阵形：

> 天前冲，四阵居前，
> 天后冲，四阵居后；
> 天衡十六阵居两端，
> 地轴十二阵居中间；
> 地前冲，六阵居前，

地后冲，六阵居后；

风八阵居四维，

云八阵居四角。

"此八阵之正兵也。此阵每面六百步阔，每阵相离八十六步。"风后的介绍具体到了每一步：

"再以游兵二十四阵，列两哨，伏正兵后，谓之奇兵。每哨十二阵，三阵为一号，共作四号，分列两层，亦各由一将指挥。两哨游兵之进止、开合、间阵，同于正兵。所不同者，下营之际，游兵伏于后，持久固守，无外出。八阵取胜，冲敌全在奇兵。"

"妙哉！"黄帝了然于胸，不由脱口而出一句赞语。

四

黄帝在观阵平台中央全神贯注地观看八阵表演的时候，人群中却有一双少女的情窦初开的明眸，一直专注地盯着黄帝看。

这位以后被称为"金女"的欧氏三姐妹之首，如今正是二八芳龄（十六岁）。去年还是个黄毛丫头的她，一年时间就出落得白净净、水灵灵的，个头像小麦拔节似的，一下子比她的两个妹妹高出了一大截。她的修长脖项上佩着莹润的密玉佩和白生生的骨珠项链，一头黑油油的披肩长发，一双巧手绞弄着一缕秀发，一双眼睫毛弧形翘起的大眼黑白分明，含情脉脉。身披黄色麻衣的她，难掩其斜而圆润的肩膀，微微挺起的胸部，小腹内收，后臀翘起，因而显出了细腰和健美窈窕的身段。她的两个妹妹，一个十四岁了，一个十二岁了，都是白净可爱的一流人才，个个满脸流光，就像刚刚盛开的桃花一样粉艳。

二妹身披红色罗网，她故意弯过身来，扭头看了一眼姐姐专注的眼神，就故意从背后推了她一把，推得大姐闪了一下腰，这才从发呆的表情中惊醒过来。

小妹着一身青衣，用食指在自己有弹性的圆脸蛋上抠了抠，盯着大姐说:"羞矣! 羞矣,把脸抠矣! "——她们知道姐姐内心里对黄帝的倾慕之情。昨天晚上听父亲欧默说今天要来云岩宫看黄帝,姐妹仨就躲在角落里商定,今天无论如何也要赶来一睹黄帝的英姿。所以一大早,姐妹仨就缠着好性子的父亲,硬是跟着他跑了二十多里的路,老远地从西边的高沟一带赶了过来。

被小妹的抠脸动作羞得一时脸上飞红的大姐,扭头要打小妹。小妹躲在了二姐的身后。姐妹仨相互推搡着,嬉闹着。周围小有骚动,响起了不满的嗡嗡声。姐妹仨吓得一吐舌头。待平静下来以后,大姐仍然站在前面,两个妹妹挤靠在她左右。

天覆阵、地载阵、风扬阵、云垂阵、龙飞阵、虎翼阵……八阵阵法一个接着一个演示下去,风后也一个接着一个简要地给以介绍:

"天覆者,八阵之外分,风附天而形圆也,所以合围也;地载者,八阵之内分,云附地而形方也,所以御外也;风扬者,八阵之右分,风附冲而形锐是也,所以冲锋也;云垂者,八阵之左分,云附衡而形有聚有散,所以游击也;龙飞者,八阵之后分,云从龙而形象龙也,冲锋之备也;虎翼者,八阵之前分,风从虎而形象虎也,所以进攻也;鸟翔者,八阵之艮、坤二隅,云附冲而形象鸟翔也,所以行军也;蛇蟠者,八阵之乾、巽二隅,风附轴而形象蛇蟠也,所以围剿也。"

黄帝一面观阵,一面不时肯定地点一点头。他的嘴角线有力地勾向两边,地格方圆的脸上,两个深深的酒窝——一脸坚毅沉着冷静的表情:

"故八阵者,正兵也,游兵也——奇兵也! "

正午之后太阳偏西的时候,风后的八阵演兵才终于结束。力牧和参加演兵的将士,带着表演尽兴之后的喜悦和疲惫,灰头土脸、身上冒着进入春天以来第一次涌出的热烘烘黏稠的汗水,在一片轰轰的议论声、兵器铿锵的撞击声和涨潮一样的脚步声中,整理了队形,伴着飞扬的土雾,步伐铿锵地先后回了云岩宫东北他们驻扎的台地。文臣武将各回宫室,十二大部落的代表,也先后回了合宫西边隔水相望的那个三面临水的仙岛上为他们新建的十二楼。前来看热闹的各部族百姓,在好奇心得到满足之后,三三两两地结伙，各自走上了回家的路。

黄帝乘着龙舟越过湖面向北徐徐而行，龙头高扬，龙舟在平静的墨绿色的水面上，划出放射状的波纹。春风带着春水特有的发酵过的酒似的醇香，习习地掀面，水鸟在天空斜飞着各种姿势，在周围静静地游泳，窃窃地私语。白天鹅伸长了脖子，眯起圆眼，相互倚靠在一起；鸳鸯成双成对，形影不离……远远近近，一片高低错落的鸟的欢唱和低吟。迎春花把对岸映出一带亮黄。岸边码头上，鹅黄的拂动柳絮下，嫘祖带着女节妃、素女、玄女、采女、少女和桑女等，早已经从南北走向的台阶道上走下来，一直迎到了岸边。

老远地看到嫘祖等花花绿绿地站在碧水岸上的亲人们，黄帝的心中就涌起一股潮热，眼眶里不由得热辣辣的有点疼，感觉好像眼前突然起了一层薄雾似的。他用手揉了揉鼓起的眼泡儿，挺直了脖子，为了聚光而眯起眼睛来，努力想看清她们的娇姿和面目。

龙舟像耕耘黄土地的犁头一样冲开平静的水面，晃晃悠悠地向岸边靠近，木浆"哗哗"地拨动着水面，溅起银珠一样激动的水花。

离岸还有几尺远的时候，黄帝已经一步跨上了岸边的黄土地，潮湿的泥土的气味、迎春花的芳香和岸柳略带苦味的清爽气息扑面而来。燕子"吱儿吱儿"叫着，在近空中穿梭。蜜蜂营营地飞到了海星一样放射状的迎春花前。黄帝一步跨到了嫘祖的面前，一眼就看到了她湿润的反射着阳光的眼睛和绯红的脸颊。因为迎着阳光，虽然她也曾手搭凉棚，一双眼泡周围有点皱的丹凤眼，还是被明媚的春天的温暖阳光刺得眯成了几道平行的波纹线，眼睫毛上晶莹地颤动着泪珠。虽然她的脸色还是那么鲜亮（可能由于激动的原因），但是在她过于标致的瓜子脸上，已经有了一道细纹一样的嘴角线，发际线较高的额头上，也已经精致地分布了几道平行的细纹。可能由于常年操劳的原因，嫘祖被温煦的春风拂得脸颊发痒的鬓发中，已经添上了几根蚕丝一样晶亮的白发……黄帝尽量控制住自己激动的心情，展开双臂，挺直身躯，以近于僵硬的姿势和宽厚的胸怀，分别接受了嫘祖、女节妃、素女、玄女、采女、少女和桑女不同质感、不同的亲切气息的拥抱，之后，就转过身，在大家的簇拥下，迈着坚实有力的步伐拾级而上。

一路经过讲武场、祖师殿和新建的议事大厅（在原议事亭基础上扩建）时，黄帝的心中已经在酝酿着明天要朝议的大事了。

踏着一路台阶，从岸边一直到合宫，一条漫坡，黄帝一口气就走完了。他现在的心劲，从他脚下生风、坚实有力的脚步就可看出。嫘祖理解他是尽量放慢了脚步，但是她和各位嫔妃，还是得急急忙忙地赶着脚步走，裙裾扇起一阵香风。走在一群嫔妃中间的黄帝，虎背熊腰更显其宽厚、伟岸与高大。

一看到合宫，去年与女节妃和婚时的亲切、温馨场景，又一次在眼前呈现。黄帝扭头用眼俯看走在左边的女节妃时，她两弯细眉下的细长凤眼，正晶莹深情地仰面看着他。这个温暖的家，有那么多温馨的记忆……从女节妃之宫到嫘祖宫，合宫经历了那么多的故事……这些深明大义的嫔妃，正是黄帝大道的一翼———阴一阳谓之道。

早有通知传到合宫。合宫的地铺前面，围绕着中心的大火塘，摆起一圈长案。侍女们正在进进出出地用木盘，将盛在陶器里、冒着香气的各种早已准备好的食物端上来。屋内光线阴暗，从明媚的阳光下一走进来，眼前是一片淡蓝的雾气和柴烟那呛人的直往人眼里钻的辣味儿。塘火熊熊地燃烧，跳动的火光，隐约辉映着屋内各种摆设的轮廓。一缕银白的阳光，从天窗斜射进来，将一把青紫色的大石斧的一角，照得晶亮。

黄帝甩开衣袖，在背后悬着的"龙凤呈祥"图腾下面，面南跪坐下来，屁股蛋舒服地靠在圆圆的坚实凸起又有弹性的脚后跟上。嫘祖于左，女节妃于右，素女、玄女、采女、少女和桑女围了一圈儿，家宴就在嫘祖的招呼下开始了。

虽然只是一顿家宴，但也是相当丰盛的。因为周围各个部落都在上贡，所以从吃食到饮品，前前后后就上了几十种，熬的、烤的、蒸的、煮的、熟的、生的、热的、凉的、天上飞的、地上爬的、水里游的、林中采的……有东夷的烤鱼、北方鹿部落联盟的鹿肉（现在表面上他们还是承认黄帝的天下共主地位的）、西王母的琼浆，还有来自黄帝家乡桥山的荞面片片（黄帝最爱吃）、嫘祖家乡的稻米干饭和神农架的春茶。为了调味，后土送来的渤澥盐池的盐也被端了上来，还上了杜康最近在中原新酿出的秫酒。吃食一道一道地上着，大家在黄帝带领下先敬了神，就开始专心专意地吃起来。烤肉的焦香、肉羹浓厚的脂肪香味、米粥的油香混合的香味儿直往人鼻子里钻，又像薄雾一样在人们周围缭绕。因为是午饭，大家就放开了肚皮，尽情地享受着美食和时光的流逝，等到大家都撑圆了肚子，酒足食饱的时候，已经是一个个东倒西歪地失去了正常的形态。玄女控制不住打了个响亮的饱嗝，逗得大家一阵笑声。不胜酒力的女节妃开始呕吐，被嫘祖搀住。采女的脸一直赤红到了脖子根儿，两只尖尖的耳朵也红得透亮，她闭起眼睛，迷迷糊糊地歪头斜靠向桑女。这会儿，妃嫔之中，就素女算是最清醒的，她因为怕辣，所以基本上就没太沾秫酒。这时候，她正瞄着一双弯月一样晶莹迷人的眼睛，直盯着黄帝看。

半天时间，不知不觉就溜了过去。太畅快了，回到家的感觉真好！等到把大家都送走，清理完现场，阳光已经移出了屋内，只在天窗的东北边上，镶上了绯红色的边儿。屋顶的茅草也披上绯红。能够听到归巢的鸟儿的鸣叫。天空中飘着从橘黄向绯红、火红过渡的晚霞。火烧云铺展在透着玫瑰红的蓝中透紫的天空。这个世界也像醉了酒似的绯红了脸，屋子摇晃起来，但是，黄帝还是站直了身子，拨开关切地上前搀扶的嫘祖，自己走向铺着厚厚的兽皮的卧铺。

五

炎帝神农这几天让牙疼折腾得够呛。人上了年纪，气血流动不畅，因而牙龈并不太肿胀，颏下的淋巴节也没变大，而只是牙根干疼，一种抽动跳动的、一直带得太阳穴的青筋一起疼的钻心的疼。

已经71岁的炎帝神农，他下牙床两侧的老牙都掉了一两颗，只剩下牙根的残余，外观还算完整的上牙，背后大多形成了深深的龋坑，上牙的牙缝也随着饭后用细木棒剔牙而越变越宽。就是这些牙缝，一吃东西就夹进去，不剔掉就撑得牙根疼，闹不好就会发炎肿疼；剔掉的话，牙缝就愈来愈宽，更容易夹东西了，形成一种恶性循环，导致牙疼一次又一次发作。这一次剧烈的牙疼，就是继上次之后不到一旬再次发作的，原因还是牙缝夹了肉丝剔不净，带得牙根疼了起来。因为前面有过这样的过程，所以吃饭时，他总是小心地在口中来回捌动着食物，尽量少用牙缝宽的这个牙齿。但是，对面的牙齿也不能过度地用，偶尔把食物捌到右侧下牙床上残留的牙根上捌一捌，也是可以的，然而，一不小心，上边这个宽牙缝里还是夹进了肉丝……炎帝神农痛苦地想到，春天万物生发，这牙痛也跟着生发了。一开始只是隐隐的有点疼痛的感觉，他就嚼了一小块黄连。黄连苦，但是总比牙疼发作起来感觉要好得多。他想提前把牙疼发展的路径给阻断，特别是不要让它发展到晚上阴气盛的时候。到那时，随着人一天劳累和阴气的不断加大，牙痛起来，就会使人睡不能睡，坐不能坐，坐卧不宁。炎帝神农的努力，似乎控制住了牙疼的发展，但是因为怕苦，药量不够，终于没有拔根。这样，到了黄昏阴气上升的时候，宽牙缝的牙根部位又一次抽着疼起来，而且右下牙床上那两个残留的牙根，也跟着凑起热闹来。右侧的上下牙床都开始发热，鼻腔干燥，右鼻翼根部好像有一个传递疼痛的钩儿和发热发疼的右上牙龈相连，嗓子也开始发干发疼，右侧的太阳穴绷紧式的疼，右半侧头部好像绷紧了绷带，带得左侧的太阳穴也疼起来了。炎帝神农一边用手指抠着头皮，从两侧太阳穴向后做着"鬼梳头"的动作，一边又将一大块黄连咬在宽牙缝的牙根处。谁知这猛疼上猛药一用，一时竟犹如火上浇油，牙根纵深的痛直接和头皮连接起来，疼得人心烦意乱，恨不得在牙疼的地方狠狠地砸上几拳。

看到炎帝神农痛苦得直皱眉头、烦躁地用手乱搔头的样子，听訞妃心疼，赶快给他倒了一陶杯凉开水递过来。她知道，五行中水克火，每到这个时候，炎帝神农都要大量地饮水。炎帝神农接过陶杯，一口气向火烧火燎的口中灌下去，也不顾水凉的问题了。为了转移注意力，也为了促进全身的气血流通，他让听訞妃烧了一陶盆热水，坐进去泡了一会儿澡，感觉人逐渐能够接受那一疼痛了，这才裹了麻衣躺到铺位上。终于能够入睡，他竟在很短的时间内睡着了。但是好景不长，又是一阵横向延伸的痛把他从睡梦中疼醒。他动了一个身子，就传来听訞妃关切的细长声音：

"还疼否？"

这时候，那横向延伸的痛正在剧烈发作，炎帝神农从牙缝里吐出来一个字：

"疼……"

"再嗑药否？"

被牙疼折磨得烦躁不安的炎帝神农裹着麻衣起身，又将一小块黄连咬在痛牙处。因为头疼得紧，他又在一小堆一小堆的草药根茎中拣起一根连翘，折了一小段，嗑进口里，仔细地用不疼的半边牙床倒腾着。吐掉药渣后，转身来到火塘旁，蹲下身，双手抱起隐约着黑色鱼纹的彩陶罐，连倒了两杯水，"咕噜咕噜"地喝下去，用手背在嘴角和脖子上擦了擦凉丝丝的水痕。他干脆不再回原来的铺位，而是来到大屋的另一角，随便倒在一个睡铺上。随着疼痛的逐渐减弱，和牙疼作战疲劳了的他，也就慢慢地进入了梦乡。这一夜，他几次翻身起来，每次都连喝两陶杯水。牙疼终于不是那么厉害了，隐隐地有退去的感觉——痛去如抽丝，总还要有一个过程。这个过程中同样充满了战争……不知道和谁打仗呢。战争又起：

在一个大棚里，同时铺开四张铺位，用于抢救受伤的兵士。余跗、雷公和黄帝的岐伯都来了，连同炎帝神农，一人负责一个抢救铺位。每个铺位前的木栅栏墙上，都挂着一张兽皮，上面画着四天空白的日程。受伤的人被源源不断地抬来了。人们像蚁队一样循序而进。一个伤者被高高地举起，凸起着扭曲变形的血淋淋的身躯……怎么？这个人是刑天？他又是为黄帝而战死的？看着抬过来的刑天的尸体，炎帝神农听到自己含着泪水的、透着苍凉颤音的老年人挽歌：

> 汝为本帝战，
>
> 汝为黄帝战，
>
> 汝如此卖命，
>
> 究竟为何？

经过一夜感伤苍凉的"战斗"，早晨醒来，炎帝神农感到自己全身轻松了许多，甚至有一种清爽的感觉。头不再那么紧绷着疼了，牙的周围也不那么疼热了，手和脚都是轻的，如同重新换个人似的。他知道这是病情向好的方面转化的结果，但是身体还是有些虚了，而且牙疼的根并没有完全拔掉，还要服药，还要注意多休息休息。他心里这么想着，但是，随着全身症状的减轻，他不由自主地又要投身到正在进行的春季移植和引种草药的工作中去了。他双手撑着睡铺，浑身的关节"咯吧吧"响着坐起身来，动作很大，也很迟缓。人老了，就显得心有余而力不足。想法和行动之间，总是有一段距离。他正是为这样一种不平衡而着急上火的。

感觉到身旁的炎帝神农起身了，听訞妃睁开眼睛的第一句话就是："疼否？"

从朦胧的眼光中看到炎帝神农醒来后皱眉苦笑的轻松表情，她紧张的心也一下子轻松了许多，开始窸窸窣窣地穿起衣来。这老头子闲不住，只要他一起身，一会儿又要忙活他的草药去——得赶快先让他吃饱了。人年龄大了，就全靠那一口饭食撑着呢。

听訞妃起来后就给火塘里加柴，炎帝神农却径直向洞口走去。清晨橘红色的朝晖，已经清亮地涂在洞口的青灰色岩石边上。天色白光光的，日光白晃晃的。新的一天的强烈光线，刺得炎帝神农眯缝起一双长凤眼。朝晖给他红得赭黑、有点发暗的脸颊上，涂出橘红色的一抹。炎帝神农舒展开了眉头，脸上呈现出一种自然漾出的笑意——站在厉山这个几乎悬空的石穴洞口，居高临下地欣赏下面平展展的一大片自己的杰作，是他难得的一种晚年享受。

眯缝起眼睛将眼前这片昨天才耕翻好的坝地欣赏了半天——炎帝神农迎着朝阳，深深地呼足了一口混合着露水的湿气和红土地特有的泥土芳香的清爽空气，然后又控制着徐缓地长长地吐出。这样，在每一次吸纳和吐出之间，真气就在体内循行一周；清爽的大自然的精气通过呼吸道和周身扩张的体细胞而进入体内，最后沉入丹田；重浊的晦气从脚下和周身收缩的体细胞不断排出。这时候，感觉人就是一对翕动的大肺叶。通过这样不断地吐纳导引，人的体内和身心就越来越清新空灵，越来越感觉人就像一个充足了气的气球，随时有平地飞空的可能。炎帝神农的吐纳导引，还结合一些简单的形体动作。吸气的时候，他平举着的两臂也自然张开，做着扩张的动作，呼气的时候，两臂就向胸前抱回，好像形体也在收缩一样。

他尽量挺起自己已经明显拱起的后背，将筋腱已经收缩不能完全站直的双腿挺直一些。等炎帝神农一套动作做完了，双手在胸前做了个收式，徐徐地吐出了最后一口晦气，石洞内已经传出听䜣妃那老年女人才有尖细中带着颤音的呼唤：

"神农，饭否？"

炎帝神农不允许大家对他称帝，连听䜣妃也只能这样唤他。

炎帝神农屈起双臂，向内划着圆圈儿走进洞内。柴烟呛鼻辣眼，合着煮熟的粟米的油香。眼前一片黑暗，只能看到晦暗的塘火，跳动着一抹暖色。听䜣妃眼窝深陷、颧骨凸起，一脸皱纹的瘦削笑脸，正与这一抹暖色相映。

炎帝神农接过一杯清水"呼噜呼噜"地漱了漱口，又在一个陶盆内"扑扑"地洗了手脸，这才坐到火塘旁，端起一陶钵粟米稀饭，转着圈儿，"稀溜稀溜"香甜贪婪地吸食了一阵，这才用一个圆头的竹片，一层一层地刨着吃起来。虽然从养生角度讲，吃饭要细嚼慢咽，他也经常给别人（主要是听䜣妃，孩子们都大了自食其力）这样讲，但是一辈子养成这样一种习惯，至今也改不了。

"大！"洞外传来大儿子炎居的声音。去年冬天，担心炎帝神农的身体，他专门从中原赶过来，至今还住在这里。

不等炎帝神农转过身子，炎居已经晃动着晨光走进洞来，先向父母行了拜礼，这才蹲在父亲旁边：

"人众已集，只待进山。"今天他们要一起进山采集移植的药材去。

炎帝神农用竹片排着把陶钵里刨净了，又将粘在竹片上的米粒吸干净，这才很不利落地起身，被炎居搀起。

随约能够听到洞外嘈杂起来的人喧声。一个响亮的女孩的笑声伴随着跑动的脚步声，小女芹姬跑了进来。她喘着气，隆起的胸部一起一伏，从大哥的手中接过搀扶炎帝神农的工作，炎居就退到了身后。炎柱这会儿没有来，他今天的任务是，带着另一拨人前去烧荒春播。

炎帝来到洞外，看到坝地右侧宽宽的白路面上，已经挤满了一堆手持石刀、石斧、棍棒和绳索的人群。看到炎帝神农一脸红光地出现在洞口，大家不约而同地停止了喧声。人群多是清瘦型的，只有手持金光闪闪的铜刀的祝融体魄最大，他站在最前面。他继续辅佐炎帝，同时又是黄帝任命的南方火正。

炎帝神农习惯地举起右手向大家招手，人群中就爆发出一阵欢呼声。

第二章

一

因为今天上午要启用风后新扩建的议事大厅，同时有半年多时间黄帝都没有亲临朝会，有很多累积的和想要表达的新问题需要在朝议时讲出来，所以，黄帝今天就起得非常早一些。他想先和值年太岁赤奋若交换交换意见；在正式朝议之前，先就其中一些重大问题，听听帝师们和风后的意见。同时，还要搞一个隆重的议事大厅投入使用的仪式、大型朝会要议各个方面的问题，这些问题都得先理出个头绪来——昨天因为家宴和与嫘祖久别胜新婚的云雨幸福、因为多日在外奔波之后回到家中的舒适感与归属感——人的心态一下子就放松了，所以黄帝一觉就睡到了鸡叫三遍，一夜酣畅的沉睡，几乎连梦都没来得及做！

一觉睡醒的黄帝，觉得浑身清爽，心明眼亮。"咕咕——噜噜——"的鸡鸣声正远近高低不同地合唱着，最远的鸡鸣声细细的，隐约可闻。近处的，则声调高亢雄壮，就像合唱队的领唱者，体现出一种百鸟朝凤的热闹氛围。天窗已经透进发白的蓝光，天空中还有星光在闪烁。塘火已经熄了，合宫内一片昏暗，几乎什么也看不见，但是，能听到嫘祖轻微均匀的呼吸声，能闻到从她身上散发出来的天然芳香气息；屋子内依然是暖烘烘的。但是黄帝还是想到屋外去透一透新鲜的空气，于是，他习惯地伸直了两只健壮有力的胳膊，"哦哦"地伸了一个懒腰，就"霍"地一下子坐起来，开始摸着黑穿起衣物来。侧睡在身旁的嫘祖动了一下身子，黄帝将兽皮被给她向上拉了拉，轻轻地在肩膀周围披紧了一些，就三下五除二穿好衣物，蹬上皮窝窝，迈开大步向屋外走去。

不知道什么花儿和青草一起，早已经将暗香提前送到了门口。黄帝一掀开兽皮门帘，一股清凉的略有寒意、混合着春天花香的清新空气，就迎面扑向了他。熹微的天光，立刻给他的额头涂上白蓝的微光。周围尽是微风中摇曳的树影花影，宫殿的黑色剪影隐约可见，反射着天光的湖面上浮着一层雾气，好像蒙了一层神秘薄纱似的。

黄帝站立在合宫外、面向湖岸的长坡的顶端，面对着东方刚刚露出青白色的天边，面对着东天上一颗晶莹的亮星。地上一片浑沌，除过远近此起彼伏、隔水呼应的清晰鸡鸣声……他闭起眼睛，抬高胸部深深地呼入一口凌晨含着清甜露水的新鲜空气，就在星光下观察起星相来。天空中依然云稀星稠，星空以万千层次排布开了它永无止境的纵深阵式，银河像一条清浅的飘带斜过天空，犹如某位大仙徐徐吐出的一口仙气，而漫天的立体星光，就像蔽天的大树，挂满了秋天丰收的果子，又像春天里一棵吐出万千春蕾的花树。北斗星的斗柄指向了东方，青龙七宿正当其时，辉光熠熠。

黄帝身着金灿灿的黄丝帛龙袍，头戴十二个冕旒叮当作响的巍峨高冠，一身隆重的正装，迎着初升的朝阳（阳光晃得他眯起了眼睛），早早地就来到议事大厅之前。这里人影憧憧，在风后指挥下，为议事大厅首次投入使用而准备举办的隆重仪式，正在紧张有序地筹备之中。看到黄帝驾到，值年太岁赤奋若第一个迎了过来。风后在安排好一个事项之后，也凑了过来。他们一起向黄帝和帝师们介绍着仪式的事项安排。黄帝不时满意地点着头。黄帝在这里没有多停，而是越过议事大厅，前往祖师殿拜过了吴权等帝师们，然后陪着他们返回到已经披上了红彩的议事大厅前。文武百官和各部落的代表几乎都来到了现场。绣着黄龙的图腾旗幡在高高的木杆上迎风晃动。南面波光粼粼的湖面上，还有独木舟在穿梭。坡道上，人们还在不断向这里会聚。周围一片嗡嗡的人喧声。现场生起了大堆的篝火，缭绕的蓝烟披着金色的晨光，橘黄的火舌竞相舔着朗朗晴空。

辰时已到，隆重的议事大厅启用仪式开始。等黄帝居中，帝师和风后、力牧等面向分列左右的文武百官，在祭坛前站定后，值年太岁、牛龙部落代表赤奋若——脸上棱角分明、颧骨突起的"牛根头"，将手中的银白色拂尘向空中甩起，迅速地划了几个花形之后，就用他那富于磁力、喉音很重的男低音嗡嗡地宣布道：

"天道煌煌，华夏未央……议事大厅启用——"

"敬天——"

黄帝先面向苍天，深深一揖，然后撩起龙袍，恭敬地拜伏于地。帝师、风后、力牧和十二大部落的代表随黄帝而拜；文武百官面向黄帝而拜……行三叩九拜大礼之后，黄帝轩昂地站起，双手将盛满秫酒的陶爵高高举过头顶，然后又将秫酒洒向天空。

"敬地——"

黄帝又将一爵秫酒洒向大地。大地"啿啿"地吸纳着他的敬意。

"献牲——"

小伙子们将系着红麻布的猪、牛、羊等牲抬了上来，恭敬地摆上祭坛。

"献时蔬干果——"

姑娘们用陶盘将荠菜、小蒜、龙柏芽等时蔬和大枣、栗子、核桃等端了上来，依次摆上祭坛。

"上香——"

黄帝将香草投入香火盆里，香烟缭绕，香气氤氲弥漫，气与光混合拂荡。

"揭彩——"

赤将和高元（议事大厅的设计建造者）分别站在议事大厅轩敞的大门左右，撩起悬垂着的红彩。黄帝携着资格最老的帝师、老羯胡吴权走在前面，鬼容区、宁封、马师皇等帝师们，风后、力牧和十二大部落的代表与文武百官鱼贯而入，人人脸上漾着喜气。人们纷纷将事先堆放在篝火旁的竹子投入火中，现场顿时笼罩在一片"噼里啪啦"的爆竹声中。

新建的议事大厅明亮宽敞，屋顶很高，方形的天窗上，顶着金黄的茅草歇山顶，金色的阳光就从歇山顶下泻了进来。满屋子油松、柏木混合着茅草、泥土的油香与清爽气息。大厅面南的正中，高挂着金光闪闪的龙图腾。图腾下一个背靠虎皮的高座，是黄帝的宝座。左右分列着一排座位，座前高悬着代表公平正义的轩辕镜。大厅的地面上铺满了坐垫。等黄帝和帝师、风后、力牧和十二大部落的代表面南坐定之后，文武百官也分左右面北落座。坐在这里的人没有小人，因为议事大厅前有一棵屈轶之草，专门指认奸佞小人，奸佞小人畏而避之。

四眼仓颉（他这时候已经名副其实地变成了"四眼"，他将透明的石头磨成镜片，用绳子挂在眼前，这样看东西就清楚得多了）、孔甲和额头有一块浓重的黑记的隶首坐在左侧，手执赭石木笔，随时准备在龟甲和牛胛骨或熟软的兽皮上记录厅议之大事。

看大家都准备停当了，值年太岁赤奋若开始瓮声瓮气地、好像伤风了似的宣布：

"庭议开始——有话上奏！"

可是大厅内只能听到一片窃窃的议论声，却没有一个人肯站出来上奏。

黄帝用亲切的目光巡视了半天，目光接触上谁，谁就赶快收起自己的目光——大家出于对黄帝的尊敬，都不肯先发言，只好由黄帝点将了。黄帝在文臣中看到了沮诵——此人生性倔强，又长于辞令，就先点了他的将：

"沮诵，请言若何？"

沮诵翻了翻白眼，清了清嗓子，就尖声尖气地说道：

"非也！非臣无言，天下非有大事也！"

"天下非有大事也！"

文武百官众口以和。

见大家都不肯先说话，黄帝只好自己开口，全当是抛砖引玉，以启后议。经过最近几天的反复思索，他对要说的话早已经是成竹在胸了。黄帝挺了挺胸，双手撑在膝盖上，坐得更正了一些，众臣仰视，更显得气宇轩昂。黄帝目光如炬，侃侃而谈：

"诸公既无言，余且以言相问矣！一者，天地可法乎？二者，万氏可和乎？今蚩尤北遁，隐患重也！居安思危，不可不察。"

群臣顿时爆发出一片轰轰的议论声。等大家的声音渐渐落下后，黄帝才接着问下去：

"民之食，大于天。余问曰：天下万氏，民食饱乎？民之衣，别禽兽。余问曰：百姓黎民，衣蔽体乎？又问曰，民之居，可安乎？民之行，可便乎？民之病，可医乎？民之性，可养乎？百姓乐乎？百业兴乎？老者赡乎？幼者教乎？"

他先后提出的这十二个与天下黎民百姓休戚相关的问题，全面地启发了大家的思维，大厅里议论的声浪再次响起。

"大治天下，良法以求——敢问诸公乎？"

赤奋若接着黄帝的话音儿，瓮声瓮气地这样强调。

经过一段时间的低声议论，坐于武将班前高人一头的应龙，他什么时候都忘不了在背后饰上那对深暗的威风凛凛的灰老鹰翅膀。他情绪高昂，脸色涨红，第一个举起大手巴掌来，如洪钟似的发言：

"法天地者，大道也！天有好生之德，地有厚德以养，天覆地载，阴阳以生，四时以定，春生夏长秋收冬藏，君依之，臣袭之，民用之。言帝有土德，土德者，以生，以养，以涵。黄帝土胜者，炎帝火，黄帝以土代之。黄帝即位，七千以封；迁都中原，大合鬼神。外平刑天之乱，内有风后力牧襄助，天下以治，四海以宁。今蚩尤北遁，成心腹一患。余以为，居安思危者，当服兵役，设兵户，平时以练，以备战时。"

应龙的声音在大厅内回荡着，黄帝微皱着眉头认真地倾听，明睿的目光似乎看到了遥远的未来。他不时微微点着头，待应龙把话说完之后，才给以充分的肯定：

"卿之言，善之善也！"

二

稷是个务实的人，受到应龙情绪的激励，平时不太爱在人前多说话的他也坐不住了。经过一个冬天的休养，他较之平时人变得稍白了些，略显胖了点，人不那么黑了，红光就显了些。但总体上他还是个瘦削人，黑里透红，红得发亮。他还是从民食角度进入话题：

"民以食为天，不为过也——帝之言，重者也，至善也。然当下之急，部族群居，人地分离。不相属，则职不定，责不明，无赏罚也。当法洛书而立井田，百姓黎民，八户一井，逐田而居。以扩农耕，增民食。"

依然胖得像个肉球一样的食神喫诟，一双水泡眼，眼泡亮光光的带着喜色，粗而短的倒栽眉毛尽量向眉心皱起，两撇小八字胡骄傲地卷起：

"臣以为设包厨户，乃增民食之要举也。"受到应龙设立兵户和稷"井田制"的启发，一直热衷于学习和推广他的厨房技艺的喫诟，这时候也想出一个更加扎实地推广这一技艺的办法。他好像和别人抢着说话似的，先快嘴快口地提出了自己的观点，这才用手捋着翘起的小八字胡，慢条斯理地从容道来：

"聚厨人于密都（即以云岩黄帝宫为中心形成的华夏新都邑），共修厨艺，互学并进；还以授众，于井田八户设一包厨，平则以一带七，美其食，乐其俗；战则随军而动，兵美其食，军力必大增。"

"此惠天下百姓之善举也！"让黄帝没有想到的是，一向只管饱食终日、无所用心的喫诟，现在也善于思考问题了。士别三日，当刮目相看。黄帝不由得不给他送出一句由衷的赞语。

下面是一片"立户"的建议。和曹胡一起发明了衣和裳的白脸伯余建议："立裁缝户，丝麻为衣，以蔽民体。"头上高盘着发髻的医正岐伯则建议："设立医户，以便救民疾兵伤。"清瘦的帝师、陶正宁封建议："设立匠户，以兴百业。"……红脸赤将（木正）和坐在他身旁的助手高元窃窃地议论了半天，提出"高墙广舍，以安民居"的建议；发明了舟楫的货狄，这时把心思却用在了陆地上，提出"披山通道，以便民行"。这些合理建议，都被黄帝一一应允采纳了。最后，黄帝综合了大家的想法，提出了大治天下的方略。他很自信地说：

"治天下者，法天地，和万氏，饱民食，蔽民体，安民居，便民行，医民病，养民性，乐百姓，兴百业，赡人老，教人幼也。余梦游华胥氏之国，其国不知几千万里也，然无帝无王，人之关系，皆取自然……其人朴直，入水不溺，入火不热，斧砍鞭笞，不知伤痛，行空若地，寝空若铺，黑雾不骇其视，雷霆不乱其听，美丑不变其心，谷石不阻其行……日出而作，日落而息，老死不相往，皆度百年而终。天下若如此，则大同在望，岂非神仙之国能比肩也！余向往之，作《华胥引》，伶伦以奏，诸公以享。"

乐正伶伦展琴以奏，黄帝随之吟唱：

天下毋宁，
何堪民情？
悠悠一梦，
华胥行行——

南北无极，
淳风蔼蔼；
民安宿食，
冠仪不忒。

淳风美俗，
民无嗜欲。
居安食足，
亦无讼狱。

无是无非，
无荣无辱，
至死至生，
心无踟蹰。

——俄然兮噫！
一梦惊心，
至治自卜；
一统乾坤，
皇风穆穆。

　　庭议结束后，文武百官和十二大部落的代表各回其宫室，黄帝留下帝师、风后和仓颉等，一起进了午饭。当天下午，黄帝就与各位帝师和风后等一起仔细商议，由黄帝口授，仓颉将文告书于丝帛之上，传告天下。其

990

文曰：

奉天承运，黄帝制曰：

维帝三年，己丑孟春，太岁牛龙，帝与臣共议，成左法式：

一曰设兵户，以备战时；二曰立井田，以足民用；三曰设包厨，以美民食；四曰立裁缝，以蔽民体；五曰设医户，以疗民疾；六曰立匠户，以兴百业。此立国之本，万氏共尊之。

文告一发出，大家一下子都变得忙了起来。嫘祖、力牧、应龙、仓颉、孔甲、隶首、喫诟、曹胡、伯余、岐伯、俞跗、宁封、赤将、高元等师臣平日师傅带徒弟的工作都要扩大规模，都在积极地做好准备，迎接天下各部落接受培训人员的到来。稷、马师皇、货狄等喜欢经常四处走走的师臣，则开始安排自己到各部落去培训的顺序，已经通过信使和各部落取得联系……整个密都，就像是一鼎平静的水给加热了一样，顿时变得鼎沸起来，到处是人喧马叫，一派生机勃勃的兴旺景象。

九九八十一，犁牛遍地飞。转眼间就到了春耕生产的大忙季节，像往年一样，为帝者，要效法古式，躬耕田亩，天下的春耕生产才能随之展开。黄帝很重视这项工作，他不光是要做个仪式，而是为自己确定了一块常年耕作的土地，准备把五谷都种全了，以便研究它们的生长规律和四时八节的关系，用以指导天下的农业生产。这块他亲自耕耘的土地，就选在黄帝宫东侧一片南北临水、东西走向的鱼脊梁上。习习的春风里，黄帝先后几次前去进行了踏勘。

躬耕田亩的时间定在二月二龙抬头这一天，这一天正好是黄帝的生日。

惊蛰刚过，天边的乌云一起，就开始隐隐地传来振奋人心的悦耳的春雷声。"嗑啦啦啦啦——渴拉拉拉拉"，这雷声好像是大地对贵如油的春雨发出的一阵阵呼唤。这时候，那些越过冬天的虫卵，也开始孵化它们下一代的生命了；在泥土中蛰伏了一冬的各种动物和昆虫，都开始苏醒过来，睁开眼睛，舒服地吐出一口长气，舒展挪动着自己的身体……黄帝先后两次看到了一条披满幽暗的绿莹莹鳞片的长虫（蟒蛇）在原地徐缓地盘来绕去地游动，第一次只是一个影子，在背景深暗的地上动了动就不见了；第二次则是在一块高高立起的木板面上清晰地蠕动。它环绕着木板面游动缠绕，尖尖的细尾巴不时扬起，惊了近处的一个小孩儿，也惊了黄帝的心。一觉醒来，在黄帝的心里盘绕的，就是这绿莹莹鳞片的盘来绕去的"龙"形象。"二月二，龙果抬头也！"黄帝怀着这样敬畏的心境感叹道。

天边又现出凤象。躺在地铺上的黄帝从屋内向外看，天空覆着大片铅灰色很厚的云层，而天边很窄的一隙则现出均匀的浅玫瑰色，在这样的背景上，不断地显出凤凰的图象来。黄帝看到了，告诉大家都出去到外面看，但是看的时候，总有帘幕在前面影响，扶起又落下来。有人建议，把头伸出帘幕去，等黄帝把头终于伸出帘幕以外，整个天空却变得瓦黄一片，看不到凤象了……

二月二龙抬头这天"皇娘送饭，御驾亲耕"的习俗，起源于"重农桑，务耕田"的伏羲氏，神农炎帝因之，黄帝效法先王，继续发扬光大。

仪式仍然由值年太岁、牛龙部落代表赤奋若主持。他因为当年曾经主持过炎帝榆罔亲耕田亩的仪式，所以办起这件事来就显得既胸有成竹，又不知深浅了。炎帝当初的犍、牡牛之议还犹在耳畔："拉犁之牛，仍依惯例，一犍一牡。犍者力猛，牡者斯文，犍者急，牡者皮（缓），急则犁冲之，缓则犁入之，以致犁衡。若犍牛为二，则相互较劲，要么齐冲犁飞，按之不住；要么并停不动，鞭笞无用……"他深知伴君若伴虎，其城府之深难测也！因而，这一次，他并没有显能，而只是依照惯例，找了一公一母两头体大健壮而又温顺的黄牛来。犁是经过农正稷改进了的、装了青铜铸的犁头。这种犁吃土深，出土利，犁地的效果比过去的木犁头好得多了。为了这项改进，黄帝还曾经奖励过稷。只可惜这种犁头如今太少了。自从蚩尤毁了首山冶铜之炉后，华夏的青铜冶炼，又一次出现了空档。

因为要搞隆重的仪式，文武百官和十二大部落的代表都来了；也因为是黄帝亲耕田亩，周围的百姓听了，也都赶来看热闹。最重要的是，今天是黄帝的生日，大家都要赶来进献礼品，共同庆祝一番。所以，一大清早，黄帝宫前的湖面上就往返穿梭着独木舟。这天的鸟儿也起得特别早。天还蒙蒙亮的时候，屋檐下的麻雀就"吱吱"地叫成一片。听着它们"叽叽咕咕"的叙语，黄帝理解地笑了笑，就翻身起来。等他来到屋外的时候，熹微的晨光中，远近的鸡鸣还没停下来，水鸭又"呱呱"地加入了进来。早起的布谷鸟也开始它每年春天必唱的歌了，"布谷——""布谷——"的叫声非常清脆悦耳，听了叫人神爽。湖面上有鸭子在扑腾着翅膀，溅起雪白的水花。而黄帝宫东面的鱼脊梁上，已经开始聚集了人群。等到黄帝收拾停当，自己扛了木犁前来时，这里已经是人满为患了。看到黄帝右肩上扛了木犁走来，人们就自动地向两边让出一条道来，周围自然而然地响起一片雷鸣般的掌声和欢呼声。孩子们欢呼雀跃，蹦蹦跳跳。黄帝停下来，他宽厚的手掌，在一个小男孩蓬乱的硬头发上摩挲着。孩子虎虎生气，睁圆了鱼肚蓝眼白的大眼睛，向上翻看着黄帝，小胸脯起伏着，紧抿的嘴唇嘴角上翘，有一种难以自抑的自豪感。黄帝又在一个小女孩红扑扑的圆脸蛋上逗了一下。小女孩欢跳、拍手，周围的孩子们都投去羡慕的目光。黄帝亲切地对他们笑了笑，又举起左手，向周围欢呼的人群招了招手，这才向前继续走去。

太岁赤奋若头扎红带，手牵两头黄牛，站在群臣的中央，一脸兴奋的红光和谦恭温顺的表情。风后、力牧各率文臣武将列在左右。十二大部落的代表与风后、力牧并排站在前边。前面列着香案，香火盆里，蓝色的香烟缭绕上升，案上摆着九盘五谷时果等供品。百姓们都面北围在群臣的对面。中间留出的散发着泥土芳香的"长廊"，就是黄帝要亲耕的田亩了。

三

蚩尤行走在路上，好像是和一个兄弟在一起，要去哪儿，并不清楚，只是大路白光光的，阳光很白很亮。他们带了好几包东西，穿过一个黑城，一座大城，是黄城的一角，城墙黑黢黢的，有锯齿草一样的城垛，城门洞很小，圆顶。他们要穿过黄城，走进去是草地，有浅水，他就在那浅水中洗衣服，让两个兄弟也在深草浅水旁洗衣，有很多无言忙碌的人来来往往，不知道他们在忙些什么。又是在路上，路边有草。蚩尤好像丢了两个包。兄弟说："于路左，即见汝丢两包矣。"于是蚩尤怪罪他："当初汝不提醒，为何？我等还得返而找之。"说是去找，去到了故乡的水泽旁。中午，道路白光光的，路上没有一个人。从后面路上远远地看到两个黑衣人推着轩辕的车来了。蚩尤看身边，两个兄弟——这时候感觉是一个女友和孩子——都不见了。于是他就向前找去。道路拐弯处，左右各有一家人，高墙深院。他看到路左的门前高悬着一个正在燃烧的帽盖头发。头发向四周梳得很光，"帽盖"的底部有红色的火苗在跳。蚩尤惊悚地走进路右边斜对的大门，院中一个女人对蚩尤说："汝妻已死，汝与彼即刻成婚，若何？若何？"

蚩尤一惊，从梦中清醒过来。天色尚早，周围黑乎乎的，只有天窗有一点灰白的光。

隐约地，蚩尤还在惊恐的余悸中没有完全恢复过来，他怎么也想不明白，一向无所畏惧的他，居然也有惊悚恐惧的时候。看来人无完人，即使再强悍的人，在内心深处，也有其不堪一击的软肋！蚩尤现在的软肋，就是对自己和部族命运的担忧。

就个人命运而言，主要是龙女最近不期而至地进入了他的生活。就好像是老天爷预先给他设置好的一样，蚩尤这一次九死一生地回到涿鹿后，这位个子高挑、体形既柔软浑圆又不失苗条体态的黑黝黝的姑娘，就一下子走进了他的生活之中。蚩尤原来也没有少爱女人，他交过的女人自己也无法计数——只要是他看上眼的女人，就决不放过。但那一种"爱"，说白了，都只是一种本能的发泄，从他的内心深处，并没有把这些女人真正地放在心上，爱了并不想长相厮守，就像猴子掰苞谷一样，到最后能守在他身边的，或者从此弃之不管，就那么一些女人在他的周围活动着，她们只是他闲暇时的一种爱美心理和随心所欲的性欲的发泄工具而已，要说真正爱了谁，绝谈不上。自从从江淮老家出发北征东夷，直到将九黎鹿部落联盟南北连成一片，直到在河东一带对炎帝的进逼，直到与轩辕、炎帝的决战失败，他的主要精力都放在了对膨胀的部落利益的争夺上，大多数时间，几乎无暇顾及到女人的存在；而随着在涿澥战败，虽说轩辕有不杀之恩，命他"主兵"，但是在他的周围环境中，从此就彻底断了女人缘。一个雄性勃发的男人失去了女人的生活，是怎样的一种难熬呀？这一点他深深地体会过。人的性爱的欲望，就好像也是有周期性似的，每一次发泄之后——

当然了，这时候是在无主体对象——女人的情况下的一种难以自抑的发泄；每一次心情膨胀的时候，晚上就总是清醒的、头脑总是兴奋着难以入眠，他在地铺上翻来覆去地折腾，那一种膨胀的感觉促使他犯罪，每一次不得不这样做的时候，他总是从内心深深地责备自己，但是又不可抑制地那样做着，直到兴奋、眩晕……直到一泄而尽，他自卑得连自己都瞧不起自己，但是膨胀的心情终于像暴风雨过后而归于平静……他总是在压抑的性孤独中重复着这样的性生活，他觉得自己越来越变得卑下，见不得女人，看见女人就眼睛发红，就恨不得扑上去把她"吃了"。

压抑了一两年，他的这种快活的痛快淋漓的想爱谁就是谁的生活，终于在他杀了师兄逃离渤澥之后重新得以恢复。他又回复到了当年身为九黎大酋长时的那一种自由快活阅女无数的生活……可是，自从在涿鹿的背靠着一面南北走向的山梁东坡猪龙部落那个大寨子里，在春天的泉水形成的清泠泠的溪流边见到了这位名叫龙女的有一双传情动人的黑亮大眼睛的俏美人之后，当时她正和部落里一群女人在溪水边浣洗衣物，她正蹲在"哗哗"流淌的清澈的透出清爽的凉意的溪水边，挥动着她修长而圆润的手臂，一双手合在一起，将木棒槌举过头顶"啪啪"地猛击青石上的衣物的时候，她纯粹是无意的原生态地抬起头那么自然地向前一望的时候，那亮晶晶黑溜溜的动人眼光，就正好和从旁边经过的、脚步咚咚的蚩尤——这一个像山一样伟岸结实的男人的无意的目光相遇了。当双方的目光都像电光一样碰到一块的时候，相互都感到了"唰"的一声交响和定格，那个人就痴在那里，眼前一亮地盯着对方看——重新成为九黎大酋长的蚩尤，就是在这样的情境之下，非常意外地认识了龙女——这个以后成为他的妻子、成为他可知的孩子的母亲、成为他生命的又一次高峰直到死亡终身相守的女人，就是在这样一种完全意外的情况下，一步跨入他的生活中。

蚩尤虽说人长得丑一些，头形七棱八瓣的，阔口长脸，睁着一双铜铃似的牛眼睛，古铜色的脸上一脸肌肉疙瘩，但是却极具个性特征和魅力，极其耐看，似乎越看越能显出一种英俊的气质来。最起码在龙女的眼中蚩尤就是这个样子——龙女早就听说过蚩尤这个威镇四方的名字，早就在心目中想象着蚩尤会是个什么样子。自从看到蚩尤的第一眼，又听到周围的人都在喊"大酋长"，周围的妇人一时都停了手中的活儿，向蚩尤施礼，有崇敬的，有害怕的和怀着恐惧心理的，总之，蚩尤的威势就在这一瞬间显示了出来，一时间周围的空气就像是凝固住了似的，就连和煦的春风也不吹了，似乎"哗哗"地流淌的溪流也停止了歌唱，从头顶上飞过的燕子也定格在某一个灵动的姿势上。

蚩尤到猪龙部落的这个大寨中来，本来是想和猪龙部落的酋长小奁商量一些要事的，却意外地认识了这位龙女——因为就在他俩都在目光对视着发瓷之后，就在他重新又大踏步地向小奁的大屋走去的时候，她的背后传来了龙女的伙伴逗趣的声音：

"龙女，相中大酋长乎？"

他回头看时，一个胖一些腾着脸的女子，正用一条麻布巾开玩笑地打了发瓷的龙女一下，龙女的脸上正飞起一朵亮丽的红霞，就像朝阳发出的第一缕霞光一样。被蚩尤这么回头一看，一时羞得龙女侧扭了窈窕的身姿，用手掩住了颜面。可是这一朵红霞却已经深深地印在了蚩尤的心灵深处。于是，在和小奁交谈的时候，他就问起了龙女。原来龙女是小奁酋长之二女也。小奁的酋长位置，本来就是蚩尤在杀了猪龙部落原酋长奁之后所立，所以看到蚩尤对其二女有倾慕之心后，心里就高兴得乐滋滋的，屁颠屁颠地叫出洗衣归来的龙女和蚩尤相见。

原来蚩尤是一个极重亲情、极有孝心和男子汉的责任感的人。他这次逃回涿鹿之后，认真地反思了自己以前的功过，觉得首先要弥补的亲情就是对母亲的孝心。于是，他派出部下，不辞万里地，越过东夷之地，从江淮老家接来了母亲芪苏——其父祸早已经暴病早死。蚩尤自从在猪龙部落里与龙女两次相见，特别是第二次在小奁的大屋中相见时两个人之间的眉目传情，那一双充满柔情的大黑眼睛就时不时地在他的心里毛茸茸地扑闪着，那一朵红霞就像在心中燃起了火苗似的，搞得他心魂不定——他知道他第一次真的从心底里爱上了这个姑娘了。他这样一反常态的举动，没有逃过母亲的眼睛——儿子是母亲的心头肉，母子连心着哩！在母亲的追问下，蚩尤极不好意思地将这个心中的秘密告诉了芪苏。

芪苏年轻时的美，被人称作"花眼"，即使到老了，起了一脸细密的皱纹，可是她的眼睛依然是双棱的"花眼"，只是眼窝儿深了，眼皮儿松了，眼角的鱼尾纹长了，颧骨也显出了骨形，两腮也收缩了，因为口中的牙齿掉了，就瘪着嘴，下巴向前突出，成了典型的老婆嘴。特别是原来圆圆的花眼，让一道斜纹给折成了眯起的三角形，而这一种折枝花眼，正折射出一位老母亲的慈祥与可敬可爱。这个曾经担任过九黎临时酋长的老人，身上透着一种刚强的气质。正是这一种刚强气质和信念的支撑，一个快五十岁的老人，才能够不远万里，来到涿鹿。当然，经过东夷时，蚩尤的旧部神荼、郁垒给予了人道的帮助。

芘苏听到蚩尤黑红着脸、粗声粗气、吞吞吐吐、一反常态，像害羞的大丫头一样对爱的叙说，一时喜上眉梢，高兴得满脸都是笑得乐开了花儿的皱纹。其实这正是她目前所关心的大事之一，蚩尤也老大不小了，早该如此了，老太太等着抱孙子呢！人是隔辈亲，芘苏已经提前有了这一种心理准备。还是在蚩尤十岁左右的时候，一次上茅房时和同伴关于性的猜测，竟让在隔壁蹲着的母亲给听到了。蚩尤从人之间的爱联想到树与树之间的爱，和同伴说：

"人之爱可知，树与树相爱，何为？"

他正蹲在那里边拉屎边发奇想，不想却从隔壁传来母亲一声威严的"吭"声，吓得他赶紧用手捂住了嘴，回到家中见了母亲躲着走，只怕受到母亲的训斥和责难，不想母亲见了他却一本正经地保持着沉默，什么话也没说。有一次，母亲和一个女人议起孩子的聪明，竟然把这事也给说了出来做例证：

"汝所不知，蚩尤，由人之爱，及于树矣！"作为母亲，他为自己的儿子开化得早而高兴。可是蚩尤自担任九黎鹿部落联盟大酋长以来，可谓阅女无数，却始终没个正相，至今未立正妻，看蚩尤一天到晚为部落的发展奔忙，做母亲的一次次在他面前提起儿女亲事，蚩尤总是一摆手了之，老太太正为此事着急上火着呢！现在听到蚩尤对猪龙部落的龙女这么衷情专注的表述，她自然是最积极的响应者和促成者。老太太高兴得屁颠屁颠的，在大屋的脚地来回蹍着脚。她边搓着手边对自己的儿子说：

"好事！好事！待娘亲去提亲……"

她的意思是九黎现在猪龙部落的地盘上扎脚，正好随乡入俗，借此和亲之事，加强鹿部落联盟内部的团结。

四

也许是到了春天的缘故，到了春天万物复苏，猫开始叫春，人也开始思春。自从那天中午在泉水边和父亲的大屋中见到了大酋长蚩尤，龙女的心里一直就痒痒着，似乎有一种期待，期待着能再次见到他，期待着他能按华夏部落之间的仪礼前来提亲。

女孩子不能长大，长大了心就飞了，这似乎已经成为一个千古不变的定律。人常说"女大不中留，留得过了结怨仇"，女孩到了该出嫁的时候，就要及时地给嫁出去，虽然父母有一些于心不忍，但是这是一个铁定的规律，在规律面前人人都得遵守。现在，龙女的父母，就怀着这种于心不忍的心情，听着九黎族老母亲芃苏前来提亲。而在隔壁，龙女也正心跳得"扑腾腾"地定神听着他们之间的亲切而又冗长的谈话：

"亲家好！"

芃苏一句笑眯眯春天般温暖亲切的问话，龙女的父母都站了起来，热烈地响应：

"亲家好！"

"噫嘻，芃老光临，蓬壁生辉！"猪龙部落酋长小夌又机灵地补充了一句。

"非也，非也！"芃苏一边被龙女之母———一个走路有点晃动的、有三道很深的抬头纹的黑红女人——拉得跪坐在坐垫上，一边说。"吾来贵舍，为儿女事矣。愿九黎、猪龙亲上加亲……"

"好事好事，上坐上坐。"龙女之母边晃边把芃苏拉得坐在了身左，自己就靠近坐在她的身边。

"和亲好事，余无异议。"坐在芃苏另一边的小夌酋长，早就盼着能与九黎和睦相处，也尽快表了自己的态。

"余闻汝有二女，愿闻龙女小大？"

"二八芳龄（十六岁），位在第二。"

"长女若何？"芄苏倒喜欢女子大一些，俗话说"女大三，抱金砖"嘛。

一听到这里，龙女的心都提到了胸口上，紧张得耳边"轰轰"乱响，急切地等待着下文。倒是陪她坐在旁边的姐姐——一个更显成熟端庄的女子——脸上露出了喜色。她也把耳朵凑了上去。姐妹俩的心"扑扑"地跳在了一起，两人的脸上都飞起了红霞。

就听见龙女之母诧异地纠正：

"大酋长相中者龙女，而非凤女。"

"所言极是，随便问及，"芄苏自打圆场，又把话题转到龙女身上，"余即为龙女而来。略备薄礼，不成敬意。"说着，示意随从的侍女将礼品一一呈上。

凤女、龙女姐妹俩偷看着那些花花绿绿地摆了一大片的礼品，都是华夏部落少见之物。龙女的脸色恢复了正常，一脸喜气，红润鲜亮。凤女却急得白了脸，恨恨地拧了龙女一把。

蚩尤的母亲这一次亲自来给自己的儿子说亲，这已经破了华夏部落的习俗，但也有照顾到华夏习俗的地方，比如说所送的礼品中，除了九黎族的特产外，还有华夏部落作为定情之物的雁。看到眼前的一大堆礼品，小夼觉得自己有了面子，龙女之母也高兴得额头上的三道皱纹直颤抖。双方当下商定：大婚的时间定在就近的春夏之交，采取一种经过改进的文明的"抢婚"形式。

事情这么定下之后，就是准备和等待了。这一种等待，真是太难熬了，可以说是一日等于百年。好像是了解龙女的心思似的，从一大早起来，在门前树上垒了窝准备抱窝生子的一对喜鹊就"喳喳"地叫个不停，好像是在问龙女："咋咋咋？"及时地告诫人们麦子黄了要及时收割的"半黄半割"鸟，也间隔一会儿就叫一次，好像是问她："汝想咋啊？"心中充满了对新婚生活无限向往的龙女，脸总是烧得慌，心里总是"扑扑"地跳，一天到晚神魂颠倒，人整个就像丢了魂儿似的。该准备的都在积极的准备中，包括给新郎官绣一个并蒂莲的小包，龙女总是走神儿，骨针动不动就会扎在手指头弹儿上，虽说没扎烂流血，但也是钻心地疼，十指连着心嘛！其他的准备都好说，最是这心理上的准备让人拿不定。她不知道蚩尤的抢婚是怎么个"抢"法儿，不知道会经过怎样的"惊心动魄"的场面，她不知道男女之爱到底是怎么回事儿，心里是既向往又害怕，她不知道自己的青春，怎么会在一夜之间就老去，心里总是恍恍惚惚的。

总算挨到了要结婚的这一天，一大清早，姑娘们就将打扮得如花似玉的龙女给藏了起来。这一天，所有的男人也几乎都藏了起来，任凭一群没有定主意的姑娘们在这儿折腾。她们先叽叽喳喳地把龙女藏来藏去，总觉得没有一个保险的地方。既怕让蚩尤一下就找到了，又怕他来了找不到，闹哄哄地把龙女推来推去。她们把龙女从她的闺房中推出来，一会儿藏在柴垛后面，一会儿藏在另一间小屋。最后，还是凤女出的主意，还是推回龙女的闺房中，给龙女的脸上象征性地盖了一块避邪的红麻布，就算是给"藏"起来了。留下两个姑娘手持长长的青竹竿守在龙女旁边，其他人则在凤女的指挥下，手持竹竿、笤帚等各种能找到的"武器"，守候在寨子口、溪水两岸直到半山坡上位于小荬部落酋长大屋旁边的龙女的小小闺房。龙女怀着一颗忐忑不定的心等待着蚩尤的到来。

在九黎部落的大屋前，兄弟们早已经给蚩尤的坐骑修狃——一个个高体阔的灰色大水牛——披了红，挂了绿，这头畜生也好像知道它面临着一件大喜事似的"哞哞"地叫个不停。其他陪同蚩尤前去猪龙部落的兄弟骑的水牛也都牵了来，也都是花花绿绿地挂了红绿彩带，甚至连寨子中心广场的那棵不大不小的枫神，也给挂上了彩带，寨子内外一派喜庆的欢乐气氛。半大不小的孩子，带着一群小孩，有光屁股的，甚至赤身露体地跑前跑后地看热闹。这些孩子，有收拾得光鲜的，但大多是灰头土脸、一身泥巴、破破烂烂，长头发中夹杂着柴絮，跳着蹦着，不辨男女，但都是他们娘老子的小心肝儿。寨子里的男女老少都赶来了，要跟着吃一顿集体大餐。广场的左侧，架起了一排篝火，红色的火苗跳腾着，蓝色的烟雾缭绕着，杀猪的、宰羊的、烤肉的、准备各种杯盘的，男男女女，闹闹嚷嚷。有人的眼泡儿都熏得红红的肿胀了，还是用衣袖一擦酸痛地流出的眼泪，一脸喜气洋洋。广场上已经聚集了不少的人，但还是不断有人往广场上继续赶来，赶来为将要前去抢亲的蚩尤一行送行，也为了等着吃这一顿不限量的、可以放开肚皮大吃大喝的喜饭，为平时愁苦的生活沾上一些喜气。

等到太阳一竿儿高的时候，蚩尤一行要出发前往猪龙部落抢亲了，九黎部落的人们一下子都拥到了前去抢亲的水牛队前。大家拥挤着，欢呼着。踌躇满志、喜气洋洋的蚩尤在魖、魅、魍、魎等弟兄的簇拥下来到他的坐骑跟前，一翻身骑上了宽阔的水牛背。魖、魅、魍、魎，黄黎的横木、仲黄等也先后骑上了牛背，于是，大家抖动缰绳或者用小树枝打着牛屁股，这支抢亲的队伍就扬着灰尘飞奔而去。

蚩尤头顶着长抵角闪闪发亮的青铜头箍，依然是他那一身战时的戎装，威风凛凛，挟一股热风，只是像华夏部落那样，在身上斜披了一条红带，增添了几分喜气，显示了他新郎官的特殊身份。他把牛眼睛瞪得大大的，长脸阔口，开心地嘴角向上翘着，对新婚生活的向往，使他变得和蔼可亲起来。赤黎部落酋长、"迷糊鬼"魖身披一件红网披风，同样是"迷糊鬼"的玄黎部落酋长魅，瞪着一双眼睛，灰着一头蓬乱的头发，青黎部落酋长"胖小孩"魍红着脸，长头发、长耳朵、红眼睛的白黎部落酋长魎黑着脸，人人脸上都漾着喜气。他们从面东的一片翠绿的凤山脚下经过，顺着通向西北的小沟出去，一进入开阔的南北走向的大川，笼罩在朝阳和炊烟之中的猪龙部落那个直跨上山梁的大寨子，就遥遥在望了。

蚩尤心里高兴，只盼着抢亲成功，将龙女尽快"抢"回家，但是，一想起他曾经做过的那个噩梦，想起梦中那句"汝妻已死，汝与她即刻成婚……"的话，就不由得又皱起了眉头，只怕抢亲的过程中出现什么意外。毕竟这是一次族外的抢亲，牵扯到和当地华夏部落之间的团结的问题，闹得不好了，适得其反！但是，已经确定下抢亲，为了团结的大局，双方肯定都会适应对方风俗的做法，也不能说此次抢亲没有绝对成功的把握。现在，蚩尤就是怀着这样一种既自负又担心的心情……他多么盼望这一次的抢亲能够一举成功啊！

这样想着，这支抢亲的队伍就离猪龙部落依山而建的大寨子越来越近了。也不知道是什么原因，已经能够听到鸡鸣狗吠的声音了，却不闻一点人的声息，寨子口上也不见有一个人影，可是进寨子的壕沟上却铺着木板，蚩尤一行就尘土飞扬地来到这里，"吭吭"地踩着木板进了寨子。

拐过一排被去年的雨水浸泡得发黑发灰的麦秸覆顶的圆屋，就见一群妇女手持着长长的竹竿守在道旁。她们个子高低参差不齐，多是一些年轻的女孩子。她们面无惧色地站在路边，一见到蚩尤的抢亲队伍闯了进来，就一呼声地迎着他们冲了过来，只管用竹竿象征性地在这些五大三粗的男子汉身上"唰唰"地打着。而蚩尤一行并不还击，只管向前闯去，顺着拐来拐去的土道儿，经过"哗哗"流淌的溪水，直向位于猪龙部落中心广场部落酋长居住的大屋而去。沿路不断有妇女们向他们"噢噢"地尖叫，乱舞着竹竿，寨子中的狗也集群而来，随在蚩尤的抢亲队伍后面"嗷嗷""唔唔"地叫个不停。当人们之间的"搏击"变成一种象征性的过程的时候，这些忠实的狗，却竭尽全力围追堵截，所以就难免有被棍棒打中的，于是就可怜地瘸着腿，像号丧似的"吱儿吱儿"叫着逃开……

蚩尤冲到小麦的大屋前翻身下了牛背，兄弟们在大屋内外翻来找去，只见屋中摆着各色各样的熟食和玄酒，就是没有人。于是，就有人坐下来海吃海喝，只有蚩尤不甘心地找向侧旁的小屋。

由于紧张和激动，龙女的脸色变得黝黑中透着煞白，多亏被顶在头上的红麻布所遮掩，要不让人看见，会吓一跳。她的心"突突"地跳个不停，身子发软，腿也发软，眼看就站立不住了。就在蚩尤饿虎扑食似的扑上来抱得她脚尖离地的一瞬间，她差一点眩晕过去……

五

自从春天里作了《华胥引》之后，黄帝对伏羲发明的古琴产生了极大的兴趣。以后，他就拜伶伦为师，认真地习练起操琴来。由于天姿聪颖和勤学苦练，过了夏秋，他对古琴的造诣就相当深厚了。加上今年是牛龙值岁之年，风调雨顺，不光是夏季里小麦丰收了，秋季里五谷杂粮也都丰收了。又由于实行了新的井田制和立匠户等，人们的生产积极性空前高涨，百业兴旺，到处一派欣欣向荣的繁荣景象。天下大事顺了，黄帝也就有了闲心，把更多的心思用到对古琴等的研究上来。

这一日，素女鼓瑟，袅袅之音隐隐地传来。昨夜刚下了第一场大雪，天色铅灰凝重，大地覆白，和天空形成明确的分界线。宫屋、楼台、堤岸、独木舟……所有的景物都变得胖乎乎的白。柳枝上挂着长条的雪凇，一缕一缕的，好像是冰雕玉砌，晶莹剔透。镶了很宽的银边儿的湖中一池墨绿的静水，往日里百鸟喧闹的场景，一时成了昨日的记忆。整个世界就突显了一个"静"字，在这样的日子里，琴瑟之音就传得很远。

听到素女鼓瑟之音，黄帝也一时来了兴趣，兴致勃勃地夹了古琴，准备向素女宫——一个独立在合宫东侧较远地方的半地穴式茅屋走去。早上雪还在下，这一会儿也许是"亮晌午"吧，不光雪停了下来，天色也变得亮了许多。在均匀的灰色云层后面，太阳像一朵雪绒花，泛着绒绒的柔和的白光。黄帝身披白面的露出一缕一缕雪白的绵羊绒毛的羊皮外衣，哈着白气从议事大厅走出来——今天文武百官不上朝，但他还是那样的习惯，喜欢一个人静静地在这个大屋里坐一会儿。每次坐在议事大厅中央轩辕镜下的虎皮宝座上的时候，他的思想就可以包裹天地，接通古今。

外面比屋内亮了许多，银白的雪光一时刺得人睁不开眼睛。并不是特别地冷，但是微风吹过来，已经有了刺骨的寒意。下雪不冷消雪冷，真正冷的时候，是青天白日的天晴之后。黄帝这样想着，把夹在右肘窝的古琴紧了紧，伸出左手，从旁边的矮墙上取了一捧白砂糖一样的白雪。雪花凉浸浸的，在温热的掌心中迅速地融化。黄帝双手把雪搓揉了半天，又手心手背翻来覆去地都搓遍了，这才"爽"起手，将手插进袖筒里取暖。平地上一片让人怜爱的素白，真不忍心落脚踩上去，打破这样的平静，破坏这样的画面。但是，黄帝穿着皮窝窝的双脚，还是调正了与地面的角度，稳健有力地踏着半尺厚的棉花似的白雪，"咯吱咯吱"地向东走去。

随着一步步地临近素女宫，那玎玎玖玖的瑟音，就像波浪一样一圈圈地泛过来。一忽儿宁静声微，音亮如金属，回环缭绕的袅袅之音，不绝于耳；一忽儿音若重锤，直敲得人心痛；一忽儿又滑出明快的节奏，声若破竹，势不可当；又有揉音相伴，揉动人那最柔软、最敏感的神经。随着这乐声，雪花又纷乱地下了起来。

黄帝为这柔情动听的乐声所感动，不由得放慢了脚步，双脚轻起轻落，不产生一点杂音，只让这琤琮似水的乐声直穿心底——他理解这美妙幽玄的音乐，乃素女晶莹剔透之心声也。其音幽而亮，宏而远，气度庄严，不着粉黛而自成节律；其音色之美，与凝重之青铜是那么融洽，与剔透之密玉极其匹配，与华贵之丝帛是这么亲近，与素美之彩陶又是这样的和谐。这瑟声像流水一样漂洗着人的灵魂。从这层次分明的乐音变化中，他能理解到其拇指的托、拨之音，食指的抹、挑之动，中指的勾、踢之劲，无名指的打、粘之韵，抑或是拇指和中指的打、锉动作。能想象素女那勾起的、留着玉质长指甲的纤巧小指，怎样"兰花指"一样优美地翘起。真乃弦与指合，指与音合，音与意合，十指连人心，果然名不虚传。黄帝自以为素女知音，乃英雄美人之百代一逢，不禁呼出一声赞叹：

"凛然清洁，乃雪竹琳琅之音也！"

随着黄帝的一声赞叹，瑟音戛然而止。屋内传出窸窣之音和轻快的脚步声，接着，素女就出现在白雪覆盖的、露出灰白的茅草梗的半地穴式茅屋面西的门道。外裹貂皮的她依然是一身素白，雪光映得她眯缝起一双弯月似的秀目，也给她的脸上镀出了一层亮亮的银色。

冲着她，黄帝又是一阵赞叹之声："若夫太素为质，莹然白璧无瑕矣；一气覃敷，万里银妆，廓然在公无私矣；又不事剪裁，体态天然，兆丰年而瑞密都，愈梅色而肩风月，浑然万善咸备矣！"

说得素女不由得低眉下眼，娇羞万状，纤手一指，侧身将黄帝让进了门道。

"轰"的一下，温暖就包围了黄帝。屋内昏暗，却透着沁香。素女与黄帝相拥，能感觉到她柔软的身躯和清甜的气息。黄帝的心却还萦回在刚才的乐曲之中，就问道：

"此曲何也？"

"《白雪》。"是素女那细细柔和的银质声音。

"其词若何？"

素女也不言语，只是又如荷花盛开似的盘坐到她的瑟前去，将白裙子铺展得很开，就像开放的花朵。她翘起兰花指，悉心地巧鼓瑟弦，竟唱出九段《白雪》的歌词来：

第一段　玉砌山河

风行凛冽，

八荒无也。

天轻作雪，

其光皎洁。

树寒初发，

天光一色。

琼瑶玉屑，

肃然

映冰壶月。

第二段　拟形肖

漫漫一带，

俄然铺就。

盐拟雪，

伊谁别。

斜飘密密，

全输君白，

奇花六出。

轻拂

玉骨冰肌，

天根月窟。

第三段　寒透重窗

寂然万籁，

澄清元气，

穿入窗户。

玉声铮铮，

折竹翠风屏。

第四段　梅雪消真

北窗寒凝，

卷尽明沙。

迢迢神京，

谁剪琼英？

月旦空评，

不夜平明。

疑谁梅弟？

认谁梅兄？

第五段　压梅留意

雪恐无梅，

梅雪徘徊。

玉砌银堆，

银堆。

寒冰重压，

谁人咏雪，

宾主追陪。

扉不掩，

户长开，

常防猜。

寻梅客，

放棹人

——频来。

第六段　虚室生白

明室虚白，

寒光笼色。

冰壶天地，

人门闭塞。

太极未分，
初爻正画；
清浅银河，
瀛洲不隔。

第七段　风雪交攻

风必发，
雪飘零，
滴水成冰。
急雪严焱，
两无相让，
战输赢。
空中碎玉，
听坠寒声。

第八段　雪月相辉

霏霏窗外，
天上月光；
白白相辉，
雪月争强。
冻销天地，
霙然银妆。
寒窗呵笔，
裁冰剪水，
客咏诗章。
兽炭以烧，
笑饮琼浆。

第九段　消虑烹茶

巧布彤云，

天地荡荡；
冷片琅玗，
远近悠扬，
盐花颠狂。
喜滋宿麦，
应瑞呈祥。
消俗虑，
煮黄芽。
卧迟细看，
玉砌楼台十二也，
一片茫茫。

黄帝欣欣然自得，不由得以琴音和之。琴瑟和鸣，龙凤呈祥，其音袅袅不绝于耳。

一曲弹唱完毕，二人皆释怀怡然。黄帝想起他给素女写的一首诗来，就略带神秘地从怀里掏出一卷丝帛来，先不让素女看，而是自己将其抖开，双手展平了，这才吟诵道：

铭汝于心，
厮守成真；
一刻永久，
时时如新。
汝笑隽永，
汝言意蕴；
流水若语，
琤琤其心。

汝于吾笑，
眼白天真；
浩齿银光，

纤姿躬亲。
和若一音，
共鸣瑟琴；
《阳春》《白雪》，
饴含中心。

恨汝不永，
横生细纹。
笑眉眯看，
欣汝玉身。
若食吾乎？
若怜吾心；
系绳于汝，
留我娇神。

素女深感黄帝情意之深，然而却从黄帝的琴声中听出了一种王者之气来，就正色问黄帝：

"人言琴有九德，九德若何？"

"好上之琴，当具九德。所谓九德者，一曰奇，谓其琴轻松脆滑兼备。二曰古，谓其音淳和淡雅中有金石韵。三曰透，谓其发音清亮绵远而不咽塞。四曰静，谓其纯净而无杂音。五曰润，谓发声不燥，韵长不绝，清远可爱。六曰圆，谓其琴声浑然不散。七曰清，谓琴声若金石，若风中铃铎也。八曰匀，谓其五弦清圆，匀均平衡，无三实四虚之病。九曰芳，谓其琴弹愈久而声愈出。"

"安有九德之琴乎？"

"九德之琴稀有而难得。得具其三四者，已是好琴矣。"

"言琴身若凤者，何也？"

"伏羲像凤身而制琴，故琴有头，有颈，有肩，有腰，有尾，有足，若人身也。"黄帝拿起古琴来，指着琴一一向素女解说，"琴头上曰额，额下有岳山，此琴之最高处。岳山靠额一侧镶承露，系琴弦者也。自腰以下曰琴尾，琴尾有龙龈，架弦者也。龙龈之边饰，焦尾也。"

"琴有几种？"

"伏羲式，神农式是也。皆五弦。"

"琴长几何？"

"三尺六寸五，象年之三百六十五天也。"

"弦有五根，何意？"

"象五行者也。"

"琴徽十三，其意若何？"

"一年十二月而有闰也。"

"琴有术、法、道之说，何也？"

"凡学问者，皆言术法道。术者，技巧，学问之底层。达于术者，乃下乘也；法者，术精通而升华成理，复以理导术之提高。达于法者，乃中乘也；道者，人生之道也，术法达于人生者也。以求人生妙谛，复以贯彻人生者也。达于道者，乃上乘也。琴如此，万事，皆如此也。"

"琴有三才之音，何谓？"

"天地人者，三才也。言琴泛音若天，散音若地，按音若人。所谓泛音，左手触弦若蜻蜓点水，右手同时弹出之音也。其音清脆高远，若隐若现，轻盈活泼，若天外之声，有'浮云柳絮无根蒂'之美。故泛音像天也；所谓散音，即左手不按弦，仅以右手弹出之空弦音。散音深沉浑厚，乃琴曲雄健之根基，若大地般坚实，有'勇士赴战场'之喻。故散音像地；所谓按音，即是左手按弦，右手同时弹出之音。按音的婉转抒情，圆润细腻，若婉婉倾诉衷情，有'呢呢儿女语'之譬。故按音像人。"

"男人仗剑爱琴者，何也？"

"剑者，胆识；琴者，情怀。"

第三章

一

自从去年接到炎帝神农在烈山移植草药成功的报告后，黄帝一直有一种想法，就是亲自前去向炎帝表示祝贺，虽然当时已经用丝帛写了一封贺信，专程派人送去了。同时，在用药方面，黄帝还有很多问题有待于向他老人家请教呢！

虽说是黄帝注重教化，倡导积极的养生和预防疾病的观念，强调"圣人治未病之病"，但是，从他多年的观察巡视来看，现实生活之中，百姓们往往是得了病之后才想到要看病，有更多的人都是等到把小病拖成了大病，实在忍受不了病痛的折磨之后，才真正下决心去治病。这些病症，包括热症、疟症、气厥、咳、举痛、腹中病、腰痛、风症等，它们形成的外因内因，各种具体的症状，它们与四时、风邪、寒热、冷暖以及情绪、生活习惯等的关系及其针刺疗法，黄帝都和医正岐山仙岐伯进行了详细的讨论和研究，但是，怎样用药物治这些已病之病，还是一个有待于进一步深入研究的问题。而这一点，正是炎帝神农的长处之所在。为此，黄帝必须前往烈山，他甚至想和他一起上到神农架去——自从在渤澥那次喝了炎帝的大儿子、如今是自己岳父的方雷氏炎居带来的神农春茶之后，神农架就给他留下了太深的印象。

黄帝有了这样的想法以后，就开始筹划着什么时候动身。终于等到了春暖花开、气候宜人的时候。时值黄帝四年（庚寅年）之春，黄帝又年长了一岁，这一年的值年太岁是虎龙部落的代表、处事谨慎小心的摄提。有这样的人在密都应酬着各方面的事务，再加上有风后和力牧的支撑，黄帝就可以放心地离开一段时间，集中精力去专门研究最关百姓生活质量与疾苦的养生保健和医药方面的问题。

黄帝乘着大辂之车，由方明驾车，岐山仙岐伯就坐在他身旁，与他同行的还有应龙、喫诟、孔甲、清瘦的农正稷，满脸络缌胡子的曹胡，长于作裳、肤色白得有些过头的伯余，发明了制履的、胡须细细密密、修整得很规整的于则和桥山"艄公"的儿子、说话翁声翁气的货狄，他发明了舟楫，又建议疏通了大道，由于近一年的"披山通道，以便民行"，车辆就可以在大道上通行无阻了。白龙马拴在黄帝的大辂车之后，以备急用。应龙还是骑着滚雪龙，喫诟、孔甲、稷、曹胡、伯余、于则和货狄则分别乘坐着一辆云车，十干卫队前呼后拥，五色旌旗，前朱雀，后玄鹿，左青龙，右白虎，中央黄龙图腾高擎，中戊队长著雍、中己队长屠维骑着马并辔而行，一个白而雍容，一个黑而威武。

春光明媚，百鸟争鸣，车队穿行在柳絮花丛之间，一会儿绿枝拂面，一忽儿又粉红飘香。黄帝的心思并不在游春赏景上，而是一门心思和岐伯交流着对疾病的观察和认识：

"痹之安生？"黄帝想了解痹病的产生原因，就这样问岐伯。

车辆在土路上颠簸，岐伯的身子也随着摇晃和颠动，但是他还是感到比走路舒适多了，于是就半闭着眼睛陷入了遐想。忽然听黄帝问起痹病来，他就睁来那双深眼窝里幽深的单皮儿眼，洞若观火地告诉黄帝：

"风、寒、湿三气杂至，合而为痹也。"

"其有五者，何也？"黄帝又问。

"以冬遇此者，为骨痹；以春遇此者，为筋痹；以夏遇此者，为脉痹；以至阴遇此者为肌痹；以秋遇此者，为皮痹。"岐伯一字一板地从容解释道。

这一种解释，既是痹病的实际病状，又完全符合五脏与四时的对应关系，黄帝一听就明白。于是，他的思路就循着五脏六府之痹症问下去：

"痹病久，则内舍五脏六腑，何气使然也？"

"五脏皆有合，病久而不去者，内舍于其合也。骨痹不已，复感于邪，内舍于肾；筋痹不已，复感于邪，内舍于肝；脉痹不已，复感于邪，内舍于心；肌痹不已，复感于邪，内舍于脾；皮痹不已，复感于邪，内舍于肺。所

1012

谓痹者，各以其对应之时，重感于风寒湿之气使然也。"

岐伯这么解释了一番，自觉还不够透彻，就介绍起痹症的症状来：

> 凡痹之客五脏者，
> 肺痹者，烦满喘而呕；
> 心痹者，脉不通，烦则心下鼓暴上气而喘，嗌而善噫，厥气上则恐；
> 肝痹者，夜卧则惊，多饮数小便，上为引若环；
> 肾痹者，善胀，尻以代踵，脊以代头，善坐不思，身懒体惰；
> 脾痹者，四肢解堕，发咳呕汁，上为大塞；
> 肠痹者，数饮而出不得，中气喘争，时发飧泄露；
> 胞痹者，少腹膀胱按之内痛，若沃以汤，涩于小便，上为清涕。

接着，又从病因和情绪等因素，做了一番论述：

"阴气者，静则神藏，躁则消亡。饮食自倍，肠胃乃伤。淫气喘息，痹聚在肺；淫气忧思，痹聚在心；淫气遗溺，痹聚在肾；淫气乏竭，痹聚在肝；淫气肌绝，痹聚在脾。诸痹不已，亦益内也。若其风气胜者，其人易已为。"

黄帝又问起痹症致死、痹症致疼和其症易已的原因来：

"痹，其时有死者，或疼久者，或易已者，其故何也？"

岐伯答道："其入脏者，死；其留连筋骨间者，疼久；其留皮肤间者，易已也。"

"以针治之，奈何？"

岐伯原则性地讲着针灸治疗痹症的方法：

"五脏有俞，六腑有合，循脉之分，各有所发。各随其过，则病愈也。"

随着日头爬上竿头，愈往后就愈加温热起来了，人头顶上，就像顶了个大火盆子，烤得人颜面上暖洋洋的。黄帝和岐伯两人正在你一言我一语热烈地讨论着的时候，大辂车却突然停了下来，再看，前面的旗仗队列都停了下来。从前面跑来一个身着红衣的高个子兵士，喘着气报告了身穿黄服的中戊队长著雍，著雍和中己队长屠维交换了一下眼色，就转身向黄帝报告：

"有仁小女，拦于道中，非献花与帝而不起也！"

　　自从去年春天风后演兵迎接黄帝回到中原时，年方二八的金女一颗芳心钟情于黄帝之后，快一年了却一直再没有机会见到他，这让害单相思病的小女子金女受尽了心烦意乱的折磨，经常心里火烧火燎、猫抓猫挖的，脸上像烧着炭，心里像燃着火，却不好向人说。女儿的心思能瞒过粗心的父亲，却逃不出作为欧氏聚落族长的老奶奶的一双很聚光的深邃眼睛。金女姐妹的母亲去世得早，父亲又是一个不爱多言语的人，所以她们三人一直是老奶奶一手带大的。老奶奶已经是满脸皱纹了却很慈祥，身体硬朗，头发灰白，脸色红膛膛的，只在周围有几个几乎看不到的浅小的老人斑。每次老奶奶用布满松树皮一样的老手，拿着木炭棒虔诚地画符或者画神像时，她们就偷偷地跟着模仿。有一次，姐妹三人比赛，在地上用指头一人画了一大圈"神像"，让路过的老奶奶看见了，老奶奶高兴得张大了满口齐整的白牙大笑，孙女们的聪慧让她很开心。她尤其对金女画的神像感到满意。她悉心地教导她们作为一个女人应该具备的各种素质，也把她们当作掌上明珠一样爱护。看到金女一反常态的举动，老奶奶就把她叫到自己的坐席前，要问她个究竟。金女满脸羞红，眼睛透着晶莹的亮光，双手紧紧地抱住奶奶的皱纹脖子摇着。当听说了金女对黄帝的倾慕之情后，老奶奶的脸上变得严肃起来：

　　"此大事也，非同儿戏，且待机缘。"

　　这一天天气晴朗，艳阳高照，金女的心情也跟着好了起来，一大清早就带了两个妹妹出门采花去，正好遇到了从远处向西一路逶迤而来的黄帝的队列，急中生智，也不顾少女的羞涩和面子了，心一横，就拉了妹妹跪于道中，高捧着手中金灿灿的迎春花，拦住了打着红旗、身着红衣在前面开道的兵士。没想到这一拦还拦出了效果，等身着红衣的高个子兵士返回的时候，竟然引领着她们三人穿过兵士林立的仪仗队列，径直来到了黄帝的大辂车前。毕竟是第一次见到这样的场面，金女还能支撑住场面，两个小妹妹，早已经是心跳得扑腾腾的，小心谨慎地轻步跟随在姐姐的身后，真有些后怕起来。但她们毕竟是前来献花的，一片好意，想想不会有坏结果。

她们就这样忐忑不安地走近了黄帝高峨威武的大辂车的。金女抬眼很快地扫视了一眼，看到方明——一个一脸忠厚、脸色赭红的驭者，已经下了车，用手勒紧昂起头"咴咴"叫的白龙马的缰绳站在车旁。黄帝还是去年那样，身着亮晃晃的反射着融融春光的黄丝帛龙袍，头戴高峨的前后各饰十二旒的冕旒，威严地高高站在大辂车上，正往这边投来锐利的目光。看他一脸红光，依然是那样的神采飞扬，身旁坐着一位瘦长脸、绾着高髻的长者，目光深邃。

黄帝已经是二妃六嫔，可说是阅女多矣，可还从来没见过这样满脸流光的粉艳女子，那肤色就像刚刚盛开的桃花一样让人怜爱，好像周围的天色也一下子让她们给映亮了似的，不由得内心里发出一声赞叹。连坐在黄帝旁边的岐山仙岐伯，也跟着惊叹，好像看到了渴慕已久的仙女一样。他们这样赞叹的时候，金女姐妹仨，已经腿软下跪，将手中金灿灿的还带着晶莹露水的迎春花举过了头顶，衣袖下落，露出了莲藕色的秀手和玉臂。

黄帝看得心疼，就跨前一步，蹲下身来，俯身向下，怜香惜玉之情溢于言表：

"尔等起身。献花好意，余受之。"

二

金女第一个站了起来，将迎春花举到黄帝面前来。她那光洁的桃花色的脸色，细细的直直的鼻梁，两只眼睫毛弧形翘起的扑闪扑闪的大眼睛，轻轻抿起、嘴角上翘的樱桃红的小口。她修长的脖颈就像白天鹅的玉颈，莹润的密玉玉佩和白生生的骨珠项链，给它装饰上了好看的花边儿。随着一双玉手的临近，一种天然的混合了少女气息和鲜花芳香的清爽——迎面而来。

当一把迎春花从纤巧的玉手里交到黄帝有力的大手中的时候，当两双温热的手指相触的时候，当两双眼睛一时四目相对的时候，就如同阴阳的电极相遇，自然就碰出了莹亮的发自心灵的火花。

两个小妹个子低，鲜花也由金女给递过来，一时黄帝的一双大手里，握满了金灿灿的迎春花。

黄帝被这一种气息和情态所熏陶，连声称谢。但是，当金女提出要随他而去的时候，黄帝断然拒绝道：

"人生大事，非八字相合、媒妁之言、父母之命不受也！"

金女一颗少女萌动的心虽说是受到了"冷遇"，但她从黄帝的眼睛中却看到了火热的情肠。姐妹仨只好让于道旁，耳听着辚辚车马声从身边经过，眼看着黄帝的仪仗车队向西走远了，终于连旗帜人影都消失了。金女的脸还是火烧火燎地泛着红光，眼中含着热泪伫立于道旁，在春风中好像是一尊玉雕。小妹突突跳的心终于平静下来，轻松地出了口气，好奇地看着姐姐。二妹伸手挽住大姐的手，用目光安慰着她。三人互望，既了却了心愿，又似乎怅然若失。

金女的确让黄帝心仪，在他平静的心上激起了一时热恋的狂澜。但是，黄帝还是以坚强的意念强压住心中的激情，因为在他平时巡行各部落时，看到了百姓太多的疾痛。虽然圣人养心益神，可以做到"治未病之病"，可是百姓们忙于生计，却总是到了病已缠身、不得不治的时候才去求治。这就极大地增加了治疗的难度和病人自己的痛苦。黄帝善于观察，看顾到了各种各样的疑难杂症。这些痛苦，总是像刀尖似的在他的心头上划动，令他于心不忍……在黄帝的信念中，百姓的疾苦就是自己的疾苦，作为天下共主，首要的大事就是为百姓谋福祉——这已成为他身为人王的主要职责。正因为这样，炎帝神农引种成功了野生药材，才让他如此为之动心——宁可涉足千里，也要亲自前去祝贺一番。同时，炎帝重新整理出了《神农本草》，这也是黄帝所以要作此次西行的主要原因之一。借次机会，可以虚心地向炎帝认真学习一番医药知识了。这些都需要一种专注的赴道的精神，决不能分心。所以黄帝才毅然决然地做出了不带金女前往的决定。

决定是做出了，金女也没有随行，但是，由她所激起的爱的波澜，却一时难以平静。坐在摇摇晃晃地在坑洼不平的土路上前行的车上的黄帝，闭上眼睛，眼前还是金女那驱赶不走的桃花色的脸色和盈盈笑意。她一次又一次地变换着角度出现在他眼前，那么美好，那么可爱，那么让人为之心动……黄帝一时驱赶不走这样重复出现的影像，到最后，他的心情也跟着烦躁起来，干脆做出左右扇动的手势，像驱赶蚊虫一样去吆。而同坐在大辂车上的岐伯，却早已经左摇右晃地睡着了——他正身跪坐，又靠得稳实，所以，不管头怎样随着车的摇晃颠动，他跪坐的姿势总是不倒。一天的颠簸劳顿，中间只做了一次短暂的休息，喝了些皮囊里的凉水，吃了些出门前嫘祖给带上的发黑涩口、略带甜味的粟饼和烤得焦红焦红的烤肉后，就继续西行了。现在太阳已经靠近浅蓝色的、画片一样层峦叠嶂的西山剪影，气温也明显地较正午时降低了许多，风吹到人身上变得冷飕飕的。黄帝给岐伯盖上一件光面皮衣，也在方明的肩头上披上了一件。按照原定计划，早已经过了要歇脚的地方，现在只能赶到下一个聚落去休息了。方明感激地回望了一眼黄帝，抖擞精神，把鞭子在空中划了一道弧线，甩得"啪"地脆响。那弧线搅动着夕阳的金辉，如同金蛇飞舞一样。

　　车飞速前行，马鼻子喷着白色的气团，马背上的毛已经湿漉漉地变成了冒着热气的毛毡，马汗的酸味儿刺鼻……终于在天黑以前赶到了伏牛山脉东部一个炎族小聚落。快马早已通知了黄帝一行驾到，聚落首领是一位上了年纪、一头灰白头发和一脸细皱纹的黄脸瘦老头儿。他殷勤地跑前跑后，忙碌了好一阵子，才算将黄帝一行人都安排得住了下来。所有马匹和车辆都只好露天安置，临时找来的红陶盆里放了草料，拌了水之后，它们就"咯吱咯吱"嚼吃起来。马背上都搭了黄麻织成的马衣。

　　黄帝住在一间不是很大、半新的能闻到麦草清爽气息的圆形茅屋里。屋子中央的四根细木支柱中间，是一个火苗正"呼呼"作响的火塘，整个屋子都被跳动的火光映得红彤彤暖融融的。一天的颠簸，浑身是有些困乏了，背也有点僵疼，可是大脑却活跃得难以入睡。一闭上眼睛，眼前就是挥之不去的金女的笑影。侧身睡着，扣在枕头上的耳朵里，都能听到与跳动的火苗同节奏的"嘭嘭轰轰"的心跳声，让他明显地意识到，他在休息，而不知疲倦的心，却还在有节律地继续工作着呢！黄帝调整了一下睡的姿势，虽然再听不到自己的心跳声了，可是思想却还在继续活跃着，浑身有一种猫爪抓的骚动感和在不断膨胀的冲动。人想人，受死人，这一种甜蜜加痛苦的滋味，只有身在其中的人，才会有深切的感受。翻来覆去，侧身压着都睡不着——平时这样躺着，思想就会像水中的深沉物一样纷纷下沉，人也就昏昏入睡；今天却不一样，一切都是飞扬着的——人好像在飞升一样。因为睡不着，铺得并不是太厚的睡铺，就硌得人胯骨疼。干脆仰躺着，仰躺着更睡不着。黄帝干脆习练起卧式"吐纳法"来，由"小周天"一直运转到"大周天"，人似乎在星际间遨游，最终还是睡不着。他索性挺身坐起，一睁眼，又看到了靠在墙角的那把伏羲式古琴，披挂好衣饰，伸手拿过古琴来，平衡地跪坐到火塘旁后，就将古琴放在大腿面上，"玲玲玑玑"地弹拨了起来。那是"玲玲玑玑"的水流的清音，那是翠竹拔节、青笋爆裂的脆音，那是山林中徐徐传来的虎啸之声，那是来自大自然的天籁之音，不由得让人不慢慢地宁静深邃起来——这徐缓从容的琴语，枯淡而安静，这一种安静，是涵养心性的第一功夫，有自我养生和治疗的作用。所谓养生，在黄帝看来就是养神了，神灵了，一切皆变之。同时，这琴声，又一种幽远的感觉，听起来就好像是从非常遥远的地方，经清风过滤了似的，显得那么旷远，恍若隔世一般；其苦淡之性，淡淡的如一缕浅蓝色的轻烟，在你面前缠来绕去，又如松林间的清风，带着河水的喧响和沁人心脾的香味。这又是一种有超越功能的逸品，是天地宇宙之正音，既安静祥和，又恬淡自如，引导着你超越自身的局限。

这"静，远，淡，逸"的琴声，也感动了住在邻屋的因上了年纪"昼打瞌睡，夜无瞌睡"的岐伯老夫子。于是，他就随着琴声，悄没声息地来到黄帝的屋内。一曲将尽，突然"啪啪"爆响的岐伯单调、枯涩、慢节奏的掌声，倒把黄帝唬得一激灵。一看是老仙翁来了，就侧身让他跪坐在身左的坐垫上。

岐伯的到来，让思想已经调到修养正道上的黄帝又有了研究的新话题："余闻九针，上应天地四时阴阳，愿闻其方，令可传于后世以为常也。"

岐伯看黄帝把话题又转向了《九针》，此乃上古所传之奇书，为其终生所学之长也，就轻嘘了一口气，把被火光映得发红的瘦长脸颊下面蓄起的灰白的山羊胡子捋了捋，眨了眨深眼窝里面晶亮的单皮眼，心缓气平地徐徐道来：

"夫一天，二地，三人，四时，五音，六律，七星，八风，九野，人之身形亦应之。针各有所渲，故曰九针。皮应天，肉应地，脉应人，筋应时，声应音，阴阳合气应律，人齿面目应星，吐纳应风，九窍三百六十五络应野。故一针皮，二针肉，三针脉，四针筋，五针骨，六针调阴阳，七针益精，八针除风，九针通九窍，除三百六十五节气，九针各有所主也。"岐伯停下来想了想，又补充了几句，"人心意应八风，人气应天，人发齿耳目五声应五音六律，人阴阳脉血气应地，人肝目应之九。"

黄帝的精神集中于此，目光如炬。然而，他的思想并不止于此：

"愿闻《九针》之解，虚实之道？"

岐伯先从具体的针灸实践说起："刺虚则实者，针下热也，气实乃热也。满而泄之者，针下寒也，气虚乃寒也。菀陈则除之者，出恶血也。邪胜则虚之者，出针勿按。脉徐而疾则实者，徐出针而疾按之。脉疾而徐则虚者，疾出针而徐按之"，然后才归结到《九针》之解，虚实之道上：

"言实与虚者，寒温气多少也。若无若有者，疾不可知也。察后与先者，知病先后也。虚实之要，九针最妙者，为其各有所渲也。补泻之时者，与气开阖相合也。九针之名，各不同形者，针穷其所当补泻也。"

他们又进一步讨论了九针的许多技术细节，直至深夜意酣方散。

三

黄帝一路南行，直到鸡公山下的时候，才停下来稍作休憩。炎帝神农也不顾年老体衰和路途劳顿，专门从西边的随州赶到这里来迎接黄帝。在专门从中原赶到随州去侍奉他的大儿子方雷氏炎居的陪同下，炎帝神农和黄帝在鸡公山下见面了。

鸡公山位于今湖北省和河南省交界处，属河南信阳市地界。雄踞武胜关、平靖关、九里关之间的鸡公山，既是大别山的一支余脉，又西与桐柏山相接，在两条山脉之间，鸡公山犹如龙口含珠，被后世理解为一个"二龙戏珠"之穴位。无独有偶，黄帝和炎帝神农在这里的相聚，留下了一段"二龙戏珠"的美好佳话。

黄帝到达鸡公山下的时候，太阳已经西沉。西天边的天色还挂着一抹淡淡的玫瑰色的红晕，但是周围的山形地貌，都已经变成了浓重的剪影。炎帝神农赭红的脸色也变得深暗了，只有夕照的余晖，把他半边脸上的笑纹勾勒得非常清晰。他显得更加真诚、厚道和热忱。不等炎帝神农开口，黄帝就朗声说：

"炎帝在上，容吾一拜！"

却被炎帝神农伸出的一双带着粗硬老茧的温暖大手给托住。而在年老的炎帝神农眼中，黄帝显得比以前更加坚毅、高大和伟岸了。他明锐的目光，像一池春水，能融解一切冰霜和隔阂。他的目光是真诚的，他微笑着直视的目光中充满了对炎帝神农的敬意。

"欢迎欢迎！"

"恭贺恭贺！"

黄帝和炎帝神农热情寒暄的时候，长得和炎帝极像的炎居和红脸祝融站在炎帝神农身旁。还有随同他们前来的举着"炎"字图腾的热情族众。这边，黄帝身旁是应龙和岐伯，后面是旗帜鲜明的十干卫队，中央是"黄"图腾大旗。喫诟、孔甲、稷、曹胡、伯余、于则和货狄站在较远的阴影中，大家的脸上都洋溢着久别重逢的欣喜。

炎帝招呼黄帝一行歇息下来，而炎黄二人却几乎是彻夜长谈。黄帝有许多急切的药学方面的话题要向炎帝神农提出，炎帝神农一一给予简要的回答。直到夜深人静，周围的人声被大自然的天籁之音取代之后，黄帝才将炎帝送出。春夜料峭，暗香袭人，星光璀璨。银河像一条巨龙横卧在宝石蓝的夜空，又像一条巨大的纽带，将万千星斗挽在一起。漫天星光，一派和睦相处、相映成趣的吉祥景象。

黄帝的心情激动不已，一种天人合一的感受油然而生。

一夜深度休息，黄帝几乎没有做梦，一觉睡到第二天天麻麻亮的时候。他听到了屋外迟疑徘徊的脚步声，就披上外衣，打开了屋门。天空中还有个别亮星在发白的天空中眨着眼睛。早起的炎帝神农已披挂好了，一脸诚意地邀请黄帝同登鸡公山。

简单地吃过早饭，一行人就匆匆上路。山在东侧的丘陵之后。因为南方的春天来得早，这时候，山上的松树、杉树，路旁的竹林已经油绿可爱，各种奇花异草正争繁斗艳着呢，一处洁白如雪，一处粉红如云，一处又黄得灿烂。云蒸雾罩，若隐若现，层次分明。空气湿漉漉地清爽，好像伸手抓一把都能抓出水来。路边草木茂盛，新鲜的草木芳香混合了花香，扑鼻而来。车前草肥大的带环形竖条纹的绿叶四面八方地铺开，已经高高地举起了它小颗粒的米黄色花穗。细长的羊胡子草（龙须草），灰色的艾蒿，油黑的长了泛蓝的绿叶、开了豌豆一样的小紫花的狼牙刺，都挂着晶莹的露水，人一走过，就刷了一身水。走不过一会儿，鞋子、裤角和身上，就变得湿淋淋的。但是，黄帝还是兴致极高地随着炎帝神农一路走去。一边走，炎帝神农就会拔起一种草药来，指点着，介绍着。黄帝仔细地观察过后，就向后传给岐伯。这些草药，岐伯大多熟悉，就让应龙、孔甲、稷等传看着。

炎帝神农边走边说："勿轻看此山。鸡公山虽不高，然珍贵之药，遍地皆有。灵芝、九死还阳草、何首乌、七叶一枝花……"他正介绍着，就在草丛中一眼看到一株七叶一枝花来。他有花有叶地拔起一根来：

"此即七叶一枝花。又曰七叶莲，乃物中之异也。一圈轮生之叶，中出一花，奇的是此花之形，似极其叶。花分内外，外轮叶象，六瓣；内轮八瓣，蕊长，一眼可辨矣。然其叶绝非数七，六叶常见。"

黄帝接过来看时，只见绿色细茎的中腰上，像百叶裙似的围了一圈七片微胖的放射状尖叶，细茎顶上是花，外围六瓣极像其叶的绿色剑状放射形尖瓣，中间才是粉红的八瓣花，其蕊很长，甚是可爱。

"此物味苦，微寒，小有毒"，黄帝放缓了脚步，边走边观察，炎帝神农在旁边继续介绍："其功能，清热解毒，消肿止痛，凉肝定惊。用于疗疮痈肿，咽喉肿痛，毒蛇咬伤，跌仆伤痛，惊风抽搐。"

黄帝仔细地观察，又折了一个叶尖在嘴里嚼了嚼，果然味苦性寒，属清热解毒一类凉药也。有了详细的观察了解和体验之后，黄帝才将它传给身后的岐伯。

一行人步移景换地一边缓步走着，一边欣赏着风景。就看见前面不远处站着一只毛色赤褐、大耳朵，尖瘦脸，粗尾巴，细脚玲珑的赤狐。看见有人来了，它却并不急于逃避，而是很精神地像狗一样蹲了起来，亮出它脖颈底下和胸部的暗白毛色，两条由红过渡成黑色的短腿有力地撑在前面，毛茸茸蓬松的大粗尾巴横拖在身左。随着一步步临近，黄帝已经能够看清赤狐亮晶晶的圆眼睛了。它一会儿睁得很大，一会儿又眯成细缝，显出一种狐狸的狡猾本能来，让人猜不透它到底在想些什么。

赶上前来的应龙，一看这么一个好毛色的猎物，就欲取下斜背在身上的大弓，却被黄帝制止：

"非猎之时，射此无用，还是留它一条性命。"

人群继续前行，直到毫毛毕现的时候，赤狐才不慌不忙地从容离去，敏捷地闪入旁边的林木中，不见了。

炎帝神农笑指着赤狐消失了的地方："量人不害，其胆就大。人言'六月狐子不惜皮'，余今见三月不惜矣！"

"入春毛发脱落，射之无用也。"应龙高喉咙大嗓子地说，像是自言自语，又像是对炎帝之话的回应。

在大深沟里穿行了半天，蜿蜒而上一道陡坡，就可俯视山下风光。再往前走，西南方向的五怪岭岭脊起伏，怪石嶙峋，千姿百态，或者似人，或者像鸟，龟、鳖、蛙、狮、熊、虎，等等，不能一言而尽。大家边走边指看着，辨认着。景随步移，因为各人站的角度不同，显出的形象也不尽同。边走边议，五种形象却基本上得到了统一的看法，即乌龟爬行、青蛙捕食、圣人叩首、猪猡觅食、熊猫打盹。

炎帝神农手捋着胡子笑指："此五怪石也。"

黄帝因看到了自己图腾的形象，心情也变得开朗了起来，脸上现出了会心的笑意。

应龙和祝融等人并不觉得怎么累，只是胖得像个肉球一样的喫诟，已经是大汗淋漓了。他一面口中喘着粗气，用手背抹着脸上的汗，一面长叹：

"呜呼高哉，何时尽头？不若就此歇息。"

大家也就停下来稍作休息。喫诟一屁股坐在路边凸起的石头上，其他人有站的，有蹲的。黄帝扶炎帝神农也坐了下来。一群人中，有腿软的，有脚沉的，只有应龙一个还保持着一种雄赳赳的样子。他兴致勃勃的脸上，好像涂了一层油彩。

1022

休息了一会儿，嗅诟又呼道：

"口渴心焦，水乎？"

炎居说："大师莫急，甘泉在前，够汝等一饮。"

再次上行不远，果见道南有一泉源出石隙，大家再次小歇。用手掬了喝时，顿觉味甘神爽，浑身透着清凉。黄帝喝完水，用手将了一下下巴上的清流：

"果然甘泉也！"他稍一停顿，就转头问："孔甲何在？何不造'甘泉'二字，以彰明其性？"

孔甲是仓颉的门生，善画，以在龟甲上打孔记事而闻名。自从跟随仓颉学习字符以后，造字成了他的主要工作。一向做事认真的他，听黄帝这么说了，孔甲就仔细地观察起这眼甘泉来，又用手掬了泉水细细品呷。他形象思维的能力极强，不一会儿，"甘泉"二字就在他心中形成了雏形。他折了一截树枝，就在地上先画了给黄帝看：

（篆书）甘 T（象形石缝里流出水来）

黄帝看后，又在"T"上加了一个"宀"，并且把左右竖画对称地弯进又弯出：

"如此，像否？"

炎帝神农和稷在交谈一些春耕播种的事，其他人有闲着赏景的，以制履而出名的于则却在旁边像是悟道似的自言："山高水高，地理也！"虽然年月在他的脸上又增加了一些细皱纹，但他还是把他细细密密的圈脸胡子修饰得很整齐。这个人中等个儿，全身上下显得很玲珑紧凑。他一向做事很细致，可以细致到令人敬佩的程度。

喝足了水，从陡石崖步步升高，不觉就到了龙子口。从如同飞龙张口的龙子口走出来，前面的路程就比较轻松了。经过鹰嘴石，再穿过一片湖区，报晓峰就可以看到了。看到那雄鸡引颈一样雄伟的天然石雕，曾经是鸡龙部落酋长的祝融开始有话了：

"鸡公山，鸡龙之象，吉祥之地也。今二帝至此，必龙凤呈祥。"一句话，说得黄帝和炎帝都高兴起来。看炎帝的脸上有了红光，黄帝也是一种满意的表情，祝融就得意地继续讲下去：

"鸡公山左牵大别，右连桐柏，居二龙之中，若龙口含珠。二帝于此一游，真乃二龙戏珠是也！"

孔甲因才而自负，这时候，也不得不对这位炎帝曾经的大将侧目相看了。

四

自从过了鸡公山和武胜关，继续向南再拐向西行进，就明显地感觉到空气中湿热的成分增大了。空气总是湿漉漉地闷热，真正的好天气，几乎没有几天。天空灰色的云层多了，乳白色的雾气大了，在平缓的蜿蜒起伏的小丘陵地带行进，视线可及的北方是巍峨的层次分明的山峦，南面则不时出现大大小小的镜子一样明亮的水面，这些水面连接起来，广漠而旷远。炎帝神农用他因劳作而变形的粗手指，指点着水面介绍说：

"此即云梦泽，广布江水南北，大也，深也，不可测也！"

这就是传说中的云梦泽吗？黄帝虽然早就听说过云梦泽，但是还是不能相信会有如此广大之水面！竟然看不到边际，就不由得跟着炎帝神农兴叹几句：

> 云梦大兮，
> 包裹天地；
> 云梦邈兮，
> 远及交趾。
> 大兮邈兮，
> 恩泽广被。

微风贴着水面吹过来，水面上皱起万道波纹。水光潋滟，一股凉爽的湿气扑面而来，让人身上顿觉清爽了许多。这南方的温湿气候，黄帝一时还不能适应，汗水冒出来，不是像北方那样，早让干燥的空气给吸干了，而是总粘在皮肤上，于是身上就总是黏乎乎的，汗水中的盐蜇得人全身上下不自在。有这么大一池水横在眼前，用水痛痛快快地洗洗身上，就是再自然不过的愿望了。

也可能是水土不服，黄帝这几天总觉得身上不自在。白天整理采集到的药材，又忙得过了吃饭的时辰，直到日头贴近西山的时候，才匆匆忙忙地刨了些饭食，到了天黑下来"喝汤"（晚饭）的时候，肚子还几乎没有饥饿的感觉，但是一向注重养生之道、生活得很规律的黄帝，还是没有改变平日里喝汤的习惯，心想少吃些，这顿饭还是要吃的。但是吃着吃着，一陶碗白米饭，就让他给吃完了。说实话，原来看到蚩尤生吃白米的时候，人们还以为他抓起一把白砂就给吃了，觉得那难克化得很，但是现在这种白米在陶罐里煮了，再在黄帝发明的陶甑上蒸熟后，吃起来就软和得多，而且很容易下口，就是吃到肚子里不顶用，一是没有吃饱饭的感觉，二是吃了也不耐饥，吃完饭总好像没吃饱似的。加上人的活动量一增大，饭量也跟着增大，所以肚子并不是很饿的黄帝，把一陶碗白米饭，抓着刨着，不知不觉就吃完了，不免就吃得有点多了。晚上继续在塘火映照下，和岐伯又讨论了些医理上的问题，就沉沉地入睡了。这一睡肚子里积食较多，人也就睡得不安宁，做了一个怪梦，竟然梦见口吐白虫（蛔虫），就是小孩常拉的那种。白虫从他的口中像蛇信一样吐出来，他抓住白虫从口中拔出来，心里硌硬得难受。一觉睡醒，这种难受的感觉还保持了很久，从此再也没有睡着，干脆起来，点着一把火把，继续翻弄那些草药。黄帝想尽量忘掉刚才的梦，但是心里总是隐隐地硌硬着，他不知道这样的梦预兆着什么。

黄帝被这样一种梦境折磨着，等到天亮之后，就说与来到他居室的岐伯听。黄帝本来还是怀着一种忐忑的心情，不知道岐伯会怎么个解法。不想岐山仙岐伯听后，却在他的瘦长脸上堆起了神秘的笑纹：

"梦白虫，性不和，无大碍也！"

"何谓性不和？"

黄帝仍然有些不得其意，岐伯就在地上用食指画了一个"女"字，黄帝看了，也会意地跟着他笑了起来，浑厚的笑声就在小屋里回荡了起来。

"何事，若此兴致？"

随着炎帝神农好奇的问话声，他就"咚"地一步跨进了屋内。因为昨天临时休息在当地的一个小部落里，炎帝神农和黄帝、岐伯等的小屋都紧挨着，所以相互之间的来往就很随便，炎帝说到就到了，事先也没个告知。

对炎帝神农的到来，黄帝表现出了极大的热情。他先给炎帝神农让了座，等炎帝神农在他和岐伯之间跪坐下来，才告诉了他自己昨夜的梦境。

炎帝听说黄帝梦见口吐白虫，而且是"若长虫吐信"，就合掌而欢：

"此吉兆也，龙象也！余欲引尔等往梅花洞一游，此洞深不可测，有水喧豗于中，有女名梅花，有进洞者见于她。尔梦正合此意，其中是否有长虫者？亦未可知！"炎帝神农营造了一番神秘气氛之后，又绘声绘色地描述了那个进洞者的见闻："进洞者，一采药后生也，其背松木火把一捆，待燃至唯一，见一女子，自谓梅花，劝其返，然只给一火把。后生大疑，梅花慰之：'君且放心，终可返矣！'果返至洞口。至此，火把自灭，化为乌有。又有探洞者，进至洞中，水小声大，若大河隐于其中，终见两粗短大虫盘踞，一白一黑，恐之，再无人进洞矣！此虫名曰膨颈、蝙蝠、五毒、扁头风、吹风、吹风鳖、万蛇，其除内脏之全体，皆药用矣。味甘咸，性温，有毒。入肝、肾二经。乃祛风除湿之良药，治风湿关节痛，脚臭。可内服，亦可浸酒服之。蛇半酒三，浸于其中。"

黄帝听炎帝说要前往梅花洞一游，早调动起了他的好奇心，又听说了黑虫之药用效果，他知道南方之地多湿症，百姓多蒙此苦痛，就愈是有了前往梅花洞征服毒蛇、造福一方百姓的勇气。

为了进梅花洞去捉蛇，炎帝神农和黄帝做了充分的准备。他们找来了鸡龙部落作为图腾供奉的最勇猛大公鸡，鸡龙部落酋长吴回——绰号"左撇子吴回"，祝融的弟弟——也专门赶了来助阵，又牵来了一只专门用于捉蛇的灰獴。黄帝也按照自己的方法做好了应有的准备工作。等大家来到半山上的梅花洞的时候，天色已经临近黄昏。天灰蒙蒙的，远近的丘陵山地，笼在灰白的瘴雨蛮烟之中，人人的脚上，已经是一个个大大的泥陀螺。黄帝和炎帝神农身上披着蓑衣，还是被小雨给浸透了，身上潮乎乎的，空气中的水分很大，呼吸起来湿漉漉的，青草、泥土和鲜花的气味很浓。梅花洞的洞口很大，呈不规则扁平状，上面突出了一块巨大的由小石子粘连起来的黑灰色砺石。天色深暗下来，远近的风景逐渐被一块巨大的黑幕遮盖起来，人们生起了篝火，就在这洞口下临时搭起了帐蓬准备休息。

黄帝躺在帐蓬里铺了青草又覆上兽皮的地铺上，很快就进入了梦乡。他梦见一帮恶棍向他挑战，无事生非，要和他比功力，黄帝自己似乎没有什么功力，只是有时偶然地早上出去跑跑步，这些恶势力就愈加给他施压。当黄帝站在一个平台之上，面对那个恶人挑衅性动作时，他终于伸出无限长的木耜，横着把他打倒两次，第一下打倒了，他又站起来，接着又打了第二下，同样把他打倒了。不想他把恶人打了这两下，却惹起了无限的麻烦——那个恶人随时有可能向他报复。他在梦中和几个人说这件事，想寻找解决问题的办法。他和项先生说，和其他一些记不清面孔的人也说，就是半天不得要领，连话也说不准确……因此这一夜睡得也不是很安宁。一觉醒来，天色已经蒙蒙亮了，天上隐隐约约地有星光在眨眼，好像是嘲笑什么人似的。黄帝摇着头笑了笑，看来自己对征服恶蛇还是缺乏信心。

第二天早上天一亮，一行人生火造饭吃饱之后，就在松明火把的引领下，带着特别能战斗的公鸡和灰獴进了梅花洞。

这梅花洞是一个典型的天然溶洞，洞内结构复杂，崎岖不平，钟乳石像冰帘一样一排排垂下来，又有地上长起来的大小不等的石笋，有像莲花座的，有上下相连的天然石柱，人们得在这些复杂的构造之间穿梭而行，一会儿绕到洞左，一会儿绕到洞右，一会儿高，一会儿低，行进艰难。好在松明火把很多，将洞内照得通红。但是，火把在这里好像也失去了它平日里的热度，一阵阵的寒气和潮湿侵人。向前走着走着，隐隐地就传来了“哗哗”的流水声。随着人们前进，这水的喧哗声越来越大，好像有一条大河在洞中流淌一样。随着水声的临近，脚下开始有了水流，水流不是很大，但是因为溶洞内构成复杂，谁也不知道它到底有多深。水流在地下、在石头间湍急地冲撞，一片喧响。水流也有表面平静的时候，有时形成一个镜子一样的小潭。但是水流的喧哗声仍然不绝于耳。这时候，人们只好攀着旁边的钟乳石艰难地绕过去。

这梅花洞并不是直的，而是拐来拐去，有升有降，有时候还形成上下两层复式结构。山洞就从下一层绕到上一层去。两层之间垂挂着水帘。鸡龙部落酋长吴回左手举着火把在前面引路，他的威猛的斗鸡就站在他的肩膀上，蓬松着颈毛、鼓起翅膀，伸展细长的脖颈，"咯咯"地摇动着脑袋左右观察，鸡爪子抓得他的左肩有些疼痛，但是他已经习惯了，咬着牙忍着。白胸脯的灰獴，则四腿并用地在石笋间灵巧地翻越，它的个头也不是很大，但却很机动灵活，腾挪跳跃，像猴子一样不时抓耳挠腮，两条后腿蹲了起来，挺直了身躯跳动着，两个前爪同时举起来向前边示意，发出欢喜的"喔喔""吱吱"的鸣叫声。

尽管有吴回举着斗鸡在前引路，有灰獴前面爬着跳着，尽管有这么一大群人在行动，而且举着火把，但是幽暗阴湿诡异的山洞给人们造成的恐惧感，还是愈来愈强烈，它就像一只无形的魔掌从黑暗中伸出来，紧紧地扣住人们的神经。人在大自然面前的恐惧和无能是天然的，不可克服的。人们不知道那两条毒蛇会在什么时候突然出现。

五

火把一根一根地燃尽了，又换新的，已经有好几捆松明火把用完了，好在炎帝神农和黄帝这一次准备得充分。周围被集群的火把照得通明，洞中的结构清晰可辨，空气中弥漫着一股浓烈的松油香味儿。水流声变小了，但是仍然能听到洞壁上往下落水的"滴答"声，松明火把燃烧时"噼噼啪啪"地响，斗鸡不时"咯咯"地叫。灰獴跳着蹦着，却不发出声响。人们因为神经高度紧张、注意力过于集中而紧闭着嘴，牙关咬得"咯咯"地响。忽然，斗鸡提高声音、警觉地"咯咯"叫起来。它飞离了吴回的肩膀，鼓起白色的颈毛，张开翅膀、伸着利爪向前扑去。人们就看清了银色的盘在一起的鳞光和高高地举起来的、鼓扁了变得很宽的蛇颈和"咝咝"地吐着蛇信的白蛇头。那蛇信像急风中的火苗一样向前蹿着，蛇眼睛则像两颗大大的绿色夜明珠闪烁着令人恐惧的光芒。

白鸡斗白蛇。白斗鸡扑上去直啄蛇头，那一种威势倒让一身银鳞的白蛇犹豫了一下，它的头没有进攻，却迅速扭转鳞身，"啪"地把尾巴甩了过来。斗鸡却凌空跳起，用利爪打向蛇尾。不想蛇尾"唰"地抽了回去，蛇头却又像闪电一样冲出。斗鸡一个展翅动作，借着空气的浮力，早跳到了蛇背后。这一场精彩的战争，倒让黄帝极感兴趣：他一面和大家一样紧张地观察着白鸡和白蛇的战斗，猜想究竟鹿死谁手，一面研究起它们之间的斗法来。他觉得这些大自然的生灵的争斗充满了智慧，极具太极的意味，很值得人们来效仿和学习。

白鸡和白蛇继续争斗，时间就凝固在这一刻。它们斗得人眼花缭乱，一时没个终结。山洞里一片争斗的扑腾声、进攻和撤退的"唰唰"声，蛇信令人心寒的"咝咝"声和斗鸡威严的"咯咯"声。蛇鳞和冷血飞溅，鸡毛乱飞，飞沙走石。斗鸡终于啄住了蛇头，又飞起利爪将它踩在爪下，蛇尾却迅速反攻过来，用尽全身一万个关节和肌肉的合力，将斗鸡给死死地缠了起来。相持之下，斗鸡的优势渐渐地在失去，眼看着有被窒息的危险。这时候，灰獴"吱"的一声扑上去，鸡啄米似的对着蛇身一阵乱抓和撕咬，蛇身瞬时血肉模糊，终于松弛下来，斗鸡留下了一条喘息的命。人们这时候才冲上去，扯开蛇身，救出斗鸡。周围响起一片欢呼声。

吴回心疼地抱着他心爱的斗鸡，炎帝神农取出了疗蛇毒的药，岐伯迅速给它敷上。灰獴的眼睛机灵地动着，看到遍体鳞伤的斗鸡和被扯展了的死蛇，骄傲地"咝咝"地笑起来。黄帝对它危急时刻勇往直前、临危赴救的精神赞赏和肯定，却对它这一种骄傲情绪生出不舒服的感觉来。但是，他反过来又想，动物毕竟是动物，头脑简单，也不能按照对人的要求来要求它。灰獴跳到牵它来的人面前邀赏，主人拿出一只它最爱吃的老鼠来，不等送过来，它就一把抓了过去，用五趾前爪撕吃了起来。

杀死了一条白蛇，还有一条黑蛇没现形呢！于是人们仍然小心翼翼地摸索着前行。火把一再更换，梅花洞仍然深不见底，终不见个尽头。因斗鸡受了伤，被传了出去。这一路上，就只有灰獴弓着腰的主人牵着灰獴，一步高一步低、摇摇晃晃地走在前面。除了前面用火把照亮的人，黄帝就走在第二位，应龙走在他旁边，炎帝神农被炎居、祝融搀扶着紧随其后。随后是岐伯、喫诟、孔甲、稷、曹胡、伯余、于则和货狄等（中戊队长著雍、中己队长屠维等守在洞外没有进来）。他们每个人手里都举着火把，加上前呼后拥的士兵和引路的、服侍的人，洞内已经是火把洞明、人声嘈杂了。洞内变得更加幽静，静得让人恐惧。人们故意高声说话，故意把什么都弄得山响，故意跺着脚行进，其实一是为了吓跑黑蛇，二是为了给自己壮胆。因为随着继续在深不可测的洞内行进，每个人神经都绷得紧紧的，恐怖笼罩了每一个人的心。这时候，你会感到，人被周围的石头和黑暗挤压着，四片石头一片肉，人被挤压得几乎透不过气来，一种极度恐怖的心理，并不一定来自黑蛇，而是这山洞本身。虽然这溶洞的结构已经定型，不会有什么改变，但是人们还是莫须有地担心它会塌下来吧？那些垂帘会像刀剑一样刺向人身？人一旦被压在这里，就永远也不可能出去了！这是人对自然的恐惧。这时候只能在内心里祈祷了。

黄帝也不例外，但是他是天下共主，不能表现出恐惧。应龙也不例外，但是他仍然紧随黄帝身旁，因为他是最英勇的将军。但是人的这种故意造出来的喧哗，却吓退了黑蛇。它的感觉特别灵敏，随着人声远远地靠近，它早已经静无声息地在前面逃遁，钻进了一个石缝里躲了起来。人们在洞中不知走了有多长时间，等准备下的那么多火把已经用过半的时候，黄帝和炎帝神农一商量，果断地决定：

"返回！"

于是，洞内前后回响着"返回""返回"的传话声。人们原地站着，等黄帝和炎帝神农等先自返回，重新走在返回队伍的前面。

人群经过之后，黑蛇又从石缝里爬了出来，盘在石床上吐着蛇信喘息。等人们返回时，慌不择路的它，竟忘记了重新钻进刚才藏身的石缝，只顾在前面"嗞嗞"地贴着崎岖不平的石面逃窜，最后，当听到洞里有人声时，就顺着一个石笋爬上去，伸头蹿上一个下垂的大石针，将黑油油闪着鳞光的蛇身缠在石针上，将蛇头垂下来又举平了，随时准备向返回的人群发起攻击。

返回的人群，胆壮了许多，也大意了许多。他们认为，也可能那只是一个传说，其实可能真就这么一条蛇呢！人们想尽快离开这阴暗险恶的处境，一说返回，就怀着庆幸和侥幸心理，加快了脚步。进洞慢，这出洞就快了。

一个在前面照明的黄帝的士兵脚步快了几步，就遭遇了黑蛇冷不防的进攻。火把映亮了士兵的胳膊，处在黑暗中的黑蛇，盯准了他举火把的胳膊"唰"地冲了上去。这时候，灰獴也发现了黑蛇，"哇"地叫了一声，挣脱主人，跳起来向黑蛇扑去，但是，士兵的手腕，已经被黑蛇咬了一口，一阵剧烈的刺痛，使他几乎昏厥过去。灰獴扑上去和黑蛇搏斗，后面的士兵扶住了受伤的士兵。炎帝神农立即掏出专治蛇伤的药来，岐伯赶过来口对着伤口，将蛇毒吸出来，又一口一口地吐掉，用从身上撕下来的麻布条紧紧地在伤者手腕之上扎紧了，再将炎帝神农给的草药用口嚼黏了敷在伤口上，用麻布条缠起来。灰獴还在和黑蛇搏斗，洞外的著雍、屠维等也打着火把冲了进来，一时，前后的松明火把，把洞内彻底给照亮了。人们举着火把呐喊，给灰獴助威。黄帝的注意力，已经从受伤的士兵转向了和黑蛇搏斗的灰獴。

且看这灰獴似乎是并不急于进攻。它只是拖着棉扫帚一样毛茸茸的长尾巴，把灵活的身体绕来绕去，走着"之"字路线，借此分散大黑蛇的注意力。大黑眼镜蛇直起一段身子，高高地挺起了它的脑袋，"咝咝"地吐着蛇信，它瞄准一个方向，就可以迅猛地一击。但是经灰獴这么一绕，它失去了判断力，将个脑袋僵立在那里。灰獴瞅准时机就是一击，尖嘴中小小的利齿，一口咬在蛇颈上。但此蛇太大，一口咬不死，它的尾巴就缠了上来。灰獴就"嗖"地退到了安全距离外。

带伤的黑蛇选择了逃跑，但是周围都是人和火把，无处可逃，它蹿上了一个下垂的石针。灰獴"嗷"地跳起来，咬住了蛇尾巴，将它的身体吊在空中晃悠着。蛇经受不住这种下垂的力量，掉在地上。已经穷途末路的黑蛇，只能转守为攻，顽强地再次举起受伤的脑袋，吐出带血的蛇信。这时候，灰獴已经来到黑蛇的对面，把它的脑袋伸到了蛇的攻击范围之内，逗引它，蛇则用它最后的力气连续发起进攻。直立的蛇头，"嗖"地冲向前去，平展在石面上，但是它扑空了。灰獴早已经更迅捷地向后躲闪开了。等蛇重新直立起来的时候，灰獴的脑袋又一次出现在蛇的攻击范围内。蛇再次进攻，灰獴再次后躲。这样重复了三次。第四次，灰獴就不再给黑蛇一点进攻的机会了。黑蛇的前身刚刚直立起来，灰獴就已经冲上来，尖利的牙齿，再次一口中地咬准了黑蛇的脖颈，头左甩右甩，短腿下的利爪，已经踩在了蛇身上。它知道黑蛇已经没有了还手的机会，蛇尾缠上来的时候，它也没有躲避。谁知这条大黑蛇的余力还在，登时缠得灰獴和黑蛇翻滚在一起，大有难分胜负之感。

黄帝看得着了急，要过应龙的大弓，抽出箭来，将潮湿的青铜箭头在自己皮囊里的白色粉末中一沾，搭上去就拉展了大弓，盯着翻转的黑蛇和灰獴，寻找射杀的机会。终于在黑蛇和灰獴翻转停顿的一瞬间，射出了毒箭。

黑蛇中箭后，身体迅速松弛开来，而灰獴还在死死地咬着黑蛇的脖颈，等它发软的四条短腿在石面上站稳了，就吃力地把粗大的死蛇，向它主人的身边拖。

第四章

一

　　从梅花洞向西，去烈山的路上，愈向前走，平陆就愈是起伏，丘陵地带也就演变成了山区。山不是很高，但是路却越来越不好走了。车行不通的时候，炎帝神农就和黄帝一个骑着水牛，一个骑着白龙马。其余的人，也分乘着牛马，一路逶逶迤迤地向西北方向行进。

　　水牛四平八稳、疲疲沓沓、不慌不忙地向前走着，不像在马背上那么颠簸，这正好适应了炎帝神农老年人修身养性、重于安逸的要求。炎帝还给他的坐骑独角水牛披上鳞甲的装饰，披红挂彩的，谓之"青麒麟"，以为是祥瑞之兽，主太平和长寿。和青麒麟一路同行，可急坏了白龙马和应龙的坐骑滚雪龙。它们只好是一阵小跑又一阵站立等待。这倒并不费力气，就是惹得它们犯急，不时"咻儿咻儿"地发出嘶鸣之声，而青麒麟却从容不迫地"哞哞"叫着，"扑沓"、"扑沓"地只管按照自己的节奏走着。它不说人家的快捷机动，而是把圆圆的牛眼眯缝起来，以自己的稳扎稳打的皮实劲儿，笑话它们年轻人一样的激进冒失。黄帝一开始也不能适应这种慢节奏的行进方式，但是为了照顾炎帝神农的身体，也为了多向他讨教一些知识，就尽量耐着性子和他保持同样的行进节奏。最后，他也干脆把白龙马暂时交给祝融骑，而把他骑的一头水牛——披着红色坐垫的火麒麟——换了过来，和炎帝并排骑着行进，享受了一番平稳安逸舒适的感觉。应龙就和祝融一左一右，骑着滚雪龙和白龙马，忽前忽后地随行。

　　依然是中戊和中己的队长著雍和屠维带着着黄装、举黄龙图腾旗的兵士，在烈山氏人的导引下于前面开道，后面又多了炎帝神农随从而来的人员，整个队伍就在山道间蜿蜒着，拖得很长。行进着，行进着，身边的风

1033

景在不知不觉中发生了变化——大小的树木都是笔直地向上，成片，成林，而所有树的树杆都像白桦树一样黑中泛着灰白，茂盛的绿叶，却都是一种鼓起两个圆包的心形。炎帝笑眯眯地指给黄帝看：

"此银杏也，起自伏羲，树龄千年者居多。"

看到一棵四五个人合抱才能抱住的古银杏树，黄帝就纵身跳下了火麒麟。炎帝欲从青麒麟身上下来，被赶过来的黄帝正好扶住。黄帝扶炎帝神农从青麒麟背上下来后，两人就一块儿走到这棵树干发黑、分出许多枝叉、独占了很大一块地的古银杏树跟前。这种树黄帝认识，早在青城山时，就有一棵被命之为"公孙树"的银杏树。

黄帝说："此公孙之树，余识之，然未知其名之来由。"

炎帝神农容光焕发："公孙者，公栽之，孙受之，福荫后代之树也。"

"何以然？"黄帝接着问。他提问题，总是要一究到底。

"银杏，叶入药，果可食，木良材，浑身皆宝，非良木无以比之。"

"愿详闻之。"

"银杏叶，味甘苦涩平，益心益脑，敛肺化湿，平喘止泻，止带浊；白果熟食温肺、益气、定咳、缩小便、止白虫；生食降痰，消毒杀虫……"

炎帝神农说着，黄帝用心记着，岐伯点着头，又摘了一叶银杏叶握在手里，感觉着它凉浸的露水的湿气。孔甲在心记的同时，还要想着怎样用字符将它们记录下来的事。这次能跟着黄帝出来，黄帝的一言一行，他和炎帝神农的交往等，都得一一记录下来。史官的重要性就在这里。孔甲深知这一点。同时，仓颉老师这次推荐由他随帝而行，他也不能辜负老师对自己的有意栽培之心。孔甲最擅长在龟甲上打孔记事，而自从跟着仓颉学习字符以后，他的表现手段就更加丰富具体和生动了。他有超常的记忆力，加上字符的表现力，因而使他在仓颉的所有学生中凸显出来。因此，黄帝出行，最辛苦的当是孔甲了。白天他要一事不漏地随同黄帝，晚上又得将所有重要的事情都记录下来。

黄帝和炎帝神农在古银杏林里转了半天。黄帝想，天下既有这样好的树种，何不育其苗，将它的足迹流布天下而造福百姓黎民呢？黄帝将他的想法告诉了炎帝，炎帝神农点头称是，随即安排给随行的鸡龙部落的人。

南方本来空气就湿润，而在这浓荫森森的古银杏林里尤其如此。头上是浓重的树荫，脚下是一层去年的落叶和掺有多年的落叶所形成的腐植质的松软土地，脚踩在上面"塞窣"作响，传来一种很浓重的银杏叶的清香和腐植质混合的潮湿苦涩气味。这一种特殊的感受，只有身临其境的人才会有更深切的体验。这里的空气如此清新凉爽，又多了云雾的缭绕和装扮，将古老的银杏林渲染得层次分明而又富于变化，让人如置身于仙境一般。正这么想着，面前出现了一个平顶的、可以面向四面八方的高台，高台上又有一棵银杏树像伞盖一样遮盖着。黄帝几步先登上了这个圆形的平台，又在台上转动着身体向四周瞭望，前有细水环绕，后有隐约可见的如同画上去的浅蓝色奇兀山峦作靠，又有各种分不清是什么鸟儿的婉转的鸟叫声此起彼伏……黄帝真想在这神仙一样宜居养生的宝地多待一些时日！

炎帝能看出黄帝心中洋溢出的真情，看看时日已经过了正午，人们的肚子也开始"咕咕"地叫起来，他就向祝融安排，就此安营扎寨，立鼎造饭。

从银杏林到炎帝神农所在的烈山，路程并不算远，但是炎帝神农和黄帝此行的目的并不是为了赶路，所以就一路巡游而至，前后竟用了二十多天时间。

临近烈山，是一片开阔平坦的大平原，平原上星星点点地分布着一些炎帝所属部落的小聚落。道路平坦起来，车又派上了用场，黄帝、炎帝神农和岐伯、喫诟、孔甲、稷、曹胡、伯余、于则、货狄等，都重新乘上了云车，一路逶迤而行，黄帝的十干卫队前呼后拥，加上炎帝的随行人员，又是一支五彩张扬、浩浩荡荡的队伍。在西北的方向，老远地就看到了烈山那像一只巨兽一样卧伏在那里的青黛色形象。天空中挂着丰富多样、变化莫测的云层，阳光从云层的边缘射下来，万道银光把高远的蓝天、云层和大地连接起来。

早有人通知了烈山部落的人，欢迎的人群已经迎过了烈水。十几只竹筏停靠在烈水东岸，等候着摆渡黄帝和炎帝神农一行人马。烈山河两岸人声鼎沸，一片欢声。已经很长时间没见过这么多的人群、这么热烈的场面，一种亲切的回家似的乡情，让多情的白龙马兴奋得老远就振鬃扬蹄，清亮地"咳儿咳儿"欢叫起来。炎帝神农的坐骑——独角水牛"青麒麟"——也随着白龙马的欢叫，声调厚重地"哞——哞——"地欢叫起来。它才是真正回到自己的家中来了，它已经闻到了家乡水草那清新芳香的气味，它又要见到它那些忠实可爱的牛兄弟。兴奋的心情，让并没骑人的"青麒麟"竟撒起欢儿疯跑起来，就像刚干完活冲向水池的牛一样，它也向烈山河冲了过去，一时让拉着它、着红装的青年驭手，从后面拽也拽不住。人群中一阵慌乱。

作为轩辕黄帝此次西南行最重要的活动之一，黄帝对炎帝神农栽培成功草药的庆贺仪式，就是在烈山之上、黄帝居住的中宫（中峰）位置，按照黄帝和风后事先商量好的程序隆重举行。这个仪式原先是计划在炎帝神农的洞穴前举行的，但是因为洞穴前和烈水相隔不远的岸边，已经全是炎帝神农的药园，容不下多少人员，又不想因为举办盛大的仪式而踩踏了药园，就只是将药园作为一个参观点了。时间定在夏月的一日上午。时间定好以后，就通过快马传回中原，再通过从新郑云岩宫派出的九匹快马而飞传天下万氏。

黄帝来到烈山，炎帝神农本来想将自己位于烈山之下面朝烈水的洞穴，让给黄帝住。黄帝不忍心因为自己的到来而改变老人的生活习惯和方式，就在和炎帝神农同住了几天黑暗潮湿的洞穴后，在炎帝神农陪同他巡视烈山时，选定在烈山中峰居住下来，随同他前来的十干卫队，也就分别驻扎在周围相连的八座山头上——烈山以中峰为中心，花开九朵似的，沿着南北的主脉，从中峰向东西、南北方向，各伸出一个山峰来——这也正好是黄帝黄城对应伏羲八卦的九宫布局。黄帝之所以这样安排，也是为了迎接庆贺炎帝神农植药成功的庆贺仪式时迎接天下各大部落首领的到来——黄帝到了哪里，天下的中心就在那里。

黄帝向炎帝神农介绍了他的这座临时黄城的布局和思路，炎帝神农深深为黄帝的开阔思维和胸怀所折服——自己来到这里已经有好长一段时间了，怎么就没有想到黄帝这样的构城方式呢？而是偏于一隅，仅仅住在炎居为他凿出的这个洞穴里。虽然说洞穴冬暖夏凉，自有它的好处，但是其位置、其眼界和视野，都不能和在烈山诸峰之上相比。炎帝神农看了黄帝用赭石画在兽皮上的"黄城示意图"后，提出了城中饮水的问题。虽然他知道山高水高，中峰的北面靠东的下山路边有一眼不大的"神农泉"（因为炎帝神农前两年上山巡视时第一个发现而命名），可是其他八个山峰上却都没有水源啊！

"城大人多，饮水何如？"炎帝神农心里想，九宫相连，让天下万氏的首领都住在这里，总不能每天都让人用陶罐和尖底瓶向上提水用吧？那会带来很大的不便。

二

却看黄帝眯起了一双大眼，早已经胸有成竹了："余观烈山龙脉，傍水而行，山侧多有迎弯，地有沙漏，下必多水。今中宫有水自涌，八宫亦应有之，其水路，亦若山脉走向，一枝九朵，同出一源矣！可于构屋筑城时，掘井以验。"

炎帝神农没有想到黄帝对龙脉水系还有如此的学问。然而到底是不是如黄帝所说的那样"一枝九朵，同出一源"，就只有等掘出井来再说了。虽说心中还多少有一些怀疑，但是看黄帝已经说了"掘井以验"，他也就跟着说了："掘井以验。"两人议定后，就请来祝融和鸡龙部落酋长吴回，吴回安排了参与黄城兴建的鸡龙部落人员，按照黄帝所选定的点位，分别在周围八宫开始掘井。炎帝神农的大儿子炎居自告奋勇负责掘井工作。

这座位于烈山诸峰之上的"黄城"，由于是为了一次活动而搭建的稻草棚一类的临时性建筑，而且鸡龙部落为此投入了大量的人力，以中宫为中心的九宫同时开工建设，所以不到一个月，整个"黄城"的规模就初具轮廓了。中宫在原神农泉之外另掘了一口新井，周围八宫的水井也先后开掘成功。黄帝的话，果然得到了应验：这九个井果然连在一条水脉之上，九口井中，只要有一口井在打水，其余八口井中的水面，就会产生波动，所以被人们美誉为"九井相连"。

在兴建"黄城"的过程中，鸡龙部落酋长吴回和黄帝有了多次交往的机会。以前，他只是听他的红脸哥哥祝融多次讲到黄帝的做事和为人，这一次亲眼所见，就从内心里对黄帝更加崇拜，简直可以说是崇拜得五体投地了！所以他也开始对黄帝言听计从，唯命是从。黄城的九宫中，唯中宫黄帝的临时行宫是最大的一间稻草覆顶的面南的草棚。周围八宫中，也分别搭建一个到两个较大的草棚（东、西、南、北宫各一个，乾宫、艮宫、巽宫和坤宫——四个角上的宫城——则分别搭建了两个较大的草棚）。所有建筑，皆按照天下各部落的分布情况设置和摆布。本来是青翠一片的烈山顶上，经过烟雾缭绕的烧荒开拓，如今已经是一片片金黄色的相互勾连、错落有致的"宫殿"群了。从烈山河对岸望过来，整个烈山，就像戴了一顶金帽子。

想到这一切建构，都是为了表彰炎帝神农——榆冈移植草药之功，鸡龙部落酋长对黄帝的大公无私和大同思想又有了进一步的认识和体验。他总是找各种机会，尽可能多地和黄帝接触，尽可能多地向黄帝及其随从多学一些新知识。

随着庆贺仪式的临近，天下各部落的首领们已经开始陆陆续续地来到烈山，左撇子吴回要尽地主之谊，迎来送往的，他就更忙了起来。

黄帝前往烈山会炎帝神农，华夏部落联盟的日常事务，又暂时由风后和值年太岁、虎龙部落代表摄提管理。因为摄提做事一向谨慎认真，又有风后和力牧在那里给撑着，所以黄帝就可以放心地去一段时间。也是一年之首，摄提就派出十二个使者前往天下十二大部落巡视，遇到问题及时帮着解决。其他的倒没有多少大事，单说这前往北面涿鹿一带犬龙、猪龙部落的使者旃蒙和卓人，却因为自己言行的不慎，铸成了大错。

旃蒙本是南方鸡龙部落的人，崇尚红色，因为有将兽毛擀压成毡、用来防潮的发明而来到中原，被黄帝命为"掌皮"之官。有了功德在身，他就总有些目中无人、妄自尊大的骄傲情绪挂在脸上。"毛相著旃旃然也"，也就成为他的代名词。他出门，总是打着他那面曲柄的红色旗子，将沾沾自喜的表情挂在红腔腔的脸上。

卓人这个来自东夷的大臣，也该和旃蒙成为一对儿，同样是一位"木秀于林"的能人儿，他的"卓越"成就，就在于他对制陶工艺的进一步改进，他发明了一种灰陶，并且能够把陶器制作得精巧到像蛋壳儿一样薄，再加上他雄辩的口才和灵敏的反应能力，因而就更显得卓尔不群了。黄帝的大臣，其实都是各个方面的能人和发明家，这是黄帝一贯主张的"以才取人"原则的体现。虽然蚩尤潜逃的事发生后，黄帝在反思的基础上，对用人原则做了一些适当的调整，更注重了人的品德和修行，但是，人无完人，特别是有能耐的人，其身上的缺陷也就更突出一些。如今这两个能人凑到一起，各显其能，就将正正为负的效果充分地凸现了出来。

因为是"黄帝派来的使者"，又因为所去的部落只是犬龙和猪龙部落等十二大部落，并没有包括已经悄悄地重新崛起的以蚩尤为首的九黎鹿部落联盟，再加上他们打心眼里就瞧不起蚩尤这样一位战败者和曾经走过"鬼门"的人，这类鬼人，与人和神相比，在当时是地位最低的。自从人类有了等级和地位的划分，人们自然而然地就产生了一种势利眼，这也是没有办法的事嘛。所以，当他们千里迢迢地来到狼牙山以北的犬龙部落和涿鹿一带的猪龙部落巡视时，就没去当时实际上已经是最有实力的蚩尤九黎鹿部落联盟拜访。虽然卓人已经明显地感觉到了这里的局势正在发生着重大的变化——两个所谓的大部落，实际上已经是形同虚设，而真正最有实力和威胁的，是蚩尤的九黎鹿部落联盟，他才是冀北这一大片地方——从平原到山区的真正主人。然而，以卓人的骄傲心性，他还是打心眼里瞧不起蚩尤这个人。但是，由于意识到了事态的严重性，自从前往犬龙部落拜访以后，本来是分别前往犬龙和猪龙部落的旄蒙和卓人，就再也没分开过，他们总是相伴而行，既是心性相投，又可以相互壮壮胆。

到达犬龙部落以前，先要经过位于狼牙山一带的狼部落。我们都知道，绰号叫跛狼的狼部落尊长郎酉，生性彪悍，总是喜欢披着一张灰色狼皮、头顶着狼首的他还是那么一副青白的面色，一脸冷血动物一样无动于衷的冷酷表情。就是这样一个生性狂野，崇尚着狼的野性与蛮力的部落，却和从渤澥逃生而回的蚩尤惺惺相惜，一见如故，成为相见恨晚的莫逆之交。所以，狼部落就自觉地担当起了蚩尤鹿部落联盟的铁杆前卫，替蚩尤守起了通往涿鹿的门户。旄蒙和卓人两个华夏部落联盟的使者要去犬龙部落和猪龙部落，第一关就要从狼部落的地面上过去。当然，现在是"和平"年代，郎酉不会太难为这两个骄傲的使者，但总要先给他俩一些颜色看看。在狼部落里受了冷落的庮蒙和卓人，又经过犬龙部落的紫荆关、白涧和蟒石口，过了孔涧，就来到猪龙部落所属的太平堡，翻过涿鹿山，就到了涿鹿矶山猪龙部落酋长小夋的"西宫"了。自从蚩尤与龙女成亲之后，他就将原来在龙王塘的"宫室"让给了蚩尤。

犬龙部落有大小八个分支，葵、犾、狛、狄、猇、猇、犴、獬小部落，占据了如今的河北省西部面积广大的山区。如今，这个部落也成了蚩尤鹿部落联盟的重要成员之一，但是它的酋长猷，总算还买华夏部落联盟的账，以礼节接待了庮蒙和卓人，等随后赶来的使者通知前往烈山参加炎帝神农栽培成功草药的庆贺仪式时，也算答应了下来。而到了完全属于"红山文化"覆盖的猪龙部落，表面上还是猪龙部落酋长的小夋，这个细皮嫩肉、一脸孱弱的缺少阳光照耀的豆芽白色的年轻酋长，就完全不能自己做主了。

头顶玉猪龙，胸佩玉箍形器，腰间还挂着近于方形的勾云形玉佩，他只在左手腕上戴了一个玉镯，以奇数象征自己还是一个代表了乾坤意志、阳刚之气的男人，左手拿着作为权力象征的玉钺，坐在他的面南的"宫殿"里迎接了庮蒙和卓人。可是，说起部落里的大事来，他就总是要推给住在龙王塘原猪龙部落大城宫室里的鹿部落联盟大酋长蚩尤。这个大城前面我们已经有所描述，它位于矶山东面向南的一条与太平堡相通的大沟里，也就在以后被应龙"水淹三军"之后剩下的蚩尤三寨东面的山坡下。和西宫这里有一眼水源旺盛的大水泉（也就是以后的"黄帝泉"）一样，那里也有一眼水泉，如今已经被人称作"蚩尤泉"了。蚩尤还携了龙女，专门在那眼泉旁边栽下一棵直挺挺的白皮松来，纪念他们在这里的相识和联姻成功。

小夋先将庮蒙和卓人安顿在西宫的客房里，就派人通知了鹿部落联盟大酋长蚩尤。从蚩尤那里传来话，"请"庮蒙和卓人前去龙王塘大城一见。不想，骄傲的庮蒙和卓人一商量，决定不去，单等蚩尤前来"拜会"他们——堂堂华夏部落联盟的大使者，岂可前去拜见一个人过鬼门的败将，虽然他也曾有过如青铜器这样惊世的发明，并且通天文，明地理，还曾经是威震华夏的鹿部落联盟的大酋长呢——实际上，蚩尤现在已经又重新当上鹿部落联盟的大酋长了。但是，这两位华夏部落联盟的大使者，并不想承认这样的存在，他俩还要扎一扎华夏部落联盟大使者的势。不想，他们的这种蔑视和无礼，真的把猴急性子、特要面子，已经认为自己不可一世的蚩尤给激怒了。他就是要给华夏部落联盟制造一种一天比一天紧急的情况。他就是要和华夏部落联盟较劲和叫板。人们一旦陷入了相互较劲的陷阱，就总是自己加劲"爬坡"，谁也不肯松劲。现在，已经成为天下共主的黄帝所属华夏部落联盟的这两位使者，竟然牛得不来"蚩尤城"（蚩尤已经将猪龙部落的这个大城以自己的名字重新命名了）中拜访，蚩尤就不问青红皂白，派人把他俩抓了起来，准备把他俩做个娃样子，借此向黄帝领导的华夏部落联盟示威。

蚩尤说到做到，不但真的把旃蒙和卓人给杀了，还把他俩的人头，让华夏部落联盟后面派来通知前往烈山参加炎帝神农栽培成功草药庆贺仪式的使者带回中原去，以示挑战。并且以自己是炎帝干孙子的名义，自号炎帝，打起炎帝的旗号，号召天下各部落为恢复炎帝帝位而战。

远在烈山的黄帝，万万没想到会发生这样一个突发事件。因此，在烈山草草地举行了一个庆贺仪式之后，就急急地赶回了中原，以应对当前的危机局面。

黄帝回了中原后，炎帝神农看到烈山九峰均被开发，种植面积大，又有"九井相连"的水源给予保障，就将他建在烈水西岸的草药种植基地扩大到烈山之上。他自己还住在他的"神农洞"里，但是，几乎每天都要爬上烈山去抚育他心爱的小孩子一样可爱的草药们。这时候，炎帝神农的心，还全然沉浸在对草药的种植和抚育上，并没把蚩尤对中原的侵扰太当一回事儿，因为有黄帝这个高个子在前面挡着，他完全可以高枕无忧地过他自己想要的闲适生活。在这一段时间里，他才真正地体会到了无官身轻的快意。

三

虽然已经发生了像杀使这样严重的事态，并且北面和鹿部落联盟接境的部落，已经受到以蚩尤为首的鹿部落联盟的侵扰，但是，黄帝一开始，还是不想就此再把整个华夏部落联盟都带入战争的血与火之中。因为人们向往和平生活的愿望还是主流。并且，他根本就没有做好战争的准备。仓促应战，必败无疑。而蚩尤早已经处心积虑地做好了战争的充分准备，包括战争舆论的准备。这一点，在战争的初期，给黄帝造成了极大的被动。

蚩尤总结自己以前失败的教训，在发动战争的同时，很重视关乎人心所向的舆论工作。他首先用他自己在"蚩书"和华夏文字符号基础最新发明的"隶文"（也就是以后黄帝的大臣隶首所总结归纳的隶书写法），饱蘸牛血，亲自在兽皮上写了一篇歌颂炎帝功德、历数黄帝"罪愆"的关于扶正复炎和讨伐黄帝的《讨黄檄文》，专门在猪龙部落神庙举行了隆重的祭祖和祭天仪式，将这篇《讨黄檄文》发布于天下，并派出使者，传告天下。

从中原逃回来的蚩尤，不光带回了铸铜技术和一支强大的训练有素的核心军队，还带回了华夏部落联盟的文化和各种可资应用的发明创造。他首先重新组合了九黎部落的力量，又采用联姻和威胁利诱等手段扩大影响和势力范围，在很短的时间里，就重新组建起了以九黎为核心的鹿部落联盟，他自己重新坐上了鹿部落联盟大酋长这把"交椅"。这其中最重要的贡献，当是他融合了仓颉所发明的华夏文字符号的特点、在原"蚩书"的基础上而发明的"隶文"了。

还在与炎黄的渤澥之战失败后，被轩辕摄政王以铸铜的功德不杀而授予"主兵"的蚩尤，在去渤澥以西、中条山西首的首山，于原炎帝妃祸母炼铜的基础上从事冶铜工作的时候，他就开始重视学习和收集仓颉所发明的"鸟篆"等华夏部落联盟的文字符号。以后随黄帝迁都中原，又在西泰山"大合天下鬼神"的大型仪式上"鸣锣开道"……在这整个过程中，他对华夏部落联盟流行的文字符号，已经是烂熟于心了。再次回到首山铸造"五兵"的过程中，他就将这些文字符号进行了分类，结合九黎族自身的语言特点，从形、声、意等方面进一步推演和发展，终于形成了一套既与华夏部落联盟流行的文字符号相通（便于交流），又体现了九黎部落语言特点和书写习惯的"隶文"。回到涿鹿后，他首先在九黎部落现有的七个分支中——黄黎、赤黎、玄黎、青黎、白黎、震黎和兑黎——及猪龙、犬龙和狼等部落中进行推广。为此，他专门将赤黎酋长魈，玄黎酋长魅，青黎酋长、人称"胖小孩"的魍和白黎酋长"长耳朵"魉等，还有猪龙部落酋长小奓、犬龙部落酋长猷与狼部落酋长、"跛狼"郎酋等聚在一起，进行了几个月的"封闭"培训。因为，通过和华夏部落联盟的交往，他已经深刻地认识到了文化统一的重要性，这样，大家才能够在同一个台面上进行无障碍的交流。进行培训时，针对魍、魉等人贪玩而不专心学习的现象，他是这样强调的：

"尔等切记！文者，九黎之基也，切莫小觑。尔后，余令行必文，而非'符'之所能尽矣。尔不通文，武何以行？武略，以征天下；文韬，以平天下。可知文之大意也……"

正因为蚩尤令行禁止，从严要求，三个月后，九黎鹿部落联盟属下所有部落的酋长们，都成了通隶文的文化人了。蚩尤也在一定意义上实现了对一支野蛮军队的改造。

杀了华夏部落联盟派来的使者，即意味着九黎鹿部落联盟与华夏部落联盟的彻底决裂。本来的一派和平景象，有可能就此立即被战争的阴云所笼罩。蚩尤图一时之快杀了旃蒙和卓人。可是，等把人杀了之后，他才真的有些后怕了。两军交战都不杀来使呢，他却在一时性起之时，杀了华夏部落联盟派来的两个和平使者。

"罪莫大也！罪莫大也！"蚩尤拍着自己发热的脑门，在自己的大屋里转圈圈。

"何以应对？何以应对？"他自己的脑子里，也接连不断地打着转转。

"罢了！"蚩尤"啪"地把举起的大拳头，狠狠地砸在包起来的手心里。看来，再没有更好的对策了，只有硬着头皮硬对硬地碰了。两军交战，勇者胜嘛。他又仔细分析了目前华夏部落联盟缺乏战争准备，一盘散沙一样的整体局面，和自己每天都在集训的精锐部队不可同日而语。同时，他积聚了大量的战争材料，仅他现有的青铜"五兵"（他并不用想粮秣的问题，在这一点上，他还是过去那种掠夺性的拿来主义的想法），就可以把九黎军队的核心部分全都装备起来。轩辕（自从回到涿鹿之后，他就再没有称他为"黄帝"）虽然谋略和胆识过人，但是，他的军队的整体装备水平，基本上还是处于"以玉（石）为兵"的时代，就连西泰山大合天下"鬼神"那样重大的活动，还不是让我蚩尤带了铜头金额的九黎兵给他撑面子吗？

但是，事已至此，就得认真地应对。蚩尤还是一个人在他的大屋里继续转着圈圈。这是他思考问题的一种习惯。他就是喜欢在这样一种转圈圈的动态中集中精力思考问题。没办法，有人喜欢静，有人就喜欢动嘛。

这时候，一个可资利用的信息，又一次明确地跳进了他冥冥之中的视野。这想法以前曾经出现过，可是从来没有像现在这样地明确和肯定——轩辕远离中原，去了西南的烈山表彰炎帝。蚩尤立即就从这个消息中，滤出了两个对自己有用的信息：对啊，正是轩辕离开了他在中原的统治核心，这就为他发动战争提供了最佳的时机，完全可以打他个措手不及。但是也得师出有名啊！这时候，炎帝神农给他帮了大忙。炎帝的帝位，不就是阪泉之战之后，在轩辕的武力逼迫下而禅让的吗？这个事实，又一次给蚩尤提了神，打了气。对，就是要在天下万氏面前，替炎帝讨回公道。同时，自己又是炎帝的长孙，只有他站出来，才最有说服力。对，打了为炎帝讨公道的旗号，肯定能在舆论方面压住一贯正确但却犯了大忌的轩辕。"举大道而天下往！"这话，咱也可以讲。"得道多助！"当我蚩尤得到多数部落的支持时，就是你轩辕失势倒霉的时候。

以蚩尤为大酋长的鹿部落联盟，在征战华夏部落联盟之前，先在灵山——猪首山以北的山梁上那将近二十里、方圆有一百平方里的地面上，那个有纵有横像一个撑开的巨大十字架，又如一把长剑一样气贯长虹、意境深邃的祭祀圣地——举行了规模空前的祭天仪式和庙祭。在向猪龙女神和所有祖先焚香草、献稠醪、行三叩九拜之礼之后，进行了"功德表演"，蚩尤就在祭天仪式上，以气吞山河之势，慷慨激昂地当场宣读了他写的

《讨黄檄文》。

　　这里，与猪龙部落的祖山猪首山遥遥相对，灵山一带金字塔型的建筑、白色的积石冢与红色的祭坛和女神庙等神庙、祖庙南北相连，形成了一条南北走向的中心轴线，又在金字塔型建筑的东西两侧各二华里的山顶上，分布着积石冢和砌石建筑，与中心轴线形成横的交叉。九黎鹿部落联盟的十万大军，就分布在这样一条开阔的山梁顶上和左右的山梁和丘顶之上。到处都是人山人海，到处都闪耀着青铜兵器的逼人的寒光。因为，包括草原上长于骑射的荤粥部落和身材高大的夸父部落，也被邀请来参与了这次对华夏部落联盟发起的战争。荤粥部落那些摔跤能手，一有空就会相互比试，展示他们高超的摔跤艺术。人高马大的夸父部落的壮汉们，更是犹如鹤立鸡群，站在庞大的人群中间就像是现代奥林匹克运动会运动场上那些篮球运动员一样。

　　在猪龙部落祖庙猪龙女神庙举行的祭祖仪式，龙女之父、蚩尤的泰山、猪龙部落酋长小夋，仍然是主祭人。而在祭天仪式时，蚩尤就当之无愧地担当起了主祭人的角色。

　　在靠北的猪龙女神庙举行的祭祖仪式非常的复杂。这座女神庙，自南向北，一共有圆的和长方形的庙堂七个（象征北斗七星，天象的中心），南北一线相连。众人先走进最南端的准备间净手更衣、整理冠带之后，才从南到北一个一个地祭拜。从准备间开始，所有女神庙的建筑都被覆顶的长廊连接起来。先拜了前面两个圆形庙堂里主管生老病死和生活各个方面的小神和自然神、图腾神，然后才是左、中、右并排相连的主庙。泥红色、眼眶中镶着淡青色鼓起的圆玉片，有点像西方人发蓝的眼珠的栩栩如生的猪龙女神坐像，以她三倍于常人的巨大体形，端庄地盘坐在中央庙堂的神座上。看她的形象，宽阔的额头，不高不低的鼻梁，浑圆而高的颧骨和浑圆的窄下巴，厚厚的嘴唇，嘴角微微上翘，一脸似笑非笑的神秘表情，外眼角偏高，目光炯炯如炬，烛照着人心。她在想着什么？她能带给人们什么？现在参加祭祀仪式的人，都是一脸虔敬，没有人敢怀疑她通天通地创造了猪龙部落并且福荫猪龙子孙的巨大神力。

小夋酋长同样是一脸的虔敬，他瘦削的白脸上，同样的高颧骨上飞着两朵激动的红晕，灵猴一样的圆耳，厚嘴唇紧抿着，眼角上翘，嘴角上翘，带着一副和先祖女神几乎完全相似的表情（这也足以证明他血缘的正统）。站在中间主位上的他，先在披着红发（麻辫）的巫师帮助下，把香草放进细泥红陶、镂空的塔式熏瓶里，于香烟弥漫中供上了牛、羊等牲，又奠了酒，这才行三叩九拜之大礼。

等小夋跪下的时候，他左右和身后的九黎鹿部落联盟大酋长蚩尤、犬龙部落酋长獃和狼部落酋长郎酋，赤黎酋长魖，玄黎酋长魅，青黎酋长魍和白黎酋长魑，以及前来助战的荤粥和夸父部落的酋长等，就齐刷刷地一齐下跪。手握麻辫的巫师从"一叩首"一直唱到"三叩首"，又从"一拜"唱到"九拜"之后，这些人才先后从草编的跪垫和长廊的地上起身。因为前来祭祀的人太多，叩拜的人，一直从主庙堂延续到了与前面庙堂相连的长廊里。

四

如果说，北面处于"凹"地里的女神庙，是阴、坤、女性、大地、大地上所有生命的象征。而现在要冶铜的金字塔型建筑，是建立在"凸"起的人工加工起来的高台之上，则是阳、乾、男性、天神、天空所有神灵的象征。

因此，每遇战争、联姻、丰收及新酋长的产生、登基等部落的重大事件，除过隆重的传统庙祭和在圆坛举行的祭天仪式之外，登上金字塔型建筑，进行一番展示活动，就是必须的一件大事。当然，根据每一位酋长的主要功德不同，所展示的内容就不同。如果说女神庙代表了祖先和"往世王"，那么，站在金字塔型建筑上举行表演的，才是今世王，才是当下部落联盟权力的集中体现和代表。在这里搞的各种活动，就是要凸显今世王（现任部落联盟大酋长）的功德和贡献。可以说，这个在猪龙部落的祭祀圣地中仅次于猪首山高度的建筑，就是当今大酋长最大功德体现和展示的平台。其实，这里不是什么先王的陵墓，也不是一个所谓的祭台，而是作为至高无上的权力和地位象征的一座冶铜炉。这里并不是真正的冶铜工场，而只是在重大祭祀活动之后，由大酋长亲自进行冶炼、展示当今大酋长功德的一个表演舞台。这时候，来到现场的所有的人，都成了名副其实的观众，而其表演者，就只有蚩尤大酋长一人。因为代表了当今最先进的生产力水平的冶铜技术的发明者，就是蚩尤大酋长。虽然他也是从他的师傅老生翁那里学来的，而且他还有一个师兄伯高呢。现在，伯高被蚩尤害死在首山了，冶铜的盖世功德，就只有蚩尤一人能担当了。

现在的蚩尤，虽然按照猪龙部落的习惯，胸前佩戴上了在玉猪龙造型基础上新雕琢加工并磨制得光洁照人的玉龙，左手戴着玉镯，腰间挂着就像是兽面变形的勾云形玉佩，左脚腕上戴着玉环，但是，作为"战神"，他的头上，依然像在江淮老家时那样，顶着一个前面突起两个长刺，就像水牛角一样的青铜圈，青铜在阳光下闪耀着耀眼的金属的光，因而就显得威猛而富于冲击力。这个"皇冠"，还是蚩尤自己亲自发明的呢。因此，只要顶上它，蚩尤就总是会显出一副扬扬得意、目空一切，对什么都嗤之以鼻的骄傲的样子。每当这个时候，也是他的个人意志最膨胀的时候。虽然说从江淮来到了猪龙部落，并且成了这里的上门女婿，但是在服饰上，他还是喜欢他那身与众不同的披挂——水牛皮战甲外依然倒披着蓑衣，围上战裙，长腿赤裸，脚蹬着带钉的铜板鞋，手持一对上粗下细、有几十斤重的铜锤。

顶盔掼甲、铜头铁额的蚩尤，在周围（三个并行的山梁）十多万黎民百姓雷鸣般的欢呼声浪中，抖擞了精神，挥舞着手中金光闪闪的铜锤，快步登上金字塔形建筑。这时候，他身上的每一块肌肉都充满了张力和弹性，他是那么雄健、轻快和敏捷，走在上升的台阶上如履平地，这就是传说中的飞崖走壁吧？人群中再次爆发出热烈的欢呼声。左右凸起两个发髻、阔口长脸的蚩尤登上金字塔型建筑的台面后，用他那火辣辣的铜铃一样的牛眼，直勾勾地环视着周围，双手举起铜锤，应和着周围排山倒海一样"嗨、嗨"的呼喊声。这样在金字塔形平台上转了一圈之后，他才将手中的铜锤交给头顶羽毛的巫师，接过稠醪，分别面向南面的猪首山和背面的女神庙奠了"酒"，这才前往冶铜炉边。这时候，早有士兵将手中举着的火把交到蚩尤的手中。蚩尤举着火把，再次向欢呼的人群致意后，才点燃了冶铜炉膛里的柴草。炉膛很大，下面是很深的灰坑，烟囱呼呼地吸着，火力就越来越旺。当冶铜炉顶上的烟囱升起瓦蓝瓦蓝的一缕青烟，当这缕青烟直上太空的时候，周围又是一阵又一阵的海啸一样的欢呼声。

祭天仪式，在左右各有两个白色积石冢，正对着一个白色积石冢的红色圆坛（天坛）举行。

在祭祀圣地所有的建筑都是以白色石头为原料的情况下，唯有这圆坛是用红色花岗岩石料成排立置的"石栅"，紧靠着红色花岗岩"石栅"，又在圆坛周围立起一圈细泥红陶烧制成的筒形器。这种红色圆坛，更显出它在整个祭祀圣地显要的中心地位。整个圆坛由三重圆形组成，一圈套着一圈，一层比一层高出将近一尺半。坛面铺了石头，较为平缓，能看到是一个完整的圆形坛体。

圆坛四围的红陶筒形器里都放进了香草，早有手持火把的士兵，点燃了红陶筒形器里的香草。这时候，这个神圣的圆坛，就笼罩在一片神秘朦胧、四处弥漫的香烟之中。

主祭人蚩尤带着猪龙部落酋长小奓等各部落尊长组成的陪祭团，缓步登上祭天的圆坛，每一层都留下一些人，最后登上圆坛顶层的，就只有蚩尤一人了。

蚩尤不光是鹿部落联盟的大酋长，是鹿部落联盟的最高军事统帅，同时还是一位可以通天通地通神灵的大巫师。这时候，他左手握着由原鹿部落联盟的三联玉璧变形而成的象征九黎和猪龙、犬龙三大主要部落的青白色玉质的双兽首三孔玉饰，且看这两个兽首，是以写实手法雕出来的，短圆耳，尖角，菱形目，吻端圆而上翘，形象似猪又似水牛。现在，它握在站在祭天圆坛上的蚩尤的手里，既是一件祭祀的法器和巫具，又是九黎鹿部落联盟的标志物了。而他的右手上，则举着一件源于穿孔石斧的玉钺。这件从江淮老家带过来的近于墨玉又夹杂着棕色花纹的双兽面玉钺，被用麻绳固定在一个长杆之上。只见那兽面头顶一长发纷披的神像，两个像圆铆钉又像铜铃一样层层相环的大圆眼，两角左右平举如水牛之角，却有着像猪一样的吻突。左右月牙一样外翻的尖脚，合成一个牛蹄一样的造型。这是一件标明九黎鹿部落联盟大酋长身份的重要礼器。这件玉钺，还象征着蚩尤的军事权力，是他可以向大家发号施令的工具。九黎族也为民族融合做出了重要贡献，仅就蚩尤手中的这两件玉器——双兽首三孔玉饰和双兽面玉钺，就是充分的证明。

这时候，作为助理的一个小巫师将类似大麻的药物放入一个塔式镂孔的陶瓶内，就有手举着火把的小巫师过来点燃了陶瓶中的大麻，等陶瓶再次盖起来的时候，袅袅的烟雾从这个香薰一样的陶瓶的镂孔里冒了出来。助手们退下，蚩尤敏感地嗅到了这种大麻燃烧所散发出来的类似艾蒿燃烧所产生的那么一种怪怪的、略带苦味醛香的气味。这种能使人的平衡性调节和协调性障碍、时刻定向障碍，有时还伴随幻觉和人格解体的气味，在多数情况下会使人出现血管膨胀（双目充血）和黏膜干燥，从而导致两种截然相反的后果：一是快感，并伴有心跳加速，血压升高，记忆力、注意力、警惕性减退和容易与人相处的特点。二是镇静，在这一状态下大麻吸食者会出现疲劳、焦虑、眩晕和头痛。有的人还会突然发生大麻性精神病（意识混乱、近期记忆丧失、幻觉，有时还会出现精神分裂和妄想症）。

我们尊敬的蚩尤大酋长在祭天的圆坛上，就是通过大量吸入大麻类药物燃烧所产生的气味来进入昏迷状态，灵魂出窍，从而"上宾于天"的。随着吸入量的增加，他的水牛一样鼓起的双棱大花牛眼，就变得越来越红了，先是有了血丝，这血丝在眼仁里延伸着、扩展着，很快地，整个眼睛就都变红了。这时候，他的意识也开始变得混乱起来，他感觉，他的灵魂已经完全摆脱了他的躯壳的束缚，开始袅袅地像这烟雾一样上升。这时候，他就见到了至高无上的"天神爷"，听到了似乎是从很远的地方传来的声音。

站在圆坛上祭天的蚩尤摇摇晃晃地来回捯动着脚步，就像打醉拳的人那样晃动着却没有倒下去。终于，他像变了个人似的站稳了脚步，以完全是另一个人的口气讲出了他心里要说的话：

"轩辕者，僭帝位，逆道而行，魔鬼也，必除之……"

他又这样扭着八字步，来回捯动着脚步，嘴里不断重复着"轩辕者，僭帝位，逆道而行，魔鬼也，必除之……"这句话。重复了好几遍之后，才逐渐从那种迷狂状态中走了出来。等他恢复得跟没事人似的一切正常之后，才权威性地举起他手中的玉钺，振臂高呼：

"除轩辕！"

"复帝位！"

"行天道！"

"救万民！"

随着蚩尤鼓起了太阳穴边闪电一样弯曲的青筋和脖子左右的直筋，发出声震屋瓦的号令声，周围是一片暴风雨一般的回应。

蚩尤就是在这样一种群情激越的气氛中，宣读他那篇用新发明的"隶文"书写在兽皮上的"替天行道"、声讨黄帝的《讨黄檄文》的：

危乎哉，罪也！

遥想神农炎帝，造物于民，兴农以利。医药开祖，立市以竿；犁牛之利，广布天下；连山卦象，包裹天地。顺天地以生民，布大道而通天。百姓黎民，莫不感恩戴德，颂万岁而享太平！

然，轩辕逆道，代炎而立；帝业蒙羞，天昏地暗；长孙蚩尤，呜咽太息！

尤愿披肝沥胆，与诸部共举义旗，顺天地之道，扶帝业于已倾。

快乎哉！人心所向，帝业有望。伐轩复炎，凿开盛世；煌煌大业，势不可当。

……

五

蚩尤携小夋等各部落酋长在涿鹿蚩尤城（原猪龙部落大寨龙王塘）南面四十多里的灵山圣地举行了一天的祭祀和誓师大会，第二天就要前去南征轩辕，临出发之前，他还是骑着修狃——他那头一身灰色长毛的老水牛——赶天黑又回到蚩尤城来了。他所走的这条从灵山返回的路——经"水关"和"太平堡"直到龙王塘的灵水沟道——以后也是一条非常重要的战略之路，发生了很多可歌可泣的战争故事。包括这个以后只剩下"半边城"的在龙王塘大寨基础上建起来的"蚩尤城"，都是注定要走进战争史诗与神话里的。甚至到了五千多年之后，依然以它健在的雄伟而残缺的身躯，以它仅留的、泉水依然旺盛的蚩尤泉，以泉水旁高大挺拔的蚩尤松和蚩尤三寨（北寨）上那棵性格倔强，一半是把干枯、不屈的"龙爪"伸向天空的黑色虬枝，一半是托起虬枝的繁茂绿叶的"龙槐"，以它们"见证人"的身份，在向龙的传人讲述着战神蚩尤的传奇。

蚩尤能在征战之前，专程返回家中看望爱妻龙女等家人，这在他一生征战传奇生涯中，是极为罕见的一件事。他还从来没有像现在这样"儿女情长"过。

因为后面他将要面对的是战争，虽然谁都想在战争中取得胜利，但是，战场上情况千变万化，谁也不能保证做到万无一失。尽管他知道兵贵神速，尽管他对自己集中优势兵力、长驱直入地直取黄帝远在中原的都城的做法，还是信心十足的，但是也要做好最坏的打算。虽然为了九黎鹿部落联盟的长远利益，他们不能永远缩在涿鹿这北方的一隅，为了部落联盟的发展和利益最大化，他愿意赴汤蹈火，做出最大的牺牲，以换取最大的生存空间。尽管他为这次南征以黄帝为首的华夏部落做好了充分的准备，形成了最广大的部落联军，各个部落的兵力加在一起，总数已经接近十五万人。虽然为了以势压人，他现在夸张性地将自己统率的这一支强大的军队的人数对外宣传为三十万人——这在原始社会末期中华大地上人口还相对稀少的情况下，简直就是一个天文数字！当然他也算上了沿途裹挟而来的人。以他目前提出的替天行道、恢复炎帝帝位的口号，他相信，一定会影响一大部分部落倒向他蚩尤的。为此，他已经派出几十个信使，带上他的《讨黄檄文》，采取威胁利诱的手法，让沿途的部落，或者倒向九黎鹿部落联盟的部落联军，或者，给他们让出一条道来。他不想在沿途多耽搁时间，他只想长驱直入，以闪电般的速度，打轩辕个"冷不防"。从在西泰山为黄帝开道时的观察，天下各部落的酋长，对他蚩尤还真是畏惧三分的。

但是，不管怎么样，他还是决定在临出发之前，赶回城里来，和他的三个妻子告别一下——在和猪龙部落酋长小夐的二女儿龙女结为情投意合的连理之后，为了巩固九黎和鹿部落联盟的关系，他又分别与犬龙部落和狼部落实现了联姻，迎娶了犬龙部落的蕙姒和狼部落的阿娇。

蕙姒长得白白净净的，一双迷人的眼睛，总是眯着勾人。她为人贤惠礼上，做事总是低姿态，什么事儿，总是把龙女让在前面。因而，她们俩的关系，倒是处得极好，总是亲热得像一对亲姐妹一样。倒是聪明伶俐、长得小巧乖觉的阿娇，又让他更加心疼了三分。不论大小事，他总是劝龙女和蕙姒让着阿娇一点，总是怕他不在时，龙女和蕙姒会让他的阿娇吃亏。现在，他最担心的事，也是这样。同时，大军前去征战，他最不想发生后院起火的事。这时候，保持后院的和谐稳定太重要了。因为这里毕竟是自己的家，是自己最后的希望所在。以后的事实证明，蚩尤今天不辞劳累赶回来所做的事，是最明智的一个选择。

自从自己的老泰山小耷把自己的龙王塘大寨让蚩尤居住以后，蚩尤就在原酋长大屋之后的山坡上，顺着山势，又修了一个和酋长大屋几乎一样大的大屋，而把龙女、蕙姒和阿娇，分别安排在这一个大屋的三个单间里。大屋内，龙女自然是居于中位，和火塘与炉台在一个屋内。左间是蕙姒，右间是阿娇。这依然是一个和华夏部落联盟的半地穴式建筑相似的屋舍，只是墙角圆角，地面经过火烤，平整而坚硬，并且在上面涂了一层白灰。屋子的正东是进屋的斜道，火塘还是在屋内正中偏前的位置上。

蚩尤临出征之前能专门赶回来和她们相见，这让本来已经陷入到战争恐怖和离愁之中的三姐妹喜出望外。这样重情重义的男人，让她们不禁眼中溢满了惊喜的泪水。

龙女接过蚩尤的蓑衣，挂在固定在草泥墙上的鹿角上。蕙姒赶快低着眉从瓢形火塘旁，拿了弦纹折腹直壁圆口、像一个没有顶的大陀螺一样的夹砂灰陶小罐，到泥质红陶、绘了黑彩的陶瓮旁，用无底座的半圆形彩陶钵，"哗啦""哗啦"地舀满了一陶罐水，端过来放在瓢形火塘上。阿娇则蹲在盘腿坐在火塘前的蚩尤背后，开始娇声娇气地，用她的小拳头像捣鼓似的给他捶背。蚩尤开始享受地闭上眼睛，接受着这鸡叨米似的、让人浑身筋骨都放松的轻微撞击。

等给翻滚着水浪的灰陶小罐里下了白沙一样的稻米，小罐里开始随着白色袅袅上升的蒸汽飘出稻米天然的芳香气味来，龙女和蕙姒都围坐到蚩尤的身边来的时候，蚩尤从自己的怀里摸出一个用红褐夹砂陶烧制的三个女人裸体蹲坐、手臂交叉相拥的陶塑来，举在三位妻子的面前。龙女、蕙姒和阿娇在兴奋地尖叫着传看，她们脸上幸福、祥和、亲密、平等的表情，就跟这个陶塑上"三女神"的表情，绝无二致。

第五章

一

蚩尤率领的九黎鹿部落联盟的部落联军很快就越过燕山山脉，又经过狼牙山，在如今的河北平原上一路向南进发，途中不断有犬龙部落、狼部落和其他中小部落的人加入，等到了获鹿、巨鹿，就形成了一支有近二十万人参加的庞大队伍。在威县施了一阵淫威，在邢台集中杀了一批战俘之后，就在南和举行了一次庆功大典。那一种气势，真是排山倒海，图腾如鸿，力拔山兮气盖世。战争进行得如此顺利，也是蚩尤事先所没有想到的。他没有想到，有那么多的中小部落，在他为炎帝而战的口号下都归附了他。当然，他也知道，这些中小部落所以纷纷归附的原因是迫于他的淫威。如果不归附，就自身难保，一命呜呼了。

到了武安之后，蚩尤决定，继续向南挺进，接近黄河北岸。

愈往南走，战争进行得就愈惨烈。那些被战火烧红了眼的男人们，见男人就杀，见东西就抢，见了女人就占有，对那些没有用处的小孩和老人，更是滥杀勿论，队伍过来，鸡飞狗跳，鸡犬不宁，到处是一片惨叫声，血肉横飞，尸横遍野，一片狼烟。面对这些洪水一样漫流过来的男人，人们只能是四处逃命，能跑就跑，能躲就躲，能藏就藏，战争的恐慌像瘟疫一样在河北平原上向南漫延。特别是那些女人们，她们是战争最大的受害者。

那些五千多年前被战火烧得红了眼、发了疯、长了淫威的野男人们，几乎同时患上了一种我们当代人认为的那种"性压迫"和"性饥渴"，欲火中烧，甚至看到了地上跑过去一头母牛、一只鸡鸭，都想抓住发泄发泄，更不要说见到女人了！

在他们心目中，战争就是征服，就是发泄淫威，就是要把自己的充分自由建立在别人的痛苦之上，就是要把敌对部落的男人都杀光，把女人都给强奸。就像饿极了的人见到天鹅和丑小鸭都是一个字——吃了它，这个男人的群体，也不会放过任何一个进入他们视野的女人。欲火中烧的男人，只有兽性，只有征服和占有、发泄的欲望。这时候，他们所有的爱情，就是疯狂的占有和发泄。因此，强奸、轮奸、奸杀、自慰等等与性相关的犯罪，天天都在发生，成为一种疯魔怪象。

蚩尤自己都在经历着这样的压抑和发泄，他更不想约束和限制这些为他和九黎的命运每天都在浴血奋战的人。虽然他们一路势如破竹，但是在战争中，每个人随时都有死亡的危险，就像下到地下煤海深处的矿工一样，因此，他们今日有酒今日醉，能享受一次是一次，谁也没有去想在这种痛快淋漓的享受之后所带来的像放大的水波纹一样的负面影响。

一夜的失眠和内火，使他的"锤子"（阳具）又胀又热又硬。这时候，他就会想起自己的龙女，可是想她又有什么结果呢？只能使他更加陷入性的压迫和那种火山爆发一样难抑的野性冲动和征服。有一天实在没有女人了，就只能带着巨大的挫败感自慰了。自从十六岁的一天中午，阳光是那么强烈地刺激着眼睛，又是那么暖融融温煦煦热烘烘的，这时候，他一个人到部落旁边远离了人群的角落，面对着天地——火热的天和绿生生的地——撒尿时，无形中把被尿憋得膨胀粗硬挺立起来的"牛牛"（对小孩都是这么叫）多甩了几下，就有一种全身如同浮上了水面的舒适和眩晕感，而且他越是动自己的牛牛，这种眩晕感越强烈和刺激，直到全身变得有一种想飞的感觉……自从有了这种能够一个人偷偷享受的美好体验之后，以后在身边没有女人的时候，即使他再强抑着这种冲动——而且压力愈大反弹力愈强，最后都要被这种强大的势不可当的欲望所战胜，他不得不丧气地重复着这种自慰的快感和失落。

为了防止这种自挫自信和勇气现象的发生和重复出现，他就又恢复了过去的习惯做法，在分战利品的时候，总要给自己身边留下几个漂亮的女人作为他的性奴，以供他随时发泄淫威。

淫欲把他一天的计划全给打乱了！原来计划的对其他部落的进攻和征服目标，主要变成了对女人的进攻和征服目标——没有女人，他一天都活

1055

不成!

想起了女人,他又是一连串抑制不住的联想:

一个泼辣大胆的女人身旁,总跟着一个酸溜溜地怀着嫉妒心,表面上温和实际上一双贼溜溜的眼睛总是随时提防着每一个男人的男人。这是他多次发现的一种现象。特别是那些女酋长身旁跟随的男人们。

女人就是这么个怪东西,是一种最重情感的动物。当她对你倾心的时候,可以不顾一切地随你走遍天涯,可以不顾你的穷与富,而只把自己的思想和情感囚于两个人的世界里。当她对你无动于衷的时候,你就是占有了她的身子,也决占有不了她的芳心。这些道理蚩尤我懂,并不是我不懂。可是,当你身陷性欲冲动的泥潭不能自拔的时候怎么办?你可以试一试!

他的思路又一次转向了战争。我蚩尤可以说是把战争的艺术运用得最好的人。在战争一开始的时候,配合着势如破竹的进攻趋势,我就在舆论战方面先走了一步棋——派出细作到后面要进攻的各个部落去,广为散布"蚩尤铜头铁额,食白沙,不可战胜"的小道消息。我就是要编造这样的神话,首先在心理上让你们一提起我蚩尤来就胆战心惊,不战而自败。

那么,最厉害的一种恐吓是什么呢?吃人!对,就是吃人!如果你面临着被吃掉的危险的时候,而不吃你的唯一条件就是屈从的时候,你就只能选择屈服了。蚩尤在这么扬扬得意地想着的时候,就又想到了黄帝。

黄帝现在是节节败退。那么,他能一直就这样甘心败下去吗?那不可能。他现在想得最多的就是,谁能最先帮助他打破我蚩尤"不可战胜"的神话呢?需要一个常胜将军,一个钢铁元帅。那么,他手下有这样的人吗?起码这样的人,现在还没有出现。

所谓战争是什么?它总是以最正义担当的理由,征服对方,让他屈服,并且在征服的过程中,让各种形形色色的犯罪公理化,正义化。这时候,人们甚至会认为杀人是最正常的一件事,杀人越多就越英雄。甚至吃人也是一种本分。你能吃掉对方,说明你本事大。战争的目的就是杀人嘛!就是掠夺,就是行使强权政治,以输赢定公理,以成败论英雄。不管你有多么正义的理由,只要你失败了,你就是在犯罪,就是贼寇,就是匪帮,就是灭绝人伦的战犯和人民的公敌,就要遗臭万年!因此,我就充分地调动战争这部机器，以确保自己万无一失。

也就是这么怪，人们诅咒战争又是那么强烈地渴望着战争的来临，就像你诅咒情欲却渴望着情欲的发泄一样。一场战争就是一次海啸，它会把一切都席卷进去，彻底冲毁。为什么要重建呢？难道就是为了重建，才必须把它无情地彻底给毁掉？原来的一切不是都好好的吗——但它是别人的，不是我们的。

虽然说黄帝是一个遇事沉着冷静的人，但是他又是一个敏感而易于激动的人。晚上和炎帝神农在神农洞前平台上的凉棚式的"枫枫茶居"里喝了许多陶杯茶水，伴着夜来的凉风和"哗哗"地越来越响亮地流淌的烈水，他俩一直坐到夜深人静，远近的灯笼火把渐渐地都熄灭了。

夜风从东面送来阵阵烈水湿漉漉的水汽，炎帝的大儿子炎居给老父亲和黄帝（他的女婿）分别都加了夜衣。虽然他们坐在一起并没有多少要说的话，但是，炎帝还是希望黄帝能和他在一起多坐一会儿，好让他自己把心中因为蚩尤进犯中原而引起的郁闷，通过唉叹长嘘出来。有一阵，年老的炎帝，跪坐在稻草编就的坐垫上，已经歪了脑袋，发出"呼呼噜噜"的鼾声来，但是，当黄帝催他进洞去休息的时候，他还是强睁开干涩的眼皮，摇着说："非也！非也！于今这般情势，余岂可安睡乎？"然后就是"呜呼"、"呜呼"地长叹。这样重复了两三次，最后，还是黄帝主动离开后，炎帝神农这才挪动着他忽然之间变得滞重了的身体，几乎是一步一摇地反身进洞去休息了。

让炎帝痛心疾首的是，他怎么就有蚩尤这样一个不肖的孙子呢？你自己想起事就起事，却竟然架着我的名义来重新挑起了战争，重新又打破了百姓安宁的生活。虽然禅位后的他已经超然世外，但是他关注天下百姓疾苦的心不能就此也凉了。

等到黄帝在灯笼火把的引领下，沿着从神农洞侧背上的山路，一步一步地爬上烈山的山梁去的时候，远处已经能够听到一声半声微弱而嘹亮的"咕咕喽喽——"的雄鸡的"叫明"声。

二

面临一场大战，本来是真有一点措手不及的黄帝，现在坐在烈山顶上的"黄城"中宫里，激愤的心情倒是平静了下来，多是由于在山下多喝了几陶杯茶水。应该感谢那位一直默默无言地坐在旁边沏茶的长得娇小清秀的烈山姑娘，黄帝只听炎帝神农唤她作"枫"。是的，应该感谢这位文静的"枫"姑娘。是她的茶水让黄帝睡意全无，完全打开了他的思维。他开始设身处地地想，想到问题的方方面面和角角落落。每想到一个问题，他都先画一个"△"符号，再借着"呼呼"跳动的塘火的暗红亮光，把这些问题用小木棒蘸着赭石红色，简要地记在白色丝帛之上。最后，竟然满满当当地写满了一方丝帛。前后草草地再看了一遍，竟然有二十多个相关的问题。当然，这也不全是一些问题，还有一些梦境的记录和他临时想到的其他问题。所有的问题，他都是另起一行，在前先画上一个"△"，只有梦境，他才会给画一个大大的"○"（圆圈）。这已经是他一段时间以来形成的一种记事习惯了。

针对突然降临的战争，他首先想到的是反省和罪己——先从自己身上找原因。首先是他自从北岳恒山返回中原以后，并没有真正从思想上重视对蚩尤和九黎鹿部落联盟的防范，做到防患于未然。他被一时的和平局面麻痹了，不是致力于"修德振兵"，而只是沉迷于声色犬马，研究起了什么古琴，追起了什么美女，甚至在前往烈山之前还发生了那么一幕"金女挡驾"的故事。人不至于把困难放大，但也应该常怀一种惕惕之心，要明白，卧榻之旁，总是有人怀着一种敌对的心理，在贪恋着中原这块宝地。

我们不会主动地挑起战争，但也决不惧怕战争。既然战争在一夜之间降临到我们头上，那就让我们拉开架势，兵来将挡，土来水淹。

现在最大的问题是，如何克服人们对蚩尤的那种恐惧心理。由于蚩尤一路连连得手，其势如破竹，给人们心理上造成很大的压力。这时候"拿着鸡蛋去碰碌碡"，或者即使以强大的兵力去硬碰硬，都不是一种最好的选择。你不就是要进来吗？那好，我们就放你进来，让你长驱直入，待你成强势之末，再秋后算账。

黄帝计算了一下从涿鹿到中原的广大区域，即使蚩尤有再强大的兵力，等到他把这些地方——占完的时候，他也就基本上完成了他的全部"射程"，到了强弩之末的时候。到时候我们再调兵遣将，联合中原各个部落，举天下万氏之力，一举将其消灭。蚩尤就是再集中用兵，他也得保证沿途的设点布防，等到战线扯得这么长的时候，他的冲劲也就过去了。也就到我们握紧拳头同仇敌忾地发力复仇的时候了。

　　对，针对当前的这种被动局面，只能因势而导，欲擒先纵，欲败之先骄之，待其问题都充分暴露了出来，再历数其罪状，凝聚人心，聚而歼之。

　　但是，还是要先设法打破蚩尤不可战胜的神话，这样想的时候，黄帝倒自己先笑了一下，其实早在渤澥盐池旁边那场"东征助炎"的战争中，他不是已经被战胜了吗，现在又编造起不可战胜的神话来了？但是，不管怎么说，还是要先打破这一神话，树立起全天下人的信心。其实，即使蚩尤假了炎帝的名义做号召，能够真正倒向他一边的部落，还是占不到天下万氏（七千封）的十分之一。我们还是有举天下之力的机会。

　　就战争产生的原因，黄帝还是又想到了当年不杀蚩尤而命其为"主兵"的做法。当然从重视人才、激励人们去发明创造的角度看，黄帝至今不后悔他当时唯才是举的做法。但是，实践证明，斩草除根的说法，也不为过。如果当初真的没有留下蚩尤这个祸根，那现在就不会有这一场战争发生了，当初就应该像对待刑天那样，采取果断的措施，快刀斩乱麻。唉，但是蚩尤毕竟是一个人才，杀了也可惜，当初要是真杀了他，只怕冶铜这门代表了当今最先进生产力的技艺就失传了——伯高只是一个口头上空谈的理论家，就实干能力讲，可以说，他的师弟蚩尤是无法替代的。

　　但是，蚩尤最大的问题就是"缺德"，就是"逆道"。人一旦失去了德性的约束，或者说他根本就没有对自己有这一种约束力，那后果是不堪设想的！这就昭示着我们在用人的问题上，再不能只是单单地强调唯才是用了，而应该把对其品德的评价加进去，做到德才兼备。

　　黄帝前前后后地想了很多问题，当所有的问题——都想过之后，心情才真正变得轻松起来。他伸展了一下双臂，舒服地打了个哈欠，就站起身来，到卧铺前拉了一件外衣披上，再次向屋外走去。

站在烈山顶上，黎明前黑暗中的凉风习习地吹着，黄帝的心中倒生出一股豪气来。

这时候，东方的天空已经露出浅淡的鱼肚白色的微光，遥远的几乎是曲折地横在半天上的东方地平线，已经显出了它巨大脊梁般的轮廓。这时候，黄帝看到了东天上最显眼的一颗亮星——启明星，和西天上遥遥相对的另一颗亮星。虽然说他经常夜观天象，但是这种黎明前透着潮湿的凉爽气息中的东西两颗亮星相对的星象，他还是第一次看到。是老天爷善解人意呢，还是天象本来就是天下事的一种图解？本来就是"夜观天象而知天下事"的黄帝，一时在这样神奇的天象面前，倒有一点犯迷瞪。大自然真是太伟大了！黄帝想，老天爷对地上所发生的一切都了如指掌，只要你能解读这部茫然一片、深邃无限的天海"天书"，能做到把自己的意志和天神的意志充分地沟通了，你就能够代表天地正道，你就仍然是人神合一的天下共主。人心者，小宇宙；宇宙者，大人心！

白龙马对战争似乎有一种天然的敏感。当战争的消息从中原传到烈山来的时候，它好像能听懂人话似的，早已经不用扬鞭自奋蹄地做好了投入战斗的准备。

昨天匆匆地举行了庆贺炎帝神农种植草药成功的仪式之后，今天就该踏上返回中原的旅程了。晚上给牲口加足了夜草，这些养精蓄锐的畜牲也通了人的敏感，天不亮就在槽里倒腾起了蹄子。其中一个黑毛色的粗壮家伙，竟然趔踢顺趷起来，搞得所有拴在一起的几匹马都受到了惊动。一时踢踢腾腾的，形成一阵小小的骚乱。

白龙马理解大家的激奋心情，但是，单独拴在另一个槽头享受着至尊荣誉和地位的它，要管一管这些无法无天的同伴。于是它先抖擞了一下自己肩背上披散的长鬃，有力地舞动了一下棉扫帚一样的长尾（若是在飞奔的时候，它舞动起来就像金鱼的尾巴一样好看），在空气中发出"啪""啪"的响声，这才以马中王子的身份，威严地发出了一声高亢激越、穿透力极强的"哼儿——哼！"的长啸，那几个乱踢腾的同伴，就一时屏声静息了。

当然这声音也是发给黄帝的起床号角，它是在提醒自己的主人，是该踏上征程的时候了!

面对黄帝四年（庚寅年）突然到来的这一场战争，身为三台之首（上台）的风后，倒并不感到太过意外。因为在他看来，这一天是迟早都要到来的。另外，他也有一支熟演八阵图的训练有素的队伍在手，并不认为蚩尤是完全不可战胜的。因为早在涿鹿的时候，蚩尤就是运筹帷幄的风后的手下败将。

风后在第一时间派出信使，把消息告诉了远在烈山的黄帝，他协同值年太岁、虎龙部落酋长摄提，邀齐了文武百官，中台地老、下台五圣，史官仓颉、沮诵，大将力牧，以及吴权、宁封子、鬼容区、广成子、赤松子、马师皇、大填、封钜、知命、中黄子等帝师，挥、大挠、常先、大鸿、大隗、隶首、有虎、武罗、武定等武将，稷、杜康、伶伦、大容、赤将、高元、羲和、常仪等文臣，都齐聚到黄帝宫的议事大厅来，共同商议怎样来应对蚩尤突然发起的这次势如破竹的进攻。等到黄帝骑着白龙马，在应龙的陪同下十万火急地从烈山赶回来的时候，风后已经派出了以大鸿为首，包括大隗、隶首、有虎在内的第一批军队北进黄河，抵御蚩尤鹿部落联盟的进攻。

大战已起，最替黄帝操心的人，莫过于元妃嫘祖了。住在黄帝宫的嫘祖，日思夜盼着黄帝尽快返回中原来，因为这场突然降临的战争，让她感到就像天塌了一样，整个没有了主心骨。但是，作为后宫之主，她又不能在表面上表现出自己内心的惊慌。因为只有她拿得稳，整个宫内才不至于乱作一团。

真是日有所思，夜有所梦。夏夜的南风凉爽地吹进嫘祖宫内，也把黄帝的信息给她带回来了。假寐在地铺上的嫘祖，恍恍惚惚地灵魂出窍，魂飞东南，直飞到烈山之巅临时搭建的"黄城"中宫。她远远地看见黄帝——他心爱的人，正在打一套古太极拳。她只是远远地躲在一丛她也叫不上名字来的阔叶的绿丛后面，注视着自己的男人。她看到，正在演练中的黄帝，如同在一个面向八方的金台之上，周围的金色映了黄帝一身鲜亮夺目的熠熠金光，黄帝一个面向四面的击打式，形成一朵盛开莲花，他快步游走的游刃有余，又变成一个和地面平行的"∞"字型。而当他"白蛇吐信"的时候，那出击的右手，就变成了一条舞动的金蛇。

三

在黄帝宫周围的聚落中，养马庄是距黄帝宫最近的一个了。由此向东行五华里，便是因"黄帝在此牧过马"而闻名的草马沟，再东南行五华里的草场岗，更是一个一片茫茫的大草场。在草场岗的周围，至今分布着小王沟、侯庄、马庄，正南是武庄，左右是武庵、武河，再往南就是黄台，隔着洧水两岸，分别是马门和马湾。这里靠了洧水的滋养，自古以来就牧草丰富，具有得天独厚的军马生活条件，所以黄帝选中了这个地方作为他练兵讲武、屯兵备战的牧马场。

草场岗的紧西边，还有一个猪庄，是黄帝养猪的地方，它的东北，又是黄帝集中养牛的牛集，牛集因为大，又分为牛集南沟、牛集西沟和牛垌。

从草场岗向南二里半，有一块二百多亩大的平地，这块平整而开阔的场地，就是黄帝集中驯马的地方。

身为帝师的马师皇住在靠近黄帝宫的养马庄，而草场岗那一片大牧场，就由他的徒弟云阳先生经管着。

在黄帝离开中原的这一段时间里，马师皇好像一个没事的闲人似的整天待在养马庄他自己的马棚里，和他心爱的马们待在一起。他觉得这是他活得最开心自由甚至幸福的一段时光。每天除了做好和马相关的每一件事，牧马、割草、加草、加料、驯马、套马、赶着马群小跑、快跑、狂奔……尤其是在大雾还没有起的清晨，远近层次分明，看远处的马群，就像是看到一层层剪影，又像是看到奔跑的云雾一样，凉风"呼呼"地冲击着面部，吹乱了他一头铁青色、马鬃一样蓬勃的长发，青草上挂着湿漉漉凉浸浸的露水。不能让马吃被露水打湿的草，但如果这时候，你不放马出去，性急的马就开始在马厩里踢腾开了，可以说是一种真正的群情激奋，天亮了，休息了一夜、积攒了一夜、憋屈了一夜的情绪，是需要让它发散出去的。

它们需要一种大汗淋漓的酣畅发泄和痛快享受。唯一的办法，就是任由它们放开了步伐去自由奔驰一番。你听那万马奔腾的狂风骤雨般的马蹄声，你可以引导它们，驱赶它们，顺应它们，但是绝不能挡它们的路。这时候，你只能是它们中的一个成员，与它们汇聚一起，共同奏响这黎明的交响曲。

等马都跑累下来，一个个浑身冒着咸酸的白色蒸汽一样的汗气，慢慢地放缓了脚步，等那狂风暴雨般的"雨点声"逐渐平息下来的时候，笼罩在洧水北岸这一大片开阔的略显北高南低的大草地上的晨雾就会在金色的阳光的驱赶下悄然升起。这时候，远近的马群，黑的，白的，红的，枣红的，深红的，花骝的，一个个就都像在显影液里显影出来一样，是那么清晰可鉴，楚楚动人。这就是马师皇的全部所爱，他把所有的感情都投入到养马的事业中去了，甚至冷落了人间的感情。当然，他也有人的感情需要，也有爱他的和他爱的女人，也有了自己的孩子，但是，大部分时间，他还是喜欢一个人独处，一个人和他的马群待在一起。

当中午的阳光暖洋洋地照在脑门上的时候，一个人倒在草地上看马的马师皇——这是他一辈子乐此不疲的习惯——就总在琢磨着目光之内每一匹马的品质、脾气和习性。他要把这些都一一地记录下来，以便在需要的时候，给每一匹可爱甚至可憎的马，找到它最合适的主人。

在记录的过程中，为了区别每一匹马的特点和个性，就得画出它们不同的体态特征，甚至从画像中一眼就能看出它脾气的温顺或暴烈。他这样一天天地画着记着，他的和大马厩相连的马棚，也就真的成了一个马棚了。柱子上，栅栏上，墙壁上，地面上，角落里，到处都挂着、贴着、摆着、摞着他画的马图。整个"马棚"里，看起来好像是零乱的，但在他的脑子里却是井然有序，这些排列和摆放的顺序只有他自己清楚。只要说起哪一匹马来，他马上就会从某一个角落里翻出一张他画的马图来。这些马图上，不光画着马的形象，还标记着它的名字，它的性格和习性等，让人一目了然，其实不懂得他那些特殊的刻画符号的人，是难以理解它们的真正含意的。比如说，画个"○"表示性情温顺，画个"△"表示性格暴烈等。

马师皇自己总结出了一套"画马八法"，即先从头部开始画，然后是脖子、胸、臀、前腿、后腿和尾巴。在此七项的基础上，他又强调在画马腿的时候，应该先前面的腿，然后再画后面被遮挡了的腿。应该说这个"画马八法"，是画马的最基本方法，适合初学画马的人。但是，对已经与马几十年朝夕相处，已经对马的结构、比例、骨骼、肌肉甚至运动状态下它们的变形、吃力时的张力都烂熟于心的马师皇来说，他就可以随心所欲地从马的任何一个部位落笔，然后完全像玩一样地信笔而画，最后，等到他雨点般的笔头终于停下来的时候，呈现在你面前的，就是一幅完整的马图了。他已经将马身上的结构，如面部、胸部、腿上的关节、蹄子及马鬃、马尾等的画法，概括成了相应的绘画符号，然后，将这些看似完全无意的符号信笔在兽皮上串联起来，一匹英俊的千里马，会会突显在你的面前。黄帝回到中原之后来到他的马棚里，他就是这样给黄帝表演画马的。

　　然而，现在，他却是倒在初夏温暖的散发着泥土和青草气息的草地上观察着马。这样观察着马的时候，对他来说是一种难得和独特的享受。后世的人们形成了各种品赏的习惯，如品酒、品茶，甚至品烟（一种明显地知道其结果和危害的、对自己的慢性自杀过程的玩味和品赏），但是我们尊敬的马师皇先生，终生养成的习惯，就是专注于对马的品性和性格等的品赏。他乐此不疲，一旦陷入其中，就会忘记了时间的存在和空间的转换。

　　就在马师皇这样全神贯注地在品赏和默记着马的特点和品性的时候，一块黑云从西北的山塬背后悄悄地露出了它险恶的头，然后就张牙舞爪地四处迅速地扩大着自己的阵营和地盘，很快地，西北方向就像浓黑的墨汁似的青乌了一大片。这种让人胆寒的勾着金边的黑云，以压倒一切之势疯狂地吞噬着蔚蓝的天空和洁白的云层，在它所占领的地方，一时就天昏地暗起来，远处的山色先是变得深黛，紧接着，就被大风所掀起的黄色尘埃所遮挡。等马师皇感受到了迎面吹来的这种透着阴凉雨气的劲风，天空金色的阳光已经被黑云所取代。他的第一个反应就是，风云突变，一场暴风雨眼看着就在所难免地要发生了。

　　这时候，聪明的马群也受到了震惊。随着头马一声惊悚的尖厉长嘶，马群迅速地向一起靠拢。马师皇迅速地翻身上马，骑着他的"追风"马，逆风而上，向着西北方向养马庄的栅栏和他的马棚方向疾驰而去。黑色的闪电一样的头马，紧跟在米黄色中有点偏红的"追风"后面，马群浩浩荡荡地逆风而上。狂风吹乱了马鬃和马尾，飞沙走石迷乱着他的眼睛，又像一只巨大的手掌，阻挡着他前进的步伐。但是，马师皇还是一马当先，向着远处养马庄那坐北面南的山坡下靠近。他想在暴风雨到来之前，把马群带回到马厩来。

风沙卷起的黄尘和天空阴险的乌云，像两只狼狈为奸的巨大怪兽迎面扑来，风沙打在脸上，生疼，沙尘迷得人睁不开眼睛。但是，马师皇还是在快如疾风一样的"追风"屁股上快马加鞭。紧随在后面围护着马群的兵士们看到，狂风扬起了马师皇那一头铁青色长发，简直把他变成了一只愤怒的雄狮的形象。追风的身子向前倾斜着，马师皇的身子也向前倾斜着。他完全不再像是一个六十多岁的人了，而好像是一位健壮的小伙子似的，在勇敢地搏击着风浪，在和暴风雨抢时间，争速度，在引领着马群奔向幸福的港湾。

一场持续了几个时辰、把它的淫威发挥得淋漓尽致的透彻的暴风雨过后，一道七彩的长虹，把它赤橙黄绿青蓝紫的彩带，从浅青泛绿的天空层次丰富多姿的云彩间伸下来，画了一个巨大的弧形，斜插进南面开阔一片的绿油油的刚刚经过风雨洗刷的草地平滩上，那种美是人们所难以想象的。被湿漉漉的水汽包围着，在透明得能一眼望到天尽头的清新空气中，看到这样的迷人景致，简直是一种难得的享受。周围还笼罩在一片哗哗的流水声中的时候，远远地，轰隆隆的，隐约地就能听到暴发洪水之后的洧水那雄浑的吼声了。

从烈山返回中原的黄帝，同样是顶着这样一场暴风雨，从黄帝宫向东来到了马师皇的养马庄。当他和马师皇站在养马庄的台地上向南观望美景的时候，站在他身旁的白龙马还在喘着气，它湿漉漉的身上，银灰色的马毛都紧贴在滚圆而骨节突出的马身上，马身上正蒸腾着白色的蒸汽，它却没事似的捯动着沾满了黄泥的蹄子，发出悦耳的"咴儿、咴儿"的叫声。

马师皇的马群早已经安静了下来，在长廊一样围起来的巨大的马厩里，悠闲地摆动着尾巴，抖动着肩胛上的鬃毛和肌肉，不时"突""突"地喷着响鼻。那些跟着马师皇养护马群的兵士，早已经把它们的身上擦得干干的，并且清理了它们蹄子上的黄泥巴。

当暴风雨来临的时候，黄帝硬是冲破大家的劝阻，披了一件蓑衣，戴了一顶草帽，冒着风雨，向马师皇的养马庄奔驰而去。他最放心不下的就是这些马匹了。大战将临，这些可爱的马匹，就尤其显出它们的重要性来了。

四

黄帝和马师皇两个人一起站在养马庄的土台上欣赏了一会儿风景，马师皇就赶快把黄帝让进他的马棚来。白龙马也被人牵去擦干了身上蒸腾的水汽。

马师皇一边埋怨着黄帝，一边接过黄帝的湿而沉重的蓑衣，挂在柱间一个木钉上，又呼唤把自己的干衣服拿来，让黄帝换上。在这整个的过程中，黄帝都乐呵呵地接受着马师皇的训导。

天近黄昏，马棚里的光线眼看着越来越昏暗，黄帝还是没有要返回的意思。他一直在默默地观察着马师皇把白天观察到的马的形象和特点画在兽皮上。

黄帝看见，马师皇眯缝着那一双深邃明锐的、双眼皮、近于三角形的眼睛在画马，他的眉弓有棱角地凸起，显得很高，额头宽广，发际线从额头和两鬓，都已经明显地向脑后推移了许多。那一头原本夹杂着白发的马鬃一样的黑色长发，现在也已经变得完全是一种灰白的铁青色了，就像是青灰马的马鬃一样分披着。

时间过得真快，还记得在巴山氏部落的马王坡认识马师皇时，他还是一位四十多岁的中年汉子，现在他已经是六十多岁的老人了。时间一晃就过去了二十年！自己也从二十八岁的老小伙，变成了四十八岁的老人了。二十年，所经过的事情还历历在眼，可是，岁月不饶人，人都在变化之中。黄帝不由得一时感慨万千。

马师皇知道在如今蚩尤作乱、国难当头、正当用人之际，黄帝冒风雨专程来到他的牧马场相马，大谈千里马的标准，必有其深意。于是，他一边感叹:"马者,通人性,富表情,多肢变,最难描画者,其动态……"一边不停地画着他的马。

在他来说,一切已经无"法"可言,随心所欲就是他的"法",凭着感觉和记忆,第一笔就落在对这匹马印象最深的地方。所以,当他落笔如同走蛇一般地画马的时候,让黄帝都感到有些眼花缭乱。看了半晌,才明白他原来是先画了马的肩膀,再接着,画的是马的胸部。黄帝仔细地观察着他的每一笔动作。直到最后,当他在兽皮上把这幅马画完的时候,黄帝就不由得不伸出大拇指赞赏他这幅"枣红"马(因为他是用赭石画的)。当然,马师皇也不全是用赭石来画马,他还会用未燃尽的木柴棍棍的黑色炭棒,画出一匹黑马来;用只是勾出轮廓线来表示它是一匹白马;在白马身上画上花斑,表示它是一匹花骝马。他的"马棚"里到处是马画——这就是他马群的全部"档案",只要说起某一匹马,他都能直截了当地拿出一张马画来,形象地给你作一番介绍。

作为黄帝还未回到中原之前风后针对蚩尤进犯中原的应急措施,以大鸿为主将,大隗、隶首和有虎为副将的黄帝部落联军的第一支先遣部队,任务重大。大鸿一下子感觉到了自己肩上担子的分量。等到各部人马集中起来以后,他们就在大鸿的率领下,自黄帝宫一路向北,路过黄帝岭、摩天山和西泰山,一路向黄河南岸而去。

虽然事先已经做了充分的准备,但是当大家来到黄河南岸的中原第一岭,就像是一个蜿蜒的长蛇兵阵一样耸立的邙山北侧,当大家蜂拥一样来到黄河岸边,在它开阔的静静地旋转着一个个深浅相连的黄色漩涡的快速推拥着向东方奔去的浑水边,面对着夏季涨水之后变得极宽的黄滔滚滚的黄河,人的目光只要跟着水流走,立时就会头晕目眩。站在这里,耳边只能听到低沉持续、不绝于耳的水的喧吼声。马匹可以勉强地艰难过河,但是真正拥有马匹的人占不到总人数的十分之一。准备下的那些独木舟船,在这三万余众的黄帝部落联军面前,只能是杯水车薪,基本上解决不了什么问题。这么多人,何时才能全部渡到黄河对岸去呢?大鸿素以善于察水而著称,有沟通天地的本领,但是面对这样的新问题,也几乎到了束手无策的程度。

　　头戴由野鸡翎装饰而成的威风凛凛的羽冠，身着只护着胸背的无袖羽衣的大鸿，拖着长长的粗麻布战裙，以他身高九尺的长腿，大跨步地拱着阔背粗腰走在上山道的前面。也许是心急的原因吧，他早已经是大汗淋漓，不时地用粗壮的胳膊揩着额头上冒出的汗水，臂弯处扎的羽毛刷得他的额头痒痒的。酸涩的汗水，都已经流进了眼角，蜇得他的眼睛生疼。他恨不得一把扯下头上的羽冠来凉快凉快，但是身为主将，还是要注意自己的仪表的。

　　个子不高、长了一副娃娃相的大隗，只能加快脚步，才能跟上大鸿的步伐。

　　隶首黑着脑袋，倒背着手，一脸严肃沉思的表情，他不紧不慢地向前走着，并不争着赶路。

　　有虎还是年轻时那种墩墩实实的样子，方头、方脸盘，他一直礼貌地把隶首让在前面，只是跟在他的身后，亦步亦趋地向前走着。

　　自然是大鸿第一个登上了顶峰。这邙山的最高峰——五龙峰，三面环山，五峰攒簇，从这里可以极目四方：向北看，是黄河；向南看，是一片丘岭之后的大平原；向东看，黄河徐缓地拐了一个弯儿，向东南流去；向西看，是形似骆驼的骆驼岭。在它的西南，就是著名的三皇山了。

　　山顶上吹着一丝细微的凉风，倒让人能舒服一点。但是，从这里向北望去，黄河依然是一道宽阔的金色水面，对岸的风景，一切都成了缩微的小景，黄河北岸的那一丛丛树冠，也只是一个个小小的绿色圆点，或聚或散地分布在岸边和平野。可以看到北岸那宽宽的沙带，如犬牙交错一般。

　　邙山顶上虽说距黄河南岸远了一些，但是，也许是声音向高处传或者风向的缘故，在这里倒更能听到黄河那低沉的持续不断的吼声。它就像是母亲那低沉的叹息一样，一听到这种声音，人的心就不由得"怦怦"地直跳弹。

　　大鸿抑制着自己激动的心情，平静下来，等着大家都到齐了，这才把自己的心思和盘托出来，希望听取大家的意见和建议：

　　"诸位，蚩尤作乱，祸起鹿冀，吾等奉天命而剿之，然阻于河，若

1068

何？"

他口很大，鼻翼和鼻孔也大，从偾张的近于方形的鼻孔里，能看到那些突出鼻外的黑丛丛的卷曲鼻毛。鼻梁直直的，但不是很高，声音却洪亮，就像是装了扩音器似的，一说话胸腔都在共鸣。他一边摆出问题来，一边把握紧的大拳头，使劲地在眼前晃动着。

细于观察的大隗看到大鸿如同一只大鸟似的在那里鼓翼，因为他自己个子太低，因而在他的眼里，他的主将大鸿尤其显得高大和雄伟、有气势。他转动着一双灵活、诡谲、鼓起的单皮水泡眼，因为热的原因，他孩子似的光洁白净圆脸上，沁出了细汗并且挂上了两朵红晕，他的嘴唇好像是点了朱砂似的红润，眉毛也像剑似的挑向眉弓以上。看他神采飞扬的样子，倒像是把眼前的困难并没挂在心上似的。大鸿心里有点抱怨这个"小娃娃"，却用鼓励的眼光，希望先听到大隗的发言。因为大隗本来就是一位原炎帝部落的高人。自从来到中原之后，由于大鸿山和大隗山相邻，共同的联防和生产与交往，他们之间的友情也就愈加深厚起来，如同一对年龄相差太大的忘年交的兄弟一样。

大隗也就不客气地直言了："此好事也！"他还是像过去那样，先有力地挥了一下手，在空中做出一个下劈的动作，给出一个肯定的结论，然后才开始陈述自己的理由，"尔等且想，河水既阻我于河南，也必阻蚩尤于河北，此天险也，一好也。吾辈只需沿岸列阵，毙敌于河中，即可大获全胜矣！"

不等大隗说完，性急的有虎就打断他的话："汝言差矣！吾等乃欲渡河北，入冀地以拒鹿，而非守于此。"

"且待吾尽言之。"大隗倒不急不躁，从容地接着说："二好者，吾等心齐。人心齐，泰山移，一河何难也？"

这话有虎爱听。他就再没抢大隗的话头，而是耐着性子，看他倒究能说出个啥道道来。隶首此次除了是一位副将以外，还担当着战场上后勤保障和记战功等多项任务。可以说风后是知人善任，长于术数、脑子里总有很多"花子"、做事特别较真的隶首，正好可以担当此任。这时候，他的脑子里倒是冒出一个好主意来。

大隗在继续着他的见解：

"三者，大鸿长于察水，此其分内之事也。"

大鸿没想到，这个有些顽皮的大隗，把个皮球又给他踢了回来，说了等于没说。大隗用手搔搔头皮，不好意思地眯起眼睛来瞅着大鸿。但他还是对自己给大家鼓了劲、调节了情绪的话很满意。

大鸿又把目光投向了头顶上盘着高髻、额前有一块重重的黑记的大理官隶首。

这时候，随着后续兵马不断地拥向黄河南岸，岸边嘈嘈的人的嘈杂声就渐渐盖过了黄河的低吼声。不时高扬的笑声，响亮的叹息声，石器、铜器、木棒等各种兵器碰撞的声音，骏马嘶鸣声，移动的杂沓脚步声，车轮轧进岸边的湿地里，众人齐力推动的号子声，都从黄河岸边一浪高过一浪地传了过来。各个部落的兵众聚在一起，有光着赤黑膀子的，有穿着麻黄色衣服的，有红色衣服的，也有白色衣服的。枣红马、白马、黑马、花骝马，黄牛、山羊等都在向这里汇聚，黄河南岸，一时成了一片喧腾着激情的海洋。

五

隶首的思绪并没受到这种声浪的干扰。他也道出了自己的三点意见来。

一者，舟船抢渡；

二者，善水者泅渡；

三者，随马牛同渡。

同时，将兽皮用铜刀割开，打了死结，连接成成长绳，让先期过河的人，将皮绳系于黄河南北两岸的粗树上，让兵士抓着皮绳泅渡。

于是，在黄河南岸这一个突出的拱形地带，就扇面式地铺开了一个最原始的人数众多的渡河行动。舟船往返，牛马也往返，不停地把人、物运带过河去。这样，在黄河北岸，渐渐地，也就散布开了一些人群。当然，也有巨大的牺牲。那些不善水性的人，那些不堪重负突然断了的皮绳，带走的都是人的生命。这些鲜活的年轻生命，就这样身未战而先殉职了，随着滔滔的黄河东去了黄海。这是一次悲壮的泅渡。人们为了生存而先付出了巨大的生命代价，于是，大量渡河的人海战术，就再次变成了小规模的行动。大量的兵马还是滞留在黄河南岸。

大鸿统率的大军被阻黄河南岸的消息，很快地也被传回了黄帝宫来。从洧水北岸的卧龙台来到黄帝宫的广成子听说后，就自告奋勇前往黄河岸边，指导大家造一种可以充气的羊皮囊、牛皮囊和羊皮筏子。人们背着羊皮囊、牛皮囊或乘着羊皮筏，就可以安全地渡到黄河北岸去了。

我们都还记得广成子是陇东崆峒山上的得道高人，黄帝——当年的有熊部落酋长姬轩辕——曾经数次前往访道。自从去年前来中原参加了黄帝西泰山大合"鬼神"的活动之后，他就没再回到陇东去，而是在中原黄帝宫（以后称作"密都"）的西南大隗部落一个叫作卧龙台的地方隐居下来——也是受到当地高人大隗的邀请——以便能就近追随黄帝，也便于常与驻在西泰山的他的好友赤松子等往来互访。虽然说他还是过去那样一副仙风道骨的模样儿，但是现在的他，已经更多地把自己的思想，融入到了黄帝所从事的和谐天下、建设大同社会的伟大事业之中。因此，听说蚩尤率领着九黎鹿部落联盟的部落联军开始一路向南而来，中原随时面临着被饕餮一样贪得无厌的他所吞没的危险的时候，一向心平气静的他，就在卧龙台下的幽洞中再也坐不住了。于是，他继大隗之后，不请自到地来到黄帝宫中。果然，他所担心的大军渡河问题就摆在了眼前。于是，他主动请缨，由风后出面，将附近聚落的牛羊凑了一大群，他自己则坐上一辆云车，一路坎坷，甚至浩浩荡荡地经西泰山向北，来到黄河南岸的邙山。由于他沿路还在让负责护送的兵士不断地向路过的部落甚至包括向那些在西泰山"养尊处优"的十二大部落代表们收集牛羊，等来到邙山的时候，他带来的牛羊群，已经有近万只之多了。

广成子和他的牛羊群的到来，进一步加剧了黄河南岸的热闹和纷繁气氛。大鸿、大隗、隶首和有虎都赶上前来迎接他。大鸿亲自上前扶住从云车上下来的广成子，白皮肤中能够看见细微的青色血管、朱唇白须长眉毛瘦长脸的广成子，却身轻如燕般地落了地。大隗对广成子的到来尤其感动，他孩子样的表情，甚至有点撒娇，伸出两只短短的圆胳膊，跳了起来，一把就抱住了瘦高个儿的广成子。广成子硬朗的身体，居然支撑住了双脚离地的大隗。正当他双腿和腰板都吃了劲的时候，大隗早已经落了地，而是用双手搀着广成子的一只骨节突出、青筋明显的瘦长手。隶首一向对广成子很敬重，就很正式地行了一个礼，他额头上的那一块黑记，尤其突显了他的一脸严肃认真劲儿。原来和广成子并不是太熟的有虎，也随着隶首向广成子行了礼。正当大家要将广成子拥向设于邙山五龙峰之首的临时指挥部去休息的时候，广成子却指着那一大群预感到了自己悲惨命运、开始"哞哞""咩咩"地乱叫的牛羊说：

"余一路乘车，并不劳顿；制筏事急，当先务之。只是制筏对皮囊要求甚严，务必余亲力导之。"

于是，大鸿指挥有虎，召集来近百名身强力壮的屠宰手，在大家动石刀、骨刀和青铜刀具之前，先听广成子的辅导。

等大家都聚拢到邙山脚下的时候，广成子站上一块土台，捋了一把被风吹得飘然的银色长须，大声说：

"尔等切记，剥皮，从颈开口，整皮褪下，不可破损……"等兵士杀死一只羊后，广成子一边用他白皙透明显着青筋、骨节突出的瘦手，亲自动手剥着羊皮示范，一边向围聚在周围的兵士们讲解着。为了通俗易懂，他还编了一段口诀念出来，便于大家记忆：

> 宰了羊，
>
> 整剥皮，
>
> 捂掉毛，
>
> 涮上油，
>
> 晒一月，
>
> 吹上气，
>
> 绑成排。

其实，羊皮筏子的制作方法并不是十分复杂，只是羊要拣大个儿的宰杀，再用细绳扎紧四肢和脖项处，吹足气后封口，气囊就做成了。当然后世更先进的制作方法是先用盐水脱毛，还要给四肢和脖项处涂上菜油，使其变软，并要经过一个月的曝晒。特别是用盐水沤时极易沤坏，所以夏天是不能做羊皮筏子的。但谁让现在是战争状态之下，一切都要抢时间，紧接着就要扎筏子了。先用麻绳将坚硬的水曲柳木条捆一个方形的木框子，再横向绑上数根木条，再把一只只羊皮囊顺次扎在木条下面，一个皮筏子就制成了。一只羊皮筏一般由十多只羊皮囊扎成。但是，由大鸿乘坐的羊皮筏子，竟由六百多只羊皮囊扎成，长六丈，宽两丈，并于前后各置3把大桨，每桨由两个人操纵。牛皮筏一般由九十个牛皮袋扎成，因筏子大如巨舟，在滔滔黄河上漂行，气势十分壮观。

此外，还有一种"吹牛皮，渡黄河"的新奇刺激的渡法。即将渡河者装入牛皮袋中，充气扎口后，艄公趴在牛皮袋上，一手抓袋，一手划水，只十几分钟便可将渡客送至黄河对岸。

渡河的时候，将羊皮或牛皮囊这面置于水中，皮筏顺流而下；返回时，则由兵士将皮筏扛于肩头，步行至上游，再放回来。所谓"下水乘筏，上水乘人"是也。

羊皮筏子体积小而轻，吃水浅，而且所有的部件都能拆开携带，十分方便。

黄河岸边有从水面上吹过来的一阵阵水气。这种习习的河风虽然对湍急的黄河流水和那一个连着一个的漩涡几乎发挥不了什么作用，但是吹到人身上，还是能够减少一些夏天毒日的炙烤。尤其是在五龙峰之首极目峰上临时用树枝和树叶搭建起来的指挥部里——面向黄河的邙山的五龙峰上，各驻着大鸿、广成子、大隗、隶首和有虎，总指挥部就设在最高的极目峰上。

在黄河南岸被太阳晒得皮肤发红发疼并且起了白皮的兵士们，就临时在靠近邙山脚下——北麓的黄河岸边直至南麓的更为开阔的地面上，按部落搭起了成片的三角棚架，没事做的人，宁可挤在棚架内一起享受闷热，也不愿直接到火一样的太阳底下去接受炙烤。

虽然那几十只独木舟一刻不停地在黄河上往返穿梭，但是，绝大部分兵士还是因不得不滞留在黄河南岸而怨天尤人。有人毫无顾忌地咒骂"老天",有人赶快双手合十向老天祷告,祈求它免去这人的罪责。老天爷不能骂,那就骂河,骂水,河有河神,水有水神,也是不能骂的,最后就只能骂人了,骂大鸿徒有虚名,指挥无方——这打的什么仗啊?拖到什么时候才能过河?

骂将军怕受到惩罚,于是就骂娘老子。

第一批羊皮筏和皮囊制作成功,于是就有胆大的和略识水性的,抱了充得圆鼓鼓的皮囊跳进黄河去,趴在皮囊上面,一只手紧抓着皮囊,一只手在水里面划着。那些不识水性的,就站上皮筏,向对岸划过去。一批人这么渡过河去,羊皮筏又载着皮囊回到南岸来运送下一批人。随着羊皮筏和牛羊皮囊的数量一天天地增加,就有更多的人渡过了黄河。没渡过河去的人看到了希望,也就不再骂娘老子,而是精神倍增地接受渡河前的训练——怎样才能抓紧皮囊,呛了浑黄的带着泥沙腥味的河水怎么办,以及顺着水流的方向渡省力气等。

等到牛羊皮囊和羊皮筏的数量接近四五千个的时候(五百个羊皮筏就用七千只羊,另外又做了四千五百个充气皮囊),大军渡河的速度,达到了前所未有的规模和速度,又用了四天时间,总算把大军基本上渡过了河。

大隗和有虎已经渡过了河,广成子把所剩无几的牛羊都交到负责后勤保障的隶首手里,就带了自己的兵士返回。又在西泰山逗留了几日,才回到黄帝宫向风后复了命,回到了卧龙台下面的幽洞里。他得赶紧静养,毕竟是年龄大了,老胳膊老腿的,再这样熬下去,就把他的老命交待了。

大鸿率领的二十万大军,一路向北,准备和南下的蚩尤鹿部落联盟的二十万部落联军硬对硬地碰一下。由于蚩尤的鹿部落联盟的主力打着猪龙的图腾旗帜,大鸿的大军以有虎的虎龙部落兵士为前锋,因此,一场险恶的龙虎争斗在所难免。

第六章

一

因为蚩尤打着炎帝旗号的蛊惑，有相当一部分中小部落从心理上倾向于蚩尤。再加上当年蚩尤率领的九黎三苗鹿部落联盟从东夷到冀北，又进攻炎帝于河东的余威和黄帝在西泰山大合天下鬼神时在前面开道的蚩尤给大家造成的深刻印象，特别是此次南征中原其势不可当的威势，人们对蚩尤几乎到了谈虎色变的程度。人们吓唬小孩的办法就是"勿哭，蚩尤来也！"蚩尤又采取绝对对比鲜明的措施，就是只要不抵抗和归顺，就不杀一人；只要敢于抵抗者，就全部落杀光、抢光，不留一个活口。所以那些胆小的，不是加入到逃难的洪流之中向南奔逃，就是另有打算，准备迎接蚩尤鹿部落联盟部落联军的到来。

大鸿和大隗、隶首、有虎率领的二十万大军抱着救万民于危难的强烈愿望和责任感逆势而上。他们几乎天天都要遇到形形色色的逃难的各个部落的难民。这些扶老携幼、背负沉重、带着自己几乎所有的家当逃命的人，一个个面黄肌瘦，骨瘦如柴，最重要的是他们没有了胆和做人的骨气、硬气和傲气。这些疲于奔命的人，成了混杂在其中的蚩尤派出来做舆论工作的人关于蚩尤威势最廉价和有力的宣传者。一开始这一点并没有引起大鸿的特别注意。但是，随着每天和大量逃难的人们的接触和了解——大鸿于急速进军的同时，每天还专门派出兵士支起陶鼎来，熬了稀粥来管这些逃命的人吃一顿饱饭——他终于感受到了这些人对蚩尤的谈虎色变对大军士气的负面影响。虽然意识到这种情况之后，大鸿采取了一些补救措施，如专门派人盯着逃难的人群中那些身体健康、肤色红润、专事传播谣言的奸细，等认准了人，再将这些人统统给抓起来（当然不可能抓住全部，也有抓错人的），当着逃难的百姓和大军的面给杀掉，以重振军威。

当然，大鸿的主要精力还是放在每天的加速前进上。兵士们每天走一百多里路，跑得疲惫不堪了，他还在加快速度，除了吃饭和必要的睡觉时间，昼夜行军，尽可能地向前赶路，力争在最短的时间内，在最远的地理位置上，挡住蚩尤前进的浪潮。终于在强行军二十多天后的一天黄昏，夕阳西下、暮色苍茫，发黄的好像病态的阳光把人们浓重的影子斜着拉得很长，给周围的树木、花草和人物，都披了一层黄色的病态的光的时候，大军在一条名叫老漳水的自西向东而流、横在眼前的河流南岸停了下来。隔河相望，已经能够看到蚩尤鹿部落联盟的部落联军在老漳水北岸那一大片望不到边的连营的营盘了。暮色渐浓，炊烟袅袅，那里正在准备晚饭呢——据逃过来的难民报告，他们已经于三天前到达这里，讨平了当地的部落，瓜分了他们的财产和女人，正在论功行赏、养精蓄锐呢！正像大鸿派出几十里以外的前探一样，蚩尤派出的探子，也早已经知道了大鸿大军的临近，所以他们就放慢了前进的速度，甚至罕见地停了下来，以老漳水为屏障，经过充分的准备，专待他们的到来，好给他来个下马威。

大鸿的大军来到老漳水南岸的时候，人困马乏，精疲力竭，除了看到了水兴奋得跑上去掬了河水喝个够的，其余大部分人员，都东倒西歪地倒在岸边的草地上。也有看到手持青铜兵器的蚩尤鹿部落联盟部落联军的庞大阵容而胆寒的、失魂落魄的、对自己的命运前途格外担忧起来的人，不由得惊呼着："巨鹿！巨鹿！"脸上的血色都褪净了，变得像土地一样黄里透着白色儿。

那些战马才不管这一套，它们失控地挣脱缰绳，全力扑向河边去，甚至那些平日里慢腾腾迈着八字步的老牛和羊群，这时候也"哞哞""咩咩"地一片欢叫，互相传递着发现水的好消息，一窝蜂似的全拥向老漳水边上去痛饮一番。那些跑不动的，也就就地倒下，或者大口大口地喘几口气，或者干脆立即倒毙，把它们干瘦少肉的尸体，奉献给经过一天劳累奔波而饥肠辘辘的兵士们。

接到大鸿等将军们"就地扎营、架釜造饭"的命令后，在严厉的呵斥声中，各个部落的兵士，开始慢腾腾地从地上爬起来，在抱怨声和不满的心理状态下，再次鼓足了劲，乱纷纷地忙碌起来，以便晚上能好好地睡个安稳觉，恢复恢复自己的体力。

蚩尤的进攻是在人们放松了警惕之后开始打瞌睡犯迷瞪的后半夜开始的。这时候，那些大鸿大军里奔波了一天的兵士们，早已经进入到深睡眠状态之中，就地而卧的兵士们，发出一阵阵此起彼伏的鼾声，不时有人说着含糊不清的梦话，更有人把牙齿咬得"咯吱、咯吱"地山响。蚩尤并没有全面地发起进攻，而是集中兵力，用青铜刀斧来了个中心开花，先撕开一个缺口再左右冲突。以蚩尤所率九黎人从小在江淮一带养成的良好水性，一条老漳水在他们的眼里并不算什么可据的天然屏障。这些黑脸横肉的大汉们，或者把青铜刀噙在口里，或者和长矛一样架在肩背，双手轻轻地划着晚上变得凉爽的河水，直接泅水过河。

大鸿面对强敌，不敢有一点松懈。在严密地布好岗哨、提出严格的要求之后，才返回到自己的中军大帐中去，和衣而睡。大隗的兵士在左，有虎率领的虎龙部落兵士在右，隶首率领的后勤保障部队在后面较高的棘原上遥相策应。

蚩尤早已经派人把大鸿的这一布局侦察清楚了。所以他的进攻目的很明确。中心开花只是他扰敌的一个策略，更重要或者说严峻的是，早在他发起对大鸿的正式进攻之前，他已经将主力分为左右两翼精兵，直接插向大鸿、大隗和有虎大军的左右，企图将其前军和后军隔开，使其首尾不得相顾，以优势的兵力一次将大鸿、大隗和有虎都给包了饺子。

值守在老漳水南岸的大鸿部落兵士，在漆黑的夜晚，还是尽可能努力地睁大了眼睛，感受着从老漳水的水面上徐徐送过来的凉爽夜风，在因为夜静了而在黑暗中喧哗着的漳水水面上搜寻着，不放过一丁点儿疑点。因为精神高度紧张的缘故吧，本来白天已经精疲力竭，才五十开外，就已经是霜染的两鬓、花白了胡子的老兵士翼侧，在吃过晚饭稍事休息之后，夜里却格外地精神起来。

人老了的最基本特点就是夜里没有瞌睡，可以说晚上的精神要比白天大得多，并且思维活跃，思接千里。这时候，也是他反复地回想自己大半生人生经历的大好时机。一个人面对着天空繁密而又疏落有致的星空，可以让思想走得很远。本来是五个人在这同一个哨位值班，但是，看那四个年轻人瞌睡得直打盹，他就自告奋勇地承担起大家的责任，让这四个贪睡的、坐在旁边像磕头虫一样直点着头的年轻人，倒在地上囫囵而睡。小精灵一样活泼可爱的小三在睡着以前，透过跳动着的、给大家都镀上了一层凝重红光的篝火，感激地最后看一眼这位几乎可以做自己爷爷的、铺了一脸平行盘旋的老皱纹的翼侧一眼，就放心地歪着头睡去，不一会儿就响起轻微均匀的孩子一样甜蜜的鼾声。翼侧披散着稀疏的头发，打起精神坚守着自己的岗位。但是，人一天总是有三昏六迷七十二个盹，当你的困顿和倦意像潮水一样开始汹涌泛滥的时候，人的眼睛就是用小木棍支也支不起来。意识开始不自觉地变得蒙眬起来，开始他还在想应该叫醒一个年轻人来，但是也只是这样想了一下，意识就又一次变得模糊起来，根本不可能把这个付诸行动。他就是这么想了一下，就认为自己已经叫醒了某一位年轻人，接着，就有鼾声从他咧开了的流出口水的口中传了出来。

就在翼侧刚刚迷糊过去的时候，老漳水河面上吹过来一股轻淡迷人的雾气，以蚩尤鹿部落联盟最善于迷惑人著称的玄黎酋长魅为首的夜间偷袭队，已经在这层雾气的掩护下，神不知鬼不觉悄悄地摸进了大鸿在老漳水南岸的营盘。等翼侧猛的一个激灵从迷糊中惊醒，暗夜中那些鬼影一样黑压压的人群，已经到了面前，给他的机会只有惊慌中一声变了声调的嘶喊："蚩尤来也！"

他的这一声还没有喊完，就被迎面砍来的铜刀砍倒在地。听到喊声的人，迷糊中一时摸不到自己的兵器，睡梦中的小三，还在做着甜蜜的春梦的时候，就被斜向从脑门上砍来的一刀结束了他甚至还有些幼稚的生命。一个还没有活过人（接触过女人）的年轻生命，就这样被剥夺了他的生命权，从此灵魂出窍，进入了永无休止的黑暗。然而，在这次风高月黑、迷雾四起的突然袭击中，被夺去了生命的又何止小三一个人呢？

魅既然已经突破了大鸿营盘的中心在这里撕开一个口子，他就恨不得直扑到大鸿的大帐去将他给捉了来，一战就用小卒吃了敌方的帅。但是，由于大鸿的兵士都是头枕着兵器就地而卧，并且平时也多数是训练有素的，所以在军中遇到偷袭时，并不是一下子就全乱了阵脚。大家很快被有序地组织起来，面对着"铜头铁额"的蚩尤兵的疯狂砍杀在全力抵抗。

应该说，事先在大鸿的心里，就有一种不好的预感，他认为今夜里，蚩尤一定会趁他立足未稳时前来偷袭。所以，他已经在天黑之后，主动后撤到和隶首的后营较近的地方，而现在的中军大营，几乎是一个空营盘。就在魅的兵士如入无人之境在大鸿的中军大营中横冲直撞的时候，大隗部落和有虎率领的虎龙部落的兵士，就开始从左右进行夹击。与此同时，大鸿的兵力，也从正面向前突击。三面夹击，又在松明火把的照耀下，把魅的兵力，驱赶到了老漳水边。

二

就在大鸿全力在漳水南岸组织一场对玄黎魅的围歼的时候，他全力向前突去的兵力，又一次和盘踞在棘原上的隶首的营盘拉开了距离。蚩尤向左右派出的两支主力，以魁、魍为首的青、白二黎，已经横在了大鸿和隶首之间，将大鸿的大军前后隔开。加上猪龙部落、犬龙部落和狼、燕等部落兵力的加入，蚩尤不仅将大鸿的前后两军成功地隔离，而且几乎实现了对大鸿、大隗和有虎兵士的全面包围。

蚩尤的这一层反包围，也可以说是身经百战的大鸿所万万没有想到的。因为在他的心里认为，蚩尤今晚上无非是趁他还立足未稳时搞一搞偷袭，绝不会一下子就来个下马威，投入几乎所有的兵力，来一次决战。

虽然大隗和有虎的营盘周围，都用战车围了起来，又环了一圈半成品的壕沟（兵士们经过轮番的艰苦劳作，终于在前半夜完成了一半临时壕沟的挖掘任务），蚩尤的兵力就是再强大，一时半会儿也难以攻取。但是，蚩尤的这一步棋，却给大鸿等造成了极大的心理压力——中心开花，又左右相围并断了后路和粮草，形成四面合围的大圈子——这让大鸿不得不在内心里佩服蚩尤比他术高一筹和其用兵之神速和果决，其凌厉之势，不得不让他心生敬意。敬意归敬意，但这是在战场上，是真刀实枪的对峙和相互消灭，容不得半点疏忽和大意。特别是在目前军中粮草只够两天使用的严峻情势下，又是以疲劳之弱师对安逸之强敌。四面受敌，军心已经不稳。在这种情况下，谁还会有心思死守在这里等待死神的降临呢？随着时间的推移，军中大乱是必然的结果。危在旦夕，大鸿只有在粮草危机真正爆发之前，迅速组织兵力尽快后撤突围这一条路可走了。大鸿和大隗、有虎一商量，一方面集中全力先把魅的玄黎兵赶过老漳水去，在留足河防和左右的防守人员基础上，集中力量，向后突围；同时利用夜幕的掩护，立即派出几路急使（以防不测），让隶首明天晚上主动出击，配合和接应大军的突围。

计策已定，大鸿和大隗、有虎就加大了对玄黎兵的反冲锋，终于在天亮前，将魅逼回了老漳水北岸。

这一天是大鸿有生以来最难熬的一天了。在几乎是四面受敌、粮草将尽的危急情况下，他最担心的是军心的稳定。现在只有横下一条心，向所有将士讲清楚在当前的危机情势，并让大家明白在此生死攸关的时刻，唯有抱着死战的决心，才能谋得一条生路的道理。这样的工作，在军心大乱之前，大鸿和大隗、有虎就分别通过自己的部下一层层地直传达到每一个兵士，总算稳定了军心，在生死时刻，让大家抱定了死战的决心，这就像是一个弹簧一样，只要它不是彻底地失去弹性，那么，压力越大，它的反弹力也就越强。背水死战的决心，重新把大军团结得像一个人一样，人们的精力和能量都发挥到了极限，在"铜头铁额"、手执青铜兵器的强敌面前，战斗力又一次明显地得到提升。因此，在这一天艰苦卓绝的生死大搏斗之中，即使付出了极大的牺牲也在所不辞，目的就在于精心准备的今天晚上的全军大突围。

大鸿最近的运气可不是那么好，就在他一边指挥着抵抗蚩尤的四面合围，一边积极地准备着今天晚上的大突围的时候，老天又和他作起对来。一直到未时（下午一点到三点）以前，天还是晴朗朗的，只有一轮骄阳高悬在天空，以它白热化的热度，像火球一样炙烤着大地，好在一边靠着老漳河，大军有充分的水源供给，并不缺水喝。但是，在申时（下午三点到五点）的时候，西北的天空，就开始簇拥起一堆堆的云团，先是层次分明的黑云和白云，它们立体构成的形象，就像神话里的昆仑山一样巍峨壮观。像棉花一样堆起的白云骨朵，让阳光给镀上了亮黄色的色调，黑云低垂，就像国画调出的五色墨色一样，从灰到黑交错排布，而最黑的云层，就几乎像刚刚研磨出的墨汁一样黑，一开始，太阳还在薄云层之间穿梭，光线时明时暗，一会儿，就完全被黑云给遮严实了。险恶的黑里透青的乌云在迅速地扩大着自己的地盘，那些层次分明的白云，很快就被低垂的黑云的大笔给涂抹成一色的乌青和深暗。因为地面上还是杀声震天地撕杀着，所以只能看到有刺眼的小蛇一样的闪电像擦火柴一样划亮黑暗的天空，又看到把乌云和大地用直线连接起来的灰白雨柱的巨阵。一时起了大风，大风席卷着尘埃的千军万马在前面开道，在暴雨到来之前，先把大地给搅得天昏地暗，就等着紧随其后的倾盆暴雨来浇熄这连天接地的尘埃。

闪电跟着奔马一样的云阵向前推进，闪电的身形也在越来越耀眼和拉长，有一瞬，它简直就像是用两只无形的大手，把深不可测的天空生硬地给撕开一样，一时，像照相机的闪光灯似的银色亮光，就在几秒钟之内，把没有星星的提前到来的夜晚——天空和大地，照得像镀了银子似的透亮。那些一直从天边压抑着闷闷地低吼着靠近的雷声，就像是谁在天边一阵紧似一阵地摇动着的战鼓，在把紧张情绪酝酿得足够浓烈的时候，紧跟在突然撕开天空的闪电之后，震耳欲聋地炸响了一长串"咔啦啦"的雷声，于是，在事先掉下几阵硕大的雨点之后，急风就裹挟着失控如同从天空往下倒的暴雨，发出像受惊的怪兽一样撼人魂魄的嘶吼声。

威严的雷电和暴风雨的惊悚与震撼，暂时拉开蚩尤和大鸿两军难解难分的殊死交锋。蚩尤停止了四面围攻，把军队撤回了自己的营垒，但是暴雨却把大鸿的大军死死地给围定。大暴雨一阵一阵地像鞭子一样在风雨交加、泛起汪汪的水面的大地上抽打，平地上都起了泥水的"河流"，大沟小涧的水流汇集到老漳水里，河水一时暴涨，波涛汹涌地推拥着泥沙、断枝、树叶、杂草和来不及逃跑的鼓圆了肚子的野兽尸体向东奔流，发出雄狮一样不绝于耳的长吼。原来在岸边浅滩上的兵士，早已经退到了高岸之上。在这一时战斗的间歇，大鸿、大隗和有虎聚在一起，商量着在这风雨交加和满地泥泞的夜晚，怎样才能突出蚩尤的重围。

有虎率领着值年太岁、虎龙部落酋长"虎头"斗苞的军队，在向北进军时，一路担任着前锋。而在这关系到生死存亡的大突围的时候，他却选择了留守和断后。这个虎头虎脑、一身胆气、从来都把生死置之度外的英勇汉子，他所以坚持自己留下来的理由就是，今年是他们虎龙部落值年，所以他们应该承担最大的责任。还有一个大鸿和大隗谁也比不过的条件，那就是，他和黄帝从小就在自己的部落里认识了并且成为终生的好朋友。在此危急时刻，他不出面替黄帝顶着，就非大丈夫之所为也！有虎脸色涨红，因为熬夜和心急，眼睛也变得红了起来，他一边用大手从湿漉漉的头上向下捋着雨水，一边情绪激动地大声说：

"今岁乃虎龙值年，虎龙当大任之时也！是故留守非我莫属。况余与帝自幼相识、莫逆之交乎？"

大隗却和有虎力争着想把自己留下来：

"余身瘦体小，便于脱身也。"

大鸿肩负着全军的责任，他自然必须突围出去，但是还是要有得力的帮手才行，看有虎心意已决，他也就反过来劝大隗：

"尔等莫争。留守大任，关乎全军安全；突围亦要务，更需志猛意决者相助。有虎既尽值年之责，大隗就作先锋矣——各当一面，力挽全军，扶天于既倾之先是也。"

终于议定了三个人的责任和分工，接着就是如何分兵的问题了。有虎说："虎龙当如数全留，定当保全军无后顾之忧。"

大鸿不同意他的意见："此损兵大矣！余如何向斗苞交代？"

"余分兵一部相助。"想到留守人最后面临被"吃掉"的惨烈结局，大隗也不忍心让虎龙部落独担此死命之任。

大鸿综合两人的意见，做出决定：

"吾等各留一部，计三万人，悉听有虎将令。余者，皆随余突围。时在夜深雨停之时。大隗，即令部下多作侦探，觅敌之弱者以破之，以出也。"

风声、雨声、浪涛声还在继续，只是风声和雨声渐渐地有减弱的趋势，老漳水的浪涛声却一阵吼过一阵，不时有不甘沉沦的战马加入其中，发出一声声悦耳的嘶鸣，就像是交响乐里激情高扬的高音小号。

人们在急切地等待，风声和雨声终于像睡眠一样慢慢地静了下来。星光透过云层的缝隙，把它们带着微弱希望的光亮投射下来。一弯发红的尖尖的新月，像小船一样在波浪似的云头上滑行，又像蚩尤青铜头箍上的牛角一样透着逼人的杀气和寒光。

因为河水暴涨，形成了天然的屏障，所以目前只需要做好东、西、南三面的防卫，有虎指挥着留守下来的三万人，已经在沾泥带水的杂沓脚步声、兵器的轻微碰撞声和抑制不住的咳嗽声中，怀着必死的决心，窸窸窣窣地进行了换防。所有参加突围的大军，怀着战斗的激情，也已经集合在一起，十多万人，于黑夜里，在老漳水南岸的开阔地带上，站成望不到边的黑压压一大片，只有近处的人，才能约莫看到其与夜色相溶的剪影。人们摩拳擦掌，拍肩膀击胸膛，在悄声地议论着互相鼓劲，战马在稀泥里不安地"咕唧、咕唧"地捯动着沾满了稀泥浆的坚硬蹄子。

三

黄帝时代的黄河故道，经武陟北流，过浚县大伾山的西边，东北流经今内黄县西、汤阴县东、安阳县东、临漳县东，自黄骅市南入海。现在源于河南境内的卫河，就基本上走的是这条故道，河北和山东的分界线，就是循着黄河故道确定下来的——黄河北岸是冀地，南岸则为鲁地。所以，自从大鸿的大军在邙山渡过黄河之后，就循着向东北流去的黄河北岸一路北上，而大军所需粮草，则顺着黄河水，用独木舟和羊皮筏子，一直运送到洹水东南，才在棘原这个地方上了岸，从此就直向北行，就到了巨鹿。

棘原和巨鹿南北相距一百四十华里，东南临黄河，北近洹水，即今之安阳河。这条从千里太行山脉东麓今河南省林县隆虑山发源之后向东流，经今河南安阳市（以及安阳县）、内黄，河北临漳、魏县和大名县附近，入于黄河故道（今卫河）。

棘原在洹水南岸，是大鸿大军的粮草集散地，在今河南魏县的旧魏县村洹水古城于洹水南岸的前（西）仓口、东仓口村一带。

隶首不畏强敌，不断地派出兵力越过洹水，在蚩尤九黎鹿部落联军的背后进行冲击，一时让蚩尤不能倾全力于大鸿，并企图向北，重新打通与大鸿大军的联系，他知道粮草对大军的行动是多么重要！但是，蚩尤在完成了对大鸿大军的包围之后，现在的打击重点，已经转移到了对隶首这五万兵马所守护的粮草的争夺上了——谁都知道粮草的重要性，尤其像蚩尤这样的自己不带粮草、单靠抢掠来保障部落联军生存的大盟主，这也是他之所以包围大鸿大军的主要目的——谁能拿下粮草，谁就夺取了战争的主动权。

所以说，与其说这一天是大鸿有生以来最难熬的一天，倒不如说隶首所承受的冲击和压力更大一些，因为他手里只有五万可以调用的兵马。他面对的，却是铜头铁额、武装到牙齿的强大而且数量众多的蚩尤鹿部落联盟的部落联军。

蚩尤在完成对大鸿大军的合围之后，对他采取了声势浩大的"佯攻"，却想在最短的时间里夺取隶首所守护的粮草，即使夺不到手，不能为我所用，就是放一把火给烧了，也可以断掉大鸿大军的最后生路，先从心理上让其慑服，不战而降敌兵。

意识到了守护粮草的极端重要性和自己面临的巨大压力之后，隶首立即鸣金收回了发到营盘之外的兵力，采取了死守到底的办法，人在粮草在，不到万不得已决不能丢失——即使大鸿全军覆没，也要守住粮草，等待黄帝援军的到来——中原百姓的血汗所得，决不能白白地落到蚩尤的手中。

蚩尤亲率着黄黎部落和魍的赤黎部落的强大兵力，再加上魑、魈分出的兵力，几乎把所有的主力都加在隶首的头上，隶首的粮草保卫战，就进行得异常艰难，虽然有洹水这个天然屏障在前。由于他主动收回兵力，所以兵力损失得很少，可以对蚩尤的进攻坚守一阵子。同时，在蚩尤完成对隶首的包围之前，他已经将所有机动性强的骑兵派过了洹水。这支由马师皇的徒弟之一隶副带领的一万多人马的勇敢的骑兵，不断地从侧后袭击和骚扰蚩尤的进攻，有效地减轻了隶首的正面压力。

应该说风后的用人是得当的，隶首这位福将，还从来没打过败仗，同时，他又是一位做事极其认真负责的人，用这样的人负责大军的粮草，他是放心的。

从早上开始蚩尤的部落联军完成了对隶首的包围后，进攻的势头是一浪高过一浪，到了午时（上午十一点到下午一点）的时候，他已经指挥着自己手下不到四万人马，轮番上阵，以强势的箭、弩（传说弩也是黄帝所发明的）和临时集中到一起的石块，打退了蚩尤十一次对洹河的强渡。

隶首还真是一位福将，老天总是在帮他的忙。这场来势凶猛的暴风雨，虽然不利于大鸿的突围，却极大地帮了隶首的忙。随着暴风雨的到来，洹水也爆发了洪水，蚩尤的进攻不得不暂时停了下来。既然一时夺不到粮草，蚩尤就把注意力再次转向了北面对大鸿大军的包围，这无形中又增加了大鸿大军突围的难度——他得突破前后几层的包围圈。

子时已过，被一场暴雨洗净的天空，即使在这沉沉黑夜里，也透出了那么丰富、深邃，让人对生命和宇宙浮想联翩的亿万星光。七月流火，朱雀当位，它给黑暗中的大鸿大军带来了生的希望。

时间一刻刻地在靠近突围的时辰，这支深陷重围、欲生不能，抱着必死的态度凝聚在一起的大军，不分是哪一个部落的人，大家心里想的都是宁可死，也要冲出重围；或者以自己的死，换得别人的生。因此，当他们万众一心朝着一个方向猛冲的时候，其形成的冲击力是难以想象的。

时间到了丑时的时候，手执青铜长剑和长矛的大鸿和大隗，就像一把尖刀的刀锋，二马当先，并辔向前冲去。大鸿和大隗的兵马左右分工，各冲一个面，于是，整个大军就像一把巨大的锥子，直插到正南方向青、白二黎的接合部。兵士们团结得像一个人一样，巨大的冲击力，很快就在敌方的包围圈上豁开了一个口子，大军的巨大锥形直插进去，冲得魍、魉只有招架之力。已经陷入重围的黄帝的大军还有这么强大的冲击力，是他们事先所没有想到的，一是根本就顶不住，二是即使能硬顶着，也伤亡太大。急报给蚩尤，蚩尤也不想在未到中原之前就使部落联军遭受更大的损失。虽然他一向是骄傲自大、贪得无厌、好大喜功，把大鸿的大军并没放在眼里，但是他也明白"死敌（抱着必死决心之敌）难克"的道理，同时，以自己目前的兵力，并不是数倍于大鸿的大军，也不可能一口吃掉这么个"大胖子"，必须网开一面，放过其锋头，然后再卡住其尾巴，才能以多胜少，吃掉其一部分。蚩尤狡猾地这样想着，就命令魍、魉让出一条道，放过其头然后再卡断其腰，以绝对的优势吃掉其余部。

大鸿的大军总算是冲出了重围，却把死的考验留给了有虎。

为了掩护大军的突围，有虎将自己仅有的三万兵力一分为二，从东西两个方向，与向南突围的大鸿大军同时向外突围，这一种三个方向同时向外突围的态势，有效地迷惑了一向善于迷惑人的魍、魉，使他俩一时不知道黄帝的兵马到底要在哪里真正突围。

向东突是没有希望的，因为蚩尤的兵力在这面已经逼到了黄河岸边，但是有虎还是选择了这个方向。他手下的这些手持木石兵器的兵士，遇到铜头铁额的魍的军队，就像是撞到了铜墙铁壁上一样，几乎等于去送死，但他们还是前仆后继地向前冲杀。能产生一点作用的是骑马的兵士的冲击，但是，等真正撞上了魍的水牛阵，面对那些在暗夜中的火把映照下黑乎乎的巨大身体连接成的巨阵，面对着它们那些锋利的直向前牴的坚硬的牛角，马群还是有一些望而生畏。最后，魍干脆让他的青黎兵点着了绑在牛尾巴上的火把，那些发了疯似的牛就直接向有虎的马群冲去，这种反冲锋，一下子就冲乱了有虎骑马的兵士。这些屁股上着了火的野牛，在人群中横冲直撞，把来不及躲避的人都冲倒在地，牛角从反身逃跑的人的背后刺进去，挑着人向前跑，那些被冲倒或者绊倒的人，紧接着就被坚硬而巨大的两瓣牛蹄踩入身体，赶它拔出来的时候，就连带着血肉和惊心动魄的惨叫声。但是，在有虎强大的弓箭的威逼下（为了阻止魍的反冲，他让身边所有的弓箭手都拉开了大弓和强弩，一齐向魍的牛阵和自己逃命的兵士射击），那些还在向回逃的兵士，又在迎面冲来的后继兵力的冲出下，反身向魍黎兵冲去。一夜这样冲来冲去的混战，黎明就在不知不觉中来到了。等到能够看得清远近的人群的时候，有虎的这一万多人已经死伤过半，处于人数众多的青黎兵及犬龙、狼部落兵力的四面合围之中，完全失去了冲出重围的希望，他和自己的另一半兵力，已经完全失去了联系，看来，他们也是前途未卜。但是，让他感到欣慰的是，大鸿的大军，总算是冲出了重围，一路向南而去，保住了黄帝的这支主力。

红的朝阳，把他的霞光镀在有虎已经将生死置之度外、无所畏惧，粘满了征尘和血迹的发青的脸上。他发红的眼睛，被红色的霞光辉映得晶莹透亮，就像是红色的宝石。现在，他头脑清醒地认识到，他坚持的时间越久，大鸿的大军就越安全。于是，他开始向西移动，企图与西面自己的另一半兵力会合，形成一个更大更坚实的让九黎兵一时啃不动的"硬核"。由有虎的副将，三十岁的高个子、长了棱角分明的长脸的有万指挥的有虎的另一半兵力，企图向西突出白黎兵和猪龙、燕等部落兵力的封锁，但是，经过一夜的相互厮杀，也是损失惨重，全然无望的兵士，逐渐失去了战斗力，抱着一种生死由命的态度。有万反复地给大家打气，还是无济于事。有人干脆把手中的兵器折了或者扔了，听天由命吧……没想到，向有万靠近的有虎，面临的是万般无奈的有万的挥刀自杀，当他像喷泉一样洒尽了自己的青春热血之后，他指挥的那一半兵力，就全部放下手中的兵器，缴械投降了。

四

时间到了午后，七月毒热的阳光，直烤着未能实现自己以身报轩辕知遇之恩的有虎，他的汗水已经流干，只是在疲惫不堪的颜面上涂了一层像蜡一样的油质。在使尽了最后的力气之后，他也被四五个魁的青黎兵捉了，五花大绑了之后，与他所剩无几的同样被五花大绑了的兵士，用绳子连在一起，驱赶进原来由有万指挥的将近一万人的俘虏群。他还是拧着自己不屈的头颅，用蔑视的目光看着那些飞扬跋扈的青、白黎兵和这群"软骨头"的俘虏——恨其不成铜啊！但是，这些失去了自己的指挥，已经沦为任人宰割的奴隶一样的俘虏们，还是自觉地围拢过来，把自己同样沦为俘虏的主将有虎围在了中心位置——有虎即使做了俘虏，也依然是他们的核心人物。

一次捉了这么多俘虏，对蚩尤来说是一大负担——留这么多有"二心"的人在身边，总是一种隐患。同时，这又是一群"活口"，每天哪怕就是维持最低的生活水准，总得让他们吃些东西，即使不让吃东西，也得让他们喝水吧？蚩尤自己带的这二十万鹿部落联盟的部落联军，自己还在"打鸟食"呢，还要供养这一群"没用"甚至反对自己的人。蚩尤把这么多人就像马师皇圈马一样，用围栏围起来，又派了黄黎兵看着，这么多人给集中在一起，没有吃的，没有喝的，也没有专门的可以解决大小便的地方，有志气的人，坚持着不吃不喝，宁可渴死饿死，也不吃九黎的食物——就像有虎之类的人，他身边团结了一大批这样的人；但是大部分人，还是为了一口水，为了一口粗劣的吃食，向看守的黄黎兵乞求："打发一点，爷——"为了吃食和水，把自己的辈分也降了。"给余吃食，爷！""给余喝的，爷！"于是，其他人也大加模仿，那些黄黎兵先是不给，但是，这种可怜的此起彼伏的乞求声，总算能打动个别像坎则这样心软的黄黎兵，于是，他就会提来一陶罐水，放进围栏里；那些完全渴疯了的人，就会不顾体面地疯抢，一时尘土飞扬，你争我夺，互不相让，甚至把陶罐也给争得落地破碎，大家只好眼睁睁地看着这么一点水洒在起了黄色膛土的干燥地面上，很快就被饥渴的黄土地给吸干了。那些黄黎兵看着这样好玩，于是，就总是用少量的水和自己吃剩下的粗劣吃食来逗引他们疯狂的吃相玩，寂寞无聊的时候，就拿出一点吃食和水逗引他们，看他们怎样地哄抢着、拥挤着、相互踩踏着、吼骂着甚至为了一口吃食相互撕打着，大有鸟为食亡的快感。有虎的体质好，但是缺水的日子太难熬，由于他一直是滴水未进、一口吃食也没吃，再加上当头的日头暴晒，口干舌燥，很快就全身乏力、头脑发晕，胳膊腿都发软，站立不住，只好靠着边栏蹲下来。这时，就有黄黎兵赶过来用鞭子抽打，那鞭子落在皮肉上，就像蛇信给舐过一样火辣辣的疼！他的身边，总有愿意替他挨鞭子的人，结实高大、憨厚忠实的虎子就是其中之一。看有虎变得衰弱的样子，他就把自己的背迎向了黄黎兵的皮鞭，宁肯让这种火上浇油的感觉落在自己身上，也不能让它落在自己尊敬的有虎将军身上。很快，他招呼身边几个兵士，将有虎抬到一个小小的凉棚底下，虽然可以说是热浪滚滚，扑面的尿臊气难闻甚至臭气熏天——那些不避羞丑也无法避羞丑的人，就在人群中拉屎撒尿——但是，在这个简易的凉棚下面，到底好受得多。虎子又招呼身边的人，前往围栏边去大呼小叫地要水喝，并要求大家不要不顾体面地相互哄抢，让九黎人看笑话——人活的就是一口气嘛，如果连这口气都不争了，那还有啥活的？等终于求来了一点水的时候，就有人很快地把红陶水罐提到有虎的棚子下面来，让口起白皮的他先喝上几口——有虎是大家的主心骨，如果他倒下了，大家就全倒下了。喝了几口水的有虎，感觉这混合着泥质的黄水都是那么甘甜，就像久旱的土地遇到了雨水，很快就甜滋滋地给吸了个干净——他干燥得像着了火的身体，得到了水的滋润，慢慢地恢复了一些感觉和记忆，多了一些能自主的意识。

"卧榻之侧，岂容他人安睡？"在自己的身边，总有这么一万多敌人存在，对蚩尤来说已经构成了他的心腹之患，他不光要给这些人供吃供喝，同时还要分出一部分兵力来防着他们，所以蚩尤思之再三，为了进一步从心理上威慑中原，也为了减轻自己生活后勤方面的压力，应该尽快地把他们都杀掉才是。他之所以没有及时地将这些人杀掉，是他还抱了一线希望，就是想让他们反过来归顺于他，以增加自己的兵力。所以当得知有虎晕过去的情况后，就在俘虏群里另设单间，单独将他关押起来，给他的地上铺上麦草，并且供上了雪白的稻米、烤肉和水。但是，有虎还是坚持不吃不喝，这让蚩尤再次头疼起来。于是，他决定会一会这位黄帝的副将。

日暮时分，天边已经开始拉开它还没有褪尽血红的黑纱，西天上几缕玫瑰红的晚霞，最后闪耀了一下自己的夺目光彩，就迅速变成金色和亮白，当天空还有那么一点白色亮光的时候，它们依然是其中最亮的几缕。等到天空终于和大地被黑色完全吞没的时候，天空中却晶莹着昴、毕二宿。这块本来属于乌部落的地盘，一下子集中了二十多万以黄牛和水牛为主要交通工具的九黎鹿部落联盟的部落联军，因此，视野之内，到处都是牛群。这些白天站累了的牛，到了晚上，就扑沓在地，卧下一大片。除了嘈杂的人声，就是远近呼应的"哞——哞——"的牛叫声。现在已经开始流行起了"城"的概念，不管这里有没有一座城，人们都喜欢叫它作城，以求得心理上的一种安全感。所以这个地方就被人们叫成了"卧牛城"。

蚩尤就在木囊囊的、因为天热干脆赤着上身，更显出其块头很大的黄黎部落酋长横木的配合下，从自己临时搭建的大酋长屋（他的指挥部，其实是一个窝棚）走出来，一个九黎兵举着火把在前面给他们引路。他看了一眼几乎同样是一片黑暗的西天、深暗的太行山的剪影和头顶上开始变得璀璨的星空。他觉得应该给这两个星座改成九黎的名字了，但是到底要改成什么，他一时还没想好。因为他这会儿要去最后再见一次有虎，因此就把这个念头闪过，继续深一脚浅一脚地在夏雨后被人们踩得坑洼不平的路上向前走去。远远近近，九黎兵和猪龙、犬龙、狼、燕等部落的兵营，都亮起了火把，就像是星空落在了地面上。身边不时有黑乎乎的形体好像缩小了的牛卧在地上，只有个别的还像一堵墙似的立着身子。

"此人冥顽不灵，何不一杀了之？"横木一边在旁边哈着腰走着，一边疑惑地问。

"余尽心矣——千军好求，一将难得。将勇则兵勇。兵屃屃一也，将屃屃群也。九黎勇力，非骁勇之将莫属也！如此忠贞不贰之士，若晓以大道，明乎天理，必为我之大用也！"

"大酋长高见，横木受益。"横木巴结地说。蚩尤很喜欢这种被人奉承和巴结的感觉，每当这种时候，他的脸上不由得就会挂上得意的微笑，有时甚至会昂起头颅，将大口直对着天，好像要把天一口吞掉似的，很顺畅地"哈哈"大笑起来——虽然现在是天黑，只能模糊地看到他那被火把映得颜色发红的脸，但是这时候蚩尤脸上的得意表情，横木还是完全能够想象得出来。

蚩尤满怀着希望去，却碰了个大钉子。在接近关押俘虏的围栏的时候，开始凉下来的夜风，老远就把还带着暑气余温的人的尿臊和屎臭气味给吹了过来，就像面对一个巨大的南方人的马桶一样，让人有恶心和窒息的感觉。这一种不爽的感觉，首先就让蚩尤的心情不爽起来。当火把把单独关押的有虎那张威严而虚弱的、凛然不可侵犯的脸照亮的时候，在昏暗发红的火光映照下，他身上的衣物已经难以辨出其真正颜色了。由于被抽打过，身上干结的伤痕和血痂、被烂开的麻布硬衣边摩擦着，虽然已经到了夜里，但是从他的身上，依然能飘过来混合了汗酸味儿的复杂怪味儿。

蚩尤强装着没有用手掩鼻，很威严地站在有些弓起腰来的有虎面前。横木很隆重地向有虎介绍了他的大酋长：

"此九黎之大酋长蚩尤是也，专此看望将军矣。"在说话的过程中，前半部分带着得胜者的骄傲神态，后半部分则明显地有巴儿狗的痕迹。有虎看了，不由得心中生厌。

横木介绍完，就主动让到一边，把蚩尤高大的身躯给凸现出来。

蚩尤说话历来喜欢开门见山、直来直去，就像在竹筒里倒豆子一样。

他很随意地把自己的大胡子扯了扯,就开口说:

"将军勇力过人,可否为蚩尤一用,同讨轩辕逆道,共扶天于已倾乎?明此大道,悔过不晚……"

"妄言逆耳,余不受也!"有虎不等蚩尤说完,就打断他的话头,表明了自己忠贞不贰的决心,"想余幼时识帝,圣心仁意,感同身受,莫逆之交,岂可背之?"

蚩尤还想劝导,有虎却斩钉截铁地说:"罢罢罢,尔勿多言!余既入贼手,但求一死!"

蚩尤没想到会碰到这么个死硬钉子,恼羞成怒的他,以压倒一切的气势"哼"了一声,便拂袖而去。"杀杀杀,全杀之!"他边在前面大跨步走着,一边怒不可遏地这么想。但是这么多人一下子集中在一起,到底用怎么个杀法呢?

五

关于这么多人用怎么个杀法,蚩尤还真费了一番心思。首先,在他的心中已经有了等级观念,就是杀人,也要体现出这种不同的等级和地位来。因此,虽然有虎冥顽不灵,但是,杀他的方式,还是要和那些兵士区分开来。还有,这么多人,如果一个一个地分别用青铜刀剑去砍,那得多少时间?又得砍秃多少刀剑啊?刀剑主要要用在战斗中,对付这些已经束手就擒的俘虏来,就杀鸡不用宰牛刀——用不着为此而费刀刃了。经过一夜反复思考,他终于想出一个不用刀剑也能如数杀人的办法,就是坑杀。即挖一个大坑,只要把这些人赶进去活埋就行了,同时,用挖出来的土堆一个刑台,专门用于对有虎等黄帝的将领施刑——就是说,只有这些将领,才有被用铜刀砍死的权利。就是对有虎,他也想出一个绝妙的办法,就是既能以不同的方式把他致死,显示出他不同于一般兵士和将领的高贵身份,同时又可以将其尸体高高地悬挂起来示众,对所有敢于反抗九黎的部落首领产生威慑作用,让他们知道,这就是他们的下场——绞刑。

蚩尤为自己一夜头脑风暴所形成的这个杀人创意而骄傲和自豪。因此,带着兴奋，第二天天一亮，他就命令各部兵力集中起来，一次同时上一万人，在他指定的地点汗流浃背、昼夜不停地轮番挖土。这项临时进行的大工程，还是由黄黎部落酋长横木负总责。

对像横木这样以巴结领导、夸张地表现和放大自我为能事的坏人来说，自己不长头脑，他把自己只当作领导的手臂或者由领导使用的一个机器和工具，唯靠怎样体会和揣摸领导的意图来过生活，尤其是做起缺德的事来，他会极尽其聪明智慧之能事，而把领导的意志发挥到淋漓尽致。同时，他还天生是一个自虐狂和虐待狂，有着强烈的自我表现欲。小时候在南方老家江淮一带，捉住一条蛇，他会当众残忍地撕掉活蛇的皮，血淋淋地当众展示。他之所以能当上部落小酋长，正应了那句"恶人还得恶人管"的俗话。因此，就连比他长一辈的本族老女人想表示和他亲近，也是说："彼等，非横木治之无二也！"寨子里的人都知道横木的妈妈差点没让他给气死，就是因为这位贤惠能干的黑瘦女人打小都管不住横木，气得当时还很年轻的老人家跳了湖。多亏人们知道得早，抢救得及时，要不横木早就没有了母亲。从此以后，横木好像是记取了教训，一下子变成了一个全寨子有名的大孝子。就因为这一次跳湖，横木的母亲也成了全寨子甚至九黎"跳湖教子"的名人，这也是那些善良而无能的人选横木作酋长的原因之一。现在，横木的母亲老惠氏，依然是九黎值得骄傲的优秀女人。你别看她人瘦小，但她是小而精干，在水中插秧，她是全寨子插秧最快的人之一。她在泥水中一站就是多半天，她插的秧，苗正行直，就像她做兽皮衣时用铜针缝出的针脚一样好看。她言语不多，但是说出来的话总是祈使句，她的音域很高、很尖细，总有要强过人的威势和女性所特有的引人入胜的磁力。她走起路来，决不像那些文静的淑女们那样踏着碎步，而总是尽可能地跨大了步距，以快速的步履，脚下生风地走到别人前面去。她就是这样一个要强和要面子的女人。为了强过别人，为了面子上的事，她宁可死，也决不输人一分。

在母亲的严厉教导下，横木的身上的确发生了一些明显的变化，起码在母亲大人的跟前是这样。但是，如果远离了母亲，他身上的恶性就又变得像夏天的暴雨一样疯狂和秋后的梅雨一样连绵不绝。对横木的恶行，他的相当于以后的乡贤或者绅士、有学问有修养能观相会占卜、游手好闲而不理家务、同样是大个子的老父亲巫能倒不以为然。小时候，当小横木学好第一句骂人的话后，因为他是头生的儿子，他的父亲巫能不但不生气，还有一种喜出望外的欣喜和狂欢，他甚至把小横木用双手托举起来，并且举着他转了一个圈儿，称赞他的儿子有多能。他把一头乱发、小红圆脸、水泡细眼的小横木搂在怀里，教他每一句骂人的话，直到有一天小横木用很溜的脏话骂他是"死鬼"的时候才傻了眼。但他还是认为，作为一个男人，就是要强势地活在人世上，就是要为所欲为地生活，就是要把自己的满足凌驾在别人的痛苦之上，不但要会骂人，更要会打人。为此，他专门请了老生翁教习武打。所以说，他还是蚩尤的师弟呢！这也是半截人两晖重用横木的原因之一。

成年的横木虽然长得五大三粗、喉结突出，脸上也有了棱角，依然还是一种晒不黑的红艳艳的粉红短脸，两只水泡细眼就像是用铜刀在西瓜上随便犁出来的水汪汪的溢满红汁的缝儿，让人看不出他的眼珠子的行动，诡谲得猜不透他到底在动什么心眼儿。

就是这样一个横木，成为此次挖这个万人坑的"工程"总指挥。他非常卖力地起早睡晚，把杀人的游戏完全当作一项本分的工作来对待。他仔细地观察了周围的地形，决定在一个三面环抱的较低的地方取土，然后又把从低处取土的一部分，统一堆放到中央面南的高地上。由于横木组织有方，所以这次上万人同时参加挖坑，现场依然是井然有序，挖土的挖土（用刀剑和所有能找到的挖掘工具），运土的运土（用战袍和所有能找到的运输工具，包括柳条筐、陶罐，甚至吃饭用的釜、鼎），上行有上行的道（靠右行），下行有下行的道（靠左行——站在一个角度看时是这样，如果你是身在其中，就同样的靠右行了），几十条这样成对的运道依次排开，就将这个万人坑工程铺排得气势雄伟、场面宏大了。正如我们在很多电影里所看到的那样，这些同样是要看一番坑杀一万人的壮举的人们，个个怀着激动的心情，因而干起活来，就非常地卖劲，虽然黑水汗脸的，有当顶的太阳在背上炙烤着，虽然口渴得嗓子眼儿都有冒烟的感觉，这些欲渴饮人血的家伙，个个都红了眼，甚至红了嘴唇，红了舌头。有人累得大喘气，但是还是只将运土的罐子放在地上，站在原地稍微缓一缓劲儿，就又抱起它来迅猛地投入到运输的队列之中去。挖土的，也是不停点地干，因为这一带黄土的土层很厚，所以向下挖的时候，几乎没遇到什么阻力。一天就把南北长、东西窄的大坑挖下去有二三尺之深。白天三班倒，夜里三班倒，一个昼夜下来，就用了六万兵力，经过两个昼夜的轮番作业，已经有一半多兵力参与了挖"万人坑"的行动，大坑已经挖下了五六尺深，在大坑的北面，也借助黄帝的筑城技术，用木椽相帮，"嗨哟嗨哟"地又多干了一天，到第三天的时候，一座仅顶部就有方方十余丈的坡度很斜的大土台就筑了起来。

蚩尤在横木的陪同下，很满意地查看了万人坑，又登上高高的视野很开阔的刑台朝四下观望，他高兴得直哼哼，直竖起大拇指，大声地夸赞：

"横木者，人才也！"

蚩尤则仰起头，等口腔和嗓子眼对直了，很响亮地"哈哈"大笑起来。他捋了一把自己在夏天的热风中临风飘然的大黑胡子，就决定：

"明日行刑！"

第二天黎明，当前一天被太阳晒蔫了的草夜里被露水打湿后重新抬起湿漉漉的头的时候，万人大坑杀和九黎鹿部落联盟的祭天仪式同时开始了。

蚩尤率领九黎鹿部落联盟的酋长们在高台上举行最隆重的祭天仪式，将要以黄帝大军这一万多名俘虏作为献牲，以彰显蚩尤的赫赫战功，告慰九黎鹿部落联盟的列祖列宗。一万多名俘虏将在献牲的时候被坑杀掉，有虎和他手下的几十个将领，却被押上刑台。蚩尤的目的是让他们通过目睹这万人大坑杀的场面，吓得腿软直到屈服投降。

当头饰鹿角、红发猎猎的巫师玄孙在高台上喊出"献牲——"的时候，那一万多名手无寸铁的俘虏，被几万名手持青铜兵器、耀武扬威的九黎兵围堵着，像驱赶羊群似的赶向万人坑。人们绝望地呼叫着，相互拥挤着、践踏着，被推进、跳进、溜进、掉进万人坑里，前后经过近一个时辰的喧嚣，终于把最后一个俘虏赶进了万人坑。这时候，被一夜夏季的热风吹干了又被露水打湿了的黄土就扬着土尘，从四面被卷入坑内。坑内是一片如潮的哭号和叫骂声。那些被驱赶到周围高地上参观的当地部落的女人，紧张地搂紧了怀里的孩子，有许多人把头朝旁边扭去，不忍心直面这样惨绝人寰的场面。有小孩吓得尖声哭叫起来，他胆战心惊的妈妈，赶快用手捂住了孩子的小嘴，当她看到孩子睁大的惊恐目光时，又用手捂住了孩子的眼睛。孩子张大嘴尖厉的哭声，又一次像拉警报一样划过高悬着亮晃晃的、已经变白的晨日的天空。

有虎无奈地目睹着这一切。他知道自己无法制止蚩尤的暴行，更不想投降九黎——蚩尤的暴行，只能使他心中更加愤怒和不平——已经对生失去希望的他，现在唯一的想法，就是赶快去死，死了变成厉鬼继续笑餐九黎，或者赶快托生转世，十八年后再来报仇！

又经过近半个时辰的折腾，在午时到来之前，太阳那毒箭一样的赤热阳光将要直射向大地的时候，万人坑里的最后一声呼喊终于停止了——一万多个鲜活的生命，就这样被活活地葬送了！这时候，刑台上有人吓得腿软，瘫坐在地上，失禁的尿液糊了黄土，散发出浓重的让人掩鼻的臊气。这样的熊包蚩尤看不上，同样行刑，遭到砍杀，只是这些人的鲜血都不像英雄那样鲜红地像喷泉一样直着向上喷出，而是暗红发黑、"咕嘟，咕嘟"地向外涌。当一个一个手下的将领被铜刀砍倒在地，当红血喷薄成雾、热血染红了刑台之后，被套上绳扣的有虎，也被吊上了木架。在被吊起之前，在行刑的九黎兵还没拉紧绳子的时候，有虎威武地甩了一下被带着甜辣的血腥味儿的热风吹得遮住眼睛的一头蓬乱长发，用尽平生最后的力气，可着嗓子就像后世的关中大汉吼秦腔一样直杠杠地吼出来一声：

"蚩尤无道，天诛……"

第七章

一

有虎的脚被吊离了地面，他用手尽力抓住绳套，终于沙哑地吐出了"地灭"二字，然后，两手就无力地垂下，脖子一下子就被扯长了许多，脸色也由充血的红润逐渐变紫变青变黑，眼珠子鼓了起来，蓝珐琅似的眼珠已经失去了生命，却依然富于生气，闪耀着逼人的光泽。脸部开始扭曲变形，口张开来，涎水流了出来，舌头开始长长地伸了出来。他的两只手臂，像翅翼一样斜垂向后方，一条腿尽量向后伸展拱去，另一条腿（左腿）却略有前屈，像一个习武人的弓箭步一样，又像一只凌空而起的大鸟。看到他死后吊在绳子上缓缓旋转、依然威武的体姿，看到他鼓起的眼珠子瞪圆了，似乎还在逼视，他张开的嘴似乎还在无声地痛斥，那两个费了很大劲好不容易才把有虎吊了起来的行刑的九黎兵，在坚持了一阵以后，最后才用已经开始变软的、颤抖的手把绳子绑到木柱上，立即就跪在地上，面向有虎的尸体，捣蒜似的叩头——祈祷他死后的魂灵，不要来找他们……

一直在冷峻地看完行刑的蚩尤，也不由对有虎心生敬畏。他一脚踢翻那两个行刑的九黎兵，看着他们连滚带爬地落到刑台下面去，鼻子里"哼"出了不屑一顾的傲慢。但是，他还是对有虎行起了注目礼，用他铜铃一般的牛眼盯着有虎，半天没有移开目光。

……

这个高耸的刑台以后保存了很久，成为蚩尤罪恶的象征。黄帝以后带着九路大军来到这里的时候，专门为有虎和一万多名将士，举行了一场隆重的祭奠。这个没有填满的大坑，以后水草茂盛，芦苇丛生，总会有穿黑衣服的乌鸦，成群地在上面盘旋不去，像那一万多个屈死的灵魂一样，在

"啊、啊"地唱着哀怨的歌。

　　黄帝和马师皇彻夜长谈。黄帝最关心的还是"千里马"的问题，他提出的第一个问题就是："良驹日行千里，谓千里马。何谓千里马？夫子请言之。"

　　"三二之相具者，千里马！"马师皇不假思索，脱口而出。

　　"何谓三二之相？"

　　"眼、头面、鼻、口叉、舌、齿、唇、食槽、咽、耳、咽骨、八肉、龙会、项、鬃毛、鬐、膊、抢风、肊（同臆，指胸前上方）、胸、脚、膝、骨筋、蹄、身形、肋、排鞍、三峰、卧姿、尾、下节、羊髭，合谓三二之相。"

　　"三二之相，观之若何？"

　　"首观其眼。若垂铃紫色者，满箱突出不惊者，千里马也。白缕惯睛者，日行五百。睛如撒豆者，勿视之。

　　"次观头面，方中见圆。侧观若镰背者，上品也。三观其鼻，若金盏，大可藏拳者，良驹也。"

　　"夫子高论，若金盏者，阔也。大可藏拳者，利呼吸也！余愿尽闻之！"黄帝在马师皇叙述的时候，不由举起拇指加入赞语，并表示了自己尽闻"三二之相"的急切心情。马师皇也就不再一观二观地详述，而是用四字句，一口气把余下的三十相合盘端出：

　　　　口叉宜深，舌若垂剑，

　　　　红润若莲。

　　　　唇若垂盖，齿白而远。

　　　　食槽宽净，腮无余肉，

　　　　咽高而软。

　　　　耳如杨叶，八肉分弯。

　　　　龙会须高，上古所传。

　　　　项长凤弯，鬐高膊阔，

　　　　鬃茸若棉。

　　　　抢风须小，肊高胸宽。

脚距前宽，膝高掬圆。

骨细筋粗，蹄立实圆。

肋高而密，形盈平宽。

三峰藏骨，肉厚排鞍。

尾似流星，卧若落猿。

骨筋匀壮，下节筋攒。

羊髭有距，奔走上千。

三二贵相，万一难全。

以黄帝的聪颖，过耳不忘，听完马师皇的《相马经》，他即心明如镜："善。夫子言可谓悉矣，余明千里马矣。夫子之言，当择吉日良兆，而藏之灵兰之室，以传经焉！"

马师皇却像唱歌一样吟出：

"不看三代，信口传愚也！"

黄帝看到旁边堆积的龟甲上刻着一些与马相关的字符，就随手拿起来问帝师：

"骈者何？"

"两马并驾也。"

"骖者何？"

"三马驾一车也。"

"驷者何？"

"四马同驾也，快也，所谓'君子一言，驷马难追'也。"

"千军万马乎？"黄帝干脆一下子把问题给升到了极限。

马师皇一时不知道该咋回答，就用手搔着头皮，长如马头的瘦长脸上露出不好意思的笑容，眨着晶亮的笑眯眯的三角眼，用手摸了摸他鼻翼开阔、张着大鼻孔的直鼻梁，狡辩说："万马千军也！"

黄帝自己也笑了笑。他又从马的形态、姿势、表情、动作等方面提问题了：

"高而健者何？"

"骄也。"

"勇而猛者何？"

"骁也。"

"凶而悍者？"

"骬灌。"

"强而壮者？"

"骙。"

"悦者？"

"骦（欢）。"

"头举者？"

"骞。"

看黄帝一口气问个没完，马师皇就从黄帝手中要过龟甲，把剩下的几个字符一一作了解释：

"骛者骏也，骈骗者良也，骟骠、骕骦，名也良也，骐骥，日行千里也。余所观者，多为良驹，劣者，唯驽是也。"他又在龟甲里翻了翻，找到一个龟甲。此龟甲上是他用铜刀刻上的一些役马和反映其举止动态的字。

借着塘火跳动的背景深暗的红光，他把龟甲举到黄帝面前，两个人凑到一起，他把龟甲上的字一一指认给黄帝：

"此骑也，驾也，驭也。赶者驱也，奔者驰者骋也骤也，腾者骧，快者驶，滞者驻，服者从者驯也"，因为说得快，来不及吸口中分泌的唾液，马师皇的嘴角上都泛起了白沫，但他还是一口气接着向下说，"惊者马嘶也，扰者骚也，纵横驰骋者骛也……"

等马师皇终于停顿下来，黄帝诚恳地从陶罐里"咕嘟咕嘟"地倒了一陶钵凉开水，双手端给他，面带微笑地看着帝师马师皇一口气喝完了，用手背擦了一下嘴角流出的水，等他缓了一口气，才又从马的毛色方面提出了问题，而马师皇这次的回答，皆简化成一个字了：

"赤马者何？"

"骍。"

"黑马者何？"

"骊。"

"白身黑鬣者何？"

"骆。"

"毛杂者？"

"駁。"

"苍白杂？"

"骓。"

"青白杂？"

"骢。"

"浅黑白杂者？"

"駰。"

"黄白杂者？"

"駓。"

"青黑纹者？"

"騏。"

"白面额者？"

"駹（máng）。"

"左足白者？"

"踑。"

"白斑黄马？"

"骠。"

黄帝事先没想到，连最复杂、细微的马的毛色问题，马师皇都能对答如流。他又从性别、役使等方面提出问题，马师皇也一一给予回答，如公马为"骘"，专递公文的马为"驿"，驾副车或备用的马为"駙"，驿站专用的车马为"馹（rì）"。他没有想到，甚至连牲口交易经纪人和刀割裂开的声音里，都有带着个马字旁："駔（zǎng）"和"騞（huò）"。

黄帝对马师皇的功绩大加肯定，赞其曰"仓颉第二"，就让马师皇另制一份带到仓王去与仓颉交流，以便纳入到他所造字符的整体中去加以推广应用。

眼看着东方已经发亮，黄帝和马师皇就合衣而卧在地铺上。天亮之前，在雄鸡嘹亮的歌唱声中，伴着马吃草料那均匀的、有节奏的"咯吱"声，他们睡得非常香甜，黄帝竟然听见自己响亮地打了一声鼾声。最后，终于因为一匹好事的马的骚扰，从马厩里传来的马群相互踢咬的嘶鸣声和踢腾声，惊醒了他。

因为原来计划今天还要前往卧龙台拜访广成子，黄帝就趁着黎明的凉爽空气，急急地赶回了黄帝宫。

黄帝一到，急切地等着黄帝返回的元妃嫘祖，一夜为黄帝操心，却并没有责备他的意思，而是面带喜色，绘声绘色地向黄帝讲起了她昨晚上在合宫中做的一个梦：

因为蚩尤谋反，起兵进犯中原，百姓又将面临一场灾难，一直以推广养蚕织帛为己任，以母仪和合天下的元妃嫘祖，又一次变得忧心重重，也少了几分与黄帝久别重逢胜似新婚的情感冲动（也可能是随着年龄增长，快进入更年期的原因吧？）但是，与黄帝同样心怀天下的嫘祖，更多想的是，怎样才能尽一己之绵力，协助黄帝打败蚩尤、平定天下，让天下百姓黎民重新过上幸福安康的生活。

本来黄帝冒着暴风雨骑了白龙马前去养马庄见马师皇，就让她很是操心，眼看着天近黄昏，还不见黄帝返回，就更让她挂念。但是，左等右等，始终不见黄帝返回的身影，直到亥时以后，习惯于早睡的她，才和衣而卧（以便黄帝返回时能随时起身相迎）。进入中年以后，嫘祖切身地感到，她的精力明显地不如以前那么旺盛了，一天的操劳下来，就常常感到全身乏困无力，时不时，身上的不同部位，不是这儿疼，就是那儿不舒服，再加上嫘祖的头觉紧，所以她一倒在地铺上，很快就进入了梦乡：

她感觉自己好像踩了云朵似的，脚踏虚空，竟然在空中飞了起来，但是，心里总是七上八下的，担心自己会掉下去……不过这种担心是多余的，她一直飞向西南去往神农架方向的一座名山，也就是以后的武当山吧？只见此山突兀于道南，一直过了三道"天门"，才终于来到"金顶"之上。她看见黄帝着一身她用金丝线织就的金光闪闪的长袍，头上戴着他自己发明的高峨的冕旒，冕旒的前后，各悬挂着代表天下十二大部落的十二串珍珠——意即心怀天下——这还是她对黄帝的建议；同时，有这十二串珍珠遮目，黄帝对一些小事，也不必看得太清楚。她看到黄帝正在金顶的平台之上，披着清晨的霞光，呼吸着大自然的清新空气，旁若无人地习练他发明的古太极拳。周围是一片正层层排开、自山顶向四周扩散的各种鸟儿的啼鸣声。有两个小童，手捧青铜长剑和装着凉开水的陶壶，侍立在一旁。旭日把它宝石红的霞光，给黄帝的黄袍镀上了一层暖色调，随着黄帝连绵起伏、动静相间的动作，他的全身金光闪闪，最后一个倒歇步，就盘卧成了一朵金色的莲花。她眼看着黄帝在退着步，做仿蛇首尾相应动作的"倒卷肱"，做着做着，黄帝变成了和地平行的"∞"字形运动，最后竟然变成了一条舞动的金蛇！

二

螺祖从这样的怪梦中惊醒的时候，出了一身冷汗。这已经是最近她第二次做这样的梦了！但是梦醒后，她一个人静静地想，这应该是一个吉梦——蛇为小龙，黄帝的母系有蟜氏的图腾就是蛇，说明黄帝的身上有龙性，他才是真正的真龙天子，代表了天意和正道。这么想的时候，螺祖紧张的心情才慢慢平静了下来。她更是怀着一颗急切等待的心情，想把这个吉梦告诉黄帝。所以黄帝一回来，她顾不得抱怨他一夜未归让她操心，而是急着把这个梦告诉了黄帝。

黄帝听后甚为宽慰，但是嘴上没说什么，而是急急地吃了点早餐，就带了仓颉的一个学生，在中戊、中己的护卫下，趁着天凉，早早地从黄帝宫出发向西南而行，经过东坨台、和合、新房，再向西南到了屯兵的地方河屯，时近中午，但他在这里并没有停下来歇脚，而是急急地一直向西，终于在中午之前，赶到了位于观寨的广成子隐居地卧龙台。

黄帝来到卧龙台的时候，广成子早就在卧龙台卧龙洞前的浓密柏树荫下，伴着天然洞穴的凉爽和阵阵柏香，眯缝着眼睛朝东瞅着，等着黄帝的到来。因为听说黄帝回到中原之后，不是先看着怎么调兵遣将对付蚩尤的进犯，而是先要兑现他西行烈山前对金女的承诺，将她娶到黄帝宫。一是由于先时刚从黄河岸边的邙山和西泰山回来不久，老人家要休息调养一番，二是由于他对黄帝目前的这个做法有看法，所以黄帝迎娶金女时邀请广成子前去黄帝宫，他就托词身体不适没有前往，给了黄帝一点小小的颜色看；又正当"蚩尤作乱"的危急时刻，一向礼贤下士、尊敬长者的黄帝，必然会亲自前往每一位长者之处"讨计"，所以，虽然说广成子身子待在卧龙台下的卧龙洞内没动，但是，时时为天下百姓的生计操心的他，已经在急急等着黄帝的到来。时近中午，在太阳即将照端的时候，黄帝头顶着亮光光的汗水风尘仆仆地到来，让静坐在卧龙洞口的广成子还是很受感动。在他起身要上前迎接黄帝的时候，黄帝早已经老远地就从白龙马背上一跃而下，把马缰绳交给在前开道的中戊，快步向前，不等年迈的广成子向前移动数步，就已经来到他的面前，纳头便拜：

"学生来迟，请受轩辕一拜。"说着就行起三叩九拜之大礼。

广成子拱手——还礼。礼毕，就在黄帝的搀扶下，反身走进卧龙洞内。

外面热烘烘的，一进卧龙洞，眼前一片墨黑，几乎看不清洞内的一切，却有一股阴凉的潮气直袭人身。广成子对黄帝说：

"洞中阴凉，君勿急进，务必先擦干汗，缓过劲，适应之。否则伤身也！"

黄帝闻言，先退至洞外擦汗。广成子自己进洞后，先坐在主位上，又让玄鹤童子用鸡毛掸子把黄帝要坐的铺位扫过尘，又从一个双耳绳纹鼓腹的灰色陶罐里倒出凉开水，盛在敞口的红陶钵里，单等着黄帝来坐。

黄帝见外面毒太阳晒得人汗流浃背，广成子的卧龙洞内却凉爽宜人，就随口说：

"卧龙之洞宝地也，当多造之，福百姓也。"

广成子见黄帝依然是英俊威武的样子，阳光把他的黄色丝衣打得耀眼夺目；见他随时随地心中依然装着百姓的冷暖，甚是欣慰，心想："此子可教也！"

等黄帝缓过了劲，再次进到阴凉的洞里的时候，眼睛已经适应了洞内的阴暗，洞中的一切就都历历在目了。玄鹤童子把黄帝让到了客位上。因为一路急着赶路，没有进水，黄帝的嗓子眼儿都干得要冒烟了，所以他先喝了一口凉开水，觉得这股凉爽的感觉就从嗓子眼儿溜入到胃中，又从胃中向全身扩散着，就像春水灌进了久旱的田地，"滋滋"地冒着气泡儿被吸入，那种滋润、舒坦劲儿别提了！

黄帝感到嗓子眼儿舒服了一点，就从容地把话题转到了他今天来见广成子的主旨上来：

"夫子自陇随朕至此，多有教诲，朕明大道矣，感恩于心，无以言表。复助三军，以囊渡河，功德无量，朕代百姓以谢！"黄帝边说边拱手施礼。

"帝言过矣！余行本分也。"广成子还以礼。

"朕迎金女，以兑诺言，以和中原，夫子谅之。"黄帝明白广成子未去黄帝宫之意，就先说明了原因，求广成子谅解。

广成子见黄帝如此说，心中的疑惑已经减去了大半，但还是把他对此事的看法和盘托了出来：

"为帝者，当务之急者，天下也。蚩尤作乱，百姓罹难，帝却歌舞升平，尽一己之私欲，失德于天下，天下必失望于帝。为帝者，切莫以一己之快，忘乎所以也。"

"夫子之言极是。朕即帝位，唯行大道，唯求大同，为天下百姓谋福祉，无日不思其安危，戚戚于心，枕戈待旦，然天下终不宁。心有不明，夫子启之。"

"道者路也，唯德者以行。为帝者，唯修德以谢天下、示百姓，启愚民，此上上之策也。有德有天下，失德失天下，是也。"

"君子有德，小人无道，天下复乱，何以然？"

"天下之事，复杂纷繁，若定其心，其理洞然。"广成子又言：

"振兵也，伐之也。以德治国，为君子谋；以法治国，为小人谋。君子好德，小人难养。无道之乱，德失其能，唯兵威之，征之伐之，是也。"

"夫子之意，朕明矣。修德振兵，天下大同。"

接着，两个人又聊起了明天拜将出征的事。

黄帝和广成子聊得尽兴，两个人都忘记了吃午饭的事。还是玄鹤童子准备好饭食后进来悄悄地向广成子提醒，广成子才恍然明白过来，不好意思地冲黄帝笑了笑，这才大声对玄鹤童子说：

"上午食。"

因为广成子平时不吃荤食，所以玄鹤童子让小童们端上来的吃食，多是麦、黍、荞、花、叶、果、根等素食。因为黄帝喜欢吃肉食，他们就专门烤了黄帝作为礼物带来的野猪肉和鹿肉，端在黄帝面前。

痛快淋漓地聊过之后，黄帝的食欲大增（当然还有路途的劳顿和午时已过，进食时间的延后），黄帝抓起一块鹿肉，先让广成子，并以自己的观点劝他进食：

"夫子明乎大道，操天下心，勿全食素也。否则，后天之本不固，体质已降，何以延年？"

广成子礼节性地接过鹿肉，用他白里透黄、骨节突出、布满一圈圈皱纹的纤长瘦手一丝丝地撕下来，斯斯文文地小口嚼着吃。当然，鹿肉之香，他还是能品得来的，嚼起来，也是津津有味的。因为平时他常做叩齿动作，又养成了食后和睡前漱口的习惯，所以他的牙齿到老来还是洁白的齐整整的，嚼起肉来不成问题。

黄帝吃起肉来，就专拣大块的，大口吃着，鼓着腮帮子嚼着，吃得让人看起来就香。吃过两块鹿肉后，又吃野猪肉，都是粗肉丝的红肉，猪肉明显地多了油质，似乎更加香喷喷的，吃得人嘴角直泛油光。之后，礼节性地，将广成子上的各种素食，挑着吃了一些，再喝了有点甜的山泉水，肚子开始有点鼓胀起来，舒服地打了个饱嗝。黄帝的食量并不是很大，他虽然食肉，但是也非常注意养生，并不让自己吃得很饱。他认为，人的一切病症，皆源于贪食过量。

吃过饭后，因为明天还要拜将出征，黄帝就请了广成子一路同行，赶天黑回到云岩的黄帝宫来。安排好广成子和其他远道而来的文臣武将与十二大部落代表的住宿后，黄帝来到议事厅，和风后最后商议一次明天前往台岗拜将出征的事。听了风后的汇报和安排，黄帝很是满意。就在这时，大鸿巨鹿兵败的消息传到了黄帝宫——必须十万火急地前去支援他。

黄帝连夜把各位帝师和文臣武将、十二大部落的代表等请到议事厅来，大家商议的结果是，立即派出一支以力牧为大将的主力军前去支援大鸿，力争把蚩尤的九黎鹿部落联盟挡在黄河北岸。同时，当务之急就是河防以及保障住在西泰山的天下十二大部落的代表们的安全。黄帝决定，将天下十二大部落代表和百姓都搬到山环水绕、防备森严的黄帝宫来。为了让十二大部落代表住得舒适，黄帝还学着广成子卧龙洞的做法，在黄帝宫中间的半岛上，专门辟出一院冬暖夏凉的土窑洞。

为了转移蚩尤进攻的注意力，黄帝在做好黄帝宫之北的摩天岭（今称黄帝岭）以及溱水南岸和西岸防卫，确保黄帝宫安全的基础上，又计划在其东面——溱、洧二水的交汇处，引水作护城河，非常显眼地修一座坚固的近于方形（所谓黄帝"四面"也）的黄城，谓之"新郑"（新的天下中心和祭奠之邑），准备万不得已之时，以自己为吸引蚩尤的最大目标，亲自带兵守在这里。这样，位于云岩的黄帝宫就叫作"密都"了。

第二天，黄帝在台岗（以后叫作力牧台或熊台）拜将之后，又和力牧、风后等一起来到洧水北岸、草场岗南面的黄台上检阅了军队的训练情况。这时候，蚩尤一次坑杀了一万多名俘虏的恐怖消息，又一次传到了这里。

形势严峻，眼看着蚩尤率领的鹿部落联盟的部落联军将要打过黄河南岸了，黄帝不得不给前去增援大鸿的大将力牧下了死命令：一定要抵挡住蚩尤的进攻势头，即使失败，也要"节节败退"——紧紧地吸引住蚩尤的主力，把他们"带到"中原来。因为只有尽可能地延缓蚩尤南侵的速度，中原才能更充分地做好战争准备。同时，他想到了河防的重要性，要亲自顺着黄河南岸东巡一次。他这次东巡，主要目的是在黄河南岸和力牧的大军相互策应，同时还有一个目的，就是在巩固河防的前提下，前往有德之地，安抚神荼、郁垒；通过"和亲"结盟东夷，共同做好黄河南岸的联防工作。他要稳定那些九黎善者和东夷人的心，告诉他们，中原准备做出最大的牺牲，以自己的牺牲来确保他们的安全——这也体现了黄帝作为天下共主、为天下万民谋福祉的主动担当精神。

三

黄帝将黄帝宫的日常事务和中原目前的工作再次委托给风后和值年太岁、虎龙部落代表摄提以后，就带了仓颉、沮诵、赤将和应龙、夷牟等，带了礼品和聘礼，和力牧一路同行到摩天岭。

力牧在摩天岭没有停，而是带着大军先行，急急地渡河去增援大鸿。黄帝在这里巡视了摩天岭（以后也叫作"黄帝岭"）和溙水西岸的防务（由年轻将领武定和武罗负责），经过西泰山，又安排了十二大部落代表南迁的事，这才循着黄河南岸，一路向东而去。

因为是战争状态，大家心里都绷了一股劲，一路急进；沿途的中小部落，听说是黄帝派出大军前去增援兵败的大鸿后，为了大军的安全，又亲自前去与巨鹿和棘原相对的黄河南岸，和大军策应，都尽可能地提供方便，所以只用了三五天时间，黄帝就赶到了与棘原黄城相对的黄河南岸。

大鸿从巨鹿突围出来之后，就坚守在棘原，等待援军的到来。他们面北遥祭了有虎及一万多名被蚩尤坑杀的兵士，更激发了全军同仇敌忾的勇气。蚩尤天天在叫阵，大军也纷纷请战出营迎敌，但是大鸿却依托着洹水，以兵力协防最为均衡的"九宫之阵"（龟形阵），"龟缩"在大营里坚守待援。因为他心里知道，这时候，只要坚守在这里不动，从全局或者说战略角度讲，就是最大的胜利。硬着头皮应战，如果败得溃不成军，那将会成为后人的笑柄和历史的罪人。可是要做一个"撼泰山易，撼大鸿难"的中流砥柱顶在这里不动，那谈何容易？每天面对的是以蚩尤为首的九黎鹿部落联盟浪潮般的挑战！每天都得经受腥风血雨的洗礼！好在有充足的粮食和后勤保障，坚守十天半月的，应该不成问题。

大鸿能够这么硬撑着成功坚守，很大的因素就是因为这个源自黄帝黄城的"九宫之阵"——大军并不是十多万人囚于一营，而是互为掎角，相互策应，大鸿居于中心的"五宫"，左为"三宫"，右为"七宫"，最南边是兵力最多的"九宫"，左右兵力较少的"二宫"和"四宫"，即使正北表面上看是兵力最少的"一宫"，其左右也有兵力雄厚的六、八二宫协防。蚩尤不管从哪个方向进攻，大鸿都会调出"一五（十五）"的兵力来予以抵抗（我们不能不佩服我们的祖先那超人的智慧来！）。

力牧的增援兵力来到后，黄帝的大军兵力增加了一倍以上，达到三十多万人，在人数上已经超过了蚩尤九黎鹿部落联盟的联军。但是，总体上武器装备的落后，使他们还只能处于被动的战略防御阶段。这么多兵力，从棘原的黄城一直延续到黄河北岸的渡口，形成了一个加强型的兵力组成的直直的"甬道"，确保大军的粮草供应。平展展的棘原地面上，到处是黄帝大军的兵营，一个更大型的由兵营结成的"黄城"摆布在这里。英勇的兵士们，以无畏的牺牲精神和自己的血肉之躯，以木石兵器（当然他们也有自己骑射的优势）就这样继续在黄河北岸和蚩尤对阵，抵抗着蚩尤猛烈而疯狂的进攻。战斗每天都在进行，每天都有大批为了中原百姓的利益而英勇捐躯的壮士。

　　仓颉负责全军的后勤和粮草供应，黄帝一行来到黄河南岸后，就在这里建立了一座黄城，也是仓颉的粮草总站，为了区别，就将建在黄河以南的这个黄城称为"内黄"，而将黄河北岸力牧和大鸿等坚守的棘原那个黄城叫作"外黄"。大军的粮草供应，每天通过独木舟、羊皮筏，从黄河南岸源源不断地供应给棘原外黄的大军。等这些工作都安排就绪之后，黄帝和沮诵、赤将、应龙、夷牟及十干卫队，就在东夷派来的长腿行者唏祖的引领下，继续向东北巡河而行，前往有德之地，与原住邹地的神荼、郁垒和东夷部落联盟酋长少昊见面。

　　蚩尤的秋风扫落叶一样狂风暴雨般的进攻，在这里陷入了停滞不前的僵局。他想来想去，还是应该摒弃前嫌，派人渡到黄河南岸的德地去做神荼和郁垒的工作，许以恢复他俩"艮黎"和"巽黎"的称号，希望得到他俩的支持。别看蚩尤年龄并不是很大，只有二十三岁的他，却极有战略眼光。他打的算盘是，只要神荼和郁垒再次归入九黎的阵营（他觉得还是有很大的胜算和把握，因为原来艮黎和巽黎的这些人，本来就是九黎人嘛！），那么，东夷就不战而胜，而且还打通了和江淮九黎、三苗老家的联系（那里的三苗依然依附着九黎，保持着和九黎的结盟状态），从而从东面和东南形成对中原的合围。蚩尤是个想好问题，当机立断，马上就做的人。他立即派出黄黎酋长横木，带了一批能说会道的善辩之士，明里暗里地出使和渗透到德地去，争取做好神荼和郁垒的返黎工作，即使他们二人不同意，靠他们煽动起来的这些九黎"善者"们，也可以取代神荼和郁垒，同样达到艮黎和巽黎返黎的目的。

横木和他带的那几十个善辩之士，顺着黄河北岸一路东北而行，在到达和德地相对的黄河北岸之后，才凭借着他们从小在江湖中练就的好水性，借着夜色，神不知鬼不觉地游到黄河南岸去，等到黄帝来到德地见神荼和郁垒的时候，这里暗中早已经存在着各种变数和玄机，真可谓"山雨欲来风满楼"了。

黄帝一行巡着黄河南岸一路东行，经过元村、龙王、王庄、营镇、井庄、乔庄、车庄等地，到达如今的临清境内的时候，却被当地部落的一个民事官司给缠住了。原来是邻居的两家人，甲男告另一家的男人（乙男）和自己的妻子睡了，另一个男人（乙男）却说他是一身清白，只是和邻居的少女好，两个人是真正的爱情，他只是晚上没有回自己的家，在温馨的爱情氛围中，隔着内衣的小孔，轻轻地吻了她的红嘟嘟的乳头，她却说要是怀了孕怎么办？当时她只是天真无知的疑问，这天晚上，他听到了对门自己的母亲找他的声音，但是他没有应，他听到了家人埋怨他的声音，他甚至想，为了这纯真的爱情，他要外出另立家户。但是，当他完全沉浸在爱情的美好想象中的时候，这一家的男人（甲男）却恶人先告状（被告称，他事先并不知道这女子是有夫之妻），并且后来看，她也好像是事先与其男人合谋好了要陷害他似的。乙男坚称自己清白，甲男却说，他看到了铺上的血迹。乙男辩解，以后他也看到了那血迹，但那是旧痕，与他无关。甲男坚称，那是处女新鲜的血迹。乙男说，那是有人把旧痕给弄湿了，诬陷他。

面对这样一个难辨真假的民间纠纷，黄帝先把那个少女叫来，由她说出真相来。这位白得像雪，又像梦幻一般的少女，本来羞于启齿，但是当她看到自己的情郎（乙男）被诬陷之后，就挺身而出，羞答答地说了她隔着内衣的小孔，让情郎吻了乳头的事实。其实他们并没有真的一起睡觉，行男女之事，对这种事，她的经验值还几乎等于零。她说，是甲男纠缠于她，其实她并不爱他，他就将他俩都告到了黄帝面前。问到血迹时，她说，那是他以前和别的女人的。其实，真的她还没和自己心爱的男人一块睡觉——他们还正处于甜蜜的热恋之中，还没有发展到那一步呢。

黄帝指着乙男问白雪女子：

"汝爱乎？"

"爱也。"女子低着头，但是从她晶亮有神、充满爱意的眼光就知道了她的意思。

"汝缘何以告？"

"非也！余未告，"她指着甲男说，"彼上告，假余名也。"她又补充说："彼爱吾不得，毁我名也！"虽然甲男在用眼睛瞪她，她全然当作没看见。因为有黄帝在面前，她并不怕这个恶男了。

黄帝看了一眼气得脸色发青、鼻子眼睛都歪了的甲男，又看了一眼虽然耷拉着脑袋，但是内心平静、脸色红润、英气逼人的乙男，心中早就有了主意。他把严厉的目光投向甲男：

"尔等恶人，当体罚之。依律打五十板。当众行刑，以儆众！"围观的人群中，就响起叫好声、口哨声和掌声来。

甲男慑于黄帝的威势，不敢多言，自知求告无用，就默默地忍受了。当众被掀下裤子，趴在栏杆上，"哼哧、哼哧"地挨了五十板子，等被打完，他的屁股上已经是血迹斑斑，头上也冒了一层冷汗。虽然挨了打，受了这皮肉之苦，他从内心里还是敬佩黄帝的公正——反过来想，也的确怪自己多事。另外，他知道，这五十板打得并不是很重，要是真的狠打下来，他早已经站立不住了。他看到了黄帝对行刑人使的眼色。所以行刑完后，他还是一口声地说着："谢帝开恩！"

这时候，再看白雪女子，早已经自然地依偎在自己情郎的怀里，吓得不敢抬头看受刑的甲男。黄帝这时候才向他俩问道：

"二位明日完婚，若何？"

两个激动得像磕头虫似的连连向黄帝叩头，半天不起来。周围是一片欢呼之声。

因为第二天就要为白雪女子和乙男完婚了，黄帝就没有急着离开临清这个地方——这也是他的一种内心需要，这段时间以来，因为蚩尤进犯，搞得人们晦气连连，他也想借此喜事，将晦气给冲一冲。由于婚礼是在黄昏前举行，黄帝又在临清多待了一天，直到参加了白雪女子与乙男的婚礼之后，黄帝才继续东行，赶往德地。

白雪女子和乙男，因为是黄帝做了他们的证婚人，在当地部落里，也一时成了妇孺皆知的名人。

四

有德之地实际上原住部落是东夷善于骑射的有穷氏，为了防止蚩尤越河南侵，东夷部落联盟大酋长少昊，亲率东夷的主力来到这里，原属于九黎之艮黎、巽黎，早在轩辕东征河东时就已经归顺的神荼、郁垒，也就是善于掌火制陶的有鬲氏（九黎善者），也从邹地北上，来到黄河南岸，使有德之地成为东夷和有鬲氏联防的重要地区之一。

位于黄河南岸的有德之地，除了河水是一大屏障以外几乎是一马平川，并没有什么险峻之地可以据守。只有一些河滩高地较为突出，其余皆是缓平坡地、浅平洼地、背河槽状洼地、决口冲击扇形地、沙质河槽地及沙丘地，地形地貌倒挺复杂。有穷氏固定的圆形尖顶屋和有鬲氏可以移动的游帐，就分别分布在黄河南岸的河滩高地和缓平坡地上，有穷氏在东，有鬲氏居西。

有穷氏在圆形地坑上建盖起来的圆形尖顶屋，中间有主柱，四周竖许多小柱，覆草为顶棚，编草或树枝为围墙，中柱下设有火塘，中柱直伸出顶棚，顶端或立相风鸟，或饰以东夷的鸟形图腾。火塘有专人看管，是永不熄灭的，氏族成员围中柱火塘而食而居。

而有鬲氏用树枝和细棍构成的游包也是圆的，像帐幕一样，古代称其为穹庐，以一个用交错的柳木棍做成圆形的骨架，这些棍棒的顶端会合成一个小圆圈向上伸出，以便射入光线和排烟，在帐幕中央生火。柳笆墙多由六块或八块组成，在帐的侧面和帐顶都以毛毡覆盖，帐幕的门，朝向南方，帐门也是以毛毡制成的。主人的床榻安置在帐内的北边，妇女在左边，男人在右边。

黄帝的到来，使这一片本来就不是很平静的地方，变得更加扑朔迷离。欢喜者奔走相告，作为一个天大的喜事竞相传播，而那些仇视黄帝的人，却认为这是收拾黄帝的一次绝好机会。所以，一个是喜庆的黄帝与东夷的合婚仪式，一个是加害于黄帝的阴谋活动，明里暗里，都在按照各自的运行规律并行不悖地发展着——这就是事物运行的基本规律——福兮祸之隐，祸兮福之根！就全看黄帝如何去面对，怎样才能四两拨千斤，走好这步险棋。

黄帝来到有德之地之后，扎营在黄河南岸的一处高地上，这个地方以后就被叫作"王村店"，离这里很近，东边就是彤鱼氏的营盘，被后人称作"岳高铺"。这里离黄河很近，开阔的黄河河面几乎就横在眼前，就像一支蘸饱了棕黄的颜色巨笔苍劲飞白地刷出的一横一样，气势开阔，雄浑壮观。白天遥望着对岸黄河拐弯处突出的、以后被称作"九龙庙"的地方，风声伴着涛声，几乎听不到黄河的低吼，在它身边，只能感到一种近似于林海松涛那样的"呼呼"声，但是，到了夜晚，它就像一只黑乎乎的只闻其声、不见其形的巨兽似的，不知疲倦地发出不绝于耳的嘶吼。夜里起了风，风从河起伏不定、永远旋转着数不尽的漩涡的河面吹过来，来自黄土高原的黄土的土腥味就更浓了，一闻到这种亲切的略带苦涩的气味，就会让人想起远在西北雍地的家乡，那里的桥山姬水，那里的洛水，那里和这里一河相连的更富于激情的壶口瀑布——想起了壶口瀑布，就想起了当年受炎帝之邀东征河东、同仇敌忾打蚩尤的战斗豪情，想起了他久久伫立在黄河岸边难抑的激动心情，想起了在黄河岸边他面对各部落师旅将士们讲的话：

"华夏龙族正面临生死考验：九黎肆虐中原，祸起河东，危及炎帝，奴役兄弟——国不宁，吾宁死！听听黄色大河——黄河之咆哮，听听这民族母亲的呐喊……"

现在，夜深人静的时候，就像古人的"一夜涛声到客船"一样，黄帝又一次听到了黄河母亲的呐喊！风声裹着涛声，忽然不知从哪个方向飞过一只母野鸭，发出惊恐的"嘎嘎"的叫声，远处能听到公野鸭应和的声音，突然又加进了猫头鹰让人毛骨悚然的"呜吼、呜吼"的叫声。俗话讲，腥吼（猫头鹰）叫唤刺角子听，必是它们事先已经闻到了尸体的臭味儿。时间就像是轮回似的，战争又像死灰复燃的野火一样，将毁灭一切有生命的东西，将把土地烧焦，把岩石烤热！

虽然和彤鱼氏的营盘近在咫尺，黄帝还是先去了东北方向较远的以后被称作"门庄"的地方，先做对神荼、郁垒的安抚工作。白天完成了这项工作，黄帝就被神荼、郁垒安排住在他们共同主持公务的一个大毡包里。下一个面临的是与东夷的和亲，但是，在这特定的历史环境中，他几乎没有一点"新婚燕尔"的幸福感和爱欲的冲动，他的心思，主要还是在不得不面对的这场战争上，在天下百姓的安危冷暖上！这就是黄帝的胸怀，而和亲东夷，也只是他胸怀天下的一个具体安排。

说黄帝对东夷美人完全没有想法，那也是假的。这时候，他的心思就转到了这位即将成为他的第三位妃子的彤鱼氏女身上。不像元妃嫘祖和次妃女节那样，都曾事先与她们见过面，偏偏这个传说中脸色红中透白、与众不同的绰约女子，至今他还没见过一面呢！正因为事先没见过面，就为黄帝留下了更大的想象的空间，更可以为她而想入非非一番……爱美之心，人皆有之，况帝王乎？

听说彤鱼氏女个子高大人却秀美，高颧骨，方下巴，两颊飞着桃红，双眼皮眼睛又大又圆，微微鼓起，长长的眼睫毛呈放射状分布，说起话来自带着微笑，嘴角纹较深，让人看了就感到很亲切……真的是这样吗？黄帝想着想着，就迷迷糊糊进入了梦乡。梦中，他却和一位粉白的女子一路并行，女子伸手挑逗他勃起发硬的阳具，他也撩起衣裙看到了她同样粉白俊美的阴部，他们来到一个拐弯处，走进一个圆形鼓起的、就像后世的砖瓦窑一样的地方，走进去，里面却是一条直直的很深的暗洞，他俩都热切地想在这里野合，却发现他们的鞋子丢在了洞外的路边，过路的人很多，担心让人知道了他俩在此，黄帝就让人把自己的鞋子拿了过来，当他让人拿路对面粉白女子那双红鞋时，那人发出疑问，这是那女子的鞋吗？右边还有其他的鞋，弄得黄帝也搞不清，究竟哪双鞋是粉白女子的？

就在黄帝安心地做着自己的荒唐梦（潜意识的活动，谁也无法去控制它）的时候，神荼和郁垒还忠实地站在圆形大毡包的门外，充当着黄帝的"门神"。因为他们怎么也放心不下由别人来为黄帝站岗。虽然前几天他们采取了严厉的"虎刑"来对待那些在营垒里蛊惑人心、妖言惑众的人。

连续几天，他俩亲自站在营垒门口，一一检视从外面回来的族众，发现面生的、鬼头鬼脑的，一经旁证确实是从黄河北岸新来的蚩尤的奸细，就被押到马虎里去饲喂关在那里的张着血盆大口的猛虎。讲理的地方以后就叫作"文庄"，而行刑的地方，就叫作"解庄"了。虽然采取了如此严厉的措施，神荼和郁垒还是不放心黄帝的安全，就亲自站在了黄帝的门前，充当起"门神"来了。

东夷的聚落，还在拐向东北去的黄河的更远处，那里以后叫作"东王官"。已经派了夷牟前去联系。夷牟在东王官近处先扎下营盘，以后这个地方就叫作"牟庄"了。为了加强东夷有穷氏和神荼、郁垒的有鬲氏的协调与团结，黄帝决定，还是把和亲的事再往后推，先在靠近黄河涯的地方，将有穷氏和有鬲氏的图腾集于一堂，共同立一个祭坛。黄帝命应龙带了兵士，在赤将的指导下，与有穷氏和有鬲氏的族众一起，抓紧建造。黄帝和沮诵就近住在附近，等着祭坛竣工后，再带领大家一同祭祀。为有穷氏和有鬲氏立庙坛的地方，以后叫作"双庙"，而黄帝和沮诵住的地方，以后就叫作"王舍村"了。

季节的变化真快！不知不觉地，从河面上吹过来的风就变得凉爽起来了。一个夏天蛰伏在东夷大地上的让人心烦的灰白暑气，早已被浩荡的秋风吹得无影无踪了。天地一派透明。天蓝得深邃，就像是静止的海，白云高高地飘，就像是定格的浪花。受到凉风的刺激，枫树、橡树、槭树、杨树……纷纷将自己的叶子变得火红、绿黄、亮黄和金黄，于是，一个夏天让人沉郁的深绿色，一时被万紫千红和万类霜天所替代，在严冬到来之前，大自然变得平和而亲切，尽情享受着难得的自由时光。蒲公英粉白的花絮，像小朋友吹出的一串串气泡，乘着还没有变得严酷起来的秋风，轻轻地飘啊飘……

黄帝将有穷氏和有鬲氏合祭的时间，定在秋高气爽、风清月圆的中秋时节。

因为是在战争的环境里，黄帝和东夷的彤鱼氏这次和亲搞得并不是太隆重，但是还是相当地热闹和富于东夷地方特色。

合婚的这天早晨，最先来到王村店黄帝营垒用车辕架起的辕门前的是神荼和郁垒组织的当地的"吹鼓手"，他们用长杆号对着黄帝的辕门鼓吹一通，叫作"鼓门"。沮诵听到号声，便亲自来到辕门前开门将吹鼓手迎进营垒，这些吹鼓手们再去黄帝住的营帐去"鼓洞房"。稍事休息以后，便开始正式奏乐。这时，轿夫抬着花轿，带着旗、锣、伞、扇、灯笼等各种执事来到门前。早饭吃过喜面后，迎亲的花轿即要起程。黄帝换上新装，帽插金花，胸前别上朵大红花，骑上了白龙马，走在仪仗之后，应龙骑着滚雪龙紧随其后。四个人抬着准备给新娘彤鱼坐的"花轿"，一个父母双全的小男孩（压轿童子）先给她压着轿，花轿内还要放一只大公鸡，轿门上贴"吉星高照"的红符。然后，三声鼓响，九棒锣鸣，粗细乐齐奏，迎亲的队伍便浩浩荡荡地起程了。

王村店和岳高庄本来就不远，没一会儿来到了彤鱼氏营盘的门前，在一片爆竹的噼啪声中，花轿门向喜神方位落定，就有人拿喜钱（贝壳）请压轿童子下轿，执事人具迎亲帖领着黄帝去会岳翁老彤鱼氏。

五

黄帝去见岳翁老彤鱼氏，执事人递上迎亲帖。老彤鱼正襟跪坐在面南的主位上，看他年事已高，披散着一头银发，白须几乎和头发一样长，同样是银光灿灿，脸色却像童子一样红润，虽然皱纹一层层一圈圈的。老人用颤抖的双手接过迎亲帖，眼睛却一直盯着自己的乘龙快婿看。自打一看到黄帝魁梧高大的身材健步走进圆形尖顶屋来，他就觉得眼前顿时一亮。由于老眼有些昏花，他把自己喜眯眯的笑成一个缝的皱眼皮揉了又揉，这才看清了进屋来背光而站的黄帝高大形象上的和善面孔。

只见黄帝的由字脸上红光满面，高鼻梁，大眼睛，浓眉毛，嘴唇宽厚，嘴角线明显，给人以宽厚诚信之感。老人一看，就喜上眉梢，长长的白眉毛兴奋地抖动起来。他觉得黄帝和自己的小女彤鱼，还真有夫妻相，真是俗话所说的"不是一家人，不进一家门"。

黄帝大步走进圆屋，撩起三级战裙，先右腿，后双腿跪下，恭恭敬敬地对着老彤鱼氏行起三叩九拜之大礼来。看黄帝虽然全在礼数之上，动作却开合有度，落落大方，老人心里乐滋滋的，直摆手：

"免礼——免礼——"

黄帝却依然依着标准，继续行完了大礼后，这才在右侧的客位上坐了下来。

黄帝在那边见过老彤鱼氏后，就和其他前来迎亲的人都被安排了去吃饭。而这边，在彤鱼氏女的"闺房"里，新娘正在梳妆打扮，穿上红彤彤喜庆的嫁衣，还要"开脸"和"上头"。这一套程序也非常细致和烦琐。

等新娘收拾完毕，吹鼓手高奏喜乐，新郎黄帝在"送女客"的陪同下，拜辞了岳翁老彤鱼氏，女家为其十字披红。新娘彤鱼氏女由其兄弟抬出闺房，送入轿内，意思是脚不沾娘家的土。临上轿前，彤鱼氏女难免要哭上一场，哭得眼圈都红了。新娘上轿后，就有人端了一陶盆水泼出，谓之"嫁出的女儿，泼出去的水"。又有弟弟妹妹们去给她送来一陶钵水，这叫"送汤"，是新娘临出嫁之前享受的最后一次手足之情的伺候。

待新郎黄帝骑上了白龙马、新娘在轿中坐稳后，轿头便喊号起轿，轿子抬起，娶亲的队伍就返回婆家了。娶亲的队伍非常庞大。除了黄帝的十干卫队外，走在最前面的是撒喜帖的，遇到桥、井、神坛、拐弯处，都要贴一张仓颉造的"囍"字帖。一路上新娘不能落轿，经过其他部族的聚落时，要鸣锣奏乐，吸引人们夹道观看。由于岳高铺和王村店距离太近，迎亲的队伍就在黄河南岸先向东转到王律庄、小夏庄、阎寨、吴寨，直到神荼、郁垒所属的门庄、解庄、马虎里，经过双庙陈、王舍、毛庄、双庙、王坤、焦庄这么绕了一大圈，直到黄昏时才进入黄帝扎营的王村店。

花轿来到王村店，先是鸣锣吹号，负责接客的沮诵哈着腰出来热情地迎接。这时花轿徐徐而行，抬轿者卖弄技能，稳稳地颤动着轿子，粗细乐翻着花样地吹奏，看热闹的男女老少簇拥着花轿来到黄帝的大帐（洞房）门口。迎亲的人对着花轿点燃了爆竹，然后花轿面对喜神所在的方位落定。

新娘下轿被搀扶到帐前广场，拜天地的仪式将在这里举行。"天地台"正对着大帐门，上放大罐小罐各一个，装满高粱，蒙上红帛，大罐中插一杆秤，大罐前的小罐内烧一束香，小罐前再竖一面铜镜。新郎、新娘站在案前的红毡上，女东男西，跟着司礼者沮诵的喊声，先拜天地，再面向西方拜高堂，接着是夫妻对拜，送入洞房。

黄帝用一条红帛牵着新娘彤鱼氏女走向洞房，到了洞房门口，新郎用供桌上的秤，将新娘的红蒙头挑下，然后新娘进入洞房，到铺上坐下。这时，有人端来栗子、红枣、花生等撒在铺上，边撒边念道"栗子枣，生胖小"，此谓之"撒帐"。大家都来看新娘，向新娘要水果、面豆吃，闹腾一番。直到这时候，大家才惊喜地看到，新娘彤鱼氏女的确像前面传说的那样——个子高大人却极秀美，颧骨虽高，下巴却方圆，两颊桃红二色，双眼皮眼睛又大又圆又灵动，扑闪扑闪地像闪电一样，一脸自带的微笑，非常亲切可爱……

洞房之外，黄帝则忙于酒宴招待宾朋。女家的来客是贵客，坐上席，由相应的人陪客，少昊、东夷四叔之句芒（重）、蓐收（该），东夷的大巫师穷奇，小师般，长腿行者畴祖等都来了，由夷牟陪坐。神荼、郁垒和他的部下也都被请来了，男女分席而坐。场面非常热闹。

到了傍晚的时候，就是新郎和新娘喝合卺酒的时候。有人当着众人的面，将一个干葫芦一分为二，取出其中的干瓢和葫芦籽，就用这两个瓢分别盛了酒来，让黄帝和彤鱼氏女各饮了一瓢。所有闹房者都在这里围观，气氛相当活跃。闹房主要是和新媳妇耍笑，但是，在喝合卺酒时，却是连新郎一起耍。有人提议，不能就这么一人端着个瓢一喝了事，而是要新郎和新郎同时端起瓢来给对方喝，以体现相互的爱意；待喝过半的时候，再换瓢，喝对方喝剩下的那半瓢，以体现互不分家，从此是一家人。还有人觉得不过瘾，就提出让黄帝唱歌。黄帝想了想，唱起中原流行的《弹（狩猎）歌》：

> 断竹，
>
> 续竹；

飞土，

追宗。

虽然歌词只有四句话，八个字，但是黄帝以他男人特有的浑厚的嗓音，有节奏地反复吟唱出来的时候，还是带动了其中很多前来闹房的年轻兵士的应和声。一时，这雄浑、深沉，时而欢快，时而沉稳的，自然而然形成的无伴奏男声合唱的歌声，如同车轮辗过崎岖不平的大地，就像春雷滚过阴沉辽阔的天空，最后在黄帝的高音中戛然而止，给人留下"绕梁三匝"的联想的余地。

都说是"进门三天无大小"，但是来闹房的，多是来自中原、东夷和九黎的晚辈年轻人，他们围住新娘索果要食，以各自不同的方言，尽量说出一些俏皮话。个别从来还没真正摸过女人的手的年轻人，也敢伸出手去，像闪电一样，摸一下新娘由于激动和喝过酒而变得粉红温热的绵手。

新娘以她朝霞一样明丽的美貌和从容不迫的大方仪态，以她"国母"一样的雍容大度征服了所有在场的人。就连混在闹房人中的随时准备动手的不速之客横木，也一时受到感染，虽然他一直暗中紧握着藏在袖筒里的青铜小刀，但是终于还没有在这样一个热闹喜庆的现场动起手来。他知道，以自己的体魄和木囊囊的样子，和黄帝交手，他占不了什么便宜；又不忍心对这样美貌的女子动手——这样的女子爱都来不及，怎么能加害于她呢？同时，他在心里也明白，如果在这样的场面上动手，不管成功与否，自己都必死无疑。但是，他还是在夜深的时候，在闹新房的活动临近结束时，一咬牙冒死逼近了黄帝。

第八章

一

黄帝前往东夷和亲，在洧水东岸筑城的事，就落在临时主持事务的三公之首的上台风后和值年太岁、虎龙部落的代表摄提身上。计划是引水作护城河，要在溱、洧二水交汇的东岸，非常显眼地修一座坚固的近于方形的黄城，可是其具体位置，黄帝出发前并没有来得及真正确定下来。这就要风后等根据实地踏勘的结果自己来定了。

在安排大将常先做好云岩黄帝宫的安全保卫工作，由摄提处理好日常事务的基础上，风后带了赤将、高元等能工巧匠和曾经排出甲子、受到帝师天老堪舆（风水学）亲传的大将大挠，又会齐了中台地老、下台五圣，一行人才在一天的早晨趁着凉爽的时候，乘了舟一路向东，顺着溱水赶向二水交汇处。

由于是顺流而下，午时初到、太阳还没有照端的时候，他们就来到了目的地。到了二水交汇处，一出溱水河口，眼界为之一开。由于汇入了洧水，河水的水量大增，河面也开阔了一倍。十多个舟筏先后在东岸上了岸。大家顾不上吃午餐（这些由随行的兵士们先去准备去），就在这里先察看起地形来。

炎阳高照，就像一个永远燃烧着的大火塘一样，烤得人热烘烘的。河岸上草木丰盛，芦苇长得比人都高，将它尖利的绿叶直刺向蓝天白云。蓝天上，不多的几朵白云，像新棉絮一样洁白。各种水鸟的叫声远近高低地呼应着。河水"哗啦哗啦"地响着一波又一波地涌向低平的河岸。有知了"呜嘤呜嘤哇——"的叫声从不远处的树荫下传来。蚂蚁在岸上排起了长队，像赶集一样热闹地来来往往，忙着搬自己的家。

周围一片原生态的植物，由于受到充足的水分滋养，生发得异常茂盛，人在其中，根本就看不到远处。有成片的地面淹在水中，丛生着望不到边的芦苇水草。好不容易找到一块较高的小台地，大家站上去瞭望的结果，都认为这一带地势低洼，水量又大，不宜建城。越往下游，地势越低，大家在吃了干粮、喝了水，稍事休息之后，折向了洧水上游。

　　洧水在这一段是自北向南流、北高南低的形势，之所以形成这样的形势，是本来向东流的洧水遇到了地势较高的东面平原板块的阻挡，迫使洧水不得不改变了它本来的流向。

　　风后一行人沿着洧水东岸缓慢升高的地形向北一路踏勘而行。本来是平缓的洧水，前面却传来一派"哗哗"的声浪。由于周围芦苇蒿草丛木的阻隔，一时看不清前面是怎么一回事儿。但是，这"哗哗"的声浪，却像一股巨大的磁力吸引了大家的注意力，不由得脚下生力，加快了向这股声浪靠近的速度。在河边转过一个小湾，从灌木丛中走出来，前面的塬面一下子抬升许多，直横在眼前，东西两侧是高厚的黄土层，东边更高出一个雄伟宽大的台地。中间被洧水冲刷得露出了青色裸石的河床，一层层地形成了天然台阶状的分布，河水就在这些高低不平的台阶上迂回跌落，形成了四五阶不算很高却极开阔的横向排开的瀑布——原来这巨大的"哗哗"的声浪，就是从这里传出来的。这巨大的越来越占满了人的听觉的水声，加上从微风中传来的水的亲切扑面的气息，给人一种慑服，让人一下子感动，这条不算是太大的洧水（对亲眼感受了黄河的雄浑开阔的风后等一行人来说），一下子就变得那么气象壮观。看那些清水在石阶上飞溅起的姿态各异的雪白浪花，在夏日的阳光下灿烂夺目，细听这水流在五个音阶上形成的喧响的声浪的共奏，如同欣赏一曲永恒的交响曲。它给人以激情，给人以清爽，给人以振奋，让人享受了一场视觉和听觉的盛宴。加上激动起来"呼呼"作响的风声，加上水鸟的飞舞合鸣，加上人们的惊叹和赞美之声，这场面就更加活泛起来，连一向严谨、不大动声色的大挠，这时候也变得眉飞色舞，一脸轻松，不由得"嗷、嗷"地发出了一声声兴奋的尖叫。

　　大家先在飞瀑下的碧潭边洗了手脸，就有人沿着这层层叠叠的青石台阶向上跑去，石上的青苔细泥，滑得他打了个趔趄，差一点摔倒，逗得大家哈哈地发出一片笑声。

风后也用双手撩起河水，洗净了汗湿得有些蜇疼的脸，他又用湿手在隆起的额头上拍了拍，脸上挂着透明凉爽的水珠站了起来。他这个太阳晒不黑的人，经过水洗，变得更加白皙透明，犹如临风玉树了。

他就这样眯缝着一双细长的单皮眼，抬头仰望着洧水东岸凸起的台地，一股敬仰之情油然而生。他也不把脸上的水擦干，而是任由夏日的酷日烤着、热风吹着凉爽舒坦的脸庞。在仰面察观的同时，一只手下意识地把他那几根稀疏的黄胡须拈了又拈，一只手有意无意地摇动着他的鹅翼扇（这手瘦得青筋毕露），水光闪闪的大脑门，格外地发亮。

前面的这块台地引起了风后的注意，他仔细地观察了一阵以后，招手叫过来赤将和高元，向他俩指指点点一番，赤将的红脸就更加亮堂起来，眉宇间现出了喜色。说完话，风后就在两条腿上攒足了劲，顺着东岸的缓坡带头向前走去，赶上了迈着坚实的大步走在前面的大挠。

风后走路脚步很轻，几乎让人听不到他的脚步声。当他像飘一样出现在大挠的背后，猛然拍了一下他的肩膀的时候，倒让正在皱着眉头思索问题的大挠惊了一下。

大挠回头一看是上台风后，就把本来准备发出的火气收敛起来，和气地对他笑了笑。但是，风后的举动毕竟还是打断了他的思路，让他一时不能接着刚才的思路继续想下去。于是，他就将自己刚才想的问题直言给风后：

"风后在上，容大挠禀之。余观此地，自成一台，坐北面南，雄居洧东，自有轩辕图腾天鼋大鼋之气象也。故径自前往，欲细察之。"

风后的笑脸上带着歉意，听大挠这么一说，会心地一笑说：

"此正合我意。吾等所见略同也。"就边走边把他的想法告诉了大挠。

两人顺着岸边向前走，拐了一个小弯，看到一条小河从东面流过来，将东面的这块台地与周围的平地分割开来。正要再往前走，就看见一只水淋淋的刚刚爬上岸不久的大龟，正趴在岸边的一块发红发紫的大青石上，闭着眼睛享受夏日的炎阳，舒舒服服地在那里晒盖呢。两个人走路的脚步声惊动了它，它立即伸出头来四下里打探，感觉到有人在向它靠近，立马撑起四条爬展腿，掉头向北，快速地爬到大青石的边缘，"扑通"一声，跳进清清的从东面流来汇入洧水的小河之中，溅起一朵雪白的水花后，继续向北游去，在平静的水面上形成了一个大大的扇面形放射状波纹。

风后笑指着跳入河水之中的大龟："汝言应矣，神龟指路也。"

风后等一行人在岸边走着，划舟的十几个兵士，也已经把三个独木舟抬上了阶梯式瀑布，跟随在他们身后。风后要跟着神龟渡到小河对岸去，兵士们就将独木舟再次放入水中。小河不算很宽，很快，风后一行人就渡过小河，来到对岸的台地之上。再寻神龟，它早已经爬入草丛石缝之中，不知去向。虽然这只是大龟见到人类之后的一个逃命行动，但是大家还是坚信，是神龟引路，才把大家引到了这块风水宝地上来。正好轩辕黄帝族的图腾是天鼋大龟，这个神龟的出现，就赋予了更多的神性和天意。

风后还是轻飘飘地缓行，大挠已经抑制不住激动的心情，加快了步伐，脚步咚咚，身旁的草木唰唰地响，也不顾被狼牙刺、酸枣刺等刺扎和划挂，忍着钻心的刺痛，直向台地的中心走去。赤将和高元已经领会了风后和大挠等的意图，开始顺着台地的边缘踏勘，中台地老、下台五圣则与风后伴行，相互交换着自己的看法。大挠在台地的中央分别朝四面观察着台地的形状，看到这块台地西依着洧水，南靠着小河，形成两道天然的屏障。东侧的地势较低，只要在北侧挖一深壕，就可让洧水东流，环绕过来与南侧的小河相汇，把高地完全同周围隔离开来，形成一圈水面的环绕，而且，台地本身北高南低，坐北而面南，近于方形，是一个建城的好地方。风后、地老和五圣随后赶到身边，他又是手搭凉棚瞭望，又是用手指点比画着，把自己的看法和他们进行着交流。

赤将和高元从四围到中心都进行了踏勘，等到大家都在这个台地的中央聚齐的时候，相互的意见也基本上达到了统一。

大挠一边挠着汗湿发痒的额头，一边把自己的看法向大家复述了一遍："余受学天老，略通勘舆。风水之佳，前有景山，后有靠山。此地高出四围，独拱于中，然远山相连，前景无限，居巨龟之背，若轩辕之丘，略加人工，则四面环水，易于防守，实乃建城之佳地也。"

赤将的红脸，因为太阳的炙烤，更加红得像熟透了的柿子。他已经和高元商量过了，就代表高元说："此地水草茂盛，佳木成林，营造宫室，就地取材，便宜省力。"身为河东人氏的高元，是赤将的学生，老师说话，他只能一脸笑相站在旁边，像磕头虫似的连续点着头，代表了他聪明和智商的额头，发际线很高，亮光光的。他总是这么个乐呵呵的样子。

能说出五方之利害的地老，手捋着飘然的白须，声音苍老："起四围之土，构帝都黄城，可矣！"

五圣依然是一脸诡谲的皱纹，目光炯炯："取神龟之美意，成龟书之大象，美哉！"

风后归纳了大家的意见，又结合自己的看法，最后一锤定音：

"台不在高，有龟而灵。地不算大，帝都可用。洧水之东，新郑之地，和天下，显帝威，密旧都，保万民——神龟所引，天意之所在也！"

二

自从蚩尤起兵进犯中原，黄帝匆匆地离开烈山之后，位于烈山顶上的九井相连的"黄城"，就被炎帝神农充分地利用了起来。由于解决了水的问题，这九个相连的莲花状的山头，就成为炎帝神农一片新的药材种植园区。在这里种植药材的好处是，阳光充分，日照时间长，又可避免夏日暴雨洪水等自然灾害，而且风头高，眼界宽，白天看得很远，晚上离星星很近，是个夜观天象的好地方。为了方便管理，炎帝还是住在"中宫"这个地方。他让人将黄帝弃用的中宫打扫收拾干净后，就将自己的常用之物从山下的"神农洞"搬了上来，在这里长期住了下来。一开始，他的大儿子炎居方雷氏并不同意炎帝神农这样做，觉得他的老父亲年龄大了，一个人住在山上生活起居不便，也不便于他的照料。但是看老人执意要上山去住，非常懂得对老人的孝顺以顺为主的炎居，就同意了炎帝神农的做法——年纪大的人，总得让他做做他愿意做的遂心的事，这样他才不会感到生活无趣和郁闷，这对他的健康长寿，对他的养生和修养都是有好处的。年轻人对老人就应该这样地理解，同时更多一些体贴和关照。这一点炎居理解，并且做到了。自从炎帝神农搬到山上住之后，除了安排小妹匠姬和丁男等随行侍候，解决老人生活的不便，炎帝隔三岔五地，总是不辞辛苦地向山上跑，有时候还叫了弟弟炎柱一起来，一家人尽享一会儿天伦之乐。母亲听訞和少凟妈妈年纪大了，不愿意上山来，就让她们住在山下的家中，两个老妈妈像一对老姐妹一样，相互搀扶着生活。这样，也把儿女们的心分成了两半。老父亲整天忙碌着自己该忙的事情，对老妈妈的生活照顾，还是得儿女们来完成。这就是炎帝神农禅让后的家庭生活。

老人现在安于他的这种无忧无虑的闲适生活，他不必再每天操那么多无用的心，可以静下心来，做一番自己想做的事情。这是一种自由和解脱，这么一点人身自由，我们就让他安享吧！人一辈子奋斗的目的是什么，不就是想获得更多的物质财富和精神享受，可以更多地更随意（自由）地支配它们吗？当人从实际生活的窘迫中解脱出来之后，可以自由地做一些自己想做的事，应该说是一种生活的境界。由于自老神农氏以来七八代人的深厚的对药物热爱的传统，炎帝神农热衷于从事药物的采集栽植是完全可以理解的。通过勤奋不懈的劳动，他才真正理解了劳动之对于人类的重要性：劳动，只有劳动，才是人类一切财富的根本源泉。人世间的一切美好梦想，只有通过诚实的劳动才能得以实现；人类发展中的各种难题，只有通过诚实的劳动才能破解；人们生命里的一切辉煌，包括人生的幸福，只有通过诚实的劳动，才能够铸就。

同时，隐隐地，在他博大的心胸中，还是在为天下百姓的健康生活着想呢！而在这样一种自由宁静的生活境界中，他的思想就可以驰骋得更远一些了。

他想起了伏羲画的八卦和他由此推演出来的六十四卦：一曰太极，一生两仪曰阴阳，二生四象曰太阳、少阴（属阳），少阳、太阴（属阴），四象生八卦，曰乾、兑（太阳），离、震（少阴）（阳）；巽、坎（少阳），艮、坤（太阴）（阴）。八卦分十六卦，十六卦分三十二卦，三十二卦分六十四卦，形成了伏羲六十四卦的排列顺序：

乾一、夬、大有、大壮、小畜、需、大畜、泰（乾）；

履、兑二、睽、归妹、中孚、节、损、临（兑）；

同人、革、离三、丰、家人、既济、贲、明夷（离）；

无妄、随、噬嗑、震四、益、屯、颐、复（震）；

姤、大过、鼎、恒、巽五、井、蛊、升（巽）；

讼、困、未济、解、涣、坎六、蒙、师（坎）；

遁、咸、旅、小过、渐、蹇、艮七、谦（艮）；

否、萃、晋、豫、观、比、剥、坤八（坤）。

又将八卦两两相配，其极数也是六十四卦。他又针对每一卦的卦象特点，分别撰写了一段卦辞。

他将自己一生中所经历的丰富斑斓的生活现象，依类归入这六十四卦之中，形成了一部关于原始社会社会生活的百科全书，任何一个人，都可以在这六十四卦的卦辞中找到自己生活的影子，因而这六十四卦，就有了普遍的社会学研究的价值。

因为住在山上，所以他首先想到的就是"山"这一卦，六十四卦，由山卦起，六十四卦一轮以后，再由"山"卦起，谓之《连山》。伏羲以乾起卦，乾在南，以南为天，代表了真正的天下为公的思维方式。《连山》继承了伏羲八卦，却以艮起卦，艮在西北，就更多渗入了一种"家天下"的观念，正好代表了炎帝神农远在西南对西北的一种怀乡情绪。

请看他对艮卦的解释："艮其背，不护其身，行其庭，不见其人。"又说："艮者，止也。时止则止，时行则行，动静不失其时，其道光明。"他进一步解释说："艮其止，止其所也。上下敌应，不相与也，是以不护其身，行其庭不见其人。"最后的结论是："君子以思不出其位。"

他以可分为两个三的数（六）代表阴两断，以六加三之数——九（最高数）代表阳。将重卦的六个爻自下向上以初、二、三、四、五、上为序，一一做出解释。以"艮"卦为例，即初六，艮其趾，未失正也；六二，艮其腓，不拯其随，其心不快，未退听也；九三，艮其限（腰胯），危熏心也；六四，艮其身，止诸躬也；六五，艮其辅，言有序，阴居阳位，悔亡，以中正也；上九，敦其居，以阳刚居止之极，敦厚于止者也。敦艮之吉，以厚终也。

我们细看，就不难看出，这是炎帝神农对自己人生历程的一个全面概括，他认为，自己目前正居于六五之爻，阴居阳位，当辅之处，故应该"言有序以中正也"。他还对自己以后的人生（上九）提出了要求，即"敦其居"，以男人阳刚之驱而"居止之极，敦厚于止者也"，目的是为了厚终——"以厚终也"。

他由对自己人生的思考总结推而广之，认为止之极，就会变。而这种变化，是一个逐渐演进的过程。所以，他就将巽（风）与艮（山）上下相合之卦名之为"渐"。解释为"渐之进也，女（阴）归吉也，君子以居贤德善俗"。

一段时间里，除了吃饭和睡觉，他的所有时间，几乎完全陷入了对伏羲八卦与六十四卦的研究之中，甚至晚上出去撒一泡尿，也要对着星空夜观天象和思索一番。正因为通了大道，他才明白了"不争"之理。他认为，这才是一种能够令人思想"清净宁静"的学问，同时认为其结构精密细致，"合理之极，神妙之极，奥妙无穷"。通过研究，使他"明乎吉凶消长之理、进退存亡之道，故可以无大过也"。大儿子炎居来看望他的时候，他就对他讲起了《连山》，并且意味深长地对炎居说：

"盖圣人深见道之无穷，故言此教人，使知其不可不学，又不可易而学也。"

受到父亲的感染，炎居也随父学起了伏羲八卦和《连山》，成为炎帝《连山》的第一个传人。这也代表了中国人"饱学只传长子"传统的萌芽。

炎帝神农沉迷在对《连山》卦的研究之中，两耳不闻窗外事，过着与世隔绝的闲适生活，人世间的苦难和战争的影响，暂时还与他无关，即使天塌下来，也有高个子顶着呢，他暂时不想多事——一边是自己名义上的孙子蚩尤，他的这个孙子也曾把他折腾得够呛，当初要不是黄帝出手帮忙，他现在还不知在哪儿呢。虽然他对他的这个"孙子"并不怎么感冒，但是，他也不想出手去帮黄帝的忙，因为这小子打着他的旗号去反黄帝，多多少少也能代表他的一点心——虽然说他把帝位"礼让"给了黄帝，那也是因为战败了，不得已的做法，蚩尤这么一闹，多少能替他宣泄一些积压在内心深处的无奈与痛苦，替他疗一疗心中的暗伤；另一边是现在的天下共主黄帝，虽然蚩尤明显的是打着自己的旗号在闹事，但是黄帝没有向他发出邀请，他也就乐得闲适几天，不想去管那些他管不了的事……黄帝既然已经是天下共主，他就应该自有办法去解决所面临的棘手问题。总之，目前，对交战的双方，他都不好说什么，谁正义谁失道，一时也没有个结果，那就听天由命，由着他们闹腾去，最后总归会有个结果的。

炎帝抱着这么一种事不关己，高高挂起的态度，继续处天下之一隅过自己的闲适生活——其实他的内心世界太丰富了，可以说包罗万象，无所不及……黄帝却面临着一次现实的生死存亡的严重考验，这让我们不得不提心吊胆地为他捏一把汗！

黄帝来到德地前后，为了保证黄帝的安全，神荼、郁垒对部下进行了多次清理，将其中的恶者拉去饲虎，目的就是为了杀一儆百，威慑住那些做恶者。横木之所以能混到今天黄帝合婚的现场，就在于他的深藏不露。他把自己完全装得像个好人似的，从不对周围的一切发表看法，从一切方面看，他都是一个随众的顺民。可是，在这一刻，他还是没有能把自己的意图完全地隐藏起来。因为在他最后下定决心向黄帝靠近的时候，咬紧的牙齿，还是把腮帮子鼓得硬硬的，一双眼睛里掩不住地透出了杀气，和周围沉浸在喜庆气氛中的人们形成了极大的反差。就是这一瞬间的异样，还是没有逃过敏感的黄帝的目光。

三

黄帝生性机敏，反应非常快。等横木倾注了全力，奋力向他扑过来的时候，他已经在一瞬间从喜庆的氛围中跳出来，做好了应急的准备。随着横木向黄帝的靠近，他手中用青铜铸就的小铜刀，露出了耀眼的寒光。现场一片惊讶和慌乱。平生没有见过这样凶险场面的彤鱼氏，吓得头发都倒竖起来了。她不由得用双手掩住双耳，发出刺耳的尖叫声。人们四下躲避，就只有黄帝一人，像一个顶天柱一样直直地立在那里。等到横木近身的时候，他迅速地向旁边迈出一个弓步，用右腿绊住了横木的去路。借着横木奋力前扑的惯性，他一转身，又在扑空的横木背后加了一把力，横木一个马趴子被掼倒在地，摔了个"狗吃屎"。这时候，有反应过来的年轻人一齐扑上去，把横木压在地上，夺了他手中的青铜小刀。一切都发生在一瞬间，等到已经身为黄帝妃的彤鱼氏从惊吓中反应过来，要挺身保护自己男人的时候，凶险的一幕已经结束了。她再看黄帝，仍然是一脸刚毅和从容，就像刚才没发生过什么事似的，只是为了应急，他的脸上充血，变得更加红膛膛。看到自己的男人没有什么事儿，彤鱼氏扑上前来，拦腰一把把黄帝抱得紧紧的。这时候，她感到了一种终身可以依托的厚重和信任感。黄帝也心疼地把他的大手在彤鱼氏一时变得有些零乱的秀发上捋了又捋，以安慰她受到惊吓的心。在一个女人面前，男人就是一座山，就是一棵可以依靠的大树，就是可以撑起一片天来的支柱。而女人，则是一株弱苗，一条藤，一个可以映照蓝天的湖面。

横木竟敢前来刺杀黄帝，搅乱黄帝与东夷和亲的喜庆场面！大家都觉得，对他非千刀万剐——杀他一万次，也不能解心中的余恨！甚至有人提议，当场就用乱石将他打成肉酱。这一切包括当时乱纷纷的场面，都被黄帝毅然决然地一挥手给制止住了。黄帝另有他的想法。为了凝聚东夷和以神荼、郁垒为首的艮黎、巽黎黎民的心，他决定到黄河对岸去搞一次与东夷和艮黎、巽黎的结盟祭天仪式，到那时再杀横木以祭天——本来在战场上遭遇了以力牧为大将的黄帝军队顽强抵抗的蚩尤，听说黄帝身在东夷，就想掉头过来，直扑向黄帝和东夷。在面临共同的巨大危机的时候，举行这样一个仪式是完全必要的。

为了表示黄帝力克蚩尤的决心，结盟祭天仪式，就选在黄河北岸的九龙庙这个地方举行。

九龙庙这个地方，正好处在黄河向南突出的拱形河道的拱顶部，与黄帝所在的王村店，可以说几乎就是隔河相望。从王村店西行不到十里地，就会被一条自南向北汇入黄河的小河所阻，顺着小河向北行，黄河的对岸就是九龙庙了。

黄帝派应龙和沮诵，在神荼、郁垒的陪同下，先在九龙庙选好了祭坛的位置，带领各部族的兵士大兴土木，从四围运土过来夯筑，用了一个多月时间，一个四面都有二层平台、台北有主道和左右道台阶的巨大的祭台才告完工。

举行结盟祭天仪式的时候，时间已经到了初冬季节。

冬天总是和一次又一次地从北草地袭来的寒流相伴生的，这一点自古至今都是如此。寒流的到来，总是这么突然和迅疾。昨天还是一派温煦的景象，一切好像还处在暖秋，柳絮依然低垂着，在微风中轻拂着柔情蜜意与诗情画意，麻雀在暖阳中绣成一堆，叽叽喳喳地叫个不停，庆幸又一个好光景。一夜掀起万里林涛、带着令人不安和惊悚的呼啸怒吼的西北风，如同大海起潮一般——令人恐怖的排山倒海的浪峰，像前仆后继、变化无常的黑色巨兽，一个浪峰高过一个浪峰地迎面扑来。有多少秀木在大风中竞相折腰，有多少大树在狂飙中戛然断枝，又有多少树叶在黑暗中最后挣扎一番以后从树枝上脱落。它们在完成生命的最后进程之后，漫天飞舞，以生命的最后姿态，迅疾地狂奔漫舞，像砂石或弹丸一样击向它物，终于舞蹈着落到地面上，还是不时兴奋地划动着地面位移，发出"沙沙"声，直到被卷到一个角落，还在为寒风抖动着身躯。以耐寒和秋天落叶晚而著称的槐树，昨天还是一身深绿色的浓装，清晨在寒风中抖擞的叶片，现已经变得稀疏可数，如同壮士一夜白了头，大海凌晨退了潮。那些依然在枝头蜷缩着干瘪的叶片，一个个愁眉苦脸的，就像一脸皱纹的老太婆。

黄帝就是在这样一个初冬的早晨，带着大家在冷洌的疾风中，等候着新的一天朝阳的升起。虽然说大家都加了衣物，甚至有人将过冬的兽皮衣都披上了，在寒风中，还是不由得缩弓了身形。然而，大自然的严峻，并不能挤压和缩减人们心中的希望和激情。一种生生不息的希望的火苗，依然在人们的心中燃烧着，升腾着，寒风只能给它"火借风势"的不竭动力，真可谓魔高一尺，道高一丈，正义与非正义的斗法，正呈现出一种不断加温、愈演愈烈的胶着状态。

天亮之前，当东方还是一片荞面凉粉一样的青白的时候，东夷的少昊、句芒（重）、蓐收（该）、穷奇、般，原艮黎、巽黎的神荼、郁垒等，都带着自己的兵士会集在祭坛的四围，加上应龙和黄帝，共谓之九龙，以九宫形式布局，仪仗依然还是由黄帝的十干卫队执仗，现场的总指挥，依然还是沮诵。黄帝居于中央，执黄龙旗，周围青、白、玄、赤四色旗，各依方位一字排开，站满了黄河北岸向南突出的弓形地带。三面被黄河雄浑的身躯包围着，"九龙"的外围和黄河的对岸，是赶早前来"观阵"的各个部落的百姓和黎民，场面十分开阔壮观。狂风怒吼，黄河掀起巨澜，人声在波浪声中鼎沸与交响，在依然还是一片黎明前的朦胧黑暗中，让人一时难以辨清到底哪种是黄河的浪涛声，哪种还是人群的喧吼声？

时隔五千多年，笔者从卫星照片上看，惊讶地发现，如今山东省德州市九龙庙村的布局，还依然保持了当年"中宫"的位置，四周八宫（东宫、西宫、南宫、北宫和艮宫、巽宫、乾宫、坤宫）的位置也依稀可辨。

黄帝四年（庚寅年）冬至日，四十八岁的黄帝率领着东夷和原艮黎、巽黎的黎民百姓，在黄河北岸的九龙庙举行了隆重的祭天结盟典礼。时间还是定在辰时之初。当朝阳像刚刚在血海中沐浴过似的染了一身血红，又像刚刚从冶铜炉中铸出一样，还带着炉火的炽烈和余温，突破重重迷雾，从东天的云海中探出头来的时候，祭天结盟典礼正式开始。

现场总指挥和司仪是黄帝长于辞令的文臣沮诵。当身材敦实、大脑袋的沮诵站在高大的墩台上宣布典礼开始的时候，分列在二层台地东西两侧的东夷和原艮黎、巽黎的夷乐和黎乐乐队，齐声奏响了苍凉、激越、神圣、神秘的祭天乐曲。

乐声一止，"主祭人即位——"

在依然苍凉、激越的进行曲节奏中，黄帝携彤鱼先从祭台北侧的台阶拾级而上。个子高大人却极秀美的彤鱼，以女人特有的苗条修长型体形单站在旁边的时候，好像她的个子和敦厚壮实的黄帝几乎不相上下，但是当两人真正走在一起的时候，黄帝还是比她高出半头，而且人显得更加敦厚、坚毅和高大。婚后的彤鱼，原本就极其水灵的脸色，又多了一层红晕和润色，花边眼睛扑闪着温柔的电光，嘴角自带几分笑意，显得更加光彩照人。当头戴冕旒、身着代表中原方色——黄色丝帛绣出的龙袍和三级战裙的黄帝，与身着代表东夷方色——青衣的彤鱼，披着朝阳的桃红霞光，健步走上巍峨高大的二级祭台的时候，全场几万人群，皆屏声息气，怀着崇敬的心情，庄严地行注目礼，只有白龙马兴奋地扬起了雄健的鬃毛、圆睁的怒目闪着电光，突然奋力腾起前蹄，发出悦耳的"咏儿、咏儿"的叫声，给现场平添了一种激越、昂扬的情绪和勇往直前的战斗情怀。

"陪祭人即位——"

白脸英俊的少昊，会驯蛇的句芒（重）、蓐收（该），东夷鸟部落联盟大巫师穷奇、长于矢弓的东夷小帅般，原艮黎、巽黎酋长的神荼、郁垒和黄帝的大将应龙共八人，少昊居左侧首位，神荼居右侧首位，分为左右两组，从左右台阶道，一齐走上主祭台，站在黄帝和彤鱼的左右。

"杀虏祭天——"

一脸土色的横木和所剩不多的他带来的那些化装进入到原艮黎、巽黎的部下，总共十几人，都被五花大绑着推到台前。早有行刑的人，手持寒光闪闪的青铜大刀和大斧，在台前面南站了一排，等横木等被押来跪倒在地时，这些行刑的人，手起刀斧落，于是人头纷纷落地，像槟榔球一样，带着长发和鲜红的血光在膣土中滚动，等停止滚动的时候，头发上早已经糊满了红泥，但是，鲜血还在向外渗着。那些跪地的俘虏，像烟花像喷泉一样放射出生命最后的光辉，然后像树桩一样发出沉闷的"扑通"声先后倒地的时候，人群中发出几乎一致的惊呼声，顿时涌起了波浪，发出一阵阵愤怒的吼声——可见，杀了这些蚩尤的部下，是顺应民心的，也是黄帝对被蚩尤坑杀了自己一万多名将士的一个适当的交代。

四

在行刑的瞬间，横木横下一条心，反正是一死，就死得悲壮些，他挺了挺胸，扬起头闭目等待着青铜大刀落下的一刻。然而，听到人群中喊出"杀了横木"的吼声，看到自己倒了一地的部下和周围人群的怒潮的时候，横木一急，想站起身来冲向祭台一头碰死，却被押他的黄帝兵士按住肩膀。

祭天结盟仪式上，宣读了对蚩尤的檄文和结盟的盟约：

> 天子黄帝，位立中央，泽被四方：天下大同，百姓和乐，黎民共荣。然蚩尤暴虐，涂炭生灵，侵犯中原，逆天而行，阻帝大道。盟曰：顺天者昌，逆天者亡。蚩尤作乱，天下公敌；人神以怒，天下共攘。帝

曰："毋止吾禁，毋流吾醢，毋乱吾民，毋绝吾道！"止禁，留醢，乱民，绝道，反义逆时，（蚩尤）非而行之！帝曰："谨守吾正名，毋失吾恒刑，以视后人。"

但是，黄帝最终还是没有杀黄黎酋长横木。就是这样一个以德报怨的措施，不仅一下子升华了黄帝的德行，赢得了东夷和艮黎、巽黎黎民的心，也让本来已经对自己的生命不抱希望、准备一死了之的横木重新燃起了生的希望。为了报黄帝的不杀之恩，他决定冒死（蚩尤对投敌者格杀勿论）"献计"于蚩尤，不要直扑东夷和黄帝作对，而是趁黄帝不在中原之机，乘虚而入，先拿下中原。

解除了东夷的压力，中原的战争压力和风险却再一次增大。黄帝决定迅速返回中原。他知道，以蚩尤的秉性，他一旦不前来东夷，一定会接受横木的建议，乘黄帝不在中原之"虚"，前去征服中原的。

黄帝到东夷去"安抚"本就是冒着风险的。而神荼和郁垒由于最终守住了德地这个东夷的"门户"，以后就被黄帝封为"门神"，成为千秋万代炎黄子孙、华夏儿女的第一对"守门人"。后人们早已经"忘记"了他俩原来也是九黎人，而在逢年过节换桃符的时候，总要在门上贴上神荼、郁垒的画像以守门户、驱鬼魅。

蚩尤的目标就是黄帝，他认为，只要灭了黄帝，就可以拿到天下了。所以随着黄帝来到东夷，他的目标也在东夷。而这样一做，就使他分散了兵力，不得不面临两面作战的局面。虽然还不能反攻回去，但是，中原方向力牧的压力还是明显地减弱了一些。这也是他能够在较长一段时间在黄河北岸坚持与蚩尤对抗的原因之一。

自从黄黎酋长横木保了一条命回到蚩尤的营寨向蚩尤"献计"之后，蚩尤看黄帝已经在东夷做足了文章，就又一次将进攻的重点转向了中原。也算横木这个人命大，一向对投敌者格杀勿论的蚩尤，对自己的心腹横木却网开一面、恩爱有加，继续作为心腹给予重用。因为在蚩尤的心中还有一条标准，那就是战时不杀将，那等于是自残。不仅如此，为了九黎的长远利益，特别是对自己的心腹，永远不能杀，只有这样，才能凝聚人心，让大家豁出命地跟着他干。横木回到营寨后，就有人出主意让他杀了横木"以儆效仿"，但是蚩尤说："横木者，九黎之基也，非杀者也。"怕人心不服，蚩尤又提高了嗓门，以响钟般的声音，声震屋瓦地对大家说："横木永不可杀! 宁让其战场效力，将功补过，勿动杀机也。"蚩尤的话，就是九黎的法律，他一句话，就铁板上钉钉子，从此再没人敢议起此事。又一次侥幸保住性命的横木，对蚩尤更是感恩戴德，围着蚩尤跑前跑后地献殷勤，早把黄帝对他的不杀之恩置于九霄云外去了。

蚩尤战略重点转移，力牧所面临的压力，就进一步增大了。虽然力牧有自己的《点兵诀》："法有云：三人同行七十里，除三剩一人；五马二十一人骑，除五多四人；七子回家半个月，除七减一是佳期。圣人用兵苍生义，万物育化穷天理；天地杀机人祸定，三才齐发万变定。"但是，要硬扛住蚩尤不分昼夜车轮式的疯狂进攻，也是难上加难。所以只好和从东夷返回中原的黄帝，以黄河为界南北呼应着，一路向西南（中原方向）节节败退。当然，他是尽可能地减慢这一进程，因为黄帝给他的要求是，要给他回到中原以后做好准备以尽可能充足的时间。

当兵士的人，也是一种尽兴的事。胜仗打得多了，越打越疯狂，越打越能打，越打越会打，越打越巧打，怎么打都能打赢。但是，如果连吃败仗，人就会感到晦气，甚至打到"掉了胆"，战场上与敌一接触，就想着怎么撒腿就跑去逃命。这样的兵是最难带的! 而力牧现在所统率的，就是一支这样的队伍。

就力牧的性格而言，他也是最不习惯打败仗的一个人。以他的个头、派头，往那里一站，就像是一道铜墙铁壁，而且自从在渤澥出将以来，他也是以"常胜将军"而闻名的，所以才站上了与风后齐名的"将相之位"。而现在，他的问题主要的并不在自身，而是如何在实力不如对方、不得不打败仗之时，继续维持全军的士气。所以他想尽办法，利用自然地形和自己长于骑射的优势，尽量减少武器装备上与蚩尤所率的九黎鹿部落联盟差距，把自己少量的精兵用在刀刃上，尽量以少量的胜仗来提升士气、凝聚人心。他最怕的就是兵败如山倒的一刻。好在经过他和众将领的齐心努力，那样的时刻至今还没有出现。但是，在目前这样的严峻形势下，他面临的"天塌下来大个子顶着"的超常压力，我们这些后人还是无法感同身受的。

最让力牧难受的，莫过于这一马平川、无险可守的黄河北岸。所以，力牧只能通过筑起一道一道防护壕来延缓蚩尤的进攻。他发动了大量的兵力来进行这一工作。由于工程量大，当时主要使用的还是木石工具，其难度可想而知。但是，这是硬的任务：每一次决定从前面防护壕上退兵的时候，必须先挖好下一道甚至第三道的防护壕，才能保证万无一失。节令已经到了初冬，随着冬天的到来，挖防护壕的难度越来越大。所以力牧计算着自己和黄河南岸的中原的距离，必须在真正的冬天到来之前，将大军撤到河南去，只有那样，才能保证既有险可守，又保存了实力，为最后到来的大决战养精蓄锐。

今天就是一个难过的关。天阴森森的布满了厚重的阴云，黄河岸边的落叶乔木，早已经在日益凛冽的冬日寒风的无情劲吹下，脱尽了一身的绿装，只有极个别发黄发红甚至发黑的叶片，还无奈地在向天空伸出干巴巴怒臂的枝头瑟瑟地发抖，为提前落去的兄弟吟唱着"无可奈何叶落去"的挽歌。土地一日胜过一日地结冻，木石工具开始变得对它无可奈何，眼看着前面的防线难以坚守了，后面的防护壕还迟迟挖不出来，力牧不得不把他仅有的青铜工具都用了上去，但是进展还是不能令人满意。前线上，也不得不把自己最精锐的配备了少量青铜兵器的师旅再拉上去。在用骑兵反冲和箭弩射击之余，只有用青铜兵器去硬碰硬了。这让本来就捉襟见肘的少量青铜兵器显得更加金贵了。拖了几十里长的大军，先头部队已经开始向黄河南岸撤退了，但是这最后一道防线必须坚固！只有这样，才能保证全军的安全——因为黄帝向他要求的，就是既要阻止蚩尤的进攻，又要保存好这支华夏赖以生存的大军的实力。先头的大隗和隶首，已经退到了邙山对岸的黄河边上在做渡河的准备，大鸿还在后面的新乡一带血拼坚守，所以力牧就亲自来到这黄河北岸最后一道防线上，亲自给兵士们鼓劲，督促大家加快防护壕的挖掘。

面对这变得坚如磐石的冬日硬土，木石工具上去，只能激溅起几星土渣，就是青铜工具上去，也没有多大作用，而且极易损坏工具。力牧要亲自做出表率，就"呸、呸"地给自己的掌心上吐了唾沫，从正在劳作的兵士手里要了把青铜工具过来狠命地挖，虽然说他力大无穷，但在这样坚硬的土地上，还是只能激起更多一些土渣儿，并没有多少进度。眼看着大鸿在新乡的防线即将崩溃，而小河营这一道防线还没有挖好，力牧非常着急，他立即召集众将商议，有黄帝女儿女魃提出用火烧烤地面的办法。女魃和黄帝的孙子颛顼同龄，他俩虽说年纪小，但是在国难当头之时，也不在后方享福，而是坚决要求到前线来。本来黄帝的二儿子昌意，之所以要从北岳恒山把颛顼送到中原的黄帝宫来，就是想让他离开战争的环境，能在大后方享安逸的，不料年龄相当的姑侄俩，都是火烈的脾气好战的主儿，两人一拍即合，竟双双来到了前线。为了他俩的安全，黄帝就安排他俩跟着力牧去锻炼。女魃的建议，第一个得到颛顼的响应。他举起有力的右手，和姑姑来了个击掌动作，大声地喊出："此好计策也！"

力牧也觉得这个主意不错，就派兵士立即去砍来干草树枝等，堆在要挖防护壕的地面上，取来火种点着，在寒风的劲吹下，从最初燃烧的一个火苗开始，很快地变成了冲天的大焰，烤得人只能远远地站在旁边围观。等火势一降下去，在还残留着余烬的烧焦的黑土上，顺利地挖掘起来。

五

就在黄帝的大将力牧节节败退把蚩尤逐渐引向中原的同时，黄帝也迅疾地返回到中原来。

黄帝回到中原的时候，冬天已经真正来到了。荒原上一片白草的花穗在寒风中抖动起伏，橡木、枫树的叶子正带着紫色，红得逼眼，野柿子树披了一身铠甲一样粗硬的龙鳞，将龙爪一样的、举着火红柿子的黑手伸向苍天。大地上唯一的一点绿色是松树，它们正在以其鲜活的绿色，带给人们春夏的记忆。连苍老的柏树的叶子也开始发干，变成了透着赭红的黑绿色，天空中笼罩着厚厚的灰白云层，这种灰白的色调是那么均匀和统一，让人以为天空本来就是这样一种灰白色似的。冬天的风打着口哨，带来了更多北草地的寒冷信息，变得更凛冽和刺骨了，打在人脸上，就像是木刻的刀锋在变换着角度雕刻，又像皮鞭在一次次地无情地抽打。天空中稀稀落落地飘起了今年的第一场雪花。这样的雪花，还没有真正厚厚地落在大地上，因为地心还是热的，它们一落下来，就会被干渴的大地亲热地融化、贪婪地吸收。

雪落黄河静无声，因为黄河还没有结冰，它庞大的身躯，还是那么狂放和野性，像没有缰绳的野马，在荒原上无拘无束地任意驰骋。涛声裹着风声，形成了完整的风涛的协奏和交响。

已经穿上冬装、英英武武地披着光面兽皮，裹着虎皮背心的黄帝，显得更加高大和魁梧，骑在白龙马背上，就像一个巍然崛起的顶天柱。一路小跑来到黄河南岸邙山一带的黄帝，猛然勒马，白龙马腾起前蹄，以骨节和筋肉鼓起的健壮后腿，跨开人字形站在黄河南岸。白龙马的怒目，在眉弓下鼓得圆圆的，青白的眼白上挂着日夜奔波充血的闪电一样曲折的血丝，依然目光炯炯，光彩照人。它大张着鼻翼，"突儿突儿"地打着响鼻，头有力地一摆，口中的白沫，在寒风中飞扬，落在人脸上，透着马体的咸酸味儿和温热的凉气。两只竹叶一样坚挺的耳朵直竖着，像接收信息的天线一样左右旋转着角度。白龙马"嘞儿嘞儿"的嘶鸣，还是那么清亮和激越，一时盖过了风声和涛声，只是其悲哀的心境，就像后世的画马大师徐悲鸿所说的"哀鸣思战斗"一样。白龙马不停地在岸边的黄沙中捯动着四只铁青色的坚硬蹄子，来回摆动着挺拔高挑的身躯，黄帝却稳稳地端坐其上，熟练地掌控着马的动作和姿势。由于心中还在牵挂着力牧和他率领的大军的安危，他的眉头不由得紧锁着——他们实在是华夏族的脊梁，他们的命运与华夏的命运息息相关。想到中原大地将面临的深重灾难，他心如火燎，不自觉地就在白龙马圆滚滚的坚实屁股上加了一鞭。白龙马在应龙的坐骑赶到跟前之前，再次腾蹄向邙山上跑去，背后扬起一阵沙尘雪雾。雪终于在大地上留下了自己的身影，用它洁白的画笔，给邙山大地勾画出一道道优美的轮廓线来。

接到黄帝即将返回的飞骑快报后，驻守在邙山的老将岐伯、大将常先和小将武罗（因为前方吃紧，又把他从摩天岭调了上来），都已经列队在邙山下的沙滩上迎候黄帝。黄帝先于十干卫队的仪仗和应龙的护卫而到，是他们事先没有想到的。看到在如此危急的情势下，黄帝依然是如此威武雄壮、气势盖人，大家心中不由得鼓足了劲，增强了最终战胜蚩尤的信心。

一看到风雪中站在山下的岐伯、常先和武定，黄帝勒紧了马缰绳，白龙马把头一扬，长长的脖子向后挺起，将前腿蹬直了，就是一个急刹车，减慢了速度，小跑着向前赶去。在白龙马还小跑着的时候，黄帝已经飞身下了马，将缰绳抛向马背，自己大步向三位将军及众多将领和从山根直列阵到山顶上的兵阵走去。岐伯以鼓乐为主的军乐奏起，军旗、旌旗和各个部落的图腾旗迎风招展，气象森严。岐伯、常先、武定等欲行大礼，被黄帝扶起——岐伯既是嫘祖的舅舅，也是自己的舅舅，长幼有序，岂能让一个令人尊敬的前辈向自己行礼。看到日夜操劳的岐伯更加瘦削了一些，眼睛里布满了血丝，黄帝心疼。但是，长于医术的舅舅岐伯老当益壮，身体健康，也是令他欣慰的。

黄帝在岐伯、常先、武定的陪同下，视察了黄河南岸的防务，对大家提出了具体要求：通过一道道防线"阻敌，磨敌，耗敌"，最大限度地减轻蚩尤九黎鹿部落联军对新郑黄城的压力。

黄帝回到黄河南岸，风后与值年太岁、虎龙部落代表摄提派出的使者已经到邙山来了。黄帝一行在使者的带领下，在发出白灿灿的寒光的冬日的照耀下，直向南而行，这是一条新修的可以直通到新郑黄城去的直道，路面开阔，黄帝的十干卫队排出的仪仗，基本上不乱队形可以直接通过。走在这样开阔、平坦、已经被冻得僵硬甚至卷起了薄薄的土皮的白光光的直道上，黄帝的心情是复杂的。这样的道路，其作用是双重的，既有利于自己调动兵力前往黄河岸边，同时也有利于敌方长驱直入直达黄城。因此，他告诉走在身边的应龙、仓颉，一旦蚩尤打过了黄河，就要"破道以阻"，把这条直道破坏掉，通过一道道壕沟来阻止敌人的长驱直入。没办法，战争就是破坏性的，一切服务于战争目的（打得赢，战得胜），服务于对己有利、"阻敌，磨敌，耗敌"的大局；就是必须保证自己的畅通无阻，而专门给敌方制造麻烦和阻力。战时破坏了，战后再重建。

黄帝一行浩浩荡荡地一路南行，中间在龙湖休息了一宿，没有来得及欣赏这里蜿蜒曲折于黄土峡谷之中的大、小龙湖（双湖）的旖旎风光（战争尽扫了他平日里的闲情逸致），第二天天一亮，就继续南行，中间除过吃饭的时间，其他时间一直在赶路、赶路，直走到日薄西山，冬天的太阳多了一层玫瑰色的红晕、并且将这种暖色调的淡淡的红霞铺了半天的时候，黄帝一行人马，才赶到老黄庄一带。由于人困马乏，决定这里再休息一晚，以便休整一下，恢复精神和体力，精精神神地回到新郑黄城。

由于急切地想看到新修的新郑黄城，雄鸡才叫过两遍，离天亮还早，还是满天星光笼盖着中原幽暗模糊的地平线的时候，营寨中已经有了响动。兵士喊喊簇簇的低语声和窸窸窣窣的动作声、马嚼夜草和蹄子捯动踢腾的声音，受了惊盲目地飞起的麻雀翅膀拍打的声音，还有间隔相同时间响起的公鸡打鸣"咕咕喽喽"的声音交织在一起，让人感到这支从东夷回到中原的人马，已经逐渐从疲劳后深睡眠的状态中苏醒过来。心忧天下的黄帝，本来睡觉就很轻，周围的声响自然地进入他的耳膜，也将睡梦中的他"唤"醒了过来。刚才做的什么梦来着？好像是已经过世的项先生（他的启蒙老师）在讲以往战争的故事，说是那些凡是活着从战场上回来的兵士，都缺了腿少了臂，成了个子矮人一截的残疾，梦中的黄帝一边听项先生讲述一边动情地哭出声来……还有其他一些情节已经无法连贯的梦境，他现在也没有时间和心情再通过回忆把它们连贯起来了：今天将要回到在洧水东岸新建的新郑黄城了。这个关乎到华夏各部族生死存亡的新都城，一定要高大、坚固，易守难攻。那么，它建成后是个什么样子呢？他相信上台风后的能力，相信大家的集体智慧，正是大家这样一种齐心协力的向心力和凝聚力，才保证了华夏能够面对各种复杂的局面和挑战。

黄帝这么想着，就立即起身，叫人牵来白龙马，开始收拾行装。白龙马能够理解主人的心意似的，也显得异常地兴奋和激动，它不停地捯动着四蹄，长脖子上的大头一扬一扬的，不时发出"突突"的喷鼻声，把冰凉的经过冬日凌晨空气过滤的口沫甩得飘向人面。黄帝把它身上的鞍具、辔头等检查了一遍，又紧了紧马的肚带（不是他对管马的兵士不信任，是他已经养成了这样的习惯），一切都很好，他用手掌拍了拍激动不安的白龙马浑圆结实的肩背部。随着冬天的到来，白龙马夏日的长毛中自然而然地多了许多绒毛。手摸着绵绒绒的，感觉到从它体内传出的体温。

　　雄鸡叫响了第三遍，东边冷白的天空中升起了硕大晶亮的宝珠一样的启明星。这时候，应龙已经指挥十干卫队排好了仪仗的队形，就等着黄帝一声"进发"的命令。

　　冬日清晨从西北方向吹来的冷风从背后推拥着这支师旅。虽然一开始大家感到有些冷飕飕的，但是，随着运动量的增加和持续，周身就开始变得热乎乎的，即使冷风在背后推着，也不感到怎么样了，倒是给了大家一种动力，减轻了大家前行的阻力，让脚下的步伐不由得加快了。

　　人在赶着时辰前进，时光也在按照自己的规律，不慌不忙地进行着自己昼夜的交替。东天上的青鱼一样幽暗的冷白色一寸寸地增白，加亮，直到大亮。在太阳还没有露出它橘红色的面孔以前，东天上已经铺满了层层叠叠的、玫瑰红的火烧一样的朝霞。这种红霞，像熨染一样从东天上一直延伸到中天。天空在白色中多了一层淡淡的紫红，就像着了淡妆的新娘一样明艳美丽。

　　终于远远地看到霞光辉映下的新郑黄城雄伟的方形远景；看到专程从新郑黄城赶出来，一直迎接到黄城以北的溱水东岸来的风后与值年太岁、虎龙部落代表摄提以及所有文武大臣。大家在晨光中面北跪成一大片，恭候着黄帝的大驾归来。晨光鲜亮地给人形、旗帜和高大的黄城勾出了金色的轮廓。溱水在西边的河床里幽暗地反射着霞光，静静地像脉博跳动一样流淌着……

第九章

一

　　女人永远是生活丰富多彩的体现者。虽然说"战争让女人走开",但是,生活并没有让她们走开——她们永远是生活的主角。人常说,三个女人一台戏,即便是作为"国母"、集美貌和最优秀品质于一身的帝妃嫘祖、女节和彤鱼,也逃不出这一铁定的法则。

　　自从和黄帝在东夷和亲以后,彤鱼以她的美貌和精灵,像一条美人鱼似的在黄帝面前缠绵悱恻、仪态万千,两个人的关系,可以说是如鱼得水、如火加油。一开始,在甜美少女笼盖的一层羞涩还没有揭去的时候,她是小心、谨慎,甚至内心里既热盼着又害怕享受男女的云雨之欢——她还不知道处于两人世界的男人和女人之间,到底能"好"到什么程度。也不知道,男人之"坏",到底能坏到什么程度。人常说,男人不坏,女人不爱,在这方面,原来男人能把坏发挥到极致,女人也能把爱表现为极致,创造出一套只有二人可解的爱的黑话或暗语,创造出只属于这两个人的爱的表现形式。她还知道,两人之间的私密之爱是至高无上的,是超过了父母、兄弟、姊妹亲情的人间最特殊的爱,而这种爱的连接和表现形式,就是基于相互倾慕向往的爱情的性爱。

　　可以说彤鱼与黄帝之间是一见钟情的。她喜爱黄帝作为男子汉所具备的所有优点——高大、威武、诚信和宽厚。他永远像一个厚道的值得信托的"老大哥"一样。只有这样的男人,才是值得女人倾心和托付终身的。所以,当合婚后的"初夜"到来的时候,她的心不由得就"腾腾"地跳个不停。她感到脸发烧、发红,感到口渴,感到身体内部就像是燃起了火——这火烤得她心神不宁,烤得她浑身发软发酥甚至发冷、发怵。她感觉自己的周身都要震颤和抖动起来。她感到自己是那么的有心和无力。就像后世的陕北民歌里所唱的那样——"想你想得手发软，拿得起筷子端不起碗"，"想你想你实想你，三天只吃了半口口米"——那样一种痴情和热烈。她感到自己周身绵软，就像是骨头散了架，藤条失去了架，人失去了靠山，六神无主。这时候，黄帝就是她这个藤条的架，就是她的靠山。但是，她又害怕这一刻的到来。

当黄帝和她的身体真正融为一体的时候，当她咬着牙克服了最初的捅破窗纸似的砰然而至的爆炸似的创痛，这一瞬间，她感觉自己的命都没了！可是黄帝是那样的温柔体贴。他始终是小心谨慎地探索，尽可能地减少她的痛苦。她没有抱怨，没有后悔，甚至没有痛苦，因为她和他的结合，是她自己的选择。既然你爱这个男人，那就得承受由他所带来的一切，包括爱，包括恨，包括这一刻的"痛"。

那一瞬间的爆炸似的痛感过后，随着黄帝的温柔体贴——轻微的动作与互动，两个人逐渐达到了和谐和一致，一种新鲜的热感和痉挛，愈来愈强烈，从交合的地方（热点），像电波一样向全身辐射和扩展。她感到自己积累了近二十年的情感一下子完全决堤了，自己被自己情感的洪流完全淹没了。她感到自己绵软如泥，已经失去了知觉，却又有一种不能自已的、急切的冲动。她的双手狠命地搂紧黄帝的后腰，狠不得让他人得更深。她要把黄帝紧紧地搂定，不让他动，她要静静地享受这种发热、发酥、发软、发麻的有生以来第一次体验到的特殊的感受。

女人的爱是洪水，它不光能淹没自身，也要淹没对方。自从彤鱼的情感之堤第一次决堤之后，她就完全放开了自己，任由黄帝一次次冲浪，甚至对性爱的要求比他还要强烈，好像可以任意发展，永远没个够似的。两个人就在这样一种没完没了的性爱游戏中度过了蜜月……

女人永远是情感的化身，爱的化身。在情爱面前，世间的一切——战争、灾害，自然，猛兽的威胁，甚至部族的命运等等，都会退居其次。女人又是弱者，她们像小孩子一样，需要男人的爱和保护。当她们还沉浸在自己的浪漫幸福之中，对面临的危险没有意识的时候，男人就要担当起保护的责任。所以，尽管从东夷返回中原的路上，两人还是缠缠如初，但是，在黄河南岸的邙山，黄帝还是和肜鱼暂时分手了——他安排让肜鱼按照自己出发时的原路，一路西南而行回到如今的密都（云岩宫）去。

肜鱼一脸无奈和不舍，泪花在眼睛里打转转，但还是不得不和黄帝分了手——他不光是属于自己的，他还属于整个天下！肜鱼坐在云车上，一只手依依不舍地半举在空中，另一只手则不断用丝帕拭着花眼睛里溢出的泪花。她用依恋的目光，看着黄帝毅然决然地反身上马，看着他的白龙马闪电一般，"咯噔咯噔——咯啦啦啦"像滚雷一样向前飞奔，直看到黄帝消失在五色旗帜之中，直看到黄帝的师旅在地平线上由大变小，最后变成一个模糊、抖动的点，最后终于突然就消失了之后，这才示意起身，向密都而去，害得守河的老将岐伯在她身旁等了半天，护她回密都黄帝宫的小将武罗也不得不耐着性子等了半天。

早在风后发动人们修新郑黄城的时候，欧氏三姊妹之大女金女就来到了新郑。等黄城修好该返回时，她却悄悄地留了下来。听说黄帝从东夷返回后要住在这里，依然是一腔痴情的她决定，就在这里等黄帝。对爱情坚贞专注的她，还是一厢情愿地相信：黄帝并没有忘记她，只是战事紧张，没有给他兑现诺言的机会。但是，直等到初冬的时候，还是不见黄帝返回。出门几个月了，家中老父年纪大了，又有让她放心不下的年迈的老奶奶，她决定先回去看望老父和老奶奶。从新郑黄城回来不久，就听说黄帝已经从东夷返回，他果然是直接去了新郑黄城，而没有回到密都黄帝宫来，回到黄帝宫来的，只是他与东夷和亲带回的帝妃肜鱼。出于对这个参了自己行（坏了自己美事）的东夷女子的妒忌和好奇心理，她决定亲自去闯一次黄帝宫，把这个同是貌若桃花的帝妃看个究竟。

姐姐要闯黄帝宫，这可不是个小事。二妹罗女阻止不住，就决定陪她一起去，三女更是"初生牛犊不怕虎"，于是，姐妹仨就一同去了黄帝宫。

因为黄帝宫现在住着十二大部落的代表（除过值年太岁、虎龙部落代表摄提去了新郑），为了他们的安全，黄帝把守在摩天岭的武定也调回了黄帝宫。

欧氏三姐妹来到密都黄帝宫的东门时，武定正守在这里。武罗也在这里——在返回邙山之前，他来向好兄弟武定告别。兄弟俩正热乎地谈话，被突然而至的欧氏三姐妹给打断了。哪有男人不爱美女的？三美女的出现，一下子就吸引了他俩的目光。

"尔等——来此何事？"一身英气、声音似乎还没有完全度过变声期的武定站起身来，手扶着挂在腰间的青铜刀柄，摆出将军的架势，居高临下地大声问道。

"访帝妃彤鱼也。"金女不慌不忙地从容而答。曾经敢拦黄帝大驾的她，把个小小"毛孩子"的武定并没有放在眼里。她一边答话，一边走上台阶来，眼看就要穿门而过。

武定急了，急忙上前拦阻："汝何许人也？如此大胆？"

"准帝妃也，金女是也！"金女毫不示弱地回答他。

武定一看此女来头不小，又是一个美貌女子，不能随便动手动脚，就说："且稍安，待禀报帝妃定夺。"

在武定和金女对词的这段时间里，武罗的一双明目就盯着罗女没眨过眼睛。那眼睛里有惊异喜悦之色、呆痴木讷之态，直看得肩披网罗披肩的罗女水格灵灵的毛眼眼掩帘下视。三女婧女食指习惯地在脸蛋上抠了个深窝儿，用一双出奇的大眼睛，好奇地看着这一对——莫非二姐和这位小将军又对上眼了？大姐的事劳不上由她去操心，倒是二姐和这位小将军的对眼让她上了心。将女孩子的天真无邪和机灵好动集于一身的她，敏感地发现了这一问题。

刚刚从东夷来到中原的帝妃彤鱼，还是第一次听说有人是专门来找她的，就应了一声"诺"，"请见"。

三姐妹如愿以偿地进了黄帝宫。湖光山色、楼台亭阁……这里的一切真是让她们目不暇接。金女怀着急切和激动的心情，脚步不由得就走得快了，把两个妹妹落在后面。罗女还带着刚才与武罗邂逅的一脸羞红和由于激动而惴惴不安的心情，她感到自己的心，像小兔子似的跳得"扑腾、扑腾"的，用手都按不住，甚至气都有些短了，腿都有些软了。还好，帝妃的"请见"给她解了围。婧女像小燕子一样一蹦一跳地行走，一脸天真灿烂的笑容和好奇的把什么都要探个究竟的目光。

帝妃彤鱼住在黄帝与嫘祖的合宫后面、与帝妃女节的宫室相对的一间圆形宫室内，欧氏三姐妹的到来让她欣喜。当高挑个子的帝妃彤鱼居中，三姐妹分左右舒服地跪坐下来的时候，谈话才正式开始。但见个个面如敷粉、光彩照人——这真是一次人面桃花的聚会。大家脸不红、耳不赤，细声细气地交谈，将各自关心的问题，一一提出来，一一给予解答。帝妃彤鱼的关注点在金女身上，金女的关注点在黄帝身上。而罗女的心还沉浸在潮起的恋情之中，婧女一双灵活的、出奇大的眼睛，无拘无束地东看看，西看看。

二

从直观的角度，黄帝首先对新郑黄城四围基座宽厚呈梯形断面的高大城墙非常满意。走到跟前的时候，他还伸出左手，张开拇指和食指，量着约三分厚的等距离的夯土层的厚度，抬起头看了城墙的高度——它高大的黑色剪影上面，正有放射状雪亮的金色晨光像瀑布一样向下倾泻，刺得人不得不眯缝起眼睛来。

黄帝被夹道欢迎的人们迎进中宫来。黄帝居住的中心大屋（黄帝宫）坐北面南，前面是一个宽大的方形广场。广场的四围，被木架构的回廊所环绕，回廊上缠绕着青藤，一派生机盎然。广场的南侧，有一个高大的方形祭台（晚上就是观象台），祭台的北面，有台阶可以直通到台上。台顶的高杆上，高高地挂着在和风中徐徐飘动的黄龙图腾旗帜。台的左右，分布着天下十二大龙部落的图腾旗帜，左侧是虎龙、玄龙、马龙、猴龙、犬龙、鼠龙的图腾旗帜，右侧是兔龙、蛇龙、羊龙、鸡龙、猪龙、牛龙的图腾旗帜。这些图腾旗帜，各依自己所在方位之方色，除了中央的黄龙图腾旗帜外，其他旗帜青、白、玄、赤齐备，蔚为大观。这就是新郑——黄帝最新的带领文武百官祭奠天地、昭告天下的都邑的中心。其正门面南而开。

黄帝在风后、摄提和文武百官的簇拥下从南面的龙门进入中宫。他先看了一眼金黄的秸秆覆顶的重檐歇山顶的中心大屋，左右环顾了四周的回廊，用手示意风后和摄提等先等一等，自己一个人"噔、噔、噔"登上祭台，站在高大的祭台上，环顾黄城的总体风光：四围高大的城墙遥遥地进入眼目，所有那些用去年新鲜的金黄秸秆覆顶的成排成行的长方形宫室屋宇，在晨光中一片金光耀眼。为了便于排列布局，风后在新郑黄城的建造过程中，大量运用了长方形建筑，只能偶然地看到个别为了均衡布局而建造的圆形小屋。为了防潮，大部分屋子，也都不再是半地穴式，而是在夯实了地基之后，直接建在地面之上。主要的宫室，还夯筑了高高的台基，因而所有的建筑排布在一起，就显得高低不等、错落有致了。

这种新景致，引起了黄帝的浓厚兴趣，因此，在匆匆地吃过早餐之后，黄帝就在风后、摄提和应龙等的陪同下，对黄城进行了一个全面的视察。

黄帝先是一个街区（宫）一个街区逐个地观看。他习惯性地将手背在背后、躬着虎背熊腰，甩开大步向前走着。他现在没有再骑白龙马，一是白龙马连日奔波累了，他想让它好好休养几天；另一层埋在他心里没有说出来的意思，就是他"归藏"的思想。刚从东夷归来，离开中原有一段时间了，这里的情况，包括整个中原地区情况，他还不是很清楚。所以他决定采取"藏"的办法出行，同时，整个战局的不利局面，也不容许他像胜利凯旋似的张扬。他不想骑在高头大马上，给人一种扬扬得意显山露水的样子，而是想脚踏实地不放过每一个细节地深入到每一个角落去，对黄城进行一次全面的了解和调查——这座战时黄城，牵扯到华夏的生死存亡，不可不详察，只有首先做到"知己"，才能确保万无一失。

黄帝高大的身躯在前面走着，他边走边向风后提出相关的问题：

"城高几何？"

"五丈有五。"

"长宽几许？"

"北、南两墙长一百五十丈，基宽十五丈；东、西两墙长一百一十丈，基宽三十丈。东西长而南北窄，西北高而东南低。"

"如此何故？"

"顺天地之数也，天下之势也。"

"何人筑之？"

"百姓黎民，鬼方为主。"

"所用之时？"

"若一夜。故'一夜鬼筑城'行焉。"

虽说已经进入了初冬，风后依然手执他的鹅翼扇，紧随在黄帝左右。他从心底里感激黄帝对他的知遇之恩，所以将其全部精力投身到黄帝所从事的伟大事业之中，大有鞠躬尽瘁、死而后已的意味。因为新郑黄城的建设，从选址、设计到施工，从头至尾，每一项工作都是他一手进行的，所以他对黄帝提出的每一个问题都对答如流，让一身虎气却做事谨慎认真、人高马大、忠实而口拙的摄提，根本就插不上话，只能跟在风后的话后，肯定地点头。这位对数字并不敏感的值年太岁，一提起数字就头疼，所以他也是打心眼里佩服风后那超人而精准的记忆力的。

黄帝每到一个宫，那些举不同方色旗帜、着不同颜色服装的经过精心操练的兵士，都会列队严阵以待，或者举棍，或者用斧，或者骑马射箭，更有徒手格斗的表演，引起一阵阵的助威和叫好声。黄帝看得高兴，也不时会停下来，和兵士们交流，问长问短，问对战胜蚩尤的信心，问家里的情况，凡是问到家中单传的独子者，都叮嘱身旁的应龙，一定要把这样的兵士送回家中去尽孝；凡是年龄偏小的兵士，也在肯定其勇气的同时，劝其回家去……这既是黄帝大同思想的体现，也是他一贯的主张。看到两个兵士在格斗，高胖的兵士把身旁较矮的兵士摔倒在地，黄帝就扶起摔倒者，让他在旁边看着，自己挽起袖子，和高胖的兵士摔起跤来。高胖的兵士也不示弱，使出全身力气和黄帝较劲，因此，他们各有输赢，成为"和局"……

直到未时，拉长了人影儿的冬日的白灿灿的太阳已经明显地偏向西方，陪同的文武百官饿得前胸贴住了后背，肚子"咕咕"地叫个不停的时候，兴致勃勃的黄帝，才算完成了对新郑黄城的视察。经过多半天的奔波，黄帝对风后主持修建的这个贯彻了九宫八卦布局的方形大城非常满意：

城的中心位置是黄帝居住的中宫，以黄帝宫为中心，四个方向都驻有代表"天干"的兵力——东方住着甲、乙卫队，五行中代表木；南方住着丙、丁卫队，五行中代表火；中央住着戊、己卫队，五行中代表土；西方住着庚、辛卫队，五行中代表金；北方住着壬、癸卫队，五行中代表水。中宫的代表数字是五即五个用兵单位（师旅），各分左右两队，合为十干。周围八方对应八卦，分布着八宫，驻着代表"地支"——十二属相的兵力，其代表数字（兵力分布）分别是：南方离宫为九个师旅，北方坎宫为一个师旅，东方震宫为三个师旅，西方兑宫为七个师旅，东北艮宫为二个师旅，西北乾宫为四个师旅，东南巽宫六个师旅，西南坤宫八个师旅，合计四十个师旅。城内天干地支，共驻有四十五个师旅。各个师旅驻在相应的街区，之间有畅通的通道（街道），便于相互调防，形成一个功能完备的整体。又在九宫之外，筑一道高大坚固的城墙，以此来确保黄城之万无一失。

黄城远望

　　黄帝尤其对在四周无遮拦的平原地带新增的高大城墙和引洧水经过城北、城东与小河水相会的城外护城河水感到满意。在防护壕里灌入水，增加了敌方越过的难度；高大的城墙，可以扬长避短、居高临下地射杀敌人，充分地发挥滚木石礌的战斗作用。但是，黄帝对局势的判断还算清醒，他还是觉得仅靠黄城内的这些以木石兵器为主的兵力，只能做到固若金汤地死守，却是难以战胜强大疯狂、号称八十一兄弟的蚩尤鹿部落联盟联军的。

晚上，黄帝留下风后、摄提和应龙，私下与他们进行了充分的沟通，认真地听取他们的意见和建议，第二天又召集文武百官进行商议，在"不战死，战或胜"的前提下，对前线、后方的兵力和人力、物资的调配等进行了全面的安排和调整，为了黄城的安全，又在它周围的溱、洧二水东西两岸，增加了五个可以相互呼应、成掎角之势的小城，分别由大挠、常先、大鸿、挥和夷牟驻守，谓之大挠城、常先城、大鸿城、挥城和夷牟城，五个小城和主要由应龙承担防守任务的新郑黄城之间，犹如众星捧星一般，形成一个严密的防守体系。

黄帝送走了帝妃彤鱼，却意外地迎来了金女。欧氏三姊妹之二女罗女与武罗一见钟情，在武罗返回的时候，也跟着他去了邙山，家里仅剩下一个小婧女，因为和小将军武定认识了，她就经常到密都的黄帝宫去玩耍，时间长了，两个人之间也建立起了难舍难分的亲密友情。

黄帝在战时黄城新郑巡视后的第五天，金女就来到了新郑。金女的到来，让百忙中的黄帝想起了春天去炎帝烈山时曾经拦道的那个美女来，由此也想到了他曾经对金女的承诺。在举行了一个简单的仪式之后，金女就成了黄帝的与素女、采女、玄女、少女、桑女并列的嫔女之一。黄帝和金女的结合，可以说是黄城保卫战的温情插曲之一。一个真正的男人身旁，一定有一个真正的女人陪伴，这才是阴阳平衡，就像天空有太阳，也必须有月亮一样。虽然说黄帝和金女正处在蜜月之中，但是，黄帝却做了一个关于素女的三角爱的梦。

在梦中，黄帝也分不清自己到底承担着怎样的角色。但是，鲜明的画面，却清晰地展现在他的眼前：

好像是在一个月色朦胧的夜晚。他看见月光一样白皙的素女，和她的真爱，就像真夫妻一样，住在左侧的屋舍里，另一个同样爱她的小兄弟陶虎（这是没有的事！），却住在右侧拱形建筑的弧线外侧。他看到素女就从下面的屋舍出来，趴在栏杆上和小兄弟密谈。他又看到小兄弟若无其事、一脸得意地从她的真爱面前走过，旁边还跟随着他的粉白得像熟过的薄兽皮一样的化身……

可见，男女之爱，乃人之本性。你越是爱谁，就会在潜意识中产生出许多令你妒忌的爱她的人的幻像来。应该说，在黄帝所爱的女人中，除过嫘祖，素女就是他最爱、最倾入感情的一个女人。他感到，他的感情，经常是被她善于鼓瑟的纤指弹奏的……睡在金女身边的这一个梦，又一次让他想起了远在密都的素女来，心中不由得有一种甜蜜的苦味儿泛起……

三

人常说，冰冻三尺，非一日之寒。而对像黄河这样一条永远汹涌澎湃的大河来说，要使它冰封起来，就更得非常之寒了。除非到了数九寒冬，它永远是一位深沉的歌者。要使黄河缄口吗？那么，就不断地累加寒意吧！

人们明明地知道，一旦黄河冰封了，就会失去它作为天然屏障的军事意义。因此，在严冬到来之前，已经依靠自己的独木舟和牛羊皮筏、竹木排等回到南岸来的力牧为统帅的黄帝军队，据守在黄河南岸，他们最大的希望，就是天不要太冷了，黄河不要冰封了。因为在黄河冰封以前，即使水性再好的人，随着水温的降低，也不可能在冬天的寒水中泅水渡过黄河来的……

可是，事情的发展，往往是不以人的愿望为左右的，就像这数九寒天的一日日临近一样。半个多月前，还看到黄河的岸边挂着青凌凌的经不起黄河的巨浪冲刷的冰碴儿，但是，就是这样的冰碴儿，却在连续十多天的凛冽冬风中一日日地延伸、扩展着自己的阵线，人们眼看着黄河的河面，在一日日地变得狭窄起来。这时候，人们寄予希望的太阳，就像一位贫血的躬着腰的病汉，每天无精打采、懒洋洋地踱着步子，从它的脸上，看不到一点儿血色和热情来。它把自己的存在，完全变成了一种摆设。整天寒风扑面，尘土飞扬，寒风带着讽刺的不屑一顾的表情，唱着肆虐的无边无际的歌，推拥着太阳被动地前进。一般的情况是，越是晴朗的天，夜晚就越是寒冷。可是，像现在这样，即使阴冷的天，严寒也是与日俱增的。终于在一夜之间，在夜深人静、万籁俱寂的夜晚，南北两岸的冰面相互拉起手来，并且紧紧地拥抱起来，形成一个浑然的整体。起初，发青的冰面还不是很厚，还能看到冰面下涌动的水影，听到它们微弱的喘息声，但是，随着冰层的不断加厚，黄河的喘息声越来越微弱，直到消失。永远激情的黄河，一时间变成了一条死河，就像一条冻僵了的大蛇，盘踞在中原大地上。

人们的愿望往往是相反的，就像对峙在黄河两岸的以黄帝为首的华夏部族和以蚩尤为首的九黎鹿部落联盟一样。当黄帝的军队对黄河的天然屏障作用完全失去信心的时候，正是蚩尤方面大快人心的一件事。他认为，他们对于中原的入侵，正是合于天意的一件事。谋事在人，成事在天！如今感觉自己代表了天意的蚩尤，正踌躇满志着呢！

他满意地、笑眯眯地盯着黄河河面的冰层，希望它尽快变得结实起来……到那时，他就可以在中原横冲直撞了。他一生中最得意畅快的事，就是走进别人的家里就像走进自己的家里一样，甚至比走进自己的家里还要自由畅快。任他想干啥就干啥，一切都由着他来支配。包括男人，他想杀就杀；包括东西，全由他占有；包括女人，都由着他行先挑拣……他相信，有老天帮忙，没有人能阻止他的进攻，夺到黄帝天下共主的帝位，那是指日可待的一件事。这样想着的时候，他不由得面对冰封的黄河，又发出一阵"哈哈哈"的仰天长啸。他的笑声，惊起了身旁树丛的一群麻雀。它们像一群灰褐色的散弹一样，斜着射向蓝色的天空，又在力量耗尽以前，自然而然地划了一个弧形，远远地躲进黄河岸边的沙蒿蒿里。

麻雀能躲的地方，却不一定是人能躲的地方。蚩尤的想法，要比它们的活动范围大得多。他在黄河北岸满意地看了一番之后，肚子就开始"咕咕"地叫起来，他就手拍着开始有一些鼓起来的肚皮，张了张嘴，大步走向北岸上一个较高的小丘上自己的大帐之中。那里八十一个兄弟部落的帐篷一字排开，黑压压的一大片，就像是暴风雨之前汹涌而起的云团一样，蚩尤看着就心里舒服。他在沙滩上大步流星地走过，大脚掌把岸边的沙石踢得四处飞扬，他就喜欢踢开一切阻碍自己前行的东西，凡是撞上了他的东西，算它活该倒霉！

回到大帐中的蚩尤，早有女人小心翼翼地把烤得焦黄、正散发着浓烈的焦苦和油香味儿的、肉丝很粗、半生不熟、冒着热气和油烟的一整条鹿腿，盛在一个大陶盘里。旁边的火塘里，支架上还在"嗞嗞"地烤着另一条鹿腿。蚩尤不由分说，盘腿坐下，抓起鹿腿，大口大口地撕咬着吃起来。

等蚩尤刚撕扯着吃完这条鹿腿上的鹿肉，另一条鹿腿已经烤好了，在大陶盘里等着他。他又抓起另一条鹿腿，直吃得口角流着亮晶晶的油汁，也顾不得去擦一下。等他明显地意识到下巴上滑动的油汁时，就随便用兽皮衣袖斜着在下巴上抹了一下。直到吃得肚子里感到有一些结结实实的分量了，他才端起手下人搜罗来的浓香神农茶有滋有味地细品起来。

一天一天在这样的等待中过去，本来是一件乏味无聊的事，但是因为有一个伟大的目标在等待着他，所以蚩尤等得津津有味。

吃饱了，喝涨了，等蚩尤再次从开始变得有些昏暗的帐篷里走出来，蓝天上凝重的一块块黑云的下部，已经被落日的余晖染得火红，红得像一朵朵热烈开放的红杜鹃似的。再看天边，落日已经沉没在很厚实的黑云后面了，但是它还是把半个发白发呆的天空，硬是给染成了从深到浅过渡过来的玫瑰红色。可以想象，在玫瑰红色的天空上，挂着一朵朵红杜鹃一样的云团，那是怎样一种壮怀激烈的场景啊！

他和她（他的龙女），还有其他亲人、朋友，大家出门在外，准备回家。一切都准备好了，包括牛车。但是，大家都在天黑之前向城里走去，都说"先吃饭，随之聚精力，夜行路"。走进一个幽园，又好像已经坐在牛车上，却是和她共眠在铺。他充满爱意地抚摸她的乳房，却小得可怜，几乎摸不到，只摸到了她翘起的乳头。她顺着她的光滑细腰摸下去，是浑圆地拱起的胯和大屁股，怎么，她已经脱掉了长裙？他又顺着她光滑细腻的小腹摸下去，就摸到了她同样光滑的两片肉。他粗糙有力的大手，轻柔地拕动着这两片略显陌生新鲜的肉，缠绵地问着："不知汝何时已光身矣……"她醉迷迷地回答："汝亦然。"他贪婪地想，这两片肉曾经是他的，他那么熟悉。那不是两片肉，是个洞。屋内很亮，他俩幽居在一起，像一对偷情的恋人，好像他们共同经历过那样的夜晚似的，他和她在一起，半夜，夜很亮，就像现在这样，她的他赶着牛车回来了……她让他上去，他憋着一泡尿，他说他"先撒尿，后上之"，就在他想着前去撒尿的时候，他的意识逐渐地清醒过来，她的形象也变淡飘远了——原来是一场春梦！

他带着一种淡淡的遗憾从梦中醒来。虽然他真的很爱他的龙女，但是，他的身边却并不缺少女人，战争中掳来的女人，首先由着他挑，然后才逐级地分配下去。所以，他的身边总是"妻妾成群"，女人多得他都顾不过来。只是他心绪很烦，烦这冬天里没有结冰的水！有时候，他心烦了，可以叫三五个女人来，任由着他戏弄。他放肆地、哈哈笑着把她们所有柔软的地方都捏揣够了，这才挑其中最柔顺或者最抗拒的一个（他觉得这样的强奸才更有刺激性）放一炮。怪得很，男人就是喜欢捏揣女人那东西。那东西越软，男人的东西就越硬。硬得膨胀，硬得让人难受，有一种扩张的感觉，一种占有的感觉，硬得狠不得一口吃了这女人！有时候，他却一个人独居，就像今天晚上一样，他懒得理会这些妖精……却是这样的时候，梦到了他情有独钟的妻子龙女！

醒来之后，他的确是憋了一泡尿。匆匆忙忙地去放了水，看到东方的天空已经露出了灰白，硕大的启明星，孤独地立上东天，在寒风中亮晶晶地发抖。回来再次躺在地铺上，虽然再也睡不着了，半天却从自己的梦境中走不出来。这时候，他忽然惊异地想，他整天想着怎样扩张，怎样扩大地盘，扩大九黎鹿部落联盟的生存空间，恨不得把整个天下一口给它吞了！怎么会梦到回家呢？他身边有那么多的女人，他咋又梦到了自己的妻子龙女呢？人在睡眠状态下的思维是最不自觉的一种，这种潜意识状态下的思维，也许才是最本真的东西！可见，人最爱的还是自己的家乡，最亲的还是自己的亲人。其他的一切都是过眼烟云！

蚩尤这么想的时候，不由得又自嘲地"哼哼"一笑，接着又"哈哈"地笑出声来：老子就是要扩张，就是要占有，就是要膨胀，老子就是天下第一！这种秉性是爹娘给的嘛，有什么办法呢？

一想到黄河该完全被冰封严了，蚩尤就兴奋得一跃而起：今天他要越过黄河去，从它宽厚结实光滑的河面上滑过去了！肯定会死人，但是他要尽可能减少自己的牺牲，尽可能地扩大对对方的杀伤力。对方死的人越多，自己的优势才越能更充分地体现出来！没办法，他的骨子里、肌肉里、内脏里，甚至他的灵魂里，就充满了这样一种膨胀扩张的元素，他的脑子里，就只有一个杀人或者吃人的概念。只有吃掉了对方，才能保全和扩大、发展自己。你死我活，这是不变的铁律……

蚩尤的思想在极力扩张的时候，就像是任由骏马在草原上驰骋一样，信马由缰，任由着它去奔跑。等狂奔累了，再自由舒畅地歇息一番。一切都是没有时间约束的，因为一切都是由他所支配的。

<h1 style="text-align:center">四</h1>

一等到黄河真正结冻之后，蚩尤的进攻就是所向无敌的。力牧在黄河南岸象征性地进行了一番抵抗之后，就仓皇逃窜。

时间已经到了黄帝四年（庚寅年）隆冬的十一月份，最冷的数九严寒已经降临，这对战争环境下的中原大地来说，是最坏的一个消息。

这是一个万里无云、奇寒无比的早晨。黄河两岸因为少了云层的遮挡，从西北方向劲吹来的寒气，直接把其淫威发泄到黄土地、沙石岸和河面上已经上冻的玉洁的冰面上。经过一夜鬼哭狼嚎一样的狂啸，黄河的冰层又加厚了几寸。前一天晚上，当铺天盖地的晚霞与黑云拼搏的时候，蚩尤站在黄河北岸测了一下风向，就知道，明天是一个进攻的好时机——早霞勿出门，晚霞行千里嘛。他连夜召集八十一个部落的酋长一起开会，详细安排好了过河的每一个细节。夜半之后，当公鸡第一次叫鸣的时候，各个部落的兄弟们就开始动作了。黄河北岸上灯笼火把，人声喧闹，好像是要过节似的。等到东方的天空已经发白，启明星高悬在天空的时候，黄河北岸上，早已经像大海起潮似的，涌起了黑压压的一片被灯笼火把隐约地勾出了边缘的参差不齐的人海。这些站在寒风中的人们，一个个充满了战斗的激情和力拔山兮气盖世的豪情。这一天，理所当然地要被记在历史的功劳簿上，九黎鹿部落联盟的大军将要逐鹿中原、一统天下了！

天还没亮，蚩尤已经在自己的大帐中披挂上战袍，特别戴上了他那顶有一对青铜牛角的头箍，抓起一对青铜大斧，就大步向阵前走去。这次进攻意义非凡，同时又有一定的冒险性，因此他必须亲临第一线直接指挥。

虽然说河面上已经结了厚冰，但是蚩尤在指挥九黎鹿部落联盟的部落联军过河时，还是很小心谨慎的。在一个简单的祭天仪式后，天神附体的他代表着天意，先派出神牛——一头灰色长角的大水牛在前面探路，等它在光滑的冰面上滑滑溜溜地走过黄河之后，联军才在炎帝图腾和九黎图腾旗帜的带领下，呈一字长蛇阵，开始不见首尾地过河。

看到九黎鹿部落联盟的大军开始过河，位于黄河南岸邙山上留守的黄帝兵士，又是擂鼓，又是射杀，但是，终究敌不住像蚂蚁一样从黄河北岸蜂拥而至的九黎兵。他们头顶铜盔，一脸铁色，手持青铜盾牌，毫无顾忌地面对着如雨的箭头汹涌推进，只有滚木礌石，才能发挥那么一点点阻挡作用。可是，一时哪里能有那么多滚木礌石呢？不到一个时辰，原来堆积在阵前的木料和石块，就已经全部用完了，再从后面运，根本就来不及，只能眼看着这青铜的洪流，势如破竹地汹涌而至，蜂拥而上。兵士们用尽了最后的力气和所有的招数，最后只能是以血肉之躯与对方死拼一番。看那些壮烈牺牲的兵士，他们即使死了，依然保持了战斗的姿势，有死抱着对方一起从山上滚下来，与对方同归于尽的——那些相互搂抱在一起的，至掩埋时依然难以分开，只好一同埋掉；有身体的一部分已经被对方砍掉，长枪（木矛）依然刺进敌人心窝的；有用石块砸烂对方脑壳又被敌人砍死的；有龇牙咧嘴在生命的最后时刻咬掉对方耳朵的……但是，不管你如何英勇善战、不怕牺牲，最后还是寡不敌众，黄河南岸，在日头偏西的时候，就已经完全被蚩尤率领的九黎鹿部落联盟的部落联军所占领。

蚩尤在一群兄弟部落酋长的簇拥下，趾高气扬地登上邙山之巅，极目远望。

蚩尤的目标很直接：黄帝在哪里，就往哪里打——只要杀了或者控制住黄帝，夺了他的帝位，天下就是我蚩尤的了！根据这个原则，蚩尤决定，把进入中原后的首要进攻目标，确定为黄帝新修的新郑都城。他才没把十二大部落的代表等天下万氏百姓放在眼里，那些人都是墙头草，哪边风大就向哪边倒——只要你能拿下了帝位，他们自然就会归顺你。

蚩尤得天时而渡河，又得地利与人和，正是如日中天、踌躇满志的时候。从邙山到新郑一马平川，基本上没有什么地形上的障碍；兵器上的先进不说（蚩尤的部下都基本上配备了最先进的青铜兵器），即以人和而言，以蚩尤为首的九黎鹿部落联盟的八十一个兄弟部落，紧紧地团结在蚩尤周围，形成了一个铁拳，与以木石兵器为主的黄帝大军相碰，可以说是以石击卵，势如破竹，势不可当。

话虽这么说，可是在实际进程中，却并不一定是那么回事。可以说，进入中原本身就是蚩尤的一大错误。他侵入别人领地的非正义性，注定了他在这里就是泥牛入海，寸步难行。你能打，就让你胜；你能占，就给你空城。结果，只靠在战争中劫掠、没有后勤保障的蚩尤，来到中原后的连续几次小战役，都得到的是一座空城，没有粮食，没有财物，甚至没有水，人们连水井都就地掩埋了。这样，蚩尤二十多万人的部落联军，面临的最大问题就是吃食问题。他发动大家狩猎，可是能打到的一些动物，面对蝗虫一样遍地都是的部落联军，只能是杯水车薪。填不饱肚子的兵士，战斗力受到极大的挫伤——这个事先意料不及的问题，一下子上升成为最使蚩尤头疼的大问题！蚩尤不得不考虑，改变战斗的策略，设法先取得粮食和物资。

天黑了，黑得如同锅底一般，由于阴云密布，天空中看不到一颗星星，月亮也不知躲到哪儿去了。寒风倒是停了下来，还带来一些暖意，鹅毛大雪却静静地下了起来，空气也由干燥一下子变得爽甜湿润起来。但是，对于聚集在蚩尤的大帐里开会的饥肠辘辘、只靠狩猎得来的一点肉垫了牙缝的蚩尤的八十一个弟兄来说，目前最大的问题依然吃食问题。

蚩尤的大帐里挤满了黑压压的人头。塘火熊熊，火光映照着蚩尤的疙里疙瘩的黑脸，就像是生了绿锈的青铜一样令人恐惧。黄黎酋长横木和魑、魅、魍、魉等，就坐在他的身旁。就在大家都怨声载道，把仇恨和不满都发泄给黄帝，仍然萎靡不振的时候，蚩尤的心里已经有了谱。他也是有意让大家把心里的不满都发泄出来之后，再发表自己的意见。

等大家把怨气都发泄得差不多了，只剩下叹息和心中不服的"哼"声的时候，蚩尤才把自己的想法说了出来：

"吾等无非缺粮，轩辕有之，在仓王，横木探知，功莫大也！尔等拿下仓王，粮草全有矣！"

听蚩尤这么一说，大帐内竟爆发出一阵欢呼声。兄弟们的眼中重新又放出了希望之光，人心也为之一振。不过，蚩尤却抬起他的大手，压住了大家的兴奋情绪：

"粮食仓王多矣，然其难攻也。粮草重地，轩辕必重兵把守……"

黑暗中，就有一个块头很大的人站起来，用打雷般的声音说："吾等战无不胜，所向披靡！"

周围顿时又响起了一片群情激奋的声音：

"攻！攻！攻！"

"杀！杀！杀！"

一路向南攻来的蚩尤临时改变了进攻的方向，这让黄帝的力牧一时有些摸不着头脑。天色已经大亮，从西北方向刮来的寒风怒吼着，像刀子一样在人的脸上割划着。直到日头升高了半竿高，却不见疯狂进攻的鹿部落联盟的兵士来叫阵。黄帝的大军依然严阵以待，但是，平日里边战边退的力牧，心里却犯起了嘀咕：从目前的战局看，蚩尤最缺乏的是粮草，没有了粮草，他的冲击力会迅速减半。可见黄帝战术之高明也！这样，我们就可以腾出手来，发动几次反攻——不能老是让他们占便宜！力牧一开始还踌躇满志地准备反击，但是，他一想，也不对！忽然，他把自己的脑门一拍："粮草！对，蚩尤必夺粮草矣！"他立即快马通报退守在仓王一线的大将常先、大鸿和小将武定等，另派一支快骑，直奔仓王去，通报正在那里调运粮草的仓颉。小颛顼听说战斗的重点又转移了，主动要去应战，被力牧阻住——他还太小了，能跟着经见战争的场面就很不错了。但是他的胆识过人，还是给力牧以很深的印象——此人不可小觑，日后必有大作为也！

力牧的快骑还没有赶到的时候，战斗已经在常先面东防御的阵前打响。好在溓水西岸地势较高，河面上又结上了滑溜溜的冰，常先又在溓水东岸提前有了布防。前去仓王有道道重关，就常先守卫的曲梁这复杂的第一道关口，就够蚩尤率领的鹿部落联盟联军强攻一阵子呢！

蚩尤的如意算盘打得也真好！等他拿下了仓王，密都的黄帝宫就近在咫尺了，取之则如囊中探物也！他拿下了密都的黄帝宫，将将天下十二大部落掌控于手，也就等于掌控了天下，如此则天下必为蚩尤所控——常先越是这样想，就越觉得自己肩上的责任重大。战争的初期，力牧之所以轻易地把蚩尤放过了黄河，那是为了整个战局的考虑。现在，逐渐陷入泥潭的蚩尤，已经成了强弩之末，再以常先车军的冲击力和机动性，就完全可以和他硬碰硬地对着干了。

身为黄帝车军统领的常先，原是守在黄帝宫南具茨山常先口的。战争开始后，被调到曲梁一带，以他的车阵，牢固地守护着黄帝宫的东门。蚩尤的进攻一向是所向披靡的，但是，在曲梁却第一次遭遇到了常先战车的反冲锋。

常先最大的特点就是善于抢抓战机，先下手为强。虽然他高大的身材如今有一些弓腰，但是，从西陵氏嫘女的助手到黄帝的大将一路走来的他，坚毅的脸盘上早已经布满了刀刻一般的坚硬皱纹，人也在风中雨中磨炼出了一脸紫铜色和一副彪悍雄壮的体魄。现在，用丝带将光面兽皮紧裹在身上的他，更显出一副虎背熊腰的浑实劲。他目光如炬地瞅着前方，当平缓起伏的丘陵间一出现蚩尤骑着灰色水牛、顶盔披甲的九黎鹿部落联盟联军的前锋兵士，常先就剑指前方，第一批冲锋的马拉战车，便如离弦之箭直冲敌阵。

五

即使在最困难的时候，战争进入胶着状态，一切都好像是在原地踏步，人好像深陷在烂泥之中而不可自拔，轩辕黄帝的心中依然是充满了必胜的信心。他有一个信念，就是为了大同世界的建立，即使在途中遇到再大的艰险，他也是在所不辞。

战争的风风雨雨已经经历了半年多，战斗从黄河北岸一直打到了中原，一直是敌强而我弱，现在又处于最严峻难熬的冬天。好在黄帝提前做好了准备，又有仓颉的精心调度和运筹，不管在哪一条战线上的将士，全军几十万人过冬的口粮和衣裳还是有了。想到这里，黄帝的内心还是有所安慰的。民以食为天，大军的行动，更离不开粮草的先行。好在常先在溱水河西岸拼尽全力，终于抵住了蚩尤九黎部落联军发了疯似的猖狂进攻。溱水河边的这场战斗，双方都付出了惨重的代价。损失了大量的兵力不说，黄帝方面还损失了最年轻的爱将武定。这个情窦初开的娃娃将军，本来是守密都帝宫的，却在增援常先粮草时在战场上留了下来，一直战斗到最后一刻。其少年壮志和英雄气概，激发了黄帝大军的战斗精神。常先抓住"为武定报仇"这一人心所向的战机，连续作战，倾全力发动了跨河的夜战……捷报和噩耗同时飞传黄帝所在的新郑黄城。黄帝听到武定牺牲的消息后感慨万千：

> 武定，武定，虽言文治天下，然大争之时，必以武定，方安天下……
>
> 武定，武定，当永存天下人心中；
> 武定勿离，当常守密都帝宫；
> 帝宫有湖，湖无名，命以武定，则常相守也！

谋定而后动，黄帝的一封密信被传到密都，在密都为武定举行的满湖尽挂白纱的隆重追悼大会上，值年太岁、牛龙部落代表赤奋若宣读了黄帝的诏文。

虽然说大将常先在溱水河抵住了蚩尤的进攻，保护了密都帝宫和仓王粮草的安全，但是，如困兽一样掉过头来再次进攻新郑黄城的蚩尤，变得更加变本加厉的疯狂，这又再一次增加了身在黄城的黄帝的压力。战争在双方的拼杀中，像一只怪兽一样嗷嗷地叫着向前推进，土地在一寸一寸的得失中浸透了血迹……黄帝即使在梦中，也是一副疲惫的艰难跋涉的样子：

在一个四周都充满危险的、旁边有干净粪堆的圆地上待了很久，他好像是刚刚下了一座大山，却又要返回去爬山。山峰险峻，青崖壁垒，一层层陡峭地向上延伸，但是，黄帝心中却想，不过两天就可以爬上去。他一层一层地向上攀去，却在中途遇到了项老先生——他爷爷辈的启蒙老师。老师好像很累的样子，在一块岩石形成的小案上停着不走。黄帝说，应该赶紧向前行，要是再这样歇下去，人身上的劲力就会耗尽。于是，黄帝先此向左上青崖攀去。项老先生递给他一块头顶上的青石板，黄帝接过它，在乱石中间居然刨出一个先人箍起来的拱形的石窟。总算可以在这里过夜了，黄帝却还要冒着迷失方向的危险返回原处，为项老先生找来食物。四周都是狼群的黑暗中，仅靠手中一把火炬的微弱亮光，黄帝返回又返回，居然能看到微白的路径，居然没有迷失方向，竟然重新又回到了项老先生临时居住的青崖上的石窟……最困难的前进，黄帝终于走了过来。

黄帝当初之所以命力牧把以蚩尤为首的九黎鹿部落联盟联军放过黄河来，一是出于当时蚩尤的势头正猛，不可无谓地和他硬拼硬打做消耗，因为战争的目的，首先是怎样有效地保护好自己的力量，只有这样，以后才能更有效消灭敌人；其二，这也是黄帝从全局战略出发的一种安排。在前面损失的兵力和人员少了，就可以在密都和新郑黄城等重点部位，集中起更多的优势兵力，从而在以后的战争中掌握更多的主动权。

就在蚩尤在中原闯关似的攻克一道道防线，一步步向新郑黄城靠近的时候，黄帝已经调兵遣将，在黄城的周围，布下了六座重兵防守的"卫星城"，它们相互呈掎角之势，与黄城之间，又可以通过旗语或者烟火、灯笼等，保持昼夜全天候的联系，便于统一指挥和调动兵力，形成一个大的攻防体系……可以说，新郑黄城的防守固若金汤，可以确保万一。而且蚩尤占的地盘越大，平均到每一个点上的兵力就相对更少。这有利于中原各部落集中起来的兵力，寻找机会各个击破。在保证统一指挥的前提下，黄帝又给每一位大将可以临机应变的权力，这就更增强了他们应对战局的积极性和主动性。这就跟下围棋一样，保证了每一个棋子的灵活性，不至于被敌围死，就可以更有效地组织力量，反过来包围敌人，最终吃掉对方。也由此才取得了常先在溱水河边阻击战的胜利。

自从在炎帝神农的烈山上听到蚩尤率领的九黎鹿部落联盟发起战争的消息起，黄帝就在自觉或不自觉的情况下，明意识和潜意识——清醒时的思维，甚至包括睡梦中，都在思考着蚩尤这个人。当初黄帝在河东渤澥的盐池边上帮助炎帝战胜蚩尤后，看在他是先进的青铜冶炼技术的发明者和持有者，是一个人才，唯才是用的黄帝就劝炎帝留了蚩尤一条命，并命他作主兵，负责青铜兵器的铸造工作。当时从表面上看，蚩尤的工作态度是积极的，他好像是洗心革面变了个人一样，黄帝对他是抱了一番希望的。但是，他以后的做法，杀了自己的师兄伯高，毁掉冶铜炉潜逃回涿鹿，直到这次打着恢复炎帝旗号发动了对中原的进攻，一直打进中原来……黄帝不止一次地反复想这些事的前因后果，想蚩尤这个人，他的能力和才气，为人和品德，他是在以怨报德。他本身就缺德逆道、阻我大道也！再狡猾的狐狸也斗不过好猎手，他伪装的狐狸尾巴终于自己露了出来，可见他并没有真正修炼成功，还不是一只千年的狐狸精——这个世上说不定还真有这样深藏不露的人呢！黄帝想，不管他当初怎样地表白，也不管他现在打着怎样的旗号，蚩尤就是一个缺德失道的人。也怪自己用人失察，重才而轻德，才给他的重新发迹营造了适当的环境和土壤。现在看来，从一开始他就设了一个骗局。这样的人，最善于运用骗局！我们在这个世界上，不是看到过很多这样的人吗？刑天是一个，现在的蚩尤又是一个。他们表面上看起来是个好人，实际上却心怀鬼胎，表里不一，自行其事。他们为什么都打着"恢复炎帝"的旗号呢？因为他们利用了一些部落对炎帝的同情和对炎帝时代的怀旧心理。恢复炎帝是假，自己想当天下共主是真！真是狼子野心，不杀不足以教化人心，如果人们都能回到华胥国那样纯朴自然的状态该有多好！对刑天是杀了，对蚩尤这样的人，也必须杀！杀一儆百，以儆效尤！只是，他还架着"炎帝"的名，还有一定的号召力。怎样才能消除他在人心上的影响力呢？黄帝想到远在烈山的炎帝神农。请他出山，对，请他出山，只要他老人家出山和我一起对抗蚩尤，蚩尤蛊惑人心的一套把戏不就不攻自破了！

想到这里，黄帝兴奋得一拍脑门。战争让他睡不了安稳觉，思考却让他兴奋起来，久久不能入睡。现在睡意全消的他，一骨碌从睡铺上坐起来，熊熊燃烧的塘火，照得他一脸兴奋的红光！坚毅而伟大的黄帝，民族的脊梁和舵手，终于找到了克敌制胜的法宝——以其人之法还制其人。你打着炎帝的旗号，我把炎帝请出来一起去打你，谣言就不攻自破了！曾经失去的一部分人心，又会重新回到我华夏来。

黄帝是一个想到就做的人，而且战争的形势也逼着他必须立即予以落实，重新找回天下人对自己的信任和依靠。得人心者得天下。蚩尤这一次之所以能攻入中原，就是因为他得了一部分人心。

蚩尤梦见自己在攀上一棵千年古松，在松树的右侧攀着一个个勾肩搭背的粗枝上升。几乎每次他都是从右侧攀上去的，可是这次，他却想另辟蹊径向左侧转去，转向松树的正面，一开始脚下有稳当的小台阶可踩，手也有可攀之处，可是，过了一会儿，脚下失去了着力点，人有悬空的感觉，手也没有了可以抓得到的枝杈。这里变成了一个真正的光溜溜的向外突出的悬崖绝壁。就在他感到绝望的时候，炎黄合力伸出一只手，把他托举上了悬崖……炎黄怎么会合力挺举我呢？蚩尤醒后百思不得其解，连夜找来横木等人，到自己的营帐里商量。

半夜里被蚩尤从睡梦中叫醒，横木等人昏头昏脑地一时还摸不着头脑，只想是大酋长这么急地叫，肯定有大事。等大家都在蚩尤的大帐里口吐热气、吸吸噜噜地围着塘火坐下来，面南而坐的蚩尤，才把他奇怪的梦境叙说了一遍。大家都有些不以为然，但是只能放在心里，表面上还得装出积极响应的样子。倒是魖这个"迷糊鬼"这会儿清醒了一些。他说：

"大王之梦有戏也！精明之至。古人云，日有所思，夜有所梦。然梦皆与实境相反，今炎黄既连手托举大王，其意已明，即炎黄可能联手抗我九黎也。"

经魖这么一说，大家似乎一下子明白了许多。于是，就有人急了起来：

"炎黄分置，不可怕，怕就怕其联手，还记得渤澥之役，我们就败在炎黄的联手上！"

横土到底是多一些思谋之人，他并不慌忙，只是说："九黎西进无功，即再攻新郑，当尽快拿下新郑。此关九黎存亡最直接也！"

第十章

一

因为用青铜兵器武装起来的蚩尤率领的九黎部落联军一是兵器锋利，锐不可当，二是族群巨大，势不可当。所以中原黄帝的大军中，除了常先在万般无奈的情况下与蚩尤正面死拼了一次以外，黄帝大军采取的战术，就是充分利用各种有利地形，做好充分的准备，善于打伏击，再就是后人所说的人海战术，几乎每一仗，都在战争的局部做到数倍于敌，以多制少，采取车轮战、疲劳战的方式，最终战胜敌人。

黄帝并不是只死守在新郑黄城内坐以待毙，而是积极主动地遍踏黄城以北广大的地区，率领将领们察看地形，再根据不同地形，采取不同的用兵方法，在沿途利用各种战法，不断地削弱敌人和壮大自己，积小胜为大胜。

黄帝一贯的特点是用人放心，放手发挥每一个将士的积极创造性，但在此次与蚩尤的作战中，他却要亲自察看完所有可以利用的山形地势，亲自定好作战的原则。黄帝骑着白龙马，与力牧、大鸿等，踏勘各种地形地貌，然后给予相应的兵力部署，而在平原地带，则集结大量的军队，挖壕予以据守，在新郑黄城周围形成了六个可以相互支援相互响应的据点。

蚩尤在山区没有占到便宜，而且兵力消耗很大，他记取过去分散用兵失败的教训，采取集中用兵的办法，迂回前进，只走平坦的地方，长驱直入，专找黄帝决战。

战斗进行到溱水河畔，一步步向新郑黄城靠近。黄帝和风后、力牧研究，还是采取避其锋芒、诱敌深入的办法，自己主动撤出新郑黄城，只留给蚩尤一座空城，而不断加大周围六城的兵力，甚至挺天下之力，做成兵力上的绝对优势。

战术已定，立即予以实施。在黄城中宫召开的军事会议上，大将云集，大家同仇敌忾誓与蚩尤决战到底，值年太岁、虎龙部落代表摄提宣布：

"此战先败后胜。应龙示弱，先败于敌。"

应龙第一个不理解："吾等兵力相当，仍不决战，何也？况将士一心，意欲死战，人心所向，不战寒心！"

"非不战，机未至，岂硬拼？黄帝爱民，人命关天，不可妄战。"力牧先予以阻止。

"败者胜也。虽败犹荣！"风后进一步阐述了黄帝的作战原则："帝曰'先败后胜'，非摄提之独语。兵法云，欲擒故纵，欲收先放，欲强先弱，骄敌纵敌，意在收敌灭敌。尔今假败，实为后之胜也！"

应龙虽然在心理上已经接受了风后的劝导，但是情绪上还一时转不过弯儿来。他还在呼呼地喘着粗气，脸上憋出来的红晕一时没有退去。虽然他已经明白了黄帝的用意，只是他不想由自己先败，号称"常胜将军"的他担不起这个坏名声，又不好说出口。

黄帝明白应龙的心思：

"应龙且平气息，汝败非败，败在余身，责在余身，非汝之过也！常胜将军，吾为汝正名。"

还是黄帝理解我应龙。应龙心里的疙瘩解开了，长吁了一口气，不好意思地笑了笑，脸上憋出的红晕也在慢慢减退。但是随着摄提后面的宣告，中宫里立即又炸开了锅：

"新郑以出，帝位以空，置敌于瓮……"

"帝都岂能轻易易手？"

"帝位岂可让于蚩尤？"

有人抱拳叹息，有人捶胸顿足，一时人声鼎沸，兵器的撞击声不绝于耳，似乎要掀开屋顶似的。有人甚至振臂高呼：

"与黄城共存！"

"誓保黄帝！"

"死守黄城！"

黄帝为大家这样一种决心所感动，他的内心里不由得升起一种战斗的激情。但是他还是站了起来，挥手示意大家平静下来：

"尔等之心吾明。吾等一路磨敌，耗敌，引敌至此，一胜矣；今留空城于蚩尤，而新密百姓免涂炭，二胜——余得民心也! 得民心者得天下，举大象，天下往，不在一城一地得失也。尔等今之出城，实为明之进城。予敌以空城、空位，进城之权在余尔。尔等试想，新郑者，一空城也，敌时无多矣；胜算在余也。"

黄帝这么一解释，大家的心里总算彻底明白过来，大家为黄帝的英明决断所鼓舞，一时竟响起了雷鸣般的掌声，"黄帝万年! 华夏万年! "的呼声不绝于耳。

一切既已谋定，新郑内外一片忙碌。不断有男女老少百姓从城中撤出来，被分散到周围六个营寨去。从密都来到这里的金女等也在撤退之列。人们把能运走的尽可能地都运走，车拉，牛驮，人背，手提，有担的，有两个人一起抬的，有手里拉着小猪小羊的，有怀里抱着老母鸡的，人欢犬吠，一派井然有序的奔忙。城里的粮食和牲畜都给运了出去，所有的井口都掩埋了，只剩下一座座屋舍，空落落地张着黑洞洞的门窗，整个新郑黄城，如同一座死城。

黄帝留在要撤出的人群最后一批。眼看着蚩尤的大军在北方的溱水河东岸掀起了如同猎猎旌旗一样的蔽天黄尘，黄帝还和留下来"守城"的应龙站在新郑黄城的北城门上指指点点。眼看着蚩尤大军掀起的黄尘像春天里的沙尘暴一样席卷而来，隐隐地都能听到"噢——噢——"的喊杀声了，黄帝和应龙的两双大手紧紧地握在一起，相互握得都有些疼了，还是紧紧地握着，摇着，不肯分手。黄帝一双锐利的眼睛，看了看北方的"沙尘暴"，又将目光迎向应龙，两人久久对视：

"保重。保重。定要全身而退! "

应龙的眼中含着因寒风吹动和激动而盈满的泪花，嘴角绷紧了，黑须在寒风中激情地抖动着，向黄帝点头。城墙上一字排开的"黄"字战旗在寒风中猎猎作响。兵士们搓着几乎冻缰的手，重新握起兵器。城内，兵士们正在连绵不绝地往城墙上运送着滚木礌石。弓箭手在试拉着被冻得铮铮作响的大弓。黄帝发明的大弩也被抬上了城墙。一支支长箭被装了上去。

等到黄帝和他的十干卫队从南门撤出后，新郑黄城就关闭了城门，只留下应龙和他的军队在城里独守着。

黄帝撤出后，应龙感到肩上的担子重如千斤。他咬紧牙关，这一仗即使打败，但在士气上也不能输：一定要先狠狠地给蚩尤点颜色看看！

虽然是大冬天，应龙还是把令他骄傲的鹰翅绑在背后，给人一种翩然欲飞的感觉，好像他随时都可以从城头上以泰山压顶之势飞下去似的。他本来就是身高八尺的魁梧身材，如今站在城头上，更显得高大、英俊和威武。寒风像冰刀一样刮割着他的脸，风不断地寻找各种空隙向兽皮裹着的身体内部钻。应龙把外面裹着的光面兽皮衣紧了紧，双手把腰带扎得更紧一些。风吹得他的脸红中发紫，口中哈着一股股白色蒸汽。虽然迎面吹来的寒风让他的眼中充满了泪水，但是他晶亮闪光的、高眉弓下鼓出的圆圆的"龙眼"，还是沉着镇静地朝周围扫视了一圈。

他早就把右拳攥得紧紧的，高高地举过头顶，但是并不急于发起攻击。因为城墙高大，便于防守，他让蚩尤的人马靠近了再靠近，充分地进入有效的打击范围后，这才把高举的拳头迅速收回，嘴里大喊一声："打——"这声音像龙吟一样带着回声。

滚木礌石一起往下涌，让那些惯于飞岩走壁的九黎兵无法上攀，弓箭和大弩，则可以打击更远一些的目标。但是，当九黎兵正在势头上的时候，他们的进攻仍然是一浪高过一浪，稍有大意，敌人就有冲上城头的危险。天寒地冻，这里却是一派热火朝天。搬动滚木礌石的兵士累得满头大汗，急了就只是用手背在额头上抹一抹，几下子就被抹成了"三花脸"，但是看到敌人被击倒的时候，他们会发出狼嚎一样的大笑。人到战急了的时候，眼睛都红了……

应龙接到急报，滚木礌石不多了，但是蚩尤的九黎军还是进攻如潮。城防随时有被突破的危险。情急之下，哈出的气都在脸上结成了霜。应龙从来就是水战的好手，这一次，他又是急中生智，号令兵士们抬水、端水向城墙上泼洒。气候寒冷，北风呼啸，水在城头上很快就结成了冰。巍巍黄城，很快就变成了一座银光闪闪的冰城，光溜溜的，任你有天大的本事也爬不上来。兵士们受主将智慧的鼓舞，弓箭和大弩继续猛射，城防坚固起来，终于挨到了天黑。

黄帝在新郑黄城周围所设的六个大营，三个在溱水河西岸，分别是西北大寨（天）、西寨（金）、西南大寨（地），各由大将常先、大隗、大鸿据守，隔河与新郑黄城遥遥相望；三个在溱水河东岸，分别是新郑黄城的东北大寨（山）、东寨（雷）、东南大寨（风），分别由大将后土、雷公、力牧据守。风后和力牧在东南大寨，黄帝就退到这个大寨里。

黄帝骑着白龙马在夹道的兵士中间飞速撤向城南遥遥可见的东南大寨。但是这些负责接应应龙的兵士并没有撤走。整个大军就像一个大大的三角形一样顶在新郑黄城的南面，随时接应应龙的军队撤出。也正是这个大三角形顶着，才使蚩尤率领的九黎鹿部落联盟的联军始终无法完成对新郑黄城的合围。应龙凭借着城上的有利地形，开始大量地歼灭蚩尤的有生力量。应龙苦苦地坚持奋战了一天，用尽了所有的滚木礌石，用尽了所有的弓箭，也吃完了最后留下的食物，才开始在黄帝大军的接应下，最后撤出了黄城。

二

经过一夜休战，第二天开战后，只见蚩尤的九黎兵在冲锋，城墙上除了寒风中随风飘舞的图腾旗帜，却没有一个反击的人影儿。原来应龙的人马早已经在夜间悄悄地撤走了。蚩尤对应龙嗤之以鼻："原来汝不敌吾九黎，悄悄开溜了！"他不由得发出一阵开心的大笑，随即指挥着几十个九黎兵，用长木撞开城门，九黎兵一窝蜂似的冲进了城内……

蚩尤九黎鹿部落联军被终于攻下了新郑的黄帝黄城的胜利冲昏了头脑，也不再恋战，只是一味地冲进城内去抢占屋舍，因为外面实在是太冷了——这冬天的太阳简直是应付差事，只张着一张白光光的小脸，闪一点白光逗人，根本不发出热量来，只有寒风在肆意妄为地左右冲撞着。这时候，能找到一个暖屋该有多好！……

让蚩尤万万没有想到的是，他的主力冲进城内后，留在城外的兵力，就成了黄帝大军"包饺子"的对象——因为他带来的兵力太多，一个城内根本驻扎不下。

在黄帝的统一指挥下，周围六个寨子同时出兵合围，各个击破，黄城外围的九黎鹿部落联军，很快就土崩瓦解：战死的战死，逃跑的逃跑，投降的投降。黄帝不杀战俘，优待俘虏，进一步加剧了敌军的瓦解。

蚩尤这会儿顾不得这些了。他正为没有吃食而发愁。他攻下的是一座空城，里面几乎什么也没有。急疯了的蚩尤号令大家挖地三尺，也要找出东西来。最后还真挖出一些来不及转移的粮食，够城里的九黎兵吃上个十天半月的。为了能长期固守，蚩尤让城内城外的九黎鹿部落联军，将所有的战俘都集中起来，有一万多人，集中关押在黄城的中心广场。只在周围临时搭建了一圈草棚供他们居住，以饿不死为准，每天供给一点稀汤饭，目的是等没有粮食吃的时候好再续吃人的恶习。

对蚩尤在城外的随行部落，黄帝采取了分化瓦解的策略，对死硬派坚决消灭，对愿意投降的既往不咎，而且优待，发给食品和衣物，对愿意撤出战场的，放开一条生路，任由他去，这样下来，不到半个月时间，蚩尤在城外的联军很快就不复存在了。蚩尤在城内的九黎兵每天出外作战，企图寻找黄帝的主力进行决战，也为了多抓一些战俘以供享用，无奈每次出战，总是黄帝的六个营寨相互呼应，不管蚩尤进攻哪一个营寨，其他五个就来解围，在黄帝的黄龙旗统一指挥下，战车前冲，弓箭和强弩相对，蚩尤也占不了多少便宜，结果是黄帝大军的包围圈越缩越小，最后蚩尤不得不龟缩在黄城之内。

黄帝大军也不急于攻城，而是长期围困，想待蚩尤鹿部落联军彻底军心涣散时再一举击破。

随着黄帝大军的长期围困，黄城内就传出了蚩尤吃人的消息。虽然说蚩尤吃人是出于不得已，但是他吃人的消息一经传出，就像爆炸性的新闻一样，进一步加剧了中原百姓对蚩尤的仇恨，也进一步魔化了蚩尤的形象，使蚩尤成为一个千夫指骂的部落公敌和吃人魔王。

　　蚩尤不光是吃人，他是先捕获黄帝部落受伤的战马，接着吃他们从涿鹿带来的黄牛和九黎族的命根子——水牛，最后才吃到人上。吃人的时候，蚩尤先挑出胖人吃，因为他怕胖人也一天天地变瘦了，最后吃的都成了瘦的。

　　在蚩尤位于中心广场的集中营，每天叫号成了最令人恐怖的事。当负责看押的九黎兵指着冻得龟缩一团的俘虏兵士叫号的时候，大家谁也不想先被叫到。龙迟是在溱水拉锯战中被九黎兵俘获的，他本来是没有名字的，因为太留恋战斗而迟逃了一步，就成了蚩尤的俘虏，所以大家就这么叫他，竟然成了他一时的名字。龙迟由于长得较瘦而一直幸免没有被叫号，再加上一段时间以来九黎兵有粮食或者猎物可吃，所以才侥幸存活到现在。但是因为长期的战斗训练，他的身体素质较好，所以在忍饥受饿的情况下，到如今也被列入到了"胖"人的行列，终于在今天早上叫号时被叫到了。人平时怕死，但是一旦死亡真的要降临的时候，人也将将其置之度外了。一个个本来生龙活虎似的活人，竟被挑了去杀死吃掉，这本来就是一件匪夷所思的奇事，这让临死的龙迟不由得产生了一些漠然的好奇心。

　　他看到，蚩尤的刽子手们如何胡乱地先扯掉人们裹在身上的衣物，然后又像杀猪一样，先将青铜长刀直刺进冻得战战惊惊的人的心脏，不等人完全咽气，就被剁成几大块扔进滚着沸水的青铜鼎里，现场惨叫声不断，场面血腥可怕，惨不忍睹。终于轮到了自己，当身上的衣物被强行剥掉的时候，龙迟一下子起了一身鸡皮疙瘩，牙齿不由得就"咯噔噔"地打起战来，人也尽可能地缩作一团。但是，他的双臂被两个九黎兵强行扯开，只有以光溜溜的胸膛去面对刽子手的尖利铜刀了。当尖刀刺入胸膛之前，龙迟还不忘喊一句："龙迟为鬼，不忘……"尖刀"噌"地刺进胸膛的时候，并不怎么疼，但是龙迟还是看到了一股红血向外喷涌，他感到那好像是一个泄洪的口子，似乎全身的血液都像决堤一样地向伤口涌去……紧接着在一下子黑了天地的巨痛之中，他就失去了知觉……

　　因为吃人，蚩尤和他的兄弟们——横木及魑、魅、魍、魉等，一个个眼睛都变得血红，就像是一群狼一样。虽然他们还是人模样，但是在中原百姓的心目中，他们的形象，已经变得像鬼一样青面獠牙，像豺狼虎豹一样逢人便吃。尤其是蚩尤的形象，被魔鬼化得更厉害。人们把各种可怕的、令人毛骨悚然的形象都往他身上联想。虽然他还是头顶长犄角闪着寒光的青铜头箍，身披水牛皮战甲，瞪圆了牛眼，人们却在他头形七棱八瓣、长脸阔口上下功夫，让这个本来还很耐看、多少有点英俊的形象，完全变成了一个大魔头：只见他一双狼眼，大张着血口獠牙，头顶弓弩，多箭并发，右手握剑，左手持戈，一双脚脚趾像鹰爪，又像蟹腿，左右脚趾间还夹着刀剑和大弓，甚至有人说蚩尤是三头六臂，每只手拿着不同的杀人兵器，说他是"红眼睛，绿头发，腰里别着二十四个死娃娃"——难道这就是"战神"的形象？他的形象就这样完全被妖魔化了。魑、魅、魍、魉都变成了吃人的鬼，所以仓颉在给他们的名字造字的时候，就分别加上了一个"鬼"字边，把他们一概都归入了鬼类。魑和魅分别成为以声音和烟雾迷人的山林中的"迷糊鬼"；魍和魉成了水泽中的鬼魅，一个是矮胖子，永远红着脸，一个是红眼睛，长耳朵，乌黑着脸。而且魑、魅、魍、魉有一个共同特点，就是专爱吃美女。

现在的情况是，不管他们究竟是不是这样的形象和行为，当他们"吃人"的恶名一经传出来，他们的形象一下子就完全地变了样、走了形——人都认为：这是一群吃人的魔鬼！既是吃人的魔鬼，就应该是这种魔鬼的样子。中原的百姓对以蚩尤为首的九黎鹿部落联盟是既怕又恨，可以说是怕得打战，恨得咬牙。

当万民痛恨，恨不得活剥了蚩尤的皮，抽了他的筋，也把他生吞活煮了的时候，只有黄帝是清醒的。他不相信蚩尤就是魔鬼，这也是他被逼无奈的下下策。但是生性爱民的黄帝，绝不能允许蚩尤这样的恶行再继续下去！

在黄城周围六大营寨分别举行了声势浩大的愤怒声讨活动，三军将士义愤填膺，誓死保卫黄帝，坚决要收复黄城。虽说形势急转，消灭蚩尤为首的九黎鹿部落联军已经是人心所向、大势所趋，但是，大冬天的，要攻下坚固的黄城，又得要搭上多少人命啊？因此，黄帝决定，派一位信使进城，向蚩尤通报谈判条件：只要他停止吃人，再不为害中原百姓，可以供给他们部分食物，但前提是他们必须离开中原。

这可是一个生死抉择——要前去面对一群吃人的人，这需要一种怎样的勇气和胆识啊！就在黄帝召集群臣和三军将士，商议派谁前去送信的时候，己人自己找上了门。眉弓很高、颧骨突出的己人，现在是黄帝军帐中的一位小头目，当他以自己瘦弱的小老头形象站在大家面前的时候，大多数人都摇头。可是己人自己非常自信他能完成这一非常时期的特殊信使任务。他手拍着瘦削的胸腔，甚至踮起了脚后跟来"拔高"自己的形象：

"尔等宽心，吾乃早死之人，曾于九黎为奴……况吾一把瘦骨，岂怕蚩尤吃人？硌牙！人瘦骨硬也！"

因为原来在渤澥的交情，摇着鹅羽扇的风后，第一个表示同意。他白皙透明的脸上挂着满意的微笑：

"此非己人莫属！"

黄帝也欣赏己人的为人和勇气，就将自己口述，仓颉刻在牛胛骨上的书信交于己人。原文是：

蚩尤如晤：

尔等阻我大道，犯我中原，杀人无数，罪不容诛；又以食人为能事，伤天害理，当立止。汝不食人，尚有生路可取。何去何从，自裁之。

己人将黄帝的书信往怀里一揣，扭头就要前往黄城，却被黄帝用手势止住：

"己人少安勿躁。让吾白龙送汝一程。"

黄帝率领文武大臣来到帐外，令人牵来兴奋得"咴咴"直叫的白龙马。黄帝亲切地在白龙马的颜面上抚摸了一下，白龙马通人性地喷鼻回应，将四蹄在地面上不停地捯动着，随时有一跃千里、冲上战场的冲动。黄帝又在马肩上轻拍了一下，白龙马这才安静下来，但是，它的两只耳朵还是挺得直直的，像雷达天线一样左右摆动着收集周围的信息。

黄帝将白龙马的缰绳交到己人的手里，又在他屁股上扶了一把，己人才在白龙马身上骑正了。然后，黄帝又在白龙马的肩背上拍了一下，白龙马就轻捷地跑起了小步，"咯噔，咯噔"地向西北驰去，越跑越快，直到四蹄离地，腾空而起，扬起一路烟尘。

三

自从中原战起，远在随地烈山的炎帝神农"事不关己，高高挂起"，但是内心里有时也不免忧心忡忡。尤其让他不能容忍的是，蚩尤冒他之名进犯中原，致使生灵涂炭，民不聊生。开始他还有一点终于有人能给黄帝点颜色看的侥幸心理，潜心研究了一段"连山"，但是，随着战争的进行，战争带给百姓的深重灾难，让一向以爱民自居的炎帝神农又坐不住了——因为受害的中原百姓，本来就是他的子民。但是，黄帝困于战争，并没有向他发出援救的要求，他也不好插手，何况他也没有力量插手其中了。

战争的初期，炎帝神农的大儿子炎居，还能跟着父亲学"连山"，但是随着蚩尤进入中原，炎居就开始坐不住了，因为一个儿女一条心，自己的女儿女节还跟黄帝在中原呢！

除了个子高大、脖子细长以外，其他方面都极像了炎帝神农的炎居，为人厚道朴实，也是个心里窝不住话的直性子。看到战争一直打到了中原，父亲还是一副不紧不慢的样子，从表面上看不出他内心有什么波动，炎居急了起来：

"炎居斗胆进言，蚩尤进犯中原，百姓生灵涂炭，吾等岂能坐视？"

一句话激起了炎帝神农心中的浪花，父子俩这时候都想到一起来了：

"非吾不管，管法何如？"炎帝神农明显地有一些为难。如今的他，手下既无兵力，又无人力。

"体百姓之苦，余本分也。我愿代父前往中原，助黄帝一臂之力！"

"何以助之？"

"以药助之，为民疗伤。"

"尚矣！"炎帝神农一时开窍，大拍脑门。是啊，今年药材丰收，他收集了大量的药材；他还可以继续上山采药。以药材为民疗疾治伤，是一个不错的主意。

"汝可尽数带走余收存疗伤止痛之药，速往中原！"脑子一转过弯来，炎帝神农也是个急性子。

炎居因为平时把心思主要用在农业上，因而对哪些是疗伤之药知之甚少。面对炎帝一堆又一堆分类堆放的药材，他如同进入一片花海，让他眼花缭乱的。炎帝神农知道炎居这方面的欠缺，就把他带到止痛活血类药前，抓起一把菊科的红花干花瓣，教给他：

"此红花也，又曰古木、红花菜、红花草、红花尾子、红兰花，乃活血祛瘀通经良药。"他又抓起一把红棕色的没药树胶硬块，"此没药，活血止痛。两者等量相配，焙干、粉碎、过筛，装入陶瓶、葫芦备用。用时据创伤大小，取药粉，以米酒蒸炒，调成糊状敷在伤位，再用净布覆盖扎紧，昼夜更药一次，五天一疗程……"

炎帝神农讲得仔细，炎居也听得认真。他把父亲的话一一记在心里，就将收集到的药物装入袋子，驮在水牛身上，又拉了一头坐骑，带了一些随从，准备上路。

母亲听訞却拦住了炎居，从自己脖子上取下一串最心爱的骨质项链，托儿子捎给孙女女节。

炎居一行一路上急着赶路，除过太累了和天黑时，他都很少歇息，直到把脚上都打上了泡（路不好时，人只好拉着水牛步行）。

自从黄帝离开东夷，把战场引向中原，东夷的日子好过得多了，他们设在有德之地的河防基本上失去了意义，而中原黄帝吃紧，百姓遭殃，眼看着有天下易主的危险……黄帝替他们承担了风险，而他们却坐享太平，这让神荼、郁垒和东夷鸟部落联盟酋长少昊的心里多少有些过意不去，同时，黄帝既来东夷和亲，东夷与黄帝就是一家之亲，如今黄帝遇到难处，东夷也不能坐视不管。所以回到邹地的神荼、郁垒专门前往穷桑（今曲阜）和少昊一商量，决定由神荼、郁垒和东夷新小帅般带领着各自的兵马，带足了供给的粮草必需，前往中原为黄帝助战。般虽也善于弄舟，但是冬季黄河结冰的情况下，大家还是用麻布包了牛、马、驴的蹄子，乘坐了溜板，在平坦的冰雪地面上，一路向西而行。

神荼和郁垒，一前一后地与般相伴而行，三方互为犄角，以便相互照应。因为他们前去面对的可是最强悍凶恶的蚩尤九黎鹿部落联盟。等他们先后赶到空桑（古兖州）这个地方的时候，蚩尤已经突入中原，和黄帝的大军血战正酣，一时难分胜负，他们不敢贸然参战，就在此地驻扎下来，派人前去和黄帝联络。

不光是东夷和神荼、郁垒，在王屋山上的西王母偊昌和西夏部落主将陆吾也下山了，西陵氏部落酋长常伯和陇东、桥山的援军也在源源不断地赶来。仓颉不光是后勤粮草的总调度，他的仓王营地，也是这些援军和物资的总集散和调配中心。正是这些部落自觉地投入战争，为保卫中原和黄城而战的义师的不断加入，黄帝的大军才越战越强，越战人越多，越战后勤粮草越充足。

得人心者得天下。天下人都来助战，天下自然就是天下人的。即所谓得道多助也。

炎居先来到密都见到了自己的女儿女节。在如今战争的环境下父女相见，分外眼热。最让炎居感动的是，在密都这个地方，还是一派和平安宁的环境。武定湖（以刚刚牺牲不久的小将武定的名字新命名）已经上冰，闲得无聊的鸭群只是在冬日的暖阳下晒暖暖。一只公鸭伸长了脖子，蒙眬着散光的圆眼在"哈哈"地大笑，有一群母鸭子围拢在它的周围，就足以让它自豪的了。湖岸的柳絮已经脱尽了旧叶，一丝丝的细枝在微风中悠闲自在地晃动，看似枯死的干枝已经开始泛青，仔细地看，柳枝上已经鼓起了赭红的小苞芽。炎居在女节的陪同下走在湖岸上，父女俩边走边聊。女节修长的脖颈上挂着奶奶新赠给她的雪白的骨质项链，越发衬得她白皙和宁静。冰面上反射的阳光直晃她的眼睛，她只好眯缝起一双细长的凤目。父女俩的眼神像极了。

炎居感慨万端地折下一节柳条，拿在手中抚弄着，反复地观察着，随口和女儿说着话：

"中原大战，为父真为汝操心，不想却是这等地宁静安详……"

"黄帝新郑苦战，换来百姓安宁，女儿心知……"

看到岸边闲置着的独木舟和木桨，想到春天里柳暗花明的美景，炎居对黄帝的胜利充满了信心：

"吾女放心，黄帝必胜。为父欲往新郑，汝安无话捎？"

"话多不捎，只愿他平安！健康！"女节说着话，眼中就浸出了泪花。也许是冬日冷风吹的结果，也许是阳光刺疼了她的眼睛……但是，身在前线的黄帝，怎能不让她为之操心呢！

自从战争一起，仓颉的仓王这个地方，一天也没有消停过。他整天地迎来送往，安排调度各种物资粮草。从新郑黄城到周围的六个大营，一个都不能偏差。还有各地前来助战的大小部落的酋长和将领，更是来不得半点差错。

虽然整日里事务缠身，但是仓颉总是一种不慌不忙的样子。他做事从容又仔细，又事无巨细，样样躬亲，所以经常累得他皱着眉头，让额头上三四道平行的细抬头纹显得更明显一些。他做起事来没头没尾，经常顾不上吃饭，所以其妃母霏——这个高个子像个大洋马一样的女人——不得不把热饭给他送到他的工作间来。今天，母霏用彩陶罐提来一罐稠稠的小米粥。她一打开彩陶罐，香喷喷的米香就冲鼻诱人，引起人强烈的食欲。母霏端起彩陶罐，将黄澄澄的小米粥倒进红陶钵里，那香味就更是诱人。可是仓颉却忙得顾不上吃一口。在冬天里，即使屋内燃着塘火，室内温度相对高一些，饭也凉得很快。眼看着红陶钵里的小米粥由冒着热气变成了凉气，急性子的母霏不由得喊出了声。她的声音很大，音调很高，可以说是厉声的、带着善意的批评：

"仓颉！"

正忙事的仓颉被她这一声一惊，抬起头来，看她一脸娇嗔的样子，只好说：

"且等，且等。"

母霏夺下仓颉手中的刻刀：

"且吃！且吃！"

仓颉无奈地摇一摇头，面带歉意的微笑：

"好好吃，吃……"

就在吃饭之前，他还不忘向黄帝祷告一番：

"敬爱的黄帝，臣谢你造粥之恩。无汝之发明，吾等无粥喝也……"

母霏噘起大嘴：

"好啊，为妃造粥，汝却谢黄帝！"说着就要拧仓颉的耳朵。

仓颉一躲，嘴里强辩：

"果真如此，果真如此！黄帝造粥，谁人不知，谁人不晓？"

母霏看拗不过仓颉的死理儿，也就作罢，只是娇嗔地催促：

"快吃。饭不安嘴乎……"

仓颉很快地刨着，他一连吃下三钵小米粥，最后一钵，就用竹棒"筷子"排着仔细地把钵底刨了一遍，看到还有米粒刨不净，干脆举起红陶钵来，伸出长舌去舔。没办法，他做任何事，都是这么认真，都要做到极致。

母霏耐心地等着他舔净了钵底，这才收拾了陶罐陶钵准备走。正在这时，屋外有人报：

"炎居到——"

炎居来了，这可非同小可。他既是炎帝神农之子，又是黄帝的泰山——老岳丈。虽然说对每一位来宾仓颉都会认真应对，做好安排，但是，炎居的到来，不能不引起他的重视。仓颉立即起身，正了正衣冠，就要出去迎接。却见炎居掀开兽皮帘，带着一股寒气跨了进来。看他田字形方脸盘上笑容可掬的样子，因为烟熏的结果，将一双凤目眯成了细线，仓颉瞪大了双眼皮的"四目"注视着他：

"炎居驾到，恕不早迎！"仓颉一边拱手施礼，立刻问吃了饭没有，立即让母霏赶快去准备。

仓颉把炎居让到火塘旁。炎居先脱去兽皮外套，一边随仓颉坐到火塘旁来烤火，一边从怀里掏出一卷丝帛交给他——这是他带来的药材的清册：

"中原战火，生灵涂炭，余代炎帝前来，略备小礼，以解燃眉。"

四

己人单骑前往蚩尤处送书，这让黄帝深深地为他捏了一把汗，只怕是书未送到，又搭上一条人命来，还有一直作为自己坐骑的白龙马，也是他所不能舍弃的。人与人之间会有感情，人与动物之间也会产生感情。而且这种感情是相互依托、相互信任的。现在，由己人和自己的坐骑白龙马冒着生命危险前去送书，实在是为了救百姓生命而采取的不得已的办法。就算是下下策，黄帝也得采取，因为他心中装着的是百姓，是人民，是天下，是大同社会的整体。

黄帝目送着白龙马驮着己人飞奔而去，他的内心里还是充满了矛盾和斗争。但是，现在已经是再没有办法可采取了，只有在心中默默地为他们祈祷，盼望着他们能顺利归来，以解百姓燃眉之急。但愿天下从此能得以太平，但愿……

在惴惴不安的等待中，黄帝又找来风后、力牧和值年太岁，仔细地和大家商量着可能发生的事以及应对的办法。大家一坐就是多半个上午。虽然大家对己人的能力放心，但是就是想不出，已经吃人成性的蚩尤，会不会给己人一次说话的机会。

　

己人骑着黄帝的白龙马，如同得到了尚方宝剑一样，怀揣着坚硬的牛胛骨（黄帝致蚩尤书），以一种崇高的使命感和无畏的献身精神，飞骑来到新郑黄城脚下，围城的黄帝大军闪开一个口子，白龙马奋蹄冲到城下。蚩尤的九黎兵正欲搭弓射箭，城下传来"黄帝使者到——"的响亮的传话声，大家只好放下弓箭，传话向驻扎在黄帝中宫的蚩尤。

蚩尤正在黄帝的中宫里急得转圈圈呢！他也觉得如今只靠吃人过日子不是长久之计，时间长了，等到吃到自己人身上，就必然是人心分崩离析、土崩瓦解的时候，到时候千古罪人、千古骂名和百姓公敌的下场也是必然的。成者王侯败者贼嘛，这是千古不破的一条真理，到时候就只是人心所向、大势所趋了。正因为看到了自己失败的命运，所以才使他急得有些发疯了……怎样才能扭转目前的被动局面呢？这正是他最伤脑筋的一件事！这件事一直深入到他的内心和潜意识之中，搅得他日夜不得安宁。昨晚上，他又一次从噩梦中惊醒：他梦见自己一个人在空旷的黄城大街上行走，腿脚很沉重，每迈出一步都非常艰难。他看到，街道两旁的屋子都张着黑洞洞的门窗，就像一双双被挖去眼珠的眼眶，恐怖吓人。忽然，他听到四面里响起一片鬼哭狼嚎的声音，也不知是从哪一间屋内传出的，只是这恐怖的、令人毛骨悚然的声音在变形着，回荡着。有死人从屋内跑出来，一个，又一个，全都伸着血红的长舌头，张着尖长指甲的手，直向他扑来："拿命来——"。蚩尤急着逃生，却挪不动沉重的双腿，眼看着一个亡灵附上了他的背……蚩尤惊得冒了一头冷汗，终于蹬直了腿，从睡梦中惊醒。

梦醒的他横了横心，变成另一种厉害的面孔。看到塘火快要熄灭了，他大声吼着叫来侍从："加旺塘火，慢则吃汝！"

侍从吓得战战惊惊的，头发都竖了起来，从下向上映照的塘火，把他映照得像个小鬼一样。塘火终于生旺了，蚩尤坐到塘火旁来烤火。

蚩尤的心里不能平静，他知道，这是那些被吃掉的冤魂来向他索命的。但他也是万不得已的嘛！他怕再做噩梦，所以就再没睡，而是坐在火塘边，一直烤火到了天亮。烟熏得他的眼睛都红了，用手一揉，酸疼酸疼的。他疲惫地站直身子，举起两只鹰爪一样的大手伸了个懒腰。但是，一想着眼前的困难局面，他就又急得围着火塘团团转。也可能是着急，也可能是上火，他感到牙根都有些发疼了。这对于可以咬铜啃石、生就一副好牙口的他来说，还是第一次。

蚩尤正在无计可施的时候，听到传报："黄帝使者到——"

他的人不要命了！这个时候来干啥？难道真有不怕死、不要命的人不成？蚩尤就是带着这样强烈的好奇心传令放行的。

等到城上的人确认了只是己人单骑来到城下时，城门开始"咯吱、咯吱"地打开。没有想到，黄帝黄城的高大城门，却是用来抵挡它自己人的。己人这么想着的时候，白龙马已经像箭一样穿过了城门的缝隙——好一个"白驹过隙"，真快！

来到城内，静得出奇，好像一座死城一样，只能听到白龙马蹄子着地的"嗒嗒"声。一街两行夹道的九黎兵们，手执青铜兵器，就像一道道森林。他们全都红着眼睛，张着血口，做出要吃人的口形——这就是己人此时的主观感受了。其实，九黎兵在黄帝派来的这个形单影只的使者面前，所要张扬的只是他们的威势："威——，威——"但是，己人并不胆怯，因为他背后是伟大的黄帝，这不，他骑的马不就是黄帝的吗？

白龙马在这一片黑沉沉的、曙光还没有照到的城内，尤其显得白净英武，神采奕奕。它尽可能骄傲地高抬着四蹄，以飞快的速度，向自己曾经熟悉的黄帝中宫奔驰而去。它这时候也是鼓足了勇气的，自己给自己壮着胆。它只有飞奔，才能让自己不失胆气。如果让它忽然慢走，在森严的九黎兵如林的刀枪面前，它也可能马失前蹄的。白龙马明白它现在进入的是敌阵，随时都可能有生命危险，但是，它必须用自己的骄傲战胜它，它必须力保着自己的临时主人——己人——去完成使命。因为己人的双腿正夹紧了马腹，正在提着缰绳给它鼓劲呢！这时候，只有他们两个相依为命了！白龙马明白，己人现在是他唯一的主人，只要他在，自己就不会死。

　　经过一段漫长的历程，白龙马终于赶到了蚩尤所在的黄帝中宫。它明显地感觉到，这里已经不再是自己的家了，而是陷入了敌窝——四面都是敌视的目光。

　　己人勒了一下缰绳，白龙马把头一扬，"咴儿、咴儿"地长嘶一声，它这一声，既是为了振奋人心，也是为了吓破敌胆。这一声里有多少爱和恨啊！作为一匹马，它能在关键时刻鼓着勇气壮着胆做到这一点，真是难能可贵。它的实际效果也是壮了自己人的胆，吓了敌人的胆。

　　在白龙马还捯动着蹄子的时候，己人已经飞身下马，把白马龙拴在一棵好像已经枯死的小树上，自己随着蚩尤的侍从进了中宫。前面传来一声又一声"黄帝使者到——"的传呼声，后面又响起白龙马"咴儿，咴儿"的叫声和用蹄子刨地的声音。

　　这时候，蚩尤已经将他的弟兄们集中到中宫的大屋中来了。屋内光线昏暗，只有塘火在中间闪着忽明忽暗的光影，形成阴阳明显的对比。

　　昏暗中，蚩尤的弟兄们一个个像黑色的大猩猩似的蹲坐在左右，场面让人感到更加压抑，跳动的火光，映红了他们闪闪发亮的眼睛。蚩尤坐在正中面南的坐位上，由于塘火烟气的上升，使他也变得扭曲，在火光的倒映下，鼓着一双双眼皮的牛眼，张着一张大口：

　　"黄帝使者，报上名来。"声音森严冷冽，充满了威吓。

　　"己人是也。"己人从容地答道。

　　"呜呼，却是己人，汝曾为吾所俘乎？"就听蚩尤小声说，"呜呼，正中下怀，吾再添美羹矣！"他又提高恫吓的声音：

"汝来何事？"

"有帝书一副，呈上一示。"

侍从从己人手中接过牛胛，传给蚩尤。蚩尤皱着眉头看了半天，仍然是半知半解，这文字比起自己发明的"蚩书"可是费解多了！他又把牛胛交给侍从：

"己人读来——"

己人接过牛胛，双手高捧着，想借助从天窗透进来的光亮看个清楚，同时朗声诵读。因为他曾在九黎待过，懂得九黎语，所以他读出来的，是九黎语版的《黄帝致蚩尤书》。

蚩尤皱着眉头细听，开头几句，就让他怒不可遏，恨不得立即把己人给杀了吃肉，而且他还带来一匹马呢！但是黄帝的话又把他的思维拉回，他竟然也提及"食人"之事，还说"伤天害理，当立止"。怎么个止法？吾无食，谁人不晓？但是，黄帝"汝不食人，尚有生路可取"这句话，还是给他带来了生存的希望。让我"自裁"，怎么个裁法？

蚩尤的思路一转，就不再想杀了己人吃肉的事了，何况他瘦骨如柴的样子，能有多少肉可食？他现在想到的是，自己和九黎鹿部落联盟的弟兄们生存的大事。如果不吃人能有生路，自己何妨不试一试？他立刻变了一种口气，较为客气地问己人：

"生路何在？"

"汝若不食人，帝可网开一面，放汝等归。"

"此话当真？"

"君子一言，驷马难追。"

"尚矣！汝何以为证？"

"帝书在此，岂不为证？"

"妙！"蚩尤一高兴，就从座位上站了起来，大步绕过塘火，来到己人身边，"妙！汝可复命，吾不食人。然食物安在？"

"帝供之。帝以善待恶，汝等当立返。"

"然也，然也。"蚩尤满口答应，"吾等立返。君子一言，驷马难追。"

他伸出小指来和己人拉钩。己人感到，这个人身上淌着火，热烘烘地烤人，手指却冰凉，就像死人的指头一样，又给人一种寒气凛然的感觉。

己人拿出生命来担保，没想到他竟然成功得这么顺利！他没想到，吃人的魔王蚩尤，竟然也有这么性格直爽豪气的一面。但是，为了保险起见，他还是要蚩尤给黄帝回书一封。

一拿到蚩尤的回书，己人立即踏上了归程。

五

当一个人真正处身于危急之中，他会调动起一切本能来保护自己，说实话，那时候，人倒不会有多怕，就像是刚切开的伤口，还只是一个白茬儿，鲜血还没有冒出来的时候……但是，当你终于挨过了那最困难的时候，人的意志就会在一瞬间垮掉。已经骑在白龙马上出了城门，来到自己人中间的时候，己人就是这样的。曾经有一个女人，当她一直在与狼搏斗，一直在和狼互推着垒起的石块，她的神经高度地紧张，那时候她没有晕过去，但是，当她听到了人声，有了生存的希望以后，她却晕了过去。我们的己人，现在就是这样。当他终于来到自己人中间，却在白龙马靠近的时候，一个马趴从马身上栽到地上来。高度的神经紧张，已经使他虚脱了。

等到己人终于被救过来的时候，他已经是在黄帝的东南营寨里，面对的是黄帝、风后、力牧和值年太岁。这时候，己人的头上还冒着冷汗，浑身不住地打战，一种劫后重生的后怕，依然笼罩着他，就像一个人面对着一团雾气，一着急抓了一把土扬去，心想狼是怕土的，果然这团雾气就离开了，待回到屋内时的后怕；又像是一块巨木以半步之遥从行进的人面前沉重地落下，"腾"地把地面砸一个深坑，而他摆出的手只是受到了刮伤，就已经露出了白骨，当时的他并不知道怕，待狂跑到医生处包扎好后，回想起刚才巨木落下时的后怕——如果再多走半步，头就会被砸进肚子里去，它可不会像摆动的手臂一样，只落一个刮伤！

己人的口里不住地重复着"食人"二字，当他终于明白了自己已经来到了黄帝面前，自己已经得到了充分的安全保障，这才在自己脸上拧了一下，以证实眼前的一切不是虚妄。看到己人和白龙马能完完整整地回到这里，黄帝悬着的心总算有了着落，他不怪己人这么严重的后怕症，设身处地，人都是一样的，都有一种自保意识——不是经历了非常的事件，人是不会有这么严重的反应的。黄帝耐心地服侍在己人的身旁，等着他逐渐地恢复正常。

清醒过来的己人，把他进新郑黄城见到蚩尤的过程详尽地回顾了一遍，当谈到他终于没有辜负黄帝的期望和蚩尤达成协议的时候，黄帝这才舒了一口气。他一方面决定大摆宴席，与群臣和天下所有前来助战的部落酋长和将军们，为己人压惊、接风和庆贺，一方面和风后、力牧与值年太岁商量，尽快将食物给蚩尤送进去，尽快落实双方的协议，让蚩尤放人，并率九黎鹿部落联盟的人尽快离开中原。

黄帝说动就动，雷厉风行，目的是尽快解救城中在押的中原战俘，人命关天，此事莫大！

隶首被安排与蚩尤接触，代表黄帝全权处理事件的前前后后。他率领着一支运粮草的队伍，向黄城进发。队伍行进得很慢。要知道大家心里头都窝着火：蚩尤杀人、吃人，我们还要给他送食物？更何况他正在吃人，我们进去了，能不能回得来？隶首急得催促着行进的队伍，又反复地讲黄帝的意图——我们现在只是人多势众，但是并没有能力真正战胜由青铜兵器装备起来的九黎鹿部落联盟的联军，与其这样拖着让他吃人，不如先供给他一些食物，让他们尽快离开，再从长计议。经过隶首耐心的说服和催促，大家才加快了速度。人一旦觉悟起来，就会自觉地行动。但是大家心里对蚩尤吃人还是有所畏惧……隶首就给大家壮着胆子：己人不是回来了吗？看来蚩尤并不是什么人都吃的。并且大家只是将粮草送到城门口。

新郑黄城外，黄帝的大军闪开一个口子，让送粮草的队伍靠近南城门。

隶首因为一直从事与九黎、三苗等天下各部落的交往工作，所以他对自己的工作充满了信心。他自负地走在粮草队伍的最前列，来到城下底气十足地向城上喊话：

"黄帝粮草到——蚩尤开门一迎！"

就见城门"咯吱吱"地打开，从城中跑出一群九黎兵，他们裹挟着黄帝送来的粮草和隶首，很快地进了城。黄帝送粮草的兵士，早已经弃车跑回了。

隶首乌青着额头，被九黎兵裹挟着进了城。在他的眼里，蚩尤只不过是一个专为黄帝造兵器的"主兵"，大不了就是一个发明家和匠人，没有什么了不起的，所以他根本就没把蚩尤放在眼里。同时，他又是黄帝的大臣、仓颉的学生，造字有功，他又断识蚩尤的"蚩文"等各大部落的文字符号，主持着黄帝与各受降部落之间的事务，他想，已经失去民心、走投无路的蚩尤，不敢把他怎么样的。

在一群九黎兵的簇拥下，隶首安步当车，大摇大摆走进蚩尤所占据的黄帝中宫。黑压压的蚩尤的弟兄们仍齐聚在这里，给人一种无形的压力，但是，隶首把这些全没放在眼里——他见的场面多了，这算得了什么？但是隶首又是一个心细如缕、做事有分寸的人。他知道，这个时候，既要不卑不亢，又要对蚩尤以应有的"尊重"，面对他的火爆脾气，只能按既定方针一步一步地稳步推进，不能让他有被轻慢的感觉，或者因火上浇油而节外生枝。所以，见过礼以后，隶首就直奔主题：

"蚩尤大酋长，黄帝恩典，粮草已至，汝等即可起程……"他故意避开蚩尤食人的事实，只求问题尽快得到解决。只要蚩尤等一离开中原，食人的事自然就得到了解决。

"当然。"蚩尤的回答也很肯定。虽然他内心里想打小算盘变卦，但是翻来覆去一想，还是痛下了决心。此次中原之役不能取胜，不如尽快脱身，另做打算，"吾等九黎兄弟，当尽数返回。"

想起还在蚩尤手里的战俘，隶首还是有些不放心：

"汝等还是先放人，再撤走，让隶首对黄帝有个交代。"说到黄帝，他还是不由得对空拱了拱手。

"放人自然在先，然粮草必须供应。"

"自然。"知道蚩尤是个直性子，他就用赌咒的方式逼他，"君子一言——"

"驷马难追！"蚩尤也不愧为一位君子，他毫不含糊地予以肯定。

"余的任务，立放战俘。"

1182

"可矣。横木，带隶首清点战俘，如数归还。"

横木从黑暗中站出，一副木囊囊的样子，一头乱发。他好像没有睡醒似的揉了揉眼睛，这才看清了隶首那沉着冷静的样子：

"随我来——"

"告辞——"隶首向蚩尤等施一礼，仍不忘蚩尤撤军的事，又补充一句，"汝等即刻撤军"，看蚩尤点了头，这才随横木离开中宫，前去中宫广场清点战俘人数。

隶首和横木在一群九黎兵的簇拥下来到中宫广场，已经生存无望的战俘们，一个个愁眉苦脸的样子，只盼着死神不要第一个降临到自己的身上。没想到，在这里居然看到了身着黄服的自己人，他们的眼睛立即放光：生的希望来到了！

看到昔日一派生机的黄帝中宫广场，如今被糟践得一塌糊涂，看到一大群胡乱披着兽皮、麻衣，甚至裹着干草、完全衣不遮体的等死的人，隶首的心里很不是滋味，恨不得把眼前的横木立即掐死，无奈他块头很大，又有一群随从。他强忍着从人群中传出的恶臭和尿臊气味，一个一个地清点了这些披头散发、一脸乌黑、分不清胡子和头发的人。他们一个个饿得发疯，一天天的饥饿，让其中一些人已经骨瘦如柴、奄奄一息了——就是这样的一群人，还要充当别人的口食！真是伤天害理，罪不容诛！

清点完数目，这群人就被驱赶到南城门。有了生存的希望，那些胳膊腿还能动的人，就发了疯似的狂叫着，蓬头散发地向自己的人跑去。那些被抬了出来放在地上的人，也在隶首的指挥下，由人抬着、背着跑回了黄帝大军的阵营。黄帝的军中一片欢呼声。

解救了战俘，隶首又回到黄城内，监督蚩尤尽快撤军。隶首和蚩尤一起登上黄城的北城门，向北望去，就见常先的西北大寨（天寨）和后土的东北大寨（山寨）之间合围的兵力，分别向左右闪开一条道，蚩尤指挥着九黎鹿部落联盟联军，包括黄黎酋长横木、赤黎酋长魈、玄黎酋长魅、青黎酋长"胖小孩"魍和红眼睛、长耳朵的白黎酋长魁等强硬的核心部分和胁迫的蚩尤所立的猪龙部落酋长小夎等部落的兵士，排成十路纵队，齐刷刷地冲出北城门，马不停蹄地向北撤去。他们并不敢恋战，因为黄帝手下的东寨（雷寨）、西寨（金寨）、东南（风寨）和西南（地寨）大寨的大军，在雷公、大隗、力牧、大鸿的率领下，正在源源不断地从东西两侧向这里会集，四五十万人众，已经远远地超过了蚩尤的兵力，如果真的打起来，每一个九黎兵，就要同时面对十几个黄帝兵士的进攻，那种惨烈场面可想而知。以这样多的兵力，已经失去了城墙保护的九黎鹿部落联军，即使武器再先进，在如此声势浩大、会集了天下力量的黄帝大军面前，撤得慢了就肯定要吃亏，闹不好就可能全军覆没。其实，黄帝并没有变卦，作为天下共主，他一言九鼎，一言既出，决不会中途更改而失信于天下，他只是要以如此强大的声势，逼着蚩尤尽快离开中原。

这一天是黄帝四年（庚寅年）的腊月初八，一个扫尽雾霾大晴的日子。虽然寒风还是在劲吹着，蓝天上早已经不挂一丝云彩。俗话说，过了腊八，日子长了一杈把，人们已经远远地看到了春天万物复苏的希望。经过隶首的谈判，蚩尤停止了他的吃人行径，放回了一万多名虎口余生的战俘，黄帝自然是网开一面，命大军闪开一条通道，放蚩尤等鹿部落联盟的联军返回了涿鹿。中原的百姓从此又可以过上安宁太平的生活了。

第十一章

一

　　黄帝派出应龙率领几个师旅，一直"护送"着蚩尤的九黎兵过了数九寒天里结了冰的黄河向北而去，直"送"到中原和九黎鹿部落联盟的交界处，这才停止了前进，陈兵于边境。

　　黄帝"网开一面"，蚩尤"中原脱险"之后，并不甘心于这样的失败，因为仗着自己掌握的青铜先进武器，天下本来就应该是他的。回到涿鹿，妻子龙女的恩爱和母亲芇苏的教训，他都铭刻在心。他认真总结了中原失败的原因就是吃人，正因为吃人，他才失去了民心，一下子面临土崩瓦解的局面，但这也是被逼无奈之举，并非他的初衷……所以他立志图新，一定要再次夺回民心，但是，一个人的形象一旦倒了，就像是多米诺骨牌效应，会产生一连串的惯性动作，可以说是一倒百倒，只要第一张牌倒了，全部的牌也就跟着倒了，要想重新恢复起来，谈何容易。何况聪明的黄帝也不会再给他这样的机会。

　　蚩尤离开中原之后，黄帝并没有陶醉在"胜利"之中，在新郑黄城简单地举行了一次合符和庆典仪式之后，他就回到密都云岩宫，把工作的重点放在总结此次战争的经验教训上。想到战争初期自己的被动局面，他想起炎帝的重要性来。同时想到炎帝神农派炎居送药之事，怎么着也得答谢一番。因此，他决定，亲自再去一趟烈山，一是向炎帝神农当面道谢，二是迎请炎帝神农出山，回到中原来。

　　中原之战结束后，炎居并没有及时返回烈山，而是在黄帝的安排下住在密都云岩宫的窑洞里。这一排面南的地穴式土窑洞冬暖夏凉，正是一个"冬藏"养生的好地方，住在这里可以随时见到自己的女儿女节，还可以隔三岔五地和黄帝一起聊聊，所以他在这里一直窝过了冬天。等到黄帝安排好了各种事务，包括为当年值年的虎龙部落代表摄提记功，十二大部落值年顺序从此以虎龙部落为首，一年十二个月的记月，也以虎龙所值之月（三月）打头。包括进入辛卯年的太岁换班，由兔龙部落代表单阏接着值年。一切事务安排好，并将内务交于风后，外事交于力牧代管后，黄帝才在辛卯年春天的一天，与炎居同行，再次前往烈山。

一连三季的战争经历，百忙中的黄帝几乎没有时候去欣赏风景，今天和炎居一路南下，忽然间才感觉到，原来春天的风景这么好！

从密都云岩宫向南，阳光暖洋洋的，空气清爽透明，老远的景色，只要进入眼帘的，都是那么的清明透彻。手搭凉棚向南张望，第一眼所看到的，就是具茨山满山满坡遍布的粉白粉红相间的山桃花，若云，若雾，若霞，任你怎么想象，都是美的。大家从具茨山东麓经过的时候，黄帝抬头看到具茨山突兀的青灰色山顶，如同两个巨人并排而立，而那巨大的岩顶，正是两个相依相靠的巨人的头。黄帝指给炎居看，炎居也有同感，陪乘的昌寓一声喊，赶车的方明，导引的张若、诩朋，跟随在车后的昆阍、滑稽都把目光投向了具茨山。还是滑稽反应快，他说：

"此人莫非炎黄乎？"

经他这么一说，大家就都觉得有点像，连黄帝本人也说：

"炎黄结盟，天意也！"

黄帝又把具茨山东麓的这一片地形反复地观察了一番，这才告诉同车的炎居：

"岳丈请看，具茨东麓，地势开阔，朝山一观'炎黄'，乃结盟佳地也。又东高地上扎营盘，居炎帝，若何？"

"尚矣！余具实告知父王。炎黄盟，天下聚，大事矣；具茨山，炎黄居，佳地也！"

大家纷纷赞同黄帝和炎居的观点：

方明开玩笑道："听君一言，余方向明矣！"

昆阍兄弟俩都是黄帝中宫的门吏，因为老大更忠厚一些，所以黄帝出门时，总喜欢带上他。现在随在车后的他因为没事，正在打瞌睡，听到黄帝和炎居的话后，方从睡梦中醒来，他正在看具茨山的天然炎黄二帝像呢，听方明这么一说，不由得就顶了他一句：

"汝明方向乎，非也！"

"何以见得？"

"且待襄城之野。人言襄城之野天光不现，风无定向，能在此明方向者，才算方明！"

方明不服：

"且待！"

"且待……"

平时就爱说大话好话，以夸夸其谈著称的诩朋，却是一个羽翎箭的好射手，所以他和挥的儿子张若一起作黄帝的前引，为黄帝开道。听了昆阍的话，他却认为其夸大其词了：

"昆阍言过矣！襄城之野，一马平川，何以迷途？"

"余亲历之。尤以春风不定为甚！"

瘦削得像猴子的滑稽，这一行人中，只有他是从桥山一直跟过来的，不管是年龄还是阅历，他都算是资格最老的，但他依然是一副对什么都得过且过的样子：

"且住，且住，到时自明……"

大家就这么议论着向南走去，晚上小宿在方雷氏的一个小部落里，第二天一早，就赶到了襄城之野。

襄城这个地方属于伏牛山东麓倾斜平原，西北高，东南低，北部是丘陵小山，走出小山，就是一马平川的大平原。这里最高的山名叫马棚山，冬天里西北风大，夏季东南风盛，现在正是温热的东南风日盛，寒冷的西北风不得不退潮的时候，所以走到这里，风向不定，又由于这里冬季寒冷而少雨雪，所以只要见风，地面上就扬尘，风一大，就"大风起兮尘飞扬"，又地处平原，周围没有个参照物，所以只要风在这里一打转转，就会像龙卷风一样高旋起尘柱，风向一散，就弥漫起一片黄澄澄呛人的尘雾，风大时，飞沙走石，让人睁不开眼，辨不清方向。正当黄帝一行人"七圣皆迷"

1187

的时候，恰遇从马棚山上下来放牧的一个牧马童子。

随着一声声激越的骏马嘶鸣声，尘雾中马蹄嘚嘚，万马奔腾，让人一时搞不清到底有多少匹马从眼前经过。一阵急风暴雨式的激动之后，尘雾中出现了骑在白花马上的牧马童子。看到眼前的车队，他才明白了马群忽然改变奔跑方向的原因。马群已经离去，他却并不着急，一副泰然处之的样子。

黄帝看这童子长得伶俐可爱，圆头圆脸，水汪汪的大眼睛，肤如荷色，朱唇小口，一副似愠不怒的样子，主动走上前去施礼赔不是：

"小生勿怒，在下有礼了！"

"非也。人不知，而不愠。"牧马童子很大度地说。黄帝看他如此大度，就心生爱意，多问了一句：

"汝知具茨之山乎？"

曰："然。"

"汝知大隗之所存乎？"

亦曰："然。"

黄帝心里想："异乎哉小童！非徒知具茨之山，又知大隗之所存。"就接着问道：

"汝知首山乎？"出发前，黄帝听说襄城一带亦有一首山，而且出铜，就把这个问题提了出来

"然。"

"汝可知首山之铜？"

"然也。"

"汝可带路乎？"

"然。"

牧马童子一个呼哨，离去的马群又跑了回来，跟随在他的身后，马群的后面，腾起一面金黄色的大旗一样的扬尘。

在前往首山的路上，牧马童子的白花马与驾着黄帝大辂云车的白龙马并辔而行。黄帝看小童如此聪颖，就向他问起治理天下的大道来：

"敢问为天下？"

不想，小童却把个圆头摇得像拨浪鼓似的。黄帝坚持再问：

"敢问为天下之道乎？"。

小童这才慢条斯理地用他那清脆的童音说：

"夫为天下者，亦奚以异乎牧马者哉？亦去其害马者而已矣。"

黄帝闻此言大受启发，不由对童子心生敬意，亲自下车，再拜稽首，口称"天师"而退。

直到把黄帝一行送到了首山，牧马童子这才把马鞭一扬，"啪！"的一声脆响，骑着他白花马，追赶他的马群扬长而去了。

牧马童子虽然如白驹过隙般在黄帝的面前消失了，但是他关于治理天下"去其害马者而已矣"的论断，却给黄帝留下了深刻的印象，所以黄帝在口称"天师"的同时，内心里下定了最终消灭蚩尤的决心。

黄帝再次来到烈山后，看到九峰相连的烈山上到处是炎帝神农新开辟的药材种植基地，又看到他那么多分门别类堆放的药材，内心里对炎帝神农充满了敬意。亲自拜谢了炎帝神农相助之恩，黄帝就诚心诚意地请他出山，一同回中原去治理天下。本来无意下山的炎帝神农感于黄帝的诚意，便向炎居安排好下一年的农业和药材种植计划，和黄帝一同下了烈山，回到中原，因为相约在具茨山下举行结盟仪式，两人就共同住在具茨山北麓那块突起的高地上，也就是后人认为是黄帝城的地方。因为黄帝和炎帝都住在这个地方，所以这一片高地上红、白、青、玄四色图腾旗帜林立，中央高挂着黄帝的黄龙旗和炎帝的火龙旗。

也因为黄帝和炎帝要在具茨山下举行结盟仪式，所以天下各大部落的代表也都会聚到这里，共同见证炎黄结盟的盛举。

结盟的地点就选在具茨山下正对着具茨主峰的斜坡上，早已由赤将、高元带领着筑台的兵士忙碌着用黄土夯筑结盟台，三级平台已经初显轮廓——第一、二级的平台已经筑好，正在筑最高的三级平台呢。仓颉亲自为二帝结盟起草盟约，经黄帝和炎帝审阅后，正用青铜刀具雕刻到石头上。隶首也参与到雕刻的工作中。伶伦和岐伯开始训练他们的乐队，高地的黄帝城里整日传出丝竹和鼓乐的声音。

结盟的时间定在辛卯年二月（兔月）初二龙抬头的时候。随着结盟时间的临近，山中粉红的桃花、粉白的杏花和雪白的梨花，包括各种山野的小花都开了，到处呈现出一派欣欣向荣的热烈景象。气温也回升得很快，太阳早已经从冬眠中清醒过来，空气中弥漫着熏人欲醉的温暖。人身上的兽皮外衣已经穿不住了，姑娘们披散着长发，人群中呈现出"二八月乱穿衣"的缤纷景象。

二

黄帝与炎帝结盟，西王母偃昌是必请的客人。等西王母偃昌从王屋山上下来，渡过黄河来到中原，天下各部落的首领已经齐聚于具茨山下。只见具茨山下的大小丘陵，几乎每一个突起的高地和平台上，一直蔓延到东部的平原，到处都散居着各部落带来的团队。这也是一次天下各部落之间互通信息、相互交流和展开各种形式的外交手段的一个过程。因此，本来寂静的具茨山下，一时间白昼和夜晚，到处都飘扬着各色的图腾旗帜，喧嚣着只有在都城里才有的鼎沸人声。

这是又一次聚天下之力的大会盟，这个在中原大战之后紧接着进行的大会盟，也是异乎常见的行动，体现了黄帝誓为天下除害的坚定决心。会盟的目的是：统一思想、明确目标，为早日实现黄帝的大同梦而奋斗。

会盟的前一天晚上，黄帝手持仓颉刻在玉版上的《炎黄盟约》，反复地吟诵，反复地琢磨和修改；他又把炎帝神农、西王母偃昌和东夷大酋长少昊及十二大部落的酋长都请到自己的大帐中来，大家围着塘火，听仓颉吟诵盟约，充分地听取大家的意见，再重新修改，终于形成了统一的认识。

有了天下人心的齐聚，黄帝显得比过去更加从容和自信了，一切只待二月二的良辰吉时了。之所以把会盟的日期选定的这一天，也因为这一天是黄帝的生日。既是黄帝的生日，自然是吉日，也必然是天下各部落会聚一起让天下"龙抬头"的好日子。

二月的清晨，依然是寒意袭人。大家裹了兽皮衣，于日出前就开始向具茨山下的会盟台集中。寒风习习，旌旗猎猎，一个个松明火把，勾勒出了巨大的三级台形和上台阶去的台阶道。乐队分左、中、右布在台前，齐奏起了《云门》组乐。具茨山高大巍峨的剪影，依稀可辨出两个巨人的头形，各部落的人们举着火把，形成一条条光道，从东、北、南三个方向向这里会聚，就像是正月十五闹社火转九曲的黄河龙门阵，总体上给人一种庄严、肃穆、热烈、壮观的印象。

黄帝和炎帝住在一个营寨，所以他俩携手而行。也因为天黑的缘故，黄帝怕已经七十三岁的炎帝脚下有所闪失，就亲自搀扶着他，炎帝知道自己的脚下已经不像年轻时那样稳健，已经有点不太听使唤了，就依着黄帝的臂力，两人相依相偎得紧紧的向前走。前后左右一片火把的跳动的红光和夹杂着凉风的松香味儿。火把把黄帝的脸色映照得更加凝重和庄严，他睁大了一双眼睛，尽力辨别着周围的方向和前进的道路，他什么事都喜欢亲力躬行，这体现了他高度的责任心和崇高的使命感，也说明在他的心中，是多么重视这一次与炎帝的会盟啊。炎帝的心中正怀有愧色——也是因为上一次他没有出山，让黄帝孤战，才使中原的百姓遭受了生灵涂炭，所以他本来就红的脸色，更加赧红，寒风和凉气，也刺激得他不得不把一双细长的丹凤眼缝得细细的，风把他花白的胡须吹得不住地抖动，他也顾不得用手去捋一捋。

等到黄帝和炎帝来到台下，乐队停止了演奏行注目礼，周围是一片"黄帝、炎帝""炎帝、黄帝"的热烈欢呼声。

按照风后事先的安排，只有黄帝和炎帝能上到最高一级平台，四方大酋长和十二大部落的酋长在二级平台上，黄帝的文武百官在三级平台上。所以黄帝和炎帝就携着手，在一片欢呼声中，从平台北侧的台阶道一直走上了最高一级的平台。主持盛典的值年太岁、兔龙部落代表单阏和手持玉版、将在盛典上宣读《炎黄盟约》的仓颉，已经在这里恭候着他俩的驾到。

黄帝扶着炎帝来到台上，二人并排站在台中央，等候着吉时的到来。

眼见得卯时已到，早春的朝阳在东方朦胧的地平线上露出了红彤彤的面容，将它的万丈光芒洒向一片昏暗中的大地，天空中的薄薄的瓦瓦云，都涂上了黄中透红的凝重金彩。受到这瀑布一样热烈的强光照射，昏暗中的大地在分秒之间变得光鲜而亮堂起来。人群中沸腾着一片欢呼声。

"吉时已到。奏乐——"值年太岁、兔龙部落代表单阏宣告了结盟圣典的开始。

这声音，通过台阶道两边站着的手持火把和兵器的卫士，一声声地传下去，愈往下声音愈远愈小，但是，由新加入的青铜编钟领奏（布在台前正中），左右的丝竹和鼓乐协奏的《咸池》的乐声，进一步烘托和增强了朝阳横扫一切阴霾和鬼魅的排山倒海的磅礴气势，让人一听不由得热血沸腾，浑身充满了无穷的热量。

一曲奏完，"上香——"又是单阏那高扬的富于穿透力的声音。

黄帝和炎帝并排走到香草炉旁，分别给香草炉里添了香草。香草的芳香烟雾，顿时弥漫开去，传向四方，直通上苍。

"献牲——"

随着一声声的传递，装饰着红色网格和"花朵"的猪、牛、羊三牲被抬了上来，并排摆放在香草炉前。

"献舞——"

这是一个漫长的过程，天下各大部落都带来了自己的舞蹈，大家排着队上下，分别表演了各具特色的乐舞：

有狩猎舞、农耕舞、打谷舞、播种舞、插秧舞等，有山歌、情歌、民歌、号子等，有不同的语言风格和地方小调，反映了当时社会生活的各种情态和场景，可以说是原始习俗与民风的一次集中大展演。

等到这些乐舞献演终于结束，一两个时辰已经过去了，太阳早已经亮堂堂地高挂在东天上，正在向午时行进呢。

"炎黄盟约——"

早已经胸有成竹的仓颉，分别向炎帝和黄帝鞠了躬，用他的双棱"四目"征得他俩的同意之后，这才走向台前，面对着天地和万众，朗声宣读起早已经准备好的《炎黄盟约》：

　　唯辛卯年兔月（二月）二日吉时，炎黄二帝合天下于具茨，盟约：
　　　　具茨巍巍、姜姬汤汤，炎黄二帝，合于鬼神。夫天下浩浩无厌时，四海涛涛非终期。唯我华夏，雄立中原，四面而治，天下太平。伏羲开天，有炎以承；炎禅于黄，一脉正统。和合百姓，共聚万氏，天下有道，共享大同。然蚩尤反道而行，祸起涿鹿，私假炎名，图谋天下，南侵中原，致生灵涂炭，民不聊生。更以食人为乐，罪不容诛！今炎黄会盟，以明大道，正视听，合天下，讨无道。告于天地，人神共享……

因为今天是黄帝的生日，一次炎黄二帝的会盟大会，最后竟变成了一场向黄帝贺生日的贺寿会。这也是黄帝有生以来最隆重的一次"生日聚会"了。

自从回到具茨山下炎黄共居的台地上，在炎帝的主持下，各个部落的首领、酋长与代表，就络绎不绝地前来向黄帝贺寿。第一个献上生日礼物的，当然是来自西陵氏的元妃、风韵犹存的嫘祖了。接着是次妃、炎居方雷氏女、凤目迷人的女节，次妃、东夷彤鱼氏女彤鱼，黄帝嫔女巴山氏女采女，宁封女、善于鼓瑟的素女，来自昆仑的西王母女"黑牡丹"玄女，曾经绝艳一时的少女和来自渤澥羊龙部落的桑女、新密的金女。彤鱼带来的女嫔、鸟部落的翠女和青要氏女青女。黄帝的三妃九嫔（盐女已经过世），分别代表了天下不同的和亲部落，仅她们的献寿过程，就是一场蔚为壮观的天下部落的聚会，因为她们所代表的部落的酋长，今天都是黄帝的座上宾。再加上十二大部落的酋长（猪龙部落酋长缺席）和黄帝"七千封"的大小部落酋长们先后献上的寿礼，一时奇花异草、珍禽走兽、地方特色、风味小吃等，琳琅满目，不能穷尽。其中最让黄帝珍视的，莫过于葛天氏部落酋长小葛天献上的青铜鼎了，正好被用来做肉羹分给大家吃。

炎黄结盟后，首要的任务是医治战争的创伤，尽快恢复正常的生产生活。也就是在二月二龙抬头之后，中原大地上就到处一派"九九八十一，犁牛遍地飞"的忙碌的春耕景象。当然，这一切的开场，还是要黄帝首先躬耕。黄帝继承了炎帝躬耕的传统，首先第一个开犁，之后来到葛天氏部落酋长处，向小葛天苦学冶铜技术。炎帝则受东夷之邀，去空桑另建新都。炎帝在新都空桑也主持了当地的躬耕仪式。在这里，他第一次制作了一种叫作铧的东西，装在犁头上，可以改变翻土的方向，进一步提高了耕作的效率。炎帝又无私地把他的这一发明介绍给黄帝，由黄帝再颁行天下……

人说春雨贵如油，因为刚刚解冻的大地，放松了一冬紧缩的身躯，刚刚翻过的疏松而干渴的土层，就像是急待吸水的海绵一样，就等着天降一场及时雨了。也是兔龙当值之年风调雨顺，要什么就有什么。当大地像缺水的汉子一样需要畅饮一番的时候，天上就飘来了吸足雨水、捏一把就会掉下雨点的厚厚的云层。这青乌乌的云层，由遥远的春雷推动着来到中原就停下了脚步，将它细如牛毛的雨丝，淅淅沥沥地洒向大地。它们先打湿了尘土，在地面上起了水，这才开始舒舒服服地将它宝贵的琼浆，浸入大地的心田。土地吸饱了水，才能多打粮食啊！人心齐，加上老天爷帮忙，今年的大丰收有望了。因为战争并没有结束，多打粮食，就是为了支援前线。"兵马未动，粮草先行"，这是仓颉总挂在嘴边的话。正因为有仓颉这样的好总管，黄帝才一直可以做到"手里有粮，心里不慌"，不像蚩尤那样被逼到吃人的程度，彻底丧失了战争的主动权。如今，人心所向，战争的主动权已经牢牢地抓在黄帝的手中了。所以他踌躇满志地准备着进攻涿鹿的事，也是可以理解的。

三

最近，黄帝连续做了好几个怪梦。这些梦都与死去的亲人相关，更多的则是对自己心理和能量的一个调节过程。

其中一个梦，梦见自己的启蒙老师项先生给他输能量：黄帝一直在忙着什么，项先生就如生前一样笑眯眯、亲切地在他身旁帮着他。就在黄帝一转过身的时候，项先生将一股能量，像用管道输入一样，从黄帝的右背脊输入。黄帝立即感到一种凉浸浸的舒适感觉，感到这股拐了个直角直向脊梁骨冲入的凉爽之气。黄帝一开始还有些紧张，因为项先生毕竟是已经死过的人了，但是当他明白了项先生的真意的时候，就很自然地接受了这一股难得的能量。

另一个梦是黄帝斗鬼。黄帝梦见自己和母亲附宝等在门前的一个平台之上，台前是栏杆和虚空。有一个不成形的鬼在台前肆虐，它在肆意欺侮和骚扰母亲，黄帝要伸出手去打鬼，却动作艰难，胳膊沉重得拉不动。等到他终于动起胳膊的时候，就将鬼打跑了。于是，他招呼大家赶快撤回到屋里来。就在大家都回到屋里，黄帝在后面关门的时候，那个鬼带着亮光又来了，亮光直从门缝中射了进来。就在黄帝闩门时，却有一个透明的铜链伸进来套住了他的双手。开始黄帝还真有些害怕，但是，当他用力挣脱了链索之后，心中的胆气大增，再也不怕鬼了。

黄帝是在葛庐之山的葛天氏部落酋长小葛天处做了这些梦。自从炎黄结盟时小葛天献上了青铜鼎，黄帝就有意随他去学习冶铜之术。等黄帝到达葛庐之山的葛天氏部落时，小葛天却向他推荐了另一位世外高人老生翁。老生翁曾经是蚩尤的老师，因为蚩尤现在变成一个为害天下的恶人，所以他也愿意收下黄帝来，把自己的绝技传给黄帝。

自从收蚩尤为徒之后，二十来年时间里，因为年龄的原因，老生翁再没带过徒弟。现在，眼看着天下让他的徒弟搞得乌烟瘴气，民不聊生，更有传闻说他的徒弟竟然以吃人为能事，这让老生翁一张老脸真不知道往哪儿放才好。他正在为自己以前的作为愧疚的时候，小葛天和黄帝找上了门来。

老生翁显得比以前更加苍老了，一头银发，长须雪白雪白的。人也变得瘦小了很多，曾经的古铜色皮肤，如今皱巴巴黑乎乎地裹在他骨瘦如柴的一把老骨头上，颧骨明显地凸起，所有的皱纹都收缩绷紧了，他原先齐口的牙齿，也几乎脱落殆尽，所以嘴张开是一个黑洞，闭起嘴来，下巴就急剧地收缩成老婆嘴。因为胃口还好，他吃饭还是大口大口地吃，又因为没有了牙齿，他就几乎是囫囵吞枣式地下咽。但是，他的饭量依然不减，一顿饭，还能吃下二三陶钵的白米饭，所以他总还是显出一种精神头很足的样子来，说话的声音很大，依然充满了底气。按照老生翁自己的说法，目前的他，以他有生以来练就的膂力，几个年轻人还是不能近身的。人常说，有钱难买老来瘦，已经近百岁的老生翁，完全把自己浓缩为人生的精华了。

听说天下共主黄帝亲自来向他学习冶铜技术，老生翁激动得说话都有些喘不过气来了。黄帝的到来，使他感到荣光再次降临到他头上。所以他不用人扶，就自己走到门口来迎接。

　　黄帝看到一位垂垂老者亲自前来迎接自己，不由得心生敬意，立即上前施礼。他行的是三叩九拜的大礼，他对所有他崇拜的高人，甚至像牧马童子那样的小儿，都行过这样的大礼。尊重人才是他一贯的做法。

　　黄帝行完礼，老生翁慌忙上前搀扶，黄帝就势搀扶住老生翁，等小葛天行完礼后，这才一同返回屋内。

　　老生翁住的茅草屋很矮，屋内的光线也很暗，散发着一种浓烈的阴潮气息和老年人身上特有的气味，虽然塘火还在烧着，但是屋内并不是很暖和，而且烟气呛人，有一种松木燃烧后的醛香味儿扑鼻。

　　在这样的小屋里面，身材高大的黄帝几乎直不起腰来，老生翁怕黄帝在自己的小屋里受委屈，干脆直接带黄帝到自己的"操作间"去。

　　这里依旧是二十多年前的老样子，每一处布局，几乎都没有变。等黄帝一坐下，老生翁就开始示范起操作的要领来。一个认真地学，一个倾心地教，他们俩竟然忘记了时间和旁边的客人。

　　似乎老生翁就是为了等黄帝到来而活着的，等到他把自己终身绝技都传给了黄帝，就好像如释重负一样，本来还硬朗的他，一下子就因为脚腕骨折而卧床不起，从此也滴米不进，终于熬过了二十多天，就溘然离世。黄帝为老生翁写了一篇长长的祝文：

　　　　惟有老生，
　　　　先天造化，
　　　　身怀绝技，
　　　　冶铜铸器。
　　　　一生重德，
　　　　老来益重，
　　　　所教高徒，
　　　　伯高蚩尤。
　　　　伯高仙逝，
　　　　蚩尤不才。

悔不欲生，

再收轩辕。

轩辕一成，

老生一行。

先生西去，

何日归程？

惟望在天，

佑我华夏：

子民得福，

天下太平；

幼有所教，

老有所养，

夜不闭户，

道不拾遗。

世界大同。

……

　　黄帝和小葛天厚葬了老生翁之后，就回到葛庐山来。黄帝以老生翁传授给他的冶铜经验，在小葛天的帮助下，炼出了青铜，铸造了一批与蚩尤相当的兵器来装备部队，使部队的战斗力得到一定的提升。

　　黄帝冶铜的地方，就在葛天氏原酋长葛天当年祭拜女娲的中心广场后面靠近山根的地方，炼铜炉因山就势而挖，显得高大而巍峨。炉膛很大，前有炉口，下有炉坑和通风道，旁边有出铜口，铜矿石和木柴分层码放着，一直码放到炉顶，再将炉顶封起来，只留下烟道。这样的炼铜炉，和以前相比，已经有了很大的改进。铸造的工艺，也有了进步，不再是就地挖的器形，而是改做陶范，让铜水从陶范口流进去，完成铸造的过程。由于工艺的改进，一炉铜炼出来，可以铸造几十件兵器，大大提高了生产成效。最关键的是铜矿石的选取，已经不是只拣"五彩石"，而是按照老生翁传授的"上有慈石，下有铜金"的原理，有意识地采掘出来的。所谓慈石，就是磁铁矿，也叫"铁帽层"。他们找矿，还有一种地标式的找法，就是根据地面上自然生长着的植物来寻找，名之曰："山上有姜，其下有铜金。"这种学名不详的"姜"，俗称"铜锈草"，是一种喜铜的地标植物，至今人们还把它作为寻找铜矿的标志之一。有了这双管齐下的找铜方法，又有小葛天的引导，黄帝找起铜矿来就方便得多了。

黄帝做什么事，总是喜欢精益求精，他非常重视每一步工艺流程，所以他炼出的铜质，较前有很大的提高。真所谓"日有所思，夜有所梦"，辛苦工作了一天的他，晚上睡在地铺上，大脑还在无意识中进行着冶炼技术的流程，睡梦中，他听到有人对他说："汝有此招，可立矣！"醒来后，才知人家指的是他的青铜冶炼技术。黄帝在这里一待就是几个月，眼看着时光到了盛夏，他整天忙在冶炼之中，搞得人都黑瘦了一圈，脸色也变得有了一些紫铜色，几乎和过去的他判若两人，他那一双明锐的目光，更加炯炯有神，嘴角也更多了一些坚毅的神色。

最近一段时间，小葛天从思想和精神方面，也似乎是变了一个人似的。和黄帝在一起，他的心里总觉得暖融融的，有一种亲切感。黄帝待人宽厚，性情豁达，做事精益求精，这些优秀品质，都深深地感染着小葛天，让他觉得整天忙碌而内心充实。人称他小葛天，他人也长得瘦小精干，手脚麻利，腿脚勤快。和高大的黄帝在一起，怎么看他都像是一个忙前忙后的仆人。黑瘦的他皮肤发光发亮，深眼窝里一双晶亮的大眼睛，高颧骨，大嘴巴，说起话来总是不由自主地拖着长腔：

"黄——帝，此事应——这、这——般办……"

所以每次听他说话，黄帝总是很费劲地听着，总得耐着性子等待。这和小葛天的一双麻利的手，形成了鲜明的对比。

前后几个月的相处，两人之间结下了深厚的友谊，相互信任，相互支持，甚至可以说相互支撑着，形成了一种默契。黄帝在想什么，黄帝下一步要干什么，小葛天都基本上能猜出个八九不离十，所以，既是师傅，又打下手的他，总是把黄帝下一步要用到的工具，像护士传递手术刀一样精准地传递到黄帝的手里。

因为在炼铜，所以他们几乎昼夜都有工作在做。累了的时候，就相互轮换着休息一会儿，因为天热了，就势铺个什么，就可以倒地休息一会儿，让精神得到恢复。黄帝倒在地上，还不忘夜观天相，但是数着星星，浓重的睡意就会让他深睡过去，发出响亮的鼾声。有时在睡梦中，他也能听到自己深重的一两声鼾声。人太累了的时候，即使平时不打鼾，也会舒服地打起一两个响亮的鼾声的。这是人在无意识之中对身体机能的一种有效调节。人最舒服的休息，就是累了以后的休息，那种睡梦中的叹息，接近于天籁之音。

因为总是夜里工作，所以黄帝对葛庐山一带的夜鸟的叫声也耳熟能详了。那些睡着了的麻雀，有一种睡意蒙眬的叽咕声，最让人毛骨悚然的，莫过于一种"呱呱"叫着飞过天空的夜鸟了。夜静了，你能够听到它那硕大的翅膀划动空气的声音，你会感到，一瞬间，天上所有的星星，包括黑暗中的呆头呆脑的树影都剧烈地颤抖了一下，即使正冒着一头热汗的人，也会顿时出一身冷汗。

正在黄帝的兵器制作如火如荼地进行的时候，炎帝和东夷少昊邀请黄帝前往东夷巡视，黄帝就将冶铜制兵之权交给小葛天，命小葛天为主兵，继续赶制兵器，自己亲自前往东夷与炎帝和少昊相会。

四

黄帝一辈子最爱的人莫过于素女了。又是一段时间没有在一起了，所以就在睡梦中梦到了亲爱的她。

他们一起吃一种特制的奶酪，吃的时候要用舌尖舔着吃。素女吃这种奶酪的时候，就会发出一种性感的声音来。这种声音调动了黄帝的性感觉，他却没在这个时候发起"进攻"。只是在"无意"中就碰到了她凸起的有弹性的小乳头。每次碰到，她都以"犯规"论处，并提出"抗议"，他只好收手。可是他太爱她了，总是想做出点突破的动作来，不管是有意还是无意。于是，她定出一个"戒律"：虽然两个人已经在同一样被窝里，但是她身上凡是臭的地方都不能动（倒是忘了乳房并不是臭的地方，也许是已经动过了原因，但是它却也在不能动之列中）。既不能动，黄帝就采取以静制动的办法。素女的阴部无意中紧贴着黄帝的手背，黄帝就装作不知，只任由她不停地动作着。等素女感觉过来的时候，黄帝就说："我并未动矣！"

梦是人的心声的一种表现形式，它有时代表了人的某种心理需求，有时也会成为人们思想和行动的一种导向。这一点黄帝心里明白。所以黄帝一向重视占梦，并且通过占梦来实现一些重大决策。比如说，风后和力牧的寻找、河图洛书的呈现等。风后和力牧的寻找，本书在第二部的章节中已经有所表现，而河图洛书的呈现，则成为推动后面情节发展、决定战争走向的一个重要环节。

就在黄帝受少昊和炎帝之邀来到东夷后，为了做到知己知彼，牢牢地掌握战争的主动权，黄帝就派出自己的侦察分队，越过与蚩尤两军对垒的前沿阵地，深入到九黎鹿部落联盟的纵深地带，观察地形，侦察进军的路线，了解九黎鹿部落联盟主力的分布情况。这项艰巨而重要的任务，还是由精瘦的己人来完成。己人扮作一个以物易物的彩陶贩子，带了十个从陶工里挑出来的身体强壮的小伙子，又由一名真正的彩陶商贩引路，一行人人挑马驮地进入了九黎腹地。不管部落之间的战争如何进行，这种民间的交易活动，从来没有停止过。这也为己人能够深入九黎腹地创造了条件。

己人因为上一次单身深入新郑黄城解救被吃战俘的功劳，所以这一次黄帝对他更是寄予了很大的希望。临行前，黄帝亲自为己人一行送行，帝师、黄帝陶正宁封丈人，专门对己人一行人进行了几天的彩陶知识强化培训，又专门找来一位真正的彩陶贩子作向导，一行人才在一天天刚亮的时候，整装出发了。

这一行人中，最具个性的就数这位名叫商子的彩陶贩子了。他因为经常往返于这种商道之上，因而可以说是一个语言能力极强、极善于灵活应变的人，可以说是个猴灵猴灵的人精。正如其他那些灵猴人精一样，商子也长了一副猴相，长着一双灵动的圆眼睛、低鼻梁、薄嘴唇和一副能随便翻转的舌头。让他和同样精瘦却高眉弓、高颧骨、下巴上有一层肉色绒毛的"小老头"己人做搭档，也算是一种绝配。至于己人手下的十人，因为大部分都没名字，就按照甲、乙、丙、丁、戊、己、庚、辛、壬、癸正好排了一圈儿，所以就分别叫作己甲、己乙、己丙、己丁……这也没有逃出一般人组合到一起的规律：老大忠厚，老二聪明，老三尖钻，老四灵活……但是合起来，他们又完全是一个团结战斗的整体。就是这样的一群人，他们要从"商道"一路北上，直到九黎鹿部落联盟的前沿总部（狼部落）所在地——冀中釜山。

己人一行出发后，黄帝的心思就集中到"修德振兵"上来。何谓"修德振兵"？针对蚩尤"背道逆时"和"吃人"等祸害百姓的做法，黄帝提出尊大道、求大同和爱民亲民的思想，由爱民亲民进而爱土地爱社稷，再由这一种爱转而为恨，谁要违背大道、倒行逆施、害我百姓、毁我家园，我们就恨他，就和他抗争到底。黄帝还有一个想法就是不能给蚩尤喘息的机会，一定要抓住春夏这个有利时机，给蚩尤以沉重的打击，使他再没有进攻中原的能力。黄帝把他的想法写成文告，传遍三军。并以此为基础，从实战出发，在全军开展一场整军练兵活动。

真是日有所思，夜有所想，晚上黄帝做梦，就梦到了"自强"的问题。打铁先要本身硬。要带出一支强大的军队，首先应将自己身边的军队练好。除了十甲卫队旗帜鲜明，队列整齐，威仪天下以外，应龙所属的直系师旅，更应该是一支特别能战斗的队伍。为此，黄帝把应龙叫到自己的居室来仔细研究，又要在一个阳光明媚的早晨亲自去检阅部队。

听说黄帝要来检阅部队，天不亮，应龙就将队伍带到平时操练的广场上。广场上还是一抹黑，只能隐约看到晃动的人影子，但是纷杂的脚步声和嗡嗡的集市一样的低声说话声，还有青铜兵器、木器和石器清脆、沉闷的撞击声告诉我们，这里汇集着一大批人。启明星还在东天上亮晶晶地高悬的时候，东边天空逐渐亮了起来，东边山的剪影越来越明显，逐渐地，一层青灰色开始笼罩在人形上，那些还是怀着兴奋的心情议论不休的兵士们的形象，开始逐渐像从显影液里显影出来一样，慢慢地能看出他们的眉目了。

东天上开始铺展彩霞的时候，应龙来到广场上，广场上的窃窃私语声立即静了下来，只有心脏在每一个人的心中热烈地跳动着，人人都有一股热血沸腾的感觉，只感到心跳在有力地加快，"扑腾、扑腾"地像要跳出来似的。人们按捺不住激动和喜悦的急切心情，盼望着早点看到自己心中的神人——黄帝。

终于等到第一缕光线从山顶上投射下来，太阳露出了它橘红色的熔铜一样的鲜亮颜色，正当一轮红日冉冉升起的时候，黄帝头戴冕旒，身着黄龙袍，随着白龙马清亮的"咴儿、咴儿"的叫声，出现在大家面前。因为是临时检阅，黄帝并没有像平时那样，让云车都排出来，也没有让风后、力牧等文武大臣作陪，而是单骑只身出现在广场上。

黄帝的出现，顿时引起广场上一片欢呼跳跃的声音。随着应龙的一声令下（这声音通过部下将领的一声声传递，从广场的这头一直传到另一头），广场上立即安静得一根骨针掉在地上都能听到似的。兵士们只能听到自己的心脏在剧烈跳动的声音。这时候，应龙也跨上他四蹄皆白的"滚雪龙"，陪同着黄帝一起检阅"唰"的一声站得整整齐齐的兵士。

滚雪龙一身枣红，像一团火球一样在前面引导，白龙马神态昂扬地驮着黄帝紧随其后，因为白龙马的步距较大，有时它们俩就并辔而行。晨光使它们变得分外鲜明。黄帝眯缝着眼睛，看着这支被初升的朝阳照得无比威武雄壮的队伍，心中也不由得激动起来。从第一列兵士开始，他们就在领队的带领下，整齐地喊"修德振兵！实现大同！""消灭蚩尤！共享太平！"黄帝每走到一列兵士前，他们都以雄壮有力的声音重复着这样的口号。黄帝为自己的思想能够为这么多的人所接受而感慨万千：

一个人的力量是有限的，只有当他的思想化为千军万马的统一行动，它才能产生一种势不可当、摧枯拉朽的巨大力量！

九黎鹿部落联盟的前沿总部（狼部落）的"日中市"，位于釜山南面开阔的山湾里。这是一个以物易物的市场，规模很大，人声鼎沸。市场上按照交易的不同品种，分为牲畜市、布帛市、陶器市、玉器市、石器市、木器市和青铜器市等。牲畜市上马、牛、羊、鸡、狗、猪，样样都有。布帛市则以稀疏的麻布为主，兼有少量从中原来到这里的丝帛。陶器市可谓琳琅满目，有来自附近各个部落的陶器，也有从中原来到这里的陶器。玉器市上主要是从猪龙部落过来的玉猪龙、玉璧、双联玉璧、三联玉璧，此外，还有双兽首的三孔玉饰和源于穿孔石斧的玉钺、玉菱形饰，玉璜、玉角形器等。石器市上石刀、石斧最为常见，以磨制的细石器为主，也有打制的粗石器。木器市上木棍、木杈、耒耜、木犁等，样样齐全。青铜器更是这里的一绝，各种青铜器，都可以以物易物地交换。市场上的专门说合买卖双方的经纪人忙忙碌碌地穿梭于买卖双方之间，说得嘴角上都起了白沫，力促双方在一个价位上握手言和。

己人和商子一行将自己的彩陶在陶器市的一角上摆开来，由能说会道的商子看摊，己人就将己甲等分派出去，从十个方向收集当地军事情报，包括狼部落、犬龙部落和九黎部分兵力的分布情况。约定好了收市的时候集合，己人自己则像一个闲人似的，在各个市场之间转悠着，通过人们的言谈举止，收集更加广泛的人文信息。天近傍晚的时候，己甲、己乙、己丙、己丁等先后赶回，商子已经凭他的三寸不烂之舌，把他们带来的彩陶，换成了中原所必需的物件。急急忙忙地收了摊，找到一个可以休息的地方，晚上，围在火塘边，己人就将己甲等收集来的情报画在一张兽皮上。

五

黄帝估摸着己人一行的"易陶之行"快要返回了，于是就开始斋戒数日，亲自到黄河边去迎候。天气炎热，火塘一样高挂在白光光的天空的太阳，把黄河边的石头都烤得发烫。黄帝连续十多天在黄河边上等候着，太阳烤得他脸色发红、鼻孔和嗓子发干，头上一头一头地冒汗。东夷少昊都坚持不住了，但是，黄帝还是坚守着，虽然他把己人一行此次远行的难度想了一万遍，但他还是坚信己人一行能够完成任务。

己人一行在探知了九黎的军事部署后，就急忙往回赶，他们把绘制好的军事地图藏于鱼腹内，驮在最善行的一匹马——龙马身上。虽然他们的行动谨慎小心，总算过了狼部落设下的关卡，但还是引起了狼部落人的注意。这个消息，很快就被报到了狼部落酋长"跛狼"郎酋跟前。郎酋一听，这还了得！于是就跛着腿跑前跑后地安排好了扑捉计划：不惜一切代价，也要把这些人抓住，以绝后患。

己人一行发现了敌人的警觉之后，加快了行进的速度，一行十人飞骑而去。为了加快行进速度，它们把坐骑身上除了吃喝以外的所有东西几乎都抛弃了。但是，牲口也有走累的时候，特别是正午太阳高照的时候，人就得在树荫底下休息一会儿。己人尽量把休息时间压缩短一点，又趁着早晚天凉的时候多赶路，有时候，他们几乎是昼夜行走，但是，不管他们怎么着急赶路，敌人还是追了上来。这个地方离黄河岸已经不算太远了。己人立即派商子骑上龙马，在另外两骑的护送下快速离开，他和其他八名兄弟就势在一处地势较高的地方留下来掩护。这仗打得是一场死仗，只能尽可能地把敌人放近了，再一个一个地射杀。己人等坚持了半天，在所有的箭都射完之后，连地上能搬得到的石块都用完了，最后剩下的三五个弟兄，个个伤残，已经陷入了重围。狼部落本来是想留几个活口抓回去审问，没想到这几个人却在他们临近的时候，纷纷自戕而死。气急败坏的狼部落小头领把他们碎尸万段之后，这才想起继续向前追赶。

商子一行三人已经跑到了黄河岸边的斜坡上的时候，其他两人先后被射下了马，商子顾不得许多，只管将龙马赶进了夏日涨水之后变得更加宽阔的黄河水中。黄河水一个漩涡套着一个漩涡，人在其中，几下子就感到了眩晕——人的脑袋直跟着湍急的水流转圈圈，闹不好就会呛一口浑黄的充满了泥沙味儿的河水。人在马身上，马也有呛水下沉的危险，商子只好滑下马背。就在这个时候，一箭射中商子的脊背，一阵剧痛之后，他就什么也不知道了！受惊的龙马，继续向河心穿去，离开了狼部落的射杀范围。

黄帝又一次见到了已经过世的帝师天老，他老人家还像生前那样银发银须，头戴一顶插满花花绿绿的羽毛的帽子，手执长长的麻丝扫尘。天老脸色蜡黄，一脸衰老的皱纹。他的旁边，还坐着三公之一的下台五圣，五圣一脸诡谲的深刻皱纹。黄帝对天老说："吾梦雨，龙挺白图出于河，以授予。敢问于子？"天老想了一下对黄帝说："此《河图》将出之状，天其授帝乎！试斋戒观之。"于是，黄帝斋于中宫。黄帝穿上黄颜色的衣服，戴上黄色冕，驾画有黄龙的云车，打着画有蛟龙的三角旗帜，与天老、五圣游于河洛之间，求梦未得。

于是，黄帝沉玉璧于黄河之中以祭河，结果大雾三天不散。还是不见龙马归来。

黄帝又来到一个叫翠妫之泉的地方，结果见一大鲈鱼从黄河中溯流而至，黄帝杀三牲以祭之，结果阴雨连下了七天七夜。有黄龙负图出于黄河。

黄帝对天老和五圣说："子见河中者乎？"

天老、五圣前跪受之。

只见其图五色毕具，白图兰叶而朱文，以授黄帝。乃舒视之，名曰《录错图》，即令侍臣写之以示天下。

黄帝说："此谓之《河图书》。"

……

黄帝求图心切，所以梦中得图。虽然此图还没有到，但是黄帝想此为吉兆，于是又一次以隆重的礼仪祭河。这一次真的像梦中那样，穿上黄颜色的衣服，戴上黄色冕，驾画有黄龙的云车，打着画有蛟龙的三角旗帜，杀三牲以祭河，又沉玉璧于河中，却见烈日炎炎，连黄河水都晒成了温的。热风熏得人昏昏欲睡。就在大家都开始打盹的时候，黄帝看到了河面上龙马的影子。于是，大家重新振作起精神，河岸上也响起一片欢呼声。

夏日的黄河由于涨水，河面非常开阔，从南岸几乎望不到北岸去。终于能望见了，也是小如模型，人和物就几乎望不见了。再看这河水，由于上游水土流失，河水就变得浑黄一片，含沙量很高。这浑黄的河水，带着黄土地的泥腥味，带着从黄土高原卷来的肥沃土地的油花花，一个漩涡套着一个漩涡，就像串起了一大串铜钱似的。这些漩涡深浅不一，飘忽不定，几乎每一个漩涡都是一个陷阱，只要你落入其中，就会被旋得头昏眼花，只要再呛上一口浑水，就更是在劫难逃了。

龙马凭借着自己的身体漂浮在水面上，加上它细长而坚硕的脖颈，头永远高扬在水面之上。它用响鼻喷着水面，不吸入一口浑水。它那两块健美的胸肌时不时地浮出水面，有力的肩斜肌和股二头肌带动着前股向前刨动着水面，后腿张开幅度向后蹬去，就像一个有经验的航手驾着小船一样，乘风破浪，勇往直前。

龙马从一个闪光的小点，在河水的颠簸中时隐时现，让岸上每一个人都为它捏着一把汗。终于，它一次又一次地冲出浪峰，形象也一寸寸地在变大，已经能够看到它高扬在水面之上的马头了，已经能够看到它身上的斑纹了……它正在拼尽全力向对岸游过来。

由于河水冲击力太大，龙马不由得随着水流的方向向东斜去，形成一个很大的弧线。黄帝迎接的仪仗，也就随着龙马的东移而东移，追随着水中的目标，岸上和水中互动。随着龙马的靠近，黄帝派出的一大群水性好的迎接兵士，也向着龙马游了过去。赶到龙马身边的兵士，看到龙马的力气已经拼尽，随时有下沉和随波漂走的危险，再看湿淋淋的马鬃挓挲着，几乎遮蔽住了它圆睁的透着死亡恐怖的双眼。马鼻翼扇动着，响亮地喷着气。马的双肋因为巨大的肺活量，像鼓风机一样鼓动着，背脊上湿淋淋地冒着热气，搞不清是河水还是汗水。马背上驮的东西还威严地高翘在空中。看到龙马已经累成了这样，兵士们又是扶马身，又是提马尾，簇拥着龙马向岸边游来。

龙马一上岸，兵士们解下马背上的东西，将一圈兽皮展开，一看上面果然有一张密密麻麻的"白图兰叶而朱文"的图，赶快向黄帝献上。龙马立即被人拉去遛遍，以防它一旦跌倒，就永远也站不起来了。

黄帝看着这张倾注了己人心血的"河图"，想到再也见不到己人一行的面了，不由得潸然泪下。他命令将所有的祭品都投向黄河，遥祭己人一行的英雄壮举之后，这才离开河岸，带回河图。

黄帝回到中宫，顾不得吃饭，立即就与风后、力牧、仓颉、孔甲等详细解读河图。

河图被庄重地用木架子绷展开来，立在中宫面南的墙上。时间在一个时辰一个时辰地过去，还是没有解读的结果：只见图上以"五"居中，下"一"上"二"，左"三"右"四"，一共有十五个点位。

这些点位究竟代表着什么含义呢？己人不在身边，商子不在身边，没有人能理解它们究竟代表着什么。

黄帝反复地研看，大家一次一次地到图跟前去看……然后都皱起眉头来思索着。

黄帝经过反复观察和分析，认为这是一张九黎鹿部落联盟在冀中地区的兵力部署图："此九黎用兵之图也！"

黄帝一句话，让大家茅塞顿开。风后轻吁出一口长气，力牧有力地拍了拍自己的脑袋：怎么自己就没想到呢？还是黄帝高人一筹。

接下来的问题，就是研究在九黎这样一种兵力部署下，黄帝怎样用兵了。

第十二章

一

黄帝与风后、力牧、仓颉、孔甲等一起研究对九黎鹿部落联盟的用兵问题，一直延续到深夜。夜里风清气爽，一天的暑气只剩下一些残余。凉爽的空气中，多少还有一些温热的遗存。这样的时候，人的思维就会舒展开去，想得很远。最后，他们还是觉得屋内有些闷热，就干脆来到庭院中间的明堂里，一边看着满天的星星，一边议论着国事。

这是一个几乎没有一丝云彩的夜晚，因为到了月底，天空中也没有月亮的炫耀，整个天空深得像一潭碧水，碧水中间，布满了钻石一般的星光。银河像一条清浅的河流，斜向将天空分隔为南北两个区域，像极了地上的黄河将华夏大地南北分开。黄帝和他的师臣们夜观天象，将人间的事和天上的事合一对应地研究，以各个星区对应的地面上的地名，将偌大一个天空变成了一个巨大的地图或沙盘，人坐在地上，指点着天空，研究着人事。

他们将河图上的点位与天空的星座对应起来，又观察它周围的星座分布，因而受到排兵布阵的启发。

黑暗之中，星光原来是很亮的，它能照出人的深重的剪影来，在星光的背景下，黄帝和风后、力牧、仓颉、孔甲的身形只能看出大概的形影，就像一张朦胧的剪纸画一样。

夜静得都能听到人的心跳声了，有提前到来的蛐蛐开始像唱幽怨的小曲一样伴奏着，最响亮的就是被露水染湿的人声了。

这是黄帝那雄浑的声音：

"九黎以五居中，吾等以十对之，若何？"

"尚矣！然九黎尚有一、二、三、四在四围，合而为十，加上中五,五胜于我。"这是风后那长于思虑的声音。

力牧这时候开始加码了。他的声音好像是铜板上钉钉子，一字一个响儿：

"吾等再以六对一、七对二、八对三、九对四，共取五之势，岂不大胜？"

"然则以十居十五之中，必有风险，务必以文武全才用之，方可险胜！"这次又是风后的细绵长声。

这是黄帝思虑的声音：

"从局部看，以十突入十五，确有难度，然运用得当，则可以少胜多，以奇制胜！"

黄帝派人侦察的事，虽然黄帝派出的人都被打死了，但是还是有一匹马逃脱了……此事狼部落酋长"跛狼"郎酉认为非同小可，立即派人报到身在涿鹿蚩尤城的蚩尤跟前。而一贯骄傲自大、目中无人的蚩尤，却认为不是那么回事，在他的心目中认为，黄帝目前还没有实力能够进攻过来，此事到此为止。但是，走起路来一瘸一拐的"跛狼"郎酉，还是本能地加强了前线的警戒和防卫，一直把警戒线拉到了黄河北岸。但是，目前处于夏季，因为上游下雨，黄河正处于涨水期，河面开阔，水流湍急，有这样一道天然屏障隔着，"跛狼"郎酉还是能够放心一些。就是天王老子也不会想到，黄帝正是利用人们的麻痹心理，一定要反常规地在夏季发起进攻。

要说黄帝发起进攻的条件还是具备的，有了前面几次横渡黄河的经验积累，现在要组织起大师旅的进攻，也不是什么难事，只是多造一些牛皮筏、羊皮囊和独木舟的事。黄帝一声令下，这项工作从己人一行前去侦察之前，就日夜不停地加紧进行起来。

经过各方面的准备，包括祭告天地、发出檄文、拜将、分发兵符的时间和地点已经确定。首先由大挠推算出的黄道吉日，是黄帝五年（辛卯年）夏至日，这是一个利于出行的大晴天。地点就在黄河岸边的高丘上。

天亮之前，满天星斗，启明星早早地就从地平线上升起，晶亮地高悬在还没有发白的深暗天空。各个师旅的兵士，也早已经分布在黄河南岸的河滩和丘陵地带，十万人众，将这里填得水泄不通。这些都是从各个部落汇集到一起的精兵强将，除了强弓大弩之外，大多都装备了青铜兵器，可谓旗帜鲜明，刀枪森森。灯笼火把，把他们照得影影绰绰，一个个就像是铜铸的一般。

因为太阳冒红的时候祭天拜将仪式就要开始，所以黄帝和他的师臣们，也早早地来到了高丘之上。这时候最忙的就是值年太岁、兔龙部落代表单阏了，虽然这一阵是一昼夜里最凉爽的时候，但是他前前后后地招呼着，嗓子都快喊哑了，急得头上都冒出了汗珠。因为天黑，他也不太注意形象，出汗了，就顺便用胳膊抹一抹。

天亮之前，帝师吴权、宁封、鬼容区、容成、大填、中黄子、封钜、知命和炎帝、东夷少昊、西王母偎昌、西蜀鼠龙部落酋长常伯等均已到齐，文臣武将百余人汇集一起，可谓英雄如云，气势壮观。黄帝身旁，一左一右，站着上台风后和大将力牧。中台地老、下台五圣和十二大部落代表，站在文臣之列；常先、大鸿、应龙、岐伯、大挠、雷公、挥、大隗、地典、武罗等班列武将。文臣武将，将小丘顶部站得满满当当。

乐队也分为丝竹和鼓乐，分列两旁。

太阳冒红的时候，值年太岁单阏宣布："祭告天地，开始——"

"奠酒——"

黄帝、炎帝奠酒。

"上香——"

黄帝、炎帝将香草投入香炉。

"叩拜天地——"

黄帝、炎帝，并西王母偎昌、东夷少昊、鼠龙部落酋长常伯等十大部落酋长向天地行三叩九拜礼。群臣一同叩拜。

"叩拜列祖列宗——"

黄帝与众再次三叩九拜。

"礼毕——"

祭告结束，拜将开始。拜将仪式由风后主持。

力牧被推向首位，面南而立，黄帝向力牧行三叩九拜之礼，力牧赶快还礼互拜。黄帝与力牧相扶而起。

"宣《檄文》——"

力牧行使主将之权，宣读《檄文》，词曰：

> 黄帝大同世界，天下太平，唯蚩尤反义逆时，背道而驰，逆道而
> 行，假炎帝之名，初犯中原，至于食人；今据涿鹿，密谋再反。炎黄
> 共愤，天下共怒。牧等上应天命，为民请命，为天下求太平，当力克强
> 敌，为民除害，誓死矣！

"点将——"

力牧分别点出常先、大鸿、应龙、岐伯、大挠、雷公、挥、大隗、地
典、武罗的名字，常先等一一应诺，站前一步。

"分兵符——"

风后将兵符递与黄帝，黄帝郑重地双手转交于力牧。力牧接过兵符后，
留一半在手，另一半交与众将：

"常先！"

"诺！"

"命你带左一路前往剿敌！"

"诺！"

"大鸿！"

"诺！"

"命你带左二路前往剿敌！"

"诺！"

"应龙！"

"诺！"

"命你带左三路前往剿敌！"

"诺！"

"岐伯！"

"诺！"

"命你带左四路前往剿敌！"

"诺！"

"大挠！"

"诺！"

"命你带左五路前往剿敌！"

"诺！"

分发完左路五军的兵符，接着又分发了雷公、挥、大隗、地典、武罗等右一路至五路军的兵符，拜将分兵符仪式才算结束。

拜将仪式一结束，这十路克难攻坚、冒着风险准备合攻九黎鹿部落联盟位于冀中的核心力量——狼部落的师旅，就开始一路一路地在黄河上横渡……

与此同时，华夏所有部落，包括东夷、西王母和以值年太岁兔龙部落为首的十大部落联军（鼠龙部落、牛龙部落、虎龙部落、玄龙部落、蛇龙部落、马龙部落、羊龙部落、猴龙部落、鸡龙部落）及黄帝七千封的天下"万国"都统一在炎黄的旗帜下，都尽可能地被调动起来，形成了最广泛的华夏部落联军，人数加起来，达到三十万之多，加上中心突破的十路大军（十万人），人数达到了四十万人，几乎占到了华夏总人口的十分之一，加上"支前"的大军，以每五个人支援一个人算，则有近二百万人（五分之二的人）直接或间接地投入了战争。这是华夏历史上第一次，也是最彻底的一次总动员，一个目的，就是直捣九黎在涿鹿的联盟总部，彻底解决九黎鹿部落联盟的侵扰问题，实现天下的永久太平和安宁。

黄帝和炎帝一声号令，黄河沿岸几千里的长岸上，到处都开始了横渡黄河的战役，形成了一种势不可当的强大趋势。

不说前方是如何推进的，单看后方支前的场面，就相当地振奋人心。因为兵士们出发要带足干粮，以嫘祖为首的妇女儿童都投入了烙馍的战斗。大家昼夜连续作战，几乎把黄河南岸能用的石板都用上了，生起每一堆火，烧红每一块石板，在石板上烙馍。妇女们被分为各队，有捣麦子的、和面的，有运盐的，有专门到山野里去采摘花椒叶的……孩子们烧火，烟熏火燎的，一个个都画成了小花脸。他们宁肯忍着饥肠辘辘，也舍不得多吃一口刚烙出来的香喷喷的大饼。这种麦面饼，干，酥，香，脆，随身携带，随时可以吃，只要加上水，就可以香喷喷地大吃大嚼。这种石板上烙出来的大饼，发展到以后，就是秦军统一六国时背的"锅盔馍"。至今陕西关中一带还有在石板和石子上烙馍的习惯，"锅盔馍"仍然是三秦的特色食品之一。

且看这黄河南岸上，白天里炊烟缕缕，夜晚里星火点点，就像是天上的银河落到了大地上一样。在这些忙碌的人群中，我们能看到帝妃女节、彤鱼，能看到黄帝的嫔女素女、采女，能看到黑眯眯武将风格的玄女，能看到绝艳的少女、桑女，看能到欧氏三姐妹的金女、罗女和婧女，能看到帝女女魃、风后的妻子母霏、大鸿的妻子曼姑、应龙的妻子霞姑和常先的妻子巧姑……正是这样一些女人，让残酷的战争多了一些女人的柔情和美丽。因为她们同样是一些爱憎分明的人。

这里我们看到的只是华夏历史上这场亘古未有的大战支前场面的一小部分，而真正支撑战争的"后勤总部"，正由仓颉全面调动着，连"后勤总部"都要迁过黄河去了……

二

蚩尤虽然目中无人，但是他也不敢小觑黄帝的此次"穷追"。一种隐隐的感觉，好像自己已经到了穷途末路，如果太大意黄帝的进攻，必然连涿鹿也保不住了——根据密探来的情报，黄帝此次可是调集了华夏几乎所有的部落前来进攻的啊！仅以狼部落等在前抵抗，恐怕是凶多吉少，必须亲自出马才是。

于是，蚩尤召集魑、魅、魍、魉等来，一起在凉棚下商议，决定再派九支劲旅，由蚩尤亲自带着前去助战。会议进行得群情鼎沸，喧闹声几乎把屋顶都要掀翻了。

赤黎部落酋长、长于以声音迷惑人的魑赤裸着上身，只在腰间缠了块网状的麻布，被夏日的太阳晒得红中透黑的背上沁出了一层油腻的汗珠，他用手背在额头上一抹，第一个表示："从赤黎抽兵，吾鼎力！"

而玄黎部落酋长、善于以烟雾迷人的魅却用手抓着一头灰暗无光的头发，把四棱子眼睛一瞪："玄黎九支，正可大用！"

"胖小孩"魖和黑脸的魖还在争执不休，可是蚩尤的心中已经有了主意。

考虑到后方的安全与稳固，蚩尤本来就没想动赤黎，有魖的这句话，蚩尤就决定，带上魖和他的部下，兵分魒、魖、魆、魓、魓、魌、魒、魓九支，前去中冀助战。

这一助战，战争双方的力量对比，又将再一次发生变化，进一步增加了战争双方胜败的不确定性。

而统一在黄帝旗下的华夏部落联盟的师旅，在力牧的直接指挥下，则纷纷渡过黄河，经过最初的巨鹿之战、与犬龙部落的获鹿之战以及束鹿之战，进一步缩小了包围圈，与此同时，以仓颉为首的"后勤总部"也已经移师到今河北沧州一带。一场在战争的中心几乎势均力敌的殊死搏斗，将在中冀大地上展开。

中冀地区，处于今河北保定东北的徐水县自北向南由山区向平原过渡地带。这里以著名的釜山（锅顶山）为中心，在一片广阔的山塬丘陵地带，分布着象山、四家台、东水涧、西水涧、北合村、太合庄、义合庄、永合庄、解村、金家坟、大王店、王家庄、智武营、马亮营、刘官营、孟官营、韩家营、谢坊营、广门营等村落，我们无法找到更古的地名相对应，但从这些地名中，就可以看出一些古战场的战争气息来。

王家庄是狼部落首领郎酋的所在地。蚩尤从涿鹿来到中冀后，就驻扎在王家庄北面的大王店，之所以住得和郎酋这么近，是为了便于相互联系。为了防御黄帝大军的进攻，郎酋在王家庄和大王店都驻扎了重兵，并且修筑了高大的城墙，所有的兵力在釜山周围分布开来，形成一个很大的扇面，原有的兵力再加上蚩尤新带来的九支兵力，他们在釜山一带形成一个很大的网，真可谓铜墙铁壁，坚如磐石。

常先率领的左一路军第一个来到中冀地带，这也是他一贯神速"常先"的原因。按照事先的预定方案，他并没有与敌交战，而从象山、四家台、东水涧、西水涧（釜山的西南）一直绕到釜山北面的北合村一带，在敌后钉下一个钉子。大鸿、应龙、岐伯和大挠所率领的左二路、左三路、左四路、左五路军紧随其后，从北向南形成一个大大的扇形（大鸿住在四家台，应龙住在象山，岐伯和大挠住在王辛庄和智武营）；雷公所率右一路军，也是采取长驱直入的办法，一下子插到敌后的太合庄，挥到了辛庄、大隗到了广门营、地典到了永合庄、武罗到了马亮营，从东面又形成一个扇面，左、右路十支大军形成了对敌的合围。黄帝和力牧所率的直属兵团和指挥部，也来到了前线，插入大王店和王家庄之间的龙山村，与蚩尤直接对阵。

时间到了黄帝五年（辛卯年）（公元前 2720 年）夏，战斗首先在王家庄和智武营打响。岐伯和大挠的对手都是狼部落首领郎酋，岐伯越过一条东西向流动的小河，自南向北进攻；大挠则从东向西进攻，两路军形成对郎酋的夹击之势。

郎酋的兵力沿小河分布，守卫着河北庄；岐伯的左四路军向北推进到了河南庄一带，沿河形成对峙。由于小河的阻隔，影响了战车的战力，战车都在河南一字排开，准备设法越过小河去。战斗首先是兵力之间的对冲。一会儿是岐伯军向前冲，郎酋的兵力据河北岸修了一道墙，他们凭墙投石块还击。一会儿又是郎酋的兵力突出河防反冲锋，杀声沿着河岸传得很远（因为天还没大亮，双方都是对影厮杀）。天色在这种对冲中不知不觉地变亮了。又是一个大晴天，东天上挂着几缕血红的云丝儿，太阳还没有出来，已经把天边烧得一通红，耀眼明光的，和阴沉沉的地平线形成了鲜明的对比。太阳是喷着血，在一片厮杀声中冉冉升起的。战斗的尘嚣给它蒙上了一层雾纱。太阳先是露出烧红的青铜一样亮的一小块，接着就越来越大，显出了圆形，最后还用力地一跳，扯离了地平线。不管地面上发生了什么，太阳都要照常地升起，过好它每一天的生活。

对岐伯军而言，他们好像遇到了铜墙铁壁，战斗一时难以奏效。而在平地上和郎酋作战的大挠，则把车战的优势发挥到了极致，凭着兵车的冲击力，正在有效地打击着敌人。与此同时，其他各路军，也分别投入了战斗，魊、魖、斬、魖、魃、魀、魋、魌、魑也分别在各处迎战，一场你死我活的殊死搏斗，让中冀平原上杀声震天，一片刀光剑影。到处是相互冲杀的人群，近身作战，九黎兵的铜刀铜矛还占有优势，不时地有黄帝军队的兵士被砍倒。但是，战车在人群里横冲直撞起来，更威力无穷。长矛手不时地挑翻敌军，弓箭手不等敌人近身，已经射杀了敌人……战斗从早上一直打到下午，不断地有人倒下去，又不断地有人补充上来。天近黄昏，双方才鸣金收兵，在战场上抛下一具具尸体。

通过一天的战斗，蚩尤看到黄帝的军队此次来势凶猛，就决定，一边抵抗着黄帝军团的进攻，一边命人在釜山上筑城，以做长期抵抗的准备。

釜山是这一带的制高点，登上釜山，可以看得很远，便于统览全战场。此兵家必争之地，蚩尤岂可放过。任何事情都是相对的，战争的双方在战斗的过程中也在相互学习。黄帝的军旅获得青铜武器，战力更强了，蚩尤的九黎兵也学会了使用弓箭。战斗进行得更加难解难分，全是靠人力的多少来决定战争的胜败。黄帝兵多将广，所以包围圈日渐缩小，从总的战局看，中冀决战，黄帝似乎胜券在握。战争失利的地方，是未能事先占领釜山（实际情况也不允许），经过半个月的会战，蚩尤的主力退到更加难以攻破的釜山之上。

釜山突兀在中冀平原，犹如倒扣的一个巨大的锅。山上石头多，山城就用石块垒起来，更多的山石则堆在墙后，易守难攻。为了进攻釜山，黄帝大军付出了巨大的牺牲，还是没有结果，只好暂时休战，以待时机。

黄帝把将士们召集在一起研究对敌之策。军帐内闷热，大家干脆席地坐在星光之下。满天的星斗，星河璀璨，周围的树影浓重而亲切，晚风习习，人们倍感凉爽。

战场上，黄帝没有戴他的冕旒，只是把头发高高地绾起，再别上骨簪，被松明火把一照，脸上闪动着红光。风后和力牧，一左一右紧挨着黄帝跪坐着。仓颉因为运送军需赶到前线，也跪坐在将士们中间，他的双棱"四眼"与众不同，宽阔的额头被火光映得发亮。

力牧黑紫着脸，把牙齿咬得"咯咯"响。战争进行得不顺，他憋了一肚子气，窝了一腔火。风后的脸色平和，倒好像没有什么事似的清闲。

黄帝听将士们先后介绍了战况后，也是心有闷气而无处发泄——兵士们的巨大牺牲让他心疼啊！但是，他还是强压住心火，尽量以一种坦然的姿态和大家交谈。因为他明白，在如此艰难的时候，当大家把希望都寄托在自己身上的时候，自己的方寸尤其不能乱。黄帝干咳了一声，稳了稳神，才和大家说：

"如今战事艰难，吾首当其责。吾等当历数敌之软肋，以求破之。"

一句话启发了大家，暂时沉闷的气氛又重新活跃起来。于是大家七嘴八舌地纷纷举出蚩尤等人的"软肋"来。尤其是"蚩尤好色"一句话启发了风后的思维。

夏月的夜晚，黄帝神不知鬼不觉地伏兵于城外的树丛中。天亮以后，蚩尤正上城巡视的时候，就见远远地有一群花枝招展的女人狼狈地在前面奔逃，后面有几十个黄帝的兵士在呐喊着追来。这些面目姣好的女人逃至城下，请求进城，蚩尤一时动了心，就传令手下："放女人进城！"

城门一开，这些女人涌入城门。谁知这些女人一近身，却变成了英勇的战士。他们迅速拔出短刀，杀死了守城门的九黎兵。城门大开，一声呼喊，事先埋伏在城外的黄帝兵士蜂拥而起，转眼工夫就涌入了城门。

蚩尤后悔莫及，再做出反应为时已晚。他并不怕黄帝如此来势汹汹，但是一场硬碰硬的血战即将就此拉开帷幕，他还是在心里划算了划算，到底值不值？不如保存实力，以待来日。于是，蚩尤一边组织一部分死士拼命抵抗着，一边组织主力迅速地从山后撤出战斗。

等黄帝的兵士清除了顽敌，四面会师合符于釜山时，中冀之战就告一段落了。

紧接着的战斗，是追击。狼部落首领也带着他的主力跟随蚩尤逃去。魅的九个分支在沿途设置了种种障碍，迷糊军队的前进方向，让黄帝的大军吃了不少的苦头。虽然前进充满了危险，也可能就是死地，但是，中冀之战大长了士气的黄帝大军还是鼓起勇气向前追赶。蚩尤逃跑的速度是如此地快，沿途设置的种种关卡和障碍又是如此地多，极大地降低了黄帝大军进军的速度。

黄帝的大军从徐水直抵易县，然后分出一支，由紫荆关到涞源，直插到涿鹿以西的西合营；黄帝从紫荆关向北，走龙门、九龙、太平村、北龙门、大龙门（野三坡龙门天关）、九针台直至孔涧。一路上，黄帝的大军克服了重重艰难和险阻，所以等赶到涿鹿一带的时候，已经是黄帝五年的深秋了。

三

但见山峦重重，红叶层林尽染，大自然把最美的景色集中到了秋季。可是，连绵的秋雨来了，重重的迷雾来了，这些都让黄帝身陷绝境一样寸步难行。战车陷入泥潭，失去了往日的威风，重重的大雾，让千军万马犹如走进了迷宫。而蚩尤的九黎兵则时不时出没，打击着黄帝大军的士气。原始森林中时不时还会遇到瘴气，让兵士们无名地死亡。于是，一个关于蚩尤会口吐毒气的传说，在大军中迅速地传播着。

蚩尤也有效地利用了这一传说。本来就明天道、知道涿鹿一带天气演变规律的蚩尤，竟然真的兴起了一套吐雾术。他将嘴对着火把吹，于是就吐出一股股浓浓的烟雾。他还请来两人，分别扮演炎帝的"风伯"和"雨师"为他呼风唤雨。不管这些招数是真是假，老天爷还真的帮了蚩尤的忙。

黄帝的大军陷入大雾，迷失方向，蚩尤的九黎兵则神出鬼没，不时给黄帝大军以重创。加上道路泥泞，军需粮草供给不上，军心开始涣散。在此危急时刻，大家都心如火燎，风后却打起盹来。黄帝着急地问他："如此时刻，安能睡乎？"

风后却不紧不慢地说："吾思战法哎！"

"何法说来？"

"吾造一仙人指路之车，大军岂不冲出重围？"

"好！说具体点。"

"吾据易理、仿河图，以差速铨轮，成九轻五行，以彰九五之尊；以方形为车体，象天圆地方；将九个铨轮置于厢中，象宇宙之九星。于九轮之上，立司南仙人。车成，则无论车体如何运转，指向永不改变。"

黄帝再次手拍膝盖："妙哉！既有此法，何不速制？"

风后找来木料，先用铜刀刮削出九个不同大小的铨轮来，又以当时（龙山文化和仰韶文化）的卯榫技术，将这九个铨轮组合成"九轻五行式"。并在其上安装了刻制出来的一个手指前方的仙人。有了这个核心部件，再加上成熟的造车技术，一部司南车终于制作完成。

车造成后，经过在地上推来拉去的反复试验，的确可以达到"指向永不改变"的目的。为了保险起见，黄帝命风后再造了两辆司南车，这样，三辆司南车在前引路，方向每取其中者，引领着大军一路向南，终于冲出了蚩尤巧借大雾布下的"迷魂阵"。司南车在危难面前，为大军指明了方向，在涿鹿之战中发挥了重要的作用。

虽然说黄帝的大军从大雾中逃了出来，但是战场上总的局势，还是朝着有利于黄帝的方向发展了一大步。虽然说黄帝从此不再主动进攻，但是由于大军的前压，蚩尤的九黎兵也绝难再向南方侵扰，战争进入相持阶段。相持阶段的特点是大仗没有，小仗不断。据说，在相持的这两三年内，大小战斗共进行了七十二次之多。正是这些不间断的小战，才确保了中原一带百姓的安全。大家可以安居乐业，恢复生产，医治战争的创伤。在这一段时间内，黄帝把政事交与风后和值年太岁，自己却上了博望之山，在那里潜心研究兵法与战术，以备将来和蚩尤决战。

博望之山，一说就在今天的淄博市境内。这里山高林深，人迹罕至，正是一个可以静养修心的好去处。走进博望山，地形槽坝相连，阡陌交通，平地凸兀，四壁绝崖凌空，主峰黑帽顶高耸入云，海拔达1180米。山里植被葱翠，竹海茫茫，清幽静雅；山间沟谷溪流、瀑布湖潭、洞穴奇石等自然景观字熔宙冶，浑然天成，用"集山水之精华，汇瀑布之大观"誉之，一点也不为过。博望之山由南向北有五条溪流，在山门沟谷中透迤穿行，形成数量众多、形状各异的瀑布群：有起伏跌宕、绵延数百米的梦溪叠瀑；有飞流直下、如白龙出洞的龙泉瀑，有"大吼三声雨就来"的同声瀑；还有雨后四面八方皆是瀑布的宝盆谷围瀑……

博望之山，还有数不清的溶洞，不仅多而且幽。地下迷宫"风洞"，小巧玲珑，水凉透骨。分上下两层，上层是钟乳景观，数以万计晶莹剔透的钟乳石，或挺立、或垂吊、大如塔小如针，洁白透明，百态千姿。还有空心钟乳，只要用石块轻轻敲打，就会发出金属的声音，犹如"大珠小珠落玉盘"，清脆悦耳；下层是阴河，水面很宽。在下层进口处划小舟溯流而上，在火把下观赏由钟乳石形成的"玉景长廊"，还真有点冰城观景的味道。船到了尽头，是一个通天的洞，四壁藤蔓丛生，从水面看倒映在水中的洞口，给人的错觉是深不见底……许多蝙蝠吊在洞顶，悄无声息。只要人把手一拍，洞顶就变得热闹起来，有的在叫，有的在飞，有的在拍翅膀。

黄帝来到博望之山，人们就在这里筑起了大、小寨门和城墙，并在黑帽顶上筑起了城堡，黄帝就在黑帽顶上长住了下来，史书上也就有了黄帝在博望之山"谈卧三年"的记载。

黄帝问跟随身边的大臣阉冉：

"吾欲布施五正，焉止焉始？"

阉冉说：

"始在于身，中有正度，后及外人，外内交接，乃正于事之所成。"

黄帝说：

"吾既正既静，吾国家愈不定，若何？"

阉冉想了想说：

"汝中实而外正，是以必定。左执规，右执矩，何患天下。男女毕迥，何患于国。五正既布，以司五明。左规右矩，以寺逆兵。"

黄帝又问：

"吾身未自知，若何？"

阉冉对答如流：

"汝身未自知，乃深伏于渊，以求内刑。内形已得，乃自知屈吾身。"

黄帝接着问：

"吾欲屈吾身，屈吾身若何？"

见黄帝有"屈吾身"的想法，阉冉就坦荡地谈出了自己的观点：

"道同者，其事同；道异者，其事异。今天下大事，时至矣，汝能慎勿争乎？"

黄帝是一问到底，非得刨出个结果来：

"勿争若何？"

阉冉对曰：

"怒者，血气也。争者，外脂肤也。怒若不发，浸凛是为痈疽。汝能取血、气、脂、肤，枯骨何能争矣？"

于是，黄帝辞别大臣，只带了单才、阉冉、果童等身边七辅（近臣），上于博望之山，"谈卧三年以自求也"。

在博望之山，黄帝除了修身养性，依然关注了天下大事。一日起来，七辅皆来侍奉。黄帝伸了一下懒腰，好像没事似的随便问七辅：

"唯余一人，兼有天下，今余欲畜而正之，均而平之，为之若何？"

果童长得胖乎乎的，一副天真可爱的样子。他虽然年纪不大，但是却才思敏捷，并且出语不凡。他第一个站出来回答黄帝：

"不险则不可平，不谌则不可正。观天于上，视地于下，而稽之男女。夫天有恒干，地有恒常。合于干、常，是以天有晦有明，有阴有阳；地有山有泽，有黑有白，有美有恶。地俗德以静，而天正名以作。静、作相养，德疟相成。两若有名，相与则成。阴阳备，变化乃生……人有其中，物有其刑，因为若成。"

黄帝说：

"夫民仰天而生，侍地而食，以天为父，以地为母。今余欲畜而正之，均而平之，谁适由始？"

果童对答：

"险若得平，谌若得正。贵贱不谌，贫富不等。前世法之，后世既员，由果童始。"

于是，黄帝就派果童衣褐衣，负陶瓶，营行乞食，周流四国，以视贫贱至极。

黄帝在博望之山，更多的时间，则是学习兵法和演练阵法，为此，他请来了玄女和风后、力牧，玄女授《阴符经》三百言，就是以后流传于世的《烟波钓叟歌》和《黄帝阴符经》。

烟波钓叟歌

轩辕黄帝战蚩尤，涿鹿经年苦未休。

偶梦天神授符诀，登坛致祭谨虔修。

神龙负图出洛水，彩凤衔书碧云里。

因命风后演成文，遁甲奇门从此始。

一千八十当时制，太公删成七十二。

逮于汉代张子房，一十八局为精艺。

先须掌上排九宫，纵横十五在其中。

次将八卦论八节，一气统三为正宗。

阴阳二遁分顺逆，一气三元人莫测。

五日都来换一元，超神接气为准的。

认取九宫为九星，八门又逐九宫行。

九宫逢甲为直符，八门值使自分明。

符上之门为直使，十时一位堪凭据。

直符常遣加时干，直使逆顺遁宫去。

六甲元号六仪名，三奇即是乙丙丁。

阳遁顺仪奇逆布，阴遁逆仪奇顺行。

吉门偶尔合三奇，值此须云百事宜。

更合从旁加检点，余宫不可有微疵。

三奇得使诚堪使，六甲遇之非小补。

乙逢犬马丙鼠猴，六丁玉女骑龙虎。

又有三奇游六仪，号为玉女守门扉。

若作阴私和合事，请君但向此中推。

天三门兮地四户，问君此法如何处？

太冲小吉与从魁，此是天门私出路。

地户除危定与开，举事皆从此中去。

六合太阴太常君，三辰元是地私门。

更得奇门相照耀，出门百事总欣欣。

太冲天马最为贵，卒然有难宜逃避。
但当乘取天马行，剑戟如山不足畏。
三为生气五为死，胜在三兮衰在五。
能识游三避五时，造化真机须记取。
就中伏吟最为凶，天蓬加着地天蓬。
天蓬若到天英上，须知即是反吟宫。
八门反复皆如此，生在生兮死在死。
假令吉宿得奇门，万事皆凶不堪使。
六仪击刑何太凶，甲子直符愁向东。
戌刑在未申刑虎，寅巳辰辰午刑午。
三奇入墓好思推，甲日那堪见未宫。
丙奇属火火墓戌，此时诸事不须为。
更加天乙来临六，月奇临六亦同论。
又有时干入墓宫，课中时下忌相逢。
戌戌壬辰兼丙戌，癸未丁丑一同凶。
五不遇时龙不精，号为日月损光明。
时干来克日干上，甲日须知时忌庚。
奇与门兮共太阴，三般难得总加临。
若还得二亦为吉，举措行藏必遂心。
更得值符值使利，兵家用事最为贵。
常从此地击其冲，百战百胜君须记。
天乙之神所在宫，大将宜居击对冲。
假令直符居离九，天英坐取击天蓬。
甲乙丙丁戊阳时，神居天上要君知。
坐击须凭天上奇，阴时地下亦如之。
若见三奇在五阳，偏宜为客自高强；
忽然逢着五阴位，又宜为主好裁详。
直符前三六合位，太阴之神在前二，
后一宫中为九天，后二之神为九地。

九天之上好扬兵，九地潜藏可立营，
伏兵但向太阴位，若逢六合利逃形。
天地人分三遁名，天遁月精华盖临，
地遁日精紫云蔽，人遁当知是太阴。
生门六丙合六丁，此为天遁自分明。
开门六乙合六己，地遁如斯而已矣。
休门六丁共太阴，欲求人遁无过此。
要知三遁何所宜，藏形遁迹斯为美。
庚为太白丙荧惑，庚丙相加谁会得？
六庚加丙白入荧，六丙加庚荧如白。
白入荧兮贼即来，荧入白兮贼须灭。
丙为悖兮庚为格，格则不通悖乱逆。
丙加天乙为直符，天乙加丙为飞悖。
庚加日干为伏干，日干加庚飞干格。
加一宫兮战在野，同一宫兮战于国。
庚加直符天乙伏，直符加庚天乙飞。
庚加癸兮为大格，加壬之时为上格。
又嫌岁月日时逢，加己为刑最不宜。
更有一般奇格者，六庚谨勿加三奇。
此时若也行兵去，匹马只轮无返期。
六癸加丁蛇夭矫，六丁加癸雀入江，
六乙加辛龙逃走，六辛加乙虎猖狂。
请观四者是凶神，百事逢之莫措手。
丙加甲兮鸟跌穴，甲加丙兮龙返首。
只此二者是吉神，为事如意十八九。
八门若遇开休生，诸事逢之总称情。
伤宜捕猎终须获，杜好邀遮及隐形。
景上投书并破阵，惊能擒讼有声名。
若问死门何所主，只宜吊死与行刑。

蓬任冲辅禽阳星，英芮柱心阴宿名。
辅禽心星为上吉，冲任小吉未全亨。
大凶蓬芮不堪使，小凶英柱不精明。
大凶无气变为吉，小凶无气亦同之。
吉宿更能逢旺相，万举万全功必成。
若遇休囚并废没，劝君不必进前程。
要识九星配五行，各随八卦考義经：
坎蓬星水离英火，中宫坤艮土为营，
乾兑为金震巽木，旺相休囚看重轻。
与我同行即为相，我生之月诚为旺。
废于父母休于财，囚于鬼分真不妄。
假令水宿号天蓬，相在初冬与仲冬，
旺于正二休四五，其余仿此自研穷。
急则从神缓从门，三五反复天道亨。
十干加伏若加错，入库休囚吉事危。
十精为使用为贵，起官天乙用无遗。
天目为客地为主，六甲推分无差理。
劝君莫失此玄机，洞彻九宫扶明主。
宫制其门不为迫，门制其宫是迫雄。
天网四张无路走，一二网低有路通，
三至四宫行入墓，八九高强任西东。
天网四张不可挡，此时用事有灾殃，
若是有人独出者，立便身躺见而光，
虫禽尚自避于网，事忙匍匐出门墙。
假令立分丙辛日，事用禺中另四张。
节气推移时候定，阴阳顺逆要精通。
三元积数成六纪，天地未成有一理。
请观歌里精微诀，非是贤人莫传与。

黄帝阴符经

阴阳逆顺妙难穷，二至还归一九宫。

若能了达阴阳理，天地都来一掌中。

三才变化作三元，八卦分为八遁门。

星符每逐时干转，直使当随天乙奔。

六仪六甲本同名，三奇尽是乙丙丁。

三奇倘合开休生，便是吉门得出行。

万事从之无不利，能知玄妙得其灵。

直符前三六合位，前二太阴君须记。

直符后一名九天，后二宫神名九地。

地为伏匿天扬兵，六合太阴可藏避。

急从神号缓从门，三五反复天道利。

以上若得三奇妙，不如更得三奇使。

得使犹来未为精，五不遇时损其剩。

损明须知时克日，吟格相加尤不吉。

掩捕逃亡须格时，古稽行人信宜失。

斗中三奇游六仪，天乙会合主阴私。

讨捕须明时下克，行人信息遇三奇。

三奇上见游六仪，六仪便见五阳时。

兼向八门寻吉位，万事开三万事宜。

五阳在前五阴后，主客须知有盛衰。

阴后五子还须记，六仪加著更无利。

六仪忽然加三宫，更为刑击先须忌。

六仪击刑三奇墓，此时举动百事误。

太白入荧贼即来，荧入金乡贼即去。

丙为勃兮庚为格，格则不通勃乱逆。

庚加日干为伏干，日干加庚飞干格。

庚加直符天乙伏，直符加庚天乙飞。

加己为刑道上格，加癸路中大格宜。

加壬之时为小格，更嫌岁月日时移。

当此之时皆不吉，遣将行师勿用之。

丙加甲兮鸟跌穴，甲加丙兮龙返首。

辛加乙兮虎猖狂，乙加辛兮龙逃走。

丁加癸兮雀入江，癸加丁兮蛇夭矫。

符加丙兮为相佐，使加六丁为守户。

生丙合戊为天遁，地遁乙合开加己。

休承丁合太阴人，天网四张时加癸。

蓬加英兮为反吟，伏吟之时蓬加蓬。

吉宿见之事更吉，凶宿逢之事愈凶。

天辅冲任禽心吉，天蓬天英芮柱凶。

阴宿禽心柱英芮，阳宿冲辅及蓬任。

天网四张无走路，阴阳顺逆妙无穷。

节气推移时候应，二至还归一九宫。

三元超遁用六甲，八卦周流遍九宫。

《烟波钓叟歌》虽然有许多后人加工的痕迹，但却是研习"奇门遁甲"的入门口诀。倒是《黄帝阴符经》更近于原始。另有《遁甲神机赋》存疑。

遁甲神机赋

两仪主使，三才攸分。步咒摄乎鬼神，存局通乎妙旨。前修删简灵文，裁整诸经要理。夫甲加丙兮龙回首，丙加甲兮鸟跌穴。回首则悦怿易遂，跌穴则显灼易成。身残毁兮乙遇辛而龙逃走，才虚耗兮辛遇乙而虎猖狂。癸见丁兮腾蛇夭矫，丁见癸兮朱雀投江。生、丙临戊，天遁用兵；开、乙临己，地遁安坟；休丁遇太阴，人遁安营。伏干格庚临日干，飞干格日干临庚。庚临直符，伏宫格之名；直符临庚，飞宫格之说。大格庚临六癸，刑格庚临六己。

按格所向既凶，百事营为不喜。时干克日干乃五不遇。而灾生丙奇临时干，名为勃逆；而祸起三奇得使，众善皆臻。六仪击刑，百凶俱集。太白入荧贼即来，火入金乡贼将去。地罗遮障不占前，天网四张无起路。直符宫同天乙而取，如逢急难宜从直符方而行。二至顺逆，妙理玄微。阳符左为前数，阴符右为前寻。

阳遁从冬至前一十二气直符后一为九天，后二为九地，前三为六合，前二为太阴。阴遁从夏至一十二气，直符前一为九天，前二为九地，前五为六合，前七为太阴。太阴潜形而隐遁，六合遁身而谋议，九天之上扬威武，九地之下匿兵马。天地备分难量，神机妙分莫测。学者欲临事有谋，存心斯赋无惑。

黄帝与风后、力牧等研习玄女兵法一百多天，按兵法意思，设九阵、置八门，阵内布置三奇六仪，制阴阳二遁，演习变化，成一千零八十阵，名叫"天一遁甲"阵……

三年时间，在苦修与研习中不知不觉就过去了。单才、阉冉于是上启黄帝曰：

"可矣，夫作争者凶，不争亦无功。何不可矣？"

黄帝于是出其锵钺，奋其戎兵，以与蚩尤决战于涿鹿。

四

黄帝九年（乙未年）（公元前2716年）春，已经五十三岁的黄帝，再次发动了对盘踞在涿鹿一带的蚩尤九黎部落的进攻，七十七岁的炎帝率部随行。此次，黄帝吸取上次秋季雾多的教训，从春季开始，就调动各路人马对蚩尤的八十一个部落进行合围。第二次出征涿鹿时，黄帝从紫荆关向北，从龙门、九龙、太平村到达北龙门后，走的是小龙门、胜利村这一条捷径，缩短了行程。

蚩尤的关口：大龙门、小龙门、蚄蚣口、水关（应龙攻）、口前（炎帝攻）等先后落入黄帝和炎帝之手。黄帝经狼窝向北，树七旗，立六堡。炎帝在姜家窑、吉庆堡和口前与蚩尤的兵力相持。仓颉来到西北的仓上村，把战争的后勤粮草等供应一直推进到了前沿。黄帝所率领的部落联盟的兵力，一直延伸到北面一线，从西向东，分别是百姓营与九堡、温泉屯、龙王堂、暖泉村和沙营、红彤营、吉家营等。嫘祖、挥、鼠龙部落，直北经蚜蚄口（蚩尤关口），鼠龙部落直逼蚩尤城。又以九营官兵随嫘祖到桑园一带（嫘祖所在地，桑园向西直通到头堡西边的果园），对蚩尤形成四面合围之势。

然而，终于到达涿鹿一带以后，黄帝却并没有立即向蚩尤发动进攻，而是对以小奚为首的猪龙部落进行了联姻活动，通过联姻来进一步瓦解蚩尤的军事联盟。

嫘祖住到桑园一带后，就开始教当地部落的人种桑养蚕，并派出猪龙部落代表大渊献回到猪龙部落去提亲，条件是不要美女，只看重德行修养。此一是嫘祖的想法，再娶的女子一定不能漂亮过自己，这样才可以确保她在黄帝心中的形象和位置；同时这也是黄帝的主意：人皆爱美，大战之后，恐人们为了争夺美女而再起争执，所以黄帝带头先娶一丑女，作为示范。

听说黄帝并不想迎娶美女，小奚就从族众中选了一位众口皆碑德行好而并不美的女人，准备与黄帝联姻。此女名叫嫫母，住在一个名叫歪头山的地方。她高高的个子，长脸，细眼，直鼻梁，大嘴，皮肤黝黑，却在眉心上长了一颗黑黑的美人痣。

自从与犬龙部落的获鹿之战之后，犬龙部落归顺黄帝，天下十二大部落中，就只剩下猪龙部落没有归顺。这次能与猪龙部落实现联姻，正是黄帝所求之不得的事——通过联姻，在涿鹿一带，蚩尤的九黎部落就会更加孤立。

此时，蚩尤和狼部落分别驻扎在今涿鹿县矾山镇的矾塘王村和狼洼、狼窝一带。蚩尤占据了猪龙部落的首府，并在这里修筑了一座依山傍水的大城。城墙的一半修筑在所依之山上，另一半修筑在平地上。蚩尤城城高墙厚，易守难攻。倒是狼洼、狼窝一带的狼部落较易攻取。于是黄帝先集中兵力围攻狼部落。重重围困，使狼部落断水断粮，同时黄帝又派人前去劝降。不想狼部落首领郎酋顽固不化，死守不降，最后黄帝才下决心，一役将狼部落歼灭，活捉了狼部落首领郎酋。跛狼一瘸一拐地来到黄帝面前，早已经吓得面色青白，魂不附体。没想到黄帝对他倒还是客气的：

"郎酋，汝既为蚩尤帮凶，罪至于死，以儆效尤！"跛狼吓得浑身一哆嗦，脸色更加青白。正在郎酋觉得自己必死无疑的时候，黄帝却把话锋一转：

"汝死亦无益，不若好生活着，看蚩尤最后之下场。"就命人看押起来。一听说黄帝不杀自己，郎酋连忙又是叩头又是致谢。本来他的头已经吓得嗡嗡地响，一下子解脱，立刻觉得胳膊腿发软，跪了下去，一下子就站不起来，因为他的一条腿本来就是跛的嘛。

与狼部落的战斗结束后，黄帝突入蚩尤城西北的矾山一带修城驻扎，以备长期坚守，此即流传后世之黄帝城。炎帝也在黄帝城附近扎起了炎帝营。一时间，在黄帝城的周围，上、下七旗村、一堡、二堡、三堡、四堡、五堡直至六堡，到处驻扎着黄帝的部落，最远的军旅，一直驻扎到了西边的西合营和东北的青龙等地。

应龙从孔涧向西北，经水关口来到太平堡，占据了蚩尤城的上游。因为应龙善于水战，经过黄帝、风后、力牧等的反复考察，决定命应龙在蚩尤城上游的水关村一带修坝蓄水，以备水战。

应龙筑坝，采取的还是筑城的方法，只不过更加宽厚和结实。兵士们一个个用衣袍兜起泥土往土坝上运，因为人多，筑坝所需的土源不断地运了过来。坝面上，夯起夯落，人声如潮，号子声此起彼伏，一派火热的劳动场面。应龙聪明的一点是，他并没有边筑坝边蓄水，而是先将河水从旁边引出，等坝面筑起来以后，再将水放入。将士们没黑没明地轮换着筑坝，两个月下来，坝已经筑得老高了。为了结实起见，应龙又命人从外侧不断地加厚坝体，做到万无一失。等应龙这边的水坝修好了，黄帝城那边的城墙也修好了。于是，一边是蓄水入坝，一边是黄帝娶亲——黄帝和猪龙部落的联姻，终于宣告成功了。

事先黄帝也去猪龙部落见过嫫母，觉得嫫母长得并不是太丑，从感觉上能够接受，特别是她眉心的那一颗美人痣，给黄帝的印象最深。嫫母也是个性格开朗的人，言谈举止泼辣大方得体，同时，她还是一个很有心计的人，语虽不多，却句句在理上，不由得引起黄帝的敬意。

合婚的日子定在夏初。涿鹿黄帝城内外装饰得五彩缤纷。这座近于方形的土城，城门开在四角，城内按龟书图布局，各大部落代表住在四围八方，黄帝宫居于中位。黄帝和嫫母的合婚仪式就在中心广场举行。嫫母是黄帝亲自前往桑园迎娶而来，此时已经进了黄帝城。迎亲的队伍排成了长队，黄帝胸戴大红花，身披红带骑在白龙马上，马头上也用丝帛挽了一朵大大的红花，白龙马走起路来步态矫健。嫫母头顶红色丝帛，坐在人力抬的"轿"上，随着轿的晃动，她的身体也晃晃悠悠的。城内城外一派欢腾景象。人们都随着迎亲的队伍来到中心广场上，这里立即变成了一片欢乐的海洋。

随着黄帝大军合围圈的缩小，蚩尤九黎部落的八十一个部落一日日被蚕食，或者被分化瓦解，歼灭的歼灭，投降的投降，迁徙的迁徙，蚩尤的活动的范围越来越小，一场决战在即。

黄帝和风后、力牧在今八卦村一带设下"九宫八卦阵"。十面大鼓放在军阵之中。

蚩尤率领魖、魅、魖、魖等九黎兵士们蜂拥而来，一个个都拿着铜刀铜剑，仍然气势汹汹。

蚩尤手握大刀走在最前面，他仍然十分自负。他对走在身旁的黄黎部落头领魖说："轩辕（他依然不称"黄帝"）的石刀、石斧，总不能全部换成铜枪铜斧，哈哈！"

蚩尤大军潮水般涌来。

黄帝在阵中十分镇静。

蚩尤率领着他的大小头目和兵士们疾步而行。

魖指了指黄帝的战阵："看，黄帝已经列好了阵势。"

蚩尤凝视着前方，发恨道："轩辕，今天吾定要与汝一决雌雄！"

在距黄帝军阵不远处，蚩尤站住脚，他的大小头目和兵士们立即站住脚，也列开了阵势。

黄帝仍然十分镇静地注视着对方。

大战蚩尤

　　力牧、风后等人也十分镇静地注视着敌阵。

　　蚩尤依然一副自负的样子："轩辕，汝之石刀、石斧，岂能抵吾之铜兵？今汝胆敢对阵，必然自取灭亡！若愿苟活于世，快快跪地受降！"

　　黄帝轻蔑地一笑："汝多次犯我疆土，杀我同胞，罪大恶极，人人欲食汝肉，饮汝血，千刀万剐方解恨矣！"

　　蚩尤："汝死临头，还敢嘴硬，不消三刻，吾便叫汝尸首分离！"

　　"但愿领教！"黄帝说罢，把手中的令旗一挥。

　　十面大鼓一齐擂响，"咚咚咚""咚咚咚"，震天动地。

　　蚩尤惊异不已，军阵稍乱。

　　"杀——"应龙、常先率二百战车杀来，马师皇又率数百匹战马从另一侧杀出，刀剑高举，箭无虚射，风驰电掣般冲向蚩尤军阵，将其团团包围起来。

　　蚩尤惊恐不已。

1232

魖及众部落首领惊恐不已。

九黎兵们更是惊恐不已，军阵大乱。

战车和战马冲入敌阵，左砍右杀，一个个九黎兵倒在血泊之中。

蚩尤等人仓皇迎战。

"杀！"黄帝把令旗一挥，率先向敌阵冲去。

"杀——"力牧、风后、大鸿等人都挥动刀剑向敌阵冲去。

"杀——"同仇敌忾的健儿们，以排山倒海之势向敌军冲去。

鼓声、喊杀声响成一片。

一场血肉横飞的混战开始了。

应龙、常先分外勇猛，砍倒一个，又砍倒一个。

应龙边杀边问常先："蚩尤在何处？"

常先："吾正找之。"

蚩尤且战且退。

魖和众部落首领且战且退。

蚩尤的九黎兵皆惊慌万状，仓皇交锋，不少人抱头鼠窜。

又混战了一阵，蚩尤兵大败。

黄帝的大军奋勇追杀。

原野上，尸体横陈。

战败的蚩尤只好逃回蚩尤城里。

蚩尤城墙高一丈，夯土而成。虽无城门楼，却有墙垛之类。

城门敞开着，城上城下有九黎兵站岗。

蚩尤率残兵败将仓皇逃来，争先恐后地涌进城中。

城门紧紧地关闭了。

"唉——"蚩尤懊丧地坐在蚩尤泉旁的石阶上，头低低地垂下。

魖、魅、魍、魉等也颓丧地坐在一旁。

半晌，蚩尤抬起头来，眼里满含着仇恨，咬牙切齿地说："轩辕，吾与汝势不两立！"

魖懊丧地说："今日惨败，痛心疾首！"

魅已经被吓破了胆："吾等快跑，躲于此非长久之计。"

魍却说："不能跑，再跑也跑不过黄帝的车骑。吾等坚守城中，车骑便无可奈何。"

"黄帝攻城，吾等可否守住？"魅问。

"吾等居城上，居高临下，黄帝无翅，岂能飞上城来！"魍说。

蚩尤不搭一语，只是垂头沉思。

魍问蚩尤："大酋长，汝意何如？"

蚩尤发恨："与轩辕决一死战！"

"哈哈！"黄帝、风后、力牧等人兴致勃勃地交谈着。

常先："昨日一战，杀得快意！"

力牧："盛传蚩尤八十一兄弟皆铜头铜额，昨日一战，也不过血肉之躯，不禁刀斧！"

"哈哈！"大家又开怀大笑。

风后："力牧所言极是，吾车骑一出，九黎便魂不附体兮！"

岐伯："不说车骑，十面大鼓一擂，震天动地，敌阵即乱矣！"

大家又开心地大笑了一阵。

"胜在一时，唯恐，"黄帝思考着说，"蚩尤决不罢休。若卷土重来，百姓岂不又遭涂炭？"

"多虑多虑，"宁封帝师轻蔑地说，"蚩尤元气大伤，已破胆矣，只怕他不敢再白吾等一眼兮！"

岐伯立即附和道："余亦如此判之——蚩尤亦凡人，岂不怕死乎？"

"切莫轻敌！"黄帝郑重其事地说，"蚩尤屡扰边境，又攻入中原，以至食人，罪莫大焉！今虽一败，其实力犹存，必垂死挣扎，死力一搏……"

"黄帝，下令进军，吾实难坐等！"常先急躁地站了起来。

黄帝立即发动了对蚩尤城的进攻。

黎明，一缕曙光挂在东天，太阳还没出来的时候，黄帝大军已经集结到了蚩尤城下。此城的一半延伸至山梁，地势险要，易守难攻。

在"咚咚"的震天动地的鼓声中，黄帝亲自指挥着攻城大战。

应龙和常先身先士卒，带领着兵士们呐喊着向城墙冲去。

城上，箭如雨下，许多黄帝的兵士都倒在城下。

冲到城墙下的兵士以木为梯，向城上攀爬、冲杀。

蚩尤和魑、魅、魍、魉等人分散到各处督战，指挥着九黎兵顽强抵抗。

刀剑猛砍猛劈，攻城者一个个跌了下来，倒在血泊之中。

守城者也有伤亡。

应龙和常先已满身血污，但始终攻不上去。

时至黄昏，蚩尤城仍然攻克不下，黄帝兵士伤亡惨重。黄帝见状，急令："鸣金收兵！"

青铜片被敲击，"当——当——"声音传得很远。攻城的黄帝兵士纷纷退下。

城上，箭又飞蝗般射下，又有不少人中箭身亡。

傍晚，城墙之上，堆满了大小石块。

蚩尤的九黎兵在城墙上坚守，一个个满身血污，满身泥土。

蚩尤带领他的大小首领在城墙上巡视了一番，满意地说："好！轩辕攻城，城墙之下便是坟场！"稍停，他又说："定要守城，待大雾弥漫之日，吾等即可突围！"

次日，又是一场激烈的攻城大战。

攻城的兵士们又一个个倒在了城墙之下。

黄帝急忙命令："鸣金收兵！"

鸣金之声响起，攻城的黄帝兵士便潮水般退了下来。

蚩尤城久攻不下。黄帝阴沉着脸，在军营中巡视，力牧、风后等人紧随在后，都满脸愁容。

兵士们一个个疲惫不堪地躺在地上，横倒竖歪的。士气不高，有人唉声叹气。

黄帝和风后、力牧等在军帐中商量对策，强攻不下，只好命应龙走水战这步棋了。

五

随着夏日的到来，雨量增加，雷震雨经常发生，应龙筑起的水坝里蓄满了青幽幽的水。水波荡漾，柳暗花明，景色迷人。

应龙在蚩尤城的上游蓄水成库，就等着有一场大雨助势，对蚩尤来一场水战，却迟迟不见令。终于等到了不得已而为之的水战命令，老天爷也帮忙似的下了一场大雨。

这是在立夏之前，意外地等到一场持续将近三个时辰的"黑雨"。应该说应龙是懂得一些天文的，但是他竟然没有预测到这场突如其来的超强暴雨，只是在天亮之后，第一眼看到帐外的时候，看到那黄得过重就像后世的黄表纸一样的天空，甚至周围的景色都好像是沙尘暴来临的时候一样，全都镀上了一层金黄。这也许是应龙一生中第一次看到这么黄的天色，于是，从小在西陵氏部落听金伯讲的那句话又一次从他的口中诵出："人黄者，病也；天黄者，雨也！"但是，他只是对身边的部将这么说了说，也就过去了。并没有注意到，前一天还是闷热得让人透不过气来，今天早上起来，空气却有了一些凉爽和湿度——也许是周围某个地方下过一场雨了吧？这一天基本上是多云，天空中找不到太阳的身影，天也并没怎么热，直到中午以后，天才又一次闷热起来——虽然天空还基本上是一抹灰白，即使从云层漏到地面上的阳光，也基本上没有找不到物象的投影。但是，空气却是热烘烘的，人就像守着一个火炉或者身处火墙旁边一样。除过这样一种和往日几乎没有多少区别的闷热以外，基本上找不到任何大暴雨要来的征兆。时间已经到了酉正（下午六点以后）之时，在戌初（下午七点）的时候，天空开始掉起了稀疏的小雨点。这雨点渐渐变得稠密起来，下起了一场不怎么大的"太阳雨"——因为天空还是很亮很黄，云层并不怎么厚，雨下着下着，也变得稀少了，几乎要晴的样子。这时候，他却看见东边的天空和地面都笼罩在一片黑青之中，这黑色完全遮住了山峦的形状，将它们和天色完全搅和在一起，阴森森地让人看了有一种恐怖的感觉。直到这时候，应龙才感知到将要有一场腥风恶雨了！

水战就这样在一场暴雨来临的时候开始。随着西北天空蘑菇状的黑云越聚越多，随着撕人魂魄的电闪雷鸣，随着一阵紧过一阵的狂风的到来，豆大的雨点就落在地上。风大雨斜，一阵紧过一阵，半个时辰过去，地面上就起了大水，到处响起了山洪暴发的喧吼声。

他看到这样的天象的时候，心中是欢喜的。他一跃而起，带着兴奋的激情，立即号令部下："开坝，放水！"

随着风雨声中一声令下，披着蓑衣的兵士挖开了堤坝。

本来就难以经受得起山洪暴发的土坝，一旦决口，瞬间垮塌。狂风暴雨和着巨大的洪水，犹如千军万马，狂啸着向蚩尤城冲去。蚩尤城虽然高大坚固，但是也经不起如此巨大的洪流的冲击。随着一波又一波的冲撞和浸漫，蚩尤城平地上的一半城墙，很快就垮塌，蚩尤指挥着人们向山上撤，来不及撤走的人畜，都亡命于水患，随波逐流而去……

大雨如注，地面上起了水流，脚踩在泥水里，鞋子不断被粘掉，所以有人就干脆把鞋子脱下来，赤脚走在泥泞之中。泥水冰碜冰碜的，雨水把衣服紧紧地粘在人身上，风一阵阵劲吹，人不由得打起寒战来，牙齿磕得"咯嗒嗒"地响，浑身抖动不已。天地笼罩在一片黑色恐怖之中，周围的一切都被这黑色的大幕罩着，只有在一瞬间的时候，有一道直立起来的闪电，像一个无形的神人手握长剑，将这铁桶一般的黑色划开一道极亮的细缝儿来，泥泞的路面，远近的山形地貌，只有在这一瞬间，才突然显示一下自己的存在。人在荒山野外，顶立在天地之间，随时有可能接通天地，成为雷电的一个导线……人们带着这样一种恐惧的心理在步步艰难地行进，在这样天地动怒的特定环境中，走也不是，不走也不是。走得艰难，站下来也没有希望。就是在这样的情境中，应龙的大军向蚩尤城发起了进攻。

水战的成果是毁了蚩尤城的一半，黄帝大军取得了初步的胜利。但是，蚩尤城并没有完全攻下来，蚩尤的九黎兵退上山后，又形成了三个相互呼应的山寨。加上大雨不止（善于水战的蚩尤，再次邀请"风伯""雨师"兴风作浪），这样更有利于九黎兵的出没，黄帝大军的进攻受到了重创，进退维谷，各个师旅都困在泥水中，车骑动弹不得。魃、魅、魍、魉等九黎兵实行灵活机动的打击，黄帝损失惨重，只好留下一具具尸体，边战边撤出战斗。

和颛顼（黄帝的长孙）同岁的女魃，是元妃嫘祖生的第四个孩子，现在女魃已经八岁了。这时候，黄帝三妃彤鱼已经生了夷鼓和苗龙两个儿子。女魃长到八岁，她的头顶上依然是秃的。脸色红赤，眉宇间一道深深的竖纹，目光锐利，尖鼻子，大嘴。她长相奇特，脾气火暴，被人誉作旱神，也跟着老巫婆练就了一套法术，只要站在高处，手握着木剑指着天念咒，再阴沉的天都会立刻放晴，骄阳似火。在阴雨连绵、战局不利的情况下，黄帝只好请出女魃来试试。这一试果然应验，天空放晴，连绵多日的阴雨终于收场了。从此开始了火一样炙烤的日子。

颛顼这时候也已经长成了个小小伙子。颛顼的眼睛很大，方脸，长得愣头愣脑的。战争期间，他一直跟着力牧学艺，亲自经历了每一场战斗，所以《黄帝四经》才有如下的记载：

高阳（颛顼号）问力黑（力牧别名）："天地已成，黔首乃生。莫循天德，谋相复倾，吾甚患之，为之若何？"

力黑对曰："勿忧勿患，天制固然。天地已定，规侥毕争。作争者凶，不争亦毋成功，顺天者昌，逆天者亡。毋逆天道，则不失所守。天地已成，黔首乃生。姓生已定，敌者早生争，不谋必定。凡谋之极，在刑在德。刑德皇皇，日月相望，以明其当。望失其当，环视其殃。天德皇皇，非刑不行，穆穆天刑，必德必顷。刑德相养，逆顺乃成。刑晦而德明，刑阴而德阳，刑微而德章。其明者以为法，而微道是刑。明明至微，时反以为机。天道环于人，反为之客，静作德时，天地与之，静作不衰。时静不静，国家不定。可作不作，天稽环周，人反为之。静作得时，天地与之。静作失时，天地夺之。夫天地之道，寒热燥湿，不能并立；刚柔阴阳，固不两行。两相养，时相成，居则有法，动作循名，期事若易成。若夫人事则无常，过极失当，变故易常，德则无有，措刑不当；居则无法，动作爽名，是以戮受其刑。"

力牧又以"雌雄节"为比，教于颛顼为人处世之道：

> 皇后屯磨（历），吉凶之常，以辩（辨）雌雄之节，乃分祸福之
> 向。宪傲骄居，是谓雄节，温良恭俭，是谓雌节。夫雄节者，涅之徒
> 也。雌节者，兼之徒也。夫雄节以得，乃不为福，雌节以之，必得将有
> 赏。夫雄节而数得，是谓积殃。凶忧重至，几于死亡。雌节而数之，是
> 谓积德。慎戒毋法，大禄将极。凡彼祸难也，先者恒凶，后者恒吉。先
> 而不凶者，是恒备雌节存也，后而不吉者，是恒备雄节存也。先亦不
> 凶，后亦不凶，是恒备雌节存也。先亦不吉，后亦不吉，是恒备雄节存
> 也。凡人好用雄节，是谓妨生。大人则毁，小人则亡。以守不宁，作事
> 不成，以求不得，以战不克，厥身不寿，子孙不殖。是谓凶节，是谓散
> 德。凡人好用雌节，是谓承禄。富者则昌，贫者则谷。以守则宁，以作
> 事则成。以求则得，以战则克。厥身则寿，子孙则殖，是谓吉节，是谓
> 降德。故德积者昌，殃积者亡。观其所积，乃知祸福之向。

可谓是言传身教，细致入微。

第十三章

一

天气大晴，骄阳似火，大地上的树木、花草的叶片，都被晒得卷了起来，事先浸在水中的土地，现在开始龟裂，形成网状的花纹，起了硬痂。这一切，对人和庄稼都是不利的，却有利于运兵打仗。

自从天气放晴之后，黄帝和风后、力牧、玄女等就又一次在一起研究起运兵布阵的事，并为这一次与蚩尤的决战做了充分的准备。

正好有人从东海回来，带来一种神兽，独角、苍身、声吼如雷，名叫夔，被人谓之"雷神"。于是就有人建议，以雷神之皮蒙一面大鼓，再取夔之骨做鼓槌，擂之声震千里。配以五十面大鼓一齐擂响，其八面威风之势势不可当。针对魑、魅、魍、魉以声音迷惑人的特点，以夔的大角，制作了一个夔角号，吹之"呜呜"如同龙吟，再配上几百只牛角号一齐吹响，更是声势大振。仓颉的后勤保障工作这一次也做到了位，不断有粮草从中原源源不断地送来。天下各部落的兵力重新集结，十二大部落都派出了自己的兵力，西王母也从王母山来到了涿鹿。炎帝榆罔也从炎帝营来到黄帝城中，亲自过问作战部署……

根据玄女的建议，这一次布阵，布的是"风后八阵"。黄帝临阵指挥，由风后亲自布阵。地点还是选在黄帝城东面、蚩尤三寨北面的八卦村一带的平野上。

风后说："余乃悬衡于未然，察变于倚数，握机制胜，以作阵图。"他进一步阐释：

"夫八宫之位正，则数不僭，神不忒，故八其阵所以定位也；衡抗于外，轴布于内，风、云附其四维，所以备物也；虎张翼而进，蛇和敌百蟠，飞龙翔鸟，上下其势，所以致用也。至若疑兵以固余地，游军以按其后，列斗具将发，然后合战弛张。则二广迭举，掎角则四奇皆出。必使陷坚阵，拔深垒，若星驰天旋，雷动山破也。"

风后讲起阵法来，就口若悬河，滔滔不绝：

凡推演八阵，始于队伍，而成营阵。伍者，五行生成之数也；阵者，八卦之象也；游后者，二十四气之数也。所以五人为伍，十五为一队，加五旗。军而五十有五，终于生成之数也。

八队为一阵，有四百四十人。八阵为一部，有三千五百二十人，而为小成，可变为两阵也；八部为一将，有两万八千一百六十人，而为中成。八阵齐可变，终于六十四卦也；八将为一军，有二十二万五千二百八十人，而为大成。

其布列营阵，以将台左列四阵，右列四阵，分作两层驻扎，而为小将；左列四部，右列四部，亦分两层，而为中将；左列四将，右列四将，亦分两层，而为大将。

其制阵以千人可布六阵，每面用六十步；以小成三千五百二十人，可布八阵，每面用一百二十步；以中成二万八千一百六十人，每面用六百步；以大成二十二万五千二百八十人，每面用一千二百步。其小成每队相离十八步，中成每阵相离八十六步，大成每部相离一百七十二步，内余数步者，加中军而为闰也。

以天后冲四队，东北、西北风云各二队，定作一号；

以地后冲四队，东北、西北风云各二队，定作二号；

以地轴、地后冲各二队，定作三号；

以后地轴四队，左右后天衡各二队，定作四号；

以前地轴四队，左右前天衡各二队，定作五号；

以前地轴地前冲各二队，左右前天衡各二队，定作六号；

以地前冲四队、东南西南风云各二队，定作七号；

以天前冲四队、东南西南风云各二队，定作八号。书于本队旗上，布阵下营，不得错乱。

闻中军举号，每阵皆间队一二五六号先出，三十六步止，单摆开，战毕仍作八阵，为第一阵；

二次举号，三四七八号出，过第一阵前，三十六步止，单摆开，战毕仍作八阵，为第二阵；

三次举号，第一阵又间队，每阵出五六号，过第二阵前，三十六步止，单摆开，战毕仍收作八阵，为第三阵；

四次举号，第二阵又间队，每阵出七八号，过第三阵前，三十六步止，单摆开，战毕仍收作八阵，为第四阵；

次观中军起火、点鼓，每阵又间队，一三五七号不动，二四六八号出，前行十八步止。

天前冲，四阵居前；天后冲，四阵居后。天衡十六阵居两端，地轴十二阵居中间，地前冲，六阵居前；地后冲，六阵居后。风八阵而居四维，云八阵居四角，自然而成八阵之规也。

游兵二十四阵列两哨，每哨十二阵。三阵定作一号，共四号，分列两层，进止开合、间队与八阵皆同。余下营队，挈环于后而伏之，持久固守。八阵取胜，冲敌全在乎游兵。故八阵者，正兵也。游兵者，奇兵也。以正为奇，以奇为正，全在人心运用而已。

天覆阵

八阵外之分，变为天覆阵。有风无云，用总阵外面阳队。以右天前冲二队列前，居正南。以东南西南风各二队，列天冲两维。以左右前天冲各四队，列前中。以左右天前后冲各二队，列两端。以左右后天衡各四队，列后中。以左天后冲二队列后。以东北西北风各二队，列后两维。谓风附天而形圆也。

地载阵

八阵内之分，变为地载阵。有云无风，用总阵中间阴队。以地后冲三队列前，居正北。以东北西北云各二队，列地后冲两角。以左右后地轴各三队，列左右中。以左右前地轴各三队，列后地轴左右。以左右地前后冲各三队，列轴之两端。以右地前冲之三队列后。以东南西南云各二队，列地冲两角。谓云附地而形方是也。

风扬阵

八阵右之分，变为风扬阵。有风无云，用总阵右一半队。以右天前冲二队列前，居正西。以西北西南风各二队，列天前冲两维。以右前地轴三队，列前中。以右前后天衡各四队，列地轴左右。以东北东南风各二队，列冲两端。以后地轴三队，列后中。以右地前后冲各三队，列地轴两维。以右天后冲二队列后。谓风附冲而形锐是也。

云垂阵

八阵左之分，变为云垂阵。有云无风，用总阵左一半队。以左天后冲二队列前，居正东。以左地前后冲各三队，列天后冲两维。以左后地轴三队，列前中。以左前后天衡各四队，列后地轴之左右。以左前地轴三队，列天衡之中。以东南东北云各二队，列天衡两端。以左天前冲二队列后，居正。西南西北云各二队，列天前冲两维。谓云附衡而形有聚有散也。

龙飞阵

八阵后之分，变为龙飞阵。有云无风，用总阵后一半队。以东南东北云各二队，列东南为两翼。以左后天衡四队，列前为首。以左天后冲二队，列天衡次。以左地后冲三队，列天冲次。以左右后地轴各三队，列地冲中。以右地后冲三队，列地轴次。以右天后冲二队，列地冲次。以右后天衡四队，列后为尾。以西南西北云各二队，列衡二维为翼。谓云从龙而形象龙也。

虎翼阵

八阵前之分，变为虎翼阵。有风无云，用总阵前一半队。以西北西南风各二队，列西北二维为前足。以右前天衡四队，列前为首。以右天前冲二队，列天衡之次。以前地轴左右各三队，列中之左右。以地前冲左右各三队，列地轴两端为翼。以左天前冲二队，列地轴之次。以左前天衡四队，列后为尾。以东北西北风各二队，列天衡二维，为后足。谓风从虎而形象虎也。

鸟翔阵

东北西南二隅，变为鸟翔阵。有云无风，用总阵二隅之队。以左天后冲二队列前，居东北为首。以右天前冲二队，列后为尾。以左后地轴三队，列天冲右。以右前地轴三队，列天冲左。以左后天衡四队，列轴右。以右前天衡四队，列轴左。以左地后冲三队，列天衡右。以右地前冲三队，列天衡左。以东北东南云各二队，列地冲右，为羽翼。以西北西南云各二队，列地冲左，为羽翼。谓云附冲，而形象鸟翔也。

蛇蟠阵

西北东南二隅，变为蛇蟠阵。有风无云，用总阵二隅之队。以右后地轴三队列前，居西南为首。以右前地轴三队，列后为尾。以右后天衡四队，列轴右。以左前天衡四队，列轴左。以右地后冲三队，列天衡右。以左地前冲三队，列天衡左。以右天后冲二队，列地冲右。以左天前二队，列地冲左。以西北风二队，列天冲右。以西南风二队，列天冲左。以东北风二队，列西北风右。以东南风二队，列西南风左。谓风附轴，而形象蛇蟠也。

蚩尤登上北寨城头北望，只见黄帝那巨大的兵阵在演来变去，因为距离太远，根本看不出个子丑寅卯来。加上他根本不懂黄帝的阵法，更无法推断其妙用。他越看越眼花缭乱，百思不得其解，总是搞不清，黄帝又在玩一些什么鬼花样？

然而，蚩尤并不记取上次在"九宫八卦阵"中的惨败，虽然那一次输得很惨，有一段时间里，他一直从惨败的阴影中走不出来……现在，恢复了元气的他，又把黄帝不放在眼里。他认为那只是花拳绣腿，只是玩出一些花样给人看而已！

蚩尤心想：不管黄帝玩什么花样，他内心里对自己的铜刀铜剑等"五兵"的威力还是抱有信心。再加上巨人夸父族的加入，他又私下里联络了北方草原的荤粥部落前来助战，三部人马合在一起，声势又一次大振。于是，他就在内心里横下一条心，非得与轩辕一决雌雄。

二

黄帝和蚩尤之间的这一场大决战，并没有立即就发生。敌对的双方，都在蓄势待发。

又过了一个多月，时间进入仲秋时节，暑气虽然有所减弱，但是"秋老虎"仍在逞威，闷热起来，人们仍然难以承受。树叶都被热气熏得蔫沓沓的失去了生机，地上的青草，也无精打采地趴在地上喘息似的。曾经涝过的土地，照样是干裂着网状的裂纹。只是早晚的时候，气候明显地变得凉爽起来。等夜晚用它的黑色幕布完全笼盖了大地，天上竟然像刚洗过澡一样，找不到一丝云影。月亮这时候就显得格外地圆，格外地大，格外地通透明亮，像一个巨大的铜锣挂在冷色调的天空。因为月亮太明亮了，整个天空被它所独霸，星星都躲到了天幕的后边。这时候，应该是一年四季中最适宜人类居住生存的美好时光，几千年后，这一天是人们团圆的好日子，而现在，在华夏大地的涿鹿一带，已经分成两大阵营的原始先民们，却箭在弦上，不得不发！

时间到了黄帝九年（乙未年）的深秋，山野里层林尽染，中秋时还不是层次很多、只有杨树的叶子金黄地点缀于山林间，几乎是在一夜之间，各种杂木就变幻出了丰富的色调，浅红、粉红、大红、深红、紫红，亮黄、黄绿、金黄、红绿相间……橡木，尤其大片大片的枫林，"燃烧"得如火如荼，形成一派热烈的火红。最热的季节里，战争也进行得如火如荼，各个战区先后传来了捷报……战争终于在这个深秋季节，进入了最后的决战阶段。

黄帝在八卦村一带布下阵势，张网一待。

蚩尤带了九黎族戴着头盔、身披铠甲的"金兵"，又会合了夸父族巨人似的壮汉和来自北方草原一带、还处于游牧阶段的荤粥部落的人，一时又声威大震。

然而，对于这场决战，黄帝不但有信心，而且感到兴奋。和蚩尤之间的战争，如果从炎帝相邀渡河东征算起，已经过去了多年，其间的艰难曲折与反复，让黄帝一想起来就有一种悔断肠子和愧对天下百姓的感觉。那一次捉住蚩尤后，是他力排众议，坚持不杀并给蚩尤以生路，命其做"主兵"继续冶铜，是因为他太爱才了。他用了天下能找到的几乎所有的奇才和各个方面的发明创造者，这些人以自身的表率作用，带动了整个社会的进步与发展。所以他当时的用人原则就是"唯才是用"——只要你有本事，只要你的发明创造为社会发展做出了贡献，都会为黄帝所用。但是，前提是这些人本来就有道德修养并且心存善意，拥有阳光心态，打心眼里愿意为社会的发展奉献，所以他们才成为各个方面的领军人物，甚至成为所在行业以后的鼻祖。黄帝本来对蚩尤还是报有希望的。因为他相信，即使再恶的罪人，人之初本性也应该是善良的。谁知蚩尤这个人恶性不改，直导演出涿鹿之战这场一拖几年的一幕幕战争大戏，致中原涂炭，百姓甚至包括黎民也跟着遭殃。这样惨痛的教训，促使黄帝进一步反思他的用人原则。痛定思痛，黄帝开始对他的用人原则进行修改，开始在继续重视人的知识才能的同时，更加重视人的品德和道德修养，这个经过修改后的用人原则，就是我们现在经常还挂在嘴边的"德才兼备"这个词。

黄帝接着想，经过多次曲折，现在总的趋势看来，最终战胜蚩尤只是一个时间的问题。可以说蚩尤现在是大势已去，只是在做灭亡前的最后挣扎。现在的涿鹿大地上，除了蚩尤三寨还为蚩尤所据守以外，纷纷汇聚到涿鹿来的天下各大部落，从数量上讲，早已经占到了绝对的优势。即就是不打，只用围困这样一种战法，蚩尤也必败无疑。而且，蚩尤之败，还是最有代表和象征意义的——我们是正义的，是代表天下百姓利益的，代表着最大的善，因为我们所坚持的是大同社会的大道，选择的社会发展模式是部落联盟、共同发展的"原始共和"体制，在这样的体制之下，各部落享受着平等的发展机会。我们的选择是科学的、文明的、进步的，可以说是代表了社会前进的方向，代表了天下各部落最大的利益。而蚩尤却是逆道而行，反义逆时。同时，他所推行的治世原则，是落后的、愚昧的和独揽专权的。他用的是奴才，而不重视用人才。在他的治世原则下，人的聪明智慧和创造才能受到压制和束缚，天下各个部落只有做奴仆和附属的权力，绝对不可能自己主宰自己命运。正因为这一点，他已经失去人心。人心向背，乃胜败之标尺。失去人心，则众叛亲离，前路不测；获得人心，则前途光明，大道乃成。最关键的一点是，蚩尤已经成为天下恶势力的代表。

我们从善心出发，却能够战胜天下最强的恶势力的代表，这对天下恶势力，无疑是一种最大的威慑！

黄帝进一步想到，战胜蚩尤之后，如何将蚩尤的像画到旗帜上，以正告天下：凡反义逆时、违我大道、带头作恶者，必死无疑也！对，威慑天下，以儆效尤，唯此法也。善有善报，恶有恶报，是时候了！

黄帝越想越兴奋。他把自己的想法告诉坐在身边的仓颉。仓颉点头称是，并且郑重其事地将此事刻录在龟甲之上。

黄帝和蚩尤之间的决战，终于在八卦村一带的平野上展开。

黄帝和风后的八阵在这里演习了半个月之后，蚩尤所率的重装备的九黎兵士才在夸父族和荤粥部落的配合下，来到阵前面北而站，准备闯阵。蚩尤的九黎兵居中，夸父族身强力壮、高出人一头的巨人兵士在左，荤粥部落那些善于角斗和摔跤的壮汉居右，一派杀气腾腾的景象。

蚩尤虽然还是那么自负和傲慢，并不把黄帝摆的阵势当回事，但是自从上一次吃了亏之后，他还是变得小心起来了，不敢再贸然入内，而只是站在远处虚张声势地狂喊。他也变得聪明起来了。所以，这一次他绝对不会再以全部兵力去盲目冲阵，而只想以少量兵力先去冲阵试探，却将大部兵力留在阵外观战助威。他本人也不会再亲去硬拼，而是坐阵后方，以观其变。

看蚩尤变得如此小心谨慎，徘徊在阵外并不急着冲阵，急性子的夸父族首领木楼，就自告奋勇地要去冲阵。

这位保留了其先祖苍肩宽胸特点的英雄，长得人高马大，有的是一身使不完的力气。他胆子也大，有他这一万多兄弟相助，他什么也不怕。兄弟齐心，其力断金嘛！深秋季节，他并没有穿上衣，好像是专意为了炫耀他的一身好膘似的光着膀子，只在背上凭空披了一块麻质披风，被劲风一鼓，威风凛凛的。只见他双手抡起两把铜斧，就要赤膊上阵。他看了蚩尤一眼，蚩尤点一下头，他就瞪圆了眼睛，放开了脚步向前冲去。

他右手将铜斧指向黄帝的兵阵，嘴里一声"冲"字像洪钟似的刚脱口，他的那些无所畏惧的弟兄，就像脱了缰的野马，一窝蜂似的向黄帝摆开的大阵冲去。因为人多势众，顿时形成一股势不可当的洪流。

夸父部落的人，在木榛的带领下，像巨浪破堤一般，在一片纷乱的兵器撞击和人群喧吼的声浪中，这些巨人和壮汉铺开的阵势，很快形成一个巨大的扇面，大有力拔山兮气盖世、摧枯拉朽如同秋风扫落叶席卷一切的气势。

然而，黄帝的兵阵在这样巨大的冲击波面前，并没有乱了阵脚。只见风后站在新筑的高台上，双手从容镇定地挥动了一下手中的旗子，原来手执长矛平面铺开的兵士，很快退到二线，摆成半围的弧形，而冲上来的全是弓箭手，一时张弓劲射，万箭齐发，夸父族前冲的人浪中，就纷纷有人倒地，被自己的人践踏而过……

等夸父族的人靠近的时候，弓箭手又退到二线，迎接他们的，就是兵士挺在手中密集的长矛了。而兵阵的后面又在积极主动地调动中变换着阵形；早有多路奇兵从四面八方覆盖过来，欲将夸父族这一万多人包裹在其中。

木榛还从来没见识过黄帝兵阵的威势，一看这来头，顿时也傻了眼，急忙令自己的兵士："后撤，后撤，弟兄们，后撤！"

可是，人潮席卷在一起，一片轰轰的声响，他就是再声嘶力竭地喊，也已经失去了效果，只有身边能听到他声音的一小部分兵士，才跟着他撤了回来。也是他木榛命大福大，才捡回来自己一条命。已经折回到蚩尤面前的木榛还惊魂未定。这时候的他，早已经失去刚才冲阵时的骄傲与自负，而已经是一脸难看的痛苦表情。他脸上尽失健康的红润色，而变得灰头土脸，一副破败相。最让他痛苦的是，他的一万多名精兵硬汉，这么快就被黄帝从天而降的大军如同风卷残叶一般给吞没了，就像是遭遇了黄河里的一个巨大漩涡，人和物瞬间就被吞没了一样！事实就是这么残酷，它瞬间就可以成就一个人，瞬间也可以让你失去一切，变成个光杆司令。

夸父部落这一万多人的消失，使蚩尤的阵营左翼门户大开。随着高台上风后手中旗子的舞动，黄帝的大军随时可能冲到（他有许多种旗子，颜色和图案不同，就代表了不同方位部落的兵力，究竟哪一支兵力怎样调动，全在风后手中旗子的变动了）。从中原开始，风后就在演练他的兵阵，可以说对每一个阵法的演变，他早已经烂熟于心，全能自如地运用。因为成竹在胸，所以，在指挥这几十万大军的部落联盟大会战中，他一脸镇定自若，原来白皙透明的脸色，甚至因为兴奋而容光焕发，白里透红。一身素装站在高台上的他，高挑的个儿如同玉树临风一般。

蚩尤再一次见识了黄帝兵阵的厉害，这也进一步打击了他破阵的信心。看来光靠蛮力去冲，只能是自投罗网，自取灭亡。方寸已经有点乱的蚩尤，这会儿想的只有"是非之地，不可久留"。打得赢就打，打不赢就撤，走为上策也！起码还可以保存自己的实力，以后才有资本再战。自信受到挫折的蚩尤，已经无心恋战，只想赶快撤出战斗，回到自己的三寨去休整，以逸待劳。可是，事情的发展，往往不以人的意志为转移。已经掌握了战场主动权的黄帝，能让他安安稳稳地回到蚩尤三寨吗？

三

就在蚩尤准备撤出战斗的时候，风后指挥着黄帝的大军已经紧紧地"贴"了上来，把他"粘"住，让蚩尤脱不开身，又指挥着两支部落联军向他的两翼包抄。这三支队伍的领军，正是力牧、应龙和常先。力牧作为黄帝的主将，一开始他是不出战的，重在保持兵阵的坚固和黄帝的人身安全。他的战车，一直停在黄帝的左右，站在战车上的他，高大魁伟的身形，如同铜铸的雕像一般。平时就不善言谈的他，这会儿正全神贯注地关注着战局。他的战车还是由他的坐骑火炭驾驭。这匹一身火红毛色的战马，一看到战事就发急，四蹄不停地捯动着，把地上刨起微尘；还时不时扬起头"咴儿咴儿"地尖叫，就像后世人拉响的汽笛一般让人振奋。可是坐在力牧前面的驭手，却总是勒紧了缰绳，急得火炭不时左右摆动一下头。力牧的左右，分别站着一位勇武的兵士，手持着长矛，威武地扫视着左右。力牧的右手，紧握着一张包着红色的千钧大弓，挂在右腰间的箭囊里，早已经装满了长箭，他可以随时抽出一支来射向敌方。可是他一直就这么和应龙、常先、大鸿等几员主将，静静地守在黄帝和风后的左右。

黄帝今天穿上了嫘祖和嫫母为他特意准备的一身黄色战袍，战袍外面，又像九黎人那样，披上了用玉片串连起来的介于白青之间的铠甲。虽然黄帝对此次决战充满了信心，心里急于想看到战争的最后结果，但是他还是沉着冷静地站在自己的战车上，绝没有自己要亲自前去冲击的盲目冲动；虽然他和风后、玄女等一起研究过兵阵，对风后的八阵也已经烂熟于心，但是他绝不会随意插话，打乱风后的统一部署和随机调动。为了战斗方便，今天黄帝也没有戴冕旒，而是和风后一样，绾起了高高的发髻。他宽阔的地格方圆的脸盘上，之所以写满了刚毅和自信，首先是因为他对现场总指挥风后的智慧和能力的肯定与高度信任。其次，用人就应该放权到底，这样才能够充分调动起对方的智慧和潜能。如果你事必亲躬，到处指手画脚，就会搅和得对方无法正常进行工作。正因为黄帝的充分信任和放权，风后才会毫无顾虑、如此全神贯注地投身到对兵阵的指挥调动之中。黄帝对这一点很满意，站在习习秋风中的他，一面观察着战场上一点一滴地变化和大势，一面不时微微地点头，在心里为风后——这位他在盐池一带访贤出来的相，竖起大拇指！当年为了能顺利地推出风后和力牧，让师臣百官服气，他可没少费脑子，为此他还和帝师天老一起研究，最后以解梦的方式，才终于"寻访"出这对华夏第一将相。

嫫母制衣

前面几个回合，进行得相当漂亮。夸父族的一万多名壮汉，陷入重围之后，已经失去指挥的这些人，只能似无头苍蝇一样，靠着自己反抗的本能在左冲右突。他们乱纷纷地挤在一起，就像被困在网中的猛兽一样，企图撕开一个缺口来突围。但是，由黄帝的兵士所组成的巨大的漩涡，却在让人眼花缭乱的、不停地旋转的过程中，不断压缩着夸父族人的存在空间，并在压缩推进的过程中，对夸父族人进行打击，不断有夸父族人变成了石斧、铜刀和长矛之下的鬼魂，此起彼伏的各种类型的惨叫声，让人心惊胆战。夸父族的这些巨人们，被紧紧地挤压在一起，就像被绳子捆索了一般，基本失去了战斗力，只剩下相互拥挤、相互践踏的份儿了，不断有人在相互拥挤的过程中倒下，被踩得鬼哭狼嚎……没过多长时间，夸父族的人就只好放下武器、束手待擒，只等着一个个被捆了起来。

风后心里明白，夸父族的人，甚至包括来自草原的荤粥人，都不是真正的对手——他们只不过是从犯和帮凶，而真正强大的敌人，还是蚩尤。所以必须在其调整阵营的过程中，先下手为强，紧紧地逼上来，近身作战，不给其留下任何喘息的机会。这时候，必须调动最后的力量压上去。

力牧正面进攻，应龙和常先的人马从两翼包抄过来，蚩尤就只好尽快后撤——他不想像夸父族人那样死得那么快！同时，他心里还想，只要退回到自己的寨子去，还是可以再坚守一段时间的。到了冬天，在严寒的逼迫下，黄帝和天下各大部落所组成的部落联军，就会不战而退了。蚩尤是很会利用天时的！这么一想，他自己就先镇静下来，开始部署九黎各部和荤粥部落的人，边战边退……目标就是：撤回蚩尤三寨去。

蚩尤不愧被誉为“战神”。在他足迹遍及江淮、中原和涿鹿的征战过程中，总结出一套自己的战法，并用他发明的蚩书写成《蚩尤兵法》一书。所以他的撤退，就不像夸父族那样乱成一锅粥，更不是兵败如山倒、溃不成军的样子，而是阵型不乱，各部之间轮番后撤——处在最后的一部死力抵抗一阵，等到其身后的一部站稳了阵脚，才开始后撤，由其身后一部接着进行下一轮的抵抗……

由于蚩尤的兵力众多，九黎各部的兵众加在一起，还是一个庞大的数字，整个形成一个巨大的面、几乎笼盖了通向蚩尤三寨的整个川道，所以，黄帝率领的部落联盟的大军从平原上来到这个川道的时候，还是无法对蚩尤的九黎兵形成合围之势。这样，蚩尤边战边退，似乎还掌握了战场上的主动权似的，黄帝的大军，只好尾随其后，不断加大进攻的力度。

蚩尤边战边退，等远远地能看到蚩尤三寨的时候，已经是日暮西山、接近黄昏了。

夕阳像一团巨大的火球，在它行将落山之际，将铺了多半个天的云彩都染得火红火红的，就像是用这战场上兵士的鲜血染成似的。飞扬的云彩，像一猎猎战旗，又像是涅槃后凌空飞舞的火凤凰。西山已经形成一道浓重的剪影，就像一条蜿蜒起伏的大蛇，蚩尤那三个寨子就盘踞其上，遥相呼应。战斗了一天，已经开始有些疲惫的蚩尤，这时候抬起头望着自己的三寨，心中不由得浮出一种亲切的依恋的情愫——这是自己的家啊！这是自己的天堂，回到这里，就可以大块吃肉，大口喝酒，然后再安稳地睡上一大觉了！这样想的时候，他那已经被战尘熏染的脸上，竟然挂上了一丝笑意，他那双火辣辣的牛眼，这时候眯缝起来，不知不觉中，一行泪从眼角流了出来，又被深秋的晚风吹凉。

蚩尤率领的九黎部落和荤粥、夸父族（实际上只剩下其首领木棱）的大队兵士，在天擦黑的时候，回到蚩尤三寨下，正欲冲上山去休整，却有"蚩尤逆贼，天地不容；三寨归黄，正义以张"的声音从山上传了下来。

这声音轰然而至，如山洪暴发，似春雷滚滚，震耳欲聋，让人胆寒。正信心满满地准备回到寨中休息的蚩尤，一时被惊出一身冷汗。他的头"嗡"的一声暴响，正在行进中的他猛然间一个急刹车，因为重心已经前移，不由得打了个趔趄。

一头雾水的蚩尤定睛向前看去，只见在蚩尤泉和面东的山坡上，影影绰绰的，到处都是黄帝部落联军的人马，各个部落的人，都打着自己部落的图腾旗帜，似乎玄色、青色、红色的旗帜都有，因为光线暗了下来，根本看不清那些图腾旗帜上的图案，所以就无法判断他们到底属于哪些部落。再看西边山梁上蚩尤三寨之间，到处都是黑色的与山形连为一体的人影。他们正齐声拖着长调"噢噢"着。蚩尤当时就傻了眼！

1252

蚩尤本来是给自己留足了后路的，在出发之前，他给三个寨子都留下重兵据守，并把自己最得力的助手、黄黎部落的小酋长孟黄留了下来，专门负责三个寨子的协调和总体防御。不料，就在蚩尤带着九黎兵和荤粥、夸父族的人前往北面的八卦村一带冲阵后不久，黄帝就把一多半十二大部落的兵力，都调来攻取蚩尤三寨。

以鼠龙部落酋长常伯和岐伯为首的黄帝部落联盟大军，是从西边的六合营以至水关一带调集来的鼠龙部落、牛龙部落、虎龙部落、兔龙部落、玄龙部落、蛇龙部落、马龙部落、羊龙部落、猴龙部落九大部落。因为部落之间不好协调和沟通，黄帝就将曾经发明了战鼓的岐伯派来协助常伯。岐伯本来就是黄帝元妃嫘祖的舅舅，平时以采药、制药等为主的他，和西陵氏部落有着千丝万缕的联系。而他国舅的特殊身份，更受到各大部落酋长的尊敬。

由常伯和岐伯率领的黄帝部落联盟大军，早已经集结在蚩尤三寨的西南岔沟里的水关一带，就等着蚩尤的九黎兵前去冲阵的时候，一举拿下蚩尤这个最后的立身之地。

孟黄站在蚩尤三寨中间那座寨子上，眼看着黄帝的部落联盟大军不见首尾地从东面将三寨围了个水泄不通，却只能凭借有利的地形固守在寨中。现实不允许他有任何非分之想，能守到天黑是他最大的愿望。

已经认识到问题严重性的孟黄，立即到北寨和南寨去巡视了一遍，不断地给守寨的九黎兵鼓劲打气。为了防止黄帝部落联盟大军把三寨分割开来，一口一口地吃掉，孟黄干脆让布防的九黎兵将三寨给连接起来，统一防守，统一行动。这就进一步加大了黄帝部落联军进攻的难度。

进攻的黄帝部落联盟的大军已经开始满山坡地向上爬，绝不给九黎兵以喘息的机会。因为三寨西边的山形立陡，根本用不上兵力，所以，常伯将九大部落的兵力分作三组，分别从北侧、南侧和东面（正面）进攻。老实持重的常伯，与好战的牛龙部落酋长茄丰和脾气火爆的虎龙部落酋长成一组，担任正面进攻。常伯就是这样的人，他总是把最难办的事先由自己办。兔龙部落酋长上章带领玄龙部落酋长奢龙、蛇龙部落酋长屠维和他们部落的兵士从北面攻；马龙部落酋长、马胖子重光与羊龙部落酋长强围，则配合猴龙部落酋长后土，从南面向北推进。

正面进攻的难度很大，蚩尤的九黎兵在孟黄的指挥下，将石块、木头等都作为防守的武器，纷纷从山坡上放了下来，黄帝部落联盟的兵士，被打得人仰马翻。进攻一次比一次难以组织。看来常伯的正面进攻，一时不可能凑效。而北面和南面的进攻，由于鞭长莫及，基本上没有多大的阻力。这些兵士从两侧更远处爬上山后，再从南北两个方向，向蚩尤的三寨发起进攻。南北两个方面的激烈冲击，分散了孟黄的注意力，他不得不调正面的防守兵力来抵挡。在南北两翼的配合下，常伯的中路进攻，也开始见效。

四

一贯英勇善战的虎龙部落酋长斗苞，总是冲在最前面。别看他长得五大三粗，可是爬起山来，他的腿脚还是蛮有劲的。他将一双本来并不大的眼睛瞪圆了盯着山上的动静，因而就显得眼白多于眼珠了，额前的抬头纹，就变得更加密集。他就这样一边向上爬，一边随时躲避着从山上翻滚下来的石头、木棒等，因为你先要学会自保，只有保全了自己，才能更有效地进攻和消灭敌人。斗苞又是一个公正无私的人，所以以后，他就被黄帝选中成为执规的人。当然，这是后话了，眼下的他，正一门心思集中精力于进攻之中。老"虎头"要立新功了！在黄帝率领部落联盟南征北战的过程中，斗苞所率领的虎龙部落以自己的英勇善战，曾经立下了汗马功劳，所以才赢得了与玄龙部落几乎旗鼓相当的地位，成为黄帝天象图上西方七宿的首领，又与东方的青龙相对，被尊称为"白虎"。

同时在正面进攻的牛龙部落酋长茄丰岂能甘心落后，他能够在十二大部落中排位老二，正是由他不服输的脾气和个性决定的。他原本并不是个好战的主儿，但是残酷的现实逼迫着他使他学得更严酷一些，对待人和事，更多一些挑战性。所以牛龙部落的进攻，并不像虎龙部落那样势如破竹，而是稳扎稳打，一步一个脚印。

而已经上到山梁上从北面向南进攻的兔龙部落酋长上章和从南面向北

进攻的猴龙部落酋长后土，这位以后黄帝渤澥黄（都）城的"市长"，则因为有利的地形加快了夺取蚩尤这三个寨城的进程。

上章既是兔龙部落的首领，又是东方七宿的代表。他这个人，并不因为自己的权利而高高在上，而是事必躬亲。同时，他的性格也属于那种温和从容型的。他做起事来不急不躁，每逢大事有静气，天大的事压在头上，他也只会按照自己心中的排序，从容不迫地做。他还是一个大事面前不糊涂的人，平时你看不出他有什么长处，但是，每到关键时刻，他都会做出让人意外的事情，从而使自己处于事件的中心，成为扭转乾坤的关键人物。当年在陕北对黄帝的选择，说明他跟对了人。而他这个人，一旦上他的心，被他认定了的目标，他就会一直无怨无悔地做下去。比如这次，眼看着到了涿鹿奋战的关键时刻，大的形势已经明显地朝着以黄帝为首的华夏部落联盟联军的方向发展，而在决战的主战场上，风后并没有调用兔龙部落的力量，而是让他守在西合营这个地方，做一些战略上配合和呼应的工作。虽然内心里有点急——谁不想在这历史的关键时刻建功立业，为部落争得荣誉啊？

可是他就凭着自己的静气在等待，因为他相信自己的实力，相信作为一盘棋总体布局的风后，迟早会用上他这个有用的"棋子"。他曾经和黄帝一起玩过"狼吃娃"（围棋最原始的鼻祖）的游戏，所以他深深地理解战争，就是一个拼实力的过程，就看谁能够调动更多的部落来布到围猎的点上去。以少胜多，那只是个例，最终解决问题，还是要靠总体的实力。这一点黄帝做到了。蚩尤虽强，但从天下百姓万氏来讲，他只代表了少数部落的利益，而黄帝则站在天下共主的地位上，他举大道而天下往，他所代表的，才是天下百姓万氏总体的利益。所以，不管经历怎样的曲折和努力，不管付出多大的牺牲和代价，上章还是相信：黄帝最终能赢！

上章的耐心等待，终于等到了机会，这就是风后对他进军水关的调动。这个部署，让他更接近了蚩尤的老窝，他也预感到自己建功立业的时候到了。所以以鼠龙部落酋长常伯的统一指挥下，他积极地承担起了从北面进攻蚩尤三寨的任务。既然让他从北面进攻，那么蚩尤三寨中的北寨，就成为他志在必得的进攻目标。他先仔细地观察了北寨的位置和地形特点，然后就决定采取从北侧绕过去偷袭的办法。一开始，当常伯在正面如火如荼地发起一波又一波的进攻的时候，上章带领的兔龙部落、玄龙部落和蛇龙部落的兵马，并没有立即发起进攻，而是绕到北寨北侧的山后攀岩。由于地形的优势，所以横木并没有在这里部署多少兵力，又由于常伯在正面的强势进攻，进一步吸引了横木的注意力，所以北寨北面的悬崖，成为季黄防守的一个空档。这也为上章的奇袭创造了机遇和条件。所以，当上章率领部落联军在北寨北侧出现的时候，就打了横木一个措手不及。

上章的部落联军在北寨北侧的出现，完成打乱了横木的总体防御布置，使他再没有腾出手来充分打击的能力了，而只能疲于应付，仓促应战。横木陷入了三面受敌的被动局面，又没有退路可言，所以他只有拼死一搏了。但是，他现在已经没有更多的兵力可以调向北寨了，他只好亲自跑到北寨这边来督战。

事到现在，季黄只能横下一条心死战到底了。蚩尤能将据守三寨大本营的任务交给他，这是对他多大的信任啊！士为知己者死，丈夫不在此时献身，还待何时？季黄这么想着。同时，作为九黎中最重要的黄黎部落酋长，他也应当身先士卒，拼死一战。

他蓬乱着一头营养不良的黄发，一反常态，把一双水泡细眼尽量地睁大，又因为憋足了劲，平时粉红的小脸，这时候已经憋得通红，就像直性子的人喝了酒似的。他双手挺着装了富于弹性的橡木长杆的青铜戈，奋力戳向黄帝的兵士。由于他体格健壮，兵器又锋利，所以几乎无人能够阻挡他的反攻，不断有兵士被他捅倒或勾住拉倒，发出惨烈的叫声。由于季黄的出现，进攻得手的兔龙部落的兵士一时也乱了阵脚，纷纷后退。

"勿退，再退即悬崖也！"

上章拨开其他兵士，逆势而上，自己直接冲到了正杀得眼红的季黄的面前。

上章和季黄交手。

上章以柔克刚的功夫自不用说，他跟着黄帝学过原始太极，所以他使刀的动作和招数，总是单刀直入，进攻如晴空霹雳，防守则天衣无缝，善于借力打力，四两拨千斤。

当他两人你来我往，正打得难解难分的时候，玄龙部落酋长奢龙和蛇龙部落酋长屠维，两人一先一后地冲上来为上章助战。

　　上章、奢龙和屠维一起，与季黄展开车轮战和疲劳战。

　　奢龙手持青铜剑，剑剑直刺，招招凸显龙之霸气；屠维则把蛇之盘绕功夫练到了家，即使直线进攻，他的蛇矛也会绕得你眼花缭乱。

　　如果单单和上章交手，季黄还是蛮自信的，但是现在加上这两个戏路不明的家伙，季黄就只有招架的功夫了。但是，他还是凭着顽强的毅力，一招一式地与他们三人直战到日头偏西。在一片交战的嘈杂声响中，蚩尤三寨被西斜的日光反照着，成为一个浓重深暗的剪影。

　　季黄在三人的缠战中，不免露出破绽。而他的每一个破绽，都被对方有效地利用了，所以他的身上，已经被划开了一道伤口，鲜血立时就渗了出来……终于，在一刹那间，上章的刀、奢龙的剑和屠维的蛇矛，同时落在横木的身上——刀落颈后，剑指心窝，矛中腰侧。可怜的横木在一瞬间，身首异处，他喷血的高大笨重的躯体，在自主站立了一会儿之后，摇晃了一下，然后重重地倒地，惊得九黎兵们落荒乱逃。

　　季黄倒下之际，就是蚩尤三寨失守之时。

　　失去三寨，对蚩尤的打击可以说是毁灭性的。他本来所寄予回到家中休养生息的希望，几乎全部就这么在一瞬间变成了泡沫，并被风风干和吹走了。这种打击，如同电打雷击一般，使本来就因为一天的交战已经身心疲惫的他，一下子失去了生命的支撑点，马上就有随时倒地的可能。一阵巨大的眩晕，让他感到天地突然旋转起来，眼前的一切突然就旋转不已，就像你站在急流之前面对着水面所产生的那种眩晕感，只是这种眩晕同时伴随着一种巨大刺耳的声浪……如果你的毅力不够坚强，如果你只是一个再普通不过的普通人，如果你的意志力有那么一点点软弱，那么，你就会被这一巨大打击所击倒。然而，蚩尤毕竟不是一个普通的人，他是身经百战、曾经征服了天下众多部落、夺得了华夏多半个江山的九黎鹿部落联盟的大酋长，神农炎帝自不是他的对手，就是轩辕黄帝，也只有联合了天下众多的部落，才能与他相抗衡……他是征服天下的英雄，曾经有多少部落的人，一听到他蚩尤的名字就胆寒，他的勇猛善战，使他成为"战神"的代名词，就连轩辕黄帝在西泰山大合天下鬼神，也让他在前开道，以威慑天下，虽然这并不是他愿意干的事。蚩尤是胆识过人的，他超常的意志力和过人的毅力，足以支撑起他巨人般的身躯而不至于倒下，而且，他还有一种欲挫欲勇的反弹力，越是被置于死地，他求生的欲望越强烈。所以，在抗过一阵短时间的眩晕之后，一种新的求生的欲望，重新又给他注入了无穷的力量。现在，他的唯一出路，就是拼死一搏，冲出一条血路或者生路来。

人常说，生的怕硬的，硬的怕愣的，愣的怕不要命的。已经失去了自己的根基，已经将生死置之度外的蚩尤，又一次像注足了鸡血一样重新抖擞起精神来。灯笼火把中，只见他随手将有些零乱的头发理了理，瞪圆了一双发红的牛眼，咬牙切齿地环视了一下四周。他的头脑还是清醒的，以目下的疲惫之师，已经很难再夺回自己这三个城寨了，与其在这里拼死，不如就此向西突围，因为黄帝既已将西边的兵力集中用来攻取三寨，西面就必有可乘之虚。兵贵神速，不如就此向西冲去。

天黑了，后面尾追的黄帝部落联军停止了进攻，而刚夺得三寨的部落联军，也没有夜战的可能。这正好是蚩尤摆脱目前被动局面的机会。蚩尤抓住了这个机会。

五

蚩尤不愧是蚩尤，他的这一决策，就连神机妙算的风后也没有料到。风后已经调动了足够多的部落——以力牧为首的尾追部落联军和现在占领了蚩尤三寨的以常伯为首的部落联军。这两支部落联军合在一起，足以将蚩尤现有的这几万九黎兵和荤粥的兵力围个水泄不通。所以，他将最后决战的地点就确定在这蚩尤三寨下的一马平川里，时间当然是明天天亮之后了——各部落的兵士们英勇奋战了一天，说什么也得给他们一段休息和恢复体力的时间。

就在风后还在做他明天的合围梦的时候，蚩尤早已经跳出风后设定的包围圈，急急地向西行军。也许是夜色的掩护，蚩尤这一路上向西的突进，基本上没有遇到什么阻力。也是蚩尤聪明，他叮嘱在前面开道的仲黄——三寨失守后唯一逃出来的黄黎小酋长，现在经蚩尤重新组编后的黄黎部落的新酋长，凡是遇到有部落人居的地方，都尽可能悄悄地绕过去（除了饿极了顺路抢一些吃的），能不战就不战，应该以自己的神速，尽量把黄帝在涿鹿一带集中起来的天下各部落的联军甩得远远的，将他们甩得越远，九黎部落生存的可能性就越大——他必须为九黎的生存和发展，保存下这支最后的有生力量。

应该说，蚩尤率领的这支九黎精兵，是在没有后勤保障的情况下，耐着饥饿和疲劳爆发出这样一种令人难以想象的冲击力的。在生死存亡的关键时刻，人们的心高度地统一起来了，就像是原来伸展的五指突然收缩起来，握成了紧紧的拳头一样，这几万失去家园的九黎兵，现在都把生存的希望，寄托在蚩尤给他们画的大饼上面——只要攻下了北岳恒山这道关口，向南去的门洞就会大开。不仅如此，夺下他们的粮食和物资，就再不愁没有吃的和穿的了，也不愁没有女人享用了。为此，蚩尤还用蚩文编了一首歌。现在，勒紧了腰带行进的九黎兵们，就是唱着这首歌前进的。

在夜幕掩盖下，九黎这支顽强行进的队伍，只能看到远远近近一长串明灭的火把在晃动。前不见头，后不见尾。下弦月只剩下细细的一弯银钩儿，高高地别在穿着星光灿烂的黑色外衣的西天上。地面上，南北的山影，几乎完全和夜色融为一体，隐隐约约地分不清天和地的界线。夜空却像一个奇大无比、深不可测的水池，所有的星星，都跳进这大池里沐浴，还披着飞天的飘带一样的星云。随着季节的变换，北斗星的斗杓，早已经指向了秋风扫落叶的西天……

这是一种深沉厚重的男低音无伴奏合唱，进行曲节奏：

"吭哟，吭哟，吭哟！"

先有一声亮亮的如同鸡鸣的男声领唱：

"九黎九黎，所向披靡——"

然后才是大家的跟进与合唱：

力拔山兮，启天门！

有食粮兮，有女人！

天生我兮，为黎民！

天佑我兮，降甘霖！

因为事急，蚩尤放弃了自己慢腾腾的水牛坐骑，而是骑在荤粥部落首领头曼赠送给他的黑漆一样乌亮的蒙古马背上，与头曼并辔而行。夸父族的光杆司令木榫垂头丧气地跟在后面。他们一面行进，一面还在商量着攻取恒山关口的办法。因为他们三人事先并没到过恒山，所以就派了荤粥部落一支快骑先去侦察。因为黄帝的将相风后和力牧，正调动大军穷追而来，冲在最前面的，当然是应龙和常先了⋯⋯属于蚩尤和头曼的时间并不多！他们必须加快前进步伐，争取在黄帝大军赶到之前，拿下恒山的关口，为九黎兵继续南下争得时间。

前面探回来的消息，不断传回。由于刚刚抢光了一个小部落的食粮，蚩尤拍着吃得鼓胀的肚皮心满意足，将霸气和懒洋洋的表情挂在脸上。虽然这样，他还是加快了进军的速度。

蚩尤的九黎族与荤粥部落的这支精兵，从西合营一直向西南方向行进，先到了今河北省的蔚县，然后再向西偏南的今山西省的广灵县方向进军，到了这里，就到了恒山山脉的东襟。这一带地势西高东低，一条壶流河横贯东西，具山地、丘陵、盆地等多种地貌类型。继续向西偏南方向行进，就到了恒山北麓的浑源。

从浑源向南看去，北岳恒山那不断抬高的基部，形成一大片开阔的斜坡，山基部，绿色中装点着深秋火红的叶片，显得斑斓多彩，而它总是顶着一朵棉絮一样的白云、颜色有一点发蓝的主峰，则横在半天之上显得高大、巍峨，就像是一道不可逾越的天然屏嶂。

在恒山主峰天峰岭和翠屏山之间，有一个向南延伸的大沟叫金龙峡，其最窄处不过三丈，自古为兵家必争之地。峡内有一条并不算大的河流叫唐峪水，从山里翻卷着白色的浪花，急湍地奔流出来。我们现在的人有眼福，可以看到西面悬崖下面凌空构建的中国红的悬空寺，可是在几千年前的炎黄和蚩尤那个时代，这里还只是一派青灰色的高崖，突出的崖顶下面，成为过往人避雨的好去处。

顺川南下，就会绕到恒山主峰天峰岭的南面去。黄帝的二儿子昌意的恒山关口，就设在从恒山上下来的路口，用扎起来的木栅栏，拦住了整个峡谷。黄帝的图腾"天鼋大鼋"图腾旗和昌意的"昌"字旗，相间而插，在顺峡谷而吹的西北风中的劲吹下"呼呼"作响。

二十四岁的昌意，依然是那么细皮嫩肉的奶油小生的模样，他的容貌和体型，还是那么英俊和挺拔。每天例行巡山，对他来说，已经形成一种雷打不动的习惯。每天早上从"幽房之宫"出来，他的第一件事就是练兵。这是自黄帝九年前来恒山巡视之后，他所养成的一种习惯。经过一个上午的集训和操练后，他都会从天峰岭西侧绕过去，站在琴棋台上向北瞭望山下那开阔的一马平川——这不，今天他又一次巡山到这里。可是，今天却绝非过去的任何一天，因为今天，他看到了大队而来的人马和因为他们行进而扬起的浅黄色尘烟。他知道父亲带领着华夏部落联盟的军士正在涿鹿一带与蚩尤的九黎兵交战，他也曾要求参战，可是没有得到父亲的同意，而是让他继续守好恒山和其山下的金龙峡……那么，这一大群突然到来的兵马究竟是哪个部落的人呢？他们事先也不通知一下，竟来得这么快！这么神速！完全可以说是席卷而来。

高度的警觉告诉他，应该立马加强金龙峡的防御——不管是友是敌，他都得认真地这样做。

根据探马来报，来者不善，正是九黎鹿部落联盟的大酋长蚩尤！

让守卫北岳恒山的昌意万万没有想到的是，蚩尤怎么会从千里之外的涿鹿主战场上冲出来呢？他气势汹汹地来到这里，目的何在？！

这个问题开始在昌意的脑子里回旋起来。昌意皱紧眉头，一只手叉在后腰上，在金龙峡他设的关口上踱来踱去，翻来覆去地思索，得出的结论就是蚩尤必来攻关。这一点他倒并不紧张。因为他下山的时候，已经把所有能调动的兵力，几乎全部带下山来，已经在这百丈峡谷的栅栏后面，布上了里外三层兵力。现在，这些士兵已经在几个小首领的带领下，各自严阵以待。

当年那个曾经回答过黄帝问话、来自渤澥的白脸小战士，因为想起他的她都脸红，现在已经是弓箭队的弓长了。如果你不细看，还真认不出他就是当年的他了。他不光个子长高了一些，瘦长脸上也多了一些肌肉，有很浓密的胡子渣，让人感觉他变得更壮实了一些，脸上的表情，也多了一些男子汉的严肃和坚毅。他本叫海生，因为当上了弓长，故称弓长海生。他正在兵士的队列之间走动着，逐个检查兵士的装备和武器。他在一个长得像一尊石像一样壮实的低个子兵士面前停下来，要过他手中的大弓，将空弓几乎都拉满了，才一松手，弓弦就"嘭"地一阵抖动："好弓！"他又把这个兵士的肩膀拍了拍，给他鼓劲，接着又继续检查其他兵士的装备。

长矛队的兵士，就统一以四十五度角手执长矛，成排站在弓箭队的后面。

身上流淌着黄帝血脉的昌意，绝不是那种任人捏的软柿子。他虽然还没有过真正的战争经验，但他还是充满自信的，他曾经跟着父亲练过拳脚，也略通兵法，甚至连《蚩尤兵法》，他也读过。但是，若仅靠他守卫在恒山上的这七八千人马，来和蚩尤与头曼、木樶的那几万名精兵相拼，那难度可想而知！所以他盼着父亲能再派来一支援军，来得越快越好！

第十四章

一

根据昌意的判断，在蚩尤的这些九黎兵身后，肯定会有一支黄帝的大军正在追赶而来。所以，即使目前面临的压力再大，他都必须坚决守住位于恒山金龙峡的这个关口。但是因为他毕竟还没有真的上过战场，所以一旦大敌临头，他就会紧张得头皮都发紧，像戴上了个金箍咒。但是他那双睫毛很长的眼睛，依然还是那么炯炯有神，脸色也依然是那种红光油彩的样子。

已经在金龙峡关口布好了阵势随时准备迎接蚩尤的昌意现在想，不管结局如何，这一场硬碰硬的阻击战，他必须拼尽全力，血战到底。

几乎是在昌意刚刚布好阵势之后，双方的兵力就开始交战。

蚩尤的九黎兵在前面一路奔逃，黄帝的将相风后和力牧指挥的华夏部落联盟大军在后面穷追不舍，应龙和常先率领着前军冲在最前面，一天一天在缩短着和蚩尤九黎兵之间的距离，再有不到半天时间，就有可能追上来……这些十万火急的军情，随时都有荤粥的探马报告给蚩尤。

生死存亡，一战定音。

现在的蚩尤，只能横下一条心，一不做，二不休，拿出绝招来做一次生命的豪赌。所以，由九黎兵和荤粥部落组成的这支数万人的精兵，刚来到恒山脚下，就马不停蹄、一窝蜂似的折向南方，直涌进金龙峡来。

一开始，金龙峡还算开阔，逾往进走，就逾狭窄。蚩尤让荤粥部落的马队冲在最前边，然后，所有的九黎兵就挥舞着青铜兵器跟在后面狂跑，随着峡谷的变窄，这股人流就逾变成一个密不透风的整体，形成一股势不可当、摧枯拉朽的洪流。

这洪流在金龙峡的拐弯处一出现，一开始还只是拖着烟尘的、红红的跳动的一片，几乎是一瞬间，那发疯的披甲马群，就挟着雷鸣般的声浪已经冲到了眼前。弓箭对它们已经毫无办法，你射你的，它冲他的。关口的木栅栏被无情地冲开了，踏平了。挺着长矛的兵士，一开始倒是挑翻了前面的几匹马，但是根本抵挡不住后面接踵而来的马群紧随而至的冲击和践踏，而只有逃命的份儿了！

昌意根本就没想到蚩尤会是这样一种进攻法！几乎是在一瞬间，他就被逃兵裹挟着，拥到了关口东侧的小台地上。这一仗双方力量对比悬殊，失败是必然的，但是，昌意曾经寄希望于怎样才能多坚守一阵，直等到父亲的大军赶到，围歼蚩尤的九黎兵……没想到他竟输得这么快！败得这样惨！真是无颜面对父亲大人啊！

弓长海生也被人群推上了台地。站在台地上，他只能眼巴巴地看着蚩尤的九黎兵像潮水一样冲过去，痛心疾首地蹲了下去。

恒山关口被冲开后，蚩尤率领的九黎兵要继续南下中原，而荤粥部落却再不愿南下了。

习惯于大块吃肉、大口喝酒，要喝就喝个一醉方休的荤粥部落首领头曼，很不习惯炎黄华夏部落这种只吃"草"不吃肉的生活。他要返回北面那辽阔的大草原去，继续过自己自由自在的游牧生活。

蚩尤虽然挽留不住头曼，但他从内心里还是非常感谢荤粥部落这一次在他危难之时这么慷慨地出手助战。人可能要各分南北，但是他们的心还是连在一起的，他们之间的友谊地久天长。蚩尤将当时能找到的所有好吃的和酒类，拿出一半来分给头曼。然后，两个部落就一个向南继续前进，一个往北而去。

蚩尤以他在危难时拼死一搏所爆发出的巨大冲击力，终于给自己和九黎族赢得了生存的机会。过了北岳恒山这一关，如今的山西境内（远古时与今河北同属于中冀一带）其他较大部落的兵力，基本都被黄帝调往了涿鹿一带，所以再往南行，他就会如入无人之境，为所欲为……

由应龙和常先两位大将率领的黄帝华夏部落联盟大军的前军，本身就有好几万兵力。他们紧紧地跟在蚩尤的身后穷追不舍，不断缩短着与蚩尤九黎兵之间的距离……本来在北岳恒山是一次很好的消灭蚩尤余部的机会，可是当他们挥汗如雨地赶到金龙峡这个关口的时候，蚩尤早已经夺关而去，留下的只是一片狼藉：木栅栏几乎都被踩碎了，关口上牺牲的兵士，还没有全部被抬走。

昌意正垂头丧气地指挥着他的部下打扫战场。他们给在战斗中牺牲的人清理了尸体，又用木头做了简单的棺木，一个一个地埋到靠近翠屏山的向阳斜坡上，一时间新坟成片，哀声遍地。他们又在关口附近地方挖了一个大坑，然后将九黎族的死者，以及战场上被挑翻的马匹，一个一个地拉了去，统一埋在一个大坑里。

战场上的血腥气味，早已经吸引来大群大群的黑乌鸦在天空盘旋，"呀、呀"的叫声连成一片……它们盘旋的时候，可以遮天闭日，落在地上，就像撒了一地的黑豆或者落下一片黑苍蝇，让人感到恶心。这种贪食肉类的鸟儿，只要看到地上有尸体或者残肢肉絮，就会一哄而上，相互争抢，一片喧哗。

人们轰赶着这些不屈不挠、不断反复过来的鸦群，它们喜欢争食尸体，它们并不怕这些已经没有生机和杀伤力的战败者。等应龙和常先的这几万人马一到，一时都飞得无影无踪。虽然临近黄昏，西面翠屏山上的那些如同鬼斧神功一般斜插着的青石片，早已经笼上了浓重的阴影，但是，天空还是为之一亮，特别是那些挂在西天上的云彩，正在像充血了一样，变得越来越红。

不管这一次的失败让昌意觉得自己怎样的没面子和无地自容，见到应龙和常先的到来，他还是难以抑制内心的兴奋和激动。终于见到了自己的人，我们原来也有这样威武雄壮的师旅！

应龙、常先和昌意汇合在一起，大家商量着下一步怎么办。这么商量着的时候，后续各个部落的人马也就纷纷赶到。听说蚩尤已经越过恒山关口而直下中冀之渤澥地区，最着急的莫过于猴龙部落酋长后土和羊龙部落酋长强围了。眼看着自己的部落又要遭受蚩尤的欺凌和压榨，当地族众又要吃二遍苦、受二茬罪，他俩心急如焚，力主立即追击。

后土这时候一扫他平时的斯文，并且借用他在北方部落中的影响力，针对有人提出的"穷贼莫追"观点而大发议论：

"蚩尤者，亡命之徒，其所到之处，必烧杀抢掠，残害百姓，致各部于水深火热。况渤澥有黄帝黄城，落入蚩尤之手，则是我华夏诸族之大耻也！何谓穷贼莫追，余以为当乘胜追之，彻底歼之，以绝后患！"

羊龙部落酋长强围立即附和：

"穷贼不追，罪莫大焉；穷贼以追，以绝后患，百姓之福，华夏之幸！"

立即就有马龙、兔龙、玄龙、蛇龙、鸡龙等部落酋长响应。

蚩尤南下，也阻断了鼠龙、牛龙、虎龙等部落兵士的回家路，大家也纷纷表示支持后土的意见，而对蚩尤穷追不舍。

天下各大部落的意见，都是要穷追蚩尤，作为前军的应龙和常先自然也应冲在前面。

大家的意见既已统一，就当立即实施，不能给蚩尤留下喘息的机会。于是，大家在稍作休息并饱餐一顿之后，连夜又再次启动了追击蚩尤的程序。

应龙一边冲在最前面，一面派人返回报告给后军的风后和力牧，再由风后和力牧直接报告给黄帝。

本来由于荤粥等北方草原游牧部族的南侵和骚扰，黄帝准备在涿鹿黄城多待一段时间，以驱逐荤粥，给边境百姓营造一种稳定平和的新生活。但是战争的发展这么快，眼看着马上要把主战场转移到中冀（河东）渤澥地区去，他就将涿鹿当地的管理权直接下放到猪龙、狗龙两大部落的酋长，然后他在十干卫队的护卫下，也离开涿鹿地区，随在大军之后奔渤澥而去。

嫘祖、嫫母等也随行到渤澥地区。

蚩尤突破黄帝二儿子昌意在北岳恒山的防线之后，再往南行，由于各部落的主力都被黄帝调往涿鹿地区参加会战，所以蚩尤在这里即如入无人之境，一路扫过，所向无敌，一往无前，任意烧杀抢掠，为所欲为，这时候，已经被战争熏红了一双牛眼的他，心胸再次膨胀，又变得目空一切、天下独尊了。

这场战争使他失取了亲人和家，变成了孤家寡人的他，脾气更加暴戾得让人难以捉磨。他的性格中，既有豪爽大气、重兄弟义气，做事敢为人先的开创精神，有时又是那么的多心、多疑，在他眼里，异族几乎每一个男人，人人都可能是他的敌人，你不杀他，他转过身来，就可能捅你一下。正因为是这样想的，他对一路走过所遇到的各部族的男人，不分青红皂白，一律杀死；他又认为，女人是部族兴旺的源泉。你拥有了女人，你的子孙后代，就会一代一代地生息繁衍下去。所以一路走来，他除了血腥杀掳，也可以说是"妻妾成群"。他以一种贪婪的占有欲，将所有有一定姿色的异族女人都收在自己的军帐之中，一有时间就尽情地玩虐。九黎其他酋长也上行下效，各人身边，也都有自己心仪的女人，也都是"妻妾成群"。就连九黎兵们，也都在烧杀抢掠的过程中，除了杀死男人，就是争抢女人，强奸杀人是经常的事，只要遇有反抗的女人，格杀勿论。所以，蚩尤所率领的九黎兵在从北向南的推进中，一路走来，人数也在成几倍地增长，当然了，增长的这些人，几乎全都是女人，这样，当他们终于在冬初来到中条山北侧、盐池一带的渤澥时，九黎就俨然已经成为一个庞大的部落了，人数从几万人，一下子增加到十多万人。

应该说，蚩尤对渤澥地区，尤其对这里盛产的盐，还是有着深厚的感情的。在这里，他曾经几乎灭掉了炎帝榆罔；在这里，虽然他被炎帝和轩辕的部落联军所战败，但是，作为主兵的他，终于能跌倒又爬起来……所以，蚩尤在这里，却一改沿路过来那样的烧杀抢掠，而是再次成为一位"爱（黎）民如子"的形象代表。

二

对渤澥这一带羊龙部落和猴龙部落的男人，蚩尤不但不杀，而且是相当的尊敬和爱护。当他一个人挎着铜刀在盐湖边巡视的时候，遇到年长的男人，他总会主动上前搀扶，问长问短，寒暄一番。遇到女人带着小孩，他也会走到跟前去，用他那强有力的大手，亲切地在小孩的头上摸来摸去，甚至会用手揪住小孩的脸蛋轻轻一扯，说："好个亲格蛋！"所以蚩尤在这一带人心中的形象，决不像在其他地方那样谈虎色变，成为坏蛋的代名词而用他的名字来吓唬孩子。

此所谓"兔子不吃窝边草"的做法，使他在渤澥地区也有了一定的形象基础。

由于蚩尤的苦心经营，九黎这十多万人和当地部族的十多万人加在一起，一下子又成为华夏版图上的部落联盟之一。

不应该说凡是存在的都是合理的，有一些事实的存在，明明是与常理相悖的。为什么在黄帝华夏部落联军的一路追击下，蚩尤的九黎部落却能够在大量行恶的基础上逆势生长？它的生命力之强盛，可以说就像随风飞扬的蒲公英的种子，只要落在地上，就会有重新焕发生机的可能。

蚩尤和九黎族这一种在战争过程中逆势生长的强盛生命力，着实让黄帝头痛起来。让他万万没有想到的是，一个在战争中濒于灭亡的部落，怎么能够在几乎"一夜之间"像一棵生命力顽强的大树一样——去年被砍掉了头，今年又生发出那么多蓬蓬勃勃的、一律向上的新枝？就像柳木一样，即使你将它砍掉了，一节倒在地上的树枝，同样会长出绿枝来？就像你为庄稼除草，如果你不是把它连根拔掉，草很快地又会重新生长起来！甚至长得比庄稼还旺盛！所以，务农的人要保证庄稼的正常生长，就得不断地除草，务求斩草除根！如果你任由野草去生长，它们就会很快地疯长起来，以其强势的生长能力占据所有的生长空间，把所有大地的营养成分夺去，直到把庄稼苗给挤死而后快！

真是日有所思，夜有所梦！一天痛苦思索的黄帝，夜里睡下，竟然做这样一个梦！恍惚中，他好像在讲一个故事，被讲的对方形成一个很长的链条，他就将它们切为几段，然而这几段之间又在相互寻找着、联系着，竟然又能自己串连起来！这些断裂的部分，还在继续相互寻找着，连接着……他也在继续讲着这个故事，直到自己串连起来故事忽然说："是你害我们也！"黄帝被围困在由断裂部分重新连接起来的大圈内，无法逃出——被动的命运让他"在劫难逃"！

由于内心的惊恐与紧张，黄帝被这个不断循环的梦惊醒时，头上冒了一层冷汗！

做了这样一个梦后，黄帝决定，一定要设法阻断蚩尤和九黎族在渤澥地区的生长链，换掉他生存与生长的土壤。于是，他决定让后土和强圉分别派出最得力的人回到部落中去，暗中做长老和普通族众的工作，让大家不要再被蚩尤的伪善面目所蒙蔽，而应该认清蚩尤的真面目："蚩尤者，无道之君，心狭义薄，戕害百姓，烧杀抢掠，无恶不作；蚩尤与众为敌，独夫民贼，残暴无道，强弩之末，众叛亲离，孤家寡人，众矢之的也。吾辈当亮眸以察，明辨是非，莫效尤，莫助凶，莫逆时，莫反义……暴虐天下者，罪千古而钉辱柱，死路一条也！"

黄帝一面这样"掺沙子"、做人们思想的渗透转化工作，一面继续调集天下各部落的兵力和粮草，源源不断地运送到渤澥战场上来，从而不断扩大对蚩尤九黎兵在人数上的优势，从根本上改变目前战局的胶着状态。

黄帝离开涿鹿地区的时候，炎帝榆罔神农氏还没有离开这个土肥水美的地方的意思。战局之急，黄帝前往渤澥时，也没有特别强调炎帝必须跟上来配合他的行动。但是，随着蚩尤南下路上一路烧杀抢掠、无恶不作的事件一日日传到涿鹿来，本来以慈悲为怀的炎帝，就再也坐不住了！

他自己编了一首《善恶歌》，用他那结满老茧的粗大之手，灵巧地弹奏着古琴吟诵道：

> 人之初，善为纲。
> 善与恶，相生长。
> 恶之盛，善之殃；
> 恶不止，善何扬？

炎帝榆罔深怀着忧虑弹拨出的旋律，可以说一步一叹，令人心颤！他边弹边想：这个世界，应该是和谐美好的，符合天道的，应该是充满爱心和善意的，而绝对不能以蚩尤为榜样，变成一种无道缺德、弱肉强食的动物世界。人者，所以贵于禽兽，乃人有所思，有所想，有精神追求。人求真，求善，求美，净化心灵，升华灵魂，上通神灵，拥天之健，下接地气，厚德载物。人思接千载，对话古今，和合宇宙，天人合一。人者，小宇宙也；宇宙者，大人心也！心大则世界大，心善则世界善，心恶则世界恶。惩恶扬善，天地正道。轩辕守中而驭外，除恶而扬善……呜呼，正道煌煌，人生茫茫；正道沧桑，吾当助攘！

炎帝是第二年春天主动来到渤澥地区为黄帝助战的。这相当于炎黄在对待蚩尤问题上的又一次结盟。

黄帝热烈地欢迎炎帝榆罔神农氏的到来，他专门在黄河以东、汾水南岸的高地上为炎帝举办了欢迎宴会，邀请天下各部落的酋长作陪。

春风吹绿了岸边的青草，山桃花早已经给黄土高坡染上了一片又一片粉红的云霞，迎春花黄灿灿的像天上的星辰撒落凡间，柳树开始吐出了鹅黄嫩绿。经过一个冬天貌似死亡一样萧条死寂甚至沉郁的孕育，黄土高原又把自己打扮得花枝招展，焕发出无限生机。燕子从南方飞回来了，在春水边上下翻飞，衔泥垒窝，准备它们新一年的新生活；喜鹊也选择好了筑巢的地方，在一组爪状向上生长的树枝间跳来折去地"嚓嚓嚓嚓、嚓嚓嚓嚓……"呼唤着对象的到来，以便共同筑巢垒窝，营造新的生活。

黄帝和炎帝正襟危坐，并肩一起，接受文武百官和各大部落酋长的朝拜。席间，黄帝说："炎黄，炎黄，汝若兄长。你中有我，我中有你。你不离我，我不弃你。有福同享，有难相帮。二龙戏珠，荫及华夏，福佑子孙！"

大臣和各部落酋长纷纷举指称颂："若炎黄者，子孙必为其骄傲矣！"

炎帝的兵力有限，他的到来，实际上只是一种象征意义。但是，以人们对老神农氏的敬仰和崇拜，却又带动了一大批华夏部落投入到黄帝战蚩尤的部落联盟大会战中来，从而使战场上黄帝为首的部落联盟大军，在参战人数上，已经远远地超过对方的两倍以上。也就是说，蚩尤的九黎部落联盟现在有将近三十万兵力（包括渤澥地区原有部落的十多万族众），而黄帝为首的华夏部落联盟大军，总兵力已经有近六七十万之多。黄帝的兵力，除了从涿鹿战场上追过来的主力——三十多万人外，还有沿途加进来的许多中小部落的兵力。这部分的人数，累加起来，也有十多万人了。

黄帝的大军，由于仓颉强有力的工作，因而是仗打到哪儿，后勤保障就能跟到那儿，有充分的后勤保障，兵士们有吃有喝有衣穿，因而军纪还算是严明的，和蚩尤沿途一路的烧杀抢掠政策，形成了鲜明的对照，这让周边的那些中小部落看到了希望之所在，因而纷纷加入到黄帝战蚩尤的队伍中来；再加上沿途蚩尤九黎兵过后，那些当时已经从蚩尤的魔爪中逃出来的、还幸存着的深怀着被蚩尤灭族痛苦和创伤与一腔复仇决心的各个部落的族众的加入……人心的向背，已经明显地向黄帝方面倾斜。黄帝将这些人编入"新军"，"新军"的规模不断在扩大，最后形成了"新军"第一师旅、第二师旅、第三师旅等，形成最有战斗力的集团之一。

西王母从王屋山上下来了。

神荼、郁垒从东方的邹地赶来了。

三苗在大酋长灵枫的率领下，几乎是全员出动，人人参战。

炎居则从很远的烈山（今湖北随州）赶来了。当然，他除了参加会战，主要还是要看看他的老父亲炎帝榆罔。炎居不愧是个大孝子，他有一个心愿，就是希望战后，能将老父请回烈山去。

就连老谋深算的共工也赶来参战，要"帮"黄帝一把了。

……

整个战争的局势，进一步朝着对黄帝有利的方向发展。

面对黄帝为首的华夏部落联盟大军压境而来，蚩尤采取了积极的应对措施，可谓是"兵来将挡，水来土掩"。

因为西边靠着黄河，南面也靠着黄河，所以蚩尤只需要以声迷人的赤黎酋长魑和迷糊鬼、玄黎酋长魅分别守住北面和东面两个方向就可以了。又调来当地羊龙、猴龙等部落的族众作为协助作战的兵力。由猴龙部落的族众协助防御北方，东方防御的助手是羊龙部落的族众；以"胖小孩"青黎酋长魍、红眼睛长耳朵的白黎酋长魈则作为后备力量，可以随时"救火"，哪个方向吃紧了，就赶往哪个方向去"救火"。而他自己，则和仲黄——黄黎新任酋长居于中心位置来四面协调，总揽大局。当然，这其中也少不了夸父族的光杆司令木椟的全力协助。

蚩尤的北面防线，西边以汾水为界，有了汾水这个天然屏障，防守的难度就小一些，而逾往东难度就逾大。

三

赤黎酋长魈肩负着北线防守的沉重任务，应该说他所承受的精神压力是最大的。所以他几乎把全部精力都用在了防线的布防上，一天到晚忙个不停。人的潜能可以说是无限的。复杂多变的形势，反而刺激了他的兴奋点，使平常疏于活动的他，竟然变成了一个"活动密集型"的人物。

一天到晚，各种事情，把魈的日程占得满满当当的。一会儿要去做猴龙部落人的工作，因为这些人做事总是疲疲沓沓的，一副不上心劲、与己无关的样子，人最可怕事就是与话不投机的人合作共事，这让你永远不知道对方心里在想着什么，即使你费尽九牛二虎之力，也很难掏出他的心里话。真是人心隔肚皮，很难贴到一起来！所以，魈最好的办法，就是让猴龙部落临时选出来的负责人猴马，不要走出了自己的视线。他的所有活动，都应该在魈的控制之中……一会儿，他又站在汾水南岸天然形成的高堤上，指挥着九黎兵和猴龙部落的人修防御工事。这条工事，可以说真是一条马拉松工程，首先说他的长度，从位于黄河东岸和汾河南岸的龙门（今河津地区）开始，循着汾河南岸一直向东延伸，直到汾水拐向东北后，又沿着一条小河——浍水继续向东、向南延伸，直至与玄黎酋长魅负责的东部防线联结起来。说它是马拉松，一是它的战线拉得太长了，二是工程进展缓慢，和大酋长蚩尤的要求相差太远。所以，当下之急，或者说最大的任务，就是得尽快把它修好。情势之急，把魈也逼成了急性子，经常是，在修筑工事的工地上，他自己就挥汗如雨地干了起来，企图以自己的表率和带动作用，引导和鼓励大家鼓足干劲，加快进度。他在这边忙呢，一忽儿蚩尤又派人来叫他，一忽儿士兵和当地人又发生争执了，又得他亲自去处理。遇到这种情况，他不问青红皂白，就先用鞭子抽打九黎兵，而安慰当地人（猴龙部落的人）。没办法，即使他再心疼自己的弟兄，在现在的特殊情况下，这样做，也是为了笼络人心嘛！

在外面忙得黑天昏地的，回到家里又不得安宁。他的几个女人，总是争风吃醋，勾心斗角，没完没了，他又得哄这个劝那个的。

忙是忙了，但是魃却变得能吃能喝又能睡，再累，即使他累得睡觉都在呻唤——那是他对自己压力的一种释放方式，一觉醒来，他又会精神饱满地投身于新的工作中去。有时累过头了，他也有跑阳的时候，于温柔乡中情不自禁；也有做噩梦的时候，他会连续不断地重复梦见同一个被动受害或者害人的画面，在神经已经紧悚悚的情况下，又梦见有一两个人，脸上像戏曲脸谱似的涂了明显对比的黑与白的颜色，突然就跳进他的屋里来，他明知道就是鬼，于惊恐中顺手抓住一个东西打过去，对方不是躲避，而是主动跳着用手接。他已经没有了第二个可用的武器，一紧张，他就"啊"地爆出一声连自己都感到恐怖的声音来……毕竟，他的压力是山大啊！

而猴马，这位蚩尤这次占据渤澥时猴龙部落临时选出来的负责人，他所承受的心理压力，甚至比魃还要大。

他的心里总是矛盾的，部落大酋长后土协助黄帝去涿鹿作战去了，而他们出于同情，或者说为了自保，而加入到了违心的联合抗黄行动中，首先这与大酋长后土的意愿是完全不符的，等大酋长回来了，怎么和他交代？其次，并不是所有人的思想，都是铁板一块的。只要是有人的地方，人的思想和行动，总会分为左、中、右三部分来。而这三部分之间，每一种人也并不是固定不变的，永远都处于一种动态的平衡之中，就看哪一类人占到矛盾的主要方面，也就决定了一个总体的趋势。比如说现在，渤澥人的主体就是倾向于对蚩尤的同情。人无完人，金无足赤，蚩尤身上是有很多毛病甚至罪行，但是决不至于赶尽杀绝，还是要给予生路，因为人的生存权是平等的。渤澥人并不是不知道沿途一路的烧杀抢掠，但那也是被逼出来的。一个人当他穷途末路的时候，是什么事都做得出来的！为了生存，人连自己的亲人都可以杀掉，更何况蚩尤并没有把屠刀指向自己的族众。他的一切做法，其实都是为了本部族的整体利益的，这也是他在极端的情况下所采取的极端的措施而已！说蚩尤吃人，那也是在轩辕的长时间围困之后，人们都"易子而食"，在这种情况下，蚩尤吃掉战俘，也算是正常的行为——因为他首先得保证自己生存。谁也没见过蚩尤真的噬血成性，有事没事专事吃人的！他也有他令人尊敬和可爱的一面，对于九黎的族众来说，他甚至于还爱民如子呢！就是对河东的人，他也并不是全部赶尽杀绝的，而是爱憎分明，有烧杀抢掠、无恶不做的，也有相敬如宾、施善献爱的。正因为蚩尤把他沿路烧杀抢掠来的东西，都用在渤澥地区的黎民百姓的身上，所以他这一种真心、真情、真义和平易近人、体恤下情的勤政爱民形象，还是赢得了一大部分人的尊敬和爱戴的。这也是曾经一败涂地的蚩尤能够重新在渤澥地区站立起来的根本原因。蚩尤是个失败的英雄，而失败的英雄，往往都有他令人值得同情的地方。而一个失败的英雄，能够重新站立起来，这需要多大的勇气、毅力和智慧啊！因为坚强的心，是永远无法战败的！蚩尤就拥有这样的一颗心。错综复杂的渤澥人的心，那就是一片倒海翻江的海啊！绝对不能说渤澥人没有正义感，但是他们的同情心，却被蚩尤有效地利用了。

渤澥人的同情心，甚至于一直延伸到五千年后的现在：比如说解州镇的"解"字，解州人不读"jiè"或者"xiè"，而读作"hài（害）"，即暗含了当地人对黄帝当年肢解蚩尤的不同看法；还有，明明是一个大大的盐湖，其"神"本来就应该叫作"盐神"的，而在运城市的"池神庙"里，却偏偏把他叫作"池神"，让人联想到的，仍然是对"蚩（尤）神"暗自崇拜。他们所敬拜的"蚩（尤）神"，因为历朝历代正统思想的影响，只能以"池神"的面貌、以谐音的形式，隐晦地表现出来。特别是在运城的从善（蚩尤）村，当地人干脆就自称，自己是蚩尤的后代，终于将明朝时所改的"从善村"，又改回了"蚩尤村"这个名称。在运城人所宣传的历史人物中，有风后、有蚩尤，更有集忠义于一身的关羽，甚至包括一向被认为是陕西韩城人的司马迁，却很少见过他们高调地宣传黄帝和炎帝。甚至山西人所宣传的"五千年看山西"，也在有意无意间，只宣传黄帝之后隔了几代人的尧舜（让人感觉不足五千年的样子），而忽略了对真正的中华文明之根——炎黄时代的研究与宣传。

猴马不仅自己的内心深处存在着矛盾的地方，自身的思想压力山大，同时，还有来自他的搭档赤黎酋长魑的压力。双重的压力促使他时刻都处于一种小心、紧张的状态之中，因而他做起事来，就显得谨小慎微，不是积极主动地努力做好，而是疲于应付，甚至是拨一下转一下，不拨就干脆不转了。他总是想怎么才能逃出魌的视线而放松放松，而魌又把他盯得是那么紧。猴马之所以对修工事积极性不高，还有一个原因，就是他认为要在从汾水到浍水——这么长的距离上修好一道工事（高墙或者深壕），实际上是不可能的。因此他主张在沿途重点设防，卡住几个关键点，比如龙门（今河津）、稷山、侯马、翼城，而这其中最重要的当数侯马和翼城，其他地方，则采取协防的办法，出事了由邻近去驰援。但是，魌坚持要修工事，他没有办法，也不可能阻止和改变魌的想法。

相对于北面防线而言，由玄黎酋长魅和羊龙族众设防的东面防线，其难度就小得多了。这条自北向南、位于今翼城县境内的防线，全长只有七八十里，再往南，就被斜向西南去的中条山山脉所阻隔。

对于自己族众的反派表现，让后土和强圉感到很尴尬。他们跟随黄帝征战到了涿鹿，而他们自己的族众，却在当地选择了蚩尤。这事实上就等于是对自己首领背叛……怎么会是这样的结果？本来应该是他们会处于蚩尤暴政的压迫之下，再次过上水深火热的被奴役的生活，既吃了二遍苦，又受了二茬罪。他们之所以急急忙忙地尾追着蚩尤追回家乡故土来，就是为了解救自己族众于水深火热之中。谁知道，蚩尤在赶到渤澥之后，却采取了一反常态的怀柔政策，竟然赢得了大部分渤澥人的支持！

羊龙部落酋长强圉没有了主意，只好赶到后土的扎在今晋中平原南端的山岳丘岭之间的军帐中来，向他讨个办法。

四

这是一个难熬的冬天。

因为连续几年的战争，中原和天下万氏的战争负担可想而知。再加上战争中心的转移，原来的运输线路，又要作大的调整。原来作为战争前方的涿鹿地区，如今却成为后方之一。原来战争的物资是向这个地方集中的，现在却要从这里调集大量的物资来支撑战争。虽然说犬龙部落和猪龙部落还是卖力的，但是，战争的消耗，他们本身的日子，已经很难过了，哪里能拿出额外的东西来支援前线呢？

随着冬天的到来，冰雪覆盖了路面，进一步增加了运输的难度。东有太行山相隔，从太行山东过来的运输线，几乎被阻断了。南面来的物资运输线，又被蚩尤九黎部落联盟完全阻隔。唯一有可能接济上的物资运输线，就是从桥山以及它附近各部落（虎龙部落、兔龙部落、玄龙部落、蛇龙部落、马龙部落）调集来的物资。从西戎、西陵、陇东以及关中地区调集来的物资，也要改走这条路线。而这条线路，又为黄河所隔。黄河上沟通河东和河西的渡口，本来有三个。一个是黄帝当年东征时走的北线——壶口一带；一个是中线龙门，还有就是南面的风陵渡与三门峡一带。现在，中线和南面的渡口，都已为蚩尤所阻断，唯一还在运行的线路，就只有壶口这一条线路了。一部庞大的战争机器，仅靠这一根缰绳，很难维系。

应该说，以黄帝为首的华夏部落联盟的部落联军初入晋北时，后勤供应还是能跟上的，但是，随着冬天的到来，战争的物资，就越来越匮乏。一部狂器的战争机器，就运转得越来越艰难了。黄帝部落联军的进攻势头因此而减弱，交战双方，以汾水及东面的浍水等，形成了南北对峙的相持阶段。

这最艰难的时候，黄帝是独力熬过来的。

外在的物资接济不上，当地各个部落，又在不久前遭受过蚩尤的洗劫，自身的日子都很难过，根本拿不出更多的东西来供给黄帝的部落联军。百姓们可以说是心有余而力不足啊！爱戴归爱戴，物资供给是硬头东西，没有的就是没有的，你哭也好，笑也好，拿不出就是拿不出。人常说，一分钱难倒英雄汉。大丈夫也有不济之时。没了吃的，你就得勒紧腰带挨饿，没了衣物，你就得裹紧薄衣受冻。战马没有了草料，就没有了继续驰骋战场的冲击力。一部战争机器，就这样瘫痪下来。

这样的情况下，黄帝带头节衣缩食，而把自己的虎皮背心，送给了在前方指挥作战的力牧大将军。他也主动叫停了给自己的肉食供应，每天只让嫫母给他和嫘祖熬一些稀糊糊的米粥喝了充饥。这样的饮食，怎能满足他日理万机所付出的能量消耗呢！所以，当他熬夜到一定程度的时候，就感觉头特别晕，一遇事猛然站起，眼前直冒金星……随着时间的推移，黄帝高大宽阔、虎背熊腰的体魄，也似乎变得瘦削了一些，因而更显得他的高大与威严。随着腮帮子肌肉的减少，他的颧骨就显得较前略微突出了一些，眼窝儿也深了一些，两条嘴角线又深了一些。然而，他的眼睛却因为疲劳而变成了双棱的花眼，目光还是那么明澈和睿智，给人更加坚毅从容果敢的感觉。眉宇间依然透出一股英武之气。

困难面前不折头，办法总比困难多。这一点黄帝还是坚信的。没有渡不过的河，没有跳不过的坎。人生自信五百年！现在，黄帝唯一的想法，就是，战争不光要支撑下去，还要取得最后的胜利！战争，就是要推进，推进，再推进，继续推进，直至胜利！为此，他辗转反侧，思前想后；为此，他餐风露宿，不辞辛苦；为此，他晨迎朝阳，晚送夕霞；为此，他昼寝夜醒，不思茶饭。

昨天一天的劳累，黄帝今晚上美美地睡了一觉，在睡梦中，他似乎都能听到自己匀称的呼噜声，那一种舒展，那一种酣畅，是前所未有的。睡梦中，他似乎经历了许多事，看到了很多风景，他似乎不是在走，而是在飞，从一丛丛古柏上飞过，来到一个庙宇前，那是一个深不可测的门……这一觉，直睡到腹部感觉越来越胀、越来越憋不得不醒时。黄帝伸了个懒腰，睁开睡眼蒙眬的眼睛，扫视了一下屋内，火塘里的火还在明明灭灭地跳动着，就像是刚被人搭过柴禾似的。嫘祖偎着他睡着。虽然火光映得她脸色红扑扑的，完全是一幅女人睡态美的画面了，但是，这时候，黄帝才近距离地发现，与他同甘共苦的元妃嫘祖，这时候也明显地消瘦了许多。她的额头上，已经有了细细的两条抬头纹了。她的鼻翼在轻轻地翕动，发出平匀的呼吸声。她的小口紧抿着嘴唇，嘴角线也是那么深刻，显得既温柔又坚定。这就是人常说的夫妻相吗？黄帝这么想的时候，嘴角不由得掠过一丝笑意。他翻身从铺了很厚的草垫子的地铺上起来，披上盖在被子上的羊皮外衣，蹬上衣裤，轻轻地起身，又轻轻地将嫘祖伸在外面的胳膊放进被窝，轻轻地拉动被子，盖住了她露在外面的肩膀。女人对别人总是那么关心，对自己又总是那么不小心。在男人面前，她们就完全依赖了男人。她们睡觉时，总是等着男人给她们拉上被角、盖住肩膀，而粗心的男人，又总是自己呼呼大睡，结果，世上就有那么多的女人患上了肩周炎。

黄帝有夜观天象的习惯。现在，虽然是严寒的冬夜，他还是要出去，利用夜深人静的时候，通过夜观天象，对天下大事，重新进行一番梳理。

这就是日理万机的黄帝！这就是生生不息的黄帝！这就是胸怀天下的黄帝！

前线的粮草供应不上，最着急的莫过于黄帝的史官兼后勤总管仓颉了。一向斯文的他，在这种情况下，也变成了急性子。他急着派信史和各方联系，可是，由于冬天天寒地冻，现在能提供一些物资的，就只剩下涿鹿地区和河西的北线壶口这两条线路了。七八十万大军集中在前线，仅靠这样的物资供给，就只有忍饥挨饿的份儿了。由此导致军心涣散、战斗力下降，再发展下去，后果不堪设想！

仓颉主要从自身的角度找原因，在黄帝主持的文武百官参加的会议上，他主动承担起了后勤保障不力的责任，向文武百官深深地鞠躬致歉。但是，黄帝并没有因此而处罚他，而是从各种客观原因的分析上，为他解脱。因为黄帝理解仓颉的确是尽心尽力了。也正因为黄帝这样的理解与包容，使他更加积极主动地工作。他发挥主观能动性，积极寻找解决问题的办法，夜深人静的时候，也出来夜观天象。

当仓颉来到联军临时设在一个小平台上的观象台时，却看到这里早已经站着一个人。一夜寒风吹着，天空被吹得像水洗过一样干净，因而今夜的天空，星光就特别地显亮。星斗璀璨，一簇簇，一串串，远远近近，密集排布，正像秋天里葡萄架下熟透了的葡萄串串。在这浩瀚的、无边无际、深不可测的星空，穿插着漫天飞舞的、薄纱一样的星云。北斗七星的斗柄，明确地指向北方，代表了冬天的基本特征，而斗柄所指的方向，正是玄武星座。仓颉看到，眼前这个高大的身影，正面向北斗星的方向拱手而拜，嘴里念念有词：

北斗其耀兮，照我华夏；

北斗其灼兮，佑我华夏。

扫除迷雾兮，玉宇澄清。

朗星高照兮，大道以行。

……

一听到这富于磁性的，于稳健、压抑中又略有张扬的男性雄浑的声音，仓颉就知道，站在平台上的就是我们的轩辕黄帝。再细看其肩膀很宽的魁伟体型：然也，必是！仓颉的心"腾"地就加快了跳动的节律！一时直觉得心里热乎乎的。

担心黑夜里他的突然出现惊动了黄帝，仓颉就站在较远的地方，先干咳了两声。

听到是仓颉的声音，黄帝立刻就转过身来：

"汝亦来乎？"

"诺。"仓颉应道。

"汝之来，正合其时，此天意乎？"黄帝带着一种兴奋的语气，发了一声感叹，紧接着说：

"颉兄且记，余观天象，雍州星耀，河西大喜！余窃思，若通之，必喜降。此乃天助我也！河西桥山，吾祖山也。吾母附宝，有蟜氏女，桥者蟜也，音之变也。桥山有灵，龙象以应。寿丘于南，吾所降也。余既以降，生而能言，幼而能辩；粥甑发明，车马一行。上承少典，号曰有熊。幸遇天老，崆峒广成。生玄（嚣）、昌（意）兮，合婚西陵。炎黄以争，再迎祖灵。桥山黄城，十二以迎。炎帝相邀，助战河东。阪泉之战，龙凤和鸣。入主中原，合神太东。蚩尤开道，大道以行。刑天反之，蚩尤潜之。涿鹿烽烟，涂炭中原。奋而战之，至今不胜。嗟乎天道，何其浩渺？鸣呼地道，何其阻道？余今通之，龙门以行。若何？"

五

　　黄帝一旦做出了决策，就会雷厉风行地付诸行动。当然了，所用兵力，还是他的以骑军为主的前军之一应龙所率领的师旅。因为这是一次长途奔袭的奇招，所以必须调用骑军这样的奇兵，才能够收到出其不意、攻其不备的神奇效果。常先所率领的车军，仍然布置在正面的战场上。

　　应龙这位来自西陵氏的身高八尺的壮汉，每次出战，必装饰上他的那副苍鹰翅膀。骑在马背上的他，随着山路的颠簸，那副鹰翅膀也在上下扇动，就像它真的活了一般。因为骑军善走山路，也为了避开汾河布防的九黎兵的目光，应龙所率的骑军，就选择了从这条山路直插龙门。同行的还有从隶首所率领的"新军"中抽出的第一师旅、第二师旅，这两支步军，也在隶首的带领下紧随其后。因为此役的极端重要性，黄帝决定亲自前往，仓颉随行，以便及时通过龙门那段狭窄的、在数九寒天早已经结上了厚冰的河道，将河西的粮草调集过来，应目前战争之急需。

　　黄帝依然骑着他的白龙马。白龙马，是一匹一遇到战事就兴奋的良驹。它行走起来虽然比较平稳，但却可以日行千里马。现在，白龙马迎着刀子一样刺骨的西北风行进，蹄子踩在被冻硬了的土路面上，发出"嘚嘚"的音乐一般的声响。

　　应龙自然冲在前面。他瞪圆他的圆鼓鼓的"龙眼"，边行边四下里观察着。他同时还担负着黄帝和仓颉的安全保障工作。在战争的长期特殊情况下，黄帝的十干卫队，还要保障嫘祖、玄女与百官的安全，现在并没有跟随在黄帝的身边。

　　应龙的骑军远远地领先于隶首所率领的新军第一、第二师旅的步军们。所以当他长驱直入地插向黄河东岸龙门一带的时候，守卫在这里的九黎兵就被打了个措手不及。赤黎魖部下的这一支，一是凭借汾水的天然屏障，二是根据各种情报判断，黄帝的部落联盟大军都集中在侯马一带，所以根本就没想到黄帝的兵马，这么快就会到这里。也就是一夜之间，当他们一觉醒来，就看到了如同天兵天将一般从天而降的黄帝的骑军，早已经在夜里踏冰过河，将他们围了个水泄不通，又以锐不可当之势，铺天盖地

1280

地向他们发起攻击，如秋风扫落叶一般，势如破竹，进攻的声浪，像黄河的涛声一浪紧过一浪，让这支只有数千人的九黎兵，只有招架之功，并无还手之力。首先应龙的突然到来和先声夺人，已经夺了九黎人的志，彻底摧毁了他们的精神防线……

黄帝声东击西的这一招，连蚩尤事先都没有想到。所以当蚩尤终于意识到了自己对龙门防守力量的薄弱的时候，已经为时已晚。所以当蚩尤的援兵赶到的时候，龙门在几天前，已经被黄帝、应龙所攻取。加上隶首所率新军第一、第二师旅的到来，蚩尤的这支援军也只好败逃。

黄帝拿下龙门后，仓颉立即就建立起了与河西的又一粮草运输渠道。黄帝亲自守在这里，留下隶首的新军在这里守护，就立即派应龙的骑军循汾水一路向东，断了守在今侯马一带的魉和猴马的后路。

猴龙和羊龙部落的族众会倾向于蚩尤，这是黄帝万万没有想到的。可是没办法，这是事实，你也不能怨天尤人，因为是人的地方，都会分出个左、中、右来，人本身就是这么复杂的嘛！但是，这还是让黄帝感受到了"正道沧桑"和自己"大同""和谐"思想在实施过程中的败笔所在。他甚至于为此而恼羞成怒。按道理讲，"举大道而天下往"，得道多助、失道寡助是常理。但是，事实上，在这个特定的地区和特定环境条件下，却出现了局部的逆转。这就像滚滚向前的黄河，在某一个拐弯处，会出现巨大的漩涡、有时甚至呈现出局部倒流的现象一样。但是，历史终究是要向前推进的。黄河东流去，它奔向大海的总趋势，是谁也阻挡不住的。

黄帝对各部族的百姓，甚至包括九黎族的黎民，采取了最大的克制和包容态度。他把发作的焦点，只集中到蚩尤这一个代表性人物身上来。由于黄帝"掺沙子"的做法，已经动摇了猴马的军心。再加上应龙又从南边切断了后路、猴马自身的反省和他对天下大势的分析，所以他才会在后土派吉部落酋长屋再次来做工作的时候，终于做出了反正的决策，在关键时刻，助了黄帝一把。黄帝命令仓颉将猴马的这一功记在地面上，就有了山西侯马这样一个地名一直沿用到今天。

最大的问题，往往就出在最关键的地方！

榜样的力量是无穷的。本来在战场上双方各有短长，一时形成了一种你中有我、我中有你的犬牙交错的局面。但是这样相持的局面，终于在猴马的"表率作用"下，发生了一系列连锁的多米诺骨牌效应。黄帝的包容和"掺沙子"政策发挥了作用，那些由当地部族人组成的九黎部落联盟的力量，中途纷纷倒戈易帜，蚩尤精心设置的防线，几乎在一夜之间就全面崩溃了。

黄帝的华夏部落联盟大军，唱着战歌一路推进：

> 北斗其耀兮，照我华夏；
> 北斗其灼兮，佑我华夏。
> 扫除迷雾兮，玉宇澄清。
> 朗星高照兮，大道以行。
> ……

在黄帝"推进，推进，再推进，继续推进"的指示精神下，黄帝的华夏部落联盟大军，一路追杀到渤澥。黄帝的千军万马如同绳索一般，将以蚩尤为首的九黎部落这个巨大的困兽，在渤澥地区束缚得越来越紧，给蚩尤只留下在盐池背水一战的份儿了。

自从在龙门和黄帝再次结盟后，炎帝的兵马就唱着炎帝的《善恶歌》：

> 人之初，善为纲。
> 善与恶，相生长。
> 恶之盛，善之殃；
> 恶不止，善何扬？

与黄帝的部落联军共同作战。这一次在渤澥的合围，黄帝还是采取了炎帝榆罔神农氏的建议而采取三面合围的办法，网开一面，有意在中条山一侧放开一条口子。所以最后才能够千层万层地将蚩尤最后的力量包围在中条山以南的黄河北岸。

已经受了重伤的蚩尤，仍然坚持着自己行走。他手拄着随手折下的一截还带着生命气息的枫木棍，一步一颠地向前挪动着他沉重的身躯。黄帝大军昼夜不息的车轮战，已经让他精疲力竭，别的不说，单看他一双狼一样充满血丝的、无助和失望的红眼睛，就知道他已经是大势已去，已经是在用生命一息尚存的最后能量，做垂死前最顽强的挣扎和抵抗。

　　这时候的蚩尤已经把自己的生死置之度外。他现在心里最大的忧虑是，九黎整个部落的命运……如果能以自己的"死"，换来整个部落的"活"，他愿意为此付出一切，直至献出自己的生命！

　　蚩尤一面将九黎族众渡到黄河南岸去，一面带领九黎死士高唱着《九黎死士歌》：

> 死士以守，卫我九黎；
> 死士以争，护我九黎；
> 死士以血，染我九黎；
> 死士以殇，佑我九黎。

和黄帝的部落联军做最后的抗争！

第十五章

一

时间又一次来到了秋天。中条山上的树木被秋霜第一次杀过之后，变得色彩愈加丰富和热烈起来。

松柏依然碧绿挺拔，生命力是那么旺盛，还保持着盛夏时的繁茂景象。柳树的长絮，绿叶中有了枯枝，绿色中夹杂着黄叶，变得斑驳陆离起来，但还是那么从容大度，在西北风中摇曳着婀娜的身姿。而杨树的叶子，则完全变成了金子一样的亮黄色，好像是举起了一把把热烈的迎春花，不过，它的叶子很快就会全部脱掉，只留下白而发灰的一丛丛一律向上生长的干枝。橡树的叶子由黄变红，红得有一些惨烈。这种红色也保留不了几天，枝叶就会完全干枯，而变得皱巴巴的，像浓缩了人生经验和体形的老人，脸上皱着无精打采的粉红。杜梨的叶子也红了，但它是一种暗红色，就像凝固了的血液，又像是被它那一爪一爪的暗红果子所浸染。能够从各种色彩中一下子跳到人眼前的最红的枝叶，当然是枫树了。它红得是那么透，那么亮，又那么鲜；那么热烈，那么逼眼，又那么精神。仿佛它不是死去，而是重生；它不是干枯，而是获得了第二次青春，完全是一种血染的风采。

这一年是黄帝十一年（丁酉年，公元前2714年），值年太岁鸡龙部落代表作噩，十天干相配属是丁。涿鹿之战，前后经过最初阶段蚩尤假炎帝之名对中原的进犯、黄帝对蚩尤的放归与反攻、合符釜山、水战涿鹿、指南车指南、黄帝上博望之山谈卧三年、涿鹿再战和渤澥决战，前后已经经历了将近七个年头。在这段波澜壮阔和艰难曲折的战争过程中，黄帝也由四十八岁变成五十五岁，炎帝从七十二岁变成了年近八旬的七十九岁，而蚩尤，也由青葱的二十三岁变成了年富力强和成熟的三十岁。战争磨炼了人的意志，也锻炼了人的能力，人与战争一起在成长。虽然从人性的本能来说，人们是热爱和平、反对战争的，但是，当战争强加在你头上的时候，你就得面对它、适应它，并且逐渐掌握战争的主动权，直到最后夺得战争的胜利。黄帝就是这样经历了战争的全过程。

面对这样一场原始社会末期华夏部落联盟之间的大争战与大搏杀，我们不能简单地套用历史上封建帝王时代从所谓正统历史观的角度所定性的"正义与邪恶"的战争，不能彻底把黄帝只作为"正面人物"和善良与正义的代表，而把蚩尤仅仅理解为"反派人物"。作为凶顽和邪恶势力的代表，因为他们都是华夏大地上的原始部落之一。我们要从历史的角度来具体客观地看待这一问题，而绝对不能简单地将原始社会华夏大地上的各部落，硬是以以后才形成的汉民族和少数民族的划分来对号入座，生拉硬扯地非得说黄帝只是汉族的祖先，而蚩尤正是某个少数民族的祖先，等等。不能把历史人物随意拔高，也不能将他妖魔化与丑化。

当然了，也不能只简单地说这场战争是"科学进步"与"愚昧落后"较量的结果。因为蚩尤也代表了青铜器和天道等先进的生产力和正义的东西，还发明"蚩书"（一种文字符号）。只不过他最后以失败而告终因而胜者"王"败者"贼"了。

应该说，蚩尤与黄帝、炎帝之间的这场战争，还是决定和改变了历史的前进方向的。在一定程度上讲，它也是一场人类前途光明与黑暗、文明进步与愚昧落后的生死较量。因此，要表现黄帝时代的历史演进过程，避开了炎黄之间的阪泉之战和炎黄与蚩尤之间的涿鹿之战，是没法说事的。因为它们毕竟是曾经在华夏大地发生过的历史事实。研究历史，如果避开了基本的历史事实不说，而非得古为今用地演义、生造出一些莫须有的事实来，为了表现黄帝的善良、仁慈与宽厚，或者为了现有民族的团结而睁着眼睛说瞎话，硬说黄帝没杀蚩尤、蚩尤也感谢黄帝不杀之恩而表示永不谋反，那简直是不可想象的！我们对历史和先祖，必须有一种敬畏感。

事实上，黄帝部落联盟与蚩尤部落联盟之间的大决战，正是在朗朗乾坤下进行的一场拼死搏杀。它是那么清晰、具体、生动、真实、淋漓尽致地展现在我们面前！

面对着不可逆转的败局，蚩尤做出了最坏的打算。他从所有的兵士中，挑出这一万名"死士"来做最后的抗争，以保证九黎部落联盟的主体和夸父部落的兄弟木棂能够安全地渡到黄河南岸去，从而给他们留下生存、繁衍、生息的机会。

已经失去了中条山这道最大的天然屏障保护的九黎的这些死士们，硬是在黄河北岸的平滩上，用木末挖出了一道壕沟，并且捡来大量石头堆积在"城头"进行抵挡。

已经被战争熬红了一双牛眼的蚩尤，腿部已经受伤，但他还是拄着一根尚保留着生命气息的白枫木长棍，拖着受伤的左腿，在土壕以内巡查。虽然每走一步，他都要忍受巨大的疼痛与痛苦，但他的眼睛里依然放着光，嘴角凝重地抽着，一头蓬勃的头发，正在强劲的秋风吹拂下翻飞飘舞着，正像一头受伤的雄狮，还保留着它与生俱来的威严与强势。他站在那里，比兵士们高出了一头，古铜色的脸上一脸肌肉疙瘩，但却极具个性特征和张力。头顶一个长犄角闪着寒光的青铜头箍，手持两把青铜大斧，身披水牛皮战甲，瞪圆了一双布满血丝的牛眼，直勾勾地环视着周围。脖颈、小臂和小腿上曲张鼓起的青筋，俨然一头狂野而质朴的大水牛。

世上的事情，往往有着巧合，蚩尤现在所在的地方，正是他当年继承其祖母、炎帝妃祸母铸铜的地方，也就是他以后被黄帝封为"主兵"，与师兄、黄帝金正伯高一起铸造兵器的地方。自从黄帝进中原时让他走什么"鬼道"、又在西泰山大合天下鬼神时，让他在前面开道，他主动申请回中条山南的这个地方来铸造兵器，而他又是在这个地方，害死了师兄伯高，举起了反旗，设法逃回涿鹿去的。现在，他的师兄伯高的坟，就在不远处的山脚下，正默默地等着看他师弟蚩尤的下场哩！

因为这一次战斗的特殊性，黄帝亲自来到了战争的最前沿。他来到这里，是先隆重地祭拜了他的师臣之一的铸铜师傅、原金正伯高的坟墓之后，才开始向蚩尤发起最后的进攻的。

战争，就是双方军事力量的最终较量。战争是不得已而为之。因此，黄帝在这次渤澥之役的初期，就制定了三面合围、网开一面的战法。因为在黄帝看来，战争是以输赢为目的，而不是以杀人的多少为目标。只要将蚩尤的九黎部落从渤澥这一带赶出去，黄帝就达到了战争的目的。也正是因为黄帝这样仁慈的安排，首先是对原渤澥地区部落族众宽洪大量的"放生"，围而不攻，只要你愿意"返正"，就给予你生路。现在是，黄帝把此项政策，又进一步扩大到对九黎黎民处理问题上来，只要你不是顽抗到底，黄帝都会给你以生路。因为在黄帝的心目中，战争的目的是惩治首恶，而不是要完全消灭某个族群。如果真的那样做了，也不完全符合黄帝原始共和、各部族和谐相处、共同发展的"大同"思想。所以，在这里，黄帝特别强调了黎民的重要性，所以，流传到后世，就有"黎民百姓"这个词。这和阪泉之战后，炎帝禅让帝位于黄帝，炎黄部落实现融合之后，黄帝不但保留了炎帝的帝号，而且将炎排在黄之前的做法是一脉相承的。所以，在渤澥的那场决战中，战争的双方，才没有死那么多人；所以这场战争，才一直推进到了黄河北岸的这个地方来。

　　说蚩尤像一头狂野而质朴的大水牛，决没有一点褒贬之意。因为水牛正是蚩尤为首的九黎部落的图腾，说他像他所崇拜的图腾，正是对他形象的一种肯定和褒扬。又因为蚩尤"口大吃四方"，蚩尤因能吃、饭量大而出了名，所以后世就将他的形象变成了特别能吃的饕餮的形象。由于贪食曰饕，贪财曰餮，代表了人性中的贪欲，所以对蚩尤的形象，不能不说是一种贬意的解释。但是，又说饕餮是缙云氏的不才子，或者干脆说它是龙生九子中的五子，这就又将蚩尤的形象，同黄帝和龙联系了起来。不管怎么说，蚩尤饭量大是必然的，因此才导致了他虽然只是身高七尺，但却有宽厚而结实的巨大体魄，他往那里一站，就实实在在是一面挡风的墙。现在，他就站在土壤南侧，像一面宽厚的墙一样，面北阻挡着来自黄帝部落联军一次又一次浪潮般的进攻。

　　现在，黄帝的大将应龙依然是进攻蚩尤的主将。作为黄帝的前军，黄帝骑军的首将，应龙一直冲在战争的最前沿。眼看着兵士们的进攻，一次次地被蚩尤打退。兵士们冲上去，是一股浪潮，退下来，也是一股浪潮。战斗从早上的辰时开始，已经进行到接近午时的时候，依然没有什么进展，只是将一批批伤兵和一具具尸体，从壕沟里拖了回来。战斗进行得不顺，连稳坐在中军帐的黄帝和力牧大将，还有协同作战的十二大部落的酋长、隶首率领的新军中的各位首领，都来到最前沿观战了。

应龙本来就是个急性子，他又是一个常胜将军，怎能忍受这样的"奇耻大辱"呢？于是，他调集来强弓大弩，列开阵势，先是对蚩尤的头扎着玄带的死士们一阵疯狂射击，然后，就亲自率领着骑军，借着冲力和惯性，以迅雷不及掩耳之势，第一个冲过土壕去。

二

在应龙的带动下，黄帝部落联盟的骑军全面突过了蚩尤和他的死士们所死守的最后一道防线。紧接着，就是双方短兵相接的血肉撕杀。因为这些死士大都是经过蚩尤挑选才确定下来的勇士，他们大多身强力壮，体型彪悍，力大无穷，又都手持着青铜兵器，所以做起死顽抵抗来，还是有以一当十的战力和勇气的。他们为什么这么卖命地死战，目的很明确，那就是为了保卫九黎部落的主体，顺利地渡过黄河去。为此，他们才真正做到了人在阵地在，誓与阵地共存亡的顽强战斗精神。说蚩尤是"战神"，也只有在这样誓死一战的时刻，才表现得淋漓尽致。

当蚩尤决定自己留下来为整个九黎部族断后的时候，黄黎部落依然是整个九黎部落的中心。所以带领整个部落这最后的两三万男女渡过黄河去的任务，就历史地落在了黄黎部落酋长仲黄的肩上。仲黄虽然年轻，但却心细如缕，也善于调动魑、魅、魍、魉和夸父族的光杆司令木楼的积极性。他很快将这五个前辈首领叫到一起，首先表达了自己对他们的敬意，然后才开始分工，由夸父酋长木楼引路，魑、魅、魍、魉分别带领本部人马，在黄河北岸同时强渡过河。因为九黎人本来天生的就是水性好，再加上用上了所有的能够作为渡河工具的东西：水牛、黄牛、羊皮囊、牛皮囊、木排、竹排、独木舟，甚至包括一根根浮木等，所以，整个部落的渡河，从前天开始，就进行得比较顺利。到今天，就基本上只剩下最后断后的黄黎部落的人了。

现在，蚩尤已经坚持到了午后。他知道，他部落的人基本上都已经渡过黄河去了。所以现在，他就可以放心大胆地放手一搏了。杀死一个够本，杀死两个赚一个。随着他手起斧落，不断地有黄帝部落联军的兵士倒下。他每杀死一人，都会在心里默默地计着数，一个、两个、三个、四个、五个……直到一百零五个。蚩尤杀得痛快，杀得开心，但是他毕竟是人，有时候，黄帝的骑军，两三匹战马轮番冲击，也够他应付一阵子的。因为他腿上有伤，腿脚不是很方便，这给他运动作战造成了很大障碍。有时躲避不及，也不断落下大小不等的新的刀伤。

应龙骑着战马，一路冲杀来到黄河北岸，由于冲力过猛，直到战马已经冲进了浑黄的黄河岸边的浅水区，才勒转马头，折了回来。有近百匹战马，也随着应龙冲到了黄河岸边。当他们冲到岸边又杀将回来的时候，还不断有战马冲到岸边来。

应龙一边骑着战马返回，一面寻找着新的战机。看到还在负隅顽抗的九黎死士，他就会上前给补上一刀……当应龙以减缓了的速度这样边砍杀边返回的时候，远远地，他看到几个骑军的战马，正在围着一个壮汉厮杀。一匹黑色战马被他双手抡圆了的闪闪发光的青铜大斧砍翻了，落地的兵士从地上翻滚而起，继续与其厮杀。而他的体型和武力又远远不如那位壮汉。另外两匹战马，绕着圈儿冲击，主动向这位壮汉进攻，但其中一位兵士手中的石刀，还是被壮汉举起抵挡的青铜大斧给震碎了。青石碎片飞溅。

应龙向前冲击着，这激战的场面，由远及近，变得越来越大越清晰。噢，原来是蚩尤在此！因为自打轩辕来到河东帮助炎帝在渤澥地区第一次捉住蚩尤以来，他曾多次与蚩尤交手并同为黄帝之臣，虽然蚩尤只是一个小小的主兵。又因为渤澥决战时，他看到了黄帝画的蚩尤画像，所以他一眼就认出蚩尤来了。

蚩尤吃人，作恶多端，在应龙心中，早已将他妖魔化了。所以应龙看见蚩尤，那真是"仇人相见，分外眼红"，"腾"地一下，怒发冲冠，血冲头顶。只听应龙犹如晴空霹雳一般厉声喊道：

"蚩尤小儿，应龙来也！"

这突如其来的一声，让蚩尤为之一惊。

应龙的特点是人到声到的同时，手中的铜刀也到了。他冷不防的这一冲击，确实让蚩尤只能以一种本能的应激动作进行招架。刀斧相撞，金属声和刀光斧影同时蹦出，如同闪电一般。蚩尤也真不含糊，他在一斧相架的同时，另一只大铜斧，已经以千钧之力斜劈过来。谁知应龙也早有防备，一勒马缰绳，战马头一扬，后腿支撑着直立了起来，让蚩尤一斧劈空。如果不是应龙骑马的机动性，蚩尤这一斧，一般人是难以招架得住的。所以当他一斧劈空的时候，气得他直哼哼，瞪圆了他的一双牛眼。他也知道应龙的厉害，但是，已经杀红了眼睛的他，并不惧怕，只是大声喊出了自己的不平："君子相争，当均力以敌，方显英雄！"蚩尤明知自己步战骑军的劣势，所以他想用这句话反激一下应龙。

不想应龙为了表示平等，竟然跳下马来。于是，双方都弃了兵器，开始徒手搏斗。两人一交手，个性特点就更加明显。刚好三十岁的蚩尤，正值当年，全身浑圆得如同一架小钢炮，永远有使不完的力气。他这会儿重新抖擞了精神，完全不像是已经鏖战了多半天、身上多处负伤的样子，似乎他的每一个动作，都有咬金拔铁之力、抓铁留痕之功。他练就的一套"虎式拳"，仿虎之形，取虎之技，融为拳意，势如猛虎下山手法多变、脚步多移，防中带攻，明防暗攻，以刚制刚。同时还善于见力借力，见力化力，硬中见柔，出手真硬，化手真柔。一会儿是恶虎出洞、恶虎翻山，一会儿是虎王显威、伏虎待食、猛虎扑爪、黑虎掏心……步步扎实，招招阴险，吞喉露齿，发声吐气，震脚助威，刚猛而势烈。

应龙虽然年长蚩尤十多岁，但是身高八尺的他，依然勇力不减当年。应龙练的是鹰式拳，此拳是应龙观鹰蛇争斗，模仿创编而成。观其拳式，静若鹰伏山涧，猛若鹰斗灵蛇，缓如鹰翔九天，急如惊鸿奔雷，时而如雷霆万钧高空扑击，时而用犀利爪锋贴身争斗，灵巧中透露着刚猛。更注重的是贴身近战和短促发力，在突出刁、拿、锁、扣、分筋错骨手法的同时，以低位勾踢、近身盘打见长。眼快、手快、身快，一招三变，气势逼人而又变化莫测，可以说是刚柔相济，长短互用，干净利落，勇猛泼辣，机智灵活，变化多端。

这样两位高手相交，那真是你来我往，互有短长……两人手脚相搏，时而纠缠一起，以力相绞，时而各据一方，怒目而视。盘来转去，伺机再搏。都想一招制敌，却旗鼓相当。就这样，他俩从午未之交，一直战到酉时，眼看着日落西山，还是不分胜负。俗话说，龙虎相争，必有一伤。可他俩的争斗，何时收场？

现在，应龙身后，站着黄帝、力牧、十二大部落的酋长，以及隶首率领的新军的各位首领，可以说是千军万马之力集于一身。而蚩尤，只剩下他独独的一人，在这里死争。因为他心里明白一点，他越是在这里坚持得长久，他的部族的人就越安全。熬到了今夜，黄帝的大军，就只能等明天再渡河追击了。一个人，在生死关头，依然想的是整个部族的利益，在身上多处负伤，腿脚多少有些不便的情况下，能做这样的坚持，那得有多大的毅力、多么顽强的意志啊！这才是真正的死士之争！在蚩尤这样顽强的争斗中，人们又想起了他带领着九黎死士们所唱的那首《九黎死士歌》：

> 死士以守，卫我九黎；
>
> 死士以争，护我九黎；
>
> 死士以血，染我九黎；
>
> 死士以殇，佑我九黎。

黄帝本来是还有耐心继续观战应龙和蚩尤的争斗的，就像猫玩老鼠于掌中，再让它多活几时、看看它最后的表演又何妨？但是，天色已经渐渐地黑了下来。一天下来，开始点燃了松明火把的兵士们，开始有些不耐烦了，人群中开始爆发出一阵紧似一阵的"杀死蚩尤"的声浪。人们的手里，攥紧了石块，跃跃欲试地要冲上去将蚩尤乱石击死，真是群情激愤，就像是烧开了锅的滚水。还是黄帝大手一挥，将大家制止。这时候，力牧再也坐待不住，手举着火把跃马过壕，前去为应龙助战。等他冲到跟前，却见应龙已经将蚩尤擒拿，扭屈了右臂，按倒在地。蚩尤还在不服地挣扎着，力牧一掌按下，蚩尤就只能咬牙切齿，而没有动弹的份儿了。火把映照着蚩尤一张发黑发暗的脸和依然透着凶光和不屈的牛眼。这个"瞪眼窝"，现在眼睛瞪得更大了，如同铜铃一般。

一边是额头烙了印记的蚩尤"噫噫噫……"不屈的挣扎声，一边是大力神力牧"哈哈哈……"的大笑声。应龙用手背在他已经变成三花脸的额头抹着，擦着汗，喘息着。

黄帝举起双手，发出"噢噢噢……"的欢呼声，于是，群情激愤，千军万马发出了雷鸣般的喧吼，整个中条山的南坡，都被灯笼火把映红了。远远近近，一片灯火阑珊。

三

自从抓住蚩尤之后，那个"在劫难逃"的梦，又反复萦绕在黄帝的心里挥之不去：

> 那些原来已经断裂的部分
>
> 竟然又能自己重新连接起来！
>
> ……
>
> 这些本来已经断裂的部分
>
> 还在触目惊心地
>
> 继续相互寻找着，连接着！
>
> ……

这个梦境，最终促使黄帝终于下定了"肢解蚩尤"——惩恶扬善、以绝后患的决心，而且必须将其身体的各部分异地而埋，以免它们像梦中那样又自己连接起来，再次复活，继续祸害百姓。

笔者有过这样一首诗，可以帮助我们进一步理解黄帝之所以做出这种决策的心理学基础：

树兄弟

你们是
一棵棵人；
让我亲切地称你一句
树兄弟！

坎坷塑造了你的形象
不管刀砍斧劈
你的心
枝总是向上生长

砍了头
发新枝
去了臂
再长出
扭曲的姿势
成全美

树活的是心劲
人活的是心劲
心不死
梦成真！

正因为在蚩尤的身上，有着像"树兄弟"一样顽强的生命力和再生能力，而他的这一种生命力却又是"反义逆时"、违背大道，建立在非公平、非正义和邪恶基础上的，所以他的生命力愈强，对天下各部族的危害就愈大；所以黄帝才非得断其后路、置其于死地而后快。黄帝对蚩尤，本来是有不杀之恩的。可是蚩尤不知悔改，继续作恶，再次谋反，事到如今，才发展到不得不杀的地步。因为只有这样做了，才能够在当时当地产生以儆效尤的效果；才能够警告天下："莫阻吾大道！阻者视其死而处之"；莫谋反生事，谋反生事者，视同蚩尤以论处；莫祸害百姓，祸害百姓者，必死有余辜。

为了真正产生以儆效尤的效果，黄帝把杀死蚩尤这一本来残忍的行动，却搞得像高台教化和宗教仪式般的隆重，同时也使蚩尤之死，染上了异常壮烈的色彩。

人骂人最解恨的一句话，就是"恨不得剥你的皮，抽你的筋"，岳飞的《满江红》词中亦有"壮士饥餐胡虏肉，笑谈渴饮匈奴血"那样壮怀激烈诗句。这样的事情，其实正是远古时代流传下来的一种战胜者处置失败者的习俗。这是那些得胜者强加在失败者身上的。比如说封建时代所谓的"十恶不赦"，十恶即"一曰谋反，二曰谋大逆，三曰谋叛，四曰恶逆，五曰不道，六曰大不敬，七曰不孝，八曰不睦，九曰不义，十曰内乱。……其犯此十者，不在八议论赎之限。"现在看来，这十条罪恶，似乎条条都是针对蚩尤这样的人的，可见历代统治者对谋反、谋大逆、谋叛、恶逆、不道、不敬、不孝、不睦、不义和内乱等犯罪行为的重视。树有根，物有源。其根源，就起自黄帝时代"炎黄战蚩尤"和黄帝擒杀蚩尤这样的事实。在这里，"十"在语境中表示的是"最多、全了、满了"。"十恶不赦"，那就是恶贯满盈了。因此"十恶不赦"，常被用来形容那些罪大恶极、不可宽恕的人。古人往往给敌人列上十大罪名，以便出师有名，何况，要处死一个已经玩在掌心中的战败者和阶下囚，似乎只有这样做了，才能够真正解气、解恨，才能够平衡心中的积怨仇恨。这样，我们就不难理解黄帝当年杀死蚩尤的地方，今山西运城市的解州镇，为什么要用一个"解"字？原来它不仅是因为黄帝在这里肢解了蚩尤，还因为只有这样做，才最"解气、解恨"。

当然了，有"十恶"之禁，也就有"十善"之倡。十善者，一曰不杀生，二曰不偷盗，三曰不邪淫，四曰不恶口，五曰不两舌，六曰不妄语，七曰不绮语，八曰不贪，九曰不嗔，十曰不痴。

古人云："行十恶者，受于恶报；行十善者，受于善报。"

让我们还是回到历史上真实存在过的这一天吧！因为这一天对华夏古国形成的重要性，因为这一天不仅是黄帝杀蚩尤的一天，也是黄帝立威、立德，与天下各大部落首领歃血为誓、为华夏奠基的一天。从此以后，华夏古国才有了"置左右大监、监于万国"这样一种国家统治的雏形，黄帝所倡导的天干地支相配的部落首领太岁值年制，这样一种原始共和的国家治理模式，才真正为全天下所有部落所认同。这一天，华夏古国公布并第一次升起了自己的国旗，唱起了自己的国歌；这一天，黄帝郑重宣告了包括十二属相、二十八宿在内的"国（龟）家"这样一个新概念。这一天，既是萧杀的一天，又是欢乐的、欢庆华夏古国诞生的一天。这一天注定了是要在华夏古国的历史上大写特写的一天。

　　这一天，是黄帝十一年（丁酉年）（公元前2714年）九月九日，重阳。因为按照黄帝在研究伏羲八卦、炎帝《连山》基础上所著《归藏》的易理，"六"为阴数，"九"为阳数，九月九日，日月并阳，两九相重，故而叫重阳，也叫重九，所以，今天是一个值得庆贺的吉利日子。又因为九九与"久久"同音，九是最大的数字，有长久长寿之意，所以，黄帝今天所开创的华夏文明，必然会万世长存，即"万年"是也。

　　昨夜一夜西北风劲吹，把连续几日秋雨后、昨天还挂满了阴霾的天空的云朵驱赶得一干二净。你是否还记得昨天黄昏那染红了半边天的晚霞？正因为"晚霞行千里"，今天凌晨，当你推开屋门一看，除了萧杀的冷风扑面一个激灵以外，你会惊喜地发现，天上所有的星辰都响应你"天人合一"的召唤，早已经汇集齐了，以晶莹剔透的形象，列好了阵势，眨巴着笑眼，随时恭候着你的检阅。

　　黄帝两手叉在后腰，仰面天空观察着星相。这时候，天地万物、人间万象，都已经在他的心中形成了一个浑然一体的架构。与其说他是在观天象，不如说他是在梳理人事，他的思想是那么深邃，他的思绪是那么绵长，他的感情是那么丰富，他的精力又是那么充沛……经过近几天他和各位帝师、群臣和十二大部落酋长等的反复交流和讨论，现在，他对建立华夏古国，可以说早已经是成竹在胸了！但是，他还是不放过这华夏古国即将建立起来的最后时机，再一次勾画它星光灿烂的美好愿景……时光在无可逆转地向前流动，不觉就从卯时滑到了辰时。随着启明星晶莹地升起，东方的天空最早出现了鱼肚白。它像一面巨大的幕布，从东天上拉开，很快地，就铺满了天空。当所有的星星都逐渐隐退的时候，天空变得越来越蓝，一轮红日就从东方冉冉升起。

当早晨第一缕金色阳光照在屹立在中条山北麓、盐湖西南角雄伟的渤澥黄城的城头上的时候，你会想起"金碧辉煌"和"固若金汤"这样一些词来。你会惊喜地发现，它已经被装扮一新，四面城墙之上，插满了黄龙之旗。

今天是杀蚩尤的日子。自从在黄河北岸的绝辔之野抓住蚩尤，到现在已经是二十四天了。人们对"绝辔"二字的解释，无非形容马"奔驰神速"犹如脱缰；或者用以比喻士之"俊逸不群"。这正好代表了本小说故事情节矛盾的两个方面，一方面是对应龙形象的歌颂，另一方面则正是对蚩尤形象的正面描写。但是，笔者则认为，所谓"绝辔"，应该是战马到此"停止不前"的意思。也就是说，黄帝的华夏部落联军，追到黄河北岸之后，对九黎部族，再没有穷寇猛追，或者像鲁迅一样"痛打落水狗"，而是给他们一条生路，由着他们去。这一方面体现了黄帝的包容和宽大，另一方面，也是蚩尤请求的结果。同时，也是北方草原上的荤粥策应配合的结果。当黄帝对蚩尤的战争进行得如火如荼的时候，荤粥部落首领头曼并没有忘记他对蚩尤的承诺。他又重新调集草原各旗（黄旗、青旗、白旗、红旗、黑旗）的兵力，加强了对如今晋北地区的进攻和骚扰，企图突破北岳恒山金龙峡的关口，南下助蚩尤一臂之力。

面对这样复杂多变的局面，黄帝立即做出决定，派大将力牧率部前往恒山协助他的儿子昌意和孙子颛顼，常先、大鸿率部随行，马师皇也带着他的马群随同前往助战。同时，同意蚩尤的建议，放过九黎部族，不再追杀，由着他们去。倒是关于蚩尤的生死问题，一直让他头疼了好几天。从善意的角度讲，黄帝并没有非得杀死的想法。他倒是不至一次地来到关押蚩尤囚房，劝他投降，并许之以"金正"的官职，还是希望蚩尤能改邪归正，协助他治理天下。但是，早已经视死如归的蚩尤，并不是这样想的。

在蚩尤的心目中，他当初谋反的目的，绝不是要这样的结局！要真是为了这样的结局，那么，他的"主兵"当得好好的，到现在也该是"金正"这个角色了。蚩尤之所以"谋反"，他是要以自己的实力雄霸天下的。"大丈夫要么生为人杰，要么死为鬼雄，二者只选其一"，这是从蚩尤那桀骜不驯的神态中，抛给黄帝唯一的一句话。

四

这时候，倒好像蚩尤是战胜者、而黄帝成了战败者一样。幽暗的囚房内，微弱的亮光，倒是凸显了蚩尤那一双圆睁的牛眼和一口白牙，这时候，他用一种接近歇斯底里的发狂的声音，毫不尊重地对着黄帝嘶喊：

"轩辕，轩辕，莫动恻隐，莫辱人格，余心已死，九牛不回！"

黄帝倒不在乎他是口称黄帝呢还是直呼其名，依然是雍容大度的样子：

"汝且活，亦不失英雄也！"

"余土命，汝金命。故曰吾有土德，汝具金德。五行相生，则土生金，金土相合，乃绝配也"，黄帝接着讲道，"愿汝勿阻吾道，正义顺时；改弦更张，修德从善，重新做人，则土金相生，黎民百姓之福也！"

"汝与吾，金土情已绝，故不相生也"，蚩尤的观点，与黄帝正相反：

"自古天无二日。两雄相争，必有一败。胜者为王败者寇，此天理也。天不助我，蚩尤死有余辜。汝可万条理由杀我，以立威也，立德也，以喋血，以盟誓。此理同矣。试想，若汝为我所败，不亦一杀了之？以吾制之刑罚，必先断发剥皮、千刀万剐方解恨，再处汝以醢刑以喋血为誓，结盟天下也！"倒是蚩尤做起了黄帝的思想工作，并教起他如何施刑来。

"是故，既为阶下囚，吾唯求一死，以死明志，汝且应乎？"

黄帝口上没有答应，只是很郑重地点了点头。他好像是接受了一项神圣的使命似的。

知道了黄帝最后决定要处蚩尤以醢刑，一向仁慈的炎帝，不忍心直面那样惨裂的场面，就不辞而别，随他的大儿子炎居（黄帝次妃女节之父），向南渡过黄河，去了烈山。

因为蚩尤是金命，五行之中"土生金"，怕在地上杀死的他会死而复活，所以杀死蚩尤的刑场，被布置在渤澥黄城东北、盐池边的水上。同时，将他的刑场安排在水上，也表示了黄帝和蚩尤之间土德与金德情义已绝，由土金相生而决绝地改为相杀。还有一种说法是，蚩尤既来自江淮水乡，杀他于水上，是要他因此而能够魂归故里也。

辰时正，蚩尤即被一件一件剥光了全身的衣裳，露出了他一身健壮的块状肌肉和平时作为羞耻或者神圣工具而掩藏起来的阳具。狱卒个子不高，脸色发黄，却挂一脸小人得志似的表情，以我一个小小的狱卒，如今竟掌握着一位名冠华夏的盖世英雄的生杀大权，故以一种得胜者骄傲的神态，上下打量着蚩尤近于紫铜色的结实裸体，明知故问地拖着长腔询问蚩尤的名字：

"汝何姓、名号乎？"

蚩尤最瞧不起的就是这样狐假虎威式的势利小人，因此他连看都不正眼看这个狱卒一眼，而是耷拉着眼皮，有些不耐烦地说：

"爷行不改名，坐不改姓——蚩尤也！"

这一种从胸腔中直接发出的声音如洪钟般，字字铿锵，直震得小小的囚房四壁回响，屋顶向下落着土尘。

为蚩尤验明身份后，即有人专为稍事梳洗，一招一式，就像侍候大盟主的架势，并将他的长发故意梳成受刑女犯人标准款式的大圆髻盘在头上，最后将麻绳搭在颈后，顺两臂缠下去，反剪双手于腰际背后，再很有耐心地一圈一圈地将抱拳的双手从手腕处扎紧，这一缠扎，使蚩尤那近于健美运动员似的两臂，肱二头肌和肱三头肌，更加明显地暴鼓着。因为蚩尤力大无穷，为防止他抵抗或逃脱，又给他大拇趾和其他四趾分得很开、站得很稳的两脚脚踝，锁上带着一大块石头的青铜脚镣……

直到辰时二刻，赤身裸体的蚩尤才捆缚妥当，站在一架平板囚车上被推出牢门，先行在黄城东边设在水上的法场上，示众一个时辰。

听说吃人的蚩尤，今天要被活剥皮、并被肢解、分食，渤澥周围百里

1298

以内的百姓——那些遭受过蚩尤虐待或者恩惠的人们，同样怀着一种好奇的心理，想张大了眼睛，一看个究竟，所以，天不亮，人群就开始远远近近的、从四面八方向盐池西南角这一块开阔地汇集，这时候，前来猎奇围观的各部落族众，早已经是人山人海，把周围的道路、空场堵得水泄不通，甚至黄城的城墙上、附近的房顶上和树杈上，都站着或爬满了各色人等。当然了，在前边最靠近行刑的地方，是黄帝、他的师臣和文武百官与天下各大部落酋长的位置。各个部落的人构成一个个方阵，五颜六色的，一眼望不到边……

已时二刻，祭祀华夏各部族所有受害者的香坛设立起来，蚩尤被带至坛上，在朗朗天日之下，围观众人面前，由那位瘦小的、脸色发黄的狱卒，带着其他几个狱卒，轮番以毛竹板狠命地抽打蚩尤的臀部，作为儆效和惩戒。直打得他的屁股皮开肉绽，蚩尤硬是咬紧牙关，除了因为憋气而发出的吭声，一言不发。

已时半，蚩尤被钉在装在竹筏上的木驴，沿着盐池的西南岸边划行，让所有聚集在岸边的人都能够看到他，就像后世行刑时的游街示众一样。

这样轰轰烈烈地"巡游"了一遍，直到午时三刻，蚩尤才正式被推到行刑的竹排上，面对着盐湖岸边的万千观众，行刑正式开始。

关于对蚩尤如何用刑，五天前的一个晚上，在渤澥黄城的中心大屋里，黄帝与群臣、炎帝和天下各大部落首领所进行的讨论，就是应百姓的要求，以怎么解气怎么来，以此来彰显黄帝的威严。最后要以蚩尤为牲祭天，把行刑与结盟天下、华夏立国结合起来。

大家七嘴八舌地讨论了一个多时辰，总算定了下来，即一曰旌，二曰干候，三曰解，四曰鞠，五曰醢，六曰誓。但是，这么严酷的刑罚，到底由谁来执行呢？也就是刽子手的选择，又费了半天神。最后，还是隶首提出，在战俘（奴）中有一位绰号叫"快八刀"的屠夫，曾经是蚩尤酷刑的刽子手，就把他叫了来，一看，果然是体阔魄大、满脸横肉，往人面前一站，自然显出一股天生的杀气来。为了看看他的手艺到底怎么样，还专门赶来一头大肥猪，在大屋门外的中心广场上，在幽明的灯笼、火把映照下，由"快八刀"现场表演了一番他活剥猪皮和大卸八块的技艺。真是行行出状元，

"快八刀"的屠夫技艺，那真是手法娴熟得到了登峰造极的程度。在活剥皮的过程，这头大肥猪一直在蹬着四蹄、全身颤抖，并且一长声、一长声拉锯似的、声嘶力竭地"吱儿——""吱儿——"嚎叫，但是这一点也不影响"快八刀"刀法的精准到位……直让在现场的人，看得个个目瞪口呆！

现在，对蚩尤用刑，就由这位人高马大的"快八刀"来执行。受刑者是很爽利地离开呢，还是要经受锉刀似的痛苦煎熬，甚至一小刀一小刀的千刀万剐，就全在这位"快八刀"的手下之情了。

行刑之前，还要由黄帝大理（司法官）隶首再次验明正身。隶首的脑门还是那么乌青着：

"汝——蚩尤乎？"

"爷正是。且少费话，杀乎剐乎，快快动手！"蚩尤也不看隶首一眼，而是把头歪着扭得老高，一双牛眼，好像看着无限远的地方，一脸满不在意、视死如归的表情，声音铿锵有力，掷地有声。

隶首并不理会蚩尤的狂傲自大、目中无人与歇斯底里，而是一本正经地展开一块白色丝帛，上面用红色写着黄帝的判词：

> 帝曰：毋犯吾禁，毋流吾醢，毋乱吾民，毋绝吾道。蚩尤犯禁、流醢、乱民、绝道、反义逆时，非而行之，过极失当，擅制更爽，心欲是行，其上帝未先而擅兴兵，视蚩尤，屈其脊，使甘其脑，不死不生，恶为地桎。
>
> 帝曰：谨受吾正名，毋失吾恒刑，以示后人。

现场闹哄哄的，人们拥挤着朝前看。由于周围人声嘈杂，隶首尽管提高了嗓门在宣读，但是他到底念了些什么，挤在人群中的人们还是听不清楚。只听他最后说：

> 照律应剥其皮革以为干候，使人射之，多中者赏；
> 断其发而建之天门，曰蚩尤之旌；
> 充其胃，以为鞠，使人执之，多中者赏！
> 腐其骨肉，投之苦醢，使天下啑之。

站在两旁的刽子手们齐声附和，声如雷震，围观的百姓，莫不心惊胆战，两腿发抖。只听三声爆竹之响，之后开始行刑。

　　临刑之际，大家都绷紧了神经，可是再看蚩尤，却一脸怡然自得的表情，似乎此事与他无关似的。

　　首先进行的是"剥皮制候"。只见"快八刀"很准确地从一篮子带有标记的刀具中，取出一把锋利短刀，他非常娴熟地将小刀旋转地抛起又接住，将刀尖对准蚩尤的颈后，从上到下轻轻地一划，只听"吱儿——"一声，就像拉开了拉锁一样，蚩尤背部的皮肤，就被分成了左右两半。刚划这一刀时，蚩尤只听到了皮肤拉开的同时发出的声音，并没有感觉到有多疼。这一刀，因为轻到只是划开皮肤，并不伤及肌肉，所以并没有流血，而只是一道白缝儿。他又在脖子上如法炮制地划了一圈，再从肩背部向左臂后和右臂后各划了一刀，在手腕处再划圈儿；一刀从左侧臀部拉下，直到脚踝，又划一圈儿，再一刀从右侧臀部拉下，直到脚踝，再划一圈儿，这才完成了正式剥皮前的准备。在这个过程中，因为割断了许多末梢神经，可以说是一刀比一刀来得疼，但蚩尤还是咬紧牙关坚持着，继续保持了扬起头宁死不屈的姿势。

　　度过了这一关。紧接着，"快八刀"就开始一手拉起皮肤的一角，一手执刀，一刀一刀"嘶、嘶"地慢慢地将皮肤与肌肉给分开。这个过程，还是先从背部开始，然后再剥上臂的皮和下臂的皮。在这个过程中，蚩尤从始至终保持着默然无声。他一直坚强地站立着，虽然有时候敏感的肌肉会抖动，但他硬是将脚趾紧紧地抓住地面，挺直了双腿和躯干，挺起了脖子和头颅，坚强之气溢于颜面，要么双目紧闭，要么瞪得跟铜铃一般，一身浩然正气和坚强意志，使所有现场能看清他表情和体姿的人，都感到非常意外和震惊，不由发出蚩尤乃"丑类之最悍者也"的感叹。在这种情况下，即使是曾经对蚩尤恨得咬牙切齿的人，也从内心里升起一种敬意和同情来。这就是大丈夫"一人做事一人当"的大无畏的担当精神。人都说蚩尤是"战神"，而只有在这个时候，才是他战神精神的升级版。顽强的意志，能够对抗来自外部的任何灭顶之灾——只有精神，才是最后的战胜者！现在的蚩尤，正是在用自己的肉体和顽强的意志，对抗着黄帝的权威，彰显着他不屈的战斗精神。

　　说实话，蚩尤这样的坚强，黄帝事先也没有想到过。看着蚩尤现在这样坚强的表现，黄帝的内心一方面是对蚩尤的理解和尊重，同时也有一种莫名的恐惧和害怕从他的心底掠过。难道蚩尤真是神人？难道他真杀不死？

　　等到将近半个时辰的剥皮结束，蚩尤就变成了一个好像是戴了手套、脚套和面具的浑身滴血的血淋淋的活人。他的鲜血滴到竹排上，又从竹排上浸入盐池的水中……

五

　　蚩尤的皮一经剥下，就有"快八刀"的助手们，用事先已经绑好的木架子将其撑展，以作干候（箭靶）之用。

　　接下来进行的是"断发为旌"。在古人的意识里，发即人生命的本体，故"断发"即意味着将其人已经杀死了，而以其发为旌旗悬之于城门之上，则意在示众警策，显黄帝之神威也，一个目的，还是要达到"以儆效尤"的效果。就我们现在而言，断发是一件无关痛痒的事，或者说是一件并不算痛苦的事，但是，在原始时代，"快八刀"的断发，却是用钝刀像砍柴禾似的生拉硬扯下来的，这就进一步增加了蚩尤的痛苦经历。我们看到，蚩尤的头硬是被扯得歪向了一边，脸上五官的表情都被扭曲变形了，但他就是咬紧了牙关，坚持着不发出一句软话来。我们看到，蚩尤的断发下甚至连皮带肉、血淋淋的，这是正在进行的严酷之刑，这或者是为了让蚩尤能够讲出一句求饶的话来，可是这样的熊话，是没有进入蚩尤的词汇库的，所以从他的嘴中，你永远不可能听到。硬汉把死都置之度外了，痛苦就不算什么了……人生到世，就是来承受苦难的。苦难可以洗罪，可以磨炼意志，是人走向成功的阶梯。只有历尽苦难痴心不改的人，才配得上是英雄。而蚩尤又何止是一位英雄呢？他已经完全成为一种超级形象的化身。

　　蚩尤的长发一被打开发髻，就在午后的秋风中飘然若旗帜。等终于完全被割了下来，而被悬上渤澥黄城的南门（天门），就更像是一个用牦牛尾巴做成的旌旗了。人们从它所看到的并不全是黄帝的威严和以儆效尤的后果，而是从中解读出了蚩尤这位失败的英雄的不屈精神。

接下来，才是刽子手"快八刀"的拿手绝活儿——"八刀肢解"。虽然这时候蚩尤还在忍受着万箭穿心、千刀万剐般痛苦，但他的生命，还在顽强地活着，他的各种神经感受还是那么敏感和强烈，他并没有因为疼痛过度而变得麻木或者眩晕昏死……而在刽子手"快八刀"的眼里，断过发的蚩尤，已经是一具活着的"尸体"了。既然面对着一具尸体，他就可以放手肢解了。

第一刀，先像切菜一样"咯吱吱"切开胸口，还是像剥皮时那样先从左侧开刀。蚩尤的左侧胸腔被硬生生地劈开，胸腔里全是从肌肉中内收的鲜红的血，"快八刀"伸出鹰爪一样的大手，就把蚩尤正在跳动中的心脏硬给扯了出来，于是，鲜血就从被扯断的冠状动脉中如喷泉一样喷涌而出，直冲了"快八刀"一脸。他也顾不得擦脸的血迹，而是满脸红光地双手捧起蚩尤这颗还在以其自主的节律跳动着的硕大心脏，像导游一样展示给人们看，人群中一片"唏嘘"之声……原来蚩尤的生命力如此顽强，是因为他有一颗殊胜于常人的强大的心！

"快八刀"像拳击比赛举牌子的小姐一样举着蚩尤的心脏，在用竹排搭在水面上的平台上走动着展示了一番以后，才将还在跳动着的心脏放在一个陶盘上，不再理会它。再劈开右胸腔，双手扯出两叶白晃晃的、发动机叶片一样的肺来，同样高高地举过头顶，展示了一番后，才放进旁边的篮子里去。再切开腹部，腹腔内，也满是一腔内收的鲜血。取出胃，先用细绳扎紧一头，鼓圆了脸给其充满了气，再用细绳将另一头扎紧，以为鞠，供人们踢来踢去地去解恨。发黑发暗的肝脏被收在篮中，而扯不断、理还乱的肠子，则干脆被扔上岸，被野狗们叼了去随意撕扯……

第二刀，切二头肌；第三刀，剁大腿；第四刀和第五刀，切手臂至肘部；第六刀和第七刀，切小腿至膝盖。这些部位，都分别被装进篮子。

第八刀，枭首。将被割下的头，又盛在一个陶盘内，准备捧给黄帝去验明正身，还将被传遍天下各大部落首领之手，以便以儆效尤。

蚩尤的头被端到在岸边席地而坐的黄帝面前。只见陶盘中一颗头颅硕大，面部表情扭曲，给人一种恐怖的感觉。特别是他的上下牙齿，依然紧紧地咬扣在一起，给人一种坚定不移的感觉。而那一双依然圆鼓鼓地怒睁着、已经失去了生命光泽的牛眼，正逼视着所有与它接近的人或物，那因为失去血色而变得深暗中浮上一层灰白、犹如撒上了一层萧杀秋霜的面色，依然充满了杀气和神威，让人不敢正视——谁看了晚上都会做噩梦的！

　　黄帝并不畏惧蚩尤的凶狠而充满杀气的表情，毕竟自从当年应炎帝榆罔之邀来到河东与蚩尤作战以来，大大小小先后经历了五十多次战争，包括这次旷日持久、反反复复的涿鹿之战，黄帝才战胜了蚩尤。蚩尤是英雄，黄帝承认，而且是特别凶顽难以对付的英雄。但是，不管他多么凶顽，最终他还是我黄帝手下之败将。现在的黄帝，是征服了天下第一凶顽的黄帝，是人中最强者。可惜了他有雄霸天下之志，没有治理天下之才……这会儿，黄帝反而对蚩尤产生了一种兔死狐悲、英雄相惜的同情，甚至眼中都渗出了泪花。说实话，就是黄帝，事先也没有想到此次施刑过程是如此惨烈和悲壮。可以说，观看对蚩尤施刑的过程，深深地震撼了黄帝和所有在场人的心灵。蚩尤就像是一团燃烧的火，只有在水上，才能够熄灭他。如果在陆地上杀他，他死后肯定会复生，或者转世。他的下一世，即使变为牲口，也一定是一头顶死牛的、不撞南墙不回头的犍牛，或者是一匹烈性的、难以驯服的驰骋千里的野马。

　　可以说，对蚩尤行刑的这一个时辰，是黄帝一生中最难熬的时段之一。在他的一生中最难熬的时段，一是二儿子昌意出生的过程。人常说，人生人，怕死人。那天，听着嫘祖发出的一声紧似一声的痛苦呻唤，黄帝恨不得亲身为她所承当，亲历她的痛苦，或者干脆钻到地缝中去，远离这人间痛苦。人生人的过程是苦难和欣喜的交响，在那个过程中，痛苦的体验，远远地超过了生的喜悦。二是阪泉之战时母亲和爱妃的失去。好端端一位慈祥的母亲，竟然变成了一具永远也唤不醒的尸体。母亲的生养之恩还没来得及回报的时候，她就那样漂尸于炎帝的"水战"之中，悲怆之情难以言表……现在，观看蚩尤之死，同样深深地触动了黄帝的神经。他没有想到，天下竟然还有如此惨烈之酷刑！本来他只是用蚩尤之刑和蚩尤之人来完成一次胜利的宣示，结果竟然是这样的惨烈和目不忍睹。当时是在事情

1304

的进行当中，他不可阻止，不可朝令夕改，让人无所适从。但是，以后，在华夏的历史上，决不能再重现这样的酷刑。像"快八刀"这样凶狠残忍的刽子手，也应该从此在这个世界上抹掉……

黄帝不忍细看，只是扫视了一眼蚩尤的头颅，便伸出手，给他合上了已经失去了体温变得冰凉的眼皮——但愿他死而瞑目！

黄帝一生中最大的成功，就是他终于杀死了世上最强暴凶顽的对手蚩尤。

黄帝一生中最大的败笔也是因为他杀死了最强暴凶顽的蚩尤。因为在善良的中国人的心里，即使一个人有天大的罪恶在身，也绝不止于一定要杀死他。你杀死了他，人们把同情的目光就投向了他——失败的英雄！这就像人们在歌颂刘邦建立了大汉功业的同时，还要歌颂一番自刎于垓下的项羽这位失败的英雄一样。

历史往往有许多相似之处，而人们有时候把目光并不是全部集中在成功者的荣耀与盖世功德上，往往也要为失败的英雄掉几滴同情的眼泪。在这里，似乎正义与非正义、先进与落后、科学与愚昧，甚至于关于人类的前途命运的光明与黑暗的较量等评价，都被放在了次要的位置上了，而是善恶与忠奸等人性的评判，占到了主导的地位。也终于导致了某些至今追奉蚩尤为先祖的子孙，将我们现在的民族划分，简单地类比到原始社会末期这些华夏先祖们的身上去。也就是说，在黄帝或者说炎黄时代，并没有现在的汉人和少数民族之分——他们都应该是我们这些后代子孙共同的先祖。如果硬是要简单地把后世（现在）才有的民族观念套用到华夏先祖们的头上去，硬要将黄帝、炎帝理解为汉人的先祖，而将蚩尤理解为某少数民族的先祖，那就大错而特错了！如果由此再上升到维护民族团结的高度上去，要么传说黄帝不杀蚩尤，要么干脆就篡改历史，让黄帝给了蚩尤一条生路，让蚩尤对不杀他的善良的黄帝说，他永不造反，并且于二十年后，派他的子女来向黄帝送礼，如此等等的"好心"的后人对历史的改编，只能让懂得这段历史的人笑掉大牙，同时，又会贻害子孙后代，造成历史事实上的变异与模糊，让不懂历史的后人，在此错误的基础上越划越远。

应该说，历史就是历史，事实就是事实。历史绝不是一个任人打扮的小姑娘，你想怎么篡改就怎么篡改、想怎么改编就怎么改编、想怎么戏说就怎么戏说的。历史上前人们早已经有了定论的东西，该坚持的还是要坚持，这体现了一个民族认识的连续性，也体现了我们对先祖和历史的一种由衷的敬畏感。也就是说，我们可以为华夏失败的英雄蚩尤多掉几滴同情的眼泪，但是，我们绝不能睁着眼睛说瞎话，硬说黄帝为了部族的和谐而没有杀蚩尤。还是那句话，历史不能篡改，不能拔高，更不能任人任意粉饰随意打扮成什么样子就成什么样子了。这才是史学研究应该坚持的原则。司马迁当年坚持了这样的原则，我们也应该继续坚持这样的原则。我们可能为了表现黄帝的善良而找出一万个他不得不杀蚩尤的理由，可以表现为前方将士的"先斩后奏"，也可以表现为黄帝惜才而多次劝导，甚至在杀的时候，表现黄帝痛心疾首的样子，但是，事实是：蚩尤被黄帝杀了。正因为蚩尤是被黄帝所杀，所以他才在精神层面上获得了永生；正因为蚩尤这个最强敌人被他杀死了，才导致了真正的一人高高在上的黄帝时代的到来，才导致了黄帝所倡导的天干（中央力量）地支（地方力量）相配、以部落首领为太岁值年的"原始共和"体制的最终确立。从此以后，不管中国历史上曾经发生过怎样的战乱与分合，我们的编年史从来没有断过。一个民族能够延续五千年不断的文明史，这在人类历史上不能不说是一个奇迹！

历史又是那么的相似：几乎所有的成功者或者说改写了历史的人，都要高奏凯歌以还，为自己歌功颂德一番；都要祭告先祖与亡者；都要纪功、封赏和勒功。我们的先祖轩辕黄帝也不例外。或者干脆说，他正是这些做法的首倡者或始作俑者。正因为轩辕黄帝首创了这些做法，那些后世的帝王将相们，才如法炮制地将这些做法延续下来，各自演出了一幕幕雄壮的历史活剧。

这就是史诗，史诗正是为英雄和他的时代所唱的颂歌与挽歌。史诗永远是雄壮的，慷慨激昂的，阳光向上的，充满了正气与正能量的。史诗是人类精气神的集中体现，它代表了一个时代的主旋律与总趋势，它又不乏那些引人入胜的细节和情感的打击力量。史诗是大叙事、大排布、大结构、大格局，它里面有大风景、大风度、大风情和大气象。它是最典型的个人英雄，它又是一个时代民族总体记忆的英雄群像。这里英雄如虎，这里美人如云。这里有人间世俗的生活画面，也有仙界、魔界的玄幻穿越。它追求的是人类宇宙规律性的东西，它传播的是大道，是一个民族的集体智慧。它是关于一个时代的"百科全书"，政治、经济、军事、文化、科技、哲学，上通天文，下知地理，有阴阳学，有堪舆学，有易学、有占卜与预言，有解释不清的梦境与玄学，它是知觉，也是潜意识，包括了衣食住行等方方面面。它有血，有肉，有灵魂，是一个民族宏大的铸魂工程。它是颂，也是殇；它是诗，也是泣，直可谓"慷慨以歌，人生几何"也!

第十六章

一

　　蚩尤的头颅被盛在陶盘里，在黄帝的师、臣和天下各大部落酋长间传递着，虽然蚩尤的怒目已经被黄帝合上，但是其中一些胆小的人，还是被吓得脸色发白，脑子一片空白。

　　共工的脸并不是被吓白的，因为他天生就是一副白净脸。通过今天观看蚩尤行刑的过程，他更加深刻地认识到了这个时代的大势所向和黄帝的绝对权威的确立，正像在黄帝西征杀死刑天的时候他所总结的，现在，他在内心里更加坚定了在黄帝时代绝不出风头，而是安分守己、处心积虑地发展自己的实力。人先得好好地活着，活着是以后一切的基础。未来究竟由谁来掌握，就看你是不是笑到了最后！

　　共工就是这样一个深藏不露的人，这时候，我们从他平静的脸上，很难判断出他的内心到底在想些什么。和他过去那一种猴急的性格相比，现在的他，显得更加深沉、老练和成熟了。但是，他脖子上的犟筋，还是鼓着粗粗的，像地火一样激情地跳动着。相繇和浮游，他的两个忠实助手，紧挨着，一左一右坐在他的背后。

　　蚩尤被卸成八大块的四肢与胸腹躯干，被送到食神喫诟这里。这时候，已经是午未相交之时（下午一点左右），因为今天晚上是庆祝胜利的大联欢，所以厨师们早早地已经开始准备下午的晚宴了。

　　为了准备好这庆祝胜利的晚宴，喫诟可没少下功夫。首先，光那被赶到一起来准备杀掉的一百多头肥猪，就占满了一个大场。你只要来到这样的场面，你就会知道那气魄有多大！试想一下，当一个场面上全是猪的时候，那么多胖家伙拥挤在一起，你"哼哼"，我也"哼哼"，一片不绝的"哼哼"声，一眼望不到边的猪的黑色海洋，那场景是何其壮观啊！可就是这么多肥猪，今下午都要变成"百猪宴"上的美餐，那得要多大的工作量啊！

于是，在场边上架起了一堆堆熊熊燃烧的篝火，最大号的陶鼎列了一长排，一鼎鼎都是翻滚的开水，原来都是为了褪猪毛做准备的。于是，每五个人一组，一次就上十组人，一次就可以杀掉十头猪。只见四个人将肥猪按倒，猪开始声嘶力竭地拉着长声嘶嚎，一片"吱——吱——"的刺耳叫声。猪的四蹄乱蹬着，人们狠劲地按着，就有一个屠夫兼厨师的胖子，一手握稳了长锋的青铜尖刀，一手在猪脖子下面的柔软处，用食指和中指一起摁了摁，再将刀尖对准那个柔软处猛刺进去，直捅到猪的心脏，就见到黑红的猪血像开了闸似的喷涌，被用陶盆接了下来。等血盛满一陶盆的时候，猪的叫声开始逐渐减弱，反抗力也越来越弱，直至挺直了四肢，僵死过去。也有一刀捅得不到位的屠夫，猪猛地跳起，带着刀子、流着血，在场上疯跑，四五个人在后面追赶着……于是，场上秩序大乱，猪群被冲得乱奔，等血流得差不多的时候，这猪就跑不动了，人们冲上去，再次将其按倒，补上一刀，让它心死。

一方面，晚上"百猪宴"的准备工作正在进行着；另一方面，用蚩尤的肉制醢（肉酱）的工作，也在有条不紊地进行着。

先有八九个庖厨，分别用小刀将肢解成块的蚩尤尸体上的肉一刀一刀地剐下来，直剐到只剩下些空骨架，随后要由九黎分散在渤澥、东夷、涿鹿、江淮、漠北、江南等各地的黎民，分别埋葬在不同的地方，以便就近祭祀。同时，也贯彻了黄帝肢解蚩尤、分埋各处、怕其复活的想法。而剐下来的肉，则集中成两大堆，由两个庖厨，双手举着笨重的大刀，咬着牙一阵猛剁，直剁到头上冒汗、所有的肉都成了肉酱为止，这才被分别放入架在十堆篝火旁、已经烧得滚开了水的五十个陶鼎内煎熬，一直到熬成了醢为止。

全场人在等待着制醢的过程尽快完成，焦急地等待着的各部落的将士、百姓及早已经从良的黎民、苗民中的善者，因为心情急切和好奇，不时会发生一些相互推搡、拥挤的小骚动，人声鼎沸，万头攒动。这时候，站在旁边、手持竹竿维持秩序的兵士，就会用长竹竿去敲突出者的头，人群才会逐渐安静下来。

时间在一刻一刻地过去。面南斜立在黄帝面前的日晷上直立的指针在晷盘上的投影，在慢慢地向东移动着⋯⋯

醢（肉酱）在一个个滚沸的陶鼎里熬着⋯⋯

等到蚩尤之醢终于制成，胖得眼睛都睁不开的食神喫诟，才用胖而短的手指握着长把木勺，一勺一勺耐心地将一个个陶鼎内的醢，分盛在一个个画着鱼纹或者几何图案的彩陶钵内。已经盛上了暗红色的醢的彩陶钵，一律是红底色、黑图案、浅底略有内敛的立沿。一百五十多陶钵，依次摆开了一大片。

等到一个个陶钵盛内都盛好了醢，才被侍女们排了队，依次端到黄帝、天下各大部落酋长和文武百官的面前来。其中一个面黄瘦削的高挑个儿的侍女，在端起彩陶钵的时候，偷看了一眼钵内冒着热气、暗红色的浆糊状东西，立时晕了过去，被其他侍女扶下。

黄帝、天下各大部落酋长和文武百官的面前，一人一钵，一字儿摆开。

这时候，大家共同关注的焦点，就是黄帝与天下各大部落酋长及文武百官，如何共同举起手中的陶钵"歃血为誓"，对天盟誓了！

说蚩尤酷刑之酷，黄帝今天通过对蚩尤行刑全过程的观察，才算是真正见识了什么叫冷酷、残酷、惨烈，此才是真正之极刑也！说实话，看到有些时候，他真不忍心再看下去，但是帝令已出，岂能擅改？常言道，君子一言，驷马难追。又曰，君子口中无戏言⋯⋯黄帝想到最后，能自我安慰的一点是，此刑罚，对蚩尤而言，不过是以其人之道，还治其人之身而已！蚩尤吃了多少人呢？他滥施酷刑、威逼三苗时，其酷刑早已经出了名。人常说，善有善报，恶有恶报。不是不报，时候未到。蚩尤行恶，必遭恶报！虽然如此，黄帝在心里还是决定，从此以后，废除掉一切酷刑，决不能让这样的恶作剧在人间重演。应该继续倡导各部族和睦相处，共建尊老爱幼、人人平等、道不拾遗、夜不闭户的大同社会⋯⋯

现在，看到蚩尤之醢已经端到了自己的面前，看着彩陶钵中那黏糊糊的暗红色肉酱，黄帝要做的事，就是坚定信念，横下一条心，先完成与天下各大部落酋长之间盟约的事。也是因为激动，他的双手竟微微有一点颤抖起来。他先伸出左手端起那彩陶钵，感觉不稳，于是再加上另一只手，双手终于把那钵并不沉重、此时却显得异常沉重的蚩尤之醢托举了起来，提高了嗓门向大家讲出一段节奏平稳，然而却字字铿锵、斩钉截铁，带有祈使语气的话来：

"世有十恶，一曰谋反，二曰谋大逆，三曰谋叛，四曰恶逆，五曰不道，六曰大不敬，七曰不孝，八曰不睦，九曰不义，十曰内乱。而今，蚩尤十恶已齐；

"世有十善，一曰不杀生，二曰不偷盗，三曰不邪淫，四曰不恶口，五曰不两舌，六曰不妄语，七曰不绮语，八曰不贪，九曰不嗔，十曰不痴。而今，炎帝十善已齐。

"夫行十恶者，受于恶报；行十善者，受于善报。恶报者，杀无赦，蔑其德。善报者，嘉其行，颂其德。此惩恶扬善，正义之举也！

"誓曰：毋犯吾禁，毋流吾醢，毋乱吾民，毋绝吾道。蚩尤犯禁、流醢、乱民、绝道、反义逆时，非而行之，过极失当，擅制更爽，心欲是行，其上帝未先而擅兴兵，视蚩尤、共工，要么屈其脊，使甘其窬（箭）；要么不死不生，愨（què，恭谨）为地桯（支柱）。"

在刑罚蚩尤的同时，黄帝同时又举了一个正面的例子——共工，要求人们像他一样，恭谨地做好大地的支柱。最后，黄帝以一句严格的要求警示大家：

"誓曰：谨受吾正名，毋失吾恒刑，以示后人！"

天下各大部落酋长，以鼠龙部落酋长常伯、牛龙部落酋长茄丰、虎龙部落酋长斗苞、兔龙部落酋长上章、玄龙部落酋长奢龙、蛇龙部落酋长屠维、马龙部落酋长重光、羊龙部落酋长强围、猴龙部落酋长后土、鸡龙部落酋长吴回、犬龙部落酋长猷、猪龙部落酋长小奁——十二大部落酋长及黄帝的文武百官等，既出于对黄帝的尊敬、爱戴和信任，又慑于黄帝的强势与威严，于是就争先恐后地承诺：

"诺！"

"诺!"

"诺!"

"诺!"

……

他们身后的将士也随着自己酋长或者将军的承诺声,集体发出"诺——"。于是,这一种承诺声,就以黄帝为中心,开始向南北方向依次传开,其声浪,一声高过一声,犹如春雷在大地回荡,又如春风一般,吹拂到人群的每一个角落。

黄帝欣慰地站起来,频频向周围及远近所有投向他的目光招手致意。

看到盟约已成,黄帝心里满意,但却并不喜形于色,而是表现得更加坚毅、稳健和自信。他不慌不忙地双手举起彩陶钵,面向苍天深深地三鞠躬,祈求上苍保佑天下百姓万民,这才收回陶钵,一手执钵,一手用食指蘸了肉酱,弹向天空以敬天;又蘸出一些肉酱弹向地下,以敬地。然后才双手捧起彩陶钵,大声说:

"喝——"

昂起头,将彩陶钵中的醢(肉酱)一饮而尽。

天下各大部落的酋长,包括十二大部落的酋长们及文武百官,也都站了起来,举起手中的彩陶钵,齐声说:

"喝!!!"

都一饮而尽。

这时候,整个围满了盐池西南角黑压压的华夏各部族的将士和百姓,顿时发出了雷鸣般经久不息的欢呼声,人们欢呼着,跳跃着,脸上挂满了幸福的泪花。

二

既然已经满足了天下万民的复仇和好奇、猎奇心理,同时也起到了"杀一儆百""以儆效尤"的实际效果;既然天下的部落酋长们已经在一起"歃血为誓"了,则天下之大盟成矣。黄帝之所以要与天下各大部落酋长一起结盟的目的之所在，就在于为华夏国奠基。既已结盟，大家就是真正意义上的"一家人"了，就可以在一面旗帜、同一个向心力的凝聚下，平心静气、平起平坐地坐到一起来，仔细地考虑、热烈地讨论华夏立国的大事了。

此项立国大事，由黄帝之相风后和值年太岁鸡龙部落酋长、"左撇子"吴回共同主持。按照原来的方式，都是由各大部落的代表担任太岁，现在，既然各大部落的酋长都来了，既要建立真正意义上各大部落的大联盟——"龟"（国）家，所以在黄帝的建议下，从今天——黄帝十一年（丁酉年）九月九日起，就直接由各大部落酋长亲自担任值年太岁。正因为这样，鸡龙部落代表作噩，今天就将值年太岁的大权交给了鸡龙部落酋长吴回。

活动的场景，也由盐池边移到了渤澥黄城黄帝中宫前的中心广场上来。背景就是黄帝的中心大屋（黄宫）。

现在，黄帝和各大部落的酋长们围成了一个大圈儿坐在一起，炎帝的助手祝融也在其中。因为炎帝虽然和黄帝是不辞而别，但是为了保持和黄帝的联系，就将他的助手祝融留了下来。黄帝的七位帝师吴权、鬼容区、宁封、中黄子、大填、封钜、知命和文武百官，也穿插围坐在一起，这摊场和阵势就大了——我们的华夏国，从它一开始，就显现出了它的大国气象！

中心广场的四周插满了天下各大部落的图腾旗帜，根据方色，东方一色青色旗，以青龙旗为主旗；南方一律赤色旗，以朱雀旗为主旗；西方全是白色旗，以白虎旗为主旗；北方一片玄色旗，以玄武旗为主旗。二十八宿，东方龙七宿（角、亢、氐、房、心、尾、箕）；北方玄武七宿（斗、牛、女、虚、危、室、壁）；西方白虎七宿（奎、娄、胃、昴、毕、觜、参）；南方朱雀七宿（井、鬼、柳、星、张、翼、轸）的图腾旗帜分布在四围。

十二大部落的图腾旗帜，以黄帝的黄龙旗为中心（只是这时候，黄龙旗还未升起，只是一个空旗杆），分别排在其左右，也是青、玄、赤、白四色齐备，在黄宫前列为一排。其中虎龙、兔龙、玄龙为青色旗，蛇龙、马龙、羊龙为赤色旗，猴龙、鸡龙、犬龙为白色旗，猪龙、鼠龙、牛龙为玄色旗。

而十天干（黄帝十支代表中央军事实力）的旗帜，则因其所配方位不同，形成东方甲、乙青色旗，南方丙、丁赤色旗，中央戊、己黄色旗，西方庚、辛白色旗，北方壬、癸玄色旗。这些旗帜，又因为"天圆地方"的理念，围绕在黄帝与天下各大部落酋长等围拢而成的圆圈之外。

太岁吴回今天显得特别荣耀，因为今年天下所有新出生的男女，都将是鸡龙部落的后代，又因为太岁的权利，可以说是一人（黄帝）之下，万人（天下万氏）之上。由于身在南方长期日晒的原因，吴回的圆脸上红中透黑，又因为今天特别兴奋，因而他印堂发亮、一脸喜色，好像满脸涂上了一层油彩似的。

吴回的个子并不高，和风后站在一起，就更显出了一个瘦高、一个矮胖。

和吴回相比，风后就显得沉稳老练得多。他的肤色还是那么白皙，大脑门，瘦长脸，因为他内心不起波澜，十分平静，所以人们基本上看不出他脸上的表情特征，也摸不清他的内心到底在想些什么。

太岁吴回一袭红装，风后依然是他那一身飘然的白衣。

吴回自然地举起左手中的权杖，拖着长腔大声说：

"第一项——通过国旗——"

风后就展开手中的丝帛黄龙旗，口中诵道：

"国旗者，龙旗也——以帝母有蟜氏蛇为基形，融天下各部于一体，故为蛇体、马头、鹿角、狮鼻、虎嘴、虾须、蜥腿、鹰爪、鱼鳞……合而为龙；帝居中央，方色为黄，因成黄龙旗矣！若何？"

虎龙部落高大的"虎头"酋长斗苞抢着第一个举起双手：

"尚矣！凝天下之气，聚万氏之力，精气神，一流！吾举双手以赞！"

神茶、郁垒这两个从九黎投诚过来的"门神"和三苗大酋长枫神看到龙角为鹿角，皆心中满意，他们相互交换了一下眼神，纷纷举双手同意。

人群中一片嗡嗡若龙吟的议论声。

黄帝很满意地看着大家在发表意见，坚毅的脸上也难掩喜色。他并不急着发表意见，而是想多听听大家的发言，耐心地等着十二大部落的酋长先后发表意见与看法。

值年太岁、鸡龙部落酋长吴回扫视了一圈，见大家的意见基本上是一致的，就先举起左手：

"举手表决。同意者，举手！"

所有在场的人，全举起了手。现场一片手的森林。

吴回又提高了嗓门，像鸡叫似的问：

"反对者，举手！"

这时候，现场鸦雀无声，没有一个人举手。

"鼓掌通过——"

全场顿时响起了经久不息长时间的、雷鸣般的掌声。

接着是通过国徽。

风后又展出一个大大的图案，几乎让现场所有的人都能看得清：

"国徽者，龟（书）图也，华夏之国体也，此大龟（国）而非小龟（有熊氏图腾）也。乃以帝之天鼋（龟）为基形，以方位、方色标十二属相、二十八宿于其上，共和而成……

"国歌者，《北斗颂》。大电绕北斗枢星而帝生，帝座配天，即北斗也。星朝北斗，万氏朝帝，天下太平，大道以成。其词曰：

> 斗其耀兮，照华夏；
>
> 斗其灼兮，佑华夏。
>
> 扫迷雾兮，玉宇清；
>
> 朗星照兮，大道行。
>
> ……

"国法者，《经法》也！"

于是，额头上有一片青记的隶首就开始朗声宣读黄帝所著之《经法》：

"道生法。法者，引得失以绳，而明曲直者也。故执道者，生法而弗敢犯也。法立而弗敢废也。故能自引以绳，然后见知天下，而不惑矣。道虚无形，其督冥冥，万物之所从生。生有害，曰欲，曰不知足。生必动，动有害，曰不时，曰时而背。动有事，事有害，曰逆，曰不称，不知所为用。事必有言，言有害，曰不信，曰不知畏人，曰自诬，曰虚夸，以不足为有余。故同出冥冥，或以死，或以生；或以败，或以成。祸福同道，莫知其所从生。见知之道，唯虚无有。虚无有，秋毫成之，必有形名。形名立，则黑白之分已。故执道者之观于天下也，无执也，无处也，无为也，无私也。是故天下有事，无不自为刑名声号矣。刑名已立，声号已建，则无所逃迹匿正矣。公者明，至明者有功。至正者静，至静者圣。无私者智，至智者为天下稽。称以权衡，参以天当。天下有事，必有巧验。事如直木，多如仓粟，斗石已具，尺寸已陈，则无所逃其神。故曰度量已具，则治而制之矣。绝而复属，亡而复存，孰知其神。死而复生，以祸为福，孰知其极，反索之无形，故知祸福之所从生，应化之道，平衡而止。轻重不称，是谓失道。天地有恒常，万民有恒事，贵贱有恒位，畜臣有恒道，使民有恒度。天地之恒常，四时、晦明、生杀、柔刚。万民之恒事，男农，女工。贵贱之恒位，贤不肖不相妨。畜臣之恒道，任能毋过其所长。使民之恒度，去私而立公。变恒过度，以奇相御。正、奇有位，而刑名弗去。凡事无大小，物自为舍。逆顺死生，物自为名。名刑已定，物自为正。故唯执道者，能上明于天之反，而中达君臣之半，当密察於万物之所终始，而弗为主。故能至素至精，浩弥无刑，然后可以为天下正。此《经法》之首‘道法’也！……"

一个个事项，都一一顺利通过了。也就是从这一天起，黄帝所创建的华夏古国，才有了"置左右大监、监于万国"这样一种国家统治的雏形；黄帝郑重地宣告了将十二属相、二十八宿的图腾标于轩辕天鼋大鼋（大龟）图腾之上的"国（龟）"家这样一个新概念。

接下来是百姓参观悬于黄城南城门上的"蚩尤之旌"，兵士竞射蚩尤人皮制成的干候（箭靶）、踢蚩尤胃充气而成之鞠，是为最早之足球也……而真正的大戏，才刚刚开始。晚上还将举行有史以来最为隆重的"百猪宴"，隆重推出由黄帝亲自创作的原始时代的交响乐与"音乐舞蹈史诗"《棡鼓十曲》。

今夜注定了是华夏最早的一次"今夜无眠"式的彻夜狂欢。

三

当渤澥黄城笼罩在一片欢庆胜利的欢乐之中的时候，北岳恒山这边，力牧、常先、大鸿和马师皇与荤粥部落对金龙峡关口的争夺战，也正在激烈地进行之中。

笔者前面曾经讲过，当黄帝对蚩尤的战争进行得如火如荼的时候，荤粥部落首领头曼并没有忘记他对蚩尤的承诺。他又重新调集草原各旗（黄旗、青旗、白旗、红旗、黑旗）的兵力，加强了对如今晋北地区的进攻和骚扰，企图突破北岳恒山金龙峡的关口，南下助蚩尤一臂之力。面对这样复杂多变的局面，黄帝立即做出决定，派大将力牧率部前往恒山协助他的儿子昌意和孙子颛顼，常先、大鸿率部随行，马师皇也带着他的马群随同前往助战。

自从去年秋季恒山金龙峡关口失守、放过蚩尤之后，黄帝的二儿子昌意一直处在一种愧疚之中……黄帝的部落联盟大军南下作战，镇守北岳恒山的任务，再次落在昌意的身上。昌意这次吸取了前次失败的教训，将金龙峡关口原来的木栅栏换成了一道土墙。这道墙不但很高，而且很厚，墙上可供兵士来回巡逻，遇到战事，兵士们就可在关墙上居高临下地进行还击。

常言说，有备无患，由于昌意这一次准备充分，所以当他再次面对荤粥族进攻的时候，就能够兵来将挡地对付一阵子。

荤粥族这一次前来进攻的声势很大，所以在很远的地方，消息就传了过来。

消息传来，昌意在得知了对方总体上的兵力人数和作战方式后，立即就派人向远在渤澥一带作战的父亲汇报。与此同时，他将自己的人马从恒山上拉了下来，全部用在金龙峡关口的防守上。他这一次多设了两道防线以确保万无一失，而且这一次，他的儿子颛顼也加入了战斗。人常说，"上阵父子兵"，此理通古今。上一次昌意没有让颛顼出面，因为颛顼当时还不到十岁，不管他当时怎样急得直嚷嚷，但是，昌意还是坚持没让他上战场。而现在，已经过了十岁生日的颛顼，一听说父亲再次面临强敌，他就自己拿了兵器，在父亲之前，先冲到关口上来，当上了先锋官。

先锋官颛顼年轻气盛，一副初生牛犊不怕虎的样子。他方头方脑，把一双大眼睛瞪得跟铜铃似的，愣头愣脑的，不怕天，不怕地，自然而然地从骨子里渗透出一股傲气和冷森森的杀气。

正是颛顼的这样一种气质，深得黄帝大将力牧的喜爱。所以自从力牧等从渤澥一带赶来助战之后，他俩就好得形影不离，就像是亲亲的一对爷孙俩。

颛顼继承了他爷爷传给他父亲的遗传基因，所以才十岁的他，已经长得和成人差不多的个头，只是还处在拔节长高阶段，人还是显得有些单薄，就像一棵正在拔高的小杨树似的，欣欣然，每一根枝条，都给人一种蓬勃向上的欣喜感。一切生命的初生阶段，都是值得我们为之兴奋、高兴和欢呼的。因为他们还充满了无限的生长空间，还有无限的可能性会在他们的身上发生，让人对他们充满了期待。颛顼就是这样子的。

而相对而言，力牧还是不减当年勇。正处于生命盛年期的他，一是饭量不减，每顿饭能吃两只兔子，还能喝一两碗杜康造的酒。他的酒量很大，这一两碗酒，对他来说只是垫了个底，正好让他处在兴奋的阶段。所以他把红陶碗一推，用手把大嘴连同浓密的黑白相间的大胡子一抹，从坐垫上一站起来，就像一只大猩猩一样微躬着腰，手臂就显得很长，他肌肉发达的躯体，双臂上青铜色鼓起的肌肉，显得大臂比小臂更为粗壮。他全身的肌肉绷紧了，就像一张绷紧了弦的弓，随时准备发射；又像是立起了一座小山、一面铜墙铁壁、一尊青铜雕塑。他的一双鼓起的大眼睛，要么瞪圆了，要么就眯成一条长缝儿，把周围扫视一遍。不管他的眼睛是瞪着还是眯着，那目光，总是给人一种逼人的威严感，一般胆小的人是不敢和他对视的。

他伸出大手接过大弩斜着往肩上一背，就一手握起那把他用惯了的青铜大斧，一手拉过对他充满了敬仰和崇拜心理、一直在用倾慕的四棱眼仰观着他的小颛顼。看到这"爷孙"俩，人们自然就会想起当年带着小轩辕的项老先生；想起小蚩尤和他的师傅老先翁。

北岳恒山脚下金龙峡这道关口，自从力牧、常先、大鸿率部赶来，大军一下子住扎了多半个山坡，到处是军营的帐篷。而马师皇的战马，则挤满了整整一条沟。虽然大自然的馈赠很多，但是，马师皇总是要给它们加一些豆类的精料。当这此黑豆、黄豆、红豆、绿豆混在一起大珠小珠落玉盘的时候，周围的马们，就都挤上来，用厚软的唇把豆子揽进嘴里，然后再抬起长头来大嚼特嚼，牙齿把豆子咬得"咯嘣、咯嘣"的山响，看它们挂在脸上的表情，也会让人感到欣喜。正是这群叫不上名字的"英雄们"在关键时刻勇往直前、目中无人、充满激情地那么一冲，就把对方的兵阵冲得七零八落。

最为激情奔放的，就是双方战马的对冲了。

荤粥部落对金龙峡关口久攻不下，把急性子的荤粥首领头曼急得在帐篷中直转圈圈。他把黄旗、青旗、白旗、红旗和黑旗头领都叫了来，大家坐在一起，一边喝着马奶，吃着羊肉，一边议着事情。满帐篷里就充满了马奶子的甜酸味和羊肉的膻气、还有男人身上的汗味儿综合在一起的难闻的怪味儿，如果你是第一次来到这里，你就会被这一种浓重的气味所窒息。可是，荤粥族的人们祖祖辈辈早已经习惯并遗传着这一种气味，可以说，这已经成为荤粥族人的一种标志性的东西了。

荤粥族人在宽阔无比的草原上奔放惯了，如今却让他们在这样一个小山沟里拥挤着，真有一种英雄无用武之地的感觉。荤粥人在草原上的交通工具，就是马和牛。一般老年人，喜欢骑着牛晃晃悠悠地过他们慢节奏的生活。他们坐在宽厚温暖的牛背上一边行走，一边举起牛皮囊喝酒，醉醺醺地看着大车轮一样的夕阳慢慢地落下去……又在无遮拦的混合着草香味儿的冷瑟晚风劲吹下，浑身一激灵，打一个冷颤，这才会真正清醒过来，嘴里胡乱地哼着一曲不成调儿的长调，有意无意地数着天上的星星，把调儿拖得弯弯曲曲长，说不清是感叹还是咏叹，总给人一种沧桑的漫无边际的感觉。

而年轻人，则一律是马背上练出来的好骑手。他们一律骑着裸马，最多在马背上搭一块兽皮。可以说，荤粥族的每一个男人，都是从马背上走出来的英雄。他们对骑马的那一种熟练程度，可以说完全是一种人马合一的高境界。或者骑上，或者翻下，全在自由地运用。但是，如今，这些手法，对这个关口来说，已经都无济于事。只剩下最初使用无效现在却又不得不继续使用办法，那就是怎样有效地利用马群的冲击力。

黄旗是荤粥的核心力量，所以他的头领说话也最有权威，几乎代表了整个草原部落联盟的风向。看到大家都为难地闷头不语，甚至有人唉声长叹，身材宽厚、方脸的黄旗首领扎巴哈，就一边思考，一边提出了一个建议："神马之冲，势若破竹，然今遇高墙，马群被阻……若垫高地面，则墙高之势去矣！"

大首领头曼正急得头上冒汗，听到扎巴哈这么一说，顿时茅塞大开，伸出大拇指："此计甚好！然如何垫高，却是问题？"

于是，一夜之间，借着星稠夜黑，荤粥族人开始静悄悄地干起来了一件大事，就是发动所有的族人，一人一筐土，直运到金龙峡关口的墙前来。全军上下，十几万人，一人一筐土这么运过来，黄帝守军的墙前就堆起了一面坡。这样一件大事，竟做得让黄帝的守军没有察觉到，那得怎样一种严明的纪律和自觉自愿的遵守啊？人间的好多奇迹，就是这么发生的。

其实，荤粥族的这一动作，从一开始就已经被黄帝的守兵所发现。这个发现人，就是已经升为弓长的渤澥人弓长海生。聪明的他发现了荤粥族利用晚上突击加高地面这一行动后，不是立即反击，而是让副弓手继续守望着新动向，自己在第一时间跑去向力牧作了汇报。力牧和常先、大鸿与帝师马师皇一商量（后方以力牧为首的主力一来，原来镇守在这里的黄帝的二儿子昌意，自然就退到其次），就也发动自己的将士一人一箩筐地在城墙内做起了大量的铺垫工作。力牧手下有十来万人，常先和大鸿手下也有将近十万人，合起来近三十万的人马。本来他们完全可以冲出关去，和荤粥族人展开一场大战，但是，力牧接到的任务是守好北门，确保渤澥一带的绝对安全。所以，以沉着稳健著称的力牧就采取了最为稳妥的严密防守，以确保万无一失。但是，这次听说一向以率真、直爽和憨厚为特点的荤粥人，如今也开始玩起了暗招，他就将计就计，来了个以其人之道还治其人之身。这样，我们在天亮后所看到的就完全是另外一种情况了！真所谓魔高一尺，道高一丈也！

四

　　这样，在天亮之后，北岳恒山脚下的金龙峡关口，就完全变成了另一个模样：墙前是一面斜坡，墙后则是黄土堆起的高台一直连起了山坡。

　　然而这时候，荤粥族首领头曼站在金龙峡前川开阔的平川上远远地所看到的，却只是荤粥人在墙前所堆起的黄土斜坡和墙上原封不动的一排以黄帝黄龙图腾为中心的图腾旗帜和可以数得清黑点、明显增多了的守卫墙上。

　　现在的头曼，将得意扬扬和傲慢的不可一世的表情直挂在脸上，他骑在一匹红得像火炭一样，因为同样急切地想要投入到战斗中去而焦燥不安地昂起了头、不停地在地上捯动着四蹄的高头大马身上。身材宽厚的黄旗头领扎巴哈，骑着一匹毛色发出亮黄色闪光的战马，紧挨在头曼的身旁。左右分别是青旗、白旗、红旗、黑旗的首领，他们的身后，都树着自己部落的图腾旗帜，拥着自己旗的兄弟。所有的人马，将宽阔的金龙峡川道几乎全给占满了。天上黑云压顶，地上兵马如云，让人一下子就绷紧了心弦。

　　这些都不算什么。只见头曼将两只大手举起，连着做了两次左右分开的手势，荤粥族人就向左右闪开一个大口子，露出来一大群没有笼头和缰绳的野马，它们在人的驱赶下，已经启动了步伐，开始由快走变成了小跑。顿时，在马群的身后升腾起了细细的黄尘，周围响起一片马蹄子鼓点一样不绝于耳的声浪，就像一部交响曲的序曲一样令人振奋。随着马群的推进速度不断加快，就完全形成了决堤一样肆无忌惮的冲击波和轰鸣于天地之间的巨大声浪。黄尘顿时也变得浓厚，就像树起了一面巨大的战旗，让人看不清后面到底还有多少战马在向前驰骋。

　　驰骋的战马在一起向前奔涌，可是金龙峡却变得愈来愈窄，马群在这里自然而然地就产生了一些拥堵，奔驰的速度也有所下降。前面紧接着就要爬坡，这样，从整个马群的情况来看，就等于是洪水受阻后，开始慢慢地向上浸。可是后面的马还在狂奔猛赶，这样，随着时间的延伸，拥堵的现象就越来越明显……

　　就在荤粥族马群冲击的势头开始变缓的时候，南面的山坡上，却出现了另一个大马群——黄帝之师马师皇经过多年训练而成的黄家马群。

这个马群，曾经在炎黄阪泉之战中立下汗马功劳，现在，它们又从这整面山坡上直泻下来……这时候，我们好像就站在我们的母亲河黄河壶口瀑布的对面，能听到那声嘶力竭怪兽一样的咆哮声，能看到那一个浪头紧跟着另一个浪头，像骏马一样跳下壶口的英姿，能感受到那迎面扑来的腾起的水雾的湿漉漉的冲击……就是这样一个龙腾虎跃的大马群，就是这样一个如狮如豹的大马群，就是这样一个喧响着、嘶鸣着、咆哮着的大马群，正好借了下坡冲击的惯性，像大坝决堤、山洪暴发一样，以摧枯拉朽之势，勇往直前、势如破竹地直泄向金龙峡关口，又从墙上向墙外荤粥人堆起的斜坡席卷而来。正所谓两军相争勇者胜，这两大马群的交锋，也正体现了这一特点。这是原始时代中原文明与草原文明的一次大交锋，也是文明之间的一次大融合。历史就是在这样的交锋与嘶鸣中，才凝聚了它雄性发展的正能量。

当北岳恒山这面的战斗正在反复较量、苦苦经营的时候，河东的渤澥黄城，却完全沉浸在一派大战之后人们得之不易的和平与狂欢之中。人们以为只要打败了蚩尤，从此就天下太平，再也没有战争了。因此，为了庆祝胜利，有人甚至拆下战车的轮子来制作一种栒鼓（最初为炎帝榆罔所发明）。黄帝命人在百猪宴上表演的《栒鼓十曲》，用的主要就是这种扁平状的大鼓。

现在，夜幕已经完全笼盖了四野，而整个渤澥黄城，却完全笼罩在一派欢乐祥和的气氛之中。到处是欢乐的人群，到处是欢庆的场面，男女老少，都披上了节日盛装。而最为隆重热烈的庆祝活动，则是位于黄帝中宫前的黄城中心广场了。

现在，黄帝举办的百猪宴正在进行之中。黄帝坐在中心位置，左右分别是天下各大部落的酋长。东夷鸟部落联盟大酋长少昊、西王母、后土等被安排在主要位置，黄帝的帝师与文武百官，除了马师皇、力牧、常先、大鸿等因北面与荤粥族的冲突而未到，其他人员可以说应到尽到，甚至连不该到的也到了。嫘祖陪着西王母，嫫母陪着少昊的夫人……

主持人还是风后和鸡龙部落酋长吴回。酒过三巡，大家一边大块吃肉，一边开始欣赏黄帝的《椆鼓十曲》。

《归藏·启筮》载有黄帝所作《椆鼓之曲》十章，即《椆鼓十曲》：一曰雷震惊，二曰猛虎骇，三曰鸷鸟击，四曰龙媒蹀，五曰灵夔吼，六曰雕鹗争，七曰壮士夺志，八曰熊罴哮岭，九曰石荡崖，十曰波荡壑。这首歌传为黄帝所作，属军歌战歌之类。

椆鼓，本来是炎帝的一种发明，是给车轮蒙上皮子而做的一种扁平鼓型。现在却为黄帝所用。这种鼓发出的声音，既有鼓之震荡轰鸣，又有强烈的木梆子的鲜明节奏，因而既震人魂魄，又扣人心弦！强烈的节奏感，让人的神经不由得就为之亢奋！单敲时节奏分明，集体擂起，则有排山倒海之势。其声铿锵有力，节奏感强，既适合伴奏，又适合演奏。当一百二十面椆鼓一起擂响，即气势磅礴，慑人魂魄，让人热血鼎沸，心跳都不由得加快！所以说《椆鼓十曲》强调的就是威慑！

"一曰雷震惊——"

在黄帝乐正伶伦先生的亲自指挥下，音乐声奏起，舒缓的弦竹之声，犹如从遥远的过去走来的故事，明亮的音色，如初春的阳光普照，百鸟齐鸣，抒情的田园风光。突然，椆鼓之声轰鸣而起，雷声大作，轰轰隆隆，如同一个巨大的碌碡从天际一次次滚过，"嗑嗑啦啦"之声经久不息，实乃春雷滚滚，惊世骇俗。而现场表演的人，则由女人围成七个小圆，摆出了北斗七星的形状，又有一长队男子手执火把，围绕着北斗枢星旋转，让人一下子就想起了黄帝的母亲附母"观大电绕百斗枢星感而受孕"的故事。

这时候，旁边由五百人组成的合唱队，齐声诵唱《北斗颂》：

斗其耀兮，照华夏；
斗其灼兮，佑华夏。
扫迷雾兮，玉宇清；
朗星照兮，大道行。

斗其耀兮，照华夏；

斗其灼兮，佑华夏。
　　星朝斗兮，民朝星；
　　天下平兮，大道成。

　　明亮的音色再次奏起，春天的脚步在一刻不停地向前走着，金色的迎春花开了，粉红的山桃花开了，羞红了脸的桃花开了，粉黛的杏花开了，雪白的梨花……随着音乐的演奏，现场表演的人，组成了次第盛开的不同花形。

　　梆鼓的节奏再次响起，铿锵有力，声震寰宇。这时候，一条巨大的金龙，由几十个小伙子舞动着，在现场盘旋起舞……合唱队唱起了《龙子歌》：

　　二月二兮，出轩辕，
　　生神灵兮，在桥山；
　　桥山北兮，寿丘南，
　　寿丘高兮，曰祖山。

　　二月二兮，龙抬头，
　　北斗耀兮，众星稠；
　　龙形全兮，曰龙子，
　　弱能言兮，有本事。

　　二月二兮，龙象成，
　　轩辕出兮，大道兴；
　　幼徇齐兮，人中龙，
　　长敦敏兮，成聪明。

　　雷声代表雷神在发言，故有黄帝为雷神之说。雷声不绝于耳，正所谓春雷一声震天响，然后才有夏雷骇震、秋雷阵阵、冬雷隐隐。
　　"二曰猛虎骇——"

骇者，惊惧、骇叹、骇惧、骇然、骇人、骇浪，本义"马受惊"，此处引申为猛虎骇。连百兽之王猛虎也如此害怕，可见人力之大，人威之猛。

此处表现的是围猎的场景，却象征了轩辕帮助炎帝第一次战胜蚩尤的事实：

先有一只猛虎出来，鱼骇，鼠骇，蜂骇，鹿骇，龙骇，百兽皆退。整个场景上，只有一只老虎在大摇大摆，不可一世，张牙舞爪，意在吞天，却无处下爪。忽然间，椆鼓之声大作，威武之势，连老虎受到惊吓，一阵无序骇突（因受惊而乱窜），骇殚（惊惧）若此者，少有。骇惊（震惊）之状，难以言表。歌声响起，是那首著名的《弹歌》：

> 断竹，
> 续竹；
> 飞土，
> 追宍（肉）。

> 断竹，
> 续竹；
> 飞土，
> 追宍。
> ……

猎人们燎薪火，骇雷鼓，动骇机（突然触发弩机）。

猛虎被射中，一阵骇跳（暴跳）。

现场的观众，也一个个精移神骇，忽焉思散，骇惧之心陡生，一片骇然。人们骇目惊心，洞心骇耳，惊耳骇目，骇心动目，骇目振心，动心骇目，表现不尽相同。这正是此曲意旨之所在，骇虎为虚，骇人为实也。

人们伏虎而未杀，代表了轩辕和炎帝的仁慈宽大。

"三曰鸷鸟击——"

这是描写鸟部落联盟勇猛作战的一个专场。鸟部落联盟属于东夷，其中最勇猛的部落，所崇拜的图腾就是鹰、雕、枭等食肉类猛禽。

犹如百鸟朝凤一般，身着花花绿绿服装、身上装饰着各色羽毛的"百鸟"，在激越的椆鼓声中，由凶猛的鸷鸟带领下展翼而入，它们在寻找着什么，追求着什么，庞大的队伍在广场上盘旋着，环绕着，同时做出各种威武吓人的动作……

五百人的合唱队，开始齐声诵唱：

鸷忍以行兮，势披靡；
鸷睢以睁兮，吓强敌。
鸷鸟不群兮，固然是；
执伏众鸟兮，品类齐。

凡鸟之勇兮，曰鸷悍；
疾厉之气兮，斗凶顽。
膺扬鸷腾兮，士勇敢；
鸷非玩形兮，击力鲜。

鸷鸟将击兮，卑飞翼；
猛兽将搏兮，伏而弭。
鸷鸟飞腾兮，曰沉鸷；
猱进之合兮，是鸷击。
……

五

《椆鼓十曲》，彻夜狂欢。

四曰龙媒蹀，展示龙图腾如何形成、融合发展的过程。

鼠龙、牛龙、虎龙、兔龙、玄龙、蛇龙、马龙、羊龙、猴龙、鸡龙、犬龙、猪龙十二大龙部落，分别展示了各自的特色与风情。然后鼠配牛，虎配猪，羊配兔，马配狗，演员们在节奏感极强的椆鼓声中，以足跺地打着拍子，谓之蹀步；往来徘徊，小步走路，谓之蹀躞。蹀足诵言：

> 足蹀而舞兮，望朔云；
> 蜂媒蝶使兮，传情真。
> 莺喉燕态兮，奇观现；
> 联姻融合兮，龙图成。

五曰灵夔吼，本节讲述了黄帝取雷兽之骨作鼓槌，蒙灵夔之皮为大鼓，声震五百里的故事。灵夔是一种一条腿的怪物，苍身无角，善吼，其声如雷。枹鼓齐鸣，若雷鸣浪喧，不绝于耳。演员们表演了捕捉灵夔的过程。合唱队集体诵唱：

> 东海流波兮，七千里；
> 其上有兽兮，名曰夔。
> 其状若牛兮，一足立；
> 出水入水兮，伴风雷。
> 光如日月兮，黄帝得；
> 以皮为鼓兮，天下威。
> 声闻五百兮，蚩尤骇；
> 雷兽之骨兮，作鼓槌。
> 玄女制鼓兮，八十面；
> 连震三千兮，士气振。

兵士们手执夔龙纹方形盾牌，四个盾牌相合，即为一鼎；敲着绘有夔龙纹的战鼓，威风八面（夔龙纹形象多为张口、卷尾的长条形，以直线为主，弧线为辅，具有古拙的美感）。

六曰雕鹗争，再现了从炎黄阪泉之争到炎帝禅让的全过程。

> 鹝鹝鹰鹖兮，飞伏审；
> 鹝鹝盘空兮，雪满山。
> 仰窥鹝鹝兮，云霄上；

> 近狎兔鼍兮，洲渚间。
>
> 蛟得云雨兮，在秋天；
>
> 鹔鷞鹰鹯兮，众难攀。

七曰壮士夺志，蚩尤凶顽，华夏各部百姓蒙难；

八曰熊罴哮峪，熊、罴、貔、貅、䝙、虎，黄帝各部实力的全面展示；

九曰石荡崖，滚木石礌，飞流直下。荡，石器相敲的音乐。

十曰波荡壑，再现应龙水战、淹没蚩尤城的场面。

联欢晚会上还演唱了《有炎氏颂》，词曰：

> 听之不闻其声。
>
> 视之不见其形。
>
> 充满天地。
>
> 包裹六极。

壮士再唱《渡漳歌》。据说这首歌是黄帝大战蚩尤时，大军追击到了漳河畔，士兵无法渡河，黄帝便命伶伦制作此歌，由于其节奏雄壮，振奋了士气，大军很快渡过漳河，击败了蚩尤。这首歌当作为军歌之最古者：

> 漳水之浪兮，阻大道；
>
> 漳水之宽兮，未足道。
>
> 漳水之渡兮，势若飞；
>
> 壮士之志兮，猛虎啸。

黄帝又使岐伯作短篇《铙歌》，用以扬德建武，劝士讽敌。《铙歌》的雄壮气势和明快节奏，不亚于《渡漳歌》。

黄帝东征时的战歌《金人铭》再次响起：

> 日中必彗兮，操刀割；
>
> 执斧不伐兮，贼人多。
>
> 荧荧不救兮，炎炎何？
>
> 为虺弗摧兮，为蛇何？

在高潮的时候，丝竹与金鼓齐奏，黄帝与所有现场的人都坐不住了，大家都汇入了演出的队伍，大家在一起手拉着手围着广场中心的大篝火边唱边跳，整个中心广场，完全变成了一个欢乐、跳动的海洋。

余兴未尽的人还在彻夜狂欢，整个渤潏黄城，今夜注定是一个不眠之夜。

与天下各大部落首领一一道别之后，黄帝回中宫后面的寝宫休息的时候，远远近近的鸡叫声，已经开始了它们黎明前的第一次大合唱。

嫘祖侍候着黄帝在地铺上睡下，因为一天下来，他已经太困了，所以就合衣而睡，因为这个季节里，早晚已经明显地冷了起来，昼夜的温差明显地加大，所以等黄帝的呼噜声响起的时候，嫘祖拉过一件兽皮盖在了他上下起伏的胸口上。也可能是太劳累了的原因，所以黄帝今天的呼噜声尤其大。这呼噜声极不稳定，一阵如翻江大浪，一阵又几乎偃旗息鼓，然后，又是新一轮的高潮的掀起，呼噜声之剧烈，若拉锯一般，一声高过一声，一声比一声长，终于很舒展地呼出一口长气，接着，又是窒息般的憋气，这不叫偃旗息鼓了，这是在酝酿着下一轮的战斗。

今夜的黄帝瞌睡来得快，入睡快，但是却睡得极不安宁。本来今天终于杀了蚩尤，除掉了他的心腹大患，黄帝应该高兴、开心和自豪，但是这一切开心、高兴和自豪又都是表面的，他的内心怎么也高兴不起来，尤其是自从东征以来和蚩尤这么多年反反复复的斗争，到今天却戛然而止，突然之间失去矛盾的对立面，黄帝倒有点不太适应。难道这一天来得太快了吗？一个英雄没有了对手的感觉是什么？是孤独，是一种高高在上高处不胜寒的孤独！又因为棋逢对手，你得使出比对手更高一筹的手段来对付他，歼灭他，杀死他（其实黄帝最不愿意见到的就是杀人的场面，即使是你用其人之法来杀死他）！当一个人被苦战冲昏了头脑，满腔的热血冲顶，会爆发出无穷的战斗力，甚至可以赤手空拳来打死一只虎豹大虫，但是，当他回想起那惊心动魄的战斗过程的时候，他总还是会有一些后怕。今夜的黄帝就睡得极不安宁（这一点，睡在他身旁的嫘祖明显地感觉到了）。今天白天所发生的一切，总是不由自主地像过电影一样在他的眼前反复出现，特别是蚩尤那双死不瞑目的眼睛，似乎一直在盯着他看。梦中的蚩尤并没有死，而是满身是血地在追黄帝，边追边喊："拿我肉来……"黄帝在前面跑（这时候的黄帝，可能是他心灵深处那个隐秘、最弱小的形象，简直就像一只受惊的小鹿），蚩尤蓬乱着头发（正是今天被割了去悬挂在黄城城门之上作为"蚩尤之旌"的那头长发）手拿着刽子手使的那把大刀在后面追，刀上也挂着鲜红的血迹，好像刚刚杀过人、吃过人一样（这时候的蚩尤，正像一只真正的森林王者狮子一样）。黄帝跑进了一条沟里，左右是高不可攀的悬崖，黄帝跑着跑着，前面就没了出路。原来这是一条死沟。这时候，蚩尤的手里并没有拿刀，而是张开了肮脏的、沾满了鲜血、指甲很长的魔爪一样的双手，同时张开了饕餮一样的血盆大口，向他扑来："黄帝，拿吾心来！"黄帝被惊骇，但是并没有完全醒过来，这样，等蚩尤再次追来的时候，就说："吾冷，还我皮来！"黄帝翻来覆去折腾，有时候竟然喊出了声。嫘祖轻轻地拍拍他，他又一次睡着，这一次蚩尤依然是穷追不舍，步步紧跟在黄帝背后，这一次他变得有一些可怜兮兮的样子，伸出双手对黄帝说："吾饿也，还我胃乎？"黄帝很可怜他又害怕他，唯恐躲闪不及，可是怎么也摆脱不了他。蚩尤一招不行，又来一招，再次张开了他的血盆大口："汝吃我，我餐汝——"两人再次交手。黄帝心里又怕又惊，但还是本能地在抵抗，他咬紧牙关，终于一拳冲了出去，却正好打在嫘祖的背上！

一连几天，黄帝都是这样被噩梦所缠绕着走不出来。白天，胜利的王者——他是英雄；晚上，阴魂不散的蚩尤，就是英雄！以至于，他害怕起睡觉来！嫘祖看黄帝如此灵魂不得安宁，心疼体贴也没有办法，最后不得不请来善于驱鬼的神荼、郁垒两个一红一白脸的九黎人站在门口，帮黄帝挡住蚩尤，这样，黄帝才能稍作安宁状。有一天晚上，神荼和郁垒实在是本部落有事脱不开身，嫘祖只好临时请仓颉和孔甲画了神荼、郁垒的像在门上，似乎也能起到一定的驱鬼阻鬼作用。从此，神荼和郁垒，成为中国最早的一对门神。人们逢年过节，就将神荼、郁垒的画像贴在门上，以驱鬼保平安。

黄帝的灵魂越是不得安宁，就越是促使他认真地反思人间的事情。现在的他，不是喜欢热闹，而是喜欢一个人独处。这样，他就可以静下心来静静地思考一些问题，从而给灵魂找到一个安宁的居所。这时候，嫘祖身上崇德向善的力量发挥了重要的作用。她深刻地理解黄帝当前的思想状况，于是在床前枕后多次劝导：

"帝行大道，以德治天下，以善慰民心。然蚩尤阻道蔑德，以恶天下。帝不得已而以其道，还治其身。然恶恶相报，何时以了？"

此正是黄帝目下为之焚心之事。黄帝不由得用他一双有力的大手，把嫘祖的纤细之手紧握着：

"元嫘意下何如？"

嫘祖不假思索，脱口而出，缠绵细语，若潺潺流水，是那么的悦耳动听：

"唯向善是也，善以扶德，以治恶，以正民心。人生之初，性本善也。返璞归真，善自归矣。"

黄帝视嫘祖为知音，于是两人的感情，更加和谐。

黄帝崇德向善，因而使自己的心灵惭惭地得以平复和安宁。而古琴是一种极能使人心静下来的有德之乐器。琴有九德，一曰奇，谓其琴轻松脆滑兼备；二曰古，谓其琴音淳和淡雅中有金石韵；三曰透，谓其琴发音清亮绵远而不咽塞；四曰静，谓其琴音纯净而无杂音；五曰润，谓其琴发声不燥，韵长不绝，清远可爱；六曰圆，谓其琴声浑然不散；七曰清，谓其琴声如金石，如风中铃铎；八曰匀，谓其琴七弦俱清圆，匀均平衡，无三实四虚之病；九曰芳，谓其琴弹愈久而声愈出。正如《琴诀》所言："琴为之乐，可以观风教，可以摄心魄，可以辨喜怒，可以悦情思，可以静神虑，可以壮胆勇，可以绝尘俗，可以格鬼神，此琴之善者也。"抚琴有术、法、道之别。术者，技术、技巧，学问之基本层次。达于术者，达下乘也。法者，于术精通而升华成理，复以理指导术之提高，学问之提高层次。达于法者，达中乘也。道者，人生之道也，通过术法研讨而达人生。抚琴以探索大道，以求人生妙谛，复以之贯彻于人生。达于道者，达上乘也。黄帝即属此达于道者。他深刻地认识到：

"琴如此也，人生万事，皆如此也！"

第十七章

一

这段时间，黄帝于有闲之时，又重操琴艺。

在中国古琴史上，黄帝是与伏羲、神农齐名的著名上古琴人，深谙琴道。伏羲见凤集于桐，"乃象其形"削桐"制以为琴"（《太古遗音》）。"神农制琴"亦有传说。黄帝也是一位制琴高手，故古琴有"黄帝式"传于后世。黄帝对抚琴自有严格的要求：

"若要抚琴，必择静室高斋，或在层楼之上，或于林石之里，或居于山巅，或处于水涯。必遇那天地清和之时，风清月朗，焚香静坐，心不外想；

"若必要抚琴，须先整齐衣冠，或鹤氅，或深衣。若古人之像表，然后盥了手，焚上香，才抚此圣人之器。"

他说："琴者，禁也。禁止于邪，以正人心矣。"古琴在这里，首当其冲地担负起了禁止淫邪、端正人心的道德责任。

渤澥的盐湖之大，亦谓之"海"。海上有一个喜好鸥鸟的年轻人，每天早上天一亮就来到海上，随鸥鸟而漫游，鸥鸟飞到他身边者，百数而不止。他父亲知道后说："吾闻鸥鸟皆从汝游，汝取来，吾玩之。"年轻人心孝，准备捉几只鸥鸟来供父亲玩，但是，第二天他来到海上，鸥鸟却只是在天空翔舞而不落地，年轻人没办法，只好空手而归。

黄帝听到这件事后，叹曰："人能忘机，鸟即不疑；人机一动，鸟即远离。当劝人莫生机心，只闲闲鸥鹭忘机，去水任宽窄。惟无巧诈之心，异类可以亲近。是故，人心向善，勿害人也！"

这件事是乐正伶伦告诉黄帝的。黄帝的感触，也深深地启发了伶伦，似乎有一种新的音乐旋律在他的脑海里开始形成。黄帝也正处在这样一种激动的心情之中，于是，手抚古琴，弹奏一曲，谓之《鸥鹭忘机》。伶伦一边听着，一边微闭着眼睛，微微晃动着脑袋，完全沉浸在这首琴曲所营造的意境之中。夜深人静，这琴声从中宫的大屋传出，传得很远很远。这正对应了古琴弹奏的一个规律。因为古琴的一大优点就是自我心情的表达，于夜深人静的时候，为抒发自我心情，最好的选择就是弹奏一曲古琴曲。

伶伦这辈子是胖不起来了。他还是那个瘦猴的模样，但他的眼睛是晶亮的。他对音乐的敏感，超长于一般人。他的记忆力更是惊人，可以说是过耳不忘。黄帝这么着弹奏了一遍的时候，这首《鸥鹭忘机》的曲子，他就用他自己发明的一种记谱方法记录了下来，一共由两个乐段和一个泛音的尾声组成，并分别标上了每一段的标题：

一曰"机止"；二曰"坐忘"

由于经常在一起交流音乐体会，一些大型典礼上所用的音乐，伶伦制作好之后，还要经过黄帝的批改和圈阅，所以伶伦所记乐谱，黄帝一看就懂。黄帝自己也没有想到，音乐修德通道以至于此。随口占曰：

"忘机者，忘了计较、巧诈，自甘恬谈，与世无争也。鸥鹭忘机，则人无巧诈之心，异类可以亲近矣。人当淡泊隐居，勿以世事为怀。"

伶伦应曰："正是，人心无纷竞，则淡焉光明磊落焉。正所谓士志寥廓，所在忘机；我醉君乐，陶然忘机矣。"

黄帝和伶伦，都完全陶醉在古琴曲的袅袅余音之中。

第二天一早，黄帝就一人抱琴来到盐湖西边，这时候，太阳还没有升起，但是，东天边已经像巧手给勾了边似的，被朝阳染得火红。四周，昨夜的深灰色幕布还没有褪尽，远近一片朦胧，寂静无声，一切好像都在期待着什么似的。急不可耐的初冬的西北风，被南面的中条山一逼，全都转向了东方。它们呼呼地迎着即将升起的太阳跑去，盐湖的水面，也被它们掀起了波澜。水浪轻轻地拍打着岸边，发出"哗啦、哗啦"的声响。远处，湖天一色。早起的鸥鸟，已经升上了天空，一阵阵"嗷、嗷"地前后呼应着鸣叫。这叫声如同天籁之音，久久回荡。它们才是一群最早见到阳光的生灵。恰好在这个时候，红太阳从远处隐在天空中的中条山的肩头，爬了出来，露出它喜眯眯耀眼的红脸庞，就像一个直性子的人喝多了酒似的。天空的鸥鸟，一时全都镀上了半边金红色，是那么耀眼，那么引人注目。它们在天空盘旋着，盘旋着，但是，并没有要落下来的意思。

见此情景，黄帝的心弦不禁被触动。于是，黄帝从腋下拿出用黄色丝帛包裹着的自制的黄帝式古琴，盘坐在岸边的一块平面的大石头上，将古琴放在腿面上，就弹唱起来：

第一段　机止

止水寒波，
鸥鹭友和。
天真德趣，
唱吾渔歌。
手执纶竿，
头戴箬笠，
身着烟蓑。
虚舟直钓，
闲眠醉卧，
缘此过活。

第二段　坐忘

风和相闲，
功名无绊，
富贵无关。
怡情芦湾，
生涯款款。
短裘长竿，
月朗地宽。
兀坐无言，
胸次飘然，

无机心便。

　　瑶琴一曲，

　　流水高山，

　　曲自漫谈。

　　随着琴声唱和，鸥鸟纷纷汇集于黄帝的头顶之上徘徊翩跹，流连忘返，人鸟相和，霞光镀金，蔚为壮观。

　　随后赶到的乐正伶伦，正好看到了这样一种情景，不禁脱口而出：

　　"此曲得自天地，意蕴隽永，指法细腻，哲理深邃，耐人寻味矣！"

　　黄帝通过弹唱，也终于明白了伶伦先生之所以给他讲"鸥鹭忘机"这样一个故事的本意——正是要他体会这样一种天人交融的意境，借此来转移他的情绪。

　　黄帝接着说："此海日朝晖，沧江西照，群鸟众和，翱翔自得之境也！"

　　因为是在旷野，所以他俩说话的声音都有些高：

　　"鸟之安详，人与鸥鹭皆忘机矣！"

　　"何不仿此鸥鸟，退隐田园，闲适而生乎？"

　　"人心之静，海鸥皆知。是故惟心地纯正无邪、自然淡泊，鸥鸟自会友善而不防，世人才会和睦相处，直到永远。"

　　伶伦拿出自己的混沌材琴，盘腿坐在黄帝身旁另一块较小的石头之上，双手抚琴，与黄帝和奏。又经过一次"机止""坐忘"，在空中翱翔的鸥鸟，陶醉于这种天籁之音，纷纷在他俩的周围落了下来，远远近近，有数百只之多。

　　充满生趣和怡然自得的琴声不绝于耳……随着琴曲最后和谐的琴声泛起，人的思维自然而然就融入到美丽的大自然，心境也随之豁然开朗，真、善、美的精神境界，在这里得到充分的阐释和发扬。

　　后人赞曰："又谓静里忘机……此调属清宫，取四六两弦于七徽，言其音清而委蕤也，机趣活泼，实有天空任飞之概。"

　　"淡逸幽俊，对之尘想一空"，则是又一说。"当夫海日朝晖，沧江夕照，群飞众和，翱翔自得，浑然一派天机，可以想其音韵矣。人能忘机，鸟即不

1335

疑；人机一动，鸟即远离。形可欺，而神不可欺，我神微动，彼神即知，是以圣人与万物同尘，常无心以相随。"

又云："江楼水榭时一抚之，顿觉天光云影，容与徘徊，不啻置身蓬阆间也。"

诗曰："人有好鸥鸟，朝夕与之游，依依相狎扰，一旦机心生，翱翔先已晓。伊谁谱斯曲？情寄物我表；涵拟渌水深，明同秋月皎，鸣凤栖高梧，舞鹤娴清沼，相得在忘机，无欺物类小。物之不可欺，矧其在人晓？机生而物逝，猜情人疏早。此情非智也，气感先知晓……"

虚白道人："此则音节恬静，指法流畅，洵美曲也。按韵虽属宫，而其功在羽，用指则全在乎顿挫，得能起转空灵，自然曲意生焉。"

惟音斋先生弹法极缓，深得忘之旨，气舒意畅，一派天然！

古琴是中国最古老的乐器之一，至今传世的，仅伏羲式，就有九霄环佩琴、春雷琴、大圣遗音琴。而神农式，则有一池波琴和玉壶冰琴等。黄帝式琴，自不待言。黄帝与伶伦不仅合作创作了这首《鸥鹭忘机》①，还在黄帝梦游华胥氏国之后，共同创作了著名的古琴曲《华胥引》。所以后世在《华胥引》的作者署名时，总是或曰黄帝作，或曰伶伦作。

二

黄帝的思想，影响了中国历史五千年，这个从春秋战国时期的诸子百家就可以看出来。诸子百家皆源于黄帝。春秋之后，周室衰微，饱学之士散布各国，以其君主之好阐扬自黄帝以下古代典籍之一翼，从而形成诸子

---

① 通观一曲《鸥鹭忘机》，则是早在五千多年前的"托尔斯泰主义"，无非是劝人为善，勿以暴力相恶相斗相耗；更加重视内心的修炼和道德的自我完善，心向大道，修德养生，升华灵魂。俄罗斯的世界级大文豪托尔斯泰（1828 年 9 月 9 日—1910 年 11 月 20 日）是一百多年前的人物，而我们的人文始祖轩辕黄帝，则是五千多年前的人物，可见我中华民族之伟大和先驱作用。笔者随陕西省作家代表团前往俄罗斯访问的时候，曾经专此前往托尔斯泰的故里——图拉市拉斯纳亚·波利亚纳的"光明庄园"拜访，在托尔斯泰的书架上，看到了中文版的《老子》（老子继承了黄帝的思想并发扬光大，所以后世并称黄帝、老子的思想为"黄老思想"）。可见，托尔斯泰的思想和主义，是受到了黄老思想的影响的。

并立、百家争鸣的状态。黄帝文化对中国的国体、中国人的思维和处世模式，对中国哲学（辩证法）、天文学、星相学、阴阳学、风水学、农学，即包括政治、经济、军事、文化，甚至人们的衣食住行等，都有重要的影响。《黄帝四经》被儒家、墨家、道家、法家等取用。儒家"四书"之《大学》就有取自《黄帝四经》的"明德"一词，"五经"更把文王根据黄帝"后天八卦"所演之《周易》列入经典；道家取黄帝之大道，法家取法理，墨家用"兼爱"。时至今日，《黄帝内经》依然是中医的理论基础，是学医者必读的经典著作。此外，黄帝文化对养生学、气功、按摩推拿、针灸等也有重要影响。特别值得一提的是，《黄帝四经》所言之"修身平天下"的大道，至今仍为治世之经典。

黄帝的思想，不光影响了中国，也影响了世界，托尔斯泰就是一个例子。黄帝有"天人合一"思想，托尔斯泰也有；黄帝时代人死后不树不封，托尔斯泰的墓也是不树不封。黄帝一生迁徙征战，战胜炎帝，擒杀蚩尤，演活了一部上古时代的"战争与和平"，托尔斯泰的《战争与和平》则是世界文学名著。黄帝在晚年，完成了《黄帝四经》的著述，提倡人们要注意道的修养和自我完善，托尔斯泰则通过《安娜·卡列妮娜》和《复活》，完成了"托尔斯泰主义"思维框架。笔者曾经用一个月时间，查阅了大量资料，在充分准备的基础上，写出万字大散文《大师的肩膀：托举起中国文学的希望来！——访俄感言》来，在博客发表，又在微信公众号上传播，产生了一定的影响。

黄帝有大胸怀包容并蓄、海纳百川，实现了中华民族历史上第一次大统一，我们也应该有大胸怀高瞻远瞩、学贯中西，站上历史的潮头，为实现中华民族伟大复兴的中国梦而不懈奋斗。

人生应该有大胸怀、大境界、大作为，黄帝在五千年前，就为我们做出了表率。

黄帝一方面在解（渤澥黄城自从黄帝于此肢解蚩尤，所以在老百姓的口头上，就将此地传成了"解 hài"）"鸥鹭忘机"，进行灵魂的修炼，一方面又不得不修德振兵，随时准备北征——驱逐荤粥，扬我国威，以绝后患。而对母亲附宝的祭祀，则是"以孝感天下"的修德过程中不可缺少的重要环节。

阪泉之战时，炎帝水淹渤澥黄城，黄帝母亲附宝、妻子女希、妹子碎女、嫔女盐女和数万百姓被水淹死，黄帝曾经在轩辕台举行过隆重的悼亡誓师大会。其词字字如血，句句似泪：

> 呜呼母妹，其逝哀也！
>
> 呜呼妻嫔，其去忽也！
>
> 呜呼万民，其死怨也！
>
> 轩辕不才，枉为人子；轩辕不才，枉为人夫；轩辕不才，枉为人兄；轩辕不才，枉为人王。孝不能尽；爱不能复；责不能守矣……

至今回想，历历在目，然而时光匆匆，不觉十一年已经过去。虽然常年黄帝年年春天都要派人前来祭扫，但是，自从蚩尤攻入中原以来，已经有六年多时间再没有祭扫了。七年来，两次攻入涿鹿，又上博望之山谈卧三年，黄帝的全部心力都用在怎样才能战胜蚩尤上，所以对母亲祭祀的疏忘可以理解，而现在身已在解，母亲和妻、妹、嫔女以及那数万百姓的大墓（当时的古人对墓地是不树不封的，所以人们只记着墓地的位置而已，地面上并没有坟堆）就在黄城之南轩辕台下面北的斜坡上，不用说黄帝对母亲的养育之恩一直萦绕在心，即从倡导孝道而言，也应该举行一次隆重的祭祀仪式。而且黄帝进一步的意思，还想将母亲等亲人的遗骸迁回河西的祖地桥山，让她们魂归故里，因为这也是母亲附宝"托付"给他的一件大事。

也许是昼有所思、夜有所梦的缘故，最近这几天，母亲附宝总是走进黄帝的梦中，她的形象还是那么可亲，那么可爱而又慈祥，就像没有去世前一样。和母亲在一起，母亲的脸上挂满了阳光一样灿烂的笑容，黄帝的心里也充满了阳光一样温暖的情感，他们在一起，还像生前那样亲切、亲近，是一种自然流露的水乳交融的母子情结，因为母亲生前在几个儿女中，总是最爱他的二儿子小轩辕……现在母亲给黄帝的印象，她还是他亲切、可爱、可敬的生活中的母亲。亲人永远是亲人，不管是远在天涯，还是阴阳两隔，这一种亲情永远是割不断的，特别是"母子连心"，他们的灵魂，永远是相互交流的。一个人死去，对于别人而言，他就变成了可怕的鬼，而对于他的亲人来说，他永远是他的亲人，永远是那么亲切、慈祥、可敬、可爱。母亲对儿女的感情，永远是那么包容，那么无私，那么倾注了全部的情感和希望，即使是阴阳两隔，她还是你的母亲，她的灵魂永远会像老母鸡用它的翅翼保护自己的鸡仔一样，护佑着自己的儿女。母亲生前最大的愿望，就是希望儿子常在身边，永远处在她的视线所及的地方。当然了，她也无奈于儿女长大之后的心系天下和志在四方，在力所能及的范围内，母亲总是希望一家人能够团聚在一起，和和美美地过日子。没有哪一个人敢在母亲面前说她儿子的坏话。笔者曾经亲见两个女人在一起，关系蛮好的，但是当其中一个女人说另一女人的儿子有某某问题的时候，这位母亲当即就红了眼，翻了脸："你敢说我儿子不好，我和你拼！"这就是母亲的爱，永远也说不尽，道不完。母亲希望自己的儿女成龙成凤，但是她更希望自己的儿女孝敬于膝下，可以说，儿女，特别是儿子，可以说寄托了母亲全部的情感和希望。说起母亲，笔者也是痛失母亲，虽然母亲刘秀玲，她是在八十岁的时候五福德全而逝，她去世得是那么安详，据阴阳先生讲，她在去世之前已经出了秧，但是母亲的去世，仍然是笔者心中最大的痛！笔者现在远居晋地，每天深夜醒来续写着《黄帝传》，但是母亲的灵魂，总环绕在笔者的周围，只要睡着了，就总感觉，还在母亲的怀抱中。她看到自己的儿子，总是脸上笑得像一朵花儿似的——这时候，是母亲最美的表情！依此类推，可以想象，五千年前，我们的老祖先轩辕黄帝和他母亲之间的感情，同样是如此水乳交融，同样是你中有我，我中有你，灵魂永远是拥抱在一起的！这不，昨天晚上，黄帝又一次回到了童年时代，他还是那个在桥山脚下、姬水河湾和小伙伴们一起玩耍的"孩子王"。阳光是那么明媚，亮得像银子似的，这时候，他的母亲附宝，就披了一身银子一样白的阳光。就为了看儿子一眼，她不去暖泉打水，而是来到了姬水边。她一看到自己的儿子，立刻，美丽白皙的脸就笑成了一朵花，一双双棱大眼，也因为发自心底的笑，而弯成了正月初三晚上的细长月牙儿。小轩辕一看到母亲，就放弃了所有的同伴，张开双臂向自己的母亲跑去……他替母亲提着尖底瓶回家，那一红陶瓶的水并没有重量，他怎么如风一样轻快地跑了起来？小轩辕在前面跑，他母亲在后面追……这时候，黄帝明确地听到了母亲那拖长了的亲切声音："我要回——家——""我要回——家——"

黄帝被母亲的声音唤醒，至他已经一个激灵坐在了地铺上，母亲的声音，似乎还在耳畔回荡着。

因为这是母亲的嘱托，黄帝就觉得是一件即使遇到天大的困难也要给予落实的大事。所以在和天下各大部落首领于轩辕台下面共同举办了一次隆重的祭祀仪式后，给母亲附宝和妻女希、妹碎女、嫔盐女迁坟的事，立即就进行。多亏当初在掩埋的过程中，有心的仓颉并没有将附宝、女希、碎女和盐女的尸体一并埋在几万人的大坑里，而是在旁边另做掩埋，并且用石块做了标记，这些情况和细节，当时忙于向炎帝复仇的轩辕并不知详情。现在，一听说要给她们四人迁坟，仓颉就自告奋勇，指点着兵士们在轩辕台北坡挖掘……还好，这只是七年多前的事，以仓颉超人一样的记忆力，很快就找到了她们四人的遗骸，分别用白色丝帛包裹了，装上马拉的车，就一路向北，再折向西，经龙门黄河最窄处摆渡，送她们回家去了。能够亲自护送着让母亲魂归故里，这完成了黄帝心中一个最大的意愿。同时，在涿鹿之战擒杀蚩尤之后，能够向自己的父亲少典等列祖列先报告一下，从而"勒功桥山"黄帝黄城，也是黄帝此次回到故乡的愿望之一。本来这只是黄帝自家的一个私事，但是，如今黄帝是天下共主，天下既然是黄帝和天下各大部落结盟之后的原始共和制，大家都处于同一国（龟）家中，那么，黄帝和各大部落酋长之间就是兄弟关系，这样，黄帝的母亲就是前国母，就是大家共同的母亲，所以黄帝此次河西之行，除了仪仗前呼后拥之外，天下各大部落的酋长有几十人，也一同陪黄帝回到桥山。

三

桥山一山独秀于山环水绕之仙岛，除了山顶上的黄帝中宫和南坡上大片居住区的炊烟袅袅的茅草屋舍外，它永远是那么郁郁葱葱，一片碧翠，就像是镶嵌在黄土高原南沿上的一颗翡翠宝石。从昆仑山一路向东的华夏总龙脉，翻越子午岭大桥山后，一直延伸到黄帝母系有蟜氏的祖山桥山，这里是黄帝出生地，也是黄帝度过一生中最为开心的童年和少年时代的地方。可以说这里是他魂牵梦绕、终生难忘的地方。这里才是黄帝真正的故里所在，而并非黄帝曾经立都的河南新郑。黄帝出生地的寿丘（长寿山）还在，黄帝母亲当年观大电绕北斗枢星感而受孕的那一个山坡还在，也许当年的古人还没有人生在世就在此地立上一块某某名人"故里"的碑石的习惯。这个问题黄帝当年也没有想到，后人怎么糊涂到将其建都地之一的地方误作故里？但是，黄帝就不同了，他老人家远在五千年前，是一个所谓的传说中的人物，既然是传说，那么天下就真的有不知心存敬畏的人出来，将黄帝的故里传说到他的某一个都地或者迁徙地去。因此，天下才会有那么多所谓黄帝的"故里"，而尤以如今在中原大地上所上演的闹剧使人心烦，如果黄帝真的在天有灵，他老人家会怎么想？或者他还会为天下人都在争着祭拜他而欣慰？作为一个老人，总是希望自己的孝子越多越好？如果他真这么想，那他老人家也真老糊涂了！

　　不会的，这不，黄帝就回到了桥山，住在他位于桥山之巅的中宫，而让天下各大部落的酋长们，各自按照自己在国（龟）书图上的位置，分别住在桥山的四面八方八个宫城（象伏羲八卦）里，加上桥山中宫，合为九宫，黄帝黄城就是黄帝时代天下九州的一个微缩版。由东、西、南、北四宫（城）加上中宫（城），合为"五城"；东、西、南、北四宫各一楼，艮、巽、乾、坤四角各二楼，合为"十二楼"，这就是中国古代神话中黄帝设"五城十二楼"以迎候鬼神，天下十二大部落的酋长——鼠龙部落老实持重、目光如炬的酋长常伯，牛龙部落爱拍脑袋、好战的酋长茄丰，虎龙部落长得五大三粗、绰号"虎头"的酋长斗苞，兔龙部落酋长上章，玄龙部落眼不容沙、处处显霸气的酋长奢龙，会打蛇拳的蛇龙部落酋长屠维，人高马大、额头光亮、人称"马胖子"的马龙部落酋长重光，头顶羊首饰的羊龙部落酋长强围，同时是北方部落的代表的猴龙部落酋长后土，鸡龙部落酋长、满脸油光的左撇子吴回，急性子的犬龙部落酋长獣，青春年少、头顶玉猪龙的猪龙部落酋长小奓，就分别住在这十二楼内。这样，从视觉上看，东、西、南、北四方，就各是三个楼，每一方，再增加七个小楼，共二十八个小楼，分别住着除十二大部落以外其他二十八个部落的酋长，此即"二十八宿"（东方青龙七宿：角、亢、氐、房、心、尾、箕；北方玄武七宿：斗、牛、女、虚、危、室、壁；西方白虎七宿：奎、娄、胃、昴、毕、觜、参；南方朱雀七宿：井、鬼、柳、星、张、翼、轸）。东、西、南、北四宫（城）各有一主楼，分别住着四方主神青龙（少昊，以后演变为太昊）、白虎（西王母，以后演变为少昊）、朱雀（吴回，以后演变为炎帝）、玄武（后土，以后演变为颛顼）。青龙、白虎、朱雀、玄武各领七宿，这样，黄帝黄城的地象，就完全对应了天上的星象。这些都是黄帝原来就设计好的。当年黄帝出川驱炎帝于河东，回到桥山时，就是这样安排天下各大部落在黄城住地的，只不过原来十二楼分别住着十二属相的代表，现在改为十二属相的酋长了。而黄帝这一次"勒功桥山"，则是在这山水环抱的九宫之外，利用自然的山形地貌和防护壕，再加上一道矩形的"框围"（城墙或者防护壕），以便象形"国"字，从而在地面上记录下他一统华夏、建立国（亀）家的功德。幸亏黄帝这样一个大写在地面上的"国"字（亀书图之外再加一个框围）被他五千年后的一个无名子孙（笔者经过三十六年的研究）所破解（记住，至今，在陕西方言里还保留了"国"字 guǐ 的读音），要不，我们至今还是搞不清老祖宗——轩辕黄帝他老人家当年"勒功乔岳"到底做了些什么工作。它决不会是后世记功立德时仅仅立一块石碑那么简单！

　　黄帝的"勒功"是一个伟大的工程，是要将他"天人合一"的观点，在大地上立上一个范式，是要确定天下之中（或者说天地之中），就在桥山。而天下之中的国（廓），即最古老之古"中国"也。中国古代一直称"黄陵"县为"中部"县，这正是古人对黄帝"天人合一"的天下之"中国"思想的一种承继和解读。可惜到了1942年，国民政府那些只为了标记黄帝陵之所在地而不知（他们也不可能知道）黄帝和古人"中国"深意的人，就将"中部县"改成了"黄陵县"。这一改动留下了多少遗憾——让我们中国人彻底丢掉了自己的文化传统，从而抹去了"中部县"即古"中国"之雏形的历史记忆。华夏之根基，"中国"之源头，全在于此！这就是我们要祭祖寻根"黄帝陵与黄帝黄城"——寻找"华人之根"和"中国源头"的根由之所在。中部黄陵，每一个炎黄子孙魂牵梦绕的民族圣地！黄帝黄城，乃"华夏第一都城"是也！

在一个静静地飘起了鹅毛大雪、并不是很冷的冬天的早上，黄帝将停在黄城之外的母亲附宝的遗骸与父亲少典的墓合葬在一起，让他的母亲魂归了桥山故里，又将其妻女希、其嫔盐女和还没有出嫁的妹妹碎女的遗骸，分别埋在父母合葬墓的下位，如同众星捧月一样拱卫着父母的主坟，就由他们簇拥着父母，替他继续行孝吧……这期间，黄帝的活动也是安排得满满的，先是在中宫前的观象台上举行了祭祀天地、告慰祖先的隆重的仪式，接着，在合葬父母之前，又在少典的墓前举行了一场祭祀，这才掘开少典的墓，恭敬地将用赭石染成红色的丝帛包裹的母亲的遗骸，放进父亲的墓穴之中。终于完成了迁葬及祭拜仪式之后（这些活动都由随黄帝一起回来的沮诵主持），黄帝在心里默默地念叨着，将继续在父母面前尽孝的事"委托"给妻、妹和嫔女。接着，他又马不停蹄地，与受到天老堪舆风水学亲传的大挠与桥山十巫（巫咸、巫即、巫盼、巫彭、巫姑、巫真、巫抵、巫射、巫罗、巫礼）等一起，东至"龙首"看山形确定东界（今龙首山与上翟庄合抱之形）、西到"虎尾"查地貌确定西界（今老虎尾巴山与北韩原向南延伸山梁的合抱状），北过龟山测量从龙首向西的北界（门汉岭）、南上南塬确定在地面上开渠（黄渠）、架桥（土桥）以成南界。总体上踏勘设计和具体安排好黄帝黄城的"勒功"工程，并且亲自在南塬上举行了"黄渠"（黄城的南防护壕）的开挖仪式，用木耒象征性地铲起第一耒土，与天下各大部落尊长共同为黄帝黄城的"勒功"工程奠基之后，这才急匆匆地与天下各大部落的酋长们一起返回河东，快马加鞭，向北岳恒山赶去。桥山这里"勒功乔岳"的工程，就交由从小和黄帝一起在桥山长大的沮诵负责进行。

长于辞令、身材敦实、大脑袋的沮诵，是个拗脾气，他生性倔强，身上总有一股子不可阻挡、使不完的牛一样的蛮力，同时他为人宽厚，有较强的组织和实施能力，再加上他本身就是这里人，对桥山的山山水水可以说是了如指掌。黄帝知人善用，这次用沮诵来"勒功乔岳"，可以说正是人尽其才。沮诵与蛮牛、陶虎带领着留守在祖地桥山的父老乡亲和从天下各部落主动来到这里、参与到黄帝黄城"建国"工程中来的青壮年男子们，用了一年多时间，一个巍巍堂堂、气势恢宏的中华第一都城，就以它完整的"中国"的形象，屹立在了东方的大地上。

桥山访巫

正因为这样，黄帝以后在巡游天下（南巡）时，才会一路铸鼎（缙云、黄山、庐山、黄石、黄冈、黄陂）结盟、在长江边上标定了一个个带"黄"字的地名，南及熊、湘和南岳衡山后，再返回君山，与炎帝在这里再次铸鼎结盟、共赏《咸池》音乐……最后回到雍州（今陕西境内），在荆山携天下各大部落首领一起铸九鼎以像九州，天下平定，整个国家体制，在地方上按照天干与地支（十二属相）相配、中央由十二属相以太岁值年的形式轮流执政，实现了原始共和、天下大同，晚年才会像太上皇一样"无为而治"、自号"归藏氏"，在桥山的黄帝黄城中宫安度晚年。在这里，黄帝与桥山十巫和岐伯、雷公、余附等，一起修订完成了《黄帝四经》《黄帝内经》

《黄帝外经》等多部著述，包括哲学、阴阳、政治、军事、天文、历谱、五行、杂占与医经、气功、按摩等著作，最终形成了他以"道"为中心的哲学、法治的思想体系，从而为后人溯源、找根、寻魂，确立了相应的价值观念和道德规范，其中蕴藏着我们的先祖轩辕黄帝那超人的治国理政、平定天下的智慧和方法手段。也正是因为沮诵在"勒功乔岳"这件事上贡献巨大，奠定了"中国"之基础，所以在沮诵去世后，黄帝就改"姬水"为"沮水"，以示对沮诵的永久纪念。

早在黄帝携天下各大部落酋长回桥山迁坟、祭祖和勒功的同时，黄帝已经再次通过"修德振兵"重振军心，那些欢庆胜利时卸下来做椆鼓的战车轮子，又重新装上了战车，在黄帝回桥山的时候，磨刀霍霍的兵士们，已经在应龙的带领下开赴恒山一带待命。随着黄帝和天下各大部落酋长的到来，黄帝在心中酝酿了很久的"北逐荤粥"——天下各大部落联合作战的一场大会战，即将拉开帷幕。

四

蚩尤被擒杀后，华夏国内基本上算是安宁下来了。九黎部落被分成几支，以神荼、郁垒为首的善者，继续居住在邹（今山东省邹城市一带），恶者早在轩辕和炎帝第一次战胜蚩尤时，即发往漠北。其他剩余的部分，则在涿鹿之战最后渡过黄河后，就永远离开了中原地区，一路向西南迁徙而去，从此离开了中国的政治舞台，他们牢记着祖训，改恶为善，从此不再逐鹿或者问鼎中原，终于成为中华民族大家庭中的一员。但是，也有传说，黄帝"北逐荤粥"时，将九黎族中的恶者驱赶得更远，以免他们和荤粥族合为一体，再犯中原。更有甚者，传说九黎和夸父族的一部分人一直向东北方向迁徙，而黄帝的一支部队也一直在后面追击，终于在一个冬天白令海峡结冰或者顺风的时候，他们先后渡过白令海峡，来到了美洲大陆。这一逃一追的两部分中国人，就是曾经遍布美洲大陆的印第安人的祖先。2002年3月15日，英国历史学家加文·孟席斯，为此专门前往英国皇家地理学会，阐述了他提出的"美洲是由中国人发现"的理论。

白令海峡位于亚洲大陆的东北端，白令海峡的另一端就是美洲的西北端。白令海峡的平均宽度只有65公里，最窄处只有35公里，其间还有两个小岛（克拉特曼诺夫岛和克鲁逊什特恩岛），两个小岛相距只有4000米。而且白令海很浅，平均深度42米，最深处也只有52米，只要海面下降四十多米，就可以与陆地相连。由地质学的一些研究得知，在第四纪的一些时间里，尤其是在最后一次冰河期，世界气候变冷，冰河来临，海面下降了130米至160米，水深只有几十米的白令海峡露出了海面，因而袒露出了一座"陆桥"，连接起了亚洲东北部和美洲西北部，从而成为亚美两洲的天然通道。加之这个时期，时值冰河期的亚洲东北部气候十分寒冷，冰川横溢，而美洲内地不但没有冰川，而且气候温和，食物丰富，猛犸、大象、麝牛、驼鹿、绵羊等很多动物都生活在这里。当时以猎取猛犸、鹿类为生的亚洲东北部猎人，很有可能尾随这些动物穿过白令海峡大陆桥来到了美洲，成为美洲远古文明的开山鼻祖。而后，由于冰川消融，海平面上升，滚滚波涛重新淹没了大陆桥，又隔绝了两个大陆之间的联系，使这些外来者成为独立的美洲大陆的土著居民。

以上是一段"科学""客观"的介绍，其结论与传说中的"中国人发现美洲大陆"是一致的。从笔者手头所保存的资料看，其中一个印第安人的族徽，是由中国迁徙到北美洲伊利湖、休伦湖、圣劳伦斯河流域的黄帝族裔在奥次顿哥保存到1491年的兽皮画。画中一位双手擎天的祈祷者，为天鼋酋长（轩辕黄帝族领袖），最上方即为黄帝族图腾天鼋大鼋巨灵龟。龟的头面向天山西北，周环二十八星宿。龟甲由十三块组成，"三公"居中，"十天干"环绕。龟下甘霖普降，再下面，才是太阳、虹霓、彗星及满天星斗……据说易洛魁人（印第安人的一支）是黄帝的直系后裔，以上这个族徽，就是易洛魁各部落公认的"大哥"莫哈克部落保留下来的。

易洛魁人生活在美国纽约州、威斯康星州、宾夕法尼亚州、俄亥俄州，以及加拿大的安大略省和魁北克省。1570年，易洛魁人组成易洛魁联盟，包括莫哈克、奥内达、奥农达加、卡尤加、塞内卡5个部落。1715年土斯卡罗拉部落加入进来，成为人们常说的"六部落"。他们的语言很相似，彼此能够互相听懂。莫哈克部落是各部落公认的"大哥"，被称为"（拥有）燧石的人们"。除了"六部落"之外，伊利人、切罗基人是易洛魁人的旁支。加上他们，易洛魁人总计共十余个部落。

以上是黄帝族在海外的发展情况，而黄帝族在国内，则从颛顼、帝喾、尧、舜、禹、夏、商、周等，都是黄帝的直系子孙。以周天子而言，黄帝姓姬，他也姓姬，可见其的确存在与黄帝的血缘关系。轩辕黄帝有二十五子，其中得姓者十二，即姬、酉、祁、己、滕、箴、任、荀、僖、佶、儇、依，正好对应了十二属相。可见黄帝将自己的儿子分封到全国各地，直接与十二属相结合，再加上代表中央势力的"十天干"军事力量与十二大部落地区力量的组合，确保了国家的统一形象。

黄帝的子孙分布到全国各地，最盛是周朝，大小封国有五六百个，仅在末期，有记载而言的，就有一百七十多个国家，现在能列举出名字的就有陈国、杞国、宋国、虞国、虢国、齐国、纪国、鲁国、管国、蔡国、卫国、滕国、晋国、杨国、蓟国、燕国、魏国、曹国、成国、霍国、秦国、吴国、楚国、莒国、邶国、许国、越国、英国、舒国、黄国、江国、息国、徐国、奄国、郯国、莱国、六国、郧国、孤竹国、邾国、缯国、祝其国、费国、颛臾国、鲜于国等大小四十五个国家。周天子分封出去的姬姓子孙，又以国名、地名等分出新姓，历朝历代这么下来，出自黄帝的姓氏竟然有三百个之多（此为笔者对《百家姓》姓氏来源所查之结果）。所以，不管是从思想文化的影响，还是从姓氏血脉的传承来看，黄帝都是我们当之无愧的人文始祖。

黄帝在中华民族上下五千年的历史长河中能有如此重大而深远的影响，这与黄帝这位赫赫始祖当年高超的政治智慧和纵横八万里的文功武治是分不开的。即以黄帝汇集了天下各大部落主要兵力一路向北的"北逐荤粥"这一重大军事行动，就具有划时代的重要意义和深远的历史意义。黄帝的一次"北逐荤粥"活动，在以后几百年（最少三百年）的华夏大地上，永绝了荤粥族的骚扰；保障了中原地区的和平发展，华夏古"中国"在黄帝的治理下，才出现了类同于"华胥氏国""其国自然，民无嗜欲，而不夭殇，不知乐生，不知恶死，美恶不萌于心，山谷不踬其步，熙乐以生”那样的太平盛世，整个天下，几乎如华胥氏国一般了！

话收回来，我们还是看看黄帝当年到底是怎么“北逐荤粥”的吧。

在北岳恒山地区，本来就有昌意和力牧、常先、大鸿的远远超过荤粥族的兵力和马师皇与荤粥族旗鼓相当的马群。双方的力量对比，实际上早已经是黄帝所领导的华夏部落联盟多于荤粥族现有的兵力，所以，作为防守的黄帝一方，就牢固地守住了恒山脚下的金龙峡，不但没有让荤粥族再前进一步，而且有时候，还会冲出关去，对荤粥族实行有效的反击。战局总体上看，还是稳定的。但是，如果要长驱直入地深入到荤粥族的腹地去，彻底根除掉这个继蚩尤之后、依然在华夏古中国的机体上造成骚扰和侵害的草原民族，以恒山地区现有的力量而言，还不具备绝对的优势。这就是黄帝下决心要在擒杀了蚩尤之后，回过头来要面对的一个心腹之患。华夏族要实现长久的和平发展，除了自身内部的和谐统一之外，外部环境在一定时候，也是非常重要的一个方面。如果你想要静下心来认真地做好一件事，但是，总有老鼠在你的房间里闹腾着，白天晚上把东西咬得“咯吱吱”地响，你还能静下心来做你的事吗？你的心事，总是要转移到怎样才能捉住这只老鼠上来，怎样才能消除掉这些“弦外之音”，使你的生活变得平静而安宁。

涿鹿之战本来的目的是解决内乱的问题，而现在的重点，就又转向了消弥外患上来。所以，在黄帝带领着天下各大部落的首领一起回到桥山拜祖、迁坟和安排“勒功乔岳”、在地面上要复现一个有九洲象征意义的小“中国”——黄帝黄城的时候，就已经派大将应龙带领着所有能调动起来的兵力，合兵于北岳恒山，以静制动，以待战机。特别是黄帝最为关心的粮草问题，已经在后勤总管和史官仓颉的统筹下，源源不断地运送到了北岳恒山一带。所以，当黄帝携天下各大部落首领们一同来到恒山脚下的时候，这里已经是兵营扎出了近百里，处处是一派人欢马叫、跃跃欲试的充满了生机和希望的积极进取的乐观态势和氛围。

黄帝来到北岳恒山，被安排住在山上、还是多年前他北巡恒山时所住的那个天然山洞。十二属相与二十八宿的酉长们，也分别住在山上的不同洞穴，这样的安排，方便大家随时聚在一起，研究和处理一些重大问题。

五

黄帝来到了北岳恒山，而少昊则回了东夷，西王母去了王屋山，火正祝融，奉命赶往位于今湖北随州的烈山，通知炎帝继续南迁，以开辟江南……这样，跟随他来到北岳恒山的，就只有十二属相和二十八宿的酉长们了。这可是集合了华夏族除了四灵之外所有的精华之所在。华夏龙兴的希望，就全寄托在他们的身上了。

黄帝来到北岳恒山的当天晚上，就不顾旅途劳顿，立即在他住的大山洞里召开了战前形势汇报会。洞中央的火塘里燃烧着熊熊的篝火，洞周围的岩壁上，插着松明火把，让偌大个山洞里似乎点燃了、并跳动着红色的激情似的，火光给整个山洞、给现场的每一个人的脸上都涂上了红色的色调，火把则在每一个人眼睛的瞳孔里跳动着。黄帝席地盘坐在中央，帝师马师皇和大将力牧、应龙、常先、大鸿，镇守北岳恒山的黄帝的二儿子昌意，黄帝的孙子、力牧的学生、阵前小先锋颛顼等则围坐在火塘旁。大家都是席地而坐，拉家常似的侃侃而谈，场景既激情洋溢，又亲切感人，就像一家人似的。

其实目前北岳恒山地区，以及漠北草原上的大体情况，黄帝还是有所了解的。但是他还是要再听一听大家意见，以便在心中最后下定"北逐荤粥"的决心。所以黄帝也不用其他人主持，自己就主持了这次汇报会：

"而今蚩尤已除，中国大定，然荤粥北扰，几成心腹之患，此害不去，百姓何以安宁哉？故余聚华夏于恒山，欲北逐荤粥，大定北疆，为万代谋福祉。"黄帝一边说，一边观察着周围大家的表情。周围几乎所有的人，都是一脸战前的兴奋和期待的表情，听黄帝这么一说，大家都抑制不住欢呼叫好，随口喊出："北逐荤粥，大定北疆，为万代谋福祉！"

黄帝也为大家的情绪所感染，但是他还是故意把自己激动的心情朝下压了压。坐在黄帝对面的应龙，隔着火光看到了黄帝炽热的目光和凝重的表情。他看到在大家的欢呼声中，黄帝把他要说的话停了停，喉结一动，做了个吞咽动作之后，才接着说：

"兵者，国之大事，不可枉兴矣！虽言不战则已，战则必胜，然知己知彼，兵家第一法门，不可不查也！若何？"

力牧坐得离黄帝最近，黄帝说话的声音、语气，那样一种急切而又审慎的态度，作为大将的他感同身受，所以他不待大家反应，就第一个举手发言：

"观之大势，我十敌一，必胜也。然每冲敌营，余必派细作，深入漠北，细查敌情，如数道来。"力牧的声音雄壮浑厚，如同牛吼，似乎震得四壁都要掉尘埃似的。他稍作停顿，也是为了引起人们对后面话语的注意和期待，这才接着说："余所派细作，北过阴山，深入漠北，遍查荤粥，故知其地广而人稀，实力集于恒山，再无援兵，径可长驱直入，远驱之而不足畏也！"

力牧的话，正中黄帝之怀，这也是他一直不能下最后决心立即率领大军深入漠北作战的原因之所在。黄帝最大的担心是，他一旦把大家带出去，是要为华夏部落联盟的整体安全利益着想的，这就是，必须确保以绝对优势大获全胜，并且威慑敌胆，使它从此学得乖觉起来，而不敢妄生侵扰华夏的想法，从而为华夏的永久安宁与和平发展，开辟出一片新天地来；而不是妄自尊大，贸贸然把大家引入火坑，似泥牛入海，自身难保……如果是这样的出战，那么还不如谨慎自守，而不致铸成大错。简而言之，就是他不能把华夏的血本都给亏了进去！如果真是这样，华夏的前途命运，就真的令人担忧了！力牧的话，正好排除了黄帝心中的担忧，所以黄帝听得上心，也听得满意。但是，我们从黄帝的面部表情上，是察觉不出哪怕是蛛丝马迹的任何变化的。他就是这样一位每临大事有静气的人，能拿得起，放得下，也能沉得住气，所以，他这会儿就没急着表态，而只是对力牧主动派细作侦察敌情这种积极主动的做法给予了肯定，同时启发其他人，也像力牧那样积极主动地发言。他还想听一听更多人的意见，以便最后定夺。

常先做什么事总是要和人争个先后。一贯做事雷厉风行、干净利落的他，现在也不甘落后。所以力牧的话音刚落下，他就抢了话头："兵者，诡也。其计岂可明示乎? 故曰,藏其锋而显其短,何也? 惑也,迷也,神龙见首不见尾也。兵者,势也。集众聚心,合力共进,若水之决,势成而不可挡。兵者,威也。执兵而显威,势众也。若黑云压顶,必风急雨骤;若积水成渊,鱼龟必兴。兵者,勇也。两军相争,勇则胜,懦而败。兵懦懦其一,将懦懦一群。将勇在先,兵岂不勇? 兵者,速也。迅雷不及掩耳,巨光何以闭目。兵贵神速,神速者,天助也,非人力所为也! ”

常先性急,他之所以抢话头,一是心中有话,不吐不快;二是要劝戒黄帝,所以他在连珠炮似的一番大论之后,这才放缓了语气:“故曰,用兵宜速,勿迟疑也。今我重兵以陈,势已成,威当显,帝当速决。”

“兵之胜败,决于一念。当详察之,非庙算已胜,不动也! ”应龙的话,意在纠偏,所以,他在这个话题上发言道:“常言云,速则不达,忙女勿嫁。三思而后行,上上策也! ”

常先不服,又进一步阐述道:“兵者,胆也。胆大包天,胆小藏地。故曰,兵者,虎狼之师,征师千里,而非鼠辈,藏于洞窟。”

应龙这人特好面子,最不能容的,就是别人对他图腾的诬蔑。所以,他的脸“腾”一下就红到了脖子根。但是,碍于黄帝的面子,又不好发作,就伸出他的手,暗地里狠狠地拧了常先一下。常先自知失言,赶快抱拳致歉。他俩私下的小动作,黄帝全看在眼里,既为他们的忠心耿耿而感动,又为他们的主动和解而欣慰,所以黄帝坚毅的脸上,暗含着笑意,我们能够看到他的眼睛稍稍眯了一下,嘴角也不自觉地向上翘起,并且以极细微的动作,不被人发觉地微微地点了点头。

就在这时,阵前小先锋颛顼又抢了话头。他圆嘟嘟的红脸蛋,眼睛放着神光,说话既稚气,又显出与其年龄不相符的成熟:“兵者,知也,识也,执也。知人善用,有胆有识,重在执行。兵者,责也,令也,信也。任重道远,令行禁止,言出必行。”

颛顼此言一出,满场都是唏嘘叫好之声,真是有志不在年迈,后生可畏矣! 黄帝也打心眼里高兴。他伸手把小颛顼拉了过来,颛顼就势撒娇地坐到黄帝的怀里,不时用他灵光光的大眼睛打量着爷爷、师傅力牧和周围的人。

昌意也是打心眼里高兴。但是,他没有发言。因为自从涿鹿之战他失

1351

守恒山之后，他就对自己失去信心，人也变得沉默寡言、脸色苍白，一天比一天瘦了下来。所以，他现在要做的工作，就是尽量把自己的儿子颛顼往前推，而他自己，则能退就退，能隐就隐。

第二天一大早，黄帝就率领着十二属相和二十八宿的酋长们从北岳恒山下来，与各部大将汇合于金龙峡关口之上，举行了隆重的分兵仪式，决定十路并进，驱辇粥于漠北。这十路分别是：

黄帝、力牧（颛顼随）、应龙（骑军）为中央师旅，为第一路。包括吴权、鬼容区、宁封、中黄子、大填、封钜、知命等各位帝师，风后、仓颉、孔甲、伶伦、稷、杜康、赤将、高元、羲和、常仪等各位文官，嫘祖、嫫母、玄女等随行。马师皇的马队为奇兵，随行一路。方明为黄帝驭手。

常先（车军）、大挠、雷公为第二路；

大鸿（步军）、大隗、俞跗为第三路；

岐伯、地典、挥为第四路，

隶首为首的新军，包括神荼、郁垒、三苗大酋长灵枫等为一路，为第五路。

十二属相，每一方三个属相为一路，共四路：

鼠龙部落酋长常伯、牛龙部落酋长茄丰、猪龙部落酋长小夌为一路，为第六路；

兔龙部落酋长上章、虎龙部落酋长斗苞、玄龙部落酋长奢龙为一路，为第七路；

马龙部落酋长重光、蛇龙部落酋长屠维、羊龙部落酋长强圉为一路，为第八路；

猴龙部落酋长后土、鸡龙部落酋长吴回、犬龙部落酋长猷为一路，为第九路；

二十八宿，共为一路，由角部落酋长总领，为第十路。

在风后和值年太岁、犬龙部落酋长猷的共同主持下，黄帝郑重地向力牧、常先、大鸿、岐伯、隶首、常伯、上章、重光、后土和角部落酋长，一一分发了兵符。

第十八章

一

黄帝的火正祝融，同时又是炎帝忠心耿耿的大将。他奉命来到烈山的神农洞向炎帝传达黄帝的指示，带去了黄帝给炎帝榆罔神农氏的一封亲笔信：

> 炎帝在上，恕弟直禀：
>
> 今荤粥北扰，百姓不宁，为弟欲率天下诸部，北逐荤粥，拓疆固边，还百姓安宁。愿此后黄河中国，区宇以宁矣。惟江南诸事，弟鞭长莫及，故托于帝，代为拓展。炎黄兄弟，一南一北，共展疆域，同振华夏，若何？
>
> 遥寄念想，感慨系之，帝德永铭。弟当亲赴江南，面谢共盟。
>
> 后帝轩辕　顿首

在神农洞内昏暗摇曳的松明火光中，炎帝榆罔神农氏用他结着老茧的双手，展开黄帝写在光滑的丝帛之上的信，皱着眉头，眯缝着一双老花眼仔细地看着。实在看不清楚，他干脆走出这个并不是很深、拐个弯儿就可走出的小山洞，来到洞外，在冬日白晃晃的阳光下，他才算彻底看清和理解了黄帝的意图。黄帝胸怀的博大是一般人所难以企及的——他心中装着的是整个天下啊！这一点，也是一般人所难以理解的。研究黄帝文化三十多年，以前笔者还多以为黄帝是"逼炎帝南迁"，直到小说写到了这个情节上，认识和理解才算真正到位，从而以此展示了黄帝的博大胸怀和永远开拓进取的奋斗精神……

从黄帝的这封信里，炎帝看到了黄帝对华夏未来发展的宏大抱负和设想，同时也看到了黄帝对他所寄予的厚望。看来，我炎帝榆罔神农氏并不是一个已经老迈无用的老人，而应该是一位和黄帝一样具有进取精神，并不断为华夏的长远发展而尽力的开拓性人物。只有这样，我炎帝才对得起黄帝尊我于前的"炎黄"二字。"炎黄"当共同为华夏而开疆拓土、为子孙后代的万世发展而开太平矣！由此，炎帝越发为自己在阪泉之战后坚决"禅让"天下给黄帝的正确性而感到自豪！可以说，这既是一次伟人之间的"君子之约"，更是炎黄这两位中华民族的历史巨人之间相互理解、相互支持、相互配合和相互合力与协调……华夏能有炎黄这样两位伟大的精神文化和疆土的开拓者，实乃华夏子民（黎民百姓）之福也！

本来炎帝已经是一个退隐之人，他将自己对天下发展的抱负，早已经托付给了黄帝。可以说一辈子在外经历了风雨、磨难与挫折的他，现在想得更多的是怎样安逸地度过自己的晚年；可以说，他已经没有了人生的目标，而只想随其自然地活到哪一天算哪一天，所以，在他的眼里所看到的，就多是一些颓废的晚景。就像伟大的托尔斯泰在他的《战争与和平》中所描写的安得烈和他所看到的那棵又老又丑的榆树一样。但是，黄帝托祝融捎来的这封信，却像冬天里的一把火一样，重新点燃了炎帝心中的一捆干柴，重新让他看到了华夏未来发展的希望之所在。让他重新树立起了人生的目标，让他觉得人活着还是有精神的，还是要有所追求的，还是有目标和希望的！这时候的炎帝，如同返老还童似的，心中重新升起了对生活的希望，他的责任感与使命感也重新被唤醒。他感觉这冬日里的暖阳，如同火塘一样烤得他脸上发烧。他甚至觉得这冬日里的微风，直拂得人脸上痒痒的。一时，他感到自己的脸上肯定像喝多杜康造的酒那样充满了血色，本来就被太阳晒得紫红的脸膛，这会儿一定是更加上了一层红晕了。他能够听到自己的心脏，又一次那么有力地跳动起来！他浑身热血沸腾，他的心中又一次充满了激情！又一次大有"老夫聊发少年狂"的激动与冲动。也正是在这样激动和兴奋不安的心情下，他要来画岩画的颜料和硬笔，在麻布片上，认真地给黄帝写起了回信：

黄帝贤弟如晤：

　　恕为兄渤澥不辞而别，非吾不义，实本性使然也。今悉贵函，大悟于胸。为兄当不避风雨，以辟江南。为生民谋福，为华夏拓疆，为万世开太平，余不遗余力矣！老朽之年，返老回春，非吾之功，非君莫属。盟曰：华夏炎黄，社稷梁柱；南辟北逐，拓我疆土；连山归藏，易象流注；炎黄一家，中国永固。

遗帝榆罔　还礼

　　火正祝融看到，炎帝榆罔神农氏即兴写完这封信后，脸上依然挂着兴奋的表情。他那双被阳光耀得眯起来的凤眼，直盯着远方翘望。祝融一时觉得，今天的炎帝榆罔，好像又回到了他的年轻时代一样，雄心勃勃地要干出一番大事来。

　　在炎帝榆罔的眼里，周围的一切一下子就变得鲜亮无比，好像涂了一层油彩似的，完全改变了冬天的模样。小鸟在树林里"吱儿——""吱儿——"地呼唤着，又成双成对地在空中翻飞、戏闹；从厉山北侧向东流过的浙水，"哗啦、哗啦"地轻唱着自己永不歇息的歌，河水泛着群星似的光点，河边上镶嵌的冰凌儿，发出耀眼的银子般的亮光。所有储足了养分的根杆（杨树、柳树等），都像花季女子的柔肢一样，洋溢着青春的沁人心脾的气息；所有的树梢，都提前鼓起了春天的叶苞或花蕾，虽然它们还小得可怜，但是已经给树梢染上了一层淡淡的迷离灰雾。

　　自从和黄帝进行了一番书信交流之后，炎帝榆罔神农氏就下定了拓展江南的决心。那么，究竟怎样对江南进行拓展呢？这对于本来已准备在厉山颐养、大儿子炎居方雷氏这里养老终生的他，实际上是又出了一道人生难题。本来跋山涉水对于经常进山采药的炎帝榆罔来说，并不是一件难事。难就难在他年事已高，还能够适应长途跋涉的奔波吗？这一点是他的大儿子炎居最为关心的。

　　炎居是个大孝子。他继承了炎帝榆罔的基本长相和忠厚性格，只是个子比身体已经开始萎缩的父亲高出一头。他是属于身材既高、身体又结

1355

实的一类人。他的脸色总是红光光地鲜亮，厚厚的嘴唇，总是不苟言笑地紧紧闭着。他还有个特点就是做事心细，对每件事总是事无巨细地处理好每个细枝末节。听说父亲要下江南去进行新的开拓，已经对父亲的身体担心起来的他，为了能经常陪在老父身边，就决定把厉山氏酋长的位置让给他的小弟弟炎柱，然后，他跟随父亲一起前往江南开拓。本来炎帝榆罔是没准备让大儿子跟他一起去江南的。但是，自从在父亲住的幽暗山洞里，就着闪闪晃动的松明火把，经过一次长谈之后，他们父子俩上达到了共识。人说，上阵父子兵。关键时候，才愈加显出骨肉之真情来！

　　为了帮助炎帝开拓江南，黄帝不仅让现在已经是自己火正的祝融回去帮助炎帝，还从大军中抽出一支数万人的队伍，交由祝融指挥，并派曾经亲自用脚步丈量国土面积、熟悉江南情况的青乌子和竖亥一同前往。江南水多，黄帝又将本来是炎帝大臣、现在已经是自己水正的白阜，也派到对江南的开拓中来。白阜以善于图画地形、沟通水脉、初兴水利而著称。共工本来就是炎帝的水正，他要返回江淮故里，故与祝融一路同行，顺便也专门来到厉山这个地方看望炎帝。共工既来，又被炎帝榆罔所挽留，就留下来协助炎帝。共工是个很会做表面文章、见风使舵、表面上显得非常的忠诚可靠的人。这样的一群人才都组合到炎帝榆罔的身边来，炎帝就如虎添翼，让他彻底改变了面对广大的江南"老虎吃天，没处下爪"的被动局面。

　　出发之前，先要进行大量的充分准备。因为主要走水路，第一的需要就是大量的独木舟和竹筏的制作。还有，种牛带哪些？五谷特别是稻种要优选？还有，都哪些人去、哪些人留下来呢？为此，炎帝榆罔神农氏专门在厉山上原来黄帝前来会晤时居住过的地方，召开了一次重要的会议。

　　时间是黄帝十一年（丁酉年）（公元前2714年）冬月（黄历十一月）望日（十五日），也就是一月中月亮最圆的时候。参加的人员，除了炎帝，就是祝融、共工、白阜、青乌子、竖亥、倍伐、老牛伯和炎帝的两个儿子炎居和炎柱。炎帝年龄最大，已经近八十岁的他，脸上的皱纹就像刀刻的一般，在冬日暖阳的照耀下，泛着返老还童、重新焕发了青春的光彩。因为他是今天会议的组织者和主持人，所以他面南坐在中间，其他的人都围拢在他的周围。大家都在坐垫上席地而坐，侃侃而谈。

二

伟人的心胸和格局是不能为一般人所理解的，正如秦末农民起义领袖陈胜所言："燕雀安知鸿鹄之志哉？"伟人们，决不会因为凡尘琐事的陷入而偏离了心中的既定目标。炎帝榆罔神农氏就是这样的一个人。一般人很难想象，已经近八十岁的他，怎么还有这么强的进取和开拓精神呢？一般人是过了三十不学艺，从此以后，人生就开始走上了"减法"的过程。正因为他们的人生格局太小了，他们的人生目标太低了，不过是老婆、娃娃、热炕头，或者不过是望子成龙、望女成凤，而自己的人生目标，只不过是为了儿女而活着。这就是父爱与母爱。这也是我们中华民族决胜于世界民族之林的一个绝招或者法宝。可以说，在世界范围内，还没有哪个民族会像我华夏民族这样，父母对儿女绝对是一种无私的爱与奉献。父母自己的人生也许就近到站了，但是，他们总是对自己的儿女寄予了人生最后的希望。总是会竭尽全力地扶持儿女的成长，从小时候的教育与培养，一直到长大后的结婚、立业，一直到生子之后对孙子的培养和教育，父母都会毫无怨言地倾注了全部心血为儿女，甚至为孙子辈付出一切。这也正是中国人能够一代一代生生不息地传承发展下去的根本原因所在。也许正是因为这一点，才决定了中华民族无论是在精神文化上，还是在物质生活方面的努力，决不会输于世界上任何一个民族。这就是中国人强烈的护犊心态。为了自己儿女的健康成长，父母完全可以去拼命。甚至连中国的鸡也是如此。笔者小时候，还穿着开裆裤的时候，有一天中午跟随当老师的母亲去村中一个老乡家吃派饭。走进那个从村边一个小山包辟出的三面窑的小院子，就看到一只麻麻子老母鸡，"咯，咯"地带领着一窝十几只毛茸茸非常可爱的小鸡娃。笔者出于喜爱和好奇，就想上前抓一只玩儿，不想那只老母鸡忽然涨红着脸、张开了全身的羽毛和威风的翅膀，向我直扑过来，吓得我扭头就跳，结果，它还是恶狠狠地在我的屁股上叨了一下，疼得我直哭。笔者还亲眼所见，一只带着一群小鸡娃的老母鸡，看见一只雄鹰从天上俯冲下来，为了保护自己的儿女，它就不计后果地向鹰对冲过去。结果就被雄鹰给"抱"了去。笔者眼看着这只苍色老鹰，抱着老母鸡越飞越远，最后变成了一个黑点，消失在天空，地面上，只剩下一群失去了母亲的小鸡。老母鸡，为了自己的儿女，勇敢地做出了牺牲。这就是中国人的血性，这就是中国人勇敢无畏的精神。为了自己的子孙后代，他们可以做出一切牺牲。可以说，每一个普通的中国人身上，都遗传着这样的血性与精神。正是这样一个一个的"细胞"，才结成了我们中华民族坚不可摧的整体。

我们的老祖先炎黄二帝所殊胜于人的，又决不止于这种对自己儿女的爱。他们的身上所奔涌的，是对整个中华民族所有优秀儿女的大爱。为了给子孙后代开辟出一片新天地来，他们的身上，永远奔涌着一种创造、奋斗的激情！这不，当我们的炎黄二帝分工合作之后，我们华夏最初的版图，又会无限广阔地向南、向北拓展开来。最终的结果，黄帝长驱直入，一路向北，来到了水草丰美的漠北草原之上，最远来到了北亚最大的内陆湖——贝加尔湖。贝加尔，多么美丽的名字，它可以把所有的宝贝都给你，那里有捕不完的鱼，捡不完的贝壳和珍珠。而贝壳，就成为中国人最早流通的货币。炎帝，一路向南，来到了水草丰盛的江南大地。而他最终的目标，就是完成华夏版图"南至交趾（一说在广东，一说在越南）"的大布局。笔者曾经在海南三亚"天涯海角"景区，在国庆的时候，看到那些黎族兄弟姐妹赤着脚手拉手跳着、唱着《爱我中华》的时候，那样一种民族自豪感自心底油然而生。正是我们的祖先伟大的永远进取的开拓精神，才使我们的祖国有了如此幅员辽阔的大地，有了五十六个民族的繁衍生息，有了自立于世界民族之林的雄心和地位，有了再次实现中华民族伟大复兴的中国梦！

江南春早。为了能够赶上江南的播种季节，炎帝榆罔神农氏在经过将近一个月的准备之后，就急急忙忙地踏上了前往江南的征程。经过大家的研究和讨论，炎帝最后采取的行动方式是，水陆两路同时并进，以水路为主，首先实现中心突破。

因为炎帝要去南方，大家都愿意跟随着他去开拓江南，经过认真筛选，挑出身强力壮的随炎帝南行，这些人占了部落联盟的三分之二。其他人则在炎帝小儿子炎柱的带领下，留守当地。但是，大家的心，还是已经随着炎帝去了南方。为了纪念这样的一个事件，所以，后来人们就将厉山脚下、淅水两岸这块地方，叫成了"随"。以后到了封建社会在这里设州，就将该地叫作"随州"（即今随县所在地）。

走水路的，是炎帝榆罔，此为中路。而在左右两岸，则同时并进着左路龙师和右路虎师两个师旅。龙师主将是祝融，虎师主将为共工，炎居则时刻守在老父的身边，侍奉和安排着他的生活起居。

炎帝一行，顺淅水而下，一路向南。因为炎帝曾经是天下共主，同时他又肩负着黄帝委托的重任，加上有祝融、共工左右龙、虎之师近十万人的开道、随从与护送，气势威严而雄壮，自然带着一种既亲和又逼人的气势，水上和左右两军齐头并进，锐不可当。同时，又有信使早已经提前通知了沿线的大小部落，所以一路上，所有的大中小部落，都是非常热情友好的款待和支持，因为人们从炎帝身上又看到了希望和开拓的勇气与信心，加上炎帝原有的亲和力和感召力，所以，沿途不断有人主动加入进来，炎帝的队伍，越走越壮大！

因为是顺流而下的漂流，所以炎帝的独木舟和竹筏组成的庞大的"水军"（中军）前进的速度，反而比在两岸陆上行走的祝融和共工的龙、虎之师快了许多。一天的饭食，都是在竹筏上进行的，所以并没有影响进程，直到天近黄昏的时候，来到淅水和另一支自西向东流的支流会合的地方，整个船队，才靠向左（东）岸的直角地带，准备搭营休息。

炎帝此次南行，炎帝大妃听訞因为年龄大、身体不太好，无法估算沿途的风险等原因，所以她并没有随行前往，而是随小儿子炎柱留守在厉山，待炎帝南行有了结果，再专此前往也不迟。但是，为了照顾炎帝的起居，来自有蟜氏、一直没有生育的帝妃少澍和炎帝小女芹姬一路随行。因为炎帝随时要了解一些江南的情况，所以熟知水路情况的白阜，也站在炎帝所乘的大竹筏上。

浓眉大眼的丁男（匠姬的男人），缓缓地将竹筏靠向左岸。炎居方雷氏第一个从竹筏上跳了下来，急急地去指挥着兵士们搭建临时窝棚。五十岁的帝妃少澍和小女芹姬搀扶着炎帝，从靠岸的竹筏走上了左岸。白阜随后才一边整理着衣带，一边不慌不忙、优雅地走下竹筏。

因为天近傍晚，夕阳挂着血丝的、恰似高原红一样圆圆的红脸，已经落在了远远的西山后面，周围远远近近的风景，都已经笼罩在一层灰蒙蒙的暮霭里。可以看得出，这是一个水草丰茂的地方。冷飕飕的晚风，贴着西来河水的水面吹过来，明确地告诉人，现在还是冬季。人们一时裹紧了身上包着、缠着的各种类型的衣物，主要有麻布、薄棉衣。因为这一带已经是温带气候，所以很少有人像北方人那样，一到冬天就裹上厚厚的兽皮，所以被一阵冷风这么一吹，人人都不由得耸起了肩膀。先上岸的兵士，已经拣到干柴禾，在岸上生起了一堆堆篝火。

随着夜幕浓墨重彩地一层层地加深着人们对它自己的印象和认识，左、右祝融和共工率领的龙、虎之师，也先后来到淅水两岸。于是，这淅水两岸的开阔平地，变成了一大片灯火辉煌。炎帝的中军，因为走的是水路，所以就几乎没有尾随的族众。而在左右两岸行走的左、右龙、虎之师，不可避免地还是跟随来了大批的族众。就连炎柱，也身不由己地跟在龙师之后，送人送到了这里。

三

在一路南下的淅水与从西向东流去的另一支支流"丁"字型相汇的地方，在左岸、右岸和南岸，在这样一片开阔地上，因为炎帝榆罔神农氏的到来，一夜之间，就聚集起来十几万人。但是，炎帝南行带多少人，这是事先已经定下来的，所以在第二天炎帝继续南行时，还是依依不舍地把所有尾随而来的人强留了下来。这留下来的一两万人，在炎柱的带领下，就在这片两水相汇的肥沃的土地上捕鱼狩猎、开荒种地、建构屋舍，最终形成了与厉山随州南北呼应的新随州。五千年过去，这一带倒是成了随州市的中心繁华地带，而厉山随州，则降格成了随县。人民愿意跟随炎帝南拓的心愿，就这样"定格"在了如今湖北省北部的重镇随州市，而最早的厉山这个地名，也早已经慢慢地被人们所淡忘了，只有对历史有所研究和了解的人，才会在记忆深处，重新找回一些关于炎帝和厉山的记忆来。

当然，随着改革开放以来人们对历史文化和旅游开发的重视，在如今的随县厉山之上，一个大规模的炎帝"故里"的大型纪念建筑群，包括炎帝大殿和祭祀广场等，已经气势磅礴地屹立在厉山顶上开阔的平地上，与神农泉、九眼井、神农洞等山上山下的与炎帝神农氏相关的纪念景点一起，形成了一个关于炎帝神农氏的大型纪念景区。每年农历四月二十八日，这里都要在炎帝神农氏（其实是炎帝榆罔神农氏的小儿子炎柱）生日的这天，举行隆重的公祭中华民族始祖炎帝的大型祭祀活动，吸引了大量海内外炎黄子孙前来随州寻根问祖、祭祀朝拜和观光旅游。但是，笔者还是认为，炎帝神农氏的故里，应该还是在陕西宝鸡的姜氏（清姜）河、常羊山、姜城堡一带，而随州市随县的厉山，则应是炎帝榆罔神农氏继山西长治羊头山之后，又一个"第二故乡"。然而，让海内外炎黄子孙都搞不清的是，如今，在陕西宝鸡炎帝故里的常羊山和山西长治的"炎帝故里"，却大兴土木地建起了与湖南省酃县（如今已改为炎陵县）的炎帝陵南北呼应的"炎帝陵"，都站在各自地方利益的基础上，宣传自己是真炎帝陵，搞得海内外炎黄子孙莫衷一是，而不管是历史史料记载还是传说中炎帝的"第二故乡"、本来炎帝小儿子炎柱所守的厉山，却误作了"炎帝故里"，其宣传势头，大有取代陕西宝鸡炎帝故里之势。就像近十多年才兴起的河南新郑市的所谓"黄帝故里"，竟然要在国家层面上，取代位于陕西黄陵县桥山之巅的中华民族圣地黄帝陵数千年的祭祀历史一样。河南新郑硬是将黄帝建都地之一的新郑这个地方（其实遗址黄帝城和黄帝（云岩）宫，并不在新郑，而是在其邻地新密市），当作黄帝故里来强势宣传。如今，作为黄帝的祖地、出生地（自然是黄帝故里了）和晚年建都地（黄帝黄城）与黄帝陵墓所在地的陕西省黄陵县，在河南新郑所谓"黄帝故里"拜祖的强势冲击下，只能疲于应付，甚至有被取代之势。因为就有人胆大妄为地提出将河南新郑所谓"黄帝故里"拜祖大典上升到"国祭"，以所谓"庙祭"来取代黄帝陵沿袭了几千年的"陵祭"。这样的怪现象，似乎只有中国这样一些对历史没有敬畏感、不尊重历史事实而随意"创新"的人，才会有此闹剧上演。如今的山西长治和湖北随州搞乱了"炎帝故里"和"炎帝陵"之所在，河南新郑又搞乱了"黄帝故里"之所在，就连河北涿鹿——这个黄帝涿鹿之战的发生地和黄帝临时立都的地方，也冒出来个所谓的"桥山"，而将黄帝祠改作"黄帝陵";北京平谷的轩辕台,如今也有了一条"桥山路";河南灵宝更是出奇地在一座位于洛阳和长安之间的烽火台的基础上,又修出一个"黄帝陵"来。中国人的祭祖乱象何时了?中央应该拿出一个尊重历史的、统一的宣传口径才是。笔者经过前后三十六年的研究和考证,建议应该以黄帝和炎帝的生命线(生命历程)为序,对国内炎黄文化圈各相关地区统一理出一个大家都能接受的宣传口径来,以此来拨乱反正,给海内外炎黄子孙一个清晰明确的答案,从而彻底改变中国的祭祖乱象问题。

炎帝巡淅水一路曲曲折折地南下,经过烟波浩渺的云梦泽,当淅水汇入汉江后,他又顺汉江来到如今湖北武汉的汉口,再从汉口逆长江而上,从云梦(今洞庭湖)与长江的接口南下,来到他拓展江南时立都的地方——如今湖南省岳阳市的君山半岛———一个三面环水、易守难攻的地方。一路上,左岸龙师在前面披荆斩棘的是大力士倍伐,右岸虎师则是极能吃苦耐劳的老牛伯。

倍伐身材高大,身体壮实,他的大胳膊发达的肱二头肌和肱三头肌,粗壮得可以和一般人的大腿媲美,浑身有使不完的力气。因为江南春早,气候热,所以他经常是手执青铜大斧、光着膀子走在最前面,一切障碍,在他的大斧面前,都会变成通途。老牛伯个子没有倍伐那么高,但是耐力却惊人。他的牛筋性格,也表现在他的形象上来,一脸密集的一圈又一圈的皱纹,只有有耐心的工笔画家,才会准确地画出他的形象来。和皮肤粉白晒不黑的倍伐相比,老牛伯的肤色,就像一头老黄牛一样黄中透红,永远给人一种健壮结实的感觉。他的脖子两侧,鼓起着粗壮的睾筋,粗壮的赭红色胳膊上,青筋像小蛇一样曲张暴起。他还有一个特点就是,不光是赤膊上阵,还总是赤脚上阵,从来都光着一双大脚,不避冬夏。

正因为有了这样两位不避生冷、勇敢而忠实的开路先锋带头在前面披荆斩棘,所以才有效地保证了左右龙、虎之师总体上的进军速度。因为倍伐的开路队有五百多人,老牛伯的开路队也有五百多人,这左右两岸千人以上的开路先锋们,个个都是身强力壮的——从厉山氏部落或者从全军中挑出来的大力士与壮汉。他们在倍伐和老牛伯身先士卒的带领和指挥下,一拨一拨地轮番上阵开道，每一组十个人，抡起胳膊奋战半个时辰，就退下来，再换上又一拨经过休息而精力充沛的力士。

大力士们一路在前面所向披靡地奋力开拓，再加上炎帝原来已有的曾经是天下共主的影响力，特别是这左右龙、虎之师共十余万兵士配合下炎帝榆罔神农氏的水军与陆地上车军、骑军和步军的水陆并进，对沿岸各大小部落来说，就只有热情奉迎、积极配合与合作的份儿了。经过参与到涿鹿之战等战争的锻炼，炎帝榆罔神农氏原有的军力得到了锻炼，兵士的作战素质明显提高，特别是在师旅的编排上借鉴了黄帝三军的编排体制，车军所有原来配备的牛，已经全部换成了奔跑速度更快、机动性更强的马；又增加了专门的骑军来配合步军的作战。而在开路先锋之后，走在前面的，就是黄帝交由祝融带回来的那几万人马。这些身经百战的将士，从整体上带动和提升了炎帝榆罔神农氏这支南下开拓的军队的战斗力。在这样强大的军力保护下，同行的就是经过充分准备的粮草队伍、经过训练会拉犁耕作的牛群（母牛的屁股后面，都跟随着欢蹦乱跳的还不知生活的艰辛和苦难的它们的儿女们），大车上拉着优先出来的五谷和稻谷的种子、各种生活用具，包括红陶的陶鼎、陶盆、陶罐、陶缸、陶杯、陶碗，打水的尖底瓶、石斧、木耒等。这些丰富充足的准备，可以保证炎帝榆罔神农氏的这支南下开拓的大军，随时可以投入战斗，应付各种随时可能发生的意外，也可以随地在任何地方，就可以安营扎寨，自主地解决所有人员的吃住餐饮问题。就是这样一支生机勃勃的、充满了生命的正能量开拓的队伍，给江南的春天增添了一种生命的活力，让当地部落的人，看到了生活的新希望。炎帝所带来的，不光是农业和医学的最新成果，还带来了新的交易方式，带来了各个方面的人才。所以，只要在一个部落里住下来，炎帝就不辞旅途劳顿亲自带头，各个方面的专业技术人员都会发挥一己之长，为当地的部落举办各种培训，或者实地指导、推广炎帝先进的农耕技术，甚至帮助他们训练军队，以提高这些中小部落的自我防卫能力。在这个过程中，祝融、炎居方雷氏、白阜、共工、倍伐、老牛伯、芹姬，甚至共工的助手相繇和浮游等，都发挥了重要的作用。

作为当时最先进的生产力和科学技术力量的代表，炎帝的南拓，是和平、友好和互助的，进一步拉近了中原华夏部落联盟核心区域和南方水乡荒芜地区的交往和联系，增强了华夏部落联盟对外的凝聚力、向心力、亲和力和整体实力。当地的部落首领们，从与华夏部落联盟的交往中得到了实惠，从而也增强了其自身的保护能力。

四

炎帝在江南云梦（洞庭湖）西岸三面环水的半岛上立都，因为炎帝曾经是天下共主，即所谓国君在这里立了都，所以这个并不是很大的半岛，在江南一带，就成了一个远近闻名的"君山"（到黄帝以后有机会来到这里与炎帝南北"合符"的时候，有人又叫它熊山，司马迁为考察黄帝而"南及熊、湘"，就曾到过这里。笔者从岳阳楼渡船来到君山考察，在这里看到了一个"飞升亭"，传说也是黄帝铸鼎"升天"的地方，但是这里的人，把炎帝在这里立都的事，早已经忘得干干净净的。倒是有炎黄之后第四代的国君舜帝携二妃到此游历的传说在这里流传着，留下了著名的"斑竹"遗迹，供人发思古之悠情）。

君山是一个从北向南延伸的半岛，三面环水，只有北面与陆地相连，整个面积虽然不是很大，但是对生活简朴、管理方式单纯、简单的炎帝榆罔神农氏而言，已经足够他使用的了。他把祝融和共工为首的左、右两路军继续派往南方，而他自己却爱上了这个碧水环绕、可以面南而治的幽静小岛。细观这君山，果然气象不凡，宛若一个孑立独行的君子，蹲坐于这波澜不惊的大洞庭的岸边，又像一条巨龙从北方蜿蜒而来，将头探入洞庭湖的水中正在饮水，那隆起的山脊走势，正是还在舞动的龙脊，而炎帝榆罔神农氏的"离宫"（茅屋群）就修在这龙背之上。

所有的建筑，自北向南，依山势而建，相互烘托，而以炎帝的茅草大屋最为显眼，大屋前的高台之上，还搭起了茅草敞棚（亭子），是炎帝平时喝茶、乘凉、弹琴、闲处的好去处，也是他与祝融、共工等一起观景、议事、闲聊的地方。前面是有接待功能的屋舍，供大臣们前来议事时休息所用。而在大屋之后，则是所谓的后宫，供听詙、少溡所用，左右是儿女的小屋，最后，则是其他百姓和守卫的兵士居住的茅舍，因而这组建筑群，就显得君臣分明，错落有致。由于是掩映在绿树与茂竹之间，所以其环境之清幽，非一般地方所能匹。

每到早晨，君山就成了鸟的王国。白脖白肚的鸥鹭自不用说，它们喜欢聚在一起，要么飞在空中，要么落在沙滩上。其中也包括了灰褐色的野鸭，水中游的有黑腹的滨鹬、鹤鹬和琵嘴鸭，空中飞的有豆雁，更有现在属于国家一级保护的鸟类黑鹳、东方白鹳、白鹤，国家二级保护的鸟类白琵鹭、小天鹅、白额雁和灰鹤。更有数不清的小鸟穿梭在绿树丛中，麻雀和云雀，天不亮就聚焦在树丛中叽叽喳喳地叫，就像是专意来叫醒沉睡的人似的。

炎帝榆罔神农氏，还保持了他早睡早起的习惯。所以，每天早晨，这各种鸟类的大合唱，是他必赏的节目。在这一片由大自然发出的天籁之音中，有早潮时湖水不知疲倦地反复拍击着山岩的"哗啦"声，有各种鸟儿此起彼伏的欢叫声，风吹树梢的"哗哗"声……这些大自然的和谐音律，总是能够调动起炎帝榆罔神农氏的灵感和创造欲望。每每这种时候，他都会在高台之上，打开随身侍童携带的古琴，平心静气地弹奏上一曲来。炎帝弹琴，随心而已，他认为琴为心声，有什么样的心境，就有什么样的曲调，当他陶醉于大自然的音色之中的时候，他的琴音，也就是他对大自然各种美好音色的模拟和再现，他认为，这才是最自然、最完美、最和谐的音乐。当他忧心天下的时候，他的音调是沉稳雄健的，于悠悠思绪中，饱含着自己的雄心和抱负。尤其是想到和黄帝南北配合，共同拓展华夏版土的时候，他的琴音会变得高昂而富于节奏感，或者有千军万马驰骋草原所向披靡的激情和冲动，或者是南方水乡的丝竹之声，充满了和谐美好旋律。而对北方草原上黄帝驰骋千里"北逐荤粥，拓疆固边"的壮举，他只是一种想象中的画面，他可以想见黄帝会同天下各大部落首领，纵横千里、长驱直入，驱赶荤粥人如同驱赶着羊群一样，或者像一次超大规模的围猎活动一样，当以黄帝为首的天下万氏的兵马，以巨大的扇面包围上来的时候，荤粥人唯一的选择就是逃跑……也许是心灵冥冥之中的一种沟通吧？炎帝榆罔神农氏对黄帝的雄才大略总是很肯定。华夏万氏广袤的土地和百姓，必须有一个像黄帝这样胸怀天下"执大道而天下往"的领袖人来统领，才可能举天下之力而形成一个铁拳，来维护华夏各部族的共同利益。如果说黄帝"北逐荤粥"代表了华夏军事的强盛、有武力征服的意味的话，作为对黄帝的配合和呼应，炎帝在南方拓展，则主要是以和平的方式推进，所起的作用主要就是"以文化之"，即推广华夏文明成果，引导当地的蛮夷土著部落一起进入文明生活。炎帝为传播华夏文明，做出了不懈的努力，但是，这里是江南水乡，人们所处的自然条件，和北方有巨大的差异，所以很多工作，还要入乡随俗，因势利导。比如说现在生活在水面环绕的君山半岛上，他除了继续保留了他那一亩二分的示范田以外，还加大了对捕捞渔业的重视。

云梦（洞庭湖）的水产资源非常丰富。常见的鱼类就有青鱼、草鱼、鲢鱼、鳙鱼、鲤鱼、鲫鱼、赤眼鳟等。所以炎帝在指导人们从事稻田操作和五谷刀耕火种的同时，又由炎居利用南下时组织的"水军"力量，专门从事渔业捕捞。由于食物的来源发生了变化，人们的食品结构和饮食习惯也在发生着变化。而这一切，当初从厉山出发的时候，炎帝榆罔神农氏还根本没有想到。人常说，"靠山吃山，靠水吃水"，这也是人对其生存环境的一种主动适应。现在靠水生活的炎帝榆罔神农氏，主要就研究起了靠水吃饭的事情。所以他的琴音中就多了一些对水形象的再现和表现元素，比如说划桨的声音、流水的"咕嘟"声，特别是碧波荡漾的湖面反射着阳光的那种潋滟光感，水鸟的叫声，还有渔业丰收时人们喜悦心情的抒发。

这样，炎帝榆罔神农氏在一首琴曲中就注入了阴阳对比的两个主题元素，一种是表现黄帝的积极进取精神的高亢主旋律，其节奏明快，铿锵有力，给人一种十面威风、如同狂风骤雨般的动感与气势，如同后世《十面埋伏》的节奏；一种则是舒缓的、精描细画的画面，更多了一些抒情的、诗情画意的描写，表现了人与大自然的和谐相处与交融，突出的是一个"化"字，其在美学意义上，已经上升到了一种化境，如同《渔歌唱晚》的旋律。这两种主题，各有发展，又相互呼应、相互对比，直到在高潮部分合为一体、水乳交融，形成一种更加开阔、丰富、超逸和绵长的隽永意境，正像是风雨过后阳光灿烂，一切都是那么清新、美好和可爱的，给人以意犹未尽、绕梁三日而不去的余音袅袅的艺术效果，让人的心灵在这种洗礼和化境中得到净化与提升，实现一种更高层面的安静和人生的大自在与大自觉。

可以说，经过炎帝的努力，使一把古琴可以表现出不同主题与旋律的交响效果，进一步丰富了古琴的艺术表现力。

当然，炎帝榆罔神农氏南下立都于君山，决不仅仅是为了古琴艺术。古琴艺术作为他自身修养的一种必修课，已经自然而然地渗透到了他的人生之中，成为他生活的一部分。炎帝榆罔神农氏每天还要和他的几位老臣一起"上朝"，还要处理大量来自祝融、共工和江南各部落的情况，并且按照惯例，每年春秋两季，最少会安排一到两次出巡的时间。另外，虽然他已经是八十岁的老人了，但是他的体魄还算健壮，还有一颗雄鹰一样的心，还想再上神农架采一次药。这就像毛泽东同志晚年总要以畅游长江来证明自己的身体还行。毛泽东一辈子爱游泳，他曾经的一个理想，就是要游遍中国的每一条大江大河。而炎帝榆罔神农氏的最高理想，也就是采药要采遍华夏的每一座名山大川，而上神农架采药，可以说是他的最爱了。当然，炎帝榆罔神农氏到了晚年，虽然雄心不减，但是却再也没有能渡过长江，前往神农架去采药了，而是陷身于对江南地区水、草、木、石等百药的尝药工作而不能自拔。而这一部分工作，就进一步丰富了《神农木草》的内容，使流传到后世的《神农本草》变得更加包罗万象。他根据自己亲口所尝，将药性分为上品、中品和下品。其中无毒的称"上品"为"君"，毒性小的称"中品"为"臣"，毒性剧烈的则称"下品"为"佐使"，共收入了三百六十五种药，其中植物药二百五十二种，动物药六十七种，矿物药四十六种）。到了南朝，陶弘景为《神农木草》做注时，补充了《名医别录》，编定《本草经集注》共七卷，把药物的品种数目增加至七百三十多种。清朝孙星衍对《神农本草》进行考订辑复，成为我们现在的通行本。书中对每一味药的产地、性质、采集时间、入药部位和主治病症都有详细记载。对各种药物怎样相互配合应用以及简单的制剂，都作了概述。更可贵的是，我们的祖先神农氏通过大量的治疗实践，已经发现了许多特效药物，如麻黄可以治疗哮喘，大黄可以泻火，常山可以治疗疟疾，等等。这些都已经被现代科学分析的方法得到证实。《神农本草》对药物性味也有详尽的描述，指出寒、热、温、凉四气和酸、苦、甘、辛、咸五味是药物的基本性情，可针对疾病的寒、热、湿、燥性质的不同选择用药。寒病选热药；热病选寒药；湿病选温燥之品；燥病需凉润之流，相互配伍，并参考五行生克关系，对药物的归经、走势、升降、浮沉都很了解了，才能选药组方，配伍用药。

五

祝融和共工一左一右，顺浙水一路南下，护送和保卫着炎帝榆罔神农氏来到君山后，祝融因为水性不及共工，就近改走云梦西岸继续南下，走了湘江西岸，由原来的龙师，变成了右军虎师；共工则渡水到云梦东岸，顺东岸向南，走了湘江东岸，由原来的虎师变成了左军龙师。

对祝融来说，不管是龙师还是虎师，他的实力是没有变动的。他还是指挥着他原来的那五六万人马，前面开路的，还是大力士倍伐和他率领的那五百人马。

炎帝一到君山立都，江南部落的总代表庸先酉长，一个平日里总是忙得不可开交，办起事来事无巨细、事必亲躬，或者被人称作"无事忙"的人。但是，在大是大非面前，他还是能够分得清的。所以，这次炎帝南下立都，他亲自就带来了五十多个部落的酉长一起前来朝拜，代表江南所有大小部落，表示对华夏中国的归顺。

江南是水乡，大小水域星罗棋布。而在这些水域之间，则分布着以竹木为主要建筑材料的大小村落。由于地势低凹，遇到水灾是经常性的。在一些地方，人们不得不在水中为自己搭建窝棚。用什么办法呢？就是在水中密集地立起木桩，然后，再在距水面一定高度的地方，由这些木桩总体上形成一个新的平面，再在这个新的平面上用竹竿排出新的"地平线"，形成水面之上供人们生活起居使用的新的平台。然后，再在平台的四围，用竹子立起屋子的四壁，再给四壁加上新的屋顶，一个新的房子才算最后完成。艰难的生活条件，提高了人们的生活成本。但是，却锻炼了人们追求美好生活的顽强的生存能力。就是在这样阴冷潮湿的生活条件下，人们还是生生不息地生活了一代又一代。特殊的生活条件，逼得人们形成了新的适应生活的条件和能力。生活在湘江西岸、衡山之阳的庸先部落，就是这些生活在云梦和湘江西岸众多土著部落中较大的部落之一。庸先部落就是这种水上屋舍建筑方式最先的创造者。又由于庸先积极地推广和影响，这种水上屋舍，才在江南地区逐渐地推广开来。一种新的生活方式，必然带来人们生存方式的革命，大大地提高了人们抵御自然风险的能力，提高了人们的健康水平和整体素质。庸先部落，自然而然地就被推到了江南部落的领导地位上来。

庸先的来访，进一步增强了炎帝榆冈神农氏拓展江南的信心和决心。于是，在留下了部分足以保障半岛式的君山岛的安全的兵力外——其实，只是在与陆地相连的地方，人为地挖出一个防护壕来，再由少量的兵士在壕的内侧，有效地阻止所有前来挑战的力量。炎帝榆冈神农氏，就是以这种方式，有效地保护了自己，并且能腾出更多的人继续前进，从总体上完成拓展江南的历史使命。

早春二月初二，大家都在庆贺天下共主轩辕黄帝的生日的时候，炎帝榆冈神农氏在君山离宫前的高台上和广场上，为祝融和共工举办了隆重的拓展江南的授符和誓师仪式。

由于受到君山地形复杂和面积狭小的限制，所以真正能来到授符和誓师仪式现场的，祝融和共工的兵士人马加在一起，总共只有五千多人。

在炎帝榆冈神农氏离宫前的高台上，并排立着黄底红字的"炎""黄"两面大图腾；而在炎帝的离宫前（广场北侧）和广场的东、西和南侧，分别插着青色红图的青龙旗、白色红图的白虎旗、红色黑图的朱雀旗和黑色红图的玄武旗。共工龙师的兵士都扎着青色腰带，站在广场的东侧；祝融虎师的兵士扎着白色腰带，站在广场的西侧。而在高台的前面，是石乐——石编钟，左右两侧，则分别是以战鼓、桐鼓组成的鼓乐和古琴、陶埙、骨笛、竹笛等组合的丝竹之乐。乐队总指挥是一身仙气的原炎帝雨师赤松子。赤松子本身就是一位来去不定喜欢云游的老神仙，这次听说炎帝要南拓疆土，就告别了西王母偃昌，一路赶到君山来。正好炎帝授符和誓师仪式上的大型音乐演奏缺一个总指挥，就让赤松子给代为指挥。

高台上，炎帝榆冈神农氏面南坐在中央，左右分别是祝融、共工、白阜、青鸟子、竖亥、炎居、庸先、倍伐、老牛伯、台骀等。

　　如今的炎帝榆罔神农氏和当年是天下共主时的炎帝榆罔不能相比，手下也只有祝融、共工等十多个人可以利用。同时，他也已经是一位八十岁的老人了，眼睛已经开始昏花，远看还行，近看就开始模糊不清。一双凤目闭起来，就像是深陷的两道不规则的皱纹似的，而当他极力睁开自己的眼睛的时候，眼珠的颜色已经变淡变黄，眼白则完全变成了黄色。一双眼睛，要么总是很干涩，已经失去年轻时的灵动，要么就不断地流酸水，眼睛酸涩得难以睁开。经过了八十个春秋的磨砺，炎帝的头发和胡须，现在已经完全变白了，白得银亮，他的脸色，却是饱经了年月沧桑的那种红中泛黑，原来的田字形脸，因为少了几颗门牙，上下嘴唇闭在一起，下巴就突了出来，变成了典型的"地包天"，因而相对而言，他的额颅子就显得特别的大，额头上布满了密集的刀刻般的抬头纹，两颊瘦削，给人一种精神矍铄、老当益壮的感觉。说实话，在经历了阪泉之战的洗礼之后，炎帝榆罔神农氏如今还能保持这样的进取与开拓精神，说起来真是难能可贵，还真让人能想起后代诗人苏轼"老夫聊发少年狂，左牵黄，右擎苍"的雄壮诗情。

　　现在，站在南方温暖的二月春风中、微闭双眼望着远方的炎帝榆罔神农氏，正是怀着这样的豪情与壮志，要为华夏中国的进一步开拓发展尽自己一份力量。这一点就像黄帝在涿鹿之战中"推进，推进，再推进"的要求一样，炎帝榆罔神农氏现在对自己和祝融、共工的要求正是这样。

　　授符和誓师仪式由黄帝水正白阜主持。白阜本来就是炎帝的大臣，归顺黄帝后，因为他善于图画地形、勾通水脉、初兴水利，而被黄帝命为水正。此次炎帝南拓，黄帝就特意派白阜前来助炎帝一臂之力。白阜不光是观察事物心细，动手能力极强，是黄帝时代少有的绘画高手之一，他更是一位勤快的非常重视实地踏勘、因势利导的原始时代的水利专家。因为从小就好动，手勤脚勤，身体总是处在不断地运动之中，所以白阜怎么也胖不起来。他个头不高，给人的印象总是那么干练、利落，就像猴子一样精明好动。他的一双灵动的双棱圆眼里，总是抑制不住地闪烁着智慧的光芒。

　　现在，早已经成竹在胸的白阜，按照程序，一项一项地指挥和推动着仪式的进行。先是祭天、拜地、授时，这一切都是在音乐的伴奏中进行，显得既庄重又大气。

然后是炎帝授符。由一个侍者用托盘把兵符托上来，炎帝把龙符和虎符（专门为龙师和虎师而设计出来的兵符）的一半自己留下，而将另一半非常郑重地交到祝融和共工的手中。祝融和共工接符后，抱拳还礼。随后，才开始诵读誓词。此项工作，由祝融来进行。

> 惟华夏九州，居中国而面四方。自盘古开天，伏羲画卦，神农医农，轩辕共主，平蚩尤，驱荤粥，区宇以宁。黄帝北逐，炎帝南拓，武攻文化，相得益彰。
>
> 我等既受天命，当全力以赴，赴汤蹈火，在所不辞。推进，推进，再推进；开拓，开拓，再开拓……

全场兵士，以地动山摇之势，齐声高呼：

"推进，推进，再推进！"

"开拓，开拓，再开拓！"

祝融接着说：

"传帝之大道，善莫大焉！功莫大焉！"

第十九章

一

随着黄帝率领着天下各大部落的首领抵达北岳恒山，在恒山脚下金龙峡关口上的军事实力发生根本性的变化。以黄帝为首的华夏部落联盟的总兵力，远远地超过了荤粥族现有兵力的几十倍。黄帝决定兵分十路，向北驱逐荤粥族的兵力。

黄帝在金龙峡的关口上，举行了隆重的分兵符仪式。

风后和值年太岁、犬龙部落酋长猷，共同主持了此次分发兵符的仪式。

因为峡谷内兵力无法展开，所以来到现场的也只是十路兵力的代表。每一路军出一个师旅，共十个师旅见证了黄帝分发兵符的神圣时刻。

在金龙峡关口城墙上，以黄帝的黄龙旗和标上了十二属相和二十八宿的龟（国）旗帜为中心，左右分别插满了十二属相和二十八宿的图腾旗帜。林林总总，气势恢宏。黄帝站在黄龙旗和龟（国）旗下，十二属相和二十八宿的酋长们分列在他的左右。岐伯指挥着规模庞大的鼓乐队，伶伦指挥着又一次扩大了规模的丝竹队。总体上看，黄帝这次北逐荤粥所下的决心是空前的，因而，随军的乐队，其规模也是空前的。

因为前一天晚上已经给所有参战部落下达了今天行动的命令。所以，今天从后半夜起，已经有不安分的战马发出昂天长啸的嘶鸣声。这嘶鸣声就像一道利剑划破夜空，将令人兴奋和激动的精神传得很远。

满天繁密的星星，极有层次和规律地布在天空。春天的后半夜，夜风带着寒意，可是它怎么也无法平息人们心中准备参战的激情和兴奋心情。有睡不着的兵士，如原来守在北岳恒山、这一次也要随了大军北征的弓长张海生，已经起来，开始在昏暗的塘火的光影中摸索着收拾自己的行装了。

这一次，弓长海生是随着从北岳恒山守军中抽出的一支精兵加入到北逐荤粥的大军中来的。黄帝的二儿子昌意，依然肩负着守好北岳恒山的任务，而黄帝的孙子颛顼，则率领着从北岳恒山守军中抽出的这支精兵，加入在以力牧为主将的中央师旅中，总体上算是黄帝此次十路进军中第一路的兵力。经过阪泉之战，特别是经过涿鹿之战战胜并擒杀了蚩尤之后，黄帝在华夏各部族百姓心目中的形象，早已经上升为华夏百姓"救世主"或者"大救星"的高度，特别是经过黄帝天人合一的宇宙观的宣传和普及，人们开始认识到，其实，人间和天上是对应着的。为天下人所共同拥戴的共主，对应着天上的中心北斗星座，就有了"斗为帝座"的说法。特别是黄帝是因为母亲看到"大电绕北斗枢星感而受孕"而生，人们就认为，黄帝是天上的玉皇大帝下凡到人间来普救众生之难的。或者说，因为天人合一，地上的共主——中央黄帝，就是天上的中央天帝。人们由于敬仰和爱戴，把黄帝直接就给神化了。虽然黄帝还是黄帝，他是有血有肉有灵魂的人而不是神，但是，现在的黄帝，已经成为集人们所有美好愿望于一身的超人或者说是伟人，就一个普通的百姓而言，因为黄帝的盖世功德，已经不能将黄帝当作一个普通人来看了，而是把他当作伟大的精神导师、全体华夏人的领袖、华夏部落联军的统帅和华夏中国——这样一个世界上最早形成的大国——犹如在大海上航行的一条大船的伟大舵手。作为百姓的普通一员，能够见到黄帝就是幸福，能看上他一眼，或者能握一下他温暖的大手，都会有终生难忘的幸福回忆。现在的弓长海生，正是处于这样的幸福和激动之中。因为他荣幸地和黄帝在一起，跟随着颛顼来到第一路军中，随时都有可能见到伟大的黄帝！当黄帝在金龙峡关口举行的分兵符仪式正在进行的时候，身背大弓、站在第一路军中的弓长海生，兴奋得只想欢呼跳跃。

　　弓长海生怀着激动和兴奋的心情，目睹和见证了黄帝向十路大军的主将分发兵符的过程。他看到，站在城墙上的黄帝，头戴巍峨高翘的冕旒，显示出他与众不同的天下共主的特殊身份。黄帝身着黄色丝帛的龙袍，在晨光下熠熠生辉，耀人眼目。他本来就身材高大、虎背熊腰，给人稳健、刚毅和从容不迫的感觉，又因为是站在城墙之上，就更显得威严、庄重和高大，给人以自信和光明。看到他，大家不由得就兴奋，而且内心充满了幸福和安全感。因为看到了黄帝，而对即将到来的战斗，充满了必胜的信心，同时对生活和华夏的未来充满了希望和期待。人们因此而活得有了信仰，有了未来，有了希望，有了统一的思想和行动的指南。黄帝不光为华夏立了国，也给华夏立了德，立了威，更立下了思想和道路——黄帝所倡导的宇宙大道与原始共和的大同思想。此次北逐荤粥部落只是一个形式，更重要的是，要实现华夏开国和长治久安的伟大梦想，引领着天下所有的黎民百姓，都过上安康、幸福的生活。

弓长海生就是在这样幸福的联想中见证了眼前正在发生的一切。他看到黄帝在接受文武百官朝拜之后，亲自将玉石磨制的龙形兵符的一半，交到每一路主将的手中，而将兵符的另一半，握在自己的手中，以备将来战争结束时收兵合符。虽然将来合符的时间和地点现在还无法确定，但是，大家都相信，一定会有这样的一天。有黄帝的亲自统帅，全军上下对胜利充满了自信。因为黄帝亲率大军进行的这次"北逐荤粥"伟大斗争，就相当于封建时代的御驾亲征，皇帝御驾亲征，对全军将士士气的鼓舞作用是难以估量的。我们知道，西汉的时候，汉武帝刘彻曾经于元封元年亲率十八万大军北征朔方，壮心可佳，气势恢宏，匈奴远遁，汉武帝巡边一圈无战事，奏凯歌还，路过桥山黄帝陵的时候，还亲自举办了一次有史以来规模最大、礼仪最高的对先祖黄帝的祭拜仪式，十八万三军将士，一夜之间，一人一战袍黄土，就在黄帝陵前堆起一座高出林表的汉武仙台，以此来告慰先祖，标记他北征朔方的赫赫战功。我们可以试想一下，当汉武帝刘彻站在汉武仙台上面北叩拜轩辕黄帝，当他以祭文形式向黄帝汇报他威镇匈奴的功德的时候，分布在黄帝陵四周原黄帝黄城八宫上的三军将士们，是以一种怎样气壮山河的气势遥相呼应，那一种磅礴气势和大的布局，也只有汉武帝刘彻能做到。然而，这还只是一次没有真正进行战斗的"巡边"行动，所率领的军队，总数才只有十八万人。不管从战争的规模、战斗的复杂性、艰巨性，长驱直入的纵深距离，还是从对荤粥（匈奴）的实际震慑作用来看，他和先祖黄帝这次倾华夏之力而进行的北逐荤粥的伟大斗争相比，都是"小巫见大巫"。像汉武帝刘彻这样在华夏五千年历史上都是屈指可数的文功武治、有雄才大略的历代帝王的代表性人物，都不能和先祖轩辕黄帝的气势和气魄相比，可见黄帝的确是站在华夏开国起点上的一位真正伟大的、不可超越和替代的中华民族的伟大领袖和捍卫人类文明成果的大救星。因为正是在以炎帝为代表的华夏农耕文明受到灭绝性的挑战的时候，由于黄帝奋起抗争、挽民族于危难之中，最终以他的勇敢和智慧，战胜九黎并擒杀了蚩尤，才保持了中华民族自仰韶文化以来七千多年延绵不断的悠久历史和伟大传统，才形成了中华民族所特有的宇宙观和辩证的思维方式，开辟了天人合一的中华大道，第一次向人类传达了东方人的智慧和经典，形成了伟大的民族精神，塑造并定型了中华龙的魂魄和力量……正是因为以黄帝为代表的华夏先祖们的开拓、拼搏和创造，我们这些五千年后的子孙后代，才可以骄傲地称自己是"龙的传人"和"炎黄子孙"！笔者之所以要写这部《黄帝传》，就是要借此来"凝聚华人力量，挺起中国脊梁；传播东方圣经，引爆文化核弹"；就是要借黄帝之口，向世界讲好中国的故事，让他们知道，早在五千年前，我们已经创造了一系列人类文明的伟大成果，已经开始了人类文明的伟大进程。

黄帝所率领的华夏部落联军分兵十路出关，十路大军一出金龙峡，很快就向两翼展开，如同大鹏展翅一样，又像是朱雀翔舞，他把战争掌控得如同艺术，给荤粥族所留下的机会，就是尽快逃遁，逃得越远越好，越远越安全。但是，兵贵神速，黄帝出兵，他不动则已，动则迅雷不及掩耳，让你逃也逃不及。因此，一场好看的大戏，就要拉开帷幕了。

二

黄帝的大军在金龙峡内集结的时候，从频繁的军队调动所引起的尘嚣，到图腾旗帜的不断变化与增多现象，荤粥族首领头曼已经嗅到了此次战争会迅速升级的严重与可怕后果，可以想见，华夏部落联盟这一次是下定了决心，要对荤粥族来一次了断和决战了……可以想象，就像是一头睡狮，当它在打瞌睡的时候，你可以在它面前做一些皮毛的骚扰，但是，一旦它睁开了睡眼，那可是要吃人的！可以说，它不动则已，动则必然要扑食。当他已经嗅到了狮子张开口的血腥味儿的时候，头曼开始为他因为义气用事而进犯和骚扰中原的莽撞行为而后悔，于是，就像"三十六计"所讲的"走为上"，或者像老百姓所说的"是非之地不可久留"一样，头曼立即带领荤粥族五旗官兵，主动后撤一百六十里，来到恒山以北平原丘岭地区的尽头，一个簸箕状面南开放的盆地，以后被黄帝称作大同盆地的地方，想以远离华夏部落联军而躲避随时可能面临的灭顶之灾。

他想，此地是一个南面开阔平坦、北面有山可依，既可攻，又可守，还可退的三角地带，因为他一旦退入山中，华夏部落联军的战车，基本上就失去了作战的优势，这样的话，即使华夏部落联军随后追到，他也可以或者依山而据守，或者迅速遁入山中，有充分的回旋余地，能够游刃有余地进行应对。

头曼以为他计高一筹，就将荤粥族的兵马，以黄旗居中，青旗居东，白旗居西，红旗居南，黑旗居北、和阴山山脉相连的阵势驻扎下来。前面有桑干河自西南向东北流去，是一道天然的防线，他想在南面再挖出一道深壕来阻挡华夏部落联军的进攻，借此，就可以和华夏部落联军抗衡一段时间，打点胜仗再离开，而不至于像现在这样只是灰溜溜地先行逃走，这也太没面子了！

但是，黄帝没有让头曼的如意算盘得逞。

黄帝率领着华夏部落联军穷追猛打，没有给头曼以喘息的机会。

黄帝以三军开道，骑军在应龙的带领下，一路冲在最前面，长驱直入，跨过桑干河，迅速拉近了华夏部落联军和荤粥族之间的距离，在大同盆地南边的马家会、马坊、马辛庄、马莲庄等地，实现了多点布局，并且迅速向北实现合围，先后占领了马武山、马军营等地。

车军随后，常先、大挠和雷公，分别指挥着车军的一队、二队、三队战车。第一队有二百辆战车，二、三队各一百五十辆战车，三队合为五百辆战车，浩浩荡荡地沿着北上的道路前进。经过二岭、三岭、菜地沟、西浮头、南息村等，来到常家堡、常胜，甚至绕到了大同盆地北面的雷公村等地，以南面为主，展开了对荤粥的合围。

步军则在大鸿、大隗和俞跗的带领下，披荆斩棘，自辟路径，几乎是漫山遍野地向前推进，实现了桑干河上的多点突破，全面占领了落阵营、大井、南米、怀仁、小营、兴胜、永胜、邢庄、解庄、要庄、太善、五法、永定、平旺等地。

其他七路大军，紧随着步军行动，最终实现了对荤粥族密不透风的合围。

这一切几乎是在一夜之间实现的。

本来还在做着自己梦的头曼，在睡梦中被黄旗头领扎巴哈叫醒。这位身材宽厚的人，平时办事很有主意，这时候，却方脸上挂着虚汗，上气不接下气地向头曼报告：

"大、大事不好！天兵天将，不，黄帝大军，四面合围……"

青旗头领腾格、白旗头领扈特、红旗头领巴图、黑旗头领察哈尔也随着扎巴哈来到头曼的军帐，大家都急得像热锅上的蚂蚁，不由得在头曼的军帐里团团转。

坐落在大同盆地上的城市，以后就被叫作大同市，成为山西省北部重镇，也是山西省的第二大城市。由于它处在南北交通要道之上，是进出内蒙的枢纽，历来成为军事上的必争之地。又由于它北部左右展开的两翼山脉，犹如朱雀展翅一样覆盖在这座城市之上，符合传统风水理论"朱雀翔舞"的地貌特征，所以又被叫作"凤凰城"。可是，又有谁知道，这样一座美丽的凤凰城，在它诞生之初，就经历了怎样一场血与火的历练呢？而它大同的名字，又是怎样和我们的人文初祖轩辕黄帝有着千丝万缕的联系呢？黄帝第一个提出了"天下大同"的思想，而这座城市就被叫作"大同"，有心的读者，总是要探究一番这其中所隐藏着的深意的！

为什么山西的学术研究，总是止步于尧舜时代，却还要宣传自己是"五千年看山西"呢？山西的大地上，从最南端的运城市到最北端的大同市，包含了那么多的炎黄文化符号和史实，为什么现在只有高平市一家在强调它是"炎帝故里"呢？山西的学术界自甘止步于尧舜时代，和炎黄时代的五千年前尚有一千年左右的距离，这和他们所宣传的"五千年看山西"是不对等的。为什么这样一个连小学生都能算得清楚的问题，却在号称"九毛九"的精明的山西人面前而被忽略了呢？笔者曾经想在学术上为山西挽回这一分，提出"炎黄时代的'古中国（运城)'"和"炎黄时代的'三晋'文化"两个选题，可惜又被一些人以所谓"炎黄文化是陕西的长项，不是我们山西的长项"为由给予否定……但是，笔者还是相信，聪明的山西读者，在看到力图"为中华民族写圣经"，而不是只为陕西一家立著的拙著《黄帝传》中关于炎黄在山西大地上的作为时，决不会无动于衷的。

现在，就让我们像原中国作协副主席、著名作家陈忠实老师所说的那样，"徐徐展开""五千年前先民生活的画卷"，看到历史的真相！陈老师能够称《黄帝传》是"一幢结构复杂的祖屋"，先后两次亲笔为《黄帝传》而题词，这除了他的平易近人和大师风范以外，也是笔者的荣幸。但愿《黄帝传》能够像陈老师所期望的那样，成为一部真正的"远古奇葩"，成为一部"述而不作"、真正传达了东方上帝轩辕黄帝的思想和意志、受老先人冥冥之中所启示的灵感引导而记录下来的"东方圣经"，那么，我们这一代学人所承担的"凝聚华人力量，挺起中国脊梁；传播东方圣经，引爆文化核弹"的神圣使命，则功莫大焉！但愿《黄帝传》只是这一系列工程的开端！但愿屹立在中华大地上的林林总总的炎黄圣迹们，能够因为《黄帝传》中所记述的事实，而在我们共同的祖先轩辕黄帝波澜壮阔的伟大人生历程中，找准自己的位置，不要再因为"五官争功"而吵得让海内外炎黄子孙，特别是我们的子孙后代莫衷一是，更不要让异族因此而看我们的笑话：你们"勤劳勇敢智慧的中国人，连自己的祖先都搞不清楚！"希望在国家层面上，能够推出一个既尊重历史又为各方所能接受的总体思路和框架，还原历史真实，最终解决目前这种"五官争功"的祭祖乱象。此事应当引起党和国家的高度重视，因为此象之乱，乱的是我们的根！一个民族，如果从祖根上先乱了，那后果不堪设想！我们必须保持清醒的头脑，不能让我们的无知行为，为国外敌对势力所利用。同时，但愿在远古时代就因为黄帝黄城坐落在这里，而已经是"天下之中"的"中部"黄陵，能够因为东方圣经的传播，而真正成为像伊斯兰世界的麦加圣地那样的"世界华人的朝圣地"。可以想象，如果每年清明节，世界各地的华人社区，都能够推选出自己的代表前来黄帝陵朝圣，那将是怎样一种恢宏壮观的场面啊！黄帝大道传天下，中华民族有望，世界大同有望，人类的和平发展有望。当全人类都开始遵循宇宙大道和自然规律、注重和谐发展的时候，人类的未来，必然是美好的!

这些也许超出了一个作家的掌控范围，但是，作为一个有责任心和时代使命感的作家来说，这也是我们的职责所在。笔者三十八年研究黄帝文化，总算是像习总书记所要求的那样，溯到了源，找到了根，寻到了魂，找到了中国人所特有的一系列文化符号，不敢私藏，所以又前后用了十六年多时间，用百万以上的文字，洋洋洒洒地写出这部《黄帝传》来，供各位看官批评，虽然不敢妄称是一部当代文学史上准备时间最长、写作时间最长的作品，因为就它的文学水准而言，虽然笔者力图在小说文体和语言上实现一场"革命"，力求做到"纯现代的文学语言叙述和半文半白的人物语言对话"的水乳交融，力求通过一条明线——我们的人文始祖轩辕黄帝一百多年波澜壮阔的伟大人生的呈现过程，揭示出一条暗线——即我们中华民族伟大的"发明创造史和思想发展史"，但是，《黄帝传》的最终文字呈现效果和文学与思想成就，只有读者——我的上帝，才能最后做出裁决。它的前景，还未可量!

三

黄帝的闪电一击，打了荤粥族首领头曼一个措手不及。可是有谁能知道，为了这闪电一击，黄帝的三军将士和华夏各部落的兵马，曾经付出了怎样沉重的代价?

本来前面有荤粥族的人马刚刚过去，是他们在前面将自浑源到大同的古道已经蹚开，黄帝的大军只要尾随着走过去就可以了，以正常的步行速度，两天时间也可以赶到。可是，老天爷就像是天将降大任于此人，故意要苦其心志、劳其筋骨一样，大军从北岳恒山脚下、出金龙峡时，还是晴空万里，天蓝得碧透，虽然金龙峡因为恒山主峰的遮挡，还隐藏在一片深沉的暗蓝色之中，大军在其中行进，扬起的尘埃，就像壶口瀑布所激扬起的黄色水雾。你根本就看不清到底有多少人在行动之中，只能听到马蹄的"嗒嗒"声所汇成的一片如同疾风暴雨的声浪，那些远近不同、相互呼应的马的嘶鸣声，就像是闪电划破天空一样，而车轮走动所起的轰响，则像春天里自遥远的天际持续不断地、滚滚而来的闷雷一样激动人心，而当步军行进的时候，人们所听到的，正是一片"沙沙"的脚步声、各种兵器的碰撞声以及时不时响起的士兵的"嗡嗡"的交谈声所形成的"交响乐"。这时候，就有一个接近于陕北民歌的高八度的士兵尖着嗓子在前面领唱：

荤粥荤粥汝莫走，待吾三军来杀戮！

紧接着是排山倒海一样溢出金龙峡的、不绝于耳的声浪：

待吾三军来杀戮！待吾三军来杀戮！

领唱兵士的声音再次响起，他的声音还是那么高亢而清亮：

扰我民兮，杀我人兮，阻我道兮！

紧接着，又是那万千兵士的声音所汇成的摧枯拉朽的洪流：

蚩尤已灭，荤粥何待？蚩尤已灭，荤粥何待？

……

这歌声，本来是为了缓解人们因为战争即将到来的紧张与兴奋的心情，激发起三军参战的士气。但是，一切都还是充满了大战即将到来、大幕徐徐拉开时的紧张与难以抑制的激动，人们的心，总是被一种莫明的激情所裹挟着狂奔……啊，这令人神往的期待！

兵士们从峡谷里穿过，就像决堤的洪流势不可当。据当地一位有耐心一直观看到底的老人讲，包括了天下各个部落、那些打着五花八门的图腾旗帜的兵士们，硬是没黑没明地过了三天三夜。硬是经过了晴天、黄风天和雨天的多重考验。

当兵马还在晴空下行进的时候，路边所有的小花都被踩死了，化成了灰尘。而在恒山主峰浓重的巨大阴影之上，则是披着霞光的、如同青铜一样坚硬、火烧云般的红色崖面。而当狂风卷着黄沙迎面冲来，狂风几乎要断掉人气，吹得你睁不开眼，辨不清方向，沙粒打在脸上，格外地疼！人的眼里、口中，浑身上下，都钻进或者裹了一层黄沙，将人一个个都变成了活着的兵马俑。风吹乱了人的头发与胡须，也吹走了人的斯文，人都变得既夸张变形又放浪形骸，让人觉得，这才是不修边幅、人鬼难辨的真正的男子汉。男人，唯有男人，才是征服这个世界的唯一强悍力量。而女人，则不过是路边的花草，装饰一点小情调。

人的一生要经过多少条路？但是最难走的，莫过于这春雨霏霏之中、踩着泥泞的昼夜强行军。

在中国古代史上，留下了许多著名的古道，如崤函古道、蜀道、秦驰道与秦直道、丝绸之路等，但是，人们却忽略了一个最基本的事实，就是轩辕古道。正是我们的始祖轩辕黄帝一生的迁徙征战，经过他西过崆峒、北逐荤粥、东至于海、南巡熊湘（长江及其以南地区）的伟大实践，从而形成了华夏版图上最早的交通路线图——轩辕古道。然而，时间已经过去五千多年，历史经历了沧桑变迁，有那么多的路都已经被重新命名，只有在一些纪念地，我们可以看到轩辕街、桥山路等地名，而真正能够以"轩辕古道"的名字流传至今的，恐怕只有中岳嵩山上的一段古道了。而在陕西境内，从桥山直通向子午岭秦直道的道路、包括南起汉甘泉宫、北至九原（今内蒙古包头一带）的秦直道的主体，怎么能够在两年半的时间内就实现贯通呢？专家得出的结论，其中必有古道，最近的是魏国的古道，最远的，就当是轩辕黄帝时期就已经有了雏形的贯通南北的"轩辕古道"。而我们现在叙述的轩辕黄帝北逐荤粥时正在走的泥泞古道，也当是分布在华夏版图上的"轩辕古道"之一。这条与陕西境内的秦直道平行的南北交通线，从山西运城市的解州镇出发，也是沿着南北子午线，经过北岳恒山，一路向北直抵阴山以北的广袤草原，到达今内蒙古乌兰察布市北部的察哈尔右翼后旗境内。也许这还不是它的全部，轩辕黄帝当时所率领的华夏部落联军，对荤粥族或者还有更远的驱逐，因为位于今察哈尔右翼后旗元山子村旁的釜山，还只是轩辕黄帝当时取得全胜后在古战场上一个收兵"合符"的地点。因为在当时，我们的老祖先轩辕黄帝如果没有对荤粥族更深入的驱逐和武力威慑，我们的北方疆土，决不会就此安宁了一两千年，直到春秋战国、秦、汉时期，才出现荤粥族后代——匈奴的侵扰。先有赵、燕、魏、秦各自所修的长城，后有秦国将这些长城连接起来的万里长城，大唐用不着修长城，元朝更不用修长城，但是到了明朝，中国人却又在修长城，这就形成了中国北方自山海关到玉门关的举世闻名的万里长城，英语里面把它叫作"伟大的墙"，因为从月亮上，我们能看到它的投影。而后世对匈奴最有力的一击，当数汉武帝时代的霍去病和飞将军李广，直到汉武帝亲率十八万大军沿直道北上征朔方，匈奴人吓得远遁，汉武帝胜利凯旋，来到黄帝陵桥山，举办了一场历史上最为隆重的"九宫齐拜"的祭祖大典，被司马迁郑重地记载在中国第一部编年史《史记》之中，司马迁也因此而得出"黄帝崩，葬桥山"的正确结论。

春雨本来是不该报怨的！特别是在这春雨贵如油的北方地区。虽然说在五千年前，北方大部分地区还处于亚热带气候条件，雨水相对于我们现在而言，还是比较丰富的。但是，到了北岳恒山以北，气候就显得更干燥一些，因此四季的气候特征，主要还是以干旱为主，雨水甚至和靠近黄河的渤澥地区相比，至少要少三分之一左右。可是，也许是天怒人怨或者天人合一的原因吧，当地面上人类在折腾着一件大事的时候，天空中的风云也变幻莫测。这不，从昨天下午开始，从天空的西北角，就开始积累了越来越厚重深暗的铅黑色的云层。这些云骨朵，就像是一座座棉花堆成的山一样，一层层一朵朵地重叠着怒放，给人一种高深莫测的感觉。大约到了申酉之交（下午五点）的时候，西天上的太阳，就被厚厚的云层所遮盖，就像一颗鸡蛋掉进了墨池里，很快就被染成了黑色。

行进在黄帝中央师旅之中的羲和（羲和与少昊的感情虽好，但她更愿意跟随黄帝干一番大事），看到这样的天象，就立即向黄帝所乘的有伞盖的大辂云车方向凑过去。忠厚的方明是黄帝的驭手。他看羲和急急地向黄帝凑过来，就勒紧缰绳，白龙马驾在车辕之中，正在卖力地前行，忽然之间被勒紧了缰绳，使性格急躁的它恨不得跳起身来，很有意见地"咳咳"叫唤了一声。在方明勒紧缰绳急刹车的时候，黄帝也看到了紧锁着眉头的羲和。她的旁边总少不了她的搭档常仪。黄帝使羲和占日，常仪占月，这二人，一个发明了十天干，一个发明了十二地支。黄帝已经注意到了天象的变化，见他二人一同前来，就知道他们有事要讲，就主动先问羲和：

"天云吞日，若何？"

羲和不假思索地回答："日落云中，雨夜半也。今夜必有雨！帝当未雨绸缪，传令三军，准备防雨！"

常仪："日被吞，月运同。余夜观天象，星星眨眼，其雨不远。"

黄帝立即答复羲和、常仪，并传令给大将力牧：

"三军一动，地动山摇。传令三军，昼夜不分，不管雨晴，全速前进，务必两日渡桑干，抵阴山，趋大同！"

军令如山倒。黄帝此令一出，三军上下，十路大军，都加快了进军的速度，力争在雨水到来之前，先多走出一段路程来。

今夜，真可谓风静月黑，因为厚厚的云层封锁了天空，所以天黑得伸手不见五指，人们即使对面而站，也是只闻其声，不见其人。天地万物，好像被扣进了一个大釜之中。风微微的几乎没有，行军的人抹着一把又一把的汗水，汗水流进眼睛内，酸涩而疼。多亏了还有灯笼火把，所以，长长的神龙见首不见尾的队伍，就像是一条巨大的火龙。

子时前后，果然就掉起了雨点。雨点并不大，细细的如同无数根小针，冰凉地点击着人的颜面与皮肤。因为提前有所准备，兵士们都戴上了草帽、斗笠，披上了厚厚的蓑衣，并且大多挂起了随手折来的树枝。但是，路面开始滑了起来，不时有人滑倒。步军的兵士倒还好，摸爬滚打，总是在前进中。人们饿了，啃一口随手带着的干粮——在石板上烙出来的厚厚的锅盔。瞌睡了，甚至闭着眼睛，还在前行。这样的强行军，有人就累倒在前行的路上，我们看到，虽然他们没有机会再参加前面将要进行的战斗，但是，他们死后依然保持着前行的姿势——趴倒在地。

骑军行进的难度就大得多。因为路滑，兵士们都从马背上跳了下来，牵着马前行。

难度最大的是车军。车陷入泥潭，你就是用鞭子抽死马，它也拉不出来。只好肩扛人抬，好在由于前面的强行军，这一段山路并不是太长。而车军是怎样渡过涨了春潮的桑干河去的呢？勇士们硬是站在寒冷的泛着浅绿与浑黄的春水中，人就像打了桩似的，扛着用竹排连接起来的"路"，让几百辆战车，摇摇晃晃地从自己的肩膀上走过去……

四

黄帝所率领的华夏部落联军的十路大军，付出了巨大的代价和努力，终于能够在复杂的气候和地理条件下，兵贵神速，完成了正常情况下两天强行军的行程——一百六十里路，终于在荤粥族还在做梦的情况下，如同天兵天将从天而降，给了荤粥族一个措手不及。连荤粥族最有主意的黄旗头领扎巴哈，都几乎乱了方寸，把人急成了结巴子，其他几个旗的头领，就更没了主意。甚至有人因为看到目前这样的局面，精神因此而彻底崩溃了。剩下的唯一出路，就是怎样才能像兔子一样，尽快地逃脱猎人的追捕……

军心不能乱！越是遇到危急时刻，人越是要沉得住气。

关键的时候，还是荤粥部落首领头曼的主意正，他在急急忙忙穿戴的过程中，已经整理好了自己的思路。他先坐在大帐内自己正中的位置上，再招呼大家分左右围坐在一起。现在，事既已此，先稳住大家的情绪、稳住大局是关键：

"尔等莫慌，少安勿躁。黄帝突至，吾亦先有布局。值此危时，尔等当各司其职，黄旗居中策应，青旗面东，白旗向西，红旗面南，黑旗对北，不得有误！"

他又分析说："黄帝初到，大军调度、布位，直至进攻，必有一过程。尔等勿急，等吃饱喝足，共赴战场不迟。"

于是，他一拍手，就有侍者上来。他如此这般地交代安排之后，稍过一会儿，就有人排着队，用陶盘，端上来大块香喷喷的冒着热气的烤肉，盛在红陶钵内的马奶子，也一人面前一钵，大家放大肚皮大口吃肉、大口喝马奶子的时候，刚才的紧张不安心情，自然而然地就得到了缓解。

黄旗头领扎巴哈，这会儿就有些不好意思起来。他用油乎乎的粗大的手抹一抹额头上的汗珠，对大家说：

"扎巴哈失态,诸位莫笑!"

青旗头领腾格尔向他抱拳拱手:

"彼此彼此!"

白旗头领崑特,这会儿又恢复了他平时的傲慢与霸气:

"荤粥者,苍鹰之体,勇敢无畏,英雄辈出,岂可轻易认输?"

红旗头领巴图这会儿只顾了吃,还没搞清崑特到底说了些什么,只是打着"哈哈"。他本来就是个直性子,思想简单,性子急,一急就脸红,一热也脸红,这会儿就正红着脸,满面红光,印堂发亮。

黑旗头领察哈尔,做事总是不紧不慢,性格温和。他的吃相也显得温文尔雅一些。他这个人,长着一副忠厚相,脸色深暗,嘴唇厚厚的,生来不爱多说话,只是闷着头在吃。他是个用行动表明自己态度的人。

黄帝在迅速实现了对荤粥族的包围之后,却并没有立即就打。在这样一种几乎完全有利于华夏部落联军的一边倒的情况下,黄帝才有精力多玩出一些套路来,就像一只猫抓住了老鼠之后,并不急着吃,而是放开它,任由它在可掌控的范围内自由地跑,然后再一爪子拍住,玩它于股掌之间。但是,黄帝的思想,决不至于此。首先,黄帝对这块叫作"大同"的盆地产生了兴趣。可以说,黄帝一生所追求的宇宙大道,不就是顺应自然规律,实现天人合一、天下共和、天下人和睦相处、共同发展和享受人类文明成果的"大同思想"吗?世上的事,有时候就是这么巧,偏偏让主张大同思想的黄帝碰上了一个叫作大同的地方,这使他产生丰富的联想,从而进一步发展和丰富他的思想,奠定了他"德治天下"的基础。

正如古人所云:"大道之行也,天下为公,选贤与能,讲信修睦。故人不独亲其亲,不独子其子,使老有所终,壮有所用,幼有所长,矜、寡、孤、独、废疾者皆有所养,男有分,女有归。货恶其弃于地也,不必藏于己;力恶其不出于身也,不必为己。是故谋闭而不兴,盗窃乱贼而不作,故外户而不闭,是谓大同。"我们的人文始祖轩辕黄帝所奉行的,正是这样一种大同思想。

所以现在的黄帝,并不急于投入战斗,而是悠闲地先向荤粥族首领头蔓致书一封，明以大义，晓之以理，动之于情，劝其接受大同思想，回到漠北草原去，过各安一方的幸福生活：

　　荤粥族头曼：

　　　　吾华夏轩辕是也。华夏世居中原，荤粥总在漠北，本是各安其土，各度日月。然荤粥每每南下，助蚩尤而伐中原，伐我国土，扰我边境，杀我百姓，阻我大道，几与蚩尤同罪也！吾不得已而挥师，北逐荤粥，实乃下下之策也！不战而屈人之兵者，方属上上之策！时局所至，天下归一，华夏大道，势不可当；尔等勿犯众怒，勿阻我道，当面壁思过，速速退兵；余亦愿与汝讲信修睦，共趋大同。若何？

　　　　　　　　　　　　时在戊戌、黄帝十二年仲春　华夏轩辕

　　黄帝之所以要修书荤粥族首领头曼，是他觉得此次北逐荤粥之举，不应该只是一种简单的驱逐和战争，而应该是一种"战而融合"，不只是将荤粥族赶尽杀绝，而应当以大同思想，打造一个笼罩人类的天——黄帝文化，不就是我们中国人的天吗？想一想，"天似穹庐，笼盖四野"，是怎样一种大度、开通与霸气啊！

　　按说，接到黄帝这样一封信后，荤粥族首领头曼当知趣而退，同时考虑修好华夏，相互融通互动，共同发展。然而，他却将黄帝于志在必得情势下的主动示好当作软弱，误判了黄帝的好意，认为有机可乘，可以以"修睦退兵"为题来与黄帝谈判，从而麻痹黄帝，拖延时间，以求小胜之后再迅速撤退。

　　既有这种想法，头曼就以荤粥族特有的方式，也给黄帝回了一封信：

　　　　华夏黄帝在上！恕吾等荤粥，远弊荒原，文明不化，所敬者，唯"常生天"保佑，方得延绵。头曼不才，然重义讲信，与蚩尤情同兄弟，故出手相助，至于扰民犯境阻道，余未曾多想，不敬之处，还望鉴谅。今得帝之教诲，幡然醒悟，故愿与华夏永修友好，共趋大道。期待就修睦退兵事，与帝一谈。

　　　　　　　　　　　　　　　　　　　　荤粥头曼拜

1386

黄帝接到荤粥族首领头曼的回信后，立即安排风后展开和荤粥族的谈判。同时，为保万一，命苍颉抓紧时间，速驱粮草至此，以备急用，同时借此稳定军心，保持对荤继族的高压态势，确保不战则已，一战而胜。

　　这就是我们的黄帝，他考虑问题总是那么周全和细致缜密。他希望能够用自己的大道思想影响荤粥族，以加强对荤粥族的思想覆盖，力求在军事压力的基础上，尽可能地以文化人，争取更多的人趋向大道，从而减少战争对无辜人民的伤害。为了达到这个目的，黄帝让前沿的将士，将他给荤粥族首领头曼的信，反复地向荤粥族人喊话，以争取更多的人心。与此同时，由风后代表黄帝与头曼之间的谈判也开始进行。

　　风后身为华夏部落联盟之相，他身后站着黄帝和天下各大部落联军多出荤粥族三倍以上的兵力，所以他的底气很足，他只带了几个助手，几乎是只身前去荤粥族首领头曼位于黄旗的中心大帐。

　　摇鹅翼扇，几乎成了风后代表性的动作，也是他日久养成的一种习惯。由于心中装着华夏，所以他非常坦然地面对着周围所发生的一切。从两队荤粥骑兵架着刀形成的"刀门长廊"经过的时候，他依然平静地轻轻摇动着他手中的鹅翼扇，一脸神态怡然、平和亲切的表情。头曼站在刀门长廊的尽头迎接风后。当他看到风后步态翩然，一脸平静超然、和目悦然的平和表情，看到风后白得透明的肌肤，看到他的大脑门和奇特的长相，以及他一身雪白的打扮，身上透射出的超然世外的仙气和智者的灵气，心中不由得就生出一种敬意。荤粥族迎接客人的最高礼仪，就是给客人敬酒。等风后来到头曼面前的时候，头曼已经是双手捧着牛角做成的酒杯。

　　头曼的个子并不是很高，但是人却长得墩实。他给风后造成的印象，是一脸的诚实与憨厚。看他的肤色，是久经了高原太阳炙烤和风霜雨雪考验的紫红，他的脸很圆，布了一圈络腮黑须，单皮眼不大却很晶莹有光，是人们常说的那中"眼中有水"，他的鼻梁很高很直，嘴唇红如点丹。现出一脸友好表情的他，看起来是个和蔼亲切的老头。难道这就是被传作几乎和蚩尤一样三头六臂的荤粥族的首领头曼吗？风后有些不太相信自己的眼睛，但是，眼前的这个壮汉，却分明就是荤粥族的首领。

风后就他一个人，只是跟着几个随行的助手，手里捧着黄帝赐给头曼的礼物。头曼的身后，却是黄旗头领扎巴哈、青旗头领腾格尔、傲慢与霸气的白旗头领扈特、红旗头领巴图和黑旗头领察哈尔等，大小头领，几乎全都站齐了。

<h1 align="center">五</h1>

没有想到，风后和头曼的谈判十分成功。这样，在风后返回的时候，就带来了荤粥族首领头曼对黄帝的回访。

头曼对黄帝的回访，可以说是非常的隆重。他在对等地回应了黄帝所送礼物的同时，特别再送给黄帝马一百匹、牛一百头、羊二百只，外加甘草、兽皮、麝香、熊胆、鹿茸、珍珠、猎鹰等。这样，头曼回访的队伍，一下子就显得气势雄壮了许多。

头曼能够选择和黄帝和解，除了他对黄帝大同思想的理解以外，更主要的是他对黄帝军事艺术的折服，特别是遭到了以黄帝为首的超过了自己三四倍的华夏部落联军的围攻，如果再顽抗下去，必将损失惨重。所以说，现在能够借着黄帝给的台阶下，只能是聪明的头曼最正确的选择。当然，在荤粥族内部，对此有不同看法的人还大有人在，比如说白旗头领扈特，就是第一个站出来表示反对的人。

扈特自以为是荤粥族的"常胜将军"而目中无人，一般把一切人都不放在话下，而且他又特别的固执，即使眼看着是败局，他也要坚持到底。他就崇尚男人要有豪气，要有硬骨头，要不服输，为了自己的部族和信仰拼到底，不惜血本，即使战死也在所不惜。他不理解头曼的良苦用心是为了挽救荤粥族，更不可能理解黄帝的大同思想，就像一头不服输和一头要撞到南墙的牛，他认为头曼是软骨头，没有血性。积极响应他的，还有红旗头领巴图。巴图不仅思想简单，而且固执，直性子，心里藏不住事，眼里容不得沙，脾气又暴躁，正好和扈特是一对绝配。

虽然扈特和巴图极力反对，但是黄旗头领扎巴哈是头曼的坚定支持者。

要说扎巴哈还真是荤粥族不可多得的思想家和智者，平时在荤粥族中的影响可以说是绝对的。但是这一次是一个例外。因为在生死关头，每个人的选择是不同的。只有在这样的时刻，一个人的本性才会充分地暴露出来。扎巴哈一直认为荤粥族在对其他部落征服的过程中，还有一个重要问题是征服人心。因为人心如果不服，迟早是要反过来的。他还有一个重要思想，就是荤粥族要想对外形成一个拳头，就要自觉地围绕着首领做事，形成一个中心。因此，维护部族首领头曼的绝对权威，就显得特别重要。同时，在荤粥族内部，能够真正理解黄帝的大同思想的，正是扎巴哈本人。所以说，他对头曼的支持是发自内心的一种自觉行动。

青旗头领腾格尔和黑旗头领察哈尔，既是头曼的追随者，也是扎巴哈的追随者。也正是由于他俩的支持，才确保了头曼的决策能够以多数票通过，并得到执行。

黄帝也以最隆重的方式迎接了头曼的来访。阏逢率领着十天干仪仗队执干戈在前列队，十二大部落（包括值年太岁、犬龙部落酋长獒）、二十八较大部落、所有参战部落的酋长和黄帝的将、相力牧、风后，应龙、常先、大鸿、岐伯、大挠、雷公、大隗、俞跗、地典、挥等几十位大将，前前后后近百人随在黄帝身后。嫘祖陪同着黄帝。黄帝头顶冕旒，身着黄色绘有龙形的战袍，高大威武，神采奕奕，与嫘祖站在最前面，迎候着荤粥族首领头曼。

头曼走到黄帝近前的时候，几乎是小跑，来到黄帝面前，以华夏族习俗行完抱拳礼，就要跪拜，结果被黄帝的一双温厚的大手给搀扶起来。

身体壮实墩厚的头曼，抬头看到黄帝满面红光、高大威仪，特别是看到他那双浓眉下真诚亲切地盯着他看的大眼睛，又看到嫘祖母仪天下的美以及慈爱、眯缝着一双凤眼的无可挑剔的完美形象，不由得心生敬意，一双膝盖不由得就软得想下跪，却被黄帝的一双大手有力地托起，并相携而行。头曼也是个侠肝义胆的性情中人，黄帝这样的亲切友好，让他大有受宠若惊的感觉（蚩尤当年也不过如此。没想到黄帝对他的"敌人"竟然能这样地宽容大度）。一阵感动让头曼眼热，不由自主地，他就与黄帝勾肩搭背起来，让人感觉他们亲热得如同多年不见面的亲兄弟一般。

这就是黄帝的人格魅力之所在。曾经是那么强悍的头曼，就这样被黄帝给和谐成了兄弟。

就在头曼和黄帝和谈的时候，荤粥族的"常胜将军"、白旗头领扈特，却一气之下，与红旗头领巴图，这对好兄弟，率领着本旗的兵马，悄无声息地从荤粥族的营盘中撤出来，以长蛇阵，向北遁入了云雾缭绕、深不可测的大阴山。

黄帝在北面包围的将士并没有阻拦他们的行动，而是主动让出一条路来，随他们而去。正所谓："天要下雨，娘要嫁人。随他们去吧！"虽然这一种大度与胸怀值得我们夸赞，但是却为后面的事态发展，增加了不确定的变数，谁知道，这次北逐荤粥的行动，还要因此而持续多长时间，又到何时，才算是最后完胜？

不管怎么讲，事情已经是这样子了，只能是信天由命了！

我们暂且不管扈特和巴图的去向，还是回来看看黄帝和头曼的和解与包容。黄帝不仅隆重而热烈地欢迎了头曼的到来，双方的会谈也是在亲切友好的气氛中进行的。会谈的内容，主要就是双方如何增进互信和了解，也就是"讲信修睦"和荤粥部落怎样退兵的事。经过一个上午充分交换意见，最后，双方达成以下几点共识：

一、华夏承认荤粥之存在与生存权，荤粥承认华夏的生存权和黄帝共主地位。

二、华夏各部和荤粥，皆华夏大地之兄弟。兄弟之间，应相互尊重、礼让，不断接进友谊、互信和了解。

三、华夏各部世居中原，荤粥世居漠北，应该友好相处，共同维护和平现状，共享人类文明成果。平时多交流，有事要互帮。

四、作为华夏之一部，黄帝邀请头曼加入到十二属相轮流值守之行列；头曼以久居漠北、不适中国生活为由谢绝。

五、华夏各部与荤粥要世代友好，共创大同。荤粥应尽快撤回漠北。荤粥撤回后，华夏各部亦应撤回中国，各安一方。

具体的撤离时刻表为：百日之后（一是因为黄帝要在百日之内，在此地建一新城，以此来充分展示华夏的文明成果；二是允许双方有一个充分的交流与沟通的过程。同时，还要安排一系列的交流与联欢活动，欢庆华夏和平时代的到来）。

黄帝与头曼的共创大同五点共识，为华夏中原各部和荤粥部落之间的世代友好奠定了基础，几乎就相当于现代意义上的"一国两制"和"睦邻友好条约"。可以说，在华夏中原各部与荤粥部落的交往史上有划时代的重要意义。

为此，黄帝为头曼举行了盛大的午宴。天下各大部落的首领、黄帝的文武百官等共同出席。席间，黄帝即兴宣布，为了纪念华夏中原各部和荤粥部落之间达成的共创大同五点共识，即日起，就将此地永久命名为"大同"。

宴会后，安排了黄帝与头曼的共同巡视，先后巡视了黄帝的骑、车、步三军和荤粥的黄旗部落。当巡视到大同盆地的北部地区的时候，面北看到大阴山雄伟的向东西两翼展开的山势走向，发现了大同的凤相，又称新建之城为凤城。

一边是和平友好的气象，一边却杀机又起。

果不其然，生性倔强、从不服输的扈特，一翻过大阴山来到山北的大草原上，就如同蛟龙入海、虎进山林，完全进入了自己的自由世界。他立刻自命为荤粥部落的新首领，并以荤粥新首领的名义派出信使通告各部落：

黄、白、红、黑、蓝各旗长老：

　　头曼身投华夏，出卖荤粥。当此多事之季，余临危受命，愿举旗与众共讨头曼，诛杀叛逆，为荤粥除害！愿各旗协同讨逆。为荤粥计，吾当赴汤蹈火矣！

荤粥大酋长　扈特即日

荤粥白旗头领扈特的这封信被抄在兽皮上，被快马分送到各旗分布在草原四面八方的大小部落。他的这封信，在荤粥族众中所引起的反响，决不亚于引爆了一颗原子弹！于是，三五天后，在大阴山进入草原的必经路口外，就聚集了五六万手持弓箭、棍棒和石头而暴躁狂喊的族众，加上他和巴图原有的兵力，这样，就至少有近十万人守候在阴山北麓，专等着从大同撤兵回来的头曼、腾格尔和察哈尔。

第二十章

一

荤粥部落扈特和巴图的先行撤走，本来不算一件大事。他们要走，放他们走就是了。却不曾料想，他们回去后，扈特竟然自立为荤粥部落大首领，发生了意在除掉头曼大头领位置的所谓"政变"。消息传来，不光是头曼感到震惊，就连黄帝也受到了震动。听说这个扈特不光自立为王，还发动了几乎与头曼实力相当的兵马和族众来与头曼对抗，这就给头曼的归途增添了变数，头曼究竟能不能战胜扈特、成功地维护自己荤粥部落首领的地位呢？

君子一言，驷马难追。头曼肯定会兑现自己的承诺而撤回漠北去，可是他一旦回到自己的土地上，所面临的危险就更大！他将不得不重新发动起来，尴尬地面对一场荤粥部落内部自相残杀的争斗。

作为他为黄帝天下大同的伟大事业所付出的代价和诚意，同时，作为兄弟，在危急时刻，头曼在第一时间向黄帝通报了扈特、巴图叛乱的情况。

得知头曼面临着内乱的复杂时刻，黄帝的第一个直觉反应，就是要出手帮助头曼平叛。既是兄弟，那就要有福同享，有难同当。兄弟的危难，就是自己的危难。可见，"为朋友两肋插刀"，在中国是一件由来已久的事，也是一件在朋友圈内值得大家举起拇指夸赞的事。

为了统一思想和意志，黄帝在正式做出决定之前，先把华夏部落联盟十二大部落和二十八个较大部落的酋长都请到自己的大帐内，单刀直入地讲出了自己的看法：

"夫华夏一体，共和共享。一方有难，八方共襄。今荤粥内乱，头曼遭殃；既为大同，实应相帮。余欲请各部出兵，协同作战。助头曼以平叛，还华夏以安宁。若何？"

人常说，三个人一台戏，更不用说这几十位酋长到一起时的那一种寒暄与喧哗。有人天生就是个大嗓门，再加上现场气氛热烈，人声嘈杂，就更提高了嗓门，高喉咙大嗓子地喊：

"过瘾乎？非也。原想既追至此，必有恶战，却不想，黄帝一语解悬，荤粥以和……"这是虎龙部落酋长"虎头"斗苞的大嗓子。

"不战而屈人之兵，上上之策，岂可以一己好恶，而废华夏大业乎？"眼中不容沙子的玄龙部落酋长奢龙，对黄帝更是忠心耿耿，全力维护。听"虎头"斗苞这么一说，不由得就火冒三丈，腾地站起来与之论战。

还有人在感叹此地风光之美："美乎哉！大同若盆，凤舞其上，山何以儋儋？地何以坦坦？"

更有人在议荤粥女人美貌："面若敷华，体态婀娜，虽言初见，却似久识。以为天降，惊若天仙！"

这样嘈杂的氛围，却被黄帝的洪亮声音所盖。黄帝的声音一起，其他的声音几乎是同时就戛然而止。人们凝神静听，想看看伟大的黄帝，到底要讲出些什么。当听到"助头曼以平叛，还华夏以安宁"这句话时，全场不由得就响起了热烈的掌声和欢呼的口哨声，大家都以为是黄帝的既定方针，倒把黄帝后面所提问题给淹没了！

黄帝并不在意大家的这种"冒犯"，倒是反过来，与大家一起沉浸在欢呼的热浪之中。这就是黄帝的胸怀与大度。人常说，宰相肚里能撑船，而我们的黄帝，则更是虚怀若谷，雍容大度，海纳百川。他以自己的一生经历，融百部而成一族；他又以臣为师，广结圣贤，凝百家而为一家，所以才能做到融会贯通，开创了一个全新的黄帝时代，在政治、经济、军事、文化、天文、地理、文字、术数、阴阳、易理等方面，包括人们的衣食住行等，都进行了全面的创新与开拓，从而成为中华五千年历史上最伟大的领袖和精神导师。如果说秦始皇是"千古一帝"，那么，我们的人文始祖轩辕黄帝，则是五帝之首的"万古第一帝"，是站在中华民族起点上的伟大共主，可以说，他才是中华民族挺起的第一道脊梁。他是处于水深火热之中的人民大众的第一个"救世主"。是他，以自己的超凡毅力、旷世才华和人格魅力，以他的亲和力、向心力与凝聚力，实现了中华五千年历史上第一次的大统一，从而引领着华夏民族从万邦林立走向了华夏一统。黄帝对我们的影响，除了具体的功德，更重要的是他的思想和智慧。我们可以毫不夸张地说，轩辕黄帝正是华夏历史上不可逾越的第一完人！

黄帝所提问题还是有人给听到了，于是，等大家终于明白了黄帝的真实用意的时候，就开始纷纷表态：

"支持头曼！"

"平叛平叛！还我安宁！"

"听黄帝话，汝打吾随！"

"对头！不从帝命者，除之！"

"就依帝意，整！"

"中！俺用帝命，促事以成！"

大家高一声低一声地积极响应着。但是，即使这样的场面，黄帝的相风后并不满意。他提议，由值年太岁、犬戎部落酋长獯监票，大家举手通过。

"同意者，请举手！"风后的提问还没有结束，大家就齐刷刷地举起了手。

黄帝坐在中间面南用虎皮包起来的正座上，很满意地盯着大家看。同时，在他的内心里，也非常感谢天下各部落对他的支持。看到大家都举起了手，甚至有人举起了双手，有人抑制不住自己的激动心情，竟然不由自主地发出了欢迎声。还有人打响了尖细的口哨声。

这样，百日一过，等到荤粥部落开始向北撤离时，黄帝就率领着华夏部落联军一路同行。因为山路难行，十路大军依先后顺序而行，光开拔就先后用了三天时间。这样一支庞大的军队组成的长蛇阵，那才是真正的前不见首、后不见尾！

雄伟的大阴山，山势是那么壮阔。山路那长长的缓坡是碧绿的，树林以春天刚刚换了绿装的高大挺拔的油松为主，陡然的峰回路转和突然的高度提升处，则多是青石。有时候，山路在一个陡坡上盘来绕去，形如羊肠，直接上了云端。

大队人马在这样的山路上行进，对步军和骑军来说不存在什么问题，只要你肯吃苦、有耐力就行。而对车军来说，这样狭窄陡峭的山路，战车根本就无法通过。唯一的办法，就是把战车给拆解开，由马驮人背，等到了阴山之北的平坦草原上时，再重新组装起来，所向披靡地驰骋疆场。因为路程太远，人力背的难度大，所以战车的部件，主要还是靠马驮着行进。因为山路不平，马也有马失前蹄的时候，这样，当兵士们只能眼巴巴地看着一匹马翻滚下山崖的时候，战车损毁的部件，就只能待下山后，再由赤将率领着他的能工巧匠们，给一一补齐。

　　在翻越大阴山的时候，以常先为首的车军经受了最严峻的考验。

　　从现在叫作"御河"的地方，沿川道北上，一直可以走到现在叫作"东河"的丰镐市。聪明的古人，终于在万山丛中找到了一条可以直通到察哈尔右翼前旗的地方。到了这里以后，总算是翻过了大阴山，进入了大阴山以北的大草原。这本来是荤粥部落南下中原的一条通道，现在又被黄帝的华夏部落联军所利用，终于拓宽改造成一条纵贯南北的"轩辕古道"。这样，当黄帝率领的华夏部落联军合符釜山之后，返回的路上就可以乘车而行，而不用拆装战车了。

　　黄帝率领几十万大军帮助头曼平叛的消息，被马背上的部落在草原上风传。这样，自命为荤粥部落新首领的虎特和巴图费了九牛二虎之力组织起来的讨伐头曼的族众，就要么望风而逃，要么准备好了迎接自己真正的首领头曼的到来。所以，当黄帝率领着华夏部落联军来到阴山北口的时候，就连虎特和巴图也逃得无影无踪了。

　　黄帝的大军一到草原上，就又展开了十路大军的扇面状合围之势，在一个东西横跨百里的断面上，以迅雷不及掩耳之势，几乎是齐头并进地向北推进。因为有荤粥部落首领头曼一路相伴，所以，黄帝所到之处，在一个个石头片堆积起来的石头城寨，纷纷受到荤粥族众的拥戴。大家像迎接自己的首领归来一样，热烈地欢迎天下共主轩辕黄帝的到来，为他斟上美酒，献上象征着纯洁友谊和吉祥祝福的哈达，表达对黄帝的敬仰和爱戴。

　　来到了荤粥部落，黄帝也入乡随俗地穿上荤粥族的长袍，头扎着红色长巾，在头曼的陪同下，到各处巡视。黄帝也不忘传播中原文明，由嫘祖在石头城内先办起了丝帛培训班，岐伯、雷公、俞跗则一同办起了医药养生和保健培训，宁封教人制陶，大挠给荤粥部落的巫师传授甲子，伶伦教人音乐，隶首演示数术，马师皇与牧人交流牧马与医马疾的体会……大家都在各忙各的事，在征战的同时，又担负着传播文明的使命。这就是黄帝的一群以创造发明见长的"文武百官"，这些人既能征善战，同时又进行了各行各业的各种发明创造，他们是中华民族第一批"以文化之"的文明传播者，他们以首创者的身份，以后理所当然地成为中华民族各个行业的鼻祖和祖师爷。

<h2 style="text-align:center">二</h2>

以黄帝的三军为主力的华夏部落联军的十路大军，在漠北草原上展开了一场大追捕，目的就是要彻底平定鼍特和巴图的叛乱，北逐，北逐，再北逐，直至他们离开漠北草原。

黄帝的十路大军，从今内蒙古察哈尔右翼前旗出发，向东西二百多华里两翼展开，在东起兴和、西到卓资的范围内，形成一个巨大的扇面向北突进。其中央师旅骑军，即第一路军，在力牧、颛顼的带领下，一路向北追击鼍特，六天六夜行军六百多华里，直追到今内蒙古的二连浩特，一战击溃鼍特部，鼍特只率少数残余远遁到漠北之北，永远离开了漠北草原。

今内蒙古察哈尔右翼后旗之釜山（元山），本来就是荤粥部落的总部所在地，黄帝在走到这里时，也一眼相中了这座并不算大的小山包，于是，就将这里确定为十路大军的会合点（合符地），准备在常先为首的第二、大鸿为首的第三、岐伯为首的第四、隶首为首的第五路向东展开，以十二大部落为主力、包括二十八中小部落的第六、七、八、九、十路军向西展开后，最终在这里会合。

东四路向东北方向，一直扩展到化德，在这里对巴图进行了一番"德化"之后，才携巴图向北，向中心靠拢，最后在朱日和这个地方，与胜利凯旋的第一路骑军会师后，折回釜山；而西边向北推进的五路军，则向北来到今察哈尔右翼前旗的位置，再向东北到釜山，与黄帝会合。

所以，在漠北草原上，小小的荤粥部落的总部釜山，一时成了黄帝的政治、经济、军事和文化中心。半个多月后，当各路大军向这里会合，黄帝要在这里举行在后世形成了巨大影响的釜山合符仪式的时候，那将是怎样的一种气势和排场啊！

华夏一统，北面有黄帝向北拓展，南面有炎帝向南开发启蒙，最终形成了华夏北到漠北、南及交趾、西过流沙，东至于海的大国基础。早在五千年前，我们东方的黄种人就已经形成了如此辽阔广大的国土，这让当时还处于蒙昧草莽世界的其他地区的人种只能是相形见绌。所以，从某种意义上讲，我们的轩辕黄帝不仅是我们的人文始祖，也是我们东方人种的共祖，更是世界文明的首创者。因为有黄帝的出现，挽救了处于水深火热之中的东方仰韶文化的命运，从而使这种文化的影响，迅速地扩展到华夏的每一寸土地，并使这种文化传统延续了七八千年，直至今天。从这个意义上讲，黄帝不仅是东方的救世主，他也是世界文明的救世主。正因为如此，所以孙中山才会以一个东方人的自信与自豪，作诗盛赞黄帝曰：

> 中华开国五千年，
> 神州轩辕自古传。
> 创造指南车，
> 平定蚩尤乱。
> 世界文明，
> 唯有我先。

大敌当前，匽特和巴图只顾了自己逃命，茫茫的大草原，就像一个着了魔的迷魂阵，因为周围找不到任何参照物，你在上面转着转着，就会迷失方面。走了一夜，早上发现，原来还在原地转着。

匽特在前面跑，巴图在后面断后。跑着跑着，前后就失去联系，匽特一路向北逃去，巴图却走偏了方向，在如今的察哈尔草原东部兜起了圈子，结果陷入了黄帝车军和步军等的重重包围之中。常先、大鸿、雷公的车军，第一队二百辆战车正面推进，第二队、第三队各一百五十辆战车，分别从东西两翼合围过来，数百辆战车，如同一个巨大的绳套，将巴图部牢牢地钉在了化德及其周围地区。加上大鸿、大挠、俞跗为首的步军，岐伯、隶首为首的第四、第五路军兵力的加入，将巴图部简直给围了个水泄不通。因为巴图不是主犯，所以黄帝明确要求对巴图"以劝降为主，以德化之"。黄帝致书常先曰：

> 夫道者，所以明德也。德者，所以尊道也。是以非德道不尊，非道德不明。是故，对巴图当先以明德，方有尊道。以德化之，其道自明。

常先本来是个急性子，现在却遇到了慢功活儿，这让他还真费了一番心思。让一个武将去做对手的思想工作，远不如直接挥刀弄棒那样来得痛快。一贯主张兵贵神速的常先的最大特点，就是做事的时候，善于提纲挈领地将复杂的问题进行简单化处理，现在却让他做相反的工作，对他来说，不能不说是一次考验。

荤粥部落红旗头领巴图，本来就是个头脑简单、性格执拗的红脸汉。他年龄并不算大，三十五六岁的样子，却一脸的络腮胡子，眼睛是蒙古族人特有的那种单皮水泡眼，他的脸，也是那种地阁饱满的大圆脸，又因为胖的缘故，他一般情况下，总是眯缝着一双细眼，而他的眼一旦睁开，那就是要动杀机的时候了。但是，现在，处在重重包围之中的他，已经明确地感知到了自己前途命运的无望。他一个人独坐在那里，一双瞪得很大的水泡眼中空洞无物，茫然不知所措。他就这么一直盯着地上一只仰面朝天、将六只细爪在空中乱蹬、挣扎着企图翻转过身来的甲壳虫。他在想，甲壳虫努力的结果，只要它能翻转过身来，它就还有活下去的希望。如果它就这么一直空蹬下去，那么，它就只有死路一条。他要直盯着它，看它到底能不能翻过身来。他之所以现在还有心思这样细致地观察着一只小小的昆虫的命运，是因为他和它的命运，现在竟然是这样的相似！他在盯着小甲壳虫这样看的时候，有意无意中，把牙根咬得"咯吱、咯吱"地响，也在无意中，把一双粗壮的大手握成了拳头。他就这么直盯着小甲壳虫看，希望它能够靠自身的努力，翻过身来。最后看它实在是回天无术时，这才从草上折下一根小茎，从侧面助了它一臂之力。小甲壳虫一翻转过身，来不及感谢，就慌慌张张地逃离了。

巴图能帮助小甲壳虫逃离生命危险，却无法为自己解扣。这个解扣人正是我们的黄帝。可是这会儿，他还不知道黄帝大慈大悲的救人命于危悬的想法，只能横下一条心，固执地扛下去，豁出去拼了，拼死一个够本，拼死两个赚一个！

正在这个时候，手下一个小头领急急地跑来报告：

"黄帝使者到！"

常先派来的使者，正是他的副手、发明了甲子排序的大挠。

大挠爱笑的模样，即使在执行最严峻任务的时候，也还是如此。他是个善于分析观察研究问题却不苟言谈的人，好像人的嘴唇也能磨薄似的，凡是那些能言善辩之士，一般都有一张夸夸其谈的薄嘴唇，但却很难给人留下真诚的印象。而大挠正好相反，他给人最大的印象就是：他是一个永远把真诚写在脸上的乐天派。常先之所以要派大挠来做巴图的"德化"工作，更看重的是他这张既诚实厚道又乐观开心的脸。

事实果然如此。首先，当巴图第一眼看到大挠的时候，立刻就打消了他严阵以待的提防和对抗心理。这样一个好像根本就不是个敌人，而更像是一位亲切友善的老伯形象。他好像不是来谈判的，更像是一位邻居的老伯前来唠家长来了。

虽然是两军交战的对垒状态，巴图还是知道善待来使的。而且这位来使不是一般的仅仅传送情报的使者，从装束上看，他并没有顶盔挂甲，而是一身麻布原色的便装，长发也不是随意地散披在肩，而是束以高冠，手执拂尘。他好像不是前来下战书的使者，而更像是一位前来探讨和交流学问的学者。

这也是大挠的习惯动作，他在还未开口之前，好像是不好意思似的，先把手中的拂尘交到左手中，再用右手在他已经卸顶的花白头发上挠了又挠：

"尊敬的巴图：余奉命前来贵营，下战书乎？非也！余乃黄帝圣意之布道者大挠是也。黄帝宽仁厚德，念汝并非主犯，荫及荤粥族众，故有余之行也。"

1400

大挠几句话，就改变了双方剑拔弩张的敌对心理状态，让巴图感到好像沐浴了阳光一样，心里暖阳阳地舒坦。他立即用手好像是洗脸似的在绷紧的脸皮上搓了一把，这才改换了另一种亲切友好的表情。赶快起身，迎向大挠：

"大挠先生排甲子，余久闻大名矣！今日幸会，果然名不虚传。欢迎！欢迎！"

"巴图头领，荤粥之善者也！善有善报，只在当时，故有黄帝圣意到，兵戈止也。帝曰：'夫道者，所以明德也。德者，所以尊道也。是以非德道不尊，非道德不明。是故，对巴图当先以明德，方有尊道。以德化之，其道自明。'"

巴图虽是个思想简单之人，但是，黄帝的这几句话，他是听懂了，心中不由得就升起一种对黄帝的敬仰崇敬之情。可以说，人在生死转换的关键时刻，即使再坚强的硬汉，膝盖也会突然变软。巴图这会儿在听到黄帝之话后，就突然不由自主地好像大跌眼镜似的膝盖一软，"扑通"一声跪倒在大挠面前：

"帝之圣意，余跪接之。黄帝不杀之恩，余永铭于心。余代红旗族众，跪谢也！"

巴图说着，就像华夏中原各部族那样，连连叩谢。

大挠则伸出一双宽厚的大手，有力地把巴图扶了起来。

巴图的眼中含着动情的泪花，声音因为激动而有些嘶哑：

"献哈达——"

三

巴图那边，算是因为"德化"而得到了和平解决。可是，在如今的二连浩特这边，却不可避免地面临着一场战斗。

黄帝的骑军一路向北，终于在二连浩特这个地方追上了匐特的荤粥叛军。黄帝的大将力牧，亲自指挥着骑军把匐特的叛军包围在方圆十余华里的范围内。小小的只有十一岁的黄帝之孙颛顼，在这次战斗上，一路成为冲在最前边的先锋官。力牧稳坐在中军，是颛顼骑着他长鬃大尾的高头玄马，连日穷追，越追越有劲头，越冲越有向心力和凝聚力，他就像一匹脱颖而出的黑马一样，几乎是没有任何先兆的，一战成名。从此，响当当地走上了华夏的历史舞台。

时间已经到了季春，对一般的地方而言，火热的夏天即将到来，可是，地处漠北的二连浩特这个地方，春天的脚步总是来得比别的地方要慢上一两拍。这不，已经进入了季春，这里的风还是那么寒冷，太阳高高地挂上瓦蓝的天空，白云很少，只有那么几朵，懒洋洋地浮在天空，似乎是丝纹不动。这些云影落在草原上，草色就变得深暗。草原上的花，至今也没开过几种，就像是黄土高原的早春一样，这里现在盛开的花朵，还只是金灿灿的迎春花和粉红的就像是云彩落到地上的山桃花。草原上的湖面，是变得绿了，变得浑了，一到晚上，远远近近地，就全是一片"咯哇、咯哇"的蛙鸣声。蟾蜍开始从地下的暗洞中爬出来，把它那满身土黄色疥疙瘩的丑陋身体带出地面，一双浸在天然泪水中的眼睛，要么闭成了一条线，要么就滴溜滴溜地转动着，观察着周围的动静，决定着自己下一步的行动方案。其实，它是最安全的，它以剧毒之身存活于世，一般情况下，是没有哪种动物敢惹它的。而冬眠了一个冬天的冷血动物蛇，这时候也从蛇洞里爬出来，开始了它一年四季中最活跃的生命周期。

大自然以它自身的规律在周而复始地运转着。大自然中的人，也在按照自己的生活逻辑进行着自己认为必须进行的事情。大自然本身就是丰富多彩的。但是，它却因人类演出的一幕幕活剧，而变得更加精彩！

这是跟随着颛顼一起来到漠北大草原的弓长海生亲历的一段生活故事，所以，他的感受也是最深切感人的。他亲眼看到了黄帝的大将力牧是怎样的沉稳老练和胸有成竹；亲眼目睹了黄帝的孙子颛顼，是怎样的一身英气、跃马扬鞭、身先士卒，以初生牛犊不怕虎的胆气和传承于黄帝的勇武基因与对全局的把控能力，一路冲锋在前；正是他这样的带动作用，黄帝的骑军才会势如破竹，一路所向披靡；他们才会有如此顽强的意志和连续作战的能力。古人对武的理解，就是既要善于闪电般的进攻，就像蛇一样，又要长于防守，就像龟一样。在此基础上形成的图腾，就是流传至今的四灵中的玄武。而这个图腾，恰好就是颛顼的图腾。由此可见后人对颛顼的评价和他自己的自信。

战斗是在刚刚实现对扈特部的包围后打响的。初到二连浩特这个地方的扈特部，除了当地荤粥小部落的一座相对牢固的石头城外，其他大部分兵马，都处在一大片毫无遮掩的大平原上。所以，作为荤粥部落曾经的"常胜将军"的扈特一到这个地方，第一件事就是指挥着弟兄们在外围挖掘防护壕。所有住扎在周围的兵马，按照属地就近的原则，负责挖好自己附近的这一段壕沟。他还把擅长防守和冲击的精兵强将布置在周围。最外面的一圈是使用长矛严阵以待的步兵，而藏在他们身后的，则是善于骑射的骑兵。这样的配置，在扈特现有兵力的基础上，已经算是做到了最好。

可是，他这一次的对手，是身经百战的黄帝大将力牧与初出茅庐的黄帝孙子颛顼。也许是历史的一种选择与绝配，在如今的二连浩特这个地方，五千年前曾经出现了这么一对强中更有强中手的对垒，表演了一幕幕智谋与勇武的活剧。

可以说，扈特的这一套做法，对力牧来说，那简直就是小儿科。力牧在颛顼的陪同下来到前线，一眼就看穿了扈特所打的如意算盘。虽然力牧和颛顼的到来，阻断了扈特在其外围挖掘防护壕的工作，但是，你不可能阻止他再挖第二道、第三道防护壕。所以，力牧的判断是，立即发起进攻，不给敌人留下喘息的机会。真等扈特把他的防御系统都建立起来了，到那时发动进攻的代价就将会成倍地向上翻。

力牧和颛顼是在傍晚的时候完成对扈特部的包围的。也许老天爷已经预见到了这里将要进行一场前所未有的壮烈厮杀，所以今天的太阳在靠近西边地平线的时候，尤其显得那么的大，又是那么的圆，它的色调是一种发暗的凝重的红，就像是熔炉里的铜水开始冷却时的样子。可是，它发出的光，却是那么的强烈，几乎是在一瞬间，就像是哪一位天神挥动巨臂泼出了一炉铜水一样，把它的红光抛向了多半个天空，不光所有的云彩，都变成了血染的深暗热烈的红色，就连本来是瓦蓝的天空，这会儿也变成了紫红色……整个世界，就像是加了一个红色滤色镜似的，全变得红彤彤的。这样的景致，让人联想到的是刀兵相见的厮杀，是战马的嘶鸣，是手起刀落的鲜血飞溅；是活生生的人，像稻草一样被成片砍倒！可是，在人类历史的长河中，这只是一瞬，人类社会的主流，还是倾向于和平发展一面。就像这一瞬间的晚景，血色的红，很快就像洪水退潮似的退却，所有云朵的脸色，又变得那么惨白。大地开始笼罩在一派苍茫的暮色之中，最后，只剩下天边那么一抹浅淡的白，就像是笼在人头上的白纱一样，让人感到苍凉：有多少人生故事就此结束？又有多少人生故事，还需要从头讲起？鸟儿不知道这些，它们只知道归巢、归巢，可是，它们的巢在哪里呢？这些落在草丛中的鸟儿，只能相互抱怨地窃窃私语。只有苍鹰，代表了上帝的眼睛，还在高空中盘旋，把眼前发生的一切，编程发排给它的主人。夜深人静的时候，只有猫头鹰，还在发出它令人毛骨悚然的"呜呼、呜呼"的叫声，在为亡者超度。

因为詈特是荤粥部落内部此次叛乱的首犯，所以黄帝给的处置原则是："务必全歼，以绝后患"；所以力牧在这里，也可以放开手脚，大整一番。后世有"白起坑赵军七十万"之说，而其源头，也许就是如今力牧如同狼入羊群，对荤粥叛军的宰杀。

荤粥部落的人本来就是马背上形成的部族，擅长于马上征战。可是，相对于黄帝的骑军而言，一个是自然形成的战力，一个是经过集体训练、多次磨合后形成的整体战力。自发形成的乌合之众与训练有素的军队的区别就在于——就单兵个体而言，荤粥人占有优势；而就整体配合形成的战力而言，黄帝的骑军又自有自己的优势。荤粥部落不是擅长于马群冲击吗？而这又正是帝师马师皇的长项。马师皇当年跟随黄帝离开巴地时，就曾有一场气势如虹的马群的整体行动；炎黄阪泉之战时，他又一次因为对马群整体把控，从而挽救了马群；自从他于北岳恒山与荤粥部落之间展开马群的对冲以来，马师皇总是保持了不败的光荣纪录。虽然说这是一次几乎是旗鼓相当的实力拼搏的硬仗，但是由于以力牧为首的黄帝骑军是主动进攻，又由于他是将荤粥叛军压缩在一个有限的空间之内，让他们基本上失去了摆开阵势的空间，四五万人被压缩在有限的空间之内，相互拥挤着，严重时甚至相互践踏，这样，一旦战斗开始，就只有被动挨打的份儿了，所以说，才会有力牧如同"狼入羊群"进行"宰杀"的描写和叙述。在力牧老师的指导下，先锋官颛顼所采取的战术是轮番上阵的车轮战，当一批骑军勇士冲上前去砍杀一番之后，立即撤向两边，闪开一个口子，让下一批勇士进行下一轮的冲锋和砍杀。这样，就保持了他所率领的骑军始终如一的旺盛战斗力和冲杀力。由于仅骑军，就多出了以白旗为主的荤粥叛军两倍以上，所以，颛顼手头才有充分的兵力供他调用。在中国军事史上，几个人围着一个人车轮战的事并不少见，比如刘、关、张大战吕布。而十多万人围着几万人进行的车轮战，这样恢宏壮观的场面，又只是在夜间进行，人们能看到的，就只有灯笼火把的辉映，能听到的，只有雄赳赳的冲击的声浪和兵器相撞的"叮叮当当""乒乒乓乓"的声响；只有手起刀落的弧线，只有此起彼伏的人临死前发出的最后一声惨叫……我们能亲眼看到、亲耳听到的，只是整个战斗场面的一部分，在夜幕深处，又有多少人间悲剧正在发生呢？如此大场面的车轮战，极为罕见。

四

先锋官颛顼将他英俊而威严的一对蚕头眉一拧，瞪圆了一双晶亮的、炯炯有神的双皮眼睛，他的眼睛并不算大，但是只就这么一瞪，就生发出无限的杀机。他顶盔冠甲，盔顶上一撮红绒毛，更增添了他的英武气概。他手持双剑，身先士卒，跃马当先。而紧随在他左右的，正是父亲昌意派给他的两个助手：玄冥和句龙。

颛顼之所以能够在二连浩特这个地方一战成名，这和他的坐骑、长鬃大尾的高头玄马很有关系。这匹玄马腿长脖长，立在马群中，就像是一个长颈鹿似的，只显得它高。它的眼睛鼓鼓的，很圆很大，如同两颗巨大的夜明珠，或者可叫它玄珠或黑宝石，总是那么晶亮，充满了灵动的光。它的鼻孔很大，说明它的肺活量大，是一匹真正的千里马。它浑身的毛色黑至明光的，就像乌金一样闪着亮光，它一行动起来，速度之快，就像黑夜中的闪电一样。这不，在正在进行的夜战中，由于灯笼火把的辉映，我们看到的，只是它周身变化莫测的闪光。正是这样一匹黑马，驮着一位黑马似的人物，才会在一夜之间，双双走红。这匹马，马师皇叫它"黑炭"，是马师皇从自己的马群中精心挑选培养出来的，被他视若掌上珍宝。只是在颛顼需要坐骑时，他才专门提供给他。马师皇之所以这样做，不光因为颛顼是黄帝的孙子，还因为他看上了这位方头方脑的愣小子，自带着一种初生牛犊不怕虎的冲劲。

可以说颛顼得此骏马——"黑炭"，果然如虎添翼。人遇好马长精神，马遇好主显神力，如同士为知己者死一样，黑炭和颛顼的结合，正好将两个正能量形成了合力，颛顼懂马，马理解颛顼，所以他俩的配合，完全是一种艺术的巅峰状态：颛顼有什么意图，只要手稍一提缰绳，或者双腿在马肚皮上一夹，黑炭就立刻能做到。人开车的最高境界是什么？无非是把车驾得如同行云流水，达到"人车合一"的境地。而颛顼和他的黑炭，则真正做到了"人马合一"。

颛顼和他的两个助手之间的关系，如同他和黑炭的关系一样，也完全做到了"人心合一"。笔者一直固执地认为，"心有灵犀一点通"不是最高境界，真正的最高境界应该是心有灵犀"不"点通，完全是心照不宣，只一个眼色，对方就完全明白你的意思。颛顼和他的两个助手——玄冥和句龙之间，就做到了这样。

玄冥和句龙原来虽然不算出名，但是，他俩的忠实和灵性，还是很得昌意的赏识的。可以说，玄冥和句龙是在恒山看着颛顼长大的。从小他俩就喜欢逗他玩，或者陪他玩。有一次，小颛顼要骑马玩，句龙居然放下大人的身段，弯腰爬下让颛顼骑着玩，玄冥则拿着柳条打句龙的屁股，如同赶马一样。他们三人玩的那个投入和开心，也可以说达到了一种境界。

好车护主，好马护主，好的助手也护主，玄冥和句龙现在正是这样做的。这一点，力牧是完全看在眼里，喜在心里，他为自己的学生将来有可能"青出于蓝而胜于蓝"而高兴，也为黄帝有如此出色的后代而高兴。

"皇天后土，华夏有望矣！"力牧面对着苍天，如此抱拳说。

颛顼跃马上前冲刺的时候，玄冥和句龙总是左右开弓，为他扫出一片安全的区域，所以颛顼才能把他的勇武发挥得淋漓尽致。这就如同巴顿将军之所以敢单刀直入、勇往直前，是因为他有真正可以信得过的兄弟部队的配合一样。

他们三人在一起，玄冥总是在左侧，他使得一手好箭，百步穿杨，百发百中。同时，他又是一个足智多谋的谋士，善于运筹帷幄、出谋划策。他对黄帝所提倡的宇宙大道，自有一番深刻的理解和体悟，他经常挂在嘴边的一句话就是："道之所在，玄而又玄，然冥冥之中，自有天道，此谓'玄冥'！""宇宙者，大道；人谋者，小道。故曰，举大道则兴，谋小道则惘。大道者法，小道者术。有法无术则穷，有术无法则迷。有法有术，百战不殆。"玄冥不仅思想自有其深度，在实际生活中，和句龙相比，他总是有勇有谋、计高一筹。如果说玄冥是机灵多变又足智多谋，那么，句龙就显得憨厚了许多。他是属于那种思想简单的炮筒子人。比起勇力，他略胜一筹，是个敢与熊罴摔跤的壮汉，可是论起计谋，他就甘拜下风了。他的任务就是：执行、执行、再执行。他是个执行力很强的人。对现实生活中的人来说，能有这样一大特点，其实已经够用了。他和玄冥在一起，总是被善意地捉弄，而他又总是憨厚地笑。如果用陕西话来解释玄冥和句龙，他们就一个是"精猴"，一个是"闷熊"。他俩的搭档，总是让聪明的读者联想起吴承恩《西游记》里的孙猴子和猪八戒。他俩在一起总是恶作剧，所以民间才会有这样的儿歌流传："猪八戒，孙猴子，顿顿吃饭挨头子（受到批评）。"平时生活中玄冥和句龙，就像一对老顽童一样喜欢玩笑打闹，童心未泯，可是到了战场上，他俩就是所向披靡的真正的勇士。他们不仅长于左右开弓，更擅长于挥刀舞棒，可以说是把助手和配角的功夫做到了家。

颛顼因为有了这样两个能文能武的助手的配合和支持，因而才成为继黄帝之后的又一代帝王。而玄冥和句龙，自然而然地就成为他的一代将相。

华夏部落联盟第一路军骑军在二连浩特进行的这场对荤粥叛军的围歼战，之所以战果辉煌，这取决于黄帝大将力牧的沉稳坐阵和黄帝孙子颛顼的勇往直前。他们师徒二人的紧密配合，终于导致了号称"常胜将军"的扈特的惨败。

当然，扈特也有他自己真正训练有素的核心力量。正是有这样一个坚固的核心力量的支撑和保护，扈特才有可能在最后时刻，从力牧和颛顼的包围圈上撕开一个口子突围。

扈特的撤退，也是有层次、有尊严、有秩序的一种撤退。对这样的不屈强者，即使能驱赶万只羊以为常事的力牧，也只好放他一码，给他们一条生路吧！

从这里，颛顼又学到了师傅相对仁慈的一面。战争以取得控制权为目的，并不以杀人多少论短长。

这场战斗，一直进行到第二天天亮。当战场上还迷漫着薄如轻纱的烟尘的时候，人们抬头看到日出前已经红了天边的东天上，细细地挂着一弯下弦月。随着战争的结束，人们火热的和平生活即将开始。

力牧和颛顼以仁慈宽大的胸怀处理了战俘。凡是愿意继续追随扈特的，就放他们北行。剩下的战俘，愿意留在当地的，就推选一个新首领，留在当地生活；愿意回到荤粥都城釜山去的，则随黄帝的骑军返回。

在黄帝分兵十路北进的华夏部落联军中，尤其以十二大部落和二十八中小部落组成的五路联军，相形之下，面临的情况要复杂得多。因为首先，他们是来自各个部落的杂牌军，其次，他们所面对的也是荤粥叛军那些逃散了的游兵散勇。但是，我们切不要小看这些杂牌军和游兵散勇。由于杂牌军相互配合上不可避免的漏洞，加上这些游兵散勇单兵作战的能力都较强，所以让各个部落的酋长们也犯起了头痛。他们整体上推进的速度之所以慢，与这些因素有直接的关系。

一个经常遇到的现象是，当你人多的时候，他们就是一个或者几个、几十个普通的放牧人，他们悠闲地赶着牛羊，完全是和平的景致和形象，但是，当他们知道他们在人数上超过你的时候，立刻就相互联结成一个战斗团队，就地就将你吃了。在这种情况下，让你根本分不清是敌还是友，你有劲也使不上，只好是自己的拳头打了自己的眼睛——吃了哑巴亏。只要是零散出去的兵士，一般都很难再回来。吃过这种亏的华夏部落联军，从此总是大队人马一块行动，就连上个厕所，也是一对最少十个人一起行动。

在如此表面平静却探不出水之深浅、到处充满了暗流险滩的地方行动，你须得特别地谨慎小心，即使这样，也很难确保自己的生命安全。当一个人连自己的生命安全都无法保障的时候，那是怎样的一种地狱般的生活啊？一个非常恰当的比喻是，当你握紧了拳头时，你根本就找不到要打击的对象。而一旦你松开了拳头，则时时处处有可能受到打击。这样复杂多变的情况，又恰恰遇到了一批纪律松懈和作风不严，甚至自己也散漫惯得提不起摊子、相互之间又有各种微妙关系的部落联军，真有点棋逢对手，难解难分的感觉。

为了解决这个问题，鼠龙部落酋长常伯以他十二大部落排名第一的位置和权威，主动邀来兔龙部落酋长上章、马龙部落酋长重光、猴龙部落酋长后土和角部落酋长共议对策。五路联军的酋长商议的结果是："善者去之，恶者征之，宁可错杀，绝不手软"；同时，严令各路军之间加强协调配合，保持大兵团作战的队形，相互提供支援，联手解决所有复杂棘手的问题。一个最基本的要求是："以十为一，合而行动；散兵之失，其果自负。"

由于采取了如此强硬的手段，五路联军之间保持了联合行动的姿势，所以才能在察哈尔草原西部拉网似的过了一遍，基本肃清了荤粥叛军那些逃散的游兵散勇，确保了最后前往釜山合符。

五

由于黄帝一生迁徙征战，合符的地方较多，所以我们还是要对黄帝北逐荤粥最后合符的这个釜山，进行一番仔细的辨识和深入解读。

两千多年前无比严谨的伟大史学家司马迁将黄帝"北逐荤粥，合符釜山"的史实写进《史记·五帝本记》，说明司马迁对这一历史事件是认可的。这是一起对中华民族的形成和华夏文明的发展都产生了重大而深远影响的历史事件，因为它建构了中华民族大一统的雏形。

"合符釜山"是华夏民族形成的起点，釜山是中华文明的创始之地。那么，这个釜山究竟在哪里呢？据内蒙古社会科学院首席研究员潘照东和察哈尔文化研究促进会理事长武殿林研究论证，距河北省涿鹿县西北的内蒙古自治区乌兰察布的草原上，也有一座"釜山"。这两位学者经过多方考证，认为黄帝"北逐荤粥，合符釜山"中的"釜山"就在乌兰察布市察哈尔右翼后旗境内。事实上，在乌兰察布市察哈尔右翼后旗白音察干镇西约三十一公里处，就有一座"釜山"（元山），恰如一口巨大的锅扣在地上或一只巨大的馒头。小山为三万年前火山喷发形成的，山上岩石均为玄武岩夹杂有石英岩。小山南侧山腰处原有一座天然形成的巨大岩石平台，方圆数十丈，可容纳数百人。但据村中老人讲，南山腰的大型石台，在二十世纪五十年代后期修水库时，开山炸石毁掉了。石台下有一蛇窟，拉石头时拉走的死蛇装了两卡车。

山脚东侧有一条河流，原来碧波浩荡，自东北向西南流淌，古称殷繁水。山下东侧有座小村，名为元山子村。通向九十九泉（灰腾梁）的公路从小山西侧通过。

两位学者认为，这座小小的"釜山"，正是我们的人文始祖轩辕黄帝在"北逐荤粥"之后，挟大获全胜之威，欢庆胜利之喜，与华夏部落联盟的首领们合符的地方。因为"合符"之地，必须符合以下条件：即是在战争取胜之地，即今天的内蒙古草原上。其一，古代战争极为残酷，虽是得胜之师，但长途跋涉，连续作战，将士疲惫，人员伤亡，需要休整；其二，古代交通极为不便，发动战争需要发布命令"征师"，征集各部落军队从四面八方远道赶来，这本身已经殊属不易；如果在战胜之后让各路军先各回故地，然后再择吉日赶赴一地合符会盟，其道路迢迢，糜师费饷，劳民伤财……于情于理均不合也。其三，即使到了春秋战国时代，霸主会盟诸侯，也都是在战争取胜之后。

从黄帝树立权威的政治需要和时机分析，战胜炎帝部落联盟之后，黄帝没有"合符"，因为还有蚩尤作乱、荤粥抗命，天下未定，不可以高枕安卧；擒杀蚩尤之后，黄帝也没有"合符"，因为北方仍有荤粥之患，江山未固，仍不可安心无忧。直到"北逐荤粥"，对以黄帝为首的华夏部落联盟威胁最大的三个部落集团都被击败甚至消灭了，黄帝的统治地位才算最终确立，"合符"的政治时机也就成熟了。

和谐万邦

　　这时候，正是黄帝的政治权威达到高峰之时，他挟战胜炎帝、蚩尤、荤粥之威，在大获全胜之地"合符釜山"，以此来确定黄帝在全国的统治地位，威服诸侯，号令天下，是一种既合情又合理的必然选择。

　　"合符"本来是一场战争结束收兵的标志，却被中国古代的帝王们演变成一种源远流长的结盟信物礼制，典籍中对此多有记载，并有实物为证。《孙子·九地》说："夷关折符，无通其使。"制作符的材料有金、铜、玉、石、竹、木等，根据"符"的作用确定。"符"还有祥瑞的含义，所谓"万物之符长，皆来为瑞应也"。"符谓甘露醴泉之属。长谓麟凤五灵之属"。（《释文》）黄帝与各部族、各部落首领在釜山"合符"，即是以统一符契为标志，最终形成以黄帝为共主的华夏部落联盟。这是上古时代中华大地上的先民交流融合，并逐步发展为华夏族的一座历史里程碑。

　　此后，黄帝"邑于涿鹿之阿"，建立了统治中心。并定制度，设置官员，"监于万国""以治民"，于是天下大治。据史书记载：黄帝统辖万邦，初创国家；"时辖百谷草木，淳化鸟兽虫蛾"，大力发展农业、畜牧养殖业；改进冶金术，发展手工业；制造舟车，开辟道路，发展交通；发展商业，"北和禺氏之玉，南贵江海之珠"，"大夫散其邑粟，以市虎豹之皮"（《管子·上下篇》）；创制文字、制定音律、开发医药……为中华文明的发展奠定了坚实的基础。

从某种意义上讲，"合符釜山"既是中华民族形成的重要起点，又是中华文明的创始地之一。

自从农历四月初立夏开始，每半个月一个节气，小满、芒种过去，夏至到来，已经到了五月下旬。这一天，北斗七星中由魁、衡、杓三星组成的斗纲指向太乙，太阳黄经为90°。当太阳在黄经90°夏至点的时候，阳光几乎直射到北回归线上空，中午的太阳也就显得最高。这一天，是处于北半球的华夏大地白昼最长、黑夜最短的一天。因为这一天是太阳在一年四季中运行到了最北的一日，从此以后，它就要折向南方，所以，夏至这一天，也被人叫作"日北至"。

无独有偶，夏至的这一天，也就是"日北至"的时候，也正好是我们的轩辕黄帝北至的日子。他北逐荤粥来到釜山这个地方之后，就再没有北行，而是在这里举行合符结盟仪式之后，就开始折回中原。

人们在夏至这一天，要求"居人慎起居，禁诅咒，戒剃头"，据说都是害怕这一天老天爷会下起雨来，而且最忌讳的是雷雨。虽然有农谚云"夏至有雷，六月旱；夏至逢雨，三伏热"，但是笔者还是固执地认为，这些习俗和禁忌，其实是和远古时候这一场战争的结束，有着千丝万缕的联系。

人常说，"十五的月亮十六圆"，事实上也是这么一回事。自从四月底二连浩特那场北逐荤粥的最后一战结束后，黄帝所率领的华夏部落联军第一路军，在打扫战场和修整了几天之后，就开始向釜山一带折回。这一路上因为没有了敌情战事，所以就走得放松而悠闲，直到五月十五日月圆的时候，他们才作为整个华夏部落联军向釜山一带集结的最后一支人马，回到釜山，也就是为了赶上十六日的合符结盟仪式，力牧和颛顼等才稍微赶了一下时间。

十路大军都汇集到了荤粥部落的总部釜山一带来，包括吴权、鬼容区、宁封、马师皇、中黄子、大填、封钜、知命等各位帝师，风后、仓颉、孔甲、伶伦、稷、杜康、赤将、高元、羲和、常仪等各位文官，力牧、应龙、常先、大挠、雷公、大鸿、大隗、俞跗、岐伯、地典、挥、隶首、神荼、郁垒等武将，嫘祖、嫫母、玄女等黄帝妃嫔。三苗大酋长灵枫，十二属相所属第六、七、八、九路军和二十八宿所属之第十路军和以头曼为首的荤粥部落的兵马。各路军的兵马，有秩序地被安排在釜山的东、西和南面的开阔地面上，兵士服饰五色不同，图腾旗帜林林总总，在平展展的草原上铺开，只有西山较高，南山一直到西南角，场面极其壮观。

万国朝贺

黄帝登上釜山凸起的圆顶，十二属相、二十八宿的酋长们和文武百官，站在釜山西侧地势较高的平台上，釜山后较低的大平台（平顶山）上，正是荤粥部落的总部。在一一收取战前所发之兵符之后，黄帝与天下各大部落再次结盟。合符和结盟仪式，由黄帝之相风后和值年太岁、犬龙部落酋长猷两个人共同主持。

　　盟曰：蚩尤作乱，荤粥北扰。家国不宁，何以大同？今余既北逐荤粥，和睦头曼，天下太平，当重节令，慎起居，禁诅咒，戒杀戮，和合万氏，聚十二属相二十八宿于一国（龟），融鹿马牛鹰鱼虫于蛇龙，传优羲八卦炎帝连山成归藏，象天地鸟虫兽迹成文字，观天察地天人合一有九州，划甲子别节气重农耕开创世基业，万法归一，天下大同，华夏开国，百业兴隆。授命于天，既寿永昌！

　　笔者认为，流传至今的夏至习俗，要求"居人慎起居，禁诅咒，戒剃头"，就是当年结束战争后黄帝对各部落族众要求的延续，所谓"禁诅咒"，就是从此以后各部族要友好相处，不再在相互间进行语言攻击；"戒剃头"，就是禁止再发生战争，古人有断其头而代杀头之说。而害怕老天爷会下起雨来、最忌讳的是雷雨，则是怕雨天影响部队撤军。

　　合符仪式后，各部落之间的联欢活动，一直持续到了晚上。草原之夜，夏夜赏月。围绕着中心的大型篝火，《梱鼓之曲》——这部由十个乐章结成的原始时代的音乐舞蹈史诗，再次奏起……

1414

第二十一章

一

黄帝"北逐荤粥"，留下沮诵等在桥山及其周围完成"勒功桥山"的任务，即完成对黄帝黄城（龟书城）原有九宫五城十二楼的整修扩建和完成黄城四界防卫工程的建设。

这项工作，说起来容易做起来难。难就难在，在当时的生产力条件下，人类真正改造自然的能力非常有限，要在地形条件复杂的情况下，完成这样一个"方方七十里"范围内的黄帝黄城的总体布局与建设，要翻修和保护黄帝出生地长寿山和其建筑；要对黄帝黄城中宫的宫殿（大屋）、"合宫"、明堂、观象台等进行整修和扩建，使它们更有大国气派，更具大国气象；为了完善中宫防卫体系，要在加固增高中宫东西城墙和南北城壕的基础上，再在东西城墙外的山梁上，分别新开挖五道防护壕——因为中宫是黄帝之所在，要享受最高礼仪的保卫规格，所以对中宫的防卫，要做到固若金汤，万无一失，使"射者不敢西向射"；要在对黄城（龟书城）原五城十二楼进行翻新重建、扩大规模的基础上，将四灵和二十八宿原来住过的临时建筑，改建为东西南北四城四个主楼和分布在四方每方七个、四七二十八个结合当地部落风俗特点的、不同类型风格的地面居室；要完成对黄城周围原有山梁的人工改造，让它更像是一道天然屏障和"伟大的墙"；要在南北的塬面上开挖名为"黄渠"的外城防护壕；根据风水原理，还要在黄帝黄城南壕外开挖建设东、西二湖；要在东、西龙湾新建黄城的东、西花园；还要在东、西花园外新建"长墙"，加强安全保卫工作。而工程量最大的，莫过于连接东西塬面的几个"土桥"的建设，这样大量的人工加工过的痕迹，在当时的生产工具条件下，简直不亚于古埃及的金字塔，是一项需要"外星人"帮忙才有可能完成的巨大工程。

这样一个伟大而系统的黄帝都城的建设工程，历史性地落到沮诵、蛮牛、陶虎等人的肩上，他们感到既光荣自豪，又觉得责任重大，必须使出全力来予以完成。这其中"桥山十巫"巫咸、巫即、巫盼、巫彭、巫姑、巫真、巫抵、巫射、巫罗、巫礼等人，发挥了非常重要的特殊作用。而赤将、高元等人的随后加入，则确保了非常关键的技术和学术水平的保障作用。北逐荤粥后，随着战争的结束和和平时代的到来，华夏各地志愿者的加入和仓颉所组织的建筑物资的源源不断输入，保障了黄帝黄城的工程需要。黄帝黄城作为华夏古国的国都（华夏第一都城），作为黄帝"天人合一"思想的一个范式，作为古"中国"的第一次显形，必须是人类最高规格的配置，享受到华夏各部族最高的礼遇。

沮诵在接到黄帝所布置的对黄城进行整修与提升的任务之后，他首先想到的助手就是现在黄帝黄城的管理者、黄帝的哥哥蛮牛和他的弟弟陶虎。在现在还健在的桥山老人中，他首先想到的就是年轻时负责传令、吹牛角号的挥父和发明了杵、臼并被黄帝当年尊为"老伯"的黄雍父。两位老人现在已经行动不太方便。

挥父的身体还算是硬朗，有年轻时经常进大蟜山狩猎和伐木所练就的老底子，他至今的身体，除了人变得较为清瘦以外，全身的系统几乎还挑不出什么大的毛病。已经八十二岁的他，耳不聋，眼不花，走路不需要拐杖，每天早晚还能把他从项先生那里学来的"六禽戏"练上一两遍，直到身上出了微汗为止。但是，不得不承认的一个事实是，他现在已经是一个活天天的老人了，部落里男子外出要干的事，他现在基本上已经无能为力，每天吃饱了饭要干的事，无非是坐在太阳坡里晒暖暖，最大的爱好，也不过是在太阳晒得舒服的时候，眯缝着眼睛，发一些人生感慨，或者，在他忽然感到身上某处有些窟窟嗖嗖的异动时，能够非常准确地从身上摸出一只肥大的虱子来。他的思想比较简单，又是一个天生的乐天派，说话的时候总是高喉咙大嗓子的，还总会带着一些他自以为幽默的怪话来，然后就自己带头哈哈地大笑起来。

相对而言，黄雍父就显得深沉老练得多。这个人爱动脑子，遇到什么问题，总是要在心里接连问上几个为什么。人就是这么怪，当你总是喜欢夸夸其谈的时候，你的头脑就相对要简单一些，而当你善于分析问题和解决问题的时候，你又会变成一个沉默寡言的人。黄雍父就属于后一类。他的眼睛不太好使，但是他的耳朵却特别的灵。因此，当几个老年人坐在一起闲诹的时候，他总是支棱着一对大如扇子的大耳，像后世左右旋转的雷达天线一样，注意捕捉来自各个方向的信息。

沮诵亲自来到部落里老年人常常坐在一起晒暖暖的阳坡地寻找两位老人，一左一右，把他们拉到自己居住的半地穴式中型尖顶方屋内，一边请他俩坐在火塘前烤火取暖，一边就将挂在三角支架上的彩陶罐里的茶水倒给他俩喝。三个人一边喝着茶水，一边就议起了黄城整修的事情来。

从如今黄陵县侯庄塬上的贾原村向西的塬面上一直挖去的"黄渠"（防护壕），在黄帝挖取第一耒土奠基之后，就一直没有停止施工。只是现在到了十冬腊月、天寒地冻得无法再施工，才暂时停了下来，待明年开春之后再继续进行。当然了，那里有那里的问题，主要是有两三段塬面间，因为被雨水冲刷得断了联系，所以，要沟通这条黄帝黄城的南界，除了挖壕以外，还要像后世人打水坝似的，堆起极宽的基础，然后再一层一层地夯出一个个土桥来。这个问题沮诵已经在心里酝酿出一个大体的方案，但是现在沮诵所关心的事，却是黄城东界的整修问题。

根据黄帝当时带着十巫所测的结果，黄帝黄城的东界在如今黄陵县东二十五里处的龙首山与上翟庄山梁的交合处。沮诵经过实地踏勘，觉得为了强调黄帝黄城东墙的意义，还是应该对龙首山的自然山形进行一番人为的加工，主要是将龙首山拐向南面的拐角处挖成一个直角，以顺应龙首山向南延伸的总体山势。同时，将山的东西两坡堑直，强调它作为一道"墙"高不可攀的战略防御作用。在两位值得尊重的老人面前，沮诵毫不隐晦地表达了自己的意见：

"沮诵不才，然受帝之托，总成黄城。黄城东界既选龙首，就应象龙首而成山之势，使人望而生畏，陡生敬畏，唯有朝拜之心，而无攻伐之胆也！"

挥父听得高兴，不由得击掌而言。他把两手"啪"地一拍，言道：

"此正合吾意。龙首，取龙象；居东方，东方色青，亦可谓之'青龙'。青龙蜿蜒，当是其主势。"

黄雍父思考更多的是它真正意义上的防御功能：

"龙墙高威，然东界之守，则非其外围相扶而不成。是故龙墙居险，常兵以守，而其外围，则布奇兵，方可奇胜、正合。故其山顶宜平缓，以利出击；重兵以待，守我门户也。"

这一点，正是沮诵担心之处。黄雍父的话，让他眼前一亮。沮诵不由得握住黄雍父的手说：

"多谢老伯！黄城有望矣。"

为了更加精准地完成任务，沮诵又把两位老人拉到自己的车上，拉着他们直奔黄城东界去实地察看。他们边看边议，相互碰撞着灵感的火花。虽然说两位老人从小都是在这一带活动，对桥山周围的山川地貌可以说是了如指掌，但是，这一次他们三人一起进行的实地察看，还是发现了许多值得深思的问题。黄雍父指着龙首山的山梁说：

"青龙蜿蜒者，总谓也。然此处当以正成形，既显威严，亦利固守。"

他们还实地考察了龙首外之卫城（今黄陵县上翟庄村）之地形，根据地形，预估了这里的兵力部署情况。

黄雍父指着与龙首山相对，从南塬上直直地延伸下来的山梁和它前面居于姬水环抱之中的平缓山丘，说："扼咽喉而守要道，非此莫属也！"

挥父则目测着小山丘与周围河道之间的距离，估摸着箭的射程和它的控制范围，以及怎样主动出击的战争控制能力。

经过他们的反复研究与斟酌，并认真听取了"桥山十巫"的意见……这样，才会有来年春天，沮诵对黄帝黄城东界大规模整修工程的具体实施。

蛮牛负责对黄帝黄城东界的整修，这一工作持续了一年多时间，主要是因为劳动力的大量匮乏，此事又一次牵动了沮诵的心。

二

黄帝黄城的西界自如今宜君县许家原村向北，顺着山梁而行，经过黄陵县的吴家原村，再向北，则分为东西两翼，东翼较短，只包到黄帝黄城的西南宫；西翼却长而平缓，一直包到黄帝黄城西宫之外，又与从西北宫（今韩原村）西侧向南延伸的山梁隔河相对，形成了黄帝黄城西界的总体布局。

应该说西界的工程量不是太大，因为这边主要是利用自然地形而形成黄城外一道防线，所以住兵的问题就成了主要的问题。几乎和五千年后的自然村落分布相似的是，黄帝黄城西界与南界所挖黄渠相连的西南角，当年应该有重兵防守，到现在，就是许家原村。这个村的南面、西南角，直到村北，至今还保存着三四个墩台。而到了西界的中间，则是吴家原的"宫城"遗址。据当地的老年人讲，他们村南的开阔平台，就是当年的"西宫"，笔者在这里也捡到了红陶片。黄城西界上的另一个重要兵寨，就是虎尾山最北端"S"状折转的开阔平台。在这里住兵的多少，直接关乎到黄帝黄城西宫（今张寨古城）的安危存亡。所以引起了沮诵的高度重视。

解决大量的兵力的问题，和解决黄城整修工程的人力匮乏问题，同样重要地摆在了沮诵的面前。这个问题直到第二年夏天黄帝北逐荤粥的战争结束之后，才算是从根本上得到解决。

战争结束后，黄帝从漠北草原回到大同，再顺着桑干河一路向东，作为临时都城而"邑于涿鹿之阿"，而参战的兵士们则随其部落酋长而大多返还故乡。这时候，黄帝故里桥山大修黄城国都的消息，也在各个部落间不胫而走，听说黄城的整修需要大量的人力，出于对华夏共主轩辕黄帝的敬仰和崇拜，有许多年轻人就相约而至，当起了筑城、卫城的志愿者。大量人力、物力的会集，又牵扯出一个"兵马未动，粮草先行"的问题。为此，黄帝委派仓颉先回桥山，负责从各个部落调集粮草，满足黄城建设的需要。这个工程量太大了，仓颉为此鞍马劳顿，鞠躬尽瘁，有时忙起来了，连续几个夜晚都无法入睡。仓颉为此在今黄陵县仓村（与黄帝黄城乾宫相连）的平原上，修了大量圆形尖顶的土圆仓，用来储放粮食和黄城建设必需的各种生产工具与用品。

随着天下各部的志愿者的到来，在黄帝黄城参加整修的人员总数已经达到近十万人之多。工程的各个部分几乎同时在动工，新近从涿鹿返回的木正赤将和他的助手高元，就留在黄帝黄城中宫，负责合宫前黄帝明堂与议事大厅以及合宫后其他妃、嫔与子女宫室的建设。明堂和议事大厅都建在黄帝观象台（今称汉武仙台）与广场之后山脊隆起的高台上，原黄帝合宫依次后推，大小宫室，林林总总地一直延伸到西五壕前人工夯起的高"墙"上。

就像从宋代开始、一直流传至今的"长安九老"一样，从华夏大地汇集到桥山来的"桥山十巫"，全是一些高人。他们有积极性，也有能力，所以得到沮诵的重用，除了巫咸和巫即在中宫给赤将和高元当助手，其他像巫盼（东宫）、巫彭（西宫）、巫姑（南宫）、巫真（北宫）、巫抵（乾宫）、巫射（坤宫）、巫罗（艮宫）、巫礼（巽宫）等，各负责一个宫的整修和建设。沮诵除了全面负责黄帝黄城的整修工作以外，还兼北界的整修工作。蛮牛负责东界整修，陶虎负责西界整修。因为南界开挖"黄渠"和筑土桥的工程量最大，所以每一段工程，都安排了具体的负责人，他们分别是"桥山十巫"之外的巫阳（负责东段——贾塬到侯庄间黄渠的挖掘）、巫履（负责中段——土桥到韩庄间黄渠）、巫凡（负责今故邑到东湖间黄渠）、巫相（负责西段——东湖到许家原间黄渠）和巫乔（专事土桥、故邑桥、东湖桥这三座土桥的夯筑）。

与其说陶虎负责黄城西界的建设，不如说他是在这一段具体地贯彻落实沮诵的总体思路和安排。

比黄帝小四岁的陶虎长得虎头虎脑的，整个头形几乎接近于方形，一双四棱子眼睛一瞪，总是给人以威严的感觉。尤其是他那一双布满了老茧的、结实有力的大手，很容易让人联想到他是一个实干家。黄帝兄弟三个的聪明智慧，几乎全让排位老二的黄帝所占。他的兄长蛮牛和弟弟陶虎，就多是靠自己的实干精神而立身于世。相对而言，陶虎虽然头脑要简单一些，但是他的执行力与实干精神，却是一般人所无法比拟的。又因为他是黄帝的弟弟，大家对他也总是敬重三分，所以他令行禁止，也带出了一支特别能干的队伍。

　　陶虎将他所带的从事生产建设的"师旅"，从南到北，分为三个师团，分布在黄帝黄城西界的沿线，分别负责许家原、吴家原和虎尾山段的工程和防卫任务。许家原段是一个重点，因为它是黄帝黄城的西南门户，所以在这里，除了开挖防护壕以外，还在南面、西南角和北面，分别夯起了墩台，以与桥山遥相呼应（站在墩台上，就可以看到中宫桥山）。可以想象，黄城西界的工程量，主要就在这西南角和虎尾山上。负责虎尾山工程的师团长却是从北逐荤粥之战后返回来的志愿者弓长海生。根据黄帝孙子颛顼的安排，弓长海生手下的兵马，几乎整建制地全员来到桥山，参加到黄帝黄城的整修工作中来。

　　虎尾山本来并不是平的，只是与东面龙首山高而危的"龙墙"相对，位于西宫外虎尾山的"虎墙"，则按照风水（堪舆学）的要求，应该取"附卧"之状，非得要将它整修得平缓而连绵不断，并使尾梢呈"S"状盘卧之象。

　　弓长海生师团的兵士，就住在虎尾山的尾梢上，既把守着黄帝黄城的西部门户，每天还要派出兵士，负责从吴家原北头的制高点到虎尾山尾梢这段长达四五里距离的山形整修工作。弓长海生能够从河东来到河西黄帝的祖地桥山，并参加到黄帝黄城整修的天下各个部落人员的大会战中来，对他来说，是一件值得终生为之感到荣幸和庆幸并且引以为豪的事情。从北守恒山开始，弓长海生亲历，或者耳闻目睹了黄帝自东征帮助炎帝战胜蚩尤以来那么多雄奇壮观的人生故事，特别是这次北逐荤粥的壮阔战争场面，他对天下共主轩辕黄帝的崇拜和爱戴之情，已经达到了无以复加程度。这个白面小生，经过战斗的洗礼，脸色也变得深沉凝重了许多，在保持了他秀气的外形的基础上，更增加了刚毅果断的风格。

　　其实，弓长海生只是千千万万黄帝的忠实粉丝中的一个，要不，就不会有这从天下各个部落自愿汇集到桥山来的十万志愿者，甘心情愿地无偿参与到黄帝黄城的整修工作中来，他们流汗流油（在太阳底下暴晒的情形，就像要将人的油都晒出来似的）甚至流血奉献的精神，全在于一个人心向背的问题。

正是有像弓长海生这样的一大群年轻人的加入，黄帝黄城的建都步伐才得以加快，才在五千年前人类大多还处于蒙昧未开的荒蛮时代，在中华大地上出现了这样一个先进文化和理念精神的物质标识，让中华文明独领风骚于世界文明之林，成为包括古巴比伦、埃及、印度在内的世界四大文明的杰出代表，并且能够绵延不绝地延续了五千年，让我们这些研究黄帝文化的人似乎也荣幸地活了"五千岁"！感谢我们伟大的祖先，正是他们的聪明睿智和无穷的创造精神，使中华文明从一开始，就具有了这样生生不息的无限生机以及无比旺盛的生命力和创造力，从而创造出感天地、泣鬼神的辉煌业绩。保留至今的黄帝黄城大遗址，就是一个明证。

五千多年后，黄帝黄城依然保持着它的雄姿。研究者用三十多年时间，一层层地揭开了它的神秘面纱。2016 年 8 月 13 日上午和下午，当航拍器在满山郁郁葱葱古柏的黄帝陵桥山顶上，如同黄帝的精神"驭龙升天"似的直线升起的时候；当航拍器的镜头中隐约显现出桥山上原始先民留下来的西（北）五壕上柏树的一层层投影和唐代黄帝陵园高耸的城墙与蜿蜒的城壕的时候；当航拍器沿着桥山东面二十五里的龙首山（黄帝黄城东界）一路向南拍去的时候，那经过人工加工的山梁，如同一节节列车那样展现出浩浩荡荡、绵延不绝的磅礴气势，确实让拍摄者的心灵受到强烈震憾。笔者由此想到了黄帝黄城如果能够得到有效的保护和利用，当一个天人合一、气势恢宏的"黄帝黄城国家遗址公园"，以黄帝陵国家文化公园的主体框架真正展示给世界的时候，那么，中华民族的林林总总的文化遗产中，又要多出一顶"世界文化遗产"的桂冠。到那时，亲爱的三秦大地的父母官们，敬爱的黄陵县十三万守陵儿女——我的父老乡亲，还用愁别人能来抢夺我们敬祖、爱祖、护祖的神圣权利吗？

三

笔者原先以为，如今那个位于八卦形青砖花墙围护之中的黄帝陵冢所在地，正是原黄帝黄城中宫宫殿之所在。其实非也！又是 2016 年 8 月 13 日上午，当笔者带着摄制人员来到黄帝陵采景的时候，从黄帝陵的东侧走过时，才发现它是位于桥山之巅这个前有两个高台（分别是大臣与黄帝的观象台？阙楼与天坛？或曰阙楼与举行谛礼的祭坛，或者就是黄帝当年举行登基仪式的台基？应该说，这几种情况，都有可能）的"中心广场"的中央，就像我们现在的毛泽东纪念堂，位于天安门广场、正阳门之北一样。而黄帝黄城中宫原来的宫殿群，明堂、议事厅、合宫与后宫等，则是位于黄帝陵后面至今保留下来的、经过人工加工过的山顶高台与南北延伸线上。而在这片中心建筑之外，则是最高级别戒备的、切断山梁的东五壕与西（北）五壕。唐代宗时整修黄帝陵所修的黄帝陵园城墙，其东、西（北）堑断山梁所修的夯土城墙，特别是在其东北角有一个大型城台、一直延伸到南侧的东城墙，正是切在原始时代所修的东、西（北）五壕之内所筑。也许在黄帝时代，这东、西（北）五壕之内，就已经人工堑削或者筑成了防御的高台。汉唐时代的黄帝祠、轩辕庙，皆在桥山西麓的沟底，其祭陵神道，就从桥山西坡上来（其神道上至今还残留着当年所砌的唐砖），直绕到黄帝陵的正南方向（也就是现在黄帝陵第二停车场与祭祖神道的位置），再顺南坡而上，直抵黄帝陵前。而宋代为避水患，而将轩辕庙迁到原保生宫（即现在轩辕庙柏树院）的位置。宋代上山祭祖的神道，就从轩辕庙的西侧向北，再折向东北、北和西，形成一个大大的"S"形，在唐代黄帝陵东城墙上劈开一个东城门（其遗迹至今保存），进入陵园后，再走一直延续至今的祭祖神道。

黄帝陵桥山上从山顶一直延伸到南坡（今黄陵县上城）和东坡的超大面积的从旧石器到新石器时代的遗存和仰韶与龙山文化遗址（在这些地方，随处可以捡到仰韶文化的红陶与彩陶片，网纹、篮纹、绳纹等各种纹饰的红陶与较大器具的粗加砂陶片；这里几乎每隔几十米就是一个灰坑，有的灰坑有一二十米宽的口径，从断面看，有四五米之深。笔者从原来因施工掘开的灰坑里手刨了半尺深，就得到了两个灰陶环、一个古人用彩陶磨制出来的直径厘米的"阴阳图"或"太极图"，其中有人类的牙齿、残坏的骨针和彩陶、红陶、粗加砂陶等各种类型的陶片。笔者老爸上山锻炼时，就捡到了一个石斧。笔者还收集有原始地穴式粮窖经过烘烤的红色壁土和已经炭化发黑的黍谷类粮食，以及这些保存至今的防护壕、唐代陵园城墙与城壕、汉唐黄帝祠、轩辕庙遗址、汉唐与宋代的祭祖神道等内涵丰富的历史文化遗迹，雄辩地证明了黄帝陵自古以来在炎黄子孙心目中神圣的、至高无上的历史文化地位。笔者相信，如果能够将这些内容形象地展示给海内外前来黄帝陵寻根问祖的炎黄子孙，还是那句话——到那时，亲爱的三秦大地的父母官们，敬爱的黄陵县十三万守陵儿女——我的父老乡亲，还用愁别人来抢夺我们敬祖、爱祖、护祖的神圣权利吗？如果再加上对黄帝陵及其周围"方方七十里"黄帝黄城国家遗址公园（黄帝陵国家文化公园的核心）的保护、利用与开发，到那时，前来黄帝陵谒陵拜祖的海内外炎黄子孙，一定会成倍或者几倍地增长，还用愁黄帝陵旅游内容的单调和留不住客吗？

作为十三亿炎黄子孙的一员，笔者以天时、地利而有幸先认识了我们的老祖轩辕黄帝以及他的大臣们在黄陵这块热土上所留下来的丰富文化遗产，不敢私藏，所以才会用这洋洋洒洒的文字，详述于我的同胞与外族，以彰显我中华民族历史悠久、文化灿烂，黄帝文化源远流长、博大精深，黄帝大道是宇宙之道，它既代表了一种历史存在，又引领着人类的未来。笔者创建华夏黄帝文化研究院之宗旨——凝聚华人力量，挺起中国脊梁；传播黄帝大道，助推世界大同，初听起来好像提得有点大和夸张，其实还是有其丰厚深沉的文化内涵，是在对黄帝文化进行深入研究之后，对当今西方渗透、蚕食、魔化或者虚化我东方文明的一种反思维和反冲锋，是弘扬炎黄与我中华民族精神和文化传统，加强国学教育，从而凝聚民族力量，增强民族自信、文化自信、制度自信的一种民间努力吧。虽然有政治的力量、经济的力量，甚至包括军事的力量；但是，笔者相信，对西方来说，最具打击力量和人文关怀的，还是文化的力量。一个民族，只要其文化与精神不灭，那它就将永远屹立于世界民族之林，它也是永远不可战胜的。未来的世界，必然是东方的世界，大同的世界，和谐和文明发展的世界。人类的未来，必将因东方文明的传播与影响而如旭日东升一样，充满了无限生机，更加辉煌灿烂！

话说回来，我们还是回到五千多年前的黄帝时代，回到那如火如荼的火热的黄帝黄城的整修扩建过程中来，看看中华民族第一首都之"中国"

古城，是怎样被我们的先祖用一捧捧黄土、一刀一斧、一耒一耜地刻画呈现在中华大地上的。

黄帝黄城的西界主要是利用山塬、山梁的自然地形，而黄帝黄城的南界、北界黄渠的开挖，则创造了在平地和山塬上修城的范式——这既是对仰韶文化、聚落文化传统的继承和发扬，又将原来在二级台地上布局建筑的方式，直接提升到了塬面与山顶的位置上来。因为在黄帝时代，人们已经学会了打井的技术，这样，即使人类远离传统的水源地，也能保障其生活用水的需要。这样做的结果，使人们的适生区进一步扩大，在人类大发展之前，先完成了生活环境和区域的拓展。

总结中华民族以后能够得到大发展的直接原因，不外乎族外婚提高了人类的基本素质；原始农业的发展，特别是具有中国特色的二十四节气的产生和它在指导农业生产中的应用，满足了人类大发展所必须的粮食与食物需要；中医和中草药及针灸、推拿、按摩等中国式的养生学说与实践活动，从而延长了人类的寿命，确保了族群的发展；纺织工艺的发展，特别是养蚕织帛技术的成熟与发展，满足了人们衣物的需求；屋室、宫殿和城市的建设，使人类有了相对稳定和安全的居所；车和舟船的发明，特别是牛拉车、马拉车的发明，逐步建立起了天下各部落间交通往来的路径体系。指南车、战车的发明，成为一个部族强盛的象征。还有文字的发明，成为人类进入文明社会的重要标识之一。足够大的国土面积，为中华民族的发展确保了足够大的生存空间。而这一切必要的条件，在黄帝时代，都得到了全面的发明创造和长足的发展。黄帝的文武百官，事实上都是各个方面、各个行业的发明创造家，以后，他们都自然而然地成为中华民族在各个方面的始祖或鼻祖。

如果能够将这样规模的一个发明创造的群体用油画或者雕塑的艺术形式表现出来，那么，黄帝大道就在这各个行业的应用中找到了自己的具体表现形式：

应用到哲学领域，就有了一分为二的阴阳、建立在易理基础上的辩证思维方式和中国人特有的世界观与方法论；

应用到道德评价系统，就有了"道德""孝道"等较高层次的评价标准。在这里，道是根本，德是道的载体；孝是基础，道是将孝上升到道的境界的大道；

应用于天文星象，就有了四象、十二生肖二十八宿等中国人特有的星相体系与宇宙观；

应用于地理，就有了九州的划分；

应用于医学养生，就有了中医所独具的望、闻、问、切等辨证论治、八纲论治的原则和四时养生、不同年龄段养生等具体要求；

应用于农业，就有了按照二十四节气的节令要求适时耕作的中国农业特色；

应用于军事，就有了奇门遁甲、孙子兵法、三十六计等兵学经典；

应用于国家治理，就有了十二属相轮流值年、天干地支相配等原始共和的国家雏形；

应用于国都和城市建设，就有了像黄帝黄城这样天人合一的"中国"特色的城市建设的思路与实践。

......

四

黄帝黄城南界的护城壕——"黄渠"的开挖，在此次黄帝黄城整修建都的大工程中开始得最早，却完成得最晚。这项工程就从现在依然叫作"黄渠"的黄陵县侯庄社区贾塬村南开始，一路向西挖去。本来只是一条黄城的防护壕，却被引入水成为护城河，所以就有了"黄渠"之名。笔者就曾经从黄陵当地老人处收集到一个黄帝引水修黄渠的民间故事——《白水泉的传说》。

黄帝黄城南界上黄渠的开挖，是黄帝黄城此次全面整修工程中动工最早的项目，曾经由黄帝本人挖动了第一耒土。它的施工范围，从南界的东头一直延续到西头，也就是从今黄陵县的贾塬村开始，经过侯庄、土桥、故邑，一直延伸到今宜君县的东湖之北和许家原之南，渠壕深两丈、宽三丈，

1426

其工程量之大可想而知。而在南界，工程量最大的项目，却是今名土桥、故邑桥和东湖桥这三座土桥的夯筑。

由于南界是要在平原上挖出深壕、并在壕面之间要夯筑起相互连接的土桥，施工的难度和工程量最大，所以对黄帝黄城整修工程负总责的沮涌，就把精神和注意力更多地放在了黄城南界的建设上来。人们经常在南界的工地上能看到他现场办公的身影，因此，本来都排在"桥山十巫"之外的巫阳、巫履、巫凡、巫相、巫乔这五位巫师，一时就显得相当重要起来。

沮涌这个人有个最大的特点，就是他能够看到的问题，当场就给予解决，即使在吃饭时间，或者天黑了，打着灯笼火把，也要寻找到问题的答案，决不把今天的问题拖到明天。他还对整个工程量进行了总体上的推算，并根据推算，对每月、每天的工作量进行量化考核。由于方方七十里的黄城四界战线太长，他还从施工人员中抽出有责任心、认真较真的人员担任工程质量监督员，分配在每一段施工的现场，具体负责工程质量的检测、监督工作。这些人手拿着标尺（长杆），既给大家分配任务，又负责工程质量的监督、检查和验收，这些人虽然不是挥汗大干的人，却是工地上跑来跑去最忙碌的人。

有了这些人，沮涌的工作量就大大减轻了，他就可以腾出时间来，研究和解决更加重大的紧要问题。他把自己比作灭火者，不管工程的哪个位置和角度出了问题，第一时间，他都会出现在工作现场，及时给予处理。一开始，他这个灭火者还真忙了那么一段时间，随着人员配备和责任落实的到位，半年多以后，黄帝黄城的整修工作整个一部机器进入了自主运作阶段，他就变得几乎成了一个悠闲人员，经常是自己给自己找事干，他就从一个灭火者变成了一个专事加固作用的铆钉，主要工作任务，就总是在他所认为的工程重要却管理较为薄弱的部分。这样下来，他一天所在南界的时间，已经远远地超过了本来由他所负责的在北界的时间。因为在北界，他主要靠自己的得力助手黄雍父坐镇。老人虽然行动不是太方便了，但是其坐镇与蹲点据守的功夫，却是一般人所无法比拟的。正是由于黄雍父的蹲守，才腾出了沮涌这个机动的"棋子"，可以有精力和时间从总体上把握工程的进度和质量。

在南界所有三个土桥的筑建，以第一个土桥的工程量最大，也最关键。因为它开工最早，就担负着积累施工经验并且影响到相继开工的其他两座土桥的建设。

巫乔就是先后承担了这三座土桥筑建的现场负责人。

可以说，巫乔就是出生于桥山的当地土著。因为他是沮诵的学生，所以沮诵才会把这项最艰巨难办的事交由他来负责操办。

巫乔的特点和沮诵正好相反。沮诵的个头不高，身材敦实，又是个大脑袋，年纪偏大，或者说是长了巫乔一辈，已经是满脸花白的胡须、额头上深深地刻着三道皱纹。而巫乔却满脸光鲜，又是一个瘦高个儿，人显得既年轻又精神。他两个站在一起，不由得让人想起后世的相声演员，好像这一搭配本身，就充满了笑料。然而，他们却是一对表情严肃、办事丁是丁卯是卯的人，是善于把自己的奇特灵感和想象变成现实的伟大"实业家"。

结合当年夯筑黄城中宫城墙的经验，巫乔把土桥的基部做得非常宽，这样逐层夯筑，逐层收缩，最后建起来的土桥的横断面，就像是一个巨大的水坝一样。这样，黄帝黄城南界的四块塬面上的黄渠（防护壕，或者说是城壕），就是通过这样夯筑起来的三座"水坝"连续起来的。

前后用了一年多时间，终于完成了黄帝黄城南界上三座土桥建筑任务的巫乔，又转战到黄城北界连接西北乾宫和北宫的土桥的筑建工地上。这个工程量，和南界上三座土桥相比，那真是小巫见大巫了！所以，巫乔仅用了半年时间，就不但连接起了西北乾宫和北宫，还开通了黄城通往仓颉居地仓村之间的古道，并在其中完成了一座较大规模土桥的建设。至今，坐落于这条古道南北的村子，还叫作道南、道北。而黄陵在汉代时所建的翟道县城，就位于道北的平原地带。

巫乔因为专事土桥的夯筑，所以在黄帝黄城的建设中出了名，以后黄帝在轩辕古道最北端直接面对荤粥部落的"行宫"（位于陕北的神木县，现在被发掘出来，被称作"石峁遗址"，其古城面积四百多万平方米，中心遗址是"黄城台"）的建设，就几乎全是由巫乔所带领的夯筑队伍建设起来的。当然，在那里的建筑，他更多的是就地取材，使用了大量的石头（用石片砌垒）。或者说，这座古城是黄帝晚年在原荤粥部落城址的基础上所建构的以桥山黄帝黄城为中心的、面向北部荤粥部落最北的、担负着镇守和与荤粥部落交流与合作的桥头堡和行宫。那么，常驻在这里的将官是谁呢？则非接手昌意镇守北岳恒山的颛顼莫属也。随着黄帝回到故里、立都桥山黄帝黄城，也就是随着华夏政治经济文化中心的西移，其北部的防守重点自然也会西移，这就是如今位于陕西境内以桥山黄帝黄城为中心形成的轩辕古道（以后魏国古道和秦直道的前身），向南直抵关中、向北则辐射到陕北石峁黄城台的华夏龙脉——大桥山子午岭，这条轩辕古道的最北端，就是如今陕北的石峁遗址。

而在桥山黄帝黄城和陕北石峁黄城台的中间，还有另一个黄帝行宫，这就是位于今陕北子长境内的高柏山。我们试想一下，即使黄帝时代能够像以后的大唐那样，以快马换乘的方式前往石峁黄城台，这一千四百多里的路程，最快也得两天多时间才能赶到。那么，黄帝途中歇脚的地方在哪里？则从今黄陵县到子长县七百里，正好在中点上。由此看来，以子长县高柏山为黄帝的行宫，则似乎可以说是确定无疑的了。

本来住在桥山南坡背靠黄帝黄城中宫的中心居住区的巫阳，自从负责黄帝黄城南界东段——贾塬到侯庄间黄渠的挖掘任务之后，就几乎把自己拴在了工地上。巫阳出生在阳春三月，是一个浑身散发着阳光正能量的人。他又是一个天生的喜相，平时说话不说话，脸上总是挂着挥之不去的笑容，这也是没办法的事，他这人，即使伤心得要哭，即使面对一个有重大灾难与悲情的人，他的脸上总还是挂着笑意，似乎都有些不通人情了。所以那些熟悉他的人，慢慢地就给他起了一个再切贴不过的绰号——笑脸。挖土壤本来是一个非常吃力的体力活儿，加上当时的生产工具只有木制的耒和耜，浅层耕作还算凑合，可是要深挖起土来，就显得有些力不从心了，一时工地上有多少断耒残耜，最后逼得人都用上了青铜器具，在原来石镰、石斧的基础上，形成了新的生产工具，可以抡起来使劲挖的有一定硬度的合金铜镐、铜镢、铜锹等所有能用得上的工具。好在这一段是厚厚的黄土层，其中并没有在当时来说让人类根本无法撼动的石头，所以说这段黄渠的开挖，总体上还算是顺利的。

前面有巫阳做了个样，后面巫履、巫凡、巫相负责的这几段黄渠的挖掘，就有了个执行的标准了。于是，所有黄城南界的黄渠，就都被挖成了深两丈、宽三丈的长壕。时间过去了五千年，现在，在黄渠一带的土壕因为农民耕地，早已经被填平了，而历史就是这样的巧合，恰恰就是在消失了这段黄渠的地方，却是有意要纪念这一事实似的，保留下来了"黄渠"这个地名。而往西走，在今侯庄村西边和联结侯庄与土桥村的土桥的东西，还保留着当年人工开挖出来的土壕。再往西，210国道原来就是循着黄帝黄城南界的深壕而行，直至今宜君许家原村南。这里的遗迹至今依然保留着，只是随着现代公路的拓宽改造而被挖得越来越宽。我们可以看到，原来立于黄渠之南的夯土高台，已经因为公路拓宽而被劈掉了一半。现在又有人把这里的夯土墩当作"魏长城"来开发利用，尤其是许家塬村南的这段，土壕南的土墩，已经被用铁栏杆围护了起来，成为人们参观"魏长城"的一号墩台。

五

在中宫给木正赤将和高元当助手的巫咸，本来就是一个来自河东解州一带的大巫。在当时，巫是一个人在部落中和社会上身份地位的象征，既是这个时代知识分子的一个代名词，又是部落中仅次于部落酋长位置的一个重要角色。因为，从一开始，一个部落中的巫师，这种可以沟通天地、实现"天人合一"的神人，由他带领着族众一起行禘礼，往往就是这个部落的酋长。只是到了黄帝时代，随着社会分工的细化，巫师或者说巫医，才被抽出来成为一种专门的职业，但是他在部落中的地位，仍然可以说是举足轻重。但是，在实质上，这个时代巫师们所做的工作，实际上是部落酋长意志的体现，是为部落酋长服务的百官之外一个特殊的行业。

自从黄帝成为天下共主之后，他的故里桥山，也成为当时天下万氏中极为重要的一个文化中心，所以才吸引来这么多天下各个部落的巫师，大家聚在一起交流、学习、提高，特别是对仓颉所造字符的学习、研究和推广，在当时，其学习和传播的主要对象，就是以各个部落的巫师为代表的天下知识分子。而来自各地的"桥山十巫"，就是天下巫师中最具代表性的人物。从天下各个部落中来到桥山的巫师，决不至于十个，而"桥山十巫"作为一个动态变化中的群体，则是当时汇集到桥山来的天下巫师最优秀的代表。能够进入"桥山十巫"，就像我们现在的国家两院院士一样，既是对其学术水平的肯定，又是当时最优秀知识分子的一种标志。

巫咸之所以能够荣耀地被排在"桥山十巫"之首位，这也与黄帝自东征以来在咸池（今山西运城市盐池）一带的大量活动有关。当一个地方成为天下人所关注的焦点的时候，其在整个华夏民族中的知名度、美誉度和影响力就会大大提升。巫咸就是在这种社会作用的推动下，才名实相符地被推上了"桥山十巫"的第一把交椅，成为一代知识分子的典型代表。

巫咸这个人，其最大特点是除了巫师本身的本领外，他在医学、音律、文字、计算、建筑等方面，特别是在厨艺方面，很有建树。早在黄帝与炎帝第一次战胜蚩尤之后，于河东渤澥修黄城的时候，巫咸就是赤将和高元一个不知名的学生和助手。现在，赤将和高元来到桥山黄帝故里，巫咸再一次成为他俩的助手，这在他的人生中意义重大。一个人成功与否，这与他所交之人成正比。人常说的"近朱者赤，近墨者黑"，就是这个道理；虽然也有所谓"出污泥而不染"的奇人，但是对大多数人来说，选对了朋友或者说老师，就等于上了一个台阶。所谓"名师出高徒"，巫咸就是这样的高徒。

巫咸的个子并不是太高，但是人却长得白白净净，总给人一种爽朗、儒雅、阳光和大度的感觉。他做什么事，很注意分寸和度。说话不紧不慢，一字一板，却总是字字珠玑，出口成章，就像笔者评价当代文坛的贾平凹老师那样"出口是美文，句句吐莲花"。也许是从小受到盐池那样一种生活环境的影响吧，他的最大特点是爱吃盐，平时身上总是背着一个彩陶小瓶，每到吃饭的时候，就会自己从陶瓶里倒出一些盐来，撒在烤肉或者面食上。他还有一口完整的银白牙齿，这和他饭前饭后总是用盐水漱口有很大的关系。

同样是给赤将和高元当助手，巫即却和巫咸互为补充。他俩一个做事谨慎，一个则雷利风行，就体现了一个"快"字，其手脚麻利之程度，堪和一只猴子相比，因而有了"闪电"的绰号。或者说，巫咸和巫即的区别：一个在思想上，一个在行动上；一个是语言的大师，一个是行动的楷模；一个是想到就说，一个是想到就做。

黄帝黄城中宫的建筑布局，主要是按赤将和高元的意见办，但是巫咸与巫即扩大中心广场和置设"四坛"建设方面的建议，还是被赤将和高元所采纳，即扩大明堂前广场，使其成为一个可以容纳千人以上的广场；加高、加固原来轩辕黄王的登基台（观象台）为地坛，同时兼顾观象台功能。再在其前几十丈远的地方，即今"文武官员，到此下马"碑侧的主山脊上另修一个天坛，举行重大活动时它是天坛，平时则主要供大臣们夜观天象所用，大挠成为这里的常客。同时，在桥山之左右山坡上各修一土台，命之为"日坛"和"月坛"，分别为羲和占日和常仪占月所用。

而桥山黄帝黄城中宫的主体建筑，则鹤立鸡群似的屹立在桥山中心居住区（包括了桥山南坡、东坡的广大面积）的制高点——桥山之巅中心广场后的高台上，包括了可以容纳天下九州部落首领一起议事的明堂，可以容纳文武百官在内、九开间的大殿（议事大厅）和四妃十嫔居所的合宫与后宫。

巫盼和巫彭负责的东宫、西宫，都是堑断山梁而形成的古城。东宫以兔龙部落酋长为主，西宫以鸡龙部落酋长为主，都对原有楼进行了改造和扩建，因而显得气势非凡起来。

巫盼人长得奇瘦，一对鼓起的眼泡，就像青蛙的鼓目似的，然而，他却是目大有神，极善于观察分析事物，很快就能归纳总结出其中规律性的东西来。由于他的一双鼓目极具特点，所以人皆称他作"大眼窝"。他走到一个地方，总是左顾右盼，把他的大眼珠子转来转去地仔细观察和分析，因而，他又是一个有极高水平的风水堪舆师和建筑设计师。所以，他所负责的东宫整修工程，沮诵基本上不用为之操多少心，对他这样的能人，你只管放心使用就行了。所以，沮诵只是来到东宫，指划着原有建筑，提出新的要求，巫盼当时就在地上用小木棒画出了东宫建构的示意图，沮诵看了，满意地点了点头，且把巫盼的纤细长手在手心中有力地握一握，郑重地说一句"拜托"，就完成了对东宫（今阳洼古城）的布局安排。

巫彭本身是一位巫医，在中国远古的时候，医巫不分，只不过随着中医技术的不断发展，中医才从巫术中独立了出来。巫彭对中医的最大贡献，就是首创了咱们中医所用之处方。从他开始，中国中医有了方剂与组合用药，从而使中医辨证论治、系统调理的方法论落到了实处。虽然巫彭的主要贡献是在中医方面，但是在黄帝黄城西宫的整修过程中，他也对西宫（即今张寨古城）进行了一番"辨证论治和系统调理"，特别是在对山梁堑削形成的东城墙，他创造性地做出了突出的垛台形状，从而扩大了冷兵器防御的覆盖面，形成交叉打击的局面，不留任何死角。

巫姑是"桥山十巫"中唯一的一位女巫，她不仅人长得美，心灵手巧自不用说，关键是在南宫的整修过程中，除了马龙部落的主楼，更多地安排了黄帝妃、嫔及子女等众多因素，比如说嫘祖梳妆楼、素女白水泉、九子城和相隔九子城的"九龙沟"等。这些遗迹，至今依然存在。

北宫（孟家原）和乾宫（韩原）都在塬面上，周围都挖了防护壕；坤宫（故城塔）和艮宫（呼湾峁盖），利用了自然的山梁或峁盖，只有巽宫（郭家洼）是在半山坡上，但是，其背后，仍然有一个独立而出的山峁作为总控。巫真（北宫）、巫抵（乾宫）、巫射（坤宫）、巫罗（艮宫）、巫礼（巽宫），分别是这几宫整修的主持人。

应该说，"桥山十巫"及编外的巫阳、巫履、巫凡、巫相和巫乔等巫师，主要承担起了黄帝黄城全面整修的创造性工作。这些人是当时知识分子的代表，代表了最先进的思想意识和生产力水平，由此可见知识的力量。

就这样，一刀一斧、一耒一耜地，我们可敬可爱的先祖们，几经风霜雨雪和严寒酷暑，前后用了四年多时间，终于在黄帝十五年（辛丑年）（公元前2710年）秋冬之际，完成了黄帝黄城整修的伟大工程。沮诵在桥山中宫最前面的天坛（大臣们的观象台）上，邀集来挥父、黄雍父、陶虎、蛮牛与"桥山十巫"等，弓长海生也在被邀之列，大家一起品茶吟诗，喝酒唱和，庆祝黄帝黄城——华夏第一个真正意义上都城的最后建成。站在桥山上四望，扇面一样展开的南宫、龟盖一样隆起的北宫，自北向南合抱的西宫，与自南向北延伸的精致的东宫，高而显的乾宫、艮宫，低而隐的坤宫、巽宫，五方色的图腾旗帜，桥山上是中央黄色龙旗，东面一律青色旗，西面一色白色旗，北面全是玄色旗，南面一片赤色旗，其场面的壮观恢宏，让人为之而自豪，大有"江山如此多娇，引无数英雄竞折腰"浩叹！

以沮诵为首的，包括"桥山十巫"等在内，所有参与到黄帝黄城整修工程的十万兵士，为黄帝晚年立都桥山举行了隆重的奠基礼。此事沮诵功不可没。此项工程是包括桥山十巫等在内，所有参与到黄帝黄城整修工程的人集体智慧的结晶。他们遗留在桥山及其周围地上地下的历史文化遗产，如今正在一层层地向世人揭开其神秘的面纱。这些遗址和遗存再现于世，就是要为中部桥山黄帝陵立起丰厚的"历史纪念碑"，从而让国内那些所有的假"黄帝陵"无话可说。

这些人以后又向南、向北、向东、向西扩张，建设了黄帝的多座行宫，形成了黄帝一统天下后的核心文化区，也就是现在人们所说的包括了关中、陕北，东到黄龙山，西到黄陵百药谷、子午岭沮源关（各一百八十里），北到富县寺仙、张村驿，南到宜君寺天、铜川金锁关（各一百二十里）的以黄帝黄城为中心的"黄帝文化核心区"；如果再扩大一圈的话，则包括山西运城至北岳恒山、甘肃天水、平凉、庆阳等在内的"黄帝文化核心圈"，比如说关中地区已经发掘出的杨官寨遗址，陕北地区还在发掘中的石峁黄城台遗址等。而黄帝当时以一个人所能达到的极限（最大的活动范围），则正如司马迁所言："东至于海，西至崆峒，南至于江，北逐荤粥。"黄帝文化圈的最大覆盖面积，正是古人所说的，东至于海，西过流沙，北到漠北，南及交趾。

第二十二章

一

　　黄帝北逐荤粥后，并没有立即返回，而是在荤粥部落酋长头曼的陪同下，是临殷繁水而东南行，前往阴山北部草原（今内蒙古乌兰察布市察哈尔右翼前旗），避暑游览，观于九十九泉，直到天气开始转凉，才告别头曼，"车驾还宫"，重新翻过阴山，返回到今山西大同的黄城，在这里度过了几天秋凉后最惬意的日子，稍作修整，又循桑干河而东北行，终于在冬天到来之前，回到了位于今河北省张家口市涿鹿县矾山镇的黄帝城，开始了他"邑于涿鹿之阿"的生活。

　　黄帝这一次回到涿鹿，当地是一片和平景象，但是，战争的伤痕还处处可以看到。黄帝把重点放在恢复战争的创伤上来，组织当地居民，按照黄历上二十四节气所总结的规律进行农耕，恢复制陶、制玉、铸铜、磨制石器等手工作坊生产，重建生活秩序和家园，让百姓过上太平安宁的日子。

　　人的生活一旦忙碌起来，日子过得就非常地快。而当你专注于一件事的时候，时间会过得更快，不知不觉，一天时间就过去了，新的一天又开始了。为了能对时间有一个较为准确的把握，黄帝指示风后，组织大挠、羲和、常仪等，一起发明了一种"沙漏"的记时工具，并专门安排了一个时辰打一次更的打更制度，这样，一天之中十天干和地支的轮留值守，就形成了定律，大家各执其事，忙而不乱。

　　终于有一天，从黄帝故里有蟜氏桥山传来了黄帝黄城整修完工的消息，涿鹿城里一时又乱了起来！一时间，黄帝到底要不要迁都回桥山，成了人们热议的话题。这个话题一议起来，就各种说法都有了，搞得黄帝也一时不能违背众意，只好以"落叶归根"的观念慢慢地渗透着，到时候了再说。

这一拖，五年时间就过去了。终于在黄帝二十年（丙午年）（公元前 2705 年）秋天、黄帝六十四岁的时候，在值年太岁马龙部落酋长屠维和风后的主持下，召集来十二属相和文武百官，最终议定"还都桥山"之事。但是，黄帝明确表示，在回桥山之前，他还有以下三件事要办：

一曰泰山封禅定东夷；

二曰再会炎帝定江南；

三曰荆山铸鼎定乾坤。

至于回到桥山以后干什么，黄帝也想了很多：首先是要完成《归藏》，其次还有传大道与治国理政思想的《四经》，研究医理与养生的《内经》《外经》，风水堪舆的《宅经》，奇门遁甲的《阴符经》，如此等等。总之，黄帝就是要在天下大定之后，将天下管理的日常事务交由值年的太岁和天干去处理，而自己则"无为而治"，可以静下心来著书立说，从而使自己的思想、精神和灵魂，也像他所创立的原始共和体制那样，天干地支相配、六十年一轮地永远传承下去。

最近一段时间，或者是由于节令已过处暑，虽然还有所谓的"处暑十八盘"，但是早晚的温差已经十分明显，白天还是能晒红石斧，晚上，却开始变得凉风习习，是一年中最适宜人居的气候，到了后半夜，人还得盖上薄被，以防受凉。古人以为秋主杀气，所以进入秋天之后，黄帝晚上睡觉的梦就多了起来，而且前后可以连贯成一个系列：

第一次，他梦见母亲附宝成了一个天界的女神：在一个通天立窗前，他看到一个人在那里忙着什么，再一个镜头就是一个女神的头饰的剪影，而当他看清了那个女神的脸的时候，却是年轻又漂亮的自己的母亲，她一脸平和的表情，一脸阳光单纯，一脸自带的微笑。黄帝一惊，口中不自觉地吐出个"妈"字（他自己都听到了自己的惊呼），这一声喊出口，就有一种超自然的力量，推着他飞速后退、后退……极快地拉开了他和母亲之间的距离，母亲就这样消失在他的眼前，他也在后退过程中惊醒。

第二次，他梦见自己在一个水池中洗澡，而这水池却在母亲的屋内，他躺在水池中并没有什么动作，而是盖了一张牛皮静静地躺着，这时候，他听到了门在响动，一个强烈的意识告诉他：母亲要回来了！

第三个梦是关于父亲少典的。他看见他的父亲是一个年轻高大又帅气的白格生生的小伙子，他虽然背对着他，他却能看到父亲亲切的充满朝气和微笑的白净脸蛋儿。而当他的目光移向左下，却看到了父亲晚年弓背的、瘦小萎缩形象和他那张布满了一条条深刻皱纹的黑瘦小脸。同时看到两个父亲，这让黄帝再一次被惊醒。

第四个梦，是他先后梦见两只老虎。一只就像是现在动物园中那种温顺的东北虎，它的周围就站着观赏它的小孩和大人，它在一栋二层小楼前大步朝前移动，前面的小孩和大人就退后到安全区域外，依然兴致勃勃地观赏；而下一个镜头，还是那栋二层小楼，在二楼上却站着一只又肥又大又胖的白虎，几乎占据了所有的画面，它正将头伸出来，面朝下吃一个饲养员递给他的肉，而黄帝的左手却钻心地疼，就像是白虎在咬他的手似的。黄帝在剧痛的刺激下醒来。

黄帝虽然对占梦很有研究，但是，他还是把风后、大挠叫来，想听听他俩对这几个梦的占法。

明堂中，黄帝和风后、大挠三人，成品字形相对而跪坐在棕垫上，中间的圆陶盘内，是彩陶罐、小陶杯，小陶杯内是冒着热气的金黄色的茶水。他们三人一边对话，一边用小陶杯品咂着这由炎帝榆罔派人自江南送来的神农茶。来自今山东半岛的青要氏女青女，跪坐在黄帝右，不时提起绘有鸟图案的彩陶罐，给他们添着茶水。

一身青衣是青女的标志。只见她人长得清秀苗条，脸形收缩，尖下巴，脖子很长，高胸、细腰，跪坐在那里，底盘宽厚而浑圆，就像是一尊长把儿的青葫芦，让人看着不由得生出一种怜爱。她肌肤如凝脂，玉白中透着鲜活的青春红晕；眼睛特大，黑眼珠扑闪扑闪地察言观色，嘟噜着的樱桃小口，嘴唇厚厚的，红红的。她一言不发，只是竖起了一双薄薄的圆耳朵细听着黄帝和风后、大挠的对话。她是黄帝新纳入的嫔女之一，其他还有来自鸟部落的翠女和来自东夷的夷女。

她看到黄帝是那么的威仪和端庄，宽厚的肩膀，宽阔的胸怀，即使很谦和地跪坐在那里，也像是一道伟岸的墙。黄帝一脸凝重，微皱着眉头，一边沉思着，一边端起小陶杯，咂了一口清苦的茶水，这才开口：

"余闻亲人入梦者，寒将至，欲求衣，然乎？"

"然也。古来如此。"风后总是不忘他的标志，他不慌不忙地摇着鹅翼扇，点头肯定。

"余梦母仪成仙，何如？劲风猛推，余急退，何如？"

"母仪成仙，大吉也！劲风猛推，汝急退者，人神之别也！以母子情深而近，因人神之别而远。"大挠挠着头皮，这也是他灵感到来的标志。

"余梦虎行而人退，又见白虎进食，而手疼至醒。何也？"

"帝龙身而虎相，虎者山之王者，虎行而众兽隐，当然；观白虎进食而手疼，连心也，爱悯也，慈悲也。宜结友而伴，放生释怀；宜寻龙捉脉，观虎相也！"风后对曰。

大挠进言："有平谷者，其山若龙，主尊而左右从；其势若凤，乃龙凤大穴也。帝往以观乎？"

"诺。"黄帝郑重地点了点头。

于是乃筑轩辕台于平谷。至冬，黄帝冒风雪严寒，立于轩辕台上，面北察看龙形凤势，长啸曰："余百年之后，若葬于此，亦不失一好去处。"浩叹归浩叹，一时感兴之言，然黄帝归藏桥山黄帝黄城之意已决，则言必行，行必果。所以才有四千年后，唐代诗仙李白"燕山雪花大如斗，片片飞落轩辕台"——古圣不可追的浩叹。

后人就在这轩辕台上修了黄帝祠以作纪念，又有黄帝逝世后葬于此地的传说，可是，自古以来，包括当地县志的记载，谁也不知道这个"黄帝陵"的确切位置，正像是"只言此山中，云深不知处"的意境。但是，我们看到，因为司马迁在《史记》中有"黄帝崩，葬桥山"的明确记载，如今北京市平谷区就将通往黄帝祠的这条路改作了"桥山路"，其言下之意，似乎连黄帝的故里桥山也被位移到了这里。

历史是不争的事实。我们这些黄帝遗迹所在地的行政领导们，切莫再为了出政绩，为了发展当地文化旅游产业，而邀上几个拍砖家和没有学术根基的学（舌）者，给上几个小费，就信口雌黄，随意歪曲和篡改历史。比如就有人别有用心地将汉武帝"征朔方"改为"征北方"，这样汉武帝顺着秦直道征朔方的路线，就被位移到了河北涿鹿，又在央视上以电视专题片

《发现黄帝城》的形式广为传播，结果在受众心中造成了混乱。须知，乱我中华根，是一种犯罪行为。

二

黄帝一行既已出发，则"箭在弦"而不可收也。因为既已决定"还都桥山"，所以，涿鹿城中的其他人员，在黄帝一行，包括十二属相和文武百官离开涿鹿南下的时候，均已开始踏上了回桥山的路途，涿鹿城已经不再是黄帝城，而是转交给猪龙部落使用了。黄帝已经没有了再回涿鹿城的"回头路"，只有一路向南，继续完成他事先计划好的一个个事件。

黄帝一行这次南巡，第一重要任务，就是亲自与各地部落的酋长交流回访、重申盟约、扩大共识，夯牢基础，巩固业已形成的原始共和国体；其次的任务是，由十二大部落酋长，这些参与到轮流执政序列中的"太岁"们现身说法，说明由黄帝所创造的天干地支相配、由天下十二大部落酋长和所配天干六十年一轮永序传承运转的"原始"共和国体的科学性和可行性，一路像宣传队一样，给大家普及原始共和知识，从而使原始共和思想深入人心，永久传承；第三个并行的非常重要的任务，就是由黄帝的师臣——文武百官们，这些百业的发明创造家和始祖们，一路像播种机一样传播文明成果，引导天下各部落共享文明成果，共同发展进步。从这一点上，黄帝这次不辞劳苦地在华夏大地上划了一个圈的长途跋涉，就显得非常必要。

正因为黄帝的南巡担负着这么重要的历史使命，所以他的此次行动，就被后世的史学家司马迁以"南及熊、湘"写进了史家之绝唱《史记》之中。也正因为此次南巡意义重大，所以黄帝将家小亲族、四妃十嫔等，基本上都已迁回桥山，身边只带着有文明传播任务的嫘祖（养蚕）、嫫母（织帛）和前面提到的青女。

青女的重要性，是她让本来已经近于晚年的黄帝重新焕发了青春，重新找回了年轻时对异性爱的神秘和向往的感觉。他们相互找到了情感的依托，正处于热恋中的他们，怎么能相互放得下呢？

青女其实是个对自己约束很强的人，可是，自打见到黄帝的第一面之后，她就完全变成了另一个人。青女的心中有她选择男人的标准，其实她也想像其他所有普通的女人那样，拥有一个属于自己的小家，过着一个普通女人所能过的那样平静安宁的生活……可是，黄帝在她的生活中一出现，她原有的一切秩序就全乱了！

自打看到黄帝的第一眼——那一种好像前世就认识的超验感受！如果人真的有前世今生的话，他俩在前世就肯定是不离不舍的好男女！从那一刻起，她就在自己心中默默地想，这才是我所想要的男人！

青女看上去显得很年轻，给人二十多岁的感觉，其实她已经三十多岁了。她之所以一直没有找到自己的另一半，是她所要求的标准太高。她心中最理想的男人，是那种能书善文、温和儒雅并且善待她的人。她一直在寻找，等待，可是时光匆匆地过去了，她的等待没有结果，她的青春也离她而去，她觉得自己的心已经变老，从此不再为情所动，也不再为情所困，甚至不想再为情所扰，心静了，情淡了，一个人清心寡欲，过着平静若水的日子，就像后世的出家人一样无欲无情，甚至没心没肺……然而，上天给她送来了黄帝。与他相逢，相遇，相知，相爱，如同梦一样。当黄帝靠近她的那一瞬，一下子就唤醒了她无数沉睡的梦，她一颗平静的心从此不再平静。在她的眼里，黄帝不会是她的父亲，而是她倾注了无限爱意的亲爱的哥哥！多好的哥！她心里澎湃的情，如海浪那么亲切而缠绵地反复拍打着海岸！只是轻轻、神圣的一亲，那么柔软的一个蜻蜓点水，就足以让她醉倒在他怀中。

而青女给黄帝的感受，也是那么的强烈和震撼。我们且把黄帝写给青女的几首诗介绍给大家：

《亲》之一

亲不禁兮
心颤，
若花开兮
活范。

1440

雨后光兮
刺眼，
云挂金兮
灿烂。
河解冻兮
水唱，
荷之醉兮
沉艳。

《亲》之二

天意汝亲，
亲汝相依。
亲而想汝，
若何想你？

亲汝之柔，
亲汝之仪；
亲汝今世，
亲汝后迷。

共汤以亲，
目盼亲昵；
上天之礼，
上帝之贻。

之三:《兄妹》

汝吾妹兮
亲，
后世逢兮

喜；
与汝恩兮
母，
与汝爱兮
子。
心中爱兮
诗，
爱心中兮
蜜。

再一首:《爱》

爱馅情汤，
舟自荡漾；
鱼戏荷花，
归巢以唱。

由此可见已经六十四岁的黄帝，其对青女用情之真，若回少年矣！

静夜里，当黄帝在想青女的时候，青女的感觉是月亮睡着了，星空宁静，梦境甜美，每一分，每一时，心里有你，梦里守护。世界因你而心跳，生命因你而美丽，真情因你而不老！

这就是黄帝和青女一场迟到的轰轰烈烈的爱。这可以还用黄帝写的另一首诗做证:《弹妹》:

琴兮颈长，
琴兮肩方，
琴兮幽扬。

匏兮宝囊，
情药以装，
医我思想；

饱兮宝囊，
情酒以享，
醉我心肠。

妹若琴乎？
美思冥想；
汝若琴乎？
痴弹一唱。

　　黄帝一行在北方最主要的公关活动，都是针对东夷的，不管是封泰山、禅丸山，还是问道白泽。而黄帝到了南方，在江淮一带，主要任务就是和合蚩尤旧部，在这些"青铜之乡"，他把铸铜技艺发挥到了极致，一路铸鼎，从缙云开始，就有了与容成公黄山"炼丹"、庐山结庐，又取铜陵之铜，在黄石、黄冈、黄陂，与当地小部落铸鼎结盟，直到来到君山，与炎帝榆罔共同欣赏《咸池》而忆旧，铸鼎重申盟约以启新，直到在南岳衡山上留下一个"黄帝岩"……至今，在南岳衡山黄帝岩下，天然形成的洞穴中，一块立石之上，依然刻着黄帝打坐修炼的古像。

　　遗憾的是，黄帝元妃嫘祖殁于衡阳道，就由四妃嫫母一路护送返回，遇三峡之阻，不能魂归故乡，只能先葬在今湖北宜昌之嫘祖山，直到其孙颛顼继位之后，才移陵四川盐亭故里之青龙山，故而形成宜昌和盐亭嫘祖陵墓之争。但是，事实是，不管是历史上还是现实中，如今的宜昌是有庙而无陵，而四川盐亭，则是既有庙，又有陵。

　　黄帝一生中最大的一次铸鼎结盟仪式，是在今陕西省富平、闫良、三原间的荆原或者荆山。只有经过在江南一路铸鼎的技术积累，才会有黄帝回到本土而取首山（在今山西永济市）之铜，一次铸造出象征天下统一的九个大鼎，立下"一言九鼎"的盟约，标志着黄帝终生为之奋斗的华夏一统大业从此建立，自此而永世绵延不绝。这样，才会有黄帝晚年回到桥山故里，立都于黄帝黄城，潜心于著述、天下大治之后的"无为而治"。

　　让我们还是回到黄帝和炎帝君山铸鼎赏乐的现场，记录下那让炎黄子孙为之感到骄傲、为之兴奋、为之激动不已的热烈场面吧!

应该感谢老庄,他在《庄子》中,对这一事件,进行了绘声绘色的描写:

> 北门成问于黄帝曰:"帝张咸池之乐于洞庭之野,吾始闻之惧,复闻之怠,卒闻之而惑,荡荡默默,乃不自得。"
>
> 帝曰:"汝殆其然哉!吾奏之以人,徵之以天,行之以礼义,建之以大清。夫至乐者,先应之以人事,顺之以天理,行之以五德,应之以自然。然后调理四时,太和万物。四时迭起,万物循生。一盛一衰,文武伦经。一清一浊,阴阳调和,流光其声。蛰虫始作,吾惊之以雷霆。其卒无尾,其始无首。一死一生,一偾一起,所常无穷,而一不可待。汝故惧也。
>
> "吾又奏之以阴阳之和,烛之以日月之明。其声能短能长,能柔能刚,变化齐一,不主故常。在谷满谷,在坑满坑。涂郤守神,以物为量。其声挥绰,其名高明。是故鬼神守其幽,日月星辰行其纪。吾止之于有穷,流之于无止。子欲虑之而不能知也,望之而不能见也,逐之而不能及也。傥然立于四虚之道,倚于槁梧而吟:'目知穷乎所欲见,力屈乎所欲逐,吾既不及,已夫!'形充空虚,乃至委蛇。汝委蛇,故怠。
>
> "吾又奏之以无怠之声,调之以自然之命。故若混逐丛生,林乐而无形,布挥而不曳,幽昏而无声。动于无方,居于窈冥,或谓之死,或谓之生;或谓之实,或谓之荣。行流散徙,不主常声。世疑之,稽于圣人。圣也者,达于情而遂于命也。天机不张而五官皆备。此之谓天乐,无言而心说。故有焱氏为之颂曰:
>
> "'听之不闻其声,视之不见其形,充满天地,苞裹六极。'汝欲听之而无接焉,而故惑也。
>
> "乐也者,始于惧,惧故祟;吾又次之以怠,怠故遁;卒之于惑,惑故愚;愚故道,道可载而与之俱也。"

庄子的描写,是从大道的高度来审美音乐。虽然他对《咸池》之乐的内容进行了绘声绘色的描写,但是从场面描写来看,庄子的描写还不够,

1444

还不足以表现黄帝与炎帝张乐于洞庭时那样一种开阔壮观的宏大场面!

三

首先我们得弄清楚黄帝来到君山的时间，应该是黄帝二十三年（己酉年）（公元前 2702 年）的秋天。当年的值年太岁是十天干的己和鸡龙部落酋长吴回。

那么，黄帝为什么要与炎帝张乐于洞庭呢？笔者在君山景区看到一个并不是很大的"飞升亭"，其意无非是黄帝铸鼎"飞升"之意。可见，黄帝与炎帝之所以张乐于洞庭，就是为了庆祝这次黄帝江南之行"最后一铸"的成功。同时，也代表了炎黄二帝之间的合作与联盟，甚至包括整个华夏古国的建设，从此上升到了一个新的、更高的阶段。所以说，黄帝与炎帝人生中的这"最后一拜"，对华夏古国的形成，特别是对以后华夏民族、炎黄子孙群体的形成，起到了奠基石的作用。

黄帝逆长江而上，一路铸鼎结盟，进一步巩固了他与江南各部落之间的友谊，同时巩固了他作为"天下共主"的中央领导地位。等到黄帝来到洞庭湖君山，炎帝榆罔早已经放下北门的吊桥，率其大臣恭候在君山之北的防护壕旁。炎帝的大臣北门成自然在迎候之列。

时间过得飞快，岁月不饶人。自从涿鹿之战之后，炎黄二帝已经分别了十二年，时间已经从黄帝十一年（丁酉年）来到了黄帝二十三年（己酉年），而我们的黄帝，从五十五岁，已经真正进入老年的六十七岁；炎帝，则从七十九岁进入到了耄耋之年的九十一岁。他们这样的高寿，在物质条件非常落后的原始社会后期，是非常少见的。与他们同时代的许多人都走了，活在世上的同一时代越来越少。因此，他们两人在江南的见面，就显得更加意义非凡。

当黄帝在十天干十分庞大的卫队护卫下，在十二生肖和文武百官的陪伴下，乘着大辂之龙驭（辇），来到君山半岛北面的壕沟前的时候，指南车、龙车、各色车辆，排成了"神龙见首不见尾"的长队。黄龙大旗居中，十天干、十二生肖和文武百官青、白、红、玄各色图腾旗帜，林林总总地簇拥着，其气象和威仪，即使在五千年前，也非泱泱大国而不可具也！这样的威仪和气派，正如孙中山先生所言："创造指南车，平定蚩尤乱。世界文明，唯有我先。"

这时候，黄帝的头发和胡须已经花白了，但是他的体魄还是那么雄壮、威武和高大，他依然气宇轩昂地挺着宽阔的胸怀，在值年太岁己和鸡龙部落酉长吴回的陪同下，大踏步地向前走。

炎帝榆罔由于年龄过大，整个身躯都已经开始收缩，人看上去似乎比原来缩小了一圈儿似的。他原来挺直的躯干，现在也明显地弯成了一张弓。因而，现在他看迎面走来的黄帝，只能是一种仰视的角度。

他看到，黄帝头顶着由黄帝自己发明的、只有天下共主才能戴在头上的高峨的冕旒（长九寸、宽五寸，取八卦九五之尊位；前后各十二个串珠，每个串珠上分别串十个玉珠，代表了十天干和十二大部落围绕在黄帝的周围；同时，也表示他们随时在黄帝的视线之内。虽然它们轮流值年，享受着"太岁"一人之下万人之上的崇高权力，但是，他们还是要受到"无为而治"的天下共主黄帝的监督），身着用金丝线织出的黄缯（粗缯）做成的龙袍（三级战袍），脚蹬长筒革履（靴子的前身），面带着威仪四方、似有非有的亲切微笑，目光睿智而明亮，眉弓高而隆起，是谓龙相；浓眉黑而长，是长寿的标志；鼻梁高挺正直，嘴唇宽厚而红润，发际很高因而显得前庭饱满，脸型宽大所以应了地格方圆。这就是炎帝眼中的黄帝——他是那么高大英武，气宇非凡，胸怀天下，所以龙行四方。

黄帝看到银发、银须，浓缩成人生精华的炎帝榆罔，看到他眯缝着的有一些混浊的老眼，看到他变得瘦削但是依然肤色赤黑、看到他额头上和两颊那些深刻的近于平行的皱纹，看到他银色的长长的慈眉，看到他眼神中透射出的亲切可敬的善意……十二年不见，炎帝榆罔的变化有多大啊！总之，随着一步步走近，黄帝看到了一个令人尊敬的父亲般的炎帝（其实，以女节妃论，炎帝实为黄帝爷爷辈呢！），看到了一个已经老得"咯呆呆"的、颤颤巍巍、手扶长长的龙头拐杖的炎帝，不由得一时眼热，加快了脚步，几乎是小跑似的迎向炎帝，老远就伸出了他一双宽厚温暖的大手。

在黄帝如闪电般和炎帝靠近的一瞬间，炎帝榆罔扔掉了龙头拐杖，像老鹰展翅似的张开双臂，将他向前倾斜的苍老身躯靠向黄帝。于是，黄帝以他山一样健壮的体魄，接纳了炎帝已经变得年老轻飘的、神仙一样的身体，两人紧紧地抱在一起，在秋凉的时候，切实地感受到了相互的体温，甚至能感受到对方的脉搏的律动，听到对方的战鼓一样擂响的心跳声。

这就是我们伟大的炎黄二帝，这就是和合共荣、共同开拓了我们华夏万世基业的炎黄老祖！他们二人在江南的这一拥抱，将华夏古国雄浑壮阔的北国大地和锦绣江南连接在了一起，让中华文明的两大支流——黄河和长江，汇流成千古不息、浩荡奔流的东方形象！

这时候，应该有黄钟大吕奏起，应该有《黄河大合唱》一样涌动着激情和冲动的男女合声咏叹，我们能够听到这浪潮一样起伏涌动、连绵不绝的抒情的"啊——啊——"声；这时候，镜头中应该加上东海的波涛，西域的流沙，北国的草原，江南的水乡……这时候，应该是中华民族最吉祥的二龙戏珠或者龙凤呈祥的时刻啊；这时候，镜头应该是围着炎黄二帝转，让拥抱在一起的炎黄二帝转动起来，旋转成中华民族的太极图，旋转成中国人所认识和理解的宇宙大天象，十二属相、二十八宿都围拢过来，环绕在炎黄二帝的周围。

黄帝和炎帝紧紧地拥抱了一会儿后，就相互拍拍肩膀，四只手臂撑直了，相互仔细地打量：这似乎已经不是原来的那个炎帝和黄帝了！可这明明就是他们两人！岁月匆匆，时光无限在流下去，可以排一个甲子，又一个甲子，永无止境；可人生百年，时光又过得是那么快！几乎是眼睛一睁一闭间，人就变得那么苍老！就像一株久耐寒霜之后曲折着虬枝的劲松，就像是一只退掉了"铠甲"、重获新生、再次展翼、扶摇直上九万里长空的苍鹰！

黄帝在唏嘘感叹的同时，心中升起的依然是豪情；炎帝看到现在的黄帝，心中对华夏的未来更加充满了希望。

黄帝不由得激情涌动，诵诗一首：

己酉之秋，君山遇帝。

人生几何？看吾炎帝。

日中为市，术专农医，

拓我南国，华夏归一。

炎帝榆罔也随即口占一首：

轩辕雄才，是为黄帝。

命世之英，北逐荤粥。

和合天下，遍插龙旗。

鼎象九州，万邦归一。

炎黄二帝的诗兴和口诵，引起周围一片喝彩声，现场人声鼎沸，场面激动人心。

黄帝和炎帝相携而行，走在最前面，后面是十二大部落、二十八中部落及文武百官，簇拥的人群形成一个很大的扇面，远看花花绿绿的，俯视就像是一只彩凤落地，在地上欵款前行。

黄帝之所以要在君山铸一个江南一带最大的鼎，一是因为炎帝在江南地区功德最大，他不仅是人们一般所认识的对农学、医药学，甚至包括贸易学等有重要贡献，而且，在先后两次战胜蚩尤的过程中，他都起到了关键性的作用。特别是阪泉之战后，他将天下共主地位诚意禅让，才最终确立了黄帝一统天下的天子地位。炎帝因为其功德之大，所以在其已经退位之后还能保持帝号，并且位排黄帝之前。在黄帝一统天下的华夏版图上，唯有炎帝榆罔才会享受如此特殊崇高的地位。但是，古人说得好，不管他地位如何崇高，他这个"帝"已经是位居"相"位，而他所居之地，就被称作"湘"，水因"湘"名之，地亦以"湘"名之。

二是炎帝所属的江南部族分支多。由于炎帝认真地贯彻了黄帝向南拓展的战略思路，祝融和共工的部族融合工作，已经向南发展到了海边，包括了如今的湘、粤一带。前来君山归顺朝拜炎帝的大小部落，已经有近百家之多。所以，在迎接黄帝到来的时候，炎帝的迎接人群，几乎和黄帝的文武百官相当。与这样一个庞大族群的和合共荣，对实现整个华夏大国和谐发展的整体利益，有非常重要的引领和示范作用。

三是黄帝逆长江而上、一路铸鼎的过程中，对青铜铸鼎的技术要领有了深刻的认识，实际铸鼎的技术水平得到不断提升，所以，他才有可能在君山铸造出如此规格的大鼎来。

黄帝在君山铸鼎需要一定的时间，更要有一个很好的位置。炎帝就把君山中部这一片平坦的腹地让给黄帝用。

而黄帝和炎帝之所以要张乐于洞庭湖之滨的君山，欣赏一曲早年的《咸池》之乐，既是对炎黄共赴国难、形成战无不胜的族团历史的回顾，又是对黄帝大道指引下的华夏大国的美好未来，充满了无限的想象和神圣的向往。

我泱泱华夏，在经历过旧石器以来五千年的漫长孕育过程之后，又经过血与火的战争洗礼，当它呱呱坠地、屹立于世界东方的时候，黄河和长江这两条巨龙，已经以它物产丰富的营养、健康阳光的巨大身躯和母亲的乳汁，赋予了它亘古不改、万世风流的长寿基因和先天之本。

四

黄帝一生中见于史料记载的唯一一次铸鼎活动，就是"取首山铜而铸鼎荆山"，究其原因，无非是，这一次铸鼎，是黄帝一生中最大的一次铸鼎行动，同时也是黄帝一生中最后一次铸鼎活动。可以说，黄帝荆山铸鼎，应该是黄帝让天下最终实现一统的标志性活动，因此这次"鼎成"，就同时具备了"国成"，或者说，此次荆山"立鼎"，等同于华夏"立国"，其意义和重大影响正在于此。关于黄帝荆山铸鼎的具体位置，笔者最先听说的位置在河南灵宝。灵宝当地为了证实这一点，还专门请来陕西长安的古建队，在其荆山修了一个"黄帝陵"，成为当代历史造假的典型代表。他们讲，黄帝造了天、地、人三个大鼎，似乎言之凿凿，确有其事似的。当地人还在考古方面做了大量工作，甚至在当地找到了冶铜遗址等。但是笔者实地考察的结果是，此"黄帝陵"，实际是在一个位于西京长安和东京洛阳之间的烽火台基础上扩建而成，因为其形状是方的，其一层层的夯土层还历历在目，而且于此东望或者西望，都能看到有烽火台的遗迹，其虚假性即不攻自破了!

随后的一个观点是在陕西富平、闫良、三原间的荆山或称荆原。当地也有学者著书立说,说这里不光是黄帝铸鼎,大禹也于此铸鼎,甚至武则天也于此铸鼎。当地(富平)就有个村子,即名"铸鼎村"。又言因黄帝在此铸鼎,故称鼎原为"九州"或"中华原",并有某个朝代于此设立了"中华郡"。又是言之凿凿,让人不得不相信了!那么中华郡到底在何处?闫良人、富平人多有祭祀之地,倒是富平有人先开发了个"中华郡"美食城,却让闫良、富平的人达成了共识。当地的学者在此基础上,即有了"南(前)都北(后)陵"和"南祠北陵"之说。这种说法,又有些不能自圆其说,人们不禁要问:"如果说黄帝铸鼎之地即其都城的话,那么,中华人民共和国的钢都在鞍钢,则中国的首都不是在北京,而是在鞍钢了?"这样的推论,显然不能成立!

最近,又有蓝田的学者以华胥国的遗迹等提出黄帝铸鼎应在蓝田,即秦岭北麓地带。这一说似乎也有道理,因为蓝关、玉山等也许是黄帝前往南洛河的通道,而南洛河则是黄帝进入中原的又一路径,所以在陕西洛南,才会有仓颉造字的遗迹存在。这条由南洛河进入中原的路径,也是笔者要考察的"轩辕古道"之一。

笔者认为,从交流的方便角度讲,位于今三原县城北的嵯峨山,既是荆原的制高点,又是子午岭大桥山的最南端。循着子午岭山脊上的"轩辕古道"(即以后秦国大将蒙恬在此基础上所建之古代的"高速公路"——秦直道),一路向北,即可到桥山黄帝陵西侧的沮源关。由沮源关顺沮水而下,就到了当时的黄帝黄城,现在的华夏人文圣地黄帝陵。

所以,笔者还是坚持了以桥山黄帝黄城为古华夏开国之都的观点。与此同时,黄帝铸鼎荆山的具体位置,就必然在荆原的制高点嵯峨山(古之荆山)无疑也!因为只有登上嵯峨山南望,你才会有关中大地一览无余、遥看南山、指点江山那样一种君临天下的感觉!

我们试想一下,经过了南巡江南,已经把天下独揽于胸怀的黄帝,站在荆山(嵯峨山)顶上的感受,一定是我们这些后代子孙、凡夫俗子所难以想象和理解的!那一种"一览众山小"的感觉,可能只有站在今铜川市耀州区文王、武王山顶的周文王、周武王找到过，只有封禅泰山的黄帝、秦始皇、汉武帝找到过，只有"会当凌绝顶"、令我们尊敬的诗圣杜甫找到过！

黄帝站在荆山（嵯峨山）上南望，看到的秦岭，才是中华大地的"中龙"，而与嵯峨山相对的秦岭，又呈现出一种东西两翼展开的"凤象"，黄帝在这里第一次看到了"泾渭分明"，望着当时还多是水泽地面的渭水南岸，以南山正对的"凤头"为中轴线，其东高出的龙首原，其西低洼的虎尾湖，不由得叹出：

"此乃四灵齐备，长治久安之大都也！（汉长安城风水）"

黄帝顺着龙首原向南看，又看到了青龙自南而来，头饮渭水，蜿蜒起伏的头道梁——龙首原，二道梁——今西安北门一带，三道梁——今皇城（新城广场）一带，四道梁——乐游原，五道梁——大雁塔一带。其后即曲江一带的"潜龙勿用"，而非得有个大雁塔镇住，使龙尾高翘也！

黄帝又叹曰：

"此又一盛世之龙象也（唐长安城风水）！可叹人生百年，后世百代，惟扶吾子孙之骄骄者，开吾华夏之盛世也！"

黄帝于此兴人生之感叹，大有"嵯峨（蹉跎）岁月，沧海桑田"之感！

已经年届古稀的黄帝，于劲风抖动胡须中，手捋着白多黑少的长须，看着被秋叶和夕阳染成红色的巨龙一样的秦岭，依然能够陡生出一种壮怀激烈的豪迈之情！虽然他的眉毛也已经是白多黑少，但却是长长的欲遮盖眼眶的长寿眉。他的一双老眼依然是目光炯炯。他高峨的冕旒，前后的十二串玉珠在风中叮叮当当地撞击着，发出编钟一样黄钟大吕的合唱。他高大威仪庄严的形象，连同他指向南山的手势，都被随在他身旁的史官仓颉，看在眼里，刻在龟甲。仓颉一生中造了那么多字，唯有"轩辕"两个为黄帝记功的字，是他最得意的创作之一。请细心的读者，允许笔者替仓颉把"轩辕"二字再解释一遍：

"轩辕者，通天地之大神也！轩者，天也；辕者，地也。黄帝功大莫过造车焉，故轩辕皆作车旁也。干曰天干，天之象；土有厚德，地之象。帝又造城、制衣，加于土下，取藏之象也。"

黄帝于春日结庐于荆山（嵯峨山）之中峰，又用了两天时间，分别走遍了荆山主峰的九个山头，选择好了造炉、铸鼎的位置，他的意思是，以中峰对中天，天人合一，于九峰每一个峰顶立一个鼎，像天下之九州也！

　　在当时的经济条件下，黄帝的这个设想，我们只能感叹它过于大胆！其实仔细想一下，自从黄帝南巡以来，已经铸了大小七个鼎了：缙云鼎、黄山鼎、庐山鼎、黄石鼎、黄冈鼎、黄陂鼎、君山鼎。同时，在黄帝的影响下，天下九州十二大部落，都已经掌握了青铜冶炼技术，如今，将铜矿石一舟舟、一车车地从首山运过黄河，顺着荆原一路向西运到嵯峨山下，再由人力一趟趟地背上嵯峨山顶来，再加上天下太平后，各州收缴的青铜兵器，不光能铸造九个大鼎，还可以再铸十二铜人——十二属相始祖像，这样，不光是天下九州，十二大部落也有了它们的代表形象！

　　黄帝的这个大胆设想，通过天下九州和十二大部落以后四五个月的努力，一天天地就变成了现实。

　　夏日的傍晚，当晚霞把天空映成一片金黄橙红的时候，嵯峨山高大雄浑深沉的剪影，就横在天际。这时候，晚间的凉气，带着山泉和芳草、鲜花的气息，开始从山中向外扩散。风静，气平，一切都是透明的，澄澈的，我们就会看到，嵯峨山主峰上那九道炉烟，直直地伸向天空，就像是在天地之间，结了九条绳索……啊，这沟通天地的灵烟！它把天下太平的盛事，提前讲给了上天！

　　这九个大鼎，可以说，每个都是集体智慧的结晶！黄帝提出了总体上的要求，隶首计算了精确的鼎之的大小尺寸（九鼎的大小，对应它在九宫的数位），赤将、高元设计了统一的鼎形，仓颉为每一州造了一字，大挠将十天干、十二地支的图腾文字，分别置入对应的鼎模，并添上了二十八宿对应本州的星象。

　　虽然大家都在为铸鼎而忙碌，但是，黄帝还是要为铸鼎亲掌火候。黄帝对荆山铸鼎的重视程度，完全超出了他"无为而治"的标准和要求，而是要"事必躬亲"，不放过任何一个细节上的失误，尽可能地做到万无一失。这就是我们的黄帝，他不光是说话掷地有声、一言九鼎，做起事来，更是"一诺千金",绝无戏言。只要是他认定要做的事情,就一定要做好。即使受各种客观条件的限制一时难以达到最佳状态的事情,他也要尽可能地做到最好,尽可能地不留下遗憾。

按照龟书图上的象数,南宫所铸之鼎代表"九",是九鼎中最大的,也是黄帝最为关心和重视的一个。因为南宫是十二属相中实力最强的马龙部落酋长重光的居所,同时又是朱雀所辖井、鬼、柳、星、张、翼、轸七宿的住地。所以,黄帝在南宫铸鼎,身边就总是人高马大、额头光亮的这位"马胖子"重光(马龙部落酋长)陪同着,井、鬼、柳、星、张、翼、轸七宿则随在后面,尽可能地发挥着他们的星光。

重光总是面带着骄傲和自信的微笑,把一双白胖的大手捂在小肚上,其派头和气势,大有盖过黄帝之处。但是在黄帝面前,他却总是毕恭毕敬,过分地谦卑,虽然他完全是出于一片真心,因为黄帝一统华夏的功德,让他佩服得五体投地;黄帝的思想,罩过了他的灵魂。但是他总给人一种夸张不实的感觉。人各有长短,用其所长就是了。这是黄帝的原则。

井是个深不可测的人,他的眼睛就像是一口井,从表面上你很难判断出他在想着什么。鬼,自然是一肚子的小蒜儿子,这种人心眼较小,总是打着自己的"小九九";柳则是一个风度翩翩的人,常披着一头长发,不愿意受束发的约束;星,是一个眼睛贼亮的家伙,本来眼睛清亮是心灵纯净的象征,可过于清亮就有些聪明过头了,几乎可以称作人精。张,是一个擅长拉弓射箭的部落的酋长,翼是鸟部落联盟的娇娇者,轸,乃一驾车高手也。

五

经过漫长的春天和夏天,也不知流了多少汗水,熬了多少个夜晚,经过了荆山(嵯峨山)上风、雨、雷、电的洗礼,可以说凝结了九州智慧和十二大部落、二十八宿功德的黄帝九鼎和十二金(铜)人,终于于中秋日(十五)之前铸造完成,并安装到位,这样,黄帝大会天下部落酋长的隆重庄严的仪式,就在黄帝二十六年(壬子年)(公元前2699年)八月既望

（十六日），在高大巍峨的荆山（嵯峨山）顶上，以君临天下的威仪隆重地举行。

因为今年同时是黄帝所创建的华夏古国二十五周年纪念日，所以今天的仪式从辰时（七时到九时）开始，一直延续到午时，最后以黄帝和天下各大部落酋长共享九鼎之美羹而达到高潮。大家稍作休息之后，又要参加晚宴，还要一起欣赏"十五的月亮十六圆"的圆月。

因为荆山是这一带的绝对制高点，所以这里的日出也是最为气势磅礴和雄奇壮观的，因此荆山就成为整个雍州最佳的观日出的好地方（当然了，这一发现首先应该归功于我们的黄帝老祖）。站在荆山之巅，关中大地笼罩在一片苍茫的薄纱一样的晨雾中，一轮火红的就像是刚刚滚出炼丹炉的巨型丹丸一样的朝阳，就在苍茫的晨雾之上横空而出，一分分一秒秒地不断探出自己的金身，展示着它永远健康向上的美好容颜。它那不可阻挡的光芒，顿时把天地都映成了一派金黄。

由值年太岁、鼠龙部落酋长常伯（他今年的搭档是十天干之壬）与黄帝之相风后共同主持黄帝的荆山铸鼎大典，也正是在这个时辰开始的。

一脸忠厚的常伯，现在已经是满头银发，白须飘然，但他的老眼并没有昏花，而依然是炯炯有神，现在变得瘦而硬朗的他，就像是一棵披了冰挂的老树一样玉树临风，荆山顶上凉意渐浓的秋风，只是为了更加凸现他的硬朗形象，才把他飘然的衣角掀了又掀。

岁月把风后雕刻得更加沉稳老练。他不动声色的表情，他那么白皙的肤色，他的大脑门，他的瘦长脸和稀疏胡子，他瘦削高挑的形象，还有他一年四季握在手中的标志物——鹅翼扇。还有他那一身洁白的衣饰，让人感到他这个人，从心灵到外表，纯粹就是一个晶莹剔透的玉人儿。

常伯和风后交换了一下眼色，就由常伯用他那苍老中带着一些颤音的声音，宣布：

"良辰吉日，辰时已到，黄帝荆山铸鼎、九鼎立言大典，开始——"

"奏乐——"

现场的乐队摆开一个品字形，中央为石编钟；左鼓与各种打击乐器，岐伯为首；右丝竹，以琴瑟为主，包括长箫、骨笛、陶乐（埙）等，高元为首，善鼓琴瑟的黄帝嫔女素女，显眼地坐在其中；乐队总指挥，还是由黄帝乐正、"瘦猴"伶伦担任。

乐队奏响的是黄帝所作之《云门》：

黄帝所作《云门》，曲调艰深，歌者难咏唱，闻者难领受。其出语高古，迥异寻常……超脱意言，不留情见。绝断众流，不容拟议，凡圣无路，情解不通……此谓"孤危耸峻"是也。其词曰：

> 藏身北斗，独步东岗。
> 端明顾鉴，不犯毫芒。
> 格外纵擒，定夺前想。
> 剑锋有路，金壁无窦。
> 路布葛藤，见解情常。
> 烈焰凑泊，迅雷思量。

又颂：

> 云门耸峻白云低，
> 水急游鱼不敢栖。
> 入户已知来见解，
> 何劳再举轹中泥。

充分表现了"云门耸峻、机用迅疾、不容拟议"的特性，犹如天子诏敕，一决万机。

站在中央首位的黄帝，身材高大，体魄魁梧，总是给人一种虎背熊腰的联想。他高峨的冕旒，十二串垂珠，在秋风中发出微弱亲切的、叮当作响的声音。神态严肃与脸色凝重，却无法遮掩他的满面红光与神采奕奕，就像这正在升起的红日一样，永远给人以生机和希望。目光深邃，若有所思的样子，让人一时无法探知他思接千载的内心世界，这会儿到底在想些什么。

"上香草——"

黄帝第一个将香草双手捧起，毕恭毕敬地面朝着天地深深地拜了又拜，然后，才将它们投入香火塘中。在十二大部落酋长和黄帝的帝师、二十八个中小部落都上过香草之后，风后开始以诵读的方式，朗朗地宣读黄帝《告天地万氏书》：

> 岁在壬子，八月既望，黄帝九鼎，荆山以成。天下诸侯，万氏一心，十二属相，二十八宿，文武百官，百业始祖，皇天后土，雅集荆山，共开太平。是谓天地立心，天人合一；百姓立命，国之要旨；开宗明义，万世以宁。
>
> 古有羲皇，画卦有八；神农继之，连山易象；轩辕归藏，乾坤以转。修德振兵，以征不享。蚩尤呈强，炎帝不逮；应邀助战，河东开疆。一败蚩尤，赏才不杀。主兵既授，天下归心。阪泉一役，帝位禅让。蚩尤不服，鹿部领狼，祸及中原，万氏不宁。帝征云师，北过涿鹿，应龙水战，蚩尤兴雾，指南以行。博望谈卧，再举义师，八卦列阵，巧取蚩寨，移战河东。应龙擒蚩，严刑诛杀；黄逐荤粥，炎拓南疆。封禅泰山，缙云铸鼎，诸黄留迹。炎黄再会，君山共享。叶落归根，还都桥山，铸鼎荆山，以告天下：
>
> 华夏立国，二十有五；元起丁亥，是谓元年。风云雷电，世变沧桑；梦游华胥，世界大同。人无贪欲，日出而作；幼有所教，老有所养，日中之市，相揖相让；道不拾遗，夜不闭户。人无纷争，心无所乱，返璞归真，唯道以行；阴阳流布，万象更新。地支天干，永序流转；唯我华夏，雄立东方！

秋风呼呼地劲吹，尤其在荆山毫无遮拦的山顶，更显出了秋风的劲力和恣肆。好像是受了上天的意旨似的，秋风裹挟着风后的声音，把它带到很远的地方。因此，这声音就在天地之间回响着、回响着。

我们的轩辕黄帝，以他一生孜孜不倦的学习和追求的精神，以他不畏强暴、敢于抗争、敢于胜利的大无畏的勇武精神，以他沟通天、地、人，天人合一这种中国人所独有的宇宙观和方法论，以他和合万邦、天下大同的包容精神和原始共和思想，以他光耀史册的伟大功德，包括了大到政治、军事、文化、哲学、易学、风水、阴阳、天文、地理、历法、术数、音乐、文字、绘画、医学、养生、原始农业、畜牧业、手工业、建筑、建城、建国等，小到衣、食、住、行在内，包括了百业、百行在内的独步世界并遥遥领先的伟大的开拓和发明创造精神，从而确立了他在中华民族上下五千年历史长河中"奠基华夏文明、首创黄帝大道"这样一个立于天地之间的"人文始祖"的光辉形象。

正是由于黄帝时代所实现的华夏各个部落之间第一次空前大统一的局面，才基本上确立了中华版图——包括了黄河、长江、昆仑、五岳、四海等在内的核心部分和基本框架，使我们这些炎黄子孙、华夏儿女，使我们所有龙的传人，可以自豪地向世界宣告：早在五千多年前，我们就已经是世界上少有的泱泱大国了。黄帝的大臣们发明了历法，特别是可以直接指导农业生产的二十四节气的确立，把神农氏炎帝刀耕火种的原始农业，向前大大地推进了一步，从而解决了中华民族大发展所必需的粮食问题；黄帝结合了环境、音乐、运动、静养等衣食住行各个方面，对人的生命规律的探索和四时养生方法的研究，特别是黄帝制定的既治已病又高度重视"治未病"的预防医学思想，从根本上满足了中国人健康、保健和养生的需要，确保了中华民族整体素质和生活质量的提高。

所以，我们才会有"黄帝是中华民族第一位伟大的导师，是华夏古国的开创者和缔造者，是受到华夏古族各部族共同敬仰的领袖人物和我们的人文初祖。黄帝一生迁徙征战，建立了华夏古国，他的部落融合政策和策略，奠定了中华民族的基础和根基。在黄帝的领导下，中华民族经历了史前第一次知识大爆炸和生产力水平的大提升。中华民族在政治、经济、军事、文化、农业、畜牧业、手工业，包括天文地理、哲学思想等方面，都得到了全面的开拓与提升。黄帝时代是一个大变革的时代，也是一个大发明和大发展的时代。黄帝本身就是一个伟大的发明家，他发明了冠、粥、甑和车等。黄帝的大臣们包括夫人在内，都是各个方面的发明家和始祖。他的元妃嫘祖发明了养蚕和织帛，大臣仓颉创造了文字，其他像杜康造酒、伶伦制乐、隶首记数、岐伯论医，包括中国人的衣、食、住、行等各个方面，黄帝都进行了全面的发明和创造。中国人的思想方式和天人合一的宇宙观，也是在黄帝时代形成的。

第二十三章

一

　　黄帝荆山铸鼎后，就赶在冬日严寒之前，顺着子午岭大桥山南北方向的山脊上，由青鸟子和竖亥最新相地理和亲自用脚步丈量出来的轩辕道（到秦直道开辟时，就被人称作"轩辕古道"，或"圣人条"和"皇上路"），经过石门关，一路向北，基本上沿今陕甘交界的子午岭主脉，到达今黄陵西边的五里墩。再从五里墩向东一百六十里——下到沮河川，顺川而行，就到达了桥山黄帝黄城。

　　黄帝顺庙沟北行十里，就来到石门（以后叫作石门关的地方），看到路西以红、黄两色为主、五彩斑斓的秋叶围护起来的青石巨壁上，那夸张放大的、就像是一个巨型的陕北窑洞的窑口一样的"石门"，这一个大大的窑口，竟然被天然形成的一块块方石所填满！站在如此巨大的大自然鬼斧神工形成的石门前，觉得人是如此渺小！再向东看去，一个巨大的石峰高兀，在同样色彩丰富的秋叶映衬下，那高耸壁立的石壁上，好像是专门为了和西边的石门遥相呼应似的，又有一个与路西石门结构相似的石门，高挂在青石壁上。这就是著名的"石门"。而从此路过，返回桥山故里和黄帝黄城的我们的人文始祖轩辕黄帝，是最早见证这个雄关的人物之一。这样的雄奇壮观之景，总是会勾起人一些思古之遐想的，就连我们的老祖也不例外。

　　黄帝双手插腰，仰观俯察，兴味盎然，为之兴叹：

　　　　门非人开乎，造化天。

　　　　龙行其间乎，凤出渊。

　　　　伏羲以察乎，神农观。

后来有揖乎，轩辕参。

黄帝经石门一路向北，因山中背景复杂，迷路、断路是常发生的事，很难描摹当年那一种艰苦跋涉的过程。只知道一天又一天地，红叶失去了它那青春岁月火炬一样鲜亮的红色，黄叶也失去了它金子一样闪光的黄色。所有的绿色，基本上为青灰色所代替，草色发白，发黑，发灰，发红，发黄，白草早已经以放射状匍匐在地面上，铁杆蒿却挺直了它坚硬的棕红色枝杆，野棉花把它带着种子的花絮从枝头像旗帜一样向四方招展，荆棘上的红果，已经皱了它坑洼不平的皮儿，遮盖狼牙刺本来面目的叶子在地面上落了一层地皮一样的黑灰色小卷儿，而墨绿的枝杆上带着油质或者说毒素的宽厚的直尖儿（狼牙），就更显出了它可爱狰狞的面目。如果你不幸被它扎了一下，那一种钻心的、韵味绵长的疼呀！

虽然已经接近冬天了，但原始森林中的植物，还是被那些已经失去了生命力的灰白藤蔓所缠裹，如果不是有兵士在前面披荆斩棘，后面的人从中走过时，就会被各种意想不到的藤条、长蔓所纠缠……我们完全可以想象，如果黄帝和天下各大部落的酋长、首领们，还有他的文武百官——他们在这样密集的草丛、梢林中穿越，其所受的刺痛、苦、累，没水时的焦渴，有水时的欢呼，他们在这样的地方野营，风餐露宿是必然的事。而到底经过了哪些地方，也不是人全能记下的。以下是当地的秦直道研究者探出的从石门关向北、今旬邑县境内秦直道（轩辕古道）的行进路线：

从石门处下坡——至今旬耀路下三米处台地——转弯经石门村——上今石门森林公园毓秀塔东边山路——下山来到苍儿沟——沿子午岭主脉经前陡坡——卧牛石——后陡坡——老爷庙——大店——蜿蜒至枫树梁北端的大店村〔进入旬邑县境后，经庙沟口、石门关、碾子院、卧牛石等地，此段山岭统称"凤子梁"（又名枫树梁）〕——从大店下坡到马栏岔沟过马栏河——直从马栏革命旧址窑洞处上坡——经杨家胡同（梁）——过甘肃正宁县刘家店林场南边台地转弯直上子午岭山脊——经黑麻（马）湾——野狐崾岘——南站梁——十亩台——沿子午岭至雕灵关——从旬邑县雕灵关东南三百米处转向直北越过 305 省道（铜川至甘肃正宁的公路）——慢坡下山离开子午岭主脉（在雕灵关南的一排破窑洞前，松树林中）——旬邑县南寺（从石底子水库西边进东沟上子午岭支脉）——进东寺沟上子午岭支脉，在东寺沟口宽三十米，沿秦直道遗迹行八公里上山……

仅这一小段，就可知其道路之崎岖波折了，也可知黄帝一行回桥山之路的劳累与艰辛了！

回到桥山黄帝黄城的黄帝，最大的遗憾和不舍，还是对元妃嫘祖的怀念之情。因为由于天气和自然环境条件等原因，他最终没能将元妃嫘祖的遗体运回到她的故里西陵氏鼠龙部落去，而只能就地暂埋于西陵峡前的一个小山包上（也就是位于现在湖北宜昌市西陵峡口西陵山，古有嫘祖庙，毁于1940年6月日本侵略军的炮火，如今的嫘祖庙，为1993年2月破土重建）。这也一直成为黄帝终生遗憾的一件事，就是在自己的有生之年，未能将嫘祖的陵墓迁回故里。所以，在黄帝临终前，他还是郑重地将这件事托付给了他的孙子颛顼（最终由五帝之二的颛顼帝，将她奶奶的陵墓迁回了西陵氏鼠龙部落，即今四川省盐亭县嫘祖的出生和归葬之地——金鸡镇青龙山）。

在桥山中宫，在南宫的嫘祖梳妆台，在南宫那孔天然地从石壁中流出的白水泉，在黄花沟的嫘祖上马石，在南宫塬上的校杨坪，黄帝每走到一个地方，都会自然而然地想起他的元妃嫘祖来，原来嫘祖在世时的生活画面，时不时就在他的眼前晃动……

黄帝在南岳衡山的黄帝岩打坐修炼的时候，嫘祖和嫫母一直跟随着他来到这里。

这个黄帝岩，从外观上看，只是一块巨大的青色岩石。而在它的下部，由于另一块岩石的倚靠和相互支撑，在其下形成了一个可以容纳三五个人的小空间。这个小空间，平日里可以遮挡阳光，雨天也可以暂时避雨，但是雨如果下得时间长了，顺着岩石流下来的水就会落在地面上，有七个落水点，加起来的特点，就是一个北斗七星的星相图。我们不得不惊奇大自然的鬼斧神工。汉代的画像石上刻着"斗为帝座"的神奇画面，而我们的轩辕黄帝当年在南岳衡山的黄帝岩下打坐修炼时，正是坐在这个雨水顺着岩石下落形成的"北斗七星"上，正好铨释了以后汉代画像石上的画面。

几乎一个夏天，黄帝都是在这黄帝岩下度过的。静坐在黄帝岩下，清晨是大雾弥漫，眼前是不断奔涌的擦着岩石而过的乳白色大雾，这时候，空气就像是浸满了水分的白毛巾，一捏都是一把水，岩石上、草丛上、洞穴中，到处都是湿漉漉的。大中午，当外面一片阳光灿烂，整个衡山都被裹在一派绿色之中的时候，坐在黄帝岩下的黄帝，感受到的却是一阵阵浸浸凉意。这时候，是黄帝岩最适宜人居之时，在南方潮湿闷热的夏天，能找到这么一个静心修炼、超然世外的好去处，黄帝大有宁静致远的舒心与释怀。最浪漫的是大雨滂沱，岩石前水帘如注；最惊心魂魄的是闪电落地，在你的眼前霹雳爆响，一瞬间，那是一派火海，可以熔化一切；一瞬间，却是那么宁静，能听到自己心跳的声音；最让人伤情离别的，是那场暴雨之后，嫘祖一病不起……本来就是，洞外大雨，洞内小雨，一派淅淅沥沥，洞内大小七个陶盆陶碗，叮当有声地在盛着流水，就像是天然的音乐，纯粹的天籁之音。人在大自然面前是无助的，一声惊雷裂人胆，更何况对一个已经进入老年的女人！受了风寒和惊吓的嫘祖，持续高热不退，说起了糊话。她的脸色光亮，红得发烫，嘴唇上起了干痂。眼睛半闭着，目光迷离，口中喘着粗气……

嫘祖身体的意外，彻底打破了黄帝的修炼计划。他的整个生活从此发生了天翻地覆的变化。这时候，他才把注意力全部投向了嫘祖。嫘祖昏迷中被抬下山。他把所有能用的方法都用上了，却不能奏效。匆匆起来的银发银须的岐伯按了脉，翻看了眼睛，只是沉痛地摇头摆手。最后一线希望是，能够把嫘祖抬到君山去，看炎帝榆罔还有什么办法可以施治。

几乎是所有随着黄帝来到江南的人都动员起来了，祝融的兵马前后护卫，外人根本无法接近，人们根本没有想到，这支急匆匆北行的大队人马，竟然护送的是病中的黄帝元妃嫘祖！黄帝紧紧跟随在嫘祖的左右，眼睛盯着她一丝一毫的细微变化。嫫母这时候，担任起了全权的现场指挥。嫘祖被抬着，以最快的速度向北行进，可是在走到衡阳道的时候，她还是永远闭上了她美丽了一生的凤眼。这位原名叫王凤的中华民族第一位伟大的国母，就这样急匆匆地在南国的衡阳道上，走完了她美丽动人的一生。

眼看着嫘祖已经咽了气，可黄帝的心里，还是希望奇迹能够在嫘祖身上发生。人在应激的时候，往往会失去理智。这时候的黄帝，就有一种想发疯的感觉！

人生最大的悲痛是生离死别，可是，这样的事情还是在黄帝的身上发生了。人无回天之力，是一种最大的无助与伤悲！黄帝这时候的心情，用一首现代诗来表达，就是：

> 我很伤心，明明你是爱着我，却要离开我
> 我很痛心，明明你是想着我，却说要远去
> 我心已伤，因为你总在设法离开我
> 我心悲伤，因为你把真爱活活割舍
>
> 人生最大的悲痛是，爱了，却不能持久
> 人生最大的悲哀是，想了，却要离开
> 一个把真爱割裂的人，内心一定是痛苦的
> 她把痛苦先亲尝了，又送给她的爱人！
>
> 这就是爱吗？心上架刀心在滴血心痛的感觉
> 谁人知道？
> 这就是爱吗？活生生地要在心上刻身求剑
> 要把真爱扼杀，就像是被宰杀的仔鸡
> 它还要经见世面呵！
>
> 我的爱是这么沉重，这么深情！
> 我的爱是这么遗憾，这么无助！
> 生离死别，人生最大的痛苦……
> 生死诀别，如何送你到另一个世界？

1462

二

黄帝一生巡游八方，遍交天下名士，要么访道求学，要么养生修炼，要么交游体验……黄帝礼贤下士，谦虚好学，爱才如命，唯才是用，以他的人格魅力和道德规范，吸引了天下最优秀的人才，跟随他一起为实现大同社会而奋斗……所以，在五千年前的原始社会后期，黄帝就已经组建了一个当时世界上最大最优质的人才团队——文武百官。黄帝的文武百官，集结了当时百业最有代表性的人才和生产工艺的最高水平。

在黄帝回到桥山黄帝黄城之后，黄帝黄城成为华夏古国的政治、经济、军事、文化中心，也是令天下万氏所神往的华夏首都。因此，围绕着黄帝黄城，就形成了一圈圈具有向心力和凝聚力的文化圈和人才圈。同时，从黄帝黄城的安全保卫与华夏整体的军事和战略的经营安排上，在黄帝黄城的周围，包括东、西、南、北四个方向，就分别形成了一定的关口、营寨和古城，从而使黄帝黄城处在"九龙朝凤"、众星捧月的核心与中心位置。人才流、物资流、信息流都汇聚到了桥山周围，中华民族的风水龙脉——大桥山龙脉，也就在这个时候得以形成。顺着这条龙脉向北，可以直抵荤粥腹地，向南主领关中大地。五千多年的历史实践证明，凡是在这条龙脉的延伸线上所建立起来的朝代，大多是长命的朝庭。比如说周代、秦代（包括春秋战国时期秦国几百年的发展历史）、汉代、唐代等。而这些朝代，也大多是强盛、开明、繁荣、富强的文明盛世。

正是由于这诸多的原因，最后定都于桥山黄帝黄城的我们的人文始祖轩辕黄帝，虽然已经到了七十多岁的古稀之年，仍然保持着他年轻时那种"修身齐家平天下"的旺盛精力和无穷的斗志与毅力，他仍然喜欢到处去巡游、到处去拜访、调查和研究，在学习中不断提升自己，在总结中升华着自己的思想，提升着自己的灵魂，从而开拓出一条万世敬奉的黄帝大道。黄帝大道，曾经指引了中华民族最初发展的"五帝时代"，从而出现了像尧、舜、禹这样被千古称颂的贤君和有为之君。

正是由于对黄帝大道的传承和弘扬，周朝又开辟了像"周礼"这样的文明成果。以后的诸子百家，其发端也多来自黄帝大道这个文明的源头。

儒家"四书"之《大学》就有取自《黄帝四经》的"明德"一词,"五经"更把周文王根据黄帝"后天八卦"所演之《周易》列入经典;道家取黄帝之大道,法家取其法理,墨家用"兼爱""非战"。时至今日,《黄帝内经》依然是中国中医学的理论基础,是从医者必读的经典著作。此外,天人合一的黄帝大道,对养生修炼、气功按摩及推拿等也有非常重要的影响。特别值得一提的是,黄帝所推行的"修身平天下"的大道,经过几千年的风雨冲刷,至今依然被视为治世之经典。所以,习近平才要求我们要从中溯到源,找到根,寻到魂。找到历史和现实的结合点,深入挖掘黄帝大道中的价值观念、道德规范和治国智慧,真正做到"以文化人,以史资政"。

由于黄帝黄城这个政治中心的重要性,原来黄帝在河东时对北岳恒山的重点防守,就几乎是平行西移到了河西的最北端——位于今陕北神木境内的石峁黄城和它的中宫——黄城台。而原来镇守北岳恒山的黄帝之孙颛顼,也在完成与别人的交接手续之后,来到了石峁,除了扩大和完善石峁黄城的整体城防工程外,还要借用自然的山形地貌,专门整建出一个专供黄帝前来巡视时居住的行宫——中宫黄城台。

曾经参加到黄帝黄城西界整修的弓长海生,现在也归队,重新回到了颛顼身边,从黄帝黄城赶到石峁来,参加到中宫黄城台的整修工作中。

黄城台,是位于石峁这个结构复杂,包括了内城、外城等城防体系在内、面积仅次于桥山黄帝黄城这样的华夏国都的一个非常重要的、土石结构的城池的中心建筑。因为就其实际存在的重要性而言,石峁黄城,就是黄帝对北方实际操控能力的一个具体体现。虽然说现在荤粥部落在黄帝北逐荤粥之后,已经成为华夏部落联盟这个华夏国主体的一部分,但是,人常说"害人之心不可有,防人之心不可无",为了华夏泱泱大国的长治久安,黄帝必须在这里驻守重兵,以防"天有不测之风云"。同时,石峁黄城的建设,也是沟通当地华夏百姓和荤粥部落人,实现各部族之间交流合作的一个重要平台。从这个意义上讲,石峁黄城的重要性,就上升到了仅次于桥山黄帝黄城的地位,或者可以说它是华夏之副都,或者称作"陪都"也不言过。

好在石峁古城遗址的内城、外城位置、城垣分布,特别是对中宫黄城台的考古发掘，已经取得了重大进展。黄城台以它庞大的石片砌起的遗址群和丰富的出土文物，包括玉器、石器、陶器、骨器等，已经震惊了世界，考古界和学术界已经有人提出石峁古城是"黄帝都城"的说法。但是，如果真的以石峁古城为"黄帝都城"，那么，历史教科书上的许多内容就要修改了。如果以此来说黄帝根本就没有进中原，那就更站不住脚，也不符合历史事实。如果说荤粥部落根本没有进中原，倒是一个历史事实。那么，处在中原华夏文明最北端，同时又是荤粥部落最南端的石峁黄城，就有了其特别重要的历史和现实意义。

黄帝回到桥山黄帝黄城之后，黄帝黄城自然而然地成为华夏国的都城。这样，为了保卫这个"中国"的安全，以黄帝黄城为中心的四围防卫工程，就被提上了议事日程。而北方的防卫又显得尤其重要。为了加强北方的防卫，黄帝亲自前往巡视，确定城址位置，因为是快马而行，这就有了从桥山黄帝黄城到石峁之间、位于今子长县古柏山的黄帝"行宫"，因为古柏山的位置，正好处于前两者之间的中点上。所以，在后世，古柏山也有了黄帝的纪念地。虽然黄帝每一次都是从此匆匆而过，每一次都只是在此歇足一宿而已。

而桥山黄帝黄城的西部前沿关口，就在子午岭大桥山上的五里墩一带。沮源关正是继五里墩之后的又一重要关口。这一条顺姬水（今沮河）蜿蜒而行的专线，也是黄帝常来常往之处。而在这条线上的百药谷（如今被称作轩辕养生谷），更是黄帝的常访之处。因为黄帝时代的大名医岐伯老先生经常在这里采药，黄帝每一次路过百药沟的时候，都会抽出时间，来到岐伯在山中临时居住的草棚，来到岐伯就地制作药物的晒药场，与岐伯一起研究探讨医学与养生之道。所以就有人认为，流传后世的中国中医学的第一部经典著作《黄帝内经》的大部分内容，都是黄帝在此地与岐伯促膝而谈的过程中"采访"出来的。所以又有人说，黄帝也应该是中国记者的鼻祖和首倡者与实践者。如果你真正读过《黄帝内经》的话，那么称黄帝为一位真正的"学者与专家型记者"，怎么也不为过。可以说，他完全是在天人合一的宇宙大道思想的笼罩下，又遵循着中医学与养生学的规律，一层一层地揭示出上古先民所总结出来的医疗和养生经验的。自古以来，华夏的所有医者，甚至包括文人雅士，都从《黄帝内经》中汲取了取之不尽的丰富营养，《黄帝内经》也就成为中国中医学的第一经典。自古以来研究《黄帝内经》的人多如牛毛，所以，就有人将《黄帝内经》中的养生智慧，归结为以下三十五个方面：

提出了"治未病"的养生观；

阴阳协调是独有的基础养生观；

补精、养气、守神；

顺应自然，天人相应；

遵循生长壮老已的生命规律养生法；

掌握中医诊病常用的望闻问切；

总结出一套经络养生精华；

中医常用的养生四宝：针灸、按摩、拔罐、刮痧；

春季养生之法；

夏季养生之法；

秋季养生之法；

冬季养生之法；

因气血盛衰导致的十二时辰养生法；

养生先要养性情；

养生还要养睡眠；

养生随时养居住；

养生更要养房事；

养生需重视劳逸结合；

养心精华；

养肺精华；

养肝精华；

养脾精华；

养肾精华；

胆为中正之官；

胃为仓廪之官；

小肠为受盛之官；

大肠为传道之官；

三焦为决渎之官；

膀胱为州都之官；

饮食养生先要了解食物的五味四性；

饮食有节，定时定量；

根据年龄段规划饮食养生的要点；

五味调和、食物多样化为饮食养生的原则；

最人性化的体质养生法；

随处可做的养生小动作。

三

炎帝榆罔在黄帝南巡去过南岳衡山之后，就一直有一个想法，就是在有生之年内，能够将自己在江南所开拓的疆土再巡视一遍。

最初炎帝榆罔的这个想法，还只是在脑海里忽然一闪的一个念头。但是，随着时间的推移，这个想法在他的脑海里不断地闪现，就引起了他足够的重视。他这才开始认真地想，这样一次巡视有必要吗？以他这样的年龄，再经过长距离长时间的奔波，他能坚持下来吗？

我们现在民间有这样一种说法："人到五十岁是活年哩，六十岁是活月哩，七十岁是活天天哩，八十岁是活时辰哩！"所以人生才会有"人活七十古来稀"的感叹。这还是建立在人们的生活水平大幅提高，人类的平均寿命已经达到"七十并非古来稀"的当代程度。到了我们这个时代，人活百岁并不是什么高不可攀的难事。笔者曾经采访过陕西宜君县的一位百岁老人。这位居住在龟山之阴（山之西坡）的老太婆，百岁的时候，还能自主地干各种家务活，如浇花、扫地、喂鸡等，甚至还能盘起腿来，用她灵巧的老手和家人一起包起饺子来！这个时候是 2003 年中国人抗击"非典"的那一年，到 2016 年，时间已经整整地向后延伸了十三年，据说，这位百岁老人还活着呢！笔者妹妹婆婆家的老奶奶，是又一位长寿老人，这位当年花园口事件，从河南逃荒要饭来到陕西铜川的老人，百岁的时候，她自己的生活大部分还能自理。比如说自己的衣服自己洗。她不相信洗衣机里转一转，衣服就能干净。还是自己亲自有手搓出来的衣服放心。老人百岁以后，还被儿孙们用轮椅推着上街转呢！走到哪儿，人们都会投来稀奇而尊敬的目光。老人个子并不高，很瘦并且驼了背，显得人很瘦小，但是那一头银亮的头发，其光泽足以说明她生命力的旺盛！就是这位老人，到了一〇三岁的时候，不幸瘫痪到床上。即使在这样的情况下，老人还在床上坚持了两年，直到一〇五岁的时候才离世。笔者参加了她老人家的追悼会，看到她依然是那么银亮的头发，她的面部表情，是那样的平静和安详！老人的悼词是笔者写的。一生中能够为这样高寿的老人写一篇悼词，也算是一种荣幸吧。

下面是笔者当时为她老人家写的悼文：

徐王氏世英悼文

世纪老人，王氏世英，

零四出生，七月十四，河南南阳。

出身望门，书香门第，儒雅大方。

嫁于徐家，银匠工艺，承继发扬。

日夜操劳，相夫教子，

二女一男，个个成才；

邻里友好，远近称颂，

寿越百岁，懿德溢彰。

政府拜年，见闻报章，

芳名永驻，荫及昆冈。

懿德千秋，伏维尚飨！

2009 年 2 月 10 日

话说回来，我们的炎帝老祖，在那个社会生产力还非常落后、当时人们的平均年龄只有三四十岁的情况下，却活到了一百二十岁！

时间很快到了黄帝五十二年（戊寅年）（公元前 2673 年）。这一年，炎帝榆罔已经活到一百二十岁了。虽然科学上讲，人生活到一百二十岁，是一个应该的年龄，可是在人的一生中，七灾八难的，即使到了现代，又有多少人能跨过百岁大关呢？笔者亲历的一位革命老人张邦英，陕西耀州人，他在风风雨雨的经历之后，仍然活到了一百岁整（1910—2010 年）。笔者有幸在他人生的最后十多年中与他交往，这位在高岗事件中蒙冤、从此失去了政治前途的原中顾委委员，说起高岗事件来，一口一个冤枉，直到改革开放后才受命国家民政部常务副部长，笔者认识他的时候，他已经八十五岁高龄了。张老一头银发，脸色红润，住在北京一个典型的二进式四合院内。张老个头不高，却总是精神矍铄，说起话来声音洪亮。他为人热情，每次去他的客厅，他总是把熟透了甚至有点变质的香蕉亲手剥了，硬是让给你吃。每次你离开，即使是气候严寒的北京的冬天，他也总要把你送出正屋的门外来，一头银发，站在凛冽的寒风中，招着手看着你走出二进门外去，他才会返回屋内。张老更是一位一诺千金的人，过去在国内革命战争年代的承诺，到了改革开放以后，他还是为当年牺牲的黄陵（中部）游击队苏队长的遗属兑现了当时的承诺："一定要保护好烈士的遗属，安排好他们的工作。"笔者当时在人民日报社打工，在生活最困难的时候，曾对张老有一个不期的要求，以后笔者回到陕西工作，张老曾经打电话到人民日报社找我，甚至把电话打到了铜川日报社来，找他的"小老乡乔山（笔者笔名）"，解释个中原因，表达他对未能满足笔者请求的歉意。就是这样的张老，以他顽强的斗志和不屈的意志，终于跨过了人生的百年大关。他就是让家乡人引以为豪的，跟着刘志丹、谢子长和习仲勋闹革命的张邦英老人。以后，张邦英老魂归故里，葬在了家乡的土地上，可是笔者却一直没有机会前去吊唁祭拜一次，只是小心谨慎地收藏着他亲笔签名赠送的一本自传体回忆录《往事回忆》。笔者一定会前往祭拜这位可敬的革命老人、这位当年的中富宜游击总队总政委的。

活到一百岁的炎帝榆罔，精神还是那么矍铄。虽然由于口中牙齿几乎已经全脱落了，吃饭几乎是靠牙帮子来咀嚼，可是他的牙帮子也决非一般人的牙帮子，作为一个百岁老人，他不光是骨头硬，牙帮子也硬。虽然由于缺牙，腮帮子明显地瘪了，他原来的田字型脸型，好像是从下面一下子收缩了很多，但是，他的那双细长凤目，却并没有人老珠黄，反而还有些生动和灵光。他的头发和胡须，是那么白，白得都有些耀人眼目，脸色还保留了一辈子风吹雨打日头晒所形成的赭红，只是比年轻时显得更白更红了一些，同时，不可避免的是，他的脸上和额头上，也更多了一些大大小小的老年斑。他的背也弓了，整个人形就像是另一个压缩版的炎帝榆罔似的。难能可贵的是，他的头脑依然清醒，他还从来没有犯糊涂过呢！而最正能量和励志的是，作为一位阅人无数的百岁老人，他依然保持着一颗不断进取的心，他总有做不完的事。或者说，总有做不完的事在等着他去做、总有新的目标在前头等着他去实现。

一个人，如果一直以为自己还是一个对他人和社会有用的人，他就会有永远干不完的事情，而在这样一种积极进取的心态促进下，他的人生历程就会在无形中被拉长了。这就是养生先养德的道理。厚德载物，也载人生！这也许就是那些伟人、高人们一般都较长寿的秘诀吧。积极的、正能量的心态和意志力，决定了人的生存状态，也决定了他的长寿与否！

我们的炎帝，正是这样经历了他的人生。已经百岁的他，依然是心忧天下百姓。虽然说这辈子治理天下，他不能算是一个真正的成功者。但是，他一生亲力亲为的两件事，一个是原始农业，一个是像老神农氏那样，亲尝百草而识药性，完善和补充《神农本草经》，可以说他是最大的成功者。人一辈子的时间真是很短！人生百年，在历史长河里，在浩瀚的宇宙里，那渺小得不能再渺小了。可是，就是在这短短的百年时间里，只要你真的为人类社会的进步，做了那么一丁点实实在在的贡献，人们都会永远地记住你。就像我们历代的列祖列宗，盘古开天地，只是识别清了天地的区别；有巢氏，只是教会了我们怎样垒自己的窝；燧人氏，钻木取火，让人类吃上了熟食，从此体质发生了天壤的变化；伏羲氏，画八卦，建立龙天下，让我们对宇宙天下和人的生命现象，有了更加具体生动形象的认识；下来就是我们伟大的神农氏了。老神农氏尝百草因误食断肠草而献身，炎帝是神农氏的后人，他带领族人举行谛礼所崇拜的图腾，就是这断肠草的象形字——"炎"！从老神农氏到炎帝榆罔，前后经过人老八辈的不懈努力，终于比较完美地解决了人类进食所需要的粮食和维护身体健康所需要的医疗保健与养生问题。应该说，这样历史性的巨大贡献，怎么评价都不为过！试想，我们中华民族之所以能够发展成如今世界上最大的族群，如果没有充足的粮食和医疗的保障，那是难以想象的！

四

泱泱华夏，寰球之内，有谁知道一位一百二十岁老人出巡的故事呢？

可是，我们炎黄子孙的始祖炎帝榆罔做到了。

黄帝五十二年（戊寅年）（公元前2673年）。这一年，炎帝榆罔已经整整一百二十岁了。春夏之交，在炎热的夏天即将来临之前，炎帝榆罔终于下定了决心，就是受尽千难万苦，也要把他在江南新拓出来的疆土巡视一遍。

人的意志力有时候可以决定一切！它既是动力，也是压力和执行力。意志力可以指导着人做出许多超人的动作。有时候，它的表现是超出人的一般经验和想象力的。我们的炎帝老祖就是这样。

时间是黄帝五十二年（戊寅年）四月下旬的一天。因为前几天炎帝就决定了他的出巡路线和时间，经过几天时间的准备，今天就要出行了。老年人本来就瞌睡少，再加上有一些出发前的激动和亢奋，所以炎帝榆罔在鸡叫头遍时就已经醒来，再也没有睡着。虽然他老人家明知道，这一路上肯定会受到来自各个方面的考验，最大的考验可能就是他的体力能否支撑下来的问题。所以，清醒过来的他并没有立即就起身，而是继续躺在远离地面的离宫（竹楼）卧铺上，闭目养神。他力图让自己激动的心情能够平复下来。也就是在这样半睡半醒的状态下，一生中的许多生活画面，都纷纷在眼前重现出来：

他想起平生中第一次东巡时那一种壮怀激烈的场面，当他的几十头牛结成的大队从黄河南岸如同滚雷一样轰响而过的时候，他满满的，都是造福天下的宏愿；

他又想起阪泉之战时他那冲锋陷阵的火牛阵，那一种威武、所向披靡的势头；

他想起阪泉之战之后，轩辕伸出宽厚有力的大手将他扶起的瞬间。正是轩辕这一扶，决定了他禅让天下的决心；

去神农架采药的画面再一次在他的眼前出现。

还有，在接到黄帝来信之后，他从烈山（今湖北随州）出发，一路逐水而行直下江南的画面。

……

人生有些事情，本来就是矛盾的。炎帝榆罔之所以要做出这次出巡的决定，也是建立在对自己生命力的判断基础上的。在炎黄这个时代，由于受到各种生活条件的限制，人类的平均寿命也就在三四十岁之间，直到二千五百多年后的春秋战国时代，伟大的孔圣人还曾发出过"人生七十古来稀"的感叹，而我们的炎帝，却奇迹般地活到了一百二十岁！这本身就是一个几乎不逾越的生命标杆。虽然如此，今年自开春以来，炎帝榆罔自己也明显地感到，自从过了一百二十岁这个大关，自己就像是一盏即将耗尽了油的灯一样，全身几乎就要变成一个空壳了。两种对立的状态，在他身上同时体现出来，一是感觉自己的全身，特别是四肢，忽然之间变得是那么的沉重，浑身上下如同注了铅似的，或者说就像是严重中风后的感觉，每挪一步，都要付出非常沉重的代价。而另一方面，他又感到，自己从内到外，都变得轻飘飘的，好像一棵大树被拔了根似的，随时都有轰然倒下的可能！最不能让炎帝榆罔接受的是，他竟然做了这样一个梦：梦见自己躺在一个大土坑里，眼睁睁地看着人们用木制的耒耜，向他身上扬土……有一天，他忽然感觉到，自己原来是那么乏力！人的身心都瘫在那里，恨不得一睡一万年才能解掉这几乎是用一生积累下来的乏。可以说，一切生命的征兆，都在明确地告诉自己，他的生命大限已经临近了！正是这样的一种时光不再的生命紧迫感和超常的压力，反而促使炎帝榆罔要和自己的生命极限展开一场赛跑——宁肯死在出巡的路上，也决不贪这生命最后的时光！炎帝榆罔，正是抱了这样一种必死的决心，才做出这次出巡决定的。

亲耳听到，君山半岛上的鸡叫声，叫了一遍又一遍，现在已经开始此起彼伏地叫第三遍了。可以想象，这时候的东天边已经露出了鱼肚白。又大又晶莹的启明星，高高地挂在东天上。是该到起床的时候了！炎帝榆罔

1472

一咬牙，终于用一双经历了百年沧桑的老手，支撑起了他单薄而又沉重的身躯。

等到日高一竿的时候，飘然着银须银发的一百二十岁老人——炎帝榆罔，已经披着晨光，很安详地坐在他的由青灰色大水牛驾辕的吱吱扭扭的平板牛车上，开始他对江南疆土的巡视了。

帝巡天下

在由湘江水汇集而成的烟波浩渺的洞庭湖的西岸，这一队由二十多辆牛车及驮着各种生活品、粮食和礼品的水牛组成的炎帝出巡的队伍，在窄窄的几乎淹没在花草丛中的道路上一路南行。可以看到，洞庭湖映着蓝天白云、波光涟漪的湖面上，不时有白肚皮的红色鲤鱼翻飞出水面，在空中划一道优美的弧线之后，又潜入水中。远远近近的水面上和天空中，有水鸟在悠闲地游着，或者成群地翔舞，发出欢快的叫声。春夏之交的太阳，

1473

一露头就倾注了它全部的热情，那么无私地把炙热和温暖倾泄给大地。于是，湖面上就蒸腾起了一层水雾，把湖面装饰得柔美如画。微风习习地吹拂着面颊，有一种微弱的痒酥酥的感觉，长髯在微风中激动地颤抖，连自己的长寿眉，也有一些不安分的样子。坐在牛车上的炎帝榆罔，面含微笑，这时候心情大好！

由于所乘坐的牛车行动缓慢——牛车总是在路面上迟迟疑疑、摇摇晃晃、不紧不慢地按照自己的节奏和规律运行着，人急也没有用，你用鞭子再抽，牛还是疲疲沓沓地，并不会因为你的着急而着急起来……索性就由着它去。反正，只要它是在运动中，只要它还在前行着，就有到达目的地的可能。

同时，由于炎帝榆罔自己的原因——毕竟他老人家已经是一位罕见的百岁以上的老人了，人的精力有限，所以，当牛车摇摇晃晃地慢慢行走的时候，他坐在牛车上最典型的表现，就是昏昏欲睡，所以，每当炎帝榆罔这样打盹的时候，出于安全的考虑，跟随在他身旁随时侍候他起居的大儿子炎居，就会叫停牛车，扶他下来休息，就地搭帐篷，埋灶造饭……这时候，红脸的大将祝融就会在周围布下严密的防线，以确保炎帝榆罔的人身安全。

有时候，又因为天气的原因，刮风、下雨、打雷、闪电等，也只能先停下来，等天气好转了，再说继续巡游的事儿。

……

由于以上种种原因，炎帝榆罔的出巡速度，可以说是超级慢！仅仅从君山到南岳衡山，就用了好几个月的时间，从春夏之交，直到秋天的来临。

江南秋天的景色，决不像北方的秋天那样色彩斑斓，而依旧是一片葱茏的绿色，唯一的区别就是，一进入秋季，就进入了江南最著名的梅雨季节，几乎是天天都在下雨！所以，炎帝榆罔的出巡，就只能这样无限期地被拖延下去，直到江南温暖的冬天来临。

由于炎帝榆罔的心态很好，所以在衡山待的这段时间，虽然是为梅雨所阻，但时间还是被他有效地利用了起来。顶峰上祝融的居所自然要去，在山后西侧，他多次在遇仙桥往返，在那里的天然石洞里，在遇仙桥东侧的高洞里，是他修炼的常去之所。在这里向北眺望，在青灰色的山崖上，他看到了昂首向上的轩辕黄帝族的图腾——龟的形象。由此，他想到了国（龟）家这个概念，想到了黄帝所创的龟书图（洛书图）：如今的天下，是他禅让给轩辕黄帝的；如今的华夏版图，是他和轩辕黄帝一北一南共同开拓出来的。这一点，在黄帝南巡来到君山时，他们二人有完全的共识。身为天下共主的轩辕黄帝很敬重他，在二人排序时，总是把炎帝排在首位，所以才有了"炎黄"这个概念，所以才有了我们这些子孙后代"炎黄子孙"这个光荣的称谓。

人和人之间的情感，就像是陈年老酒一样，愈是放得时间长，就愈是醇香绵长，耐人寻味。炎帝和黄帝之间的情感，就属于这一类。自从阪泉之战之后，自从受降仪式上轩辕对炎帝那旷世的一扶，炎帝就开始深刻地认识到，只有轩辕这样宽大胸怀的人，才可以是天下共主。这也是决定他禅让天下的最初动机和根本原因。从此以后，炎黄两大部族才开始真正意义上的融合发展，不管是经历了像涿鹿之战这样重大的历史事件，还是在日常生活中，他和黄帝之间的情谊都很默契，很配合，尤其是在黄帝"北逐荤粥"的过程中，黄帝致炎帝的那封信以及炎帝配合黄帝，因此向江南的开拓……

当然了，最能引起炎帝榆罔对黄帝思念之情的地方，还是半山上那个黄帝在此修炼过的"黄帝岩"。当炎帝榆罔来到这个地方的时候，他怀着深深的敬意。在洞中正面那个立石上，他看到了黄帝打坐的身影，于是，就让祝融的部下，在立石顶部，依据石头上天然形成的花纹，用金（青铜）刀刻出了一个轩辕黄帝打坐的正面像。而当他在洞中的地面上看到水滴出的"北斗七星"形象时，就更是对黄帝上应天象、天人合一深信无疑，不由得脱口而出，感叹到："黄帝者，神人也！北斗之宿也！其所居之地，皆上应北斗，天下之中也！"

炎帝榆罔睹物思人，深深地思念起远在北方的天下共主轩辕黄帝来。一个一百二十岁的老人，面对着比他小二十四岁的轩辕黄帝打坐的石刻像拜了又拜，焚香草，遥祝黄帝健康长寿，祈求华夏长治久安，不要再发生像蚩尤那样的祸乱。他又对着地上的"北斗七星"拜了又拜，用他那百余岁老人特有的颤颤巍巍的、苍老的男人的声音在反复地念叨："福佑华夏，

福佑华夏，福佑华夏……"

五

炎帝榆罔，以他顽强的毅力继续着他在江南的巡视。

对一个老人来说，一个小小的感冒，就可能是一场大病，就有可能成为导致他去世的原因。俄罗斯世界级的文学大师托尔斯泰，就是因为离家出走时患上了一场感冒而离世的。记得他在发烧昏迷的情况下，还在说"奋斗、奋斗……"激励了多少文学的后起之秀。而我们的炎帝始祖，也不过是因为一场小小的伤寒，而告别了他一百二十岁的伟大人生。

此事发生的地点，就在今天的湖南省炎陵（酃）县。这也是现在炎帝陵之所以在这里的原因吧。

炎帝榆罔在冬风微寒的时候，离开南岳衡山继续南行，在南边绕了一大圈后才渡湘江而东，折回北行。而当他走到如今株州所属的炎陵县时，就将自己一百二十岁的人生，永远定格在了这个地方。

这个地方叫鹿原陂。几天前来到这个地方的时候，炎帝榆罔很有兴致地观察了这一带的山川走势和水流方向，对这一带山环水抱的山川形势十分满意。人好像都有一种见了好山水，就想给自己找个落脚点永远住下来的嗜好，炎帝榆罔也不例外。

炎帝临终遗嘱："当葬南方，视旗蠢立，遇峤即止。"他这样遗嘱，是有根据的。几天前，他沿着洣水南上，几经周折，终于来到一个叫作峤阳岭的地方。但见这里四面崭绝，鸟道羊肠。站在峤阳岭上举目南望，只见群山环抱之中，有一片平展开阔的原野。洣水三回九折，穿峰过峡，奔腾而来；原野南端，层峦叠嶂，虬木森森，烟云出没，气象非凡。这就是鹿原陂——一块富庶之地，至尊之地！一生辛劳的炎帝榆罔，应该有这样一块宁静的安居之地。

好像人生的坐标上天早已经给预定好了似的。炎帝一生，生于如今陕西宝鸡的常羊山，曾经定居山西高平的羊头山，又在湖北随州神农洞生活，上神农架采过药，晚年配合黄帝开拓江南，常居湖南岳阳君山，偏偏又在这个时候，来到这个地点，正好于此画上了自己人生一个完满的句号。

炎帝活了一百二十岁，应该说他基本上是属于"无疾而终"，属于人生"五福"中的"长寿"和"善终"。像他这样的高寿，不要说在平均寿命只有三四十岁的远古时代，就是在科技高度发达的现代，也是极为罕见的!

"人生没有不散的筵席"，这似乎已经成为一个真理了。人生再长寿，也不过百余年时光，这在历史长河里，是多么短暂。如果再放在宇宙的大背景下来考量，就几乎可以忽略不计了。而在"天人合一"观念下所形成的中国人的独特思维方式，还是以一种积极入世的阳光态度，接受了人生百年这一事实，所以才有了"十年树木，百年树人"的说法。一个树木，一般有十来年时间，就可以成材;而一个人形象的真正树起，则要等他的人生"百年之后"(划上句号了)，才会真正"盖棺定论"。

因为毕竟是在冬天里，空气有一些湿寒，这样，当炎帝榆罔因为爬山而出了一身透汗，又在峤阳岭上迎风而站，仔细地观察鹿原陂的山川形势，从而寻龙捉脉、选定穴位的时候，他考虑的主要还是阳宫——要不要在这里再建一个紫宫? 不过这个紫宫，不再是坐北面南的"面南而治"，而应该是座南朝北的"面北称臣"。因为天下的共主是轩辕黄帝。炎帝榆罔这时候头脑特别清醒，所以他就认为，虽然黄帝继续尊他为"帝"，并且谦虚地并列为"炎黄二帝"，但是，他现在早已经不是天下共主了，他这个"帝"，最大也不过是一"相"之位，他的责任和义务，就是辅佐黄帝，共同开拓华夏。所以在这次南巡的过程中，他终于将已经在心里考虑了很久的一个问题——名帝实相的问题，和陪在他身边的大儿子炎居与如今的黄帝火正祝融给说透了。为了彰显华夏一个中心的一统观念，所以，他决定将自己在江南新拓出来的这块土地统称为"相"，因为江南水多，就画为水字旁的"湘"，这样，一路走来，就分别有了"湘"和"湘水"的命名。炎帝不光是禅让帝位给黄帝，还带头尊奉黄帝，成天下之表率，其高风亮节和谦谦君子的形象可见一斑。

炎帝因为出汗后迎着阴湿的冬风多站了一会儿，不幸伤寒而卧榻不起，一连几日高热不退，并因此而耗尽了他生命之灯的最后一滴油，从而与世长辞。他去世得很安详，很平静，很释然。即使心脏已经停止了跳动，但是体内的高热还没有退尽。他的田字形脸庞，还是那么红扑扑的，印堂发亮。双眼轻轻地合闭，银发银须飘然，给人的感觉，好像他老人家是刚刚睡过去似的。或者，他正在练一种"龟息"的功法似的。

鹿原陂以种茶为主的先民们，听说伟大的炎帝要安葬在这里，纷纷披上麻布片，头戴草圈，腰扎草绳，用手拍打着当地的土鼓，吹着卜筒（一种可以吹响的竹筒）为炎帝送葬。就连几十里以外汤市（按照炎帝"日中为市"的要求而设）的先民也连夜赶来，他们希望把炎帝榆罔能葬在汤市。因为那里有长流不息的温泉，常开不谢的山花。他们多么想让炎帝再洗一次温泉水，也希望将那么多花瓣撒向伟大的神一样的炎帝啊！

炎帝榆罔光荣地逝于巡视的路上，开了中国古代帝王敬业的先河！以后，五帝中的最后一帝——大禹，就死在了巡视的路上；秦始皇也是这样一位敬业的帝王。他为以后两千多年的封建帝王树立了一个标杆。虽然他的秦朝很短命，但是，他的事业却有那么多继任者；中华民族才在分分合合之后，保持了如今大一统的基本格局。

五千多年前，我们华夏古国的版图就已经够大的了！从南方到北方好远啊！以当时最快的交通工具——骑马来说，也得走上两三个月。所以，等炎帝榆罔逝世的消息传到位于北方黄帝的出生地和都城——桥山黄帝黄城的时候，已经到了第二年——黄帝五十三年（己卯年）的阳春三月了。这时候，黄帝也已经九十七岁了。

九十七岁，不光在远古时期，就是在我们当代，也算是高龄老人了。但是，我们的人文始祖轩辕黄帝，依然是那么精神饱满，神采奕奕。他的发须虽然已经全白了，但是脸色还是那么红润，正是人们常说的"鹤发童颜"一类的典型形象。

黄帝闻知炎帝已经逝世的消息后，心情沉重而悲痛，大有痛失知己之感，想起人生百世，总不免于一死，上天不遂人愿，总好像是哪壶不开提哪壶似的，绳子总是从细处断，越是你尊奉推崇的百世之师和道德模范，越是你不愿他离开的左膀右臂，它越是要从你身边带走！从此一别，阴阳两隔，永不得相见。此别乃永别也……想到这里，黄帝不由得悲从心生，老泪纵横。黄帝决定为炎帝举办一次隆重的祭祀仪式。然而，黄帝在北，炎帝在南，天各一方，何以祭之？唯以遥祭，以表哀心。

黄帝五十三年（己卯年）季春望日，春雨蒙蒙，桥山中宫和周围八宫（远山近景），以及东西蜿蜒的龙湾，皆笼罩于朦胧晓雾之中，美若仙境，完全是一幅水韵的中国山水画。雨蒙蒙，情绵绵，青草含翠，鲜花垂泪，沮水呜咽。黄帝为炎帝举办的遥祭仪式，就在中宫前的观象台上举行。黄帝帝师、十二属相、二十八宿、文武百官，列队于中宫广场。钟鼓齐鸣，丝竹仙乐，乐舞告祭。风后和值年太岁、兔龙部落酋长主持。头戴冕旒、身着龙袍的黄帝站在祭台之上，居天地之中而威仪天下。他高大的体魄、坚毅凝重的表情，目视前方，神往于江南。他一改往常，泣泪亲诵祭文曰：

炎帝者，神农后裔也，禘断肠草，象形为炎，故号炎帝。

炎帝者，华夏故君也，神农本草，百药亲尝；首创农耕，玄鸟授种；日中为市，互通有无；禅位于余，德高望重。

炎帝者，吾之手足也，其死也，黄河痛哭，江南倾倒！

炎黄炎黄，相互依膀，今炎已去，天下独黄也！

悲哉痛哉，天夺炎帝！

痛哉悲哉，诚心遥祭！

香草时果，帝尊以享！

为了纪念炎帝，黄帝准许在炎帝故里——今陕西宝鸡清姜水东的常羊山和今山西高平羊头山东面相对的台塬上，为炎帝立冢起陵，以作为永久纪念。湖北神农架因炎帝神农氏采药于此而得名，保持其名；湖北随州曾经是炎帝故都，其神农洞、神农泉等也作为永久纪念地。

第二十四章

一

二十六年前，七十岁的黄帝巡视江南之后返回雍州的时候，是逆南洛水而回。南洛水从如今的河南洛阳一路西南而行，经过了宜阳、洛宁、卢氏，到了洛南境内之后，折向西北而行，在快到达洛源的时候，在如今的保安镇，发现了一个天然的屯兵之城——洛水西岸的青石之山，从其制高点向南北两侧展开，然后又开始回收，形成南北合抱的天然城墙，最后在正前方，只留一个天然形成的缺口（城门）。而城内正对着"城门"的，是一个大大的"寿桃"，这个寿桃，立于全城的中心位置，站在其上，城内六条小沟尽收眼底，是一个天然的点将台和指挥中心。而隔着清浅的洛河，对岸就是一个平展展的大盆地，可以作为校场来使用。这个山城，就是以后成为仓颉造字遗址的著名的"阳虚山"了。

从这里向西不到二十公里，就是洛源。从洛源再向西北行十多公里，就到了秦岭的南北分界线——蓝田县灞源镇的周家台子。灞水即源于周家台子北而向西北流。

黄帝还都桥山黄帝黄城之后，除了排布好面对北方荤粥部落的古城群外，向南则延伸到关中地区，如今考古发现的距今五千多年的杨官寨遗址，即是其典型代表，在它周围，还分布着盘龙湾和荆山、荆原等大的部落族群。向南正对着太乙山，而向东南最远的一个布局，就是秦岭之南、现在依然叫作"保安"的这个屯兵城了。

黄帝在黄帝黄城定都后，可谓是天下太平，歌舞升平。但黄帝还是居安思危，昼夜思虑天下大治，因曾梦华胥之国而成访华胥国之行。所以他就在黄帝二十六年（壬子年）（公元前2699年）的冬天，于杨官寨行宫避

1480

寒（夏天去陕北石崾的黄城台行宫避暑，春游黄龙山——白马滩赏百花，秋去子午岭——百药谷尝百草）的时候，乘车（黄帝出行，十二属相、文武百官随从，据说光那车队，前后就有百辆之多，形成长长的一条龙）专程来到今蓝田县之华胥镇拜谒了华胥陵，在向华胥老母行三叩九拜大礼后，即深入到当地地族中查访，详细了解这里自华胥氏以来流传下来的纯朴古老的民风民俗，并把这样一种返璞归真的古风古俗在华夏全境推而广之。

我们知道，华胥氏是伏羲、女娲的母亲，传说华胥氏踩巨人脚印而生伏羲。伏羲和女娲本是兄妹，因大洪水后只剩下他俩而结合。笔者小时候睡在土窑洞的土炕上，就听奶奶讲过伏羲和女娲从山上滚石磨相合而结合的故事。自从伏羲氏龙天下之后，而有神农氏，而有轩辕氏……或者可以说，华胥氏是远自母系氏族社会只知其母不知其父的中华第一国母吧！已经七十岁的黄帝，银发银须、头戴冕旒，身着龙袍在华胥陵追根溯源，以示自己是华夏之正宗。黄帝在华胥陵也的确找到了华夏族形成、发展、兴盛的根源之所在，并从这里的古风古俗中提炼出了一套对抗"礼崩乐坏"时代生活的原则和规则——黄帝向华夏全境所推广的，正是这些原则和规则，从而以正民风，返璞归真，尊重自然规律，无为而治而实现天下大同，达到天下大治。我们暂且将黄帝时代天下大治的现象叫作"华胥之治"吧！

天下大同，是源自黄帝时代的中国古代思想，指人类最终可达到的理想世界，代表着人类对未来的美好憧憬。其基本特征为"人人友爱互助，家家安居乐业，没有差异，没有战争"。发展到现代，又加入了全球范围内政治、经济、科技、文化融合的思想。西方的乌托邦、我们所崇奉的共产主义，以及现代所流行的"地球村"的概念，在许多方面，都和天下大同（世界大同、大同世界）有着极大的相似之处。这些都为黄帝大道（大同思想）在世界范围的传播，提供了相应的思想基础。

黄帝的大同思想，以后为孔子所继承和发扬，记录在《礼记·礼运》大同章，被误解为"孔子的理想"（见"百度百科"），儒家宣扬的"人人为公"的理想社会。孔子是讲过"四海之内皆兄弟也"，中华民族应该亲如一家，情同手足。但是将孔子作为"世界华人的精神寄托和灵魂家园"，作为"华人文化的同根同祖同源"，就感觉总有些别扭。因为孔子比黄帝晚了两千多年，他只是黄帝大道一个侧面的继承者和弘扬者。只有黄帝才是中华人文始祖，是世界华人的精神寄托和灵魂家园，是华人文化的同根、同祖、同源。

在黄帝的治理下，华夏古国从漠北的荤粥部落到南疆的交趾；从东海的白泽到西王母的昆仑山，天下万氏（大小部落）和睦相处，没有战争，没有饥荒，人们思想纯朴，幼有所教，壮有所成，老有所养，人们讲信修睦，道德君子，道不拾遗，夜不闭户。

后世流传的古琴曲《华胥引》，记述的就是黄帝梦游华胥国故事。

古琴源自伏羲，神农、黄帝都是古琴高手，但他们所弹之琴皆是五弦琴，直到周文王和周武王各加了一弦，才成为我们现在所见到的七弦古琴。

《神奇秘谱》载：臞仙按，琴史曰："是曲者，太古之曲也。尤古于遁世操。一云黄帝之所作，一云命伶伦所作。"按列子，"黄帝在位十五年，忧天下不治，于是退而闲居大庭之馆，斋心服形，三月不亲政事。书寝而梦游华胥氏之国，其国自然，民无嗜欲，而不夭殇，不知乐生，不知恶死；美恶不萌于心，山谷不踬其步，熙乐以生。黄帝既寤，怡然自得，通于圣道，二十八年而天下大治，几若华胥之国。"故有《华胥引》。

《华胥引》小标题

《浙音释字琴谱》：

一、退闲　二、寤梦　三、乐生

《重修真传》：

一、闲居大庭　二、寤梦华胥　三、皇风清穆

《华胥引》歌词

《浙音释字琴谱》：

一段　退闲

闲居大庭，斋心服形。忧天下之不宁，何堪政事民情。久居三月

之零，海河欲致清平。悠悠一梦之录，致华胥之行。

二段　寤梦

　　华胥之国依谁识，远飞魂，聊自适。蓬然寤梦也，那地天南北为无极。蔼蔼淳风，人民安宿食。如画夜，月盈日昃。冠仪而不忒，如君臣，如父子，如宾客，如亲而如戚。桃李如色，覃恩布泽，别有华胥之国。

三段　乐生

　　淳风而美俗，乐自然那民无嗜欲。接比邻，相劝也衷心诚服。重土居安食足，刑免而无讼狱。无是无非，无荣无辱，进势无拘无束。从死从生，此心也无抑郁。俄然兮一梦惊心触目，兆太平之永福，至治怡然自卜。一统乾坤，皇风清穆穆。

　　黄帝拜谒华胥陵后，循（逆）灞水继续东南行，翻过秦岭后，即进入南洛水狭窄弯曲的沟道，等到川道一下子变宽、形成一个巨大的盆地的时候，就到了阳虚山——黄帝屯兵的那个天然石城。作为左史官（沮诵为右史官），仓颉一路随行，记录着黄帝的行踪。在阳虚山天然石城，仓颉跟随着黄帝、风后登上城中的大"寿桃"，亲眼观察了风后如何用五色旗调动城内左右六沟中的将士，又是怎样调动了一万多将士，在洛水对岸的巨型演后场上演练阵法。从此之后，仓颉就深深地爱上了这个天然石城，主动要求留在这里，在这里一待就是二十年，直到逝世。寒来暑往，昼夜昏晨，仓颉经常坐于阳虚山（石）城的"寿桃"之上悟道，在这里，他仰观天文，俯察地理，他又巡着洛水东行，在元（玄）扈洛汭这个地方，发现了灵龟负书。据说洛汭就在今河南省洛阳市洛宁县境内，洛宁县兴华乡西北，至今仍留有后人为纪念仓颉而修的"仓颉造字台"。

　　仓颉和沮诵受鸟兽足迹的启迪，集中了天下各部族的智慧，呕心沥血数十载，搜集、整理流传于各部落的象形文字字符，并通过办班培训和实地指导等多种方法，加以推广和使用。仓颉在阳虚山天然石城，仰观奎星环曲走势，俯察占卜后烧裂之龟背纹理，结合鸟兽爪痕、山川形貌及手掌指纹，用大拇指于中指、食指、无名指上排九宫，根据各种事物的特征和不同形状，终于创造出了相应的象形图案和符号，他称这些新造出来的形象符号为"文字"。

仓颉所创造的文字，可以分为六大类。一类是指代事情的字，如"上、下"；二是形象字，如"日、月"；三类是形声字，如"江、河"；四是会意字，如"武、信"；五是转注字，如"老、考"；六是假借字，如"令、长"。

大功告成之时，正值春天万物生发、一派生机盎然之时。据说，这一天，正值谷雨节气。仓颉就此，专门在中宫的大殿内，手执笏板，郑重其事地向黄帝作了汇报："指事之字，在上为上，在下为下；象形之字，日满月亏，仿其形也；形声之字，以类为形，配以声焉；会意之字，止戈为武，人言为信也；转注之字，以老寿考也；假借之字，数言同字，音异而意同也。"黄帝闻之大喜曰："幸甚至哉！此乃华夏之福，当九州同庆、万邦共贺也！"

当天，举国欢庆，到处是欢呼雀跃、奔走相告的人群。由此而感动上苍，果真下了一场有利于谷物生长的及时雨。世间的事总是那么奇怪，当阳光的、正能量的东西伸张正义的时候，那些躲在阴暗角落里怀着各种心思的妖魔鬼怪就会感到难受和悲伤，因为他们的行踪，又一次受到了限制；他们的丑恶面目，将由此而昭然于天下。《淮南子》是运用这样一种夸张的近于神话的方式记录这一事件的，即所谓的"天雨粟，鬼夜哭，龙乃潜藏。"由此可见，仓颉造字，实乃一"惊天地，泣鬼神"之大事件，人类从此告别荒蛮，步入了文明时代。

关于仓颉的功德，黄帝是这样评价的：

> 仓颉者，王者也。穷天地之变，通人间正道，沟通三才（天、地、人），王道也！
>
> 仓颉者，圣人也。幼而能书，搜天下奇文，而自成一书。仁者爱人，圣者也！
>
> 仓颉者，神人也。观鸟兽爪迹而通灵，究龟纹而成字，奎星曲张，

1484

山高水长，随物赋形，依类象形，信如神灵！

　　仓颉者，史官也。华夏开国，神魔消长，功过是非，一笔尽录。造字记功，英雄千古；录存史实，华夏基石。史官自仓颉、沮诵始，吾华自此有史焉！

　　仓颉本姓侯冈，因主持三军粮草、后勤仓库而赐姓"仓"；仓颉一生造字数千，唯独没有为自己记功而造字。所以，当享年一百一十岁的仓颉在阳虚山逝世后，九十岁的黄帝，驱车六百里而亲赴阳虚山为他送葬。

　　九十岁的黄帝泪流满面地哭仓颉，因此而成为千古帝王第一哭！（秦腔《下河东》中赵匡胤哭贤臣的那个唱段，罗列了华夏历史上帝王哭大臣的一长串历史，第一句唱词就是"轩辕黄帝哭仓颉"）并颤颤巍巍地用金刀在龟甲上刻下一个他专为仓颉造字记功的字——"创"字。当时的人们已经有了叶落归根、魂归故里的观念和意识，仓颉临终的最大愿望就是可以埋葬在家乡的土地上。所以，黄帝在阳虚山守灵三天后，就亲自护灵四百里，直送到白水仓颉故里安葬入土。黄帝的文武百官中，也只有仓颉享受到了这么高的待遇。而黄帝给右史官沮诵的最高待遇，就是将家乡的姬水改名为沮水。可见，黄帝对两位创造了文字的史官的高度重视和垂爱。

　　仓颉等的发明创造，开启了文明时代的曙光。正因为有了仓颉和沮诵的发明创造，黄帝时代才会有像《黄帝四经》等这样篇幅和容量的经典横空出世而光耀史册。

二

　　黄帝痛哭仓颉后，决定运用仓颉所创造的文字，完成一部大规模的著作。他一直在做着这方面的准备，但是却迟迟没有动笔，直到六年后炎帝逝世，黄帝遥祭过炎帝后，痛感国运之兴，非大道之行莫属也！人生在世，无非是立德、立功、立言，人生因"三立"而不朽。尤其立言，是谓言得其要，理足可传，以达到"其身既没，其言尚存"、传之后世、荫及子孙之效果。黄帝之功德既大，非立言不足以传世。于是，黄帝就每天腾出一定时间，专门进行这部大规模作品的写作与整理。按照他的设想，这应该是一部论道的书，并且应该以道为基础，为天下大是大非定一个判断的标准；应该是在回顾和总结他近百年人生经历的基础上，对许多重大问题提出自己的原则和看法；国之立，在祀在戎；国之治，在法在规。那么，国之大法又应该是什么呢？

黄帝带着这些问题朝思暮想，或者在桥山中宫，或者在明堂，或者在观象台上，在日坛或月坛。清晨，他背着手站在中宫东城墙上，迎着日出，思绪如潮，所以他的书案就摆在城台之上，随时记录下自己对宇宙万物和人间正道的看法；傍晚，他站在西城墙上，面对着夕阳西下，咏叹出许多人生的哲言和警句。而中宫中的朝拜也减少了。他安排好了天下统治的秩序和方式方法，即天干（代表中央力量的十天干）和地支（代表地方利益的十二属相）相配，六十年一个轮回（花甲子），如此周而复始，循环不已……所以，黄帝就可以把政务、军事和国家日常事务的管理，都委托给风后、力牧和值年太岁（十二属相和十天干之一），把自己的主要精力用到著书立说上来。

黄帝先从道的原理讲起，对自己以前的著作《道原经》重新进行了修订，这就是我们现在所能够看到的《道原经》：

"恒无之初，迥同大虚。虚同为一，恒一而止。湿湿梦梦，未有明悔。神微周盈，精静不熙。故未有以，万物莫以。故无有形，大迥无名。天弗能覆，地弗能载。小以成小，大以成大，盈四海之内，又包其外。在阴腐，在阳不焦。一度不变，能适蚑蛲。鸟得而飞，鱼得而游，兽得而走；万物得之以生，百事得之以成。人皆以之，莫知其名。人皆用之，莫见其形" 这就是黄帝对道最初的认识。

他接着写道："一者，其号也，虚其舍也，无为其素也，和其用也。是故上道高而不可察也，深而不可测也。显明弗能为名，广大弗能为形。独立不偶，万物莫之能令。天地阴阳，四时日月，星辰云气，蚑行蛲动，戴根之徒，皆取生，道弗为益少；皆反焉，道弗为益。坚强而不溃，柔弱而不可化。精微之所不能至，稽极之所不能过。"

深更半夜，黄帝一个人，还在伏案写作。他的写作，并不像我们现在这样方便，而是要把这些文字，一个一个地写在龟甲之上，以便金刀刻字，藏于兰室，永久流传。联想到古今之圣人、圣王，他们是怎样理解运用道的呢？——"故唯圣人能察无形，能听无声。知虚之实，后能大虚；乃通天地之精，通同而无间，周袭而不盈。服此道者，是谓能精。明者固能察极，知人之所不能知，服人之所不能得。是谓察稽知极。圣王用此，天下服。"

在这个基础上，黄帝就对道有了以下的理解和定性——无好无恶，上用而民不迷惑。上虚下静而道得其正。信能无欲，可为民命；信无事，则万物周遍。分之以其分，而万民不争；授之以其名，而万物自定。不为治劝，不为乱解。广大，弗务及也；深微，弗索得也。夫为一而不化：得道之本，握少以知多；得事之要，操正以正畸。前知太古，后精明。抱道执度，天下可一也。观之太古，周其所以。索之未无，得之所以。

有了《道原经》这个基本大法（或者说是最基本的人生观和宇宙观），给天下的是是非非定一个判断的标准，就比较容易了。于是，黄帝就开始了《称》经的写作：

> 道无始而有应。其未来也，无之；其已来，如之。有物将来，其形先之。建以其形，名以其名。其言谓何？环□伤威，弛欲伤法，无随伤道。数举三者，有身弗能保，何国能守？
>
> 奇从奇，正从正。奇与正，恒不同廷。凡变之道，非益而损，非进而退：首变者凶。有仪而仪则不过，侍表而望则不惑，案法而治则不乱。圣人不为始，不专己；不豫谋，不弃时；不为得，不辞福。因天之则。失其天者死，欺其主者死，翟其上者危。心之所欲则志归之，志之所欲则力归之。故巢居者察风，穴处者知雨；忧存故也。忧之则□，安之则久；弗能令者弗能有。
>
> 帝者臣，名臣，其实师也；王者臣，名臣，其实友也；霸者臣，名臣也，实宾也；危者臣，名臣也，其实庸也；亡者臣，名臣也，其实虏也。自光者人绝之，骄溢人者其生危、其死辱穀。居不犯凶，困不择时。不受禄者，天子弗臣也；禄泊者，弗与犯难。故以人之自为，不以人之为我也。不仕于盛盈之国，不嫁子于盛盈之家，不友骄倨慢易之人。

圣人不执偃兵，不执用兵；兵者不得已而行。知天之所始，察地之理，圣人麋论天地之纪，广乎独见，卓乎独知，□乎独□，□乎独在。天子地方千里，诸侯百里，所以朕合之也。故立天子者，不使诸侯疑焉；立正嫡者，不使庶孽疑焉；立正妻者，不使嬖妾疑焉：疑则相伤，杂则相方。

时若可行，亟应勿言；时若未可，涂其门，毋见其端。天制寒暑，地制高下，人制取予。取予当，立为圣王；取予不当，流之死亡。天有环刑，反受其殃。世恒不可择法而用我，用我不可，是以生祸。有国存，天下弗能亡也；有国将亡，天下弗能存也。时极未至，而隐于德；既得其极，远其德，浅致以力；既成其功，环复其从，人莫能殆。诸侯不报仇，不修耻，唯义所在。

隐忌妒妹贼妾，如此者，下其等而远其身；不下其等不远其身，祸乃将起。内事不和，不得言外；细事不察，不得言大。利不兼，赏不倍；戴角者无上齿。提正名以伐，得所欲而止。实谷不华，至言不饰，至乐不笑。华之属，必有实，实中必有核，核中必有意。天地之道，有左有右，有牝有牡。诰诰作事，毋从我终始。雷以为车，隆隆以为马。行而行，处而处。因地以为资，因民以为师；弗因无神也。

宫室过度，上帝所恶；为者弗居，唯居必路。减衣衿，薄棺椁，禁也。疾役可发泽，禁也。草丛可浅林，禁也。聚宫室堕高增下，禁也；大水至而可也。毋先天成，毋非时而荣则不果。日为明，月为晦；昏而休，明而起。毋失天极，究数而止。强则令，弱则听，敌者循绳而争。行憎而索爱，父弗得子；行侮而索敬，君弗得臣。有宗将兴，如伐于川；有宗将坏，如伐于山。贞良而亡，先人余殃；商阙而栝，先人之连。埤而正者增，高而倚者崩。

三

黄帝晚年的这几部作品，以后被统称作《黄帝四经》。除了《道原经》和《称》，就是本节的《十大经》和下节的经过他再次修订的《经法》。

1488

《十大经》以"立命"始：

〔立命〕第一

昔者黄宗，质始好信，作自为象，方四面，傅一心，四达自中，前参后参，左参右参，践位履参，是以能为天下宗。吾受命于天，定位于地，成名于人。唯余一人德乃配天，乃立王、三公，立国置君、三卿。数日、历月、计岁，以当日月之行。吾允地广裕，类天大明。

吾畏天、爱地、亲民，立无命，执虚信。吾爱民而民不亡，吾爱地而地不荒，吾受民而民不死。吾位不失。吾苟能亲亲而兴贤，吾不遗亦至矣。

〔观〕第二

黄帝令力黑浸行伏匿，周流四国，以观无恒、善之法则，力黑视象，见黑则黑，见白则白。地之所德则善，天之所刑则恶。人视则镜：人静则静，人作则作。力黑已布制建极，而正之。力黑曰：天地已成而民生，逆顺无纪，德虐之刑，静作之时，先后之名，以为天下正。因而勒之，为之若何？

黄帝曰：群群□□，窈窈冥冥，为一囷。无晦无明，未有阴阳。阴阳未定，吾未有以名。今始判为两，分为阴阳，离为四时，刚柔相成，万物乃生，德虐之行，因以为常。其明者以为法，而微道是行。行法循道，是为牝牡。牝牡相求，会刚与柔。柔刚相成，牝牡若形。下会于地，上会于天。得天之微，若时者时而恒者恒，地因而养之；恃地气之发也，乃梦者梦而兹者兹，天因而成之。弗因则不成，弗养则不生。夫民之生也，规规生食与继。不会不继，无与守地；不食不人，无与守天。

是故赢阴布德，重阳长，昼气开民功者，所以食之也；宿阳修刑，童阴长，夜气闭地绳者，所以继之也。不靡不黑，而正之以刑与德。春夏为德，秋冬为刑。先德后刑以养生。姓生已定，而敌者生争，不谌不定。凡谌之极，在刑与德。刑德皇皇，日月相望，以明其当，而盈屈无匡。

夫是故使民毋人执，举事毋阳察，力地无阴敝。阴敝者土荒，阳察者夺光，人执者摞兵。是故为人主者，时适三乐，毋乱民功，毋逆天时。然则五谷溜熟，民乃蕃滋。君臣上下，交得其志。天因而成之。夫并时以养民功，先德后刑，顺于天。其时赢而事屈，阴节复次，地尤复收。正名修刑，蛰虫不出，雪霜复清，孟谷乃萧，此灾乃生，如此者举事将不成。其时屈而事赢，阳节复次，地尤不收。正名施刑，蛰虫发声，草苴复荣，已阳而又阳，重时而无光，如此者举事将不行。

天道已既，地物乃备。散流乡成，圣人之事。圣人不巧，时反是守。优未爱民，与天同道。圣人正以待之，静以须人。不达天刑，不襦不传。当天时，与之皆断；当断不断，反受其乱。

〔五正〕第三

黄帝问阉冉曰：吾欲布施五正，焉止焉始？对曰：始在于身，中有正度，后及外人。外内交接，乃正于事之所成。黄帝曰：吾既正既静，吾国家愈不定。若何？对曰：后中实而外正，何患不定？左执规，右执矩，何患天下？男女毕迵，何患于国？五正既布，以司五明。左右执规，以待逆兵。

黄帝曰：吾身未自知，若何？对曰：后身未自知，乃深伏于渊，以求内刑。内刑已得，后乃自知屈其身。黄帝曰：吾欲屈吾身，屈吾身若何？对曰：道同者，其事同；道异者，其事异。今天下大争，时至矣，后能慎勿争乎？黄帝曰：勿争若何？对曰：怒者血气也，争者脂肤也。怒若不发，浸廪是为痈疽。后能去四者，枯骨何能争矣。黄帝于是辞其国大夫，上于博望之山，谈卧三年以自求也。战哉，阉冉乃上起黄帝曰：可矣。夫作争者凶，不争者亦无成功。何不可矣？

黄帝于是出其锵钺，奋其戎兵，身提鼓枹，以遇蚩尤，因而擒之。帝箸之盟，盟曰：反义逆时，其刑视蚩尤。反义背宗，其法死亡以穷。

〔果童〕第四

黄帝问四辅曰：唯余一人，兼有天下。今余欲畜而正之，均而平之，为之若何？果童对曰：不险则不可平，不谌则不可正。观天于上，视地于下，而稽之男女。夫天有恒干，地有恒常。合此干常，是晦有明，有阴有阳。夫地有山有泽，有黑有白，有美有恶。地俗德以静，而天正名以作。静作相养，德虐相成。两若有名，相与则成。阴阳备物，化变乃生。

有任一则重，任百而轻。人有其中，物有其形，因之若成。黄帝曰：夫民仰天而生，恃地而食，以天为父，以地为母。今余欲畜而正之，均而平之，谁适由始？对曰：险若得平，谌若得正，贵贱必谌，贫富有等。前世法之，后世既陨，由果童始。果童于是衣褐而穿，负缾而街，营行乞食，周流四国，以示贫贱之极。

〔正乱〕第五

力黑问于太山之稽曰：蚩尤□□□骄溢阴谋，阴谋□□□□□□□□□高阳，为之若何？太山之稽曰：子勿患也。夫天行正信，日月不处。启然不怠，以临天下。民生有极，以欲涅洫即失。丰而为杀，加而为既，予之为害，致而为费，缓而为哀。忧桐而君之，收而为之咎；累而高之，踣而弗救也。将令之死而不得悔。子勿患也。

战盈哉，太山之稽曰：可矣。于是出其锵钺，奋其戎兵。黄帝身遇蚩尤，因而擒之。剥其皮革以为干侯，使人射之，多中者赏。其发而建之天，名约蚩尤之旌。充其胃以为鞠，使人执之，多中者赏。腐其骨肉，投之若醢，使天下□之。

上帝以禁。帝曰：毋乏吾禁，毋留吾醢，毋乱吾民，毋绝吾道。乏禁，留醢，乱民，绝道，反义逆时，非而行之，过极失当，擅制更爽，心欲是行，其上帝未先而擅兴兵，视蚩尤共工。屈其脊，使甘其俞，戭为地楹。帝曰：谨守吾正名，毋失吾恒刑，以示后人。

〔姓争〕第六

高阳问力黑曰：天地已成，黔首乃生。莫循天德，谋相覆倾。吾甚患之，为之若何？力黑对曰：勿忧勿患，天制固然。天地已定，蚑蛲毕争。作争者凶，不争亦毋以成功。顺天者昌，逆天者亡。毋逆天道，则不失所守。天地已成，黔首乃生。胜生已定，敌者生争，不谌不定。凡谌之极，在刑与德。

刑德皇皇，日月相望，以明其当。望失其当，环视其殃。天德皇皇，非刑不行；缪缪天刑，非德必倾。刑德相养，逆顺若成。刑晦而德明，刑阴而德阳，刑微而德彰。其明者以为法，而微道是行。

明明至微，时反以为几。天道环周，于人反为之客。争作得时，天地与之。争不衰，时静不静，国家不定。可作不作，天稽环周，人反为之客。静作得时，天地与之；静作失时，天地夺之。

夫天地之道，寒涅燥湿，不能并立。刚柔阴阳，固不两行。两相养，时相成。居则有法，动作循名，其事若易成。若夫人事则无常，过极失当，变故易常；德则无有，措刑不当。居则无法，动作爽名，是以戮受其刑。

〔雌雄节〕第七

皇后历吉凶之常，以辨雌雄之节，乃分祸福之向。宪傲骄倨，是谓雄节；委燮恭俭，是谓雌节。夫雄节者，盈之徒也。雌节者，兼之徒也。夫雄节以得，乃不为福；雌节以亡，必将有赏。夫雄节而数得，是谓积殃；凶忧重至，几于死亡。雌节而数亡，是谓积德，慎戒毋法，大禄将极。

凡彼祸难也，先者恒凶，后者恒吉。先而不凶者，恒备雌节存也。后而不吉者，是恒备雄节存也。先亦不凶，后亦不凶，是恒备雌节存也。先亦吉，后亦不吉，是恒备雄节存也。

凡人好用雄节，是谓妨生。大人则毁，小人则亡。以守不宁，以作事不成。以求不得，以战不克。厥身不寿，子孙不殖。是谓凶节，是谓散德。凡人好用雌节，是谓承禄。富者则昌，贫者则谷。以守则宁，以作事则成。以求则得，以战则克。厥身则寿，子孙则殖。是谓吉节，是谓□德。故德积者昌，殃积者亡。观其所积，乃知祸福之向。

〔兵容〕第八

兵不刑天，兵不可动；不法地，兵不可措；不法人，兵不可成。参于天地，稽之圣人。人自生之，天地刑之，圣人因而成之。圣人之功，时为之庸，因时秉宜，兵必有成功。圣人不达刑，不襦传。因天时，与之皆断；当断不断，反受其乱。

天固有夺有予，有祥福至者也而弗受，反随以殃。三遂绝从，兵无成功。三遂绝从，兵有成功者，不飨其功，环受其殃。国家有幸，当者受殃；国家无幸，有延其命。茀茀阳阳，因民之力，逆天之极，又重有功，其国家以危，社稷以匡，事无成功，庆且不飨其功。此天之道也。

〔成法〕第九

黄帝问力黑：唯余一人，兼有天下，滑民将生，年辩用知，不可法组，吾恐或用之以乱天下。请问天下有成法可以正民者？力黑曰：然。昔天地既成，正若有名，合若有形。乃以守一名。上淦之天，下施之四海。吾闻天下成法，故曰不多，一言而止。循名复一，民无乱纪。

黄地曰：请问天下猷有一虖？力黑曰：然。昔者皇天使冯下道一言而

1492

止。五帝用之，以杭天地，以撰四海，以坏下民，以正一世之士。夫是故谗民皆退，贤人咸起，五邪乃逃，年辩乃止，循名复一，民无乱纪。

黄帝曰：一者，一而已乎？其亦有长乎？力黑曰：一者，道其本也，胡为而无长？凡有所失，莫能守一。一之解，察于天地；一之理，施于四海。何以知一之至，远近之稽？夫唯一不失，一以驺化，少以知多。夫达望四海，困极上下，四向相抱，各以其道。夫百言有本，千言有要，万言有总。万物之多，皆阅一空。夫非正人也，孰能治此？罢必正人也，乃能操正以正奇，握一以知多，除民之所害，而持民之所宜。抱凡守一，与天地同极，乃可以知天地之祸福。

〔三禁〕第十

行非恒者，天禁之；爽事，地禁之；失令者，君禁之。三者既修，国家几矣。地之禁，不堕高，不增下；毋服川，毋逆土；毋逆土功，毋壅民明。

进不氏，立不让，径遂凌节，是谓大凶。人道刚柔，刚不足以，柔不足恃。刚强而虎质者丘，康沉而流湎者亡；宪古章物不实者死，专利及削浴以大居者虚。

天道寿寿，播于下土，施于九州岛。是故王公慎令，民知所由。天有恒日，民自则之。爽则损命，环自服之。天之道也。

〔本伐〕第十一

诸库藏兵之国，皆有兵道。世兵道三：有为利者，有为义者，有行忿者。所谓为利者，见生民有饥，国家不暇，上下不当，举兵而栽之，唯无大利，亦无大害焉。

所谓为义者，伐乱禁暴，起贤废不肖，所谓义也。义者，众之所死也。是故以国攻天下，万乘之主兼希不自此始，鲜能终之；非心之恒也，穷而反矣。

所谓行忿者，心虽忿，不能徒怒，怒必有为也。成功而无以求也，即兼始逆矣，非道也。

道之行也，由不得已。由不得已，则无穷。故丐者，撅者也；禁者，使者也：是以方行不留。

〔前道〕第十二

圣人举事也，合于天地，顺于民，祥于鬼神，使民同利，万夫赖之，所谓义也。身载于前，主上用之，长利国家社稷，世利万夫百姓。天下名轩执国士于是虚。壹言而利之者，士也；壹言而利国者，国士也。是故君子卑身以从道，知以辩之，强以行之，责道以并世，柔身以待时。王公若知之，国家之幸也。

国大人众，强国也。若身载于后，主上不用之，则利国家社稷、万夫百姓。王公而不知之，乃国家之不幸也。故王者不以幸治国，治国固有前道：上知天时，下知地利，中知人事。善阴阳□□□□□□□□□□□□□□□□□□□□□，名正者治，名奇者乱。正名不奇，奇名不立。正道不殆，可后可始。乃可小夫，乃可国家。小夫得之以成，国家得之以宁。小国得之以守其野，大国得之以并兼天下。

道有原而无端，用者实，弗用者空。合之而涅于美，循之而有常。古之贤者，道是之行。知此道，地且天，鬼且人。以居军其军强，以居国其国昌。古之贤者，道是之行。

〔行守〕第十三

天有恒干，地有恒常，与民共事，与神同光。骄洫好争，阴谋不祥，刑于雄节，危于死亡。夺之而无予，其国乃不遂亡。近则将之，远则行之。逆节萌生，其谁肯当之。天恶高，地恶广，人恶苛。高而不已，天将阙上；广而不已，地将绝之；苛而不已，人将杀之。

有人将来，唯目瞻之。言之一，行之一，得而勿失。言之采，行之枲，得而勿以。是故言者心之符也，色者心之华也，气者心之浮也。有一言，无一行，谓之诬。故言寺首，行志卒。直木伐，直人杀。无形无名，先天地生，至今未成。

〔顺道〕第十四

黄帝问力黑曰：大庭氏之有天下也，不辨阴阳，不数日月，不志四时，而天开以时，地成以财。其为之若何？力黑曰：大庭之有天下也，安徐正静，柔节先定。委燮恭俭，卑约主柔，常后而不先。体正信以仁，慈惠以爱人，端正勇，弗敢以先人。

中情不流，执一毋求。刑于女节，所生乃柔。故安静正德，好德不争。

1494

立于不敢，行于不能。战示不敢，明示不能。守弱节而坚之，胥雄节之穷而因之。若此者其民劳不偯，饥不怠，死不怨。

不旷其众，不为兵邾，不为乱首，不为怨媒，不阴谋，不擅断疑，不谋削人之野，不谋劫人之宇。慎案其众，以随天地之从。不擅作事，以待逆节所穷。

见地夺力，天逆其时，因而饰之，事环克之。若此者，战胜不报，取地不反，战胜于外，福生于内，用力甚少，名声章名，顺之至也。

〔名形〕第十五

欲知得失情，必审名察形。形恒自定，是我愈静；事恒自施，是我无为。静翳不动，来自至，去自往。能一乎？能止乎？能毋有己，能自择而尊理乎？葆也，屯也，其如莫存。万物群至，我无不能应。我不藏故，不挟陈。向者已去，至者乃新。新故不摎，我有所周。

四

《经法》修订后的全文：

〔道法〕第一

道生法。法者，引得失以绳，而明曲直者也。〔故〕执道者，生法而弗敢犯也，法立而弗敢废〔也〕。〔故〕能自引以绳，然后见知天下而不惑矣。

虚无形，其裻（寂）冥冥，万物之所从生。生有害，曰欲，曰不知足。生必动，动有害，曰不时，曰时而〔怀〕（倍）。动有事，事有害，曰逆，曰不称，不知所为用。事必有言，言有害，曰不信，曰不知畏人，曰自诬，曰虚夸，以不足为有余。

故同出冥冥，或以死，或以生；或以败，或以成。祸福同道，莫知其所从生。见知之道，唯虚无有；虚无有，秋毫成之，必有形名；形名立，则黑白之分已。故执道者之观于天下也，无执也，无处也，无为也，无私也。是故天下有事，无不自为形名声号矣。形名已立，声号已建，则无所逃迹匿正矣。

公者明，至明者有功。至正者静，至静者圣。无私者知（智），至知（智）者为天下稽。称以权衡，参以天当，天下有事，必有巧（考）验。事

1495

如直（植）木，多如仓粟。斗石已具，尺寸已陈，则无所逃其神。故曰：度量已具，则治而制之矣。绝而复属，亡而复存，孰知其神。死而复生，以祸为福，孰知其极。反索之无形，故知祸福之所从生。应化之道，平衡而止（已）。轻重不称，是谓失道。

天地有恒常，万民有恒事，贵贱有恒位，畜臣有恒道，使民有恒度。天地之恒常，四时、晦明、生杀、辗（柔）刚。万民之恒事，男农、女工。贵贱之恒位，贤不肖不相放（方）。畜臣之恒道，任能毋过其所长。使民之恒度，去私而立公。变恒过度，以奇相御。正奇有位，而名〔形〕弗去。凡事无大小，物自为舍。逆顺死生，物自为名。名形已定，物自为正。

故唯执〔道〕者能上明于天之反，而中达君臣之半，密察于万物之所终始，而弗为主。故能至素至精，悄（浩）弥无形，然后可以为天下正。

〔国次〕第二

国失其次，则社稷大匡。夺而无予，国不遂亡。不尽天极，衰者复昌。诛禁不当，反受其殃。禁伐当罪当亡，必虚其国，兼之而勿擅，是谓天功。天地无私，四时不息。天地立，圣人故载。过极失当，天将降殃。人强胜天，慎避勿当。天反胜人，因与俱行。先屈后伸，必尽天极，而毋擅天功。

兼人之国，修其国郭，处其廊庙，听其钟鼓，利其资财，妻其子女，是谓重逆以荒，国危破亡。

故唯圣人能尽天极，能用天当。天地之道，不过三功。功成而不止，身危有殃。

故圣人之伐也，兼人之国，堕其城郭，焚其钟鼓，布其资财，散其子女，裂其地土，以封贤者。是谓天功。功成不废，后不逢殃。

毋阳窃，毋阴窃，毋土敝，毋故执，毋党别。阳窃者天夺其光，阴窃者土地荒，土敝者天加之以兵，人执者流之四方，党别者外内相攻。阳窃者疾，阴窃者饥；土敝者亡地，人执者失民，党别者乱，此谓五逆。五逆皆成，乱天之经，逆地之纲，变故乱常，擅制更爽，心欲是行，身危有殃。是谓过极失当。

〔君正〕第三

一年从其俗，二年用其德，三年而民有得。四年而发号令，五年而以刑正，六年而民畏敬，七年而可以正。一年从其俗，则知民则。二年用其德，则民力。三年无赋敛，则民不幸。六年民畏敬，则知刑罚。七年而可以正，则胜强敌矣。

俗者，顺民心也。德者，爱勉之也。有得者，发禁弛关市之正也。号令者，连为什伍，选练贤不肖有别也。以刑正者，罪杀不赦也。畏敬者，民不犯刑罚也。可以正者，民死节也。

若号令发，必厥而上九，一道同心，上下不□，民无它志，然后可以守战矣。号令发必行，俗也。男女劝勉，爱也。动之静之，民无不听，时也。受赏无德，受罪无怨，当也。贵贱有别，贤不肖衰也。衣备不相逾，贵贱等也。国无盗贼，诈伪不生，民无邪心，衣食足而刑罚必也。以有余守，不可拔也；以不足攻，反自伐也。

天有死生之时，国有死生之正。因天之生也以养生，谓之文；因天之杀也以伐死，谓之武：文武并行，则天下从矣。

人之本在地，地之本在宜，宜之生在时，时之用在民，民之用在力，力之用在节。知地宜，须时而树，节民力以使，则财生，赋敛有度则民富，民富则有恬，有恬则号令成俗而刑伐不犯，号令成俗而刑伐不犯则守固战胜之道也。

法度者，正之至也。而以法度治者，不可乱也。而生法度者，不可乱也。精公无私而赏罚信，所以治也。

省苛事，节赋敛，毋夺民时，治之安。无父之行，不得子之用；无母之德，不能尽民之力。父母之行备，则天地之德也。三者备，则事得矣。能收天下豪杰骁雄，则守御之备具矣。审于行文武之道，则天下宾矣。号令合于民心，则民听令；兼爱无私，则民亲上。

〔六分〕第四

观国者观主，观家者观父。能为国则能为主，能为家则能为父。凡观国，有六逆：其子父，其臣主，虽强大不王。其谋臣在外位者，其国不安，其主不悟，则社稷残。其主失位则国无本，臣不失处则下有根，国忧而存；主失位则国荒，臣失处则令不行，此之谓虚国。主暴则生杀不当，臣乱则贤不肖并立，此谓危国。主两则失其明，男女争威，国有乱兵，此谓亡国。

嫡子父，命曰上帗，群臣离志；大臣主，命曰雍塞：在强国削，在中国破，在小国亡。主失位，臣不失处，命曰外根，将与祸邻：在强国忧，在中国危，在小国削；主失位，臣失处，命曰无本，上下无根，国将大损：在强破，在中国亡，在小国灭。主暴臣乱，命曰大荒，外戎内戎，天将降殃：国无大小，有者灭亡。主两，男女分威，命曰大麋，国中有师：在强国破，在中国亡，在小国灭。

凡观国，有六顺：主不失其位则国有本，臣失其处则下无根，国忧而存。主惠臣忠者，其国安。主主臣臣，上下不□者，其国强。主执度，臣循理者，其国霸昌。主得位臣辅属者王。

六顺六逆乃存亡兴坏之分也。主上执六分以生杀，以赏罚，以必伐。天下太平，正以明德，参之于天地，而兼覆载而无私也，故王天下。

王天下者之道，有天焉，有地焉，有人焉，三者参用之，然后而有天下矣。为人主，南面而立。臣肃敬，不敢蔽其主。下比顺，不敢蔽其上。万民和辑而乐为其主上用，地广人众兵强，天下无敌。

文德究于轻细，武刃于当罪，王之本也。然而不知王术，不王天下。知王术者，驱骋驰猎而不禽荒，饮食喜乐而不湎康，玩好嬛好而不惑心，俱与天下用兵，费少而有功，战胜而令行。故福生于内，则国富而民昌。圣人其留，天下其与。不知王术者，驱骋驰猎则禽荒，饮食喜乐而湎康，玩好嬛好则惑心，俱与天下用兵，费多而无功，战胜而令不行。故福失于内，财去而仓廪空虚，与天相逆，则国贫而民荒。至圣之人弗留，天下弗与。如此而又不能重士而师有道，则国人之国矣。

〔四度〕第五

君臣易位谓之逆，贤不肖并立谓之乱，动静不时谓之逆，生杀不当谓之暴。逆则失本，乱则失职，逆则失天，暴则失人。失本则损，失职则侵，失天则饥，失人则疾。周迁动作，天为之稽。天道不远，入与处，出与反。

君臣当位谓之静，贤不肖当位谓之正，动静参于天地谓之文，诛禁时当谓之武。静则安，正则治，文则明，武则强。安则得本，治则得人，明则得天，强则威行。参于天地，合于民心。文武并立，命之曰上同。

审知四度，可以定天下，可安一国。顺治其内，逆用于外，功成而伤。逆治其内，顺用于外，功成而亡。内外皆逆，是谓重殃，身危为戮，国危破亡。内外皆顺，功成而不废，后不逢殃。

声华实寡者，庸也。顺者，动也。正者，事之根也。执道循理，必从本始，顺为经纪。禁伐当罪，必中天理。背约则窘，达刑则伤。背逆合当，为若有事，虽无成功，亦无天殃。

毋止生以死，毋御死以生，毋为虚声。声溢于实，是谓灭名。极阳以杀，极阴以生，是谓逆阴阳之命。极阳杀于外，极阴生于内。已逆阴阳，又逆其位，大则国亡，小则身受其殃。故因阳伐死，因阴建生。当者有数，极而反，盛而衰：天地之道也，人之理也。逆顺同道而异理，审知逆顺，是谓道纪。以强下弱，何国不克；以贵下贱，何人不得；以贤下不肖，何事不治。

规之内曰圆，矩之内曰方，悬之下曰正，水之上曰平；尺寸之度曰大小短长，权衡之称曰轻重不爽，斗石之量曰少多有数，绳墨之立曰曲直有度。八度者，用之稽也。日月星辰之期，四时之度，动静之立，外内之处，天之稽也。高下不蔽其形，美恶不匿其情，地之稽也。君臣不失其位，士不失其处，任能毋过其所长，去私而立公，人之稽也。美恶有名，逆顺有形，情伪有实，王公执之以为天下正。

因天时，伐天悔，谓之武。武刃而以文随其后，则有成功矣，用二文一武者王。其主道，离人理，处狂惑之位处而不悟，身必有戮。柔弱者无罪而几，不及而趣，是谓柔弱。刚正而强者临罪而不究。名功相抱，是故长久。名功不相抱，名进实退，是谓失道，其卒必有身咎。黄金珠玉藏积，怨之本也。女乐玩好燔材，乱之基也。守怨之本，养乱之基，虽有圣人，不能为谋。

〔论〕第六

人主者，天地之稽也，号令之所出也，司民之命也。不天天则失其神，不重地则失其根，不顺四时之度而民疾。不处外内之位，不应动静之化，则事窘于内而举窘于外。八正皆失，与天地离。天天则得其神，重地则得其根。顺四时之度而民不有疾。处外内之位，应动静之化，则事得于内而举得于外。八正不失，则与天地总矣。

天执一，明三，定二，建八正，行七法，然后施于四极，而四极之中无不听命矣。蚑行喙息，扇飞蠕动，无不宁其心，而安其性，故而不失其常者，天之一也。天执一以明三，日信出信入，南北有极，度之稽也。月信生信死，进退有长，数之稽也。列星有数，而不失其行，信之稽也。天明三以定二，则一晦一明，一阴一阳，一短一长。天定二以建八正，则四时有度，动静有立，而外内有处。

天建八正以行七法：明以正者，天之道也；适者，天度也；信者，天之期也；极而反者，天之性也；必者，天之命也；顺正者，天之稽也；有常者，天之所以为物命也：此之谓七法。七法各当其名，谓之物。物个合于道者，谓之理。理之所在，谓之顺。物有不合于道者，谓之失理。失理之所在，谓之逆。逆顺各有命也，则存亡兴坏可知也。

琼生威，威生惠，惠生正，正生静。静则平，平则宁，宁则素，素则精，精则神。至神之极，见知不惑。帝王者，执此道也。是以守天地之极，与天俱见，尽施于四极之中，执六柄以令天下，审三名以为万事稽，察逆顺以观于霸王危亡之理，知虚实动静之所为，达于名实相应，尽知情伪而不惑，然后帝王之道成。

六柄：一曰观，二曰论，三曰动，四曰专，五曰变，六曰化。观则知死生之国，论则知存亡兴坏之所在，动则能破强兴弱，专则不失是非之分，变则伐死养生，化则能明德除害。六柄备则王矣。三名：一曰正名立而偃，二曰倚名法而乱，三曰无名而强主灭：三名察则事有应矣。

动静不时，种树失地之宜，则天地之道逆矣。臣不亲其主，下不亲其上，百族不亲其事，则内理逆矣。逆之所在，谓之死国，死国伐之。反此之谓顺，顺之所在，谓之生国，生国养之。逆顺有理，则情伪密矣。实者示人虚，不足者示人有余。以其有事，起之则天下听；以其无事，安之则天下静。名实相应则定，名实不相应则争。名自命也，物自正也，事之定也。三名察则尽知情伪而不惑矣。有国将昌，当罪先亡。

〔亡论〕第七

凡犯禁绝理，天诛必至。一国而服六危者，灭；一国而服三不辜者，死；废令者，亡；一国而服三壅者，亡地更君；一国之君而服三凶者，祸反自及也。上溢者死，下溢者刑。德薄而功厚者隳，名禁而不匡者死。抹利，襦传，达刑，为乱首，为怨媒：此五者，祸皆反自及也。

守国而恃其地险者削，用国而恃其强者弱。兴兵失理，所伐不当，天降二殃。逆节不成，是谓得天；逆节果成，天将不盈其命而重其刑。赢极必静，动举必正。赢极而不静，是谓失天；动举而不正，是谓后命。大杀服民，戮降人，刑无罪，祸皆反自及也。所伐当罪，其福五之；所伐不当，其祸十之。

国受兵而不知固守，下邪恒以地界为私者保。救人而弗能存，反为祸门，是谓危根。声华实寡，危国亡土。夏起大土功，命曰绝理。犯禁绝理，天诛必至。六危：一曰嫡子父，二曰大臣主，三曰谋臣外其志，四曰听诸侯之废置，五曰左右比周以壅塞，六曰父兄党以拂。六危不胜，祸及于身。三不辜：一曰妄杀贤，二曰杀服民，三曰刑无罪：此三不辜。

三壅：内位胜谓之塞，外位胜谓之拂；外内皆胜则君孤直。以此有国，守不固，战不克。此谓一壅。从中令外谓之惑，从外令中谓之贼。外内遂争，则危都国：此谓二壅。一人擅主，命曰蔽光。从中外周，此谓重壅。外内为一，国乃更。此谓三壅。三凶：一曰好凶器，二曰行逆德，三曰纵心欲：此谓三凶。

昧天下之利，受天下之患；昧一国之利者，受一国之祸。约而背之，谓之襦传。伐当罪，见利而反，谓之达刑。上杀父兄，下走子弟，谓之乱首。外约不信，谓之怨媒。有国将亡，当罪复昌。

〔论约〕第八

始于文而卒于武，天地之道也；四时有度，天地之理也；日月星辰有数，天地之纪也。三时成功，一时刑杀，天地之道也；四时而定，不爽不忒，常有法式，天地之理也；一立一废，一生一杀，四时代正，终而复始，人事之理也。

逆顺是守，功溢于天，故有死刑。功不及天，退而无名；功合于天，名乃大成。人事之理也。顺则生，理则成，逆则死，失则无名。背天之道，国乃无主。无主之国，逆顺相攻。伐本隳功，乱生国亡。为若得天、亡地、更君；不循天常，不节民力，周迁而无功。养死伐生，命曰逆成。不有人戮，必有天刑。逆节始生，慎毋戬正，彼且自抵其刑。

故执道者之观于天下也，必审观事之所始起，审其形名。形名已定，逆顺有位，死生有分，存亡兴坏有处，然后参之于天地之恒道，乃定祸福死生存亡兴坏之所在。是故万举不失理，论天下无遗策。故能立天子，置三公，而天下化之：之谓有道。

〔名理〕第九

道者，神明之原也。神明者，处于度之内而见于度之外者也。处于度之内者，不言而信；见于度之外者，言而不可易也。处于度之内者，静而不可移也；见于度之外者，动而不可化也。静而不移，动而不化，故曰神。神明者，见知之稽也。

有物始生，建于地而溢于天，莫见其形，大盈终天地之间而莫知其名。莫能见知，故有逆成；物乃下生，故有逆刑，祸及其身。养其所以死，伐其所以生。伐其本而离其亲，伐其与而败其根。后必乱而卒于无名。

如燔如倅，事之反也；如遥如骄，生之反也。凡物群财，超长非恒者，其死必应之。三者皆动于度之外，而欲成功者也，功必不成，祸必反自及也。以刚为柔者活，以柔为刚者伐。重柔者吉，重刚者灭。诺者言之符也，已者言之绝也。已诺不信，则知大惑矣。已诺必信，则处于度之内也。

天下有事，必审其名。名理者，循名究理之所之，是必为福，非必为灾。是非有分，以法断之；虚静谨听，以法为符。审察名理终始，是谓究理。唯公无私，见知不惑，乃知奋起。故执道者之观于天下也，见正道循理，能与曲直，能与终始。故能循名究理。形名出声，声实调和。祸灾废立，如影之随形，如响之随声，如衡之不藏重与轻。故唯执道者能虚静公正，乃见正道，乃得名理之诚。

乱积于内而称失于外者伐，亡形成于内而举失于外者灭，逆则上溢而不知止者亡。国举袭虚，其事若不成，是谓得天；其若果成，身必无名。重逆以荒，守道是行，国危有殃。两逆相攻，交相为殃，国皆危亡。

五

也许在黄帝之前，中国人就开始了"天人合一"的旅程。我们可以想象，当伏羲当年站在甘肃天水的卦台山上画出八卦的时候，面北，他看到的是北斗七星，天上有辽远的天河将天空一分为二，地上有渭水将大地划为南北，天上的圆月中有阴阳鱼的影子，地上的渭水环绕出太极样式，他当时的观念，也许已经将自己作为天地之中心，而他所面对的八方正好也对应了相应的星相。我们完全可以相信，中国人的"天人合一"观念，起自于伏羲时代。正是有了这样一个源头，为中国人的哲学思辨提供了千古不易的平台。

伏羲的"天人合一"观念，经过神农氏以《连山》形式的发展，到了黄帝时代，黄帝才会有《归藏》中的创造与升华。

黄帝继承了伏羲的八卦原理，结合自己的图腾天鼋大鼋——大龟的形象，面南画出了"载九覆一，左三右七，二四为肩，六八为足"的龟书（洛书）图，形成了一个最完备的以"一五"为基础的防守体系。黄帝自居于北斗之位，而又将天下十二大部落和二十八较大部落与星象对应，从而将"天人合一"的观念落实在了中国式的天象图上，从而找到了"天人合一"观念最完美的表现形式。

黄帝文化之源：黄帝总结了他以前五千年人类的思想与学术成果，从而开启了中华五千年思想文化的先河。

1. 盘古开天辟地的开创精神。建立了天、地、太阳、月亮、雷电、道路、宝石、高山、江河及人与动物的基本概念，使人类走出蒙昧混沌状态；

2. 夸父追日追求光明与进步、勇往直前、不怕牺牲的精神；

3. 有巢氏构巢定居的穴居经验；

4. 燧人氏钻木取火、保留火种的经验；

5. 伏羲氏的建屋技术、结网技术，特别是他画八卦，察天地万物所创之卦象符号（文字）；

6. 女娲氏造人、补天，别男女、初嫁娶的族外婚经验；

7. 神农氏兴医农，他在原始农业、畜牧业、水利与医药知识方面的贡献，尤其是他在伏羲卦象基础上重六十四卦所著的《连山》，是黄帝《归藏》的直接来源。

黄帝的文化成果：

1. 发明创造：

黄帝发明了车、弩、釜、甑和冠冕，作灶穿井，作宫室筑城邑，并作棺椁。此外，黄帝还画洛书河图，铸鼎制镜，合符封禅，别十二相与二十八宿，创原始共和制国体。黄帝的元妃嫘祖教桑，大臣宁封制陶、共鼓、货狄作舟，杜康造酒，仓颉造字，大挠作甲子，容成制历，隶首作数术，伶伦作乐，牟夷造矢，挥作弓，曹胡作衣，伯余造裳，于则制履，胲作牛车，黄雍父作舂，风后发明指南车，岐伯作铙鼓、号角，雷公、岐伯论医，俞跗外科，马师皇为龙医（兽医）。

除以上所述，黄帝时代还有市场、货币、图画、伞、蹴鞠（足球）等发明。

2. 著作典籍：

包括哲学、阴阳、政治、军事、天文、历谱、五行、杂占与医经、气功、按摩等著作共十三类三十七种，谨录于下：

《黄帝四经》（经法、十六经、称、道原），已于马王堆汉墓出土;《黄帝铭》六篇存《金人铭》、《巾几铭》两篇;《归藏》、《黄帝君臣》、《杂黄帝》、《力牧》、《黄帝泰素》、《黄帝说》、《黄帝》、《封胡》、《风后·握奇经》、《鬼容区》、玄女《阴符经》、《蚩尤》、《行军秘术》、《盘盂篇》、《黄帝杂子气》、《泰阶六符》、《黄帝五家历》、《黄帝阴阳》、《黄帝诸子论阴阳》、《风后孤虚》、《黄帝长柳占梦》、《黄帝内经（素问·灵枢）》、《外经》、《脉经》、《泰始黄帝扁鹊俞跗方》、《神农黄帝食禁》、《天老杂子阴阳》、《黄帝三王养阳方》、《黄帝杂子步引》、《黄帝岐伯按摩》、《黄帝杂子19家方》、《黄帝杂子芝菌》、《难经》等。

黄帝文化之流播：

诸子百家皆源于黄帝。春秋之后，周室衰微，饱学之士散布各国，以其君主之好阐扬自黄帝以下古代典籍之一翼，从而形成诸子并立、百家争鸣的状态。《黄帝四经》被儒家、墨家、道家、法家等取用。时至今日，《黄帝内经》依然是中医的理论基础，是学医者必读的经典著作。此外，黄帝文化对养生学、气功、按摩推拿等也有重要影响。特别值得一提的是，《黄帝四经》所言之"修身平天下"的大道，亦当为今日治世之经典。

纵观中国思想文化史，远古时期，黄帝率领着他的一群由各个方面的发明创造家组成的文武百官，"合百家而为一家"；春秋战国时期的"分一家而为百家"，所谓的诸子百家，百家争鸣；以后的以儒、释、道三家为代表的中国传统文化。儒家继承了黄帝积极入世的思想；道家消极地继承了黄帝"无为而治"的思想，由入世而改为"遁世""出世"；佛家则披了外传宗教的外衣，宣传的是更加消极遁世修来世果的"转世"思想。

黄帝既"合百家为一家"，形成了包括阴阳、太极、八卦、九宫、四灵、十二生肖、二十八宿在内的一整套中国传统文化符号和"天人合一"的哲学观念和中国人所独有的辩证思维方法。

黄帝"无为而治"的思想，就是要求我们主动地认识、适应和尊重自然规律。黄帝的大道就是自然之道，他所推崇的养生功法，也就是"自然功法"。

这集中体现在他对自己百余年人生经验概括和总结的《黄帝四经》——《经法》《十大经》《称》和《道原经》之中。

黄帝一生的老师很多。他的大臣，大多一开始都是黄帝的老师，所以才有黄帝的大臣为"师臣"之说。黄帝是中华开国的第一位伟大领袖和统帅，他是中华民族的精神导师，他本身就有多方面的发明创造和开拓，比如说黄帝造车、黄帝通天道、黄帝有土德、黄帝造屋建城郭、黄帝制衣等，黄帝的这些功德，都被仓颉以造字的形式，记录在他的名字"轩辕"二字之中了。黄帝是全才，包括了政治、军事、经济、文化的各个方面，中国传统的天文学、宇宙观、阴阳学、易学、兵法、农学、历法、算数、音乐、医学、养生学等多个方面，都有他的建树。

黄帝大道，包括黄帝的天下大同思想、中国人特有的"天人合一"的宇宙观，以及阴阳、五行、八卦、九宫、四灵、十二生肖、二十八宿等中国文化符号在内，是中国人对宇宙自然规律的理解和把握，是具有东方特色的辩证法和唯物论。

黄帝大道在各个方面的具体运用：

天文学：四灵、十二生肖、二十八宿

算数：十二种古算具（有复制品）、珠算

易学：归藏

音乐：《咸池》《云门》《栶鼓十曲》《阳春》《白雪》《鸥鹭忘机》《华胥引》

医学：黄帝内经、黄帝外经、黄帝八十一难经

养生：四时养生、不同年龄段的养生；静功（气功）、动功（太极拳）。

农业：黄历、二十四节气

军事：奇门遁甲，《烟波钓叟歌》玄女《阴符经》；风后《握奇经》

武术：太极拳、黄帝拳

风水：黄帝宅经

道家：黄帝阴符经、黄帝九鼎神丹经诀

甚至包括房中术：黄帝玄女素女经

这就是黄帝的胸怀与大度。人常说，宰相肚里能撑船，而我们的黄帝，则更是虚怀若谷，雍容大度，海纳百川。他以自己的一生经历，融百部而成一族；他又以臣为师，广结圣贤，凝百家而为一家，所以才能做到融汇贯通，开创了一个全新的黄帝时代，在政治、经济、军事、文化、天文、地理、文字、术数、阴阳、易理等方面，包括人们的衣食住行等，都进行了全面的创新与开拓，从而成为中华五千年历史上伟大的领袖和精神导师。如果说秦始皇是"千古一帝"，那么，我们的人文初祖轩辕黄帝，则是五帝之首的"万古第一帝"，是站在中华民族起点上的伟大共主，可以说，他才是中华民族挺起的第一道脊梁。他是处于水深火热之中的人民大众的第一个"救世主"。是他，以自己的超凡毅力、旷世才华和人格魅力，以他的亲和力、向心力与凝聚力，实现了中华五千年历史上第一次的大统一，从而

引领着华夏民族从"万邦林立"走向了"华夏一统"。黄帝对我们的影响，除了具体的功德，更重要的是他的思想和智慧。我们可以毫不夸张地说，轩辕黄帝正是华夏历史上不可逾越"第一完人"！

黄帝大道——黄帝所创造的"天人合一"形式和他所推崇的人与自然和谐发展的理念、他"天下大同"的社会理想，至今影响着我们的现实生活和未来。

第二十五章

一

　　《黄帝四经》倾注了黄帝的毕生精力，应该说是黄帝一生中"三立"而不朽的扛鼎之作。黄帝为此而付出了大量心血，他几易其稿，反复修改，从落笔到成书，前后竟用了四年多时间，才终于完成。在写作的过程中，他最得力的助手莫过于风后。黄帝经常把身边的人叫到一起讨论，进行专题研究，而将定论写于经文。这些人，包括力牧（黑）、颛顼、阉冉、四辅、太山之稽等，唯独在《黄帝四经》中，我们没有看到风后的名字。为什么呢？原来是华夏第一宰相风后在帮黄帝整理文稿时，为了凸显黄帝的思想和功德，而有意删去了自己的名字。

　　这时候的风后，也已经到了垂暮老年，本来就单薄的身体，现在更显虚弱，最明显的表现，就是他说话时总感觉气短。但是，消瘦的他，他的骨骼特征反而更加明显。他可以说是瘦得皮包骨头了，但是他的脸色还是那么白，白得简直就像是一张纸，只是比年轻时布满了更多的记录着人生阅历的细细密密的、就像是一道道山来一道道川的、类似于山川沟壑的密集皱纹。由此我们就可以想象，他是一个思维缜密、思路开阔、胸藏天地的人物。他是一个乐天派，既善言谈又经常是深藏不露，总是面带着几分神秘莫测的微笑。尤其是他那前凸的额头，因为瘦削和脱齿，颧骨就更显突出，闭着嘴，脸形也明显地缩短了一大截。

　　再看他的全身形象，因为人老之后脊椎骨间肉的收缩，背也拱起来了，人的整个形象，就像是被榨干了汁的葡萄干，又像是压缩饼干似的，整个人形都变得瘦小收缩。但是，他的步伐，还是像年轻时一样，走起路来，如同风中行，水上漂，道风仙骨的特征更加明显。人常说，浓缩的都是精华。而我们的风后老宰相，正是这样的形象！

自从当年黄帝在河东渤澥（今山西运城解州镇）私访到民间的高人风后，并通过做梦解梦的方式，将风后和力牧一下子推到历史的前台，原来一直是默默无闻于民间的风后和力牧，一夜之间，被从民间寻访了出来，并被委以相当于后世将相的重要位置。一方面是黄帝重视和尊重，并且能放手使用从民间私访出来的高人；另一方面是风后和力牧，特别是风后本身的素质高，并不因为自己在一夜之间的巨变而居高自傲，而是真正发挥了专业人才的敬业精神和有能力、有责任、有担当、有尺度、有敬畏心的特点，知道究竟什么事情是他可以做的，什么是他不可以做的，什么是分内之事，什么是分外之事，即使想了也不能做。就像我们现代的公司里，总经理能够明白自己的责任和角色，总是干着自己应该干好的具体业务，而把与公司远景相关的大事以及人事、财务等大权，主动让于董事长（法人）来总体上掌控。我们的人文始祖轩辕黄帝以及以他为核心所形成的各部落之间的原始共和体制和中央集权的文武百官，其运转方式，就类似于现代公司运营——这样一种运作形式。黄帝在《黄帝四经》中，将他的君臣关系概括为"帝者臣，名臣，其实师也"。黄帝首先能虚心地向各位高人学习，拜其为师；其次是这些高人，又为黄帝的人格魅力、精神追求和胸怀天下的大格局所折服，心甘情愿地在黄帝的大格局里找准自己的位置，干好自己应该干好的那一份工作。

黄帝和风后之间的关系，经过几十年的磨合和历史历练，就形成了这样一种各司其职、密切配合的默契的合作关系。而风后对工作的敬业精神，也足以达到"鞠躬尽瘁，死而后已"的程度。

黄帝当年也是在先后失去他的将、相之后而逝世的。力牧的墓到底在哪里，至今已经成了一个谜。在中国大地上，以力牧名称命名的地名，只有河南新密市黄帝（云岩）宫旁东侧有一个力牧台，算是对他的一个纪念。而风后陵却确确实实地存在着，就是山西风陵渡北面的台塬之上——风陵渡就是因风后陵而得名。非常有趣的现象是，笔者考察风后陵，就是受"风陵渡"这个地名的启发而前去寻访的。没有想到，到了当地，问当地的农民："你们这里有没有风后陵？"农民的回答竟然是肯定的，并且用蹦蹦车把我拉到了风后陵旁。当笔者站在这个已经被毁坏得"不封不树"的风后陵前,当笔者面对着风后陵前的一堆堆砖瓦残片(据说风后陵抗战时毁于日本鬼子之手),面对着这个因为当地农民挤占耕地,从四面将风后陵的土冢耕成了正方形的时候,笔者感慨良多:当一个民族将自己祖先的陵墓都守不住、任由外族宰割的时候;当这样民族的后代因为无知,而将自己祖先的陵墓也四面蚕食的时候,你是不是有一种欲哭无泪的感觉。好的是,笔者的这一次考察,不仅找到了风后陵,还找到了风后故里——运城市解州镇社东村。当地一位老人手指着村小学后面的一片空地告诉笔者:"这里就是当年风后庙的位置。"而村小学前,也立着一面与风后相关的石碑。这一个考察事实告诉我们,中国人"叶落归根"的思想观念,早在黄帝时代就已经形成;风后作为黄帝之相,他逝世后能埋在自己家乡的土地上,坐落在黄河拐弯处凤岭山背面的台塬高地上(这一片台塬突兀于黄河北岸而呈南高北低的形势。向南可以俯瞰"黄河在这里拐了个弯"的壮阔气象,远观潼关原和秦岭层峦叠嶂、巍峨起伏的大好河山,向北,则面对着家乡的土地,是那样的亲切和热爱!虽然有中条山相隔,但是,我们可以想象,风后坐在这里,他的家乡他是可以望山欲穿的。

那么,风后作为黄帝之"相",他并不是一代帝王,怎么能够享受到帝"陵"这样高的待遇呢?而他身为黄帝之"相",黄帝晚年归藏桥山、定都黄帝黄城的时候,肯定活动在如今的黄帝陵(黄帝黄城中宫)的附近。无独有偶,和山西风陵渡的"凤岭山"相对,在桥山东侧,原来就有一个凤岭庄(即今石山村),黄陵八景之一的"凤岭春烟"指的就是这里。而在黄陵的民间传说中,黄帝陵桥山,本来就有"凤凰来自北草地"的传说故事存在。也就是说,桥山即凤岭也。而作为黄帝中宫所在的桥山被叫作"凤岭",同样也排除不了风后当年在这里生活的影子。从这些传说故事中,我们可以清晰地看到,风后当年在黄帝黄城为相的时候,就住在如今的石山一带,他是每天早晨赶早爬上桥山去,到黄帝的中宫行使他"相"的权力,认真地做好每一项具体工作,毕恭毕敬、认认真真地完成每天的工作量。在古人那里,是没有所谓退休这个概念的,只要活着一天,就要干好每一天的工作,所以,最后就自然地做到了"死而后已"。

1510

风后每一天都坚持着，一个瘦小的、弓着腰的银须白发的老头，拄着高高长长的拐杖，就像伴奏一样，一步一个响动，非常稳健、轻快地走上桥山去。他一直这么坚持着，绝不乘坐黄帝给他配用的专车，一是对自己体力是一个锻炼，同时，爬山的过程也是一个游山玩水、怡然自得的、对大自然美的欣赏的过程。风后有观山水而赋诗自唱的习惯。所以，他可能就是"凤岭春烟接暖岗"的第一个发现者。当然了，诸如"沮水秋风透体凉"、"北岩净石耐寒霜"、"桥山夜月聚风光"、"南谷黄花开晚节"、"龙湾晓雾迷长岸……他都是最早的见证者了。他之所以这样做，是因为他距中宫较近，不像杜康在桥山之西的杜村和康崖底之间，仓颉在桥山西面遥远的仓村一带……他们每次上班，当然得乘坐专用的马车或牛车了。桥山黄帝黄城中宫和周围八宫之间，有可以过车的"官道"，也有各种各样弯弯曲曲的羊肠小道，在黄帝时代以桥山为中宫的时候，连接黄帝黄城中宫的这些官道和小路上，每天都像蚂蚁过街似的、络绎不绝地往返着各种车辆和各色人物。那个时代，应该说是黄陵桥山有史以来最为鼎盛和热闹的时期。如果有人说西安在一千多年前唐朝的时候热闹过一回（当然不排除它在周、秦和汉朝的时候也热闹过），那么，我们可以骄傲地说，桥山早在五千多年前，就曾经像模像样地热闹过一回。这就像我们黄陵和外地人开玩笑，说"我们黄陵历史上没出过什么大人物——只出了一个黄帝"一样，让人感到骄傲和自豪。也就像我们海内外的华人，可以骄傲地说"我们都是炎黄子孙"一样骄傲和自豪！可惜黄帝陵桥山的热闹，到了黄帝的孙子颛顼执政的时候，被颛顼一个"绝地天通"的措施所阻断（颛顼命他的孙子重献上天——前来祭祀黄帝陵，命黎邛下地），从此，桥山就被高高地贡在"上天"，不再是一般老百姓所能随便上下的地方了，所以桥山上自旧石器以来丰富的文化层到此就突然断裂，桥山从此只静穆地固守着一座"黄帝崩，葬桥山"（司马迁语）的黄帝陵，那些被派来专门负责守陵的官员，就成为"乔"姓的始祖。而黄帝陵位于中宫前的广场上，是一个世世代代永久的纪念。还有，黄帝陵之所以被置于中宫前的广场上，从古人的意愿讲，也是希望黄帝能继续在这里执政，或者说他的魂灵能在这里保佑华夏子民，赐福于后代子孙，确保华夏民族和中华文明，像黄帝的黄历编排的六十花甲子一样，周而复始，永续绵延。

这些都是黄帝身后事。而我们现在要告诉读者的是，黄帝依然还在世，他不但在世，他还亲自参加了风后的葬礼，给予风后高度的评价，并且安排他叶落归根、魂归故里（从这个角度理解，力牧的墓也应该在山西运城一带才是）。

二

风后每天坚持着自己走上桥山中宫去上班，等到他走路艰难时，就由他的孙子左彻搀扶着他走上山，实在走不动的时候，他才坐上黄帝派给他的牛车，在孙子左彻的陪同下，每天摇摇晃晃地去桥山上上班。在生命的最后阶段，风后每天的行动路线，就几乎全是从凤岭庄这个地方到桥山之间的往返。人老了的一个特点是坐着打瞌睡，躺下没瞌睡。风后也不例外。所以，在上桥山的路上，坐在牛上晃悠的他，时不时就会像是不倒翁似的，坐上打瞌睡，摇来晃去的，他却始终不倒地。为什么呢？因为风后练就了"坐如钟"的童子功，他坐在那里，绝对上躯干笔直，左右平衡，双手自然地落在双膝之上，起到平衡支撑的作用，所以，不管牛车怎样地晃动，他每一次倒向一侧，都会再次倒往另一侧，最终回到中点上来。人老了，精力总感觉不够用，五十多岁时，是一年不如一年，每一年都会感到精力明显地较上一年有所减退。六十岁以上，这种感觉更加明显。到了七十岁以上，甚至一月不如一月，到了八十岁以上，就可以说，一天不如一天……对于已经九十八岁高龄的风后来说，虽说他没有什么大的疾病，但是，随着衰老，人的整体机能在自然退化，人生到了这个时候，就像一只风雨飘摇中的小舟一样，随时都有倾覆的危险。比如说，他这一身的关节，就总是无法预测今天会是哪儿疼，明天又是哪儿疼。对于风后来说，他已经把这些小疼小痒，或者说是小灾小难不放在眼里，他把握的是生命的主流和大方向，比如说头疼、胸闷或者左胸部偶然突发的疼痛，他的感觉，那一种疼痛，就像是一瞬间被刀子轻轻地划了一下似的。还有，就是腰困，如果哪一天腰特困甚至有些疼的时候，他就会小心谨慎，尽量多靠着休息一会儿，他的办法就是静坐、闭目养神。一瞬间的打盹和休整，对老年人恢复精力来说太重要了！一个盹打过，人的精力就会有所回升。如果再能安怡地睡个午觉，那对老年人后半天的工作质量和身体健康来说太必要了！风后虽然没有午休的条件，但是打个盹还是他能够自我做主的。

　　人老了，最让人担心的是听力突然减退。笔者所敬仰的一位老专家、我国历史地理方面的权威，原陕西师范大学名誉校长史念海先生，有一次笔者因为在黄陵境内发现一段古道而去向他请教，已经九十多岁的老先生，头脑还是非常清楚，可以说，他的大脑就像是一部活字典，只要你说到某一段古道来，他就会立即给加上一段历史地理方面的详细注解。但是，史先生说，近一个月来，他的听力突然减退，我们和他说话，都要大声地喊着说他才能听懂。虽然他自己对自己的生命前途还是充满了自信，还在说"这耳聋，过一段时间就可以治好的"，但是，过了不到半年时间，他老人家就不幸逝世了。（史先生与笔者有"知遇之恩"。1982年，笔者考证黄陵境内一段早期的秦长城的文字传到史先生面前，老先生立即给笔者回信给予肯定，并且很谦虚地说，他已经推荐给《陕西日报》了，或者能够发表。结果没过几天，《陕西日报》在头版刊出了这条《黄陵境内发现一段古长城》的报道。以后，史先生在他的平生力作《河山集》中，还专门将笔者的那段文字引用进去，成为后学怀念先生的一个"作念"。）

　　人老了，每天还在活动着，但是，饮食却明显地下降，人就像是一部机器似的，最后因耗干了油而停止运转。最让人感到遗憾的是，机器再给加上油，又可以如同"返老还童"似的再次飞转，而人这部机器，却在耗干了油之后，永远没有机会再生。诸葛亮是这样，唐玄奘是这样，著名作家路遥是这样，我们小说中正在描写的华夏第一相风后老先生也是这样！

　　随着耳聋的症状突然一天降临到风后身上，随着他有了一种"厌食"的感觉，他看到食物不再有进食的强烈欲望，食物吃到嘴里几乎失去了味觉，口里的唾液也明显地少了，食物吃到口中如同嚼泥，有时嚼得时间长了还有一种发呕的感觉。这样，风后的身体就进入了生命的倒计时，他的身体每况愈下，终于躺倒在地铺上起不来了。收到风后托左彻告假的报告后，黄帝就从桥山上下到凤岭庄这样地方来，在穴居的"相府"里与风后手握着手，两只像老松树的干枝一样的老手，紧紧地握在一起，直到风后的手变得僵硬，瞳孔散大，目光中逐渐失去了生命的光泽，黄帝和风后的手还紧紧地握在一起。黄帝口上祈祷着风后魂归故里，用另一只空着的手轻轻地合上了风后直盯着他的、似乎还有些死不瞑目的双目。其实，那是一种生命的寄托和由衷的信任。有黄帝送行，风后应该说走得是安详的，他的内心也是平静的——他以"回归自然"的积极心态，接受了死神的正式邀请。

风后的葬礼，就在"相府"门前的碥畔上举行，而桥山中宫前广场上的黄龙旗，也为他所下降。风后的孙子、华夏后继之相左彻和值年太岁共同主持了风后的葬礼。风后的长子协朴（母霏所生）身披麻衣、率子孙后代一大群、排成了长队长跪不起。风后的老妻母霏哭晕过去，被人背走。从河东来的伶伦的徒弟、已经进入晚年的大容率领着乐队奏响哀乐。黄帝黄城周围八宫十二属相、二十八宿的酋长或代表都来了，远远近近、大小部落的百姓都来了，把碥畔上和通向"相府"的大小路径都挤满了。

黄帝也在皮衣外面罩了一件麻衣，站在葬礼的人群中。虽说他年事已高，但他的形象依然是那么高大（黄帝的个子有多高，看看黄陵县轩辕庙的"黄帝脚印"石刻，就可以想象了）。冬天的刺骨寒风，鼓动着黄帝的银须，甚至鼓动着他垂下来的白色的长寿眉，寒冷让他的脸色如同敷彩一样红润，他眉头微锁，目光很自然地望着远方，有一种天然的人生沧桑感。他的印堂发亮，声音微颤，却在苍老中透着一种铿锵的节奏：

惟风后者，河东渤澥人。余梦大风过后，一片洁净，遂寻访而得之奇才也！既拜为相，殚精竭虑，死而后已，数十年如一日矣。

功大莫过风后，二胜蚩尤，君首功也！众为盐奴，君独醒也！高术行世，蚩尤惨败；蚩尤吐雾，众人皆迷，君独明也！创指南车，救三军于水火，救人一命，当永生相报，况三军十路，恩大于天。

人中龙凤，非君莫属。初习中条，娲母传人；中行龙道，济天下也！晚年保节，身独净也！独往独来，君子之风！仙风道骨，自通灵也！大道于心，助吾四经，明法理也，"国次""亡论"，《经法》以行；

《道原》与《称》,《十大经》成。

> 吾行大道,君自佐佑;君去西天,国失脊梁,吾失手臂,民失庇荫,泣泪横流,江海呜咽;日月无光,大河冰结……呜呼哀哉,天何以杀我?

也许是黄帝的真情感动了天地,天上竟然静静地下起了鹅毛大雪。天地一派茫茫,没有西北风的呼哨,哀乐也停止了奏响,只有雪落桥山静无声。桥山的苍松翠柏,已经花花点点地披上了素白的银装,周围八宫,让雪线勾勒得更加清晰可鉴。远远近近的山形地貌,如同冰雕玉刻一般,好像这个世界就是哪一位仙人用玉精心地雕刻出来似的。大爱无言,大悲无声,只有鹅毛大雪在纷纷地下个不停。它们已经在黄帝的肩上落了厚厚的一层,连黄帝的眉毛和胡须都变得胖了许多,就像是一位老寿星,或者正是一位西方圣诞老人的形象。

黄帝久久地扶着风后的灵车,不忍心让它离去。时间过了又过,他的头发上已经落了一层绒花一样的雪,鼻孔和口中呼出热气,银须上却结起了冰凌。皮衣也被冻得僵硬而又冰凉,麻衣内裹着的黄帝,无声悲痛,发出一声长长的叹息,考虑到灵车车队的行程,黄帝这才命令灵车起灵。

灵车一动,周围一片号啕的哭声。西北风及时地呼啸起来,天空的鹅毛大雪也乱了阵营,一派纷乱和迷离。雪片打在人脸上,是一种冰刀雕刻的效果。黄帝手扶着风后的灵车,灵车缓缓而行;踩着积雪的脚步……雪地上留下深深的车辙和脚印。

灵车的车队在桥山东面的龙湾里蜿蜒而行,天白,地白,山白,拐了一个一百多度的钝角的沮河因为冰冻住了,也是白的。大风过后,天地一派洁净,这正应验了黄帝当年的梦境。在左彻、七略、柏夷父等孙子辈的力劝下,黄帝这才停下了脚步。孔甲和桥山十巫,也随黄帝而来。前来送葬的天下各部落的酋长或代表,还有周围聚落的族众百姓,形成了一个蜿蜒的长队,就像是一条在冰天雪地间活动的巨龙。黄帝回头看了一眼这条巨龙,就带头面对风后的灵车而行三叩九拜之大礼。整个"一条龙"都随着黄帝下拜。等到左彻把黄帝扶起,黄帝把他的一只大手,重重地、略带颤抖地按在左彻的肩头，反复叮咛：

"风后功高，当厚葬之，尊九五而享帝礼，故称'风后陵'是也。"

一〇九岁的黄帝因为年事过高，不能像对待仓颉那样长途护灵，亲自送风后魂归故里，就派其孙左彻全权代表他，将爷爷风后的灵送回河东故土，在凤岭台塬上，面向西向渤澥故里、头朝西北而独穴安葬，虽说是厚葬，也不过是几个玉器、几个陶罐、几个石器、几个金（青铜）器……这就是流传到后世的风后陵，简称风陵。在它的旁边，在黄河拐弯的地方，有一个往返渡人的渡口，就因此而叫作"风陵渡"了。

三

时间到了黄帝六十六年（壬辰年）（公元前 2659），这一年，我们的人文初祖轩辕黄帝已经是一百一十岁高寿了。又到了十天干中的壬部首领和玄龙部落酋长为太岁值年的时间。这一年天翻地覆、异象频现，可以说是华夏历史上极不平凡的一年。

春月倒寒，冻落了刚刚盛开的核桃花。像绿色小毛虫子一样的花絮，在被冻得发黑的青草地上匀匀地落了一层。那些已经开过了花的桃树、杏树、梨树，它们已经星星点点地结出的、小小的花骨朵似的果实雏形，也在正欣欣然生发的时候，就像一个正逢喜事、一脸喜色的人，被藏在门后的暴徒当头打了一闷棍似的，倒春寒把它们冻得半死，这些还需要春天温暖的怀抱哺育的弱小的生命，从此失去了继续生长的可能。老人们感叹："呜呼！今岁之春，何似秋杀？"

夏初望日（黄历四月十五日），在桥山观象台上夜观天象的桥山十巫惊恐地发现了这样的天象：戌时过半（晚上八点左右），一轮已经升在东边黑暗朦胧的山塬剪影之上的、大大圆圆的铜镜似的月亮，却在一瞬间，变得残缺起来，月亮的一角，就像是月饼被谁突然咬了一口似的，出现了一个弧形的缺口。这个缺口在继续扩大，不断地侵蚀着月亮的玉体，不断地把它吞噬、吞噬……大家眼巴巴地看着它就要沉入黑暗之中，于是，有人就大呼："呜呼！天犬食月，兵灾之象也！"

又有人急喊："击鼓救月，嗑利麻查！"

就有人顺手拿起祭天拜日月时用的金器开始鸣金，又有人抓住鼓槌就"轰隆、轰隆"地击响了牛皮鼓。十巫开始歌舞娱神，口中念念有词。

大地昏暗，天地笼罩在一派朦胧之中。众人皆昏睡的时候，唯有桥山独醒，施展它的法术，要和大自然的神力对抗。

然而，黑暗却在继续扩大、扩大，直到整个月亮被完全吞噬掉了！十巫开始泪流满面，有人开始号啕大哭，"呜——呜——"的声音，就像哀怨悠长的埙的声音，让人想到了鬼夜哭的声音，想到了狼嚎的声音，特别是它想诱惑人时学小孩哭的声音。天地一时完全融为一体，就像被盖上了一块巨大的丧布。然而，星星，星星，天上有几十亿颗星星，也在这人间最黑暗的时刻，华彩齐放。满天的星斗，就像是满架晶莹的葡萄似的，繁星点点，果实累累。世间的事物总是相对的，往往在最黑暗的时候，却会发射出最耀眼的光华！福兮祸之倚，祸兮福自存。

可怜的月亮，终于在人们声嘶力竭的呼救声中，重现于天空。但是，它的光华是那么殷红！那么殷红！就像是刚刚经过了一场血与火、灵与肉的厮杀似的。

季夏朔日（黄历六月二十九日），傍晚酉初（下午五点），像烈火一样炙烤了大地一天的太阳，把整个大地的热情都调动起来了的时候，暑气熏人，到处，包括树荫下，都是一种闷热的、让人心烦的燥热之气。就像是劳动了一天的人需要休息一下一样，太阳在接近西山的时候，突然之间就变得神色黯淡起来。也就是在一瞬间，它完全收敛了它恣意放肆的光芒，就像一个劳累了的人开始打瞌睡似的，闭上了它光芒四射的火眼金睛。于是，天地昏暗，一时就像夜幕笼罩似的，天空就出现了稀稀落落的星群。于是，桥山十巫开始忧心忡忡地叹息："天地昏暗，日月无光，龙主有否也！"

果然，从这一天起，黄帝开始停食，自言亡日在七十天后。黄帝很疲惫地躺在中宫后面合宫的地铺上，青女、少女、夷女、桑女围拢在他的周围，浑沌（嫘妃生）、祁（玄女生）、休（女节生）、夷鼓（肜鱼生，与青阳同姓己）、苗龙（肜鱼生）、苍林（嫫母生）、禹阳（嫫母生）、姬（女节生）、轩辕（彤鱼生）、公孙（嫫母生）、滕（青女生）、箴（少女生）、任（青女生）、苟（嫫母生）、厘（少女生）、僖（夷女生）、姞（夷女生）、儇（桑女生）、旋（桑女生）、依（桑女生）——黄帝二十五子中，除过玄嚣（嫘妃生）、昌意（嫘妃生）分别去了江水（长江）、若水（今四川乐山一带），禺猇（玄女生）去了东海，巳（采女生）、酉（盐女生）也分别回到了自己的故里（今四川、重庆一带），其他二十个儿子都跪在黄帝的铺前，孙子更是跪倒了一大片。黄帝的二十多个女儿，除过女魃有名有姓，其他都没有留下姓名来，这会儿也因为大多已经出嫁，不在黄帝身边。女魃并没有因为她是黄帝的女儿而身份显赫，而是沦为在民间不受欢迎的旱神，走到哪儿，都被人们所驱赶。好可怜的女人们的命运！自从进入了父系氏族社会，女人在家庭、部落和国家中的地位可以说是一落千丈。在杨官寨遗址中，就出土了女人食指在骨盆中、女人被取掉双胫等专对女人施行的刑罚。

左彻、值年太岁玄龙部落酋长及孔甲、七略、巫乔、柏夷父等文武百官，十二属相中其他十一个部落的酋长和二十八宿的代表，桥山十巫（巫咸、巫即、巫盼、巫彭、巫姑、巫真、巫抵、巫射、巫罗、巫礼）以及巫阳、巫履、巫凡、巫相等，一批又一批地前来探望和劝导，黄帝总是很平静地闭目而卧，并不思进食。黄帝的生命，只是靠每日进水和少量花瓣来维持，人日见消瘦。他的脸色已经很黄了，黄得像一张纸，巨大的身躯，也因为一天天渐进式的消瘦，而变得棱角分明，眉弓和颧骨高凸，眼窝和两颊深陷，就像是老柿子树皮一样皱皱巴巴的脸上，皱纹更加深刻，几乎和帝师天老的那一张千沟万壑似的老脸有一些相像了。黄帝现在修的是赤松子的净身术。人只有身净了，心灵才会更加剔透，思想才能透明，灵魂才会升华。所以，当黄帝睁开眼睛时，你会发现他的双目变得那么纯净而且炯炯有神，放射着超人、智慧、深邃、悠远的光芒。

黄帝的头脑是清醒的，他知道所谓升仙意味着什么。黄帝自知自己的生命就要走到尽头了。人生就像是一盏灯，当油燃尽时、当蜡耗完了、灯自灭也！人都想长命百岁，这一点黄帝做到了，而且多活了十年。但是，黄河有底，而人心没底，人长命百岁了，又想长生不老。虽然明知此事不可为，但是人的思想境界到了一定程度，就会提高"与日月同辉，与天地共寿"的最高要求。这时候，人所迸发出来的思想光华（精华），是可以烛照宇宙的。宇宙不灭，物质不灭，人的思想和灵魂就不灭，因为它正是物质的副产品，是物质的另一种高级表现形式。

黄帝相信自己所创造的部落共和（原始共和）体制，能够以六十花甲子的形式，一轮一轮地永远延续下去，直到万年（制度自信）；黄帝相信自己的思想，能够传之后世，物质不灭，灵魂不灭，思想不灭。这一种自信，基于黄帝对自己认识和阐发的宇宙大道的自信（道路自信、理论自信），基于他对自己全面开拓和创造的中华文明基因的自信（文化自信）。可以说，中华文明，从一开始就是一种充满勃勃生机的、积极进取、阳光向上的文明形式。黄帝所推崇的"和谐世界""天下大同"思想，应该是人类文明的共同目标和最高追求。实践证明，从黄帝时代开始，中华民族所形成的"天人合一""天下为公"的社会理想，"以人为本""民为邦本"的治国理念，"载舟覆舟""居安思危"的忧患意识，"止戈为武""协和万邦"的和平思想，"与人为善""己所不欲，勿施于人"的处世之道，"儒法并用""德形相辅"的治理思想，"和为贵""和而不同"的东方智慧等等，一直是历代统治者治国理政的思想渊源。而在此基础上所形成的"天行健，君子以自强不息"的奋斗精神，"精忠报国"的爱国情怀，"天下兴亡，匹夫有责"的担当精神，"舍生取义"的牺牲精神，"革故鼎新"的创新思想，"扶危济困"的公德意识，"国而忘家，公而忘私"的价值理念等，一直是中华民族奋发进取的精神动力。源远流长、博大精深的黄帝文化（优秀传统文化），能增强中国人的骨气和底气，是我们最深厚的文化软实力，是华夏文明发展的母体，积淀着中华民族最深沉的精神追求。

正因为有这样的认识与自信，所以当面对死神时，黄帝才能够做到，以一种坦然的态度积极地去应对它、适应它。道性到了高处，面对一切都是坦然的。万法归一者，道。人来自自然，然后再回归自然，也是道的一种表现形式，所以应该把它视作一种天然的回归——视死如归也。道法自然，一切随其自然，就像是星移斗转，太阳该升时升，该降时降；月亮该圆时圆，该缺时缺……这才是自然功法的最高境界。

人常说，祸不单行。就在黄帝以水和花瓣维持着生命延续的时候，覆盖着厚厚的有一二十丈深的黄土层的黄土高原，向来是天灾人祸最小的地方，一没有水灾，二很少旱灾，即使处于某一个地震带上，也绝少发生明显的人能感知到的地震，几千年如此。但是，就在黄帝六十六年（壬辰年）（公元前2659）这个不安定的年份，"地牛"也变得不安分起来。可能是天气燥热的原因吧，地牛在七月流火的季节，突然焦燥不安起来，发起了它的牛脾气，身子猛地一动，大地就剧烈地晃动了一下，这一晃，打破了原有的平衡，就像夏夜里撕开黑色天空的闪电似的，竟然把地面撑开了一条长长的不知深浅的沟来，并且从地层深处，发出幽幽的、闷雷一样的"哞哞"的吼声。好像是悟到了"沉默，沉默，不在沉默中爆发，就是沉默中死亡"这样深刻的道理似的，沉默了几百年的地牛，一旦发起了脾气，就闹腾得一塌糊涂。它的牛脾气大到把自己气得浑身发抖，就像是得了寒热病打摆子的病人似的，阵发性地、一阵一阵剧烈地抖动着它肥硕的身躯，大地就像摇篮似的摇晃起来，人坐在那里头都发晕，站起来行走，就像喝醉酒的醉汉一样东摇西晃。这时候，再看人们辛辛苦苦盖起来的屋舍，一个一个就跟单薄的火柴盒似的，在跳了集体的摇摆舞之后，都发生了程度不同的平面位移。有的干脆就倒塌了，大多墙体坍塌，或者形成了长短不一的裂缝，尤其以长方形人字顶的屋舍损坏最大，许多还在睡梦中的人，就此永远被带向了西天，而伤残的人，男女老少，受害者更是不计其数。相对来说，半地穴式的圆形屋舍损失较小。人们惊恐地传说："天动地摇，天生杀机也！"

四

忧心忡忡的黄帝之相左彻夜观天象，他惊讶地发现，一颗巨大而明亮的星星，在像怀了孕似的肚皮一天天变圆的新月已经西沉后，在繁星点点、星汉灿烂的夜空中，像被谁用签字笔随便地画了一笔似的，这颗巨星，以它生命的最后余热，就像擦亮火柴一样，在这黑暗的天空留下最潇洒得意的生命轨迹（弧线）之后，像一个巨大的火球，陨落在桥山黄帝黄城的南宫，方方七十里的黄城，整个地剧烈抖（跳）动了一下。于是，黄帝黄城南宫出现了九条沟，被人称作"九龙沟"，一说是"九龙朝凤"穴，九条龙面向桥山集体朝拜；一说是黄帝去世后，他的九个儿子要瓜分天下，结果，黄帝黄城一时裂了九个缝，将这九个儿子给活埋了！黄城以分裂自己的代价，确保了天下九州的统一——这就是"九龙分黄城"的故事。这只是后世在黄陵当地流传的一个民间故事，而事实上，正在发生的事件是，巨星（陨石）陨落，陨落在黄帝黄城！幽幽暗夜里，左彻发出了痛心疾首的呜呜的哭声："帝星陨落，帝命休矣！"依照古人"天人合一"的观念，每个人都对应着天空中的一颗星星。如果这颗星星陨落，此人即阳寿不保。

巨星陨落这一天，恰巧是季秋的重阳之日（九月初九，中国汉字里两个最高的奇数，奇为阳，偶为阴），也就是黄帝自择亡日第七十天的丑时。随行在左彻身后的右史官七略，准确地记录下了这个时辰。笔者有一个惊奇的发现，丑时是一个神奇的时段，在这个时间里，任何奇迹都有可能发生。为此，笔者曾写有一首《神奇三点》：

> 神奇三点
> 什么都可能发生
> 一次天才的爆发
> 一次灵感的突袭
> 一次与梦境与古今中外
> 人物动物以及植物的通灵
> 一次宇宙的灵魂的苏醒
> 一次来自银河边缘太阳之心的冲动
>
> 这就是神奇三点
> 它成为人杰的通感
> 姚雪垠是一个
> 李小龙也熬到了这个时刻
> 几乎所有的天才
> 都与你结缘……

我说这神奇三点
一个让人兴奋的时刻
一个睡意全消的时刻
一个心灵跳动的时刻
一个接通奇迹的时刻

这时候
我走进了古人的心灵
和先祖谈心
我走进了一个从天而降的围猎计划
一个写在梦的边缘的神的微笑

有一个"道"字贯彻心灵
将中国人的心　锁定

凌晨三点是一个令人心痛的时刻。就是这个时刻,我们的人文始祖轩辕黄帝与世长辞,揖别了人类。

黄帝静静地躺在合宫的地铺,双眼微闭,呼吸平匀。他的脸色白得像一张纸,或者说就像是白帛一样,眉弓高凸,因为瘦俏,两腮明显地收缩,嘴角线更加明显,因为掉了牙齿,下巴也收缩了,嘴有一些瘪,颧骨就显得高凸。他的眼窝很深,目光却更加明澈,皮肤都皱折着,就像揉皱了的纸,或者说更像是柿子树的树皮。

一个人,当他的意识变得衰微的时候,他的潜意识就开始不受约束地放任起来。这时候的黄帝,就像是走进了一个深不见底的隧道,隧道里就像是列车的车厢似的,分成一个个相似的房间,走过一间,又是一间;走过一间,又是一间……无休止地重复着,好像永远没有个尽头。黄帝自己心里也明白,顺着这个方向走下去,如果走不回来,就永远也走不回来了! 在他的记忆里，似曾有过这样的经历。

当他开始出现昏迷状态时，他感觉脚下好像是踩着云朵，或者是踩在棉花上一样，软绵绵的。大冬天，当人钻进麦秸垛里，脚踩着软绵绵、可以把人陷进去的麦草，闻着那热烘烘的沤出来的湿热蒸气的时候，也是这种感觉。

一般的描写，在这种情况下，人都是要回忆一番一生的经历的，从暮年一直能倒推到童年的记忆。可是黄帝这时候却非常平静，可以说是心静如水。当人的意识出现了断裂或者片断失忆的时候，可以说，一阵子意识是清楚的，一阵子就完全变成了空白。意识不断地在缩短，空白不断地在增大。有一阵，他眼看着自己离开自己躺在地铺上的躯体，走了，这一走，感觉自己的身体明显地减轻了许多，人变得轻飘飘的，好像变成了一个空壳儿似的。可是，过了一阵，他看见自己又走回来了，重新附入自己的躯体，这时候，他感到自己一下子变得实实在在的，又是一个真实的存在了。

当他的意识重新回到自己身上的时候，他就像人们常说的回光返照似的，一下子变得精力充沛，目光灼灼。他"呼"地一下在地铺上坐直了，意识非常清晰地说：

"余不久于阳世，故有八字相赠曰：'万物有道，和者共赢。'"

跟随浑沌、左彻和值年太岁守在黄帝身边的左史官孔甲，右史官七略，一个工工整整地将黄帝的这个"八字遗言"用朱砂记于丝帛之一，一个则将这八个字郑重地刻于龟甲之上。

浑沌虽然是黄帝第六子，却是元妃嫘祖所生第三子。黄帝的长子玄嚣、次子昌意因为年事已高，一个八十一岁了，一个也已经八十岁了，由于故土情深，都分别返回了位于今重庆的江水和四川乐山的若水。所以，现在在黄帝身边的，就只有浑沌是元妃所生的。禺猇、巳、酉虽然比浑沌大，但都因为是嫔女后生，在黄帝所确立的等级制度中，自然没有浑沌的地位高，只能排在他的后面，况且禺猇和巳、酉又代表中央力量（天干），分别被派往西方和东南，这会儿并不在黄帝身边。所以，在黄帝身边的儿子们就只能以浑沌为首了。

浑沌也是黄帝自小溺爱的一个孩子。因为黄帝整天忙于大小事务，并没有更多的时间用在儿女后代的培养教育上，所以这些孩子就基本上是由女人们带大的。浑沌又是嫘祖的小儿子，所以就更娇生惯养，被惯得站没个站相，坐没个坐相，立没个立相，又因为贪吃好的和偏食，人长得过于胖了，个子又不是很高，总体上给人的感觉，就像是一个大肉团似的。由于太胖，他总好像是没骨头似的一摊子，倚靠在嫘祖身旁。由于嫘祖对他的生活的方方面面都侍候得非常到位，浑沌衣来伸手，或者连手都不伸，要人喊着、催着，有时急了骂着，才会伸出手来穿衣。由于母亲总是围着儿子转，所以长大了点有了逆反心理的浑沌，就开始烦母亲的唠叨，由于母亲把他的生活侍候得太到位了，他反而从内心里轻视起母亲来，经常口出狂言，甚至侮辱自己的母亲，对人没有礼貌……当然在黄帝面前，他会表现得乖乖的，他内心里还是惧怕黄帝的威严的。对这个孩子的坏习惯，黄帝是看在眼里的，但是由于忙，对更多的细节，他并不了解，又由于平时顾不上管孩子，内心里总感觉好像对儿女们有所歉疚似的；又由于人类所共有的习惯，对儿女总是"爱大的、惯小的"，也由于人随着年龄的增长，就会变得越来越慈爱，所以对孩子就没有年轻时要求的那么严了。浑沌要说还是很聪明的，他最善于钻这种空子，有时蛮横，有时又会像个膏药似的贴在人身边，表现出极可爱的一面。而他这可爱的一面，也赢得了黄帝的喜欢。

　　不知道遗传是怎么变异的，浑沌的长相，既没有吸取黄帝的优点，也没有吸取嫘祖的优点，而完全是自主创新了一套新的形象形式。他不光身子是圆的，头和脸也是圆的，嘴很大，眉毛和眼睛却是细细的，一张嘴，就几乎看不清他还有眼睛了。而当他的眼睛睁开的时候，就是要发脾气的时候。他总是目光高高在上，目中无人，除了黄帝，是他认为必须讨好和巴结的。所以他还会抽出时间来，给黄帝弹弹古琴，吹吹埙，引得黄帝开心。据说颛顼也有善于为黄帝弹琴这么乖巧的一面。

　　就像时下人们所说的，"不是社会变坏了，而是坏人变老了"，已经七十六岁的浑沌，就属于这种至今不开窍又很自负、狂傲的变老了的"坏人"。

　　可惜这样一个人，竟然讨得了黄帝的欢心，被黄帝选作接班人。现在，他就堂堂正正的坐在第一位的位置，跪坐守候在黄帝身旁。

黄帝留下"八字遗言"的时间，正是九九重阳这一天的凌晨。留下这八个字的遗言之后，黄帝又一次进入昏迷状态。如果黄帝时代能有吸氧措施的话，他老人家的生命，肯定会多延续那么一小段时间；如果说黄帝时代有监测仪的话，那么，他老人家安详地离去的过程，就会清晰地显示在我们眼前！随着呼吸时断时续，直到停止，黄帝那以惊人的毅力持续跳动了一百一十年的伟大的心脏，终于停止了跳动，所剩下的，只是毫无再生希望的轻微颤动，颤动，直到连这种轻微的颤动都慢慢地彻底静止下来。黄帝自己看到自己轻飘飘地离开了自己的平躺着的躯体，就像儿时做过的一个梦似的，在空中飞翔起来，他看到了大地上那么多成熟的庄稼从身下一划而过。他在飞，他看到了蓝色的像天空一样纯净的大海，他看到了老奶奶那张慈祥的笑脸，她张开手臂迎接他；他看到了父亲少典君那威严的脸；看到了母亲附宝，就像他少年时看到的那样年轻漂亮、可爱亲切；他看到了嫘祖，就和他俩初见面时那样风姿绰约、仪态万千；他看到了仓颉，还在那里认真地刻画着什么；风后，还是手握着鹅翼扇，一身雪白，似神若仙……终于又和自己的亲人和大臣们再次相聚，黄帝的心是愉悦的、欢畅的、开心的，更是平静的。所以，当他老人家在平静的没有任何痛苦的挣扎情况下，意识中的形象从彩色到黑白逐渐减退，直到完全消失之后，凝固在他脸上的表情，是那么安详，那么平静，甚至那么愉悦，因为我们看到，他的眼睛自然地闭合着，鼻梁高挺着，嘴唇闭合着，甚至嘴角还有那么一点点上翘。一缕晨光照在他的脸上，那长长的白发和银须，放射着雪白晶亮的光，他的脸色，白得像一张纸，或者说像玉石。

　　他的心脏停止了跳动，他的血液都流回了体内，可他生命的余温还在，炙手可热！

五

　　黄帝逝世之后，东天上红色的彩霞，尽力地在乌云中铺展自己的红地毯，却在不长时间内渐渐地褪色，褪色，直到变成一抹潮红。这秋雨就如同竖琴的琴弦似的把天空和大地连接了起来，连绵不绝的秋雨，弹拨着自己的琴曲，无休止地下了起来，直到把整个世界都给笼罩在了灰白色的雨雾之中。

黄帝逝世后，居住在黄帝黄城周围八宫的文武百官、十二属相与二十八宿的酋长和首领以及代表，还有黄城附近聚落的黎民百姓，都前往桥山黄帝黄城的中宫来吊唁，于是，从白天到夜晚，桥山上哭声不绝。所以，桥山十巫为黄帝逝世而集体创作的一首诗，就是：

> 天雨，
> 鬼哭；
> 情旷，
> 道古。

再现了当时当地的情景和人们好像是天塌下来了、对整个世界的未来都无限担忧的那样一种悲观的心理状态，又高度概括了黄帝博大精深的伟大思想和波澜壮阔的人生画面。

黄帝把路指给了我们："万物有道，和者共赢。"可是，他的继任者浑沌却首先违背了黄帝的"八字遗言"。他以为继了帝位之后，作为天下共主，就可以为所欲为，他自己没实力，没本事，又自以为高高在上，平视都目中无人，所以经常口出狂言，甚至出口伤人，他不仅是没有礼貌，甚至对人缺乏最基本的尊重和理解，所以大家就公认这个人不开窍。你自己既然不开窍，大家就帮着你开。于是，以颛顼和共工为主的四伯，就召集文武百官和十二属相、二十八宿的酋长、代表们一起共议朝政，决定为浑沌"开七窍，每天开一窍"。

左彻本来是支持浑沌继位的，并且在桥山中宫，为他举行了隆重的继位仪式。颛顼、共工等四伯，也是参加了浑沌的继位仪式。但是，令左彻失望的是，浑沌打一继位，就把他这个老臣再没划到眼里。最让大家痛心的是，他竟然把左彻等黄帝的老臣打入冷宫，自己纠集了一帮子他原来在社会上混的时候的声色犬马之徒，搞起了自己的"浑沌小朝庭"。为了树威，就经常随便找个理由来对黄帝的老臣施以酷刑。沮诵的孙子、右史官七略就因为秉直记事，而被浑沌开了七窍。

1526

巫乔是沮诵的学生，七略的老师，他找到左彻昏天黑地地痛哭一场。先生失去学生，如同老年丧子一样，是人生一大悲剧。左彻扶起巫乔，痛心疾首地长啸："七略何罪，被开七窍？浑沌失德，舟自覆也！"所以，当颛顼等人带头兴事，要给浑沌"开七窍"的时候，左彻就采取了一种"事不关己，高高挂起"和与己无关的旁观态度。

可怜的浑沌，在众怒难服的情况下，完全失去了人心，就被推上了史无前例的为共主"开七窍"的酷刑台，第一天开眼窍，被挖出眼珠，变成了瞎子；第二天，被割掉鼻子，第三天，被割掉了舌头，第四天，割掉了左耳朵，第五天，取掉了右耳朵……这五天痛心疾首、撕心裂肺的经历，真是生不如死！但是，不管是活着还是死了，都不是他自己说了算了！五天经历，他就变得面目全非了！浑沌疼得一阵一阵地晕过去，五天未进一口食，未喝一口水，他的生命奄奄一息，有时竟然失去了疼痛的感觉，他的神经感觉已经麻木，变得"浑沌"一片了！即使这样，浑沌的七窍还没有开完，酷刑还在以它既定的程序进行着，第六天，扒下裤子，在无知觉的情况下，割掉了他的阳具；第七天，等剜掉他的肛门的时候，浑沌早已经咽了气！

浑沌一死，天下再次失去共主。左彻带领大家共议的结果，就是继续朝拜黄帝。那么，黄帝已经离开了我们，怎么朝拜他老人家呢？

左史官孔甲以他的老资格，提出"拜影子以拜黄帝"的办法。那么，谁是黄帝的影子呢？孔甲曰："以吾所查，孙为祖影。"这样，作为黄帝长孙的颛顼，就被推上了黄帝"影子"的位置，戴上金色冕旒，穿上黄丝帛的龙袍，坐在中宫大殿接受文武百官和天下诸侯的朝拜。

颛顼既是黄帝的"影子"，就每天穿着黄帝的龙袍接受大家的朝拜，俨然一个天下共主的样子。他以句芒为木正、蓐收为金正、祝融为火正、玄冥为水正、句龙为土正，合称五官，初步摆开了自己治理天下的格局。这时候，原来四伯中排位第二、比颛顼大了二十岁的共工，心中自然不服。

共工可以说是老谋深算，处心积虑几十岁积累实力，就是想在黄帝百年之后，谋取自己的天下。现在，当浑沌失德之后，他积极地鼓动颛顼对浑沌还以"开七窍"的酷刑，可是，等到颛顼真的以"影子"的形式坐上帝位之后，他就开始另打算盘了。共工也有他自己的实力，最得力的助手，或者说大臣是相繇和浮游。相繇屯兵不周山（即原仓颉造字遗址阳虚山），拭目以待帝位传承情况，大有问鼎中原（关中）之势；浮游则留守在淮河老家，替共工守着老家。自从炎帝去世之后，共工就离开江南，而回到淮河故土上经营自己的事业去了。

当然，颛顼并不示弱，改黄帝中宫为玄宫，新封了句龙，重用重、黎，整个黄帝的警卫，已经为句龙的土军取代，而玄冥的水军，也兵临黄城，大有"黑云压城城欲摧"之感。句芒的木军在东夷，虽说距离稍远一些，却为颛顼开辟出另一个新天地。蓐收的金军则近在身边，随时可以调用。所以，等到共工返回不周山调兵的时候，颛顼早已经带着三路大军（木军、水军和金军）剑指不周山，翻过秦岭，出蓝田玉关、从灞源到洛源、由华阳到石门，三面合围过来。战场就摆在不周山（阳虚山）前、洛河对岸的大盆地里。从西北向东南的山头上，到处旌旗林立，颛顼的三路大军已经实现了对不周山的合围。颛顼亲临战场，坐在中军，背后高悬着黄龙、蛇绕大龟（玄武）和白虎的图腾旗帜，他以凛然的气势，直面共工的天然石城。

双方交战三天，共工是愈败愈战，终于落了个倾城而出、全军覆没的惨败局面。共工一生都是白脸，这一次气得脸都红了！他处心积虑，从黄帝战胜蚩尤之后到现在，已经五十五年了，他终于熬到了黄帝去世，却被黄帝的孙子所败，何颜再见淮水父老？一急之下，他就一头撞上了不周山的青色岩石，殷红的鲜血和白色的脑浆飞溅，等到颛顼的兵士赶到跟前，共工的头颅迸裂，血流满面，红血和白脸构成的画面，格外分明。共工的这种不屈壮举，被记载在神话里，就是"天柱折，地维绝。天倾西北，故日月星辰移焉；地不满西北，故水潦尘埃归焉"（天倾西北，地陷东南），可见这件事对中国历史发展走向的影响有多大！

共工死后，颛顼又联合祝融，在淮水打败浮游，浮游再没有"浮游"，而是自沉于淮水之渊。曾经发明了矢头的浮游，其色赤，其言善笑，其行善顾，其状如熊，常为天下所推崇，最后落得了个"祭颛顼共工则瘳"的下场。

颛顼战胜共工后，天下各部落皆服，本来是可以顺势成为天下共主的，因为他本身就是黄帝的"影子"嘛！

可是黄帝之相左彻坚持黄帝的遗嘱"万事有道，和者共赢"，继续坚持黄帝的部落共和的国家体制，就让赤将的学生用木头雕刻出来个黄帝像，立在桥山中宫，率领群臣和天下诸侯朝拜。战胜归来的颛顼踌躇满志，准备施行他的治国方略的时候，却碰到这样的场面，只好随众而拜。颛顼对左彻很敬重，自觉在桥山黄帝黄城施展不开，就让木正句芒，在帝丘（今河南濮阳）另建都城，前往帝丘施展自己的治国方略去了。左彻将他的削木为像朝拜黄帝的形式坚持了七年，他心里的想法是，想迎接"仙逝"的黄帝再次回来治理天下。可是，人死之后，万事皆空。黄帝永远不可能再回来了！苦等了七年，黄帝依然没有回来；再加上颛顼移都帝丘后，就派重前来，封锁隔绝了黄帝黄城与外界的联系，从黄城发出的指令，都为重所截取，无法传布于天下；而帝丘的指令，却通行万邦，逐渐为天下所认同。左彻即使鞠躬尽瘁，也无力扭转这一大势，左彻痛呼："有心共和，无力回天也！"只好请来重，由他代表颛顼，在黄帝黄城为颛顼象征性地举行了一个传位仪式。之后，殚精竭虑的左彻，也在不久后，在凄凉的氛围中一个人老死在自己的半地穴式圆屋内，死后多天无人知道，等有人前去探访时，发现他的尸体已经腐烂，周围苍蝇飞舞，绿头大苍蝇像大图钉一样叮了他全身，腐烂发黑、收缩的肌肉上，到处爬满了蠕动的咀虫，长尾巴的老蛆四处乱爬，湿尾巴在地上划出蜘蛛网似的线条。腐烂的气味奇臭无比，人们只好草草地为他收尸，草草地掩埋。一代帝相，魂兮归来！

尾 声

颛顼即位，废原始共和（制颛顼历，废太岁值年制），而实行一人独裁的专制制度，此为专制政体之始也。

黄帝时之历法（黄历），既是历法，也是一部真正的国之大法，是国家统治的基本形式；而颛顼历，就被演变为一部真正意义上的历法了，和国家的统治方式已经毫无关系。因为颛顼实行的是专治制度："尔等勿言，唯从颛顼"（天下各部落首领就不用发言了，只有我说了话才算数）。

虽然中国的专制制度延续了数千年。然而，黄帝"天人合一、天下大同"的思想（黄帝大道），也同时传播了近五千年。就在笔者的长篇小说《黄帝传》临近收官的时候，一位《黄帝外经》的研究者，向笔者提供了一份网传"桥山黄陵古真本"的《黄帝阴符经》。欣喜之余，遂将其原文照搬于此：

黄帝阴符经

（桥山黄陵古真本）

寰宇蕴神魔，天地分正邪，道亦化阴阳，善恶溯根源。

盘古避洪荒，神山创世。伏羲划乾坤，薪火传承。女娲定四极，五色中枢。俱如神农正道，善志济世，法出璇玑。

神鼎九宫，宇宙开泰，五洲八荒，道居中央，厚德黄宫。

象画六爻，忠善慈极。阴阳各半，奸佞为恶，福祸始源。

宝鼎神策，河图洛书，问天真经，世间善恶，何抑何扬？

人者神嗣，蚩犹（尤）魔附。洪荒退疏浚，寒纪消开化。昆北幽陵，蚩兽残忍，喜食妇幼，窃铁霸盐，工技阴诡。昆西流沙，狡猾奸诈，精画鬼符，愚善众民，皆多屠役。昆南交阯，炎烈私恶，汪洋掠贝，西陵劫丝，欺物骗财。昆东蟠木，狄犹贪婪，人兽混交，漠视杀戮，愚顽不灵。无通神之明德。

昆仑有鹏，幼而俘驯，背车乘风，巨翅九州。南炎有龙，幼而俘驯，缰车指南，展翼山。北冥有鲲，燃灯驯之，缰舟计里，汪洋可游。帝者天成，仁德五方，得以治世理界。

诸世万般，何为首道？传承优进，天之大道。天帝四面，五方合德。太师大监，舟车九州。雷霆巡天，义传善世。

伏羲女娲仁德，神农药师天道，人世主正气，万古圣王。

顺天有五善，武治神慧理，悟之者睿，五善在行，大同于天。善不习武，后嗣无富。慧不理治，神族福损化奴。

传世有五赟，志勇美德仁，修之者圣，五赟合心，造福于人。赟不养勇，人文堕渊。德不强志，魔族恶资灭世。

山海有五贼，犹兽鬼魔妖，猎之者昌。五贼巨罪，遗祸千世。贼不除犹，九宫尽失。鬼魔不灭，四极重绝灾陷。

宇宙在乎手，善恶塑乎心，万化生乎身，神魔战乎志。

神性天也，天性人也，人心机也。立天圣道，以定人也。神机阴阳，世道煌煌。神魔力博，生必战存，灵媒润世。

魔性鬼也，鬼蛮犹狄，犹心豺质。狡猾邪道，嗜杀人也，魔计阴阴，寰宇凄凄。蚩尤部族，欺世好战，永触杀伐。

天发杀机，斗转星移；地发杀机，龙蛇起陆；人发杀机，天地反覆；天人合发，万化定基。神正魔邪，先杀者祥。

塑神午未，通天贯地主干合者，为阳为正，为公为义。为万物灵修者枢玑也。人性之通达，皆圣王贤臣神机也。

五元置治，山海疆域开化启蒙，井田都师九州安靖。昆仑须弥祖庭四面，中央尊土厚生，亿民繁衍，天道好生。

人兽相战，蚩犹蛮狄狡猾顽冥，魔性残暴滥杀民孺。山海八荒生灵涂炭，盗贼北冥猖獗。华夏沦落，遗祸千年。

蚩犹（尤）身死，其族未灭。魑魅魍魉，八十兽类。其心必异，其志必恶。巫首沐浴，连山归藏，占卜弗吉，夕惕若厉。

祈神祷灵，感预宙事，古今未来。千数年间，杀戮屠城，惨绝人寰。遥知灾祸，百世警惕，华夏戒之，应有裨益。

东洲涿鹿，井田荒芜。西洲愚善，都师尽丧。中洲阪泉，俱如魔杀。北冥冀州，兽毁桑梓。鬼据九洲，千年浩劫，亡邦灭种，万国妖畜。圣人难现，替民漠视，死无觉醒。

蚩犹（尤）狡猾，魔族古生，残害掠劫，暴戾奴杀，极尽恶罪。暂灭蚩犹（尤），其部甚众，不忍灭绝，酋族配役，刑发北冥。

东遣青帝，布化木德，合婚方雷，徙海东荒，教化双洲；西遣白帝，布化金德，合婚嫘祖，徙山西荒，教化双洲；南遣炎帝，布化火德，合婚彤鱼，徙海南荒，教化合三洲；北遣玄帝，布化水德，合婚嫫母，徙山北荒，教化双洲。十妃安乾坤，百官治八荒，千古神胜战魔，万世征争享太平。

性有巧拙，可以伏藏。九窍之邪，在乎三要，善神武伐。三要之首在于善，善之根基在武。屠魔伐鬼，可以动静。

火生于木，祸发必克；奸生于国，时动必溃。连山首戒在除奸，归藏宗旨在指佞。知之修炼，谓之圣人。草有指佞，鼓有鸣奸。蚩犹遗族，阴谋隐患，五洲鬼妖，贻害万年。

阴含阳内，弗如相对。阴有正邪，阳分善恶。阴者隐匿秘谋，阳者显明画算。阴谋善正为德，阳谋恶邪为罪。再战蚩犹魔兽遗祸而得其志者，可知阴谋合化之妙，此谓阴符。

百二天官，甲子神职，阴阳半数。幽冥魔兽，世代侵袭，卷土杀伐。大监没落，神阴消殆。奸阴丛生，蚩犹重现。

神族屠魔，自保救世。知武不用，狡猾祸害。犹兽侵噬亿民，积血累罪。天生天杀，道之理也。天地万物之盗，万物人之盗，人万物之盗。盗贼戎财，三盗既宜，三才既安。

故曰食其时，百骸理；动其机，万化安；猎其富，盗贼弱。此圣化之道。人知其神之神，不知不神之所以神也。

日月有数，大小有定，圣功生焉，神明出焉，屠魔贷之。其盗机也，天下莫能见，莫能周知。君子罔之固穷，小人罔之轻命。瞽者善听，聋者善视。绝利一源，用师十倍。三返昼夜，用师万倍。蚩役九黎，犹奴三苗，善勿忍于恶。

心生于物，死于物，机在目，纲为武，善莫愚。

天之无恩而大恩生，迅雷烈风莫不蠢然，神仙善阴阳。

至乐性余，至静性廉。天之至私，用之至公，家脉鼎传。

禽之制在气，兽之制在血。生者死之根，死者生之根。恩生犹害，魔害消恩。愚人以天地文理圣，我以时物文理哲。

人以愚虞圣，我以不愚虞圣；人以期其圣，我以不期其圣。故曰：沉水入火，自取灭亡。魔兽不除，云门失音。

幼学早磨砺，十五可得志。三十统天下，十五重奢慵。二八始盛世，轩辕导身车。丝玉烹铜铁，肇字新文明。

自然之道阴静，故天地万物生。天地之道隐浸，故阴隐胜阳显。阴阳相推而变化顺矣，是故圣人知自然之道不可违。

因而制之至静之道，律历所不能契。爰有奇器，是生万象，八卦甲子，神机鬼藏。阴阳相胜之术，昭昭乎进乎象矣。

中央神族辱命失期，蚩犹（尤）魔族复苏有时。连山归藏失传，人间无德乱世。今传阴符经典，圣天识藏神道，有志者得之。奇志思神族复兴，末世可济世救民，乾坤进化之大道永焉。

细读"桥山黄陵古真本"之《黄帝阴符经》，如醍醐灌顶，如沐春风，辗转反侧，夜不能寐，久久地陷入思考之中。长夜难明，星光点点，浩若烟海。于是，"坐地日行八万里，巡天遥看一千河"，笔者不知不觉，进入梦中。也许三十多年研究黄帝文化，感动了我们的老祖轩辕黄帝，于是，幽幽睡梦中，就清晰地出现了眼前这样的情景：

一个很大的幽暗之屋内，似乎站立着一些影影绰绰的人。天花板不是很高，右边有一个乒乓球案子似的平台。门很远，很高，直通天花板，洞开无门扇。是因为屋内很暗的缘故吧，门口的光显得很亮很白。就在这个时候，门口出现了一个人，顶天立地似的，脚踩在地，头直顶到天花板。他一身黑衣，披着银白的光。和他高大的身躯相比，头很小，成矩形，脸色很白，白得像一张白纸。（梦中笔者直觉的判断，他就是黄帝！）他没有言语，只是披着银白耀眼的光向笔者走来，能够感到一股有力的凉丝丝的风的冲击波。黄帝就挟着这股凉风扑面而来，直扑到笔者身上，就不见了。

笔者从睡梦中，惊醒！

后 记

《黄帝传》从 2000 年某日动笔，到 2016 年 12 月 26 日下午两点一刻收官。让我们记住这个时刻。

《黄帝传》收官后，一晚上就收到各界朋友、老师、同道、学生近百人的热烈祝贺，在此一并致谢，愿文学之树常青，人民精神万岁！

凝聚华人力量，挺起中国脊梁；

传播黄帝大道，助推世界大同。

从"研黄居"到"华夏黄帝文化研究院"，《黄帝传》前后经历了 37 年的研究准备和写作过程。借用华夏黄帝文化研究院的宗旨，愿《黄帝传》（全本）的出版，能对弘扬黄帝文化、重塑中国精神、讲好中国故事有所裨益，那么，37 年的付出，即收获万一矣！

所以，昨天收官后，第一个自然的想法，就是不想再写小说，特别是长篇小说；最直接的结果，就是眼皮总是不由自主地闭起来，唯一的感受就是，想美美地睡一觉！想好好地吃一顿！

特别是那一会儿，不敢接受祝贺，一接到祝贺就鼻子发酸，呼吸加粗，眼眶里溢出泪水来……

曾经有多少次唱起"这样执着究竟为什么？"每一次都嗓子干哑，眼眶盈满热泪……

作为一个炎黄子孙，当你真正悟出来一些东西的时候，或者你能对海内外炎黄子孙溯源、寻根、找魂有所帮助的时候，一定不敢私藏，唯一的使命就是把它写出来，写出来……这一写，就是 17 年！

也是机缘所至，《黄帝传》正好赶在伟人诞辰日诞生，好像是一个比喻，又是一个象征——如果说《黄帝传》能够经受住历史考验，能够填补一

1534

些空白、终于有可能忝列入伟大作品之列，那么，是不是一部伟大作品的诞生，就像一个伟人的诞生一样，会在历史上产生非凡意义——虽然它出生时和普通的孩子没有两样。

传说黄帝当年是母亲附宝感应大电绕北斗枢星而受孕，怀胎两年；《黄帝传》怀胎20年，"生育"的过程又是17年，17年，真是个小孩子的话，也到了青涩的豆蔻年华，青春期的孩子，就像早晨八九点钟的太阳，人生充满了无限的希望！

愿我们的《黄帝传》像一个放射青春活力的少年一样，以他积极向上的进取精神，迎来自己充满阳光和希望的无限未来！

非常感谢中国当代文学研究会会长白烨先生对《黄帝传》的举荐并作序，感谢著名作家高鸿的万字评论（见《〈黄帝传〉评论集》）。同时感谢中国文联出版社能够从民族大义出发，重视和出版一个非知名作家的长篇力作，特别感谢蒋泥先生的精心编辑和无私奉献。在这里，我还要感谢长期以来，各界朋友对《黄帝传》创作的支持、理解和期待。首先要感谢全国人大常委会副委员长兼秘书长王晨、中华人民共和国驻俄罗斯大使李辉题词，感谢陕西省人大常委会原副主任潘连生，陕西省政协副主席李晓东，陕西省政协原副主席、黄帝陵基金会原理事长孙天义，著名学者张岂之教授，著名考古权威石兴邦先生，台湾中华两岸交流合作促进会理事长韦大中先生，还要感谢王浩若、曾文芳、路光辉、张克英、刘奇、刘红星等华夏黄帝文化研究院的同仁们。感谢中国作协副主席贾平凹，陕西省作协的几任领导雷涛、蒋惠莉、黄道骏，还有陕西省作协秘书长李锁成、陕西文学院院长王维亚、创联部主任王晓渭。感谢著名评论家何西来、李建军、肖云儒、李星、常智奇，著名诗人雷抒雁，著名作家白描、和谷、陈若星、杨焕亭、徐伊丽，感谢著名民间文艺家贾芝、王世雄、赵建文，感谢三秦出版社贾云，太白文艺出版社党靖、韩霁虹、马凤霞，著名媒体人孟西安、王科、张井、刘子云、杜爱强，感谢中共陕西省委宣传部副部长李彬，祭陵办原主任苏宇、主任张勇，感谢陕西省国土资源厅厅长杨忠武、陕西省旅游发展委员会主任高中印。感谢铜川市政协副主席、民革铜川市委会主委成登鹏、原副主委王拴兴，感谢铜川市委宣传部部长常雅玲、常务副部长许西华，铜川市文联主席杨春胜，铜川市农业局局长于明辉。感谢铜川日报社的领导王毅、高彧、张华、李兵、张长江、王胜利的关怀，我的同事刘西艳、盛四喜、滕兑宪、原玉红、张欢欢等的支持。感谢铜川文坛和书画界好友刘爱玲、唐云岗、赵建铜、东篱、王成祥、杨智华、白村、吴铜运、皇甫江、王可田、党剑、朱元奇、李婷、高建龙、郭宗社、田陌、张涛、田林。特别要感谢我的家乡黄陵县的历任领导马占国、高合元、呼世杰、孟中华、高勇及秦延辉、朱晓虎、张军、黄帝陵管理局局长张会明，黄陵县文联主席刘勇。感谢宜君县文化馆提供民间剪纸插图，还有黄陵县文化馆的老领导高岳仔细研读《黄帝传》，黄陵文艺界的好友杨秦生、郑根峰、胡香、廖俊德、高乾宁、曹伟、苏军霞、黄陵县轩辕黄帝文化传播者苏峰、寇万龙及已故的兰草先生。特别鸣谢黄陵国家森林公园董事长刘玉高、延安旅游集团公司董事长曹玉兴、西安曲江文化产业风险投资有限公司董事长樊崇钧、西部数字出版集团副董事长王培山。

我要感谢我的父母李振全和刘秀玲。母亲于去年年底去世，没有能够看到《黄帝传》全书的完成，不能不说是一个遗憾！80多岁的老父在微信上看到《黄帝传》收官后，即发来短信祝贺："《黄帝传》第三部在毛主席诞辰之日完成，很有纪念意义！我祝贺你大功告成！好好休息一阵子！"二弟李君明立即从东莞发来贺诗："万里长征已走完，兵甲入库马南山。悠悠三卷《黄帝传》，至此收官世代传。"老三李君弘、小妹李君萍也表示祝贺！这里特别要感谢我的学生薛泽伟、刘悦、高旭辉，感谢女儿李思云、儿子李步云、李越云的理解和支持。最感谢为《黄帝传》创作和收官提供安静温馨写作环境的山西农业大学信息学院和亲爱的朋友温晓艳。

长篇小说《黄帝传》在其漫长的写作过程中，已经先后出版过第一部和第二部。第一部在北京举办了研讨会，进入2009年度《当代》全国优秀长篇小说提名；第一部和第二部，同时获得陕西省人民政府授予的全球"黄帝"主题文学作品征集小说类第一名。陕西的三位茅盾文学奖获得者：著名作家路遥题词"桥山沮水多神灵，先祖值下中华根；我辈岂敢怠且慢，万古精英待钧沉"；中国作协原副主席、著名作家陈忠实题词《黄帝传》是一幢结构复杂的祖屋，走进去，五千年前先民生活的画卷徐徐展开"；中国作家协会副主席、著名作家贾平凹题写了书名。百度百科等搜索网站上已经有了

《黄帝传》的词条……相信这一次经过中国文联出版社的精心包装和整体推出，海内外炎黄子孙一定能从这里"溯到源，寻到根，找到魂"，为讲好中国故事、传播黄帝大道、传承中华优秀传统文化，为实现中华民族伟大复兴的中国梦和助推世界大同，尽到一份绵薄之力。

　　由于本人才疏学浅，本书中若有疏漏，还望各位方家指正商榷为是。

李延军

2016 年 12 月 27 日 8 点 18 分记于铜川新区研黄居

2017 年 5 月 30 日 11 点 18 分改定